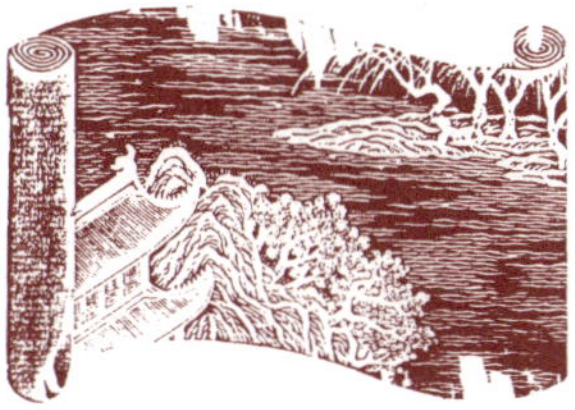

1

中国民间故事通览

祁连休 冯志华 编著

河北出版传媒集团
河北教育出版社

图书在版编目（CIP）数据

中国民间故事通览 / 祁连休，冯志华编著 . -- 石家庄：河北教育出版社，2021.5（2021.11 重印）

ISBN 978-7-5545-6473-8

Ⅰ . ①中… Ⅱ . ①祁… ②冯… Ⅲ . ①民间故事 - 文学研究 - 中国 Ⅳ . ① I207.73

中国版本图书馆 CIP 数据核字 (2021) 第 078595 号

书　　名　中国民间故事通览
编　　著　祁连休　冯志华

策　　划　郝建国　王斌贤
策划编辑　郝建东　刘书芳
责任编辑　马海霞　杨　乐　汪雅瑛
责任校对　张翼成　张　畅
装帧设计　牛亚勋
出　　版　河北出版传媒集团
河北教育出版社　http://www.hbep.com
（石家庄市联盟路705号，050061）
印　　制　河北荣恩印刷有限公司
开　　本　787毫米×1092毫米　1/16
印　　张　137.75
字　　数　2398千字
版　　次　2021年5月第1版
印　　次　2021年11月第2次印刷
书　　号　ISBN 978-7-5545-6473-8
定　　价　450.00元

前言

《中国民间故事通览》是笔者继《中国古代民间故事类型研究》（河北教育出版社，2007）与《中国民间故事史》（河北教育出版社，2015）之后完成的又一部著作。这三部著作既独立成书，又相互关联，相互补充，可以称为笔者中国民间故事研究的“三部曲”。

民间故事有广义和狭义之分。广义的民间故事指所有的散文体口头叙事文学，包括神话、民间传说和狭义的民间故事。本书所展示的是狭义的民间故事，分为幻想故事、写实故事、民间寓言、民间笑话四类，既不涉及神话，也不涉及民间传说。

《中国民间故事通览》是一部全面、系统展示中国民间故事的大型著作，以民间文学爱好者为主要对象。中国古代民间故事和中国现当代民间故事，是全书的主体。中国古代民间故事，包含先秦、两汉、魏晋南北朝、隋唐五代、两宋、金元、明代、清代各个时期的民间故事共约2400则，选自近370种古籍。我们挑选古代作品，大多是历代民间故事的精品，力求其具有较强的思想意义和艺术价值，值得今天的读者阅读欣赏，让读者能够从中受到启迪，汲取教益，提高自己的道德修养和鉴赏水平。当然，这部分民间故事，毕竟是过去时代的作品，产生于数百年、一千多年前，甚至是公元前的产物，它们不可避免地带上过去时代的烙印，自然与今人的思想意识、欣赏趣味存在一定的距离。如同对待其他各种传统文化遗产一样，读者毋庸置疑应当具备必要的欣赏能力和鉴别能力。我们殷切期望，并且充分相信广大读者在阅读这部分民间故事时，是具备应有的鉴别能力和赏析能力的。中国现当代民间故事，是20世纪以来各个时期从全国各地采录的汉族和蒙古、回、藏、维吾尔、苗、彝、壮、布依、朝鲜、满、侗、瑶、白、土家、哈尼、哈萨克、傣、黎等55个少数民族的民间故事，包括大量的幻想故事、写实故事、民间寓言、民间笑话，总共约2800则。这部分民间故事，是现当代仍然在人民群众中口耳相传的“活态民间故事”，是中国古代民间故事的延续和发展。它们与中国古代民间故事相互映衬、相互补充，使得我们中华民族的民间故事更为充实，更为完整，更加具有思想意义和艺术魅力。应当指出，中国的古今民间故事浩如烟海，蕴藏极为丰富，本书用200余万字的篇幅来展现它们，仍然非常不够。在本书中，我们只能呈现其中一些有代表性的作品，而且经过必要的压缩改写，力求既保留故事的主要情节和艺术风貌，又能够节省篇幅。

为了帮助读者更好地欣赏中国民间故事，了解将近一个世纪采录、编辑、出版中国民间故事的收获，展现中国故事学建设的成就，我们撰写了故事学的基本理论、基本知识以及20世纪以来中国的民间故事论著书目和民间故事作品书目，作为本书的附录，放在正文的后面。

本书最初是以辞典的形式纂写和编排的。后来同河北教育出版社商量，将其改为常规书，以现在这种编排形式呈现给读者。值得高兴的是，本书不但入选了2013—2025年国家辞书编纂出版规划，而且入选了“十三五”国家重点出版物出版规划。不仅如此，本书还获得中国社会科学院离退休干部局颁发的“中国社会科学院老年科研基金资助”。这无疑对本书的出版提供了很大的支持和强有力的帮助。

本书通过古今故事长卷来展示蕴藏丰富、多彩多姿的中国各民族民间故事，对于广大读者开阔眼界，进一步了解我国历史悠久的传统文化，充实自己的精神生活，提高自己的艺术修养和鉴赏能力，都是颇有意义的。不仅如此，本书还可以作为高等学校相关学科的参考书，为不同学习阶段的学子提供学习的便利。对于从事民间文学研究的学者、从事相关文艺创作的艺术工作者，本书也具有一定的参考价值。

祁连休

2019年9月15日

目录

中国古代民间故事

中国现当代民间故事

中国古代民间故事

先秦故事

《管　子》

书名。战国时齐稷下学者托名春秋政治家管仲（字夷吾，齐国人）所作，其中亦有汉代附益部分。共二十四卷。《汉书·艺文志》著录《管子》八十六篇，今存七十六篇。内容庞杂，包含道、名、儒、法等各家思想，其中亦有一些篇章保存了管仲的遗说。有清·戴望《管子校正》，今人郭沫若、闻一多、许维遹《管子集校》等。其中收有《傅马栈》《驳象虎疑》《东郭邮》等寓言、故事。

傅　马　栈

古代寓言。见托春秋·管仲撰《管子·小问》。

有一次，齐桓公去查看马厩，问厩吏道："管理马厩哪件事情最难？"厩吏尚未言语，管仲便说："我曾经做过养马人，知道编供马匹站立的木牌最难——首先编排弯曲的木头，让弯木挨着弯木，弯木编排好了，直木就用不上啦；如果首先编排直木，让直木挨着直木，直木编排好了，弯木也就用不上啦。"

驳 象 虎 疑

古代寓言。见托春秋·管仲撰《管子·小问》。

有一次，齐桓公乘马外出，一只老虎见了赶忙匍匐在地上。齐桓公问管仲："今天寡人骑着马出来，老虎望见寡人就不敢挪动，不知是何缘故？"管仲回答道："我估计是君王骑着驳马出行，迎着太阳奔驰的缘故。"齐桓公说："是的。”管仲说：“君王的坐骑长得很像驳。驳是要吃虎豹的，所以老虎感到疑惑，吓得不敢动弹。”

东郭邮

古代寓言。见托春秋·管仲撰《管子·小问》。

齐桓公在宫中跟管仲一起谋划攻打莒国的事情，还没有行动，国都里就传开了。齐桓公怒气冲冲地对管仲说：“寡人闭门同你谋划攻打莒国的事情，还没有行动，国都里就尽人皆知了，到底是什么缘故？”管仲说：“国都里一定有圣人。”齐桓公说：“那天的仆役中，有一个上菜时频频往上面看，难道是他？”于是齐桓公便召那个人回来服役，且不能够替换。不一会儿，东郭邮来了，齐桓公让迎宾者请他上台，与他分级而立，问道：“你就是说我要攻打莒国的人吗？”东郭邮说：“是的，就是臣下。”齐桓公说：“寡人还没有宣布要攻打莒国，你就说要攻打莒国，到底是什么原因？”东郭邮说：“我听说，君子善于谋划，小人善于猜测，臣下就是猜测出来的。”齐桓公说：“你是怎么猜测出来的？”东郭邮说：“欢欣愉悦，乃敲钟击鼓的神色；深沉清静，乃有丧事的神色；清澈丰满而手舞足蹈，乃有战事的神色。那天，臣下看见您二位在台上，两口相对而不闭合，是在说‘莒’，举手所指正是莒国的方位，而且在臣下看来，不肯臣服的小国就只有莒国，因此臣下才说是要攻打莒国。”齐桓公说：“您讲得非常好！从细小处判断大事，说的就是这一类情况。您请坐，寡人与您一起谋划。”此则寓言又见《吕氏春秋·审应览·重言》、《韩诗外传》卷四第五章、《说苑·权谋》。

《晏子春秋》

书名。旧题春秋齐晏婴（？—前500）撰。实为后人依托并采缀晏婴言行而成。有内、外篇共八卷，二百一十五章。注释有清·孙星衍《晏子春秋音义》及今人吴则虞《晏子春秋集释》、张纯一《晏子春秋校注》等。其中收有《社鼠》《狗猛酒酸》等寓言、故事。

社　鼠

古代寓言。见旧题春秋·晏婴撰《晏子春秋·内篇问上》。

土地庙是用木料搭起来，再抹上装饰用的颜料和防虫的油漆建成的，老鼠往往凭借这些东西才得以藏身。拿火去熏烤它，怕烧坏土地庙的木料；注水去淹它，又怕损坏了土地庙上的油彩。之所以除不掉老鼠，就是因为它们躲在土地庙里的缘故。此则寓言又见《韩非子·外储说右上》、《韩诗外传》卷七第九章、《说苑·政理》。

狗猛酒酸

古代寓言。见旧题春秋·晏婴撰《晏子春秋·内篇问上》。

宋国有个卖酒的人，店里的酒器非常干净，酒幌子挂得高高的，但酒放酸了也卖不出去。他去问乡邻，这是什么原因。乡邻告诉他："你家的狗凶得很，有人来打酒，它就扑过去乱咬。店里的酒卖不出去，自然就会变酸啦。"此则寓言又见《韩非子·外储说右上》、《韩诗外传》卷七第九章、《说苑·政理》。

劝阻祷雨

古代寓言。见旧题春秋·晏婴撰《晏子春秋·内篇谏上》。

有一年，齐国长时间大旱，齐景公召见群臣说："很长时间不下雨了，民众都面有饥色。我让人来占卜，说是'高山大河在作祟'。寡人打算征收一些赋税来祭祀灵山，大家觉得行不行？"群臣没有人回答。这时，晏子进言道："臣下觉得不可以！祭祀灵山没有益处。因为灵山本来就以石头作为身体，以草木作为头发。天久不雨，灵山的头发将会枯焦，身体将会发烧，难道他就不希望下雨吗？祭祀灵山的确没有益处。"齐景公说："不可以的话，我打算祭祀河神，行不行？"晏子说："臣下也觉得不可以！河神以水为疆土，以鱼鳖为臣民，天久不雨，水位将会下降，所有的河流将会干涸，河神的国家就要消亡，臣民就要灭绝，难道他就不希望下雨吗？祭祀河神的确没有益处。"齐景公说："那现在如何是好呢？"晏子说："臣下认为，君王应当真心实意地走出宫殿，到野外去露宿，与灵山、河神共同分忧，这样便有望天降甘霖。"齐景公于是走出宫殿，到野外去露宿。三天后，果然天降大雨，老百姓都得以及时栽种庄稼。齐景公说："好得很！晏子的话实在有用。他真是一个有德行的人啊！"此则寓言又见《说苑·辨物》。

葬犬之谏

古代寓言。见旧题春秋·晏婴撰《晏子春秋·内篇谏上》。

齐景公的一只猎犬死了。他下令用棺木殓葬，还要进行祭奠。晏子听说以后，便前来劝阻。齐景公说："这不过是一桩小事罢了，特意用来跟左右侍从逗趣儿的。"晏子说："君王您错了！要知道，加重税赋征收的财物不会返还给老百姓，您却浪费财物来跟左右侍从逗乐；无视老百姓的疾苦，而看重左右侍从的欢笑，那国家就没有威望啦！况且孤寡老人正在受冻挨饿，而您的狗死了还要祭奠；对鳏寡孤独者不进行抚恤，您的狗死了却有棺木殓葬。行为如此不合乎情理，老百姓要是知道了，必定会怨恨我们的君王；诸侯要是知道了，必定会看不起我们的国家。怨恨在老百姓当中聚积，我们国家在诸侯中间就会被轻视，而您却以为是一桩小事，君王您好好想一想吧！"齐景公听了，便说："讲得对！"连忙让厨师把这只狗拿去烹饪，用来与朝臣会饮。

释放斩竹者

古代寓言。见旧题春秋·晏婴撰《晏子春秋·内篇谏下》。

齐景公种植了一园竹子，并派了一个小吏在那里看守。有一次，齐景公外出散步，路过竹园，看见有一个人在砍竹子，就驱车追赶，把那人捉住，将要治罪。晏子走进来拜见齐景公，说："君王听说过我们的先君丁公吗？"齐景公问："怎么样？"晏子走进来拜见齐景公说："丁公当年讨伐曲城，获得胜利后，不夺取他们的财产，让那里的民众自由出入。丁公每天亲自去料理曲城的公务，见到有人用车子把死人拉出城，感到很奇怪，便命令官吏去查看，结果发现车子里装有许多金子和玉石。官吏请求杀掉那个人，没收他的金玉。可是丁公却说：'用武力降服城市，以众多兵丁去夺取财产，并不仁厚。而且我听说，作为君王，对待民众应当宽厚仁慈，不发布杀人的命令。'因而下令释放了运送金玉的人。"齐景公听后，便说："非常好！"晏子离开以后，齐景公立即释放了那个因为砍竹子被囚禁的人。

国有三不祥

古代寓言。见旧题春秋·晏婴撰《晏子春秋·内篇谏下》。

有一次，齐景公外出打猎，上山遇到了老虎，下到湖泽又遇到了蛇。他回宫后，立即召晏子进宫询问道：“今日寡人外出打猎，上山遇虎，下湖遇蛇，大概就是世人所谓的不祥之兆吧？”晏子回答说：“国有三种不祥的征兆，都跟您遇到的不相干。国内有贤人却一无所知，是第一个不吉祥；知道有贤人却不启用，是第二个不吉祥；启用贤人却不信任他，是第三个不吉祥。世人所谓的不祥之兆，不外乎这几种。今日您打猎时上山遇老虎，是因为老虎就住在那里；您下湖遇蛇，是因为蛇的巢穴就在那里。您到了老虎住的地方和蛇的巢穴，自然会见到它们，怎么说是不吉祥呢？”此则寓言又见《说苑·君道》。

益友与偷乐之臣

古代寓言。见旧题春秋·晏婴撰《晏子春秋·内篇杂上》。

齐景公饮酒，深夜准备将酒席移到晏子家里去，先行的侍从去敲晏子家的门说：“君王到了！”晏子赶忙穿上黑色的礼服，立在家门前说：“诸侯莫非有什么事情吗？国家有什么变故吗？君王为什么深夜屈驾来到我家？”齐景公说：“甘甜的美酒，悦耳的音乐，愿同夫子分享啊。”晏子回答说：“铺设座席，摆放酒器，君王有专人管理，臣下不敢参与啊！”齐景公说：“移到司马穰苴家里去吧。”先行的侍从去敲司马穰苴家的门说：“君王到了！”穰苴披甲戴盔，手握兵器伫立在家门前说：“诸侯莫非有什么军情？大臣当中是否有人反叛？君王为什么深夜屈驾来到我家？”齐景公说：“甘甜的美酒，悦耳的音乐，愿同将军分享啊。”穰苴回答说：“铺设座席，摆放酒器，君王有专人管理，臣下不敢参与啊！”齐景公说：“移到梁丘据家里去吧。”先行的侍从去敲梁丘据家的门说：“君王到了！”梁丘据左手拿着瑟，右手拿着竽，边走边唱出来迎接。齐景公说：“快乐呀！今夜我畅饮啦！没有晏婴、司马穰苴二人，怎么能够治理好我的国家；没有梁丘据，怎么能够让我感到快乐！”君子说：“贤明圣德的君王，都有益友，而无偷乐之臣。齐景公做不到这样，因此两种人都任用，齐国仅仅不至于灭亡。”此则寓言又见《说苑·正谏》。

社稷之臣

古代寓言。见旧题春秋·晏婴撰《晏子春秋·内篇杂上》。

晏子伺候在齐景公身边的时候，早上寒冷，齐景公说："请送一点儿热的饮食来。"晏子说："我不是给君王进奉饮食的臣子，恕我不能从命。"齐景公说："请送一件裘皮衣服来。"晏子说："我不是给君王管理衣物的臣子，恕我不能从命。"齐景公说："那么对寡人而言，夫子您是干什么的呢？"晏子说："晏婴我乃治理国家的臣子。"齐景公说："什么是治理国家的臣子？"晏子说："讲到治理国家的臣子，能够创立国家的方针大政，区分上下的界限，使之恰当合理；制订百官的等级，使之各得其所；拟定文告法令，向四面八方发布。"从此以后，倘若不符合礼制，齐景公就不会召见晏子。此则寓言又见《说苑·臣术》。

御者之妻

古代寓言。见旧题春秋·晏婴撰《晏子春秋·内篇杂上》。

晏子当齐相后，有一天出门时，他的车夫的妻子从门缝看到自己的丈夫给丞相驾车，车上撑着华丽的大盖子，挥鞭赶着拉车的四匹高头大马，意气风发，扬扬自得。车夫回家后，妻子请求离去。车夫问她是什么原因。妻子说："晏子身高不足六尺，当上了齐国的丞相，在诸侯中名声显赫。今天为妻看他出门的时候，志向远大，对待下人却态度谦和。你身高八尺，只是个驾车的仆人，却显露出一脸心满意足的样子。为妻因此要求离开你。"从此以后，车夫就谦逊起来。晏子感到奇怪，问车夫是何原因，车夫只好如实相告。晏子便推荐他为大夫。

悬牛首卖马肉

古代寓言。见旧题春秋·晏婴撰《晏子春秋·内篇杂下》。

齐灵公喜欢妇女穿男人的衣服，于是国都里的妇女无不穿男装。齐灵公连忙派官吏去禁止这种风气，说："如有女子穿男子衣服的，就撕破她的衣服，剪断她的衣带！"虽然撕破衣服、剪断衣带的事情接二连三地发生，可是这种风气还是难以禁止。这时，晏子来拜见齐灵公，齐灵公问道："寡人派官吏去禁止女子穿男子衣服，撕衣断带的事情接连发生，可这种风气为何禁止不了呢？”晏子回答说：“君王让宫殿里面的女子穿男子衣服，却又在宫殿外面禁止这种风气，犹如把牛头挂在门上，而在门内卖马肉一样。君王为何不禁止宫里的女子着男装呢？这样外面的妇女就不会穿男装啦。”齐灵公说：“很好！”于是立即下令宫内的女子不许着男装。过了个把月，国都里的妇女就再也没有穿男子衣服的了。此则寓言又见《说苑·政理》。

五丈夫之丘

古代寓言。见旧题春秋·晏婴撰《晏子春秋·内篇杂下》。

有一次，齐景公在梧丘打猎，离天黑尚早，就暂且坐下来打个盹，竟梦见五个男子面向北对着君王的行宫帐殿，口称“无罪”。齐景公惊醒过来，连忙召见晏子，告诉他所做的梦。齐景公问道：“我曾经屠杀过无辜，诛杀过无罪的人吗？”晏子回答道：“从前先君灵公打猎时，有五个男子布网吓跑了野兽，所以被杀，灵公将他们的脑袋砍下来埋葬在一起，名为‘五丈夫之丘’。这里就是他们的坟地吧！”齐景公派人挖土寻找，发现五个脑袋还埋在一起。齐景公惊叹一声，就命令官吏将他们埋葬了。齐国的老百姓并不知道齐景公做过这样的梦，都说：“君王怜悯白骨，更何况对待活生生的人。他为了百姓不遗余力，竭尽智慧啊！”此则寓言又见《说苑·辨物》《新书·谕诚》。

晏子使楚

古代机智人物故事。见旧题春秋·晏婴撰《晏子春秋·内篇杂下》。

晏子作为齐国使臣出使楚国时，楚人因为晏子身材矮小，便在宫殿的大门旁边开了一道小门来迎接他。晏子立刻停下脚步说：“使狗国者，从狗门入；今臣使楚，不当从此门入。”迎宾者无言以对，只好请晏子从大门进去。楚王一见晏子，便问：“齐国难道没有人才吗？竟派你做使臣。”晏子答道：“齐国的都城临淄大得很，成千上万户人家。人们张开袍袖就能遮住一片天空，人们挥洒汗水就像下雨一样，人们摩肩接踵，拥挤得很，怎么说齐国没有人才呢！”楚王问道：“既然如此，齐国为什么派你当使臣？”晏子答道：“齐国派遣使臣各有安排，贤德的人派去出使有贤德君王的国家，没有德行的人就派去出使无贤德君王的国家。晏婴我最无贤德，因而便被派到楚国来了。”此则故事又见《说苑·奉使》。

橘与枳

古代机智人物故事。见旧题春秋·晏婴撰《晏子春秋·内篇杂下》。

晏子出使楚国，将要达到时，楚王对左右的臣属说：“晏婴可是齐国一个善于辞令的人。他如今到我们楚国来，我打算羞辱他一番，你们看看如何对付他？”臣属们答道：“他来时臣等请求捆绑一个人从大王面前经过，大王问：‘这是什么人？’我们说：‘是齐国人。’大王再问：‘他犯了什么罪？’我们回答：‘犯了盗窃罪。’我们倒要看看他晏婴如何是好！”晏子到达楚国后，楚王设宴款待晏子。饮到兴头上时，忽然有两个官吏捆绑了一个人来见楚王，楚王忙问：“这是什么人？犯了什么罪？”两个官吏答道：“他是齐国人，犯了盗窃罪。”楚王看了看晏子说：“齐国人生来就会偷盗吗？”晏子离开席位回答道：“晏婴我听说，橘子生长在淮河以南就是味道甜美的柑橘，生长在淮河以北就是味道酸苦的枸橘。它们的叶子看起来相似，而果实的味道却大不相同。这是什么原因呢？是水土各不相同。而此人在齐国并不偷盗，到了楚国就行窃，难道不是楚国的水土使其善于盗窃吗？”楚王一听便笑道：“圣人是不可以与他开玩笑的呀。如今寡人反而自取其辱啊！”此则故事又见《韩诗外传》卷十第十七章、《说苑·奉使》。

晏子分食

古代寓言。见旧题春秋·晏婴撰《晏子春秋·内篇杂下》。

有一天，晏子正在吃饭，齐景公派的一个使者来到他的家中。晏子便把自己的饮食分给使者吃，使者没有吃饱，晏子也没有吃饱。使者回去对齐景公讲了这件事，齐景公说：“嘻！晏子的家境如此清贫，寡人竟然不知道，真是寡人的过失啊！”于是便派官吏给晏子送去一千金和市上的税收，让他用来接待宾客。晏子一连三次辞谢，最后再拜推辞道：“晏婴家里并不贫困。君王的赏赐，恩泽已经覆盖了我的父亲、母亲、妻子三个家族，而且扩大到了朋友身上，还用来赈济百姓，可以说君王的赏赐太丰厚啦！晏婴家里的确不贫困啊。晏婴听说，从君王那里得到丰富的财物，而又给予老百姓，是代替君王关心老百姓，忠臣不会这样做；从君王那里得到丰富的财物，不给老百姓，而成了竹箱子的储藏品，仁人志士不会这样做；从君王那里得到丰富的财物，然后又得罪于士人，自己去世后财物转移到他人手中，这是替主人收藏财物，智者不会这样做。粗布衣服，一点儿粮食，就足以安度自己的中晚年啦。”齐景公对晏子说：“从前，我的先君桓公，将书写了社人姓名的五百社封赏给管仲，他不推辞便接受了，先生辞谢是什么原因呢？”晏子回答道：“晏婴听说，圣人千虑，必有一失；愚人千虑，必有一得。我想，管仲失误的地方，或许是晏婴做得对的地方啊！所以我再一次拜谢而不敢接受您的赏赐。”此则寓言又见《说苑·臣术》。

辞退高纠

古代寓言。见旧题春秋·晏婴撰《晏子春秋·外篇》。

晏子请高纠为其管家，过了三年便把高纠辞退了。身边的人劝说道：“高纠在夫子这里做事已经三年，未曾给一个官位便要赶他走，请问他有什么罪过吗？”晏子说：“以道立身的人，唯有圣人而已。像晏婴我这样身份低微的人，倘若身边的人不能指出我的过失，那么在推行政令的礼、义、廉、耻四种准则方面都不会端正。如今高纠在我这里做事已经三年，却未曾帮助我纠正过错误，所以我将他辞退了。”此则寓言又见《说苑·臣术》。

《左　传》

书名。亦称《春秋左氏传》或《左氏春秋》。编年体春秋史。与《公羊传》《谷梁传》合称《春秋三转》。此书记自鲁隐公元年（前722）至鲁哀公二十七年（前468）间的史事，其中也录写了一些古代传说、故事。相传为春秋鲁左丘明撰。清代学者认为系汉·刘歆改编，近人认为是战国初年人根据各国史料编成。此书每与《春秋》合刊，作为《十三经》之一。注释有晋·杜预《春秋左传集解》、唐·孔颖达等《春秋左传正义》、清·洪亮吉《春秋左传诂》等。其中收有《彭生索命》《唇亡齿寒》等寓言。

彭生索命

古代寓言。见传春秋·左丘明撰《左传·庄公八年》。

鲁桓公十八年四月，齐襄公指使公子彭生害死了鲁桓公，受到鲁人的指责。

齐襄公为了推卸责任，便归罪于彭生，让齐人杀了彭生。鲁庄公八年冬季十二月，齐襄公到姑棼去游乐，在贝丘一带打猎。他看见一头大野猪，随从告诉他："那是公子彭生。"齐襄公一听很生气，就说："彭生怎么敢在我面前出现？"立刻拔箭来射。那头大野猪顿时像人一样站了起来，还嗷嗷直叫。齐襄公怕得要命，一下从车上跌下来，伤了脚，丢失了鞋子，十分狼狈。

唇亡齿寒

古代寓言。见传春秋·左丘明撰《左传·僖公五年》。

晋献公向虞国借路要去攻打虢国。虞国大夫宫之奇劝谏虞国的君王说："虢国乃虞国的屏障。一旦虢国灭亡了，虞国必定跟着灭亡。不能够助长晋国的贪欲，对于侵略者的野心不可放松警惕啊！借路之事一次就过分了，难道说还有第二次吗？民谚说得好：'面颊与牙床互相依存，唇亡便会齿寒。'这正说明虞国跟虢国的紧密关系啊。"

桑下饿人

古代寓言。见传春秋·左丘明撰《左传·宣公二年》。

晋国大臣赵盾到首阳山打猎的时候，在一棵桑树的浓荫下面小憩。赵盾看见一个人倒在地上，便问他生什么病了。灵辄回答说："我已经三天没有吃过饭啦。"赵盾拿食物给他吃，他却留下一半。赵盾问他是什么原因。他解释说："我外出谋生已有三年，还不知道家中的老母是否健在。现在离家近了，请让我把它带回去给老母吃吧。"赵盾叫灵辄把这些食物全部吃光，又另外准备了一篮子饭和肉，装在口袋里让他带回家去。后来，灵辄成为晋灵公的武士。当晋灵公请赵盾赴宴，打算趁机杀掉赵盾时，灵辄竟倒戈掩护赵盾脱险。赵盾问他为什么这样做，灵辄说："我就是当年在桑树下饿倒的那个人。"赵盾再问他的姓名、住址，他什么都不说就离开了。赵盾随即出奔。

魏颗得报

古代寓言。见传春秋·左丘明撰《左传·宣公十五年》。

魏武子有一个爱妾，没有生孩子。魏武子得病时，吩咐魏颗："我去世后，一定要把她嫁出去。”他病危时，又交代：“一定要让她为我殉葬。”等魏武子死后，魏颗却将魏武子的爱妾嫁出去了，并解释说：“他病危时脑子就不清楚了，我依照他清醒时的吩咐行事。”等到辅氏战役的时候，魏颗看见有一个老人用草编的物件遮挡敌将杜回，致使杜回跌倒在地上，因而被俘。夜里，魏颗梦见老人来说：“我是您嫁出去的那个妇人的父亲。您采用先人清醒时的吩咐办事，我非常感激您，所以前来报恩。”

《墨　子》

书名。旧题墨翟（约前468—前376）撰。墨翟是春秋战国之际的思想家、政治家，墨家的创始人。此书大部分篇章是墨翟弟子或再传弟子记述墨翟言行的集录。其说以兼爱非攻、力行勤俭为主旨。原书七十一篇，现存五十三篇。通行注本有清·孙诒让《墨子间诂》，近人张纯一《墨子集解》、吴毓江《墨子校注》等。其中收有《楚王好细腰》《越王好士勇》等寓言、故事。

楚王好细腰

古代寓言。见旧题春秋战国·墨翟撰《墨子·兼爱中》。

春秋时楚灵王喜好士臣细腰，因此他的士臣每天都只吃一顿饭来节制自己，他们屏住气系上腰带，然后扶着墙站起来。一年后，朝臣们一个个形体干瘦，脸色发黑。

越王好士勇

古代寓言。见旧题春秋战国·墨翟撰《墨子·兼爱中》。

从前越王勾践喜好勇士，常训练他们以达到英勇善战的要求，有一天，越王故意放火烧寝宫来考验朝臣，对他们说：“越国的珍宝都放在里面啦！”越王亲自擂鼓，发出进军号令。士臣闻听鼓声，无不争先恐后，乱了行列，投身火海而被烧死的大约有一百多人。这时，越王才敲打金鼓，发出收兵号令。

击邻家之子

古代寓言。见旧题春秋战国·墨翟撰《墨子·鲁问》。

有一家人的儿子蛮不讲理，没有才干，因而他的父亲便动手打他。邻居有位老者，也举起木棍来打这个孩子，还说："我打他，是顺从他爸爸的意愿。"如此举动，岂不是很荒谬吗?

公输削鹊

古代寓言。见旧题春秋战国·墨翟撰《墨子·鲁问》。

公输般用竹子、木头雕刻喜鹊。喜鹊雕成后立刻飞上天空，三天没有降落下来。公输般自以为非常精巧。但是，墨子却对公输般说："您雕刻喜鹊，还不如木匠做的车轴头上的插销。木匠一会儿就做出二寸的插销，它足以让车轮承受五十石的重量。因此评论事物的好坏，要看它对人是否有利——有利于人的就精巧，不利于人的就笨拙。"

杜伯报冤

古代鬼魂报冤型故事。见旧题春秋战国·墨翟撰《墨子·明鬼下》。

杜伯无辜被周宣王杀掉。杜伯说："君王杀我而无辜，倘若死后无知，就作罢；倘若死后有知，不出三年，必定让君王知道此事的后果！"满三年时，周宣王会合诸侯到圃田打猎，马车数百乘，随从数千名，遍地都是人。到了中午，杜伯的鬼魂乘白马素车，穿红色衣冠，手执红色弓箭来追杀周宣王。他射中周宣王的心脏，折断他的脊梁骨，使其倒在弓袋上死去。那时候，周宣王的随从没有没看见的，远方的人没有没听说过的。后来，还把这件事写进了周朝的史书。

庄子仪复仇

古代鬼魂报冤型故事。见旧题春秋战国·墨翟撰《墨子·明鬼下》。

庄子仪被燕简公无辜杀害。庄子仪说："君王杀我而无辜，人死无知就算了；人死有知的话，不出三年，必定让君王知道事情的后果！"一年后的一天，燕国的民众正在赶往沮泽——燕国之有沮泽，犹如齐国之有社稷，宋国之有桑林，楚国之有云梦，这些都是人们聚集游观的地方。中午时分，燕简公在赶往游观和祭祀场所的途中，庄子仪的鬼魂肩负朱杖，将其击毙在马车上。那时候，燕人、随从没有没看见的，远方的人们也都有耳闻。后来，还把此事写入了燕国的史书。

《庄　子》

书名。亦称《南华经》。道家经典之一。战国时庄周（约前369—前286）及其后学撰。《汉书·艺文志》著录《庄子》五十二篇，今存三十三篇，计《内篇》七篇、《外篇》十五篇、《杂篇》十一篇。相传《内篇》为庄周所撰，《外篇》《杂篇》为其门人及后来的道家所作。今通行本有晋·郭象《庄子注》、清·王先谦《庄子集解》，以及近人刘文典《庄子补正》、王叔岷《庄子校诠》、马叙伦《庄子义证》、陈鼓应《庄子今证》、张默生《庄子新释》等。其中收有《鲲鹏与斥鴳》《不龟手药》等寓言。

鲲鹏与斥鴳

古代寓言。见战国·庄周及其后学撰《庄子·内篇·逍遥游》。

北极草木不生的地方，有个冥海，乃是天池。这里有一条鱼名叫鲲，身宽几千里，人们竟不知道它到底有多么长。有一只鸟名叫鹏，背跟泰山似的，翅膀像从天上垂下来的云彩；它展翅飞翔，犹如旋风扶摇直上九万里，穿越云雾，背负青天，然后南飞，将要去南海。生活在小湖泊中的鸟儿讥笑大鹏说：“它将要飞往哪儿呀？我往上跳跃，不到几丈就掉下来啦，在低矮的蓬蒿之间盘旋，便心满意足啦，它还想飞到哪儿去呀？”这即是小与大之间的区别。

不 龟 手 药

古代寓言。见战国·庄周及其后学撰《庄子·内篇·逍遥游》。

宋国有个擅长制作防治冻疮药膏的人，家中世世代代以漂洗丝絮为业。有个外乡人听说了此事，愿意出百金来购买他的这个药方。他便召集家族里面的人一起商议，说道：“我们祖祖辈辈靠漂洗丝絮为生，收入不过数金，而今卖了这个药方，一下便可以得到百金，就卖给他吧。”那个外乡人得到这个药方后，立即拿去游说吴王。此时越国向吴国发起进攻，吴王便派他统帅军队前去迎敌。当时正值寒冬腊月，与越人进行水战时，由于吴国的兵丁使用了防治冻疮的膏药，因而大获全胜。为此，吴王封赏了一块土地给他。同样是防治冻疮的药品，有的人用它得到了封赏，有的人用它却摆脱不了漂洗丝絮的生活，这都是用途不同的缘故。

罔两问景

古代寓言。见战国·庄周及其后学撰《庄子·内篇·齐物论》。

影子外面的微阴问影子：“先前你走动，如今你停了下来；先前你坐着，如今你站了起来。你为啥没有独立的意志，行动不能自主呢？”影子回答说：“我因为有所依赖才是这个样子的吗？我所依赖的又有所依赖，因而才这样吗？我依赖形体而行止，犹如蛇凭借腹部的鳞皮而行动，蝉凭借翅膀而飞翔一样。我怎么晓得为啥才这样？我又怎么晓得为啥才不这样呢？”此则寓言又见《淮南子·道应训》。

庖丁解牛

古代寓言。见战国·庄周及其后学撰《庄子·内篇·养生主》。

庖丁为梁惠王宰牛，用手推搡牛，用肩顶住牛，用足踩踏牛，屈膝抵住牛，哗的一声，皮骨分离开来，嚯的一声，快刀插入牛身，这一切莫不带有音乐的韵味——既合乎殷商时代的乐曲《桑林》的节奏，又合乎殷商时代的乐曲《经首》的旋律。梁惠王说：“嘻！妙极啦！你的宰牛技术为何能够达到如此高超的程度呢？”庖丁放下牛刀，回答道：“我喜好探索事物的规律，远超过解剖牛的技术。当初我学宰牛的时候，所见到的无非是整个的一头牛；经过三年钻研，所见到的牛都是可以解剖的肢节；到如今，我用精神与牛接触，而不是拿眼睛看牛，感觉器官已经不发挥作用了，全凭精神支配宰牛的活动。遵循牛的生理构造，用力劈开筋骨之间的空隙，把刀插入牛的骨节，顺着牛体结构行动，那些连接经络、骨肉之处都不妨碍运刀，更不用说大骨头啦。手艺高超的厨师每年换一把刀，因为他们是用刀切割筋肉；手艺平庸的厨师每月换一把刀，因为他们是用刀砍骨肉。至今我的刀已使用十九年了，宰过的牛达几千头之多，而刀刃却像刚磨过的一样锋利。牛的骨节之间有缝隙，刀刃很薄，将很薄的刀刃插进有缝隙的骨节，就觉得相当宽绰而有余地。这便是我的牛刀用了十九年却锋利如新的缘故。虽说如此，每遇筋骨交错盘结之处，我知道难于下手，仍然有所警惕，不敢轻举妄动。我目光专注，动作缓慢，运刀轻微，不一会儿牛的骨肉便被分离开来，犹如土崩堆积在地上。于是，我提刀站立，环顾四周，感到心满意足，这才把刀擦干净收起来。”梁惠王说：“妙极啦！我听完庖丁这番话，悟出养生之道了。”

浑 沌 之 死

古代寓言。见战国·庄周及其后学撰《庄子·内篇·应帝王》。

南海的帝王名儵，北海的帝王名忽，中央的帝王名浑沌。儵与忽常常相约在浑沌那里聚会，浑沌对待他们十分友善。儵与忽打算报答浑沌的深情厚谊，一起商量道：“人类有眼睛、耳朵、嘴巴、鼻子等七窍，用来看、听、饮食、呼吸，唯独浑沌没有七窍，我们试着给他凿一下吧。”于是，他们每天给浑沌凿一窍，七天便把浑沌凿死了。

臧 谷 亡 羊

古代寓言。见战国·庄周及其后学撰《庄子·外篇·骈拇》。

臧、谷二人一道去放羊，他俩都把羊弄丢了。人们问臧干什么去了，他说拿着羊鞭在读书；又问谷干什么去了，他说在玩下棋的游戏。他俩干的事情不同，但对于丢羊这件事来说，却是相同的。

厉 人 生 子

古代寓言。见战国·庄周及其后学撰《庄子·外篇·天地》。

有一个相貌丑陋的人，半夜生了一个孩子。他急忙取火照明，看一看孩子的模样，心里惴惴不安，唯恐孩子长得像自己一样难看。

轮扁斫轮

古代寓言。见战国·庄周及其后学撰《庄子·外篇·天道》。

齐桓公在厅堂上读书，工匠轮扁在厅堂下砍削木料，制作车轮。他放下铁锥和铁凿，走上前去问齐桓公道："请问君王，您读的是什么人的言论？"齐桓公回答道："圣人的言论呀。"轮扁问道："圣人还在吗？"齐桓公说："圣人已经不在世了。"轮扁又说："那么说，君王您读的不过是古人留下的糟粕啊。"齐桓公说："寡人我在此读书，你一个工匠岂敢信口雌黄？你能够说出道理来则罢，否则就处死你！"轮扁回答道："我就从我的活计来看事情，砍木料做轮子，慢则轻松，轮子不牢固；快则费力，木头砍不深；不慢不快，得手应心，用嘴巴不好表达，却能够在做轮子的过程中显示出高超的技术。我无法明白地将技术传授给我儿子，我儿子也难以从我这里领会做轮子的技术，因此我七十了仍然在做轮子。古代的人跟他难以言传的学问都一起消亡了。所以说君王所读的，只不过是古人留下的糟粕罢了。"此则寓言又见《淮南子·道应训》。

丑女效颦

古代寓言。见战国·庄周及其后学撰《庄子·外篇·天运》。

美女西施患心口痛的病，因而皱起眉头。邻里有个丑女看见她皱起眉头的样子，以为那样很美。回来后也模仿西施的样子，用手捂着胸口，皱起眉头。村里的富人看见她，都闭门不出；穷人看见她，赶紧牵着妻子儿女跑得远远的。她只晓得西施皱起眉头来好看，而不晓得人家为什么皱起眉头来好看。

望洋兴叹

古代寓言。见战国·庄周及其后学撰《庄子·外篇·秋水》。

秋天涨水的季节到了，大大小小的河流都注入黄河。黄河汹涌澎湃，两岸和河流中的小洲之间很宽阔，连牛马都看不清楚。于是，河伯便沾沾自喜，以为天下美景尽在自己眼前。他顺流东下，一直来到北海，向东望去，看不到大海的边际。于是，河伯转过脸来，仰望着海神若感叹道："俗话说'听到上百条道理，就以为谁都不如自己懂得多'，说的便是我这样的人。……假如我不到您门前而盲目自大下去，那就太危险啦！这样的话，我将永远受到有知识的人的讥笑。”

坎井之蛙

古代寓言。见战国·庄周及其后学撰《庄子·外篇·秋水》。

浅井里面的一只青蛙对东海的大鳖说：“我很快乐啊！出来在井栏上面跳跃。进去就在破损的井壁边休息。跳进水里，水便托住我的两腋与面颊；踩进泥里，泥巴便盖住我的脚背。回头看看那些孑孓、小蟹、蝌蚪吧，它们哪里能够跟我比呢！何况我独自占有一坑之水，这种盘踞浅井的快乐，算得上世上最大的快乐！您为何不常来看看呢？”东海的大鳖左脚还没有踏进井里，而右膝已经被井口绊住，于是小心翼翼地把腿退出来，向井蛙介绍大海的情况：“千里之遥不足以形容大海的宽阔，千仞之高不足以量尽大海的深度。夏禹的时候，十年之中有九年发生涝灾，可是海水并未有所增加。商汤的时候，八年之中有七年发生旱灾，可是海水并未有所降低。它不因时间的长短而改变，不因雨量的多少而涨落，这也是东海最大的快乐啊！”浅井里面的青蛙听完这番话后，感到惶恐不安，显出一副非常失落的样子。

邯郸学步

古代寓言。见战国·庄周及其后学撰《庄子·外篇·秋水》。

你没有听说过燕国寿陵有一个少年到邯郸去学走路的步法吗？他非但没有学到邯郸人的步法，还忘掉了自己原来的步法，只能爬着回家去了。

鹓鶵与鸱

古代寓言。见战国·庄周及其后学撰《庄子·外篇·秋水》。

惠子做了梁惠王的宰相，庄子前去看望他。有人对惠子说：“庄子此次来，是想取代您做宰相。”惠子感到很害怕，立刻在都城里面搜捕庄子，折腾了三天三夜。庄子听说此事后，便去见惠子，说道：“南方有一种鸟名叫凤凰，您知道吗？凤凰从南海起飞，向北海飞去。一路上它不是梧桐树不栖息，不是竹子的果实不吃，不是像酒一样甜美的水不喝。这时候鹞鹰拾得一只腐臭的老鼠，看见凤凰从它跟前飞过，便发出‘吓’的怒斥声。如今您也想以您的相位来怒斥我吗？”

鲁侯养鸟

古代寓言。见战国·庄周及其后学撰《庄子·外篇·至乐》。

从前，有一只海鸟栖息在鲁国都城的郊外。鲁侯为了欢迎它，在宗庙里面给它饮酒，演奏舜帝时候的乐曲《九韶》使其愉悦，还将帝王祭祀时使用的牛、羊、猪三牲作为它的膳食。如此安排，竟让海鸟晕头转向，感到忧伤，不敢吃一小块肉，不敢喝一杯水，三天后就死去了。这是君王用供养自己的方式来养鸟，而不是用养鸟的方式来养鸟啊！

纪渻子养斗鸡

古代寓言。见战国·庄周及其后学撰《庄子·外篇·达生》。

纪渻子为齐王养斗鸡。刚过十天，齐王便问："鸡可以斗了吗？"纪渻子回答："不行，它正浮躁而有一些骄傲自满呢。"过了十天，齐王又问他，纪渻子回答："不行，它的反应过于灵敏，一听见鸡鸣叫，一看见鸡身影就要去决斗。"过了十天，齐王又问他，纪渻子回答："不行，它仍然目光疾速，斗气旺盛。"过了十天，齐王又问他，纪渻子回答："差不多了。虽然有鸡的鸣叫声，它却毫无变化，看起来好像木鸡似的。它的德行已经完备了。旁的鸡没有敢来同它较量的，看见它立刻就转身逃跑啦。"此则寓言又见《列子·黄帝》。

林回弃璧

古代寓言。见战国·庄周及其后学撰《庄子·外篇·山木》。

林回抛弃价值千金的璧玉，却背着婴儿逃跑。有人议论道："他是为了钱财吗？婴儿太不值钱啦；他是怕拖累吗？婴儿的累赘太大啦。抛弃价值千金的璧玉，却背着婴儿逃跑，这是为什么呀？"林回回答："璧玉以其贵重才和我在一起，婴儿是我的亲骨肉，生下来就和我有关联啊！"以利益相结合的，遇到艰难困苦就会相互离弃；凡是以天性相联系的，遇到艰难困苦就会相互救助。相互救助与相互离弃之间真有天壤之别啊！

匠石运斤

古代寓言。见战国·庄周及其后学撰《庄子·杂篇·徐无鬼》。

楚国京城郢都有个人的鼻子尖上溅了一点白石灰，就像苍蝇翅膀那样薄而小，他请手艺人匠石用斧头给砍削掉。匠石挥动斧头，风声呼呼，那人任由他砍削。结果，匠石真把灰砍削掉了，那人的鼻子却毫无损伤，那人还面不改色，站得稳稳当当的。宋元君后来听说了此事，便召见匠石说："你也试着给寡人砍削一次吧。"匠石回答说："我确实曾经砍削过鼻尖上的灰点，然而我施展砍削技能的对象早已不在人世啦！"

一狙现巧

古代寓言。见战国·庄周及其后学撰《庄子·杂篇·徐无鬼》。

吴王渡过长江，登上一座猴山。群猴看见吴王十分惊恐，立即落荒而逃，躲进荆棘丛林的深处。唯有一只猴子，从容不迫地欢腾跳跃，在吴王跟前显示灵巧。吴王张弓射它，它便敏捷地接住飞来的箭矢。吴王命随行的射手都向它射箭，那猴便中箭身亡。吴王转身对好友颜不疑说："这只猴子矜夸其灵巧，仗恃其敏捷，对我十分傲慢，因此死于非命。应当引以为戒啊！哎，你切莫在他人面前流露出骄傲的神色啊！"颜不疑回去以后，便拜吴国贤人董梧为师，抛掉骄矜的心态，舍弃享乐，辞去荣华，三年之后受到国人的赞誉。

触蛮之战

古代寓言。见战国·庄周及其后学撰《庄子·杂篇·则阳》。

蜗牛左角上有个国家名叫触氏，蜗牛右角上有个国家名叫蛮氏。这两个国家时常为了争夺国土交战，杀得尸横遍野。获胜一方追赶败兵，往往要跑半个多月才回来。

庄周贷粟

古代寓言。见战国·庄周及其后学撰《庄子·杂篇·外物》。

庄周家里穷困，就到监河侯那里去借粮食。监河侯说道："好的。我将要得到封邑之地的税金，那时候我会借给你许多银子，可以吗？"庄周一听，气得脸色都变了，说道："我昨天来的时候，听见道路上有呼喊的声音。我回头看见车辙里面有一条鲫鱼。我问道：'鲫鱼呀，你在干什么？'它回答：'我是东海的水族成员，您能不能用一些水来救活我？'我说：'好的，我将去游说吴国、越国的君王，引西江之水来迎接你，可以吗？'鲫鱼愤然道：'我失去了赖以活命的水，我只需得到一些水就能够活命，您竟出此言，还不如早点到干鱼店里去找我。'"

畏影恶迹

古代寓言。见战国·庄周及其后学撰《庄子·杂篇·渔父》。

有个人害怕自己的身影，厌恶自己的足迹，力图躲避它们而不停地跑步。他跑得越快，足迹越多；他跑得越快，越发形影不离。他自以为跑得还不够快，便拼命加速快跑，竟力竭而死。他不知道躲进阴暗的地方身影就消失了，不知道停下来足迹就不见了，实在是太愚蠢啦！

屠龙术

古代寓言。见战国·庄周及其后学撰《庄子·杂篇·列御寇》。

朱泙漫到支离益那里去学屠龙的技术。他耗尽价值千金的家财，花费三年的工夫，终于学到了这门技术。然而，哪里有龙呢，竟没有地方可以施展他的本领。

曹商得车

古代寓言。见战国·庄周及其后学撰《庄子·杂篇·列御寇》。

宋国有个叫曹商的人，奉宋偃王之命出使秦国。他去秦国时，得到宋偃王赏赐的车辆。到了秦国，秦王很喜欢他，将赏赐给他的车子增加到一百辆。曹商返回宋国，遇到庄子。他对庄子说道："住在偏僻狭窄的巷子里面，贫困得靠织鞋为生，面黄肌瘦，这是我的短处。然而，一旦使拥有万乘车辆的秦王醒悟，便得到百辆车子的赏赐，这是我的长处啊！"庄子说道："我听说秦王有病召见太医，宣布能把脓疮、疖子弄破的人将得到一辆车子的赏赐，用舌头治疗痔疮的能够得到五辆车子的赏赐，所治疗的部位愈卑下，得到的赏赐愈多。莫非你替秦王治疗过痔疮？不然为什么得到如此多的车子？你快离开吧！"

《列 子》

书名。又名《中虚经》。旧题战国时列御寇撰。《汉书·艺文志》著录《列子》八篇，列入道家，早佚。今本八篇，学界一般认为是魏晋时人托名之作。其旨意大致归同于老庄，又杂有佛经内容。今本虽为魏晋人托名之作，但并非凭空捏造，他们在重新编纂时，毕竟采录了许多先秦古籍中有关《列子》的记载，因而保存了不少古本《列子》的资料。注释有晋·张湛《注》、今人杨伯峻《列子集释》（中华书局，1979年）等。其中收有《杞人忧天》《佝偻丈人》等寓言、故事。

杞人忧天

古代寓言。见旧题战国·列御寇撰《列子·天瑞》。

杞国有个人担忧天崩地陷，没有栖身之处，因此废寝忘食，不知如何是好。又有人为其担心，便去劝他说："天上聚集的都是气体，气体无处不在。你无论是屈伸、呼吸，整天都在天中活动，为何要担忧天塌呢！"此人说："天上果真聚集的是气体，日月星辰岂不坠落下来啦！"劝导者说："日月星辰也是气体聚集而成，只不过能够发光，即使坠落也不会对人造成伤害。"此人说："地陷了如何是好？"劝导者说："地由土块堆积而成，把四面八方都充塞得实实的，无处没有土块。你无论行走、跳跃，终日在地上活动，为何要担忧地陷呢？"此人听了便放下心来，十分高兴。劝导他的人也如释重负，非常开心。

佝偻丈人

古代寓言。见旧题战国·列御寇撰《列子·黄帝》。

孔子到楚国见到一位从树林里出来的驼背老人，用竿粘蝉，就像从地上捡东西似的。孔子说："您太灵巧啦！这有什么诀窍吗？"老人回答："有诀窍。五六月间，我能在竿头堆起两枚泥丸而不坠落，那么粘蝉失败的次数就很少；能在竿头堆起三枚泥丸而不坠落，那么失败的次数就只有十分之一；能在竿头堆起五枚泥丸而不坠落，那么粘蝉就像从地上捡东西一样。我掌控自己的身子，使其如同竖起来的木桩，我伸出自己的手臂，使其如同枯树枝一般一动不动。虽说天地广大，万物众多，我只知道蝉翼一件事。我不关心别的事情，不让任何事情来取代我对蝉翼的专注，怎么会达不到如此境界呢？"孔子转身对众弟子说："专心致志而不分散注意力，聚精会神就会出现奇迹。这便是驼背老人要告诉我们的意思。"老人说："您是穿宽而长大衣服的读书人，又何必关心这种事呢！您研究您的学问，然后再讨论上面的事情吧。"此则寓言又见《庄子·达生》。

好鸥鸟者

古代寓言。见旧题战国·列御寇撰《列子·黄帝》。

海边有个喜欢鸥鸟的人。他每天早晨到海边去跟鸥鸟玩。到他身边来的鸥鸟，一百只都不止。他父亲说："我听说鸥鸟都跟你游玩，你抓几只来也让我玩玩。"第二天，他到海边上一看，鸥鸟在天空中飞来飞去，再没有一只肯下来啦。

逆旅二妾

古代寓言。见旧题战国·列御寇撰《列子·黄帝》。

杨朱去宋国，到了东边一家旅店。旅店主人有两个小妾，一个漂亮，一个难看。长得难看的地位高贵，长得漂亮的却地位低贱。杨子打听其中的原因。旅店的伙计对他说："那个长得漂亮的以为自己非常出众，可我们不知道她有什么值得赞美的。那个长得难看的总觉得自己不如别人，但我们不知道她有什么可自卑的。"杨子说："弟子们记住，有贤德的人而不以为自己贤德，无论到何处都受人爱戴啊。"此则寓言又见《庄子·山木》。

朝三暮四

古代寓言。见旧题战国·列御寇撰《列子·黄帝》。

宋国有个人很爱猴子，家里养了一群猴子。他能够了解猴子的心思，猴子也懂得他的心意。他省下家里的口粮来满足猴子的需要。不久，他家里的粮食匮乏了，便打算控制猴子的吃食，唯恐猴子不听自己的话，先哄骗它们说："给你们吃橡子，早上三个，晚上四个，够吗？"猴子们听了都蹦跳起来，感到非常愤怒。过一小会儿他又说："给你们吃橡子，早上四个，晚上三个，够吗？"猴子们听了，一个个服服帖帖，而且感到很高兴。此则寓言又见《庄子·齐物论》。

郑人遇鹿

古代案狱故事。见旧题战国·列御寇撰《列子·周穆王》。

郑人到山野砍柴时，遇到一只受到惊吓的鹿，便迎上前去将其击毙。他怕别人看见，忙把死鹿藏在一条干涸的沟里，还用芭蕉叶盖上。没有多久，他便忘记了藏鹿的地方，竟然以为在做梦。一路上还不停地叨咕着这件事。旁人听到后，就按他的话去把鹿取走了。那人回家告诉妻子说："有个砍柴人梦见得到一只鹿却不知道放在哪儿。我如今取到了，他真是在做梦啊！"他妻子说："你或许是梦见砍柴人得鹿吧，难道说真有这样的砍柴人吗？可是你真的把鹿拿回来了，难道说你的梦境成真啦？"丈夫说："我得到鹿了，管他是他在做梦，还是我在做梦呢！"再说砍柴人回到家里，不甘心把鹿丢了。当天晚上果真梦到藏鹿的地方，还梦到取鹿的人。第二天早上，他按照所梦找到了得鹿人。两人争吵起来，把官司打到狱官那里。狱官说："你当初果真得到鹿啦，可是糊里糊涂地以为是在做梦；真梦到鹿啦，又糊里糊涂地以为是事实。他真把鹿给你拿走了，而你却跟他争起来。你妻子讲，你是在梦里认出人和鹿的，或许并没有人得到鹿。从以上情况来看，如今这只鹿就请两位各分一半吧。"郑国君王听说这一件事后，说道："嘻！狱官要回到梦里替别人分鹿吗？"有人去访问国相，国相说道："是不是做梦，我难以分辨。要分辨清楚，唯有轩辕黄帝和孔夫子。如今轩辕黄帝和孔夫子不在世，哪个分辨得清楚啊！狱官的办法，看来还是可行的。"

燕 人 返 国

古代寓言。见旧题战国·列御寇撰《列子·周穆王》。

有一个燕人出生在燕国，成长在楚国，年纪大了以后便要回到自己的国家。经过晋国时，同路人哄骗他，指着晋国的城池说：“这是燕国的城池。”他听了面色发生变化，显得有些难过。同路人指着一座土地庙说：“这是你们乡里的土地庙。”他有些感慨，便叹息起来。同路人指着一座房屋说：“这是你家祖先居住过的老屋。”他忍不住悄悄地流泪。同路人指着一处墓地说：“这是你家的祖坟。”他禁不住放声痛哭起来。这时，那个同路人失声大笑道：“我刚才都是哄你的，这里乃晋国啊。”其人一听，感到很不好意思。等到了燕国，他真正看到燕国的城池、土地庙，真正看到自家的祖屋、祖坟，悲伤的情绪便减轻多了。

禅 让 天 下

古代寓言。见旧题战国·列御寇撰《列子·仲尼》。

尧治理天下达五十年之久，但不知天下治理好没有，不知老百姓是否拥戴自己。他问左右的近臣，左右的近臣不知道。问宫廷外面的官员，宫廷外面的官员不知道。问在野的人士，在野的人士也不知道。尧便穿上平民的衣服到大街上去，听见小孩子们在唱童谣：“立我蒸民，莫匪尔极。不识不知，顺帝之则。”大意讲：种出庄稼让老百姓吃饱肚子，无不是您的准则。不用知识与智慧，只顺应天帝的法则。尧听了非常喜悦，便问：“是谁教你们唱这样的歌谣呀？”小孩子们回答：“是从大夫那里听来的。”尧去问大夫，大夫说：“是一首古诗。”尧回到宫里便立即召见了舜，将帝位禅让给他。舜也不推辞，就接受了帝位。

愚 公 移 山

古代愚公移山型故事。见旧题战国·列御寇撰《列子·汤问》。

太行、王屋两座大山，方圆七百里，高八千丈，原本在冀州南面，河阳北面。北山的愚公将近九十高龄，面对着大山居住。他苦于受到北山阻塞，出入都要绕很远的路，就召集全家人一起谋划：“我打算跟你们竭尽全力铲平大山，让门前的道路一直通向豫南和汉阴，大伙说好不好？”大家议论纷纷，表示赞同。

唯独愚公的老伴提出疑问："单凭你的力量，连魁父山这样的小山都对付不了，还敢去铲平太行、王屋两座大山？再说，挖出来的那么多土石又往哪里堆呢？"大家七嘴八舌地说："扔到渤海后面、隐土北边去吧。"于是，愚公就带领子孙三人挑着担子，去敲石挖土，用撮箕、筐子把土石运往渤海边上。邻居京城氏寡妇有个遗腹子，刚刚七八岁，也跑来帮忙。一年光景，大家才往返一次。河曲地方的智叟见了觉得可笑，便上前劝阻愚公："你这样做太不聪明啦！仅凭你那点残年余力，要毁掉大山的一草一木都很难办到，怎么搬得掉那么多的土石？"北山的愚公长长地叹一口气说："你太固执了，竟然到了冥顽不灵的程度，还不如寡妇家的小娃娃！就是我死了，还有我的儿子呀。子又生孙，孙又生子，子又有子，子又有孙。子子孙孙，无穷无尽，而山又不增加，还担心大山铲不平吗？"河曲智叟竟无言以对。山神听了这番话，害怕得不得了，赶忙向天帝禀报。天帝为愚公的诚心所感动，便命令大力神夸娥氏的两个儿子背走太行、王屋两座大山，一座放在朔州之东，一座放在雍州之南。从此以后，冀州的南部，汉水的北边，再没有高山阻塞了。

夸父逐日

古代寓言。见旧题战国·列御寇撰《列子·汤问》。

夸父自不量力，想要追赶太阳的影子，他一直追赶到了太阳落山的地方——隅谷。他口干舌燥想喝水，便奔到黄河、渭河去，黄河、渭河都不解渴，他就打算奔到北方的大湖泊去。可他还没有赶到那里，半道上便渴死啦。他抛弃的手杖，被他尸体的脂肪、肌肤浸润，长成一片桃林。那片桃林覆盖的地方足有数千里远。

两小儿辩日

古代寓言。见旧题战国·列御寇撰《列子·汤问》。

孔子东游时，见到两个小孩儿在争辩。孔子问他们争辩什么。一个小孩儿说："我认为太阳刚出来时离人近，而中午时太阳离人远。"另一个小孩儿认为太阳刚出来时离人远，而中午时太阳离人近。一个小孩儿说："太阳刚出来时大如车盖，到了中午就跟盘子、钵子一样大，这不是离得远的小而离得近的大吗？"另一个小孩儿说："太阳刚出来时还凉凉的，到了中午就热得像泡在滚汤里似的，这不是离得近的热而离得远的凉吗？”孔子听了不能做出判断。两个小孩儿笑着对孔子说：“谁说您的知识很丰富呀？”

薛谭学讴

古代寓言。见旧题战国·列御寇撰《列子·汤问》。

薛谭跟秦青学唱歌。他还没有把秦青的本领全部学到手，就自以为什么都学会了，于是打算告辞回家。秦青也不挽留，在郊外的大路旁为他饯行，拍打着竹制的乐器，悲凉地歌唱，歌声振动了林木，使天上飘动的云彩也停了下来。薛谭听了赶忙向秦青道歉，请求回去继续学习。从此，他再也不敢讲回家的话了。

韩娥善歌

古代寓言。见旧题战国·列御寇撰《列子·汤问》。

从前，韩娥向东到齐国去。由于断粮，她在齐国都城西门以卖唱求食。她走后余音袅袅，一直盘桓在房梁之间，三天都没有消失，人们还以为她没离开呢。韩娥到旅店时，旅店里的人侮辱她。她因而放声哀哭，一里内的男女老幼听了都伤心得泪流满面，三天吃不下饭。大家连忙去追赶韩娥。韩娥回来以后，又为人们放声长歌，方圆一里内的男女老幼听了，都有说不出的喜悦，情不自禁地手舞足蹈，把先前的不愉快一扫而光。于是，他们便厚赠韩娥，送她上路。齐国都城西门的人们至今善于歌唱，善于哭泣，这都是由于仿效韩娥传下来的声音的缘故。

纪昌学射

古代寓言。见旧题战国·列御寇撰《列子·汤问》。

甘蝇是一位古代的射箭高手。他只要一拉弓，野兽立刻中箭倒地，飞鸟立刻中箭坠落。有个弟子名叫飞卫，在甘蝇门下学习，本领却超过了老师。随后纪昌又跟飞卫学射箭，飞卫说：“你先练习目不转睛看东西，然后才谈得上学箭术。”纪昌回去后，仰面躺在妻子的织布机下面，死盯着忽上忽下的脚踏板。两年以后，即使锥尖要刺到眼眶，纪昌的眼睛也一眨不眨。他告诉了飞卫，飞卫说：“还不行啊，再练一练眼力才可以。等到你看细小如巨大，看模糊如显著的时候，然后再来告诉我。”纪昌就把牦牛毛拴的虱子挂在窗户上，面朝南盯着它。十来天光景，他就觉得虱子渐渐大起来啦，三年之后，就大得像车轮一样。纪昌再看其他的东西，都大得跟山丘似的。他便用燕国牛角造的弓，北方蓬草茎做的箭去射虱子，箭贯穿了虱子的心，而牦牛毛却没有射断。纪昌去告诉飞卫，飞卫高兴得手舞足蹈说："你真正学到本领啦！"

昆吾剑与火浣布

古代寓言。见旧题战国·列御寇撰《列子·汤问》。

周穆王大举征服西戎后，西戎向周穆王敬献了昆吾剑与火浣布两种宝物。宝剑长一尺八寸，刀刃纯净而无一丁点杂质，切玉如泥。火浣布必须放到熊熊烈火中去洗涤，它遇火即呈现出火红色，而不干净时则显现出布色，将其从火中取出来抖一下，立刻洁白如雪。皇子却以为世上并无此物，都是人们编造的谎话。一个叫萧叔的人不以为然地说："皇子过于武断自信了，真是蛮不讲理！"

田夫献曝

古代寓言。见旧题战国·列御寇撰《列子·杨朱》。

从前，宋国有一个庄稼汉，他经常穿着破破烂烂的衣服熬过寒冬。到了春季耕种时，他就靠晒太阳来取暖。他从来不知道天下还有高楼大厦、温室暖房，也不知道还有绫罗绸缎和皮裘服装，还对妻子说道："晒着太阳这么暖和，别人恐怕还不晓得咧。如果我把这种办法献给君王，一准儿会得到重赏啊！"

玉为楮叶

古代寓言。见旧题战国·列御寇撰《列子·说符》。

宋国有个人用玉石为君王雕刻了一片构树叶子，耗费三年工夫才完成，无论是叶面的大小、叶茎的粗细，还是细毛、小刺的密度与光泽都非常逼真，混到真正的构叶里面都分辨不出来。此人便靠这种技艺在宋国不愁吃不愁穿。列子闻听此事后，感叹道："假使让天下的树木三年才长出一片叶子，那么有叶子的树木就很稀少啦。所以，圣人仰仗的是自然法则，而不是智慧、技巧。"此则寓言又见《韩非子·喻老》《淮南子·泰族训》。

道见桑妇

古代寓言。见旧题战国·列御寇撰《列子·说符》。

晋文公出会诸侯，准备讨伐卫国。晋文公之子锄仰天而笑。晋文公问他为何发笑。锄说："我笑有个邻人，送他的妻子回娘家。半路上，邻人看见一个采桑的妇女，便兴冲冲地前去同她搭讪。但他回头看自己的妻子时，发现也有人在向自己的妻子招手。我偷着发笑的就是这件事。"晋文公领悟到此话的含意，于是打消了伐卫的念头，领兵返回。他还没到家，便有人来侵犯晋国北方的边境啦。此则寓言又见《说苑·权谋》《说苑·正谏》。

艺人献技

古代寓言。见旧题战国·列御寇撰《列子·说符》。

宋国有一个走江湖的杂耍艺人，要求给宋元君献技。宋元君召见了他，让他表演。他把两根比他身体长一倍的树枝，与自己的两个小腿捆绑在一起，双脚抬腿奔跑，又舞弄七把剑，接二连三地抛上去，总有五把剑在空中跳动。宋元君感到无比惊喜，立刻赏赐金帛给他。又有一个走江湖的杂耍艺人，会翻跟头、钻火圈等各种杂技，听说此事后也来向宋元君献技。宋元君勃然大怒道："先前有人以异技来求见，那种技艺其实没有什么用处，恰好碰到寡人心里高兴，所以赏赐金帛给他。这个家伙必定听说了此事便来觐见，也希望得到我的赏赐。"宋元君下令将此人拘押前来，准备处死，过了一个来月才把他释放了。

九方皋相马

古代寓言。见旧题战国·列御寇撰《列子·说符》。

有一次，秦穆公让伯乐找一位懂行的人去求良马。伯乐就推荐了他的好友九方皋。秦穆公召见后，便派九方皋去找良马。三个月后九方皋回来说，他找到了千里马，是一匹黄色的母马。秦穆公派人去牵马，下人回来说是一匹黑色的公马。秦穆公一听非常不高兴，对伯乐说："糟糕得很，你推荐的人连颜色、公母都弄不清，还有什么能耐找千里马啊？"伯乐感叹道："果真是这样的吗？这便是他比我强千万倍之处。他得其精而忘其粗，在其内而忘其外。见其所见，不见其所不见；视其所视，而遗其所不视。像九方皋这样相马，就包含着比相马更有意义的道理在里面。”下人把马牵来，果然是一匹天下罕见的千里马。此则寓言又见《淮南子·道应训》。

牛缺遇盗

古代寓言。见旧题战国·列御寇撰《列子·说符》。

牛缺是上地这个地方有名望的读书人。有一次，他到邯郸去，走到耦沙遇到了一伙强盗。强盗抢走了牛缺的衣服、车马，他只好步行而去。看起来他毫无忧愁、惋惜的神色，强盗便追赶过去问他是什么缘故。牛缺回答道：“君子不拿供养自己的物品来伤害自己。”强盗说：“嘻！真是贤良啊！”接着强盗们互相商量道：“以他的贤良去见赵国的君王，必然会让他来对付我们，使我们陷入困境，还不如现在干掉他！”因此便追赶上去把牛缺杀了。燕国有人听说了这件事，就聚集在一起相互告诫道：“以后碰到强盗的话，千万不要像上地牛缺那样啊！”大家都从中受到了教益。不久，这个人的兄弟去秦国，在函谷关下遇到了强盗。他记起兄长的告诫，便奋起同强盗抗争；当其抵挡不住时，又追上前去哀求强盗退还抢走的物品。强盗怒吼道：“我们饶你一命已经够宽宏大量了，你却追过来纠缠不放，暴露我们的行迹。既然当了强盗，我们还讲什么仁义呢！”于是便杀了他，连他的四五个同伴也未能幸免。

杨布打狗

古代寓言。见旧题战国·列御寇撰《列子·说符》。

杨朱的弟弟叫杨布。有一天，他穿着白色的衣服出门去。天上下雨了，他脱下白色的衣服，而穿着黑色的衣服回家。他家的狗认不出来，冲他汪汪直叫。杨布很生气，就要动手打狗。杨朱说：“你莫打它，你或许也会这样。倘若先前你的狗出去时是白色的，回来时是黑色的，难道你不感到奇怪吗？”此则寓言又见《韩非子·说林下》。

献　鸠

古代寓言。见旧题战国·列御寇撰《列子·说符》。

邯郸的老百姓正月初一献斑鸠给君王赵简子。赵简子非常高兴，重重地赏赐了他们。有位宾客问他是什么缘故。赵简子说："正月初一放生，显示我有恩德。"那位宾客说："老百姓晓得您要那斑鸠来放生，就争先恐后地捕捉，被弄死的斑鸠必然很多。倘若您要让斑鸠好好地活着，倒不如下令禁捕斑鸠；老百姓捕来，您又把它放了，您的恩惠是弥补不了这种过失的。"赵简子说："的确如此。"

岂辱马医

古代寓言。见旧题战国·列御寇撰《列子·说符》。

齐国有一个穷人在城市里以乞讨为生。城里人烦他不断来打扰，都不再搭理他。于是，他便到乡下一户姓田的人家的马圈里去，以给马医帮工来糊口。有人嘲笑他说："你在马医那里混饭吃，难道不觉得羞辱吗？"那个讨过饭的人说："天下最耻辱的事情莫过于讨饭。我连讨饭都不感到羞辱，难道给马医帮工反而感到羞辱吗？"

得遗契

古代讽刺故事。见旧题战国·列御寇撰《列子·说符》。

宋国有个人在路上走的时候，捡到别人丢失的一张契据。他回到家里便把这张契据收藏起来，一个人暗自盘算，并扬扬得意地对左邻右舍讲："我用不了多久就要变成富翁啦！"

枯梧不祥

古代寓言。见旧题战国·列御寇撰《列子·说符》。

有一家人的梧桐树枯萎了。邻家的一位老者对他讲，梧桐树枯了很不吉利。那人听了赶忙把枯萎的梧桐树砍掉了。邻家的那位老者便来要他砍下来的梧桐树，拿回去当柴烧。那人一听，心里非常不高兴，说道："邻家的老头儿原来是想要柴火，就怂恿我砍梧桐树。与我住在一起的人如此居心不良，岂不是很危险吗？"此则寓言又见《吕氏春秋·先识览·去宥》。

疑邻窃鈇

古代寓言。见旧题战国·列御寇撰《列子·说符》。

从前，有个人丢了一把斧头，怀疑是隔壁邻舍家的儿子偷的。此人看他走路的样子，很像小偷；看他的脸色，很像小偷；看他的言语，很像小偷；看他所有的动作、态度，没有哪一点不像小偷。不久，此人到山里去挖土时，找到了那把斧头。此后此人再看见邻居家的儿子，就觉得他的一切所作所为，没有哪一点像小偷了。

齐人攫金

古代寓言。见旧题战国·列御寇撰《列子·说符》。

从前，齐国有个想得到金子的人，大清早穿好衣服、戴上帽子到街市上去。当他来到一家金店时，顺手抓起一块金子就跑。官吏把他捕获后，问他："大家伙都在那里，你为啥敢抢人家的金子？"此人回答："拿金子那会儿，我没看见人，只看到了金子。"此则寓言又见《吕氏春秋·先识览·去宥》《淮南子·氾论训》。

《孟　子》

书名。儒家经典之一。战国时孟轲（约前372—前289）及其弟子万章等撰。一说为孟轲弟子、再传弟子共同记述。《汉书·艺文志》著录十一篇，现存七篇。注释有东汉·赵岐《孟子章句》、南宋·朱熹《孟子集注》、清·焦循《孟子正义》等，今有中华书局1960年杨伯峻译注本等。其中收有《五十步笑百步》《以羊易牛》等寓言、故事。

五十步笑百步

古代寓言。见战国·孟轲及其弟子万章等撰《孟子·梁惠王上》。

战鼓咚咚擂响，交战双方兵戎相见。打败的一方丢盔弃甲，拖着兵器逃跑，有的一口气跑了一百步便停下来，有的一口气跑了五十步便停下来。那些跑五十步的兵士嘲笑跑一百步的兵士，这难道对吗?

以羊易牛

古代寓言。见战国·孟轲及其弟子万章等撰《孟子·梁惠王上》。

齐宣王坐在殿堂上，有人牵着一头牛从殿堂下面经过。齐宣王见了便问："把牛牵到哪里去？"牵牛人回答："准备牵去宰杀来祭钟。"齐宣王说道："放了它吧！我不忍心看它恐惧颤抖的样子。它并无罪过，却要牵去屠宰。"牵牛人问道："那么要废除宰牲祭钟的仪节吗？"齐宣王回答："怎么可以废除呢？就用羊来代替吧。"

揠苗助长

古代揠苗助长型故事。见战国·孟轲及其弟子万章等撰《孟子·公孙丑上》。

宋国有个人担心禾苗长得慢而把它们拔高。他回家后筋疲力尽，对家里人说："今天真累坏啦！我帮助田里的那些禾苗长了一截。"他的儿子听后便去田间一看，禾苗都枯萎啦。

王良与嬖奚

古代寓言。见战国·孟轲及其弟子万章等撰《孟子·滕文公下》。

从前，赵简子命王良替他宠幸的小臣奚驾车外出打猎，一整天连一只鸟都打不着。奚回来数落说："这家伙是天底下最差劲的车夫。"有人传话给王良。王良请求再去试一次，奚勉强同意了。这回，一个早上便捕获了十只鸟。奚回来称赞说："王良是天底下最棒的车夫。"赵简子跟奚说："那从今以后我就让王良专门给你驾车。”赵简子告诉王良，王良不肯去，说道：“我按照规矩驾车，整天一无所获；我违规操作，一早捕获十只鸟。我不习惯给不讲规矩的人驾车，请让我回绝吧。”

楚人学齐语

古代寓言。见战国·孟轲及其弟子万章等撰《孟子·滕文公下》。

楚国有个大夫想让他家的孩子学齐国话，就找了一个齐国人来教孩子，可是旁边却有许多楚国人喋喋不休地跟孩子说楚国话。他尽管天天打孩子，逼迫孩子说齐国话，孩子却总学不会。假如把这孩子带到齐国都城临淄的街道上、城镇里住几年，即使天天打孩子，逼迫孩子说楚国话，也是学不会的。

攘 鸡 者

古代寓言。见战国·孟轲及其弟子万章等撰《孟子·滕文公下》。

有一个人每天都要偷邻居的鸡。有人劝告他说：“这可不是正派人干的事啊！”此人说：“那么就减少一点儿，每个月偷一只吧，然后再停下来。”既然知道这件事做不得，就应该立刻停下来，何必等到来年呢！

墦 间 乞 食

古代讽刺故事。见战国·孟轲及其弟子万章等撰《孟子·离娄下》。

齐国有一个人，同他的大老婆、小老婆一块儿居家过日子。这个男人每次外出，必定酒足饭饱才回到家里。大老婆问他跟什么人在一起吃喝，他就说尽是一些有钱有势的人。一天，他的大老婆对小老婆说：“我们家的男人每次出去，都酒足饭饱才回来。问他跟谁在一起吃喝，他总说是富贵之人。可是，从来也没见过有名望的人来咱家。我打算悄悄跟在他后面，看他到底去哪儿啦。”这天早起，她悄悄跟在男人后面，但走遍整个都城也没见谁同他交谈。最后见他来到东门外的坟地里，向祭祀者乞讨残余的酒食，不够吃，又到另外的地方去乞讨。这便是他酒足饭饱的门道。大老婆回家把看到的都告诉小老婆了，说：“这个男人是我们一辈子的依靠，如今他竟然是这副模样！”她跟小老婆继而在庭院中相对哭泣。可她们的丈夫并不知道自己露馅儿了，扬扬得意地从外面回来，还在两个老婆面前抖威风呢。

校人烹鱼

古代寓言。见战国·孟轲及其弟子万章等撰《孟子·万章上》。

从前，有人送活鱼给郑国的子产，子产让管理池沼的小吏将它养在池塘里。可是，那个小吏却把它煮来吃了，竟回报说："刚放到池塘里面时，它还缺乏鲜活劲儿；不一会儿就欢实起来，一眨眼工夫便游得无影无踪啦！"子产说："到该去的地方去啦！到该去的地方去啦！"小吏出来说："谁说子产睿智？我都把鱼弄来吃了，他还说：'到该去的地方去啦！到该去的地方去啦！'"所以说，有品德的人可能被合情合理的谎话给哄住，却难以被不合情理的谎话蒙骗。

学弈

古代寓言。见战国·孟轲及其弟子万章等撰《孟子·告子上》。

弈秋是全国顶尖的围棋高手。弈秋教两个人下围棋，其中一人专心致志听老师讲授；另一人虽然在听讲，心里面却总惦记着有只天鹅快飞来了，想取弓箭把它射下来，虽说他与前者都在一起学习，成绩却不如人家。是不是他没有人家聪明呢？我说："当然不是！"

冯妇搏虎

古代寓言。见战国·孟轲及其弟子万章等撰《孟子·尽心下》。

晋国有个姓冯名妇的人，勇敢有力，善于跟猛虎搏斗，后来变为善人，不再打虎了。有一次，他到野外去，看见众人正在追赶一只老虎。老虎背靠着山角，没有人逼近它。大家看见冯妇，都跑上前去迎接。冯妇立刻张开胳膊跳下车来。众人感到无比高兴，可是作为士的那些人却在讥笑他。

《慎子》

书名。战国赵人慎到撰。慎到（约前390—前315），是从道家分出来的法家代表人物。他主张用“势”，属于先秦法家法、术、势三派中的势派。《汉书·艺文志》将其列入法家，著录《慎子》四十二篇。该书已亡佚。《群书治要》存《慎子》节文七篇。明万历间慎懋赏的“内、外篇”刻本及清·钱熙祚的“守山阁”本均系逸文辑本。今有《四部备要》本、《诸子集成》本、《丛书集成初编》本等。其中收有《百人逐一兔》《离朱》等寓言、故事。

百人逐一兔

古代寓言。见战国·慎到撰《慎子·内篇》。

有一只兔子在奔跑，百十个人跟在后面追赶。并不是一只兔子足以供百十个人分享，而是因为它的归属还没有定下来。在归属未定的时候，即使是唐尧这样的君王也无法解决，更何况普通民众啊！市场上兔子成堆，路人却不看一眼。并不是人们不想要兔子，而是因为兔子已经有主人了。由于归属已定，有些人即使粗鄙也不会再去争夺啦。所以，治理天下与国家就在于确定名分而已。

离　朱

古代寓言。见战国·慎到撰《慎子·内篇》。

轩辕黄帝时的人离朱，能够在一百步之外看清楚秋天鸟兽身上刚长出来的细毛。但是，他下到水里面，就连一尺以内也看不清楚深浅。并非他的眼睛不明亮，而是所在的地势让他难以看清楚。

西施至姣

古代寓言。见战国·慎到撰《慎子·内篇》。

西施乃是天下最为美貌的人。假如给她戴上打鬼驱疫时用的面具，见到的人没有不吓跑的；假如换成漂亮的细布衣裳，那么行人都会停下来注视。由此看来，漂亮的细布衣裳使其增色不少；假如美貌的人不穿这种衣裳，那么她的魅力就会减少。

赤 城 之 山

古代寓言。见战国·慎到撰《慎子·外篇》。

赤城山有一道石梁高四丈、宽过一尺，而成龟背状，下临深不见底的山谷。悬挂的飞泉浇着它，上面覆盖着一片片的苔藓，并没有藤萝可以攀缘。野人背着柴火飞越而过，不留踪迹便能够到达目的地。观看的人无不赞叹。有人说：“这道石梁人不能够越过，如果能够越过，为啥上面覆盖着那么多的苔藓呢？”野人站在那里斜视，脚不停地摇晃着却不抬起来，眼睛旋转却不能够注视一个地方。经过巴峡而不恐惧的人，未曾被水吓住；看见监狱而不害怕的人，是未曾受到法的约束。

《尹文子》

书名。相传为战国时尹文撰。尹文（约前360—前280），齐国人，哲学家。今本大抵为魏晋人袭录增删尹文残文，又经后人整理、撰写而成。一卷，分《大道》上下两篇。其说与黄老刑名之学相近。有近人王启湘校诠本、钱熙祚校本等。其中收有《以俭矫奢》《路敬怒蛙》等寓言。

以 俭 矫 奢

古代寓言。见战国·尹文撰《尹文子·大道上》。

从前，晋国为奢靡之风所困。晋文公便用提倡节俭来进行矫正，他穿衣服不穿好的丝织品，吃饭不吃两种肉食。没过多久，晋国的百姓就穿起粗布衣服，吃起粗粮糙米来了。

路 敬 怒 蛙

古代寓言。见战国·尹文撰《尹文子·大道上》。

越王勾践立志对吴国报仇雪恨，希望国人勇猛果敢起来。有一天，他外出在路旁遇到一只怒蛙，便把身子伏在车厢前面的横木上向其致敬。等到数年之后，越国民众无论长幼，在敌人面前即使赴汤蹈火也在所不辞。

黄公好谦卑

古代寓言。见战国·尹文撰《尹文子·大道上》。

齐国的黄公喜好谦卑。他有两个女儿，都是天姿国色。可是他过于谦虚，常常说自己的女儿长得不好。于是，两个女儿的丑名远扬，过了谈婚论嫁的年龄，竟无一人上门来提亲。卫国有个单身汉，冒冒失失地娶了他的大女儿，一看真是世上罕见的美人。后来他对人讲："黄公太谦虚啦，故意说自己的女儿不漂亮，他的小女儿必定也长得很美。"于是，人们争相前去提亲，一看他的小女儿，果真美若天仙。

宣 王 好 射

古代寓言。见战国·尹文撰《尹文子·大道上》。

齐宣王好射，喜欢旁人赞美他善于使用强弓。其实，他的弓仅用三石（约三百六十斤）力气就能够拉开。齐宣王拿给左右的臣属看，让他们去试一试。臣属们都拉开一半便故意停下来，惊呼："使用这张弓臂力不下九石，除了大王，哪个能拉开啊！"齐宣王听了心里乐滋滋的。齐宣王拉弓用力不过三石，却终生以为是九石。三石是实，九石是名，齐宣王好其名而失其实。

献 山 雉

古代寓言。见战国·尹文撰《尹文子·大道上》。

楚国有个人担着野鸡赶路，过路人问他是什么鸟，担野鸡的人哄骗他说："凤凰呀！"过路人说："我听说过凤凰，如今亲眼见到了，你卖不卖呀？"担野鸡的人说："卖。"那人便给他十金。担野鸡的人嫌少，要求加倍。那人用二十金买了过来，准备献给楚王，可是过了一宿野鸡便死啦。那人并不心疼金钱，只是恨不能将其献给楚王。国人很快就把这件事传开了，都以为他要把贵重的真凤凰献给楚王。此事传到楚王那里，楚王很感动，当即召见并重赏了那人，赏金比买野鸡的钱多十倍还多。

献　　玉

古代寓言。见战国·尹文撰《尹文子·大道上》。

魏国有个种庄稼的老汉，在田野里捡到一块尺把长的宝玉，可他并不知道是块玉石，就告诉了邻人。邻人暗暗起了贪心，便说："这是块怪石，留在家里不吉利，倒不如把它放回原地。"老汉将信将疑，但还是把它带回家，搁到小屋子里。当天晚上那块宝玉闪闪发光，满屋子透亮。老汉全家人惊恐万分，又将此事对邻人讲了。邻人说："这是不祥之兆！赶紧扔掉，才会消除灾难。"老汉立刻把它扔得远远的。不久，那个邻人便偷偷把这块宝玉捡来献给魏王。魏王召集玉工来鉴定，玉工看后再拜而起，向魏王说道："祝贺大王得到这块'天下之宝'，臣等从来都未曾见过这样的宝物。"魏王问起它的价格，玉工回答："此乃无价之宝，哪里能够估价呢？付出五座城池的代价，仅可以看它一眼。"魏王立即赏赐献玉者千金，并且让他享受上大夫的俸禄。

盗　与　殴

古代寓言。见战国·尹文撰《尹文子·大道下》。

村庄里有位老者给他的长子取名叫"盗"，次子取名叫"殴"。一天，"盗"出门去了，他的父亲在后面追赶，喊道："盗，盗！"有个官吏听见了，便将长子捆绑起来。老者叫次子"殴"前去向官吏做解释。他心急如焚，说话结结巴巴的，直喊："殴，殴！"官吏因此狠揍老者的长子，让他几乎丧命。

周 人 怀 璞

古代寓言。见战国·尹文撰《尹文子·大道下》。

郑人把没有加工过的玉称为"璞"，周人把没有腌制过的老鼠称为"璞"。有一回，周人装着"璞"去问郑国商人："你打算买'璞'吗？"郑国的商人回答："想买。"周人把"璞"拿出来一看，竟是没有腌制过的老鼠，郑国商人赶忙谢绝了。

狐假虎威

古代寓言。见战国·尹文撰《尹文子》逸文。

老虎广求百兽作为吃食，这天得到一只狐狸。狐狸说："你不要吃我。天帝命令我来掌管百兽。如今你要吃了我的话，就是违抗天命。你若不信，让我走在前面，你跟随在后面，看看百兽见到我有不跑的吗？"老虎觉得有道理，于是便与狐狸同行。野兽见到它们，纷纷逃离。老虎不知道那些野兽是因为害怕自己而逃离，还以为是害怕狐狸呢。此则寓言又见《战国策·楚策一》《新序·杂事二》。

《荀　子》

书名。战国时荀况撰。荀况（约前313—前238），时人尊称为荀卿，赵国郇（今属山西临猗）人，思想家、教育家。此书今本三十二篇。其中《大略》《宥坐》等最后六篇可能系其弟子所记。唐·杨倞编为二十卷，并作注。其书大旨在明孔子之教，崇礼而劝学。清·王先谦有《荀子集解》。其中收有《蒙鸠为巢》《处女遇盗》等寓言。

蒙鸠为巢

古代寓言。见战国·荀况撰《荀子·劝学》。

南方有一种小鸟名叫蒙鸠。它用羽毛来做巢，拿发丝编织起来，把巢绑在芦苇穗上。大风刮断芦苇，因而摔破了鸟蛋，摔死了雏鸟。鸟巢并不是做得不完善，而是绑的地方不对头，才有这样的后果。

处女遇盗

古代寓言。见战国·荀况撰《荀子·富国》。

有个年轻姑娘脖子上挂着宝珠，身上佩戴着宝玉，肩上背着黄金，在山中遇到了强盗。她虽然眼睛不敢看对方，像卑贱的使女一样弯腰屈膝，但仍旧未能避免灾祸的发生。

涓　蜀　梁

古代寓言。见战国·荀况撰《荀子·解蔽》。

夏首这个地方的南边，有个人姓涓名蜀梁。此人既愚蠢又胆小。有一回，他在月光下行走，低头看见自己的影子，以为有鬼趴在那里，抬头看见自己的头发，以为有鬼站在那里。他吓得转身便跑，等跑到家里，竟气绝身亡。

欹　　器

古代寓言。见战国·荀况撰《荀子·宥坐》。

有一次，孔子到鲁桓公的宗庙里去参观，看到一个盛酒用的形体倾斜的祭器。孔子问守庙者："这是什么器皿？"守庙者回答："这是放在座位右边以为鉴戒的'宥坐器'。"孔子说："我听说过这种'宥坐器'。它空了就倾斜，不空不满就端端正正，满了就倒下。"孔子转过身来对弟子说："往里面灌一些水吧。"于是，弟子便舀水灌了进去。宥坐器确实如此，不空不满时很端正，满了就倒下，空了就倾斜。孔子感叹道："吁！哪有灌满了不翻倒的道理哟！"此则寓言又见《韩诗外传》卷三第三十章、《淮南子·道应训》、《孔子家语·三恕》、《说苑·敬慎》。

其马将失

古代寓言。见战国·荀况撰《荀子·哀公》。

鲁定公问颜渊："东野毕善于驾驭马车吗？"颜渊回答："倒是善于驾驭马车，不过他的马就要跑掉啦！"鲁定公听了心里不高兴，回宫后对左右侍臣说："正人君子原本是说别人坏话的人啊！"三天以后，养马官前来报告说："东野毕的马跑掉了——车前两匹马挣断套在颈上的缰绳跑掉了，中间两匹驾辕的马跑回马厩了。"鲁定公一听，立刻从座席上站起来说道："赶快驾马车，召颜渊来！"颜渊来后，鲁定公说："前天寡人问先生，先生说：'东野毕倒是善于赶马车，不过他的马就要丢失啦！'不知先生是怎样知道的？"颜渊回答说："臣下是通过为人处事的道理来推断的。从前，虞舜擅长管理老百姓，造父擅长驾驭马车。虞舜不让老百姓困乏，造父不让马匹困乏。因此，虞舜不会失掉老百姓，造父不会失掉马匹。如今东野毕驾驭马车，上马车拉起缰绳，勒口、身体都端端正正的，马的步伐、速度都符合朝廷的礼仪。历尽艰难险阻，奔赴远方，马的力气已经消耗殆尽，可是他依然不断给马增加压力，因而知道他的结局不妙。”鲁定公说：“非常好！先生可以再进一步讲讲吗？”颜渊回答说：“臣下听说，禽鸟饿了就会啄食，野兽饿了就会捕食，人困窘了就会欺诈。从古到今，没有让其下属处境困难而不出危险的啊！”此则寓言又见《庄子·达生》《吕氏春秋·离俗览·适威》《孔子家语·颜回》《新序·杂事五》。

《韩非子》

书名。韩非（前280—前233）去世后，后人搜集其遗著并加入他人论述韩非学说的文章编成。共五十五篇，二十卷。提出“法”“术”“势”相结合的法治主张，为集战国时法家学说大成的代表作。注有清·王先慎《韩非子集解》、近人陈启天《韩非子校释》、今人梁启雄《韩非子浅释》等。其中收有《智子疑邻》《和氏之璧》等寓言、故事。

智子疑邻

古代寓言。见战国·韩非等撰《韩非子·说难》。

宋国有一个富人，天上下大雨把他家的墙壁冲坏了。他家的孩子说：“如果不赶快修好的话，必定会有盗贼进来。”邻居家的老人也讲过这样的话。当天晚上，盗贼果然找上门来偷走了大量的财物。这个富人家里一致夸赞孩子有先见之明，却怀疑起邻居家的老人来了。

和氏之璧

古代寓言。见战国·韩非等撰《韩非子·和氏》。

楚国人卞和在山里得到一块玉璞，就拿去献给楚厉王。楚厉王让雕琢玉器的工匠来鉴定，玉匠说：“这不是玉，是一块石头。”楚厉王认为卞和在说谎，就下令砍掉他的左脚。等到楚厉王归天，楚武王即位后，卞和又将这块玉璞奉献给楚武王。楚武王让玉匠来鉴定，玉匠又说："这是一块石头。"楚武王也认为卞和在说谎，就下令砍掉他的右脚。楚武王归天，楚文王即位后，卞和便抱着这块玉璞在楚山下痛哭。经过三天三夜，他哭干了眼泪，眼睛里竟流出血来。楚文王听说了，立即派人去问卞和说："世间被砍脚的人多得很，你为什么哭得这样伤心啊？"卞和回答说："我并不是因为砍脚而悲伤。我悲伤的是把玉璞说成石头，把坚贞的人说成骗子。这才是我感到非常痛心的原因啊。"于是，楚文王让玉匠来雕琢这一块玉璞，果然得到了一块稀世珍宝，便将它命名为"和氏之璧"。此则寓言又见《新序·杂事五》。

扁鹊见蔡桓公

古代寓言。见战国·韩非等撰《韩非子·喻老》。

扁鹊去拜见蔡桓公，站了一会儿。扁鹊说："君王有病，目前尚在皮下肌肉之间，倘若不治疗的话就会进入体内。"蔡桓公说："寡人没有病啊。"扁鹊只好离去。蔡桓公说："当医生的人，就喜欢医治没有病的人而以此表功。"过了十天，扁鹊又来拜见蔡桓公，说道："君王的病已经进入肌肉，不治疗的话就会逐渐加深。"蔡桓公不搭理他，扁鹊只好离去。蔡桓公心里也感到不高兴。又过了十天，扁鹊再一次来拜见蔡桓公，说道："君王的病已经到了肠胃里面，再不治疗的话就会进一步加深。"蔡桓公还是不搭理他。扁鹊便出去了。蔡桓公心里照样不高兴。又过了十天，扁鹊来看了看蔡桓公，什么话都没有说就走了。蔡桓公随即派人去打听，扁鹊说："疾病在皮下肌肉之间的时候，服汤药或者使用布包药物热熨就可以治好；疾病在肌肉里面的时候，采用针灸就可以治好；疾病在肠胃里面的时候，使用清火的药剂就可以治好；如若疾病到了骨髓里面，便由司命之神操控，医生就无能为力了。君王的病已经在骨髓里面，臣下已无能为力。"过了五天，蔡桓公浑身疼痛，派人去寻找扁鹊，扁鹊已经逃往秦国。蔡桓公便死去了。此则寓言又见《史记·扁鹊仓公列传》《新序·杂事二》。

唇 亡 齿 寒

古代寓言。见战国·韩非等撰《韩非子·喻老》。

晋献公用垂棘出产的美玉为代价，向虞国借道去攻打虢国。虞国的大夫宫之奇前来向虞国的君王进谏，说道："不能够借道给他们啊！要知道失掉嘴巴的保护，牙齿就会寒冷。虞、虢两国之所以相互救助，并不是相互之间有什么恩德。今天晋国消灭了虢国，明天虞国必然跟着灭亡。君王倘若不听臣下的劝告，接受了他们的美玉，而任他们去攻打虢国的话，他们拿下虢国后必定回来消灭我们虞国。”

纣为象箸

古代寓言。见战国·韩非等撰《韩非子·喻老》。

从前，殷纣王使用象牙筷子，纣王的诸父箕子见了深感担忧。他以为，用象牙筷子，必定不再使用陶制的碗钵，而使用犀牛角和玉石的杯盘。用上象牙筷子、玉石的杯盘，必定不再吃平常的饮食，而吃各种珍馐美味。餐桌上摆着珍馐美味，必定不会穿粗布衣裳、住在茅屋之下，而会穿各色精致华丽的衣裳，住在高楼广厦之中。他因为恐惧可怕的后果，所以一开始就感到担忧。五年以后，殷纣王竟到了穷奢极欲的地步——庭院里挂满各种各样的肉食，摆放形形色色的烧烤器具，酒糟堆积如山，美酒像池水一样任人饮用。殷纣王于是走向了灭亡。因此，箕子看见象牙筷子就知道天下面临大祸，正所谓“见小明大”。

子罕不受玉

古代寓言。见战国·韩非等撰《韩非子·喻老》。

宋国有个在郊野居住的人得到了一块璞玉，就拿去献给宋国的大臣子罕。子罕不愿意收下。此人说：“这是一块宝玉啊，适合君子使用，而不适合小人收藏。”子罕说：“你以玉为宝，我却以不接受你的玉为宝啊。”此则寓言又见《左传·襄公十五年》《吕氏春秋·孟冬纪·异宝》《淮南子·精神训》《新序·节士》。

赵襄主学御

古代寓言。见战国·韩非等撰《韩非子·喻老》。

赵襄主向王子期学习驾马车的技术。没多久，他就跟王子期相互比试起来。他换了三回马，可是三回都赶不上对方。赵襄主对王子期说：“先生还没有把所有的技术传授给我。”王子期说：“我已经把驾马车的技术全部传授给您了，但您运用得有些过头啦。但凡驾车贵在让马匹的身体在马车当中安安稳稳地保持平衡，驾车者的注意力集中在马身上，这样才能够快速奔向前方。如今，君王在落后时就想尽快赶上臣下，跑在前面时生怕臣下赶上您。然而比赛驾车总是非先即后，可君王无论是先是后都在关注臣下，如何才能够掌握马的平衡呢？这便是君王落后的原因。”

魏文侯借道

古代寓言。见战国·韩非等撰《韩非子·说林上》。

魏文侯向赵国借道，以便前去攻打中山国。赵肃侯打算拒绝对方。赵国的大臣赵刻说：“君王这样做不妥当。魏国去攻打中山国而不能攻下的话，魏国就会疲惫不堪；魏国疲惫不堪的话就会被削弱，魏国被削弱，我们赵国的地位就会提升。魏国倘若攻下中山国，他们也不能够越过赵国而占有中山国。这样看来，发动攻击的是魏国，而得到土地的是赵国，君王不会不同意借道让他们尽力去攻打中山国。魏国一旦明白君王您会从中得利，必定会停止攻打中山国。因此君王您不如借道给他们，让他们自己认识到不能去攻打中山国。”

涸 泽 之 蛇

古代寓言。见战国·韩非等撰《韩非子·说林上》。

湖泽干涸了，里面的蛇将要迁徙到别的地方去。有一条小蛇对大蛇说：“你在前面爬，我在后面跟着，人们会因为是普通的蛇在爬，而把你杀了。我们不如互相衔着，由你背着我爬行。如此一来，人们必然以为我是神灵，就不敢怠慢啦。”于是它们便互相衔着，由大蛇背着小蛇越过大路，人们无不躲避它们，说道：“来的是神灵！”

远水不救近火

古代寓言。见战国·韩非等撰《韩非子·说林上》。

鲁穆公希望与晋、楚两国结盟，就让他的几个公子或者去晋国为官，或者去楚国为官。鲁国的大夫犁钼说：“假如有人去遥远的越国求人来救溺水的小孩子，越国的人虽然很会游泳，但小孩子必定没有生还的希望。假如有人到遥远的大海里去取水来灭火，海里面的水虽然非常多，但火必定不会扑灭，远水不救近火啊！如今晋、楚两国虽然十分强大，而齐国却离我们鲁国很近，倘若他们来犯，晋、楚两国怎么来得及援救我们呢？”

织屦者欲徙越

古代寓言。见战国·韩非等撰《韩非子·说林上》。

鲁国有个男人善于编织麻、葛一类的单底鞋，他妻子善于纺织白色的丝织物，他们打算搬迁到南边的越国去。有人对他说：“你们到那里必定要受穷啊！”那个鲁国人问道：“为啥呢？”此人说：“鞋子是脚上穿的，而越国人却光着脚走路；白色的丝织物是用来做帽子的，而越国人却喜欢披发。把你们擅长的手艺拿到用不着的地方去，要想让你们不受穷，可能办得到吗？”

树之难去之易

古代寓言。见战国·韩非等撰《韩非子·说林上》。

杨树这样的树木，横着插可成活，倒着插亦可成活，折断了再插仍然可以成活。但是，让十个人去插树，一个人来拔树，那根本就成活不了。十个人去种植容易成活的树木，却经不起一个人去糟蹋它。原因何在呢？是由于种植树木很艰辛，糟蹋树木却很容易啊。

相 踶 马

古代寓言。见战国·韩非等撰《韩非子·说林下》。

伯乐教两个人如何识别会踢人的马，他们一同来到赵简子的马厩观察马匹。一人指出其中一匹是会踢人的马，另一人从后面去抚摸这匹马。那个人几次抚摸马的屁股，马都不踢人，选马的人就以为自己看走眼了。那人说：“其实不是你看走眼了，而是这匹马的肩上有伤，前膝肿痛。马踢人时，一抬起后腿，身体便要前移。这匹马由于前膝肿痛而不能支撑，所以无法抬后腿踢人。你善于识别会踢人的马，却不善于发现马身上的毛病啊。”

三虱食彘

古代寓言。见战国·韩非等撰《韩非子·说林下》。

有三只虱子在一头猪身上争吵起来。这时，有一只虱子从它们身边经过，问道："你们为啥争吵呢？"三只虱子回答说："为的是争夺肥美之处呀！"那只虱子说："你们难道不担心腊日来临吗？到时候就要烧茅柴煮猪肉祭百神。除此以外，你们还计较什么呢？"于是，它们便聚集在一起吸食肥猪的血。猪消瘦起来，到了腊日人们便不宰杀它啦。

卖宅避悍

古代寓言。见战国·韩非等撰《韩非子·说林下》。

有个人与蛮不讲理的邻居住在一起，就打算卖掉自己的房屋来躲避这个家伙。有人告诉他说："他就要恶贯满盈啦，你暂且等待一下吧。"要搬家的人回答说："只怕他会以我来使其恶贯满盈呢。"于是便立刻离去了。

窃金难止

古代寓言。见战国·韩非等撰《韩非子·内储说上》。

楚国南部的丽水这条河里盛产金子。许多人前去偷偷开采金子。官府严令禁止采金，违禁者就要定罪，被拉到街市上处以分尸的酷刑。由于受酷刑的人很多，弃尸于水以致堵塞河流，但是窃金者依然屡禁不止。要说治罪的话，再没有比拉到街市上处以分尸的酷刑更重的了，可仍旧阻止不了。是因为铤而走险者不可能一一被绳之以法，总有侥幸逃脱的人。

滥竽充数

古代寓言。见战国·韩非等撰《韩非子·内储说上》。

齐宣王喜欢让人们给他吹一种叫竽的乐器，必须三百人一起吹。有一个南郭处士前来请求为齐宣王吹竽，齐宣王非常高兴，就把他留下来，给了他数百人口粮的薪俸。齐宣王死后，齐湣王即位。齐湣王喜欢听人单独吹竽，南郭处士怕丢丑受罚，赶忙逃走了。

李季浴矢

古代家庭故事。见战国·韩非等撰《韩非子·内储说下》。

燕国人李季喜好出远门，他妻子就趁机与一位公子私通。李季突然回到家中，那个男人正在房间里面，他妻子感到很害怕。这时，他的小妾说："快让公子裸体披发，笔直地走出门去，我们都假装看不见他。"于是，这位公子依计行事，快步出门。李季问道："这是什么人？"家里人都说："什么人也没有呀！"李季说："难道说我看见鬼啦？"妇人说："可能是吧。"李季说："怎么办才好呢？"妇人说："快涂上牛、羊、猪、狗、鸡五牲的粪便来洗一洗吧。"李季说："好的。"他就用五牲粪便洗了一下。

夫妻祷祝

古代夫妻祷祝型故事。见《韩非子·内储说下》。

卫国有夫妻俩在一起祷告，妻子请求神灵说："让我平白无故地得到一百串钱吧！"她丈夫说道："你为啥要得那么少啊？"妻子回答说："要多了，你会拿去买小老婆！"

揄刀劓美女

古代寓言。见战国·韩非等撰《韩非子·内储说下》。

在楚怀王宠爱的姬妾当中，有一个叫郑袖。楚怀王新近得到一个美女，郑袖就教她说："君王非常喜欢美人遮掩嘴巴。你如若接近君王，一定要遮掩自己的嘴巴呀！"有一次，这个美女进去见楚怀王，便把自己的嘴巴遮掩起来。楚怀王问是什么原因，郑袖说："这分明是嫌弃君王您的气味不好闻嘛！"等到楚怀王与郑袖及那个美女三人同坐在一起时，郑袖事先告诫侍从说："君王刚才说过，一定要尽快服从命令。"楚怀王让那个美女走过来，她靠近楚怀王时不断遮掩嘴巴。楚怀王见了勃然大怒说："割掉她的鼻子！"侍从立即挥刀割掉了那个美女的鼻子。

秦伯嫁女

古代寓言。见战国·韩非等撰《韩非子·外储说左上》。

从前，秦穆公把自己的女儿嫁给晋国的公子重耳，替她置办了各种嫁妆，陪嫁的身着彩衣的随嫁女子有七十人之多。到了晋国，晋人喜欢随嫁的女子而怠慢秦穆公的女儿。真可以说秦穆公善于嫁随从的女子，而不善于嫁女儿呀。

买椟还珠

古代寓言。见战国·韩非等撰《韩非子·外储说左上》。

楚国有一个人到郑国去卖宝珠，用木兰做匣子，并且拿气味芳香的桂椒来熏它，还把玫瑰色珠玉和翡翠镶嵌在匣子上。郑国人买了他装宝珠的匣子，而将宝珠退还给他。此人可以说善于卖匣子，而不善于卖宝珠啊。

射稽之讴

古代寓言。见战国·韩非等撰《韩非子·外储说左上》。

宋国的君王与齐国结下仇怨，便修建练武的场所，以防备齐国前来进攻。有一个叫癸的歌手引吭高歌，引得路人停下来观看，工地上干活的人也不感到疲倦。宋国的君王召见并赏赐了癸，癸对君王说："我的老师射稽唱得比我更好。"宋国的君王立即召射稽来歌唱。可是听见射稽的歌声，路人并没有停下脚步，在工地上干活的人也感到疲倦。宋国的君王说："路人没有停下来，干活的人也感到疲倦，射稽的歌声可没有癸的美妙啊！"癸回答说："君王不妨比一比实际效果，我唱歌的时候干活的人筑起四板墙，射稽唱歌的时候干活的人筑起八板墙；再检验一下墙体的坚固程度，我唱歌的时候筑的墙面能够凿进去五寸，射稽唱歌的时候筑的墙面只能凿进去两寸。"

棘刺母猴

古代骗子故事。见战国·韩非等撰《韩非子·外储说左上》。

卫国有个人来到燕国君王跟前，请求在酸枣树的刺尖儿上雕刻母猴。燕国君王很感兴趣，就把他留下来，为他提供了丰厚的俸禄。有一天，燕国君王说：“我想看看你在酸枣树的刺尖儿上雕刻的母猴。”那个人说：“当然可以。不过您要看的话，必须有半年时间不进后宫，并且不能饮酒吃肉，还要等到雨过天晴，在半明半暗之间才能够看得到酸枣树的刺尖儿上雕刻的母猴。”燕国君王无法做到这一切，只好白白养活着那个卫国人，却看不到他雕刻的物件。宫内有一个铁匠知道这件事后，赶来对燕国君王说：“我是个打制刻刀的铁匠。我知道各种微雕都必须使用刻刀来雕刻，而所雕刻的物件必定比刻刀大。如今酸枣树的刺尖儿连刻刀的刀锋都容不下，怎么可能用刻刀来雕刻酸枣树的刺尖儿呢？君王不妨看看他的刻刀。他是否能够在酸枣树的刺尖儿上雕刻物件，看过便一目了然啦！”燕国君王听了，觉得很有道理，便去问那个卫国人：“你在酸枣树的刺尖儿上雕刻母猴，用的是什么家什？”那个人说：“用的是刻刀。”燕国君王说：“快拿来，我想看看。”那个人说：“请让我回去取吧。”他立刻离去，趁机便溜走啦。

郑人争年

古代夸年高型故事。见战国·韩非等撰《韩非子·外储说左上》。

有一天，郑国有两个人在一起争辩到底谁的年纪大。一人说：“我跟唐尧同年。”一人说：“我跟轩辕黄帝的兄长同年。”他俩互不相让，一直争论不休。等到哪一个没有力气再争下去时，另一个就算胜利了。

画鬼最易

古代寓言。见战国·韩非等撰《韩非子·外储说左上》。

有一个画家要为齐王绘画，齐王问他：“画什么最难？”画家回答说：“狗和马最难画。”齐王又问：“画什么最容易？”画家回答说：“画鬼怪最容易。因为狗和马人们都很熟悉，随时随地出现在大家的面前，很不容易画得逼真，所以说非常难画。而鬼怪无形，没有在大家的面前出现过，所以说很容易画。”

卜妻为裤

古代呆子故事。见《韩非子·外储说左上》。

郑国有个叫卜子的人，让妻子替他做一条裤子。他的妻子问道："这条裤子怎么做？"卜子回答道："跟原先那条一样。"于是，他的妻子就把新做好的裤子弄得很破旧，跟原先那条裤子一样。

此车轭也

古代呆子故事。见战国·韩非等撰《韩非子·外储说左上》。

郑国有人得到一个车轭——套在马脖子上的人字形曲木，可是不知道叫什么。他去问别人："这是什么？"那人回答说："这个是车轭。"不久，他又得到一个车轭，再问别人："这是什么？"那人回答说："这个是车轭。"这个家伙听了非常生气，嚷嚷道："先前说是车轭，如今又说是车轭，难道有这么多吗？你分明是在欺骗我嘛！"于是便同那人扭打起来。

颍水纵鳖

古代放鳖喝水型故事。见战国·韩非等撰《韩非子·外储说左上》。

郑国人卜子的妻子到市场上去买了一只团鱼回家。路过颍水时，她以为团鱼渴了，便放到河里面去喝水。这只团鱼竟一去不复返。

郑人置履

古代呆人买鞋型故事。见战国·韩非等撰《韩非子·外储说左上》。

郑国有个人打算去买一双鞋子。他先量一量自己的脚，把所量的尺码放在座位上就到市场上去了，而忘记了带尺码。到了市场上，他拿起鞋子，才说："我忘了拿尺码。"就立即跑回家去取。等他赶回来时，集市已经散了，结果没有买到鞋子。有人问他："当时你为什么不穿在脚上试一试？"此人说："我宁愿相信量好的尺码，而不愿意相信自己的脚。"

齐桓公好服紫

古代寓言。见战国·韩非等撰《韩非子·外储说左上》。

齐桓公喜欢穿紫色的衣服，因而举国上下都跟着穿起紫色的衣服来了。那个时候，五件素色衣服抵不上一件紫色衣服的价格。齐桓公对此感到担忧，就告诉管仲说："寡人喜好穿紫色的衣服，紫色衣服就昂贵得很，全国百姓喜欢紫色衣服的风气一发不可收拾。寡人真不知如何是好。"管仲回答说："君王要想制止的话，何不试试不再穿紫色衣服呢？君王可对身边的人讲：'我非常讨厌紫色衣服的味道。'如果恰好身边有人穿紫色衣服进来的话，您就说：'稍微退开一点儿，我讨厌紫色衣服的味道！'"齐桓公表示赞同。从这天起，宫廷里面的侍从官便没有穿紫色衣服的啦；过了一天，都城里面便没有穿紫色衣服的啦；第三天，国境里面完全没有穿紫色衣服的啦。

释车而走

古代寓言。见战国·韩非等撰《韩非子·外储说左上》。

齐景公去游渤海时，传递信息的骑兵从都城赶来觐见，报告说："宰相晏婴病得非常厉害，眼看就不行啦，恐怕君王赶回去见不上他一面。"齐景公听了，一下子站起来。这时，又来了一个传递信息的骑兵报告消息。齐景公忙说："尽快驾上繁驵拉的马车，让侍从韩枢来驾车。"跑了几百步，齐景公觉得侍从赶的车跑得不快，连忙夺过缰绳代为赶车。刚驾车跑了几百步，齐景公仍然觉得跑得不快，竟跳下马车自己往前跑。用繁驵这样的良马，并且有侍从韩枢这样出色的驾车技术，齐景公仍然以为不如他下车跑得快，足见他是何等心急啊！

邹君断缨

古代寓言。见战国·韩非等撰《韩非子·外储说左上》。

邹国的君王喜好戴有长带子的帽子，他身边的人也都跟着戴有长带子的帽子。这种帽子的价格因而猛涨起来。邹国君王对此深感不安，便问左右的近臣为什么会这样。左右的近臣回答道："君王喜好戴这种帽子，老百姓也争着戴这种帽子，这种帽子的价格自然居高不下。"君王于是自己剪断长带子，然后出去走了走，全国上下便不再戴这种帽子啦。

曾子杀彘

古代寓言。见战国·韩非等撰《韩非子·外储说左上》。

曾参的妻子去集市的时候，她的儿子哭着要一起去。她对儿子说："快回去吧，等我回来给你杀猪吃。"妻子从集市上回来时，曾参就准备抓猪来杀。妻子拉住他说："别杀，我只不过和孩子说说罢了。"曾参说："怎么能够和孩子开玩笑呢！孩子不懂事，总是跟父母学，听从父母的教育。如今你欺哄他，就是让他学着骗人。母亲骗儿子，儿子就不会相信母亲。这不是教育孩子要做的事情啊！"于是，曾参就去杀猪来让儿子吃。

击鼓戏民

古代戏后误国型故事。见战国·韩非等撰《韩非子·外储说左上》。

楚厉王有一面警鼓，遇到敌人进犯时，用来给老百姓报警。有一次，楚厉王醉后敲打警鼓，在民众中引起一阵恐慌。楚厉王赶忙派人去告诉百姓："我喝醉了，跟左右的侍从开玩笑，敲打了这面警鼓。"于是，老百姓都退回去了。过了几个月，真的有敌人来犯。楚厉王不断敲打警鼓，可是老百姓以为君王在开玩笑，根本不行动。楚厉王只好更改命令，重新明确报警的信号，这才取得了老百姓的信任。

执法官益爵

古代寓言。见战国·韩非等撰《韩非子·外储说右上》。

一日，楚庄王有急事召见太子。按照楚国的法典，到王宫的马车不得行驶到茆门。当时天上正在下雨，宫里的地面上有许多积水，太子便驱车到茆门。朝廷的执法官对太子说："马车不得到茆门，您到这里是不合乎法典的。"太子说："君王有事急召我进宫，一时间积水干不了呀！"于是继续驱车前行。朝廷的执法官便举起殳（一种竹制的长兵器）击打太子的马，打坏了太子的马车。太子进到宫里哭着对楚庄王说："宫里有许多积水，我驱车到茆门，执法官说我无视法典，便举殳击打我的马，打坏了我的马车。父王您一定要严惩他！"楚庄王说：

“这个执法官在前对待年老的君王而不超越法理，在后对待储君执法而不犹豫，竭力保持严肃的态度。他是个真正遵守我国法纪的大臣啊。”于是楚庄王便给这个执法官晋升爵位二级，又打开后门送出太子，并且叮嘱太子“不要再犯这样的过失了”。此则寓言又见《说苑·至公》。

公仪休受鱼

古代寓言。见战国·韩非等撰《韩非子·外储说右下》。

公仪休做了鲁国的宰相。他很喜欢吃鱼，全国各地的人为了讨好他，都争相买鱼来送给他。但是，公仪休拒不受礼。他的兄弟问道：“你那么喜欢吃鱼，却拒不受礼，不知是何道理？”公仪休说：“正是因为我喜欢吃鱼，才拒不受礼。如果我接受了人家送的鱼，就必然会对人家提出的要求有所通融。对人家提出的要求有所通融，就会违法乱纪。一旦违法乱纪，必定做不成宰相。因此，我虽然喜欢吃鱼，但不能接受人家送的鱼。我没有接受人家送的鱼，就不会因为受礼而被免去宰相的职位，这样，我就能够长期吃自己买的鱼。”此则寓言又见《韩诗外传》卷三第二十一章、《淮南子·道应训》、《史记·循吏列传》、《新序·节士》。

自 相 矛 盾

古代寓言。见战国·韩非等撰《韩非子·难一》。

楚国有一个卖盾与矛的人，他在众人面前，一会儿吹嘘说：“我卖的盾十分坚固，任何锋利的武器都刺不穿！”一会儿又吹嘘说：“我卖的矛十分锋利，再坚固的东西它都能够刺穿！”有人就问他：“拿你的矛去刺你的盾，会怎么样呢？”此人竟无言以对。要知道，坚不可摧的盾与无坚不摧的矛，是不可能同时存在的。

子 产 闻 哭

古代哭夫不哀型故事。见战国·韩非等撰《韩非子·难三》。

郑国的子产早上出门，路过东边的里巷时发现有一个妇人在哭泣。他摸着车夫的手仔细听了听。不一会儿，他就派遣官吏把那个妇人带来，经审问，竟是个亲手勒死丈夫的凶手。第二天，车夫问子产："夫子怎么知道她犯事了呢？"子产说："我听出她的哭声带有恐惧。按常理，人们在亲人生病时会感到担忧，在亲人临死时会感到恐惧，在亲人去世后会感到哀伤。如今这个妇人在丈夫死后，却并不哀伤，而是感到恐惧，因此知道其中必有奸情。"此则故事又见《论衡·非韩篇》、《独异志》卷下《哭夫不哀》、《疑狱集》卷中《子产闻哭》、《折狱龟鉴》卷五《子产》、《智囊补》察智部诘奸卷《子产》。

守株待兔

古代守株待兔型故事。见战国·韩非等撰《韩非子·五蠹》。

宋国有一个农夫在耕田时，一只兔子跑过来，撞到田里的树桩上，一下折断脖子就死了。这个农夫因此扔下农具，一直守在树桩旁边，希望再捡到撞死的兔子。可是，兔子再也捡不到了，他却在宋国成为笑柄。

《吕氏春秋》

书名。亦称《吕览》。杂家代表著作。战国末秦相吕不韦（？—前235）集合门客共同编写。全书二十六卷，一百六十篇，分十二纪、八览、六论。该书既有儒家之说，又有道家及名、法、墨、农、阴阳各卷之言，保存了许多先秦的古史、传说。有汉·高诱《吕氏春秋注》、清·毕沅《吕氏春秋新校正》、近人许维遹《吕氏春秋集释》等。中华书局2007年出版有张双棣等译注本。其中收有《祁黄羊举贤》《杀子取义》等寓言、故事。

祁黄羊举贤

古代寓言。见战国·吕不韦等编撰《吕氏春秋·孟春纪·去私》。

有一次，晋平公问祁黄羊："南阳缺一个县令，你看哪个人能够担任呢？"祁黄羊回答："解狐可以。"晋平公问："解狐不是你的仇人吗？"祁黄羊回答："君王问的是哪个人能够担任南阳县县令，而不是问谁是我的仇人呀！"晋平公说："好的！"于是便任命解狐为南阳县县令，受到都城老百姓的称赞。不久，晋平公又问祁黄羊："国家缺少一个军尉，你看哪个人能够担任呢？"祁黄羊回答：“祁午可以。”晋平公问：“祁午不是你的儿子吗？”祁黄羊回答：“君王问的是哪个人能够担任军尉，而不是问谁是我的儿子呀！”晋平公说：“好的！”于是又任命祁午为军尉，同样受到都城老百姓的称赞。孔子听说这件事后，说道：“祁黄羊讲得非常好！推荐的对象应当着眼于才德，既不避讳仇敌，也不避讳自己的儿子，祁黄羊真可以算得上大公无私啊！”此则寓言又见《左传·襄公三年》、《国语·晋语七》、《韩非子·外储说左下》、《韩诗外传》卷九第十一章、《史记·晋世家》、《说苑·至公》、《新序·杂事一》。

杀子取义

古代寓言。见战国·吕不韦等编撰《吕氏春秋·孟春纪·去私》。

墨家有个大师姓腹名䵍，居住在秦国，他的儿子杀了人。梁惠王对他说：“先生的年纪都这么大了，又没有其他的孩子，寡人已经下令官员不要杀他，先生请听从寡人的安排吧。”腹䵍回答道：“按照墨家的法则，‘杀人者处死，伤人者受刑’，这样做为的是禁止杀人和伤人。而禁止杀人和伤人乃是通行天下的大道理。君王赏赐我这样的恩惠，命令官员不杀他，但我却不能不遵守我们墨家的法则。”他谢绝了梁惠王的好意，而让自己的儿子去依法受刑。

偏听致乱

古代寓言。见战国·吕不韦等编撰《吕氏春秋·季秋纪·审己》。

越王授有四个儿子。越王的弟弟名叫豫，他图谋把越王的四个儿子都杀掉，自己成为王位的继承人。豫诽谤越王的三个儿子，使他们都被杀掉了。老百姓非常不满意，纷纷指责越王。豫又诽谤越王余下的那个儿子，想让越王也把他杀掉，但越王没有听从豫的话。越王的那个儿子担心自己必死无疑，因此顺应老百姓的意愿将豫赶跑了，并且包围了王宫。越王感叹道：“我不听豫的话，所以才遭到这样的灾难！”这也是不知道自己为什么会灭亡啊！

网开三面

古代寓言。见战国·吕不韦等编撰《吕氏春秋·孟冬纪·异用》。

商朝的建立者成汤王在郊外看见一个猎人四面设网，并且祈祷说：“但愿从天上掉下来的，从地下爬出来的，从四方来的，全部进到我的网里。”成汤王说：“嘻！要是这样的话，野兽都被杀光啦。除了夏桀那样的暴君，谁会如此呢？”成汤王下令收起三面的网，仅在一面设网，又教他祷告说：“从前蜘蛛结网。如今人也学着张网，想左就左，想右就右，想高就高，想下就下，让我只捉到那些触犯天命的野物吧！”汉水以南的国家听说这件事后，称赞道：“成汤王的仁德已经惠及鸟兽啦！”随即有四十个国家前来归附成汤王。别人四面张网未必能够捕获一只鸟。成汤王去掉三面网，只留一面，却因此征服了四十个国家，不仅网鸟如此啊。此则寓言又见《史记·殷本纪》《贾谊新书·谕诚》。

楚有直躬者

古代寓言。见战国·吕不韦等编撰《吕氏春秋·仲冬纪·当务》。

从前，楚国有一个叫直躬的人，他的父亲偷了人家的羊，他就到官府去告发。官府把他的父亲抓起来，准备处死。直躬便请求代他的父亲受刑。将要行刑的时候，直躬对执法的官员说：“我的父亲偷羊，我告发了他，这样不是很诚实吗？我的父亲将要被处死，我来代替他受刑，这样不是很孝顺吗？连又诚实又孝顺的人都要杀掉，那全国还有不该杀掉的人吗？”楚王听了直躬的这番话，就不杀他啦。

割肉自啖

古代寓言。见战国·吕不韦等编撰《吕氏春秋·仲冬纪·当务》。

齐国有两位喜欢显摆自己勇敢的人，一个住在城东头，一个住在城西头。一天他俩偶然在路上相遇，说道：“咱们姑且一块儿喝几杯吧！”他俩喝下几杯后，一个提议说：“咱们弄一点儿肉来下酒吧！”另一个说：“你身上有的是肉，我身上也有的是肉，何必另外去找呢？”于是，他俩备好蘸料，就拔出刀相互割身上的肉来吃，一直到死为止。像这样的勇敢，还不如没有的好。

高山流水

古代寓言。见战国·吕不韦等编撰《吕氏春秋·孝行览·本味》。

春秋时期楚国的伯牙弹琴的时候，钟子期就在一旁聆听。刚开始，琴声表现出攀登高山的志向。钟子期说："琴弹得太好啦！像高山一样巍峨啊！"过了一会儿，琴声表现出河水奔流的志向。钟子期又说："琴弹得太好啦！像流水一样浩荡啊！"钟子期去世以后，伯牙便摔坏了琴，折断了弦，终身不再弹琴。他认为从此以后世上再没有值得为之弹琴的人啦。此则寓言又见《列子·汤问》、《韩诗外传》卷九第九章、《说苑·尊贤》。

教女外藏

古代家庭故事。见战国·吕不韦等编撰《吕氏春秋·孝行览·遇合》。

从前有个女子出嫁做了人家的妻子。有人提醒她的父母说："嫁出去后不一定能够生孩子。衣服、器物之类的东西她应当设法藏一点儿在外面，以防备不生孩子被休弃。"她的父母认为此话很有道理，于是叫女儿外藏财物。她的婆婆、公公知道此事后，说道："做了我家的儿媳妇却有外心，不能留下！"因此就把她给休弃了。这个女子的父母还认为替自己出主意的人对他们忠诚，一辈子都与他交好，却始终不明白女儿被休弃的原因。此则寓言又见《韩非子·说林上》《淮南子·氾论训》。

逐臭之夫

古代寓言。见战国·吕不韦等编撰《吕氏春秋·孝行览·遇合》。

从前有一个人奇臭无比，他的父母、兄弟、妻妾、朋友都不愿意跟他在一起生活。他自己也感到苦恼，便搬到海边去住。谁知海边却有人喜欢他身上的臭味儿，日夜相随，从不离去。

竭池求珠

古代寓言。见战国·吕不韦等编撰《吕氏春秋·孝行览·必己》。

宋国司马桓魋有一颗宝珠。他犯罪逃亡在外，宋王派人去问他宝珠到哪儿去了。他说："扔到池子里面了。"于是，宋王下令掏干池水来寻找宝珠。结果没有找到宝珠，池子里面的鱼也全死啦。

桑下饿人

古代寓言。见战国·吕不韦等编撰《吕氏春秋·慎大览·报更》。

从前，赵宣子赵盾将要往晋国国都绛邑去时，看见路旁一棵弯曲的桑树下，有个人饿得躺在地上起不来。赵宣子停下马车来，让人给他准备食物，弄干净后给他吃。那人咽下一点儿后便睁开了眼睛。赵宣子问他道："你为啥饿成这个样子？"那人回答说："我在绛邑帮工，回家时粮食吃光了，不好意思乞讨，又厌恶拿别人的东西，所以饿成这个样子。"赵宣子给他两块肉干，他跪拜着收下了，然而却不敢吃。赵宣子问他是什么原因。他回答说："家有老母亲，我要把肉干带给她老人家。"赵宣子说："你都吃了，我另外再给你。"于是又给了他两捆肉干和一百枚钱，然后才离去。两年后，晋灵公打算杀掉赵宣子，在房中埋下伏兵等着他。晋灵公请赵宣子喝酒，赵宣子知道他的图谋，喝到一半便离开了。晋灵公命令房中的伏兵去追杀他。其中一个士兵跑得很快，先赶到赵宣子面前说："嘻！您快上马车逃走，我愿意为您返回去拼命！"赵宣子问他："你叫什么名字？"那人回答说："问名字干啥？我是桑树下饿得躺在地上的那个人啊。"他退回去与追兵搏斗而死，赵宣子因此得以活命。此则寓言又见《左传·宣公二年》《史记·晋世家》《说苑·复恩》。

管仲讴歌

古代寓言。见战国·吕不韦等编撰《吕氏春秋·慎大览·不广》。

管仲在鲁国被捉后，鲁国人把他捆起来装进笼子，并派差役将他送回齐国。差役们都唱着歌拉车。管仲担心鲁国改变主意，把自己留下来杀掉，因此希望尽快赶到齐国。他便对差役们说："我给你们领唱，你们随声唱和吧！"管仲的歌声非常适合赶路，差役们一个个精神抖擞，不感到疲倦，前进的速度很快。管仲可以说是能够因势利导的人。差役们的愿望得到了满足，管仲自己也如愿以偿，是因为使用的策略得当。

循表涉澭

古代寓言。见战国·吕不韦等编撰《吕氏春秋·慎大览·察今》。

楚国想攻打宋国，派人事先在澭水里设置了渡河的标记。过了一些日子，澭水突然上涨，但是楚军并不知道，夜间仍按标记渡河，竟淹死一千多人，军队因受惊而出现相互踩踏的状况，如同城市里面房屋倒塌一般。当初楚军事先设置标记是为了顺利渡河。如今河水上涨，突然发生变化，他们依旧按照原先的标记渡河，这便是失败的原因。

刻舟求剑

古代刻舟求剑型故事。见战国·吕不韦等编撰《吕氏春秋·慎大览·察今》。

楚国有个人乘船渡江时，他的剑从船上掉入江中。他赶忙在船边刻上一个记号，说道："这是我的剑掉下去的地方。"等到船停下来后，他便从刻记号的地方下水去找剑。船已经移动了，可是沉到水里面的剑并不会动。像他这样去找剑，岂不是很糊涂吗?

其父善游

古代寓言。见战国·吕不韦等编撰《吕氏春秋·慎大览·察今》。

有人从江边经过，看见一个人正牵着一个小娃娃要扔到江中去。小娃娃吓得直哭。有人问他为什么这样做。那人说："怕啥？小娃娃的爸爸很会游泳呀！"小娃娃的爸爸虽说很会游泳，难道说他的娃娃也一定很会游泳吗？用这种思想来待人处事，岂不是太荒唐吗?

以不解解之

古代寓言。见战国·吕不韦等编撰《吕氏春秋·审分览·君守》。

鲁国有个边鄙地区的人送给宋元王一个连环结。宋元王向全国发出号令，让有技艺的人都来解连环结，然而没有人能够解得开。宋人儿说的弟子请求去解连环结，只能解开其中一个，却不能解开另外一个，并且说："并不是可以解开我不去解，这个连环结我本来就解不开啊。"宋元王派人去问鲁国的那个边鄙地区的人，那人回答道："是的，它原本就解不开。我在打连环结的时候，就知道它解不开。如今那个人没有打过这个连环结，就知道它原本就解不开。这就是他比我聪明之处。"所以说，像儿说的弟子这种人，是用"不可解开"的回答解决了解连环结的难题。

颜回攫甑

古代寓言。见战国·吕不韦等编撰《吕氏春秋·审分览·任数》。

孔子被困在陈国、蔡国之间，连野菜汤都上顿不接下顿，七天没有见到一粒米了，只好白天躺在床上。颜回讨米回来煮饭，快煮熟时，孔子忽然望见颜回抓甑子里面的饭来吃。不一会儿饭熟了，颜回请孔子吃饭。孔子假装没看见，起来后说道："今天我梦见了先祖，把饭食弄干净后拿去祭祀吧。"颜回赶忙对孔子说："不行啊，方才有烟尘落到甑子里面了，把脏东西扔掉不吉利，我只好抓来吃掉了。"孔子感叹道："人们一般相信的是自己的眼睛，可是亲眼所见仍然不可信；所依靠的是心，可是心里琢磨的仍然不可依靠。弟子们记住，了解人确实不容易啊！"

安　之

古代寓言。见战国·吕不韦等编撰《吕氏春秋·审应览·离谓》。

有一年，洧河河水很大，郑国有个富人被淹死了，有人捞到了他的尸体。富人家里要赎买尸体，那个人要价很高。富人家里将此事告诉邓析，邓析说："放心吧，那个人肯定没法到别处去卖掉的。"不久，那个捞到尸体的人发起愁来，也将此事告诉邓析，邓析又对他说："放心吧，他们不可能在别处买到这具尸体的。"

亡缁衣

古代寓言。见战国·吕不韦等编撰《吕氏春秋·审应览·淫辞》。

宋国有个叫澄子的人，丢失了一件黑衣服。他到路上去寻找，看见一个穿黑衣服的妇人，便抓住不放，想把她的衣服夺过来，说道：“我丢了一件黑衣服！”那个妇人说：“你虽然丢了黑衣服，但我穿的确实是自己做的呀！”澄子说道：“你还不如赶紧把衣服拿给我。我先前丢的是一件夹衣，如今你穿的是单衣。用单布衣服抵夹衣，难道还划不来吗？”

掣　肘

古代寓言。见战国·吕不韦等编撰《吕氏春秋·审应览·具备》。

孔子的弟子宓子贱去治理亶父这个地方。他担心鲁国君王听信谗言，无法实现自己的主张，即将赴任时，便请求鲁国君王派身边的两位官吏与他一同前往。宓子贱到了亶父，当地的官吏都来朝见。宓子贱让两位官吏书写。他俩刚提笔书写，宓子贱就在一旁摇晃他俩的胳膊肘。他俩写得很糟糕，宓子贱见了怒不可遏。两位官吏十分不快，便请求辞去。宓子贱说：“你们写得非常不好，快回去吧！”两位官吏回去向鲁国君王禀报说：“没法子在宓子贱那里干事。”鲁国君王问道：“是什么缘故？”两位官吏回答：“宓子贱让微臣书写，却不断摇晃我俩的胳膊肘。我们写得不好，他又很生气，他的举动让当地的官吏窃笑，这就是微臣要离开亶父的原因。”鲁国君王感叹道：“宓子贱是用这样的方式来讽谏寡人的缺点。寡人干扰宓子贱，让他难以实行自己的主张，想必已经不止一次啦。要不是你们二位，寡人几乎就要出差错啦！”于是，鲁国君王派一个亲信去亶父告诉宓子贱说：“从今以后，亶父不归寡人所有，归你宓子贱所有。凡是对亶父有利的事情，你自己决定办理吧。只需五年向寡人简明扼要地禀报一次就可以啦！”宓子贱恭恭敬敬地接受下来，得以在亶父实现了自己的主张。

取道杀马

古代寓言。见战国·吕不韦等编撰《吕氏春秋·离俗览·用民》。

宋国有个赶路的人，他因为马不肯前进，便把马杀死扔到溪水里面。他换了一匹马往前赶，这匹马也不肯前进，他又把马杀死扔到溪水里面。他接二连三地反复了几次，即使有造父那样的威严，恐怕也不过如此。他没有造父那样的驾驭马的本领，而徒有“威严”，对于驾马肯定毫无用处。此则寓言又见《论衡·非韩篇》。

晋文公伐原

古代寓言。见战国·吕不韦等编撰《吕氏春秋·离俗览·为欲》。

晋文公攻打原国，与将士约定为期七天。过了七天原国还不投降，晋文公便下令离去。谋士们说："眼看原国就要投降啦。"军官们都请求等待几天。晋文公说："信用是国家的珍宝。得到原国却失去了珍宝，我不能这样做啊。"因此便离去了。第二年，晋文公又去攻打原国，与将士约定必须拿下原国才回去。原国听说这个约定以后，便投降晋国了。卫国人听说了此事，认为晋文公守信用到了极点，就来归顺晋文公。所以说"攻打原国同时得到了卫国"，指的即此事。晋文公并非不想得到原国，他认为以不守信用而得到原国，不如不得到，必定要靠守信来得到，归顺晋国的就不仅仅是卫国啊。晋文公可以说是知道如何实现自己的愿望啊！此则寓言又见《左传·僖公二十五年》、《国语·晋语四》、《韩非子·外储说左上》、《韩诗外传》卷二第一章、《淮南子·道应》、《新序·杂事四》。

次非斩蛟

古代寓言。见战国·吕不韦等编撰《吕氏春秋·恃君览·知分》。

楚国有个叫次非的人，在干遂这个地方得到了一把宝剑。他回来渡江的时候，到了江心，有两条蛟龙夹绕住他所乘的船。次非问船夫道："你曾经见过两蛟绕船，人龙俱活的吗？"船夫回答："没有见过。"次非立即卷袖子，伸胳膊，拔出宝剑喊道："我至多不过成为江里面的腐肉朽骨。倘若舍弃宝剑能够保全性命，我又有什么舍不得的？"于是，他便跳到江中去刺蛟龙，杀死蛟龙后再回到船上。一船人因而都活了下来。此则寓言又见《淮南子·道应训》。

窥井自照

古代寓言。见战国·吕不韦等编撰《吕氏春秋·恃君览·达郁》。

齐湣王对贤人列精子高言听计从。有一天，列精子高穿着熟绢衣服，戴上白绢帽子，穿上粗布鞋子，天刚亮就撩起衣服走到堂下，对侍从说："你看我怎么样？"侍从回答说："您既光鲜又漂亮。"列精子高走到井边照一照自己，分明是个丑陋的老头儿模样。他无比感慨地说："侍从看见君王对我言听计从，便极力阿谀奉承。更不用说他们对听从我主张的齐滑王啊！"对大国的君王来说，人们必定更加曲意迎合，而他自己却没有镜子自照，发现其不足之处，亡国的时间就不远了。

敬重段干木

古代寓言。见战国·吕不韦等编撰《吕氏春秋·开春论·期贤》。

有一次，魏文侯路过段干木居住的里巷时，用双手扶着马车前的横木向其表示敬意。他的驾车人问道："君王为什么要这样致敬呢？"魏文侯说道："这里不是段干木住的里巷吗？段干木是个贤者，我怎么敢不表示敬意呢？而且我还听说段干木十分看重自己的操守，即使我以王位与其交换他都不肯，我怎么敢对他傲慢呢？段干木在品德上耀眼，而我只是在地位上耀眼；段干木在道义上富有，而我只是在财物上富有。"驾车人说："那么，君王为啥不让他做相国呢？"于是，魏文侯就请段干木出来做相国，段干木却不肯接受相位。魏文侯就给了段干木丰厚的俸禄，并且常常去看望他。于是国人都感到高兴。过了没多久，秦国出兵准备攻打魏国，秦国的大夫司马唐劝谏秦国君王说："段干木是位贤者，魏国敬重他，天下广为人知，对魏国用兵恐怕不大妥当啊。"秦国君王认为司马唐说得在理，因此不再出兵攻打魏国。此则寓言又见《淮南子·修务训》《新序·杂事五》。

幽王击鼓

古代戏后误国型故事。见战国·吕不韦等编撰《吕氏春秋·慎行论·疑似》。

周朝的都城丰京和镐京，离戎人都很近。周朝与诸侯约定，各自在大路旁边修筑城堡，在城堡上放置大鼓，使远近都能够听到鼓声。如果戎兵进犯，便击鼓相告，让各路诸侯都出兵来援救天子。有一次，戎兵来犯，周幽王击鼓后，各路诸侯都纷纷出兵赶来，周幽王的妃子褒姒看了十分高兴，很喜欢这样。周幽王为了博褒姒开心，便多次击鼓。各路诸侯每一次都派兵前来，却发现并没有戎兵进犯。后来戎兵果真前来进犯，周幽王赶忙击鼓，可是各路诸侯都按兵不动。结果，周幽王被戎兵杀死在骊山之下，为天下人耻笑。此则故事又见《韩非子·外储说左上》《史记·周本纪》《列女传·孽嬖传》。

黎丘奇鬼

古代鬼欺老翁型故事。见战国·吕不韦等编撰《吕氏春秋·慎行论·疑似》。

梁国北部有一个黎丘乡，那里有个行为古怪的鬼，喜欢模仿别人家儿子、侄子、兄弟的样子。乡里有个老头儿去城里喝醉酒正往家走时，黎丘乡的这个鬼便装扮成老头儿的儿子，去搀扶老头儿，一路上不断折磨他。老头儿回到家中，酒醒后责怪儿子说："我是你的爸爸，难道说对你不慈爱吗？我喝醉酒回家，你一路上折磨我，是何道理？"他的儿子哭着跪在地上说："太离奇啦，压根儿没有这回事！昨天我到东乡去收债，不相信的话您可以到那里去打听。"老头儿相信了他的话，说道："啊，必定是那个鬼在捣乱，我原先就听说过。明天我专门去城里喝酒，要是遇到那鬼就把它杀掉。"次日，老头儿到城里喝醉了回来，他的儿子担心他回不来，就去接他。老头儿看见儿子，以为是鬼，立刻拔剑将他刺死了。

穿井得一人

古代寓言。见战国·吕不韦等编撰《吕氏春秋·慎行论·察传》。

宋国有一户姓丁的人家没有井，需要去外面打水，为此经常有一个人住在外面。等到他家打了一眼井，就告诉人们说："我家打井得到一个人。"有人听说后，便四处传言："丁家打井挖到一个人呀！"国人对此议论纷纷，竟传到宋国君王那里。宋国君王派人去问丁家，丁家的人回答说："我们讲的是增加了一个能供使唤的人，而不是从井里面挖出一个人来呀！"

戎主醉缚

古代寓言。见战国·吕不韦等编撰《吕氏春秋·贵直论·壅塞》。

秦穆公时，戎人的势力强盛。秦穆公便送给他们十六个歌舞女子和一些技艺精良的厨师。戎主非常喜悦，无论白天黑夜，他都不停地吃喝。身边倘若有人提醒他秦军会来，他便立即张弓射杀。后来，秦军果然来到。此时戎主已经酩酊大醉，正在酒樽下面酣睡，竟被活活捉住捆绑起来。戎主在被捉之前，不可能知道他将会被捉；即使被捉以后，他也不知道自己已经被捉啦。对于这样的人，再善于劝谏者也拿他没有办法。

掩耳盗钟

古代寓言。见战国·吕不韦等编撰《吕氏春秋·不苟论·自知》。

春秋末年晋国六卿之一的范子昭出逃齐国后，民众中有人得到他的一口钟。此人想把钟背走，可是钟太大，很不好背，便想用锤子敲碎弄走。他刚敲下去，钟就发出“哐”的响声。他担心别人听到响声跑来强夺，赶忙捂住自己的耳朵。害怕别人听到响声，是可以理解的；害怕自己听到响声，以为自己听不见，别人也听不见，就很荒谬啊！此则寓言又见《淮南子·说山训》。

尹儒学御

古代寓言。见战国·吕不韦等编撰《吕氏春秋·不苟论·博志》。

尹儒学习驾车技术，花三年时间都没有学会，深感痛苦。夜间他梦见自己从老师那里学到了高超精湛的驾车技术。第二天，他去拜访老师。老师见到他就说：“我并不是舍不得教你，而是怕你还无法接受。现在我可以把精湛的驾车技术传授给你啦。”尹儒转身后退几步，向北给老师行礼说：“昨晚我已经在梦中向老师您学过这种技术了。”于是他对老师诉说了自己的梦境，而他所梦到的，正是老师准备传授给他的这种精湛的驾车技术。

好猎者

古代寓言。见战国·吕不韦等编撰《吕氏春秋·不苟论·贵当》。

齐国有一个喜好打猎的人，耗费了许多时间也没有捕捉到野兽。他回到家中，在亲人面前感到惭愧；走出家门后，在朋友、邻里面前感到惭愧。他琢磨捕捉不到野兽的原因，是自己的猎狗太糟糕。于是他便想弄一条好猎狗，可家境不好又拿不出钱来。于是，他回家奋力耕种，使其家渐渐富足起来；他家富起来了，便有钱买好猎狗；猎狗好了，便不断捕捉到野兽，打猎的收获往往超过旁人。不光是打猎如此，各种事情也都是如此。

起 死 人

古代寓言。见战国·吕不韦等编撰《吕氏春秋·似顺论·别类》。

鲁国有一个叫公孙绰的人，对别人讲："我能够让死人复活。"人们问他有什么高招儿。他说："我原先能够医治半身不遂的病，如今我把治疗半身不遂的药量加大一倍，就能够起死回生啦！"

高阳应为室

古代寓言。见战国·吕不韦等编撰《吕氏春秋·似顺论·别类》。

宋人高阳应打算修建房舍，木匠对他说："还不行啊，木料还不太干，再涂上泥巴，必然会压弯。用不太干的木料盖房舍，现在虽然很好，以后必定要坍塌。"高阳应说："照你的说法，房舍就不会坍塌了。木料愈干就愈结实，泥巴愈干就愈轻，用愈来愈结实的木料承受愈来愈轻的泥巴，肯定坍塌不了。"木匠无言以对，只好照他的吩咐去做，房舍刚修建起来时很不错，但后来果然坍塌了。高阳应喜欢在小处明察，却不懂得大道理。

良 狗 取 鼠

古代寓言。见战国·吕不韦等编撰《吕氏春秋·士容论·士容》。

齐国有个人善于识别狗的好坏。他的邻居委托他买一条会捉老鼠的狗。过了一年光景才买到，他对邻居说："这是条好狗。"他的邻居牵回家去养了好几年，这条狗却不捉老鼠。邻居将这种情况告诉买狗的人，那人说："这是一条好狗。它想要捕捉的是獐子、麋鹿、野猪、鹿子，而不是老鼠。假如你要它捉老鼠，就要把它绊住。"邻居绊住了狗的后腿，这条狗才在家里捉老鼠。

燕 雀 处 室

古代寓言。见战国·吕不韦等编撰《吕氏春秋·士容论·务大》。

燕雀争相在屋檐下筑巢，母雀喂养着子雀，感到很快活，自以为安然无恙。即使烟囱破裂，房梁燃烧起来，燕雀仍然不动声色。为什么呢？因为它们并不知道即将大祸临头了。这不是十分愚蠢吗?

《国　语》

书名。传为春秋·左丘明撰。二十一卷，《国语》三卷，《鲁语》二卷，《齐语》一卷，《晋语》九卷，《郑语》一卷，《楚语》二卷，《吴语》一卷，《越语》二卷。以记录西周末年和春秋时期周、鲁、齐、晋、郑、楚、吴、越等国贵族的言论为主，可以与《左传》相参证，故有《春秋外传》之称。有三国时韦昭《国语解》以及清人汪远孙《国语校注三种》、陈瑑《国语翼解》、董增龄《国语正义》等。上海古籍出版社1978年出版有上海师范大学古籍整理组点校本。其中收有《川壅必溃》《钼麑触槐》等寓言。

川壅必溃

古代寓言。见传春秋·左丘明撰《国语·周语上》。

周厉王暴虐无道，都城里面的人纷纷指责他的过失。邵公告诉周厉王说："老百姓忍受不了君王您的政令呀！"周厉王怒不可遏，找到一个卫国的巫师，让他去监视有不满言论的人，只要经他告发，就会被杀掉。都城里面的人们从此不敢讲话，熟人在路上相遇只能够用眼色来示意。周厉王喜出望外，便对邵公说："我能够制止人们指责我，他们都不敢吭声啦。"邵公说："这只不过是堵住他们的嘴罢了。堵住老百姓的嘴，比堵住江河还要危险呀！江河堵塞了就要决口，一旦决口就会伤害许多人，堵老百姓嘴巴的危险也是如此。因而治理江河的人就要排除堵塞，使其通畅；管理百姓的人就要开导他们，让他们讲话……老百姓忧虑在心宣泄于口，成熟以后就会付诸行动，怎么堵得住呢？倘若一定要堵老百姓的嘴巴，又能够堵多长时间呢？"周厉王不听邵公的劝告，于是都城里面的人们都不敢讲话啦。过了三年，人们便把周厉王放逐到彘（今属山西霍州），后来他就死在此地了。

钼麑触槐

古代寓言。见传春秋·左丘明撰《国语·晋语五》。

晋灵公暴虐无道，赵宣子多次进行劝谏。晋灵公因此怀恨在心，便派钼麑前去杀害赵宣子。钼麑早晨前往，走到时赵宣子的寝室门已经打开了。赵宣子穿戴整齐，正准备上朝，由于时间尚早便坐着打盹。钼麑转身退回来，叹息道："赵孟恭恭敬敬啊！他不忘恭敬，是国家的一位重臣。除掉国家的重臣乃是不忠，受命而没有执行乃是不信，无论背上哪一种名声都不如一死啊！"于是他便撞死在庭院里面的槐树上。

《战国策》

书名。简称《国策》。汉·刘向编订战国时诸国史料而成，内容多述当时游说之士的言论活动。记事年代起于战国初年，迄于秦灭六国。分为十二策，三十三卷，共四百九十七篇。宋时已有缺佚，由曾巩作了订补。注释有汉·高诱《战国策注》、宋·鲍彪《战国策校注》、元·吴师道《战国策校注补正》、近人金正炜《战国策补释》，今人缪文远《战国策新校注》和张清常、王延栋《战国策笺注》等。其中收有《楚人有两妻》《扁鹊见秦武王》等寓言、故事。

楚人有两妻

古代家庭故事。见汉·刘向编《战国策·秦策一》。

楚国有一个人有两个老婆。有个寄住在他家的人去勾引他的大老婆，遭到大老婆的痛骂；那人又勾引他的小老婆，竟跟小老婆勾搭上了。过了些日子，这个讨两个老婆的人死了。旁人问那个勾引他人老婆的家伙说："如今你想娶他的大老婆呢，还是想娶他的小老婆呢？"那人回答："娶大老婆。"旁人又问道："大老婆痛骂你，小老婆顺从你，你为啥不娶小老婆，而想娶大老婆呢？"那人回答："以往寄住在他家时，自然乐意跟顺从我的女人勾搭；如今我要讨老婆，自然愿意找那个不受勾引的女人啊！"

扁鹊见秦武王

古代寓言。见汉·刘向编《战国策·秦策二》。

名医扁鹊前去拜见秦武王，秦武王把自己的病情告诉了扁鹊。扁鹊请求为他治病。秦武王身边的近臣却说："君王的病，在耳朵跟前，眼目下面，未必容易祛除，弄不好会使耳朵失聪，眼睛失明。"秦武王将此话转告扁鹊。扁鹊怒不可遏，扔掉了治病用的石针，说道："君王，您同懂行的人商量好了，却又让不懂行的人来坏事。假如让这样的人来过问秦国的政务，那么您就会一下子亡国。"

曾 母 投 杼

古代寓言。见汉·刘向编《战国策·秦策二》。

从前，孔夫子的弟子曾参住在费县。费县有一个跟曾参同名同姓的家伙杀了人。有人跑来告诉曾参的母亲说："曾参杀人啦！"曾参的母亲说："我的孩子不会杀人。"说完，仍然埋头织自己的布。不一会儿，又有人跑来说："曾参杀人啦！"这时候，曾参的母亲感到害怕啦，赶忙扔掉织布的梭子，翻墙逃跑了。此则寓言又见《新序·杂事二》。

恒 思 神 树

古代寓言。见汉·刘向编《战国策·秦策三》。

恒思这个地方有一个强悍的少年，要跟乡野林间的神祠丛树玩棋戏。他对神祠丛树说："我赢了你，你就将神力借给我三天；我赢不了你，你就将我捆绑起来。"于是，他用左手替神祠丛树操作，用右手为自己操作。结果他赢了，神祠丛树就将神力借给他。三天以后，神祠丛树向他讨要神力，他却不归还。五天以后，神祠丛树渐渐枯萎；七天以后，神祠丛树就枯死啦。

邹 忌 比 美

古代寓言。见汉·刘向编《战国策·齐策一》。

邹忌身高八尺有余，神采焕发，容貌美丽。他一大早穿好衣服，戴上帽子，对着镜子端详了一会儿，问老婆说："我同城北徐公相比，哪一个漂亮？"老婆回答说："夫君非常漂亮，城北徐公哪里比得上夫君呢！"城北徐公是齐国数一数二的美男子。邹忌很不自信，因而又去问小老婆说："我跟徐公相比哪个漂亮？"小老婆回答说："徐公哪里比得上夫君呢！"一天，有个客人从外面来，他们坐着聊天时，邹忌问客人说："我与徐公相比哪个漂亮？"客人回答说："徐公没有您漂亮啊！"第二天，徐公来了。邹忌仔仔细细地端详徐公，觉得自己的确不如对方漂亮；他转身对着镜子端详自己，更觉得自己远不如徐公漂亮。天黑以后，他躺在床上认真琢磨，自言自语道："他们不顾事实奉承我，各有其原因——老婆夸我，是因为她偏爱我；小老婆夸我，是因为她害怕我；客人夸我，是因为他有求于我。"

画蛇添足

古代寓言。见汉·刘向编《战国策·齐策二》。

楚国有个人，在祭祀过后赏赐给身边的亲近者一壶酒。那些人商量说："这一壶酒大家一起喝不够喝，一个人喝就有剩余。我们各自在地上画蛇，先画好的先喝。"有一个人先把蛇画好了。他正要喝酒时，竟左手端起酒壶，右手又继续描画，得意扬扬地说："我还能给它画足呢。"可他还没有把足画好，另一个人已经把蛇画成，一把夺过他手中的酒壶，说道："蛇原本没有足，你怎么给它添足呢？"于是，便将壶中的酒喝了。而那个给蛇添足的人，最终没有喝到那壶酒。

土偶与桃梗

古代寓言。见汉·刘向编《战国策·齐策三》。

孟尝君田文将要去秦国，一千多人前来劝阻，他却不听。说客苏秦也来劝阻他。孟尝君说："人世间的事情，我都已经知道了；我所不知道的，只有鬼的事情。"苏秦说："臣下到这里来，固然不敢讲人世间的事情，只能给您讲讲有关鬼的事情。"孟尝君接见了他。他对孟尝君说："今天臣下到这里来时，路过淄水之滨，听见土偶人与桃梗人谈话。桃梗人对土偶人说：'您原本是西岸上面的泥巴，经过揉捏才成为人形。到了每年八月下大雨，淄水涌来，您就会被冲坏。'土偶人说：'不对。我原本是西岸上面的泥巴，变成泥巴以后又回到了西岸。可是您呢，原本是东方国家的桃木，被雕刻为人形后，下暴雨淄水涌来，把您冲走了，您还不知道将会漂到哪儿去呀。’如今秦国四面有山关可以固守，犹如虎口，您去秦国以后，臣下不知道您还出得来出不来。”孟尝君听了苏秦的一番话，便不再去秦国啦。此则寓言又见《史记·孟尝君列传》《说苑·正谏》。

疾犬与狡兔

古代寓言。见汉·刘向编《战国策·齐策三》。

齐国打算进攻魏国，齐国学士淳于髡对齐王说：“韩国的良犬，是天下跑得最快的狗。齐国的良兔，乃是天下最强健的兔子。韩国的良犬追赶齐国的良兔，环绕高山三圈，翻越高山五次。兔子在前面跑得筋疲力尽，狗在后面跑得十分疲劳困顿。最后，兔与狗都跑不动了，各自死在倒下的地方。一个老农看见了它们，不费什么力气，就独自得到如此可观的成果。如今齐国、魏国长时间对立，双方的士卒都感到非常困顿。臣下深恐强大的秦国和楚国紧跟在后面，会收获那个老农所得到的成果。”齐王一听，感到很恐惧，立即下令遣散将官，让士卒通通撤退。

田 骈 不 宦

古代寓言。见汉·刘向编《战国策·齐策四》。

齐国有人见到处士田骈，说道：“闻听先生有一个与众不同的见解——您不愿意做官，而愿意做社会地位低下的老百姓。”田骈说：“您是从哪里听到的？”那人回答说：“我是从邻居家的女儿那里听来的。”田骈说：“她是怎样说的？”那人回答说：“我邻居家的女儿声称不愿意出嫁，可她三十来岁就生下七个娃娃。不嫁倒是不嫁，但所作所为比嫁人有过之而无不及啊！如今先生您声称不愿意做官，而家中的资养非常丰富，随从有百人之多，不做官倒是不做官，但所作所为比做官有过之而无不及啊！”听了他的这番话，田骈道谢后便离去了。

狗 尝 溺 井

古代寓言。见汉·刘向编《战国策·楚策一》。

有个人因为自己的狗凶猛强劲而十分喜欢它。他家的狗曾经往井里面撒尿。

一次，邻居又看见那狗往井里面撒尿，就想进他家去告诉狗主人。那狗憎恨邻居，便挡住家门狂咬。邻居望而生畏，只好不进去告诉狗主人啦。

黠麋落网

古代寓言。见汉·刘向编《战国策·楚策三》。

如今山林、川泽之间的野兽，最为狡黠的莫过于麋鹿——四不像了。麋鹿知道猎人张网是想把自己驱赶进网里，因此一再返回来冲撞猎人。猎人明知其狡诈，于是假装举网前行，麋鹿照样往前冲，结果猎人就把它捉住了。

亡羊补牢

古代寓言。见汉·刘向编《战国策·楚策四》。

有一次，楚人庄辛对楚襄王说："君王左边有宠臣州侯，右边有宠臣夏侯，您车辇后面还跟着鄢陵君和寿陵君，格外骄奢淫逸，对朝政不管不顾，楚国的京城郢都就危险啦！"楚襄王说："先生老糊涂了吧？你怎么认为寡人的这种行为是楚国的不祥之兆呢？"庄辛说："臣下的确看见了这种必然的趋势，不敢以为是国家的不祥之兆啊。君王倘若一直宠幸那四个小人，楚国就非亡不可！臣下请求去赵国躲避一下，在那里静观其变。"庄辛离开楚国，到赵国待了五个月光景，秦国果然攻下了楚国的鄢郢、巫郡、上蔡、陈等地，楚襄王也逃到陈国的阳城去了。于是，楚襄王便派人到赵国召庄辛，庄辛连忙应召。庄辛赶到后，楚襄王说："寡人未能听先生的话，而今事至于此，如何是好？"庄辛回答说："臣下听过这样的俗语：'见兔而回头看犬，并不算晚；亡羊而补牢，并不算迟。'臣下听说当年商汤王、周武王凭借百里之地而兴盛起来，夏桀王、殷纣王拥有天下却自取灭亡。如今楚国虽然很小，截长补短，尚有数千里之地，岂止是当年商汤王、周武王的百里之地？"

不死之药

古代不死药型故事。见汉·刘向编《战国策·楚策四》。

有个人向楚王进献不死之药。通报者拿着药往宫里走时，宫中的侍卫官问道："这药可以吃吗？"通报者回答说："可以吃。"侍卫官立即就抢夺过来吃了。楚王怒不可遏，下令要杀掉这个侍卫官。侍卫官托人到楚王那里替他辩解说：“臣下问通报者能不能吃，他说可以吃，臣下就把它吃了。臣下并没有罪，有罪的是通报者。再说，来人进献不死之药，臣下吃后被君王杀掉，那个药就是‘死药’啊！君王杀掉无罪之臣，不是正好说明君王受骗了吗？”楚王于是便不杀侍卫官了。此则寓言又见《韩非子·说林上》。

惊弓之鸟

古代寓言。见汉·刘向编《战国策·楚策四》。

善射者更羸跟随魏王站在京台之下，望见天空有一只飞鸟。更羸对魏王说：“臣下为君王拉弓假意射箭，就能把飞鸟射下来。”魏王问道：“难道你的射箭技艺竟如此精湛吗？”更羸说：“是的。”过了一会儿，有一只大雁从东方飞来，更羸拉弓假意射箭，便把大雁射下来了。魏王说：“你的射箭技艺果然如此精湛！”更羸回答道：“这是一只曾经受过伤的大雁。”魏王问道：“先生是怎么知道的？”更羸回答道：“它飞得很缓慢，而且发出阵阵惨叫。飞得很缓慢，是由于它身上有箭伤；发出阵阵惨叫，是由于它长时间离开了雁群。因为箭伤未愈，心惊不止，它一听到弓弦的响声，便奋力高飞，竟导致伤口破裂而坠落下来。”

骥遇伯乐

古代寓言。见汉·刘向编《战国策·楚策四》。

有一匹千里马到能够驾车乘用的年龄了，拉着盐车上太行山。它用力伸开蹄子，弯曲膝盖，大汗使其尾巴下垂，并且在皮肤、蹄子上流淌，纵横交错，洒落满地。到了半山坡它竟难以前进，不能把盐车拉上太行山。伯乐遇到了这匹千里马，下车挽着它，忍不住流下泪来，并且脱下衣服披在它身上。这匹千里马于是低头喷气，抬头嘶鸣，嘶鸣声直冲云天，仿佛出自钟磬一般。它为什么会这样激动？因为它见伯乐竟是如此了解自己。

虎怒决蹯

古代寓言。见汉·刘向编《战国策·赵策三》。

有人拿可以缠住野兽蹄子的工具捕捉到一只老虎。老虎怒不可遏，竟然弄断自己的蹄子逃跑了。老虎绝非不爱惜自己的蹄子，而是权衡了得失，并不因顾惜长一寸的蹄子而坑害七尺长的躯体。

文侯期猎

古代寓言。见汉·刘向编《战国策·魏策一》。

魏文侯与掌管山泽的官吏相约一起去打猎。到了这天，魏文侯在家中饮酒为乐，天上也下着雨。魏文侯正准备出发的时候，左右的近臣说："今日饮酒为乐，天上又在下雨，君王要去哪儿呀？"魏文侯说："我与掌管山泽的官吏相约一起去打猎，此刻虽说很快乐，岂能不去呢？"于是，魏文侯便赴约前去打猎，直到筋疲力尽才返回。由于有这样一位待人诚信的君王，魏国于是开始强盛起来。

魏王称乐

古代寓言。见汉·刘向编《战国策·魏策一》。

有一次，魏文侯与他的老师田子方一起饮酒，并且欣赏音乐。魏文侯说："钟声不大协调，左边高啦。"田子方听了笑了笑。魏文侯问道："您为何发笑？"田子方回答道："老臣听说，君王贤明则恪尽职守，君王昏庸则沉湎于音乐。而今君王如此精通音乐，我深恐君王无心治理国家啊！"魏文侯忙说："很好！一定记住您的教诲。"

三人成虎

古代寓言。见汉·刘向编《战国策·魏策二》。

庞葱陪魏太子到邯郸去作人质时，对魏王说道："假如有一个人说街市上有老虎，君王信不信呢？"魏王说："寡人不信。"庞葱说："有两个人说街市上有老虎，君王信不信呢？”魏王说：“寡人持怀疑的态度。”庞葱说：“有三个人说街市上有老虎，君王信不信呢？”魏王说：“寡人就相信了。”庞葱说：“街市上明明没有老虎，可是三个人都在讲，君王便信以为真啦。如今赵国都城邯郸到魏国都城大梁的距离远远超过这里到街市的距离，而在背后议论臣下的人也远不止三人啊，请君王明察。”魏王说：“寡人自会善处。”于是，庞葱向魏王辞行，陪魏太子去了邯郸。庞葱刚刚离开，进谗言的人就进宫了。魏太子不再做人质回到大梁后，魏王果然不再召见庞葱。此则寓言又见《韩非子·内储说上》《新序·杂事二》。

南辕北辙

古代寓言。见汉·刘向编《战国策·魏策四》。

魏王打算攻打赵国都城邯郸。魏国的大臣季梁听说后，立即从出使的路上返回，来不及整理衣冠，便匆匆忙忙前去朝见魏王，说道：“今天臣下回来，看见有人在大路上正驾车往北走，并且对臣下说：‘我要去楚国。’臣下说：‘你去楚国，为什么往北走呢？’那人说：‘我的马非常好。’臣下说：‘你的马虽然非常好，可你走的不是通往楚国的路啊！’那人说：‘我带的盘缠很多。’臣下说：‘你的盘缠虽然很多，可你走的不是通往楚国的路啊！’那人说：‘我的驾车人技术十分精良。’他列数的几个条件越是好，他离楚国越远。现在君王的一切举措都是为了成就霸业，欲取信于天下。您依仗幅员辽阔，军队精锐，而要攻打邯郸，以拓展疆土，提高名望。可是君王您此类行动越多，离您的霸业越远，犹如要去楚国却往北走一样啊！”

千金买马首

古代寓言。见汉·刘向编《战国策·燕策一》。

古代有个君王，用千金求千里马，三年不能得。有一位侍臣请求去办这件事，他花三个月时间用五百金买了一匹死去的千里马头回来。君王见了大怒，侍臣忙说：“死去的千里马尚且值五百金，不用说活的千里马啦！这样一来，天下都知道君王您广求千里马，千里马很快便会到来。”不到一年光景，果然先后送来了三匹千里马。

马价十倍

古代寓言。见汉·刘向编《战国策·燕策二》。

有个人去卖骏马，在市场上接连待了三天都没有人来光顾。他去拜见伯乐，说道：“我打算卖掉一匹骏马，可在市场上接连待了三天都没人搭理。请先生帮帮忙，前去环顾一番，离开时再回头看看。我愿意给您奉上一天的费用。”于是，伯乐便到那人卖马的地方环顾一番，离开时又回头看了看。一天工夫，那人的马价竟暴涨了十倍。

鹬蚌相争

古代鹬蚌相争型故事。见汉·刘向编《战国策·燕策二》。

赵国将要攻打燕国，策士苏代前往替燕国游说，对赵惠王讲道：“此番臣下前来的时候，路过易水，看见有一只河蚌出来晒太阳，这时飞来一只鹬鸟去啄它的肉，河蚌立刻合起两壳，夹住鹬鸟的尖嘴。鹬鸟说：‘今天不下雨，明天不下雨，就会有死蚌啦！’河蚌也对鹬鸟说：‘今天不放你，明天不放你，就会有死鹬啦！’它俩互相较劲，谁也不让谁。结果有个渔夫走过来，把它俩一起捉走了。如今赵国准备攻打燕国，燕国与赵国长期相持不下，双方的民众都疲惫不堪。臣下担心强暴的秦国会坐收渔利，所以希望君王深思熟虑，从长计议。”赵惠王听了，说道：“很好！”于是便不再攻打燕国了。

卫有贤人

古代家庭故事。见汉·刘向编《战国策·宋卫策》。

智伯打算攻打卫国，就赠送给卫国君王马车一百乘、白玉一块。卫国君王见了非常高兴，群臣都来道贺，只有大夫南文子一个人面露愁容。卫国君王问道：“全国上下都很喜悦，您为什么面带愁容啊？”南文子说：“没有功劳却受到奖赏，没有缘由却赠送礼物，不能不了解清楚啊。马车一百乘、白玉一块，这是小国赠送给大国的礼物，而今大国却拿来赠送给我们，君王请考虑考虑啊。”卫国君王便把他的话拿来告诫边境上的将士，时刻提高警惕。不久，智伯果然起兵袭击卫国，到了边境却立刻返回。智伯说：“卫国有贤人，他事先已经知道我的谋略啦。”此则寓言又见《说苑·权谋》。

太子佯亡

古代家庭故事。见汉·刘向编《战国策·宋卫策》。

智伯准备袭击卫国，便假意让晋国的太子逃亡，跑到卫国来。大夫南文子说：“太子颜是智伯的儿子，智伯非常宠爱他，而且给他很高的俸禄，如果不是有重大的罪过便出逃，其中必有其他的缘故。”于是派人到边境上去迎接，叮嘱道：“要是太子颜的马车超过五乘的话，千万不要放他进来！”智伯听说以后，便打消了袭击卫国的念头。此则寓言又见《说苑·权谋》。

卫人迎新妇

古代家庭故事。见汉·刘向编《战国策·宋卫策》。

卫国有一户人家娶新媳妇。新媳妇一上车便问道：“两边拉套的马，是谁家的马？”车夫回答说：“是借来的。”新媳妇又对车夫说：“要爱护两旁的马，不要拿鞭子去抽居中驾辕的马。”马车来到门口，新媳妇下车时对送她的老妇人说：“把灶膛里面的火灭掉，以免发生火灾。”她进入室内看见石臼，忙说：“搬到窗户下面去吧，搁在这里有点儿碍事儿。”主人听了，忍不住笑起来。这样三句话，每一句都切中要害，然而不免惹人发笑，是因为讲得过早，不符合新媳妇的身份。

两汉故事

《韩诗外传》

书名。汉·韩婴撰。汉初传《诗》者有鲁、齐、韩、毛四家。《汉书·艺文志》著录，韩婴撰《内传》四卷、《外传》六卷。南宋后仅存《外传》。今本和《隋书·经籍志》《新唐书·艺文志》所载均为十卷。该书援引历史故事来解释《诗义》，所述多与先秦诸子相出入。今通行本末附清·赵怀玉辑《内传》佚文。最早的刊本是宋本。此后，元、明、清均有刊本行世。中华书局1980年出版有许维遹的《韩师外传集释》。其中收有《石奢死义》《楚庄王不祭河》等寓言、故事。

石奢死义

古代寓言。见汉·韩婴撰《韩诗外传》卷二第十四章。

楚昭王有个臣子叫石奢，他为人公正而耿直。楚昭王任命他为司法官员。此时道路上出现一个杀人者，石奢追赶上去一看，原来是他的父亲。他返回朝廷禀报楚昭王说："杀人者是臣下的父亲。我杀了父亲办好公务，则不符合孝道；我不执法放走父亲，则对朝廷不忠。放走犯人，废弃国法，而接受惩罚才是我应有的结果。"于是，他伏在腰斩的垫座上说："我的命运完全由君王您掌握。"楚昭王说："追赶不上哪里有罪呢？你仍然办你的事去吧。"石奢说："并不是这样的。对父亲不徇私枉法，就是不孝顺；不执行君王的法令，就是不忠心；犯了死罪而让活命，就是不廉正。君王要赦免罪臣，是君王给的恩惠；臣下不能违背法纪，是臣下义不容辞的职责。"他便离开刑具，当场刎颈自杀。此则寓言又见

《吕氏春秋·离俗览·高义》《史记·循吏列传》。

楚庄王不祭河

古代寓言。见汉·韩婴撰《韩诗外传》卷三第八章。

当初，楚庄王生了病。占卜者说："是黄河之神在作祟。"楚国的大夫说："请杀牲来祭祀。"楚昭王说："不要祭祀。古代圣王的制度规定，诸侯祭祀不超越本国山川的范围。睢水、漳水、长江、汉水是我们楚国祭祀的大川。寡人虽然缺乏品德，却也不会得罪黄河之神。"于是就不去祭祀，三天以后楚庄王的疾病竟然痊愈啦。此则寓言又见《左传·哀公六年》《孔子家语·正论解》《史记·楚世家》《说苑·君道》。

纣 杀 比 干

古代寓言。见汉·韩婴撰《韩诗外传》卷四第一章。

商纣王制作了炮烙这种刑具实行炮烙之刑。纣王的叔父比干说："君王残暴而不谏阻，是不忠诚；畏死不讲话，是不勇敢。看见君王有过失立即谏阻，君王不听谏阻就去死，这是最大的忠诚。"于是比干就去进行谏阻，三天没有离开朝廷，纣王便把他囚禁起来，随即杀掉。此则寓言又见《新序·节士》。

孔 子 学 琴

古代寓言。见汉·韩婴撰《韩诗外传》卷五第七章。

孔子向鲁国的乐官师襄子学习弹琴，提高不明显。师襄子说："夫子可以前进一步了。"孔子回答说："我已经认识曲谱了，但没有掌握演奏技巧。"过了一段时间，师襄子又说："夫子可以前进一步了。"孔子回答说："我已经掌握演奏技巧了，但没有领会乐曲的含义。"过了一段时间，师襄子又说："夫子可以前进一步了。"孔子回答说："我已经领会乐曲的含义了，但还不了解作曲的人。"过了一些时间，师襄子又说："夫子可以前进一步了。"孔子回答说："我已经了解作曲的人了，但还不知道他属于哪一类人。"过了一段时间，孔子说："我远远地望去，何等意气风发，何等端庄恭顺，必定是创作这首乐曲的人。他黧黑的皮肤，高高的身躯，是天下的王者，诸侯都来朝拜，他便是周文王啊！”师襄子离开座位，站立起来再一次作揖说：“很对，我也认为是周文王所作的乐曲。”于是，孔子把握了周文王作的乐曲，就知道了周文王的为人。师襄子说：“请问，您怎么知道这是周文王所作的乐曲？”孔子说：“是的，仁爱之人喜欢舒缓，温和之人喜欢装饰，睿智之人喜欢弹琴，情意恳切深厚之人喜欢瑰丽。我因而知道这是周文王所作的乐曲。”

郭君出亡

古代寓言。见汉·韩婴撰《韩诗外传》卷六第十一章。

从前，郭国的君王逃出郭国后，在途中对车夫说：“我渴了，想喝水。”车夫就送上清酒。过了一会儿，郭君说：“我饿了，想吃东西。”车夫就送上干肉与干粮。郭君问道：“为啥这么齐全？”车夫说：“我早有储备了。”郭君问道：“你为啥要储备呢？”车夫说：“为了使君王出逃时不至于饥渴啊。”郭君问道：“难道你知道我将要出逃吗？”车夫说：“是的。”郭君问道：“你为什么不劝告我呢？”车夫说：“君王喜欢听阿谀奉承，而厌恶仗义执言。我想进言劝告，恐怕在郭国灭亡之前就被杀掉啦，所以我不敢进言劝告。”郭君的脸色一变，很生气地问：“你说说，我灭亡的原因到底在哪里？”车夫转换一下言辞，说道：“君王灭亡的原因，是太贤明了。”郭君说：“君王贤明就不能让国家长治久安，反而会灭亡，是何道理？”车夫说：“天下没有贤人，唯独君王贤明，因此才导致灭亡。”郭君听了很高兴，伏在车前的横木上笑起来，说道：“哎呀，贤明的人竟如此痛苦啊！”他筋疲力尽，就头枕着车夫的膝盖睡着了。车夫用土块替代自己的膝盖，抽身从小路离去。后来，郭君竟死在荒野之中，他的尸体也被老虎吃掉了。

夜行射虎

古代射石饮羽型故事。见汉·韩婴撰《韩诗外传》卷六第二十四章。

从前，楚国的熊渠子夜间赶路，看见一块横卧在路边的巨石，以为是一只伏虎，急忙拉弓用足力气射箭，结果连箭头带箭尾都射进去了。他弯腰一看，才发现是一块巨石。他拉弓又射了一次，箭头竟被弹出，石头上没有留下痕迹。此则故事又见《新序·杂事四》《论衡·儒增》等。

事君为亲

古代寓言。见汉·韩婴撰《韩诗外传》卷七第一章。

有一次，齐宣王对田过说："我听说儒士要为双亲守丧三年，为君王守丧三年，那么君王与父母亲谁更重要呢？"田过回答："大概君王不如父母亲重要吧。"齐宣王听了，愤愤然问道："儒士为啥要离开双亲来侍奉君王呢？"田过回答说："没有君王给的土地，就无法安置我的双亲；没有君王给的俸禄，就无法奉养我的双亲；没有君王给的爵位，就无法让我的双亲得到尊显。从君王那里接受的一切都要送给双亲。我侍奉君王所做的一切，都是为了双亲。"齐宣王听了很不高兴，却无法回应。此则寓言又见《说苑·脩文》。

绝缨之会

古代寓言。见汉·韩婴撰《韩诗外传》卷七第十四章。

楚庄王赏赐酒宴给群臣，日暮酒酣，左右臣属都喝得醉醺醺的。此时，宫殿上的灯火突然熄灭，有人悄悄扯王后的衣服。王后一下子扯断那人帽子上的帽缨，对楚庄王说："灯火熄灭时有人暗中牵扯我的衣服，我摸着扯断他的帽缨，赶快取火来找到那个人！"楚庄王说："不要这样。"随即传令："跟寡人一起喝酒，凡是不扯断帽缨的，就是喝得不痛快的人啊！"不一会儿工夫，在场的人没有一个人的帽缨是完好无损的，因此再也无法知道王后扯断帽缨的那个人是谁了。于是，楚庄王与群臣快快活活地畅饮，十分尽兴才结束。后来，吴国起兵攻打楚国，有一个人常常带头冲锋，五次攻入敌军的队伍将其击溃，并且砍下敌军统帅的脑袋献给楚庄王。楚庄王感到奇怪，便问他："寡人从未对你有什么特殊照顾，你为什么对寡人如此忠心耿耿呢？"那人回答道："臣下就是那个被扯断帽缨的人，当时就该处以极刑。我蒙受君王的大恩大德很长时间啦，一直没有报恩的机会。如今有幸让臣下报效国家，能够为君王击败吴国以增强楚国的威望。"此则寓言又见《说苑·复恩》。

廉稽使楚

古代寓言。见汉·韩婴撰《韩诗外传》卷八第一章。

越王勾践派廉稽献一枝梅花给楚王。楚国的使者对楚王说："越国乃夷狄之国，请让臣下去欺侮他们的使者吧。"楚王说："越国的君王是一个贤人，其使者也是一个贤人。你行事要谨慎啊。"这个使者出来会见廉稽，说道："你戴上帽子便可按照我国的礼俗觐见我们的君王，不戴上帽子便不可以觐见。"廉稽说："我们越国也是周朝分封的诸侯国，没有处于中原地区，而是处于江海之滨，与鼋、鳣、鱼鳖为伍，文身剪发以后而生活。如今来到贵国，要求必须戴上帽子才能够觐见君王，不戴上帽子便不可以觐见。如果这样的话，贵国的使者到我们越国去，也要割鼻刺墨、文身剪发才能够按照越国的礼俗觐见我们的君王，这样可以吗？"楚王听了廉稽的一番话，立即披上衣服出来表示歉意。

屠羊说辞赏

古代寓言。见汉·韩婴撰《韩诗外传》卷八第三章。

吴国攻打楚国，楚昭王逃离了自己的国家。楚国有一个名叫说的宰羊屠夫，跟随楚昭王出行。楚昭王回国以后，赏赐跟随他出行的人。轮到屠羊说时，屠羊说辞谢道："君王失掉了国家，我失掉了宰羊铺；君王返回楚国，我也回到宰羊铺。我的收入丰厚，又为啥还要给我赏赐呢？"屠羊说辞谢不受，楚昭王硬让他接受了。屠羊说说道："君王失掉国家，不是我的罪过，所以不敢接受惩罚；君王返回楚国，不是我的功劳，所以不敢接受赏赐。吴国军队攻入郢都，我害怕敌寇而躲避出逃，君王返回楚国，我有什么功劳呢？"楚昭王说："你不接受赏赐，那么就来见一见我吧。"屠羊说回答道："按照楚国的法令，商人要见君王，一定得有重大的贡献和贵重的礼物才能够觐见。如今我的智慧达不到足以保卫国家的程度，我的节操达不到为君王牺牲生命的程度，我的勇敢达不到奋起抗敌的程度，却要去觐见君王，这是不符合楚国法令的。"于是，他不接受命令，竟逃往山涧之中去了。

九 重 之 台

古代寓言。见汉·韩婴撰《韩诗外传》卷八第十二章。

齐景公派使臣出使楚国，楚王同齐国使臣一起登上九层的高台，回头问道："你们齐国也有这样的高台吗？"齐国使臣回答说："我们的君王有处理政务的朝堂，朝堂上有三级土台阶，用茅草盖的屋顶没有修剪，彩色的椽子上没有雕刻，可是我们的君王还以为过于耗费人力，让居住的人过于舒适。我们的君王哪有如此巍峨的高台哟！”楚王听了，感到闷闷不乐。这个使臣遇事能够独立应对，可以说没有辜负国君的信任。

斫聚亡鸟

古代机智人物故事。见汉·韩婴撰《韩诗外传》卷九第十章。

齐景公到昭华池去射鸟，派颜斫聚去管理鸟，他却让鸟跑了。齐景公大为愤怒，要杀掉颜斫聚。晏子对齐景公说：“颜斫聚犯了四条死罪，请让我列举他的罪状，然后再诛杀他。”齐景公说：“好吧。”晏子说：“颜斫聚！你替我们的君王管理鸟而让鸟跑了，这是第一条罪状；你使我们的君王因为鸟而杀人，这是第二条罪状；你使四方诸侯听到此事后，认为我们的君王重视鸟轻视士人，这是第三条罪状；天子听到此事后，必定会罢黜我们的君王，因此危害国家，断绝宗庙祭祀，这是第四条罪状。你有这四条罪状，应当杀掉而不能赦免，臣下请求加以诛杀。”齐景公听了，忙说：“不要杀了！这样做是我的不对，希望夫子替寡人郑重道歉吧！”此则故事又见《晏子春秋·外篇》《说苑·正谏》。

解狐荐仇

古代寓言。见汉·韩婴撰《韩诗外传》卷九第十一章。

有一次，魏文侯问解狐说：“寡人将要任命一个西河太守，你看看谁合适？”解狐回答说：“荆伯柳是一位贤能之人，大概可以。”魏文侯说：“他不是你的仇人吗？”解狐回答说：“君王您问的是谁合适，而不是问谁是我的仇人啊。”于是，魏文侯便任命荆伯柳为西河太守。荆伯柳问魏文侯身边的侍臣：“是谁向君王推荐我的？”魏文侯身边的侍臣都说：“是解狐。”荆伯柳去见解狐，向他表示感谢说：“您宽恕了我的过失，在君王面前推荐我，特再三向您拜谢。”解狐说：“我推荐你是从国家考虑的，而怨恨你则是私人的原因。公事已经办妥了，私人的怨恨依然如故。”解狐随即张弓射荆伯柳，荆伯柳跑了几十步才躲过去。解狐真是一个有血性的人啊。此则寓言又见《韩非子·外储说左下》《吕氏春秋·孟春纪·去私》《说苑·至公》《新序·杂事一》。

相 人 之 友

古代寓言。见汉·韩婴撰《韩诗外传》卷九第十二章。

楚国有一个善于看相的人，他所有的判断没有不准确的，到处都能听见对他的夸奖。楚庄王召见了他，问起他看相的事情。他回答说：“我并不是会替人看相，而是会观察此人交的是什么样的朋友。观察平民百姓，他的朋友如都能孝顺父母，敬重兄长，为人诚实，遵守法纪，这样的人必然家道越来越兴旺，身体越来越康健，这就是所谓的吉人啊。观察侍奉君王的人，他的朋友如能诚信可靠，好善嫉恶，这样的人必然办事越来越成功，官位越来越高升，这就是所谓的吉臣啊。观察君王，如若他朝廷中的臣子大多贤德，身边亲随大多忠实，君王有失察都敢争相劝谏，这样的君王，他的国家必然越来越安定，君王越来越受人尊敬，声名显赫，这就是所谓的吉主啊。我并不能看人的面相，却能够观察人的朋友。”楚庄王说：“很好！”他之所以能够任贤使能，雄霸天下，大概就是从这里得到了启示啊。

不 忘 故 簪

古代寓言。见汉·韩婴撰《韩诗外传》卷九第十三章。

孔子出游，在少源的野外看见一个妇人在沼泽地里哭泣，哭声非常悲伤。孔子觉得奇怪，就让弟子前去了解情况，问道：“夫人为什么哭得这样伤心？”妇人回答说：“刚才我在这里割蓍草时，把一个用蓍草做的簪子弄丢了，所以我很伤心。”那个弟子说：“割草时丢了蓍草做的簪子，有什么值得伤心的呢？”妇人回答说：“并不是心疼丢的簪子。我之所以感到伤心，是因为不能够忘记故旧的物件啊。”

凤 凰 展 羽

古代寓言。见汉·韩婴撰《韩诗外传》卷九第二十七章。

凤凰刚刚飞起来的时候，才展翅飞了十步远，篱笆间的小鸟就喔喔咿咿地嘲笑它。等它飞到东方的极地，一屈一伸，在云端展翅翱翔，篱笆间的小鸟才感到自愧弗如，因而垂头丧气。

屠 牛 吐

古代寓言。见汉·韩婴撰《韩诗外传》卷九第二十八章。

齐国的君王备办了丰厚的嫁妆，要把女儿嫁给以宰牛为生的屠牛吐。屠牛吐以自己有病为借口，推掉了这门婚事。屠牛吐的朋友问他："难道说你打算老死在这个腥臭的牛肉铺里吗？你为啥推掉这门婚事呢？"屠牛吐回答说："齐王的女儿长得丑陋哟。"他的朋友问道："你怎么知道的？"屠牛吐回答说："凭我宰牛的经验知道的。"他的朋友问道："此话怎讲？"屠牛吐说："倘若我的牛很好，我就足斤足两地出售，还担心不够卖呢；倘若我的牛不好，即便是多割一些给买主，仍然卖不出去。如今齐王用丰厚的嫁妆嫁女，他的女儿一定丑陋。"后来，屠牛吐的朋友见到了齐王的女儿，果然丑陋。

以 人 为 宝

古代寓言。见汉·韩婴撰《韩诗外传》卷十第六章。

有一次，齐宣王与魏惠王一起在郊外打猎。魏惠王问齐宣王："齐国有珍宝吗？"齐宣王说："没有。"魏惠王说："像外面这样的小国，尚有直径达到一寸，其光芒能够照耀十二辆车前后的珠宝十颗。怎么像你们这样拥有万辆兵车的大国反而没有珍宝呢？"齐宣王说："我视为珍宝的，与大王的有所不同。我有一个叫檀子的臣子，派他去把守南城，楚国人便不敢来侵犯，泗水两岸的十二个诸侯国都来朝见；我有一个叫盼子的臣子，派他去把守高唐，赵国人便不敢再向东到黄河来打鱼；我有一个叫黔夫的臣子，派他去把守徐州，燕国人便来祭祀徐州的北门，赵国人便来祭祀徐州的西门，跟着前来归顺的有七千余家；我有一个叫种首的臣子，派他去防备盗贼，于是出现了道不拾遗的景象。我将用他们来照耀千里之外的地方，何止照耀十二辆车前后啊！"魏惠王听了颇为惭愧，便有些不愉快地离开了。

齐 使 献 鸿

古代寓言。见汉·韩婴撰《韩诗外传》卷十第十八章。

有一次，齐国派使臣向楚国进献一只天鹅。在途中天鹅渴了，使臣便给它喂水，天鹅趁机抓破笼子逃跑了。使臣来到楚国，说道："齐国君王派我来向楚王进献天鹅，中途天鹅渴了，我给它喂水时，它趁机抓破笼子逃跑了。我想逃跑，担心因此让两国君王断绝往来；我想拔剑自刎，又担心人们会以为君王您轻视士人而重视天鹅。被抓破的笼子在这里，希望凭借它来完成我的使命。"楚王认为他的话讲得非常有道理，言辞巧妙，因而把他留下来，并且给了赏赐，让他终身成为楚国的上宾。此则寓言又见《史记·滑稽列传》《说苑·奉使》。

管仲弃酒

古代寓言。见汉·韩婴撰《韩诗外传》卷十第十六章。

有一次，齐桓公置酒席宴请诸侯大夫，事先约定："迟到者要罚一'经程（一种饮器）'酒。"管仲迟到了，应当喝一"经程"酒。但是，管仲却倒掉了一半酒。齐桓公说："仲父你该喝一'经程'酒，为何倒掉了一半？"管仲回答道："臣下听说，酒入口的人，舌头便会露出来；舌头露出来的人，往往会说错话；说错话的人，往往会丢掉性命。与其丢掉性命，岂不是宁愿倒掉一半酒吗？"齐桓公说："讲得好呀！"

不拾遗金

古代寓言。见汉·韩婴撰《韩诗外传》卷十第十八章。

春秋时吴王寿梦的少子——延陵季子到齐国去游历，看见路上有遗金，连忙叫一个放牧的人来拾取。这个放牧的人说："您地位很高，可为什么见识却如此低下？看样子您是个君子，可您的言语却有些粗野啊。我有君王，却不去侍奉；我有朋友，却不去交往。大热天穿皮衣，我难道是去捡别人金子的人吗？"延陵季子知道他是个贤人，就去请问他的姓名。这个放牧的人说："您只会以貌取人，怎么值得告诉我的姓名啊！"说完便离开了。延陵季子站在那里望着他的身影，直到看不见为止。

螳螂捕蝉

古代螳螂捕蝉型故事。见汉·韩婴撰《韩诗外传》卷十第二十一章。

楚庄王将要兴师攻打晋国的时候，告诉宫廷里面的官员们说："有敢谏阻此次行动者，定斩不饶！”孙叔敖说：“臣下听说，害怕鞭子痛打就不敢劝说父亲的人，不是孝子；害怕斧头诛杀就不敢劝说君王的人，不是忠臣。”于是便进谏说：“臣下园子里有一棵榆树，上面有一只蝉。蝉正鼓动翅膀悲鸣，准备喝树上清凉的露水，却不知道螳螂正在它的后面，想要抓它来吃。螳螂正要去吃蝉时，却不知道黄雀在它的后面，抬起脖子要用嘴啄它来吃。黄雀正要用嘴啄食螳螂，却不知道有个童子正在榆树下面举着弹弓，将要弹射它。童子正要弹射黄雀，却不知道他身前有一个深坑，身后有树根。这些无一不是只贪图眼前利益，而不顾及后面的危险。不仅昆虫和普通民众如此，君王也如此啊。君王只知道贪图别国的疆土，喜欢他们的士卒。”因此，楚国没有蒙受危险，晋国也得到了安宁，这都是孙叔敖的功绩啊。此则故事又见《庄子·山木》《说苑·正谏》。

烧宝而贺

古代寓言。见汉·韩婴撰《韩诗外传》卷十第二十二章。

晋平公的时候，有一天，储藏珍宝的楼台着火了，朝廷的官员们闻讯连忙驱车前来救火。经过三天三夜才把火灭掉。唯有公子晏独自送上五匹丝绸表示祝贺，说：“太好啦！”晋平公勃然大怒道：“那里是储藏珍宝的地方，收藏的都是国家的重要宝物。天火烧着的时候，朝廷的官员们都驱车赶来救火，你却送上五匹丝绸表示祝贺，这是为什么？讲得出道理来就让你活，讲不出道理来就叫你死！”公子晏回答道：“我怎么敢无理取闹呢！臣下听说，君王藏宝于天下，诸侯藏宝于百姓家中，农夫藏宝于仓库之内，商贾藏宝于箱柜里面。如今宫廷外面的百姓十分贫困，粗布短衣遮不住身体，酒糟糠皮填不饱肚子，当权者却一面铺张浪费，一面穷征暴敛，将天下大半的财富储藏在楼台里，因此才遭到天火焚烧。而且臣下听说，从前夏桀在海内施行暴政，赋敛无度，千千万万的民众苦不堪言，所以被商汤王诛掉了，遭到天下人耻笑。现在上天降火灾于储藏珍宝的楼台，这是君王的福分，而您不知醒悟的话，恐怕也会遭到邻国的耻笑啊！”晋平公说：“很好！从今以后，请让我把财富收藏在老百姓家中吧！”

《礼　记》

书名。亦称《小戴记》或《小戴礼记》。先秦各种礼仪论著的选集。汉·戴圣人编定，共四十九篇。注释有汉·郑玄《礼记注》、唐·孔颖达《礼记正义》、清·朱彬《礼记训纂》、清·孙希旦《礼记集解》等。其中收有《苛政猛于虎》《嗟来之食》等寓言。

苛政猛于虎

古代寓言。见汉·戴圣人编《礼记·檀弓下》。

孔子经过泰山旁边时，看见有一个妇人在墓地里哭得非常伤心。他扶着车前面的横木倾听，又让子路问这个妇人："你哭得这么伤心，一定有很大的痛苦吧？"妇人回答："是的，过去我公公死在虎口里，我丈夫又死在虎口里，如今我的儿子也让老虎咬死啦！"孔子忙问："你们为什么不离开呀？"妇人回答说："这里没有残酷的政令和繁重的赋税啊！"孔子说："年轻人记住，残酷的政令和繁重的赋税比老虎还厉害啊！"此则寓言又见《孔子家语·正论》《新序·杂事五》《论衡·遭虎》。

嗟 来 之 食

古代寓言。见汉·戴圣人编《礼记·檀弓下》。

齐国发生大饥荒，齐国人黔敖把饮食放在路边，等待饥民来吃。有一个饥民用袖子遮着脸，拖着鞋子，两眼无神，有气无力地走来。黔敖左手端着饭菜，右手提着汤水，高声喊道："喂！快来吃吧！"这个饥民睁开眼睛看了看，说道："我就是因为不吃这种吆喝着施舍的饮食，才饿成这个样子的。"他表示谢意后立刻离去，最终不吃不喝而死。此则寓言又见《新序·节士》。

《淮南子》

书名。亦称《淮南鸿烈》《刘安子》。汉·淮南王刘安（前179—前122）及其门客苏非、李尚、伍被等撰。《汉书·艺文志》著录内篇二十一篇，外篇三十三篇。内篇论道，外篇杂说。今仅存内篇。内容主旨归于道家的自然天道观，亦糅合先秦儒、法等家学说。注本有汉·高诱《淮南鸿烈解》以及今人刘文典《淮南鸿烈集解》、张双棣《淮南子校释》、陈广忠《淮南子斠诠》等。其中收有《楚有善为偷者》《穆公失马》等寓言、故事。

楚有善为偷者

古代寓言。见汉·淮南王刘安及其门客撰《淮南子·道应训》。

楚国的将领子发爱好寻求有一技之长的人才。楚国有一个擅长偷窃的人前往求见，说："听说您在寻求有一技之长的人才，我是个小偷，愿意以自己的技艺在您的手下做一名卒子。"子发听说后，来不及系上衣带，戴好帽子，就匆匆忙忙地出来见他，并且以礼相待。子发身边的官员劝说道："这个小偷乃闻名天下的盗贼，您为何以礼相待呢？"子发说："此事不是各位能够理解得了的啊！"不久，齐国出动大军来攻打楚国。子发率领队伍前去抵御，可是三次都退却下来了。楚国的贤良大夫们竭尽全力出谋划策都无济于事，齐国的大军越战越猛，势不可挡。此时，这个小偷进来请求说："我有薄技，愿意为您效劳。"子发说："很好！"也不加盘问便派他前往。这个小偷竟在夜间潜入敌营，把他们将领的帷帐偷来献给子发。子发立即派人将帷帐还给齐军，并且说："我们的士兵出去砍柴时，捡到了你们将领的帷帐，特派人前来奉还。"第二天，这个小偷又去偷回齐军将领的枕头。子发又派人将枕头还给他们。第三天，这个小偷又去偷回齐军将领头上的簪子。子发照样派人将簪子还给他们。齐国的军队听说这些事情以后，大为恐慌。他们的将军和军官们商议："我们倘若不退回去，楚国的君王恐怕会要我们的脑袋！"于是便率军而去。

穆 公 失 马

古代寓言。见汉·淮南王刘安及其门客撰《淮南子·汜论训》。

秦穆公出去游历时马车坏了，靠右的一匹马跑后被乡下人逮住了。秦穆公追赶到岐山的南面，见到一群乡下人杀了这匹马，正在吃肉呢。秦穆公对他们说："吃了这种骏马的肉而不喝酒的话，会伤人的。我担心你们的身体受到伤害啊！"于是，秦穆公让他们都喝了酒，然后才离去。过了一年，秦穆公与晋惠公在韩原交战，晋国的军队包围了秦穆公的战车。晋国的大夫梁由靡紧拉住秦穆公战车上的马匹，眼看秦穆公就要被他俘获。此时，有三百多个曾经吃过秦穆公马肉的人蜂拥而至，在秦穆公的战车下与敌军厮杀，最终击败晋军，生擒晋惠公，大胜而归。此则寓言又见《吕氏春秋·仲秋纪·爱士》、《韩诗外传》卷十第十二章、《史记·秦本纪》。

北楚任侠者

古代寓言。见汉·淮南王刘安及其门客撰《淮南子·汜论训》。

北楚有一个行侠仗义的人，他的子孙多次加以劝阻，他都听不进去。有一次，县里来了一伙盗贼，大肆抢劫他家，后来发现了他。他受惊连夜出逃，这伙盗贼竟穷追不舍。这时，那些曾经受过他恩惠的人，都赶来替他杀贼，使他免遭不测，平安回到家中。他对子孙说："你们多次不让我行侠仗义，但如今有难，却是依靠大伙的帮助我才得以幸免。由此可见，你们阻止我是不可取的。"

佩 玦 逐 兔

古代寓言。见汉·淮南王刘安及其门客撰《淮南子·汜论训》。

有一次，楚国君王佩戴着玉器去追赶兔子，由于跑得速度很快，竟将玉器碰破啦。为此，楚国君王便佩戴了两件玉器，以防不测。谁知两件玉器相互碰撞，破得更快。

三 人 同 舍

古代寓言。见汉·淮南王刘安及其门客撰《淮南子·诠言训》。

有三个人同住在一间房屋里，其中有两个人发生争执，互不相让。另外一个人虽然愚笨，必然会从旁判断谁是谁非。他并不是有智慧，而是因为他不参与争执。

越人学远射

古代寓言。见汉·淮南王刘安及其门客撰《淮南子·说山训》。

南方越国有人学习射箭技术，他每次向天空射箭，箭只能落在五步之内的地方，却不知道改变射箭的方法。世间已经发生了变化，却仍然墨守成规，岂不是像越人射箭那样吗?

哭母不哀

古代寓言。见汉·淮南王刘安及其门客撰《淮南子·说山训》。

东家的母亲去世了，她的儿子哭泣，却显不出哀痛的样子。西家的儿子见了，回家去对他的母亲说：“老妈，你为什么不早一点儿死呀？到时候我一定伤心地哭一场。”但凡盼着自己母亲早一点儿死的人，他母亲死了以后也不会痛哭的。

郢人鬻母

古代寓言。见汉·淮南王刘安及其门客撰《淮南子·说山训》。

楚国的国都郢城有个人要出卖自己的母亲。他哀求买主说：“这个老妈妈年纪大了，希望你好好养活她，不要让她受苦啊！”此种行径原本大逆不道，而这个家伙却虚情假意地要做一点儿善事，真是令人作呕。

阳虎乱鲁

古代寓言。见汉·淮南王刘安及其门客撰《淮南子·人间训》。

鲁国大夫季氏的家臣阳虎在鲁国作乱。鲁国的君王立即下令关闭城门捉拿他，并且宣布：“抓到阳虎的人有重赐，放走阳虎的人判重罪。”阳虎被密密匝匝地包围住，他举剑正挨近自己面颊的时候，守城门的人制止他说：“天下广阔无垠，何处不可藏身？我会放你出去的。”于是，阳虎便拿着武器，跟着包围的人群奔跑。守城门的人把阳虎放出去后，阳虎又返回来抓住守城门的人，用武器捅进他的袖口，刺得他的腋下鲜血淋淋。守城门的人抱怨说：“我与你非亲非故，冒死罪放了你，你却反而要害我。你活该遭此劫难！”鲁国的君王听说阳虎逃跑了，非常生气，追查是从哪个城门逃出的，将守城门的人逮来审问。鲁国的君王看见他受了伤就给予奖赏，又重罚了没有受伤的人。这就是所谓害之反而利之啊！

秦西巴释麑

古代寓言。见汉·淮南王刘安及其门客撰《淮南子·人间训》。

鲁国的大夫孟孙打猎得到一只幼鹿，让秦西巴拿回去烹煮来吃。这时候，母鹿跟随在幼鹿后面不断哀叫。秦西巴见了非常不忍心，便把幼鹿放了，让它回到母鹿身边。孟孙回来后不见幼鹿，问它到哪里去了。秦西巴回答说："母鹿跟随在幼鹿后面不断哀叫，我实在不忍心，便私自把它放了。"孟孙一听怒不可遏，立刻把秦西巴驱逐出门。过了一年，孟孙又将秦西巴请回来做儿子的老师。孟孙身边的人感到不解，就问孟孙道："秦西巴对不起您，如今您为什么要让他当您儿子的老师呢？"孟孙回答道："他连一只幼鹿都不忍心伤害，更不用说对人啊！正因为他那样做对不起我，我才越发信赖他。"此则寓言又见《韩非子·说林上》《说苑·贵德》。

塞翁失马

古代塞翁失马型故事。见汉·淮南王刘安及其门客撰《淮南子·人间训》。

住在靠近北方边塞的居民当中，有一个善于骑术的人，他的马匹无缘无故地跑到胡人那里去了。相识的人都来安慰他们，他家的老父却说："这未必不是一件好事啊！"过了几个月，他家的马匹带着一些胡人的骏马回来啦。相识的人都来祝贺他们，他家的老父说："这未必不是一件坏事啊！"他家富起来后，养了不少好马。他的儿子喜欢骑马，不慎从马上摔下来折断了腿骨。相识的人都来安慰他们，他家的老父又说："这未必不是一件好事啊！"过了一年，胡人大举进犯边塞，青壮者都拿起武器迎敌，靠近边塞的人十有八九死在战场上。唯独此人由于跛脚的缘故，父子俩都得以保全性命。所以说福能够转化为祸，祸能够转化为福，变化无穷无尽，真是深不可测呀。此则故事又见《说苑》佚文。

万世之利

古代寓言。见汉·淮南王刘安及其门客撰《淮南子·人间训》。

从前晋文公将与楚国在城濮交战。他向舅父咎犯请教说："您看怎么对付好呢？"咎犯回答道："讲究仁义的事情，君子对于忠信从不感到满足；战争的事情，对于诡诈从不感到过分。君王只要对楚国实施诡诈之术就可以啦。”同咎犯分手后，晋文公又问大臣雍季。雍季回答道：“用焚烧树林的办法来打猎，捕获的猎物非常多，可是以后就没有野兽啦；以诡诈之术待人，虽然可以得到一些好处，但以后就不会得到任何好处啦。君王应当从长远考虑，正确处置。”晋文公没有听取雍季的意见，而采用了咎犯的计谋，与楚国交战，大败了楚军。获胜归来，晋文公奖赏有功者，先奖赏雍季，然后才奖赏咎犯。左右的侍从提醒晋文公道：“城濮之战，是咎犯给您出谋划策的呀，君王行赏怎么把雍季放在前面呢？”晋文公说：“咎犯的话，是一时的权宜之计。雍季的话，可是对万世有利啊。我怎么可以先奖赏一时之计，而后奖赏万世之利呢？”此则寓言又见《吕氏春秋·行孝览·义赏》《韩非子·难一》《说苑·权谋》。

赎老马

古代寓言。见汉·淮南王刘安及其门客撰《淮南子·人间训》。

魏国的贤人田子方在路上看见一匹老马，颇为感慨，默默记在心头，还问驾车人：“这是什么马？”驾车人回答道：“这是先尊家里面养的一匹马。它衰老得不能再派上用场了，所以把它牵出来打算卖掉。”田子方说：“少壮时贪图它的力气，衰老时就要抛弃它，讲仁爱的人是不会如此的。”于是，他就用五匹帛买下了这匹老马。魏国的老臣罢武听说这件事后，就知道自己今后有所归附啦。

螳螂搏轮

古代寓言。见汉·淮南王刘安及其门客撰《淮南子·人间训》。

齐庄公外出打猎的时候，有一只虫子举起脚来要挡住他的车轮。齐庄公问他的驾车人：“这是什么虫子呢？”驾车人回答说：“这就是所说的螳螂。它这种虫子只知道前进，而不知道后退，自不量力而轻视敌人。”齐庄公感叹道：“如果像它这样为人的话，必定是天下最为果敢善战的勇士啊！”于是，他便要驾车人把马车退回去，以避开螳螂。

狐　捕　雉

古代寓言。见汉·淮南王刘安及其门客撰《淮南子·人间训》。

狐狸想抓捕野鸡时，必定先弯下身子耷拉着耳朵，以等待它的到来。野鸡看见狐狸这个样子，就相信它不会危害自己，于是放松了警惕。因此，狐狸能够抓到野鸡。假如狐狸睁大眼睛竖起尾巴，摆出一副杀气腾腾的架势，野鸡就会受到惊吓而远走高飞，以避开它的锋芒。

楚　人　烹　猴

古代寓言。见汉·淮南王刘安及其门客撰《淮南子·修务训》。

楚国有个人烹煮了一只猴子，请左邻右舍一起来分享。开始时，那些人以为吃的是狗肉汤，觉得味道鲜美，后来听说吃的是猴肉，于是各站一地呕吐起来，把吃下去的都吐了出来。老实说，这些人也未必能够品尝出滋味来啊！

鄙　人　弃　玉

古代寓言。见汉·淮南王刘安及其门客撰《淮南子·修务训》。

从前，有一个居住在郊野的人捡到了一块璞玉，非常喜欢它的形状，认为是一个宝贝，就把它收藏起来。后来，这个人把捡到的璞玉拿给别人看，别人认为是一块石头，他就把这块璞玉扔掉啦。其实，这些人也未必知道什么是玉石啊！

《史　记》

书名。原名《太史公书》。汉·司马迁撰。司马迁（约前145或前135—？），字子长，夏阳（今属陕西韩城）人。此书是二十四史的第一部。记事起自黄帝，止于汉武，首尾共约三千年。采用本纪、表、书、世家、列传体裁，共一百三十篇，是中国第一部纪传体通史。后其书有缺，汉元帝、成帝间，褚少孙补撰《汉武纪》《三王世家》《龟策列传》《傅靳列传》等篇。后人注释主要有南朝宋·裴骃的《史记集解》、唐·司马贞的《史记索隐》、唐·张守节的《史记正义》。至宋代始将三家注分别排入正文下，便于阅读。今有中华书局1959年校点本。其中收有《指鹿为马》《卞庄子刺虎》等寓言、故事。

指鹿为马

古代寓言。见汉·司马迁撰《史记·秦始皇本纪》。

丞相赵高图谋篡夺皇位，担心群臣不会听命于他，便设法事先进行试探。他牵来一只鹿献给秦二世，说道："这是一匹马。"秦二世见了，笑道："丞相，你搞错了吧？你把鹿说成是马啦！"于是，他就去问旁边的那些大臣。可是那些大臣有的默不作声，有的说是马，以逢迎赵高。有说是鹿的，赵高就暗地里使坏，让他们受到制裁。从此，朝中的大臣再没有不畏惧赵高的。此则寓言又见汉·陆贾撰《新语·辨惑》。

卞庄子刺虎

古代寓言。见汉·司马迁撰《史记·张仪列传》。

春秋时期鲁国的勇士卞庄子想去刺杀老虎。客栈里面有个小子劝阻他说："两只老虎正在扑食一头牛。它们吃得津津有味时必定会争夺，一旦争夺起来就会相互撕咬，撕咬的结果就是，强壮的受伤，弱小的死亡。这时候你再去刺死受伤的老虎，一下子就能得到除掉两只老虎的美名。"卞庄子认为这小子讲得有道理，立刻停下来等着。过了一会儿，两只老虎果然相互撕咬起来，使得强壮的受伤，弱小的死亡。卞庄子随即刺死受伤的老虎，一举获得除掉双虎的功劳。此则寓言又见《战国策·秦策二》。

葬马于人腹肠

古代机智人物故事。见汉·司马迁撰《史记·滑稽列传》。

楚庄王有一匹特别喜爱的马，穿的是绣文饰的衣服，住在华丽的房舍里面，身下安放的是没有帷盖的床铺，吃的是枣脯一类的美食。这匹马因为过于肥胖而病死了。楚庄王传旨让群臣为它举办丧事，准备按大夫的礼仪用棺椁安葬它。楚庄王左右的臣属争辩起来，都认为这样做使不得。楚庄王下令说："如有敢为马的葬礼进谏者，一律处死！"优孟听说这件事后，赶快来到宫殿门口，仰望天空放声大哭。楚庄王听到哭声大吃一惊，忙问优孟为什么哭。优孟回答道："这匹马是君王您的心爱之物，像楚国这样的堂堂大国，实在不容易找到。用大夫的礼仪来安葬它，太菲薄啦，我请求用君王的礼仪来安葬它。"楚庄王问道："那么，你讲讲该如何办？"优孟说道："微臣请求用雕玉做棺，用刻有花纹的梓木为椁，用黄楩木、枫香木、樟木做题凑，派遣甲卒来凿通墓穴，叫老弱病残者去背土，让齐国、赵国派人在前面两侧陪位，让韩国、魏国派人在后面两翼护卫。日后，还要让这一匹马的亡灵在庙中享受牛、羊、猪三牲齐全的祭祀，给这座庙以万户城邑的收入。各诸侯国听到这个消息，就没有人不知道大王您是如此轻视人而重视马啊。"楚庄王听了优孟的这番话后，忙说："寡人的过错竟到了这步田地啦！难道就没有办法了吗？"优孟回答道："请让我来替大王安排一个'六畜的葬礼'吧：用垄灶来做椁，用圆口、三空心足的炊器——铜历做棺，放上姜、大枣，垫上木兰，以粮稻来做祭品，用火光来做马的衣裳，然后把它埋葬于众人的腹肠里面。"于是，楚庄王便把这匹马托付给掌管皇上饮食、宴会的官员——太官处置，不让天下人总是听到有关这件事的传闻。

优孟衣冠

古代机智人物故事。见汉·司马迁撰《史记·滑稽列传》。

楚相孙叔敖知道优孟不是一个一般的艺人，而是个贤人，平时就对他很好。孙叔敖病重将要撒手人寰的时候，叮嘱他的儿子道："我死了，你必然贫困起来。你可以去见优孟，说自己是孙叔敖的儿子。"孙叔敖去世几年以后，他的儿子生活贫困，在背柴去卖时，碰到了优孟，因而对优孟说道："我是孙叔敖的儿子。家父去世时，嘱咐我贫困之时前来见您。"优孟说道："你不要出远门到别的地方去啊。"他随即穿上孙叔敖的衣服，戴上孙叔敖的帽子，模仿孙叔敖的声音笑貌。过了一年多光景，优孟就很像孙叔敖了，连楚庄王和他身边的人都分辨不出来。有一天，楚庄王摆设酒宴，优孟扮成孙叔敖前去祝寿。楚庄王大吃一惊，以为孙叔敖死而复生了，打算让他当宰相。优孟说道："请让我回去同妻子商量商量，三天后您再任命宰相。"楚庄王当下便同意了。三天以后，优孟又来了。楚庄王问他商量的结果如何。优孟回答道："妻子认为要慎重，楚相不能做。譬如孙叔敖做了宰相，竭尽忠诚，廉洁奉公，努力治理楚国，让楚王得以称霸。可是如今他死了，他的儿子却贫困得无立锥之地，不得不靠卖柴来糊口。假若像孙叔敖这样，不如自杀算了。"楚庄王听了这番话，深有感触。他谢过优孟之后，便召见孙叔敖的儿子，给了他寝丘的四百户封地，以此来供奉对孙叔敖的祭祀。

奋兵而出

古代机智人物故事。见汉·司马迁撰《史记·滑稽列传》。

淳于髡是齐国的女婿，身高不满七尺，滑稽而善于辩论，多次代表齐国出使各诸侯国，未曾受过屈辱。齐威王很喜欢玩猜隐语的游戏，喜欢整夜整夜地饮酒和寻欢作乐，竟置政事不顾，把治理国家的大事交给公卿大夫去办理。因此，百官荒废，杂乱无章，各诸侯国联合起来侵犯齐国，使得齐国危在旦夕。而左右大臣都不敢向齐威王进言规劝。这时候，淳于髡前来说隐语让齐威王猜："国中有一只大鸟，止于大王的庭前，三年不飞不鸣，请问大王知道这只鸟将怎样吗？"齐威王说："这只鸟不飞罢了，一飞冲天；不鸣罢了，一鸣惊人。"于是，齐威王立即召集各县令长七十二人，奖励一人，诛杀一人，激励将士，奋起而出击。各诸侯国无不感到震惊，纷纷向齐国归还先前侵占的土地，再也不敢轻举妄动了。

持狭望奢

古代机智人物故事。见汉·司马迁撰《史记·滑稽列传》。

齐威王八年，楚国出动大量的兵力进犯齐国，齐威王派遣淳于髡为使臣，前往赵国请求救兵，准备了一百斤黄金和十辆驾四匹马的车。淳于髡仰天大笑，使得帽子上面的缨索都断了。齐威王问道："难道说先生认为送的礼物少了吗？"淳于髡回答说："哪敢，哪敢！"齐威王说："你如此大笑，是何道理？"淳于髡说："今日微臣从东方来的时候，看见道旁有一个人在田间祈祷丰收。他拿了一块猪蹄、一盂酒，口中念念有词地说：'祝愿这块狭小的高地收成好，让谷物装满竹笼；祈愿这块易于积水的劣田长出好庄稼，收获把车子装得满满的；祈愿五谷丰登，家中的粮食囤满仓满。'微臣见到此人拿的供品非常少，所希望得到的东西却非常多，故而发笑。"齐威王听了，颇有感悟。于是将送给赵国的礼物增加为黄金千溢（二十两为一溢），白璧十双，百辆驾四匹马的车。淳于髡向齐威王辞行后，到了赵国。赵王见到淳于髡，十分高兴，当即派出十万精兵、千乘战车前去支援齐国。楚国得到这个消息，便连夜领兵回去了。此则故事又见《说苑·复恩》《说苑·尊贤》。

陛楯者得半相代

古代机智人物故事。见汉·司马迁撰《史记·滑稽列传》。

秦代歌舞艺人优旃，身材矮小，是个侏儒。他善于言笑逗乐，但往往符合常理大道。有一天，秦始皇正在宫廷里面饮酒，天上忽然下起雨来。这时，那些拿着藤牌立于殿阶下两侧的卫士们一个个身上都淋湿了，无不受到寒冷的侵袭。优旃见到这个情境，哀怜之情油然而生。优旃问卫士们："你们想休息吗？"卫士们都说："要是有幸休息的话，就再好不过了。"优旃说："我马上呼喊你们，你们一定要很快答应我啊。"停留片刻，宫殿里面敬酒，高呼"万岁"！优旃靠近护栏，大声呼喊："卫士，卫士！"卫士们回答道："唉！"优旃说："你们虽然长得高高的，可这又有什么好处呢？你们侥幸生存下来，却仍避免不了站立在雨中，浑身淋湿。我虽然身材矮小，却有幸得到美好的处所，过得很安逸。"秦始皇听见优旃和卫士们的对话，多有感触。从此以后就将拿着藤牌立于殿阶下面的卫士们分为两半，轮流值班。

寇来不能上

古代机智人物故事。见汉·司马迁撰《史记·滑稽列传》。

秦始皇曾经商议扩建皇家园林之事，打算东至函谷关，西至雍州、陈仓，把皇家园林修得规模宏大、气派异常。优旃得知秦始皇的这个设想以后，便说："好得很哪！这么大的皇家园林，可以在里面放养许许多多飞禽走兽。倘若敌寇杀来了，让麋鹿前去抵挡就够啦。"秦始皇听了此言，立刻打消了扩建皇家园林的念头。秦二世登基以后，又考虑油漆秦国的都城。优旃听说这件事后，就说："非常好！即使主上不讲，微臣原本也打算请求主上这样做。漆城虽说让老百姓犯愁，然而却是一件上好的事情。把城漆得光光滑滑的，敌寇来了爬不上去。如果想办理这件事，容易得很，只是很难找到一个阴干所漆城池的地方啊！"优旃的这番话把秦二世逗笑了。因为他的这番话，秦二世便放弃了漆城的打算。

河 神 娶 妇

古代河伯娶妇型故事。见汉·司马迁撰《史记·滑稽列传》。

魏文侯时，西门豹做了邺县的县令。他到了那里，便会见当地的一些长者，了解民生疾苦。老者们说：“老百姓为了应付河神娶妇的苦差事，弄得很贫困。邺地的乡官小吏拼命搜刮百姓，榨取的钱财有数百万之多。他们拿出二三十万来搞河神娶妇的活动，其余的钱财就跟张罗祭祀的庙祝、巫师一起瓜分啦。”那个时候，巫师们发现小户人家有女儿长得好看的，就说应当成为河神的妻子，立即聘娶。随后给她沐浴，置办丝绸嫁妆，独自居住，进行斋戒。又在河岸上搭建斋宫，挂起大红色厚绢的帐幔，让她住到里面。还备办牛肉、美酒等丰盛的祭品，进行十多天的祭祀活动。到了迎娶的大喜日子，又将新娘打扮一番，让她坐在嫁女的床席上，放到河中任其漂流。刚开始时床席还能在水面上浮动，漂流数十里后就被河水吞没了。老百姓当中凡是有姑娘长得俊俏的人家，都怕被巫师们弄去嫁给河神，所以大多带着女儿逃往远方。由于这个原因，城里的住户越来越稀少，越来越贫困。民间有这样的俗语：“只要不为河神娶妇，就会发大水，淹死老百姓。”西门豹说：“今年给河神娶亲的时候，希望乡官小吏、巫师、父老都到河边给新娘子送行。到时候请你们告诉我一下，我也来给她送行。”老者们齐声回答：“好的！”这年到了给河神娶亲的时候，西门豹果然来到漳河边上。当地的大小官员、豪绅、父老都聚集在一起，远近的民众赶来观看的不下两三千人。那个主持河神娶亲仪式的女巫是个七十来岁的老太婆，她的十几个女徒弟站在她身后。这时，西门豹大声喊道：“快叫河神的新娘子来，我要看看她长得好不好！”女巫们立即把那个姑娘从帐幔里牵到西门豹面前。西门豹端详了一阵儿，对着大小官员、巫师、父老们说道：“我看这个长得不好，麻烦大巫婆去告诉河神一下，我们要找一个长得漂亮的姑娘，改天一定送去！”随即命官吏、兵丁抬起大巫婆投进河中。过了一会儿，西门豹又说：“大巫婆为啥这么久还不回来？让她的徒弟去催一下吧！”又把一个女徒弟投到河中。先后一共投了三个女徒弟。西门豹说：“巫婆的徒弟是女的，可能讲不清楚，麻烦乡官小吏去跑一趟。”接着就把一个乡官小吏投进河中。西门豹把笔插在官帽上，恭恭敬敬地伫立在河边等了许久。地方官吏、乡亲父老在一旁都很惊恐。西门豹对大家说：“巫婆和乡官小吏都不回来，怎么办好呢？”就又准备投一个官吏或者豪绅到河里。这些人吓得面如死灰，一个个叩头如捣蒜，叩得头破血流。西门豹说：“好吧，暂且等一等吧！”等了一会儿，西门豹说：“你们快起来。估计河神要久留他们，你们都回家吧。”当地那些欺压百姓的家伙无不感到恐慌。从此，他们再也不敢提给河神娶妇的事情啦。

《说　苑》

书名。又名《新苑》。汉·刘向撰。原本二十卷，后仅存五卷，经宋·曾巩搜集，复为二十卷。该书系刘向分类纂辑先秦至汉初史事、传说，杂以议论，以阐明儒家政治思想和伦理观点为主旨。内分君道、臣术、建本、立节、贵德、复恩、政理、尊贤、正谏、敬慎、善说、奉使、权谋、至公等二十门。今有赵善诒《说苑疏证》（华东师范大学出版社，1985）等。其中收有《天子无戏言》《魏文侯受撞》等寓言、故事。

天子无戏言

古代寓言。见汉·刘向撰《说苑·君道》。

有一次，周成王与他的弟弟唐叔虞闲居的时候，剪了一片梧桐叶子当作帝王诸侯举行仪式时用的珪，交给唐叔虞说：“我拿这个来封你。”唐叔虞非常高兴，便将这件事情告诉了周公。周公去请问成王说：“天子您封了虞吗？”成王说：“我完全是同虞开玩笑的呀！”周公回答说：“臣下听说，天子无戏言，天子一讲话，史官就要记录下来，乐工就要去吟诵，士人就要颂扬。”于是，成王便把唐叔虞封在晋这个地方。周公可以说是很善于讲话的人。他这样一说，成王以后讲话就更加严谨，同时还明白爱护兄弟的道理，这都有益于王室的巩固。此则寓言又见《吕氏春秋·审应览·重言》《史记·晋世家》。

魏文侯受撞

古代寓言。见汉·刘向撰《说苑·君道》。

师经弹琴，魏文侯听见琴声起舞，并且下令说：“假如我讲了话，就不能够违背。”师经随即拿起琴就去撞击魏文侯，可是没有击中魏文侯的身子，而是把魏文侯冠冕上悬垂的玉串撞碎了。魏文侯问左右的侍臣：“作为臣子而撞击他的君王，该当何罪？”左右的侍臣回答道：“应该处以烹刑。”于是魏文侯下令将师经押下宫廷的台阶，师经说：“罪臣可否讲一句话然后再去赴死？”魏文侯说：“可以。”师经说：“从前尧、舜做君王的时候，唯恐自己讲的话没有人反对；桀、纣做君王的时候，唯恐自己讲的话被人反对。罪臣冲撞了桀、纣，而不是冲撞了我们的君王啊。”魏文侯说：“把他放了吧，是寡人的过错啊。快将这把琴悬挂在城门上，以此作为寡人过错的标记，也不要修补冠冕上悬垂的玉串，以此作为寡人的警戒。”此则寓言又见《韩非子·难一》《淮南子·齐俗训》。

面訾不面誉

古代寓言。见汉·刘向撰《说苑·臣术》。

春秋时期，赵简子有两个大臣，一个叫尹铎，一个叫赦厥。赵简子常说：“赦厥爱我，劝谏我的时候必定不当着众人的面；尹铎不爱我，劝谏我的时候必定当着众人的面。”尹铎说：“赦厥顾惜君王的面子，而不担心君王的过错会带来损失；臣下担心君王的过错会带来损失，而不顾惜君王的面子。”孔子感叹道：“尹铎真是个君子啊！他能够当面揭露君王的过失，而不当面奉承君王。”此则寓言又见《吕氏春秋·恃君览·达郁》。

炳 烛 而 学

古代寓言。见汉·刘向撰《说苑·建本》。

有一次，晋平公问乐师师旷道：“我已年过七旬，打算学习，恐怕为时已晚啦。”师旷说：“您为啥不点起蜡烛来照明呢？”晋平公说：“哪有做人臣的戏弄君王的呢？”师旷说：“臣岂敢跟君王开玩笑呀！臣下听说，少年时期好学，犹如早晨初升的太阳；壮年时期好学，犹如中午的阳光；老年时期好学，犹如点燃蜡烛带来光明。点燃蜡烛照明，怎么会在昏暗中摸索呢？”晋平公说：“讲得非常好！”

宁 越 为 学

古代寓言。见汉·刘向撰《说苑·建本》。

宁越是中牟县的一个乡野草民，苦于耕种的辛劳。他问友人：“怎么才能免除如此的辛劳？”友人说：“不如学习。学习三十年就可以显贵起来。”宁越说：“请让我用十五年来达到目的吧。别人休息，我不敢休息；别人睡觉，我不敢睡觉。”宁越从此发愤学习，学了十五年后，周威公竟拜他为老师。此则寓言又见《吕氏春秋·不苟论·博志》。

田基取义

古代寓言。见汉·刘向撰《说苑·立节》。

佛肸凭借中牟县发动叛乱，他摆下俸禄与大鼎对士大夫们说道：“跟着我的就受到封赏，不跟着我的就把他煮了！”中牟的士大夫都纷纷站在他这边。唯独中牟城北的田基脱下衣服准备投入大鼎：“田基我听说，有道义的人即使把高官厚禄放在面前，也绝不干不义的事情；即使把严酷的刑具放在后面，为正义献身他也绝不躲避！”说完他便脱下衣服打算投入大鼎，佛肸立即上前阻止了他。赵简子进攻中牟，取得了平息叛乱的胜利。他论功行赏，准备从田基开始。田基说：“我听说清廉的士人从不羞辱他人，倘若我这样受到奖赏，那么中牟的士人必将终身感到惭愧啊。”于是他背着老母，迁徙到了南边的楚国。楚王对他的义勇之举评价很高，按司马的官职对待他。此则寓言又见《新序·义勇》。

乐羊食子

古代寓言。见汉·刘向撰《说苑·贵德》。

乐羊作为魏国的将领率兵攻打中山国。此时他的儿子正在中山国内，中山国便把他的儿子捆绑起来悬挂在城上，让乐羊看见而不敢行动。可是乐羊的斗志丝毫没有减弱，进攻的势头更加凶猛。中山国因而烹煮了他的儿子，并派人送到他面前来。乐羊端起儿子的肉羹一下吃完了一杯。中山国见他如此坚定，便不敢跟他交战。乐羊果然一举攻下中山国，替魏文侯开拓了疆土。魏文侯奖赏了乐羊，却怀疑起他的忠心来啦。此则寓言又见《淮南子·人间训》。

义士北郭骚

古代寓言。见汉·刘向撰《说苑·复恩》。

有一天，北郭骚来到家门前求见晏子，说道：“我仰慕先生的高义，希望求得帮助来养活自己的老母。”晏子便让人从仓库里取一些粮食，从府库里取一些钱币来送给他。北郭骚退还了钱币，只接受了粮食。过了一段时间，晏子因受到齐景公的怀疑而出走。北郭骚知道后，请他的朋友来，并且说道：“我仰慕晏子的高义，而且曾经求得他的帮助以养活老母。我听说，对于赡养过双亲的人，要为他承担灾难。如今晏子被君王怀疑，我要用自己的身体替他表白。”于是，北郭骚就去宫廷请求通报，说道：“晏子乃天下的贤人。他如今离开了齐国，齐国定会受到侵略。与其看见齐国被人侵略，不如先死去，我要以自杀来替晏子表白。”他说完立刻离去，随后便刎颈自杀了。齐景公听说后，非常震惊，赶忙乘驿站专用的马车亲自去追赶晏子，到了边境才追上晏子，请他回去。晏子不得已返回，听说北郭骚以死来为自己表白，无比感动，叹息道：“晏婴不贤，必定有罪过。而这位义士用牺牲性命来替我表白，让我感到非常悲哀啊！”此则寓言又见《晏子春秋·内篇杂上》《吕氏春秋·季冬纪·士节》。

吴起吮脓

古代寓言。见汉·刘向撰《说苑·复恩》。

吴起作为魏国的大将去攻打中山国。军人当中有一个得毒疮的，吴起亲自替他吮吸脓血。那人的母亲因此哭泣起来。旁人问道：“将军待你的儿子这样好，你为啥还要哭泣呢？”老母回答道：“吴将军曾经吮吸过孩子他爸的脓血，他爸参加了注水之战，在冲锋陷阵中牺牲了。如今吴将军又给我的孩子吮吸脓血，不知道这个孩子将要在什么地方牺牲啊！所以我哭起来啦。”此则寓言又见《韩非子·外储说左上》《史记·孙子吴起列传》。

愚公之谷

古代寓言。见汉·刘向撰《说苑·政理》。

齐桓公外出打猎，因追赶一只鹿子跑到一个山谷中，看见一个老翁，就问他：“这叫什么山谷？”老翁回答说：“这叫愚公谷。”齐桓公问道：“为什么这样叫？”老翁回答说：“是用我来命名的。”齐桓公说：“我看老人家你的容貌、姿态并不像愚人，为什么要以此命名呢？”老翁回答：“我过去喂养的一头母牛，生下一头小牛，长大后卖了那头小牛去买了一匹马驹。一个年轻人对我说：‘牛不能够生马呀！’说完便把马驹牵走了。邻居们听说这件事后，都认为我愚蠢，因此就把这个山谷命名为‘愚公谷’。”齐桓公听后也说：“老人家，你的确愚蠢啊！你为什么要把那匹马驹送给他呢？”齐桓公说罢便回去了。第二天早朝，齐桓公就将此事告诉了管仲。管仲听完，整理了一下衣襟再拜说：“这便是吾夷的愚蠢了。假使尧帝在位，舜帝的大臣皋陶掌管刑狱，怎么会有人任意牵走人家的马驹呢？如果有人像这位老年人一样被侵害了，肯定不会把马驹交出来。可是这位老翁知道目前的狱讼风气不正，因此才不得不让那个年轻人牵走马驹。请准许我退下去整治政务吧！”孔子说：“弟子们记住，齐桓公是一个能够成就霸业的君王，管仲是一个辅佐君王的贤臣，尚且有以智慧为愚蠢的时候，更何况那些不及齐桓公、管仲的人啊！”

背毛腹毳

古代寓言。见汉·刘向撰《说苑·尊贤》。

赵简子乘船在西河上游乐时，感叹道：“怎么才能够与贤士一起相处啊？”船夫古乘跪下对赵简子说：“那些珠宝玉石并没有长脚，之所以能够从几千里远来到此地，是由于人们喜爱它们。如今贤士长着脚却不来，是由于我们的君王不喜爱贤士的缘故吧？”赵简子说：“在我的门下有上千名食客。如果早上的食品不够了，就在晚间征收赋税来补充；如果晚间的食品不够了，就在早上征收赋税来补充。难道说我还不够喜爱贤士吗？”船夫古乘说：“鸿雁能够高飞远翔，全靠翅膀上丰满的羽毛。背上的短毛，腹下的绒毛，并没有一定之数，拔去一把不见得飞得更低些，增加一把不见得飞得更高些。不知道您门下的那上千名食客中，有像鸿雁翅膀上的健羽那样有用的人才吗？或许净是一些背上的短毛、腹下的绒毛吧。”此则寓言又见《韩诗外传》卷六第二十七章、《新序·杂事一》。

颜烛趋进谏

古代机智人物故事。见汉·刘向撰《说苑·正谏》。

齐景公在海上游玩得非常高兴，一连六个月都不回去，并且下命令给左右的人说：“如有敢提出回去的，杀无赦！”颜烛趋上前进谏说：“君王高兴得六个月不回去，倘若有人出来掌管国政，君王还能够心安理得地在海上游乐吗？”齐景公立刻抓起戟准备砍杀他。颜烛趋往前走去，抚摸衣服等待着，说道：“君王为何不砍呢？从前，夏桀杀死大臣关龙逢，商纣杀死比干。君王您很贤明，并不是那两位暴君；臣下我的才干，并不能和那两位贤臣相提并论。君王为何不砍呢？让臣下也好加入关龙逢、比干的行列，不也是很好的吗？”齐景公被说服了，就动身返回国都。走到中途，听说国都里有人正在谋划不让齐景公进去。此则寓言又见《韩非子·十过》。

马圉免死

古代机智人物故事。见汉·刘向撰《说苑·正谏》。

齐景公有一匹马，被养马人给杀死了。齐景公无比愤怒，当即举起长矛要亲自击杀此人。这时，晏子过来对齐景公说道："陛下，可不能让这个人不知道自己的罪过就不明不白地死去啊！请让微臣来列举他的罪状吧，好让他知道自己的罪过，死得明明白白的。"齐景公点点头说："好吧。"于是，晏子举起长矛走到养马人身旁，说道："你替陛下养马，却把马杀了，罪当被处死；你使陛下因为养马的缘故而杀养马人，罪也当死；你使陛下因为马杀人而闻于四邻的诸侯，你罪又当死！"齐景公听了，忙说："夫子，快放了他吧！千万不要因为这件事而有损于我推行的仁政啊！"此则故事又见《晏子春秋·内篇谏上》。

舌存亡齿

古代寓言。见汉·刘向撰《说苑·敬慎》。

常摐有病，将口张开给老子看，问道："我的舌头还在吗？"老子说："还在。"常摐又问道："我的牙齿还在吗？"老子说："不在了。"常摐再问道："您知道这是什么原因吗？"老子说："舌头之所以存在，岂不是由于它非常柔软吗？牙齿之所以缺损，岂不是由于它过于刚硬吗？"常摐说："嘻！您讲对了。天下的事情全是这样的，我还有什么必要对您讲啊！"

丘吾子

古代寓言。见汉·刘向撰《说苑·敬慎》。

孔子在外出游历途中，忽然听到一阵很悲伤的哭声。孔子说："赶马快跑！赶马快跑！前面有非同寻常的声音。"孔子稍微往前一点儿就看见，原来是丘吾子，他正拿着镰刀带着绳索哭泣。孔子从车上下来，问道："先生不是遇到丧事了吧，为啥哭得如此悲伤？”丘吾子回答：“我有三个过失。”孔子说：“我愿意听您说说有哪三个过失。”丘吾子说：“我年轻时喜好求学，周游天下，回来后才晓得双亲已经亡故，这是第一个过失；我侍奉骄奢的君王，进谏没有成功，这是第二个过失；我与朋友交情深厚，但是后来都断绝了关系，这是第三个过失。树欲静乎风不定，子欲养乎亲不待。流失了而追不回来的，是年岁；去世后不可能再见的，是双亲。我请求从此与世长辞！”他说完便自刎而死了。孔子说：“弟子们记住，这值得引以为鉴戒！”于是弟子中有十三人辞别孔子回家去侍奉双亲。此则寓言又见《韩诗外传》卷九第三章、《孔子家语·致思》。

“五尽”必亡

古代寓言。见汉·刘向撰《说苑·权谋》。

白圭来到中山国，中山王想把他留下，可他坚决辞谢而去。他又来到齐国，齐湣王也想留他，他也辞谢而去。有人问他是什么原因，白圭说道：“这两个国家都将灭亡啦。我听说国家有‘五尽’。这‘五尽’就是：没有人信任它，那么它的信义就丧失殆尽啦；没有人赞誉它，那么它的名誉就丧失殆尽啦；没有人喜爱它，那么它的亲和力就丧失殆尽啦；行路者没有干粮，居家者没有吃食，那么它的财力就丧失殆尽啦；不能任用他人，也不能发挥自身的作用，那么它的功绩和事业就丧失殆尽啦。一个国家有‘五尽’，就不可幸免，必然灭亡——中山国、齐国都当如此。”此则寓言又见《吕氏春秋·先识览·先识》。

楚庄王伐陈

古代寓言。见汉·刘向撰《说苑·权谋》。

楚庄王打算进攻陈国，便派人前去查看情况。派出去的人回来说：“不能攻打陈国啊。”楚庄王问道：“什么原因？”那人说：“陈国的城墙很高，护城河很深，积蓄的粮食财物很多。他们的国家非常稳固啊。”楚庄王说：“可以攻打陈国啊！他们陈国是个小国家，可是他们的积蓄很多。积蓄很多的话赋税就非常重；赋税很重的话百姓怨恨君王的情绪就非常厉害啊。他们的城墙很高，护城河很深，就表明老百姓的人力物力非常差啦。”于是楚国便起兵进攻陈国，一举攻下了陈国。此则寓言又见《吕氏春秋·似顺论·似顺》。

智 伯 索 地

古代寓言。见汉·刘向撰《说苑·权谋》。

晋国的智伯向魏宣子索要土地，魏宣子不同意给他。任增问：“为啥不给呢？”魏宣子说：“他要地却没有正当的理由，所以我不给他。”任增说：“他没有正当的理由要地，你随便给了他的话，会让贪得无厌者不受约束。他一高兴，势必又要向诸侯索要土地；诸侯不答应的话，他必然感到愤怒，就会去进犯诸侯国，因而四面树敌。”魏宣子说：“你讲得很有道理。”于是便给了智伯土地。智伯感到很欣喜，又去向赵国索要土地。赵国不给他，他便怒不可遏，去围攻晋阳。韩国、魏国立即联合赵国攻击智伯，一举消灭了智伯。此则寓言又见《韩非子·说林上》《战国策·魏策一》。

夫差先自败

古代寓言。见汉·刘向撰《说苑·权谋》。

吴王夫差攻破了越国，又将攻打陈国。楚国的大夫们都感到恐惧，就说：“过去吴王阖庐善于任用他的军民，所以在柏举打败了我们。现在听说夫差更加厉害了。”楚国的司马子西说：“你们应当为彼此不和睦感到忧虑，而不必去担心吴国。从前阖庐吃饭时不摆两样菜，睡觉时不讲究席子，衣食住行都不铺张浪费。如遇天灾，亲戚贫乏困难就帮助他们；在军中过半数的人吃上煮熟的饭菜后，他才开始吃；他能够吃到的，士兵们一定也吃得到。所以老百姓服劳役不感到痛苦，晓得死后会得到安葬。如今，夫差住的地方有楼台、池塘，睡觉时有嫔妃女官侍奉。一日之内，但凡想要的都能够满足，想要玩乐的都能够办到，各种奇珍异宝都聚集在他的身边。夫差自己已经腐败啦，他怎么能够打败我们呢？”此则寓言又见《左传·哀公元年》。

延 陵 季 子

古代寓言。见汉·刘向撰《说苑·至公》。

吴王寿梦有四个儿子，老大叫谒，老二叫馀祭，老三叫夷昧，老四叫季札，号延陵季子，最为贤明，三位兄长都认识到他的与众不同之处。因此，吴王寿梦去世后，长兄谒要把王位让给季子，季子始终不肯接受。谒便同兄弟们约在一起说道："季子贤明，假如将治理国家的担子交给季子，我们吴国就可以兴旺发达啦！"此后，他们兄弟一个个在吃饭的时候都必定要祷告说："让我早一点儿死吧，好让季子尽快接管国家！"谒去世后，馀祭立为君王；馀祭去世后，夷昧立为君王；夷昧去世后，该轮到季子即位啦。此时，季子出使在外，庶兄僚说："我也是兄长啊。"便自立为吴王。季子出使回来，行事犹如过去一般。谒的儿子光（即吴王阖庐）说："按照我父亲的意思，王位应当归叔父季子；按照继嗣之法，我应当成为君王。僚怎么能够做君王呢？"于是，派专诸去刺死僚，而将王位让给季子。季子说："你杀了我们的君王，如果我接受了王位，那么就是我与你一起篡位。你杀了我的兄长，我又杀了你，那么兄弟、父子间互相残杀没有完结的时候。"说完，他便去了延陵，终身不回吴国的都城。此则寓言又见《公羊传·襄公二十九年》《史记·吴太伯世家》《新序·节士》《吴越春秋·吴王寿梦传》。

楚文王致歉

古代寓言。见汉·刘向撰《说苑·至公》。

楚文王攻打邓国的时候，让王子革和王子灵一起去摘菜。两人出去摘菜途中看见一个老人带有畚箕，就去讨要。老人不给，他们就硬夺过来。楚文王听说此事后，立即下令将两个儿子抓起来，并准备杀死他们。大夫们都来劝说："强夺畚箕确实有罪，但是罪不当死，君王为什么要杀他们啊？"话音刚落，老人已经赶到军营来说："邓国因为无道，所以受到讨伐。如今君王的儿子打我，并且强夺去我的畚箕，这比邓国还无道啊。"老人讲完便呼天号地，大叫起来。楚文王听到后，群臣无不感到恐惧。楚文王召见老人说："我们讨伐有罪的，又蛮横地进行强夺，这不是制止暴行者所为；依仗武力虐待老人，这不是教育幼小者所为；疼爱儿子竟抛弃法规，这不是保护国家者所为；偏袒自己的两个儿子，这不是当政者所为。老人家，您可以离开啦。"说着，楚文王亲自到军门外向老人赔礼道歉。

枭逢鸠

古代寓言。见汉·刘向撰《说苑·谈丛》。

有一次，猫头鹰遇到斑鸠，斑鸠问道：“你要去哪里？”猫头鹰说：“我打算搬到东边去。”斑鸠问道：“你为什么要搬家呢？”猫头鹰说：“乡村里面的人都厌恶我的叫声，因此想搬到东边去。”斑鸠说：“你改变自己的叫声就可以了。如果你不改变自己的叫声，你搬到东边去后，人家照样会厌恶你的叫声啊。”

前贤后罪

古代寓言。见汉·刘向撰《说苑·杂言》。

春秋时期，弥子瑕被卫灵公宠幸。按卫国的法典，偷驾君王的马车将被处以断足的酷刑。有一次弥子瑕的母亲生病，有人夜间跑来告诉他，他竟擅自偷驾君王的马车出宫。卫灵公听说此事后，夸奖弥子瑕道：“太有孝心啦！为了老母他不怕受到断足的酷刑！”又有一次，卫灵公去游果园，弥子瑕觉得桃子非常甜，刚咬了一半就献给卫灵公。卫灵公笑眯眯地说：“他太爱我了，竟忘记是自己咬过的啦。”等到弥子瑕颜色衰败不再被宠幸时，得罪了卫灵公，卫灵公说：“他太可憎啦！曾经偷驾我的马车，又曾经把咬过的桃子给我吃。”弥子瑕的行为跟当初并没有变化，以前受到夸奖，后来受到谴责，完全是由于卫灵公对他的态度发生变化的缘故。此则寓言又见《韩非子·说难》《史记·韩非子列传》。

匹妇之义

古代家庭故事。见汉·刘向撰《说苑》佚文。

有一次，齐国派兵攻打鲁国，在鲁国地界看见一个妇人正带着两个小孩在赶路。她发现大军来了，便抱起大的牵着小的往前走。领军的人觉得奇怪，就问她是何原因。那个妇人回答道：“大的那个是我丈夫哥哥的儿子，小的那个是我自己的儿子。呵护丈夫哥哥的儿子是家族的大爱，呵护我自己的儿子只是私人的小爱，我宁愿增益大爱弃置小爱啊。”领军的人听了，认为她的话思想境界高尚，便立即收兵返回了。他回去对齐国国君讲了这件事情，说：“我们不能够攻打鲁国。鲁国平民百姓当中的妇人都如此深明大义，更不要说朝廷里面的大臣了。”此则故事又见《列女传·节义》。

《新　序》

书名。汉·刘向撰。刘向（约前77—前6），本名更生，字子政，沛（今属江苏沛县）人。此书原本三十卷，至北宋初仅存十卷。后经宋·曾巩搜集整理，仍厘为十卷。内《杂事》五卷、《刺奢》一卷、《节士》二卷、《善谋》二卷。采集先秦至汉初史事、传说，分类编纂，文辞简洁，所记史事与《左传》《战国策》《史记》诸书相出入。中华书局2009年出版有石光瑛校释、陈新整理的《新序校释》。书中收有《打杀两头蛇》《中行氏先亡》等寓言、故事。

打杀两头蛇

古代寓言。见汉·刘向撰《新序·杂事一》。

孙叔敖年幼时在外面玩耍，见到了一条两头蛇。他打死这条两头蛇，并且埋在土里。他回家后就哭了起来。妈妈问他为啥哭，他说："听说见过两头蛇的人都活不了。刚才我见到了两头蛇，恐怕死去再也不能跟妈妈在一起啦！"妈妈问他："两头蛇这会儿在哪里？"孙叔敖说："我害怕他人再看见两头蛇，就把它打死，埋起来了。"妈妈说："我听说积阴德的人，老天爷会赐福给他的。儿子你不会死的！"等到长大以后，孙叔敖当上了辅佐楚庄王掌管全国军政事务的令尹。他还没有就职，楚国的百姓便相信他会施行仁政。此则寓言又见《新书·春秋》《论衡·福虚》。

中行氏先亡

古代寓言。见汉·刘向撰《新序·杂事一》。

春秋时期晋悼公的宰相赵孟问大夫叔向说："晋国的韩、赵、魏、范、中行、智伯六位将军，哪一家先灭亡？"叔向回答："可能是中行氏吧。"赵孟问道："为什么说他先亡？"叔向说："中行氏处理政务，把严苛当作明察，把欺诈当作贤能，把残酷当作忠诚，把诡计多当作善应对，把搜刮当作才干。这好比用力拉扯兽皮，大倒是大了，可是面临破裂的危险，所以会首先灭亡。"此则寓言又见《淮南子·道应训》《文子·上礼》。

猎得善言

古代寓言。见汉·刘向撰《新序·杂事二》。

梁国君王外出打猎时，看见一群白雁，便下车张弓去射。梁国君王让路上的一个行人止步，可是那人却不停下来，这群白雁因此受到惊吓。梁国君王非常恼怒，想射死那人。他的车夫公孙袭下车按住箭说道：“君王别射！”梁国君王愤然骂道：“公孙袭你不向着君王，反而向着旁人，是何道理？”公孙袭回答：“过去齐景公的时候，老天大旱三年，占卜说‘一定得杀人来作祭品才会下雨’。齐景公走下殿堂叩头说：‘但凡我求雨都是为了我的百姓，如今一定要杀人作祭品才下雨的话，寡人将自己来作祭品吧！’他的话还没有落音，一千里见方的土地上立刻下起倾盆大雨。这是什么缘故呢？就是因为他能够顺应天意，造福百姓啊。如今君王因为白雁就要射死人，小的我认为君王的话无异于虎狼。”梁国君王听了，便拉着公孙袭的手一起上车往回赶，进入宗庙的大门就高呼道：“今天太幸运啦！他人打猎都得到禽兽，我却得到金玉良言而归。”此则寓言又见《庄子》佚文、《列女传·辩通》、《说苑》佚文。

农夫老古

古代寓言。见汉·刘向撰《新序·杂事二》。

晋文公追赶一头麋鹿，却没有追上。他看见农夫老古，便问道：“你看到我追赶的麋鹿跑到哪里去了吗？”老古用脚一指说：“朝那边去啦！”晋文公说：“寡人问你，你怎么能用脚指呢，你为啥要这样？”老古整理一下衣服，起来说道：“没有想到君王会这样啊！虎豹有它们住的地方，如果住腻了往人堆里面跑，就会被人抓住；鱼鳖有它们待的地方，如果在深处待腻了往浅处游，就会被人抓住；诸侯有他们住的地方，如果他们厌恶臣属和民众而远去，就会失掉自己的国家。君王待在外面不回去的话，别人就会取代您成为君王啦。”晋文公一听感到有些害怕，立刻往回赶，在路上遇到将军栾武子。栾武子问道：“您打到了野兽吗？看来挺高兴的。”晋文公说：“寡人没有捕到一头麋鹿，却得到了有益的忠告，因而乐滋滋的。”栾武子问道：“说话的那个人在哪里？”晋文公说：“他没有跟寡人一起回来。”栾武子说：“君王高高在上而不体恤下民，是骄纵啊；颁布法令缓慢而诛杀违令者迅速，是残暴哇；听取他人的劝告而不理睬人家，是掠夺呀。”晋文公说：“你讲得很好！”于是，就用马车去载着农夫老古，一起回到宫廷里面。

海 大 鱼

古代寓言。见汉·刘向撰《新序·杂事二》。

靖郭君（齐威王的小儿子田婴）打算在薛这个地方修筑城墙。靖郭君的许多门客都来劝谏，他让守门人不要替这些人通报。这时有一个齐国人过来说：“小人希望前去进一言。倘若超过一句话，小人情愿下油锅。”于是守门人便领他进去。那人说了一声“海大鱼”便转身离去了。靖郭君说：“请你稍微讲明白一点儿。”那人说：“不，小人不敢拿性命当儿戏。”靖郭君说：“嘻！寡人忍不住了，你不妨多讲一讲。”那人说：“您难道没有听说过海里面的大鱼吗？网不能将它捕获，系着生丝绳的箭也不能抓住它，却被潮水推到陆地上，那么蝼蛄、蚂蚁便会痛痛快快地饱餐一顿。而齐国呢，便是您的水啊。您有了齐国，还要薛这个地方有什么意义呢？您倘若失掉齐国，给薛这个地方修筑城墙又有什么意义呢？”靖郭君听了十分高兴，便不再征调民夫为薛地修城啦。此则寓言又见《韩非子·说林下》《战国策·齐策一》《淮南子·人间训》。

无 盐 女

古代寓言。见汉·刘向撰《新序·杂事二》。

齐国有一个女子长得奇丑无比，人称“无盐女”。她长了个臼形脑袋，双目深陷，大个子，粗骨节，鼻孔朝天，喉结突出，脖颈肥胖，头发稀疏，弯腰突胸，皮肤黝黑，三十岁还没有人迎娶，自己去找婆家也找不到，好像扔在路旁也无人要似的。于是，她抖一抖粗布短衣，自己去晋见齐宣王，对守门人说道：“我就是齐国有名的嫁不出去的女子，听说大王有高尚的品德，愿意到后宫充当杂役。我在司马门外磕头下拜，希望有幸得到大王恩准。”守门人立即禀报齐宣王。齐宣王正在渐台上宴饮，他的左右近臣听说后莫不掩口大笑说：“这是个天底下脸皮最厚的女子啊！”于是齐宣王便召见了她，对她说：“从前先王为寡人娶后妃，后宫的各个职位都已安排完了。如今你这个人连乡里的平民百姓都不会接受，却要在一个大国君王这里来谋生，难道说你有什么奇特的本领吗？”无盐女回答道：“没有。我只是仰慕大王的美德啊！”齐宣王说：“虽然这么说，可你有什么爱好呢？”过了一会儿，无盐女才说：“我曾经喜好谜语。”齐宣王说：“谜语原本是我的爱好，你说一个来猜猜看。”话音未落无盐女忽然不见了。齐宣王大吃一惊，立刻打开有关谜语的书来读，退朝后又细细思考，仍然弄不明白。第二天，又召无盐女来询问。无盐女不回答谜语的事情，只是抬起眼睛，包住牙齿，举起手拍打胳膊肘说：“危险哪！危险哪！”这样接连说了三四遍。齐宣王说：“我愿意听听你的高见。”无盐女回答说：“如今大王治理的国家，西有谋求连横的秦国相威胁，南有强大的楚国与我们为敌，从外面看有两国入侵的危险，而国内则奸臣当道，民心离散。大王已经四十岁了，还没有给长大成人的儿子确定名位，不替儿子们操心，却替姬妾们操心，重视自己喜欢的人而轻视要依靠的人，一旦圣上驾崩，国家动乱，此乃第一个危险；渐台高楼五层，黄金白玉、琅玕龙疏、翡翠珠玑等比比皆是，耗竭百姓的精力、钱财，此乃第二个危险；贤能才俊隐匿于山林之中，阿谀逢迎者簇拥在大王左右，奸邪小人在朝廷得势，进谏的忠良无法靠近大王，此乃第三个危险；大王沉湎于饮酒作乐，歌女艺人在宫中放肆欢笑，对外不与诸侯交往修好，对内不认真执掌国家政务，此乃第四个危险。所以说危险哪！危险哪！”齐宣王闻言默不作声，陷入沉思，忽然抬头长叹道：“无盐君的话语真是击中要害啦，寡人这才明白自己面临的危险，寡人差一点儿就国破家亡，死于非命啦！”于是他立刻拆除渐台，停止歌舞表演，驱逐阿谀之辈，去掉豪华陈设，挑选精兵良马，充实国库，打开四面宫门欢迎直言，招贤纳士而不论贵贱，选择吉日良辰立太子，封慈母，奖励进谏女子，拜无盐女为王后。齐国能够国泰民安，是这位丑女的功劳。此则寓言又见《列女传·辩通》等。

奖赏郗虎

古代寓言。见汉·刘向撰《新序·杂事四》。

晋文公将要进攻郧地，大夫赵衰前来讲了夺取胜利的方法。晋文公采用他的建议攻下了郧地，准备赏赐赵衰。赵衰说：“君王要奖赏发挥次要作用的人呢？还是要奖赏发挥主要作用的人呢？要奖赏发挥次要作用的人，那么参战的将士都在；要奖赏发挥主要作用的人，那么臣下的主意是从郗虎那里听来的。”晋文公便召见了郗虎，说道：“赵衰讲战胜郧人的方法，因而取得了胜利。我打算赏赐他，他说是从先生这里听来的，先生才应当受到奖赏。”郗虎回答道：“说起来容易做起来难啊，臣下只不过是讲一讲罢了。”晋文公说：“先生不要推辞啦！”郗虎不敢再推辞，于是接受了奖赏。此则寓言又见《吕氏春秋·不苟论·不苟》。

宋就灌瓜

古代寓言。见汉·刘向撰《新序·杂事四》。

梁国有一个大夫叫宋就，在边境的一个县做县令。这个县与楚国邻界。梁国的边防军营与楚国的边防军营都在种瓜，各有一定的数量。梁国的边防军尽心尽力地浇灌瓜田，瓜长得非常好；楚国的边防军很懒惰，并不经常浇灌瓜田，瓜长得非常差。楚国的县令常拿梁国的瓜长得好来责骂楚国的士兵没有把瓜种好。楚国的士兵因此忌恨梁国的士兵比自己勤劳，夜里悄悄摸到梁国的瓜田去胡乱践踏，弄得许多瓜都枯萎啦。梁国的军营发觉后就去向长官请示，打算偷袭楚国的瓜田进行报复。他们的长官拿此事去请示宋就，宋就说：“啊，怎么可以呢！这是个惹祸积怨的办法，跟别人一样使坏，心胸未免太狭窄啦！假如让我教你们的话，必定每天晚上都派人去偷偷浇灌楚国的瓜田，而且不让他们知道。”于是，梁国的士兵便每天晚上都去偷偷浇灌楚国的瓜田。楚国的士兵早上巡视瓜田，发现都浇灌过了，瓜一天比一天长得好。楚国军营觉得很奇怪，他们注意观察才发现是梁国的士兵所为。楚国的县令听说此事后很高兴，便如实上报楚王。楚王听到这件事后，感到忧伤而且惭愧，仿佛是一块心病似的。他告诉有关的官员说：“悄悄查一查那些糟蹋梁国瓜田的人，莫非还有旁的罪过吧？这是人家梁国在暗地里责怪我们啊！”随即送去丰厚的礼物表示歉意，并且希望与梁王交好。楚王时时称赞梁王讲信义。所以梁楚两国的友好关系是从宋就开始的。此则寓言又见《贾谊新书·退让》。

施政宜厚

古代寓言。见汉·刘向撰《新序·杂事四》。

梁国曾经有过一桩疑难案件，有一半大臣认为应该判罪，有一半大臣认为无罪，即使是梁王也犹豫不决。梁王说：“陶那个地方的朱公是个平民百姓，却很富有，可与诸侯相比。他必定智慧超群。”随即他召见朱公，问道：“梁国有一桩疑难案件，司法官吏一半认为应该判罪，一半认为无罪，就连寡人也拿不定主意。让你来判案的话，如何判呢？”朱公说：“我本是一介草民，不懂得判案的事情。虽然如此，草民家中有两枚白璧，它们的颜色相同、直径相同、光泽相同，然而价格不同，一枚价值千金，一枚价值五百金。”梁王问道：“它们的直径、色泽相同，一枚价值千金，一枚价值五百金，为什么呢？”朱公说：“从侧面来看，一枚比另一枚厚一倍，因此价值千金。”梁王说：“讲得好啊！”所以说可以判罪与可以不判罪的人就不予判罪，可以奖赏与可以不奖赏的人就给予奖赏，梁国的臣民都感到欢欣鼓舞。此则寓言又见《新论·连语》。

常思困隘

古代寓言。见汉·刘向撰《新序·杂事四》。

有一次，齐桓公与管仲、鲍叔、宁戚一起饮酒，齐桓公对鲍叔说：“姑且为寡人祝祷祝祷吧！”鲍叔捧着酒杯站起来说：“祝愿我们的君王勿忘出逃莒国的日子，希望管仲勿忘其被束缚在鲁国的日子，希望宁先生勿忘住在车下喂牛的日子。”齐桓公离开座席再拜说：“寡人与两位大夫都不忘夫子的忠言，这样齐国的江山必定不会衰落。”这即是说，常常想到身处逆境的时候，就一定不会得意忘形啦。此则寓言又见《管子·小称》《吕氏春秋·贵直论·直谏》。

夜闻磬声

古代寓言。见汉·刘向撰《新序·杂事四》。

钟子期夜里听见敲磬的声音，感觉声音十分悲凉。第二天早上，他把敲磬人找来，问道：“你敲磬的声音很悲凉，到底是什么原因？”敲磬人回答道：“小人的父亲因杀人被处死，小人的母亲因此沦为官府的奴隶，小人就替官府敲磬。小人已经三年没有见到母亲啦，昨天在街上看见她老人家，一心想为她赎身，可是没有钱，连我自己也归官府所有，因此感到无比悲伤。”钟子期感叹道：“悲伤产生在心里，并不在手上，也不在木头的磬槌上和石头的磬上。悲伤出自内心，木石受到感应而发出悲凉的声音，这种源自内心的感情太真诚啦！”此则寓言又见《吕氏春秋·季秋纪·精通》。

人固难全

古代寓言。见汉·刘向撰《新序·杂事五》。

宁戚想去为齐桓公效力，但是他穷困潦倒，无法使自己得到举荐。于是便做了商人，他赁车运货到了齐国，傍晚在城外住了下来。齐桓公到郊外迎宾，夜里打开城门时，让装载货物的车子挪到一边。齐桓公的随从非常多，火把十分明亮。这时候宁戚正在车下喂牛，望见齐桓公他心里面很悲伤，便敲着牛角放声唱起哀婉的商调歌曲来。齐桓公听到歌声，抚着车夫的手说道："真是与众不同啊！唱歌的这个人一定不是寻常人呀！"就下令让他上了侍从的车子。齐桓公回去后，随从前来请示如何安置宁戚。齐桓公说："赐给他衣服、帽子，我要召见他。"宁戚觐见时，用如何治理国家的话开导齐桓公。次日觐见时，他又用如何治理天下的话开导齐桓公。齐桓公无比喜悦，要对宁戚委以重任。大臣们纷纷劝说："这位客人是卫国人。卫国离齐国不远，君王不如派人前去了解一下。假如他的确是一位贤德之士，再任用也不晚呀。"齐桓公说道："不是这么回事。去了解，恐怕他会存在一些小毛病。因为人家有小毛病，就忽略了人家的大优点，这是君王失掉天下贤士的原因。而且人本来就难以十全十美，衡量之后长处多于缺点的就可以使用。"齐桓公终于重用了宁戚，授以卿这样的高位。这个举措让齐桓公大有收获，是他成就霸业的一个重要原因。此则寓言又见《吕氏春秋·离俗览·举难》《淮南子·道应》。

齐桓公见小臣稷

古代寓言。见汉·刘向撰《新序·杂事五》。

有一次，齐桓公去见小臣稷，一天之内去了三次都没有见到。随从说："一位大国的君王去见一个平民百姓，一天去三次都见不到，您不用再去了。"齐桓公说："不然，士人中的那些傲视高官厚禄者轻视他们的君王，他们的君王傲视霸王的事业，也就会轻视士人。即使这位先生傲视高官厚禄，而我怎么敢傲视霸王的事业呢？"齐桓公前后五次去小臣稷的家中，终于见到了小臣稷。天下的人听说这件事后，都称赞说："齐桓公对布衣之士都能尊重有加，更何况对他国君王呢！"于是，各方诸侯纷纷前来朝见，没有不到的。齐桓公之所以多次主持诸侯会盟，匡正天下，就得益于他能够用此种态度对待士人。此则寓言又见《韩非子·难一》、《吕氏春秋·慎大览·下贤》、《韩诗外传》卷六第二章。

秦二世自杀

古代寓言。见汉·刘向撰《新序·杂事五》。

秦二世胡亥当公子的时候，兄弟有数人。秦始皇下令盛宴款待群臣，同时也召见诸子。诸子先吃完离去时，胡亥走下台阶，看见群臣摆放的鞋子当中式样出色的，就将它们踩坏才离开。其他的兄弟见了，没有不叹息的。等到秦二世即位，他们都知道他必然被天下人抛弃。后来秦二世受到赵高的蛊惑，藐视大臣，不关心老百姓。陈胜在关东振臂高呼，阎乐在望夷宫作乱。阎乐是赵高的女婿，做了咸阳县县令，假意追赶盗贼，带领将士闯入望夷宫，攻击秦二世，列数秦二世的罪状，要砍死秦二世。秦二世惊惶万状，就躲进室内准备自杀。有一个太监跟随着秦二世，秦二世问他："怎么到了这个地步啊？"太监回答说："像这样已经很久啦。"秦二世说："你为啥不早讲？"太监回答说："小的因为不敢讲才跟着到了这里，假如我讲了，恐怕早就被杀死啦！"秦二世感到悔恨万分，长叹一声便自杀了。此则寓言又见《史记·秦始皇本纪》《贾谊新书·春秋》。

叶 公 好 龙

古代寓言。见汉·刘向撰《新序·杂事五》。

叶公子高非常喜欢龙，衣服的带钩上刻有龙，酒具上刻有龙，房屋上刻有龙。真龙听说他这样喜欢龙，便从天而降，把龙头伸进他家的窗户，把龙尾伸进他家的厅堂。叶公看见了真龙，吓得转身便跑，失魂落魄，面无人色。由此看来，这位叶公并不是真正喜欢龙啊！他喜欢的只是那些像龙而不是真龙的东西。此则寓言又见《申子》。

纣 为 鹿 台

古代寓言。见汉·刘向撰《新序·刺奢》。

商纣王修筑鹿台，花了七年时间才建成。它的面积达三里见方，高一千尺，站在上面可以远望云雨。他还制造出名为"炮烙"的刑具，杀戮无辜，劳民伤财，对老百姓无比残暴，对大臣无比惨毒，普天之下都反叛他，愿意成为周文王的臣民。等到周文王的大军一到，便众叛亲离，连左右的亲随也不听他的号令了。太可悲啦！这时候，他即便想做一个平民百姓也办不到了，纣王真是自取灭亡啊！

中　天　台

古代寓言。见汉·刘向撰《新序·刺奢》。

魏襄王将要修建中天台，就下达命令：“敢前来劝阻者立即处死！”许绾背着箩筐，拿着铁锹去见魏襄王，说道：“听说君王要建造中天台，臣下愿助一臂之力。”魏襄王问道：“你能够出什么样的力气呀？”许绾说：“臣下虽然没有什么力气，但是能够估算筑台的条件。”魏襄王问道：“你看如何？”许绾说：“臣下听说天地之间相距一万五千里，如今君王取其一半，就应当修建一座七千五百里高的台。台高既然如此，它的地基就需要方圆八千里，把君王的疆土全部用上，还不够做台基呢。古时候尧舜分封诸侯，地方才五千里；君王一定要筑台的话，就得先发兵征服诸侯，占领他们的全部疆土还不够，还要去讨伐东西南北四方的夷邦，达到方圆八千里才能够作为台基。至于建筑材料的积累，人力资源的众多，仓库粮食的储备，其数量都要以亿万计。估计在八千里以外的地方，需要竭尽农耕收获，才能够供养建台夫役。一旦各种准备全部到位了，才可以开工建台。”魏襄王听完默不作声，随即打消了建台的念头。

食凫雁必以秕

古代寓言。见汉·刘向撰《新序·刺奢》。

邹穆公在邹国颁布一道命令：喂养家禽必须用秕谷，而不能用粮食。于是，官仓里面没有秕谷后，就只好到民间去，用两石粮食换一石秕谷。官吏们认为这样花费太大，便请求邹穆公允许拿粮食喂家禽。邹穆公说：“不要讲了！你们是弄不明白的。老百姓让牛吃饱了才去耕地，他们光着脊梁在太阳下耕耘，勤勤恳恳而不懒惰，难道是为了养活鸟兽？粮食是人们的上等食品，怎么能够拿去喂养家禽呢？你等光晓得打小算盘，而不知道顾全大局。假如禽鸟只吃邹国的秕谷，就不会糟蹋邹国的粮食。粮食存放在官仓里面或者老百姓家中，依我看是没有什么差别的。”邹国的老百姓听到邹穆公的这番话，都懂得民间储粮与公家储粮是密切相关的。这就叫作懂得使国家富裕的道理。此则寓言又见《新书·春秋》。

齐 太 史

古代寓言。见汉·刘向撰《新序·节士》。

齐国的国相崔杼谋杀齐庄公后，阻止太史记载国君被臣下杀害以及杀死国君的人。太史不听从，竟写下“崔杼杀死了他的国君”。崔杼便杀了这位太史。这位太史的弟弟继续写下同样的话，崔杼又杀了他。前后一共杀死了两位太史。这位太史的另外一个弟弟接着写下同样的话，崔杼只好放过了他。南史氏是这位太史的族人，听说太史将要被杀光，便拿上竹简赶去，准备继续书写同样的话。他听说这件事已经记载下来了，才回家去了。此则寓言又见《左传·襄公二十五年》《史记·齐世家》。

越 石 甫

古代寓言。见汉·刘向撰《新序·节士》。

有一次，晏子去晋国，看见有个人反穿皮衣背着喂牲口的草，正在路旁歇气，认为他是个君子，便派人去询问道：“您为啥到了这样的境地？”那人回答：“齐国人买下我作为奴仆，我叫越石甫。”晏子叹息一声：“嘻！”便把自己马车左边的那匹马解下来替他赎身，并且载着他一块儿回去了。到家后，晏子没有打招呼便进去了，越石甫很生气，因而请求与晏子绝交。晏子派人回应说：“晏婴未曾与先生交朋友呀。如今把您从困苦中解救出来，我对您还不可以吗？”越石甫回答说：“我听说，君子在不了解自己的人那里感到委屈，在了解自己的人那里感到舒心，所以我要求绝交。”晏子于是出来见越石甫，说道：“先前我仅仅看到您的外表，而今也见到了您的气质。晏婴我听说，审视实情的人不在意他人的话语，观察行为的人不琢磨他的言辞，晏婴我可以受到责备而不被您抛弃吗？”越石甫说：“先生以礼相待，我敢不敬听吩咐吗？”晏子便把他奉为上宾。此则寓言又见《晏子春秋·内篇杂上》《吕氏春秋·先识览·观世》。

守节不移

古代寓言。见汉·刘向撰《新序·节士》。

苏武是已故右将军平陵侯苏建的儿子。汉武帝时，任命苏武为管理皇室马厩的官吏——移中监，出使匈奴。当时匈奴的使节有好些都投降了汉朝，所以匈奴也打算降服苏武，以便与汉朝取得对等的地位。单于的显贵大臣——已归顺匈奴的汉人卫律前来劝说苏武投降，苏武不答应；他又用高贵的爵位、丰厚的俸禄、重要的官职来诱惑，苏武始终不予理睬。于是，卫律接连数日不供应苏武饮食，苏武仍然不降。此时正当盛夏酷暑，他们将几件厚毡衣捆绑在他身上，放到烈日下暴晒三天，苏武的意志越发坚定，绝不屈服，誓言："臣子侍奉君王，犹如儿子孝敬父亲。子为父死绝无遗憾。坚守节义不动摇，即使被砍头下油锅也毫不畏惧，高官显位也不为所动！"匈奴因此而敬重苏武。苏武留在匈奴十多年，始终不投降，可以称得上守节忠臣。后来匈奴谎称苏武已死。但当汉朝得知苏武还在世时，便派使臣去要人。匈奴也有归顺之心，就放苏武回去了。汉朝尊崇苏武，任命他为掌管邻国归顺与少数民族事务的大臣——典属国，其显贵超过其他大臣。

《汉书》

书名。又称《前汉书》。汉·班固撰。班固（32—92），字孟坚，扶风安陵（今属陕西咸阳）人。此书是中国第一部纪传体断代史。全书分十二纪、八表、十志、七十列传，共一百篇，后人分为一百二十卷。记载自汉高祖元年（前206）至王莽地皇四年（23）二百三十年间的事迹，是研究西汉历史的重要资料。有唐·颜师古《注》一百二十卷，清·王先谦《汉书补注》一百卷，以及近人杨树达《汉书管窥》等。其中收有《束蕴请火》《曲埃徙薪》等故事、寓言。

束蕴请火

古代家庭故事。见汉·班固撰《汉书·蒯通传》。

乡下有一个妇人跟邻里的一个老妈妈关系很好。这个妇人被她的婆婆怀疑偷吃了肉，便要将她赶回娘家去。她心怀怨恨，把事情告诉邻里的老妈妈。这个老妈妈对她说：“你慢慢走吧，我现在就设法让你的婆婆把你叫回来。”于是，这个老妈妈立刻卷了一束乱麻去她家讨火，对她的婆婆说：“我家的两条狗为争肉相互咬起来，请让我点火去治一治它们。”这家的婆婆一听就知道有误会，连忙打发人去追赶儿媳妇，让她赶快回来。此则故事又见《韩诗外传》卷七第三章。

曲堗徙薪

古代寓言。见汉·班固撰《汉书·霍光传》。

有一个客人来到某人家里面，看见他家灶房的烟囱很直，旁边还堆了许多柴火。这个客人就对主人说：“快把你家的烟囱改成弯的，把柴火搬远一点儿吧，不然很可能发生火灾啊！”主人听了心里不大高兴，竟默不作声。没过多久，他家果然失火啦。乡亲们见了非常难过，都赶来救火，很快便把火扑灭了。于是，主人杀了一头牛来办酒席，答谢众乡亲，请烧伤的人坐在上席，其余的乡亲按照功劳大小排座次，却不请那个提醒他小心火灾的客人。先前假使主人听了客人的忠告，就不会发生火灾，也不必办酒席来款待救火的乡亲啦。此则寓言又见《说苑·权谋》。

偷长污赭捕盗

古代凭污捉盗型故事。见汉·班固撰《汉书·张敞传》。

汉朝张敞做京兆尹太守时，街市上盗贼很多，商贾们苦不堪言。皇上问张敞如何处理这件事。张敞说能够想办法把他们一网打尽。于是张敞通过长安的父老乡亲，找到了盗贼的大小头目，叫他们来官府当小吏，让他们去给京城里面的盗贼打招呼。盗贼头目回去以后就置办酒席，京城里面的盗贼纷纷前来祝贺。等到盗贼们一个个喝醉酒后。盗贼的头目就用红土液染他们的衣袖。等他们回去的时候，官吏们便在里巷的大门口捉拿他们，一天时间逮捕了好几百人。从此，京城里面击鼓告状的事情渐渐稀少，街市上就没有盗贼啦。

《新　论》

书名。一称《桓子新论》。汉·桓谭撰。桓谭（约前20—56），字君山，沛国相（今属安徽濉溪）人。《后汉书》本传谓其二十九篇，言当世行事。此书久佚。清代孙冯冀、严可均并有辑本。中华书局2009年出版有朱谦之校辑《新辑本桓谭新论》。其中收有《楚灵王信巫》《两狗怪》等寓言。

楚灵王信巫

古代寓言。见汉·桓谭撰《新论·言体》。

楚灵王骄奢淫逸，怠慢贤良之士，专注于鬼神，信奉巫祝之道，对天帝、诸神顶礼膜拜。有一次，他穿着祭服，手执法器，在祭坛前面起舞。这时，吴国大举进攻，楚国国人前来告急，楚灵王仍然在祭坛前舞动，神态自若，回过头来答道："寡人正在祭祀天帝，让神明感到愉悦，以便取得保佑，不敢前去援救。"不久，吴国的大军便攻破楚国都城，俘获了楚国的太子以及后妃以下的诸多宫中佳丽，举国上下无不感到悲伤。

两　狗　怪

古代寓言。见汉·桓谭撰《新论》佚文。

吕仲子的婢女死后，几次来替他四岁的女儿洗头搓澡。有个道士说，那是吕家的青狗干的，只要把它杀了，就不会再出这种怪事情啦。陈仲文也说，他家一个刚死去的老妈子忽然起来吃喝，喝醉后便坐到祭床上。如此反反复复三四次，家里人都感到非常厌恶。后来，她喝醉后走到外面去了，人们在坏墙根儿下发现原形毕露的一条老狗，赶忙把它打死了。经追查，才知道那是村头开酒铺的人家喂的狗。

牛　与　蘡

古代寓言。见汉·桓谭撰《新论》佚文。

声氏家里的牛夜晚走丢后，遇到了夔，就停下来问道：“我有四只脚，走起来却不灵便；你仅有一只脚，而奔跑起来神速，怎么会这样呢？”夔说：“我虽然仅有一只脚，却精神专注，所以速度远远超过你。”

《法　言》

书名。一称《扬子法言》。汉·扬雄撰。扬雄（前53—18），亦作杨雄，字子云，蜀郡成都（今属四川）人。此书系仿《论语》体裁写成。尊圣贤，谈王道，宣扬儒家传统思想，兼采道家思想。今通行本一为晋·李轨注，十三卷；一为宋·司马光注，十卷。其中收有《羊蒙虎皮》等寓言。

羊蒙虎皮

古代寓言。见汉·扬雄撰《法言·吾子篇》。

有一头羊虽然蒙上了虎皮，却没有改变它的本质。它看见青草就很高兴，看见豺狼就吓得发抖。它竟忘记自己还披着虎皮呢。

《论　衡》

书名。汉·王充撰。王充（27—约97），字仲任。会稽上虞（今属浙江）人。《论衡》共三十卷，八十五篇，其中《招致篇》仅存篇目，实存八十四篇。撰写历时三十多年。此书疾虚妄而求实证，抨击当时的迷信思想，主张今优于古，多有卓见。有明嘉靖通津草堂本等。中华书局1979年出版有《论衡注释》。其中收有《仕数不遇》《鸡犬皆仙》等寓言。

仕数不遇

古代寓言。见汉·王充撰《论衡·逢遇篇》。

从前，周朝有一个人想当官，好几次都没有碰到机会。后来，他年老发白，在路上痛哭流涕。有人问他：“你为什么哭呀？”他回答道：“我想做官，几次碰不到机会，如今为自己年纪大再没有机会而哭泣啊！”那个人问他：“你为啥一次也没有遇到机会呢？”他回答道：“我年轻时学习礼乐制度。等到在礼乐教化方面有了成就，我想为官时，君王喜欢用老人。喜欢用老人的君王一去世，继位的君王又喜欢用武人，我只好改习武艺。等到我学好武艺时，好武的君王又去世了。年轻的君王即位后，又喜欢任用年轻人，可是我又老啦。因此，我一生未曾遇到过一次机会呀！”

鸡犬皆仙

古代寓言。见汉·王充撰《论衡·道虚篇》。

淮南王刘安为了学习修道，招会了天下的有道之人。他放下一国之主的尊严，去结交精通道术的人。于是，有道之人都汇聚在淮南，各种奇方异术莫不争相呈现出来。淮南王得道成仙后，他的家人都跟着升天了，就连家畜也成仙飞升，犬吠于天上，鸡鸣于云中。

御马到马

古代寓言。见汉·王充撰《论衡·非韩篇》。

宋国有一个驾马车的人，当马不前进时，他便拔剑砍下马头扔到沟里面。他再驾一辆马车，马又不前进，他仍然砍下马头扔到沟里。接连三次都这样。采取这种威慑马匹的办法，可以说到了无以复加的程度啦。但是，这绝不是著名御马师驯马的办法。

《申鉴》

书名。东汉末荀悦撰。荀悦，字仲豫，颍川人。《申鉴》五卷，包括《政体》、《时事》、《俗嫌》、《杂言》（上下）等五篇。其意在申明历史教训以为借鉴。有明嘉靖黄氏文始堂刊本，涵芬楼《四部丛刊》影印明文始堂本等。其中收有《孺子驱鸡》《一目之罗》等寓言。

孺子驱鸡

古代寓言。见汉·荀悦撰《申鉴·政体》。

有一个小孩去驱赶鸡，走得快时，鸡惊慌失措，一气乱跑；走得慢时，鸡行动迟缓，甚至停步不前。正往北走时，猛然拦截它就会转身南去；正往南走时，猛然拦截它就会转身北去；追赶得凶时，它就飞起来啦；听之任之时，它就随便乱走啦。

一目之罗

古代寓言。见汉·荀悦撰《申鉴·时事》。

有鸟将要飞来的时候，人们便张开捕鸟的网等着。捕捉到鸟的，只是捕鸟网的一个网眼。可是，如果做一张只有一个网眼的网子，却是无法捕捉到鸟的。此则寓言又见《淮南子·说山训》。

《牟子》

书名。又称《牟子理惑》或《牟子理惑论》。旧题汉·牟融撰。牟融（？—79），字子优，北海安丘（今属山东）人。《隋书·经籍志》载：“《牟子》二卷。后汉太尉牟融撰。”全书共三十七篇。据史家考证，不是牟融所作。此书的残本，载于南朝梁·僧佑编《弘明集》。其中收有《问麟》《对牛弹琴》等寓言。

问麟

古代寓言。见旧题汉·牟融撰《牟子》。

从前，有一个人没有见过麒麟，就去问一个曾经见过麒麟的人，说道：“麒麟像什么动物呢？”那个人回答道：“麒麟像麒麟啊！”问的人说：“假如我见过麒麟，就不会来问你了。你说麒麟像麒麟，让人怎么理解呢？”那个人说：“麒麟的身体像獐子，尾巴像牛尾，蹄子像鹿蹄，背像马背。”问的人一听便明白啦。

对 牛 弹 琴

古代寓言。见旧题汉·牟融撰《牟子》。

春秋时的鲁国人公明仪给牛弹奏高雅的古曲，可那牛仍然埋头吃它的草。并不是牛充耳不闻，而是因为这种曲调与它无关。随后，公明仪又弹出蚊子、牛虻的声音，弹出孤独的牛犊的叫声，那牛立即摇晃尾巴，竖起耳朵，迈着碎步倾听琴声。

《孔丛子》

书名。旧题战国末孔鲋撰。全书共二十三篇。实为伪书，系东汉人集先世遗文而成，有宋刊本、明抄本、清抄本。商务印书馆1936年出版有《丛书集成初编》影印刻本。其中收有《贪以死饵》《魏王愿不死》等寓言。

贪 以 死 饵

古代寓言。见旧题战国末孔鲋撰《孔丛子·抗志》。

孔子的孙子子思居住在卫国。卫国有一个人在河边钓鱼，钓到了一条大鳏鱼，其硕大无比，足可以装满一辆车子。子思问那人道："鳏鱼是很难得到的一种鱼啊，你是怎样钓到的呀？"那人回答："我刚开始下钓时，仅仅放下一条小鲂鱼作为鱼饵，鳏鱼游过时压根儿不看一眼；我更换为半扇小猪，它就吞了下去。"子思听罢，叹了一口气说："鳏鱼很难让人钓到，因为贪吃便活不成啦。士人虽然胸怀大志，但倘若贪图利禄便会走上不归路啊。"

魏王愿不死

古代寓言。见旧题战国末孔鲋撰《孔丛子·陈士义》。

有一次，魏王说："听说有个道士登上华山之后就长生不老了，我也愿意跟他一样啊！"有个大臣说："自古以来不曾有过这种养生之道，并不是能够追求得来的啊！"魏王说："我听说是真实可信的。"这个大臣说："不晓得君王是从哪里听来的？您是亲自从长生不老的人那里听来的呢？还是听他人传说的呢？假如是听他人传说的，这种传闻必定不可信；假如是长生不老的人亲口所说，那么他如今在何处？他要是还活着的话，君王就去跟他学，不要迟疑；他要是已经不在世的话，君王就不要学啦。”

学长生者

古代寓言。见旧题战国末孔鲋撰《孔丛子·陈士义》。

从前有一个人宣称自己能够长生不老，一个道士听说后，就想去跟他学。可是等他赶到那里的时候，那人已经死啦。这个道士捶胸顿脚，只恨自己来迟了。这个道士打算去学长生术，而那个扬言会长生不老的人分明已经死了，他却还要抱怨自己去迟了，足见其人不知道自己要学什么啊！

《潜夫论》

书名。汉末王符撰。王符（约85—162），字节信，安定临泾（今属甘肃镇原）人。此书十卷，三十五篇，另叙录一篇。此书评论时政得失，反对谶纬迷信，揭露官吏、豪强的劣迹与暴行。注本有清·汪继培《潜夫论笺》。其中收有《随声逐响》等寓言。

随声逐响

古代寓言。见汉·王符撰《潜夫论·贤难》。

从前，有一个叫司原氏的人，晚间到野外去打猎。有一头鹿朝东边奔跑，他便跟在后面呼喊起来。西边有一伙人正在追赶一头猪，听见司原氏的喊声，也都跟着他喊叫起来。司原氏听到那么多人的喊声，反而停下脚步，往众人那边去埋伏起来。结果碰到一头浑身糊满白泥浆的猪，他喜出望外，以为自己获得了一头吉祥的白兽，就拿出各种粮食、草料来喂养它。那头猪做出亲昵的姿态，发出谄媚的声音，让司原氏越发珍爱它。过了不久，狂风大作，暴雨冲刷掉那家伙身上的白泥浆，由于惊恐而发出真实的叫声，才知道它是一头老公猪。这便是随声逐响造成的误会啊！

《风俗通义》

书名。一称《风俗通》。汉·应劭撰。应劭，字仲远（一作仲瑗），汝南南顿（今河南项城西）人。原本三十卷，每卷为一篇，分子目一百三十四。今本已多散佚，存十卷。该书因事立论，辨物类，释风俗，考论典礼类《白虎通义》，纠正流俗类《论衡》，虽不主一家而自有见地。中华书局2010年出版有王利器《风俗通义校注》。其中收有《杯弓蛇影》《山神娶亲》等故事、寓言。

杯弓蛇影

古代寓言。见汉·应劭撰《风俗通义·怪神》。

应彬做了汲县的县令，夏至那天会见主簿杜宣，赐酒的时候，北边墙壁上悬挂的红色弓倒映在杯子里面，活像一条蛇。杜宣心里又害怕又厌恶，但是又不好意思不喝下去。从那天起，他便感到胸腹疼痛，精神萎靡，饮食很差，经过百般调治，也不见好。后来，应彬因为有事情来到杜宣家里，杜宣就问他生病的原因。杜宣说："我生来就害怕蛇。那天喝酒的时候，把蛇喝进肚子里啦！"应彬听完后回家思考很久。他回头看见墙上悬挂的弓，突然悟出杜宣所说的蛇，必定是这张弓。于是他便派人去接杜宣，又到原先那个屋子里去喝酒，酒杯里面照样映出蛇影。他连忙对杜宣说："酒杯里映出的不过是墙上的弓罢了，而不是什么精怪啊！"杜宣一听就解开了心中的疑团，感到非常喜悦，他的病也随之一扫而光。此则寓言又见《晋书·乐广传》。

山神娶亲

古代山神娶亲型故事。见汉·应劭撰《风俗通义·怪神》。

九江逡遒县有一座唐居山，上面有神灵居住。每年巫师们都要替山神娶亲，被选中的，男子不能再娶妻，女子不能再嫁人。这件事把老百姓给害苦啦。新任九江太守宋均到任后，主办的人大肆搜刮钱财来操办山神的亲事。宋均说："巫师们与山神关系亲密，了解山神的想法。我以为替山神娶小户人家的姑娘非常不匹配。"于是，他下令让巫师们把自己家的儿女许配给山神。巫师们一个个惊慌失措，连忙磕头谢罪。宋均法办了他们。从此以后，这一带就禁绝了山神娶亲的习俗。此则故事又见《后汉书·宋均列传》。

鲍 君 神

古代鲍君神型故事。见汉·应劭撰《风俗通义·怪神》。

汝南鲖阳有一个人在田间抓到一头獐子，因为有旁的事情，没有来得及把獐子取走。有十多辆商车从此地经过，望见这头獐子被绳子拴着，就把它牵走了，又放了一个鲍鱼在那里。过了一会儿，獐子的主人回来，见到獐子变成了鲍鱼，感到非常奇怪，以为是神灵现身。于是辗转相告，越传越神。前来治病求福的往往很灵验，因此为它盖起庙宇，加以供奉。几十名巫师搭起帷帐，敲响钟鼓，方圆数百里的民众均来祭祀祷告，把它称为“鲍君神”。数年后，放鲍鱼的人又经过此地，看见庙宇里面的情况十分惊讶，就说道：“这是我放的鲍鱼，哪儿是什么神灵啊！”他从堂上取走鲍鱼，从此再也没人来庙里拜神了。此则故事又见《抱朴子内篇》卷九、《太平广记》卷一三五、《稗史汇编》卷一三三。

李 君 神

古代桑中生李型故事。见汉·应劭撰《风俗通义·怪神》。

汝南南顿地方的张助，在田里面种庄稼时捡到一颗李子核，想带回家去。他发现桑树林里有一块空地，因而把它种下，还把喝剩下的水浇在上面。后来，人们看见桑树林里长出一棵李子树时，感觉十分奇怪，便辗转相告。有一个得了眼疾的人在这棵李子树下许愿说：“李君如若让我的眼睛自然好转的话，我就给你奉献一头猪。”他眼睛痛的小毛病果然慢慢好起来了。众人议论纷纷，说让盲人也能重见光明，于是这棵李子树渐渐远近闻名了。很快便有成千上万的人来此求神治病，祭神的酒肉堆积如山。过了一年多光景，张助远出回来，看见这种情形非常惊讶，忙说：“这棵李子树有什么神奇的啊，它是我亲手种下的呀！”随即把它砍掉了。此则故事又见《抱朴子内篇》卷九、《搜神记》卷五。

石 贤 士 神

古代石贤士神型故事。见汉·应劭撰《风俗通义·怪神》。

汝南汝阳彭氏墓园顶头的地方，在石兽的后面立有一个石人。有一次，田家的老妈妈从集市上买了几块糕饼回来。天气炎热，她走疲倦了，就坐在这个石人下面休息一会儿。起身时她落下一块糕饼，却没有发现。有个过路人捡起这块糕饼，拿去送人，竟治好了人家的病痛。后来，这个人就对人讲：石人能够治病，我的病好了要去表示感谢。于是一下传开来，说头痛的就去摸石人的头，肚子痛的就去摸石人的肚子，十分灵验。凡是把病痛治好的人，都说全靠石人的福力。因此，大家便把石人称为“贤士神”。随后前去求神治病的人越来越多，车来车往，络绎不绝，还搭起帷帐演奏丝竹，乐曲之声数十里外都能听到。当地的官吏也常去护卫石人。数年后，人们发现石人并不灵验，便渐渐把它遗忘啦。此则故事又见《抱朴子内篇》卷九、《稗史汇编》卷一三三。

张 汉 直

古代鬼怪故事。见汉·应劭撰《风俗通义·怪神》。

陈国的张汉直到南阳去跟京兆尹延叔坚学《左氏传》。到那里几个月后，有一个鬼怪把持着张汉直的妹妹，以张汉直的口吻说道：“我病死在田间小路上，常为饥寒交迫所苦。我有一些粮食不外借，挂在柴屋后面的楮树上，傅子方送给我五百钱，搁在北窗下，都忘了取走。又买李幼的一头牛，本券搁在放书的箱子里。”他家人去寻找，全都跟说的一样。可是张汉直的妻子还不知道这些，张汉直的妹妹刚从婆家回来探亲，应该不了解家中事。张汉直的家人十分哀伤，越发信以为真。张汉直的父母兄弟，都穿着丧服去迎丧。他们在离学舍几里远处遇到张汉直和许多儒生在一起。张汉直看见家人那样的装束感到很奇怪。家人看见张汉直，都以为是鬼，好一阵儿才回过神来。张汉直便前去拜父母，说明事情的原委，大家且悲且喜才晓得是鬼怪在作祟。此则故事又见《搜神记》卷十七。

来 季 德

古代精怪故事。见汉·应劭撰《风俗通义·怪神》。

司空南阳来季德，入殓后停丧在屋里，忽然坐在祭床上面，服装、模样、声音都跟生时相同。他依次对儿孙、妇女进行教训，有条有理；打骂奴婢，都恰如其分。他吃饱喝足后，便告辞而去。家里人非常悲哀，哭得死去活来。像这样的情况接连发生三四次，他家里的人便感到十分厌倦、痛苦。后来，他喝醉后现了原形，原来是一条老狗，便被人们砍死了。经过查问，才知道那是村头酒店里面的狗。此则故事又见《搜神记》卷十八。

李 坚 叔

古代精怪故事。见汉·应劭撰《风俗通义·怪神》。

桂阳太守李坚叔，在做从事的时候，家里面有一条狗，站起来像人一样行走。家里人说："应当杀了它！"李坚叔说："常言道'犬马好比君子'，狗看见人行走，就仿效，有什么妨碍呢？"过了不久，李坚叔把帽子搁在榻上，这狗戴着帽子就走，家里人大吃一惊。李坚叔说："它不小心碰到帽子，帽带子挂在它的耳朵上啦。"这狗又到灶前拨弄火膛，家里人越发惊恐不安。李坚叔又说："孩儿、婢女都到田间去了，狗帮助保存火种，以免去麻烦邻居，这有什么不好呢？"过了十来天，这狗突然自己死去，后来再没有灾异出现。此则故事又见《搜神记》卷十八。

汝阳西门亭

古代鬼怪故事。见汉·应劭撰《风俗通义·怪神》。

汝南汝阳西门亭有鬼魅，宾客在这里面住宿，动辄死亡，其中受害严重的人往往都失掉头发和精液。追问其缘由，人们就说："早先这里已经有了怪物。随后，郑奇前来，在离此亭六七里的地方，有一个美貌的妇人请求搭载。郑奇起初感到有些为难，后来还是让她上车了。郑奇进入亭内，来到楼下时，有个吏卒告诉他不可以上楼去。郑奇说：'我不怕。'当时已经傍晚，他便上楼去了，同那个妇人睡在一块。天不亮郑奇出发后，亭内的士卒上楼去扫除，看见一个死妇，大惊失色，赶忙去报告亭长。亭长立即击鼓会同各位庐吏，一道去勘验，确定那个妇人乃是亭子西北八里的吴氏妇，刚死不久。准备出葬的前一天晚上，灯火突然熄灭，等到重新点燃时那个妇人的尸体就不见啦。于是，她家立即把她的尸体搬回去。郑奇上路走了几里肚子就开始感到疼痛，到了南顿利阳亭，疼痛更加剧烈，以致身亡。从此以后，再也没人敢攀登到汝阳西门亭的楼上了。"此则故事又见《搜神记》卷十六。

郅伯夷

古代精怪故事。见汉·应劭撰《风俗通义·怪神》。

北部督邮西平郅伯夷，三十多岁，很有才能，是长沙太守郅若章的孙子。傍晚时分他来到一个亭子，命前面的人领进去，录事官说："今日尚早，可以赶到前面的亭子去。"郅伯夷说："我打算写文书，就留下吧。"亭子里面的吏卒一听感到无比惶恐，都说应当往前赶。可是郅伯夷手下的人却传话道："督邮准备上楼观望，快一点儿打扫吧！"不一会儿就上楼了。天没有黑，楼台下面就点起了灯火。郅伯夷传话下去，说道："我正在思考，不能够见灯火，赶快灭掉！"小吏知道必定会发生变故，用得着灯火，便偷偷地藏了起来。到了夜晚，郅伯夷穿好衣服坐下来诵读《六甲》《孝经》《易》，然后躺下。过了一会儿，他又换到东边去，用大巾束发扎在头上，悄悄拔剑等候在那里。半夜，有一个四五尺的黑家伙走到柱屋，扑向郅伯夷。郅伯夷拿起被子盖住它，光脚几乎跌倒。经过再三搏斗，他才用剑带捆上那家伙的脚，叫下面拿灯火来照，是一个赤色老狸，身上差不多没有毛。郅伯夷立即将它抓下去烧死。次日早上打开楼上的房间，得到剃下的人的发髻一百多个，这里从此再没有精怪出现。此则故事又见《搜神记》卷十八。

二妇争子

古代二妇争子型故事。见汉·应劭撰《风俗通义》佚文。

颍川地方有一个有钱人家，兄弟俩居住在一起。他们二人的妻子都有了身孕。大嫂胎伤流产，于是就躲避在房间里面不出来。到了产期的时候，妯娌俩同时进了乳母的房间去生孩子。弟媳生下一个男孩儿，夜里就被大嫂派去的人偷走了。兄弟两家人因此打官司，一直打了三年，州郡衙门不能决断。丞相黄霸出来审理这个案子，命令一个衙役把男孩儿抢夺过去，让妯娌俩每人离孩子十步远，然后对她们喊道："你们自己去抱孩子！"大嫂急忙把孩子抱过去，那孩子吓得哇哇大哭。弟媳唯恐伤害孩子，立刻放手，心里却非常难过，而大嫂竟喜笑颜开。黄霸说："这个肯定是弟弟的孩子！"他趁势审问大嫂，大嫂不得不低头认罪。

东 食 西 宿

古代东食西宿型故事。见汉·应劭撰《风俗通义》佚文。

相传齐国某人有一个女儿，有两家人同时上门来求亲——东家的儿子不好看却很有钱，西家的儿子很漂亮却很贫困。父母亲不知如何是好，便去问女儿，叫她自个儿拿主意，并说："假如你不好开口的话，就露出一只胳膊，让我们明白你的意思。"这姑娘一下露出两只胳膊。父母见了好生奇怪，忙问她有什么讲究。这姑娘说："我想在东家吃饭，在西家住宿。"此则故事又见《古今谭概》贪秽部第十五。

城 门 失 火

古代寓言。见汉·应劭撰《风俗通义》佚文。

常言道："城门失火，祸及池鱼。"旧有的一种说法——池仲鱼，是一个人的姓名。他居住在宋国的一座城门旁边，某天城门失火，大火蔓延到了他家，把他给烧死了。又一种说法——宋国有一座城门失火了，大伙赶忙去取池子里的水来灭火。最后，池水被舀光了，池子里面的鱼全都干死啦。用以比喻恶势力滋长蔓延，必然会伤害到善良的人们。

《汉武故事》

书名。又名《汉武帝故事》。佚名撰。此书的作者，前人有汉·班固、晋·葛洪等说。今人刘文忠认为系汉末建安前后人。书中记有汉武帝的传闻逸事。《古今说海》《古今逸史》《说郛》等均收有此书。上海古籍出版社1999年出版的《汉魏六朝笔记小说大观》收有王根林校点的《汉武故事》。其中收有《东方朔识酒》等故事。

东方朔识酒

古代不死酒型故事。见汉·佚名撰《汉武故事》。

汉武帝斋戒七天，派栾宾带男女数十人到君山，得到“不死酒”。汉武帝正准备饮用时，东方朔在一旁说道：“臣下认识这种酒，请让我看看。”他趁机把酒喝了。汉武帝打算杀了他。东方朔说：“如果把朔杀死了，这种酒就不灵验啦；如果它灵验的话，就杀不死我。”于是汉武帝便赦免了东方朔。

《阙　子》

书名。阙子撰。作者生平事迹不详。《汉书·艺文志》将其列入“纵横家”。书已佚亡。仅存佚文，见清·马国翰辑《玉函山房辑佚书》。其中收有《桂铒金钩》等寓言。

桂 铒 金 钩

古代寓言。见阙子撰《阙子》。

鲁国有一个喜欢钓鱼的人，他钓鱼时，常用肉桂制作鱼饵，用黄金打造的鱼钩，上面镶有银子和碧玉等饰品，用翡翠鸟的羽毛编织成钓丝垂钓。他拿钓鱼竿的姿势和所选择的钓鱼地点都很对，可是钓上来的鱼却寥寥无几。

《异闻记》

书名。汉末陈寔撰。陈寔，字仲弓，颍川许人。此书不见史志，书亦亡佚。鲁迅辑入《古小说钩沉》。其中收有《张广定女》一则故事。

张 广 定 女

古代古冢奇迹型故事。见汉·陈寔撰《异闻记》。

郡人张广定，遇到动乱不得不到外地去躲避。张广定有一个女儿年仅四岁，不能步行，也无法挑着上路，就打算把她扔掉。张广定想，这样一来，孩子必然会饿死，但是又不愿意让她的尸骨暴露在荒郊野外。他们村口有一座很大的古墓，顶上有一个洞穴，张广定就把女儿装在筐里，用绳子坠下去，还给她准备了几个月的干粮和饮水，然后才离去。等到时局平定下来，已经过了三年，张广定才得以回到家乡。他打算到古墓里面去收拾女儿的尸骨，以便埋葬到别的地方。可是张广定下去一看，女儿依然坐在古墓中，还认得自己的父母，感到十分高兴。而做父母的起初还怕她是鬼呢，走到面前才知道她没有死。问她是从哪里得到吃食的。女儿说粮食刚吃完的时候很饥饿，看见古墓角落有一个活物正在伸颈吞气，便试着模仿它的动作，就渐渐不觉得饥饿啦。长年累月这样做，便维持到现在。父母离开时留下的衣被仍然在墓中，由于不往来行走，衣服不坏，因而未曾挨冻。张广定去寻找女儿所说的活物，乃是一只大乌龟。女儿出来以后，刚开始吃粮食时有一点儿肚子痛，还呕吐，时间久了便习以为常了。此则故事又见晋·葛洪撰《抱朴子内篇·对俗》、唐·李亢撰《独异志》卷下等。

魏晋南北朝故事

邯郸淳本《笑林》

书名。三国魏·邯郸淳撰。邯郸淳（约132—？），一名竺，字子叔，或作子礼，颍川（今属河南禹州）人。博学多才，曾受到曹操敬重。魏文帝时，任博士给事中。此书成于三国魏初年，是现存最早的一部笑话集。原书三卷，宋代尚存世，其卷帙由三卷附益扩充为十卷。宋以后亡佚，今有清人马国翰《玉函山房辑佚书》本一卷，此共二十四则。鲁迅《古小说钩沉》辑其佚文近三十则。其中收有《执竿入城》《不识镜》等笑话、故事。

执竿入城

古代长竿入城型故事。见三国魏·邯郸淳撰《笑林》。

鲁国有一个人，拿着长竿入城，竖着进不去，横着也进不去，觉得无计可施。过了一会儿，有个老者来了，他说："我不是圣人，可看见的事情多着哩。你为什么不把它锯断拿进去呢？"于是，那个人便把长竿锯断拿进城去啦。此则故事又见《嘻谈录》《笑林广记》等。

不识镜

古代不识镜型故事。见三国魏·邯郸淳撰《笑林》。

有一个民妇不识镜。一天，她的丈夫买了一面镜子回家，她拿过来照了照，便惊慌地跑去对婆母说："他又弄了一个妇人回来啦！"婆母过去照了照镜子，忙说：“又领了一个亲家母回来！”此则故事又见《启颜录》《笑府》《广笑府》《新镌笑林广记》《一笑》等。

以叶自障

古代隐身草型故事。见三国魏·邯郸淳撰《笑林》。

楚地有个人听说得到一种叶子便可以隐身，便去扫了一大筐叶子回家，看看能不能找到这样的叶子。他用一片片叶子遮掩自己，一次次问妻子是不是看得见他。妻子被问烦了，就说：“看不见啦！”他赶忙带着那片叶子到市场上拿人家的东西，竟被抓进了县衙。审问时，县官听他讲了事情的经过，大笑不止，于是便将他释放啦。此则故事又见《笑赞》《笑林博记》等。

自啮鼻

古代笑话。见三国魏·邯郸淳撰《笑林》。

甲与乙争斗，甲咬下了乙的鼻子。某个官吏来断案时，甲谎称是乙自己把鼻子咬下的。那个官吏说：“人的鼻子高而嘴巴低，怎么咬得下来呢？”甲说：“他踩在床上咬呀！”

治伛者

古代治驼背型故事。见三国魏·邯郸淳撰《笑林》。

一个平原人吹嘘自己善于医治驼背，有个病人出重金求治。当他准备去踩踏病人的后背时，病人呼喊：“你要踩死我呀！”此人说道：“我只管把你弄直，并不管死活。”此则故事又见《殷芸小说》《雪涛小说》《客座赘语》《笑得好》《笑林博记》等。

奏药方

古代笑话。见三国魏·邯郸淳撰《笑林》。

有一次集会吹奏乐曲，某甲误将药方当成曲目，便让艺人“且作附子当归送客”，让大伙笑得前仰后合。

马屎与败履

古代笑话。见三国魏·邯郸淳撰《笑林》。

一个南方人到京师时，有人叮咛他：“你得到食物只管吃，千万不要问名称。”那人去拜访一家主人，进门看见马屎，便捡起来吃了，觉得很臭。继续前行，看见破鞋子，又拿起来嚼，难以下咽。他于是骂道：“人言不可皆信！”后来去拜访一个贵官，给他摆出蒸饼，他见了就说：“这是先前的物品，应当不要吃！”

盐不足

古代笑话。见三国魏·邯郸淳撰《笑林》。

某人烹调鱼羹，舀一勺来尝，觉得味道淡，他再三加盐后，却仍然尝先前舀的那勺鱼羹，总是觉得淡，因此大惊小怪。

俭啬老人

古代笑话。见三国魏·邯郸淳撰《笑林》。

一富家老者无儿无女，却拼命敛财，而且十分吝啬。他万万没有想到，自己死后所有的田宅、财产全被充公啦。

伧人吊丧

古代笑话。见三国魏·邯郸淳撰《笑林》。

有一群粗野之人去吊丧，都不知道吊丧的礼仪，有一人对同伴说：“你们跟随我的举止。”伏席时，他们一个个脑袋挨着前面人的背，前面的人骂道：“痴物！”后面的人竟以为这是吊丧的礼仪，也跟着足踢后面的人骂道：“痴物！”最后的人挨着孝子，也足踢孝子，骂道：“痴物！”

齐人学瑟

古代笑话。见三国魏·邯郸淳撰《笑林》。

齐国有一个愚人去赵国学习弹瑟，竟用胶粘牢调音支柱，三年也弹不成一曲。赵人问明原因后，才知道此人何等愚蠢。

煮床箦

古代煮竹席型故事。见三国魏·邯郸淳撰《笑林》。

汉地有一个人去吴地吃了竹笋，回家后便煮床席上的竹片来吃，谁知竟咬不动，于是在妻子面前大骂："吴人狡诈，这样欺负我！"此则故事又见晋·陆云撰《笑林》、明·冯梦龙辑《古今谭概》。

强食酪酥

古代笑话。见三国魏·邯郸淳撰《笑林》。

吴人到了京师，不知道酪酥是什么东西，就硬着头皮吃下，回去以后大吐，以至于困顿，便对孩子说："跟粗野的人一起死，也无所恨，然而行事应当慎重。"

谁杀陈他者

古代笑话。见三国魏·邯郸淳撰《笑林》。

某甲准备去拜见县令，便向左右打听县令有何喜好。听说县令喜好《公羊传》，他见到县令就说自己专读《公羊传》。县令问某甲："谁杀了陈他？"某甲回答："平生实不杀陈他。"县令发现他的谬误，故意问他："君没杀陈他，是谁杀的？"某甲大惊失色，误以为县令在追查凶手，竟吓得落荒而逃。

痴婿吊丧

古代笑话。见三国魏·邯郸淳撰《笑林》。

有一个痴婿前去给岳父吊丧，涉水过河时将一只袜子丢了。他听到斑鸠在叫“鹁鸪、鹁鸪”，便悄悄念诵，竟忘掉妻子交代的吊丧礼仪。到了岳父家，他用有袜子的脚独立，而缩住那只光脚，嘴里还不断叫着“鹁鸪、鹁鸪”。他看见孝子们窃笑，忙说：“莫笑莫笑，你们捡到袜子的话快还我！”

恐新妇年老

古代笑话。见三国魏·邯郸淳撰《笑林》。

一个女婿看见岳母年迈体衰，回到家里后竟将他新娶的漂亮妻子遣返回婆家。新妇问他是什么原因。他说其实没有别的原因，只是担心新妇老了以后也会变成那个模样。

孙儿戏肚

古代笑话。见三国魏·邯郸淳撰《笑林》。

某公夏天喝醉躺下的时候，小孙孙将一个李子塞到他的肚脐眼内。几天后他的肚子疼痛，并且流汤，他竟惊呼道：“我的肠子烂了，要死啦！”第二天李核掉了出来，他才明白是怎么回事。

误出熨斗

古代笑话。见三国魏·邯郸淳撰《笑林》。

某夜失火时，一个太原人去取铜枪灭火，慌忙之中他误拿成熨斗，便惊呼道：“奇怪！火还没有来，枪已被烧掉脚了！”

把火觅钻火具

古代笑话。见三国魏·邯郸淳撰《笑林》。

某甲夜间突然生病，连忙叫门人去钻火。门人说：“如今黑漆漆的，你为什么不拿火来照一下，我才好去寻找钻火的器具呀！”

随典仪口倡

古代笑话。见三国魏·邯郸淳撰《笑林》。

某人前去拜谒的时候不懂礼仪，就跟着司仪高呼，人家呼喊“可拜”，他也呼喊“可拜”；人家呼喊“就位”，他也呼喊“就位”，一再丢丑。

《列异传》

书名。旧题三国魏·曹丕撰。曹丕（187—226），字子桓，沛国谯（今属安徽亳县）人。220年代汉自立，为魏文帝，在位七年。此书三卷。宋代亡佚。古无辑本。鲁迅《古小说钩沉》辑其遗文五十条。其中收有《何文》《宗定伯》等故事。

何　文

古代凶宅得金型故事。见旧题三国魏·曹丕撰《列异传》。

邺人何文买下一座凶宅后，日暮持刀到北堂中梁上坐着。至二更，忽见一个高冠黄衣人升堂呼问：“细腰，舍中何以有生人气？”答道：“无有。”接着，又有高冠青衣人和高冠白衣人相继出来，问答如前。快天明时，何文就下到堂中，照样呼喊并且问黄衣人、青衣人、白衣人是谁。只听到回答说黄衣人是金，在堂西壁下；青衣人是钱，在堂井边五步；白衣人是银，在堂东北角柱下。何文又问：“你是谁？”答道：“我杵也，在灶下。”天明后，何文依次挖掘，得到金银各五百斤，钱千余万。他又将杵取出来烧掉，这座宅子便清吉平安了。此则故事又见《搜神记》《群书类编故事》等。

宗　定　伯

古代巧卖鬼型故事。见旧题三国魏·曹丕撰《列异传》。

南阳宗定伯年少时夜行遇鬼，谎称自己也是鬼便一起朝宛市走去。一路上鬼提出相互背着走，鬼先背宗定伯数里，鬼说他很重，不是鬼。宗定伯说自己新死，所以重。而他背着鬼走时，就觉得没有什么分量。接着，宗定伯又问：“我新死，不知鬼害怕什么？”鬼说：“不喜欢人的唾沫。”过河时，鬼问他为何发出声音。他说：“我新死还不习惯涉水，不要见怪呀！”到了宛市，宗定伯紧紧背着鬼不撒手，鬼刚坠地便化为一只羊。他唾了一下，让它变不回来，拿去卖了一千五百钱。此则故事又见《搜神记》《睽车志》等。

见亡妻

古代鬼魂故事。见旧题三国魏·曹丕撰《列异传》。

北海营陵有个道人，能够使人与死人相见。有一个同郡人知道后就去见他，说道：“希望让我见一见死了几年的亡妻，这样就不遗憾了。”于是这个道人便让那人与亡妻相见，言语悲喜，像在世时一样恩爱。

谈生

古代鬼魂故事。见旧题三国魏·曹丕撰《列异传》。

谈生年四十而未娶妻。半夜读《诗经》时有个年轻貌美的女子来与他同寝，并且说：“我与人不同，别用火照我。三年之后方可照。”他们成为夫妻后，生下一个儿子，已经两岁了；谈生不能忍耐，趁妻子睡觉时偷偷去照，发现她腰以上已经长出肉来如人体一般，腰以下只有枯骨。妻子发觉后叹道：“夫君负我！我都快要复生了，为何不忍耐一年再照我啊！”谈生连忙道歉，妻子哭泣着说：“我与夫君虽然不得不分离，但儿可以暂时跟随我去，我将赠送物件给你。”谈生跟着进入华堂，妻子送了一件珠袍给他，又扯下谈生的前襟作为留念而去。后来谈生到市场上将珠袍卖了一千万钱。睢阳王发现是自己亡女的遗物，便审问谈生。谈生如实以告。睢阳王派人打开坟墓一看，果然在棺盖下得到谈生的前襟，喊出小儿来看，长得很像亡女，睢阳王就相信了。他随即召见谈生，又把珠袍赏赐给谈生，认了这个女婿。此则故事又见《搜神记》《法苑珠林》。

紫玉与赤玉

古代宝物故事。见旧题三国魏·曹丕撰《列异传》。

江某于富春县清泉山遥见一美女，紫衣而歌，江某走过去时，女子立刻隐身，只留下所坐的石头。如此反复几次，乃得到一块紫玉，宽一尺。又有郝某于九田山见到一只赤鸟，鸣叫如吹笙。射中后即飞入洞穴。郝某凿开石头便得到一块鸟形的赤玉。

彭城男子

古代精怪故事。见旧题三国魏·曹丕撰《列异传》。

彭城有一个男子娶妻后，不喜欢妻子，就在外面住宿。过了一个多月，妻子问他："夫君为什么不回家？"男子说："你夜晚便外出，所以我不回家。"妻子说："我并没有出去呀。"丈夫感到吃惊，妻子又说："夫君已经被精怪迷惑啦！今后有精怪来的话，你便抱住它，再拿火来照，看看它是何物。"后来，求欢的精怪又来了，变为他的妻子上床同他一起睡。丈夫夜半把精怪捉住，大呼要火。精怪逐渐缩小，变为一条鲤鱼，长二尺。

中山王周南

古代精怪故事。见旧题三国魏·曹丕撰《列异传》。

正始中，中山王周南当了襄邑长。有个鼠精穿戴衣冠从洞穴里面出来，在厅上说道："周南，你某月某日当死！"周南不应，鼠精便回洞穴去了。后来某天，鼠精又更换一身穿戴出来，说道："周南，你中午当死！"周南又不应，鼠精便缓缓进入洞穴。过了一会儿，它又出来说："看看日头快中午啦！"鼠精进进出出多次，都说那样的话，到了中午，竟倒地而死，穿戴的衣冠立刻不见了。周南派人取来看，跟一般的老鼠没有区别。此则故事又见《搜神记》《法苑珠林》《幽明录》《夷坚志》。

《博物志》

书名。晋·张华撰。宋·周日用、卢氏注。张华（232—300），字茂先，范阳方城（今属河北固安）人。晋武帝时拜中书令、度支尚书，官至司空，终为赵王伦所害。该书十卷。今传本亦十卷。有《古今逸史》本、《稗海》本、《士礼居丛书》影抄宋叶氏刻本等。彼此次第不同，条文分合亦异，均非张华原本。今人范宁尚辑有佚文二百一十二条。上海古籍出版社2012年出版有王根林校点本。其中收有《猴玃盗妇人》《蟒气》等故事。

猴玃盗妇人

古代人兽婚配型故事。见晋·张华撰《博物志》。

在蜀山南高山上，有一只七尺长短的猕猴名叫猴玃，一名马化。常常在道路上抢走长得好看的妇女，弄回去做家室，年轻的妇女终身不得离去。她们过了十年，样子也变得像猕猴，头脑也迷惑了，再也不想离开。如果怀孕则要送回她自己家里去，生下的孩子都跟人一样，长大以后都以“杨”为姓。此则故事又见《搜神记》《广异记》《夷坚志》《子不语》《埋忧记》等。

堕 深 涧

古代奇遇故事。见晋·张华撰《博物志》。

有一个人在山上行走时坠入深涧，没有找到出路，饥饿欲死。他看见左右有许多龟蛇，一早一晚都引颈向着东方，他便伏地学习龟蛇的样子引颈向东方，于是就不再饥饿，身体渐渐轻便起来。几年后他竟能够攀登崖岸，回到自己的家里。

蟒 气

古代“升仙”奥秘型故事。见晋·张华撰《博物志》。

天门郡有幽山峻谷，常有人从此经过时忽然飘出林外，好像飞仙一样，竟不知去向。后来人们便将这里称为“仙谷”。有一人怀疑此地出了妖怪，就用一块大石头把自己坠下去，牵一条狗入谷中，狗照样飞去。此人回到乡里招募数十人到那里割草伐木，走上山顶观看，远远望见一条几十丈长的巨蟒，立刻将其射杀掉，还发现旁边堆积有许多被它吞食者的骨头。这时才知道那些人是被蟒气吸过去的。于是，此地便安稳无患。此则故事又见《玉堂闲话》《夷坚志》《宦游纪闻》《咫闻录》等。

《玄中记》

书名。又作《郭氏玄中记》《元中记》。晋·郭璞撰。郭璞（276—324），字景纯，河东闻喜（今属山西）人。东晋初为著作佐郎，后为王敦所杀。王敦平，追赠弘农太守。此书《通志·艺文略》作一卷，不题撰人。今人多以为其为晋·郭璞撰。该书何时亡佚，尚无定论。目前所见皆系辑佚本，鲁迅《古小说钩沉》辑其遗文七十一条，较为完备。其中收有《毛衣女》《天狐》等故事。

毛　衣　女

古代羽衣仙女型故事。见晋·郭璞撰《玄中记》。

从前豫章有一个男子，看见田中有六七个女人，不知道是鸟，便匍匐前往，拿到羽衣并把它藏起来，再走到它们那里去。众鸟各穿上羽衣飞走了，只有一只鸟走不了。那个男子便将其带回家做了自己的媳妇，并且生下三个女儿。后来，妈妈让女儿去问爸爸，知道羽衣藏在稻谷堆下面，就把它取出来穿上，立刻飞走了。过了一段时间，这个妈妈又拿着羽衣来迎接三个女儿，三个女儿穿上羽衣也飞走了。此则故事又见《搜神记》《水经注》等。

天　　狐

古代神奇故事。见晋·郭璞撰《玄中记》。

狐五十岁能够变为妇人，一百岁能够变为美女，或者变为神巫，或者变为丈夫，与女人交接，还能够知道千里以外的事情，还善于惑人，使人迷乱丧失理智。狐一千岁即与天通，成为天狐。

《抱朴子》

书名。晋·葛洪撰。葛洪（约283—约363），字稚川，自号抱朴子。丹阳句容（今属江苏）人。东晋时历任州主簿、咨议参军等职。《抱朴子》包含《内篇》二十卷，《外篇》五十卷。《抱朴子内篇》谈“神仙方药，鬼怪变化，养生延年，禳邪却祸之事”。近人王明有《抱朴子内篇校释》。北京燕山出版社1995年出版有《抱朴子内篇》。其中收有《洛西古墓》《兴古太守》等故事。

洛西古墓

古代破除迷信故事。见晋·葛洪撰《抱朴子内篇》卷九。

路人跳进洛西大古墓中的石灰水去洗浴，竟治愈了身上的疮病。于是，古墓附近的居民就在墓旁修建庙舍来卖这种水。而前来买水的人又常常到庙宇中去祭祀，酒肉不断。前来买水的人越来越多，这种水便用光啦。因此卖水人经常夜间偷偷把别的水添加进去，于是大富。后来，有人指出这种水其实并不神奇，加上官方明令禁止，人们便填塞了古墓，庙宇中的香火这才断绝。

兴古太守

古代骗子故事。见晋·葛洪撰《抱朴子内篇》卷九。

兴古太守马某在任时，有亲朋好友上门来乞求救济。马某就让此人外出居住，谎称此人乃神人道士，治病无不立愈。马某又让善于辞令的士人到处去游说，为此人虚张声势，宣称此人能够使瞎子复明，使瘸子立刻行走。于是四面八方的人们纷纷涌来，好像赶集似的，骗取的钱财丝帛堆积如山。

赵瞿

古代奇遇故事。见晋·葛洪撰《抱朴子内篇》卷十一。

赵某得了癞病好几年，许多医生都治不好，眼看就要死了，被家人送去山洞里。赵某在山洞中自叹不幸，昼夜悲哭，哭了一个多月。仙人经过山洞，看见他很可怜，就拿了一袋药给他服用，赵某服用仙药一百多天后他的疮疤便长好了，脸色愉悦，肌肤润泽。

黑毛人

古代奇遇故事。见晋·葛洪撰《抱朴子内篇》卷十一。

汉成帝时，有个猎人在终南山中看见一个不穿衣服的人，身上长满黑毛。猎人去抓此人，但是此人跨过坑道，越过山谷，犹如腾飞，竟追赶不上。猎人随即秘密地找到此人的住处，包围并且将其捕获，竟是个女人。一问才知道她是秦时的宫人，秦亡后逃入深山，一个老翁教其食松叶、松实，后来便不饥不渴，冬天不感到寒冷，夏天不感到炎热。算起来这个女人已有两百多岁。猎人把她带回家，给她吃食物，几天以后才逐渐适应。这样过了两年光景，她身上的黑毛全部脱尽，然后转老而死。假如她不被人所得，便成为仙人啦。

南阳文氏

古代奇遇故事。见晋·葛洪撰《抱朴子内篇》卷十一。

汉末大乱，文氏逃入山中饥困欲死。有个仙人教他食用一种叫“山精”的仙草，于是便不饥饿。数十年后他回到乡里，容颜气色更为年轻，精力健旺，胜过往日。他说自己在山里时，身体轻快，登高踏险，几天也不知疲倦，行走在冰雪中一点儿也不冷。

干宝本《搜神记》

书名。晋·干宝撰。干宝（？—336），字令升，新蔡（今属河南）人。晋元帝时以佐著作郎领修国史，著《晋纪》。《搜神记》成书的时间最迟不晚于4世纪40年代，即东晋永和初年。原书三十卷，宋代已散佚。今传本二十卷，为明人胡应麟辑录，共收四百六十四则（内中某些作品系误收），最初刊入明万历间胡震亨编刻《秘册汇函》，明末清初毛晋将其收入《津逮秘书》，清嘉庆间张海鹏又将其辑入《学津讨原》，逐渐广为流布。今人汪绍楹校注本（中华书局1979年版）又辑有佚文三十四则。其中收有《宫亭湖·还书刀》《周式》等故事。

宫亭湖·还书刀

古代鱼腹失物型故事。见晋·干宝撰《搜神记》卷四。

有一位估客商贩去都城时，经过宫亭湖的孤石庙，有两个女子请他代买丝鞋。商贩回来时，将放所购丝鞋的箱子置于孤石庙内，而自己的书刀也忘在箱子里面了。商贩行至河上的时候，忽然有一条鲤鱼跳入船中，他破开鱼腹，竟得到了自己的书刀。

周　式

古代鬼怪故事。见晋·干宝撰《搜神记》卷五。

下邳周式曾经去东海，在途中遇到一个官吏拿着一卷书请求搭他的船。行十余里，这个官吏对周式说："我暂时有事，把书留存在你的船中，请不要打开来看。"他离去后，周式翻开书来看，上面都是死人名录，其中有周式的名字。一会儿那个官吏回来了，周式还在看书。他怒斥周式，周式不断叩头，竟流出血来。过了许久，那个官吏说："感谢你大老远载我到这里，但是此书不可除掉你的名字。你回家后三年都不要出门，就可以度过劫难。"周式回家后便不再出门，就这样过了两年多，家人都感到奇怪。邻人去世后，周父命他前往吊唁。周式刚出门，便见到那个官吏。官吏说："我让你三年不出门，如今你出门了，后果可想而知！我让你不出门，已经受到连累，吃了鞭杖。如今我见到你，真是无能为力。三天后的中午，必定来捉拿你。"周式回家，哭泣着讲了这件事。周父并不信，周母昼夜守着他。到了第三天午时，果然看见有人来捉拿，周式便死了。

张氏钩

古代宝物故事。见晋·干宝撰《搜神记》卷九。

京兆长安张氏独居一室，有一天，一只鸠飞入他的怀中，忽然变为一个金钩，张氏就把它当作宝物珍藏起来。从此张家子孙渐富，资财万倍。有个蜀地的商贾买通张家的婢女，盗走这个金钩，张家便渐渐衰败了。蜀地的商贾因多次遇到厄运，他只好把金钩还回去，于是张家又昌盛起来。此则故事又见《幽明录》等。

东海孝妇

古代案狱故事。见晋·干宝撰《搜神记》卷十一。

汉时东海有个妇女对婆婆非常孝顺，婆婆怕拖累儿媳，竟自缢而死。她的女儿以为是孝妇害死了老母，就告到官府，孝妇不能够忍受拷打，便承认了，因此被枉杀。自此郡中大旱三年。新太守来后，便去祭奠孝妇墓，立刻天降大雨，当年便获得了大丰收。此则故事又见《华阳国志》《水经注》等。

乐羊子妻

古代烈女故事。见晋·干宝撰《搜神记》卷十一。

河南乐羊子的妻子，勤勤恳恳奉养婆母。曾经有别人家的鸡误入园中，婆母偷偷杀来吃了。乐羊子妻不吃鸡肉而且哭泣，劝说婆母将鸡肉扔了。后来有强盗来犯，先劫走她的婆母，她操刀而出。强盗说："你放下刀，听从我的话可以成全你；不听从我的话，就杀了你的婆母。"她仰天而叹，刎颈而死。强盗竟没有杀她的婆母。太守听说后，捕杀了那个强盗，还给乐羊子妻举行了葬礼。此则故事又见《列女传》《后汉书》等。

长水县

古代城陷为湖型故事。见晋·干宝撰《搜神记》卷十三。

秦时长水县有一个老妪，听到"城门有血，城当陷没为湖"的童谣，便天天去城门窥探。守城门的将士要捉她，她就讲了缘由。后来，守城门的将士拿狗血来涂城门，老妪看见血便跑了。于是，忽然间发大水，将要淹没县城。主簿派管文书的小吏去报告县令，县令问他："你为何变成鱼啦？"管文书的小吏说："大人也变成鱼啦！"长水县于是沦陷为湖。此则故事又见《淮南子》《述异记》《独异志》等。

怪老翁

古代怪异故事。见晋·干宝撰《搜神记》卷十四。

汉建安年间，东郡一个百姓家里出现怪异现象——数年间瓮器无缘无故"訇訇"作响，盘案忽然丢失，母鸡下的蛋动辄不见。后来，主人偷偷躲起来，一旦有响动就抡起棍子往房间里面打。过了一会儿便听到呻吟之声，打开门看见房间里面有个百岁老翁，相貌古怪。经过追问，在数里外找到了他的家，据说他已经丢失十多年啦。一年多后，这个老翁又不见了踪影，而陈留一带又出现同样的怪事情。

河间郡男女

古代爱情故事。见晋·干宝撰《搜神记》卷十五。

晋武帝时，河间郡有男女俩相互喜欢，愿意结为夫妻。男子从军多年不归，女方父母逼迫她另外嫁人。她不得已外嫁后，随即病死。男子戍边回来，知道实情后，到女子坟上去痛哭。接着，男子又发冢开棺要见一面，女子竟复苏，男子立即把她背回家去。将养数日，女子便平复如初。后夫知道情况后，就去要求还人。男子不答应，于是告到官府，郡县不能够决断，请求中央最高司法审判长官廷尉卿来审判定案。结果将她断给发冢开棺的男子。此则故事又见《晋书》《宋书》等。

贾 文 合

古代爱情故事。见晋·干宝撰《搜神记》卷十五。

南阳贾某被误召至冥界，后来放还阳间。他随即去弋阳县拜访县令，问这位县令是否有一个女儿死而复苏，并且讲出女子的相貌特征。原来，这个女子在冥界时与贾某彼此相悦，她也是一个被误召而还阳的人。县令大惊，一问女儿，回答竟完全相同。于是，县令便让这两个人配为夫妻。

秦 巨 伯

古代鬼欺老翁型故事。见晋·干宝撰《搜神记》卷十六。

琅琊秦巨伯夜行饮酒归来，忽然看见两个孙儿来迎他，竟遭到打骂，他们随即便离去了。秦巨伯回家以后，两个孙儿不承认有此事，他就怀疑是鬼魅干的。数日后秦巨伯假醉回来，又看见两个孙儿来扶他。他紧抓不放，回家后两人竟变为两个木人，夜里都逃跑了。过了一个多月，秦巨伯又怀揣刀子假醉夜行，但是家里人并不知道。两个孙儿担心他被鬼魅欺侮，都去迎接。秦巨伯误以为两个孙儿是鬼魅，竟用力将他们刺死。此则故事又见《吕氏春秋》《法苑珠林》《睽车志》等。

鬼 酣 醉

古代鬼怪故事。见晋·干宝撰《搜神记》卷十六。

汉代东莱人池某家经常酿酒。一天看见三个奇怪的客人，一起拿着面、饭进来，讨要他家的酒喝，喝完便离开了。一会儿，有人来讲，他看见三个鬼醉倒在树林里面。此则故事又见《幽明录》。

顿 丘 鬼 魅

古代鬼魅故事。见晋·干宝撰《搜神记》卷十七。

魏黄初年间，顿丘地界有人骑马夜行，看见道路上有一物大如兔子，在马前跳跃，使人不能够前进。那个人感到恐惧，竟从马上掉了下来，晕死过去。过了好久他才苏醒起来，但是已不知道鬼魅到哪里去了。他上马前行，又遇到一人来同他相伴。他非常欣喜，一路上向那人讲述了先前的遭遇。那人让他看看自己的面貌，竟跟前面的那个鬼魅一模一样。他受到惊吓，立刻坠地昏死。家里人看见马匹独自回来，感到奇怪，立即原路找回去，在路边发现他。家人把他搬回家后，第二天他才苏醒过来，讲了一切遭遇。

竹 中 长 人

古代奇事故事。见晋·干宝撰《搜神记》卷十七。

一个白天，有一个丈把长的人，面如方相（旧时用以驱鬼、出丧开道的凶神），突然从竹中出来，对坐在家中的富人陈某说："我在你家多年，你并不知道。如今我要走了，特来告诉你一下。"一个多月后，陈家着了大火，奴婢被烧死。一年之内，他就一下贫穷了。

釜中白头公

古代精怪故事。见晋·干宝撰《搜神记》卷十七。

东莱陈某家里有一百多口人。一天早上，他家的大锅烧水总是不开。家人举起甑子来看，有个白头公突然从锅中出来。卜卦师认为这个精怪出来，预示有灭门之祸。依照卜卦师的叮嘱，他家便闭门不出，有骑马的人来叩门，也不搭理。他们照办了，因此得免于难。十天以后，八十里外的一大家人全部死了，据说这家人也姓陈。

树神黄祖

古代神灵故事。见晋·干宝撰《搜神记》卷十八。

庐江龙舒县某地的水边有一棵大树，高数十丈，常有几千只黄鸟在上面筑巢。大旱之年，乡民敬神祈雨。树神黄祖请求天帝后，立即施雨惠民。乡民感激黄祖，便为黄祖立祠。后来，树神黄祖还赠送了一副玉环给那个品性好的寡妇李宪，使她和乡亲们免受战乱之苦。

吴兴老狸

古代狐精为祟型故事。见晋·干宝撰《搜神记》卷十八。

晋时吴兴有个庄稼人有两个儿子。一天，他们在田里干活时，老狐精化为庄稼人去打骂两个儿子。庄稼人知道后，忙叫儿子拿刀砍妖怪，老狐精就不敢再来了。可是庄稼人担心儿子受到妖怪的骚扰，便到田间去查看。儿子以为他是妖怪，就把他杀死，并埋在地里。老狐精又变成庄稼人回到他家，家里人竟长时间没有察觉。后来，一个法师识破了老狐精，这才将它除掉。此则故事又见《法苑珠林》等。

狸　婢

古代除妖故事。见晋·干宝撰《搜神记》卷十八。

句容县村民黄某耕田时，看见一个妇人天天在旁边的田塍上来来回回走动。他感到非常奇怪，便问她从何而来。那个妇人稍微停一停，笑而不答，就离开了。黄某越发怀疑起来，便准备了一把镰刀，等她再回来时，不敢去砍她，而是去砍跟随她的婢女。那个妇人一下变成狐狸逃跑了。黄某回头一看，她的婢女竟是一条狐狸尾巴。

谢　鲲

古代除妖故事。见晋·干宝撰《搜神记》卷十八。

鹿精常在豫章某地的一座亭子里面杀人。陈郡的谢鲲外出时，晚上住宿在这座亭子里面。鹿精深夜跑来呼喊谢鲲开门，谢鲲就让它从窗户中把臂膀伸进来。鹿精刚一伸腕，谢鲲连忙用力去牵，鹿精竟脱臂而去。第二天，谢鲲寻血将鹿精捕获。从此以后，这座亭子再也没有妖怪出现了。

猪臂金铃

古代精怪故事。见晋·干宝撰《搜神记》卷十八。

吴郡有个士人回曲阿去，傍晚乘船经过一地时，看见土堤上有个十七八岁的女子，便呼喊她，并且住在一起。天亮后，士人解下金铃系在她的臂上。士人派人跟她回到家中后，突然不见她的踪影，走近猪栏，只见母猪的臂上有金铃。此则故事又见《祖台之志怪》。

汤　应

古代除妖故事。见晋·干宝撰《搜神记》卷十八。

丹阳汤某很有胆量和武功，有一次他住宿在庐陵一个闹鬼的亭子里面。三更过后，有两个精怪前来寻衅。他举着大刀追赶它们，一直追到亭子后面的墙下，砍杀数次，然后才回去睡觉。天亮后，他带人沿着血迹去寻找，将它们擒获——一个是猪精，一个是野猫精。除掉这两个精怪以后，这里就平安无事了。此则故事又见《法苑珠林》。

李　寄

古代斩除蛇精型故事。见晋·干宝撰《搜神记》卷十九。

东越闽中的庸岭西北湿地里有一条大蛇，长七八丈，大十余围，当地百姓经常有被它害死的。它与人托梦，或下谕巫祝，要吃十二三岁的女童。地方官都很害怕，一起寻求奴婢生的女儿，并且把有罪人家的女儿养起来。至八月朝祭的时候，送到蛇穴外面，让蛇出来吞食。连年都这样，已经吃了九个女童。将乐县李诞家有六个女儿，没有男孩。这一年，李诞的小女儿李寄要去应募，她对父母说："父母生下六女，没有一男。我白白耗费衣食，还不如卖了我，可以得到少许钱来供养父母。"父母疼爱女儿，不让她去。李寄只好偷偷跑去。到八月朝祭时便去庙中坐下，带上好剑和咬蛇犬。她将蜜灌的数石米糍放置在穴口。蛇闻到香气，就出来吃。她立即放犬去咬蛇，她再从后面连砍数剑。蛇疼痛而跃出，到洞外便死去了。李寄走进洞穴，看见九女的髑髅，感到非常痛惜，随后缓步回家。从此以后，东越闽中再没有妖邪之物啦。此则故事又见《太平寰宇记》《法苑珠林》。

鼍　　妇

古代精怪故事。见晋·干宝撰《搜神记》卷十九。

鄱阳人张某乘船外出时，夜间鼍精化为美妇，乘一小舟到张某的船里面避雨，与张某调笑，随后便一起同眠。半夜三更雨停月出，枕在张某胳膊上睡觉的美妇现了原形，竟是一只大鼍（扬子鳄）。张某惊起去抓它，它转身便跳入水中。它所乘的小舟，是一个枯筏段，一丈多长。

鼠　　妇

古代除妖故事。见晋·干宝撰《搜神记》卷十九。

豫章有一家人的一个婢女，不慎踩死了一个从灶房壁中出来的数寸长的小人。不一会儿就有数百个穿着孝服的小人，抬着棺材来迎丧。随后，从东门进入园中的覆船下面，仔细一看那些都是母老鼠。这个婢女立即烧热水来浇灌，把它们都烫死，精怪便绝迹了。

苏　　易

古代兽穴接生型故事。见晋·干宝撰《搜神记》卷二十。

庐陵妇人苏某擅长接生。一天夜里，她被老虎带到七八里外的一个墓地，看见有一只临产的母虎生不下来，趴在地上痛得死去活来。苏某替它取出了三只小老虎。母虎生完以后，公虎就把苏某背回家，再三送野味来，摆放在她家门里。

此则故事又见《广异记》《神仙拾遗》《灵应录》《刘宾客嘉话录》《唐语林》《夷坚志》《虎荟》《影谈》等。

鹤 衔 珠

古代报恩故事。见晋·干宝撰《搜神记》卷二十。

某人收养了一只被人射伤的黑鹤，把它治好以后，就放飞了。过了一段时间，黑鹤夜里飞到他家门外，他举着蜡烛出来，看见一公一母两只黑鹤各衔一颗明珠前来报恩。此则故事又见《述异记》。

董 昭 之

古代动物感恩型故事。见晋·干宝撰《搜神记》卷二十。

富阳董昭之过钱塘江时，不顾他人反对，毅然搭救了一只蚂蚁。他上岸后，夜间梦见一乌衣人前来答谢，说自己是蚁王，有幸被救，恩人日后如果遇到急难，请务必相告。过了十余年，董昭之被人诬陷，关押在余杭监狱里面。他忽然想起蚁王的梦来。于是，他就通过放在手掌中的两三只蚂蚁向蚁王求救。蚁王随后咬断他的枷锁，设法将他救出，让他过江到余杭山。不久遇到大赦，他因而得以免难。此则故事又见《齐谐记》。

华 隆 家 犬

古代临危救主型故事。见晋·干宝撰《搜神记》卷二十。

太兴年间，吴地百姓华隆养了一只犬叫“的尾”，常常跟随在他左右。有一次，他到江边砍荻，被大蛇盘绕，“的尾”奋起咬蛇，把蛇给咬死了。华隆僵仆无知，“的尾”来来回回走动，使得同伴随它前往，将华隆救回家。“的尾”一直不吃东西，等华隆复苏后才开始进食。华隆越发爱惜它，像亲人一样。此则故事又见《幽明录》《原化记》《札记小说》等。

邛 都 大 蛇

古代精怪故事。见晋·干宝撰《搜神记》卷二十。

邛都县下有一个贫穷、孤独的老婆婆，把一条小蛇喂养成大蛇。有一次，这条大蛇吸食了县令的骏马。县令迁怒，竟杀害了老婆婆。大蛇怒斥县令说："为何要杀害我母亲？我要替母亲报仇！"后来就让方圆四十里与城俱沦陷为湖，唯独老婆婆的房屋被保留下来。此则故事又见《益州记》《穷神秘苑》等。

《裴子语林》

书名。又作《裴启语林》。晋·裴启撰。裴启，一名荣，字荣期，河东闻喜（今属山西）人。处士生卒年不详。晋哀帝隆和年间在世。此书十卷，书中辑录汉魏至晋代知名士人的传闻逸事以及人物间的精彩对话。该书由于得罪了当时的权贵谢安，被禁废不传，只保存在《世说新语》及唐宋的一些类书之中。清代马国瀚《玉函山房辑佚书》、王仁俊《玉函山房辑佚书补编》均对此书作了辑录。20世纪初，鲁迅又做了大量辑录，命名为《裴子语林》。上海古籍出版社1999年出版的《汉魏六朝笔记小说大观》收有王根林校点的《裴子语林》。其中收有《灵座驴鸣》《掷果与投石》等故事。

灵 座 驴 鸣

古代趣闻故事。见晋·裴启撰《裴子语林》。

孙某前去给朋友王某吊丧，哭得十分伤心，宾客莫不垂涕。他哭完对灵座说道："您常常喜好听驴鸣，如今我就为您作驴鸣。"他学驴叫，声音逼真，宾客听了都忍不住发笑。孙某忙说："诸君不死，而让王某一个人死吗？"宾客听了都很愤怒。顷刻间，一会儿悲伤，一会儿发怒，一会儿哭泣。

掷果与投石

古代趣闻故事。见晋·裴启撰《裴子语林》。

西晋潘安仁长得非常秀美，每次外出，老妪都把水果扔给他，能装满车。张孟阳长得丑，每次外出，小儿都把瓦石扔给他，亦装满车。

《神异记》

书名。晋·王浮撰。王浮，西晋惠帝时道士，生卒年不详。该书史志不见著录。清·文廷式《补晋书艺文志》收有此书，但未言卷数，亦不知亡于何时。鲁迅《古小说钩沉》辑其佚文八则。其中收有《还愿得报》《仙赐大茗》等故事。

还 愿 得 报

古代报应故事。见晋·王浮撰《神异记》。

陈某为江夏太守，赴任时去宫亭庙许愿，如若在任安稳，便奉上银杖一枚。他的年限满后，去宫亭庙还愿，竟以涂银的铁杖冒充银杖。神明发现后，乃命巫师将此杖扔进湖中。陈某乘船去就新职时，此杖突然浮出水面，向他的船疾驰而去，让他覆船身亡。此则故事又见《述异记》。

仙 赐 大 茗

古代奇遇故事。见晋·王浮撰《神异记》。

余姚人虞某善于饮茶。有一次，他进山采茶的时候，遇到一个手牵三头青牛的仙家，引导他到了瀑布山，多有点拨。随后，虞某便献上祭品进行祭祀。不久他让家里人入山，竟获得大茗。

《甄异传》

书名。晋·戴祚撰。戴祚，字延之，江东（今安徽芜湖以下长江下游南岸地区）人。此书《隋书·经籍志》著录为三卷。亡于宋代。鲁迅《古小说钩沉》辑其遗文十七则，是较为完备的辑佚本。其中收有《张闿遇鬼》《鸡头长鸣》等故事。

张闾遇鬼

古代鬼魂故事。见晋·戴祚撰《甄异传》。

有一次，张闾从野外回来时，看见有一人因为足痛不能够前行，躺在道路上，便将车子上的物品扔掉而载此人回到家中，并且请他喝酒。此人说自己是个勾魂鬼卒，是奉命前来取张闾性命的。他看见张闾这么有同情心，不忍相取，后来竟以他人替代。

鸡头长鸣

古代奇事故事。见晋·戴祚撰《甄异传》。

徐州百姓吴某被差遣出征时杀鸡求福，盛煮好的鸡头在盘中时，鸡头忽然长鸣。后来，贼帅临阵战死，吴某取其首级上报立功，官拜清河太守。

章沉

古代还阳故事。见晋·戴祚撰《甄异传》。

乐安章生病死后，还没有入殓就复苏了。他说自己到了阴曹，看见主事的是他的表兄，审理后认为他应当免死，于是放他回到阳间。在那里他遇到一个女子，脱下一双金钏手镯，请他交给主事的表兄，因此也被放还阳间。这个女子说她家住在吴地，姓徐，名秋英。章沉还阳后，找到了徐秋英，两个人就结为了夫妻。

捉鸺鹠

古代奇事故事。见晋·戴祚撰《甄异传》。

吴兴张某得了疟疾，卧病在床。他正发冷发热的时候，觉得有一个活物在他的被子上面，病情越发厉害。他用力举起被子捉住这个活物，它立刻化为一只鸟，像鸺鹠，张某的疟疾登时痊愈。

刘沙门

古代鬼魂故事。见晋·戴祚撰《甄异传》。

刘沙门居住在彭城，因病亡故。他的妻子贫穷，儿子年幼。暴风雨来临的时候，他家的墙宇遭到破坏。他的妻子抱着幼子哭泣道：“假如你爸还在，就不会这样啦！”当天夜间，妻子梦见刘沙门带着数十人来修缮宅舍。次日他们家的房舍果然完好了。

夏侯文规

古代鬼魂故事。见晋·戴祚撰《甄异传》。

谯郡的夏侯文规居住在京城里面，他亡故后一年，现形回家，跟着他的有数十人，他说自己当上了北海太守。家里面为他摆设饮食，当时都已食尽，等他离去后器物里面仍然装得满满的。家里人都哭泣起来，他说：“别哭，不久便会回来。”他或者一个月，或者四五十天回来一次，停留半日。他想念几岁的小孙子，左右鬼神就替他抱过来，这个小儿受不了鬼气，便气绝了；他连忙要水来喷一下，小儿才苏醒。他看见庭中桃树，就说：“这株桃树是我从前所种，桃子结得很好。”他的妇人说：“人人都讲亡灵畏惧桃树，你为何不畏惧？”他回答：“桃树上朝东南方向、长二尺八寸、向阳的树枝令我感到憎恶，有的也不畏惧。”他看见地上有蒜壳，便让人捡去，看样子他好像憎恶蒜而畏惧桃树。

杨丑奴

古代精怪故事。见晋·戴祚撰《甄异传》。

河南杨丑奴常常去湖中拔蒲草。有一天黄昏时，有一个漂亮的女子乘船载着莼菜前来接近杨丑奴。她说自己家住在湖旁边，因为天色已晚不能够回去，只得停船来寄住。她还借碗盏来吃饭，盘中有干鱼、生菜。吃完后彼此调笑，然后灭灯共寝。杨丑奴发觉女子有臊气，手指非常短，怀疑她是妖魅。此物知道他的心意，赶忙逃出，化为水獭跳入水中。

《搜神后记》

书名。又作《续搜神记》《搜神续记》。旧题晋·陶渊明撰。陶渊明（365或372或376—427），字元亮，入宋更名潜，字渊明，世号靖节先生。浔阳柴桑（今属江西九江）人。曾任江州祭酒、镇军参军、建威参军、彭泽令等，后去职归隐。此书作为《搜神记》的续作，基本上沿袭了《搜神记》多写鬼神奇闻的特点。今存十卷本，疑是明人纂辑，最早的是万历年间胡震亨辑刊《秘册汇函》本，后来又有《学逮秘书》本、《学津讨源》本、《子书百家》本等。中华书局1981年出版有汪绍楹校注本。其中收有《仙馆玉浆》《剡县赤城》等故事。

仙馆玉浆

古代观仙对弈型故事。见旧题晋·陶渊明撰《搜神后记》卷一。

嵩高山北有大穴，深不可测。晋初有一个人误坠入一处洞穴中。他由于得到同伴投下的食物，在洞穴走了十多天，后忽然见到光明，发现在草屋里面有二人对坐下围棋。此人说自己饥渴，棋者便给了他一杯白水，他喝过后气力顿时增加了十倍。他在棋者的指引下西行，半年多就走出来了，已经是蜀中。后来他回到洛下，经过打听，方才知道所遇见的是仙馆大夫，所饮的是玉浆。此则故事又见《幽明录》等。

剡县赤城

古代仙窟艳遇型故事。见旧题晋·陶渊明撰《搜神后记》卷一。

会稽剡县有袁相、根硕两个猎人。一次，他们追赶六七头羊，到了一处名为赤城的绝崖下，穿过瀑布，进入仙乡与二仙女交好，结为伉俪。过了一段时间，这两个猎人想家了，便偷偷离去。二仙女发现后，立即追上他们，送给他们一个腕囊，让他们不要轻易打开。根硕回家后不久，家里人趁他外出时，便打开腕囊来看，囊如莲花，中间有一只小青鸟，立刻飞去。根硕知道后非常失望。一天根硕去耕田，家里人中午去送饭时，看见他在田里面一动不动，只有一个空壳，像蝉蜕似的。

昙　游

古代道僧故事。见旧题晋·陶渊明撰《搜神后记》卷二。

昙游是一个清苦的出家修道者。剡县有一家人专门培养蛊虫来害人，别人吃了他家的饮食，无不吐血而死。昙游曾经到他家，主人给他端来饮食时，他照常念经为施主求愿，于是就有两条一尺多长的蜈蚣从盘中跳走。他饱食而归，竟安然无事。此则故事又见《灵鬼志》。

蜜蜂螫贼

古代奇事故事。见旧题晋·陶渊明撰《搜神后记》卷三。

元嘉初建安郡有山贼百余人破城，抢劫百姓资产、子女，并入佛寺搜掠财宝。山贼进入佛寺放置诸供养具的一个房间，忽有蜜蜂数万只从衣箱里面飞出来，同时噬螫。群贼身首肿痛，眼皆盲合，赶忙抛弃所掠财物逃窜。此则故事又见《宣验记》。

陨　盗

古代盗贼故事。见旧题晋·陶渊明撰《搜神后记》卷三。

蔡某很有勇气，说话声就像雷震似的。一天，有两个小偷进入蔡某家里行窃。蔡某抚床一呼，吓得两个小偷当场殒命。此则故事又见《晋书》。

蕨草化蛇

古代奇事故事。见旧题晋·陶渊明撰《搜神后记》卷三。

一次，有一个甲士折食一茎蕨而心腹疼痛，欲吐。过了半年，他忽然大吐，竟吐出一条一尺多长的赤蛇。他将蛇挂在屋檐前，汁稍稍滴出，蛇渐渐缩小。经过一晚上再去看时，这条赤蛇已经化为一根茎蕨。随后，这个甲士的病便好了。

形魂离异

古代奇事故事。见旧题晋·陶渊明撰《搜神后记》卷三。

宋时有夫妇同寝，妇人晨起外出，她的丈夫随后也外出了。可是，妇人回家，却看见她的丈夫还在被子里面睡觉。一会儿，一个奴子从外面来替她的丈夫取镜子，妇人以为奴子欺诈，就指着床上的丈夫给奴子看。奴子转身去迎她的丈夫回来，然后与妇人一起去看被中人，正是他自己的模样，没有一点点差异。他们不敢惊动，便一起用手徐徐抚摸床上的人，这个人于是冉冉而灭。过不久，她的丈夫忽然得病，精神错乱，终身不愈。此则故事又见《甄异传》。

魂车木马

古代鬼魂故事。见旧题晋·陶渊明撰《搜神后记》卷三。

有一个儒生到远处求学。一天晚上，他的父母看见该生忽然出现在面前，说道："我现在回家的是魂魄，而非生人。我月初生病，今天在别人家中亡故，明天就要入殓，特地来迎接父母。"父母问道："相隔千里，如何来得及？"儿子说："门外有车。"父母随他出门上车，仿佛入睡，鸡鸣时已到达。他们所乘的乃是魂车木马。于是进去与主人相见，来到亡儿身边，无比悲哀。父母询问儿子的情况，跟他的魂魄所讲的完全一样。此则故事又见《法苑珠林》。

陈　良

古代复生故事。见旧题晋·陶渊明撰《搜神后记》卷四。

北地人陈良与同郡的李焉一起做商贾，得到厚利以后，被李焉害死，其财物被李焉夺走。陈良在冥府遇到老友刘舒，刘舒设法让其返回阳世。因此他十多天后忽然复苏，得以回到家中。他到官府控告李焉，让李焉服罪。此则故事又见《幽明录》。

白水素女

古代田螺女型故事。见旧题晋·陶渊明撰《搜神后记》卷五。

侯官人谢端，少时父母亡故，为邻人所养。他到十七八岁才独立生活，尚未娶妻，夜卧早起，勤恳耕作。后来得到一个大螺，藏在瓮中，喂养十多天。他每早从田里回家，看见家中有饭饮汤火，便去感谢邻人。邻人笑道：“你已经娶妻了吧，怎么说我们替你做饭呢？”谢端不知是什么缘故。第二天他鸡鸣出去，早早回来，在篱外偷窥，看见有一个少女从瓮中出来，到灶下燃火。他进门看见瓮中只有空壳，就到灶下问新妇从何而来。女子回答：“我是天汉中的白水素女。天帝怜悯你年少父母双亡，谨慎诚恳，便派我来替你料理家务。十年之中，让你发家娶妇，就会回去。如今我已经现形，不宜再待下去了。留下此壳，用它来贮藏米谷，可以用不完。”谢端请她留下，她始终不肯。天上忽然风雨大作，女子骤然离去。谢端为白水素女立了神座，逢年过节祭祀。后来，谢端渐渐生活富足，乡里人把女儿嫁给他为妻。此则故事又见《发蒙记》《述异记》《原化记》《湖海新闻夷坚续志》《此中人语》等。

临贺太守

古代鬼魂故事。见旧题晋·陶渊明撰《搜神后记》卷五。

永和中，义兴人周某骑马赶路，要到临贺去，太阳落山时，见路边有一座新的小草屋。他前去寄宿，受到乡村少女阿香的热情接待。阿香还特地替他烧火做饭。半夜，阿香被一小儿唤走了。天亮后，周某骑上马回头看昨天晚上住宿的地方，只见有一座新坟，坟前还有马尿和余下的草料，心里感到非常惊奇和惋惜。五年后，他做了临贺太守。

陈阿登

古代鬼魂故事。见旧题晋·陶渊明撰《搜神后记》卷六。

某人暮夜去路边的小屋投宿时，看见一个女子不想与丈夫共宿，夜晚便招呼邻家女一起弹箜篌。随后知道邻家女叫陈阿登。第二天此人到东门外，在卖吃食的老婆婆店里借坐时，说起昨天晚上看见的事情。老母听他提到陈阿登，吃惊地说：“她是我的女儿，新近刚去世，埋葬在城外面。”此则故事又见《幽明录》。

张 姑 子

古代鬼魂故事。见旧题晋·陶渊明撰《搜神后记》卷六。

一次，诸暨县吏吴详进深山，走到一条溪水边时，将近傍晚，看见有一个女子过来对他说道："我一个人独居，跟一个老妈妈相伴，离这里不远。"吴详便随她而去。女家相当贫穷，进门后她就为客人做饭。一更时分，忽听老妈妈呼叫："张姑子。"女子答声后，二人便一起寝息。天晓鸡鸣时分吴详离去，二情相恋，女子以紫手巾赠吴详，吴详以布手巾回报。吴详来到昨天见面的地方，看见溪水暴涨，深不可过。他回头看女家，却不见昨天的去处，只有一座坟墓。此则故事又见《神怪录》。

承 俭

古代鬼魂故事。见旧题晋·陶渊明撰《搜神后记》卷六。

东莞人承俭病故后，埋在本县地界。十年后，他的亡灵托梦向县令状告盗墓贼，请求救助。天明后县令立即派人前往，在墓中捉到三贼，另有二贼逃脱。当天夜里，承俭的亡灵再一次托梦给县令，提供二贼的体貌特征。于是，县衙很快便将他们捕获。

鬼 设 网

古代鬼怪故事。见旧题晋·陶渊明撰《搜神后记》卷六。

有一个小儿在野地里放牛的时候，看见一个鬼在草丛中到处设网来捕人。他随后窃取了这个鬼藏在草丛中的网，用来将此鬼缚获。

白 布 裤 鬼

古代鬼怪故事。见旧题晋·陶渊明撰《搜神后记》卷六。

有一天，夏口乐安刘某家里忽然来了一个穿白布裤的鬼。此鬼喜欢偷食，刘某不敢呵骂。有个人叫吉翼子，他不信鬼，对刘某说："你家的鬼在哪里？快叫来，我替你骂！"随即闻听屋梁作声。当时刘家有许多客人，都看见梁上掷下一件妇女的亵衣，正打着吉翼子的脸面。众人大笑为乐，吉翼子羞惭而去。有人对刘某说："此鬼偷食，可以用毒药对付它。"刘某即到别人家煮野葛，取二升汁还家。当夜全家食粥，余下一盆放上葛汁，置于几上。人定后，闻听鬼从外来，举盆食粥。过了一会儿，此鬼在屋头大吐，非常愤怒，便棒打窗户。刘某先前已有防备，立即与鬼斗。到四更天，鬼便无声无息了，从此绝迹。此则故事又见《述异记》。

虹化丈夫

古代精怪故事。见旧题晋·陶渊明撰《搜神后记》卷七。

彩虹化为一个仪容端正的男子，与州吏的妻子幽会多年，共寝一处，但不觉得有过相接。有一次，州吏的妻子到了水边，虹化男子用金瓶引水与她一同喝，她于是有了身孕。后来她生下一个孩子，虹化男子用金瓶与州吏换得小儿去。数年后，孩子回来探望母亲。她正在田间，看见两山间的水上出现了两道彩虹，心里面感到害怕。一会儿，虹化男子过来说："是我，不要怕。"从此，虹化男子再也不来了。

壁中一物

古代鬼怪故事。见旧题晋·陶渊明撰《搜神后记》卷七。

襄城李某不信妖邪。有一座凶宅向来不可居住，住进去的人往往会死。李某便买下来居住。他住了多年都很安吉，子孙昌盛。后来李某升官，临赴任时，宴请内外亲戚。在酒席上，李某说："天下有吉凶吗？这个宅子一向都说是凶宅，我住了多年都很安吉，而且还得升官，鬼在哪里？从今以后，它便是吉宅。"他说完去上厕所，看见壁中有一物，如卷席大，高五尺许。李某回来取刀去砍，一下化为两个，再砍又成四个。鬼夺刀反砍杀李某，接着到了席上，砍杀他的子弟，凡是姓李的必死，只有异姓的人幸免。

狗变形

古代精怪故事。见旧题晋·陶渊明撰《搜神后记》卷七。

王某夜行见白狗变为人形，长得很像方相，目赤吐舌，甚为憎恶。王某感到恐怖，就与奴仆一起去击打它，它受不了立刻逃走了。王某告诉家里人，又与十多人拿着刀、点着火去寻找，竟不知到哪里去了。一个多月后，王某又看见了那个精怪，他与奴仆一起逃走，还没有到家便都倒在地上死了。此则故事又见《幽明录》。

素衣女子

古代精怪故事。见旧题晋·陶渊明撰《搜神后记》卷九。

钱塘人杜某一天乘船出行。当时日暮下着大雪，他看见一个素衣女子站在岸上，便问："你为何不到船上来？"杜某停下来让她上了船，相互调戏。后来，女子变为白鹭飞去。杜某感到不快，竟得病而死。

虎卜吉

古代精怪故事。见旧题晋·陶渊明撰《搜神后记》卷九。

丹阳人沈某以卜为业。一天，忽然有一个穿皮裤的人骑马偕从者来求卜，问道："西去觅食好，还是东去觅食好？"沈某作卦后说："东去吉利，西去不吉利。"此人向沈某讨水喝，状如牛饮。他随即东行，一百多步后，从者及马皆化为虎。于是，当地虎患非常厉害。

熊穴

古代义兽救人型故事。见旧题晋·陶渊明撰《搜神后记》卷九。

晋升平中，有个猎人进山射鹿，突然坠入深穴，看见里面有几头熊仔。一会儿，来了一头母熊，拿出许多果子分发给熊仔，也给了他一份。他与熊仔相处融洽，并且赖母熊觅果以活命。熊仔长大以后，母熊一一将它们背出。最后，此人抱着母熊之足跃出深穴，得以还家。此则故事又见《广异记》《辍耕录》《涌幢小品》《虞初新志》《右台仙馆笔记》等。

杨生狗

古代烈火救主型故事。见旧题晋·陶渊明撰《搜神后记》卷九。

晋太和中，广陵人杨生，养了一条狗，非常喜爱它，常常一起出入。有一年冬天，杨生酒醉后，睡在湖边的草丛中。突然间大火燎原，风力很猛。狗在杨生旁边不停地叫唤，他竟没有知觉。前面不远处有一个水坑，狗便多次走到水中，反复以身上的水洒在杨生左右的草上，把他周围的草沾湿，让火不会烧到主人。又有一次，杨生夜行，不慎坠于空井中，狗在井边呻吟直到天晓。后来有人经过，提出只有将这条狗给他，才能相救。杨生不愿意。但这条狗伸头向主人示意，杨生便答应了。路人立即把杨生救出井，然后牵着狗离去。谁知过了五天，这条狗晚间又回到了主人身边。此则故事又见《搜神记》《稗史汇编》等。

蛟　子

古代龙子祭母型故事。见旧题晋·陶渊明撰《搜神后记》卷十。

长沙有个人，家住在江边。他家中有一个女子，到江边洗衣，突然觉得身上有一些异样，并不在意，便有了身孕。后来生下三条鱼，女子甚为怜惜，就放在澡盆里面喂养。过了三个月，鱼逐渐长大，成为蛟子，大的叫“当洪”，次的叫“破阻”，小的叫“扑岸”。有一次天降暴雨，三个蛟子一起出去，自此便消失了。后来只要天将下雨，它们就要回来。女子也知道它们要来，便出去守望。蛟子们举头望母，许久才离去。过了许多年，女子亡故，三个蛟子一起来到墓前哭母，过了一天才离开。听到它们的哭声，好像狗叫似的。此则故事又见《搜神记》《幽明录》《岭表录异》《稽神录》《太平寰宇记》《续夷坚志》《觚賸》《子不语》等。

乌　衣　人

古代两蛇相斗型故事。见旧题晋·陶渊明撰《搜神后记》卷十。

吴末，有一个临海人入山射猎，在那里住下。夜晚有一个黄衣白带人来对射人说：“我有个仇敌，估计明日要来与我决一死战。请你帮助我，一定有厚报。”射人说：“自然可以相助，何用酬谢！”那人又说：“明日食时，你可以来到溪边。仇敌从北边来，我从南边去接应。白带的是我，黄带的是他。”第二天果闻听岸北有声，状如风雨，草木四处被吹倒。南边也一样。只见两条十余丈长的大蛇，在溪中相遇。白蛇势弱，射人便张弓将黄蛇射死。傍晚，白带人来道谢：“你住在这里打猎一年，明年就离去，千万不要再来，再来的话必然有祸。”射人便留下来打猎一年，收获甚多，成为巨富。数年后，他忽然想起过去收获丰厚，忘了先前的叮嘱，再去那里打猎。他看见白带人来说：“我让你不要再来，你没有记住我的话。仇敌的孩子已经长大，如今必来找你报仇。”射人听了十分恐慌，便打算离开。这时就看见三个乌衣人，都身长八尺，一个个张口向着他，他立即死去了。此则故事又见《广异记》等。

女嫁蛇

古代蛇郎娶妻型故事。见旧题晋·陶渊明撰《搜神后记》卷十。

晋太元年间，有一个士人把女儿嫁至附近的村庄，到时候夫家派人来迎接。女家送了许多陪嫁，还让乳母把女儿送过去。到了那里，看见夫家重门累阁，好似王侯之家。廊柱下有灯火，一个装束严整的婢女把守着。后房的帷帐非常精美。到了夜间，女子抱着乳母哭泣，而嘴上无法言语。乳母悄悄把手伸进帐中摸她，发现一条大蛇从足到头缠住这个女子。乳母吓得跑出门外，柱下守灯婢女全是小蛇，灯火是蛇的眼睛。此则故事又见《太平广记》《尸语故事》等。

蛇衔卵

古代奇事故事。见旧题晋·陶渊明撰《搜神后记》卷十。

一次，广州有三个人一起进山伐木，忽然看见石窠中有两枚蛇卵，跟升子一般大。他们取来准备煮食，汤才烧热，就听见树林里有风雨声。一会儿，见一条四五丈长的巨蛇爬过来，从汤中衔卵而去。三人不久就都死掉了。

《祖台之志怪》

书名。晋·祖台之撰。祖台之，字元展，范阳（今属河北涿州）人。生卒年不详。东晋孝武帝时为尚书左丞，安帝时官至侍中、光禄大夫。此书宋代以后史志皆不收载，可能亡于宋。《说郛》等有辑本，共八则。鲁迅《古小说钩沉》辑其佚文十五则，比较完备。其中收有《丁祚渡江》《庐山夫人》等故事。

丁祚渡江

古代精怪故事。见晋·祖台之撰《祖台之志怪》。

晋永嘉年间，谯国丁祚渡江，到了阴陵。当时天色昏暗，忽然看见一个怪物如人倒立，两眼垂血，于是他与堂弟齐声呵斥，怪物立刻消失不见了，怪物倒立地方的一摊血随即化为几千只萤火虫飞散开来。

庐山夫人

古代奇遇故事。见晋·祖台之撰《祖台之志怪》。

建康小吏曹某有一次遇到了庐山夫人。夫人设酒宴盛情款待他，所用器皿非世人能够叫得出名称，盘中肴馔不是世间能够得到的。夫人还命小女出来相见，小女看到曹某颇为欣悦，就让婢女取琴出来，随即抚琴而歌。歌毕，小女方辞去。

母猪金锁

古代精怪故事。见晋·祖台之撰《祖台之志怪》。

吴中有一个士大夫在京都告假回乡，行至曲阿塘上，看见一个容貌端庄的女子，便把她呼喊过来一同住宿。这个士大夫解下臂上的金锁系到女子的臂上，让她第二天傍晚再来。可是，到时候女子没有来。他隔天去寻找，并没有找到这个女子。他经过一个猪圈时，忽然发现母猪臂上面系着金锁。

桐郎

古代精怪故事。见晋·祖台之撰《祖台之志怪》。

骞某在坛丘坞上北楼上住宿时，晚上二鼓后，有一个穿黄绢单衣戴白帽的人举着蜡烛上楼来。他感到害怕，便藏到壁中。一会儿，有三个婢女上来，让一个女子与白帽人进入帐中同宿。天不亮白帽人先离去。有四五天晚上都如此。后来，到了早晨，白帽人才离去。骞某便入帐问侍女："刚才离开的是谁？"侍女回答："桐郎，是道路东边庙里的桐树。"到了当天晚上二鼓时，桐郎又来了。

骞某将其砍伤，捆绑在柱上。第二天一看，其形状如人，三尺多长。用笼子装着往丞相那里送时，渡江还不到一半，风浪骤起，桐郎一下投入水中，随之风波便平息了。

《灵鬼志》

书名。晋·荀氏撰。三卷。大约于北宋亡佚，古无辑本。鲁迅《古小说钩沉》辑其佚文二十四则，有所误收。其中收有《高天大将军》《遇赤鬼》等故事。

高天大将军

古代精怪故事。见晋·荀氏撰《灵鬼志》。

一个身长丈余而有四个面孔的精怪，自号“高天大将军”，常至山野 姚姓农家，鬼怪把一个留在家中守屋的小女孩儿吞入腹中，然后又从下部拉出，反反复复好多次，让小女孩儿渐渐消瘦。它还吓唬小女孩儿说：“你不要讲我，如果讲了，我就把你长时间留在肚子里面。”小女孩儿家里人知道以后，十分惊骇，连忙移居他处来躲避这个怪物。

遇 赤 鬼

古代鬼怪故事。见晋·荀氏撰《灵鬼志》。

晋义熙年间，平原人陈皋乘船从广陵出来，忽然有一个一丈长的赤鬼来要求搭船，并且强行上去。陈皋懂得驱邪之法，便唱起俗家南地之曲，赤鬼吐舌头瞪大眼睛，把杖竿抛了过来，立即四散成火，照耀在原野。陈皋不久便死去了。

外 国 道 人

古代鹅笼书生型故事。见晋·荀氏撰《灵鬼志》。

晋太元年间，有一个道人从外国来，能够吞刀吐火，吐珠玉金银。他外出看见一人担着担子，上面有个小笼子，就对那人说：“我步行很疲倦，想寄住在你的担子里面歇一歇。”那人很奇怪，担心他是个狂人，忙说：“你能够进入笼子，便是神人。”于是他放下担子，外国道人立即进入笼中，笼子不更大，其人也不更小，担子也不觉得比先前重。走了几十里，停在树下，挑担人叫道人出来一起饮食，道人不肯出来。道人在笼中罗列饮食器物，反呼挑担人来吃。还没吃到一半，道人就对挑担人说：“我打算与妇人共食。”立即从口中吐出一个女子，二十来岁，衣裳容貌很美，两人便一起饮食。快吃完时，道人便卧下。妇人对挑担人说：“我有个外夫，想来共食，他醒来后，请不要告诉他。”妇人便从口中吐出一个年轻丈夫，一起饮食。一会儿，道人动了一动，好像要醒了，妇人便把外夫收进口中。道人起来，又把妇人及饮食器物收进口中。道人来到国中，这里有一个大富人家，生性悭吝，不行仁义。道人对挑担人说：“我试为你教训一下这个守财奴。”并立即来到这一家。这家有一匹好马，拴在柱下，忽然失去，怎么也找不到。第二天发现马在口小大腹酒瓮中，不知如何取出。道人便去对这家人说：“你做一百人的饭菜来周济一方穷人，马自然会出来。”主人立即狼狈做饭菜，做完后，马已经在柱下了。第二天早上，这家人的父母在堂上突然不见了，全家惊慌失措。忽然见父母在酒壶中，不知如何出得来。又去请道人，道人说：“你应当再做一千人的饮食来请穷苦百姓吃，他们就会出来了。”做完以后，他的父母已经在床上了。此则故事又见《续齐谐记》《酉阳杂俎》《法苑珠林》《玄怪录》等。

新妇杀蛇

古代奇事故事。见晋·荀氏撰《灵鬼志》。

荥阳郡廖某家世代为蛊致富，儿孙满堂。他家后来娶了一个新妇，但是没把养蛊毒害人这件事告诉新妇。有一次，他们家里人都外出了，唯独把新妇留下来守家。她看见屋里的大缸中有一条大蛇，便烧汤将蛇烫死了。家里人回来后，新妇说了这件事，全家人无比惊恐。没多久，他们家里的人都得了疾病，差不多死光了。

《孔氏志怪》

书名。晋·孔约撰。孔约，事迹失考。此书四卷。《隋书·经籍志》史部杂传类著录，注云孔氏撰。《新唐书》入小说家类，题作《孔氏志怪》。大约亡于宋代。此书古无辑本。鲁迅《古小说钩沉》辑其佚文十条。其中收有《卢充》《谢宗》等故事。

卢　　充

古代鬼魂故事。见晋·孔约撰《孔氏志怪》。

范阳人卢充，家西三十里有崔少府墓。卢充冬至离家往西打猎，追赶一只獐子，不觉远行。忽见一府舍，门卫说是崔少府府第。卢充说："我的衣着很差，哪里能够见贵人？"立即有人提一包新衣来迎接。卢充便穿上新衣来见少府。席间，崔少府说："近来得到尊府君书信，为你求小女婚，因此请你来。"即举其亡父书信给卢充看。崔少府即令小女出来与卢充共拜天地。三日后，崔少府对卢充说："你可以回去了！小女已经有身孕，生男当以相还，生女当自留养。"崔氏女送至门，执手涕零，又送衣一套，被褥一套。卢充上车，去如闪电，片刻到家，家人相见悲喜交加。一问才知崔是亡人，卢充感到很懊丧。过了四年，三月三日卢充临水游戏时，水中忽然出现两架犊车。上岸后，卢充打开车后窗户，看见载着崔氏女与三岁男儿。卢充欣然握女手，女举手指后车说："府君见人！"即见崔少府，卢充前往问讯。崔氏女把小儿还给卢充，又给了他金碗并留诗，两车便忽然不见。此则故事又见《搜神记》《法苑珠林》。

谢　　宗

古代精怪故事。见晋·孔约撰《孔氏志怪》。

谢宗乘船要去吴中的时候，忽然有一个娇媚柔美的女子来到船里，问谢宗："有佳丝吗？"谢宗与她嬉戏，她随后便在船上留宿。天亮时，她要求寄载，谢宗同意了，从此船上的人傍晚便听到言笑声，并且闻到馥郁的气息。一年间，她往来同宿，却见不到人，才知道是个妖魅。后来捕到一个跟枕头一样大的乌龟，又得到两个拳头大的乌龟。谢宗悲思几日方才有所领悟，便自言自语道："此女子一年生二男，大者名道愍，小者名道兴。"既然是乌龟，谢宗便把它们送入江中。

《录异传》

书名。撰人不详。成书大约在东晋末年至南朝初年。《隋书·经籍志》、两《唐志》、《宋志》皆不收载。《北堂书钞》《艺文类聚》《初学记》《太平广记》《太平御览》等多有征引。鲁迅《古小说钩沉》辑其佚文二十七条。其中收有《夜行遇鬼》《宏老》等故事。

夜行遇鬼

古代鬼怪故事。见佚名撰《录异传》。

有一年，句章人杨某去余姚，夜行的时候，有一个持琵琶的少年来请求寄载。杨某同意了，他上车弹琵琶数十曲。弹完后立刻吐出舌头、张大眼睛来恐吓杨某，然后转身离去。前行二十多里，又有一个老头来请求寄载，杨某也载上了。他对老人说："鬼会弹琵琶，可悲！"老头说："我也会弹。"这个老头就是先前那个鬼变的，又张目吐舌，杨某吓得几乎死去。

宏老

古代奇事故事。见佚名撰《录异传》。

吴兴乌程人宏老，得疟疾拖了一年都没有好。有一次，他独自去田舍，发了疟疾，有几个小孩跑来，有的骑在他肚子上，有的扶着他的手脚。他假装睡着，突然抓住一个小儿，小儿立即化为黄鹞，其余的都逃跑了。他把这只黄鹞带回家，悬挂在窗前，说是第二天杀来吃。第二天早上，黄鹞不见了，他的疟疾也痊愈了。后来，人们得了疟疾，只要呼叫"宏老"，疟疾竟不治而愈。

邹览寄宿

古代鬼魂故事。见佚名撰《录异传》。

部队行军时，吴兴郡的给使邹览从船上下来，到老百姓家中投宿。他看见塘下有人家亮着灯火，这座茅屋里面有个五十来岁的男子，夜晚在编织帘子。邹览去求寄宿，主人欣然同意。他看见另一张床上有个十岁小儿不住啼哭，便讯问主人，主人说："小儿的母亲要嫁人，他很悲伤，所以啼哭。"天将晓，邹览离去。他回过头来看不见方才的房屋，只有两座坟墓。路上遇到一个女人来乘船，对邹览说："这里不是人住的地方，你怎么从这里出来？"邹览讲了自己的见闻。女人说："这是我的儿子。我打算改嫁，所以来坟墓给他们告别。"于是哽咽着来到坟墓旁边，号啕大哭，决定不再改嫁。

紫　玉

古代奇遇故事。见佚名撰《录异传》。

江某常常外出采药，到了富春县清泉山南，远远看见一个紫衣美女坐在石头上面唱歌。江某靠近她还不到几十步远，美女便离去了，只剩下那块石头。接连几天都是如此。后来，江某便用岩石击破那块石头，从石头里面得到一块紫玉。

赤　玉

古代奇遇故事。见佚名撰《录异赤传》。

安乐乡民邴某来到松滋县九田山，看见一只赤色的鸟，形状像雉，站在山岩上面，鸣叫声跟吹笙一样。邴某射中了它，它便进入石穴中。邴某立即开岩凿石穴，得到一块形状像鸟的赤玉。

《异　苑》

书名。南朝宋·刘敬叔撰。刘敬叔（约390—约470），曾经在东晋、南朝宋任职，史书无传。此书十卷，共三百八十三则。明万历中，胡震亨于临安获宋本，刻入《秘册汇函》，遂流传于世。后《津逮秘书》《学津讨原》《古今说部丛书》《四库全书》均收入，皆为十卷。今有中华书局1996年范宁校点本。此书搜罗古今怪异之事，上起晋文公、秦始皇，下迄刘裕、刘毅等，凡天文地理、社会人文、自然民俗，几乎无所不包。其中收有《玉豚》《洗石孕金》等故事。

玉　豚

古代奇事故事。见南朝宋·刘敬叔撰《异苑》卷二。

弘农杨某甲听见土中有声，便去挖掘，挖到一枚玉制小猪，有一尺来长。于是，他的屋栋间就自漏秫米，连续漏了三年，昼夜不息。不漏秫米后，忽然有一条长数尺的青蛇住在梁上，青蛇每次落粪立即变成碎银。杨某获得银米，便成为富人。他把银子打成银器拿去出售，收入翻倍，但留在家里面的银器，随即破灭。

洗石孕金

古代奇事故事。见南朝宋·刘敬叔撰《异苑》卷二。

永康人王某的井上有一块洗石，时常出现赤气。后来有两个胡人忽然来买这块洗石。王某觉得奇怪，没有卖。有一天，他的儿媳妇孙氏看见有两只黄鸟在洗石上打斗，赶忙去抓捕，鸟一下变成了黄金。胡人并不知道此事，一直来索买。买到以后，撞破洗石一看，里面是二鸟的空窝。

美女变虎

古代精怪故事。见南朝宋·刘敬叔撰《异苑》卷三。

徐某出门，见到一个女子，就用言语去挑逗，女子便要与他入草中。徐某喜欢她貌美，立即跟随前往。女子忽然变成老虎，背着徐某进入深山。徐家人左右寻觅都找不到徐某，只看见虎迹。十天后，老虎竟把徐某送到家门外面。

刘幡射獐

古代奇事故事。见南朝宋·刘敬叔撰《异苑》卷三。

元嘉初年，青州刘某射到一只獐子，剖腹用草塞进去，獐子竟突然站起来跑了。接连试了三次，都是如此。后来他用这种草来治伤，大多收到奇效。

大　客

古代奇事故事。见南朝宋·刘敬叔撰《异苑》卷三。

始兴郡阳山县有个乡民种田时，被一头大象用鼻子卷走，进入深山，看见一头大象的脚上有一个巨刺。他立即帮这头大象拔出巨刺。随后，大象赠给这个乡民几条象牙，并且使他们那儿的庄稼不再受侵扰。此则故事又见《朝野佥载》《广异记》《聊斋志异》等。

囊珠报德

古代报恩故事。见南朝宋·刘敬叔撰《异苑》卷三。

有一年，东阳大水。一天晚上，有一只大鼠浮水来到蔡某家，伏在一个奴子的床角。奴子每餐都拿剩下的饭来喂大鼠。大水退后，大鼠用前脚捧来一个青囊，囊内装有一枚三寸许的宝珠，放在奴子的床前啾啾像讲话似的，用以表示报恩。

土　龙

古代精怪故事。见南朝宋·刘敬叔撰《异苑》卷三。

晋义熙中，江陵的赵姥以卖酒为业。一天，她居室里面的土忽然隆起。赵姥觉得很奇特，便早晚用酒来祭奠。曾经出来一头像驴的动物，可是出来后地面并没有留下孔穴。赵姥去世的时候，邻人常常闻听地下有哭声。后人掘地，看见有一物蠢蠢而动，一会儿便消失了，人们称呼它为“土龙”。

射蛟暴死

古代报应故事。见南朝宋·刘敬叔撰《异苑》卷三。

永阳人李增外出经过一条大溪，看见有两条蛟龙浮于水上，便发矢射中一条蛟龙。李增回去后，有事又出来，在街市上遇到一个素服女子，含着眼泪，拿着他所射的箭矢。李增感到奇怪，就去询问，女子回答：“还问什么？你做了这样残暴的事情。”她把箭矢还给李增后，随即消失。李增心里面很不痛快，立刻离开，还没到家就暴死在路上。

叩龟得路

古代奇遇故事。见南朝宋·刘敬叔撰《异苑》卷三。

元嘉初年，益州刺史派遣三个人入山砍柴，迷路了。他们看见一只如车轮大的乌龟，四足各踏着一个小乌龟前行，还有一百多个黄龟跟在后面。三个人向大龟磕头，请求指示出路。大龟伸头示意后，他们就找到出路了。其中一人杀了一只小乌龟来做肉羹，吃后很快丧命，另外两个没有吃龟的人却平安无恙。

徐公遇仙

古代奇遇故事。见南朝宋·刘敬叔撰《异苑》卷五。

东阳的徐公住在长山下。他常常登岭，看见两个人坐在山崖上对饮。他去讨要，两人便给他一小杯，他饮下后就醉了。从此，徐公经常不吃饮食也不觉得饥渴。

摴蒱仙

古代观仙对弈型故事。见南朝宋·刘敬叔撰《异苑》卷五。

从前有一个人乘马到山上去，远远望见山洞里有两个老翁面对面玩掷投子的博戏，就下马去观看，将马鞭插在地上。一会儿，他发现马鞭已经烂掉，而他的马及马鞍也都枯朽了。此人回到家中，亲属一个个都已不在人世，竟大哭而亡。

恶戏报

古代报应故事。见南朝宋·刘敬叔撰《异苑》卷五。

有一年，丹阳多宝寺画佛堂、做金刚。寺主的奴婢人品恶劣，竟用刀子刮金刚眼目来寻开心。这个奴婢突然看见一个穿五色彩衣的人，非常魁梧，拿着小刀来挑她的眼睛。数夜后她的眼睛就烂了，从此永远失明。

亡妇免夫

古代鬼魂故事。见南朝宋·刘敬叔撰《异苑》卷六。

晋时会稽严猛的妻子出去打柴，被老虎害死。过了一年，他来到野草丛中，忽然看见妻子对他说："夫君今日出行，必定遇到不幸。我特来让你免难。"随后一起前行，忽然碰到一只老虎，向严猛扑过来。他的妻子立刻举手遮护。过了一会儿，有一个胡人扛着戟过来。妇人用手一指，老虎立即去攻击胡人。严猛因此得以脱身。

山灵

古代精怪故事。见南朝宋·刘敬叔撰《异苑》卷六。

庐陵人郭某，家里有一个婢女名采薇，年少有美色。一天，忽然有一个自称"山灵"的家伙，身长一丈有余，胸臂为黄色，人称"黄父鬼"，来与此婢私通。它有时候隐身，有时候露形，变化无常，忽大忽小。它有时候似烟气，或者为石头，或者为小鬼，或者为妇人……它开户闭窗，出入如神。它与婢女嬉笑，完全跟人一样。

一足鬼

古代鬼怪故事。见南朝宋·刘敬叔撰《异苑》卷六。

元嘉年间，魏郡张某看见一个足上长鸟爪、背上有鳞甲的鬼来招，于是他便恍惚发狂，胡乱游走。父母打他，忽然听到空中说："是我所教，请勿惩罚他。"张家所藏的书卷，有的被鬼裂毁。张某精心制作的弹弓，被鬼借走，第二天还回来时已被折坏。

黄父鬼

古代鬼怪故事。见南朝宋·刘敬叔撰《异苑》卷六。

黄州治下有个黄父鬼，外出四处为祟。鬼所穿衣袷都是黄色的，它到人家去张口而笑，那家必定会得瘟疫。此鬼长短不定，随人家篱笆高低而变化。十多年来，当地的民众莫不感到畏怖，惶恐不绝。

茗饮获报

古代奇事故事。见南朝宋·刘敬叔撰《异苑》卷七。

剡县陈某的妻子年轻时就同两个孩子寡居，她喜好饮茶。她家的宅子里面有一座古墓，她每日作茗饮，都要先祭祀古墓。两个儿子有些担心，就说：“古墓并没有知觉，祭祀岂不是徒劳？”他们打算把它挖掉，母亲苦苦劝说才停下来。夜间，他们的母亲梦见一人来说：“我待在这座坟墓里已经两百来年，承蒙你经常关照。你的两个孩子一直想毁掉，依赖你才得到保护。你又祭献佳茗。我虽是泉壤下面的朽骨，岂能够忘记报答？”次日早上起来，她就在庭院内获得钱十万，好似久埋的，但钱串子却是新的。她提去告诉儿子，两个儿子都有些惭愧。从此这家的祭祷愈加至诚。

金镜助赠

古代鬼魂故事。见南朝宋·刘敬叔撰《异苑》卷七。

晋隆安年间，颜某人起新屋时，在床下掘出一个棺木，便进行祭奠，准备将其迁葬。次日，有一个人登门拜访，说道：“我在此居住了四十年。昨天蒙你厚赐，不知如何报答。今天是吉日，便可出棺。我棺中头巾箱内有金镜，愿以此相赠。”于是送上三枚金镜。随后那人忽然就不见了。

牝猴入箦

古代精怪故事。见南朝宋·刘敬叔撰《异苑》卷八。

晋太元末年，徐某在野外行走时见到一个女子，彼此相爱，便请回家住在一起。从此，他们经常往来。几年以后，徐某的身体渐渐瘦瘠，就引起他弟弟的注意。后来他弟弟发现这个女子是母猴所变，便把它杀了。徐某的病随后便痊愈了。

扫帚怪

古代精怪故事。见南朝宋·刘敬叔撰《异苑》卷八。

晋义熙年间，东海徐氏一婢女兰儿，忽然得病，身体黄廋而且行为异常。家里人共同伺察，看见扫帚从壁角出来走到婢女的床上。于是他们便把扫帚取来焚烧掉，婢女兰儿随即平复。

赤 苋 魅

古代精怪故事。见南朝宋·刘敬叔撰《异苑》卷八。

有个士人买的一个鲜卑女名叫怀顺，她说她姑姑的女儿为赤苋精所祟。当初，姑姑的女儿看见一个红衣男子，长得帅气，自己说家住在附近。姑姑的女儿很开心，就不停地唱歌，傍晚便同红衣男子去了房屋后面。她家里人去守候，只看见一株赤苋，女儿的指环挂在赤苋上面。家里人将赤苋铲除后，女儿号泣不止，经过一宿便死去了。

蜘 蛛 魅

古代精怪故事。见南朝宋·刘敬叔撰《异苑》卷八。

陈郡殷家的养子陈琅与一个婢女相好。一年后这个婢女死去，但是仍然不断往来，陈琅便精神恍惚。他的母亲深有觉察。一天傍晚，有一只大蜘蛛爬到床边来与陈琅调笑。他母亲把大蜘蛛杀死后，陈琅就康复了。

王 纂 针 魅

古代精怪故事。见南朝宋·刘敬叔撰《异苑》卷八。

晋元嘉年间，广陵下市县人张氏女送丈夫北去。当晚，有一个怪物冒充她的丈夫来说："我舍不得你，不想出去了。"张氏女随即昏惑失常。海陵人王纂，能够治疗中邪的病症。他怀疑张氏女被精怪迷惑，就给张氏女扎了一针，立刻有一个獭精从张氏女的被子里面跑出来，跳入港湾。张氏女的病便痊愈了。

猎 见 异 人

古代野人故事。见南朝宋·刘敬叔撰《异苑》卷八。

天门张某冬月与村人一同去打猎，看见大树下面有一座蓬庵，好像寝息的地方，却没有烟火。不一会儿，见一个野人，身长七尺，身上长毛而没有衣服，背着几只死猿。张某跟他说话，他不回应，就把他领回家去了。在空屋中关闭十余日后，又把他送回原处。

猎人化鹿

古代奇事故事。见南朝宋·刘敬叔撰《异苑》卷八。

晋咸宁年间，鄱阳乐安有一个彭姓猎人，每次进山打猎都跟他的儿子同行。有一回进山，他忽然倒地，变成一头白鹿。儿子悲号不止，白鹿竟跳跃远去，不知道去哪里了。他的儿子终生不再打猎。到了他的孙子的时候，才又开始打猎。孙子后来射到一头白鹿，在两角间发现祖父姓名及乡居年月。孙子看到后懊悔不已，就烧了弓箭，再也不射猎了。

《幽明录》

书名。南朝宋·刘义庆撰。刘义庆（403—444），彭城（今属江苏徐州）人。刘宋宗室，袭封临川王。曾任兖州刺史、荆州刺史、都督加开府仪同三司等职。此书大约成于441年以后。《隋书·经籍志》称其为二十卷。两《唐志》称其为三十卷。宋代亡佚。鲁迅《古小说钩沉》共辑其佚文二百六十六条，是现存较为完备的本子。上海古籍出版社1999年出版有王根林校点本。其中收有《入天台》《妙音》等故事。

入天台

古代仙窟艳遇型故事。见南朝宋·刘义庆撰《幽明录》。

汉明帝永平五年，剡县的刘晨、阮肇一同去天台山取谷皮，迷路不得返，把所带的粮食耗尽，饥饿得要死。后来吃了树上的大桃子，到了一条大溪边，被溪边的两个女子邀请去了她们家。女子随即命侍婢送上胡麻饭、山羊脯、牛肉，甚为甘美。食毕行酒，有一群女子送了三五个桃子，前来贺喜。晚上，刘晨、阮肇各在一帐住宿，两个女子各与同眠，令人忘忧。半年后，二人苦苦要求回去。二女便呼来三四十个女子，集会奏乐，共送刘、阮，指示归路。他们回到家乡，亲人故旧已不在世，房屋变异，无复相识。一问方知为七世孙。当地传闻他们早年间入山，迷路不得归家。至晋太元八年，二人忽然离乡，不知去向。

妙　音

古代精怪故事。见南朝宋·刘义庆撰《幽明录》。

汉时太山人黄原，早上开门，看见一条青犬伏在门外。他带着这条犬，跟随邻里去打猎。夕阳西下时，他放犬去追赶一头鹿，行数里来到一穴，进去一百余步，忽然出现一条平整的道路。他跟着犬进入一道门，看见在数十间房屋中，都有美貌的女子，有的在弹琴瑟，有的在玩博棋。北阁有三间屋，二人守候着，看见黄原就笑道："这是青犬带来的妙音的夫婿哟！"一人留下，一人入阁。一会儿，有四个婢女出来，说是太真夫人告诉黄郎："有一个女儿已经到了出嫁的年龄，命中注定应当成为你的妻子。"傍晚时分，便引黄原入内。妙音容色绝佳，侍婢亦美。婚礼完毕，宴寝如旧。数日后，黄原想暂时回家，妙音说："人神异道，原本不是长久之计。"次日分离的时候，二人泪流满面，后会无期，更加爱敬。妙音对黄郎说："若相思，到了每年三月的早晨，可以整洁身心以等待。"四婢将他送出门，半日便到家了。黄原思念益甚，每次到了约定的日期，常常看见空中仿佛有华丽的车子飞过。

陈　仙

古代鬼怪故事。见南朝宋·刘义庆撰《幽明录》。

吴时，陈仙赶着驴外出做生意，经过一座高楼朱门的空宅子，看不见人，就牵驴进去住宿。半夜时分，有一个人来到他面前骂道："你敢随便闯入官舍！"当时月色朦胧，看见那人面上青黑，目无瞳子，龇牙咧嘴，手执黄丝。陈仙立即奔到后村，并向乡邻讲述自己的经历。一个老父说："那里一向有恶鬼。"第二天，他去看所见的屋宅处，竟是一座高大的坟墓。

八　尺　鬼

古代鬼怪故事。见南朝宋·刘义庆撰《幽明录》。

吴末，有一位中书郎深夜读书。他家有几重门，忽然听见外面的门都开了。

接着，他的房门也打开了，有一个八尺高的人，乌衣乌帽，拿着木杖坐在床下，与中书郎久久对视，吐舌至膝。中书郎感到恐怖，便撕书点火，到了天亮鸡叫，那个鬼就离开了。他家的门户仍然关闭着，中书郎本人亦平安无事。

白衣人化天鹅

古代奇事故事。见南朝宋·刘义庆撰《幽明录》。

晋太宁元年，余杭人王某去寺庙里面祈福。出门走五六里后，他发现忘记带鞋，却懒得回家去取。一个白衣人拿着鞋从后面赶来，说道："官让我给你送来的。"说完，就化为一只天鹅飞入田中。

溺 鬼 还 家

古代鬼魂故事。见南朝宋·刘义庆撰《幽明录》。

庾某在江州溺水身亡，当天就回到家中。他现形后一如平日，多在妻子乐氏房中。三岁儿子向母亲讨食品，而无钱去买。庾某感到愧疚，忽然将二百钱放在妻子面前，让她为儿子买食品。如此过了一年，乐氏更加贫苦，不能够维持生活。庾某的鬼魂说："既然你守节这样贫苦，应当来迎接你呀。"没有多久，乐氏便得病亡故，庾某的鬼魂于是销声匿迹。

捉鬼救老翁

古代奇事故事。见南朝宋·刘义庆撰《幽明录》。

晋升平末年，故章县有一个老翁与女儿居住在深山里面。余杭有个男子上门求婚，没有得到同意。后来老翁病死，女儿上县里买棺材，半路遇到那个男子。女子说只要男子能够去守老父的尸体，回来就嫁给他。男子到了女家，发现众鬼正在堂上耍弄老翁的尸体，他立即挥舞木杖赶走众鬼。晚上，他看见老翁尸体旁边有一个老鬼，伸手来讨肉吃，他立刻捉住老鬼的手臂，并且说："杀老翁的必定是你，快快还他精神；你如果不还，我就不放你！"老鬼说："是我的儿孙杀的。"随后喊鬼儿孙们："快还他！"于是老翁渐渐活过来，男子这才放走老鬼。女子运棺木回到家中，父女相见悲喜交加，女子与男子便结为夫妻。

射 师 救 鸟

古代报恩故事。见南朝宋・刘义庆撰《幽明录》。

有一天，一个射师经过嵩山时，望见松柏上有一双白鸟，树下有一条五丈长的蛇正要上树去捉鸟。射师突然射去三箭，蛇立即落地，白鸟得以飞到山边整理羽毛。一会儿天色突变，电声四起，射师惊慌失措，二鸟立刻徘徊在他的头上，纷纷落下羽毛为他压惊。等到雷息电灭，射师平安无恙，二鸟才远走高飞。

老 狸 寻 妇

古代精怪故事。见南朝宋・刘义庆撰《幽明录》。

晋时有一个人的老母去世，家贫无力安葬。于是他把灵柩抬到深山，就住在旁边为老母守孝。一天傍晚，有一个妇人抱着儿子来寄宿。入夜，妇人到火边睡觉，孝子发现竟是一只狸猫抱着一只乌鸡。孝子便把它打杀了，掷入后坑中。次日，有个男子来问："我的家小昨夜来寄宿，如今在哪里？"孝子说："只有一只狸猫，已经打杀了。"男子说："你乱杀我妻子，怎么说是狸猫？如今在哪里？"便一起到坑里去看，狸猫已成为妇人，死在坑中。男子于是揪着孝子去见官，要求偿命。孝子对县令说："这个家伙是妖魅，只要叫出猎犬，就可以知道。"县令立即放出猎犬，男子便化为老狸，随即被射死。再回去看时，妇人已经还原成狸猫了。

梦 中 易 头

古代奇事故事。见南朝宋・刘义庆撰《幽明录》。

晋义熙年间，琅琊府参军贾某夜里梦到一个人面长疮多须，大鼻子斜眼，十分丑陋，再三要求与贾某换头，贾某不得已而应允。他次日早晨起来，已经面目全非，看见的人都惊慌逃走。他回到家中，妇女慌忙躲藏。他坐下来慢慢诉说后，家人才相信。

得 玉 枕

古代奇遇故事。见南朝宋·刘义庆撰《幽明录》。

余杭人沈纵家里贫穷，与父一同入山。回家时，看见一个人过来，左右随从有四百多人，马鞭夹道。沈纵便问来者是什么贵人。对方回答："是斗山王，在余杭南。"沈纵知道是神，连忙叩头说："希望得到保佑！"后来，他们进山得到一个玉枕。从此，他们事事如意，种田养蚕都丰收，家里便富裕起来了。

药 杵 臼

古代宝物故事。见南朝宋·刘义庆撰《幽明录》。

有一天，刘某在家中忽然看见一个鬼，便拔剑砍去。鬼逃走，他立即穷追不放。当他发现鬼卧在高山的岩石上时，就冲了过去。鬼逃散，留下了药杵臼和药品。他拿回去给人治病，无不应验。

救 缢 女

古代驱走缢鬼型故事。见南朝宋·刘义庆撰《幽明录》。

阿曲有一个人从京城回来，傍晚遇雨，住宿在一座大房屋里面。半夜雨停月出，他看见一个女子来到屋檐下悲叹，然后解下腰间的绳子，悬挂在屋角自尽，随后又发现好像有人在屋檐上拉绳索。此人悄悄拿刀砍断绳子，然后又去砍屋檐上的人，只见一个鬼往西逃去。天亮时，女子苏醒过来，此人便把她送回家。女子的父母就把女儿嫁给他为妻。

谢祖妇生蛇

古代龙子祭母型故事。见南朝宋·刘义庆撰《幽明录》。

会稽谢祖的妻子先生了一个男孩，随后又生下一条蛇。那蛇有二尺长，刚生下来就爬出门去了。数十年后，老妇亡故。西北方突然传来风雨声，有一条十几丈长的大蛇进屋来拜灵祭母，环绕几圈，以头打灵柩，血泪俱出，过了许久才离去。

鬼 浇 瓜

古代报恩故事。见南朝宋·刘义庆撰《幽明录》。

安定人周某做郡吏的时候，曾拿出一百斛米来解救他人。许多年以后，遇到大旱，其人的鬼魂前来帮助周某的儿子车水浇瓜，让周家的瓜大繁茂，结得非常好。

卖胡粉女子

古代婚恋故事。见南朝宋·刘义庆撰《幽明录》。

有个人家非常富裕，只有一个男儿，对他十分宠爱。有一天，他家男子在市场上看见一个卖胡粉的女子长得很美丽，他心里喜爱，却不好意思表达，就天天去买胡粉。天长日久，女子感到疑惑。次日男子再来，女子便问他为什么买这么多胡粉。男子便讲出真心话。女子深为感动，就私下约定明夕相会。这天夜晚，女子果然来到，男不胜喜悦，竟欢跃而死。女子无比惶惧，不知所措，于是逃回粉店。父母发现男儿已死，当天就殡敛。母亲在箱子里面找到一百多包胡粉，便说："杀我儿的，必是此粉。"他们进入市场，找到了卖胡粉的女子，问她："你为何杀死我儿？"女子听了便呜咽起来，一一陈述实情。父母不信，立即告到官府。女子说："我还吝惜生命吗？请让我到他的尸体前去尽哀！"经县令允许，女子便去抚尸恸哭，谁知男子竟豁然更生。于是二人就结为夫妇，后子孙繁茂。

徐郎与天女

古代奇遇故事。见南朝宋·刘义庆撰《幽明录》。

京口的徐某家极贫窭，常常在江边拾流柴。有一次他看见江中有一艘大船驶来，船停泊后派遣使者对他说："天女今天要做徐郎的妻子。"徐郎躲回家里，不敢出来。母亲兄妹鼓励他，他才勉强上船去见天女。但是他仍然非常恐惧，紧张地坐在床头，夜间并无酬接之礼，天女只得退去。

王志都娶妻

古代奇事故事。见南朝宋·刘义庆撰《幽明录》。

马仲叔与王志都均是辽东人，交情深厚。马仲叔先亡故，过了一年，忽然现形说："我惦念你没有妻子，十一月二十日会送到你家，请扫除铺设床席等待吧。"到那天刮起大风，白日昏暗。傍晚风止，王志都忽然发现有一个漂亮的妇人卧在床上，过了一会儿，妇人苏醒坐起，王志都问她是谁。妇人说："我是河南清和太守的女儿，临出嫁时，不知为何突然在此。"王志都讲了事情的经过，妇人说："这是天意。"两人便结为夫妇，生下一个男孩儿，王志都后来成为南郡太守。

庞　阿

古代奇事故事。见南朝宋·刘义庆撰《幽明录》。

巨鹿的庞阿，容仪出众。同郡的石氏女，曾经偷偷地看到过庞阿，心里面非常喜欢他。没有多久，庞阿见到这个女子来会他。他的妻子极为妒忌，便让婢女把这个女子绑住送还石家，可是中途竟化为烟气消失了。婢女就到石家去说这件事。石父大惊，说道："我的女儿没有出门，岂可如此诽谤！"庞阿的妻子从此常常留意察看。过了一夜，正当女子在斋中时，她自己抓住女子送去石家。石父见了很惊愕，忙说："我刚才从房内出来，看见女儿与母亲在一起，为何在此？"立即命婢女唤出女儿，刚才抓来的那个女子忽然消失了。父亲怀疑有变异，就让母亲去询问。女儿说："昔年庞阿来厅中，曾经偷看过他。从此以后仿佛做梦去了庞阿那里，进到屋里，就被他妻子捆绑来了。"石父说："天下竟有如此奇事！"既而石氏女誓不出嫁。经过一年，庞阿的妻子忽然得了邪病，医药无效，庞阿便娶石氏女为妻。

武昌三魅

古代精怪故事。见南朝宋·刘义庆撰《幽明录》。

某女出嫁时，还没有上车便突然精神失常。她竟外出殴人，并说："我不乐意嫁俗人。"巫师来看，说是邪魅作祟，便将某女带到江边，击鼓念咒。巫师先后除掉青蛇、大龟和大白鼍（扬子鳄）三个精怪，某女的病立即痊愈。此则故事又见《异苑》。

母魂覆被

古代鬼魂故事。见南朝宋·刘义庆撰《幽明录》。

某吏几次请求回家，均未获准。有一天，他在南窗下面睡觉，被子掉下去了，长官看见一个五六十岁的妇人来到床边替他盖被子。某吏转身衣服落地，那个老妇人又来替他捡衣服。这个长官感到纳闷。第二天，他问某吏为什么请求回家。某吏说母亲病了。他问某吏母亲的年龄和模样，跟他看见的老妇人一样，于是准了某吏的假。某吏刚出门，就得到家书，说他的母亲已经亡故了。

野　人

古代奇事故事。见南朝宋·刘义庆撰《幽明录》。

东昌县有个人上山伐木，就住宿在山中。晚上伐木人睡下后，有一个身高四五尺长、披发裸身的野人，来到他们的火边烧炙从山涧里捕捉的虾蟹给小儿吃。有一些人那时还没有睡着，发现后一起去攻击野人，野人立刻跑走了。

除鸡怪

古代精怪故事。见南朝宋·刘义庆撰《幽明录》。

临淮县人朱某在母亲去世后，就一直在外面守孝。有一次，他的妻子生病了，他就回去探望。妻子说："你在守孝，不要常回来。"他说："自从母亲过世以来，我多久回来过？"妻子说："你回来的次数多啦。"朱某心知是精怪，立即告诉婢女，等它再来时就关门捉拿。那个家伙果真又来了，进门后立即被捉，变为一只老白公鸡，竟是他家养的。把这只公鸡宰杀后，精怪便绝迹了。

《世说新语》

书名。南朝宋·刘义庆撰。此书原分为八卷，南朝梁刘孝标加注后分为十卷。今有余嘉锡的《世说新语笺疏》、徐震堮的《世说新语校笺》、张㧑之的《世说新语译注》等。今本三卷，凡《德行》《言语》《政事》《文学》《方正》《雅量》《识鉴》《赏誉》《品藻》《规箴》《捷悟》等三十六门，一千一百多则。其中收有《焦饭》《误食干枣》等笑话、故事。

焦　饭

古代孝子故事。见南朝宋・刘义庆撰《世说新语・德行》。

吴郡的陈某很孝顺，他的母亲喜欢吃锅底的焦饭。他当了主簿后，经常带着一个袋子，里面装着每顿留下的焦饭，准备回家时献给母亲。后来贼子攻打吴郡时，他来不及回家，就带着焦饭去征战。不幸被困在山泽中，他以焦饭度日，竟得以活命。

误食干枣

古代笑话。见南朝宋・刘义庆撰《世说新语・纰漏》。

王敦初次在王府上厕所，看见漆盒里面盛着干枣，不知是用来塞鼻的，竟将干枣吃尽。出来后婢女端来金澡盘盛水，琉璃碗盛澡豆，他竟倒入水中喝了下去，以为是干饭。群婢莫不掩口窃笑。

《宣验记》

书名。南朝宋・刘义庆撰。大约成于刘氏晚年，元嘉十七年（440）以后。此书是南朝出现较早的一部宣扬佛家因果应验观念的志怪小说。鲁迅《古小说钩沉》有其佚文三十几条。其中收有《吴兴郡失火》《鹦鹉灭火》等寓言、故事。

吴兴郡失火

古代奇事故事。见南朝宋・刘义庆撰《宣验记》。

宋元嘉年间，吴兴郡内曾经失火。大火蔓延，烧了数百家房舍，荡然无存。唯有佛寺的经堂草舍俨然独存，未被火焚。当时都以为神奇。

鹦鹉灭火

古代寓言。见南朝宋·刘义庆撰《宣验记》。

有一只鹦鹉飞到他山，见他山中的禽兽互相爱护。鹦鹉虽然觉得快乐，但是不便久留，于是飞去。过了几个月，山中发生大火。鹦鹉遥遥望见，便入水沾羽，飞到那里去洒水。天神说："你虽然有好意，也无济于事！"鹦鹉回答："我虽然知道不能扑灭大火，然而我曾经侨居在山里，那里的禽兽行善，彼此都是兄弟，我不忍心看见它们受苦受难。"天神很感动，立即把火扑灭了。此则寓言又见《异苑》等。

《齐谐记》

书名。南朝宋·东阳无疑撰。东阳无疑为散骑侍郎，生平事迹不详。今人多以为他系晋末宋初人。《齐谐记》成书于宋初，七卷，亡于赵宋。常见的辑本有清·马国翰《玉函山房辑佚书》本和鲁迅《古小说钩沉》本，均十五则。其中收有《薛道询》《病后大食》等故事。

薛道询

古代奇事故事。见南朝宋·东阳无疑撰《齐谐记》。

江夏郡安陆县薛道询二十二岁，少年聪明，忽然得了流行病，随后发狂，怎么医治都不见好。他突然变成一只老虎，吃人不计其数。一天，有个女子在树下采桑，老虎把她吃了，然后在山石间藏下她的钗钏。经过一年，这只老虎回到家中，突然又变为人。他随后出去做官，当了殿中令史。有一天晚上，他跟人谈话，忽然讲起天地变怪之事。他说："我从前曾经得病发狂，化为老虎，吃了一年人。"还说出那些人的住所、姓名。与他同坐的人，有父子兄弟被吃掉的，听了便号哭起来，立即把他捉去交给官府。后来，他竟饿死于狱中。

病后大食

古代奇事故事。见南朝宋·东阳无疑撰《齐谐记》。

江夏郡安陆县人郭坦的大儿忽然得了流行病，病后食量大增，一天吃十多斗米。他家供给五年，竟贫穷了，就让他的大儿自己去寻找吃食。后来他的大儿到了一户人家，在门前已经得到饭食，又去后门乞讨，腹大饥不可忍。那家人的后门有三畦韭菜，一畦大蒜，他吃下两畦，便感到大闷，卧倒在地上。过了一会儿他大吐，吐出一物如龙，在地上渐渐大起来。过了一会儿，主人端饭出来，他不能吃，便撮饭放在所吐出的物上，那物立即化成水。自此，此人的病便好了。

周女啖脍

古代奇事故事。见南朝宋·东阳无疑撰《齐谐记》。

周某有一个女儿，吃鱼肉不知足，家里竟被她吃穷了。于是，她自己去长桥南，拿一千钱向网鱼的人买鱼，以求一饱。她吃下鱼肉五十斗，便大吐起来。这时，有一只蟾蜍从她的嘴巴里面吐出来。有个婢女把鱼放在蟾蜍口中，蟾蜍立即化成水。此后，周女便不再吃鱼肉了。

范光禄

古代奇事故事。见南朝宋·东阳无疑撰《齐谐记》。

有一次，范光禄得病，腹肿不能饮食。一天早上，忽然有一个人进入光禄斋中，在范光禄身边坐下来。范光禄说："我不认识你，你怎么不通报就自己进来了？"此人回答："佛让我来治你的病。"范光禄便解开衣服给他看。他就用小刀扎在肿的地方上，忽然间又扎两脚及膀胱百余下，然而范光禄并不觉得痛。后来从针孔中流出黄脓汁两三升许。到天明，病都好了，亦无针孔，范光禄感到很高兴。

张然

古代义犬除奸型故事。见南朝宋·东阳无疑撰《齐谐记》。

张然服役多年，他的妻子在家中就与家奴私通。张然回家后，家奴与主妇打算谋害他。此时，张然的爱犬乌龙一直注目舔唇，紧盯着那个家奴。张然高呼："乌龙出手！"乌龙闻声奋起攻击家奴，家奴刀落，张然便取刀杀死了家奴。

《妒　记》

书名。又称《妒妇记》。南朝宋·虞通之撰。虞通之，余姚（今属浙江）人。官至步兵校尉。此书二卷。久已亡佚。鲁迅《古小说钩沉》辑佚文七则，系如今所见唯一的辑本。其中收有《妒妇改过》《阮宣子妻》等故事。

妒妇改过

古代妒妇改过型故事。见南朝宋·虞通之撰《妒记》。

京城有个士人的妻子，非常妒忌。她对丈夫小则责骂，大必捶打，经常用长绳拴着丈夫的脚，呼唤丈夫便牵绳子。士人偷偷地同巫婆合计：等到妇人睡着，用绳子拴只羊，士人便出外躲避。妇人醒来，牵绳子时羊过来了，她很吃惊，便去问巫婆。巫婆说："娘子积恶，受到先人责怪，所以让你的郎君变成羊。如果能够改悔，就可以替你求情。"妇人悲号，抱着羊恸哭，自我责怪并且发誓悔过。巫婆让她斋戒七日，祭鬼神。巫婆祝祷羊还复本形后，士人才偷偷回到家中。妇人见到丈夫，啼哭着问道："你多日变羊，就不辛苦吗？"丈夫说："还记得吃的草不好，肚子疼痛。"妇人越发感到悲哀。以后她再妒忌时，丈夫便伏地作羊叫，妇人惊起向先人发誓，再不敢妒忌啦。此则故事又见《开颜录》《古今谭概》《智囊补》等。

阮宣子妻

古代家庭故事。见南朝宋·虞通之撰《妒记》。

武氏嫁给阮宣子后，无道妒忌。她命婢女让家中带盖子的盆盂、承盘等容器"不得相合"。阮家有一株桃花，花叶鲜明闪耀，阮宣子赞美不已。武氏便大怒，立刻叫婢女来砍桃树，摧折桃花。

《集异记》

书名。南朝宋·郭季产撰。此书史不存目，不知其卷数和亡佚时间。古无辑本。鲁迅《古小说钩沉》辑其佚文十一则。其中收有《斫枕怪》《灭屐怪》等故事。

斫 枕 怪

古代精怪故事。见南朝宋·郭季产撰《集异记》。

中山刘某居住在越城。一天日暮时，他忽然看见一个人穿着黑色夹衣裤走了过来。取火一照，此人面无七孔。巫师告诉刘某，这是你家老旧物件，久而成为精怪。于是，刘某将它抓住，用刀砍几下，立即化为一个枕头——乃他家先祖时候的枕头。

灭 屐 怪

古代精怪故事。见南朝宋·郭季产撰《集异记》。

广平的游某看见一人穿着红色夹衣裤。他知道那是个精怪，立即用刀砍去，把它砍死了。过了好一会儿，它就变为人们常穿的木鞋。

鬼 乞 紫 菜

古代鬼怪故事。见南朝宋·郭季产撰《集异记》。

会稽有一个人下海去采紫菜，然后拿到山上去晾晒。夜晚，有一群鬼怪睁大眼睛，咬住牙齿，非常愤怒地前来袭击这个人。此人举刀砍杀，所向披靡。群鬼便向此人乞讨少许紫菜，此人一概不与。

祖冲之本《述异记》

书名。南朝齐·祖冲之撰。祖冲之（429—500），字文远，范阳蓟（今属北京）人，一说范阳遒（今属河北涞水）人。在南朝宋、齐两朝曾任南徐州从事、公府参军、娄县令、长水校尉等职。此书《隋书·经籍志》《旧唐书·经籍志》《新唐书·艺文志》著录，均作十卷。原书大约亡于宋代，古无辑本。鲁迅《古小说钩沉》辑其佚文九十则。其中收有《服异华》《怀柑者》等故事。

服异华

古代奇事故事。见南朝齐·祖冲之撰《述异记》。

从前有个人登庐山采松时，听到有人说："这个不可取！"此人跟随声音爬上去，看见一丛奇异的花朵，形状十分可爱，香气很特殊。他知道此花神异，就摘下来服用，竟活了三百岁。

怀柑者

古代奇遇故事。见南朝齐·祖冲之撰《述异记》。

南康南面有东望山，一天，有三个乡民爬到山顶，看见湖边有一片果林，柑子已经成熟了。三个人一起吃起来，吃饱以后，就怀揣两枚柑子回去，打算拿给外面的人看。他们寻觅上山时的路径，来来回回半天也找不到。忽然闻听空中有话语警告："赶快放下那两枚柑子，就让你们回去。"怀揣柑子的乡民感到恐惧，立刻把柑子放在地上，转身便找到回去的路径。

窃食鬼

古代鬼怪故事。见南朝齐·祖冲之撰《述异记》。

晋义熙中，有一鬼忽然来到江陵刘某宅内。刘某家贫无灶，以小铛煮饭。饭快熟时，便丢失了。后来他在篱笆下面的草丛中找到小铛，里面已经空无粒米。刘某悄悄买回野葛煮成糜。鬼来偷食后呕吐不止，鬼再也不敢来行窃了。

周访擒妖

古代精怪故事。见南朝齐·祖冲之撰《述异记》。

周访年轻时，与商人乘船出行，傍晚来到宫亭庙。同伴问："谁敢进庙住宿？"周访胆大，便到庙里面住宿，整个晚上都平安无事。早上起来，他在庙中看见有个白头老翁，便一把抓住他，老翁突然变为一只雄鸭。周访把这只雄鸭带到船上，打算煮来吃，雄鸭竟飞走了。后来倒也没有别的事情发生。

精怪吊丧

古代精怪故事。见南朝齐·祖冲之撰《述异记》。

南康县平民区某，有一年与儿子、儿媳共同乘船出去，到了一处蛮荒险绝的地方。傍晚登岸休息的时候，他中邪猝死。他的儿子燃火守尸，忽闻远处有哭声呼"阿舅"。孝子感到惊疑，一转眼哭者已经过来了。来者跟人一样大，披发至足，不见七窍。孝子恐惧，就把柴点燃了。此物说："特来慰问，不必害怕，你燃火做什么？"此物坐在亡人头边哭泣。孝子在火光中偷看，看见它掩住亡人面部，亡人的面部随即裂剥露骨。孝子准备击打它，却没有兵杖。转瞬间，他父亲的尸体就现出白骨，竟不知道此物是何精怪。

蟹断中怪物

古代精怪故事。见南朝齐·祖冲之撰《述异记》。

宋元嘉初年，富阳县一个姓王的人，在偏僻的小沟渠中作蟹断，早上去看时，发现有一块二尺多长的木材在断中，而断已经裂开，蟹都跑光了。王某便把断修好，将木材拿到岸上。可是第二天又见木材在断中，蟹照样跑光了。王某又修断，拿出木材。明晨去看，所见如初。王某便怀疑这段木材是妖异，就取来放在蟹笼中，拴在担头上面挑回去，说是到家劈来当柴烧。还有三里才到家，就听到有响动，转身一看，木材变成一个人面猴身、一手一足的怪物，它对王某说："我生性爱吃蟹，那天入水破你的蟹断，到断里吃蟹，很对不起你，请原谅，快开笼放我出去。我是山神，我会保佑你，让你的蟹断大丰收。"王某说："你侵犯他人，前后不一，罪该处死。"此物一再请求释放，王某不理睬。王某到家点火将它焚烧，后来便寂然无事。此则故事又见《法苑珠林》。

鬼掷乌钱

古代鬼怪故事。见南朝齐·祖冲之撰《述异记》。

宋大明三年，王瑶在都城生病死去。他死后，有一个细长的黑鬼，常来他家，一会儿歌啸，一会儿学人语，常把粪便投入食物中。鬼又到东邻庾家触犯人。庾某对鬼说："你把土石投给我，我们并不畏惧。如果拿钱来掷，这才让我们害怕。"鬼便拿数十枚新钱，掷到庾某的额头上。庾某说："新钱打不痛我，我最害怕乌钱哟！"鬼就向他扔乌钱，前后六七次，合起来有一百多枚钱。

周氏婢

古代奇遇故事。见南朝齐·祖冲之撰《述异记》。

陈留周氏的婢女有一天进山砍柴，因为疲乏就打了一个盹儿。她梦见一个女人来说："我就在你附近，眼睛里面有刺，麻烦你给拔出来，一定有厚报。"她醒来后看见一副朽棺，髑髅坠落在地上，眼眶中长了野草。她立即拔去眼眶中的野草，并且把髑髅放入棺内。她随即在落髑髅的地方，捡到了一双金指环。

吴龛

古代田螺女型故事。见南朝齐·祖冲之撰《述异记》。

武昌小吏吴龛得到一块浮石，就把它放在床头。浮石变成一个女子，长得很端正，与吴龛结为夫妻。此则故事又见《幽明录》《异苑》《述异记》等。

狸变邻女

古代精怪故事。见南朝齐·祖冲之撰《述异记》。

陈留董逸年轻时，与邻女梁莹彼此爱慕。有一次，董逸的朋友郑充来他家。二更时分，门前有叩掌声，郑充望了望，对董逸说："梁莹来了。"董逸惊跃出迎，一把将梁莹拉入房内，就与梁莹同寝。梁莹要走，董逸揽住不放，一直到天亮。董逸想挽留梁莹，就说："我为你蒸猪肉吃，吃完再回去。"梁莹吃完仍要离去，董逸起来关门拉开帐子，梁莹就变成狸猫从梁上走出去了。

两鬼入耳

古代鬼怪故事。见南朝齐·祖冲之撰《述异记》。

尚书令史马某有一天坐在厅上，看见一个鬼来到面前，而别人却看不见。一会儿，有两个鬼进入他的耳中，推出他的魂魄，落在鞋子上。鬼问众人是否看见了。旁人看不见，问魂魄的形状是什么样子。马某说："魂魄像蛤蟆。"他又说鬼还在耳中，自己必定活不了。一看他的耳朵都肿了，第二天便死去了。

法力鞭鬼

古代鬼怪故事。见南朝齐·祖冲之撰《述异记》。

广州显明寺的和尚法力，早上去厕所，遇到一个鬼，双目发黄，裸体无衣。法力向来有膂力，便把鬼拴在柱子上，用木棍击打，鬼始终无声。他又用铁链子捆住鬼，观察是否有变化。黄昏时分，鬼竟消失了。

任昉本《述异记》

书名。南朝梁·任昉撰。任昉（460—508），字彦昇，乐安博昌（今属山东寿光）人。在南朝宋、齐、梁为官，历任义兴太守、中书侍郎等职。长于散文，与沈约齐名。此书始录于《崇文总目》小说类，二卷。现存版本有两种：一为《汉魏丛书》《广汉魏丛书》《说库》《四库笔记小说丛书》等所收录之通行本，分为上下两卷，上卷一百五十三条，下卷一百五十二条。一为《稗海》本，亦两卷，但与通行本的条目、文章略有出入。其中收有《黄衣人唾金》《园客成仙》等故事。

黄衣人唾金

古代奇遇故事。见南朝梁·任昉撰《述异记》卷上。

有一个船家过南康樗都县西沿江的梦口穴时，来了一个挑两笼黄瓜的黄衣人，要求寄载。渡江以后，这个人唾了一些东西在盘中，然后一直走到梦口穴里去了。船家起初很生气，看见此人进入石穴才感到诧异，并且发现盘中尽是金子。此则故事又见祖冲之撰《述异记》《河东记》《稽神录》《夷坚志》等。

园客成仙

古代奇遇故事。见南朝梁·任昉《述异记》上卷。

济阴有一个园客貌美，县里面的许多女子都想做他的妻子，他却不愿意娶。十余年来，他常常栽种五色香草，并且吃结的果实。有五色蛾子飞集在香草上面，他便精心饲养。蛾子成蚕时，有一个女子前来帮助他，用香草喂蚕。后来得到一百二十枚茧，茧大如瓮。每个茧要缫六七天，蚕丝才能够缫尽。缫蚕丝完后，这个女子与园客都成为神仙离去了。

王质

古代观仙对弈型故事。见南朝梁·任昉《述异记》上卷。

王质伐木到信安郡石室山时，看见有几个童子一边下棋一边唱歌，王质就在旁边听着。童子拿一个像枣核一样的东西给他，他含上就不觉得饥饿。一会儿，童子问他："你为何不走？"王质转身一看，斧柄已经烂光了。他回去以后，再也找不到认识的人啦。此则故事又见《郡国志》《夜航船》《茶香室丛钞》《水经注异闻录》等。

三老翁

古代奇事故事。见南朝梁·任昉《述异记》下卷。

桂阳郡有一眼银井，越凿越深。村民焦某在半路上看见三个老人，全身皆白，边走边说："驱赶我们太苦，如今只有到别的地方去了。"焦某知道是精怪，就用刀去砍，三个老翁各个都拿手杖挡刀，随后忽然不见了。焦某一看断下的手杖都是白银。后来，这口井便不出产银子了。

《续齐谐记》

书名。南朝梁·吴均撰。吴均（469—520），字叔庠，吴兴故鄣（今属浙江安吉）人。南朝梁任建安王记室，迁国侍郎，官至奉朝请。此书一卷。著录于《隋书·经籍志》《旧唐书·经籍志》《新唐书·艺文志》《通志·艺文略》《宋史·艺文志》等。现存版本颇多，载于《顾氏文房小说》《古今逸史》《广汉魏丛书》等，仅十七则。其中收有《紫荆树》《阳羡书生》等故事。

紫 荆 树

古代紫荆树型故事。见南朝梁·吴均撰《续齐谐记》。

京兆田真兄弟三人，在一起商量分家产，都决定平均分配，堂前的那棵紫荆树也打算破成三份。第二天去锯树的时候，紫荆树已经枯萎了，根部好像被火烧过似的。田真去看，大吃一惊，就对两个弟弟说："树本同株，听说将要锯开，便枯萎了。真是人不如树木啊！"他们因为很悲哀，就不再锯树了。紫荆树随即复活，欣欣向荣。三兄弟十分感慨，就再也不分家了。此则故事又见《夜航船》。

阳 羡 书 生

古代鹅笼书生型故事。见南朝梁·吴均撰《续齐谐记》。

阳羡许彦外出，遇到一个书生卧在路旁，说是脚痛，请求寄住在许彦的鹅笼中。许彦以为是戏言。不料书生随即进入笼中，笼子也不更大，书生也不更小。书生与双鹅并坐，鹅也不感到惊吓。许彦来到树下休息，书生出笼说："我打算给你摆设饮食。"就从口中吐出一个铜奁子，奁子中放有许多肴馔，香气扑鼻，世所罕见。喝了一会儿酒，他又说："有一个女子在与我同行，如今想请她出来。"又从口中吐出一个漂亮女子，一起吃喝。不久书生醉卧，此女说："我虽与书生做夫妻，也偷偷地跟一个男子同行。书生入睡，暂时叫他出来，请你不要讲。"女子从口中吐出一个男子，还与许彦打招呼。书生转身与女子共卧。那个男子又从口中吐出一个年轻妇人来共酌，戏谈许久。他听到书生有响动，立刻将所吐女子吸进口中。一会儿书生吐出的女子出来说："书生要起来了。"连忙吞下男子，独自与许彦对坐。书生起来对许彦说："天色已晚，要与你道别了。"便吞下女子以及许多器皿，只余下一个大铜盘，送给许彦作为留念。

徐 秋 夫

古代病鬼延医型故事。见南朝梁·吴均撰《续齐谐记》。

钱塘徐秋夫善于治病。有一天晚上，他听见空中有呻吟的声音，非常痛苦。他忙问："你是鬼吗？为什么这样？"鬼说："我患腰病而死，虽然是鬼，也照样痛苦，所以来求治。"他问："你已无形，我怎么治疗？"鬼说："你做个茅草人来医治，随后送入湖中就可以了。"徐秋夫立即做了一个茅草人，往腰眼上扎针，并且进行祭奠，派人送入湖中。当天晚上，他就梦见鬼来表示感谢。此则故事又见《湖海新闻夷坚续志》等。

《殷芸小说》

书名。南朝梁·殷芸撰。殷芸（471—529），字灌蔬，陈郡长平（今属河南西华）人。在南朝齐、梁为官，历任散骑侍郎、中书舍人、通直散骑侍郎、秘书监、司徒左长史等职。此书原三十卷，至隋存十卷，后佚。1984年上海古籍出版社刊印的周楞伽辑注《殷芸小说》，为十卷，共一百六十三条。其中收有《似猪》《瓮算》《欲兼三者》等笑话、故事。

似 猪

古代笑话。见南朝梁·殷芸撰《殷芸小说》卷一。

晋孝武帝未曾见过毛驴，谢太傅问道："陛下想其形，当何所似？"孝武帝掩口笑道："正当似猪。"

瓮 算

古代贫人瓮算型故事。见南朝梁·殷芸撰《殷芸小说》卷五。

有一个贫人只得到一只瓮的资产，夜晚宿于瓮中，他心中算计道："此瓮卖若干钱，其利息已达一倍啦。我得一倍利息，便可贩卖二瓮。自二瓮而为四瓮，所得一倍利息，其利无穷无尽。"于是他欣喜若狂，手舞足蹈，不知不觉竟把瓮打破了。此则故事又见《东坡诗注》。

欲兼三者

古代讽刺故事。见南朝梁·殷芸撰《殷芸小说》卷六。

有一次，众客在一起各言其志，有的愿意当扬州刺史，有的愿意多有资财，有的愿意骑鹤升天。其中有一个人非常贪心，希望兼有三者，就说自己愿意"腰缠十万贯，骑鹤上扬州"。

《魏书》

书名。北魏·魏收撰。魏收（506—572），字伯起，下曲阳（今属河北晋州）人。北魏时曾任散骑常侍，北齐时任中书令兼著作郎，奉诏编《魏书》，后累官至尚书右仆射，监修国史。《魏书》一百三十卷（不计子卷为一百一十四卷），中华书局1997年出版有点校本。其中收有《折箭训子》等故事。

折箭训子

古代折箭训子型故事。见北魏·魏收撰《魏书·吐谷浑传》。

阿豺有儿子二十人。一天，阿豺对儿子们说："你们每个人给我一支箭。"他把拿来的箭一一折断扔在地上。一会儿，他对同胞兄弟慕利延说："你取一支箭来折断。"慕利延把一支箭折断了。他又说："你取十九支箭来折断。"慕利延不能够折断。阿豺对他们说："你们明白吗？单独一支容易折断，聚在一起就难以折断。团结一心，我们的江山社稷便坚不可摧！"此则故事又见《南北史续世说》《蒙古秘史》《不下带编》等。

《苻　子》

书名。十六国前秦·苻朗撰。苻朗，字元达，略阳临渭（今属甘肃秦安）人。此书六卷，已佚。有清代马国翰《玉函山房辑佚书》本。其中收有《郑人逃暑》《与狐谋皮》等寓言。

郑人逃暑

古代寓言。见前秦·苻朗撰《苻子》。

有一个郑人很怕热，就逃到树荫下面去乘凉。可是，到了夜晚，他还是像白天乘凉似的在树下铺席而卧，因此浑身沾满露水。

与狐谋皮

古代寓言。见前秦·苻朗撰《苻子》。

有个周人喜欢穿裘皮，而且爱吃珍馐美味。他想得到一件价值千金的狐裘，就去跟狐狸商量剥它的皮；又想杀一只羊来作祭品，就去跟羊商量割它的肉。话还没有讲完，狐狸竟一个个逃到丘陵去了，羊也一个呼喊着一个躲进了深山老林。

《刘　子》

书名。一名《刘子新论》。北齐·刘昼撰。刘昼（514—565），字孔昭，渤海阜城（今属河北交河）人。此书五十五篇，博采儒、道、法、农、纵横、兵、杂等各家思想，“泛论治国修身之要”。通行本有上海古籍出版社1985年刊印的《刘子集校》。其中收有《粪金石牛》《弈秋弈败》等寓言。

粪金石牛

古代寓言。见北齐·刘昼撰《刘子》。

蜀侯生性贪婪，秦惠王听说后就打算去攻打他。但是山路险峻，难以行军。他们赶忙雕刻一头石牛，后面放上许多黄金，号称“牛粪”，拿去送给蜀侯。蜀侯贪图礼物，便开山填谷，派人前去迎接石牛。秦军乘机挺进，灭了蜀国，杀了蜀侯。

弈秋弈败

古代寓言。见北齐·刘昼撰《刘子》。

弈秋是一位举国闻名的下棋高手。在他下棋的时候，有人吹笙经过他身旁，他听到吹笙声，因为分心便败下阵来。

《续异记》

书名。南朝梁、陈间佚名撰。历代史志皆无记载。既不知其卷数，亦不知其佚亡时间。《太平广记》《太平御览》等书中保存有它的部分佚文。鲁迅《古小说钩沉》辑其佚文十一则，所记为汉代至南朝梁间的精怪故事与奇闻逸事。其中收有《刘兴道》《白燕》等故事。

刘兴道

古代鬼怪故事。见南朝·佚名撰《续异记》。

有一回，零陵太守刘兴道回房休憩。他的床安在西壁下，忽然看见东壁边有一只眼睛，转瞬之间便有四只，眼睛逐渐增多，竟布满全室。时间一长便消散了，不知所在。接着床前又有头发出现，从土中冒出，越来越多，随后有一个头出现，乃方相头，迅速自灭。刘兴道甚为忧怖，于是重病不起。

白燕

古代精怪故事。见南朝·佚名撰《续异记》。

一天，孙某妻黄氏忽然看见一个童子出现在眼前，以钗掷之，竟跃入云去。到了夜晚，闻听户外传来歌声：“昔填夏家冢，辇泥头欲秃。今居黄氏居，非意伤我目。”寻觅巢中，得到一只白燕，其左目有伤。

朱法公

古代精怪故事。见南朝·佚名撰《续异记》。

山阴朱法公出行，憩于台城东橘树下。忽有一女子年十六七岁，长得很端丽。数至朱家，与法公共眠寝，至拂晓而去。复有一个六七岁男孩，女云是其弟。一日晓去，女子衣裙张开，竟露出龟尾及龟脚。法公这才发现是妖魅，欲执之，随即隐没不见。

《冤魂志》

书名。又称《还魂志》《北齐还冤志》《还魂记》《还冤记》等。北齐·颜之推撰。颜之推（约531—约591），字介，琅琊临沂（今属山东临沂）人。生于南朝梁，后在北齐为官，任黄门侍郎、平原太守等职。此书三卷。今所常见的版本有《宝颜堂秘笈》本、《续百川学海》本、《唐宋丛书》本、《古今说部丛书》本、《说郛》本、《四库笔记小说丛书》本等，均为一卷。在流传中多有散佚，今本已非原貌。该书宣扬善恶报应，有比较浓厚的宗教色彩。其中收有《张稗》《女鬼诉冤》等故事。

张稗

古代鬼魂故事。见北齐·颜之推撰《还冤志》。

下邳张稗有个孙女颇有姿色，邻人要娶她为妾，张稗因为自己是旧门之后，没有答应。邻人很愤怒，便焚烧张家的房屋，把张稗烧死了。张稗的儿子张邦回家后，知道家里面的情况，因为害怕邻人有权势，又贪图他家的财产，就不吭声，还将女儿嫁给他。一年后，张邦梦见张稗来说：“你作为儿子，逆天不孝，作为父亲，如同凶党！”便捉住张邦的头，用手中的桃杖刺去。张邦因此生病，接连两宿呕血。张邦死的那天，邻人看见张稗推门直入，怒气冲冲地说：“你仗势欺人，残酷无比，杀害无辜。我已经上诉，获得申雪！”邻人于是得病，很快就死了。

女鬼诉冤

古代鬼魂故事。见北齐·颜之推撰《还冤志》。

眉县县令王某上任时，住在一个常常有鬼杀人的亭子楼上，夜里有个女子前来诉冤。她说自己原本是涪县县令的小妾，随夫赴任途中住宿在这个亭子时，大小十多口人被亭长所杀，埋在楼下，夺去全部衣裳财物。这个亭长如今在县里做追捕盗贼的门下游徼。王某当场表示："一定要为你报仇，不让他再妄杀良善。"鬼乃离去。王某随即查办了这个门下游徼，并且安葬了被杀害的一家人。于是闹鬼的亭子永远清静了。

徐铁臼

古代鬼魂故事。见北齐·颜之推撰《还冤志》。

东海徐某的前妻许氏生下一个男孩铁臼后去世。徐某续娶的陈氏凶残，不给铁臼吃饱、穿暖，想尽各种办法虐待铁臼。徐某性格懦弱，又常常不在家，陈氏竟将铁臼折磨死了。死时铁臼才十六岁。过了十几天，铁臼的冤魂突然回到家中，数落陈氏的罪过，让其得到惩罚。此则故事又见《法苑珠林》。

枉死者讨命

古代鬼魂故事。见北齐·颜之推撰《还冤志》。

王某命身边的某甲到婢女那里取衣物时，婢女要某甲与她通奸。某甲不答应，婢女便诬告某甲要强奸她。王某不听某甲的申辩，竟令人将其杀死。某甲临死时说："冤枉不可受，我会到天上告你的！"后来王某得病，忽然看见某甲来说："前次申辩你不听，如今你该走了。"几天后，王某便死去了。

冤魂复仇

古代鬼魂故事。见北齐·颜之推撰《还冤志》。

都督孙某发现县衙的丁某、史某均与富阳县县令王某的小妾桃英私通。丁、史二人害怕孙某告发他们，竟一起诽谤孙某与桃英有私情。王某不辨真假，就杀了孙某。有一次，王某出行，在雷雨中遇见孙某的鬼魂，面目青黑，眼无瞳子，说他已“诉怨皇天，早见申理”，随后就杀死王某以及一干恶人。

弘　　氏

古代鬼魂故事。见北齐·颜之推撰《还冤志》佚文。

梁武帝要在文皇帝陵上起寺庙，特派人去寻找上好的木材。曲阿人弘氏，家甚富厚，往湘州去做生意。他家有一个大筏，材木壮丽，世所稀有。还至南津，南津校尉孟某为了迎合朝廷旨意，诬陷弘氏，要将其处死，以便没收他的财物，拿去充当修建寺庙的费用。弘氏临刑时让妻子把黄纸笔墨放入棺中，如果死而有知，必当陈诉。随即他又书写孟某的姓名吞下去。过了一个月，孟某正端坐，便见弘氏走来，开始还躲避，接着服罪，请求饶恕，最后呕血而死。不到一年，其他有关的人也相继死亡。那个寺庙还没有建成，就被天火烧得一点儿不剩。所埋放柱木，也入地成灰。

《颜氏家训》

书名。北齐·颜之推撰。包括序致、教子、兄弟、后娶、治家、风操、慕贤、勉学、文章、名实等二十篇。有宋台州公库本、明万历刻本，清《抱经堂丛书》本、文津阁《四库全书》本等。中华书局1993年出版有王利器《颜氏家训集解》。其中收有《南阳人》《博士买驴》等寓言、故事。

南　阳　人

古代讽刺故事。见北齐·颜之推撰《颜氏家训·治家》。

南阳有一个人，家道富裕，却生性吝啬。有一年冬至，女婿上门来看望他。他便摆上一铜瓶酒，拿出几块獐子肉来款待。女婿恨他刻薄，亦感到惊诧，将饮食一扫而光。主人只好一次又一次地添加。他后来责怪女儿说：“某人好会喝酒呀，所以你经常贫困。”等到他死后，几个儿子为争财产，哥哥把弟弟都杀了。

博士买驴

古代笑话。见北齐·颜之推撰《颜氏家训·勉学》。

有一个博士去买驴，他接连写了三张书券，竟未出现一个“驴”字。

误解“蹲鸱”

古代笑话。见北齐·颜之推撰《颜氏家训·勉学》。

有一个权贵，读误本《蜀都赋》注，解“蹲鸱，芋也”。他以为“芋”是“羊”字。后来有人馈送羊肉给他，他致书答谢道：“损惠（敬辞，意谓对方损其所有而加惠于己）蹲鸱。”人们感到惊骇，不理解是什么意思。过许久追根究底，才知道是他把“芋”当成“羊”的缘故。

奉朝请

古代报应故事。见北齐·颜之推撰《颜氏家训·归心》。

齐国有一个奉朝请，家里非常豪侈，不是亲手杀的牛，吃起来就觉得味道不美。他刚三十多岁，就病得很厉害。他看见一头大牛走过来，浑身就好像被刀刺一样疼痛，竟大喊大叫而死。

望蔡县令

古代报应故事。见北齐·颜之推撰《颜氏家训·归心》。

经过一场战乱，望蔡县县衙被焚烧了，县令便借住在寺庙里。老百姓将牛、酒作为礼物送去。县令便令人搬走神像，铺设床座，在堂上接待宾客。解开牛还没有杀时，牛竟跑到阶下来拜。县令大笑，就叫左右将牛宰杀了。他酒醉饭饱，便睡在檐下。等他醒来，感到浑身发痒，长出许多疹子，后发展成为恶疾。十多年后就死去了。

《集灵记》

书名。北齐·颜之推撰。《隋志》作二十卷，两《唐志》作十卷。宋代亡佚。鲁迅《古小说钩沉》辑其佚文一则，即“王諿”。

王　諿

古代鬼魂故事。见北齐·颜之推撰《集灵记》。

琅琊人王諿，梁时为南康王记室。他去世后数年，妻子贫困，常常为衣食发愁。岁暮，王諿现原形问他妻子：“你缺乏衣食吗？”妻子便给他喝酒，然后他就离去了。离去时王諿说：“我假若得到财物，一定寄来。”过了一个月，王諿的小女儿便得到一对金指环。

隋唐五代故事

《启颜录》

书名。传隋·侯白撰。侯白，字君素，魏郡临漳（今属河南临漳）人。生卒年不详，只知他581年前后在世，曾做过儒林郎。此书《旧唐书》《新唐书》均有记载，十卷，已佚。在敦煌石窟遗书中有一卷写本《启颜录》，共四十条，分为“论难”“辩捷”“昏忘”“嘲诮”四个门类，是现存最早的版本。《太平广记》引有其佚文七八十条。它是继三国魏·邯郸淳撰《笑林》之后，在中国笑话发展史上具有里程碑意义的一部笑话故事集。其中收有《命群臣为大言》《承大家热铛》等笑话、故事。

命群臣为大言

古代机智人物故事。见传隋·侯白撰《启颜录》。

有一天，汉武帝置酒，命群臣说大话。如果哪位说小了，便要罚酒。丞相公孙弘说：“微臣骄而猛又刚毅，交牙出口声又大，号呼万里嗷一代。”余下的四位大臣都对答不出来。这时，东方朔请求替他们来对答。东方朔首先替第一位说：“微臣坐不得起，仰卧逼近于天地之间，愁不得长。”接着，他替第二位说：“微臣跨越九州，空地几乎连脚都踩不下。微臣并吞天下，四海都快让我喝干了。”再接下来，他替第三、第四位说：“天下不足以让微臣坐下，四海不足以装下微臣的唾沫。微臣堵住喉咙不是因为食物引起的，我只好到天外去居住。”汉武帝惊叹道：“大得很呀！公孙弘最小，应当罚他喝酒。”

承大家热铛

古代机智人物故事。见传隋·侯白撰《启颜录》。

有一回，北齐高祖宴请近臣，让大家一乐。高祖说：“我与大家作谜语，可以一同猜谜。我出的谜语是‘卒律葛答’。”在场的人都猜不出来。有人说：“陛下，是髐子响箭。”高祖说：“不是。”石动筩说：“陛下，微臣猜出来了。”高祖问：“你说说是什么物件？”石动筩说：“是煎饼。”高祖笑道：“石动筩猜对了。”高祖随后又说：“你们各位为我作一个谜语，让我来猜。”在大家还没有作谜语时，石动筩便出了个谜语，也是说：“卒律葛答。”高祖猜不出来，问道：“这是什么东西？”石动筩答道：“是煎饼。”高祖说：“这个是我先作的，你为何又作？”石动筩说：“趁大家的饼铛还是热的，我再做一个。”高祖大笑。

胜伊一倍

古代机智人物故事。见传隋·侯白撰《启颜录》。

北齐高祖曾命人读《文选》。念到郭璞的《游仙诗》时，高祖颇为感叹，称赞它很完美。石动筩起身说道：“此诗有什么了不起。假如令微臣来作，能够胜他一倍。”高祖听了不高兴，问道：“你是何人？敢自称诗作能够胜郭璞一倍，岂不该死！”石动筩当即说道：“请立刻让微臣来作，假如不能胜他一倍，微臣心甘情愿去死。”高祖当场让石动筩作诗，石动筩说：“郭璞的《游仙诗》云：‘青溪千余仞，中有一道士。’微臣作诗云：‘青溪二千仞，中有两道士。’岂不胜他一倍吗？”高祖这时才笑逐颜开，大笑起来。

冠者与童子

古代机智人物故事。见传隋·侯白撰《启颜录》。

石动筩曾经到国学馆中去看博士们辩论诘难。有博士说：“孔子的弟子有名望的有七十二人。”石动筩便问：“在有名望的七十二人中，有几个是戴帽子的？有几个是没戴帽子的？”博士说：“经传上并没有记载啊。”石动筩说：“先生读书，竟不知孔子的弟子戴帽子的有三十人，没戴帽子的有四十二人。”

博士问道："你是从什么文献里面知道这些的？"石动箭说："《论语》云'冠者五六人'，五六不是三十吗？又云'童子六七人'，六七不是四十二吗？他们加起来岂不是七十二人吗？"在座的人听了都十分开心，博士们却无言以对。

佛 生 日

古代机智人物故事。见传隋·侯白撰《启颜录》。

北齐高祖曾在四月初八那天举办斋会，开展讲说活动。石动箭当时在斋会会场中，有一个大德僧在高座上讲，道俗论难，有人与他辩论经义，不能分出高下。石动箭后来向大德僧提问道："请问，今天是什么日子？"大德僧回答："是佛生日。"石动箭立即说道："日是佛儿。"大德僧改口说道："今日佛生。"石动箭又说："佛是日儿。"众人听了，无不开怀大笑。

一 钱 不 值

古代机智人物故事。见传隋·侯白撰《启颜录》。

有一次，陈朝派使臣访问隋国，隋国不知道来人的应对能力到底怎么样，便悄悄派侯白改头换面，故意穿着旧衣服，乔装成一个贱人听其使唤。陈朝的使臣以为来人果真贫贱，甚为轻视，根本不把侯白放在眼里，还躺在床上一边放屁，一边跟他说话。侯白心里非常不平，只是不便发作。陈朝的使臣躺着问道："哎，你们国家的马，价钱贵不贵？"侯白立即回应道："我们这里的马有好些等级，贵贱各不相同。若是筋骨好，有本领，模样又漂亮，就值三十贯以上；若是模样还过得去，骑起来也不错，就值二十贯以上；若是长得粗壮，虽然没有啥本事，却能够驮东西，就值四五贯以上；若是长得不好，又没有本事，只知道躺着放屁，就一钱不值了。"陈朝的使臣听了，大吃一惊。他赶忙问他的姓名，知道对方是侯白，感到惭愧，连连道歉。此则故事又见《朝野佥载》。

问 一 知 二

古代机智人物故事。见传隋·侯白撰《启颜录》。

侯白和杨素相好。杨素是陕西关中人，侯白是山东人。杨素喜欢与侯白逗趣，会突然出个难题，想让侯白对答不上来。关中一般老百姓的土话，把"水"

字念为“灞”，而山东方言把“擎将去”说成“揭刀去”。杨素曾经对侯白说：“山东自古以来多仁义之士，借一而得两。”侯白问道：“怎么说‘得两’呢？”杨素说：“有人向某人借弓，某人便回答‘揭刀去’，岂不是借一得两吗？”侯白应声说道：“关中人也非常聪明，问一知二。”杨素问道：“你是怎么知道的？”侯白回答：“一天有人打听：‘近来多雨，不知道渭河涨水没有？’人家回答：‘灞涨。’岂不是问一知二吗？”杨素真是佩服侯白，答辩竟是如此快捷。

子在回何敢死

古代机智人物故事。见传隋·侯白撰《启颜录》。

侯白与杨素并马出行，见路旁有一棵蔫巴的槐树，好像要死的样子。杨素问道：“侯秀才理道过人，能够让这棵树活过来吗？”侯白回答：“取槐子来悬挂在树枝上，就可以活过来。”杨素问他是何原因。侯白答道：“《论语》云，子在，回（槐）何敢死？”

诓骗富贵公子

古代机智人物故事。见传隋·侯白撰《启颜录》。

有一天，侯白出京城去，路上见到一位富贵公子到野外去游玩，正在放鹞子。骑马的随从衣着华美洁净，身后驮了很多的东西，还携带了各种酒食。侯白碰见这位公子，立即对同伴们说：“我们都饥肠辘辘的，非常需要吃此人的饮食。”诸同伴问道：“他是个达官贵人家的儿郎，我们跟他素不相识，有什么理由可以享用他带的饮食呢？”侯白说：“凭我的智慧呀！”于是，他加快步伐，追赶上这位公子，并且问道：“郎君臂上的那个叫什么鸟啊？”这位公子回答：“叫鹞子。”侯白说：“派什么用场呢？”公子回答：“放出去能够捉鸟雀和鹌鹑。”侯白装出吃惊的样子，说道：“我怎么不知道它竟然有如此的伎俩啊！我们庄子上的树林里面有三四个鸟窝，生的雏鸟渐渐长大了，却总是不唧呱。这鸟既然有如此的伎俩，我回到庄子去就要养这样的鸟。”公子听了，兴高采烈，便问侯白：“你们的庄子离这里有多远？”侯白说：“二十多里。”这位公子立刻要侯白带他们奔庄子上去，侯白却说：“今早出门的时候，我没来得及吃饱肚子，这会儿没有劲儿，还不能马上出发。”这位公子立即放下他们驮的吃食，让侯白和他的几个同伴饱餐了一顿。他们刚吃完，这位公子的鹞子就叫了起来。侯白便说："我们庄子上的鸟，身子大小跟公子肩上的鸟相似，唯有发出的叫声不同。"这位公子忙问："你们庄上的鸟发出什么叫声？"侯白回答："我们庄子上的鸟发出的是'求敕鸠'的叫声。"这位公子听了无比气愤，转身就离去了。

音声博士

古代机智人物故事。见传隋·侯白撰《启颜录》。

有一次，侯白与几个同伴经过一个村庄，村里有一家人正在办礼席，聚集了许多客人。侯白立即到门前说："我们几位都是演奏乐曲的高手，听说有座席，所以前来看看。"这家一听大喜，立刻引他们入席，请他们饮食。吃饱后，主人就把筝、琵琶、竖笛交给侯白，让他们演奏。侯白说："我们并不演奏这种乐器。"主人说："客人会什么乐器？"侯白说："我们都会吹'勃逻回'。"主人感到既生气又可笑，便把他们打发走啦。

九尾胡

古代机智人物故事。见传隋·侯白撰《启颜录》。

隋代开皇初年，高祖新接受旧帝让出的帝位，希望做到上合天意，下顺民心，每当各州禀奏有祥瑞的事物，都无比喜悦。来敬献"瑞物"的人，都立即得到封官的奖赏。后来，有一个很有钱的人，只要打听到哪里有"瑞物"，就不惜重金把它买过来，拿去献给皇上。侯白东边的邻居有个胡人得了痞积，有嗜睡的毛病。家里人每天都给他用艾卷灸尾骨部位的肌肉。侯白得知那个有钱人在寻找"瑞物"，便找上门去对那人说："我知道有一件'瑞物'，你给我多少钱？"那人大喜过望，马上答应给侯白二十贯钱。侯白当下与那人订了契约，讲明不得翻悔。侯白拿到钱后，便把有钱人领到胡人家里，看见胡人睡在床上，家里人正在给他灸尾翠。有钱人问道："瑞物在哪里？"侯白指着胡人说："这是九尾胡。"有钱人很不高兴地说："怎么说是瑞物？"侯白说："若不相信是瑞（古音念'睡'）物，任随你去看胡人的眼睛，今天还没睡醒呢！"有钱人想要回他付的钱，侯白马上拿出契约同他争辩，因此他一个钱也要不回来。

应是六斤半

古代机智人物故事。见传隋·侯白撰《启颜录》。

隋代开皇中，有个姓“出”名“六斤”的人，想去拜见行台尚书左仆射杨素，他拿着名纸走到行台省的官署门口，遇到了侯白，便请侯白帮忙替他题写姓名。侯白就写了一个“六斤半”。名纸被送进去以后，杨素立即召见这个人，问道：“先生叫‘六斤半’？”那人回答道：“是‘出六斤’。”杨素问他：“怎么写成‘六斤半’？”那人说：“刚才请侯秀才写的，可能是他弄错了。”杨素便把侯白请进来，说道：“您为何将他的姓名写错了？”侯白说：“没有错。”杨素说道：“您说没错，人家姓‘出’名‘六斤’，您却写成‘六斤半’！”侯白说：“人家站在行台省的官署门外，无法找到秤来称一下。他说是‘出六斤’，我估摸了一下，应该有六斤半，所以就这样写了。”杨素听了，就大笑起来。

遭见贤尊

古代机智人物故事。见传隋·侯白撰《启颜录》。

侯白与杨素趣谈戏弄，有一次从早上聊到晚上才回家。刚出官署大门，就见到杨素的儿子玄感。杨素提出：“侯秀才，你可不可以跟玄感讲个笑话？”侯白被杨素留下来，无法推脱，便说：“一天，有一只老虎打算到野外去找吃食，看见一个刺猬仰卧在地上，以为是一块肉，便想把它衔起来。忽然间，被刺猬卷着了鼻子，惊吓得不停息地拼命奔跑，一直跑到深山里面，疲乏得倒地昏睡。这时，刺猬才放开老虎的鼻子。老虎醒后，见到前面橡树下落满的橡斗，忽然感到很高兴。它走到橡树下面，侧身对橡斗说道：‘早上和你的父亲大人有一场遭遇，奉劝郎君赶快躲一躲吧。’”

此是阿历

古代机智人物故事。见传隋·侯白撰《启颜录》。

有一天，杨素对侯白说：“我出一个谜语给您猜一猜，要快，迟了就要罚酒。您听好，‘头长一分，眉长一寸，未得日中，已打两顿’。”侯白应声音说："这是道人。"杨素说："该您出谜语了，也不能迟。"侯白立刻说："头长一分，眉长一寸，未得日中，已打两顿。"杨素说："您为何要学我出道人的谜语呀？"侯白说："这是阿历。"他这样一说，杨素就大笑起来。

此是犊子

古代机智人物故事。见传隋·侯白撰《启颜录》。

侯白在唐代做官时，曾经与人玩猜谜的游戏。侯白提出："我们猜的谜必须是实物，不得随意作解释，借此陡然迷惑众人。假如解释完后发现没有这种东西，就要受罚。"侯白跟着就出了一个谜语："背与屋一般大，肚子有枕头般大，嘴巴有碗盏般大。"众人猜不出来，都说："天下哪里有嘴巴跟碗盏大、背跟屋大的物件？定无此物，必须跟他争个输赢。"侯白与众人打赌完毕，便解释说："这是胡燕窝。"众人听了大笑不止。有一次出席宴会，众人又提议猜谜，并有言在先，一定不得出隐晦难识、稀奇古怪，或是随意编造人们从未见过的物件。侯白应声说道："有一物大如狗，面貌很像牛，这是什么东西？"有人说是獐子，有人说是鹿子，侯白都说不是。大家让侯白作解答，侯白说："此是牛犊子。"

当作号号

古代机智人物故事。见传隋·侯白撰《启颜录》。

当初侯白尚未知名的时候，本县县令刚到，侯白就去拜谒。他事前对朋友说："我能够让县太爷作狗叫。"朋友说："怎么能够让他作狗叫？如果能够，我们输一桌酒席；若是办不到，你当输。"于是，侯白到县衙里面去拜会新来的县令。而那些朋友则等候在县衙外面。县令见到侯白，很客气地说："先生何须这般郑重其事地来县衙相见？"侯白回答道："明公初来乍到，或许对本地民风民情有点儿不熟悉，在下特来关照明公。明公到县之前，本地盗贼猖獗，县府便下令让各家各户养狗，狗叫证明盗贼受到惊吓，盗贼自然不敢胡作非为了。"县令说："如果是这样，我家里也需要喂养会叫的狗，不知如何得到会叫的狗啊？"侯白说："我们家里刚弄来一群狗，它们的叫声与其他的狗不一样。"县令说："它们的叫声是什么样的？"侯白说："它们的叫声是'嗷嗷''嗷嗷'的。"县令说："先生全然不知，好狗的叫声是'号号''号号'的，'嗷嗷'

叫的狗，绝对不是会叫的好狗。”在一旁窥伺的人听到县令在学狗叫，没有不捂嘴而笑的。侯白知道自己得胜了，便说：“倘若有这等会叫的狗，一定要去寻找。”于是便告辞而去。

多 忘 者

古代健忘者型故事。见传隋·侯白撰《启颜录》。

户县有一人多忘，他拿着斧头去田间砍柴，他的妇人也相随而行。到了田中他急着大便，就把斧头放在地上。他大便完后，起来忽然看见斧头，很高兴地说：“得到一把斧头啦！”随即跳跃起来，竟踏着自己的大便，就说：“应该是有人大便时忘记拿走斧头了。”他的妻子见他昏忘，便告诉他：“刚才夫君你带着斧头砍柴，因为大便，把斧头放在地上，怎么一下就忘却了？”此人又仔细看妻子的面孔，竟问：“娘子姓什么？我不知在哪里见过这位娘子？”此则故事又见《雪涛谐史》《笑府》《新镌笑林广记》《笑林博记》。

洛 阳 令

古代昏官故事。见传隋·侯白撰《启颜录》。

隋代洛阳令柳某恍惚多忘。他看见有个人犯罪该杖打，立即在庭中脱去犯人的衣裳。他刚坐好还没有动手，就有一个客人来找，他忙引客人到房中说话。当时是冬天，那个犯人忍受不了寒冷，便走进厅屋去取袄子披着蹲在地上。柳某一会儿送客出厅门，回来看见此人，大声斥责道：“你是何人？敢在我厅边觅虱子？”此人便直接出门走啦，他也不再追问。

买奴购镜

古代不识镜型故事。见传隋·侯白撰《启颜录》。

某人到市场上去买奴仆，看见镜中的人影少壮，便将镜子购买回去。他父亲照镜子以为买的是老奴，就要打儿子；他母亲抱着孙女来照镜子，以为购买了子母两婢回来，感到欣喜。他们以为奴婢藏着不肯出来，便请巫婆来作法。镜子落在地上碎成两片，巫婆取了一照各见其影，便欢呼：“神明赐福，让一奴而成两婢！”于是唱道：“全家齐拍掌，神明大歆飨。买奴合婢来，一个分成两。”

书生卖羊

古代呆子故事。见传隋·侯白撰《启颜录》。

梁代有一个书生不认识羊，有人赠送给他一只公羊，他便把绳子系在羊脖子上，牵到市场上去卖。因为还价不多，一直没有卖出去。市场上的人知道他有点儿痴呆，有人便用猕猴来换了他的羊。书生看见猕猴，还以为是原来的羊，唯独没有角，面目改变了，又看见猕猴手脚不停，只说是市场上的人摘去了它的角，然而猕猴头上又没有疤痕，难以判断，所以不敢言语。于是，他牵着猕猴回到家中，哼道："吾有一奇兽，能肥也能瘦。先前如此膻，而今那么臭。数回牵入市，三朝难出售。头上失掉皂荚子，面孔即作橘皮皱。"

倾麦饭

古代呆子故事。见传隋·侯白撰《启颜录》。

隋初同州（今属陕西大荔）有个人背着面粉进京城去卖。当时渭水上已经结冰，要吃面需得水和，于是凿冰孔取水。他认为冰孔中可以和面，便把面粉倾倒进冰孔。倾倒下去以后，面粉随即散去，他只知道叹惜，竟不知道是什么缘故。过了一会儿，水清了，照见他的身影，他连忙叫喊："偷我面粉的是这个人！"于是向水打去，水浊不见身影，他就很生气地离去，还说："此贼开始时还在这里，现在到哪里去了？"他上岸看见有沙子，便把沙子背回去了。

粜乌豆

古代呆子故事。见传隋·侯白撰《启颜录》。

隋时有个痴人用车载乌豆进京城去卖。到了灞水边，车翻了，乌豆掉进了水中，他便跑回去叫家人来下水取豆。他离开后，灞店的人就把乌豆全都捞走了。等他回来时，只有无数蝌蚪在水中游。此人以为是自己的乌豆，便打算下水去取，蝌蚪一下被惊散啦。他感到奇怪，叹息道："乌豆，从来你不认识我，离我而去；可怕我不认识你，一时间都长了尾巴。"

驴鞍桥

古代呆子故事。见传隋·侯白撰《启颜录》。

户县有一个人拿着钱和绢到市场上去。市场上的人觉得他很愚钝，而且脸盘较长，就对他说："你为啥偷了我的驴鞍桥，拿去做下巴？"就要把他送到官府去。他立刻将钱和绢全部交出来抵驴鞍桥的钱，然后空手回家。妻子问他，他便如实相告。妻子说："哪里有鞍桥做下巴的事？就是送到官府也讲得清楚，何须白白给他钱和绢！"此人骂妻子说："蠢货，假如遇到不明事理的官府，要拆下巴来检验，我一个下巴难道只值这些钱和绢？"

泻蜜吃饼

古代服"毒"寻死型故事。见传隋·侯白撰《启颜录》。

有一僧忽然想吃蒸饼，便去寺外买了数十个蒸饼，又买了一瓶蜜，放在房中自己吃。吃后，他把余下的蒸饼留在钵盂中，把蜜瓶送到床脚下，然后对弟子说："看好我的蒸饼，不要让它丢失，床底下的瓶子里面，是很厉害的毒药，吃了立刻死人。"弟子等此僧去后，立即取瓶倒蜜，涂在蒸饼上吃了，只留下两个蒸饼。僧人一回来，立即去寻找所留的蒸饼和蜜，看见只有两个蒸饼，蜜又被吃光了，就大发脾气说："你为啥吃我的蒸饼与蜜？"弟子说："师父去后，我闻到这蒸饼的香味，实在馋得忍不住，就取来吃了。因为害怕师父回来责怪，立即服下瓶中毒药，巴不得立刻死去，不想至今仍然平平安安的。"僧人大怒道："畜生，你吃光了这许多蒸饼！"弟子立刻用手到钵盂中取出剩下的两个蒸饼，送到嘴里吃掉，并且报告："这么做就吃光啦。"僧人大叫，弟子立即跑走了。

姓房人

古代笑话。见传隋·侯白撰《启颜录》。

唐代有个姓房的人，喜欢夸耀门第，只要有姓房的人为官，他必定认为是自己的亲属。认识他的人都讨厌他这个毛病，便对他说："丰邑方相（丰邑坊是上都卖丧葬用品的地方，方相是旧时出殡用的纸竹糊扎的开路神），是你的哪一门亲戚？"他回答："是在下的再从伯父。"人们大笑道："你既是方相侄儿，只配去吓鬼。”

魏 市 人

古代笑话。见传隋·侯白撰《启颜录》。

后魏孝文帝时，诸王、贵臣大多服用石药，称为“石发”。于是就有发热而不是富贵的人，亦说自己“服石发热”，诈作“富贵体”。有个人故意躺在市门前，不断说“发热”。众人围过来观看，同伴责怪他，他说：“我石发。”同伴问道：“你几时服石，如今石发？”他说：“我昨天买米，米中有石，吃下去后，今天发了。”众人大笑。从此以后，就少有人称患“石发”啦。

《冥报记》

书名。唐·唐临撰。唐临为京兆长安（今属陕西西安）人，先后在唐代高祖、太宗、高宗三朝为官。此书《旧唐书》《新唐书》皆作二卷，宋元后亡佚。从现存残本可以看到，所收近六十则故事，大都记有讲述人，甚至记有流布情况。这在中国古代民间故事采录史上，无疑是一个创举，影响深远。中华书局1961年出版有汪绍楹点校本。其中收有《北齐冀州人》《冀州小儿》等故事。

北齐冀州人

古代奇事故事。见唐·唐临撰《冥报记》卷上。

北齐时有一个冀州人参军去打梁国，战败被俘虏成为奴仆。他的父母在老家，渺无音讯，以为他已经死了。为了给他追福，就建造了一座砖塔。砖塔建成后，正在举办斋会的时候，来了一个僧人。僧人没有留住，主人便按他的请求，把新布包的粥和一双鞋送给他。当天，这家人的儿子在江南的洼地上替主人放牛时，忽然看见一个僧人拿着一包粥和一双鞋来，问他：“你想不想回家去看父母？”他哭着回答：“哪里敢想啊！”僧人让他坐下来吃粥，吃完后又让他穿上新鞋，再把袈裟铺在地上，叫他坐上去。僧人把袈裟的四角举起往空中一扔，便飞了两丈多高。落地后他睁眼一看，不见僧人与袈裟，却已经置身在自己家门外。他进去见到父母和正在会餐的乡亲，大家都无比惊奇和高兴。

冀州小儿

古代奇事故事。见唐·唐临撰《冥报记》卷下。

隋代开皇初年，冀州有一个十三岁的小儿，常常偷邻家的鸡蛋烧来吃。后来有一天早上，一个人来敲他家的门，把这个小儿带到桑田，将他领进一个小城。小儿进去后城门突然关闭，里面空无一人，地上布满热灰碎火，烫得他不断呼叫。村里人外出采桑时，看见小儿在田里发狂似的奔跑、喊叫。直到中午，父亲来寻找他时，城灰忽然不见，他才倒在地上清醒过来。此则故事又见《法苑珠林》。

河南妇人

古代逆妇恶报型故事。见唐·唐临撰《冥报记》卷下。

隋代大业年间，河南有一个妇人对婆婆不孝。婆婆眼瞎，她就切蚯蚓做羹给婆婆吃。婆婆觉得味道怪异，偷偷藏起一小块，留给儿子看。儿子回家见了，就打算把妻子送到县衙去。半路上遭到雷击，妇人突然不见了。一会儿她从空中落下来，身上的衣服如故，头却变为白猪头。

卞士瑜

古代恶报故事。见唐·唐临撰《冥报记》卷下。

扬州卞士瑜的父亲生性悭吝。他曾经雇人修建住宅，却克扣工资。建房的工匠问他要钱，他便用鞭子抽人家。建房的工匠抱怨说："他欺负我们，死后与我做牛。"不久，卞士瑜的父亲就死了。随后工匠家里的母牛产下一头黄犊。牛主人呼喊道："卞公，你为什么欠我们的钱呀？"牛犊就跑过来，屈下前膝，以头叩地。卞士瑜拿出十万钱来赎买牛犊，牛主人不答应，死后便把它埋葬了。此则故事又见《法苑珠林》。

《冥报拾遗》

书名。唐·郎余令撰。郎余令，字元休，定州新乐（今属河北）人。唐高宗时擢进士第，官幽州录事参军、著作佐郎。此书二卷，已佚。《法苑珠林》《太平广记》均有此书佚文。其中收有《路伯达》《邢文宗》等故事。

路 伯 达

古代恶报故事。见唐·郎余令撰《冥报拾遗》。

汾州孝义县路伯达欠同县人一千钱。后来竟赖账不还，并且发誓说：“我如果没有还钱，我死后给你家做牛。”过了一年，路某死去，钱主人家的母牛生下一头牛犊，额头上的白毛现出“路伯达”三个字。路家的子侄感到羞耻，就拿五千文钱去赎，可是主人不肯给他们。他们便将钱布施给一座寺庙，资助建造十五级佛塔。此则故事又见《法苑珠林》。

邢 文 宗

古代恶报故事。见唐·郎余令撰《冥报拾遗》。

唐代河间邢某秉性凶险。有一次，他在去幽州的路上，遇到一个带着十多匹绢的人，他就劫杀了这个人。紧接着，邢某又碰到一个老僧。他害怕泄露劫杀之事，尽管老僧发誓终身不讲出去，他仍然杀了老僧，将尸体抛到草丛中。过了二十多天，邢某回来的时候，又经过此地。当时正是暑天，他担心老僧的尸体腐烂，便去查看。老僧俨然如生，邢某拿马鞭子杵了一下老僧的嘴巴，立即从嘴里飞出一只苍蝇，直入他的鼻孔，久闷不出。邢某因此得了大病，一年多便死去了。此则故事又见《法苑珠林》。

馆陶主簿

古代案狱故事。见唐·郎余令撰《冥报拾遗》。

馆陶县主簿周某奉命去临榆关牙市，佐史等二人与他同行。周某所带的钱财比较多，二人竟杀害了周某，抢走了他的财产。年末，周某给妻子托梦，一一讲述了被佐史二人杀害的惨状，同时告诉了被夺财物藏匿的地方。他妻子立即告官。官府审出实状，并且起获财物，将二犯都处死了。此则故事又见《法苑珠林》。

彻禅师

古代奇事故事。见唐·郎余令撰《冥报拾遗》。

绛州南孤山隐泉寺沙门彻禅师外出时在一个洞穴看到一个麻风病人。他长时间为麻风病人送饮食，念诵《法华经》，使病人渐渐疮愈眉生，容色如故。

《法苑珠林》

书名。唐·释道世撰。道世，俗姓韩，字玄恽，祖籍伊阙（今属河南洛阳）。唐高宗时大德高僧，也是一位对于佛教文献卓有贡献的学者。此书一百卷。中华书局2003年出版有周叔迦、苏晋仁点校本。其中收有《愚儿驱蚊》《酒瓮人影》等民间故事。

愚儿驱蚊

古代愚人故事。见唐·释道世撰《法苑珠林》卷五十三。

过去有一个秃头的染衣人，与他的儿子一起到河边去洗衣服，洗好晒干后便拿着回去。那时候天气炎热，半路上发困，他们就在一棵大树下用衣囊枕头下睡。这时一只蚊子来叮咬染衣人，儿子立即拿大棒打蚊子，竟将他的父亲打死了。

酒瓮人影

古代愚人故事。见唐·释道世撰《法苑珠林》卷五十三。

夫妇二人一同到葡萄酒瓮前去取酒，两人见瓮中人影，都以为瓮内藏了人，就互相妒忌，进而厮打起来，不肯罢休。这时候有个道人把他家的酒瓮打破，葡萄酒洒了一地，什么也没有见到。夫妇二人方知是一场误会。

分鲤

古代动物故事。见唐·释道世撰《法苑珠林》卷五十三。

在一个河曲中有两个獭，它们在河中得到一条大鲤鱼，觉得不好分配，就守在那里。有一只野干（兽名）来饮水，见到獭就说："外甥，你们在这里干啥？"獭回答道："阿舅，我俩在河曲中得到这条鲤鱼，不好分，你能帮忙分一下吗？"野干说："能，可以分成三份。你们谁喜欢入浅？谁喜欢入深？"得到他俩的回答后，野干说道："请听我说偈（佛经中的唱词）：入浅应与尾，入深应与头；中间身肉分，应与知法者。"野干便衔着鱼身离开，雌野干见到后就说偈道："你何处衔来，满口河中得。如此无头尾，鲤鱼好肉食。"雄野干说偈道："人有相言击，不知分别法。无头尾鲤鱼，因此我得食。"

程华作牛

古代报应故事。见唐·释道世撰《法苑珠林》卷五十七。

唐永徽年间，京城外东南灵泉乡的里长叫程华。秋季运炭时，程华已经收了一个炭丁的钱，但此人不识字，没有拿收据。后来，程华又向炭丁要炭，炭丁不答应。程华说："我如果得了你的钱，你拿收据来。"炭丁云："我不识字，你对我讲：'我既得了你的钱，就不用收据了。'我相信你的话没有拿收据，今日为啥又向我要钱？"程华不相信因果报应，就对炭丁发誓："我若得了你的钱，我死后给你作牛。"炭丁无可奈何，只好向别人借钱来给他。程华不到三五个月就死了，立即托炭丁家母牛的胎。母牛生下一个犊子，遍体皆黑，唯独额上有白毛现出"程华"二字，人们见了都认识。

陆某得报

古代报应故事。见唐·释道世撰《法苑珠林》卷七十三。

唐雍州陆某贞观年间为右卫隰川府左果毅。他生性急躁，常常残害生灵。府内先前有一窝蜜蜂，飞到宅子南面的树上面。陆某派人把蜜蜂赶走，没有奏效，他十分恼怒，就烧了一盆热汤浇到树上，把蜜蜂全部烫死了。到了第二年五月，陆某白天在厅上睡觉，忽然飞来一只蜜蜂螫他的舌头。他的舌头很快就红肿起来，让他张不开口，几天便死了。

王 志 女

古代鬼魂故事。见唐·释道世撰《法苑珠林》卷七十五。

唐显庆三年，岐州岐山县王志任益州县令，任满还乡。他的女儿面貌端正，未有婚聘，在途中身亡，便停在绵州殡殓，把棺材放在寺中数月。寺里面原先就住着一个学生。一天夜晚，他看见这个女子进入房内。她表示有爱慕之情，所以前来相就。学生容纳了她，彼此往来一个多月，女子送给学生铜镜一面，头巾、梳子各一件。王志打算启程上路，家人寻不到那些物件，最后竟在学生房中觅得。左右缚住此人，以为是私盗。学生讲了他们往来的经过，并说："我不但得到姑娘的这些物件，她还留下二衣，与我辞别，作为信物。"王志遣人开棺检求，果无此衣，于是释放了此人，问他住在何处，学生回答："本是岐州人，因跟着父亲就任到了南方。如今父母俱亡，暂时在各地游学，不久便要回去。"王志给了他衣马装束，一同回家，作为女婿，非常怜爱。

《朝野佥载》

书名。唐·张鷟撰。张鷟（约658—730），字文成，自号浮休子，深州陆泽（今属河北深州）人。生活在唐武后、中宗、睿三朝和玄宗前期，历任平昌县令、龚州刺史、司门员外郎、国子司业等。此书版本甚多，或作一卷，有《说郛》本、《古今说海》本等；或作六卷，有《宝颜堂秘笈》本等。中华书局1979年出版有赵守俨点校本。其中收有《钥匙尚在》《白铁余》等故事、笑话。

钥 匙 尚 在

古代钥匙尚在型故事。见唐·张鷟撰《朝野佥载》卷二。

过去有一个愚人进京时，皮袋被贼盗去，此人说："贼子偷了我的皮袋，终归拿不到我的物品。"有人问他是什么缘故，他说："钥匙如今还在我的衣带上，他拿什么来打开呢？"

白铁余

古代骗子故事。见唐·张鷟撰《朝野佥载》卷三。

白铁余是停留在延州的胡人，常常用邪道来迷惑民众。他先在深山中的柏树下埋下一尊铜佛像，经过数年，草生长在上面。他便欺骗乡人说："我昨夜从山下过，看见有佛光。"于是卜日设斋，以出圣佛。到了那天，聚集了几百人，他故意到别的地方去挖，自然寻不到。他随即谎称："大家还没有非常诚恳地布施，圣佛不可能出现。"当天，善男信女们争相施舍，达到一百多万。他立刻到埋佛的地方去挖掘，很快便得到铜佛像。乡人以为他是圣人，远近相传，莫不想来见他。他当众宣告："见圣佛的人，百病即愈。"白铁余便设下圈套让数百里的老小士女都上当受骗。他用绀紫红绯黄绫，做成数十重的袋子盛佛像。人们来观看，去其一重，收一回布施。得到千万，才能够见到佛像。如此一两年，乡人都归顺于他。他就起来作乱，自称"光王"，为患数年。后来官军前去讨伐，将他斩杀了。

多忘县令

古代官吏故事。见唐·张鷟撰《朝野佥载》卷三。

五原县令阎某为人多忘，曾经到州里去，坐在主人的房中。州里面有一个佐史（州县低级官员）过来，他以为是县里的小吏，就喊过去要杖打。那人说："我是州里的佐史。"阎某感到惭愧，连忙道歉。过了一会儿县里的小吏来了，他怀疑此人是州里的佐史，就牵手让坐。此人说："我是县里的小吏。"阎某又很不好意思。其间有人送阎某兄长的书信来，站在阶下。一会儿官员前来通报逮捕的人到了，阎某拿鞭子抽了那个送书信的人几下。此人不知为什么挨打，就问阎某。阎某说："我弄错啦。"连忙叫小吏到房里去取一杯酒来给送书信的人暖疮。过了好一会儿，小吏端酒来了。阎某既忘记取酒之事，又忘记被打之人，于是把酒赏赐给小吏喝。

佐史总姓王

古代笑话。见唐·张鷟撰《朝野佥载》卷三。

沧州南皮县县丞郭某刚到任时，下属官吏王庆前来禀告。郭某问他：“你姓什么？”王庆回答：“姓王。”过了一会儿，王庆又来，郭某又问他姓什么。王庆又说姓王。郭某感到惊愕，好一会儿看着王庆说：“南皮县的佐史总姓王。”

三十万钱

古代讽刺故事。见唐·张鷟撰《朝野佥载》卷三。

有一次，益州新昌县县令夏侯某外出，刚下车就问里正：“鸡蛋一钱几个？”里正说：“三个。”夏侯县令立刻拿出十千钱来买了三万个鸡蛋，对里正说：“不要拿走，就寄放在这里，让母鸡孵养成三万只鸡。过几个月长大，叫县吏给我卖了，一只鸡三十钱，半年光景成为三十万钱。”

县令妒妻

古代官吏故事。见唐·张鷟撰《朝野佥载》卷四。

唐贞观年间，桂阳县令阮某的妻子阎氏极为妒忌。阮某在厅中会客饮茶，召女奴来唱歌，阎氏披发光足露臂，提着刀来到客厅，诸客吓得四散，阮某伏在床下，女奴狼狈奔走。刺史大人为阮某写的考核评语说：“妇强夫弱，内刚外柔。一妻不能禁止，百姓如何整肃？妻既礼教不修，夫又精神何在？考下。应当解其现任。”

寡妇告子

古代寡妇讼子型故事。见唐·张鷟撰《朝野佥载》卷五。

有一个寡妇到官府状告儿子不孝，河南李府尹察看她的儿子，并非不孝子，就问寡妇：“你只有一个儿子，判他死刑你不后悔吗？”寡妇说：“他不孝顺，不足惜。”府尹说：“既然如此，可买棺木来收儿尸。”立即派人跟在后面，看见寡妇对一个道士讲，事情办妥了。一会儿棺木抬到了，府尹希望她有悔意再三开导，寡妇不为所动。于是府尹秘密抓捕了门外的道士，一经审讯便招供，说他与寡妇通奸，受到儿子的制约，所以要除掉儿子。府尹放了儿子，而将道士与寡妇法办。此则故事又见《隋唐嘉话》《大唐新语》《疑狱集》《折狱龟鉴》《新唐书》等。

巧 判 牛 案

古代智审匿产案型故事。见唐·张鷟撰《朝野佥载》卷五。

卫州新乡县令裴某好奇策，王敬参军去戍边，将六头母牛留在舅舅李进那里。李进养五年，产犊三十头。王敬还家后去要牛。李进说："两头已死，还有四头老牛，其余并不是你的牛所生的。"总不肯归还。王敬愤怒，就去县衙告状。县令裴某命令把王敬监禁起来，派人去追拿盗牛贼李进。李进感到惶怖，立刻去了县衙。县令裴某斥责他说："盗贼引你一同盗牛三十头，藏在你家，现在叫盗贼来对质。"于是用布衫笼住王敬的头立在南墙之下。李进见了，急忙说道："三十头牛都是外甥的母牛所生，实在不是盗来的。"县令立刻揭去布衫，李进看见是王敬，便说："这是外甥呀？"县令说："是的话就该还牛给他。"李进不吭声。县令又说："五年养牛很辛苦，应该留下一些，其余的给王敬。"一县的人都佩服县令裴某精明而且体察百姓。

捉拿共语者

古代觇妪获贼型故事。见唐·张鷟撰《朝野佥载》卷五。

长安昆明池旁边发生一件抢劫杀人案，奉命必须在十日内抓到凶犯。张县令到事发地寻找踪迹，看见有一个老婆婆在树下卖吃的，立即让随从用马把她驮进县里，好好款待她。三天后，又用马把她送回去。随后命令一个心腹秘密查看，发现前来向老婆婆问话的人，便将他捉住。不久，有一个家伙来打听老婆婆到县里去的事情，立即被蒙住脑袋送到县衙，经过审讯此人就招供了，并且起获赃物。时人以为神明。

狮子王与豺

古代狮子与豺型故事。见唐·张鷟撰《朝野佥载》佚文。

从前有一个狮子王在深山里捕获了一只豺，准备吃了它。豺说："请为大王送来两头鹿，用以为我赎身。"狮子王很高兴。一年之后，豺再没有野兽可送。狮子王就说："你杀众生已经很多，如今轮到你了。"豺哑口无言，便被狮子王吃掉了。

《南　史》

书名。唐·李延寿撰。李延寿，字遐龄，相州（今属河南安阳）人。贞观间任崇贤馆学士、御史台主簿等。此书八十卷。记南朝宋、齐、梁、陈四代历史，纪传体，无表志。见武英殿本即清代官刻本二十四史、商务印书馆百衲本二十四史。中华书局1974年出版有排印本。其中收有《破鸡得情》《鞭丝破案》等故事。

破鸡得情

古代破鸡辨食型故事。见唐·李延寿撰《南史》卷七十《循吏传》。

有两个人在野外争鸡，都说鸡是自己的。山阴县令问他们的鸡喂的是什么。一个说喂的是粟米，一个说喂的是豆子。县令叫人当场杀鸡，剖开一看鸡嗉里面是粟米，于是惩罚了那个说喂豆子的人。

鞭丝破案

古代鞭丝破案型故事。见唐·李延寿撰《南史》卷七十《循吏传》。

有两个卖针、卖糖的老婆婆为争一团丝，来到山阴县令那里告状。县令便把那团丝挂在柱子上，用鞭子抽打，看见有铁屑落下来，于是惩罚了那个卖糖的人。

《北　史》

书名。唐·李延寿撰。此书一百卷。记北魏至隋的历史，纪传体，无表志。见武英殿本即清代官刻本二十四史、商务印书馆百衲本二十四史。中华书局1974年出版有排印本。其中收有《卢郎巧答》《盐屑见证》等故事。

卢郎巧答

古代机智故事。见宋·李昉等编《太平广记》卷二四七引唐·李延寿撰《北史》。

齐主客郎李恕身短而袍长，卢询祖腰粗而带紧。有一次，李恕对卢询祖说：“卢郎腰粗带子难以环绕。”卢询祖回答道：“大人身短袍子容易长。”李恕又对卢询祖说：“卢郎聪明必定不长寿。”卢询祖回答道：“看见大人两鬓苍苍，尚可自安。”

盐屑见证

古代拷打羊皮型故事。见唐·李延寿撰《北史》卷八十《外戚传》。

有担盐、担柴的两个人，一起把担子放在树荫下面歇息。二人将要离开的时候，为一张羊皮争吵起来，告到官府。刺史李惠问州里的官员：“拷打这张羊皮可以知道它的主人吗？”官员们无言以对。李惠便命人把羊皮放在席子上，用木杖打击，一会儿就看见少许盐屑，连忙说：“得到实情啦！”让争羊皮的人来看，担柴的人不得不承认自己有罪。

《广古今五行记》

书名。唐·窦维鋈撰。窦维鋈，唐高祖窦后之后人，官至水部郎中。此书三十卷，已散佚。《太平广记》《太平御览》等引有佚文。其中收有《岐州寺主》《邺城人》等故事。

岐州寺主

古代报应故事。见唐·窦维鋈撰《广古今五行记》。

唐贞观十三年，岐州城内有一个寺主，跟都维那有过节，便杀了都维那，把尸体分解为十二段，放到厕所里面。寺僧许久不见都维那，就告到别驾杨安那里，一起来验检，都找不到踪迹。别驾正准备离开时，诸僧前去送行，别驾看见寺主左臂袈裟上有一些鲜血。别驾立刻进行勘问，寺主承认："杀都维那的晚上，我没有穿袈裟。今天有他的鲜血，是诸佛菩萨所为。"于是寺主被诛杀。

郧 城 人

古代盗贼故事。见唐·窦维鋈撰《广古今五行记》。

郧城北两三坊无人居住，房屋空空荡荡。那时候某家有一个十七八岁的婢女，扛一个大黄包袱独行到此，袱内有一条锦缎被子。忽然有个五十多岁的老妇人，面作白妆，以黑布包头，形象可畏，手拿一把剃刀追赶婢女，说道："我是狐魅，赶快扔下大黄包袱离开！"老妇人抢夺包袱后，就跑进东坊。婢女边走边哭，遇到一个从同州骑马来的人，问她为什么那样伤心。她说："狐魅抢夺我的包袱，逃入东坊啦。"那人驰入东坊抓住那个假狐魅，竟是一个老妇人，围观的几百人见了，莫不发笑。

纥 干 狐 尾

古代讽刺故事。见唐·窦维鋈撰《广古今五行记》。

并州有人姓纥干，喜欢戏剧表演。听说外面有狐魅，他便缀一根狐尾在衣后，来到妻子身旁侧坐，把狐尾露了出来。他妻子心里面怀疑他是狐魅，就偷偷拿斧头来，打算砍他。他连忙叩头说："我不是狐魅。"妻子不相信，他便跑到邻家，邻人又用刀杖赶他。他心惊肉跳地说："我表演戏剧，不料大家都要杀我。"

杜 嶷 妾

古代家庭故事。见唐·窦维鋈撰《广古今五行记》。

襄阳杜嶷新纳一个妾，年轻貌美，杜嶷对她特别宠爱。有一天，妾接到父亲的书信，正靠帘阅读。杜嶷从外面回家，而妾认为自己新来，羞于将此事告诉杜嶷，因此将书信吞了下去。杜嶷以为是情人寄来的，立即命人剖腹取出书信。妾气未断而书已出，杜嶷看过叹息道："我不注意，竟如此匆忙。"当天晚上，梦见妾来诉冤，他十来天后便死去了。

安阳黄氏

古代奇事故事。见唐·窦维鋈撰《广古今五行记》。

北齐安阳黄氏住在古城南，几代人都富甲一方。有一天，一个巫师占卜后说："君家的财物要出去，应当好好防守。如果出去了，君家就会大贫。"他家每天晚上都派人防守。一天晚上，有一队黄衣人骑马从北门出去，有一队白衣人骑马从西门出去，有一队青衣人骑马从东园门出去，他们都打听："赵某家离此多远？"黄某当时忘记了巫师的话，事后非常懊悔。所出去的黄、白、青衣人，都是金银钱货。过了好一会儿，又看见一个人，跛脚背着柴火而来，也问赵某家。黄家人气愤极了，命奴仆击打，上前一看，竟是黄家的一口断脚锅。自此以后，黄家渐渐贫困，死亡殆尽。

元　佶

古代精怪故事。见唐·窦维鋈撰《广古今五行记》。

汝阳县人元佶，家里面养了一头母猪，都十来年了，一天突然丢失啦。它出去以后，变成一个二十二三岁的美妇，来到一个大户人家，说道："听说这里需要人养蚕，所以找上门来了。"主人喜欢她，便让她进屋，与她同居。这个妇人爱打扮，得到钱就去沽酒和买脂粉。后来，她跟少年饮酒，随即入林中醉卧，就现出母猪的原形，两颊还留有胭脂。

《谐噱录》

书名。《说郛》（重编本）作唐·刘讷言撰。而《唐人说荟》则作唐·朱揆撰。《说郛》（重编本）收有四十三则。其中收有《狗枷犊鼻》《鸭姓奚》等笑话。

狗枷犊鼻

古代笑话。见唐·刘讷言撰《谐噱录》。

江夏王某，生性爱好古物，常常跑到各处去向朝中官吏寻求古物。侍中何某已有所送，而王某仍然不断去讨要，何某心中很不高兴。有一次他出门，在路上看见狗枷、犊鼻，就命随从取回来，用箱子装上送给王某，并且题写道：“今奉上李斯狗枷，司马相如犊鼻。”

鸭姓奚

古代笑话。见唐·刘讷言撰《谐噱录》。

有一个客人说：“犬姓卢，鸡姓朱。”沈尚书说：“鸡既姓朱，则鸭姓奚也。”座上一人谓鸭姓奚，流传至今。

戏白

古代笑话。见唐·刘讷言撰《谐噱录》。

有个人去借界尺、笔槽，不小心把笔槽给弄破了，他对主人说：“韩直水如常，孤竹君无恙。但半面之交，忽然折节矣。”主人听了大笑。

《纪闻》

书名。唐·牛肃撰。牛肃，约生于武周圣历（698—700）前后，卒于代宗朝（762—779）。官岳州刺史。此书原十卷，已佚。《太平广记》引有佚文一百余条。其中收有《襄阳老姥》《午桥民》等故事、寓言。

襄阳老姥

古代崇佛故事。见唐·牛肃撰《纪闻》。

唐神龙年间，襄阳将铸佛像。有一个老妈妈特别贫穷，营求助施，竟不能办到。老妈妈有一枚钱，是做女儿时母亲所赐，六十余年间一直非常珍视。到了铸像的时候，老妈妈拿着这枚钱，发下重愿，投到炉中。等到破炉出佛像时，老妈妈所施的这枚钱，竟嵌在佛的胸前，人们便把它磨掉了。过了一晚上，钱依然出现，僧徒大为惊异。这枚钱至今仍然保存着。

午 桥 民

古代奇事故事。见唐·牛肃撰《纪闻》。

洛阳城南午桥，有一户人家失火，七人被烧死。洛阳尉杜某坐厅事，忽然有一个人被门卫逮着，很狼狈地来到跟前。门卫说："此人刚才过来，非常惊恐的样子。一会儿跑入县衙，一会儿又跑出来，所以把他抓进来了。"那个人说："我是杀害午桥人家的贼子，故来投案。曾与同伴五人一起打劫他家，得到财物数百千。因为害怕事情败露，于是杀了那个人，焚烧了他的房屋，做成自焚而死的样子，让人不怀疑。我们将财物运至城内，住在道德里。我与同伴想外出，可怎么也出不去。今日出道德坊南行，忽见空中有六七团火遮挡在面前，不得南出，于是北走。这时有小火直入心中，让我痛热发狂。由于诸火遮绕，驱赶我进入县衙，进来以后火就不见了，心中的火也没有了。一旦出门，火又尽在空中，遮挡着不让我出去。自知不能逃脱，所以一五一十讲出来。"于是杜某命人抓捕其同伙，取回全部财物，将他们正法。

张 长 史

古代官吏故事。见唐·牛肃撰《纪闻》。

临济县令李某妻张氏，其父为庐州长史，告老归家时，因为李某待他的女儿不好，就去临济县侮辱李某。可是他误至全节县，问门人："你们的县太爷在吗？"门人说："在。"张长史便进到厅前，大声辱骂。全节县令赵某不知其故，在门缝中偷看，只见一个老父诟骂不已。因县里常有狐魅出现，他竟以为张长史是狐魅，于是密召吏人逮住张长史而进行鞭打。张长史亦没有明白是怎么回事，仍然骂个不停。打了一会儿，才问他是何人，为何在此诟骂。张长史便说："我是临济县令李某妻子的父亲，李某虐待我女儿，特来教训他。"全节县令这才知道他走错了，就把他安置在馆舍里面。张长史的僮仆连夜赶到临济县，告诉李某。李某大怒，派出数百人去袭击全节县令。全节县令赵某畏惧，闭门不出。李某便到郡控告赵某，太守召赵某来询问，知道张长史有误，便拿出二十万钱来送给张长史，让他们翁婿和解。李某便迎张长史到临济县，张长史对李某的安排很满意，再也不提李某对女儿不好的事情，就回家去了。

僧韬光

古代僧道故事。见唐·牛肃撰《纪闻》。

青龙寺僧人和众、韬光相互友善。韬光是富平人，将要回家，他对和众说："我几个月不离家，师父如果出行，一定来看我。"和众答应了。两个多月后，和众去中都，途经富平，便去寻韬光。和众日暮时离住地尚远，而韬光前来迎他，一起走了一里多路，将到他家时，韬光对和众说："北去即我家，师父进去等着我，我有事要到村东，一会儿回来。"随即东去。和众心里感到奇怪，到了他家叩门，韬光父哭着出来说："韬光不幸亡故十来天了，殡在村东北。他常言师父要来，恨不能相见。"和众吊唁过后，他父亲引和众住入韬光常居的房舍。和众谓韬光父曰："我刚才过来时，韬光亲自迎我，一道谈话走了一里多路。快到时他说要去村东，一会儿回来。刚才知道他已去世。"韬光父母感到很吃惊，就对和众说："他再来时一定抓住他，我们想见他。"夜深时韬光回来，和众请他同坐，立即抓住他并且大声呼叫，老父与家人赶来，举烛一照，果然是韬光。家人立刻将他放进瓮中，以盆覆盖。瓮中忽然哀诉道："我非韬光师，乃是守墓人。知道师父与韬光师友善，故假冒他来相见。请恕我造次，放我回去吧。"韬光家人不开盖，瓮中人频频祈求诉苦。日出后他们揭开盖子，韬光竟随风飞去。而和众也回去了，以后不复相见。

杨溥

古代奇遇故事。见唐·牛肃撰《纪闻》。

豫章诸县，尽出良材。求利者砍伐木材，运至广陵就获利数倍。天宝年间，杨溥与数人入林伐木。冬夕雪飞，山深无处寄宿。他们看见有一根大木横卧，中空，可以容下数人，于是进入其中住宿。领头的人未眠时，向山林再拜道："士田公，今夜寄眠，愿你护助。"如是三请而后睡下。夜深雪大，靠近南树下面，忽有人呼喊："张礼。"树头有人应道："诺。"又说："今夜北村嫁女，酒食丰富，一起去那里吧。"树头人说："有客在此，必须守到天明。如果去了，黑狗子无知，恐怕伤害了客人。"树下又说："雪寒这么厉害，而且要找饮食，理应同去。"树头人又说："雪寒虽然厉害，可是已经受人托请，不可以离开，须防黑狗子。"呼者于是独自出去了。等到天亮伐木人起来，收起他们的卧毡，发现有一条黑色的毒虫在下面，其大如瓶，长三尺而蛰伏不动，大家都无比惊骇。

裴镜微

古代精怪故事。见唐·牛肃撰《纪闻》。

河东裴镜微，曾与一个武人为友，其居相近。武人夜里回到庄上，带着弓矢，正在驰骋时，听到后面有物靠过来。一看它形体硕大，类似方相，不断喊口渴。将要接近时，武人引弓射中了它，怪物便停下来。过了一会儿怪物又过来，武人又射它，它立刻离去，等一下又来了。武人跑回家，家门已关闭，便翻墙而入。进入房屋后，一看怪物还在。武人不敢去取马。第二天早上起来开门，马鞍弃在门外，马已经不见了。他寻找到数里外的墓林中，看见马已经被吃尽，只剩下骨头啦。

牛

古代寓言。见唐·牛肃撰《纪闻》。

唐代先天年间，有一个田父在嵩山放牛，一天，他的牛丢失了，怎么也找不到。他忽然看见山穴开了，里面有无数的钱。他走进去，背了十千回家。后来他又去取，却迷路了。他遇到一个人，问他："你丢失的牛值多少钱？"他说："十千。"那人说："你的牛被山神收去，已经付给你牛钱啦。"说完就不见了。田父有所醒悟，便回家去了。

《广异记》

书名。唐·戴孚撰。戴孚，谯郡（今属安徽亳州）人。唐肃宗至德进士，曾任校书郎、饶州录事参军，卒时五十七岁。此书约作于代宗大历年间（766—779），二十卷。唐、宋各书目未见著录，久已亡佚。有旧抄本六卷，似后人辑佚。《太平广记》存佚文近三百条，共约十万字。商务印书馆1933年版吴曾祺编《旧小说》已集收有《广异记》一百三十三则，计五万余字。中华书局1992年出版有方诗铭辑校本。《广异记》所载民间故事篇什甚多，在唐代笔记小说集中颇为突出。其作品以幻想故事为主，情节大多曲折生动，有头有尾，相当完整，比较接近于口传形态。其中收有《麻阳人》《破山剑》等故事。

麻　阳　人

古代遇仙故事。见唐·戴孚撰《广异记》。

辰州麻阳县村有猪常常出来吃禾苗，有个村民感到很愤怒，就拿着弓箭去等候。过了一日猪又出来了，他射中了猪，猪跑了几里路后，进入一个大门。门中屋宇壮丽，有一个老人白鬌持杖，青衣童子随后。老人问村民为何到此。村民讲了猪吃禾苗之事，老人命一个童子领此人去饮酒。村民前行数十步，到了大厅，看见群仙羽衣乌帻，或者玩樗蒲（古代的一种博戏），或者下棋，或者饮酒。童子至饮酒处，说道："公令给此人一杯酒。"村民饮毕不饥，又来到一处，有数十床，床上各坐一人，拿着书，好像在听讲。过了许久又回到老人那里，老人责怪守门童子说："你为何开门，让猪能够随便出入，你却不知道？"又对村民说："此非真猪，你最好赶快出去。"于是命刚才那个童子送他出去，此人问老翁是谁，童子说："他是河上公，上帝让其为诸仙讲《易》。"此人出去后，童子踢一块大石头来遮门，一下就看不见了。

破　山　剑

古代宝物故事。见唐·戴孚撰《广异记》。

近世有个士人耕地得到一把剑，磨洗后拿到市场上去卖，有一个胡人来买，最初出一千，累加到一百贯，此人不答应。胡人跟随他来到他家，对剑爱不释手，便增加到一百万，讲好明日拿钱来取剑。当天夜里正好月亮非常明朗，士人与他的妻子拿着剑一同观看，笑道："这有什么稀罕的，以至值如此贵的价钱？"庭中有一个捣帛石，他便用剑指了一下石头，石头立即从中间断开。到了第二天，胡人载钱来了。他取剑一看，叹息道："剑光已尽。为何会这样？"于是不再购买。士人问他是什么原因，胡人说："这是破山剑，只能够用一次。我打算拿去破宝山。如今光芒没有了，我怀疑触动过什么。"士人夫妻十分悔恨，便向胡人说了事情的经过。胡人用十千钱把它买下就离开了。

颍 阳 里 正

古代奇事故事。见唐·戴孚撰《广异记》。

颍阳里正说某不得名，曾乘醉还村，便拴马卧在少妇祠门下。过了许久要醒而没能起来时，他就闻听有人击庙门，声音很大。一会儿听到庙中问是何人，答道：“来寻一个人去行雨。”庙中说：“全家都去岳庙做客了，如今已没有人。”此人说：“门下睡的人也可以。”庙中人云：“此人是过客，哪里使得？”彼此苦苦争执不下，那人连忙呼喊说某起来，说某跟随他到了一处，蒙蒙尽是云气。有个动物像骆驼，那人便抱说某上驼背，拿给他一个瓶子，告诫他说：“需要正抱瓶子，不能够让它倾侧。”那个动物就行走，瓶子里面的水纷纷化作雨点而下。当时已经久旱，他向下看到自己住的地方，恐怕雨量不足，于是倾倒瓶子。行雨完毕，他便被放回去了。他来到庙门，看见自己的尸体漂在水中，上前进入便复活了，立刻乘马还家。结果发现，因为倾瓶之故，他的住宅为水所漂，家人尽死。说某自此发狂，数月后也死去了。

张 果 女

古代复生故事。见唐·戴孚撰《广异记》。

开元中易州司马张果的女儿，十五岁时病死。他不忍远弃，暂时埋在东院阁下。后来他转任郑州长史，因为路远而将女丧留下。不久刘乙代任易州司马。刘乙的儿子常在阁中，日暮出外，看见一个容色丰丽的女子自外而来。刘乙的儿子怀疑是相奔的人，欣然款待，留其共宿。该女情态缠绵，举止闲婉，刘甚爱惜。此后此女每天傍晚即来，到天亮才去。经过数月，她忽对刘说：“我是前张司马女，不幸夭亡，殡葬在此阁附近。命该重生，与君好合。三日以后，君可去发棺冢，慢慢等候我有气息，一定不要惊慌啊。”于是指其所埋葬之处而去。刘非常欣喜，三日后夜晚与身边的一个仆奴发冢，挖四五尺深，得一漆棺。慢慢打开，看见此女颜色鲜亮，肢体温软，衣服妆梳，并无污坏。将她抬来放在床上，细细有了鼻息。过了一会儿，她口中有气，灌以薄粥，少少能咽。到了天明便复活了，渐能言语坐起。数日间，刘恐怕父母知道，就借口习书，不便出阁，常常让人把饮食送到阁中。刘乙怀疑儿子有异，便去偷看儿子的房间，发现有一个女子在里面。他问儿子，才知晓全部情况。刘乙与妻子十分高兴，连忙派人去郑州，告诉张果，并请求准许二人结婚。张果夫妻极为惊喜，于是约定日期赴婚，刘子张女遂成佳偶，后产数子。

嵇　　胡

古代奇遇故事。见唐·戴孚撰《广异记》。

慈州嵇胡以打猎为业。唐开元末年，逐鹿深山，鹿急走进入一室。室中有一个道士，朱衣靠案而坐。他见到嵇胡很惊愕，问其来由。嵇胡具言姓名，说："我追逐一鹿，不觉深入到此，非常对不起。"道士对他说："我是虎王，天帝令我主施诸虎的吃食。刚才听说你的姓名，正好该给我吃。"案头有朱笔、簿籍，道士便打开簿籍给他看。嵇胡战惧许久，一再请求释放。道士说："天命如此，无可奈何。假如放了你，便失去我的吃食。既然相遇，必定要取你。"见其苦苦哀求，道士想了好久后说："明日可做一个草人，穿你的衣服，拿来猪血三斗，绢一匹，或许可以得免。"嵇胡还没有离去时，看见群虎来朝拜。道士分给食物，它们便各自散去。嵇胡再拜而还。次日，嵇胡就拿着物品过来，道士笑道："你有信用，是好样的。"便叫嵇胡把草人立在庭中，在旁边放猪血。然后让嵇胡上树，高达十余丈。道士又说："这样行了，可用绢把身体缚在树上。不然，恐怕落下来。"然后回到房中变作一虎，出庭仰视天空，大吼几次，又向树跳跃。明知嵇胡不可得，便抓住草人掷高数丈，又去吃光猪血，入房再变为道士，叫嵇胡快下来。嵇胡再拜，道士便用一笔勾去嵇胡姓名，让他免难。

勤　自　励

古代家庭故事。见唐·戴孚撰《广异记》。

漳浦人勤自励，于天宝末年充当健儿，随军去安南，打击吐蕃，十年不还。他的妻子林氏为父母所迫，将要改嫁给同县的陈氏。结婚那天，勤自励突然回家了。父母具言其妇重嫁始末，他听后十分愤怒。妻子林氏的家离勤家十余里。当晚，他仗剑而行，去找林氏。行八九里，遇到暴雨，进退两难。他忽见道边大树有旁孔，便到孔中避雨。孔中有三个虎子，他一并杀了。不久大虎将一人放进孔中，就离开了。他听到此人呻吟，摸了一下，发现是个妇人。他问是谁，妇人说："我是林氏女，先嫁勤自励为妻。勤自励为军未还，父母逼我改嫁，今夕成亲。我一心念旧，便到宅后桑林自缢。被老虎所取，幸而遇你。如能相救，当有后报。”勤自励说：“我即自励。晓还至家，父母说你已改嫁，所以拔剑而来相访，想不到在此相遇！”乃相抱而泣。一会儿老虎来了，勤自励挥剑，将它斩杀，然后背着妻子回到家中。

笛　师

古代奇遇故事。见唐·戴孚撰《广异记》。

唐天宝末年，安禄山作乱，潼关失守。京师之人于是鸟散。梨园弟子有个笛师，流落到终南山谷，寓居在一座寺庙里面。一个月白风清的晚上，他拿起笛子来吹。笛声散漫山谷，一会儿有个虎头人穿一件白夹单衣，自外而入。笛师惊惧，虎头人说：“笛声很美，请再吹一吹。”如是演奏五六曲，曲终后虎头人忽然入睡。笛师乃抽身走出，爬上高树，隐蔽在枝叶中。虎头人醒后，不见笛师，就懊叹道：“不早吃掉，让他逃啦！”于是立而长啸，片刻便有十余头老虎跑来，状如朝拜。虎头人说：“刚才有个吹笛小儿，趁我睡着便奔窜了，可分路去抓捕。”五更后这些老虎回来，都说：“各行四五里，寻找不到。”这时正好月落斜照，忽然见高树上有人影。虎头人见了笑道：“我以为你云行电灭了，竟躲在这儿。”于是率诸虎去取攫。既不可及，虎头人又自跳，身亦不至。因而各自散去。一会儿天亮，行人稍集，笛师就随众人回去了。

张鱼舟

古代虎报恩型故事。见唐·戴孚撰《广异记》。

唐建中初年，青州北海县北有秦始皇望海台，台侧有别浿泊，渔民张鱼舟在泊边结草庵而居。有一虎夜晚突然进入庵中，张鱼舟已入睡，天亮时张鱼舟见到老虎，非常惊惧，伏着不敢动弹。老虎徐以足扪他，并举前左足给他看。张鱼舟发现老虎掌上有刺长五六寸，便慢慢替它拔出。老虎跃然出庵，作拜伏之状，良久而去。至夜半，忽闻庵前坠一大物。张鱼舟走出，见一野猪有三几百斤，在庵前。老虎见到张鱼舟，又以身靠近，许久才去。自后每夜送物来，或猪或鹿。村人以为张鱼舟是妖怪，就把他送到县衙去，他讲述了事情的始末，县衙派人去观察。到了二更，见老虎又送麋来，县衙便释放了他。张鱼舟为老虎设一百一斋功德，当天夜里，老虎又衔来绢一匹。有一日，张鱼舟的草庵忽然被老虎拆掉，张鱼舟知道老虎是不想让他继续居住在此，便搬到别处去住。从此以后，老虎亦不再来。

虎 恤 人

古代奇遇故事。见唐·戴孚撰《广异记》。

凤翔府李将军被虎所取，虎蹲踞在他的身上，李将军不断呼喊大王乞命，老虎好像很高兴。一会儿，老虎背负李将军走十余里，将他投进一个窟中。两三个虎子见人就欢喜跳跃。此后老虎进窟，每次都要分肉给李将军。过了十余日，虎子大如犬，都能跳走，老虎便把它们背出窟。李将军担心它们都离去了，自己会死在窟中，便抱着虎腿说："大王能不能也带我出去？"老虎就垂尾让李将军拉着，于是得以出窟。李将军又说："感谢大王护佑，能不能送我回家？"老虎又背负李将军到当初取他的地方才与他分别。老虎每隔三日，就到李家来看一看，前后路过五六次。由于村人害怕，后来李将军就说："大王来看我非常好，然而村人恐惧，希望大王不要再来。"过了一个多月，老虎又来过一次，从此便不再来啦。

余干县令

古代精怪故事。见唐·戴孚撰《广异记》。

鄱阳余干县令，到任数日即死。此后没有人敢来就职，房舍便荒芜了。先天年间，有一个士人家贫，来当余干县令。到任后，吏人请他到别的房屋去居住。县令就让人去清理故宅，剪剃榛草，完葺墙宇。县令于是独自在堂上，夜晚点烛等候。二更后，有一物如三斗大的白囊，跳转来到床前，直跃升到几上。县令毫无惧色，慢慢用手触摸，发现是一个盛着水的皮囊，便说："替我把灯搬到西南隅。"刚说完，灯已在西南隅。县令又说："你可替我按摩。"皮囊就在他身上转侧，他觉得很舒服，又戏弄说："能使我的床升到空中吗？"一会儿，床已在空中。县令所言无不如意。将要天亮，皮囊便跃去，县令寻到池塘旁便没有了。第二天，县令在那里找到一个洞穴，就像蚁孔，掘开长一丈左右蚁孔转大，围三尺余，深不可测。县令便下令准备大锅、柴火，取池水烧汤灌进去。灌了百余桶，穴中雷鸣，地为之震动。又灌百桶，竟悄然无声。用力挖掘数丈，得到一条大蛇，长百余尺。旁边有上万条小蛇，皆死在穴中，后来便平吉无事。

谢　二

古代精怪故事。见唐·戴孚撰《广异记》。

开元年间，东京有一个士人因为得不到升迁，便南游江淮。他向朋友求助而无收获，长时间徘徊在扬州。同乡谢二，很同情他，打算给予帮助，就对他说："你不要难受，如果你要回去，我会奉送你三百千。"等到分别时，谢二给了他一封书信说："我家住在魏王池东，到那里去叩大柳树。家人如果出来，交出这封书信，便可以取到钱。"士人如言，走去叩大树，出来一个小婢，就告诉她："谢二让我送来书信。"小婢引他入内，看见一个老母当堂坐着，对士人说："儿子的书信劳君送来，让付给钱三百千。"士人出去，见三百千已在岸，悉是官家排斗钱，而钱色有点儿不正。士人怀疑遇到精怪，不知钱从何处得来，因此告官，讲了事情的始末。河南尹上奏此事，都说："魏王池中有一鼋窟，恐怕就是。"皇帝下诏击射此窟。于是派遣数十人，悉持刀枪，沉入此窟，得到大小数十头鼋。最后得到一鼋，大如连床，官皆杀之，得钱帛无数。五年以后，士人选得江南一尉。上任途中，在扬州市中东店前，忽然见到谢二。谢二怒斥道："我待君不薄，为何如此？老母家人，皆遭非命，都是由于你的缘故。"说罢立刻离去。士人大惧，十余日不敢去上任。随从催促，他才上路。行百余里，遇到大风，一家尽淹没。当时人们都说，那是遭到了谢二的报复。

《辨疑志》

书名。唐·陆长源撰。陆长源（？—799），字泳之，吴郡（今属江苏苏州）人。历任建州与信州刺史、江淮转运副使、宣武军行军司马等。此书三卷，已佚。《太平广记》《说郛》等书均引有其佚文。其中收有《李恒》《李长源》等故事。

李　恒

古代破除迷信故事。见唐·陆长源撰《辨疑志》。

陈留李恒以巫祝为业，邑中人往往找他问吉凶。有一次，陈留县尉陈增的妻子张氏召李恒到家里。李恒让她在大盆中盛水，将一张白纸沉于水中，叫张氏来看。张氏看见纸上有一个妇人，发髻被鬼拽住。又有一个鬼，举棒在后面驱赶。张氏惶惧哭泣，取出十千钱并且把身上的衣服都拿给李恒，请他作法消灾。陈增回家，妻子讲了此事。陈增第二天召李恒，同样用大盆盛水，沉一张纸，叫李恒来观看，看见纸上有十鬼拽住一个人的头，举棒驱赶，题写道："此人是李恒。"李恒便还来所得十千钱及衣物，立即潜窜出境。众人感到奇怪，就问陈增，陈增说："他用白矾画在纸上，沉在水中，纸与水同色而白矾是干的。"大家检验，果然如此。

李 长 源

古代巫觋故事。见唐·陆长源撰《辨疑志》。

李长源常服气导引，并学禹步方术之事。经过数十年，自以为学道已成，远近来拜师的人很多。洪州白天起了大火，风猛焰烈，从北面而来。家里人感到很危险，打算拆屋倒篱，以阻断火势。李长源不让他们这样做，便上屋禹步，并念起了咒语。突然火势转盛，李长源高声诵咒，有火焰飞到他身上，他便坠于屋下。他家的房屋、器用、服饰、玩好之物，一下烧得荡然无存。他的图篆、持咒的器具全部化为灰烬。

双 圣 灯

古代破除迷信故事。见唐·陆长源撰《辨疑志》。

长安城南四五十里有惠炬寺。在寺西十几里的山峰上有灵应台，台上的塔中有观世音菩萨的铁像。据说观世音菩萨曾经现身于此台，又说观世音菩萨的铁像常常发出身光。因此，长安的民众争往礼谒。每年的大斋夜，上千人同住在灵应台上，争相礼念，求见菩萨身光。人们说常常看见圣灯出现，或者在半山，或者在平地，高下不定。有一年四月初八晚上，大众合声礼念，灵应台西南附近出现了双圣灯。有人呼唤着观世音菩萨，一步步走向圣灯，突然被老虎拽去。这时人们才知道，大家见到的"双圣灯"乃老虎的眼睛发出的光。

润　州　楼

古代破除迷信故事。见唐·陆长源撰《辨疑志》。

润州城南有一座万岁楼。相传万岁楼上每次出烟，润州的刺史不是死亡就是贬职。有一年，万岁楼白天又冒烟，直径有一尺多，冲上几丈高。有个官吏密切注视着，看见那些烟是从楼角的缝隙中冒出。再进一步观察，却是蚊子。楼下面有一口枯井，黑而且深。每到晚晴，蚊子便从枯井飞出，作团而上，遥看就像烟。知道事实真相后，从此刺史不再有顾虑了。

《灵怪集》

书名。唐·张荐撰。张荐（744—804），字孝举，深州陆泽（今属河北深州）人。历任左拾遗、太常博士、工部侍郎兼御史大夫等。此书二卷，已佚。《太平广记》引有佚文十则。《类说》节录五则。其中收有《王鉴》《河湄人》等故事。

王　　鉴

古代鬼怪故事。见唐·张荐撰《灵怪集》。

兖州王鉴无所畏惧，常常凌侮鬼神。有一次，他乘醉骑马外出，日暮在树林里看见一个妇人，问他要到什么地方去，请求带一个包袱，说完突然就消失了。王鉴打开包袱一看，里面全是纸钱、枯骨之类的物品。王鉴笑道：“愚鬼想戏弄我呀。”他继续前行，看见十多个人聚集在一起烤火，一半是无头人，有头的人都有御寒的衣服。他吓得奔驰而去。回到庄上频频敲门而无人出来。他怒骂多时，才有一个奴仆来开门，并且告诉王鉴，十天来庄上七人相继病死。王鉴问他如何。那个奴仆说：“我也病死，刚才听到主人呼叫，才起尸来开门。”说完立即倒地，气绝身亡。王鉴走投别村住宿，过了一年也发病亡故。

河 湄 人

古代鬼魂故事。见唐·张荐撰《灵怪集》。

开元年间，有人泊舟在河岸边，看见岸边有枯骨，于是投食给枯骨。一会儿就听到空中传来鬼魂的道谢声，并且念诗道："我本邯郸士，祇役死河湄。不得家人哭，劳君行路悲。"

郑 生

古代奇缘故事。见唐·张荐撰《灵怪集》。

郑生天宝末年赴京应举，至郑西郊，日暮去投宿，主人问他的姓氏，郑生回答后，里面忽然有个使婢出来说："娘子该是你的从姑。"一会儿，有个老母出来，郑生拜见以后，便坐在一起谈话，问起郑生的婚姻，说道："姑有个外孙女在此，她姓柳，父亲现任淮阴县令，门第相当，与你相配如何？"郑生不敢推辞，当天晚上立即成婚。数月后，老母让他领妻子回柳家，他便带着妻子到了淮阴。通报后，柳县令全家人惊愕。过了一会儿，他们全家人出去看，郑生的妻子与柳县令家中的女儿一模一样。入门后，两女竟合为一体。经过询问，柳县令才知道，外祖母的亡灵嫁给郑生的乃是外孙女之魂。郑生再回到旧地去寻找，却什么痕迹都没有了。

《玄怪录》

书名。又称《幽怪录》。唐·牛僧孺撰。牛僧孺（779—848），字思黯，安定鹑觚（今属甘肃灵台）人。贞元进士，历官监察御史、考工员外郎、户部侍郎、集贤殿大学士、兵部尚书同平章事、弘文馆大学士、太子少师等。此书原十卷，已散佚。今存明代书林松溪陈应翔刻本《幽怪录》四卷，四十四则。中华书局1982年出版有《玄怪录》《续玄怪录》合编本。其中收有《侯遹》《巴邛人》等故事。

侯 遹

古代奇遇故事。见唐·牛僧孺撰《玄怪录》卷三。

隋开皇初年，广都举人侯遹入城，到剑门外，忽然看见四块黄石，皆大如斗。侯遹十分喜爱，便把它们收藏在笼子里面，驮在驴背上。随后他歇下取出来看，黄石竟都化为金子。侯遹到城里面把它们卖了，得钱百万。于是，他买了美妾十余人，大开府第，拥有许多良田、房屋和货物。后来他乘春景出游，尽载姬妾随从，下车陈设酒肴。忽然有一个老翁，背着一个大书箱来了，在旁边坐下。侯遹怒诟，命苍头扶他离开。老翁并不嗔恚，只是饮酒而笑道："我是来求你还债的。你拿走我的金子，就不记得了吗？"老翁便将他的姬妾十余人都投入书箱，背着离去，走起来如飞鸟。侯遹令家奴驰马追逐，一会儿就找不到了。从此侯遹家日渐贫困，只好恢复昔日的生计。十余年后他要回蜀地，到剑门又看见先前的那位老翁，与带去的姬妾出游，随从极多，见到侯遹都大笑。问老翁，并不言语，追问下他竟消失不见了。侯遹遍访剑门前后，并无此人，竟猜测不出老翁的来历。

巴 邛 人

古代遇仙故事。见唐·牛僧孺撰《玄怪录》卷三。

在一个巴邛人的橘园里面，霜后余下两个非常大的橘子。剖开一看，每橘各有二个老叟相与为赌。赌完以后，有一个老叟从袖子里面抽出一个草根，削下来大家一起吃，草根随削随满。吃完以后，就用水喷草根，草根便化为一条龙。四个老叟一同乘坐到龙上面，一会儿就不知飞到哪里去了。

刁 俊 朝

古代精怪故事。见唐·牛僧孺撰《玄怪录》卷三。

大定年间，安康伶人刁俊朝，他的妻子巴妪项上长了一个囊状的瘤子，最初只有鸡蛋大，五年后成为几十斤的大瘤子，重得无法行动。瘤子中常常有琴瑟笙磬之声，细细听来，颇合音律。又过了几年，瘤子外面出现无数小穴，每次天将下雨时，穴中便吹出白烟，高结为云，立刻降雨，极为怪异。家中老小非常恐惧，都请求将巴妪送入岩穴。巴妪便让刁俊朝挥刀剖开瘤子，看看里面有什么，瘤子突然四裂，跳出一个猕猴精，很快就逃走了。为了报答巴妪项上瘤子让它藏匿性命之恩，猕猴精到凤凰山神处求来灵膏，让巴妪立刻治好疮伤。刁俊朝便烹鸡设食来谢猕猴精。猕猴精离去后，不知所往。

郑　望

古代奇遇故事。见唐·牛僧孺撰《玄怪录》补遗。

乾元年间，郑望由洛阳去长安途中，打算晚上去野狐泉店投宿。还有五六里远时，已经天黑，他便去敲道旁人家的门，这里原来是与其父有旧交的王将军家。王将军与郑望叙旧情，设酒馔款待，并请伶人之妻蘧篨三娘来演唱。数月后东归，郑望又与王将军相见，留宿如初。次日辞去，出门即不复见王将军的府邸，只看见一片丘陵。他到野狐泉去问当地人，才知道那里是王将军墓。

《大唐新语》

书名。唐·刘肃撰。刘肃，生卒年、生平不详。《新唐书·艺文志》称他为“元和中江都主簿”。此书十三卷，分为匡赞、刚正、清廉、节义、聪敏、文章、惩戒、谐谑等三十门。有明代刻本、《笔记小说大观》本等。中华书局1984年出版有许德楠、李鼎霞点校本。其中收有《益州长吏》《李秀才》等故事。

益州长吏

古代官吏故事。见唐·刘肃撰《大唐新语》卷十三。

益州每年进贡的柑子都用纸裹。后来长吏嫌纸不敬，便改用细布。可是他又担心柑子被布损坏，故常心怀忧惧。不久，御史甘子布要到蜀地来，驿使赶快去告诉长吏：“有御史甘子布至。”长吏以为追问布裹柑子之事，战战兢兢地说：“果然来查问啦！”等甘子布到驿馆，长吏连忙去讲以布裹柑子为的是表示敬意。

李秀才

古代讽刺故事。见唐·刘肃撰《大唐新语》佚文。

郎中李播在蕲州任职时，有个李生拿着他抄袭的李播诗卷来拜谒李播，说是他应举时的行卷（唐代应举者在考试前把自已所作的诗文写成卷轴，送给朝中显贵），随后被戳穿。后来李生又在李播面前谎称卢尚书为其表丈，谁知卢尚书竟是李播的亲表丈，立即被当场揭穿，便落荒而逃。李播叹息道："世上竟有如此之人！"此事在蕲州传为笑柄。

《唐国史补》

书名。一名《国史补》。唐·李肇撰。李肇，赵州赞皇（今属河北）人。元和、长庆间，曾由监察御史充翰林学士，后任澧州刺史、中书舍人等。此书三卷，记唐代开元至长庆间一百年事。有明汲古阁刊影宋本、《津逮秘书》本等。1957年古典文学出版社据《学津讨原》本排印，上海古籍出版社于1979年重印。其中收有《裴旻射虎》《王积薪听棋》等寓言。

裴旻射虎

古代寓言。见唐·李肇撰《唐国史补》卷上。

裴旻为龙华军使，镇守北平。北平多虎，裴旻善射。有一天，他射死三十一虎，便在山下休息，泰然自若。这时一个老翁来说："将军射死的都是彪，似虎非虎。将军如果遇到真虎，就无能为力了。"裴旻问真虎在哪里。老翁说："北去三十里往往有虎。"裴旻骑马前去，草丛中果然有真虎腾出，状小而势猛，据地一吼，山石震裂。他的坐骑惊退，弓矢皆坠。裴旻感到惭愧，从此不复射虎。

王积薪听棋

古代寓言。见唐·李肇撰《唐国史补》卷上。

王积薪棋术甚好，自称天下无敌。有一次，他出游京师，在旅店住宿。灭灯后他听到店主老妈妈在隔壁呼喊儿媳："晚上清闲，能下一局棋吗？"儿媳说："好。"老妈妈说："第几道下子了。"儿媳说："第几道下子了。"她们各说几十次。老妈妈说："你输啦！"儿媳说："服了。"王积薪暗暗记下，第二天照样下了一遍，发现老妈妈的棋术高明，为自己所不及。此则寓言又见《集异记》。

《续玄怪录》

书名。又名《搜古异录》《纂异》《续幽怪录》。唐·李复言撰。李复言，陇西（今属甘肃）人。大约生活在唐代元和至大中年间。此书原十卷。《新唐书·艺文志》等作五卷。已佚。今存南宋临安尹家书棚刊《续幽怪录》四卷，二十二则，已非原帙。《续玄怪录》与《玄怪录》长期并行流传，多有混淆，不易辨别。中华书局1982年出版有《玄怪录》《续玄怪录》合编本。其中收有《定婚店》《木工蔡荣》等故事。

定 婚 店

古代定婚店型故事。见唐·李复言撰《续玄怪录》卷四。

元和二年，杜陵韦固将游清河，住在宋城南旅店，有人以前清河司马潘昉女与他议婚，约定明早在店西龙兴寺门相见。韦固早早前往，斜月尚明，有个老人倚布囊坐在阶上，对月翻书。韦固不识其字，便问："老父翻的是何书？"老人笑道："此非世间书，乃是幽冥之书，有关天下婚姻之事。"韦固欣喜道："韦固少孤，常愿早娶。十年间多方求婚，竟不遂意。今将与潘司马女议婚，可以成否？"老人说："尚不可得。君之妇刚三岁，她十七岁才会入君门。"韦固忙问："囊中是何物？"老人说："赤绳子，用来系夫妻之足。此绳一系，终不可避。君已系于此人，他求无益。"又问："韦固妻何在？是什么人家？"老人说："是此店北卖菜陈婆之女。"韦固说："可见吗？"老人说："可以，随我来。"到了天明，所约的人不至。老人便领韦固入菜市，有个独眼老妇抱着一个三岁女孩儿走来，老人指道："此乃君妻。"老人立即隐去。韦固愤怒道："老鬼妖妄如此！吾士大夫之家，岂能娶此陋女！"第二天，韦固命奴仆袖刀入菜行中，于众中刺此女而走。一市纷扰，韦固与奴奔走获免。他问奴仆："刺中没有？”奴仆说：“要刺其心，不幸才中眉间。”后来，韦固屡求婚，终无结果。又过了十四年，韦固因父亲的关系而受封于相州军。刺史王泰将自己的女儿许配给韦固。此女十六七岁，容色华丽，韦固非常满意。然而她的眉间常贴一枚花子。岁余，韦固忽忆昔日奴刀中眉间之说，于是问妻子。妻子哭泣道：“妾乃是郡守的侄女，不是亲女。家父曾任宋城县令，任满时我在襁褓中，母兄相继去世，与乳母陈氏居住在一起。乳母以卖蔬菜为生，我三岁时被抱到市场中，为狂贼所刺，刀痕尚在。七八年前被叔父收养，便到了他身边，后来才作为女儿嫁给夫君。”韦固于是一一道出往事，彼此更加相敬。宋城县令听说了此事，就把城南旅店题名为“定婚店”。此则故事又见《幽怪录》等。

木工蔡荣

古代奇事故事。见唐·李复言撰《续玄怪录》卷四。

中牟县三异乡木工蔡荣自幼信奉土地神，几十年都给土地神供食品，从不间断。有一年，蔡荣卧病六七天。一天傍晚，有一个神人上门让蔡母迅速把儿子的衣物藏起来，并且将他装扮成妇人。如果有人来问，就说蔡荣出去了，不知在什么地方。蔡荣的母亲、妻子刚刚安顿好，便有一个将军带着人马来带蔡荣，说是冥王要修葺后殿。因为找不到蔡荣，他们只好另找他人，蔡荣因此逃过一劫。将军离开以后，搭救蔡荣的神人回来说，蔡荣数十载每食必定相召，故来回报。

马震

古代鬼魂故事。见唐·李复言撰《续玄怪录》卷四。

扶风人马震居住在长安平康坊。一天，有个租赁毛驴的小儿来敲门，说道：“有一个夫人租赁我的毛驴，进入这个宅门，还没有给钱。”接连几天，不断有人来要租赁毛驴的钱。他们怀疑有怪异，便派人天天在门口守候。这一天，果然有一个妇人从东边乘毛驴来，走近才看到是马母，她亡故十一年，埋葬在南山，她的衣服还是入葬时穿的。马母被人发现后不能隐去，便进入马厩，立于后墙。马震见到十分惊奇，连呼几声竟不动，牵她的前襟，她立即倒下，乃是白骨，马震只得将其埋葬。

《博异志》

书名。又名《博异记》。唐·谷神子（郑还古）撰。郑还古，号谷神子，荥阳（今属河南）人。约生于贞元（785—804）初，卒于会昌（841—846）末、大中（847—859）初之间。元和进士。曾任河中从事，贬吉州掾，后长期闲居，入京赴选，授国子博士，不久亡故。此书原三卷。已佚。今存明·顾元庆《顾氏文房小说》据宋本重刻本，十则，为残本。《说郛》《四库全书》等所收《博异志》一卷，皆同于顾本。中华书局1980年出版有排印本。其中收有《张竭忠》《张不疑》等故事。

张 竭 忠

古代破除迷信故事。见唐·谷神子（郑还古）撰《博异志》。

天宝中，河南缑氏县东太子陵仙鹤观，常有道士七十余人精专修习，法箓斋戒皆全。每年九月三日夜，有一道士得仙。次日早上，就将姓名申报上去。仙鹤观中的道士，每年到那天晚上，都不闭户，各自独寝，以求升仙。后来张竭忠为缑氏县令，不相信得仙之事。到了那天晚上，便命令两个勇士拿着兵器悄悄观看。到三更后，见一只黑虎入观来，不久就衔出一个道士。二人便射虎，不中，老虎立刻弃道士而去。天明二勇士回报张竭忠。张竭忠申报府衙，请派弓箭手进行大规模捕猎，在太子陵东的石穴中格杀数虎。在那里发现了金简、玉箓、洎冠帔，还有非常多的人的头发和骨头，都是每年的“得仙”道士。从此，仙鹤观中便渐无道士。

张 不 疑

古代精怪故事。见唐·谷神子（郑还古）撰《博异志》。

张不疑与一个道士友善，该道士将去别的地方，叮咛张不疑今后一定不要住在老夫人身边，不要买进婢仆。老夫人一向信奉道教，于是便搬到道观去居住。张不疑却买进一个婢女，并且宠爱有加。不久，那个道士回来后，识破张不疑家的婢女乃冥器（随葬器物）精，立即将其捣毁。然而张不疑及其老母过不久便先后死去了。

苏　遏

古代精怪故事。见唐·谷神子（郑还古）撰《博异志》。

天宝年间，长安永乐里有一处凶宅，无人敢住。扶风县苏遏贫穷，以贱价买下凶宅，到晚间便携一个矮床放在堂上睡。一更以后，有一个叫“烂木”的人形赤物和几个精怪出来，相互言语，颇为友善。后来“烂木”帮助苏遏得到大量紫金，苏遏则照“烂木”的意愿，将其送到昆明池内。苏遏闭门读书，七年成为冀州刺史，其宅更无事。

李　黄

古代白蛇传型故事。见唐·谷神子（郑还古）撰《博异志》。

元和年间，陇西李黄在长安等候调选，有空逛东市，看见一辆犊车中有个白衣女子，绰约有绝代之色。李黄便追逐犊车至一门中，见到白衣女子的姨娘，并且在姨娘的安排下，与白衣女子一起欢宴。他在那里一住就是三天，饮乐无所不至。三天后，姨娘让李黄离去。上马时仆人发现李黄身上有股浓重的腥臊气。到家后李黄觉得身重头旋，立即就寝。他渐渐恍惚，便对妻子说：“我起不来了。”李黄口上虽然在言语，被子下面的身体竟逐渐消尽。妻子揭开被子一看，李黄已经化为一摊水，只有头还在。家人惊惧，连忙呼喊随从来问，这才知道事情的经过。他们去寻找那座宅子，是一座空园，里面有一棵皂荚树。当地人说，常有巨大的白蛇盘在树下。

《集异记》

书名。一名《古异记》。唐·薛用弱撰。薛用弱，字中胜，河东人（今属山西永济西）。长庆、大和时曾任光州刺史、礼部员外郎或郎中。此书原三卷。今存明代《顾氏文房小说》本，二卷十六则。中华书局1980年以《顾氏文房小说》本为底本，另从汪绍楹校本《太平广记》辑录佚文七十二则作为补编，较为完善。其中收有《金友章》《光化寺客》等故事。

金友章

古代鬼魂故事。见唐·薛用弱撰《集异记》。

河内人金友章隐于蒲州中条山，长达五载。山上有一个女子，常到溪中汲水，容貌殊丽。友章在斋中遥见，心里很喜欢她。一日，女子又去汲水，金友章便上前搭话，愿意与她议婚。当天晚上女子果然来到，金友章把她迎入室内，成为夫妇。金友章每夜读书，妻子常坐一旁陪伴，如此半年。一夕，金友章如常读书，妻子不坐，只是伫立在一旁。金友章便让妻子先睡。妻子说："夫君今夜回房，一定不要执烛。"既而金友章秉烛就榻，在被子下面看到妻子乃是一具枯骨。金友章盖上被子后，一会儿妻子就恢复了人形，她感到十分惊恐，忙对金友章说："妾乃山南枯骨之精。居此山北，每月必须去朝拜一次鬼王。妾自侍奉金郎后，半年都不去朝拜，于是受到一百铁杖。妾不胜其苦，因而化身未得，不料被金郎看见。事已至此，夫君宜速出，不能留恋。"说完涕泣呜咽，立即不见。金友章亦凄恨而去。

光化寺客

古代精怪故事。见唐·薛用弱撰《集异记》。

兖州祖徕山有一光化寺，有客在寺中习儒业。夏天，他在廊上看壁画，忽然遇到一个白衣少女，十五六岁，姿貌绝异。客前去询问，随即诱到室内，交欢结义，情浓意蜜。白衣女说："今晚回去，再来后就可以不分离了。"客只好将自己格外珍惜的白玉指环送给她，说道："请保存好，快快回来。"客立即上寺门楼悄悄目送，白衣女行走百步便忽然不见。客乃记住她隐灭处，直接去寻觅。寺前数里地势平坦，纤木细草，毫发无隐。日暮他将回去时，在草中看见一枝百合苗，白花绝美，于是将它挖走。他回去后打算重新栽植，竟在其中发现白玉指环。客非常惊叹、悔恨，因此恍惚成病，十来天后便去世了。

卢言

古代人兽情故事。见唐·薛用弱撰《集异记》。

上党人卢言出门后，在路上遇到一只犬，饿得快死了。他收留了这只犬，不久便把它养肥，带着它一路同行。到达某处时，忽然遇到一位老友，便一块去喝酒，卢言喝得酩酊大醉，回房就倒头入睡。半夜邻店失火，这只犬又是在主人床边嗥叫，又是拽主人的衣服。卢言惊起时大火已经烧到房柱，拼命逃出，才得幸免。

崔　商

古代精怪故事。见唐·薛用弱撰《集异记》。

荆州商人崔某舟去贵州时，发现江边的林木非常茂密、优美，便上岸散步，逐渐深入进去。走了不到三四里路，忽然有了人家。崔某上前打听，便有十几个尼姑来迎接，姿貌言笑不像山野之人。在她们的房舍里面，晾晒了许多果栗。崔某怀疑遇到了妖怪，要赶快回去，众尼却热情留客。崔某登舟寻问船夫，都说："此是猿猴精，前后不止一人遇到。你幸亏迅速返回，不然可能受到残害。"崔某立刻聚集僮仆去寻捕，已踪迹渺然。

《通幽记》

书名。唐·陈劭撰。陈劭为贞元、元和时人，生平事迹不详。此书一卷，已佚。《太平广记》存有该书佚文二十七则。《类说》等书亦有辑录。其中收有《李咸》《老蛟》等故事。

李　咸

古代鬼怪故事。见唐·陈劭撰《通幽记》。

太原王生与姨弟李生一道赴荆襄，到邓州时夜宿邮厅。半夜时分，王生不得寐，看见一个绿裙红衫女鬼来媚李生。李生欣然相就，窃窃私语，并且携手外出，随后又入堂上的床帐。不久，女鬼即用披帛绞李生的脖子，让其七窍流血，几乎死去。王生仓促惊呼，以枕击女鬼，使得女鬼狼狈逃窜，李生才因此得救。

老　蛟

古代精怪故事。见唐·陈劭撰《通幽记》。

永泰年间，有一个少年经过苏州武丘寺山，看见一个美女正在岩下的水中洗浴。她问少年是否愿意一同嬉戏，便上前牵拽，少年立刻解衣而入，因此溺死。几天后，他的尸体浮出水面，全身已经干枯。水下有蛟精洞窟，老蛟变作美女迷惑过路人，为的是吮吸他们的血。

刘　凯

古代再生故事。见唐·陈劭撰《通幽记》。

陈留县尉刘全素的家在宋州，他的父亲刘凯为卫县令，在任上去世，埋葬在郊外三十多年。后来刘全素的母亲又去世了，将与父亲合葬。开棺后发现父亲的尸体俨然如生，过一会儿便复活了。到傍晚时就能够说话，刘全素哭着诉说家事，其父说："不要讲，我完全知道。"沐浴更衣，喝下糜粥后，其父又说："我在冥间，到北酆主宰三十年，因为有功业才得以再生。"半年后，刘凯去了蜀地，不知所终。

《酉阳杂俎》

书名。唐·段成式撰。段成式，字柯古，祖籍临淄邹平（今属山东邹平）。大约生于德宗贞元十九年（803）或稍后，卒于懿宗咸通四年（863），享年六十岁左右。曾任秘书省校书郎等，出为庐陵、缙云、江州刺史，官至太常少卿。此书前集二十卷，续集十卷。今有明刻本、《稗海》本、《津逮秘书》本、《学津讨源》本等。中华书局1981年出版有方南生的点校本。其中收有《玉精碗》《京西店老人》等故事。

玉　精　碗

古代官吏故事。见唐·段成式撰《酉阳杂俎》前集卷九《盗侠》。

马侍中有一个十分珍贵的玉精碗，夏天苍蝇不接近，盛水经月不腐败、不损耗。如果目痛，含一些玉精碗中水，立刻痊愈。他把玉精碗藏在卧室里的匣内，被一个七八岁的小奴偷去摔破了。当时马侍中出去没有回来，左右异常惊恐，小奴也突然不见了。马侍中知道后大怒，鞭打左右几百下，要杀死小奴，可是三天都找不到。有一个婢女扫地在寝室的床下发现小奴，三日不食而力不衰。马侍中看见大为惊骇，说道："打破我的碗是个小过失。"将小奴骗出后，立即命令左右把他打死了。

京西店老人

古代奇遇故事。见唐·段成式撰《酉阳杂俎》前集卷九《盗侠》。

韦行规少时游京西，傍晚到了店中，打算继续前进，店前老人对他说："客人不要夜行，此中多盗。"韦行规说："我一路上小心，无大碍。"他行数十里，天黑，有人从草中出来尾随他。他呵斥对方不应，连发几箭也不退。箭尽，韦行规感到恐惧，便骑马奔跑。过了一会儿，风雷交加，他下马靠在一棵树上，看见空中有电光相逐，渐逼树梢，觉得有物纷纷坠在自己面前。他仔细一看，乃是小木片。一眨眼工夫，小木片就埋到了他的膝盖。韦行规惊惧，扔下弓箭，仰空乞命，拜了数十次。电光渐渐升高而消失，风雷也停息了。他看了看大树，枝干已经光秃秃的了。他的鞍驮已经丢失，便回到前店。韦行规看见老人正在箍桶，觉得他是个异人，立刻去拜，并且赔礼道歉。老人笑道："客人不要带弓箭，须当了解剑术。"于是引韦行规到院后，指着鞍驮说："取来试一试吧。"又拿出一片桶板来，昨夜韦行规射的箭都在上面。韦行规要替老人干活儿，老人不许。老人稍微显露一点儿击剑的功夫，韦行规也学得一二。

柜　中　熊

古代柜中熊型故事。见唐·段成式撰《酉阳杂俎》前集卷十二《语资》。

宁王常猎于户县地界，搜林时忽见草中有一个柜子，锁得很牢固。打开一看，里面有个少女。女子自言姓莫，昨夜被一伙盗贼抢劫至此，贼中有两个是僧人。他们随即把刚捕获的一只熊放在柜中，照样加锁。当时皇上正在求美色，宁王便将莫氏女子送到宫中充当才人。过了三日，户县食店有两个僧人，拿一万钱独赁店一日一夜，说是要做法事，抬了一个柜子入店。半夜听到"噼啪"的响声，店里人感到奇怪，开门去看，有熊冲人走出，二僧已死，骸骨悉露。此则故事又见《埋忧集》等。

屏妇踏歌

古代画中人型故事。见唐·段成式撰《酉阳杂俎》前集卷十四《诺皋记上》。

元和初年，有一个士人醉卧厅中。醒来时，他看见古屏上的妇人们都在床前踏地而歌，唱道："长安女儿踏春阳，无处春阳不断肠。舞袖弓腰浑忘却，蛾眉空带九秋霜。"其中的双鬟女子问道："如何是弓腰？"唱歌女子笑道："你不见我作弓腰吗？"便反首让发髻挨地，腰势如弓。士人惊惧，便叫了一声，她们忽然回到屏上，仿佛什么都没有发生。此则故事又见《志怪录》等。

守　宫

古代精怪故事。见唐·段成式撰《酉阳杂俎》前集卷十五《诺皋记上》。

太和末年，荆南松滋县南有一个士人，寄居在亲戚庄中学习。初到的晚上二更后，他正点灯在案前坐下来时，忽然有一个半寸长的小人儿进来，登上书案对着他骂骂咧咧。士人感到厌烦，立刻用笔击打，小人儿坠地叫了几声，出门便不见了。过了一会儿，便有四五个一寸长的妇人来报复，扑向士人，咬得他四肢疼痛，还说："你不离开就要损伤你的眼睛。"士人惊惧，随即来到东堂看见一个小门，恍惚间已经进入小门，看见有一个王者坐在殿上，阶下有许多侍卫，王者呵斥道："我怜惜你一个人独处，派小儿来关照，你何苦加害？罪当腰斩。"士人请求饶命，于是被逐出，不觉已在小门外。他回到书堂已经五更。天亮后，他在东壁下面发现一个小穴，有守宫（壁虎）出入。他带几个人深挖数丈，见到无数守宫，大者赤色，一尺多长，是其王者。将其全部焚烧，以后也就平安无事。

旁　㐌

古代长鼻子型故事。见唐·段成式撰《酉阳杂俎》续集卷一《支诺皋上》。

新罗国第一贵族金哥的远祖名叫旁㐌，他有一个弟弟，家中富裕。哥哥旁㐌被分居出去以后，便以乞食为生。好心人给了他一亩空地，他便去向弟弟要蚕、谷种子，弟弟把种子蒸过后才给他，他却不知道。到了养蚕的时候，只有一蚕生出，每天长寸多，十来天后竟大如牛，食数棵桑树的叶子都不够。他弟弟知道后，找机会杀了旁㐌家的蚕。过了一天，四方百里内的蚕都飞集到他家。人们认为这是蚕王，四邻一起来缫丝，都忙不过来。旁㐌家的谷子只长出一茎，谷穗长尺余。他常常守着，一天忽然被鸟衔去。他一直追赶，上山五六里，鸟飞入一个石缝，他在那里守到天黑。夜半月明，他看见一群小儿共同游戏。一个小儿问："你要什么？"一个小儿回答："要酒。"那个小儿便拿出一个金锥子击石，酒和酒杯就摆出来了。一个小儿说："要吃的。"他又用金锥击石，各种食品都摆在石上。等大伙吃饱喝足散去，那个小儿便把金锥插在石缝里。旁㐌大喜，立刻把金锥拿回家，需要什么都随击而出，因此富可敌国。旁㐌常常拿珠宝给弟弟，弟弟才后悔以前拿蒸过的蚕、谷欺负旁㐌的事。他让旁㐌试以蚕、谷欺自己，希望能像哥哥一样得到金锥。旁㐌只好照他的要求办。弟弟只得到一条蚕，跟平常的蚕一样；谷子也只有一茎，将熟时也被鸟衔去。弟弟无比高兴，便随鸟入山，遇到了群鬼。群鬼大怒道："这是盗窃金锥的人。"立刻抓住他，问道："你想替我们筑糠三版，还是想让你的鼻子再长一丈？"弟弟请求筑糠三版。三日饥困，他吃不消，于是请求群鬼拔鼻子，把鼻子拔得跟象似的回去了。人们感到奇怪，都来围观，他竟惭愧而死。旁㐌的子孙后来玩耍，击金锥求狼粪，因此遭到雷震，金锥就丢失啦。

叶　　限

古代灰姑娘型故事。见唐·段成式撰《酉阳杂俎》续集卷一《支诺皋上》。

相传秦汉前有洞主吴氏，土人呼为吴洞。他娶了两个妻子，一个已亡故，有个女儿名叫叶限。后来她的父亲也去世了，她受到后母虐待，后母常常让她去险处打柴，去深井汲水。她曾经得到一条二寸长红赪鬐金眼的鱼，养在盆里，日日长大，只好投到后池中。叶限常常把分得的食物拿一些去喂鱼。她去池边，鱼必露头枕岸。后母知道后，便披上叶限所穿的破旧衣服，到池边把鱼杀死了。后母吃了鱼肉，将鱼骨藏下。过了一天，叶限到池边见不到鱼，就在野外痛哭。忽然有人自天而降，安慰她说："你不用哭，你后母杀了鱼，鱼骨在粪下，你可取来藏在室内，你需要什么就去祈求，会满足你的。"叶限听了那人的话，就得到了想要的物品。过洞节时，后母前往，却让叶限守庭院里的果子。叶限等后母远去后，也去了。她披着翠纺上衣，穿着金鞋，后母所生的女儿认出了叶限。叶限赶快跑回家，惊慌中竟丢失了一只鞋，被别人所得。后母回家，看见叶限抱庭树而眠，也就不再怀疑。与他们洞相邻的海岛中有个陀汗国，兵力强盛，统治数十岛，水界数千里。陀汗国的国王得到这只鞋，命令一国的妇人来穿，竟无一人穿得上。陀汗王便到洞人那里去搜捕，终于找到了叶限。叶限于是穿上翠纺衣，穿进了这只鞋，如同天仙一般。于是陀汗王载叶限回国，以叶限为上妇。

周　乙

古代精怪故事。见唐·段成式撰《酉阳杂俎》续集卷一《支诺皋上》。

元和中，国子监学生周乙晚上读书，忽然看见一个小鬼进入书斋。它满头碎光如星星，前来戏灯弄砚，纷扰不止。周乙素来有胆量，便大声呵斥，把它吓走。不久，这个小鬼又来到书案旁边。等它靠近时，周乙突然把它逮住。它苦苦哀求，周乙也不放它，天亮时现形，竟是一把旧木勺，上面还粘有百多粒粟米。

新妇食子

古代精怪故事。见唐·段成式撰《酉阳杂俎》续集卷二《支诺皋中》。

贞元中，望苑驿西百姓王申，在路旁种植榆树成林，建茅屋数间，夏天常常送浆水给行人喝。他有个儿子年方十三岁，一日对父亲讲，有个女子来求水，于是请了进去。女子年轻，自言家在此南十余里，夫死无儿，今将去马嵬寻亲情。王申便留她吃饭，并说："今天晚上可住在这里，明天再离去。"女子欣然接受，王妻让她住在后堂，并且请她帮忙做衣服。她的针脚细密，非比常人。王申大为惊异，王妻尤其喜爱她，开玩笑说："你既然没有亲人，能够作我家新妇吗？"女子笑着表示同意。王申即让她成为新妇。当晚夜半，王妻梦儿子披发来哭诉："我将要被食尽啦。"王妻大惊，打算去看儿子，被王申制止。王妻复梦如初。王申与妻秉烛呼其子及新妇，都没有回应。他们破门而入，有物圆目凿齿，体如蓝色，冲人而去，儿子唯余脑骨及发而已。

利俗坊百姓

古代鬼怪故事。见唐·段成式撰《酉阳杂俎》续集卷二《支诺皋中》。

长庆初，洛阳利俗坊有个百姓驾车数辆出长夏门。有一人背负布囊，请求寄囊于车中，且告诫不要轻易打开，于是返入利俗坊。他们才入坊内，就听到有哭声，受寄者打开布囊来看，内有一物状如牛胞，还有黑绳长数尺，这个百姓很吃惊，赶快封起来。过了一会儿，那人也到了，说道：“我足痛，想在车中歇数里可以吗？”这个百姓允许了。那人登上车，看了看布囊，很不高兴地说：“你怎么不守信？”这个百姓连忙赔礼道歉。那人又说：“我不是世人，冥司派我录五百人，经历陕、晋各地到此，人们往往患赤疮，只得到二十五人。今须往徐泗。”车行二里，便说：“我不可久留，你们有寿缘，不必担忧。”他背布囊下车，忽然不见。这一年夏季，天下多患赤疮，少有死亡。

乌郎与黄郎

古代精怪故事。见唐·段成式撰《酉阳杂俎》续集卷二《支诺皋中》。

姚司马寄居在汾州，靠着一条溪，有两个小姑娘常常在溪中钓鱼。一天，她们忽然钓到两个奇怪的活物：一个像鳝鱼而有毛，一个像鳖而有鳃，她们家里感到非同寻常，便养到池塘里面。过了一年，两个小姑娘变得精神恍惚。有一次，她们家张灯戏钱，忽然有两只小手从灯下伸出来，大声说道：“我要一个钱。”家人唾骂，只听又说：“我是你家女婿，怎敢无礼。”它俩一个称“乌郎”，一个称“黄郎”，以后便常来，与家人混熟了。这家的一个朋友知道后，就去请上都善于对付鬼神的僧人来持念治魅，先后除掉两个精怪，两个姑娘就痊愈了。

李简复生

古代还阳故事。见唐·段成式撰《酉阳杂俎》续集卷三《支诺皋下》。

开元末，蔡州上蔡县南李村百姓李简病死。埋葬后十余日，有汝阳县百姓张弘义也病死了，经过一晚却又活过来，但已经不认得父母妻子，而且说：“我是李简，家住上蔡县南李村。”惊问其故，他说生病时，梦有二人身穿黄衣，拿着帖子追赶。行数里，至一大城，引入一处，留居数日，所勘问的事情全部不能对答。忽然有一人来说错追李简，可以立即放还。一个冥吏说：“李简身坏，须让他到别处托生。”这时正好领一个人来说：“追到汝阳张弘义。”冥吏又说：“张弘义身幸未坏，速令李简托他的身子，过完余下的光阴。”于是被两个冥吏扶持出城。忽如梦醒，看见人们围着他在哭泣，连房屋都不认识。李简的父亲李亮来问他的亲族名氏及平生细事，他无所不知，确信他是李简，便不再留在汝阳，而返回上蔡县了。

屈原笑臣

古代机智人物故事。见唐·段成式撰《酉阳杂俎》续集卷四《贬误》。

唐玄宗曾经命令左右把黄幡绰捉来扔到池水中，等一会儿浮出来以后，黄幡绰对唐玄宗说："刚才我碰到屈原，他笑微臣说，你遇到圣主，为何也到这里来了？"

《因话录》

书名。唐·赵璘撰。赵璘（803—？），字泽章。祖籍南阳，后徙平原。大和进士。历祠部员外郎、度支金部郎中、汉州刺史、衢州刺史等。此书六卷，分为宫、商、角、徵、羽五个部分，计一百三十余条。有《稗海》本、《四库全书》本、《笔记小说大观》本、《丛书集成初编》本等。上海古典文学出版社1958年出版有排印本。其中收有《一转入流》《姓严人》等故事。

一转入流

古代机智人物故事。见唐·赵璘撰《因话录》卷四。

某日皇上登临苑北楼遥望渭水，看见有个喝醉酒的人睡在水边上，便问左右随从："那是什么人？"左右回答不出来，皇上打算派人前去询问。黄幡绰说："那是年满令史（县府九品以下的低级官员）。"皇上问道："你怎么知道是他？"黄幡绰说："更一转入流（那时九品以内的官员为'流内官'，九品以外的官员为'流外官'。九品以外的官员进入九品以内，称为'入流'）。"

姓严人

古代讽刺故事。见唐·赵璘撰《因话录》卷四。

京兆尹庞严在寿春任职。江淮举人严生误将京兆尹庞严作严庞，自称从侄登门拜谒。庞严的族人很少，便殷勤款待。后来问到族人，他讲的都不是庞氏之事，庞严有些惊讶，就问："郎君何姓？"严生说："我姓严。"庞严拊掌大笑道："你误会了。我姓庞，与你何关？"此人竟拜谢庞严，从容而退。

不密致害

古代盗贼故事。见唐·赵璘撰《因话录》卷六。

有一个士人在外面卖产业得到许多钱，觉得在路上带着很不方便，就请求朋友把钱存府库，拿着收条回去，然后把收条放在衣囊里面。一天他喝酒醉了，指着衣囊对人说："你们不要小看这个衣囊，里面有贵重物品啊。"有个盗贼在一旁听到，晚上便将他杀死，夺走衣囊。打开衣囊一看，没有什么值钱的东西，就把衣囊连同收条一起扔到河里去了。

《独异志》

书名。唐·李亢撰。李亢，咸通时人。曾任明州刺史、夏州节度掌书记。此书原帙十卷，已佚。今存明嘉靖钞本、《稗海》本均为三卷，计三百八十余则。中华书局1983年出版有点校本。其中收有《梦中易头》《狗头新妇》等故事。

梦中易头

古代奇事故事。见唐·李亢撰《独异志》卷上。

贾某晚上梦见一个人，面目极其丑陋，对贾某说："我想和你换脑袋，可以吗？"贾某在睡梦中微微表示同意。天亮以后，他对着镜子一照，大吃一惊，自己竟变成梦见的那个人。家里面的人见了，都奔跑出去。贾某执笔书写在纸上，讲述了事情的经过，家人才相信了。

狗头新妇

古代逆妇恶报型故事。见唐·李亢撰《独异志》卷上。

滑州酸枣县有一个新妇不孝敬婆母。婆母年老，双目失明，儿子出远门后，她就让瞎婆母吃下拌有犬粪的食物。婆母觉得气味不对，儿子回到家中，老妈便问他："这是什么？儿媳常常给我吃这种食物。"儿子见了仰天大哭。顿时，这个儿媳遭雷击，变为狗头人。大家都叫她“狗头新妇”。

李　则

古代鬼怪故事。见唐·李亢撰《独异志》卷上。

河南少年李则卒而未殓。有一个自称苏郎中的朱衣人来吊丧，哀痛之至。一会儿，死者乍起，与一吊丧者搏斗，家人子弟都惊走出外。二人闭门殴击，到傍晚才停息。这时，孝子方敢入内，见二尸并卧一床，长短、相貌、衣服一无差异，大家不能分辨，便同棺埋葬。

韦　隐

古代奇事故事。见唐·李亢撰《独异志》佚文。

大历中，韦隐奉命出使新罗，行走了一段路程，突然思念妻子，心里一阵阵难过。他就寝时只觉得妻子在帐外，惊问是谁。对方回答道：“怜悯夫君要到海外，志愿跟随而来，无人知晓。”韦隐便对随从说要纳一个妓女，所以没有人怀疑。两年后归国，妻子也跟着回家。韦隐就把这件事禀报父母，承认错误，而妻子仍然在家中。等到两人走近时竟合为一体。原来跟随韦隐的，乃妻子的魂魄。

《会昌解颐录》

书名。又名《会昌解颐》。唐·佚名撰。此书《新唐书·艺文志》作四卷。现存有《说郛》本作一卷。《太平广记》引有佚文十二则。其中收有《牛生》《史无畏》等故事。

牛　生

古代奇遇故事。见唐·佚名撰《会昌解颐录》。

牛生从河东去参加科举考试，走到离华州三十里时，住入一个村店。当时正下着大雪，牛生请主人做汤饼，有个穷寒的人也来投店，牛生便让他一起吃。此人说：“我没有钱，如今已空腹走了一百多里了。”他接连吃了四五碗，随即卧于床前地上，鼾声如牛。至五更，此人至牛生床前说："请公暂且到门外，有要事相告。我非人，是个冥使。感谢昨夜一餐，今稍有相报。请准备三张纸及笔砚来。"牛生给了他以后，他让牛生远立，自己坐在树下，从袖中取出一卷书，看数张即书两行。如此三次后即封起来。上面写第一封、第二封、第三封。又对牛生说："公遇到灾难危险不可免时，立即焚香依次打开来看。如果可以避免，就不需打开。"说完便不见了。牛生将信封好放置在书囊中，到京，住在客户坊，十分饥贫，就打开第一封，上面写道："可到菩提寺门前坐。"牛生饥困，而且天下着雨雪，便乘驴而往。自早晨出发至傍晚才赶到菩提寺门，还没有坐定，立即有个僧人出来，怒斥牛生。牛生说："我是个赴考的人，到此已经是晚上，请借寺门前一宿，明日便离开。"僧人说："不知是秀才，可住在贫道院。"他进去后，僧人就点火摆上饮食，聊了一会儿，问道："贤宗晋阳长官，与秀才远近？"牛生说："是我的叔父。"僧人感到十分高兴，说："晋阳曾经寄钱三千贯在此。我已经年老，如今全部拿给你吧。"牛生取钱买了住宅，置车马，招仆人。接着因为求名失路，他又打开第二封书，上面写道："到西市食店张家楼上坐。"牛生如言，到张家，独入一室，下帘而坐。有几个少年上楼来，其中有一白衫人忽然说："我本来只有五百千，令请添至七百千，此外即力不及。"一人又说："进士及第，何惜千缗。"白衫少年即主司之子。牛生出来拱手说："我以千贯奉郎君，别有二百千，奉诸位酒食费用。"少年许之，果登上第。牛生历任台省，后为河中节度副使。过了一年，牛生得了重病，连忙打开第三封，见上面写道："可处置家事。"他于是沐浴，写下遗书，刚刚写好就去世了。

史 无 畏

古代报应故事。见唐·佚名撰《会昌解颐录》。

曹州史无畏，与张从真为友。史无畏以耕田为生，衣食窘困。张从真家富，借千缗给史无畏，让他去做生意。史无畏父子到江淮谋利，不几年便成为富人。张从真家中失火，又遇到抢劫，一下败落。他便去找史无畏，请求接济三二百钱。史无畏却说："如果你借过钱给我，拿出借据来。"张从真恨怨填膺，回家后焚香诅咒。午后，黑云骤起，雷电兼至。霹雳一声，史无畏立刻变为一头牛，腹下有红字："负心人史无畏。"经过十来天就死了。

《逸　史》

书名。唐·卢肇撰。卢肇，字子发，袁州宜春（今属江西）人。会昌三年（843）举进士第一，先后官秘书省著作郎、仓部员外郎，充集贤院直学士和歙州、池州、万州、吉州刺史。此书《新唐书·艺文志》作三卷，《宋史·艺文志》作一卷。已佚。《太平广记》有其佚文七十余则，《云笈七签》等书亦引有其佚文。今有《旧抄本》、《类说》本、《说郛》本。其中收有《黄尊师》《术士》等故事。

黄　尊　师

古代奇遇故事。见唐·卢肇撰《逸史》。

有一个卖柴的人，在茅山岩洞中得到古书十几页，以为是仙书，就去看黄公，请求拜他为师。黄公收下古书，不言语，每天让卖柴人砍几十捆柴，稍微迟到或者数量不足，就会受到打骂。有一天，卖柴人看见两个道士在山石上下棋，不觉天晚，竟空手而回，被打了二十棍子，并说："你真看见有人下棋，就把他们捉回来。"第二天，卖柴人去捉拿下棋的道士，两个道士立即腾空飞去，只得到几个棋子。回去后，黄公让他赶快沐浴，把法箓（道教秘文）全部传授给他。

术　　士

古代奇事故事。见唐·卢肇撰《逸史》。

唐玄宗的时候，有一个术士自吹："别人吃的食物，我事先都能一一知道。"公卿们争相延请，只有大夫李某不相信。李某把术士招来问道："你看我明日吃什么食物？"术士停一下说："吃两盘糕糜，二十碗橘皮汤。"李某笑一笑，就派厨师去准备饮食。明日会诸位朝廷的客人，天亮以后，皇上召见李某说："今日京兆尹进新糯米，得到糕糜，卿且去吃。"过了一会儿，用金盘盛来，李某跪拜后，在皇上面前勉强吃下。皇上感到很高兴，就说："卿吃得很美，再赏赐一盘。"李某又吃尽。他回到家中，肚子十分难受，什么都不吃，只喝橘皮汤。到半夜他才好了，忽然想起术士的话，便问左右说："我喝了多少橘皮汤？"左右回答："二十碗。"李某感叹许久。随后邀请术士到家，赏赐许多钱帛。

严　安　之

古代奇遇故事。见唐·卢肇撰《逸史》。

天宝初年，严安之为万年县捕贼官。正午时分，有黄衣宦官乘马自门驰入，宣布皇上的诏书说："城南十里某公主墓，现被贼劫，宜使往捕之，不得漏失。"严安之立即前往掩捕。他看见六七人，刚刚挖开穴道，便一下把他们擒获。严安之暗想："盗贼刚刚开冢，天子怎么会知道？"回到县里，严安之连忙审问盗贼。盗贼说："才开墓，立即觉得有一些异样，自知必败。到了第一道门，有冥器敕使数人，黄衣骑马，内一人持鞭，状如走势，幞头脚亦如风吹直竖。我们就知道必败。"严安之立即想到先前黄衣宦官的相貌，就是两个冥器敕使。

《潇湘录》

书名。唐·柳祥撰。柳祥，生平事迹不详。此书《新唐书·艺文志》《宋书·艺文志》均作十卷，已佚。现存《广百川学海》本、《古今说海》本、《丛书集成》本、《说库》本等，皆为残本。《太平广记》收有佚文四十多则。其中收有《汾水老姥》《逆旅道士》等故事。

汾 水 老 姥

古代报恩故事。见唐·柳祥撰《潇湘录》。

汾水边有一老姥得到一条红鲤，就凿一个小池，汲水把它养起来。一个多月后，忽见云雾兴起，红鲤腾跃而起，渐升霄汉。到了晚上，红鲤又来到池中。人们以为是妖怪。老姥感到追悔，就到小池边祷祝说："我本来爱惜你，将你养起来，你反而给我带来了灾祸！"话音刚落，红鲤立刻跃起，云从风至，进入汾水。空中落下一个珠子，光晶射人，众人不敢取，老姥便将它收藏起来。五年后，老姥的长子患风病，一天天严重，医治无效。那颗珠子忽然化为一颗丸丹。老姥说："这是红鲤送给我的，用它来救我的儿子，算是报答我的恩情。"她的儿子服后，风病立刻痊愈。

逆旅道士

古代精怪故事。见唐·柳祥撰《潇湘录》。

唐万岁元年，长安道中有群寇昼伏夜动，行客往往遭杀害，人们无比畏惧。后来，有一个道士住宿旅店，闻听此事，就对众人说："此必不是人，当是妖怪。"夜深后，他独自拿着一面古镜，在道旁等候。不久有一队兵甲完备的少年到来，齐声斥责道士说："道旁是何人？你不要命啦？"道士拿古镜照他们，他们立刻丢弃兵甲奔走，道士一边追逐，一边诵咒语，跑了五七里路，少年全部进入一个大穴。道士守到天明，召众人来挖，跑出百余只大鼠，将其全部杀死，祸患于是便灭绝了。

欧阳敏

古代鬼怪故事。见唐·柳祥撰《潇湘录》。

陕州东三十里本来没有旅舍，行客傍晚到此，却有人迎接安顿，天亮出发时往往有死者。扬州客欧阳敏至此，鬼就变成一个老头将他接回去，夜半请他喝酒时，欧阳敏从容谈到鬼神之事，说道："我如果知道妖鬼的所在，必定请尊神将其除尽。"老头连忙叩头说道："我就是鬼怪，请求君子饶恕。"随即奉献一卷书说："此书预知帝王历数，请保存。"欧阳敏收下，天明不辞而出，回望乃一座坏坟。

赵倜

古代精怪故事。见唐·柳祥撰《潇湘录》。

赵倜到江南经商，一年多没有回家。一天，一个人来告诉赵妻，赵倜的货物已经沉没在湖中，他仅免一死，现正在回家的路上。赵妻惊哭不已。三天后有一个人相貌跟赵倜一样，到门外大哭，赵妻将他引入家中，不断安慰他。一百多天后那人准备外出，正好赵倜带着货物回来，赵妻感到惊疑，便跑到邻家去了。赵倜追去询问缘由，忙让人去唤那人。那人一见赵倜立刻奔入南山，变为一只赤色老虎吼叫而去。

张　全

古代奇事故事。见唐·柳祥撰《潇湘录》。

益州刺史张全养的一匹骏马，一天忽然化为一个美妇，立在马厩里。左右赶忙去报告，请张全亲自去查看。美妇拜了一拜，说她是燕赵妇人，癖好骏马，几年后突然醉倒，竟变为一匹骏马，南奔千里被人收养，才到了大人的马厩中。张全无比惊奇，就把她留在家里。过了十多年，美妇请求还乡。张全尚未允许，她仰天号叫，忽然变为骏马奔跑而出，不知去向。

李审言

古代奇事故事。见唐·柳祥撰《潇湘录》。

有一年，长安百姓李审言得病如狂，要跟羊一起吃草，家人无法制止，求医也不见效。后来，他突然西去，走了将近一百里，进入路旁边的羊群中，化为一只大羊。家人一起跑来，这只大羊说："把我牵回去，千万不要杀我。我为羊快乐，人怎么比得上？"家人便将它赶回去饲养，以终天年。

王真妻

古代精怪故事。见唐·柳祥撰《潇湘录》。

华阴县令王真的妻子赵氏貌美，乃燕中富人之女，随丈夫赴任。近半年，每逢王真外出，有个少年就来勾引赵氏。一天王真从外面回来。看见妻子正在与这个少年饮酒调笑，大为吃惊。赵氏不觉扑倒气绝，少年变为一条大蛇逃了出去。王真命婢女将赵氏扶起，赵氏竟也化为一条蛇逃走，跟随大蛇进入华山，久而不见。

《传　奇》

书名。唐·裴铏撰。裴铏，籍贯、生卒年不详。大约生活在唐懿宗、僖宗年间。官至成都节度副使。此书三卷，已佚。《太平广记》录有佚文二十八则。

今有上海古籍出版社周楞伽辑注本，收轶文三十一则。其中收有《马拯》《王居贞》等故事。

马　拯

古代精怪故事。见唐·裴铏撰《传奇》。

唐长庆中，有处士马拯居住在湘中，一日去衡山祝融峰拜访伏虎师。他在佛室内的佛榻上，见到一位老僧，眉毛雪白，朴野魁梧。老僧很高兴，就让马拯派遣仆夫下山去买盐酪。一会儿，有个马沼山人亦来此，告诉马拯说："刚才在道中遇到一虎食人，不知所吃的是什么人。"他说的那人服饰，就是马拯的仆夫。马沼又说："遥见老虎吃完人后，便脱皮变为一个老僧。"马拯甚为惧怕。老僧回来，马拯对他说："马山人告诉我，我的仆夫在半山路上已被虎吃了，如何是好？"老僧怒道："贫道此境，山无虎狼，路绝蛇蝎，不要相信妄语。"马拯仔细窥看，老僧嘴上还有殷血。晚上马拯和马沼二人住在食堂，牢闭门户，明烛伺候。夜已深，闻庭中有虎发怒，几次用脑袋碰门窗，幸亏门窗结实而未破。天亮后，老僧叩门来送粥食，二人方敢开门。食粥毕，二人施计对老僧说："井中有异。"老僧去看时，二人将他推入井内，他立刻化为老虎，二人以巨石将其击毙。二人下山，黄昏时遇到一个猎者，在道旁张弓，在树上搭棚而居，他对二人说："离山下不远，诸虎凶暴，何不暂且上棚来？"二人攀缘而上，忽然看见三五十人过来，或僧、或道、或丈夫、或妇女，还有歌吟者、戏舞者，前来怒骂道："朝来被二贼杀我禅师，今方追捕之，又有人敢张弓箭对付我将军。"便发其机关而去。猎者对二人说："这些是伥鬼，被虎所食之人，为虎前来开道。"二人便劝猎者重张其弓箭，猎者弄好后登上棚子，果有一虎哮吼而来，前足触机，箭乃贯心而倒。不久诸伥鬼奔回，对着老虎哭泣道："谁又杀我将军？"二人怒斥道："你们这些无知下鬼，遭虎啮死，我们如今替你们报仇，不来道谢，还敢恸哭！"于是悄然无声。等到天明，二人把从老僧那里拿走的银器分与猎者而去。

王居贞

古代奇事故事。见唐·裴铏撰《传奇》。

王居贞落第后回颍阳，出京与一个道士同行。道士整天不吃东西。王居贞睡后，他就打开一个布囊，取出一张皮，披上而去，五更时才回来。有一天，王居贞假睡，一下抢走了道士的布囊。道士叩头请求退还，说："我不是人，衣服乃是虎皮，穿上到村中去找吃的。穿上虎皮晚上可以跑五百里。"王居贞离家许久，就借了道士的虎皮，披上后变为老虎夜驰百多里回去探视。可是太晚，不能够入家门。他看见门外有一头猪，就逮来吃了。回去后，他便把虎皮还给了道士。过了一段时间，王居贞回到家中，才知道自己的次子夜出被老虎所食。一问时间，就是他变虎归来的那天。他后悔莫及，一两天吃不下食物。

《续神仙传》

书名。又名《续仙传》。唐·沈汾撰。沈汾，唐末五代人，字里不详。此书《新唐书·艺文志》作三卷。《道藏》《道藏举要》《四库全书》亦作三卷。另外，《太平广记》收有其十三篇，《云笈七签》收有其三十三篇。其中包含《卖药翁》《宜君王老》等故事。

卖药翁

古代遇仙故事。见唐·沈汾撰《续神仙传》卷上。

卖药翁常提一个大葫芦卖药。人们生病来求药，无论有钱无钱他都给，药非常有效。人们敬他犹如神明。卖药翁常醉于城市间，他得到钱便送给贫人。有人戏问："有大还丹吗？"他说："有，一粒一千贯。"人们都笑他癫狂。他常常在城市里面笑着对人说："有钱不买药吃，尽作土馒头去。"人们不明白他的意思，都笑话他。后来他在长安卖药，正有很多买药的人，他抖了抖葫芦说已空，里面只剩下一丸，极大，发出光亮。他安在掌中，对大家说："百余年间卖药，遇到亿兆人，无一人肯拿钱买药吃，深可悲哀。如今自己吃了。"药才入口，他的足下生出五色云，风起飘飘，飞腾而去。

宜君王老

古代遇仙故事。见唐·沈汾撰《续神仙传》卷上。

坊州宜君县王老，居住在乡野，颇为好道爱客，夫妻二人把行阴德作为宗旨。一天早上，有个蓝缕道士登门拜访，王老与其妻都热情接待。居住月余，每日与王老言谈杯酌，甚相欢愉。道士忽然遍身恶疮，王老乃求医药治疗，越发殷勤。道士对王老说："此疮只要得到数斛酒浸泡即自愈。"于是王老为他酿酒。酒熟，道士说："用大瓮盛酒，我自己加药浸泡。"随即入瓮，他三日方出，须发俱黑，面如少年，肌若凝脂。王老合家惊异。道士说："此酒可饮，能令人飞上天。"当时正在打麦，王老与妻子及打麦人共饮，都大醉。道士问道："可上天去否？"王老愿随道士而去。于是祥风忽起，彩云如蒸，屋舍草树，全家人及鸡犬一时飞去，空中犹闻打麦声。数村人共观望惊叹。风定，他们请的打麦人乃留在别村树下，后皆得长生。

《河东记》

书名。唐·薛渔思撰。薛渔思，生平不详。此书原三卷，已佚。《太平广记》录有佚文三十余则。有《绀珠集》本、《说郛》本，均不全。其中收有《板桥三娘子》《段何》等故事。

板桥三娘子

古代旅客变驴型故事。见唐·薛渔思撰《河东记》。

汴州西板桥店店主三娘子，三十余岁，寡居无亲属，家富裕，多有驴畜。有一个叫赵季和的客人来她的客店住宿，夜里窥见隔壁的三娘子取出木牛、木人耕地种荞麦，然后又把麦子磨成面粉，做成烧饼。天亮以后，赵季和开门而去，在门外悄悄窥看，见到客人们吃了三娘子送上的烧饼，不一会儿都变成了毛驴。三娘子将毛驴通通赶到店后，吞没了他们的全部财物。赵季和没有将此事告诉他人。一个多月后，他带着事先做好的烧饼，住进板桥三娘子的客店。他偷换了三娘子的烧饼，又设法骗三娘子吃下她自己的烧饼，变成毛驴。赵季和毁坏了木牛、木人，然后骑着三娘子变的毛驴，四处周游。四年后，赵季和在华岳庙遇到一个老翁，他请求放了三娘子。老翁从驴口鼻边掰开，三娘子立刻从皮中跳出，恢复了原形。三娘子再拜而去，不知道所往。此则故事又见《古今说海》《古今谭概》等。

段　　何

古代奇遇故事。见唐·薛渔思撰《河东记》。

进士段何赁居在客户里，卧病一个多月后，稍微好一些。有一天，他忽然看见有个男子从壁缝中出来，要给他做媒。不久，此人便领人用轿子抬来一个绝色女子与段何婚配。段何知道做媒者是鬼物，就说："我是个贫寒举子，无意婚娶。"于是倒在枕头上不理睬，无论做媒者怎么劝说，始终不应。过了一会儿，做媒者只好出门，轿中女子乃以红笺题诗一篇，放在段何案上而去。此后，段何的疾病便一天天好起来了。

蕴 都 师

古代鬼怪故事。见唐·薛渔思撰《河东记》。

某寺在准备盂兰会时，僧人蕴都师看见佛前的一个化生容貌妖冶，手持莲花，向人好似有意。他对手下人开玩笑说："世间如有这样的女人，我会以她为妻。"当天晚上回到寺院，一个自称"莲花娘子"的美女带一个侍婢入禅房献媚，与蕴都师缠绵叙语，随即灭灯。不一会儿便听到蕴都师大声惨叫，还有争叫、撕咬、咀嚼骨头的声音。寺众不能开门，坏垣去看，有两个夜叉跳跃而出，嘴上还有血痕。

慈恩塔院女仙

古代奇事故事。见唐·薛渔思撰《河东记》。

唐太和年间，一个月夜，长安城南慈恩寺塔院忽见一个美妇人，由三四个青衣陪同，绕佛塔言笑，甚有风韵。她让侍女从院主那里借来笔砚，在北廊柱上题写一首诗。院主手执蜡烛将要去看时，她们全部变为白鹤冲天飞去。

龚　　播

古代金人现身型故事。见唐·薛渔思撰《河东记》。

龚播当初很贫穷，以贩卖蔬菜水果为业，在江边搭草屋居住。在一个风雨交加的夜晚，他见有人举火炬呼船求救，便划小艇冒风送人过江。上岸后，那个举火炬的人突然仆地，化为四尺余长的金人。龚播立即载回家，于是致富发家。

《宣室志》

书名。唐·张读撰。张读（834—886？），字圣朋（一作圣用），深州陆泽（今属河北深州）人。唐宣宗时擢进士第，累官中书舍人、礼部侍郎、吏部侍郎，后兼弘文馆学士，别院事。此书十卷，《补遗》一卷。有南宋辑本、明钞本、《四库全书》本、《稗海》本、《笔记小说大观》本、《丛书集成初编》本等。中华书局1983年出版有点校本。其中收有《鸽画》《赵叟》等故事。

鸽　画

古代庙宇鸽画型故事。见唐·张读撰《宣室志》卷一。

长安云花寺当初殿宇建成时，寺僧求画工。一日，有两个少年来说：“我们弟兄七人善画，不敢贪图收入，愿意做义工，可以吗？”僧人想先看看他们的功力，少年说：“我们不要工钱，如果师父不满意，命人抹掉也不晚。”寺僧考虑到不要工钱，就答应了。第二天七人果至，将入殿宇时，他们与僧人约定：七日之内不用送食。僧人听从他们的话语。此后六日，殿宇内寂静无声。僧人们相语：“此必有怪，不宜按约行事。”便打开门户去看，突然有七只使鸽翩翩向空中飞去。殿中的彩绘非常精彩，只是西北面的墙没有完工。后来，画工来观看，大为惊奇：“真是神妙之笔呀！”于是没有人敢去继续完成他们的彩绘。

赵　叟

古代人与动物故事。见唐·张读撰《宣室志》卷二。

扶风县赵叟无妻无儿，足有毛病而且驼背，每日拄着拐杖行乞。里人很同情他，常常给他吃食。赵叟得到吃食，必先聚群犬给以吃食。一年多后，赵叟病卧在一个寺庙的龛中。当时大雪，赵叟贫穷无衣，一边战栗一边呻吟。群犬俱集于叟旁，摇尾而嗥，以身护卫赵叟的肢体。过了十多天，赵叟竟死于龛中。群犬哀鸣，昼夜不歇，数日后才离去。

周　氏　子

古代奇遇故事。见唐·张读撰《宣室志》卷四。

汝南周氏子，家住昆山县。元和中，他考试优秀，选为昆山县尉。他还没有抵达县城，在数十里外投宿在一家旅店中。夜梦一个白衣丈夫，仪状甚秀，而血染衣襟，好像是伤了胸部，既拜，哭着对周生说："我家住在林中，今偶然到田野间，不幸被君之家童逮住，又让狂犬来咬我的胸部。愿君怜悯而放了我。不然，我死在朝夕。"说完周生就醒了，心里感到奇异。第二天，他回到家中，晚上又梦白衣人来说："愿君快快为我解开束缚。"周生问道："可不可以告诉我你的名氏？"那人说："我，鸟也。"说完便不见了。次日周生就将此梦告诉了家童，才知道家人在野外捕获了一只鹅，并用笼子装回了家中。前天傍晚，有犬咬伤鹅的胸部。周生立即命人放了这只鹅。当天晚上，他又梦见白衣人来致谢而去。

殷 氏 父 子

古代盗贼故事。见唐·张读撰《宣室志》卷五。

樊宗谅为密州刺史，当时县里群盗横行，杀死殷氏父子三人，掠走他家金帛。刺史捕之甚急，月余不获。樊宗谅命钜鹿魏南华主管司法。一夕，魏南华梦数人皆披发来控诉："我们殷氏父子三人，俱无罪而死，愿明公为我们雪冤。"魏南华问："凶手为谁？"回答："我家东十里的姚某，乃贼魁。"数日后，樊宗谅让魏南华前往查验。魏南华驰往，途中忽见一狐跳出路旁深草，窜进里人姚氏所居的一个穴中。魏南华命人挖掘，得金帛甚多，乃群盗所劫殷氏的财物。于是，将盗魁姚氏子及十多个党羽一网打尽。

清　水　珠

古代宝物故事。见唐·张读撰《宣室志》卷六。

汉南冯翊郡的严生尝游岘山，得到一个大弹丸，色黑而有光，若轻冰。他持以示人，有人说是珠子。他因此称为"弹珠"，常置于箱中。此后严生游长安，傍晚在春明门遇到一个胡人，下马说道："你衣橐中有奇宝，希望一见。"严生便把“弹珠”拿出来给他看。胡人手捧着高兴地说：“此乃天下之奇货，愿以三十万为价。”严生问他：“此宝有何用处？你肯出如此厚价？”胡人说：“我是西国人。此乃我国之至宝，人称‘清水珠’，将它放在浊水中，水一下便清澈了。此宝丢失已经三年，我等越海逾山，四处寻求，如今果然在此处得到了。”胡人立即命注浊水在瓮中，以珠投去，一会儿其水淡然清莹，纤毫可辨。严生于是将宝珠拿给胡人，得到厚价而归。

水 银 精

古代精怪故事。见唐·张读撰《宣室志》卷六。

大历中，吕生由会稽上虞县尉调集于京师，侨居在永崇里。有一天晚上，他与一些朋友在家里面聚餐。完毕，将要就寝时，突然有一个二尺来长的老婆婆，容服洁白，出于堂上的北角，缓步而来，状貌极为怪异。大家看见她，相向大笑。老婆婆过来说：“你们聚会，不能邀请我一下吗？”吕生斥责她，她就退至北角不见了，知道她是精怪。明日，吕生独寝时又见这个老婆婆出现在屋北角下，大声呵斥就不见了。过了一天，吕生心中暗想：“这个怪物今晚恐将至，若不除掉，必定带来祸害。”他立即在榻下放了一把剑。当晚老婆婆果然从北角慢步而来，并无惧色。到榻前吕生就用剑砍她，她忽然上床，用臂撞吕生胸部，然后在左右举袂而舞；许久，又有一个老婆婆跳上床，用臂撞吕生。吕生顿时觉得浑身冰凉，像被霜雪覆盖住一样。他又以剑乱挥，一会儿又有几个老婆婆跟着跳舞。吕生挥剑不已，又有十多个老婆婆，各长一寸多，环走四壁。吕生非常恐惧，估计不能脱身。其中一个老婆婆对吕生说：“我们将合在一起，君且观看。”说完俱至榻前，忽然合为一个老婆婆，与先前见到的无异。吕生更加惧怕，问道：“你是何怪？而敢如是骚扰生人，赶快离开！不然我要去求方士，用神术制伏你。”老婆婆笑道：“果真有术士，我愿见一见。我是来逗乐的，不敢加害，希望你不要害怕。我也要回去啦。”说完，便退到北角隐没了。次日，吕生将此事告诉他人。有个田氏子善以符术祛除怪魅，闻名于长安。他听到后高兴地说：“这是我的事，消灭她犹如以爪压蚁。今晚我愿往吕家等候。”至夜，吕生与田氏子俱坐于室内。未几，老婆婆果然又至榻前。田氏子呵斥道：“妖魅快去！”老婆婆毫无惧色，慢步来去多次，忽然对田生挥手，手掉在地上，又化为一妪，甚小，忽跃而升榻，突入田生口中。田生惊呼：“我死啦！”老婆婆对吕生说：“我先前说过不害你，你不听。如今田生的结果怎样？然而亦将让你致富。”说完又去。第二天，有人对吕生说：“应当挖开北角，可以看见了。”吕生高高兴兴地回去，命家童在老婆婆隐没处挖掘，下至丈余，得到一个可装十来斗的大瓶子，贮水银非常多。吕生才知道老婆婆乃水银精。田生竟寒栗而亡。

三 女 坟

古代鬼魂故事。见唐·张读撰《宣室志》卷六。

广陵有个官舍，相传其中有鬼，入住者一夕即暴死，因此锁闭多年。御史崔某官于广陵，不怕鬼魅，竟住进去。当晚微雨，崔某对仆人说：“你们都居住他室，而我在堂上睡。”夜半崔某突然醒来，发现自己卧榻于庭中。搬回去睡后，卧榻又迁到庭中，如此三次。崔某说：“我谓天下无鬼，如今果有。”立即洒酒祝祷：“我听说居此者多暴死。且人神殊道，当各安其居，岂能害生人？你我如今相遇，你如果真有所诉，当为我言。我可接受你的托付，虽赴汤蹈火而不避。”一会儿听到空中有言：“我姊妹三人，俱未出嫁而死，父母葬我们于郡城之北许久。后来，府公于此浚城池，构城屋，工人伐我封内树且尽，又徙我于此堂东北角，使羁魂不宁，无所栖托。今夕幸遇君子得语其冤。如果君子以仁心为我棺殓，葬于野外，其恩莫大。”已而涕泣呜咽而去。明日，崔某招工人挖掘堂东北角，果得枯骸，便葬于禅智寺隙地。里人皆来祭奠，称为“三女坟”。自此其地便获安宁。

祁 县 民

古代精怪故事。见唐·张读撰《宣室志》卷八。

祁县有一个村民去太原府交公粮，回来时天色已晚，看见有一个白衣妇人站在路旁，对村民说：“我今天去都城，十分疲惫，能不能搭你的车？”经村民同意后，她上了车，走了四五里，村民下来给车辖上膏油，忽然看见车隙中露出一条狐狸尾巴。他立刻用镰刀把狐狸尾巴砍断。那个妇人便化为没有尾巴的白狐，嗷叫而去。

韦 氏 子

古代精怪故事。见唐·张读撰《宣室志》卷十。

韦氏子家住韩城，别墅在城北十多里。有一年，他出外游玩，傍晚看见有个妇人，拿着一把瓢，从北边而来，对他说："我居住城北，家里很贫困，如今被里胥侮辱，将要去告状。请先替我把事情写出来，我好去见县令，希望得以雪耻。"韦氏子答应下来，妇人便请他坐在田间，从衣服中取出一个酒杯来说："瓢中有酒，愿与先生同醉。"于是斟酒给他喝，他刚举杯，正好有一个猎人骑马从西边来，还带着几只猎犬，妇人望见，立即化为一只狐狸往东方跑去。韦氏子无比惊恐，一看手中的杯子竟是骷髅，酒好像是牛尿。他因此得病发热，过了一个多月才痊愈。

刘　宪

古代鬼怪故事。见唐·张读撰《宣室志》佚文。

尚书李寰镇平阳时，有衙将刘宪，性刚直，有胆勇。一夕见一个白衣人来到他家说："府僚命你甚急，请快赴召。"刘宪生气说："我是军中副将，未尝有过，府僚怎么对我下命令？"白衣人说："你快去，不要推辞。不然要惹祸。"白衣人驰去，没几步就不见了踪影，刘宪方知是鬼。夜深又至，呼刘宪。刘宪暗想："我听说死生有命，怎么可能逃避。"于是一同前往。出城数里，至一公署，见冥官在厅，有吏数十辈，列其左右。冥官见刘宪来到，便降阶尽礼，然后请坐，对刘宪说："我听说你以勇烈闻名，故委派重任。地府有巡察使，去巡视各地，遇到不法者，得以查处。此乃重事，非刚烈者不可以委派。愿足下俯就。"刘宪辞谢道："我无才干，愿另外选择刚勇者。"冥官又说："你为何坚拒呢？"于是命人立召洪洞县吏王信，随即派遣一吏送刘宪回去。刘宪一下就惊醒了。数日后，李寰命刘宪到北都去，行经洪洞县时，听县里面的官员说："县吏王信数日前去世了。"

《续定命录》

书名。唐·温畬撰。温畬，唐宪宗元和十五年（820）曾任左拾遗，其余未详。此书一卷，已佚。《太平广记》收有佚文十余则。《绀珠集》等也有佚文。其中收有《吴少诚》《王璠》等故事。

吴 少 诚

古代奇遇故事。见唐·温畬撰《续定命录》。

吴少诚贫贱时当过兵，逃到上蔡县后，又冷又饿。上蔡县有猎师数人，在山中得到一头鹿子。按规矩，获得巨兽应当取出脏腑来祭山神。祭毕，正要聚餐时，忽然听到空中有声音说："等待吴尚书。"众人惊骇，停一会儿准备吃时，又听到有声音说："尚书即到，为何不等一等？"不久，有一个脚力提着一个小包袱过来了。他看见猎人们，拱手而坐。猎人们一问，得知他姓吴，大家都感到很吃惊。吃完鹿肉，猎人们起来祝贺道："贵客即将做大官，希望记住我们的姓名。"于是讲了事情的经过。吴少诚说："我是个当兵的，哪有富贵之事？"说完大笑而去。过了几年，他果然当了节度使，兼任工部尚书。他让人去寻找那些猎人，馈赠了许多财物。

王 璠

古代奇事故事。见唐·温畬撰《续定命录》。

王璠登科后，梦见自己做了河南府尹，上任时有两个客人来拜访。穿紫衣的坐在东边，穿红衣的坐在西边。红衣人问紫衣人："仑邦如何处置？"紫衣人说："已打了二十板子，递解出界。"王璠醒来，就把这些写在告牒后面的纸上。过了二十年，王璠果然做了河南府尹。到任以后，洛阳县令与分司郎官都是熟人，到王璠那里闲聊。郎官问县令："仑邦如何处置？"县令说："已打了二十板子，递解出界。"王璠听后立刻走进屋里去，好久没有出来。两位客人以为王璠生气了。过了一会儿，王璠拿出告牒记的事情让两位客人看，又问仑邦是什么人。这才知道仑邦是郎官的家奴，因为偷窃逃跑，抓住后送到县衙，县令作了这样的处置。

《大唐奇事记》

书名。又作《大唐奇事》。唐·李隐撰。李隐，唐末人，生平不详。此书十卷，已佚。《太平广记》引有佚文十余则。其中收有《王守一》《王武》等故事。

王守一

古代奇人故事。见唐·李隐撰《大唐奇事记》。

洛阳城王守一自称“终南山人”。他常常背着一把大壶卖药。柳某家十分富裕，只有一个儿子。儿子长大成人时，眉头忽然长出一个肉瘤，经过多次治疗都不能去除。后来柳某来到王守一家中，请他给儿子治病。王守一祭祷后，从壶中取出一丸药，嚼碎敷在肉瘤上。过了一会儿，肉瘤破裂，有一条小蛇掉在地上，长约五寸，五彩斑斓。蛇渐渐长到一丈许，王守一饮下一杯酒，呵斥一声，蛇慢慢腾起，云雾昏暗。王守一便乘蛇飞去，不知所在。

王武

古代奇遇故事。见唐·李隐撰《大唐奇事记》。

洛阳妇人王武为人不正派，常常在豪贵面前谄媚。有一次，她得知有人要卖骏马，就多出金帛，抢买到这匹马。此马白色，如同一团美玉，鬃尾色赤如朱，人们都说是千里马，又怀疑是龙驹。王武准备拿去献给大将军薛公，便配上金鞍玉勒，装饰了许多珠宝翡翠。此马忽然在马厩里大嘶一声，立即化为泥马。王武大惊失色，便将它焚毁了。

昝规

古代精怪故事。见唐·李隐撰《大唐奇事记》。

长安城内贫民昝规家遭遇火灾，儿女六人年幼，生活没有着落。昝规的妻子不得不卖身以解燃眉之急，被蓝田一个老头买走。然而三年后，六个子女都死去了，昝规也沦为乞丐。他从长安到蓝田县探视妻子，妻子听说儿女皆死，便号啕大哭，一下气绝身亡。此时，昝规才发现妻子住的地方竟是古墓，买他妻子的那个老头，乃一个老狐，它突然跑出去，不知逃到什么地方去了。

《玉泉子》

书名。又名《玉泉子见闻真录》。唐·玉泉子撰。玉泉子，唐末人，姓名、生平未详。原书已佚。今存《稗海》本、《类说》本、《说郛》本、《唐人说荟》本等。《太平广记》引有佚文三十余则。其中收有《李詹》《郑路女》等故事。

李　詹

古代恶报故事。见唐·玉泉子撰《玉泉子》。

进士李詹穷奢极欲，为了满足口腹之欲，挖空心思广求滋味。他每次吃鳖，都要捆住鳖足，放在烈日下暴晒，等鳖渴了就让它喝酒，然后烹调。又取驴拴在庭中，围上火烤，等驴渴了就给它喝灰水来洗肠胃，然后喝下酒和各种调料，驴还没有断气，就已经被烤熟了。李詹一日突然仆地而死。他的厨师也跟着死去，第二天复苏，对人说道："我看见李詹在地狱受到被他残害的动物谴责。他说是我干的，我就说他的命令不敢违抗，于是便将我放回来了。"

郑　路　女

古代盗贼故事。见唐·玉泉子撰《玉泉子》。

郑路兄弟到江外为官，一天在江边停船时，一群盗贼蜂拥而至。他们便把所有的金帛罗列在岸上任盗贼运取。可是盗贼一无所取，竟说："只要得到小姐就满足啦。"他们家的小姐十分美貌，盗魁早已垂涎。一家人骨肉情深，不知如何对答。小姐却欣然同意，盗贼立即用小船将她接走。小姐对盗魁说："我们是有身份的人家，既然要做你的妻子，岂能无理相逼？到了你们那里，应当会会亲族，才能成为好的夫妻。"盗魁点头。小姐又指同来的两个婢女说："她们也不应当留下，不如回到我家去。"盗魁因为小姐貌美，便依从了她。郑家立即开船，载着两个婢女远去。这时，郑路女竟投江而死。

郑 昌 图

古代奇事故事。见唐·玉泉子撰《玉泉子》。

郑昌图考取进士后，居住在长安。晚上他在庭院里乘凉，梦见被人殴击，擒出春明门，来到连接大路的石桥上，才把他放开。他丢掉一只紫罗鞋，奔跑回家。醒来他对兄弟讲起此事。一看，床前果然丢失一只鞋。早上派人在石桥上寻找，竟找到了这只鞋。

《三水小牍》

书名。唐·皇甫枚撰。皇甫枚（约835—？），字遵美，安定三水（今属陕西旬邑）人。曾任汝州鲁山县主簿。此书《宋书·艺文志》著录二卷，《书录解题》《文献通考》则著录三卷。明·杨仪有二卷本，三十五则。近人缪荃孙从《太平广记》《续谈助》《说郛》《古今说海》中搜辑佚文十二则，成补遗一卷，连同二卷本的三十五则，一并刊入《云自在龛丛书》。中华书局上海编辑所1958年出版有校点本，又从《类说》里面补佚文十四则，有所疏误。其中收有《王公直》《游氏子》等故事。

王 公 直

古代报应故事。见唐·皇甫枚撰《三水小牍》。

咸通年间，洛阳大饥荒，谷价飞涨。到了蚕月，桑叶价格非常高。新安县慈涧店北村乡民王公直有桑树数十株，他与妻子商量后，将家里面的数箔蚕埋掉，而把数十株树的桑叶拿去出卖，得到三千文钱，然后到市场上买猪腿和饼子回家。出城时，门吏看见他的布袋殷血，搜查时发现布袋里面有一只人的左臂，好像是新砍下来的。河南府尹审案时，王公直说他没有杀过人，而是埋蚕卖桑叶，得钱买肉回家。府尹派差人去查看，挖开蚕坑后发现一个死人，正好缺一只左臂。因此王公直被杖杀。

游 氏 子

古代鬼怪故事。见唐·皇甫枚撰《三水小牍》。

许昌有一座凶宅，无人敢居住。有游氏子性格强悍，盛夏进入凶宅，枕剑在堂上睡觉。半夜，先有役夫到堂中打扫，接着有数十个歌舞伎出来歌舞尽欢。游氏子打算去擒拿魁首，却动弹不得，想大叫却不能出声。直至急促的鼓声响起，她们才散去。灯火一灭，寂静如初。游氏子吓出一身冷汗，便匍匐而出，到里门后过一会儿才能够言语。这座宅子后来再没有人敢去居住了。

李 约

古代鬼怪故事。见唐·皇甫枚撰《三水小牍》。

咸通年间，陇西李夷遇做了邠州从事。有个仆人李约，敏捷善行，主人常常让他送书信入京。这年七月，李约从京城回邠州，他早行数坊，因疲倦歇在古槐下。有一个白发老父，曲背拄杖，亦来同坐，呻吟不绝。许久，他对李约说："老夫打算到咸阳，你能背我去吗？"李约不应。老父再三请求，李约才说可以。老父欣然登上，李约知道他是鬼怪，悄悄用所得的哥舒棒，自后边束住他而跑。东方发白，老父几次请求下来，李约束得更紧。一会儿，李约忽觉背轻，有物坠下，一看是一块坏棺材板。他掷于某处墙下，后来也没有什么灾祸。

韩 生

古代奇事故事。见唐·皇甫枚撰《三水小牍》。

桂林韩生嗜酒，自称有道术。有一次，他打算去明州，与二人同行。在桂林郊外一座寺庙住宿时，韩生晚上不睡，独自抱一个篮子，拿一把勺到庭下，用勺舀月光，并说："今晚月光难得，留着他日有用。"别人都觉得好笑。船行至邵平，大家一同坐在江亭下饮酒，日暮风急，不能点蜡烛，都感到憋闷。一个客人忽然问韩生贮藏的月光在哪里。韩生笑道："我几乎忘了。"急忙到船内取来篮勺一挥，顿时明亮起来，秋夜晴空，月色明媚。众人欢呼，一直痛饮到四更。韩生又舀取月光，收回篮子，夜黑依然如故。

《岭表录异》

书名。又作《岭表录异记》《岭表录》《岭表记》。唐·刘恂撰。刘恂，河北雄县人，生卒年不详。唐昭宗时曾任广州司马。此书共三卷。有《丛书集成》本、《说库》本等。1983年广东人民出版社标点重印1938年鲁迅校本。其中收有《温媪》《海上六国》等故事。

温　媪

古代龙子祭母型故事。见唐·刘恂撰《岭表录异》。

康州悦城县孤寡老妇温老太，以织布为业。有一次，她到野外去拾菜，看见沙中有五个蛋，便捡回家放在筐里面。没有几天，五条小蛇出壳，她就把它们送入江中。后来她去江边洗衣服时，鱼常常出来跟她嬉戏。人们便尊称她为“龙母”，来问祸福，她的话往往都能够应验。朝廷知道后，就要把她接进京师。她到全义岭便得病，回到悦城就去世了。乡里将她埋葬在东岸。一天傍晚风雨大作，第二天，人们发现她的坟墓以及四周的草木已经被移到西岸了。

海上六国

古代奇遇故事。见唐·刘恂撰《岭表录异》。

有一年，陆州刺史周遇回福建时在海上遭恶风，飘五日夜，不知行了几千里，共经历六国：先到狗国，当地人裸行，抱狗而出，见船惊走。经毛人国，当地人形小，皆披发，身上有毛。又到夜叉国，船触暗石而受损坏，便搬物上岸，等潮落修补。有数人同入深林采野蔬。忽为夜叉追逐，一人被擒，其余人惊走。几个夜叉同吃所得之人。同舟的人无比惊怖。顷刻间有百余夜叉怒目而至。篙工、贾客五十余人，齐拿弓弩枪剑抵御，果然射倒两个夜叉，他们立即抬回去了。夜叉畏惧弓弩，也不敢再来。两天后船修好了，他们便立刻离去。又经大人国，那里的人都长大而粗野，看见船上鼓噪，即惊走不出。又经流虬国，该国的人矮小，都穿麻布服，而有礼貌，竟用食物来交换钉铁。既而又行经小人国，其人都裸体，小如五六岁儿。船人食尽，下去采回三四十枚果子，分而充饥。后行两日，遇一岛而取水。忽有一群肥壮的山羊，见人都不惊避。起初以为岛上有人牧养，后来发现无人喂养，就捕来煮而分食。

《阙　史》

书名。又名《唐阙史》。唐·高彦休撰。高彦休（854—？），自号参寥子。唐僖宗乾符甲午年（874）进士，曾任盐铁判官、朝议郎、京兆府咸阳县尉等。此书《新唐书·艺文志》著录三卷。今本作二卷。有《知不足斋丛书》本、《说郛》本、《龙威秘书》本、《丛书集成初编》本等。其中收有《渤海僧通鸟兽言》《贱买古画马》等故事。

渤海僧通鸟兽言

古代异人故事。见唐·高彦休撰《阙史》卷下。

渤海有一个僧人能通鸟兽之言，寓居在西明寺。有一天，他与一些官吏一起外出，在路上看见有一头母猪与小猪同行，嘴里喀喀有声，一个官吏就问他母猪在说什么。他回答：“母猪对小猪讲：‘行行行，在前面树荫下吃奶。’估计走不远便要遇到槐树，它就会停下来喂小猪。”官吏感到好奇，便骑着马慢慢走，果然看见那头母猪到树下给小猪喂奶。随后贵臣多往迎问，很少有误差。后来宦官当道，这个僧人非常不开心，便离开京城，不知所往。

贱买古画马

古代奇遇故事。见唐·高彦休撰《阙史》卷下。

有一个守卫军营者谎称有个妇人廉价出卖一幅马画。荥阳县的书吏觉得蹊跷，就让他拿来看看。此人说这幅画是李太尉的宝物，后来流落民间，因此低价出售。书吏吃不准，于是请延寿里精于品画的李处士来鉴别。李处士见了这幅画瞪目三叹，说道：“此乃韩展的上品。”此时，正好有一个禁军中人来认领，书吏以为他并非奸盗，不愿意苛留，便将画束送给他。后来，再也不知道此画的下落。

《芝田录》

书名。唐·丁用晦撰。丁用晦，晚唐人，生平不详。此书《新唐书·艺文志》《文献通考》等均作一卷，已佚。《类说》《说郛》等辑有残本。《太平广记》《唐语林》亦有引录。各书去其重复，共四十余则。其中收有《会昌狂士》《崔生妻》等故事。

会昌狂士

古代奇事故事。见唐·丁用晦撰《芝田录》。

会昌开成中，含元殿要换一根柱子。军司下到周至山场，一年未得到，于是悬重赏求柱。有一个工人贪赏，穷幽扪险，找到一棵巨材，经过千辛万苦，才将其运送到平地。等候有司选日送入京城之际，有一个狂士来说："此材中有巨蟒，十年后必载此殿而去他国。"说完，此人就消失了。于是，军司立即命千百人把巨材推入渭水，听其流去。

崔生妻

古代奇事故事。见唐·丁用晦撰《芝田录》。

唐元和年间，崔某前妻萧夫人亡故十二年时，一天托梦给儿子说："我已得生，将要还阳，快去告诉你母亲，能不能发我的坟墓？"儿子不敢相信。萧夫人又托梦给老家人，说："快告诉郑夫人，赶紧发冢，过两天就来不及啦！"崔某后妻郑夫人十分贤惠，命人发冢，将萧夫人抬回家，饮下米粥，慢慢气通能够言语，说她在幽途知道郑夫人抚育贤德之恩。后来二位夫人以姊妹相处，情同骨肉，得十年而终。

《原化记》

书名。一作《原化纪》。唐·皇甫氏撰。皇甫氏，名字、生平不详。此书三卷，已佚。《太平广记》引佚文六十三则。其中收有《裴氏子》《义侠》等故事。

裴 氏 子

古代异人故事。见唐·皇甫氏撰《原化记》。

唐开元中，长安裴氏子在延平门外庄居住，兄弟三人以孝义闻名，家贫却好施惠。有个老父说是以卖药为业，常来求饮食，裴氏子都热情接待。因此他就住在裴家，数年间没有怠慢。一日老父对裴氏子说："君家兄弟很贫困，却能常年善待客人，如此积德，必有大福。为报厚德，今赠少量财物，以备日后之需。"老父便挖地为炉，让人找来炭烧火。接着他又让人拿来几块手指大小的砖瓦放入火中烧，从怀中取出少量药投进去，一会儿砖瓦就变为金子，大约重百两，送给裴氏子，并说："我马上要离开了，君家如有困难，我会再来。"裴氏兄弟越发敬重老父，一再拜谢，于是诀别而去。

义 侠

古代侠义故事。见唐·皇甫氏撰《原化记》。

有一个官员在任上曾经放走一个贼囚。此官任满后，数年间都出外游历。有一天，他来到一县，忽然听说该县的县令与他当年所放的贼囚姓名相同，便前往拜谒。他报姓字后，这个县令十分惊惧，便出来迎拜。这个县令果然是他所放的人。他因此被留在县衙里面，两人对榻而寝，愉快地度过十多天。这个县令一直没有回到住宅，忽然有一天回去了。此客去上厕所。厕所与县令的住宅只隔一面墙。他在厕所闻听县令的妻在问："来了什么客人，十多天不回家？"县令说："得此人大恩。过去我的性命捏在他手里，是他救了我。时至今日，不知如何报答。"妻子说："夫君岂不闻，大恩不报。何不见机行事？"县令不语，过许久才说："讲得好。"此客听了，立刻乘马便走，衣服都丢弃在厅中。到晚上，已经走了五六十里，出了县界，住宿在一家村店。仆从跟着主人奔走，不知何故。此人歇下来后，才说起这个贼人忘恩负义的情况，说完不断叹息，奴仆也跟着哭泣。忽然，床下有一个人拿着匕首爬出来，对此人说："义士也。县令让我来取君头。刚才听了您的话，才知道他是个负心人。不然，我会枉杀贤士。请君公暂且勿睡。一会儿，我取此贼头以雪君冤。"他持剑出门如飞，二更时呼喊道：

"贼首到。"众人举火观看，乃县令的脑袋。剑客辞别，不知所往。

渔　人

古代江中宝镜型故事。见唐·皇甫氏撰《原化记》。

唐贞元中，苏州太湖入松江口，有数船共十多个渔人下网取鱼，一无所获，只得到一个镜子。渔人因为愤怒而将镜子扔入水中。移船下网，又得此镜。有个渔人感到奇异，就取镜子来照，竟看见筋骨脏腑，闷绝而倒。众人大惊，都取镜子来照，顿时皆倒下，呕吐狼藉。余下一人不敢去照，立即将镜子投进水中。许久，他扶持倒吐的人一起回家，都以为遇到妖怪。次日，他们再去撒网，所得的鱼则多于平时数倍。那些先前有病的人，自此都痊愈了。他们去询问德高望重的老者，才知道此镜在江湖几百年出现一次，只是不知道归什么精灵所有。

吴　堪

古代田螺女型故事。见唐·皇甫氏撰《原化记》。

常州义兴县有一个鳏夫吴堪，是个县吏。他家面临荆溪，常常在水边赏玩。有一次，他在水边捡到一个白螺，就拿回家用水养起来。此后每天从县里回家，他看见饮食都备好了，也就吃下。他以为是邻居老母所为，便去致谢。此时才知道有一个女子在他家操持。第二天，吴堪在门外偷看，发现白螺所变的女子在厨房做饭，立刻入门。女子说自己是奉上天之命而来，二人便成为夫妻。县令听说吴堪的妻子十分美貌，就要加害他，给他提出种种难题。在妻子的帮助下，县令没有难倒吴堪。后来，县令又要吴堪找一个"蜗斗"。第二天，妻子让吴堪牵着一条类似犬的野兽来到县衙，说是"蜗斗"。县令问这个野兽有什么能耐。吴堪说："能够吃火、拉火。"县令便让它吃烧红的炭火，吃完后立即拉出火焰，将县令及其一家化为灰烬。吴堪与他的妻子也不知道去了什么地方。

王　叟

古代奇事故事。见唐·皇甫氏撰《原化记》。

唐天宝年间，相州邺城王叟夫妻二人，无儿无女，家境富裕，却十分节俭。他的庄子上有二百多住户。有一天，王叟看见有个庄客饮食格外丰盛，一问是个卖杂粉香药的。那人说每天都把盈利拿来吃了，所以吃得很好。王叟大受启发，认为自己没有必要把遗产留给什么人，于是打开仓库，购买各种珍馐美味，肆意挥霍。不几日，夫妻俩都梦见被人戴上枷锁，受到鞭打，说他们妄破军粮。夫妻二人醒来后，过了几年相继死去。官军便把王叟家仓库里面的粮食，统统拿去供给军队。

张 老

古代精怪故事。见唐·皇甫氏撰《原化记》。

荆湘有一座僧寺背山近水，水中有龙。间或雷风大作，损坏树木。寺中有一个撞钟的张老，是个术士，但是僧人不知道。张老厌恶此龙损物，打算除掉它，便秘密施法。此龙化为人悄悄告诉僧人说："我是龙，住此水多年，因为出风雨损物，将要被张老除掉，性命危急，非和尚救命不可。倘若救我一命，我愿意奉献一枚宝珠来报答师父，我立即迁往别处。"僧人当天晚上唤来张老，请求饶此龙一命。张老说："和尚莫要上当。此龙很穷，生性吝啬险恶。今天如果接受它的宝珠，他日将后悔莫及。"僧人不信，张老不得已放了此龙。此龙晚上送珠给僧人，而且移出潭水，张老也离开了僧寺。数日后忽然下大雷雨，此龙毁坏了僧舍，夺走了宝珠，果然像张老说的那样。

天宝选人

古代奇遇故事。见唐·皇甫氏撰《原化记》。

天宝年中，有一个候选的官员进京。日暮投一村僧房求宿。僧人不在，他只好就榻借宿，鞍马置于别室。黎明将要出发，他在后院破屋中忽然发现一个十七八岁的女子，容色美丽，盖着虎皮熟睡。此人慢慢揭下虎皮藏起来。女子察觉，很惊惧，说是逃难至此。女子不得已成为此人的妻子，他便载着她去赴选，接着又一同上任为官。数年届满，生子数人。一日他们同行，又来到从前住宿处。有僧人在，就请他们入住。次日未出发时，此人笑着对妻子说："夫人还记得我们当初相见的地方吗？"妻子愤怒说："我本非人类，偶尔为夫君所收，有子数人。能不见嫌，敢且同处。如今讲明白了，还我原来的衣服，让我离去。"此人知道无法劝阻，便说："你的衣服在北屋间，自己去取吧。"女人大怒，目如电光，猖狂入北屋间寻觅虎皮，披在身上，跳跃数步，已成巨虎，哮吼回顾，向山林而去。此人惊惧，便带着孩子离去了。

《闻奇录》

书名。唐·佚名撰。原书早佚。《太平广记》引有佚文三十六则。其中收有《李文敏》《韦叔文》等故事。

李　文　敏

古代复仇故事。见唐·佚名撰《闻奇录》。

李文敏选授广州录事参军，赴任途中被广州都虞侯杀死，投尸于江中。其人强占了李妻崔氏，其子五岁，随母而去。儿子长大成人，进京赴举，下第后偶然发现其父李文敏被害的秘密，并且从母亲那里了解了全部事实。他立即告官，终于替父报仇，让杀人夺妻之凶犯受到惩处。

韦　叔　文

古代奇遇故事。见唐·佚名撰《闻奇录》。

韦叔文善于画马。有一天偶然在绢上画了两匹马，尚未设色，他就赴举去了。在华岳庙前，他恍恍惚惚如做梦，见庙前有人来拜见自己说："金天王奉召。"他不觉下马而入，在殿上见到天王，天王说："知道你有两匹马非常好，如今希望得到，来春你改名便会入第。"韦叔文说："有马，但毛色未完成。"天王说："可以赠送吧？"韦叔文说："好的。"他出庙立刻回到店中添上色彩，拿去献给天王。他第二年春天改名后便中了进士。

画　　工

古代画中人型故事。见唐·佚名撰《闻奇录》。

唐进士赵为在画工那里得到一幅软障，上面画了一个女子异常美丽。他对画工说："如可令生，我愿意娶为妻子。"画工说："我是神画。此女名为'真真'。呼她百日，昼夜不歇，她必然答应。答应后用百家彩灰酒灌她，必定变活。”赵为按画工的话行事，呼百日后女子果然从画上下来，言笑饮食如常人，便成为夫妻。一年后生下一个儿子。儿子两岁时，有个朋友说：“此是妖精，必然给你带来祸患。我有神剑，可以斩妖。”当天晚上，他就把剑送去给赵为。剑才送到，真真便哭泣道：“我乃是南岳地仙。被人画成图画，夫君又不断呼喊我。我不想让夫君失望，因而成为伉俪。夫君如今怀疑我，我不可留下。”说完立刻上了软障，只留下一个孩子。

张 偃

古代奇遇故事。见唐·佚名撰《闻奇录》。

张偃进京赴举，经过金天王庙遇到大雨，便在庙门避雨。到晚上雨仍然下个不停，他只好在庙里住宿。四更时金天王处理事务，说话声音很大，他听到金天王念道：“张偃来日午时行至某村，将为赤狸虎所食。”他听了十分恐惧，便从门下匍匐而入，自报姓名，乞求金天王救命。金天王立刻召虎至，说道：“与你两个大兽吃，可以代替张偃。”老虎说：“该吃冤家，不能够用别的替代。”金天王让查一查老虎何时死，一个小吏查后说：“未时，为某村王存射死。”金天王说：“命张偃过午时再上路。”次日张偃上路后，果然看见前面有人喧闹。一问，乃是某村王存射死一只赤狸虎。他便去买了祭品，亲自到金天王庙谢恩。

郑 总

古代鬼魂故事。见唐·佚名撰《闻奇录》。

郑总因为妻子生病而不愿意进京赴举。妻子一再请求，他才进京。等到春天落第回家，妻子已经亡故。十多天后，他夜深未睡，亡妻突然还家。郑总问她要什么，她说要好茶。郑总亲自为亡妻烹茗。饮茶后，郑总要叫醒儿女来与母亲相见。亡妻害怕小儿女受到惊吓，随即辞去，刚出门就不见了。

渠州刺史李黄

古代奇事故事。见唐·佚名撰《闻奇录》。

渠州刺史李黄夏天在小厅上休息，看见一个只有几寸长的人在鼠穴前扫地，随后进去。又有两个小人抬一个无足鼎出来，添水烧火，一会儿有一个夜叉手拿铁叉，又有一个人披紫袍，执象笏，模样很像自己。李黄虽然非常恐惧，却不敢吭声。夜叉呵斥此人脱衣服进入无足鼎中，然后出来，穿上衣服进入鼠穴。接着又看见一个妇人从火中出来，她乃李黄的弟媳，久居岳州。夜叉又让李黄的弟媳入无足鼎中，一会儿出来，穿上衣服也进入鼠穴。管无足鼎者也进去了。又有二人将无足鼎抬进去，拿扫帚的人又来把灰烬扫干净。接连几天都如此。李黄无比担忧，派人去探访他的弟媳，也没灾没病，几年以后才去世。李黄自己过十几年才去世。

《墉城集仙录》

书名。五代·杜光庭撰。杜光庭（约849—933），字宾圣，号东瀛子。处州缙云（今属浙江）人，一作长安（今陕西西安）人。唐僖宗时应试未中，入天台山为道士。后入蜀事王建父子，任金紫光禄大夫、谏议大夫等职。晚年隐居青城山。此书《宋史·艺文志》等著录十卷。今存《道藏》载残本六卷，三十七则。据《云笈七签》《太平广记》校补，尚可补二十余则。其中收有《阳都女》《茶姥》等故事。

阳　都　女

古代奇事故事。见五代·杜光庭撰《墉城集仙录》。

黑山有一个仙人常常乘牛犊子出入，人们称呼其为“犊子”。他一会儿壮实，一会儿老迈；一会儿丑陋，一会儿英俊。来往于阳都，阳都有个酒家的女儿喜欢他，就去侍奉他。一天早上，阳都女跟随“犊子”出去取桃子，一宿才回来，得到许多桃子。桃子异常甜美，与一般的桃子大不相同。他们出门时，人们看见他二人牵着牛犊而行，其速如飞，人不能追。在阳都住了数十年，夫妻二人才一起离去。后来有人看见他们在潘山下面，冬天卖桃子、枣子。

茶　　姥

古代异人故事。见五代·杜光庭撰《墉城集仙录》。

广陵的茶姥常如七十岁的人，而轻健有力，耳聪目明，头发乌黑。她每天早上去市场上卖茶，从早到晚她罐子里面的茶都如新熟，而且一点儿也没有减少。官吏把她抓起来关在监狱中，她竟带着茶罐从窗户飞去。

《神仙感遇传》

书名。五代·杜光庭撰。《宋史·艺文志》著录十卷，原书不存。《道藏》本五卷，七十五则。《云笈七签》所载三十则。《太平广记》收有二十七则，除与《道藏》本相同者外，尚可补十九则。此书只有一部分出自杜光庭之手，有不少采自前人著作。其中收有《维杨十友》《吉宗老》等故事。

维杨十友

古代奇遇故事。见五代·杜光庭撰《神仙感遇传》。

维杨十友都是慕玄知道的人，相约为友，亲如兄弟。一天，他们在一起聚会时，一个衣衫褴褛的老叟过来参加。十友出于怜悯，并没有排斥老叟。酒足饭饱后，老叟自动离开，不知道去了什么地方。有一天早上，老叟来回请十友，以报他们的深情厚谊。到了约定的时间，老叟领着十友来到东塘郊外的茅屋中，已经有几个蓬头垢面的乞丐在屋里面。老叟让他们接待客人。中午时分，他们摆上盐醋竹筷，邀请客人围坐在一起。一会儿，几个乞丐一同举着一块四五尺长的大案板，放在席中间，大案板上有一个蒸烂的孩童。老叟劝客人一起食用，十友都不敢吃。后来老叟才告诉客人，那是千年人参。一会儿几个乞丐化为青童玉女，与老叟一起升天而去。维杨十友命中注定错失升仙良机，后悔莫及。

吉宗老

古代异人故事。见五代·杜光庭撰《神仙感遇传》。

豫章道士吉宗老巡游名山，访师求学，而未有所得。有一年，他在舒州村观遇到一个穿破旧衣服的道士，因为风雪很大，就在观中对室而宿。半夜，吉宗老从缝隙看见那人房中无灯烛而明，道士从小葫芦中弄出各种各样的陈设玩物。吉宗老知道他是一个异人，于是叩门求见，道士不应而消灯，他只好坐在门外守了一宿。天亮推门，已经不见其人，吉宗老痛心疾首，便周游天下去访求。

刘　景

古代奇遇故事。见五代·杜光庭撰《神仙感遇传》。

彭城刘景去金华山寻真访道，到半山看见一座宫宇，崇门高阁，进门左右池沼清澈，嘉树棋布。树上的果实像梨子，异香扑鼻。他四顾无人，便摘了几个放在袖中。还没有来得及品尝，就有几个小狗跑出来咬他。他没有什么可以投掷，连忙把袖中的果子扔去。果子扔完，小狗也跑了。他回顾那座宫宇，只有树木而已。

东明油客

古代异人故事。见五代·杜光庭撰《神仙感遇传》。

东明有个油客，几年来一直在亲居观东偏门附近的坊内卖油，与街坊四邻相处很好，从来不发脾气。一天早上，有一个居民负债累累，债主告官，他无计可施，打算逃亡远地，不然将要坐牢，一家几口人必定饿死。油客问明情况后，沉默许久，对那个人说："不必逃跑，我有个办法。"立即买来一个油罐子，五斤炭，到室内挖地为炉，将药投入罐子，用泥巴封口，燃炭烧起来，并且说道："等我回来再打开。"于是挑担而去，但一直到第二天中午都没有回来。那个人打开罐子一看，里面是金子，就拿去把债全部还清了。油客从此便不知去向。

《玉堂闲话》

书名。五代·王仁裕撰。王仁裕（880—956），字德辇，秦州天水（今属甘肃）人。唐末为秦州节度判官。后入蜀为中书舍人、翰林学士。入汉历任兵部尚书，入周为太子少保。此书原三卷，后散佚。《类说》本、《说郛》本均不全。《太平广记》收有佚文一百五十多则。其中收有《大安寺》《歌者妇》等故事。

大安寺

古代骗子故事。见五代·王仁裕撰《玉堂闲话》。

唐懿宗时，民间有奸猾者，听说江淮有进奏官在大安国寺寄放了吴绫千匹，于是暗中在其同伙内选出一个长得像皇上的人，穿着皇上私出的衣服，引两三个小仆，潜入寄放吴绫的寺院。这时有一两个乞丐过来，假服者把他们打发走了。不一会儿，各种乞丐接踵而至，应接不暇。假服者对僧人说："寺院中有何物可借用一下？"僧人还没有回应，小仆就狠狠盯僧人一眼，僧人惊骇，连忙说道："柜内有人寄放了千匹吴绫，唯命是听。"于是打开柜子，全部搬光。小仆对僧人说："来日早上，在朝门相见。我可引你入内，得到的报酬一定不轻。"假服者遂跨驴而去。僧人从此天天去朝门，杳无所见，后来才知道群丐都是奸人的同党。

歌　者　妇

古代烈女故事。见五代·王仁裕撰《玉堂闲话》。

南中有一个大帅，世袭爵位，颇为恣横。有个善歌者，与其夫自北而至，颇有容色。大帅听说后就召她去府上，每次她的丈夫都一起去。大帅要霸占她，她不答应。大帅竟悄悄派人杀害了她的丈夫，而将她关在密室，给了许多珠翠，让她喜悦。过年大帅再到妇人那里，妇人便欣然接待。等到上床时，妇人忽然从袖中拿出匕首，打算刺死大帅。大帅逃逸，妇人立即追逐他。正好有两个奴仆把门关上，大帅因此死里逃生。大帅马上派人去抓那个妇人，她已经刎颈自尽了。

市　　马

古代官吏故事。见五代·王仁裕撰《玉堂闲话》。

洛中有一个大官，世代富贵。他偶然买了一匹马，不知马的优劣，被马市的中间人欺骗了。那人说："此马特别驯良，齿已二十多岁，行不动尘，该值两匹马的价格。"大官便花大价钱买下，马市的中间人因此得到双倍的收获。临去时马市的中间人又说："此马还有果子牙出来。"这个大官大喜，早上乘出，马走起来像鹅鸭，到家后炫耀说："此马不光驯熟，而且多得果子牙两个。"再召马市的中间人来，格外赠送二十两银子。

振武角抵人

古代机智故事。见五代·王仁裕撰《玉堂闲话》。

光启年间，左神策军四军军使王卞出镇振武，举办宴会。乐戏完毕，就让进行角抵（类似摔跤）表演。有一个汉子身材魁伟，从邻州来此较力，军中十几位高手都不是他的对手。主帅鼓励大家，选了三人，依次较量，这个汉子都赢了。主帅及座客连连称善。当时有一个秀才坐在席上，忽然起来告诉主帅："我对付得了此人！"主帅颇为惊奇，便允许他去。秀才先入厨房，然后出来，紧握左拳向前。魁梧的汉子微笑说："我一指，你必倒矣。"等到他渐渐相逼时，秀才急伸左手给他看，汉子懵然而倒，合座大笑。秀才慢步回去，盥手而入席。主帅问他："你用的是什么技艺？"秀才回答："近年客游，曾在道旁的饭店遇到此人，才近食案，他就踉跄而倒。有同伴说：'他害怕酱，见了就倒。'我记了下来。刚才去厨房找了一点儿酱，捏在左手中，此人一见果然自倒。聊给宴会助兴。"

村　　妇

古代抗暴故事。见五代·王仁裕撰《玉堂闲话》。

唐昭宗后期，岐、凤诸州的军队大肆劫掠以自给。有一次，有个主将晚上派遣二十多个骑兵去某处偏远村庄抢劫。他们到了一家，把丈夫捆绑起来，抢光所有的财物，然后杀猪宰狗，让妇女来烹煮，尽情吃喝。他家有莨菪子，妇女拿来许多捣碎放在食物里。骑兵吃下以后，又喝了不少酒，药性发作，一个个倒地。妇女解开丈夫，取剑将骑兵一一砍头，埋葬起来。再把马牵到官道上，抽打赶跑，竟无人知晓。过了许多年，此事才泄漏出来。

目老叟为小儿

古代骗子故事。见五代·王仁裕撰《玉堂闲话》。

长安兴盛的时候，有一个道术人妄称得丹砂驻颜，看起来年纪不大，却说自己已经三百多岁了。京城的人很是羡慕，纷纷前去向他买丹砂，门庭若市。当时有几个朝士到他那里拜访，正在饮茶的时候，看门人来报："郎君从庄上来了，打算参见。”道士作出生气的样子斥责看门人。客人说：“贤郎远来，不妨一见。”道士皱了一会儿眉头后说：“叫他进来吧。”过了一会儿，有一个白发苍苍的老叟，颤颤巍巍地上前来拜。拜完，老叟被大声呵斥进屋。道士慢慢对客人说：“小儿愚蠢，不肯服食丹砂，以至于这样。还没有一百岁就如此老迈。”坐客越发感到神奇。后来，有人私下里向道士的亲朋好友打听，便说：“那个弯腰驼背的人是道士的父亲。”

刘钥匙

古代报应故事。见五代·王仁裕撰《玉堂闲话》。

陇西水门村有一个店家叫刘钥匙，以放债为业，家产累计达千金。他攫取民间资财，犹如拿着钥匙开箱子取物、盗珠宝一样，所以有“钥匙”的外号。他的邻居有一个殷实人家，受到刘钥匙诱惑。刘钥匙放债给他，一两年不问。忽然有一天，刘钥匙拿着债券来计算，利息增加的倍数极多。那人还不清债，利滚利，越来越厉害，最后以至那人的资财、物品全部归了刘钥匙。那人怨恨不已。后来刘钥匙死了，借债那家的牛生下一头牛犊，腰肋之间有刘钥匙姓名，就像书写上去一样清清楚楚。刘钥匙的妻儿用重金将牛犊购买回去，放在堂室之内，像在生时那样伺候。牛死后，就用棺木殓葬。

不调子

古代滑稽故事。见五代·王仁裕撰《玉堂闲话》。

有一个不调子，常常以滑稽为人处事。他曾经与一个秀才一同泛舟湖中，准备登岸时，同船的一个客人有一头瘦劣的毛驴，尾巴还是偏的。不调子劝秀才买下，说道：“此驴有异相，不同寻常。”秀才不得已，只好买下。上岸后，此驴果然不堪乘跨，秀才苦不堪言。当天晚上，忽然下起雪来，不调子说：“对了，请去赊几杯酒来，然后有话奉告。”秀才只好去赊酒来一起喝，不调子举杯说：“君不闻杜荀鹤诗‘就船买得驴偏尾，踏雪沽来酒倍香’吗？请君买驴沽酒，就是因为有杜诗为据。”秀才被他玩弄，这时候才醒悟过来。

胡　令

古代讽刺故事。见五代·王仁裕撰《玉堂闲话》。

奉先县县令胡某，癖好博弈，县里面的张巡官有同样的爱好，二人往来密切。他们每次下棋，必定从早到晚，一点儿也不厌倦。胡某下棋途中时常进入中门，一会儿又来对棋。张巡官却天天早入晚归，未曾吃过胡某一顿饭，不胜饥寒。他知道胡某时常进去吃东西，然后再出来。一天到了晚间，他告辞时对胡某说："我走了，极是叨铁。"张巡官走后，胡某突然派人将张巡官叫回来，问道："你刚才所说'极是叨铁'是什么意思？"张巡官坐下来后说："长官不知道'叨铁'吗？就是炼铁用的那根铁杖。炼铁时常常用来在炉中捅猛火，捅一下便出来，这就是'叨铁'。"说完立即离去。胡某回到室内对妻子讲了，再三思索，才悟出张巡官在嘲讽他每天自己进去吃了又出来下棋。

何　四　郎

古代奇遇故事。见五代·王仁裕撰《玉堂闲话》。

梁时西京中州市的何四郎，以贩卖妆粉为业。有一天五更初，他听到百步之外有人呼喊"何四郎"，喊几声就没了。从此天天这样，便习以为常。大约半个月后，一天早上刚开店门，便有一个好像是官员的仆人来说："官令我来叫你。"立刻牵着他的衣服北行，他且惊且走，过了徽安门，又走了六七里路，渐渐昏暗，忽然看见一座朱门大厦，好似王府。夜深时何四郎被请进去，里面灯火辉煌，装饰华丽，唯有妇人们来殷勤接待。说是故相府邸，为小女儿择婿，何四郎可以就吉席。何四郎看到佳丽，亦被迷惑。天亮后，他竟卧在荒冢之中。他立即朝徽安门走去，不料草莽茂密，失足落入枯井中。经过一夜他才被樵夫救起来。回家后，数日才恢复正常。

《王氏见闻录》

书名。又作《王氏见闻》。五代·王仁裕撰。《崇文总目》《宋史·艺文志》等均著录三卷。原书已散佚。《太平广记》引有该书佚文三十余则。其中收有《姜太师》《成都丐者》等故事。

姜　太　师

古代官吏故事。见五代·王仁裕撰《王氏见闻录》。

蜀地有一个姜太师，许田人，跟随先主征伐，屡立功勋，后来官至极品。有个掌管马厩的姜老，喂了几十年马，姜太师每次入马厩，看见他有小过失，必定鞭笞。如此许多年，鞭笞姜老估计有几百次。后来姜老受不了鞭笞，便到夫人那里去哭泣，乞求放他回乡里。夫人问他是什么地方的人。他说是许田人。又问他还有什么骨肉。他说："当年我被掠走的时候，有一妻一男，至今不知去处。"又问他儿子的小字，妻子的姓氏、行第，以及眷属近亲，姜老都一一讲了。等到姜太师回家，夫人说姜老打算请假回乡，因此问到他所丢失的男女亲属姓名。姜太师听了大惊，怀疑姜老是他的父亲，便派人去细问姜老的儿子身上有什么印记？姜老说："我儿脚心上有一黑子。"姜太师大哭，连忙秘密遣人把姜老送出剑门外，然后奏先主说："臣父近自关东来。"于是用金帛车马迎姜老入宅，父子和好如初。姜太师为偿挞父之过，供几万僧人吃饭，终身不挞从者。

成都丐者

古代富人故事。见五代·王仁裕撰《王氏见闻录》。

成都有个乞丐，谎称穷困失意，常常在街市上转悠，见人便展开携带的一文说："我失掉文书，求官不顺利。"大家都怜悯他。他居住在早迁桥侧面，后来有一个富豪要在他的住处旁边修建园亭，就强买了他的住处。打开他的住处，竟看到两间大屋，里面堆积了几千万钱。邻里没有人知道他如此富裕。成都人因此一概称呼求事官人为"乞措大"。

文　处　子

古代骗子故事。见五代·王仁裕撰《王氏见闻录》。

有一个处士，姓文，不记其名，居住在汉中，常游走在两蜀侯伯之门，以烧炼为业。只要留意他炉火的人，都被他欺骗。富商李十五郎，积货甚多，被文某迷惑。三年之内，家财罄空，还被有见识的人讥诮。他受到奇耻大辱，自杀身亡。又有一个蜀中大将，屯兵汉中，亦被文某迷惑。华阳坊有个成太尉，他新造了一座府第尚未居住，文某说这里空静，就求屋主租赁给他烧药。因为火发焚烧了这座府第，并且延烧一坊人家。文某连夜逃遁，向西取桑林路，以便脱身。不料出门便被老虎追逐，不得西去，就转而向北进入王子山溪谷之中。老虎穷追不舍，文某便攀枝上一树，用带子自缚在树干上。老虎绕树咆哮，天亮后官府差人赶到树下，将文某擒获，斩于烧药之所。

《儆诫录》

书名。一作《警诫录》。五代·周珽撰。周珽，生平不详。此书五卷，已佚。《太平广记》引有佚文二十六则。其中收有《程彦宾》《王思行》等故事。

程　彦　宾

古代美德故事。见五代·周珽撰《儆诫录》。

罗城节度使程某，率领百名士兵冒矢石攻取遂宁城，抓获三个少女。程某把她们安置在另外的房间里面。十来天后，她们的父母带着金钱来请求赎回女儿，程某不要赎金，立即把三个女儿还给她们父母，并且告诉他们三个女子没有受到侮辱，都好好的。她们的父母感动得流泪，连连道谢，祝愿程将军早建奇功。程某笑道："我的愿望是寿终时无病无痛。"几年后程某过了六十岁，果然无疾而终。

王　思　行

古代善报故事。见五代·周珽撰《儆诫录》。

富民王思行养了一匹马，非常喜欢，常用草料粟米喂饲，加倍爱惜。一天，王思行骑马去本郡，遇到河水暴涨。船夫先渡马过去，然后再回来渡王思行。到了河中间，大风将船掀翻，那匹马自己奔入骇浪去接主人。苍茫之间，王思行因此幸免于难。

张　进

古代官吏故事。见五代·周珽撰《儆诫录》。

五代蜀国给事中王允光待人严苛，官吏百姓犯事，他从不饶恕。判刑院杖直官张进，常与宅内小奴子诵读火井县令蒋某咏王允光的绝句："厥父元非道郡奴，允光何事太侏儒。可中与个皮裩著，擎得天王左脚无？"奴子因此记得两句，时时念诵，王允光问他是谁教的。奴子说是杖直官张进。王允光大怒，便污蔑张进收受罪人钱物，而将张进处以极法。后来王允光得了寒热病，恍惚中看见张进执火炬烧灼他的四体，并且高喊向他讨命。王允光无比痛楚，过了几天就死了。

金　卮

古代案狱故事。见五代·周珽撰《儆诫录》。

蜀地青石镇陈某的妻子丁氏，因为妒忌，打杀了婢女金卮，悄悄埋葬后，便张榜在通衢上说婢女金卮逃走了。过了一年，他家迁居到夹江。夏季涨水，冲坏了陈家旧居的渠岸，露出死婢的尸体，而容质未变。镇里写诉状报到州衙，追勘后丁氏不得不吐出实情，官府便将她法办了。

李　绍

古代报应故事。见五代·周珽撰《儆诫录》。

蜀民李绍喜欢吃狗肉，前前后后杀了千百条狗。有一次，他得到一条黑狗，十分喜欢，就用好食品精心喂养。有一天晚上，李绍醉醺醺地回家，黑狗迎门吠叫。李绍感到愤怒，便把斧头扔过去打狗，正好他儿子从里面出来，被斧头击中头部，立刻死去。一家人无比惊恐。那条黑狗竟不知跑到什么地方去了。李绍后来得病，作狗吠而死。

僧审言

古代报应故事。见五代·周珽撰《儆诫录》。

云顶山有个慈云寺，四面八方的人们都去朝拜，供品甚为丰厚。寺主僧审言生性贪鄙，偷偷霸占本寺的财产，饮酒食肉，偷养妻子，无所不为。僧人们稍有不满，必定遭到凌辱。审言一天病得很厉害。他自言自语说看见空中有绳子悬着一个石臼，有只老鼠咬断绳子，石臼落下来正好击中其心，大叫一声便气绝身亡。不久他又苏醒，如此几十遍，他才死去。过了一年，寺庙下面的村子中生了一头牛犊，肚子上分明有“审言”二字。

开照寺盗

古代报应故事。见五代·周珽撰《儆诫录》。

有一天晚上，一群强盗闯入金堂县三学山开照寺，将僧人的财物洗劫一空。寺里有释迦藕丝袈裟，乃千载宝物，强盗们抢回去后，让妻子拆分了。那些强盗夫妻的手指随后都一节节落下，胡须头发完全掉光。不久他们便落网，全部被处决。

《中朝故事》

书名。五代·尉迟偓撰。尉迟偓，南唐人，生平不详。此书《崇文总目》《通志略》均著录三卷，已佚。今存《广四十家小说》本、《随庵徐氏丛书》本、《四库全书》本等为二卷。《历代小史》本、《说郛》本、《丛书集成》本等为一卷。中华书局1958年据《随庵徐氏丛书》本出版有排印本。其中收有《徐彦枢》《咸通幻术者》等故事。

徐彦枢

古代奇遇故事。见五代·尉迟偓撰《中朝故事》卷上。

唐大中末年，中元夜徐彦枢在京城坊曲间观灯。夜深后，有一个人来跟他打招呼，并且同行，说道：“你是贵人。他年贤兄必定做宰相，快到十年就必须请辞，到离京城五千里外的地方。不然就会有祸患。”走到一个小巷口子，那人说：“我住在这个巷子内，别日请来访。”过了十来天，徐彦枢去巷内拜访，并无人居住。走了十几步，有一个小神祠，便进去拜谒，看见土偶就像那天晚上见到的人，含笑相视。唐光化末年，徐彦枢的兄长徐彦若做了宰相，他对兄长讲了此话。后来四方割据，经皇上同意徐彦若便离开广州，果然避免了灾难。

咸通幻术者

古代奇事故事。见五代·尉迟偓撰《中朝故事》卷下。

唐咸通年间，有一个施幻术的人在坊曲间要把戏。他用刀切下一个十来岁小儿的头，卧于地上，然后安上头，向观众要钱，说是让小儿活过来。大家纷纷给钱，他大吼一声，小儿便起来行走。次日，那人又照样表演，收了更多的钱。可是吼过后小儿并不起来，那人就给观众求情说："我初来乍到，没有前来参拜，有高手在此，因而小术不行，请高抬贵手，放我一马，我当拜为师父。"说完，又吼了一声，小儿仍然不起来。一会儿就有巡吏以杀人罪前来逮捕他。他说："有众人包围，我跑不了。请让我表演另外一个把戏，再抓我也不晚。"于是取出一个瓜子，用刀划开胳膊，把瓜子放进去后，就长出一个小甜瓜来，然后说道："我不想杀人，请高手放小儿起来。"他再吼一声，仍然没有反应。那人叹息道："免不了杀人啦！"立即以刀削落甜瓜，大吼一声小儿就起来了。而在众人中有个僧人的头突然坠地，身首异处。那人收起戏具，与小儿一起放入布袋，背在背上冲天飞走，转瞬消失。

《金华子杂编》

书名。又名《刘氏杂编》《金华子》。五代·刘崇远撰。刘崇远，自号金华子，河南人。南唐时曾任文林郎、大理司直。此书《郡斋读书志》著录三卷，已佚。《四库全书》从《永乐大典》辑出，分为上、下两卷。后清·顾修辑《读书斋丛书》本刻入周广业校注，附补文，中华书局1958年据以印行。其中收有《沂密间异僧》《龟宝》等故事。

沂密间异僧

古代异人故事。见五代·刘崇远撰《金华子杂编》卷下。

沂、密间有一个僧人，常常行走在街市上，举止不定，如狂如风。他到店家要东西，店家都立即给他，虽是贵物亦不敢拒绝。如果早上给他，晚间必获十倍之利，因此人们都爱敬他，无不欢迎他。他常常直入人家说："贫道爱吃脂葱杂面馎饦，赶快煮来。"人家见了，无不接待。他刚吃一半，忽然起来四顾，看见粪土或干驴粪，就手捧投到碗内，自己抽打自己的嘴巴说："还敢贪嗜美食吗？"然后吃尽而去。他所游历之处，必定不断有异事。后河水暴溢州城，淹死者无数。州人恐惧，皆登上女墙坐着，或者立于城上。水不断上涨，顷刻离女墙头只有数寸，城人号哭，数十万众，命悬一线。此僧忽大呼而来说："可惜了一城人命，必须搭救！"于是他从城上投身洪波中，躯体下沉，巨浪立刻下降五尺。到了晚上，城壁都露出来了。第二天早上，大水退去。州人感激此僧，共同追念痛惜，一起出城，沿河哭泣着寻找他的尸体。人们在城西河水中的小洲上看见他端然而坐。大众欢呼道："和尚还在！"上前一看，他已溺死了，便用车辇把他送到近岸。洲上淤泥，不可起塔庙，大家相互计议，还没有决定如何行动。过了一个晚上，那里的淤泥涌高数尺，地变黄土，坚如山阜，于是就地建造巨塔，至今还在。

龟　宝

古代宝物故事。见五代·刘崇远撰《金华子杂编》卷下。

徐太尉彦若去东南，将渡小海时，亲随军将忽于浅水中得了一个小琉璃瓶子，大如婴儿拳头，其中有一个小龟长约一寸许，在里面不断旋转。瓶口极小，不知如何进入，便收藏起来。当天晚上忽然感到船的一舷压重。天亮一看，有许多龟层层叠叠沿船爬上。徐太尉大惧，因为将过海，担心遇到不可预测的事情，便取所藏的瓶子，祝祷后投于海中，龟立即散去。后来将此事告诉海舶的胡人。胡人说："这是所谓的'龟宝'，是稀世的灵物，可惜遇到却不能得。假如有人得到藏在家中，何愁宝藏不丰富啊。"胡客惋惜不已。

《野人闲话》

书名。五代·景涣撰。景涣，孟蜀时人，曾官壁州白石县令，入宋后犹存。此书《崇文总目》《宋史·艺文志》俱著录五卷，已佚。今存《说郛》本一卷，七则。《太平广记》有佚文三十一则。其中收有《击竹子》《李客》等故事。

击　竹　子

古代异人故事。见五代·景涣撰《野人闲话》。

击竹子不言姓名，也不知是什么地方的人。常常在成都酒肆中击打竹节，以唱歌应和，向人乞讨，已经十多年了。一天，他病得厉害，就到东市卖药的黄家，请求在他死后帮忙将他火化，但千万不要触动心肝，并且留下黄金二斤。在击竹子去世后，黄氏子就派人给他换衣服，备棺将他抬到郊外，祭奠并且火化。顿时异香馥郁，林鸟鸣叫。到晚上只余下心脏，始终不能燃烧，随即变大如斗。黄氏子将其收回城内，令人以杖触其心脏。霎时炮声如雷，击竹子忽然从烟焰中出来，手击竹节，杳杳而上。黄氏子悔过施礼，众人皆叹奇异。

李　　客

古代异人故事。见五代·景涣撰《野人闲话》。

李客常披蓑衣戴斗笠，系一个布囊，在城中卖杀鼠药，以一木鼠为标记。有人来买药，他就说："它不只能杀鼠，还能为人治病，只要拿它来伴食，立即痊愈。"人们厌恶他的鼠药，很少有人服用。百姓张赞以卖书为业，他的父亲七十多岁，久患风疾。一日因鼠啮其文字数卷，他非常愤怒，就买药来毒鼠。他还没有睡觉，在灯下看见有几头大鼠出来争食鼠药，估计必然中毒。忽然间看见它们都有羽翼，往门飞出。他感到非常诧异，就去对李客讲。李客说："应不是鼠，请不要乱说。"张赞再要买药，说已经卖光了，李客从此消失得无影无踪。张赞的父亲取余下的一点点鼠药来吃，顿时觉得四体能屈伸，下地履步如旧日。

天　自　在

古代异人故事。见五代·景涣撰《野人闲话》。

利州有一个人，披发光脚，与人多说天上事，夜宿神庙中，人称"天自在"。利州南市人烟稠密，一天火起，烟焰冲天。天自在自言自语道："这方有人为恶日久，天将杀他。"于是用手蘸石盆中水往空中浇洒，顿时变为大雨，把火完全灭尽。掌庙者对他人说了此事，天自在便悄悄离去。后来，有家人果然被大火烧光，人们才相信天自在先前说的话是真的。

抱龙道士

古代异人故事。见五代·景涣撰《野人闲话》。

灌口白沙有个太山府君庙，每年春三月，四川人都去设斋。各地医卜人等，也去集会。当时有一个憔悴的贫士，也往庙所走，受到众人轻视。在江边，贫士对众人说水中有一条睡龙。众人不相信，就刁难他说：“我等要见一见。”贫士便脱衣入水抱一条睡龙出来，霎时间云雾升腾，风起水涌，众人都惊走，远远施礼，称他为“圣人”。他随后便将龙放回水底，穿上打补丁的衣服离开，对众人说：“诸人都以医卜为业，救人疾病，知人吉凶，也近于道，切不可看见贫寒之士便轻侮。”众人感到惭愧而赔礼道歉。又同行十里，突然不见。

章　邵

古代报应故事。见五代·景涣撰《野人闲话》。

商人章邵富有财帛，但是心地不善。有一次，一头母鹿避人而去，鹿子被章邵所获。章邵便将其打杀，弃于林中。母鹿遥见悲号，其声不断。当天，章邵打算夜行。他只有子一人，年方二十，先于父亲出发。因为困乏，来到大树下憩歇，以等待父亲，不久就睡着了。章邵不知道是自己的儿子，但见衣袱在旁，一人已经熟睡，便从腰间抽刀刺其喉，取衣袱前行。到了天明，他一看衣袱才知道杀死的是自己的儿子。

掩耳道士

古代异人故事。见五代·景涣撰《野人闲话》。

利州南门外，是商贾交易的处所。一天，有一个衣衫褴褛的道士，来到人们当中卖葫芦子，说是一两年间会派上用场。可是长时间没有人搭理他，都说狂人的话不可信。道士又用双手掩耳急走，说道：“风水之声何其大！”街巷孩童跟随其后嘲笑他，人们称呼他为“掩耳道士”。次年秋天，嘉陵江水一下陡涨，淹没几百户人家。众人遥见道士在水上坐一大瓢，出手掩耳，大叫：“风水之声何其大！”漂流而去，不知所往。

《稽神录》

书名。五代·徐铉撰。徐铉（916—991），字鼎臣，广陵（今属江苏扬州）人。南唐时官至吏部尚书，南唐灭后入宋，封太子率更令，后迁右散骑常侍等。太平兴国初直学士院，参与编修《太平广记》《太平御览》《文苑英华》等。《稽神录》成书于徐铉入宋之前，其后又有所增补。编修《太平广记》时，他征得主编李昉的同意，将此书收了进去。故《太平广记》所引《稽神录》甚多，有超出今本之作品。《稽神录》原书十卷，现存传本均为六卷。有《涵芬楼》本、《四库笔记小说丛书》本等。商务印书馆排印本（1919）有补遗四十六条。中华书局2006年出版有白话文点校本，上海古籍出版社2012年出版有傅成校点本。其中收有《欧阳氏》《茅山牛》等故事。

欧　阳　氏

古代恶报故事。见五代·徐铉撰《稽神录》卷一。

广陵孔目吏欧阳氏，居住在决定寺之前。他的妻子少时遇乱，与父母失去联系。此时，有个老父找上门，对欧阳氏的妻子说：“我是你父亲。”欧阳氏的妻子见他贫陋，心里不悦，就拒绝了。老父又讲了他的名字及中外亲族，很详尽，欧阳氏的妻子竟不听。老父又说：“我从远方来，如今没有去处。能不能暂时寄住在你家门下两个晚上？”她也不答应。她丈夫来劝也不行。老父便说：“我将控告你！”第二天中午，暴风雨从南方来，有雷霆入欧阳氏家里，牵他的妻子至中庭击杀。大水平地数尺，邻里皆漂荡在水中。过了几天，欧阳氏家里的人到后土庙神座前得到一书，即老父讼女文。

茅　山　牛

古代奇事故事。见五代·徐铉撰《稽神录》卷一。

有一年茅山有个村中人牧牛，洗了所穿的汗衫晒在草地上，他便打了一个盹。醒来后汗衫不见了，只有一个邻儿在旁边，牧牛人以为是他偷的，便争吵起来。邻儿的父亲见了，大怒道：“生儿为盗，留着有什么用！”立即把儿子投入水中。邻儿匍匐出水，一个劲儿呼天称冤。父亲又打算将他投入水中。一会儿雷雨暴至，劈死了那头牛，汗衫从牛口中呕出。邻儿于是得救。

紫　　石

古代宝物故事。见五代·徐铉撰《稽神录》卷二。

晋安东山樵人陈某，常见山中有紫光冲天。陈某观察许久，发现紫光出自一头大鹿口中，于是设法将它捕获。他剖开鹿腹，得到一块紫石，圆莹如珠，便珍藏起来，他家从此富裕。到了他的孙辈，奢纵好酒，醉而玩弄那颗珠子，以为石头没有什么神奇，就击碎了珠子，他家从此贫穷。

婺源军人妻

古代鬼魂故事。见五代·徐铉撰《稽神录》卷二。

有一年，婺源建威军人的妻子死后再婚，后妻虐待前妻之子，丈夫不能制止。一日忽然看见亡妻自门而入，对后妻大怒说："人谁无死，为啥没有母子之情？这样虐待我的儿女！我从地府请假十日，回家来教诲你。你若不改，必杀你。"夫妻都恐惧再拜，立即摆上酒食，遍请亲族邻里，其问讯叙语犹如平时。他人只闻其声，只有他夫妻俩能够看见。到了晚上，替她在别室安上铺位。丈夫想跟她同住，她不答应。满十日将离去时，她又指责后妻，言辞恳切。举家亲族共同送到距离坟墓百余步的地方，她说："诸位可以止步。"再一次辞别，到坟墓就不见了。

周　　洁

古代鬼魂故事。见五代·徐铉撰《稽神录》卷三。

霍邱周洁罢任后，客游淮上。当时百姓大饥荒，旅店倒闭，投宿无门。他走到一个村舍，叩了许久的门，才有一个女子出来开门。他请求住宿，女子说："家中饥饿，老幼皆病，实在无法待客，只有中堂一榻可睡。"周洁便进去，女子侍立于前，一会儿她妹妹也出来了，对着姐姐站立，不见其面。周洁拿出自带的食品来吃，取饼二枚给两个女子，她们拿了进去，关门就寝，悄无人声。周洁感到一阵恐惧。天亮将要离去，他呼叫二女告别，一点儿都没有回应，便推门而入。只见积尸满屋，皆将枯朽，唯有那女子看起来像刚死了十来天，她妹妹面目已枯坏，两个饼子还放在胸上。后来，周洁把她们都埋葬了。

清源都将

古代鬼怪故事。见五代·徐铉撰《稽神录》卷三。

清源都将杨某，为本郡防过营副将，有府第在西郭。某天早晨他去府里未归，家人方食，忽然有一鹅背着纸钱，从门而入，径去西廊房中。家人说："此鹅是从神祠中来的吗？"便让奴仆把它赶走。奴仆入房，只见有个双髻白髯的老翁，家人莫不惊走。杨某回来听说后很生气，便持杖击打。那个鬼出没四隅，变化倏忽，杖莫能中。杨某越发生气说："吃完再来击打。"鬼便弯腰上前说："好的。"杨某有二女，长女入厨房切肉，肉落在砧板上立刻不见了。女执刀向空乱砍，就露出一只大黑毛手，说道："请砍吧。"长女气得要命，因而生病。次女到大瓮中取盐，有一只猴子从瓮中跳出，爬到女子背上。次女走到堂前，猴子就消失了，次女亦生病。于是杨某招来巫女，设坛对付鬼。鬼亦立坛作法，比巫女还厉害。巫女恐惧而去。不久，杨某的二女及妻子都死去了。后来有一个善作法的人，名叫"明教"，请求为杨某念经一宿。鬼乃唾骂杨某而去。杨某那一年也去世了。

蜂余

古代奇遇故事。见五代·徐铉撰《稽神录》卷四。

庐陵有人去应举，晚上到一个村舍去求宿。有一个老翁出来见客，说道："我家狭窄人多，仅能够容下一个床位。"于是就住了下来。此人看见他家有屋室百余间，但是都非常狭小。过了许久，客人说自己饿了。老翁说："我家贫穷，吃的只有野菜。"便摆了出来，客人吃起来格外甜美，与平常的菜大不相同。上床后，他只听到"哄哄"声。天亮后，他发现自己卧在田中，旁边有一个大蜂窝。他曾经得过风湿病，因为吃过蜂蜜一类的物品，便痊愈啦。

刘璠

古代鬼魂故事。见五代·徐铉撰《稽神录》卷五。

军将刘璠生性耿直勇敢，郡守褚某厌恶他，就污蔑他谋叛，奉皇上的诏令将他杀于海陵市。刘璠将死，对监刑者说："请告诉我儿，在棺材里面多放纸、笔，我必定要上告他！"后数年，褚某入朝，泊舟于济滩江口，夜半闻听岸上连呼："褚某人，你知道该当死去吗？"舟人尽惊起，看岸上无人。褚某对左右说："你们听这个声音是不是刘璠的？"他立刻命人摆上酒食祭奠，而且向他赔罪。褚某到都城后，因为残虐而下狱。狱吏夜梦一人，长大黯面，随从二十余人，来到狱中，捉拿褚某而去。狱吏醒来后，对褚某讲了，并且叹息道："你必死无疑，此人就是刘璠。"当天皇上派的使者来了，褚某便被勒死在狱中。

岑　氏

古代宝物故事。见五代·徐铉撰《稽神录》卷五。

临州人岑氏曾经游览山溪，在水中看见两个大如莲子的白石头，就拾起来，拿回去放在巾箱里面。当天晚上，他梦见两个白衣美女，自言是姊妹，来伺候他。他醒来以后，便知道二石的珍奇，常常结在衣带中。后来到豫章，有一个波斯国人问他："先生有宝物吗？"他说："是的。"立即拿出二石给胡人看。胡人打算用三万买下来。岑氏很高兴，便卖给胡人了。胡人表示感谢后离去。岑氏因此而富足，只恨没有问那两块宝石的名称与功用。

食黄精婢

古代奇遇故事。见五代·徐铉撰《稽神录》卷六。

临川有一个士人，虐待他家的使婢。婢女不堪忍受他的虐待，便逃入山中。时间长了没有吃的，她十分饥饿，便拔水边的野草连根吃掉，觉得还不错，从此以后一直吃它。久而久之她就不感到饥饿，而且身体更为轻健。她晚上睡在大树下，闻听草中野兽走来，非常恐惧，心想上树梢安全，忽然间身子已经在树梢上啦。天亮后她想下平地，又忽然而下。此后她想到哪里，身体立刻飘然而去，常常从一峰飞去一峰，就像飞鸟一般。数年以后，有人砍柴时看见她，连忙去告诉她家的主人，可是逮不到她。一日，遇到她在绝壁下，立即用细绳三面围她，她却飞腾上山顶去了。她家主人一定要抓住她，就把各种各样的美味菜肴放在她往来的路上，引诱她来吃。她吃过后，竟不能够远去，便被擒获。她讲了自己的经历。问她所吃野草的形状，乃是黄精。让她再去寻找，却找不到了。这个婢女过了几年便死了。

广 陵 木 工

古代奇遇故事。见五代·徐铉撰《稽神录》佚文。

广陵有一个木工，因为手足生病都蜷缩了，不能拿斧头，便在地上爬行四处行乞。他在后土庙前遇到一个道士，此人神采特异，问木工的疾病，便给他几个药丸，说道："吃下去你的病就会好。明天早上，再在这里会面。"木工说："我不能行走，家距此地很远，恐怕明晚也到不了。"道士说："你不要担忧，一定到得了。"木工回去吃了药丸，顿时手足剧痛，半夜却不痛了。五更醒来，觉得手足轻快，下床走动自如，他立即奔跑到后土庙前。过许久才看见道士倚杖而立，他一再拜谢。道士说："我传授药方给你，你可以去救人疾苦，不要做木匠了。"他便再拜而接受药方，又问道长住在何处。道士说："我在紫极宫，有事可来找我。"随即离去。木匠得到药方，用来给人治病，无不见效。他到紫极宫去访问道长，竟没有遇见。后来有个妇人久病，也遇到一个道士，吃下药丸就痊愈了。她所说的道士容貌，跟木工看见的一样。

《疑狱集》

书名。五代·和凝与其子和𡺚同撰。四卷。辑录汉至五代的案狱故事共一百例。有明天一阁藏本、四库全书本。其中收有《从事对尸》《张举烧猪》等故事。

从 事 对 尸

古代案狱故事。见五代·和凝、和𡺚撰《疑狱集》。

从前有一个商人从外面回家，看见他的妻子为奸盗所杀，肢体还在，可是不见妻子的脑袋。他既悲且惧，便去告诉妻子的家族。妻子的家族竟把女婿抓进官府。狱吏严刑拷问，此人不胜其苦，就自认杀妻。案子定下来了，都以为是对的。郡主让从事来办理此案。从事感到怀疑，就对使君说："我奉命审理人命案，人一死不可再生，倘若判错了，能够追悔吗？请求慢慢追根到底。丈夫怎么忍心杀妻？纵有嫌隙要加害她，必作脱祸之计，或推病死，或托暴亡，必不存尸而弃首，这个道理很明白。”使君允许由他来审判定案。从事就将此人移居别处，不让外人知道。又命令仵作行人（旧时检验命案死尸的人）各自通报近来与人家安葬坟墓去处的情况，随后又一个个当面问他们：“你等与人家办事，里面有可疑者吗？”有个人说：“我在一个富豪家办事，只说死了一个奶妈，五更初，从墙上抬过去，棺材极轻，似乎无物，现埋在某坊。”从事派人去打开棺材，果然得到一个女子的首级。将首级拿去对尸体，让告状的商人来验认，说这不是他的妻子。因此逮捕这个富豪进行审问。富豪交代：杀了一个奶妈，装上奶妈的首级去埋葬，并且以奶妈的尸体冒充这个商人的妇人，而将此妇人私藏在自己家中。于是在闹市将富豪执行死刑。

张举烧猪

古代烧猪判案型故事。见五代·和凝、和蒙撰《疑狱集》。

张举为句章县令时，有一个妇人害死自己的丈夫，随即放火烧了他家的房舍，谎称丈夫是被烧死的。夫家感到怀疑，就告到县衙，可是这个妇人拒不承认。张举让人牵来两头猪，一头被杀死，一头是活的，都堆上柴火来烧，以便查看猪口中有没有灰。结果，被烧死的那头活猪口中有灰。再检验丈夫口中没有灰。据此去审讯那个妇人，那个妇人便服罪了。此则故事又见《册府元龟》《折狱龟鉴》《麈余》《昨非庵日纂》《智囊补》《夜航船》等。

薛宣追听

古代断绢得奸型故事。见五代·和疑、和嵘撰《疑狱集》。

汉朝时，有一个人拿着一匹细绢到市场上去卖，遇到下雨就拿绢来遮盖自己，后来又有一个人来请求避雨，此人便把绢的一头拿给他遮盖。雨过天晴分别时，那人与主人争起绢来，竟说是他的。告到官府后，太守薛宣命令官吏各分一半给他们，然后派人跟在后面听他们说什么。那人称赞官府，绢主却不断喊冤枉。薛宣知道后，就拷问那人，那人于是服罪。此则故事又见《折狱龟鉴》《常阴比事》等。

李崇还儿

古代举哀还儿型故事。见五代·和凝、和㠓撰《疑狱集》。

后魏时，李崇为扬州刺史，百姓苟某丢失了一个三岁的儿子，后来发现在赵某家中。但是两家人都说是自己的孩子，并且都有邻居作证，官府无法决断。李崇便让两个父亲跟孩子分开几天。后来突然派官吏去对两家人说："孩子暴病而死，他们赶快去料理后事吧。"苟某听了无比悲伤，难以控制；赵某只是叹息，并不悲痛。李崇立即把孩子还给了苟某。此则故事又见《智囊补》等。

句道兴本《搜神记》

书名。句道兴，年代生平不详。句道兴本《搜神记》为敦煌石窟所藏，五卷，共三十五则。人民文学出版社1957年版《敦煌变文集》卷八载有王庆菽校录本。中华书局1981年出版的汪绍楹校注《搜神后记》，亦附录此书。其中收有《张嵩孝母》《侯霍救鬼》等故事。

张嵩孝母

古代孝子故事。见句道兴撰《搜神记》。

陇西人张嵩非常孝顺。他家虽然富裕，但他母亲病故时，所造棺椁坟墓都是他亲手制作，送葬时不用别的人力，而由他夫妻二人牵挽推车，途中遇到暴风雨，极其艰难。埋葬后，三年间张嵩亲自背土垒坟，哭声不绝。上天为张嵩的至孝感动，乃霹雳开棺，放他母亲还阳，再活三十二年。

侯霍救鬼

古代报恩故事。见句道兴撰《搜神记》。

从前白马县人侯霍在田间耕种，常常听到哭声，却不见人影。他秋天到田间，露湿难进去，便从畔上揭起衣裳而入。他到了地中，看见近畔边有一个死人髑髅，半在地上，半在地中，眼眶里尚有一棵禾苗生出来。侯霍十分怜悯，就拔去禾苗，给髑髅壅上土，成为一座小坟。从此以后，哭声便消失了。后至八月，侯霍在田间割禾，到傍晚回家，觉得有一个人跟在后面，他急行，那个人亦急行，他慢行，那个人亦慢行。侯霍感到奇怪，就问："你是何人，为何跟着我走？"那人回答："我是死鬼。"霍曰："我是生人，你是死鬼，与你异路别乡，为何跟着我走？"鬼说："我蒙君的厚恩，无物相报，知君未娶妻室，所以我明年十一月一日，一定为君娶妻，君宜以生人礼对待。"侯霍至十一月一日，聚集亲眷，宰牛酿酒，只知道娶妻，却不知道迎接的地方。父母兄弟亲戚都怪他，问他也不言语，常常在村南不停地候望。到了黄昏时，从西方卷起黄尘风云，骤雨突至，侯霍门前云雾暗黑，不相睹见。侯霍进入房中，见有一个十八九岁的女子在里面，还有床褥毡被，随身的嫁妆不可细说。看见侯霍进来，女郎问道："君是何人，进我房中？"侯霍反问女郎："娘子是何人，进我房中？"女郎说："我是辽西太守梁合龙的女儿，要嫁给辽东太守毛伯达的儿子为妇。今日迎车在门前，因刮大风，我走出门看风，即回家进入房中，此房不是君房。"侯霍说："辽西去此五千余里，女郎为何与我争房？要是不相信，请出门看看。"女郎惊起，出门去看，果然不是自己的房舍。她便到床后，取出九子簏打开来看，里面有一块玉版，上有金字："天付应合与侯霍为妻。"从此后人便开始学做迎亲版通婚书。

侯光侯周

古代鬼怪故事。见句道兴撰《搜神记》。

从前有侯光、侯周兄弟二人，一起带着许多财物去远方贸易。侯光做买卖得利甚多，侯周却亏损很大，于是心生恶念，在郭欢地边杀死兄长，抛于林中，就回家了。父母问侯周："你早到来，兄长在何处？"侯周说："兄长过二十年方可回来。"郭欢在田里营作时，林中鸟鹊不断鸣叫。郭欢感到奇怪，前去探看，见有一个死人，心生哀怜，立即回家拿锹铲来将其埋葬。此后每日家人送饭食来，他都要祭奠。经过九十多天，粟麦收后他打算回家，便跟死人告别，说道："我埋你在此，每日祭祀，经三个月却不知你的姓字，从今以后不祭你了，希望你保重。"于是分别。第二年四月，郭欢在田中锄禾，有一人忽然在前头站立。郭欢就问："你是何人，在我面前站立？"侯光回答："我是鬼。"郭欢说："我是生人，你是死鬼，与你异路别乡，为何而来？"侯光说："蒙君前时恩情厚重，无物报恩。今日我家有许多饮食，所以前来迎接，还有报答之物，希望不要相违。"郭欢便相随而去。神鬼覆荫，生人不见。不久，侯光便将郭欢引入灵床上坐。祭盘上摆有饮食，侯光、郭欢即吃净尽，诸亲惊怪，都说神奇。不一会儿，兄弟侯周进来，向兄长家察看。侯光忽然看见侯周，就对郭欢说："杀我者，此人也。生时被杀，死亦怕他。"便畏惧走出。郭欢无神灵覆荫，遂立即现身，从灵床上起来，具说缘由。侯光父母立即将侯周送到县衙。一经审问，侯周立即承认而被法办。侯光父母便赐郭欢钱物、车马、侍从，相随去取侯光回来安葬。故曰：侯光做鬼，尚知报恩，何况生人。

刘　寄

古代鬼魂故事。见句道兴撰《搜神记》。

刘寄进城卖牛，得到二十三匹绢。在回家途中投宿时被主人王家三兄弟杀害，抛尸在一口枯井中，然后将绢藏在南屋的柜子里面。刘寄的亡魂给家兄托梦诉冤。他的家兄立刻到州衙告状，州衙查明事实，终将王家的三个凶犯法办。

李信入冥

古代奇事故事。见句道兴撰《搜神记》。

陈留信义人李信为人慈孝，善事父母。他三十八岁时，梦见被鬼卒捉拿到阎罗王那里。他以母亲年老孤独为由，请求放还。阎罗王命鬼使查看，李信的老母亲尚有二十七年的阳寿，阎罗王打算放还，可是鬼使认为不能开这样的先例，因此阎罗王仍然判他从死。于是，众鬼便将李信抛入大锅中去煮。这时，阎罗王又决定放李信回家侍养老母。鬼使对李信说："你的头手已被煮坏，只得让你拿别人的好头手回去。"李信十分欣喜，匆忙中，他竟带着胡人的头手还阳。一觉醒来，已经变成胡人的模样。他的妻子见了，立刻奔告老母，母亲连忙拿棒子去打儿子。邻里闻声赶来，李信说明原委，才知道是一场误会，便抱在一起悲哭。

《北梦琐言》

书名。五代·孙光宪撰。孙光宪（？—968），字孟文，号葆光子，陵州贵平（今属四川仁寿）人。唐末至宋初，曾为陵州刺史、荆南节度副使、检校秘书少监、黄州刺史等。此书《郡斋读书志》等著录三十卷。传世的《稗海》《雅雨堂丛书》等本均为二十卷，非完本。缪荃孙《云自在龛丛书》据诸本精校，又从《太平广记》中辑得八十多则佚文，更为完善。1959年中华书局上海编辑所据此本排印。上海古籍出版社1981年出版的林文园点校本，又作了进一步加工。其中收有《丁秀才》《韩简》等故事、笑话。

丁　秀　才

古代奇人故事。见五代·孙光宪撰《北梦琐言》。

朗州道士罗少微与丁秀才同时寄住在茅山紫阳观。丁秀才行为与常人无异，只是对仕途不感兴趣。观主待他也很友善。有个冬夜，大雪纷飞，丁秀才与诸道士围炉聊天，都希望有肥羊美酒助兴。丁秀才说："这有何难？"大家都以为这不过是一句戏言。一会儿他竟奔出门外，半夜忽然冒雪提着一大壶酒、一只熟羊腿回来，说是浙帅厨中之物。诸道士惊讶欢笑，丁秀才立即抛剑而舞，腾跃而去，莫知所往。

韩　　简

古代笑话。见五代·孙光宪撰《北梦琐言》。

唐魏博节度使韩简性格粗犷，每一次面对文士，都不知人家在说什么，心里常常感到羞耻。于是，他就请一位举人来给自己讲《论语》，讲到了《为政》篇。第二天，他对诸位从事说："我近来知道古人淳朴，年至三十，方能够行立。"外面的人听说后，无不笑得前仰后合。

鱼目为舍利

古代骗子故事。见五代·孙光宪撰《北梦琐言》。

泽州僧人洪密请求造舍利塔。他用禅宗谜语蛊惑愚民，说自己身上能够出舍利。他曾经到太原，豪民前来迎请，妇人们四面围着下拜。他离开以后，妇人们在他的坐处捡到百来颗舍利，找人鉴定，全是枯鱼眼睛。他将要到山中去，向人们索要十几张毛毡，半天就得到五百张，他竟能够这样迷惑民众。

捉佛光事

古代骗子故事。见五代·孙光宪撰《北梦琐言》。

高燕公坐镇四川时，成都某寺僧人申报，大殿上出现佛光。高燕公立即派马步使去捉拿佛光。有关官员秘密去察看，从童子口中打听到，僧人们用镜子将缝隙中的日光反射在佛像上。骗局败露后，他们被擒获治罪。

李戴仁

古代鬼怪故事。见五代·孙光宪撰《北梦琐言》。

枝江县江河边有许多伥鬼，常常出来呼叫人们的姓名，答应的人必定溺水身亡。李戴仁曾经把船停在水渠中，晚上月色皎洁，忽然看见一个老妈、一个男子，出水面环顾四周，大声说道："这里有生人。"说完立刻从水面上跑到对岸去了，涉水如履平地。当阳县令苏某住在江陵，有个月夜回家时，在路上看见一个美人披着头发，所穿衣服的大襟好像是湿的。他就开玩笑说："该不是江中的伥鬼？"妇人生气说："你喊我做鬼！"立刻跑过去追赶苏某，苏某拔腿就跑，遇到巡夜的人才停下来。他回头一看，妇人已经返回原来的路上了。

张氏子

古代精怪故事。见五代·孙光宪撰《北梦琐言》。

唐文德年间，京官张某住在苏台。子弟年少时，受到一个美人的诱惑，彼此往来很长一段时间。张氏子心里感到疑惑，随后便生病了，身体一天天消瘦。有一天，张氏子遇到开元观道士吴守元，说他有不祥之气，就给他一道符。回去以后，那个美人现出原形，乃一个冥器婢子，背上书红英字，躲在空屋的柱穴中，张氏子便把它焚烧了，这个精怪从此便绝迹了。

宋代故事

《太平广记》

书名。宋·李昉（952—996）等人奉诏编纂。成书于北宋太平兴国初年。全书按题材分为九十二大类，部分类别再分细目，凡一百五十余细目，共计五百卷，目录十卷。内容大多取自汉代至宋初的野史、传记、故事、小说，引书约四百七十种。此书的宋刻本后世很难见到。明代中叶前主要靠抄本传世，明嘉靖四十五年有雕版印行后，印本才逐渐增多。人民文学出版社有汪绍楹点校本（1959），后由中华书局修订重印（1961、1981、1986）。其中收有《乳母得救》《上林献枣》等故事。

乳 母 得 救

古代机智人物故事。见宋·李昉等编《太平广记》卷一六四。

有一次，汉武帝生气要杀掉他的奶娘。奶娘便到东方朔那里去求救。东方朔对奶娘说："假如皇上生气的时候旁人去进言，不仅于事无补，反而会加速惨剧的发生。到时候您只管不停地回头看，我会采用出其不意的办法来救您。"汉武帝的奶娘果然按照东方朔的提示行事，不断回望汉武帝。东方朔在汉武帝身旁对奶娘说："你应当快快离去。陛下已经长大了，哪里会想念你哺育他的恩情哟！"汉武帝闻听此言，感到悲伤，于是便赦免了他的奶娘。

上 林 献 枣

古代机智人物故事。见宋·李昉等编《太平广记》卷一七四。

汉武帝曾经用隐语召见大臣东方朔。那个时候，管理园囿果蔬事务的上林署来进献枣，汉武帝拿手杖击打未央宫前的殿栏说道："叱叱（谐音'七七'），先生束束。"东方朔过来，问道："陛下，是上林署来进献了四十九枚枣子吗？微臣看见陛下您用手杖击打宫殿的栏木两下，两木，林也；束束，枣也；叱叱，四十九也，因此知道上林署献了四十九枚枣子。"

自家儿得人怜

古代机智人物故事。见宋·李昉等编《太平广记》卷一六四。

有一回，唐玄宗问优人黄幡绰："谁家小儿受疼爱？"黄幡绰回答道："自家的小儿受疼爱。"当时，杨贵妃在宫廷之中最为得宠，竟认安禄山为义子。唐玄宗的儿子李亨在宫中处境非常不好，常常感到危险和恐惧。唐玄宗听到黄幡绰的这番话，低头思索了好一会儿。

找 寻 良 马

古代机智人物故事。见宋·李昉等编《太平广记》卷二五〇。

唐玄宗爱好击毬。他对皇宫内厩里饲养的马匹感到不太满意。有一次，与优人黄幡绰闲聊的时候，唐玄宗说道："我很久以来就想寻找良马，不知道谁精通马经？"黄幡绰回答道："微臣知道。"接着又说，"如今，三位丞相无不精通马经。"唐玄宗说道："我与三位丞相在谈论政事之外，都在研究其他学问，可是没有听说过有谁精通马经呀。你是从哪里得知的？"黄幡绰说："微臣常常在沙堤上看见他们所骑的都是良马，因此，知道他们必定精通马经。"唐玄宗于是大笑起来，接着又讲到旁的事情了。

嘲 文 树

古代机智人物故事。见宋·李昉等编《太平广记》卷二五五。

唐代安西牙将刘文树口齿伶俐，善于奏对，唐玄宗常常嘉奖他。刘文树下巴上长了许多胡须，有点像猿猴。皇上让优人黄幡绰把他嘲笑了一番。刘文树对“猿猴”这个绰号深恶痛绝，便悄悄贿赂黄幡绰，请求他不要这样嘲笑自己。黄幡绰当场答应了刘文树。到皇上那里后，黄幡绰这样嘲笑道：“可怜好个刘文树，髭须浓密脸上布；文树面孔不似猢狲，猢狲面孔强似文树。”皇上知道黄幡绰受贿了，竟大笑起来。

《南唐近事》

书名。宋·郑文宝撰。郑文宝（950—1013），字仲贤，一字伯玉，汀州宁化（今属福建）人。太平兴国进士，历任大理评事、光禄寺丞、陕西转运使、兵部员外郎等。此书有一卷、二卷、三卷几种版本，内容基本相同。有明万历本、崇祯本、《续百川学海》本、《宝颜堂秘籍》本、《四库全书》本等。其中收有《失衣冤案》《庐山道士》等故事。

失衣冤案

古代案狱故事。见宋·郑文宝撰《南唐近事》卷二。

庐陵村某豪民雨后晒衣时，丢失不少新洁衾服，计其资值不下数千。他所居住的地方偏僻，人罕经行，唯有一家穷人在附近居住。某豪民以为必然为邻人所盗，便到县衙告官，县里向郡里报告，郡里派官吏来查看后，归罪于邻人，竟匆忙将其定为盗贼。问他赃物在哪里，他只好说拿到市场上变卖了，因为他受不了拷打，不得不胡说一通。把他绑赴刑场时，冤声动人。长吏观察他的言行不像是盗贼，便没有处斩，立即上报朝廷。朝廷派了一个员外郎来重新审理。经过反复考察、勘验，最后在失物之家的一头被雷劈死的牛肚子里找到了所有丢失的衣物，终于还了邻人清白。

庐山道士

古代僧道故事。见宋·郑文宝撰《南唐近事》卷二。

庐山九天使者庙有个道士，忘其姓名。他身材魁伟，饮酒吃肉量大惊人，晚年服用丹砂，迷恋冲举飞升。有一次，他看见两只鹤在道馆飞翔徘徊，仿佛从天而降，十分惊喜，立即焚香祷告，命令山童把控两鹤，他竟骑了上去。两鹤羽翼清弱，不胜其载，毛伤翼折，血洒一地，当晚全部毙命。

种 真 珠

古代官吏故事。见宋·郑文宝撰《南唐近事》卷二。

陈某家资丰厚，他从江宁府尹的位上致仕回家后，既不嗜学又杜绝宾客，天天拿一把锄头去苗圃里，把一千多颗真珠种到土壤中，然后又一颗一颗地捡起来。他就这样周而复始，以此为乐。

和地皮掠来

古代刮地皮型故事。见宋·郑文宝撰《南唐近事》佚文。

王知训为宣州帅，聚敛苛暴，百姓苦不堪言。他去朝见天子侍宴时，有个伶人出来表演，穿绿衣扮成大面胡人，好像鬼一样。有人问他是什么人，那人回答说：“我乃宣州土地神，王某来朝见，我是被他跟地皮一起夺取来的。”此则故事又见《江南余载》《笑赞》《舌华录》《笑得好》《嘻谈录》等。

“渠伊钱”与“捋须钱”

古代讽刺故事。见宋·郑文宝撰《南唐近事》佚文。

张某坐镇庐州时，胡作非为，无法无天，各阶层人士都苦不堪言。他曾经去江都觐见皇上，庐州百姓以为他将改任，都感到很高兴，相互说：“渠伊（他）必定不再来啦！”张某回来后非常生气，就按人口来征收税费，称为“渠伊钱”。第二年他再一次去觐见皇上，纷纷传出会罢免他的议论，人们不敢公开讲话，在道路上相见时都以捋胡须的方式来庆贺。张某回来后又征收“捋须钱”。

《南部新书》

书名。又名《南郡新书》《南部新语》。宋·钱易撰。钱易，字希白，钱塘（今属浙江杭州）人。宋咸平进士，累官至翰林学士。此书十卷，计八百余条。有明刊本、《学津讨原》本、《说库》本、《丛书集成初编》本等。中华书局上海编辑所1958年出版有标点本。其中收有《好食羊头者》《犬头妇》等故事。

好食羊头者

古代奇事故事。见宋·钱易撰《南部新书》卷七。

开元末有一人好食羊头。一天早上他出门时，有个羊头人身的妖怪站在门口对他说："我乃未之神，属在羊。我因为你好食羊头，所以来求你。你停食就算了，如果不停食，就杀了你！"此人非常惊恐，便不再食羊头啦。

犬　头　妇

古代逆妇恶报型故事。见宋·钱易撰《南部新书》卷十。

滑州酸枣县有一个乡下妇人对待婆母不敬。婆母年纪很大，双目失明，吃早饭时，该妇人用饼裹粪拿给婆母，婆母吃起来感觉不对头，就留起来了。她的儿子回家后，婆母问儿子："这个是何物？先前你媳妇把它拿给我吃。"其子见了仰天大哭。过了一会儿，雷声大作，好像有人砍下妇人的脑袋，而用狗头接上去。官府命令牵着她在境内行走，用以惩戒不孝者。时人把她称为"犬头妇"。

《茅亭客话》

书名。宋·黄休复撰。黄休复，字归本，宋初江夏（今属湖北武汉）人，生卒年不详。此书十卷。有《津逮秘书》本、《学津讨原》本、《四库全书》本等。其中收有《夷人妇》《葭萌二客》等故事。

夷　人　妇

古代抗暴故事。见宋·黄休复撰《茅亭客话》卷六。

甲午年五月，朝廷的军队攻克成都地区。到八月，少数民族的队伍还占领着嘉州，有一个将领便带兵讨伐。军队到洪雅时，有个士兵掠获一个少数民族的妇人，颇有姿色。军官每次想逼迫她就范，她都说：“我已经成家了。”她一直交臂叠膝俯地而坐。军官发怒，扬言要将她断颈、剖心，却始终不能让她屈服。军官要强暴她，她反抗得越发厉害。她三日不进饮食，以死抗争，军官竟不能对她非礼。主帅听说后很同情她，便派人送她回本家去了。

葭 萌 二 客

古代精怪故事。见宋·黄休复撰《茅亭客话》卷八。

利州路有二客负贩杂货，到葭萌的市场上去出售。山路崎岖，竹树荒凉。日将暮，还距市场十五余里，从林高树上有人说道：“虎过溪来，行人回避。”二客慌忙登上一棵大树用高枝叶蔽人形。不久就有二虎过来不断攫跃，或作人声说：“有人在树上。”一虎说：“我要上树去取。”虎欲相及，二客悸栗，以拄杖撞击。一虎叫道：“刺着我眼啦。”于是下树，号呼而逃。到了天明，行人稍集，他们便下树去葭萌市场，一个妇人报告说：“衙门里的任拦头夜来醉归，刺损双眼，不来检税了。”二客相互私语，众人感到奇怪就问他们，因说夜来以拄杖撞损虎眼，是那人伪装成老虎劫路。众人说道：“此处近来有二虎十分凶暴，周围村庄的猪狗驹犊差不多被吃光了。”众人立即拿着棍棒往任拦头家里去看个究竟。半路上遇到一只老虎。虎畏人多，惶怖奔逃，哮吼而去。众人至任拦头家，窥见一只老虎坐在地上，两目流血，呻吟不已。众人大声呵斥，他立即踉跄突门而出，目无所见，竟撞落在深坑中，被众人用大石击毙。众人先前所见的那只老虎，即是任拦头的妻子。

虎 化 为 僧

古代精怪故事。见宋·黄休复撰《茅亭客话》卷八。

武都人徐某，以商贾为业，有一年去巴蓬做买卖，一路上没有人烟，猛兽群行，村民在小路中设槛阱来捕野兽。徐某到一个村子里面安顿下来后，半夜听说机发，村人拿火炬去照，看见一个老和尚困在陷阱中。他说："夜间进村化缘，回来时误落陷阱中。希望诸位施主发慈悲解救我。"村民们怜悯他，便开槛放他出去。他跳跃数十步，立刻变成一只巨虎奔跑而去。

鱼化为石

古代奇事故事。见宋·黄休复撰《茅亭客话》卷九。

一天，青城县渔民李克明打鱼回家，把鱼倒在竹器中。有一条鱼忽然化为石头，长四寸许，鳞鬣灿然，跟活的一样。渔民的妻子见了很喜欢，就拿给小孩子玩耍。小孩子把石鱼放在水中，竟浮泳而活。渔民惊异，就取出放到坛子中，于是众人纷纷前来观看。它在水中则活，离开水则变为石，习以为常。后来，巡辖柏舍人乘舟取此鱼去看，把它敲断，放在水中就不再变活了。

蚕馒头

古代报应故事。见宋·黄休复撰《茅亭客话》卷九。

新繁县李某养了很多蚕，将要收获时，桑叶突然暴涨。他们立刻不再饲养，而将蚕掩埋，把桑叶拿出去卖，大获其利。他们买了许多猪肉、面粉回家蒸包子。吃包子时，每掰开一个包子，里面都有一条蚕。自此以后，他家突然降临灾病，没人能躲过此劫。

《该闻录》

书名。宋·李畋撰。李畋（962？—1051？），字渭卿，号谷子，成都人。淳化进士，历官恒宁主簿、国子监说书、大理丞、荣州知州等。此书《郡斋读书志》《宋史·艺文志》均作十卷，已佚，今存佚文近四十则。分别见于《类说》《分门古今类事》《老学庵笔记》《说郛》等书。其中收有《知县生日》《下官口上官鼻》等故事。

知县生日

古代讽刺故事。见宋·李畋撰《该闻录》。

开元通宝中，神泉县令张某表面上廉洁，实际上极为贪腐。一天，他在县门上张榜说："某月某日是知县生日，告示诸县人不得献礼。"有个官吏说："县太爷明言生日，就是要我们知道啊。"众人说："是啊。"各人都送去丝绸，县令一点也不拒绝。稍后他又告诉大家："后月某日是县太太生日，也不要来献礼啊。"有人就用《鸬鹚（鱼鹰）诗》嘲讽他道："飞来疑是鹤，下处却寻鱼。"

下官口上官鼻

古代机智人物故事。见宋·李畋撰《该闻录》。

石中立参政生性滑稽。有个上官佖郎中劝他说话要慎重。他说："下官口干上官鼻何事？"一日，石中立改授礼部郎中，上官佖便勉励他说："皇上认为您清通详练，所以授予此职，您的言谈应当减少诙谐。"石中立回答道："某授语云'特授礼部郎中，余如故，以此不敢减削。'"

《国老谈苑》

书名。又名《国老闲谈》。宋·夷门君玉撰。据杨倩描、徐立群考证，"夷门君玉"可能是北宋王琪。王琪，字君玉，成都华阳（今属四川成都）。生卒年不详。真宗进士，历官知制诰、知润州，以礼部侍郎致仕，终年七十二。此书二卷。有明覆宋本、《百川学海》本、《学津讨原》本、《四库全书》本等。中华书局2012年出版有杨倩描、徐立群点校本。其中收有《反券析资》《割牛舌者服罪》等故事。

反券析资

古代巧析家产型故事。见宋·夷门君玉撰《国老谈苑》卷二。

张咏镇杭州时，有告状的人来诉说："我家一向很富有，我两岁时父母双亡。有甲氏来我家做了上门女婿，我父亲将死时，手写一份遗嘱给他说：‘我家的财产，七分给你，三分给我的儿子。’我长大成人后，甲氏拿出遗嘱来分我家的财产。请官府明断。”张咏甚为叹赏，对他说道：“你父亲太明智啦。没有那份遗嘱，那你在小娃娃的时候就有性命之忧啦。”便下令不按那份遗嘱来分他家的财产。此则故事又见《儒林公议》《自警编》《北窗炙輠录》《智囊补》等。

割牛舌者服罪

古代案狱故事。见宋·夷门君玉撰《国老谈苑》卷二。

张咏镇永兴时，有个父老前来告状，说他家的牛舌被人割了，张咏问他与邻居谁家有矛盾。他说，某甲因为没有从他家借到粮食，所以积怨较深。张咏让他回去，并且要他回家后将绳子解开把牛放出去。这个父老照办后，第二天就有个百姓跑来告那个父老，说他残害耕牛。张咏对此人说：“你割人家的牛舌来报复借粮食的怨恨，却反而诬告人家。”此人不得不服罪。

《归田录》

书名。宋·欧阳修撰。欧阳修（1007—1072），字永叔，号醉翁，晚年自号六一居士。吉州永丰（今属江西）人。天圣进士，官至翰林学士、枢密副使、参知政事。此书《宋史·艺文志》作八卷，《四库全书总目》作二卷。有《四库全书》本、《笔记小说大观》本等。中华书局1981年出版有李伟国点校本。其中收有《此亦九百》《手熟》等笑话、故事。

此亦九百

古代熟能生巧型故事。见宋·欧阳修撰《归田录》卷上。

冯道、和凝同在中书省，有一天，和凝问冯道：“您新买的靴子多少钱？”冯道抬起左足给和凝看，说道：“九百。”和凝性急，立刻回头责怪旁边的小吏说：“我的靴子为啥要一千八！”冯道慢慢举起右足说道：“这只也是九百。”于是，哄堂大笑。

手　熟

古代寓言。见宋・欧阳修撰《归田录》卷上。

陈尧咨善射箭，举世无双。他常常以此自豪。有一次，他在家苑中射箭。有个卖油翁放下担子在外面看了许久，没有离去，见他十发而中八九，只是微微点头。陈尧咨问他："你也懂射箭吗？我的射箭技艺难道不是很精妙吗？"卖油翁说："没有别的诀窍，不过手熟罢了。"陈尧咨听了愤然说道："你怎么敢轻视我的射箭技艺！"卖油翁说："我只是根据我倒油的经验明白这个道理的。"于是，他放一个葫芦在地上，拿一枚钱盖在口上，舀一勺油慢慢滴入钱孔而钱不湿，说道："我也没有别的诀窍，只是手熟罢了。"陈尧咨笑一笑便让他走啦。此则故事又见《坚瓠集》。

寇杨戏对

古代诗对故事。见宋・欧阳修撰《归田录》卷下。

寇准在中书省与同僚逗趣，出了一副上联："水底日为天上日。"没有人能够对得出来。正好杨大年进来说事，大家就请他来对。杨大年应声对道："眼中人是面前人。"在座的人都称赞这是"的对（最恰当的对句）"。

梅刁善对

古代诗对故事。见宋・欧阳修撰《归田录》卷下。

梅圣俞以诗知名，三十年终不得一馆职。晚年参与编纂《唐书》，书编成还没来得及上奏就去世了。士大夫莫不叹惜。当初他奉诏编纂《唐书》，曾经对其妻刁氏说："吾之修书，可谓猢狲入布袋矣。"刁氏对道："君于仕宦，亦何异鲶鱼上竹竿耶！"听到的人都称赞他俩善对。

《新五代史》

书名。原名《五代史记》，又名《五代新史》。宋・欧阳修撰。七十四卷。

有本纪十二卷、列传四十五卷、考三卷、世家及年谱十一卷、四夷附录三卷。记载后梁开平元年（907）至后周显德七年（960）共五十三年的历史。原有宋·徐无党注。清代有彭元瑞、刘凤诰合著《五代史记补注》。其中收有《臣与陛下为一体》《中牟巧谏》等故事。

臣与陛下为一体

古代机智人物故事。见宋·欧阳修撰《新五代史·伶官传》。

敬新磨常到宫殿里去奏事。殿中养了许多恶狗。有一次，敬新磨正在殿中走，一只狗起身追他。敬新磨倚靠着柱子高声呼喊道："陛下，不要放你的儿女来咬人！"后唐庄宗家族本是西突厥别部——沙陀族人。沙陀族素来有狗崇拜的习俗，忌讳说狗。敬新磨这样讥讽，使得庄宗大怒，立刻张弓拉箭要射杀敬新磨。敬新磨急速呼喊道："陛下不要杀微臣，臣与陛下是一体的，杀了臣不吉祥啊！"庄宗闻听此话十分吃惊，忙问他是什么缘故。敬新磨对答道："陛下开国时，改年号为'同光'，天下人都称呼陛下为'同光帝'。这'同'就是'铜'啊。假如陛下杀了我敬新磨（谐音'精心磨'），那么铜（谐音'同'）就无光啦。"庄宗大笑，便把敬新磨释放了。

中牟巧谏

古代机智人物故事。见宋·欧阳修撰《新五代史·伶官传》。

后唐庄宗喜好打猎。他在中牟县打猎的时候，践踏了老百姓的田地，中牟县的县令出来挡住他的马恳切陈词，为民请命。庄宗非常气愤，当场呵斥中牟县令，把他赶走了，还打算把他处死。敬新磨知道这样做很不妥当，立即带领艺人们去追赶中牟县令，把他抓到庄宗的马前，大声指责道："你当了县令，竟不知道天子喜好打猎。为什么要放纵老百姓去种庄稼来完粮纳税？为什么不让老百姓饿肚子，把这些田地空下来供天子打猎的时候驰骋？你的罪孽深重，难逃一死！所以我们特地前来请求将此人处以极刑。"艺人们也跟着说不能饶了这个县令。庄宗听了敬新磨这番话，忍不住大笑起来。于是，中牟县令便逃过了一劫。

李　天　下

古代机智人物故事。见宋·欧阳修撰《新五代史·伶官传》。

有一次，后唐庄宗与艺人们在庭院里嬉戏玩耍，到处看了看，高声喊道："李天下，李天下！李天下在哪里？"敬新磨突然走上前去，给了庄宗一记耳光。庄宗大惊失色，随从们一个个心惊胆战，众艺人也吓得不得了，忙抓住敬新磨，问道："你为啥要扇天子耳光？"敬新磨回答道："'李天下'就是陛下一人。除了陛下外，还有什么人能够叫'李天下'？"听敬新磨这样一讲，随从们都笑了。庄宗无比欣喜，于是给了敬新磨很丰厚的赏赐。

《幕府燕闲录》

书名。一作《幕府燕闻录》。宋·毕仲询撰。毕仲询，字景儒，元丰初为岚州推官。生卒年、里籍不详。此书《郡斋读书志》《宋史·艺文志》均著录十卷，已佚，今存佚文三十余则。《分门古今类事》《类说》《苕溪渔隐丛话》等书保存其佚文三十余则。其中收有《驮得三千石谷》《邹阆夫妇》等故事。

驮得三千石谷

古代讽刺故事。见宋·毕仲询撰《幕府燕闲录》。

岐山的王生捐献三千斛粮食换来官位后，又花高价买了一匹骏马，可是还觉得不太满意。有一天，他骑着骏马出去，遇上李生。李生滑稽，喜欢开玩笑，就拦着道路问他："您新买的骏马价值多少？"王某回答说："一千五十石。"李生称赞骏马壮健，以为价贱。王某感到奇怪，连忙问李生，李生说："驮得三千石谷，岂不是壮健吗？"

邹　阆　夫　妇

古代奇事故事。见宋·毕仲询撰《幕府燕闲录》。

池州进士邹阆，贫困而有操守。一日，他将要到县城去，凌晨开门，看见有一个小竹笼子在门外，打开一看，里面有白金酒器数十件，约重百两。他将笼子拿回去对妻子说："此物无胫而至，难道不是上天赐给我的吗？"话音未落，邹阆觉左腿上有物在蠕动，见是一条蚕，便把它拨去，还没有回手，那蚕又已在原处了。邹阆以足踏它，它虽然随足而碎，然而忽然又出现在邹阆的胸腹上。邹阆将它弃于水，投于火，刀伤斧斫，都不能伤害它。邹阆十分厌恶它，就去问认识它的友人，友人说："你为人卖啦，这叫'金蚕'，虽小而能为祸。大后能进入人腹中，残食肠胃，吃完才出来。"邹阆越发恐惧，便提笼去告诉友人，友人说："我知道啦，如果你能够侍候它，就会立即暴富。这虫日食蜀锦四寸，收取它的粪便，干后弄成碎屑，放少许到饮食中，人吃了必死无疑。这虫能够达到它的目的，就会天天送财物来报答。"邹阆笑道："我岂能做这样的事情。"友人说："我当然知道你不会这样。可是又怎么办好呢！"邹阆说："就把这虫和那些物品放在笼中，丢弃了不就无患啦。"友人曰："世人凡是喂养这虫久必致富。只要把数倍的钱财和原物一起送人，就是所谓的'嫁金蚕'，便可以去掉这虫。如果直接把原物送走，那是送不掉的。如今你家庭贫困，怎么拿得出那么多财物呢？我真替你担忧。"邹阆便仰天叹息道："我平生清白处世，誓不失节。不幸如今竟有此事！"他回到家中对妻子说："如今要伺候它我不愿意，把它送走又不可能，看来只有一死啦。你们好自为之。"于是他就取出这虫来扔进口中吞了，全家人都来不及救他。他的妻子儿女号啕大哭，以为他必死无疑。可是，数日间他并无痛苦，饮食如故，过了个把月也没有异常。因为得到了白金，他家也得以小康。这岂不是由于至诚而感动上天，因此不会受害吗？

协　金　石

古代宝物故事。见宋·毕仲询撰《幕府燕闲录》。

其人得到一块青石，大如捣衣石，背面有孔可以穿铁索数丈。一天，有一个航海商人看见了，就花几万两银子买走了。航海商人说这是一块"协金石"，把它垂到海里，过一个晚上，便能够引出金子。

龙 听 讲 经

古代奇事故事。见宋·毕仲询撰《幕府燕闲录》。

有个和尚在山中寺庙里讲经的时候，经常有一个老人来聆听。和尚问他的姓氏，他回答说：“我乃山下潭中的龙，幸遇今年天旱，才得有闲工夫来此听法师讲经啊。”和尚说：“您能够救旱吗？”龙回答说：“上帝封住了江湖，有水不能取用。”和尚说：“这个砚台里面的水可以用吗？”龙便到砚台里去吸水，然后离开寺庙。当天晚上，雷雨大作。第二天一看，雨水都是黑的。

《湘山野录》

书名。宋·文莹撰。文莹，宋神宗时荆州金銮寺僧，字道温，钱塘（今属浙江杭州）人。此书三卷，续录一卷。有《学津讨原》本、《说库》本、《古书丛刊》本、1917年上海有正书局排印本等。中华书局1984年出版有郑世刚点校本。其中收有《度（杜）撰》《测试经文》等故事、笑话。

度（杜）撰

古代机智人物故事。见宋·文莹撰《湘山野录》卷上。

石立中在中书省供职时，一天，盛度到皇宫里值班，他撰写的《张文节公知白神道碑》，送到皇上那里后呈放在中书省。石立中故意问盛度说：“这是谁撰的？”盛度仓促之中回答道：“度撰。”他刚讲完，就醒悟到自己的回答是谐音“杜撰”。在座的同僚听到盛度的回答，都忍不住大笑起来。

测试经文

古代笑话。见宋·文莹撰《湘山野录》卷中。

有一年，潭州用经文来测试僧童，一个试官举经文的头一句说“三千大千时谷山”，有一个闽地僧童怎么也接不下去，便操福建的乡音问道：“上覆试官，不知下头有世界呢，没世界呢？”逗得群官大笑。

《倦游杂录》

书名。又名《倦游录》。宋·张师正撰。张师正（1016—？），字不疑，襄国（今属河北邢台）人。曾任渭南推官、宜州知州、辰州帅、鼎州帅等。此书《郡斋读书志》作八卷。《宋史·艺文志》作十二卷。原本已佚。《宋朝事实类苑》《类说》《说郛》等书保存其佚文一百余则。上海古籍出版社2012年出版有傅成、李裕民点校本。其中收有《苑中狮和苑外狼》《陈蔡对》等故事。

苑中狮和苑外狼

古代机智人物故事。见宋·张师正撰《倦游杂录》。

石立中生性滑稽，他做员外郎的兼职时，西域进贡的狮子喂养在皇家的园林里面，每天拿十五斤羊肉来给它吃。石立中曾经带同僚前往皇家园林看狮子。有人感叹道："它不过是头野兽，每天的供给却如此的阔气。我辈真有愧于郎曹这样的要职，每天供给只不过几斤，人反而不如野兽！"石立中说："老兄怎么不知道自己的身份呢？它乃是苑中狮，我辈却是员（苑）外郎（狼），怎么能够比得上呢！"

陈　蔡　对

古代诗对故事。见宋·张师正撰《倦游杂录》。

陈亚以滑稽著称。有一次，蔡襄用他的名字开玩笑，说道："陈亚有心终是恶。"陈亚立即回敬道："蔡襄无口便成衰。"当时被称为"名对"。

茶　床　谜

古代谜语故事。见宋·张师正撰《倦游杂录》。

陈恭如任扬州知府时，陈亚对他说："近来作了一个谜语——四个脚字直上，四个脚字直下，经年度岁不曾下；若下，不是风起便是雨下。"陈恭如不晓，陈亚说："是您厅上的茶床。间或举行宴会，便悭值风涩值雨也。"

《涑水记闻》

书名。宋·司马光撰。司马光（1019—1086），字君实，号迂叟，世称涑水先生，陕州夏县（今属山西）人。宋宝元进士。英宗时任龙图阁直学士。元祐元年拜尚书左仆射兼门下侍郎，主持朝政，同年病殁。此书《宋史·艺文志》等作三十二卷。《直斋书录解题》作十卷。通行本为十六卷，有《学津讨原》本、《武英殿聚珍版书》本、《四库全书》本等。中华书局1989年出版有邓广铭、张希清点校本。其中收有《勘问杀人贼》《枯井尸案》等故事。

勘问杀人贼

古代案狱故事。见宋·司马光撰《涑水记闻》卷七。

张咏在益州为官时，捉住一个来历不明的和尚。张咏仔细看了看这个和尚，又查看了他的戒牒，立即说道："勘问杀人贼！"经过审问，此人果然是个杀人凶手。他与一个和尚同行时，在半路上杀死那个和尚，夺取了他的祠部戒牒，然后剃头装扮成和尚。同僚问张咏怎么知道此人是个假和尚。张咏说："我见他额头上还有系头巾的痕迹。"

枯 井 尸 案

古代枯井尸案型故事。见宋·司马光撰《涑水记闻》卷七。

西京有个僧人到村民家求宿，主人不许，他只好在门外的车厢里面睡觉。半夜有个盗贼入其家，从墙上挟一妇人和衣袋出来。僧人没有睡着，怕主人怀疑他，便匆匆离去，不幸落入一口枯井，而那个妇人先前已被人杀死，扔在枯井中。天明，主人从枯井里面抓住僧人，立即送往县衙。僧人经不起拷打，只得诬服。送往府里，也深信不疑。由于赃物没有找到，引起宰相向敏中的怀疑。他一再追问，僧人才如实相告。他秘密派官吏前去调查，终于捉住盗贼，取回赃物，为僧人平反。此则故事又见《折狱龟鉴》《智囊补》等。

别穿一梁山泊

古代机智人物故事。见宋·司马光撰《涑水记闻》卷十五。

刘贡父好滑稽，曾经登门拜访王安石，遇到有一个客人在向王安石献策说："把梁山泊的水放光了，其干涸后，可以得到良田万余顷，只是还没有找到适当的地方来贮存它的水。"王安石埋头沉思道："是啊，怎么找到贮存那么多水的地方啊。”刘贡父高声说道：“这个一点儿都不难。”王安石以为有了良策，非常兴奋，忙问他有什么办法。刘贡父说：“另外凿一个梁山泊便足以贮水啦。”王安石听了大笑，就不再讲这件事了。此则故事又见《渑水燕谈录》《明道杂志》《邵氏闻见后录》《何氏语林》等。

《梦溪笔谈》

书名。宋·沈括撰。沈括（1031—1095），字存中，号梦溪丈人，钱塘（今属浙江杭州）人。嘉祐进士。提举司天监，累官翰林学士、三司使。晚年退居润州（今属镇江）梦溪园。此书二十六卷，另有《补笔谈》三卷、《续笔谈》一卷。有《稗海》本、《古书丛刊》本、《四库全书》本、《说库》本等。中华书局1975年出版有胡道静《新校正梦溪笔谈》，上海古籍出版社2015年出版有施适校点本。其中收有《红光验尸》《园井尸案》等故事、寓言、笑话。

红光验尸

古代案狱故事。见宋·沈括撰《梦溪笔谈》卷十一。

一次，庐州慎县有一个人在斗殴中丧命，李县令前去验尸，派人将糟肉灰汤一类的东西涂抹在尸体上，都没有发现伤痕。这时，有一个老人来求见，说自己是县里的老书吏，只要在正午的阳光下用新红伞遮住尸体，再在尸体上浇水，伤痕必然显现出来。李县令照他说的办，尸体上果然清清楚楚地现出伤痕。从此，江淮一带官府验尸，都采用这种办法。

园井尸案

古代辨尸察奸型故事。见宋·沈括撰《梦溪笔谈》卷十二。

张杲卿在润州任职时，有个妇人的丈夫外出，数日不归。忽有一人来报告，菜园的井中有个死人，妇人惊慌地前去一看，便号哭道：“是我的丈夫啊！”张公命令属官召集邻里，到那口井勘验是不是其人的丈夫。众人都认为井深无法辨认，要求把尸体打捞起来检验。张公说：“众人不能辨认，为什么只有这个妇人能够知道深井中是她的丈夫？”于是将这个妇人交给有关部门审讯，果然是奸人杀死了她的丈夫，是她与奸人一起谋划的。此则故事又见《折狱龟鉴》《益智编》《智囊补》《古今说海》等。

诈　术

古代寓言。见宋·沈括撰《梦溪笔谈》卷十三。

濠州定远县有一个弓箭手善于使用长矛，远近的人们都佩服他的技能。有一个小偷也善于击刺，经常不把官军放在眼里，唯独与这个弓箭手不相上下，因此扬言："如若见到他，必定与他拼个你死我活。"一天，弓箭手有事来到某村的渡口，恰好遇到这个小偷在集市上喝酒，看样子无法回避，便提起长矛来交锋，观看的人围得水泄不通。打了很久，两人都制服不了对方，弓箭手忽然对小偷说："校尉来啦，你我都是健儿，你敢不敢与我一起到校尉马前决一死战呢？"小偷说："好！"弓箭手应声刺去，一下刺死了对方。这就是乘机钻了对方的空子。

摸钟辨盗

古代摸钟辨盗型故事。见宋·沈括撰《梦溪笔谈》卷十三。

陈述古任福建浦城县县令时，有人丢失物品，捉了一些人，可不知道谁是盗贼。县令说："某庙有一口钟，能够识别盗贼，十分灵验。"于是，他让人把那口钟放在后阁，对群囚说："不为盗者摸了没有声音，为盗者摸了就有声音。"他祭祀过后，便把钟用帷幕围起来，悄悄派人在上面涂墨。他让群囚逐一进去摸钟，然后一个个检查，那个手上没有墨的就是盗贼。因为他害怕钟发出声音，所以不敢摸钟。此则故事又见《折狱龟鉴》《湖海新闻夷坚续志》《古今谭概》《智囊补》《咫闻录》等。

故相远派书壁

古代借官衔型故事。见宋·沈括撰《梦溪笔谈》卷二十三。

有一个前宰相的远亲游姑苏时，在壁上书写"大丞相再从侄某尝游"。士人李某喜欢跟别人逗趣，讥笑别人，便在他的旁边题写"混元皇帝三十七代孙李璋继至"。

戏答索米诗

古代诗对故事。见宋·沈括撰《梦溪笔谈》卷二十三。

某公初任县尉，有举人投书来向他索米，他开玩笑似的写一首诗作答：“五贯九百五十俸，省钱请作足钱用。妻儿尚未厌糟糠，僮仆岂免遭饥冻。赎典赎解不曾休，吃酒吃肉何曾梦。为报江南凝秀才，更来谒索觅食饔。”宋代到了熙宁年间，给候补官员增加薪俸钱，就不再有五贯九百文薪俸的了。此则故事又见《墨客挥犀》。

《青琐高议》

书名。宋·刘斧撰辑。刘斧，北宋仁宗至哲宗年间人，生平事迹不详。此书分为前、后、别三集，前、后集各十卷，别集七卷。有明张梦锡刻本、明万历刻本、董氏诵芬室刻本等。今有古典文学出版社1958年排印本，上海古籍出版社1983年重版。其中收有《郑路女》《羊童记》等故事。

郑 路 女

古代孝女故事。见宋·刘斧撰辑《青琐高议》前集卷三。

郑路的兄弟去外地做官，郑路携妻子、女儿一同前往。一天傍晚，他们在江边停船时，一伙强盗蜂拥而至。强盗不要钱财，只要郑路的女儿。他的女儿非常漂亮，强盗早有所闻。郑女为救父母，假装同意嫁给匪首，于是乘小船而去。离开很远后，她毅然投江自尽，受到世人称赞。

羊 童 记

古代案狱故事。见宋·刘斧撰辑《青琐高议》后集卷四。

封丘县东富村吴德家的小儿在野外牧羊，一日被人杀害，却不知是谁所为。他们家给这个孩童作斋七，忽有小儿坐在灵席上吃祭物。家人惊问是什么缘故，小儿说：“你家的孩童，时常与我在野外游戏。他说：‘我家今日有聚会，我和你一同去。’我与他同来，正在吃东西，外面有人哭着进来了，他指着那人说：‘是他杀的我，我怕他，不想见他。’于是就走了。”问他指的哪一个，乃孩童的姨父。吴德立即告到官府，找到此人杀小儿的赃物后，便将此人法办了。

杀鸡报

古代报应故事。见宋·刘斧撰辑《青琐高议》后集卷四。

庆历年间，马某以杀鸡为业，每杀一只，得钱十文，每天有几百文的收入。他杀鸡无数，后来患了风疾，他的头便反向于背，常常摇动，就像鸡将要死的样子。后来他生活没有着落，过了一年多便死啦。

卜起传

古代案狱故事。见宋·刘斧撰辑《青琐高议》后集卷四。

东都人卜起，授瑞州高安县县尉，邀其从弟德成同行。德成慕卜起妻白氏年轻貌美，日夕思念，无计可得。一夕晚，他与卜起共立舟上闲话，突然将其推到江中。他假意呼救，至明日才得到卜起的尸体。他对白氏说：“不要举哀。如今身在万里之外，兄长又溺死，缺乏用度。我可以兄长的名字去那里做官，领取俸禄。做完这一任，便可以回去。”白氏大哭，德成举剑说道：“你若不从，就做刀下鬼吧。”于是他以白氏为妻，白氏不敢拒，暗想如何进行报复，但一时找不到办法。此时卜起的儿子才七岁，德成爱如己子。不久官满，德成又授楚州山阳县主簿。有一次，德成入京，去了很久。一日，儿子忽然问起父亲，白氏哭泣着说：“德成并非你父，而是杀害你亲生父亲卜起的凶手。”接着，便将德成如何害死卜起，冒充卜起为官的事情一一讲出来。最后说道：“如今你已十五岁，可成大事。你能替父报仇，我死而无怨。”于是，儿子与母亲一道到府衙具陈其冤。府里派公吏入都捉拿德成，将其押回来审问，让其认罪伏法。

陈贵杀牛

古代报应故事。见宋·刘斧撰辑《青琐高议》后集卷四。

封丘县陈贵以屠牛为业，前前后后宰杀成千上万头牛。一天，他突然得病发狂，走在田野间吃禾苗，其家人把他拉回去。他从此只吃刍草，过了个把月就死了。随后，邻家的一头牛产下一只牛犊，腹下白毛隐隐约约有“陈贵”二字，众人都叹异。

董　遘

古代精怪故事。见宋·刘斧撰辑《青琐高议》别集卷五。

董生好学，在去沂州途中，夜宿一座山寺，寺院里面只有一个老和尚。当天晚上，董生明烛而坐，忽然听到窗外有笑声、殴打声、哭泣声，或者伸手入窗，或者以石头击门，鸡鸣而息。天明，他问老和尚，老和尚说：“这里妖鬼怪物极多，其他的僧人不敢住，唯有老僧住此多年，久而无害。”董生问他是否有异术。老和尚说：“没有，只是每天诵《金刚经》数卷。”

吴大换名

古代鬼魂故事。见宋·刘斧撰辑《青琐高议》补遗。

吴大在虹飞桥卖鞋，邻人王二以掌鞋为业，彼此关系很好。两人结为儿女亲家后，王二就去世了。过了一年，吴大傍晚回家，看见王二从东边归来，把吴大邀到店里喝酒。吴大问道：“亲家翁已死，为什么来相见？”王二说：“蒙你待我的女儿很好，我在阴府十分感激。我如今在虹飞桥任职，过几天桥下要死五十三人，亲家翁你是其中之一，我已经换了你的姓名。这几天你千万不要上此桥，切记！”王二说完便出门不见了。

李生白银

古代复生故事。见宋·刘斧撰辑《青琐高议》补遗。

李秀才家贫，以教蒙童为生，只有十名学生，因此供给常常不足。一日，他得疾病暴死。两日后复苏，对妻子说：“我死后在地下遇到姚状元，他主管人间衣食簿，从前与我曾经同场考试，他跟我说：‘你家贫，应当早一点儿回去。我不敢有私情，只给你添加十名学生，又赠送一锭白银，这是我私人的节余。’”不久便有人送儿童来上学，果然比过去增加了十名。他修缮屋子，又得到白银一锭。

隆和曲丐者

古代奇遇故事。见宋·刘斧撰辑《青琐高议》补遗。

李某入都调官，至朱廷镇，看见有两个乞丐在道路上喧争，老妪说："终身乞丐，聚金数百，他借去半年不还。"李某取钱来如数给她，她表示感谢，并说："我家在隆和曲，您能来我家，当有厚谢。"李某后去隆和，找到她家，看见有几个乞丐在地炉旁一起烤火。入室后一个有冠带的人站在堂上，就是先前的那个乞丐。那人坐下，说道："稍微喝一点儿酒来御寒吧。"当时天寒地冻，可是盘中尽是夏天的水果，李某取三枚小御桃放在怀里。那人作诗道："君子多疑既多误，世人无信即无成。吾家路径平如砥，何事夫君不肯行？"李某回家后取出桃子一看，竟是三块紫金。后来再去拜访，已找不见了，向别人打听，无人知道。李某便把紫金打成酒器，七十多岁时仍然面色红润，岂不是喝了一点儿仙酒的缘故？

《渑水燕谈录》

书名。又名《渑水燕谈》。宋·王辟之撰。王辟之（1031—？），字圣涂，临淄（今属山东）人。治平进士。曾任河东县令等，后退居渑水。此书十卷。有《稗海》本、《知不足斋丛书》本、《丛书集成初编》本、《四库全书》本、《笔记小说大观》本等。中华书局1981年出版有吕友仁点校本。其中收有《灵犬》《假罗汉欺人》等故事。

灵　犬

古代动物故事。见宋·王辟之撰《渑水燕谈录》卷十。

青州被叛军包围后，孙某一家人断粮，成天愁苦、叹息。孙家喂养的一只犬在一旁不停地转动，主人便说："你能去城外的庄子上取米吗？"那犬立即摇尾回应。晚上，那犬背上布袋、书信由水洞出城去庄子上，天亮前就把米背回家来了。接连数月那犬都是这样背米回来的，孙某一家人直到解除围城也没有饿死。于是，孙家越发爱护这只犬。几年后，这只犬死了，孙家将它埋葬后，还在墓前立了一块“灵犬”碑。

假罗汉欺人

古代罗汉骗局型故事。见宋·王辟之撰《渑水燕谈录》卷十。

江南一县郊外有一座偏僻的古寺，僧人们长久以来一直苦于费用不足。一日，有个游方僧人来到这座寺院告诉主僧，他有一个惊人耳目的谋划。这座寺院里供有五百罗汉，他从中选了一个与自己的相貌差不多的罗汉，于是他穿着罗汉的袈裟，戴上罗汉的斗笠，拄着罗汉的禅杖入县城去剃头，不慎刀划伤他的头顶，他便解开衣带取药敷上，留下禅杖作为抵押，约定改天去寺院还一千钱。后来，剃头匠去寺院，所说僧人的相貌，让主僧感到吃惊。主僧打开罗汉堂一看，有个罗汉及其衣笠都跟剃头匠遇到的一样，头顶上的伤处，血渍药敷如旧。此罗汉前面放有一千古钱，他们见了无不叹异。这一件事很快传遍四面八方，前往布施的人越来越多，这座寺院因此昌盛起来。数年以后，这座寺院的僧徒为了争夺财产，才把那个秘密泄露出去。此则故事又见《耳谈》《古今谭概》等。

《东坡志林》

书名。又名《东坡手泽》。宋·苏轼撰。苏轼（1037—1101），字子瞻，一字和仲，号东坡居士。眉州眉山（今属四川）人。嘉祐进士。累官密州、徐州、湖州、登州、杭州、扬州、定州知州，中书舍人、翰林学士、兵部尚书、礼部尚书等。此书出于后人编辑，今存有一卷本、五卷本、十二卷本三种版本。中华书局1981年出版有王松龄点校本。其中收有《牧童评画》《措大言志》等故事。

牧 童 评 画

古代书画故事。见宋·苏轼撰《东坡志林》卷九。

蜀中有个杜处士，爱好书画，珍藏了一百多件作品。有戴嵩画的牛一幅，格外喜爱。一天他在晒书画时，有个牧童见了，拍掌大笑说：“这个画的是斗牛，牛用力在角，尾巴插入两股间。如今乃是掉尾而斗，说不通啊。”处士笑笑，表示赞同。

措大言志

古代讽刺故事。见宋·苏轼撰《东坡志林》卷十一。

二穷酸寒士在一起谈论志向，一个说："我平生不足，只是饭与睡两样。他日得志，吃饱了饭便睡，睡了又吃饭。"一个说："我则同这个不一样，吃了又吃，哪里有空再睡呀！"此则故事又见《稗史汇编》《五杂俎》等。

《艾子杂说》

书名。全名《东坡居士艾子杂说》，又名《艾子》。传宋·苏轼撰。《直斋书录题解》《文献通考》均著录一卷。有《顾氏山房小说》本、《东坡杂著五种》本、《说郛》本等。其中收有《明年当与尔同岁》《妙讽筑城》等故事、寓言。

明年当与尔同岁

古代明年同岁型故事。见传宋·苏轼撰《艾子杂说》。

艾子在邯郸道上，看见有两个老婆婆互相让路，一个问："你几岁？"一个回答："七十。"问者说："我六十九，明年就与你同岁了。"此则故事又见《五杂俎》《解愠编》《广笑府》《笑笑录》等。

妙讽筑城

古代机智人物故事。见传宋·苏轼撰《艾子杂说》。

有一天，齐王临朝，对各位侍臣说道："我国处在几个强国之间，年年都忙于应对，苦不堪言。如今，寡人打算调集年轻力壮的人修筑大城，自东海起，绵延四千里，以便同周围的国家隔绝，使秦国不得窥视我们西边的疆土，楚国不得对我们南边的疆土不怀好意，韩国、魏国不得在左右两边要挟我们，这岂不是对我们非常有利的大好事吗？如今老百姓筑城虽然免不了劳苦，可是，以后却不再有远征戍边、受到侵犯掠夺的忧虑，可以得到永远的安宁。老百姓一旦听到寡人所发布的命令，哪个不兴高采烈地跑来参加筑城呢！”艾子听了，便说：“陛下，今天早上下大雪，微臣赶来上朝，看见道路两旁有老百姓光着身子，冻僵在地，望着天空歌唱。微臣感到奇怪，便问他为何如此？他回答道：‘大雪应时纷纷落下，明年就能吃到廉价的麦子了，让人喜悦，但是今年我却要冻死啦！’正如今天筑城，老百姓却不知道何人能够享受永远的安宁啊。”

愚　子

古代讽刺故事。见传宋·苏轼撰《艾子杂说》。

齐国有一个富人，特别有钱。他的两个儿子非常愚蠢，他却不进行教育。有一天，艾子对这两个儿子的父亲说：“贵公子虽然长得有模有样，但一点儿也不通世务，日后怎么能够担当继承家业的重任呀？”这父亲听了很生气，说道：“我家的孩子非常聪明，而且非常能干，岂有不通世务之理！”艾子说：“我看不需要进行别的测试，只需问问贵公子所吃的大米从何而来就清楚了。如果他们知道，我自然要承担妄言之罪。”于是这个父亲便把他们叫来问了这个问题。两个儿子笑嘻嘻地回答：“我们哪里不知道哟，每次都是从布囊里面取出来的。”这个父亲听了，露出悲伤的神色说：“他们实在愚蠢得很。这些米不是从田地里面来的吗？”艾子叹息道：“不是这样的父亲，哪里生得出这样的儿子！”

敬者反祸

古代寓言。见传宋·苏轼撰《艾子杂说》。

艾子外出，见一小庙前有小沟，有人到沟边过不去，便取庙中的大王像横于沟上，踏着就过去了。后有一人过来，叹息道：“对神像竟如此亵慢。”连忙扶起以衣擦拭，捧至座上，再拜而去。过了一会儿，艾子听到庙中的小鬼说：“大王在此为神，享受众人祭祀，却被侮辱，何不施祸患教训此人？”大王说：“应当施祸于后一个人。”小鬼问道：“前人踩踏大王，却不教训，反而让敬大王之人遭殃，为什么呀？”大王说：“前一个人已经不信了，又怎么施祸呢？”艾子感叹道：“真是鬼怕恶人哟！”

有尾惧诛

古代寓言。见传宋·苏轼撰《艾子杂说》。

艾子夜泊海岛时，听到水下有哭声，随后有人说道："昨日龙王有令：'水族凡是有尾巴的一律斩杀。'我是扬子鳄，害怕被诛杀所以哭了；你是蛤蟆没有尾巴，为啥要哭？"对方回答道："我如今没有尾巴，但害怕清查我做蝌蚪时的事情。"

买凫猎兔

古代寓言。见传宋·苏轼撰《艾子杂说》。

过去有一个人准备去打猎，却不认识鹘，竟买了一只野鸭。当看到兔子时，他把野鸭抛过去抓兔子，野鸭不能飞，便落在地上，抛了几次都飞不起来。野鸭抱怨道："我是鸭子，你把我杀来吃才对呀，怎么这样折腾我啊？"那人说："我以为你是鹘，可以抓兔子，你怎么是鸭子呀？"野鸭举起鸭掌给他看，笑道："你看我这脚手，能抓兔子吗？"

《渔樵闲话》

书名。一名《渔樵闲话录》。传宋·苏轼撰。《郡斋读书志》《文献通考》均著录二卷。有《东坡杂著六种》本、《宝颜堂秘笈》本、《说郛》本等。其中收有《人化虎》《伥鬼》等故事。

人 化 虎

古代奇事故事。见传宋·苏轼撰《渔樵闲话》。

剑州李某久病。他的儿子买药回家，他看见儿子竟涎水直淌，好像要吃人似的。儿子十分惊讶，发现父亲是老虎，急忙往外面跑，与母亲、弟弟一起把房门反锁起来。随即听到咆哮之声，从墙壁缝隙向内观看，父亲已是一只真正的老虎。

伥　　鬼

古代鬼怪故事。见传宋·苏轼撰《渔樵闲话》。

长庆年间，处士马极与山人马绍在衡山祝融峰的精舍相会。有一个老僧，看见他们来了，甚为欣喜。老僧请马极的仆人下山买盐酪后，就不知去向。马绍随后赶来说在路上遇到一只老虎吃了一个仆人，老虎吃完脱下斑衣，竟是一个老僧。马极很恐惧。老僧归来，其口边尚有余血。二人悄悄合计后，对老僧说："寺院的井里有个怪物，我们可以一同去看看。"二人趁老僧到井边向下看时，将其推到井里。老僧现出虎形后，二人立即扔巨石使其毙命。二人急忙下山，天色已晚，忽见数十人过来，或僧或道，或丈夫或妇女，皆大怒道："二贼杀我禅师，如今正要追捕二贼，便有人张机想杀我们的将军。"猎者告诉二人："这些全是伥鬼，以往都是被老虎吃掉的人。他们成为伥鬼后，就为老虎役使，作为老虎的前导。"这时，有一只老虎咆哮而至，它的足刚刚触到机关，就被发出的箭矢射死。众伥鬼立刻奔走回来，伏在虎前号哭。二人厉声叱责道："你们真是无知的下鬼。生既为虎吃掉，死又为虎驱使。如今虎已毙命，又来号哭尽哀，实在可悲！"忽然有一个鬼回答道："我等为虎所食，固然当立志报冤。可是竟不知所谓禅师，乃老虎哇！"

《遁斋闲览》

书名。宋·陈正敏撰。陈正敏，自号遁翁，福建延平人。于北宋崇宁、大观间（1102—1110）撰写《遁斋闲览》。此书十四卷，久佚。今存佚文共一百四十一则，见诸《类说》、原本《说郛》等。其中收有《脔婿》《作邀僧夜话诗》等寓言、笑话。

脔　　婿

古代笑话。见宋·陈正敏撰《遁斋闲览》。

有一个新贵少年颇有风姿，被一个有钱有势的贵族看中，就命十几个仆人把他簇拥到自己的府邸。新贵少年欣然前往，到了那里，跑来观看的人拥挤不堪。

不一会儿，有个穿紫色衣服的人大摇大摆地出来说："我只有一个女儿，长得也不丑陋，愿意与你结为夫妻，可以吗？"新贵少年鞠躬感谢，说道："寒微之人能够攀上高门，真是三生有幸，等我回家与妻子商量一下好吗？"众人大笑而散。此则笑话又见《墨客挥犀》。

作邀僧夜话诗

古代笑话。见宋·陈正敏撰《遁斋闲览》。

李某外出一年多才回家，他问妻子："你独自在家感到无聊时，是否常与邻里、亲戚往来？"妻子说："自从你出去后，我一人闭门自守，足不出户。"李某感叹不已，又问妻子拿什么来自娱。妻子说："时常写一些小诗。"李某高兴地取过妻子写的诗来，打开一看首篇题为《月夜招邻僧闲话》。

群 枭 食 母

古代寓言。见宋·陈正敏撰《遁斋闲览》。

在北门镇一个小寺后面，有数株乔木，上有一个枭巢，总共生了八子。八子长大能飞，身体都跟母枭差不多大了，食量越来越大。母枭不能供应，便躲避到荆棘丛中。八子追逐不停，母枭知道不能逃走，就仰身而卧，任凭八子啄食，食尽才散去，母枭只剩下毛嘴。

《孔氏谈苑》

书名。又名《谈苑》。宋·孔平仲撰。孔平仲，字毅父，一作义甫，临江新喻（今属江西）人。治平进士。曾任秘书丞、集贤校理，提点京西刑狱，帅鄜延、环庆等路。此书四卷。有《宝颜堂秘笈》本、《学海类编》本等。上海古籍出版社2001年、齐鲁书社2014年先后出版有排印本。其中收有《均是药名》等故事。

均是药名

古代机智人物故事。见宋·孔平仲撰《孔氏谈苑》。

某天，苏东坡与姜至之坐在一起。姜至之提议，二人各列举当天在座位上能看到的一种是药名的物件。他随即指着苏东坡说："先生您就是药名。"苏东坡问姜至之此话怎讲。姜至之答道："子苏子。"苏东坡立即说："先生也是药名啊！假若不是半夏，一定是厚朴。"姜至之问苏东坡此话怎讲。苏东坡说："不是半夏、厚朴，怎么会讲'姜制之'呢？"

《墨客挥犀》

书名。宋·彭乘撰。彭乘，高安（今属江西）人。嘉祐举人，曾任中书检正。此书十卷。有《稗海》本、《四库笔记小说丛书》本、《笔记小说大观》本等。中华书局2002年出版有排印本。其中收有《儒生历险》《孝子惊虎》等故事、笑话。

儒生历险

古代奇遇故事。见宋·彭乘撰《墨客挥犀》卷二。

从前湖南曾有杀人祭鬼的风俗。有一个儒生行走在郴州至连州的道路上。天色将晚，有个农夫对他说前面有猛兽，不宜夜行，这个村里有民居可以住宿。儒生相信他的话，就跟着他前往。来到一座高门大宅后，主人见到客人非常高兴，立即把他领入一个房间，陈设很好，摆出的菜肴相当丰美。晚间，一个颇有姿色的妇人进来问候儒生，儒生用玩笑话挑逗她，她欣然接受，两人就住在一起。接连几天，那个妇人每天晚上都来，情意绵绵，并且悄悄告诉儒生："这一家将要杀你来祭鬼，你应当早点儿谋划。我也是良家妇女，是被他们抢劫来的。他们打发我来伺候你，就是要留住你。"儒生听了大吃一惊，连夜与妇人在墙壁上挖洞一起逃出去。等到天明，走四十里去临县告状。县衙派官吏士兵去逮捕了这家人，查抄出许多奸邪的物品，发现前前后后被他们杀害的人达几十位。给儒生带路的那个农夫，也是他们的同伙。这些人全被法办了。后儒生与妇人结为夫妻，白头偕老。

孝子惊虎

古代奇遇故事。见宋·彭乘撰《墨客挥犀》卷三。

武康朱某侍奉母亲非常孝顺。他曾经被老虎捉住，背负而去。他大声呼喊道：“你如果吃了我，我母亲将无依无靠！”老虎便把他扔到地上，惊慌窜入山中。

妻妾镊须

古代笑话。见宋·彭乘撰《墨客挥犀》卷六。

有一个六十多岁的郎官，讨了几个小妾。他的胡须已经斑白，就让妻妾用镊子替他拔胡须。妻子忌讳他显得年轻，恐怕被几个小妾纠缠，便拔去黑的；小妾喜欢他显得年轻，便拔去白的。还不到一个月，他的面颊、下巴的胡子竟被拔光了。

夜读《传灯录》

古代机智人物故事。见宋·彭乘撰《墨客挥犀》卷十。

某日，苏东坡夜宿曹溪，正在读借来的《传灯录》时，灯花落到书卷上，烧掉一个“僧”字。他随即提笔在窗前写了一首诗：“曹溪夜沉寂，灯下读《传灯》。不觉灯花落，茶毗（佛家谓火葬为茶毗）一个僧。”此则故事又见《古今谭概》等。

《邵氏闻见录》

书名。全称《河南邵氏闻见录》，又名《闻见录》。宋·邵伯温撰。邵伯温（1056—1134），字子文。河南洛阳人。元祐间任大名府助教。徽宗时任果州知州、利州路转运副史。此书二十卷。有《学津讨原》本、《津逮秘书》本、《宋人小说》本等。中华书局1983年出版有李建雄、刘德权点校本。其中收有《商人与鹦鹉》《海边巨人》等故事。

商人与鹦鹉

古代人与动物故事。见宋·邵伯温撰《邵氏闻见录》卷十七。

有一个关中商人在陇山得到一只鹦鹉，能够与人言语，商人非常喜爱。这个商人偶然遇事被关到监狱里面，十来天才放回家，感叹不已。鹦鹉说："您在狱中几天，就不能忍受，鹦鹉我在笼中关闭不止一年，奈何！"商人很受触动，便把鹦鹉带往陇山，流着眼泪放了它。后来，每逢商人的同伴过陇山，这只鹦鹉必定在树林中问候商人，寄托深情。

海边巨人

古代奇遇故事。见宋·邵伯温撰《邵氏闻见录》卷十九。

有一个道人航海时，曾经遇到大风，不得不停泊在海边。他们有几个人下船去拾柴火，见到一个巨人，身高数丈，声音好像禽兽一样。巨人把他们都捉去，用竹竿穿起来，准备拿来做下酒菜。这个道人正好在竹竿末端，趁巨人酒醉睡着时，登船逃脱。他还解开衣服让人看腋下肋骨被竹竿穿过的地方。

《侯鲭录》

书名。宋·赵令畤撰。赵令畤，字德麟，宋太祖次子赵德昭的玄孙。元祐中签书颍州公事。宋高宗南渡后袭封安定郡王。此书八卷。有《稗海》本、《丛书集成初编》本、《笔记小说大观》本等。中华书局2002年、上海古籍出版社2012年先后出版有排印本。其中收有《今日断屠》《东坡戏联》等故事。

今日断屠

古代机智人物故事。见宋·赵令畤撰《侯鲭录》卷一。

有一次，黄庭坚和苏东坡开玩笑，讲道："当年王羲之的字叫作'换鹅书'。韩宗儒是个生性好吃的饕餮，每逢得到先生的一帖墨宝，便到殿帅姚麟那里去换羊肉十多斤，可以把先生的二丈书取名为'换羊书'啊！"苏东坡听了开怀大笑。一日，苏东坡在翰林院，因为皇帝诞辰临近，准备过圣节，公务十分繁忙。韩宗儒一天之内写了好几封书简，派人送到庭下，一个劲儿地催促，希望得到苏东坡的回信。苏东坡笑道："快传话去，说本官今日断屠，没有羊肉可吃啊！"

东坡戏联

古代机智人物故事。见宋·赵令畤撰《侯鲭录》卷三。

苏东坡贬谪到惠州时，与一个六十九岁的老举人做邻居。老举人的妻子只有三十岁，生下一个儿子，特意邀请苏东坡赴宴。苏东坡欣然前往，酒酣之时，老举人向苏东坡求诗。苏东坡戏作一联道："今阁（指夫人）方当而立岁，贤夫已近古稀年。"此则故事又见《古今谭概》等。

吾从众

古代机智人物故事。见宋·赵令畤撰《侯鲭录》卷七。

苏东坡在扬州的时候，宴请十多位客人，都是当时的名士。书法家米元章也在座。饮酒过半的时候，米元章忽然站起来说道："我有一件小事要对前辈们讲，世人都叫我'米癫子'，请问这样说对不对？"苏东坡回答道："我跟着大家叫吧。"在座的客人听了都大笑起来。

《墨庄漫录》

书名。宋·张邦基撰。张邦基，字子贤。北宋末、南宋初高邮（今属江苏）人，生平事迹不详。此说十卷。有《四部丛刊三编》本、《笔记小说大观》本等。中华书局1985年出版有排印本。其中收有《误呼钉铰者》《青铜雀》等故事、笑话。

误呼钉铰者

古代笑话。见宋·张邦基撰《墨庄漫录》卷一。

世传过去宗室里有一个昏谬的家伙，一天坐在宫门口，看见一个钉铰工匠，赶忙叫住，命仆人去取旧鞋，让他拿皮革来补在前面。工匠笑笑说："这不是我的手艺。"此公说："我弄错了，不该叫你过来，刚才打算喊一个填塞漏洞的人。"闻者都笑话他。

青铜雀

古代奇事故事。见宋·张邦基撰《墨庄漫录》卷二。

寿春乡下有一个农夫傍晚在野外高地，看见有五只青雀聚集在桑树上，天明后羽毛就现出深青带红的颜色。他感到很奇怪。有一天，他偶然捡起一块石头扔过去，正好击中其中一只，落到地上后就是青铜雀，已经折断。在它下面挖了不到几尺，得到一个青铜香炉，炉盖上有一只青雀，它的两足已缺了一只。

伐冢

古代机智人物故事。见宋·张邦基撰《墨庄漫录》卷五。

苏子由在政府任职，苏东坡进了翰林院。有一个熟人来请苏子由找个差遣，未能如愿。一日去见苏东坡，希望得到帮助。这时，苏东坡慢吞吞地讲了一个故事："听说老年间有一个人非常贫困，难以过活，就打主意去挖坟盗墓。他挖开一座坟墓，看见一个人赤裸裸地坐着，说道：'我是汉朝的杨王孙（他令儿子将其裸葬），并没有什么东西可以救济你啊！'这个人又去凿另一座坟墓，用了很大力气才凿开。他进去以后，看见一个帝王模样的人对他说道：'我是汉文帝，留下遗训不让在墓穴里放置金、玉物件，器皿都用陶、瓦做成，拿什么来接济你哟！'此人又去挖一个连在一起的两座坟墓，先去凿穿左边那座，花了很长时间才挖开。他看见一个人十分瘦弱，面有饥色，对他说：'我是伯夷，饿死在首阳山之下，怎么能够满足你的要求啊！'这个人叹息道：'我花费了如此大的力气，竟然一无所获。不如再挖右边那座坟墓，希望能够得到点儿什么。'这时，那个瘦弱的人对他说：'我劝你还是到旁的地方去挖吧。你看看我瘦成这个样子，舍弟叔齐岂能为人啊！'"这个熟人听后大笑而去。此则故事又见《古今谭概》等。

禅居寺佛珠

古代盗贼故事。见宋·张邦基撰《墨庄漫录》卷八。

一日高邮禅居寺大殿上的佛髻珠被盗，那个盗贼在寺庙里来来回回总是走不出去。有个僧人感到奇怪，便说："你来来回回走动，要干什么？"那贼说："要找门出去。"僧人一指说："这是门呀。"那贼过去，竟找不到门。僧人问他，他才讲了盗窃佛髻珠的事情。僧人立刻引导盗贼去还佛髻珠，让他请求宽恕，盗贼随即找到门走出了禅居寺。

画千手眼菩萨像

古代庙宇画鸽型故事。见宋·张邦基撰《墨庄漫录》卷十。

襄阳天仙寺正殿大壁上画有大悲千手千眼菩萨像。相传唐武德初年，寺里的尼姑装修正殿，寻找良工作画。有夫妻二人携带一个女子前来应命，希望尼姑关上殿门，七日后再打开。到了第六日，尼姑有些怀疑，就打开了殿门，看见里面无人，只有两只白鸽翩然飞去。一看壁上的圣像已经完成，精美无比，不是世间工匠能够画得出来的。只有圣像的两长臂未完成，乃两只白鸽飞去的缘故。此则故事又见《宣室志》。

《春渚纪闻》

书名。宋·何薳撰。何薳，字子远，号韩青老农。浦城（今属福建）人。生活在北宋末至南宋初。此书十卷。有《津逮秘书》本、《学津讨原》本、《宝颜堂秘笈》本等。中华书局1983年出版有张明华点校本。其中收有《贡父马谑》《仙丹功效》等故事。

贡 父 马 谑

古代神异故事。见宋·何薳撰《春渚纪闻》卷三。

刘贡父初入史馆时，常常乘一匹母马外出。有人见了，对他说："这样的马难道是先生骑的吗？您也没考虑过上朝的时候，会有从群者可能跟着奔跑造成灾难吗？”刘贡父回答道：“我会处置好的。”那人问他：“您将如何处置呢？”刘贡父说：“我让人买回青布做一条围裙，系在马屁股后面。”那人说：“这样做更诡异了。”刘贡父说：“有什么办法呢？我刚到馆阁，薪俸微薄，难以支付昂贵的费用，只得找便宜的，用这样的马来代步。想不到竟遭到诸位如此深的责备，现在不得不以此来掩住说怪话人的口。这有什么不妥呢？”此则故事又见《何氏语林》等。

仙丹功效

古代神异故事。见宋·何薳撰《春渚纪闻》卷三。

某翁鼻间生了一个瘤，大如桃子，多方医治都不见好。他行至襄阳，在客栈遇到一个道人。道人喜欢饮酒，每天与他来往。临别时道人解衣，拿出一把小瓢有枣子那样大，倒出三粒粟米大的药给了某翁，说道：“你晚上拿一根针来刺瘤根，把一粒药放入针穴，明日瘤子一定会掉下来。余下的两粒留着救奇疾。”某翁依照他的话，夜晚取针刺瘤根，并把药粒放入针穴。到了夜半，只觉得药粒在瘤根里面转。天亮时一摸，瘤子已经不在，他取镜子来看，一点儿瘢痕也没有，感到无比神奇。

天尊赐银

古代奇事故事。见宋·何薳撰《春渚纪闻》卷五。

道士刘虚静七十余岁，寓云安堂。每天早晨他都在天尊像前点香冥祷，甚为虔诚。道观有个小道士，伏于暗中，默默聆听他的祷告，说道：“虚静年老，孤单一身，常恐死后抛身草野。若蒙上天赐白金十锭，以备身后之用，我就满足啦。”小道士便取焊锡来铸成小铤，等他晚上祷告时，遥掷在他的身旁。刘虚静得到小铤后，非常惊异，伏地叩谢再三，随即收藏起来。小道士还想戏弄他，私下里再三请求看上天赏赐给他的宝物。一旦得到，小道士立即拿去让各位道士观看，嘲笑他的愚昧。刘虚静跑去夺过来，仔细看了看说：“这是焊锡，不是我的东西。”吵闹不休，一定要告到官府去。小道士家很有钱，众道士劝他：“如果去打官司，花费不止这一些。你不如如数偿还他，让他觉得真有所获。”这样一来，刘虚静一时的祷告竟弄假成真啦。

《铁围山丛谈》

书名。宋·蔡绦撰。蔡绦，字约之，号百衲居士。仙游（今属福建）人。生卒年不详。蔡京之子。官至徽猷阁待制。蔡京败后，贬窜白州而死。此书六卷。有《知不足斋丛书》本、《学海类编》本等。中华书局1983年出版有冯惠民、沈锡麟点校本。其中收有《食河豚》《定是〈唐书〉》等故事、笑话。

食 河 豚

古代讽刺故事。见宋·蔡绦撰《铁围山丛谈》卷三。

崇宁中，有一个名士过姑苏，有一位州将请他品尝河豚。这个名士甚为恐惧，事先对家人说："我听说河豚有剧毒，中毒必死无疑。如今州将把我当贵客款待，不可拒绝，如何是好？据说万一中毒，只有人粪可以解毒。你们一定要记住我的话。"那天赴宴时，主人很抱歉地说："竭力寻找河豚，反而找不到，请诸位不要责怪。希望大家畅饮尽欢。"客人们全喝醉了。这位名士回家，几乎不省人事，因而大吐。家里人以为他中毒了，连夜取人粪来灌他。等到天亮酒醒能够言语时，他才讲昨天并没有吃到河豚，可是已经没用啦。

定是《唐书》

古代笑话。见宋·蔡绦撰《铁围山丛谈》卷三。

某天五更时，有个府尹与同僚一起坐在院舍里准备入朝拜见皇上。他忽然对大家说道："夜来不能寐，偶读《孟子》一卷，好甜。"某内相听了，随即答道："必非《孟子》，定是《唐书》。"一座哄笑。

亡 妇 乳 儿

古代鬼母育儿型故事。见宋·蔡绦撰《铁围山丛谈》佚文。

河中姚氏一门大小差不多都死了，就剩下兄弟两家人。不久，弟妇又亡故，弟弟与小儿同室相处。过了一百多天，其家人忽然在夜间听到弟在室中与妇人语笑。其兄问弟，弟乃说："弟妇丧命逾月，因念小儿无乳，便回家登榻给婴儿哺乳。不敢惊吓兄长，故未相告。"其兄恐有害于弟，待亡妇再来时，伏门外以刀刺去，亡妇大呼而逃。天明寻血迹找到墓地，只见妇尸僵横墓外，墓中仅有空棺而已。

《张氏可书》

书名。又名《可书》。宋·张知甫撰。张知甫，襄阳（今属湖北）人，生卒年不详。宣和年间已为官。南渡后寄寓于句曲、金坛一带。此书一卷。有《四库笔记小说丛书》本、《守山阁丛书》本等。中华书局1985年出版有排印本。其中收有《三道人》《富人金带》等故事。

三 道 人

古代相互暗算型故事。见宋·张知甫撰《张氏可书》。

天宝山有三个道人一起去采药，忽然得到许多埋在地里的钱。天色已晚，三人商议先拿一两千去打酒、买肉，等到次日早上再回去。一个道人前去打酒、买肉，留下的二人悄悄合计，等打酒的回来就把他杀了，这样便可以两人分钱。打酒的道人发狠心在酒肉中下了毒，以便毒死二人好独吞这许多钱。他带酒肉回去后，二人举斧杀了他，立即投入深涧。二人高高兴兴地喝酒吃肉，竟一起中毒身亡。此则故事又见《耳谈》《古今谭概》等。

富 人 金 带

古代讽刺故事。见宋·张知甫撰《张氏可书》。

京师有一个富人抵押来一条金带，常常系在腰间。他每次迎送宾客，都止于门中而返。他说："我系上金带不大方便，不敢出门哪。"

二 长 人

古代历险故事。见宋·张知甫撰《张氏可书》。

广州有一艘海船附带一人，打算到明州去（今属宁波），有一个老兵同在船上。从广州出发后，遇风飘到一座山下。两人上岸，走了三四里，看见有二长人扛着锄头，各长三丈余。两人前往问路，二长人倚锄相视而笑。过了一会儿，便用手捏两人在掌中戏玩。两人惶恐再拜，他们的笑语一点儿都听不懂。一长人把两人放置在山穴中，用一大石塞住洞口而去。不一会儿，携带一大瓢酒来。二长人对饮，两人见了无比惶恐。二长人酒尽欲醉，一长人起来取掉塞石，捏一个人出去，两手捉两脚劈作两片，各吃其一，便醉倒在地上。老兵隐蔽在石穴中，等二长人熟睡后立即奔跑出去，伏在田野中，望见有海船过来，连忙哀鸣求救。船上的人用小舟来接他，这才到了明州。

《清尊录》

书名。宋·廉布撰。廉布（1092—？），字宣仲，自号射泽老农。山阳（今属江苏淮安）人。宣和进士，官至武学博士。南渡后废弃终身。此书一卷。原有七十三则，今仅存十余则。有《说郛》本、《古今说海》本。其中收有《亡妻还家》《兴元民售假女》等故事。

亡妻还家

古代鬼魂故事。见宋·廉布撰《清尊录》。

某妻生一男一女而死，某随后再娶。亡妻三两日就回来一次。某问她说："你也有形吗？"她回答："有的。"立即现形，跟在生时一样，讲起旧事便感到伤心，然而人接近便立刻退去，常常相距十多步。某对她说："我们过去是夫妇，如今忍心不相亲近吗？"于是一起坐到堂中，某捏起她的手，坚冷如冰铁，亡妻立刻抽手离去。她过了五日又回来，很生气地说："前日突然惊吓我，是何道理？"某再三向她道歉，竟不可接近。过了许久，后妻忽梦到她的先祖来说："你丈夫的前妻来作怪，是阴府没有严加看管造成的，如今已把她逮回去了。"自此，鬼魂果然就绝迹啦。

兴元民售假女

古代骗子故事。见宋·廉布撰《清尊录》。

兴元（今属陕西汉中）有人捡到一个小儿，便当成自家儿子来抚养。数年后，这个孩子长得很漂亮。这家夫妇合计：“他如果是女的，并且教以歌舞的话，岂不可以卖几十万钱吗？”妇人说：“不是可以假扮吗？”于是把他关在家中，当成女儿来打扮和养育，到了十二三岁，竟水灵得像个美女。随后将他带到成都，里巷的人来求婚，均不答应。他们说：“此女应当嫁给贵人。”过了许久，有个通判来成都，一见心醉，给了七十万钱，他们才出手。交易完成后，他们摆酒席宴请这个通判，还让“女儿”唱歌陪酒。夜半通判抱进房内，发现其是个男子，大吃一惊。通判立刻派人去叫他父母，可是他们已经逃走，不知踪迹。通判告到官府，下令追捕二人，却始终没能拿获。

大桶张氏

古代尸变奇案型故事。见宋·廉布撰《清尊录》。

大桶张氏富甲京师。张氏子年少未娶，父母去世后，就由他主管家事。有一次，张氏子外出回来，经过放款的孙某家，孙某摆酒款待，他看见孙家未出嫁的女儿容貌绝世，就表示要娶此女，立即取臂上古玉手镯给此女，并说：“择日来送聘礼。”其后张氏子另外议婚。逾年，张与他人结婚，而孙女却不肯嫁给他人。后来，孙某趁张氏子与妻子去寺庙祝神返回时，邀请他们到家里饮酒，让其女窥视。他们走后，其女即去房内蒙被而卧，一会儿就死去了。父母哀恸，连忙呼邻居郑三来治丧具。郑三说：“小口死，勿停丧。”孙某当天与亲族一起送女儿去殡葬后，夜半月明，郑三偷偷发棺，打算盗取孙女的玉手镯，孙女突然坐起说道：“我为何在此？”郑三恐吓她说：“你父母很生气，认为你有辱门户，让我活埋你。我实在不忍心，便私自开棺，你果然活过来了。”她说：“把我送回家吧。”郑三说：“回去必死，我也要获罪。”孙女不得已，就让郑三匿藏起来，成为郑三的妻子，稍后迁居州东。崇宁元年，圣端太妃去世，郑三跟随皇家出殡的仪仗队去永安。离家前他叮咛母亲不要让儿媳出游。过了一天，郑母白天睡觉，孙氏出去租马，直奔张氏家门，对仆人说：“孙氏第九女要见你家主人。”仆人去通报，张氏子又惊又怒，以为仆人戏弄自己，骂道：“贱奴，谁教你如此？”仆人说果真如此，这才一起去看。孙氏望见张氏子，立刻往前拽住他的衣服且哭且骂。张氏子以为她是鬼要逃走，孙氏乃擘其手，手破流血，张氏子将她推倒在地上，她立刻气绝身亡。租赁马的人害怕受连累，便往报郑母。郑母告到官府，官府立刻追捕郑三对狱具状，其发冢罪本该流放，遇到大赦得免。而张氏子因推女而杀之，该当死罪，虽上奏获得宽免，但还是受到了杖脊，竟忧畏死在狱中。此则故事又见《投辖录》《湖海新闻夷坚续志》。

《高斋漫录》

书名。宋·曾慥撰。曾慥（？—1155），字端伯，号至游子、至游居士。晋江（今属福建）人。初为尚书郎，官至右文殿修撰。此书一卷。有《古今说海》本、《墨海金壶》本、《守山阁丛书》本、《四库笔记小说丛书》本等。其中收有《下棋谜》《戏〈字说〉》等故事。

下　棋　谜

古代谜语故事。见宋·曾慥撰《高斋漫录》。

王安石在钟山与一位客人下棋时，说道：“彼亦不敢先，此亦不敢先。唯其不敢先，是以敢先争。唯其不敢争，故能入于不死不生。”客人不晓其意。王安石说：“这是‘下棋’的谜语。”

戏《字说》

古代机智人物故事。见宋·曾慥撰《高斋漫录》。

苏东坡听说王安石新撰写了一部《字说》，就同王安石开玩笑说：“以竹鞭马为‘笃’，以竹鞭犬，有何可‘笑’？”随后又说：“‘鸠’字从‘九’从‘鸟’，亦有证据。《诗》曰：‘鸣鸠在桑，其子七兮。’和爹和娘，恰好是九个。”

口 吃 谜

古代谜语故事。见宋·曾慥撰《高斋漫录》。

刘贡父曾经看见一个士人口吃，就开玩笑作一则谜语说："本是昌徒，又为非类。虽无雄才，却有艾气。"苏东坡说："贡父可以说是滑稽之雄啊。"

《曲洧旧闻》

书名。宋·朱弁撰。朱弁，字少章，婺源（今属江西）人。朱熹从父。弱冠入太学，官奉议郎等。此书十卷。有《丛书集成》本、《笔记小说大观》本等。上海古籍出版社2012年出版有排印本。其中收有《三白饭》《卖官定价》等故事。

三 白 饭

古代机智人物故事。见宋·朱弁撰《曲洧旧闻》卷六。

有一次，苏东坡对刘贡父讲："我与兄弟为参加科举考试一起攻读时，每天都享用'三白'饭，吃起来味美无比，不再相信人世间还有龙肝、凤髓、豹胎、熊掌等八种珍馐美味哟。"刘贡父问"三白"是什么。苏东坡答道："一撮盐、一碟生萝卜、一碗饭，这便是'三白'啊！"刘贡父听了哈哈大笑。过了好长一段时间，他送请柬邀苏东坡到他家吃"皛饭"。此时，苏东坡早已忘了曾经对刘贡父讲过"三白"的故事，他对人说："刘贡父书读得很多，'皛饭'必有来历。"等到去刘贡父家吃饭时，苏东坡看见桌上摆放的只有盐、萝卜、米饭三样东西，这才醒悟过来，知道刘贡父拿'三白'的故事来和他逗乐。于是便把桌上的吃食几乎一扫而光，临上马时，苏东坡对刘贡父说："明天我请你过来，必当奉上'毳饭'款待。"刘贡父虽说已料到苏东坡可能会戏弄自己，但是不知道这"毳饭"究竟是什么，就按时来到苏东坡家里。他们坐定，聊了很长时间，都过午了，还不见上菜。刘贡父感到饥肠辘辘，便请求开饭。苏东坡说："稍等一会儿。"如此应对再三。刘贡父喊道："快上饭，我饿得实在忍不住啦！"苏东坡这才慢慢地说："盐也毛（冇），萝卜也毛（冇），饭也毛（冇），不是'毳'

是啥？”刘贡父听了捧腹大笑道：“鄙人固然知道先生必定要报复我，然而怎么也没有想到你会来这一手啊！”苏东坡这才让家人端上饮食款待刘贡父，一直到天快黑时刘贡父才离去。此则故事又见《高斋漫录》等。

卖官定价

古代官吏故事。见宋·朱弁撰《曲洧旧闻》卷六。

一奸佞主持国政时，公然接受贿赂。他卖官鬻爵，皆有定价。当时有顺口溜说：“三千索，直秘阁。五百贯，擢通判。”

《邵氏闻见后录》

书名。又名《闻见后录》。宋·邵博撰。邵博（？—1158），字公济，河南洛阳人。邵伯温之子。绍兴年间曾知果州、雅州，后降授左朝散郎，是年卒于犍为。此书三十卷。有《津逮秘书》本、《学津讨原》本、《宋人小说》本等。中华书局1983年出版有刘德权、李剑雄点校本。其中收有《戏多髯》《牛不如鹿》等故事。

戏多髯

古代机智人物故事。见宋·邵博撰《邵氏闻见后录》卷三十。

有一次，秦少游与苏东坡同坐，拿苏东坡多髯来开玩笑。秦少游说：“君子多乎（胡）哉。”苏东坡笑道：“小人樊（繁）须也。”

牛不如鹿

古代机智人物故事。见宋·邵博撰《邵氏闻见后录》卷三十。

王安石喜欢说字，至以成俗。有一次，刘贡父戏弄他说：“三鹿为‘麤’，鹿不如牛；三牛为‘犇’，牛不如鹿。因此适合以三牛为‘麤’，三鹿为‘犇’。假若难于一下子改过来，可以下令让各地权且安排。”当时，王安石正在破除原有的规矩，不按照寻常的次序用人，往往使小官突然占据要职，他使用资浅的人都说权且安排，所以刘贡父用这样的话语来同他开玩笑。此则故事又见《渑水燕谈录》《后山谈丛》《遁斋闲览》《桯史》等。

《北窗炙輠录》

书名。宋·施德操撰。施德操，字彦执，学者称为持正先生。盐官（今属浙江海宁）人。南宋前期在世，生卒年不详。此书二卷。有《奇晋斋丛书》本、《学海类编》本、《四库笔记小说丛书》本等。其中收有《西汉果有扬子云否》《姜八郎》等故事、寓言。

西汉果有扬子云否

古代机智人物故事。见宋·施德操撰《北窗炙輠录》卷上。

王安石谈论到西汉扬雄投阁之事，认为是史臣的妄断。他说："扬子云哪里会投阁自杀呀！另外，所谓写《剧秦美新》向王莽谄媚，也是后人诬蔑扬子云的。扬子云岂肯做这样的文章！"过了些时日，王安石见到苏东坡，便谈论起这件事。苏东坡说："在下也怀疑一件事。"王安石问道："怀疑什么事？"苏东坡回答："西汉果真有扬子云这个人吗？"人们听了都大笑起来。

姜　八　郎

古代冶银致富型故事。见宋·施德操撰《北窗炙輠录》卷下。

平江有个富人姜八郎，家道中落，债主都上门来讨债，姜八郎觉得别无良策，只有逃跑。出发前，他心想："我如果能够发迹，他日还乡，无论欠债多少，一定加倍偿还。"信州道上一家客店的老婆婆，夜梦有人要赶走一群羊时，一人呵斥道："这是姜八郎的羊群，不能动！"次日，姜八郎正好来问路，老婆婆得知来人是姜八郎时，就热情款待，还要把他招为上门女婿。姜八郎说家里面还有妻子，但老婆婆非招他不可。姜八郎正处于困境，不得已只好听从。他的妻子一天出去采野菜，追赶一只白兔上山，进得一个石穴中，取回一块石头，光彩照人。姜八郎见了，说道："这是银矿啊。"经过冶炼，果然得到白银。他们立即开采银坑，冶炼白银，逐渐发家，竟成为大富。姜八郎于是携带妻子和老婆婆回到平江，迎接原先的妻子来一起生活。接着，他召集往昔的各位债主，加倍偿还了所有的欠款。

一言决狱

古代片言决狱故事。见宋·施德操撰《北窗炙輠录》卷下。

有甲乙二人约定五更一起出去做生意。鸡鸣时甲往乙家呼乙妻，问道："既然约好五更相聚，现已鸡鸣，某乙为何不到？"乙妻惊呼道："他早出去啦！"后来发现了某乙的尸体，而随身的财物已经不见了。乙妻号啕大哭，并说是某甲杀了她的丈夫，立即告到官府。审案时一个官吏从某甲鸡鸣时往乙家找人，竟不呼喊某乙而呼喊其妻看出破绽，因而破了一桩夺财杀人案。此则故事又见《枝山前闻》《野记》《谐丛》《智囊补》《蕉轩摭录》等。

吹笛为乐

古代寓言。见宋·施德操撰《北窗炙輠录》卷下。

从前某地有一个卖饼的人，常常以吹笛为乐。每天只要赚到伙食钱，就回家吹笛子，悠扬的笛声给邻里带来快乐。这样过了一年，近邻有一个富人观察了许久，认为可以把财产委托给卖饼人。一天他对卖饼人说："你长年卖饼，为何不换成别的生意？"卖饼人说："我卖饼很快活，为啥要换生意呢？"富人说："卖饼倒是不错，只是剩不下一个钱，假如不幸有个病痛，你怎么办？"卖饼人说："请问我该怎么办？"富人说："我打算拿一千缗钱让你来管理，可以吗?这样，你平时就有温饱之乐，一旦遇到患难，又有余钱可以对付，比卖饼所得多许多啊。"卖饼人不同意，富人一定要给他，他才同意。可是钱到了他那里后，就再也听不到笛声啦。不久，每天只听到打算盘的声音。卖饼人十分后悔，急忙取钱来还给富人。于是他又开始卖饼，家中又传出悠扬的笛声。

卖薄荷者之报

古代报恩故事。见宋·施德操撰《北窗炙輠录》卷下。

京师有卖薄荷的，有一个姓史的人家常买他的薄荷。一天非常热，卖薄荷的人很渴，就到史家乞水，史家给了一杯酒，其人感激而去。后来京师被围，史某缒城而出。当时城外几无人烟，他行走在野地中，无比忧恐。俄而看见茅店两间，史某急忙去到一家。主人见了大惊，问道：“官人为何至此？此去不远便是大兵，请留在此地。”于是安慰史某，热情款待。史某问他是何人。对方说：“官人忘了吗？我是卖薄荷的。当年蒙官人赐酒，今日官人到此，我定要好好报答。”史某以杯酒的恩惠，遇难时竟受到厚报，真是令人感佩。

鳖报恩

古代报恩故事。见宋·施德操撰《北窗炙輠录》卷下。

杭州某地有个富人爱吃鳖，每天要吃下几只鳖。一日，他家的厨师烹鳖，以为已经熟了，可是揭开蒸笼盖子一看，有一只大鳖仰伏着。厨师怜悯它，就把它扔到厨房近旁的河中。后来主人发现送上去的鳖少了，就以为被厨师偷了，便用鞭子抽得厨师身上流血。厨师昏倒在灶下，当他苏醒过来时，身体已经不再疼痛，伤口上敷有青泥，是那只鳖从河里面送来的。厨师大惊，立刻将此事告诉主人。主人听了非常感动，从此就不再吃鳖了。

龙驹石

古代宝物故事。见宋·施德操撰《北窗炙輠录》卷下。

从前有一个人收藏了一块石头，最初并不觉得有什么特殊的地方。一个胡人见了这块石头惊叹不已，愿意用一万缗买过来。那人因为胡人出如此高价，反而犹豫起来，没有卖给他。胡人增加到十万缗，这才成交。那人问胡人这一块石头有什么特殊之处。胡人把它放在水盆里面，就有一匹马显现在石中，并且呈现飞动的形态。那人又问有何用途。胡人说：“这叫‘龙驹石’，拿浸泡此石之水来饮马，必定会生下龙驹。它乃无价之宝。”

万氏水盆

古代寓言。见宋·施德操撰《北窗炙輠录》卷下。

余杭万氏有一个水盆，看似寻常瓦盆，可是冬月浇水就会出现各种花卉，时为梅，时为菊，时为桃李，以至芍药、牡丹诸名花，浇水之后随其所变。万氏每年必定宴客一次，让大家来观看水盆花。政和年间，天下祥瑞，而皇上又喜好玩物，天下纷纷呈上异宝，无不得到厚赏。万氏以为呈上他家的水盆，必定会得到最好的赏赐。哪知他把水盆送入皇宫，竟不再成花，几乎获罪。

《续博物志》

书名。宋·李石撰。李石（1108—？），字知几，号方州，资州（今属四川资中）人。绍兴进士。历任太学博士、成都通判。此书十卷。有明刊本、《古今逸史》本、《稗海》本、《四库笔记小说丛书》本等。商务印书馆1936年、中华书局1985年、巴蜀书社1991年先后出版有排印本。该书系续晋·张华撰《博物志》之作，不分门类，体例大体上与《博物志》相似。其中收有《拜跪枯树》《拜河水》等寓言、故事。

拜跪枯树

古代寓言。见宋·李石撰《续博物志》卷七。

往昔有一个人好道而不知求道的方法，唯有朝夕向着一棵枯树拜跪，乞求长生，如此坚持二十八年而不知疲倦。有一天枯木竟然长出花朵，花朵有汁甜如蜜。有人教他取下这些花朵和蜜汁一并服下，吃完后他便立即成仙了。

拜河水

古代寓言。见宋·李石撰《续博物志》卷七。

有一个人每天清早都跑到河边上去拜河水，如此十年。河侯、河伯十分感动，就来同此人相见，赠送他白璧十双，还教给他水行不溺法。

田父得玉

古代寓言。见宋·李石撰《续博物志》卷八。

田父在野外耕地时，得到一块玉却不认识。他的邻居想把这块玉弄到手，就欺骗他说："这是一块怪石头。"田父把这块玉放在房间里，晚上闪闪发光，他真以为是怪东西，就把它扔到野外。邻人将它偷回去，拿来献给君王，玉工见了无不称赞它是无价之宝。

狠子葬父

古代不误反误故事。见宋·李石撰《续博物志》卷九。

有一个狠子平常一向违逆父亲的心意，他的父亲临终时希望土葬，可是想到他必定违命而水葬，于是便叮嘱他说："你一定要把我葬在水中。"狠子心想："我平时违拗父命，他死了不敢再这样。"因此就把父亲葬在潭水当中。此则故事又见《古今谭概》。

《轩渠录》

书名。宋·吕仁居撰。吕本中（1084—1145），字仁居，号紫微，学者称为东莱先生。寿州（今属安徽）人。绍兴进士，曾任中书舍人兼权直学士院，因触犯秦桧被免职。此书一卷。今本见涵芬楼本《说郛》卷七，共十三则。其中收有《巧投拜帖》《髡阃上困》等故事。

巧投拜帖

古代机智人物故事。见宋·吕仁居撰《轩渠录》。

刘贡父在史馆供职那会儿，遇到过节时，有同事派仆人把拜帖放进盛放书信的书筒里，分送到各个熟人家里去。刘贡父知道后，便叫住送名帖的仆人，让他到一旁的房间里，犒赏酒肉，随即取出书筒内的拜帖来看。把凡是送给和自己有一面之交者的名帖，全部换成自己的拜帖。那个仆人吃好酒菜，再三致谢，然后走遍大街小巷，去为刘贡父送拜帖，而他家主人的好些拜帖，却没有送出去。

髡阃上困

古代机智人物故事。见宋·吕仁居撰《轩渠录》。

东坡在湖州为官的时候，曾经与宾客们一起去游道场山，他把随从都打发走了才走进寺庙。看见有一个和尚靠在门栏上睡着了，苏东坡觉得很有趣，便开玩笑出了一个上联，说道："髡阃（门栏）上困。"一个客人立即答道："何不对'钉顶上钉'？"

《陶朱新录》

书名。宋·马纯撰。马纯，字子约，自号朴樕翁，单州成武（今属山东）人。绍兴中为江西漕使，兴隆初以太中大夫致仕。此书一卷。有《四库笔记小说丛书》本、《墨海金壶》本、《说郛》本等。中华书局1991年出版有排印本。其中收有《坠阁道女子》《鬼掷扇》等故事。

坠阁道女子

古代奇事故事。见宋·马纯撰《陶朱新录》。

有一个女子过阁道时，不小心坠下，众人都以为她已经死去。过了二十多年，这个女子的兄长在四川做官，经过女子坠下的地方时，听人说有个女子常常出来独行在阁道上。他猜测可能是自己的妹妹。等他任满回去的时候，果然与他的妹妹相遇。她讲自己坠下阁道后，幸得不死，饥食草木根苗，渴饮涧水，积思精专，久而能够飞升。兄长希望她回家，她却以为此间甚乐而不愿离开，竟向远峰飞去。

鬼 掷 扇

古代鬼怪故事。见宋·马纯撰《陶朱新录》。

平阳县官署多鬼，经常出来作怪。县令郑某喜欢喝酒，一天醉归，有个婢女扶他到中堂坐在榻上。他随即拿起扇子让婢女替他扇风。扇了几下，婢女忽然把扇子扔到地上，说道："我没工夫！"说完就不见了。县令这时才知道是鬼。鬼本来想捉弄人，反而被醉县令役使，愤然离去，真是可笑。

医 治 猴 疾

古代野兽求医型故事。见宋·马纯撰《陶朱新录》。

政和年间，有一个医生行走在山道上，忽被一个猴子挽驴来迎接，一起走了二十多里，看见岩谷间生活着成百上千只猴子。来到一个石室，见有个巨猴病卧在里面，医生就替它号脉，发现是多食果实所致，便给了消化药饵四五粒，让它用涧水服下。病猴随后就派一个猴子送医生回去。过了一年多，这个医生偶然来到山中，又见一个猴子牵驴来接他。行至先前那个石室，巨猴引着一群猴子自山而下，在他面前欢欢喜喜地跳跃。众猴争相讨要药物，把他携带的全都分光。巨猴乃以白金数十匣、衣物两袱赠送给医生，令那个猴子仍然送他回去。

华　二　哥

古代精怪故事。见宋·马纯撰《陶朱新录》。

政和年间，相州每夜都有个自称“华二哥”的妖怪在街市上呼喊，家家闻听后无不感到惊恐。有一次，韩氏子趁着酒意开玩笑似的答应了一下，那个声音立刻来到他的枕头旁边，大呼“华二哥”。韩氏子吓得用被子蒙着脑袋不敢动。半年以后，那个呼喊声就消失了，也不知道它是什么妖怪。

死婢妾复归

古代鬼魂故事。见宋·马纯撰《陶朱新录》。

一个士人家中的婢妾怀孕后，主母很愤怒，强迫主人将其打死，随即派仆人送到郊外去埋葬。一天，死婢妾忽然归来，杂处于群婢中，与往昔无异。主母大怒，过了一个多月，竟忧郁而死。于是，她才得以和主人同房。又过了一年，主人亦死，死婢妾便不见了。

《过庭录》

书名。宋·范公偁撰。范公偁，吴县（今属江苏）人。范仲淹次子范纯仁的曾孙。生平无考。此书一卷。有《稗海》本、《说郛》本、《丛书集成初编》本、《笔记小说大观》本等。其中收有《贤郎更在孙山外》《巧破盗银案》等故事。

贤郎更在孙山外

古代滑稽故事。见宋·范公偁撰《过庭录》。

吴人孙山是一个滑稽才子。有一次，他去外地考举人，有一个乡人托他与自己的儿子一同前往。此子落榜，孙山列在榜末。孙山先回家，乡人问他的儿子考的如何？孙山回答道："榜名尽处是孙山，贤郎更在孙山外。"

巧破盗银案

古代案狱故事。见宋·范公偁撰《过庭录》。

一个商人的数十两银子被同路的商人偷盗，告到官府，事迹甚明，而盗者死不承认。两个商人争辩不已。侍郎尹洛就下令让官吏搜查盗者，竟无所获，只得到一把锁匙。尹洛悄悄令人往盗者家中，谎称他拿锁匙回家开箱取银。盗家信以为真，果然取出银子交给来人。尹洛令人带两个商人上堂，问告状的商人："你的银子有多少？用什么包裹？有什么记号可以辨认？"那个商人都说中了。尹洛当即归还他的银子，盗者受到惩罚，众人无不佩服。

《能改斋漫录》

书名。宋·吴曾撰。吴曾，字虎臣，抚州崇仁（今属江西）人。绍兴年间曾任玉牒所检讨官、吏部郎中、金州知州、严州知州等职。此书原为二十卷，今本仅有十八卷。有明抄本、《武英殿聚珍版丛书》本、《四库全书》本等。中华书局上海编辑所1960年出版有点校本，1979年由上海古籍出版社重印。其中收有《富家翁爱其弟》《微司理几误杀人》等故事。

富家翁爱其弟

古代家庭故事。见宋·吴曾撰《能改斋漫录》卷十二。

有一个富家翁某甲，双亲去世后，厚待其弟乙。某乙有了家室，妻子不断指使丈夫背叛其兄。某甲有一匹好马，十分钟爱。某乙欲激怒其兄，趁他外出时，用棍棒打折马足。某甲回家见了，知道其弟用意，并不生气。某甲非常喜好芍药，亲手培育数十种名品。某乙趁其兄不在家时，将它们通通锄去。某甲说：“我早就想锄掉了，一直没有工夫。”因此犁地而种植稻谷。某乙有些后悔，可是他妻子仍不肯罢休。某甲鳏居，而有一个爱妾，处于侧室。弟妇接连上门来诟骂羞辱，无所不至。妾不能忍受，就告诉主人。某甲说：“是我的过错。”因此把爱妾赶出家门。弟妇听说后非常惭愧，便穿戴好登门去向某甲赔礼道歉，从此以后便成为善妇。

微司理几误杀人

古代案狱故事。见宋·吴曾撰《能改斋漫录》卷十二。

里中有一个女子乘驴单独出行，盗贼将其杀死后，剥去衣服而去。驴子逃逸，被田旁一家人拴起来。官吏找到了驴子，认为拴驴人是杀害女子的凶手。审讯很长时间，拴驴人怎么也不承认自己是凶手。因为许州司理参军王某质疑，州里不能定夺。数日后从河南移送来一个逃兵，经过审理，才确定他是杀害女子的真凶，拴驴人因此得以活命。州里的官吏称赞道：“要不是司理，差一点儿误杀人啦！”

刘妻死化为异状

古代奇事故事。见宋·吴曾撰《能改斋漫录》卷十八。

刺史刘某的妻子有美色，不久病死，入殓尚未钉棺盖，忽然化为异状，皮青发红，跟世间所画的鬼一样。刘某感到悲哀而畏惧，随即弃家为道士，去了九华山。

《独醒杂志》

书名。宋·曾敏行撰。曾敏行（1118—1175），字达臣，自号浮云居士、独醒道人、归愚老人。吉州吉水（今属江西）人。因病放弃仕途。此书十卷。有《知不足斋丛书》本、《四库全书》本、《笔记小说大观》本等。上海古籍出版社1986年出版有朱杰人点校本。其中收有《大庾岭题诗》《龙光寺题诗》等故事。

大庾岭题诗

古代诗对故事。见宋·曾敏行撰《独醒杂志》卷二。

苏东坡从海南岛返回时，在大庾岭稍事休憩。村店有一个老翁问他的随从：“官人是谁？”当老翁知道官人是苏东坡后，立刻上前行拱手礼说：“我听说有人百般加害明公，今日明公北归，真是老天爷保佑善人哪！”苏东坡笑笑表示感谢，在墙壁上题诗一首道：“鹤骨霜髯心既灰，青松夹道手亲栽，问翁大庾岭头住，曾见南迁几个回？”

龙光寺题诗

古代诗对故事。见宋·曾敏行撰《独醒杂志》卷三。

苏东坡北归到了大庾岭下，他乘坐的轿杠突然折断，不得不到龙光寺去寻找竹子。龙光寺的和尚给了两根大竹竿，并且款待了苏东坡。吃饭时，寺庙里面无主僧，州郡方面派人往南华寺去请人。人还没有来到，苏东坡留下一首诗：“斫得龙光竹两竿，持归岭北万人看。竹中一滴曹溪水，涨起江西十八滩。”

苏 黄 妙 评

古代机智人物故事。见宋·曾敏行撰《独醒杂志》卷三。

苏东坡曾经与黄山谷讨论书法，苏东坡说：“鲁直（黄庭坚，字鲁直，号山谷道人）近来的字虽然清劲，可是笔势有时太瘦，几乎像树梢挂蛇。”黄山谷说：“对于明公的字我不敢随便议论，然而间或觉得扁浅，亦甚似石压蛤蟆。”二公大笑，彼此都以为深中对方的毛病。

老 鼠 画 轴

古代书画故事。见宋·曾敏行撰《独醒杂志》卷九。

东安有一个士人善画。有一次，他画了一幅老鼠画轴献给县令。县令起初并不知道爱惜，就把它随便挂在墙壁上。每天早上经过那里，他都看见画轴掉在地上。挂一次掉一次，县令好生奇怪。有一天黎明他去看时，画轴又在地上，而他家的猫蹲在一旁。他举起画轴，猫便跌跌撞撞地追逐，他拿画轴去试其他猫，无不如此。于是，他才知道这幅老鼠画轴何等逼真，便格外珍爱。

某氏异珠

古代奇遇故事。见宋·曾敏行撰《独醒杂志》卷十。

某氏随舶舟至藩部，偶然携带陶瓷犬鸡、小孩一类玩具到市场上，儿童们前来争相购买。有一个小儿拿出一枚珠子来与其人交换，色彩、大小与普通的珠子不同。此人随便接过来，起初并不知道它的珍贵。他们的船舶返回时，忽然风雾弥漫，雷霆轰吼，波涛汹涌，灭顶之灾即将降临。主船的人说："我一辈子航海，从来没有遇到过这样的变故，必定是同船的人带有异物，应当赶快抛出去压制它。"众人说他们带的都是普通的物件。某氏说："我昨天得到的东西或许是你说的宝物。"他急忙打开箱子一看，那枚珠子光彩炫目，投到波涛之中，隐隐看见虬龙攫拿已去，风浪顷刻之间就平息了。船舶靠岸后，主船的人对大家说："某氏如果把他的宝物秘藏起来，我们都要葬身鱼腹啦。再生之情不可忘记！"客人们纷纷拿出自己携带的物品来表示感谢，某氏竟满载而归。

《睽车志》

书名。宋·郭彖撰。郭彖，字伯象，和州历阳（今属安徽）人。南宋孝宗进士，历官知兴国军。此书《直斋书录解题》作五卷，《宋史·艺文志》作一卷。今本六卷，有《稗海》本、《丛书集成初编》本、《笔记小说大观》本等。另有《古今说海》本、《说郛》本、《龙威秘书》本等均作一卷。上海古籍出版社2012年出版有李梦生校点本。其中收有《蔡通判》《黄毛人》等故事、寓言。

蔡通判

古代奇遇故事。见宋·郭彖撰《睽车志》卷一。

蔡通判与一僧友善。一天，此僧忽然写信邀请蔡通判，可是到那里时，僧人已经去世。蔡通判到了寺院放声大哭，去世的僧人竟睁开眼睛与他聊了好一会儿，并且告诉他："应该有一个道者来烧香，他并非常人，你可随他而去，必定有所遇。”说完就瞑目长逝。一会儿果然来了一个道者，道者烧香后离去。蔡通判随他而去，走了很远，道者问道：“你为啥跟随我？”蔡通判说：“我一向受寒疾折磨，多方求医总是不愈。”道者便握住蔡通判的两手，蔡通判一下灼热起来，说：“现在我浑身皆暖，只有脑袋还冷。”道者又以手熨他的脑袋，他立即感到温暖。道者对他说：“你不要跟随我了。”就把自己穿的布袍赠给蔡通判，转身告别。蔡通判把布袍收藏起来。若干年后，蔡通判有事到山东某地，在茶馆中又遇到这位道者，相见非常高兴。道者从袖中取出纶竿钓得一条大鲤鱼，带到酒店去烹调来做下酒菜，随后离去。

黄毛人

古代野人故事。见宋·郭彖撰《睽车志》卷一。

绍兴年间，有一个僧人与三个同辈行脚去湖南，在山谷间迷路，傍晚到了一座破旧的废寺庙投宿。一个房间好像有人居住。中间有地炉，以灰掩微火，旁边放的一个瓦罐里有煮芋头。僧人们正感到饥饿，吃起来很美味。室中有数个大瓮，所贮或芋，或栗，或山蓣，一点儿带盐的东西都没有。一会儿有一个人扛着锹、背着芋栗从外面归来。他披着头发，满身长着黄毛，穿的是破僧衣，直接坐到土榻上，见到客人并不交谈，跟他讲话也不应答。夜深了，僧人们都倚靠墙壁坐睡。等到天明，黄毛人已经不见了，炉火旁边放的四个瓦罐，有一个已空了，估计黄毛人是吃完才出去的，余下的三罐芋、栗，都已经煮熟了，是他拿来待客的。三人吃后离开，又在岩谷荆莽中走了二十多里，便找到路回去了。

红裳女子

古代精怪故事。见宋·郭彖撰《睽车志》卷二。

绍兴府治依山，林木茂密，常常有精怪出现。淳熙年间，有几个士兵夏日在蓬莱阁值班、住宿。半夜，士兵张某看见有个红裳女子走过来，慢慢逼近，直坐到张某的肚子上。张某奋起捽揪红裳女子，忽然就不见了，他手中留下满满一把狐毛。

古驿鼠怪

古代精怪故事。见宋·郭彖撰《睽车志》卷二。

汀州、漳州之间的古驿，有许多精怪。曾经有个士人独睡在西厢，一夜看见有一群老鼠从梁栱间缘着墙壁下地，不计其数。他本来已经很诧异，一会儿又看见几只老鼠共提一个小箱箧放在地上，打开全是袍子、头巾一类的物件，争着取来穿戴，很像是唐代的装束，然后相互作行手礼的样子。士人素来有胆气，就大声呵斥道："鼠辈敢来扰人！"那些老鼠一点儿也不惊恐躲避。士人猛然起来取席下的木棍乱击群鼠。仓促间，竟误触而灯灭，不久便悄无声息。第二天早晨，他看见床前满地死鼠。

李大夫妾

古代鬼母育儿型故事。见宋·郭彖撰《睽车志》卷三。

汴河岸有一个卖粥的老婆婆，每天都把所得的钱放在钱筒里面，晚上才进行清点。她间或得到两个祭祀时焚化的纸钱，惊疑遇到鬼了。从此她每天照样做买卖，只是悄悄观看买主，发现有一妇人每日拿两个钱来买粥，风雨无阻。她把这个钱另外搁起来，晚上一看果然是纸钱。于是，她偷偷跟在那个妇人后面，北去一里路，妇人四顾无人，立即进入草木丛生的地方一下就不见了。如此一年光景，一天那个妇人忽然来对老婆婆说："我长时间寄居在附近，如今丈夫来接我，就要同老人家你分别了。我是李大夫的小妾，他赴任乘船至此地，我临产时死去，暂时草草把我埋葬在这里。掩好墓穴后我就生下了孩子。因为我死而无乳，所以每天买粥来养活他，如今已一岁。李大夫现在要来打开墓穴，如若听到小儿啼哭，必然会惊怪，恐怕带走这个孩子。我向老婆婆你说这些，请求你留下这个孩子，好好照顾他。"告别时还把金钗送给老婆婆。一会儿便有大船靠岸，李大夫带人去打开墓穴。老婆婆跟着到了那里。抬灵柩时小儿啼哭，李大夫感到惊惧，老婆婆立刻讲了发生的事情，并且取出金钗。李大夫看了，的确是亡妾之物，就开棺取出小儿来抚养。

玉真娘子

古代燕化女子型故事。见宋·郭彖撰《睽车志》卷三。

绍兴八年，程迥来到临安后洋街居住。一日，有物如燕，突然从外面飞进来，落到堂壁前。家人去看，乃一美妇，仅长五六寸，见人并不惊恐，还小声说道："我是玉真娘子。偶然到此，不会给你家带来灾祸。如果能够善待我，就太好啦。"程家就在壁上做一个小龛，将她供奉起来。她颇能预言休咎，都相当应验。好事的人争着往程家请求观看玉真娘子，给一百钱才打开小龛。到程家的人络绎不绝，程家因此过上小康日子。这样过了一年，她忽然又飞去了，不知去了哪里。故事又见《志怪录》《幽怪录》《古今说海》等。

旃檀林紫竹

古代宝物故事。见宋·郭彖撰《睽车志》卷四。

绍兴年间，有一个巨商航海十多天，上岸躲避风涛。他登到山顶，走进一座梵宫，在禅榻前拜见一位僧人。巨商布施后，向僧人讨要了一根紫竹。重新起航时，他在船上用刀削竹为杖，每削一下，都随刀刃闪光，让他感到十分诧异。前行到了一国，有个老叟见了这根竹杖非常吃惊，就提出拿一盒珠宝来同他交换。巨商贪图那盒珠宝，就把竹杖给了老叟。老叟告诉他："您亲至普陀落伽山，这是观音座后的旃檀林紫竹。"巨商听了又吃惊又后悔。他回到船上，把削紫竹剩下的小碎片珍藏起来。遇到久医无效的病人，就把小碎片取一点儿来煎汤，喝下去就能很快痊愈。

孙某易面

古代寓言。见宋·郭彖撰《睽车志》卷五。

蜀人孙某长得貌美有风姿，常常以此自负。他娶的妻子很靓丽，二人相处得非常愉快。有一天，他俩一起去神祠，孙某指着神像问妻子："他跟我谁美？"妻子说："你好像更胜一筹。"晚上回家，孙某梦见神灵谴责他，下令更换他的面容。于是几个鬼卒把他抓到一处，给他换上丑陋的面孔。孙某从梦中惊醒过来，果然已经更换了面孔。妻子竟被吓死，孙某后悔莫及。

金杯偿值

古代奇事故事。见宋·郭彖撰《睽车志》卷六。

有个道人常去一家酒楼要酒来痛饮，起初没有给酒钱，要离开的时候，他取笔在墙壁上题诗道："偶到皇都玩月华，笙歌留我醉流霞。劝君不用悲尘世，天上人间只一家。"随后取出一点药来擦拭酒杯，使其变为金杯，用以偿还酒资。

《梁溪漫志》

书名。宋·费衮撰。费衮，字补之，无锡（今属江苏）人。国子监免解进士。生卒年不详。此书十卷。有明仿宋刊本、《知不足斋丛书》本、《学海类编》本、涵芬楼辑《宋人小说》本等。上海古籍出版社1985年出版有金圆点校本。其中收有《侍儿对语》《士人求闲适》等故事、寓言。

侍儿对语

古代机智人物故事。见宋·费衮撰《梁溪漫志》卷四。

有一天，苏东坡退朝吃过饭，摸着肚子慢慢散步，回头对侍儿说："你们说说，这里面有什么东西？"一个婢女连忙说："都是文章。"苏东坡不以为然。又一个说："满腹都是识见。"苏东坡也以为不恰当。侍女朝云说："学士一肚皮不入时宜。"苏东坡听了捧腹大笑。

士人求闲适

古代寓言。见宋·费衮撰《梁溪漫志》卷八。

有个士人非常贫困。夜晚在屋外烧香祈天，坚持不懈。一天晚上，他正在专心焚香，忽然听到神人在空中说道："天帝怜悯你诚心诚意，特让我来问你想要什么。"士人回答："我的要求很小，不敢有奢望，但愿此生衣食不发愁，逍遥在山水之间，终此一生足矣。"神人大笑道："此乃上界神仙之乐，你如何能够得到？你要是求富贵倒是可以。"

投水屈原

古代诗对故事。见宋·费衮撰《梁溪漫志》卷十。

有一个士人曾经在打官司的公堂上自以为无辜。太守不理会他。士人感到愤懑，大声叫屈。太守发怒说："你是个读书人，竟敢如此！你要给我对对子，对不好我就惩罚你！"于是唱道："投水屈原真是屈。"士人随即说道："杀人曾子又何曾？"太守说："我的对句里面有两个'屈'字，而你的句尾乃'曾经'的'曾'字，你不学无术已经显而易见了，我看你如何逃罪！"士人笑道："此乃大人不学无术。'冤屈'的'屈'与'屈原'的'屈'读音也有差别。不知大人曾经研究过吗？"太守感到惭愧，便把他释放了。

江东丛祠

古代巫祝毒计型故事。见宋·费衮撰《梁溪漫志》卷十。

江东村落的林间有一座神祠，当初有些巫祝附托在这里兴妖作怪。乡村里的民众相信他们，便一起将神祠加以修葺，使其渐渐兴盛。有一个恶少年不信，一夕喝酒入庙，肆意辱骂。巫祝们聚集起来商量："我们为此祠花费很大力气，一旦为这个小子败坏，就不妙啦。"等到晚上，他们一起对那个少年说："我们的事情你已经知道了。如果你能够帮助我们，就拿钱十万来酬谢你。"少年很高兴，连问怎么行事，他们说："你天明再到庙里来，跟原先一样叫骂，把庙中所有酒肴都拿来吃喝。过了一会儿便假装受到惩罚和哀求的样子，显示神祠很灵验。现在先付给你一半的酬谢。"次日，那个少年果然来了，进门就张口叫骂，言语污秽，极为难听。庙里面的百姓大惊，围观者越来越多。少年将神像前的祀酒一下喝光，肴馔也吃得所剩无几。随后他好像受到捆绑一样，连忙叩头谢罪，忽然黑血从口中涌出，七窍流血而死。乡村里的民众越发信奉这里的神灵。消息很快传遍四方，祈神敬香的人纷至沓来，巫祝所得不计其数。过了几个月，巫祝们因为分财不平，到郡府告状，才暴露出毒酒杀人的阴谋。于是将罪魁祸首判了死罪，其余的人也分别受到惩罚。

俚语盗智

古代盗贼故事。见宋·费衮撰《梁溪漫志》卷十。

高邮尉九快足善走，一天能够跑几百里。此人白天在店里吃饭，黑夜则做强盗，当地百姓苦不堪言。有一天早起他正坐在店里，有一个道人进来吃汤饼，就邀请尉九过去，称呼他为“师父”，而且下拜，然后说道：“我也有薄技，但比师父差得很远。听说楚州城外有一富家，如今愿陪师父前往，希望有所收获。”尉九叫道人先去。稍后故意殴打仆人而让巡逻者关押起来，等待次日送到州府。因与巡逻者有交情，尉九就让巡逻者放他回家，讲好明天一定转来。他立即翻城墙出去，奔驰两百里，于二更时到了楚州城外与道人会合。道人请尉九入富人房中盗窃金银珠宝，由窗上掷给道人。道人拔刀想杀死尉九，谁知尉九已经从别处出去，回到高邮狱中。那个道人负重行动迟缓被捉，送到楚州监狱。道人自动供出与尉九为同伙。州府发文到高邮，高邮却报告说尉九因斗殴被关押，无从为盗。那个道人竟斗不过尉九，独自受到惩罚。

《夷坚志》

书名。宋·洪迈撰。洪迈（1123—1202），字景庐，号容斋，晚号野处老人，饶州鄱阳（今属江西鄱阳）人。绍兴进士。历知吉、赣、建宁、婺等州府，中书舍人兼侍读、直学士院，以端明殿学士致仕。此书原有四百二十卷，其中甲志至癸志共二百卷，支甲至支癸共一百卷，三甲至三癸共一百卷，四甲至四乙共二十卷。元明时期已经散佚。涵芬楼编印的《新闻校辑补夷坚志》是目前收录篇目最多的本子，初志、支志、三志加补遗共二百零六卷。中华书局1980年出版的何卓点校本，是以涵芬楼印本为底本重新校定的，增补为二百零七卷，包括甲志至丁志共八十卷，支甲至支癸共七十卷，三志已至三志壬共三十卷，志补二十五卷，再补、三补各一卷。《夷坚志》是一部卷帙浩繁的古代文学作品集，它所汇集的绝大多数是民间传说、故事。其中收有《休宁猎户》《黄花伥鬼》等故事。

休宁猎户

古代动物保护故事。见宋·洪迈撰《夷坚乙志》卷十八。

休宁张村村民张五，以打猎为生。他曾经追赶一头麂子。那头麂子带着两头小麂子同行，不能提速，估计逃不掉，就引二子到田下，拥土覆盖它们，又自投于网中。张五的母亲远远望见，奔跑到网前，把看见的情况一一告诉儿子。张五立即破网放出那头麂子，让两头小麂子得到照顾。张五母子相互看了看，非常后悔以前的所作所为，随即把捕猎的家伙通通毁掉，从此以后再也不打猎了。

黄花伥鬼

古代鬼怪故事。见宋·洪迈撰《夷坚丙志》卷三。

政和年间，成都人杨起与同乡任皋一起入京赴省试。出大散关后，到了黄花右界中，因此地素来多盗匪，不敢慢步，人困马乏，便入道旁僧舍少憩。他们见不到一个僧人，立即在堂上假寐。杨起未熟睡，有一青衣童子自外来，拿一幅白纸想盖在他脸上。此时好像有人拉住童子的胳膊，不能上前，他就掩泣而去。杨起以为不祥，但不敢告诉别人。当天晚上住进村里的客店，他们刚刚就枕，那个童子又来了，用所携带的纸蒙住任皋，然后洋洋得意地离去，任皋却没有感觉。次日，他们行走三十里，遇到溪流，二人便去濯足。完毕后，杨起先登岸，任皋尚未惬意而未离去。随后任皋忽然大声疾呼，杨起回头一看，他已被老虎衔去。这时，杨起方才知道昨晚所见是伥鬼。

朱二杀鬼

古代鬼怪故事。见宋·洪迈撰《夷坚丙志》卷十二。

平江常熟农民朱二夜宿田间土埂上守稻。有一个女子从外面走来，连续三四个晚上与朱二同寝，十分亲昵。朱二只觉得她体冷如冰，知道她不是常人，就打算悄悄用布被缝成袋子，把她装进去。那个女子已经知道朱二的心思，当晚来到舍外悲泣。朱二问她为啥这样。她说："你心存不善，我不再来啦。"朱二说："我担心风冷让你生病，因此打算与你同卧其间，并没有别的意思。"于是，他们就一同睡进袋子里。到了夜半，朱二谎称尿急，便起来背着袋子离开。那个女子号呼求出，朱二不答应。开始时朱二觉得甚重，过了一会儿渐渐变轻，到家举火一看，已经化为杉板。朱二取斧头来把它敲碎，流血不止。第二天夜晚，鬼怪来叩门索命，朱二没有理会，过了许久就悄无声息了。

蓝　姐

古代凭污捉盗型故事。见宋·洪迈撰《夷坚丙志》卷十三。

绍兴年间，京东富人王知军寓居临江新淦的一座寺庙。一天他与客饮酒，直到半夜才散去。王知军夫妇都酒醉而眠。不一会儿，有数十个强盗来到室内，把他家的几个孩子和一群婢女通通捆起来。婢女们呼喊道："主管家事的只有蓝姐一个人，跟我们有什么关系啊？"蓝姐立即从众人当中出来说道："主人家的物品都在我手里，各位要什么我都送上。只是主公、主母刚刚熟睡，请不要惊吓他们。"她于是举着大蜡烛，引导强盗进入西偏一室，指着床上的箱子说："这是酒器，这是彩帛，这是衣物。"又把钥匙交出来，让他们随便拿。强盗拆开被子，把抢夺的东西放在里面，一起搬走。强盗们离去很长时间，主人才醒过来，蓝姐向他们讲述了家中发生的事情，并且解救了众人。明早王知军到县衙告状，县上报到郡里。王知军因忧郁生病，蓝姐说："您不用担心，很容易逮到强盗。那三十个强盗都穿白布袍，我举烛时，故意让烛泪滴在他们的背上，凭这一点去查验，他们必定逃不了。"王知军把这个话告诉逐捕者，不到两日，就在牛市上抓到了七个人。辗转追捕，一个强盗也没有漏网。所劫的财物也都找到了，王家一点儿损失也没有。

李　元　礼

古代报应故事。见宋·洪迈撰《夷坚丁志》卷二。

福州福清人李元礼，绍兴二十六年做了漳州龙溪主簿，兼任县尉，有一回捕获强盗六人。按照法规，凡是捕获七人就应当押往京城。李元礼便命弓手悄悄抓一个平民来充数，他们都因赃物达到规定的数额而判死刑。李元礼后来提升为承务郎，刚刚得到消息，他便看见那个冤死的人立在面前，悒悒不乐的样子。他调到临安上任后，同僚问起那个案子的情况，他照样回答说是如此。一次，他前往泉州同安县，刚备好行李挑担出城，那个冤死鬼便紧随不放，仅走了十里，在龙山的客店住下，当天晚上他就突然死去了。

嵩山竹林寺

古代奇遇故事。见宋·洪迈撰《夷坚丁志》卷三。

西京嵩山法王寺附近都是大竹林，一望无际，每当僧人斋戒时，钟声隐隐传出林外，因得名为竹林寺。有人说它是五百大罗汉灵境。有个僧人从陕西来拜达摩祖师，在路上遇到一个僧人，说道："我是竹林寺的僧人，有一封书信打算送到掌管那里，只要敲一敲寺庙旁边的大竹子，就会有人出来。"从陕西来的僧人拿着书信前行，到了那个地方，深林茂竹，无人可问。他试着敲一敲竹子，一个小和尚就出来引他进去，走数百步见到一座石桥，上去走了一百步，只见出现一座金碧夺目的寺庙。接待的人见到书信后说："掌管刚好去梵天赴斋，等一会儿就会回来。"他坐了许久，望见空中有一百多位僧人驾飞鹤、乘狮子回来，冉冉而下。僧人把书信送上去，并且乞求在寺庙里歇息居留，遭到拒绝。随后又派小和尚引他出去，到了石桥，给他指明路径，让他独自回去。才走几步，回头一看，但见峻壁千丈，乔木参天，一点儿也不知道寺庙在哪里。

鼎 州 汲 妇

古代奇人故事。见宋·洪迈撰《夷坚丁志》卷八。

鼎州开元寺有数名寓客同坐在寺门，看见一个妇人去打水。有一个客人善于幻术，就去戏弄这个妇人，让她提不动水。殊不知这个妇人也会幻术，回过头来说："诸位不要戏弄啊。"他们没有回答。这个妇人说："那么就比试比试吧。"于是，她把扁担扔在地上，扁担立即化为一条小蛇。那个客人从怀中取出一块粉，在地上画了二十多层圆圈而立在中间，小蛇不能进入。妇人含水喷蛇，蛇稍大于前，又恳求道："客官莫要相戏。"客人不予理睬。那蛇突入，直抵十五圈中。妇人再含水喷蛇，蛇便大得像房屋上的椽子，直接躐入中圈。即将扑向客人时，妇人又进行劝阻，客人还是不听。蛇立即从他的足缠绕到脖子，不能够解开。路人聚在一起观看，达到数百个之多。同住在寺庙的人要去告官，妇人笑道："不碍事。"立刻伸手取蛇投在地上，依然是一根扁担。她笑眯眯地对那个客人说："你的幻术还不十分完美，为何如此？倘若遇到他人，你必死无疑。"那个客人再三赔礼道歉，随后到妇人家里去拜师。

巴 山 蛇

古代蛇精行淫型故事。见宋·洪迈撰《夷坚丁志》卷二十。

崇仁县农家少妇，往屋后去晒衣服没有回家，家人就到县衙报案。县里通报各地里正，悬赏搜寻，过了半月没有找到。她家在巴山下面十里，山绝高峻。有一个樵夫背柴回来，到了半山腰，望见绝壁岩崖间好像有个黑衣人抱一妇人坐着，怀疑那就是失踪的少妇，连忙回去告诉她的丈夫。第二天，妇人的家人跟着樵夫到那里去侦察，不敢进山洞去。有人提出请巫师来降妖，他们就把乐安的詹生请来。只见他披发衔刀，踱步作法，先后掷布巾、冠服进山洞，都被一道道青气吹了出来。詹生不得已，只好裸身持刀飞跃而下。洞穴数间屋宽，磐石如床，妇人仰卧在上面，大蛇缠其身。詹生挥刀将大蛇拨下床，夹持妇人跃出。妇人面色蜡黄，瞑目垂死。詹生被毒氛熏得躺下，许久才复苏。他含水喷妇人，妇人就活过来了。次日妇人才能讲话，她说："当初晒衣时被黑袍人诱去，不觉与他同行，亦不知道登山涉险，只记得在高堂华屋里面与他一起过日子，心里常常迷迷糊糊的，压根儿不晓得他是异类。"乡里人共同请詹生结果蛇的性命，詹生说："我只能禁止蛇精出来，而不能杀它。"于是画一道符在穴口把它镇住，从此以后蛇精便再也不能出来祸害百姓啦。

海 王 三

古代海岛妇人型故事。见宋·洪迈撰《夷坚支甲》卷十。

有一次，山阳海王三的父亲王某去泉州南边做生意，大航船被风涛毁坏，同船的几十个人都淹死了。王某抓到一块木板，才漂到一个岛上，他登岸行走在山间，忽然看见一个女子过来，全身上下没有一丝一缕遮掩。当女子知道他的遭遇后，就带他下山，抵达一洞穴。女子与他同居，整天吃各种果实，并且叫他不要随便出去。过了一年多，女子生下一个儿子。儿子满一岁时，那个女人出去采果子没有回来，王某来到海边，正好有一艘客船在那里避风，互相认识。王某立刻回洞抱着孩子去登上客船。那个女人追来，估计赶不上了，就呼喊王某并且骂他，极为悲伤地啼哭，竟扑在地上几乎死去。王某在船篷底下举手谢罪，也痛哭流涕。这艘客船张帆离去，他们因此能够回到故乡。王某的儿子长大以后，当地人都称他为"海王三"。此则故事又见《聊斋志异》等。

羽客钱库

古代奇遇故事。见宋·洪迈撰《夷坚支甲》卷十。

金陵雨花台下的居民甄氏，在野外放牛，看见有两个人一身道士打扮，从东西两面过来，相互抱拳作揖。一个说："钱库后门久已溃坏，宜请人来修整。"一个说："好的。"于是散去。过了许久，甄氏独自来到山侧，在岩下发现一个洞穴，大如斗，其中有散钱溢出，他立即脱下衣服把钱包起来。他打算回家告诉家里人合力来取，又担心他人发现，就用泥巴把洞口堵起来。他走到中途，又遇到先前见到的两个人。一个问："钱库门修好没有？"一个说："方才用钱三百请一个牧童填补好了。"甄氏当时十七八岁，明白他们话语的意思，回家告诉了父亲。他数了数包回来的钱，正好二百三十一文。他带领家人到拾钱的地方，却再也找不到那个洞穴啦。此则故事又见《庚巳编》等。

管秀才家

古代精怪故事。见宋·洪迈撰《夷坚支乙》卷一。

信州永丰县管村的居民都姓管。淳熙年间，有妖怪在管秀才家捣乱，管家请巫师、道士作法均无能为力。群怪厉声诟骂道："你们几个讨钱讨够了吧，我不怕你们！"过了好些时候，妖怪又化作一美女，夜里到仆人的寝室中想进行诱惑。仆人知道它是妖怪，可是又贪色，就与它交媾。他俩好了几天晚上，仆人还是担心惹祸，便悄悄磨好利刃等待妖怪。妖怪再来的时候，他立即用力砍断它的脑袋，提到外面高声呼喊，告诉大家说："我已经把妖怪杀死啦！"人们争相前来观看，原来是一只大狐狸呀。

复州防库犬

古代人与动物故事。见宋·洪迈撰《夷坚支乙》卷六。

复州佥判厅主管各衙门的钱物，因此特地养狗来警示盗贼，名为"防库"。有一只黄狗在那里待了十余年，吴兴周某做官的时候，尤其加以精心饲养。那狗也知感恩，常常坐卧在他的旁边。周某任满后，由洪某接任。洪某因为小儿女多，担心他们被惊吓、咬伤，就把那狗牵去送给桥南二十里外的莲台寺。可是第二天那狗却回来了。他又牵去，不料那狗又回来了。当时，周某尚未离去，曾经去拜访继任洪某，那狗认识旧主所乘的轿子，便去迎绕、摇尾，等到周某离开时，即跟着他的轿子跑。洪某立即请周某把狗带到船中。几天后船开到巴河，狗上岸还没有返回，而船夫竟解开缆绳东下。狗望见船又跳又叫，跟着奔跑了三四十里。周某看见后，赶忙派人驾小艇把狗接过来。那狗上船后，不胜欣喜，便一起到了湖州。

全椒猫犬

古代义犬鸣冤型故事。见宋·洪迈撰《夷坚支乙》卷九。

绍兴年间，乐平魏彦成任滁州太守。全椒县结案判决了一桩死囚狱案。据说距县城二十里的山上的寺庙中住着一个僧人，雇一个村仆替他干活。他喂养了一猫一狗。有一天，僧人派村仆去买盐，傍晚还没有回来。有个凶盗乘虚溜进寺庙杀死僧人，包裹了僧人所有的财物而去。次日，这个凶盗到县城去，庙里喂的那条狗就偷偷跟随他。遇有人多的地方，狗立即奋身向前，盯着凶盗嚎叫。凶盗离开，狗就跟着他离开。城里人大多认识庙里的那条狗，都感到惊讶，就围上去追问凶盗，并且一起来到寺庙里面。他们发现僧人已死，那一只猫正守护在僧人旁边，不让老鼠来加害。众人把凶盗扭到官府，凶盗无法隐瞒，最后被绳之以法。

易村妇人

古代精怪故事。见宋·洪迈撰《夷坚支景》卷二。

庆元初，湖州南门外有一个妇人独自出门，租赁一艘小艇要从何山路去易村。登舟以后没多久，即躺下，自取苇席盖在身上，竟然寂静无声。舟人感到惊讶，揭开席子一看，有数千条小乌蛇，缠绕在一起，吓得立刻盖起来。小艇行驶六十里，靠岸后舟人敲一敲船舷，那妇人突然奋起，跟刚上来时一样。她从腰间取出钱二百，作为船钱。舟人不敢接受，妇人问他是什么缘故。他说："刚才见你那个样子，我哪敢接钱？"妇人笑道："切莫跟他人说，我从城内来此行蛇瘟，一个月后就会回来。"她慢慢走进树林中，几步就不见了。那个村子里居住了七百家人，当年夏天死了将近一半。起初，湖、常、秀三州，自春至夏，瘟疫大作，湖州尤其厉害。

竹林院鸬鹚

古代人与动物故事。见宋·洪迈撰《夷坚支景》卷七。

洪府奉新县东三十里，有个僧舍叫竹林院。竹林院旁巨松参天，鸬鹚等禽鸟群栖在上面，每年生育，秋天飞去。邻县乡民王六，常常攀高去取雏鸟来吃，十数年间被他吃掉的雏鸟数以千计。有一年，他带徒弟去取雏鸟，将要到树顶时，一群老鸬鹚飞集在他身边，不断啄他的大腿，抓他的眼睛。王六尽力抱住松树，两手不敢松开。他的徒弟急呼："不要逮雏鸟，赶快下来！"他还没有下到一半，便被鸬鹚抓啄坠地而死，全身就像被斧头砍过一样。

上 官 医

古代讽刺故事。见宋·洪迈撰《夷坚支景》卷八。

医生上官彦成，本是福建邵武人。他自称宣和年间在京师参加针灸考试，到翰林医学任职，升为副使，其实这些都是胡说的。乾道初年，他来到鄱阳，医术平平，却好说大话。宗室赵公颐颇为滑稽善谑，一次他与人相聚时，有个人提到某某的病势令人担忧，另一个人说："可请上官来治疗。"赵公颐皱着眉头说："上官来则下官去矣。"在座的人都笑得七歪八倒。

朱 四 客

古代盗贼故事。见宋·洪迈撰《夷坚支丁》卷四。

婺州民朱四客的一个女儿是吴居甫的小妾。他每年必定前往探视女儿，常常让一个仆人随他而去。女儿家在襄阳，他们过九江在山岭下遇到一个持长枪的强盗。朱四客健勇有智，趁强盗打开箱子的机会，就从后面抬足把强盗踢到岸下，随即拿起强盗的长枪前行。傍晚住旅店时，女店主看见长枪，忙问他的来历。听到他讲的事情，女店主感到很惊愕。他们正要上床时，那个强盗跛着脚从外面进来，长叹道："我今日出去分毫未得，反而遭到不测。"女店主摇手指着一个房间说："莫要说，他正在此住宿。"朱四客听到他们的对话，立即跳墙逃走，与仆人一起蛰伏在草间。强盗夫妇出来追赶朱四客，向前跑了十几里。朱四客趁强盗远走，便去焚烧了他们的房屋。强盗夫妇仓皇回来运水救火，无暇再去抓他们，朱四客因此得以脱身。

淮阴张生妻

古代机智故事。见宋·洪迈撰《夷坚支丁》卷九。

张生居住在淮阴磨盘湾，开了一家酒肆。绍兴年间，金人骑兵南下，淮河一带的民众纷纷向京口逃去。张生的脚有病，不能行走，只好暂留在扬州。张妻卓氏被金兵首领掠去，卓氏告诉金兵首领："我丈夫在城中藏有白银五铤，不如一同前去取来。"他们去逼迫张生交出银子，遭到张生痛骂。金兵首领心里感到高兴，以为卓氏已经喜欢自己了，就把所有掳获的金银珠宝通通交给她，就像真夫妇似的。不久金主死去，他们的军队要回撤。卓氏备酒把金兵首领灌醉，等他躺下以后，就拔刀刺入他的喉管，卷走全部财物，骑马去找张生。张生提起前事，几次责骂卓氏，要跟她一刀两断。卓氏把所携带的财物拿出来，对丈夫说："如果当时不设下这样的计策，那个家伙必定不肯信任我。今日的收获，是以前逼迫你交出银子的结果呀。"后来听到这件事的人，对卓氏无不交口称赞。

王直夫

古代不怕鬼故事。见宋·洪迈撰《夷坚支丁》卷九。

兖州莱芜人王直夫，不媚鬼神。每逢妻子生病，就尽力医疗，从来不做招神祈祷的事情。有一年春末，鬼怪大白天出现在他家房舍里面，不断胡作非为，令全家人寝食不安。王直夫却毅然不动，对家中老少说："那些阴间的鬼魅，怎么能够干扰阳世间的人们？你们不要害怕。"家里人这才稍微安定下来。一天，王直夫端坐在堂上，看见一个巨大的鬼魅拱手立在他面前，他丝毫不动声色。那个鬼魅整一整衣袖说："王翁真是如今的正人君子，实在敬服。我等原来以为您色厉内荏，所以故意展现怪相来吓唬您，而您却视而不见，听而不闻，从今以后再不敢来胡作非为啦。"说完恭恭敬敬地一揖便隐没了。

孙知县妻

古代白蛇传型故事。见宋·洪迈撰《夷坚支戊》卷二。

丹阳县外十里住着村民孙知县，娶妻某氏女。某氏女兄弟三人，孙妻最小。

她容貌绝艳，如图画中人。但是她每次洗澡，都要围上帷障，不许婢女接近，连擦背也不要人帮忙。孙某几次问她，她都笑而不答。经过十年，她已经三十岁了。一天，孙某微醉，等到她洗澡时，就钻一个小洞去偷看。只见一条大白蛇堆盘在澡盆内，双眼转动，相当可怕。孙某急忙奔到书房，另外设床睡觉，从此与妻子分居。妻子大概已经知晓，刚刚出浴室，便去找孙某，对孙某说："我原本不是什么精怪，你看错了，你切莫产生疑虑，今夜回到房里共寝，不会受到伤害的。"孙某虽然很畏惧，却没有什么托词，竟然又与她同眠，相互缠绵如初。但是孙某仍然心存怀疑和恐惧，仿佛芒刺在身，辗转不能安睡。他于是怏怏成疾，不到一年光景就亡故了。

青田富室

古代报应故事。见宋·洪迈撰《夷坚支戊》卷六。

处州青田县曾经有过水灾。富室某氏经常在江边停着几艘船，他们一家人登船往高处躲避，但生活用品却没有拿出来。正准备回去取时，望见水势不断上涨，全县的百姓都骑在屋顶上呼叫，哭声遍野。富翁说："我家的财产受到损失还可以再得到。怎能看见他人葬身鱼腹，而不闻不问呢？"立即吩咐他家的子弟，各驾一艘船，由下到上依次救人，并且把他们的随身物品也带上。就这样往返十多次，使得上千人获救。第二天水退，全县的房屋荡然无存，成为一片大沙滩。唯有富翁住的地方，沙子堆得好像城堡。他派仆人将沙子清走，宅子就露了出来，几乎没受什么损失。可惜不知道此翁的姓名。积阴德的人必定获得善报，只是人们不一定都知道罢了。

嘉州江中镜

古代江中宝镜型故事。见宋·洪迈撰《夷坚支戊》卷九。

嘉州有个渔人叫黄甲，世代以捕鱼为业。他家住在江上，每日与妻子划小舟往来数里，打鱼所得仅够温饱。有一天，他看见一物在水底荡漾，其形状像太阳，光彩射人。他立刻下网捞上来，一看是一枚古铜镜，径圆八寸许，上面刻有文字，却并不认识。他把铜镜拿回家后，黄甲的生活渐渐好起来，不需要经营，钱却自来。过了两年，钱仿佛跟下雨似的，装满一屋，大约有十万缗的样子。黄甲没有用处，反而以多为负担，就与妻子商量："我家从父祖以来，渔钓过活，最多不过每天得到一百钱。自从获得宝镜以后，何止千倍？我们是何人，钱多有何用？不如把它送到峨眉山白水禅寺，永远作佛供。”妻子同意后，便择日入寺，把古铜镜献给长老，长老说：“此天下之至宝也，请置于三宝前，作礼后就可以回去了。”黄甲下山后，长老密唤巧匠，仿铸了一枚铜镜，乘夜换取而收藏起来。黄甲的财产不断减少，好像遇到抢劫似的。又过了两年，他家便贫困如初。夫妇俩就到白水寺，要回宝镜。但是不知道长老给的是赝品，宝镜虽在而贫穷依旧。人们都认为原镜还在主僧那里。有个提点刑狱使者很贪婪，便命健吏去主僧那里索要宝镜。主僧不肯交出，就把他投入监狱，拷打致死。提点刑狱使者查抄了寺庙的财产，但是没有找到宝镜。因为主僧入狱之初，宝镜已被亲信藏起来了。亲信知道主僧已死，便向黎州逃去。半路上遇到金甲神拿着长戟喝道：“还我宝镜！”他不肯放手，疾走不到百步，就有一只猛虎张口来吃他。他感到恐惧，便抛出宝镜逃回寺院去了。

陈秀才女

古代除妖故事。见宋·洪迈撰《夷坚支庚》卷三。

金华县城外三十里有个陈秀才，他的女儿非常美貌，还没有出嫁，被妖怪迷惑，不再认识人。他家颇为富有，不惜重金，请了十几个道士设坛作法，可是都没有效果。他们的邻居张生夜间听到陈女的欢歌笑语，偷偷去窥视，看见门外有一个石狮子，跟随在她背后。她忽然发怒道：“原来不干张秀才的事，为何苦苦折磨我？”张生知道必定是这个东西在作怪，打算明日去告诉陈家。而陈家以为张生有道术，次日清早就去邀请他来看病人。张生不讲昨天晚上的事，只是吟诵“乾元亨利贞”。他说：“我用圣人之经，来面对邪孽，犹如把滚烫的汤水浇到残雪上面。”随即对陈秀才说：“我见你家门前的石兽模样狞恶，这就是妖怪的由来，应当立刻除掉它。”陈秀才立即叫石匠把它凿碎运走，投进河里面，他女儿的病就痊愈了。

海门虎

古代虎报恩型故事。见宋·洪迈撰《夷坚支庚》卷四。

淳熙初年，通州海门县下沙忽然出现一只猛虎，民众家里面的牛羊猪狗被吃得很多。大家害怕它来，到了天黑就出去躲避。陈老翁家房屋的窗户、篱笆都被它撞倒了。陈老翁对妻子说："虎吃人自然免不了。我们一家八口人，恐怕有的人躲不过，如今我出去抵挡它。"妻子劝不住，陈老翁开门出去，看见老虎肋间带着一箭，便用手替它拔出。老虎腾身咆哮，做出感激的样子，然后离去。第二天晚上，老虎扔下一只野猪来回报陈老翁，从此就绝迹了。此则故事又见《稗史汇编》。

村民杀胡骑

古代抗敌故事。见宋·洪迈撰《夷坚支庚》卷七。

建炎年间，金兵进犯江西。各郡县村落的老百姓望而生畏，往往束手待毙。间或有奋不顾身的人，则往往能够如愿以偿，虽然是妇女也敢挺身而出。金兵过丰城剑池的时候，铁骑走正道，通宵不绝，以便使当地民众能够听见声音，却不知道他们有多少人马。有一个骑兵夹着两个女子，单独穿过林间。其中一个女子对躲避在树林里的人说"可杀"，于是众人举起棍子把那个骑兵击打下马，随后敲碎了他的脑袋。那匹马嘶鸣不已，好像要寻找主人，众人便把它推到井里去了。又有一个骑兵掳掠了一个妇女，让她去打水。她本是富家女子，说自己不会。骑兵骂骂咧咧地夺过瓶子低头取水，那个妇女趁机把他推到井中。余干县的艾公子全家遭到抢劫，两个骑兵点火将要焚烧他家。艾公子就喊他的孩子们一齐拿起棍棒来搏击，把敌人打倒在地，取出敌人的腰刀割下他们的脑袋，艾家于是得以保全。

张显祖治狱

古代报应故事。见宋·洪迈撰《夷坚支癸》卷三。

信州张显祖做了监狱的推级官。他曾经审理过一个大辟案，囚家很富有，要贿赂一千缗来脱罪。遇到监狱里面的理掾官廉明，不好蒙骗。张显祖贪图厚贿，既不肯放弃，又担心富人以后来讨要，于是暗地里让狱卒把富人弄死，然后告诉他家人说："案子已经翻换了，无奈他却突然暴病身亡。"囚家便不再追问。张显祖用所得的昧心钱委托侄子去做生意，一向很顺遂。于是，他就辞职专门打理生意，渐渐发财致富，只恨没有孩子。后来，他忽然间生了一个男孩，非常聪慧，人称为神童。这个孩子十八岁时科举考试便中了头名，父母视如掌上珠，完全任他为所欲为。两年后，他赴任泉州教授，在都城留恋声色，挥霍无度，用去了家产的十分之七八。刚上任，他就卧病不起，求神问医，半年光景就花光了家里的所有财产。他被抬回来，到家就死了。他的父母悲痛欲绝，求死不能。入殓三日，张显祖揭儿子面上的布帛，儿子的面容一变，乃昔日所杀的囚犯。张显祖立刻感悟到以前的罪孽，非常郁闷，竟不想活下去了。不到几个月，张显祖和他的妻子相继死去，他们一家人便灭绝了。

姜店女鬼

古代鬼怪故事。见宋·洪迈撰《夷坚三志己》卷二。

姜七家对面有空屋一所，据说被鬼魅占有，无人敢去居住。姜七把它租赁来做客房，用以停贮车辆、器物。常常见一个女子，早晚都在那里，客人在盆里面泡米，她就去淘洗；烧火做饭时，她就去添加柴火。饭毕，她又去洗碗收拾。问她是何人，不肯言，终日不吭一声。一个客人喝醉后，要去拥抱她，她微笑着不搭理。到了晚上，她到处走动，间或推门进入客房，出来时就掩上门。她从来没有给人带来过灾祸。有个叫程三的客人，会念秽迹咒。他目睹其事，就对她暗中施法诵咒。那个女子站在旁边听了上百遍，拍掌大笑而退。当地的父老说："这个女鬼出没至今已经二三十年，多次经过术士、法师的摄治，她只是大笑而暂时隐去，不过一百天，就依然如初。"

东乡僧园女

古代精怪故事。见宋·洪迈撰《夷坚三志己》卷二。

庆元三年，浮梁东乡寺僧法净，暮冬时见林深处有一个美貌少女带着两个丫鬟含笑前来，作揖道："和尚万福。"法净以为她们是鬼魅，便袖手掐印，诵楞严咒，大声咄叱。此女哈哈大笑，斥责法净道："和尚，你也好笑，纵然念得楞严神咒数百千遍，又能够怎么样？我不是鬼，怕什么神咒。"法净说："你是何妖孽，怎么可以害我？"女曰："我真是良人家女儿，因跟随众人出城，迷路到此，愿和尚慈悲，指示回去的路径，我就感到万幸了。怎么可以把我当鬼物对待呢？"法净让她从左边出去，女子和两个丫鬟就穿过草丛而去，也不避开荆棘。好一会儿，三人都化为狐狸，嚎叫声非常可怖。法净感到惊惧，连忙牵上童子的手，大声呼喊着跑回寺庙去了。他到僧舍还气喘吁吁，接连几天都心绪不宁。

叶七为盗

古代鬼怪故事。见宋·洪迈撰《夷坚三志已》卷九。

景德镇贫民朱四的妻子张七姐，庆元三年五月初夜里上厕所，听到有人呼喊。张七姐问他是谁。那人说他是叶七，并说："我见你家贫，现有一贯钱，特来相助。"张七姐接钱回房，叶七就离去了。明夜他又来叩门，送来钱五百。从此以后，夜夜如是，积攒了十千钱。过了半月，他便与张七姐好上了。过了六个月，他又送衣服、冠梳及银钗给张七姐。巷内程百二的妻子，经过朱家门前，认得张七姐头上的银钗以及冠衣都是自己的物品，便说是她偷盗的，要去告官。张七姐说："都是叶七哥日前送我的，我压根儿不知道他是怎么来的。"程妻也考虑张七姐不曾去过自已家，难以怀疑她做贼。于是询问叶七的来历、相貌，张七姐全部如实相告，众人听了都感到愕然。有个邻居老头张二说："此人已死二十多年，葬在宋家东司篱外。我听说此鬼在外迷惑人，前后不止一个。他的子孙已经死光了，我们不妨一起去挖开他的坟墓看看。"众人去挖开一看，他的棺板已经朽烂，而尸体无损。各家各户先前所失物品，大多在他身边。人们便焚烧了他的棺木并且投进水中。

干红猫

古代骗子故事。见宋·洪迈撰《夷坚三志已》卷九。

临安城北门外西边小巷，住着平民孙三夫妇。他们无男无女，每天早上出去卖熟肉。孙三常常告诫妻子说："照管好我们的猫儿，都城里面并无此种，莫要教外人看见。假如放出去了，必然被人偷去。我老而无子，就要跟亲生孩儿一般抚养它，千万要留意。"他天天都这样唠叨。邻里没有同他往来，但多次听到他的话语。有人认为这个老头很可笑。有一日，那只猫忽拽着绳子跑出门，他妻子急忙抱了回去，看见的人都很惊奇。那猫浑身都是深红色的，人们无不羡慕。孙三回家，狠狠地痛打了妻子。后来孙家有好猫的消息不胫而走，很快便传到一个宦官那里。宦官便派人出高价来买。孙三说："我孤贫一世，有饭吃就好了，没有用钱的地方。我爱此猫如性命，岂能割舍！"宦官非买不可，竟花三十万钱将猫买走了。宦官得到猫后无比欣喜，谁知道猫的色泽渐淡，才半个月，就变成一只白猫了。他派人去问孙家，而孙三就早已搬走啦。孙三原来是用染马缨绋的办法，把那只白猫染成深红色的。先前的告诫、打骂，完全都是他的奸计。此则故事又见《智囊补》《古今谭概》。

山门寺僧

古代僧道故事。见宋·洪迈撰《夷坚三志辛》卷一。

德兴县外十五里有一座山门寺，僧人了诠四十岁时，遇到一个善术士告诫他说："大师命犯凶煞，五月内当有灾殃，百事必须小心提防。不然，恐怕不能免灾。"了诠闻言很是忧虑恐怖。当月自初一起就不再出门，只是端坐诵经，度日如年，常常担心灾祸降临。到了月末，全寺僧人来劝慰他说："师兄可以出去了。"了诠说："还有半天没过去，不知是否能够免灾？"到黄昏时分，平安无事，了诠也感到欣喜。一会儿，他提着灯笼上厕所，到了山坎下，遇到一条巨蛇盘踞在大石上，看见灯光便跃过来，正好啮咬住了诠的脚。了诠大叫一声仆倒在地上，徒弟们奔跑过来把他抬回去。了诠受伤的地方血肉溃腐，胫骨像被截下，经过一年才痊愈，然而已经不能行走了。

村叟梦鳖

古代善报故事。见宋·洪迈撰《夷坚志补》卷四。

昆山县东近海的村中有一个老叟，他梦见门前的河内停泊了一艘大船，船里面坐满罪人，都被绳索缠缚着。他们看见老叟来，一起哀呼求救。接着，船工携钱上门来买米。他醒过来感到很奇怪。天亮以后，他开门出去，看见岸边果然有一艘船，船工来买米，与梦中看见的一样。他过去一看，满舱都是鳖，叠起来捆放在一块，不知究竟有多少。老叟问他们到哪里去，说是运往临安去卖。老叟想起那个梦，就按他们所说的价格，花钱三万全部买下来，然后解开绳子统统放进水里。当天晚上，他就梦见有数百人身穿铠甲，在门外连连行礼致敬。他感到吃惊，出门去看，众人一起跪拜，感谢再生之恩，并且说道："君家五世大富，一生无疾，寿终升天。"从此以后，老叟身体日益健康，生活越来越富足。

程立禽报

古代恶报故事。见宋·洪迈撰《夷坚志补》卷四。

饶州效勇营兵士程立，专好弹射飞禽来食用，手段非常残忍。他的同伙都是恶少，然而目睹他残害生灵的样子，每每都要劝他收手，他却不理不睬。有一年春天，程立得了红眼病，蒙蒙眬眬地看见自己好像坐在汤火中。大白天在家里面，感觉到有无数禽鸟在面前飞鸣，交替来啄他，痛苦悲号，一刻也难以忍受。他呼喊家人来驱逐，家人都说什么也没有看见。他临死前个把月，朝夕受苦，饮食不能入口，身体十分消瘦，犹如禽鸟拔毛以后的模样。他疮孔遍体，挪动艰难，呻吟之声让四邻不安，到秋天才死去。

李姥告虎

古代奇事故事。见宋·洪迈撰《夷坚志补》卷四。

婺州根溪李姥，年六十，几个儿子相继得瘟疫死去了。几个儿媳妇全部改嫁，只余下一个孙子，才七八岁。李姥替人家纺织，使孙儿守在家里，相依为命。春天到来时，李姥与孙儿偕同乡里数人去采茶，有一只老虎跃出林间，冲过去抓住小儿，举足拨弄，并没有吃他。李姥挺身上前，抚摸着老虎恸哭，讲述自己一生孤苦的状况，并且说："不如吃了我，那么小儿还可以生还，让我家能够续香火。小儿死了，我家就绝后啦！老虎你如有知觉的话，请可怜可怜我们吧！"老虎闻言，闭眼垂耳，好像惭愧的样子，急速离去。祖孙二人都得以幸免。

湖州姜客

古代案狱故事。见宋·洪迈撰《夷坚志补》卷五。

湖州有一个小客商，在永嘉贩卖生姜。富人王生没有讲好价格，就强行秤姜。客商责怪王生几句，王生竟殴打他的背部，使得客商仆倒在门栏上昏死过去。王生非常害怕，赶忙祷祈、抢救，好一会儿客商才复苏。王生便摆酒席款待他，赔礼道歉，还赠送他一匹绢。回到渡口，客商对船工讲起这绢的来历，并说："假如我一跌不起，如今已经在他乡做鬼啦！"这时从数里外漂下来一具尸体，船工心生一计，便买下客商的绢，并且要了他的篮子。客商离去后，他立即把浮尸捞起来运到王生门外，敲门后仓皇告诉王生："午后有个湖州客人过渡，说是你家把他殴打得快死了，还讲他有父母妻子在乡里，请我去告官，并且叫他的家人来替他申冤，留下绢与篮子为证，不久就气绝身亡。绢如今在这里，我不敢不来奉告。”王生震怖，全家人苦苦哀求，贿赂船工二十万钱，才勉强答应。船工与王家一起把尸体埋在深林中，第二天就不知搬到什么地方去了。王家一个狡诈的仆人知道这件事情后，就对主人进行敲诈，此人贪得无厌，又到县衙去告发了主人。王生经不起拷打，竟病死在狱中。第二年，姜客又来了，去拜访王家，人们都以为他是鬼，骂道：“先前你偶然晕厥，就害得我们家的主人死于非命，如今你又来作祟！”客商感到奇怪，叹息道：“我去年几乎死去，依赖您家救活，还赠送我一匹绢。我把绢卖给船夫后，便回家去了。今天正好送上一点儿土特产，来报答主人的大恩大德，怎么说我是死鬼呢？”王生的儿子听了很哀痛，就留姜客住下来，并且抓那个仆人去衙门诉冤，官府在天台山的深山老林中抓捕到逃亡的船工。后来，那两个家伙都死在狱里面啦！

颛氏飞钱

古代奇事故事。见宋·洪迈撰《夷坚志补》卷七。

太原颛氏世代为农，不是完税的时候，从来不进城去。曾经有许许多多的钱飞入他家里，装满房屋，颛翁焚香祷告说：“小人以农耕为生，如今无故获得非分之财，很担心难以承受！虽然是神天所赐，实在不敢当，愿意归还此宝，好让我安心地过本本分分的日子。”于是闭户上锁出门去了。一会儿钱又飞起来，遮天蔽日，声如风雨，还有大蛇蜿蜒随行，绕山林而去。五年后，他家的一个仆人独自在山坡上耕地，快回去的时候，忽然有一个神人不知从什么地方来，告诉他说：“上天赏赐颛家十万串钱。”讲完便不见了，只见山坡上堆满钱，望不到尽头。仆人回去告诉颛翁，颛翁拄着拐杖到放钱的地方，同样祷告再拜，慢慢地起来掉头就走。回家以后，也不让孩子们知道。他的孙子颛佑参军后，于绍兴十九年在殿前司的军队中任统制官。

保和真人

古代仙道故事。见宋·洪迈撰《夷坚志补》卷十二。

潼州王藻是官府的一个狱吏，每日傍晚回家必定要拿金钱给妻子，多的时候可达数十贯。他的妻子相当贤惠，怀疑他在狱中接受了贿赂。他的妻子派婢女去送吃食，他回来时，妻子迎上前问道：“今天做的猪蹄非常好吃，所以把十三块都送来了，你吃完了吗？”王藻说：“我只得到十块呀！”妻子生气说：“必定是这个婢女偷吃了，或者是给别人了，不可不审问一下！”王藻唤来一个狱卒，把那个婢女抓去进行拷问，婢女经不起折磨就承认了，因此将她赶走。这时妻子才说：“夫君你当推司官很久了，天天拿钱回家，我就怀疑你会将人屈打成招，姑且拿婢女的事情来试一试你，哪知真有其事！自今以后，希望你不要再拿一文钱回来。妄取不义之财，必定招来报应。”王藻幡然悔悟，汗出如洗，立即把自己所储蓄的金钱拿来布施，又辞职去学道。后来飞升得道，赐号保和真人。

青州都监

古代鬼怪故事。见宋·洪迈撰《夷坚志补》卷十七。

宣和年间，陕西有一个武官做了京东路分都监，官署设在青州。他到任一年，忽然见照壁后面盘坐着一个大青面鬼，它的脑袋顶到了房屋的栋梁。武人胆勇不惧，便取弓箭来射它，射中了它的腹部。鬼笑道：“射得好！”连射二十发，箭杆汇集在鬼的身躯上犹如猬毛，鬼竟一动不动。忽然间，有两个小鬼挟持着都监的母亲从房里出来，好像要吓唬或者伤害她。都监便扔下弓箭去救母亲，并且呼喊孩子、仆人来援助，但毫无回应。他转头回视照壁下面，一家人尽死，尸体堆在地上，每个人身上都带有一箭，都是刚才所射。他家老幼二十口，只有他母子二人还活着，让他惊诧不已，悲痛欲绝。厅吏上报府衙，府帅派僚属来察看，都非常惊愕，束手无策，只能为他家买棺一一收殓。在家里停放一宿，将要出殡时，有人偶然打开便室取物，看见他们一家人聚坐在里面，原来没有死，就像做梦一样。问事情的经过，一家人浑然不知。人们连忙去揭开棺木，看见当中放的都是一些箕帚、桶、勺之类的物品。都监一家人急忙搬到别的地方去住，把那里空置起来。

愿代母死

古代孝子故事。见宋·洪迈撰《夷坚志三补》。

可从世居住在温州北乡清源。宋建炎年间，大盗群起，遇人必杀，清源的老百姓都逃到了蒙山。没多久强盗赶到那里，很多民众都被杀害了。间或有不被杀的人，便被抓住拷问他家的珍宝藏在哪里，可从世的母亲也被他们抓到。可从世不忍心让母亲死于强盗之手，就去强盗那里说：“乡人所藏的珍宝，只有我可以找到，我母亲并不知道。我愿意替换母亲，跟你们去寻找。”强盗便释放了可从世的母亲而抓住了他。他引导强盗跑了几处，都毫无所得。强盗才知道被他骗了，于是用弓箭来射他，可是都射不中他的身体。贼问他是怎么回事，他说自己恐怕老母死于非命，所以用计谋以自己代替老母去死。强盗怜惜他是个孝子，就把他释放了。

《投辖录》

书名。宋·王明清撰。王明清（1127—约1202），字仲言，颍州汝阴（今属安徽阜阳）人。曾任宁国军节度判官、泰州通判、浙江参议官等。此书一卷。有涵芬楼辑《宋人小说》本、《四库笔记小说丛书》本等。上海古籍出版社2012年出版有朱菊如校点本。其中收有《沈生》《黄大夫》等故事。

沈　生

古代精怪故事。见宋·王明清撰《投辖录》。

有一年，沈生与其从兄一起去考试，客居长安。从兄贫不可言，费用往往依靠沈生。一天，他忽然约沈生一同去见一妓女，并说："我前日偶到某处，被一娼妓招入其家，款待甚厚，而且让我与你一道去。"沈生同至州东一巷中小宅，入户则堂宇甚为雄壮。那个妇人真是绝代佳人。她置酒请客，十分欢愉，还对沈兄说："闻君尚未婚配，他日高中肯以我做家妇吗？我家富有，君年亦长，即使名门贵胄，未必能赶得上我的容貌与资产，请不要笑话我自己做媒。倘若君文战不利，我当另作安排，也要痛饮而别。"她又笑指沈生说："君在旁边可以作个见证人。"从此，沈兄在长安的用度都是她提供，她没有一点儿倦意。沈生也常常陪同前往。张榜出来，沈生榜上有名，沈兄落榜了。有一天傍晚，沈兄约沈生及一两客人前往。妇人一见大为失望，就对沈兄说："志愿相违，今夕须尽欢，然后分别。"妇人设酒歌别离之词，酒酣挥洒不止。半夜忽狂风震地，门窗皆开，堂上烛灭，悄无人声。沈兄与客呼妇人及仆从，皆不应。到了天亮，但见他们在败屋之下，各坐一把椅子，其余的一切都不见了。他们急忙去问邻近，都说："那是某氏的废宅，久无人居，也没有看见诸位君子往来。"他们竟不知道那是什么精怪。

黄　大　夫

古代冤魂故事。见宋·王明清撰《投辖录》。

福建黄大夫，年轻时做过邵武县尉，捕获强盗七人送到郡里。有人怀疑不是真的，黄某却坚持认为是真的，竟把他们杀了。后来他的官职有了升迁，但终身引以为憾。黄某晚年生病在家中。一天傍晚，他走进房间里面，忽然看见七个人披头散发，血淋其身，说道："我们就是邵武县的冤死者，前以你福气方盛，虽然每次现形，最终不敢靠近。如今你快要谢世了，我们将与你到阴曹地府去把以前的事情分辨明白！"黄某惊恐仆地，很快便死了。

汀　州　民

古代奇事故事。见宋·王明清撰《投辖录》。

有一年，汀州有一个村民入山打柴，在树下休息时，旁边的一块石头忽然裂开，有一个头发、衣帽都白的老人从里面跳出来，对村民说："看你的骨相，贵不可言。"于是把皇帝的衮衣和礼帽拿出来给这个村民穿戴，随即跳入石缝，石头立刻合了起来。这个村民走到集市上，有一个凶悍而狡猾的人认识这种穿戴，便召集了几百个不得志的人，告诉他们出了"真命天子"，推举这个村民做首领，一起去攻打、劫掠城镇，但不久就失败了。把他们逮捕后，官吏取那块石头来看，与别的石头无异，可是衮衣和礼帽绝非外面的人能够制作。于是官府便处死这个村民，焚烧了那些物件。

《玉照新志》

书名。宋·王明清撰。此书《宝颜堂秘笈》本、《四库全书》本为六卷；《学津讨原》本、涵芬楼辑《宋人小说》本为五卷；《唐宋丛书》本、《说库》本为四卷。上海古籍出版社2012年出版有朱菊如校点本。其中收有《乳婢亡夫》《两本〈圣教序〉》等故事、寓言。

乳 婢 亡 夫

古代鬼魂故事。见宋·王明清撰《玉照新志》卷三。

合肥人王某在京师为官，其儿媳妇有身孕，用三万的代价买到一个据说是丈夫刚死不久的乳婢。三年后，王某带着全家人去外地赴任，在泗州停船时，有一个男子在轿前吆喝，说自己是乳婢的丈夫，要求归还他的妻子。王某甚为惊骇，刚要追问，此人忽然不见了。他回去告诉乳婢，乳婢也感到吃惊，无话可说。当天夜里，乳婢忽然奔跑出去，第二天早晨，就看见乳婢的尸体浮在水面。

两本《圣教序》

古代寓言。见宋·王明清撰《玉照新志》卷五。

雍人石才叔家里收藏的图书非常丰富。宰相文彦博在长安时，曾经向他借所藏的褚遂良《圣教序》墨迹来观看。文彦博爱惜不已，便让子弟临摹了一本。休假日，文彦博宴请同僚，拿出两本《圣教序》让客人来分辨。客人一致称赞文彦博的是真品，反而以为石才叔所收藏的是赝品。石才叔不出一语以辩，只是笑笑对文彦博说："今日方才知道我孤寒。"文彦博听了大笑，在座的客人羞得满脸通红。

草 木 之 妖

古代精怪故事。见宋·王明清撰《玉照新志》卷五。

隆兴年间，太学生临安张某与同舍生游西湖，都喝醉了。张生离开同伴而去，卧于大石佛像下。半夜月色如画，他慢慢醒来。有一个素衣妇人走来说："我家距此不远，可不可以同去待一会儿？"张生到她家后十分惬意，以至忘归，从此常相往来。张生久而多疾，日渐羸瘠。有个道人见了，说道："君所遇乃草木之妖，如果不舍弃她，定有性命之忧。"于是，张生立即往浙东躲避。可是三年后他返回临安，又与此妇人同居，不数月竟疾发而亡。

《挥麈录》

书名。宋・王明清撰。凡二十卷，共四集，《挥麈前录》四卷，《挥麈后录》十一卷，《挥麈三录》三卷，《挥麈余话》二卷。有宋龙山草堂本、《四部丛刊续编》影印宋抄本、《四库笔记小说丛书》本等。中华书局上海编辑所1961年、上海古籍出版社2012年先后出版有点校本。其中收有《守者杀人》《当场缚凶》等故事。

守者杀人

古代案狱故事。见宋・王明清撰《挥麈前录》卷四。

华阳县有一个乡长杀了人，却诬告一个道旁的人是杀人者。县吏受贿后将其人下狱，而让真正的杀人犯看守被诬者。益州知州张逸发现囚者好像有冤情，看守者气不直，就产生怀疑。经过审讯，看守者果然服罪，于是使真凶伏诛。蜀地人都佩服其神妙。

当场缚凶

古代案狱故事。见宋・王明清撰《挥麈后录》卷七。

安州应城有一个村民被人杀害，县尉去验尸却没有抓到凶手。县尉发现身边的一个弓箭手两天前出差曾经去过那里，归来时面有抓痕，而这个死者的手上有血迹。经过检验，县尉当场拿下凶犯——自己身边的弓箭手。

惯盗自陈于垂死

古代盗贼故事。见宋・王明清撰《挥麈余话》卷二。

南都县审案时，有二人扶着一个手足很不灵便的八旬老翁到庭下，他说："我平日擅长为盗，某年在某处烧毁若干人家，借此来强奸妇女，甚至杀人。官府间或抓到的人，都是受冤枉的。后来又作案百多起，都未曾败露。直到成家以后，我才洗手不干了。扶我来的是我的孙子。如今，在垂死的时候我来陈诉，就是要让后人知道我的情况。”公堂上的人十分惊愕，官吏正准备抓捕他时，他已经咽气了。

《鬼　董》

书名。一名《鬼董狐》。南宋佚名氏集辑。五卷。共辑集唐宋时期的作品四十多则。今存有《知不足斋丛书》本、《丛书集成初编》本、《说库》本、涵芬楼排印本等。文物出版社2014年出版有排印本。其中收有《韦自东》《雅守金烛》等故事。

韦　自　东

古代精怪故事。见宋・佚名氏集辑《鬼董》卷一。

韦自东游太白山时，住在段公的庄子上。一日，段公与韦自东一起眺望，说道：“过去有二僧居此山顶。听樵夫说，有二怪物在此山，僧人皆为怪物所食，亦无人敢去寺院探看。”韦自东发怒道：“是何怪物胆敢吃人，今日必挈其首，掷于门下。”于是他带剑而往，至寺院，悄寂无人，见门户大开，地上积满尘埃。又见佛堂内细草茸茸，似有怪物居住。当夜月白如昼，怪物挈举鹿子回来。韦自东用碗口粗的柏树砸它的脑袋，再举起来将其摔死，拽入室内，关上门户。过了一会儿，又有一个怪物回来，韦自东又将其毙命。然后，掩门烹鹿而食。到了天明，韦自东割下两个怪物的脑袋，再带上剩余的鹿肉去见段公。段公见了大吃一惊，连忙烹鹿饮酒来欢庆。远近前来观看的人拥挤不堪。有个道士出来对韦自东说：“三两年前，神仙为我配龙虎丹一炉，我在洞中修炼已经许久。如今灵药将成，有数个妖魔入洞，妄图将其毁坏。我很想找一位刚烈之士前来护卫。灵药如果炼成，一定好好报答。不知能够一行吗？”韦自东很愿意，立即带剑跟道士而去。山路崎岖，在太白高峰的半道上有一石洞，就是道士烧丹之室，里面只有弟子一人。道士叮嘱道：“明晨五更初，请你拿剑立在洞门外，见有怪物立刻以剑刺去。”韦自东立于洞门外伺候，过一会儿果有一条巨大的毒蛇，身长数丈，金口银牙，欲入洞。韦自东举剑刺去，似中其首，顷刻间若轻雾化去。不久，又有一女子，颜色艳丽，执荷花缓步而来。韦自东又以剑拂之，若云气而灭。再过一会儿天将亮，有一个道士模样的人乘云驾鹤而来，慰劳韦自东说：

“妖魔已除尽，我的弟子炼丹将成，我当来为证也。”韦自东立即放下剑施礼。谁知道那人进洞后，药鼎爆裂，丹药毁于一旦。炼丹的道士见了放声恸哭，韦自东感到无比悔恨。二人便以泉水洗涤鼎器而饮。韦自东后来去了南岳，不知道停留在何处。如今洞内尚有怪物，骷髅尚在，而那个道士也不知道去了什么地方。

雅守金烛

古代案狱故事。见宋·佚名氏集辑《鬼董》卷二。

秦桧专权时，雅州太守给秦桧进奉的生日礼物甚为丰富。他做了椽子一样大的蜡烛百余根，用模子注蜡烛时以精金为心，外灌以花蜡，派衙前的某某与十名士卒拿去送到都城。他们走到鄂州的三山遇暴雨，便去道旁草舍休息。草舍的主人是个书生，十分贫穷，冬天还穿葛布衣服，卧在给牛御寒用的草里面，叹息道：“雨这么大，屋漏不可居住，你们还不如到一里开外的客舍去呢。”他们去到鱼氏客舍，鱼氏夫妇立刻烧汤弄饭。当鱼氏夫妇得知他们带的是给秦太师的寿礼时，便起了歹心，连忙取毒药置酒中，让众人饮下。半夜药发，这些人一并毙命。鱼氏夫妇把所有的物品通通埋藏起来，唯独不知烛中有金，不甚爱惜，随便放在榻下。后来遇到书生迎亲，就送两根蜡烛给他。书生拿回去怎么也点不燃，刮开来看见了金子，喜出望外，于是多次到鱼家讨要蜡烛。这引起了鱼家的怀疑，他们取出剩下的蜡烛一看，非常后悔和惧怕，连夜诱杀了书生夫妇。他们随后迁居汉阳，做了米商。鱼家小人得志，便买婢过上富人的生活。鱼某得意忘形，又曾经拿珠花来给娼妓，娼妓发现花叶下面有州太守的姓名，就拿出去给其他嫖客看。嫖客让娼妓拿着珠花去官府告发鱼某，于是将鱼某夫妇一并处死。

沈　翁

古代降妖故事。见宋·佚名氏集辑《鬼董》卷二。

天目人沈翁，家财万贯，有房舍数间，用来接待四方过路旅客。大雪中，有一个人穿青褐衣来投宿，说道：“我在前面遇到了强盗，财物被洗劫一空，希望老翁怜悯。”沈翁以酒食款待，还给了他衣服御寒。明日，客人辞行，沈翁又给了他几贯钱。客人说：“蒙老翁厚情，无以为报。看老翁好像有些不舒心，不知道是何缘故？”沈翁说：“今有一个精怪为祟，我请遍各地巫师都不能祛除，所以常常感到忧戚。”客人说：“这个妖孽我能够对付。”于是就为沈翁结坛、罡步，驱赶妖怪，沈翁家里随即平安无事。沈翁很感谢客人，又留他住了一天，客人才离去。

高密令女

古代人鬼恋故事。见宋·佚名氏集辑《鬼董》卷二。

高密王生年少俊美。他有一晚倚门，见一年轻女子从西来，将入郭，姿色殊绝。明日出门，又见到了她。如此几次，日暮便来。有一次，王生戏问她道："家在何处？为啥晚上来此？"女子笑道："我家近在南岗，有事要到城里。"王生试着挑逗她，她欣然接受，便留宿，与王生十分亲昵。明早离去，夜夜来宿。王生对她说："家既然很近，我能否过去看看？"女子答道："家里很简陋，不好意思待客。而且与亡兄的女儿同居，不能不避嫌。"王生信以为真，彼此更加亲密。她左右各有一婢女，亦颇美貌，常常跟随其后，虽在白天亦不离开。有一夜此女子过来，脸色很不好看，只是啼泣。王生问她，她说："我本是前高密县令的女儿，死后暂时停放在此。如今家里来迎丧，明日就要离去。"王生感到悲惋。次日临别，女子以一金缕玉杯及玉环一双留赠。王生以绣衣回赠，挥泪而别。王生去南岗观看，果然有近丧发榇，女子颜色不变，粉黛如故。只见绣衣一箧在棺中，而失去所佩的玉环及金杯，家人才发觉有变故。王生便上前去逐一陈述，并且拿出玉环与金杯给他们看。家人捧着都怨恨并哭泣道："女儿先嫁为任氏妻。任某无行，看见他轻薄，父母才呼她归家，不久即死去。"王生问道："她的兄女是谁？"回答道："家中三郎的女儿，十岁病死，亦停放在旁边。"婢女乃是棺中木人。其貌正与随从者相似，王生便靠近灵柩悲泣而别，左右的人无不伤感。

冲浦民

古代还阳故事。见宋·佚名氏集辑《鬼董》卷三。

吴江县北冲浦一个百姓，白昼见黄衣卒来逮捕他，说道："官唤你去审理杀人案件。你丈人讼你杀妻。冥府不可欺，应当如实回答。"去到冥府，见髯官据案坐，皂衣隶站立两旁。此民来到后，便取妇翁讼牍给他看。此民不识字，小吏替他诵读，说该人曾经杀死三妻，最后一个就是自己的女儿。此民说："我的确有过三个妻子，但不是杀死的。第一个死于痨病，第二个死于蛊胀病，第三个遇到水灾没有吃食，是饿死的。小民有个儿子六七岁，母死后亦因饥饿而死，一问可知。”小吏引三妻与儿子到堂。髯官一一审问，果然如此，便大怒道：“老家伙以死诬人，应当反坐。”立刻将妇翁戴上枷锁押往狱中，随后令此民还阳。此民疑惑不解，便询问官吏。官吏说：“你未死，只是把你的魂魄先押至此。”刚送出门，他就听到哭声，因他已经死了一宿，只是心还是暖的，所以没有入殓，猛然间他便活过来了。

二友遇鬼妇

古代鬼魂故事。见宋·佚名氏集辑《鬼董》卷四。

太原王垂与卢收友善，曾经乘舟去淮浙经商。他们到了石门驿旁，看见一个妇人立在树下，容色殊丽，背负一个锦囊到船旁问道：“妾夫病在嘉兴，如今打算去看他，可不可寄载？”二人同意后，她便携囊而上，坐在船头。王垂善弹琴，乃以琴挑之。妇人感到喜悦，当天晚上就与王垂在船前幽会。卢收悄悄探看囊中物，发现满囊都是骷髅。他大为惊骇，知道是鬼，却无法让王垂明白。天明后，他告诉王垂，王垂非常害怕，忙问：“怎么办？”卢收叫他立刻藏在床垫下面。一会儿妇人来问王垂在什么地方。卢收骗她说：“上岸去了。”妇人上岸去追王垂，把锦囊扔到岸边。船行数十里外，不见妇人来。半夜，妇人直至船中。妇人头白，面有血腥，秽不可言，她拽王垂的脑袋咬。二人大呼，众船都来相助，妇人竟一下不见了踪影。王垂数月以后就亡故了。

《谐　史》

书名。宋·沈俶撰。一作沈徵撰。沈俶或者沈徵，生平均不详。原书二卷，未见传本。今有《古今说海》本、《说郛》本、《学海类编》本、《说库》本等。其中收有《我来也》等故事。

我　来　也

古代“我来也”型故事。见宋·沈俶撰《谐史》。

京城窃盗极多，踪迹诡秘。有个盗贼每次行窃，必在门壁上书写“我来也”

三字，虽缉捕甚严，久而不获。“我来也”之名，于是哄传京邑。一日，所属解押一个盗贼来，据说即是“我来也”，但无赃物可证。其人在京禁，忽悄悄对狱卒说：“我固然是盗贼，却不是‘我来也’。希望你好好相待。我有白金若干，藏在宝叔塔上，你可以去取。”狱卒去那里，果然取回金子，真是喜出望外。他次日一早入狱，秘密拿了酒肉给贼吃。过了数日，那贼又对狱卒说：“我有器物一瓮，放在侍郎桥某处水内，你可以再去取。”狱卒照他的话做了，所得更多。一夜二更，贼低声对狱卒说：“我想出去一会儿，四更就回来，绝不连累你。”狱卒无可奈何，只好放他去。狱卒正担心时，便听到了檐瓦声，贼已跃下。第二天早上，就听张府有人讲：“昨夜三更被盗，那贼在府门上写了‘我来也’三字。”这时，临安赵府尹感叹道：“我几乎误断此案！”于是以“不合夜行”的名义，打了那贼，并且把他赶出京城。狱卒回到家中，妻子对他说：“半夜闻听叩门，以为是你回家，开门后只见一人扔进两个布囊而去，我赶忙收藏起来。”狱卒取来一看，都是金银器皿。赵府尹虽然办案严厉，却没有洞测其奸，竟让此贼逃脱，可谓狡猾之极。此则故事又见《古今说海》《耳食录》等。

《籍川笑林》

书名。宋·无名氏撰。共十九则，见《类说》卷四十九。其中收有《火烧裳尾》《礼夕行令》等笑话、故事。

火烧裳尾

古代慢性子型故事。见宋·无名氏撰《籍川笑林》。

有人生性迟缓，冬日与人围炉烤火，看见一人的衣裳为火所烧，便说：“有一事，讲了害怕你性急，不讲恐怕你损失太多，讲呢还是不讲呢？”那人问是什么事。他说：“火烧了你的衣裳。”那人立刻收衣灭火，大怒道：“你见了为何不早讲？”此人说：“我讲你性急，果然如此！”此则故事又见《笑府》《广笑府》等。

礼夕行令

古代笑话。见宋·无名氏撰《籍川笑林》。

乡间娶新媳妇晚间喝喜酒时，有秀才、官吏、医生、巫师在一起行酒令，讲好取本行才艺联句。官吏先说："每日排衙次第立。"医生说："药有温凉寒燥湿。"秀才说："夜深娘子早梳妆。"巫师说："太上老君急急急。"

捶胸献上

古代笑话。见宋·无名氏撰《籍川笑林》。

一人有钱而吝啬，他的堂弟进京来辞行，他不得已，给了堂弟一千钱、一壶酒，还写了一张纸条道："筋一条，血一壶，特捶胸献上，但愿铁石心肝的人收下。"

《桯　史》

书名。宋·岳珂撰。岳珂（1183—约1243），字肃之，号亦斋，又倦翁，汤阴（今属河南）人。岳飞之孙。历官管内劝农使、嘉兴知府、户部侍郎、淮东总领制置使等。此书有明成化江泝刊本、嘉靖钱如京重刊本、天启岳元声校刊本、《稗海》本、《四库笔记小说丛书》本等，为十五卷。《历代小史》本、《说郛》本等，为一卷。中华书局1981年出版有吴企明点校本。其中收有《富翁五贼》《朝士留刺》等故事。

富翁五贼

古代讽刺故事。见宋·岳珂撰《桯史》卷三。

往昔有一个士人与富翁为邻，他家贫穷困苦，常常羡慕邻居过得非常快乐。有一天，他去向富翁请教。富翁告诉他说："致富不容易。你回去斋戒三日，然后再来告诉你。"三天后，他像学生对待老师一样，恭恭敬敬地来讨教，富翁说："大凡要想致富，必先去掉五贼。五贼不除，富不可致。所谓五贼，即

‘仁、义、礼、智、信’是也。”士人听了，窃笑而退。

朝士留刺

古代讽刺故事。见宋·岳珂撰《桯史》卷七。

秦桧为相，在朝中作威作福，士大夫一言合其意，立刻得到重用。王仲荀在公卿间以滑稽著称。一天，他在秦府宾客席位上看见朝士云集等待接见。过了一会儿，他对大家说：“今日秦相未出堂，众官久候，我有一个小笑话愿给各位解困。”众官知道他善谑，都想听，他于是高声讲道：“往昔有一个朝士出去拜谒未回，有位客人来访。看门人告诉他某官不在，请留下名帖等主人回来时呈禀。此客忽然发怒，骂道：‘你胆敢这样讲！人死了才说不在。你竟敢如此胡说！等他回来，我一定当面告诉他，让他惩罚你！’看门人道歉说：‘小人不晓得讳忌，请官人宽宥。但我家主人对来访者一向如此，官人以为不可，应当拿什么话来谢客？’此客说：‘你家主人既然出去拜谒未回，说某官出去就可以呀。’看门人皱着眉头说：‘我家主人就是忌讳出去二字！’”满座皆大笑。

《行营杂录》

书名。宋·赵葵撰。一卷。有《说郛》本等。中华书局1991年出版有排印本。其中收有《捕蛙民》《破毁鹿苑寺》等故事。

捕蛙民

古代案狱故事。见宋·赵葵撰《行营杂录》。

马裕斋任处州知州时，禁止百姓捕蛙。有一村民犯禁，将冬瓜切开，挖空瓤子，再把青蛙放在当中，黎明带着进城，被门卒所捕。押到公廷后，马公问道：“你何时捕到此蛙的？有人知道吗？”回答：“夜半捕到，只有妻子知道。”马公立即去追问他的妻子，才知道他的妻子与人私通。那人让妻子教丈夫如此行事，并且又先去告诉门卒，以便将该村民收捕判罪，进而霸占其妻。马公穷究他们的罪过，将其妻并奸夫绳之以法。

破毁鹿苑寺

古代抄斩淫僧型故事。见宋·赵葵撰《行营杂录》。

一岁元宵，行都崇新门外的妇女连夜进入鹿苑寺观灯。有殿司将官妻同一女前往观看，被数僧引入房中，置酒盛馔，逼令其醉。夜里竟将她们留在幽室，杀死母亲而留下女儿，女子不敢哀哭。半年之中，三僧不断出入该女子的房间。房间的窗外是野地，女子从窗户看见一个士兵在地上打草，就把他呼喊到靠近窗户的地方，一一讲述了自己的遭遇，让他迅速往某寨某将家里去报信，赶快来救人。那个士兵去报信后，殿帅杨存中郡王派人去告诉鹿苑寺说，来日郡王要办斋，至时每两个士兵擒下一个僧人，将合寺僧人全部拿下。郡王又令百余士兵搜查鹿苑寺，果然救出此女。随即将三个主犯送去法办，并且捣毁了该寺，让其余的僧人通通还俗。

《折狱龟鉴》

书名。又名《决狱龟鉴》。宋·郑克纂集。郑克，字武子，一字克明，开封人。宣和进士。南宋初以迪功郎任建康府上元县尉，后以承直郎任湖南提刑司干官。此书系一部以《疑狱集》为基础增补而成的案例汇编，分为辨诬、鞫情、议罪、宥过、惩恶、察奸等二十类。原书二十卷，后有部分缺失。清人曾进行整理、校订，以八卷本收入《四库全书》。商务印书馆1937年出版有排印本。其中收有《仇家伏法》《诬者引服》等故事。

仇 家 伏 法

古代案狱故事。见宋·郑克纂集《折狱龟鉴》。

福州长溪县一个老婆婆的两个儿子在海上打鱼时双双身亡。她与某家有仇，就把某家告到县衙。捕贼吏都感到为难，说道：“海上有风浪，怎么知道他们不是水淹死的呢？即使是仇家所杀，假如没有找到尸体，于法也讲不过去。”县尉某却说：“老婆婆有冤，我们不可不办理。”于是派人悄悄去进行调查，观察仇家的踪迹。他们在海上过了七天七夜，在海水中发现了老婆婆两个儿子的尸体，都是被杀死的。终于使仇家伏法，替老婆婆申了冤。

诬者引服

古代案狱故事。见宋·郑克纂集《折狱龟鉴》。

有一个强盗强夺别人财物没有得手，竟自斫其右臂以诬被抢者杀人，官府一时难以分辨。绛州知州随后给告状的人饮食，只见他用左手拿筷子，是一个左撇子。知州立即指出："他人举刀行凶上重下轻，而今你的伤口却是下重上轻，显然是左手伤的右臂，乃左撇子所为。你还不老实交代！"诬告者只好服罪。

指盗有奸

古代案狱故事。见宋·郑克纂集《折狱龟鉴》。

耒阳一个百姓被强盗所杀，可是没有捕获凶犯。县尉送来一个人，说是杀人凶手。衡州知州观察此人，感到怀疑，就问是从哪里弄来的。县尉说："有一个弓手在草丛中看见血衣，连忙呼喊同伴来看。随后就抓到这个人，把他送过来了。"衡州知州说："这个弓手看见血衣，应当自己取来请功，为什么要呼喊他人？此中必有奸情。"立即审讯那个弓手，从而破案。

录事参军之死

古代案狱故事。见宋·郑克纂集《折狱龟鉴》。

河中府有个录事参军一日参加宴席回去后，突然亡故。他的小妾与一位小吏有奸情。河中府知府知道他死得不明不白，就让有关部门立案审查。正好遇到这个录事参军的儿子回来奔丧，便上疏请求验尸，发现其父九窍流血，睛枯舌烂，全身如漆。审案官说是"食鳖中毒"。有关官吏说："岂有中毒而能终席的道理？必定不是实情。"命令再进行勘验，发现是散席醉归后，喝下毒酒而死。而那个下毒的家伙竟不知道这个录事参军压根儿不吃鳖，最终难逃法网。

杀母陷害仇人者服罪

古代案狱故事。见宋·郑克纂集《折狱龟鉴》。

处州有两家人积怨很深。一天，甲家几个儿子私下对母亲说："如今母亲年老且病，恐怕不会有更多的时日，请求母亲以死来报仇雪恨。"他们便杀死自己的母亲，放置在仇人乙家的门口，然后便到官府告状，仇家自己不能够辩白，而处州知州也感到疑惑不解，僚属们都认为从情理上看不足以怀疑。处州知州说："杀死人而放置在人家的门口，就不值得怀疑吗？"他于是亲自审理此案，终于查明杀母陷害仇家的真相。

村童获免

古代案狱故事。见宋·郑克纂集《折狱龟鉴》。

有一个村童背着菜进城，在路上遇见一个从河阳来的尼姑与他同行。快靠近城门时，尼姑抢先一步进去了。接着守城门的士兵从村童的菜篮子中搜出几斤私盐，因此被押送官府。审案官取盐来看，发现包裹盐的是白绢手帕，而且手帕香气袭人，吃惊地说："我看这个村童是个穷孩子，怎么会有熏香手帕？一定是奸人所为。"于是问村童离家后与何人同路。村童如实回答。审案官高兴地说："我知道，必定是天女寺尼姑与守城门的士兵合谋，希望得到奖赏。"因为国家刚颁布盐法，查获一斤以上的私盐定有厚赏。审案官问明尼姑长相，立即派亲信去将她捕获。此事果然跟守城门的士兵有牵连，村童立刻被释放了。

智识假父

古代案狱故事。见宋·郑克纂集《折狱龟鉴》。

泽州晋城县富民张氏子的父亲去世后不久，有一天早上起来，看见有个老者在门外对他说："我是你的亲生父亲，来和你住在一起。"张氏子惊疑莫测，连忙到官府请求明断。老者说："我是个医生，远走他乡去看病，妻子贫困不能养活孩子，就把孩子给了张氏。是某年某月某日抱去的，某人看见了。"审案官问："这么久你还记得如此清楚？"老者说："我回家后才知道，便记在药方册子后面，随即从怀中取出册子交上去。上面写道：某年某月某日某人抱去给了张三翁。"审案官忙问张氏子，得知其人三十六岁，其父如在世为七十六岁。便对老者说："生这个孩子的时候，他父亲才四十岁，难道当时就称呼他'三翁'吗？"老者一听惊慌起来，不得不服罪。

左手杀人者

古代案狱故事。见宋·郑克纂集《折狱龟鉴》。

桂阳县民为争船相互斗殴，出了人命，官府关押了相关人犯，却难以确定杀人凶手。端州知府把囚犯带到公堂上，去掉他们的枷锁，而让他们吃饭。吃完饭后又让他们回到狱中，唯独留下一个人。留下的人很不自在，端州知府说："杀人的凶手就是你。"这个囚犯不知道为什么会这样肯定，端州知府说："我看见吃饭的人都用右手，只有你用左手。现在死者伤的是左肋，显然是你杀的。"这个囚犯说："是我杀的，不敢连累别人。"

以文判案

古代以文判案型故事。见宋·郑克纂集《折狱龟鉴》。

有一个百姓借他兄长的房屋居住，后来发现地底下埋藏着许多钱币。兄长的儿子谎称："是我父亲埋藏的。"告到县衙，县令说："没有证据，怎么可以断定呢？"主簿说："这个容易分辨。"于是就问兄长的儿子："你父亲藏钱有几年了？"兄长的儿子回答："二十年。"派人去取一千枚钱来看，就说："如今官府铸造的钱，不过五六年就遍天下都有了。此钱是你父亲还没有居住前数十年所铸，跟你父亲有什么关系？"那人不得不服。

良民为盗裁其赃

古代案狱故事。见宋·郑克纂集《折狱龟鉴》。

岳州沈江县有一年遇到饥馑，强盗横行。有一次县里捕获十余人，按常理都应当处死。县令某见了叹息道："他们都是良民，贫穷而为盗，如今既没有办法让他们谋生，又要把他们处死来作为自己的功劳，于心何忍呀！"他便减轻对他们的处罚，让这些人皆不得死。

明断杀人案

古代案狱故事。见宋·郑克纂集《折狱龟鉴》。

一个富人痛打仆人以致其丧命，于是用绳子套在他的脖子上扔到井里，对外说仆人是上吊自杀的。邓州知州说："仆人要投井一定不会上吊自杀，上吊自杀岂又有投井之理？这个必定是官吏接受了贿赂，让那个富人这样讲，使其不承认有罪过。"随后便立案追究，果然不出所料。

勘 钉 案

古代勘钉案型故事。见宋·郑克纂集《折狱龟鉴》。

张咏在四川主政时，有一次经过一条小巷子，听见有人在哭，那哭声有一些恐惧而不悲哀，连忙派人去讯问，说是她的丈夫突然死了。张咏便派一个官吏去彻底追查。那个官吏反复审查，却一点儿也找不到疑点。官吏的妻子告诉他："你去查看死者头顶的发髻，一定有发现。"他去查看，果然有个大钉子陷在死者脑中。这个官吏夸奖妻子有能耐，就一一告诉了张咏。张咏奖赏他后，又让他审讯自己的妻子。原来她曾经使用这个办法害死前夫，打开棺材验尸，钉子还在。于是，张咏便把这个妇人与小巷里面的哭妇一起法办了。此则故事又见《辍耕录》。

《游宦纪闻》

书名。宋·张世南撰。张世南，字光叔，鄱阳（今属江西鄱阳）人。生平事迹不详。此书十卷。有《稗海》本、《知不足斋丛书》本、《说郛》本、《四库全书》本等。中华书局1981年出版有张茂鹏点校本。其中收有《抵别人三觉》《张锄柄遇仙》等故事。

抵别人三觉

古代机智人物故事。见宋·张世南撰《游宦纪闻》卷二。

有一天，苏东坡去拜访吕微仲，不巧吕微仲正在睡觉，过了许久才出来见客。苏东坡看见客厅中昌阳盆里喂养着一只绿毛乌龟，便指着说："这种乌龟容易得到，要想得到六眼乌龟就难啦！后唐庄宗时，有进贡六眼乌龟的，伶人敬新磨随口吟诵一首口号诗说：'不要闹，不要闹，听取龟儿口号，六只眼儿睡一觉，抵别人三觉。’”此则故事又见《调谑编》等。

张锄柄遇仙

古代奇遇故事。见宋·张世南撰《游宦纪闻》卷四。

某地乡下有一个姓张的农家子，以采薪卖锄柄为业，人称“张锄柄”。其人相貌丑陋，嘴巴能够放进一个拳头。他有一天入山，遇到两个仙人在下棋，仙人随手给了他一个桃子吃。那个桃子奇苦无比，难以下咽。他心里知道下棋的那两个人是神仙，希望有所收获，便硬着头皮把桃子往下咽。刚刚吃了一半，舌头好像被螫了一样难受，不得不把余下的一半扔掉。回家以后，他恍恍惚惚地突然发狂。随即他不吃粮食而吃草木，能够知道他人秘密，讲出亡灵的祸福。他原本一字不识，忽然间竟能吟诗作赋，书法超群。于是远近闻名，人称“张圣者”。

《醉翁谈录》

书名。宋·罗烨编撰。罗烨，庐陵（今属江西吉安）人，生平事迹不详。此书二十卷。有观澜阁藏孤本。上海古典文学出版社1957年刊行有排印本。其中收有《嘲人不识羞》等故事。

嘲人不识羞

古代四官争大型故事。见宋·罗烨编《醉翁谈录》卷二丁集。

一日，嘴巴对鼻子说：“你有何能，而位居我上？”鼻子说：“我能辨别香臭，然后你才可以饮食，所以我位居你上。”鼻子对眼睛说：“你有何能，而位居我上？”眼睛说：“我能看美恶，望东西，功劳不小，应当位居你上。”鼻子又说：“是这样啊，那么眉毛有何能，也居我上？”眉毛说：“我也不想与诸位相争，如果我位居眼、鼻之下，不知你一个脸皮，安放在哪里？”

《癸辛杂识》

书名。宋·周密撰。周密（1232—1298），字公谨，号草窗、苹洲等。本济南人，后寓居吴兴（今属浙江湖州）。曾任义乌令等。此书六卷，包括前集一卷，后集一卷，续集二卷，别集二卷。有《四库笔记小说丛书》本等。中华书局1988年出版有吴企明点校本。其中收有《王小官人》《化蝶》等故事。

王小官人

古代盗贼故事。见宋·周密撰《癸辛杂识》前集。

建康缉捕使臣汤某，在同辈中很有声望。一日，有个少年自称“鄯沙王小官人”，背负小箱子登门拜访。汤某一向知道其名，便留他小住，他说：“在下不敢留。如今要去和州，想借一个脚力背负它到东阳镇过渡。”汤某疑心他有别的用意，就派一个机灵的人前往，以便侦伺。此人自从离城后，遇到酒肆就饮，已而大吐，几乎不能走路。同行者左背小箱，右扶醉人，十分疲倦，便骂道：“汤观察以为他是个好手，我看不过是一个酒徒。”走了七十里，到镇上的客店后，此人大吐上床，通宵要水喝。黎明汤某骑马赶来，知道该客昨夜酒醉伏枕，急去卧所。少年披衣起来，笑问：“您是不是怀疑我一路上有什么不当之处？”汤某说：“不敢相疑。实言以告，昨夜有大酒楼丢失银器数百两。总所发文立即抓捕，稍有违拗就会受到重罚。我束手无措，特来求助。”少年微笑道：“的确关系甚大。恐怕是妖异所为，唯有祈求神灵庇佑。”汤某笑他醉中言语荒诞，不再发问，力邀他一同回去。到家后汤某随便去祷告一下，而所丢失的那批器物都陈放在供床下面啦。汤某这才大惊少年的神奇，刚要出去道谢，其人已经不知去向。

化　蝶

古代奇事故事。见宋·周密撰《癸辛杂识》前集。

杨明之娶妻江氏，连年得子。后来，杨明之客死在异乡。就在他去世的第一二天，有一只蝴蝶大如手掌，到江氏身旁飞来飞去，整天不肯离开。等得到噩耗，全家人聚在一起痛哭。那只蝴蝶又来围绕江氏飞舞，饮食起居也不离去。因为杨明之不能割舍留恋少妻稚子的感情，故而化蝶归来。

海　井

古代定水带型故事。见宋・周密撰《癸辛杂识》续集卷上。

华亭县市中有一个小店铺，里面有一物如小桶而无底，非竹、非木、非金、非石，既不知其名，亦不知何用。数年过去了，从来没有人经过这里时进门去看一看它。一日，有一个海舶老商看见它，非常惊愕，而且露出喜色，拿着它不停地抚弄。老商问它的价钱，店主人以为他必有所用，便漫天要价，说是五百缗。老商笑着还了三百缗，立即成交。店主人随后问他："老实说我不认识此物，今已成交得钱，决不反悔，请告诉我一下吧。"老商说："这是一件最珍贵的宝物，名叫'海井'。寻常航海，必须载大量的淡水自用。如今只需要用大容器装满海水，把它放入其中，海水很快就变成甘泉了。平生只听到外国商贾说过，却未尝遇见，如今有幸得到它，航海大业就有保障啦。"此则故事又见《涌幢小品》《玉芝堂谈荟》等。

伯宣被盗

古代盗贼故事。见宋・周密撰《癸辛杂识》续集卷下。

宣慰司同知刘伯宣辞去官职后，一夕，偷儿盗去他家的银匙、筷子两副以及毛衫布衣共计三样物件，第二天家人几乎无衣可穿。家里想立即报官捕盗，刘公不许，只在门外对邻居说："此类人就知道做贼，而不知道我是个穷官，所有的物品不过如此。银匙、筷子丢了倒也无妨，但衣服丢了实在有点儿不好过，要是能够还回来就好啦。"人们都笑他迂腐。过了一个晚上，在他家屋后空地上忽然扔了一个竹箱子，一看毛衫布衣都在里面。

《事林广记》

书名。传宋・陈元靓撰。陈元靓，自署广寒仙裔，生平事迹不详。此书有元至元郑氏积诚堂刊本等。其中收有《钱大王说梦》《秦士好古》等笑话、故事。

钱大王说梦

古代笑话。见传宋·陈元靓撰《事林广记》。

钱大王一日做了一个梦，就对近侍说："我昨晚梦至一处，有死狗一只，钵中盛了几个鳖，庭下看见一根柏木，被雷劈碎。我不知道此梦是凶是吉？"近侍连忙奏道："大王合应当活一百岁。"大王问道："何以知之？"近诗说："死狗者，死狗（四九）三十六；钵中鳖，鳖钵（八八）六十四，其数恰是一百。庭中柏碎（百岁），因此知道是一百岁。"大王欣喜，闻者即笑。

秦士好古

古代笑话。见传宋·陈元靓撰《事林广记》。

秦朝有一个士人，酷好古物，价虽贵必求之。一日，有人带上一卷破席子上门来说："这是当年鲁哀公赐座以问孔子时，孔子所坐的席子。"秦士非常惬意，以为是古董，便拿城旁边的一块田地来跟他交换。过了一些时候，又有一人拿着一根古杖来求售，说道："这是周的祖先太王躲避北狄时，拄着去豳地所用的拐杖。它比孔子的席子还早几百年，您拿什么来给我？"秦士把所有的家产都给了他。接着，又有人持朽碗一只来说："席与杖都不见得有多么古老，这个碗乃是夏桀所造，比周代还久远。"秦士越发觉得它古老，就把他住的宅子给了那人。秦士得到三器，竟将全部田产家资都耗尽了，衣食没有着落，然而好古之心不改，于是披着哀公之席，拄着太王之杖，拿着夏桀所造之碗，在街市上行乞，喊道："衣食父母，有太公九府钱，给一文吧！"

兄弟相拗

古代男人生子型故事。见传宋·陈元靓撰《事林广记》。

从前有一家人兄弟三个不和顺，动辄便相违拗。一日，兄弟相聚，说道："我兄弟只有三人，从今以后要相和顺，不得违拗；如有人违拗，就罚钱三贯来作为和顺会的花销，从今天开始。"过了一会儿，大哥说："昨夜街头的井被街尾的人偷去了。"二哥说："难怪半夜以后街上水漕漕，人哄哄的。"三哥说："真是胡说八道，井如何可偷？"大哥说："你又违拗了，罚钱三贯。"三哥回家去取钱，他妻子问取钱做啥，三哥如实相告，他妻子说："你去床上躺着，我替你拿钱去还大哥。"他妻子拿钱去给大哥说："大哥，你小弟夜里回家后腹痛，五更时生下一个男孩儿。他在月子中，不敢来，叫我把钱拿来作和顺会。"大哥说："你也是胡说八道，丈夫如何会生孩子？"他妻子说："大哥，你也违拗，这钱我就拿回去了。"

兄弟虚妄

古代笑话。见传宋·陈元靓撰《事林广记》。

秦时一家人有兄弟两个，专好妄语，但凡有事便相哄骗。一日，哥哥思量道："我们两兄弟说话总是无凭，可去门前深溪澡浴，洗去妄语。"弟弟说："好。"哥哥手中先拿了一片干脯，脱衣入溪，游到水中去。稍时出来，穿上衣服，摇头晃脑地吃那片干脯。弟弟问："你从何处得到肉脯来吃？"哥哥说："海龙王会客摆酒席，见我来洗去妄语，就拿一片给我，滋味很特别，想必是龙肝珍味。"弟弟听了，便脱衣亦钻入水中，因为去势稍猛，被顽石撞破了头，连忙出来，鲜血淋漓，哥哥问："你头如何破了？"他说："龙王嫌我来迟，拿鼓槌打了数十下，痛不可忍。"谚语说："蛇入竹筒，曲性犹在。"就是这个意思。此则笑话又见《解愠编》等。

先生嘲东人诗

古代诗对故事。见传宋·陈元靓撰《事林广记》。

太原鲍先生在一个富人门下处馆，东家很悭吝，冬至准备礼品去贺亲家，竟派人牵一条狗送去。遇到他的亲家也非常吝啬，经过数日又烹制所送的狗作为礼品回谢。东家便用这狗肉来请邻居，让别人破费。鲍先生也在席上，东家就令他作诗吟咏今日之事。鲍先生唱道："地羊出去地羊来，两个亲家不用赔；恰似小生赴科举，秀才出去秀才来。"

客　答

古代笑话。见传宋·陈元靓撰《事林广记》。

旧时有个女婿到丈人家久住，丈人想让女婿走，而女婿不肯走。一日，丈人说："佳婿远来，家禽宰尽，无可相待，不要见怪。"意思是要女婿离去。女婿说："丈人你不用烦恼，我来时见一群鹿在山内甚肥，可捕回来烹炮，亦可以吃得多日。"丈人说："你来时在那里，已经过了月余，鹿群必定跑了。"女婿说："那里吃得好，往往不肯去。"

《喻法宝聚》

书名。12世纪由藏传佛教噶当派名僧格西博多哇口述，其弟子格西扎布巴复述，另一弟子喜饶绕多吉整理。其中收有《水中捞月》等寓言、故事。

水中捞月

古代水中捞月型故事。见12世纪由藏传佛教噶当派名僧格西博多哇口述，其弟子格西扎布巴复述，另一弟子喜饶绕多吉整理《喻法宝聚》。

从前，一座森林中住着很多猴子，其中有一个猴子首领。一天夜里，他们来到森林边，看到一口井中有一个白灿灿的月亮。猴子首领想把井里的月亮捞起来，但是够不着。猴子首领便把伙伴们全都招呼来，对他们说："谁的力气最大，来抓住我的尾巴！"然后依力气大小顺序抓住尾巴，到了最后让力气最小的在井口抓住。于是，猴子首领领头，顺着下井去捞月亮。结果，井口的猴子抓不住，一失手，猴子们都掉进井里去了。此则故事又见《法苑珠林》、18世纪蒙古族察哈尔格西·罗桑楚臣撰《学习宝贝珠》等。

《萨迦格言注解》

书名。12世纪藏传佛教僧人仁钦拜撰。其中收有《兔杀狮》等寓言、故事。

兔 杀 狮

古代兔杀狮型故事。见12世纪藏传佛教僧人仁钦拜撰《萨迦格言注解》。

从前，一座大山上有一只狮子和一只小兔。狮子依仗自己身强力大，经常欺辱和役使小兔。小兔不甘心，便想好一计去对狮子说："我看见一个和大王你一模一样的动物。它说世界上只有它的力气最大，没有谁敢跟它比试。"狮子听了很生气，便让兔子领它去比试。兔子领它来到一口井前，告诉它那个动物就在井中。狮子看见井中自己的影子，以为是对手，便向它示威。这时，只见对手也向它示威，它立刻跳下井去搏斗，结果淹死了。此则故事又见15世纪藏族央金噶卫洛卓约编著《甘丹格言注解》、15世纪藏族洛卓白巴编著《益世格言注解》等。

金元故事

《续夷坚志》

书名。金·元好问撰。元好问（1190—1257），字裕之，号遗山，太原秀容（今属山西忻州）人。金宣宗兴定进士，历任内乡令、左司都事、行尚书省左司员外郎等职。此书四卷。今存嘉庆大梁书院本、《得月簃丛书》本、《丛书集成》本等。中华书局1986年出版有常振国点校本。其中收有《戴十妻梁氏》《张童入冥》等故事。

戴十妻梁氏

古代复仇故事。见金·元好问撰《续夷坚志》卷一。

戴十战乱后居住在洛阳东南的左家庄，以当用人为生。有一年八月，一个翻译官到豆田中牧马，戴十就去赶他。翻译官大怒，挥动马鞭子把他抽死。戴十的妻子梁氏，抬着丈夫的尸体到营中告状。翻译官的主人非常有钱，便拿出两头牛、一条白金来赎罪，并且对梁氏说："你丈夫死了也是天命，你的两个孩子都年幼，你得钱可以养活一家人，就是杀了此人，对于死者又有什么好处？"梁氏说："我丈夫无罪而死，岂可以说什么好处？只要拿他来偿命，我们母子就是去讨饭也甘心。"众人见她的态度十分坚决，便问她："你要亲自杀了此人吗？"梁氏说："有何不敢？"于是取刀去杀那个家伙。众人怕她愤恨翻译官，不让他立即死去，就赶快杀了他。梁氏捧血饮下，随即带着两个孩子离去。

张 童 入 冥

古代还阳故事。见金·元好问撰《续夷坚志》卷一。

平舆南函头村张老，以捕鹌鹑为业。他只有一个小儿，一天不幸死去。张老两口子想到自己老无所倚，便号哭起来，恨不得都死去。第二天准备把小儿埋葬，可是又不忍心，就喃喃地说："我儿还活着。"别人笑他们痴呆，也有人感到心酸。三日后他们去垒墓，恸哭不止，忽然闻听墓中有呻吟声，老两口吃惊地说："我儿果然还魂啦！"赶忙撤开砖头，曳出棺木，抬回家中。过了一会儿，张家小儿就向爹娘要汤粥，停了一停，又说："当初被人带到阴司，我对冥官哭诉说：'我爹娘年老无依无靠，请求放我回去替他们养老送终，我就死而无憾啦。'冥官十分同情他，就说：'现在放你回去，告诉你老爹，不要以捕鹌鹑为生，这样你的性命便可以延长。'"他老爹听了这些话，连忙把捕鹌鹑的家伙全部毁掉，带着儿子入寺供佛。张童看见寺里有一个姓吕的僧人，立即上前问道："师父也是还魂的人吗？我在阴间见到你在殿角的铜柱上，铁绳系足，狱卒往来用棍子捅你的腋下，流血淋漓。我曾经问狱卒：'他为什么受罪？'狱卒说：'他做法事时常常漏下斋主的经文，因此受到这个报应。'"吕闻听了非常吃惊，因为他的腋下长了一个漏疮，已经三年了，这个小儿原先并不知。吕便打扫了一间居室，每天都去诵经，整整三年，他的漏疮才完全好了。

马三诋欺报

古代报应故事。见金·元好问撰《续夷坚志》卷一。

恩州刘马三，以欺诈致富。他曾经使用诡计骗取邻居袁春等田产，袁春告到官府，他竟设法把人家的田产夺了过来。袁春愤愤不平，就对乡里说："他如此恶劣，已经不是人啦！"刘马三也在众人面前发誓说："我果真诈取了他的田产，就一定像他说的那样！"过了两年，刘马三生病死去。袁春家的母狗产下几个崽子，其中有一个小花狗，腹毛纯白，上有七个朱字："我是恩州刘马三。"全郡的人一下都听说啦。刘马三的子孙受不了这种奇耻大辱，便买回去藏在家中。

棣州学鬼妇

古代鬼怪故事。见金·元好问撰《续夷坚志》卷二。

王仲泽年轻时住在棣州学府，厨人告诉他："有个女鬼每夜都要来搅扰我，让我不得睡。"王仲泽说："今晚她再来，你就抓住她的衣裳大叫，我们一定来看。"当天夜里女鬼又来了，厨人抱住她不放，并且大喊大叫，学生们立刻拿着灯去看，乃是一块古棺板，把它焚烧后鬼怪便绝迹啦。

狐 锯 树

古代精怪故事。见金·元好问撰《续夷坚志》卷二。

阳曲县北边郑村中社有一个叫铁李的人，以捕狐为业。一日他用一只鸽子作为诱饵，在沟北的古墓下张网，他躲在大树上等待。二更后一群狐狸过来，像人那样讲话："铁李铁李，你用鸽子勾引俺们吗？你家父子跟驴一样，不肯干农活，只会杀生，把俺内外六亲都给坑害了。你快快下树来，不然，就把大树锯倒啦。"随即闻听有拽锯声，大呼："把锅里的油烧开，烹了此贼！"火亦随起。铁李无所畏惧。过了一会儿天亮了，狐狸立即散去，大树并没有锯痕。铁李知道它们在玩花招，当天夜里又去了。二更时狐狸又来了，又哭又骂。铁李将腰间悬挂的火罐点燃掷下树，火药爆炸，发出巨响。群狐乱跑，一个个落入网中，都没能逃脱被宰杀的命运。

驴 腹 异 物

古代奇事故事。见金·元好问撰《续夷坚志》卷三。

永平县有一家人养了一头驴，忽然生病将死，接连大叫七天七夜。它死后人们剖开一看，肚腹内有一物，非铁非石，颜色深褐，坚如铁石。他家不觉得有什么稀奇，就把它掷到麦囤中。随后他们每天去取麦子，可是都不见一点儿减少。如此一年，乡里面的人们传得神乎其神。有个官长把它要去，也放置在麦中，却没有发生神奇的变化。

张孝通冤报

古代案狱故事。见金·元好问撰《续夷坚志》卷四。

大定末年，武清人赵士诠在西京做商贩，每次路过白登，大都住宿在张孝通家，跟他的妻子私通。张孝通知道后，想悄悄找机会对付他。一日，他趁赵士诠喝酒醉，就与儿子张定国一起把他勒死，投尸荒野。赵士诠许久不回家，他的儿子就来白登寻找。张孝通先前与店户白忠友有仇，便私下里告诉赵子说："你父亲的去向，白忠友肯定知晓。"赵子告到官府，官府立刻把白忠友抓起来进行拷问，白忠友受不了折磨，竟屈打成招，然而却定不了案。后来白妻到朝廷告状，朝廷派一个官员贾公前去调查。贾公密访县人，有人讲述了一件异事：张孝通与儿子赶着一头骡子到某处，骡子跑去吃草，其子发怒鞭打骡子，骡子忽然说："你杀了赵客，还来打我。"又有一天，张孝通的妻子去打水饮骡，骡子又说："你们杀了人，却冤枉白家。"张孝通父子杀人灭口，在县里面无人不知。贾公回去上报朝廷，朝廷随即差刑部员外孙某到县里，逮捕了张孝通父子，一审问他们便认罪了。

王 生 冤 报

古代报应故事。见金·元好问撰《续夷坚志》卷四。

定襄丘村王胡以陶瓦为业，有一年歉收，他与其子王生到山东讨食。一日，有强寇九人被官府追捕，就到他家藏匿，并告诉他们："我们有许多金银，如果能够逃脱，愿与你们父子平分财产。"王胡便把强盗藏在窑中，满室坏瓦，官兵过来无所见而去。王胡父子贪图他们的财产，便乘夜点火，一下子就熏死了那九人，然后携带金银还乡。数年后，他们竟成为富人。后来王生去五台山上香，半道上恍惚中有所见，惊怖坠马。他被抬回家后，口作鬼语，怒骂道："官府追赶我们已经脱身，你们分一半金银也足以致富，可是你们发狠心将我们统统烧死。我们寻找你们数年，如今见到你们，要你们偿命。"于是他拿着刀逢人乱砍。他家无奈，便召道士来驱鬼。道士作法时，鬼又附在道士身上进行辩诉。王胡不得不在斋坛前，吐露实情，人们这才知道他家致富的缘由。王家后来大建一祠，日夜祈祷。王生不久竟死去了。

镇 城 地 陷

古代城陷为湖型故事。见金·元好问撰《续夷坚志》卷四。

城镇要陷下去的那一天，州长和辅佐官员率领乐队迎候高官出城。他们等候在驿亭时，看见一个妇人披发赤脚，流着汗气喘吁吁地进城去。问她去干啥，她说自己的婆婆得病了，要去买药救老人。过了许久，亭子里面有人闻听空中有互相问答的声音，一个问道："出城没有？"一个回答："没有。"他们听了，非常惊奇，不知在说什么。过了一会儿，这个妇人买到药出来了，城镇随即陷了下去，城中没有一人幸免。这个妇人因为孝顺感动天地，才逃脱灾祸！

《随隐漫录》

书名。宋末元初陈世崇撰。陈世崇（1246—1309），字伯仁，号随隐，晚年以号为名，抚州崇仁（今属江西）人。宋景定进士，曾任承信郎等职。宋亡后退隐，寄情山水间。此书五卷。有《稗海》本、《四库笔记小说丛书》本、《笔记小说大观》本等。中华书局2010年出版有孔凡礼点校本。其中收有《觅替被夺》《犬不识字》等故事。

觅 替 被 夺

古代鬼怪故事。见宋末元初陈世崇撰《随隐漫录》卷三。

某翁居住在杭州城外北新桥边，有葡萄七架。他晚上睡在门前的葡萄架下，以防偷盗。一天夜里，忽然有两三个鬼从水里面出来，祝贺一个鬼将要得到替身，说道："明天中午有一个头戴方巾身穿白衫的人，从北面走过来，就是此人。"到时候，果然有这样一个人过来，大笑落入水中，某翁赶忙把他救起来。当天夜里，鬼跑来大骂道："我等了几十年，刚刚得到替身，就被你夺走了。我要杀了你！"于是把淤泥、瓦块乱扔过去，吓得老翁逃进屋内，鬼又击打窗户。天亮后，老翁发现门前的葡萄已经被摘光啦，因为盗贼装鬼趁机偷盗他家的葡萄，用船载走了。

犬不识字

古代禽兽相争型故事。见宋末元初陈世崇撰《随隐漫录》卷五。

致仕高官郑公居住在青田，他家喂养的鹿吃了农夫田里的稻子，被犬咬死了。郑公竟命令当地太守处罚噬杀他家鹿子的犬主人。太守的幕官拟出判词："鹿虽带牌，犬不识字。杀某犬不识字，偿郑府之鹿，足矣。"太守按照幕官的主意办案，仅仅以犬偿鹿命。此则故事又见《谈丛》《古今谭概》《智囊补》《坚瓠集》等。

还他竹园

古代案狱故事。见宋末元初陈世崇撰《随隐漫录》卷五。

浙西有个富人，曾经把一个竹园捐赠给附近的寺庙。后来，他的儿子十分贫困，到这个竹园里去挖了一些竹笋。寺庙里的和尚就把他抓起来，告到了官府。官府判道："当初舍园，指望福田。既无福田，还他竹园。"

《南墅闲居录》

书名。一名《闲居录》。元·佚名撰。有《说郛》本等。其中收有《神珠》等故事。

神珠

古代宝物故事。见元·佚名撰《南墅闲居录》。

有一个书生白天坐在檐下，看见两只大蜂触网相螯，过了一会儿便一起掉到地上，变为小石头了。书生感到奇怪，就收起来放进衣袋里。一天，书生路过闹市，遇到几个外国商贾。他们看见书生感到非常惊讶，上前作揖道："愿见您的神珠。"书生开玩笑似的拿出衣袋中的石头给他们看。商贾们看了看，喜滋滋地说："这是'破雾珠'。我们到海上采珠，常常以大雾昏暗为苦。有了此珠大雾立即散开。"于是用他们的宝货来同书生交换，那些宝货价值几百万。

《湖海新闻夷坚续志》

书名。元·佚名撰。分为前集、后集、补遗三集，共有故事二百余则。有元刻本、明刻本、明抄本、台湾《笔记小说大观》本等。中华书局1986年出版有金心点校本。其中收有《母子重见》《平心感天》等故事、寓言。

母子重见

古代家庭故事。见元·佚名撰《湖海新闻夷坚续志》前集卷一。

信州富人赵氏，居家养母。他娶妻一年后，老母有一次去了亲戚家，夜里劫贼来杀了赵氏，抢走了他家的财产，掳走了他的妻子。官府捕获不到劫贼。他的老母独自居住了二十年，乡人称她为赵安人。有一年，建昌的叶茂卿去省里，傍晚经过这个乡，有个老人告诉他："前面的客栈离得比较远，这里的赵安人家可以寄宿。"叶茂卿去寄宿，赵安人见他的面貌跟自己的亡儿相像，就接纳了。赵安人让老仆请叶茂卿入内厅，用酒馔殷勤款待，竟流泪不止。叶茂卿怀疑遇到鬼了，但是不敢吭声，吃完饭便去住宿。接着，赵安人又苦留数日，临别时，赵安人赠送他三十束芝楮，叮咛道："回途千万见过。"诸仆也都有馈赠，叶茂卿喜出望外。到了杭州，他中了省殿第四甲进士，授为抚州乐安主簿。回去的时候，他带上许多礼物再去拜访赵安人。赵安人非常高兴，留他数日，亲如一家。他闲步后花园时，看见供养着一轴写真画，就问："此为何人？"赵安人说："这是我的亡儿，年十九岁便被强盗所杀，儿媳妇被强盗掳去，至今不知存亡。"说着，老人不觉泪如雨下。叶茂卿又问："儿媳姓什么？"曰："姓魏。"并且告诉他，儿媳某年某月某日生，身高多少，面貌如何，并且说媳妇怀孕五月的时候被掳走。叶茂卿闻听，吃惊地说："是我母亲哪！"便泣别而去。叶茂卿回到建昌，拜见其父叶仲二，设宴款待客人一个多月。叶茂卿把赵安人的话悄悄告诉母亲魏氏，魏氏掩口说："你不要讲，如果让那个人知道，必定会杀了我们！"后来叶茂卿到参州任主簿，将此事禀报太守。太守派都监去请叶仲二赴宴。叶仲二一到，立刻押赴司理院进行勘问，查明事实后，就把他斩首于市。随即向朝廷申报，将叶茂卿改正为赵茂卿，和他的母亲一同回归信州赵安人家。二十年后，婆媳再得团聚，祖母与孙子相庆。

平心感天

古代善报故事。见元·佚名撰《湖海新闻夷坚续志》前集卷二。

高安县调露乡陈仁父比较富有，每年春天都要留下二千石稻谷，到了第二年五六月米贵之时，减价发售给穷人，让买粮的人自己入仓去量出，不许多取，务必公平，村里人都称他“陈自量”。有一年大旱，太守求雨不应，夜梦城隍告诉他：“调露乡的陈自量有雨。”梦醒后，太守立即差人去寻访。太守见到陈仁父，喜出望外，连忙请他祈祷。陈仁父说：“我是个村夫，无术可以祈雨。”太守把梦见的事情讲了，一定要他求雨。陈仁父只好对空祷告，乞求降雨三日，以救黎民百姓。到了晚上果然降下大雨，三日方止。一郡的老百姓都无比喜悦。因为陈仁父平日减米价，足以感动上天。

慈仁雀报

古代善报故事。见元·佚名撰《湖海新闻夷坚续志》前集卷二。

井陉何县尉，生性仁慈。每次外出，何县尉看见捕雀的人都要去毁坏其工具，劝他另外谋生；看见活雀，必定买来放生。如此三年。他的任期将满，乡民有被盗劫杀者，上司督促急迫，不能捕获。却有数百只雀飞在他的马首，让他感到非常惊异。既而群雀飞往路旁百步外的草舍上，他派士卒去搜查屋下，果然有七八人醉卧未醒，还找到了许多赃物。何县尉命人抓住他们，经查乃一伙强盗，便押到官府，何县尉因此受到奖赏。

图财杀僧

古代恶报故事。见元·佚名撰《湖海新闻夷坚续志》前集卷二。

季五公从杭州乘船回去，江畔有一僧人带了许多财物来搭此船。僧人上船后就说忘了一些东西，又上岸去取。季五公贪图僧人的财物，就让船夫赶快开船。僧人回来时，已经赶不上了，因此跳水而死。后来季五公冒认僧人的财物，回去发了大财。过了一年，他的妻子怀孕将要生产，半夜他梦见这个僧人来相见，于是他就以“僧”来给孩子命名。等到孩子长大，季家的财产竟被他耗费了一半之多。后来这个孩子娶妻又生了一个孩子，季五公夜里梦见一只船从天井中下来，因此就取名为“船”。这个孙子长大以后，把季家的财产全部花光，分文不剩。

仙医瘵疾

古代遇仙故事。见元·佚名撰《湖海新闻夷坚续志》后集卷一。

吉州道堂附近有个李老，他家里并不富裕，仅能温饱。但是有道人来往他都供以好茶，很熟的还给酒。他有个幼子得了肺病，骨瘦如柴，离死期已经不远了。一天，忽有三个风貌苍古的道人来说：“如果你家的小儿子能到道堂去与我们同榻一个晚上，就可再生。”李老立刻将幼子送去。入夜，两个道人夹着他睡觉，一个道人盖在他身体上。他们气蒸如火，病者如坐在甑中，几乎不能忍受。道人让他忍耐一下。如此五六次，早上起来，他竟精神清爽，饮食恢复如常。不到十日，他的身体便长得非常结实。道人叮嘱他说：“你迟两年方可娶妻，假如早娶你的病就会复发。”李老夫妇拜谢道人，给钱物他们一点儿都不接受，只接受果饮三杯而去，出门立即不见。李老这时才知道他们乃是神仙。

鬼偷馒头

古代精怪故事。见元·佚名撰《湖海新闻夷坚续志》后集卷二。

永嘉项家为邪神占据，此物人形蓬首，出没项家，自称“大公”。项家习以为常，不以为怪。项家凡有所求，只要在厨房里面呼喊大公，此物便立刻来到。项妻有孕，想吃馒头，便叫一声大公，二更过后，此物便捧一层蒸馒头而来，蒸气尚暖。过了数日，人们就传七尺渡头人家设水陆斋时丢失了一层馒头。后来，项家的妇人生下一个孩子跟冬瓜一样，无眉目，只有口能吃奶。项家正打算把他溺死，忽听大公在空中喊道：“子不可溺，暂且哺乳，随后感谢！”过了两月，项妇在家正抱着孩子，大公忽然在床上放了两条白金，就夺走了孩子，此后这个精怪便消失了。

樟精惑人

古代精怪故事。见元·佚名撰《湖海新闻夷坚续志》后集卷二。

一年冬天，有两男子到杭州三桥请乐人去演奏，说是张府办喜事，先讲好不许用黄钟宫曲调。乐人问：“在哪里？”回答：“在江阴、无锡县界。”乐人问："事在几时？"回答："在今夜。"乐人说："此间相去五百余里，又是傍晚，如何可到？"回答："你们都睡在船中，我们会撑去。"乐人们听从吩咐，船行如飞。经长安、崇德、苏秀、吴江，大约二更时分，就上岸到了一座大府第。乐人如约奏乐，见坐客、行酒人都很矮小，灯烛焰青，既而幽暗。到了四更还没有上饮食，乐人们又饿又气，因此便奏了黄钟宫曲调。坐客与行酒人都感到惊慌，亦有出来阻止的，乐人们不顾。忽然吹起一阵黑风，人与屋都消失了，只见一棵大树，还有满天星宿。因为听到狗叫，他们便去找人家询问，那人说："这里有樟树精，能够迷惑人，你们被迷惑啦！"天明以后，他们果然看见一棵大樟树。两个男子是樟树附近庙中的两个差使，其余都是庙神。

厕鬼迷人

古代鬼怪故事。见元·佚名撰《湖海新闻夷坚续志》后集卷二。

杭州北关门外有一个厕所，常常有人在粪池里死去，不明原因。一日邻舍看见有几个人衣冠楚楚如厕，久之不出，感到非常奇怪。再后又有人进去，也很久不出来。他们便跟着进去看里面的情况，发现前面的几个人已经死在粪池中，后进去的人也掉在粪池里面，还没有死，急忙拯救。过了许久，他们才能说话："早上有人拿请柬邀请我赴宴，进去后但见亭馆高洁，鼓乐喧天，根本不知道这里是厕所。"邻舍去报告官府，官府立即派人去拆除了这个厕所，此后鬼怪就绝迹了。

疑心生鬼

古代寓言。见元·佚名撰《湖海新闻夷坚续志》后集卷二。

建宁府西镇万安驿前的林二四，以卖腌腊为生。他每天挑担进城做生意，必得经过刑人的法场。林二四每次心里都感到惧怕，却大肆叫骂来给自己壮胆。一天天色昏黑，他回家经过法场，背后有一个人接踵而至，与他为伴。谈话间，那人便问林二四："你时常暮夜过此，不怕鬼吗？"林二四答道："我是人彼是鬼，我惧怕啥？突然遇到的话，我有刀呀。"那人说："你虽然不怕，可我非常怕啊。"又再三问道："我与你为伴，万一遇鬼，应当怎么办？"林二四坚定地说自己不怕鬼，那人说："你讲不怕鬼，不妨回头看看。"林二四一回头，就看见一个无头人，忙把担子扔下，惊走回家，病了一个多月才痊愈。这岂不是疑心召鬼受到欺侮吗!

《拊掌录》

书名。元·騉然子编。騉然子，生平事迹不详。此书一卷。有《雪涛谐史》本、《古今说海》本、《说郛》本等。其中收有《忆父》《贼诗》等故事、笑话。

忆　父

古代机智人物故事。见元·騉然子编《拊掌录》。

有一天，王安石家里举行葬礼。参加葬礼的宾客都是执政的以及没有官职的王公贵族子弟，他们都穿着白色的襕衫，或者是罗的，或者是绢的，有一定的差别。这时，石立中突然放声恸哭起来。有人问他为什么这样悲伤。石立中说：“我思念父亲。”人们不理解他的意思，便问他是什么缘故。石立中说：“家父在世的时候，我应当穿罗襕衫才是。”因为执政的子弟穿罗襕衫，而石立中仅穿绢襕衫。在座的人听了，都忍不住大笑起来。

贼　诗

古代诗对故事。见元·騉然子编《拊掌录》。

闽地越海盗贼郑广，投降以后，补了一个官职。有一次，官府中的同僚硬要郑广作诗。郑广便吟道：“不问文官与武官，总一般。众官是做官了做贼，郑广是做贼了做官。”

作诗图对偶亲切

古代对偶亲切型故事。见元·騉然子编《拊掌录》。

李某所献百韵诗有“舍弟江南殁，家兄塞北亡”之句，上官见而悯之，李自解曰：“实无此事，但图对属亲切耳。”此则故事又见《遁斋闲览》《续墨客挥犀》《坚瓠集》《喜谈录》等。

《山居新语》

书名。一作《山居新话》。元·杨瑀撰。杨瑀（1285—1361），字元诚，号山居，晚年自号竹西居士。杭州人。天历至正间曾任奉议大夫、太史院判官、中奉大夫等职。此书一卷。有《续百川学海》本、《宝颜堂秘笈》本、《四库笔记小说丛书》本等。中华书局2006年出版有余大钧点校本。其中收有《聂以道断钞》《开务了》等笑话、故事。

聂以道断钞

古代巧判还银型故事。见元·杨瑀撰《山居新话》卷一。

有一个买菜人早上去买菜，半路上忽然拾到一束钱钞。这时天尚未明，他便把钱钞藏在身上。天亮后到僻静处一看，共计十五锭，内有五贯钱钞，于是取出一张买肉二贯，米三贯，放在担中，不再去买菜就回去了。他母亲看见没有菜，便问他，他说："早晨在半路上拾得此物，便买米肉回家了。"母亲生气说："是你在欺骗我。即使有丢失的，不过一两张而已，岂有丢失一束的，是不是你偷来的？如果是拾得的，就送还人家。"她教诲再三，儿子就是不听从。母亲又说："你若不还，我就去告官！"儿子说："拾得之物送还给谁？"母亲说："你在何处拾的，就应当去原处守候，等失主来找，立即归还。我家从来没有钱买许多米肉，骤然获得，必有祸事。"儿子便携钱钞到了那里，果然有失主回来寻找。这个买菜人本是一个村夫，也不问钱钞数目，立即归还给失主。旁观者都让失主给人家一些奖赏。失主却说："我丢的是三十锭，如今还差一半，如何给奖赏？"因为钱钞数目悬殊，争闹不休，便告到了官府。县令聂以道审问拾得者，觉得他的言词实在。随后悄悄传唤他的母亲，回答也相同。于是命令二人各自开列诘罪文状，丢失者咬定丢失三十锭，买菜者坚称拾得十五锭。聂县令就对失者说："这样看来他所拾得的，并不是你所丢失的钱钞。这十五锭是上天赐给贤母养老的费用，就交付他们母子吧。"接着他又说，"你所丢失的三十锭，应当在别处，你可以自己去寻找。"于是把他呵斥出去。闻者莫不称善。此则故事又见《辍耕录》《古今谭概》等。

开 务 了

古代笑话。见元·杨瑀撰《山居新话》卷一。

某御史出外巡视时，老百姓为争田来告状，说是此事连年告到官府，往往以官司“务必停下来”为词，因此拖延至今。某御史不明白“务停”之说，乃说“传我言语，开了务吧。”听了此话，人们都忍不住笑了。

问 重 囚

古代笑话。见元·杨瑀撰《山居新话》卷一。

松江有一个管理牢狱的推官到了狱中，看见那些重囚，就问：“你等是正身呢，还是替身呢？”狱卒听了都掩口而笑。

母 猪 言 语

古代奇事故事。见元·杨瑀撰《山居新话》卷二。

有一年，杭州盐商施某家猪栏中的母猪吃了自己的猪崽。喂猪的人去打它，它忽然像人一样说话：“因为你不喂我，我吃自己的崽子，干你何事？”喂猪的人大吃一惊，连忙去报告主人。施某跑去看时，旁观者有的说“可以杀”，有的说“可以卖”。母猪又说：“我只欠你家三十七两五钱，卖我还钱便了，何必杀我。”于是就把它卖了，果然得到三十七两五钱。

《遂昌杂录》

书名。元·郑元佑撰。郑元佑（1292—1364），字明德，遂昌（今属浙江）人。曾任平江路儒学教授、浙江儒学提举。此书《四库全书总目》等作一卷。有《丛书集成初编》本、《四库笔记小说丛书》本、《笔记小说大观》本、《说郛》本等。其中收有《狗灾》等故事。

狗　灾

古代奇事故事。见元·郑元佑撰《遂昌杂录》。

杭州西北全真小庵士人罗蓬头，非痴非狂，冬天只穿一件衲衣。他居住在庵中一室，室中无坐卧具，昼夜他都蹲在地上。他往往能够知道前事。有一个姓张的人来向他问吉凶，他就在那人的手上写了“狗灾”二字。张某问应在几时？他又写了“百日内”三字。张某赶忙吃斋诵道，向神明祷告，希望能够免难。有一天，他看见公母两只狗，就拿笤帚击打，竟被狗所伤而死。

《乐郊私语》

书名。元·姚桐寿撰。姚桐寿，字乐年，自号桐江钓叟，睦州（今属浙江建德）人。元至元间任余干教授。此书一卷，有《续百川学海》本、《四库笔记小说丛书》本、《宝颜堂秘笈》本等。其中收有《某县丞与乡大夫》《祸到也》等笑话、故事。

某县丞与乡大夫

古代笑话。见元·姚桐寿撰《乐郊私语》。

某县丞嗜睡而不拘小节。有一次，他去拜谒一个乡大夫。当主人迟迟而出时，他已经鼾声如雷了。主人因为不敢打扰客人，就又回去睡觉了。某县丞醒来也不敢呼喊主人，只好再睡。于是，此醒彼睡，彼醒此睡，至日落某县丞离去，与主人竟不交一言。

祸　到　也

古代讽刺故事。见元·姚桐寿撰《乐郊私语》。

州官布哈夫妇原本是北方人。有一年八月，他俩初到海边城市时，夜里听见潮声怒吼，竟不敢睡觉。他过去问看门人，那人已熟睡，再三呼喊才从梦中回答：“潮上来了！”待到惊醒，他害怕官老爷责怪，连声高喊：“祸到也！祸到也！”布哈误以为潮水骤入，惊恐万状，大呼救命。同僚询问了实情，都笑得前仰后合。

《稗　史》

书名。元·仇远撰。仇远（1247—1326），字仁近，一字仁父、近邨，号山村居士、山村民、山邨先生等，钱塘（今属浙江杭州）人。至元中曾任溧阳儒学教授。此书一卷。有《说郛》本等。其中收有《好奇》《讳名》等笑话、故事。

好　奇

古代笑话。见元·仇远撰《稗史》。

江西古喻萧某系好奇之士，名其堂曰“堂堂堂”，亭曰“亭亭亭”。某日宴饮，有客遍历其亭馆，戏问一洞何不名曰“洞洞洞”？让萧某感到很不高兴。

讳　名

古代笑话。见元·仇远撰《稗史》。

钱良臣自讳其名。钱幼子颇为聪慧，凡经史中有“良臣”二字之处必定加以修改。一日读《孟子》，便将“今之所谓良臣，古之所谓民贼也”改为“今之所谓爹爹，古之所谓民贼也”，令人发笑。

嫁故人女

古代美德故事。见元·仇远撰《稗史》。

有一天，四明人丰某到青楼去，偶然碰到一个小娼，怀疑是故人之女，就不断看她，这个女子也有所觉察。酒罢留宿时，女子相当羞涩，就问：“丰官人认识我吗？”一问果然是故人之女。丰某说：“我之所以留下来，是因为先前不便询问。暂且各自睡觉，必有办法帮助你。”娼女便退去了。丰某与京师的府尹有交情，第二天就去告诉府尹，并且说：“我仅有钱百千，再从明公这里借钱二百千来嫁她。”府尹夸奖他有情有义，立即把那个女子接到府里，置办丰厚的陪奁，选择一个良士把她嫁出去。

决 蒲 团

古代拷打羊皮型故事。见元·仇远撰《稗史》。

明州中有一家银店丢失了一个蒲团，后来发现在邻居的家里。邻居不承认，就发生争执。这时正好有一个官员骑马来了。他问过二人后说：“一个蒲团值几个钱？不要伤了两家人的和气。杖打蒲团七十下，把它扔掉就好了。”杖打蒲团时银星满地，证明蒲团是银店的东西，便惩罚了那个邻居。

贤 妇

古代抗暴故事。见元·仇远撰《稗史》。

丈夫外出后，妻子独居在家中。夜间忽然有一个道人从空中而下，打算对这个妇人施暴。这个妇人就进屋去取刀子，发誓说：“你若逼我，只有一死而已！”相持到天明，妇人自卫得以保全名节。

事 嫂

古代家庭故事。见元·仇远撰《稗史》。

明州城西门百姓徐氏，兄弟三人以卖浆舂米为业。长兄死后，两个弟弟像对待母亲一样对待嫂子，并且把五个侄女抚养成人，让她们婚嫁。一大家人始终非常和睦，邻里莫不称赞。

丐者报恩

古代报恩故事。见元·仇远撰《稗史》。

临安坝头禹某平日乐善好施。一天，城中失火，火势逼近禹家，十分危急。经常受禹某接济的那些乞丐纷纷前来为他搬运家资，使禹家免受损失。

《东南纪闻》

书名。元·佚名编。三卷。有《四库笔记小说丛书》本等。其中收有《死后佳否》《池中金笏》等故事、笑话。

死后佳否

古代笑话。见元·佚名编《东南纪闻》卷一。

某相爷致仕后住在金华，不再过问时事，只是召集朋友交游，尽情畅饮。一日，他感到非常惬意，忽然问各位客人：“我死而无恨，不知死后好吗？”一士人回答道：“好得很。”某相爷感到吃惊，忙问：“何以知之？”士人说：“如果不好，死者都逃回来了。一死而不返，因此知道很好。”满座皆笑。

池中金笏

古代奇事故事。见元·佚名编《东南纪闻》卷三。

钟氏家产富裕，其母持家勤俭好善。他家房屋后有一个池塘，喂养了许多鸭、鹅。一天，有一只鸭子抓住一条七八寸长的鱼，不断吞了又吐出来，主母看了感到非常奇怪。于是把鸭子赶跑，放光池水找那条鱼，却在淤泥中捞到一个跟鱼一样长的金笏。再挖淤泥又得到许许多多金笏，他家因此越发富裕。

千年马蹄金

古代宝物故事。见元·佚名编《东南纪闻》卷三。

吉水周某一天到县城十里外牢桥的一个小盐铺中买盐，发现铺家用的一个秤锤又像冶铁，又像土朱石，就问铺家从何处得来。铺家说：“东墙角还有数十块。”周某便取一块回家给妻子看，互相传玩，喜欢它像马蹄的样子。他们拿到石头上去磨，闪闪发光，就知道是金子。周某连夜去铺家把余下来的全部运回家。它们枚枚相似，轻重不差。后来才知道这些是“麟趾马蹄”（汉武帝时铸造的黄金，为麟足、马蹄的形状），千百年后又忽然出现了。

《异闻总录》

书名。元·佚名编。四卷。有《丛书集成初编》本、《稗海》本、《笔记小说大观》本等。商务印书馆1937年出版有排印本。其中收有《耿氏婢》《白衣妇》等故事。

耿氏婢

古代鬼魂故事。见元·佚名编《异闻总录》卷一。

京师医官耿氏买了一个侍婢。一天，她伫立在门口时，有个小儿过来认她为母，她也疼爱孩子。孩子回去告诉他父亲，他父亲不敢相信。因为孩子的母亲已经死去。孩子的父亲装扮成小贩去耿家偷看，那人果然是亡妻。随后，她竟与其夫相认。耿氏大怒，以为受骗。其夫到开封府告状，引起一场官司。府尹命其夫还买婢的钱款而接回妻子，耿氏不服。官司尚未了结，此妇人便突然消失了。

白衣妇

古代鬼怪故事。见元·佚名编《异闻总录》卷一。

乡人董秀才在州学上厕所时，看见一个白衣妇人在面前徘徊。她说："我是菜圃中的人，丈夫已经去世，无依无靠。"到了夜晚，白衣妇人就来与董秀才同寝。没有多久董秀才便得了病，同舍的人没有不知道的，就去告诉教授。教授责怪董秀才说："读书人为什么要跟异类交往？"于是就把白衣妇人留下的一件袒服投到火里烧了，还派诸生去找它的踪迹。有一个菜圃的老汉说："从前有个小儿牧羊时，一只母羊坠到西廊的井中死了。如今穿着白衣出来的，岂不是它的鬼魂？"他们赶忙请道士来行法咒，把黑豆投到井里面，鬼怪便绝迹了。然而董秀才也死去了。

张鬼子

古代鬼怪故事。见元·佚名编《异闻总录》卷一。

洪州的学正张某，天性刻薄，老了更加厉害。学生请假，他一概不准许。学官给五日假期，他则改为三日；给三日假期他则改为两日，大家都不满意。有个张鬼子，因为样子像鬼而得名，众人让他假扮阴曹地府的追鬼来吓唬张老。张鬼子欣然同意。他假造一张冥司牒，当天夜里去州学府。学府已经锁门，张鬼子从缝隙里面进去。张老看见他，怒斥道："畜生，胆敢如此！必定是大家让你晚上来惊吓我的。"张鬼子笑道："我奉阎王之命来追捕你。"张老惊号而死。张鬼子出去立在庭中对大家说："我真是牛头狱卒，从前奉命追捕此老，渡水的时候丢失了冥司牒，二十年来因惧怕不敢回去。如今依赖诸秀才之力，弄假成真，才得以回去复命。"于是拜谢而逝。此则故事又见《香祖笔记》。

鬼 卒 求 渡

古代鬼魂故事。见元·佚名编《异闻总录》卷一。

一个月夜，某地渡口有个渔人系舟将要回家，听见对岸有人求渡。过去一看，是二十多个士卒。渔人把他们载到对岸时，他们立即探囊取钱，然后离去。渔人既喜且讶，次日见钱皆是纸，才悟出他们是鬼。

张 粹 父

古代不怕鬼故事。见元·佚名编《异闻总录》卷一。

江东张某刚正有胆量，不畏鬼神。他在郡中就读时，后园常常闹鬼，黄昏后无人敢独往。有一晚，他竟独自在后园亭里弹琴。夜半月色昏暗，朦胧中发现一个被鬼魅迷惑的少妇躺在地上，昏死过去。他连忙将其救活，送回家中。

二 婢 送 饼

古代鬼魂故事。见元·佚名编《异闻总录》卷一。

傅某住在一家馆中，每夜都有两个婢女点着蜡烛送来茶盏和二枚糖饼。接连两个多月，天天如此。有一天，他向主人致谢，主人感到奇怪。于是，他悄悄留下一枚糖饼拿给主人看，乃是附近的寺庙中所卖。他过去询问卖饼的人，卖饼的人说他们前后丢失许多糖饼。此后，两个婢女就不再出现了。

郭银匠

古代鬼魂故事。见元·佚名编《异闻总录》卷一。

袁州市东有一个郭银匠，三十多岁还独身一人。市西某妪常到郭银匠处买钗环一类的物品。一天，某妪的女儿跑到郭银匠家中，表示因为爱慕他，愿意嫁给他为妻，并且说自己是假装死去，从棺材里面逃出来的。郭银匠便将此女藏在密室中。有一次，郭银匠不在家，某妪偶然在郭家看见自己女儿的一双红鞋，就呼告邻里，说郭银匠盗开女儿坟墓。此女立即与郭银匠一道逃到潭州。为生活所迫，此女只好以开场卖唱赚钱，引起轰动。一天，有一个道人告诉郭银匠，此女是鬼魅，随后将她拘押到一个寺庙中。此女竟仆地化为尸体而灭。郭银匠当夜梦见此女前来告别，依依不舍而去。

王羊

古代鬼怪故事。见元·佚名编《异闻总录》卷一。

吉水的王某以屠宰为生。有一个与王某相识的人一天早上独自出门，离王家二三里的地方比较荒凉，相传有鬼魅。此人心里面正在犯嘀咕，忽然有人喊他，要与他同行，并且说："我有一些疲倦，与你轮流背着走好吗？"此人说："好吧，我先背你到某处，你再背我到某处。"到了某处，天已经微微亮，此人回头看见那人手上有毛。那人要求下来，此人不许，将要到王家时，此人抓住其手将其放在地上，竟是一只羊。他以三千钱的价格将羊卖给王某。此人留下拴着绳子的羊，对王某说："羊不太老实，小心一些，不要放跑了。"然后拿着钱离开了。等他走后，王某发现手里只有一条绳子。后来，人们就都叫他"王羊"。

朱先生犬

古代义犬鸣冤型故事。见元·佚名编《异闻总录》卷二。

青州老人朱先生，以卖药为生。他每次携带一妻一妾一犬，往来于赣州及南康县，那里的人大多认识他。有一年四月南去时，赣南黄冈有村民来，说是母亲病了，请他去其家诊视。朱先生立即从行。到了一处，那人强夺了他的全部财物，并且将他杀死埋在林间。朱先生的犬随即号叫而去，那人追赶不上。这犬回到南康县的客店，用爪刨地，哀号不已。客店的人感到奇怪，便带它去了县衙。犬爬在庭下，如有所诉。县令问道："你的主人是不是被奸盗杀害了？我会派遣弓兵去擒捕。"犬立即起来摇尾引他们到埋主人的地方，发穴见尸。弓兵又对犬说："尸体已经找到，你还要引我们到强盗家里去。"犬又上前引导他们，因此将凶犯及同伙一网打尽。

鬼妇摩腰

古代不怕鬼故事。见元·佚名编《异闻总录》卷三。

程某平乱后从鼎州回到鄱阳，寓居紫极宫。一夕见二鬼妇从竹林入室，来到床前。程某曾经领兵，无所畏惧，问道："你们是谁家的人，怎么敢深夜到此？"二鬼妇皆笑而不答。程某说："既然在此无事，能替我按摩腰部吗？"对方点头，随即为他按摩腰。过了许久，程某竟睡熟。等到他醒来，已经天亮，一无所见。他被按摩之处青黑微痛，过了几天才好起来。

轿仆得救

古代鬼怪故事。见元·佚名编《异闻总录》卷四。

邹直清居住在饶州上巷。他的妹妹去亲戚家聚会，半夜才回家，两个轿夫留宿在外。其中的一个郑四，见人来招呼他一起去出游，就推却说："方才抬轿回来，很疲倦，而且已经半夜了，还到哪里去游玩？"那人见没有效果，便感到愤怒，大骂而去。邹某还没有就寝，听到外面纷扰，可是出去一无所睹。过了一会儿，又听到篱笆外面有喧嚣声，像是轿夫被水淹没了，急忙去把他救起来。轿夫苏醒过来后，说："有一个壮鬼来喊我出去，我不肯去，它就气呼呼地用力拽我去，它的手皱巴巴的像粗松树皮，一直拽到水滨，抓住我的两脚掷到水中。假设主人不来救我，我定死无疑。"邹某命人看守他，通宵不寐。第二天晚上，又听到十多个鬼绕屋呼叫。一鬼哭泣道："又坏了我十二年，苦哇苦哇！"郑家的轿夫后来再也没有别的事故。

巡检捽鬼

古代不怕鬼故事。见元·佚名编《异闻总录》卷四。

南恩州阳春县，有个鬼怪栖于主簿的官署，往往白昼形见，饮食言笑跟生人一样。但是讨厌别人说它，别人说了它就大肆骚扰。主簿家感到非常苦恼，每天早上必定拜它，吃饭时必定祭它，总是小心谨慎。有个巡检初到任，主簿请他饮酒，谈到奇事时，便询问此怪。主簿还没有来得及回答，这个鬼怪已经站在巡检背后。主簿吓得脸色大变，猛然站立起来。巡检觉得有异，连忙揪鬼。鬼一下仆倒在地上。巡检一边揪一边打，鬼向主簿哀鸣求救。主簿竭力替鬼求情，鬼才得脱身。主簿家害怕鬼怪迁怒，到了晚上都不敢睡觉。夜深人静后却寂然无声，他们打开门发现墙壁上用大字写道："因为巡检是粗人，不足计较，且去。"从此以后鬼怪便绝迹啦。

士子遇鬼

古代鬼怪故事。见元·佚名编《异闻总录》卷四。

绍兴十年，两淮战事平息后，两个读书人回家时经过维扬。在北门外投宿时，客店老板告诉他们，这里既不干净，又有盗贼，不可以住宿，并且派仆人送他们到离此十里地的一个村子去投宿。到了那里，有人出来迎接，问他们："此地多鬼怪，为什么夜行？"两个读书人下马解鞍时发现仆人与马均屹立不动，取火来照，竟是大枯竹两竿、木凳两条。

《辍耕录》

书名。一名《南村辍耕录》。元·陶宗仪撰。陶宗仪（1329—约1412），字九成，号南村，浙江台州黄岩人。元代应乡试，不中即弃去，后以授徒为生。明洪武二十九年率诸生赴礼部考试，晚年曾列官教授。此书三十卷。有明成化十年刊本、光绪十一年刊本、丛书集成初编本、上海广益书局1914年排印本、中华书局1958年排印本等。其中收有《鬼赃》《葛大哥》等故事、笑话、寓言。

鬼赃

古代精怪故事。见元·陶宗仪撰《辍耕录》卷六。

陕西某县有一个老婆婆，住在村庄里面，每天有道人来讨食，她都给予，毫不吝啬。有一次，道人忽然问道：“你家有没有受妖怪折磨？”老婆婆说：“有。”道人说道：“我替你除掉。”立即让她取火来焚烧囊中的符箓。一会儿，就听到有雷声，说道：“妖怪已诛掉，有一个逃跑了，二十年后你家还会有难。现在我把铁筒拿给你，到时候你赶快投进火里。”说完便离去了。过了很久，老婆婆的女儿长大了，很漂亮。一天，有个叫大王的人，带着许多随从到老婆婆家借宿，要看她家的铁筒。因为平时经常有人来借去观看，老婆婆便打造了一个假的而把真的悬挂在腰间。这时，她就把假铁筒拿给大王。大王让她叫女儿来斟酒，她说女儿有病。大王发怒，便要施暴。老婆婆想到道人的话，又计算时间吻合，连忙解下所佩戴的铁筒投入灶火内。随即电掣雷轰，烟火满室。顷刻间平息了，看见击死几十只猕猴，其中有一只最大。它们随身所带的器物全是金银宝玉。老婆婆报告官府后，就把那些器物上交官库了。

葛大哥

古代奇事故事。见元·陶宗仪撰《辍耕录》卷九。

临海章安镇蔡木匠一天傍晚回家，经过山东殡葬之地，沉醉中以为进了家门，摸着棺木说：“是我的床哟。”就睡在上面。半夜他酒醒后，因为天黑不便前行，只好等待天明。他忽然听到两个鬼的对话，得知某女重病乃是后园的葛根精作祟造成的。第二天，他到病人家里说自己能够治病。他随即在那家的后园挖出一个巨大的葛根，将这块葛根煮来吃后，某女立刻痊愈。

溺水不跃

古代烈女故事。见元·陶宗仪撰《辍耕录》卷十。

至元年间，敌寇横行，恣意抢掠。漳州龙溪县陈某之蔡氏与里中的妇女同舟避难时，被敌寇追上。敌寇看见蔡氏颇有姿色，就打算先强奸她。蔡氏借口衣服湿了，要求更换衣服，毅然投水以保全名节。敌寇以为溺水的人必定会跃起来，连忙用长竿去钩，她宁死不屈竟没有跃起。

女奴义烈

古代烈女故事。见元·陶宗仪撰《辍耕录》卷十一。

一年秋天，敌寇攻陷杭州城，大肆抢劫官民府库。他们在一户人家没有抢劫到财物，便把女主人捆在柱子上，正要拔刀割颈时，一个女奴竟以身体保护女主人，并且说主人家里的财宝是自己收藏的，只要放走女主人，就全部拿出来。待敌寇放走女主人后，这个女奴竟自杀身亡，时人莫不称赞其“义烈”。

鬼室

古代画中人型故事。见元·陶宗仪撰《辍耕录》卷十一。

温州某监郡有一个女儿尚未出嫁，貌美聪慧，受到父母疼爱。她生病去世后，父母就请画工画了她的像，年节时挂出来哭奠，平时则收藏起来。某监郡任满离去时，忘了取走。新监郡上任也居住在这里。他的儿子未婚，忽然得到这张画像，心想：“如果能够娶到这样的妻子，一生便心满意足啦。”因此悬挂在自己的卧室里面。一天晚上，他忽然看见这个女子从画轴中走下，来到床前与他亲切交谈，随后就住在一起了。从此她没有一夜不来。过了半年，新监郡的儿子渐渐消瘦，父母问他，他立即如实相告。并说每夜她带佳果来给他吃，他回赠糕饼，她却坚决不食。父母教儿子今晚务必尽力劝她。到时候此女推辞不了，就咽下少许。天渐明亮，她竟不能够离去，完全跟常人一样，只是不能言语。这样他俩便成为真正的夫妻，而他的病也好了。

金镩刺肉

古代寓言。见元·陶宗仪撰《辍耕录》卷十一。

西域人茂巴尔一天与妻子在一起吃饭，妻子用小金镩刺一块肉将入口时，正好有客人来到门外。茂巴尔出去迎客，妻子把肉放在盘子里，就出去泡茶。等到回来时，金镩已经不翼而飞。因为有一个小婢女在旁边，便以为是她窃取的。可是任凭主人怎样拷打，婢女都不承认，直到殒命。过了一年光景，主人召匠人整屋扫瓦，那只金镩与一块朽骨一起落下，方知金镩是猫偷肉时带走的，那个婢女竟含冤而死。

奉 母 避 难

古代家庭故事。见元·陶宗仪撰《辍耕录》卷十二。

泰州袁氏兄弟二人同居养母。有一年，红巾军压境，兄弟二人背着老母逃跑。跑到中途，兄长挂念妻子不辞而回，只有弟弟一个人与老母借居在一处田舍。该城陷落后，他家一房尽遭杀害，唯独弟媳获免。她乘机逃出，因此得以在田舍和丈夫相会。

贞 烈 墓

古代抗暴故事。见元·陶宗仪撰《辍耕录》卷十二。

天台县有一个士卒的妻子郭氏貌美，千夫长李某心里非常羡慕。离县城七八十里的地方经常有盗匪出没，李某就把这个士卒带到那里去驻守。有一天，李某来到这个士卒家里，对郭氏百般调戏，郭氏坚决不让李某侵犯。半年后丈夫回家，郭氏如实相告。她的丈夫因刺杀李某未遂，被判死罪入狱。郭氏毅然以死殉夫，县中为她立了贞烈墓。朝廷随后派官员来复查此案，她的丈夫才得以平反。其人获释后，终身誓不再娶。

蛙 狱

古代案狱故事。见元·陶宗仪撰《辍耕录》卷十五。

有一天，一只巨蛙跳到荆山县公堂上，瞪着两眼好像要告状的样子。县尹派衙役尾随巨蛙来到离县城六七里的一口废井边，巨蛙跳下去就不出来了。县尹得报后，随后衙役在井中找到一具尸体。死者是两天前被同伴谋财杀害的商人。于是商人的同伴被逮捕法办。据死者家属讲，其人生前不食蛙，看见有人卖蛙立刻买来放生。因此，蛙能够替他雪冤。

号 寒 鸟

古代寓言。见元·陶宗仪撰《辍耕录》卷十五。

五台山有鸟名“号寒”。它盛夏时文采绚烂，自鸣得意，以为凤凰不如自已。深冬严寒时，它的羽毛脱落，便自鸣得过且过，悲切不已。

虎　祸

古代寓言。见元·陶宗仪撰《辍耕录》卷二十二。

大德间，荆南境内有九人在山中赶路，遇雨就到路边的旧土洞里去躲避。忽然，有一只老虎跑来盘踞在洞口，哮咆怒视，目光射人。其中有一个人素来愚笨，另外八个人密议：老虎得不到人是不会离开的，于是哄骗那个愚人先出去，并且说大家一起杀老虎。愚人犹豫不决，他们便想把愚人掷出去。这时候，老虎越发愤怒。八个人竭力推愚人出洞，老虎立即把他衔到洞口外面，但仍怒视如前。不一会儿土洞塌下，八人都压死了，愚人却得以活命。

童子属对

古代诗对故事。见元·陶宗仪撰《辍耕录》卷二十二。

一天，某个官员打着雨伞回家时，有一个七八岁的童子跑到他的伞下躲雨。他就问童子能不能对对子？童子说："能。"他说："青衿来避雨。"童子说："紫绶去朝天。"他听了非常高兴，就把童子领到家中，送了一些水果给童子。这个童子长大后，竟官拜中书平章事，即宰相。

猴　盗

古代盗贼故事。见元·陶宗仪撰《辍耕录》卷二十三。

有一次，优人杜生从江西回到韶州，住进一家旅店。旅店中先入住的一位客人与杜生相互请酒，杜生并不知道此人是一个盗贼。杜生在那人的房间里看见一只小猴，非常机灵，能够听从那人用藏语差遣。后来杜生到了清州，留在吴同知那里时，听说有一个江洋大盗专门指使猴子入室盗窃，祸害一方。次日那人来拜谒吴同知，吴同知即强行将小猴子扣下。临离去时，那人秘密用藏语要小猴子终日不食不饮，迫使他们解开绳索，以便逃到十里外的小庙来相会。那人的话语正好被译史听到了。小猴子果然整天不食不饮。派人去查看，那个江洋大盗果然没有离开。吴同知只好将小猴子除掉。

盗有道

古代盗贼故事。见元·陶宗仪撰《辍耕录》卷二十三。

有一年，盗贼进入浙省丞相府。那天晚上月色微明，丞相在纱帐中窥见此贼美髯，身长七尺多，他制止一个侍姬呼喊，竟让盗贼窃取金玉而去。次日丞相立即责令有司绘影图形进行搜捕，终无所获。第二年，此人才在绍兴诸暨州败露。审问后方知此人那天晚上是戴着优人假髯作案，得物后将其藏于江边白塔上，过了数日才带离杭城。

鞫狱

古代案狱故事。见元·陶宗仪撰《辍耕录》卷二十三。

一天，某甲与某乙斗殴时，某甲的母亲来劝架，不料仆地而死。据说是被某乙用木棒击打脑袋所致。某乙在监狱中拘禁两年后遇赦免。他出狱后来向某吏致谢时才吐露，某甲的母亲是牵其子衣服脱手倒地而丧命的，当时唯恐受杖刑，只好招认。但是审案时并未深究，所以将错就错。

馄饨方

古代交友故事。见元·陶宗仪撰《辍耕录》卷二十四。

乔某官至吏部郎中，喜欢谐谑，所交往的人皆是名人、才士。他家里包的馄饨非常好吃，常常为宾朋来索取所苦。一日请客，他事先在每位客人面前放一张帖子，并且让大家吃完以后才看。等到大家打开来看，竟是包馄饨的方法。宾客们大笑而散，从此再也没人来索要馄饨了。

误堕龙窟

古代奇遇故事。见元·陶宗仪撰《辍耕录》卷二十四。

有一年某商航海，漂泊到一个山岛，黑夜匍匐登岸，突然坠入深穴。天明后他发现有无数大蛇盘踞在内，蛇并无吞食他的意思。他看见蛇时时舔石壁间的小石，于是取小石噙在口中，顿忘饥渴。一日，雷声阵阵，大蛇相继腾升，他才知道遇到了神龙。他连忙挽龙尾出了深穴，然后搭船还家。他到京城后，方知自己噙在口中的数十枚小石，都是珍宝。

李哥贞烈

古代抗暴故事。见元·陶宗仪撰《辍耕录》卷二十七。

灞州李哥是一个卖艺不卖身的娼女。她不施粉，不茹荤，所歌多仙曲道情。遇到企图侮辱她的富人，她即怀刃闭卧，至为贞烈。知州对她赞赏有加，其次子举秀才后，将她聘娶为妻。不久，暴徒入寇，两夫妻被捉。暴徒贪图她的美貌，打算夺妻杀夫。李哥立即抱住丈夫大呼：“我断不从贼求活！”两人竟双双被杀。

讥巴延太师

古代诗对故事。见元·陶宗仪撰《辍耕录》卷二十七。

至元间太师丞相巴延专权蠹政，贪恶无比，以罪左迁南恩州达史噜噶齐，至隆兴卒，寄棺驿舍。滑稽者在壁上题诗道：“百千万定犹嫌少，垛积金银北斗边。可惜太师无运智，不将些子到黄泉。”

讥方士

古代讽刺故事。见元·陶宗仪撰《辍耕录》卷二十七。

有一年，松江大旱，府官从嘉兴请来号称道术高妙的方士沈某求雨。其人非常骄傲，以为雨可立刻到来。然而任由他施展法术，却一点儿也不应验。有人作诗嘲笑道：“谁呼蓬岛青头鸭，来杀松江赤链蛇？”闻者大笑不止。

邱机山

古代诗对故事。见元·陶宗仪撰《辍耕录》卷二十七。

邱机山以滑稽闻名于世。他曾经遨游到福州，讥笑那里的秀才不识字，引起众怒。一日，有人构思了一对想让他辞屈心服，说道：“五行金木水火土。”邱机山答道：“四位公侯伯子男。”他的博学敏捷令人佩服。

不孝陷地死

古代奇事故事。见元·陶宗仪撰《辍耕录》卷二十八。

杭州杨镇有一个凶徒，素来不孝顺母亲，而且经常凌虐妻子，他对三岁的儿子却无比爱惜。有一次，他妻子抱着儿子时，失手碰破了儿子的头，便哭着对婆婆说："丈夫回家，我必定被他打死，不如我先跳水死了的好。"婆婆说："你不要担忧，就说是我的过失。我暂且去你小姑那里躲避一下，等他息怒再回来。"到了晚上，丈夫回来看见儿子的头破了，就去揪妻子，要杀她。妻子说："不是我的过错，是婆婆不小心摔的，她害怕你生气，已到小姑家去了。"这家伙第二天便拿着刀去寻母亲，中途把刀藏在石头下面，再到妹妹家用好话引诱母亲回家。他到了那个石头旁边，痛骂母亲，准备取刀砍杀，谁知找不刀，只见一条大蛇挡道。他畏怯退缩，不觉双足陷进地里，顷刻间就埋到膝盖，七窍流血。母亲无计可施，连忙跑去告诉儿媳。他妻子赶来掘地，随掘随陷，只好喂他饮食，他过了三日才死。观者每天达几千人，莫不称快。

白 县 尹 诗

古代诗对故事。见元·陶宗仪撰《辍耕录》卷二十八。

有一次，嘉兴白县尹得代过姚庄访僧胜。在福州闲游市井时，他看见妇人女子都浓妆艳饰，便问随行者。有人回答说是风俗使其如此，年轻美貌的女子受到僧人宠爱，稍差一点儿的为道人所有。白县尹听了便在墙壁上题一首绝句："红红白白好花枝，尽被山僧折取归。祗有野薇颜色浅，也来钩惹道人衣。"僧胜见了，连忙命人抹去。然而已经不胫而走，传播开了。

凌总管出对

古代诗对故事。见元·陶宗仪撰《辍耕录》卷二十八。

嘉兴总管凌某以文章、政事自我夸耀，同僚不敢与他对抗，然而他的贪污行为常常被人讥讽议论。他因此出对子进行表白："竹本无心，外面自生枝节。"有个推官对答说："藕因有窍，中间抽出丝毫。"用以嘲讽凌某。

义 丈 夫

古代侠义故事。见元·陶宗仪撰《辍耕录》卷二十八。

一年，有两个商贾从嘉兴来到平江雇船去海口收货，停泊在货行二十多里外。有两个强盗装扮成道人过来求渡，登船后立即拔刀对两个商贾说："我们追赶盗贼至此，你们束手就擒吧！"舟人连忙摆酒为登船打劫的强盗祝贺，趁机将他们灌醉，抽刀结果了他们的性命，使两位商贾虎口脱险，幸免于难。

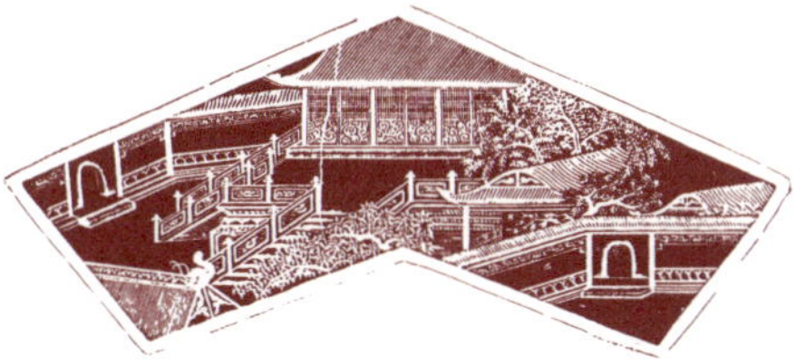

2

中国民间故事通览

祁连休 冯志华 编著

河北出版传媒集团
河北教育出版社

明代故事

《霏雪录》

书名。明·刘绩撰。刘绩，字孟溪，明初山阴（今浙江绍兴）人。此书有《古今说海》本、《丛书集成初编》本等。其中收有《术士炼银》《胡僧善相》等故事。

术士炼银

古代骗子故事。见明·刘绩撰《霏雪录》。

会稽王某，家资雄厚。至正年间被徭役困扰，门户零落。有一个术士来到王家，与王某在园中散步，指着池水对王某说："你家池中水都是白银，我能够提炼。用几十两银子打成六个煮锅，等我西游回来试试吧。"到了约定的时间，术士取池水烧炭来熬，把药投进去，经过一个月，煮锅里面都成为白银。王某十分惊讶，厚赠了此人。离去以后，到了约定的日期，此人再也不来了。王某称了称，所得的银子跟打煮锅的银子一样重。富家子弟愚呆而贪心，被骗子这样欺骗，大可为戒。

胡僧善相

古代僧人故事。见明·刘绩撰《霏雪录》。

洪武年间，有一个胡僧善于看相。一次，他在某寺看见三个僧人与寺庙的住持道别，他就问住持："那三个僧人到哪里去？"住持说："到普陀去顶礼。"

胡僧让人赶快去把他们叫回来，否则便会在水上遇到灾难。住持派人去追赶，已经来不及了。三个僧人果然都淹死了。此则故事又见《已疟编》。

猜谜破案

古代案狱故事。见明·刘绩撰《霏雪录》。

有一个人用包头巾包扎衣物在山间行走，遇到一个恶少。恶少以为他的包中必定有钱币，便把那人杀了。恶少打开一看，里面竟是纸被，感到很后悔。于是在纸被上面写道："的的的，孰令尔纸被似钞角。问我何处住？五色云中住。问我是何姓？勺子少个柄。尔也错，我也错。不如归去，的的的。"诉官后，审案官不知主名。便招一个精通谜语的人来问，他说："五色云，彩烟也。彩烟是新昌的山名。勺子少柄，盂也，就是于姓。"立即派差人去缉捕，许久没有收获。有一天，那个差人去店里理发，看见有一个人在对门做饼时，用饼槌敲打，发出"的的的"的响声。原来此人就是在某山中劫杀背负纸被者的凶犯。官府发现贼人，立即将他逮捕归案。贼人果然服罪。

《明廷杂记》

书名。明·陈敬则撰。此书明刊本为二卷，《续说郛》本为一卷。其中收有《善对》等故事。

善　对

古代诗对故事。明·陈敬则撰《明廷杂记》。

洪武末年，文皇帝宴请群臣的时候，出一对子说："天寒地冻，水无一点不成冰。"姚广孝回应说："国乱民贫，王不出头谁做主。"文皇帝听了大喜。

《水东日记》

书名。明·叶盛撰。叶盛（1420—1474），字与中，南京昆山（今属江苏）

人。正统进士，历任礼部右侍郎、吏部左侍郎等职。此书四十卷。有弘治徐氏刻本、康熙叶氏赐书楼印本、《四库笔记小说丛书》本等。1980年中华书局出版有魏中平点校本。其中收有《闻箫作画》《尝驼峰》等寓言、故事。

闻箫作画

古代寓言。见明·叶盛撰《水东日记》卷一。

一位高介绝俗之士，一个月夜在京城的旅舍里住，忽然闻听邻家传出清亮的箫声，乘兴画了一幅竹石图。第二天早上他去寻访，准备将画赠送给吹箫人。敲门后方知吹箫人是个富商，大为扫兴。

尝驼峰

古代机智人物故事。见明·叶盛撰《水东日记》卷十五。

一日，尚书吕震与学士解缙谈及食中美味，吕震说："驼峰珍美，可惜我没有见过。"解缙说："我曾经尝过，的确味美。"吕震知道他在诳骗自己。过了一些日子，吕震从光禄寺得到死象蹄腿，就对解缙说："昨天得到了赏赐的驼峰，应当一起享用。"解缙因此大嚼而去。吕震随后寄一首诗给解缙，诗曰："翰林有个解痴哥，光禄可曾宰骆驼？不是吕生来说谎，如何嚼得这般多？"此则故事又见《九朝野记》《古今谭概》等。

《双槐岁钞》

书名。明·黄瑜撰。黄瑜（1426—1497），字廷美，自称双槐老人，香山（今广东中山市）人。景泰七年中乡举，入国子监肄业，在户部任职，又出为长乐县令。后归居广州，以著述自娱。此书十卷，220篇。有明嘉靖刊本、《丛书集成初编》本等。中华书局1999年出版有魏连科点校本。其中收有《断鬼石》《陈御史断狱》等故事。

断 鬼 石

古代案狱故事。见明·黄瑜撰《双槐岁钞》卷四。

江西有一个百姓娶新媳妇，三天后小两口去拜岳父母。丈夫先回到家中，妻子后回家，竟不知去向，到处都找不着。岳父控告女婿杀害妻子。女婿经不起拷打，便诬服了，说他已把尸体抛进前塘中。官府派人去打捞，果然得到尸体，于是定案。可是江西主管刑狱的按察使石某感到怀疑：杀人弃尸，不是有很深的冤仇不会这样。新婚夫妇，何至于此！他假意行刑，囚犯尚未押出，就有一个道童来监门外打探。抓住道童，进而发现新妇与两个道士的奸情，最后将两个真正的凶犯法办。江西老百姓非常佩服这一位姓石的按察使，就称他为“断鬼石”。

陈御史断狱

古代案狱故事。见明·黄瑜撰《双槐岁钞》卷四。

陈御史在审案时，发现判了死刑的张生好像有冤屈，便询问一番。张生说，他的父母双亡，家贫无资，未婚妻派婢女来约自己取金币，以便操办婚礼。同舍杨生竭力不让他去。当天晚上未婚妻与婢女被杀，她母亲来捉他告官。他经不住拷打就诬服了。陈御史立刻命人拘捕杨生。杨生脸色大变，双腿发抖，随即伏罪。张生因此获得释放。

蛊 吐 活 鱼

古代奇事故事。见明·黄瑜撰《双槐岁钞》卷五。

吴江周某到广西做买卖时，被陈氏女招为上门女婿。二十年后，生下的男孩已经十六岁，他忽然想回老家去。妻子不能够阻挡周某，便在饮食里面给他下了蛊毒，但他并不知道。陈氏让儿子跟随周某，悄悄把解蛊的办法告诉孩子，说道：“你父亲肯回来，就给他医治。”周某回到吴江后蛊发腹胀，儿子请求他回到广西。他说：“我也想念你们，可是有病回不去。”儿子说他能够医治。于是，儿子把周某捆在柱子上。他呼喊口渴，儿子就拿瓦盆盛水，却不让他喝。反反复复几百次，他烦躁不安，竟吐出一条活鲫鱼，肚子立即消肿。

捉盗还钞

古代案狱故事。见明·黄瑜撰《双槐岁钞》卷六。

有一个瞽者带了一百缗钞币醉卧在城南的荆树下，醒来后钞币已经丢失。他去大同府山阴县报案，知县说："这株荆树乃是妖怪。"于是立即出城去审问荆树。老百姓感到很奇怪，都争着前去观看。他密令差人去探查不去的人，发现有一个家伙仓皇失措。经过审讯那个人便招供了，因此归还所偷窃的钞币。

《客坐新闻》

书名。明·沈周撰。沈周（1427—1509），字启南，号石田、白石翁、王田生、有竹居主人等。南京长洲（今江苏苏州）人。此书《明志》著录为二十二卷，《国史志》著录为三十二卷。现存《续说郛》本、《五朝小说》本等均为一卷。其中收有《诗刺贪徒》《蚕神报冤》等故事。

诗刺贪徒

古代诗对故事。见明·沈周撰《客坐新闻》。

富阳俞克明做官后很贪婪，他家有田与别人的田塍相连，每年他都让家里人侵占人家田边的土地，乡民有苦难言。他的族人写诗讽刺道："一年一寸苦相侵，一尺元来十度春。若使百年侵一丈，世间那得万年人。"

蚕神报冤

古代奇事故事。见明·沈周撰《客坐新闻》。

有一年太仓孙廷慎到安吉做买卖，往来皂林时，看见巡司捕获三个盗贼，三人是当地的大族伍氏的家丁。他家每岁养了许多蚕，桑叶不够用，就把十余筐蚕埋在土中。三人随后驾船去卖桑叶，在回来的途中，忽然有一条大鲤鱼跃入船中。三人打算拿回去送给主人。船经过皂林时，巡司查看他们的船，发现头仓有一条人腿，立即把他们缚解到浙江臬司。三人经不起严刑拷打，不得已承认杀了人，并且说身尸现埋在伍家隙地内。主司马上命吏卒人等把三个人押到伍家，他们妄指一地，正是埋蚕之处，挖开后蚕都不见了，只有一具死尸，身躯完全，就少一条腿。因此他们和家主一起抵罪。

《菽园杂记》

书名。明·陆容撰。陆容（1436—1494），字文量，号式斋，太仓（今属江苏）人。成化进士，历任南京主事、兵部职方郎中、浙江参政等，后忤权贵罢归。此书十五卷。今存有明刊本、《墨海金壶》本、《守山阁丛书》本、《丛书集成初编》本等作七卷；《四库笔记小说丛书》本作十五卷；《续说郛》本、《五朝小说》本等作一卷。中华书局1985年出版有佚之点校本。其中收有《参将宝刀》《岂敢有须》等故事、笑话。

参将宝刀

古代宝物故事。见明·陆容撰《菽园杂记》卷一。

参将赵某有一天看见马摔倒了，发现土里面有一个物件，是一把刀。这一把刀十分奇异，每逢地方上将有变故，此刀自己便出鞘一寸多，刀鞘当口处被割坏。识宝人说这是一件灵物，应当随时在刀口上涂抹羊血。赵某依赖这一把灵验的宝刀，加强防备，使得他多年守边都没有吃过败仗。

岂敢有须

古代笑话。见明·陆容撰《菽园杂记》卷二。

正统年间，工部侍郎王某貌美无须，经常出入太监王振家门，善于看王振的颜色行事，深得王振的眷顾。一天，王振问王某：“王侍郎为何无须？”王某连忙回答：“公无须，儿子岂敢有须。”人们传为笑谈。

史某妻

古代案狱故事。见明·陆容撰《菽园杂记》卷三。

洪武年间，京城平民史某与一个朋友合伙经商。史某的妻子貌美，史某跟此人外出做生意时溺水身亡。史妻孤身一人，经不起此人求婚，就与其结为夫妻，几年后生了两个儿子。有一天，突然下大雨，庭院里面满是积水，一只蛤蟆从水里跳上台阶。有个孩子逗蛤蟆玩，用木棍拨蛤蟆，让它落入水中。后夫对妻子说，史某死时也是这个样子。妻子一问，才知道是后夫有意害死史某的。等到后夫外出时，她杀死两个孩子，然后到朝廷告状。皇上称赞她的壮烈行为，立即将后夫法办。

佛阁击鬼

古代不怕鬼故事。见明·陆容撰《菽园杂记》卷三。

江西南丰县有一座寺庙的佛阁里面经常有鬼出没，人不敢登上去。徐生素来不怕鬼，朋友让他夜晚登上去，约定次日取出事先放置的一物下来，事成后大家请他喝酒，否则有罚。到了晚上，徐生饮醉而上，不带兵刃，只拾瓦砾自卫。一更后，果然有几个鬼从窗户中进入，坐到梁上面，徐生呼喊着拿瓦砾击打，鬼立刻逃到窗外，都进入墙下水穴。次日，徐生拿着信物下来，众人便凑钱请他喝酒。随后，徐生带领家僮去挖掘鬼逃进去的地方，得到一窖白金，六十多斤。佛阁从此以后就不再闹鬼了。

新娘升空

古代奇事故事。见明·陆容撰《菽园杂记》卷三。

有一年，徐州萧县王某的女儿出嫁，中途下车方便时，忽然大风扬尘，将王女刮上高空，转瞬不见。乡里人讹传，是鬼神将她摄去了。王女的父母亲戚号哭不已。当天，王女竟落到五十里外一户人家的桑树上面，一问才知道是某村某家的女儿，是被大风刮来的。问她在空中看到了什么，她说：“只听到耳边风声霍霍，没有看到什么。飞得越高越觉得寒冷，忍不住发抖。”这家人认识王家，第二天就将她送回家去。她随后又做了新媳妇。

举子逃命

古代奇遇故事。见明·陆容撰《菽园杂记》卷六。

有一年，常熟一个举人到京师会试，出游后七天没有回去，不知道到哪里去了。原来，他去到一个尼寺，被留下来与众尼淫乐。每一天早上，尼姑便锁上门外出，到了晚上，悄悄带上酒菜回来，外面的人毫无所知。后来，这个举子感到恐惧，就翻墙逃跑了。出来时他已经十分消瘦，疲惫不堪。

陈五戏巫

古代捉弄女巫型故事。见明·陆容撰《菽园杂记》卷七。

在京师街巷里面，好多人都信女巫。有个武人陈五，非常厌恶家里人迷信，却没有办法去制止。有一天，他含着李子让腮帮子鼓起来，谎称疼痛难忍，成天躺着。他的妻子很担忧，就去请女巫来治病。女巫降神，说陈五生的是疔疮。因为他不信神，神便不救他。家里人一起跪拜请求，女巫才答应救人。女巫进内屋后，陈五慢慢吐出李子给女巫看，羞得她夺门而逃。从此，他家再没有人崇信女巫了。此则故事又见《稗史汇编》《智囊补》等。

大蛤蟆精

古代精怪故事。见明·陆容撰《菽园杂记》卷六。

遂昌有一个农夫在看稻田的地方住宿时，晚上吹笛子自娱。忽然有一个大面矬人靠着石头听守稻人吹笛子，第二天照样来听。守稻人知道它是妖怪，但是不敢惊动它。第三天晚上，守稻人在它坐的地方放上炭火，把铁筷子插在里面。当那个精怪再来时，守稻人出其不意，取出铁筷子刺它，它急忙往旁边的水沟逃去。次日早上，守稻人跟踪寻找，发现一个大蛤蟆已死在水边。

噤不敢言

古代笑话。见明·陆容撰《菽园杂记》卷七。

昆山的徐生善于画竹。他游历京师时，有人请他在墙壁上画竹。画完以后，他想在上面题写“朝阳鸣凤”。有人说：“恐怕让人说不妥，不如改为‘舞凤’。”有人又以为不好，就换成“彩凤”。有人从旁说道：“鸣也鸣不成，舞也舞不成，不如好衣服，摇摆过日子。”众人哄堂一笑而散。

兄弟疡医

古代报应故事。见明·陆容撰《菽园杂记》卷八。

昆山五保张某兄弟都是疡医。凡是来求医的，必到弟弟那里，而不去找兄长，于是弟弟一天天富起来，兄长却一天天败落。兄长嫉妒弟弟，打算把他逼走才甘心。一日，弟弟雇船进城，兄长预先隐藏在船里，到了新洋江，他忽然起来揪弟弟。船里面的人感到恐惧，急忙把船停到岸边，让弟弟得以逃走。弟弟听从父老的劝告没有去告发兄长。不久，兄长一晚上睡到天明，眼睛睁不开，竟成为瞎子，贫困而死。人们以为是他不讲道德所致。

胡子老官

古代盗贼故事。见明·陆容撰《菽园杂记》卷八。

苏城商人蔡某，曾经在京口泊舟，看见有个客人长躯伟貌，须髯被腹，髭长数寸，遮蔽了嘴巴。他暗想此人一定会妨碍饮食，便邀请此人进饭馆用餐，好看个究竟。客人到吃饭时，脱下帽子，拔下两个簪子来勾连他嘴巴上的胡须，插入两鬓，随即长饮大嚼，旁若无人。客人吃完饭后，说道："感谢你的厚情，真不知道咋样回报？"于是从舟中取出一根木棍交给他，说道："假如行船时有人侵侮，就拿出来警示，说'胡子老官压惊棍'在此，对方必定退去。"后来在江中行进时，突然遇到暴客，蔡某照他说的办，暴客果然不犯而去。这样的事情一再出现，蔡某才知道他是暴客的魁首，在那些人中间很有威信。蔡某后来死在九江，胡子老官听说后，就赠送白金来帮助办丧事，还派人护丧到京口才离去。

夜行遇鬼

古代不怕鬼故事。见明·陆容撰《菽园杂记》卷八。

乡下人曾某夜行时要过一条河，有一个以前认识的人来说："我背你过去。"等到了那人的背上后，曾某忽然想起："此人已死，怎么会在这里？必定是鬼要来迷惑我。"登岸后，曾某仍然紧紧地抱着它的背不肯放手，使其变为棺板，随后就把它劈来焚烧了。

巡抚都御史被讼

古代官吏故事。见明·陆容撰《菽园杂记》卷九。

成化年间，有一个巡抚都御史被人控告到朝廷上面去了。他有个亲戚当了给事中，他就托此人拿重金去贿赂太监，请求帮助。可是此人却拿他的重金去替自己办事，因此升为吏部侍郎。而这位巡抚都御史则受到法办，在戍边中死去。

托人纳贿

古代官吏故事。见明·陆容撰《菽园杂记》卷九。

有一个兵部侍郎想补上兵部尚书的空缺。他知道任刑部尚书的亲家在官场上广有门路，就托亲家去行贿。这个亲家却用他的重金为自己谋得了兵部尚书一职。这个兵部侍郎竟因愤恨而发毒疮，不久便亡故了。

冤死者复仇

古代案狱故事。见明·陆容撰《菽园杂记》卷十。

南京刑部员外郎孙某，精通刑名。有两个人一起打死一个人。造成死亡的实际上是甲，乙只是在解劝，但一同逮到刑部。甲家富有，就让亲戚去求孙某。孙某滥用酷刑逼迫乙认罪，让甲脱身。乙终于被处决，临刑时冤号不已。次日，孙某赴刑部，看见乙立在马前。孙某呵斥乙，乙不肯退去。孙某回家后就吐血，七日而死。此则故事又见《寓圃杂记》。

游士异术

古代案狱故事。见明·陆容撰《菽园杂记》卷十。

江西有一个游方术士善异术，官吏对他都很客气。唯独按察某副使不相信术士，打算自己请他来以术为戏。术士答应了，就去将纸剪成为两把刀。两把刀立即飞起来，不断飞舞，慢慢接近副使。副使端坐不动，两把刀突然扑到他的面前。副使用袖子去驱赶，术士便收刀而去。只见副使两边的眉毛已经被削去了。派人去抓捕，此人已不知去向。

金带变蛇

古代奇事故事。见明·陆容撰《菽园杂记》卷十一。

浙江都指挥王某曾经在嘉兴一座寺庙里面住宿。他离开以后，有一个僧人进入他住过的卧室，看见一条蛇盘在榻上，便闭门而去。一会儿，有两个士兵跑来，取走王某忘记在那里的金带，也就是僧人看见的那条蛇。

古墓宝器

古代宝物故事。见明·陆容撰《菽园杂记》卷十一。

成化年间，山东鱼台县有一个乡民挖窖时，从古墓中得到一个陶瓮，便拿回家去贮水。贮上的水很快就干了。乡民以为不吉利，随即把它放在大树上面。它在树上呜呜作声，乡民感到奇怪，赶忙把它打破。后来，有一个有见识的人说，这是一个宝器，用它可以照到野外数里的村落，人畜都能够看见。县官听说以后，就把它取走了。

渔者兄弟

古代案狱故事。见明·陆容撰《菽园杂记》卷十三。

陈某夫妇以耍猴乞食为生。有一天晚上，他们到桐庐县一个山村投宿，这一家兄弟二人以打鱼为生，都未完婚。兄弟二人想霸占陈妻，第二天就把陈某骗出去害死了，回来谎称是被老虎衔去的。他们要娶陈妻，陈妻不愿意，并且要去告官。他们非常害怕，于是把陈妻与猴子一起弄死。可是陈妻死而复生，就像发疯一样四处奔走告状。最后，官府捕获两个凶犯，将他们法办了。

蜂　义

古代人与动物故事。见明·陆容撰《菽园杂记》卷十三。

太仓张某向来讨厌胡蜂蜇人，一旦发现胡蜂便扑杀。他曾经看见有一只飞虫挂在蛛网上，被紧紧地束缚住不能动弹。一只蜂飞来搭救飞虫，先将蜘蛛蜇跑，随后多次含水去湿飞虫。过一会儿，飞虫就得以脱身。因为被胡蜂的义气感动，张某从此不再杀胡蜂。

《医闾漫记》

书名。明·贺钦撰。贺钦（1437—1510），字克恭，号医闾山人，浙江定海人。成化进士，授户科给事中，后因故告病归。此书一卷，有《纪录汇编》本、《续说郛》本、《五朝小说》本等。辽宁人民出版社2011年出版有点校注释本。其中收有《壮夫杀虏贼》《夫妻杀虏贼》等故事。

壮夫杀虏贼

古代杀敌故事。见明·贺钦撰《医闾漫记》。

成化年间，某处的虏贼得知东征的队伍来到时，一下跑光了。有一个壮夫夜晚拿上武器独自坐在一间房屋里面，静静地守候着。有一个虏贼溜回来，悄悄进入房内，壮夫猛然从旁将他击杀。壮夫随即外出杀虏贼，天明后提了几个虏贼的脑袋回来。

夫妻杀虏贼

古代杀敌故事。见明·贺钦撰《医闾漫记》。

山东管家庄有一个精壮男子不在家时，建州的虏贼来到这里把他的妻子虏去。三天后男子回家，看见家里已经空空如也。他无法生活，打算去替人家帮工，一时间找不到雇主。他来到一个地方，看见自己的妻子出来打水。他就和妻子悄悄商量好，当天晚上点燃堆在户外面的柴火来烧虏贼的房屋。房屋燃烧起来后，虏贼惊慌失措，就光身子跑了出来。男子将虏贼射死，然后带上他们的财物，和妻子一起回到家中。别处的虏贼听说后，再也不敢闯到他们村庄来了。

辽阳妇人退虏贼

古代杀敌故事。见明·贺钦撰《医闾漫记》。

辽阳东山的虏贼到一家打劫，这家男子都出去了，只有三四个妇人在家。虏贼不知虚实，不敢进入室内，就在院子里面拿弓箭来恐吓。屋中的两个妇人牵引绳子，一个妇人安箭从窗户中绷射出去。她们接连射了几箭，虏贼仍然不退，可是箭射光了，便大声假意呼喊："取箭来！"然后从顶棚上扔下一束麻秸，好像箭杆的声音。虏贼惊呼："她们的箭这样多，不好对付！"于是退去。

《东田文集》

书名。明·马中锡撰。马中锡（1446—1512），字天禄，号东田，故城（今属河北）人。成化进士，曾任大同巡抚，后受诬入狱，病死于狱中。著名寓言故事《中山狼传》，即收在《东田文集》中。

中 山 狼 传

古代中山狼型故事。见明·马中锡撰《东田文集》卷三。

东郭先生好心搭救受伤的中山狼，将其藏在书袋内。躲过追捕后，那狼刚刚一出书袋便要去吃东郭先生。先生竭力拒狼，大喊："狼负我！"并说："常言道，事疑必问三老。我们去问三老，如果说可以吃，就让你吃，说不可以吃就不能吃。"狼大喜，即与他同行。狼很馋，望老木僵立在路边，便说："可问此老。"先生只好讲述了事情的始末，问道："狼应当吃我吗？"老木说道："我，杏也。过去，种树老人一家吃我，还摘果实去卖钱，我的功劳大啦。如今我老了，就要砍伐我的枝条，把我卖给木匠铺去换钱。你对狼有什么恩德，竟想放过你？实在该吃。"狼立刻扑向先生。先生说："讲好询问三老，如今只遇到一棵老杏，你为啥相逼呢？"又往前行，狼望见一头老母牛，便说："可问此老。"先生不得已，再述事情的始末来问牛，老母牛说："老杏讲得好。年轻力壮时，我去拉车耕田，任劳任怨，老农一家人的衣食仰仗我供给。如今我老了，都说'牛的一身无废物'，就打起我的主意来，我真不知会怎么死掉哇。你对狼有什么恩德，竟想放过你？"狼又张牙舞爪扑向先生。先生说："你不要着急！"远远望见有一个老人拄着藜杖过来。先生又惊又喜，上前跪拜哭泣道："请求老丈说一句话来救命。"老丈问原因，先生讲了前前后后的经过。老丈听了再三叹息，用藜杖敲打狼，大声呵斥道："快滚开，不然，我要打死你！"狼说："老丈你只知其一，不知其二。当初先生救我时，束缚我的足，把我紧闭在书袋中，差一点把我闷死。这样的人怎么可以不吃呢？”老丈说：“这都不足信。你再进书袋试试，我看看果真困苦吗！”狼欣然同意了，先生又将它捆起来装进书袋，举上驴背。老丈附耳问先生有没有匕首？先生说：“有。”老丈使眼色让他刺狼。先生说：“这不要杀害狼吗？”老丈笑道：“禽兽如此负恩，你还不忍杀它，也太愚蠢啦！讲仁爱而到了愚蠢的程度，实在是君子不能够赞同的呀。”说完大笑起来，先生也笑了。老丈便举手帮助先生用匕首把狼捅死，扔在道路上后离去。

《语怪编》

书名。又名《语怪》。明·祝允明撰。祝允明（1461—1527），字希哲，号枝山、枝指生，又署枝山樵老、枝指山人。长洲（今江苏苏州）人。弘治举人，曾任新宁知县、应天府通判等，后致仕归。此书一卷，有《广百川学海》本、《烟霞小说》本、《续书郛》本、《五朝小说》本等。其中收有《捉鬼巫》《前世娘》等故事。

捉　鬼　巫

古代巫觋故事。见祝允明撰《语怪编》。

北濠东边有一个巫师，人们称为“某捉鬼”。曾经替人送鬼，他念咒在前面走，有个童子担羹饭香烛纸钱跟在后面，走了一会儿，童子觉得担子愈来愈重，以至挑不动。巫师让他放在地上，取纸来烧。只见纸上冒出一道黑气，巫师说：“这个冤鬼难治。”他与童子都非常恐怖，扔下担子奔跑，鬼紧追不放。跑到前面转角的三家村，巫师大叫救命。大伙把他扶回家，随后他与童子都死了。

前　世　娘

古代奇事故事。见明·祝允明撰《语怪编》。

宣府都指挥胡某的一个小妾死后，八十里外有个民家产了一女，生下来便说：“我是胡指挥的二室，可叫我家的人来。”他家去告诉胡某，胡某不相信，便派两个仆人前往。此女看见仆人立刻叫出名字，说道：“你们来有什么用？请主人来吧。”胡某去后，她说：“官人来很好。”胡立即把她抱在怀中。她小声讲旧事，胡某不觉泪下。胡某便带她回家，家人称呼为“前世娘”。

常熟女遇鬼

古代鬼怪故事。见祝允明撰《语怪编》。

常熟有一家人的女儿回娘家探视父母后，在返回夫家途中，遇到一个绿衣少年前来挑逗。彼此相悦，女子到家立即装病回到内室。少年蹑足入室，裸体与女子交媾。少年随后消失，女亦不知道他是怎样出去的。此后少年不断来往，女子不能够拒绝他。家里人发现女子遇到鬼怪，也无法抵制。如此往来几年，这个鬼怪才渐渐不来了。女子也渐渐恢复常态，没有其他变化。

横林查老

古代鬼魂故事。见祝允明撰《语怪编》。

横林这个地方有一个姓查的老人，去世以后，他的亡魂又回到家中。家里人看不见他的身体，只能够听到他在空中说话的声音。家中的大小事情他都要一一过问。他指点家里人做买卖从来没有失误，获利甚多，他家因此致富。三年后，他对家人说：“我今去矣。”于是便消失了。

水宝

古代宝物故事。见祝允明撰《语怪编》。

弘治年间，有一个回回去进贡，途经山西某地，看见男男女女争相在山下的一个池子里面打水。回回住下来后，对同伴说：“我打算买此地的泉水。”同伴去对当地的居民讲了，居民听后笑一笑随便说道：“要十金。”回回立刻给了。众人说：“要二十金。”回回立即增加。众人说：“开玩笑的。哪有卖的道理！”回回发怒，就出手殴打。大家害怕了，便告到县衙。县令也欺哄他说：“需要三千金。”回回立即增加。县令又反复说四千以至五千金。回回也都增加上去了。县令也感到害怕，连忙报告府衙。太守说县令讲的是玩笑话。回回大怒，说道：“这哪里是开玩笑的事？你们官府都同意了，我因此逗留几天。如今我拿全部的贡品来充价交给你们。你们还要拒绝，我就跟你们决战！”太守不得已，只好同意。回回立即取椎凿绕着泉水破山，进入深穴得到泉源，乃天生的一个石池，泉水从里面出来，立刻要抬出去。守令问："事情将成，不会反悔，试问这是什么宝物？"回回说："金贝珠玉，万宝皆虚，天下只有水火二宝。二宝之中，水宝尤其难得。这就是水宝。无论多少人来打水，哪怕是三军万众，城邑国都的人来打水，都取之不尽，用之不竭。"说完，便高高兴兴地抬着离开了。

《猬　谈》

书名。明·祝允明撰。此书一卷。有《广百川学海》本、《烟霞小说》本、《续书郛》本、《古今说部丛书》本等。其中收有《智耆》《失尸案》《新人》等故事。

智　耆

古代讽刺故事。见明·祝允明撰《猥谈》。

弘治中，有一个富豪子弟遇事被官府搜捕。他立刻窜匿不出，官府百般寻找也找不到。有人说乡里的某老者足智多谋。官吏去拜访他，他悄悄说："要想得此人，须用老子。"官吏说："老子已在此矣。"老者的意思是用"欲取先予"之术。官吏是说，已经捉拿到他的父亲。老者说："不是这个老子。"官吏说："正是这个老子。"老者又讲了一遍，官吏始终弄不明白。官吏立即把老者叱退了，骂道："这个蠢物，还说一个人有两个老子，他有什么智谋！"

失尸案

古代失尸冤案型故事。见明·祝允明撰《猥谈》。

一天，有两个喝醉酒的人在途中相遇，甲将乙打倒在地上，一看乙已经死去，赶忙逃跑。有一个总甲看见了，立刻到官府去报告。当时已经傍晚，便用苇席将乙的尸体围起来，卫兵睡在外面。半夜，乙渐渐苏醒过来，以为自己犯夜禁被抓，赶忙潜逃回家。乙清醒后对妻子说，甲殴打我，明天一定要去告他。天亮后，守尸的卫兵发现乙的尸体已经不见了，惊慌失措，便一起跑到郊外，把一个喝醉的人打死，然后抬回去放在苇室。接着乙拉着甲来告状，竟牵连出守尸卫兵的杀人取代案，卫兵不能隐瞒，于是伏法。

新　人

古代婚姻故事。见明·祝允明撰《猥谈》。

城里面有一个姑娘，许配给乡间的富室。等到了迎娶的时候，头天晚上姑娘突然不见了。原来她已经与相好的人一起私奔了。第二天早上，她家里面的人无计可施，暂且以女儿得急病来推辞，而来的傧相已经明白事情的真相。夫婿家的婚礼刚开始，嘉宾仪卫纷至沓来，翘首以待。等到女家来通报，一下寂然无声。主人问随从的人，都回答不出来。傧相用袖子掩口附耳相告："新人出不来啦。"大家不觉一笑。

《九朝野记》

书名。一称《野记》。明·祝允明撰。此书四卷。或作一卷。有明刊本、同治十三年元和祝氏本、《历代小史》本、《丛说集成初编》本、《续说郛》本等。其中收有"焚身骗局"等故事。

焚身骗局

古代"活佛"骗局型故事。见明·祝允明撰《九朝野记》。

景泰年间，有一个僧人向民众公布，已经选定时间焚身，于是把捐献的钱聚集起来。到时候果然将焚身的僧人送到柴火上面，民众拥挤在一起仰望。巡按御史听说后前来观看，命令停止点火，派人升到柴棚上去察看。只见那个僧人紧锁双眉，不断流泪，不能动弹不能言语。原来是被众僧人缚着放到柴火上，披上僧衣，用麻药让他不能够说话。等他复苏以后才了解到这个寺院年年如此。他们先骗取许许多多钱财布施，到时候就弄一个智力低下的僧人去焚身。于是巡按御史便将那些僧人法办了。此则故事又见《稗史汇编》等。

《枝山前闻》

书名。一名《前闻记》。明·祝允明撰。一卷。有《纪录汇编》本、《丛说集成初编》本、《续说郛》本等。其中收有《沈孝子》《片言折狱》等故事。

沈　孝　子

古代孝子故事。见明·祝允明撰《枝山前闻》。

相城有一个姓沈的乞丐，每一次乞讨来的食物，他自己大多不吃，而是储存下来，拿回去孝敬老娘。他通常乞讨食物回来时，先在岸边整理一番，然后再上船跪在母亲面前，把要来的食物奉献给母亲，并且给母亲跳舞、唱山歌。等母亲吃完以后，他才吃喝，他宁可自己饿肚子，也不会先吃喝。多年以来，他天天如此，一直到母亲去世。此则故事又见《戒庵老人漫笔》。

片 言 折 狱

古代片言决狱型故事。见明·祝允明撰《枝山前闻》。

某县有一个商人载着货物外出做买卖，船夫看见他的一个仆人许久不至，就起了歹心，一下把商人挤到水中淹死，夺走了他的钱财。船夫然后再去敲商家的门，问“娘子，官人为何不下船？”商妻问仆人，仆人说刚才去船上没有看见主人，不知道去哪里了。商妻告到县衙，县府审问船夫以及四邻，毫无结果，一直拖了几年。新上任的县令单独询问商妻，船夫当初上门来问时的情况，发现破绽，立即召唤船夫来核对。船夫回答完全相同。县令笑道：“你自己已经招供，不需要其他证据啦！”船夫不服。县令说：“你明知官人不在家，所以敲门称娘子。岂有见人不来，就知道他不在家的道理？”船夫惊骇，不得不招供，于是被正法。此则故事又见《九朝野记》。

《巳疟编》

书名。明·刘玉撰。刘玉，字咸栗，万安（今属江西）人。弘治进士。历任辉县知县、河南按司佥事、刑部左侍郎等。此书二十一则，有《百广川学海》本、《丛书集成初编》本、《续说郛》本等。其中收有《裂娘》《仙术戏皇上》等故事。

裂　娘

古代精怪故事。见明·刘玉撰《巳疟编》。

信州人袁某有一天夜晚经过一座废宅时，遇一个自称“裂娘”的黑面妇人。正在说话的时候，就忽然不见了，让他感到疑惑和恐惧。次日，他又到了废宅，在一堆污尘中找到一把剪刀，方知道昨天晚上遇到的，是个剪刀精。

仙术戏皇上

古代奇事故事。见明·刘玉撰《巳疟编》。

杭州人冷某，洪武初年，任太常协律。他曾经遇到一位异人，给他传授过仙术。他有一个朋友穷得无法过日子，就去求他帮助。他说：“我给你指一个地方，你进去以后千万不要多取。”便在墙壁上面画一道门，门忽然自开。这位朋友进入室内，金银财宝堆积如山，乃朝廷的仓库。此人恣意取出，不觉留下了凭证。他日，朝廷的仓库发现丢了金银财宝，守库吏抓到此人，并且牵连出冷某。朝廷派人来逮捕时，冷某说：“我要死啦，让我喝一点点水解渴！”逮他的人用瓶子汲水给他喝，他一边喝一边用足插入瓶中，把他的身体渐渐隐藏起来。逮他的人惊呼：“我们都会被杀啦！”冷某说：“我不会害你们，把瓶子交到皇上那里好啦。”皇上审问时说：“你出来，朕不杀你。”冷某说：“臣有罪，不敢出。”上怒击其瓶，碎之，片片皆应，终不知冷某所在。下檄追捕冷某，竟不能得。

老 虎 受 审

古代奇事故事。见明·刘玉撰《巳疟编》。

登州有个老百姓的家里人被老虎伤害了，就到府衙告状。知府于梓人有俊才，通异术，立刻命衙役拿着公文入山捕虎。这个衙役哭起来，不敢前去，被打了板子。知府又派另外两个衙役前去，并且告诉他们，只要把公文焚烧了，山中的老虎自然会来。他们不得已前往，入山刚刚焚烧完公文，有一只老虎立刻来到，并且乖乖地跟着他们上公堂受审。这只老虎被杖打以后，又从原路回到山中去了。

《寓圃杂记》

书名。明·王锜撰。王锜（1433—1499），字元禹，长洲（今江苏吴县）人。博学多才，一生不仕。此书十卷。有《玄览堂丛书》本、《纪录汇编》本、《丛书集成初编》本等。中华书局1984年出版有张信德点校本。其中收有《吃肉和尚坐化》《杨少卿诗》《捷对》《优语》《孙某冤狱》《沈某杀人》《张生被盗》等故事。

吃肉和尚坐化

古代僧道故事。见《寓圃杂记》卷四。

赵头陀来自终南山，不剃须发也不长，无论冬夏都只穿一件裘衣，一整天不讲话。他或者几天不吃东西，或者一天吃几斤肉。某年十一月初一，他死在县桥旁边高家的户外，后来有人又看见他出现在杭州。

杨 少 卿 诗

古代诗对故事。见《寓圃杂记》卷八。

大理少卿杨某在京中生活贫困，家里面养了两头猪。一天，他叫童子到后湖去弄一些萍藻来喂猪。有一个吏部法司的家人偶然与童子争吵，并且殴打童子。

童子跑回去哭诉，杨某便作了一首诗：“太平门外后湖边，不是君家祖上田。一点浮萍容不得，如何肚里好撑船！”法司听说后连忙登门来道歉。

捷　对

古代诗对故事。见《寓圃杂记》卷八。

昆山县有个县尉身体肥胖，有一个校官相当年轻。县尉戏弄这个校官说：“二三十岁小先生。”这个校官随口回道：“四五百斤肥典吏。”

优　语

古代讽刺故事。见《寓圃杂记》卷九。

有一次南京乡举考试，试题多有泄漏。官府开办鹿鸣宴款待得中举子时，有个老优扛来一口净猪，群优问道：“你扛这口猪来干啥？”老优说：“要卖。”又问：“卖多少钱？”老优说：“要银四百一两。”群优扑过来打他。老优说：“不要打，且听我分说。猪的身子重半百，时价一两。”随即闭口不言。群优又扑打他。老优忍痛低声说：“那四个蹄（题）要卖四百两。”于是哄堂大笑，主司感到愕然。

沈某杀人

古代冤魂故事。见《寓圃杂记》卷十。

福州知事沈某专门负责捕人，十分贪婪，经常杀人取财。他归家买田筑屋，刚刚完成，就看见有几十个冤魂站列在面前。他对妻子说：“这些人从远处来，我难以推脱！”他妻子替他祭奠祷告，那些冤魂还是不退。沈某日夜与鬼魂对话，几天以后他竟发痈疽而死。

张生被盗

古代盗贼故事。见《寓圃杂记》补遗。

金陵张生好虚夸，出游时乘船而下。有一天晚上，月明风静，停船在金山下面，他便拿出酒器来独自饮酒。将喝醉的时候，他又吹起来洞箫，让盗贼窥见了。夜深后，盗贼将他杀了，拿走所有的酒器。随后一看，这些酒器都是铜面涂金的玩意儿。

《七修类稿》

书名。明·郎瑛撰。郎瑛（1487—1566），字仁宝，仁和（今浙江杭州）人。经历弘治、正德、嘉靖三代，年过八旬，其他事迹不详。此书五十一卷。续稿七卷。今存有明嘉靖刊本、清耕草堂刊本等。中华书局（1959年）、文化艺术出版社（1998年）、上海书店出版社（2009年）先后出版有排印本。其中收有《十七字诗》《三笑事》等故事。

十 七 字 诗

古代十七字诗型故事。见《七修类稿》卷四十九。

正德间徽郡天旱，太守祈雨缺乏诚意，神灵并无感应。有个无赖子做了一首十七字诗加以嘲讽：“太守出祷雨，万民皆喜悦；昨夜推窗看，见月。”太守知道后，令人将他捕来，责打十八板子，问道：“你会做嘲讽诗吗？”其人不应。太守以那诗并非出自此人，便追问作者是谁。其人又不应。太守立刻说道：“你能再做一首十七字诗，我就饶恕你，否则罪置重刑。”无赖应声曰：“作诗十七字，被责一十八；若上万言书，打杀。”太守忍不住发笑，便放了他。此则故事又见《稗史汇编》《古今谭概》《坚瓠集》《笑笑录》《笑林博记》等。

三 笑 事

古代三笑事型故事。见《七修类稿》卷五十三。

嘉靖年间杭州有个稳婆为人接生，自已反而在产家生下孩子。医生因为得急症，竟死在病人家里面。又有一个巡捕被强盗抢劫，他畏惧强盗，口称强盗“爷爷”。对此，有个好事的人就作了一首绝句：“稳婆生子收生处，医士医人死病家，更有一般堪笑者，捕官被盗叫爷爷。”此则故事又见《坚瓠集》《嘻谈录》《笑林广记》等。

《青溪暇笔》

书名。明·姚福撰。姚福，字世昌。成化时南京人。此书三卷。有《顾氏明朝四十家小说》本、《纪录汇编》本、《续说郛》本、《五朝小说》本、《说库》本等。其中收有《寺僧杀富商案》《番僧》等故事。

寺僧杀富商案

古代义犬鸣冤型故事。见明·姚福撰《青溪暇笔》。

成化间有一个富商，寓居在京城齐化门的一座寺庙里面。寺僧见他拥有大量的资产，便招呼许多徒弟先杀死他的两个仆人，把仆人的尸体压在他身上，用土夯实，抢夺了他所有的财产。过了两天，有一个贵官出外，因游览经过这座寺庙，庙中的一条犬嗥鸣不已。使人驱赶，犬去而复来。贵官立即命人跟着犬走。犬到了埋人的地方，伏地悲嗥。贵官让人挖开，就看见了仆人的尸体。尸体下面有呻吟的声音，原来是商人复苏了。灌他一些汤后，等一下就能说话。于是，便上报朝廷，逮捕了寺僧予以法办。此则故事又见《稗史汇编》。

番　僧

古代僧道故事。见明·姚福撰《青溪暇笔》。

有一个番僧从西域来，会说中国话。他的相貌好像四十来岁，却说自己有六十岁了。他不吃饮食，每天只食几个枣子、栗子。他在雨花台南回回寺里面，坐进一个仅能容身的龛中，用纸张密封住，一个多月不出来。人们以为他已经坐化了，可是悄悄靠近，只听到他掐念珠历历有声。

《异　林》

书名。明·徐祯卿撰。徐祯卿（1479—1511），字昌谷，吴县（今属江苏）人。弘治进士，历任大理寺左寺副、国子监博士等。此书一卷。有《百广川学海》本、《烟霞小说》本、《唐宋丛书》本、《续说郛》本、《五朝小说》本等。其中收有《安翁遇仙》《赵头陀》等故事。

安翁遇仙

古代奇遇故事。见明·徐祯卿撰《异林》。

福州安翁以卖酒为业。经常有一个道人来喝酒，但从不给钱，安翁也不责怪他。过了许久，道人来表示感谢，并且让安翁跟他一同出行。安翁跟这个道人来到山下的草庵里面，随后这个道人便出去邀请道友来一起玩。安翁久坐，感到非常饥饿，只好把破锅中的剩饭吃了。道人因为没有找到道友而回来。安翁住几天要回家，道人就拓了壁间的一幅梅画来赠送给他。安翁来到野外，有个人告诉他，此地离福州有四天的路程。安翁此时才悟出自己遇到神仙啦。

赵头陀

古代僧道故事。见明·徐祯卿撰《异林》。

有一个吃肉和尚从终南山来，问他的姓名，他说叫“赵头陀”。他寒暑都穿一件破僧衣，食量大得惊人，但几天不吃东西也安然无事。有一个少年想戏弄赵头陀，大寒时节将羊脂杂物凝储在盂中，让他瞬间吃光，又取数升水给他喝下，再端出高粱米饭来，他饱餐一顿，竟不谢而去。

卞女救姊

古代虎口救亲型故事。见明·徐祯卿撰《异林》。

沅陵县民吴永华女，名六女，年十三，与姊入山采薇，遇到老虎将姊攫去。六女操木杖追赶老虎。老虎便俯首闭目，好像伏罪的样子。姊乃脱险，但最终还是没有活过来，太守听说后嘉奖了六女，赏给她米和布匹。

《见闻纪训》

书名。明·陈良谟撰。陈良谟（1482—1572），字忠夫，安吉州（今浙江安吉北）人。正德进士，官至贵州布政司参政。此书原为三卷。有万历许琳刻本、《宝颜堂秘笈》本、《续说郛》本、《五朝小说》本、《丛书集成初编》等，大多为一卷本。其中收有《三人临济》《贾人瘗银》等故事。

三人临济

古代报应故事。见明·陈良谟撰《见闻纪训》。

遂昌某处村中有三人同行，来到一个渡口时，正好遇见溪水骤涨，而船还在对岸。其中有个人一向愚蠢，另外两个人便诱使他脱衣泅过去取船。那个人出没在湍流中间，差不多快要灭顶才游过去，再竭力撑船来渡两人。两人登船刚要撑开，愚者忽然疼痛想拉肚子，连忙跳岸。那两个人急忙挥手说："天快黑了，我们不能等你！"便撑了出去。突然水急，船抵岸时竟一触翻覆，将他们淹死了，而愚者却躲过了一难。

贾人瘗银

古代奇事故事。见明·陈良谟撰《见闻纪训》。

某地有一个商人，将自己积蓄的几百两银子装在瓷坛中，然后把瓷坛埋在地下，才出去做生意。不料被他的儿子窥见了。等他离家以后，他的儿子就挖出瓷坛来看，瓷坛中只有清水，用手去搅，什么都没有。于是，又把瓷坛埋回去。商人回家以后，把地下的瓷坛取出来，里面的银子却分毫不减。

簪化蚓

古代奇遇故事。见明·陈良谟撰《见闻纪训》。

杨某的父亲一日坐在门口，看见有一个妇人走过，掉下一根银簪在街石上，铿然一声。等她远去，老人就过去看看，只见到一条蚯蚓在石罅间。等一会儿有个男子过来，老人高声说："这是我掉的簪子。"那人知道他在说谎，老人竟牵着他的衣服不放手。那人便拿出二分银，用一分买一尾鱼，一分给他，说道："老人家不要纠缠，快拿银去打酒煮鱼，做一顿夜宵吧。"老人回家把鱼放在锅上，买了一壶酒，让儿媳煮鱼暖酒的时候，邻家的猫突然跳到锅上，儿媳用棍子打猫，猫竟把鱼衔去。因此打翻了酒瓶，而且把盛鱼的器皿也打碎啦。人们都觉得他又可怜又可笑。

《绿雪亭杂言》

书名。明·敖英撰。敖英，字东谷，清江（今属江西）人。正德进士。历任陕西提学副使、河南提学副使、江西右布政使等职。此书一卷。有《续说郛》本、《五朝小说》本等。其中收有《解木诗》《赠盗诗》等故事。

解木诗

古代诗对故事。见明·敖英撰《绿雪亭杂言》。

一天，有两个老朋友来拜访赵某，二人的日子都过得很不如意。他们看见赵家中有一个木匠正在锯木头，就让赵某做一首诗。赵某立即吟道："一条黑路两人忙，傍晚相看鬓有霜。你去我来何日了，亏他扯拽度时光。"二人知道赵某是在嘲讽自己，便相互感叹而去。

赠盗诗

古代诗对故事。见明·敖英撰《绿雪亭杂言》。

吴地有一个老儒，读书到了晚间，灯火荧荧好像要灭的样子。忽然有盗贼入室，掏物一无所得。老儒便吟诗道："风寒月黑夜迢迢，孤负劳心此一遭，只有古书三四束，也堪将去教儿曹。"盗贼于是含笑而去。

《西樵野记》

书名。明·侯甸撰。侯甸，吴郡（今江苏苏州）人，生平事迹不详。此书一卷，存一至五卷。有明钞本、《续说郛》本等。商务印书馆1915年出版有排印本。其中收有《海岛人》《骷髅诵经》《蛇菩萨》等故事。

海岛人

古代海岛历险型故事。见明·侯甸撰《西樵野记》。

成化年间，有一批军士被派遣到崇明，事毕乘海船回来，在海上受到大风影响，漂到一个岛上。此时，从林中走出一个三四丈长的巨人，深目黑面，奇丑无比。他把几个人用藤条贯穿手掌心，拴在树下。等他离开时，这几个人竭力弄断藤条，逃跑到船上。巨人追上来用手攀住船舷，船中有一个勇士急忙举刀砍断他一个手指，才得驾船逃去。

骷髅诵经

古代奇事故事。见明·侯甸撰《西樵野记》。

江夏悟真寺有一个僧人，秋夜月朗，出山门散步，不断闻听诵严华经的声音。他不知诵经声从何处来，只好怅然而归。第二天晚上他命众徒去寻找，发现诵经声出自某处土中。天明挖开该处土壤，看见一具骷髅，皮肉已经腐烂，唯独舌头鲜润。此僧人将其放入石匣，置于廊屋中，晚上仍然发出诵经声。不到一个月，竟被人窃去。

蛇菩萨

古代奇事故事。见明·侯甸撰《西樵野记》。

京师西山寺有两条青蛇，大的长五丈二三，小的长三丈五六。如果有人来，僧人就呼蛇出来，用酒肉喂养。二蛇动辄张嘴出入，并不怕人，人往往绕蛇身而过。人们称呼它们为“蛇菩萨”。

《逌旃琐言》

书名。明·苏佑撰。苏佑（1492—1571），字允吉，又字舜泽，号榖原，山东濮州人。嘉靖进士，历任兵部侍郎、兵部尚书等职。此书明焦竑《国史经籍志》载其为二卷，《钦定续通考》作一卷。有明嘉靖刻本、《续说郛》本等。其中收有《华容令》《边公对毛公》等故事。

华 容 令

古代诗对故事。见明·苏佑撰《逌旃琐言》。

有一个进士初授华容县令，曾吟一联道：“县丞主簿皆僚友，通判推官且上司。”近乎玩笑。他又曾外嘲内道：“你有牙牌，我有排衙。”南嘲北道：“腰下输君三寸白，顶们让我一轮青。”因为南京常张伞，所以这样开玩笑。

边公对毛公

古代诗对故事。见明·苏佑撰《逌旃琐言》。

正德年间，东塘毛公巡按河南华泉，边公督视学政，会饮于华泉，命承差劝酒。毛公说：“承差差矣乎？”边公说：“副使使之也。”二公之文雅并现。

咏 词 善 谑

古代诗对故事。见明·苏佑撰《逌旃琐言》。

有人善于作诗词来开玩笑，他咏疟疾道：“冷将来一似冰凌上坐，热将来一似蒸笼内卧，颤将来颤的牙关错，疼将来疼的天灵破，兀的不害杀人也么哥，似这寒来暑往人难过。”

《戒庵老人漫笔》

书名。明·李诩撰。李诩（1505—1593），字厚德，自号戒庵老人。江阴（今属江苏）人。一生坎坷，七试场屋均落第。后居家以读书著述自适。此书八卷。有明万历刻本、清顺治刻本、《续说郛》本、《古今说部丛书》本等。中华书局1982年出版有魏连科点校本。其中收有《盗以诗免》《郭戴幼颖》等故事。

盗以诗免

古代诗对故事。见明·李翊撰《戒庵老人漫笔》卷一。

有一个妇人的丈夫盗牛犯法，妇人就作了一首诗寄给县尹："洗面盆为镜，梳头水当油，妾身非织女，夫倒会牵牛。"县尹看了，便免了他丈夫的罪。

郭戴幼颖

古代诗对故事。见明·李翊撰《戒庵老人漫笔》卷一。

江西郭希颜十三岁中乡举，在场屋作文非常敏捷。监场的布政看见他交卷还早，就叫去出一对子说："纸糊屏风千个眼。"他对道："油浇蜡烛一条心。"福建戴大宾十三中乡举，十一二时考科举，同辈看见他年少，便说："小朋友如此年就要做官，做什么官？"答道："做阁老。"众人戏出一对说："未老思阁老"，应声云"无才做秀才"。众人大笑，知道反而被他嘲讽了。

鬼畏

古代鬼怪故事。见明·李翊撰《戒庵老人漫笔》卷五。

博州鼓角楼每夜至二更都有一个鬼来掩鼓，使得直更的人不能击鼓，因而受到杖打却没有办法。后来他听说某禅师有道行，就去求这个禅师。禅师问他："为什么不把鬼捉拿住？"直更的人说："鬼怎么捉得住？"禅师说："你只要禁气不说话，就可以捉住。"直更的人照禅师的话去做，果然将鬼捉住了。

神鹊鸣冤

古代动物鸣冤型故事。见明·李翊撰《戒庵老人漫笔》卷七。

盱眙人张某，以赶骡为生，出门后获得二只鹊，装在笼中打算去卖。有一个商人租赁他的骡去某地，看见二鹊，连忙拿出钱来买了，立刻放飞。到了僻静的地方后，张某杀死商人，沉尸到湾河里面，抢夺了商人袋子中的钱财便回家了，无人知晓。一日，衙门里的乔侯正在断案，二鹊飞来绕案，怎么也不肯散去。乔侯便对二鹊说："如果有冤，你们就在绕屋梁飞三遍。"二鹊果然如此。乔侯又问："冤何在？可衔签与两直兵一起去。"二鹊立即引导两直兵飞行三十里，来到一个湾河畔，然后投入水中，一会儿才出来，喧噪异常。两直兵回去报告，乔侯亲自前往，让渔人从水中捞出一具尸体，背捆大石。乔侯对二鹊说："请再告诉我，是谁所为。"它们便领两直兵飞至平康村高槐下，茅屋旁边有两头骡。二鹊在檐下叫个不停，张某出来后，两直兵骗他说："因为公务，我们要雇骡去长清桥。"他们将张某带去见乔侯。乔侯仔细审讯，张某不得不招供，在他家里查出了四十两银。于是，乔侯将他下狱定罪。官府随后到东城安葬了商人，二鹊在商人的坟墓上面悲鸣，许久不肯离去。

《宦游纪闻》

书名。明·张谊撰。张谊，嘉靖间江阴（今属江苏）人。生平事迹不详。此书一卷。有明万历刊本、《续说郛》本、《江阴丛书》本等。其中收有《真人止怪》《救僧起溺》等故事。

真人止怪

古代除妖故事。见明·张谊撰《宦游纪闻》。

四川绵竹县某道观每一年都有一个修行的道士，到一定的时期被白云载之而去，称为"升天"。江西有一个真人经过这里，认为有妖精在作祟，应当除掉。他立即弯弓仰射，将吃人蟒精射死。人们在蟒精的洞穴里面，发现许多遗留的道冠。

救僧起溺

古代报恩故事。见明·张谊撰《宦游纪闻》。

叙州富顺县生员车某幼时曾经在一个寺院里面读书，偶然间闻听一些寺僧打算谋害一个僧人，他很同情那个僧人，便悄悄给他透露消息，让他逃走。后来车某渡江遭遇飓风，翻船落水，看见一个僧人把他救起。起初不知道他是谁，睁眼多看一会儿，才知道他是先前逃逸的僧人。他们都十分激动，彼此哭泣、拜谢。

伶人眩骗

古代骗子故事。见明·张谊撰《宦游纪闻》。

嘉靖年间，有七个游食乐工骑着马来到绵州。他们服装整洁鲜明，歌喉宛转，全城士夫商贾见了，无不喜悦。这些人接连几天演出，通宵达旦。一天，他们对众人说："今晚改演杂剧，重新更换服装陈设，以新视听。"于是遍求士夫富室陈列的珍玩器具，衣着织金彩服，又请绵城的乐工代司鼓乐。到了夜深等大家酣倦的时候，鼓乐喧震，七人依次进入瓮中，过了许久便寂然无声。人们破瓮寻找他们，毫无所得。他们骗走的财物，价值不止数百两银子，只有司鼓乐的人枉受刑罚。

《幽怪录》

书名。明·田汝成撰。田汝成，字叔禾，钱塘（今浙江杭州）人。生卒年不详。嘉靖进士。历任南京刑部主事、广东提学佥事、广西右参议、福建提学副使等职。此书一卷。有《续说郛》本等。其中收有《吴生》《江干民》等故事。

吴生

古代鬼魂故事。见明·田汝成撰《幽怪录》。

吴生寓居在城西的一座寺院时，一天半夜有一个女子来敲门，说是住在附近，因为喜欢吴生，所以私奔到此。吴生便与她同床共枕，从此常相往来。数月后寺僧发现吴生的面容和行动可疑，追问之下吴生只好吐露实情。僧人感到惊诧。他告诉吴生，此女乃一个官员女儿的幽灵，常常出来伤害行客。你如果不赶快离开，可能有灾难。吴生无比恐惧，第二天立刻离去。

江干民

古代奇事故事。见明·田汝成撰《幽怪录》。

有一年观潮前夕，江干民闻听空中在说："有一些凶淫不孝的人，会死在桥上。”后来在观潮的时候，潮水涌来，大桥被惊涛冲坏，一下压死、淹死几百人。一访问才知道他们大多是平时为非作歹之徒。

扇店道人

古代奇遇故事。见明·田汝成撰《幽怪录》。

有一年一个道人来到清河坊扇店补扇子，店主便给了他一把新扇。道人很感动，立即在扇板上题诗：“一轮明月四时新，一握清风煞可人。明月清风年年有，人世炎凉知几尘。”题毕掷扇而去。板厚数寸，墨迹直透于背。观者纷纷买扇，比平常多卖十倍，于是店主就富起来了。过了一段时间，道士又来了，他以袖拂扇板，字迹立刻不见。

王生金穴

古代奇遇故事。见明·田汝成撰《幽怪录》。

福州王生来到临安看望他的兄长，住宿在六和塔下。第二天早起，大雨如注，山水涌出，他看到空穴中推出金牌六面，便捡起来怀揣着。他窥见穴中堆积无数金银，赶忙用土石遮掩穴口，做了标记，连忙奔去告诉兄长。日暮时去寻找，竟无踪迹，他仍然住宿在塔下。夜晚他梦见金甲神人来怒斥他：“感谢你封住我的金穴，已经用六面金牌酬了。你怎么还有非分之想呢？”王生惊醒后就离去了。

《庚巳编》

书名。明·陆粲撰。陆粲（1494—1551），字子馀，一字浚明，长洲（今江苏苏州）人。嘉靖进士，历任工科给事中、永新知县等。此书十卷。有明万历《烟霞小说》四卷本、明万历《纪录汇编》十卷本以及《丛书集成初编》本、《说库》本、《续说郛》本、《五朝小说》本等。中华书局1987年出版有谭棣华等的点校本。其中收有《守银犬》《古铜鸭盆》等故事、寓言。

守 银 犬

古代奇事故事。见明·陆粲撰《庚巳编》卷一。

阊门有一家人，以开行为业。养了一条犬，天天卧在门槛旁，有人来它往往就要去咬。一天有个商人到他家门外，竟被咬得股上流血。主人上前道歉说："请不要生气，明天就把它杀了一起吃了。"商人回到家中，夜里梦见有人来说："我是那个主人的父亲。有银数百两埋门槛下，在生时来不及告诉我儿子。我投生为犬，所以朝夕不离开门槛，不料误犯了您。如今儿子要杀了我吃掉。请您去见他，让他不要杀我。"商人惊醒后，立即奔往他家，扣门问主人："犬在哪里？"才知道都已被煮熟啦。商人非常惋惜，一一讲了梦境。主人还不信，商人请他检验。撤下门槛，果然得到一个瓦钵，里面盛银四百多两。主人痛悔莫及，便哀悼这只犬并且把它安葬了。

古铜鸭盆

古代宝物故事。见明·陆粲撰《庚巳编》卷一。

某地朱家的右室放了一个古铜盆，中间隐隐约约有一个鸭子的模样，起初并没有在意。有一次，有个农夫挖土时在田间得到一只铜鸭。农夫不识货，就贱价卖给朱某。朱某拿去与铜盆的鸭影一合，分毫不差。在铜盆里面灌上水，鸭子便浮动起来，因此成为奇宝。后来朱家失火，铜盆竟被烧毁。

钱 蛇

古代奇事故事。见明·陆粲撰《庚巳编》卷四。

丰都乡下有一个村落，常常有一条蛇出入，其大如碗，长数丈，只是咬鸡雏、盗窃饮食，但不伤人。人们想杀掉它，可是没有办法。村中的僧寺有一块空地，一人租赁下来做苗圃。一天早上，他去锄草时，看见一条巨蛇蜿蜒而来，连忙用锄头去砍。蛇钻入洞穴，仅仅伤到它的尾巴，发出铿锵的声音。他上前一看，有几千枚铜钱散布在洞口。此人怀疑蛇是铜钱变化的，立刻呼喊妻子、弟弟一起来挖掘，挖了一丈深，得到一缸钱，有数十万枚。他们全部担回家，顿时成为富人。

金 华 二 士

古代奇遇故事。见明·陆粲撰《庚巳编》卷五。

有一年，金华的张王二士，去礼部应试不中，乘船回去。有四个公隶模样的人同船，每经过一个市镇都要登岸，许久才醉饱回来鼾睡。到达山东的时候，两个读书人士怀疑他们是盗贼，张生突然闯入他们坐的地方，看见四人一起在看一张纸文，与如今的官府公文相同，要追捕的有一百多人，而张王二人也在里面。张生大吃一惊，问道："你们是什么人？此公文出自什么官府，为何有我们二人的姓名？"四人对张生说："我们乃丰都使，正奉阎君之命追捕这一批人，不料被你窥见，你也是有缘之人。"张生听了大吃一惊，便下拜求免。四人最初不答应，张生竭力恳求，四人才说："秀才诚心求救，我们同船许久，怎能无情。如今有一个办法能够化解这个厄运，但是只有二位知道就可以，此外即便是妻子也不要告诉。如若一旦泄露，事情就失败啦。"张生请教，他们便说："你们回去，在某日让家人全部出去，堂中列三界诸神祇位，一凳一索以待。我等当来，来自有说。"于是一一列举诸神名，令买纸马，张生一一记下。张生去告诉王生，王不相信还嗤笑他。张生急忙回到家中。到时候，他故意遣送家人外出，并且设神位及凳、索，闭门独坐以待。一会儿四使从空中下来，见到张生感到喜悦，说道："你真言而有信。"一起在神前叩头，跪而陈词，但不知道他们说的什么，随即用绳索把张生捆在凳上，鞭打一百下，然后解开绳子说："你可以免灾啦。"张生匍匐感谢，四使忽然不见了。王生竟在当天傍晚死去。

神 船

古代奇遇故事。见明·陆粲撰《庚巳编》卷六。

阳山有一个小民因事去京师，到张家湾乘船。黎明时，他看见河中的一艘大船上面，坐着一个贵人，有十几个侍卫。小民去拜贵人，请求搭载去苏州。贵人说："我的船今天正好去苏州。"立即让他上去。小民坐船尾，许久感到困倦，便以囊为枕暂睡。当他醒来时，发现自己身卧草野中，太阳还没有落山。他走上官道，问人这是何处？别人告诉他是枫桥，他更为吃惊。他走到阊门，进入一座寺庙稍微休息一下，抬头看见神像，跟船中的贵人非常相似。他感到惊恐，连忙下拜。他问巫祝，巫祝说是"宋相公庙"。

妇 产 蛇

古代奇事故事。见明·陆粲撰《庚巳编》卷六。

府衙皂隶龚某的儿媳曾经去游蛇王庙。她看见神像后，回家就恍恍惚惚，从此不再与丈夫同寝。她经常看见神来跟自己亲昵，一年多腹大怀孕，到时候产下小蛇十数头。龚某知道是蛇王所为，便奔到庙里去打击神像和供炉等物品，完全打碎才回家。他又请医生来给儿媳治病，过了一段时间便好了。

鬼 还 家

古代鬼魂故事。见明·陆粲撰《庚巳编》卷六。

吴人富某死了一年多，他的儿子清明去上坟设祭。正在悲哭时，坟中忽然说道："你不要痛哭，我现在跟随你回家。"儿子到家后，听到堂上有父亲的声音，正在呼唤妻子、女儿出来，就像在生时一样。妻子问道："夫君去世许久，也想吃东西吗？"鬼说："很好。"于是摆上鸡肉，虽然看不见他，但一会儿都光了。到了傍晚，鬼说："我要回去了，可派一个仆人相送。"仆人送到坟墓，鬼嘱咐道："我某日会回家，到时可等候我。"到期鬼果然回家了。从此以后鬼晨来暮去，稍稍处置家事，很有条理。他家每一次买卖货物，鬼便与商人议价交易。初以为怪，后来也就习以为常。鬼害怕狗，仆人送时，常常替鬼驱狗。一天傍晚回去时，正巧没有人送行，便被群狗所咬，鬼呼叫上树而灭，此后竟不再回来。

祝 氏 牧 儿

古代奇事故事。见明·陆粲撰《庚巳编》卷七。

海盐祝主事家有一个牧羊儿，一天牵羊回来吃午饭，厨娘开玩笑故意不给他吃。牧羊儿去到田间哭泣。一个道士过来问他："你为啥哭泣？"当知道他没有吃饭时，道士给他吃了一个黑丸，并说："你吃后就不饿，但不要告诉别人。"牧羊儿回去不感到饥饿，接连五六天不吃东西。厨娘怀疑他偷米来吃，便向主人告状。主人要鞭打牧羊儿，牧羊儿只得吐露实情。次日，主人派另外一个小孩与牧羊儿一起去，并说："如果遇见道士，一人拉住他的衣服，一人回来报告。"

二儿去到那里后，道士又来了，问牧羊儿："你为何告诉人家？"牧羊儿说："害怕主人。"道士用手拍牧羊儿，使黑丸从他的喉中跃出，又藏到怀中。主人闻报而至，数百步远时，道士双足陷入土中，稍近仅露出脑袋，既而完全埋入土中。一转眼，道士又在对岸出现，然后拱手而灭。从此牧羊儿又开始吃饮食了。

雀　　报

古代善报故事。见明·陆粲撰《庚巳编》卷八。

镇江军士范某，妻子得重病快死了，遇到一个道人来给药后，叮咛道："要用药米饲养一百只雀子，到二十一天取雀脑来吃，病一定会好。记住，一只雀子也不能减少。"范某如数买了一百只雀子来喂养。不到十天，范某因公出差，妻子看见雀子叹息道："因为我一个人，就要残害一百条生命，太不仁爱了。我宁愿死，怎么忍心为此。"于是开笼放走了雀子。丈夫回家责怪妻子，妻子也不后悔。过了一些时候，她的病竟痊愈了。当初，她久不生育，这一年忽然怀孕，生下一个男孩儿。男孩儿两臂上各有一块黑瘢，宛如雀形。这或许就是放雀之报。

黄村匠人

古代鬼怪故事。见明·陆粲撰《庚巳编》卷九。

吴山黄村匠人王某夜晚回家时，在半路上遇到一个隶卒模样的人，说是要去黄村，两个人便做伴同行。走了几里路，那人问王某想不想喝酒？王某说"好"，他就从道旁的房屋中取出一壶酒、一只熟鸡，坐在地上吃起来。吃完说是有公干，进屋从窗里扔出一个束缚手足的人来，背上飞快离去，随即听到门内传出哭声。次日得知此家主翁昨天死去，王某才悟出那人是一个冥卒。

犬　　精

古代精怪故事。见明·陆粲撰《庚巳编》卷九。

鱼台县有一个民家养了一头白犬十分驯服。主人出行时，犬常常跟在后面。有一日，主人去远方经商，犬也不见了。两三天后，主人突然回家，对妻说："途中遇盗，财物全部损失，幸好逃得性命。"妻子一点儿也不怀疑。过了一年，她的真夫回来了，两个人一模一样，妻子及邻里都不能够分辨真伪，只有告到县衙。县令亦无办法，就将两人都关入监狱。县里面的一小卒将此事告诉他妻子，他妻子说："先回去的是犬精。只要看看那个妇人胸乳间，有爪伤血纹就是犬精所为。因为犬与人交，常常自后以爪按住她的胸部。"小卒告诉县令。县令派人查看那个妇人的胸部，有血纹甚多。县令便密使人以血洒伪夫，立即成为犬形，于是将它扑杀。县令得知此计是小卒之妻所教，便说："你妻子不与犬通，怎么知道这些？你回去悄悄观察一下。"小卒回家发现妻子也有血纹，就拿县令的话来责怪她。她感到惭愧，竟自缢而死。

昭陵银兔

古代寓言。见明·陆粲撰《庚巳编》卷九。

陕西九嵕山，有唐太宗的昭陵。有一次，礼泉县的一个村民上九嵕山打柴，因为追赶白兔，不觉失足坠入巨穴。他进入隧道中，觉得很黑暗，旁边有十几个铜缸，都盛了油，相互连通。最下面的一个缸中宿火，由于管眼堵塞，油不下，火荧荧欲灭。他给打通后，火又明亮了。先前追逐的兔子，就在旁边，是银铸的，上面有刻字："拨灯火，赐银兔一个。"他看了看四周，积金银珠贝，无比瑰丽，再拜说道："小人贫穷，所赐不足以过日子，希望多增加一些。"于是恣意攫取。他怀揣着将要出去时却迷了路，寸步难行。他不得不舍弃了财宝，洞门便忽然打开。等他携带着银兔出去，洞门随即关闭，仅有一点点缝隙。他回到家里，邻居恶少年听说后，争相到那里去寻找缝隙，以便挖宝，却一无所获。

梁　　泽

古代凶宅得金型故事。见明·陆粲撰《庚巳编》卷九。

三原县按察分司素来多怪，住进去的人往往死掉，此后没有人敢进入。士子梁泽气盛自负，说自己能够宿此，诸友便出钱与他打赌。梁泽晚上进去坐在堂上，三鼓时月色明朗，闻听廊屋里有人窃窃私语。梁泽便厉声喊道："为何不敢过来！"一会儿就有三个人列跪在庭下，稍前的是一个青衣，另外的是一个黄衣，一个白衣，看不清楚面貌。梁泽问道："你等是什么精怪？"青衣说："我是笔，在仪门屋上第三瓦沟中。"黄衣低头不语。青衣代答道："它是金钗，在庭中槐树下。"问白衣，说道："我是剑，在堂东柱础下。"梁泽说："你们现在来，要想干什么坏事耶？"都说："不敢。"它们共同献上一张纸，说："这是您一生的履历，如今报上，让您提前知道。”梁泽收下后，三物立刻消失了。到了天亮，诸友都以为他必死，随后见了十分吃惊。梁泽讲述了昨天晚上所见，他们并不相信。梁泽依次寻找出三物，从此这个官署里面便永远没有祸害。梁泽后来登第为御史，他的经历都跟纸上写的一样。此则故事又见《闻记》。

《说　听》

书名。明·陆粲撰。四卷。有明万历《烟霞小说》四卷本、《古今说部丛书》二卷本、《说库》二卷本等。其中收有《苏伯修》《唐文选》等故事。

苏　伯　修

古代奇遇故事。见明·陆粲撰《说听》卷上。

湖广苏伯修从云南回去时，有一个僧人来搭船，他起初犯难。僧人说：“您暂且收容我，我将对您有所帮助。”苏伯修不得已便同意了。中途登陆，二十个强盗追来。苏伯修惊慌失措，僧人说：“不要怕。”忙叫主仆把货物聚一处，画一圈围在外面，掐指念咒，用袈裟铺地鼾睡。一会儿强盗来了，问僧人：“刚才看见一个商人，带重货与你同行，如今在哪里？”僧曰：“我不知道。”强盗找了几遍，始终找不到，只好离去。苏伯修非常感谢僧人，赠送了许多礼物。僧人不接受，随即离去。

唐　文　选

古代精怪故事。见明·陆粲撰《说听》卷上。

乾州唐文选喜欢说大话，乡人叫他“唐大冒”。有个狐精经常扰民，索要酒食，稍微迟缓一点儿，立即弄来污秽。唐文选偶然经过那一家的门前，大声说道：“妖怪的确为所欲为，可是必定不敢来靠近我。”等到他回家，狐精已在他家的房屋里面，对他说：“你说我怕你，如今我就要来打扰啦。”从此便留唐家捣乱，十分厉害。唐文选无可奈何。州城下原本有许多狐窟，有个住在城下的人，夜晚看见两小矮人在城墙旁边携手说话：“可恨唐文选，我们自己求食，关他什么事，竟敢口出狂言。如今一定要挠乱他家，把他弄死！”到了早上，那人便去告诉唐文选。唐文选立即去城隍庙告状，请求城隍为民除害。随后，城下人又见前面那两个人在说："我们跟他无大仇，竟去城隍那里告状，剜去了我的舌头。现在痛不可忍，怎么办！"那人又去告诉唐文选。唐文选再投牒请城隍诛掉妖患。第二天，有两个狐精死在城下，他家从此便平安无事了。

郡吏变牛

古代报应故事。见明·陆粲撰《说听》卷上。

正统年间，郡吏张一领上官檄去松江县，经过常熟时，到一家农舍避雨。那家主人知道他是官吏，便烹肥割鲜来款待，相当殷勤，留宿在他家。阴雨连绵，留了三天才离去，临别时依依不忍分手。张一起初很感激。等到回去，想到那家人很富裕，便起了恶念。他教狱中强盗诬指那个人，又派人去给那家通报。那个人非常害怕，就向张一求救。张一索要百两银子。那个人给他以后，张一便把强盗弄死了。那家人十分感激张一，并不知道是他的诡计。不久张一死去。那个人梦见张一进入家门，次日他家的母牛产下一个牛犊。张一的儿子梦见父亲来说："我过去诈取某人的财物，如今被冥王降罚为那家人的牛，你可以去赎回来，不要泄漏，恐怕为人嗤笑。"他的儿子派遣仆人用高价去买牛犊，那个人不答应。儿子又梦见父亲来说："他必定不卖，应当去恳求人家。"儿子依照父亲的话去办，就得到了牛犊。回来以后像父亲一样饲养，几年后才死去。

张罗儿

古代报应故事。见明·陆粲撰《说听》卷上。

弘治年间，汴城张罗儿家里面正月初一摆果饵供祖，过两日果饵渐渐减少。张罗儿感到怀疑，夜晚就伏在几下窥伺。到了二更，便有一个白狐来偷食。张罗儿急起，狐忽然变为一个白发老人。张罗儿连忙称呼他为父亲，并且摆上饮食。狐喜滋滋地喝个痛快，就留下来不走了。但凡需要什么，都必须送上。过了三年，张家资产过了数万，于是大兴土木。他的长子买官做了典膳，次子做了仪宾。富起来许久，张罗儿忽然想起子孙以后如果怠慢狐，狐必定会让张家衰败，便要谋害狐。一天，他设法诱骗狐进入一个陶器中，然后封上放入汤锅里面煮，任狐怎么呼喊都不理。狐死后三日，张家就失火了，把家产烧得精光。过了一年，他的次子酗酒杀人，在狱中死去。又过了一年，他们全家人得瘟疫死光了。

人们便以为是害狐的报应。

叶湘托梦追凶

古代鬼魂故事。见明·陆粲撰《说听》卷上。

弘治年间，吴县叶湘出门经商，租船去松江宿淀山湖。船夫卜全与兄弟卜容贪图他的钱财，便把他和仆人杀了，弃尸湖中。叶湘给母亲托梦，讲了被杀的情况以及弃尸的地方。叶湘的母亲惊觉后，知道他的妻子与家人也做了同样的梦。全家人一起痛哭，随即到了那里，果然找到两具尸体并运回家。一天晚上，叶湘的儿子又梦见叶湘来说："我租船时曾将我们二人的姓名写船壁上。如今那个家伙把我的钱埋在厕中，又拿银子去松江买麦子，运到枫桥存放在家。本府的陈通判泊船在寒山寺前，明天你赶快去告状，可以捉住他。"儿子醒后立即赶到寒山寺找陈通判告状，陈通判遣人擒拿下二凶，将他们法办。

张　　生

古代鬼魂故事。见明·陆粲撰《说听》卷上。

盐商张某是陕西人，带小儿子居住在扬州。有一次，他暂时回老家，便叮嘱老仆人好好照顾郎君。过了一些时候，老仆看见郎君十分消瘦，向随身童子打听才知道每天深夜，有一个美女从窗户进来，不到天明即去。童子按照老仆的吩咐，等美女就寝后，偷了她的一只紫罗凤鞋出来。老仆到处去寻访都没有结果。后来裁缝某甲看见这一只鞋，非常吃惊。他立即引老仆去一个大户人家，老翁见鞋子十分吃惊，说道："这是我长女入殓时穿的，必定是盗墓所得。"就要把他们送到官府，老仆才如实相告。老翁不信，便去问张生。张生说出她的容貌服色，果真是老翁的亡女。于是去发墓，开棺后看看亡女面色如生，只是一足没有鞋子。老翁一怒之下，就将她焚烧了。张生的病从此痊愈。

陈十三老人变虎

古代奇事故事。见明·陆粲撰《说听》卷下。

宁波陈十三老人生病长期不愈。有人教他坐卧在一张虎皮上来祛病，可是过了十年他的病依然如故。后来，他忽然蒙上虎皮夜出，变成一只老虎，经常衔人家喂的猪回家。家人觉得有利可图，也不管。一天他从外面弄了一条人腿回来，老婆婆感到恐惧，就拿棍子去击打他。他还有一只手没有变回来，就跳跃出去，从此不再回家。以后人们上山，往往看见一只老虎，前面的一足还是人手。知道情况的人便呼喊："陈十三老人，我们是乡邻，莫要伤害哟！"老虎听了，便离去。老虎遇到不认识的人，就吃了。数年以后，有一天暴雷，山中震死一只老虎。大伙去看，乃是那只有人手的老虎。

卢秀才家怪

古代精怪故事。见明·陆粲撰《说听》卷下。

卢秀才家住葑门。他的亲戚尹某曾经住宿在外寝。一夕忽见男女数人，身高仅有一尺光景，问尹某："你想看《西厢记》吗？"立即表演，与艺人无异。尹某惊呼，卢秀才没有听见。第二天晚上，精怪又来，卢秀才命家人击打，精怪入床头便消失了，他们捡到《西厢记》一本，乃尹某向来所喜欢的。卢秀才且观且歌，困了就压在枕头上。日久本子沾满油，卢秀才便把它焚烧了。卢秀才随后假寐，仿佛听到有人在说话："能灭我的形，难灭我的神。"于是，卢家就时时火起旋熄。卢秀才有一个侍婢，夜晚看见空房中灯光荧荧，白天看见婴儿卧地，婴儿的头像木偶，而身子像线。婴儿一月间骤长，像十六七岁的人，常常在窗隙窥看婢女。一晚竟将婢女搂入房中，说道："我是仙人。"强迫与她交媾，并且拿饼给她吃，味道好像鹅油，饱了三日不吃饮食。众人感到惊讶，一问婢女才如实相告。过许久卢家庭前的墙倒塌了，下面有一条蛇，估计就是这个妖怪。从此不断出现妖怪，卢秀才家只好搬迁。

雷震钱外郎

古代报应故事。见明·陆粲撰《说听》卷下。

常熟直塘钱某，是一个阴险的人，在家乡恣意横行。他看中了邻里的美妇赵重阳。一天，他对赵重阳的丈夫说："你为什么在家坐守穷困呢，我借钱给你做生意好吗？"赵重阳的丈夫很高兴，便去临清贩布。钱某随即与赵重阳通奸，过了许久外人都知道了，可是她丈夫却未发觉。一日，赵重阳的丈夫在客栈与同伴争吵，人家才把此事给捅出来。赵重阳的丈夫忍耻回家，钱某又像从前一样打发他出去。他到了木梳巷，潮落不能乘船，又回家去了。钱某正抱着赵重阳畅饮，她丈夫又惭愧又愤怒，只是害怕钱某不敢发作，便回到船中。钱某晚上派人扮成强盗杀了赵重阳的丈夫。她丈夫的族人知道后，立刻告发了钱某。县令立即逮捕了钱赵二人，但是他们并不承认，姑且被关在狱中。后来钱某一再行贿，买通各级官府，竟脱了干系。钱某与赵重阳从南京放回来时，当日天色晴明，忽然疾雷一声，两人皆被震死。在常熟四里八乡一时哄传为奇事。

变　婆

古代精怪故事。见明·陆粲撰《说听》卷下。

贵州平越山寨苗民，有一个妇人六十余岁，已经生了几个孩子。有一年秋天，她入山迷路不能回家，饿了便逮了水里面的螃蟹充饥，不久遍体生毛，变成为野人。她与老虎交合，晚上还引老虎到民舍，为老虎开门，让老虎捉人畜来吃。她有时化为美妇，不知道的人一靠近，就被她抱住，用爪子抓破胸膛来喝血。人们称呼她为“变婆”。

苏城丐者

古代报恩故事。见明·陆粲撰《说听》卷下。

苏城有一个少妇张氏，回娘家时，让一个婢女拿着首饰箱跟在后面。中途上厕所，婢女忘了取走首饰箱。她发现后连忙回去，看见有个乞丐守在那里，立即把首饰箱还给她。婢女大喜，便拿一枚金钗来答谢。乞丐笑道：“我不要这么多财宝，唯独爱一枚金钗吗！”婢女说：“我要是丢失这个首饰箱，只有一死。是你救了我的命啊。即使你不图报，我能够忘记你的大恩大德吗！我家住某巷，今后每天早上，我一定在门口等候你，我会分食物给你吃。”乞丐如言前往，婢女天天都端出食物来给他吃。久而久之，家里面的人都知道了，就去告诉主翁。主翁认为婢女有情有义，便把乞丐召到家里，与婢女配为夫妻。

太仓顾某

古代报恩故事。见明·陆粲撰《说听》卷下。

太仓州吏顾某，凡是去迎送官员都住在城外卖饼的江某家，彼此往来如同亲戚。后来，仇人唆使强盗诬赖江家，江某因此下狱。顾某召集众人为江某诉冤，于是得到释放。江某有一个女儿，十七岁，择日送到顾某那里，说道："感谢你的活命之恩，我家贫无以为报，愿送此女来做你的小妾。"顾某留之，月余使妻子备礼送江某女儿回家。父又携女往，顾某再一次送她回家。后来江家只好将女儿卖了出去。数年后顾某期满赴京，拨到韩侍郎门下去办事。一天韩侍郎外出，夫人偶然遇到顾某，便召他。顾某跪在庭中，不敢仰视。夫人说："起来，起来，你不是太仓顾提控么？还认识我吗？我就是卖饼人哪。某商把我养起来，嫁给韩相公做少房，随后接替成为正室。我只恨没有机会报答你的恩德，如今幸好相逢，我一定要在相公面前替你美言。"韩侍郎回家后，她立即陈述了事情的首末。韩侍郎说："仁人也，何不提拔他。"后来韩侍郎竟上朝廷，让顾某拜官授职，成为礼部主事。

原来是瓦窑

古代机智人物故事。见明·陆粲撰《说听》卷下。

翟永龄滑稽多端。无锡邹光大，连年生女。有一天，邹光大宴请翟永龄。翟永龄在席间作诗与邹光大开玩笑，说道："去岁相招云弄瓦（旧时称生女婴为"弄瓦"），今年弄瓦不相招。寄诗上复邹光大，令正（旧时对方正妻的敬词）原来是瓦窑。"此则故事又见《新镌笑林广记》。

《艾子后语》

书名。明·陆采撰。陆采（1497—1537），初名灼，字子玄，号天池（一作天奇）。长洲（今江苏苏州）人。在南京国子监就学二十载，屡试不第。少有文名，与其兄陆焕、陆粲被时人称为"三凤"。此书一卷。有《雪涛谐史》本、《烟霞小说》本、《古今说部丛书》本、《续说郛》本等。其中收有《王法》《大言》等故事。

王　法

古代机智人物故事。见明·陆采撰《艾子后语》。

齐大夫郏石父因为谋反，被齐宣王诛杀了，接下来还准备灭他的九族。郏石父家族的人很多，就聚集在一起商量："旁人进言，君王未必会采纳，艾先生能言善辩，又得到君王的信任，只有他讲话管用。为啥不去请他帮忙呢！"郏石父家族的人都到艾子的庭院去跪拜，痛哭流涕地请求他帮忙。艾子笑道："这事不难，诸位只要送一根绳子来，立刻可以免除灾祸。"他们以为艾子讲的是句玩笑话，也不敢追问，只好回去把绳子取来。于是，艾子怀揣了三尺绳索，去见齐宣王。行过君臣之礼，艾子说："郏石父包藏祸心，大王将他处死后陈尸于市是理所当然的。但干坏事的仅仅是他一人，他的宗族并没有罪过，可是大王却要把他们通通杀掉，这可不是仁君的心肠啊！"齐宣王说："这不是寡人的意思。先王定的律条有明确的规定，寡人不敢随意曲解律条而赦免他们，有损于先王之法。"艾子叩头，然后说："微臣也知道大王是不得已而为之。我听说早些年公子巫在邯郸投降了秦国，难道他不是大王一母所生的胞弟吗？拿这个律条来讲的话，大王也是叛臣的同族，理应跟着受诛。微臣这儿有三尺长的短绳，斗胆献给侍奉在大王左右的人，请求大王即日自杀，不要爱惜自己的生命而有损先王之法。"齐宣王忍不住笑了，便起身说："先生不要讲了，寡人赦免他们就是啦。"

大　言

古代机智人物故事。见明·陆采撰《艾子后语》。

赵国有一位方士，特别喜欢吹牛。艾子跟他开玩笑，问道："先生高寿几何？"这位方士说："鄙人年纪太大，有些记不大清楚了。记得儿时与一群小伙伴一块去看伏羲画八卦，瞧见了他是蛇身人首，回家后得了惊吓病。依靠服用伏羲的草药才保住了性命。女娲时上天西北倾斜，大地东南下陷，我当时住在中央平稳的地方，才没受到伤害。神农氏播种五谷时，我已经好久不吃粮食啦，一粒不曾入口。蚩尤举五种兵器来进犯，我用一个指头就击伤他的额头，让他血流满面而逃窜。苍颉不识字，打算来向我求教，因为他很愚钝，我没有搭理他。尧的母亲庆都怀孕十四个月才生下尧，出生第三天请我去做汤饼会，设宴招待宾客。舜受到父母虐待，望天号啕大哭，我替他擦眼泪，再三劝勉他，使他后来因为孝敬父母而闻名于世。禹治洪水经过我家门口时，我向他敬酒，他竭力推辞，不饮而去。夏帝孔甲送我一块龙肉制成的肉酱，误食后我的口竟至今还有点腥臭。成汤撒开一面网來捕禽兽，我曾经笑话他不能忘记野兽的美味。履癸强迫我不加节制地饮酒，我不听从，他让我受了炮烙之刑，七天七夜之后我仍旧言笑自若，于是被释放了。姜子牙小儿钓到鲜鱼，时时馈赠给我，我拿来饲养山里面的黄鹤。穆天子在瑶池设宴，请我去坐在首席。与楚文王同时的徐偃王举兵，天子乘八匹骏马而归。西王母留我参加宴请，一直让我坐到散席，因为饮酒过多，我竟醉倒不起，幸好有董双成、萼绿华两个丫头扶我回去。我一直沉醉，至今尚未全醒，不知道今日人世间是何甲子啊。”艾子听了，唯唯诺诺而退。忽然有一次，赵王从马上摔下来，伤了肋骨。御医说：“须用千年的‘血竭（治疗跌打损伤的中药）’才能够痊愈。”于是下令四处寻找血竭，可是总找不到。这时，艾子去对赵王说：“此地有一位方士，活了数千岁。杀了这个方士取他的血，必见奇效。”赵王闻言大喜过望，立即派人将这个方士抓来，准备把他杀了。这个方士见状连忙跪拜磕头说：“昨天，我父母亲都满五十岁，东边邻居一位老妇携带美酒前来祝寿。小的喝醉了酒，不知不觉胡言乱语。小的实在不曾活千岁。艾先生最善于说谎话，大王千万不要相信。”赵王听后将他训斥了一通，就赦免了他。

预　　哭

古代机智人物故事。见明·陆采撰《艾子后语》。

有一回，齐宣王问淳于髡：“天地要经过几万年才反复一次啊？”淳于髡答道：“听先师讲，天地以一万年为一元，十二万年为一会，满了一会便要反复。”艾子听了他的话，便大哭起来。齐宣王感到惊讶，问道：“先生为啥要哭？”艾子收住眼泪，回答道：“微臣替十一万九千九百九十九年上的百姓们哭泣。”齐宣王不解，问道：“为啥？”艾子回答道：“他们发愁，到了那年上哪儿去躲避这场灾难。”

牡　　羊

古代机智人物故事。见明·陆采撰《艾子后语》。

艾子养了两只羊，公羊好斗，每一次遇到生人都要追赶着去碰触人家。他的学生们去看望艾子，无不感到害怕，于是对艾子说：“夫子您养的公羊，凶猛得很，请把它阉割了吧，好让它变得驯服一些。”艾子笑道：“尔等不知道，如今没有阳道的更为凶猛。”

病　忘

古代健忘者型故事。见明·陆采撰《艾子后语》。

齐国有一个健忘的人，行则忘止，卧则忘起，妻子对他说："听说艾子滑稽多智，能够治好病入膏肓的人，你为啥不去找他呢？"此人于是乘马带弓箭而行，没有多久，他内急，就下马大便，箭插入土中，把马拴在树上，便完后左顾看见了他的箭，急呼："危险，差一点射中我！"右顾看见了他的马，高兴地说："虽然受到虚惊，却得到了一匹马。"他准备出发，忽然间踩到了自己的粪便，骂道："踏到狗屎，弄脏了我的鞋，太可惜！"他抽马，竟反方向行走，一会儿就到家了。他徘徊在门外，说道："这是谁的家？"他妻子一见，知道他又忘记了，便骂起来。他很不高兴，说道："娘子，我们素不相识，为何出语伤人？"

《高坡异纂》

书名。明·杨仪撰。杨仪，字梦羽，别号玉川，江苏常熟人。嘉靖进士，官至山东按察司副使，后因病人退职，居家著述。此书有《烟霞小说》本、《古今说部丛书》本、《说库》本（以上均三卷）、《续说郛》本、《五朝小说》本（以上均一卷）。其中收有《鬼头王》《三足鳖疑案》等故事。

鬼　头　王

古代鬼魂故事。见明·杨仪撰《高坡异纂》卷中。

南京王指挥当初没有子女，运粮去北京时，路过济宁，买了一个小妾，貌美而贤惠，受到亲戚们的喜爱。她生了一个儿子，不久丈夫与正室相继去死，她治家教子极有法度。既而儿子袭官，成为把总，又运粮北上。他问外公家的住址，母亲只说嫁时年幼，已忘掉了。他母亲嫁到王家三十多年，早起必定在床榻上的帷幕中梳洗，年老越发严肃。儿媳妇晨起立于户外，等候她出来，然后才敢上前拜谒。服侍她的两个婢女，也没见过她梳洗。一天早上二婢立榻前，忽然间风动帐开，看见一个无头人坐帐中，把髑髅放在膝上，还没有妆饰完毕。她看见二婢，仓皇举起髑髅放在颈上，没有放好，身体猛然倒在地上。婢女惊呼，儿媳妇连忙进去，已经成为一副枯骨了。后来，人们就喊她的儿子为“鬼头王”。

三足鳖疑案

古代案狱故事。见明·杨仪撰《高坡异纂》卷下。

正德年间，太仓州有人买一个鳖有三只足，让妻子烹煮来吃掉。一会儿，妻子找不到丈夫，只见地上留下一缕头发，鞋帽衣服如蝉蜕一样。事情传出去后，左邻右舍怀疑是妻子杀了丈夫，要官府将她法办。唯独黄知州以为鳖有三足，理不可测。于是召集渔人找来三足鳖，在庭上让那个妇人像当初一样烹调，拿给一个重囚吃。重囚正要回监狱，便腹痛扑地，身体渐渐缩小，一下就形骨俱消。那个妇人的冤案因此真相大白。

李 通 判

古代精怪故事。见明·杨仪撰《高坡异纂》。

宽邑人李通判的住宅一向多怪。一天，客人满堂。正在行酒的时候，客人的巾帽一下都自行脱下，到了栋梁上面，左右飘荡如鸟一样飞翔。客人都习以为常，不感到诧异。过了一会儿，巾帽又一一回到客人头上。

《甘丹格言注释》

书名。15世纪藏族央金噶卫洛卓编著。共七十一则。其中收有一些民间寓言、故事，如《神猴救人》。

神 猴 救 人

古代报应故事。见15世纪藏族央金噶卫洛卓编著《甘丹格言注释》。

有一个寻找失牛而误入密林迷路的人，为了充饥解渴，爬到一棵长在悬崖半坡上的大树尖去摘胡桃吃。结果，树枝折断，掉进一个深谷中，爬不出来。正在绝望悲叹时，林中一神猴为了寻找食物，也来到悬崖边，就跳下深谷，费了很大力气才把此人背了上来。此人被救后，却趁神猴睡着时，想用石头砸死神猴来充饥。但没砸中，惊醒了神猴。神猴为他的罪孽痛心，仍把他送出森林，指给他回城之路，并劝他要多做善事。后来此人得了麻风病，痛苦不堪。

《益世格言注释》

书名。15世纪藏族洛卓白巴编著。共二十九则。其中收有一些民间寓言、故事，如《猫喇嘛讲经》。

猫喇嘛讲经

古代猫喇嘛型故事。见15世纪藏族洛卓白巴编著《益世格言注释》。

一只年老力衰的猫身披袈裟，手持拂珠，在法座上正襟危坐，讲经说法。老鼠们误以为它已改恶从善，纷纷前去听讲。老猫每次讲完经，就将走在后面的一只老鼠捉去饱餐一顿。后来老猫的伎俩终于被当场揭穿，再也不能够行骗了。这一则寓言由佛经故事演化而来。18世纪蒙古族哈尔格西·罗桑楚臣撰《学习宝贝珠》中的“带佛珠的猫”，内容与此则大致相同。

《解愠编》

书名。明·乐天大笑生纂集，逍遥道人校刊。十四卷。有“儒箴”“官箴”“九流”“方外”“口腹”“风怀”“贪吝”“尚气”“偏驳”“嘲谑”“讽谏”“形体”“杂记”“隐语”各一卷。有明嘉靖刻本。其中收有《假儒》《南风先生》等笑话、寓言、故事。

假　儒

古代笑话。见明·乐天大笑生纂集《解愠编》卷一。

一富家子弟谎称秀才，告状追债时，县官对其产生怀疑，便问“桓公杀公子纠”一章如何讲？其人连说不知情，被打二十板。出来后仆从对他说：“这是书句，你姑且说略知一二也许好点。”其人道：“我连叫不知情还要挨打，若说得知，岂不拿我偿命。”此则笑话又见《广笑府》。

南风先生

古代笑话。见明·乐天大笑生纂集《解愠编》卷一。

一富翁极为粗鄙吝啬，打算请老师教子，想找到不食不饮者方可招上门。有人告诉他：“某先生不用饮食，只吃南风一味。”富翁闻知，很高兴，既而又沉思道：“还要与我妻讲定，方可请他。”回去后与妻子商量，妇人说：“不可，不可。你且不要轻易请他，倘若一日刮北风，你拿什么与他吃？”此则笑话又见《广笑府》。

妙处难学

古代笑话。见明·乐天大笑生纂集《解愠编》卷一。

有人教导其子说：“你一言一行，都要仿效老师所为。”其子领命去伺候老师吃饭，师食亦食，师饮亦饮，师侧身亦侧身。老师偷看，不觉失笑。老师搁下筷子打了一个喷嚏，其子觉得喷嚏不可强学，便拱手作揖，给老师道歉：“吾师此等妙处，其实难学也。”此则笑话又见《广笑府》。

有天无日

古代有天无日型故事。见明·乐天大笑生纂集《解愠编》卷二。

时值暑月，一官欲寻避暑之地，同僚议论纷纷，有人说：“某山幽雅。”有人说：“某寺清凉。”一皂隶说：“细细想来，总不如在此公堂上可以乘凉。”官问是何缘故，答道：“此地有天无日头。”此则故事又见《广笑府》《坚瓠集》《笑得好》等。

官府下乡

古代笑话。见明·乐天大笑生纂集《解愠编》卷二。

县尉出外巡逻，夜宿山寺。见一士人在寺庙内攻读，县尉便出对说：“道远还通达。”士人答道“县尉下乡来。”县尉说：“我五字都是绕人（都有‘走之儿’），你对得不大恰当。”士人说：“县尉下乡来，不知有多少扰人哪。”此则笑话又见《广笑府》。

贪　　墨

古代诗对故事。见明·乐天大笑生纂集《解愠编》卷二。

一官吏贪污得很厉害，等到他去任，仓库为之一空。当地老百姓作了一首《德政谣》道：“来时萧索去时丰，官帑民财一扫空；只有江山移不去，临行写入画图中。”此则故事又见《广笑府》。

新官赴任问例

古代难熬三年型故事。明·乐天大笑生纂集《解愠编》卷二。

新官赴任，问小吏道：“做官事体当如何？”小吏回答说：“一年要清，二年半清，三年便混。”新官叹道：“教我如何熬得到第三年？”此则故事又见《广笑府》《笑林博记》等。

争 鱼 纳 鲊

古代判鱼判棺型故事。见明·乐天大笑生纂集《解愠编》卷二。

张某贾某二人，为买鱼发生争执，互相殴打，告到了官府。那官向来贪婪，一贯巧取民财，便判道：“二人姓张姓贾，争买鲜鱼厮打，两家各去安生，留下鱼儿作鲊（腌鱼）。”二人都很失望，便故意买一口棺材，假装去打官司，估计那官忌讳凶器，决无收留之理。等他们到了庭上，那官竟判道：“二人姓张姓贾，争买棺材厮打。材盖与你收回，材底留我喂马。”此则故事又见《广笑府》《笑得好》等。

吏 人 立 誓

古代吏人立誓型故事。见明·乐天大笑生纂集《解愠编》卷二。

一官吏因为贪赃获罪，后来得以赦免，便发誓再不接人钱财。可是不久有人来打官司，送上钱钞求胜，他连忙说道："你既然如此殷勤，暂且放在我靴筒里吧。"此则故事又见《广笑府》《笑林博记》等。

直走横行

古代笑话。见明·乐天大笑生纂集《解愠编》卷二。

一个新兵到了配所，无论如何站立均被呵斥。他不知如何是好，便跪下求教，军官坦言道："你若送我些月钱，任你直走横行。"此则笑话又见《广笑府》。

知母贝母

古代笑话。见明·乐天大笑生纂集《解愠编》卷三。

有人初开药店，一日外出，令其子守铺。恰好遇到一个客人来买牛膝并鸡爪黄连，其子愚蠢而不识药，找遍装药器皿均无所见，便割下自家耕牛一足，斫下二鸡脚卖给人家。其父归来，问曾卖何药，得知前事，大笑发叹道："客人若要买知母贝母时，岂不连你母亲也抬去了？"

拣瘦者医

古代诗对故事。见明·乐天大笑生纂集《解愠编》卷三。

一庸医不依本方，误用药饵，因而医死了病人。病家责令庸医与其妻子、儿子唱挽歌抬灵柩出殡，庸医唱道："祖公三代做太医呵，呵咳。"其妻道："丈夫做事连累妻呵，呵咳。"其幼子道："无奈亡灵十分重呵，呵咳。"其长子道："以后只拣瘦的医呵，呵咳。"此则故事又见《雪涛谐史》《广笑府》《新镌笑林广记》等。

开铺数日

古代阎王访名医型故事。见明·乐天大笑生纂集《解愠编》卷三。

张天师过金陵，看见药店外有许多鬼，一打听都是庸医杀死的，非常厌恶。后过一药店，门外只有四五个鬼，估计这一位必定是良医，所以鬼少，于是下马探访，问道："你是医吗？"答道："惶恐惶恐，鄙人才开铺三四日。"此则故事又见《雪涛谐史》《广笑府》《新镌笑林广记》等。

医仆应对

古代笑话。见明·乐天大笑生纂集《解愠编》卷三。

一庸医屡屡伤人，其仆人因为厌恶而不愿意顺从他，庸医怒不可遏，骂道："我教你死！"仆人说："我不轻易吃你药，如何便会死。"此则笑话又见《广笑府》。

道士包醮

古代笑话。见明·乐天大笑生纂集《解愠编》卷四。

一户人家准备请数位道士设坛做法事，某道士极贪财，一人包做各种事项，日夜不停，脚忙手乱，第三日竟晕厥在地。主家请人扛他，他挣命道："请将工银与我，等我慢慢爬出去吧。"

水獭

古代笑话。见明·乐天大笑生纂集《解愠编》卷五。

池塘养鱼，水獭常常去偷吃。一日雌獭先入池取鱼，雄獭站在岸上被鱼主捉住。雄獭竟大叫道："不干我事。完全是我老妻之过！"此则笑话又见《广笑府》。

菜酒而已

古代吃"而已"型故事。见明·乐天大笑生纂集《解愠编》卷五。

一儒官去迎候上司，方乘马出门，正好遇到乡人过访，没空详谈，便草草对其妻说："待以菜酒而已。"其妻不懂文绉绉话语，不知"而已"为何物，既而询问各位婢仆，认"已"为尾，猜疑为所畜大羊，乃宰羊盛具酒肴待客。儒官回家得知此事，叹息不已。此后但凡出门时，他都要叮嘱家眷说："今后若有客至，止用‘菜酒’，切不可用‘而已’。”此则故事又见《广笑府》《笑林博记》等。

七十三八十四

古代笑话。见明·乐天大笑生纂集《解愠编》卷五。

一东道主很吝啬，宴请宾客时，私下里嘱咐仆人：“尔等莫要浪费酒浆，但听我击桌一下，尔等则敬酒一次。”客人偶然听到这番话，饮酒时故意问道：“尊堂高寿几许？”答道：“七十三矣。”客人便击桌叹道：“难得。”内闻击桌声，随敬酒出筵。过一会儿，客人又问：“尊翁高寿几许？”主人曰：“八十四矣。”客人复击桌道：“愈是难得。”仆人又出来敬酒。主人知道中计，便不客气地说：“你也不要管他七十三、八十四，你也吃够了。”此则笑话又见《广笑府》。

七 德 鸡

古代笑话。见明·乐天大笑生纂集《解愠编》卷五。

一富人待老师很刻薄，老师看见其家养了许多肥鸡，笑问道：“君家七德禽为何如此之盛？”富人道：“我只听说鸡有五德，不知道‘七德’之说。”老师说：“‘五德’之外，还有二德，我吃得，你舍不得。”此则笑话又见《雪涛谐史》《广笑府》《新镌笑林广记》等。

酒 疯

古代笑话。见明·乐天大笑生纂集《解愠编》卷五。

一鼠居住在油坊，一鼠居住在酒坊，彼此互食所有。酒鼠既食油，乃邀油鼠入酒坊，以口衔鼠尾，而垂饮于酒瓮中。油鼠饮酒乐，便称赞道：“好酒好酒。”酒鼠开口回应：“不敢不敢。”酒鼠一张口，油鼠立即堕入酒瓮中，翻滚不得起。酒鼠长叹道：“你少饮些也罢，如何就在这里撒酒疯！”此则笑话又见《广笑府》。

死后不赊

古代死后不赊型故事。见明·乐天大笑生纂集《解愠编》卷七。

一乡下富人极为吝啬，病重命悬一线，久久不断气。他哀告妻子说：“我一生苦心贪财吝啬，断绝六亲，如今富足，死后可剥皮卖与皮匠，割肉卖与屠夫，刮骨卖与漆店。”其人一定要妻子听从，然后才断气。他既死半日，复苏，叮嘱妻子说：“当今世情浅薄，切不可赊与他。”此则故事又见《广笑府》《笑林评》《新镌笑林广记》等。

鲊　　哮

古代笑话。见明·乐天大笑生纂集《解愠编》卷七。

一人极其粗鄙吝啬，每顿吃饭，在空盘中写一“鲊（腌鱼）”字，叫声“鲊”，就吃一口饭。其弟口吃，连叫“鲊、鲊、鲊”。其人大怒道：“你休得吃哮喘了，连累我使钱买药。”此则笑话又见《广笑府》。

戒争闲气

古代寓言。见明·乐天大笑生纂集《解愠编》卷八。

钉地桃符仰视艾人而骂道：“你是何等草芥，竟居我上？”艾人低头回应道：“你以半截入土，还想争高下？”桃符感到愤怒，反复争辩不休。门神出来调解说：“我等不争气，依靠人家门户，哪有时间争闲气呀？”此则寓言又见《广笑府》。

技艺争高下

古代寓言。见明·乐天大笑生纂集《解愠编》卷八。

木工说：“我能巧用斧凿造室制器，真是个良工。”石工说：“断木不难，雕石才难，我才是良工啊。”铁工曰：“断木雕石，必然要借助钳锤之力，你等没我都做不成，且莫要虚争闲气呀。”此则笑话又见《广笑府》。

眉争高下

古代器官争大型故事。见明·乐天大笑生纂集《解愠编》卷八。

眼睛问眉毛道："我能辨别好歹，认识万象，有大功于人。你有何能，位居我上？"眉毛说："我也不与你争高下，必欲我在你下，好看不好看？"此则故事又见《广笑府》《新镌笑林广记》等。

蝙蝠推奸

古代蝙蝠弄乖型故事。见明·乐天大笑生纂集《解愠编》卷九。

凤凰庆寿，百鸟皆贺，而蝙蝠不往，说道："我有足能走，属兽类也。"等到麒麟庆寿，百兽皆贺，而蝙蝠又不往，说道："我有翼能飞，属禽类也。"后来麒麟、凤凰相会，各自谈到蝙蝠之事，便感叹道："世间自有这般推奸避事的禽兽，真是无可奈何！"此则故事又见《广笑府》《笑府》《华筵趣乐谈笑酒令》《新镌笑林广记》等。

洗衣

古代笑话。见明·乐天大笑生纂集《解愠编》卷九。

某贫士只有一件布衫，遇到要浆洗时，无可替换，只得白天睡觉。客人来问其子说："你父亲何在？"其子回答道："在床上睡觉。"客人问道："有何病？"其子很不高兴地说："你爹洗布衫睡觉时，也是有病么？"此则笑话又见《广笑府》。

天上坐

古代呆子故事。见明·乐天大笑生纂集《解愠编》卷九。

一痴婿不识世事，每逢妻家宴会常常被压坐下位。其妻感到惭愧，一再叮咛他坐高位，始终不醒悟。一日妻与痴婿同回娘家，入席时妻靠在门里暗示痴婿去坐高处。痴婿见庭中有梯，竟升半梯而坐。其妻着急，又怒目指示其人。痴婿不解其意，大呼道："终不成叫我天上去坐！"此则故事又见《广笑府》。

《何氏语林》

书名。又名《语林》。明·何良俊撰。何良俊（1506—1573），字元朗，号柘湖居士，松江（今属上海）人。嘉靖中以岁贡生入国子监，特授南京翰林院孔目。后因厌倦仕途，引疾归里。此书三十卷，分三十八门，其中三十六门全依《世说新语》旧例，仅增加“言志”“博识”二门。有明嘉靖何氏清森阁家刻本、《四库全书》本、上海古籍出版社1982年影印本等。其中收有《青龙寺题诗》《白头翁》等故事。

青龙寺题诗

古代诗对故事。见明·何良俊撰《何氏语林》卷二十一。

有一个香客拜访青龙寺，一再受到怠慢。他感到愤怒，就取笔题诗而去。诗曰：“龛龙东去海，时日隐西斜，敬文今不在，碎石入流沙。”僧众不知道是什么意思。有一个沙弥发现，其中暗藏“合寺苟卒”，用以辱骂寺僧。

白头翁

古代机智人物故事。见明·何良俊撰《何氏语林》卷二十七。

曾经有许多白头鸟聚集在吴王孙权的殿前，孙权问群臣：“这是什么鸟哇？”诸葛恪回答：“此鸟名叫‘白头翁’。”大臣张辅吴自以为是坐中最老的一位，疑心诸葛恪用鸟名来戏弄他，因此说道：“诸葛恪在欺骗陛下，从来没有听说过有鸟名叫‘白头翁’的。是不是可以让他去找‘白头母’呀！”诸葛恪说：“有一种鸟叫‘鹦母’，未必有对。试请辅吴也去寻找‘鹦父’。”张辅吴张口结舌，回答不上来，引起哄堂大笑。

续字

古代机智人物故事。见明·何良俊撰《何氏语林》卷二十七。

诸葛子瑜面长似驴。孙权曾经大会群臣，让人牵一头驴进来，量了量驴脸，在上面题写“诸葛子瑜”四字。当时诸葛恪在坐，就跪下来请求用笔添加两个字。孙权同意给笔，诸葛恪连忙在“诸葛子瑜”下面续上“之驴”二字。在坐的人见了都欢笑起来，孙权便把驴赏赐给诸葛恪了。

献　策

古代机智人物故事。见明·何良俊撰《何氏语林》卷二十七。

王安石当宰相的时候，大讲特讲兴修天下水利之事。有一次，刘贡父去拜访王安石，正好碰到有一位客人在座。那人向王安石献计献策说：“把梁山泊的水放光，让它干涸，就可以得到良田万顷。只是还没有想好把它的水贮藏到什么地方去。”王安石低头沉思片刻，说道：“是啊，这么多水，怎么存贮啊！”刘贡父高声讲道：“这一点儿都不难。”王安石很高兴，以为有了对策，忙问刘贡父。刘贡父说：“再开凿一个梁山泊，就完全可以把这些水贮存起来啦。”王安石一听大笑起来，便不再考虑这件事。

乘骒马而出

古代机智人物故事。见明·何良俊撰《何氏语林》卷二十七。

刘贡父刚入史馆时，常常乘一匹母马外出。有人见了对他说：“这样的马难道是先生要骑的吗？您也没考虑过上朝的时候，会有从群者可能跟着奔跑造成灾难吗？”刘贡父回答道：“是的，我会处置好的。”那人问他：“您将如何处置呢？”刘贡父说：“我让人买回青布做一条围裙，系在马屁股后面。”那人说：“这样做更诡异了。”刘贡父说：“有什么办法呢？我刚到馆阁，薪俸微薄，难以支付昂贵的费用，只得找便宜的，拿这样的马来代步。想不到竟遭到诸位如此深的责备，现在不得不以此来堵住说怪话人的口。这有什么不妥呢？”

避孔子塔

古代机智人物故事。见明·何良俊撰《何氏语林》卷二十七。

刘贡父滑稽而能言善辩，可谓举世无双。他晚年虽说得了四肢的疾病，仍然忍不住要跟人开玩笑。一日，他抱着手炉在惠林寺的僧房内，给苏东坡讲了一个故事：“我的邻居有一个儿子，稍稍长大以后，便让他代为掌管小当铺，没到一年光景，由于不小心典当了强盗的东西，把资本几乎损失光了。这个儿子向父亲请罪，说道：‘我实在不会理财，以致败了好好的家业。现在请让我去跟老师念书，努力去考科举吧。’他父亲听了非常高兴，挑选了一个好日子，备办酒肴给他送行。临别之时叮嘱道：‘我老啦，就只有依靠儿子来给我养老。如今我儿要离开我出外求学，倘若运气好，能够改换门庭，固然是我的大幸。然而有一件事你不可不记住，遇到交朋友，同你唱和，你必须仔仔细细看清楚，切莫和了贼诗，狼狈而归。’”这个故事嘲讽的是苏东坡在元丰二年时，因作诗讽刺新法而入御史狱的事件。王晋卿、周开祖等都因为和诗受到连累。刘贡父的故事刚讲完，苏东坡也讲了一个故事：“我听说当年孔夫子从卫国返回鲁国后，遇上有人请孔夫子吃饭。孔夫子众弟子非常高兴，悄悄说道：‘鲁国乃我们的父母之邦，我辈长久以来一直跟随先生四方奔波，如今幸而一道都回到了家乡，等到先生出门后，我们就一起去寻访亲朋旧友，趁机观看市内的店铺。’大伙欣然同意。他们刚刚来到市区，还没有来得及四处参观，便在人群中望见孔夫子巍然而来。他们惊慌相告，仲由、子夏等人争相奔跑远逃，无一人留下来，唯独颜回拘谨，不能骤然迈开大步，看到市内的石塔似乎可以躲避，立即隐藏在石塔旁边，以等待先生走过去。众弟子因而称这座石塔为‘避孔子塔’。”“避孔子塔”谐音“鼻孔子塌”，乃讽刺刘贡父患风湿病，鼻子塌了，以此来回敬刘贡父。

御史台令史

古代官吏故事。见明·何良俊撰《何氏语林》卷二十八。

武后时，有一个御史台的令史（低级官吏）要进入台门，值班的几个御史聚立在门内。令史下驴冲其间，御史大怒，将举棍子打他。令史说：“今天的过错实在是这头驴引起的，请让我先数落它，然后再受罚。御史同意了。此人立即对驴说：“从你的行动可以知道，你极为愚钝。你是什么样的蠢驴，胆敢在御史中间行走！”御史们感到羞愧，便停下来了。

刺 史 视 库

古代官吏故事。见明·何良俊撰《何氏语林》卷三十。

江南有一个驿吏自以为做事干练，管理郡里事务的刺史初至，驿吏说：“驿中已经清理，请一阅。”刺史去视察，初见一室，署名“酒库”，各种酒都齐备，坛外画了一个神。判史问是谁？说是杜康。刺史点头称赞。他又到一室，署名“茶库”，各种茶都有贮藏，又有一个神。问是谁？说是陆鸿渐。刺史越发称好。又一室署名“菹库”，各种腌菜都齐全，也有一个神。问是谁？驿吏说是蔡伯喈。刺史大笑道：“不必放在这里。”

士人鬻书

古代士人故事。见明·何良俊撰《何氏语林》卷三十。

有一个士人以卖书为业，将家产全用在上面。有一次他进京卖书，途中遇到一个士人取书来看。此人爱他的书，可是穷得掏不出钱来买。此人家里面有一些古铜器，准备拿去卖了来买书。卖书的士人也有收藏古董的癖好，连说：“不要去卖了，我给你估个价，彼此交换就行啦。”于是，他便用随身带的书换了几十件铜器。回家后妻子检查他的行李，只见有两三个布囊铿锵有声。她问明情况后，就大骂丈夫说：你换得他这些玩意儿，几时能够当饭吃？”丈夫说：“他换得我那些玩意儿，也几时能够当饭吃？”听到他们的话，人们都忍不住大笑起来。

《贤博编》

书名。明·叶权撰。叶权（1522—1578），字中甫，安徽休宁人。此书不分卷。有万历年间黄应台刻本。中华书局1987年出版有凌毅点校本。其中收有《吝僧上当》《自取羞辱》等故事。

吝僧上当

古代僧道故事。见明·叶权撰《贤博编》。

吴下有一个僧人以医为业，颇为富裕，然而待人吝啬，当地的一些少年很讨厌这个僧人。他们把一个妓女打扮成农家女，一人装扮为父亲，一起用小船载鱼肉酒果，去寺庙里面请僧人替女儿看病号脉，并且摆上酒食款待僧人。一会儿，那人故意说要回船取药钱，离开后许久不返还。僧人趁着酒兴挑逗女子，随后与她交媾。那人回来时，女子哭着告诉父亲，父亲大声喊道：“我女儿已经许配给村人，你怎么强奸她呀！”喧闹间，就有几位贵人带着仆人从楼船中登寺，得知此事，无比愤怒，立即将僧人捆到楼船上。僧人十分恐惧，连连磕头乞命，陪了大量钱财才得以脱身。他哪里知道这竟是一个骗局。

自取羞辱

古代讽刺故事。见明·叶权撰《贤博编》。

嘉靖年间，吴地发大水，无数村镇都被淹没，茫茫如海。有一个官宦人家的少年驾着楼船，携带妓女与鼓乐周游玩赏，划入乡间歌舞欢笑，以为奇观。过了一会儿，忽然来了十余艘小船，每一船上有五六个赤身裸体的人，拿着长柄勺围绕楼船浇水，各位少年遮避不及，满身污秽，酒筵翻倒，一片惊叫，不知如何是好。少年再三求饶，叩头谢罪，小船才离去。楼船上的这一伙人，幸灾乐祸，竟自取羞辱，闻者莫不感到痛快。

相疑为鬼

古代雨中疑鬼型故事。见明·叶权撰《贤博编》。

清明时节天蒙蒙雨，有一个人打伞独行，突然有个人来趁伞同行。过一会儿，两人互相怀疑，打伞的人将趁伞的人推入河中，那人从河中起来就走了。他们回去都以为遇到鬼啦，受到惊吓，竟病了一场。过了一些日子，两人都去澡堂子洗澡。有人问趁伞的人，怎么好久不见了？他便讲起清明河边上的事情。打伞者在旁边听了，连忙讲起这一件事，彼此都大笑起来。此则故事又见《七修类稿》《读笑林》等。

倾尸讹人

古代沉尸讹人型故事。见明·叶权撰《贤博编》。

常州有一个有钱人极为凶恶，年末对仆人们说：“你们可以出去寻一点事儿来，作为过年的花销。”仆人们四出没有收获。后来他们到了郊外，看见有一家埋葬了死者，棺材很好但是没有穿孝服的人。他们晚上偷偷去发棺，是一个少妇，估计是大户人家暴死的小妾。群仆把死者抬到小船中，准备一些走亲戚的礼品。黄昏时他们故意去撞一艘货船，同时把尸体倾倒在河中，大呼：“大船撞翻小船，淹死了我家的新娘子！”并且捆绑了商人，商人非常害怕。第二天捞起尸体，要去告官。商人赔了全船的货物，才得脱身，竟不知道是个骗局。

《权　子》

书名。一名《权子杂俎》。明·耿定向撰。耿定向（1524—1596），字在伦，号楚侗，湖北黄安人。嘉靖进士，历任大理寺右丞、户部尚书等，后辞官居天台山。此书有明末杭州刊《雪涛谐史》本、《续说郛》本等。其中收有《拾金》《假人》《家语》等寓言、故事。

拾　金

古代寓言。见明·耿定向撰《权子》。

有个牧童穿着破烂衣服，每天在野外放牧牛羊，时不时靠在树上，放开嗓子唱歌，日子过得开开心心的，牛羊也长得壮壮实实的。一天，他捡到一小块金子，悄悄放到衣兜里面。从此以后，人们渐渐听不到他的歌声，他把牛羊都赶不到一起，而且再也长不好啦。

假　人

古代寓言。见明·耿定向撰《权子》。

有人在池里面养鱼，苦于常有水鸟来啄食，因此在池里插一个披蓑衣戴斗笠的假人来吓唬水鸟。起初，水鸟有一些畏惧，久而久之，便停在斗笠上面，假人一点也不惊诧。那个人偷偷换掉假人，自己披蓑戴笠，站立在池中。水鸟仍然下啄，那人抓住它的足。水鸟不能脱，扑腾翅膀叫道：“先前是假的，如今也是假的吗？”

家　语

古代诗对故事。见明·耿定向撰《权子》。

吴中有一个老头，当初贫困，以弄蛇为生，长子行乞，次子钓蛙，季子唱采莲歌讨口，后来致富。一天，老头召集族人谋划说："我起家微贱，如今富足了，更应当学习文化，才可以兴家立业。"于是聘请塾师来教三个儿子。塾师常常夸奖三个儿子的学业不断有长进。老头儿就宴请宾客，让名儒来测试。名儒先以偶语试季子说："纷纷柳絮飞。"季子对道："哩哩莲花落。"再试次子说："红杏枝头飞粉蝶。"次子对道："绿杨树下钓青蛙。"最后试长子说："九重殿下，排两班文武官员。"长子对道："十字街头，叫几声衣食父母。"老头儿听到，诧异地说道："他们说的，还是旧时的弄蛇家语呀！"

《稗史汇编》

书名。明·王圻纂集。王圻，字元翰，上海人。嘉靖进士，官御史、邛州判官、陕西参议等，后来乞养归家。此书一百七十五卷，分为天文学、时令、地理、人物、伦叙、伎术、方外、职官、仕进等二十八门。有台湾《笔记小说大观》影印本、北京出版社影印本等。其中收有《南京奸僧》《徐州寺僧村》等故事。

南京奸僧

古代僧道故事。见明·王圻纂集《稗史汇编》六十九。

南京城外某个偏僻的地方有一个妇人，探亲时独自外出。有个僧人尾随其后，到了没有人处，就上去用好言好语调戏，妇人不从，又用钱财利诱，妇人也不从。他便拿出刀子来威胁，妇人害怕，只好就范。随后他又说："我要看看你的双乳。"立即把妇人推倒在竹林中，坐妇人身上，割下两个乳头，藏裹而去。妇人苏醒后，正好遇到巡逻的兵马经过。她不能够讲话，就用手指胸间，又指奸僧所去的方向。官员明白后，立刻追赶，不久便抓获奸僧，将其正法。

徐州寺僧村

古代僧道故事。见明·王圻纂集《稗史汇编》六十九。

嘉靖年间，江西陈某与八位同事带着三十几个仆从去北方。路过徐州，夜宿一个乡村里面的寺庙。僧人摆酒席热情款待，众举人都高高兴兴地喝得酩酊大醉，只有陈某因为心悸而未饮酒。半夜，诸位举人和仆人都已经熟睡，陈某独醒，听到四壁有磨刀声，感到惊骇。他弄不醒同事、仆人，就偷偷起来，翻墙过去，落在一家茅舍下面。茅舍中的一个女子看见他，就说：“寺庙里面的僧人都是歹徒，你赶快逃跑吧。”陈某刚出来，那些举人和仆人就都成为刀下鬼了。僧人数数，发现少了一个人，立刻追赶。在半道上，一个无赖抢了陈某的衣帽，僧人误以为他是陈某，便结果了他的性命。陈某逃过一劫，天明后立即去报官。官府去逮捕僧人时，寺庙里还见到四处横尸。

县令判僧

古代诗对故事。见明·王圻纂集《稗史汇编》八十八。

士人双渐生性滑稽。他曾经做过县令，有一次进入一座寺庙，主僧已经喝得半醉，便上前说道：“长官可同饮三杯酒。”双渐很生气，判道：“谈何容易，邀下官同饮三杯；礼尚往来，请上座独吃八棒。”竟打了主僧而退。

林公决狱

古代案狱故事。见明·王圻纂集《稗史汇编》八十九。

四川有一个小家妇人从娘家回来，到一座寺庙避雨，有一个僧人请她进去。这个妇人颇有姿色，僧人师徒都想奸淫她。妇人却只对徒弟有意，师父怒杀此妇而将她埋在园中。次日，这个妇人的娘家与夫家互相去寻找，找不到就报告官府。当时，福建人林公在四川做都司，正好有个门子犯事，林公就让他戴罪立功，前去探查。门子进入那一座寺庙，僧人师徒发现他长得好看，就来与他狎昵。有一个小沙弥竟泄露了杀死妇人的事情。门子回去报告，林公改天去寺庙里面焚香，频频仰头向天，自言自语道：“臣知道了。”众僧中只有一个僧人的脸色突然变了。林公立刻下令将他捆起来，并且说：“上天已经告诉我，杀害某妇人的就是你。”一经审讯，他便招供，而且挖出在园中埋葬的尸体，于是法办了凶手。

东坡题轴

古代机智人物故事。见明·王圻纂集《稗史汇编》九十四。

佛印禅师故意让一个僧人常常在苏东坡面前言诗。苏东坡很鄙视他。一天，这个僧人便携带一个诗轴，请求苏东坡写序，苏东坡戏题道："大杜之下有小杜，小杜之下翘然杰出者，非吾师而谁？"

佛印真赞

古代机智人物故事。见明·王圻纂集《稗史汇编》九十四。

苏东坡一日为佛印禅师的画像题词，赞道："佛相佛相，把来倒挂，只好擂酱。"过了一日，佛印禅师却与东坡居士题词："苏胡苏胡，比上不足，比下有余。"

县令善谑

古代官吏故事。见明·王圻纂集《稗史汇编》九十四。

太监谷某迎接皇上时，常常趁机敲诈、挞辱官员。他必先问官员："你的纱帽哪里来的？"湖广某县令听说后，不以为然，说道："我必定不受其辱！"有一次，太监谷某经过湖广，见到该县令时照样大声喝问。该县令回答道："我的知县纱帽，是在十王府前用三钱五分白银买来的。"谷某一笑而罢，竟无所知。某县令出来，有人问他，他说："太监性属阴，一笑便不能够发怒啦。"

优人诨语

古代讽刺故事。见明·王圻纂集《稗史汇编》九十四。

吴地有一个僧人，俗姓王。因为他的兄长考中进士，他于是还俗娶妻，非常骄纵，众人都鄙视他。有一天举办宴会，大家对优人说："王和尚很作怪，你能够讽刺他一下吗？"优人说："可以呀。"因此扮演苏季子家招人起课算命，一人挣钱。算命者说："你小数能消受得几个钱？"起课者说："王和尚有成亲日，起课人无得运时。"满坐的人哄然大笑，王某人立即逃席而去。

洗马雅谑

古代官吏故事。见明·王圻纂集《稗史汇编》九十四。

洗马（明代的一个从五品官职）刘某上朝时遇到兵部侍郎王某。王某开玩笑说：“我们太仆寺（管理宫廷车马的官署）的马多，洗马必须一一洗之。”刘某应声说道：“何止太仆寺哟，诸位司马（明代兵部侍郎称为少司马）不干净，我当然要洗呀。”听到的人无不称快。

张妓谐语

古代官吏故事。见明·王圻纂集《稗史汇编》九十四。

吴中妓女张好儿长得颇为婉丽，已经徐娘半老了。有一天，她被人携带出去游玩。登上船后，舟客杜某看见张好儿，连忙讥诮道：“她老便老，也是个小娘。”杜某原本没有登记在册，借太医籍买官，成为一个小吏。张好儿应声说：“你小便小，也是个老爷。”众人听了一致鼓掌。

烦恼自取

古代笑话。见明·王圻纂集《稗史汇编》卷九十四。

有个大臣因事烦恼。伶人到面前表演，先有一人叫樊须的来了，问他的名字是谁取的？回答说是“孔子”。又有一人叫樊哙的来了，问他的名字是谁取的？回答说是“汉高祖”。又有一人叫烦恼的来了，问他的名字是谁取的？回答说是“自取的”。伶人便笑道：“而今乃知烦恼是自取的。”

马钱相谑

古代诗对故事。见明·王圻纂集《稗史汇编》卷九十四。

吴人马承学喜欢骑马，上马必定纵马疾驰。有一次，他的同学钱同爱与他逗乐，说道：“马承学，学乘马，汲汲而来。”马应道：“钱同爱，爱铜钱，孜孜为利。”

忠奴孝奴

古代忠娘孝娘型故事。见明·王圻纂集《稗史汇编》卷九十四。

有一士人年老纳二宠，托友人为二宠命名。友人便以“忠奴”“孝奴”来命名。士人说：“忠孝诚为美名，然而用来给婢女命名就不妥当了。”友人说：

“有出处啊，‘孝当竭力，忠则尽命’。”

死妾乳子

古代鬼母育子型故事。见明·王圻纂集《稗史汇编》卷一三四。

浙江有个上舍（第一等太学生）的小妾临产时，他有事情去了钱塘。小妾难产昏死，他的妻子不等到小妾断气，便将小妾殡葬了。上舍回家，妻子只说小妾难产死去，他也没有认真追问。有一天上舍偶然经过附近的卖饼家，看见他们的小箱子里面有一只银簪，乃他小妾常戴的簪子。询问簪子的来历，卖饼人说：“有一个妇人说她的婴儿缺奶，留下簪子换炊饼喂孩子。她黄昏时来，拿到炊饼就离去。”问她的去路，便是埋葬小妾的地方。上舍非常惊诧，晚上悄悄地到她的坟墓去偷听，果然有婴儿的哭声。于是开墓启棺，看见在死妾身上伏有一个婴儿。连忙将婴儿抱回家中，养育成人。

《二酉委谭》

书名。明·王世懋撰。王世懋（1536—1588），字敬美，号麟州，又号损斋，太仓（今属江苏）人。嘉靖进士，历官陕西、福建提学副使，再迁为太常少卿。此书一卷。有明刊本、《续说郛》本、《五朝小说》本、《丛书集成初编》本等。其中收有《乡民得金》等故事。

乡民得金

古代奇事故事。见明·王世懋撰《二酉委谭》。

豫章本来米价贱，有一年遇大灾荒，米价猛涨。新建县有一个乡民生活窘迫，家里面只有一个木桶，卖了三分钱，拿二分钱买米，一分钱买毒药，将与妻儿一起饱食一顿后死去。饭刚刚熟，正好里长上门来要丁银，这个乡民无法回应。里长远道而来，很饥饿，想吃一顿饭而去。入厨房后乡民只好哭着如实以告，里长大惊，立刻将这些饭埋掉，又告诉他：“我家有五斗谷子，你背回来可以过一些日子。”乡民去里长家中背回五斗谷子，打开一看，里面竟有五十两银子。他急忙拿去退给里长，里长说：“我家贫困，哪里有这些银子？分明是上天赐给你的。”乡民怎么也不肯要，最后只好各家分一半，共度荒年。

《虎　苑》

书名。明·王稚登撰。王稚登（1535—1612），字伯穀、伯固，号玉遮山人，吴郡（今江苏吴县）人。嘉靖末游学京师，为大学士袁炜校书秘阁，后欲举荐于朝，未果而罢。此书二卷，分为德政、孝感、贞符、殛暴、威猛、灵怪、神摄、人化、杂志等十四类。有《广百川学海》本、《述古丛钞》本、《艺术丛书》本、《续说郛》本等。其中收有《梦虎破案》《虎伥为患》等故事。

梦虎破案

古代案狱故事。见明·王稚登撰《虎苑》德政第一。

牟某视察江西，梦一只老虎身披三矢而登舟。他惊醒后告诉同僚的官吏，佥事胡某见他性情急躁，就说：“有没有狱冤呀？”牟某很恼怒地离去。先前，牟某断了一个女子杀夫案，将女子嫁给一个贫士，在迎亲途中贫士被杀，男家以为女家嫌贫而杀人，告到官府。牟某愤怒而详察，便以女子奸而谋杀其夫判了死刑。胡某一问女子的奸夫并没有抓到，让老媪检查，此女还是处子。又问贫士与谁交往密切？说是同舍的周彪。胡某沉思后说：“三矢登舟，彪也。”因此召周彪来修志。周彪到后，让他去密室，牵他的手说：“牟公已经知道你的事情，打算处以极刑。我怜惜人才，便劝阻了牟公。只要你说实话，我会帮助你。”周彪惊慌失措，立即跪下陈述，他听说女子艳丽，所以谋杀贫士而想娶女子为妻。胡某录下他的口供，随即告诉牟某，于是放了那个女子，而将周彪绳之以法。

虎伥为患

古代制伥灭虎型故事。见明·王稚登撰《虎苑》灵怪第八。

清源陈某隐居在别墅，有一天靠窗夜坐。外面是荒野，月色明朗，他看见一个妇人骑着老虎经过窗下，朝屋西方走去。西边的房间里有一个婢女睡在墙壁下面，那个妇人取竹枝从壁缝中刺婢女，婢女即呼肚子疼，起来出户上厕所。陈某惊骇，还没有来得及说话，婢女已经被老虎抓住。陈某立刻去救婢女，婢女才得以幸免。乡里人说，村中常常有此怪出没，那是虎伥啊。

张四斗虎

古代奇事故事。见明・王稚登撰《虎苑》灵怪第八。

建炎年间荆南多虎，城外的人们纷纷迁移到城里面去躲避老虎。张四搬家没有完毕，老虎就到了。他急忙窜上房梁。老虎进入厅堂，便脱下虎皮变为一个丈夫，出门去寻找张四。张四立刻下来，取虎皮来放在梁上。老虎回来看见虎皮不见了，非常窘迫，便从怀中拿出丹符来搁在地上说："我奉天符来取你等，上面有姓名的人我都吃掉了，只有你还在。你能够还我的皮，我就放掉你。"张四说："你除掉我的姓名，我就还你的皮。"老虎便拿笔来除掉张四的姓名，张四立即扔下虎皮。老虎蒙上虎皮，恢复原形，咆哮一声跳跃而去。张四吓得几乎从梁上掉下来。第二天，这只老虎竟在六十里外被雷劈死了。

月夜踢虎

古代奇事故事。见明・王稚登撰《虎苑》搏射第十。

包君家龙丘山中多虎，他与妻家隔岭而居。妻弟某生，一向倔强固执，夜饮包君家，天色昏暗，他要回家，竟不听劝阻。某生登上山顶后月亮出来了，一只老虎蹲在石上，它看见人过来，还没有跳跃，就被某生踢了一脚。某生回家一看，靴子已经裂开了。第二天，岭上的行人说，有一只老虎因下巴脱落而死。

摄虎抬轿

古代奇事故事。见明・王稚登撰《虎苑》神摄第十一。

贵州有个僧人住在龙虎山下的寺庙里，他有一次去城里面赶斋，由四个仆人用轿子抬去。到了以后，他就让主人找一间密室把仆人关起来，还加上锁，并且叮咛不要给吃的。主人心想仆人远道而来，不应该挨饿。一会儿听见咆哮，主人走去偷看，都是老虎。他惊慌失措，赶紧去对僧人讲，僧人只是微笑。僧人吃罢斋饭，打开密室门上的锁，唤出来仍然是仆人，便用轿子把他抬回去了。原来是僧人施法摄制住了山中的老虎。

鸡扑虎眼

古代奇事故事。见明·王稚登撰《虎苑》杂志十四。

龙丘山有一个农妇家境非常贫困，里长上门时，她家打算杀那一只抱雏的母鸡来请客。这时，里长恍恍惚惚，看见一个黄衣女前来请求饶命，一下就不见了。里长进屋，发现家里人正在逮鸡，连忙制止。几天后，里长再来她家，这只母鸡已经抱出一群小鸡。它看见里长，立刻飞鸣，做出感谢的样子。里长出门后，遇到一只老虎，将要靠近的时候，有一只母鸡突然飞来扑虎眼，使里长得以逃生。后来里长发现这一只母鸡已经折断翅膀，死在草丛中。从此以后，当地的山里人就再也不吃鸡啦。

虎　媒

古代虎为媒型故事。见明·王稚登撰《虎苑》杂志十四。

陈氏家住义兴山中，有个晚上，一只老虎当门大声咆哮。陈家开门一看，乃是一个年轻女子，虽然衣服破烂，但是身上无伤。一问才知道是商人的女儿，跟母亲外出过寒食节，被老虎衔到这里。陈妇见她端庄美丽，便问她是不是愿意做自己的儿媳妇？女子表示愿意，陈家就让她与小儿子配为夫妻。一个多月后，女家的父母寻上门来，见了十分高兴，于是他俩便拜堂成亲。人们称为虎媒。

《迂仙别记》

书名。明·张夷令辑。张夷令，吴人，生平事迹不详。原书卷数不详。《古今谭概》专愚部第四摘，录此书二十四条。其中收有《彼自抵命》《老子命蹇》等故事。

彼自抵命

古代呆子故事。见明·张夷令辑《迂仙别记》。

有一次迂公外出，在路上遇到一个喝醉酒的人举起拳头打他。他叉手任凭此人殴打，始终一言不发。有人问他为什么，他说："假如把我打死了，他自然要抵命，我正希望他这样呢。"

老子命蹇

古代呆子故事。见明·张夷令辑《迂仙别记》。

有一次迂公与人下围棋，对方执白棋子，迂公大败，死棋子堆积如山，棋盘里面望去都是白棋子。迂公懊悔道："老子命不好，拈的是黑棋子。"

羊裘在念

古代呆子故事。见明·张夷令辑《迂仙别记》。

有一个小偷儿晚上去迂公家里行窃时，迂公回家来了。小偷儿十分惊恐，连忙扔掉他所穿的羊皮袄而逃跑了。迂公捡到羊皮袄非常高兴。从此，他常常惦着羊皮袄，进城去半夜才回家。他到家后，看见房间里面静悄悄的，必定皱着眉头说："怎么没有盗贼呢？"

迂公宴客

古代呆子故事。见明·张夷令辑《迂仙别记》。

有一次迂公宴请客人，他喝醉酒后就靠着几案熟睡起来。等到醒过来，他以为过了一个晚上，睁开眼问客人："今天没有请各位，怎么又来了？"客人说："都怪你昨天没有送客呀！"

臂是我家物

古代呆子故事。见明·张夷令辑《迂仙别记》。

有一天下雨，迂公借人家的衣服穿着出去，道路泥泞，他不慎跌倒，摔伤一臂，衣服也稍微弄脏了一点。随从扶起他来，用力替他揉臂。迂公制止他说："你只要取水来洗涤衣服，臂坏与你无关。"随从说："你不爱惜身体，而挂念一件衣服？"迂公说："臂是我家的东西，何人向我索讨？"

修　屋　漏

古代呆子故事。见明·张夷令辑《迂仙别记》。

有一次下雨屋漏，迂公一夜移动几次床，怎么也找不到干的地方。妻儿都在埋怨他，他赶忙去请工匠来修补，耗费很大。完工以后，忽然天晴，明月当空。迂公日夜仰望屋顶叹息道："倒霉的人，才修好屋，就没有雨，岂不是白折腾吗！"

矮　坐　头

古代呆子故事。见明·张夷令辑《迂仙别记》。

迂公家里面有一个坐凳非常低矮，他每一次去坐，都要拿瓦片来垫四条腿。后来他不胜其烦，随后想到了一个好办法，就喊仆人把矮坐凳移到楼上。等到他去坐时，凳子照样低矮，便说："人说楼高，真是浪得虚名啊！"他于是命人把楼毁掉了。

《调谑编》

书名。明·王世贞编。王世贞（1529—1593，一作1526—1590），字元美，自号凤洲，又号弇州山人，太仓（今属江苏）人。嘉靖进士，历任太仆卿、南京兵部右侍郎、南京刑部尚书等。此书系编辑苏东坡语而成，收于王世贞编《苏长公外纪》。有明燕石斋刻本。其中收有《七分读》《抵三觉》等故事。

七　分　读

古代机智人物故事。见明·王世贞编《调谑编》。

有一次郭功甫经过杭州，拿出一轴诗来给苏东坡看，先自已吟诵，声音洪亮，让周围的人都听得见。吟罢，他问苏东坡道："我这一首诗能够得几分？"苏东坡说："十分。"郭功甫非常高兴，请苏东坡解释，苏东坡说："七分来是读，三分来是诗，岂不是十分吗？"

抵 三 觉

古代机智人物故事。见明·王世贞编《调谑编》。

有一天，苏东坡去拜访吕微仲，不巧吕微仲正在床上休息，很久没有出来。苏东坡实在感到难受。过了好一会儿吕微仲才起来会客，请苏东坡随便坐下。苏东坡看见客厅里摆放的一盆菖蒲里面，喂养了一只绿毛乌龟，便说："这种乌龟容易得到，要想得到六眼龟就难啦！"吕微仲问道："六眼龟出在哪里？"苏东坡说："从前，后唐庄宗同光年间，某国曾经进贡六眼龟，当时宫中艺人敬新磨在大殿下面随口吟诵道：'不要闹，不要闹，听取这龟儿口号，六只眼儿，分明睡一觉，抵别人三觉。'"

烧 猪

古代机智人物故事。见明·王世贞编《调谑编》。

苏东坡喜欢吃烧猪。佛印和尚住金山时，每一次烧猪都等待苏东坡来。一天，佛印的烧猪被人偷吃了，苏东坡戏作小诗道："远公沽酒饮陶潜，佛印烧猪待子瞻。采得百花成蜜后，不知辛苦为谁甜。"

《粤剑编》

书名。明·王临亨撰。王临亨（1548—1601），字止之，江苏昆山人。万历进士，历任浙江衢县和海盐知县、刑部主事、杭州知府。此书四卷。初刻于万历年间，有《玄览堂丛书》本。中华书局1987年出版有凌毅点校本。其中收有《闽商黄某》《无赖伏罪》等故事。

闽 商 黄 某

古代商贾故事。见明·王临亨撰《粤剑编》卷二。

闽商黄某买了几百匹绸缎，将要运到广州去贩卖。广州有一个要去北方做官的人，打发他的两个仆人回家。两个仆人与黄某同船，一路上彼此相处得很融洽。到了南安时候，黄某病得比较厉害，不能够继续前行，就托两个仆人帮忙把绸缎带到广州，交给一个熟人，请他先发卖，等自己病愈后便去广州，两个仆人许诺。谁知道行至中途，强盗杀害了他二人，将货物运到广州去出卖。黄某病愈来到广州，发现二人未到家，而市场上正在出卖自己的绸缎，记号都在。黄某便把卖货人告到官府，一经审讯乃杀人的强盗，立即正法。

无赖伏罪

古代无赖故事。见明・王临亨撰《粤剑编》卷二。

有一个寡妇与儿子同住在一起。有个无赖向寡妇借钱，许久不还。寡妇上门讨债，而让她的儿子守在家里面，她的儿子只有几岁。无赖骗寡妇说，他去别处借钱来还债，请稍等一下。寡妇同意后，无赖立即奔跑到寡妇家中，撒谎让寡妇的儿子拿着床头上的首饰匣子跟他一起走。无赖将孩子领到河边，夺下匣子把孩子推到河中。他藏好匣子后回去对寡妇说没有借到钱。寡妇回家找不到儿子，伤心地哭了一个晚上。第二天早上，他儿子回家讲了无赖的所作所为，自己是被救才得以生还。寡妇到官府告状，让无赖得到了应有的惩罚。

神助决疑狱

古代案狱故事。见明・王临亨撰《粤剑编》卷二。

兴宁有奸夫淫妇谋杀亲夫后，夜半将尸体抬去扔进仇家的池塘，乡里人叶大遇到了，胆小怕事不敢告发。次日，淫妇去指告仇家杀死自己的丈夫，可是没有证据，案子久久不能够决断。兴宁县尹对这个案件感到怀疑。有一天晚上，他梦见有个神人引一个戴草帽穿木屐的人过来，对他说："县尹你想判决疑案吗？询问这个人就能够弄清楚了。"他醒来细细一想，难道是乡邻有个姓叶（葉）的知情吗？第二天，他将叶大带来，一经审讯便破案啦。

《琅琊漫钞》

书名。明・文林撰。文林（1445—1499），字宗儒，湖广衡山人，系籍长洲（今江苏苏州）人。成化进士，历任太仆寺丞、温州太守等。此书一卷，有《丛书集成初编》本、《续说郛》本等。中华书局1985年出版有排印本。其中收有《六部差遣官挑人》《诵诗妙用》等故事。

六部差遣官挑人

古代机智人物故事。见明·文林撰《琅琊漫钞》。

有一次阿丑给皇上表演，扮成六部的差遣出场。他在挑选官员的时候，问第一个候选人的姓名，一听说对方叫“公论”，立即说：“如今公论已经无用了，此人不能派遣。”当他听说第二个候选人叫“公道”，连忙说“如今公道已经吃不开了，此人也不能派遣。”最后一个候选人叫“糊涂”，他一见此人就喜出望外，连连点头说：“此人去得，此人去得。”皇上看了勉强笑一笑，略微流露出不高兴的神色。

诵 诗 妙 用

古代机智人物故事。见明·文林撰《琅琊漫钞》。

有一次阿丑在皇上面前演戏，扮成一个读书人，高声诵诗道：“六千兵散楚歌声。”有人连忙说：“不是六千，而是八千。”大家再三发话纠正，这个读书人才慢吞吞地说：“各位有所不知，那两千兵丁正在保国公家里面盖房子。”皇上听了，当即秘密派太监前往保国公家里调查。保国公见势不妙，立刻下令停工，并且送重金贿赂前来调查的太监，这一件事情才得到了平息。

《玉堂丛语》

书名。明·焦竑撰。焦竑（1541—1620），字弱侯，号漪园，又号澹园，江宁（今江苏南京）人。万历状元。曾任翰林院修撰。此书八卷。有万历四十六年曼山馆本。中华书局1981年出版有点校本。其中收有《乾坤度量》《裙子之争》等故事。

乾坤度量

古代诗对故事。见明·焦竑撰《玉堂丛语》卷一。

弘治年间，虏使对驿馆的同伴说，有一联语没有人能够对得上：“朝无相，边无将，气数相将。”李西涯听到以后，立即应道：“天难度，地难量，乾坤度量。”

裙子之争

古代案狱故事。见明·焦竑撰《玉堂丛语》卷二。

有一个老妇人曾经诬告她的邻居是盗贼，扬州王知府查阅赃物，有两条裙子，一条宽而长，一条短而窄。老妇人说是她儿媳妇的裙子，可是那个邻居说是他嫂嫂和他妻子的裙子。王知府对老妇人说：“她一人的裙子，怎么有长短宽窄的不同呢？”因此便弄清楚那个邻居并非盗贼。

某编修

古代官吏故事。见明·焦竑撰《玉堂丛语》卷四。

永乐年间，有三个人同时住在洞庭湖旁边的一间房内，不轻易出门。在一个月白风清之夜，他们三人泛舟湖上，饮酒醉后扣舷而歌，相对恸哭，然后回去，不知道他们来自何方。同伴时常拿钱米来周济一人，此人有时候收下，有时候则不收。此人病得比较厉害时，呼喊同伴说：“我想说出自己的姓名，又害怕连累你们；不说，又引起你们的怀疑，真不知如何是好？”俩人一再请求，他便说：“我是建文帝时候的某编修，希望把我埋葬在湖边的某山下。”同伴便收葬了他。这两个人后来也不知道去哪儿啦。

戚胡

古代诗对故事。见明·焦竑撰《玉堂丛语》卷一。

戚学士是一个美髯公，翰林院里面的人称呼他为“戚胡”。一天，他与大司成陈鉴会宴，投木漆壶（古代宴会时的一种游戏），陈对戚说：“戚胡投漆壶，真壶也，假壶也？”戚回应道：“陈鉴看臣鉴，善鉴呢，恶鉴呢？”

《憨子杂俎》

书名。明·屠本畯撰。屠本畯（1542—？），字田叔，号汉陂，晚年自称憨先生等，鄞县（今属浙江）人。官至辰州太守，后罢官归里。此书共有寓言故事十一则，有《世界文库》本等。其中以《七兄弟》最为著名。

七　兄　弟

古代七兄弟型故事。见明·屠本畯撰《憨子杂俎》。

古时候，兄弟七人都有绝技，称为健大一、硬颈二、长脚三、远听四、烂鼻五、宽皮六、油炒七。健大一看见须弥山可以放在家门口做屏障，便把它担了回来。上帝非常愤怒，便命令云神丰隆前去追讨，拿获硬颈二，用斧头砍他的脖子。换了几次斧头，而他的脖子却毫无损伤。长脚三距离大海一万八千里，一天便赶回家报信。远听四早有所闻，就带着烂鼻五出战。西海龙王派遣几千鱼兵蟹将来迎敌。烂鼻五用鼻涕向下一掴，就把它们的眼睛都糊住了。于是，龙王亲征，抓到了宽皮六，直扯横拽，可是他的皮不烂。又抓到了油炒七，叉入油锅，炒了七天七夜，可是他的身体不焦。后来他们七人竟一事无成，老死在家中。

《应谐录》

书名。明·刘元卿撰。刘元卿（1544—1609），字调父，号旋子，江西安福人。隆庆举人，后召为国子博士，官至礼部主事。此书一卷，二十一则。有明末·杭州刊《雪涛谐史》本。其中收有《争雁》《盲苦》等寓言、故事。

争　　雁

古代寓言。见明·刘元卿撰《应谐录》。

从前有人看见天空中大雁正在飞翔，便拉弓去射，说道：“射下来就煮来吃。”他的弟弟却说：“舒雁（鹅）适合煮来吃，飞雁适合烤来吃。”他俩争论不休，便找到社伯来决断。社伯说：“你们拿一半来煮，一半来烤吧。”说完再去找雁，已经飞得很远很远啦。

盲　苦

古代寓言。见明·刘元卿撰《应谐录》。

有一个盲人经过一条干枯的河道时，不慎从桥上掉下。他握住栏杆，战战兢兢，自以为失手必定堕入深渊。过路人告诉他：“不要害怕，尽管放手，下面是干地方。”盲人不相信，仍然紧紧握住栏杆呼号，久而久之，抓不住了，失手坠落在地上，便自我解嘲说：“嘻！早知道是干地，何苦这么长时间吊着呢。”

讲　学

古代讽刺故事。见明·刘元卿撰《应谐录》。

有两个人在街上对骂。甲说：“你欺心。”乙说：“你欺心。”甲说：“你没有天理。”乙说：“你没有天理。”王阳明先生听见，对弟子说：“你们听吧，这两个人在讲学哩。”门生问道：“他们在对骂，怎么说是讲学？”先生说：“你们不是听到吗？在说‘心’，在说‘天理’，不是讲学是什么？”门生说：“既然在讲学，为什么要对骂？”先生说：“这种人哪，只知道要求别人，而不知道要求自己呀。”此则故事又见《笑府》等。

猫　号

古代猫儿更名型故事。见明·刘元卿撰《应谐录》。

齐奄家养了一只猫，自以为奇特，就称为“虎猫”。有人对他说：“老虎固然威猛，但不如龙神奇，请更名为‘龙猫’。”又有人对他说：“龙固然比虎神奇。龙升天浮在云间，云不是在龙之上吗？不如叫‘云猫’。”又有人对他说：“云气蔽天，风很快把云散，云肯定不敌风，请改名‘风猫’。”又有人对他说：“大风刮起来时，用墙就能够遮挡。风比得上墙吗？应当叫‘墙猫’。”又有人对他说：“墙虽然牢固，只要有老鼠打洞，墙就可能倒塌。墙比得上老鼠吗？叫‘鼠猫’好了。”东里丈人听了嗤笑道：“噫嘻！逮老鼠的都是猫。

猫即是猫，为何要让它失掉本真呢！”此则故事又见《滑稽故事类编》《笑林博记》。

悦谀

古代讽刺故事。见明·刘元卿撰《应谐录》。

广东有一个县令喜欢听奉承话，每一次发布政令，下面的人都交口称赞，县令便感到称心如意。一个皂隶想阿谀奉承，就故意从旁与人交谈：“凡是当官的人，都喜欢别人奉承，只有我们的大老爷不然，瞧不起别人奉承。”县令听了，立刻召见这个皂隶，嘉奖道：“嘻，了解我心思的只有你哟！”从此对他亲近有加。

学偷

古代寓言。见明·刘元卿撰《应谐录》。

有一个小偷十分狡猾，一生行窃从未犯事。他年迈时，儿子担心他把手艺带走，天天恳求他传给自己。老头说：“我传什么呀，你干一干就是。”一个晚上，儿子摸到富人的卧室里面，钻进一个大柜子，打算等主人入睡后出来偷东西。哪知道主人把柜子锁起来才上床睡觉，小偷儿在里面出不来，半夜便弹指作老鼠咬东西的声音。主人闻声开锁赶老鼠，小偷儿趁机跑出来逃回家中。他对老头儿说：“父亲为什么秘而不传，差一点害死我呀！”老头说：“就是这样干的，我还传什么呀！”

《榖山笔麈》

书名。明·于慎行撰。于慎行（1545—1608），字可远，又字无垢，山东东阿人。隆庆进士，官至礼部尚书。后致仕居家著述。此书十八卷。有万历刻本、天启刻本。中华书局1984年出版有吕景琳点校本。其中收有《蒋生诉冤》《海丰渔子》等故事。

蒋生诉冤

古代冤狱故事。见明·于慎行撰《穀山笔麈》卷十五。

万历年间，济南蒋生家贫无法度日，不得不把自己的孩子抵押了三十两银子。过了许久，他又把自己的房子卖给抵押孩子的人家，卖了银子二百两挂零。抵押孩子的人家扣下一百两作为利息，只给了他一百两银子。后来蒋生把钱花光了，又窘迫又怨恨，便上吊而死。他死后数日，卖房子的中间人走在西门道上，忽然磕头请求蒋生饶命。随即回到家中，闭门不出。一会儿，邻居听到急促的敲门声，却一无所见。此人估计无法躲过去了，就对其妻子说："我死后必定被抓去，但不要收我，我还要被放回来。"立刻出去，开门而死。同一天，扣钱的那一家也死了。过了一会儿，他的小妾苏醒过来，说道："我们被蒋生控诉，见到府君，府君说：'中间人应当来质，你来做啥？'于是放我还阳，夫君与中间人正在接受审问。"不久中间人托梦告诉他的妻子说："已经关押我了，我不回来啦。"

海丰渔子

古代奇遇故事。见明·于慎行撰《穀山笔麈》卷十五。

嘉靖年间，海丰县有几个渔民驾一条船入海，忽然遇到飓风，被刮到了一个孤岛上。孤岛的地势险峭，行走数里才有人烟。这里的人们身体枯瘦，面目黝黑，看见渔民相顾惊笑，说的话渔民听不懂。渔民们非常饥饿，就取他们食品来吃，他们也不阻挡。这些渔民在岛上停留一个多月，渐渐与他们有了交往，但语言不通。这里的山涧流水处，都是五彩文石，渔民们各人取了几升放在船中。后来渔民们飘返故里时，才知道这些文石都是宝石。

逆妇变驴

古代逆妇恶报型故事。见明·于慎行撰《穀山笔麈》卷十五。

固原有一个民妇对婆母无礼。一天，她和婆母一起去庙里拜神。婆母要一条包头巾，她不肯给，儿子便自己拿一巾给老人，她取过来就撕裂啦。婆母不得已，和她一起去了。进庙拜神还没有完，这个民妇突然不见了，怎么也找不到。

后来，在城外的一座小山上面发现她了，她已经变成毛驴，只留下一个头和双乳没有变。

《益智编》

书名。明·孙能传撰。孙能传，字一之，自号心鲁，宁波（今属浙江）人。万历进士，官至礼部员外郎。此书分为帝王、宫掖、政事、职官、刑狱、说词、人事、杂俎等十二类，共四十一卷。有明万历刻本、清光绪刻本。中华书局2010年出版有王玉亮注本。其中收有《蝇集镰刀识凶犯》《马蹄金奇案》等故事。

蝇集镰刀识凶犯

古代验刀擒凶型故事。见明·孙能传撰《益智编》。

有一个人在路上被杀了，起初以为是强盗所为，一检查才发现他的衣物都在，遍身有十几处镰刀伤痕。检察官说："强盗杀人取财，如今物在伤多，不是冤仇是什么？"于是让左右的人离开，问他的妻子："你丈夫跟何人有深仇大恨？"那妇人说："我丈夫向来与人无仇。最近有某甲来讨债，曾经有限期还款的话，不是深仇。"这个官员派人去通报附近的居民，要把所有的镰刀送上来检验，如有隐藏，必定是杀人犯。没有多长时间，官员就收集了七八十把镰刀。当时正是大热天，其中有一把镰刀飞集了许多苍蝇。官员问镰刀是谁的？竟是讨债人某甲的。擒拿审讯时，他不服。官员说："众人的镰刀没有苍蝇。你杀了人，镰刀上面还有腥气，所以爬满苍蝇。你怎么隐瞒得了？"左右失声叹服。杀人者只好磕头服罪。此则故事又见《中国侦探案》。

马蹄金奇案

古代案狱故事。见明·孙能传撰《益智编》。

李勉镇守凤翔府时，属县有个农夫得到一瓮马蹄金，送到县衙。县令担心看守不严，就放在自己的家中。第二天打开一看，里面全是土块。马蹄金出土时，乡村百姓都观验过，突然变为土块，没有不感到惊异的。报到凤翔府后，县令不能辩白，便以偷换金子诬服。虽然有了供词，却追查不出藏金子的地方。李勉看到案卷，非常生气。随后李勉发现幕僚袁滋对此事有自己的见解，便将此案提到凤翔府来，让袁滋审理。袁滋看了瓮里面的二百五十余个土块，又从店铺中索取金子来熔铸成块，与瓮里面的土块大小相等。铸好以后，刚称一半，已经达到三百斤重。袁滋询问当初送马蹄金时，是由两个农夫用竹担抬到县衙的。计算一下金块的重量，绝非二人用竹担抬得动的。说明在运往县衙途中，马蹄金已被换成土块了。于是众人恍然大悟，县令的冤案便得到昭雪。

《快雪堂漫录》

书名。明·冯梦祯撰。冯梦祯（1548—1605），字开之，号具区，又号真实居士。秀水（今浙江嘉兴）人。万历进士。历任翰林院编修、国子监祭酒等。此书一卷，有《续说郛》本、《五朝小说》本、《说库》本等。其中收有《赵鼻涕》《月中人》等故事。

赵　鼻　涕

古代讽刺故事。见明·冯梦祯撰《快雪堂漫录》。

临安令赵鼻涕，因软弱无能而得到此名。有个叫钱德明的人来告状，状子上说“钱德明年若干岁”。赵某非常愤怒，命人鞭笞钱德明。钱德明不服，赵某说：“你欺我不讲今年若干岁，而讲明年若干岁，是何道理？”赵某以“德”为钱的名，而“明”字属下文，听到的人不觉捧腹大笑。

月　中　人

古代异人故事。见明·冯梦祯撰《快雪堂漫录》。

某年秋天夜晚，一个妇人露坐在庭院里面，看见有三个人挨月而过。她非常吃惊，急忙呼喊大家一同观看。儿媳出来迟一点，仅仅看到其中的两个人。一会儿，三人全部进入月中。

《笑　赞》

书名。明·赵南星撰。赵南星（1550—1627），字梦白，号侪鹤，别号清都散客。高邑（今河北元氏）人。万历进士。天启年间官至吏部尚书，因反对魏忠贤专权失败，谪戍代州，病死于戍所。此书共七十二则，存明刊《赵南星全集》本。人民出版社1958年出版的《明清笑话四种》收有此书。其中收有《草书》《好酒》等笑话、故事。

草　书

古代笑话。见明·赵南星撰《笑赞》。

张丞相好草书。一天，他书写了满张纸，让侄儿来抄录。侄儿不认识，进去问张丞相。张丞相自己也不认识，说道："你何不早问，以致我忘记了。"

好　酒

古代雨中送客型故事。见明·赵南星撰《笑赞》。

有一人好酒，在席上坐了很长时间。他的仆人想让他离去，看见天阴了，便说："天快下雨了。"此人说："快下雨怎么回去呢？"过一会儿果然下起雨来。雨停后，仆人又说："雨停了。"其人说："雨停了还怕什么。"此则故事又见《增订解人颐新集》《笑林博记》。

毡　帽

古代幸戴毡帽型故事。见明·赵南星撰《笑赞》。

有个人夏天戴着毡帽走路，去到大树下歇凉，便将毡帽当扇子，边扇边说："今天假如没有此帽，就热死我啦。"此则故事又见《笑府》《新镌笑林广记》《笑林博记》。

秀才买柴

古代笑话。见明·赵南星撰《笑赞》。

一个秀才买柴，说道："荷薪者过来。"卖柴的人因为听明白"过来"二字，就担到他面前去。秀才问道："其价几何？"卖柴的人因为明白"价"字，就说了价钱。秀才说："外实而内虚，烟多而焰少，请损之。"卖柴的人不知道他在说什么，竟担起担子离开了。此则故事又见《笑府》《新镌笑林广记》《笑林博记》。

买　靴

古代合穿靴型故事。见明·赵南星撰《笑赞》。

兄弟二人攒钱买了一双靴子，兄长常穿在脚上，弟弟不肯白出钱，等夜间兄长睡了，便穿上靴子到处行走，因此将靴子穿烂。兄长说："我们再出钱来买一双靴子吧。"弟弟说："买靴子会耽误睡眠啊。"此则故事又见《笑府》《新镌笑林广记》《笑得好》《笑林博记》。

米

古代笑话。见明·赵南星撰《笑赞》。

有一个妇人与人私通，正在房间里面厮混时，丈夫突然从外面回来了。妇人将那人装在布袋内，立在门背后，丈夫问道："布袋里面是什么东西？"妇人惊慌失措，不能对答，那人说："米。"此则笑话又见《笑府》《广笑府》《新镌笑林广记》等。

代　受　打

古代笑话。见明·赵南星撰《笑赞》。

有个人受别人雇用，代别人到官府去挨打。他拿别人给的钱与行杖皂隶，让皂隶杖打时稍轻一点。他挨打出来，忙向雇用自己的人叩头说："恩主爷，多亏有你的钱，不然我就被打死了。"此则笑话又见《新镌笑林广记》。

僧与雀

古代笑话。见明·赵南星撰《笑赞》。

鹞子追赶雀儿，雀儿逃入一个僧人的袖中。僧人捉住雀儿，连连说：“阿弥陀佛，我今日吃一块肉！”雀儿闭目不动，僧人以为已死，他刚一松手，雀儿立即飞去。僧人又说：“阿弥陀佛，我把你放生了吧。”此则笑话又见《笑府》。

官判案

古代笑话。见明·赵南星撰《笑赞》。

某乙杀害某甲，夺走其资产并且骗娶其妻。不料某甲又得复苏，回家后到官府告某乙图财害命，强夺其妻。官竟重责某甲，作为诬告来处理，批状道：“既已打死，如何尚在？娶用财礼，何以强娶？”

《雪涛小说》

书名。江盈科撰。江盈科（1553—1605），字进之，号渌萝山人。湖广桃源人。万历进士。官至四川提学副使。此书一卷，共五十二篇。有《雪涛阁集》本。上海古籍出版社2000年出版有黄仁生校注的《雪涛小说》（外四种）。其中收有《任他去邻家痛》《梦得金》等故事。

任他去邻家痛

古代去邻家痛型故事。见明·江盈科撰《雪涛小说》。

里中有个脚生疮的人，痛不可忍，就对家人说：“你们为我在墙壁上凿一个洞穴吧。”洞穴凿成后，他把脚伸进去，到了邻家一尺左右。家人问他：“这是什么意思？”他回答说：“任他去邻家痛，与我无关。”此则故事又见《笑得好》《笑林博记》等。

梦 得 金

古代梦得金型故事。见明·江盈科撰《雪涛小说》。

有一个学生，生性狡猾，常常用计谋诓骗他人。他们的学官管教很严，学生们稍有犯规，必定要抓起来打板子，绝不饶恕。一日，此生正好犯事，学官气得派人去捉拿，坐在堂上等着惩罚他。此生被抓来后，长跪在地下，不讲别的事情，只说："弟子偶然得到千金，正在处置，所以来迟了。"学官闻听此生得到千金，不再生气，忙问："你的金子从何处来？"回答："从地下找到的。"又问："你打算如何处置？"回答："弟子本来贫困，没有家业，如今与妻子合计：以五百金买田地，二百金买住宅，一百金买器具、买童仆，剩下的一百金，以一半买书，将发愤攻读，而用另一半馈赠先生，以答谢平日的教育，这就分完了。"学官说："你这样的心意，我哪里担当得起呀！"于是叫仆人摆酒席请这个学生，一边喝酒一边谈话，十分融洽，跟平日完全不同。喝得半醉时，学官问道："你刚才匆匆赶来，把金柜的钥匙收好了吗？"学生起来说："弟子刚把金子分配妥当，便被妻触醒，金子一下就不见了，还用收藏吗！"学官吃惊地说："你所讲的金子，是在做梦啊？"学生答道："的确是梦。"学官很不高兴，然而已经款待了学生，不能再发怒，便慢慢地说："你真有情义，在梦中得金，还不忘先生啊！"此则故事又见《志异续编》。

北 人 啖 菱

古代如此吃菱型故事。见明·江盈科撰《雪涛小说》。

有个北方人生而不识菱角，到南方做官，在酒席上吃菱角，竟连壳一起放到口里嚼。有人告诉他："吃菱角应当去壳。"其人自护所短，说道："我并非不知道连壳一起嚼，是为了清热。"那个人又问："北方亦有此物吗？"此人回答："前山后山，何地没有？"

妄 心

古代鸡卵梦型故事。见明·江盈科撰《雪涛小说》。

有一穷人十分贫困，偶然拾到一枚鸡蛋，便高高兴兴地去告诉妻子："我有家当啦！”妻子问他家当在哪里？他就拿出那一枚鸡蛋给妻子看，并说：“我把它借给邻居孵小鸡，再抱一只母鸡回来生蛋，一月可以得到十五只鸡。两年之内鸡又生鸡，可得到三百只鸡，换来十金。我用十金买五头母牛，母牛生牛，三年可得二十五牛。再过三年，可得一百五十牛，换三百金。我拿来放债，三年可得五百金。我用来买田置宅，雇仆讨妾，日子过得好不快活！”其妻一听，醋意大发，勃然大怒，竟以手击碎鸡蛋，骂道：“不要留下祸种！”此则故事又见《滑稽故事类编》。

治夜禁

古代讽刺故事。见明·江盈科撰《雪涛小说》。

有一个官吏治夜禁很严，犯夜禁的人必定重打不赦。假如没有犯夜禁的，他动辄说巡逻的士卒受贿替人开脱了，因而鞭打巡逻的士卒。一日，巡逻的士卒傍晚就以犯夜禁的名义捉拿一个跛子。跛子问他为何被捉拿？巡逻的士卒说他犯夜禁了。跛子问：“现在是傍晚，怎么犯夜禁呢？”巡逻的士卒说：“像你这样且走且歇，计算过城门时非到一更不可，岂非犯夜禁！”

让墙

古代让墙诗型故事。见明·江盈科撰《雪涛小说》。

江西有个在朝做大官的，其子多次寄书信去讲：“邻人每年占我家的墙址，不肯罢休。”做大官的得到书信以后，在书信后面题写道：“纸纸家书只说墙，让他径尺有何妨？秦王枉作千年计，只见城墙不见王。”便封好寄回家去。其子诵读父亲的诗，认为父亲太迂腐，不能帮助自己泄愤，就把回信扔在地。邻人偶然拾到此信，被做大官的美德所感动，立刻自毁其墙，任大官的儿子占领。随后两家互谅互让，彼此公平，相安如旧。此则故事又见《坚瓠集》《旧闻随笔》《嚼舌录》等。

妇制盗

古代盗贼故事。见明·江盈科撰《雪涛小说》。

隆庆年间，一个客商在洞庭湖中被劫杀，他的妻妾被盗魁霸占，然而两个妇人没有一天忘记亡故的丈夫。一天是盗魁的生日，两个妇人设法将盗魁和群盗通通灌醉，急忙乘船去岳阳告官。最后将盗贼一网打尽，全部处死。

《雪涛谐史》

书名。江盈科撰。二卷，一百六十则。有《雪涛阁集》本。上海古籍出版社2000年出版有黄仁生校注的《雪涛小说》（外四种）。其中收有《下他腐刑》《一字笑》等故事、笑话、寓言。

下 他 腐 刑

古代讽刺故事。见明·江盈科撰《雪涛谐史》。

某宦官想戏弄一个四川籍御史，就缚一鼠去对他说："这一只老鼠咬坏了我的衣服，请御史判罪。"御史判道："此鼠如果判鞭笞、流放太轻，判凌迟绞斩太重，就下他腐刑吧。"宦官明知御史在讥讽自己，却也佩服他回答得很巧妙。此则故事又见《坚瓠集》。

一 字 笑

古代放不放由你型故事。见明·江盈科撰《雪涛谐史》。

金陵人陈全外出闲逛，误入禁地，被太监捉住，将要带去巡城。他跪下说："小人是陈全，请公公饶恕。"那个太监早知道陈全的名字，就说："你善于取笑，可作一字笑，能够让我笑笑，我才放你。"陈说："屁。"太监问他："这是什么意思？"陈全说："放也由公公，不放也由公公。"太监忍不住笑起来，便放了他。此则故事又见《坚瓠集》《笑笑录》《笑林博记》等。

老 布 衣

古代诗对故事。见明·江盈科撰《雪涛谐史》。

嘉兴有一个老布衣，平时自号清客，门上写了一副对联："心中无半点事，眼前有十二孙。"乡里人嘲笑他，就在下面续写道："心中无半点事，两年不曾完粮；眼前有十二孙，一半未经出痘。”看见的人都笑了。

回　甜

古代笑话。见明·江盈科撰《雪涛谐史》。

有一个北方人与一个南方人谈论橄榄和枣子哪个甜。北方人说：“枣味甜。”南方人说：“橄榄味道虽然辣，却有回甜。”北方人说：“待你回得甜来，我先甜了一会儿。”

偷 磬 贼

古代盗贼故事。见明·江盈科撰《雪涛谐史》。

一贼白昼到人家里去偷窃磬，他把这一口磬拿出门时，正好碰见主人从外面回来，他就问主人：“老爹，你买磬吗？”主人回答：“我家有磬，不买。”盗贼径直把磬拿走了。主人晚上找磬时，才发现那个卖磬的人是偷磬的盗贼。

酒　薄

古代笑话。见明·江盈科撰《雪涛谐史》。

有人夜半拿钱去沽酒，敲门不开，店家让他从门缝中投钱进去。沽酒的人问：“酒从何出？”酒保说：“也从门缝递出。”沽酒的人一听就笑了。酒保说：“不要笑，我们这酒薄薄的。”

我腹里无

古代肚里无有型故事。见明·江盈科撰《雪涛谐史》。

有一个儒生面临考试，他的妻子快生孩子，很是发愁。他连忙安慰妻子说：“你何必发愁呢？我才应该发愁啊。”妻子问他是什么缘故？他说：“你腹里有，我腹里无。”此则故事又见《笑府》《广笑府》《笑林》《笑倒》《广谈助》《破涕录》《笑林博记》等。

拿团鱼去

古代捞鱼去型故事。见明·江盈科撰《雪涛谐史》。

武陵有个少年，善于说谎。偶然在街市上遇到一位老者，老者说：“人家说你善于说谎，可给我说一个。”少年说：“刚才我听说众人放干了东湖，都去捉拿团鱼，小人也要去捉拿一个，没有工夫闲扯。”老者相信了，径直跑到东湖，看见湖水滔滔，才知道这是个谎言。

骗下楼

古代诱出户型故事。见明·江盈科撰《雪涛谐史》。

有个少年站在楼下，正好楼上有一贵人对他呼喊道：“人家说你善于骗人，你快骗我下来。”少年说：“相公在楼上，实在不敢骗；如果在楼下，小人便有计骗上去。”贵人果然走下楼，说道：“看你咋样把我骗上去。”少年说：“本来就要把你骗下来，现在不需要再用计啦。”此则故事又见《雅谑》《古今谭概》《智囊补》《仕隐斋涉笔》《笑林博记》等。

背夫逃走

古代笑话。见明·江盈科撰《雪涛谐史》。

一个郡从事不通文理，妄自引用律令断案。有个和尚让徒弟去磨面，徒弟背着面和麸子逃到别的地方去了。和尚把徒弟逮到官府去审判，从事认为：“这个徒弟应该判流放罪。”徒弟说：“我罪不至此。”从事说：“你不应当背夫（麸）逃走！”闻者皆笑。此则笑话又见《雅谑》。

情愿做小

古代讽刺故事。见明·江盈科撰《雪涛谐史》。

有个妻子既蛮横又狡诈，她丈夫每一次提到要讨小老婆，她便说：“你家贫穷，哪里有钱讨小啊？要是有钱的话，随便你。”她丈夫从人家那里借钱回来，对妻子说：“有钱了，让我讨小吧。”妻子便把钱夺过来，拜道：“如今我情愿做小，这钱便可以买我。”

大洗盆与长竹子

古代大浴盆型故事。见明·江盈科撰《雪涛谐史》。

有个说大话的，讲道：“用我家洗澡盆，东边洗澡，西边不起波浪。”听到他话的人说：“昨天早上看见有人扛竹子从门前过，到了傍晚竹稍尚在门外。”说大话的人不相信，那人说：“没有这么长的竹子，如何箍得了这么大的洗澡盆！”此则故事又见《笑倒》《笑得好》《新镌笑林广记》等。

借 刑 具

古代讽刺故事。见明·江盈科撰《雪涛谐史》。

有一个丈夫很怕老婆。他惹妻子生气后，妻子将用“拶指”（一种酷刑的工具）拶他的手指，还让他去邻家借用。他出去借时，嘴里低声抱怨。妻子立刻把他叫回去，问他刚才嘀咕什么？他回答：“我说这个刑具，也需要自家置办一副。”

假 银 也 收

古代假银也收型故事。见明·江盈科撰《雪涛谐史》。

有一个当官的，生性贪婪。他初上任时，去拜谒城隍，看见神座两旁悬有银锭，就对左右说：“与我收回去。”左右说：“这是假银啊。”当官的说：“我知道是假的，但今日新上任，要取个进财吉兆。”此则故事又见《新镌笑林广记》。

岁 生 千 卵

古代讽刺故事。见明·江盈科撰《雪涛谐史》。

有个说谎的人，说自己家里有只母鸡，每一年生千枚鸡蛋。有人问他：“哪里会生那么多？”其人便递减至八百、六百，问的人仍然不信。他就说：“这个数再减不得，宁可加一只母鸡。”

药渣安在

古代讽刺故事。见明·江盈科撰《雪涛谐史》。

有弟兄俩非常友爱，其兄生病，吃庸医的药后死去。庸医去吊唁，其弟号哭道：“何时再能够见到我哥呀！”庸医说：“这个不难，昨天的药渣在哪里？你只要煎来吃，便可相见啦。”

你做东道

古代讽刺笑话。见明·江盈科撰《雪涛谐史》。

富人某某生性十分吝啬，生平从来不请一次客人。偶然派遣家奴去邻居家借桌子，邻居讥讽道：“你家借桌子难道说是要请客吗？”家奴抱怨说：“我家请客要等到明世。”主人听到了，骂家奴道：“你许他明世，还要你做东道，我可不管！”

如此奴仆

古代笑话。见明·江盈科撰《雪涛谐史》。

某人从来不养僮仆，只留一乞丐在家干活儿，摘取芭蕉叶来蔽盖乞丐的下体。有人问他：“你家也养奴仆吗？”他回答说：“这个奴仆自己去找饭吃，我只管他的穿着。”

悭师

古代悭师授术型故事。见明·江盈科撰《雪涛谐史》。

一人已经学习过悭吝之术，但还不满足，便要跟着一位悭师学习。他去见悭师时，只用纸剪的鱼，盛一瓶水当酒，作为学习悭吝之术的见面礼。正好遇到悭师外出，只有他的妻子在家。她知道其人的来意和所带来的见面礼后，就让一婢女端来空杯，说道：“请茶。”又以两手作一圈，说道：“请饼。”如此而已。悭师回家，其妻如实相告。悭师很不高兴地说：“何必如此厚待？”随即用手作半圈样，说道：“只用这半边饼，就够打发他啦。”

如此“知音”

古代筝桌“知音”型故事。见明·江盈科撰《雪涛谐史》。

一琴师在街市上弹琴，由于琴声不佳，听众纷纷散去，只留下一人没有离开。琴师问道：“您莫非我的知音？”那人忙说：“这搁琴的桌子是我家的。”此则故事又见《客座赘语》《雅谑》《笑得好》等。

才在口边

古代笑话。见明·江盈科撰《雪涛谐史》。

有个蒙师识字甚少，其徒请问“屎”字如何写。蒙师回忆很久都记不得，就说：“才在口边，却又忘记了。”此则笑话又见《时兴笑话》《笑府》《新镌笑林广记》等。

错死了人

古代错死人型故事。见明·江盈科撰《雪涛谐史》。

有一个塾师，向来不精通文章。东家让他写祭文来祭奠亲家公，塾师却抄录了一篇祭亲家母文给东家。吊客们见了，都笑话他。塾师骂道：“我的祭文压根儿不错，他家错死了人！”此则故事又见《解愠编》《时兴笑话》《笑府》《广笑府》《笑倒》《广谈助》《笑得好》《新镌笑林广记》《笑林博记》等。

心在哪里

古代心在哪里型故事。见明·江盈科撰《雪涛谐史》。

陕西人呼“竹”为“箸”。有个巡抚是陕西人，坐堂时对巡捕官说：“给我取一箸竿来。”巡官误听，以为是“猪肝”，因而去买，而且自言自语道：“既用肝，哪有不用心的？”于是以盘盛肝，以纸裹心放在袖中，进去见巡抚说：“大人要的猪肝，已有了。”巡抚笑道：“你那心在哪里？”其人从袖中摸了出来，说道：“心也在这里。”

好打抽丰者

古代讽刺故事。见明·江盈科撰《雪涛谐史》。

某巡案派解官将一个喜欢打抽丰（假借某种名义向人索取财物）的友人押解回原籍。等到了境上，解官才告诉那人，他所用的手铐、链条是用二百两银子打造的。巡案大人要厚赠老朋友，又不想张扬，才这样做。此人说："他还是薄情，若是厚待我，便打个二百斤银枷来也好。"

以猫饲雏

古代寓言。见明·江盈科撰《雪涛谐史》。

有个老雕将所捕的一只猫放在巢中，准备饲养雕雏，猫竟将雕雏一一吃掉。老雕无比愤怒，猫说："你莫要发怒，我是你请来的呀！"

巧答问字

古代笑话。见明·江盈科撰《雪涛谐史》。

姑苏洞庭山有一个和尚很有口才，有个儒生来到洞庭山中，问道："和尚和尚，秃驴的'秃'字是怎么写的？"和尚回答："秃驴的'秃'字，即秀才的'秀'字掉转尾巴。"听到的人都佩服他的回答巧妙而且准确。此则笑话又见《雅谑》《古今谭概》等。

君子之交

古代歇后语故事。见明·江盈科撰《雪涛谐史》。

有个士人家贫，要去给朋友祝寿，但是弄不到酒，便提了一瓶水去。举杯时，他对朋友说："君子之交淡于。"朋友应声说道："醉翁之意不在。"此则故事又见《笑林博记》等。

恶少剃眉

古代恶少剃眉型故事。见明·江盈科撰《雪涛谐史》。

岁末时，有个恶少无钱过年。妻子问他怎么办，他就去对剃头匠说：“为我剃去眉毛。”才剃一边，他立即大嚷起来：“从来剃头有损人眉毛的吗？”打算扭剃头匠到官府去。剃头匠惧怕，愿以三百钱赔情，恶少立刻拿钱回去过年。妻子看见他的眉毛一边剃掉一边留下，忙问：“你何不都剃去好看。”恶少回答：“你没算计了，这一边眉毛，留着过元宵节呢。”

张举人与李屠儿

古代讽刺故事。见明·江盈科撰《雪涛谐史》。

有个张举人，与李屠儿之妻通奸，正在执手调笑时，李屠儿回来了。他马上锁闭房门，用竹杖从门枋下击打张举人的小腿。张举人哀求得脱后，就到官府去告李屠儿，谎称到他家买盐时被殴打。县官已了解前情，便在状子结尾写道：“张举人买盐，自窗执其手；李屠儿吃醋，以杖叩其腿。”

健忘者

古代健忘者型故事。见明·江盈科撰《雪涛谐史》。

有个健忘者，把扇子放在树上，就脱裤在地下拉屎。他望见树上的扇子，便欣然取过来，说道：“是何人把扇子忘在这里啦？”因而失脚踩粪，就忿忿然骂道：“是谁人得痢疾，在此拉屎污我的鞋子？”此则故事又见《笑府》《新镌笑林广记》等。

同名

古代诗对故事。见明·江盈科撰《雪涛谐史》。

李梦阳在江西督学，偶然遇到一个学生与他同名。点名时，他说：“你怎么会跟我同名？”便出对测试这个学生，说道：“蔺相如，司马相如，名相如，实不相如。”学生对道：“魏无忌，长孙无忌，人无忌，名亦无忌。”李梦阳听了连连称好。

《谈　丛》

书名。明·江盈科撰。不分卷，共五十七篇。上海古籍出版社2000年出版有黄仁生校注的《雪涛小说》（外四种）。其中收有《万里长江当洗盆》《于谦巧对》等故事。

万里长江当洗盆

古代长江作浴盆型故事。见明·江盈科撰《谈丛》。

解缙七岁时，他的父亲带他到江上洗浴，将衣挂在树上，随口说道："千年古树为衣架。"解缙回应道："万里长江当洗盆。"此则故事又见《增订解人颐广集》。

于 谦 巧 对

古代诗对故事。见明·江盈科撰《谈丛》。

有个监察御史在寺庙中饮酒，把八九岁神童于谦喊来，出句说："三尊大佛，坐狮坐象坐莲花。"于谦对道："一介书生，攀凤攀龙攀桂子。"御史大为惊奇，非常欣赏于谦，就命一个挥使（训练军队的小官）抱他出去。挥使问于谦："他刚才出的什么，你对的什么？"于谦说："他出的'三尊大佛，坐狮坐象坐莲花。'我对的'一个小军，偷狗偷鸡偷苋菜。'"

禽 兽 相 争

古代禽兽相争型故事。见明·江盈科撰《谈丛》。

当年宸濠府中养了一只仙鹤，颈上悬的铜牌刻有"王府"二字，忽然走入老百姓家里，被狗咬得几乎死去。宸濠府立即派一个旗校送狗主人到南昌府刑厅处置。南昌府的节度推官在狗主人诉词上面批道："鹤虽带牌，犬不识字。禽兽相争，不干人事。"宸濠听说后无法再刁难人家。此则故事又见《随隐漫录》《古今谭概》《智囊补》《坚瓠集》《清稗类钞》等。

判　牛

古代智判牛案型故事。见明·江盈科撰《谈丛》。

吉水县有两家农夫的耕牛打架，一牛致死。死牛的人家去到吉水县衙告状，县尹胡鹿崖判道："二牛斗争，一死一生。死者共食，生者同耕。"两家人都心服口服。此则故事又见《解愠编》《智囊补》《广笑府》等。

一语破案

古代片言决狱型故事。见明·江盈科撰《谈丛》。

屠夫王三与同伴合本做生意，每天五更那个同伴都要去叫王三。一天，同伴图财害死了王三。第二天五更那个同伴上门却喊："王三嫂，快叫王三去买猪。"王妻几天不见丈夫回家，就到官府报案。审案官从那个同伴上门叫人时不叫"王三"而叫"王三嫂"发现破绽，因而捉到凶手。经过审讯，那个人服罪，于是抵命。此则故事又见《北窗炙輠录》《枝山前闻》《九朝野记》《智囊补》《蕉轩摭录》等。

李　巫

古代巫觋故事。见明·江盈科撰《谈丛》。

巫人李四曾经学过茅山法。茅山法大多以害人为目的，很灵验，试墙墙裂，试酒酒酸，试绳绳折，试棺椁棺椁裂开。李巫在乡间让人敬畏，人家要做什么，必须去向他请教。一天，李巫的女儿从别处回来。大家伙都知道她是李巫的闺女，李巫自己却不知道闺女回来了。有人就欺骗他说："前面走来一个女子，你有妙法能剪她的裙带使裙子堕地吗？"李巫说："不难。"立即动手作法，只见女子的裙带忽然就解开了，一街的人都笑起来。女子走过来，李巫才发现是自己的闺女，后悔不该作法。

冤　狱

古代案狱故事。见明·江盈科撰《谈丛》。

成化中，有一年正月皇帝去南郊祭祀天地，完毕后发现丢了一只金瓶。当时有一个厨师在那里，就把他捉来让官府严刑拷打。这个厨师不胜痛楚，便诬服了。问他金瓶藏在哪里，他回答不出来，只好随便说埋在坛前某地。可是到那里挖掘并无收获，所以仍然把这个厨师关在监狱里面。没有多久，窃瓶人拿金瓶上面的金绳到市上去卖，被官府捉住了。问他金瓶在哪里，他也说埋在坛前某地。到那里去挖掘，竟然挖到了金瓶。挖到金瓶的地方，离厨师所说的地方只有几寸远。假如在厨师所说的地方挖到金瓶，或者窃瓶人不去市场上卖金绳，那么厨师必死，百口不能辩解。

《闻　纪》

书名。江盈科撰。不分卷，分为十四类，共同一百五十则。上海古籍出版社2000年出版有黄仁生校注的《雪涛小说》（外四种）。其中收有《狄某获报》《幻术》《装死骗钱》等故事。

狄某获报

古代报应故事。见明·江盈科撰《闻纪》。

溧阳人狄某，任云南定远知县。县里有个富翁死后，留下几万两黄金，其妻匿藏下来不给小叔。小叔告到县衙，托人去叮嘱："愿把追回来的财产分一半给审案官。"狄某拘捕了富翁的妻子，酷刑审讯，甚至用滚汤浇她的乳房。因此追回四万两黄金，狄某分得一半。那个妇人含恨死去。后来狄某罢官回到故里，白昼就寝，竟看见那个妇人拿一只团鱼挂在他床上，竟大吃一惊。没有多久，狄某遍身生疽，状如团鱼，用手去按，头足俱动，过一年他便死去了。

幻　术

古代奇事故事。见明·江盈科撰《闻纪》。

嘉靖年间，有一个善于幻术的人，带了一个十来岁的女孩儿住在京城。每逢富人举行宴会，他就让女孩儿拿十几根二尺来长的木棍，一根一根接上去，最后登上顶峰，慢慢摇动，使观看的人感到恐怖。一会儿，扔下簪珥鞋扇等物，玩幻术的人高喊："可以取寿桃来庆寿。"果然有鲜桃子落入席间。没多久，女孩儿手足身体支解开来，纷纷坠下，木棍倒地，玩幻术的人大哭："我的女儿偷王母娘娘的仙桃获罪，被砍死没有救啦！"宾客感到惊愕和可怜，给了他许多银子。他拿起银子，把女儿的尸体捡起来放在筐中急忙离去。过了一些日子，有人发现他跟女儿在路上行走，所谓支解，乃是幻术。

装死骗钱

古代骗子故事。见明·江盈科撰《闻纪》。

万历初年，有一伙恶棍善于幻术，来到辰州府街市卖货，故意跟买主发生争执，相互斗殴，其中有个恶棍假装气绝身亡。买主惧怕被抓到官府去抵命，于是赔偿许多金钱，让他们将死者买棺埋葬。棺中之人，实际上未死。久而久之，这一伙恶棍终于败露，被绳之以法。

《耳　谈》

书名。又名《耳谈类增》《赏心粹语》。明·王同轨撰。王同轨，字行文，黄冈（今属湖北）人。生卒年不详。万历年间由贡生官江宁知县，迁南太仆主簿。此书初五卷，先增为十五卷，再增为五十四卷。现存万历间唐氏刻本。中州古籍出版社1990年出版有孙顺霖校注本。其中收有《刘尚贤》《老圃瓜异》等故事。

刘 尚 贤

古代相互暗算型故事。见明·王同轨撰《耳谈》卷四。

孝感县民刘尚贤、张明时二人一起夜行，突然看见一处火光闪闪，挖开就看见银笋矗立。二人大喜，都说应当备办祭品来祭祷，然后才能凿取。刘某偷偷在酒里面放毒，让张某喝下。张某在腰间带上斧头，乘着酒醉将刘某劈死，却不知道自己已经中毒。两个人都死了，他们的家人去看银笋，已经无影无踪。此则故事又见《古今谭概》。

老 圃 瓜 异

古代瓜异案型故事。见明·王同轨撰《耳谈》卷七。

有一个老瓜农得到一个特别大的瓜，打算拿去献给豪门。一个乞丐扒开篱笆进去偷吃了这个瓜，老瓜农发现后，提起锄头把乞丐打死了。他怕人知道，立即将乞丐埋在瓜地里。明年埋尸的地方结了一个瓜，像斗那么大。县衙派人下乡买瓜，别的瓜园里面的瓜都不满意，就把老瓜农的这个大瓜买走了，拿去献给县令。衙役剖开瓜，瓤浆血红。县令大疑，召老瓜农来问："你种的瓜都这么大吗？"老瓜农说："不。"曰："你往年种的瓜有这么大的吗？"老瓜农说："没有。"县令感到奇怪，便派人掘开地来看，瓜根出自死人的口中。那个乞丐还有满口的瓜子。老瓜农便陈述了乞丐被打死的状况，他因此受到杖打，竟死在狱中。此则故事又见《黄冈县志》《醉茶志怪》等。

金华守张公

古代动物鸣冤型故事。见明·王同轨撰《耳谈》卷七。

金华太守张公有一天来到一处，看见无数青蛙夹道鸣噪。张公感到奇怪，便下轿来边走边看，青蛙在前面为他领路，到田间看见有三具尸叠在一起。张公有力，用手提起二尸后，发现下面的一具尸微微一动。用汤灌他，一会儿就复活了，说道："我是商人，在路上看见两个人挎两筐青蛙去卖，我买来放生。二人说：'这里浅水，前面有清渊，适合放生。'我跟着他们至此，不料拿出斧头，要了我们主仆三人的命。"张公命差役立即追捕，人金皆得，一讯都招供了，于是抵死，而两个仆人腰缠的银子则归还给商人。此则故事又见《虞初新志》《坚瓠集》等。

临安寺僧

古代抄斩淫僧型故事。见明·王同轨撰《耳谈》卷七。

吴地有一个书生与临安某僧相友善，在一起出游很长时间。一日，书生经过一座寺庙时，正好寺僧外出，就直接去到他们所居的密室，看见床榻前面悬挂一个小木鱼，随意敲了一下，忽然间床榻后板铃响，有一个少妇走了出来，即是书生所认识的一个表亲。两人互相惊骇诧异。那个板子即屏内的一片，严丝合缝，可开可闭，就是所谓的地窖子。少妇因惧怕缩了进去，书生也奔跑回去，在门口遇到了这一座寺庙的僧人。僧人发现书生表情异样，知道事已败露，故意拉着书生返回，说道："今日之事，势必不能够两生，只有你自杀好了。"书生叹息说："自堕火坑，知道不能饶我一命，我死时但求一次大醉而请你诵经拜忏，我甘愿上吊。"僧人答应他，让他饮酒并且为他拜诵。书生将酒坛灌满，当僧人拜伏时立刻举起酒坛击破僧脑，把他刺死，连忙奔至郡衙告状，将寺庙里的僧人绳之以法。搭救了六位妇女，都是先后抢夺进去的，或是因为求子而被诱惑进去的。此则故事又见《智囊补》《吴下谚联》《旷园杂志》等。

贷　金

古代骗子故事。见明·王同轨撰《耳谈》卷七。

一入京候选的士人久客京师，口袋眼看就要空了，打算去借贷千金。有一个骗子冒充翰林学士，谎称愿意借贷给他。等收到士人所送百金之礼后，此人竟不知去向。

娶妇得郎

古代娶妇得郎型故事。见明·王同轨撰《耳谈》卷十一。

金陵有一家人的女儿将要出嫁，而女婿病得相当厉害。女婿家里贫穷，贪图女家的陪奁，便把长得像姐姐的儿子打扮一下，送往女婿家，并且说还没有成礼，不宜见尊亲，一直遮着脸。女婿家不知就里，便让女婿的妹妹去伴嫂子，住宿在别室，当天晚上婚合。过了三天，女家去迎“女儿”回门，妹妹自己说嫂嫂是个男子，他已经成为我的夫婿啦。女婿家大为生气，就告到法司。法司说：“他家不应当用男儿冒充，你家为啥让女儿去就他呢？恐怕是天缘，听其自配吧。”后来，女婿的病也好了，女儿竟得到归宿。真是一家嫁女而得妇，一家娶妇而得郎，虚往实还，网鱼得鲢啊。此则故事又见《古今谭概》《情史》等。

僧　诈

古代罗汉骗局型故事。见明·王同轨撰《耳谈》卷十三。

有一个僧人相貌特别，能够绝粒辟谷，他坐在徽商的木筏上，旬日不食不饥。徽商要考察他，便放木筏到中流，又经过旬日也这样。于是率领大家礼拜他，称他为活佛，争相供养。这个僧人说：“不用供养。我是某山寺的头陀，因为大殿毁坏，想向众施主乞求布施，作为无量功德。”因而拿出文书给众人念，相约某月日在寺里面相见。到了约定的时期，众人前往，一问寺里根本没有这样的僧人。大家正在吃惊时，忽然看见伽蓝神的相貌酷似那个化缘的僧人，怀中有一个簿子，即先前的那个文书。众人惊诧如此神异，于是高高兴兴地布施千金，害怕泄语有损功德，因此告诫不要相传。后来才知道，伽蓝神是按照那个相貌特别的僧人来塑的，他长时间不吃东西，是以几十颗干牛肉块作念珠，悄悄吃下，这些都是奸僧所为。此则故事又见《古今谭概》《智囊补》。

谲僧骗牛

古代骗子故事。见明·王同轨撰《耳谈》卷十三。

有个僧人看见一个田家的牛肥硕，便把盐放在自己的前面，让牛常常舔他，随即哭着告田家：“你家的牛，前身是我的父亲。我父亲已经托梦告诉我了，我今天打算赎回去。”主人很感动，就把牛送给这个僧人了。

新妇制贼

古代新妇制贼型故事。见明·王同轨撰《耳谈》卷十五。

有一人做贼，在壁上挖洞进入邻居家里，被大木击毙。这家有个新妇，忙叫人把尸体放入空箱，抬到贼家门口。贼妇以为是她的丈夫盗来的，立刻搬到家里面，后来只得悄悄把丈夫埋葬了。此则故事又见《续金陵琐事》《古今谭概》《智囊补》等。

《徐氏笔精》

书名。明·徐㶿撰。徐㶿，字惟起，又字兴公，万历时闽县（今福建福州）人。以布衣终一生。此书八卷。有明刊碧琳琅馆丛书本、芋园丛书本等。其中收有《金字牌》等故事。

金　字　牌

古代奇事故事。见明·徐㶿撰《徐氏笔精》卷八。

万历年间，扬子江心风浪大作，有渡船载百余人，几乎翻覆。忽然看见浪中有鬼面者持一牌起书有个“金”字。众人以为有金姓的人在船上大家必死。一问，船上果然有一个姓金的人，众人打算把他推入水中。金某原本是一个持斋诵经的人，便说：“如若能够救众人的命，我何必惜死！”他于是跃入水中。这时风狂大作，仿佛若有人扶金某出巨浪，将他送上岸去，而大船利空翻覆，上面的人全部溺死，唯独金某得生。

《涌幢小品》

书名。初名《希洪小品》。明·朱国祯撰。朱国祯（？—1632），一作国桢，字文宁，自号虬庵居士，乌程（今浙江吴兴）人。万历进士，天启初拜礼部尚书兼文渊阁大学士。后任首辅，不敌魏忠贤阉党势力，遭到弹劾，便托病告归。此书三十二卷。有万历四十七年刻本、天启二年刻本、《笔记小说大观》本等。中华书局1959年出版有排印本。其中收有《嚼笔》《刘滋心计》等故事。

嚼　　笔

古代奇事故事。见明·朱国祯撰《涌幢小品》卷七。

有两个秀才互相友善。秋试前夕，他俩住在一起。某生俟睡熟，悄悄嚼去彼生的笔尖。明日彼生抽用时见自己的笔已尽秃，大吃一惊。他向别人借笔，都遭到拒绝。考试时，他恸哭起来，打算弃卷离去。这时他疲倦打了一个盹，有神拍他的背说："起起，写写！"他起来一看，自己的笔依然完好。于是就拿起笔来答卷，写完笔仍然是秃的。交卷出来到二门，某生迎上前问："考试的文章还满意吗？"他回答："说不上满意，只是答完了。"某生的脸红了起来，赶快出去住到别的地方。明日发榜，某生名落孙山，秃笔生却夺得魁首。

刘滋心计

古代盗贼故事。见明·朱国祯撰《涌幢小品》卷九。

濮阳人刘滋，少时家贫，又遇到水、旱灾，便卖了田产经商。十余年后竟发家致富。他为人慷慨，并且善于心计。他将家里面藏的白银都铸为大锭，每一锭重四十斤，放在楼板下。大盗韩某使党羽五十多人，去打劫刘家。刘滋问道："你们要我的财物吗？"就指楼板下说："你们随便拿吧。"贼人看见大银锭，十分欢喜，尽力去拿，一人不过二锭。盗贼离开后，刘滋让家人立刻到远处躲起来。贼且复至，贼人们去见韩某。韩某看到大银锭，说道："不杀此人，我们就白活啦。"连忙回去抓刘滋，一无所得。韩某喊道："完啦！"便带几个银锭远逃。第二天乡人去慰问刘滋，刘滋笑道："财产还在呀。"他去官府告状，官府立即去缉捕，追赶不到几十里，就把盗贼全部捕获，银锭如故，只有韩某携走的银锭没有追回来。

神断

古代案狱故事。见明·朱国祯撰《涌幢小品》卷十二。

有一天，叔叔寄信让钟某带钱外出做买卖。在中途，叔叔伙同盗贼杀死钟某，抢走了他的钱财，不知去向。钟妻到柳州衙门去告状，并且向神祷告。柳州伍太守得到钟妻交上的叔叔书信，正在考虑是不是奸计，神忽然托梦告诉他，事情与僧人有关。伍太守便去柳州府的白石山，把所有的僧人聚集在一起，让他们每个人写一段经文。伍太守发现其中有一个僧人写经的字，与钟妻交上的书信很相似。问他削发为僧的时间，正好与杀害钟某的时间吻合。于是叫钟妻和仆人来看，果然在众僧中间发现了钟某的叔叔，也就是伍太守问过的那个僧人。经过审问，如实招供，便将他绳之以法。

中官祈哀

古代官吏故事。见明·朱国祯撰《涌幢小品》卷十三。

正统初年，中官阮某奉命到广东征虎豹。佥事陈某跟阮某饮酒，要了一张虎皮回去。第二天他就要上奏，说阮某大多用肥壮的老虎宴客，只贡上瘦虎，让它们死在半路上。阮某非常恐慌，连忙摆酒给陈某赔礼道歉。陈某酒酣对阮说："听说你并非阉人，近来讨了小妾，是不是？"阮某便请陈某进室内参观。陈某看见许多罐子，明知是金珠，假意问是何物，阮某说："酒也。"陈某笑道："我正是来要这个东西的。"便令人扛去。阮某哀求，才留下一半。广东人至今还传为笑谈。

石人赌钱

古代官吏故事。见明·朱国祯撰《涌幢小品》卷十三。

雷州衙门前面立有十二个石人。一天晚上，守卫的军人忽然听到赌博的争吵声。过去一看，是石人在赌钱，赌资有几千铜钱。次日向郡守报告，郡守立刻派人去查看库房，库房的锁好好的，可是丢失了铜钱，数目正好跟赌资一样。郡守把石人分别放在城隍庙、东狱庙等处，后来就不再出怪事啦。

京师老媪

古代官吏故事。见明·朱国祯撰《涌幢小品》卷十五。

京师唯有内官的妇人遇轿不下马、不引避。某太宰坐轿出行，在长安街时，有一个遮面老媪并不躲避。隶人呵斥老媪，老媪里面骂道："我在京住了五十余年，官员见了千千万万，稀罕你这蚁子官！"某太宰到部笑语同僚，连称晦气。

怪　诗

古代奇遇故事。见明·朱国祯撰《涌幢小品》卷二十二。

宣德年间，安福华严寺有一个僧人月夜忽然看见两个矮男子一边走一边吟诗。一个道：“几度人间结善缘，百花丛中闹喧天。鸾凤一去无消息，独坐空阶五百年。”一个道：“梵语无多语，空门即善门。夜深风露冷，有口不能言。”随后，他俩渐渐入地。僧人跟踪掘地，得到一个无舌铜铃，一个铜铙钹。

掐　　瘤

古代奇遇故事。见明·朱国祯撰《涌幢小品》卷二十五。

杨某下巴上面长了一个碗大的瘤子。一天他从街市上回来，中途遇到一个拿瓢的人，肮脏得不可接近。这时候下起暴雨来，拿瓢的人向杨某借雨伞。杨某立刻给了他，一点儿也没有难色。拿瓢的人用左手掐了一下杨某的瘤子，右手抚摸杨某的背说：“你的病可以医，你怎么报答我？”杨某笑道：“你不要欺哄我呀。”拿瓢的人说：“请我喝醉一次，三天后来给你治疗瘤子。”杨某并不相信，刚离去几步，回过头来看，拿瓢的人已经不知去向。他回去告诉家里人，痛悔没有得到治疗的方子。次日早上，他下巴上面长的瘤子忽然不见了。家里人感到惊奇，就去摸他的背，瘤子已经长到他的背上去了。大家才悟出杨某遇到奇人啦。

犬逐通判

古代官吏故事。见明·朱国祯撰《涌幢小品》卷二十七。

嘉靖年间遇到大饥荒，平湖一带尤其厉害。有一个赵通判下县催征，刑法严苛。县里面的百姓大为恐慌。这时候乞丐非常多，他们喂养的一条狗忽然像人一样说道：“赵通判领了三千库银来赈灾，大家为啥不去求他？”一下就有几百个人跑到赵通判那里请求放赈救灾，有人乘机大声喧哗起来。赵通判十分惶恐，赶忙翻墙逃跑，于是停止催征。

土　　饭

古代奇事故事。见明·朱国祯撰《涌幢小品》卷二十九。

有一年滋阳县遇到天灾，众人都打算扶老携幼去逃荒。有一个羽士星冠挂瓠剑过来，指着一个隙地说：“这下面有土饭可以吃。”忽然不见。众人惊骇，掘地一尺多，发现土都是碧绿色，微微有谷气。饿的人捧起来吞食，腻如稠面，下咽相当容易。于是，众人争着吃饱。一方数千人，都去挖取。此地一下成为方圆几亩的大坑，深有二丈，唯独不蓄水。第二年麦子将熟，那个羽士忽然来到，俯地好像捡什么，大坑一下就填满了。再去掘地，仍然是沙土，已不可以食。

一 字 散

古代医药故事。见明·朱国祯撰《涌幢小品》卷二十九。

洪武年间有一个冬天，傅某从如皋县回家。天寒地冻，傅某看见一个人卧在路旁，蓬跣褴褛，寒战不已。傅某怜悯他，就带他到家里，让他烤火，他不去；给他吃的，也不接受。于是借草让他睡下。第二天天明，此人已经不见啦。茶几上面留了一张纸，开了五十九味药，末尾写道：“留下这个药方治风疾，用以报答。”傅某依方制药，遇到患风症的人，一治就见效。此药名为“急风一字散”，一直流传至今。

王 长 年

古代抗倭故事。见明·朱国祯撰《涌幢小品》卷三十。

福建人王长年，从小有胆勇，在海上捕鱼。嘉靖己未年，倭寇逼近城市大肆进行掠夺，王长年被贼人捉去，押上船。船中有贼五十多人。一同抓去的男妇十多人，财物珍奇很多。贼船有几百艘，一同扬帆泛海而去。王长年假意顺从贼人，取得酋长信任；他偷偷解开被押人的束缚，乘机说道：“大家听从我的安排，就能一起回去。贼船即将抵达自己的国家，渐渐不防备我们。如今有幸刮东北风，如果能让他们喝醉，夺刀把他们都杀死，我们就能够转舵回去。这个机会不可失掉啊。”众人都说：“好！”正好贼船夜里在海中下碇，王长年便让各个妇女给贼人劝酒，贼人考虑到已经快到家了，非常高兴，就喝得熏熏大醉，随即卧倒在地上，相互枕藉。妇人把贼人的刀全收回去。于是王长年手举巨斧，其他人执刀，一下砍死五十多个贼人，立刻断缆发船。旁边船上的贼人发觉后，立刻追赶。王长年一向善于驾船，贼人追赶不上。他们日夜乘风举帆，终于抵达海岸。王长年割光贼人的首级，又偷偷剜下贼人的舌头，另外藏起来。官军见了他们，全部夺走贼人的首级与金帛。王长年秃头而黄须，像是夷人，官军就把他捆绑到镇将所去了，妄称捕到了贼人。镇将大喜，准备斩王长年的头，上报请功。这个镇将是王长年的同乡。王长年急忙用乡语，一一讲述了杀贼返国的情状。镇将叹息道：“你说斩了贼人的首级，有什么证明吗？”王长年立刻拿出藏起来的舌头给他看。镇将检验贼人的首级，都没有舌头。那些军官无不骇服。镇将上报幕府后，中丞大人要提拔王长年为裨将，被王长年谢绝了。镇将当即赐酒，并且让王长年乘马绕示各个军营三天，又奖励金帛送他回家。同时遣返了被抓去的男妇，而那些想夺功的官军都受到了惩罚。

义　虎

古代义兽救人型故事。见明·朱国祯撰《涌幢小品》卷三十一。

从前有一个商人夜归迷失道路，误堕虎穴。他以为自己必死无疑。老虎一直盯着他，却不咬他。白天老虎出去找食物给他吃，夜晚回来护佑他。一个多月后，商人对老虎说自己很想家，老虎竟让商人骑在背上跃出去，把商人放到大路上。后来，这个商人又经过此地，看见那样一只老虎被缚，将要送到官府去。商人对大家讲了自己的经历，打算出重金买下老虎。众人听了很感动，便把老虎放归深山。此则故事又见《铜山县志》。

《香　乘》

书名。明·周嘉胄撰。周嘉胄，字江左，明末扬州人。此书二十八卷。有《笔记小说大观》本等。其中收有《卖假香受报》《香起卒殓》等故事。

卖假香受报

古代报应故事。见明·周嘉胄撰《香乘》卷十二。

华亭黄翁迁居东湖，世代以卖香为生。他每一次往临安收买从海南贩来的柏皮、藤头，拿回家加工成香货出卖。有一次，黄翁驾船回家，夜泊湖口。湖口金山庙的神很灵验，世人敬畏。当天晚上，忽然有一个人抓起黄翁，连殴几拳，说道：“你为何造假香！”黄翁过一个时辰才复苏，一个多月便死去。

香起卒殓

古代奇事故事。见明·周嘉胄撰《香乘》卷十二。

嘉靖戊午年，倭寇在闽中死亡无数。林先生卖田得许多钱，用以买棺材来收葬。当时是夏天，秽气扑鼻，服役的人难以前往。林先生就说："你们到尸体前面，高唱'三教先生来了！'"他们这样做了，立刻香风四起，一时便把那些尸体都埋葬完了。

《时兴笑话》

书名。明·陈继儒辑。陈继儒（1558—1639），字仲醇，号眉公，又号麋公，松江华亭（今上海松江）人。他学识渊博，有通才，以布衣著书，成为晚明大家。此书二卷，有明末辽西青藜阁本。其中收有《利市》《医生》等笑话、故事。

利　市

古代笑话。见明·陈继儒辑《时兴笑话》卷上。

一人正月初一出门拜节，在桌上写一个"吉"字以求利市（好运气）。不料他连走数家都没有喝到茶水，回家倒看"吉"字，大吃一惊道："写了'口干'二字，自然没得喝。"此则笑话又见《新镌笑林广记》等。

医　生

古代笑话。见明·陈继儒辑《时兴笑话》卷上。

一家的小儿被医死后，主人非常愤怒，立刻派数名下人去辱骂庸医。不一会儿下人都回来了，主人生气说："叫你们去骂，怎么跑回来啦？"下人回答道："我们哪里挨得上！"

清　客

古代笑话。见明·陈继儒辑《时兴笑话》卷上。

在富贵人家帮闲的一个清客，惯于奉承大老。大老忽然放了一屁，清客问："哪里响？"大老说："是我撒了个屁。"清客说："不见得臭。"大老说：

“好人的屁不臭就不好了。”清客以手边招边嗅，说道：“才来。”

撒　屁

古代笑话。见明·陈继儒辑《时兴笑话》卷上。

有个官坐堂时撒了一个屁，忙问手下人是谁撒的？一人回禀道：“不是老爷撒的，也不是小人撒的，是狗撒的。”

请　客

古代索烛觅菜型故事。见明·陈继儒辑《时兴笑话》卷上。

一人请客没有菜肴，一举筷子就完了。客人说：“有灯借一盏来。”主人问道：“要灯何用？”客人说：“桌上的东西我一点也看不见了。”此则故事又见《笑倒》《新镌笑林广记》等。

品　茶

古代笑话。见明·陈继儒辑《时兴笑话》卷上。

有个乡下人进城探亲，人家以松萝泉水茶款待，乡人连连称赞：“好好！”亲戚以为他很懂行，忙问他：“是茶叶好？还是水好？”乡人回答：“热得好！”此则笑话又见《笑府》《广笑府》等。

留　茶

古代笑话。见明·陈继儒辑《时兴笑话》卷上。

有个人留客吃茶，但苦于没有茶叶，就往邻家去借。好长时间不回来，汤滚开后不断加冷水，加得锅都装满了。妻子对丈夫说：“茶吃不成了，留他洗个澡去吧。”此则笑话又见《笑林》《笑府》《广笑府》等。

好　酒

古代父子扛酒型故事。见明·陈继儒辑《时兴笑话》卷下。

有父子俩扛酒一坛，路滑酒坛被打碎了。儿子伏地大饮，抬头问他父亲："难道你还要等菜？"此则故事又见《笑倒》《新镌笑林广记》等。

苏空头

古代笑话。见明·陈继儒辑《时兴笑话》卷下。

苏州有一个帮闲对大老官说："我是为人替死的。"大老官得了重病，医生说："非活人脑子不能救。"大老官说："如此我有救啦。"便去找到那个帮闲，帮闲竟说："我是苏空头，是没有脑子的。"此则笑话又见《新镌笑林广记》《嘻谈录》《笑林广记》。

药斗

古代笑话。见明·陈继儒辑《时兴笑话》卷下。

有一个病儿服药后，肠中痛得很厉害，其父去问医生。医生说："无妨，此病正在与药斗呢。"话还没有讲完，家人就踉跄跑来说病儿已经死啦。医生拍手说："如何？毕竟我的药高，令郎斗不过他！"此则笑话又见《笑府》。

勿动手

古代宁受脚踢型故事。见明·陈继儒辑《时兴笑话》卷下。

有个樵夫担柴误触医士，医士发怒挥拳要打樵夫。樵夫跪下说："我宁愿受脚踢，千万不要动手。"旁人感到惊讶，樵夫说："脚踢未必就死，经了他的手定然活不成。"此则故事又见《笑府》《广笑府》《笑得好》《新镌笑林广记》等。

不肯下剪

古代笑话。见明·陈继儒辑《时兴笑话》卷下。

有一个裁缝裁衣，量来量去，许久不肯下剪。徒弟问他为什么，裁缝回答道："有了他的没我的，有了我的没他的。"此则笑话又见《新镌笑林广记》。

耳　痛

古代笑话。见明·陈继儒辑《时兴笑话》卷下。

一待诏为人挖耳屎，那人痛极了，忙问："那一只还要挖吗？"待诏回答："自然要挖。"那人说："我以为那边的耳屎也在这边挖出来了。"此则笑话又见《新镌笑林广记》。

头　巾

古代落地与及第型故事。见明·陈继儒辑《时兴笑话》卷下。

有一个仆人跟随主人去应试，巾箱忽然掉到地上，便呼喊："头巾落地啦。"主人说："'落地'二字不好，应当叫'及第（地）'。"仆人点头把箱子拴好，又说："今后再不及第了。"此则故事又见《笑府》《广笑府》《时尚笑谈》《新镌笑林广记》《笑林博记》《滑稽故事类编》等。

《读书镜》

书名。明·陈继儒撰。此书十卷。有浙江孙印曾家藏本。商务印书馆1936年出版有排印本。其中收有《芒山盗》等故事。

芒山盗

古代咬奶头型故事。见明·陈继儒撰《读书镜》卷一。

宣和年间，芒山有一个强盗临刑前，母亲前来与他诀别。这个强盗对母亲说："希望像儿时那样吃妈妈一口奶。"母亲让他吃奶，他乘机将母亲的乳头咬下，血流满地，母亲因此死去。强盗告诉行刑的人说："我少时每次偷盗一些菜、一点柴火回家，母亲见了都很高兴，从来不加制止，于是才有今日的下场。所以我恨死她啦！"

《客座赘语》

书名。明·顾起元撰。顾起元（1565—1628），字太初，一作璘初、邻初，号遯园居士。江宁（今江苏南京）人。万历进士，历任国子监祭酒、吏部左侍郎兼翰林院侍读学士。后退居遯园。此书十卷。有明万历刻本、金陵丛刻本。中华书局1987年出版有谭棣华、陈稼禾点校本。其中收有《猿妖》《吴公择婿》等故事。

猿　妖

古代除妖故事。见明·顾起元撰《客座赘语》卷三。

有一年，某部郎的妻子偶然出南门到梅庙去烧香，被妖怪纠缠。妖怪一来，她就迷眩，用什么办法也赶不走。后来发现部中有一个办事吏精通道箓符水，某部郎便让他对付了这个妖怪。办事吏设坛行法，用小坛子把妖怪收进去。妖怪在坛子里面“啧啧”发声。办事吏又使用法咒米，每将一粒米投入坛中，妖怪立即痛苦号叫，好像不堪忍受似的。问他妖怪从何而来，妖怪说：“我本是老猿，从湖广到江北，路过金陵。偶然间在高座寺的树杪停息，而这一位夫人从下面经过，便起了淫心，就去欺负她。”办事吏用符封住坛口，拿火来焚烧，妖怪就灭绝了。

“毋刺伤虎皮”

古代莫射虎皮型故事。见明·顾起元撰《客座赘语》卷六。

有一个富翁在山上行走，被老虎抓去了，他的儿子连忙举刀追逐。富翁在虎口里面对儿子喊道：“要刺你就刺吧，不要刺伤虎皮呀！”他儿子把老虎刺死了，富翁得以生还，儿子问他，他说：“得虎要出售，最值钱的是虎皮，虎皮坏了卖不起价，你就得不到什么啦。我怕的就是这个，才赶快告诉你。”此则故事又见《笑府》《笑得好》《新镌笑林广记》《笑林博记》等。

南人鼓琴

古代箬桌“知音”型故事。见明·顾起元撰《客座赘语》卷六。

有个南方人学了十年琴，自以为天下没人能够超过自己。他带琴上都城，住在教坊旁边。教坊里面的人所学的都是箜篌、琵琶、筝、琴一类乐器。他们看见南方人非常高兴，便聚集在一起听他弹奏。南方人就拿出琴来演奏，一曲未完，都哄然而散，只有一个人留下来而且在哭泣。南方人感到高兴，连忙拱手相问，那人回答道：“当年我父亲痉挛而死，如今看见先生手指很像痉挛，所以哭泣。”南方人便把琴扔在地上，叹息道“哎呀，知音太少啦！”他从此不再弹琴。

吴公择婿

古代诗对故事。见明·顾起元撰《客座赘语》卷六。

周尚书少年时受到吴尚书器重，就把女儿许配给他。有一天，吴尚书召唤他来饮酒，坐上放果藕、杏等水果，便出对句说：“缘荷方得藕”，他应声道：“有杏不须梅”。

邝生

古代士人故事。见明·顾起元撰《客座赘语》卷八。

邝典在府学读书时，去大中桥尹氏家里面教童子，晚上住在馆中，有强盗突然来到。他们敲门主人不开，就抓住邝生命他叫门进去，邝生说：“不可。”强盗拿刀胁迫他，他大声说：“我受主人聘请，教他的孩子。如今替你们叫门以便进去打劫，哪有这种道理？你们要杀就杀，我不会去喊门！”强盗不得已，抢他的衣被而把他捆起来。到天明，主人开门后立即把他解开。

飞盗

古代盗贼故事。见明·顾起元撰《客座赘语》卷九。

万历年间，留都有个飞盗。他盗窃不从门进，仅在屋上揭瓦去椽，垂绳而下。他盗走了人家楼阁中的物品，过几个月主人还不知道。人们被盗贼害得很苦，可是缉捕不到，后来让盗贼的仆人给揭发了。那个盗贼姓周，居住在南门大街，衣冠车从俨然是大户人家，也与士大夫有往还。晚上此人从自家登上房屋，在瓦上行走如飞而无声音。他的儿子更为狡黠矫捷，手拿尺把长的木棍点地，即使高一二丈的墙檐也能够跃上去。审问清楚以后，他竟死在监狱中。他的儿子却在他被捕之前逃逸，一直没有捕获。

沈 氏 鸭

古代动物故事。见明·顾起元撰《客座赘语》卷九。

沈某家养了一公一母两只鸭。有一天他家准备宰杀公鸭来吃，才把它罩在笼子里面，母鸭就旋绕在笼子外面，不肯离去，喂食也不吃。杀了公鸭，烧开水烫了时，母鸭竟哀叫着跳进汤盆中被烫死。沈家很同情它们，便把它们埋在竹林里，从此以后再也不吃鸭了了。

《驹阴冗记》

书名。明·阑庄撰。此书一卷。有《续说郛》本等。其中收有《善对减死》《尼嫁士人》等故事。

善 对 减 死

古代诗对故事。见明·阑庄撰《驹阴冗记》。

都宪韩公巡视江西，正在审理死囚的案件时，他忽然吟诵道："水上冻冰，冰积雪，雪上加霜。"久久不能对出来。有一个囚犯说："我冒死敢对。"韩公说："能够对得出来，就宽免你。"该囚犯说："空中腾雾，雾成云，云开见日。"韩公拍掌称好，果然为他减掉死刑。

精 老 乌 龟

古代精老乌龟型故事。见明·阑庄撰《驹阴冗记》。

三山士人郑唐有逸才，喜好讥谑。有一个老人拿画像来请他题词，他写道："精神炯炯，老貌堂堂，乌巾白发，龟鹤呈祥。"几年以后，有人发现此四语横读为"精老乌龟"，那个老人立即把题词毁掉。

隶卒门联

古代机智人物故事。见明·阑庄撰《驹阴冗记》。

有一个隶卒请求郑唐给他写一副门联。郑唐左边写了"英雄"，右边写了"豪杰"。此人见了大喜，连忙准备酒肴请郑唐把门联写完。郑唐接下去写道："英雄手执苗竹片，豪杰头簪野鸡毛。"隶卒看了心里很不高兴，却无言以对。

尼嫁士人

古代诗对故事。见明·阑庄撰《驹阴冗记》。

饶州有一个女尼，嫁给了士人张生。乡士戴某写了一首诗，赠给这一位娶尼为妻的人："短发蓬松绿未匀，袈裟脱却着红裙，于今嫁与张郎去，赢得僧敲月下门。"

识盗免祸

古代机智人物故事。见明·阑庄撰《驹阴冗记》。

兰阳处士丘某，在吴中经商，曾经乘船过丹阳。有一人来搭船，直接进入他的寝所。他看出了此人的强盗模样，便故意使簪子落到船底，连忙把衣箧里面的东西全部铺设出来寻找，用以显示自己没有什么贵重之物，又让家僮与此人喝酒。第二天此人就离去了。没有多久，此人因为在丹阳城中杀人而被捕。人们都佩服丘某的智慧。

《五杂俎》

书名。又名《五杂组》。明·谢肇淛撰。谢肇淛（1576—1624），字在杭。号小草斋主人，晚号山水劳人等。福建长乐人。万历进士。历任工部郎中、广西右布政使等。此书十六卷，计天部、地部各两卷，人部、物部、事部各四卷。有万历潘氏如韦轩刻本、襟霞阁排印本、中华书局（1959年）排印本等。其中收有《改父名》《非常不敢说》等故事、笑话、寓言。

夜半击门

古代讽刺故事。见明·谢肇淛撰《五杂组》卷十六。

有个县尉夜半去敲县令的门，急于求见。县令说："半夜有什么事，请清早再来。"县尉说："不行。"县令披衣起来点火，一边请县尉入坐，一边问："什么事这样急？是不是发生盗窃案，你要去抓捕？"他回答："不是。""你家有人得了急病？"他说："也不是。""那么为何不等到天亮？"他说："我以为春夏之交，百姓都下田了，又要养蚕，恐怕劳动力不够哇。"县令问："那么你有什么好主意？"他说："我看见冬季农闲，不如下令这时养蚕，实在是两便。"县令笑曰："你的见解很高明，古人不如你。但是冬天到哪里去弄桑叶呢？"县尉瞠目结舌，好一会儿才拱手长揖说："夜深了，请大人好好安息。"

改父名

古代笑话。见明·谢肇淛撰《五杂组》卷十六。

钱良臣的幼子颇为聪慧，他读经史的时候，其中凡是有"良臣"的地方，他都加以修改。有一天，他读《孟子》"今之所谓良臣，古之所谓民贼也。"便改念为："今之所谓爹爹，古之所谓民贼也。"当时就传为笑谈。

非常不敢说

古代笑话。见明·谢肇淛撰《五杂组》卷十六。

有一次，冯道给门客讲《道德经》第一章"道可道，非常道。"门客看见犯他忌讳的地方很多，就说："不敢说可不敢说，非常不敢说。"

五六七

古代笑话。见明·谢肇淛撰《五杂组》卷十六。

山南县丞阳某的妻子陆氏，乃名家之女。一天聚会时，县令之妻伍氏问县丞之妻姓什么，对方说："姓陆。"她又问主簿之妻姓什么，回答："姓戚。"县令之妻勃然大怒，立即进入房内，各位夫人莫名其妙。县令听说后赶忙去问，他夫人说："因为我姓伍，县丞妻就姓六，主簿妻就说姓七，为什么这样捉弄我！如果要问其余的夫人，必定说姓八、姓九！"

畏馒头

古代讽刺故事。见明·谢肇淛撰《五杂组》卷十六。

有一个穷书生想吃馒头，却没法弄到。有一天他看见市场上有卖馒头的，就大叫一声倒在地上。主人惊问，他说："我害怕馒头。"主人心想竟有这样的怪事？便把他关在一间空房里面，放上一百个馒头，然后在外面偷看，只见他一会儿就吃掉一半馒头。主人开门去问他，他说："我今天看见馒头，忽然就不害怕啦。"主人知道他在欺骗自己，便气呼呼地问他："你还怕啥？"他说："还害怕两碗茶。"此则故事又见《山中一夕话》。

百姓何容活

古代讽刺故事。见明·谢肇淛撰《五杂组》卷十六。

商某做了廪丘县的县尉，遇到县令、县丞都贪赃枉法。有一天宴会时起舞，县令、县丞跳舞都动起手来，商某只是回身而已。县令问他是什么缘故，他说："长官动手，县丞也动手，还有一个县尉又动手的话，百姓怎么活呀！"

宗汉之讳

古代笑话。见明·谢肇淛撰《五杂组》卷十六。

有一个皇族名宗汉，为了避讳，就称"汉"为"兵士"。他的妻子供罗汉，他的儿子学《汉书》，宫中人便说："今日夫人召僧人来供'十八罗兵士'，太保请官来教《兵士书》。"京城里面议论纷纷，传为笑话。

二技致富

古代寓言。见明·谢肇淛撰《五杂组》卷十六。

有一个做金属装饰品的工匠替巡幸郊外的皇上修补太平冠，得到了厚赏。随后又去到山中，替爪子扎上竹刺正在痛苦呻吟的老虎拔刺，老虎衔一只鹿来报答他。他回家对妻子说："我有两门技术，可以立刻致富。"于是在自家门上大书："专门修补太平冠，兼拔虎刺。"

《笑禅录》

书名。明·潘游龙撰。共十八则。利用佛家语录的形式，前"举"后"颂"，中间插入"说"来讲述故事，别具一格。有《续说郛》本等。其中收有《补破针鼻子》《我家无人》等笑话、故事。

补破针鼻子

古代补针鼻型故事。见明·潘游龙撰《笑禅录》。

有一个人途中饥饿，就到一家去骗饭吃，他说："我能够补破针鼻子，只要一些饭吃就可以了。"那一家便让他吃饭，然后找出许多破针鼻子来请他补。此人说："拿那半边的针鼻子来吧。"

静坐有益

古代笑话。见明·潘游龙撰《笑禅录》。

一斋公遵从禅师教导，屏息万缘，闭目静坐。有一夜，他坐到五更，陡然想起某人借了他一斗大麦未还，忙唤醒斋婆说："果然禅师教我静坐有益，几乎被某人骗了一斗大麦。"

痴人染布

古代笑话。见明·潘游龙撰《笑禅录》。

有一个痴人梦见拾得一匹白布，便紧紧抱住。天明后，此人蓬头走到染匠家，急呼："我有一匹布要染。"染匠问布在哪里？此人说："哎呀，错了，是我昨夜梦见的。"

打是不打

古代打是不打型故事。见明·潘游龙撰《笑禅录》。

有一个秀才夏日去一座寺庙里面参拜一个禅师。禅师趺坐（盘腿而坐）不起。秀才感到奇怪，就问禅师。禅师说："我不起身便是起身。"秀才就用扇柄敲打他的头一下，禅师也感到奇怪，就问秀才。秀才说："我打你便是不打你。"此则故事又见《明道杂志》《谐史》《笑赞》《笑林博记》等。

食不厌精

古代食不厌精型故事。见明·潘游龙撰《笑禅录》。

一道学先生教人只要领会到孔子一两句言语，便受用不尽。有一个少年向前恭恭敬敬地说："我领会了孔子的两句，极为亲切，自觉心广体胖。"先生问是哪两句？他说："食不厌精，脍不厌细。"

梦见大哭

古代笑话。见明·潘游龙撰《笑禅录》。

有一个人告诉他的朋友说："昨天晚上我梦见大哭，这必定不祥。"他的朋友解释道："无妨无妨，夜里梦见大哭，日里便是大笑。"那人又说："如果是这样，夜里梦见有我在哭，日里岂不是无我在大笑？"

害了银子病

古代笑话。见明·潘游龙撰《笑禅录》。

甲乙两友，平素交情深厚。一天，甲偶然生病，不胜愁苦。乙来问候说：“兄是何病？需要何物？我都能够办到。”甲说：“我害了银子的病，只要二三钱便够了。”乙竟假装没有听见，吞吞吐吐地问：“你说什么？”

原来都是印的

古代笑话。见明·潘游龙撰《笑禅录》。

有一个朋友劝某监生读书。监生因此闭门翻阅数日，出来感谢友人，说道：“书果然该读，我往常只说是写的，原来都是印的。”

请 贼 关 门

古代请贼关门型故事。见明·潘游龙撰《笑禅录》。

有一个盗贼夜里挖入穷人家，无物可取，竟开门而出。那个穷人从床上喊道：“那个汉子，为我关上门去！”盗贼说：“你怎么这样懒，难怪你家一毫也没有。”穷人说：“要是我勤快，只做来让你偷。”此则故事又见《笑府》《笑倒》《笑新镌林广记》《笑林博记》等。

《狯　园》

书名。明·钱希言撰。钱希言，字简栖，江苏常熟人，生卒年、事迹不详。此书十六卷，分为仙幻、释异、影响、报缘、冥迹、奇鬼、妖孽等十门。有万历《稀见笔记丛刊》本。文物出版社2014年出版有排印本。其中收有《金箔张》《石妖》等故事。

金 箔 张

古代奇遇故事。见明·钱希言撰《狯园·仙幻》。

平阳金箔张以世代打造金箔得名。他的儿子二郎聪隽不凡，少年时期遇到神仙，得到飞行术，邻里都感到吃惊。一日有羽衣人经过他家门前，说道："我家师父亦通此奇术。二郎如果不弃，明日派遣坐骑来相迎。"第二天黎明，果然有两个童子，各乘一龙从云中下来，还牵一条龙，请二郎乘坐。龙非常狰狞，昂首不伏。童子出袖中软玉鞭打它，二郎便腾身而上。飞行数里，到了一个山谷里面的茅庵前，羽衣人已经在门口等候。他被传呼进去，看见一个道人长眉古服，坐在匡床上面，双足卸下来挂在壁间。二郎准备下拜，道人说："请勿上前。老汉久卸膝盖骨，不踏世上红尘矣。今日不免为郎君下床也。"于是挥手招壁间，双足立即自行，前来接在膝上，犹如常人。他下床后行宾主礼，呼喊童子煮新茶供客。送茶来的竟是一个无头童子。道人责怪道："对佳宾怎么没有礼貌？快戴头来！"童子便入室去戴上头，再出来供茶。

石 妖

古代精怪故事。见明·钱希言撰《狯园·妖孽》。

杭州有一批士子结社在山中读书，墙侧有捣衣石一片，洁白润腻，他们常在上面坐。暑夜乘凉，士子们都赤身露身而坐，几年来一直如此。他们当中有个张生，为人颇为放浪。有天傍晚，忽然见到一个青衣女子来求欢，绸缪多日，时而若隐若现。张生最初秘而不言，随后才稍微向同舍透露。同舍都以为是妖怪。夜等候女子到来，听见她的衣裳飒飒有声，便拥入室中一齐抱住，取绳索急忙缚住，拿剑去砍。女子忽然不见，他们缚住的竟是张生的衣角。明日找不到任何痕迹，只有捣衣石上留有剑痕。他们共同挖掘，捣衣石的根部已入地三四尺。将它击碎，取火焚烧，流出一滩血。

《耳 新》

书名。明·郑仲夔撰。郑仲夔，字龙如，又字胄师，信州（今江西上饶）

人。生卒年、事迹不详。此书八卷。有崇祯刻本、《古今说部丛书》本、《丛书集成初编》本、《说库》本等。收有《手持败帚精》《石中异马》等故事。

手持败帚精

古代精怪故事。见明·郑仲夔撰《耳新》卷七。

张老一天晚上从乡村回家，忽然有一个童子举灯前来说：“我特意来接老人家。”张老心里面犯嘀咕，便用手紧紧握住他的胳膊往前走，快走到有人烟的地方时，灯突然灭掉，童子也不见了。张老一看，手里面紧握的是一把破笤帚。

石 中 异 马

古代宝物故事。见明·郑仲夔撰《耳新》卷八。

粤中有一个老人以打草鞋为生，坐的地方旁边放了一块大石头。一日，有一个收宝的人见了这块大石头，想出大价钱买去。老人不明白他为什么要买，坚决不卖。此后老人便把大石头藏起来。不久，老人有一些后悔。过了数月，收宝的人又来了，老人再搬出来让他观看，那人连称可惜。老人问他什么缘故。他回答：“石头里面有异马，乃无价之宝。你过去天天对着它打草鞋，有草的滋养，所以能得活，如今它已经饿死在里面啦！”老人不信，剖碎石头一看，里面果然有死马。

《昨非庵日纂》

书名。明·郑暄编纂。郑暄，字汉奉，号昨非庵居士。福建闽县人。崇祯进士。历官南京户部主事、嘉兴知府、大理寺卿、应天巡抚等。此书二十卷，共分为二十类。有崇祯刻本、清末石印本、《笔记小说大观》本等。中州古籍出版社1993年出版排印本。其中收有《靳翁得子》《五斗米》等故事。

靳 翁 得 子

古代美德故事。见明·郑暄编纂《昨非庵日纂》卷二十。

镇江靳翁五十岁无子，在某地教蒙童。他的夫人变卖首饰买邻女为小妾。靳翁回家，夫人在房中摆酒，让邻女来伺候他。夫人对靳翁说：“我老了不能够生育，此女可以替你传宗接代。”随后锁门离去。靳翁跳窗而出，向夫人表示感谢，随即将女送回邻家。第二年，夫人竟怀孕生下一个儿子。

五　斗　米

古代案狱故事。见明·郑暄编纂《昨非庵日纂》卷二十。

有一年蜀地闹饥荒，有个客人背了五斗米，过一个村落时去投宿。主人与老婆商量晚上把他杀了，可是他们的儿子并不知道，就去跟客人同住。半夜，客人起来上厕所。主人拿着铁锤到卧室，黑暗中看见床上有一人在睡觉，立即敲碎了他的脑袋。主人高喊：“五斗米归我们啦！”老婆举火一照，死的竟是他们的儿子，便号啕大哭。客人在外面听到，吓得赶忙逃走。第二天，他去报官，官府立即捉拿主人，将他们绳之以法。

江 西 舒 翁

古代美德故事。见明·郑暄编纂《昨非庵日纂》卷二十。

江西舒翁在湖北教书两年，跟同乡一起乘船回家乡。上岸散步时，听到一个妇人哭得很伤心。一问才知道她的丈夫欠官府十几两银子，打算卖她来还债，儿子年幼没有人哺育，必定活不了，所以非常悲伤。舒翁说：“船上面的都是教书先生，我们每个人给你一两，就够你们还债了。”可是他去跟同船的人讲，都不予理睬。舒翁于是把自己两年的薪水全部拿给那个妇人。舒翁回到家中，妻子正等待他带钱来买米呢。他妻子只好提篮上山采野菜来煮着充饥。晚上，舒翁的妻子梦见有人呼喊：“今宵食野菜，明年产状元。”她告诉丈夫，舒翁说：“此是神告我也！”第二年他们生下一个儿子，后来果然中了状元。

应　尚　书

古代美德故事。见明·郑暄编纂《昨非庵日纂》卷二十。

台州应尚书年轻时在山中攻读。一天夜晚闻听鬼语：“有个妇人的丈夫在外面许久不回家，她的公公婆婆便逼她改嫁，明晚上她将要在此上吊。我就要有替代了。”应某悄悄卖田得了四两银子，假冒妇人的丈夫写了一封书信，寄银子回家。父母见到书信，怀疑手迹不像，既而说道：“书信可以假，银不会假，想来儿子无恙。”于是妇人便不改嫁了。后来儿子回家，夫妇俩和好如初。这时应某又听到鬼语：“我本来有人来替代，不料这个秀才坏了我的好事。”旁边一个鬼说：“你为什么不去祸害他？”那个鬼说：“上帝以为此人心好，积阴德会做尚书，哪敢祸害他呀。”应某后来果然官至尚书。

蒋成服辜

古代报应故事。见明·郑暄编纂《昨非庵日纂》卷二十。

泗州蒋成在鸭嘴湖开店。有个客人挑了竹荷包袱来住店，蒋成弄死了客人，隐藏了他的财物，因而致富。十余年后，有一个端午节宴客，蒋成忽然念出“青丝系粽，汨罗江里吊忠魂”，请求诸客来对。有一个号古涧的人，头天晚上梦见有人教他，明口要对“紫竹挑包，鸭嘴湖边谋客命”，并且叮咛：“你这样说，保证你会获利。”古涧连忙用“紫竹挑包，鸭嘴湖边谋客命”来对答。蒋成大惊失色，席散以后用二十两银子来封古涧的口。古涧亦不深究，回家将此事告诉妻子。他妻子说：“这是冤鬼假借你的口来报仇雪恨。你不讲的话必将有祸。”古涧赶忙去州衙报告，蒋成于是服罪，在湖里面把客人的尸体打捞上来。

赴试还钏

古代美德故事。见明·郑暄编纂《昨非庵日纂》卷二十。

罗生得到地方官举荐北上考进士，住宿在旅舍时，仆人拾到一枚金钏，匿藏起来没有告诉他。走了两天，罗生对仆人说：“路费不够了，怎么办？”仆人说：“不要担心。”便拿出金钏，说明来路。罗伦很生气，赶忙要亲自拿着去退还。仆人屈指一算，说道：“这样往返，会试来不及啦！”罗生说：“此物必定是婢仆失遗的，万一主人拷讯致死，是谁之过？我宁愿不参加会试，也不可让人死于非命。”他立刻返回那家旅舍。果然是一个婢女泼洗面水，金钏在水中误倒在地上了。主母怀疑婢女，鞭笞流血，婢女几次要寻死。丈夫又怀疑妻子私自匿藏起来了，辱骂不休。妻子也很愤怒，打算上吊。罗生赶到，拿出金钏还给他们，保全了两条命，一家人都很感激。街坊邻居前来观看的不计其数。罗生急忙再赶到京城，已经二月初四，他仓皇交卷，这一科竟状元及第。

《笑海千金》

书名。无名氏撰。见于明末刊本《新刻四民通用鳌头万宝事山》卷十七，共六十三则。其中收有《笑人独食》《八哥敲鼓》等笑话、故事。

笑人独食

古代笑话。见明·无名氏撰《笑海千金》。

有一个人带仆人出外，每一次饮酒他都不顾仆人。一天，有人请他饮酒，仆人自己用墨把嘴巴涂黑，站在主人身旁。主人见了说："这个奴才好嘴。"仆人说："只顾你的嘴，莫顾我的嘴。"

八哥敲鼓

古代讽刺故事。见明·无名氏撰《笑海千金》。

有一家人养了一只八哥，放在鼓边。他家的佣工每天收工回来，都以敲鼓为号。一天，八哥到鼓上跳，佣工们就纷纷回来。主人问他们为啥回来了？佣工们说："听见鼓响我们才回来呀！"主人去看，八哥果然在鼓上跳，便骂道："你这个死鸟，也来敲鼓！"

话不投机

古代笑话。见明·无名氏撰《笑海千金》。

从前有一个富翁有三个女儿，长女、次女都嫁给秀才，幼女只嫁给平常人。一天，富翁生日，三个女婿来拜寿，富翁看见长婿、次婿言谈斯文，小婿粗俗，摆酒席时富翁说："今日在筵中不许胡说乱道。"酒过数巡，富翁举筷请长婿吃，长婿起身说："君子谋道不谋食。"富翁大喜。酒至半酣，又举杯请次婿饮酒。次婿起来身说："唯酒无量，不及乱。"老翁也很高兴。岳母看见丈夫只给长婿、次婿劝酒菜，忙请小婿饮酒，小婿便说："我和你酒逢知己千杯少。"岳父一听骂道："你这个畜生假装什么斯文？"小婿摔杯说："我与你话不投机半句多。”

《时尚笑谈》

书名。无名氏撰。见《秋夜月》上卷中层附录部分，共四十七则。其中收有《看相》《说大话》等笑话、故事。

看　相

古代妻手如姜型故事。见明·无名氏撰《时尚笑谈》。

有个痴人上街，遇一相士正在论人手足，说道："男人手如绵，身边有闲钱；妇人手如姜，财谷满仓箱。"痴人听了，拍掌大笑道："我的妻子手如姜。"相士问道："何以见之？"痴人说："我昨天被她打了一下嘴巴，到今日还辣辣的。"此则故事又见《笑林博记》。

说 大 话

古代笑话。见明·无名氏撰《时尚笑谈》。

有一个人进京公干，叮嘱他的仆人："凡说家中事，务要说大些。"他与一个人同行时，那人指着水牛说："牛好大。"他的仆人说："稀罕啥，我家犬还大些。"那人又指着高楼说："楼好高。"他的仆人说："稀罕啥，我家马房还大些。"那人又指着船说："船好大。"他的仆人说："稀罕啥，我家主母的鞋更大些。"

嘲 官 不 明

古代笑话。见明·无名氏撰《时尚笑谈》。

一个昏官断事糊涂，嗜酒怠政，贪财酷民，百姓对他恨之入骨，就作五言八句来讥讽他："黑漆皮灯笼，半天萤火虫。粉墙样白虎，青纸画乌龙。茄子敲泥磬，冬瓜撞木钟。但知钱与酒，不管正和公。"

嘲学官贪赃

古代学官索节型故事。见明·无名氏撰《时尚笑谈》。

有一个秀才送鹅给学官，学官说：“我接受你的鹅，无食喂它，可不饿死？如若不受，又失一节，如何是好？”秀才说：“请老师受下，饿死事小，失节事大。”此则故事又见《华筵趣乐谈笑酒令》。

《古今谭概》

书名。又名《谭概》《古今笑》《古笑史》《古今笑史》。明·冯梦龙编纂。冯梦龙（1574—1646），字犹龙，一字子犹，又字耳犹，别号龙子犹，尝自称冯仲子，自题为墨憨斋主人。他使用过的笔名、别署达十余种之多。长洲（今江苏苏州）人。崇祯中，由贡生选授福建寿宁知县。后卸职归里，隐居著述，曾参与抗清活动。此书三十六卷。有明刊本、上海古籍出版社1955年影印本等。中华书局2007年出版有栾保群点校本。其中收有《译误》《佣书》等故事。

译　误

古代官吏故事。见明·冯梦龙编纂《古今谭概》谬误部第五。

元朝时达鲁花赤当政，他不通汉语，遇事动辄要询问翻译。江南有一个僧人的田产，被富豪家所侵占，便投牒控告。富豪重重地贿赂翻译，到公堂上，达鲁花赤问：“僧人控告什么事？”翻译说：“僧人讲天旱，想自焚来求雨。”达鲁花赤大为称赞，命令把文书交上去。翻译换成另外一份文书送进去；达鲁花赤见了就判可以。僧人不知道，出门后富豪已经在大街上堆起柴火，数十人就把他抬到火中去焚烧了。

佣　书

古代机智人物故事。见明·冯梦龙编纂《古今谭概》佻达部第十一。

有一年，唐伯虎前往茅山进香时，途经无锡。晚上，他把船停泊在河下面，就上岸去闲游。他看见有一乘轿子从东边来，后面跟了许多女仆，其中有一个丫鬟长得格外标致。唐伯虎紧跟着这乘轿子走，看到她们进了华学士的宅第。于是，唐伯虎就在无锡停留下来，去请求在华府里当了一个佣书，改名为华安。唐伯虎在华府表现得相当能干，颇受主人喜欢。不久，主人就要替他挑选妻室，因而得到了他心仪的婢女——桂华。不过数日以后，唐伯虎便与桂华一起双双逃离了华府。过了很长一段时间，华学士偶然到了苏州阊门，看见书店里面有一个人在翻书，那人非常像华安。他私下里向人打听，都说那人是唐伯虎唐解元。第二天，华学士拿着名帖去拜访唐伯虎。华学士审视了很久，确认他就是曾经在华府做佣书的华安。等到饮茶的时候，唐伯虎露出了枝指（大拇指旁边枝生一指），华学士越发确信他就是华安。可是华学士始终不好意思开口提这件事。随后，唐伯虎便设宴款待华学士。举杯对饮时，华学士实在忍不住了，便简单地讲述了华安到他家里的前后经过，想借此挑起对方的话题。但是，唐伯虎没有说什么，仅仅一再点头称是。华学士说："华安的模样跟先生十分相像，不知道是何缘故？"唐伯虎仍然点头称是。华学士心里非常不安，打算起身告辞。唐伯虎说："慢慢喝吧，不要着急。等一会儿我还有事向您请教呢。"又饮了一阵酒以后，唐伯虎命人掌灯将华学士领到后堂，让婢女们护着新娘子出来拜客。华学士一看，异常惊愕。唐伯虎忙说："您不要吃惊。"等新娘子拜过华学士后，唐伯虎随即牵着新娘子靠近华学士，说道："明公先前说在下长得像华安，不知您觉得桂华也像这个新娘子吗？"这时，华学士与唐伯虎相互看了看，彼此心领神会。大笑过后，华学士就道别了。

太仓库偷儿

古代盗贼故事。见明·冯梦龙编纂《古今谭概》汰侈部第十四。

一偷儿从水洞中进入太仓库，窃得一个大宝。因为水洞狭窄，他便将大宝放在头上面顶着出去。到了一半时，不料与爬进来的另一个偷儿相顶，都不能退出，两人竟死在洞中。

任　佃

古代诗对故事。见明·冯梦龙编纂《古今谭概》颜甲部第十八。

嘉靖年间，御史任佃被贬到江陵做知县。有时发公文给邻界的知县，动辄称

"即将某人如何，某事如何。"邻县的知县不堪忍受，便在他的公文后面写道："即将即将又即将，即将二字好难当。寄语江陵任大尹，如今不是绣衣郎。"任某见了，竟无言以对。

姚江书生

古代奇事故事。见明·冯梦龙编纂《古今谭概》颜甲部第十八。

姚江有一个书生在学馆教书时，让他的馆童进去，向主母索要一丝头发。主母感到奇怪，便从屋后的马坊中摘取一根公马尾鬃，让馆童交给书生。书生到夜里书符作法，坊中的公马不胜淫怒，拽断缰勒，奔号到书舍里面去冲撞书生。书生惶恐，便跳上屋梁。公马亦跃上，栋宇墙壁全都倒塌。书生就穿屋而下，疾走投进一口枯井中。公马随后也跳进去，他一会儿便被咬死，看见的人都称快。

丹客

古代骗子故事。见明·冯梦龙编纂《古今谭概》谲智部第二十一。

嘉靖年间，松江有一个监生特别相信炼丹术。有个丹士先以小试得到他的信任，就把他的大量金钱骗去。监生很气愤，便四处去寻找。一日忽然在苏州阊门遇到那个丹士。丹士不等他启齿，便邀他去饮酒，殷勤赔礼道歉，然后说："我们得到金钱，随手就花去了。如今山东有一大姓，已经约好，只等我老师来便举事。如果你肯暂时作我的老师，非常容易从他那里得到报偿！"监生急于得金钱，便同意了。丹士让他剪发为头陀，把他当成老师来对待。大姓听到他的谈吐，深为钦服。他每天受到主人款待，而把炼丹之事交给徒弟；主人以为老师在这里，也不用担心。一天丹士又把金银盗窃走了，主人便揪住老师，要去官府告他。监生号泣，说明自己的情况，因而得到释放。等他回到家中，亲朋好友见到他那副模样，没有不讪笑他的。

易术

古代骗子故事。见明·冯梦龙编纂《古今谭概》谲智部第二十一。

金陵有一个卖药人，玩弄观音大士售药之术，一天收获千钱。一个少年想得到这个骗术，等人们散去后，就邀请卖药人喝酒，喝完后竟大摇大摆地离去，酒家好像没有看见一样。卖药人连忙请教，少年表示愿以此术来换观音大士售药之术。卖药人告诉少年，大士手是磁石，药有铁屑，所以能够粘住。少年说：“我不过先付了酒钱，讲好客人来后不要相问。”彼此大笑而去。

躄　盗

古代盗贼故事。见明·冯梦龙编纂《古今谭概》谲智部第二十一。

有一个瘸盗有一条瘸腿，善于穿壁翻墙。他曾经同两个盗贼一起走进一个大富人家行窃，登屋翻瓦，让二盗用绳子把他吊下。他将财物放入柜里，自己藏了进去。二盗从屋顶吊出柜子后，竟不顾他而抬柜离去。天明时，瘸盗听见外面有人，便在柜中大叫“盗劫我！”他吓走了二盗，于是独得财物而归。

诘 盗 智

古代案狱故事。见明·冯梦龙编纂《古今谭概》谲智部第二十一。

有一个富人家丢了金钗，只有两个仆妇在场。告到泰兴县衙后，两个仆妇都喊“冤枉”。刘县令让她们各拿一根芦管，道：“谁没有偷金钗，不会有事。如果偷了，她的芦管就要长出二寸。”第二天去看，一个的泰然自若，一个的芦管短了二寸。一审讯，这个仆妇便招供了。

浴 狗 日

古代机智人物故事。明·冯梦龙编纂《古今谭概》儇弄部第二十二。

相传三月三是浴佛日，六月六是浴猫狗日。有个客人来拜访杨南峰的时候，正好是三月三。杨南峰以洗澡为由，不愿意相见。客人不明白是什么缘故，认为杨南峰很傲慢，就想找个机会报复一下。杨南峰在六月六这一天去回访，那个客人也以洗澡为由，不出来见杨南峰。杨南峰便在墙上题诗调侃道：“君昔访我我洗浴，我今访君君洗浴。君访我时三月三，我访君时六月六。”

皇老乌龟

古代精老乌龟型故事。见明·冯梦龙编纂《古今谭概》儇弄部第二十二。

先前在苏州一带，皇甫氏一家最为富有而且很兴盛，但治家一向宽松。杨南峰给他家献寿图，在上面题诗道："皇老先生，老健精神，乌纱白发，龟鹤同龄。"皇甫公见了非常高兴，便把它悬挂在大堂上。有见识的人一看，就笑着说："这是骂您的呀。"因为竖看排列着"皇老乌龟"四字。皇甫公这才明白过来。

吊　丧

古代吊孝坠帽型故事。见明·冯梦龙编纂《古今谭概》儇弄部第二十二。

有一个儿子在父母亲去世的时候，并不感到哀痛。杨南峰知道他的表现以后，特地戴上宽松的头巾前往他家吊唁。杨南峰下拜时，让头巾脱落下来，滚进座位下面。杨南峰不用手去捡，而是把脑袋伸到头巾里去。他刚把脑袋伸进去，就顶了出来，人们见了不免哄堂大笑。这个儿子，因此背上了不孝的名声。此则故事又见《雅谑》。

牛　何　之

古代机智人物故事。见明·冯梦龙编纂《古今谭概》儇弄部第二十二。

翟永龄少年时经常逃学，长时间不到学堂读书。私塾老师十分生气，就罚翟永龄作文，命题曰"牛何之"。翟永龄提笔很快就把作文写好了。文章的结语是这样写的："按'何之'二字，两见于《孟子》，一曰：'先生将何之？'一曰：'牛何之？'然则先生也，牛也，二而一，一而二者也。"

止 母 念 佛

古代机智人物故事。见明·冯梦龙编纂《古今谭概》儇弄部第二十二。

翟永龄的母亲崇信佛教，每一天都要不停地诵佛。翟永龄假意呼喊母亲，母亲立刻答应。接下来，他又不断地呼喊。母亲很不高兴，说道："没有事你为啥一个劲儿地喊我！"翟永龄回答："我呼喊母亲三四遍，母亲您就不乐意了。菩萨要让母亲您呼喊千万声，菩萨愤怒之情不晓得要达到何等地步哇！"听了翟永龄这么一讲，母亲才稍稍有所领悟。

偷　　帽

古代机智人物故事。见明·冯梦龙编纂《古今谭概》儇弄部第二十二。

翟永龄刚进学宫读书的时候，老师规定每天五更天不亮就要升堂讲课，学生们都苦不堪言。有一天，翟永龄偷偷地蹲在矮墙下面，等候老师从这里经过时，突然伸手摘下他的帽子，拿去戴到土地爷的头上。老师四处寻找，在土地爷头上找到了自己的帽子，他感到奇怪，心里非常害怕，从此以后再也不敢起早了。

赴　　试

古代机智人物故事。见明·冯梦龙编纂《古今谭概》儇弄部第二十二。

翟永龄去赶考的时候，为没有盘缠发愁。于是，他买了一些枣子，让所乘的船停靠在集市旁边，便上去呼喊一众小娃娃来，每人给一捧枣子，教他们唱道：“不要轻，不要轻，今年解元翟永龄。”于是，从常州到京城，一路上都有人传唱这样的民谣。翟永龄因此获得了许许多多捐赠，再也不为赶考的盘缠发愁。

佯问与佯对

古代机智人物故事。见明·冯梦龙编纂《古今谭概》机警部第二十三。

有一次，齐景公问：“东海的枣树华而不实，是什么原因？”晏子回答道：“秦穆公曾经用黄布包裹枣子，到海上把布包投进海水中，因此华而不实。”齐景公说：“我是假意问你的。”晏子回答道：“假意的问话，就应当假意对答。”

圆　　梦

古代机智人物故事。见明·冯梦龙编纂《古今谭概》机警部第二十三。

唐玄宗逃往四川时，黄幡绰曾经陷入贼党包围之中。贼党被擒以后，便盛传黄幡绰忘记皇上的恩宠，还跟叛贼圆梦。安禄山梦见其衣袖长拖至阶下，他便解释为“垂衣而治（不费力气便可以治理好国家）”；安禄山又梦见宫殿中的槅子倒下了，他便解释为“革故鼎新（改朝换代）”。唐玄宗问黄幡绰这是怎么回事？黄幡绰说："根本不是那么回事。叛贼梦见长袖，是'出手不得'；他又梦见槅子倒了，是'糊不得'。"唐玄宗听罢笑了笑，便不再追究此事了。

宫中作贺喜诗

古代机智人物故事。见明·冯梦龙编纂《古今谭概》机警部第二十三。

有一日，皇上对解缙说："爱卿知道宫中夜来有喜事吗？可以作一首诗。"解缙刚一吟出："君王昨夜降金龙。"皇上骤然说："是个女儿。"解缙立即应道："化作嫦娥下九重。"皇上叹息道："已经死啦！"解缙又应道："料是人间留不住。"皇上说："已经将她投入水里去了。"解缙又应道："翻身跳入水晶宫。"皇上本来是想用变化莫测的话语来难为解缙，却得到了这样巧妙有趣的一首诗，深深感叹他竟然如此机敏。

所出同

古代机智人物故事。见明·冯梦龙编纂《古今谭概》酬嘲部第二十四。

有一次，东吴大帝孙权指使太子嘲弄诸葛恪，太子就说："诸葛恪吃马粪一石。"诸葛恪立刻问道："这会儿能不能立一个规矩，臣能够戏君，子能够戏父？"孙权说："可以。"于是，诸葛恪说道："请求太子吃鸡蛋。"孙权说："人家让你吃马粪，你却让人家吃鸡蛋，到底有什么讲究？"诸葛恪回答道："所出来的地方都是一样的呀！"他这样一句话，竟逗得孙权哈哈大笑。

苏小妹

古代机智人物故事。见明·冯梦龙编纂《古今谭概》酬嘲部第二十四。

苏东坡有一个小妹，擅长词赋，十分聪慧而且能言善辩，只是额头长得有一些宽而突出。苏东坡曾经开玩笑说她："莲步未离香阁下，梅妆先露画屏前。"苏小妹随即应声说道："欲扣齿牙无觅处，忽闻毛里有声传。"因为苏东坡脸颊上的胡须非常茂密，苏小妹便这样戏谑哥哥。那时候她才十岁。

评《字说》

古代机智人物故事。见明·冯梦龙编纂《古今谭概》塞语部第二十五。

王荆公（王安石）撰写了一部《字说》，其中有不少穿凿附会之处。苏东坡、刘贡父免不了对他有所讥刺。刘贡父问王安石：“牛的身体比鹿强壮，鹿的速度比牛快得多，如今‘犇（‘奔’的异体字）’、‘麤（‘粗’的异体字）’二字，字意都是相反的，那么应当作何解释？”苏东坡也问：“用竹鞭抽马为‘笃’，不知用竹鞭抽犬有何可‘笑’？”苏东坡又举“坡”字来向王安石请教。王安石说道：“‘坡’者，‘土’之‘皮’也。”苏东坡笑道：“那么说‘滑’字岂不就是‘水’之‘骨’吗？”王安石竟无言以对。

仙　　福

古代机智人物故事。见明·冯梦龙编纂《古今谭概》塞语部第二十五。

某日，有一个讲阴阳灾异的方士来找唐伯虎，竭力吹嘘他修炼到了非常精妙的地步。唐伯虎说：“你既然有如此精妙的方术，为何不惠及自己，而要赏赐给鄙人呢？”那个方士说：“只恨我的福浅哪。我见多识广，接触过的人不计其数，具备仙风道骨的只有您一个人。”唐伯虎笑道：“但愿我有仙福。我有空房在城北，十分僻静。您可以到那里去修炼，炼成之后我们对半分吧。”那个方士并没有领悟到唐伯虎的意思。一天他登门拜访唐伯虎，拿出一把扇子来求诗。唐伯虎大笔一挥，这样写道：“破布衫中破布裙，逢人便说会炼银。如何不自烧些用，担水河头卖与人。”

错着水、为甚酥

古代机智人物故事。见明·冯梦龙编纂《古今谭概》雅浪部第二十六。

苏东坡在黄州时，曾经去何秀才那里聚会，吃到一种油果子非常香酥可口。他问主人：“这个名叫什么？”主人说没有名称。苏东坡又问：“为甚酥？”在坐的客人都说：“这个就可以作为它的名字啊！”潘长官因为苏东坡不能够喝酒，每次都用甜酒款待他。苏东坡开玩笑说：“这必定错着水啦。”过了一些时候，苏东坡忽然思念那个油果子，便写了一首小诗去讨吃：“野饮花前百事无，腰间唯系一葫芦。已倾潘子错着水，更觅君家为甚酥。”

伐　冢

古代机智人物故事。见明·冯梦龙编纂《古今谭概》雅浪部第二十六。

苏子由在政府任职，苏东坡进了翰林院。有一位熟人打算托苏子由办事，因而先去见苏东坡，希望他帮忙传话，以便得到差遣。这时，苏东坡开口慢吞吞地讲了一个故事：“听说老年间有一个人非常贫困，难以过活，就打主意去挖坟盗墓。他挖开一座坟墓，看见一个人赤裸裸地坐着，说道：‘我是杨王孙（汉代人，临终令儿子将其裸葬），并没有什么东西可以救济你呀！’这个人又去凿另一座坟墓，用了很大力气才凿开。他进去以后，看见一个帝王模样的人对他说道：‘我是汉文帝，留下遗训不让在墓穴里放置金、玉物件，凡器皿都用陶、瓦做成，你找不到值钱的东西，快快出去吧！’此人又去挖一个连在一起的两座坟墓，先去凿穿左边那座，很长时间才挖开。他看见一个人十分瘦弱，面带饥色，对他说：‘我是伯夷，饿死在首阳山上，怎么能够满足你的要求啊！’这个人叹息道：‘我花费了如此大的力气，竟然一无所获。不如再挖两座坟墓，也许可以得到点什么。’这时，那个瘦弱的人对他说：‘我劝你还是到旁的地方去挖吧。你看看我瘦成这个样子，舍弟叔齐（叔齐与其兄伯夷均不食周粟而饿死在首阳山上）岂能为人啊！’”此人听了这个故事，便大笑而去。

戏　联

古代机智人物故事。见明·冯梦龙编纂《古今谭概》文戏部第二十七。

苏东坡被贬谪到惠州以后，跟一村校书郎做了邻居。那人已经七十岁，他的小妾生孩子时，特地邀请苏东坡去喝酒。苏东坡欣然前往。他们喝酒喝到高兴时，那人便向苏东坡求诗。苏东坡问他的小妾多大年纪了？那个小妾回答：“三十岁。”于是，苏东坡开玩笑似的写了一副对联：“圣善（母亲）方当而立岁，顽尊（父亲）已及古稀年。”这副对联很快不胫而走，一时间传为笑谈。

三 果 一 药

古代机智人物故事。见明·冯梦龙编纂《古今谭概》文戏部第二十七。

有一天，刘贡父宴请宾客时，苏东坡有事打算先离席。刘贡父用三种果名、一种药名来和他开玩笑。说道："幸（谐音杏）、早（谐音枣）、离（谐音李），肉从容（谐音肉苁蓉）。"苏东坡答道："奈（谐音柰，苹果的一种）、这（谐音蔗）、事（谐音柿），须当归。"

夜读《传灯录》

古代机智人物故事。见明·冯梦龙编纂《古今谭概》文戏部第二十七。

某日苏东坡夜宿曹溪，在读《传灯录》时，灯花落到书卷上，烧掉一个"僧"字。他随即提笔在窗上写了一首诗："山堂夜沉寂，窗下读《传灯》。不觉灯花落，荼毗（佛家谓火葬为荼毗）一个僧。"

贼　道

古代机智人物故事。见明·冯梦龙编纂《古今谭概》文戏部第二十七。

一天，寿春有个道士拿着自己的画像来请求解学士给他题诗。解学士提笔书写道："贼、贼、贼，"这个道士一看，感到很惊愕。解学士接着写道："有影无形拿不得；只因偷却吕仙丹，而今反作蓬莱客。"这个道士转惊为喜，于是拿起解缙的题诗满意而归。

题　扇

古代机智人物故事。见明·冯梦龙编纂《古今谭概》文戏部第二十七。

有一回，翟永龄过靖江的时候，船上的乘客都称他为"相公"。那时，一个官吏在座，人们也称他"相公"。翟永龄认为人们对他不尊重，心里有一点不痛快。随后，有人拿出扇子来请求题诗。这个官吏不知高低，竟抢先提笔书写。等他写了才轮到翟永龄。翟永龄故意装出不会写的样子，题写道："山不山，水不水，一个板上两个鬼，一个吹火通，一个舒火腿，吓得鸡婆飞上天去。世上名画见千万，不知此画出何许？"翟永龄询问船上的乘客，众人都因为羞愧而脸红。

喷　帝

古代机智人物故事。见明·冯梦龙编纂《古今谭概》巧言部第二十八。

有一次，唐玄宗与诸位王爷在一起用餐。宁王不小心使饮食误入气管，呛了一下，把饭喷到皇上的胡须上。宁王感到非常惶恐、惭愧。唐玄宗看到宁王那个样子，打算去安慰他。优人黄幡绰说："陛下，不是'错喉'。"皇上忙问："那是什么？"黄幡绰回答道："是'喷帝'（谐音'喷嚏'）。"唐玄宗一听便笑了起来。

琅 珰 驿

古代机智人物故事。见明·冯梦龙编纂《古今谭概》巧言部第二十八。

唐玄宗小字三郎。安禄山、史思明叛乱，攻入京城长安后，唐玄宗逃往四川。当经过梓潼县时，他停在一个驿站上休息，随口问黄幡绰说："你听，车上的铃声好像是人语。"黄幡绰回答道："好像是在说'三郎郎当''三郎郎当'。"后来，人们便把这个驿站叫做"琅珰驿"。

三光日月星

古代机智人物故事。见明·冯梦龙编纂《古今谭概》巧言部二十八。

元祐初年，苏东坡又拜官翰林学士，到驿馆去陪伴从北方来的辽国使者。那个辽国使者早已听说过苏东坡的大名，这回来到开封就想出奇制胜，为难一下苏东坡。他们国家过去有一联"三光日月星"，从来没有人能够对得上，辽国使者便请苏东坡来对。苏东坡点点头，说道："'四时风雅颂'，可以说是天生的一对呢。"辽国使者正感到惊讶的时候，苏东坡又慢慢地对道："四德元亨利。"辽国使者张大眼睛仰视着苏东坡，准备与他辩论时，苏东坡就说："您可能会说我忘掉了其中一个'贞'字？您还是谨言慎行为好。贵我两朝乃兄弟之邦，您是外臣，要知道这个字乃仁宗皇帝的庙讳（宋仁宗即赵祯）啊。"这一句话出乎辽国使者的意料，他异常惊骇，再也不敢吭声了。

鬼　对

古代诗对故事。见明·冯梦龙编纂《古今谭概》谈资部第二十九。

有一个举子在旅店听到楼下有人出对道："鼠偷蚕茧，浑如狮子抛球。"他再三琢磨怎么也对不出来，以至郁郁而死。他的鬼魂常常在楼中吟诵此对，无人敢在那里居住。后来，又有一个举子对出："蟹入鱼罾，却似蜘蛛结网。"鬼魂于是绝响。

唐状元对

古代诗对故事。见明·冯梦龙编纂《古今谭概》机谈资部第二十九。

唐皋以翰林使朝鲜。他们的首领出对说："琴瑟琵琶，八大王一般头面。"唐皋即应对道："魑魅魍魉，四小鬼各自肚肠。"对方大为骇服。

支解人

古代机智人物故事。见明·冯梦龙编纂《古今谭概》微词部第三十。

齐景公的时候，有一个老百姓犯了罪。齐景公怒不可遏。当官吏把这个人绑到金殿下后，齐景公立即命令左右割去他的四肢——把他支解了。晏子当时在场，他用左手抓住这个人的头，用右手举着刀，问众臣道："请诸位告诉我，古代的贤明君王是从什么时候开始支解人的？"齐景公闻言，立即离开座位，说道："快把这个人放了吧！"

半日闲

古代讽刺故事。见明·冯梦龙编纂《古今谭概》微词部第三十。

有一个贵人游僧舍，酒酣，他便吟诵唐人诗道："因过竹院逢僧话，又得浮生半日闲。"僧人听了微微一笑。贵人问他为何发笑，僧人回答："尊官得半日闲，老僧却忙了三日。"此则故事又见《遗愁集》等。

杨太守、刘知县

古代官吏故事。见明·冯梦龙编纂《古今谭概》口碑部第三十一。

成化中，有汝宁杨太守为官很清廉，而他下面的汝阳刘知县非常贪婪。杨太守夜半微行，来到一座草舍。有个老妪夜间正在绩麻，对她的女儿呼喊：“冷得很！”就叫女儿取瓶中酒来。酒将尽时，女儿说：“这一杯是杨太爷。”又斟一杯，说：“这是刘大爷。”因为酒初次倾倒，清的在前，后面就是昏浊的。后来，有人听说此事，便赋诗道：“凭谁寄语临民者，莫作人间第二杯。”

金鼓诗

古代诗对故事。见明·冯梦龙编纂《古今谭概》口碑部第三十一。

至正年间，官场败坏，贪赃枉法成风。当时金鼓节迎送廉访使，按例要用二声鼓、一声锣。而解押强盗，就用一声鼓、一声锣。有一个轻薄子作诗嘲讽道：“解贼一金并一鼓，迎官两鼓一声锣。金鼓看来都一样，官人与贼不争（当真）多。”

树中乐声

古代奇事故事。见明·冯梦龙编纂《古今谭概》荒唐部第三十三。

万历年间，河南巩县有一个木匠带着斧头去给人家干活儿，走到半路上，他在树下休息，忽然听到鼓乐声，不知道来自什么地方。他仔细听了听，鼓乐声来自树中，便用斧头往树上敲了几下，就听到里面说：“不好不好，肯定要砍进来啦！”木匠使劲敲，好多三四寸的小人，各自拿着乐器从树中走出来，还演奏了几曲。前来观看的人越来越多，他们竟仆地而灭。

黄鼠怪

古代精怪故事。见明·冯梦龙编纂《古今谭概》妖异部第三十四。

无锡龙庭华家，堂中大柱内忽然出现两个洞穴，常见走出两个矮人，大约二三寸长。主人感到奇怪，便择日请道士诵经来诅咒精怪。有一天两矮人又出来听经，一驱逐就无影无踪了。于是派人塞住洞穴，又从旁边打穿一个洞穴，照样进进出出。主人准备了药弩，让奴仆在洞口等待。精怪出来，射死一个，另外一个很快逃走了。过去一看，乃母黄鼠。不一会儿，忽然有一百多个矮人来向主人索命，仆人把他们赶走了。过一会儿，又有七八个人以白练蒙首，到堂中恸哭，仍然被驱逐出去了。过了许久，听见柱中发出铃钹声，众人说是在送葬。又过许久，听见柱中有箫鼓声，众人说是在续偶。把厅堂关闭一个月，精怪便悄无声息了。

帝王言命

古代诗对故事。见明·冯梦龙编纂《古今谭概》杂志部第三十六。

有一个厨人进茶以迎合皇上心意，皇上便诏赐冠带给他，有一个老生员得知此事，夜晚独自吟道："十载寒窗下，何如一盏茶。"皇上微服出行，恰好听到了，连忙回应道："他才不如你，你命不如他。"

造化弄人

古代读书人故事。见明·冯梦龙编纂《古今谭概》杂志部第三十六。

莆田有一个秀才到九里湖求梦。梦里说："明天所遇到的官，便是你的功名。"第二天他遇到钟御史、李大参，都是他乡里的人。此人大喜，连忙把梦境告诉他们，李说："学钟先生。"钟说："学李先生。"都说的是应当做对方那样的官。可是后来此人仅仅被推荐做了一辈子教师。人们才悟出梦里说的是"学中先生、学里先生。"

张生失金

古代奇遇故事。见明·冯梦龙编纂《古今谭概》杂志部第三十六。

嘉靖时，杭人张某自幼做小生意，老来积攒了四锭银子，各束以红线，藏在枕中。有一天夜里，他忽然梦见四个白衣服红腰带的人前来说："我们跟随你许久，今天要分别去江头的韩饼家。"张某醒来感到担心，赶忙去摸枕头，银子已丢了。他踌躇叹息，到江头去询问韩家，韩某欣然拿出银子给他看，要分一半给他。张某坚决推辞，就要出门。韩某留他喝酒，拿一锭银子来分为四份，各藏一份在饼中，临行时赠送给张某。张某接受后离开，中途遇到四个乞丐，便各给一个饼。四个乞丐合计：“这样的饼大而冷，不便吃，何不到韩家换成小而热的呢？”于是到了韩家，韩某笑了笑就换给他们了。

《智囊补》

书名。又名《智囊全集》《智囊增补》《增广智囊补》。明·冯梦龙编纂。全书分为“上智部”“明智部”“察智部”“捷智部”“术智部”“杂智部”等十部二十八类。冯梦龙于天启六年（1626）编成《智囊》一书。后来又做了增补、修正，重刻行世。其中以《智囊补》书名刊行的有明天禄阁刻本和清初斐斋刻本，明末还读斋刻本名《智囊全集》，《笔记小说大观》本名为《增广智囊补》。巴蜀书社（1986年）、黑龙江人民出版社（1987年）、上海古籍出版社（1993年）、中华书局（2007年）、中国文史出版社（2011年）、华东师范大学出版社（2013年）、江西教育出版社（2016年）等先后出版有排印本。其中收有《临海令》《徽商狱》等故事。

临　海　令

古代案狱故事。见明·冯梦龙编纂《智囊补》察智部卷十。

临海县迎新秀才时，黉宫有一个女子，窥见一个书生貌美，心里很喜欢。有个卖婆在旁说：“这是我的邻家子，我可以替你做媒，让你们成为佳偶。”卖婆把女意告诉书生，书生不愿意。卖婆有一个儿子是个无赖，便假冒成书生夜里到女家，女子不能分辨。一日女家的舍客夫妇，有事让女子搬开而睡到女子的床上，夜晚竟有人割断他们的两个脑袋离去。天明后事发，人们便到县衙报案。县令立刻逮捕这个女子，严加审问道：“你的奸夫是谁？”回答：“某秀才。”将书生押来，书生说：“卖婆曾经提过此女，我何尝到过她家？”又问女：“秀才身有何记？”回答：“臂有痣。”看秀才的臂上却没有。县令沉思后，便逮卖婆的儿子到堂，见他的臂上有痣，忙说：“杀人的，就是你！”一经审问，他立即招供。因为那天晚上摸到两个脑袋，以为女子有另外的奸情，便杀了二人。书生于是得到释放。

徽 商 狱

古代案狱故事。见明·冯梦龙编纂《智囊补》察智部卷十。

安徽某富商，喜欢一个小家妇，打算娶她，就用重金收买她的丈夫。她的丈夫贪财，便告诉妇人，妇人不从，强迫以后才勉强答应。他选了一个夜晚，摆上酒菜让富商来，他自己躲起来而要妇人陪客。富商稍来迟一点，进去时妇人已经被杀，脑袋已经不见了。富商惊走，妇人的丈夫以为是富商所为，便告到郡衙。富商不承认杀人。一个老人说："这里有个叫夜的僧人，在出事的次日晚上就无声无息了，很可疑。"富商便招募人去侦察那个僧人，果然在旁郡找到了，就让一人着妇人衣服，在林中等候僧人经过，作妇人声呼喊："和尚还我头！"僧人惊叫道："头在你家宅子上三家的铺架上。"民众出来抓住僧人，僧人知道已经泄密，便说："那天夜晚门是开的，我想进去盗窃，看见那个妇人盛装在床侧哭泣，打算奸淫不可得，便杀死她而携头出去，挂在三家铺架上。"拘上三家的人来，说道："有的，当日惧祸，就移挂在又上数家门外的树上了。"拘又上数家的人来，说道："有的，当日即埋在园中了。"派遣小吏前往挖掘。果然得到一个头颅，是有须的男子，再挖掘才得到妇头。问那个头颅怎么来的，说是十年前斩杀的仇人头颅。于是二人都抵死了。

洪武中老胥

古代帝王故事。见明·冯梦龙编纂《智囊补》术智部谬数卷十七。

洪武年间，驸马都尉欧阳某偶然带着四个妓女饮酒。事发，官府急忙去逮妓女。妓女们估计必死，就打算毁掉容貌，以求侥幸得免。有一个老胥吏听说后，前去对她们说："如果给我千金，我能够免你们一死！"妓女们立刻给了五百金。老胥吏说："皇上神圣，千万不可欺上。你们必须沐浴得极为洁净，仍然要涂抹脂粉，让香气远彻，而且肌理妍艳之极，首饰衣服须用金宝锦绣，务尽天下之丽，能够夺目荡志，这才可以。"妓女们问他怎么说话，他说："一味哀呼就可以。"妓女们见皇上，皇上叱令她们自我陈述，她们一言不发。皇上对左右说："绑起来杀了。"群妓解衣就缚，自外及内，备极华灿，缯采珍具，堆积满地，照耀左右。脱到裸体，肤肉如玉，香闻远近。皇上说："这小妮子，使我见也受诱惑，那厮可想而知。"便叱放了她们。

一步高一步

古代步步高型故事。见明·冯梦龙编纂《智囊补》语智部善言卷二十。

某日解缙陪同文皇出游。当文皇登上一座桥时，问解缙应当怎样讲，解缙说："这叫做'一步高一步'。"然后走下桥去，文皇又问应当怎样讲，解缙说："这叫'后面更高似前面'。"此则故事又见《古今谭概》《坚瓠集》。

一钱诓百金

古代试骑骗马型故事。见明·冯梦龙编纂《智囊补》杂智部卷二十七。

京师有一个盗贼能够用一个钱去诓骗一百金，他打扮成有钱人，先去马市，给卖胡床（一种可以折叠的轻便坐具）的人一个钱，说道："我就要去乘马，你拿着胡床在这里等我。"那人许诺后，他去对马主说："我打算买一匹骏马，试一试可以的话，就谈价钱。"马主把马缰绳交给他，那人安好胡床让他踩上去，他上马便疾驰而去。马主最初以为安设胡床的人是他的仆人，一旦知道不是以后，便急忙去追赶。盗贼骑马到一家商店，在门外拴马，然后进去说："我是某太监家里的，要买缎匹若干，拿马来抵押，如果满意就送货款给你们。"店家一看是一匹良马，并不怀疑，便如数把缎匹交给，他背负而去。一会儿马主追踪至店，与店主争马，打起官司来，官府不能决断，只好让他们平分马价。此则故事又见《古今谭概》。

老妪骗局

古代骗子故事。见明·冯梦龙编纂《智囊补》杂智部卷二十七。

杭城北门外有一个老翁年近六十而丧妻，两个儿子儿媳对他都很孝顺。有一天，一个老妪在他家门外站立许久，说是在等候侄儿来跟自己一起去告忤逆不孝的儿子。这家的儿媳很同情她，就留她吃饭，一住就是十来天。儿媳见老妪勤恳，又很精通女工，便让她与鳏居老翁婚配。又过了十来天，老妪之子登门来向老妪赔罪，还拜老翁为继父，从此常相往来。三个月后，老妪谎称自己的孙子迎亲，诓骗老翁全家前去吃喜酒，老妪及子、孙竟把老翁全家和宾客的衣饰财物通通卷走，一切损失只得由老翁赔偿。

南京道者

古代骗子故事。见明·冯梦龙编纂《智囊补》杂智部卷二十七。

有一个山西商人在南京开商店。有天，一个道士上门来谎称店内地下三丈深是大金穴，藏有当年秦始皇的埋金。商人信以为真，便在店内大肆进行挖掘。道士串通官府，随即派员前来追查。商人害怕惹祸，不得不送三千金请求免罪，由此衰败。

《情　史》

书名。又名《情史类略》《情天宝鉴》。明·冯梦龙编纂。二十四卷，分为情贞、情缘、情私、情侠、情豪、情痴、情幻、情灵等二十四类，每类一卷，共八百七十多则。有明末刻本、清嘉庆刻本、道光刻本、光绪二十年上海石印本、民国间石印本等。岳麓书社（1984年）、时代文艺出版社（2003年）、凤凰出版社（2011年）等先后出版有排印本。其中收有《刘奇》《吴江钱生》等故事。

刘　奇

古代婚姻故事。见明·冯梦龙编纂《情史》卷二情缘类。

宣德年间，河西务刘翁夫妇以卖酒为业，年纪都已经六十多岁。他们先后收养了义子刘方与刘奇。二人彼此友爱，感情深厚。刘翁夫妇亡故，他们无比悲痛。他们随后将各自父母的灵柩迁移过来，与刘翁夫妇安葬在一起，三家的老人的坟墓犹如鼎立。事毕，他们就关了酒店而开布店，家业逐渐兴旺。当镇子里面的富民上门来提亲时，刘奇愿意，刘方却执意反对。这个时候刘奇方才发现刘方是女子，于是他俩请镇里的老年人出来做媒，择吉日祭拜三家老人的坟墓，入洞房结为夫妻。

吴江钱生

古代婚姻故事。见明·冯梦龙编纂《情史》卷二情缘类。

万历初年，吴江下乡富人子颜生，丧父，未娶。颜生听说洞庭西山高翁女儿貌美，立即请人前去提亲。高翁正在选婿，要见颜生一面，而颜生貌丑，便让同窗表弟钱生前往。高翁见了钱生大喜，于是同意这一门亲事。颜生自以为得计。迎娶时，颜生担心有变，与媒人商议，又请钱生前往。钱生到达后，高翁大宴宾客。席间狂风大作，太湖上没法行船。高翁恐误吉期，打算在他家成礼，钱生一定不肯。次日风愈狂，又下起雪来。众宾客都来怂恿，钱生不得已而同意拜堂。三日后风稍缓，高翁夫妇便备船亲自送往。仆人赶忙划小船去报信。颜生见风雪连宵，已经很气愤。听说钱生暂作新郎，便大发雷霆。等钱生登岸，他不讲一语，就口手并发。高翁见了无比惊骇，向旁人打听，才尽得其实，于是告到官府。钱生诉说："我于表兄，唯命是听。虽三宵同卧，我从未尝解衣。"官吏使稳婆查验，高女仍然是处子。颜生大悔，愿继续这一门婚事。而高翁以为一女岂有两番花烛之理，坚决反对。官府乃将高女断归钱生而责怪媒人，钱生竟与高女结为夫妇。

桂花仙女

古代奇遇故事。见明·冯梦龙编纂《情史》卷九情幻类。

钱塘有一个士人，妻子早亡。他在市中偶然购得一轴唐解元绢画《桂花仙子图》，悬挂在书斋，日夕注视，很想得到一个图中人的佳偶。一夕，有个女郎容颜娇丽，裳衣轻妍，从月色中来。士人询其居止，笑而答道："家在墙东。"士人心想东邻并无此女，但贪慕艳色，狂不自制，竟抱入帏中，无比欢昵。此女凌晓离去，黄昏后复来，从此夕夕无间。此女每至，室中就有灵香，枕席芬芳。经过一段时间数旬，亲戚朋友，甚至奴仆们，都惊疑其人为狐魅。他们等到士人外出，便偷偷引南昌道士来治妖。道士指着挂图说："难道不是你在作祟吗？可吃我一剑！"忽然回应说："我乃昆仑山女，与此郎有累世姻缘。你有何法术，敢来对付我？"随后又对奴仆们说："如今有此等行径，不可留！"突然怪风暴起，云埃弥漫一室。不一会儿明朗如初，画轴的桂花仙子像渐渐隐去。士人归来，惊讯其事，十分凄恋宛转。他延请许多位画师好手重写其真，均无收获。于是，他便终身不娶。

金山僧惠明

古代案狱故事。见明·冯梦龙编纂《情史》卷十四情仇类。

洪武年间，南京扬子江边税某的妻子周氏有姿色，金山寺僧惠明买通一婆子，偷偷将一双僧鞋放到税家凳子下面。税某见到僧鞋，以为周氏与僧人有私情，周氏不能够辩白，竟被丈夫逐出家门。惠明留了头发，托媒人提亲，娶下周氏，还生下一个女儿。有一次，惠明抱着女儿，逗笑说："我要是没有好计策，怎能得到你娘啊。"周氏笑一笑问道："到底是怎么一回事？"惠明以为夫妻情深，就讲了实情。周氏立刻去官府击鼓鸣冤，最终将惠明绳之以法。

铅　山　妇

古代案狱故事。见明·冯梦龙编纂《情史》卷十四情仇类。

铅山有人喜悦一个美妇，挑逗她，她不理睬。她的丈夫生病时，乘大雨天色晦暗，此人便着花衣为两翼，如雷神状，到她家用铁锤击杀她的丈夫，随即飞出她家。美妇真以为丈夫遭到雷诛。又过一段时间，那个家伙便请人说媒，要娶美妇为妻。妇人嫁到他家后，两口子过得很好，还生下一个儿子，已满周岁了。一天，雷雨像当初那样，他们聊天谈到先前的事，后夫说："我当时不那样做，怎么能够得到你呢！"妇人假意笑了笑，便问："花衣与两翼在哪里？"后夫回答："在某箱中。"妇人等他外出，打开箱子取出花衣与两翼，赶到县衙告状。县令派人擒此人进行审问，伏罪后将其处死。

赫　应　祥

古代僧尼故事。见明·冯梦龙编纂《情史》卷十八情累类。

江西监生赫应祥，落拓不羁，以风流自命。有一次春游，到了一座尼姑庵，进入幽静之境，与一个年轻尼姑弹琴饮茗。晚间对酌，竟携手同寝。次日，赫某被另外一个尼姑撞见。赫某见她容貌也颇姝丽，她见赫某举止风流，一拍即合。从此以后，赫某便与尼姑庵的两尼分别寝处，乐而忘返。后来，赫某得病亡故，被悄悄埋葬在尼姑庵后，无人知晓。日久事泄，庵尼被官府杖责，遣其还俗。

林知县女

古代鬼魂故事。见明·冯梦龙编纂《情史》卷二十情鬼类。

浙江陈生随父上任到了泉州。一天他外出，看见一个女子在山脚下哭泣，问她是何人？她说："我姓白，随父上任，一家被盗掠杀，只有我一人幸免。因为无家可归，所以伤痛。"陈生羡慕她貌美，便把她置于密室。父母使人去窥探，看见一只白鹇，到门口化就一女子而入。父母让陈生把它赶走。陈生对女子说："你是白鹇精，何为误我？"对方说："我不是妖精，乃前任林知县之女。我本来无罪，被父亲逼死，槁葬在城外，所以假托白鹇现身。你日后前程远大，将做御史。你能念旧的话，请埋葬朽尸，并且抚恤我的母亲。我在九泉之下永远感激你。"陈生应允，女子便道谢而去。后来陈生果然任至御史。他巡按广东道，经过泉州时，找到女尸，将其埋葬到吉壤，并且拿出千金来赠送她的母亲。

笤帚精

古代精怪故事。见明·冯梦龙编纂《情史》卷二十一情妖类。

洪武年间，本觉寺有个名叫湛然的少年僧人，禅房颇为僻寂。一夕他独坐庭中，看见有个美女行步便捷，丰姿绰约。他打算上前去问，忽然不见矣。第二天夜里，美女又从面前经过，他急走过去，又隐没了。从此他非常惶惑，一直苦苦思念。过了两日，美女又慢步经过湛然身旁，湛然急忙牵住她的衣服，再三恳求，她才一起入室，竟难舍难分。女子说："我家在寺旁，父母钟爱，很晚才出嫁。今与你有私情，应当保守秘密，这样就可长久往来；不然，彼此都不光彩。"湛然很高兴，连连点头称是。从此日去暮来，没有一晚不会。湛然身体枯瘦，气息恹然，渐无生气，虽然百般救治，却不见效果。有一个老僧说："看你的病脉，痨瘵兼攻，阴邪甚盛，如果不明讲，将无济于事。"湛然骇惧，只好讲出往事。众僧说："此妖不除，你的病好不了。今晚再来，可以追踪她，这样才可以施展治术。"当晚女子到来，湛然对她一如平时。鸡鸣时，女子辞去，湛然悄悄将一朵绒花插在她鬓上。众僧见一个女子冉冉而去，便相与赶逐，直至方丈室后一小屋中，女子突然不见。此屋乃三代祖师定化的地方，每年开一次祭拜，其余时间封闭。众僧立即破窗而入，一无所见，只有西北佛厨后面烁烁微光，竖着一把旧笤帚。众僧正感到疑惑，就看见绒花在柄上。他们把笤帚拿到堂前，抽折一管，则水流滴地。众僧点灯细看，管中非水，实是精液。湛然见了，悔惧不已。

箸 斛 概

古代精怪故事。明·冯梦龙编纂《情史》卷二十一情妖类。

嘉定月浦镇苏某，妻张氏颇有姿色。一日她乘船去送侄女出嫁，船泊在某港的柳树下，一个男子蓬头黑面，看着她发笑。问旁人，都没有看见。等她回到家里，又看见那个男子来了，说道："我和你应当成为夫妇。"当时张氏有孕不答应，生子以后又来时，就与他交媾。张氏昏沉好像睡着了，好一会才儿苏醒。从此以后，那个男子每晚都来。丈夫苏某上床，就被捆绑扔到地下。只让他穿一条裤子，好像乞丐一样。那个男子大白天出入苏家，家人害怕他，因而不敢冒犯。苏某甚爱妻子，百方祈祷，不断去请术士来驱邪，数年不见效果。后来，有一个羽士召王灵官来显灵，直入井中捞得红漆筷子一双以及斗刮子一把，将它们打碎，张氏便好了。原来是这两件物品在兴妖作怪。

生 王 二

古代奇遇故事。见明·冯梦龙编纂《情史》卷二十一情妖类。

陇州人生王二，住在黑松林跑谷，世代以打猎射生为业。有一次，他与众人逐鹿，到深崖竟迷失道路。正在彷徨的时候，遇见一个女子渡水过来。她年少貌美，身无衣服，看见生王二便笑。生王二平生山行野宿，常习见到怪物，虽然知道她不是人，但一点也没有惧色，就吼道："你是鬼呢，怪呢？"女子笑而不答。过一会儿，她问生王二："你是什么人？"生王二拱手说："我是山下猎手。今日逐鹿失踪，来到了此处，不知道是生是死，请求娘子帮助！"女子说："随我来，一定会给你指路。"生王二跟着她行走，登上绝高巉岩，涉过回环过膝的河水。她不穿鞋子，行走如飞。二人来到一洞，有一个大石室，相当洁雅。生王二见旁无他人，便戏言挑逗，她欣然相就。夜则共榻，昼则采果实来给生王二吃。住了一个多月，生王二思念母亲，哭着告诉女子："我打算暂时回去，过一段时间再来寻你。"女子许诺，把他送出官道才分别。生王二感受到她的爱意，过了一些日子再去，邀她一同回家。生王二的妻子赵氏，已有三个男女。此女又生两子，与赵氏共处很和睦。每逢外客来到，她必定躲避。有时候她独自入山，个把月不回来。她始终不吃熟食。生王二亦任她去留，二十年后犹在。

孤山女妖

古代精怪故事。见明·冯梦龙编纂《情史》卷二十一情妖类。

明州书生闻某去杭州时，路遇姚江秀才吕生，彼此意气相投，便一起居住在西湖孤山寺旁边的一个古馆内。一个秋夜，有三个貌美的女郎从树影中走出来。闻、吕二生与其中的两位女郎交好，各自回寝，双栖婉恋。另外一个年龄稍长的女郎，离去后则去勾引灵芝寺的一个少年僧人。一月之内，他们三个人竟相继病卒。

奸人得报

古代报应故事。见明·冯梦龙编纂《情史》卷二十三情通类。

弘治年间，荆溪有甲乙二人从小交好。甲妻貌美，乙便想谋害甲而夺过他的妻子。有一次，乙与甲夫妻二人乘船出去经商。到达一处，乙让甲妻留在船内，自己同甲先上岸探路。走到险恶的溪林中时，乙用腰间暗藏的镰刀将甲砍死，再跑回去对甲妻说，她的丈夫已被老虎咬死。甲妻要去寻找丈夫的尸体，乙竟在山道上拥抱甲妻求欢。这时，一只猛虎咆哮而来，衔着乙离去。甲妻正在山道上徘徊时，忽然走过来一个血流满面的人，近看才是自己的丈夫。原来甲当时只是昏死。他俩各人讲了自己的经历，庆幸夫妻团聚，恶人得报。此则故事又见《昨非庵日纂》。

邱虎嫂

古代奇遇故事。见明·冯梦龙编纂《情史》卷二十三情通类。

正德年间，奉化人木工邱高，搭附东吴主人李七船去远方。过舟山时得病将死，众人将他抛弃到山脚下而去。邱高几日不死。忽然来了一只雌虎，看了看，并不吃他。邱高开始时感到恐惧，见它不吃自己，便指口求食。雌虎去衔兔猪来，邱高不能吃食。雌虎便坐在他身边，以乳喂他，让他得以活命。数日后他起来行动，敲石取火，烧朽枝煨食，于是身体日益强健。他与雌虎越来越熟悉，竟配为夫妻。后来雌虎有娠，生一子，居然是人。后来，邱高左手挟子，右手持斧锯，骑雌虎渡海，来到舟山。邱高伐木，搭建房屋，叮嘱雌虎白天不要出门。雌虎听他的话，夜晚出去拖回兽鹿，他白天拿去出卖。人们呼雌虎为邱虎嫂。他们的儿子，名为虎孙，性猛悍，十二岁已能举起数百斤。有人把他举荐到浙江省督府，他应招去打倭寇，大获成功，受到上赏。后来邱高去世，与雌虎合葬，人称“虎冢”。

《笑　府》

书名。明·冯梦龙辑。有两种版本，一种为上下两卷，分为腐流、殊禀、刺俗、形体、谬误、闺风、杂语等八类。一种十三卷，分为古艳、流腐、世讳、方术、广萃、殊禀、细娱、刺俗、闺风、形体、谬误、日用、闺语十三部，一部一卷。题“墨憨斋主人编”，墨憨斋主人即冯梦龙。有原刻本、清刻本、日本藤井孙兵卫刻本等。河北人民出版社1987年出版有高洪钧点校《冯梦龙笑话集》。其中收有《书手赋诗》《奶奶属牛》等笑话、故事。

书手赋诗

古代笑话。见明·冯梦龙辑《笑府》。

苏人有二婿者，长婿为秀才，次婿为书手（办理官府文书案牍的低级职员）。长婿常常蔑视次婿没有学识。次婿很愤恨，就请求比试，老翁指庭前山茶为题，次婿咏道：“据看庭前一树茶，如何违限不开花？信牌即仰东风去，火速明朝便发芽。”老翁说：“诗并非不通，但纯粹是衙门气。”再命咏月，即咏道：“领甚公文离海角，奉何信票到天涯，私渡关津犹可恕，不合黄夜入人家。”老翁大笑道：“你大姨夫亦有此诗，何不学他？”于是请求朗诵，次婿闻听首句为“清光一片照姑苏”，竟嚷嚷道：“差了，月亮岂能只照姑苏？须云照姑苏等处。”此则笑话又见《广笑府》。

奶奶属牛

古代奶奶属牛型故事。见明·冯梦龙辑《笑府》。

有一个官员的生辰到了，吏属听说他属鼠，便集资用黄金铸一鼠送去为他贺寿。官员喜滋滋地说："你们知道官奶奶生辰亦在近日么？奶奶是属牛的。"此则故事又见《广笑府》《笑得好》《新镌笑林广记》《笑林博记》等。

婆　像

古代我是取笑型故事。见明·冯梦龙辑《笑府》。

有一个怕老婆的人，老婆已死，见老婆像悬在灵柩前，因而记起旧恨，便比画比画拳头。忽然风把画轴吹动了一下，其人大惊失色，忙缩手说："我是取笑。"此则故事又见《广笑府》《笑林博记》等。

酸　酒

古代吊我罢型故事。见明·冯梦龙辑《笑府》。

酒店将一个嫌其家酒酸者吊在梁上，有个顾客经过酒店，忙问是何缘故。店主说："小店酒极佳，此人说酸，该不该吊？"顾客尝了一尝，皱着眉头对店主说："可放此人，吊了我吧。"此则故事又见《广笑府》《笑林博记》等。

学游水

古代笑话。见明·冯梦龙辑《笑府》。

一医生医死人后，被丧家捆了起来。晚上他挣脱绳索跳水逃回家中，看见他儿子正读医书，急忙说道："我儿读书可缓一缓，还是学游水要紧。"此则笑话又见《广笑府》《新镌笑林广记》等。

木　匠

古代笑话。见明·冯梦龙辑《笑府》。

一木匠误将门闩装在门外，主人骂为其"瞎贼"。木匠回答："你便是瞎贼！"主人怒问："我如何瞎？"木匠说："你有眼，叫我这样一个匠人。"此则笑话又见《广笑府》《新镌笑林广记》等。

厨　　子

古代偷自家型故事。见明·冯梦龙辑《笑府》。

有个厨子在家切肉，竟藏一块肉在怀中。妻子见了骂道："这是自家的肉，何为如此？"厨子回答："我忘了。"此则故事又见《广笑府》。

待诏剃头

古代笑话。见明·冯梦龙辑《笑府》。

有个待诏（剃头匠）初学剃头，每刀伤一处则用一指遮掩；后来伤处很多，竟遮掩不过来了，便说："原来剃头这么难，须得千手观音才好。"此则笑话又见《广笑府》《新镌笑林广记》等。

皮匠掌鞋

古代笑话。见明·冯梦龙辑《笑府》。

有个皮匠只用一双皮底，凡是替人钉鞋，必定会落下，他尾随其后，拾回来做本钱。一日，其人尾随在后竟无收获，便哭泣道："本钱断送啦！"等到回家一看，皮底已落房内。此则笑话又见《广笑府》。

口　脚　争

古代寓言。见明·冯梦龙辑《笑府》。

脚对口说："世上唯你最讨便宜。我千辛万苦奔走来时，都被你吃去了。"口答道："不要争，我莫吃，你也莫奔走何如？"此则笑话又见《广笑府》。

气　　球

古代寓言。见明·冯梦龙辑《笑府》。

一人脖子上有悬赘瘤，为了乘凉晚上到神庙去住宿。神问这一位是何人，左右回答说："踢气球的。"神命取气球来，其人便失掉赘瘤，大喜而去。次日，又有个悬赘瘤者闻讯赶来，到神庙住宿。神问是何人，左右如先前一样回答。神说："可将昨日气球还他。"其人乃悬双瘤回家。

椅　　响

古代第一声像型故事。见明·冯梦龙辑《笑府》。

一人正在陪客，偶然放一屁，感到有点惭愧，便接连用手指磨椅作声，加以掩盖。客说："还是第一声像。"此则故事又见《广笑府》《笑得好》《新镌笑林广记》等。

合　做　酒

古代合做酒型故事。见明·冯梦龙辑《笑府》。

甲乙计划合本做酒。甲对乙说："你出米，我出水。"乙说："米都是我的，如何算账？"甲说："我决不贪心，到酒熟时，只要还我这些水便了，其余都是你的。"此则故事又见《广笑府》《新镌笑林广记》等。

卖　　弄

古代笑话。见明·冯梦龙辑《笑府》。

一人故意装病卧床，以便让亲家前来看自已刚买的新床。那边亲家亦想卖弄新裤，就架起足故意使新裤显露在外。他问对方染何病，对方回答说："小弟的贱恙与亲翁的尊病一般。"此则笑话又见《广笑府》《新镌笑林广记》等。

说　大　话

古代笑话。见明·冯梦龙辑《笑府》。

有一次主人对仆人说："你出外，须说几句大话，装作体面。"仆人连连点头。碰到有人讲三清殿如何大时，仆人说："只与我家祖房一般。"有人讲龙船如何大时，仆人说："只与我家帐船一般。"有人讲牯牛肚子如何大时，仆人说："只与我家主人肚皮一般。"此则笑话又见《广笑府》。

呆子守店

古代笑话。见明·冯梦龙辑《笑府》。

父亲出门，让呆子守店。忽然有个买货者至，问道："尊翁有么？"回答："无。"又问："尊堂有么？"也说："无。"父亲回家知道此事后，对儿子说："尊翁，我也；尊堂，你母也，为何说无？"呆子发怒说："谁知你夫妇两人都是要卖的！"此则笑话又见《广笑府》《新镌笑林广记》等。

奈何姓万

古代奈何姓万型故事。见明·冯梦龙辑《笑府》。

一富翁世世代代不识字。有人劝他一定要请老师来教育孩子。老师来后，开始教孩子握笔临帖，书一画则训说"一"字，二画则训说"二"字，三画则训说"三"字。其子便高高兴兴把笔扔了，跑去告诉父亲说："儿已通晓字义，何必麻烦老师？"于是辞去老师。过了一些日子，父亲打算请一个姓万的朋友来饮酒，让儿子晨起写请帖，许久没有写好。父亲去看时，儿子抱怨："姓氏多得很，奈何偏偏姓万，从清早到如今，我才完成五百余画。"此则故事又见《应谐录》《广笑府》《新镌笑林广记》《一笑》《笑林博记》《姓氏嘲谑录》等。

冻冰

古代笑话。见明·冯梦龙辑《笑府》。

一呆婿至妻家吃冻冰味美，就用纸包好藏匿腰间。回家后对其妻说："你父母家有一种味美，我特拿回来给你尝一尝。"往腰间摸时，已经化光了，惊呼道："出了一泡尿，逃走了！"此则笑话又见《新镌笑林广记》。

指石为金

古代愿换手指型故事。见明·冯梦龙辑《笑府》。

某贫士路遇一个已得到仙术之故人，仙人指道旁一砖，使其变为赤金赠予贫士，贫士嫌少。仙人又让一个大石狮变为赤金赠送贫士，贫士仍不满意。仙人问他想要什么？贫士说："愿要你的手指。"此则故事又见《广笑府》《笑得好》《广谈助》《笑林博记》等。

金　罗　汉

古代笑话。见明·冯梦龙辑《笑府》。

某人掘得一尊金罗汉，竟不断用手凿罗汉头，一个劲儿问金罗汉："那十七尊在何处？"此则笑话又见《广笑府》。

长　　面

古代笑话。见明·冯梦龙辑《笑府》。

一失马鞍者抓到一个面长而凹的人，认为马鞍是他偷的，将往官府去告状。路人对那个长面的人说："劝老兄赔他一些钱吧，如果经过官府，必定会把你断给他。"此则笑话又见《广笑府》。

《广笑府》

书名。明·冯梦龙辑。十三卷。有"儒箴""官箴""九流""方外""口腹""风怀""贪吝""尚气""偏驳""嘲谑""讽谏""形体""杂记"各一卷。题"墨憨斋主人冯梦龙纂辑"。此书的体例、内容、编排与《解愠编》基本相同，而又增加了一些《笑府》的篇目。有襟霞阁刊本、民国国学珍本文库本等。河北人民出版社1987年出版有高洪钧点校的《冯梦龙笑话集》。其中收有《厕吏》《葡萄架倒》等笑话、故事。

厕　　吏

古代笑话。见明·冯梦龙辑《广笑府》。

一吏人贪婪无厌，遇物必取，人无不受其祸害。有朋友跟此人开玩笑说："看你所作所为，他日除了出去管厕所外，将无所不取。"吏人说曰："我若去管厕所，一般有钱人要上厕所，他必须贿赂我才许进去；本来不想上厕所的，就逼他上，他无可奈何，还怕不贿赂我吗？”此则笑话又见《解愠编》。

葡萄架倒

古代葡萄架倒型故事。见明·冯梦龙辑《广笑府》。

有一官吏惧内，一日被妻子抓破面皮，次日上堂，太守见了就问他。这个官吏编造谎话说：“晚上乘凉，葡萄架倒了，因此刮破了面皮。”太守不信，说道：“这一定是你妻子抓破的，快差皂隶去拿来。”不料太守奶奶在后堂偷听，怒不可遏，一下抢出堂外。太守慌忙对官吏说：“你且暂退下，我内衙葡萄架也要倒了。”此则故事又见《解愠编》《笑府》《新镌笑林广记》《滑稽故事类编》《笑林博记》《破涕录》等。

下公文

古代笑话。见明·冯梦龙辑《广笑府》卷二。

有一次要下紧急公文，官员恐怕来不及，便拨一匹马与送公文者。其人紧跟在马后跑步前行。有人问他：“如此急事，何不乘马？”那人回答说：“六只脚走，岂不快于四只！”此则笑话又见《笑府》。

浅斟低唱

古代笑话。见明·冯梦龙辑《广笑府》卷三。

一庸医用针太深，扎死了病人。主家逼令庸医全家一起抬棺材、高唱挽歌，以此来羞辱他。庸医让妻子低唱，其妻说：“既要低低唱，当初何不浅浅斟（针）？”此则笑话又见《解愠编》。

包殡殓

古代笑话。见明·冯梦龙辑《广笑府》卷三。

有个庸医医死了人家的小儿，病家允许他把死儿装到袖筒里带回去埋葬。病家担心医生欺骗他们，便派仆人跟在后面。走到桥上，庸医忽然将死儿扔往河中。仆人很生气，问道：“你如何抛了我家小主人？”庸医说：“不是的。”随即举起左边袖筒说："你家的在这里。"此则笑话又见《笑府》《新镌笑林广记》等。

秋　　蝉

古代蝉可跟主型故事。见明·冯梦龙辑《广笑府》卷五。

主人待仆从非常刻薄，衣食都很差。仆人听到秋蝉鸣叫，故意问主人道："什么在鸣叫？"主人说："秋蝉。"仆人问："蝉食何物？"主人说："吸风饮露。"仆人问："蝉穿衣吗？"主人说："不用。"仆人说："此蝉正好跟我主人。"此则故事又见《解愠编》《笑林博记》等。

坠　轿　底

古代笑话。见明·冯梦龙辑《广笑府》卷六。

花轿中途突然掉底，轿夫吓得不知所措。新娘忙说："我倒有一计。你们在外面自抬，我自己在里面走。"此则笑话又见《笑府》。

性　　缓

古代慢性子型故事。见明·冯梦龙辑《广笑府》卷八。

一人性缓，冬日与人围在炉旁，见人裳尾为火所烧，便说："有一件事看见已久，想讲害怕你性急，不然又恐怕伤了你，那么讲好还是不讲好呢？"那人问是何事？慢性人回答："火烧了你的衣裳。"其人赶忙收起衣裳，发怒道："你何不早讲？"慢性人说："我说你性急，果然如此。"此则故事又见《解愠编》《笑府》等。

讳　输　棋

古代讳输棋型故事。见明·冯梦龙辑《广笑府》卷八。

有个自负棋名的人接连输了三局，旁人问下棋的胜负，他回答说："第一局我不曾赢，第二局他不曾输，第三局我要和，他不肯，罢了。"此则故事又见《笑府》《新镌笑林广记》《笑林博记》《破涕录》等。

僭　　称

古代笑话。见明·冯梦龙辑《广笑府》卷十。

一家父子，僮仆专说大话，每每以朝廷名色自呼。一日友人来望，其父外出，遇其长子，说道："父王驾出了。"问及其母，次子又说："娘娘在后花园饮宴。"友人见他们说话超越本分，非常出格，含怒离去，途遇到其人，便以其子之言相告。其人道："是谁说的？"仆人在后面说："这是太子与庶子说的。"友人越发恼怒，扭住仆人便打，其人忙劝道："卿家不要恼怒，看在寡人面上。"此则笑话又见《笑府》《新镌笑林广记》等。

须寻生计

古代笑话。见明·冯梦龙辑《广笑府》卷十二。

一人喜欢听别人称赞，有个术士投其所好，称赞其人有双大眼睛，一生受用不尽。主人大喜，便把术士留下来款待数日。临别时，术士劝告其人说："足下也须寻些活计，不可全靠这双眼睛。"

浮白主人本《笑林》

书名。明·浮白主人辑。浮白主人可能是冯梦龙。此书共一百四十五则。有明刊《破愁一夕话》本。河北人民出版社1987年出版有高江钧点校的《冯梦龙笑话集》。其中收有《借牛》《青盲》等笑话、故事。

借　　牛

古代借牛自来型故事。见明·浮白主人辑《笑林》。

有人送来一封书柬向富翁借牛，富翁正在待客，怕人笑他不识字，便打开书柬假装看了看，对来人说："知道了，等一会儿我自己来。"此则故事又见《笑府》《笑倒》《广谈助》《笑府》《新镌笑林广记》等。

青　盲

古代老爷糊涂型故事。见明·浮白主人辑《笑林》。

一青盲人（慢性致盲疾病患者）打官司时，自诉眼瞎。官说："你有一双青白眼，如何谎称瞎子？"其人回答道："老爷看小人是清白的，小人看老爷是糊涂的。"此则故事又见《笑府》《听子》《新镌笑林广记》。

堵　子

古代堵子助阵型故事。见明·浮白主人辑《笑林》。

一武官出征将败，忽然有神兵来助阵，反而大胜。武官叩头请问神灵姓名，神灵说："我是堵子神。"武官说："小将有何德，敢劳堵子尊神来救？"堵子神说："感谢你平时在教场从来不曾射一箭伤害我。"此则故事又见《笑府》《广笑府》《新镌笑林广记》《笑林博记》等。

求　签

古代笑话。见明·浮白主人辑《笑林》。

有个士子岁考时去求签，说道："考六等，上上；考四等，下下。"庙祝说："相公所言差矣，考四等只是杖责，如何反而是下下签？"士子说："这个你不知道。考六等就会被斥退，极是干净；如果在四等，考官看了我的文字，我非被打杀不可。"此则笑话又见《笑府》《新镌笑林广记》等。

做　屁

古代做屁文章型故事。见明·浮白主人辑《笑林》。

一秀才死后去见冥王，自陈文才甚好。冥王偶放一屁，秀才立即上前用文词加以称颂。冥王大喜，便给他延寿一年。至期死，此秀才又去拜见冥王。遇到冥王已经退朝，鬼卒便去通报有个秀才求见。冥王问是何人，鬼卒说："就是那做屁文章的秀才。"此则故事又见《笑赞》《笑府》《笑得好》。

戴笆斗

古代笑话。见明·浮白主人辑《笑林》。

有个躲债的人，偶然有事出门，恐怕让人看见，便顶一笆斗而行。不巧被一个债家认出来了，立即弹他的笆斗问道："你何时还债？"其人应道："明日。"过一会儿下起大雨，笆斗上落了无数雨点，其人听了心里发慌，便说："一概明日还。"此则笑话又见《笑府》。

虾

古代笑话。见明·浮白主人辑《笑林》。

有个和尚偷偷买虾来吃，他看见虾在热锅里乱跳，忙合掌低声向虾说："阿弥陀佛，耐心，一会儿红熟了，便不疼了。"此则笑话又见《笑府》。

问令尊

古代家父烧了型故事。见明·浮白主人辑《笑林》。

一人远出，叮嘱其子说："如有人问你令尊，可以告诉他，我有小事出外了，请客人进来喝茶。"此人又因其子痴呆，担心他忘记，就写在纸上交给他。其子放在袖中，随时取出来看，到了第三天仍然无人来问，以为此纸无用，便把它烧了。第四天忽有客至，问令尊，其子找袖中纸不得，于是对来人说："没了。"客人感到惊诧，忙问："几时没的？"其子回答："昨夜烧了。"此则故事又见《笑府》《笑倒》《新镌笑林广记》等。

骆驼蹄

古代笑话。见明·浮白主人辑《笑林》。

一个乡下人进城看见卖骆驼蹄的，就站在担子旁边观看。卖骆驼蹄的欺负他是乡人，对他说："如果你认得这物，便输给你几个。"乡下人笑笑说曰："难道这物也不晓得？是三个字。"卖骆驼蹄的说："是啊，你且说第一个字。"乡下人说："落。"卖骆驼蹄的一下就服输了。等到他吃完，卖骆驼蹄的说："我还是放心不下，你且说完再看。”乡下人说：“落花生。”此则笑话又见《笑府》《新镌笑林广记》。

不留客

古代跨鸡归去型故事。见明·浮白主人辑《笑林》。

远方来的客人在家久坐，主人鸡鸭满庭，却说家中没有什么物品，不敢留客吃饭。客人立即向主人借刀，表示要把自己所乘的马杀来吃了。主人问道：“把马杀了，您如何回去？”客人说：“借一只您的鸡鸭，我骑去便了。”此则故事又见《笑禅录》《雪涛谐史》《笑府》《新镌笑林广记》《笑笑录》《一笑》《笑林博记》等。

合种田

古代合种田型故事。见明·浮白主人辑《笑林》。

两兄弟一起种田，稻谷熟时，商量如何分配。兄长跟弟弟说：“我要上截，你要下截。”弟弟对其分配不公平感到惊讶。兄长说：“不难，待明年你要上，我要下就可以了。”到了第二年，弟弟催兄长下谷种，兄长说：“今年种芋艿吧。”此则故事又见《笑府》《笑得好》《新镌笑林广记》等。

引避

古代笑话。见明·浮白主人辑《笑林》。

甲乙同行，甲望见显贵的车盖，便对乙说：“这是我的好友，他见我必定要下车，我应当回避。”他不料正好避入显贵之家，显贵既入门，很诧异地问他：“你为何白日撞匿到我家门内？”连忙呼喊仆人来将他殴打出去。乙问道：“你刚才说是好友，为何会殴打、侮辱你？”甲说：“他与我一惯都是这样开玩笑的。”此则笑话又见《笑府》。

抢婚

古代笑话。见明·浮白主人辑《笑林》。

有一个婚家，女家富有男家贫穷，男家害怕女家赖婚，便择日带人去女家抢亲，误背了小姨。女家追呼“抢错了！”小姨在背上忙叫“不错不错，快走！”此则笑话又见《笑府》《新镌笑林广记》。

鞋袜讼

古代笑话。见明·浮白主人辑《笑林》。

一人鞋袜俱破，鞋子怪罪于袜子，袜子亦怪罪于鞋子，一起到官府告状。当官的不能决断，就拘拿脚跟来作证。脚跟说：“小的一向逐出在外，怎么能够得知？”此则笑话又见《新镌笑林广记》。

属犬

古代幸不属虎型故事。见明·浮白主人辑《笑林》。

一个酒客看见同席的人吃喝太猛，问他的生年才知道他属犬，忙说：“幸好属犬，假若属虎，连我也吃了。”此则笑话又见《笑府》《广笑府》《新镌笑林广记》《滑稽故事类编》等。

淡酒

古代笑话。见明·浮白主人辑《笑林》。

有人用淡水酒款待客人，客人竭力夸奖他家烹饪庖技术精妙，主人忙问何以知道？回答说：“不论其他，只这一味酒煮白滚汤已经很好吃啦。”此则笑话又见《笑府》《新镌笑林广记》。

《雅谑》

书名。明·浮白斋主人撰。浮白斋主人可能是冯梦龙。此书共一百四十一则。有明刊《破愁一夕话》《古今说部丛书》本等。河北人民出版社1987年出版有高洪钧点校的《冯梦龙笑话集》。其中收有《呆子》《呆县丞》等笑话、故事。

呆子

古代靠父养活型故事。见明·浮白斋主人撰《雅谑》。

吴中某富翁有个呆子，年三十，依赖父亲为生。其父年五十，一个星相师推算他的寿命为八十，呆子为六十二。呆子哭泣道："我父寿止八十，我到六十以后，那两年靠谁养活！"此则故事又见《解愠编》《广笑府》《古今谭概》《新镌笑林广记》《笑林博记》。

呆县丞

古代笑话。见明·浮白斋主人撰《雅谑》。

一呆县丞乘舟拜谒上官，上官问其船泊在何处，他回答："船在河里"，上官发怒，斥责他说："真草包！"，其人应道："草包也在船里。"此则笑话又见《古今谭概》。

红米饭

古代红米饭型故事。见明·浮白斋主人撰《雅谑》。

一人的母亲去世了，偶然吃了一顿红米饭。有个迂腐的儒生认为守孝的人这样做不合适。问他是何道理？他说红色是喜色呀。有一位朋友说："那么吃白米饭的，全有丧事吗？"此则故事又见《古今谭概》。

吝东家

古代写"滑"字型故事。见明·浮白斋主人撰《雅谑》。

一人请家庭教师，十分吝啬，提供的饮食极差。偶然遇到雨天地滑学童跌倒，把杯盘打碎了。主人责怪他，学童只推脱是地滑。主人说："你能够写一个'滑'字，就免打。"学童说："'滑'字上面一星星，中间一点点，底下藕批样，大骨在旁边。"主人听了，非常羞愧而脸红。此则故事又见《新镌笑林广记》《笑倒》。

带枷和尚

古代笑话。见明·浮白斋主人撰《雅谑》。

有个和尚犯了罪，带上枷站在县衙前，央求乡官替他说情。乡官与县令叙旧后，县令将其送到门口，便问："和尚是出家人，怎么带了枷？"县令说："他本是无发的，如今犯了法。"

好　睡

古代笑话。见明·浮白斋主人撰《雅谑》。

一人好睡。有人戏弄他说："宰予（孔子的弟子）昼寝怎么解释？"此人说："宰者，杀也；予者，我也；昼者，日午也；寝者，睡也。统而言之，便是杀我，必要日午时睡一觉也。"

彭祖面长

古代机智人物故事。见明·浮白斋主人撰《雅谑》。

有一天，汉武帝对群臣说道："《相书》上讲，'鼻下人中长一寸，就会活到一百岁'。"东方朔听了，忽然大笑起来。有个官吏立刻上奏汉武帝，指责东方朔对皇上不敬。东方朔说道："微臣不敢笑陛下，其实是在笑彭祖的脸很长。"汉武帝问东方朔此话怎讲？东方朔回答道："彭祖活了八百岁，果真像陛下讲的那样，那么彭祖的人中就有八寸长，他的脸自然就有一丈长啰。"汉武帝听了也大笑起来。

不死酒

古代不死酒型故事。见明·浮白斋主人撰《雅谑》。

汉武帝的时候，有人进贡喝了可以长生不老的"不死酒"，东方朔偷喝了这种酒。汉武帝怒不可遏，打算杀了他。东方朔忙说："微臣喝的是'不死酒'，陛下杀微臣，微臣必定不会死；微臣倘若死了，这酒就不灵验了。"汉武帝忍俊不禁，当即赦免了东方朔。此则故事又见《汉武故事》《博物志》《湘川记》

《遣愁集》《增订解人颐广集》《笑林博记》。

僧　　哥

古代机智人物故事。见明·浮白斋主人撰《雅谑》。

有一次，有个和尚在苏东坡家里做客时，发现他家一个小孩子名叫“僧哥”，便开玩笑说：“明公不重信佛教，为什么取这样的名字？”苏东坡笑道：“百姓人家的小娃娃，为了容易养育，往往用贱物来取名字，比如羊啊，狗哇，马呀，牛哇。”那个和尚听了，感到十分尴尬。此则故事又见《笑林博记》。

惭　　惶

古代机智人物故事。见明·浮白斋主人撰《雅谑》。

元丰年间，苏东坡入御史狱，后来被贬谪到黄州为官。直到元祐初年才让他做了登州知州。没过多久，苏东坡被召入礼部作员外郎。这天，他在道上碰见他入狱那会儿的一个狱官。此人一见苏东坡就面露惭愧、惶恐的神色。苏东坡就跟这个旧狱官开玩笑，讲了一个故事：往日有一条毒蛇，因为犯有杀人致死罪，被阴曹地府追捕归案，依法评判应当处死。蛇申诉说：“我诚然有罪，但是也有功劳，可以将功赎罪呀。”冥官问它：“你有什么功劳？”蛇回答：“我有黄（蛇黄）可以拿去治病。已经救过几个人啦。”于是它便得到了赦免。又有一头牛因为撞死了人，也判处了死刑。牛申诉说：“我也有黄（牛黄）可以治病，也救活了几个人哪。”于是也得到了赦免。这时，狱吏又牵进一个人来，说道：“你生前经常杀人，侥幸免死了，如今应当抵命。”此人也胡说自己有黄。冥官闻言大怒道：“蛇黄、牛黄都可以入药，你这个人黄，有什么说法呀？”那人十分窘迫，就吞吞吐吐地回答道：“在下没有别的什么黄，就是有些惭惶。”

《精选雅笑》

书名。明·醉月子辑。此书是醉月子选辑《雅俗同观》的一种。全书共六十八则，有明末刻本。其中收有《风水》《迁居》等笑话、故事。

风　水

古代笑话。见明·醉月子辑《精选雅笑》。

有一个人将死，让儿子在棺木旁边钉上大铜环四枚，儿子问有何讲究，他回答说："你们日后少不得要听风水先生的话，将我搬来搬去。"

迁　居

古代如此搬家型故事。见明·醉月子辑《精选雅笑》。

有个人与铜、铁匠为邻，夹在他们中间，天天都要听到锻击声，忍无可忍。于是托人去请求他们搬迁，二匠都答应了。此人非常高兴，便设酒肴为他们饯行。吃过酒席，试着问他们搬往何处，二匠同声回答道："左边迁到右边，右边迁到左边。"此则故事又见《新镌笑林广记》。

蚊　符

古代驱蚊符型故事。见明·醉月子辑《精选雅笑》。

一人买禁蚊符贴墙壁上而蚊虫丝毫不减，便前往责怪卖符人。卖符人认为他一定贴得不对，就问他贴在何处，忙说："必须贴在帐子里面。"此则故事又见《解愠编》《广笑府》《时尚笑谈》《新镌笑林广记》等。

腌　鱼

古代咸杀他人型故事。见明·醉月子辑《精选雅笑》。

兄弟两童盛好饭，问父亲用何物下饭，父亲说："看挂在灶上的腌鱼下饭，你们看一看，吃一口就是。"小弟忽嚷道："哥哥多看了一看。"父亲说："咸杀他吧！"此则故事又见《新镌笑林广记》。

赏　历

古代我也无用型故事。见明·醉月子辑《精选雅笑》。

除夕夜一个财主命取旧历赏与送年礼来使，家仆说："恐怕无用了。"主人说："我留在家也无用。"此则故事又见《雪涛谐史》《笑倒》等。

割　股

古代笑话。见明·醉月子辑《精选雅笑》。

有一个人的父亲生病，请医生治疗，医生说："病已无救，除非你的孝心感动神明，割股与父亲治病，或许可以回生。"儿子说："这个不难。"便抽刀出去，恰好遇到一人熟睡在门外，就用刀割下他股肉。睡者惊起喊痛，儿子用手抚摸说："莫喊，莫喊，割股救亲，乃天下最美好的事情。"此则笑话又见《笑得好》。

树　菱

古代笑话。见明·醉月子辑《精选雅笑》。

有一个山里人到了水乡，在树下闲坐。看见地上一个菱角，就捡起来吃了，非常甘甜。于是他便扳树摇枝，许久都见不到菱角，十分诧异，叹道："如此大树，难道只生得一个？"

躲　债

古代笑话。见明·醉月子辑《精选雅笑》。

有一个人欠债不还，反而诓骗债主说："我有一门亲事，对方是个寡妇，很富有，只可惜我无本钱去送聘礼。你如果资助我把她娶来，不但可还清前欠，还有钱借给你。"债主信以为真，便拿出银子来帮助他。此人得了银子，先将房屋装修齐整，债主越发相信。过了一些日子，债主来叩他家的门，听到屋内有妇人回应道："拙夫出外去了。"如此几次，债主不觉产生怀疑，于是挖一个小洞从窗户上窥视，见不到妇人，而是此人捏着鼻子所为，大为愤怒，立刻破窗而入，乱拳殴打一番。此人还捏着鼻子喊道："拙夫欠债，却与奴家何干！"

性　急

古代笑话。见明·醉月子辑《精选雅笑》。

有个性急人经过面店，立即乱嚷道："为何不拿面来？"店主端面过来，倒在桌上说："你快吃，我要腾碗。"此人很愤怒，回家对妻子说："我气死了！"妻忙打包袱说："你死，我去嫁人。"等到嫁过去一宿，后夫就打算休了她，问是何故，回答说："怪你不养儿子。"

搜　牛

古代笑话。见明·醉月子辑《精选雅笑》。

有一个人丢牛后就到官府去报案，小吏问他："几时丢的？"那人说是"明日。"小吏不觉失笑，官员很生气，指着小吏说："是你偷了，藏在哪里？"小吏甩开两袖说："任凭老爷搜。"此则笑话又见《新镌笑林广记》等。

《原李耳载》

书名。明·李中馥撰。李中馥，字凤石，山西太原人。生卒不详。天启举人，进退不苟，未尝一入公府。此书二卷。有乾隆二十一年刻本、上海天益书局本等。中华书局1987年出版有凌毅点校本。其中收有《义侠擒贼》《百钱大夫》等故事。

义侠擒贼

古代盗贼故事。见明·李中馥撰《原李耳载》卷上。

太谷县人石某颇有气节。他被流贼俘获，受尽折磨，但至死不降。他从贼营中死里逃生后，立志擒贼。过了两年，流贼又来侵犯石某的家乡。他纠集数百里各村的百姓伏击流贼，斩杀一千，生擒五百余人，自此流贼再也不敢来到他们的家乡。

百钱大夫

古代亲情故事。见明·李中馥撰《原李耳载》卷上。

山西人张某到北直隶去贩硝，北直隶正逢荒年，一路上有很多流民。过获鹿时，他看见有饥民夫妇俩出门逃荒，担子里面有个孩子刚三岁，说喜欢这个孩子的人可以把他带走。张某尚无孩子，打算抚育他。夫妇俩很乐意，张某便给了他们一百钱，说道："这不过是一点儿心意，拿去买一顿饭吃吧。"对方推辞好一会儿，才接受，让张某把孩子带回家作为自己的儿子。孩子读书颖悟过人，后来由地方官推荐去参加礼部考试，做了知州。他出京过获鹿的时候，准备去拜访亲生父母，因为年幼记不住父母的名姓、乡里，仅仅记得分别时在柳下。柳身拳曲在道上，仿佛遇到了父母。他用猪羊来祭拜，痛哭道："伊尹生于空桑，今某生于曲柳也。"

一字速化

古代奇事故事。见明·李中馥撰《原李耳载》卷下。

蜀地官宦某公一向喜好长生术。他进山后，到石洞里面静坐。一天，有一个道士来访。童子进去报告，某公以为是假的游方道士，推辞不见。道士便捡一块瓜皮在洞前的石门上书写一个"午"字，字痕穿石。童子返回去报告，某公看了后说："真师见访而不遇，罪过罪过！书'午'字，责怪我为'不出头的牛'。"于是呼喊童子取水来，沐浴而逝去。家人赶来感到惊异，入殓后抬不动棺材。他的儿子说："想来是羽化了，无须用棺材。"揭开棺材一看，里面只有一双鞋子。

石佛之异

古代石佛出世型故事。见明·李中馥撰《原李耳载》卷下。

阳曲县北乡靠近村落的地方，有个农夫讲他常常听到山中在说话："我要出去！"接连几天都这样。有一天，有人回答："出来吧！"忽然山崩一角，露出石佛，从头到膝端立无一点倾斜。村民聚集围观的不计其数。此时大伙才知道，先前说"我要出去"的就是这个石佛。

点 铁 隐 身

古代神奇故事。见明·李中馥撰《原李耳载》卷下。

在山西某地的一座寺庙里面，有一些读书人在安静地攻读。一日，来了一个远方道人，大伙留他食宿。他生病后，大伙又照料他，病好才离去。半年后道人又说："大家的情意没有报答，如今特来酬谢。"于是把一个铁灯架砸碎，炼成铁水，口吹几次，冷却后就变成银锭，说道："略微作为一点伙食费吧。我将要去县城一趟，麻烦诸位相陪。"第二天他们一同去县城，回来时天色已晚。有人问他："假如法师晚间独行，难道不需要有戒备吗？"他说："遇到暴客，自然不让他见到。"又问："此时能让我们看不见吗？"他说："可以。"便抓一把土往上抛，立刻隐身，而步步问答都不离左右。众人恐惧，连忙让他现形，就听到他浑身抖土，于是出现在面前，又住一个晚上才分别。众人再约后会时期，他笑而不语。

《时尚笑谈》

书名。明·无名氏撰。见《秋夜月》上卷中层附录。共四十七则。其中收有《嘲官不明》《嘲学官贪赃》等笑话、故事。

嘲 官 不 明

古代诗对故事。见明·无名氏撰《时尚笑谈》。

有一个官吏断事糊涂，嗜酒怠政，贪财酷民，百姓怨恨至极，便作五言八句讥讽他："黑漆皮灯笼，半天萤火虫。粉墙样白虎，青纸画乌龙。茄子敲泥磬，冬瓜撞木钟。但知钱与酒，不管正和公。"

嘲学官贪赃

古代学官索节型故事。见明·无名氏撰《时尚笑谈》。

从前有个秀才送鹅给学官，学官说："我如果接受你的鹅，又没有吃食给它，可不饿死？要是不接受，又失礼节，如何是好？”秀才说：“请师父收下，鹅死事小，失节事大。”此则故事又见《华筵趣乐谈笑酒令》。

《华筵趣乐谈笑酒令》

书名。别题《博笑珠玑》。明·无名氏撰。其卷四谈笑门，共六十九则。有明末刊本等。其中收有《常吃别人》《假作慈悲》等笑话、寓言、故事。

常吃别人

古代笑话。见明·无名氏撰《华筵趣乐谈笑酒令》。

有一次鲤鱼与鲶鱼斗嘴，鲤鱼自夸道：“眼里有金星，身上有金鳞。桃花春浪暖，一跳过龙门。”鲶鱼自夸道：“眼里也无星，身上也无鳞。一张大阔口，常会吃别人。”

假作慈悲

古代寓言。见明·无名氏撰《华筵趣乐谈笑酒令》。

往昔有个人念佛，偶然将念珠丢失，被猫衔走。众鼠见了，齐声说道：“猫爷猫爷，如今慈悲了，想必不来害我等。”过一会儿猫儿放下念珠，捕食一大鼠。众鼠叹道：“这样慈悲人，若与他相交，皮毛骨肉都被他吃尽了！”

嘲富人为贼

古代江心贼型故事。见明·无名氏撰《华筵趣乐谈笑酒令》。

一商识字不多，外出做生意，停船游江心寺时，见壁上写“江心赋”三字，连忙走出来对船家说：“此处有‘江心贼’，不可久留！”他的朋友说：“不要忙，此是‘赋’，不是‘贼’。”商人摇头道：“富便是富，有些‘贼’形。”此则故事又见《解愠编》《广笑府》《新镌笑林广记》等。

嘲好酒人

古代笑话。见明·无名氏撰《华筵趣乐谈笑酒令》。

有个人好酒，梦见有人送酒给他吃。他嫌冷，就叫人拿去热一热。他不觉醒了，即生气说："早知就醒了，何不吃些冷的也罢。"

草荐当被

古代笑话。见明·无名氏撰《华筵趣乐谈笑酒令》。

一个人以草荐当被，他的儿子痴呆，常常如实告诉别人。他父亲便教导他说："有人问你，只说盖被而已。"一日早起，父亲出去陪客，有一根草粘在胡须上，他的儿子在一旁呼喊道："父亲父亲，何不拂去胡须上一条被子？"此则笑话又见《谐语》《新镌笑林广记》。

刺道士

古代诗对故事。见明·无名氏撰《华筵趣乐谈笑酒令》。

有一个匠人颇知书义，自称儒匠，一个道士请他做工，就出一联来考一考他，说道："匠名儒匠，君子儒，小人儒？"匠人对道："人号道人，饿鬼道，畜生道。"

不重廉耻

古代笑话。见明·无名氏撰《华筵趣乐谈笑酒令》。

往昔有一个府学，生员不重廉耻，每遇春秋祭祀完毕，各自偷盗祭肉、纸烛之类的物品。教官不能禁止，便写一赋讥讽道："祭祀了，天未晓，偷肉纷纷，盗烛渺渺。颜回见之，微微而笑。子路见之，气冲牛斗。夫子喟然叹曰：'吾尝厄于陈蔡之间，不曾见此饿莩。'"

劝人行善

古代笑话。见明·无名氏撰《华筵趣乐谈笑酒令》。

往昔一和尚劝诱他人说："施主斋僧，施舍奉佛，死后可免地狱刀锯之灾。"不久，和尚与施主一起亡故，和尚因为罪孽深重，就受到刀锯的惩罚。施主见和尚受罪，便问他为何如此？和尚说："你不知道，阎王见世间寺废僧稀，将一个和尚锯成两个来用。"

讥怕老婆

古代笑话。见明·无名氏撰《华筵趣乐谈笑酒令》。

从前有个知县十分怕老婆，一日坐堂，忽然听到官署内喧嚷，便令皂隶去看。皂隶回来禀报："是兵房吏两夫妻在厮打。"知县咬牙大怒道："若是我，若是我……"他妻子在后堂听到，高声喝问："若是便如何？"知县大惊失色，答道："是我时，便立即下跪，看她如何下得手。"

《骗　经》

书名。全名《鼎刻江湖历览杜骗新书》，又名《防骗经》。明·张应俞撰。张应俞，字夔衷，明万历年间浙江人。全书包含脱剥骗、丢包骗、诈哄骗、伪交骗、牙行骗、引赌骗、妇人骗、盗劫骗、僧道骗、法术骗等二十四类，共八十八则。有大连市图书馆藏本、日本蓬佐文库藏本。大众文艺出版社（1999年）、时代出版社（2003年）出版有排印本。其中收有《明骗贩猪》《好赌反落人术中》《诈脱货物劫当铺》《摩脸贼拐带幼童》等故事。

明骗贩猪

古代骗子故事。见明·张应俞撰《骗经》脱剥骗。

福建建旭人邓某以挑贩为生。一日，他挑四只猪往崇安、大安去卖。挑到一个山岭上，有一个无赖要买猪，让邓某从笼子里面取一只来给他看。无赖把这一只猪放走，趁邓某去捉猪时，立刻踢倒两个猪笼放走两只猪，并且抱起另外一只猪离开，一边走一边说："多谢了，你慢慢捉吧！"邓某顾此失彼，只好眼睁睁地看到无赖抱着猪逃跑了。

好赌反落人术中

古代骗子故事。见明·张应俞撰《骗经》引赌骗。

闽人徐某酷好赌钱，一天买纸张去南京卖。富人张某因赌钱败落，只余下数百两，也买纸张去南京卖。二人同县不同乡，就一起住店。一天晚上，张某故意上床睡觉，徐某一定要张某起来赌银，竟落入张某设的圈套。徐某先以一两为一局，输了几局后，心里热起来，就要以十两为一局。又接二连三输了几局，一共输给张某数十两银子。此时天色已渐明，张某将徐某的银子卷进囊中打算离开，徐某要张某再赌，张某不答应，就争吵起来。众人上前劝架，最后张某退给徐某三两银子，又拿出一两银子作东道才平息下来。

诈脱货物劫当铺

古代盗贼故事。见明·张应俞撰《骗经》盗劫骗。

县衙旁边有一家大当铺，贮积货物巨万。一日，有一个客人容貌雄伟，进入堂内相拜，他屏退众人后对店主说："我乃某府人，历年来积得器物非常多。前月拦得赃官七个柜子，有许多宝贝器玩。如今藏到贵县，宝店若能收当，愿意当面估价，以十分之一先付给我，待卖后均分其价，每一千两各得五百。"店主愿意看货物，其人说："货物极多，今晚须吩咐守城人勿闭门，你雇十八个人到船边来抬入宝店，当面估价，两相交付。"夜间吩咐守城人留门，便雇十八个人从江边抬回九柜入店。把抬柜人打发走后，那人关上店门，拿出钥匙打开九个柜子，每一个柜子里面出来两个人，将店主以及当铺所有的人都捆绑起来，然后将所有的贵重货物全部装进九个柜内立即抬到城外船上，连夜运走。天亮以后，等店主找到江边，贼船早已不知去向。

摩脸贼拐带幼童

古代骗子故事。见明·张应俞撰《骗经》法术骗。

京师盛传有个僧人只要摸一摸幼童的脸，幼童立即随他而去，再也找不到踪迹，人们称为“摩脸贼”。一个宓姓富人的独生子，外出不返，家里人非常着急，便四处张赏帖说：“收留者赏银二十两，报信者赏银十两。”但是仍然没有消息。淘街人班某一天去到城外晦真庵闲游，在后室发现宓家的小孩儿，但房门上锁，无法救出，连忙回去报信。宓家立刻带着许多人去救出自己的孩子，同时救出十几个被淫僧糟蹋的儿童。他们将此庵的淫僧们捆起来送到官府，经审问后将其法办。

清代故事

《诺皋广志》

书名。清·徐芳撰。徐芳，字仲光，号拙庵、愚山子，江西建昌府南城人。崇祯进士，授山西泽州知州，明亡，入山隐居。康熙间仍然在世。此书一卷，四十六篇。成于康熙前期。有《昭代丛书》本。其中收有《雷州盗》《神钺记》《化虎记》等故事。

雷　州　盗

古代盗贼故事。见清·徐芳撰《诺皋广志》。

崇祯初，金陵人某某以六部郎官的身份出任雷州太守。舟一入江他和他的随从就被强盗杀了，只留下他的妻女。然后以强盗当中一个最狡黠的人为假太守，拿着文书去上任。到雷州一个多月，此人相当廉洁干练，有政绩，雷州人相庆有了一个贤太守。他的同僚以及监察州府的官员都称赞他。随后这个太守贴出告示禁止游客，所管辖的地方不得收受金陵人一点物件。否者，尽管是至亲也必定治罪。于是雷人越发信服新太守。不久，太守的儿子来了，入境后无人敢接待。次日早上这个太守出外，儿子在道路上看到，并不是自己的父亲；问他的籍贯名姓，则都与父亲一样。儿子悟出是强盗，然而不敢突然说出来，就秘密告诉监察州府的官员。监察官说："不要吭声。我明天宴请太守时把你叫出来。"于是让官吏防备，派士兵包围太守房舍，并且在宴会厅埋下伏兵。第二天，假太守来拜访，监察官请他喝酒，让太守的儿子出来，他不认识。假太守慌了神，准备起来反抗，伏兵立刻将他制服。包围太守房舍的士兵也进入衙署，与数十个盗贼格斗。盗贼大都逃逸，仅捕获七个，与假太守一起被押送到金陵处决。于是雷州人才知道先前的不是真太守，而是强盗。

神钺记

古代奇事故事。见清·徐芳撰《诺皋广志》。

王某是一个不孝子，他只有一个老母，却当成仆人对待。他每一天早上跟妻子都迟迟不起床，而让老母做早饭。稍不如意，他就张口谩骂。他生了一个儿子，老母在厨房里面抱着，儿子忽然跳出落进沸水给烫死了。王某立刻到厨房，找一把刀去砍老母。老母拼命逃跑，躲进附近的关帝庙，伏在神座下面。王某提刀赶到庙里时，关帝旁边的周仓塑像突然跳下，举大刀砍中王某的脖颈儿。王某倒在地上，血流不止，老母因此得免一死。

化虎记

古代奇事故事。见清·徐芳撰《诺皋广志》。

黄老汉的三个儿子已经长大成人，便让他们到山里去耕田，天天早出晚归。几天后，一个邻居问黄老汉，他家里的田地为什么一直不耕种？黄老汉心里很纳闷，第二天，他就悄悄尾随三个儿子出去，看见他们进入山林，把衣服脱下来挂到树上，立刻变成老虎咆哮而去。黄老汉十分惊恐，赶忙奔跑回去告诉邻居，然后关门躲藏起来。到了晚上，三个儿子回家，黄老汉就是不给他们开门。后来，邻居对他们讲了黄老汉不开门的原因，于是他们哭着对黄老汉说："养育之恩，能不想报答吗？无奈父亲的名字早已在劫中，我们天天出去就是想找人替代。如今已经暴露，无法再制止了。"黄老汉立即按照三个儿子所说，拿出藏在衣领里面的小册来看，上面写的都是本来要被老虎吃掉的人，黄老汉的姓名排在第二。随后，黄老汉又按照三个儿子的提示，穿上几件厚衣服，在上面加盖黄纸，匍匐在地上祷告。三个儿子依次从他身上跳过，各衔一件衣服咆哮而去，从此以后不再回来。黄老汉因此平安无恙。

《冥报录》

书名。清·陆圻撰。陆圻（1614—？），字丽京，一字景宜，号耕山，浙江钱塘人。顺治时贡生，受到庄廷鑨明史案牵连，逃入山为道士。此书二卷。有《潜园集录》本、《说铃》本等。其中收有《李华宇》《曹小二蛮》《冯南》等故事。

李 华 宇

古代鬼怪故事。见清·陆圻撰《冥报录》。

海宁县西乡村民李某得了疟疾，看见有两个冥差从枕头旁边出来，拿着牒票给李某说："上面有你的姓名，你应当死去。但是你为人厚道，等我们把几十个人都捕齐了，最后才来捕你。"两个冥差离去两天后，忽然有一个小鬼来用绳子把李某拴走，捆在当地石王庙门前的大树上。一会儿，两个冥差捕几十个人来，把那个小鬼骂走后，对李某说："阴曹地府虽然严厉，然而靠后的还可能设法逃脱。我们怜悯你，所以不打算拘捕你。没有想到这个家伙先来抓你。"于是，两个冥差又把李某送回家去了。

曹 小 二 蛮

古代报应故事。见清·陆圻撰《冥报录》。

海盐县曹小二蛮游手好闲，喜欢赌博。有一年他被招募为士兵出征江西，第二年就逃回家了。过三年他忽然卧床不起，邻居去看他，他喃喃自语道："不是我一人杀了你，你为啥专门来找我？"到了晚上，邻居突然听到曹小二蛮狂叫痛绝，开门一看，他流血满床，正抽刀刺喉。邻居救了曹小二蛮，几天后他用沙哑的嗓音说："当初打到江西，小二我把一个姓王的人扔到江里，用长戟刺死，而把他的妻子和妹妹捉来藏在船舱底下。几天后军中下令不许留妇女。小二我因为没能够奸淫她们感到愤怒，便与什长一起把她们杀了。刚刚那两个妇女的鬼魂来说'我们不知道你的姓名，寻找你三年，依靠土地神才到了这里。'"几天后，曹小二蛮就惨叫而死。

冯　南

古代报应故事。见清·陆圻撰《冥报录》。

海盐县冯南当了有权有势人家的鹰犬，恐吓、欺诈詹某，夺走詹某三百两银子。后来他病死了。托梦给他的儿子说：“我生前诈取詹某的银子，如今得了报应，变成狗在他家里，十分痛苦。”冯南的儿子到詹某家里去看，那一条狗的毛色形状都跟梦中讲的一样，于是请求赎买回去。詹某提出必须拿三百两银子才能够赎回。此后，人们呼喊“冯南”，这一条狗就摇尾而前。

《寄园寄所寄》

书名。清·赵吉士辑。赵吉士，字天羽，安徽休宁人。顺治举人。康熙年间，任山西交城县知县、国子监丞。此书十二卷。有康熙三十五年（1696）原刊本。其中收有《四畏堂》《登山诗》等笑话、故事。

四　畏　堂

古代笑话。见清·赵吉士辑《寄园寄所寄》卷十二《插菊寄·话柄》。

王某的妻子非常凶蛮妒忌。他曾在后花园建造一座“三畏堂”（儒家认为君子有三畏：畏天、畏大人、畏圣人之言）。他的朋友杨公见了，开玩笑说：“请改为‘四畏堂’吧。”王某没有悟出来，便问是何道理，杨公笑道：“兼畏夫人。”

登　山　诗

古代机智人物故事。见清·赵吉士辑《寄园寄所寄》卷十二《插菊寄·话柄》。

有一些客人登山赋诗，唐伯虎作乞丐打扮，和他们开玩笑说：“诸位今天赋诗，能不能容我这个乞丐来和诗？”客人大为吃惊，继而表示同意。唐伯虎要来纸笔，写了个“一”字就走了。客人大笑追上去，唐伯虎叠书成为“一上一上”，便请求离开。客人说：“我们早已知道乞儿无能为力。”唐伯虎笑道：“我有喝酒的嗜好，必须饮酒而好作诗，诸位能够赐酒吗？”客人说：“如果赋诗，当然让你尽醉；不然，难免要受到谴责。”唐伯虎又书“又一上”三字。客人拍手笑道：“这就是诗吗？”唐伯虎再写“一上”二字，客人们看了笑得前仰后合。唐伯虎举杯一饮而尽，继续写完，成为一首绝句：“一上一上又一上，一上上到高山上。举头红日白云低，万里江天都一望。”客人们非常惊奇，相互尽醉而返，竟不知道作诗的是何许人。

京师缝人

古代巧制官衣型故事。见清·赵吉士辑《寄园寄所寄》卷十二《插菊寄·笑谭》。

明代嘉靖年间，京师某个缝人名噪一时。他缝制的衣服，长短宽窄无不合身。曾经有一个御史命他去裁剪衣服，他跪下请问这个御史入台的年资。御史说：“做衣服何用知道这些？”这个缝人回答：“大人初任雄职，意高气盛，身体微仰，衣服就应当后短前长；在事将半，气微平，衣服就应当前后如一；等到任久要迁职，便谦虚自抑，往往身体微俯，衣服就应当前短后长。不知道年资，就做不合体。”此则故事又见《归田琐录》《履园丛话》等。

轮回报应

古代笑话。见清·赵吉士辑《寄园寄所寄》卷十二《插菊寄·笑谭》。

有一日，一个人津津乐道地谈论轮回报应之事：“千万不要随意杀生，凡是杀了一牛一猪的，就要变牛变猪来偿命。连弄死蝼蛄、蚂蚁也不例外。”这时，有个大学士对他说：“你不如杀人。”众人问大学士是何道理，大学士说：“下一世偿命，还可以变人。”

沙弥买犬肉

古代僧道故事。见清·赵吉士辑《寄园寄所寄》卷十二《插菊寄·笑谭》。

有个方丈住持命一个沙弥去买狗肉。狗肉买回来后，遇到师父拿着拂尘上堂，他不便明说，便去参拜说：“踏破铁鞋无觅处，得来全不费工夫，请师父想着。”师父说：“需要用镬汤炉炭才好。”沙弥一向知道师父吝啬，又说：“金刚三十二分，不知道我有分没有？”师父说：“茫茫一片西江水，不许渔人下钓钩。”沙弥说：“要是这样，我就去告诉大家。”师父不知所措，过一会儿才说：“只待夜深人静后，和盘托出大家餐。”于是拄杖下座。

面糊糊了青州府

古代诗对故事。见清·赵吉士辑《寄园寄所寄》卷十二《插菊寄·笑谭》。

有一次青州府县宴请一个新科状元，遇到大雪，请求状元题咏，状元说：“大家一起来连接吧。”于是道：“剪碎鹅毛空中舞”，府官道：“山南山北不见土。”县官道：“琉璃碧瓦变成银”，状元道：“面糊糊了青州府。”

《池北偶谈》

书名。清·王士禛撰。王士禛（1634—1711），字子真，一字贻上，号阮亭，又号渔洋山人。山东新城（今桓台）人。顺治进士。历任翰林院侍读、詹事府少詹事、都察院左副都御史、刑部尚书等职。此书二十六卷。有康熙二十八年闽中刊本、康熙三十九年临汀郡署本、康熙四十年文粹堂刊本、《清代笔记丛刊》本、《笔记小说大观》本等。中华书局1982年出版有靳斯仁校点本。其中收有《梨花渔人》《谑语》等故事、笑话。

梨花渔人

古代鬼魂故事。见清·王士禛撰《池北偶谈》卷二十。

有一个渔人独居无家室，所居有梨花数十棵，人呼为“梨花渔人”。一夜月明，他放舟湖中，听到岸上有人呼渡，便把船靠过去，还没有抵岸，那人已在船中。一看是个十七八岁的尼姑，长得漂亮。问她从哪里来，不回应。将要到家时，她登岸穿林慢慢走去。渔人心知她不是人。第二天晚上渔人回家时，灯火明亮，尼姑已先在房中。尼姑说：“我非人，居住在湖边某村，父母自幼送我做尼姑。今年死去，因为与你有姻缘，所以来相聚。而且你会得到好妻子，也须我来撮合，希望你不要惊讶。”尼姑从此鸡鸣而去，夜晚再来，这样将近一年。邻里都闻到渔人室内有异香。里中某一家人，有个女儿已经成年。一日她忽然被鬼依附，说道：“你家女儿的病，只有某个渔人善医；而且有缘当做他的妻子，否则就会死掉。”她的父母感到恐惧，便邀渔人到她家，渔人不知什么原因，坚决推辞。等到了晚上，尼姑告诉渔人：“我与你已经缘尽，应当从此分别。此女当做你的妻子，是我在她家作祟，你为何要推辞？”渔人决不负心，因与尼姑盟誓。尼姑感动得哭泣，也不再强求。次明渔人去告诉女家父母，鬼便不来了。不过没有几个月，渔人竟去世了。

两个一害

古代笑话。见清·王士禛撰《池北偶谈》卷二十一。

明代万历进士王某，喜好诙谑。他最初出任邹平县县令，该县与章丘县接壤。一天，他与章丘县县令相见，章丘县县令问他：“足下生于何年？”他说：“乙亥。”他随即问章丘县县令，对方说：“也是乙亥。”王某笑道：“我是邹平一害，老兄便是章丘一害。”

剑侠

古代侠客故事。见清·王士禛撰《池北偶谈》卷二十三。

某中丞为上江巡抚，一日派遣官吏送三千两黄金赴京师。途宿古庙中，早晨起来发现三千金已丢失，而门和箱子都关得好好的。回去告诉中丞，中丞大怒，要官吏赔偿。官吏说：“不敢不赔偿，但事情十分疑怪，请给一个月的假期去查盗贼的踪迹，愿以妻子为人质。”中丞允许后，他到了失金处，在市中寻访许久都无发现。他将要回去时，忽然在市中遇到一个盲人老头儿，胸悬一个“善决大疑”的牌子。他去随便问一问，老头儿问他丢失多少，他说：“三千金。”老头儿说：“我稍微知道一点踪迹，可找车子载我与你同往，希望可以得到。”初走一日，有人烟村落。次日入深山，不知走了几百里，已经没有了村庄。第三日过了中午，抵达一个大市镇。老头儿说：“到了。你只管进去，一定会得到消息。”这个官吏进入市镇，只见人来车往，非常拥挤。忽然有一人来问他：“你不是此地人，来此干啥？”他说明来由，就与那人一起曲折走了几条街，抵达一座大宅，如王公府邸。经过阶堂，空寂无人，那人让他少待。一会儿传他进入后堂，堂中有一个伟男子光头赤脚坐在榻上。童子数人，执扇在左右伺候。官吏拜跪后，说明来意。男子对童子说："可以拿来。"即有几个少年扛金来，原封未动。男子又问："你只想得黄金吗？"官吏叩头说："十分幸运，不敢再有请求。"男子说："你刚来这里，暂且休息一下再走。"立即有人引他到一个院子，插门而去。一天送去三餐，都极为丰盛。当夜月明如昼，他开后门看看，只见粉壁上累累有物，都是人的耳鼻。他大惊失色，然而无路可逃，彷徨到了天亮。先前那个人又来传他至后堂，男子说："黄金不可得了！然而会给你一封书信。"于是伏案作书掷给他，挥手命他出去。那个人又领他到市口，他惊魂未定，急忙寻路回去。他见到中丞，历述前事，呈上书信。中丞打开一看，忽然色变而入。过一会儿传令让这个官吏回家，并且释放了官吏的妻子，也不要赔偿。这个官吏大喜过望。过了许久，这个官吏才知道书信中大略斥责中丞贪纵，让他不要让官吏赔偿黄金。否则，某日月他夫人半夜三更睡觉，头发被截若干寸，难道就忘记了吗？中丞去问夫人，果然如此，才知道遇到了剑侠。

颍州道士

古代奇遇故事。见清·王士禛撰《池北偶谈》卷二十五。

颍州一个少年受到妖邪侵犯，病入膏肓。家人以为他活不了，就把他放在路边。忽然有个道士过来，自称擅长医术，便要用几十斤重的铁锤锤打病人的头面。少年的父母哭着说："病已至此，铁锤下去脑袋就立刻砸碎啦。"道士笑道："不会伤到他。"铁锤砸下去，病人好像没有知觉，随后有一个二寸长的美妇人，从他口中跳出来就消失了。道士一共砸一百锤，口中跳出一百个妇人，大小形状一模一样。少年立刻病愈，道士也不见了。

江南尤生

古代奇遇故事。见清·王士禛撰《池北偶谈》卷二十五。

江南尤生将要去参加乡试，苦于贫穷而无衣物。晚上梦见有人告诉他，市桥下面有银二锭，重二十两，五更可以去取回来。他知道后前往，并没有看见银锭。当天晚上又做了同样的梦。他再去，也无所见。桥旁边有个银工对他天天早上去那里感到奇怪，就问他是什么原因，尤生如实相告，并且感叹鬼神这样捉弄人。到了晚上，他又做了同样的梦，还催他早一点儿前往。尤生到那里果然有二十两银子。银工又去问他，他讲了实情。银工拿过来一看，果真是银子。银工说："我弄错啦。昨天听你说梦，就融化铅锡铸成银锭来同你开玩笑。不料误取箱中的真银锭前往。然而神明已经先告诉你了，特意借我的手来实现。这是定数哇。"于是举手把银子送给尤生。他日尤生高中以后，便加倍酬谢银工。

化　鹤

古代奇事故事。见清・王士禛撰《池北偶谈》卷二十五。

南昌府驿路旁有一座精舍，离江不远，风景清幽。康熙初年，忽然有一个伟丈夫带着行李来住宿，他语操西音，说是爱此地风土，想做僧人。寺僧感到难办，他说："我有百两黄金，愿意拿给寺院，只要有一口饭吃就满足了。"寺僧同意后，他就落发了。他每日除了吃饭以外，即面壁不语，有时候竟一晚上不卧，亦不诵经参禅，如是六七年。一日傍晚，他与僧人们立在江边上，有几个人泊舟登岸，望见他大吃一惊。于是上前拜揖，他立刻挥手制止，耳语多时，那些人就离去了。有一年，他忽然沐浴拜佛，与寺僧一一道别："我明日要涅槃。"众僧都不信。到时候，他登台敷坐。一会儿，火从他鼻中出来，烟焰满空，有一百只白鹤从他头顶中飞出，在空中旋绕，许久才消失。众人都看见了这个场景。

济宁妇人

古代奇事故事。见清・王士禛撰《池北偶谈》卷二十六。

康熙年间，济宁南池王某与众人一起去武当山进香，回家后对妻子讲起那里的山色如何奇丽。他们再去时，妻子也要前往，王某用路途艰难为由而加以阻挡，妻子竟愤怒而自尽。王某非常惊恐和懊悔，众人帮助王某把妻子入殓后，就一起出发了。等到了河南某县，王某忽然看见妻子在路旁边的大树下坐着休息，以为是鬼，就问道："你已经死了，为啥在这里？"妻子说："我没有死。昨天因为大家行期稍迟，所以我先到此等候。没想到你们迟缓，我已等几天啦。现在就一起走吧，为啥说我是鬼呢？"众人替王某壮胆，便一同前行。途中她的饮食起居都很正常。事后回到家里面，王某指着堂上的棺材说："你既然没死，先前入殓的是什么人？"妻子说："我实在没死，何不打开看看。"王某开棺一看，里面是空的。

贤 妾

古代妾击贼型故事。见清・王士禛撰《池北偶谈》卷二十六。

益都某人娶了一个小妾长得很美。正房虐待她，天天鞭打，但小妾甘受，并无怨言。有一天晚上，盗贼进入他家房屋，夫妇俩感到惶恐，手足无措。小妾暗中拿着一杖，开门径出，以杖击贼，打倒数人，其余的盗贼都狼狈逃窜。小妾厉声喊道：“鼠子不足以弄脏我的刀杖，暂且饶了你们一命，今后不要再来送死。”盗贼去后，丈夫问她为何有这样的能耐？她说她父亲在少林寺学的拳法技艺，后来传给了自己，百夫莫敌。又问她为何受到正房虐待而不吭声？她说：“是我的本分，我哪里敢言语？”从此以后，夫妇俩都器重她，邻里也更敬重她。此则故事又见《聊斋志异》。

小 猎 犬

古代奇遇故事。见清・王士禛撰《池北偶谈》卷二十六。

高官某公还没有应试中选时，夏日经常昼卧，忽然看见一个小人骑马而入，人马都只有寸余，腰挂弓矢，臂上一鹰大如蝇。接着又来一人，也这么大，牵的猎犬大如巨蚁。二人绕屋旋转，过了好一会儿，来了几千甲士，分左右迂回包围，在室中大肆捕猎，蚊蝇无一脱逃。有一个朱衣人下车来坐到另外的榻上，众人依次献上俘获后，便上车肃队而出，甲士都跟在后面，如烟雾一样散去。某公起来后一无所睹，唯有一只小猎犬在壁间彷徨，就取来放入箧中，很驯服。某公卧时小猎犬便伏在枕畔，见到蚊蝇就去咬。此则作品又见《聊斋志异》。

《香祖笔记》

书名。清・王士禛撰。十二卷。有康熙家刻渔洋全集本、宣统二年上海扫叶山房石印本、《清代笔记丛刊》本、《笔记小说大观》本等。上海古籍出版社1982年出版有湛之校点本。其中收有《京师卖水人》《达州兄弟》等故事、寓言。

京师卖水人

古代奇事故事。见清・王士禛撰《香祖笔记》卷四。

顺治初年，京师卖水人赵逊未有室家，同辈就凑钱替他娶媳妇。一日，他们在市中买了一个妇人，回去拿掉头帕，竟是一个白发老妈妈。赵逊说："她年长这么多，我怎敢非礼？请像母亲一样对待。"住了几日，老妈妈感到他为人忠厚，就说："凑钱本来是为了娶妇。如今反而拖累你，怎么好哇？我幸好藏有一囊珠宝，缝在衣服中，一定要变卖成银子替你娶媳妇，以报恩德。"过了几天，在市中买了一个年轻女子。她入门见到老妈妈，相抱痛哭，她竟是老妈妈的女儿。原来她们母女都遭到旗丁抢劫而散失了。至此，她们都在赵逊家里面团聚了。老妈妈立即为赵逊和女儿举行婚礼。老妈妈又说自己是洪洞人，家有二子，如今尚有宝珠几颗，可卖了作为盘缠，携女婿与女儿一起回去。两个儿子都平安无恙，一家大喜过望。老妈妈就把家产分为三份给了三个儿女，与儿女共同居住，终其一生。

达州兄弟

古代报应故事。见清・王士禛撰《香祖笔记》卷七。

四川达州民某，兄弟二人十分友爱。弟弟没有结婚便外出了。兄长卖身得了十二两银子，为弟弟下聘礼找了媳妇。弟弟回家完婚后，知道兄长卖身的事情，就相抱而泣。于是送他的媳妇回到娘家，取了原先的聘金，替兄长赎身。湖南有两个流民知道这一件事，尾随至中途，打死妇人而抢走了银子。忽然间迅雷大震，击毙二人，他们的尸体跪在妇人家的门外，手中拿着十二两银子。一会儿妇人复苏，回到她家，讲了自己的遭遇，兄弟、邻里及州人前来观看，围得水泄不通，莫不叹异，以为孝友、强暴的报应，如此不差分毫。

贾胡买石

古代寓言。见清・王士禛撰《香祖笔记》卷七。

江宁有一个西域的胡人商贾，看见人家几上有一块石头，打算购买。先后来了几次，主人故意抬高价格，没有卖出去。一日，他重新磨洗那块石头，希望增加它的价值。第二天胡人商贾来了，惊叹道："此乃至宝，可惜已经无用啦！"就转身离去。

《皇华纪闻》

书名。清·王士禛撰。六卷。有康熙家刻渔洋全集本、乾隆二十九年刻本等。其中收有《惠泉匾额》《侯中丞》等笑话、故事。

惠泉匾额

古代笑话。见清·王士禛撰《皇华纪闻》卷一。

吴中有一个监司常常书写"似我"二字，做成匾额挂在第二泉上，以此赞誉自己清廉如惠泉。他再经过该处时，匾额已经不见了，于是责令寺僧四处搜索，后来发现这块匾额被儒生们移置在厕所上啦。此则笑话又见《笑笑录》。

侯中丞

古代书画故事。见清·王士禛撰《皇华纪闻》卷一。

中丞侯钺善于描绘人物面貌，见人一面，过了几十年都能够默画出来，惟妙惟肖。中进士的时候，同榜三百人，侯钺都能够记住他们的相貌，一一画出来放在书箱子里面。等到再见时没有不认识的。他曾经外出，遇到强盗被抢劫，便招呼强盗坐在盘石上，与他们从容笑语，强盗不敢逼近。他骑着毛驴吟咏而回，随即画出强盗的衣帽冠相貌，送到官吏那里，于是把强盗全部逮捕归案。

《耳　书》

书名。清·佟世思撰。佟世思（1651—1692），字俨若，一字葭芷，号退庵。原籍盛京辽阳。康熙二十六年（1687）以荫生选授广西贺县知县，后调任思恩县知县，卒于任上。此书前后一卷。有康熙《与梅堂遗集》本、民国《辽海丛书》本等。其中收有《陆生犬》《鼍虎》等寓言、故事。

陆 生 犬

古代人与动物故事。见清·佟世思撰《耳书》。

武陵陆生因为文字受到灾祸入狱，官府没收了他的家产。他家有一只老犬哀号一个多月，在路上走的人听到没有不流泪的。邻里的人拿肉给它，它不吃，最后竟饿死了。后来陆生的事情平反昭雪，他回到家里，只有老犬的骷髅还在。陆生就把它埋葬了，像家人一样对待。

鼍 虎

古代寓言。见清·佟世思撰《耳书》。

有一只老虎在月光下遇到扬子鳄，扬子鳄奇形怪状，老虎就用爪子去拨弄扬子鳄的脑袋。扬子鳄一下咬住老虎的爪子，怎么用劲也摆脱不了。于是，老虎拔爪子，扬子鳄就伸脖子，扬子鳄缩脖子，老虎的爪子就进去。村里人闻声，都躲在窗户里面观看。第二天，老虎断爪而死，扬子鳄也碎喉而死。人们得到了扬子鳄和老虎，收获比鹬蚌之利大得多。

《遣愁集》

书名。清·张贵胜纂辑。张贵胜，字晋侯，吴门（今江苏苏州）人。此书十四卷，一作十二卷。有康熙戊辰（1688）家刻本等。其中收有《曰字是白字》《大愿》等笑话、故事。

曰字是白字

古代笑话。见清·张贵胜纂辑《遣愁集》。

从前有一个人善写别字。一天，有个茶食铺请他写一个招牌，他把中秋月饼的“月”字，竟误写成“曰”字。店主说：“‘曰’字是白字。”此人说：“胡说，‘白’字还有一撇。”

大　愿

古代笑话。见清·张贵胜纂辑《遣愁集》。

从前有一个非常喜欢吃蟹的人，因为寒凉而生病。他的朋友劝他把这种嗜好戒掉，他就发愿说："我有大愿，愿我来世，蟹亦不生，我亦不食。"

东轩主人本《述异记》

书名。清·东轩主人撰。东轩主人，清初人，姓名、生平不详。此书完成于康熙四十年（1701），三卷，二百三十多则。有康熙间《说铃》本、《说库》本等。其中收有《鬼救虎害》《客死鬼还家》等故事。

鬼救虎害

清代鬼魂故事。见清·东轩主人撰《述异记》卷上。

康熙年间，武林清河坊赵某，去西山讨债回来，天色渐晚。行至集庆寺东边突然下起雨来，不能前进。他正在彷徨时，看见一处停棺的房屋，檐底可以避雨，就向棺材拱手行礼说："暮夜来不及进城，暂借尊檐憩息。"于是便坐在棺材下打盹。夜将半，他忽闻有呼喊声："某地演戏，我与你何不前往观看！"室内回应道："你自己去吧，我这里今夜有客，不便奉陪。"呼喊者邀请几次，而室中坚决推辞。五更雨止，天亦渐明，赵某急忙进城，而把枣木戥拉下了，随后又寻到昨晚借宿的地方。枣木戥还在房檐下，看见旁边虎迹非常多，这才悟出夜间那个鬼魂不去的原因，心里十分感谢亡灵。

客死鬼还家

清代鬼魂故事。见清·东轩主人撰《述异记》卷中。

康熙年间，嘉兴十八里桥道人港为甘姓聚居之地，以田庄为业。偶然有一个异姓来居，只有夫妻父子数人。他的父亲小业营生，到苏州病故，贫穷不能入殓。甘姓一起凑钱帮助他家的儿子，载着棺材还家。他父亲的鬼魂也跟着回来，言语饮食，处理家事，与生前无异。他夜半即往田间，帮助儿子耕种。没有天明，便呼喊儿子起来干活，但不见其形。他儿子偶尔稍有迟疑，老父立即大骂，空中给了儿子一棍子说：“你不认老子，还算是人吗！我在苏州住在某人家，还有虎丘席几条，包袱一个，里面有衣物几件，你可去取回来。”儿子前往苏州，果然拿到了。田主吴某派遣仆人去探听，并且谴责他儿子妖言惑众，将要惩治他儿子。官府派人刚到他家门口，砖石如雨而下，一干人只好仓皇窜去。后一年多他家老父便悄然无声了。

三官示现

清代报应故事。见清·东轩主人撰《述异记》卷中。

康熙年间，松江东门内陈某开了一个小典铺，虔诚信奉三官（天官、地官、水官）神。到了三官神的斋期，他每一天都到神像前叩拜，以求示显应，一二十年都如此。这一年十月十五水官的生日这个斋期，陈某到神像前诵三官经，让童仆看店，正好有一个乡下人拿一个旧布包来典当，要当三钱银子。陈某诵经完毕，看见布包太破，只值两钱。乡下人一再恳求，陈某仍然不答应。可是他忽然捏到布包里面有一物，好像是簪钗一类物件，立刻给了三钱银子。陈某进去一看，里面有金钗一只，十分高兴，连忙到神像前下跪叩拜，说道：“今天才得到意外的收获。”他仰视神案上有几行字：“朝也揖，暮也揖，揖得我来你不识。金钗送你作香钱，从今再不与你做交易。”陈某惊恐自失，这才知道贪念受到谴责。不久，他就死了。

僵尸鬼

清代鬼怪故事。见清·东轩主人撰《述异记》卷中。

山东某县一处荒冢有个僵尸鬼，常常出来为害。康熙某年，有两个差役押解一犯人至此地，遇到大雨，天晚没有投宿的地方。到了初更，他们远望有微火，走去一看是破屋前后两间，静无人声。入内看见有个妇人正背灯而哭，便讲是来投宿的。妇人说：“我夫新死，尸体还在外间，家中没有其他人，不便留宿。”三人说雨夜难行，再三恳求。妇人说：“外间有丈夫的尸体，恐怕各位不安适。”三人愿留，就一起睡在尸旁。一盏灯的灯光荧荧，两个差役已经鼾睡。这个犯人心头恐惧，辗转未眠。尸体忽然站起来，犯人惊栗不敢出声。尸体去到灯上把手熏黑，再去涂差役面孔。两个差役都不动。后来又去熏手，将要到犯人身边，犯人大呼狂走出门，尸体立刻去追赶。连过两座桥，尸体还没有舍弃。犯人奔入破庙，翻短墙而出，尸体撞墙僵硬仆倒，犯人也昏倒在墙外。等到天明，行人看见他，用姜汤灌醒他，才讲述昨晚上的所见。他们一起去看，那两个差役都死在荒冢旁边了。

医生遇鬼

清代鬼怪故事。见清·东轩主人撰《述异记》卷中。

桐乡县医生赵某，居住在城墙附近。有一年正月间他出去看病回来，天色已晚，又在下雨。离家几里时，后面有人呼喊："赵某，前面鬼很多，你不要走，到我家暂住一宿吧。"赵某怀疑是鬼，不答应，而且继续往前走。后面呼喊更急。赵某越发害怕，疾走到一桥，桥下又有人呼喊："赵某，过桥鬼很多，你不能够去。"赵某看桥下，天这么冷，有两个人正在裸浴，更加恐惧，就不过桥而从小路回家。还没有走半里路，看见一座矮屋，灯光忽明忽暗，他就敲门求宿。房内妇人说："男子不在家，不便相留。"赵某恳求栖身在檐下，过许久妇人开门拉他进去，并且要求交媾。赵某感到她手冷如冰，知道是鬼，立刻要奔跑，妇人挽住他的脖子，以口对口，然后大叫："此人吃了烧酒生蒜，臭不可闻！"赶忙进去。赵某冒雨跑到一个亲戚家里，立刻昏倒。他们用姜汤把赵某灌醒，才知道历险的经过。赵某回到家中，病了十多天。后来他去看以前求宿的矮屋，竟是一座孤坟。

遇仙得喑

清代奇遇故事。见清·东轩主人撰《述异记》卷中。

仁和县沈生，家住在候潮门外，以教书而生，常有度世的想法。康熙十九年夜梦黄衣道士来开导他。次日，他突然遇到这个道人，就像在梦中见到的一样。他便将道士请到书馆，叩头求度。道士说："你三日后在八卦田等候我。"三日后沈生前往，道士已经先在，说道："你有诚心，我当度你为弟子。"便给一个药丸，令沈生吞下，挽着他前行，如驾虚乘风。沈生忽然想到家有母妻，恳求放回去。道士以手一推，沈生便跌倒在塘栖镇，哑不能语，行走慌张。有邻人认识他，就牵着他回家。全家人正在惊异时，道士又来了。全家人叩拜请求，道士笑而不答，拂衣离去。时值岁试，沈生因为哑了，不能赴考。他不得已告病，而投书张抚军，恳求张真人解救。张抚军同情他就允许了。不久，张真人收到府里面的公文前来，给了一道符，让沈生吞下，又发公文请求城隍审理。沈生焚烧公文的晚上，梦见几个差役牵着他到庙里，跪在堂下，望见道士居中坐，城隍旁坐，弯腰替沈生求情。道士说："此人有向道之心，且有灾难，我所以想度他；如今他忽有不净心，便生退悔，所以惩罚他。既然真人发话了，立即释放吧。"命令冥役押他还家。沈生醒来，就能够讲话了。

替鬼产接生

清代接生奇遇型故事。见清·东轩主人撰《述异记》卷下。

一年十月初十，有人夜半来叩接生妇王老娘家的门，叫她去接生。有淡青色灯一对，引她上船，飞快到了那家。临产的是一个红衣妇人，称为大娘，她的婆母称为太太，与接生妇工老娘一起饮食，但酒肴都是冷的，不甚可口。吃完后，临盆产下一子。她的婆母给了王老娘半锭银子，产妇又私赠五钱银子，再用原船把王老娘送回家，天还没有亮。王老娘稍微睡一下，觉得腹痛异常，呕吐了一地，全是树叶。她因此惊疑昨晚产子的不是人。拿出赠送的银子来看，有冥镪半锭，而产妇给的则是高质量的银子，可能是入殓时口含之物。

黠　盗　妇

清代骗子故事。见清·东轩主人撰《述异记》卷下。

有一次，阳谷县张秋镇有一个三十来岁的妇人，雇毛驴去兖州探亲。在路上，她问驴夫："你有妻子吗？"驴夫说没有。妇人说："我也是新寡，我跟你何不成为夫妻？"驴夫大喜，于是就在野地里交媾了。到了兖州，她对驴夫说："我娘家很有钱，你这样的衣服，不好一起回去。"她就给了驴夫十两银子，让驴夫去绸缎铺买了两匹缎子。拿去后，妇人悄悄烧坏几处，对驴夫说："这种破缎，买来何用。吃完饭我们一道去换。"她在驴夫饮食中暗放毒药，饭后一起去绸缎铺，在争吵时驴夫毒发死去。妇人要去告官，情急之下绸缎铺只好赔她五百两银子。她拿上银子就骑着毛驴高高兴兴离开了。

《觚 剩》

书名。清·钮琇撰。钮琇（？—1704），字玉樵，江苏吴江人。康熙十一年拔贡生，历任河南项城、陕西白水县知县，兼沈邱、蒲城县事，卒于广东高明县知县任所。此书分为正续两部分，正编八卷，包括《吴觚》三卷，《燕觚》《豫觚》《秦觚》各一卷，《粤觚》二卷；续编四卷，包括《言觚》《人觚》《事觚》《物觚》各一卷。有临野堂本、《说铃》本、《古今说部丛书》本、《笔记小说观》本等。上海古籍出版社1982年出版有南炳文、傅贵友点校本。其中收有《鬼误》《僧虎》等寓言、故事。

鬼 误

清代寓言。见清·钮琇撰《觚剩》正编卷一《吴觚》上。

严某家的亭馆年久失修，有一个客人住宿在外楼。此人特别胆小，夜深人静后蒙被而睡，忽然听到楼上有“橐橐”的声音，心里很害怕。以为是鬼来了。一会儿声音渐渐绕在床边，他用手掀开一个缝隙，在黑影中看见一个小鬼揭帐直入。客人大骇跃起，用被子扑鬼，裸坐在上面。天亮后主人一起来观看，竟是到他家捕鼠的一只野猫。

僧 虎

清代奇遇故事。见清·钮琇撰《觚剩》正编卷一《吴觚》上。

会稽宋某家贫至孝，以砍柴为生。每一天他都伺候老母吃过饭才进山砍柴，回家时带来好东西孝敬老母。一天有客人来，他一起吃完早饭才上山，已到中午。宋某走了一里路，坐在道旁的一个老僧责怪宋某说：“我等候许久，你为何来迟？”并且让宋某背他走。走着走着，渐渐觉得老僧重起来，宋某开玩笑问他为什么这样胖？这时候，一些在山中砍竹的熟人在高处看见宋某，便击竹大喊道：“你为什么要背着老虎走？”老虎立刻从背上跳下，跨山涧而去。宋某说：“刚才我看见的是僧人，不料是老虎。幸亏你们吓跑了老虎，不然我就没命啦。”于是，他与老母迁居到城市附近，改做小生意。

鬼　　徒

清代奇遇故事。见清·钮锈撰《觚剩》正编卷四《燕觚》。

崇祯年间，高某在村庙里面教蒙童。夏天晚上，他在庭间乘凉，忽然看见庙殿有一个人高冠方袍，南面而坐，深目巨鼻，面目狰狞，两旁侍立着十几个童子。高某拍窗惊呼。此人从容出来说道："我也是老师。所教诸徒都是三十年后的公侯将相。天下将乱，使百姓不至被鲁莽之人残害。我奉上帝命令来此授业，暂借庙宇，月余完毕。"说完后进殿灭灯，便寂无所见。

人　　猬

清代佛寺人猬型故事。见清·钮锈撰《觚剩》正编卷五《豫觚》。

祥符县三教庵离城十几里，地处荒野，邻近并没有居民。有一年七月，王生独自从远道访友归来，口渴到三教庵休息，僧人让他喝茶后，他就不能说话了，两目呆视，形同木偶。于是，僧人们便脱去王生的衣服，剃光王生的头发，再将一百来根针插在王生的身上，密密麻麻，竟成为人猬。然后把王生抬出三教庵，到周围的村镇游行，口称佛号，并且说："有人施舍银钱，就替他拔去一根针。"施舍银钱的人很多。后来抬到城市里面，观看的人拥挤不堪。其中有一个人突然喊道："这是我表弟王生，何以至此！"人们立刻擒僧告官，押他们取来解药，把身上的针拔光，王生才渐渐苏醒过来。县令审清案情，立即将僧人法办。此则故事又见《清朝野史大观》《大清见闻录》《清稗类钞》等。

神　　僧

清代奇遇故事。见清·钮锈撰《觚剩》正编卷六《秦觚》。

蒲城罗秀才家贫授徒，书馆在县城市东偏。他暇日缓步外出遇到一个僧人，相貌奇古。他拜揖说："师父从何处来？"僧人笑而不答。他便邀请僧人到书馆，送上一餐。僧人说："明日请在东岳神祠等我，我要设筵酬谢。"罗生如期而去，许久僧人来了。祠内空无一物，时已黄昏，僧人便在袖中拿出圆纸，吹上一屋梁，忽然成为明月，光彩四照。他又向祠东壁，用手指画出两扇门，门豁然打开。有几个长须平头的人从壁门出来，铺席设坐，山珍海味无不齐备。行酒后，僧人说："寂寞不能娱乐宾客，可让歌舞妓出来。"一会儿就见十六个美女从壁门出来，尽情表演。罗生本是寒素的读书人，见了目眩神骇，不一会儿就请求离去。僧人举袖一挥，妓仆器物，全部隐入壁内。夜深了，罗生向僧人拜谢说："我师乃天上人，我想跟随师父广泛游历，师父允许吗？"僧人说："你有穷相而无仙骨，不可这样。"罗生再三哀求，僧人便在袖中取出一条小木龙，叫罗生乘上去。小木龙鳞角飞动，忽然长数丈，千林万壑，瞬息而过，罗生惊恐欲坠。僧人已经在前面呼喊："可下来了。"罗生下到一座海岛茅庵，僧人说："你且住此，我去找一杯茶来替你解醒。"茅庵外有一只白额虎跳跃而来，张口向罗生，僧人来把它轰走了。罗生感到无比凄凉恐怖，哭着请求回去。僧人说："我早知你不能跟着我游历。然而你曾经请我吃饭，我有一点儿薄礼送你。"于是倾倒小瓶里面的药丸，砍庭前细竹数寸赠给罗生，说道："你回去后，过几年遇到灾难，这些会有用的。"罗生收下，打了个盹儿后，睁开眼睛一看，依然身在岳祠门外。天刚亮，他怅惘步行回到书馆，竹枝、丸药还在掌中，便投放在旧箧中，不再省视。过了三年，果然遇到奇旱，罗生越发贫困。他取出僧人所赠药丸，偶然拿到门上的搭扣去磨，药化火发，搭扣竟熔为黄金，重二两多。又拿细竹枝画地成圈，就得饼子一枚，吃到第三枚，再也画不出来了。他日以为常，因此不至于困乏。次年庄稼丰收，竹枝便找不到了。

屈　曼

清代奇事故事。见清·钮琇撰《觚剩》正编卷六《秦觚》。

崇祯末年，蒲城人屈曼做了县隶，生性嗜酒。有一日他拿着文书下乡，中途醉卧，夜半才醒。当时朗月如画，见古槐树间有个年少书生，仰望月亮呼吸，一会儿口吐出一枚珠，色红于火，以手拿着玩弄。屈曼踉跄向前，突然从书生手中夺过宝珠吞咽下去。书生愤怒不已，既而说道："借给你一年，仍然要归还我。"随后就消失了。屈曼吞珠后，只觉身体飘忽，一想到哪里立即就到了。有一个狡猾的家伙雇屈曼去省会投文，距西安二百余里，一顿饭的工夫就到了，并不见他跋涉的痕迹。再试其他事情，也都如此。众人都说屈曼得到了隐形术。正好御史到蒲城巡视，冤家重金贿赂屈曼，让他进入公堂抽取讼牒，左右没有人看见。御史微觉阶前有半体人，案牒翻翻自动，心里面很惊异。御史急忙用所佩戴的印重按下去，忽然得到人手，屈曼的整个身体也显现出来。御史立即下命令将他乱棍打死。屈曼被埋葬一晚上后，他的坟墓出现一个洞穴，好像有东西出入。

原来是书生进去取自己的宝珠。

啖石乞丐

清代异人故事。见清·钮锈撰《觚剩》正编卷七《粤觚》上。

广州市上有一个乞丐二十来岁，人瘦而肚大如葫芦。他每一天早上出去，边走边喊："收买瓦石瓷器。"一群孩子跟在他后面，好事者给少许银钱，捡个瓦片石块叫他吃，他立即放在嘴里嚼起来，如同莲藕、甘蔗。只有给瓷器，他必定索要重赏才吃，微有哽咽难下的样子。他晚上睡在三界庙，夏天必定在庙前的江中洗浴，如葫芦的肚子浮而不沉，有一群小孩儿嚷嚷着在旁边围观。

红衣土偶

清代精怪故事。见清·钮锈撰《觚剩》续编卷三《事觚》。

京师刘光廷，有枣园在东直门外。枣子长白甘脆，熟时园丁早晨起来看视，过了晚间就减少，却不知道原因。他去告诉主人，主人说："必定有人盗窃，你悄悄看守吧。"刘光廷亲自去枣园，拿着桃木棍子等候在树荫下。四更后，看见有个红衣女子从墙外飞入，往来轻捷。她摘其中大而熟的枣子，立即放进口中。刘光廷举棍大喝，红衣女子飘然离去。他开门追赶，跑三四里天色已明，红衣女子入一个土祠就不见了。他进祠寻找，各个土偶积尘过寸，唯有右侧红衫侍女露首如沐浴过一样。刘光廷怒视说："你就是窃盗枣子的！"于是举棍猛击，打破像红衫侍女肚腹，得到许多枣子而归。

老农还金

清代拾金不昧型故事。见清·钮锈撰《觚剩》续编卷三《事觚》。

顺治年间，龙溪县老农黄中与儿子小三划船去漳州东门买粪。父子饭后去厕所抬粪，看见有个腰包，拿上船打开一看，里面有六封白银。黄中说："富人不会亲自带银子，丢失的必定不是有钱人，这银子与性命相关，一定要等着还给人家。"小三认为父亲太迂腐，气得一个人回家了。黄中藏好腰包，独自在那里等待。过很久，有一个人狂奔入厕寻找，然后号啕大哭。黄中问他，他说："老父被陷害入狱，州官索取一百二十两银子的酬金。如今卖田卖房，还向亲友借贷，才凑了一半。等州官答应保释后，我们再想办法。我上厕所丢了银子，我死不足惜，不知如何救老父的命啊！”他讲清楚银子的数量、包袱的颜色后，黄中就还给他了。那人要拿一封银子给黄中，黄中坚决拒收，然后载着粪回家。中途他遇到大雨，只好把船停在荒村岸边。岸边被雨水冲洗，轰然崩塌，露出一个坛子，黄中觉得可以拿回家储米，但是特别沉重，好不容易才搬上船。黄中到家，发现坛子里面装有大约一千两银子，全家人都十分惊讶。次日邻居听说后，就去县衙告黄中擅发私藏。审讯时，黄中陈述了还银获银的全部经过。龙溪县令说：“为善者得善报，此乃天赐。”当场释放黄中，而让告状的人吃了板子。

谄　虎

清代虎口余生型故事。见清・钮锈撰《觚剩》续编卷四《物觚》。

山东莱州的村民戈二，依山而居。一日，他去荒冈砍柴，腥风乍起，忽然遇到一只斑斓猛虎，吓得他匍匐在地上。老虎没有吃他，竟叼着他的衣领，翻越两重山岭，把他放在山沟里面，用厚厚的落叶盖住他的身体，过一会儿才离开。戈二估计老虎已远去，便从落叶中出来，望到沟旁正好有一棵大树，立刻爬上去，隐身在高枝中。拴柴的绳还在腰间，他就解下绳子把自己捆树上，使得不容易坠落。他遥见先前那只老虎背着一头野兽，遍体斑纹，形状类似老虎，却是马头独角。慢慢进到叶沟以后，老虎让它下来坐着，准备献上戈二以供它吃饱。忽然发现失掉戈二，老虎惊惶战栗，屈足前跪。那头野兽大怒，用角触虎额，虎脑溃烂而死。等那头野兽离开后，戈二才下树回家。此则故事又见《咫闻录》《埋忧集》等。

《坚瓠集》

书名。清・褚人穫纂辑。褚人穫，字稼轩，一字学稼，号石农，清康熙年间长洲（今江苏苏州）人。生平不详。此书是清代初年最有影响的笔记小说集之一。其规模宏大，卷帙浩繁。由正集（十集，每集四卷）、续集（四卷）、广集（六卷）、补集（六卷）、秘集（六卷）、馀集（四卷）组成，共六十六卷。全书数量很大，除少量作者自己录写的外，绝大部分选自历代以笔记、野史为主的各种著作近千种，其中已佚著作达二百余种。由于《坚瓠集》的编纂与刊行，一大批有特色的民间故事得以保存和流传。更为可喜的是，在《坚瓠集》中，保存了一批由褚人穫自己录写的清代初年的民间故事，包括顺治年间和康熙年间的故事。有道光十二年寻春书屋刊本、《清代笔记丛刊》本、《笔记小说大观》本、1926年香书屋铅印本等。上海古籍出版社2012年出版有李梦生校点本。其中收有《清客门对》《买盐吃醋》等笑话、故事。

清客门对

古代诗对故事。见清·褚人穫辑《坚瓠二集》卷一。

有一个在富贵人家帮闲凑趣的门客，在自家的门上贴出一副对联："心中无半点事，眼前有十二孙。"有人在对联下面各续写一句，成为："心中无半点事，两年不曾完粮；眼前有十二孙，六个未经出痘。"看见的人都忍不住大笑。

买盐吃醋

古代诗对故事。见清·褚人穫辑《坚瓠二集》卷一。

万历中，湖广孝廉张某，与李屠儿的妻子通奸。二人刚执手调笑时，李屠儿正好回家来了，他锁闭房门，用棍子击打张孝廉的小腿。张孝廉哀求得到脱身以后，就去官府控告李屠儿，谎称往他家买盐被殴打。县令已经知道先前的事情，便写一副对联在状子的末尾："张孝廉买盐，自牖执其手；李屠儿吃醋，以杖叩其胫。"

唐解元诗

古代机智人物故事。见清·褚人穫辑《坚瓠二集》卷一。

某天，吴县县令派衙役到虎丘去采茶，衙役不得不前往。庙里的和尚不让衙役平白无故地随便去采，衙役回去就告了他一状。县令让衙役打了那个和尚三十大板，还把他枷了起来。那个和尚向唐伯虎求助，唐伯虎并没有回应。一日，唐伯虎偶然经过枷和尚的地方，顿生调侃之意，立即在枷上题诗道："官差皂隶去收茶，只要纹银不肯赊。县里捉来三十板，方盘托出大西瓜。"吴县县令见到这首诗，向人打听知道是唐解元的手笔，感到很开心，就把那个和尚给释放了。

汪太监失宠

古代机智人物故事。见清·褚人穫辑《坚瓠二集》卷四。

太监阿丑诙谐风趣，善于搞笑逗乐。他每次给皇上演戏时，都颇有东方朔以隐约其词的方式规劝皇上的风范。阿丑对明代大宦官、特务机构西厂头目汪直的所作所为非常不满。对于汪直的被放逐，阿丑出力甚多。有一天，阿丑在皇上面前演戏，扮成酗酒的醉汉出场。有人忽然嚷嚷道："都察院的巡城御史来啦！"醉汉继续酗酒，毫不理睬。随后那人又嚷嚷从侍郎至尚书、内阁大学士等各种官员来了，醉汉非但不理不睬，而且酗酒更加厉害。那人又嚷嚷道："皇上驾到！"醉汉酗酒越发放肆。最后，那人嚷嚷道："汪太监来啦！"醉汉便立刻惊醒过来。这时，那个人问道："圣驾来了他毫不畏惧，却惧怕汪太监。这是何道理？"有人回答道："普天下的人只知道汪太监，哪敢不畏惧？"皇上见了这一段表演，连连点头。接下来，阿丑又扮做汪太监，手持双钺登场，急匆匆地踉跄而行。有人问他为什么这样手持双钺？汪太监回答说："我平日就只是依仗这两把斧钺。"有人问这两把斧钺叫什么名字？汪太监回答说："陈钺（兵部尚书）、王越（都尉使）是也。"后来，皇上下决心除掉这一帮人，就把汪直等人几乎放逐干净。

鼻　头

古代讽刺故事。见清·褚人穫辑《坚瓠二集》卷四。

吴地称呼奴仆为"鼻头"。嘉靖年间，王家有一个仆人吴某，富起来以后很放肆。他拿钱买官，有一次乘四个人抬的轿子去亲家那里赴宴。孝廉张某看见后十分厌恶。当时有妖怪"关白"的传闻，张孝廉就对吴某说："近来听说'关白'已经就擒了。"吴某问他"关白"是怎么一回事？张孝廉说："'关白'原是一怪，身长几十丈，腰大百围，截下它的头也有几千斤。"吴某说："哪有此事？"张孝廉说："光是一个鼻头，也要用四个人抬。"吴某知道他在取笑自己，酒席还没有完便离去了。

奇　对

古代诗对故事。见清·褚人穫纂辑《坚瓠三集》卷一。

陆浚明幼年时善于对对子。一日同陆象孙会客，有两个客人在对弈饮酒。一个客人说："围棋赌酒，一着一酌。"客人们无法应对。陆浚明就说："坐漏观书，五更五经。"又一个客人说："弹琴赋诗，七弦七言。"

唐祝募缘

古代机智人物故事。见清·褚人穫辑《坚瓠三集》卷三。

有一回，唐伯虎与祝枝山浪游到了扬州，身上带的盘缠花光了。他们开玩笑说："此地的盐使司官员们的税务收入非常丰饶，我们何不设法摆脱困境？"于是，他们便装扮成玄妙观的道士，衣冠楚楚，来到盐使司官署化缘。盐使司御史见了他们很生气，当场把他们训斥一通。唐祝二人对他说道："贫道并不是那种讨饭请求施舍的人。我们交往的通通是天下贤明豪爽的长者，比如苏州府的唐伯虎、祝枝山、文衡山一类有身份的人，都与我们成为朋友。明公如若不嫌弃，请人让我们来展示展示薄技。我们一切均听从明公的安排。"御史这才息怒，随即指着一块牛眠石，让他们以此为题，赋诗一首。唐伯虎在先，祝枝山随后，写成一首律诗："嵯峨怪石倚云间（唐），抛掷于今定几年（祝）。苔藓作毛因雨长（唐），藤萝穿鼻任风牵（祝）。从来不食溪边草（唐），自古难耕陇上田（祝）。怪杀牧童鞭不起（唐），笛声斜倚夕阳烟（祝）。"御史见到这一首律诗，笑道："这诗确实写得不错。不知道二位想做什么？"唐祝二人便说："明公轻财好施，天下人无不有所耳闻。如今姑苏城的玄妙观已经严重坍塌，倘若您能够捐资修葺，将名垂青史，万古流芳。"御史听了无比喜悦，立即写下文书给长洲、吴县两县，集资五百两作为修葺玄妙观的费用。唐祝二人便乘船离去，把集资文书送到长洲、吴县两县，又递上名帖去拜访了两县的县令，冒充道士如数收取银子。他们于是招来歌妓和一起游玩的伙伴，畅饮多日，把这一笔钱花光。过一些日子，那位盐使司御史到了姑苏城，去玄妙观瞻仰礼拜，看到玄妙观依然坍塌，便责怪住持。住持感到茫然，无言以对。他随后又把县令叫来责问。县令说："前些日子，唐解元、祝京兆二公从扬州来到敝县，竭力称赞明公您捐资修葺的胜举，银子已经如数给他们啦。"盐使司御史听了十分后悔，心知上了唐伯虎、祝枝山的当，然而出于对人才的爱惜，便不予追究。

和　尚　对

古代机智人物故事。见清·褚人穫辑《坚瓠三集》卷四。

永乐年间，某尚书在一座寺庙里面题诗，有个和尚竟和诗一首。后来某尚书又到这座寺庙，追究这个和尚说："我不立即给你加罪，只出一对，你能够对出来，就饶恕你。"接着说道："和尚和尚书诗，因诗言寺。"和尚对不出来，便去等候解缙入朝时向他求救。解缙说："等我回朝时替你代对。"后来他对道："上将上将军位，以位立人。"和尚回去对出来了。某尚书知道这个必定是解学士的句子。

雪　和　尚

古代机智人物故事。见清·褚人穫辑《坚瓠四集》卷四。

永乐年间，京师下了一场大雪。军士们在午门外把积雪团在一块，堆了一个雪和尚。解缙见了觉得十分有趣，于是题诗道："此僧从未入娘胎，昨日天宫降下来；暂借午门投一宿，明朝日出往天台。"

祝　沈　对

古代机智人物故事。见清·褚人穫辑《坚瓠四集》卷四。

有一天，祝枝山与沈石田外出，看见一个尼姑正在田间收稻子，自己挑着担子走了过来。祝枝山便吟道："师姑田里挑禾上（谐音'和尚'）。"沈石田立即回应道："美女堂前抱绣裁（谐音'秀才'）。"

太守祈雨

古代诗对故事。见清·褚人穫辑《坚瓠五集》卷一。

有一个太守在龙潭求雨，只得到小雨而没有十分应验，他就作了一首绝句："祈雨精神尚未通，浮云开合有无中。神龙恐我羞归去，略洒些些表不空。"便投诗于龙潭内，大雨随即下足了。

石匠能诗

古代诗对故事。见清·褚人穫纂辑《坚瓠五集》卷三。

有一个石匠初不识字。后来入山，遇异人教授法术，便能够作诗，随口应答。有一个人让他以自身试作一诗。石匠立即答道："省事心常逸，无营机更忘。庸人多自扰，痴客为人忙。性癖交游少，疏狂兴趣长。日长无俗事，高枕乐羲皇。"正好又有一个人来到，此人贫困不堪，让石匠以自己为题作诗。石匠答道："最怪攒眉客，胸襟不放开。人生贵潇洒，天运任轮回。好景休孤负，黄金买不来。百年浑是梦，回首即尘埃。"

解大绅诉宰

古代机智人物故事。见清·褚人穫辑《坚瓠六集》卷一。

解缙七岁时，他的母亲守寡而居，对于徭役负担感到非常痛苦。因此，解缙便到县令那里去诉苦，并且作了一首诗："母在家中守父忧，却教儿子诉原由。他年谅有相逢日，好把春风判笔头。"县令怀疑这首诗是别人替解缙作的，便让他以公堂下面的一棵小松为题，再作一首诗。话音刚落，解缙立刻吟道："小小青松未出栏，枝枝叶叶耐霜寒。如今正好低头看，他日参天仰面难。"对于解缙的才华，县令感到十分惊奇，于是便免除了他家的赋税。

烧猪肉

古代机智人物故事。见清·褚人穫辑《坚瓠六集》卷一。

苏东坡喜欢吃烧猪肉。佛印和尚住在金山寺时，每一次都烧好猪肉等待他。有一天，苏东坡到来时，烧猪肉已经没有了。苏东坡便作诗开玩笑道："远公沽酒饮陶潜，佛印烧猪待子瞻。踩得百花成蜜后，不知辛苦为谁甜。"

天竺寺松

古代机智人物故事。见清·褚人穫辑《坚瓠六集》卷二。

苏东坡登上天竺寺时，佛印和尚说窗前的两棵松昨天被吹断一棵，老僧十分懊恼，就写出两句：“龙枝已逐风来变，减却虚窗半夜凉。”苏东坡续写道：“天爱禅心圆似镜，故添明月伴清光。”

道人书壁

古代诗对故事。见清·褚人穫辑《坚瓠六集》卷二。

常熟有一个暴富的人，刚刚买进一处田产，就有一个道人来乞讨。富人对道人来打扰非常生气，连忙呵斥他出去。道人就在墙壁上书写一首绝句：“多买庄田笑汝痴，解头粮长后边随。看他耕种几年去，交付儿孙卖与谁？”

佳对

古代机智人物故事。见清·褚人穫辑《坚瓠七集》卷一。

有一次，苏东坡与兄弟苏子由夜雨对床而眠，子由说：“曾经见到术士叫喊：‘课卖六爻，内卦三爻，外卦三爻。’想来想去，觉得不好对。”一天他们一起出去，苏东坡看见戏场上有个耍棍棒的人叫喊：“棒长八尺，随身四尺，离身四尺。”就说：“此语正好对前日枕上之对。”苏子由说：“触机而发，真是佳对呀！”

色难容易

古代机智人物故事。见清·褚人穫辑《坚瓠七集》卷二。

有一回，文皇明惠帝对解学士说：“有一书句，很难对上，曰：‘色难。’”解缙应声说道：“容易。”文皇没有醒悟，回望解缙说：“既然讲容易了，你为啥许久不对出来呢？”解缙说：“刚才已经对上了呀！”文皇这才明白，“色”对“容”，“难”对“易”，因而大笑。

风流学士

古代机智人物故事。见清·褚人穫辑《坚瓠七集》卷二。

有一次，解缙前去拜访某驸马，碰巧驸马不在家中。公主久闻解缙大名，很想看看他的模样，就隔着帘子命下人留客人饮茶。这时，解缙向下人要了一支笔来题诗道："锦衣公子未还家，红粉佳人叫赐茶。内院深沉人不见，隔帘闲却一团花。"公主对解缙调侃自己感到愤怒，便向文皇奏了一本。文皇说道："这个风流学士，管他做啥。"

金水河与玉阑干

古代机智人物故事。见清·褚人穫辑《坚瓠七集》卷二。

当年南京有金水河、玉阑干等各种名胜古迹。解缙八岁的时候，对观光游览产生了兴趣。御史胡子祺便出对联让他来对："金水河边金线柳，金线柳穿金鱼口。"解缙立即应对道："玉阑干外玉簪花，玉簪花插玉人头。"众人听了，没有人不称赞他是奇才的。

落籍从良

古代机智人物故事。见清·褚人穫辑《坚瓠七集》卷三。

元祐年间，苏东坡在钱塘被召，过京口时，林子中为太守，举办宴会。在坐的营妓拿出文书来，郑容请求落籍，高莹请求从良。林太守让她们呈送苏东坡，苏东坡拿笔在文书后面写了一首《减字花木兰》："郑庄好客，容我尊前时堕帻。落笔风生，籍籍声名满帝京。高山白早，莹骨冰肌那解老，从此南徐，良夜清风月满湖。"这一首词的句首有"郑容落籍，高莹从良"八字。

酉斋与家人

古代机智人物故事。见清·褚人穫辑《坚瓠七集》卷四。

杨南峰为人聪明而刻薄。在他邻居中有一个铁匠得了横财暴富起来，乡里的人为了祝贺他的宝号落成，便去请杨南峰给题写号名。杨南峰提笔写了"酉斋"两个字。众人见了，不知道其中有什么含义。有人问杨南峰，这个"酉"字出自何处，杨南峰回答道："这个'酉'字嘛，横看是个风箱，竖看是个铁墩。"众人听了，笑得前仰后合。又有一个住在乡间的富翁，请杨南峰给他家题写门上贴的对联。杨南峰知道这个富翁的祖上曾经做过仆人，就提笔写了这样一副门联："家居绿水青山畔，人在春风和气中。"这副门联的上面排列了"家人"二字，经过他家门外的人见了，没有不偷偷发笑的。

佛印见东坡

古代机智人物故事。见清·褚人穫辑《坚瓠八集》卷一。

贾进士晚年削发为僧，名佛印，住持虎丘山寺。苏东坡新任苏州知府，很厌恶僧人。佛印竟到府门求见。门卒报告后，苏东坡说：“好生对他讲，府尊火正红。”门卒传话后，佛印说：“门外一块铁。”门卒再入报，苏东坡让佛印进来。佛印立在台阶下，放下禅杖作揖。苏东坡说：“山僧如何揖公侯？”佛印说：“大海终当纳细流，昨夜虎丘山上望，一轮明月照苏州。”苏东坡大喜，因为府堂正对吴山，就以吴山为题，让佛印作诗。佛印立刻提笔写成，说道：“‘吴山突兀势峥嵘，险阻崎岖径路横。猛虎出林风激聒，老龙入洞雨汀泙。槎牙古树离斜倒，拉挞高岩屈窍生。对景颠纤吟不就，静听流水响嘤泓。’中有难字，未能写出。搁笔久思，又恐失体。”苏东坡一询问知道他是佛印，便与他定交。

扇板题诗

古代奇事故事。见清·褚人穫辑《坚瓠八集》卷一。

宋代景定年间，有一个道人到清河坊的扇店来补扇子。店主给了他一把新扇子。道人就在扇板上题诗道：“一轮明月四时新，一握清风煞可人。明月清风年年有，人世炎凉知几尘。”题完便离去了，墨迹直透板背。人们纷纷前来观看，获利比平常多十倍，财富不可计量。以后道人又来，用袖子拂扇板，字迹就不见了。

刘贡父对

古代机智人物故事。见清·褚人穫辑《坚瓠八集》卷一。

有一次，刘贡父到一个朋友家里去，看见一群鸡正在地上啄食。那个朋友便说：“鸡饥吃食，呼童拾石逐饥鸡。”刘贡父立即对道：“鹤渴抢浆，命仆将枪惊渴鹤。”

改清明诗

古代诗对故事。见清·褚人穫辑《坚瓠九集》卷二。

顺治乙酉年夏秋之交，人家都避居到山野去了，塾师全部失业。有人便改《千家诗》道："清明时节乱纷纷，城里先生欲断魂。借问主人何处去，馆童遥指在乡村。"

隶卒门联

古代机智人物故事。见清·褚人穫辑《坚瓠九集》卷二。

某天，有一个隶卒请求郑堂替他书写门联。郑堂在其左边写了"英雄"二字，在其右边写了"豪杰"二字。这位隶卒一见喜出望外，立即备酒菜款待郑堂。喝罢酒，隶卒便请郑堂把这一副门联写完。郑堂于是写道："英雄手执苗竹片，豪杰头簪野鸡毛。"隶卒见了，心里很不高兴，却无话可说。

冯驯伊尹

古代诗对故事。见清·褚人穫辑《坚瓠九集》卷二。

有一个童子善于对对子。一客指着知府冯驯说："冯二马，驯三马，冯驯五马诸侯。"童子对道："伊有人，尹无人，伊尹一人元宰。"

石牛庵巧对

古代诗对故事。见清·褚人穫辑《坚瓠九集》卷四。

朱先生小时候善于作对子。他家附近的田中，有一块巨石叫"石牛"，旁边有一座寺庙叫"石牛庵"。有一回，他偶然间同父亲的一位好友散步到庵前，那位长辈出对说："石牛庵畔石牛庵眠，种得石田收几石。"他对道："金鸡墩上金鸡宿，衔来金弹值千金。"受到那位长辈的赞赏。

门 神 赞

古代机智人物故事。见清·褚人穫辑《坚瓠十集》卷一。

有一天，祝枝山去拜访某巡按。喝完茶，祝枝山便施礼告退。巡按将他送到门口。祝枝山看见门神画得非常精妙，极为称赞。巡按赶忙请祝枝山给留下一赞。祝枝山立即吟道："手持板斧面朝天，随你新鲜只一年。"巡按说道："请先生把它续完吧。"祝枝山继续吟道："厉鬼邪魔俱敛迹，岂容小丑倚门边。"祝枝山与巡按相互看了看，大笑起来，随后便道别了。

解 跌

古代机智人物故事。见清·褚人穫辑《坚瓠十集》卷一。

有一天，四岁的解缙到街市上去，不小心跌倒在地。周围的人见了忍不住笑出声来。小小的解缙一肚子的不快，立即做了一首诗，吟道："细雨落绸缪，街坊滑似油。凤凰跌在地，笑杀一群牛。"

寿诞题诗

古代寿诞题诗型故事。见清·褚人穫辑《坚瓠十集》卷四。

有一年，唐伯虎对门一家富翁的老母七十寿诞，便向唐伯虎求诗。唐伯虎提笔书写："对门老妇不是人。"富翁见了吃惊不小。唐伯虎接着又写道："好是南山观世音。"富翁这时稍感放心，第三句写的是："两个儿子都是贼"，富翁见了不觉大惊失色，唐伯虎接下来写出第四句："偷得蟠桃献母亲。"富翁郁郁不乐，也只好把这首诗拿走了。此则故事又见《增订解人颐广集》《清朝野史大观》《笑话大观》《笑林博记》等。

揽 田

古代见鸡行事型故事。见清·褚人穫纂辑《坚瓠十集》卷四。

张三向田主施某租种田地。施某说："此田不给张三种。"随后张三又送鸡去，施某转语说："不给张三还给谁？"张三说："施相公如何顷刻间说两样话？”施某说：“方才这句话是无稽（鸡）之谈。此刻这句话倒是见机（鸡）而作。”此则故事又见《新镌笑林广记》《笑林博记》等。

李太守烛奸

古代案狱故事。见清·褚人穫纂辑《坚瓠续集》卷二。

松江李太守清正廉明，发现奸邪犹如神明。有一个妇人揭发自己的丈夫通海作乱。李太守问他们是不是结发夫妻，她说虽然是结发夫妻，但是谋反事大，恐怕祸害妻儿，所以前来揭发。李太守说：“立刻逮捕追究。”那个妇人出去后，李太守把判状封好，交给手下的一个小吏，说道：“状子虽然准了，但不要行牌去抓人。三天内有人来探问此事，立即拘来见我。”到了第三天，果然有人来打听此事。李太守命令拿下此人，并且让小吏把所封的判状交给他，叫他自己打开。状子中判道：“妇告夫，世所无。来问者，是奸夫。”此人见了大惊失色。李太守严加审问，此人果然与那个妇人通奸，因此诬陷她的丈夫。于是将他与妇人绳之以法。

吴 氏 儿

古代诗对故事。见清·褚人穫纂辑《坚瓠补集》卷一。

贵溪吴某有一个小儿，聪慧过人，几岁就能够作诗。父母拿竹马给他玩，有个客人见了就喊道：“红孩儿骑马游街。”他应声说道：“赤帝子斩蛇当道。”后来他跟小孩子一起嬉戏，不小心落水，差一点儿死去。救起来过许久才苏醒，随后便茫然无所知。此则故事又见《耳新》。

父 续 子 对

古代诗对故事。见清·褚人穫纂辑《坚瓠补集》卷六。

河南某生的父亲很严厉，他每一次落第都要受到父亲的鞭打。他后来去考试的时候，自己就在书房里面题写一联道：“黄榜无名，流落他乡万里。”意思是如果再不中，便要远逃他乡，不敢回家。可是当年竟考中啦。他父亲替他续对道：“青云得路，勾销灯火三年。”

雷神戏二儒

古代奇事故事。见清·褚人穫纂辑《坚瓠秘集》卷一。

写有两个老儒在路途中遇雨，就到一个老妪家去躲避。雷电大作，他们便谈雷为天地之气，博击发声，人们所说的“雷斧雷神”，并没有这回事。老妪给他们送上茶水时，忽然霹雳一声，两个老儒就不见了。老妪十分惊讶，说道：“天上下这么大的雨，他们能到哪里去呀！”突然听到两个老儒在柜子中叫老妪。老妪说：“柜子是锁着的，二位难道是从钱眼中钻进去的吗？”两个老儒说：“我们也不知道，忽然有人把我们放进柜里了。我们现在晓得雷有神，雷神对我们的狂言很气愤。”老妪打开柜子，就看见两个老儒的头发，彼此都连接在一起的。忽然间变成这个样子，不是很奇妙吗?

犬 活 死 儿

古代奇事故事。见清·褚人穫纂辑《坚瓠秘集》卷一。

南京水西门外，王某家中偶然来了一只大黑犬，赶不走，又不是邻里家养的。几天后的一个清晨，有过路人担了一副小棺材经过王某门前，大黑犬猛然跃起，咬了担担人的手，小棺材一下坠落在地上，小棺材破了，里面的婴儿竟苏醒过来。行人围观时，大黑犬忽然不见了。原来大黑犬是专门为救活此儿来的。

七字勾向左

古代讽刺故事。见清·褚人穫纂辑《坚瓠秘集》卷五。

顺治中，歙县有一个县令本来不识字，到了判案的日子，正好那一天是十七，办理文书的小吏教他用写十字来判案，又对他讲，七字如像十字，只是下面弯曲，勾向上面。可是，县令却弯向左面，样子如像士字。小吏生气说：“误向左啦！”县令看了很久，忽然把纸张反过来给他看，说道：“这样悬挂在市上，七字不就正了吗？”因为县令只知道那个字正过来是七，而不知道通篇的字都反过来啦。他竟在全县留下笑柄。

总 是 一 家

古代讽刺故事。见清·褚人穫纂辑《坚瓠秘集》卷五。

歙县县令某某下公文拘捕一个姓洪的人，那个人逃匿了。县令便下令拘捕洪某家族里面的一个富人。富人来到后说："我未犯法，不知道为什么又拘捕我？"县令说："某人有罪，他已经逃跑，自然要法办你呀。"富人说："我与他并没有附属关系，风马牛不相及哟。"县令发怒道："你与他五百年前是一家。"富人说："如果是这样的话，我叔父做了相国，希大人爱屋及乌，见谅好吗？"县令问："你叔父是谁？"富人说："朝廷里的洪承畴。"县令说："朝廷里的福建人与你有什么关系？"富人说："五百年前是一家呀。"终于无法加罪而把他放了。

狡　　僧

古代骗子故事。见清·褚人穫纂辑《坚瓠秘集》卷六。

万历中，宪部员外郎李某素来不喜欢僧徒。他做湖州太守时，一天出行，有个僧人拿着一封十两银子在道旁拦告，说是捡来的，所以献上，并且出示自己的凭证。李某认为他的品行高洁，就命令他去住持某寺。重修寺庙殿宇时，李太守自己捐出一百两银子，湖州的下属总共捐了几千两，同事中年高的文案官吏把这么多银子锁在箱子内，保管在寺庙里面。买材料、雇工匠，开工有一些日子了。一天李太守坐公堂，有一个人匍匐在阶下，拿着封好的书信来要钱。李太守立即命令把那些银子拿来还款。可是住持僧人已经外出，几天没有回来。派人去看装银子的箱子，已经空空如也。原来先前的十两银子、欠款书信也是那个奸狡的僧人安排好的骗术，临行一起带走了。

《虞初新志》

书名。清·张潮辑录。张潮（1650—1709），字山来，号心斋居士，安徽歙县人。顺治六年进士，官至山东提督学政。此书二十卷，共收入明末清初八十多家的二三百篇作品，有的选自各种笔记集、小说集、诗文集，有的选自各种手授抄本。有康熙刻本、诒清堂刻本、巾箱本等。河北人民出版社1985年出版有排印本，上海古籍出版社2012年出版有王根林校点本。其中收有不少民间故事，譬如《义猴传》《鬼母传》《记缢鬼》等故事。

义 猴 传

古代人与动物故事。见清·张潮辑录《虞初新志》卷一。

吴越地方有一个乞丐，居住在南坡的一座草房里面。他喂养了一只猴子，常常在市场上表演，得钱买来食物，就与猴子一起吃。严寒酷暑都一道生活，相依为命，情同父子。十多年后，乞丐年迈生病，无法再去市场上表演了，猴子就到路边上长跪乞讨来养活乞丐，很长时间天天这样。乞丐死了后，这一只猴子又长跪在路旁讨钱来买棺材，并且请求挑担的人帮忙把乞丐埋葬在南坡。接着，它再去讨食来祭奠乞丐，捡了许许多多枯枝垒集起来，并把平时表演用的傀儡盘铃放在上面一起焚烧，长啼数声后便跳进烈火中。人们十分惊叹，就建造了一座义猴冢。

鬼 母 传

古代鬼母育儿型故事。见清·张潮辑录《虞初新志》卷十。

某一个商人客居外地，他的妻子分娩时暴死，因为路途遥远，只好暂时埋葬在当地，没有迎回故里。当地有一个卖饼的店铺每一天鸡鸣时就有一个妇人来买饼，说是丈夫出去，单身在家，自己无奶，所以急于拿饼回去喂儿子。店主起初并不怀疑，但是她早上投钱，晚上店里必定发现一张纸钱。后来店里的人就跟踪这个妇人到郊外，靠近一座小坟就突然不见了。店主毛骨悚然，立刻去告官府。官府打开棺材，看见衣骨已经腐烂，唯独儿子活着，还在吃饼。官府怜悯小儿，立刻找人哺乳，并且火速叫来孩子的父亲。父亲见到儿子无比感伤，便把儿子带回家去了。

记 缢 鬼

古代鬼怪故事。见清·张潮辑录《虞初新志》卷十三。

一天晚上，乡人张某先睡了，他的妻子仍然在做针线活。一个小偷翻墙过来偷东西，在窗外看见床边有一个鬼妇向着这家的妇人先笑后哭，并且拜了三拜。

这家的妇人长叹了一口气，泪流满面，但是没有行动。鬼妇再拜，这家的妇人就去上吊。小偷连忙大喊大叫，可是乡人张某好像没有听见。小偷急了便拿屋檐下的竹竿从窗外去打鬼妇，也把张某惊醒了。张某打开门让小偷进来，一起解救了上吊的妻子。随后，小偷才把刚才发生的事情讲清楚。

《蚓庵琐语》

书名。清·王逋撰。王逋，字肱枕，浙江嘉兴人。此书一卷。有《说铃》本、《古今说部丛书》本。其中收有《鹤膝为怪》《缪俊明》等故事。

鹤膝为怪

古代精怪故事。见清·王逋撰《蚓庵琐语》。

乡民钟某的妻子年轻貌美。有一天。她送饭到田间去，在路上遇到一个少年男子。这个男子挑逗她，随后就一起去家里面淫乱。从此这个男子天天到家里来，而钟某却看不见。不久，这个男子不断在钟家或者邻家捣乱，钟某感到恐惧，便把妻子送回娘家。这个男子也跟着去了。三四年后，这个男子对钟妻与丈夫同卧感到愤怒，就逼迫她上吊。钟妻只好对婆母讲了实情。婆母给她出了一个计策，等这个男子再来时，钟妻设法将他推入马桶中，他立刻缩小。外面埋伏的人赶来盖上盖子，抬到空地上。好一会儿马桶里面无声无息，打开来看，乃吊杆（井上提水用的工具）上面一块烧焦的柘木鹤膝。人们用斧头砍破它，里面有鲜血。拿火来把它焚烧掉了，精怪便绝迹了。

缪俊明

古代鬼魂故事。见清·王逋撰《蚓庵琐语》。

缪生聪敏韶秀，已聘王家女为妻，但尚未完婚。一天，他外出看见桑林里面有个非常漂亮的女子在地上寻找金挖耳簪。缪生替她找到了簪子，她就将簪子送给缪生。二人携手同行，进入附近一座大宅，有许多女仆前来迎接，二人立即拜堂成为夫妻。从此缪生每一天晚上都前往。后来塾师感到怀疑，就告诉他父亲。缪父便让仆人偷偷尾随，发现缪生进入一座坟林，与那个女子坐在一起。仆人前去，女子突然消失，缪生独卧在新墓穴上，仆人立即便把他背回家。缪生无法隐瞒，家里于是派人去访问坟旁边的人家，知道那是某家未出嫁女儿的坟墓。王家听说后，立即招缪生上门。几天后，那个女子来到王家哭着指责缪生负心，缪生也哭个不停。王家大怒，要去逮那个女子，她顿时不见。缪生在王家住了很长时间，一日乘船回去探亲。经过坟前，看见那个女子在呼喊他。缪生要上岸，被船夫拉到船篷底下，立刻离去。到家后，缪生已经气绝身亡了。

《旷园杂志》

书名。清·吴陈琰撰。吴陈琰，字宝崖，康熙间浙江钱塘人。一生不得志。此书二卷。有《说铃》本等。其中收有《冥府延师》《壶殓淫僧》《雷劈舟客》等故事。

冥府延师

古代奇遇故事。见清·吴陈琰撰《旷园杂志》。

仁和临平镇某生，家贫而无馆舍可以教书。除夕，他到小巷闲步，忽然看见有一只船过来，系在树下。有一个差役拿着请柬来请某生去当教师，聘金二十两。某生打算明春才去，差役说："主人急迫，不能等待。"于是某生随即登船，到了主人家中，门第巍峨，堂皇宏敞，一会儿，主人冕服出迎。某生至书馆，即命徒弟出来拜见，他翻阅架上的书，都不是人世所有。问徒弟所从学，乃古诗、古文。一日，徒弟外出赴宴，叮咛老师说："堂侧廊房有门，封严了不宜窥伺。"某生心生疑惧，到了晚上至堂侧廊房，开一个门缝，窥见主人端坐中堂，两廊皆差役，门外有悲哭声，都是捆着待审的人，随后依次拷问。某生惊吓得要死。次日，他的徒弟到书馆说："昨天叮咛老师不能观看，不料夜间已去偷看，如今缘分已尽，不能再留下了。"某生问原因，却不回答，立即赠半年的酬金十两，送他回去。徒弟也流涕不忍分别。到河边，那只船仍在，送他的人还是先前的差役。等到登岸，船与差役都不见了。此则故事又见《觚剩》《此中人语》。

壶殛淫僧

古代抄斩淫僧型故事。见清・吴陈琰撰《旷园杂志》。

康熙年间，书生吴某寓居在寺庙里面。他看见僧人每一次外出，都要把房门锁得严严实实的。有一次僧人忘记上锁，他进去发现里面十分曲折，并且藏有少妇，赶忙仓皇逃出。僧人正好提一壶酒回来，看见吴生，就要抽刀杀死他。吴生请求说："容我喝醉后再砍我的头，希望晕晕的没有知觉。"僧人允许了，吴生又要厨房里的一点盐菜，僧人便关上门去厨房。吴生立刻脱衣塞住壶口，抱着站在门口，等僧人开门进来，就用十来斤重的酒壶打击僧人的脑袋，让他一命呜呼。此则故事又见《耳谈》《智囊补》《客窗闲话》等。

雷劈舟客

古代报应故事。见清・吴陈琰撰《旷园杂志》。

某县有兄弟二人，携带一个富商的巨款逃跑。富商到官府去告状，便把他们的父亲拘押在监狱里面。老父写信叫兄弟二人回来，遭到兄弟二人的拒绝。他们的父亲后来竟死在狱中。兄弟二人不但不伤心，反而拿那些钱来吃喝嫖赌，还去骗人钱财。有一天，兄弟二人乘船时遇到下雨打雷，大雷将他二人劈死，而其他的船客却安然无事。

《聊斋志异》

书名。清・蒲松龄撰。蒲松龄（1640—1715），字留仙，一字剑臣，别号柳泉居士，山东淄川（今淄博市淄川区）人。他自幼从父读书，十九岁参加童子试，县、府、道均考第一，是地方文名籍甚的秀才。后来屡试不第，一生设馆授徒，却没有懈怠举业。四十四岁才补廪膳生。七十一岁才援例成为贡生。此书是中国文学史上一部著名的短篇文言小说集，约五百篇，有一些作品是民间故事，或者由民间故事加工而成。其版本甚多，主要有手稿本半部，二百三十七篇，1955年文学古籍刊行社出版其影印本；乾隆十六年铸雪斋抄本，十二卷；1974年上海人民出版社出版其影印本；1979年上海古籍出版社出版其标点排印本；乾隆三十一年青柯亭刻本，十六卷；1963年山东周村发现的抄本，二十四卷；1962年中华书局上海编辑所出版的张友鹤会校会注会评本，十二卷；1978年、1983年上海古籍出版社两次重印。其中收有《狐入瓶》《新郎》等寓言、故事。

狐　入　瓶

古代精怪故事。见清·蒲松龄撰《聊斋志异》卷一。

万村有一个姓石的妇人被狐精骚扰，却不能够把它赶走。她家门扇后面有一个瓶子，每一次听到妇人的公公来时，狐精就躲进瓶子里去。这个妇人看在眼里，暗暗有了计策。一天狐精窜入瓶中，她立刻用棉絮塞住瓶口，扔进汤锅里面煮。狐精喊道："太热！不要恶作剧。"妇人不理它，它呼喊得越发厉害，过许久便无声无息了。妇人拔开塞的棉絮来看，瓶里只有一堆毛和一些血。

新　　郎

古代鬼怪故事。见清·蒲松龄撰《聊斋志异》卷一。

德州有一个村民为儿子娶媳妇，新妇入门，亲戚邻里饮到一更过后，新郎看见新妇转到舍后，连忙追赶上去。新妇过了溪边小桥，远远地用手招唤夫婿，一起走了几里路，进入一个村落，她对新郎说："夫君家里寂寞，我住不惯。请暂居我家数日，便一同回去。"进她家门后，岳父母俱在堂上。他们对女婿说："我女从小娇惯，未曾一刻离家，一旦离开心里面就难受。如今同郎君一道回来，我们非常欣慰，住几天一定送你们回去。"新郎便在女家住了下来。男方家中客人发现新郎许久不来，而房中只有新妇一人在，不知新郎到哪里去了。四处寻找都没有消息。新郎的父母流泪，认为他必定死了。将近半年，妇家打算把女儿另外嫁人。男方父亲越发悲伤，劝她过一年再嫁也不晚。女方家里人越发不乐意，便告到官府。县令怀疑是精怪作祟，断令等待三年。新郎居住在女家，女方家人常常谈起回去的事情，新妇也答应，就是不立即行动。过了半年多，新郎心中不安，打算独自回去，可是新妇一定要留他。一日，女方全家惶恐，好像有急难，仓猝对女婿说："本来准备三二日送你们一起回去，不料忽然遇到凶丧，不得已先送你回去。"于是慌忙送新郎出门，新郎回看院子已经不在了，只见一座高坟。他大为吃惊，急忙寻路回到家中，详细讲述了事情的经过，又一道去向官府陈诉。县令立刻传新妇的父亲到堂，送女儿去与新郎拜堂成亲。

狐　联

古代诗对故事。见清・蒲松龄撰《聊斋志异》卷三。

焦生在园中读书，半夜有两个美女，一个十七八岁，一个十四五岁，前来挑逗他，他不为所动。女子便说："妾有一联，请为属对，能对我自去：'戊戌同体，腹中只欠一点。'"焦生一时想不出来，女子笑道："名士固然如此吗？我代对吧：'己巳连踪，足下何不双挑？'"一笑而去。

馎　饦　媪

古代精怪故事。见清・蒲松龄撰《聊斋志异》卷五。

韩生在别墅住了半年，腊月快过完了才回家。一天晚上，他妻子刚睡下就听到有人在走动，又看见有个八九十岁的老婆婆来问她吃汤饼吗，韩妻不敢吭声。老婆婆便把锅里面的水烧开，从腰包中拿出几十个指甲盖大小的汤饼投入锅中，又自言自语："等我去寻筷子来。"于是出门去了。韩妻趁她不在，急忙端锅倒在床垫后面。然后蒙头而睡。一会儿老婆婆回来逼问锅里面的汤饼在哪里，韩妻吓得大喊大叫，把家里人都惊醒了，老婆婆才离去。韩妻揭开床垫一看，竟是一堆土鳖虫。

骂　鸭

古代寓言。见清・蒲松龄撰《聊斋志异》卷五。

白家庄乡民某，偷吃了邻居的鸭子。到了晚上，他觉得皮肤痒得非常厉害。天明一看，长了一身毛茸茸的鸭毛，碰到后非常疼痛。他十分恐惧，无法医治。夜里梦见一个人告诉他："你的病乃天罚。须得丢鸭子的人骂你，毛才能够落掉。"邻家老翁一向宽宏大量，每一次丢失物品，都没有发过火。那个人对邻家老翁谎称："鸭子乃某甲偷盗的。他很怕挨骂，骂也可以警告一下，免得他将来再干坏事。"邻家老翁笑道："谁有闲气骂恶人哪。"仍然不肯骂人。乡民某越发窘迫，只好实话实说。邻家老翁便开口骂他，他的病才好了。

吹　　狼

古代奇遇故事。见清·蒲松龄撰《聊斋志异》卷七。

有一个屠夫暮行，被一只狼逼迫，急奔进道旁夜耕者留下的一间空房子里面躲起来。狼从壁中伸进爪子，屠夫立刻捉住它的爪子，让它无法脱身，但是屠夫无法弄死它。屠夫身上只带有一把小刀，便拿小刀割破狼爪的皮，用吹猪的办法拼命吹，让狼胀大如牛，一点也不能动弹。屠夫立刻用带子捆起来，把狼背回家去了。

鬼　　令

古代鬼怪故事。见清·蒲松龄撰《聊斋志异》卷七。

教谕展先生是一个酒狂，每次酒醉，便骑马回去。一日，他纵马回去时候，触碰到殿阶上的古柏而头裂，半夜便死了。县里面的某乙，有一次夜宿古刹。夜静人稀时，忽然看见四五人携酒进来喝，展先生也在其中。喝了一会儿酒，有人以字为酒令说："田字不透风，十字在当中；十字推上去，古字赢一钟。"一人说："回字不透风，口字在当中；口字推上去，吕字赢一钟。"一人说："图字不透风，令字在当中；令字推上去，含字赢一钟。"又一人说："困字不透风，木字在当中；木字推上去，杏字赢一钟。"最后轮到展先生，凝思不得。众人笑道："既然不会酒令，须当受罚。"于是飞一觥来。展先生立即说："我有了：日字不透风，一字在当中……"众人又笑道："推作什么？"展先生吸一口气说："一字推上去，一口一大钟！"于是一起大笑，没有多久便出门去了。某乙不知道展先生已死，怀疑他罢官回家了。等到他回去一问，知道展先生死了许久，才悟出自己所遇到的是鬼魂。

商　　妇

古代鬼怪故事。见清·蒲松龄撰《聊斋志异》卷七。

天津某商贷款数百两去远方做生意，被小偷盯上。傍晚小偷先躲藏在他家里，以等待他回家。可是那天是吉日，某商没回家就直接出发了。小偷听见某商的妇人在床上翻来覆去睡不着，而后墙壁上开了一扇小门，整个房间都亮了。门内出来有个女子，把一根长带子拿给商妇，商妇便将带子挂到梁上，然后伸脖子上吊。小偷吓得夺门逃去。家里人发现商妇死了，就去官府告状。官府拘捕邻人，竟屈打成招，不久就处决了。小偷对这个冤案愤愤不平，便到官府自首，讲了那天晚上见到的事情，邻人因此被释放。后来听人讲，这个宅子的旧主家里曾经有一个少妇是上吊死的，年龄长相与小偷说的相符，是个寻找替代的吊死鬼。

三朝元老

古代亡八无耻型故事。见清·蒲松龄撰《聊斋志异》卷八。

某中堂乃前明的宰相，曾经投降流寇，世人多非议。告老还乡，他家供奉祖宗牌位的享堂建成后，有几人在其中值宿。天明，看见堂上有一匾："三朝元老。"有一联："一二三四五六七，孝弟忠信礼义廉。"不知道是何时悬挂的，感到奇怪，不了解其中的含义。有人猜测道："首句隐藏'亡八'，次句隐藏'无耻'。"此则故事又见《坚瓠集》。

藏虱

古代虱异致祸型故事。见清·蒲松龄撰《聊斋志异》卷八。

乡人某甲偶然坐在树下，扪得一个虱子，就用一张纸把它包裹起来，塞进树孔中便离去了。两三年后他又经过此处，忽然记起来，一瞧树孔中的纸包还在。他打开纸包看，虱子薄如麸皮，就放到手掌里面审视。不一会儿，他掌中奇痒，而虱子的肚腹渐渐鼓起来。他扔掉虱子回到家中，痒处肿起来，过几天他竟死了。此则故事又见《夷坚志》《湖海新闻夷坚续志》《稀奇古怪不可说》等。

禽侠

古代动物故事。见清·蒲松龄撰《聊斋志异》卷八。

天津某寺有鹳鸟在鸱尾（古建筑屋脊上的一种装饰物）筑巢。大殿的承尘上藏有大蛇，每至鹳雏断乳时，便出来把它们吃光。鹳鸟悲鸣几天才离去。过了三年，人们料想鹳鸟必定不会再来了，可是第二年鹳鸟仍然在那里筑巢。大约鹳雏长成就飞去，三日才回来，入巢哺子如初。大蛇又蜿蜒而上。刚近鹳巢，两鹳惊吓，飞鸣哀急，直上青天。不久就听到风声蓬蓬，一瞬间天昏地暗。众人骇异，共同看见一只大鸟，两翼遮天蔽日从空疾下，骤如风雨，大鸟以爪击蛇，蛇头立即堕下，大鸟便振翼而去。鹳巢既倾，两只鹳雏都掉在地上，一生一死。僧人把生的鹳雏放在钟楼上。一会儿鹳鸟返回来，仍然哺鹳雏，长大才飞去。

布　　商

古代奇事故事。见清·蒲松龄撰《聊斋志异》卷十。

某布商至青州境内，偶然进入一座废寺，看见院宇零落，感叹不已。僧人在旁边说：“如今有善男信女，开始修山门，也是佛面之光。”布商慷慨自认捐献。僧人高兴，便邀他去方丈室，殷勤款待。接着又提出内外殿阁，请求装修，布商表示不能够。僧人强迫他，言辞厉害。布商很害怕，于是倒出所有的钱财，全部拿给僧人。布商将要离开时，僧人制止他说：“你既然不甘心情愿，难道不恨我吗？不如先宰了你。”便握刀向着布商。布商哀求，僧人不听；请求上吊，僧人同意了，便推进暗室催促他快快上吊。正好有一个防海将军经过寺外，遥见缺墙外有一红裳女子进入僧舍，便下马入寺搜寻，至暗室所，僧人不肯打开。将军愤怒，强行开锁进去，就看见布商吊在梁上。救下来后，布商慢慢复苏，才问明情况。又追问红裳女子，确实没有，原来是神佛现化的。将军杀了僧人，财物仍然归还布商。布商努力募款修葺庙宇，由此香火大盛。

张　氏　妇

古代马曳贼亡型故事。见清·蒲松龄撰《聊斋志异》卷十一。

有一年三藩作反，南征的兵士在兖州养马，鸡犬庐舍被洗劫一空，妇女皆被淫污。当时遇到久雨，田中积水为湖，乡民便躲进高粱丛中。兵士知道后就裸体乘马，入水搜淫妇女，很少有逃脱的。只有张氏妇不去那里，公然待在家中。家里有一间厨舍，她晚上与丈夫掘坑深数尺，堆上茅草，用秸秆覆盖，又在上面加席子，好像可睡觉，自己在灶下煮饭。有兵士来到，便出门应付。有两个蒙古兵过来，要强行奸污她。张氏妇说：“这种事怎么能够让人看见！”其中一个微笑而出。张氏妇与另一个入室，指着席子叫他先登。秸秆折断，这个蒙古兵就掉下去了。张氏妇另取秸秆、席子来盖上，故意立在坑边。一会儿，那个蒙古兵又进来了，闻听坑中号叫，不知在何处。张氏妇笑着招手说：“在这里。”蒙古兵踏上席子，又掉下去了。张氏妇连忙投入树枝，用火点燃。火大焚烧起来，张氏妇便呼救。火熄后，尸体焦臭。有人问起，张氏妇说：“是藏在坑中两头猪。”她由此离村数里，于烈日中携女红坐在大道旁。顷刻间，数兵乘马至，笑语调弄。然而去大道不远，无一物可以蔽身，便离去了，数日无患。有一天，来了一个兵士，十分无耻，在烈日中打算奸淫张氏妇。张氏妇含笑并不太拒绝，兵士便把马拴在大腿上，然后去拥抱张氏妇。张氏妇用巨锥猛刺马项，马负痛奔跑。这个兵士不得脱，被曳着奔跑几十里。等同伍的兵士捉到马时，此人的脑袋、身躯已不见了，缰绳上只有他的一条大腿。此则故事又见《里乘》《夜雨秋灯录》《右台仙馆笔记》等。

蝎　客

古代报应故事。见清·蒲松龄撰《聊斋志异》卷十二。

南方有一个贩卖蝎子的商人，年年来到临朐，收购许多蝎子。土人拿着木钳进山，探穴撬石尽量捕捉蝎了。有一年，南商又来了，住在客店里面。一天，他忽然心里发慌，毛骨悚然，连忙对店主说：“伤生太多，如今触怒群鬼，将要杀我，请救救我吧。”店主便让他蹲到房间里面的巨瓮中，把瓮盖起来。一会儿有个面目狰狞的黄发鬼进来问店主：“南商在哪里？”店主说：“有事出去了。”它在房间里到处寻找，又用鼻子一再嗅嗅，然后出门去了。店主说：“幸好无事。”等到他揭开瓮一看，南商已经化为血水。

毛大福

古代动物求医型故事。见清·蒲松龄撰《聊斋志异》卷十二。

太行毛大福是一个治疗外伤的医生。一日，他看病回来，在路上遇到一只狼，放一个布包蹲在道旁。毛大福拾起来发现布包里面有几件金饰，狼立刻曳住他的袍服往前走。毛大福见它并无恶意，便跟着前行。不久来到一个洞穴，有一只狼躺在里面，头顶上有巨疮，溃腐生蛆。毛大福立刻替它清理干净，敷上药后才离去。天色已晚，狼远远地送他回到家中。先前县里面有个银商宁某在路上被强盗杀害了，一直没有破案。当毛大福拿着金饰去卖时，被宁某家里人认出来了，就把他抓到公堂上。毛大福讲了金饰的来历，官员不信，便派遣两个差役押着他入山。在半道上，他们遇到两条狼，其中一只的疮痕还在。毛大福认识它们，就向它们作揖说：“前次收到馈赠，如今因为这些东西被诬告。你们不为我昭雪，回去只有一死！”狼见毛大福被捆绑，怒不可遏，就奔了过去。差役拔刀向狼。狼立刻大嗥两三声，山中百狼群集，围了上来，差役十分惊恐。狼上前去咬绳索，差役赶忙替毛大福松绑，狼才全部离去。差役回去报告，官员感到奇怪，但没有立刻释放毛大福。后数日，官员出行，看见一只狼衔着旧鞋放在道路上。官员过去后，狼又衔着旧鞋奔跑到前面的道路上。官员命人收下旧鞋狼才离去。官员回去，派人去暗访鞋主人。有人说，某村有砍柴人被两只狼追逐，衔了他的鞋去。拘捕来辨认果然是他的鞋。于是便怀疑杀宁某的是此人，一经审问便招供了。原来他杀害宁某，拿走了大量财物，但衣服底下的藏饰，没有来得及搜刮，就被狼衔去了。

太 原 狱

古代案狱故事。见清·蒲松龄撰《聊斋志异》卷十二。

太原有一个民家，婆婆和儿媳都是寡妇。婆婆中年，常常与村里面的无赖交往。儿媳看不上婆婆的行为，就悄悄在门户、墙垣外阻拒无赖。婆婆惭愧，借故赶儿媳出去；儿媳不走，就不断发生口角。婆婆越发愤怒，反而去官府诬告儿媳。官员问奸夫姓名，婆婆说：“夜来早去，实不知是谁，审问她自然知道。”于是传唤儿媳。儿媳果然知道，而说是婆婆的奸夫。拘捕无赖，无赖又狡辩说：“跟她们都没有私情，她们水火不容，所以用谎言相互诋毁。”官员重笞他，他自认与儿媳通奸。逮儿媳来，儿媳始终不承认，便将她驱逐出去。儿媳非常愤怒，就告到刑部，仍然久拖不决。当时淄川孙进士为临晋县令，非常会断案，刑部便把这个案子下放到临晋县去审判。人犯到后，孙公略微审讯一下，就收进监狱，然后命令衙役准备砖石刀锥听用。次日升堂，孙公唤犯人进来，就对婆媳说：“淫妇虽然未定，但奸夫已经明确。你家本是清门，不过一时被匪人诱惑，罪全在某人。堂上放有刀石，可自取来击杀他。”婆媳一起去捡石头。儿媳衔恨已久，两手举巨石，恨不能立即砸死他；婆婆只用小石击打他的臀腿。孙公又命用刀。儿媳拿刀贯胸膺，婆婆却犹豫未下刀。孙公制止说：“我知道谁是淫妇了。”于是对婆婆严加审问，得到了实情。立刻打无赖三十板子，便结了此案。

《见闻录》

书名。清·徐岳撰。徐岳，字季方，康熙年间浙江嘉善县人。生平、生卒年不详。此书四卷。有康熙刊本、乾隆刊本等。其中收有《吕生与妖狐》《陈生与婉兰》等故事。

吕生与妖狐

古代精怪故事。见清·徐岳撰《见闻录》。

中州的吕生带琴游江陵，曾经与一些武官打猎并在妓院饮酒，大醉后武官们竟抛弃他而去，让他独卧在老梅树下。半夜稍醒，他打算去寻找住处，在路上遇到一个白衣妇人把他领回家，在那里流连忘返，后来便成为夫妻。可是吕生从此多病，渐渐消瘦。有一天，一个僧人告诉他，他遇到了野兽一类的妖怪，必须往湖南去躲避，不然就有性命之忧。那个妇人赶来，吕生已经乘船而去，只得哀号痛骂一番。吕生在长沙朋友处生活安好。三年后应贵人邀请又回到江陵，再次与那个妇人同居。没有几个月，吕生竟旧病复发，再向僧人求助。僧人在他们相会的老梅树下作法，那个妇人仓皇逃跑，一箭将其射死，是一只白狐。

陈生与婉兰

古代婚姻故事。见清·徐岳撰《见闻录》。

湖北贫士陈生客居广陵，妻子去世后，不得不自己料理家务。一天早上他到河边打水，救起被主母装在袋子里投水的某徽商小妾婉兰。他不知道如何帮助这个少妇，就去和寓所主人商量。寓所主人也怜悯婉兰，正好是那家主母的亲戚，便上门去见那家主母，问他们家里的小妾婉兰在哪里。那家主母神色慌张，支支吾吾。寓所主人说："此事我已知晓。希望你及早妥善处理，否则一到公堂就不好办啦。"那家主母跪下请求计策，寓所主人让她拿出千金，把婉兰嫁给房客陈生，然后让两人一起离开广陵，这样才能永无后患。那家主母依照寓所主人的话行事，于是陈生与婉兰结为伉俪，双双回湖北去了。

独特滋味

古代官宦故事。见清·徐岳撰《见闻录》。

某尚书喜爱吃鹅，有一个大太监送了两只鹅给他，烹食味道极美，骨髓非常香，他还以为是“固鹅光鸭”（指河南固始县的鹅、光山县的鸭）之类的土特产。以后遇到那个大太监，才知道是用人参汤煮的饭，加上松子白糖喂出来的。没有多久，那个大太监就因为不法被处死了。

飞　琼

古代娼妓故事。见清·徐岳撰《见闻录》。

广陵何氏女飞琼随母长在四川的八王府学习梨园技艺，颇受众王喜爱。清代初年，她为大帅所得，仍然在乐籍，后来被一个都阃（统兵的武官）用千金买去，大帅又索要千金。这个都阃随后因为挪用库银而入狱，无法赔偿。飞琼就到了汉口，中秋月明之时，她凭栏婉转一声，响传四方，观众云集。第二天巨商贵客，车马盈门，大为提高身价。她数月间所得财物，让都阃还清亏空。都阃出来后立即派人去迎接飞琼。飞琼说：“我本是烟花贱质，让大人身陷囹圄。我再以声色示人，才使得大人免难。我已重陷污秽，哪有面目偷生让大人受辱？”随即自缢。

买妹失妻

古代家庭故事。见清·徐岳撰《见闻录》。

有一个官宦家的仆人气势嚣张，他与吴人打官司时到当权者那里通关节，因而夺得吴人的女儿做了自己的小妾。随后他便厌恶自己的结发妻子，要把结发妻子卖掉。他妻子长得不好看，于是就让自己的妹妹去欺骗买主。成交后，他妻子和他妹妹在同一条船上，他叫船夫先把他妹妹送到某处，再把他妻子交给买主。由于船夫弄错了，竟把他妹妹送到买主的船上扬帆远去。据说，后来他妹妹又被转卖到妓院。

揖 丐 行 骗

古代骗子故事。见清·徐岳撰《见闻录》。

有一个富人在街上遇到一个乞丐，就对那个乞丐作揖说："幼年离开叔叔，一晃三十多年，叔叔为啥到了这个地步？"非常伤心，立刻领回家去洗澡更衣，当叔叔伺候。乞丐心里知道弄错了，但是骤然做了富人的叔叔，也不言语。过了许多天，那个富人便跟他一起去珠宝店取金珠，将银包交给他，说道："叔叔拿着银子留在这里，我把金珠带回去让你侄媳看看，她满意我马上回来兑换。"可是此人一去不复返。店主很惊讶，连忙派人拉着乞丐回去看，可是房屋已经空了。再看银包，里面全是瓦块。

诈 骗 百 金

古代骗子故事。见清·徐岳撰《见闻录》。

南昌富人王生去买何首乌，乡人故意抬高价格，发生斗殴，仆人在台阶上碰死，急救后才苏醒。王生赔礼道歉并且送给乡人一匹夏布。中途住宿时，店主问了斗殴之事。店主正好有个侄子死而没有入殓，便买下乡人的夏布和装首乌的筐子，然后到王生家中大哭道："昨天买首乌的是我的侄子，他被打伤回家就气绝身亡。如今有夏布为证，我要去告官让你抵命！"王生全家惊慌失措，赔了一百两银子才完事。后来，因为赠送夏布的情分，那个乡人到王生家中道谢。王生以为是鬼，十分惊吓。经过解释，王家留下乡人，再去告状。官府立即追回赃银，并且将诈骗百金的店主法办。

《笑　倒》

书名。清·陈皋谟纂辑。此书是《增订〈一夕话〉新集》第三卷的一种。有《一本夕》增订新集本。其中收有《书低》《滑字》等笑话、故事。

书　　低

古代取书作枕型故事。见清·陈皋谟纂辑《笑倒》。

一秀才赁僧房读书，终日只知道游玩。一天中午回房，他呼童子取书来。童子拿来《文选》，他看了看说："低。"拿来《汉书》，看了看说："低。"又拿来《史记》，看了看说："低。"僧人非常诧异说："此三书熟读其一，完全可以称为饱学之士，为何都说低也？"试问他，原来是取书作枕头。此则故事又见《续金陵琐事》《新镌笑林广记》等。

滑　　字

古代写"滑"字型故事。见清·陈皋谟纂辑《笑倒》。

一家聘请教师，提供的膳食非常差。一日，天雨，学童送午膳至，肉甚少，老师斥骂他来迟了，学童说："天雨路滑呀。"老师说："你既说路滑，可写个'滑'字与我看，便饶了你。"学童说："一点儿，又是一点儿，又是斜坡头一点儿，其余都是骨头了。"此则故事又见《精选雅笑》《新镌笑林广记》《笑林博记》。

留客吃茶

古代笑话。见清·陈皋谟纂辑《笑倒》。

有一家人要留客吃茶，苦无茶叶，便叫人往邻家去借。那人许久不回来，锅中水开了就加冷水，加之既久，锅都添满。妻子对丈夫说道："茶是吃不成了，留他洗个澡去吧。"此则笑话又见《新镌笑林广记》《笑林博记》。

虱　　子

古代笑话。见清·陈皋谟纂辑《笑倒》。

一人在朋友面前捉着一虱，欲装体面，故丢下地，骂道："我只道是个虱子。"其友从容拾起来看，说道："我只道不是个虱子。"

连　　偷

古代连偷骂型故事。见清·陈皋谟纂辑《笑倒》。

吴人有个种地者，蔬果为其邻居窃去，便大骂道："你们春天偷我的婶（笋），夏天偷我的妹（梅）子，到冬天还要偷我的老婆（萝卜）。"此则故事又见《新镌笑林广记》。

远送当三杯

古代笑话。见清·陈皋谟纂辑《笑倒》。

客访主人，主人不留饮食，送到门口时对客人说道："古语云：'远送当三杯'，待我送你几里。"他生怕客人留下不走，急拽其袖而行。客人笑道："从容些，我吃不得这般急酒。"

插　草　标

古代插草标型故事。见清·陈皋谟纂辑《笑倒》。

一人初次当仆人，很怕羞。一日主人去拜客，让他拿拜匣。仆人就插一草标在匣上，假装卖匣。有人要买匣，他指主人说："前面这一位买了。"此则故事又见《嘻谈录》《笑林广记》。

祛　　盗

古代笑话。见清·陈皋谟纂辑《笑倒》。

一痴人听到盗贼入门，急写"各有内外"贴于堂上。听到盗贼已经登堂，又贴"此路不通"于室内。听到盗贼又进来了，便逃入厕所。盗贼跟着过来，他立即掩厕门咳嗽道："有人在此！"此则笑话又见《新镌笑林广记》。

《笑得好》

书名。清·石成金撰。石成金（1659—1735），字天基，号学海，别署惺斋、惺庵愚人等，扬州人。康熙四十五年进士，授宝坻知县。雍正以后编纂大量通俗文学著作。此书是石成金撰《传家宝全集》中的一种，为清初最有影响的一部笑话集。分为初集、二集。其作品以采录为主，也有一部分作品出自明代及清初的笑话集。有康熙刻本、乾隆刻本等。其中收有《剩下穷叫花与我》《臭得更狠》等笑话、故事。

剩下穷叫花与我

古代讽刺故事。见清·石成金撰《笑得好》初集。

张李二人同行，见一轿抬的富翁有许多奴仆，张某便拉李某向人家门后躲避说："轿中坐的是我至亲，我若不避，他就要下轿行礼，彼此劳神费事。"李某说："这是应该的。"避过又同前行。一会儿，见一骑马显贵，衣冠齐整，从仆役多人，张某又拉李某向人家门后回避说："这马上骑的是我自幼极好的朋友，我若不回避，他见我就要下马行礼，彼此劳神费事。"李某说："这也是应该的。"避过又同前行。偶然见一破衣破帽的叫花走来，李某乃拉张某向人家门后躲避说："此穷花子是我至亲，又是我好友，我要回避他，不然他看见我要感到惭愧。"张某很吃惊，问道："你怎么有这样的亲友？"李某说："但凡是富贵好些的，都让你拾了去，只好剩个穷花子与我混混。"此则笑话又见《新镌笑林广记》《笑林博记》。

臭得更狠

古代笑话。见清·石成金撰《笑得好》初集。

一有钱富翁于客厅偶放一屁，正好有二客在旁边，一客说："屁虽响，不闻有一毫臭气。"一客说："不独不臭，还有一种异样香味。"富翁愁眉不展说："我听说屁不臭则五脏内损，死期将近，难道说我要死吗？"一客用手空招，用鼻子接连嗅嗅说："才臭过来了。"一客以鼻皱起，连连大吸，又以手掩鼻皱额说：“我这里臭得更狠。”此则笑话又见《笑林博记》。

烧蚂蚁用邻箕

古代笑话。见清·石成金撰《笑得好》初集。

有一老太婆手持数珠，口中高声念：“阿弥陀佛。”随即叫喊：“二汉，锅上的蚂蚁甚多，快拿火来替我烧死些。”接着高声念佛，随后又叫道：“二汉，你替我把锅下的火灰扒去一些，莫用我家的粪箕，恐怕烧坏了，只用邻居张三家的。”

吃人不吐骨头

古代吃人不吐骨型故事。见清·石成金撰《笑得好》初集。

一只猫儿眼睛半闭，口中呼呀呼呀地坐着。有两只老鼠远远望见，悄悄说道：“猫子今日改善念经，我们可以出去得了。”老鼠才出洞，猫子赶上，咬住一只，连骨都吃完了。一只老鼠跑脱向众鼠说：“我只说他闭着眼念经，一定是个良善好心的，哪知道做出来的事，竟是个吃人不吐骨头的。”此则故事又见《笑林博记》。

两脚桌子

古代笑话。见清·石成金撰《笑得好》初集。

一人做桌子想要省料，木匠迎合他说：“只做两脚，靠着柱子使用便可以。”一天晚上月明，其人准备将桌子移放到庭院中，难于安顿，就喊木匠来责问。木匠说：“你在家里可以省得，若在外边却如何省得？”此则笑话又见《笑林博记》。

笑话一担

古代笑话一担型故事。见清·石成金撰《笑得好》初集。

有个秀才年将七十，忽然生了一子，取名“年纪”。不久，又生了一子，取名“学问”。次年又生了一子，取名“笑话”。三子长大后上山打柴，回家时，秀才问："三个儿子谁打的柴多？"其妻说："年纪有了一把，学问一些也无，笑话倒有一担。"此则故事又见《新镌笑林广记》《笑林博记》。

一张大口

古代笑话。见清·石成金撰《笑得好》初集。

有两人好为大言，一人说："我乡有一大人，头顶天，脚踏地。"一人说："我乡有一人更大，上嘴唇触天，下嘴唇触地。"那人问道："他身子在哪里？"另一人回答："我只见他有一张大口。"

烂盘盒

古代烂盘盒型故事。见清·石成金撰《笑得好》初集。

昔有一官，上任之初，向神发誓说："左手要钱，就烂左手，右手要钱，就烂右手。"不久，有人以多金行贿，官欲受之，又恐犯前誓，于是自我解释说："我老爷取一空盘盒来，待此人将银子摆在内，叫人捧入。在当日发誓是钱，今日却是银，我老爷又不曾动手，即便烂也只烂得盘盒，与老爷无干。"此则故事又见《笑林博记》等。

答令尊

古代活脱话型故事。见清·石成金撰《笑得好》初集。

有一次父教子说："凡人说话放活脱些，不可一句说死。"儿子问道："如何叫做活脱？"此时正好邻家来借几件器物，父亲趁机说道："假如这家来借物件，不可全说多有，不可全说多无，只说也有在家的，也有不在家的，这话就活脱了。凡事都可以类推。"儿子便记在心头。他日有客人进门，问道："您家老父亲在家么？"儿子答道："也有在家的，也有不在家的。"此则故事又见《新镌笑林广记》《笑林博记》。

死方儿

古代笑话。见清·石成金撰《笑得好》初集。

有一儒生习医，往往不用药箱，诊脉后即索纸笔写一方，命病人往药铺取药。后儒生连定数方医人，病人即死。病家前往追究，儒生说："你们并不知道，我开的是死方儿。"

瞌睡法

古代笑话。见清·石成金撰《笑得好》二集。

一奶妈见小儿啼哭，不肯安睡，突然叫官人快拿一本书来。官人问他何用，奶妈说："我平时看见官人一看书，便睡了。"此则笑话又见《笑林博记》。

陕西诗

古代诗对故事。见清·石成金撰《笑得好》二集。

有三个陕西人在花园里闲坐，有人提议每人作一首诗要要，于是就以石榴、竹子、鹭鸶为题作诗。题石榴者道："青枝绿叶开红花，咱家园里也有它；三日两日不看见，枝上结个大疙瘩。"题竹子者道："青枝绿叶不开花，咱家园里也有它；有朝一日大风刮，革落革落又革落。"题鹭鸶者道："惯在水边捉鱼虾，雪里飞来不见它；它家老子咱认得，头上有个大红疤。"

兄弟蠢才

古代笑话。见清·石成金撰《笑得好》二集。

兄弟二人一同去拜客，弟甚愚昧，坐定后，人家用蟠桃干泡茶。弟问兄："这是何物？"兄答道："蠢才。"过了一会儿，用橄榄泡茶。弟又问兄："这是何物？"兄又答道："蠢才。"等到出门，弟对兄说："刚才第一个'蠢才'虽然酸，尚有甜味；那第二个'蠢才'全是涩的。"

锯酒杯

古代锯酒杯型故事。见清·石成金撰《笑得好》二集。

一人赴席，主人斟酒，每次只斟半杯。其人向主道："尊府有锯子，借给我用一用。"主人问："何用？"客指着杯子说："此杯上半节既然盛不得酒，理该锯去，留它空着何用？”此则故事又见《时兴笑话》《新镌笑林广记》《嘻谈录》《笑林广记》《笑林博记》。

三字同形

古代三字同型故事。见清·石成金撰《笑得好》二集。

有人行一酒令，要三个字同形的两句，后以二句出意，随即说道：“大丈夫，江湖海，走过江湖海，方为大丈夫。”一人说道：“官宦家，绫罗纱，穿的绫罗纱，方为官宦家。”一人说道：“屎尿屁，讲说话，胡乱讲说话，就是屎尿屁。”

鸦龟争兄

古代动物故事。见清·石成金撰《笑得好》二集。

江边有老鸦与乌龟结拜兄弟，相互争当兄长。龟设计哄鸦说：“我与你赌过江，先过者为兄。”鸦暗想，此江一飞即过，龟爬几日也过不去，便依从了。鸦即一翅飞过江左，叫道：“乌龟何在？”龟即应道：“在此！”鸦不知龟如何过得很快，忙说：“如今再飞过江去，先到者为兄。”龟又答应了。鸦又挺翅一飞而过，叫道：“乌龟何在？”龟即应道：“在此！”鸦十分疑惑，便说：“如今再赌到江那边去，先到者一定为兄。”龟又允许，鸦因飞至江心，忽然叫道：“乌龟何在？”江左江右齐应道：“在此！”原来是江左一龟，江右一龟。鸦很生气，骂道：“你两个乌龟，哄得我一个好呢！”

画　刀

古代笑话。见清·石成金撰《笑得好》二集。

酒店请人写卖酒的招牌，其人写完，便在招牌上画了刀一把。酒保惊问：“画此何用？”答道：“我让这刀不定期杀杀水气。”

虎诉苦

古代笑话。见清·石成金撰《笑得好》二集。

和尚携经一部、铙一副下乡，替人家做佛事。在路上忽然遇到一只老虎扑来，和尚惊慌无措，抛铙击虎。老虎张口接往，嚼碎吞下。和尚更怕，又把经抛去。虎见经来，急转头跑进山洞。小虎问道："父亲搜山，为何很快就回来啦？"老虎说："真晦气！我遇着一个和尚，只吃了他两片薄铜，他就抛下缘簿来化缘。亏我跑得快，不然叫我拿什么布施给他。"

转　债

古代笑话。见清·石成金撰《笑得好》二集。

一人借银六两，每月五分起息。年终该利三两六钱，不能还，要求找四钱，换成了十两的欠帖。次年十两加利，年终该六两，又不能还，要求找四两，改成了二十两的欠帖。到了第三年，本二十两、利十二两，共该三十二两，又不能还，要求找八两，换成四十两的文契，主人迟疑不发。债户发怒，说道："好没良心！我的本利哪一年不清楚，你还不快活呢？"

《看山阁闲笔》

书名。清·黄图珌撰。黄图珌（1699—1752后），字容之，号守真子、蕉窗居士。华亭（今上海）人。雍正时任杭州府、衡州府同知，乾隆时三任浙江乡试监试官。此书十六卷。有《看山阁集》刊本。上海古籍出版社2013年出版有袁啸波校注《看山阁闲笔》。其中收有《誓联》《逢迎》等笑话。

誓　联

古代贪官誓联型故事。见清·黄图珌撰《看山阁闲笔》卷十五。

有个县令堂悬一联，以为誓言："得一文，天诛地灭；听一情，男盗女娼。"可是，来送金帛的人颇多，他无不收受，而且有钱有势的来说情，亦必定徇情枉法。有人问道："你错啦，不见堂联所表明的志向吗？"县令说："我没有失去志向，我所得并非一文，所听并非一情啊！"此则故事又见《笑得好》。

逢　迎

古代笑话。见清·黄图珌撰《看山阁闲笔》卷十五。

昔日有个巡按，非常喜欢逢迎，属吏回话，必定要屈一足。一官吏非常善于奉承巡按，因为下膝过重，伤了筋骨，卷曲成疾，身体好像弓弯。可是接任的巡按，对迎合的人深恶痛绝。这个官吏进见，腰不折而自折，新巡按狠狠地责备他说："为官应当以清慎为怀，不能逢迎，你为何如此卑污？"这个官吏说："卑职有病啊。"

财命相连

古代笑话。见清·黄图珌撰《看山阁闲笔》卷十五。

有个老翁看见江滩上有一枚钱，便去拾取。一会儿潮水涌来，避之不及，竟被淹死。次日他的尸体浮出，手里还紧紧握住铜钱。看见的人叹息道："此翁深深懂得财命相连的意义啊。"

画　钱　孔

古代笑话。见清·黄图珌撰《看山阁闲笔》卷十五。

有个官非常爱钱，每次收到状子，稍微有机可乘的，就用笔在状词下面画一个钱孔。久而久之，老百姓都知道了。凡是遇到麻烦事的，相互提醒说："这个县官是在钱眼里下工夫哇！"

《秋灯丛话》

书名。清·王槭撰。王槭，字凝斋，乾隆时人，生平不详。此书十八卷。有乾隆庚子积翠山房刊本、乾隆辛亥翻刻本、嘉庆壬寅刊巾箱本等。黄河出版社1990年出版有排印本。其中收有《吴中才女》《狐假亡妇》等故事。

吴中才女

古代鬼魂故事。见清·王棫撰《秋灯丛话》。

金陵沈某雇船游吴地山水。一日，到了姑苏西南的元墓山，竟流连忘倦。后来他燥渴思饮，看见道旁有几间茅舍，花木交映，有一个老妈妈站在门边，便去作揖找茶水喝。老妈妈将他请进去，端出果品茶水，这时看到竹屏帘子间仿佛有丽人行走。沈某忙问室中有什么人，老妈妈说："是我从小养大的一个姑娘。"沈某想见一见，老妈妈便让姑娘出来。沈某见了姑娘，神不守舍，不知所措。老妈妈知他尚未安家，就做主让姑娘与他结为伉俪，置酒成礼，请他在女家住下。后来，沈某要应试便回到金陵，时光渐渐过去，快到年底。有一天，忽然有个人从姑苏来，交了一封书信给他。他拆开来看，有绫帕一方，上面绣着一首诗。沈某读诗，悲疑交集。他立即前往姑苏寻访故地，仅仅见到两座荒坟。询问后才知道是吴中一个十七岁的才女葬在这里，旁边埋葬的是她的奶娘。

狐假亡妇

古代精怪故事。见清·王棫撰《秋灯丛话》。

明代即墨县周秀才丰姿潇洒。有一年七月十五中元节，他在盂兰会上遇到一个少女，被深深地吸引住了，一问是苗圃老李的女儿，无缘可通，便不再想此事。但李姑娘自从见到周生后，朝思暮想成病，而且病情日益加重。后来家里请人去提亲，周生欣然应允，就选择吉日成亲。可是李姑娘过门竟死去，令周生无比悲痛。周生把妻子安葬后，晚上挑灯独坐，突然听到敲门声，开门竟是亡妻。她说自己气结未死，有小偷盗墓开棺，因此复活。周生当时信以为真，便接纳了她。第二天早上，周生偷偷去郊外，看见妻子的坟墓完好无损。回家后，少妇说自己乃是狐女，因为看见他哭墓过于哀伤，才变了亡妻安慰他，而且彼此也有情缘。周生听到后不再畏惧，就一直生活在一起。

《子不语》

书名。又名《新齐谐》。清·袁枚撰。袁枚（1716—1798），字子才，号简斋，浙江钱塘（今杭州）人。乾隆进士，历任溧水、江浦、沭阳、江宁等县知县。四十岁后辞官定居江宁（今江苏南京），在小仓山下筑随园，从事著述，自号仓山居士、随园主人、随园老人。此书三十四卷，原书二十四卷，续书十卷。其作品多数来自亲朋好友的口述，也有一部分采自他书，或者出自当时官方的邸报、公文。有乾隆五十三年随园刻本、嘉庆二十年美德堂刻本、《清代笔记丛刊》本、《笔记小说大观》本、1914年上海锦章书局石印本等。上海古籍出版社1986年出版有申孟、甘林整理本。其中收有《平阳令》《罗刹鸟》等故事。

平　阳　令

古代精怪故事。见清·袁枚撰《子不语》卷二。

平阳令朱某，生性狠毒冷酷。他在县衙特别制造厚枷巨棍，案子涉及的妇女，必引到奸情上来审讯。每一次杖打妓女，都要脱掉内裤，用杖捅阴部，使阴部肿溃数月，并说：“看她如何接客。”又拿臀部的血涂在嫖客脸上。对长得漂亮的妓女更加残酷，剃光她的头发，用刀划破两个鼻孔，说：“让美者不美，那么妓风就断绝了。”他每逢遇到在一起当官的人，必定自夸：“见到美色不动心，不是我铁面冰心，怎么能够这样！”他任满转到山东任通判，带着家眷到了茌平旅店。店楼封锁得很牢固。朱某问原因，店主说：“楼中有怪，历年不开。”朱某一向执拗，说道：“有什么妨害？妖怪听到我的威名，早就吓退啦。”妻子苦劝，他不听。于是把妻子安排到别室，自己单独携剑点烛坐在楼上面。到了三鼓，有个扣门进来的老人，白须红冠，见朱某就长揖。朱某厉声问道：“你是何怪？”老人说：“我不是妖怪，乃此方的土地神。听说贵人至此，正好是消灭群怪的时机，因此高高兴兴地前来相迎。”并且叮嘱道：“大人，一会儿妖怪来了，只须挥舞宝剑，我过来相助，无不斩草除根。”朱某大喜。转瞬间青面的、白面的妖怪依次来到。朱某用剑砍去，一砍便倒。最后有个长牙黑嘴的妖怪来了，朱某剑击，也呼痛倒下。朱某欣喜而自负，急忙去告诉店主。当时已经鸡鸣，店家举烛来照，横尸满地，全是朱某的妻妾子女。朱某大叫道：“我被妖鬼耍弄啦！”一悲痛便气绝身亡。

罗　刹　鸟

古代精怪故事。见清·袁枚撰《子不语》卷二。

雍正年间内城某家为儿子娶媳妇。女家也是巨族，住在沙河门外。新娘登桥后，骑从簇拥。经过一座古墓时，有一阵狂风从坟墓间出来，绕花轿几圈，飞沙眯目，过一会儿才停下来。到了夫家，轿子停在大厅上，揭帘去扶新娘，不料轿中竟有两个新娘掀帏出来，衣妆彩色一模一样，不辨真伪。将她们扶入内室，公公婆婆都感到惊吓。他家无可奈何，只好举行夫妇之礼，凡是参拜天地祭拜祖宗，都让新郎立在中间，两个新娘站在左右。新郎心想娶一得俩，大喜过望。夜间，他携两个美人同床。公公婆婆也上床就寝。他们忽然听到新房中惨叫，立刻披衣起来。童仆妇女们推门进去，看见血淋漓满地，新郎跌卧在床外，床上有个新娘仰卧在血泊中，另外一个不知到哪里去了。张灯四照，只见梁上栖了一只灰黑色大鸟，钩嘴巨爪如雪。众人喧呼奋击，短兵器够不着。正打算取弓矢长矛，大鸟便展翅夺门飞去。新郎昏晕在地，说道："并坐一会儿，正准备解衣就枕，左边的新妇举袖一挥，两只眼睛已被挖去，剧痛而昏倒。不知道另外一个如何化鸟的。"再问那个新妇，她说："郎君呼叫时，她已变成怪鸟来啄我的眼睛，我顿时昏倒。"后来治疗几个月，都已康复。他们夫妻恩爱，只是新妇两眼瞎了，实在可悲。

豁达先生

古代鬼怪故事。见清·袁枚撰《子不语》卷四。

松江廪生吕某，性情豪放，自号豁达先生。他曾经去泖湖西乡，天色渐黑，看见一个涂眉画粉的妇人拿着绳索跑过来。她望见吕生，便躲到大树下去，拿的绳子则掉在地上了。吕生取来观看，乃一条草索。他心知是缢死鬼，便将草索藏在怀中，一直向前走去。那个妇人从树下走出，往前来遮拦吕生，左行则左拦，右行则右拦。吕生直冲而行。鬼无可奈何，长啸一声，变作披发流血模样，伸出一尺来长的舌头，跳跃过来。吕生说："你先前涂眉画粉，来迷我；向前阻止，来遮我；如今作此恶状，来吓我。你三技用毕，我都不怕。你也知道我素来名叫'豁达先生'吗？"鬼于是恢复原形跪地说："我是城中施姓女子，与丈夫口角，一时寻短见上吊。现在听说泖东某家妇，也与其夫不和睦，所以我前往替代。不料半路被先生截住，又将我的绳子夺去，我实在计穷，只求先生超生。"吕生问如何超法。鬼说："替我告诉城中施家作道场，请高僧多念往生咒，我便可托生。"吕生笑道："我即高僧，我有《往生咒》，为你一诵。"立即高唱："好大世界，无遮无碍。死去生来，有何替代？要走便走，岂不爽快！"鬼听完恍然大悟，伏地再拜，奔走而去。后来当地人说："此处一向不平静，自豁达先生来过后，再没有作祟的啦。"

替鬼做媒

古代鬼魂故事。见清·袁枚撰《子不语》卷四。

江浦南乡女张氏，嫁给陈某七年就成了寡妇。她生活无依靠，就改嫁张姓。张某也丧妻七年，作媒的人以为是天缘巧合。结婚刚半月，张氏的前夫附魂妻身说："你太没有良心，竟不替我守节，转嫁他人。"便用手自打面颊。张家人为他烧纸钱，再三劝慰，依然如故。不久，张某的前妻又附魂在她的丈夫身上骂道："你太薄情，只知道有新人，不知道有旧人。"也用手自己击打自己，全家惊惶。刚好原先作媒的秦某在旁边，就开玩笑说："我从前既替活人作媒，我今日何妨替死鬼作媒。陈某既在此寻找妻子，你又在此寻找丈夫，何不彼此交配而离去？这样一来阴间不寂寞，而两家活夫妻也平安啦！"张某面作羞涩状，说道："我也有此意，但我貌丑，不知陈某肯要我吗？先生既有此好意，求先生去说说何如？"秦某便告诉两边，两边都表示同意。张某忽然又笑道："此事极好，但我们虽是鬼，不可野合，必须媒人替我剪纸人做轿夫，有锣鼓音乐，摆酒席，送合欢杯，使男女二人成礼，我们才离去。"张家照办，从此两人安然无恙。后来乡邻哄传某村替鬼做媒，替鬼做亲。

符离楚客

古代鬼魂故事。见清·袁枚撰《子不语》卷四。

康熙十二年冬天，有一个楚客去山东贸易，由徐州至符离。大约二鼓，北风很厉害，他见道旁的酒店灯火明亮，就进去饮酒，随后借宿。店中人好像有难色。有老者同情他，就说："右边有一间耳房，可以暂住。"便引楚客进去。楚客很饥渴，不能入睡。听见外面人马喧声，就起来从门隙窥视，看见到处都是军士，据地饮食，谈说军中事情。一会儿，众人呼喊："主将来啦！"远远有纸灯数十，错落而来。一个雄壮长髯的人下马入店上坐，众人伺立门外。店主人具酒食上，食毕，呼军士进入说："尔等远出久矣，各自归队，我也稍稍休息，待文书到了再出发不迟。"众人退去，又呼："阿七来！"少年军士阿七引长髯的人进左门，门隙有灯射出。楚客从右耳房潜至左门隙窥视，见门内有竹床，无睡具，灯置地上。长髯的人用手撼动他的头，头即坠下，放在床上。阿七卸下他的左右臂，分放在床内外，然后倒身卧于床。阿七摇动他的身子，自腰下对裂成为两段，倒在地上，灯随后熄灭。楚客十分惊悸，飞奔到耳房，以袖掩面而卧，辗转不能入睡。天色微明，他发现自己身卧在乱树中，旷野无屋，亦无坟堆。他冒着寒冷走了三里多路才有店，店主人刚刚开门，惊讶地问他："客人来得为啥这么早？"楚客讲了自己的遭遇，并问所宿为何地，店主回答："此间都是旧战场啊。"

猎户除狐

古代精怪故事。见清·袁枚撰《子不语》卷四。

海昌元化镇有一个富家，卧房三间在楼上，白天人们都下楼料理家务。一日，他家的妇人上楼取衣服，楼门打不开，便从板隙里看见一个男子坐在床上。她以为是小偷，就呼家人上去。那个人大声说："我们要移居此楼。我先来，家眷即将来到。借你们的床桌一用，其余物品还你们。"便从窗间扔出箱箧零星之物。一会儿，闻听楼上有聚集的语声，三间房内老幼杂沓，敲盘而唱："主人翁，主人翁！千里客来，酒无一盅。"富家畏惧，忙办酒席四桌放在庭中，立即从空中取上楼，吃完又从空掷下。此后也不太作恶。富家打算请道士来驱除，刚在外面商定回来，楼上人又唱道："狗道狗道，何人敢到？"次日道士来了，正在布坛，好像有物品扔下，道士踉跄奔出，一切神像法器都撒在门外。自此日夜不宁。富家去江西求张天师，天师派某法官前来。精怪又唱道："天师天师！无法可施。法官法官！来也枉然。"不久法官到了，好像有人揪住法官的脑袋而抛在地上，让他面破衣裂。法官非常惭愧，说道："此怪力量大，须请谢法官来才可。"谢法官住在长安镇某观中。主人迎接谢法官来，立坛施法，精怪竟不再唱，富家十分欣喜。忽然红光一道，有个白须人从空中来到楼上，呼喊："不怕谢道士。他所行的法术，我能够破。"谢法官坐庭前诵咒，掷钵到地，行走如飞，绕厅盘旋，几次想飞上楼都上不去。一会儿楼上摇铜铃，琅琅声响，谢法官的钵就掉在地上，不再转动。谢法官大惊道："我筋疲力竭，不能够除此怪。"立即取钵离去，而楼上的欢呼声响彻墙外。从此以后，精怪作祟无所不在，如此又过了半年。冬天大雪，有猎户十多人来富人家里面借宿。富人说借宿不难，只恐怕有扰累。猎户说："这是狐精。我们是猎狐者，只求拿烧酒来喝醉，一定会回报你。"富家让猎户狂饮大醉，他们拿出鸟枪，装火药向空点放，烟尘障天，通宵震动。等到天明雪停下来，才离去。富家感到惊骇，担心狐精还会作祟，但是一个晚上都静悄悄的。又过了几天，一点声音都没有。他们上楼去看，地上有一堆毛，窗户全开，而精怪已经跑啦。

喀　雄

古代奇遇故事。见清·袁枚撰《子不语》卷六。

喀雄姓杨，他父亲作过守备，早已亡故。他表叔周某是镇守河州的副将，把他抚养大。周某有个女儿，年龄相近，很爱喀雄，常常给他饮食。周某家法甚严，并无别的事。务子也是周家亲戚，住在书斋。夏月很热，喀雄徘徊月下，见周女冉冉而至，便与她欢好，此后无日不至。务子闻听房中笑语，就去偷窥，看见喀雄与周女亲昵，心里大妒，便密告周某。周某去问夫人，夫人说："女儿夜夜与我同床，哪有此事？"周某总不放心，借故让喀雄离开他家。喀雄无依无靠，便栖身在兰州古寺中。一日周女忽然来到，带了许多贵重物品，说是与叔父一起来的。她叔父是一个武官，刚升为兰州守备。喀雄深信不疑，就与周女居住半月。一天，叔父在路上遇到喀雄，十分高兴，就一同到了喀雄的住处，他看见周女非常吃惊。数日后，周女的叔父因公回河州，详告此事。周某感到很奇怪，忙说："我女儿还在室内，哪有此事？或者是狐精假冒的啊？"夫人说："与其让狐狸冒充我女儿，玷辱我闺门，不如把真女儿嫁给喀雄。"周某兄弟大以为然，即招喀雄回来成亲。结婚当晚，狐女先已在房内，喀雄不知所措。狐女笑道："何事张皇？我是狐狸，实为报德而来。君的先祖作将军时，曾经在土门关打猎。我中箭被擒，将军拔箭把我放了。多次想报恩，无从下手。近来知道郎君喜欢周女而不得，故来作媒人，让你如愿以偿。如今做媒成功，我去啦。"忽然不见。此则故事又见《夜谭随录》。

白　虹　精

古代奇遇故事。见清·袁枚撰《子不语》卷六。

浙江塘西镇丁水桥篙工马某，撑小船夜行。有个老妇携女儿呼渡，船中客人拒绝她们。篙工说："黑夜妇女无助，渡她们也积阴德。"老妇携女应声上坐，船近北关门，天已明。老妇拿出囊中黄豆一升酬谢篙工，并解麻布一方与他包豆，说道："我姓白，住西天门。你以后想见我，把足踏在麻布上，便升天到我家了。”说罢就不见啦。篙工以为妖怪，便将豆子撒到野地上。回家后卷袖子，发现还有几颗豆子，都是黄金。他后悔说：“该不是仙家啊？”急跑到扔豆子的地方去寻找，豆子不见了而麻布还在。他踩上去，便冉冉升空，看见人民村郭，历历从脚下经过。飞到一处，琼宫绛宇，小青衣站户外说：“马郎果然来了。”进去扶老妇人出来，说道：“我与你有缘分，小女正在等待君子。”篙工谦让说自己配不上，妇人说：“有缘就配得上。我呼渡时，缘从我生；你肯渡时，缘从你起。”还没有讲完，笙歌酒肴，婚礼便准备好了。篙工居住了一个多月，虽然十分恩爱，却不免想家，就与女子商量。女子教他仍然用足踩布，就可以乘云回去。篙工照她的话办，竟回到丁水桥。乡里跑来观看，不相信他是从天而下。此后他常往常还，都以一幅布为车马。篙工的父母不喜欢，便焚烧此布，异香几个月不散，往来从此断了。有人说：“姓白的，是白虹精啊。”

鬼差贪酒

古代还阳故事。见清·袁枚撰《子不语》卷七。

杭州袁某，四十未婚。邻女有姿色，袁某很爱慕，彼此都有情意。邻女的父亲嫌袁某家贫，不答应。邻女想念成病，竟死去。袁某越发悲痛。有一个月夜，袁某独自饮酒，发现墙角有个蓬头人，手中用绳子好像牵了一个人，看着自己微笑。袁某以为是邻居的一个差役，就问他喝酒吗？那人点头。斟一杯给他，却闻而不饮，忙问：“嫌冷吗？”那人再点头。热一杯给他，也闻而不饮。那人闻几次便面红耳赤，口大张不能复合。袁某将酒浇进他的口中，每浇一次，他的脸面就一缩。浇完一壶酒后，他竟缩得跟婴儿一般大，痴迷不动。袁某牵了牵他的绳子，才发现他所缚的是邻女。袁某大喜，便拿出酒坛子，把蓬头人投进去牢牢地封起来。于是解开邻女，一起入室成为夫妇。夜晚同床共枕，白天只是听到声音。过了一年，妻子告诉袁某：“我可以生孩子啦。明日，我可以借尸还阳，夫君可往某村。”袁某次日去访某村，果然有一个女子气绝刚刚入殓，父母正在号哭。袁某去说：“如果许配给我为妻，我有药能够使她还魂。”女家大喜，立刻许婚。袁某附女耳低片时，女即跃起。全村惊以为神，便为他们举办婚礼。女子所记忆的，都不是本家的事情。一年后，渐渐熟悉，相貌还美过前女。

莆田冤狱

古代案狱故事。见清·袁枚撰《子不语》卷九。

福建莆田王监生，一向豪横。他想把邻居张妈的五亩田夺过来，让自己的田成为方块，便伪造地契，贿赂县令，断为己有。张妈无可奈何，然而心中愤恨，每天都到他家门外大骂。王监生不能忍受，便收买邻人打死张妈，而且诬告她儿子杀母，抓去告官。张子受不了毒刑，便诬伏，将被凌迟处死。苏总督听说后感到怀疑，以为儿子即使不孝，也不会当众打死母亲，而且遍体鳞伤。便命令福州、泉州两个知府一起在省中城隍庙会审。两知府各有成见，仍照先前那样定罪。张子受绑将出庙门，大呼："城隍，城隍！我一家奇冤极枉，而神全无灵响，何以享人间的供奉？"讲完后，城隍庙西厢突然倾倒。刚牵出庙，则两泥皂隶忽移到他面前，用两腿交叉，人不能过。于是观看的群众大噪，两府也非常吃惊。重审此案，才为张子雪冤，而将王监生法办。

真龙图变假龙图

古代案狱故事。见清·袁枚撰《子不语》卷九。

嘉兴宋某为仙游县令，平素严厉廉洁，以包公自命。某村有个监生姓王，与佃户的妻子通奸。监生嫌该佃户在家，便收买算命者告诉此人，在家流年不利，必远游他方，才能够免除灾难。该佃户向王监生借本钱，去四川做生意，三年不归。村人相传，某佃户已被王监生谋害了。宋县令闻听此事，打算替他雪冤。他一日过某村，有旋风起于轿前。追过去一看，风从井中出。差人从井里捞到一具男尸，宋县令以为是某佃户，立刻拘王监生与佃户妻严行拷讯。他们都自认谋害某佃户，于是被法办。因此，县里人称宋县令为"宋龙图"，还编成戏本，沿村弹唱。又一年，某佃户从四川归来。刚入城，就发现戏台上在演王监生事，看后这才知道妻子业已冤死。他顿时大哭，连忙到省城控告，臬司某为他审理。宋县令以故意勘问百姓致死抵罪。仙游人作歌唱道："瞎说奸夫害本夫，真龙图变假龙图。寄言人世司民者，莫恃官清胆气粗。"

官　癖

古代鬼魂故事。见清·袁枚撰《子不语》卷十一。

明代南阳府有一个太守，死在衙署里面。他的阴魂不散。每到黎明敲钟的时候，他必定戴上乌纱帽系好袍带上公堂，南向而坐。有吏役来叩头，还点头回应，作受拜的样子。太阳一出来就消失啦。雍正年间某太守上任，听说此事，笑道："这个人有官癖，虽然死了，却不明白自己已死。我来让他弄明白。"于是他黎明早早穿戴好，先上堂南向而坐。到敲钟时那个鬼魂远远而来，看见堂上已经有人占座，便停了下来。长叹一声便消失了，从此绝迹。

冤鬼戏台告状

古代案狱故事。见清·袁枚撰《子不语》卷十一。

乾隆年间，广东三水县搭台演戏。一日，演包公断乌盆。花脸刚扮包公上台坐，就看见有个披发带伤的人跪在台间，作申冤状。花脸惊起避开。台下人哗然，他们喧哗的声音传到县衙里面。县令派差役去查问，花脸就以所见来回答。县令就让花脸仍然扮包公上台，如果再有所见，可引到县堂来。花脸领命行事，那个鬼果然又出现了。他立刻把那个鬼领到公堂上，县令问他："鬼何在？"花脸说："鬼已跪在阶下。"县令大声呼唤，毫无见闻。花脸看见鬼起立外走，向他招手。花脸禀告县令，县令派花脸同两个差役尾随。鬼到郊外走了几里，进入一个坟墓中，这一座坟墓乃县中富室王监生葬母的地方。花脸与差役将竹杖插在那里，回县去报告。县令乘轿子去观看，并且传来了王监生严加审讯。王监生不认罪，请开墓以表明自己冤枉。县令到那里，开墓还不到两三尺，即见一具尸体，颜色如生。县令大喜，问王监生。王监生大喊冤枉，县令问他："你看见封土完毕才回家吗？"王监生说："我看见母棺下土后，就回家了。以后的事都是土工所为。"县令立刻唤众土工来，看见他们状貌凶恶，喝道："你等杀人的事情已经发觉，不要再隐瞒啦。"众土工大惊失色，叩头说："王监生回家后，我等都在茅蓬下休息，有孤客来讨火。一个伙伴发觉他囊中有银，就举铁锄砸碎他的脑袋，埋在王母棺上，一起瓜分了他的财物，王监生并不知晓。"县令便将他们绳之以法。相传众土工埋尸时，自夸道："此事难明白，如要得申冤，除非包公再世。"鬼闻听此言，所以借花脸扮包公时，便去申冤。

借棺为车

古代奇事故事。见清·袁枚撰《子不语》卷十四。

绍兴张元公，在苏州阊门开布行。聘伙计孙某，是陕西人，性诚谨而勤快，所经算常常利市三倍。因此宾主相得，三五年中替张家赚得资产十万。孙某几次请求回家，主人坚留不许。孙某生气说："假如我死，也不放我回去吗？"主人笑道："如果死去，我必定亲自送你回去。三四千里，我都不辞辛劳。"又一年，孙某果然病得厉害。主人至床前，问身后事。孙某说："我家在陕西长安县钟楼旁边，有二子在家。如念我前情，可将我的灵柩送回去交给他们。"随即气绝。主人大哭，深悔从前苦留他。又自念十万家资，都出自他帮助之力，怎么可以食言不送？于是准备一千两办丧事的礼金，亲自送棺木至长安。叩孙某家门，他的长子出来相见。长子对家人说："爷的灵柩回来了，可以安置在厅旁。"他既无哀容，也不换孝服。张元公十分惊诧。一会儿，次子出来相见，向张元公致谢，话语也如平常。张元公心想孙某如此好人，怎么生下禽兽一般的二子？正在惊叹的时候，闻听他们的老母在内呼喊："行主远来，我已备好酒菜，可惜无人作陪，怎么办？"两个儿子说："行主张先生是长辈，我们晚辈不敢陪侍。"老母说："那么非他们死去的父亲不可了。"连忙命二子摆酒席，自己拿着大斧出来，劈棺骂道："业已到家，你何必装痴卖傻？"死者大笑，立即掀棺而起，向张元公拜谢说："先生真是好人。送我回家，我死了你也不食言。"张元公问："你为何如此狡猾？"孙某说："我不死，先生肯放我回家吗？"张元公说："你既然好了，何不再一同去苏州？"孙某说："先生命中注定财产只有十万，我虽再去，也不能有所增益。"他留张元公住三日便分别了。终究不知道孙某是什么人。

卖蒜叟

古代武侠故事。见清·袁枚撰《子不语》卷十四。

南阳县杨二相公，精于拳勇，能够以两肩扛起粮船。旗丁多次用篙刺他，篙触到他，寸寸折裂，因此他名重一时。他率领徒弟到常州，每至演武场传授枪棒，围观者人山人海。忽然有一日，一个卖蒜老头儿，龙钟伛偻，咳嗽声不绝，在一旁看着而嘲笑他们。有人去告诉杨二相公。杨二相公大怒，便招呼老头儿过来，用拳打砖墙，陷进去一尺左右，就炫耀道："老头儿，你能这样吗？"老头儿说："先生能打墙，不能打人。"杨二相公越发生气，骂道："老奴能受我打吗？打死不要怨我呀。"老头儿笑道："垂死之年，能以一死成就先生之名，死又何怨？"便当众写立誓券，让杨二相公养息三日。到时候老人自缚在树上，解衣露腹。杨二相公故意在十步外取势，然后奋拳击老人。老人寂然无声，但见杨二相公双膝跪地，叩头道："晚生知罪了。"他拔自己的拳头，已夹入老人腹中，无论如何出不来。他哀求许久，老人才鼓腹放他，已跌出一座石桥外。老人慢慢背蒜而去，始终不肯告诉他自己的姓氏。

鸩人取香心

古代巫祝毒计型故事。见清·袁枚撰《子不语》卷十四。

杭州道士廖明，募钱立圣帝庙塑像。开光之日，乡城男女蜂拥上香。忽然来了一个无赖，昂然坐在圣帝旁，指着塑像侮骂。众人要去阻止，道士说："不必。听其所为，必然有报应。"一会儿，无赖仆地呼喊腹痛，翻滚而死，七窍流血。众人惊骇，以为圣帝威灵。于是香火大盛，道士因此致富。过了一年，道士的同伙分财不匀，出去说：去年无赖侮骂神灵，乃道士出钱教他如此。无赖的死乃道士事先让他喝了毒酒，可是他并不知道酒有毒。有关的官员掘验无赖的骨头，果然是青黑色，便诛杀了道士，而圣帝庙的香火也逐渐衰败了。

代州猎户

古代奇遇故事。见清·袁枚撰《子不语》卷十九。

代州猎户李某，骑马到郊外去打猎。他看见鸽子成群，就发火枪击中鸽背，鸽子带铅子飞去。李某大惊，追逐到一个山洞，鸽子进入不见了。他穿山洞而进，看见石室很宽，有石人数十尊，雕镂极为精细，头都砍去，各自用手提着。最后一个人，枕着头而卧，怒目看着李某，眼睛闪闪好像要动。李某非常害怕。他刚要退出去，那只带铅子的鸽子，率领几万只鸽子争着来咬扑他。他端起空枪且击且走，不觉坠入池内。池水红热如血，气味很腥。鸽子好像非常渴，争相在池中喝水，李某才得脱身，逃出山洞。他衣上所染红水，鲜明无比，夜间映射在灯月之下，有火光照灼。最终不知道此山此鸽，究竟是什么精怪。

驴 大 爷

古代报应故事。见清·袁枚撰《子不语》卷十九。

某贵官的长子，性情凶暴。左右稍不如意，他立刻把他们打死。对于侍女的下体，他则敲打施以酷刑。他不久病死，托梦给平时亲信家奴说："阴司因为我残暴，罚我变牲口，明天早晨就入驴腹中。你快去某胡同驴肉铺中，将母驴买回来，以救我命，稍迟就来不及啦。"家奴惊醒，急忙去某胡同，见到一头母驴，将要被宰杀。他买回园中，果然生下一驹，见人好像相识似的。人呼"大爷"，它便跳跃而来。有画士邹某，居在他家园旁。一日闻听驴叫，他家人就说："这是我家大爷的声音。"

竹 叶 鬼

古代鬼怪故事。见清·袁枚撰《子不语》卷十九。

丰溪吴某在外地做官，因病回故里。船过豫章，天暑热，就在百花洲一座空馆借住。那里屋宇宽敞，颇觉适意。屋内外常有声如鬼啸，家人独行，往往看见各种黑影。一天晚上，吴某在栏杆旁边设榻乘凉，听到墙角芭蕉丛中窸窣有声，走出无数人。长的、短的、肥的、瘦的，都不过一尺光景。最后一人稍大，扛着大笠帽，不见他的脸面。旋绕墙中，像数十个不倒翁。吴某急忙呼喊人来，忽然不见，化作满地流萤。吴某捉一个萤火虫入手，戛然有声，其余的萤火虫全都熄灭了。取火来照，是一片竹叶。

冤 鬼 错 认

古代鬼怪故事。见清·袁枚撰《子不语》卷十九。

杭州城艮山门外，俞家桥杨元龙在湖墅米行中管理账目。湖墅距离俞家桥五里，他朝往夕返，习以为常。一日因米行生意热闹，偶然迟至一更过后才回家。到了得胜坝桥，遇见平素认识的李某偕同二人急奔。杨某呼喊他，他回答："不知二人有什么要紧事，拉我往苏州去。"杨某询问二人，都笑而不答。分别时，李某叮嘱道："你过潮王庙一里多路的小石桥边，有人问你姓名，一定要说别的，不可说姓杨。如果说姓杨，一定要连名字一起讲。切记切记！"杨某到了那里，果然有二人坐在草中。问杨某姓名，他刚说姓杨，二人立即上前揪住他说："等候多时，今日不能放你了。"杨某被扯入水中，才悟出他们是鬼，并记起李某的话，即大呼："我杨元龙，并未与各位有仇。"其中有一个鬼说："错啦！可以放还。"他正在叫唤，刚好有个卖汤圆的过桥，便拿灯来照。看见他在水中，急忙救起。他一看是邻居老张，就告诉了事情的经过。老张送他回家。第二天早上，他去看李某，见到李某刚刚入殓，家人说："昨晚中风死了。"他昨晚遇李某时，正是李某死的时候，只是不知往苏州去干啥。

驴雪奇冤

古代误杀奇案型故事。见清·袁枚撰《子不语》卷二十。

乾隆四十三年春，保定清苑县李氏女，嫁与西乡张家庄张氏子为妻，相距一百多里。李女回娘家一个来月，新郎骑驴来迎，令妻骑驴，而自己步行在后面。路经邻村，张氏子害怕熟人与他调笑，而且驴也熟识回去的路，便让妻子先行。走六七里路，有个三叉路，过西为张家庄大路，过东则任丘县界。任丘豪富刘某的儿子驾车从西道来，将张妻的驴子冲向任丘道上，相逼而行。天渐晚，张妻心慌，问刘子："此地离张家庄有几里？"刘子说："娘子错了。张家庄向西而去，此是任丘大路，相距几十里。天晚难行，我替你选个庄子借宿，天明就派人送你回去好吗？"张妻无可奈何，勉强答应。到了前庄刘某的佃户孔某家中，便备房安歇。这时恰好孔佃户的女儿也新婚回娘家。孔某对女儿说："今晚业主借宿，不能违命。你暂回夫家，等业主去后再来接你。"孔女离开后，她的房屋为刘张共宿之所。刘子的车夫宿于房外，把张妻的驴拴在檐下。次日将午，不见开房门。孔佃户从窗隙看见两尸在炕上，头都在地下，檐下拴的驴也不见了。孔佃户与车夫惊慌失措。孔佃户悄悄对车夫说："你家在河南，离此很远，何不带着他的衣物赶快逃跑？官府一到，你我性命难保。"车夫照办，当天晚上就在野外埋葬两具尸体，驾车载物而去。刘母见儿子久出不归，杳无音信，便在任丘县控告车夫。张郎追妻不见，怀疑有别的变故，又赶至清苑控告他的岳父母。县官怀疑有冤情，命捕役密访。这时有嗜赌无赖郭三，到市场上卖驴，恰与张家供述的毛色相符。经过盘问，才知道郭三向来与孔佃户之女有私情。孔女回娘家，郭三从后窗潜入，见房间里面有二人共寝，一时气愤，杀了这两个人，并盗走毛驴。县令再唤孔佃户，亲往起尸。挖土三尺，竟有一个秃头老和尚。继续深掘，得到所杀的两具尸。张冤既雪，刘死有踪，老和尚的尸体又成为疑案。正在此时，天忽阴雨。于是到古庙中避雨，那里寂无人踪。县令询问邻保，说是此庵过去有师徒二僧，后来师父出外云游，徒弟也离开了。让邻保前去看僧尸，都说："这个便是云游的和尚。"随即去缉拿他的徒弟。寻访到河南归德地界，他已蓄发娶妻，开了一个豆腐店。原来僧徒所娶的妇人，一向与师父有奸情。徒弟渐渐长大，又与此妇私通。徒弟常常不平，因此合谋杀了师父，弃庙远逃，成为夫妇。于是受到法办。

奇　　骗

古代骗子故事。见清·袁枚撰《子不语》卷二十一。

金陵有个老翁，持数金至北门桥钱店换钱，故意比较银色，喋喋不休。有个少年从外入，呼老翁为老伯，说："令郎在常州经商，与小侄同事。有银信一封，托小侄带给老伯，不料在路上相遇。"他把银信交上，一拜而去。老翁拆开信，对钱店主人说："我眼昏不能看家信，请先生帮忙念一念。"店主人念到末尾，写道："外带纹银十两，作为父亲的日常开支"。老翁喜笑颜开，说道："还我先前的银子，不必比较银色了。我儿所寄纹银，纸上写明十两，就以此兑钱何如？"主人接过银子一称，是十一两零三钱。怀疑是他儿子发信时，匆匆未检验，因此信上只说十两。老人又不能自称，便将错就错，获此余利，连忙拿九千钱给他。时价纹银十两，换钱九千。老翁拿钱走去。一会儿，有客人在旁边笑道："店主人该没有受到欺骗？这个老翁是一个多年的骗棍，常用假银行骗。我见他来换钱，已替主人担忧。因为他在店里，没敢明言。"店主大惊，剪开银子，果然有铅胎，懊恼不已。店主再三谢客人，并且酬劳三金，让客人带他到汉西门外，远远望见那个老翁正在与数人饮酒。店主直入酒肆，抓住老翁殴打，骂道："你这个骗子，用十两铅胎银子换我九千钱。"众人都起来问原因。老翁坦然说："我以儿子的十两银子换钱，并非铅胎。店主说我用假银，我的原银在哪里？"店主拿出剪破的原银示众。老翁笑道："这不是我的银子。我的银子只有十两，所以换了九千钱。如今这个假银好像不止十两，不是我的原银！"酒肆人拿戥子来称，果然是十一两零三钱。众人大怒，责怪店主，店主不能回答，被众人殴打。店主一念之贪，中了老翁的诡计，懊恨而归。

罗　真　人

古代异人故事。见清·袁枚撰《子不语》卷二十一。

有个罗真人，无论冬夏都穿一件僧衣，在市上装疯卖傻。儿童跟着他走，取生米麦求他吹，一吹即熟。晚间店家无火点烛，也求他吹，一吹即燃。京师九门，一天九次见到他。不久，他忽然消失得无影无踪，人们怀疑他死了。京师富家多烧暖炕，炕深一丈多。每过三年，必扫一次煤灰。有个姓年的人扫炕，在炕里面听到鼾声，大吃一惊。招呼众人来看，是罗真人。他突然起来说："借你家炕熟卧三年，竟被你们扫出。"众人要送他入庙，他不去。他说："可送我到前门外蜜蜂窝。"即抬他去蜜蜂窝。窝洞甚狭，有蜜蜂数百万，嘈嘈飞鸣。他解上下衣，赤身进入。群蜂围住他，穿眼入口，出入于七窍中，他怡然不动。他居住在窝中数年，一日离去，不知所往。

丁　大　哥

古代鬼怪故事。见清·袁枚撰《子不语》卷二十二。

康熙年间，扬州乡人俞二以耕种为生。有一次，他进城取麦钱，铺户留他喝酒，回来晚了。路途昏黑，走到红桥时，有几十个小人扯拽他。他一向知道此地多鬼，然而胆气很壮，又喝多了酒，便举拳殴打。鬼几次被打散又再聚集起来。他听到鬼说："此人凶勇，不是我们能够制服的，必须请丁大哥来，才能制服他。"立刻一哄而散。俞二心想：丁大哥不知是什么恶鬼？但已至此，只有前进。刚刚过桥，就看见一个鬼长丈许，面色青紫，狰狞可畏。他心想动手迟了便失势难脱，不如乘它没有过来就迎上前去打击，于是解下腰间布裹的二千文，迎面打去。那个鬼随手倒地，碰到街石上，铿然有声。俞二用足踏它，渐缩渐小，分量很重，便牢牢握住回家。他到灯下照视，乃古棺上的一颗大铁钉，长二尺，粗如巨指。把它扔进火中熔化，血涔涔而出。俞二请朋友们来看，他们笑道："丁大哥的力量，不如俞二哥啊。"

狐仙开账

古代精怪故事。见清·袁枚撰《子不语》卷二十四。

和州张某在扬州作客，寄居在兴教寺。寺中的僧舍向来有狐仙，无人敢居住。张某性格落拓，竟居住在寺里。不到三天，就有一个自称吴刚子的老翁来求见。张某请老翁进来叙话，只见他颇有风采，能知过去未来之事。就问他是不是狐仙，老翁说："不敢。"张某是一个贫士，更想同他交结，以图富贵，便设酒食请他。他也回请。不到半月，张某就力不从心了，可是老翁的酒馔很丰富。张某起了贪念，天天让他请客。老翁作东，也不吝啬。这样过了个把月，老翁忽然不见啦。当时正是梅雨季节，张某打开箱子晒衣服，一看整个箱子都空了，里面有一张账单和几张当钱的帖子，写明某日鸡鱼若干，某日蔬果若干，都是典当张某的衣服来买的，笔笔开销都清清楚楚，没有一笔是不实在的。

《续子不语》

书名。清·袁枚撰。十卷。有乾隆五十三年随园刻本、嘉庆二十年美德堂刻本、《清代笔记丛刊》本、《笔记小说大观》本、1914年上海锦章书局石印本等。其中收有《缢鬼申冤》《虎投河》等故事。

缢 鬼 申 冤

古代鬼魂故事。见清·袁枚撰《续子不语》卷一。

新安赵某在黄家教书，夜晚睡不着，就请求换房屋。找了几处他都不满意，只有一处楼房他感到满意，而主人却说那里有鬼。赵某以为无妨，便住进去了。半夜，赵某听到梁上有声音，看见有个美人从梁上下来。她一会儿在房里梳洗，一会儿从瓦沟中取出银子来清点。随后来到床前揭帷幕，赵某下床把她赶走。她跑下楼，一直进入后园竹林里面便消失了。赵某过去发现那里有一个新停放的棺材，心里就明白了。次日他去问主人，主人流泪说："死者是我的爱妾张氏，在家里掌管银钱出纳，我发现丢失三百两银子而发怒，她竟去寻短见啦。"赵某听说丢失的银子至今未找到，突然想起女鬼数银子的情形，连忙登楼从瓦沟中取出银子来，主人一看果然是原物。当天晚上，女鬼又从梁上下来，提笔在墙上题诗，再拜而去。那诗写道："小婢偷金去，私藏瓦上沟。今朝冤始雪，我恨亦全消。"从此以后，这座楼便安静了。

虎投河

古代动物故事。见清·袁枚撰《续子不语》卷一黄家。

绍兴西乡的溪水非常深。有一个小儿在溪上戏水，看见一只老虎来了，赶忙窜入水中，泅水出没，并且观察老虎。老虎坐在岸上盯了小儿许久，样子很急躁，涎水流到嘴边。老虎忽然跳起来扑小儿，便落入水中，愤怒腾跃，把溪水搅得好像沸腾似的。老虎几次跳跃，几次落下，终归没有上来。小儿得以脱身，老虎竟被淹死了。

沙弥思虎

古代沙弥思虎型故事。见清·袁枚撰《续子不语》卷二。

五台山某禅师，收了 个沙弥，刚刚三岁。五台山很高，师徒在山顶上修行，从来不下山一回。过了十几年，禅师同弟子一起下山。沙弥看见牛马鸡犬，都不认识。禅师指着一一告诉他，他不断点头。一会儿，有一个少女走过来，沙弥惊问这是什么，禅师害怕他动心，便很严肃地告诉他："这是老虎，若靠近它，必定被咬死。"沙弥不断点头。晚间上山，禅师问他："今天在山下见到的东西，可有在心上想的没有？"沙弥说："一切我都不想，只想那个吃人的老虎，心上总觉舍不得。"

拔鬼舌

古代鬼怪故事。见清·袁枚撰《续子不语》卷四。

蒋家的仆人阿真勇敢而且好酒，常随主人到西直门去。那里多鬼，人们不敢居住，阿真就住在那里。夜里，有一个鬼披着头发而来，阿真刚喝醉，一点都不怕。鬼伸一丈多长的舌头来吓他，他用手抓鬼，并且拔掉鬼的舌头，鬼大叫而去。鬼的舌头冷软如棉，阿真将它放在席子下面。第二天早上去看，是一条草绳子。鬼从此绝迹。

禅师吞蛋

古代僧道故事。见清·袁枚撰《续子不语》卷四。

有个禅师行脚到一个乡村乞食，村里的人都不大厚道，有许多恶少年对禅师说："村里只施酒肉，不施蔬笋。如果你饿了三天，就会给你准备斋供。"禅师饿了三天，请他去赴斋，依然摆放的是酒肉。他们是想让禅师饥不择食，以便得到鼓掌、捧腹大笑的乐趣。禅师赶忙取几个鸡蛋来吞下，作偈说："混沌乾坤一口包，也无皮血也无毛。老僧带尔西天去，免受人间宰一刀。"众人彼此看看，都感到很失望，就把禅师供养在村里面。

钱县丞

古代案狱故事。见清·袁枚撰《续子不语》卷六。

按照惯例，睢宁县路上遇有死者，验尸时地主要拿八千钱送官，这样便可以结案。有一天，某村来报，有一个投河的死人。钱县丞前去验尸，看见尸体无伤，就让掩埋了。他回公馆后，小吏送进常例八千钱。钱县丞发现钱是用红绳子串起来的，不知道是什么缘故。小吏解释说："地主家贫无钱，不得已将女儿卖给村邻为妾，得到了二十四千钱。因为是喜钱，所以用红绳子。"钱县丞心想这是逼出来的，不忍心滥受，就把那人叫来问，果然属实。又召买妾的人来说："我得人钱而逼人卖女，不仁；你乘人之危买人女，不义。我绝不收此钱；你赶快退回此女。"买妾的人连连点头。钱县丞又问卖女者剩余的钱还在吗，那人说："给了衙门的差役啦。"一问，他们已经拿去饮酒、赌博了。钱县丞慷慨地对卖女者说："我赏给你钱。"立即命令发原数给他，让他领女回家，于是结案。

雷击两妇活一儿

古代报应故事。见清·袁枚撰《续子不语》卷七。

安东县有一个妇人生孩子，请接生婆来接生，留宿一个晚上而去。丈夫从外面回家，抱着婴儿十分高兴，要去庙里还愿，才发现藏在枕头里面的四锭银子不见了。这个丈夫知道接生婆睡了一个晚上，就去要银子，表示拿一半答谢她，拿一半去还愿酬神。接生婆大怒，一边骂一边咒道："我替你家接生，竟冤枉我是贼。你儿必死。我如果偷你银子，天雷打死！"丈夫反而怀疑妻子有别情，也不敢要银子。三朝后请接生婆来洗儿，接生婆不来，让她的女儿来。当天晚上，婴儿暴死。夫妻痛哭，用木匣装婴儿去空地埋葬。忽然间雷电大作，远近都听到一声霹雳奇响，看见空地上跪着两个被雷火烧焦的妇女，各捧两锭银子在手，而所埋的婴儿已经出声地啼哭。乡邻奔告夫妻二人来认。只见婴儿身上露出一个针头，拔针出血，婴儿无恙。雷击毙的是接生婆和她的女儿。她的女儿洗儿时暗用针头刺肚脐，将婴儿刺死，以证实接生婆的诅咒。见到的人无不感到惊恐。

屈丐者

古代美德故事。见清·袁枚撰《续子不语》卷十。

在苏州枫桥镇的一座古庙里面，住着一个乞丐。他两足弯曲，到外面乞讨，早出晚归，总不离枫桥左右。有天早上，他在庙旁发现一个包，里面有数百两银子，他心想这一定是过路人遗失的，说不定与别人性命有关，便回到庙里等着。午间果然有一个人飞奔而来，顿足捶胸，非常惶急。该乞丐一一问清楚包里物件的情况，便把银包还给那人。那人要分一半给乞丐，乞丐无论如何都不要，最后那人捡了十锭银子给他才离开。不久，乞丐去到街口，看见一个少女靠着父亲哭泣。围观的人告诉乞丐，曹某讨十锭银子的欠债，要夺走这个少女。乞丐愤愤不平，指责债主为富不仁。曹某在一旁听了很生气，骂道："你这个讨口的也在讲仁义，你能够替他还债吗？"乞丐立即慷慨地把那十锭银子拿出来替他们还债，收回了欠约。曹某本想夺走少女，谁知道乞丐出来让他的奸计落空，无比气愤，便污蔑乞丐为贼，买通捕役将他逮捕送到官府。县令怀疑乞丐被冤枉，丢失银包的人闻讯立刻赶来替乞丐昭雪。县令按照反坐例惩罚捕役，并且为乞丐披红，用轿子把他送回去。

《新镌笑林广记》

书名。清·游戏主人纂辑，清·粲然居士参订。全书十二卷，共八百多则，是清代中叶最有影响的一部笑话集。其作品过半数来自明代及清初的笑话集，另外一部分则由编者采录。有乾隆四十六年金阊书业堂刻本、乾隆五十六年三德堂刻本等。20世纪末、21世纪初，光明日报出版社、齐鲁书社、时代文艺出版社、中州古籍出版社等先后出版有排印本。其中收有《有理》《偷牛》等笑话、寓言、故事。

有　理

古代他更有理型故事。见清·游戏主人纂辑《新镌笑林广记》卷一。

一官最贪。一日，拘押诉讼两方来审讯，原告送了五十金，被告听说后加倍贿赂。等到审案时，他不问情由，便抽签打原告。原告将手作五数的手势说道："小的是有理的。"官将手一覆说："奴才，你讲有理。"又以手一扬说："他比你更有理哩。"此则故事又见《笑林博记》。

偷　牛

古代笑话。见清·游戏主人纂辑《新镌笑林广记》卷一。

有人把牛丢失后告到官府，官问道："几时偷去的？"他回答："老爷，明日没有的。"书吏在旁不觉失笑，官发怒道："想就是你偷了。"书吏甩两袖说道："任凭老爷搜！"

送　药

古代笑话。见清·游戏主人纂辑《新镌笑林广记》卷二。

有一个医生迁居，对四邻说："向来打搅，无物可做留念，每位奉送一帖药。"邻舍都说无病，不用客气。医生说："只要吃了我的药，自然会生起病来。"

有进益

古代笑话。见清·游戏主人纂辑《新镌笑林广记》卷三。

一老翁有三个女婿，大婿是裁缝，二婿是银匠，唯有三婿不学手艺，终日闲游。老翁责备他说："做裁缝的，要弄几尺就是几尺。做银匠的，要弄几钱就是几钱。唯独你游手好闲，有何结局？"三婿说："不妨。待我打一把铁撬，撬开有钱人家库门，要取几千几百，也是易事，稀罕他几尺几钱！”老翁说：“这样说，竟是贼了。”三婿说：“他们两个，整日弄走人家的东西，难道不是贼？”

写　真

古代笑话。见清·游戏主人纂辑《新镌笑林广记》卷三。

有一个画画的人，没有任何生意。有人劝他将自己夫妻画一幅“行乐图”贴出去，人们才会知道他。画画的人便依计而行。一日，丈人来看望，问道：“此女是谁？”画画的人答道：“就是令爱。”又问：“她为啥与这个生人同坐？”此则笑话又见《笑林博记》。

要　尺

古代笑话。见清·游戏主人纂辑《新镌笑林广记》卷三。

一裁缝去厕坑，将尺子插在墙上，便完忘记而去。随后有一个满人登厕，偶然看见尺子，就将腰刀挂在上面。一会儿，裁缝转来取尺，见有满人，畏而不前，观望许久。满人说：“蛮子，你要什么？”回答：“小的要尺。”满人说：“咋的，屙也没有屙完，你就要吃（尺）！”

风　水

古代笑话。见清·游戏主人纂辑《新镌笑林广记》卷三。

一风水先生父子同室。其子欲与媳交合，乃从头摸起，说道：“密密层层一座山。”至乳则说：“两峰高耸实非凡。”至肚则说：“中间好块平阳地。”至阴户则说：“正穴原来在此间。”其父听见，乃高叫道：“我儿有如此好地，千万留来把我先埋葬在里面。”

母猪肉

古代母猪肉型故事。见清·游戏主人纂辑《新镌笑林广记》卷五。

有卖母猪肉者，叮嘱其子一定要避讳；过一会儿买肉的人来了，其子便说：“我家并非母猪肉。”那人有所觉察，不买而去。其父问道：“我已吩咐过，你如何反而先说起！”气得打他几下。不一会儿，又一个买肉的人过来问道：“此肉皮厚，莫非母猪肉？”其子忙说：“何如？难道这句话也是我说起的？”此则故事又见《笑林博记》。

懒　　活

古代笑话。见清·游戏主人纂辑《新镌笑林广记》卷五。

有人极懒，躺下就懒得起来，家人唤他吃饭，竟懒得答应。许久，估计他必定饥饿，便哀求他吃饭。他慢慢回答：“懒得吃。”家人说：“不吃便要死，如何使得？”他又摇头有气无力地说：“我也懒得活。”

抵　　偿

古代动物故事。见清·游戏主人纂辑《新镌笑林广记》卷七。

老虎欲吃猢狲，猢狲诓骗说：“我身子瘦小，不足以供您大嚼。前山有一个巨兽，可以供您饱餐一顿，我当然要引导您前去。”一同到山前，一只角鹿见了，担心要吃自己，便大喝道：“你这小猢狲，答应拿十二张虎皮送我，如今只拿一张来，还有十一张呢？”老虎大吃一惊，立刻逃遁，骂道：“不信这小猢狲如此可恶，倒要拐我来抵销旧账！”

追　度　牒

古代笑话。见清·游戏主人纂辑《新镌笑林广记》卷八。

有一位乡官去游寺庙，问一个和尚：“你吃荤吗？”和尚回答：“不怎么吃，遇到饮酒时，略微吃一点。”乡官说：“那么你还饮酒呀？”和尚说：“不怎么吃，遇到岳父、妻舅来时，略微陪着饮一点。”乡官发怒道：“你还有妻室，完全不像出家人。明天要去对县官讲，追缴你的度牒！”和尚说：“不劳你费心，三年前贼情事发，度牒早被追去了。”

命　　穷

古代笑话。见清·游戏主人纂辑《新镌笑林广记》卷九。

乡下亲家新制佳酿，城里亲家羡慕便去拜访，希望能够留饮。正好乡下亲家到外面去了，乡下亲家母命儿子款待，暂且留下来住宿。乡下亲家母的卧房止隔一壁，城里亲家因未得一口好酒，正在郁闷。乡下亲家母到桶上撒尿，恐怕声响不雅观，努力将臀夹紧，徐徐滴沥而下。城里亲家听见，暗暗窃喜道："原来才在里面滤酒哩，想明早一定会尝其味。"乡下亲家母闻言，不觉失笑，下边松动，尿声急大。城里亲家拍掌叹息道："真是命穷，可惜滤酒袋又撑破了。"

请　神

古代笑话。见清·游戏主人纂辑《新镌笑林广记》卷九。

有一个吝啬的人，家里有事祈祷，让道士请神。道士便去请求两京神道。主人忙问："为何请这么近的神道？"道士回答："近处的神明都晓得你的情性，说请他，他也不信。"

不留饭

古代笑话。见清·游戏主人纂辑《新镌笑林广记》卷九。

有一位客人坐到晌午，主人丝毫没有留客吃饭的意思。正好闻听鸡叫声，客人便对主人讲："晌午鸡啼啦！"主人说："这只鸡不准。"客人说："我的肚子饿准得很。"

独管裤

古代笑话。见清·游戏主人纂辑《新镌笑林广记》卷九。

一人打算去做裤子却又吝惜布料，接连叫几个裁缝，都以费布辞去。最后一个裁缝说："只须三尺就够啦。"其人大喜，便买布给他。于是缝了一脚管，让其人穿两足在内。其人说："箍得很紧，何走得动？"裁缝说："你一定要省布，自然一步也走不动啊。"此则笑话又见《笑得好》。

盛骨头

古代笑话。见清·游戏主人纂辑《新镌笑林广记》卷九。

有一家人请客，桌上骨多肉少。客人故意说："府上的碗想必是偷来的。"主人听了很吃惊，忙问："何出此言？"客人回答道："我只听见人家骂说'偷我的碗，拿去盛骨头！'"

酒煮滚汤

古代笑话。见清·游戏主人纂辑《新镌笑林广记》卷九。

有人宴客用的是淡酒。客人尝过后，极力称赞他家的烹调精美。主人说："菜肴尚未上桌，何以见得？"客人说："不必讲其他，只是这一味酒煮白滚汤，就妙不可言。"

吃糟饼

古代吃糟饼型故事。见清·游戏主人纂辑《新镌笑林广记》卷十。

有个人家贫而不善饮酒，每次出去吃糟饼二枚，便有醉意。遇到友人问他："你早晨饮酒啦？"他回答："不是，吃糟饼了。"回家告诉妻子，妻子说："呆子，就说吃酒了，也装一点儿体面。"此人点头。出去又遇到此友，像先前那样问他，他就说吃酒了。此友问他："酒是热吃的还是冷吃的？"他回答："是烘的。"友笑曰："仍是糟饼。"回家妻子知道后，责怪丈夫："你为何说烘，要说热饮。"丈夫说："我知道了。"他再遇此友，不等提问便夸口说："我今天的酒，是热吃的。"友问曰："你吃多少？"其人伸手说："两个。"此则故事又见《笑林》《笑府》《笑林博记》等。

怕狗

古代笑话。见清·游戏主人纂辑《新镌笑林广记》卷十。

客人来家主人却没有童仆，便暗中请邻家的小斯帮忙端茶。客人进屋以后，小斯一动不动。主人厉声问道："你为何不出来？"小斯说："我怕你家这只凶狗。"

狗衔锭

古代笑话。见清·游戏主人纂辑《新镌笑林广记》卷十一。

狗衔一银锭飞走，人拿肉喂它不放，又拿衣服罩去，它立即甩脱。人对狗曰："畜生，你直恁不舍，既不爱吃，又不好穿，死命要这银子何用？"

《夜谭随录》

书名。清·和邦额撰。和邦额（1736—1795年以后），满洲镶黄旗人，有愉园、霁园、霁园主人、蛾术斋主人等字、号。乾隆三十九年中举，曾一度出任县令。此书有乾隆五十四年刻本，十二卷。此外尚有乾隆五十六年刻本、《笔记小说大观》本等。上海古籍出版社1988年出版有王一工、方正耀点校本。其中收有《米芗老》《红衣妇人》等故事。

米芗老

古代美德故事。见清·和邦额撰《夜谭随录》卷三。

康熙年间总兵王某叛乱，所到之处大肆掳掠。所得妇女，不问年龄老少，相貌美丑，都装在布囊中，四金一囊，听人收买。三原平民米芗老，年二十未娶，用银子去兵营买一囊人，回旅店打开来看，竟是一个老妈妈，年近七十，他真是悔恨不及，默坐在床上。不久，有一个老头儿，牵黑驴载一个女子来投宿。扶女子下来，拴好毛驴，就与米芗老打招呼。老头儿说自己姓刘，虾蟆洼人，年六十七。昨天用银子从兵营中买到一囊人，不料太年轻。米芗老听了，心热如火，十分惋惜。刘老拉米芗老去饮酒。米芗老借酒浇愁，于是一起去了。老妈妈等他们去远，便到了邻屋。女子正在掩面哭泣。老妈妈问她，她说："我是平凉人，姓葛，十七岁。父母兄弟都被杀，我独被掳，想奸污我。我哭骂群贼，所以就把我卖给老翁。细想起来不如死去，所以悲伤。"老妈妈叹道："是真颠倒众生。我老而不死，遇到乱离，无端让一个少年郎难看。刚才看见你家老翁，正与我年龄相当。我二人何不易地而睡，等到明日五更，你与我家少年郎早起速行，拼我老骨头，与老翁同就于木。不要悲伤！"葛女很犹豫。老妈妈严肃地说道：

“这是一举两得的办法。快快行动，迟了就麻烦啦。”她们立即交换衣裳，老妈妈把葛女领入米芗老的房间，盖上被子，她自己去到邻屋，蒙首而卧。二更后，老头与米芗老醉归，各自就枕。三更后，老妈妈来到米芗老房内，告诉他实情。米芗老且惊且喜说：“如此损人利己怎么好？”老妈妈笑道：“不听老人言，就让郎君弃掉一个小娘，断送一个老翁啊！”米芗老点头，老妈妈忙叫葛女起来，一再叮嘱：“早走，恐怕老头儿醒了。我们从此分别啦！”次日，老头儿看见老妈妈，大吃一惊。问明原故，极为愤怒，挥以老拳，老妈妈也不相让。全店人都围起来观看。老头儿打算骑驴去追赶。店主人说：“他们逃跑，怎么会走大路，等你去追？何况他们四更出发，这个时候已经走数十里啦。你为什么不带这位妈妈回去，老夫妻正好过日。”老头儿呆立了好一阵儿，气渐平复，觉得店主人的话很有道理，便载着老妈妈回去了。

朱 外 委

古代鬼怪故事。见清·和邦额撰《夜谭随录》卷四。

永平朱外委（绿营中的低级军官）独自乘一匹马去公干，腰上挂着弓箭夜行。他在路上忽然听到非常悲哀的哭声，望见西边的林中有一个白衣妇人。朱某心想荒郊深夜怎么会有这样的妇人，是不是妖怪？于是停下马向空中射了一只响箭，哭声顿时停止；再射一只响箭，妇人忽然立起，变得跟树林一般高，举步追来。朱某骑马奔入一座古庙，闭门躲到神座下。白衣妇人披发追来，庙外土墙仅有她的腰高。她进庙寻找，阶石都破碎了，朱某竟惊吓昏绝。次日早上，朱某醒来呼救，并对众人讲起夜间所遇。他们一同出去，看见马的皮骨狼藉满地，鞍鞯已经成为齑粉。朱某徒步回营，病了一个来月才康复。

红 衣 妇 人

古代鬼怪故事。见清·和邦额撰《夜谭随录》卷四。

某甲与十几个人一同在京城西什库值班，晚上打酒来喝，都喝得半醉。二更后某甲去解手，在旁边一个巷子里面，隐约看见一个红衣妇人蹲在墙边，好像在小便。某甲醉后心动，偷偷去搂她。妇人回头没有眉目口鼻，白面模糊，如豆腐一般。某甲年夜扑倒在地上，值班的人赶来一看，已经昏死了。他们将某甲抬回去，过了好久才苏醒。

张老嘴

古代奇事故事。见清·和邦额撰《夜谭随录》卷五。

某地有一个千总张某，因为嘴大而得名“张老嘴”。有一个晚上，他跟同僚在一起喝酒。二更后，他提灯上厕所，看见一阔面鬼裸卧于角门下，正在酣睡。他用力踢了一脚，那鬼便化为黑雄鸡，咯咯而走。他立刻捉去烹调好，拿给大伙下酒。

某诸生

古代鬼怪故事。见清·和邦额撰《夜谭随录》卷五。

吴门某生，喝醉酒从训导家里面回去，已经二更了，他独自打着灯笼在僻巷中行走。在他的前面不远处，有一个红衣女子。他追赶上去，一见很漂亮，便用言语挑逗，对方也不生气，于是一同前行，不久便被红衣女子引入一座小楼留宿。红衣女子去备茶时，某生瞥见楼内有一个少年郎正在靠窗看书，随后就把头取下，放在案上。他惊骇至极，大叫而倒。第二天早上，有个卖豆腐的发现某生躺在桥下的水中，连忙将他救起。卖豆腐的告诉他，近日有一对奸夫淫妇被本夫杀死在这里，他遇到的可能就是奸夫淫妇鬼。

褦襶

古代精怪故事。见清·和邦额撰《夜谭随录》卷九。

某人在沈阳为官，衙署中相传有鬼怪，往日被惊吓而死的男女都有。某人留心观察，夜间果然有一个怪物出来，全身乌黑，无头无面无手足，只有二目雪白，一嘴尖长如鸟嘴，乍看也十分可怕。后来，它没有一天晚上不来，某人也习以为常，渐渐亲近。偶然间，某人开玩笑似的用手按它的顶部，它随即消失，浑如烟雾，软如棉絮；某人刚一抬手，它又充满成原样。于是，将它取名为“褦襶”，某人一呼喊它就来到面前，彼此交往数年。后来，某人调任去了福建，离开时褦襶依依不舍。某人到福建好长时，无日不思念褦襶。有一天，褦襶突然出现在某人面前，让他大为惊喜。又过了一年多，褦襶忽然消失，竟不再回来了。

骷　髅

古代鬼怪故事。见清·和邦额撰《夜谭随录》卷十一。

某甲喜好打猎。一天傍晚他回家时，看见土城下面的草屋内灯火荧荧，一扇门半掩着。他探身进去，看到一个漂亮妇人独自坐在炕头上，笑容可掬，用手相招。某甲很高兴，刚刚跨进一足就扑倒在地上。第二天他被人救活，发现他的一足是陷在古墓里面的。别人问他，他哭泣着说："最初以为是奇遇，刚入门就看见骷髅。"

鼠　狼

古代精怪故事。见清·和邦额撰《夜谭随录》十一卷。

某佐领喜欢喝酒。一天晚上回家，买了六七只羊蹄，打了一壶酒围炉独自饮酒，随便把羊蹄骨头扔到地上。突然听到墙脚下窸窣有声音，他举灯去看，发现有十几个五六寸高的小人儿，有男有女，各背一个竹筐，弯腰把羊蹄骨头捡来放在竹筐中，一会儿工夫便捡光了。某佐领感到害怕，赶忙把火筷子扔过去，击倒一个人，其余的都惊走，钻入壁洞。被击倒的那个滚在地上叽叽叫，随即变成黄鼠狼逃跑了。

《谐　铎》

书名。清·沈起凤撰。沈起凤（1741—？），字桐威，号蕢渔，又号红心词客，别署花韵主人。江苏吴县（今苏州人）。二十八岁中举，随后连续五次应试落榜。三十六岁做了四年幕僚。四十六七岁先后在安徽祁门、全椒当过县学训导。此书十二卷。有乾隆五十六年刻本、同治五年刻本、光绪二十一年上海书局石印本、《清代笔记丛刊》本、《笔记小说大观》本等。人民文学出版社1985年出版有乔雨舟校点本。其中收有《一钱落职》《泥傀儡》等故事。

一钱落职

古代官吏故事。见清·沈起凤撰《谐铎》卷三。

南昌某人，跟随任国子监助教的父亲到了京城。有一天，他偶过延寿寺街，看见一个少年在书肆买书，掉了一枚钱到地上。某人悄悄用脚踩钱，等少年离开后才捡起来。旁边坐着一个老翁，凝视许久，忽然起来问他的姓氏，冷笑而去。后来某人被录选，得到江苏常熟县尉的官职。赴任时，投送名片去拜谒府台。当时汤公为江苏巡抚，多次去拜谒得不到一次接见。巡捕传汤公命令，某人不必赴任，已被弹劾了。问犯何事？回答："贪。"某人自念尚未上任，哪里有赃款？急忙要去当面陈述。巡捕入禀后，又传汤公的话："你不记得那年书肆中的事吗？身为秀才，尚且一钱如命；今侥幸作地方官，能不贪赃枉法吗？"某人这才悟出当年问他姓氏的人就是汤公，便惭愧罢官而去。

泥傀儡

古代官吏故事。见清·沈起凤撰《谐铎》卷五。

在柳州府的一座土地庙廊下塑了一尊神像，相貌凶悍粗犷，士人称为"泥傀儡"。遇郡守廉洁，他就把双手缩进袍袖，遇郡守贪贿，他就伸手作乞钱状。早先，某公来到这里做郡守，贪得无厌，泥傀儡的手伸出袖子一尺。某公想隐瞒，便派遣心腹奴仆晚上偷偷去庙中，勉强把泥傀儡的手弄进袖里。第二天去看，泥傀儡的手又多伸出袖子五寸。某公感到非常没面子，便备了许多祭品去祭拜泥傀儡。过了几天，泥傀儡的手便渐渐缩进袍袖。某公窃喜，以为神灵也接受贿赂，而不知道他已经被弹劾，新郡守即将到任。

棺中鬼手

古代鬼怪故事。见清·沈起凤撰《谐铎》卷八。

萧山陈某从天津市回家，路过山东，遇到大饥荒，死了无数穷苦百姓，旅店不接待客人。他只好去一座寺庙，看见东厢有三十多口棺材，西厢仅一口棺材。东厢棺材里面都是饥民，西厢棺材里面则是某县的一个典史。三更以后，棺材里面都伸出一只手来要钱。陈某便解囊各给了一枚大钱，东厢鬼手尽缩，西厢鬼手却不动，一直增加到两贯钱才开始缩回去。然而因为棺材缝隙很窄，西厢鬼手曳不进去，嘭的一声，绳索被拽断，钱币撒了一地。陈某笑道："你太贪心，只剩得手中空空。你生前贪污受贿，替豪门做犬马，你的钱财究竟积攒在哪里？何苦今天又弄出这样的鬼态呢？"只听西厢鬼长叹一声，就把鬼手缩回去啦。此则故事又见《喜谈录》《笑林广记》等。

壮夫缚虎

古代讽刺故事。见清·沈起凤撰《谐铎》卷八。

沂州山区猛虎很多，县官派猎户去捕，反而被咬死。陕西人焦某流落到沂州，常常徒步入山，以手毙虎扛回去。有一次，他遇到三虎，连毙两虎扛在左右两肩，而生擒小虎回家。众人见了赶忙躲避。有一个富家钦佩焦某的勇敢，便盛宴款待。在席间，焦某夸夸其谈，意气自豪，让听者色变。忽然间，邻家有一只猫登上筵席攫食，腥汁淋漓满座上。焦某急起拳奋击，座上肴核尽倾碎；邻猫跳到窗边，他竟将窗棂击裂；邻猫嗥的一声翻墙而去，焦某无计可施，只好面墙呆望。主客抚掌笑，焦某大惭愧而退。

病鬼延医

古代鬼怪故事。见清·沈起凤撰《谐铎》卷十一。

曹州计某原来是一个牛医。有一个富翁病喘，许多医生治疗无效，他以治牛的方法去医治，竟给治好了。从此，他便自称名医，在齐鲁一带行医。有个白天，他正在床上睡觉，一个仆人拿着名片来邀请，他也不问是谁，便让仆人引导前去。到了一个房舍，他看见几十个面黄肌瘦的人围过来诊脉。他发现这些都不是平常求医的人，惊愕地说："这是地府啊！你们请我来有什么用意？"众鬼说："先生医我们过来，还望医我们回去。"计某不得已，勉强开出一张处方。众鬼看了许久，说道："一剂药恐怕不能够见效，请先生留两三个月再回去吧。"计某流着眼泪请求回去，众鬼愤怒说："此地既然不能够居住，你为什么要送我们来？"于是，群鬼一起去攻击计某。计某一下惊醒了，觉得面颊微痛，一看有指爪痕。

怕婆县令

古代讽刺故事。见清·沈起凤撰《谐铎》卷十二。

某县令生性卑鄙，在任十二年毫无政绩，只会对上司逢迎拍马。他的一个同乡当了巡抚，他去拜谒时，同僚都在，他到仪门就唱名，膝行到堂上，不停地磕头，把额头都碰起一个大包。叩毕，他从袖中拿出金珠，偷偷放在巡抚的座位下，又匍匐不起。巡抚有怒色。某县令抬头说："大人是卑职的老子，卑职是大人的儿子，不周到的地方，可以教训。"巡抚越发生气说："你欺我太甚！"就将金珠扔到地上，让他出去。同僚代为说情，巡抚说："你们不知。他不是奉承我，而是嘲笑我。我跟他是同乡，一向知道他怕老婆。每天早上，他都要穿戴好站在寝室门外，叩首问安。等老婆梳洗完毕，他就膝行到梳妆台旁边，不断磕头，随即献上金珠等物。老婆稍有点不高兴，他立刻拿来木棍，口称请夫人教训。老婆骂他，他才战战兢兢地出去。刚才的景象与此相似，他简直是拿我当老婆来戏弄，岂不令人发指！"

《听雨轩笔记》

书名。清·清凉道人撰。清凉道人，本名徐承烈（1730—1803），字绍家，一字悔堂，晚号清凉道人。浙江德清人。此书包括《杂记》《续记》《赘记》各一卷，共一百三十多则。有嘉庆研云楼精刊本、《笔记小说大观》本等。重庆出版社1999年出版有排印本。其中收有《泗州渔人》《跳白船》等故事。

泗州渔人

古代获盗银型故事。见清·清凉道人撰《听雨轩笔记》卷一。

乾隆年间，泗州渔民张某与妻子划小船往来于洪泽湖中。一日傍晚，他看见岸上有个身长的老翁，背负行李伛偻而来，急声唤渡。此人说："我要到某处，天色已晚，而且有病，不能夜行。今晚就睡在你的船中，明天五更渡我上岸，我多给渡船费好吗？"张某表示同意。此人卧在头舱，不断呻吟。到了夜半，声音渐渐停息。张某五更划到该处，唤不起他，一看他已经死了。张某与妻子商量，打算把他投入水中。抬他时觉得他身体很重，一探看，发现他腰间和行囊中都是黄金白银。张妻说："我们得他这么多财物，怎么忍心抛弃他的尸体。如果买棺埋葬，又恐怕别人生疑，如何是好？"张某道："我见某处墩上停放着一口棺材，趁天色未明，我们去把老人的尸体放进去好吗？"于是他们把船划到那里。土墩周围都是水，张某先上岸，打开棺盖，看见上面铺着破衣，下面只有羊猪的骨头，再下面装满黄金白银。张某大喜，与妻子一起把黄金白银运上船，将老人的尸体放进棺中，再钉好盖，弃羊猪骨头与破衣于水而去。此后，他们仍然每日出去捕鱼，而把那些财物藏在隐密的地方，不敢动用。不久，邻县破一盗案，只有盗首在逃。官府带犯人去起赃，到了那里打开棺材，并无财物，而死尸的颜色未变。盗群一看非常惊骇，说道："这就是盗首某人，他何时到棺材里啦！"官员去看，与缉案所写的年龄相貌相同，捕役也有认识的，只是不能够解释财去尸存的缘故。于是便带犯人回县，另外审结案子。张某知道以后，越发韬晦。事定数年，张某便不再打鱼，渐渐拿所藏的财物来经营，成为了富人。此则故事又见《稀奇古怪不可说》。

跳白船

古代获盗银型故事。见清·清凉道人撰《听雨轩笔记》卷二。

绍兴偏门外的张某，独自一人，以划跳白船捕鱼为业。他的叔叔在杭州开绸缎店，常常要他去，他却不愿改业。有一天晚上他划船出去，遥见一处义塚中间火光杂起，有十余人的笑语声，一条船停在岸侧。等他到了那里，众人都入船很快离去。他上岸看见傍河新停放一个棺材，烧纸钱的火还没有熄灭。他觉得可疑。此后他往来这里，渐渐看见棺缝里面流出血水，秽气难闻。夜静无人，他上岸打开棺材盖子，发现棺材里面，放着一口猪，已经变臭，其中都是黄金白银。张某知道是豪客所藏，因船小不敢重载，每晚上逐渐运回，挖地深埋在缸灶下，仍然把棺木盖好。他考虑搬别的地方去住，恐怕豪客寻求，反而惹祸，因此仍然照常捕鱼，只是不敢到义冢旁边去。后来，他故意到桥柱去撞破自己的船，泅水回家，患病一个多月，以船破不能捕鱼为借口，行乞度日。不久，有几个状貌魁岸的人来寻张某买鱼，到他的邻家察问他的情况。邻人以船破行乞相告。张某正好弯着腰携篮回家，推门进去，两截破船还在室中，四壁空空，景况可怜。数人看了看，点头而去。又过了十多天，张某乞食远出。偷儿夜入他家，从卧床上下到缸瓮盆盎、灰堆草窠，都检搜一遍，没有收获而去。因为他们当时只看见一条跳白船，怀疑是他所为。幸亏张某善于掩饰埋藏，所以没有暴露。张某回家后，估计他们不会再来。于是偷偷去杭州，告诉他叔叔，秘密转移所藏财产。又过了几个月，他叔叔回到绍兴，假装来寻侄子，要把他带走。张某故作不肯去的样子，叔叔大骂，逼他同行。邻人都去劝他，他把房屋托付给邻家，才跟随叔叔去了杭州。

庄叟较力

古代武侠故事。见清·清凉道人撰《听雨轩笔记》卷四。

嘉兴万某一向力大，后来到少林寺学武艺，便以拳勇闻名于江浙一带，自号“万人雄”，跟他习艺的数以百计。一日，他在东塔寺教徒弟，观众非常多。有老头儿携一童子，十余岁，在旁耳语曰：“他的手段也有来历，但是破绽很多。”听到的人都感到吃惊。万某斥责老头儿：“你是哪里的人，敢来讥笑我？”老头儿连忙说没有，童子生气说：“你只有这点技艺，敢来行教，所以我跟老父偶然议论一下。你说话如此骄慢，想要干啥？”老头儿频频以目示，而童不肯止。万某说：“你敢与我较量吗？”童子说：“有何不敢？”当时已经傍晚，商定明日教场相较。次日至教场，则老头儿与童子已先在，万某见老头儿清瘦而童子年幼，就提出先试力气。教场上有石墩，中通一洞，约重四百斤，他用两手端起来，走十多步再放下，观者啧啧惊叹。老头儿让童子试试，石大人小，只能够离地，便放下了。然而手端的地方，指头已入石半寸光景，石屑纷纷落下，众人都很吃惊。老头儿笑道：“孩童不中用啊！”他手提石墩扔到空中，落下后陷入地下超过一尺，又提起来放回原处。万某自以为拳法无双，要比拳法。老头儿说：“我筋骨疲惫，展动为难，而且手重，恐怕伤到你。我今天但立在此地，任你来击打好吧。”于是静立在演武厅的月台上。万某竭尽所能去击打，拳脚将挨到老头时，老头儿不举手而微摇一下身体，万某不觉退走两丈多。老头儿扶他说：“你没有挫跌，平日功夫也深。如今还比什么？”万某又请求试棍。老头儿命童子与他较量，而且叮嘱童子不可伤人。两棍飞舞，宛若游龙，忽然“咯”的一声，有一根棍子飞起几丈高，落到饮马池中，一看万某已经空手了。他非常惭愧，对老头儿作揖说：“我习技十多年，自以为无敌。如今服输啦！然而老丈的师父是何人而精妙至此？”老头儿不肯讲，拱手从容而去。万某送至河边，上船后行疾如奔马，一会儿就不见了。万某从此以后不再接触拳棒，以经商为业。

击虎救兄

古代虎口救亲型故事。见清·清凉道人撰《听雨轩笔记》卷四。

临安山中有兄弟二人，以耕田为生。一天，兄长早起到涧中淘米做饭，不料被老虎衔着屁股而去。弟弟听到兄长的呼救声，立刻拿着铁耙出去，穷追不舍，用铁耙击虎背。老虎大吼，置人于地，带着铁耙逃去，死在山坳中。弟弟见到兄长已经血肉模糊，不省人事，赶忙将他背回家。在邻居们的帮助下，弟弟用卖虎所得的十多两银子来医治兄长。卧床两个月后，兄长才慢慢康复。

赌鬼阴魂

古代鬼魂故事。见清·清凉道人撰《听雨轩笔记》卷四。

东林村吴某，一向沉溺于赌博。他常常到河对岸的村子里面押宝。有一天，村民张某去探亲，划船经过东林村口，看见吴某在岸边徘徊。他们彼此认识。在吴某的请求下，张某将他渡过河去押宝。张某向前划了不到半里路，就看见一个熟人正提着纸钱银锭前往吊唁，说是吴某死了。张某不相信，便一同去了吴家，才知道吴某昨天已经去世。吴某临终前还说要去村子里面押宝。他们与吴某的儿子一起到村中的赌场去询问，都说方才在押宝时，忽然有一股旋风从外面进来，在案上盘旋许久而散，想不到竟是吴某的阴魂。

《耳食录》

书名。清·乐钧撰。乐钧（1766—1816），原名宫谱，字元淑，号莲裳，江西抚州府临川县人。嘉庆六年中举，后屡试不第。曾经长期在江苏、浙江、广东等地作幕僚。后来寄寓苏州。一生不得志，郁郁而终。此书初编十二卷，二编八卷。有道光元年青芝山馆合刊本、同治七年藏修堂合刊本、同治十年味经堂合刊本、《笔记小说大观》本等。岳麓书社1986年出版有陈戍国点校本，时代文艺出版社1987年出版有石继昌点校本。其中收有《钱氏女》《梦中宾主》等寓言、故事。

钱 氏 女

古代精怪故事。见清·乐钧撰《耳食录》卷二。

郭氏子聘钱氏女。迎亲那天，花车到门口时，有二女从车中出来，声音、笑貌、服饰没有一点差异。郭家感到惊怪，急忙去请娘家人。娘家人来后，二女都哭泣，扑到母亲怀里与兄弟讲话，都喊"除妖"。他们问娘家事，查看左足跟的小黑点和左臂书的红印等，没有不符合的。郭氏子带二女就寝，观察她们的所作所为，也不能分辨。钱母忽然心生一计，命人放一个织布机在地上，对她们说道："能跳过去的，是我的女儿；不能跳过去的，就杀掉。"于是拿着剑等候。一女惶惑无助，涕泣而立。一女闻言，立即跳过，上前砍去，她中剑便消失了。一个弱女子怎么能够跳得过去呢？那个跳过去的肯定不是自己的女儿。妖怪没有考虑到这一点儿，竟出卖了自己。

梦 中 宾 主

古代寓言。见清·乐钧撰《耳食录》卷二。

一个宾客有事去拜访主人，主人正好有事，没有立刻出来见客。宾客坐在厅堂上等了好一会儿，因为疲倦就伏在茶几上打盹。主人出来，看见宾客正在酣睡，不想打扰他，也伏在茶几上打盹。不久，宾客醒来，看见主人正睡得香，又睡去而不喊主人。一会儿，主人醒了，宾客依然在睡，于是再睡。等宾客再醒时，日已西斜，恐怕主人醒后留客，便起身回去。随后，主人见客人已经离去，也进屋去了。宾主整日相对，却未见一面，未交谈一下。听说此事的人称他们为"梦中宾主"。

上 床 鬼

古代寓言。见清·乐钧撰《耳食录》卷二。

某日有夫妻俩拌嘴，丈夫发怒而出走。当天晚上，妻子独寝，将门半掩着。有人入室，好像要上床。妻子以为是丈夫回来了，也没有问话，只是把身子向里面挪一挪，等待他上床。接着此人上床，无声无息，不像丈夫平时那样。妻子问道："你回来一声不吭，难道还在生白天的气吗？"对方仍然不言语。妻子挨过去用手摸对方的胳膊，竟冷如冰、软如絮，发现是鬼，于是大声呼救。邻居举灯来看，此物一下落地而灭。夫妻不和，才让鬼有机可乘。从此夫妻恩爱有加。

卖酥饼者

古代寓言。见清·乐钧撰《耳食录》卷二。

有一个卖酥饼的人在山路上走，日落害怕遇到鬼，跑得大汗淋漓。他望见前面一个人，以为有伴，便追上去说："听说此地多鬼，请等一下，一起走吧。"那人说："快来，不要怕。"他赶上去说："假如没有遇到你，我会吓得要死！"那人说："是啊，是啊！给我一块饼吃，好吗？"他取酥饼给那人，只见那人面孔蓝色，口如簸箕，牙长数寸，吓得他扔掉酥饼，狂吼而逃。

仙女绣鞋

古代奇遇故事。见清·乐钧撰《耳食录》卷六。

一童入王屋山采樵，雪后迷路，非常饥饿。后来，他在山林中闻到一阵阵麦饭香。他走进一个大院，看见一个蓬头小婢正在煮麦饭，就去乞讨来吃了一个饱。小婢领他来到后院，发现有几位美人在一棵花树下面宴饮。小婢让他叩谢后便离开了。他回去告诉家人，再一起前往寻找，已屋舍杳然，仅拾到一只绣鞋，十分精丽。他们心知遇到了仙女，就把绣鞋珍藏起来。

狂夫与髑髅

古代鬼怪故事。见清·乐钧撰《耳食录》卷十。

扬州有一个狂夫，跟着几个人来到郊外。他们都说那里有许多髑髅，相互告诫不要去触犯。狂夫不以为然，就对着一个髑髅之口撒尿，并且开玩笑说："我给你灌酒！"他刚走几步，就听到耳后低声呼喊："拿酒来！"狂夫很惊诧，众人说他们并没有言。走几步，又听到同样的呼喊。一会儿，又呼喊："刚才说要灌酒，为什么要欺骗我？"声音渐渐厉害。狂夫随便答应道："你要喝酒，就随我来。"入城后，他们共同登上一家酒楼，列坐喊上酒，空下一个座位来款待髑髅。众人每饮一杯，就敬它一杯。髑髅饮酒无数，众人都感到疲倦，依次散去，只有狂夫不能脱身。过许久，髑髅醉了，狂夫假托上厕所，下楼结账后，就悄悄溜走了。髑髅找不到狂夫，只好愤恨而去。

王 大 胆

古代鬼怪故事。见清·乐钧撰《耳食录》二编卷一。

王某在苏州一个按察使手下干事，非常有胆量，人称“王大胆”。同舍的人想试一试他的胆量，就拿鬼来吓唬他，他毫不畏惧。他们又扮鬼去找他，他照样谈笑自若。大家因此相信他的确大胆。有一天，大伙一起到郊外游玩，看见一个乞丐相貌奇丑，都说：“这个像真鬼，何不让他去试王大胆的胆量。”再三鼓动乞丐才答应。当天晚上，王某在灯下看文书，大伙已经叫乞丐伏在他的床下，而他们则在窗缝里面窥探。快半夜时，乞丐出来，左手拿着牌子，右手提着铁链去叫王某：“去，去！”王某竟仰面而倒，气绝身亡。乞丐忽然消失。大伙惊呼：“果然是真鬼！”

沈鬌与刍灵

古代精怪故事。见清·乐钧撰《耳食录》二编卷三。

有一次，沈鬌去京城探亲。在路上看见一个少妇独自行走。沈鬌看见她孤单柔弱，就上前去勾引。到了通州，沈鬌竟与少妇以夫妻的名义去投旅店，两人同食同寝。第二天早晨，沈鬌才发现这个少妇是一个送葬所用纸衣泥首的刍灵，精秽流满纸裤。沈鬌感到非常惭愧，立刻离开旅店。过一些日子，沈鬌由原路回家，在半道上又遇到那个少妇，她笑着说：“沈郎回家，不携带我一起走吗？”沈鬌很害怕，赶快躲避。回家不久，沈鬌便得病死了。

某 翁 爱 驴

古代讽刺故事。见清·乐钧撰《耳食录》二编卷三。

某翁富有而且吝啬，善于放高利贷，天天都有进项。他后来年老，行路艰难，便买一头驴来代步。他很爱惜这头驴，不是非常疲惫不会骑上去，一年之中骑不了几次。遇到暑天，他到远处去收债务，不得已牵着驴前往。中途某翁气喘，便跨上驴。跑了二三里路，驴不习惯被人骑，也气喘起来。某翁惊吓得连忙下地，把鞍解下来。驴以为让它休息，就向故道跑去。某翁追它不及，生怕把驴丢了，又舍不得扔鞍，只好背着鞍往前跑。他回家，赶忙问驴在吗，他儿子说：

“驴在。”某翁感到高兴，慢慢把鞍放下，这时才觉得足痛、背裂，又因为中暑了，病了一个多月才好。

妻　弟

古代寓言。见清·乐钧撰《耳食录》二编卷八。

有某公从外面回家，看见他妻子正在跟一个男子讲话，无比愤怒，也不审视一下，便上前骂道：“哪里来的野汉子，白天公然调戏人家妇女！”妻骂道：“瞎子呀？为啥胡说八道！”某公于是仔细一看，竟是妻弟，感到惶恐，连忙赔礼道歉。后来，他的妻子与一个少年私通，在房门口碰到某公，狂奔而去。某公惊愕，慢慢回忆起前事，以为是妻弟，就问妻子：“他舅为何匆匆离去？”妻子哄骗他说：“恐怕再被你斥责呀。”某公相信了，也不再去回想面目不像啦。

《小豆棚》

书名。清·曾衍东撰。曾衍东（1751—1830后），字青瞻、七如，号铁鞋道人、七如道人、七道士，山东济宁州嘉祥县人。四十三岁中举。嘉庆年间，先后任楚北知县、咸宁知县、江夏知县、当阳知县、巴东知县。后来因故免职，流徙温州，晚境凄凉。此书原为八卷。今有稿本残存四、五两卷，抄本残存六卷，光绪六年申报馆排印本，1935年上海大达图书供应社排印本，1991年齐鲁书社“历代笔记小说丛书”本十六卷等。其中收有《二班头》《张二唠》《疙瘩老娘写状》《小莲》等故事。

二　班　头

古代美德故事。见清·曾衍东撰《小豆棚》卷二。

揭阳县二班差役沈某，长髯大耳，为人憨直，非常贫穷。下班后，他除一醉之外，不问其他的事情。妻子在他的面前抱怨，他说：“杖头钱（行刑的贿赂）不可用，只要给我一杯酒，别的冤情我哪里管的了？”妻子便离家而去，沈某一人愈发觉得无牵无挂。有个土豪李某，要娶邻家霍氏女为妾，用尽各种办法，霍家都不答应。霍家携女外出躲避，李某便到官府诬告霍家负债逃跑，并且托二班差役沈某，只要重重打死霍父，就给他一锭银子。审讯时，沈某左手执棍子，右手拿银子，告诉县官："李某用银子贿赂我，我不敢用棍子来收他的银子。棍子还在这里，是否把银子退给他？"县令感到惭愧，便释放了霍父。李某终不能伤害霍家，是二班差役沈某努力的结果。沈某死后，老百姓在城隍庙的东廊上塑了他的像，跟在世时一样。

疙瘩老娘写状

古代讼师故事。见清·曾衍东撰《小豆棚》卷八。

湖州有个女讼师，号"疙瘩老娘"，远近闻名。凡有大讼长年不能够了结的，凭她一字数笔，便可使其了结。县里面有个富家的儿媳年纪轻轻做了寡妇，打算改嫁，可是公公不允许，强迫她守贞节。这个儿媳去求疙瘩老娘，疙瘩老娘要了她一千六百两银子，在状纸前面写了十六个字："氏年十九，夫死无子。翁壮而鳏，叔大未娶。"于是，官府便让她改嫁了。

铁腿韩昌

古代武艺故事。见清·曾衍东撰《小豆棚》卷十四。

韩昌年轻时习武，曾经一腿踢倒坏墙，人称"铁腿韩昌"，他也因此沾沾自喜。壮年以后，他到兖州做了捕快，在当地为所欲为。有一次，他到寿昌县出差，晚上独行，远望见村外有灯光从茅屋里面射出来。他推开半掩的门进去，见着一个穿淡红裤的年轻妇人在纺线。妇人问他："你来找谁？"他靠前蹲下说："找你做伴。"妇人微微一笑，抬脚踢了韩昌的裤裆。他立即仰面倒下，等到爬起来时，妇人已经拿洗衣棒来扫他的腿。当他反扑时，妇人就把他推倒，并且骑在他背上，拿洗衣棒打他的胯。韩昌不敢吭声。妇人便用地上的席子把韩昌卷起来倒立在墙角，仍然去纺线。丈夫回家后，妇人说席中人来访。她丈夫解开一看，认得是名捕韩昌。妇人笑着说："伯伯莫生气，奴家太莽撞。幸亏伯伯不再饶舌，不然会打断你的腿。"东方已经发白，妇人便下厨张罗酒水、炊饼，韩昌强打精神吃了才离去。从此，他的豪气渐渐消去。

《客窗笔记》

书名。全名《守一斋客窗笔记》，一作《客窗偶笔》。清·金捧阊撰。金捧阊（1760—1810），字玠堂，江苏常州府江阴县人。出身诗书、仕宦之家。十七岁为秀才，但多次乡试不举。曾为幕僚，并荐授国子监教训职，因病未行。后来贫病而终。此书分为《偶笔》《二笔》两种，各四卷。有同治十二年刊本、《栗香室丛书》本等。其中收有《冤狱报》《黄山采药》等故事。

冤 狱 报

古代案狱故事。见清·金捧阊撰《客窗笔记》。

江苏沛县民某甲与妻子反目，外出多日。正好附近有一具尸体被重伤，面目腐烂不能够辨认，而衣鞋与某甲非常相似。某甲的妻子一向与某乙有私情，人们都怀疑是他的妻子跟某乙一起谋害的。县衙验尸时听到后，立刻拘押了两人。奸有证据，尸有相似，他们不能自明，动刑后不得不承认，经院司审核批准，已经依法抵罪了。可是某甲并没有死。过了半年，他在徐州干活儿时闻听同伴讲到这件事，惊骇道："我还在，而妻子却要被处死。"便赶回沛县去自己讲明白。县官畏罪无策，便押着他到省上。这时江苏按察使某长官即将卸任。县官进去秘密陈报，某长官说："你立即带某甲来。"于是立刻收监，当天晚上被弄死，此事就平息啦。后来，这一位长官因父母去世返回家乡，遇到与一桩重案有干系，身获重罪，家亦全破，人们都以为是冤狱的报应。

黄 山 采 药

古代奇遇故事。见清·金捧阊撰《客窗笔记》。

雍正年间，张某上黄山采药，被暴风刮到涧谷，四面峭壁嶙峋，下面有一条三四丈长的大蛇伏在洞中。张某无比惊恐，但是经过两天两夜，大蛇没有吞食他的意思。他十分饥渴，便手捧涧水来喝，肚子就不饿了。过了很长时间，一天风雨交加，大蛇将要出去，他便骑在蛇尾腾云驾雾，飞上九霄，然后落在地上。人们告诉他，此地已是浙江福建的交界处，距离黄山非常远。他才悟出，大蛇乃神龙。人们热情相待，并且凑盘费送他回到了老家。

梁 家 潭

古代除怪故事。见清·金捧阊撰《客窗笔记》。

陕西长安城外五十里有个梁家潭。雍正年间，潭中忽然有怪物出来吃骡马牛羊等物，居民无比苦恼。一日有个喇嘛僧带着徒弟过来，自己说能够除此害，但须拿百千文给徒弟。众人欣然同意。喇嘛僧说："你们挑选两个极有胆量的人听用。"于是选出两个力举百斤、素来胆大自负的人。喇嘛僧大喜道："我书符二道，交给你们两人。我入潭与妖怪交战，看见巨手探出水面，立刻拿第一道符给我。我再变化法身，探出水面，立刻给第二道符，千万不要误我。"两人连连点头。一会儿，喇嘛僧跃入梁家潭，众人都不敢出大气，而那两人各拿着一符，立在岸上不动。不久只见一只巨手伸出水面，急忙给一道符，手接符而去。又见雷奔电激，水面一物，大如城门。持第二道符的人心知是喇嘛僧手，然而他两腿发抖，不敢正视。好一会儿僧手落入水中，波心霹雳一声，便波平浪静了。等候许久，喇嘛僧一点儿声息都没有，他的徒弟见状大哭。乡人仍然给喇嘛僧的徒弟百千文让他离去，从此妖怪也绝迹了。

某学政回京

古代官吏故事。见清·金捧阊撰《客窗笔记》。

康熙年间，广东某提督学政贪赃枉法，任满就要回北京。他已经登船，忽然看见士子几千人拿着香来送行。某人喜出望外，大声说道："我在此没有什么功德，怎么可以辛苦大家远送？"话未落音，就听到岸上哗然说："愿大宗师男盗女娼！"扔下香便回去了。某人魂不守舍。船划到皖江，突然看见一艘大船临时停泊，女乐非常多，全是倾城的美色。某人怦然心动。可是问同船的人，都说一无所见。某人感叹道："声色挑逗人，果然如此！"他竟脱阳（泄精不止）而死。

三岁孩雪父冤

古代案狱故事。见清·金捧阊撰《客窗笔记》。

安徽霍邱县有两个乞丐，某甲妻与某乙有奸情，但是某甲并不知道。一天他们到城外一座废寺住宿，某乙与甲妻用绳子将某甲勒死，被某甲三岁的孩子看见了。他们把某甲的尸体扔进枯井后，一起逃到河南固始县。经过一个乡村时，他们将某甲的孩子卖了一百钱。孩子对村人讲，卖他的人不是他爹，他爹是被那个人杀死的。村人害怕受到连累，立即追上某乙、甲妻，跟地保一道把他们送到县衙。官员问孩子，孩子讲的完全一样；随后审讯甲妻与某乙，他们都服罪了。再到寺庙的枯井里找出尸体，查验无误，于是让他们抵罪。

《阅微草堂笔记》

书名。清·纪昀撰。纪昀（1724—1805），字晓岚，一字春帆，晚号石云、观奕道人，直隶献县（今属河北）人。乾隆十九年进士，历任贵州都匀知府、侍读学士、礼部尚书、兵部尚书等。乾隆三十八年为四库全书馆总纂官，纂定《四库全书总目提要》。此书二十四卷，包括《滦阳消夏录》六卷、《如是我闻》四卷、《槐西杂志》四卷、《姑妄听之》四卷、《滦阳续录》六卷。有嘉庆五年合刊本、道光十五年刊本、《清代笔记丛刊》本、进步书局本石印本、会文堂书局详注本等。上海古籍出版社1980年出版有汪贤度校点本。中华书局2014年出版有全注全译本（三册）。其中收有《献县吏王某》《郭六行孝》《荔姐自卫》等故事。

献县吏王某

古代报应故事。见清·纪昀撰《阅微草堂笔记》卷一。

献县吏王某，工刀笔，善于巧取人家的钱财。然而他每有积攒，必定会有一件意外事耗去。有城隍庙的一个道童，夜行廊庑间，闻听两个吏持簿对算，一个说：“他今年积蓄较多，应当用什么办法给消耗了？”一个说：“一个翠云就够了。”城隍庙常常遇鬼，道童也不害怕，只是不知道翠云是谁，也不知道怎么消耗。不久，小妓翠云来了，王某很宠爱她，在她的身上耗费了王某积蓄的十之八九；王某又染恶疮，等到医好病，就已经花光了积蓄。王某一生所取，大约有三四万两银子。后来他发狂病暴死，竟没有棺材给他入殓。

郭六行孝

古代家庭故事。见清·纪昀撰《阅微草堂笔记》卷三。

有一年大饥荒，淮镇农家妇郭六的丈夫外出乞食，临行时对郭六说：“父母都年老有病，我让你受累啦。”郭六有一些姿色，乡里的少年拿金钱来挑逗她，她都不理睬，只用女工来养活公公婆婆。后来，已经无力赡养二老，郭六便对邻里叩头说：“我丈夫把父母托给我，如今我已力竭，不作别的打算，都会饿死。邻里能够帮助我，就请帮助我；不能帮助我，我就要去卖花（妇女倚门卖春），请不要笑我。”邻里欲言又止，犹豫不决地离开后，郭六痛哭告诉公婆，然后跟荡子们混在一起了。她又用卖春的积蓄买了一女子，不使外人知道。过了三年多，她的丈夫回家，她立即对丈夫说：“父母都在，如今还给你。”她又引那个女子来见丈夫，说道：“我的身子已不干净，不能忍耻对你。我已替你另外娶了一个。”丈夫惊骇没有说话，郭六随即去厨下自刎而死。县令来验尸，郭六目炯炯不瞑。县令判葬郭六于祖茔。她的公公婆婆哀号说：“她本是贞妇，因为我二人才这样的。儿子不能养父母，逃避而把我们交给一个少妇，是谁之过呀？”说完，郭六便瞑目了。

荔姐自卫

古代奇遇故事。见清·纪昀撰《阅微草堂笔记》卷三。

荔姐嫁到近村民家为妻。一日，听说母亲生病，来不及与丈夫同行，便狼狈奔回娘家。当时已经入夜，缺月微明，她看见一人追赶很急，以为是强暴，但旷野无人可以呼救，她连忙隐身在古墓旁的白杨树下，披发吐舌，瞪目直视以待。那个人将近，以为是缢鬼，便惊仆不起。荔姐因此狂奔得免。等她进入家门，娘家人都非常惊吓，慢慢问得实情，又愤怒，又感到好笑。次日，哄传某家少年遇鬼中邪，已经发狂，成天胡言乱语。

遇罗刹

古代鬼怪故事。见清·纪昀撰《阅微草堂笔记》卷三。

魏某为人轻浮，好窥伺妇女。一天，他在村外遇到一个少女，便上前挑逗，少女不答话而眼光好像有意，径直向西走去。魏某正在注视，少女又回头好像招呼他。他立即跟随前往，渐渐逼近。少女面红，小声说："路上来往人多，恐怕别人说闲话。你可以相隔小半里，等到家，我在墙外车屋中等你。枣树下拴了一头牛，旁边有碌碡就是我家。"魏某渐行渐远，傍晚将要抵达李家洼，离家已有三十里。久雨初晴，他的小腿踩在泥浆里面，足趾也肿痛啦。他遥见少女已入车屋，感到窃喜，急忙过去。少女背着他站立，忽然转头变成罗刹的模样，锯牙钩爪，脸面如蓝靛，眼睛闪烁如灯。魏某被惊吓而逃，罗刹急忙追赶。他狂奔二十多里，来到丈人家门，不断敲门。刚开门，他突然冲进去，撞倒一个女仆，他也随即倒地。妇人们很愤怒，各人拿起捣衣杵乱打他屁股。他气结不能说话，只喊"我我"。老妈妈举灯来照，才知道是女婿，一起惊笑。第二天用牛车把他载回家，他竟卧床几个月。

山西客商

古代奇事故事。见清·纪昀撰《阅微草堂笔记》卷四。

有山西商人居京师信成客寓，衣服、仆马都很华丽，还说打算去捐官。一日，有一个穷老头儿来访，仆人不为他通报。等一会儿，老人露出求助的意思，仆人不高兴地说："这时捐的钱还不够，哪有余力帮助你？"老人心里不平，于是对众人讲出山西商人昔日穷困，等待老人接济过日子十多年；后来又帮助他一百两银子让他经商，渐渐成为富人。如今我罢官流落，也没有奢望，如果得到从前所帮助他的数目，稍微补偿欠债，能回到家乡就满足了。说完，竟老泪纵横。山西商人好像没有听到似的。忽然同舍的一个江西人，自称姓杨，去问山西商人："这个老人讲的是真话吗？"山西商人红着脸说："固然有，但是我的财力不能报答他，非常遗憾。"杨某说："你就要做官，不愁没有借处。如果有人肯借给你一百两银子，一年内偿还，不取分毫利息，你肯拿去回报他吗？"山西商人勉强回应说："很愿意。"杨某说："你书写借券，一百两银子我给。"山西商人迫于公论，不得已书写借券。杨某收下借券，打开箱子，拿出一百两银子，山西商人气呼呼地拿去给了老人。杨某又摆酒菜，留老人和山西商人饮酒。老人非常高兴，山西商人草草喝完酒。老人道谢离去，杨某几天后也搬走了，从此便没有交往。后来，山西商人发现自己的箱子里面少了一百两银子，还丢失一块狐皮，而箱中得到当票一张，写明两千铜钱，大约符合杨某办酒菜所用的数目。这才知道杨某是一个术士，和他变把戏。同舍的人无不偷偷称快。

许南金不畏鬼

古代戏谑大头鬼型故事。见清·纪昀撰《阅微草堂笔记》卷六。

南皮许南金，最有胆量。他在僧寺读书，与一个朋友共睡一个卧榻。夜半，他看见墙壁上燃着一双火炬，仔细注视，是一个人面从墙壁中出来，大如簸箕，双炬是它的目光。他的朋友两股战栗吓得要死。许南金披衣慢慢起来，说道："正打算读书，苦于烛尽，你来得正好！"便拿一册书背着坐下，诵声琅琅。没有读几页，目光渐渐隐去，靠着墙壁呼喊也不出来。又一天晚上，他去上厕所，一个小童拿着蜡烛跟随在后面，这个鬼面突然从地下涌出，对着他笑。小童扔烛仆地。许南金立即拾起来放在鬼怪的头顶上，说道："没有烛台，你来了也很好。"鬼怪仰望不动。许南金说："你哪里不可去，何苦到此间？你是逐臭之夫吗？不可辜负你的来意。"随即用秽纸擦它的口。鬼怪大呕吐，狂吼数声，灭烛而没，从此不再出现。

鬼魂击盗

古代鬼魂故事。见清·纪昀撰《阅微草堂笔记》卷七。

福建有一个县令，罢官后居住在馆舍。晚上有群盗破门而入。一个老妈惊呼，盗贼砍中她的脑袋扑在地上。僮仆不敢出来，巷子里面的巡逻者，也坐视不管，盗贼便肆意抢掠。他家的幼子十四五岁，用锦衾蒙头而卧。盗贼揭开锦衾，见他姣丽如女子，就去嬉笑抚摩，打算非礼。砍倒的老妈突然跃起，夺取盗贼的刀子，背着幼子夺门出去。追她的盗贼都被砍伤。县令感到惊奇，老妈已经六十岁，素来没有听说她有这样的能耐，为何如此勇敢。县令急忙去看望，老妈挺立在那里大声说："我是某都某甲，大人对我有再生之恩。我死后在土神祠服役，闻听大人被抢劫，特来附在这个老妈的身上打击盗贼。大人努力为善吧，我去了！"老妈立刻昏卧在地，把她救醒后她什么都记不起来。

商人夜行

古代鬼魂故事。见清·纪昀撰《阅微草堂笔记》卷八。

有一个商人夜晚赶路，在昏暗中看见树下有一个人影，怀疑是鬼，就去问他。那人说：“我天黑到了这里，害怕鬼不敢前行，等待有人来结伴而行。”于是他们结伴而行，渐渐亲密。那人问：“有什么急事，冒冻夜行？”商人说：“我过去欠一个朋友四千钱，听说他夫妇都生病了，恐怕他们生活、吃药钱不够花，所以赶去还钱。”那人站立在树背后，说道：“本来打算欺负你。听你所言，知道你是个真正的长者。我不敢冒犯你，愿意替你引路，可以吗？”商人不得已，便跟着他走。认真一看，他是一个无头人。商人吓得战战兢兢不敢走，鬼突然就不见了。

遣犯妇得救

古代奇事故事。见清·纪昀撰《阅微草堂笔记》卷九。

新疆玛纳斯有个遣送到边疆的犯人之妇，入山砍柴，突然被玛哈沁抓住。玛哈沁是额鲁特一带的流民，十几个人一起出没在深山中，遇野兽吃野兽，遇人就吃人。这个妇人被抓住，已经脱去衣服缚在树上，在旁边烧着火。刚割下左股的一块肉，突然闻听火器一震，人声喧哗，马蹄声响彻林谷。玛哈沁以为是官军来了，立刻逃遁。原来是士兵牧马，偶然用鸟枪打野鸡，误中马尾。一匹马跳动，群马都惊跑，相随进入万山中，呼叫着追赶而来，让这个妇人死里逃生。假如稍迟片刻，这个妇人便血肉狼藉了！

书生求见鬼

古代鬼魂故事。见清·纪昀撰《阅微草堂笔记》卷十。

一个书生最有胆量，每一次想见鬼都见不到。有一天晚上，雨过月明，书生命小仆带酒到墓地里面，环顾四周呼喊道：“良夜独游，特别寂寞。地下各位朋友，有愿意来一起饮酒的吗？”一会儿就看见磷火荧荧，围绕在四周，大约十多个鬼影。书生洒一大杯酒在地上，众鬼都俯地闻酒气。有一个鬼连连称好，请求再喝。书生于是再洒酒，并且问道：“各位为什么不轮回？”众鬼回答：“在我们十三个当中，罪期没满，等待轮回的四个；不得轮回的九个。”书生问：“为何不忏悔请求解脱呢？”回答：“忏悔必须在没有死的时候，死后就不管用啦。”酒洒完以后，众鬼踉跄离去，其中一个回头叮咛道：“谢谢你洒酒，无以为报。请记住，忏悔须在未死时。”

雷 劈 李 十

古代报应故事。见清·纪昀撰《阅微草堂笔记》卷十。

某县有一个寡妇夏天晚上睡觉时，被一个撬窗户进屋的盗贼奸污了。她惊醒后呼喊，盗贼立刻逃逸。她无比愤怒，生病而死，竟不知道那个盗贼是谁。过了几年，村民李十被雷劈死。一个老妈妈合掌诵佛说："那个寡妇的冤屈总算雪恨啦。当她呼救的时候，我亲眼看见李十翻墙出去。我害怕他强悍，不敢言语。"

轻薄子李秀

古代精怪故事。见清·纪昀撰《阅微草堂笔记》卷十一。

北京从黄村至丰宜门，共四十里，积雨后污泥遍地，车马行进受阻。有个叫李秀的人，驾着空车从固安返回。他看见一个少年大约十五六岁，长得像个漂亮姑娘，在泥路上慢慢走着，相当困惫。天色已晚，少年看见李秀经过，想搭车又不好意思讲。李秀很轻薄，就用话语挑逗，邀请他同车，沿途买果子给他吃，他也不大推辞。李秀渐渐用温柔的话语进行调戏，他只是微笑而已。行走几里后，看他的面貌好像稍稍苍老，还不在意。又行走十多里，已经昏黄，李秀觉得他眉目渐渐改变。将近南苑西门，则变为大额头高颧骨，满脸胡须的人。李秀因为自己眼花，不敢问他。等到下车，已经成为一个须鬓皓白的老翁，与李秀握手告别说："蒙你见爱，非常感谢。只是今晚不便同榻，辜负你了。"一笑而去，竟不知是什么精怪。

西 藏 毛 人

古代奇遇故事。见清·纪昀撰《阅微草堂笔记》卷十五。

有两个商人到西藏去做生意，乘骡子在山上迷了路，忽然从悬崖跳下来十几个毛人围着他们笑，然后把他们赶到一个山坳里面。毛人把两个商人放在地上后，就把他们的骡子宰了，割下骡肉来烤着吃，也分给他们吃，没有一点儿恶意。毛人吃饱以后，便摸着肚子仰天长啸，声音类似马嘶。不久，其中有两个毛人各挟一个商人，飞越峻岭来到官路上，给商人每人一块石头，立刻离去。石头有瓜那么大，都是绿松石，价值比他们丢失的货物贵许多倍。

灶婢捉盗

古代机智故事。见清·纪昀撰《阅微草堂笔记》卷十八。

有一伙强盗抢劫富室，楼门即将攻破，他们威胁家人说："敢呼号的人必死！而且风大，呼号别人也听不见，死了有什么用？"大伙便不敢吭声。有一个十五六岁的烧火婢女，睡在厨房里面。她偷偷地拿着火种爬到后院，乘风点燃堆积的柴火。火焰冲天，数里内的乡亲都赶来救火。火光下群盗不能够逃脱，一一被擒。主人深为感动，打算把他留作儿媳妇。主人的儿子也同意，认为她这样有智慧和胆量，必定能够管理家务，于是就成为夫妻。

侠妓玉面狐

古代侠义故事。见清·纪昀撰《阅微草堂笔记》卷十八。

早年间有一个富人，一直积蓄谷而不积金银，以防强盗抢劫。到了康熙、雍正年间，岁岁歉收，米价昂贵。他不肯卖一点谷，希望价格再增。乡里人都骂他，可是拿他没办法。有一个艺妓叫"玉面狐"，她对大伙说："这事好办，只要准备钱等待就可以啦。"她自已去到这个富人家说："我是鸨母的摇钱树，鸨母常常虐待我。昨天我与她吵架，她要我拿出一千两银子来赎身。我也厌倦风尘，愿意找一个忠厚长者来托付终身，我想想没有人比得上您。您能捐出一千两银子，我就来终身伺候您。昨天有个木商闻听此事，已去天津取钱。估计他半月以后便要回来。我不愿意跟随这个家伙。您能在十日内先定下来，就非常好。"这个富人原先就迷恋"玉面狐"，一听此话很惊喜，急忙拿谷来贱卖。仓库已开，买谷子的人一哄而上，不能再关闭，便买空了他的积存，米价大平。谷尽以后，"玉面狐"去向富人道谢说："鸨母养我许久，一时生气才有这个想法。如今她感到后悔要挽留我，我不能够负心。所说的事情等以后再说吧。"富人原来与"玉面狐"私约，无媒无证，无一个钱的聘定，竟拿她没办法。

书生与仕女轴

古代画中人型故事。见清·纪昀撰《阅微草堂笔记》卷十九。

有一个书生赴京应试，住西河沿旅店中，墙壁上悬挂一轴仕女图，风姿艳逸，栩栩如生。书生每每独坐便注视凝思，有人来了都没有察觉。一天晚上，仕女忽然从画上飘下来。书生虽然知道她是精怪，却管不住自己，便与她笑语相处。等到落第南归，竟买了此画回去。书生回家后将此画悬挂在书斋里面，最初并无变化。三四个月后，仕女又忽然飘下来。书生与她说起旧事，也不怎么回答。书生无暇追问，从此亲密无间，便得病日益消瘦。书生的父亲请茅山道士来惩治。道士熟视壁上，说道："画无妖气，作祟的不是此画。"于是结坛作法。次日，有一个狐精死在坛下。而书生在京师所遇到的仕女，则是另外一个狐精。

杨 横 虎

古代不怕鬼故事。见清·纪昀撰《阅微草堂笔记》卷二十。

有一家主人派仆人杨某送医生回家。杨某性格暴戾，人称"杨横虎"，沿途常常寻衅滋事。一天昏夜到一个村子，旅店已满，就去一座寺庙借宿。僧人说："只有佛殿后面的三间空屋，然而里面有精怪作祟，不敢欺瞒。"杨某说："什么怪物敢来欺负我杨横虎，我正想找它呢！"他就让僧人打扫卧榻，与医生一起就寝。医生睡里面，他睡在外面，点着灯等着。夜里果然有一个美妇从外面进来，渐渐靠近卧榻，杨某突然抱着她亲吻。美妇立刻变为吊死鬼，模样可怕。医生吓得直打抖。杨某笑着要和鬼亲热，鬼大喊而逃。于是他们便安睡到天明。临行时，杨某对僧人说："我日后还要回来，请不要留别人住哇！"

求 狐 被 戏

古代精怪故事。见清·纪昀撰《阅微草堂笔记》卷二十一。

有家宅后空屋住着一个狐精，不见其形，而能对面与人说话。他家小康，有人以为是狐精所助。因此，就有人去求狐精与他交朋友。一日，他打算设筵请狐精。狐精说自己是老饕，他便多设酒肴来款待。等到日落，有几个狐精醉倒现形，此人才知道狐精呼朋引类来了。如此几次，此人疲于供给，衣物典当一空，这时才稍微露出向狐精求助的意思。狐精大笑道："我因为无钱供给酒食，才几次找你。假使我很有钱，我会自醉自饱，何必有所取而与你交友呢？"从此断绝来往。

仆人与鬼斗

古代鬼怪故事。见清·纪昀撰《阅微草堂笔记》卷二十三。

科尔沁达尔汗王的一个仆人，在行路上拾得两个毡囊，一个装满人牙，一个装满人指甲。他心里非常诧异，立即把毡囊扔到水中。过一会儿，有个老婆婆仓皇而来，左顾右盼，好像在寻找什么，还问仆人看见两个毡囊吗？仆人说没有见过。老婆婆知道被他抛弃了，十分愤怒，便折一根树枝猛击仆人。仆人徒手同她搏斗，觉得她的衣裳柔脆，好像通草心；肌肉虚松，好像莲房穰。仆人手指所抠的地方一下破裂，然而放手后立即长合起来。互斗良久，老婆婆敌不过他，便离去了。临走时她骂仆人说："少则三月，多则三年，必定来要你的魂魄！"然而过了三年，她也没有来作祟，才知道她是在说大话吓唬人。

农家子与牛

古代动物故事。见清·纪昀撰《阅微草堂笔记》卷二十四。

高官有个农家养了一头牛，他儿子小时候，天天与牛嬉戏，攀角捋尾牛都不动。儿子稍长大一点，就让他放牛。儿出牛即出，儿归牛即归，儿行牛即行，儿止牛即止，儿睡牛就卧在旁边，已经有一年了。一天儿子去放牧，牛忽然狂奔回家，头颈都沾满血，跳踉哮吼，以角触门。儿子的父亲出来看，牛即掉头回旧路。父亲知道必定有变故，尽力追赶。到了野外，儿子已经头破而死；又有一个人横卧道旁，腹裂肠出，一根枣木棍子扔在地上。仔细审视，那个人是沧州三果庄盗牛的人。他才知道儿子被强盗杀死，牛又把强盗触死。这一条牛，真是有人心哪。

《广谈助》

书名。清·方飞鸿撰。全书五十卷。有安固项氏水仙亭抄本。其卷三十《谐谑篇》收有《除"五贼"》《知县是扫帚》等笑话。

除“五贼”

古代笑话。见清·方飞鸿撰《广谈助·谐谑篇》。

东阳有一个贫士与富家为邻，常常羡慕邻家之乐。一日他穿戴好衣冠前去拜谒、请教，富人告诉他：“致富不易，你回去斋戒三日后我再告诉你。”贫士依照富人的话行事后，又来拜谒。富人对他讲：“大凡致富之道，当先去其‘五贼’，‘五贼’不除，富不可致。‘五贼’即今之所谓仁、义、礼、智、信是也。”贫士掩口发笑而去。

知县是扫帚

古代笑话。见清·方飞鸿撰《广谈助·谐谑篇》。

太平之时，世人都追求富贵，位高者得到的越来越多，但是最终不能够保住其所有。有人便作顺口溜嘲讽道：“知县是扫帚，太守是畚斗，布政是叉袋口，都好将去京里抖。”

《梦厂杂著》

书名。清·俞蛟撰。俞蛟（1751—1811以后），字清原，又字六爱，号梦厂居士，浙江山阴（今绍兴）人。曾做过地方官的幕僚，后任广东兴宁县典史。此书十卷。有嘉庆十六年刊巾箱本、道光八年刊巾箱本、同治九年刊本、上海大达图书供应社排印本等。上海古籍出版社1988年出版有骆宾善校点本。其中收有《狱卒纵囚记》《甘泉县令》等故事。

狱卒纵囚记

古代狱吏故事。见清·俞蛟撰《梦厂杂著》。

阿烬哥是新会县狱卒。他常常替人们排难解纷，在狱中受到大家的爱敬，被推为狱卒长。有一年除夕，狱囚想念家室，都欷歔泪下。阿烬很同情他们，就对大家说："今晚上放各位回家与妻儿团聚好吗？"狱囚唯唯，都怀疑他用戏言来博大家一笑。阿烬说："我向来没有诳语。各位能够在两日如约回来，我们双方都好，否则我就要立刻死在杖下啦！"众囚对天发誓，阿烬便把他们放回去了。狱卒们都怪罪他胆大妄为，说道："这是你自己作主的事，不要连累我们啊。"到期众囚都相继返回狱中，没有一个人丢失。当时阿烬正坐在地上独自饮酒，他喜极扔杯，大笑道："各位回来，我可以无愧，应当从此逝去啦！"他兀坐不动，一看他已经气绝身亡。

甘泉县令

古代官吏故事。见清·俞蛟撰《梦厂杂著》。

松江人金某贪得无厌，当了几年甘泉县令，就把民脂民膏搜刮殆尽。当地有个读书人埋葬亲人时，在土穴中得到一块蓝田玉，价值一千多两银子。金某想把玉石夺过来，一时难以找到借口。生员严某是一个奸邪的人，他的祖坟跟那个读书人的坟地相邻。金某与严某交往密切，于是跟严某密谋，通过打官司的方式，强占了读书人的坟地，并且夺走了他的蓝田玉。严某便把那一块蓝田玉悄悄拿给金某。金某有个女儿长得秀美，但是同僚都鄙薄他，无人与他联姻。金某让妻子带着女儿和蓝田玉南归。回到松江，玉石卖不出去。有一个尼姑上门来说，富贵人家经常到尼姑庵祈福，到那里你的玉石可能卖个大价钱。她竭力鼓动金妻住进尼姑庵，一边修行，一边待价而沽。金妻和女儿住进尼姑庵后，有一个纨绔子弟来看玉石，与金某的女儿彼此爱慕。不久，他买通尼姑，竟和金的女儿带着蓝田玉逃跑了。金某得知玉、女俱失，又羞愧，又气愤，竟病死在甘泉县。

某中堂见客

古代讽刺故事。见清·俞蛟撰《梦厂杂著》。

清代初年，某中堂（大学士）地位显赫。张某以商贾起家，粗俗无文化，却拼命攀附权贵，想要登上仕途，与某中堂的堂弟联姻。张某一再请求这个堂弟介绍他去见某中堂。这个堂弟只好同意，事先教张某一些颂扬和寒暄的话语，让他反复背诵无误，才领他去进见。张见到某中堂竟面红耳赤，大汗淋漓，仓促间竟说："久仰大人老奸巨猾，为朝野所畏。"某中堂一听大怒，拂袖而入。张某被随从赶出，狼狈离去。

《广新闻》

书名。清·无闷居士（孙洙）辑。孙洙（1711—1778），字临西，别署蘅塘退士、无闷居士、忍辱仙人等。江苏无锡人。乾隆十六年举进士。乾隆二十八年编成《唐诗三百首》，流传极广。此书八卷，共一百七十条。有乾隆五十七年刊本。其中收有《杨梅疮》《俞三娘》《蛇冤》等故事。

杨 梅 疮

古代案狱故事。见清·无闷居士辑《广新闻》。

无锡某官的女儿被许配给某个官宦的儿子，已经定好婚期了。某官的女儿忽然生了梅毒，父母问她，她不知道是怎么长出来的。女婿家闻听后要悔婚，某官不答应，便告到官府。县令问女父，知道他女儿爱吃从肉店买来的猪肺，立即传屠夫到场。此人全身长满梅毒，县令看见便说："事情已经明白了，女儿的疮就是这样来的。"两家人都感到高兴，二人于是拜堂成亲。请医生治疗，几个月便医好了。

俞 三 娘

古代报应故事。见清·无闷居士辑《广新闻》。

盗贼俞三在邯郸道上开了一家旅店。他妻子俞三娘能够媚人，有客人住店，必定让三娘出陪，将客人灌醉，然后勒死。他们前前后后弄死了无数客人。有一个幕客来住他的旅店，俞三让三娘出来唱小曲、陪酒，都被幕客拒绝了。第二天幕客离去，俞三问他要两吊房钱。幕客问他怎么要那么多钱，他说："这是买命钱，不多。"幕客不得已，只好如数交付。后来幕客将此事告诉山东某县令。某县令进京，路过邯郸道，所住的馆舍在俞三的旅店附近。某县令派人去召俞三，俞三外出，就把他七八岁的儿子带来了。某县令让人给俞三的儿子吃零食。一会儿，俞三进来把儿子牵走，并且跟某县令发生冲突。某县令立刻将俞三扭送官府。因为冤魂附体，俞三到官府竟一一供出平日杀害旅客的情况和旅客的姓名。一经审讯便服罪，俞三夫妻二人都被处死了。

蛇　冤

古代辨毒平冤型故事。见清·无闷居士辑《广新闻》。

有一个客商从远方回家，妻子杀鸡来给丈夫吃，丈夫半夜忽然死去。族人认为他的妇人有奸情而谋害丈夫，于是告官。县令来察验，看见此人唇舌俱黑，显然是中毒而死。审讯妇人，她无比悲痛。县令认为其中必有缘故，仔细观察她家的橱柜，发现后面有一个小洞，光滑无尘；并且查看了房屋四周的情况。当时已经很晚，县令就留住在她家，打算明天再审。县令又让妇人杀鸡款待，把熟鸡存放在橱柜里面备用。半夜差人来报橱柜中有声，县令命差人塞住洞孔，将橱柜抬到厅堂上，立即召集族人，宣布已经捉到杀人贼。差人打开橱柜，窜出一条一尺长的赤蛇，当场被击毙。接着，差人又到屋后捣毁一个有大小几十条赤蛇的蛇窟。这家妇人的冤屈于是得到昭雪。

童子与盗僧

古代盗贼故事。见清·无闷居士辑《广新闻》。

有一天，一个挑着两个箱子的僧人要求搭船，遭到拒绝。经过襄阳客人说情，才同意他上船。接着，又有一个童子来搭船，僧人不同意，船夫也让童子上船了，僧人有一点不高兴。次日开到一个地广人稀的地方，大家吃完饭后，只有童子还在吃。僧人突然拔出短刀对客人们说："你们不想被杀死的话，赶快跳到江里淹死！"客人们跪下哀求，僧人举刀威胁，忽然有两根筷子飞入僧人鼻孔，穿过脑袋僧人立刻毙命。大家连忙向童子致谢，童子也并不言语，立刻把僧人的两个箱子扔进江里然后对大家说："这个和尚是个强盗，我已经跟踪他三年啦。假如我昨天迟到一步，各位就会遭殃。"大家问他为什么要扔箱子？童子说："里面是他的两个徒弟，一会儿便要出来。"客人们非常佩服这个童子，这个童子随即登岸离去。

闹　杨　花

古代机智故事。见清·无闷居士辑《广新闻》。

休宁县某个商人在外面做生意，一次搭上了贼船，心里面明白，却不敢吭声。当天晚上将要出发，某商问他们："这里有没有美酒？我去打几十斤来请大家喝。"盗贼们认为喝得醉醺醺好举事，很高兴。某商把酒打回来，悄悄放进随身携带的"闹杨花膏（一种麻药）"。盗贼们不知道，猜拳饮酒，一会儿竟卧倒在地。某商立即上岸去报官，很快就把这伙盗贼一网打尽。

假 溺 鬼

古代盗贼故事。见清·无闷居士辑《广新闻》。

海门原本多盗，某翁小有积蓄，在河边上居住。有一天晚上他还没有睡，听到窗外面一人说："明天有个淘米妇是我的替代者。"又一人说："恭喜恭喜！"某翁知道那是个淹死鬼，第二天就守在河边，看见淘米妇来，赶忙阻止她。当天晚上，就听到有许多鬼哜哜嘈嘈地说："这就是救妇人的那个家伙。"一个说："杀死他！"随后泥沙石片如雨下，某翁赶忙蒙着被子一动不动。天亮以后，某翁起来查看，家里的财物被抢劫一空，这才悟出淹死鬼、淘米妇都是盗贼假扮的，他们也太狡猾啦。

《窭 存》

书名。清·胡式钰撰。胡式钰，字青坳。诸生。嘉庆、道光年间上海人。生平不详。此书分为书窭、诗窭、事窭、语窭四卷。有道光二十一年刻本。其中收有《孙某与爱犬》《松江少妇》《裙里腿》等故事。北京市中国书店1985年出版有道光刻本的影印本。

孙某与爱犬

古代人与动物故事。见清·胡式钰撰《窭存》卷三。

常州磁峡口外孙某家里有两匹骡子，替人运货，无论远近。他家养了一条三尺多高的大狗，小儿常常当马骑。他们夫妻俩非常爱护这一条狗。某年二月，孙某出门去到千里之外，这条狗一直跟随在左右。有一天狗忽然不见了，孙某心里面非常失落。腊月某天，孙某不在家。这条狗突然回来，围绕孙妻跳舞，然后到两间屋里去寻找孙某，喂它都顾不上吃。它已经瘦骨嶙峋，随即病倒，几天不吃东西，奄奄一息。孙某回家见到这条狗，悲喜交加，狗看见主人勉强起来流出眼泪，叫了几声便死了。

松江少妇

古代义犬鸣冤型故事。见清·胡式钰撰《窦存》卷三。

松江娄县有个少妇，独自往娘家省亲，她喂的一条狗随行。返回时已日落，经过一座破庙，有七个凶恶的乞丐把她拉进去轮奸了一个晚上。少妇无力反抗，只说："我回去一定要取你们的性命。"乞丐们立刻杀死她，割下她的脑袋埋在供桌下面，又将她的尸体拴上石头扔到附近的溪水中。这一切，狗都看见了。当时已经天亮，这条狗立刻奔跑回家哭泣呼号，紧紧拽住男主人的衣服，领他到破庙里面，刨出供桌下面埋的少妇脑袋，又带男主人到溪边跳号，终于找到少妇的尸体。报官后，这条狗带着差人奔走四乡，首先咬住三个乞丐，接着又把余下的四个乞丐一一抓捕归案，审理后将他们斩首示众。

裙里腿

古代武艺故事。见清·胡式钰撰《窦存》卷三。

苏州拳师谢某每一年教徒数十名，稍微得到他传授的武艺，就能称雄于世。一天，他对众徒弟说："我有一个女儿也习武艺，你们同她比试比试。"谢某的女儿十五岁，从容出来跟大家见面后，随即跳入一个笆斗中，请各位师兄出手。谁知她身怀绝技，能在器中踢人，众师兄没有一个是她的对手，就连最矫悍的一个师兄也不能够靠近她，竟退跌在地上。他们去请教老师，谢某说这个功夫称为"裙里腿"。

《咫闻录》

书名。清·慵讷居士撰。慵讷居士，乾隆、嘉庆年间浙江人。生平不详。此书十二卷，二百四十多篇。有道光十二年刻本、《笔记小说其中大观楼》本等。重庆出版社2005年出版有陶勇标点本。其中收有《千年人参》《佛从土出》等故事。

千 年 人 参

古代人参精型故事。见清·慵讷居士撰《咫闻录》卷二。

宜良山的一座废寺有个邱道士，师徒二人募缘创修祖师殿，已有一年光景。殿前常常看见两个小儿在山门井旁游戏。道士拿干果来引诱，他们不敢入殿。一天，道士把几个鲜桃放在香几上，一小儿在门外面窥见，就进入殿中。道士急抱他到厨房里面，脱掉他的衣服，用水洗净，放在大锅内，盖上木盖，压着大石头，并对徒弟说："架柴煮他，千万不要断火，不要打开看，等我从山上回来吃他。"那个徒弟想：出家人以行善为本，如今道长如此残忍，是什么道理呀！他忽然闻听小儿在锅内叫号，心里打算放他，又想道长平日法戒甚严，不敢违令。过一会儿小儿寂然无声，他想已经煮死，过了很长时间，恐怕锅中水干煮焦枯啦，便打开来看。忽然嘭的一声，小儿跃出逃跑了。徒弟非常惊骇，急忙追出，已经无影无踪。正好道上从外面回来，手握青草一团，看见眼前的情形，哭泣而且叹息道："你误我啦！我创办这一座寺庙三十余年，费尽心力，都是为了此物。此物并非小儿，乃千年的人参。和药一起服下，可以长生不老。如今我无福，不必作升仙梦啦。还留下他的衣服，吃了可得长寿，饮下洗儿的水，一生无病。"随后去看他的衣服，已经不在，水被狗喝了。道士大失所望，与徒弟告别说："你护守寺门，我去矣。"后来听说狗已入山不返，人们以为它是成仙了。

佛 从 土 出

古代僧道故事。见清·慵讷居士撰《咫闻录》卷三。

徽州土厚而松软。有一个游僧至新岭凉亭，住了三宵，忽然扬言他见到岭上放光，一定有异事。过了一天，果然看见有一尊金佛从土里面出来，先露出顶，再露出脸面，三天全身都出来了。那个游僧说是活佛降世，便日夜诵经，劝人施舍。他接着建成殿宇，轰动八方，聚集几万民众。人们看见佛像从土里面渐渐出来，以为真佛要在这里落脚。那个游僧又雕木如意簪数千枝，凡有善心施舍银子的人，他就拔一根簪子给人，并说："带上可以延寿。"不到二十天，他便收获施舍的银子一万余两，立刻全部带走了。后来查出，那个游僧，在破寺中偷走一尊木佛像，在新岭旁边挖一个坑，先拿几斗黄豆垫底，再放上木佛，用土埋着。一早一晚灌水，黄豆在松土中膨胀，耸佛而上，裂土而出，最后佛像完全出现。

这个游僧的狡诈，可以说举世罕见。

卖 监 生

古代讽刺故事。见清·慵讷居士撰《咫闻录》卷四。

浙江人陈某，由佃户、佣人起家，妻儿共同努力，渐渐小康。他一心想过体面日子，打算托京城里面的人帮忙代捐监生（清乾隆以后监生多是捐纳而来的，但凡没有科名而要想当官的人，都必须捐监生作为“出身”，而未必在国子监读书）。他既害怕花银子过多，又防人吞下银子而不去捐，总是犹豫不决，仍然是一个老农夫。陈某的邻居王监生，深知他的心思。快要到除夕时，王监生将计就计，拿自己的“监照”来卖给陈某，说道：“你想捐监生，还必须托京客。不如将我的监生买去，我愿意减价。你怕吞掉你的银子，我就把‘监照’交给你收下，牢靠得很。这样一来，我为民，你为监生，好吗？”陈某问：“要多少银子？”回答：“一个监生须捐银一百三十两，今让你三十两，你给我一百两就可以了。”陈某说：“我八十两才买。”王监生说：“好吧。”陈某说：“年内先交三十两，其余的等来年二月交完。”王监生因为无处借贷，得到这三十两银子也好过年，又答应了。陈某说：“你把‘监照’卖给我，必须立字据，免得后悔。”王监生便写了字据，并把“监照”交与陈某。陈某取银三十两给他。余下的银子王监生也让陈某请人写了字据。王监生得到银子安逸过年。到了元旦，陈某戴上顶子扬扬得意地敬神拜祖贺年。邻居问他：“你什么时候捐纳的功名？我们竟不知道。”陈某说：“王某已将监生卖给我了。你们去看王某，他已经不戴顶子啦。”邻众笑道：“别的物品可以买，功名不可买啊。”陈某说：“功名以执照为主。如今王某的‘监照’已在我手中，也不怕他反悔。”众人说：“执照写明三代履历，你能买执照，却不能改他的三代履历。假如让官府知道，或者被人告发，非但不能戴顶子，还要判你假冒功名之罪。由此，你的家业恐怕保不住。赶快还给他为好。”陈某说：“我已付给他三十两银子，怎么办？”众人说：“放弃了为好。”陈某立即去王家说：“凭照戴顶，众人认为不能把你的‘监照’作为我的‘监照’。我还‘监照’给你，你快还我银子。”王某说：“卖买分明，不能反悔。尚有五十两银子，你有字据在此，到时候不能够拖欠。”陈某说：“众人说买照有罪，我这个农夫受刑，并不怕羞；你宁肯丢脸吗？”王某说：“我这么贫困，监生还想卖给别人，哪里丢脸啊？你赖银子，我要去控告你。”陈某看见事情不好办，便请邻居说情，又给了王某二十两银子，王监生才退还字据拿回监照，一时成为笑谈。

太原贾生

古代民庵命案型故事。见清·慵讷居士撰《咫闻录》卷五。

太原贾生寄居在肇庆的塔脚寺，对岸南去百余步，有一座观音庵。那里面有两个尼姑年轻貌美，让他目摇心动。一日老尼外出，贾生进入庵中，尼姑们留他下来，用素肴美酒款待，贾生竟酩酊大醉。当他醒来时已经在绣幕珠帷里面，有两个年轻尼姑在身边。他大惊想逃跑，却无门可出。从此他就留下来在观音庵昼夜淫乐，渐渐感到力不从心。每天两餐从壁洞中送进来，只有淡白肉汤，两碗白米饭。几个月来，他开始时身体强壮，随后慢慢消瘦，筋疲力尽，不堪供尼姑使唤，苦苦哀求离去。尼姑说："等有人来代替，才可出去。"等了一个多月，忽然从夹壁中进来一个少年，尼姑说："你有疾病，不能使用了，本来打算毒死你，考虑到你是异乡人，可以离去。"贾生经过曲室回廊，慢步走了出去。他日夜兼程回到太原，再也不敢到福建、广东一带啦。

韩生奇缘

古代奇缘故事。见清·慵讷居士撰《咫闻录》卷五。

乾隆年间淮北大饥荒。有书生韩某，离家百里读乡塾，便弃学骑着毛驴回家。天晚他来到十字路口，毛驴突然不走，原来是一个饿死的人横卧在路上。他大惊，急忙南去。大约一更光景，他到了一座朱门前，门未关闭，他进去乞求水喝，直至后院才听到楼上有少女的声音。他请求借宿。少女说："可以在左边楼房里住。"韩生上去后，看见女子虽然有病色，仍然美如画中人。她说："我饥饿了，那边有米、炭，请为我煮一盆粥。"韩生煮熟端进去，少女一饮而尽，然后问他是什么人，为何黑夜至此。韩生说自己是读书人，接着讲述了路上的情景。少女泪流满面，说道："我父死于痢疾，母死于瘟疫，一家百口都死了；家有大厦百间，就剩下我一人。"韩生听了十分惊恐，便抱着少女而卧。黎明时一看，家中上下堆积着尸体。少女说："我是名门之后，孤身一人病了一个多月，真是九死一生。昨夜郎君来后，汗出病愈。这乃天缘，请快快议婚。"于是请邻居老人做媒，立即成亲。韩生接着置办棺椁安葬积尸，然后迎请父母过来安家立业。

审案晒银

古代晒银字型故事。见清·慵讷居士撰《咫闻录》卷五。

有一个贩卖碎小绸缎绒线的商贩，住在饭铺里面，把每天赚的碎银寄存在铺主那里。后来他打算到别的地方去做买卖，便向铺主取存银。因为没有票据，铺主就给吞没了。商贩不肯罢休，铺主就躲起来，而让妻子与商贩周旋。商贩情急，便奔到县衙告状。县令立传铺主夫妇到案，夫妻二人都说是商贩耍无赖，再三审问都不得实情。县令凝思半晌，命差人将铺主带下，唤他的妻子起来，提硃笔在她的手掌上画一锭银子，命差人押跪在太阳下面，对她说："不许收手掌，如果你们没有吞了人家银子，硃画不会退去；如果你们吞了人家的银子，硃画必定不在。"然后再提审铺主，他照样一口否认。县令高声问他妻子："银子在吗？"他妻子回答："银子在。"县令对其铺主说："你妻子现已供认银在，你还敢狡赖？"铺主听到妻子已经供认，于是吐出真情。县令立即把银子追缴来还给商贩，又杖打铺主，以儆效尤。

徐兄李弟

古代神言发迹型故事。见清·慵讷居士撰《咫闻录》卷八。

从前有异姓兄弟二人，徐兄有子，以做买卖为生，李弟无子，勤于读书，道虽不同，但朝夕往还，亲密无间。一天，徐兄对李弟说："我将去吴地贩丝，把妻、子托付给你。"李弟答应了。徐兄离去不久，他的妻、子相继病死。一年多回家，徐兄衣裳破烂，形容憔悴，李弟问他，他哭着说："我到洞庭湖中，遇风翻船；同行的人都淹死了，我被渔人救起，竟乞讨而归。此时已无妻、无儿，形单影只，将如何度日？"经过李弟劝说，徐兄变卖了家产，凑了一百多两银子，到荆襄贩药。他两月后回来说："这一次我在途中遇盗，大亏其本。命也如此，我再也不出门啦。"他于是住进李弟家里。他好饮酒赌博，一天谎称要与人合伙开店。李弟即将几亩田典当出去，把得到的银子交给他。他得银子出去数日不回来。后来才知道他将这一些银子拿去还赌债、酒债，然后跑到远方去了。从此李弟日渐贫困，无以为生，就打算到屋后的庙里寻短见。他坐在神像旁假寐，恍惚间看见神下座来说："深山荒僻，恶兽出入，快上我的楼来，自有好处。"他醒后见庙中无楼，便从墙旁边爬上古树，忽见林下有一只虎跑来跪在神前求食。神说："明日午时西村有一头缺耳猪出来，然而你命该挨饿，难以吃到。"虎去后，有一个狐魅向神报告："东村并无井泉，村人必须到远处汲水，非常辛苦。村中峭壁上有一个小洞乃泉脉，被片石堵住，用斧头凿开，泉水就会流出，不但可以饮用，还可以灌田，只是无人知晓。"次日，李弟到东村对村人说："我能够使山有水，让你们无须到远处汲。"他到石壁上凿开泉眼，让泉水源源不断地流出来。全村人都来酬谢他，一共得银三千两，车马十多辆。随后他又去西村，看见一妇人左耳缺了一半，出来打水。他急牵着妇人跑进家里。村人哗然，他立即将昨晚的神言告诉大家。一会儿就听到虎吼，老虎绕村转了三圈才离开。妇在家中闻听虎吼吓得号叫起来，好像母猪叫似的。妇人的丈夫归家后，一起拜谢李弟，请他饮酒。第二年，李弟进京应试中选，当了县令。到任不久，他外出突然遇到徐兄，便邀请到衙署款待，又赠送银子让他回乡。徐兄离开后，想到李弟的经历，也跑到山下庙里请求梦。将至五更还没有梦，他便爬树登上庙顶。忽然腥风阵阵，狐与虎一同跑来。虎在树下寻找，狐则上树寻找，看见徐兄仰卧在庙顶，立刻将他推下来，掉到石阶上面，虎大吼一声便把他吃了。

质伪金器

古代骗子故事。见清·慵讷居士撰《咫闻录》卷九。

有一次，金陵某典肆的执事人不慎收进了一批伪金器，损失巨大。肆主知道后，让大家不许声张，随即秘密请来金匠，仿照原样又打造一些伪金器，轻重大小，几乎没有差异。过了一个月，肆主便当众宣告："某人将伪金器典当进来，损失已经很大。这些器物能够以假乱真，然而难逃有见识者的眼睛。与其见到这些器物而欷歔，不如毁掉这些器物而免害。"于是约定某日携带这些器物去报恩寺，邀请郡中各店商家，同往观看。众商聚集以后，他们立即点燃熊熊烈火把这些器物放在鼎中冶熔。众商不知是计，便在郡中宣传此事。那个典当伪金器的人听说器物已毁，便想来讹诈，赶忙带着银子和书券来赎当。肆中人假装慌张，拿着书券故意迟迟不动弹，典当伪金器的人逼他们称银子收进柜里。一会儿，他们抬着箱子出来，典当伪金器的人认出是自己所当的器物，只好拿上垂头丧气地离去。

虎口余生

古代奇遇故事。见清·慵讷居士撰《咫闻录》卷九。

镇海县有一个乡民，上山遇到大老虎，被老虎的爪子抓破脸面，倒在洼下。老虎含柴来把他掩盖住，然后离去。此人死而复苏，忍着疼痛爬上大树，藏在密叶里面。一会儿，老虎同豹子一起过来，看见此人不见了，十分失望。豹子要走，老虎咬住它的尾巴强留下来。老虎四处寻找，毫无结果。回来时，豹子怒目张牙，向老虎扑去，把老虎咬死了，随即跑开。此人等豹子远去以后，尽力把死虎背回去，剥虎皮献给寺庙作为神褥，割虎肉分给乡邻尝鲜。他疗伤一个多月便痊愈了，都说他是虎口余生。

嘲弄缢死鬼

古代不怕鬼故事。见清·慵讷居士撰《咫闻录》卷十。

某处有房一所，盛传有缢死鬼，无人敢居住。有一个书生说："我一向不怕鬼。"便去住宿。他睡到三更，闻听飒飒有声，看见灯火转碧，灯前立有一个艳妆绝色妇人。书生心想："此房久空，妇人从何而来？此人即是'缢死鬼'，我要看看她是如何迷人自缢的。"过了一会儿，妇人走近帐前。书生从帐里出来，假作哀苦的样子。鬼立即拿来一个竹圈，让他从圈中看出去，里面有楼台殿阁，画栋雕梁，真是一处胜地。鬼叫书生进入，书生只把手伸进去。鬼说："岂有用手取乐？"书生便跷左足进去。鬼说："伸颈进去，才能够得到乐趣。"书生说："你因为愚蠢而受害，才有不散之冤；我不受你的引诱，替你消冤。"鬼忽然不见，只听到空中啼哭而去。从此以后，这一座房屋竟变为洁室。

《志异续编》

书名。又名《亦复如是》《聊斋续编》。清·青城子（宋永岳）撰。宋永岳系乾隆、嘉庆年间人，籍贯不详。他曾经去湖北、湖南、江西、四川等地宦游。嘉庆初曾经任广东香山知县。此书四卷。有《申报》馆丛书本、上海进步书局石印本、《笔记小说大观》本等。北京十月文艺出版社1997年出版有石正人选编的

《聊斋志异续编》。其中收有《丐报恩》《监生受捉弄》等故事、寓言。

丐 报 恩

古代报恩故事。见清·青城子撰《志异续编》卷一。

有一个富人待人仁慈。有个乞丐住在村旁的大树下，常年多病，这个富人心生怜悯，每天供他三餐，这样过了很长时间。一天乞丐将要病死，就对富人说："我受府上许多恩惠，无以报德。数年来府上没有鼠窃狗盗的骚扰，都是我夜夜巡逻的缘故。如今我要死了，有一件百衲袍奉赠，希望不要以为是脏东西而把它扔掉。"富人接过手，觉得很重，拿到灯下拆开来看，里面都是黄金。据说此人是漏网的强盗，躲起来后就来行乞。富人厚待他，他以此来报答。

监生受捉弄

古代奇事故事。见清·青城子撰《志异续编》卷一。

三原县人监生某，在京贸易七年多，日益富有。他生性好色，凡妓坊无不至。一日傍晚到一个妓坊，妓女颇多，有二妓见他进来立刻避开。他当即指着她们叩问老鸨，老鸨说："她们是良家子，迫于饥寒来此，尚未接客。"某人一定要见她们，老鸨进去一会儿回来说："一个答应一个不答应。答应的也不许张灯，否则不接待。"某人只好同意，老鸨带他到一个小房，随即关门离去。某人暗中摸索揭帐而入，女子问他是哪里的人，某人说是陕西三原县人。女子说是同乡。某人听到她的声音，非常疑惑，便问女子的年龄和夫族，女子说："我今年二十七岁，丈夫本是个监生，长我两岁，自从某年进京贸易，七年多杳无音信，生死未卜。前月我跟一个同乡某私逃至此，不料同乡忽然病逝，无法生活，才进入青楼。"某人听到她的言语，知道是自己的妻子，不觉愤怒；但又忍着再问："我进门时与你一同躲避的是谁？"女子说："她是我丈夫的妹妹，也是跟我一同逃来的。"某听了更加愤怒。忽听几个公差进门，声言奉了官命，要拘拿娼妇、嫖客。老鸨匆忙领某人从后门逃走。他回去通宵不寐，天亮去那里，已无踪迹。他急忙回到三原县，进家时妻子正卧病在床，他的妹已经嫁人。某人大惑不解，如在梦中。有人认为，可能是狐魅所为，不过他自己也该反省。

富室儿求医

古代医生故事。见清·青城子撰《志异续编》卷一。

有一个富家子纵情恣欲，忽然得了“不睡症”。他父母请医生来治疗，一直不见效。一天，有个摇铃卖药的老翁从他家门前经过，便请进去治病。老翁说：“治疗此病，非千金不可。”主家如数付给他，问他用什么药？老翁说：“不必。只要挑选一间破烂不堪的房屋，让他睡在里面。明天我来用药，立刻见效。”主家照办了，第二天老翁号了脉，按了几下，就惊呼道：“已经摸不到脉了，还治疗做啥？过了中午必定气绝身亡。”父母、妻子闻听号啕大哭，病人看见家里人这样悲伤，也不觉啼哭流泪。老翁让大家不要哭，又给病人号脉，病人竟呼呼睡着了。老翁说：“活过来了。这一睡大概要三天三夜才醒。”主家又问：“究竟用什么药医治？”老翁说：“哭即是药，睡即见效，何须治疗？不过耗费我坐等三天哪。”

老　　僧

古代寓言。见清·青城子撰《志异续编》卷一。

有个老僧黑夜下台阶时，脚踏一物，发出“唧”的声音。他以为不小心踩死一只青蛙，半夜就梦见有许多青蛙来咬他，好像向他索命。老僧不久便遍体发热，一晚上不得安宁。黎明时，徒儿在台阶下发现一个干瘪的茄子，才知道师父所踩踏的“青蛙”，原来是此物。他拿去给师父看，师父不觉一笑，立刻遍体清凉，跃然而起。

钱塘城某医

古代医生故事。见清·青城子撰《志异续编》卷一。

某人住钱塘城内，素来行医，由于家里很贫穷，竟无人找他看病。岁末各个债主上门讨债，无法应付，夫妻相对而泣。某医与妻诀别，径出门到西湖畔独自徘徊，打算自尽。有老僧见了，忙对他说：“你的脸上虽然明露凶气，却暗藏吉光。明日会交好运，从此腰缠十万贯，千万不要寻短见。”老僧立即给了他一些银钱，他拜谢而回。邻里富翁某，六十多岁生下一个儿子，视若珠玉。孩子才十月，忽然得病，不住啼哭，不食奶水，众医束手无策。经某医亲戚王生推举，富翁家立即派人拿着二十两银子前去迎请某医。到了富翁家，经过细察气色，详审脉纹，似乎并无大病。他无药可用，便到花园池畔散步，看见一妇年约三十岁在池边哭泣。一问知道她是病儿的乳母，连忙让她介绍小儿起病的缘由，以便施治。妇人半晌才哭泣说："我不讲先生亦不知道。我先前抱小儿在此闲游，看见一个田螺。小儿一定要田螺，我就拾起来给他。不料小儿把它吞下去了，如今他日夜啼哭不吃奶，就是因为田螺横哽在喉间。"某医说："我已经观察到小儿的病症，听到你所说越发确信无疑。这个病我能治，但恐你主人不肯重谢。"妇人说："主人不是那种人。我去先讲明酬金，然后治疗好吗？"妇人去后，老翁即对某医说："倘蒙妙计保全小儿，我愿奉送两千两银子酬报，决不食言！"某医说："须得一百只鸭子备用。"鸭子备齐后，某医令人将鸭子握牢，自己用手指探入鸭喉内搅动，再拿杯子刮取手指上的涎水。他取了几十只鸭子得到半杯涎水，立即用匙子灌入小儿喉中，顷刻间小儿就不啼哭，而且能够吃奶啦。老翁大喜，送了某医两千两银子和许多衣服等。某医从此出名，宴请他的人每天不断，他竟成为富人。某医感激老僧活命之恩，非常想回报他。但是老僧云游不定，总是不得一遇，便在家中设立牌位朝夕供奉。

某先达

古代诗对故事。见清·青城子撰《志异续编》卷一。

某一个有声望的前辈十岁时在舅舅家里读书。舅舅有一个儿子，年龄与他差不多，朝夕伴读。一天有个婢女来送水果，前辈顺手牵住她，她红着脸羞惭而去。舅舅的儿子告了他，舅舅就惩罚他长跪，并说："我出一对，你能够对上，才可以起来。'奴手为拏，从今休拏奴手。'"前辈立刻对道："人言是信，以后莫信人言。"舅舅便放了他。

莫维型

古代奇事故事。见清·青城子撰《志异续编》卷一。

莫维型以沿乡卖货为业。有一天他与某乙口角，怀恨而归。他夜半忽起，径直出门。一会儿仓皇回家，与妻子告别说："刚才我听到有人呼唤，心疑是某乙，出去果然与某乙相遇。他白天欺负我，我不能忍，就举手打死了他。明早报官，我就没命了，现在只好逃跑。”他于是带一点钱便匆匆离去。第二天早上，某乙平安无恙，而莫维型已不知所往。过了许久，莫维型的妻弟杨某，打探到他在四川涪州开杂货店。杨某找到莫维型，说某乙无恙，但是他不肯相信。杨某无可奈何，只好回去邀请某乙一同去四川迎接莫维型。莫维型看见某乙，顿悟以前确实在梦中，就携资产回家。他获利几千两银子，共计逃出去已有十年啦。

乡人黑旗

古代奇事故事。见清·青城子撰《志异续编》卷二。

某个乡人，家境小康。他有一天进城，遇到城里面有人搭棚子在施粥赈济饥民。他发现灾民一边进一边出，也跟随进去，领粥来喝饱肚子才回家。将要到家门口时，他的小孙儿瞧见他便喊道：“爷爷头上插着一面黑旗，上面有‘饥民’二字。”乡人听了十分害怕，彻夜不眠。次日，他运送几石米去赈灾局，不肯留名而去。回家时，孙儿又说：“爷爷头上没有旗子了！”

趣仆吟诗

古代八钱宴客型故事。见清·青城子撰《志异续编》卷二。

有一个人打算留客人饮酒，可是没有菜肴，囊中只有八文钱，感到非常窘迫。他家的老仆知道后，说是容易采办。老仆用六文钱买两个鸡蛋，一文钱买韭菜，一文钱买豆腐渣。第一道菜肴，韭面铺蛋黄，老仆捧上说：“虽不成肴，却有取义，名为‘两个黄鹂鸣翠柳’。”第二道菜肴，韭面砌蛋白一圈，又说：“是名‘一行白鹭上青天’。”第三道菜肴，炒豆腐渣，又说：“其名‘窗含西岭千秋雪’。”第四道菜肴，清汤一碗，两蛋壳浮在汤面，又说：“是名‘门泊东吴万里船’。奴爱此诗，勉强凑成，请勿见笑。”客人大为赞赏。此则故事又见《笑笑录》《嘻谈录》《笑林广记》等。

寺院素面

古代僧道故事。见清·青城子撰《志异续编》卷二。

有个归隐林下的大官，与邻寺的主僧很友善。一天他们在一起下棋，不觉到了中午。主僧命徒儿在座旁用白水调面切为细丝，仍用白水煮熟，加一点点清酱，奉上两碗。大官推辞不用，主僧说：“略微尝一筷子如何？”大官勉强举筷尝一尝，觉得味美异常，一下就吃光了，反而嫌少。他回去对厨人说：“我昨天在某寺吃的白汤面十分鲜美，今后就吃白汤面好了。”可是后来厨人准备好白汤面送上去，大官感到味同嚼蜡，不堪入口，厨人天天受罚。厨人于是怀揣匕首到邻寺，举着匕首问主僧：“你用什么东西做面，拿给我主人吃，使我天天受苦？”主僧只得直说：“生片肥鸡雏的肉，和细面捣匀晒干，重新上石磨细，再用罗筛筛它，吃的时候不用别味调和，自然鲜美无比。”

某妇遇险

古代机智故事。见清·青城子撰《志异续编》卷二。

广东番禺县有一个妇人，三十多岁，有一个儿子刚五岁。一天，她娘家办喜事，就备了酒一樽，烧猪一只，烧鹅一只及鸡鸭果饼之类，与儿子一起带着一个仆人，雇小船前往。她的娘家住在虎门，渡狮子洋时，遇到一只快艇如飞而来，上面坐了十多人，喝令小船过来。妇人认识他们是强盗，知道他们为的是掳人勒赎，急忙叮嘱大家不要恐慌。妇人问道：“你们莫非是大王差来的人吗？”对方点头。妇人假装高兴说：“今日好运，能够遇到众位！我想拜见大王，所以不避险阻，雇小船、备薄礼沿海寻访。希望众位带我一见，生死不忘！”他们问：“你与大王有亲故吗？”妇人说：“见到时自然知道。”他们便与妇人的船同行，渡大海抵大舟，前去报告。盗首命带妇人来见，妇人一见，立即带上儿子跪着说：“我不幸丈夫亡故，只生这一个儿子，常常多病，担心他长大不能成人。求神问卜、看相算命，都说要另拜父母，而且需要找当今英雄才能保全性命。我向来听说大王在海上轻财重义，抑强扶弱，难道不是英雄吗？所以特备薄礼，选吉日，雇小船，带上他沿海寻访。正担心大海茫茫，无缘得见大王，不料天从人愿，请求大王容纳。”说完，带着儿子不断叩头。盗首检验所带的果然是礼物，查看当天确实是吉期，便对妇人说：“我从不轻易收人为干儿，今见你诚心可取，你子也相貌非凡，准你子拜在我名下为儿。”说罢，命将礼物全部收下，又拿出绸缎二匹、番银四十两给她，仍然派人送回原处。这个妇人在仓促之中，能够随机应变，转祸为福，真有智慧呀！

某县令与少年翰林

古代官吏故事。见清·青城子撰《志异续编》卷三。

某县令断案精明，每一次坐堂，来观看的人不计其数。有一天审案，激烈辩驳，众人不觉彼此挨挤，竟撞倒公案。差役喝令众人跪下，其中有一个少年手持羽扇，站立在一旁不跪。县令问他："你是秀才吗？"他说："也曾做过。"县令问他："你是举人吗？"他说："也曾做过。"县令问他："你是进士吗？"他说："也曾做过。"县令起身致敬说："那么是太史公吗？"少年转身下堂而去。原来这少年是个翰林，请假回家省亲，是在籍的官员。第二天，县令准备恭恭敬敬地去翰林府谢过。这个翰林也早早站在县衙旁边，看见县令出衙门后，便派遣家人送帖子请安。两人没有相遇，两边都尽了礼数，被乡人称道。

无赖子请客

古代无赖故事。见清·青城子撰《志异续编》卷三。

有个无赖子，在路上遇到亲友来串门，想款待客人却没有钱。于是便邀请客人去酒馆，喝完酒后，要了一碗面，对客人说："我送与家母再来奉陪。"回家换成自己的碗，端到一个小铺。有一个老妈妈脚踏一只大铜炉，坐在柜内，他就撒谎说："某家寿诞，求我送面来给你老人吃。"老妈妈起身致谢。他又说："某家客多，麻烦你换一个碗给我。"老妈妈进房内拿碗，他立刻提起老妈妈的铜炉去典当钱，又回家取碗去酒馆，与客人吃喝。老妈妈用一只大铜炉换了一碗面吃，闻者笑倒。

贪刻受愚

古代梦得金型故事。见清·青城子撰《志异续编》卷三。

一富人最贪刻，凡租他田地耕种者，必先给他一二百两不等的银子，名曰"压庄"。此外，又有一二十两所谓"上庄"银，如像弟子给师长用的见面礼；否则也得不到田耕。他二三年必定找借口更换佃户，以便得到上庄银。有佃户某人，刚耕二年田主就要换人。某人的妻子抱怨丈夫，某人说："换就换吧，我一定要到他家饱餐一顿酒肉才痛快。"到了富人家，富人看见他即怒形于色，说道："你还没有离去？到我家来干啥？你敢抗拒吗？"某人说："不敢，我来此一则辞行，一则有喜事报告。"富人便和颜悦色地问道："有啥喜事？"他说："昨晚二更突然想到，园中尚有萝卜未拔，便用铁锄去挖取。锄刚入土，就挖到一个铜盘。揭开一看，下面有一个大瓮，瓮内全是白银，难道说不是喜事吗？"富人说："你自己取走，为啥来告诉我？"某人说："银子上都镌刻了主翁的姓名，我怎么取？"富人一听喜形于色，命家人拿出酒肴来款待，又戏问道："你难道丝毫未取？"某人说："实不敢欺瞒，当时间见银子可爱，已取了一锭。"富人暗想："此人还算老实，取银也不敢欺瞒。"于是，命家人更换美酒，另外拿出佳肴，殷勤相劝。某人已经不能再喝了，便起身告辞。富人扯住他，又问："估计你不止取一锭。"某人说："虽然知道是主翁之物，也想再取，不料妻子忽然伸足将我惊醒，现在我还不高兴。"富人问："那么你说的都是梦吗？"某人说："当然是梦啊。主翁还以为是真的吗？"富人拍案大怒，骂他欺骗自己。某人乘醉踉跄出门回家了。

好古玩

古代换画骗局型故事。见清·青城子撰《志异续编》卷三。

某人性好古玩，尤爱字画，每天周游各个古玩店。他偶然看见一个店铺里悬挂的山水画，轴中有老人扶伞过桥，天下雨时画中人所挟伞就张起，天晴时画中人所挟伞仍然关闭。此后他留心观察伞的张闭，与天气阴晴丝毫不差。他便问价多少，铺主说："这是祖先的手笔，并不想出卖。"某人最后花二百两银子才买过来。某人大喜，便携画回家，藏在密室，朝夕玩视。可是有一日天雨，画中人的伞并没有张开，这时他才悟出铺主是用两张画随时替换的。

《三异笔谈》

书名。许仲元撰。许仲元（1755—？），字少欧，云间（今上海松江区）人。曾经在兰溪、永嘉、杭州等地为官。此书四卷。有《申报》馆丛书本、上海中华图书馆石印本、上海进步书局石印本、《笔记小说大观》本等。重庆出版社2006年出版有范义臣标点本。其中收有《犍为冤妇》《以石压之》等故事。

犍为冤妇

古代案狱故事。见清·许仲元撰《三异笔谈》卷二。

犍为县有一个妇人，丈夫出外做买卖，婆婆对她没有好脸色，小姑对她更为恶劣，几次挑唆婆婆凌辱她。有一次小姑跟她发生口角后，就把菜虫药放在粥里面，想毒死她。不料婆婆误食，七孔流血身亡。小姑诬告她毒死婆婆，前任县令不明真相，竟定了她的死罪。新到的县令对此案产生怀疑，经过府里批准，再一次进行审讯。但是十来天过去，毫无头绪。于是，搬到城隍庙去审案。他下令将姑嫂二人关在同一个房间，派人去窃听，也无收获。第三天晚上，审讯到半夜，县令假装打盹，姑嫂二人疲倦欲睡，神像突然起立，好像要去扑人。小姑大吃一惊，连忙喊道："完啦！不敢隐瞒，毒药其实是我放的，想毒死嫂嫂，母亲自己喝下，才被毒死。"神像起立，原来是县令派人推动所致。犍为妇人的冤案，因此得到平反。

以石压之

古代受罚背石型故事。见清·许仲元撰《三异笔谈》卷三。

嘉兴太守袁丹叔性格诙谐。他退隐还乡后，有一天身穿便衣，靠在门上闲望。有一位朋友派仆人送信给他，那个仆人不认识他家，一见到他便问："'袁痴'家在什么地方？"这绰号乃师长、亲友们背地里给他取的。他一听此言，立即回答道："这个宅子就是他家，我是他家的看门人，你送的书信，我可以帮忙递进去。"过了一会儿，袁丹叔让一个少年扛着一个包袱出来，这个包袱被封得严严实实的。他对那个仆人说："你家主人向我家主人借一个物件。这个物件很珍贵，但是很脆，容易破损，你要好好送去。"随后便叫少年把包袱给那个仆人牢牢地捆在背上。那个仆人用尽力气，终于跌跌撞撞地把这个沉重的包袱背回主人家中。他气急败坏地向主人诉苦。主人既疑惑，又惊讶，连忙拆开包袱，这才发现是一扇巨磨，上面写道："家奴无知，呼我袁痴。无法可治，以石压之。"袁丹叔的朋友一看，竟拍手笑出声来。

《蕉轩摭录》

又名《蕉轩摭录笔记》。书名。清·俞梦蕉撰。俞国麟，字梦蕉，号蕉轩，乾隆、嘉庆间浙江绍兴府山阴县人。此书十二卷。有嘉庆二十年序刊本、道光十九年双桂楼本、咸丰二年双桂楼巾箱本、光绪初《申报》馆丛书本等。中州古籍出版社2012年出版有孙顺霖校注本。其中收有《古匣》《两面客》《一笔落》等故事。

古　匣

古代宝物故事。见清·俞梦蕉撰《蕉轩摭录》。

龚某在耕田旁边的泥土中得到一个匣子，打开来看，里面没有东西，便携带回家，放在一旁。他妻子夏夜睡在屋檐下，便取匣子来做枕头。她感到耳边有蝉鸣，好像一人在悄悄说："明天舅子来。"一人说："明天不来了，阿英刚娶媳妇，自个儿忙碌呢。"妇人惊起，四看无人，十分惊异。第二天龚某从田间回家，对妻子说："刚才送信来，阿英今天结婚，我要去祝贺。"妇人很惊讶，想对丈夫说话，龚某已匆匆带着衣服离去。一天傍晚，妇人在灶房里面煮饭，听到屋内有悄悄话的声音。她去看却没有人，好像是几上的匣子里面在说话："某蛇咬人，原本无妨碍，但伤了足拇指不好恢复。如果得到银花根煎洗，就好得更快。"晚上龚某回家，妻子告诉他，并且让他明天不要下田。龚某不相信。妇人说："前天阿英娶妇，我早就知到了。当时你匆忙离去，我来不及对你讲，是从匣子里知道的。"龚某说："且待蛇咬了我，我才相信。否则，我将焚烧这个匣子。"第二天早上，龚某有事到南边去，突然看见大鹰聚集在田间，连忙跑去驱赶，不小心踏进泥沟里，痛得要命。提起足来看，足拇指已被蛇咬伤，血淋淋的。他回家与妻子商量。妇人说："你不相信我的话，应有此祸！"她去寻找银花根来煎洗，龚某果然就好啦。因此他们都非常喜爱这个匣子，到处去告诉乡邻。有个识宝人对他们说："这是古剑匣，能够避妖魅，挂在门上，能够生瑞气。"正好他家的门楣上有一块缺口，龚某便把这个匣子剖开补在上面。过一些日子，有个道人过他家门外，看见了大惊道："真可惜，竟不能善用其材！"刚一挥手，门上匣板一下落到道人面前。道人便抱碎匣板痛哭而去。

两　面　客

古代鬼怪故事。见清·俞梦蕉撰《蕉轩摭录》。

一天傍晚，有个受到处分的官员江某去投店，店主说：“还有一间空屋，只是多精怪。”江某说：“无妨。”他住进去后，半夜从壁橱中露出一个脸来，转一下，脑袋后面又露出一个脸面。江某笑道：“一面没有看完，又出来一面，为何伎俩这样多？”鬼也笑道：“如果是商人，只有两面；在如今的官场上，一会儿就变了几面，岂止两面！”江某不禁拍案大笑，误碰灯火，鬼怪也受惊吓而逃。

一　笔　落

古代案狱故事。见清·俞梦蕉撰《蕉轩摭录》。

赵三膂力过人，拿着屠刀卖猪肉，常常说：“我只一刀落，割下多少肉就看你的造化啦。”人们只要议论他，必然受到报复，因此敢怒不敢言。一天，有个贵人经过他门外，不料他的屠刀脱手落到贵人面前，伤了贵人，贵人便把他告到官府。官员一向知道赵三是个无赖，很难让他屈服。忽然有个老书吏上前说道：“我已判定此案。”官员问：“如何判法？”老书吏回答：“赵某脱掷屠刀，实非用刀伤人。”赵三闻听便服了。官员怀疑老书吏受到贿赂，斥责道：“如若这样判案，杀人的都不死！”等他一看案内字句，便笑道：“赵某脱掷屠刀，实非刀伤人，此说极是！”立即提笔点定，赵三还不明白呢。等到赵三明白过来后，就去乞求老书吏。老书吏笑道：“你不知道，我做此勾当已经很久，只一笔落，是生是死，就看你的造化啦！”赵三无话可说，最终审成流放罪，抑郁而死。

《履园丛话》

书名。清·钱泳撰。钱泳（1759—1844），初名鹤，字立群，号台仙，一号梅溪，自题梅画溪居士。江苏金匮（今无锡）人。他一生未至显官，长期作幕客，足迹遍及大江南北。此书二十四卷。有道光十八年述德堂刊本、《清代笔记丛刊》本、《笔记小说大观》本等。中华书局1979年出版有张伟校点本。其中收有《鬼戏》《群鬼送凉》等故事。

鬼　戏

古代鬼怪故事。见清·钱泳撰《履园丛话》卷十五。

常熟包某是戏班子里面的一个吹笛手。一天，忽然有人来定戏，交了十锭银子。到了约定的时间，去的是一个大宅子，在堂中设宴。主人出来说："今天是小官人周岁，不可大闹。"便点《西厢记》，定席开场。大家正在演唱，包某拿着笛子在一旁暗中观察宾客，他们饮酒都喝入鼻里，往来的侍从都足不贴地而行。包某感到很奇怪，便悄悄告诉大家。大家说："他们不想大闹，岂不是害怕这个？"于是突然大锣鼓一响，霎时间全部消失，立刻处在昏暗的古墓中。戏班子的人非常吃惊，包某因此得病，没几天便死了。

群鬼送凉

古代鬼魂故事。见清·钱泳撰《履园丛话》卷十五。

崇明李某年七十多岁，率领徒弟数人去应科考，从崇明抵昆山，已经傍晚，便住进东南门柏家厅的楼上。时已六月下旬，诸徒就榻酣睡，李某独卧不成寐，听到楼下有人窃窃私语，一人说："如此炎天，楼上诸位会不会太热？我们夜凉无事，何不上楼代为驱暑？"于是闻听梯上有声，渐渐来到榻前，各执芭蕉扇一柄，无头者以扇插颈，答答摇扇；无臂者以扇插肩，盘旋在帐前。李某看见几十个鬼，肢体没有一个是全的，有的往东，有的往西。后来，李某问徒弟："今夜很凉快吗？"都说："很凉快。"李某说："你们不知道原因吧？"便慢慢对他们讲，徒弟们全都惊起，不敢再睡。第二天早上，去问当地人，有个老者说："明代兵荒马乱时，有一百多个老百姓躲藏在这座楼下，兵士进来，他们全部被屠杀，无一幸存。一百多年过去了，这一座楼还常常闹鬼。"当天李某和徒弟们立即搬走了。

鬼差救人

古代鬼魂故事。见清·钱泳撰《履园丛话》卷十五。

苏州某地有一条旱河，雨天积水，天晴就干涸。一天晚上，有一个醉人从此经过，被鬼迷惑下水，但水很浅，淹不死人。忽然，有一个提着灯的人从南边来，大声道：“你被鬼迷住了吗？快跟我的灯走。”醉人随他走，看见灯上有“长洲县正堂”五字，估计他是衙门里面的人。走到一个巷子，提灯者竟从一家门缝中钻进去啦。醉人惊醒，不断敲门，过一会儿有人开门出来，哭着说：“我儿已经死了。”醉人才知道提灯者是鬼差。

无常鬼惩恶

古代鬼怪故事。见清·钱泳撰《履园丛话》卷十五。

乌程江某，由翰林改任直隶青县知县。恰好遇到发放赈灾款，他从中贪污七八万两银子，恐怕上官督过，便告病回乡。他初到家，就看见一个巨鬼，长数丈，青面高鼻红眼，穿白衣，手持铁枪，好像要来杀他。江某大惧，急呼家人，鬼忽然不见。既而有谣言说抄了他家，江某越发恐惧，便将所有的财物都埋了，无人知晓。不久，他忽然中风，不能言语，两只手足都抽筋，终日卧在榻上，昏迷不醒。从此以后，江某家中鬼魅日益增多，整天吵闹不休，直到他家破人亡。

腰斩何某

古代报应故事。见清·钱泳撰《履园丛话》卷十五。

扬州某地的何某开了一个豆腐店，攒下不少资产。他二十五六岁时，忽然丧偶。邻居有一个妇人新寡，年纪与他接近，打算与他结婚，把自己的五六百两银子的积蓄拿给他了。不久，何某另娶别的女人。这个寡妇听后忧郁成疾，临死前对亲人说：“我昨天控告到城隍神那里，何某被定了腰斩。”说完便死去。这一年冬天，黄、淮一带特别寒冷，何某进城时渡河失足落水，正好有大冰块随流而下，将他腰斩为两截，观者莫不骇异。

男女二怪

古代精怪故事。见清·钱泳撰《履园丛话》卷十六。

某地有村民夫妇都年少，妇人微有姿色。一天，少妇偶然在门口伫立，看见一个美男子经过她家，彼此有意。有一个月夜，正好她丈夫外出，忽然有人推门进来，即白天所见的美男子，立刻抱着她去寻欢作乐。从此，美男子每夜必至，她丈夫没有发觉。不久，她丈夫也看见一个女子到家门，美貌非凡。晚上这个美女已经在室内，立即一同上床，而妻子也不知道。此后，夫妇男女四人共卧，彼此各自取乐，好像都无见闻。然而夫妇俩日渐消瘦，心里面知道是妖怪，而没有追根溯源。乡里的父老听说后，就说村南有一个古墓，墓中有老獾，可能日久变为妖怪。大家去查看，古墓果然有一个大穴。大家一起挖掘古墓，用火烧，然后又灌石灰水，最后都无所见，而妖怪也没有离去。道士叶某精通驱妖术，请他来设醮三日，妖怪便不再到两夫妻家里面啦。

蛇妻持家

古代精怪故事。见清·钱泳撰《履园丛话》卷十六。

湖州归安县菱湖镇某人以卖碗为业，娶一个妻子貌美，而且持家格外勤俭。一天，她劝丈夫放弃旧业，另做别的买卖，不到十年，便大富了。她生下二子，都很聪慧，请老师授课。只是每年端午节她就生病，并且拒绝家人入房，可是她的丈夫并没有发觉什么异常。长子刚九岁，偶然到母亲的房间，看见大青蛇盘结在床上，便惊叫跑出去，回头看却是母亲。于是他告诉老师。老师便用“祸福之说”耸动她的丈夫。她知道此事后，谩骂道：“我们的家事，与先生何干！”当天晚上，她就忽然不见了。

深谷医狐

古代兽穴接生型故事。见清·钱泳撰《履园丛话》卷十六。

某地有一个医生嗜酒如命，每一次到城里去都要喝醉，夜晚才回家。一天晚上回家时，忽然遇到一个美少年，好像见过面，请他去看病。一起走了两里多路，进入深谷中，来到一个大户人家。少年说：“妻子临产三天了。”这个医生给她号脉并且开了一张药方，让他到城里面的王姓药铺去抓药。这个医生次日到了王姓药铺，果然看见自己开的药方在案子上，不知道从何而来，而药已经从空中拿走，都感到惊异。此地一向多狐魅，好事的人沿路前往，只见山色空濛，青苔满地，血迹淋漓。

太白山老段

古代奇遇故事。见清·钱泳撰《履园丛话》卷十六。

陕西太白山中有樵夫四十多人，有一天晚上在山下住宿，摆弄胡琴鼓板唱秦腔取乐。当时月亮刚刚升起，看见一个几丈长的人，头大如斗，嘴阔二三尺，走了过来。樵夫依仗人多，并不害怕。长人大笑说："唱得好，再唱一曲给老段听听。"樵夫又唱一曲，长人又像以前一样大笑。他每笑一次，便山鸣谷应，树木飒飒生风。有一个少年樵夫，把斧头烧红，扔进长人口中，长人大叫一声而去。第二天樵夫们四处寻找，看见那把斧头在一棵枯树的节隙里面。

什么东西

古代什么东西型故事。见清·钱泳撰《履园丛话》卷二十一。

乾隆年间，京城里的工部衙门被火烧了，皇上命令大司空（工部尚书的别称）金简召集众工匠重新建造。当时，北京流传一联云："水部火灾，金司空大兴土木。"其中，包含了"金木水火土"五行。过了很长时间，都没有人能够对得出下联。中书君某某，是河北河间县人氏。他对人讲："这个上联不是我同乡纪晓岚先生，对不出来。"于是前往纪府，请求晓岚。纪晓岚说："这倒不太难对。"他在房中踱步一小会儿，忽然笑道："但是，我对出来对于足下有一些不恭敬，怎么可以呢！"中书君某某回答："只要对得出来，无妨。"纪晓岚便说："北人南相，中书君什么东西。"其中，包含了"东南西北中"五方，对得非常工整。这位中书君听了，感到羞惭，却又不好意思发火，当即退去。随后，纪晓岚对的下联便不胫而走，很快传遍了北京城。此则故事又见《笑笑录》《南亭四话》《清朝野史大观》《清稗类钞》等。

牛太守喜对

古代机智人物故事。见清·钱泳撰《履园丛话》卷二十一。

纪晓岚善于跟人逗趣。天津有一位牛太守，给儿子办喜事娶媳妇，纪晓岚派人给牛太守送去一副喜联，这样写道："绣阁团圆同望月（暗含'犀牛望月'），香闺静好正弹琴（暗含'对牛弹琴'）。"开初，牛太守还没有感觉到有什么不对劲儿。后来纪晓岚到牛府祝贺，指着这副喜联问道："我用贵府的典故怎么样？"牛太守这时才醒悟过来，不免一笑。

暴风雪奇案

古代奇遇故事。见清·钱泳撰《履园丛话》卷二十三。

盛京锦县有民家迎娶新娘，行走几里，突然遇到暴风雪无法前进，于是从小路到一个荒庙里面去躲避。等到雪过天晴，已经过去二十多天了。两家这时候才开始通消息，迎亲的那些人却渺无踪迹，彼此都大为惊讶。他们寻找几天才发现，两家的男女七十多人，都冻饿死在荒庙里面了。

《熙朝新语》

书名。清·余金纂辑。余金系徐锡麟、钱泳二人的笔名。此书十六卷。有道光刻本、嘉庆刻本大观、《笔记小说大观》本等。上海古籍书店1983年出版有影印本、上海书店出版社出版有顾静标校本。其中收有《负贩者哭母》《成都三异人》等故事。

负贩者哭母

古代孝子故事。见清·余金纂辑《熙朝新语》卷十一。

杭州有一做小买卖的人，目不识丁，但非常喜欢唱小曲。他跟人讲话，往往五言、七言连串，好像唱歌谣似的，人们感到好笑。他的老妈死了，他哭号道："叫一声，哭一声，儿的声音娘惯听，如何娘不应？"一字一泪，出于挚诚，无比感人。

成都三异人

古代异人故事。见清·余金纂辑《熙朝新语》卷十二。

乾隆年间，成都有三个异人。一个叫"卖回子"，是西域回纥人，童颜鹤发，住在礼拜寺。他冬夏不铺席子，用小石子堆一个炕，夜晚独坐，白天到街上闲游，出言玄奥，人们不能知晓。给他吃食，他有时接受有时不接受。一个叫“徐疯子”，言语像陕西人，在街市上行乞，路上遇见丢弃的死猫鼠，便携带回去烧来吃。病人向他讨药，他随手拾起土石给人家服用，没有不立刻见效的。一个叫“笑和尚”，终日不言语，见人唯有憨笑。他喜欢吸烟，向别人索要，那个人必定多有吉利事，所以人们争着给他。他住到宝光寺去，寺僧厌恶他懒，故意推迟吃饭时间，或者天不亮就吃饭，刚刚拿起筷子，他已经坐在旁边啦。一天，笑和尚对邻里张裁缝说：“你无论寒暑跟了我六年，必定有求我。但是我性懒，不喜欢为人师。有个徐疯子，道行很高，堪当你师父，我送你到他那里吧。”立即一同前往，正好遇到徐疯子在烧烤死鼠，饮白酒。远远看见他们，就指责笑和尚说：“你不愿为人师，又何苦推给别人呢！”说完大笑起来。当时北风呼啸，寒气逼人，笑和尚与徐疯子都赤足露顶。将要半夜，徐疯子脱下身上的破衣给张裁缝说：“穿上可以御寒。”张裁缝披上，奇暖而香。后来，徐疯子、张裁缝与笑和尚同日不见，只有卖回子还在。

李氏子还金

古代巧判还银型故事。见清·余金纂辑《熙朝新语》卷十二。

苏州乐桥李氏子，每天早上出去卖菜，赚钱来养活母亲。一天，他捡到一封银子，回去交给母亲，打开一看，共有四十五两。母亲感到吃惊，说道：“你一个穷人，按照你的能力每天所得不过一百钱。如今得到这么多钱，不吉祥啊！而丢失的银子，或许另有主人，丢掉银子会被打死的。”母亲催促儿子把银子还回去，正好丢失银子的人来了，李氏子便把银子还给他。那人得到银子立刻离去，人们怪他没有道谢，便谴责他，让他拿出银子酬谢卖菜人。那人不肯，谎称：“我的银子原本五十两，此人已经藏下五两，还酬谢什么？”人们一片哗然。有个官员经过这里，就来审问。官员假装发怒，当场鞭打李氏子五下，然后指着银封对丢失银子的人说：“你的银子原本五十两，现在这封银子只有四十五两，不是你的。”随即把这封银子拿给李氏子，说道：“你无端挨了我的鞭子，就拿它来赔偿你。这五鞭子，便是你娘所说的不吉祥啊。”连忙催促李氏子拿回家。在场的人无不拍手称快。此则故事又见《埋忧集》。

水厄救母

古代水灾救母型故事。见清·余金辑《熙朝新语》卷十五。

定州唐河县某村是西山众水汇集的地方，陡然涨水一丈多。傍山居住的村民，突然遭到水灾。王某在地里耕种，看见大水来了，急忙回去。他遇到妻子在家，立刻背起就跑。妻子大喊道："娘在里面，为什么先顾我？"王某赶快放下妻子，去背老娘。等他把老娘安置在高处，然后去背妻子，大水已经冲毁他家房屋，妻子也不见了。母子望水哭泣，十分伤心。一会儿，水中漂来一具尸体，王某捞起来一看，是自己的妻子，老娘抚摸着尸体号啕大哭。妻子忽然苏醒过来，睁眼看见老娘和丈夫，才知道全家都已死里逃生。此则故事又见《蝶阶外史》。

老者还金

古代拾金不昧型故事。见清·余金辑《熙朝新语》卷十五。

江北张某是一个管账人，去江宁收债，岁末将要回家。他黎明时扛着行李出城，城门尚未开，就在房檐下等待，把装有银子的布搭坐在身下。刚闭眼一会儿，城门突然打开了，他忘记带上布搭，仅扛着行李便出去了。走了一里多路才发现，他立刻返回去寻找布搭，已不知去向。他正在愁眉观望时，有个老者来问他，他如实相告，老者说："今早开门，拾到遗物，不知道是不是你的？"张某说："我替东家收回来的是两大封，另外一小封是自己的，各有若干银子。"老者一一核对的确是原物，立即还给他。张某感动得流泪，愿意把自己的银子送给老者。老者笑道："我如果爱财，就不会告诉你了。"张某不敢勉强，于是拜谢，各说姓名便分别了。张某到了江边等待过渡，这时候狂风大作，翻了许多渡船，淹没的人不计其数。张某非常同情那些人，立刻拿出自己的银子请救生者划船去救，一共救起几十人。人们都来感谢，其中有一少年，江宁人，去江北做生意，回家过年，他是还金老者的儿子。张某感到诧异，便讲了自己的经历，人们听了莫不叹息。后来两家人联姻，成为亲戚。

《蕉尾丛谈》

书名。清·李调元撰。李调元（1734—1803），字耕堂、赞庵、鹤洲，号雨村、童山蠢翁，罗江（今四川德阳）人。乾隆进士，历任广东学政、直隶通永道。此书四卷。有《函海》本。中华书局1991年出版有排印本。其中收有《放鲤祠》《鬼头王》等故事。

放　鲤　祠

古代奇事故事。见清·李调元撰《蕉尾丛谈》。

山西临县乡民庄某，年二十未婚。夏天他到河里洗浴，看见一条大鲤鱼困在网中。庄某怜悯鲤鱼，就把它放了。鲤鱼回头望他，然后游去。过几天他梦见有一个秀才带着许多骑从来了，对他说："你不记得河上的那一条鲤鱼吗？我乃禹门龙王第三子，变为一条鲤鱼出游，被渔夫网住，要不是你搭救我就没命啦。大恩大德，永志不忘。"秀才邀请庄某去水府，庄某不敢前往。秀才便拿出一颗水晶赠给他，说道："遇到大旱时，你向它祷告，甘雨立刻就到来。"庄某醒来，发现那颗水晶在枕边。后来遇到大旱，庄某便去祷告，果然降下大雨。人们就称他为"雨师庄老"。各州县的百姓赠送财物给他，一概谢绝，远近都十分称赞他的美德。他活到七十多岁，去世前三日，又梦见秀才来把水晶收回去了。当地人在河边立了一座"放鲤祠"，在里面有庄某的塑像。

鬼　头　王

古代奇事故事。见清·李调元撰《蕉尾丛谈》。

明代正统年间，金陵的指挥王某，没有儿子。运粮过济宁时，买了一个妾，又美貌又贤惠，亲戚朋友都喜爱她。她生了一子。丈夫与正室相继去世后，她治家教子，极有办法。儿子继承官职北上，问外公家在何处，她只说嫁时年幼，都忘记了。她嫁到王家三十多年，早晨起来必定在帏帐中梳洗，儿媳立在户外，等她出来才敢前去叩拜，服侍她的两个婢女，也没有见过她梳洗。一天早晨她迟起，二婢立在榻前，风动帐开，就看见一个无头人，手持髑髅放在膝盖上。她妆饰还没有完毕，连接在颈都来不及，于是身首一起倒下。婢女惊呼儿媳进去看，原来是一具枯骨。人们便叫她的儿子为“鬼头王”。

《明斋小识》

书名。清·诸联撰。诸联，字晦香，自号明斋，乾隆、嘉庆间青浦（今属上海）人。试取秀才后，十一次赴乡试不第，乃回乡设帐授徒，并从事著述。此书十二卷。有嘉庆十八年刊本、道光十四年刊本、同治四年重刊本、上海进步书局石印本、《笔记小说大观》本等。其中收有《还磕头》《金棋子》等故事。

还　叩　头

古代还叩头型案狱故事。见清·诸联撰《明斋小识》卷一。

一华亭县县令许某以廉明著称。一天，某武生扭着一个乡下人来告状。县令问他有什么事，某武生说：“我走在街上，他担的粪溅污了我的衣服。”县令说：“你这个乡民，怎么如此漫不经心，弄坏了相公的衣服，应该重罚。”乡下人苦苦哀求。县令说：“那么，你给相公叩头一百下。”立刻让某武生朝南坐着，乡下人在下面叩头，由差役数清楚。差役数到七十多，县令突然叫停，说道：“我也着急，没有问清楚你是文生还是武生。”某武生回答：“是武生。”县令说：“弄错了。文生要叩一百，武生只需要叩五十，应当还叩二十。”县令又让乡下人朝南坐着，某武生在下面叩头。某武生不肯，两个差役按着他叩头。叩完，某武生竟愤愤而去。此则故事又见《笑笑录》等。

金　棋　子

古代美德故事。见清·诸联撰《明斋小识》卷二。

有一个客人看见某纸铺中用一块铁压纸，形状好像础，高一尺光景，上面刻着一个“马”字。他问此物有什么用途，店里人回答：“是邻家的物品，估计是象棋，还有车、炮、士、卒之类。”客人低头沉思，又用手举它，指头弹它，径直去邻家问象棋全吗？邻人回答：“全。但是或者拿去压菜，或者砌为台阶，或者被别人借去了。”搜罗半天，才一个不缺。客人花钱买了过来，立刻派人抬走，并且指着最后一块说："我举这些棋子很重，但弹起来是空的，一定不是铁的。做官的积攒许多财产，把金子隐藏在里面，让人不知道。"客人连忙叫铁匠来凿开，果然得到金子。客人就把这些金子送给邻人，作为收藏棋子的补偿。

认犬作父

古代讽刺故事。见清·诸联撰《明斋小识》卷四。

松江某富翁，以刻薄闻名于乡里。他死的时候，邻居家中的狗生下一个崽子，便剪去它肚子上的毛，染出某富翁的名字，谎称："某富翁托生在我家。"某富翁的儿子听说后，赶忙花钱买回家，用美食来喂养。过了许久，小狗长出新毛，某富翁的名字不见了，他儿子才知道受到侮辱。然而他儿子认狗作父，已经几个月了。

种银子

古代骗子故事。见清·诸联撰《明斋小识》卷六。

塔院僧性鄙吝，不念经拜佛，肮脏可厌。有一个江西客来住，间或拿酒肉来请这个僧人，以后神秘地对他说："我会种银术，想帮助你，你愿意吗？"僧人问怎么弄，江西客回答："把银子埋在地下，用符箓拜祷法，过七天就可以得到十倍的银子。"僧人并不相信，姑且拿一锭银子给他种。江西客在庭前禹步（巫师作法时的一种步法），喃喃念咒语，掘地埋下。然后关门出来，叮嘱不要窥探。到期打开来看，已经有白花花的十锭银子。僧大喜，问道："可以多种吗？"回答："有啥不可？母多则子愈多！"僧人便罄其所有，又把衣帽及钟磬、铙钹之类全部典当，不够又借邻寺的钟磬、铙钹，也拿去典当。江西客跟以前一样操作，再关门离去。到了第二天中午，江西客不见了，两三天都无影无踪。僧人急忙去挖掘所藏的银子，竟是一些零砖碎瓦。僧人呼天唤地，悲恸欲绝。

孕妇遇庸医

古代医生故事。见清·诸联撰《明斋小识》卷六。

东关的吴家妇人，偶然发寒热，便邀请医生来诊疗，医生说："暑热。"

便给她治暑热，没有治好。又换医生来诊疗，有的医生说："湿热。"有的医生说："风寒。"他们又给吴家妇人治湿热、治风寒，还是治不好。缠绵四五月，吴家妇人的四肢渐肿，腹渐大。医生就说："血气不和，身体虚了。"于是全力进补，浮肿仍然不退。城中所有医生几乎请遍了，全都束手无策。又去请专门治疗鼓胀症的来，此人说："这个是鼓胀病，一直为庸医所误。"用药攻，服泻药，依然如故。过了十来天妇人腹痛，再去问先前的医生，回答："发痧了。"到了晚上，妇人生了孩子，才知道此前她有身孕啦。

盗棺尸活

古代奇事故事。见清·诸联撰《明斋小识》卷十。

某地陈某家，有一个童养媳，经常受到虐待，畏惧公婆如像虎狼一样。有一天，童养媳看见锅里面装满鸡肉，垂涎欲滴，就偷偷抓一块来尝。刚好被婆婆撞见，她仓皇下咽，竟梗喉而死。入殓后，把她的棺材暂时停放在野外。到晚上，偷儿想偷童养媳的衣服，便掀开棺材去盗窃。盗贼凡是盗棺，必先锤击尸体的胸部，然后撕剥衣服。当晚偷儿锤击童养媳三下，喉间"咯"的一声，吞下鸡块，便有窸窣的声音。偷儿吓得拔腿就跑，童养媳慢慢爬起来走回家。她一敲门，婆婆以为是鬼，连连赔罪。童养媳说明原因，婆婆叫四邻举火来照，果然已经复活，这才让她进屋。

《竹叶亭杂记》

书名。清·姚元之撰。姚元之（1776—1852），字伯昂，号荐青，又号竹叶亭生，晚号五不翁，安徽桐城人。嘉庆十年（1805）进士，先后在翰林院、内阁、礼部、兵部、刑部、户部、都察院等处任职。此书八卷。有光绪十九年（1893）刊本。中华书局1982年出版有李解民点校本。其中收有《鲤腹朱书》《胸膈间小人》《响马惊魂》等故事。

鲤腹朱书

古代奇事故事。见清·姚元之撰《竹叶亭杂记》卷六。

安徽枞阳县有一个姓张的人，排行十九，以捕鱼为生，人们都叫他“张十九”。有一天，他在三江口打鱼得到一条巨大的鲤鱼，大约二百斤。他请大伙帮着一起抬回去，鲤鱼肚腹上有朱书，写道：“生在黄天荡，死在三江口。江湖八十年，付与张十九。”张十九从此以后就改行再也不打鱼啦。

胸膈间小人

古代奇事故事。见清·姚元之撰《竹叶亭杂记》卷七。

天津盐商某人，得了一种怪病，有一个小人儿在他的横膈膜那里，能够言语，只有病人自己听得见。小人儿如果想吃什么，必须立刻给他吃。如果有食物拿来，小人儿说不吃，他就不能下咽。病人感到非常痛苦，百般医治都无效果。听说某位医生能够医治，便去请他来治疗。这位医生让取来数十个大蜘蛛网，层层叠叠地贴在病人的胸前、背中，并且敷上药。不久，小人儿在里面呼喊捆绑得很苦，蜘蛛网也渐渐进入皮内。医生说：“这个小人儿如果能够活着出来，就是一个好特别的宝物。”病人觉得腹胀不可忍受，就用药来化。等到化下，身体都没有了，只剩下一个脑袋，长一寸多，好像是个姣好的童子。

响 马 惊 魂

古代奇遇故事。见清·姚元之撰《竹叶亭杂记》卷八。

京师某人善骑，曾经乘新买的一匹马出广渠门。刚刚出城，就从远处来了一辆大车，此马看见立刻长号一声，横立于大车前面，群马闻声都不敢上前。某人不知所为，仆人立即解下衣物扔给主人。此马知道骑者已经得物，便飞奔而去，迅不可遏，遇到深沟短壁一跃过之，落荒而驰。奔跑到旷野无人之处，此马便伏地不动，某人于是才下得马来。他问仆人，方知这是一匹响马。因为强盗抢劫时都是如此，马也养成习惯了。

《两般秋雨庵随笔》

一作《秋雨庵随笔》。书名。清·梁绍壬撰。梁绍壬（1792—？），字应来，号晋竹，钱塘（今杭州）人。道光举人，官内阁中书。此书八卷。有道光十七年（1837）钱塘汪氏振绮堂刊本、光绪十八年（1892）铜活字本、《笔记小说大观》本等。上海古籍出版社1982年出版有庄葳点校本。其中收有《毒谑》《不管吃醋》《破荤和尚》等笑话、故事。

毒　谑

古代诗对故事。见清·梁绍壬撰《两般秋雨庵随笔》卷一。

明代嘉靖年间，有一个宦官奉命到了浙江，与司北关南户曹、司南关北工曹一起在宴会上饮酒，这个宦官想侮慢在场的官宦，便乘酒酣出对子说："南管北关，北管南关，一过手，再过手，受尽四方八面商商贾贾辛苦东西。"这个宦官出身卑微，曾经做过宫里的看门人，工部的一个官员过去认识他，就对答道："前掌后门，后掌前门，千磕头，万磕头，叫了几声万岁爷爷娘娘站立左右。"这个宦官愤怒不已，好不容易才被二司劝止。

不管吃醋

古代笑话。见清·梁绍壬撰《两般秋雨庵随笔》卷一。

浙江转运使山东人张某，善滑稽。一天外出，有个妇人前来拦轿告其夫宠妾灭妻。张某操杭州腔说道："阿奶，我系盐务官职并不是地方有司，但管人家吃盐事，不管人家吃醋事也。"笑着把她劝走了。此则笑话又见《履园丛话》。

破荤和尚

古代笑话。见清·梁绍壬撰《两般秋雨庵随笔》卷六。

有一个人赠送若干枚鸡蛋给一位大师，大师大口吞咽，作偈（佛经中的唱词）道："混沌乾坤一壳包，也无皮骨也无毛。老僧带尔西天去，免在人间受一刀。"

《埋忧集》

书名。清·朱翊清撰。朱翊清（1795—？），字梅叔，别号红雪山庄外史，归安（今浙江吴兴）人。终生未仕。此书十卷，续集二卷。有同治十三年杭州文元堂刊本、上海进步书局石印本、《笔记小说大观》本、《清代笔记丛刊》等。其中收有《两公子扛米》《无锡老人》等故事。

两公子扛米

古代讽刺故事。见清·朱翊清撰《埋忧集》卷一。

松江某相国的孙子，贫不能够生存，他家从前的一个仆人富起来了，便前去乞讨。此人拿五斗米给某相国的孙子，派了一个佣人扛着跟他回家。过了一会儿，佣人扛不动了，便停在街上休息。某相国的孙子问他为啥这样没有力气，他说："我并非佣人，先祖是某学士。"某相国的孙子听了大吃一惊，说道："这样说来，咱们是亲戚了。"两个人于是相互抱泣。市人围观，一个长者给了他们一根竹竿，让他们把米抬回去。有人嘲笑道："五斗米，两公子，扛不起。枉读诗书怨辛劳，乃祖谋划岂料此？"

无锡老人

古代报恩故事。见清·朱翊清撰《埋忧集》卷一。

除夕晚上，有个盗贼摸进无锡一个老人的屋里面。老人抓住他一看，竟是一个熟人的儿子。老人没有声张，悄悄问他："贤侄怎么这样了？你父亲与我交情深厚，想来你贫困不得已而为之，我愿意送你一百钱过年，再送你几百钱去做生意。"此人惭愧不能够住在老家，后来就迁移到别的地方，并且有相当的建树。几年以后，他乘船回来看望老人。晚间到达，看见有一个人吊死在老人的门上，连忙叫船夫一起将尸体抬到船上，弃河而返。过一年，他再来拜访老人，并且告诉以前的那件事。老人说："多亏你相助。那个死者，白天曾与我儿闹事。没有你的帮助，恐怕我见不到你啦。"

周烂面

古代无赖故事。见清·朱翊清撰《埋忧集》卷三。

某村无赖周烂面，横行霸道，为害一方。有一次，他到某富人家盗窃，赃物被人认出来了。第二天，他买了一块猪肝回家，煮了让他妈吃，然后对他妈说：

“今晚上吃完饭，你应当去某富人家门口上吊，所以才给你吃这个，使你成为饱鬼。”他妈过了七十岁，是个瞎子，平时在村中讨口。这一天晚上，他妈就哭着去某家门口上吊了。第二天周烂面找到某家，口口声声说要去县衙告状。某家给了周烂面许多银子，他才离开。

奇儿与石人

古代奇事故事。见清·朱翊清撰《埋忧集》卷六。

吴县某家有一个小儿八九岁，每天去私塾读书，天黑才回到家中。一天，他父亲去问塾师为什么孩子回家那样晚，塾师说：“每天放学都没有日落，怎么嫌晚呢？”塾师心里面感到疑惑，这一天放学，就偷偷跟在孩子后面察看。只见这个小儿急速跑到某处坟地，把书包交给石人。石人立即举手接住，小儿便骑上石马奔驰到山巅，然后下来，往返几次，来去自如。塾师无比惊吓，等他返回平地时，便人喊他一声。小儿看见老师，十分吃惊，竟打马奔去，从此不复返。

布商捐官

古代官吏故事。见清·朱翊清撰《埋忧集》卷八。

松江赵某，以贩布起家。后来，他捐了一个通判，引见时，皇上问他的出身，他回答向来贩布。皇上说：“那么他为什么要捐官？”他说：“我以为做官比贩布更好。”皇上发怒，立即将他革职。赵某愤然退到吏部堂上，大闹着要索回捐官的银子。他说：“既然夺了我的官，就应该退还我捐官的银子。”吏部堂官听了，将他发到有关的衙门去掌嘴五十，鞭笞一百，然后驱逐出去。

寺僧辨诬

古代案狱故事。见清·朱翊清撰《埋忧集》卷八。

乡间有一个土妓某氏，她的丈夫曾经在尝密印寺当佣人。寺僧非常富有，有人就唆使他去控告寺僧奸淫他的妻子。郡守让乌程县某县令去提讯，某县令略审一回，便鞭打僧人，然后申报上去。郡守感到怀疑，立刻亲自提去复审。郡守秘密召来铁佛寺的一个僧人，安置在闲房里面，而让某氏的丈夫站在外面。接着召某氏上堂来问：“你所告的僧人，你一定熟识吧？”某氏说：“他奸淫我许久，又送给我东西，我怎么不认得？”于是召铁佛寺僧人上堂来，问某氏：“是他吗？”某氏说：“正是。”太守大笑，便将某氏的丈夫带上堂，痛打了一顿，某氏也挨了鞭子，观者都拍手称快。此则故事又见《中国侦探案》。

负债鬼

古代鬼怪故事。见清·朱翊清撰《埋忧集》卷九。

某乡有甲乙二人相友善，但都贫困。一年寒食，某甲墓祭回来，看见道旁有破棺露出遗骸，便到家取来畚箕和锹将遗骸掩埋。当天晚上，某甲梦见一个茧袍人流着眼泪来感谢，说道：“蒙你掩埋枯骨，我在泉下无以为报。我生前习六壬数，你从今可在市上开业算命，我一定效劳，帮助你脱贫。只要你听我言，自然会应验。”某甲谢过醒来，心想自己贫寒至此，不妨试一试。他于是悬牌招纸，凡有来问卜的，鬼都教他剖断。有一个人来问失物，鬼悄悄告诉某甲此物在何处，果然找到了。有一个老翁得了伤寒病，鬼悄悄告诉某甲，回去祭奠野鬼就能够痊愈，老翁果然康复。因此某甲门庭若市，一年多便积攒千金。某乙来看望某甲，打听到他致富的原由，心里十分羡慕。回去后，某乙也拿着畚箕和锹去郊外，找到败棺，如其法行事再回家。当天晚上果然有一个鬼来道谢，鬼衣衫褴褛好像乞丐。某乙便讲了自己的愿望，鬼欣然同意为他效力。某乙大喜，以为自己指日可作富家翁。不久，有人来问卜，他去问鬼，鬼说：“明日来。”又一人来问卜，鬼还说：“明日来。”某乙都照样回答。那些人都拿着银子离去，此后再没有人来问卜了。某乙回去责怪那个鬼，那个鬼说：“我生前凡是遇到上门要债的，都是这样回答的，其他的我一概不会。”某乙懊恨不已，访问别人才知道此鬼生前负债累累，忧郁成疾而死。

鬼隶宣淫

古代鬼怪故事。见清·朱翊清撰《埋忧集》卷十。

京师某地有一个神祠，门内塑四个鬼隶，颇为灵异。有几个工匠，住宿在门旁，在梦中常被四个鬼隶奸污。鬼隶来的时候，他们的手足好像被捆绑似的，想喊却不能够发出声音。起初，他们不知道什么精怪在为非作歹。后来，他们当中有一个机灵的人，在这些家伙又来时，就默默记住它们的模样。醒来后才知道它们就是神祠的鬼隶。于是一起告官，随即捣毁鬼隶的塑像，因此再没有作祟的啦。

狐 母 持 家

古代精怪故事。见清·朱翊清撰《埋忧集》卷十。

盛京一个武官的父亲某人，曾经在山中打猎。傍晚遇到一个美貌的少妇前来请求附载。某人心想山里哪有这样的美妇，该不是狐精？听说人血可以制服鬼狐，不妨一试，便允许她搭车。天渐渐昏黑，某人便悄悄破鼻出血，涂抹到她的额上。少妇骂道："黑心郎不怕死吗？"结果少妇并没有逃遁，过了一年便生下一个儿子。于是一起回家，逼迫她成为夫妻。妇人对待家人有礼貌，大家都忘记她是狐精。

《北东园笔录》

又名《池上草堂笔记》。书名。清·梁恭辰撰。梁恭辰（1814—？），字敬叔，道光、咸丰间福州人。梁章钜第三子。官至浙江温州府知府。此书二十四卷，包括初编六卷，续编六卷，三编六卷，四编六卷。有同治五年刊本、光绪二十一年刊本、上海进步书局石印本、《笔记小说大观》本、上海大达图书供应社本等。其中收有《罗山冤狱》《佃户行善》等故事。

罗 山 冤 狱

古代案狱故事。见清·梁恭辰撰《北东园笔录》初编卷二。

江南某乡有一个村翁，儿子出外贸易，留下儿媳在家。儿媳素来贤惠，独自操持家务，某翁坐享清福，无所事事。他每天出去与村人赌博，输钱便问儿媳要，儿媳也不计较。一日，媳小病停止织线，对某翁说："我手力有限，只维持饮食所需，无法供公公还赌债。公公能不能稍稍节赌？"某翁无言。当天有小雨，他饭后携伞出去，三日不回家。儿媳很担心，就请邻里代为寻找。正好连日阴雨，河流暴涨，有个邻居来告儿媳："听说河里有一具浮尸，旁有破伞，何不去看看？"儿媳连忙去看，是一个六十多岁的老人，便呼号欲绝。观看的人怜悯她，代为捞起殡殓。乡里某监生，为人狠毒。他知道这个妇人家贫，但娘家相当殷实，想去吓诈，便以"媳怨言逼翁投水"为由到县衙告状，县令拘妇人严加审讯。妇人受不了刑，竟诬服，于是定案。在闹市行刑的那天，村翁正好从外面归来。他沿途听说儿媳将要冤死，急忙奔到法场，已经来不及啦。他立刻痛哭去官府自己陈述，县衙便具实检举，捉拿那个监生来抵罪，县令也被革职了。

佃户行善

古代美德故事。见清·梁恭辰撰《北东园笔录》初编卷四。

佃户钱某的主人，因为妄图霸占邻居的田地没有得逞，心生毒计，让钱某把稗子撒到邻居的田中。钱某对他妻子说："去撒害人，不撒违抗主人的命令，如何是好？"妻子说："不如用蒸熟的稗子代替。"钱某如法行事。他的主人看见他已经撒光了，可是邻居的田地却毫无损失。

借人雪仇

古代鬼魂故事。见清·梁恭辰撰《北东园笔录》初编卷四。

泗州某生游览琼州府，借住在僧舍里面。此前已有一个客人在那里，打听后才知是江西刘某，与新太守有交情，因为新太守还没有来，暂住在此等候，偶在壁上题诗发牢骚。泗州某生颇为怜才，便邀他喝酒，朝夕相处，唱和甚欢。不久，新太守已下车，让刘某去拜谒，却踟蹰不去。某生怀疑他因为穿着不佳，羞于前往，立即借衣冠仆从给他，怂恿他前行。他去而复返，惨然说道："十多天来感到知遇之情深厚，不敢不讲心里话：余之访太守，其实是想报仇雪恨。太守以前因为亏空国库，我替他借贷填补，又拿出全部家产为他捐官。他得到零陵县令的职位后，我去找他，竟遭到白眼，不但不提以前欠我的钱财，而且用恶言赶我，使我进退无路，瘠死他乡。数年来多次想报仇，却有吏胥保护，无法接近。你如果肯前去拜访太守，我藏身在你的扇匣中，只要进得衙门，便无阻碍了。"泗州某生知道对方是鬼后，默无一言，过一会儿神情稍定，便答应了刘某的请求。次日，他前去拜谒太守，片刻就出来了。过了一天，忽然哄传太守暴病而死。泗州某生恐遭祸，立即离去，而刘某也不知所往。

某商遇侠客

古代侠客故事。见清·梁恭辰撰《北东园笔录》续编卷二。

苏州某商携带许多资产回家，途中遇到大雨，看见一个衣衫褴褛的人来搭船。某商怜悯他，让他上船，并且拿袍子给他穿，拿酒食给他吃，一点儿没有不乐意。几天后，忽然有十几个强盗带着武器上船打劫，船上的人无计可施，只有束手待毙。那个搭船人大呼："有我在，大家不要害怕！"连忙跳到船头接连击打几个强盗落水，其余的强盗立即逃跑。搭船人说一声"珍重"，然后上岸，不知去向。

溺鬼自拔

古代水鬼得升型故事。见清·梁恭辰撰《北东园笔录》续编卷二。

吴江的渔人李某，居住的一个港湾相当偏僻。一天傍晚捕到鱼沽酒独饮，有一人立在门外说："我是鬼，溺死在这个港中几年了。看见你独饮，想分一杯可以吗？"李某请鬼对饮，以后鬼便常来。过了半月，鬼说："明天代替我的人来了，我将要走啦。"李某问是何人，鬼说是驾船的人。第二天果然有一人驾船来，并没有其他原因就离开了。到了晚上，李某问鬼为啥不让他替代，鬼说："此人少年丧父，养了一个幼小的弟弟。我害了他，他的弟弟也活不成，所以放了他。"又过了半月，鬼说："明天代替我的人来了。"次日，果然有一个人到岸边，徘徊几次而去。那天晚上鬼来了，又问鬼为啥不代替他？鬼说："此人家有老母，他一死老母便无依无靠，所以放了他。"又过了几天，鬼说："明日有一个妇人来代替我，我特来告别。"第二天傍晚，有个妇人到岸边想下水，一会儿又离岸走去。鬼来后，李某问："为啥又舍弃这个妇人？"鬼说："她怀孕在身，如果不阻止，就丧了两条命。任由我魂消魄散在水中吧，我誓不敢丧人二命。"鬼于是潸然泪下。分别几日，鬼忽然红袍冠带，有许多侍从跟着来向李某辞行，说道："上帝因为我的仁德好生，敕我为本方的土地。"说完就不见了。

放雀获报

古代善报故事。见清·梁恭辰撰《北东园笔录》续编卷二。

镇江范某的妻子得病快要死了。医生让她用一百只雀头制成药末，在三七天内服雀脑，必然痊愈，但是一只也不能够减少。范某遵照医生的嘱咐凑齐一百只雀，关在笼子里。他妻子听说后很生气，说道："因为我一条命而残害一百只雀子，虽然要死，我也决不这样做。"于是打开笼子把它们都放了。没有多久，她的病竟自痊愈。后来还怀孕生了一个男孩儿，两肩上各有一个黑斑，如像雀形。

微 行 摘 印

古代官吏故事。见清·梁恭辰撰《北东园笔录》续编卷三。

某阁老巡抚浙江时，得知某个县令的名声很坏。一天晚上，他微服出行，在路上遇到这个县令。他问这个县令去哪里，县令说是去巡夜。他说："刚刚二鼓，是不是太早啦？而且你盛陈仪卫巡，奸民正好躲避，怎么能够察奸？你还是跟着我走吧。"某巡抚拉着县令的手走了几里路，来到一个酒家，与县令一起坐下饮酒。某巡抚问道："酒家，近来盈利如何？"回答："非常少。父母官爱财如命，不论茶坊酒肆，凡做买卖的人每月都要征收常例钱；衙役狐假虎威，加倍勒索，因此小民不能聊生。"于是列举某县令害民的十多件事，不知道座上客就有县令。某巡抚说："据你说，上司就没有觉察吗？"回答："新巡抚号称爱民，然而一时不能尽知，小民怎么敢控诉？"某巡抚笑饮几杯，付款后出来对县令说："小人所言我不敢轻听，你也不要动怒。"又走几里，说道："我今晚上正好巡夜，我们何不分开走？"县令离去后，某巡抚又回到酒家，敲门求宿。酒家说他们不是客栈，某巡抚说："你今宵会遭到横祸，我此来并非为了寄宿，是来保护你的。"酒家留下他后，到了夜半，突然听到急促的敲门声，原来是里胥、县差拿着朱签来拘捕卖酒的人。某巡抚出来说："我是主人，与他不相干。"里胥不认识某巡抚，便拽着他和酒家一起走了。到了县衙，县令升座传唤酒家。某巡抚以毡帽蒙头，与酒家一起登堂。县令见了大吃一惊，连忙下跪叩头，某巡抚升座，笑道："我原本知道你必定要逮酒家！"于是怀揣县印离去，说道："省了一员摘印官哟。"

鬼 魂 报 德

古代鬼魂故事。见清·梁恭辰撰《北东园笔录》续编卷五。

乾隆末年，苏州发生大饥荒、瘟疫，在路上死的灾民遍地都是。李某捐款买下西郊一大块地来作义冢。刚竣工不久，一天晚上李某从乡下回家，来不及进城，就停船在义冢附近的港湾里面。半夜，有三五个强盗上船来打劫，用刀对着李某。正危急时，岸上突然有几百人大声说话、吵闹，强盗们吓得仓皇逃窜。其实，岸上荒野并无一人。李某心知是义冢的鬼魂来相助。后来，他就备下酒肴前去祭奠。

贫女报恩

古代报恩故事。见清·梁恭辰撰《北东园笔录》三编卷二。

一天，有两家人都嫁女，一家巨富，一家极贫。他们在途中相遇，雨非常大，抬轿人各自抬着彩轿放到亭子中间避雨。贫女于轿中哀哭，富家女也心动，便派婢女前去打听是什么缘故。贫女说：“我娘家本来很穷，嫁过去也贫穷，明天还不知道如何。”富家女十分同情她，就把袖中两个荷囊，各装一个金锭，约重二十两，让婢女放一个到贫女的怀中。贫女正打算问对方的姓名，正好雨过天晴轿夫抬着轿子上路，各自分开了。贫女嫁去后，他家渐渐富裕起来。他家所置的产业，田必两庄，屋必两所，本资与所获的红利都必定分为两份。众人不知道他们的用意。十年后生下一个男孩儿，视若掌上明珠，雇了一个奶娘哺乳。奶娘所哺的孩子渐渐能够行走，忽然登上后楼，进到房内。房中设有香案，她看见南向一龛，不觉失声哭起来。众人闻声连忙去告诉主母，并且问她为啥痛哭，奶娘说：“刚才看见其中悬挂的荷囊，与我嫁时压袖的荷囊相似。那天行至途中，曾经将贮金赠送一荷囊给一位嫁娘。当时我娘家、夫家都很富有，不料今日落魄到此。”说罢又哭起来。主母问她何时出嫁，奶娘说是某年月日。问她那天遇雨没有，奶娘说：“不遇雨，荷囊还在我手里。”主母没有吭声，只是去寻奶娘的丈夫来。第二天，主家张灯结彩，召戏班子来演戏，好像要宴请贵客，并且把族人都请来了。届时，堂中安排二席设两个座位，旁列二几，堆簿籍高一尺光景。奶娘的丈夫在外厢，命四仆引入，四妇自室中拥奶娘出，请二人上坐。主人、主母侧身下拜，拜完起来后，主母说：“当年蒙你赠金的人就是我。我们夫妇若不是因为你，就没有今天。珍藏荷囊以表示不忘。我们日日顶礼，并将财产分为两份，不敢独占。今天有幸相见，此田产簿二份，愿存其一，而以其一归两位恩人，并且昭示族人，不得有异说。”奶娘夫妇慌忙起身，连称“不敢不敢”。主人请他们坐定，奉上酒杯，筵开乐作，至二鼓，挑灯送到东院安息。他们又把自己所生的女儿，迎来团聚。女儿以后长大成人，便与主家的儿子结为夫妻，两家世为婚姻。

麂报张妇

古代兽异避祸型故事。见清·梁恭辰撰《北东园笔录》三编卷五。

某地西乡张某好善乐施，从不轻易残害一条生命。一天，有一头被猎人追赶的麂子逃到张家，张妇连忙用旧衣服遮盖。等猎人走后，她就放出麂子。麂子回头望望张妇，才离去。第二年春天，麂子突然跑进张家厅上，用角拖走张某的小儿子，到了田坪中把小儿子放下，立即不见。张妇赶到，抱着小儿子回到家，刚进门就看见家中的房梁被屋后的大树压倒，墙塌瓦碎，鸡犬丧命。这时才醒悟过来，是麂子前来搭救了他们。

王四拾金

古代奇事故事。见清·梁恭辰撰《北东园笔录》三编卷六。

嘉定某地王四偶然在一个墓地捡到一枚金子，有十来两重。起初他以为是铜，拿给别人看，别人没有说实话。他又去问银匠，银匠说："金子的颜色是黄的，这个带黑，化了才知道真假。"王四同意后，银匠私藏了一半，化了另外一半，加入汞，颜色跟真金一样。王四拿去卖给识货的人，那人说："这是和汞一起炼的，价格比真金低。"只给王四四贯钱。王四原本贫穷，突然得到这些钱，无比高兴。几天后发病，卧床不起，花光了这些钱才好起来。

厨役索命

古代鬼魂故事。见清·梁恭辰撰《北东园笔录》三编卷六。

苏州有一个富翁，性情凶暴。他的小妾生了一个儿子，非常喜欢。后来，他娶儿媳时，唱戏、宴客整整一个月，十分劳累。他偶然生了一个厨子的气，拿脚踢伤厨子的小腹。当天晚上，这个厨子就回家上吊身亡了。厨子家里只有一个老母，因为害怕富翁，不敢言语。富翁的儿子成亲不到一个月，忽然看见这个厨子站立在床前，竟惊吓而死。

盗妹灭亲

古代盗贼故事。见清·梁恭辰撰《北东园笔录》四编卷三。

苏州某甲在杭州做生意，遵父母之命回苏州完婚。路过太湖时，船户兄弟二人，都是大盗。他们有一个妹妹，年十七八，貌美而能武。某甲登舟后，见到这个女子，彼此心动。少刻，船户兄弟上岸拉纤，舟中只剩下女子与某甲，女子说：“今夜恐怕不妙！”某甲还没有察觉，女子动手去板，露出凶器，刀光闪烁可畏。某甲跪地求救，女子问他娶妻没有，某甲说未娶，正奉亲命回苏州完婚。船户回船歇一会儿，又登岸。某甲又哭泣求救。女子情动，问道：“你箱中有许多财物吗？”某甲说没有。女子让他假装生病呼痛，把钥匙拿给两个船户开箱找药，便可免祸。等船户回舟，某甲如言装病，船户开箱细视，说是无药，某甲便说记错了。兄弟二人又登岸，另外坐小舟。女子告诉某甲：“你虽然无银，但是衣服华贵，最终恐怕免不了。”于是拿刀给他，让他伏在暗中，等兄弟二人的脑袋钻进来就砍掉。当时已黄昏，某甲浑身战栗，女子便进舱拿着刀。一会儿，长兄的头果然钻进，女子立即动手砍掉。次兄听见无声息，疑客有备，不敢进去，转到船头。女子跃上，举刀刺死次兄。某甲打算逃走，女子含泪说：“事已如此，我要与你一同去官府自首。”于是手拿一个包袱，里面都是她兄长所杀人的发辫。到官府后，她历数她兄长平日凶暴杀人的罪状，今天的事情，实在是出于不得已，便痛哭流涕请死。官员既看见发辫累累，又检查他们的旧案，知道二船户实为江湖大盗。女子虽然有杀兄之罪，但是大盗因此被消灭，功不可没。出于同情她年轻没有去处，就命某甲娶她为妻，以报她活命之恩。某甲未过门的岳父听说某甲已有妻子，便另外议婚。船户女子跟随某甲回家成为夫妇。她孝敬公婆，性情柔顺，夫妻也很相爱，被称为贤妇。

《客窗闲话》

书名。清·吴芗厈撰。吴芗厈，字炽昌，乾隆、嘉庆、道光年人。他长期为人幕僚。此书八卷，包括初集四集，续集四卷。有道光间敬义堂刻本、光绪间文英堂、光绪间善成堂本、申报馆丛书、上海进步书局本、《笔记小说大观》本等。重庆出版社1999年出版排印本。其中收有《父生董卓之心》《义丐献金》等故事。

父生董卓之心

古代父似董卓型故事。见清·吴芗厈撰《客窗闲话》初集卷二。

有一个父亲将要告儿子忤逆。他儿子十分恐慌，便带着许多银子去求讼师。讼师说：“儿子没有告父亲的道理。你有妻子吗？”他说有，讼师便试写了几个字，仔细看了又看，让他反手，在他的手心上写了一些字，就叫他捏住，然后叮咛道：“你不能够看手掌，看了就不灵，还要大祸临头。”儿子到公堂上，官员审问，他一天痛哭不语。官员愤怒要杖打他，他按讼师的指点，跪着挪到官员面前，伸开两个手掌。官员看见左右手一边写“妻有貂蝉之貌”，一边写“父生董卓之心”。官员怒斥他父亲说：“老而无耻，为何来告儿子？速退！”

义丐献金

古代拾金不昧型故事。见清·吴芗厈撰《客窗闲话》初集卷三。

有个乞丐，独自一人在街市上乞讨，吃饱后就出城，到了西北古树下面睡觉。一天，有一个骑马的人路过，因为囊裂掉下一块元宝，乞丐呼喊他，他却不知道，竟狂奔而去。乞丐拾起来后，暗自思忖：我拿它去换钱，人家必然以为我是偷盗来的，我怎么说得清楚？而且缉捕者见了，一定会夺去。不然，同辈见了岂有不想杀我而抢去的？于是，他便把元宝献给官府。县令要奖赏他，他不要。这时候，失主到县衙报案，县令就把元宝还给他。失主很感动，便替乞丐买一处房屋，来表彰他拾金不昧。

捣鬼手

古代鬼怪故事。见清·吴芗厈撰《客窗闲话》初集卷三。

有钱、刘两个差役，奉命去勾摄人。他们知道那人很狡猾，便夜间去拘捕，路上一个举灯，一个把牌。走了五六里路，钱某对刘某说：“我肚子疼要大便，你到前面的里保茶室等我。”刘某找茶室，又返回原路，听到一个屋内隐约有妇女的哭声，看见有个人在门外窥探。他以为那是钱某，就去跟他开玩笑，偷偷用一个指头挖他的臀部，竟寒冷彻骨。那个家伙突然回头，乃是个披发伸舌的吊死鬼，刘某吓得大喊一声，昏倒在地上。邻居前来救刘某，又听到室内在喊救人，原来里面有个受公婆虐待的少妇悬梁自尽，求代的吊死鬼已被刘某吓走。钱某回来时，刘某已渐渐苏醒，只是右手已全黑，过了一年才恢复正常。人们称呼刘某为“搗鬼手”。

赛钟馗捉鬼

古代鬼怪故事。见清·吴芗厈撰《客窗闲话》初集卷三。

俞某与友人打赌，进入一个常常有吊死鬼出现的房间，闭门高声朗诵。晚上，他忽然停诵，自言自语道：“我为学已久，不得高中，家累有重，不如死去！”便大哭起来。这时，有一个妇人从梁上跳到他怀中说：“先生不要烦恼，你肯入仙境，一切皆好。”妇人便教他如何用袜带作圈，探头进去。妇人刚伸进去，他一下将她捉住，立刻变成一只鸭子。他连忙叫仆人拿去宰杀，烹好与友人下酒。友人便赠送他一个雅号叫“赛钟馗”。

赵　三　官

古代鬼怪故事。见清·吴芗厈撰《客窗闲话》初集卷三。

缎行伙计赵某年轻胆壮，常常到闹鬼的地方去骂鬼。有一年，赵某的岳父做寿，他借穿主人的新袍前往。祝贺完毕，醉醺醺地踏月返回。经过一座义冢时被鬼戏弄，忽然觉得有墙阻路，左右旋转，四面如此。他便拿小刀去戳，觉得绵软，每戳一下，就听到墙外喊道：“壮哉！死一个鬼啦！”连戳无数次，墙突然消失了。他踉踉跄跄跑回家，向家人夸自己杀鬼如何厉害，这时候才发现自己借来的新袍子已经千疮百孔，变为百结鹑衣啦。

蔡 某 拾 钱

古代鬼怪故事。见清·吴芗厈撰《客窗闲话》初集卷四。

蔡某在楼上睡觉，三更时闻听楼下有人喊他的名字。他起来后，又看不见人。接连三次都如此，他便拿着大灯去照，才发现楼梯下面有一个乌帽绛袍的人，拿着二千钱，扔到地上而去，他不敢收。第二天下楼，一看钱还在。他是一个赌徒，他以为是财神爷的赏赐，就拿到赌场上求发大财。正好遇到官府来抓赌，连他一起逮去，关押一个来月，那些钱也不知去向。

蛇 吐 钱

古代奇事故事。见清·吴芗厈撰《客窗闲话》续集卷一。

某家有一个婢女，忽然听到房间里面有叮叮当当的声音，进去一看，梁上有一条翠色的四足蛇，正在把钱吐到地上。她立刻奔跑去告诉主母，一起去看，蛇去钱存，仅有十几枚钱。过些日子，她又听到房间里面有响声，进去又看见翠蛇盘踞在床顶上，把许多钱吐在席子上。她又请求主母来看，蛇又不见了，捡到一千多枚钱。主人得知后，认为是神灵要让他们致富，于是隆重祭祀。从此蛇不再来，他家随后败落。

难女与镖客

古代武艺故事。见清·吴芗厈撰《客窗闲话》续集卷一。

清代末年，淮扬有一批难民流落到上海，沿街乞讨。其中有个少女随众人来到一家洋行时，被一伙轻薄之徒激怒，便坐在大门栏上不让人们出入。脚夫把搬来的糖包压过去，她像玩弹丸似的左抵右抛，还击他们。这家洋行的镖客出来，扬言要用两个指头把她提走。她用一臂击打镖客胸部，镖客便跌出几丈远，顿时一片哗然。老主人出来好言相劝，少女才离去。少女的父亲，原是山阳县的都阃，年老辞职，遇到水灾不得不随众觅食。此时他正要把女儿送往浙军水师提督家中，与那家儿子完婚。

智 取 伪 役

古代机智故事。见清·吴芗厈撰《客窗闲话》续集卷二。

有一个客商贩货到楚地，停船在江边时，有一伙假差役口称查抄鸦片，看见银钱就拿走。正好这个客商卧病，盘缠被抢光，同船的人无一幸免，大家都切齿痛恨。这个客商起来后，挑选十多个强壮的船夫，打扮成仆人，自己戴上水晶顶官帽，制作令箭，换上快舟沿江紧追假差役。等假差役抢掠满载时，这个客商忽然绕到假差役船只的前方，让船夫扮的仆人上船把他们捉住，再用他们带的铁索将他们锁起来，这个客商随即宣布：“本厅奉命查拿伪役抄抢案，送省枭示，先起其赃。”假差役一个个叩头乞命。客商命人将假差役交给驿卒，然后把赃款赃物运上自己的船，扬帆而去。

奸僧狱

古代抄斩淫僧型故事。见清·吴芗厈撰《客窗闲话》续集卷三。

一天，巨富嘉禾生偕同妻子与姑母仆婢去游杭州，住在西湖山庄。他的妻子年轻貌美而信佛，请求去天竺进香。他便命仆人雇六乘轿子，让妻子与姑母、仆妇、婢女乘轿而去，他自己骑马在先，仆人携带香烛随行。到半路上，他妻子的轿杆折断了，五乘皆随马前进。一轿夫抽取折杆回去换新的。一轿夫守着，对带香烛的仆人说："主人将要进山门，你不去主人会责怪你，为啥待守在里面？"仆人于是追奔而去。那个轿夫换来新杆后，立刻把生妇的轿子抬往乱山中。生妇忙问："为啥走僻径？"轿夫说："为时已久，走捷径入寺庙后门，不是很方便吗？"不久停轿，看见寺庙墙缺的朱门。轿夫轻叩门环，一个小沙弥出来请夫人进门，经过曲折引入密室。她刚坐下，沙弥立刻离去，四个健妇进来。她越发惊惶，忙问："官人在哪里？"健妇笑道："休问官人。我们都是香客，也是被大师掠来的，无奈相从。你如果婉顺，这里吃穿不尽，而且人人都是你丈夫，何乐而不为！不然暴虐相加，无发逃避。"生妇知道落入危地，悲愤寻死。一个僧人突然进来说："何来泼妇！入我法门中，敢如此放肆？"喝令健妇并沙弥齐上，剥去她的衣饰，以布带缚住她的手足，在醉翁椅上强奸她。她痛骂，又一个僧人用麻桃塞住嘴巴而奸淫她。她随后便昏沉如醉。次日健妇来，为她洗沐，焚香于室，群僧又来奸污她。如此六七日，忽见群僧变色，交头接耳。到了晚上，健妇进来给她灌药，让她冥然如死。当嘉禾生进庙后，姑母与仆妇、婢女都来了，唯独不见妻子。未几，仆人也奔来，才知道轿杆断折的变故，命速追寻一整天，毫无结果。次日到县衙鸣冤，官府通缉，三日仍无踪影。嘉禾生告到省上，大中丞命令中军率健卒五百，改装易服，散布西湖各庙访缉，限三日获犯有赏。又传府县官来，限期三日拿获。府县官退下，命差役数百人，假作香客，布散各庙，让嘉禾生的仆人为眼目。过了二日仍然没有踪迹，文武官员惶恐，一起商量挨搜僧人的密室。僧人十分恐惧，连忙药迷生妇，晚上派人背去放在乞丐的茅棚里面。乞丐惊呼，兵役围了过来，看见一个蓬头垢面、穿着僧衣裤的妇人，奄奄一息。急唤嘉禾生来认，确系自己的妻子。抬回去后用开通药灌她，一天才醒。她看见姑母在旁，泣诉痛苦。各官聚在一起商议："虽有妇而不知其地其人，何能定案？只好尽拘西湖僧人，而让妇人辨认，才可伸冤！"妇人愧作难言，乘人不备而自缢。当时诸僧已经聚集千余人，良莠莫辨。大中丞得知后，便命兵役遍抄寺庙静室，在一个寺庙内搜得女鞋，立即提审所住的僧人，招供后将其处斩。冤枉不冤枉，未可知也。

善 哭 妇

古代奇事故事。见清·吴芗厈撰《客窗闲话》续集卷四。

南方某地有一个妇人善哭。她能够无故发出哭声，让人听了都要掉泪。按照当地习俗，有钱人办丧事，客人来吊孝，帷帐内终日都要有哭声。一个富贵人家的主妇力不从心，有人便推荐这个妇人去代哭。她去后哭声日夜不绝于耳，吊孝的人听到无不称赞主妇有孝心。这个妇人全县无双，被丧家争相延聘，因而得到小康。

入钱簿风波

古代官吏故事。见清·吴芗厈撰《客窗闲话》续集卷四。

某县尉与某县令有裂痕，面和心不和。一天，他跟某县令在账房中闲话，看见几上有入钱簿，内书某季收到陋规若干、某役经手某案收钱若干，不一而足。他等到某县令送客时，就偷偷把入钱簿藏起来离开了。某县令送客回来，不见此簿，知道已经落到县尉手中，上面记载着一笔笔赃款，必定会受到他的讹诈，惶恐之至，便写信同另外一个县令商量。那个县令回信要他千万不能讲出去！见到县尉时，要跟平常一样谈笑，若无其事。然后制造一个库银被盗的假象，让县尉带捕役来验，说是晚上被盗税银若干、公文一箱、入钱总簿一本。上报宪司，看他还敢拿出来吗？某县令如法行事，立即通报，自请处分。某县尉知道他的意图，恐怕牵连重罪，便悄悄把那本入钱簿毁掉了。

《妙香室丛谈》

书名。清·张培仁辑。张培仁，字少伯，广西贺县人。此书十四卷。有上海进步书局石印本、《笔记小说大观》本等。其中收有《显宦胞兄》《老妇巧骗》等故事。

显宦胞兄

古代诗对故事。见清·张培仁辑《妙香室丛谈》卷十二。

湖北有一个县尉是江南某显宦的胞兄，他常常对人讲：“我在江南，衙署中人们都称呼我‘大大人’，你们岂敢小看我？”有一位官员说：“足下有一副绝对，可知道吗？”这个县尉问他，他说：“我辈见大府则称卑职，足下见我辈又称卑职，足下不是‘湖北卑卑职，江南大大人’吗？”

老妇巧骗

古代骗子故事。见清·张培仁辑《妙香室丛谈》卷四。

苏某读书不成，就变卖家产赴京都谋事，希望得到一个小官。他穿上亲戚的华丽衣服，往来于酒楼、舞榭中，别人竟不知道他是个贫士。一次，有个客人告诉苏某，广东寡妇某太太很富有，丈夫生前是一个同知，她想招一个资职相当的人入赘。苏某暗暗高兴，便谎称自己刚刚丧偶，正打算捐同知，愿意一试。他拿出重金作彩礼，成为上门女婿，发现对方是个六十多岁的老太婆，还有一大家人的拖累，才知上当受骗，竟落荒而逃。

张某财运

古代奇遇故事。见清·张培仁辑《妙香室丛谈》卷十。

杭州张某游京师数年而无所遇，穷困潦倒，打算回去，却难于上路。他听说多旗杆庙神很灵验，凡是人们命中注定的财禄，都可以预借。灵验后用旗杆来酬谢，或者两根，或者四根，久而成林。张某前往祷告，晚上就梦见庙神来教他去神武门等候。醒来以后如言前往，一整天什么也没有见到。这样去了一个月，感到疲倦了。一天，到了中午，他饿得慌，就到饼店某师傅那里去吃饼，看见隔壁荒货店有铁象棋一盒，漆光黝暗。他一向爱好这个玩意儿，花几百文钱给买回去，刚进门就摔了一个马趴，盒子碎了，棋子撒落一地。有一两个棋子受损，露出黄颜色，仔细观看乃金棋子，外面涂上火漆。他称了一下，总共一百四十多两。他于是买上供品，赶到寺庙里面去酬神。

桐 城 张 翁

古代美德故事。见清・张培仁辑《妙香室丛谈》卷十二。

明末，桐城张某翁在后园锄地时，偶然发现一个坛子，里面装满白银，总共得到二十坛。他心想："我是个穷儒生，当此乱世，突然得到这么多银子，恐怕很快转为灾祸，愿意留下用在全境赈饥。"于是全部掩埋起来。进入清朝后，他教书终其一身。临去世时，他呼喊两个儿子到榻前说："我有遗志还未实现。后园埋银若干，留来赈济饥荒。桐城数十年风调雨顺，没有灾情。我死后，你二人应当遵守我的遗志，如敢妄动毫厘，就不是我的儿子。"二子殡殓完毕，便哭着发誓必定继承父志。他们又坚守二十多年，桐城遇到大荒，兄弟去县衙击鼓，说明前人遗愿。县令亲自去挖出坛子，一共得到十四万余两银子。县令立即亲自查灾，散赈发银，一丝不苟，桐城人对张家无不感颂。

巧 妙 脱 身

古代机智故事。见清・张培仁辑《妙香室丛谈》卷十二。

木工某一天出门看戏，他妻子在家与人通奸。木工回家，敲门很急。奸夫惶恐，不知所措，木工妻子慢慢穿上裤子，取来藤斗拿在手中。开门木工进来，她笑着把藤斗戴在丈夫头上说："你独自背着我看好戏，你也跳一个大头给我看。"木工以为妻子跟自己开玩笑，正要拿掉藤斗时，奸夫已经从他腋下冲出门去了。

董 生 得 妻

古代复生故事。见清・张培仁辑《妙香室丛谈》卷十三。

平湖董生，二十余岁，跟随舅父在山阳县衙学做幕僚。一天出游，在途中遇到一个美女，看着他微微一笑。董生便尾随她出城，到了僻静处的一间小屋。女子邀请他进去，里面只有一张床，他俩便交欢。有一个菜佣经过那里，看见董生伏在一具棺上作云雨状，知道已被鬼迷惑，连忙将他救醒，送回县署。他大病一个多月才康复。一天董生正在案上写字，忽耳中奇痒，从此再也听不到声音，治疗半月并不见效。有个傍晚，他在枕上忽然听到有悄悄的说话声："前一次野合，被人惊散。寻找你一个多月，如今有幸进入你耳中安身，我们可以终身相守吗？”细听是前一次遇到的美女，他大吃一惊，问道：“你为啥不出来一起谈笑？”美女说：“缘分未到。”他问何时才到，回答：“四月十八。”董生不知道那是什么意思，但从此每夜畅谈。过了三年多，美女对董生说：“你可以娶我啦。”董生说：“我家贫，如何娶呢？”美女说：“山阳某绅，只有一女，十七岁，貌很美，昨夜暴病身亡。你去对某绅讲，如肯将女儿嫁给你，你能够让她复生。某绅必定应允。你只要把耳朵挨在女子的口鼻间，我立即借她的身躯复生，与你结百年之好。”董生如言，果然得到妻子，而且耳聋也痊愈了。

修寺奇骗

古代骗子故事。见清·张培仁辑《妙香室丛谈》卷十三。

西湖一废寺，佛像露在座位上，寺僧只好拿芦苇席子盖上。他们历年来都打算修葺，可是没有施主愿意捐钱。某日，有一个人由许多仆从簇拥进寺游览，不断叹息，并且表示愿意资助修葺寺庙。过两天，便派人送来一千两银子，让僧人购买材料，招工修葺。他随即请十多个塑匠来，首先刷新佛像。一个来月，他们便将佛像刮洗干净，随后关门离去，从此杳无音信。一天，僧人打开殿门，在一个佛像的耳朵中发现一张纸条，写明这一座寺庙乃明代郑贵妃令某太监监造，十八罗汉三世佛，全是赤金涂成。佛像眉心的佛光都是东珠。这些我已经全部取走了，只留下侍者二尊，你们可以刮金修寺，可能还有剩余。僧人感到十分后悔。但是仍然按照他的话，刮下四百余两金子，兴修寺庙，使其焕然一新。

道人仙画

古代奇遇故事。见清·张培仁辑《妙香室丛谈》卷十四。

道光年间，常州杨某以卖菜为生，奉养年迈老母，让她衣食无忧。后来他的母亲生病去抓药，因为欠债太多，药店不肯给他。这时候，正好有一个衣著褴褛的道人经过药店，看见杨某的境况，便向药店索要一张三尺长的白纸，借来笔墨，画了一幅柳岸边一个老叟在船头垂钓的图画，题上“雪舟渔唱”四字，交给杨某，让他到西门外坐在三洞桥上卖这一张画，可以得到万钱，替母治病。杨某按照他的话前去，许久无人来问，心里很懊恼。他正打算离开时，忽然有一艘大船开过来，停在岸边。有一个贵官上桥观看这幅画，非常满意，就出高价把画买走了。

逼死孀妇报

古代报应故事。见清·张培仁辑《妙香室丛谈》卷十四。

某县令受贿三千两银子，逼迫一个寡妇改嫁。寡妇不答应，竟自刎而死。后来此人升为某省总督，刚上任时，下属纷纷递手帖禀见。其中，忽然发现某省城隍的名帖。此人非常惊骇，便让看门人一个个地单独传见。有一个官员进来，穿一件缺衣襟的袍子，他原来是城隍，对某总督说："此地不是谈话的场所。"他们一起到了一间僻静的房间对坐。城隍问他："你得贿逼嫁的事情已经败露，不知道这些贿赂是官亲、看门人得到了，还是你自已用了？"某总督一听，浑身冰凉，寒透脊梁骨，连忙回答："因为境况不好，我自已用了。"城隍怒喝一声，阴风振窗，纸声猎猎。城隍消失后，某总督已经毙命啦。

三　头　人

古代奇遇故事。见清·张培仁辑《妙香室丛谈》卷十四。

京师某地甚为空旷，据说常常有鬼，傍晚经过这里的人，心里面都惴惴不安。一个夏夜，天上下着蒙蒙细雨，有人穿一双木屐来到此处，看见对面有一个人过来，走近一看，那人竟有三个脑袋，吓得他大叫一声，猛然晕倒在地。"三头人"也狂呼，扔掉两个"脑袋"倒地。过了一会儿，行人纷纷围拢，把他们扶起来。这时候才发现，那两个"脑袋"原来是捧在左右肩上的两个西瓜。大家都忍不住笑了起来。

以伪盗为真盗

古代盗贼故事。见清·张培仁辑《妙香室丛谈》卷十四。

一天，有三个衣服华贵的客人来到某处一家典肆，自称是豪门家派来的人，拿出一张价值几千两银子的清单来，问店里是否有人来典当这些物品，并说："家主有一批珍宝被盗，命我们四处查访。我们住在某处，如果有人来典当这些物品，请速密报，一定将其擒拿。"他们留下那张清单后才离去。几月后，果然有一个大胡子和尚带着几个少年来典当物品，那些物品跟清单完全相符。典肆伙计赶忙去告诉衣服华贵的客人。他们又请了几个人一起来捉拿大胡子一伙，闭门而入。过了好一会儿才开门出来，大呼要把强盗送官，众人看见他们用门板抬着大胡子和尚，捆着几个少年蜂拥至河边，上船急速开去。众人看到典肆竟无一人出来，大伙进去寻找，最后发现店伙计都被捆绑起来，锁在一个房间里面。一问才知道捉盗者与被捉者全是强盗，他们已经把典肆的财物洗劫一空啦。

《见闻异辞》

书名。清·许秋垞撰。许秋垞，道光间海昌（今浙江海宁）人。生平事迹不详。此书四卷。有光绪四年申报馆仿聚珍板本、上海进步书局石印本、《笔记小说大观》本等。其中收有《桃花女斗法》《妖术害己》等故事。

桃花女斗法

古代桃花女斗法型故事。见清·许秋垞撰《见闻异辞》卷一。

周某与桃花女得到异人传授，都有法术。有一个乡人得罪了周某，于是打算谋害此人。此人知道无法挽回，便去叩求桃花女。桃花女说："明天某山的第七株竹子里面，有雄蜂飞出来，变为老虎吃人。你明天中午切勿出门。"此人连连点头。周某静候几天，都见不到此人，知道是桃花女给他道破了，就怀恨在心。立即请求媒人去诳桃花女，要娶桃花女为妻。桃花女也不拒绝。到了吉期，桃花女让四个老妈穿上红衣服，拿上箭与筛子，拿上藏宝镜，以避妖魔。否则，到周家门口就会遇到飞蛇。新婚之夜，周翁命新郎变蜂采花，以破此法。而新娘已经张蜘蛛网等待，蜂入洞房竟被蛛丝所缚，周某于是技穷。

妖术害己

古代法术故事。见清·许秋垞撰《见闻异辞》卷一。

宋术士去崂山学法术，回来后以卖卜迷惑人。某生参加乡试前去问卜，宋术士索要重谢，某生不给，于是怀恨在心。晚上某生在灯下读《易》，忽然从户外进来一个鬼怪，手持利刃向某生劈来。某生将《易》扔去，鬼立刻仆地，某生拾起来一看，竟是一个纸人。过一会儿又来一个鬼怪，某生仍然将《易》扔去，那鬼立刻倒下。到了四更，又来一个女怪，某生第三次将《易》扔去。他一共拾三个纸人，两男一女。从此鬼怪便绝迹了。第二天街上传说，宋术士家中晚上连死三个人，是他的二儿一女。据说他剪纸为人，托儿女的生魂以试法术。纸人不返回，则魂气无法归来。宋术士打算害人，却害了自己。

石人仙草

古代奇遇故事。见清·许秋垞撰《见闻异辞》卷一。

同里董氏兄弟以采薪为生，每一次都在石人湾休息。有一天董兄到此处时，忽然肚子剧烈疼痛，倒在石边。董弟马上回家叫嫂子前来，嫂子来后，董兄仍然痛哭不止。正在惊慌的时候，忽然看见石人身上落下一棵细草，香气芬芳，他们让董兄服下草汁，董兄立刻苏醒，而且力气比以前更大。后来他出去从军，竟升为武官，这时他才悟出是服食仙草的缘故。

侠客除妖

古代除妖故事。见清·许秋垞撰《见闻异辞》卷一。

河南某地有精怪在老百姓家里面作祟。遇到人家新婚，当天夜晚必定另外有人闯入洞房为非作歹，相沿已久，人们无法制止。有个侠客剑术神奇，去一个亲友家参加婚礼，庭院中陡然刮起一阵旋风。他知道妖怪来了，于是手握利剑隐身房内。他看见有一物从屋檐上飞下，顿时变为人形，正要入门时，立刻挥剑砍去，便有马头落地。接着又来一物，他挥剑砍死的竟是猪精。从此老百姓迎亲时再没有妖怪出现。

茅山学法

古代奇遇故事。见清·许秋垞撰《见闻异辞》卷二。

山东临清人苏甲去茅山学法，住了一个多月。有一个老妈妈私下里对他说："你如果再住几天，性命难保。"苏甲跪下求救，老妈妈说："庵里面的人多为妖术摄去人的灵魂，夜夜画符念咒，灵魂出来便不可救药了。你的席下有红绿线两条，就是凭据。世上有个樟柳神能够告诉人的吉凶，就是生魂的依托。你明天早上取线藏在辫子里面，头戴铁锅迅速逃离，便能够免祸。你可以捉一只公鸡，带一把小刀，归途中听到铁锅有响声，便把公鸡刺死放在锅上。"等到苏甲下山后，妖道立即放飞刀追杀，等到刀子飞回来，上面已有血迹，这才免祸。

卖画得珠

古代奇遇故事。见清·许秋垞撰《见闻异辞》卷二。

广东合浦县人陈某家里极为贫困，到了岁暮，越发过不下去。陈妻不得不把自己的嫁衣拿出来让丈夫去典当。陈某回家时看见一个少年携带一幅画换钱，陈某便用一千钱买下。回到家中，妻子见了立刻大怒，随手将画卷扔到地上，不料一下从画轴里面滚出十二颗大珍珠来。陈某拿去出卖，竟得到万金，从此脱贫。

篙入鬼圈

古代鬼怪故事。见清·许秋垞撰《见闻异辞》卷二。

有一年七月，船夫朱某停船在一处河边，闻听店楼上有纺线声。到了二更，纺线声逐渐断断续续，忽然看窗上有一个女子用彩绳作大大小小的各种圆圈。他以为是仙女降临月下，于是将船篙扔入圈内。橐然一响，破竹声如裂帛，才知道这个女子是一个寻找替代的吊死鬼。他赶忙上岸，去探问那一户人家，知道这个晚上夫妻反目，妻子寻短见，差一点误入鬼圈，幸亏朱某能够仿效渔民“拔篙”，能够把篙扔过去，才搭救了这个妇人。

闻笛动情

古代奇事故事。见清·许秋垞撰《见闻异辞》卷二。

扬州有一个女子喜欢弄箫，每到良夜，女子都要对月横吹。墙外常常传来悠扬笛声，仿佛闻声而和。女子暗想，吹笛者不知是何处佳郎，恨不能够一睹其风采。久而久之，她便相思成疾。家人请医生来诊视，服药并不见效。当医生探明病情后，随即让吹笛人到小姐楼下吹笛。女子闻声立刻披衣坐起，当她看见吹笛人面目可憎，才恍然大悟。于是她的病突然就痊愈了。

《雨窗消意录》

书名。朱克敬撰。朱克敬（1792—1887），名亦轩，字香苏，晚号螟庵、餐霞翁，兰州人。此书四卷。有上海进步书局石印本、《笔记小说大观》本等。岳麓书社1983年出版有排印本。其中收有《唐笑子》《郑堂体》等故事。

唐 笑 子

古代讽刺故事。见清·朱克敬撰《雨窗消意录》卷一。

唐某喜欢戏谑他人，大家称他为“唐笑子”。有一个塾师喜好讲无鬼，曾经说：“阮某遇鬼，哪有此事？都是生徒编造的流言蜚语。”唐某晚上在他的窗子上洒土，并且呜呜叫着敲打他的门户。塾师感到惊骇，忙问是谁，他回答：“我是二气之良能。”塾师吓得蒙着脑袋，不停地颤抖，让两个弟子一直将他守护到天亮。第二天他无精打采，躺在床上起不来，朋友来看望，他呻吟着说：“有鬼。”以后别人知道他的表现，他感到很惭愧，再也不坚持无鬼论了。

郑 堂 体

古代机智人物故事。见清·朱克敬撰《雨窗消意录》卷一。

郑堂会写诗，性格非常滑稽。太守的夫人去世，将要入殓的时候，死者却闭不上眼睛。郑堂自称能够为亡灵祝祷，因此高声吟唱道：“夫人一貌玉无瑕，四十年来鬓未华，何事临终含泪眼，恐教儿子着芦花。”吟唱完毕，太守夫人的眼睛就闭上了。太守因此以厚礼馈赠郑堂。过一些时候，皇上驾崩，全国举行哀悼。没过几天，太守在西湖上宴请宾客。郑堂闻讯立刻赶去，故意冲到太守跟前。太守感到愤怒，下令让郑堂写诗自责。郑堂接连书写了几个“苦”字。太守笑道：“你如今才知道苦吗？”郑堂继续写下去，成为一首诗：“苦苦苦苦苦苦天，上皇晏驾未经年。江山草木皆垂泪，太守西湖看画船。”太守见了吓出一身冷汗，赶忙派人把郑堂送走。后来，福建人便把这种诗歌的形式称为“郑堂体”。

疣太守

古代机智人物故事。见清·朱克敬撰《雨窗消意录》卷一。

纪晓岚喜欢跟同僚开玩笑，不少人都受到过他的捉弄。有一天，某太守到纪晓岚府上拜访，纪晓岚看见其人左边额头上长了一个疣，大如核桃，便故作惊讶地说道："您管辖的地方广阔，统领的僚属众多，您有这样的累赘，有碍观瞻。某处有一位郎中，能够治疗这一种疾患。考虑到这位郎中对技艺秘而不宣，不轻易给人看病，必得先赠送厚礼，慢慢告诉病情，才能够给您治疗。"某太守按照纪晓岚的话，前往某处求治。可是，他一看这位郎中的额头上长了一个疣，这才悟出被纪晓岚戏弄，就满心不高兴地回去了。此则故事又见《香饮楼宾谈》。

柳絮飞来片片红

古代柳絮飞来型故事。见清·朱克敬撰《雨窗消意录》卷三。

扬州有一个盐商在平山堂宴客，请金农坐在首席。席间，以古人的诗句为酒令。轮到某商，苦思苦想讲不出来。众客将要罚他，他说："有了，'柳絮飞来片片红'。"一座哗然，嘲笑他杜撰。金农说："此是元人咏平山堂的诗。全诗为'廿四桥边廿四风，凭栏犹忆旧江东。夕阳返照桃花渡，柳絮飞来片片红。'"众人都佩服他的知识渊博。其实，这是他随口吟唱出来替某商解围的。此则故事又见《香饮楼宾谈》《大清见闻录》。

《蝶阶外史》

书名。清·高继衍撰。此书四卷，续编二卷，成于咸丰四年之前。有上海进步书局石印本、广益书局石印本、《笔记小说大观》本等。大达图书供应社1935年出版有排印本。其中收有《虎口夺母》《巧对成趣》等故事。

虎口夺母

古代虎口救亲型故事。见清·高继衍撰《蝶阶外史》卷一。

柏乡余舍村农人赵某家贫，很孝敬母亲。一天他出去打水，他母亲到院落取柴火，有一只老虎突然进村，直跑到赵家。赵某回村，人们远远呼道："虎在你家，不要回去！"赵某急忙持柴担回家，看见老虎正衔着母亲过来，便奋力打击老虎。他家院子小，老虎不能转身，又因为衔着人，不能与他争斗。老虎便扔下赵母，将要奔去咬赵某。正好县吏率领健勇的兵丁来到，射杀了老虎。

巧对成趣

古代机智人物故事。清·高继衍撰《蝶阶外史》卷一。

纪晓岚对对联巧妙无比，往往信手拈来，出口成趣。有一天，副都御史陆耳山对纪晓岚说："刚才到四眼井去饮马，'四眼井'用什么才能对得上呢？"纪晓岚回答道："就拿阁下来对可以吗？"顿时，两人都会心地笑了起来。又有人对纪晓岚说："北京街上的招牌，如'祖传狗皮膏，秘制乌须药。''去风柳牙杖，滴露桂花油。''秋爽来学，冬季讽经。''精裱唐宋元明古今名人字画，发卖云贵川广生熟道地药材。'所有这些对联都已经听说过了，不知道书店的'老二酉'用什么来对？"纪晓岚回答道："你进正阳门的罗城（城墙外加建的凸出形小城圈）时，不妨到布伞上去看一看。"这个人不懂纪晓岚的意思。他走到正阳门那里，便见到算命的人在布伞上书写的"大六壬"三字，一下就明白了，觉得纪晓岚先生对得精妙无比。

船户妻

古代美德故事。见清·高继衍撰《蝶阶外史》卷二。

天津海河多海舶，洋货聚集。有个客商携重赀驾船往天津，两个洋商来议价，拖到夜晚，骗船户掉舟到空旷的地方，拿出刀杀死客商，瓜分了他的财物，给了船户二百两银子。船户如果不肯，就连他也杀死。船户便顺从了，携带着银子回家，已是四更时分。船户妻问银子的来历，他如实讲了。船户妻说："这是不义财，怎么能够收下？明日失主报案，必定会抓住洋客，你得了银子，必定不能免祸。不如带银子去自首，还可保身家。"船户舍不得银子，不肯去。船户妻说："我不甘做贼人的妻子。"于是大呼四邻，船户不得已，只好去自首。天明，失主也到了官府。官命令差役跟随船户去寻找洋客，立即擒获，使其伏法。官府认为船户深明大义，犒劳他花酒，并且赏赐他二百两银子。

三 和 尚

古代僧道故事。见清·高继衍撰《蝶阶外史》卷二。

宝坻城北宏福寺的三和尚，善拳勇，某家聘请他去守望。他自已说，少年时候曾经做强盗，发誓不采花，不窃善良，所以生平未破案。后来十八人一同到了关东，夜盗一户人家，登上高墙，推举一个技艺绝伦的人下去，杳无声息；又推举一个下去，仍然如此。到了三和尚，他素来执一个熟铜杖，杖首衔链，便先投杖下去，闻琅琅有声，已削去半段链子。群盗恐惧，如鸟兽散，三和尚便离去为僧。夏夜，他住宿在某家厅中，不关门，横放二凳，一搁脑后，一搁足根，中间空着，鼾声如雷。这家的小公子，戏用铁杖击他的肚子，膨脝作皮鼓声。微张眼睛，呵欠说："不要恶作剧。"又睡着了。这家有楼高数丈，前后有门。三和尚让小公子面北立门中，三和尚当面立，说道："你面向南。"小公子转身，三和尚已从楼脊跃过，又对着他的面。顷刻间，他已飞度几十次。他遍体伤痕，用手抚摸，肤内隐藏小铁丸无数。问他，他笑而不答。临圆寂时，他才说某年走关东，官兵合围，伙伴数人悉就擒，火枪如雨，自已的身上有数十处伤创，竟溃围出去了。以后每逢阴雨天，伤处都隐隐作痛。

捉 鸡 得 银

古代奇事故事。见清·高继衍撰《蝶阶外史》卷三。

某地粮店的一个伙计晚上看见一只大白母鸡率领一些小鸡，颜色纯白，谷谷飞起。他心想店里面没有这种颜色的鸡，就悄悄去抓起一只小鸡，紧紧握住。小鸡啄他的拇指，竟变为一锭白银大约十两。他被啄的地方不断流血，第二天伤孔流黄水，越发疼痛。他求医买药，把银子花光才痊愈。

阜 城 狐

古代奇遇故事。见清·高继衍撰《蝶阶外史》卷三。

阜城杜生在城南的一座废寺里面读书。夜有一个二十来岁的丽人进入他的房间，自言受到继母虐待，愿避此借住一夜。杜生拒绝，她说："我乃千岁狐，见你读书勤苦，聊以此相试。你是个正人，福寿绵长，我修炼将成正果，因与你前生有缘，愿为朋友。”于是常常与杜生往还，从不涉及私事。后来杜生乡试中举，接着又成为进士，狐女每一次都事先告诉他所中的名次。杜生做了襄阳令，以清廉闻名。遇到疑难案件，狐女预先为他查访明确。杜生坐堂，讯问两方犹如目击，一时名噪。后来他致仕回家，狐女便不再来了。

涿州狐

古代奇缘故事。见清·高继衍撰《蝶阶外史》卷三。

涿州某生未婚，貌美丰仪，在宿斋中读书。夜里有一个绝色女子揭帘入。女子自言为狐，与他有旧缘。某生贪恋她的美色，就接纳了。女子叮嘱某生谨言。某生素来文弱，自从与女子相遇，身体益发健壮，所以他俩往来三年，没有人知道。某生想吃什么，女子全都能够弄来。到了元旦，她送来雪莲二柄，非常难得。某生供在斋中，同学来贺，苦苦追问来历，某生无法隐瞒，不得不如实相告。客人去后，女子说：“常常叮嘱保密，如今你已泄漏，缘分尽啦！”某生留不住她，临别时她又说：“我已经为你物色一个佳偶，某处某人的女儿，可以去聘。”某生嫌那个姑娘其貌不扬，女子说：“老蚌生明珠，你不要以貌取人。”某生听了女子的话，把那个姑娘娶进来家门。后来生下三子，都以功名光宗耀祖。

扔帽骗靴

古代骗子故事。见清·高继衍撰《蝶阶外史》卷四。

一天，某人穿了一双新靴子在街上行走，突然有人揭下他的帽子，扔到房顶上。他回头看，不知道是谁干的，很不高兴地站在那里。有个人出来说：“你的朋友开玩笑，未免太过分。我肯帮助人，没有梯子，你踩在我肩上去取帽子吧。”某人觉得可行，就要爬上去。那人说：“你也太不通情理，想要帽子，也不能不顾我的衣服哇。脱掉靴子上去，不就干净吗？”某人便脱下靴子交给那人，然后踩肩上房去取帽子。那人趁机拿着某人的新靴子逃走了。

大花瓶

古代奇事故事。见清·高继衍撰《蝶阶外史》卷四。

天津古董店卖一个大花瓶，花瓶与人一样高，五彩斑斓，很长时间都卖不出去。某天，有一个人来问价，用五十缗（一千文为一缗）制钱把它买下。此人拿到街心，立刻用石头把花瓶击碎，观看的人非常多，大家都认为他神经不正常。一会儿他把花瓶底敲破了，掉下一块金饼，重约百两，立刻怀揣着得意扬扬地离去，众人无不惊骇。原来花瓶过高，非金子不能够稳定，花瓶乃前明的御用物品。

《墨余录》

全名《对山书屋墨余录》。书名。清·毛祥麟撰。毛祥麟，字瑞文，号对山，上海人。此书四卷。有同治庚午湖州醉六堂吴氏刻本、上海进步书局石印本、上海中华文艺社排印本、《笔记小说大观》本等。上海古籍出版社1985年出版有排印本。其中收有《温林氏》《狐仙驱贼》等故事。

温　林　氏

古代案狱故事。见清·毛祥麟撰《墨余录》卷二。

广东龙门县温某，娶同乡林某女。结婚才数月，林氏回娘家探望生病的母亲。温某送行至中途，温弟赶来说母亲忽然眩晕，让哥哥送嫂子回去后要少留。温某便叫弟弟代送一程。温弟送了五里路，林氏说："快要到娘家了，不需要小叔相送。"温弟便自己返回。几天后，林家派人来说林氏当日并未按时回家，特来相迎。可是在途中看见一具女尸，衣服鞋子是林氏的，但是没有脑袋。温家闻言很惊骇，只说林氏已送回去了。林家立即到县衙控告女婿杀妻。县令某拘温弟到堂审讯，加以酷刑。温弟受不了，只好承认逼嫂非礼，不从故杀，其头已被虎狼所食，无处寻找。县令据他的口供，便定案，将要上报。一位幕友素来很精细，阅卷后非常怀疑。他亲自下乡探访，听说有个麻子成，在林氏被杀那天，就不知去向。他回去告诉县令："此案必获麻子成，才能追根究底。人命关天，万万不可草草定案。不能让凶手漏网，死者含冤，倘若别案究出，恐怕大人难保此位。"县令立即派差役四出，秘密捉拿麻子成到案，一讯麻子成便服罪。麻妻马氏，素来凶悍，因此想杀掉她。那天傍晚路遇林氏独行，见她的身材和年岁，与自己的妻子相当，就拉林氏回家，杀死妻子，穿上林氏的衣服鞋子，藏匿她的脑袋而抛尸在路上，立刻挟持林氏逃遁。审理清楚后，便将麻子成法办，释放了温弟，而让林氏回到温家。

狐仙驱贼

古代奇事故事。见清·毛祥麟撰《墨余录》卷四。

松郡有一座试院楼，不是学使者到来，一般人不敢登上去。有一年，群贼攻陷松郡城后，就睡在试院楼上，他们夜间常常听到战斗的声音，一个盗贼从梦中惊起，竟堕楼摔死。群贼在那里煮饭，饭都发黑如墨。到了深夜，便看见城上有火把，照耀如白昼。他们怀疑军官夜间登城，便争相逃窜。群贼惊惶不安，竟弃城而去。后来当地的人说，这些都是楼中的狐仙所为，帮助赶走盗贼。

陈箍桶

古代异人故事。见清·毛祥麟撰《墨余录》卷四。

陈箍桶居住在浦江江边，以箍桶为业。他无论冬夏都穿一件僧衣，从来不洗涤，也不污秽。他常常游走在江浙一带，行踪不定，性情懒惰而好酒善睡。一天，他醉卧江边的沙滩上，大潮来后将他冲下，漂流五六里，他仍然熟睡，酣声不停，人们都认为他是神仙。有一年盗贼蜂起，乡里有母女二人被盗贼追赶，陈箍桶便把她们挟起来行走，盗贼紧紧追赶，始终赶不上。盗贼愤怒，便用火铳攻打，陈箍桶左右遮挡，母女毫发无损。他后来竟不知所终。

杨某免难

古代奇事故事。见清·毛祥麟撰《墨余录》卷四。

有一年，乡人杨某进城购物，回去时搭乘夜航。他已经上船，因为潮水未至，杨某便坐在船上假寐，忽然梦见有几个妇女穿着丧服号哭而来。杨某突然惊醒，知道是不祥之兆，立刻跳上岸去。当天晚上大风骤起，半路上翻船，全船二十几个人都葬身鱼腹，只有杨某一人幸免。

赝画涉讼

古代书画故事。见清·毛祥麟撰《墨余录》卷四。

荆州王生善于作古画，曾经画过《湘中八景图》来出售，说是沈石田的真迹。朱某花了两千两银子将它买了回去。后来，吴江一位张先生见了，就说是赝品。朱某非常后悔，要找王某退钱。王某不答应，便到县衙打官司。徐县令对朱某说："收藏书画乃雅事，因为书画打官司，太俗啦。你不知道前人的笔墨，假的居多。古今鉴赏家受人欺骗的过半，然而必定多方掩饰，自夸眼力过人。别人以为假，我独认为真。因为自愚即可愚人，此乃千古收藏家的秘诀。你想效颦却没有得法，岂不贻笑大方。况且仔细观看此图，笔意不比沈石田差。你在湘中得到此画，恰好是真山写一好景，又何必论其真假呢？试用我的话作跋，这一张画亦足珍重吧？"朱某听完欢跃而起，徐县令题跋后他就高高兴兴地回去了。

《金壶七墨》

书名。清·黄钧宰撰。黄钧宰（约1826—约1895）一名振钧，字宰平，别号天河生，清中后期江苏淮安人。此书共十九卷，包括《金壶浪墨》八卷、《金壶遯墨》五卷、《金壶逸墨》二卷、《金壶戏墨》一卷、《金壶醉墨》一卷、《金壶泪墨》二卷。有上海进步书局石印本、上海中华文艺社排印本、《笔记小说大观》本等。上海古籍出版社1995年出版有影印本。其中收有《某太守与幕友》《王氏兄弟》等故事。

某太守与幕友

古代官吏故事。见清·黄钧宰撰《金壶浪墨》卷三。

某太守好立名，而文字又不怎么高明。有一次府里考试文章，有人要给幕友行贿，希望拿到头名。某幕友知某太守不学又多疑，往往悄悄出来窃听。一晚阅卷，侦察到太守将要来窃听，他便拍案叹息道："佳文，佳文，太可惜啦！"便大声对另一个幕友说："你试看看，他在童子中竟这么有才。"一人说："刚才我已看过一百卷，偶有佳作，但像如此出色的文章，极少有能够同他匹敌的，作为第一名也当之无愧。”某幕友说：“这个绝不可以，听说此生家里很有钱。东人多疑，宁愿稍微压一压，我们不要蒙受恶名。把他放在三五名之间好吗？”一人说：“这话倒是很对，然而委屈此生啦。”某幕友说：“衡量文章的高下，责任在东人，我们谁知道！”某太守听完他们的话，随后就离去了。后来推荐试卷时，太守携带一份卷子出来，笑着说道：“你等目不识文吗？这一份试卷超过第一，却名列第四，这是为什么？”某幕友笑而不答。一个幕友局促不安地讲出缘由，某太守摇头说：“不对，不对。避嫌不是贤者所为，科第中难道没有富家郎吗？”某太守最后将这个童子选拔为第一，而幕友们却瓜分了八百两银子。

王氏兄弟

古代家庭故事。见清·黄钧宰撰《金壶浪墨》卷四。

新城王氏兄弟同居。甲妻李氏，乙妻陈氏，陈氏美貌贤惠，李氏妒忌凶狠，相貌也不错。王乙被土寇掠去，数年没有音讯，王甲与李氏共谋说：“乙久不归，估计已死。不如嫁了他的妇人，而且她有姿色可以得到丰厚的聘金。”他日让陈氏改嫁，陈氏誓死不从。从此以后便易为素服，事事谨慎。李氏对丈夫说：“不如与媒人商议，只要拿到许多聘金，强抬而去，还怕她不从！”王甲说：“很好。”城里面有一个富人，将要纳妾，以百金作为聘礼。王甲得到聘金后，私下与媒人商定：“陈氏不愿为妾，如果夜间进入，看见白饰髻发的人赶忙抬走，到城里再改妆，事情就办妥了。”到时候，王甲先出去，假装不知道。陈氏将要躺下，听到门外有喧扰声，又听到窃窃私语，知道有变故，急忙灭灯当时上吊。李氏闯入拽陈氏出去，陈氏不从，互相拉扯，两人的假髻都堕在地上。迎娶的人不断催促，匆忙间，李氏拾到地上陈氏的假髻，慌忙戴上就出来。众人看见髻发白饰，以为是陈氏，不容分说，立刻扶拽上轿。李氏呼喊有误，众人皆不闻。等进城换妆，李氏又自辨有误，富人举酒笑道：“这是搪塞的话，新人岂有误会。即便是误会，也不可反悔！”代她解开衣扣，便与她成婚。明日王甲回家，非常愤怒。陈氏最初不知道是什么缘故，后来才知道李氏误代自己了。王甲打算要回妻子，诈索富人许多银子，富人不应允。富人要告到官府，这个时候王乙竟回家来了。陈氏告诉家中的变故，夫妻相拥大哭。王甲听说王乙回家了，立刻弃妇逃遁，终生不敢再回来。

店主遇骗婿

古代骗子故事。见清·黄钧宰撰《金壶浪墨》卷六。

京城中有两个淮郡会馆，新馆本为客店。馆南的某姓是过去的店主，家道小康，有一子一女。曾经有个江南客人，说是县令引见到京城来的。他衣着豪华，有三四个仆人。一日，有个老仆找来叩头呈书。江南客人还没有读完便号泣失声，说是妻子产难亡故。店主一再劝慰，每提到他的夫人，他都哽咽不止。店主的女儿已到了出嫁的年龄，姿色端丽。媒人给客人议婚，客人不愿意，说道："先室亡故不到一年，怎么忍心提这件事呢？"店主越发敬重他。提了几次他才同意，择期入赘。过了一个月，他晨起忽然不知去向，衣箧钗钏全部丢失。急忙寻找，此人杳无踪迹。市中讨债的人，听到消息立刻跑来，统计一下不止千两银子，都说："他是你的女婿。不然，谁肯借贷给他？"店主找遍江南客人的箱子，空无所有，只存有铅锡数十块。店主于是卖屋代他还债，生活因此十分窘迫。

杖马破案

古代案狱故事。见清·黄钧宰撰《金壶逸墨》卷一。

有一个乡民进城，把马拴在茶店门口。他去东门回来，一看马还在，但是牙齿加长了，就以换马来污蔑主人，彼此争吵起来。福太守来到，询问是什么缘故，他俩各执一词。福太守便命令随从解开缰绳，用棍子打马，打到任它奔跑。这一匹马跑到某寺门外，便不走了。随从敲开门，乡民的马就拴在里面。福太守问乡民："两匹马相差多少钱？"乡民说："十千。"福太守说："你自己大意，妄诬主人，罚你一半，作为修路的费用。和尚的朋友盗马，吃板子。"

乡民卖草

古代案狱故事。见清·黄钧宰撰《金壶逸墨》卷一。

有个乡民挑草进城去卖，远道怕热，便把衣服脱下来塞到草中。他把草卖给李家后，才发现忘记取出衣服，连忙回去索取。李某说："刚才我只看见卖草，没有看见衣服。而且草放在厨房里面，你去搜寻，找不到衣服，我饶不了你！"

他们正在争执的时候，姚县令来了，便把他们带回衙去。姚县令先问乡民，再与李某闲谈，说乡民多刁顽，想讹诈别人。还没有讲完，李某袖子里面的烟管就掉到地上了。姚县令笑问："烟管的嘴子是象牙的还是玉石的？幸亏没有摔破。"于是要来看看，随手放在座位后面，仍然跟李某说阴晴，道丰歉，以及家常琐事。而姚县令的左右已经带着李某的烟管，从李某家中将乡民的衣服取来呈堂了。李某看见衣服非常错愕，不寒而栗。姚县令严厉地说："我以为你是好人，想不到会隐藏人家的衣服，反而诬陷他人。"立刻抽打李某十几鞭子，说道："烟管已经交给你家人了。"

取鼻壶

古代笑话。见清·黄钧宰撰《金壶戏墨》卷一。

浙江某观察是北方人。他一天上院去，忘了带鼻壶，命令仆人回去取。仆人是南方人，误以为便壶，许久才取回来，藏在身后，迟迟不敢呈上去。某观察操着北京话说："鼻壶来了吗？"仆人说："来了。"问道："为何不拿来？"仆人说："众人看到不雅观。"某观察感到愤怒，就骂他。仆人用双手呈上。说道："便壶在此。"在坐的人哄堂大笑。

《庸闲斋笔记》

书名。清·陈元其撰。陈元其（1811—1881），字子庄，晚号庸闲老人。清末浙江海宁人。此书共十二卷，包括前编八卷，后编四卷。有同治间吴氏刊本、宣统三年上海扫叶山房石印本、上海进步书局石印本、《清代笔记丛刊》本、《笔记小说大观》本等。中华书局1989年出版有杨璐点校本。其中收有《宰白鸭》《鞭笞"许仙"》等故事、笑话。

宰白鸭

古代案狱故事。见清·陈元其撰。《庸闲斋笔记》卷三。

福建漳州、泉州二府，历来凶杀案极多。富豪杀人，常出许多银子买穷人代替他抵死。虽然有廉明的官吏，也会受到蒙蔽，这就是所谓的"宰白鸭"。有一位官员在谳局时曾经审讯一桩斗殴杀人案。正凶是一个十六岁的孩子，被杀者的尸体上有十几处伤口，不是一人所为。而且他年幼，非力所能及。提审时听到口供与详文没有一点差异。再三开导，他才哭着说自己是所谓“宰白鸭”的。驳回县里再审，不久仍然与以前没有差别。再提犯人来审问，仍不肯翻供。臬使问他年纪轻轻怎么能够下此毒手，他说恨极了。定案后发回县里，最早审讯的那位官员在门口遇到他，就问他为啥要坚持原供，他说：“非常感谢大人。但是发回县里后，受到更加严厉的酷刑，求死不得。父母又骂我，‘买你的钱已经用光，你翻供不是要害父母吗？’我想进退都是死，宁愿顺从父母而死。”那位官员听了也为他流泪，于是辞去谳局的差事。

鞭笞“许仙”

古代笑话。见清·陈元其撰《庸闲斋笔记》卷八。

福建莆田县令秦某，正月在衙署内宴客演剧，演到《雷峰塔》许仙合钵出家时，秦某突然大怒，命令把许仙捉下来鞭笞。伶人喊冤道：“我是唱戏的，并非许仙。”秦某说：“我知道你是唱戏的，如果是真许仙就会把你打死。”一时传为笑话。

误打剃头匠

古代笑话。见清·陈元其撰《庸闲斋闲斋笔记》卷八。

一天太仓某县令正在审案时，有一个人突然上堂喊冤，控诉剃头匠的儿子忤逆不孝。某县令立即叫他出去。当他审案完毕以后，忽然记起剃头匠的父亲控告儿子忤逆不孝的事情，立即命差人把在衙署里面剃头的人捆来。某县令一见大怒，问道：“你为何对父亲忤逆不孝？”便下令打他一百板子。此人辩解说：“小人实在是早年丧父哇。”某县令这时候才恍然大悟，满堂书役听了都大笑不止。

偿　债　猪

古代报应故事。见清·陈元其撰《庸闲斋笔记》卷八。

某富人精于算计别人。有个乡人借了他十二千钱，还钱时忘记取回借约，这个富人竟再一次讨要，乡人不得不又还他十二千钱。十几年后，这个富人死去，而这个乡人生下一头猪。猪长大后，将要被宰杀拿去卖肉。头一天晚上，屠户梦见这个富人来对他说："我不该重收某乡人十二千钱，冥府惩罚我变猪还债。明天他请你去杀猪时，看见白毛而有黑花的猪，那就是我。请你去告诉我的家人，将我赎买回去。非常感谢你！"第二天，某乡人果然请这个屠户去杀猪，屠户看见猪的毛色与富人说的完全一样，就不肯杀。某乡人听到此事，又愤怒又高兴。他连忙去牵猪，呼喊富人的名字，猪立刻像人一样站起来啼哭。某乡人受惊倒地，病了一个月才痊愈。富人的儿子花钱把猪买回家去了，远近的人都听说过这个事。

《里　乘》

书名。清·许奉恩撰。许奉恩，字叔平，咸丰、同治年间安徽桐城人，生卒年不详。此书的今传版本有光绪初抱芳阁巾箱本（十卷）、《笔记小说大观》本（八卷）、扫叶山房丛钞本（四卷）本等。齐鲁书社1988年出版有文益人、齐文点校本。其中收有《旷园赵乙》《产鬼畏伞》等故事。

旷园赵乙

古代盗贼故事。见清·许奉恩撰《里乘》卷二。

无锡县城中典库后有旷园，超过十亩。一天忽然有一个壮夫扛一竿竹篙来找管事的，请求寄存在园中，定好日子来取。早上，扫地人赵乙见了，忙问竹篙的来历，管事的讲了，赵乙叹息不语。管事见了便问原因，赵乙说："小人一向流荡江湖，略知暴客号诀。此篙就是他们的信物，数节的多少，便知党羽人数。如今靠在园墙西隅，他们必由此处进来，不可不预防。"管事大惊，立刻去告诉主人。众人请求赵乙想办法对付盗贼。赵乙起初不肯，再三央求，他才数篙节，共三十三节，便说："贼数如此之多，非用计谋歼灭不可。"于是请求买豆数百石摊布在园中，约厚一尺，又买大瓮三十具放在墙下听用，主人如言部署。一夜，天月阴暗，赵乙对众人说："贼子今夜必定会来，我要一一歼灭他们。你们如果胆大不畏，请作壁上观吧。"赵乙让所有房间吹灭灯烛，自己带利刃潜伏墙角等待。过一会儿，竹竿窸窣作响，一个莽男子从竿上溜下，足踏豆上站不稳，赵乙暗中用刀剁下他的脑袋，掷进瓮中；没多久又下一人，照样剁下脑袋，接连剁了十余人。外面贼子因为墙内寂不闻声，顾虑里面有防备，一个狡猾的家伙跃登墙上观察许久，轻轻拊掌，内无应者，知道事败，立刻率领余党逃去。不久，东方渐明，赵乙招呼健儿们把贼尸放在瓮中，共计十六个贼子，全部抬到野外埋葬。主人大喜，厚犒诸健儿，免除赵乙劳役，特殊对待。那些盗贼竟不敢再来。

产鬼畏伞

古代鬼怪故事。见清·许奉恩撰《里乘》卷五。

乡民毕酉素有胆识。他的妻子怀孕临产，月夜赶墟回家。毕酉在路上遇到一女子蹒跚独行，同路数里，略不闻其鼻息，就问她为什么午夜独行，女子说："我是产鬼。前村毕家妇快分娩了，特去寻找替代。"毕酉大惊，暗中筹划如何制服她，佯笑说："此大好事，可喜可贺。"产鬼说："能够脱身就万幸了。"毕酉又问："你做鬼几年了？"回答："十三年了。"又问："为何这么迟？"回答："阴曹必计平生善恶以判迟速，所以迟至如今。"又问："求替亦有办法吗？"回答："有。凡产鬼喉间各有红丝一缕，将它縋入产妇腹中，拴住婴胞，不让它快下，又暗中抽掣，使产妇痛彻心髓，只要抽掣几次便丧命啦。"毕酉佯笑问道："这个办法非常好，不知道有法制止吗？"产鬼笑而不言。毕酉问了几次，才说："制止有法，但你切不可告人。产鬼最畏雨伞，以一伞放在户后，就不敢入房啦。"毕酉说："那么就没有别的办法吗？"产鬼又说："如不能入房，则伏在屋上将红丝縋入产妇口中，如果在床顶张一伞，就没有办法啦。"毕酉到家，妻子正难产，十分危急。毕酉立即拿一伞来放在户后，又张一伞在床顶上，不一会儿，婴儿便呱呱堕地，而妻子也平安。随后就听到空中有骂声，恨恨而去。毕酉听了偷偷发笑，并且对妻子详细讲述事情的经过。妻子随即遍告他人。后来凡是怀孕的人家，都如法预防，果然平安无恙。

父子同日合卺

古代父子同拜堂型故事。见清·许奉恩撰《里乘》卷六。

蜀中乡下有某生，幼时聘舅氏一女为妻。某生后从塾师读书，有一天过舅氏家门，看见该女独自在家，两人情窦俱开，调笑甚乐，便私通了。某生素来害怕舅父，担心女子有孕，竟别女而出，逃亡不知所往。后来女子果然怀孕，肚腹渐大，不能隐瞒，便向母亲吐出实情，于是使人告诉某生父母。某生父母仅此一子，因出亡正在担忧，闻女有孕大喜，连忙以礼迎过门，等待某生归家，再为成礼。某生出亡后，起初乞食到汉口，到一家典肆学生意。主人喜他勤谨，委派他做会计，大为信任。某生连年蓄积，不下万多两银子，又与人合伙开布店，特意回家省视。即到乡里，看见道上鼓吹喧天，车马拥挤，旁人说是某氏子亲迎。某生暗暗惊喜。早先将表妹迎过门分娩，生下一个男孩儿。长大后读书聪慧，与同里某富翁的爱女订亲，如今正好迎娶。某生到家，见宾客满堂，乃诡言从楚北来，替某生带回书信。他的儿子听说有父书，喜滋滋地出来问父书何在，某生笑抚其背说："儿不知道，我就是你的父亲。儿如不信，可呼你母出来相见。"儿子请母亲出来，某生赶忙上前作揖，母亲高兴地对儿子说："果然是你的父亲。"宾客听说后，交口称贺，连忙准备香烛酒醴，立即在当天让父子姑妇一同拜祭天地祖先，举办婚礼。此则故事又见《清稗类钞》《稀奇古怪不可说》。

甘肃某令

古代鬼魂故事。见清·许奉恩撰《里乘》卷八。

甘肃某令，精明干练，能探察长官的喜怒。曾经有多名巨盗，长时间缉捕不得，命令某令去捕。某令便与长官幕友商量，出资另外购买七人，申报上去塞责。长官听从幕友的话，便将七人处死了。某令一日从外归，忽心如刀割，痛不可忍。一会儿，大叫一声而亡。某令素来嗜饮茶，他的鬼魂忽然附在妾身上说："快烹好茶给我饮。我近来被七人所诉，受刑甚苦，你们赶快烧纸钱让我用，多多益善。"他又嘱妻妾等应如何奉养老母，如何教育诸子，所留下来的官资应如何经营生活。他一一处分完毕，便以手拊胸叹息道："我今日悔之晚矣！"众人审视其人的声音、言笑、举止，固然是某令。一会儿鬼去，妾苏醒过来，问她竟茫然不知。

巨石玉兔

古代宝物故事。见清·许奉恩撰《里乘》卷九。

浙江衢州某村王老媪，贫穷无依无靠，临溪搭一座草房居住，每天替人洗衣，以此为生。溪边有一方巨石，她在上面捣衣许久，石头便光润可鉴。有个江西大商贾经过那里，愿出千金购买这一方巨石。王老媪又高兴又惊讶，就不断加价。商贾说："我带的银子不够，等我从余杭多带银子回来，再商量吧。"约订好时间就离开了。王老媪担心宝物被盗，便请人将它运到床下，严加守护。到期，商贾匆匆来村，急问巨石所在。王老媪告诉他后，他不断顿足，连呼可惜，说道："我前日在数里外望见村里面有宝气，寻找到此，发现巨石中有一只活兔，能够吸日精月华，是稀世珍宝，所以不惜出重金购买。如今来此地，看见宝气已散，谁知道让你放在室内，不见三光，兔子必然饿死了！"王老媪还不相信，商贾立请石工削开，果然得到一只小玉兔，洁白无比。王老媪于是神丧色沮，自恨福薄。她将玉兔赠给商贾，商贾仍然给她一百两银子，作为养老的费用。

《香饮楼宾谈》

书名。清·陆长春撰。陆长春，字向荣，号瓣香。清末吴兴乌程（今浙江湖州）人。道光二十五年（1845）副贡。生平不详。此书二卷，成于光绪二年前。有申报馆丛书续集本、上海进步书局石印本、《笔记小说大观》本等。其中收有《南昌狱》《某甲子抢亲》等故事。

南 昌 狱

古代案狱故事。见清·陆长春撰《香饮楼宾谈》卷一。

江西南昌县某商，夜送客于门，看见有一个人拿着红毡包站立在庭侧。客人离去，此人已经不见了。某商怀疑是偷儿，便举烛寻找，找遍内外都找不到。忽然在厅角见红毡包，启开则是一个人头，血淋淋好像是新割的。某商大骇，连忙报告官府。官命令把头悬挂在竿上，招人识认。数日都没有人来认，亦没有报告杀人的。市人听到贡院中群鸦啅啅，好像在争物，知道必定有异常情况，便报告官府。开门进去，看见人肠盘绕堂柱，肝肺挂在庭中的树上，于是连头一起埋葬，而把某商关在监狱中。某商蹲监狱多年，案情始终弄不明白。某商重重行贿才得到释放，家产已经耗光啦。

某甲子抢亲

古代奇事故事。见清·陆长春撰《香饮楼宾谈》卷一。

某甲子聘某乙女，年长打算成亲。某乙索要许多聘金，某甲无法回应。后来，某乙女对未婚夫某甲子说：“我有一个姑寡居在某村，某天我去住姑家，夜里你将我抢去成婚，我父母也只好承认。”某甲子回家一讲，全家大喜。到了某天，甲就侦察到某乙女已去姑家，便驾船前往。谁知某乙女到姑家后，她姑因为与邻村的和尚有约会，就把某乙女赶回家了。当天晚上，姑与和尚脱衣上床后，突然有许多人闯进卧室，看见被子里面有人缩成一团，以为是某乙女，立刻裹起来背上船。他们打开一看，竟是个和尚，十分吃惊。当他们说明缘由后，和尚笑道：“这事不难。”便资助某甲子许多礼金，让他前去迎亲。

溺　犯

古代鬼怪故事。见清·陆长春撰《香饮楼宾谈》卷一。

施某在东洞庭山坐馆，携带一个儿子去自教。有一次，刚登船去渡湖，儿子就大哭起来，好像受到惊吓。他牵着父亲的衣服说：“快快回家，这几天不去了！”施某问他，他怎么也不肯讲。施某无可奈何，只好回去。到家后，施某问他看见什么啦，儿子说船里面的人都带了脚镣手铐，好像是重犯；船头站着一个人，拿着短棍子，好像是解差，面目狰狞。次日去打听，那一条船已经在太湖里面翻覆，船里面的七个人全部淹死啦。

清波门徐稳婆

古代接生奇遇型故事。见清·陆长春撰《香饮楼宾谈》卷一。

杭州清波门的徐稳婆，老于收生，凡有难产均能转危为安，应手立效。一日薄暮，有人来请徐稳婆，说道：“我家小主母临盆两日，而胎未下，很是危急，请姥速去。”徐稳婆仓促上轿，出城已昏黑，行走约数里，那人说：“到了。”入一巨宅，有个老翁对徐稳婆说：“黑夜相招，心里不安。”徐稳婆笑道：“我们衣食在此。十二时中生育不绝，谁家娘子能自主呢！”随即有婢女领入卧室，几个妇女衣饰华美，见徐姥入，共同相迎。只见一个少妇拥红绣衾，叠枕而卧，娇喘欲绝。徐稳婆以手入衾探摸，说道：“恭喜，是男胎，到子时即分娩。”于是从腰间拿出一个红纸包说：“这是催生良药，服下必有奇效。”煎饮后，不久便听到床上少妇宛转呼号，徐稳婆连忙解衣登床，替她收接。呱呱一声婴儿已坠地，举家相庆。床边有个紫衣妇人取来绣褓让徐稳婆裹上，然后一起出来，老翁一再称谢。立即令人摆上肉一碟、面一盘，没有别的食品。徐稳婆暗暗怪他们太简陋，而且味道又恶劣不好吃，勉强吃了一点。老翁送她大银两锭，仍然用轿子送回家。走到城外，还没有开城门。轿夫请徐稳婆歇一会儿，等开城门才进去。徐稳婆同意后，轿夫随即疾驰去。徐稳婆回到家中，一看所赠银子乃纸钱，大惊失色。她喉中咽咽作声，所吃食物一呕而出，面是蚯蚓，肉是癞蛤蟆。这才明白昨晚遇鬼了，病了很长时间才痊愈。后来遇到昏夜请她收生的，除了平素认识的人家，一概推辞不去，因为鉴于此次经历。

泰州冤

古代案狱故事。见清·陆长春撰《香饮楼宾谈》卷二。

泰州某媪家小康，夫死留下一女，到结婚的年纪时，让女婿入赘到她家。女儿夫妇对某媪很好。某媪有一个兄弟，是一个好饮酒赌博的无赖，常常向某媪要钱，稍不如意，动辄拍案骂她厚婿而薄己。一日，女儿早起，看见母亲的房屋门紧闭，呼喊不应，进去看见母亲已被人杀死，血流满地，十分惊骇而号哭，急呼夫婿去告邻里。共同来审视，不知是何人所害。某媪的兄弟来到，便说是她女儿夫妇所杀。告到官府，州牧王公拘捕二人来审问，二人称冤。严刑拷打，他们不胜其痛，便诬服了。女儿凌迟，女婿也论斩。邻里都知道他们冤枉，然而畏惧某媪的兄弟，不敢申诉。过了一年，六合县捕获强盗，招认了此案。官府因为杀人不劫财而感到怀疑，强盗说："刚入室行劫，被老媪抓住，不能脱，便杀了她。知道别室有人卧，恐被发觉，所以逃去。"六合令与州牧王公有关连，送书信告诉他。王公阴嘱六合令在监狱中弄死强盗，而隐瞒此事。然而他每想起此案，就神色沮丧，睡梦中好像有人披发叫号，来找他索命。没几个月，他便遇心疾而死。而某媪女儿女婿的冤情一直没有昭雪。

髑髅骂声

古代戏髑髅型故事。见清·陆长春撰《香饮楼宾谈》卷二。

有一次，广州乡人某带伞进城，在野外小便，看见路旁有一个髑髅，就尿到它口里面，还开玩笑问道："味道佳否？"髑髅张口说："佳！"乡人感到很恐怖，连忙拿着伞奔跑，仿佛有人在后面追赶而且连连呼喊："佳佳佳！"他更为惊骇，便跑进城隍庙躲避。他喘息许久，估计鬼已经远去，才出城隍庙门，又听到连连呼喊："佳佳佳！"他情急生计，就跑进一个店铺买杂物，讲好价钱，留下伞作抵押，说一声"我拿钱来取"便离去，鬼果然没有跟上来。到了晚上，店伙计看见乡人没有来取东西，就把伞放在那里。当天晚上，鬼声大作，骂道："为什么将秽物洒在我口中？伞放在你铺里，必然还要来拿。"店伙计百般说理，鬼怎么也不听。于是摆酒肴，烧纸钱，并且请僧人作佛事，替它超度，鬼才离去。

《虫鸣漫录》

书名。清·采蘅子撰。采蘅子，清末人，本名、生平不详。此书二卷。有申报馆丛书本、上海进步书局石印本、《笔记小说大观》本等。其中收有《甲乙涉讼》《典肆凶案》等故事。

甲乙涉讼

古代案狱故事。见清·采蘅子撰《虫鸣漫录》卷一。

山东某地百姓甲乙打官司，某乙败诉，某甲就到处夸耀。某乙气愤不过，就想杀了对方才甘心。正好某甲要去扫墓，全家人外出只留下幼女守家。幼女胆小，就约了邻女为伴。半夜，某乙翻墙进来，先杀了邻女，再杀死甲女，然后卷了钱财而去。某甲回家，以为遇到强盗，就去官府报案。官府悬重赏追捕，没有结果，事久渐渐怠慢，暂且放在一边。十多年后，某乙喝醉酒与人闲谈，提起某甲女凶案久久不能够破的事情。某乙说："不是盗杀，是我所为。"于是详细讲述了事情的缘由和当时的情状。后将他送官，于是追赃论抵。

典肆凶案

古代盗贼故事。见清·采蘅子撰《虫鸣漫录》卷一。

山东文登县有一个典肆，夜半一个盗贼挖洞从墙壁伸两足进来试探，店伙计抓住他，再让人绕出墙外去观看，这时那个盗贼的头已被割走。报告官府，县令见他们富有，就以擅自杀人的罪名拘捕了店中的人，而派十几个差役代为守店。三日后，贼大王尽杀差役，不取一物而去。原来盗贼来报复，不知所杀的并非店中人。而从洞穴进来的盗贼，是被同伙割去头的，恐怕人家认识。最初店里面的人被拘，都怨恨县令。等到差役被杀，店中人又很感激县令。

甲乙争妻

古代案狱故事。见清·采蘅子撰《虫鸣漫录》卷一。

某甲久住在外面，十年没有音讯，他的妻子及幼子十分贫困，便招某乙到家里面来。某乙经营成衣，携带资产上门来住，在门面上开了裁缝店，俨然是有妻有子的人。半年后某甲回来，看见门庭改易，不敢进入，访问原因后，便告到官府。官员传某乙对簿公堂，彼此都争妇人，官府不能判决。官员密令差役让妇人躺在门板上，盖上芦席，谎称某妇羞愤自尽，抬到堂上，告谕甲乙二人："妇人如今已死，你们谁愿领尸回去棺殓？"某乙说："我已养了半年，用费不少，眼下她的本夫已回来，我不能再埋死妇啦。"某甲说："我久客他乡没有音信，是我理亏，妇人改嫁是不得已，如今她已死，我愿意领回去入殓。"官员命他揭开席子，妇人无恙，便断令某甲领他回家，而将某乙赶出去。真是太巧妙啦！

姻缘颠倒

古代婚姻故事。见清·采蘅子撰《虫鸣漫录》卷一。

有一个富家女，已经订婚，又与他人私通。出嫁的那天，花轿已经到了，富家女突然生孩子不能够出门，她父母急得手足无措。正好有一个佃户的女儿来主人家贺喜，她的年龄与富家女差不多，主人便让她打扮成富家女前往，告诫她不得讲实情，而且不得跟新郎同寝。佃户女假装答应，进门就大哭："我不是你家新娘，新娘有外遇，今晚临盆，不能成亲，派我来代替。我因为家贫，不得已而来。如果让我拜堂成亲，我只有一死。"婆婆替她擦拭眼泪，仔细一看，她长得颇为端丽，便说："那个女子既然有丑行，我也不想让她做儿媳。你虽然家贫，但貌美且明大义。你既然进了我家，就是我的儿媳。"又立即让儿子与佃户女拜堂，当晚就成为夫妻。佃户女原先也已经受聘，夫家听说后就要去打官司。富家害怕家丑外扬，赶忙出重金平息此事。富家女一直找不到人家。过了许久，便嫁给佃户女原来受聘之夫。真是姻缘颠倒，也是奇闻。

贼窃缎

古代盗贼故事。见清·采蘅子撰《虫鸣漫录》卷一。

有一个织布缎的工人，携带两匹缎子，由于天晚来不及回到店铺，就住在家中。因为害怕被盗，夫妻二人便各枕一匹缎子睡觉。小偷躲在他家窃听，知道他们的用意，半夜偷偷进到卧室，等到他俩已经熟睡，便先把自己的手温热，然后再把手伸进被窝挑逗他俩，让夫妻二人做爱，趁机把两匹缎子偷走。他俩后来发现缎子不见了，才知道上当了，无比懊恼。

某武举与卖械女

古代武艺故事。见清·采蘅子撰《虫鸣漫录》卷一。

某武举力大无穷，能够拉开九石弓。一天，他遇到一个卖械女年轻貌美，技艺精湛。某武举与她交手断不能够取胜，然而格外喜欢她，于是重金聘娶。成亲的那天晚上，某武举问她："前天之所以敌不过，是因为我是硬功夫，你是软功夫。"卖械女说："那么我们再比试比试，你如果胜了，我做你的妾，我胜就做妻子。"于是躺着并拢两足，叫某武举来拌开。某武举竭尽全力都不能够动她的足一分一寸，便跪下来赔礼，以卖械女为妻。

武举女

古代武艺故事。见清·采蘅子撰《虫鸣漫录》卷一。

某武举精通武艺而无子，只有一个女儿，尚未出嫁，就把武艺全部传给她了。有一天晚上，一伙盗贼进入房间，她的女儿单独抵挡十几个盗贼，盗贼全逃走了。几天以后，盗贼又来了，先进来一个，武举女听到后又单独出来与他斗。那个盗贼边斗边退，来到房屋外面，群贼围攻上来，她渐渐体力不支，呼喊却无人应。几个盗贼拽住她的手足，盗魁将她奸淫后不取一物而去。报告官府后，群盗被捉，而盗魁始终没有落网。

肩 木 人

古代鬼怪故事。见清·采蘅子撰《虫鸣漫录》卷一。

乡人某住在河边，夏夜在门外纳凉，看见对岸有一个人扛着长木，不断审视某人。某人毛骨悚然，吓得赶忙进屋睡觉。他的寝室临街，有窗户。他的妻子入睡后，某人看见肩木人来到窗外，约他一同去看戏。某人恍恍惚惚起来，说是要换衣同行，便取草绳投环。肩木人说："这一件衣服不好，需要换好看的。"某人于是换一根结实的绳子上吊。他心里突然稍微明白一点，便对妻子喊道："你安居，我去啦！"妻子感到他的话很奇怪，赶快起来，看到他正要上吊，急忙救他，过了许久才苏醒。稍微安静后，他俩又睡下。不一会儿，某人惊呼："他从窗户中捅进长木击我！"说完，就掉到床下。他妻子大呼，邻居们都赶过来，鬼立刻离去，某人这才平安无事。

承恩寺假王爷

古代骗子故事。见清·采蘅子撰《虫鸣漫录》卷二。

金陵承恩寺屋宇深邃轩敞，是最好的寓舍，不是富贵者不能够租赁。有一年，一个人带了七八个仆从，到承恩寺租赁房屋。看样子是个显贵，私下里问他的仆人，都回答是商人。几天没有动静，也没有人与他来往。只是他的仆人天天骑马出去，也不知道在干什么。一天，他的厨子拿大秤去市场上买肉，因为秤大无法买卖而与商家吵起来，正好他的仆人骑马经过，就下马抽打厨子，并且说王爷且不露声色，你竟如此张扬，让王爷知道，你必死无疑。于是，全城轰传开来。当道者都去承恩寺拜谒，其人拒不收纳，说是误传。府县以上的官员无不送上特别丰厚的礼金。其人一再推辞，仍不肯收下。但因天色已晚，担心下人拿回去有失，便叫他们先存放在此，明天请主人自己来取。等到第二天来看，室宇空荡，门户洞开，那些人已经不知去向。他们是何时离去的，连承恩寺的僧人也没有察觉。

贼 中 隐 语

古代盗贼故事。见清·采蘅子撰《虫鸣漫录》卷二。

有一次，六合县的一些士子结伴同去金陵参加乡试。他们停船在河边，有一个盗贼上来偷窃被捉。他们让盗贼说出贼中隐语，用笔一一记下后才放走盗贼。众士子常常以贼中隐语为戏。一日同入金陵一家酒店饮酒，以隐语相欢笑，竟被十多个捕役发现。正打算围捕他们时，众士子赶忙向捕头作解释，捕役这才散去。

江宁某令

古代奇事故事。见清·采蘅子撰《虫鸣漫录》卷二。

一日，江宁某县令经过街市，闻听茶肆中有人说："县令是个好官。"旁边一人笑道："他如果好，就应当替我穷人娶妻。"某县令听到后，立刻唤他跟着进县衙，升大堂呵斥道："你如此讲话，必定是平日不习正务好淫之辈，我要将你的淫根割去！"立刻命令差役脱去他的下衣，准备割他的下物。当时观者千百，听了便轰笑起来，县令发怒说："有何可笑！"立刻命令关闭衙门，问众人道："你等扰乱堂规，到底愿责愿罚？"都说："愿罚。"乃命把门开一道缝隙，放人鱼贯而出，凡身上携带银钱，均命倾囊，无钱者则放过。一会儿人都走光了，所留银钱大约一百缗，某县令当即交付那个笑者，问他："够你结婚的费用吗？"那人叩头感谢，带钱而出。

夺妻之约

古代机智故事。见清·采蘅子撰《虫鸣漫录》卷二。

有一个富人想跟仆人的妻子私通。这个仆人非常狡猾，就让他的妻子故意勾引主人，但是始终不让主人得手。主人急了，只好听任摆布，按约好的时间去到仆人家中，刚刚解开衣服，仆人便闯进屋里。主人十分惊骇，而仆人却毫无怒容，对主人说："何必这样呢，我正以妻子为拖累。主人赏赐我三百两银子，我就把她送给你做妾，但是先交欢不行。今天晚上给银子，彼此写好契约，明天中午打扮好送过去好吗？"主人高兴极了，立刻如数付银子，立约回家。他心里快乐，酣睡到中午才醒。那个仆人四更天便携带着妻子逃遁了。主人亲手书写的夺妻之约已经在仆人手中，他只有饮恨而已。

《夜雨秋灯录》

书名。清·宣鼎撰。宣鼎（1832—1880），字子九，又字素梅，号瘦梅，又号懊侬，别署香雪道人、问香庵主等，安徽天长县人。二十七岁移居上海，一度从军。三十一岁入当道幕，司笔札，后出游，在江苏、山东为幕客。四十二岁解馆，几年后在苏州相继完成《夜雨秋灯录》的正录和续录。《夜雨秋灯录》正录八卷、续录八卷，共二百三十篇。有光绪六年申报馆丛书本、上海进步书局石印本、《清代笔记丛刊》本、《笔记小说大观》本等。上海古籍出版社1987年出版有恒鹤点校本，时代文艺出版社1987年出版有宋欣点校本，黄山书社1999年出版有项纯文校点本。其中收有《应声蓝面鬼》《古铁剑》等故事。

应声蓝面鬼

古代鬼怪故事。见清·宣鼎撰《夜雨秋灯录》初集卷二。

有一个晚上，某公正在挑灯夜读，忽然听到房梁上窸窣有声，抬头看见一个巨大的蓝面鬼跳了下来，站立在书案旁边，目光闪烁。某公笑顾巨鬼许久，仍然朗朗诵读，鬼也诵读，有如应声。某公于是改讲《易》乾卦，鬼仍然应声。但到“地道光也”句，鬼忽然不见。某公便掩卷就寝了。他后来将此事告诉同僚，也猜不出有什么用意。某公竟在道光元年死在任上。

古 铁 剑

古代宝物故事。见清·宣鼎撰《夜雨秋灯录》续集卷一。

歙县某生从事篆刻，得到家传，然而刻玉却没有利器，深为抱憾。有一次，他去游扬州，花二百块钱买回一方古铁，削玉如泥，可是笨拙无锋芒，不能够使用。他请了无数冶炼师改为铁笔均告失败。后来，他听说杭州西湖边有一个老叟可能有办法，立即前去寻访。某生果然找到这位老叟，老叟提出需要二百两银子的工钱。他感到实在太昂贵，老叟又不肯减少，他只好离去。三年以来某生竟无一遇，最后不得不再来请求西湖老叟，答应如数付酬。老叟收到二百两银子的工钱后，先后找来许多女乞丐，一一替他们梳头，梳下大量发垢，将其涂在古铁上，然后放到火中烧炼，再涂再烧，反复十几遍。最后古铁忽放五色光芒，发出奇响，断为三段，取出锻炼成为“切玉”“断金”“镌云”三把利刃。某生带回家试刻玉石，无坚不摧。由此门庭若市，远近闻名。

计 断 贼 头

古代抗暴故事。见清・宣鼎撰《夜雨秋灯录》续集卷三。

真州陈女逃离家园去大仪姐姐那里讨生活。她走入江边的芦苇丛中去解手，不料被一个盗匪的头目捉住，要强奸她。陈女待贼目解开衣裤打算施暴时，一下搂住贼目滚入江中。陈女素来善泅，当即用力将贼目按在水中淹死，再拿刀砍断他的脑袋，取下他腰间缠的财物而去。

周氏妇除贼

古代马曳贼亡型抗暴故事。见清・宣鼎撰《夜雨秋灯录》续集卷三。

盗匪来时，大足周氏妇让丈夫先领着子女逃遁，自己收拾好物品，带一把利剪随后跟出，由小道前行。一骑马贼目发现了她，扬鞭追来，打算强暴她。周氏妇并不畏惧，佯笑相迎。贼目将她推倒在地，正要奸淫她时，她笑着说：“你与我苟合，马跑了怎么办？你不如把缰绳拴在足上，然后就可以为所欲为。”贼目觉得她讲得有道理，于是照办。周氏妇立刻将剪刀狠狠刺入马腹，马因为剧痛而咆哮狂奔不止，竟将贼目活活拖死。周氏妇连忙整理好衣服，再上路去追赶丈夫和子女。

山 东 某 守

古代官吏故事。见清・宣鼎撰《夜雨秋灯录》三集卷一。

从前某甲乡试只中副榜，因家贫便外出谋生。雨天他来到山东，听说某太守是由举人出来做官，虽然籍贯不同，但都是乡试出身，便投递名片去请求帮助，名片上面用了“同年”的字样。某太守一向为人刻薄，就在他的名片上写批语道：“乡榜认同年，本省可，隔省则不可。”某甲羞愧而去。不久，某甲入营参加军务，经人举荐得官，当了浙江某县的县令。上任不长时间，山东的某太守被革职回到老家，而他正是此县人士。此人有一个兄弟，差一点把别人打死。某甲对其人蛮横无理非常愤怒，便派遣差役去将其人绑起来。原来的这个太守没办法，只好递名片要来拜访某甲，乞求宽恕。某甲也在他的名片上批道："绅士说人情，现任可，卸任则不可。"

温郡太守被骗

古代骗子故事。见清·宣鼎撰《夜雨秋灯录》三集卷一。

蒋中丞为浙江巡抚时，察访到官民中的不法者，都严加惩罚。温郡有一个太守为官不正，闻风丧胆。有一天突然来了三个操北方口音的人，住到府衙附近。太守升堂，他们必定去看，平时常与馆人谈论太守的是非曲直。馆人觉得奇怪，就秘密向官府报告。等三人出去，太守便派人去搜查他们的行李，得到中丞访牌一道，凡是太守私事都记在内，还有致永嘉令一函。太守越发恐惧，连忙秘密商量，打算重重贿赂他们。三人回来，发现行李被翻过，就说："秘密已经泄露，何不离去。"于是去雇船。馆人飞报太守，太守立刻让永嘉令一同上船表示歉意，特地送去柑橘四桶，其中藏满银子。后来这一位太守去省城拜访，探明蒋中丞并未派人赴温郡，才知道那些银子已经落入骗子手中，却不敢吭声。

呆仆遇骗子

古代骗子故事。见清·宣鼎撰《夜雨秋灯录》三集卷一。

有人乘船带着仆人去拜访亲戚，船到岸后，他对仆人说："我先去亲戚家，你收拾好行李，搬到船头，我派人跟你一起去。"仆人遵命，就坐在船头等候。此时有一个人提着竹篮，里面装有几斤米，到河边上淘米，笑着对仆人说："在这里停船需要小心。昨天我看见有一只船也这样停泊，有一个盗贼也这样登船。"说着便跳上船，一边背他的行李，一边说："船上也有一卷行李，盗贼也这样窃取，这样登岸。一下船竟背着行李跑啦。"仆人笑道："此人太呆，丢弃自己的米，替人扛行李做啥？"船夫说："此人一去不回来，恐怕是骗子哟。"仆人醒悟过来，急忙去追赶，已不知去向。

误　　会

古代骗子故事。见清·宣鼎撰《夜雨秋灯录》三集卷一。

有一次，某儒生去参加岁试，船到岸后，他把行李放在岸边，还没有讲好脚力的价钱，姑且坐在行李上等着。忽然有一个衣冠楚楚的人来对他作揖，问道：“兄台从何处来？”某儒生细看彼此并不认识。来人说：“误会！”赔礼不安而去。某儒生退坐下去，竟仰后倒地，才知道行李已经被人抽走啦。

某 广 文

古代官吏故事。见清·宣鼎撰《夜雨秋灯录》三集卷一。

某学府有一个广文（儒学教官），年老而性贪，诸生都厌恶他。正好有一个年轻有为的学使来视察，其人非常不喜欢遇白胡子的下属，往往会罢免他们。所有须发斑白的人听说他要来，无不闻声恐惧。此广文遍求乌药，又不肯解囊，便硬让诸生替他寻找。有一个学生说：“门生的亲戚在广东为官，有好乌药，名‘透骨丹’，初染色红，再加涂抹，就色如明漆，泽润有光，真是无价之宝。门生感谢恩师，只分得少许，敬以奉赠。”某广文大为喜悦，便接受下来，如法试验，一染而红，再染而绛，三染而紫赤色。他越洗越鲜明，俨然如道观中所塑的祝融像，见者莫不大笑。他到处寻找门生，已不知去向，因此被罢免回家。

《三借庐笔谈》

书名。清·邹弢撰。邹弢（1850—1931），字翰飞，号酒丐、瘦鹤词人、潇湘馆侍者、司香旧尉，江苏金匮（今无锡）人。曾在苏州为官十余年，后定居上海，任《苏报》主编。此书十二卷。有上海进步书局石印本、《清代笔记丛刊》本、《笔记小说大观》本等。其中收有《僵尸鬼》《求雨联》等故事。

僵 尸 鬼

古代鬼怪故事。见清·邹弢撰《三借庐笔谈》卷一。

邹某外出访友，迷路住宿在一个破庙中。三更时分，月夜如昼，他看见一个青衣女子从廊下出来，向月膜拜，然后手拿一个物件出门去了。他心知遇鬼，也不畏惧，便走到东廊去看。只见一个棺材的两头后板掉在地上，才知道那是一个僵尸鬼。于是跟着走出寺庙，看见僵尸鬼有得意表情，便捡起瓦片扔过去，砸在鬼的头上。鬼反追回来，邹某立即奔跑到庭院中，翻墙而出，鬼受阻过不去，便在墙内吓唬他。他又用石块击鬼，相持到天明，僵尸立刻倒地。邹某告诉他人后，就把僵尸焚化了。

求 雨 联

古代诗对故事。见清·邹弢撰《三借庐笔谈》卷三。

道光年间，某地大旱。该县县令是个捐官，到一个寺庙去求雨，许久都不见下雨，人心惶惶。按照惯例，凡是求雨，官不动刑，到了冬天征粮，民间就会以歉收为由拖欠，便难清缴。县令每日动刑频频追缴，血肉狼藉。某生悄悄书写一副对联在堂上："血板比银漕，上干天怒；白衣求雨水，聊慰民情。"非常尖刻。

鬼 寄 书

古代鬼魂故事。见清·邹弢撰《三借庐笔谈》卷五。

胡某原来与蒋某友善，因为蒋某做了一个县令的长随，胡某颇为鄙夷，就断绝交往了。几年后，他们在路上相遇，蒋某衣着华丽，邀请胡某进酒店饮酒，频频道歉，并说自己已经不做门客了。随即托胡某给他带一封信回家，然后匆匆离去。胡某将蒋某的信函带到他家，看见蒋某的妻子穿着丧服出来，说道："伯伯不是弄错了吧，我丈夫已经亡故三年啦。"胡某更感到疑惑，便代拆那封信函，只见有一行楷书："官如此，吏如此，民亦如此，可以不如此。"果然是蒋某的亲笔。大家都十分惊异。

陈 阿 尖

古代咬奶头型故事。见清·邹弢撰《三借庐笔谈》卷五。

无锡陈阿尖从小学会偷窃，而他妈却感到高兴。长大后，他又学了拳棒和轻身术，到处行窃，几年后他家便富裕起来。他曾经在一个雪夜前往苏州，一晚上便盗窃两千两银子回来，藏在某一座坍塌的桥下。天未明，就故意去偷窃卖浆家的铜具，被送到县衙受到惩罚。苏州人失窃报案，虽然怀疑陈阿尖，因为那天他在无锡卖浆家犯案，而未予追究。陈阿尖去到外省，在海盐县一个富豪家中行窃时，被他家的一个非常有功夫的少女捉住。陈阿尖知道无法对付，遥见楼后有一个窗户没有关上便乘其不备，耸身逃遁，竟被少女踢了一脚。陈阿尖感到臂上奇痛，连夜回家，医了几个月才痊愈。然而他盗心不改，以致落网。县令因为他犯案太多，便严加惩处。临刑前，他要求衔母乳，竟将母亲一乳咬去，愤恨地说："如果早早勉励我走正道，何至于此？"此则故事又见《清朝野史大观》《大清见闻录》。

女鬼附体题绝句

古代诗对故事。见清·邹弢撰《三借庐笔谈》卷六。

浙江某生风流好色，勾引邻居的一个女子，使她有了身孕。她无脸见人，竟上吊自杀。后来某生去参加考试，他已经交卷了，又返回号房若有所思，忽然大哭不止。女鬼附体使他在墙壁上题写两首绝句揭露自己的劣迹，然后出号房就狂叫而死。

破庙诗丐

古代奇人故事。见清·邹弢撰《三借庐笔谈》卷六。

有一年从南方来了一个乞丐，每天到街上去一回，然后回到一座破寺庙去住宿。他不言不笑，别人施舍他就接受，如果对他态度不好，他就反目相向。如果得到足够一天的吃食，他便回去，多一点都不要。别人看见他不贪心，对他颇为尊重。有一天，他忽然在街市上作各种表演，一群小儿围着他跑。他口中狂歌，还在寺庙的墙壁上题诗，墨迹淋漓，笔势飞舞。几天后，再也找不到此人的踪迹，才知道他是一个奇士。

朱烈妇

古代烈妇故事。见清·邹弢撰《三借庐笔谈》卷十。

丹阳一个姓朱的妇人，丈夫出远门做生意，家里面只有一个小姑和一个夫弟，都年轻。盗贼来到后，把他们都俘虏去了。中途，盗贼杀死了小姑，她夺刀与盗贼格斗，把盗贼杀死。一会儿许多盗贼围上来，她还杀死一个盗贼，砍断一个盗贼的胳膊，因为寡不敌众，便举刀自尽，血喷贼面。她如此壮烈，十分令人敬佩。

某县令判事

古代案狱故事。见清·邹弢撰《三借庐笔谈》卷十二。

江苏某县有一个贫苦乡民借来大洋进城兑钱，买粮食供养老母。钱庄的伙计对乡民说："你这个是'轻头'，少一分半，必须减少六十文。"原来这是钱庄赚钱的名目。乡民说明情况，苦苦哀求，钱庄伙计不为所动，立刻把大洋扔到街中间，这时候县令正好经过此地，他看见了连忙询问。钱庄伙计说："乡民以轻洋来强兑换，扰乱生意。"乡民则向县令报告缘由，说明不是扰乱。县令发怒说："你实在可恶。洋钱既轻，就应该自己减价。如今每一个洋钱重七钱三分，轻一分半减六十，则每一分价四十文。四七二千八百，三四一百二十，除去六十，共得钱二千八百六十文。你还不可以兑换吗？"立刻让差役打他二十下，以洋钱在钱庄上兑换，令乡民拿两千八百六十文回家。又对钱庄伙计说："你们做生意，不要吃尽用光啊！"然后呵道而去。人们见了无不称快。

《笑笑录》

书名。清·独逸窝退士辑。此书是光绪初年的一部颇有影响的笑话故事集。其编辑工作历时三十载，选取上自唐宋，下迄清末200余种著作与报章。全书共六卷。有上海进步书局石印本、《笔记小说丛书》本、《笔记小说大观》本等。20世纪八九十年代岳麓书社、浙江古籍出版社、齐鲁书社、时代文艺出版社等出版有排印本。其中收有《鸭食驴》《告荒》等笑话、故事。

跨鸭而归

古代跨鸭归去型故事。见清·独逸窝退士辑《笑笑录》卷三。

有人骑驴访友，过中午还没有吃饭，他到朋友家说了情况。主人说："刚吃完饭，没有菜肴佐餐，怎么办？"说话的时候就听到鸭子在里面叫，客人知道主人吝啬，立刻说："没有菜肴，不妨宰杀我的驴来下饭。"主人说："如果吃了驴，你怎么回去？"客人说："刚才听到鸭叫，我可以借你家的鸭子来骑回去。"说完相互笑了一笑。

告　荒

古代报荒减粮型故事。见清·独逸窝退士辑《笑笑录》卷四。

有人到官府报告灾情，官问他："麦收多少？"回答："三分。"又问："棉花多少？"回答："二分。"又问："稻收多少？"回答："二分。"官发怒说："一年有七分收成，你还来捏造灾情？"其人对答道："我活了一百几十岁，实在没有见过如此的奇荒。"官问他怎么会一百几十岁，他说："我年七十多，长子四十多，次子三十多，合起来算一下，就有一百几十岁呀。"此言一出，哄堂大笑。

尹字谣

古代诗对故事。见清·独逸窝退士辑《笑笑录》卷四。

顺治中，尹某得罪了人，有人便作《尹字谣》嘲弄他："伊无人，羊口是其群，斩头笋，灭口君；缩尾便成丑，直脚半开门；一根长轿杠，杠个死尸灵。"

苏州笑话

古代诗对故事。见清·独逸窝退士辑《笑笑录》卷四。

秀才与光棍、经纪三人在一起饮酒，各人以自己的志向行酒令。经纪首先说："妄想心，妄想心，但愿西太湖变了密淋禽，每斤卖二十文。"其次光棍说："妄想心，妄想心，但愿沈万三打死了人，我要诈断他脊梁筋。"秀才最后说："妄想心，妄想心，但愿低试官射瞎了驴眼睛，拿我个屁文章圈满了考第一名。"

不吃鸡卵

古代笑话。见清·独逸窝退士辑《笑笑录》卷六。

有个南方人不吃鸡蛋，刚到北方吃早点，店伙计问他吃啥，他说："有好菜吗？"回答："有木樨肉。"等到送上来一看，是自己不吃的。他害怕别人笑话，并不明说，只问："另外有好的吗？"回答："摊黄菜好吗？"客人说：

“很好。”等到端出来，仍然是自己不吃的，他只好说已饱。仆人对他说前途很远，恐怕要饥饿，他说：“如此，只吃一些点心可以。”就问：“有好的吗？”店伙回答：“有窝果子。”客人说：“多拿几枚来。”等到取来，仍然是自己不吃的鸡蛋。他又羞愧又愤怒，便忍饥而行，因此疲惫不堪。

痴人说梦

古代笑话。见清·独逸窝退士辑《笑笑录》卷六。

有个痴人早上起来问婢女：“你昨天夜里梦见我了吗？”婢女说没有。痴人很生气，大骂道：“我在梦中分明看见你，你为啥不承认！”于是跑到母亲那里去说：“这个傻丫头该打，我昨夜梦见她，她却说没有梦见我，真是岂有此理！”

童生对

古代诗对故事。见清·独逸窝退士辑《笑笑录》卷六。

某个童生年纪已有八十，学使问他所读的经传，他竟大多记不住了。有人嘲笑他说：“行年八秩尚称童，可云寿考（高寿）；到老《五经》尤未熟，不愧书生。”

未冠诗

古代诗对故事。见清·独逸窝退士辑《笑笑录》卷六。

某一年县试，有个七十岁的老人入场，作“未冠（不满二十岁）”题。有人写诗嘲笑道：“县试归来日已西，老妻扶杖下楼梯；牵衣附耳高声问，‘未冠’今朝出甚题？”

县令记误

古代诗对故事。见清·独逸窝退士辑《笑笑录》卷六。

有一个县令上任后，发签让差人去捉拿北门外的剃头匠，杖打四十板。剃头匠不知道犯了什么罪，便叩头请示。县令说：“某年某月某日，我在你家剃头，受到你轻慢。”剃头匠说：“大人并没有到过小店。”县令恍然大悟，说道：

“误会啦！”于是赏一千钱把他打发走了。原来县令在家时，曾经受到过北门外剃头匠的侮辱，一时间传为笑柄。

园 门 对

古代诗对故事。见清·独逸窝退士辑《笑笑录》卷六。

某县令罢官回家，修建了一个园子。落成的那一天，有人题写一副对联贴在门上：“造成东倒西歪屋，用尽贪赃枉法钱。”

《嘻谈录》

书名。清·小石道人辑。该书是清末最有分量的一部笑话集。分为初录与续录，各二卷，总共三百五十六则。有光绪八年刻本、光绪十年刻本、光绪间石印巾箱本等。时代文艺出版社1996年出版有排印本。其中收有《先生妙喻》《萝卜对》等笑话、故事。

先生妙喻

古代先生妙喻型故事。见清·小石道人辑《嘻谈初录》卷上。

一乡下训蒙先生在馆时遇雨，东家派长工持伞送他回家。行至途中，先生问长工：“识字不识？”回答：“不只识字，还会作诗。”先生说：“何不以送我为题，作诗一首？”长工说：“先生不要怪我，诗曰：‘山前山后雨蒙蒙，长工打伞送长工。酒席筵前分上下，一年工价一般同。’”先生听了大怒说：“你敢与我比拼！明日一定告诉东家。”次日来到书房，遇见奶妈送学生上学，便将长工之事告奶妈。奶妈说：“他也配比先生，我才与先生一样呢。”先生很诧异，便问：“如何一样？”奶妈回答：“我也是哄孩子，你也是哄孩子，岂不是一样？”先生又与奶妈争吵。正好东家接一妓女在家，就出而劝道：“先生不必生气，先生倒与我一样。”先生问道：“为什么？”妓女说：“我用下头嘴挣钱，你用上头嘴挣钱，岂不是一样？”此则故事又见《笑林广记》。

萝　卜　对

古代萝卜对型故事。见清·小石道人辑《嘻谈初录》卷上。

东家供先生饮食很差，每顿饭只吃萝卜一味菜，先生怨恨却不言语。一日，东家请先生喝小酒，打算考查学生的功课。先生预先叮咛学生："令尊在席前若要你对对，你看我的筷子夹什么，即对什么。"次日设席，请先生上坐，学生侧坐。东家说："先生逐日费心，想来你学生的功课必有成效。"先生说："如果对对，尚可。"东家说："我出'核桃'两字与学生对。"先生拿筷子夹萝卜，学生说："萝卜。"东家说："不佳。"又说："绸缎。"先生又用筷子夹萝卜，学生说："萝卜。"东家说："绸缎如何对萝卜？"先生说："萝是丝罗之罗，卜乃布匹之布，有何不可？"东家抬头看见隔壁东岳庙，又说："鼓钟。"先生又用筷子夹萝卜，学生又对："萝卜。"东家说："这更对不上了。"先生说："萝乃锣鼓之锣，卜乃铙钹之钹，有何不可？"东家说："勉强得很！"又出二字说："岳飞。"先生又夹萝卜，学生仍对："萝卜。"东家说："这更使不得。"先生说："岳飞是忠臣，萝卜是孝子，有何不可？"东家很生气，说道："先生为何总让学生对萝卜？"先生也发怒道："你天天叫吃萝卜，好容易请客，又叫我吃萝卜。我眼睛看的也是萝卜，肚内装的也是萝卜，你为啥倒不让我不教令郎对萝卜？"此则故事又见《笑林广记》。

白 字 先 生

古代白字先生型故事。见清·小石道人辑《嘻谈初录》卷上。

训蒙先生爱读白字。东家讲明，每年酬谷三石，伙食钱四千，如教一个白字，罚谷一石；如教一句白字，罚钱二千。先生到书馆后，与东家街上闲走，见石刻"泰山石敢当"，先生误认"秦川右取堂"。东家说："全是白字，罚谷一石。"回到书馆，教学生读《论语》，"曾子曰"读作"曹子曰"，"卿大夫"读作"乡大夫"。东家说："又是两个白字，三石酬谷全罚，只剩伙食钱四串。"一日，又将"季康子"读作"李麻子"，"王日叟"读作"王四嫂"。东家说："此是白字两句，全年伙食钱四千，一并扣除。"先生作诗以叹道："三石报酬苦教徒，先被'秦川右'取乎。一石输在'曹子曰'，一石送与'乡大夫'。"又说："四千伙食不为少，可惜四季全扣了。二千赠予'李麻子'，二千给予‘王四嫂’。”此则故事又见《笑林广记》《笑林博记》等。

头　鸣

古代笑话。见清·小石道人辑《嘻谈初录》卷上。

一个学使监考，有个生员入场时将一蝉置于儒巾中，儒巾内蝉鸣，同坐者闻其声无不大笑。宗师以犯规唤同坐者至，追究发笑原因，都说：“某号生员儒巾内有声，因此发笑。”宗师指责其人，其人大声呼喊：“今日生员入场，被父亲唤住，将蝉置于巾内，爬跳难受，生员以父命不敢掷去。”宗师发怒，问其人蝉于巾的理由，生员回答：“取头鸣之意。”此则笑话又见《笑林广记》。

粗　心

古代笑话。见清·小石道人辑《嘻谈初录》卷上。

一粗心人过年，门前横批上写“春光明媚”四字。随后完婚，又写“五世其昌”四字，贴于其上。因纸裁小，尽前一贴，露出“媚”前“女”旁，凑成了“五世其娼”四字，贻笑大方。粗心人往往如此。此则笑话又见《笑林广记》。

卖古董

古代笑话。见清·小石道人辑《嘻谈初录》卷上。

昔某甲卖古董为业，其儿媳年轻貌美，欲偷之。儿媳诉于婆婆。一日婆婆代媳卧，老翁往摸之。妪乃夹紧以自掩饰。老翁认为是儿媳，极口称赞，以为远在婆婆之上。老婆婆骂道：“臭老贼！一件旧家伙也不认得，你还卖什么古董！”此则笑话又见《笑林广记》。

穷人娶亲

古代笑话。见清·小石道人辑《嘻谈初录》卷下。

一穷人娶亲，一切喜事所用，无一不是赊借来的。他对新人说：“我为你多方筹措，费尽苦心。今日见面，要与你畅所欲为，方能报答我的艰难辛苦。”于是携手上床，宽衣。正要亲热，忽听有人叫门。他披衣下床，出来一问，却是讨首饰钱的，答以“明日再来。”关门上床，正欲行事，门外又有人来叫。他赶紧下床，到门前一问，说是讨酒席钱的，答以“改日送去。”又关门上床，刚要动手，又听叩门。穷人把新人往旁边一推，大怒道：“我不想接了一个妇人，倒像搂着一个账主。”此则笑话又见《笑林广记》。

庸医治痢

古代笑话。见清·小石道人辑《嘻谈初录》卷下。

一庸医与名医为邻，他见名医悬牌挂匾，病者满门，请者接踵，心中十分羡慕。他暗想：“此人必有秘传方书，才能如此得心应手。我若弄到此书，何愁不并驾齐驱？”于是，他每天徘徊在名医门外。一日名医持书而出，庸医出其不意，将书夺回家。他捧读后，立即悬牌治病。有患痢者来治，庸医说：“此病不必服药，用大蒜一头，插入肛门，其痢自止。”病人如法治疗。谁知，大蒜毒发，胀满难出，连肚腹皆肿。病家告到官府，官拘庸医来审问：“用大蒜治痢，是何人所传？是何方所载？”庸医曰：“是某名医所传，是他的秘书所载。”官传名医质讯。名医说：“我素来不认识此人，某日我拿账簿出门，被他夺去，至今尚未找回来。”官问庸医：“你抢账簿当医书，与人治病，是有心害人。”庸医曰：“簿中实载治痢之方，上写‘某人利已全消，惟有算本止利’。”此则笑话又见《笑林广记》。

问　心

古代笑话。见清·小石道人辑《嘻谈初录》卷下。

六弟兄同居旅店，老大登厕，见粪坑内有一柿子，惊呼：“是谁的心落在这里？”正好店东看见，也误认是心，就来问老大。老大说：“不是我的心，我的心是黑的，不能那样红。”又问老二，老二说：“也不是我的心，我的心不在胸中，现在肋下。”又问老三，老三说：“更不是我的心，我的心有两个联在一处，人人常说我二心，我何曾是一个心！”又问老四，老四说：“我的心早已丢了，至今尚未去寻。所谓‘有放心而不知求者’，即是我。”又问老五，老五说：“我的心早坏了，若不是胆包着，早掉了。”又问老六，老六说：“我生下来就没有心，故人常骂我‘天生来没良心’。”此则笑话又见《笑林广记》。

龟鹊结盟

古代笑话。见清·小石道人辑《嘻谈初录》卷上。

喜鹊与乌龟结盟，喜鹊为弟，乌龟为兄。乌龟说："我们如此深交，我想带你到水晶宫看看龙门贝阙，异宝奇珍。"喜鹊说："我也想带你到云霄殿看看广寒兜率，月姊嫦娥。"乌龟说："你何不先带我上天，然后我再带你下海。"喜鹊应允，乌龟便爬到喜鹊背上。喜鹊双翅飞起，偏遇打弹弓的，开弓把乌龟兄弹将下来。喜鹊不见了把兄，飞到各处找寻。找了半天，忽见把兄掉在烟囱上，四脚悬空，仰头观望，忙上前问道："把兄天也没有上成，在此空了半日，想必腹中饥饿？"乌龟说："我却不饿，在此虽没得吃，还有几口烟过瘾。"此则笑话又见《笑林广记》《笑林博记》。

五大天地

古代五大天地型故事。见清·小石道人辑《嘻谈续录》卷上。

一官好酒怠政，贪财酷民，百姓怨恨。临卸任时，公众送德政碑，上书"五大天地"。官说："此四字是何用意，令人不解。"众绅民齐声回答："官一到任时，金天银地；官在内署时，花天酒地；坐堂听断时，昏天黑地；百姓含冤的，是恨天怨地；如今交卸了，谢天谢地。"此则故事又见《笑林广记》《清稗类钞》《笑林博记》等。

黄鼠狼

古代笑话。见清·小石道人辑《嘻谈续录》卷上。

县官太太与学官、营官太太共席闲谈，问到诰封（皇帝给的封号）是何称呼，县官太太说："我们老爷称文林郎。"学官太太说："我们老爷称修职郎。"营官太太说："我们老爷是黄鼠狼。"问她为何有此称呼，营官太太说："我常见我们老爷下乡查场回来，拿回鸡子不少，自然是个黄鼠狼。"此则笑话又见《笑林广记》《笑林博记》。

武官看戏

古代笑话。见清·小石道人辑《嘻谈续录》卷上。

武官与文官同席看戏，演《七擒孟获》。武官说："这孟获如此蛮野，七擒七纵，还不服教化，想不到孟子后代竟会有这样桀骜不驯之人。"众人听了都掩口而笑。一文官说："吾兄所说极是，到底还是孔子的后代孔明比孟获强多了。"此则笑话又见《笑林广记》《笑林博记》。

堂属问答

古代堂属问答型故事。见清·小石道人辑《嘻谈续录》卷上。

一捐班的官员不懂官话，到任后去拜见各部门的上司，上司问道："贵处风土何如？"他回答："并无大风，更少尘土。"又问："春花何如？"答曰："今春棉花每斤二百八。"又问："绅粮何如？"答曰："卑职身量，足穿三尺六。"又问："百姓何如？"答曰："白杏只有两棵，红杏不少。"上司说："我问的是黎庶。"答曰："梨树甚多，结果子甚小。"上司说："我不是问你什么梨杏，我是问你的小民。"那官忙站起来回答："卑职小名狗儿。"此则故事又见《笑林广记》《笑林博记》。

问　猴

古代问猴妙答型故事。见清·小石道人辑《嘻谈续录》卷上。

一县官拜见省里主管的大官，谈完公事，大官闲聊，问道："闻得贵县出猴子，不知都有多大？"答道："大的有大人那么大。"既而觉其失言，感到惶恐，就欠身说道："小的有卑职那么大。"此则故事又见《笑林广记》《笑林博记》等。

苏空头

古代笑话。见清·小石道人辑《嘻谈续录》卷上。

有个京人初去苏州，有人告诉他："吴人惯打空头，若去买货，要二两，只好还一两。就是与人说话，他说两句，也只好听一句。”京人至苏，先去买货，果然还半价就卖。后来遇到一个苏人，说是“姓陆”。京人说：“一定是老三了？”又问他住几间房？回答：“五间。”京人说：“原来是两间半了。”又问他有何人？回答：“只有妻子一个。”京人说：“想来是两个人伙娶的？”此则笑话又见《新镌笑林广记》《笑林广记》。

有你没我

古代笑话。见清·小石道人辑《嘻谈续录》卷上。

浙江义乌县出脚鱼，小而肥，比全省各地都好。每至夏季，要送上司，就用大桶多装，连夜送到省城。如此小心，还有死的。县官因公到省上，拜见各部门的上司。上司当面道谢说：“贵县好脚鱼！可惜死的甚多，不知是何缘故？”县官忙立起回答：“想是你挤我，我挤你的缘故。”上司说：“老兄，有你没我。”此则笑话又见《笑林广记》。

恍惚

古代一厚一薄型故事。见清·小石道人辑《嘻谈续录》卷下。

一人错穿靴子，一只底儿厚，一只底儿薄，走路一脚高一脚低。其人诧异道：“今日我的腿，因何一长一短？想是道路不平之故。”有人告诉他：“足下想是错穿了靴子。”忙令仆人回家去取，仆人去了很久，空手而回，对主人说：“不必换了，家里那两只，也是一厚一薄。”此则故事又见《笑林广记》《笑林博记》等。

别字

古代笑话。见清·小石道人辑《嘻谈续录》卷下。

一人爱写别字。一日因妻兄害眼，想写信问候，恐怕写别字，就问友人：“‘舅’字如何写？”答道：“一直，一个日字。”此人将一直移在日之下，写一“旦”字。又问：“‘茄’字如何写？”答道：“草字头，一加字。”此人误写家人之家，写一“蒙”字。又问：“眼字如何写？”答道：“目旁，加一‘艮’字。”此人错写树木之木字，他便提笔大书道：“信寄大旦子，千万莫吃秋后蒙，若要吃了秋后蒙，恐怕害了大旦子的根！”此则笑话又见《笑林广记》《笑话大观》《笑林博记》等。

读白字

古代读白字型故事。见清·小石道人辑《嘻谈续录》卷下。

一监生爱读白字，而最喜看书。一日看《水浒》，正好有友人来访，见了问他：“老兄看何书？”答曰：“《木许》。”友人诧异，说：“书亦甚多，《木许》一书实所未见。请教书中所载，均是何人？”回答：“有一季达（李逵）。”友人说：“更奇了，古人名亦甚多，从未说有叫季达的。请问季达是何样人？”回答：“手使两把大爹（斧），有万夫不当之男（勇）。”此则故事又见《笑林广记》《笑林博记》等。

偷肉偷油

古代笑话。见清·小石道人辑《嘻谈续录》卷下。

一厨子往一富家办酒席，偷肉藏在帽内。恰好被主人看见，连忙有意让他拜揖，好使帽内的肉掉下来，就对厨子说：“连日辛苦，我作揖道谢。”厨子知道主人已经发觉，恐怕肉跌出，忙对主人说：“万不敢当主人拜揖，小人在这里跪下了。”一厨子偷油，炼好灌在肠内，趁肠未热，围在腰间，用衣遮盖，连忙来到二门。恰遇新姑娘回门走进来，肠已透热，只好挨着疼，躲在一旁。姑奶奶一见太太，眼中落泪。太太见了姑娘，心疼地说：“我的心肝，你疼死我了！”厨子在旁应道：“我的大肠，你烫死我了！”此则笑话又见《笑林广记》《笑林博记》等。

懒妇

古代懒人吃饼型故事。见清·小石道人辑《嘻谈续录》卷下。

一妇人极懒，日用、饮食皆丈夫操作，她只知道衣来伸手，饭来张口。一天丈夫将要远行，五日方回，恐怕她懒作挨饿，便烙一张大饼套在妇人脖子上，作为五天的吃食，才放心出门。等到丈夫回来，她已饿死三日了。丈夫大吃一惊，进房一看，脖子上的烙饼只将面前近口的地方吃了一缺，其余的依然未动。此则故事又见《笑林广记》《笑林博记》等。

瞎子吃鱼

古代瞎子吃鱼型故事。见清·小石道人辑《嘻谈续录》卷下。

众瞎子打平伙吃鱼，钱少鱼小，鱼少人多，只好用大锅熬汤，大家尝尝鲜味而已。瞎子没吃过鱼，活的就往锅里扔，小鱼蹦在锅外，而众瞎子却不知道。大家围在锅前，齐声称赞："好鲜汤，好鲜汤！"谁知那鱼在地上蹦，蹦到一个瞎子脚上，他大呼："鱼没在锅里！"众瞎叹道："阿弥陀佛！亏得鱼在锅外，若在锅中，大家都要鲜死了。"此则故事又见《笑林广记》《笑林博记》等。

口头语

古代笑话。见清·小石道人辑《嘻谈续录》卷下。

有把弟兄俩都有口头语，把兄爱说"岂有此理"，把弟爱说"哪有这么件事"。把兄对把弟说："我两人这口头语，应该改一改。从今日开始，如果谁再说，罚钱两串、米二斗。"把弟说："很好。"第二天，把兄来找把弟，一见面就说："了不得，昨晚失盗了。"把弟说："失了何物？"答曰："被贼把后院井偷去了。"把弟说："哪有这么件事？"把兄说："犯了口头语，罚你，明日一早来取钱、米。"把弟懊悔而回，对妻子说："我犯了口头语，输给把兄钱两串、米二斗，明日就要来取。"妻子说："我倒有一个主意。你明日一早装死，把兄来了我自有道理。"次日，把弟果然装死。把兄一早就来叫门，妇人将把兄让进，掩面假哭。妇人说："昨日回家，他走至院中，被鸭子一脚踢死了。"把兄说："岂有此理！"把弟猛然翻身爬起，大声呼喊："不该，不该。"此则笑话又见《笑林广记》《笑林博记》等。

富家傻子

古代笑话。见清·小石道人辑《嘻谈续录》卷下。

一富翁已积买数万，还时时吝啬。人皆怨恨，诅咒他"定有报应"。富翁有一子年已成人，性憨傻，最奢侈。富翁教训其子说："你已成人，我想令家人带你出门看看物力艰难，试试东西贵贱。"傻子欣然同意。家僮带他出门，行至山中，看见石匠在那里凿石，打成大小石狮两个。傻子一定要买，忙问：“价值多少？”石匠诓骗他说：“小狮子要银三千，大狮子要银五千。”傻子说：“要价不多，快给我抬回家去。”石匠先将小石狮送到家中。傻子回家告诉父亲说：“我买便宜回来了。”父亲一问价值三千，大怒道：“你用重价买此无用之物?真乃败家之子！怪不得人说我总有报应。”傻子鼓掌大笑道：“我告诉你吧，这还是小报应，还有一个大报应在后头呢。”此则笑话又见《笑林广记》《笑林博记》等。

《庸庵笔记》

书名。清·薛福成撰。薛福成（1838—1894），字叔耘，号庸庵，江苏无锡人。历任浙江宁绍台道、湖南按察使。晚年任出使英国、法国、比利时、意大利的大臣。此书六卷。有上海进步书局石印本、《笔记小说大观》本等。江苏人民出版社1983年出版有标点本。其中收有《六指人冤狱》《蚓食蜈蚣》等寓言、故事。

六指人冤狱

古代案狱故事。见清·薛福成撰《庸庵笔记》卷三。

嘉庆年间，浙江某县有一个乡人娶妻，成亲的晚上，新郎从洞房出来上厕所，到夜半才听到新郎返回房中。黎明家人起来，看见洞房已开，说是新郎早已出门。新郎数日不回来，家人才感到奇怪，在厕所的柴堆下忽然发现一具尸体，竟是新郎，非常惊骇。新娘说：“花烛之夜，新郎去厕所，夜半才回房就寝。天将明，他详问我金银首饰共有若干，藏于何所，我一一告诉他。他嘱我再睡，不一会儿便听到他出去了。如今检查首饰都没有了。”家人问那人的状貌，回答：“夜半灯影朦胧，没有看清楚，只见他右手六指。”原来新郎上厕所时，正好有贼藏在厕所中，见新郎恐怕他喊叫，便上前扼死了他。于是假装新郎进洞房，次早席卷而去。当时，村中有个六指人，素来无行，为乡邻所不齿。他家人便去官府报案，立刻逮捕六指人加以刑讯，定案后绳之以法。新娘因为新郎已死，又遭污辱，就自缢。新郎的母亲只有一子，看见子妇都死了，也自缢。过了几年，郡里有一个人在福建做生意，在旅馆中碰到一个同乡。此人忽然问道：“我乡有一个新郎被杀案，盗贼已经抓到了吗？”郡人说：“盗贼已经伏诛了。”此人面有喜色，他正在洗脸，不觉自匿右手。突然发现他是六指。郡人于是一个劲追问，并且说已经有人抵死，如今告诉我也没关系。这个盗贼便吐出实情。郡人悄悄派人回去报告本地官府，逮住盗贼，一讯便伏罪。福建省督抚移案到浙江核办，将盗贼法办。知县因为办案错误抵罪，从巡抚到知府都照例得到处分。

蚓食蜈蚣

古代寓言。见清·薛福成撰《庸庵笔记》卷三。

一只蜈蚣盘旋蚯蚓穴上。蚯蚓匿藏在穴中，忽然探头拔去蜈蚣一足。蜈蚣发怒打算入穴，而穴小不能进去。正在徬徨旋绕的时候，蚯蚓又乘机拔掉它的一足。蜈蚣越发愤怒，而不知道如何对付，便守在穴口不肯离去。蚯蚓逐渐拔掉它所有的足。大约一时许，蜈蚣已经无足了。它身虽未死而不能转动，横卧于地，如同僵蚕。蚯蚓便公然出穴，咬开蜈蚣的肚腹而吸食它。

娶妾得泥佛

古代娶木偶型故事。见清·薛福成撰《庸庵笔记》卷四。

乡下某生中年无子，打算讨一个妾，便乘船渡江去访购。他既想省小费，又想速成。碰巧有个客来，说一个乡民愿卖女。领他去观看，貌美而价廉，但必须拿花轿来迎娶。某生大喜，立刻定议。到时候他用花轿迎至船中，女家有两个老妈来扶女出轿登床，衣服楚楚，红帕遮头。因为有两个老妈陪伴着坐在床上，某生不能前去揭红帕。等到犒赏轿夫完毕，两个老妈也辞去，某生才走到床前。他看见新娘端坐不动，心想新娘因为害羞而矜持，便用手微微一撼，仍然不动。他就揭开红帕，竟是一尊泥像。某生懊闷已极，正打算追去跟媒婆理论，已有几十个村人吵吵闹闹而来，骂道：“我村观音庵的大士像，你怎么擅自抬到这里！”某生正要诉苦，老翁对众人说：“姑念此人是异乡远客，希望大家饶恕他，罚他洋银二百元以示惩罚，我们自己把观音大士像抬回去好吗？”某生不得已付出洋银二百元，众人抬像欢呼驰去。某生踉跄回家，花了许多银钱，而小妾却未得到。

雷 救 人 命

古代奇事故事。见清·薛福成撰《庸庵笔记》卷四。

无锡北乡有一个农家，养了一个童媳。婆婆很虐待她，每天要她捻棉纺纱十卷。一天，婆婆发现少了一卷棉纱，就说她偷去卖给邻居啦，便拼命打她，将要把她置于死地。这时乌云密布，雷声轰鸣，突然震死一头老牛，牛肚已经劈开，有一卷棉纱在里面。童媳的冤情才真相大白。

鬼买糕哺子

古代母育儿型故事。见清·薛福成撰《庸庵笔记》卷六。

句容县有一个乡妇产死，厝棺在荒郊野外。附近的一个卖糕店，每天都看见一个妇人来买糕两枚。等到晚上穿钱时，必定有纸钱灰，刚好跟妇人买糕的钱数一样，店主感到奇怪。第二天再来时，店主用盆水接钱，妇人便哭着说："我并不是人。我因为产死，入棺后孩子才生下来。每天买糕喂孩子，保佑店中多获生意。我家现已无人，此子久在棺中，终难得活，而且与店主同姓，如蒙救出，抚育成人，则生生世世铭记你的大恩大德。"店主格外同情，立刻允许。妇人连忙告诉地址方向，呜咽拜谢，忽然不见。店主依言寻觅，果然找到一棺。开棺见尸体尚未朽，即买糕妇，一个孩儿微有温气，灌以姜汤，才能啼能动。店主便抚为子，而埋葬了妇棺。等到儿子长大，颇会经商，便发家致富。店主告诉他生母的坟墓所在，让他前去祭奠。夜梦生母对他说："我往昔为你买糕，每一次都要浮水而渡某溪，甚觉苦楚。你今天应当修建一桥，以便行人。"她儿子于是在溪上修建一座桥，名为"买糕桥"。

鬼 魅 现 形

古代鬼怪故事。见清·薛福成撰《庸庵笔记》卷六。

道光年间，扬州某盐商有家婢为鬼魅所扰，设法驱赶都不灵。婢女说鬼魅夜半来与她共卧，其冷如冰。某盐商便召四个优伶，让他们扮王灵官、温元帅、赵元坛、周将军，环坐于婢床，而把婢女迁移至别的房间去。半夜三更，刮起一阵阴风，窗户自开。王灵官知道鬼魅已到，举鞭击去，忽见黑气一团直奔婢床，王灵官惊而颠仆，闷绝于地，鬼魅也不见了。于是，盐商家男女婢仆都惊起，煮姜汤来灌王灵官，许久才苏醒，已折去一颗牙齿。一个仆人燃烛在房间角上，忽然大呼道：“鬼在这里！”大家一起去看，只见一个鬼影嵌在壁间，其黑如墨，有面目鼻口而不甚清晰。原来鬼魅骤然与王灵官相遇时，以为遇到真神，慌张失措，因而嵌在壁间不能逃遁。众人用烛火炙烤，唧唧有声，愈烤黑影愈淡。然而壁上始终仿佛有鬼形，但从此以后鬼魅不再来，婢女也无恙。

《右台仙馆笔记》

书名。清·俞樾撰。俞樾（1821—1906），字荫甫，号曲园，浙江德清人。道光三十年进士。历官翰林院编修、河南学政。罢官后，先后主讲于苏州紫阳书院、上海求志书院，任杭州诂经精舍院长达三十余年。此书十六卷，共六百六十七则。有《春在堂全书》本、上海朝记书庄石印本、申报馆丛书本等。上海古籍出版社1986年出版有徐明霞点校本。其中收有《昌平盗妇》《狗葬礼》等故事。

昌平盗妇

古代盗贼故事。见清·俞樾撰《右台仙馆笔记》卷三。

京师有一个大家，非常有钱。家里面有一个仆妇是昌平人，服役的时间不短了。她很狡黠，能得到主人的欢心，所以主妇相当重用她，家里面的金帛所藏的地方，都让他知道。一夜人都睡下以后，有六个盗贼从房屋上下来，一个个涂面执刀，群仆惊吓逃逸。这个仆妇闻声出来，被盗贼抓住，用刀顶住她的脖颈儿说：“赶快缚你的主母来。”仆妇跪下哭泣说：“主母待我很好，不要吓唬她，我愿意以身代替她。”盗贼说：“既然如此，你必须告诉我们金帛所在。”盗贼举刀要砍，仆妇非常惊恐，就如实告诉他们。盗贼搜刮光了，又用刀威胁她，她说：“还有珠宝首饰在某处。”于是盗贼又尽取去，才呼啸而去。主母被仆妇深深感动，出来后还慰谢她，而仆妇则面色如土，连呼“吓杀，吓杀”。天亮以后主人回家，问明情况，心想这个仆妇虽被盗贼所劫，何必尽情泄露？而且仆妇甚多，为啥只劫此妇？觉得有些可疑。而这个仆妇自此惊悸成疾，过了三天她就以病重请假回家。主人重赏她，秘密派遣一个干练的仆人尾随而行。仆妇起初卧在车中，出了齐化门，立刻另外雇一辆车前行，到了昌平某村便停下来。有数人迎门而笑，仆妇也笑着进去。这个仆人立即奔去报告官府，官府派遣差役一同前往。时已半夜，他们夺门而进，看见仆妇正在与众人瓜分所盗的金帛首饰，便立刻将他们一起缚送官府，按律法办。

狗葬礼

古代豪绅故事。见清·俞樾撰《右台仙馆笔记》卷四。

通州德兴镇毛某横行乡里，人称“土四衙”（县令之下有县丞、主簿、县尉，县尉第四）。他养了一条狗名叫“阿生”，十分喜爱，一直同吃同住。每一年六月六狗的生日，他都要准备酒面来给狗祝寿。有一年阿生被邻居王某击毙，毛某大怒，迫使王某备办棺木葬狗，披麻戴孝为狗送葬，并且让王某手书讣状，张贴于通衢大道，其文曰：“不孝狗男王某某，罪孽深重，祸延狗父阿生府君，于某年某月寿终。即日成服治丧，谨此讣告。”这个“土四衙”平日如何豪横，可以想见。

银人作祟

古代金人现身型故事。见清·俞樾撰《右台仙馆笔记》卷六。

有一年，湖北某人去四川为官。他做官的地方十分苦寒，虽然有一座衙署，相传有怪物盘踞，前任都租赁老百姓的房屋来居住。某人很穷，不得已只好携带一个仆人住进衙署。当天晚上不敢上床，便摆上酒痛饮，腰间悬挂利刃准备自卫。到了半夜，忽然有一个巨人推门闯了进来，浑身白如霜雪。某人立即拔利刃砍去，铿锵一声有物堕地。那人奔跑出去，某人大呼追赶，仆人也出来一起追去。他们追到一处就不见了，立刻作上标记。他们又回来，看见掉下的是一只鲜血淋漓的胳膊，天亮以后竟是一只银臂，感到十分惊异。他们来到昨天晚上作上标记的地方，挖掘出一个缺少一只胳膊的银人。搬回去过秤，有几千两重。

狐妇惩恶

古代精怪故事。见清·俞樾撰《右台仙馆笔记》卷六。

海盐人于某，居住在西乡。他的妻子常常虐待婢女，有个婢女十六岁，相当聪慧，不断受到于妻的鞭打。一日晨起，见庭中有狗屎，便怒打这个婢女，强迫她吃下。婢女没办法，只好俯下吃一点，哭着去河边漱口。她忽见一船停泊在岸边，有一个美妇登岸问婢女：“你是于家的女奴吗？去告诉你家主母，客人来了，快扫除后楼，作为我的卧室。”婢女立刻奔回去，刚入门便扑倒在地上，不省人事。过了许久她才苏醒。将所见所闻告诉主母。于家后面有楼三列，用来储藏什物，不住人。听到婢女的话后，连忙去探看。还没走到那里，就沙石扑面，不能进去。主母知是狐所为，立即让这个婢女前往。这个婢女登上楼，看见所储什物已经被叠在旁屋。其中为便坐，左为卧室，罗屏绣幕，陈设一新。婢女看见那个美妇，转身要走，美妇让她坐下，并且对她说：“听说主母虐待你，我很不平。今后她再虐待你，必定受到惩罚。”自此以后，于妇对这个婢女稍加呵斥，便有人抽她的耳光。于妇恐惧，便开始善待各个婢女。一月后，美妇对婢女说：“告诉你主人，借给我洋钱五十，我有用。但是仍然不出于家门，不要担心借而不还。”婢女告诉主人后，于某正想一见，便叫婢女去说：“钱需要当面交付。”美妇笑而点头。于某取洋钱去后屋，一无所见。将要登楼，忽然眼前见到一臂，戴着金手镯，五指纤削如葱，指爪长寸许。于某一见心荡，忽闻娇语说：“收到了，快去！”手臂突然不见，而于某手中的洋钱也不见啦。于某有一个弟媳，孀居三年，于某待她刻薄。当天晚上，忽然在她的枕边出现洋钱五十。于某亦有所感悟，便开始善待弟媳。美妇居住在于某宅中半年，一天忽然对婢女说：“如今我将要去苏州。”于是就不见了。

贝翁击鬼

古代驱走缢鬼型故事。见清·俞樾撰《右台仙馆笔记》卷七。

钱塘贝翁少年时就有膂力，一向自负。有一天晚上，他从城外醉酒回家，在白蜡桥下休息。看见一个妇人从面前经过，觉得有一些异样，便尾随而行。到达一个村舍某家面前，那个妇人忽然不见。他连忙叩门进去，看见这一家婆媳二人发生口角，儿媳已经在房间里面上吊了，他赶快解救，儿媳才没有死去。这家感谢贝翁，要留他住宿。贝翁因为这家没有男子在，便携灯独行。一会儿有寒风从后面吹来，他知道是鬼，并不理睬，鬼忽然骂起来。贝翁发怒，立刻发起反击，穷追不舍，又赶到白蜡桥下，鸡声四起，东方发白，鬼瞬间便消失了。

淘金奇遇

古代奇遇故事。见清·俞樾撰《右台仙馆笔记》卷九。

四川茂州西南有马厂山，盛夏积雪不消。熊某以淘金为业，听说此山多金苗，便去寻找。他到了马厂山深处，发现有数千人家。熊某看见一户人家，有白发翁立在门外，就请他进去，热情款待。老翁姓李，得知熊某进山的用意后，就说："山中固然产金，可是外人不知道在哪里，徒劳无益。你不如替我家帮工，虽然收入不丰，但是比较安逸。"熊某于是便留下来打工，李翁待他很好，他过得很快活。到了年末，熊某想要回家。他告诉李翁后，李翁当天晚上拿出一个包裹给他，说道："这点钱不算丰厚，你回家后几年的温饱可以无忧。这里的秘密，连妻子也不能够泄露哇。"半夜刚过，李翁就催熊某起来赶路，把几个蒸饼放在熊某怀中，说道："元宵以后仍然来这里，不要爽约呀。"熊某刚走几步，回头一看，房屋都不见了，只有深黑的树林。熊某大惊，以为遇鬼，但摸怀中的蒸饼还在，吃起来很甘甜，便到路旁稍微休息。天明，打开李翁所赠的包裹来看，有黄金二十多两，十分惊喜。熊某回家后，拿出黄金换钱。邻人问他黄金的来历，他不告诉。于是传出流言蜚语，说熊某出去抢劫。熊某无法隐瞒，不得不说出自己的经历。邻人再三请求他一同前往，一起去了十几个人，可是再也找不到路径。他们登高眺望，看见几十条狗从山上下来，靠近大家时便伏地大吼，全部变为老虎，咬伤几个人，吓得大家踉跄而回。

女鬼救人

古代鬼魂故事。见清·俞樾撰《右台仙馆笔记》卷六。

孟县民李某，晚上赶路被鬼纠缠，非常恐惧。他看见前面有灯光，赶忙过去，是小屋三间，里面有一个女子。她说："你怕鬼的话，可以住在门外，就没事啦。男女有别，不敢请你住里面。"李某卧下后，女子又说："明天天亮，你早一点儿走。早晨有事，希望不要相扰。"天亮后李某发现自己在一个小坟旁边，一会儿就有几个人来挖坟，抬出棺木。一问才知道棺中乃某家的一个处女，未嫁而死。如今要与某氏子冥婚，要抬去与那人合葬。李某乃悟出早晨有事的意思，感到对自己有恩，便去买纸钱来给她焚烧。

黄土老爷

古代官吏故事。见清·俞樾撰《右台仙馆笔记》卷十三。

黄土老爷是满洲人，光绪十一年选授湖南靖州吏目。他家贫穷，独自一人去上任。因为无钱疏通上司，久不得官。他的一点点钱花光了，便流落在街市间，与人挑黄土，每天得到几十文钱糊口。一天，因工钱没有给够，发生争执，地方长官涂公外出正好看见他，便停下来询问。他如实禀告，自称“卑职”。涂公怀疑他有精神病，没有追问。过一段时间，他越发贫困，就去替巡夜的人报更敲梆。某官主管夜禁，闻听梆声而不见其人。派人从棚中把他叫出来，将要抽他鞭子。他在里面呼喊：“不可以，我是官员。”某官转怒为笑，问道：“你是什么官？”他说：“靖州吏目。”某官大惊，而且听出他操北音，便让他明天到衙署来见。第二天审查他的家世及官秩次第履历，果然是靖州吏目，便让他去见长沙太守。长沙太守对地方长官涂公讲，涂公召见他，说道；“你受苦啦！”命人去查看簿籍，让他当上靖州吏目之官。看见他实在太贫穷，涂公又同长沙太守商量，要资助他四百两银子。过了几天，这个靖州吏目前来见涂公，涂公对他说：“我前日命长沙太守拿此四百银子帮助你。你久历艰苦，要好好为官。”此人顿首说：“一定遵命！然而所赐四百银子我实在不敢接受，我已寄存在长沙县库。”涂公问他为什么，他说：“下官虽然贫穷，但胜过挑黄土的时候。布衣蔬食，完全能够自给，哪里需要这么多银子？存在县库，备公家使用。”涂公大为感叹，说道：“你以后必定是一个好官哪。”

少女与盗贼

古代武艺故事。见清·俞樾撰《右台仙馆笔记》卷十三。

有一个盗贼晚上进入巨宅，上楼发现一个十六七岁的少女在灯下看书，有个丫头在旁边睡着了。盗贼一点儿也不害怕，便翻箱倒柜，任意盗取，少女竟熟视无睹。强盗感觉奇怪，就去拍少女的肩头，少女大怒而起，说道：“安得无理！你敢进我房间，必然有绝技。试献所长，或许可免你一死。”强盗听了十分惊恐，便说：“请看我技。”于是向壁间揭开衣服而上，好像有阶梯一样，到了屋顶又退下来。少女笑道：“就这点点呀！”立刻提起他的脚往东南角抛去，把他的一条腿摔断了。强盗连忙磕头乞命。少女说：“我不杀你。”又提起他扔到墙外。

童子打虎

古代虎口救亲型故事。见清·俞樾撰《右台仙馆笔记》卷十三。

浙江遂安十四岁童子刘某，靠打柴养活母亲。一天，他从山里面回来，听邻人奔告："老虎把你妈衔去啦！"童子大惊，立刻扛起铁叉追赶老虎。老虎发怒，扔下老妈，张口去衔童子。童子把铁叉扔进虎口，叉住老虎上颚，一跳跃，便贯穿老虎的脸颊。童子背着老妈回家，呼叫邻居去看，老虎已经死了。报官后，官府赏赐童子钱十万，老妈的伤并不太重，很快就医好了。

中牟还子

古代家庭故事。见清·俞樾撰《右台仙馆笔记》卷十六。

山西某富人，四十岁无子。他曾经在河南服役，有一次骑马过中牟县城外，看见树荫之下有个四五岁的小儿，十分可爱，就抱上马去，立刻策马而去。到家后就以为他是自己的儿子。某人自从得到这个孩子后，又接连生了两个儿子。三个孩子都长大成人，并且娶了妻子。然而家里人常常窃窃私语，说某人既有子矣，为啥还要他人的孩子呢？某人也有耳闻，暗想自己死后，必定容不下这个孩子，于是召他来说："我自从在中牟县把你带回来，幸好已经成家立业了。然而让你久居在此，也不是长久之计。叶落归根，你想回中牟吗？"就替他准备了万两银子，让他跟妻子一起回去，并且叮咛他："你回到中牟，就去某处访问，必定有骨肉相逢。那是我遇到你的地方。"这个孩子不得已，涕泣辞去。他到了中牟，把妻子安顿在旅店里面，再到城外访求，逢人必问。过一些时候，有人对他说："我村某氏老寡妇，曾经丢失一个孩子，该不是你呀？"此人非常高兴，立刻去见到这个老妇人。老人家说："我丈夫去世后，生下一个遗腹子，几岁时丢失，至今二十年，就是见面也不认识了。但是这个孩子面有豆花，我识其数，再久也忘不了。"众人看他的脸，果然有豆花，数目与老妇人讲的符合，皆大欢喜。这个孩子哭着跪拜母亲，讲出以前的事情，立即去旅店迎回妻子，一家团圆。

《耳　邮》

书名。清·俞樾撰。四卷。与《右台仙馆笔记》前四卷大同小异。有清末上海进步书局本、《笔记小说大观》本等。岳麓书社1986年出版有陈戍国点校本。其中收有《无赖与淫僧》《售札符》等故事。

无赖与淫僧

古代僧道故事。见清·俞樾撰《耳邮》卷一。

无赖子某甲被一个寺庙的僧人雇佣。那个僧人很有钱，而且为人奸狡。有一天，僧人在密室里与某无赖子喝酒，喝到半醉时，僧人问他："听说你父亲在时，替你聘了某氏女，你为什么不娶？"无赖子说没有钱。僧人说："如果你与我共同娶过来，所花的银子我帮助你，以后的衣食全由我来出。"无赖子欣然同意。结婚那天晚上，宾客离去以后，无赖子出来，僧人进入洞房，新娘不知道，任他所为。第二天无赖子回家住，新娘觉得有变化，立刻拼命追问。无赖子只好说出实情，请求她不要讲出去。新娘竟上吊身亡。后来事情败露，淫僧受到法办，无赖子后来也病死在狱中。

售　札　符

古代骗子故事。见清·俞樾撰《耳邮》卷一。

广东某道士，偶然与诸妓讲到冥中事，说道："阴间极重科名仕宦，妇女也这样。曾接受五花诰、披一品衣的人，阎罗天子也会降阶相迎。"妓问："我们如何？"回答："你们既无名位，又无夫婿。生为荡妇，死作游魂。血湖肉池，正是给你们准备的。"诸妓大为恐惧。道士说："冥府新开捐例。以前龙虎山张真人曾经给我数十道札符。你们如能出银子，我去代买冥镪焚烧，便可以得到诰命、玉旨褒封。一品须银一百八十两。减一品，减二十两。"于是诸妓争相交银，唯恐他的札符售尽。捐银子以后，她们便互相称呼"某夫人""某淑人"。某道士的札符用黄纸做成，她们得到后便去城隍庙焚烧。然而买的人一天天多起来，而札符却不见卖光，人们颇为怀疑，买的人一下减少了。某道士就说："冥府因赈济孤魂，需用很急，稍有变通。如今为一五折上兑。”众人觉得价廉，又拥挤过来买札符。奸民之奸，愚妇之愚，真是可笑。

三河少妇

古代家庭故事。见清·俞樾撰《耳邮》卷三。

京师有一个官宦之家，雇佣了一个三河县的少妇。少妇与丈夫成亲刚一月就分别了。别时她与夫约定岁末到京城来相见。到了年底，少妇天天到门前等候丈夫。一日，有个乡人徘徊在门前，少妇误以为是自己的丈夫。因为相聚不久，面貌音声，记不太清楚。她立刻招呼那人说：“你今日才来呀？我望眼欲穿！你稍等，我取钱给你。”少妇果然拿出几张钱券交给他。那人大喜，便拿走了。第二天少妇的丈夫果然来了，看门人告诉少妇。少妇惊讶丈夫又来了，她丈夫说：“我昨晚才到城中，住在某媒婆家。今天请她的幼子导引而来。”少妇才发现昨天误认了，痴立无语。丈夫一再追问，她竟失声痛哭。主母闻听，叫进去询问原因，知道这件事后，便大笑起来。她同情少年夫妇，因为贫困才别离，就拿十几贯钱给她，让她交给丈夫带回家。

姑苏某寺僧

古代僧道故事。见清·俞樾撰《耳邮》卷二。

姑苏城某寺，每一年都要举办佛会，就托附近一个老妇人来招揽众善男信女。凡是参加佛会的人，都要捐出几百文香钱，僧人都拿来分给老妇人。老妇人渐渐富起来，而僧人依然清贫。有一年除夕，讨债人接连上门讨债，僧人无法应对，便逃跑出去了。第二年，当地百姓又请另外一个僧人来主持佛会，仍然托附近一个老妇人来招揽众人。完事后，僧人问老妇人要钱，老妇人一直拖着不给。一天这个僧人从外面回来，听见房间里面有声音，进去后发现老妇人裹着被子在床上睡。叫她她不答应。僧人拽被子，老妇人竟一丝不挂。僧人大惊，立刻去强拉她的儿子来看。老妇人知道无用，便反诬僧人。僧人忙进厨房取刀砍断手指以自明，老妇人母子连忙踉跄离去。

苏州某甲

古代娶木偶型故事。见清·俞樾撰《耳邮》卷二。

苏州阊门外某甲以裁缝为业，家道小康，年过三十岁而未婚。有一次，他偶然在江北看见篷船上一个女子颇有姿色，感到喜欢。一会儿便有人来为他提亲，以一百块大洋作为聘礼。商定以后，就选日子抬花轿去迎亲。果然看见女子用红巾遮头，由几个人扶着上花轿，并且有一个衣包放进轿中。吹吹打打抬回家后，将要扶女出花轿，竟是一个草人，打开衣包，尽是砖头石块。原来是怕轿子太轻，引起怀疑，是用来增加重量的。举家大哗，裁缝某甲怅然痴立，呆若木鸡。

梁上君子

古代盗贼故事。见清·俞樾撰《耳邮》卷三。

苏州胥门外的老寡妇姚大娘，把孤子抚养成人，准备替他娶一个媳妇。姚大娘辛辛苦苦积攒了四十多个银圆，作为办喜事的费用。又打了几件银首饰，连同新娘子的庚帖一起放在一个小盒子里面。一天晚上，小盒子突然丢失了。姚大娘心想十几年的积蓄全在里面，没办法再找回来，婚庆已近，不知怎么办，只有朝夕哭泣。过了三天，夜里安定以后，闻听屋顶上有人呼喊：“姚大娘！前夜冒犯，差一点误了婚姻。现在送回来，可以到檐下去取。我走啦！”姚大娘立刻叫儿子出来看，果然在房檐下得到原物。

乞丐与武弁

古代美德故事。见清·俞樾撰《耳邮》卷三。

有一个乞丐在吴地的街上乞讨，遇到一个武弁。武弁问他：“你那是某乡某人吗？”乞丐回答：“是的。”武弁说：“我曾经受到你的帮助。如今你怎么这样贫寒？”于是把乞丐带到茶楼，坐下来喝茶，让乞丐稍微等一下。一会儿，武弁取来衣服鞋帽，让乞丐统统更换。又从怀中拿出十几两银子来给乞丐，要他回到老家，不能长久在外面流浪。乞丐感到茫然，便问武弁。武弁说：“事虽久远，你忘记了，我不敢忘记啊。”于是转身离去。

番禺李氏女

古代婚姻故事。见清·俞樾撰《耳邮》卷三。

番禺李氏女许嫁给赵氏子。赵子因为家庭贫困，就到海外去谋生，很长时间没有音讯。李女等到二十八岁时父母打算让她另外嫁人，她不同意。父母便请媒人去跟赵家讲好，先将李女娶过门，以等待儿子回来。又过了十余年，赵子搭轮船从海外来。行至中途，轮船沉没，赵子抱一块木头浮游几十里，被另外的船救起，得以生还。于是他才回家与李女拜堂成亲，这时夫妻二人已经快五十岁啦。

婢抚程子

古代美德故事。见清·俞樾撰《耳邮》卷三。

山东程某寓居吴中。有一个婢女，嫁给农家叶氏子。后来程某全家避乱到了叶家，器用财产全部寄存在叶家。没有几年，程某夫妇相继去世，只遗留下一个在襁褓中的幼子。婢女就把他当成自己的儿子抚养，让他与诸子在一起生活。不久，婢女的丈夫也死了，婢女守寡不嫁，抚养程子及自己的孩子长大成人。她替程子聘邻村一女为妻。成婚的那一天，请婆母出来将要与新妇见面。这个婢女急忙出来，对众人说："我不是新郎的母亲，乃程家的婢女。主人不幸遭乱，先后死亡。我因为郎君年幼，无人管束，所以十几年冒母子之名。如今敢不讲出实情？"于是具体讲述事情的经过，并且拿出资财，全部归还给程子。程子要分一半给婢女，婢女不接受。程子就让妻子把她作为婆母来侍奉，而自己仍然喊她母亲。

唐某典妻

古代家庭故事。见清·俞樾撰《耳邮》卷四。

有唐某以采樵为业，一母一妻，常常贫困得无法维持生活。他听说邻村有王某无子，打算典人妻子来生孩子。唐某与母亲商量，准备把妻子典给王某。妻子不同意，唐某说："妇人失节，固是大事。然而让老母饿死，事情更大！"妇人只好答应。唐某典妻给王某，以一年为期。而这个妇人有姿色，王某很喜欢她。到期唐某去赎，王某将典契中的"一"字改为"十"字。唐某无法争辩。唐妻告众人说："我悲忍这样过日子，以为时间不太长，而且可以救活婆婆与丈夫的命。如果迟至十年，我行将就木，还需要赎吗？"于是投水而死。

一 言 二 命

古代家庭故事。见清·俞樾撰《耳邮》卷四。

某显宦寓居扬州，有七个女儿，女婿都是名下士。他的第七婿，还没有娶妻时，年少有才，相貌也文雅。然而往年去应岁试，曾经因为误犯同治皇帝的庙讳，列为四等，心里面感到很羞耻。有一天，他在岳父家里面会饮。某人等五个女婿，偶讲起同乡某生岁试，考列四等，学使将要对他进行体罚。某生昏倒在地上，额头血漉漉的，先哀求，继而哭泣。同学诸友，都替他请求，才得到免责。第七婿以为他们有意讥刺自己，面红耳赤不说一句话。会饮以后回家，他越想越发惭愧，竟自尽而死。他所聘的妻子闻听后，第二天在房间里面自缢了。

意 外 缘

古代婚姻故事。见清·俞樾撰《耳邮》卷四。

高邮有一个农家，衣食粗足。生下一个女儿极美貌，父母疼爱，择婿非常苛刻。他家后门临大河。有个官宦人家的公子泊舟在河边，看见这个姑娘感到很喜欢，便一直不肯离去。有一天，他看见有个尼姑从姑娘家的门里出来，便尾随到了尼庵。说自己非常喜欢那个姑娘，许下重金请求尼姑帮助，尼姑答应了。过几天，尼姑把那个姑娘灌醉，随即送她到船上，立刻扬帆而去。姑娘醒来大哭，宦家公子很耐心地抚慰她，发誓要跟她白头到老。等到家，有老翁在，姑娘忙对老翁哭诉。老翁说："是我儿子的过错。然而你已经到此，不要哭泣，我来替你做主。"于是请了媒人，准备好彩礼，去到姑娘的父母家里提亲。农家丢失女儿，正愁不知道怎么办，顿时喜出望外，于是两家便喜结良缘。

《一　笑》

书名。清·俞樾撰。原载《俞楼杂纂》四十八卷，共十三则。其中收有"'祖'与'孙'""顿顿冬瓜""高帽子""不识一字""淡而无味""性缓与性急”等笑话、故事。

“祖”与“孙”

古代笑话。见清·俞樾撰《一笑》。

甲与乙不相识。甲问乙姓什么，乙说：“孙。”乙也问甲姓什么，甲说：“不敢。”乙说：“我问你的姓，你为何谦虚？”甲仍然说“不敢。”乙继续追问，甲说：“祖。”乙这才悟出他以姓来开玩笑，便说：“这也没有什么关系。你祖我孙，我孙你祖而已。”

顿顿冬瓜

古代笑话。见清·俞樾撰《一笑》。

有人请老师教他的孩子，但是吃食非常差，顿顿冬瓜而已。老师对主人说：“你很嗜好冬瓜吗？”主人说：“是的。它的味道很美，而且有明目的功效。”一天，主人到馆中，老师靠着楼窗眺望，好像没有看见主人。主人从后面呼他，他赔礼说：“刚才在这里看都城演剧，所以未能迎接。”主人感到惊讶，说道：“都城演剧，这里难道得见？”老师说：“自从吃了你家的冬瓜，视力就相当好。”

高帽子

古代戴高帽型故事。见清·俞樾撰《一笑》。

有一个京官要到外地任职，前去同老师告别。老师说：“外官不容易做，要谨慎啊。”那人说：“我准备有一百顶高帽子，逢人便送一顶，就不会发生矛盾了。”老师生气说：“我们正直行事的人，何须如此？”那人说：“天下不喜欢戴高帽子如像老师的人，能有几个呀？”老师点头说：“你的话也不是没有眼光啊。”那人出去，对人说：“我的一百顶高帽子，如今只剩下九十九顶啦。”此则故事又见《笑笑录》《笑林博记》等。

不识一字

古代笑话。见清·俞樾撰《一笑》。

有一个人请老师教他的孩子，老师来后，主人说："我就贫穷，多有失礼，奈何？"老师说："不必谦虚，我没有什么不可以的。"主人说："吃蔬菜可以吗？"老师说："可以。"主人说："家里没有仆人，你自己打扫可以吗？"老师说："可以。"主人说："家里人要购买零星物品，有劳先生跑一趟，可以吗？"老师说："可以。"主人说："要是这样，就非常好！"老师说："我也有一句话，请主人不要惊讶。"主人问是什么话？老师说："很惭愧，我幼时没有学习。"主人说："你过谦了。"老师说："不敢欺骗你，我确实不识一字。"

淡而无味

古代笑话。见清·俞樾撰《一笑》。

一老生听到别人说话，动辄摇头说："淡而无味。"一天，他跟一个客人讲话，问客人有没有新闻，客人说："昨天晚上有一只盐船与粪船相碰撞，盐船破了，所载的盐都倒进粪船里面啦。"老生也摇头说："淡而无味。"

性缓与性急

古代笑话。见清·俞樾撰《一笑》。

甲性迟缓，乙性急躁。一天他们在路上相遇，各自低头作揖。甲揖完而起，乙已经不见了。甲回过头来看时，乙正在后面呼喊甲："你还在这里呀？我刚才前往十里亭送客已回来啦。"

《荟蕞编》

书名。清·俞樾撰。二十卷。有光绪初年上海进步书局石印本、《笔记小说大观》本、上海文明书局1912年排印本等。其中收有《吴氏兄弟》《莆田僧》等故事。

吴氏兄弟

古代虎口救亲型故事。见清·俞樾撰《荟蕞编》卷十三。

合浦县吴氏三兄弟进山掘土时，有一只老虎突然跑来，去咬老大的肩膀，虎口半张。老二连忙用锄头去捅老虎的喉头，因为锄柄短，他的手进入虎口。老虎咬住他的手，一下倒在地上。老三惊慌，便举起铁铳拼命击打老虎的脊梁骨，老虎的脊梁骨被他打断，不能够奋起。老三越发用力，竟将铳柄击折断，老虎于是伏地吼叫，声震林木。老三力竭，手持铳柄倒在老虎旁边。老大老二忍痛匍匐号叫，村民一起赶过来，动手捉拿老虎，老虎惊起带着鲜血跑入丛林。当地官府知道吴氏三兄弟的事迹后，便奖励了一些银子让他们疗伤。

莆田僧

古代僧道故事。见清·俞樾撰《荟蕞编》卷十三。

莆田有一个官家子弟，年少时到某寺中出家。寺前有许多龙眼树，僧众靠它卖钱来自给。后来，被百十个无赖盯上了，龙眼熟后，完全给弄走了。寺僧胆小怕事，不敢与他们抗争，佛寺便零落了。有个僧人看见这种情形，便愤然离去，不知到哪里去了。过了三年，他又回佛寺来了。寺僧怪而问他，这个僧人说："我去少林寺学拳勇，准备抵御暴徒。"等到龙眼熟时，几个无赖又来抢夺龙眼。这个僧人抓住他们但不动手打，只是斥责他们："我知道你们成群结队，有百十个人，依仗人多势众。你们敢与我一人斗力吗？你们能胜我，佛寺前后的龙眼随便你们拿走。我一人胜了你们，你们当服我。"

数人叩头离去，约定在某地斗力。到了约定的日期，无赖们拿着兵械等待。这个僧人拿一根棍子过来，挥棍打击他们如像折枝一样。无赖立刻全部伏在地上，发誓不敢再来骚扰佛寺，并说不会再骚扰乡里。于是这个僧人名震莆田。

如皋孝贼

古代盗贼故事。见清·俞樾撰《荟蕞编》卷十四。

某地有一个人，家贫不能够赡养母亲，于是就去做盗贼。时间长了，他就被差役捕获。在衙门里面几次受到鞭打，这个盗贼呼喊道："小人有老母，没有吃食品，才到了这一步。"人们对他又憎恨又怜惜。一天，他的老母死去。三天以前，他探知邻寺寄存了一副棺材。当天，他准备好酒食请老僧在寺中痛饮。就把那一副棺材抬到野外，背负母亲尸体去埋葬。等到回来，老僧还在酣卧。他大叫叩头请求赦免，老僧被惊醒，不知道为什么。老僧走到廊屋看见棺材已经不见了，不久也就把他释放了。从此以后，他就不再做盗贼啦。

《此中人语》

书名。清·程趾祥撰。程趾祥，生平不详。此书六卷。有光绪初年上海进步书局本、《笔记小说大观》本。大达图书供应社1934年、新文化书社1935年先后出版有排印本。其中收有《童子获虎》《画中人》《某商戏猴》等故事。

童子获虎

古代机智故事。见清·程趾祥撰《此中人语》卷一。

金陵赤山有两三个童子一天在田间提着筐子采野菜，突然有一只老虎下山来叼走一个童子。该童子昏然不知道人事，过一会儿睁开眼睛，看见自己身卧在树下，旁边坐有一只老虎，吓得他想爬起来逃跑。可是他仔细一想，我如果逃跑，它必然会咬死我。他考虑再三，计从心来，连忙抚摸老虎全身，让老虎顿然失去威风，低头得意如猫。童子看见它是一只公虎，就暗解开身上的绳子，拴住老虎的阴囊，将一头拴在树上，再抚摸一遍，就偷偷离开。老虎看见童子走开，一声怒吼，向童子扑去，谁知它的阴囊已被扯掉，一下痛倒在地上。童子立刻捡起大石头乱砸老虎，竟把老虎击毙。

画中人

古代画中人型故事。见清·程趾祥撰《此中人语》卷一。

陶生韶秀敏捷，家藏书画颇多。他的书室中有一幅钟馗画像，口衔宝剑，两目闪闪，貌颇凶恶。旁边有一个美人，体态娉婷，而下露一条尾巴，乃狐精。钟馗执女臂，好像要置她于死地。陶生素来怜香惜玉，每一次看画，必然叹息：

“如此美人，实在罕见，钟进士太无情啦！”陶生太痴情竟取两枚绣针刺钟馗胳膊，忽然看见美人从画上飘然而下，对陶生一拜说：“蒙君眷爱，救我于患难中，此恩此德，实难报答。”陶生非常惊喜，便搂住美人，竟成欢好。陶生便取钟馗画像藏在书箧中，绣针却未拔下，恐怕他再执美人。陶生与美人居住一年多，并无人知。一日，美人忽呼腹痛，产下一个婴儿，啼声宛转，于是全家人都知道了，美人也不回避。育婴三年，她流着涕泪与陶生诀别。陶生十分悲痛，拼命挽留，美人说：“我本画中人，怎么能够久留人间？数年伉俪，恩已报答。这个小儿福分也大，你好好抚育。三十年后，我会与夫君相会在石镜峰前。”说完，便凌风消逝。陶生不忘她的深情，终身不再娶妻。他的儿子到了二十多岁，竟由科第官至太守。

某商戏猴

古代奇遇故事。见清·程趾祥撰《此中人语》卷一。

一个商人肩挑一担葵扇，左手也拿一把扇子，一边走一边扇。走到山下，忽然有几十个猴子从洞中拥出来，把扇子抢夺一空，并且学着商人的模样，边走边扇。商人非常愤怒，想把扇子夺回来，又恐寡不敌众，加上猴子性格活泼，弄不好反受其害。他回去告诉朋友，一个朋友笑道：“猴子喜欢效仿，你明天取几十把小刀，用一把刀割脸，一边割一边走。猴子看见必定来夺取，效仿你的样子，猴子一定活不了。”某商照朋友的话办，猴子过来夺刀，在身上乱割，一霎时鲜血淋漓，猴子急了，都跪下。某商说：“没关系，只要把葵扇还我，就不会有伤害。”猴子急忙回到洞中取扇子与刀子一起还给商人。某商清点扇子，竟一把不少，便让猴子回去。猴子立刻一哄而散。他不禁哑然失笑。

二狂生

古代不知修（羞）型故事。见清·程趾祥撰《此中人语》卷二。

有二狂生在郊外闲步，到河边看见一群白鹅互相追逐，一生吟道：“湖边一群鹅”，一生应曰：“我来赶下河。”两人拍手大笑，并且说：“我等出口成章，实非容易。有此才华，何必担心不出人头地！”既而又大笑道：“颜回三十而死，王勃早岁而亡。我二人也不要遇到不幸啊。”话没有讲完，就有一个老者来，问道：“你们为啥哭？”二生将前言相告，老者说：“我来续写，就吟道，

‘白毛浮绿水，红掌泛青波’。”二生不禁十分惊骇，问道：“老丈莫非欧阳倏先生？”老者笑道：“‘修’字尚且不识，为何不赶快去用功！颜回、王勃面上都生有奇骨，二位没有，还担心寿命不长吗？”二生闻言惭愧交集，老者也忽然不见了。

南汇杨八

古代盗贼故事。见清·程趾祥撰《此中人语》卷二。

南汇人杨八，原本是梁上君子，飞檐走壁，武艺很精。后来富裕了，便改邪归正，以耕种度日，已经十多年。有一次，本县某官宦家丢失一串朝珠，值银千两，久难破案。县中捕役不得已来询问杨八。杨八叹道：“我久已洗手，各位岂不谅解我？”捕役讲出苦情，杨八只好一起去见官。官问朝珠之事，杨八说：“事情我并不知道，但我愿代替他们前去，请以一月为限，一定破此案。”杨八立即只身四处察访，竟无踪迹。一日到了浙江某镇，看见一座大宅，有一些可疑，便上门请求做客。看门人引导他到一室休息，几榻齐全。一会儿，有童子送饭来，试着问他，童子不答，杨八非常纳闷。次晚，东人请客，杨八也去了，看见一个人坐在首席，必定是东人。其余几十人一人一席，肆意乱吃，没有一点声息。席罢，东人各赠一小包，杨八得到一个。众人退至亭中，一一向空中飞去。杨八亦随众人飞上，看见一人打开小包，取出黑衣套在身上。杨八又照办。看见包中有火煤、铁凿等物。杨八选择房屋富丽的人家，越墙而进。当时那家人都已睡熟，衣服银两无暇去取，只取金条数十支而返。隔十多日，又传东人宴客，也跟先前一样。宴毕，见众人都从囊中取物献给东人。大多甚很微细，而且有赤手覆命的。杨八想他们所得都不及我，便将自己所获送上。众人见了大哗，逮住杨八拴在柱上，问道：“我等取物皆择珍宝，价在千两以内的都放下。如今你以多金为贵，必定不是自己人。赶快坦白尚可放你。”杨八知道不能隐瞒，便如实相告。其中有个童子，笑着站起来说：“此事是我所为。我在月光之下，估计那物不到千两，于是放在他家阶石下了。”杨八闻言无比惊骇，请求放回。他路无盘费，不敢再为妙手，只好乞讨而归。他取出珠宝献上，得了重赏。而浙江之事，官府也没有再去追根究底。

田 螺 妖

古代田螺女型故事。见清·程趾祥撰《此中人语》卷二。

卫福本是旧家子弟，度日维艰，以做小本买卖为生。一日，他回到家中，看见饭已熟，感到很诧异。一连十几天都不知是谁替他做饭。又一日他出门，将门虚掩，从缝隙中窥看。过了一会儿，忽见庭中水缸摇动，有个女郎从缸中出来，往厨房去了。卫福又惊又喜，疑为天仙下降，忽然记起缸中有个田螺，已经蓄养几年，这个必定是田螺妖。他便开门轻进，看见缸中田螺仅有一壳，连忙把壳藏起来，去到厨房见女郎撩衣卷袖，正在忙碌。他出其不意上去搂抱，两人就成为夫妇。一年多后，女郎忽产下一个儿子。每到凄风楚雨之时，她常思归去。过了一年多，女郎又产下一个儿子，而女郎自此也不再想回去了。两个儿子都长到十多岁时，女郎仍然像二十多岁的人。一天夫妻有口角，卫福微微有所诋毁，女郎惨哭起来，泪落如珠。卫福立刻劝慰她，却不能止，一定要丈夫还螺壳。卫福立即取出所藏螺壳，掷在地下，谁料响了一声，女郎与壳都不见了。卫福懊丧欲绝，从此不再娶妻。后来二子都中进士，为母请封。

蜀中情虎

古代除恶情虎型故事。见清·程趾祥撰《此中人语》卷三。

蜀中有一个老妈妈，她的丈夫被酷吏打死，膝下唯有一个女儿，已到了谈婚论嫁的时候。老妈妈每想到丈夫枉死，沉冤不白，整天流泪。女儿多次劝慰，老妈妈说："如果有人替你父伸不白之冤，我就把你许配给他。"女儿低头不语，老妈妈常常把这一句话挂在嘴边。一天，老妈妈带着女儿行走在草木丛生的地方，又提到此话。忽然听到虎啸声而至，她们被惊吓回家，也没有在意。一天，害死女父的那个县令乘轿外出，路过山城，有个老虎自洞中跃出，直奔轿前，叼着县令度山越岭而去。于是，民间都说贪官污吏已入虎口。老妈妈知道后大喜，因为是老虎，也没有想起先前的话语。谁知老虎虽是异类，未尝无心，径直来到老妈妈家。老妈妈正坐在屋檐下绩麻，看见老虎来了，猛然省悟。她也不畏惧，对老虎说："以前我虽然讲过此话，奈何人畜恐怕不能够同床共梦啊。"老虎闻言伏在地上，点头摇尾，似有必须实现诺言样子。当时女子刚梳洗完毕，听到母亲的话就走出来。老虎看见女子，急忙起来到女子跟前依身裙下，口内吱吱作声。女子不禁泪下，便说："我母亲一言既出，驷马难追。你既然为我父亲报了仇，也是有恩于我，怎么敢违约。"于是便与老虎成为夫妇。老虎每一次进房间，都声轻步缓，晚上等女睡熟，就睡在床下。女子醒来，老虎已醒，因为老虎自知鼻息很大，恐怕惊吓住女子。虎外出几天不归，便带回许多果物给母女。因此女子并不讨厌老虎，唯有归咎自己命薄，泪流满面。老虎外出未归，女子忽然得病，医治无效，竟离开人世，老妈妈悲恸欲绝。老虎半月后回来，老妈妈叹息道："我女已于前几天去世了。"老虎泪如雨下，以足扯老妈妈衣服去寻女棺。老虎以双足撮泥作小堆，痛哭失声，又向老妈妈再拜而去。

见怪得金

古代金人现身型故事。见清·程趾祥撰《此中人语》卷三。

汉阳刘某以熬糖为业，利息微薄，入不敷出。刘家就住在糖坊里面，他的小儿子常常受到精怪惊吓，说是看见一个老婆婆出现，见人便躲避到床下。妇女们都认为不是好兆头。不料一天傍晚，刘某进屋取物，也看见一个老婆婆相貌奇古，忽然间隐没在床下。他十分惊讶，用火烛去照，毫无踪迹。床下泥土较松，他连忙用手挖，过了一会儿就挖到一个贮银的桶。取出来打开一看，里面装满白银。刘某喜出望外，于是富裕起来。

卖茶妪

古代奇遇故事。见清·程趾祥撰《此中人语》卷四。

广东某山的半山中有一个卖茶的老妈妈。凡是有人来喝茶而没有喝完的，她常常就去喝干，并不把它倒掉。一天有个乞丐穿得很破烂，跛着一只脚，相貌非常丑恶，身上长疮，臭气逼人也来喝茶。喝完便离开了。老妈妈感到厌恶，便把余下的茶倒掉了。忽然间，一朵莲花从地下长出来，老妈妈无比惊奇。再看碗里还余下一滴，赶忙喝下。她立刻精神百倍，白发变黑，竟活了一百二十岁。

张邋遢

古代死鱼复活型故事。见清·程趾祥撰《此中人语》卷四。

江宁人张邋遢家赤贫，孤身一人，与乞丐没有什么区别。他终年不洗浴不更衣，居无屋舍，夜里就睡在石桥上，不惧寒暑。有一个晚上他朦胧未睡，恍惚听到有人问："明日有什么神明过这里，有劳长者洒扫？"一人回答："明日有八洞神仙绕道，所以准备相迎。"原来是夜游神与土地相问答。张邋遢暗暗记下。天亮后，他凝神静候。中午时分，他看见八人慢慢走来，其中有一女，即所谓何仙姑也。最末一个乞丐，形容跛陋，皮肉尽露。张邋遢暗想，这个必是李铁拐，立即上前拉住他的袖子说："仙人度我，仙人度我！"乞丐笑道："谁是仙人哪！"说完往前直行。张邋遢不放他，他不得已就在身上取一把疮疤给张邋遢，说道："拿去，你就随心所欲啦。"张邋遢接过来异香扑鼻，连忙拜谢。转瞬间八人已不知所往。次日天气酷热，鱼肆中的鲜鱼过了一会儿大多死去，便倾倒在道旁。张邋遢捡回去放在水中，扔进少许疮疤，鱼都活了。张邋遢非常高兴，挑出去卖，得了几百文钱。第二天他租赁一屋，收买了大量的死鱼，仍然使用前法，竟获得百倍利市。人们无不惊讶，不知道是什么幻术。一天，众人从门缝里面偷看，只见他将死鱼放入缸中，一会儿全部活跳。众人骇极，便破门而入。张邋遢大笑，把疮疤一股脑儿放进口中，于是便腾空而去。此则故事又见《耳食录》等。

拐儿桥

古代假亲骗局型故事。见清·程趾祥撰《此中人语》卷五。

浦东人某甲，家本小康，而为人极其刁诈。一日他去游吴门，偶然在街市间遇见一个乞丐婆，衣不遮体。某甲回去，立刻让随人叫老婆婆上船，给她穿好衣服，给她吃好食物。第二天，某甲让船夫等扶老婆婆上岸游玩，并且叮嘱她："如果我们问你'好不好'，你都说'好'，切莫多言。"老婆婆连连点头。某甲也穿上华丽衣服，与老婆婆一起上岸，随后来到一家最大的绸庄，昂然走进去。店伙以为来的是富家宅眷，百般逢迎。某甲只是大模大样，点头整坐而已。从人都喊乞丐婆为太太，拣选的物件都频频问她，她遵照某甲的嘱咐，只是回应"好"。等到物件配全，约计一千两银子，某甲便嘱从人取下船去，自己只说去庄上取银，于是让老婆婆在这里少待。老婆婆不知用意，也回应"好"。店伙以为老太太在此，并不起疑心。某甲回舟，立即解缆开行，一去再不回头。而绸庄店伙久等不到，便问老婆婆，老婆婆也说"好"。店伙知道情况不妙，立刻追问老婆婆，老婆婆才吐出实情。绸庄立即派人四处找寻，毫无音讯。那个伙计不仅赔银，而且丢了饭碗。伙计满腔气愤，无处可伸，便外出访问。一天，他来到浦东某镇，遇到某甲在街市上，他立刻抓住某甲向众人控诉。众人素来知道某甲诡谲，都痛斥某甲。某甲无可置辩，只好退还了一千两银子。伙计还不答应，要去告官。某甲非常惧怕，请求众人调停。伙计这才罢手，罚某甲在自己宅前造一座桥，名为“拐儿桥”。此则故事又见《湖海新闻夷坚续志》《清稗类钞》等。

题诗祝寿

古代诗对故事。见清·程趾祥撰《此中人语》卷六。

陶某乃山林隐士，一天给他做六十大寿，高朋满座，欢呼畅饮。忽然风雨大作，有一个儒者造访他家，衣帽全淋湿了，原来是来避雨的。陶某请他入座共饮，一问才知道他姓祝。旁边有个客人说：“我们既然是来祝寿的，不可无诗。未知淋雨人能不能吟一首？”祝某笑道：“巴人俚句，诚恐贻笑大方。遇此盛会，自当遵嘱。”于是提笔写道：“奈何奈何可奈何。”众人见了都不高兴。他又书写道：“奈何今日雨滂沱。滂沱雨祝陶公寿，寿比滂沱雨更多。”众人见了大加赞赏，无不惊叹他才思敏捷。陶某见了，也大加赞赏。祝某不以为意，拜谢而别。

垂钓吟诗

古代诗对故事。见清·程趾祥撰《此中人语》卷六。

淮阴某童子生性聪慧。一天，他在河边钓鱼。他父亲突然来到，对童子说：“这种下流之事，不可做。”童子听了，立即吟诗道：“男曾遍览古春秋，垂钓何能为下流？昔日太公渔渭水，文王访去相西周。”父亲惊叹孩子的才学，一笑而回。

《南亭笔记》

书名。清·李伯元撰。李伯元（1867—1906），名宝嘉，原名宝凯，字伯元，号南亭亭长，笔名游戏主人、讴歌变俗人等，江苏武进（今常州）人。1886年至上海任《指南报》编辑，不久先后主办《游戏报》和《繁华报》。1903年任《绣像小说》半月刊主编，直至去世。此书十六卷。有上海大东书局石印本。

江苏古籍出版社2000年出版有薛正兴的校点本。其中收有《鼻烟壶盖》《刘墉夸虱》等笑话、故事。

鼻烟壶盖

古代笑话。清·李伯元撰《南亭笔记》卷二。

某宗室一向喜好鼻烟，他的鼻烟壶盖或者是珊瑚的，或者是翡翠的，光彩夺目。某宗室常常抚弄爱惜，胜过所有珍宝。他生了四个儿子，老大名“奕鼻”，老二名“奕烟”，老三名“奕壶”，老四名“奕盖”，合起来就是“鼻烟壶盖”呀。

刘墉夸虱

古代机智人物故事。清·李伯元撰《南亭笔记》卷四。

一天，乾隆皇帝召刘墉到殿上问话，看见有一个虱子攀着刘墉的衣领往上爬，立即爬到胡须里面。乾隆皇帝暗自窃笑，而刘墉却不知道。刘墉退朝回到家中，那个虱子让仆人看见了。仆人请求刘墉把虱子给捉来扔掉。这时刘墉才悟出乾隆皇帝对着自己笑，是这个虱子的缘故。于是，他仿效王安石的话，对仆人说道：“切莫杀这个虱子！这个虱子来头儿可大啦，它多次在宰相的胡须上爬，曾经让圣上过目，福分很大哟！”

当朝服

古代机智人物故事。清·李伯元撰《南亭笔记》卷四。

刘墉清正廉洁，当官数十年，依然门可罗雀。与此同时，有一位满人宰相专权，恣意妄为，富得可以与皇上匹敌。这位满相的看门人某某，也积得贿赂百余万两银子，在京城开了十几家当铺。刘墉经常拿朝服到那些当铺去当钱。可是，满相的看门人却毫无所知。元旦朝贺的时候，同僚的各位官员都身穿狐皮袍、貂皮套，雍容华贵，唯独刘墉穿一身破旧的袍子，样子显得相当寒酸可怜。乾隆皇帝以为刘墉装穷，心里颇不高兴。他日，乾隆皇帝问刘墉为何如此穿着，刘墉叩头回答道：“微臣的一应衣服，均在满相的看门人某某那里。”乾隆皇帝召满相来询问，满相竟茫然不知。刘墉拿出当票给满相看，说道：“有凭据在此，怎么说没有呢！”弄得满相十分窘迫。

装 有 恭

古代机智故事。清·李伯元撰《南亭笔记》卷四。

一次，庄有恭侍郎到某省督学，场规严肃，整天在堂上监视。有一个童子跟另外一个童子开玩笑说：“对这位庄大人，你能够直呼其名吗？”童子说：“能够。”于是他就假装要出恭（明清考试时，考生上厕所必须领取“出恭入敬”牌，以防止考生擅自离开座位。后来因此称解大便为“出恭”），几次到檐下走动。庄大人见了便斥责这个童子，这个童子高声答道：“童生不能无恭装（庄）有恭。”庄大人听了，不好吭声。

纪晓岚猜谜

古代机智人物故事。清·李伯元撰《南亭笔记》卷五。

某日，乾隆皇帝带着一些臣子在亭中赏雨。过了一会儿，雨渐渐猛烈起来，雨水把大沟小沟都灌满了，并且把山坡中间的小草也淹没了。乾隆皇帝突然兴起，便编了一则谜语，让各位大臣来猜：“大了小了，小了大了，大了就没有了。”让大臣们来猜。可是，大臣们没有一个吭声的。接着，乾隆皇帝又问那些太监，才知道所有的人都猜不出来。第二天，又谈到这一则谜语，大家都说是雨中的小草，共有二十多个人这样猜的。乾隆皇帝大笑道：“错了，错了，你们都错了。”乾隆皇帝赶快把纪晓岚召来，说道：“纪卿，你总该知道吧。”纪晓岚恭恭敬敬地回答道：“皇上所说的，估计是小儿的囟门。”乾隆皇帝听了，连连点头称是。

江 天 一 览

古代机智人物故事。清·李伯元撰《南亭笔记》卷五。

有一年，乾隆皇帝南巡，中途暂住在镇江金山寺，纪晓岚跟随皇上到了那里。乾隆皇帝想给金山寺题写一个匾额，可是很长时间想不出写什么。他假意在纸上拟一个底稿，举起来问纪晓岚道：“爱卿，你瞧瞧行不行？”纪晓岚立刻回应道：“好一个‘江天一览’！”乾隆皇帝听了非常喜悦，随即书写出来交给他。

师 徒 司 徒

古代机智人物故事。清·李伯元撰《南亭笔记》卷五。

纪晓岚喜好作楹联。他的同乡某某父子二人，同为戊子年科考的举人，他因而才构思出“父戊子，子戊子，父子戊子”的上联来。可是，他冥思苦想很久，总是想不出下联。于是，有人便讥讽道：“纪某人自称天下从来没有对不上的对联，为什么竟有如此之难对呀？”碰巧，有师生二人同时在户部为官。纪晓岚得知后，立刻对出下联：“师司徒，徒司徒，师徒司徒。”（司徒系户部尚书的俗称）

一女许三家

古代一女三配型故事。见清·李伯元撰《南亭笔记》卷七。

丹徒某姓有一个女儿，她的祖父在广东经商，便把孙女说给广东人某甲；她的父亲客居陕西，又把女儿说给陕西人某乙；她的母亲住在家中，也把女儿说给亲戚某丙。他们道远，彼此没有通气。等到祖父与父亲回家，才知道此女已经受聘，连忙写信给甲、乙两家请求退婚。两家非常气愤，都来控告。丹徒王县令初次升堂传讯，三家都备有婚书，有媒妁，无从判断，只说翻检其婚书写定的时日有先后，便默默记下来，便令退堂。过了一日复审，王县令对女子说：“你一个女子受了三姓的聘礼，跟着一家则对不起另外两家，生不如死。”女子只是啜泣。王县令拍案说：“你要死就死，不死非贞烈女子！”便命令取鸦片和汾酒，拿给女子喝。女子一饮而尽，倒在地上。王县令婉慰她的祖父、父母，给赏五十两银子，让他们回家。然后问某甲：“你愿意领尸吗？”某甲以道远表示为难。问某乙也同样回答。王县令都让他们写毁婚书。再轮到某丙，也不愿领尸。王县令发怒说：“你不接受，女子将到哪里去？”便命人到丙家。女子的祖父、父母相随一同前往，都守着哭泣。到了夜半，女子忽然苏醒。正在惊喜的时候，忽然听到门外人声喧嚷。询问是什么人，回话说：“县官传谕，今宵乃黄道吉日，命送鼓吹花烛来，让他们成亲。”于是，妆扮好女子，便举行婚礼，一室欢腾。原来女子喝下的乃益母膏，并非鸦片，她因酒醉而晕倒。第二天，甲乙两家知道此事，后悔莫及。

《南亭四话》

书名。清·李伯元撰。九卷，包括《庄庇诗话》四卷、《庄谐联话》三卷、《庄谐词话》一卷、《庄谐丛话》一卷。有1925年大东书局石印本。江苏古籍出版社2000年出版有薛正兴的校点本。其中收有《月月月明》《明太祖随口对》等故事。

月 月 月 明

古代诗对故事。见清·李伯元撰《南亭四话》卷五。

江南士人某进京城应试，去住旅店。旅店里面的人说已经没有空房可住，就打开最后一个房间给他住，叮嘱他夜晚听到什么都不要害怕，自然不会有妨碍。这个士人原本有胆量，便答应下来了。他睡到半夜三更，忽然听到窗外有吟咏的声音，非常凄惨。士人知道是鬼，就问道："你是人呢是鬼呢？你吟咏的是诗呢是文呢？"鬼来到窗下，说道："我乃某处的士人，因为想不出一副对联的下联，便郁郁而死。"于是诵出上联："月月月明，八月月明越皎洁。"这个士人听了，想替他代对，辗转怎么也不能够对出来。忽然墙外敲梆子的声音正在敲五更，他灵机一动，立即说道："你为何不对：'更更更鼓，五更更鼓更凄凉。'"鬼大喜，深谢而去。

明太祖随口对

古代诗对故事。见清·李伯元撰《南亭四话》卷五。

有一次明太祖微服出巡到了一家酒店，看见那里地方狭窄，而且没有什么下酒菜，随口对同行的大臣说："小村店三杯五盏，无有东西。"店主在一旁听到，立即续道："大明国一统万方，不分南北。"明太祖闻听大喜，第二天便厚赏了店主。又一次明太祖微行到某处，遇到一个人谈笑很融洽，明太祖问他的籍贯，那人说是重庆府。明太祖便出上联道："千里为重，重水重山重庆府。"那人立即信口回答："一人是大，大邦大圣大明君。"明太祖以为此人无意中讲出颂扬的话语，也给予厚赏。

药王财神

古代诗对故事。见清·李伯元撰《南亭四话》卷七。

某医供奉药王、财神在一个神龛上。请求某名士在神龛题写一副对联。某名士挥笔写道："纵使有钱能买命，须知无药可医贫。"以谚语来对谚语，真是妙不可言。

太监联

古代诗对故事。见清·李伯元撰《南亭四话》卷七。

明代时曾经有一个太监去浙江催贡品，南北两个专卖使宴请他。太监出一联道："南守北关，北守南关，受尽四方八面辛辛苦苦东西。"对他们加以嘲讽。南关专卖使应声说道："前管后门，后管前门，叫了几声万岁爷爷娘娘站立。"这个太监无言以对。

南北通州通南北

古代机智人物故事。见清·李伯元撰《南亭四话》卷七。

有一次乾隆皇帝南巡过通州，出对联道："南通州，北通州，南北通州通南北。"大臣里面没有人能够对得出来。唯独纪晓岚进对道："东当铺，西当铺，东西当铺当东西。"虽然比起上联稍微有一些弱而俗，但是除此以外无人能对。

只说三分

古代诗对故事。见清·李伯元撰《南亭四话》卷七。

某君善为谐语，曾经在路上遇到一个友人，友人问他到哪里去，他说闲行两三步哇。一会儿，友人在街市上碰到他，感到惊讶，说道："你说闲行两三步，为何这么快就到了这里？"某君回答："此所谓'逢人只说三分话'也。"然后看见友人进入寺庙，某君就跟他开玩笑说："有一副对联送给你：'逢人口说三分话，作恶空烧万炷香。'"

天地不怕

古代诗对故事。见清·李伯元撰《南亭四话》卷七。

有一个县令一向以怕老婆闻名。外人常常提到此事，以为笑柄。一天，他与一个秀才同席，县令忽然出一上联道：“天不怕，地不怕，就是老婆也不怕。”秀才应声对道：“杀何妨，剐何妨，就是岁考又何妨。”二人真相，跃然纸上。

三哥三嫂

古代端午妙对型故事。见清·李伯元撰《南亭四话》卷七。

长沙某姓少年，非常聪颖。中午，他的嫂嫂在厨房里面煮粽子，少年进去讨要，嫂嫂跟他开玩笑，口出一联：“五月五日，五弟厨房讨粽子。”让少年来对。少年说：“有了。要是嫂嫂不生气，我才敢对。”嫂嫂说：“好的。”少年立刻对道：“三哥三嫂，三四更……”说到这里，嫂嫂的脸就红了，匆忙走出厨房，竟不知道下面是哪五个字。

某令对

古代诗对故事。见清·李伯元撰《南亭四话》卷七。

某县令到任时在大堂上书写“爱民若子，执法如山”八个字来标榜自己。以后，他大肆贪污，有一天被人添为长联：“爱民若子，牛羊父母，仓廪父母，供其子职而已矣；执法如山，宝藏兴焉，货财殖焉，是岂山之性也哉？”看见的人不禁掩口而过。

遗臭万年

古代诗对故事。见清·李伯元撰《南亭四话》卷七。

廉访（按察使）王某是浙江平湖县人。他中举人后，横行于市井，强夺乡间物产，怨声载道。有不怕事的人给他写了一副对联：“王司马，王观察，王廉访，联升三级；一条弄，一只船，一坑粪，遗臭万年。”

《醉茶志怪》

书名。一名《奇奇怪怪》。清·李庆辰撰。李庆辰（？—1897），字筱筠，别号醉茶子，天津人。仅为诸生，以课徒为业，终身清苦。此书四卷，共三百五十六篇。有光绪十八年（1892）津门刊本、光绪二十年（1894）上海书局石印本、大达图书供应社本等。1988年出版有齐鲁书社点校本、河北人民出版社点校本。其中收有《点金石》《林某灭怪》等寓言、故事。

点 金 石

古代宝物故事。见清·李庆辰撰《醉茶志怪》卷二。

李某夜烹羔羊，香喷户外。有一个白发老头推门进来，说道："肉味太香，愿尝一块。"李某欣然替他摆上筷子，老头儿倚床坐，自言自语说："流浪到邻寺居住，仰慕先生高雅，所以来这里就食。"二人对饮，老头酒量颇大，十盅不醉，李某竟醉倒在床上呼呼而睡。等到他醒来，老头儿已经离去，留下一块小石，跟弹丸一样大，光华五彩，放在磁杯中，磁杯便化为金子。他急忙出去寻访老头儿，远近都没有此人，更觉得是神仙。回家寻找那块石头，已经没有了。询问家人，说是扔到河里面去了。李某懊悔许久，便把金杯藏到了箱子里面。

林 某 灭 怪

古代精怪故事。见清·李庆辰撰《醉茶志怪》卷二。

林某常常酗酒滋事，邻里都很厌恶他。当时村中有个妖怪，在夜里出来作祟。大家用话激林某："你一向标榜自已有胆力，你敢对付妖怪吗？"林某说："这事不难！你们能够为我准备牛肉和酒，我一定把妖怪捉来。"众人立即替他准备好。林某携酒一大瓶，乘醉坐在村外，晚上有一个怪物身高八尺，黑暗看不清楚形貌。它问林某是谁。林某说："我是妖怪。你是谁？"怪物说："我跟你一样，但是肢体不完备，不如你非常像人的模样。你携带的是什么？"林某说是酒，并且劝它尝一尝。怪物说："我的腰不能屈，麻烦你倒进我口中。"林某摸它的口，大如杯子，便提壶灌了进去。怪物称赞道："痛快呀！"于是突然倒下。林某急忙用斧头砍它，发出“丁丁”的声音。呼喊大家点火来照，原来是个破败的棺板。将它毁掉，妖怪便绝迹了。

瓜异破案

古代瓜异案故事。见清·李庆辰撰《醉茶志怪》卷二。

房山张某有个瓜园，派遣某个佣人独自去看守。正好有一个布客经过这里请求饮水。佣人拿水给他，窥见他的货物，就起了贪心。于是乘其不意，突然用铁锸砍他的脑袋，立刻倒毙。佣人把尸体埋葬在畦下，无人知道。等到瓜熟的时候，瓜畦中的苗蔓全部枯萎，唯独一畦的枝柯茂盛，结了一个瓜，比平常的大很多。园主感到奇怪，就把它献给驿官。驿官非常高兴，立刻剖来吃。破开一看，并无瓜瓤，腥血流了出来。驿官很奇怪，便喊园主来询问，园主说不清原因。于是，就同驿官前往检验，看见残柯断蔓还在。命人掘开畦下，得到一具尸体，根自口中长出。对佣人严加审讯，便如实交代，随即绳之以法。此则故事又见《耳谈》等。

小老虎

古代寓言。见清·李庆辰撰《醉茶志怪》卷二。

有一个农夫，看见田间有乌鸦与蛇斗，挖掘那里的地下，得到两枚元宝，便怀揣回家，自以为暴富，于是关门不出，并且雇了佣人。家里面的人催促他去干活儿，他动不动就说：“有这个东西壮胆物，怎么还要干苦役？此后须他人求我，我哪里会去求人？”他叫银锭为“小老虎”，闲时常常拿着玩耍或者把它抛向空中以为游戏。一天，元宝误落在他的头上，因此患病身亡，医药棺殓，两枚元宝恰好够用。

冷香堂

古代鬼怪故事。见清·李庆辰撰《醉茶志怪》卷二。

京都中的某官，好寻花问柳。他偶然与朋友到酒楼饮酒，席终乘醉独自回去，街市弯环路并不熟。走到一处，门悬巨灯，写着“冷香堂”，他便欣然进入。一个矮小的人在前面领路，昏暗看不清颜色。等到进入房间，床上灯火亮堂，有一个女子面壁躺着。某官说：“有人来，你在卧榻上还酣睡呀？”女子打着哈欠起来，面貌黄瘦，好像久病的人，对某官说：“暂且少坐，我就喊姊妹们来。”随即听到脚步声，一个女子揭开帘子进来，身高到床，头大如斗，双目炯炯，光焰四射。一会儿又进来一个女子，身高如竿，头小如盏，对着床并立。某官惊吓晕去。在某官离开酒楼的时候，他的仆人跟随着他，一转眼就找不到啦。寻访好几遍，都找不到。天亮后，发现某官睡在许多坟墓中间，气如游丝。用姜汤灌他，才慢慢苏醒，讲起了昨晚的经历。

白塔寺收生婆

古代接生奇遇型故事。见清·李庆辰撰《醉茶志怪》卷三。

杨青驿河涧旁边，有一座白塔寺。邻村有一个收生婆，夜半有人叩门来请，说道：“已为姆妈备好轿子，请辛苦一趟。”来不及详问即抬走了。到了那里，门很小，入去后楼阁相连，衣服物品奢侈。内室锦帐绣褥，坐一个二十来岁的佳人，美丽无比，似将分娩，旁立几个婢女。收生婆让一个婢女登床抱产妇，使她弯腰举足。佳人一举生下四男，身体肥茁，只是臀部有小尾不时摇动，啼声啾啾。一个婢女奔出送喜，便有四五个美妇入室欢贺。又邀请收生婆到别的房间用金盆盥洗，吃一些酒肴，赠送她一升黄豆，说道：“拿去一生吃穿不尽。”收生婆大失所望，正要推辞，立刻派人领出。她回头一望，并无屋宇，是一个麻秸垛。她很埋怨仙人吝啬，举起袖中的豆子洒到河涧里面。等到了家中，她在袖底得到宝珠二粒，才感到后悔。再回去寻找，已经没有啦。

张千总奇遇

古代鬼魂故事。见清·李庆辰撰《醉茶志怪》卷三。

天津镇标千总张某，在安徽省从军。那里新遭战乱，人烟稀少。张某奉命传递公文，与一个营卒乘马前行。天色昏黑，无处投宿，远远望见半里外有一点点灯火，便奔跑过去。那里有破屋二间，并无院落。推门进去，土灶前有一个竹筒，放上灯碗，碗中残火还亮着。有两个老头儿面目枯瘦，神色凄苦，怀疑张某是盗贼，伏在地上请求饶命。张某说是来请求寄宿的。两个老头儿惊定后爬起来，张某索要饮食，一人为某在阶前喂马，一人拿着几个饼来。张某又请求喝汤，老头儿答应而出，许久没有回来。张某与营卒都疲倦，便倚装酣睡。等到他们醒来，已经天亮，看见他们的马在庭间吃草。阶下横躺着一具尸体，白发苍苍，好像有六十多岁。转看屋后，躺着一具尸体，身首异处，年龄也差不多。看他们的面貌，就是夜间的那两个老头儿，张某叹息而去。

山左布商

古代鬼魂故事。见清·李庆辰撰《醉茶志怪》卷三。

山东布商某，客居在外。有一次，他夜行遇雨，远望有草房在半里外，急忙去到屋前。有一个老头儿迎接他，十分殷勤，然而家里面空空荡荡，好像久缺烟火。某商拿出囊中的干粮，跟老头儿一起吃。老头说："我是济南人，流落到此，苦不能回。如今有幸遇到同乡人，万生有福，烦请你带话给家人，派人来迎接我，我就感德不尽啦。"他说话间，泪落如雨。某商也感到难过，便掏银子相赠，老头儿坚决推辞不受。一会儿，有个少年冒雨进来，衣衫褴褛，容颜枯瘦。他向客人一揖，侧立垂手。老头说："这是我的邻居，也有求于先生。"少年说："我也落魄在此地，你回乡时也烦劳寄信，没齿不忘。我家去此不远，很惭愧，没有肴酒敬客，我去了。"说完，拱手而去。某商询问二人的姓名里居，老头儿一并详告，请求某商书写在簿子上。老头儿说完，面墙而卧，沉沉酣睡。某商坐以待旦。天明雨止，他呼喊老头儿辞行，老头儿不应。摇他，珊珊作响，突然垮下，乃一堆骨头而已。某商出门回顾，乃一个破棺。几步以外，又有一座坟，才发现是少年之墓。他后来回到济南，访两家的人，分别告诉了他们。

屠秀才与山神

古代奇遇故事。见清·李庆辰撰《醉茶志怪》卷三。

楚北屠秀才岁暮离开学馆回家。忽然有一个姓庄的武士来拜访，问屠秀才明年在何处设馆，并说："我有两个小儿，请先生教诲，一年奉赠三十两银子。"屠秀才觉得有一点少，庄某说："我们村里邻家还有两三个孩子，一起来上学，收入就不错了。"屠秀才还有一些犹豫，庄某立刻把鹿脯放到案上，说道："以此为见面礼，请先生不要推辞。"立刻出门离去。屠秀才想问他的里居，而庄某已走很远啦。当时山中绿林聚集，屠秀才怀疑他是同党，心里面惴惴不安，不敢另外应聘。元宵节过后，庄某夜晚忽然来叩门，说道："车乘已备，请先生上路。"屠秀才要求明日动身，庄某不同意，便拽着他登车而去。山路曲折非常远，到了一村，都是架木作房屋，形状很奇古。当时已将天明，便一起进入房屋，四壁槎枒如巢。两个童子出来拜见，大的十四五，小的十二，猿目鸢肩，相貌奇怪。教他们读书，都愚钝无才，而性情特别暴烈。几天以后，他俩就把伴读的童子额角击伤，因为邻家来了三个同学，庄某的孩子都欺侮凌辱他们。屠先生指责他们，他们不服，反而对先生无理。庄某出来，愤怒谴责“先生袒护邻子”。屠秀才大怒，准备辞行。庄某说：“你打算去哪里？恐怕由不得你！”便悻悻而出。屠秀才跟随出去，闻听室中群儿争号。回来一看，庄某的两个孩子已经擘开邻子的胸膛，正在抓吃肺脏。屠秀才大惊而逃。他出去以后，不认识路径，两个童子追来要阻拦他。他奋不顾身往山野逃窜，日暮途穷，鸮鸣狐叫，转身看两个童子，已经不知去哪里了。道旁有一个荒窑，他打算躲进去。忽然有两只狼从荊棘里面跃出，倒衔屠秀才的衣服，拽着走了几步，惊吓得要命。一会儿有个褐衣高冠的老人，须长过胸，举杖击毙二狼。他询问屠秀才怎么到此，屠秀才告诉了事情的经过。老人说：“此地是豺虎之乡，幸好你遇到老夫，不然就危险啦！”立即替屠秀才指引道路。屠秀才回家数口，梦见老人提着人头挂到庭院中的树上，说道：“庄某不法，我已把他斩首啦！”屠秀才惊问姓名，老人说：“老夫是此山之主。”屠秀才醒后，起来看见树上悬挂着一个虎头，还血淋淋的，才悟出老人是山神。

青蛙精报恩

古代报恩故事。见清·李庆辰撰《醉茶志怪》卷三。

某县城北村刘寡妇，有一个儿子年幼，在外面读私塾。有一天下暴雨，儿子未回家，她便靠在门上等待。有一个十三四岁的小姑娘，冒雨而来，说道：“请让我暂借姆妈家避雨，天晴立即离开。”妇人爱她聪慧，就收留了她。当时空中雷声轰鸣，小姑娘惊吓得赶快投入妇人怀抱。一顿饭的光景，雨过天晴，小姑娘起来向妇人拜别，顿失所在。她家小儿从私塾回来，看见小姑娘冲门出去，一下化为大蛙，跳跃而去。他回家告诉母亲，彼此都感到惊疑。过几年遇到乱局，母子外出躲避。船行到湖中，波浪陡起，船上的人非常惊骇。有个巨物从水中出来，跃登到他们的船上，船顿时就平稳了，一直到达对岸。众人拿着行装下去时，看见船头有一只大蛙，跳进水里便消失了。

娇娥与商某

古代奇缘故事。见清·李庆辰撰《醉茶志怪》卷三。

汉阳人商某，偶然出游到了郊外，看见一只白鹅在水边缓缓而来，商某就把它抱回书斋驯养，如获珍宝。一天友人请他饮酒，他就反锁而去。等到他回家，白鹅已经不见了。晚上他在书斋住宿，感到有人与他同睡，点烛一照，乃一个美人，于是相亲相爱。天亮后就不见了，夜晚又来，商某怀疑她是狐仙。苦苦盘问，美女说："我名娇娥，是天府中司夜宫的人，偶有小过，贬谪到人间。我与夫君有缘分，所以才有如此浓情蜜意。日后我当为夫君生下贵子才离去。"二人绸缪一年多，美女忽然对商某说："我的谪限已满，立刻就要与夫君分别了。"便盛妆出门。这时有彩霞万道，从空堕地，层层如丹梯，美女踏上冉冉入云端而没。商某回家看见床头有一个巨卵如瓜，一会儿自破，有个男婴在里面。他便请乳娘来哺育，悉心将他培养成人。

黄鼠作祟

古代精怪故事。见清·李庆辰撰《醉茶志怪》卷三。

陈某寄居在山河县的村墅。他夜晚喜欢临帖，就脱帽放在灯后。有个黄鼠盗走他的帽子，变成他的模样，先大声骂仆人，随即入后院，说道："仆人太懒，不为我准备饮食，我非常饥饿！"陈某的眷属立即端出食物。吃完后，它便匆匆离去。每天晚上都如此，而陈某与他的仆人都不知道。后来，陈某的家人怀疑陈某刚才用膳，不应如此饥饿；而且陈某为人一向谨慎，也不应如是厉害。但是一直没有深究。一天晚上，陈某的仆人仓猝进房间去对主人说："请稍等一下，立刻送汤饼来，请不要生气骂我们。"陈某说："我并不急需，你为什么这样讲？"仆人说："你刚才命我去取胡桃，让我放在窗外，又急着要汤饼，怎么说不急呢？"陈某于是与仆人一同去检验，胡桃已经没有了，彼此都感到诧异。第二天，陈某让仆人守候在旁边，一会儿就看见灯后有物动他的帽子，手如婴儿。斥责它，乃一只黄鼠冲出门去。这时候才悟出每晚上骂仆人并且诈骗饮食的，都是这个家伙。妖怪的花招也相当巧妙，然而再二再三，终于会败露。

分 水 箭

古代宝物故事。见清·李庆辰撰《醉茶志怪》卷四。

海河滨有一个菜园，园里面结了一个瓠子，又长又白，非同寻常。有一个南方口音的术士，向老园主购买这个瓠子。老园主说："瓠子老了不能够吃，我留下来作种。客人买它干啥？"术士出大价钱，一定要买过来。老园主因此更不愿意卖给他，就问："客人不告诉原因，即使给我千金也不卖！"术士不得已，便告诉他："天津的三岔河底，有分水箭。众流汇海而直下，乃因为有此箭，否则就变成汪洋大海啦。如果得到分水箭，价值千金。但是有老龙看守，必须施展法术才能够取得。如今得到这个瓠子，骑着便可以下水与老龙战斗。现在我如实相告，而且还要烦劳你：某一天半夜时，我与你同往，拿五色旗给你，我入水后，等着有手伸出水面，看见什么颜色的手，就拿什么颜色的旗子给手。千万不要害怕！给完以后，静候片刻，我得宝出来，一定重重酬谢你。"老园主同意后，便摘下瓠子让他拿去。过了几天，已到半夜时，月明如昼。术士驾小舟，邀老园主前往。到了以后，他披发跣足，把瓠子投入水中，跨着下去。随即看见波浪翻沸，一只赤色巨手伸出水面，老园主急忙拿赤旗给他；过了数刻，伸出一只黑手，又拿黑旗给他。立即看见水波汹涌，高出岸边，小船飘荡好像要翻了。老园主暗想："宝物镇河，是一方的福分。被他拿去，水灾立刻来到，我们都会喂鱼啦！"一会儿伸出一只白手，老园主就拿黄旗给他。忽然水星迸沸，白手又伸出来，老园主又拿青旗给他。这时小船摆拨要沉，老园主急忙划船到岸边，跃上岸观看，只见白手出水上，半晌不退，四面水立如山。忽然震响如雷，波涛渐平，看见术士的尸体浮上来，身首异处，顺流而下。老园主便自己回家去了。

《仕隐斋涉笔》

书名。清·丁治棠撰。丁治棠（1837—1902），名树诚，四川合州(今重庆市合川区）人。光绪五年（1879）中举。曾任合州瑞山书院、合宗书院山长，光绪十六年（1890）任仪陇县训导。此书八卷。有四川人民出版社1985年排印本。其中收有《自画亲供》《某甲夜归》等故事。

自画亲供

古代报应故事。见清·丁治棠撰《仕隐斋涉笔》卷二。

巫山县王某兄弟二人，兄长在外面做生意，十余年未回家，曾经寄家书勉励弟弟勤学，并带钱给弟弟使用，非常友爱。兄长在外赚积许多银子，收礼金约四千两。弟弟十分高兴，在兄长回家几天时，举办盛大筵席，邀请亲朋好友，与兄长作贺，一堂喜庆。到了夜里，兄长忽然疼痛，辗转床褥，不久便死了。弟弟对亲友呼天喊地，痛不欲生。经过亲友解劝，才稍稍宽慰，随即大作佛事，超度兄魂，约费几百金。第二年乡试，王某首场，交卷甚早，收卷官看见他的考试卷非常惊异，立刻禀报监考官。监考官把他的试卷放到别的地方。王某出去立即回家。九月放榜时，王某已经返回巫山许久了。监考官忽然急送公文调王某到省里。王某诧异，不知道是什么事。等到看见总督，总督将试卷抛到王某的面前，大骂道："你作何等事！居心太狠毒，死不足补偿你的罪过。"王某拿起试卷细看，是他自己写的一篇供招，上面大致讲："见兄财多，欲独吞之，于宴宾夜，以毒入酒，毒死兄长。凡招宾荐亡等事，都是掩人耳目，还得到美誉。让兄长含冤九泉，罪应万死，今乃自画亲供。"王某看见自己的试卷，面无人色，于是服罪。四川总督立刻将他交给有关的官吏，绳之以法。

某甲夜归

古代鬼怪故事。见清·丁治棠撰《仕隐斋涉笔》卷四。

农家某甲，胆子向来很大。有一天月夜他从市场回家，中途听到后面有脚步声，回头见一人尾随而来，那人问："我是鬼，你为啥不怕？"某甲说："活人且不怕，何怕死鬼？"鬼说："你再看看我！"甲看鬼头发蓬松，面青黄色，两目荧荧像是饿死鬼。某甲说："一副乞儿像，有什么可怕。"继续走半里光景，鬼又说："可再看看我。"某甲又看鬼，它身高数丈，伸出长舌头，眼珠突在眼眶外面，焰焰有精光。某甲说："这是庙内鸡脚神像，见惯了，没有什么可怕的。"鬼已经无技可施，随行到山凹，凹下多义冢。鬼又说："你胆子真大，能在此等一会儿，我约一个人来，你要是不怕，就是好汉子。"某甲说："这个不难，我等在此，任随你做啥。"鬼于是前行。某甲考虑不如暂避一下，便爬上旁边的大黄柳，坐在丫杈上，又将裹头布解下来束腰在树上，俯观其变。不久看见鬼从义冢来，扛了一物，白晃晃如芦席。它无论怎样呼喊，某甲都故意不应。鬼寻觅多时，鸡声四唱，便长啸而去。某甲也懵懵懂懂地睡着了，不知东方已白。早上有行人经过那里，骂道："何处的席裹死尸？哪个人弄到此地？"正惊惶间，仰见树上有人，就呼喊下来。某甲说明情况，便知道此鬼很狡猾，吓不了他，又打算借僵尸害他。于是一同呼喊了地邻掩埋僵尸。以后某甲就不敢夜行了。

窃贼救妇人

古代驱走缢鬼型故事。见清·丁治棠撰《仕隐斋涉笔》卷四。

有个吊死鬼寻找替代，迷惑一个妇人，让她去梁上吊死。当时已是午夜，被一个正在揭瓦的窃贼看见了，他连忙抽出刀子割断绳子去救妇人。他微微割伤妇人，血滴了一点儿在鬼的头上。鬼不能够藏形，扑地化为一堆物品。窃贼大呼："有鬼！"全家惊起，妇人便得到重生。他们立即用火烧了那一堆鬼物，腥臭满屋。为了感谢窃贼救命，便拿出酒食款待他，还送了一些钱给他。

神虎显灵

古代奇遇故事。见清·丁治棠撰《仕隐斋涉笔》卷六。

合州华蓥山上有一只神虎，常常现形，不随便伤人。有姑嫂二人一起去朝山上香，在山坳里面遇到土匪。土匪打算等二人下山时强奸她们。姑嫂进香后出了殿门，就看见一只小花猫跳进她们的香篮。她们以为是庙里的猫，就把它倒出去。可是花猫又跳进香篮，她们只好带下山。刚走到山坳外，土匪突然出来要强奸他们。危急的时候，花猫立刻跳出香篮，化为黄斑猛虎，咬死几个匪徒，口衔匪首而去。姑嫂惊异，才知道是神虎显灵。从此以后，朝山的人越来越多。

假虎抢劫

古代盗匪故事。见清·丁治棠撰《仕隐斋涉笔》卷六。

合州华蓥山山麓，常常有几只老虎在一早一晚出来惊吓过路人，让他们扔下行李逃跑。其实这些不是真虎，而是匪徒披上虎皮假扮的。有一个樵夫进山砍柴，听见崖穴中有人说话，看见几个人卧在地上吸鸦片，撑开虎皮遮风，一下恍然大悟。他偷偷回去叫来村里人，把他们一网打尽，在山穴中找到他们抢劫的大量财物。这一伙匪徒被村民送到官府后，将他们法办了，假虎从此绝迹。

买　金　沙

古代骗子故事。见清·丁治棠撰《仕隐斋涉笔》卷七。

合州某甲家贮千金，一毛不拔。有个骗子自称邻水人，对某甲讲：他挖一个洞穴，得到上百块古砖，每一块重百十两，已经悄悄运回家中。他敲了一角去给银工看，银工说是古银砖，但里面掺杂一二成铅锡，必须掺入金沙才可以炼出银锭。大约需要百十两金沙，便可以炼出一万多两银子。而买这么多金沙，要花一千两银子，没有很大的财力办不到。如果去寻当地的富人，害怕他们以擅开古窖的罪名告官，把古砖夺走。所以他挑着古砖和炉锤等工具，外出寻找合作人。某甲心动，于是将此人留在家里面，晚上先后敲下古砖的两角，两次掺入金沙炼银，把所炼的银子拿去兑换，都是真银。某甲大喜，便取出五百两银子与此人一道去买金沙。最后，此人竟把他的五百两银子骗走，还留下一封书信，指责某甲是守财奴，平时太贪酷，应当受罚。

酱　　婿

古代奇事故事。见清·丁治棠撰《仕隐斋涉笔》卷七。

某人在外面就读，每个月都要请假回家与妻子团聚。有一次，他妻子回了娘家，此人便赶到岳家。他妻子独住在东楼上，他在东厢房睡。半夜他要去与妻同寝，因为打不开楼门，只好翻窗进去，不料竟翻倒了酱缸，大酱从头淋下，糊涂一片，于是大叫。岳家人举火来照，看见某甲呆立在梯上，面目如鬼，无不捧腹。

闻嚏捉贼

古代盗贼故事。见清·丁治棠撰《仕隐斋涉笔》卷七。

有一个窃贼夜入人家，来到一间空房，摸到的都是腌菜坛子。他很馋，很想尝一尝，于是揭开盖子，闻一闻。哪知里面竟是辣椒面，辣气上冲，弄得他直打喷嚏，惊动了主人。主人闻嚏出来追赶，窃贼立刻仓皇逃窜。主人回家点火照明，才发现窃贼所丢弃的各种物品，加起来价值一千多钱。

打股臀

古代讽刺故事。见清·丁治棠撰《仕隐斋涉笔》卷七。

有个秀才到省里面去参加乡试，在路上雇了一个脚夫替他背行囊。秀才想得到吉利语，讨一个中举的好兆头，就问脚夫："背的物品重不重？""重"谐音"中"。脚夫说："不重，只是没有收拾整齐，常在后面打屁股。"秀才非常生气，骂脚夫胡说。等到去省里面考试完毕，他果然落榜了。正好遇到主管学校教育的提督学政出来，一些落榜者便拦轿请求补考，提督学政不准。别人都离去，这个秀才还喋喋不休，出语不逊。提督学政发怒，当场掌嘴十下，把他驱赶出去。他才悟出来"打屁股"，实际上应在脸上。

订做满鞋

古代假订货型故事。见清·丁治棠撰《仕隐斋涉笔》卷七。

安士敏与重庆府的一家鞋店有过节。一天，他乔装成一个成都的满族人，到这一家鞋店订做满鞋五十双，讲明满族妇女大都遮住前脚趾，踏步而行。因此，都以鞋后跟为累赘，需要穿无跟鞋。由于省城里面的做工不精良，所以专程赶到重庆府来做鞋。他要求这些鞋子都用杭缎绣花，每一双的价格达到一千铜钱，半个月以后准时取货。安士敏当场交了定金，叮嘱店家务必精心制作。可是，到了约定的时间，一直不见有人来取鞋。而没有跟的鞋，却无法拿来销售。老板实在没办法，只好补上后跟，贱价出售，竟损失五六成的本钱。

乌须药戏学官

古代机智人物故事。见清·丁治棠撰《仕隐斋涉笔》卷七。

江北厅某学官刚到任不久，他的夫人便去世了。这位学官已经六十岁了，打算续弦，再娶一位年轻貌美的夫人。安士敏知道他的心思，就主动表示愿意帮忙。他哄骗学官说："少妇大多不肯嫁给老年人。大人的胡须都白了，应当用乌须药染一染，看上去像中年人，才能找到满意的佳偶。"这位学官问他："到哪里去买乌须药呢？"安士敏回答："我家里就存有这一种药，拿来染胡须立刻见效。等我调配好，马上送过来。”这位学官派仆人去取乌须药，安士敏用锅烟调了一杯漆，让丫鬟拿给仆人。这位学官的胡须又多又密，糊上“药”后粘成一片，见风很快便干了。他用梳子一梳，一下就断了。他跑去洗涤，根本洗不掉。他赶紧叫安士敏来，看看为什么成为这个样子。安士敏过来一看，故意做出惊讶的表情说：“哎呦，小丫鬟出错啦！她拿的是拙妻用来抹假发髻的胶水，真是胡来！现在没办法，您不如把它剃光了，返老还童，更会让少妇中意。”这位学官虽然心里也感到疑惑，但是无可奈何，只好勉强把胡须剃光。

《锄经书舍零墨》

书名。清·黄协埙撰。黄协埙（1851—1924），字式权，号梦畹，别署鹤窠树人、海上梦畹生、畹秀留梦室主，江苏南汇（今属上海市）人。长期在《申报》任职，曾任《申报》总编纂。此书四卷。有上海进步书局石印本、《笔记小说大观》本等。其中收有《某举人自撰春联》《代写春联》《放鲤获报》《能诗丐》《僧谑》等笑话、故事。

某举人自撰春联

古代诗对故事。见清·黄协埙撰《锄经书舍零墨》卷二。

某举人三次应考不中，经过吏部挑选成为县令。但因他过于迂腐，后来竟遇事落职。他平生博通经史，著作极多，然而一贫如洗。除夕时他自撰一副春联挂在堂上：“放千枝爆竹，把穷鬼哄开，几年来被这小奴才扰累俺一双空手；烧三炷高香，将财神迎进，从今后愿你老夫子保佑我十万缠腰。”妙语诙谐，无人能比。

代 写 春 联

古代诗对故事。见清·黄协埙撰《锄经书舍零墨》卷二。

某君家极富有，而为人十分吝啬。他与亲友除了寒暄之外，便说自己如何艰难困窘。他的衣着也故意穿得非常寒酸。别人都很鄙视他。一天，他求人代书春联，贴在大门外。烟鬼朋友见了，笑道：“老兄平日常常哭穷，现在如何忽然炫富哇？”他不知道是什么意思，急忙出去看，原来写的是：“未若贫而乐，谁能出不由。”

放鲤获报

古代报应故事。见清·黄协埙撰《锄经书舍零墨》卷二。

吴门周某喜欢放生。一天偶然到市场上去，看见一条鲤鱼摇尾作乞怜的样子，他赶忙把它买回去，放到河里面，还作诗送它，其中有“但若从龙去，还施润物功”的句子。后来他去参加乡试，诗题为《白云向空尽》。他冥思苦想，总是想不出来。他忽然想起前诗，便以那两句作为结束。主考官大为欣赏，他便登上了甲榜。

能诗丐

古代诗对故事。见清·黄协埙撰《锄经书舍零墨》卷二。

某君住在京师，有一天外出散步遇到一个衣衫褴褛的乞丐，操着南方口音说：“君子周急不济富，何惜区区一文钱！”某君感到惊讶，便去问他，他回答：“我乃江南秀士，少时风流自赏，问柳寻花，挥金如土。谁知金尽途穷，以至于此。”随后吟道：“梦入扬州不数年，迷离酒国与花天。而今落魄燕山市，百结悬鹑丐一钱。”某君怜惜他的才情，问他的姓名，他不告诉，就给了他一百钱，他便高吟前诗而去。

僧谑

古代僧道故事。见清·黄协埙撰《锄经书舍零墨》卷三。

某僧颇为通儒理，善于谐谑。有个士人戏问他：“和尚既读孔孟书，为何将‘南无’误作‘拿麻’？”某僧反问：“相公为何将‘于戏’读为‘呜呼’？相公既呜呼，和尚自然要拿麻了。”满座大笑。

《中国侦探案》

书名。清·吴沃尧撰。吴沃尧（1866—1910），原名宝震，字小允，又字茧人，后改为趼人，笔名我佛山人、趼廛、趼人氏、趼廛主人、老上海、岭南将叟、中国老少年等。广东南海县佛山镇人。出身于没落世家，十八岁到上海谋事，曾经为各小报撰稿。光绪二十三年至二十八年，先后办《消闲报》《采风报》《奇新报》《寓言报》等。以后主要从事小说创作，成为晚清小说界的巨子。此书共三十四则。光绪三十二年（1906）上海广益书局出版。花城出版社1984年出版的《我佛山人短篇小说集》（卢叔度辑校）附有此书。其中收有《叠布断案》《东湖冤妇案》等故事。

叠布断案

古代案狱故事。见清·吴沃尧撰《中国侦探案》。

布店伙计某甲，背一百匹布去某地，中途遇到下雨，就到路旁的茶亭中去避雨，某乙已先在那里。天晴后某甲背布离开，某乙与他争抢，说布是他的。没有办法，只好告官。官员审问后，命差役把一百匹布都打开，对甲乙二人说："我看了这些布，都没有是谁的证据，你们替我折叠起来，我再来判曲直。"二人到庭下叠布，还没有叠几匹，官员便怒斥某乙，说道："凡是买布的都会叠布。我看你叠布，就知道布不是你的，你在诬告人家。"某乙只好服罪，被责打后赶出衙门。

东湖冤妇案

古代案狱故事。见清·吴沃尧撰《中国侦探案》。

东湖民妇某氏一向孝顺婆母，伺候非常周到。有一天清早，她进入婆母的房间，看见床下有男人的鞋子，大吃一惊，赶忙退出去。婆母发觉后，羞于见儿媳，就上吊自杀。乡保以为是儿媳逼死了婆母，立即将民妇某氏送到县衙。民妇某氏恐怕张扬婆母的丑事，不去辩白，就承认下来，并且已经定案了。新县令上任后，发现怀疑有冤屈，而某氏仍然不肯言语。新县令使用苦肉计，让一个县役的妻子被鞭打后，与某氏关押在一起。某氏终于吐出实情，因此冤情大白。

浦五房一鸡案

古代破鸡辨食型故事。见清·吴沃尧撰《中国侦探案》。

有一天，苏州百年老店浦五房的一个伙计向乡民某甲买鸡，议价不合。某甲离去时发现少了一只鸡，就与店里争执起来，邻居都来斥责某甲。某县令经过此地，某甲便拦轿喊冤。某县令叫来伙计问话，并且带上某甲卖的笼鸡和浦五房所存的全部鸡回衙，扬言要“审鸡”。市人将县衙围得水泄不通。某县令问双方用什么喂鸡，伙计说是“馊饭糠秕”，某甲说是“野食”。某县令命令宰杀了双方的鸡只，发现某甲的鸡肫中全是野食，而浦五房的鸡肫中全是糠秕，只有一只鸡肫中是野食，是非曲直，不言自明。某县令立即偿还某甲的鸡钱，替他雪了冤，又罚浦五房一笔巨款，拿去做善事。此则故事又见《不用刑判案书》等。

伪　借　券

古代案狱故事。见清·吴沃尧撰《中国侦探案》。

福建政和县有一桩欠债案，拖了几任县令都没能够判案。原告向被告讨要四百金，而被告一直说是诬告。原告富甲一方，而被告却特别贫困。按情理富人没有必要去诈骗穷人，好像穷人在赖账；而穷人非常懦弱，不像无赖之徒。新上任的县令翻阅此案文件，知道是先后分欠的，有券两张，正月一张二百金，四月一张二百金。过堂时，新县令再三审视，忽然有所发现，斥责原告说：“你为何凭空诬告他人？你不承认，就让你吃板子！”原告并不承认。新县令说：“那两张券并不是同时书写的，但如今映光观看，它们的纸纹相连，明明是由一张纸裁开后同时所为的。不是伪造是什么？”原告哑口无言，于是结案，使诬告者不能得逞。

《趼廛剩墨》

书名。清·吴沃尧撰。此书共十七则。最初发表在1907年至1908年的《月月小说》上，后被收入《趼人十三种》。花城出版社1984年出版的《我佛山人短篇小说集》（卢叔度辑校）附有此书。其中收有《盗被骗》《诈贿被侮》等故事。

盗 被 骗

古代盗贼故事。见清·吴沃尧撰《趼廛剩墨》。

有一个广东人在上海做生意。岁末事情多，深夜才回家。他在半路上遇到拦路抢劫的人，要脱他的衣服，他哀求道："你脱我的衣服，不值几个钱。幸好我带有钞票，我拿给你，不要脱我的衣服吧。"于是就拿一卷纸给那人。那人大喜，抓着纸卷便跑了。广东人急忙跑回家中，对着妻子儿女"吃吃"笑个不停。原来他拿给抢劫者的，乃一本作废的流水账册。

诈 贿 被 侮

古代衙役故事。见清·吴沃尧撰《趼廛剩墨》。

慈安太后宾天时，上海有一个人穿着枣红马褂外出，某个差役以为有机会可以榨取钱财。于是前去呵斥，那人故意做出惶恐的样子，问什么原因，差役说："国制，你难道不知道吗？应当捉到官府去。"那人表示愿意出钱求饶，半天仅仅摸出十文钱，差役发怒，又要抓他，他请求去当铺当东西，差役同意后，他进当铺当了身上的枣红马褂，然后揣着钱离去。差役要钱，他问："你凭什么要钱？"差役说："你违制穿红衣服。"那人笑道："我的红衣服在哪里？"差役无言以对。

《趼廛笔记》

书名。清·吴沃尧撰。此书共七十三则。有宣统二年上海广益书局本。花城出版社1984年出版的《我佛山人短篇小说集》（卢叔度辑校）附有此书。其中收有《新会县蛇人》《某甲卜地》等故事。

新会县蛇人

古代奇事故事。见清·吴沃尧撰《趼廛笔记》。

新会县某蛇人，误探一个毒蛇穴，手不得出，疼痛得要死，因此一下失声了，想呼救却喊不出来。这时，正好遇到一个童子过来，看见他的样子，惊讶地问道："你被毒蛇咬了吗？"他点点头。童子说："我没有药，怎么办？"蛇人看了看田畔的斗笠，童子问道："里面有药吗？"他又点了点头。童子反复查看，在破缝中找到一个纸包，里面有几枚臭虫，死了而且干瘪。童子问："这就是药吗？"他点点头，并且张开嘴巴，让童子放进去。他嚼了嚼，随后咽下去。过了一会儿，他爬起来，猛然从洞穴里拖出蛇说："孽畜差一点儿要了我的命！"此则故事又见《札记小说》。

某甲卜地

古代讽刺故事。见清·吴沃尧撰《趼廛笔记》。

某甲受到风水先生的蛊惑，他母亲死后久不下葬。为此，跟他的兄长一起爬山涉水去寻找吉地。不久，他的兄长也死了，可是吉地还没有找到。又过了几年，才得到一块大吉之地，说是被埋葬者的子孙会无比富贵，他想一想又不用来埋葬母亲。别人问他是什么原因，他说："用来埋葬母亲，就会让我兄长的后人也发迹，所以我打算留下来自己用，只让我的子孙大富大贵。"没有多久，某甲病危，朋友来看望他，忽然向他祝贺。某甲说："我都要病死了，你祝贺啥？"朋友说："你不病不死，虽有吉地也不得埋葬，子孙何时能够富贵？如今你将死，是你子子孙孙富贵的时候到了，为什么不道贺呢！"某甲听了，感到很惭愧。过了一些日子，他竟愧悔而死。

鬼求医

古代病鬼延医型故事。见清·吴沃尧撰《趼廛笔记》。

上海吴淞某个营官生病了，就派轿子去请一个有名的医生看病。名医看完病回家，天色已晚，经过一处坟地时，有一个老婆婆拦轿问道："是某先生吗？我家娘子病得很厉害，请求先生去诊治。"她领着轿子来到附近的一座高楼大厦，然而灯烛昏暗。名医下轿后，被带进一室，嗅完鼻烟，便坐到榻前，为纱帐里伸出来的一只纤手号脉。名医发现是鬼脉，大吃一惊，踉踉跄跄跑出去，登上轿子就急忙离开了。他刚刚走几步，突然想起来鼻烟壶忘了拿出，连忙派一个轿夫回去取。轿夫回到原处，只见荒坟累累，举灯一照，鼻烟壶正放在坟上。名医回到家中，竟惊吓而死。

清远虎媪

古代虎妻子型故事。见清·吴沃尧撰《趼廛笔记》。

广东清远县某甲家贫，壮年未婚。有一天傍晚，他从外面回家，看见道旁有个背着行囊的少妇在哭泣。某甲上前问，她说是父母早亡，被兄嫂卖给人家做小妾，又让大房赶出来，已经无家可归了。这个少妇于是到了某甲家中，成为夫妻。少妇善于操持家务，使得某甲慢慢富裕起来。几年间，她连生三个儿子。等到儿子长大，娶妻生子，某甲和她也成为老翁、老婆婆了。某甲亡故以后，她对儿孙说："我几十年没有回过老家，明天要回去了。"第二天，她背上行囊来到山林，从行囊里面取出虎皮披在身上，伏地化为一只老虎离去。

《札记小说》

书名。全名《我佛山人札记小说》。吴沃尧撰。此书共五十六则。有1922年上海扫叶山房石印本、1926年上海扫叶山房铅印本。花城出版社1984年出版的《我佛山人短篇小说集》（卢叔度辑校）附有此书。其中收有《贩蜡客》《富家儿》等故事、寓言。

贩蜡客

古代商贾故事。见清·吴沃尧撰《札记小说》。

四川有一个客商带了几万两银子的白蜡到汉口去贩卖，正好遇到大跌价。他在旅馆里无聊，站在楼上眺望，看见有一枚铜钱，许多人经过都没有发现。他下去捡时，已找不到，可是回到楼上一看，铜钱仍然在那里，心里非常诧异。后来，这一枚铜钱竟让一个挑担子的人捡走了。他暗暗感叹汉口的钱不是自己该得的，不如到别的地方去做买卖。他听说沙市的白蜡昂贵，于是雇船西上。刚离开一天，汉口就发生大火，烧毁几千家，当地的白蜡都被烧光，白蜡的价格顿时猛涨。他立刻掉头回到汉口，获利大大超过从前。此则故事又见《趼廛笔记》。

富家儿

古代富豪故事。见清·吴沃尧撰《札记小说》。

富家儿某甲喜欢修饰，居室也很整洁。厅前植柳取荫，遇雨便积水如小池塘。友人某乙至，正好遇雨，某甲好恶作剧，打算将某乙脱下的白纻衫取来泡到积水里面。某乙跪下乞求，某甲仍然不答应。

某乙愤然自投其衣，反复折叠，狼藉不堪，对某甲说："这一下你痛快了吧！"某甲哈哈大笑，某乙怒不可遏，立即抓起脏衣服到某甲某厅堂上，旋转挥舞，污水飞扬，四壁所挂的屏障字画，沾满秽迹。

丑仆病瘳

古代寓言。见清·吴沃尧撰《札记小说》。

海宁周某家有个仆人，长得很难看。主母派他送米到佃户家去，佃户的妇人见到这个仆人笑了一下，原来是笑他丑陋。仆人误以为有情，回去以后竟胡思乱想，久而久之生起病来，日益消瘦。有一天，这个仆人的母亲来看他，以为他过于劳累了。再三询问，他才吐出实情。他的母亲痛子心切，委婉地告诉佃妇，佃妇欣然许诺，跟仆人的母亲一起去看他。仆人伏枕叩谢，佃妇上前问他："你果真爱我吗？"仆人连连点头。佃妇又问："你知道我爱你吗？"仆人红脸点头。佃妇大怒，给了他一个耳光。说道："我家男人胜你万倍，休想！"便悻悻离去。仆人的病随后就好了。

某酒楼

古代商贾故事。见清·吴沃尧撰《札记小说》。

金陵某甲在上海开了一个酒店，赚一点小钱来过日子。几年以后，市面衰落，酒店快要支撑不下去了，又遇到岁末，打算明天就闭门休业啦。当天晚上，有个老者挎着荷囊而来，入座饮酒，让上菜，伙计说什么菜都没有了。老者问："夜未深，为什么都没有了？"伙计说："因为明天就要休业了。"老者说："我常常来此喝酒，生意并不坏，为何要休业？"伙计说："店主资本枯竭，生意好又有何用！"问主人是谁，说是某甲。老者便去见某甲，某甲说："房租三月没有交，眼看就要封我的门了，门内的物品全部拿来抵租金。明天便到期啦。”老者问：“三月租金有多少？”回答：“六十两。”曰：“如果偿还了租金，又要多少可以继续开业？”回答：“多当然好，没有的话，几两几十两都可以支持。”老者打开布囊拿出二百两银子给某甲，说道：“你拿这些可以继续经营，不要停业。”某甲大喜，又怀疑是梦。问老者的姓氏，老者说：“吾某姓，居某乡，家人以纺织为业，织品多则拿到上海出售。每年到上海都会到这里来饮酒，所以听说你要歇业，怎么能够无动于衷呢。”某甲记下老者的姓氏里居。第二天便又照常营业，从此生意突然红火起来，获利倍增。过了一年老者没有来，某甲便带上银子去他的家里，准备报答他；可是走遍了那里都找不到此人，非常惊异。回去以后，某甲与家人交谈，都怀疑老者是狐仙，于是打扫出一个房间来供奉老者，早晚礼拜。他家的生意越来越好，竟发展为一个大酒楼。

清远健妇

古代机智故事。见清·吴沃尧撰《札记小说》。

清远有一个健妇，自县城回乡下，身上有几两银子。有个无赖带着刀尾随至野外，要抢劫她。妇人连连回头看，知道他的意图，便解开身上的带子，到沟边洗了一下，提着带子前行。无赖四顾无人，便拔刀对着她。妇人笑道：“你能赢得了老娘，便如你所愿。”无赖挥刀，妇人挥带迎接，带湿而软，缠刀几圈，用力一拔，无赖几乎扑倒，刀子堕地，妇人急忙拾起来握在手中，笑道：“来来！”无赖吓得赶忙逃跑。

误累

古代案狱故事。见清·吴沃尧撰《札记小说》。

河南鹿邑县出了一个大盗案，已经报到刑部，但正犯没能捕获。县令朱某请到巡抚的海捕牌，随后出省搜缉。被选派的两个老捕役一天到了湖广地界，去一个偏僻的古庙稍微休息一下。进入古庙后，看见一个人正枕着一个包袱在案上熟睡。二人精通律例，知道强盗拒捕，格杀勿论，而且有奖赏。于是杀了那人，制造被砍伤的假象，前往报官，官府检验后立即出了印结回文，申呈结案。二人得到了奖赏。过了许久，云南捕获一个大盗，有鹿邑县劫财的口供。刑部参劾，县令朱某推到捕役身上，立刻将两个老捕役押解至京，一经审讯，立刻招认，他们并不知道所杀的是什么人。县令、老捕都将要被大辟。

《俏皮话》

书名。清·吴沃尧撰。此书共一百二十六则。连载于吴沃尧主编的《月月小说》。有宣统元年（1909）上海群学图书社单行本。时代文艺出版社1996年出版的《中国历代笑话集成》第四卷录有此书。其中收有《蝗蝻为害》《送匾奇谈》等笑话、寓言。

蝗 蝻 为 害

古代笑话。见清·吴沃尧撰《俏皮话》。

某地方有蝗虫为害，乡民入城禀报。知县向城隍神祷告，城隍神立即传蝗虫来问话，命知县在一旁坐着观看审问。不一会儿蝗虫都到了，一起跪在阶下，城隍便逐一讯问。有许多蝗虫都说自己只咬树叶，不伤庄稼。城隍说："我也不能分辨你们谁害民，谁不害民，待我告诉雷公，凡是害民贼，都与我劈死了吧。"知县一听，手足无措，仓皇告辞。城隍问他为何离开，知县说："我要回去找一间密室来躲避雷公。"

送 匾 奇 谈

古代笑话。见清·吴沃尧撰《俏皮话》。

某地凡是有病往庸医某甲处就医的，往往应手立毙。然而不知厉害的人，仍然去求诊，因此丧命的人愈来愈多。一日，忽然有人吹吹打打送一个匾来。某甲不知是谁送的，邻居也感到惊讶。等到细问，才知是某棺材店所送。好事者便去棺材店访问，店中人说："小店生意向来清淡，自某甲挂牌行医以来，生意突然大有起色，所以给他送匾。"

守财奴之子

古代笑话。见清·吴沃尧撰《俏皮话》。

守财奴生了一子，长大成人了，家长还不让他出门一步，恐怕他浪费钱财。所以守财奴的儿子虽然已经二十来岁，还不会分辨公母，却跟他父亲一样吝啬。一日，他家喂的猫忽然生了几只小猫，儿子感到诧异，就问人：“猫为啥能生子？”别人笑着告诉他：“这个母猫，配上公猫，自然能生小猫。”儿子一日拿着洋钱问父亲：“这个洋钱不知是母的，还是公的？”父亲说：“洋钱哪有公母之分？”儿子叹道：“真是可惜，如果洋钱也有公母，配在一起合，所生的小洋钱，真不知有多少哇。”

火石与火镰

古代寓言。见清·吴沃尧撰《俏皮话》。

火石与火镰，相撞相击而生火。火石说：“这是我蕴藏的火，跟镰无关。”火镰说：“这是我击撞而出来的火，与石何关？”火镰与火石都自以为是，背道而驰。一日，火石想要火，去撞别的物品，怎么也撞不出火。火镰想要火，去撞别的物品，照样撞不出火。于是知道相依的可贵，彼此言和，又在一起，寸步不离。因此，随时都可以得到火。火绒知道后，立刻远离。火镰与火石相撞相击，火星四射，然而随起随灭，犹如电光，最终燃不起来。

《清朝野史大观》

书名。清末小横香室主人编。此书十二卷，分为《清宫遗闻》（二卷）、《清朝史料》（二卷）、《清人逸事》（四卷）、《清朝艺苑》（二卷）、《清代述异》（二卷）五辑。1916年由上海中华书局印行。河北人民出版社1997年出版有李秉新等校勘本，四川人民出版社1998年出版有林成西等点校本，中央编译出版社2009年出版有陈文科等注释本。其中收有《中州奇案》《杨村奇案》等故事、笑话。

中州奇案

古代误杀奇案故事。见清末小横香室主人编《清朝野史大观》卷四。

河南某村有一个农夫去接妹子回娘家，中途肚子痛上厕所，让妹子先走。

等他回家一看，妹子并没有回来。原来她误入歧途，天黑时被某乙领回家中。其兄某甲是个屠夫已外出，嫂嫂也回娘家了，当天晚上某乙让她住在嫂嫂房间，自己到主人家中借宿。半夜，她听见隔篱“窣窣”有声，连忙拿洗猪盆盖身，藏在地上。这时候，邻妇进来偷她带的包袱，接着又有一个男子闯入，与邻妇一起在床上行奸。不久某甲突然回家，以为弟嫂通奸，便杀了他们，提着妇人头去老丈人家，谁知开门的竟是自己的妻子。某甲转身回某乙主人家，开门的竟是弟弟某乙。天亮后里正率领众人来验尸，才知道那个上门来奸污借宿女的，乃是某乙的主人。

杨 村 奇 案

古代尸变奇案型故事。见清末小横香室主人编《清朝野史大观》卷四。

新婚的第二天早上，新郎杨某不知去向，新娘柳氏竟裸卧在床上，已经断气。女家控告杨翁，县衙廾棺验尸，看见棺中躺着一个斧伤累累的老头儿。县令只好将杨翁收监，并且贴出告示招人认尸。一个多月后，新郎杨某前来投案，自言新婚之夜与妻子戏耍，掐其神潭致死，畏罪潜逃，不料让父亲蒙冤。于是县令释放杨翁而将杨某投狱。一日杨翁去数十里外的某地，忽然见到柳氏。柳氏诉说那天入埋后，半夜复苏，幸亏棺木薄而有缝隙，呼叫后木匠叔侄将她救出。老木匠要送她回杨村，小木匠将老头儿砍死，放入棺中，然后带她回家成为夫妻。至此冤案真相大白，将凶手绳之以法，杨某一家人才得团圆。

沙河堡奇案

古代谋杀奇案型故事。见清末小横香室主人编《清朝野史大观》卷四。

有甲乙二人经商得到厚利回家，途中与一个挑着两个箱子的卖花人共同住在某旅店的西偏屋。东偏屋住的是一个贩壶客和一个瞎子。半夜，瞎子突然听到西偏屋有斧头声、呻吟声，十分可疑。他连忙对同屋人讲，并且假装争吵来观察动静。听到争吵，西偏屋的三个人果然来相劝，店主与其他旅客也先后赶过来。瞎子说他丢钱了，提出搜查全店。三人神色慌张，决不让搜。众人越发不放心，便强行开箱，结果发现两个箱子里面各有一个被支解的死人。原来在作案前，每一个箱子里面都藏一个同伙，等到甲乙二人熟睡后，便出来将他们砍死、支解，打算黎明时离开不至于引起怀疑。哪知道让瞎子发觉，最终落入法网。此则故事又见《栖霞阁野乘》《清稗类钞》等。

捉弄和珅

古代机智人物故事。见清末小横香室主人编《清朝野史大观》卷六。

乾隆年间，和珅做宰相，操纵了国家大事，一手遮天，连明代的宦官魏忠贤也比不上他。和珅结党营私，人们在路上见到他时，因为畏惧他的权势而不敢正视，朝中的官员大都不敢触犯他的锋芒。这时，刘墉尽管做了相国这样一个总领国政的长官，也无法挫败和珅的嚣张气焰，因而常常耿耿于怀。有一年春天，刘墉探听到和珅将要应召入宫去见乾隆皇帝。正好这时风雪满天，泥泞遍地，刘墉就故意穿上一身破旧的衣服，等候在路上。当和珅的轿子过来时，刘墉连忙命下人拿着他的名帖，送到和珅的轿前说道："刘中堂亲自到府上贺年不遇，如今正在下轿迎候。"和珅本来不打算下轿，只准备在轿内寒暄几句，可是见刘墉已经跪在地上向他祝贺新年，连忙下轿跪地答礼。和珅身上穿的黑色裘皮绣花袄，竟糊满污秽。后来，和珅尽管到宫里去哭诉，却奈何不了刘墉。此则故事又见《滑稽故事类编》等。

段清广折狱

古代斗米斤鸡型故事。见清末小横香室主人编《清朝野史大观》卷六。

浙江鄞县有一个乡民的父亲生病了，他赶到城里面请医生，不小心踩死了米店的一只雏鸡。米店主人要乡民赔九百钱，乡民身上仅有二三百钱，赔不出来，于是发生争执。被外出的鄞县段县令看见了，段县令命令差人把他们叫到轿子前面，问乡民一只雏鸡为什么要赔九百钱，乡民回答道："店主说雏鸡虽小，品种特异，喂养几个月可以长到九斤。以时价算，一斤鸡一百钱，所以要赔九百钱。小人说不过他。"段县令说："索赔的数目不为过，你的钱不够，本县替你补齐。"当乡民如数赔偿后，段县令笑着对店主说："你真会做生意，以一只雏鸡换了九百钱，不愁不致富啊！"店主笑嘻嘻地叩头致谢，就拿着钱回去了。段县令立刻把他叫回来跪在轿前，说道："刚才判案尚有不妥当之处。你的雏鸡还没有喂到九斤呀，常言说'斗米斤鸡'。鸡长一斤需要喂一斗米。如今鸡已经死了，省下的九斗养鸡米，应该还他九斗米，方为公允。"店主张口结舌，只好拿九斗米给乡民。此则故事又见《清稗类钞》《大清见闻录》《滑稽故事类编》等。

仇十洲《史湘云春睡图》

古代笑话。见清末小横香室主人编《清朝野史大观》卷四。

某古董商在店里面悬挂一幅仇十洲的《史湘云春睡图》。有两个鉴赏家看见后，一个说："这的确是真迹，用笔非仇十洲不能。而且题字、图章无一不绝佳，纸张也不是近百年的。"一个说："你讲的诚然有道理。但是布景散漫我不能不有所怀疑。恐怕是高手的摹本吧。"他俩正在侃侃而谈的时候，背后忽然有人大声说："明朝人画本朝的小说故事，真是奇谈！"两个鉴赏家听了羞得面红耳赤，无言以对。

吃饭何须问主人

古代讽刺故事。见清末小横香室主人编《清朝野史大观》卷四。

军机章京李某每一次下班必定去东华门户部王宅吃午饭，无论主人是否在家。因为王某是李某的同年至好。有一次，李某生病在家休息数日，上班后又去王宅吃午饭。谁知一个仆人不让他进去。李某说你主人既然不在家，就去禀告你家主母，赶快给我备饭。女主人以为他是丈夫的至交，便给他摆上午饭。正吃时主人回来了，李某不认识，窘得手足无措。主人说王某三天前已经搬迁，他是我的好友，而且我俩同姓同官同司，你可以跟过去一样来吃午饭。于是，李某仍旧每天到那里吃午饭。原先的那个王某听说后大笑道："不料此宅乃李某的吃饭所。"

《南皋笔记》

书名。清末杨凤辉撰。杨凤辉，号南皋居士，生平事迹不详。此书四卷，包含许多与四川有关的和与藏族聚居区有关的民间传说故事。有1912年上海进步书局石印本、《笔记小说大观》本。其中收有《金鞭崖记》《无头鬼》等故事。

金鞭崖记

古代奇遇故事。见清·杨凤辉撰《南皋笔记》卷一。

青城山樵夫某甲去市场上卖柴时碰到一个相士，说他十天之内将要遇到异人，会立即大富。某甲暗暗高兴，就不想去砍柴了。过几天，他刚起床，就有个像土地神的古衣冠人进门来说："你的运气已到。我替你守金鞭很久了，你为何不去取呢？"某甲大喜，立刻跟随那人去崖间，看见金鞭排列如笋，六尺多长，光灿夺目。某甲发狂似的把金鞭拔来背回去。他快要到平地时，突然没有去路，古衣冠人也不见了，吓得他掉下山崖，几乎昏死。苏醒后，他发现身边有许多围观的人，自己背回来的全是枯木。

无头鬼

古代鬼怪故事。见清·杨凤辉撰《南皋笔记》卷一。

四川按察使，请某生到官府里面做刑名老师爷，事无巨细都听他的裁决。某生因此有机会营私舞弊，颠倒刑狱，没几个月便富裕了。张某一向与某生有交情。一天，他进衙署去拜访某生。某生正好到布政使衙署的一个幕友那里饮酒未归。张某一直等候到夜深，于是就在某生那里住宿下来。半夜时分，他忽然闻听有人开门进来。他最初怀疑是盗贼，揭开帷帐窥见一无头鬼，手提着一个人头直扑床榻。他害怕极了，连忙掩被俯卧，不敢喘息。这时他听到有人说："不是的。"便转身外出而去，灯火又明亮起来。张某不敢再睡，只好坐而待旦。天刚刚亮，张某将要离去，忽然有仆人从布政使衙署踉踉跄跄回来，说某生已经暴死啦。张某赶忙问情况，仆人说："昨夜四更时某生腹痛起来上厕所，瞥见一个无头鬼一手提着人头，一手拿着铁锤打击某生，使他仆地，七孔流血而死。临死时，只听他大呼饶命。"

克梗克梗

古代戏髑髅型故事。见清·杨凤辉撰《南皋笔记》卷二。

某客到草地的拉布郎寺去做生意，途中看见一个髑髅，便开玩笑似的拿海椒塞在髑髅口中，还用藏话问道："克梗莫克梗（辣不辣）？"立刻听到有人回应："克梗克梗（辣辣）。"从此，某客总是听到有人说"克梗克梗"。他非常害怕，因而对空说道："克梗克梗，你要害我吗？先前我是跟你开玩笑，你经常说'克梗克梗'干啥？"又听到有人说："我的骸骨暴露在野外很久了，你见了就拿我来开玩笑，我将用'克梗克梗'来一直跟着你。"某客很惧怕，赶忙找到那人的骨骸，将它埋葬起来。当天夜里，某客就梦见那人来道谢，以后就不再听到"克梗克梗"的声音了。

义 犬 记

古代义犬鸣冤型案狱故事。见清·杨凤辉撰《南皋笔记》卷二。

赵甲的妻子年轻貌美，与邻家子罗某私通，后来竟将赵甲毒死，埋葬到荒山中。赵家有一只犬，自从赵甲死后它就不再吃赵家的食物，而逃到山中为赵甲守坟，风雨不避。有一日县官下乡，经过此地。赵家犬直扑马前，狂奔呼号，好像喊冤的样子，差役怎么也赶不走它。县官怀疑有特殊情况，就问它："你有何冤？我会替你伸冤。可是你不能言语，怎么办！"犬立即向西走，县官便命差役尾随它前行，到了荒山中埋葬赵某的地方。犬用爪子刨开赵某的坟墓，差役抬出赵甲的尸体来检验，原来是被毒死的，然而不知道死者是什么人。县官问犬："死者是你的主人吗？毒死他的是何人？"犬又向南走，县官也命差役跟随犬走。犬先到赵家，当时赵妻正在与罗某对饮。犬直扑罗某，咬伤他的足。赵妻起来拿棍棒赶犬，差役赶到，立刻将赵妻与罗某一起拘到县衙。一经审讯他们便招供了，于是让他们抵命。审判定案后，犬立即碰柱而死。县人都称赞它，把它葬在赵甲的坟墓旁边，立一个碑，碑上写着"赵家义犬之墓"，并且把它的事迹写在碑的背面。

藏 地 狗 人

古代精怪故事。见清·杨凤辉撰《南皋笔记》卷二。

藏地有一个年轻女子，还没有出嫁。一天，有个做买卖的少年，自己说是姓苟，相貌很好。这个女子与他有了私情，便让他入赘到女家。他每一次听到虎豹的叫声，就吓得趴在地上。女子以为他胆小，常常呵护他，不觉得奇怪。一年后，妻子生下一个儿子，脑袋像狗，还有尾巴，妻子以为是妖怪，就扔到野外去，被老鹰吃了。苟某心里很不高兴，但是没有吭声。过一些时候，他俩发生口角，妻子用棍子赶丈夫，碰到了丈夫的脑袋，丈夫忽然变为一条狗。正在惊异的时候，她就看见有几个披铠甲、拿武器的人来了。妇人立刻拿棍子打击他们，或伤或死，全都变成狗啦。

蛇　　厉

古代家族故事。见清·杨凤辉撰《南皋笔记》卷三。

长江南北居住着同一个宗族的两位姓张的人，有南张北张之称。北张富而南张贫，南张家有一块坟地，常常被北张放牧的牛马践踏。南张很生气，就去找北张家人讲理，却受到北张的儿子侮辱，但是北张并不知道。南张郁郁成疾，每一次吃饭都会哽咽，病得快要死了。北张听说后非常吃惊，立即谴责儿子，并且让儿子上门向南张请罪。北张说："我的儿子品行不好。他得罪宗族的人，就是得罪祖先。这是自己管教不严的过错。"于是拿棍子请南张抽打他的儿子。南张说："我不知道你不了解此事。如今听到你的话，认为你是个诚实的长者。我不能够因为一点儿过失，就失掉宗族的和气，伤了我们祖先的心。"他因此留北张喝酒，北张又再三安慰他，并且强要南张吃东西。南张忽然大噎而吐，吐出一条赤蛇。从此南张病愈，两家和好如亲兄弟一样。

雉 妇 报 恩

古代报恩故事。见清·杨凤辉撰《南皋笔记》卷三。

江陵王生一日独自坐在庭园里面，看见一个少妇鬓发蓬松，仓惶进门呼喊："请救我！"竟投入王生怀中，王生没有来得及说话。突然有一只大猛禽自天而降，少妇十分恐惧，王生急忙遮蔽她。等猛禽飞去，少妇出来道谢，并说："这鸟是厉鬼所变，与我家世代有仇。幸蒙君子相救，有再生之恩，他日必定重报。"再拜而去。几个月后，忽然有一只野鸡飞入王生怀中，化为先前所救的那个少妇。王生惊异，问她："你为什么这样？"少妇说："君子有恩于我，时刻不忘，略微表示一点儿心意。"一会儿，又化为野鸡飞去。王生觉得怀中有物，拿出来看，是一块苍玉。当时盗贼横行，遇到有盗贼来抢劫的时候，看见他家好像在水中，万顷绿波，茫茫如海，便不敢入。王生才知道，这一块苍玉是稀世宝物。

石 牛 记

古代奇事故事。见清·杨凤辉撰《南皋笔记》卷三。

在天台山里面，有一个猎人看见一头野牛，就击中它的腹部，但是没有损伤它的一根毛，野牛也毫无感觉。猎人很奇怪，接连打击野牛几次，野牛便大叫一声，山谷立刻发出回响，好像雷鸣一般。猎人吓得昏倒在地上，过一会儿才苏醒。他回家跟妻子讲，妻子说："我听说天台山上有块石头像牛，遥望跟活的一样。几十年前有人看见它出现。后来有一个道士到那里，用柳条鞭打它，并且念咒语说：'牛牛牛，山间一石头，我将骑你到瀛洲。'以后就不见了。你今天所见，该不是这头牛哇？"第二天，猎人带着干粮上山去寻找野牛的踪迹，看见一个道士骑牛而过，仔细一看，就是前天他所击的野牛。他再到石牛出现的地方去寻找，已经找不到石牛了。

《清稗类钞》

书名。近人徐珂编。徐珂（1869—1928），原名昌，字仲可，别署中可、仲玉，浙江杭县（今余杭）人。清光绪举人，后任上海商务印书馆编辑。此书分为时令、气候、地理、外交、教育、吏治、宗教、风俗、方言、农商、婚姻、工艺、著述、文学、艺术、音乐、戏剧、动物、植物、服饰、饮食等九十二类，共13500余条。有1917年商务印书馆初版。中华书局1984年出版排印本，全十三册。其中收有《何不出家》《两三杯水作波涛》等故事、笑话。

何 不 出 家

古代笑话。见近人徐珂编《清稗类钞·讥讽类》。

吴太守曾经去游广州，有一个僧人成天奔走在各个权贵之门。一天，他对吴太守说，自已忙于应酬，不堪其苦。吴太守笑着问他："既以为苦，何不出家？"

两三杯水作波涛

古代诗对故事。见近人徐珂编《清稗类钞·讥讽类》。

张相国告老还乡后，一天散步到一个村中，看见一家人正在祝寿，高悬某太史所书写的寿联，便走上前去观看。某人见他衣帽古朴，就问他：“你是何人？”他回答说：“诗翁。”某人很惊讶，问道：“你能够作诗吗？”便以“水吊子”为题，让他赶快吟咏。张相国提笔立刻写道：“腰圆腹扁土沙包，才上红炉气便豪。小物不堪成大器，两三杯水作波涛。”某人感到惭愧，连忙俯首谢罪。

请上坐泡好茶

古代请上座型故事。见近人徐珂编《清稗类钞·讥讽类》。

有一次，大学士阮元去游览扬州平山堂，当时有个僧人正铺开纸作楹联。阮元穿着布衣站在一旁观看，僧人因为他是个乡下老头儿，随口说道：“坐，备茶。”写完后，僧人问他姓什么？阮元回答后，僧人以为他是阮元的族人，立刻加礼，说道：“请坐。”并且叫人泡茶。坐下后，僧人又问他的名字，阮元如实相告。僧人惊慌失措，连忙替他拂炕，请上坐，赶快令人泡好茶。随即用备好的笔墨请求阮元题字。阮元拿起笔来蘸墨，自言自语道：“没有好的联语。”一会儿便书写道：“坐请坐请上坐，茶泡茶泡好茶。”

众人叫一声丈人

古代诗对故事。见近人徐珂编《清稗类钞·讥讽类》。

常熟廪贡生吴某，常常以有三个女婿在人们面前显摆。有人就写一副对联来嘲讽他：“乾隆生，嘉庆廪，道光俊秀，此老是三朝元老；邹七个贵，包八富，贺九书香，众人叫一声丈人。”吴某闻听，很生气，说道：“只有三个女婿，怎么说‘众人’？”有人说：“三人成众，你知道吗？”

击退风云雷电

古代诗对故事。见近人徐珂编《清稗类钞·讥讽类》。

咸丰年间，苏州大旱，官吏到玄妙观请求雨，半个月无效。一天，官吏将要返回衙署，忽然看见祭坛前面悬挂一副对联："妖道淫僧，一灵牌击退风云雷电；贪官污吏，九叩首祈来日月星辰。"

嫌少嫌小嫌老

古代讽刺故事。见近人徐珂编《清稗类钞·讥讽类》。

某县令年老，初上任就在县衙前大书"三不要"，还在下面注上"一不要钱，二不要官，三不要命。"第二天去看，每一行下面各添三个字。成为"一不要钱曰嫌少，二不要官曰嫌小，三不要命曰嫌老"。

贺喜出丑

古代呆女婿故事。见近人徐珂编《清稗类钞·讥讽类》。

某甲生性愚钝，目不识丁。一天某甲要到岳父家贺喜，妻子便把娘家什么地方贴有什么字一一告诉他，让他记住。某甲到了岳父家，指着门说："这是'喜'字，这是'国恩家庆，人寿年丰'八字，写得真好！"又指着对门米店说："那里的'求现不赊'也写得不错。"岳父他们都感到惊奇。没有多久，某甲去上厕所，见到井边上有一行字，故意大声说："此处禁止小便，我走错了。"岳父听了更为高兴。宴会以后，岳母想试一试某甲，就指着小姨子裙间的"万"考他。某甲瞠目结舌，答不出来。他忽然说道："这是'喜'字。"众人摇头。他又说："那么是'国恩家庆，人寿年丰'。"众人又摇头。他大声说："那么是'求现不赊'。"众人连连摇头。他急了，便说："那么是'此处禁止小便'！"岳父听了大怒，立刻把他赶出门外。

将军提防提防

古代诗对故事。见近人徐珂编《清稗类钞·讥讽类》。

庄某年幼时有"神童"之称。一天他不慎将放的风筝落到镇粤将军署内，便勇敢走进去索取风筝，碰见将军正在与客人下棋。将军问他读过书吗，会不会对对子，他说："这等小事，何难之有！"将军问他能对几字，他说："一字能对，一百字也能对。"将军便指着画幅出对："旧画一堂，龙不吟，虎不啸，花不闻香鸟不叫，见此小子可笑可笑。”庄童指着那局棋说：“残棋半局，车无轮，马无鞍，炮无烟火卒无粮，喝声将军提防提防。”

明眼人一口道破

古代讽刺故事。见近人徐珂编《清稗类钞·讥讽类》。

山东某进士任知县，只知读书，不理民事，政治出多门，被人控告到朝廷，于是把他逮捕审问，关到刑部的监狱。某进士入狱坦然。他睡的是一张大床，每天躺在上面看书，觉得非常方便。三年后遇到赦免，狱吏前来道贺，某进士徘徊不肯离去，说道：“这里僻静，读书最佳，可惜不能够终老于此。但我到此几年有一件事不可理解。”狱吏问他是什么，他说：“我曾经考虑许久，仍然需要求教。此床极大，肯定不能够从此门进来。是先放床在此，而后造房屋吗？”狱吏笑道：“对呀。鲁班的巧妙，让你明眼人一口道破啦！”某进士说：“岂敢岂敢，我只是管中窥豹，略见一斑罢了。”

君是好人

古代讽刺故事。见近人徐珂编《清稗类钞·讥讽类》。

名士王某曾经当过江西某地的太守，喜欢作诗。有人看见他刻的诗集里面，有这样的句子：“三声大炮响，两扇总门开。”其余的可想而知。他曾请教过某学士，某学士说：“君是好人。”他说：“我问的是诗，不是问人。”某学士说：“君能不作诗，更好。”他惭愧而去。王某又曾经把诗稿献给某太史，某太史说：“有派头。”他很高兴，就问是什么派头，某太史说：“是贵戚凤阳派。”原来凤阳的乞丐大多拿着小钲（一种敲打乐器），口中唱歌，沿街乞讨。

德去德来

古代诗对故事。见近人徐珂编《清稗类钞·讥讽类》。

光绪年间，某省巡抚德某因为犯事，被御史弹劾免职，继任者为德某，也受到民众怨恨。江西有人书写一张揭帖，粘在那个继任者的轿子上。揭帖写道：“德去德来皆是德，财多财少总贪财。”德某见了大怒，责怪轿夫不慎，打得他臀部流血不能走动。后来，有一人作一副对联，粘在轿子里面，写道：“德去德来，无人见得。轿前轿后，有足皆跣。”

两个木头

古代诗对故事。见近人徐珂编《清稗类钞·讥讽类》。

光绪年间，安徽某县知县先后的继任者为查某某、李某某二人。县人写有一副对联嘲讽道：“前七月初八，后七月初八，笑他接印同期，未见得文光射斗；去一个木头，来一个木头，只是爱财若命，都恐怕担子难挑。”原来“查”、“李”两个字都从“木”，他们上任的时间都是七月初八。

一百枚不倒翁

古代讽刺故事。见近人徐珂编《清稗类钞·讥讽类》。

某相国当政时，一天有一个客人来拜谒，自称门生。见面以后即献上一个漆盒，打开一看，里面装了大大小小一百枚不倒翁。客人走后，仆人偶然看见那些不倒翁后面，都各粘有名字，最大的一个，粘的就是某相国的名字。其余的是各个部院以及奔走他门下的人。其中还写有二十四个字：“头锐能钻，腹空能受。冠带尊严，面和心垢。状似易倒，实立不仆。”

能者下流

古代诗对故事。见近人徐珂编《清稗类钞·讥讽类》。

山东有候补知县二人，一个姓熊，一个姓卞。熊某常常得到好的差使，卞某很是嫉妒。一天，卞某遇到友人，就拆“熊”字为句，来讥讽熊某道：“能者多劳，跪断四条狗腿。”熊某说：“我可以对。”卞某问他，他说：“下流无耻，伸出一点儿龟头。”

夫役名帖

古代借官衔型故事。见近人徐珂编《清稗类钞·讥讽类》。

某省提督衙门的夫役某甲，与武庙隔壁的某乙结为亲家。写婚帖的时候，某甲在帖子上大书：“钦命头品顶戴兵部尚书都察院左都御史总督某处地方节制提督军门门下扫地夫愚弟某顿首拜。”某乙张皇失措，就去与某乡绅商量。乡绅说：“隔壁是关帝庙，我自有办法。”于是在回帖上写道：“敕封关圣帝君汉寿亭侯隔壁愚弟某顿首拜”。

题李铁拐像诗

古代诗对故事。见近人徐珂编《清稗类钞·讥讽类》。

某家收藏古画，所绘是八仙中的李铁拐像。他请某文士为画题诗。某文士提笔写道：“葫芦里是什么药，背来背去劳肩膊。个中如果有仙丹，何不先医自己脚？”

兄弟联句咏雪

古代诗对故事。见近人徐珂编《清稗类钞·讥讽类》。

中州有兄弟二人，乃纨绔子弟，识字不多，却自命不凡。一天赏雪，他们打算联句，苦思苦想没有结果，忽然看见一只狗从雪中来。老大说：“我得到第一句了！”随即吟道：“黄狗身上白。”老二叹服，认为他心思巧妙，便继续吟道：“白狗身上肿。”老大非常吃惊，说道：“你我得到这两句，竟成为咏雪的绝唱，不宜再作，非但留下狗尾续貂的讥笑，而且恐怕遇到上天的妒忌。”说完，相互大笑不止。

翁　　仲

古代诗对故事。见近人徐珂编《清稗类钞·诙谐类》。

乾隆时，某个词臣奉命敕撰墓志铭，误将“翁仲”二字颠倒，下降为通判。快要离开时，乾隆皇帝写了一首绝句：“‘翁仲’如何说‘仲翁’，十年窗下欠夫工。从今不许归林翰，贬尔山西作判通。”原来每一句末尾二字都颠倒了。

满朝皆忠臣

古代讽刺故事。见近人徐珂编《清稗类钞·诙谐类》。

乾隆皇帝沿着卫河南巡，依靠船窗看见农夫耕作，为以往没有见过，感到快乐。到了山东某县，乾隆皇帝想问一问民间疾苦，便召一个农夫到御船上问收获的丰歉，长官是否贤良，农夫的回答还算让皇上满意。一会儿又让农夫看一遍护驾的各位官员，并且询问他们的姓名。群臣因为农夫是奉旨询问，在皇上的面前不敢不回答。其中，多有害怕农夫按照舆论回答而让皇上发怒的官员，都两腿发抖失常。农夫看完后，回答道："满朝都是忠臣。"乾隆皇帝问他是怎么知道的。农夫说："我看唱戏时，花脸扮的奸臣都面涂白粉。如今的各位大臣没有这个模样的，所以知道都是忠臣。"皇上听了忍不住发笑。此则故事又见《滑稽故事类编》等。

是狼是狗

古代是狼是狗型故事。见近人徐珂编《清稗类钞·诙谐类》。

有一次纪晓岚出席某尚书的宴会，同座的某御史也是个生性滑稽的人。他看见有一条狗从厨房前面走过，便假意问道："是狼是狗？""是狼"与"侍郎"同音。他以此来嘲弄纪晓岚。纪晓岚立即回答道："是狗。"某尚书问道："你怎么知道的？"纪晓岚说道："狗和狼有两个地方不同，一则是它们的尾巴朝上朝下有区别，下垂是狼，上竖是狗；一则是它们的吃食有区别，狼非肉不吃，狗却遇肉吃肉，遇屎吃屎。""上竖"与"尚书"同音，"遇屎"又与"御史"同音。某尚书、某御史本来想嘲弄纪晓岚，反而受到了纪晓岚的嘲弄。此则故事又见《破涕录》。

老头子

古代老头子型故事。见近人徐珂编《清稗类钞·诙谐类》。

纪晓岚身体肥胖，十分怕热，到了夏天往往汗流浃背，衣服总是湿漉漉的。当他来到宫中值班供奉南书房时，一进房间就立即脱衣纳凉，过好一会儿才走出来。乾隆皇帝听到太监讲到这件事，觉得非常有趣。某一天，乾隆皇帝想拿纪晓岚寻开心，戏弄他一下子。当纪晓岚赤身袒腹正在跟几位同僚谈笑时，乾隆皇帝忽然从内屋里走了出来。那几位全都仓皇披起衣服。纪晓岚近视，直到乾隆皇帝走到跟前，他才发现，可是已经来不及穿衣服了。他赶紧躲藏在御座下面，气喘吁吁，却不敢动弹。乾隆皇帝坐了两个小时不走，也不吭声。纪晓岚酷热难忍，便伸头往外看，并且问道："老头子走了吗？"乾隆皇帝一听就笑了，那些同僚也笑了。乾隆皇帝说道："纪昀无理！你怎么会讲如此轻薄的话？只要你讲得通，便可以免罪；无话可讲就杀头！"纪晓岚说道："陛下，微臣没有穿衣服。"乾隆皇帝便命太监把衣服拿给纪晓岚穿，让他跪在地上讲"老头子"作何解释。纪晓岚摘下官帽，给皇上叩头后，从容地说道："陛下，万寿无疆之谓'老'，顶天立地之谓'头'，父天母地之谓'子'。"乾隆皇帝听了，很是喜悦。此则故事又见《滑稽故事类编》。

人间四季夏秋冬

古代机智人物故事。见近人徐珂编《清稗类钞·诙谐类》。

有一天，纪晓岚下班回家的时候，遇到一位宦官。那人对纪晓岚说："正好有一副上联'榜上三元解会状'要请明公对下联，以便成为完璧。"纪晓岚立即对出下联道："人间四季夏秋冬。"这位宦官连忙问纪晓岚，为何脱掉一个"春"字，纪晓岚笑道："公公应当自问是何缘故哇！"其实，纪晓岚意在嘲讽这些阉人都无"春"可言。

其下无之矣

古代嘲太监型故事。见近人徐珂编《清稗类钞·诙谐类》。

有一次，纪晓岚与百官聚集在宫廷内等待上朝。他正在与同僚相互谈笑逗趣时，忽然间来了一个小太监，他好奇地问道："大人们在讲什么笑话呀，能不能让我听一听？"纪晓岚随即讲道："没有什么笑话。如今有一个人哪……"小太监忙问："下面怎么样呢？"纪晓岚回答道："下面没有了。"（暗讽太监被阉割）此则故事又见《笑笑录》《清朝野史大观》《笑话大观》《滑稽故事类编》等。

道士吃笋烧肉

古代案狱故事。见近人徐珂编《清稗类钞·诙谐类》。

江南姚某做某县县令，政声很好，断案颇为诙谐。当时有一个道士从远方来，扬言能够知道未来之事，受到他迷惑的民众甚多。姚县令听说后，就派人把他请进衙门，谎称太夫人打算问吉凶。这个道士欣然前往。到了县衙，姚县令出迎，请他上坐。过了一会儿，突然问道："大师知道相邀的意图吗？"道士说："太夫人有事召见，我已经知道了。"姚县令说："相邀无事，请吃笋烧肉啊。"说完，就呼差役拽道士在阶下，命打屁股四百下。打完，姚县令又问："你知道本县还打吗？"道士哀求道："青天开恩，一定不再打了。"姚县令喝道："再打四百。"打完，姚县令拍案道："你知道未来事，为什么打你，你却不知道？妖言惑众，罪至于死，姑念你初到，误犯禁令，也不深究，赶快离开，不要逗留。"判毕，命令差役把他放了。

两个渔翁揪打

古代诗对故事。见近人徐珂编《清稗类钞·诙谐类》。

某人做江苏巡抚时，将军、总督、藩司等在临江的一座酒楼宴请他，在筵席上即兴联句。总督出句道："举杯上危楼。"某巡抚道："天高一色秋。"藩司道："江边无限景。"最后轮到将军，他瞠目结舌，不能吐一词。正好看见有两个渔夫在艇上相斗，将军立刻拍案说："我也有了。'两个渔翁揪打'，可以吗？"藩司笑道："诗限五言，如果不删去'打'字，叶韵更好。"将军捋着胡须，高高兴兴回衙署，告诉那些幕僚。某个幕友捧腹大笑说："该打该打。"将军说："原来有'打'字，可惜被不通的藩司删去啦。"

现身说法

古代诗对故事。见近人徐珂编《清稗类钞·诙谐类》。

有一个自称"儒医"的人，一天出诊，半路上口渴，想找一个茶馆。轿夫说附近没有，前村唯有一个学堂，老师喜欢弄文，有人去那里找他，必须先试对联，能够对，才肯招待。医生大喜，说道："我是儒医，尽管去。"到了那里，老师问明来意，立即出一联："碧桃万树柳千条。"医生立刻对道："红枣二枚姜三片。"老师觉得很好，便泡茶款待他，然后离去。过了几个月，医生又经过此处，老师又出一联："避暑宜寻深竹院。"医生即对："伤寒应用小柴胡。"老师喜欢他很敏捷，便加以优待。再过几个月，医生出诊，忽然遇到大雪，回不去，便绕道去那个学堂借宿，老师请他喝酒，喝到半醉，老师出一联："大地无分南北，遍洒梨花。"医生想到他的妻子，凑成一联："小妾有件东西，悬似瓦罐。"老师笑道："先生现身说法，真可谓大公无私啊。"

卿真苦死

古代诗对故事。见近人徐珂编《清稗类钞·诙谐类》。

有一个穷人吃不饱，穿不暖，常常对着草编的牛背哭泣。他的妻子死了，他就写了一副对联："算来半世夫妻，吃也无，穿也无，叹卿真苦死了；放下千斤担子，天不管，地不管，比我倒快活些。"

不得了了不得

古代诗对故事。见近人徐珂编《清稗类钞·诙谐类》。

某人善于滑稽。一天，他有一个朋友去世了，前往吊唁。一进门，某人就听到哭声很凄厉。其中有"了不得，不得了"二语，被他听见后，就提笔写一副对联："不得了，了不得，了也不得。"正写到这里，又闻听死者的妻子扑在棺材上痛哭，一个老妈妈劝她说："怎么哭，哭怎么。"某人立刻继续写下联："怎么哭，哭怎么，哭又怎么？"

过去未来之妙品

古代过去未来妙品型故事。见近人徐珂编《清稗类钞·诙谐类》。

某乙生性吝啬，而且多诈。有一天，他的表兄某甲五十大寿，某乙准备了一份礼物，派人送去。某甲打开一看，乃四枚鸡蛋，附有一张说明书，写道："此未来之肥鸡也，兄祝寿为时过早，如果迟三个月，一群雄鸡将引吭而啼。"某甲看见，不笑也不怒，就收下来了。过一天，某甲送请柬邀某乙，某乙欣然前往。到了某甲家中，只见灯烛辉煌，筵席上座客已满，别有一种酒肉香味弥漫在空中。某乙到后，馋涎欲滴。某甲与某乙寒暄后，领他去堂东让他独坐在空桌前面。某乙等待许久，不见菜肴，正在企盼的时候，忽然看见某甲拿着一根青竹竿来，放到桌上，对某乙说："此过去之嫩笋也，弟来得为何太迟，如果早几个月，鲜美之笋正可以下酒。"说完，就自个儿离去了。

门中一龟

古代门中一龟型故事。见近人徐珂编《清稗类钞·诙谐类》。

友善。一日，王某倚靠在门里面远眺，陈某经过他的门前，就去与他说话，又问他："今天事情太急。因为有人分家，托我代写书分单。分家时必须拈阄。仓促中把'阄'字忘记了，请问怎么写？"王某回答："门中一龟是也。"

贤者乐此

古代谐趣故事。见近人徐珂编《清稗类钞·诙谐类》。

有一个老头儿掉了牙齿。一天，他去朋友家中出席宴会，同席的某人好诙谐，看见他吃饭时嘴里面没有牙齿，便开玩笑说："天下真有无耻（齿）之徒吗？"那个老头回答道："贤者然后乐此（落齿），不贤者虽有此（齿）不乐也。"

母许招贴

古代谐趣故事。见近人徐珂编《清稗类钞·诙谐类》。

有一个富人家的外墙壁上面，贴了"毋许招贴"四字，以便禁止商贩在上面任意张贴市招（广告）。可是把"毋"字误写成"母"字。有一天，有个人拿着市招往他家墙上贴。主人见了发怒说："你没有看见墙上的字吗？"那人说："上面有'母许招贴'，你家母夫人已经允许我了。"

生吞仇敌

古代豆腐是命型故事。见近人徐珂编《清稗类钞·诙谐类》。

某甲很穷，每一天吃的都是一大碗豆腐。有人问他："你天天吃豆腐，恐怕三个月也不知道肉味呀。"某甲说："肉吗，肉是我的仇敌。我把豆腐看成我的性命，每天吃不厌，实在是跟爱憎相关。"过了一些日子，邻居请某甲喝酒。某甲拼命吃肉，而不动一筷子豆腐。有人就问他："你以豆腐为性命，以肉为仇敌，如今怎么反过来吃呀？"某甲说："不不，仇敌当前，发誓生吞而后快，所以连性命也不顾啦。”此则故事又见《笑府》《广笑府》《笑林》等。

咎由自取

古代讼师故事。见近人徐珂编《清稗类钞·狱讼类》。

乡农某甲的妻子某氏有外遇。一日某甲外出，那个少年又来了，正好某甲醉酒回来。他与少年相遇，非常愤怒，立刻拿刀去杀少年，少年惊吓而逃。某甲怒不可遏怒，便杀了妻子。他酒醒后感到后悔，自言自语说：“我没有抓获奸夫，杀妻没有证据，不是会按律偿命吗！”他无比懊恨，就去请求讼师杨某帮助。杨某说：“事已至此，你可尽快回去。今晚你不要掩门，点一个灯在室内，拿着刀等在门后。如果有人进来，立即杀了，用来代替奸夫，你的罪就可以逃避了。”依据旧律，奸案凡是男女同时抓获的，本夫可以格杀勿论。某甲按照杨某所言，立即返回家中静候。当地的风俗，凡人夜行困乏，途经房舍，无论是否与主人相识，只要没有关门而且房内有光，都可以进去休息。二更过后，果然有一个人提着灯慢慢走来，进屋打算稍微歇歇。某甲大喜，乘他尚未坐定，突然从后出来杀了此人。天没亮，某甲便去叩门告诉杨某，请他去一起议事。杨某到了某甲家中，看见尸体不禁号啕大哭。原来某甲杀的是杨某的儿子。杨某的儿子长期在外面经商，与某甲素不相识，恰好他回来省亲，竟被某甲误杀了。某甲不得已，便去到县衙自首。县令查明情况，知道杨某咎由自取，便逮捕某少年来问罪，打过板子后就把某甲释放了，让他回去厚葬杨某的儿子。此则故事又见《梦厂杂著》《履园丛话》《凉棚夜话》《小豆棚》《此中人语》等。

滑稽判案

古代巧审“善人”型故事。见近人徐珂编《清稗类钞·狱讼类》。

易州有一个富家子与某个寡妇私通，让寡妇的家里人告到官府。富家子辩解说他与寡妇的丈夫友善，特地去照顾寡妇，想不到被人诬告。州官对富家子说：“你的确是一个善人，且跪在旁边，看我审别的案子。”在审欠债案时，州官让他替欠债人还债，富家子不敢推辞，替人还了六十千钱。在审忤逆案时，州官让富家子代替逆子挨打，连打他三十板子。打完以后，州官笑着问富家子：“你还想行善吗？我还有许许多多案件要审。”富家子连连叩头说：“不敢了，不敢了！”州官这才放了他。此则故事又见《滑稽故事类编》。

假 凭 票

古代骗子故事。见近人徐珂编《清稗类钞·棍骗类》。

江北人周某初到上海，一天中午在南京路闲步，突然有一个衣服华丽的人匆匆过来，从怀里堕下一个纸卷，而没有察觉。一个穿短衣的人拾起来反复审视，就去问周某这是何物？周某看了看说："这是凭票，可以拿到钱庄去取银子。"短衣人说："我是穷人，到钱庄去取银子，恐怕引起怀疑。先生去取，必然成功。我以十个银元让给你，由先生自己去取，你赚得更多。"周某喜出望外，立刻给了短衣人十个银元。等他拿到钱庄去取银子时，验出是赝本。钱庄的人要拉周某去见官，周某再三哀求，人家才把他放了。

假 首 饰

古代骗子故事。见近人徐珂编《清稗类钞·棍骗类》。

有一天傍晚，孔某经过上海静安寺路的跑马场，行人稀少，看见有一个人的怀中掉下一个巾裹，被一个中年妇人捡到了。孔某上前去看，里面包的是妇女首饰，有珠子、翡翠等物。中年妇人问他："先生，这些东西值多少钱？孔某说："大约值三四十元。"中年妇人说："卖吗？当吗？我不知道价钱，如何是好？"孔某说："你十元卖给我好吗？"对方说："太少。"再三讨价还价，以十五元成交。孔某大喜，可是回家在灯下仔细观看，才发现是假货，所值不到三元钱。

小 银 币

古代骗子故事。见近人徐珂编《清稗类钞·棍骗类》。

常熟妇人施阿金，在上海做佣人。一天，主妇给她两千五百文钱，拿去购买食物。她出去后，看见有一个老妇人慢慢走来，从身上掉下一个纸卷，到地就裂开，是一封小银币。阿金捡起来非常高兴，正打算藏到怀中时，旁边一个少女就来抢夺，说是见者有份。二人相持不下，又有一个妇人过来劝说："你不分小银币，就应该把你的钱拿给她。"阿金把身上的钱拿给那个少女后，回去后才发现上当啦。

《新世说》

书名。近人易宗夔撰。易宗夔，名字蔚儒，湖南湘潭人。此书共八卷，仿照《世说新语》体例，分门别类记述清代至民国初年的一些人和事。有1918年排印本以及1982年上海古籍书店缩版影印本。其中收有《竹苞》《僧有两妻》《孔子之后有孔明》等故事、笑话。

竹　苞

古代个个草包型故事。见近人易宗夔撰《新世说》卷四《捷悟》。

乾隆皇帝思路非常敏捷。一日，他来到和珅家中，看见和珅家的亭子匾额上，有纪晓岚书写的两个大字："竹苞"，便笑眯眯地对和珅说道："这是纪昀嘲笑你的词语，说你家'个个草包'啊。"和珅听了特别尴尬，而在皇上面前也不好说什么，只得点头称是。此则故事又见《清朝野史大观》《清代野史》《破涕录》等。

僧有两妻

古代机智故事。见近人易宗夔撰《新世说》卷七《排调》。

乾隆皇帝南巡，到了毗陵（今江苏常州）。一日游天宁寺，听说住持某僧不守清规，便询问他："汝有几妻子？"某僧以"两妻"对。乾隆皇帝感到惊奇，又询问他。他说："夏天拿着竹夫人，冬天怀抱汤婆子，难道不是两个妻子吗？"乾隆皇帝一笑置之。此则故事又见《清稗类钞》。

孔子之后有孔明

古代笑话。见近人易宗夔撰《新世说》卷八《纰漏》。

张某出任济南府时，藩司阿某胸无点墨，却好以门阀自矜。一日在衙署中演剧，阿某看到上演的孔明草船借箭，就笑着对大家说："孔子之后乃有孔明，可见善人自有善报。"众人知道他有误，没有接话。张某善诙谐，独自说道："岂止善人有善报，试看秦始皇之后乃有秦桧，岂非恶人亦有恶报乎？”

《棲霞阁野乘》

书名。近人孙静安撰上下两卷。所记以清代咸丰、同治、光绪、宣统四朝之事居多。北京古籍出版社1999年出版。其中收有《更胜一筹》《但使下民无殿屎》等故事。

更 胜 一 筹

古代机智人物故事。见近人孙静安撰《清代野史·棲霞阁野乘》卷上。

乾隆皇帝每一年都要巡幸热河，必定在中秋节后的某一天到木兰围场去。重阳节前后，乾隆皇帝才从木兰围场出来。沿途经过的万松岭，乃乾隆皇帝驻跸登高的地方。有一年，乾隆皇帝住在万松岭上，他让一个大臣把原先悬挂的楹联更换成新的。这个大臣冥思苦想，偶然间得到一句联语：“八十君王，处处十八公（松），道旁介寿（祝寿）。”可是，他怎么也对不出下联。于是他只好派人骑马去请求纪晓岚帮忙。纪晓岚见到来人，淡淡一笑道：“他又来考我啦！”立刻在纸上写出下联：“九重天子，年年重九节，塞上称觞（举杯祝酒）。”这个大臣得到快马送回来的下联，感叹道：“晓岚真胜我一筹哟！”

但使下民无殿屎

古代机智人物故事。见近人孙静安撰《清代野史·棲霞阁野乘》卷下。

一日，官员们在军机处会餐。有一位官员向同僚征求唐、宋时期宰相堂飧（公膳）的故事。这时，刘墉忽然高声吟唱道：“但使下民无殿屎（愁苦呻吟），何妨宰相有堂飧。”在座的同僚们听了，都笑得喷出饭来。

巧 妙 求 书

古代机智人物故事。见近人孙静安撰《清代野史·棲霞阁野乘》卷下。

刘墉的书法名重一时，然而想得到他的墨迹却十分不容易。有某公与刘墉同在军机处共事，常常馈赠各种精品饮食给刘墉，刘墉总是要致函表示感谢。没过几日，他又有所馈赠，一年多时间从来没有间断过。有一日，刘墉去拜访这位同僚。这位同僚忽然拿出一本册页，刘墉打开一看，里面全是自己的手迹，数量如此之多让刘墉感到惊讶。刘墉仔细端详，都是自己平日写的感谢函。这位同僚因而说道："没有这些馈赠，怎么会得到如此多的珍迹呢？"刘墉听了，便大笑起来。

3

中国民间故事通览

祁连休 冯志华 编著

河北出版传媒集团
河北教育出版社

中国现当代民间故事

汉族故事

◇汉族幻想故事◇

熊　家　婆

汉族狼外婆型故事。采录于四川。

从前，有一个妈妈带着金花、银花两个女儿生活。一天，妈妈要去姑妈家，嘱咐两个女儿晚上去请家婆来做伴。天黑后，金花站在门口喊家婆来做伴，她的喊声被人熊偷听到了。半夜人熊装扮成家婆来到她们家中，跟两姐妹做伴。人熊先吃了妹妹银花，姐姐金花发觉后，便借口屙尿，爬上楼躲起来。她忽然想起妈妈讲过人熊最怕打雷，便在楼上把油坛子滚来滚去，不断发出“轰隆轰隆”的响声。人熊吓得慌了神，连忙问是什么声音，金花说是在打雷，让人熊赶快躲进大柜子。金花把人熊锁进柜子，立刻烧了一大锅开水浇到柜子里面，烫死了人熊。

野　人　婆

汉族狼外婆型故事。采录于青海。

从前一家人有三个姑娘，大姐叫门担儿，二姐叫门闩儿，三妹叫门扣儿。有一天，妈妈去姥姥家，半路上遇到一个野人婆。野人婆把她们家的情况打听得一清二楚，然后把妈妈吃掉，连夜赶到她们家门外，装扮成妈妈来叫门。大姐、二姐都没有去开门，三妹经不起吓唬，就把门打开了。晚上睡觉时，野人婆吃了门扣儿，大姐、二姐发现后，谎称尿尿逃了出去。野人婆发现姊妹俩逃跑后，立刻追出门外，看见她们躲在一棵白杨树上，就问怎么上得去。姊妹俩说泼一碗油就好了。野人婆泼上油后怎么也爬不上去。姊妹俩又说可以用绳子吊上去。她们把野人婆吊到半空中，突然一松手，野人婆被当场摔死了。

虎 姑 婆

汉族狼外婆型故事。采录于台湾。

有一次，虎姑婆知道一个母亲要回娘家，就跑去跟这家的姐妹俩一起睡觉，让姐姐跟它睡床头，妹妹睡床尾。半夜，妹妹问虎姑婆在吃什么，虎姑婆说它在吃花生，其实它在嚼姐姐的手指头。妹妹说她要小便，虎姑婆便用绳子一头捆在妹妹身上。妹妹出去后，就把绳子绑在尿桶上，然后爬到一棵大树上。虎姑婆发现了，立刻追到树下，却不会爬树。妹妹叫虎姑婆提来煤油和稻草，说可以帮助它上树。虎姑婆果然把煤油和稻草提来，妹妹赶忙浇上煤油点上火，把虎姑婆烧死了。

蛇 郎

汉族蛇郎娶妻型故事。采录于内蒙古。

有一次，老婆叫男人去砍蛇郎头上的金花。男人扛起斧头去砍金花时，把斧头掉进蛇郎窠里了。无论他怎么讨要蛇郎都不给，还让他把他的一个女儿嫁给蛇郎。男人回家对他的七个女儿讲，女儿们都嫌蛇有腥味，只有七妹子愿意。七妹子嫁给蛇郎后，有一天二姐去看她，发现她跟蛇郎的日子过得很好，非常嫉妒。于是，她把七妹子骗到河边上，推进河里淹死了，然后穿上七妹子的衣服，回去冒充七妹子与蛇郎生活。七妹子变成一只鹦鹉去骂二姐：“奸奸奸，拿我的镜子照狗脸；丑丑丑，拿我的梳子梳狗头！”二姐很生气，就把鹦鹉按到水里弄死了。半夜，蛇郎突然听到灶房里面有纺车声，起来一看，发现自己的妻子噙着眼泪正在纺纱哩。蛇郎要去抱她，她说：“蛇郎哥，别抱我，我还没有长骨头呢。你拿冬雪做衣裳，拿梅花做脸，把花枝当骨骼，放在我身上，我就变得和原来一样啦。”蛇郎照样做了，七妹子变得比原来更好看了。蛇郎把恶毒的二姐撵走，又重新和七妹子生活在一起。

蛇 郎 君

汉族蛇郎娶妻型故事。采录于台湾。

阿婆有三个女儿，蛇郎君每天骑马来问阿婆：有几个女儿，要嫁吗？阿婆回家去问三个女儿，老大、老二都不愿意嫁给蛇郎君，三女儿表示由母亲做主，就决定嫁给蛇郎君了。隔天蛇郎君来下聘礼，要把新娘子娶走。阿婆问："蛇郎君啊，我要来找我的女儿怎么办？"蛇郎君给阿婆一斗豆子、一斗芝麻，要她到时候念："蛇郎君呀蛇郎君，豆子发芽芝麻也发芽，我的女儿住在哪里呀？"就可以找到了。阿婆照蛇郎君的话办，便找到了蛇郎君和三女儿。阿婆回去直夸蛇郎君住的金房子。大姐隔天便去蛇郎君那里。她把小妹骗到井边，推进井里淹死了，自己冒充小妹。第二天大姐去挑水，一只小鸟飞来说："羞羞羞，用我的金梳子，抹我的金茶油！"大姐便把那只小鸟杀死煮了吃，蛇郎君看了，立刻把鸟肉埋到竹篱笆下面。隔天竹篱笆下长出一丛竹子，大姐就把竹子砍了叫人做成两把椅子。蛇郎君坐下好好的，大姐一坐椅子便倒下，她立刻把椅子砍了放进炉里烧了。后来，隔壁阿婆来借火，大姐让她自己去取。阿婆从炉灰里面刨出一块红龟粿，大姐让她拿回去吃，阿婆一口咬下去，突然三妹跳出来。三妹向阿婆说明了缘由。阿婆就去找蛇郎君，骂蛇郎君"眼睛被屎糊了，大姨子占了小妹的位"。蛇郎君来到阿婆家里面，看见了三妹。三妹说："我才是你的妻子，那个是我的大姐。"蛇郎君回家后就骑马带大姐去挑沙填海，结果大姐被海浪卷走啦。

大 蛇 招 亲

汉族蛇郎娶妻型故事。采录于湖北。

从前，有一个老汉带着三个姑娘生活。一天，三个姑娘想吃桃子，老汉便上树去摘。他正要动手时，忽然刮起一阵狂风，有一条大蛇蹿过来把桃树缠得紧紧的。这时候，一群蜂子飞来说："嗡嗡嗡，蔡相公叫我来做中，三两胭脂四两粉，问你大姐准不准？"大姐二姐都不答应，三姑娘为救父亲，就同意了。娶亲那天，大蛇变为一个白面书生，自称蔡相公，受到大家夸奖。婚后两口子恩恩爱爱，日子过得非常美满。三个月以后，八月十五这一天三姑娘回家探亲，老汉看她带来一个漂亮女婿，心里十分高兴。大姐假意邀请三妹到后山赏月，并且与三妹相互调换了衣服。她正准备把三妹推入井中淹死时，大蛇跑来救走了妻子。后来老汉生病了，三姑娘回家探望，大蛇让妻子带鳞片去给岳父医治。大姐再次加害三妹没有得逞，不料自己竟中毒身亡。

金 指 头

汉族奇事故事。采录于山东。

王得宝要饭时，遇到一个相貌奇古的和尚。他接连跟了和尚十几天，一定要拜和尚为师。和尚问他想学什么，他说想学医替穷人治病。和尚让王得宝把右手的两个指头伸进自己的嘴里。当王得宝再把两个指头从和尚嘴里扯出来后，两个指头已经变成金色了。和尚叫他用金指头给人治病，一摸便好，但不能够要钱。王得宝很快就出名了，人称“神医”。他一直坚持治病不收钱。人家送来吃食，他只留下一点儿。后来他为一个员外的女儿治好瘫病，员外就把女儿许配给他。婚后妻子劝他治病收钱，他仍然不收。等有孩子后，他改变主意，开始治病收钱，而且越收越多，成为一个财主。一天有个要饭的请王得宝治瘸腿，王得宝要收银子，并说没钱就等死吧。要饭的交了银子把瘸腿治好后，又说嗓子疼，王得宝照样要银子。可是当王得宝把手指头伸进要饭的嘴里时，只听到“嘎吱”一声，他的指头就被咬断了。王得宝仔细一看，要饭的竟是和尚师父。师父用手一指，王得宝的金银财宝都没有了，手上只剩下一根先前的要饭棍子。

葫 芦 娃

汉族怪孩子型故事。采录于山东。

有一次春姐在院里织布的时候，救下一只受伤的小燕子。小燕子伤愈飞走后，第二天叼来一颗葫芦籽送给春姐。春姐把葫芦籽种在柳树下面，没多久便开花并且结了一个小葫芦。春姐用手一摸，小葫芦里面立即跳出一个一寸长的小孩儿。这个孩子又能干又勤快，春姐和老妈妈都非常喜欢他，就叫他“葫芦娃”。一天，有个妖怪飞到院子里面，把春姐掳走了，老妈妈十分着急。葫芦娃立刻翻山越岭，四处去寻找春姐。他历尽千辛万苦，终于找到了春姐，并且战胜那个妖怪救出春姐。在回家的途中，葫芦娃感到口很渴，便去捧甘甜的山泉喝。喝着喝着，葫芦娃一下便长成大人了，又壮实又英俊。他和春姐一起回到家中，老妈妈见了心里有说不出的高兴。

猪 哥 精

汉族团结除恶型故事。采录于广东。

有个老婆子上山拾柴，得罪了猪哥精，猪哥精就说当天晚上要去她家里吃掉她。老婆子吓得坐在门口哭泣。前前后后来了一个卖杂货的、一个卖马的财主、一个卖锣鼓的、一个卖屎的、一个卖油的、一个卖蟹的、一个卖鸡蛋的、一个卖烟丝的、一个卖花生的，都劝她不要哭，一个个拿出自己卖的东西来帮助她。晚上猪哥精来吃老婆子时，一进屋就碰到锣和鼓，惊动了床头的马，马蹄踢得猪哥精痛苦难挨。猪哥精去开厅堂的门，弄得满手是屎，还被针刺得乱叫。猪哥精刚跨进去，便被油滑了一跤，到了灶下，又被蟹咬了一口。猪哥精看见灶上有烟筒和烟丝，刚要点火抽烟，鸡蛋“乓”的一声炸瞎了它的一只眼。猪哥精摸到天井里面，正要坐下来吃花生，不料猛然掉进井里淹死了。老婆子知道猪哥精淹死了，连忙去叫邻居们把它捞起来宰杀，然后熬了两大锅猪肉，请大家美美地吃了一顿。

水 推 长 城

汉族十兄弟型故事。采录于山西。

有一个婆姨养了十个儿子，老大顺风耳，老二千里眼，老三有力气，老四钢脑袋，老五铁骨尸，老六长腿，老七大脑袋，老八大脚，老九大嘴，老十大眼。一天兄弟们去锄地，老大听见有人在哭，老二一看就说给秦始皇修长城的人饿得哭哩。老三去代替，半晌工夫就修好了。秦始皇听说后怕了这个能人，便准备杀他。老二看见了，就让老四赶去，秦始皇用九十把钢刀也没有将他砍死。秦始皇又想改用棍子打。老五去了，打断九十跟棍子都没用，于是要扔到海里去淹死。老六去顶替，海水才淹过脚面，他便在里面捞鱼。他捞了几十斤鱼，老七赶来用大草帽把鱼装回家。家里面没柴烧，老八把脚上扎的一根刺拔出来，竟是一棵大椿树，老三劈开树把鱼烧好了。老九先尝一尝，几十斤鱼还不够垫牙缝。这下急哭了老十，泪水在地面汇成江水，一发不可收拾，把秦始皇辛辛苦苦修的长城推倒了几千公里。

金佛寺剃头

汉族奇遇故事。采录于四川。

有个王剃头为人厚道，对于穷人从来不计较。有一天，有个小和尚请他上金佛山给五百师兄剃头。小和尚走得飞快，王剃头中午才赶到金佛寺。方丈请他吃过午饭，就开始剃头。他花了整整十四天，终于把五百个和尚的头剃完，方丈只给他一升豆子。出门后，他怕回去挨婆娘骂，心想不如干脆把豆子供给送子娘娘，便把豆子往路边上的娘娘庙一倒。王剃头回家后如实给婆娘讲了，他婆娘说："你该背回来推豆花呀！"他婆娘接过背篼一看，里面还有两颗没有倒干净的豆子在发亮，捡起来发现是金豆子。她叫王剃头回去把供给送子娘娘的豆子背回来。王剃头再上山去，金佛寺和娘娘庙都不见啦。他把两颗金豆子卖了，刚刚够剃五百个光头的工钱。

钱财主触手成银

汉族奇事故事。采录于江西。

钱财主是一个贪得无厌的家伙。一天，仆人带回一只小燕子，他想着不花分文便可以美餐一顿，于是去杀小燕子。小燕子说："不要杀我，我能够给你许多银子。"钱财主提出，只有让他把摸到的东西都变成银子，才能够放小燕子。小燕子答应了，钱财主去摸自己的帽子，帽子立即变成银的，他去摸自己的鞋子，鞋子也变成银的，他这才放了小燕子。钱财主无比兴奋，就像疯子一样在家里乱摸，摸到的任何物件全部变成银的，弄得他头晕眼花。他又饿又渴，刚去拿馍，馍一下变成银的，刚去倒水，水也变成银的。钱财主守着许许多多银子，却没吃没喝，不久便饿死在银床上啦。

三个光棍得宝

汉族相互暗算型故事。采录于青海。

早年间，有三兄弟都是光棍，住在一间破房子里面，穷得叮当响。这一年播种时，他们连狗都没有一条，只好老大扶犁，老二、老三拉套。这天福、禄、财三大神仙路过此地，看见三兄弟种田这么吃力，福、禄二神对财神说："你能不能给他们赐一点儿财呢？”财神说：“没有财命那个福他们享不了。不相信，你们看看。”于是财神便给了他们三个元宝。三兄弟犁出元宝高兴坏了，便坐下不犁地了，让老三去烧饭来吃。老三往回走时心想：我把两个哥哥弄死，三个元宝不都是我的了吗？他就去买了毒药放在饭里，再去地里。与此同时，老大、老二也在商量：“把老三弄死，三个元宝不都是我俩的了吗？”随后他们借口送饭晚了，就用石头把老三砸死了。可是，老大、老二吃下老三送来的饭，也命丧黄泉。这时候，庄子有一个人路过这里，看见三兄弟都死了，地上放着三个元宝，便赶快去报了案。县官调查后贴出告示，元宝一直没有人来认领。县官便让这个人把元宝拿回去，把三兄弟埋了。

金不换和百药仙子

汉族奇事故事。采录于甘肃。

有一个精通采药的小伙子，专门采药来帮助穷人治病，有钱人不管出多少钱他都不卖，人称“金不换”。有一次金不换上山采药，在大雨中保护了一只受伤的梅花鹿，自己心甘情愿被雨淋。临分手时，梅花鹿把上天取仙草的办法告诉了金不换。金不换回家种上梅花鹿给的红豆，很快出芽、长蔓，一直长到天上，他顺着藤蔓爬上天庭，取回仙草。金不换从天上下来后，把仙草插在墙上，从此便天天有人来给他做饭。金不换感到非常奇怪，最后发现那是一个漂亮的姑娘。原来她是那棵仙草变的百药仙子，两人就结为夫妻，经常给乡亲们送医送药。皇帝听说后，便派一个大臣带着官兵来抢百药仙子。金不换夫妇不从，官兵就放火，连人和房子一起烧了。火苗越升越高，忽然吐出两朵金光闪闪的并蒂莲。后来乡亲们发现在万丈绝壁上长出金光闪闪的草，能够治疗蛇伤，据说就是金不换夫妇变的。

泥　人　媒

汉族奇事故事。采录于安徽。

张李两家员外各有一女一男，从小定下亲事，互相都有好感。男儿李春长大后父母双亡，家道衰落。所幸他能写一手好字，又会塑像，得以为生。附近寺庙里面的白玉娘娘像就是他塑的。这一年，李春托人到张员外家提亲，想与其女张玉姑娘完婚。张员外嫌贫爱富，借故不允。李春想念张玉姑娘，就在家中塑了一尊张玉的泥像。白玉娘娘感激李春为自己塑像，便施展法术让张玉的泥像变活，与真人一模一样，李春立刻办了喜事。三天后要回门，新娘让李春借来马车一起来到张员外家。张员外感到奇怪，这个新娘跟自己的女儿没有一丝一毫差别。新娘进门后，完全就像到家一样。张员外手足无措，不小心把茶水洒在新娘身上，新娘突然变为一摊湿泥。李春哪里肯依，便去县衙告状。张员外自知理亏，连忙说："我还你新娘就是！"他立刻让自己的女儿张玉与李春结为夫妻，成全了这一对年轻人的好事。

百 鸟 床

汉族奇事故事。采录于福建。

从前有一个手艺很高的木匠，自己做了一辈子床，却没有睡过一张像样的床。他决定用宝树给自己打一张幸福床。他带着斧头上山去砍宝树，中途遇到一只大鹞子追赶一只小凤凰。他砍伤鹞子，救下凤凰。凤凰为了报答木匠，就把木匠打床的事情告诉百鸟。在百鸟的帮助下，木匠克服种种困难，终于找到了宝树，打了一张幸福床。瞎子往这张床上躺一下，眼睛立刻复明；生病的人往这张床上坐一坐，身体便会康复。豪绅们知道后，都要来抢这张宝床，百鸟很快飞来把这些家伙啄死了。木匠坐在这张宝床上冉冉升空，在百鸟的护送下越飞越高，最后飞去过上了幸福的日子。

米 龙

汉族奇事故事。采录于安徽。

从前，有个小山村里住着一个老妈妈和她的傻儿子双喜。眼看快过年了，家里没米，老妈妈只好出门去乞讨。第二天，老妈妈冒着鹅毛大雪到外面去要饭，转悠一天，好不容易才要了一点儿米和吃食。她舍不得吃，带回去给双喜过年吃。半路上，老妈妈发现一条小蛇，眼看快冻僵了。老妈妈可怜小蛇，便把它捧在怀里带回家，放在米缸里面。说来奇怪，随后缸里的米就装得满满的，餐餐吃都不见少。她还把米分给穷乡亲吃，大家称这条蛇为"米龙"。

神仙送面

汉族奇事故事。采录于安徽。

王老大的媳妇田氏是一个持家能手。有一年大旱，别人家的粮食都吃光了，只有她家还有一点儿余粮。左邻右舍揭不开锅，她总是送去一点儿粮食。没有多久，王老大家里余粮也没啦。王老大埋怨媳妇，田氏说："我们总不能够看见人家饿坏呀。好在咱家还有半缸面，慢慢熬着过吧。"田氏虽然嘴里说不再给别人，却仍然背着丈夫一瓢一碗地周济断顿的邻居。半个月后，王老大心想面该吃完了，可是揭开缸盖一看，半缸面一点儿没有少。他就把田氏叫来问，其实田氏也发现这件怪事，只是没有吭声。当天晚上，王老大假装睡着，偷偷看动静。半夜时分，竟发现有个仙人来送面。第二天，他便把这件事告诉田氏。田氏说："这是神仙显灵，让我们帮助穷人。"王老大却说："不，这是神仙让我们发财哩。"天亮后，田氏回娘家去了。王老大趁机对借面的乡亲们说："粮食是我们一口一口省下来的，你们要借的话借一还三，不借拉倒。"别人没有办法，只好任他坑，很快就把半缸面借光了。第二天，王老大去打面做饭，发现缸里一点儿面也没有了，大吃一惊。原来神仙见他心肠不好，再也不来送面啦。

官不贪财，神鬼也怕

汉族奇事故事。采录于湖北。

从前，有两个赌博佬，输了不给钱，就被赢家告到县衙。输家心虚，就到庙里去给菩萨许愿：如果让赢家打官司时跪了爬不起来，日后一定来烧高香。第二天打官司时，输家对县官说，谁诬赖别人谁跪在地上起不来。赢家果然爬不起来，就拼命喊"冤枉"，说输家一定使了法。县官把输家打了一顿，他才如实交代。县官十分恼火，骂菩萨也贪财讲人情，派人烧了庙宇。菩萨没有安身的地方，就骂县官装腔作势："你要犯在我手里，我决不饶你。"菩萨吩咐一个小鬼去盯着县官，如果有功，就让小鬼转托人生。小鬼盯了一年，也没有发现县官贪污受贿。第二年夏天，县官外出，口干舌燥，找不到水喝，便叫衙役到路旁的西瓜地里去摘一个西瓜来吃，并且让衙役留下一两银子。小鬼辛辛苦苦跑了一年多也托不了人生，便叹气说："唉！这真是官不贪财，神鬼也怕！"

城隍爷拒贿

汉族奇事故事。采录于湖北。

从前有一个叫“好闲”的小伙子，把祖上留下来的万贯家财败光了，便去偷、去抢。一天，好闲杀害了一个外地客商，抢夺了人家的银子。他谋财害命以后，成天提心吊胆。后来他想，有钱能使鬼推磨，神仙未必不爱财。便备好三牲供品到城隍庙去祭拜，城隍爷问他为啥这样破费，他说：“我谋财害命了，请求城隍爷宽恕。”城隍爷说：“杀人偿命，欠债还钱，这是常理呀！”他见软的不行，就说：“哼，你受了三牲礼，就是受贿，我要到玉皇大帝那里告你！”城隍爷把香案一拍说：“你睁开眼看看我的门上写的律条——为人如有良心，初一十五何用你烧香点烛；做事若昧天良，半夜三更须防铁链钢叉。”好闲一看便瘫倒在地上。不一会儿，来了两名神差将他锁住，拖进了地狱。

天不怕的故事

汉族奇事故事。采录于湖北。

有个人自称“天不怕”，扬言神鬼都不敢惹他。太岁不相信，就变成一只蛤蟆藏在他的田埂下面。天不怕看见田埂上有一个缝隙，便用铁锹去猛杵一下，立刻堵住漏子，把太岁的头皮也给铲掉一块。太岁吓了一跳，便到土地爷那里告状。土地爷不服气，便藏到天不怕的酒坛子下面。中午，天不怕去舀酒，看见酒坛子沿儿上有唾沫，就气冲冲地说：“这是哪个吐的？赶快给我擦掉！”土地爷却误听为“这是哪个土地？赶快给我杀掉！”吓得爬起来就跑。阎王爷知道后，便派牛头、马面去藏在天不怕的磨房里吓唬他，刚好碰见天不怕正在给伙计派活儿，说道：“把牛马给我拉了推磨。”牛头、马面一听，转身便跑去向阎王爷回禀。阎王爷只好亲自出马，悄悄藏在天不怕的碗柜里面。天黑时，天不怕吃酒嫌菜淡了，便指着碗柜对老婆喊道：“快把盐碗拿来！”阎王爷误听为“快把阎王拿来！”吓得连滚带爬，跑得无影无踪。

尤老板与油蛤蟆

汉族奇事故事。采录于湖北。

一天晚上，卖油佬尤老板做了一个梦，梦见大队人马从他门前经过。醒来以后，他不知道这个梦是什么兆头，一大早就搬一条板凳坐在门口等候。快到晌午，他看见有三乘独轮车推着草包过来，里面的蛤蟆一个劲儿“咕呱咕呱”叫着。一问是推进城卖的，尤老板便用三篓菜油把这些蛤蟆都换了过来，拿到池塘边去全部放生。蛤蟆一个接一个地往水里跳，真像大队人马一样，他猛然间悟出，这不是应了昨晚的梦吗？第二天早上，尤老板去水缸里舀水，一缸水变成一缸香油啦。仔细一看，缸里面有一只蛤蟆，皮色跟香油一样。他晓得这是放生的蛤蟆来报恩，心里特别高兴。从此，他更是常常做积德行善的事。当地知府的小舅子听说尤老板有一只油蛤蟆，硬说是他喂的，就给抢走啦。他把油蛤蟆放在一只大缸里面传。头一天就传了一百蛤蟆儿，他立刻派人买了一百口大缸，把一百蛤蟆儿分别放进一百口大缸里。第二天，每一只蛤蟆儿又传了一百蛤蟆孙儿。第三天，传得更多，“咕呱咕呱”乱叫，吵得他们一家人日夜不安。知府的小舅子弄得焦头烂额，只好闩上大门，把一百口大缸都砸啦。

太　阳　山

汉族奇遇故事。采录于安徽。

从前有兄弟二人，老大是个有钱人，老二是个庄稼汉。有一天，老二上山打柴，肚子饿得走不动，正坐在那里发愁时，突然飞来一只大鸟，对他说：“你不要发愁，太阳山上有许多金银财宝，我背你去拿一些回来。”老二爬上鸟背，没有多久便到了太阳山。大鸟叮咛他，一定要快去快回，时间长了太阳就会把他烧死。老二走进太阳山，拿了一块金子便回来了。老大看见老二的日子一天比一天过得好，就跑去打听。老二一一对老大讲了。老大学着老二的模样，坐在山上发愁，一只大鸟飞来把他带到太阳山。老大看见太阳山到处是金银财宝，立刻张开布袋拼命往里面装。他越装越多，根本不想离开。这时候，太阳出来了，一下便把老大烧死在山上。

石匠得金龟

汉族奇遇故事。采录于安徽。

某地有一个石匠，勤劳俭朴，憨厚老实，看见家乡山路崎岖，人们行走非常艰难，就天天起早贪黑，凿石锉方，在险路段铺上石板，在河上溪流上铺石桥。

他在前后十多里内、方圆几座山上整整铺了六六三十六年，从嘴上无毛的小伙子，变成头发花白的半老头子。最后，他决心再用三个月的工夫，在山上建一座亭子，供行人休息乘凉。他埋好了四根石柱子后，却为安放八尺见方、八寸厚、足有一万多斤重的石板顶子发愁。这时候，走来一个白发苍苍的老者，石匠上前请教。老者不紧不慢地说："你这个有经验的师傅都没办法，难道我这个土围到颈上的人还想得出办法吗？"说完便立刻不见了。石匠细细琢磨老者的话，突然心头一亮，"土围颈上"，分明是在指点自己呀。于是，他请来许多人挑土围起四根石柱，然后顺着土堆把石顶抬上去安好，再把土挖掉，石亭便建好了。石匠建好石亭正要回家时，在路上碰到一块小石头，捡起来一看像个乌龟，就带回家去了。夜里他做了一个梦，梦见那个老者送他一只小金龟，说是三十六年修路造桥的赏钱。石匠醒来发现小石龟变为小金龟，便拿去卖了，得到的正好是三十六年的工钱。

花 牛 犊 儿

汉族团结除恶型故事。采录于青海。

老奶奶心爱的花牛犊儿，经常用一只角帮老奶奶挑柴，用另外一只角帮老奶奶挑水。春天，花牛犊儿请镰刀、碌碡、犁铧帮老奶奶种庄稼，秋天又帮老奶奶把庄稼收回家去。一天花牛犊儿突然丢啦。老奶奶四处去寻找，遇到碌碡、鸡蛋、刀子、剪子、锥子、癞蛤蟆、钉锤、抹布、牛粪等，都对老奶奶说花牛犊儿让野人婆吃了，野人婆晚上还要来吃老奶奶。大家都愿意帮助老奶奶杀死野人婆。半夜，野人婆果然来了，它问老奶奶先从哪里吃起，老奶奶说大腿的肉多。野人婆刚要去啃老奶奶的大腿，锥子就朝它扎过去，疼得它说腿上有刺；野人婆去啃老奶奶的脖子，剪子剪掉了它的嘴唇；要吃腰时，刀子捅了它一刀；要吃头时，锤子敲掉了它的前牙；到水缸喝水时，癞蛤蟆咬了它的脚；到灶火去找亮时，鸡蛋炸瞎了它的眼睛；抹布又打它两嘴巴，牛粪让它滑了一个大马趴。碌碡从门顶上滚下来，一下把野人婆砸成了肉饼饼。

老婆婆卖菜脯

汉族团结除恶型故事。采录于福建。

有一只猴子，每天都要到卖菜脯的老婆婆那里要吃的，老婆婆每次都会给它。这一天，菜脯卖光了，猴子眨眨眼对老婆婆说："你不给我吃菜脯，晚上我来吃你的心肝！"老婆婆怕得要命，就坐在门口哭。这时候，陆陆续续有挑火吹的、捡猪粪的、卖花针的、卖鳖的、捉蛇的、卖火炮的、骑马猎人、卖石磨的从老婆婆的面前经过，都劝老婆婆不要害怕。他们每个人送一件物品给老婆婆，并且教老婆婆晚上怎样使用。半夜里，猴子来吃老婆婆的心肝，还没有进门，就踩在火吹上，跌得四脚朝天，接着一次又一次受到惩罚，狼狈不堪。最后，吊在楼顶上的石磨落下来，猛然把它砸死了。

天公疼好人

汉族狗耕田型故事。采录于台湾。

从前，有两兄弟分家，哥哥很狡诈，弟弟是个老实人。这天，哥哥问弟弟："你要四脚的还是八脚的？"弟弟不知道八脚的是什么，要看一看，哥哥就说弟弟要八脚的。原来八脚的是蜘蛛，四脚的是牛。哥哥把蜘蛛给了弟弟，自己要了牛。弟弟牵着蜘蛛走出去，一只母鸡把蜘蛛吃掉了。弟弟哭得很伤心，鸡主人便把这只母鸡赔给他。这只母鸡很会生蛋，可是有一天却被一条狗咬死了。弟弟大哭起来，狗主人便把这条狗赔给他。弟弟就用这条狗拉犁耕田，非常好使唤。哥哥看了眼红，就向弟弟借这条狗耕田。可是这条狗不听他的话，哥哥一生气，便把狗杀了煮来吃，把狗骨头随便扔掉了。不久，抛弃狗骨头的地方长出一丛竹子，形状很像一把椅子，弟弟坐着非常舒服，哥哥去坐便沾了满身狗屎。哥哥特别生气，就把竹子砍了。弟弟用砍下来的竹子做了一个抓虾的笼子，抓了满满一笼子虾回家。哥哥也拿去抓虾，结果得到的是一笼子狗屎。所以，做人不能够有坏心。

宝　瓶

汉族狗耕田型故事。采录于重庆。

从前有两兄弟，哥哥贪婪狡诈，弟弟老实善良。分家的时候，哥哥只给弟弟一间破草房和一条黄狗。弟弟牵黄狗去耕田，耕得比牛还快。哥哥看了，赶快去借弟弟的黄狗来耕田，但他一点儿也不懂爱惜，把黄狗活活折磨死了。弟弟非常伤心，便把黄狗带回去埋了。不久，从黄狗的坟上长出来一棵谷子。收谷子时，一只老鸹（乌鸦）飞来把谷子叼走啦。弟弟拼命追赶，来到一座山腰上。他看见老鸹进了一个山洞，立刻跟了进去。山洞里面堆满金银财宝，养老鸹的老爷爷叫他随便拿。弟弟什么都不要，只让老爷爷给一点儿吃的东西。老爷爷立即拿出一个宝瓶，放在桌子上笃（蹾）两下，说道：“宝瓶笃两笃，出酒又出肉。”桌子上立刻冒出许多鸡鸭鱼肉和美酒，让他饱餐了一顿。临走时，老爷爷又将宝瓶送给他。弟弟回家后，请乡亲们美美地吃了一顿。哥哥十分羡慕，便拿耕牛和田地来换弟弟的宝瓶。他把宝瓶拿回去后，就请有权有势的人到家里做客。可是他当着客人们在桌子上笃宝瓶时，啥也出不来。哥哥觉得非常丢脸，于是使劲笃，宝瓶突然爆炸，化为一缕青烟消失了。哥哥被炸倒在地上，再也没有爬起来。

神奇的金钥匙

汉族精怪故事。采录于河北。

翠儿姑娘从小就没爹没妈，跟着叔叔、婶婶一起过。她长到十六岁时，叔叔、婶婶决定把她送进山里让老虎精吃掉。这天，叔叔带着翠儿上山打柴，趁她不注意，猛然把她推下了山涧。翠儿躲开了老虎精，沿着山沟往前走，看见前面有三间房子。她走进房里闻到一股很难闻的气味，心里面感到害怕，便爬到房梁上躲起来。半夜时分，有一条大黄牛驮着老狼精回来了。老狼精进屋后，便钻进一口锅里睡着了。翠儿悄悄从房梁上下来，用锅盖盖住锅，又用石头压住锅盖，在灶膛里烧起柴火。没有多久，就把老狼精烧死了。翠儿揭开锅盖，黑灰里面露出一把金钥匙。翠儿用金钥匙打开大黄牛身上的金锁后，那条大黄牛便脱下牛皮，变为一个壮实的小伙子。从此以后，翠儿和小伙子就住在大山里面，过着快快乐乐的日子。而坏心的叔叔、婶婶，竟被野猫精吃掉啦。

五 精 治 虎

汉族精怪故事。采录于北京。

张老爹一家以打猎为生。一天，张老爹带着儿子进山打猎，家里只剩下张妈妈一个人。一只老虎已经成精，就敲开门要吃张妈妈。张妈妈说：“我这么瘦，过十天我长胖一点儿你再来吃吧。”老虎心想，十天猎人也回不来，便同意了。第九天晚上，忽然有人敲门，张妈妈以为是老虎，就说：“还不到十天呢。”外面的人说：“你开门看看便知道了。”张妈妈开门看见是庙里的关公，就请关公进屋，关公说：“明天老虎要来吃你，我给你带来五个精，到时候你把蝎子精放在大炕边，把土蜂精放在炉灶边，把青蛙精放在水缸里，把王八精放在屋地上，把石头精放在屋檐上。记住，你不要点灯，老虎来了让它自己点。”第十天晚上老虎来了，它进门问怎么不点灯，张妈妈说：“火在炕上，你自己点。”老虎摸到炕边，被蝎子精蜇了一下。张妈妈又说：“你到炉灶里取火吧。”老虎摸到炉灶边，又被土蜂精蜇了一下。老虎往外跑，被王八精绊倒，摔在门外。石头精立刻从屋檐上蹦下来，砸死了老虎。青蛙精在屋里面叫着：“呱呱呱，呱呱呱，砸得好，砸得好！”

鹿　姑

汉族奇遇故事。采录于四川。

大山脚下的丁郎，从小死了爹娘，一个人靠打柴度日。有一天，他到后山的岭上打柴，看见一只猛虎扑向一只母鹿和两只小鹿，立刻上前去搭救了它们。从此以后，丁郎每一次上山打柴，石板上总是有两张麦饼。后来他才发现，麦饼是鹿姑送的，他们就结为夫妻。丁郎娶妻的事传到当地恶霸黄三老爷耳朵里，他看中了鹿姑，非要霸占不可。一天，丁郎上山后，黄三老爷带着管家跟上来，想偷偷把丁郎推下山崖。这时候，从树林里面跑出来两只小鹿，拼命把他俩顶下山崖摔死了。丁郎回家一看，鹿姑也不见了，心里非常难过。有一个慈祥的老妈妈来告诉丁郎，只要把两只小鹿的伤养好，就能够见着自己的媳妇了。丁郎按照老妈妈的指点，找到了常青树上的再生果，治好了小鹿的伤，夫妻俩又重新团聚了。

樵　哥

汉族虎报恩型故事。采录于湖北。

樵哥和老妈妈住在大山里面，靠砍柴为生。有一天，樵哥砍柴回来，在途中打了个盹。醒来以后，看见有一只老虎正坐在他面前，一点儿也不像要伤害他的样子。原来，这只老虎的喉咙里扎进三根竹签。樵哥用柴刀帮它把竹签钩了出来。半夜时分，老虎给樵哥家里送来一头大肥猪。老妈妈对老虎说：“你就做我们家的老二吧。”于是，老虎便留下来了。从此，老虎经常给他们背来野物，后来还把一个员外的女儿抢来做樵哥的新媳妇。半年后员外告到县衙门，老虎冲进大堂救出樵哥。外敌来进犯时，樵哥毅然从军，老虎跟着樵哥出征。获胜归来，樵哥不愿意做官，便带着老虎回到山里面，过着平平安安的日子。

大人国与小人国

汉族奇遇故事。采录于山西。

有一次，华夏国的王子为了追赶一个巨大的断线风筝，带领三百多人马，经过十几天来到大人国。他看见一个巨人躺在地上，头枕大地，鼻尖顶天。王子向那人打听风筝的下落，那人说："它钻进我的鼻孔里了，你们自己进去找吧。"王子立即带领三百多人马钻进巨人的鼻孔去寻找风筝，找了一天也没有找到，只好出来。他们人困马乏，便停下来休息。他们感到十分饥饿，有个侍卫来报告前面有一个卖豆包的，王子便买来一个豆包，让众人围着吃。这一伙人都吃得肚子滚圆，却仍没吃到豆馅。王子发现此地太大，很难找到风筝，就下令回国。谁知他们迷失方向，又走进一个小人国。王子听见耳边有细小的"吱吱呀呀"的声音，好像人在说话。这时候，从一棵杨树上掉下一片叶子，上面住着一国民众。王子命随从捧着杨树叶，率众回到京城。王子上了金銮殿，皇上和群臣都来观看小人国，后宫娘娘也跑了过来。娘娘捧着杨树叶眉开眼笑，流出的口水滴到树叶上，把小人国的一国人都给淹了。

七个小元宝

汉族奇遇故事。采录于内蒙古。

从前，有老两口无儿无女。他们怕老的时候没有钱花，便把平时一点点积存下来的七个小元宝拴上红头绳，放进罐子里埋在里屋的门槛下。一天晚上，老汉梦见七个戴红兜肚的小孩儿在院子里玩耍，笑嘻嘻地说："老爷爷，我们是你和老奶奶攒下的血汗钱，可是你们命里担不起我们这样的大财，我们走啦！老爷爷要找我们，请往南到添草棚那儿找吧。"老奶奶也做了同样的梦。他们醒后挖出罐子一看，里面果然空啦。老汉想，说啥也要把元宝找回来，便骑着小毛驴朝南走去。他走了半年，把身上的钱花光了也没有找到叫添草棚的地方。一天晚上来到一个村庄，住在一个小伙子家里。小伙子的妻子正要生孩子，只好让老汉到山墙外的草棚屋去住。婴儿"哇哇"的哭叫声吵醒了老汉。一听说添了孩子，老汉自言自语："草棚添，添草棚。就在这里，快拿铁锨来！"果然，从草棚下面挖出七个拴红头绳的小元宝来。老汉无论如何要把这些元宝留下，说是等孩子长大念书花。小两口说："我们的双亲早已过世，你们二老就是我们的亲生父母，让我们来尽孝送终吧。"老汉好高兴，便回去把老伴接来，一个新家庭过得非常和睦。

罗背锅卖豆腐修桥

汉族奇缘故事。采录于甘肃。

从前，有个姓罗的小伙子背驼得像背着一口锅，别人就叫他"罗背锅"。罗背锅以卖豆腐为生，心肠非常好。他家门前有一条河，到河对岸非常不方便，他决心卖豆腐赚钱来修桥。可是三年过去了，他赚的钱还不够修一个桥墩。但是他一点儿也不灰心。一天有个讨饭的老头儿来要吃的，提出要一块豆腐。他把罗背锅给的一大块豆腐切成七块，一块块囫囵吞下去，然后拿一双草鞋给罗背锅，说穿上草鞋就能够找到他。出门后，讨饭的老头儿又要罗背锅把他背过河。罗背锅背着老头儿过河时，老头儿吐了好多回，把吃下去的豆腐都吐光了。上岸后，他解下腰带往河上一扔，河面上顿时出现一座有七个桥墩的白石桥。罗背锅又惊又喜，老头儿却不见了踪影，他只好在白石桥上向空三拜。罗背锅喜滋滋地回到家中，看见那一双草鞋，不由得想起讨饭的老头儿。他刚穿上草鞋，立刻腾空而起，迷迷糊糊飞了半个时辰，来到一家庄子的门口，找到了讨饭的老头儿。罗背锅磕头致谢，老头儿突然变成一个大姑娘。姑娘说："我看你很善良，才去帮助你。咱们有缘分，你就留在这里吧。"罗背锅不敢答应。姑娘把他扶起来时，他已经不再驼背，而是一个俊俏的小伙子了，于是两人结为夫妻。

石匠奇遇

汉族奇遇故事。采录于安徽。

从前，有一个石匠手艺非常好，常常早出晚归替人家干活儿。有一天晚上回家，他感到特别劳累，就倒在床上睡着了。过了一会儿，他恍恍惚惚觉得有个白发老人来到床前，请他明天去干活儿。第二天一早，他就来到老人说的地方，可是那里空无一人。他正感到奇怪的时候，忽然听到山洞里发出"哗哗"的响声，稻谷像水一样流下来。他立刻放下工具，把身上所有能够装稻谷的东西都装满了，可是稻谷还在流。他立刻找来几块大石头堵住洞口，并且做了一个记号，然后把装好的稻谷运回家。可当他拿着箩筐再来时，却再也找不到那个洞口了。原来白发老人在梦中叫石匠干的活儿，就是堵洞口。从洞里面流出来的那些稻谷，就是付给他的工钱。

一 坛 银 子

汉族奇事故事。采录于内蒙古。

从前有兄弟俩在一起过日子。老大已经结婚生子，老二傻乎乎的没有结婚，只知道天天干活儿。一天两兄弟在一起犁地，忽然发现大石板下面有满满一坛银子，他们心里别提有多高兴。老大心眼儿多，让老二赶紧埋上，等天黑再拿回家。回到家，老大媳妇知道后，就叫老大先去偷一点儿回来。老大趁弟弟不注意，悄悄摸到地里，挖出坛子来一看，里面尽是水。他气得跪下来喝了一口，又把坛子埋下去了。晚上，老大去岳父家喝酒，喝得醉醺醺的，便留在岳父家睡觉。半夜他肚子疼，忍不住拉了一床，觉得没脸见人，便撒腿跑回家了。第二天早上，岳父找不到姑爷，却在床上发现一块银饼。他连忙叫小女儿把姑爷丢下的银饼给送回去。老大正在家中跟媳妇吞吞吐吐地说拉稀的丑事，一听到小姨子在叫门，就羞得赶忙往后院跑。小姨子说是来还银饼的，老大媳妇就明白了几分。到后院一看却傻眼了，只见老大已经在一棵树上吊死了。老二知道哥哥死了，大哭一场，立刻去挖银子来给哥哥买棺材。老二挖出坛子，发现银子少了一层，连忙说不是他偷的。大嫂心知肚明，却是有口难言。

穷老头儿开当铺

汉族奇事故事。采录于上海。

某地有个穷老头儿，老婆子生病实在没钱请医生，只好把一件破棉袄拿去当了。谁知他的破棉袄被当铺老板扔了出去。他暗暗发誓，如果自己发财了，就开一个当铺，穷人随便拿什么来都收。老头儿回家时一边走一边哭，不小心被一棵杨树的树根绊倒。他爬起来后，发现地上有一块金子。他以为这是神仙要救自己的老婆，立刻去请医生。不久，他老婆的病就好了。他想起那天在当铺里受的气，便开了一个当铺。那家当铺老板怀恨在心，当有个穷人送几块木板来当时，他就让这个穷人把木板做成棺材，拿到老头儿的当铺去当。第二天，那人果然抬一口薄皮棺材到老头儿的当铺去当，并且高高兴兴地点着钱出来了。那家当铺老板偷偷往老头儿的当铺里面看，只见老头儿正在打开棺材，里面有一具衣服破烂的尸体。老头儿正要给尸体换新衣，没想到抱起来的竟是一个金和尚。老头儿的当铺越来越兴旺，而那家老板的当铺却一天不如一天，最后只得关张。

神　虫

汉族奇事故事。采录于湖北。

从前，有个单身汉守着一个瞎妈，缺吃少穿，经常挨饿，他就去求菩萨："不嫌粗，不嫌淡，只求顿顿吃饱饭。"菩萨可怜他，就送他一条神虫，还叮咛他："只许吃得饱，不许粜了少。"他把神虫放在米缸里，米舀一点儿缸里就涨一点儿，娘儿俩有饱饭吃，便心满意足了。瞎妈去世后，单身汉成了亲，新媳妇是山里的穷人，日子也过得很自在。后来媳妇经不起左邻右舍的怂恿，便几次三番地让丈夫粜米，丈夫坚决不答应。有一天丈夫有事外出，有个卖糖的来到门外。媳妇就从缸里舀了一升米去换糖。糖吃馋了她又去舀米，一看米已经光啦。原来神虫已被菩萨收走，缸里不再出米了。

一 罐 银 子

汉族奇事故事。采录于新疆。

有一对贫穷的老夫妻，靠吃草根度日。一天老汉挖草根挖出一罐银子，他自言自语："是我的财，自己到我家，不是我的我不要。"说着用草盖好罐子回家去了。晚上他把这事告诉老伴，恰巧被贼偷听到。那贼立刻去扒罐子，却扒到一罐蝎子。贼大骂老汉，并且把蝎子倒在老两口床上，要蜇死他们。天明，老汉一摸床，大叫："老婆子，银子到了！"从此老两口过上了幸福日子。

王老三气鬼

汉族鬼怪故事。采录于山西。

王老三得罪了一群小鬼，小鬼们要进行报复，就把河里的石头都搬到他的田里面。王老三看见以后，就故意自言自语说："一块石头四两油，百块石头遍地油啊！"小鬼们听了很生气，连忙把王老三田里的石头捡得干干净净。这一年王老三的庄稼多收了三成，气得小鬼们干瞪眼。王老三第二年照样高高兴兴，饮酒唱歌。小鬼们又在王老三的田里屙屎，王老三发现后笑嘻嘻地说："一堆黄屎四两金，百堆黄屎遍地金哪！”小鬼们听了没有把屎挖走，还天天去屙。这一年王老三的粮食多收了六成。小鬼们没办法，便到阎王那里告状，阎王说：“既然鬼屎比金子贵，快给咱找回来。”小鬼们把王老三的那块地挖了一遍，也没有找到屎，气得把泥巴打成了细末末。这一年王老三的庄稼长得更喜人，又多收了九成，乐得他睡梦里都在笑。从此以后，小鬼们再不敢来找王老三的麻烦啦。

枣　核

汉族怪孩子型故事。采录于山东。

从前，有一户人家，老两口天天盼着生个孩子。不久，果然有了一个小孩儿，就像枣核那么大，便取名叫“枣核”。过了几年，枣核依然还是那么小，一点儿也不见长大，老两口很着急。枣核说：“爹娘，别看我小，我什么都能做，扶犁、赶驴、打柴样样行！”有一年天旱，地里没有收成，庄户人交不上粮，县衙派人把大家的牛、驴牵走啦。庄户人没有牲口就没法耕地，都非常着急。夜里，枣核偷偷来到县衙关牛、驴的地方，开门把牲口都赶了回来。县官把枣核抓到大堂，叫衙役打他板子。枣核这蹦那蹦，怎么也打不着，后来干脆蹦到县太爷的胡子上打秋千。衙役们急了，就拿棍子去打，没有打着枣核，却把县太爷的牙齿打掉了。满堂衙役慌了手脚，都去照顾县太爷，枣核趁机大摇大摆地走啦。

金瓜和银豆

汉族怪孩子型故事。采录于甘肃。

铁柜山边有老两口，没儿没女，感到有些孤单。有一次，老头儿碰掉一颗门牙，就把牙齿埋到菜园里面。老婆婆眼花，切菜时切下半片指甲，就把指甲也埋进菜园里。不久，老头儿埋门牙的地方长出一个金瓜，金瓜落地跳出一个男孩儿。老婆婆埋指甲的地方长出一个豆角，豆角落地蹦出一个女孩儿。老两口从此有了儿女，男孩儿叫金瓜，女孩儿叫银豆。有一天，一个员外经过老两口家，硬说这一块园子是他的，限老两口三天之内交出黄金白银各十两，不然便收回园子。金瓜、银豆见家里面没有金银，便到铁柜山上去挖。三天快要到了，仍然没有找到金银。忽然有一只大鸟飞来，帮助他们找到许多金银。金瓜、银豆替爹娘还清了金银。那个员外十分贪心，想找到更多的金银，就跑到铁柜山去挖，结果被压在铁柜山底下，永远出不来啦。

山猪嫲精

汉族精怪故事。采录于广东。

很久以前，某地一个山头上，经常有野兽出没。有一年，这里来了一只山猪，把山民的庄稼吃个精光，大家请来猎人，也没有办法除掉它。原来这是一个山猪嫲精，白天它会变成一块大石头睡在山上，晚间才变成一只山猪到处吃庄稼。山民们求神拜佛也没有用，苦不堪言。有一天，观音菩萨经过这里，听说山猪嫲精给大家带来灾难，就趁山猪嫲精变成大石头睡觉时，用双脚在那块大石头上轻轻一踩，那个山猪嫲精便永远变成了一块大石头，再也不能够坑害百姓啦。

芭蕉精

汉族精怪故事。采录于广东。

从前，年轻农夫亚巴在家旁栽种了一棵芭蕉，辛勤浇水施肥，芭蕉树长得非常茂盛。一天晚上，亚巴一觉醒来，看见一个漂亮的姑娘在灯下替他补衣服。他一起床，姑娘便往外面跑，突然无影无踪。从此以后，姑娘天天晚上来帮亚巴干活儿，亚巴一起床她就跑，如果亚巴不起床她就鸡叫才离去。后来，亚巴用一个草人盖上被子躺在床上，自己躲在门后面，等姑娘出现时，一下堵住了去路。姑娘说自己叫蕉娘，是那棵芭蕉树的化身，于是他们便结为夫妻。蕉娘每晚来干活儿同住，天亮离去，日子过得十分美满。后来，一个巫婆知道了这件事，非要拆散他们不可。她砍倒了这棵芭蕉树，可经过亚巴不断精心打理，芭蕉树又得到重生。巫婆又用火来烧，烧死了蕉心，亚巴不顾一切地扑上去紧紧抱住芭蕉树，与蕉娘一起葬身火海。

狐岭宝箱

汉族精怪故事。采录于安徽。

有一次张某要外出做生意，三天后才回家。他听说附近的狐岭上经常有狐精出来伤人，就请邻居卜某到时候来迎他一程。卜某嘴上应承着，心里面却打着谋害张某的主意。第三天晚间，卜某在狐岭上假扮狐精把张某吓昏在地上，抢走了张某的钱物。卜某一边走一边想，不到天明张某便会被狐精吃掉。半夜三更时，有两个狐精乘着狂风飞到狐岭上来，看了看它们埋藏在石头下面的宝箱还在，过一会儿就飞走了。这时候张某已经苏醒过来，他等两个狐精飞走后，就壮着胆子搬开石头，把那个宝箱背回家了。第二天卜某听说张某因祸得福，非常眼红，当天晚上也去狐岭盗宝。两个狐精飞来发现宝箱不见了。它们找到了卜某，却没有找到宝箱，一气之下就把卜某撕来吃了。

三兄弟和人参王

汉族精怪故事。采录于吉林。

从前有户姓张的人家，有三个儿子。有一个心狠手辣的财主让张某进山挖人参，张某不慎摔死，财主趁机把张某的三个儿子抢到自己家里。正当张某的妻子到这个财主家要孩子时，一个白胡子老汉前来领走了三兄弟。白胡子老汉把三兄弟抚养成人，还让他们到外面去学武艺。老大学了“刀枪不入”，老二学了“火烧不焦”，老三学了“肚皮包海”。学成以后，白胡子老汉又让三兄弟回到母亲身边。三兄弟经常用学到的武艺替穷人打抱不平，还惩治了各种贪官污吏、土豪劣绅。那个养育三兄弟的白胡子老汉，就是人参王。

王小二与狐狸精

汉族精怪故事。采录于安徽。

王小二以打柴为生，与老妈妈相依为命。有一天，他卖完柴后特意买了妈妈爱吃的猪心。回家刚挂在门口，一只大鸟就飞来把猪心叼走了。王小二拼命追赶，追进一个山洞，走了很长时间，来到一片开阔地，看见一个姑娘在河边洗衣服。她对王小二说：“这里是妖精住的地方，你自己出不去。到我家吃午饭后，我送你出去。”吃完饭后，姑娘把王小二留下来，过了许多天也不提送他出去的事。一天王小二实在闷得发慌，就独自偷偷出门溜达，碰到一个老婆婆。老婆婆告诉王小二：“那个姑娘是个狐狸精，她看见你很老实，又孝顺，很想做你的媳妇。她还有一天便修炼期满了，你按我的办法做，她就会跟你回家。”晚上，王小二熬过半夜，他爬起来翻开垫被，在床中央找到一个盒子。他打开盒子，看见一团漂亮的丝线。他刚要伸手去拿，那个姑娘就跳出来说：“不要拿，我嫁给你！”原来这个盒子是姑娘变的，她每天都睡在王小二的身下。两天以后，王小二带着姑娘回到家，老妈妈见了，笑得合不拢嘴。

千辛万苦寻爱妻

汉族精怪故事。采录于安徽。

有一次，樵夫王小二上山打柴，救下一只狐狸。回到家中，狐狸变成一个漂亮的姑娘，便跟王小二结成了夫妻。她生下一个孩子后，便回到嘎嘎洞去了。三年以后，王小二历尽千辛万苦，来到嘎嘎洞寻找妻子。狐狸老妈为了考验王小二，叫出七个长得一模一样的姑娘让他辨认，认不出来便要砍他的头。王小二按照狐狸姑娘临走时说的标记，认出了自己的妻子。王小二在嘎嘎洞里面过得美滋滋的，谁知狐狸一家要搬到海外仙山去。分手时，狐狸姑娘送给他一块手帕，只要把手帕一抖，要啥有啥。王小二回家去安顿好母亲和孩子，又去海外仙山寻妻。他在海边搭救了一只海龟。在海龟的帮助下，他来到海外仙山，沿着一根藤子爬上了悬崖峭壁，登上了仙山。狐狸老妈变成一个重病的老太婆，要王小二去摘悬崖上的橘子来治病。王小二摘到橘子往回爬时，藤子突然断了，他从悬崖边跌落下去。王小二苏醒过来时，已经在仙洞里面。王小二带妻子回了家，一家三代人终于又重新团聚在一起。

孔　雀　锣

汉族长鼻子型故事。采录于浙江。

从前有兄弟俩分家，嫂嫂做阄，让弟弟先抓，却在两个阄上都写着“毛柴山和茅草房”。结果，哥哥嫂嫂霸占了田地房产和六畜。第二年，嫂嫂看见弟弟种地、担柴、唱山歌，无牵无挂过日子，就很生气，便放火把毛柴山给烧成了白地。弟弟到哥嫂家来借粟籽，嫂嫂故意把粟籽炒成半熟。不料，还有一粒生粟籽藏在箩筐缝隙里，又恰好被弟弟播种在岩孔里面。几个月后，粟头长得像稻桶，远远看去跟一株大樟树似的。有一天，一只大鹏鸟飞来衔走粟头，向北飞去。弟弟一直追到太阳落山，来到一座庙宇，躺在神像下过夜。半夜时分，有八个鬼怪进庙来，大讲世间的各种宝物。后来有个鬼怪提到孔雀锣，说这件宝物就在这座庙宇里，只要一敲它，想要什么就来什么。鸡一叫，八个鬼怪立即离开。弟弟找到了孔雀锣，拿回家一敲，果真要出来许多酒肉。嫂嫂听说后，也去寺庙里面寻找孔雀锣。谁知道被八个鬼怪捉住，把她的鼻子扯得老长老长。嫂嫂无可奈何，只好去请求弟弟帮忙，敲孔雀锣来缩短她的鼻子。弟弟心里好笑，便慢吞吞地敲，叫一声短，她的鼻子就短一分。嫂嫂急了，便抢过孔雀锣拼命敲，却把孔雀锣敲到地上，摔成七八片。弟弟一看，大声叫好！原来这个刻薄的嫂嫂，竟变成了塌鼻梁。

长 鼻 子

汉族长鼻子型故事。采录于山东。

有一个荒年，一个小伙子种地没有种子。他跟妻子商量后，就去一个财主家里去借半斗高粱。这个财主答应了，可借给小伙子的高粱是炒熟的，想让这个小伙子来年没有收成，以便霸占他的五亩地。不料其中有一颗高粱种子掉在灶台上，没炒过。第二年，小伙子种的高粱就长了一棵苗。小伙子精心培育，想用这棵成熟的高粱打的种子还债。有一天，成熟的高粱被老雕叼走了，小伙子紧追不放，一直追到一个洞口。天黑时，他爬到洞口附近的一棵松树上过夜。半夜时分，来了一群野兽。它们拿出埋在树下的一个宝器，又吃又喝。等野兽离开后，小伙子立刻把宝器带回家，过上了好日子。这个财主听说后，也学着小伙子的样子种了一棵高粱，也跟着老雕来到洞口的松树下挖宝器。那些野兽发现了他，以为他是偷宝人，便使劲拽他的鼻子，把他的鼻子抻得三丈长。他拖着长鼻子回到家里，不小心跌绊一跤，一头跌进水缸里淹死了。

大 冬 瓜

汉族宝物故事。采录于山东。

兄弟俩分家，哥哥分了二亩半地，弟弟分了半亩地。弟弟在半亩地上种了冬瓜、南瓜，其中有一个冬瓜长得特别大，像一间小屋子。一天下大雨，弟弟就躲到大冬瓜里面避雨。谁知来了一群野兽，把大冬瓜抬到一座庙里。野兽吃饭时拿出一面小铜锣，敲一下食物就出来了。弟弟突然跳出来，赶跑了野兽，拿到了小铜锣。回家后，弟弟夫妻二人过上了好日子。哥哥很贪心，看见弟弟有宝物十分眼红。一天他趁弟弟、弟媳赶牛下地时，便把小铜锣偷回家去了。他到家后，不停地敲小铜锣，一会儿要金一会儿要银，敲来敲去，竟把小铜锣敲碎啦。当弟弟、弟媳回家的时候，只见哥哥的屋子变成一座大山，哥哥一家人和宝物都不见啦。

聚 宝 缸

汉族聚宝盆型故事。采录于吉林。

穷小伙望宝跟老妈一起过日子。一天，一个老头儿来要饭，母子自己舍不得吃，却把吃的给了老头儿，一连五天都这样。临走时，老头儿告诉望宝，他家地中间有一个聚宝缸，往里面放啥，就能够不断取出啥。望宝把聚宝缸挖回来后，往里面放一瓢米，果然就有舀不完的米。老妈让他把米送给没饭吃的乡亲们。这事后来给大财主万大头打听到了，硬说聚宝缸是他家祖传的宝贝，便把聚宝缸给抢走啦。万大头把聚宝缸拿回家，连忙往里面放一块金元宝，立即取出来许多金元宝，全家人高兴得不得了。万大头他爹是一个矬子，爬到缸沿儿去取金元宝，竟掉到缸里去啦。万大头把他爹从缸里往外拽，拽出来一个，缸里又有一个，接二连三拽出一百多个爹来，里面还有。万大头没办法，只好把缸打碎了。一百多个爹把万大头耗费得倾家荡产，最后把万大头也气死了。

更夫和仙兔

汉族奇遇故事。采录于天津。

从前有个叫赵黑牛的光棍汉从山东逃荒到天津郊外。人们觉得他好可怜，便让他留下来打更，转眼间便过了三年。这一年寒冬腊月，赵黑牛打更时发现有一只小白兔在地上冻得发抖，便忙把它抱回家，放在炕上，又赶忙把炕烧热。小白兔苏醒过来后，黑牛要放它走。它在地上打一个滚，立刻变成了一个小童子，以感谢黑牛的救命之恩，并且送给黑牛一把锄头。春天，黑牛辞掉打更的差事，去开荒种地，竟挖出金元宝，从此不愁吃穿，还娶了一个称心如意的媳妇，过上了男耕女织的红火日子。村里面有个张癞子，靠祖上留下的产业吃喝嫖赌，眼看就要把家业败光了。他见到赵黑牛的日子很眼红，也去打更，一心要寻找仙兔。有一天晚上，他果然碰到了那只小白兔。他说自己穷得叮当响，要仙兔给他一辈子也用不完的东西。小白兔点头答应后，便不见了。张癞子天亮后跑回家，进门一看就傻眼啦，满院子满屋子堆的是打更用的木棒槌，一下便瘫倒在地上。

参姑娘指路

汉族奇遇故事。采录于内蒙古。

从前，东山里人烟稀少，有一个挖参队在山里面转悠几年，不知道吃了多少苦，受了多少罪，却没有什么收获。这天，他们来到一处人迹罕至的老山峪里，搭起窝棚住下来。晚上大家正在闲聊时，突然闯进来不少绿衣红裤的俊姑娘和穿红兜兜的光腚娃娃，他们兴高采烈地说："可把你们盼来了，这一回我们也该出去啦！"挖参人听了都发愣。姑娘、娃娃们说饿了，挖参人赶紧烧火做饭，让他们吃得饱饱的。饭后他们高高兴兴地离开了，向东南方向跑去。挖参队领头儿的笑着说："这回该咱们有福气了，大伙都准备准备！"第二天一早吃饱饭，祭拜山神后，大伙儿便带上梭椤棍，跟着领头儿的朝东南方走去。走了几里路，就看见很大一片红石头砬子，领头儿的说："就在这儿！"大伙四下找开，找到大沟里面一看，满沟塘全是人参啊！等他们下山时，每个人身上驮的全是"大棒棰""老山宝""参娃子"。这些挖参的穷汉子，一下都富起来啦！

一支神奇的笛子

汉族宝物故事。采录于山东。

一个叫大升的小伙子，有一次上山打柴时，捡到一支神奇的笛子，笛声只要一响，鸟兽便都跑了过来。一天，大升看见有个姑娘在山上哭泣，就去问她遇到什么难事。姑娘说有一个坏家伙来逼婚，自己不答应。大升要去找那个坏家伙算账。姑娘说："如果你不嫌弃，咱们就成家吧。"于是，他们便一起来到姑娘的家中，小日子过得很舒心。有一天，一个老头儿来告诉大升："你的媳妇待不长久，她只有吃下我的药，才能够同你过一辈子。"大升信以为真，偷偷让媳妇吃下老头儿的药。媳妇发觉后对大升说："我是大蝴蝶变的，那个老头儿是想霸占我的大鳖精，你上当啦！"正当大鳖精用蜘蛛网来捕捉大蝴蝶时，大升吹起神笛，立刻飞来许许多多的鸟雀把蜘蛛网戳破，大蝴蝶终于得救了。

海　石　响

汉族宝物故事。采录于江苏。

从前有一个孤儿叫有根，九岁就给财主帮工，二十来岁才跟一个讨饭的女人结为夫妻，日子过得紧紧巴巴的。一个晚上，有根梦见一个白发老叔公托梦告诉他："石港某处的沉船里有一副仙磨，你去挖回来可以改变你们和穷乡亲的日子。"天亮后，有根夫妻俩按白发老叔公的指点，挖出沉没在淤泥下的小船，找到了仙磨，又往磨眼里放一把麦子，随后在小船上念起口诀，仙磨立刻磨出来许多干面。他们便去叫穷乡亲们来装，一连三天，村南村北的穷人家里都装满了干面。有根得到仙磨的消息很快便传到一个大粮户的耳朵里，此人顿时起了贪心。他带了一帮手下去找有根，硬说仙磨是他祖上传下来的，让有根这个贼骨头偷去了。有根娘子见势不妙，连忙念口诀叫磨子停下来。大粮户强行让他们把磨子弄转，有根顺手从船头碗里抓了一把盐丢进磨眼里，暗暗念动口诀，磨子就磨出白花花的盐来。大粮户怕穷人来抢盐，连忙叫手下人把小船撑远一点儿。磨子里磨出的盐越来越多，刚开始大粮户还非常得意，随后磨子越转越快，盐越推越多，小船渐渐下沉，无法阻止。最后，一个大浪打过来，小船连同磨子一起下沉，大粮户一帮人全部葬身海底啦。因为磨子没停下来，在海底还在转，磨出来许多盐。本来海水是淡的，后来盐多了，就变咸了。人们还经常听到海里发出"轰隆轰隆"仙磨磨盐的声音，就叫它海石响。

银簸箕

汉族宝物故事。采录于河南。

有一个老渔翁看到河中央的漩涡里面不断冒金光，而且接连三天晚上都这样。这天晚上，他决心冒险撒网捞宝，就把网往金光上撒去，于是捞出一个刻着一只金母鸡的银簸箕。当天晚上，他在睡梦中被惊醒了，看见那只金母鸡飞下来，生了一个金蛋，又飞回银簸箕上去了。从此，每天半夜，这只金母鸡都要飞下来生一个金蛋。县太爷听说这件事后，赶忙来逼迫老渔翁交出宝物。当他们赶走老渔翁，搜出银簸箕时，金母鸡飞下来生了一个金蛋，立刻飞上天去了，紧接着银簸箕也消失了。只听"轰"的一声，那个金蛋突然放出一团大火，县太爷一帮人全部葬身火海。随后，老渔翁搬到很远的地方，那只银簸箕又回到他的手中。

宝山石门开

汉族奇遇故事。采录于重庆。

从前有一个寡妇心肠好，爱帮助人。有一天，寡妇刚端起一碗苞谷糊糊准备吃饭时，有个瘸腿叫花婆就来要饭，她便立刻把这碗苞谷糊糊捧给叫花婆。接连几天叫花婆都来要饭，寡妇便天天都煮好饭等她。一个月后，叫花婆让这个寡妇摘下屋前的冬瓜做钥匙，去宝山取宝。第二天，寡妇按照叫花婆的指点来到宝山的石门前，她的冬瓜一下滚进石门，石门立刻大开。寡妇走进去一看，这里是一个生活用品、生产工具样样齐全的农家。她正打算退出去时，就看见叫花婆正在赶牛推磨。叫花婆让寡妇随便拿一样东西回去，寡妇不要，叫花婆顺手抓了一把苞谷给她。寡妇回到家中，才发现那些苞谷全是金豆子，从此她就不愁吃不愁穿了。

公 平 合 理

汉族奇事故事。采录于江西。

从前有一个叫公平的樵夫，一天追赶一只野兔时，野兔跑到山坡上的草丛里就不见了。在草丛里公平发现一锭银子，上面一面刻着“公平”二字，一面刻着“合理”二字。公平认为自己不该独吞，于是就去寻找叫合理的人。他走了许多地方，有一次看见三个老人在一座草棚里面喝茶。从三个老人那里，公平打听到大山背后有个叫“合理”的后生。此人从小丧父，靠寡母养大，对母亲十分孝顺，年近三十，尚未娶妻。公平立刻翻山越岭赶去寻找，果然找到了合理，并且说明来意，要把这锭银子送给他。合理坚决推辞，于是两人不得不把银子拿来平分。他们想用斧头砍断银锭，银锭却落地钻入土中。他们急忙挖呀挖，竟从土中挖出许多银锭，并且每只银锭上面都刻着“公平合理”四个字。

蜈蚣精报恩

汉族报恩故事。采录于广东。

从前，一个杂货郎用一个盒子精心喂养了一条蜈蚣。蜈蚣久养成精，常常替主人通报消息。有一天傍晚，货郎回家时，在荒坡小道上遇到一个驼背老婆子。

老婆子恶狠狠地说："现在是蛇仙出巡的时候，你撞了蛇仙的大驾，活不过今天了！"货郎惊出一身冷汗，感到自己在劫难逃，但不想让蜈蚣跟自己一块死，便立刻回去把蜈蚣从盒子里放出来，叫它赶快逃生。蜈蚣依依不舍，慢慢爬到门外。天黑后，货郎把门窗关得严严实实的，躺在床上不敢合眼，半夜才迷迷糊糊睡去。睡梦中忽然听到一声巨响，接着又传来几声哀吼，然后就平静了。天亮后，货郎开门一看，门前横着一条丈多长的死蛇，蛇旁躺着鲜血淋淋的蜈蚣。他一下子明白了，是蜈蚣精舍命报恩呢。

田螺报恩蛇报仇

汉族报恩故事。采录于上海。

从前，在一个偏僻的村庄里有个牧童，有天他放牛时把一个快被晒死的田螺放回了小溪，随后他又用镰刀砍断了一条大蛇。大蛇被乌鸦接起来养好伤后，就去找牧童报仇。在路上，大蛇遇到田螺，讲了被砍断的经过，说是要找牧童报仇。田螺说自己也要去，便叮在蛇尾巴上一同往牧童家赶。牧童正关着门睡午觉，大蛇就想从一个墙洞里钻进去，可是田螺死死叮在蛇尾巴上，因为卡着，折腾许久也没进去。牧童被惊醒后，发现了大蛇，赶忙拿锄头对准大蛇的七寸狠狠地砸下去，大蛇当场死去。他来到墙洞外，发现叮在蛇尾巴上的田螺已经被折腾得壳破肉伤，便立刻把它放进水缸里好好喂养。牧童心里明白，大蛇是来报仇的，田螺是来报恩的。

金　斧　头

汉族报应故事。采录于江西。

从前有一个没爹没妈的穷孩子，在财主家帮工。一天，财主让他上山砍柴，他过独木桥时不小心把斧头掉进水里了。穷孩子正在伤心哭泣时，一个仙女过来帮忙，先后从河里捞起一把银斧头、一把金斧头，穷孩子说都不是他的。最后仙女捞起一把铁斧头，穷孩子谢过仙女，高高兴兴地上山砍柴去了。天黑时，财主问他为啥晚回来，他便一五一十地讲了事情的经过。财主一听，气得大骂他是个笨蛋。第二天，财主假扮成樵夫，过独木桥时故意把斧头丢进河里，然后大哭起来。仙女过来帮助他捞起一把铁斧头，他说："这不是我的。"仙女又捞起一把银斧头，他也摇头。仙女再捞起一把金斧头，他忙说："这是我的！"财主立刻蹿上去抢金斧头，却不小心连斧头带人一起跌进河里，被汹涌的河水吞没啦。

一缸水淹死恶婆婆

汉族报应故事。采录于北京。

从前一个恶婆婆，对童养媳非常刻薄，一大家人用的水都让童养媳从山上一小罐一小罐地往下背。这个婆婆还不断从水缸里面舀水泼地，累得童养媳一整天都在哈着腰背水。这一天，童养媳实在受不了啦，就蹲在河边哭起来。一个白发老太婆走过来，问她为啥这么伤心。听到童养媳的哭诉，老太婆就给了她一根鞭子，说道："别哭了。你把这根鞭子拿回去放在水缸沿儿上，缸里的水少了，你就轻轻提提鞭子，水又会满了。"从此，恶婆婆尽管自己一个劲儿用水，可缸里的水总是满的。后来她发现水缸沿儿上有一根鞭子，便去猛地一提鞭子。谁知水缸立刻成为一个大泉眼，大水"哗哗"拼命往外冒，三下两下便把那个恶婆婆冲得没影了。

金鸡惩恶

汉族报应故事。采录于甘肃。

在某地一个偏僻的小山村里，有个姓赵的老汉生活十分贫苦。他天天进山打柴，靠祖上留下的一条扁担挑柴进城去卖。一天他打柴下山时，有一只金鸡突然落在他的扁担上，原来这根扁担是金鸡的架子，只有落在它上面金鸡才闪闪发光。赵老汉抓住金鸡后，那鸡立刻变成了金子铸成的公鸡，他立刻把它装进自己的口袋里。在进城路上，他觉得金鸡带在身上不方便，就把它装在口袋里，把口袋寄存在一家过去有来往的店里。可是等赵老汉回来取口袋时，贪心的店老板已经把金鸡给调换了，而且死不承认，赵老汉只好忍气吞声地回到家中。店老板自从得到金鸡后，生意日益兴隆，很快就富裕起来。有一天赵老汉上山打柴，无意间把扁担摔了三下，空中突然白光一闪，远处传来三声公鸡叫。那个店老板偷来的金鸡忽然腾空飞起，不知去向。店老板家里随后遭遇一场大火，被烧得精光。

忘干哥

汉族报应故事。采录于吉林。

有一个棒槌精变的小伙子跟一个赶车的小老板交好，他们结拜为干兄弟。分手的时候，棒槌精干哥对小老板干弟说：“今后你遇到什么难事，七月初一到山上来找我吧！”分手以后，小老板非常想念干哥，就盼望七月初一快点儿来。到了七月初一，他立刻上山去找干哥。找到干哥以后，又在山上挖了好些山货回去，卖了许多钱。日子富裕起来后，他还不满足。第二年，他又去找干哥，又足足挖回来一挑子山货。可是，他仍然不满足。第三年，他又上山了。这一回，他打算连干哥也挖回去。就在他动手挖的时候，突然一声巨响，把他震晕过去。他醒来的时候，头上有一只小鸟不断啼叫：“忘干哥，忘干哥！”直叫得他心惊肉跳，赶忙捂着耳朵跑回家去。没几天他家里失火，烧了个片瓦不留。

大水冲了龙王庙

汉族报应故事。采录于新疆。

有一座龙王庙里住着父女俩，以种菜为生。庙里有一口枯井，每当老头儿要浇水时，井里就会淌出水来。夏夜女儿推窗，看见井里闪出两道白光，停在菜园上空。她叫醒父亲一起到菜地里，见两只白鹤头对头、翅对翅地往菜地洒水，天亮又飞进枯井。有一年，老头儿找了一个倒插门女婿，女儿把白鹤浇水的秘密告诉了丈夫。女婿好吃飞禽，一心要吃鹤肉成仙。晚上，随着一声枪响，一只白鹤惨叫一声掉进枯井。突然从井里涌出大股水来，淹没了龙王庙，淹没了城镇村庄。多年后，逃到外乡的馋女婿老了，乞讨还家。龙王庙没了，枯井还在。白发苍苍的妻子天天在井台边忏悔，不停地说自己不该把白鹤的秘密告诉馋嘴丈夫，使乡亲们遭受那么大灾难。

蛤蟆姑娘

汉族人精恋故事。采录于江西。

有一个年轻的猎人阿发和瞎眼母亲一起生活。一天，阿发上山打猎，来到一片荒无人烟的深山里，听见一口井里面有姑娘的哭泣声。他走过去，只看见井水里面有一个癞蛤蟆在喊：“大哥，救救我！”阿发立刻用一根长藤将它救上来。癞蛤蟆上来后脱掉蛤蟆皮，变成了一个美丽的姑娘，说道：“我叫村姑，被妖怪囚禁在井里，逼迫我嫁给它。”正说着就刮起一阵狂风，飞来一个三头六臂的妖怪。阿发用佩刀砍断妖怪的魔爪，又连射三箭赶跑了妖怪。他们一起回家后，村姑拿出一颗通红闪光的宝珠来照射阿发母亲的眼睛，让老人家重见光明。阿发母子俩笑逐颜开。原来村姑是一个蛤蟆精，经过千年修炼才得到那颗宝珠。随后阿发和善良的村姑结为夫妻，一家人过上了美满幸福的日子。

狐狸媳妇

汉族人精恋故事。采录于山东。

有一天，小伙子大壮上山打柴，看见两个姑娘在石壁顶上采干枝梅花。穿红衣的姑娘叫二妮，她对着大壮“咯咯”地笑，还给他扔去一枝梅花。过了一会儿，两个姑娘便不见了。以后大壮上山，总是遇到二妮。她帮助大壮打柴，两个人有说有笑，十分开心。不久，大壮和二妮就结为夫妻，大壮妈见了甭提有多高兴。过了几年，二妮爸突然来接女儿，非让二妮回去不可。二妮心里难过，大壮更舍不得。临走时，二妮从嘴里吐出一颗火红的珠子给大壮，告诉大壮以后没有吃的就问珠子要，想见她就去千里之外的百里洞。说罢二妮就变成一只火红的狐狸跑了。二妮离开后，大壮日日夜夜想念妻子。后来他辞别老妈，长途跋涉去寻找二妮。大壮翻山越岭，经受各种艰难困苦，终于找到了二妮。一家人重新团聚，过上了舒心的日子。

樟哥和蜡妹

汉族人精恋故事。采录于江苏。

小伙子樟哥独自一人，以打渔为生，日子很苦。有一天晚上，他在蜡梅树下干活儿，忽然听到一个姑娘的笑声，却找不到人。第二天他打渔回家，发现家里收拾得干干净净，而且饭菜都做好了，他感到很奇怪。第三天他假装去打渔，却悄悄躲在屋后。这时他看见从蜡梅树上下来一个漂亮的姑娘，进屋就干活儿。姑娘说她叫蜡妹，看见樟哥一个人孤孤单单的，才来帮助做事。樟哥非常高兴，两个人便结为夫妻。他们一起到湖里打渔时，正巧遇到龙王三太子。三太子前去调戏蜡妹，樟哥一怒之下打瞎了三太子一只眼睛。三太子立即回去调集鱼兵蟹将来抢亲，樟哥和蜡妹紧紧抱在一起，决不分离。三太子用剑刺死了樟哥，蜡妹痛不欲生，随即解开腰带吊死在樟哥身旁。第二年，埋葬他俩的地方长出一棵樟树，树心里还有一棵蜡梅树。人们都说，樟哥和蜡妹死后还紧紧抱在一起。

侠客智斗狐狸精

汉族精怪故事。采录于江西。

从前，有一个侠客武艺高强，聪明过人，专门跟欺压百姓的人作对，连鬼神都怕他。有一天晚上，一个狐狸精跑到这个侠客家中，问侠客怕不怕它。侠客说："我怕成堆的金子。"狐狸精转身变为一个美貌女郎，问侠客喜欢不喜欢它。侠客说："我喜欢刘大财主。"狐狸精听了暗暗高兴。侠客连忙问它怕什么，喜欢谁。狐狸精说它怕人的尿，喜欢酒。第二天晚上，狐狸精带了许许多多金子，侠客见了捧腹大笑。狐狸精说："你别高兴，我把你喜欢的刘大财主杀了。"侠客说："这家伙是方圆百里穷人的死对头，我要敬你一杯酒。"狐狸精接过酒一饮而尽，立刻化为一摊殷红的血。原来侠客在酒里面掺了人尿。第二天，侠客就把狐狸精留下的那一堆金子分给穷苦的乡亲们了。

寻找元宝

汉族奇事故事。采录于山西。

太行山下有一个贪心不足的钱财主，对长工特别狠，还立下一个在家门口和村口搜身的规矩。一天长工牛小去犁地，发现一处石头下面有一瓦罐元宝，这可把他乐坏了。他先拿一块回去，把其余的埋好，打算以后慢慢往家里拿。牛小大老远看见钱财主守在村口，不得不把元宝放在嘴里，可经不起钱财主盘问，一张口元宝就掉到地上，只好说是在地里捡的。钱财主把元宝抢到手后还不甘心，晚上又悄悄到牛小家的草房外面偷听小两口的谈话。听到这个秘密，立刻叫上老婆跑到地里，刨出那元宝罐子。钱财主回家点上灯，揭开瓦罐一看，里面有许多蛇蝎，吓得差点儿丢了魂。他赶紧盖上盖子，为了报复牛小，又连夜把瓦罐拿到牛小家草房顶上，把里面的蛇蝎从烟囱里面倒下去。牛小两口子半夜突然看见白花花的元宝落下来了，高兴得合不拢嘴，赶紧把元宝藏进米罐里，准备修房置地，帮助穷人。钱财主回家，连忙去看傍晚从牛小那里夺过来的那个元宝，突然有一条白蛇向他扑来，吓得他"哎哟"一声摔在门槛上，脑浆迸裂，一命呜呼。

飞来飞去的金块

汉族奇事故事。采录于台湾。

有一天，许多牧童在一个水草较多的地方放牛时，突然看见一块块黄金在空中飞过，说高也不高，伸手却够不到。有一个牧童跳起来用他赶牛的竹鞭抽过去，竟打到一块黄金。那块黄金掉下来砸着他的大脚趾，砸得乌青红肿，他还是高高兴兴地把黄金拿回去告诉妈妈。妈妈弄了好一些草药来敷他受伤的大脚趾，不但没有好，反而肿得更厉害了。于是便带他去看医生，医生敷的药也没有效果。医治了一两个月，花了好多钱。等到把那块黄金换的钱花光，牧童的大脚趾也就自然好了。

元宝变水

汉族奇事故事。采录于山西。

从前有两个秀才结拜为兄弟，一同赴京赶考。他们在半路上歇气的时候，在土崖下面发现一个瓦罐，里面装有五十个元宝。大秀才想了一下说："我们去赶考，路途遥远，带着这么多元宝很不方便，不如先埋下，回来再取。"二秀才表示同意，他们埋上瓦罐后又继续赶路。过了两天，二秀才到客店后就装病，不断在床上呻吟。他让大秀才自己先走，以免误了前程，等他病好了再赶来。大秀才离开以后，二秀才急急忙忙跑到埋瓦罐的地方，可是挖出来一看，里面竟是一罐水。他又急又气，心想就是水我也要喝一口。他胡乱喝一口后又把瓦罐埋下去了。二秀才喝过水后，肚子胀痛，四肢无力，勉强回到家中，病情并不见好。大秀才考完后，没等发榜便赶回埋元宝的地方，看见土已经松动。他担心被盗，连忙刨开来看，里面剩下四十九个元宝，立刻背上去看望二秀才。他问寒问暖，非常关心二秀才的身体，并且告诉二秀才瓦罐里面只剩下四十九个元宝。二秀才十分羞愧，于是把元宝变水、自己喝水生病的经过说了，承认了自己的过错，请求大秀才宽恕。他刚说完，就觉得肚子一阵疼痛，"哇"的一声吐出一个元宝，顿时痊愈。

黑笔讼师变驴

汉族报应故事。采录于江苏。

淮阴街上的黑笔讼师周二，丧尽天良，陷害了不知多少好人。这些冤魂到阎王殿告状，阎王便派鬼役把他捉来审问。周二无法抵赖，不得不招供。阎王判他诬陷罪，立刻命牛头马面拉他去下油锅。在去刑棚的路上，周二说自己瘦，叫牛头马面用少部分油，而把大部分油拿回家食用。二鬼担心犯法，周二就让匀一部分油来送给阎王，堵住阎王的嘴巴。等二鬼送完油从阎王家里转来，周二忙说自己有急事必须见阎王。到了阎王殿，周二大喊要告阎王受贿。这时牛头马面才知道中了他的圈套，便把事情一五一十地讲出来。看见阎王紧锁眉头，周二立即提出私了，让阎王放他还阳。阎王说周二的尸体已经腐烂，只好借尸还魂。周二提出要去一个大户人家。阎王说张百万的儿子刚死，让周二去那里。小鬼带周二到了张百万家上空，就一把推他下去了。周二翻身一看，自己竟变成一头驴了。原来周二上了阎王的当，那天张百万正在给县太爷的驴披麻戴孝呢。周二无可奈何，只好每天沙哑地叫着“冤枉——冤枉！”

阎罗王判案

汉族鬼怪故事。采录于浙江。

据说阎罗王很喜欢判案。有一次他看到许多状子，便把一个贪官、一个财主、一个窃贼、一个医生共计四个被告拘捕到阴间来审问。阎罗王先审问贪官，贪官说：“下官看见黎民百姓挥霍无度，才把金银珠宝归拢，替他们保存。这是下官的一片好心哪！”阎罗王觉得有道理，便把他放回去了。阎罗王再审问财主，财主说：“小人目睹佃户浪费米粮，才把米粮收缴过来，代为贮藏。这可是小人的一片好心呀！”阎罗王认为冤枉他了，便也放他回去了。阎罗王又审问窃贼，窃贼说：“小人看见别人夜深时还没有收衣服，怕遭到霜打露浸，就收拢来替人家保管。这是小人的一片好心呀！”阎罗王认为他做得对，也把他放回去了。阎罗王心想，幸亏自己审问得明白，没有冤枉好人。阎罗王看见只剩下一个医生，就问他为何把苦汁苦水拿给病人喝，让病人苦上加苦。医生连连叫屈：“老爷呀，俗话说‘良药苦口利于病’，我一生为病人辛苦，汤药虽苦，却能够起死回生，救人性命。”阎罗王拍案大怒道：“怪不得到阴间的人越来越少，原来是你在拆我的台。这样下去，我的王位还坐得稳吗？”于是立即把医生送上了奈何桥。

阎王爷受贿

汉族鬼怪故事。采录于陕西。

一天阎王爷叫判官去收一个叫严法的人。他的名字写在生死簿的角角里，阳寿只有七十，可是已经活了八十岁。判官去了严法家中，老婆说他到四川去了。判官只好去四川。可到了四川，铺子里的人说他刚刚回家去了。判官转身去追赶严法，看见严法坐船已经到了河心。判官要坐船，船夫不愿意回去。严法对船夫说：“你掉转船头去接他，钱我来出。”判官很感动，觉得严法真是个好人，上船就对严法如实说明来意。严法回家后，给老婆、儿女做了交代，然后便要跟判官走，家里人哭成一片。判官不忍心，就对严法说：“你写一本大戏在庙子里唱二天二夜，我去请阎王爷和城隍来看戏，到时候我替你周旋。”严法立刻找来戏班子在庙里唱戏，还摆上许多供品。判官请阎王爷和城隍到庙里来，一边看戏，一边吃供品。听到他俩连连称赞戏好、供品好，判官便说戏是严法写的，他能够活到今天，全是二位爷的恩德，所以专门给二位爷写了三天戏。阎王爷笑笑说：“那再给他添二十岁。”城隍抹一把胡子说：“看在阎王爷的面子上，我也给他添二十岁。”判官连忙说：“二位大人有情有义，我也看了戏，吃了供品，也给他添十岁吧。”于是，严法一辈子活了一百三十岁。

阎王请名医

汉族阎王访名医型故事。采录于山东。

阎王奶奶病了，阎王请遍阴间的医生都不管用，只好到阳间去请名医。可是，阎王不知道阳间哪个是名医。阎王奶奶说：“你把那些被医生医死的鬼全都放出来，让各自站到医死他的医生门前，谁门前站的鬼最少，谁就是名医。”过了一些时候，判官领了一个医生来，禀报道：“阎王爷，他门前只站了一个鬼。”这个医生战战兢兢地说：“阎王爷，小的医道浅薄，你还是另请高明吧。”阎王说：“不要客气，我知道你医死的人最少，一定是名医。”此人忙说：“小的才开张没几天。”阎王无可奈何，只好让他回去。

土地变野鬼

汉族鬼怪故事。采录于浙江。

土地庙前有一块地，经常受灾。主人总以为是土地爷没有管好，一年到头骂不绝口。这一年主人种西瓜，遇到暴雨，把瓜地冲得一塌糊涂，主人又张口骂土地爷没用。土地爷气坏了，就想给他一个报应。这时恰好一个落水鬼来讨替身，土地爷叫它找种瓜人。过了一会儿，一只老虎饿了，问土地爷该吃哪个，土地爷让老虎吃种瓜人。不一会儿，种瓜人便挑了一担有泥浆的西瓜到河里洗。落水鬼便把一只大西瓜拨往河中间，种瓜人连忙用扁担去够。西瓜越够越远，气得种瓜人用扁担猛砸西瓜，吓得落水鬼一下跳上岸来，正好被等在那里的老虎一口吃掉了。落水鬼到了老虎的肚子里东一拳、西一脚，搞得老虎死去活来。它们闹到地藏王那里，地藏王一查，果然是土地在泄私愤，为官不清，当即把土地废为野鬼。

水浸鬼拖磨

汉族鬼怪故事。采录于广东。

一天，有个水浸鬼在河边上寻找替身。刚好有一个老伯要过河办事，水浸鬼立刻上前去牵他。这个老伯是一个大法师，他看出对方是个鬼，立刻偷偷摸出一个水上大印来，等到了河中央水浸鬼要让他沉下去时，他便在水浸鬼的背上盖下一个大印，水浸鬼只好乖乖地将他背过河。到了河对岸，老伯又在水浸鬼面前画几画，把它定在那里。等到办完事回到河边上，老伯解了水浸鬼的定身符，又让它把自己背过河。随后，老伯又把水浸鬼带回家，让它拖磨磨谷子。老伯的老婆不知道它是鬼，看见它累得满身大汗，就叫它去洗身。它把背上的印记洗掉后，立即转身逃跑啦。

鬼 王 帮 忙

汉族鬼怪故事。采录于湖南。

从前有个心地善良的卖布客，从外地进了一些好布回湖南。八月十五这天晚上，他吃过晚饭就上路了，后来遇到一个同伴，就一起赶路。那个同伴问卖布客走夜路怕不怕鬼，卖布客说："不怕。我为人不做亏心事，半夜不怕鬼敲门。"那个同伴告诉他："我是这一带的鬼王，幸好你跟我一起走，不然会被一些混账鬼吃掉。你是好人，十分辛苦，我想帮你把布卖完，让你多赚一点儿钱，开一个铺子，免得四处奔波。"两人商量好，天亮后去几个大户人家卖布，很快便把布卖光了。由于有鬼王帮忙，卖布客赚了许多银子，分手时再三道谢。他回家后照鬼王的主意，开了一家布店，仍然和以前一样货真价实，老少无欺，生意越来越好。

量大福大

汉族鬼怪故事。采录于上海。

江南某村有一户人家迎亲，新娘子从花轿里走出来时，有一个吊死鬼紧跟在后面，要在新郎家找替身。三朝以后新娘子下厨房，吊死鬼就暗中捣乱，让她不断闯祸。但婆婆一点儿也不责怪儿媳，反而安慰她。有一次婆婆生病，亲戚送来人参，儿媳拿去煎参汤时，刚放在灶头上的人参突然不见了，怎么也找不到。婆婆很温和地说："人参不吃不要紧，家不和才不好。"吊死鬼本想让全家人都责怪新娘子，使其去寻短见，它好找到替身去投胎。可是这家人总是和和气气，不吵不闹，让它没办法。期限一到，吊死鬼只好离开。临走时，吊死鬼托梦给这家婆婆说："你真是宽宏大量，量大福大。我在你家一直无法找到替身，只好走了。"

饿鬼与铜箍

汉族鬼怪故事。采录于湖南。

有一次饿鬼到饱鬼家做客，问饱鬼为什么天天有鱼有肉，自己却连一顿饭都讨不上。饱鬼说做鬼也有诀窍，停一会它从口袋里掏出一个铜箍，说道："这就是我的法宝。你只要把它往人们的头上一套，他们立刻头疼发热，就会来插香烧纸、泼水饭，鱼肉不就给你送上来了吗？这个法宝我可以借给你用一次，千万不能够搞坏了！"饿鬼接过铜箍，第二天就去一条小路上等候行人，一直等到太阳落山，才看见一个铁匠下工回来。饿鬼悄悄从后面把铜箍往铁匠头上一套，回家后他果然头疼得很厉害，大发脾气对妻子说："快把打铁的大锤拿来，替我把脑壳砸碎算啦！"饿鬼一听就慌了神，它怕把铜箍砸坏不好向饱鬼交代，赶忙从铁匠头上取走铜箍，溜出门了。饿鬼回去讲了自己的遭遇，饱鬼笑道："欺软怕硬的道理你都不晓得，看来你只有一世做饿鬼啦！”

驱赶长舌鬼

汉族鬼怪故事。采录于湖南。

从前，某地经常闹鬼。有一天晚上，一个卖布人经过这里，遇到一个长舌鬼。它要跟卖布人比谁的舌头长，卖布人自然比不过，便送给长舌鬼一匹布。卖布人回家把这件事对妻子讲了，妻子教他一个办法。过了几天晚上，卖布人又经过这里，长舌鬼又要跟他比舌头。卖布人说：“比就比，谁的舌头短，就剪掉谁的舌头。”长舌鬼吐出一条一尺长的舌头，卖布人从嘴里扯出一条三尺长的红布舌头。长舌鬼吓得连舌头都来不及收回去，卖布人就用剪刀剪掉了它的舌头。长舌鬼跪下认输，要卖布人把长舌头送给它。卖布人拿出一串红鞭炮叫它咬住，立刻点燃引线，“噼里啪啦”炸得长舌鬼慌忙逃窜，从此以后再也不敢现身害人啦。

吊颈鬼失算

汉族鬼怪故事。采录于湖南。

有个人爱吃酒，天天都吃得晕晕乎乎回家。有一天晚上他喝醉回家，路过一座桥时，看见月光下有个美貌女子坐在栏杆上，就上前去对美女动手动脚。那是个吊颈鬼，提出要醉汉陪它吃酒，醉汉便高高兴兴地跟着它来到一个屠夫家里。屠夫正好让儿媳妇给自己炒好菜、备好酒，有事出门一会儿，吊颈鬼便进去把酒菜端给醉汉。屠夫回来看见桌子上没有酒菜，就大骂儿媳妇，气得儿媳妇要去上吊，吊颈鬼趁机连忙去拖她。醉汉听到屋里面的骂声、哭声，从门缝里看见吊颈鬼现了原形，正在拖着一个女人上吊，立刻冲进去夺绳子，并且告诉那个屠夫：“你骂她正好中了吊颈鬼的计。”屠夫十分感激，就留醉汉在他家里住下，第二天才送醉汉回家。吊颈鬼最后还是失算了。

扳罾老头儿和水鬼

汉族水鬼得开型故事。采录于安徽。

从前，有一个孤老头子在江边搭棚子架渔网，靠捕一点儿鱼虾过活。孤老头子没有别的嗜好，就喜欢喝酒。他天天夜里喝酒，勾引出一个水鬼的馋虫。有一天晚上，水鬼竟跑上岸来陪孤老头子喝酒。水鬼说自己是五年前翻船淹死的，阎王派它在这段江面上做好事，搭救那些命不该绝的人。孤老头子认为它是个好鬼，每晚上都跟它一起喝酒，彼此谈心，成为好友。有一天晚上，水鬼高高兴兴地说："大哥，我的好事做够了，明天中午要投胎去啦。"第二天中午，一个打着花伞的姑娘来到江边，一阵风把她的花伞吹到江里面，姑娘正要去打捞，孤老头子立刻用竹篙把花伞给她捞起来，并且叫她赶快离开。晚上，水鬼上岸来叹息，说这一耽误又得等五年。孤老头子说："兄弟呀，我不是跟你作对，而是舍不得你。你真想投胎，就把我拉下水吧。"水鬼说："大哥，我怎么忍心拉你下水呢，我再陪你五年吧。"后来水鬼好事做得特别多，被封为阎王。扳罾老头儿也成了仙，再也没有人见过他。

破 鬼 计

汉族鬼怪故事。采录于陕西。

陕西某地的村民都住在靠崖打的窑洞里面。一天晚上，有个大户人家的当家人到窑背上解手，听见两个鬼在说话。一个鬼告诉另外一个鬼，自己已经寻到替身了，就是这家人的笨媳妇。"等到她洗碗把一摞碗打碎挨骂时，我就把她推下井去。"当家人一听便知道，那个笨媳妇是自己的弟媳。第二天男人们下地去了，当家人故意留在家中。当笨媳妇把一摞碗打碎，吓得哭着往外面跑，要去跳井时，当家人拦住她说："打碎几个碗算啥？我出去买一些回来就是了。"他看见弟媳安心去干活儿，才放心了。这天晚上当家人又去解手，听见一个鬼对另外一个说："当家人没有打骂笨媳妇，还给她尽说好话，我想推她下井没弄成。"当家人越听越生气，就抽出腰带照着两个鬼狠狠打去，只听"吱哇"一声，两个鬼跑得不见啦。后来当家人把这件事告诉全家人，要大家和睦相处，不要给鬼一点儿可乘之机。

水鬼娘舅

汉族鬼怪故事。采录于浙江。

某地的河边上有一个农夫叫得水，平时跟着父亲种田，农闲到河里捕鱼，练得一身好水性。一天将近中午，父亲叫得水牵水牛去歇凉，水牛到了河边，一下去就往水里钻。河里有一个水鬼，经常出来害人。它看见水牛在游水，便抓住一条牛腿往下拖。水牛吓了一跳，猛然一下跃上岸，连水鬼一起拖上岸来了。水鬼立刻变成一段棕榈树干，得水看见棕榈树干很结实，就扛回家去做牛栏的门槛。有一天晚上，得水梦见一个蓬头垢面的家伙来哭诉求情，说它是水鬼，变成棕榈树干被做成门槛，让牛不断从自己的身上踏过，永世不得翻身。它表示以后不再害人后，得水第二天就把它扔进河里了。可是，后来得水去游泳时，水鬼竟对他下毒手，一个劲把得水往深处拖，而且往得水的嘴里、鼻孔里塞水草、泥团。得水心里明白，便憋住气装死。水鬼以为找到替身可以投胎了，连忙把鬼印塞进得水的衣兜。得水立刻游上岸，把鬼印带回家。晚上他又梦见水鬼哭哭啼啼来求他退还鬼印，并且愿意认他为娘舅。如果再害人，就由娘舅惩罚。从此以后，河里面再也不闹鬼了，人们都笑逐颜开，常常调侃得水，称他为“水鬼娘舅”。

鬼 推 磨

汉族不怕鬼故事。采录于浙江。

过去有个丁大胆，胆子特别大。这一年七月半晚上，他又到一个乱坟山去找鬼寻开心。许多鬼过去吃过丁大胆的苦头，看见他来了，都躲得远远的。只有一个吊死鬼不害怕，现出原形来吓唬他。丁大胆一只手撒出鬼怕的茶叶米，见吊死鬼转身要跑，又立刻用鬼怕的反手绳套住吊死鬼的脖颈，把它拖回家。到家时吊死鬼已经变成一个篮子，他就把篮子吊在磨盘的洞眼里，然后去睡觉。半夜三更，丁大胆听到磨房里面有响声，起来一看，那只篮子正推着磨盘打转。第二天，丁大胆便开起磨坊来。这鬼推磨不吃不喝，不要工钱，倒也划算，只是每天都要换反手绳。一个财主佬知道后非常眼红，便花五十两银子从丁大胆那里把篮子买走了。财主佬拿回去一试，果然灵光，于是就开起磨坊来。可是财主佬不知道天天要更换反手绳。两天后反手绳一磨断，吊死鬼就逃走了。

王大胆吃鬼

汉族不怕鬼故事。采录于山西。

从前，有一个叫王大胆的年轻人，一天晚上经过一处乱葬坟，看见路边坐着一个一身素装的年轻媳妇在哭泣。他过去一问，年轻媳妇说丈夫刚死，婆婆便要她改嫁，因为娘家没有人，所以不知道该去哪里。王大胆让她到自己的村子去。

她说双脚疼痛，便叫王大胆背着走。王大胆背着走一会儿鸡就叫了，她立刻让王大胆把她放下来。王大胆心想此处是乱葬坟，她莫非是鬼？就没有放她下来，反而抓得更紧。她急了，马上露出龇牙咧嘴的凶相。王大胆说："我爱看这个模样，我不怕！"天亮后，女鬼变为一块棺材板。他回家后，找一把斧头劈开这块棺材板当柴烧，只见里面有一块肉，便煮熟吃了。当天深夜，王大胆又经过那个乱葬坟，老远就听到一片嘈杂声："快跑呀，吃鬼的人来啦！"从此以后，这里再没有发生过闹鬼的事了。

鬼怕狠人

汉族不怕鬼故事。采录于安徽。

从前，有一条河里面有个水鬼。每当有人过桥时，它就故意刮起一阵风，把人带的物品吹到河里，引诱人下水去捞，趁机把人拖到深处呛死。一天，有个老头儿拄着拐杖，拎着一只鸭子去看女儿，刚走到桥中间，便刮起大风，把他的鸭子吹到河里去了。老头儿气得直跺脚，知道是水鬼在作怪，便握住拐杖，对准河水左一拐杖、右一拐杖，不停地骂："打死你这个水鬼，叫你敢害人！"水鬼在水里听到头上"噼里啪啦"像打雷一样，吓得抱头逃窜，生怕拐杖砸着自己。后来老头儿在女儿家里把路上的事讲了，大伙笑得前仰后合，都说："原来鬼也怕狠人哟！"

顺定卖鬼

汉族不怕鬼故事。采录于甘肃。

某地有一个叫顺定的人，胆子很大，机智过人。一天晚上，他有事去镇上。上路不久，他突然遇到一个鬼。但很快他就镇定下来，说自己也是鬼。那个鬼问他走路为什么像人，他说自己是新鬼。那个鬼觉得走路太费力，就提出不如轮流背着走。鬼先背他，觉得很重，他说："我不是讲过，我昨晚刚死吗？"轮到他背鬼，感到十分轻松。一路上，顺定问那个鬼最怕什么，那个鬼说："咱们鬼最怕变化以后被人念三声口诀，这样再也变不回来了。"顺定背着鬼走了一会儿，就听到鸡叫。那个鬼让顺定放它下来赶快跑，顺定紧紧抓住鬼不松手。那个鬼知道上当了，立刻变成一只羊用角去抵他，他便念三声口诀，让鬼真的变不回来啦。顺定牵着这只羊到镇上，卖给了羊肉铺。

背鬼换盐

汉族不怕鬼故事。采录于湖南。

很久以前，有个人清早去赶集，走到河边上，看见一个女人在哭，说是没法过河去给生病的母亲买药。这个人出于好心，就把女人反背在背上，蹚水过河。刚开始觉得很轻，到河中间越来越重，他一下明白是女鬼要找替身。女鬼让他把自己翻过来，他不理睬，快步上岸，紧紧抓住女鬼不放手。到了集上，一看女鬼已经变为一只白鹤，他便把白鹤提到盐贩子那里去换了几斤盐。过几天，这个人又起早赶集，又看见那个女人在河边上哭泣。他便又上前去问女人要不要过河，女人发现是他，十分恼怒地说："你家又没有盐吃了，想背我去换盐？"

巧妙吓鬼

汉族不怕鬼故事。采录于湖南。

有个老头一百六十岁了。一天，九十岁的孙子来说他爹死了，老头儿很伤心，叹息道："他从小多病，才活一百二十岁，死得太早啦！"他的话被阎王听到了，立刻派四个鬼去捉拿他。老头儿问："我有什么罪，要见阎王？"四个鬼说："你的年纪这么大，早该见阎王了。"老头儿说后村有个"祸害一千年"，问他们为什么不捉，他们回去禀报阎王，阎王便让他们去捉拿"祸害一千年"。"祸害一千年"对他们说，对面山上住着一个"背万年时的"，问他们为什么不捉，四个鬼又回去告诉阎王，阎王又让他们立刻去抓"背万年时的"。"背万年时的"很会算，知道要来捉拿他，嘱咐老伴几句话便出门了。四个鬼去捉"背万年时的"，老婆婆说他上天给玉帝的婆婆治病去了。正在说话的时候，就听到院子里"砰"的一声，落下一个石碓窝，老婆婆说："是我老倌的帽子哟。"四个鬼一看，觉得这个人的力气真大。这时候"背万年时的"回家来了，他一听说四个鬼是阎王派来的，便说："玉帝的婆婆病了，需要二十四张鬼皮，我正要去找阎王帮忙。你们不要走了，再要二十张就够了。"四个鬼为了保命，吓得连滚带爬，便跑光啦。

消灭鬼婆婆

汉族不怕鬼故事。采录于台湾。

鬼婆婆常常用好吃的东西骗小孩儿跟它走，然后把小孩儿关起来吃掉。有一次，鬼婆婆又拐骗一个小孩儿。这个小孩儿很聪明，他把一个酒瓶子打碎，一路走一路撒碎玻璃片。玻璃片在月光下亮晶晶的，鬼婆婆把他关起来后，他从门洞里逃出来，沿着亮晶晶的玻璃片回家啦。鬼婆婆第二天又把这个孩子抓走了，它知道这个孩子厉害，便烧了一大锅水，打算把孩子推进锅里面烫熟了吃。水烧开了，鬼婆婆让这个孩子站在锅边的椅子上，想趁他不注意时推下锅。孩子上去后，故意说锅里面好像有什么东西，要鬼婆婆上去看。鬼婆婆上去看时，孩子一下把它推进锅里烫死了。

鬼 怕 狠 人

汉族不怕鬼故事。采录于湖南。

有个不信鬼的人问信鬼的人，鬼是什么样子？信鬼的人说：“人跳水和上吊时就会看到鬼。”不信鬼的人便故意去跟妻子吵架，然后跑到山上去上吊。他把绳子系在桐子树上，挽一个圈圈挂在后脑壳上，又总是挂不稳。有个鬼来告诉他，绳子要往前面牙巴骨下挂。他假装不会，叫鬼挂给他看。鬼把自己的脖子套进绳子，他一脚把鬼踢下坎吊起来，然后背起便跑。他回家一看，背的原来是只狐狸，立即剥下皮，把肉炕起来。他妻子生孩子时，许多鬼来报仇。刚走到门前，看见剥的狐狸皮和炕的狐狸肉，晓得他男人凶得很，一个个都吓跑了。

赵旭会亡妻

汉族再生故事。采录于广东。

从前，青年赵旭的妻子十分贤惠。她为了让丈夫吃饱饭，安心读书，总是辛辛苦苦干活儿，并且忍饥挨饿，身体渐渐垮下来，竟离开了人间。妻子一死，赵旭无比悲伤，常常到妻子的坟头上痛哭。有一天，一个老太婆来对赵旭说：“既然妻子对你恩重如山，你为啥不去找她？听说千里之外有一个阴阳圩，上午阳人赶圩，下午阴人赶圩。你到那里也许能够找到她。”赵旭经过长途跋涉，终于来到阴阳圩。那天阳圩散了他没有离去，而是躲在大树后面等着。阴圩开市后，果然看见他的妻子挑着一担柴过来。可不管赵旭怎样叫她，她都不理睬。当天晚上赵旭梦见那个老太婆来教他怎么办。第二天他又去那里等候妻子。他看到妻子时，立刻按老太婆的吩咐抱住妻子，并且亲了她一下。妻子如梦初醒，便问寒问暖，最后从衣袋里拿出半枚铜钱来给赵旭，说是回家以后有用。赵旭回到家中，听说一件怪事——附近有个员外的女儿，荡秋千时摔下来跌昏迷了，救醒后就不会说话，右手紧握，什么医生都治不好。一天这个小姐看见赵旭，突然开口同赵旭说话，并且张开右手露出半枚铜钱，正好跟赵旭那半枚铜钱相合。员外见赵旭是个老实人，彼此有缘分，就把女儿嫁给他了。

庞得托生

汉族托生故事。采录于天津。

从前，有个叫庞得的人，一辈子好吃懒做，不务正业，死后来到阴曹地府。鬼魂满三年就可以托生到阳世。三年以后，阎王爷让庞得去托生，他说什么也不愿意。又过了三年他仍然不愿意托生，阎王爷又照顾他一次。再过三年，阎王爷说："庞得，事不过三，这一回说什么也得走了。"庞得说："阎王爷，让我去阳间可以，得依我四件事。第一件，我要有良田千亩；第二件，父做高官子登科；第三件，贤妻美妾常陪伴；第四件，寿活八百还要多……"阎王爷赶紧拦住他说："有这样好事我都要去，还轮得上你吗？快滚！"

◇动物故事◇

老鼠嫁女

汉族老鼠嫁女型故事。采录于河北。

鼠妈妈要为俊女儿找个英雄做女婿，想到了天上的月亮。它对月亮说："俺觉得谁也敌不过你，俺把女儿嫁给你。"月亮说："有能敌过我的，我最怕云彩。"鼠妈妈便去找云彩，云彩摇头说："我最怕风。"风听它说了也摇头："我怕墙。"墙听了笑笑说："我最怕老鼠。"鼠妈妈选了英俊的小公鼠，小公鼠叹口气说："只要碰到猫，我就没命啦！"鼠妈妈带着女儿去找大花猫，还没开口，大花猫就把母女俩都吃了。

老鼠告狸猫

汉族动物故事。采录于山西。

老鼠儿子和东坡灰鼠女儿定了亲，请鼠先生算好良辰吉日。娶亲的各项事务都安顿好了，就等初十那天的五更去迎娶。三个猫兄弟知道消息后，在一起商量："老鼠娶媳妇，咱去别咬死，搅散就行。"大喜日那一天，鼠辈甥侄吃着玩着闹哩，娶亲轿吹吹打打回来了。到房檐头轿夫喊声"不怕，下哇"，鼠新娘便跳到窗口。它刚进去，黄猫在猫道口"喵喵"叫，又咬又挖，把娶亲老鼠吓得全部从烟囱下口骨碌进了炕州城。黑猫绕炕洞追着抓，狸猫唬住锅头山，从炉灶坑出来的老鼠，一个个都被扑咬受伤。老鼠气不过，一张呈子告到金殿。老君爷一看呈子说："老鼠一家挺善，捉狸猫归案！"升堂上殿后，老鼠控告猫："夏天高楼满卧，冬天秀女同床，嘴里念的弥陀，心里男盗女娼。"狸猫会打官司，它说老鼠："夏天盗库盗仓，冬天盗囤钻箱，糟蹋粮食无数，咂坏先生文章。"最后还是老鼠输了。群鼠气得摇头摆尾，猛咂老君爷桌裙。狸猫忙喊老君爷快看。老君爷见桌裙、靴子被咂满窟窿，立刻说："这等东西，逮住就吃！"那些黄鼠、田鼠、松鼠吓得都跑到野外，到现在家里只剩下老鼠啦。

狗找朋友

汉族动物故事。采录于河南。

狗很寂寞，想找个朋友。它对狼说："我想找个最有本事的朋友。"狼说："那你就和我在一起吧。"晚上狗"汪汪"叫，狼赶忙说："别叫！老虎听见会吃咱哩。"狗想狼怕老虎，老虎的本事一定比狼大，便去和老虎交朋友。晚上狗还是"汪汪"叫，老虎赶忙说："别叫！人听见会来捉咱哩。"狗想，看来人更厉害，于是就和人交上了朋友。晚上狗依然"汪汪"叫，人却很高兴："叫得好！以后就给我看门吧。"从此，狗便天天和人在一起过日子啦。

二 鸟 垒 窝

汉族动物故事。采录于山西。

花喜鹊和花背鸟住的土洞被大雨冲毁了，便决定去学垒窝。它们跟着燕子衔泥衔草，一趟又一趟，嘴巴也衔肿了。花背鸟嫌太辛苦，说道："如果有现成的窝该多好！"它不听劝告飞走了。一只老鹰在垒窝，它跟着老鹰这家去偷树枝，那家去偷茅草，稀稀松松垒成一个窝，谁知大风一吹就散架啦。从此，花背鸟风吹雨打挨冷受冻，连下蛋也到别的鸟窝，靠人家给它孵小鸟。花喜鹊不怕苦不怕累，终于垒出坚固又好看的窝。

老虎怕锅漏

汉族动物故事。采录于河南。

一天老虎深夜下山找食，在农家的牛圈旁停了下来，听到屋里的老头儿说："今儿在山上碰到老虎把我吓坏了。"老婆婆说："不怕，就怕锅漏哩。"老虎听了一惊，心想"锅漏"比它还厉害，得小心点儿。恰巧有贼来偷牛，把毛茸茸的虎当成牛，拴上绳子就骑上虎背。老虎以为他是"锅漏"，驮着偷牛贼便没命地跑。天微亮，偷牛贼发现自己骑在虎背上，便飞身纵上路边的大树。老虎想不到"锅漏"还会飞，赶紧往山里逃，碰到猴子就叫它快逃命。猴子不信，答应和虎拴在一起去看个究竟。偷牛贼见了吓得屁滚尿流。猴子往树上爬，尿水正好滴进它眼里。老虎见猴子眨眼抹泪，以为在给"锅漏"暗号，拖着猴子撒腿就跑。它翻过两架山，扭头看见猴子没皮没肉，只剩一把骨头，心想幸亏它跑得快，不然也得让"锅漏"扒了皮吃肉。

蛤蟆和黄鼠狼

汉族动物故事。采录于河南。

有一回黄鼠狼到藕坑边打食儿，嘴馋想吃水里的花蛤蟆，便嘻嘻地说："蛤蟆老弟，我好喜欢你，快上来，我们交个朋友吧。"花蛤蟆看出它的用意，轻轻跳到大荷叶上说："我早想和你交朋友啦，请上我的客厅来，我请你喝两盅。"黄鼠狼见荷叶很稳当，说声："别动，我蹦过来啦！"便纵身往荷叶上跳，"扑通”一声就掉进水里淹死了。

老虎学艺

汉族动物故事。采录于山西。

老虎羡慕猫机敏的动作和扑食的本领，便托猴说合前去拜师学艺。猫认真教授，虎刻苦学习，几年间它就扑跳伏跃，样样精通。老虎力大威猛，名气渐渐盖过师父，林中百兽见到它都远远躲避。老虎自以为艺已学成，思谋除掉师父好称王称霸。猫早已猜出几分，便处处提防，技留一手——爬树。一日，老虎和师父比试技艺，趁其不备，猛扑过去。猫灵机一动，“嗖嗖”爬上大树。老虎围树乱转，却无可奈何。直到现在，老虎虽然勇猛，却不会上树。

比胆量

汉族动物故事。采录于陕西。

老虎要和天下动物比胆量，并且扬言：“没哪个敢比，我就是冠军！”所有动物都吓得不敢吱声。这时跳蚤出来说：“你见了猎人逃得比谁都快，我刀枪不惧，天下数我胆子大！”比赛开始，老虎向跳蚤猛扑过去，跳蚤蹦到虎肚下；老虎用前爪压，跳蚤已蹦上虎背；老虎翻滚打压，跳蚤又蹦到老虎的天灵盖上。老虎用尽本事也抓不到跳蚤。跳蚤顺风从悬崖上飘到沟底，喊道：“有胆量你也下来！”在众动物的呼喊声中，老虎为顾全面子，竟扑下悬崖摔死啦。

五灵子的百鸟衣

汉族动物故事。采录于陕西。

有一次，百鸟穿着各自的花衣服去给凤凰拜寿，唯独五灵子光秃秃的又难看又寒酸。它唱道：“嗦罗罗，嗦罗罗，寒风刮来冻坏我，没毛丫头苦难说，太阳出来才暖和。”凤凰觉得它实在可怜，连忙提议百鸟各送它一根羽毛。百鸟虽不情愿，也只好照办。哪知五灵子穿上五光十色的百鸟衣，竟忘乎所以地唱道：“嗦罗罗，嗦罗罗，百鸟谁也难比我，如今我有百鸟衣，除了凤凰就是我。”大伙感到非常愤怒，凤凰便下令让百鸟各自收回羽毛，将五灵子赶出树林。从此五灵子的窝只能做在草地上，天冷就叫个不停，大家便叫它“寒号鸟”。

实 杆 儿

汉族动物故事。采录于青海。

有一天老虎听到阿奶哄娃娃说："再哭老虎把你吃上哩。"娃娃还哭，阿奶又说："再哭实杆儿（方言，即真的要这样做）拿来。"老虎以为"实杆儿"比它还厉害，撒腿逃跑回洞，一再告诫虎辈远离"实杆儿"。狐狸听说此事，伪装成"实杆儿"占据虎穴，虎辈天天给它送肉送水。眼看山里的动物快要让狐狸吃光了，一只胆大的小虎拿起棍棒，要看"实杆儿"有多厉害，狐狸见势不妙，转身逃跑，竟被堵在洞口的那些老虎打死啦。

留 一 招

汉族动物故事。采录于青海。

虎外孙饿得不成，老猫外奶给虎外孙捉去两只鼠。它说没吃饱，要老猫外奶给它抓只羊。老猫外奶让它长大自己抓，并开始教它跳蹦扑咬各种技能。虎外孙渐渐长大，凶猛无比，抓只羊几嘴就吞掉了。一日，老猫外奶和虎外孙在林中找食，突然虎外孙张大口想吃老猫外奶先压压饿气儿。老猫外奶闪电般蹿上树，虎外孙惊问老猫外奶，为啥不把上树本领教给它。老猫外奶说："如果我要不留一招，这会儿你早把我吃了。"

胡豆虫儿鸟的故事

汉族动物故事。采录于青海。

一天胡豆虫儿鸟寻食回窝，看见老鼠已将它的鸟蛋吃掉了。它去告状，凤凰骂它"自己不小心还有脸告状"。随后，胡豆虫儿鸟做了一副小弓箭等待机会报仇。一天，老鼠又来偷蛋，它张弓射中鼠眼。老鼠慌不择路跑进正熟睡的狮子的鼻孔，狮子疼得大吼一声栽进河里。正在戏水的小龙见了，说声"不好"立即腾空跃起，尾巴扫掉了在榆树上孵蛋的凤凰巢。凤凰蛋打碎后凤凰怒啄小龙，小龙告饶说只怪狮子。凤凰追上狮子，狮子又说要怪老鼠，老鼠又推说只怪胡豆虫儿鸟。凤凰带着大伙来讨伐胡豆虫儿鸟，胡豆虫儿鸟昂头说："自己不小心还有脸告状。"

狼与人结仇

汉族动物故事。采录于宁夏。

狗和狼本是兄弟，它们都和人很亲近。天长日久，狼在狗面前抱怨说："我们不分昼夜替人看门护院，人睡屋里，我们睡外面；人吃肉，我们啃骨头。太不公平啦！"狼起了野心，今天偷吃一只鸡，明天偷吃一只羊，越吃越馋，甚至咬死牛、驴来喝血。狼终于被人用烧火棍追打，逃进了深山。它从此跟人结了仇，成为吃人伤畜的祸害。狗却依旧忠诚老实地给人看门，受到人的爱护。

兔 子 过 河

汉族动物故事。采录于辽宁。

有一次兔子正为过河犯愁，突然看见一群乌龟。它灵机一动跑到河边问："龟大姐，这些都是你的孩子吗？"乌龟点点头，兔子立即说："我的孩子比你还多呢。"乌龟不相信，兔子说："这样吧，我的孩子在对岸，你先把孩子排成队，我一个个数过去，然后你再照样数我的。"老乌龟便让孩子们从这岸排到那岸，兔子边数边偷着乐，忍不住笑道："老乌龟你受骗了。"等乌龟回过味来，兔子已往岸上蹦了。乌龟没有逮住兔子，只咬掉了兔子的一截尾巴。

大灰狼和梅花鹿

汉族动物故事。采录于辽宁。

大灰狼和梅花鹿交上朋友，总想寻找机会对鹿下手。有一天狼误食肉饵被绳索套住，鹿奋力用角挑开绳索救出狼，自己却被牢牢缠住。狼想，等猎人扒了鹿的皮，它正好吃下水，便幸灾乐祸地溜走了。树上乌鸦看得真切，就说："鹿大哥你上了狼的当，我来救你。"于是，乌鸦给鹿想好办法，然后飞到猎人那里说："南山死个梅花鹿，你吃肉，我吃肠。"猎人上山后，乌鸦在树上喊"死了死了"，鹿立即憋气装死。猎人解开套，乌鸦叫"活了活了"，鹿就做好准备。乌鸦又大叫"跑了跑了"，鹿赶忙抬腿跑进了密林。猎人拉弓搭箭，没射中乌鸦，却射到山后的狼身上啦。

黑 熊 蹲 仓

汉族动物故事。采录于吉林。

黑熊与蜜蜂为邻。这年蜜蜂送熊一桶蜜，蜂蜜又甜又香，黑熊不大工夫就吃光了，心里还想弄点儿蜂蜜吃。蜜蜂出去采蜜后，黑熊乘机去偷吃蜂蜜。它觉得不解馋，便打算把蜜缸滚回家。它刚扳倒蜜缸，蜜蜂就回来了。黑熊谎称刚刚打跑偷蜜的梅花鹿，蜜蜂很感激，又送了一桶蜂蜜来报答它。从此黑熊常常去偷蜂蜜，只要一露馅立刻撒谎骗蜜蜂，今天赖老虎，明天赖狍子。有一天晚上黑熊又去偷蜜，被早有准备的群蜂当场抓住。梅花鹿、老虎和狍子都来帮蜜蜂追赶黑熊，黑熊一头钻进树洞里，足足蹲了一冬天。

獾子和貉子的故事

汉族动物故事。采录于吉林。

貉子勤快又善良，它帮松鼠藏好冬粮，又去帮灰狼搭窝。日头偏西，狼推说饿了便自己下山弄吃的。貉子正干活儿，獾子串门走迷路，过来讨吃的。貉子便拿灰狼家的圆枣给獾子充饥。狼回来非常生气，一口咬断貉子的前腿，从此貉子变得前腿短了。獾子得知貉子为自己受伤残，决定搭新窝养活它。貉子住进獾子家后，一直住在门口为獾子挡风。

鹌 鹑 借 粮

汉族动物故事。采录于吉林。

喜鹊和鹌鹑是拜把子兄弟，下雪了，它俩都没粮吃了，喜鹊便到仓鼠家借粮。喜鹊对守洞口的小仓鼠说："小猫馋老猫馋，你到里边这样传，快把吃粮借几石，过了几天就送还。"洞里老仓鼠听了就说："用猫来吓咱，不借给！"鹌鹑见喜鹊空手而归，也去试试。它对小仓鼠说："小总管小总管，请你去禀老总管，就说有粮借几石，过了几天就送还。"老仓鼠一听乐了，便说："这才是老实人，给它量几石，什么送还不送还！"

兔子吹牛

汉族动物故事。采录于吉林。

有一天兔子正在山里面的一个大泉眼旁边喝水，突然来了一只老虎。兔子想跑，已经来不及了，便站起来大声说：“前腿短，后腿长，两耳一竖像堵墙。昨天吃了三只虎，今天吃了九只狼。好渴，好渴！”老虎听了吓得掉头便跑。半道上，猴子问老虎为啥在跑，一听老虎的回答，猴子便说它上当了，立刻领着它回去。兔子看见它们，就指着猴子说：“昨天打牌你输给我三只虎，今天咋送一只来？”老虎以为猴子拿自己还债，抬腿便跑。猴子见了赶忙拽住老虎尾巴。谁知一拽尾巴老虎便拉稀，猴子一脸都糊上稀屎。猴子喊道：“虎哥虎哥别拉稀，那是兔子吹牛皮。”

八哥作祭文

汉族动物故事。采录于安徽。

有一年冬天大雪纷飞，野鸡、乌鸦家里断粮，想要去借粮度饥荒。野鸡到老鼠家说：“老鼠哥，今年冬天雨雪多，今年借你三担粮，明年还你六稻箩。”老鼠听它说话讨人喜，就痛快借给它了。乌鸦也来借粮，还说：“今年借你三担粮，明年还你八稻箩。”老鼠说：“你颈白尾不白，说出话来要不得，我家本无粮食借，就是有粮也不借。”乌鸦想：你不借还骂人。便一嘴将老鼠肚肠啄出来。鼠儿孙非常伤心，赶忙去请八哥作祭文，八哥唱道：“你嘴尖尾巴长，身穿灰衣衫。年年咬人仓门板，家中必有粮。有粮你不借，咬断了你的肚子肠。呜呼哀哉！”

公鸡吃保人

汉族动物故事。采录于上海。

有一回，小动物们推举蛇当代表上天庭。蛇说自己长得光秃太寒酸，要借泥鳅的胡须、公鸡的角做行头。公鸡很为难，没有角每天卯时和午时会头痛，蜈蚣出来做保人，公鸡无奈只好答应。蛇打扮好，上天庭已迟到，只得盘在柱子上。玉帝抬头看见蛇，美丽又威风，就令它从此留天上，改名叫龙。三天过后不见蛇还角，公鸡头痛得“喔喔”叫，见到保人就讨角，怨恨之下一口将蜈蚣吞进肚，天天昂头叫着要蛇还角。

蜈蚣和沿沿螺

汉族动物故事。采录于浙江。

从前，蜈蚣没有脚，沿沿螺的脚蛮多，并且是跟衣裳连在一起的。它俩亲如兄弟。一天，蜈蚣向沿沿螺借脚，沿沿螺便很慷慨地把自己的脚和衣裳全部借给它了。蜈蚣有了这么多脚和漂亮的衣裳，非常得意，于是就再也不同好朋友见面了。沿沿螺赤身裸体地四处寻找蜈蚣，只要看见蜈蚣，立刻用身上流出的脓水拖成一个圆圈把蜈蚣围起来。蜈蚣一碰到脓水，一只只的脚便会脱落下来。

虾蟹借眼睛

汉族动物故事。采录于安徽。

有一天鲤鱼请虾和螃蟹做客，虾蟹叹气道：“我们没眼睛，美味看不见，连它家门朝哪都不知道。”螃蟹去向好友蚯蚓借眼睛，发誓说：“要是不还让我横着走。”小虾向好友蚂蟥借眼睛，也说：“要是不还让我今生今世退着走。”可是，这两个家伙把借来的眼睛放在额头上，吃美餐、看美景，大开了眼界，都舍不得还眼睛。因为它们发过誓，所以螃蟹从此横着走，小虾从此退着走。

蚂蚁报恩救喜鹊

汉族动物故事。采录于上海。

一只蚂蚁到河边喝水，一个浪头将它冲入河中，它拼命喊救命，虾蟹过来却都不理它。树上的喜鹊衔着树叶飞过来，轻轻放在河面，蚂蚁爬上树叶，便随风漂到岸边。一天，猎人正用枪瞄准树上做窝的喜鹊，蚂蚁看见，飞快地爬到他脚上狠咬一口，猎人的手一抖，枪打歪了，喜鹊因此得救，闻声飞走。

鹿 虎 相 争

汉族动物故事。采录于江苏。

有一回老虎遇见鹿，问它哪来的满身花点儿。鹿强装不怕说：“我吃一只老虎做一个记号。”老虎又问：“你头上的角做什么用呀？”鹿说吃不下的叉上去晒。鹿早已吓得四蹄发抖，老虎又问它抖什么，鹿说：“七抖八抖，马上动手。”老虎一听，吓得立刻转身溜走。路上遇到猴子，老虎细说经过。猴子便骑上虎背，要陪老虎去一看究竟。鹿老远看见老虎、猴子一起来，抢先说道：“猴大哥，上次你欠我两只老虎，今天骑一只是来还我的吧！”老虎以为上了猴子的当，一下把猴子摔死在地上，便扭头逃命去了。

狐狸、兔子、猢狲和马

汉族动物故事。采录于江苏。

狐狸专门欺侮小动物，兔子找到猢狲，商量整治狡猾的狐狸。正说着狐狸来了，它们假装小声说马屁股上的肉最好吃。狐狸忙说：“马跑得那么快，根本吃不到。”兔子眨眨眼说：“我们要有你这么长的尾巴就好了，把它结在马尾巴上，它想跑也跑不了。”狐狸转了一圈来到西山，果然见马在睡觉，就悄悄把自己的尾巴和马的结在一起，狠狠一口咬向马屁股。马痛醒后跳起身拔腿狂奔，狐狸被拖出很远后终于挣脱，浑身被拖得青一块紫一块，疼得要命。躲在后面的兔子一见高兴得笑豁了嘴，猢狲也乐得从树上滚落下来，屁股摔得又红又肿。

狼、狐狸和蛤蟆

汉族动物故事。采录于浙江。

有一回狼、狐狸和蛤蟆结拜兄弟，相互争老大。狼提出比年纪：“我已三十岁，胡须都白了。”狐狸说：“我已五十岁，通身的毛都白了。”蛤蟆大声说：“我都九十岁，浑身的毛都脱尽了。”狼比不过，又建议比个头儿：“我顶大，当大哥。”狐狸讲：“我年纪老了，脊背躬起已驼背，老大该我当。”蛤蟆讲：“唉！我原先个头儿比你俩都大，现在老得缩成一团了。”狼摇头说：“还是比谁酒量小，我只能喝一盅。”狐狸说它闻到酒气就要醉，蛤蟆一边哇哇吐，一边说它听到酒字就作呕。随后它们又比赛跑，结果蛤蟆咬住狐狸尾巴还是得第一。比来比去，狼与狐狸都比不过蛤蟆，只好让蛤蟆做了大哥。

章鱼和乌鸦

汉族动物故事。采录于浙江。

一天退潮时大章鱼带着小章鱼到岩礁边做客，半路发觉忘带礼品，便留下小章鱼，自己转回海涂泥洞。这时贪嘴乌鸦飞来，扑过去叼小章鱼。小章鱼用八只小足抓牢乌鸦脚，却被乌鸦带回林中吃掉了。大章鱼赶来不见小章鱼，只看到几根乌鸦毛，发誓要报仇。第二天，乌鸦又来找美味。它飞近礁岩时，看到摊开八脚一动不动的大章鱼，高兴得直扑上去踩牢它。大章鱼运足力气，八只足把乌鸦身子牢牢缠住，乌鸦飞不起来喘不过气来，最后竟双眼翻白一命呜呼。

气死河豚

汉族动物故事。采录于浙江。

有一次渔夫捉住一条河豚，河豚苦苦哀求渔夫放了它。渔夫说："放你可以，但必须让我今后每天捕到一船鱼。"河豚回到海里，悄悄对鲳鱼说，假使碰着网，要拼命朝前头钻；又悄悄对黄鱼说，假使碰到网，要拼命朝后头退。后来它们果然触网，小头鲳鱼牢记河豚教诲，越钻越陷得紧，大头黄鱼牢记河豚教诲，一退就兜进网里。渔夫每天捕到很多鱼非常高兴。一次河豚又被捉住，自以为有功会再次被放。不料渔夫心想，河豚要把真相讲出去，他就再也捕不到这么多鱼了，便赶忙收网。河豚气得肚皮骨碌圆，就再也收不回去了。

蛇　　义

汉族动物故事。采录于浙江。

大肚母蛇在水缺头爬上又跌落，怎么也翻不过去，农夫见状忙用锄头把蛇抬了过去。母蛇回去对公蛇说，农夫差点儿把它打死，一定要报仇。公蛇连夜到农夫屋里。农夫妻子怀孕喊丈夫帮忙，农夫扶着妻子上床说："今天我就是这样用锄头把大肚母蛇抬过水缺头的。"公蛇这时才知母蛇诬陷农夫，差点儿误伤了好人。公蛇心想：如此凶恶，留它何益？立即回去咬死母蛇，把它拖到农夫屋里。

尖嘴老鼠

汉族动物故事。采录于江西。

早先人和老鼠关系很好，秋收后人们总在地里留几行禾给老鼠享用。后来人越来越多，大家就把每一粒粮食都囤进仓里。老鼠找不到吃食，便到猖王那里去告状，骂人不讲信义。猖王出主意让老鼠去抢，老鼠怕人家里有猫；猖王又让老鼠学好本事去偷。老鼠苦练本领，身子变瘦小了，牙磨锋利嘴磨尖，又咬又偷，于是成了害人精。

田螺赛马婆

汉族动物故事。采录于江西。

草坪上的马婆（母马）和溪边的田螺相约去游赣州。马婆认为田螺无脚，十天半月也爬不到，田螺却充满信心要和马婆比赛。一路上马婆嫩草不吃甜山泉不饮，沿山道飞奔。田螺一骨碌滚到河里，贴附在木排上顺水一泻千里，太阳未落山，田螺已到了赣州城外。有人到河里挑水，田螺又吸附在木桶上一起进了城。傍晚马婆赶到，城门已关上。到了第二天清晨，马婆听到田螺在城里打招呼，这才认输。

骄傲的老鹰

汉族动物故事。采录于江西。

骄傲的老鹰经常欺负小动物。一天老鹰见山猫在打盹，就猛冲下去扑食，机灵的山猫躲闪过去，它却撞到石崖上昏死在地。有个山里人卖掉水牛提着钱袋赶回家，捡起昏死的老鹰拴在钱袋上。他倒提着老鹰赶路，忽然间尿急，便放下老鹰钻进灌木丛。老鹰苏醒后带着钱袋飞上天，飞禽走兽见了都夸赞它。老鹰感到非常骄傲，自认天下无敌。这天，老鹰看见大黄狗追着它的影子跑，火冒三丈，立刻冲了下去。哪知黄狗跳起来咬住它的脖子，它再也挣不脱啦。

兔子评理

汉族动物故事。采录于山东。

有一次大灰狼被猎人的铁夹夹住，它恳求绵羊相救。绵羊犹豫不决，说道："救你可以，以后一定不要伤害我。"大灰狼发誓："我会记住你的大恩大德，我知恩不报遭雷击！"谁知大灰狼得救后就要吃绵羊。绵羊求情不顶用，就提出找伙伴评理。恰巧兔子路过这里，绵羊便把救狼经过讲给兔子听。兔子心生一计，说道："你们先把当时的情景重演一遍，我再来评理。"狼满口答应，立即重新回到铁夹里。兔子拍手大笑："等会儿猎人来了，请他评理吧。"说完，就和绵羊一起跑了。

刺猬和蛇

汉族动物故事。采录于山东。

春天来了，小动物们都苏醒过来。刺猬来到大路上，后面一条蛇大喝："给我让开道儿！"刺猬赶紧往左让，蛇说要从左边走；刺猬又往右让，蛇却说要从右边走。刺猬一让再让，蛇仍然不肯罢休。蛇把身子一弯便将刺猬圈在当中，并扬言要吃刺猬解饥饿。于是刺猬缩成个刺球就地十八滚，反将蛇牢牢扎在身上。蛇忍痛脱不开身，又下不得口，只好服软求饶。刺猬身子一摇把蛇甩出去，大声警告说："以后你再霸道，吃亏还在后头！"蛇浑身淌血，赶紧溜走。

且过鸟

汉族动物故事。采录于山东。

美丽的且过鸟，整日唱歌玩耍懒得做窝。冬天的夜晚，它冻得哀叫："太阳落山夜难过，到了明天垒个窝，不能错过！"第二天，阳光普照寒风散尽，它忘记寒夜的诺言，高声唱道："太阳一出暖洋洋，暂时不必再垒窝，得过且过！"日复一日，它晚上悲鸣白天高歌，能拖则拖，懒得垒窝，终于冻死在大雪纷飞的寒夜里。

蛤蟆斗狼

汉族动物故事。采录于湖北。

有一次狼外出觅食，捉住一个蛤蟆。蛤蟆请求和狼比本事，表示如果比输便让狼吃掉。狼答应了。比赛越沟时，狼纵步跳过，脚刚落地，咬住它尾巴的蛤蟆立刻跳到前面。狼饿急扑食，一脚踩进岩缝，蛤蟆乘机逃跑。驴子见状大笑，狼急转去扑咬驴子。驴子让狼看它的屁股，如果屁股上长红筋便有肉可食。狼转去看驴屁股，驴子使劲用后蹄把它踢出一丈远。狼又扑咬红马，红马答应背它到娶亲人家去吃鸡鸭鱼肉。红马将狼背到人群里面时大喊大叫，人们立刻用乱棍和锄头把狼打死了。

虎狐老庚

汉族动物故事。采录于湖南。

山林中的小动物都结拜成了兄弟，剩下凶狠的老虎和狡猾的狐狸也结为老庚。老虎在家设宴请庚弟，它弄来大堆山禽野味，把狐狸吃得肠满肚圆。两天后狐狸回请，它走东窜西偷来十几只鸡鸭，摆在洞口岩石上，谁知被老虎一瞬间就扫光了。眼看只剩一只鸡腿，狐狸急忙抓来塞进嘴里。老虎吃兴正浓，见鸡腿被狐狸抓去，顿时火起，骂道：“我还没吃饱，就拿你来填肚子吧！”狐狸见老虎扑来，立刻钻进洞里面去。老虎吹气灌洞，狐狸就放臭屁对熏。两老庚对峙几天，饿得筋疲力尽，于是不得不各自散去。

小白兔与狼

汉族动物故事。采录于湖南。

两只小白兔路遇饿狼，便哀求狼等它们喝了南岳山华严湖的水长胖后，再吃它们。它们在返回的路上，想到将被狼吃掉，伤心得哭起来。猴子得知后便来帮助兔子。它扮成官员，一路鸣锣开道，到了狼的住地，就高呼道：“大人，已收到虎皮一百，狼皮九十九，只差狼皮一张了。”狼吓得拔腿就跑。小白兔随后宴请猴子，报答猴子的救命之恩。它们在席间说的话被黄鼠狼偷听到了，黄鼠狼赶忙跑去向狼报告。狼半信半疑，便把自己的尾巴与黄鼠狼的尾巴绑在一起，飞奔去找猴子。跑到岔路口时狼回头一看，发现黄鼠狼已经血肉模糊，早断气了。于是不想再去找猴子，就把黄鼠狼当了午餐。

塘鲺智斗霸王蟹

汉族动物故事。采录于广东。

水中的霸王蟹高傲霸道，常常横在水中捕食塘鲺（一种鲶鱼）。塘鲺不服气，也多次乘其不备用利刺猛刺蟹嘴。霸王蟹恼羞成怒，便张开双钳来到塘鲺的洞口，拼命用钳爪把洞口挖宽，斜着身子紧逼到洞底。它看见塘鲺无路可退，以为对方必死无疑，立刻哈哈大笑起来。塘鲺沉着应战，用尽全身力气向前一冲，滑溜溜的身体便溜出洞外。霸王蟹搞得筋疲力尽却扑了一个空，眼前一黑便昏倒了。它醒来以后浑身无力，知道自己要褪壳了，只好缩回洞里去。第二天塘鲺回到洞里，看见霸王蟹的蟹壳已经褪在一旁，蟹身绵软无力地躺在洞里，于是抖擞精神，挥舞利刺杀死了不可一世的霸王蟹。

丁 当 锉 牙

汉族动物故事。采录于广东。

海里的白鲸听说珠江河宽鱼多，便约鲨鱼同去。鲨鱼说那里的丁当（一种银白小鱼）很厉害，劝它不要去。白鲸哪里肯听，立即游进珠江，大声喝问鲤鱼："老家伙，这里的丁当很厉害吗？"鲤鱼见它阔嘴细眼，霸道无礼，故作惊讶道："你是新来的吧，丁当条条有利剑，成群结队专吃大家伙。"这时岸边传来锉木声，鲤鱼便说是丁当上阵前的锉牙声。霎时间，成千上万的丁当箭一般冲了过来，白鲸慌不择路，弄得头破血流，好不容易才逃出珠江口。但它碰破的头骨始终没有愈合，时不时要喷出水来。

猫鼠原本是好友

汉族动物故事。采录于海南。

猫和老鼠原先是好朋友，它们有福同享，不分彼此。一日要去找食，鼠佯装肚子痛不肯去，傍晚猫叼回肉干让老鼠挂上大树。凌晨老鼠悄悄上树吃饱了，又回来装睡。太阳升起，猫逗弄老鼠催它起床，闻到老鼠嘴里的肉香，又发现肉干少了，就去追问老鼠，老鼠却百般抵赖。第二天，老鼠又上树偷肉，被守候在树下的猫抓住，几口把它咬死了。猫尝着鼠肉味道鲜美，便连皮带肉吃个干净。从此，猫见到这个不守信义的家伙，都会抓来吃掉。

兔子和狮子斗智

汉族兔杀狮型故事。采录于四川。

狮子让草坪上的兔子去帮忙做家务。兔子辛勤干活儿，可日子一久，经常挨狮子的打骂。狮子还吓唬兔子说外面的野兽会吃掉它，不准它出门。一天，狮子出门去了，兔子悄悄跑到森林里，在一口井中看到自己的影子，它灵机一动就有了一个妙计。狮子回来后，兔子对它说："有个野兽带口信来，过几天要整死你。"狮子于是气势汹汹地跟着兔子来到井边，一看果然井下的家伙很凶恶，发怒、挥拳都学自己。狮子气得立即扑进井里，再也没出来。

耗子叽叽叫

汉族动物故事。采录于四川。

老鸹（乌鸦）、鸦鹊、鬼灯哥儿（猫头鹰）、耗子原本是四兄弟，三个哥哥都有坏毛病，只有老四耗子最勤俭，平时它常常把粮食、薯块拾回家，把仓库堆得满满的。下雪了，三个哥哥住在破巢里，妻儿备受煎熬。老鸹到耗子家借粮，耗子见大哥摆起架子有威风，忙让它用车来推。鸦鹊见了不示弱，耗子也让它用车来推粮。老三鬼灯哥儿白天睡够夜敲门，耗子怜悯三嫂和侄儿们，答应借给它。鬼灯哥儿却逮住耗子，威胁要用船来装，不然就送它上西天，耗子粮食不多了，不断叫苦，老三鬼灯哥儿不依不饶，硬把四弟耗子活活吞吃掉了。后来，凡是遇到惊扰，耗子的儿孙就以为三爷鬼灯哥儿来借粮啦，吓得直喊"借借（叽叽）"。

蟋蟀斗公鸡

汉族动物故事。采录于山东。

秋天里公鸡听到蟋蟀叫，就守在洞口，等蟋蟀出来就把它吃掉。蟋蟀凑在一起说："咱又不惹事，公鸡为啥对咱这么狠？"它们商量好，必须给公鸡点儿厉害看。第二天，一只蟋蟀到墙根叫，两只公鸡奔过来，蟋蟀落在芦花公鸡冠子上，红公鸡跳上去，一口啄得芦花公鸡冠子直淌血；蟋蟀又跳到红公鸡冠子上，芦花公鸡朝红公鸡冠子上狠咬一口，把红公鸡咬得血拉拉。这一只蟋蟀蹦来蹦去两头落，两只公鸡都想吃蟋蟀，你啄我我啄你，啄到天傍黑，血头血脸，全部筋疲力尽。蟋蟀一骨碌蹿到墙角石头缝里，它终于替大家出了气，报了仇。

老虎怕水牛

汉族动物故事。采录于湖北。

老虎耕田犁地的年月，常常因为调皮捣蛋，被人打得身上一条一杠的。夏天又热又累，老虎心头窝火更不听使唤，犁地的人把鞭子打断了，又上山去折枝条。水牛下山看到这情况很同情老虎，便上前问候，老虎趁机说：“水牛大哥，我渴死了，你替我一会儿，我去河里喝口水就来。”老虎刚走，人就回转来了。他看见水牛上套，一试服帖又有力气，从此便一直让水牛犁地。水牛因此恨死老虎，见了老虎就用角顶蹄蹬。它的唾沫更厉害，一沾上虎背就烂个窟窿。老虎自知理亏，见水牛就立刻逃跑。

◇写实故事◇

十　成　收

汉族报荒减粮型故事。采录于湖北。

有一个县遭到水灾，当年收成大减。可是县官昏昏糊糊，征款分文不减，自然老是收不齐。县官便传唤乡民代表到堂上去问话。代表说：“今年收成很不好，秋季只有六成收，而春季更差，只有四成收。”县官扳起指头一边算一边说：“春季四成，秋季六成，那今年还是十足的收成啊！”代表说：“按照老爷算法，秋季减少四成，春季减少六成，那么今年减得一成也没有啦！”县官让他回去换一个年纪大的乡民代表来，他说：“我的年纪很大。我三十几，我爹六十几，加在我名下快一百岁啦！”县官说：“糊涂！你哪能把两辈人的岁数加在一个人名下哟！”代表说：“请问老爷，你怎么把春秋两季的收成加在一季名下呀！”

玉　桌　案

汉族案狱故事。采录于江苏。

很久以前，有一家父母去世后，兄弟俩闹分家，其他东西都分完了，只剩下一张玉桌没有分。二人互不相让，便告到了县衙。县官听了他们的讼词，故作为难，让二人过一些日子再来听审。老大悟出县官的话中话，连忙送去十两银子，老二怕打输，送了十五两银子。他们生怕送少了会输，都去送银子。半个月后，传兄弟二人去听审，县官把惊堂木一拍，令人抬出一张摆着一堆银子的玉桌：“除去买桌子的钱，其余的银子，你们拿回去分了。本官认为用钱可以买到桌子，却买不到珍贵的兄弟情啊！”兄弟俩听了，羞得无地自容。

审土地老爷

汉族案狱故事。采录于江苏。

从前，有个庄稼汉和他的妻子发生口角，互不相让，竟气得离家出走。过了一些日子，他俩都感到后悔。庄稼汉不好空手回家，就拼命在外面挣钱，苦苦干一年，挣了一百两银子，打算拿回家去向妻子认错。快到家时，他在附近的土地庙里面歇气，突然想到不如先把银子藏起来，回家看看虚实再说。他便把银子藏在土地老爷的座位下面。庄稼汉进家后，夫妻俩都说不出得高兴，扯起家常来没个完。庄稼汉告诉妻子，他带了一百两银子回家，藏在土地庙里。妻子让他赶快去拿，他说没人晓得，明天一早去拿。可是第二天早上他去土地庙，发现银子不见了，吓得慌了神，赶快报案。当地的县官断案如神，立刻在土地庙前审案。不一会，全庄男女全部到齐，县官派差人把土地老爷抬出来，大声说道：“银子是在你的屁股底下丢的，你不说是哪个偷的，我就打你的屁股！”然后，他把耳朵贴近土地老爷的嘴巴，点头说：“噢，噢，是他呀！……”那个偷银子的家伙一听，两腿发软，心想不好，便“扑通”跪下求饶。庄稼汉两口子拿回银子，连连叩谢青天大老爷。

县官审驴

汉族放驴捉贼型故事。采录于江苏。

阿大以运货物为生。有一次，他赶驴驮东西进城后，离开了一会儿，再回来时发现自己的驴不见了，拴在树上的却是一头癞皮驴。阿大又气又急，连忙牵着癞皮驴去告状。县官升堂问案，立刻命令衙役将癞皮驴戴上笼嘴，三天内不让它吃草喝水。三天后，县官让衙役将癞皮驴放了，然后派人跟在后面，看它往哪家跑。衙役和看热闹的民众远远看见那头癞皮驴进了一座庄院。衙役等人进去，果然找到了阿大的那一头驴，当场捉住了换驴的人。

县大老爷查荒

汉族官吏故事。采录于江苏。

有一年夏天发大水，太湖里的水漫上来把庄稼全淹了。当地的老百姓到衙门里报荒，要求免征钱粮。县大老爷不准，说老百姓谎报。老百姓要他来查荒，大老爷又不肯来。老百姓催了个把月，最后大老爷才来了。这辰光水退了，稻棵连根烂在地里，青草倒长得老高。县大老爷坐了八抬大轿，一路上吆五喝六，到了村头上，轿也不下，只伸出个头来望望。大老爷一眼看见青草，发脾气说：“满眼碧绿的青苗，哪里有水荒！”老百姓说：“大老爷，那是青草，青苗早淹死了。”有个老公公看出大老爷是个糊涂虫，便走向前说：“大老爷，你看到的是一小块，我领你去看那一大片水荒。”老公公把大老爷领到大箕山上，向太湖一指：“大老爷，你看！太湖三万六千顷，白茫茫的，无边无岸！”大老爷一看吓昏了，半天才说：“嗯！水荒，水荒，果然一大片水荒！”

一颗县印

汉族官吏故事。采录于湖南。

某县令有一次发现县印不见了，立刻命令捕快在三日之内破案。捕快抓不住盗印人，便把祖上有过盗窃行为的人统统抓来。县令接连审问几个，都毫无头绪。接着，一个年轻的受审人进来了，县令喝问他为什么不下跪，他说：“我爷爷膝盖上长过疮，跪不得。”县令问他祖上生疮与他何干，年轻人说：“是啊，人家祖上偷过东西，为什么要抓孙子来审问？”这时候，县令太太抱着小孩子从亲戚家回家了。她对县令说：“你儿子把县印拿去玩了两天，现在还给你。你审案是不是用得上？”县令见了县印，脸红脖子粗，半天讲不出话来。

有理三千，无理八百

汉族官吏故事。采录于重庆。

有一个中年男人光身子在河里面游泳，突然看见他的儿媳妇寻短见要跳河，便顾不上穿衣服，连忙前去劝阻。一个差人路过看见了，以为公公儿媳行为不端，立刻把他们双双捆去见县官。县官不问青红皂白，便打了公公三千板子，打儿媳八百板子。村里人闻讯赶到大堂上说明情由，县官自嘲道：“是嘛，我有理三千，无理八百啊！”

巧戏县官

汉族官吏故事。采录于湖北。

有个戏班子到某地县城去唱戏，听说这里的县官欺压百姓，班主便把县官做的坏事编成戏，在当地上演。他们演得活灵活现，出尽这个县官的丑，帮老百姓出了气。县官听说后，便带着一帮人去看戏。他一见在讽刺自己，便大发雷霆，不等戏演完，就打发衙役去叫班主。过一会儿有个穿龙袍的人来了，衙役说是班主，县官大喝：“大胆刁民，见了本官为啥不跪？”班主指一指身上的龙袍说：“你这个小小七品官，还不赶快跪下接驾！”县官说：“你是唱戏的，这一套是假的。”班主说：“你晓得我们唱戏是假的，喊我来做啥？”县官哑巴吃黄连，有苦说不出来。

攀家门

汉族讽刺故事。采录于湖北。

从前，有个姓王的穷秀才，连三岁的娃儿都看不起他，没人愿意上他家的门。后来，他中了状元，不少人都摸到状元府去攀家门。这一天，来了四个人，自称是王状元的族人，同宗共祖。第一个人姓汪，守门官问他攀什么家门，他说：“大人，我是水边‘王’，现在要搬家，不住在水边上，当然是家门。”守门官便让他进去了。第二个人姓匡，守门官问他攀什么家门，他说："我和状元同住一个院子，后来发大水堤垸子溃口，我就成为破垸子'王'。状元公跑出破垸子，我们便分手了。现在族人重逢，请高抬贵手。"守门官又让他进去了。第三个人姓黄，守门官问他攀什么家门，他说："王黄两姓，分字不分音，诗词歌赋同一韵，五百年前是一家。"守门官也让他进去了。第四个人姓田，守门官问他怎么扯到姓王的头上，他说："怎么扯不到？我比他们好扯得多，只要把两块脸不要，你说我是不是姓王呢？"

吝啬鬼贺寿

汉族讽刺故事。采录于江苏。

从前，一个吝啬鬼过生日，他叫三个女婿每人送一坛子好酒。大女婿想，一坛好酒要很多钱，既然二姨夫三姨夫都会送好酒，自己送一坛水去混在一起，决不会碍事。另外两个女婿也都这样干。贺寿那一天，吝啬鬼准备了一口大缸盛酒。他怕空缸子被女婿们笑话，便事先往缸里面倒了一桶水。他想，反正跟三坛好酒混在一起，哪个也发现不了。三个女婿倒完酒后，都说自己送的是好酒。吝啬鬼满心喜欢，开怀畅饮，却发现喝下的是水，又不好发作，只得连连称赞三个女婿有孝心。

丁 三 许 愿

汉族讽刺故事。采录于安徽。

商人丁三出外做生意，半路上遇到一座古庙，就进去对财神爷的塑像磕头许愿：如果保佑他赚大钱，一定来请大戏、焚檀香。丁三出去以后，果然赚了大钱。可是他回来时，只拿一串铜钱挂在财神爷塑像的手腕上，在香炉里面插了几根草棍儿，并且在庙堂上走一圈，作一副唱戏的架势，"咿咿呀呀"唱了几句戏文。他随后跪下说："财神爷，小人的口愿都还了。你老听戏还要给赏钱哩！"丁三说完站起来，从财神爷手腕上取下刚才挂的一串铜钱，喜不自禁地回家啦。

你心疼什么？

汉族财主故事。采录于天津。

从前有个财主，每天都给扛活的吃麸子饽饽，逢年过节也不改样。一天，这个扛活的正拿起麸子饽饽吃时，忽然看见粥碗上粘着一个米粒。他把米粒放在手上看了又看，就哭起来了。财主见了，问他为啥啼哭。扛活的说："我看见这一个饭粒就想起我爹啦。我爹外号'饭粒'，所以我很难过。"财主连忙问他："伙计，你爹叫'饭粒'，你很有孝心，想来你一定不吃米饭了？"扛活的点了点头。财主心想，明天我就焖干饭，看你吃不吃。第二天，财主便叫厨师焖干饭，吃饭时打发人给扛活的端干饭去。扛活的看见干饭，操起碗来就吃。财主过来看见他狼吞虎咽地在吃干饭，气得不得了。他厉声问扛活的："你不是说不吃饭粒吗？"扛活的一边吃一边说："对，只有那个饭粒是我爹。这些谁知道是谁的爹，我吃它们，你心疼什么？"

吝啬鬼与一文钱

汉族财主故事。采录于安徽。

有一个财主吝啬成性。一天他在路上捡到一文钱，无比兴奋，但是又十分着急，因为拿在手里、放在衣袋里都怕丢了。想来想去，他只好把这文钱噙在嘴里面。他心里一高兴就张嘴唱了两句，竟把一文钱卡在喉咙眼儿上，连饭都不能吃。家里人让他去看医生，他无论如何也不同意。他每天只能够喝一点儿水，情况越来越不妙，就把三个儿子叫到面前商量后事。他先问大儿子怎么打算，大儿子说要办一个很风光的葬礼，他骂大儿子是个败家子；他又问二儿子怎么打算，二儿子说简简单单地用薄匣子埋葬，他骂二儿子也不是过日子的料；他再问三儿子怎么打算，三儿子说老子死后，把一身衣裳扒下来留作鞋铺衬，肉剐来包肉包子卖，他连忙称赞三儿子会过日子能当家，又补充说："千万不要忘记把喉咙眼儿上那一文钱取出来！"

老乞丐和抠财主

汉族讽刺故事。采录于安徽。

有一天，一个老乞丐饿得发慌，就上财主家去要饭吃。财主是方圆百里出名的吝啬鬼，一听便骂道："我自己还没有吃饭呢，滚开！"老乞丐又低三下四地说："请给我一口水喝吧！"财主生气地说："我自己早就渴得难受啦，哪里有水？"老乞丐忍无可忍，对财主说："你还待在家里干什么？你比谁都可怜，快去讨饭吧，不然你们全家人都会饿死的！”

秀才与船夫

汉族讽刺故事。采录于江西。

从前，某地河边上住着一个秀才。他才学不高，却喜欢吹牛，自称认得九万九千九百个字。附近有个船夫不识字，一天他收到一封信，便去找秀才帮忙看看，并请帮忙回信。秀才说：“常言道‘一字千金’，你可带多少银子来？”船夫一听，知道他在刁难自己，后悔不该来自讨没趣。不久发大水，一夜工夫秀才的房子就被淹没了。秀才爬上一棵大树向船夫求救，船夫过来说：“先生，对不起，我的船实在太小，载不起你。”秀才说：“船再小，也不在乎我这百把斤呀！”船夫笑笑说：“先生能认九万九千九百个字，一字千金，这九万九千九百个千金，还不把我的船压沉？”秀才羞得满脸通红，赶紧赔礼道歉，船夫这才把他救起来。从此以后，秀才再不敢吹牛，再不敢小看穷人了。

鬼　撒　沙

汉族讽刺故事。采录于广东。

从前，有一个号称“陈天师”的道公佬，自夸能够驱邪煞鬼。一天他外出打醮回来，路过一片墓地，恰好有两个小偷正在一间停棺材的小屋里分赃。陈天师听见屋里有声音，以为有鬼，便立即口中念咒，右手握剑在空中画符驱鬼。屋里的小偷做贼心虚，以为要抓他们，拔腿便跑。陈天师见“鬼”现形，吓得扔下铜钹等各种道具慌忙逃命。他在沙路上跑，沙子翻起来不断打在他的屁股上，他以为是鬼在后面撒沙，便拼命地跑。他跑得越快，沙子撒得越凶。他回家一下倒在床上，竟一命呜呼啦。

三八二十三

汉族讽刺故事。采录于陕西。

有一个染房掌柜爱占小便宜，外号“小气掌柜”。一天他去买柴，让卖柴汉子把柴挑到染房里，称柴时他又要秤杆子，少称了斤两。他看见卖柴汉子是个老实人，就说：“八十斤柴，三个钱一斤，三八二十三，应给你二十三钱。”那汉子没有吭声，“小气掌柜”越发肯定他是个呆子，索性再骗一下，便从后门溜走了。那汉子问掌柜娘子，回话说掌柜上街借钱去了。一直等到中午，卖柴汉子的肚子饿得咕咕叫。正要发火时，他看见掌柜家的一个几岁的小少爷来到院子外面，立刻抱起来说：“走，跟叔叔吃肉肉去。”一起进了饭馆，卖柴汉子叫了一桌子好菜，美美地吃起来。后来，卖柴汉子说小少爷把身上的绸衫子弄脏了，他要拿去给擦干净，又对饭馆老板说忘记带钱，让老板帮他看住，取了钱就来。傍晚“小气掌柜”回家，看见门板上贴一张纸，上面写道：“你说三八二十三，就是三八二十三。我把你娃寄饭馆，顺手拿走丝绸衫。”他跌跌撞撞来到饭馆，看见掌柜娘子正在给老板掏饭钱呢。

两个吝啬的亲家

汉族讽刺故事。采录于安徽。

赵某钱某两个亲家，都是吝啬鬼。有一天赵某给钱某发来生日请柬，让钱某感到很揪心。钱某想了半天，修书一封：“亲家生辰，送上百文，先给五十，下次五十文。”他又到场里弄来一筐豆秸，上写：“豆芽一筐，老。”便让他的儿子钱少用给岳父送去贺寿。赵某见到这样的礼物，恨得咬牙切齿。第二年春天，赵某接到钱某的生日请柬，立刻回信：“亲家生辰，送上百文，扣下所欠五十，再欠你五十文。”他又送两只死在蛋里面的小鸡，放在筐里，盖上红纸，上写：“小鸡两只，嫩。”

葱儿苗与枣骨子

汉族讽刺故事。采录于山西。

从前，有两个尖鬼头，一个叫“葱儿苗”，一个叫“枣骨子”，都爱财如命。一天，葱儿苗拉着一车葱到集上去卖，枣骨子拉着一车枣到集上去卖。走到半路上，葱儿苗的车坏了，一检查是气皮跑气，急得向枣骨子求援。枣骨子趁机敲诈说：“我的气皮买得贵，两块钱一截，我分给你半截，要一块钱。”葱儿苗只好花一块钱从枣骨子那里买半截，安好拿出自带的气管子打好气便准备上路。枣骨子给葱儿苗截了半截气皮后，轮胎的气也放了，可是他没带气管子，就向葱儿苗借用。葱儿苗很神气地说：“我的气管子也是出大价钱买的，打一次要五块钱。”枣骨子无话可说，只好出五块钱打好气上路。

多言多语

汉族讽刺故事。采录于湖北。

有一个老爹经常教训孙伢子们："你们不要多言多语，与自己不相干的莫说，尽管装哑巴。"一天，孙伢子们看见老爹袄子上有一个小小的火星子，忙问："老爹，到底多言多语说得说不得呀？"老爹说："你们一定不要多言多语，不听老人言不行啊！"过一会儿火星子烧成洞了，孙伢子们说："老爹，我们还是要多言多语哟！"老爹气呼呼地说："哎，少说话多发财，你们怎么听不进去呢？"孙伢子们说："我们再不多言多语，你的袄子就快被烧完啦！"老爹一看，他的袄子已经烧了一个大洞啦。

夹骨头

汉族讽刺故事。采录于湖北。

有一年腊月，学生接教私塾的冬禄先生尝年猪肉。冬禄先生走进学生家一看，席上早已坐满了当地的富豪。席间，众富豪喝酒行令，狼吞虎咽，好不热闹，只是冷落了冬禄先生。冬禄先生几次伸出筷子都没夹到菜。这时有个胖富人夹起一块吃剩下的骨头，假惺惺地说："我们只顾高兴，忘了先生。来，请吃吧！"冬禄先生接住送进嘴里，惹得众人哈哈大笑。众富豪酒足饭饱后，有人让冬禄先生给大家讲个故事，冬禄先生便讲道：某地有一个憨老汉，老伴为他生下三个儿子后就早早去世了。老汉既当老子又当娘，把三个儿子拉扯大，并且给他们娶了媳妇。可三个儿子都不愿意赡养老人。经过多次协商，才决定三个儿子轮流赡养，一人一年。但是有个条件，每年腊月三十移交老人时要过秤，如果谁家少了斤两就得罚他再赡养一年。第一年在老大家，老大媳妇还有份孝心，粗茶淡饭，一日三饱。移交那天特意煮肉、烫酒，让老人吃饱喝足后去过秤，斤两不缺。第二年去老二家，老二媳妇精明，移交那天把穿旧的棉衣、棉裤、棉鞋都让老人穿上，一过秤分量自然不少。第三年到老三家，老三媳妇早早买了一群山羊，老人一到，就让他放羊打草。到了年底，小两口就商量了一个好办法，腊月三十移交时，让颤抖着身子的老头儿走进箩筐，老二、老三抬，老大称，结果体重还增加了一斤。老三一阵兴奋，没等老人准备好就放下了箩筐。老人一个跟斗滚在地上，大伙围上去细看，才发现老头儿棉袄夹层里全是猪骨头。老人哭着骂道："不肖之子呀，老子有多少就是多少，你龟孙子为什么给我加（夹）骨头哇！"

牵驴上炕

汉族讽刺故事。采录于新疆。

从前，有一个客店立了一条规矩：凡是来住店的客人，吃白面馍的可以睡在炕上，有铺有盖；吃黑面馍的就睡在地上，只有一层麦草。大多数穷人吃不起白面馍，只好睡在潮湿的地上。有一天，来了一个客人，他不知道这个规矩，吃了黑面馍却上炕去睡。店家拦住他说："哎哎，吃了白面馍才可以睡炕，你不知道么？"那个客人说不知道，便出去了。他买了一个白面馍，又把自己的一头毛驴拉了来，当着大家的面把白面馍喂给毛驴吃，然后把毛驴拉上炕，还拉一条被子给毛驴盖。店家发火了，问他怎么把毛驴也拉上炕啦。他说："你不是说吃了白面馍就可以到炕上睡吗？我的驴刚才吃了白面馍，那就该睡在炕上吧！"

短工打猪

汉族财主故事。采录于北京。

有一年秋天，某财主雇了三个打短儿的给他割谷子。做活的人应该吃小米干饭，可这个财主在饭里面掺了好些糠。这饭实在难以下咽，三个人越吃越生气。一个姓周的黑大个子跟另外两个人嘀咕了两句话，然后三个人一起把饭碗一撂，每个人拿一根棍子直奔财主家的猪圈，跳进去把猪打得乱叫。这个财主连忙跑来问他们为啥打猪，三个人齐声说："我们仨打这儿路过，这个家伙用大眼睛瞪我们，说我们吃了它的粮食。那糠是东家掺的，怪得着我们吗？不打它这口气出不了哇！"说罢，又朝猪一阵暴打，财主急得干瞪眼，却没话好说。

原汤化原食

汉族财主故事。采录于北京。

从前，有一个财主对长工特别霸道，总是找碴儿扣工钱。有一次过年吃饺子，做饭的长工忙活半天，把饺子煮好端出去给主人吃，自己回厨房来仍然吃窝头、咸菜。他心里想："东家吃饺子我喝汤吧。"便把锅里的饺子汤喝光了。东家吃完饺子叫“上汤”，说是“原汤化原食”。长工只好说实话。财主没碴儿还寻找碴儿呢，一听汤没啦，硬是扣了长工半年工钱。到了正月十五，财主请客人来吃油炸元宵，赏灯过节。客人上桌后，炸得焦黄焦黄的元宵立刻端上来了。正吃得高兴时，做饭的长工又端来一盆滚烫的热油，喊道：“东家，汤来了！”财主一看火冒三丈，长工说：“这是炸元宵的汤，您嫌烫，晾晾再喝。这可是您说的‘原汤化原食’啊！”

长年争风

汉族财主故事。采录于四川。

有一个财主婆对长年（长工）十分刻薄，经常到财主那里告状，害得长年们挨骂，大家就想收拾她一下。有一天财主上街赶场了，财主婆偷偷到地头儿去看长年们是不是在偷懒。她听见两个长年在争论今天吹的是啥子风，就打了他们两个耳光。两个长年并不示弱，竟和财主婆扭打起来，把她的裤子撕破一个口子。财主回家见了，便问她为啥子和长年打起来。财主婆说：“他们不做活路，在地头争风，把我的裤子撕破了。”财主骂道：“你这个烂婆娘，你不去沾惹，长年敢争老板娘的风？给我滚！”

狗咬蒜

汉族财主故事。采录于陕西。

有一个刻薄、势利的人，外号“点点稠”。秋天请了五个人栽蒜，其中有三个大人，两个十五六岁的碎娃。碎娃跟大人一样干活儿，可待遇大不一样，三个大人在上房吃白馍炒菜，而两个碎娃却在柴房吃黑馍酸菜。两个碎娃很不高兴，便问点点稠，为啥一样干活儿，两样对待。点点稠说：“就在柴房吃，出来狗咬哩！”再下地时，两个碎娃把蒜头掐掉，颠倒栽在地里。过个把月，大人栽的蒜出苗了，碎娃栽的蒜没有出苗。一天，点点稠在人市上碰到两个碎娃，便怒气冲冲地问他们栽的蒜为啥不出苗。两个碎娃说：“不敢出来，出来狗咬哩！”

小气财主剃头

汉族财主故事。采录于广西。

从前有一个又贪心又小气的财主，雇了一个长工，事先讲好一年的工钱是三斗粮食。可是这个长工起早贪黑，辛辛苦苦干一年活儿，到了年底小气财主不愿意给三斗粮，便想出鬼点子来刁难长工。他让长工给他剃头，并且说：“如果你在我的头上划了一个口子，我就扣你一斗粮。”长工没办法，只好操刀去剃头。谁知道财主的头疙里疙瘩，非常难剃，再加上他不断摇晃，长工尽管很小心，还是划了一个口子。财主喊道：“扣你一斗粮！”长工一听心发慌，又划了一个口子。财主又喊：“扣你二斗粮！”长工不知如何是好，财主的头又摇晃起来，长工一哆嗦便划了第三个口子。财主大喊：“扣你三斗粮！”长工无比愤怒，心想叫你扣吧，横直没有粮啦，便拿着剃刀在财主的头上左一刀、右一刀，把财主划得满头流血，然后扔下剃头刀大步离去。财主疼得不停地哭爹叫娘。

主仆观星

汉族财主故事。采录于湖北。

三伏天的一个晚上，财主在外面歇凉，丫头给他打扇子。财主舒坦了，心里很高兴，就跟丫头说：“你晓得不？天上一颗星，地上一个人，那颗最大最亮的星宿就是我。”丫头望望天空说：“老爷，哪一颗星宿是我？”财主哈哈一笑说：“贵人才有星宿，你是个贱人，咋会有星宿。”丫头不服气。这时候，正好有一颗流星从天上划过去，拖了长长的一条尾巴。丫头问：“老爷，那是颗啥星？”财主说：“是贼星。”丫头大声说：“那些杂种都有星宿，为啥我没有？”

三个小长工

汉族长工故事。采录于湖北。

山里住着一个土财主，他找了三个娃子给他当长工，一个给他放羊，一个给他放牛，一个给他打杂。财主一年到头把三个娃娃使得团团转。腊月三十儿那天早晨，财主吩咐家人炖了一钵肉，煮了一锅米饭，把三个小长工喊了进来便说：“今天你们都不做事了，来团个年，快回去跟你们的爹妈团圆，明天再来上工。”财主说完就走。三个小长工想到家里遭孽的爹妈哪里吃得下，就都拉住财主要工钱。财主一看赖不脱了，就说：“工钱？哦！有，有哇！”说完掏出六两银子放到桌上，小长工们高兴地伸手去拿，财主赶快用手护住说：“银子一个也不少你们的，但有一件，老爷我过年跟别人不同，专爱听别人对‘对子’。你们对个对子我听了，钱就给你们。”小长工就请老爷出题，财主说：“老爷听对子从不出题，我要你们自己说。”三个小长工互相望着，只见放牛娃向放羊娃努了下嘴，放羊娃点点头，就说：“老爷，你听着，我说的上联是：‘山羊上山，山碰山羊角，咩！’”放牛娃说：“我对的是：‘水牛下水，水淹水牛嘴，哞！’”对完就去拿银子，财主指着打杂的小长工说：“莫忙，他还没对哩！”打杂的小长工说：“老爷，对子对子，是两个人对的呀！”放牛娃和放羊娃也说：“是呀！这是规矩！”财主说：“老爷我不兴那一套，我就爱听三个人对对子。”小长工们气得没法儿。打杂的小长工望望银子，又望望财主，很快得了启示，说道：“好，我说！”只见他瞪起一双大眼睛盯住财主，说：“财主爱财，财多财不义，呸！”财主听完正要发作，小长工们乘他不防，抓起银子就跑了。

不让牛先吃

汉族长工故事。采录于湖北。

老板请了一个长工，天天吃饭都是老板先吃，长工后吃，长工只能够吃一点儿剩菜剩饭。有一天晚上，老板吩咐长工到塆里犁田，让长工早点儿把牛放去吃草。第二天，长工故意把绳子拴在树上，不让牛四处啃草。老板来了，问长工搞的什么名堂。长工说：“哎，天天都是等牛吃饱了我才上桌子吃饭，今天我不这么搞了。牛啊，你牛心牛肝牛大肚，还没有尝过在我后面吃的滋味，今天等我先吃饭，把你放在后头吃一回哟！”

不知道惜福

汉族长工故事。采录于台湾。

从前有个穷孩子替人打工当牧童，非常辛苦。一天，他跟主人上山去，带了两个西瓜给主人解渴。主人走不久就要吃瓜，而且只吃瓜心部分，其余的都扔掉。牧童去把西瓜皮捡起来带着，主人见了还一路走一路骂他。山很高，主人才走了一半路，就把两个西瓜吃光了。一路上，牧童口渴时就吃西瓜皮上剩下的瓜肉。后来，主人口渴得不得了，就向牧童要瓜皮吃，牧童说：“这些西瓜皮是你丢掉的，怎么又能够拿给你吃呢？”主人说：“没关系，瓜皮还有可以吃的，给我吃一些吧！”到达目的地后，牧童对主人说：“你吃西瓜咬几口就丢了，真是不知道惜福呀！”主人听了没有生气，因为没有这一些西瓜皮，他是到不了这里的。

死两个好挑

汉族长工故事。采录于安徽。

伙计原本是雇来下地干活儿的，可是东家啥活儿都让伙计干，天天支派伙计忙个不停，还恶狠狠地说：“你吃我东家饭，就得给我东家干！”有一天，一个小伙计正扛着扁担准备去挑柴，东家老婆突然着急叫他。原来她的小孙孙生脐疯死了，要小伙计弄出去掩埋。小伙计为难地说：“死两个就好挑啦，一个不配头！”东家老婆气得要揍小伙计，大伙计连忙劝道：“别生气，下回再死，不要他去埋，让我去！”

豆腐老子南瓜儿

汉族机智故事。采录于湖北。

一天，有个客人进饭铺吃饭，大大咧咧地问老板娘：“哎，这个时候有什么菜呀？”老板娘和和气气地说：“看客人要吃什么菜，就弄什么菜哩。”客人看见老板娘和善可欺，本来想吃豆腐脑，说出口时竟在“豆腐脑”下面加了一个“子”：“有豆腐脑子（老子）就吃几碗。”老板娘一听客人怎么这样讲话，立刻回答道：“豆腐脑子（老子）没得了，南瓜儿你吃不吃呀？”

漏　　水

汉族机智故事。采录于湖北。

有一个先生出门，看见一个妇女在路边上洗衣裳，木盆有点儿漏水，便问她：“这位大姐呀，这个木盆的水是朝下漏的，那船舱的水是朝上漏的，水是一样的水，怎么两样地漏呀？”那个妇女看见这位先生的手正在头上、脚跟上抠痒，就说：“先生，你问问自己吧。你脑壳痒，手是往下抠的，你脚后跟痒，手是往上抠的，痒是一样的痒，你怎么两样地抠呢？”

李太公分牛

汉族机智故事。采录于江苏。

从前，有一个老头儿喂了十七头牛。临终前，他对三个儿子说："我死后老大分二分之一的牛，老二分三分之一的牛，老三分九分之一的牛。"老人去世以后，三个儿子怎么也分不好这些牛，他们只好去请德高望重的李太公。李太公笑了笑，牵来一头牛，说："我送你们一头牛，这样就好分啦。"于是，老大分十八头的二分之一是九头牛，老二分十八头的三分之一是六头牛，老三分十八头的九分之一是两头牛。他们各自分到牛，高高兴兴地牵回去了，而李太公仍然牵着自己的那头牛回家了。

夫 妻 栽 秧

汉族机智故事。采录于湖北。

从前有小两口家穷，春上去帮一个老板栽秧，一天累得腰都伸不起来。傍晚，老板骑一头驴转到田边，想拿小两口开玩笑，就问："唉！你们今天栽秧，栽了好多蔸啊？"男的心想人家都是问栽几块田，哪有问蔸数量的啊？一时答不上来。女的把老板和驴看了看，回答道："唔，这就只看你这头驴子，今天走了好多脚数哩！"

老寨主退官兵

汉族机智故事。采录于江西。

在从前，桃花尖是个山清水秀、物产丰富的地方。有一伙人在那里立寨，劫富济贫，反抗官府。县令带领一队官兵前去征剿。县令怕吃亏，先派两个衙役去探虚实。两个衙役来到山脚下，看见一个老头儿正在草棚里面打草鞋，那一只草鞋足有一尺二寸长，说是给桃花尖老寨主打的。两个衙役感到吃惊，连忙问寨子有多少人，老人说那里的人多得数不清，一边说一边把几十斤重的石碓拿来装茶给两个衙役喝。两个衙役问他为什么不上山入伙，老人说，他们嫌我力气小，把我赶出来了，让我在这里打草鞋。两个衙役跑回去报告，县令再不敢轻举妄动，立刻退兵。原来那个打草鞋的老人，就是足智多谋的桃花尖寨主。

米糠里还钱

汉族机智故事。采录于台湾。

从前，有一个主人一次接待了许多客人。大家坐在客厅里面，其中有个客人忽然发现自己的钱被扒走了，就悄悄告诉了主人。主人心想，客人在这里被扒，每一个人都有嫌疑，可怎么好查呢？后来主人想出一个办法：他先讲了丢钱的事情，然后在一间没有人的空屋子中放一个装米糠的盒子，请客人们都轮流进屋子去一次，希望有人能够把钱还在米糠里。最后，丢的钱果然在米糠里找到了，大家却没有伤和气。

一条扁担睡三人

汉族机智故事。采录于浙江。

有一个夜晚，某县城守城门的官员听到叫门的是几个卖菜的，觉得没有油水好揩，臭骂几声又睡下了。三个卖菜的故意在城门外大声嚷嚷："进不去我们就在这里睡，三个人睡在一条扁担上好啦！"不一会儿，三个人睡得又香又甜，还发出"呼噜呼噜"的鼾声。门官在里面听得清清楚楚，他想来想去想不通，一条扁担怎么能够睡三个人呢？他偷偷打开城门来看，门刚一打开，三个人就嘻嘻哈哈地跑进城啦。

聊 天 架

汉族扯谎架型故事。采录于河北。

有一个落魄秀才，没有别的嗜好，就喜欢聊天，人家就给他一个雅号叫"聊天匠"。他走到哪里，都有一大堆人围着听他聊天。县太爷听说后，就发签传他到堂，说道："都说你会聊天，你要是能够把我从椅子上聊下来，就算你没事；要聊不下来，我就要重重治你的罪！"秀才说："我的'聊天架'没有带来，离开它根本不行。"县太爷让他赶快去拿。他转了一圈回来说，"聊天架"太大，搬不进来。县太爷一听，便从椅子上下来说："让我去看看，到底有多大？"秀才是："不用去了。大人不是已经从座位上下来了吗？"

分　爹

汉族家庭故事。采录于陕西。

有一个老汉早早死了老伴，拼死拼活把三个儿子拉扯大。儿子们长大后，天天吵着要各立门户。这天，他们把舅舅请来，把家产分完了就让舅舅回去。舅舅说："别忙，这个家还没有分完哩，快拿大秤和砍刀来！"哥仨急忙找来大秤和砍刀，喜冲冲地看舅舅到底分啥。舅舅说："除了老爹外，家里任何东西没有撇下，干脆把你爹砍成三截也分了。"

葫芦碗

汉族家庭故事。采录于湖北。

有一个寡妇婆婆辛辛苦苦把儿子拉扯大，娶了媳妇，生了孙子，她也一天天衰老啦。孙子十岁那一年，婆婆害一场大病，就瘫在床上了。婆婆吃饭不小心把碗摔碎了，儿媳便把葫芦一劈两半，用一半葫芦给婆婆吃饭。孙子看见婆婆受虐待非常伤心，就把另一半葫芦穿上绳子，挂在墙上。儿媳看见忙问挂它干啥，孙子说："等你老了，就用它给你盛饭呀！"儿媳半天吐不出一句话来。她翻来覆去整整想了一夜，第二天早上，就到婆婆那里认错啦。

姊妹仨

汉族家庭故事。采录于湖北。

从前，有老两口生了三个女儿，长大后成为远近出名的三朵花。大姑娘嫁给了县太爷，二姑娘嫁给了一个财主，三姑娘嫁了一个庄稼汉。不久，老头儿去世了，老太婆便到大姑娘家里去住，大女儿大女婿对她很不好，把她当成老妈子使唤，最后被赶出门。她到二姑娘家里去住，同样受到虐待，也被撵走了。她到老伴的坟头上去伤心地痛哭一场，恰好被出门赶集的三女婿看见了，立刻把她接回家去住。三女婿三姑娘两口子非常勤劳，对老太婆很孝顺，日子过得和和美美的，越来越好。后来，大女婿被罢了官，二女婿家产败光了，都来投靠三姑娘。三姑娘觉得他们人品不好，不想收留他们。老太婆说："当官的没有人性，有钱的没有良心，俺咋会有这门子亲戚？"他们只好灰溜溜地离开了。

两个水桶

汉族家庭故事。采录于河北。

从前有兄弟俩过日子，收入差不多，可是哥哥挺宽裕，弟弟却紧紧巴巴的。弟弟向哥哥求教，哥哥让他到井里打水。第一天用的打水桶有底，盛水桶没有底，弟弟打了一天水，桶里面一直没有装上水。第二天弟弟按哥哥说的另一种办法去打水——打水桶没有底，盛水桶有底。到了晚上，弟弟居然打满了一桶水。弟弟去对哥哥讲，哥哥笑着说："你问我怎么过日子，通过打水你就明白了。头一天你打水，打水桶有底，盛水桶没底，这好比无论有多少进项，只要你有多少花多少，不知节约，日子就紧巴。今天用没有底的桶打水，用有底的桶盛水，好比进项少些，但是只要善于积攒，也能够过好日子。"

父母的心与儿女的心

汉族家庭故事。采录于新疆。

从前有老两口，辛辛苦苦把三个儿子养大，都成家后又把家产分给他们。但是他们对父母都不孝顺。老两口衣食无着，还要给他们看孩子。两位老人实在过不下去了，就想了一个办法。一天，老头儿捡了一块黄石头给孙子们玩，他们问爷爷："这是什么？"老头儿告诉他们："这是爷爷存下的一块金子，想拿去换粮食、衣服。"三兄弟听说父母有金子，便争着来孝敬父母。从此，老两口的生活大为改观。后来老两口相继去世，三兄弟开始寻找金子。他们好不容易找出来一看，竟是一块石头，非常后悔。人们知道后便说："父母的心在儿女上，儿女的心在石头上。"

一块黑铁选夫婿

汉族婚恋故事。采录于湖北。

巧妹聪明漂亮，不断有人上门来说媒、求亲，她总是不愿意。她妈妈很着急，便对她说："你爹有一块黑铁，是几代人的传家宝。他临死时说，等巧妹出嫁后就就把这块黑铁交给她。现在我怎么办呀？"巧妹便把这块黑铁拿过来挂在门上，凡是来求亲的人，都得对着这块黑铁唱一首山歌，巧妹认为唱得满意才嫁给他。先后有财主的儿子、富商的儿子来求婚，他们唱完山歌都被巧妹赶走了。后来有个小伙子来唱道："一块黑铁黑油油，好打镰刀和锄头。镰刀割麦沙沙响，锄头开山滚绣球。"山歌刚刚唱完，大门"吱"的一声就打开了，巧妹立刻笑嘻嘻地出来把小伙子接进去啦。

三枚铜钱

汉族家庭故事。采录于江苏。

腊月三十儿晚上围炉守岁时，有一个人家的老人给三个儿媳每人一枚铜钱压岁。大儿媳嫌太少，拿回房中扔进了梳头匣子。二儿媳把这枚铜钱拿去买了一块糖，给小孩儿吃了。三儿媳用这枚铜钱买回一个鸡蛋，随后孵出一只小鸡，小鸡长大生蛋，蛋又孵鸡，再卖鸡买了一只小猪，喂大以后再拿去卖，买回一头小牛。三年以后的年三十儿晚上，这家老人又把三个儿媳叫到一起，问每人的那枚铜钱是怎么用的。大儿媳跑回房中，取来铜钱还给老人。二儿媳说拿去买糖给小孩儿吃了。三儿媳笑嘻嘻地牵一头小牛来，把买蛋、养鸡、买牛的事情讲了一遍。老人听了，乐呵呵地说："从今天起，我可以享清福了。这个家让三媳妇来管。"

员外考子

汉族家庭故事。采录于河北。

有一个老员外想试一试三个儿子哪一个聪明，就把他们领到一间破仓房里面，每人给了十个铜子，让他们去买一样东西来把这间仓房装满，谁办得到谁来当家。从集上回来，老大买了一把凿子，老二买了一把香，老三买了一根松明子。老大说用凿子把房顶凿透，让阳光装满仓房；老二说点着香，冒的烟能够装满仓房；老三点燃松明子，火焰立刻照亮了整个仓房。老员外对三个儿子都很满意，就让他们轮流当家理财。

土碗和细碗

汉族家庭故事。采录于四川。

有一个小伙子总是羡慕邻居的妻子长得漂亮，嫌自己的妻子长得丑。尽管自己的妻子很贤惠，他却动不动就打骂，经常吵架。小伙子有一个聪明的嫂嫂，就想办法开导他。一天嫂嫂请他吃饭，先端出几样菜，都用金边花碗装菜，可是菜非常难吃。随后又端出几样用土碗装的菜，却都是上等菜，非常好吃。这时候，嫂嫂问他喜欢吃哪些菜，他说当然喜欢吃土碗里面的菜。嫂嫂趁机说："兄弟呀，看事看人都要看透彻，不能只看表面。我弟妹就好比佳肴装在土碗里，你不该嫌弃啊！"小伙子听了嫂嫂的话，如梦初醒，又悔又恨，从此以后两口子便和和美美地过日子了。

孝顺媳妇忤逆子

汉族家庭故事。采录于江苏。

老两口带着小儿子生活，日子很不宽裕。有一天，老头子一大早赶到大儿子那里去要铜钱，大儿子正要出门，就说："我自己也不够花，哪能给你？快点儿回去吧！"转身便走了。老头子气得几乎晕过去。这时候，大儿媳从外面回来，立刻请公公进屋坐。她给公公烧了一台子菜，请老人吃过后，才取出铜钱来交给公公，并说今后没钱用再来拿。大儿子天黑回家，外面已经在落雪，看见自己不满四岁的孩子被关在门外哭。他叫开门，问妻子为什么把孩子关在门外受冻。他妻子说："都像你这样，不顾老子死活，还要养儿子做啥？"一句话说得丈夫哑口无言。

牛都怕堂客

汉族家庭故事。采录于湖北。

有一个怕堂客（老婆）的私塾先生，文才孬，又迂腐，教了几处都没名声。人家不请，他只好回家。堂客说："你没有别的手艺，干脆学种田吧。"堂客牵牛让他去耕地，他文绉绉地跟牛讲话，牛怎么都不肯走。堂客见了，便上前把鞭子夺过来："你当真没用哟，我来耕给你看！"堂客接过犁，朝牛抽一鞭子，牛立刻朝前走。私塾先生摇头说："哎哟，难怪我怕堂客哟，连牛都怕堂客呀！"

数 字 家 书

汉族家庭故事。采录于四川。

有一个秀才文采很好，他妻子的文采也不错。这个秀才进京考中状元，就想把妻子休了。但当初发过誓，不好明说，便写了一封家书，上面“一二三四五六七八九十百千万”都写了，却没有写“亿”，言外之意是：说一千道一万，我俩今后没有亿（夜）了。妻子一看晓得他变心了，就回信道：“一别多少载，二地互思念，说去三四月，谁知五六年，七弦琴无人弹，八行书无人传，九连环从中拆断，十里长亭眼望穿。百般想，千般恋，万般无奈把郎怨！万语千言难尽诉，百无聊赖实（十）心酸！九月重阳望孤雁，八月中秋不团圆。七月半，化纸钱，烧香秉烛告苍天。六月间人人摇扇我心寒！五月榴花红似火，四月枇杷欲黄心意乱。三月桃花随水流，二月风筝线儿断。郎君呀！郎君呀！巴不得下一世，你为女我为男！”这个状元见信非常后悔，立刻打消休妻的念头，赶快把妻子接来一起住。

老翁选婿

汉族婚恋故事。采录于海南。

有一个老翁老来得女，视为掌上明珠。女儿成人后聪明伶俐，人见人爱，求亲的人踏破门庭。老翁不图钱财权势，而是要找个有本事的女婿。他宣布：谁能在他的寿筵办一件事使他叫声“哎呀”，就将女儿许配给谁。老翁办寿筵时，许多王孙公子送来贺礼——有人送来方圆五尺的寿饼，有人送来九九八十一个生日糕，有人送来一只特大的猪腿，还有人送金送银，慷慨无比。众人见了赞不绝口，直叫“哎呀”，老翁却不为所动。这时候进来一个世代清贫的小伙，手中提一个旧布袋，众人都嗤之以鼻。他上前彬彬有礼地对老翁说：“此物情真意切。请莫见笑。”老翁刚打开布袋，从里面突然飞出一群黄蜂，往众人脸上叮，寿堂乱成一团。老翁急得“哎呀，哎呀”叫，女儿以为父亲选中人了，立即从闺房里跑出来问：“是谁人使得家父开口？”小伙回答：“小的便是！”她见了对方非常满意，小伙顿时心花怒放，便跪下叩谢：“请岳父宽恕小婿无贵物奉献，敬祝岳父寿比南山，福如东海！”

巧治家翁

汉族家庭故事。采录于海南。

从前有一个老色鬼本性难改。有一次他与儿媳上山割草，趁山上无人，便动手调戏儿媳。儿媳气得大骂："你这个畜生，应该按族规把你装到猪笼里去沉溪！"立刻气呼呼地回家去了。她到家喘着气对丈夫说："公公在山上抓到一头山猪，你赶快拿猪笼上山去。"老色鬼看见儿子拿着猪笼来了，吓得拔腿就跑。儿子以为老爸失手了，大喊："快追！别让这畜生跑了！"老色鬼更加失魂落魄，拼老命逃跑，竟跌了一个饿狗扒屎。儿子赶到，他双脚跪下求饶："小子饶命，我再不敢调戏儿媳啦！"儿子一下明白过来，气得一脚踩碎猪笼，转身回家了。

没钱的父亲没人养

汉族家庭故事。采录于台湾。

从前，广东有一个姓高的人在朝廷为官，品德、学问都非常好。他告老还乡后，老妻很高兴，可是没有多久老妻便去世了。三个已出嫁的女儿都来劝他不要太难过，并说她们三姊妹一定会好好照顾他。随后听说他还有三百两银子，都争着要接他回家。他轮流在三个女儿家里吃住几次，觉得这样下去不好意思，于是就把三百两银子平均分给三个女儿。谁知道女儿们拿到银子以后，态度一下冷淡了，都推来推去的。高某只好打包袱回家，一路上无比伤心，忍不住到一座破庙里哭起来。这时候，他正巧碰到了在外地经商的侄子回家来，侄子便把叔叔带到自己家中热情照顾。不久，他的一个做七省巡按的学生知道后，立刻派车马来接他去住。高某住了半年回家时，学生送他三箱东西，一箱是衣物；一箱是茶叶，分成三包；一箱是馒头，馒头里面放了银子。三个女儿知道父亲从做大官的学生那里回来，必定又有钱了，都来接父亲，说了许多要孝顺的好听话。高某只说了受到学生款待的话，并且从箱子里面拿出三包茶叶，每个女儿给一包。她们兴高采烈地拿回家，打开一看是茶叶，才知道父亲再不会上当受骗了。

乡 约 评 理

汉族家庭故事。采录于湖北。

从前，有两口子吵架，先后去找乡约评理。乡约没有问是什么事情，就让他们回去打酒炒菜，吃了再说。下午，乡约来了。他吃过酒肉，一问两口子吵架的原因，才知道他们晚上睡觉都争着睡外边。乡约问他们为啥要睡外边，丈夫说睡外边好起来撵强盗，妻子说睡外边好起来给娃儿端尿盆。乡约觉得两人都有道理，吃了人家的酒肉，不评评理没法脱身。他让两口子把床抬到屋中间，然后拿起剪刀把蚊帐后面也剪开一个口子，说道："你们不要争，两边都有门，里外是一样，不知行不行？"两口子听了，"扑哧"一下都笑出来啦。

巧女智对新县官

汉族巧女故事。采录于安徽。

有一次，一个新上任的县官上街闲逛，看见一个小小的门店，写着"万货齐全"，就想去捉弄捉弄店家。他进去看见店里有个十七八岁的姑娘，便说："我要买一个早得时，一个迟得时，一个不得时，一个正得时。"姑娘听了浅浅一笑，随口说："有，每一样需一百两银子，过三天来取。"县官不知道她葫芦里卖的什么药，便预付了银子。三天后，县官派人去取，以为东西一定很重，可到店里姑娘只给了一个小小的红布包。县官打开一看，里面有一张纸写了四句话："甘罗十二为丞相，早得时；姜太公八十遇文王，迟得时；我十八未嫁，不得时；你新官上任，正得时。"县官看了哈哈大笑，说道："有理有理！"

三妯娌探望公公

汉族巧媳妇故事。采录于湖北。

过去湖北十堰有一种不好的习俗——儿媳妇不能够同公公说话，否则会被人耻笑。有一户人家的公公有一次生病了，躺在床上。三个儿媳本该去探望，又忌讳同公公说话，只好各人打各人的主意，各尽各的孝道。大媳妇戴了一顶草帽去看望公公；二媳妇抱着娃儿去公公的卧房看一趟；三媳妇跟着姨妈去探望，自己先离开。公公的病好了以后，请家门户族来评品儿媳妇们的行为。大媳妇说："女子戴帽是个'安'字，我向公公问安。"二媳妇说："我抱着娃儿，有女有子，是向公公问好。"三媳妇说："我陪姨妈去看望公公，又先离开，'姨'字离了'女'字乃是'夷'字，我祝愿公公化险为夷，安然无恙。"公公和众人听了三妯娌的话，都拍手叫好。

精明婆婆考媳妇

汉族巧媳妇故事。采录于湖北。

有个婆婆非常精明，一天想考考刚过门的媳妇是不是聪明，就让她提一篮鸡蛋去卖，再给家里买一样天长地久的东西。新媳妇出去卖完鸡蛋后，却空着篮子回家。婆婆看了，心都凉了半截，心想自己一世聪明，儿子怎么娶了一个傻媳妇。隔天新媳妇回娘家，婆婆不死心，又要她带骨包肉、肉包骨、纸包火、纸招风四样东西回来。几天后，新媳妇带回鸡蛋、红枣、灯笼、扇子四样东西，对婆婆说："鸡蛋就是'骨包肉'，红枣'肉包骨'，灯笼'纸包火'，扇子'纸招风'。"婆婆很高兴，又问："伢，你这么聪明，上次我要你办的事，怎么没有办呢？"新媳妇说："妈，上次我把那一篮鸡蛋送给了一个孤老，不就是'天长地久'吗？只有好心才能够天长地久呀！"婆婆没有想到新媳妇这么聪明，喜欢得不得了。

还是没有酒喝

汉族巧媳妇故事。采录于安徽。

有个老头儿特别爱喝酒，而且一喝酒就胡咒乱骂，邻里之间常常闹矛盾。儿媳一怒之下，不允许公公吃酒。公公说："只要你从今以后讲话不带'九'字音，我就不吃酒。"二人一言为定。那天，公公的酒瘾又犯了，实在受不了，第二天是重阳节，他便去请张老九、李老九两位好友到家里来团聚，以为如此这般便有酒喝。第二天，张老九拎了一瓶酒，李老九拎了一捆韭菜来访。公公在屋里问："谁来了？"儿媳说："是张三三爷和李四五爷。"公公又问："他们带什么来了？"儿媳说："张三三爷拎了一瓶四对五，李四五爷拎了一捆阔叶菜。"公公又问："今天是几月几？"儿媳说："是重阳节。"公公说："重阳节有酒。"儿媳说："六加三，不可干。"儿媳说话一个"九"字音不带，结果老头儿仍然没有喝上酒。

秀姐选郎

汉族巧女故事。采录于湖北。

有个姑娘叫秀姐，聪明、能干又美貌，不图钱财与权势，一心要找一个老老实实的丈夫过日子。这一天，秀姐对三个前来求婚的小伙子说，要好好考考他们，哪个赢了就嫁给哪个。第一次考插秧，第二次考射雁，都没有分出胜负。第三次考种油麻，秀姐发给每个人一碗油麻籽，说是最后定胜负。几天以后，有两个小伙子的油麻长出来了，他们高高兴兴地跑来告诉秀姐。那个没有出一根油麻苗的小伙子仍然在地里耐心等待。秀姐出人意料地宣布要嫁给那个小伙子。秀姐说，她交给三个人的都是炒熟的油麻籽，根本长不出油麻。她愿意嫁给老实人。

巧姐卖肉

汉族巧女故事。采录于湖南。

王屠户的女儿巧姐聪明过人。有一天，三位秀才慕名前来会巧姐。巧姐问他们贵姓，他们说："弓长、木易、十八子。"巧姐问："张、杨、李三位相公需要什么？"他们说要皮打皮、皮掉皮、皮里肉、皮里皮。巧姐问："你们要称多少猪耳朵、猪尾巴、猪板油、猪肚子？"一个秀才说："称一斤半、二斤半、三斤半、四斤半。"巧姐麻利地称好、包好，送给那个秀才。秀才问多少钱，巧姐说："一二三，三二一，一二三四五六七，七加八，八加七，九个十个一十一。"三位秀才一下愣住了，不知道是多少钱。巧姐说："一二三相加是六，三二一相加也是六，一二三四五六七相加是二十八，七加八，八加七总共是三十，九个十个一十一总共也是三十，合计整整是一百个钱。"三位秀才连忙付了钱，灰溜溜地离开了。

我夫断非牵牛郎

汉族巧媳妇故事。采录于台湾。

从前，有一个人的妻子非常聪明。可是他不学好，偷了人家的牛，被送进官府去了。官老爷把他的妻子找来，问她有没有这回事。妻子回答："一坛缸水绿油油，难洗今日脸上羞。我非天上织女星，我夫断非牵牛郎。"官老爷觉得她回答得十分巧妙，于是便免了她丈夫的罪。这人懊悔不已，从此改邪归正了。

请酒请菜

汉族呆子故事。采录于湖北。

有一户人家准备请客喝酒。老板有点儿傻，不懂得怎么在酒席上做东。老板娘说："我用一根棍棍在墙壁洞里戳你一下，你就说一声'大家喝酒啊，吃菜呀'。"刚开始，老板娘过一会儿戳他一下，他就说："大家喝酒啊，吃菜呀！”客人们都在一边喝一边吃，有说有笑。哪知道老板娘有事情走开时，老板的小弟弟拿着棍棍不断戳老板，老板就不停地说：“大家喝酒啊，吃菜呀！”客人们不知道是咋回事，都朝老板看，老板急了，大声说道：“你们不要看我，都快一点儿吃！你们如果不吃，我的背心要戳破皮呀！”

全　家　笨

汉族愚人故事。采录于四川。

有个老汉卖柴回家，把担柴的扦担横着怎么也拿不进门，便大声喊道：“屋里有没有人？快把斧头拿来，我要把这个背时的蠢木匠做的门砍烂！”儿子回答：“爸爸吔，我正在取斧头。今天上午我把它砍在柱头上，怎么也扯不下来。”女儿嚷道：“哥哥吔，你快点儿取吧，我帮不上忙，我套在木马上缝裤子。早缝好了，就是下不来。”老妈在屋里瓮声瓮气地埋怨：“你们在那里都各顾各，不管我。我钻到被盖里头缝被盖，缝好了就是出不来。要是我出不来，看你们今天晚上盖啥子！”

吃了不疼丢了疼

汉族美德故事。采录于安徽。

从前，有几个人一起推车去外地贩芝麻。一天晌午，他们到饭馆里吃饭，看见临桌一个老头儿带着一个小孩儿，要了几个烧饼和两碗汤吃起来。吃完后，老头儿看见桌子上有几粒芝麻，忙用手指头蘸起来吃了。他们都以为老头儿太寒碜。那老头儿听到他们在说芝麻，便过来说：“你们是收购芝麻的吧？如果要的话，我家里有一点儿芝麻想卖。”贩芝麻的人瞟老头儿一眼，说道：“你要是多，我们出高价，要是不够我们推呢？”老头儿说：“如果不够，我不要钱。”他们将信将疑地来到老头儿家里，看见三间屋都放着盛芝麻的大囤子，吃惊不小。他们装满所有的车子，装了还不到一个囤子呢。他们不理解，老头儿这么多芝麻，为啥还要捡桌子上的几粒芝麻。老头儿说：“粮食来之不易，吃了不疼丢了疼嘛！”

锯 树 睦 邻

汉族美德故事。采录于江苏。

张李两家邻居一直和睦相处，常常说“邻居好，赛金宝”。有一年，李家靠在墙边上的枣树结枣子了。枣树枝越过院墙，伸到了张家院子里面。张家怕孩子嘴馋，偷吃枣子会引起口舌，便编起篱笆将枣树枝遮住。李家知道后，立刻锯掉枣树，并且把枣子分给张家的孩子们吃。锯树以后，张李两家相处得更加和睦友善了。于是“编笆遮枣，锯树睦邻”的故事，便世代流传下来了。

贤德的妻子

汉族美德故事。采录于江西。

有个姓王的教书先生，腊月二十九赶回家去过年。夜宿客店，他听到有人在痛哭，一打听才知道是李某赌博输了钱，要拿妻子去抵债。王先生便拿十吊钱给李某还了赌债，自己只剩下了两吊钱。他到家跟妻子商量，用这一点儿钱买红纸写春联，拿到街上去卖。可是，他许久都没有卖掉。后来一个人用一只公鸡来换春联，王先生欢欢喜喜把公鸡提回去交给妻子后，就外出访友去了。鸡快煮熟时，隔壁当铺老板跑来说他家的公鸡不见了，打了王先生的妻子两耳光，硬把鸡捞走了。王先生回家问鸡去哪里了，妻子支支吾吾的，王先生怕过年弄得不愉快，就不再言语了。大年初一，当铺老板发现自家的公鸡还在，怕王先生去告状，赶忙提着礼物到王家拜年，并且请王先生今年去他家教书。教了三年书，正逢皇上开科，王先生得到当铺老板的资助进京考试，中了头名状元。后来王先生回家祭祖时，到当铺老板家里致谢，他妻子才把事情的前因后果一一告诉丈夫。王先生听了，方知今天的一切，原来是妻子当日忍受委屈换来的，无比感激，连连夸赞妻子贤德。

一炉灶烧饼有甚要紧

汉族诙谐故事。采录于安徽。

在某县的一个集上，李二家的烧饼远近闻名。在同行里面，李二的手艺最高明。可是他有一个毛病——喜欢抬杠，而且非要占上风不可。有一天，两个浪荡公子故意走到李二面前聊天，谈到某某说书人正在讲曹操率领八十二万人马下江南。李二听了，连忙放下翻烤烧饼的铁钳，说道："老弟不要不懂装懂，曹操率领的是八十三万人马。"彼此抬杠，互不相让。一个小孩儿扯了扯李二的围裙说："李二叔，烧饼煳啦！"李二瞪小孩儿一眼说："一炉灶烧饼有甚要紧，相差一万人马，事关重大呀！"

瞌睡郎中

汉族诙谐故事。采录于湖北。

有个郎中瞌睡大，看起病来就打瞌睡。周围没有人找他看病，他只好出门行医。这个郎中给一个老板娘看病，刚号上脉就睡着了。老板娘以为他路上辛苦，便抽手去煮饭。可是郎中的手还像在号脉，老板娘就把一个棍棒塞给他捏着，然后去煮饭。她把饭做好摆在桌子上，又把手放回原处，才叫醒郎中。郎中去吃饭，发现满桌子酒菜，感到很惊讶，问道："哎，你在找我号脉，怎么弄得成饭呢？"老板娘说有人做。郎中说："我不知不觉，号脉还很看了一些时候哇。你的病不要紧，从脉象看，你还是蛮硬实的。"老板娘忍不住顶他一句："我晓得硬实吵！那个棍棒哪有不硬实的啊？你号脉看得真准哪！"

金三斗寻师

汉族武侠故事。采录于河北。

有一个武林高手，每天吃一斗米、一斗面，喝一斗酒，人称"金三斗"。他在城外卖肉，从来不用刀，而用手掌切肉，自诩"天下无敌手"。有一天对面来了一个卖豆腐的，他用一根马尾提着，豆腐掉不下来，引来许多看热闹的。金三斗不服气，让他用手掌切豆腐。只见卖豆腐的用手掌在豆腐上轻轻划了一个"十"字，连豆腐下面的石板都裂成四块。这个功夫叫"点豆割石"。金三斗回去关了铺再回来，卖豆腐的已经走了。金三斗一直找了三年零三个月，才在一座深山大寺里面找到他。原来此人是个老道，是特意下山点化金三斗的。金三斗拜他为师，学了三年零三个月才回去。他重新开起肉铺，门上写着"天下武林皆师友"，成为真正的武林高手。

女侠斗盗匪

汉族武侠故事。采录于河北。

一天某村有个新媳妇正在喂猪，听见墙外嘀咕："这里有鱼。"她就说："是扎鱼。"对方说："架不住网好。"她说："不怕网破你就来。"小姑子听到这些话，对嫂嫂起了疑心，全家人也是另眼相看。新媳妇仍然忍气吞声，勤劳干活儿。一天晚上刚入睡，就听到房顶上瓦响，贼子喊道："屋里的扎鱼出来，老子看看你有几根刺？要不然把家里值钱的东西乖乖送出来。"全家人都吓傻啦。新媳妇不慌不忙地撩起炕席，捧出又干又硬的胶泥球狠狠地砸去，房顶上的贼子倒栽葱摔了下来，接着一个个胶泥球飞出去，把盗贼都打跑啦。事后新媳妇才说出她在娘家学过武术，那天听到盗匪的黑话，事先做了准备。大家都非常感激她。有一个晚上，一帮土匪又来报复，新媳妇用两根棒槌把他们打得屁滚尿流。第二天一看，土匪扔下的刀枪棍棒足有半院子。

过　年　米

汉族僧道故事。采录于湖北。

腊月间，有一居家道士还没有弄到过年米。堂客（老婆）不断在他的面前嘀咕，他说："没有过年米，我自会想办法吵！"道士看见下雪了，就躲在屋里打了一双一丈二尺长的草鞋。夜里，他悄悄穿上这双草鞋到一户大财主的房前屋后转了一圈。第二天，财主以为出了妖精，赶忙来请这个道士。道士说："老板，你要很费点本钱啰。"他要了一百二十斤面粉，捏了一个大妖精，便做起法事来。然后他让财主把"大妖精"抬到自己家里面，表示两个月之内一定完全把它降服。财主巴不得他把妖精弄出门，马上照他的话办。道士回家对堂客说："哈哈，这就是我弄来的过年米呀！"

老和尚择贤

汉族僧道故事。采录于江西。

从前，有一个小庙里的老和尚年纪大了，要物色一个小和尚来接替自己。一天，来了个青年要出家，老和尚让他在太阳下站两小时。当时正值盛夏，这个青年经受不住烈日就下山去了。隔一天，又来一个青年，老和尚让他到小溪洗两个时辰木炭，这个青年认为被捉弄，扔下木炭就走。不久又来一个青年，发誓要出家，无论顶烈日、洗木炭他都能够经受，老和尚不由心生欢喜，于是便收下这个徒儿。过了一个多月，老和尚放心下山去化缘了。谁知他归来一看，小庙已经被洗劫一空，墙上留下四句话：“老老实实日下站，老老实实洗木炭，和尚师父出了门，老老实实挑几担。”

小和尚还俗

汉族僧道故事。采录于江西。

从前，有一个相爷家的小姐，一天带了一个丫鬟去一座庙里烧香，求菩萨保佑她找一个好丈夫。小姐怕别人看见她的容貌，总用白扇遮脸。一个小和尚偷偷看见了小姐，立刻作了一首诗：“玉手搬银灯，白扇遮白面。民间有好女，不该来修仙。”相爷发现小姐回家后一脸不高兴，就问是怎么回事，她便把小和尚吟诗的事情讲了。相爷说：“明天叫小和尚来见我，我会好好教训他。”第二天，小和尚来相府，相爷随手写了“阶、挨、口、斋”四个字，要他作诗。小姐也出来看他是不是昨天那个和尚，心想莫要弄错人。小和尚看见小姐穿了拖地丝裙走出来，顿时吟道：“三寸金莲上金阶，八彩丝裙靠地挨。岳父岳母开金口，放下木鱼来开斋。”相爷一听觉得这个小和尚有才，就把女儿许配给他了。小姐也非常喜欢。于是，小和尚还俗成家，小两口恩恩爱爱，白头偕老。

害人如害己

汉族盗贼故事。采录于山东。

县城里面的一个药店小伙计，年终回家时在半路上遭到打劫。小伙计趁劫道者收拾包袱时，用石头砸昏了他，自己急忙跑到附近一个人家去借宿。这家正好是劫道者的家，一会儿劫道者回来了。他知道小伙计住在家里，就要杀他。小伙计偷听到劫道者跟他老婆说的话，暗中和他家的孩子变换了睡觉的地方。当劫道者发现误杀了自己的孩子后，立刻把尸体扔到附近的王员外家中。第二天，他去县衙诬告王员外杀人。眼看王员外遭到不白之冤，性命难保，小伙计赶到公堂上，把事情真相一五一十地讲出来。县官立刻放了王员外，将劫道者绳之以法。

福根变祸苗

汉族盗贼故事。采录于安徽。

江大妈非常爱占小便宜。有一次她带十二岁的儿子福根上街，用占小便宜的方法买了东西回家，还在福根面前扬扬得意。第二次，江大妈又和福根一起去买鱼，正在讨价还价时，福根把他妈拉走了。走不远江大妈发现福根的褂子里有一条鱼，便明白是怎么一回事了。福根一天天大起来，江大妈却一天天感到不安起来。每当福根偷东西回家时，江大妈总是提醒他："这样下去早晚要吃官司。儿呀，这样太危险啦。"可福根不以为然。这天半夜，江大妈听到敲门声，以为福根又偷东西回来了。她开门一看，竟是两个如狼似虎的差人，说道："贼婆子，你儿子狗胆包天，偷了衙门，已经被抓获。我们起赃物来啦！"江大妈受到连累，也进了班房。

谁是大哥

汉族盗贼故事。采录于山东。

有三个盗贼结拜为兄弟，一个叫"滑似油"，一个叫"比油滑"，一个叫"油里穿过不沾油"。他们谁都想当大哥，只好来比谁机灵。他们决定去一个员外家偷东西。三个人挑了两个担子，四只箱子，从屋顶上挖洞，由"油里穿过不沾油"下去，接过四只箱子，朝里面装东西。"滑似油"与"比油滑"在上面接应，他们一箱一箱地往上接，等到把四只箱子搬上来，立刻挑起就跑，心想看你"油里穿过不沾油"留下怎么办。两个人挑起担子跑了一夜，累得停下来休息，并且扬言分了箱子里的财物，不要留给屋子里的那个家伙。这时候，"油里穿过不沾油"从一只箱子里钻出来说："我也有份啊！""滑似油"与"比油滑"不得不对"油里穿过不沾油"说："还是你厉害，你就是大哥！"

只交三天半的钱

汉族无赖故事。采录于湖北。

有个戏班子到某村去唱戏，戏班子只记某家某户的人数，等到七天唱完后，再一起收钱。村里有一人眼睛好好的，却在一只眼睛上贴了一张膏药，旁人没当一回事。七天唱完戏后，他好歹只给三天半的戏钱。他说：“人家是一双眼睛看的吵！我是一只眼睛看的，二一添作五，当然只交三天半的钱哟！”

牛皮烟荷包

汉族赌鬼故事。采录于湖北。

有一个赌博佬，把钱和房屋、家具都输光了，最后连身上的衣服也脱下来输给人家了。三九寒天，他只剩下一条破裤子、一根烟杆和一个牛皮烟荷包。他冻得发抖时，看见讨账人又寻来了，便拼命往山上跑。他嫌烟杆和烟荷包拎着碍事，就把烟荷包系在烟杆上，一前一后搭在肩包两头，一个劲往上爬。等到了高坡上，看不见讨账人的影子了，才缓过气来。他浑身汗流不止，用手摸到背上的牛皮烟荷包，感叹道：“喔，难怪人家说过冬穿皮袄不冷哟！看我把烟荷包搭在背心上，前胸后背都还流汗哪！”

赌博佬的皮背褂子

汉族赌鬼故事。采录于湖北。

有一个赌博佬打了一生的牌，光输，不管是跟老手打还是跟新手打，从来没赢过。他走在路上，越想越生气。心想今天我自己跟自己打，看它赢不赢。于是便把皮背褂子一脱，一个人坐在路边上打起牌来。哪晓得打了一半，衙门抓赌的人来啦。他赶忙收起牌就跑，跑了一大圈，才想起忘记拿皮背褂子。跑回去一看，哪里还有皮背褂子？他望着天直叹息：“老天爷，我这一生再不打牌啦！跟人家打牌光输不说，今天自己跟自己打，都把皮背褂子输掉啦！”

赌棍骑箩归

汉族赌鬼故事。采录于广西。

从前有一个赌棍经常赌博，一赌就输，妻子万般规劝也无用。一次他输了想翻本，把家里仅有的一块水田也卖掉拿去赌，结果又输得连裤子都剥去抵债啦。他正一丝不挂、寸步难行时，忽然看见屋角放着一只烂谷箩，便将烂谷箩从头罩下，遮住下身，趁着夜深人静溜回家。妻子看见赌棍这个丑态，又气恼又好笑，就开口唱道：“骑牛骑马我见过，今夜见夫骑箩归。且问高升官几个品，龙王罗带盘腰围？”

懒汉与鸡蛋

汉族懒汉故事。采录于湖北。

从前有个懒汉穷得叮当响。一天他到外面游玩，捡到一个鸡蛋，喜出望外。他想：我今年拿这个鸡蛋孵鸡儿，鸡儿下了鸡蛋，卖了蛋再买一只羊，羊儿下羊孙，卖了羊再买一匹马。我骑上高头大马，穿上绫罗绸缎，哪个姑娘不爱，哪个姑娘不夸！我就拣一个最漂亮的完配，到时候生一个白白胖胖的娃娃……他越想越美，不料一脚踩在一块柿子皮上，一跤摔到地上，把鸡蛋摔得稀巴烂，头也碰了一个大包。懒汉爬起来，哭丧着脸说：“这一回算是倾家荡产啦！”

懒 汉 换 门

汉族懒汉故事。采录于云南。

有一个懒汉三十多岁没有讨老婆，穷得连水都喝不上。他以为命不好，就去请瞎子算命。瞎子算了好一会儿说：“你的命很好。这一些年你穷，是因为门风不合，一定要换门。你要请个笨木匠来换，新门要‘嘎嘎’响，门不会响，金银财宝进不来，穷神恶鬼撵不出去。换过门后，你还要天天最早开门，最晚关门。”懒汉换过门后，怕人笑话，就一天比一天开门早，一天比一天关门晚。开门以后他不能在家里睡懒觉，慢慢学着干家务，下地种田，越干手脚越勤快，日子也一天比一天好了。两年以后，懒汉备着厚礼，带着新婚妻子去酬谢那个瞎子。

不用再学了

汉族懒汉故事。采录于台湾。

从前有个懒丈夫，每天吃饭都靠妻子喂。有一次，他妻子有事要回娘家，便上街买了许多饼干用线穿起来挂在懒丈夫脖子上，让懒丈夫度日。想不到她从娘家来，看见懒丈夫已经饿得没有力气了，饼干却没有吃完。原来懒丈夫只吃低头吃得到的那部分，懒得动手去拿别的来吃。这件事传出去后，邻村有个人要来拜他为师，向他学懒。那个人到了懒丈夫家，背对着门用后脚推开门，然后倒退着进来。懒丈夫问他为什么这样走，那个人说：“我是来向你拜学懒的，如果你不在家，我这样就不必转身出去了。”懒丈夫一听，马上夸奖他说：“喔！你比我还懒，你不用再学了！”

五鬼闹宅

汉族交友故事。采录于河北。

有个夏天，一个庄稼汉正在井台上打水，有个骑毛驴的人，满头大汗地过来讨水喝。庄稼汉打了一桶水，又抓了一小撮糠扔到水里，让他慢慢喝，然后让毛驴慢慢吮。骑驴人觉得心里不痛快，就说：“这位大哥，今天我也不白喝你的水。我是个风水先生，我去你家给看看风水吧。”风水先生去家中，看见庄稼汉的妻子挺着肚子，便说：“你家宅院犯五鬼，生下孩子恐怕一个也活不了。”风水先生走后不久，庄稼汉的妻子就生了双胞胎。过了八年，一家人平平安安。有一天，风水先生又来到他家，正赶上两个虎头虎脑的男孩儿放学回家。风水先生问他们叫什么名字，一个说叫“阎王”，一个说叫“判官”。庄稼汉说：“那年你说我家犯五鬼闹宅，啥鬼都怕判官、阎王啊！”他们炒菜打酒款待风水先生。饭后风水先生说：“大哥，当年我说你家五鬼闹宅，是想让你们不痛快，为报那一撮糠的怨。”庄稼汉说：“当时我怕你和驴一见凉水急着喝，会出闪失，撒一撮糠想急也急不起来，不就平安无事了吗？”他们越说越近乎，竟结拜为干哥俩儿。

王小二找快活

汉族哲理故事。采录于安徽。

王小二家里十分富裕，从小养成了好吃懒做的恶习。他的父母相继亡故以后，他自己不愿意操劳，便出外去找快活。王小二走了许多地方，来到一个山庄，看见一个老头儿正在用利斧砍一棵大树，就上前去问：“老爷子，你知道哪里能够找到快活？”老头儿说：“你帮我砍倒这棵大树，我再告诉你。”王小二砍了一会儿，就感到口干舌燥，腰酸背痛，便说：“老爷子，快告诉我快活在哪里？”老头儿说：“不要着急，砍倒这棵大树就告诉你。”王小二只好咬牙坚持下来。大树终于被砍倒了，老头儿把王小二拉到一棵树的树荫下，从井里舀了一瓢凉水递给他。王小二“咕咚、咕咚”把凉水喝光，不禁喊道：“好快活呀！”

老头儿说："小伙子，你不是要找快活吗？一个人用自己的勤劳和汗水取得劳动成果时，才叫快活。"

三分厚利卖婆娘

汉族商贾故事。采录于重庆。

从前，有一个饭店老板把利润看得很重，生意却一天不如一天，眼看快垮啦。老板为了挽救生意，便狠心把婆娘当给人家，讲好三个月还不赚钱，就让债主来领人。老板娘晓得老板把她当了，伤伤心心地哭一场。她心想：你不仁我不义。从此她每天卖饭卖菜，都给顾客舀得很多，想早一点儿把老板整垮台。说来也怪，从此以后，买主慢慢多起来，生意也越来越好。经营三个月，老板赚了许多钱，连本带利都一下还清了，老板娘也保住了。老板和老板娘摆谈，才悟出多给买主舀饭菜的好处，竟感叹道："真是一分薄利吃饱饭，三分厚利卖婆娘。"

弄假成真

汉族幽默故事。采录于四川。

从前有一个员外喜欢听假龙门阵。一天他写出告示：凡是有人接连向他摆上三个假龙门阵，且他都能承认是假的，他就把自己的女儿许配给那个人。告示一出来，便有许多人去摆假龙门阵，却都被这个员外挑出漏洞。有一天，这个员外正得意时，来了一个穷小伙子，给他摆上三个假龙门阵。小伙子讲了第一个，员外承认是假的。讲了第二个，员外也承认是假的。讲第三个时，小伙子说："爹爹告诉我，爷爷对他说，员外你家借了我家一千两银子，现在请你还给我。"这个员外听了，笑脸立刻变成哭脸。如果承认是假的，就要把女儿许配给穷小伙子；如果承认是真的，就要还一千两银子。员外左思右想，到底舍不得银子，只好承认是假的，把女儿许配给穷小伙子了。

轱辘烧饼

汉族幽默故事。采录于河北。

有一个人在城里买了三个烧饼，打算带回家去给老娘吃。半路上，他的肚子饿了，就伸手从背褡里面摸一个出来吃。但他想到这是给老娘买的，又把烧饼放了回去。可他又想：我吃一个，还剩下两个，走得快一点儿，早一些给老娘吃。于是，他吃下一个烧饼。又走一会儿，又吃了一个烧饼。吃完两个烧饼，他还在流口水。他忽然想到一个办法：把最后一个烧饼竖起来往前轱辘，如果烧饼倒了就该他吃，如果烧饼不倒就该老娘吃。他把烧饼往前轱辘，轱辘了两三丈远竟被两块石头夹住，竖在路上。他跑到烧饼前骂道："去你奶奶的！"一脚踢开石头，把烧饼捡起来吃了。

咏雪诗

汉族诗对故事。采录于四川。

有一次，秀才、县官、财主、穷人同在一座庙里避雪。秀才看着外面的大雪，诗兴大发，便对另外三个人说："如此大雪，闲着无聊，不如你我四人各题诗一首，倒也有趣。"县官说："每人一首，怕有人写不出来，反觉扫兴，干脆一人一句。"穷人连忙说："我是个大老粗，只晓得干活儿。要作诗你们作吧，我可不会。"财主趁机敲竹杠说："不行。哪个不题，罚银十两。"于是，秀才先咏道："大雪纷纷坠地。"县官接道："本是皇家瑞气。"财主摇着大脑袋不屑地说："下它三年何妨？"穷人一听大怒，指着财主的鼻子骂道："放你妈的狗屁！"

白吃先生

汉族诗对故事。采录于四川。

一天，有四个做小生意的人在一起饮酒，并以自己卖的菜品为头联诗。卖韭菜、卖蒜、卖葱的三个人想借机嘲讽卖白菜的人常常吃白食，于是一个说："韭（久）饮他人醉。"一个说："蒜（算）来理不当。"一个说："葱（聪）明人自晓。"卖白菜的品出其中的味道，便狠狠地说："白吃又何妨！"那三个人无可奈何。

大小多少

汉族诗对故事。采录于河南。

一天，有两个小官吏跟一个庄稼人一同赶路。闲来无事，有个小官吏便提议每个人用“大小多少”四个字吟四句诗。于是，他把雨伞打开，说道：“伞撑开大，合起来小，雨天用得多，晴天用得少。”说完，自己觉得不错，扬扬得意。另一个小官吏打开扇子说道：“扇子打开大，合起来小，热天用得多，冷天用得少。”说完觉得自己的才学不浅，得意扬扬。庄稼人接着也开腔了：“当官的在百姓面前大，在上司面前小，为自己谋利多，为百姓办事少。”

孙的下面才是你

汉族诗对故事。采录于河南。

有一天，两个买卖人同住在一个客店里面。一个问：“老兄贵姓？”另一个说：“姓李。贤弟贵姓？”那人说：“免贵姓孙。”姓李的一听便唉声叹气。姓孙的问他为啥叹气，他笑笑说：“大哥姓孙实不当，当初何不改姓王？开口比人小两辈，姓儿也比姓孙强。”姓孙的听了好恼，随口说道：“贤弟你莫心喜欢，我姓孙来你姓李。百家姓里查一查，孙的下面才是你。”

我配看牛郎

汉族诗对故事。采录于浙江。

从前有一户人家，屋里有个囡还没有婚配。一天，他家的教书先生、作头（长工）、看牛郎同时向当家人求婚。当家人觉得难办，就提出：“先生，你要把我的儿子教好，今年中秀才；作头，你要把我的田种好，今年收成加倍；看牛郎，你看的牛，保证今年生双犊。你们三人谁做得到，我就把小姐嫁给谁。”到了年底，他们都做到了，都高高兴兴地来求婚。当家人办了一桌酒席，请他们喝酒，用“糊糊涂涂、清清楚楚、万万难难、容容易易”对诗。讲好谁对得上，就把小姐嫁给他。教书先生抢先对道：“磨起墨来糊糊涂涂，写起字来清清楚楚；教人写字万万难难，自己写字容容易易。”作头接着对道：“远望稻田糊糊涂涂，近看稻田清清楚楚；别人种植万万难难，自己种植容容易易。”看牛郎一时对不出，抬头看见门帘在动，发现小姐在帘后偷听，触景生情，忙说：“我看小姐糊糊涂涂，小姐看我清清楚楚；我要小姐万万难难，小姐要我容容易易。”小姐“扑哧”一笑，掀开门帘走出来，说道：“先生对字配字，作头对田配田，看牛郎对我，我配看牛郎。”

可惜年纪老

汉族诗对故事。采录于江西。

从前某地有父子俩撑船，儿子眉清目秀，很多姑娘都想来找他。一天，一个姑娘在河边洗菜，看见伢仔撑船过来，就对他说："脚踩一只船，手拿一根竹，日上江河走，晚上哪里宿？"这个伢仔一听很害羞，赶紧躲进船里去了。他父亲看见姑娘长得非常漂亮，心想能够给他儿做媳妇很不错，于是对道："篮里一根菜，篮后一朵花，日上江边走，晚上宿你家。"姑娘见是伢仔的爹来对诗，就说："你对是对得好，可惜年纪老。"说完，提着菜篮子就走啦。

二 鬼 出 世

汉族诗对故事。采录于江西。

有一次，阎罗王打发大鬼二鬼去出世。两个鬼晓得轮到自己投生，故意说："我们宁愿做鬼王。打发我们去投生，必须答应我们一个条件。"这时，催生鼓已经擂响了，阎罗王只好让他们提条件。大鬼说："家住深山一条河，父做高官子登科，妻比嫦娥美三分，寿比彭祖多几何。"二鬼接着说："百亩良田同车水，一妻二妾和为美，老子宰相儿状元，自己只要中个举。"阎罗王一听大怒，说道："世上如有这等事，你做阎王我做鬼。"朱笔一点，就下令将他们打入十八层地狱，永世不得超生。

三个兄弟分肉

汉族诗对故事。采录于青海。

快要过年了，弟兄三个宰杀了一头猪。怎么分呢？老大提议对诗，谁对上啥就拿啥。大家都同意了。老大往嘴上一抹说："我八字胡儿正八字，我要猪娃的前胛子。"老二也往嘴上一抹说："我八字胡儿一条龙，我要猪娃的后尻墩。"老三对不上。老三媳妇在外面听了很生气，便闯进来说："我来对中不？"老大老二心想一个媳妇家能对个啥，就同意了。老三媳妇立刻说："我没有胡子还有牙哩，尕猪娃儿我全拿哩。"

三个女婿填诗

汉族诗对故事。采录于山东。

有一回，三个女婿去给岳父贺六十大寿。大女婿、二女婿都读过书，唯有三女婿是个庄稼人。老岳父想把他赶到另外一桌去吃，于是他让三个女婿看着屋里面的物件填诗，要讲出“什么大，什么小，什么用得多，什么用得少？”填不出来就别在这里吃饭。大女婿指着墙上的雨伞说：“撑开大，合上小。下雨用得多，晴天用得少。”二女婿指着桌上的纸扇说：“用它时大，不用时小。夏天用得多，冬天用得少。”三女婿满屋寻找，都想不出来。岳父和两个连襟见了哈哈大笑。他指着岳父的嘴巴说：“张开大，不张小。白天用得多，夜来用得少。”大家听了更是笑个不停。

葫　芦　诗

汉族诗对故事。采录于山东。

某地的一位老人与一个老和尚是很有交情的棋友。老和尚在禅堂院子里面种了几棵葫芦，初秋时节，架上长了七八十个葫芦。一天他们在葫芦架下对阵，老和尚连赢老友几盘棋，高高兴兴站起来，猛然间碰到一个大葫芦，痛得龇牙咧嘴。老和尚余怒未消，便拿一把刀砍断葫芦蔓，老人看见笑道：“出家人以慈悲为怀，老禅师何必大动肝火呢！我作一首葫芦诗为你消气：‘葫芦本是葫芦种，葫芦偏把葫芦碰。葫芦葫芦同样圆，葫芦葫芦一般硬。葫芦抡刀斩葫芦，葫芦完了葫芦命。葫芦死在葫芦手，好比一次葫芦梦。’”

药联戏县官

汉族诗对故事。采录于山东。

清光绪年间，龙口某地有一个药匠，医术高明，常常免费为穷人看病，很受人尊敬。有一次，他在路上遇到专门坑害老百姓的县官，便大模大样地走过去。县官见他目中无人，就要出对联考他。县官看见差役手中有一把伞，立刻出句：“一把天蓝伞。”药匠对道：“六味地黄丸。”县官又说：“身边卫士，两条杀生棒。”药匠忙对：“道边艾蒿，三把透骨草。”县官要把他带回衙去，进城后看到庙会在唱戏，便说："楼上佳人，穿红挂绿，未必三从四德。"药匠回答："台下男子，面黄肌瘦，定有五劳七伤。"回到县衙，县官指着堂鼓说："左堂鼓右堂鼓，左六右七一字都排开。"药匠回答："急伤寒慢伤寒，紧七慢八酒（九）泡穿心莲。"说完转身便走。县官大喊："该死莫走！"药匠边走边说："独活当归。"县官又气又恼，只好看着他扬长而去。

人情大过天

汉族诗对故事。采录于黑龙江。

从前有一个秀才，从年轻时就开始赶考，他不会舞弊，又运气不佳，年年名落孙山。到了七十岁他仍然去考试，主考官出联挖苦他："上钩为老，下钩为考，老考童生，童生考到老。"老秀才答道："二人为天，一人为大，天大人情，人情大过天。"

村妇斥恶少

汉族诗对故事。采录于广东。

有一个恶少出外游玩，看见河边有位漂亮的村妇在淘米。他前去挑逗，嬉皮笑脸地说："有木便为桥，无木也念乔。去木添个女，添女便为娇。阿娇休避我，我最爱阿娇。"村妇瞪恶少一眼，十分厌恶地说："有米便为粮，无米也念良。去米添个女，添女便为娘。老娘虽爱子，子不敬老娘。"恶少讨个没趣，只好灰溜溜地离开了。

先生好记性

汉族诗对故事。采录于安徽。

从前，有一个东家每一年七夕都要宴请教书先生。这一年七夕先生看见厨房没有任何准备，便出联让学生对："客舍凄凉，恰是今宵七夕。"学生对不上，便让父亲帮忙。他父亲知道先生的用意，笑笑说："寒斋寂寞，可移下月中秋。"但是到了中秋，仍然没有宴请。先生又出联让学生对："绿竹本来无心，遇节即时挨不过。"学生照样去找父亲，他父亲说忘记了，又替儿子对了下联："黄花如有约，重阳以后待何迟？"到了重阳节，依然不见动静。先生再出联让学生对："汉三杰，张良韩信狄仁杰。"学生去问父亲，他父亲笑道："先生他搞错了，三杰是汉代人，狄仁杰是唐代人，先生怎么忘了？"学生去告诉先生，先生说："我没忘记。你父亲前唐后汉都记得这么清楚，一顿饭他却一忘再忘呢？"

张榜招婿

汉族诗对故事。采录于湖北。

一天，某地的乔家张榜为二女儿对诗招婿。前去吟诗相亲的人非常多。一天，来了七位秀才，争着请二小姐出题。二小姐请他们各用一至十这十个数字作四句诗。有个穷秀才立即吟道："一个二姐本姓乔，三寸金莲四寸腰。买得五六七盒粉，打扮八九十分娇。"二小姐听了十分喜欢，但是其余的秀才很不服气，让穷秀才把十个数字倒过来再作四句诗。穷秀才连忙吟道："十九的月儿八分圆，七位秀才六位闲，五更四点鸡三唱，二姐同为一铺眠。"众人无不佩服，于是他们的婚事宣告成功。

先生娘子

汉族诗对故事。采录于湖北。

有个先生教了多年书，成了迂夫子。地方上有一些文不文、武不武的人，经常出难题来为难他。一天学东上门去取笑先生，出对子让先生对："金水河，金水流，金水流入金鱼口。"先生急忙中对不出来，在一旁洗衣服的先生娘子赶紧说："玉簪园，玉簪花，玉簪花插入玉人头。"学东本来心术不正，看见先生娘子长得白白净净的，就变出歪主意来说："先生娘子，我出个对子给你对：花香不白，白花不香，此时看见白牡丹开花，又白又香。"先生娘子看见这个家伙竟敢调戏自己，立即回答道："臭屁不响，响屁不臭，今日闻听驴子放屁，又响又臭。"

东家奚家

汉族诗对故事。采录于湖北。

东、奚两家住在一起，中间只隔一块空地。奚家在空地上搭了一间小屋。

有一天，东家的羊撞倒了奚家小屋的墙，奚家小屋的墙塌后压死了东家的羊。东奚两家便争吵起来，互不相让。有一个过路人见了，笑着劝解道："东家有一只羊，奚家有一面墙。东家的羊撞倒奚家的墙，奚家的墙压死东家的羊。东家要奚家赔羊，奚家要东家赔墙。东家不肯赔墙，非要奚家赔羊；奚家不肯赔羊，非要东家赔墙。与其争争吵吵，何不谦让谦让？东家莫怪奚家墙，奚家莫怪东家羊。墙朽应当早翻修，既倒正好砌新墙；羊系得不是地方，既死正好吃肉煨汤。"

作诗赌酒

汉族诗对故事。采录于湖北。

一个叫花子攒了几个钱，打了三两酒，钻到草堆里面去喝。可是酒还没有沾嘴，就来了一个秀才、一个和尚、一个医生，三人都想喝酒。争了半天，商定作诗赌酒，诗中要有天有地、有前有后、有左有右、有三有四，最后还要以"心"字收尾，作不出来就没酒喝。秀才说："天子门生，状元及第（地），左榜眼右探花，前呼后拥，三篇文章，四海闻名，也就称心。"医生说："天门冬，地骨皮，前胡厚（后）朴，左荆芥右防风，三片生姜，四枚红枣，一只灯芯（心）。"和尚说："上有天堂，下有地狱，前观音后菩萨，左金童右玉女，三炷明香，四叩八拜，一片诚心。"三个客人说罢都要去抢酒喝，叫花子拦住说："慢！听我的——天上无片瓦，地上无寸土，前无围墙，后无遮拦，左无门右无户，三两薄酒，四个人争，你们哪个忍心！"他这一说，那三个都不好意思喝了。

对子先生待客

汉族诗对故事。采录于湖北。

从前有个人称"对子先生"的人，特别喜欢对对子。有一天擦黑他站在家门口，听见有个过路人嘴里念着："雨洒行人谁做主？"他随口对道："风吹过客我做东。"哪晓得过路人连忙上前道谢，他只好留客人过夜。做晚饭时，他不愿意请陌生人吃好菜，便说："园中只有青菜。"客人立即对道："笼里藏着黄鸡。"他不得不杀鸡待客。客人饿坏了，吃到半夜还不下桌。他便吟道："谯楼上鼓咚咚三更三点。"客人续道："桌案前灯闪闪一口一盅。"客人把桌上的菜扫光才离开。第二天，他催客人起床："日光迎人正好扬鞭走马。"客人慢吞吞地说："寒风刺骨岂肯舍命登程。"早饭后，他送客上路时说："刁客不留你去你去你快去。"客人笑嘻嘻回应："好友难逢我来我来我再来。"

船夫出对考考生

汉族诗对故事。采录于上海。

有一个相公雇了一只小船进京赶考。一天，到了一个叫"白米"的地方，为避风雨，便停下来休息。船夫想解解闷，便出了一个对子给相公对，事先说道："相公哎，我这个对子可不大好对呀！"相公说："我熟读四书五经，落笔成章，吟诗答对是拿手好戏，你出吧。"船夫说："白米白鸡啼白昼。"相公粗听以为平常，可是反复思考，从中午到晚上都对不出来。船夫说："相公啊，我这个大老粗出的对子你都对不上，你要考取功名，恐怕不那么容易呀！"相公受到船夫的讥笑，非常尴尬，悔不该夸海口，感到下不了台，半夜趁人不备，竟跳河自尽啦。船夫从此以后像变了一个人，整天总是自言自语："考相公，我对不起你！"

医生斗县官

汉族诗对故事。采录于云南。

有一个县官自以为很有学问，喜欢吟诗作对。他听说一个医生很有本事，就派人把医生叫来，出对子考一考。县官看见走来一个提伞的女子，就说："黑柄双翎伞。"医生对道："红灵八宝丹。"县官见女子还拿一匹绸缎，就说："三尺青天缎。"医生对道："六味地黄丸。"县官又说："小女子，头光面灿，定有三从四德。"医生对道："大老爷，面黄耳赤，必是五劳七伤。"县官感到不高兴，骂道："你简直是放屁！"医生回敬道："放屁是下泻，要吃十全大补丸。"县官怒道："越说越不像话，你怕要死了！"医生说："大老爷要死，我就没有药啦！"县官哭笑不得，立刻叫衙役打发医生回去。

讨 债 趣 联

汉族诗对故事。采录于四川。

有一次，甲向乙讨债，乙佯装不知，还请甲喝酒，并且请丙作陪。酒过几巡，甲吟一联道："上自北京，下至南京，二城相会京对京，内中有个吕洞宾；酒肉朋友小人态，财上分明君子心。"乙答道："上自新都，下至成都，二城相会都对都，内中有个何仙姑；仁义价值千金重，钱财不过如粪土。"丙想一想说："上自中江，下至罗江，二城相会江对江，内中有个太公望；各人打扫门前雪，休管他人瓦上霜。"他说完便溜之大吉。

墙上打油诗

汉族诗对故事。采录于四川。

从前有人修了一座新房子，把四周的墙壁刷得白白净净的。房主人为了警告过路人不要在墙上乱画，就在上面写了一句话："此墙不准画。"有一天，一个货郎路过这里，看见那句话觉得可笑，便随手在后面添了一句："不画你却画！"第二天，房主发现了，非常气愤，立即在后面写了一句："我墙归我画。"第三天，一个挑木炭的路过，干脆用木炭在后面补了一句："要画大家画！"

路遥知马力

汉族俗语故事。采录于江西。

从前有两个好友，叫路遥的家里很穷，叫马力的家里很富。路遥发奋读书，这一年正逢大考，便去赶考。他途中遇到一场大雪，被冻得倒在地上，气息奄奄。恰好马力路过这里，看见路遥，连忙把他背回家。随后马力资助路遥许多银子，让他赶到京城考试。路遥取得功名，当了县令。谁知马力家里接连遭遇不幸，竟倾家荡产，生活艰难。他只好去找路遥求助。路遥知道他家的处境，非常同情，便在县衙内盛情款待。马力在路遥那里住了不少日子，见路遥什么也没有表示，不得不说："我在你这里过得很好，但家里还有老有小，我要回去看看。"路遥挽留不住，就送他银子作盘缠。马力回去一看，见家里新修了一院房子，一家人生活得很好，才知道路遥在暗中帮助他。于是民间便流传"路遥知马力，日久见人心"这一句俗语。

挨砻冻死仔

汉族俗语故事。采录于广东。

在一个寒冬腊月，有个妇人在用挨砻（一种稻谷脱壳器具）磨谷，把不满周岁的婴孩放在旁边坐着。过一会儿，她身上慢慢热起来，就脱去棉袄；她怕婴孩太热，也给他脱去棉袄。再过一会儿，她浑身大汗淋漓，热得很，便脱得只剩下一件内衣，她跟着也把婴孩脱得只剩下一件内衣。等她把几箩谷磨完，要去抱婴孩回房时，发现婴孩已经冻死了。从此潮州民间便有了一句“挨砻冻死仔”的俗语。

缸瓦权打老虎

汉族歇后语故事。采录于广东。

从前有一个贩卖沙煲、茶杯碗碟的人，别人叫他“缸瓦权”。一天，他挑着两箩缸瓦经过一座山岗，看见一只大老虎在吃小动物，便悄悄爬上一棵大树，并且把两箩缸瓦吊上树。老虎吃完小动物后，又走到大树下望着缸瓦权咆哮。缸瓦权连忙把缸瓦一件一件砸去，可是对老虎一点儿也没用。最后只剩下一只沙煲了，他就拿在手中作武器。相持很久，缸瓦权突然尿急，就对着老虎撒尿。尿射中虎眼，老虎疼得张开血盆大口，扑向树上的缸瓦权。缸瓦权举起沙煲用力一砸，正好砸中虎牙，沙煲的碎片也落进老虎的喉咙里，痛得老虎飞速向远处奔跑而去。缸瓦权见机行事，朝反方向跑去。于是人们就把这一招叫作“缸瓦权打老虎，尽此一煲”，后来慢慢成为一句歇后语。

正　月　小

汉族谜语故事。采录于湖北。

有一个学生隔县读书，钱用光了，想请假回去取钱。先生让他写信回家要钱，他嫌写信麻烦。先生让他写得简短些，他就写道：“正月小，二月小，三月又小。”先生认为写得太简短了，学生说：“我爹看得懂，钱一定能够寄来。”信寄到后，他爹一看：“咦！为啥只写春季的正、二、三三个月，夏、秋、冬那九个月都不提呢？又为啥把春季的三个月都写成月小呢？嗯，一个月少一天，三个月就去了三天，‘春’字去了‘三日’，就只剩个‘人’了，娃娃身上已经光光的，急着要用钱啦！”于是，钱火速寄到了。学生得意地讲给先生听，先生笑道：“嗨！这算是会打谜子的儿子遇到了会猜谜子的老子哒！我只说写得简短点儿，没料想你用这来考老子哟！”

借衣裳

汉族谜语故事。采录于河北。

从前有一个穷秀才，正月初一打算去给老丈人拜年，没有像样的衣裳，就到隔壁去借。他到隔壁，看见只有大嫂一人在家，说明来意后，大嫂说：“正月没初一呀。”秀才以为大嫂不愿意借，便回家了。秀才娘子一听就乐了：“傻瓜快去吧，嫂子愿意借给你。”秀才不明白，娘子说：“这是一个谜语。‘正月没初一’打一个字，是‘肯’字呀。”

◇机智人物故事◇

二丑则的故事

汉族机智人物故事群之一。流传于山西吕梁山一带。故事主人公二丑则系劳动者型机智人物，在作品中常以雇工、脚夫等身份出现。其故事具有乡土风味、生活气息，代表性作品如《给牛诊脉》《作诗》《三场官司》。

给牛诊脉

汉族机智人物故事。采录于山西。

有天赵财主对二丑则说：“你好好干，过几天我生日，给你美美吃顿白面。”二丑则卖力干活儿，可到了财主生日那天，他啃的还是高粱面窝窝。财主说：“哎呀，凑巧今天麦子没有了。等收了夏，给你多吃两顿补回来。”没过几天财主往外粜麦子。二丑则一见就来火了，耕地时他故意躺在牛旁边睡大觉。财主来监工，见了急得乱喊，二丑则握住牛腿说："牛病了，我给它诊脉哩。"财主问脉怎样，他没好气地说："说有脉（麦）吧，不吃；说没脉（麦）吧，还跳（粜）哩。可能是心眼子烂了！"财主听出他在指鸡骂狗，只好忍气走了。

作　诗

汉族机智人物故事。采录于山西。

二丑则在钱婆家扛活。头天上工钱婆说："多好的后生，饿得叫人怪可怜。你先耕地，后晌回来我给你做顿拉面。"二丑则心里热乎乎，干活儿格外卖力气，可收工回来吃的却是稀饭窝窝头。钱婆解释说："来了几个串门的，只顾说话误了时，明天咱给你吃饺子。"到了明天又推后天吃油烙饼，后天又说大后天吃油糕，天天不见吃，天天有说词。二丑则受够作弄，第四天去耕地，把牛带犁一起闪到沟里摔死了。他回来对钱婆吟诗一首："拉面犁沟它不跑，定要翻个饺子峁。一个烙饼大翻身，当下跌成软油糕。"

二檩头的故事

汉族机智人物故事群之一。流传于河北迁安一带。故事主人公系劳动者型机智人物。其原型楚振友，清末迁安县彭店子村人。二檩头家贫，从十多岁起开始扛活挣工钱，干了三四十年。他能说会道，心眼儿多，点子多，常与财主较量，并且稳操胜券。他的故事短小幽默，饶有乡土风味，大多是揭露、戏弄、报复东家——奸滑刻薄的财主高老八的作品，如《黑夜挑水》《机灵点儿》《不吃你的吃谁的》《芝麻地里打滚》《把话儿"代"出来》《东家老跟着》《没过端午节呢》。

机灵点儿

汉族机智人物故事。采录于河北。

有一回东家叫二檩头给孩子铏屎，二檩头正在磨镰刀，慢了一些，就挨东家一顿训斥，要他以后听见叫喊机灵点儿。次日二檩头到井沿上绞水，一听见东家叫他撒腿就跑，结果把水桶摔在井里，摔坏了桶底，把东家气坏了。二檩头说：

“你不是让我机灵点儿吗？你要是晚叫我一小会儿，那桶水就绞上来啦。”

不吃你的吃谁的

汉族机智人物故事。采录于河北。

东家极吝啬，从不给扛活的伙计们吃好的。有天吃包子，东家吃肉馅的，给伙计们吃菜瓜馅的。揭锅时二檩头故意把肉包子都捡到自己的碗里，东家急了，直嚷：“哎，你咋吃我的包子？”二檩头拉着东家往外走，大声说：“咱们到外边找人评评理，我给你扛活，不吃你的吃谁的？”东家不敢争辩，只好吃哑巴亏。

东家老跟着

汉族机智人物故事。采录于河北。

二檩头和伙计们下地干活儿，东家常常跟到地头去监视。二檩头心里憋气，有天歇工时故意讲：“听说口外有家财主，给伙计们使的是金锄板、银锄钩。”东家信以为真，忙问：“那他不怕伙计们偷走？”二檩头说：“偷不去，那王八蛋东家老跟着伙计。”一句话说得东家脸一红一紫的，从此他再也不到地里监视大伙了。

十三能的故事

汉族机智人物故事群之一。流传于江苏连云港一带。故事主人公系长工型机智人物。其原型石三伦，因其聪明能干，人称“十三能”，即样样能。在作品中其东家财主汪三耙则是他嘲讽、戏弄的对象。他的故事诙谐有趣，泥土气息浓郁，代表性作品如《徒手钓鳖》《智破宝珠案》《黄蜂配药》《鱼叼梁和龙含梁》《决不要可怜恶人》。

徒 手 钓 鳖

汉族机智人物故事。采录于江苏。

财主汪三耙爱吃鱼，天天到养鱼人家的活鱼塘子去，有网就捞，无网就摸，摸走的都是大肥鱼。渔民们气极了，找十三能想了一计。一天汪三耙和管家又来摸鱼，只见渔民山得福家鱼塘旁边的竹栏上贴张纸条："不准下塘摸鱼，违者断指。"汪三耙骂了一声："这小子好大口气！"就伸手去摸。谁知塘内放的是饿了几天的鳖，见人手指，咬住不放。汪三耙疼得缩起手，跟着钓起五只大鳖，他又叫又滚，等山得福赶到把鳖取下，手指头已被咬烂。山得福说："老爷，我就怕有人大意，你怎么不看看竹栏上的字再摸呢？"汪三耙自知理亏，抱住钻心疼的烂手回去了。

智破宝珠案

汉族机智人物故事。采录于江苏。

这年祭灶后，汪家把金银珠宝拿出来晒，下午收宝时发现少了七颗宝珠，汪三耙便把看宝的海仙关起来三问六拷，打得他遍体鳞伤。海仙悄悄告诉十三能，那天未见一个人进来，只是累乏时来了一群鹅，被他赶走了。十三能心里有了谱，就去对汪三耙说："三老爷，宝珠的下落我已查明，给我一把快刀，把贼肚子剖开取出来。"汪三耙气不打一处来，集合家中长短工、丫鬟使女，让他抓贼开肚，不要留情。这时刘小三赶着鹅群回来，十三能说："看，偷吃宝珠的贼来了。"于是捉住鹅一只只地开刀，七颗宝珠全部取了出来，替海仙洗刷了罪名。汪三耙虽然心疼鹅子，也不得不佩服十三能的智慧。

黄 蜂 配 药

汉族机智人物故事。采录于江苏。

汪三耙听说吃蜂蜜可延年益寿，便三天两头去养蜂户花逢春家混吃混拿，恣意刮削。十三能愤愤不平，为花逢春出了个主意。几天后，汪三耙又来了，他把房前屋后翻得罐底朝天，也没找到蜂蜜。突然他见房后夹巷中有个蒙纱布的罐子，便钻进去撕开罐口，只听嗡的一声，一群饿了数天的黄蜂朝他扑来，蜇得他全身肿胀，苦不堪言。他正要发作，花逢春就过来解释说："老爷，我捉黄蜂是卖给人配药的。"汪三耙无话可说，只好自认倒霉，回家后竟害了一场蜂毒病。

十麻子的故事

汉族机智人物故事群之一。流传于湖南新化、新邵、怀化、溆浦等地区及资江流域地区。故事主人公系劳动者型机智人物。其原型龚岳山，湖南新化县天子山人。十麻子家贫，粗识文字，以打工为生。其人有正义感，诙谐善于谑，人称“扯谎佬”，在湖南中部广为人知。在故事里面，他大多以长工、挑夫、小贩等身份出现。其作品大多是嘲讽、愚弄官吏、乡绅、奸商的趣事，代表性作品如《免学钱》《找奇宝》《演状元》《谈牛价》《喊礼》《当家裤》《赔我兔子》《比阔气》《半鲁席候驾》。

演　状　元

汉族机智人物故事。采录于湖南。

十麻子编了一出戏嘲讽爱财如命的县官。县官看了非常生气，回衙立即传讯十麻子。十麻子故意穿着状元服大摇大摆地去见县官，县官问他为何不磕头，十麻子说：“我是状元，你是小小的七品官，为何要我磕头？”县官忙说：“你在演戏，分明是假的！”十麻子反问：“你既然知道是假的，为什么要传审我？”县官张口结舌，只好眼鼓鼓地看着他扬长而去。

谈　牛　价

汉族机智人物故事。采录于湖南。

有一天，衡阳府来了一个买牛的官商。此人又矮又胖，斜靠在椅子上嗑瓜子、抽烟，打着官腔问十麻子：“你们这贫地的牛几多银子一头？”十麻子见了实在恶心，便说：“我们这里的牛分几等，外形美观，又会拉犁拉车的，每头五两银子；长得高瘦，不会拉犁拉车的，每头一二两银子；又矮又肥，不会拉犁拉车，只会吃东西的外地野牛，一文不值！”官商一听，气得红着脸抬腿就走。

喊　礼

汉族机智人物故事。采录于湖南。

十麻子有一副好嗓子。杨财主家办喜事，叫他去充当司仪。他说不晓得怎样喊，杨财主道："我叫一句你跟着喊一句就行。"仪式开始，杨某叫："升炮！"他扯开喉咙喊："升——炮！"杨某叫："就位！"他喊："就——位！"杨某听了不由得小声夸奖："喊得好，真不错！"他忙喊："喊——得——好！真——不——错！"众人听了哄堂大笑。杨某又急又气，顿足骂道："碰了鬼，还喊什么？"十麻子又喊："碰——了——鬼……"杨某一把拖过十麻子，气冲冲责怪他，十麻子笑嘻嘻地说："老爷，是你说的，你叫一句我就跟着喊一句呀！"

赔 我 兔 子

汉族机智人物故事。采录于湖南。

一天有个细伢子站在财主婆的箩筐边看小鸡崽，财主婆诬他偷了鸡蛋。十麻子路过这里，忙问："小鸡崽怎会生蛋？"财主婆蛮不讲理地说："十只鸡都匍着，不是生蛋是干什么？"十麻子要她明天到他家去拿蛋。次日财主婆到他家，见堂屋一群各色兔子，蹦蹦跳跳十分好看，这时十麻子走出来喝道："你偷去兔子了，快给我赔！"财主婆知道上当，赶忙退出来说："算了，我不要你赔鸡蛋了。"十麻子大喊："你真会占便宜，十个蛋就抵了我一窝兔子！"

三槐的故事

汉族机智人物故事群之一。流传于湖南临湘一带。故事主人公系长工型机智人物，出自艺术虚构。其故事大多为智斗财主的趣话，短小诙谐，充满泥土气息。代表性作品如《借题骂财主》《抬轿上岳州》《有钱大人三十岁》。

借题骂财主

汉族机智人物故事。采录于湖南。

有次三槐去犁田，财主不放心，偷偷跟去监视。三槐见了心生一计，便把头上的汗巾取下蒙住牛眼睛，然后用鞭子抽牛。财主实在忍不住，忙跑上前质问三槐。三槐说："这个阴哑畜生，专门偷着看人，所以我要好好调教调教它。"财主被骂得脸上白一阵黑一阵，赶紧溜了回去。

抬轿上岳州

汉族机智人物故事。采录于湖南。

腊月二十三过"小年"，家家户户放鞭炮接年，好不热闹。可财主三爹不顾天寒雪大，硬要让三槐和另外三个长工抬他远去岳州办年货。上路前三槐要三个伙计见机行事。他们抬着轿子走不到半里路，来到一块冬水田边上时，三槐一使眼色，他们故意一滑，就连人带轿往田里翻，把三爹翻在雪水稀泥里。三槐忙说："三爹莫急，我们一定好生抬，硬要送你去岳州。"三爹爬起来吼道："赶快抬我回家，再等一下非把我冻死不可！"这样一来，两天的苦差，半个时辰便了结啦。

大三的故事

汉族机智人物故事群之一。流传于湖南汨罗、岳阳一带。故事主人公大三，又称大三爷，系劳动者型机智人物。其原型小名大山，汨罗县桃林人，以做长工为生。他的故事多为与东家作对，替穷人打抱不平的趣事，情节简单，短小有味。代表性作品如《碰了鬼》《一个大坨》《上门请客》《照吩咐办的》《针锋相对》《先前讲的话作废》《该来的没有来》《要兴旺啵》《剁肉》《财神灵不灵》。

碰　了　鬼

汉族机智人物故事。采录于湖南。

有一天早上大三很早就下地干活儿。老板怕他偷懒，便悄悄跟到一片树丛后面偷看。大三发现了，故意踮起脚尖望去。老板赶忙蹲下来，他也跟着蹲下。就这样，老板望他也望，老板蹲他也蹲，一直折腾到老板回家，他才跟着回去。老板问他怎么不干活儿了，他说："今早硬是碰了鬼，我蹲下来，鬼站起来，我站起来，鬼又蹲下去，吓得我只好回来。"老板真是哑子吃苦瓜，有苦说不出。

一个大坨

汉族机智人物故事。采录于湖南。

财主金角不识字，大三每干一天活儿，他就往坛子里放一小坨泥。大三发现这个秘密后，偷偷往坛里倒了一瓢水。年终结账时，金角见坛里是一大坨泥巴，无法计算，只好把大三的工日计满勤。

上门请客

汉族机智人物故事。采录于湖南。

有一次财主金角家打算请客。金角两口子商量，某人如来了就坐在角上，不来刚好一桌。这话恰好让大三听见了。金角派他去请客人，他每到一家都说："你来就坐在角上，不来刚好一桌。"客人们听了没有不生气的。第二天金角办好一桌席，竟没来一个客人。

该来的没有来

汉族机智人物故事。采录于湖南。

有一回老板宴请地方绅士，派大三上门送请帖。快开席时，大三见还有一位客人未到，便说："该来的没有来。"客人们一听，言外之意是他们不该来的却来了，就纷纷离去，只剩下一人。大三又进来说："不该走的都走了。"那人心想，那么他是该走的没走啦，于是也走了。等老板到客厅请客人入位时，竟一个客人也没了，气得半天说不出话来。

要兴旺啵

汉族机智人物故事。采录于湖南。

大三为人正直，又有心窍，财主们对他又恨又怕，他常常做完一年工就被老板辞退了。他无田无地，只能靠做长工为生。大年初一，他到一老板家，进门便问："你们家要兴旺啵？"老板忙说："要兴旺。"他说："我就叫兴旺，今年在你家做工好吗？"老板怕犯吉利，只好答应"兴旺"来他家做工。于是大三又找到一年的活儿干了。

大老本的故事

汉族机智人物故事群之一。流传于河北滹沱河沿岸。故事主人公系劳动者型机智人物。其故事大多为揭露、嘲笑、捉弄外号"一百窟窿眼"的大财主王志勋的趣闻。代表性作品如《两盔子都是面条哟》《燎壶开了》《雀糊眼》《每人一壶酒》《一物降一物》《这回够使了吧》《锥眼》《硬盘》。

两盔子都是面条哟

汉族机智人物故事。采录于河北。

东家一百窟窿眼不光在做活上千方百计坑害长工，而且在吃食上也费尽心机。他规定长工们晚上只吃两样饭：一盔子杂面条，一盔子菜粥。大老本早就看准杂面盔子，吃了一碗又舀了一碗。一百窟窿眼在一旁看得清清楚楚，心想这小子是雀糊眼（近视眼），大概看不清，赶紧把两个盔子的位置换了。大老本看得一清二楚，可是假装看不见，吃完第二碗面条时说："闹碗菜粥喝喝！"又去舀一碗杂面条，只是位置不同罢了，刚吃一口便说："掌柜的，怎么今天两盔子都是面条哟？"一百窟窿眼听了，气得半天说不出一句话来。

每人一壶酒

汉族机智人物故事。采录于河北。

腊月三十儿晚上，一百窟窿眼让长工每人带上一壶酒到他家“坐年”。长工们把自己带的酒都倒进铁锅后，一百窟窿眼也拎着一壶酒往锅里倒。接着他让做饭的端上几盘豆腐炒白菜，还亲自把盏，跟大伙一起喝了起来。他呷了一口，立刻觉得这酒连一点儿酒味都没有，原来大伙跟他一样往锅里倒的全是凉水。长工们大口吃着豆腐白菜时，大老本故意问一百窟窿眼：“酒味浓不浓？”并带头轮番向掌柜的敬酒。一百窟窿眼只好硬着头皮喝凉水。这次宴会后，他接连拉了三天稀。

大食懒的故事

汉族机智人物故事群之一。流传于广西玉林一带。故事主人公系劳动者型机智人物，出自艺术虚构。大食懒是个长工，憨厚而有心计，其故事大多为智斗财主的趣话，篇幅短小，质朴有味。代表性作品如《扭藤箩》《点灯煮粥》《放鸭》《包担不包卖》《卖咸鱼砂》《求快不求多》《一瓢尿，一升谷》《冬至日短》。

点灯煮粥

汉族机智人物故事。采录于广西。

六月大忙，财主叫大食懒煮好粥水担到田头。煮粥花时间，财主嫌他出工迟，就说：“明天你天黑起床，点上灯煮粥，好早些出工。”第二天鸡刚叫头遍，财主便把大食懒喊起来了。大食懒把米下了锅，把油灯塞进灶膛，然后蜷缩在柴草窝里呼呼睡了。日上三竿财主才起床，发现大食懒比往日出工还迟。他跑进厨房一看，锅里连气都没冒，灶膛里只有一盏油灯，赶忙责问大食懒。大食懒道：“昨晚你不是叫我天黑起来点灯煮粥吗？”财主听了气得半天说不出话来。

放鸭

汉族机智人物故事。采录于广西。

过了农忙，财主让大食懒去放鸭，并说：“放鸭不花大力气，吃饭时就不要喝酒了。”大食懒说：“老爷，明日你放一只试试，就知道要不要力气了。”第二天他故意留下一只在鸭棚里。那只鸭不能出去，便乱碰乱跳，吵得财主心烦肚闷，便把它放出去了。因为失了群，它到处乱跑乱叫，弄得财主拼命追赶。晚上回来，财主狼狈不堪，直嚷“累死我啦！”大食懒说：“哎哟，你放一只就喊累了，我放一百多只不喝酒能顶得住吗？”财主没办法，只好让他喝酒。

冬至日短

汉族机智人物故事。采录于广西。

冬至时节，财主派大食懒和另一个长工上山锯木劈柴，早上只给一碗饭让他俩匀着吃，说道：“‘冬至日短，两人共碗’，眨眨眼就吃晚饭了。”大食懒没吱声。他俩上山，只锯下一小段木头便坐下闲扯。擦黑他俩把那段木头抬回去，财主盘问为何劈得这样少，大食懒说：“‘冬至日短，两人共段’。我们只锯了这一小段木头，天一眨眼就黑了。唉，真快！”

万唐的故事

汉族机智人物故事群之一。流传于湖北松滋一带。故事主人公系劳动者型机智人物，出自艺术虚构。万唐是个帮工，聪明能干，无论东家如何刁难，他都善于应对，并使对方受到嘲笑、戏耍和惩治，其故事包括针对财主的作品和其他内容的作品，如《铲草皮》《照竹》《调炒面》《请工》《剩饭吃了补虚》《巧言戏知县》《“考”与“老”》《三个相公赶考》。

铲草皮

汉族机智人物故事。采录于湖北。

有一回万唐去铲草皮，从早到晚不休息，铲了两大堆，可老板还嫌他铲得少。次日他三铲子一堆，两铲子一堆，半天就铲了一百多堆，后半天干脆睡起觉来。晚上他回去说今天铲了一百九十九堆半，老板一听十分满意，可又问他怎么不铲足两百堆呢。万唐说：“我正铲那半堆时，一只乌龟爬来直叫够了够了，不要铲了。要不是那乌龟……”老板抢过话头道：“唉，那乌龟也真是，它哪里知道多少呢！”

调 炒 面

汉族机智人物故事。采录于湖北。

财主马老四总嫌帮工的吃饭耽误时间，要万唐给他想想办法。万唐让马老四把大麦炒熟推成炒面，要多少调多少，帮工的回来就能吃，既省时又省菜，一举两得。凑巧次日要请人帮工，马老四便吩咐做饭的用头号水缸调了满满一缸炒面。可他叫万唐去催人，到中午都不见人影。缸里的炒面发酵起泡，急得他团团转。万唐这时才来告诉马老四，“一个财主把请的人都拦回去了，还说您不是外人，好商量，我也就替您送了个人情。”气得马老四半天说不出话来。

山海的故事

汉族机智人物故事群之一。流传于湖南岳阳一带。故事主人公系长工型机智人物，出自艺术虚构。其故事大多是智斗东家的趣话，具有乡土气息和地方特色，如《试咸淡》《撒粪戏主》《打柱头》《搭田塍》《有安排的事不做》《车水》。

试 咸 淡

汉族机智人物故事。采录于湖南。

正月农闲，老板要山海去捡狗粪。山海天天出去找知心朋友玩半天，然后跑到老板的牛栏里装一担牛粪，避开老板往池里一倒了事。有次老板问山海捡的粪好不好，还责怪他咸淡也不试一下。山海不顶撞老板，只是把老板的话记在心中。正月十五老板家里接春客时，山海捡了扎扎实实一担狗粪。等开宴吃得起兴时，他把狗粪挑到客堂里朝饭桶边一放，直叫：“老板，快来试试，看这担狗粪如何？”吃酒的太太小姐们看见一担臭气熏人的狗粪，一个个掩鼻蒙眼怪叫，气得老板说不出话来。

撒粪戏主

汉族机智人物故事。采录于湖南。

有一天下大雪，田野上没人影，狠心的老板还要山海去撒粪。山海只好穿上蓑衣，戴着斗笠，扛着耙头出门。可他走到田里，手已经冻得不能动弹了。他想出个好办法，把耙头往田中间一跺，再把蓑衣、斗笠挂上去，远看活像一个人站在田里，然后一溜烟跑到附近一户人家烤火去了。老板怕山海偷懒，快吃午饭时站到大门口往田里张望，只见田中间有个穿蓑衣戴斗笠的人直挺挺站着，便恶狠狠地骂道："穷小子，让你站着，你不做事，冻也要冻死你！"山海远望着老板，觉得很开心。等老板一进门，他便夹着蓑衣斗笠，扛起耙头回去吃午饭了。

马坦的故事

汉族机智人物故事群之一。流传于浙江东阳及其邻县。故事主人公一作"马坦鼻"，系劳动者型机智人物，历史上是否有其人，无据查考。他足智多谋，诙谐风趣，在故事里面常以长工、挑夫等身份出现。其故事大多以抨击、嘲弄官吏、豪绅等各种邪恶势力为主要内容，代表性作品有《老爷赔雨伞》《五十大板》《买猪》《马判官》《负荆结义》《巧退婚》《买缸》《三块青石板》《智斗郑老三》《除霸》等。20世纪40年代曾出版过卢嘉木编撰的《马坦鼻的故事》。

五十大板

汉族机智人物故事。采录于浙江。

马财主想霸占马坦的三间房开赌场。这天马财主听说县官老爷路过这里，便把马坦叫来要和他比武，并让马坦先出手。马坦不知其葫芦里卖的什么药，不肯动手。马财主只得告诉他："我想和你演场儿子打老子的戏，然后去见官，看县官判不判。"马坦恍然大悟：他想让自己吃官司。便将计就计，抡起大手掌打得他血流满面。马财主恼羞成怒，立即拉他上堂，状告儿子打老子。马坦连喊冤枉："老爷，小民不敢明说，请借我支笔，小民写给老爷看。"县官看到他手掌上写的字，顿时暴跳如雷。叫人把财主重打五十大板。退堂后马财主问马坦要了什么花招，马坦伸过去手掌，上写“父是爬灰的”。

马 判 官

汉族机智人物故事。采录于浙江。

马坦从外乡回来，听堂弟说道智寺的老和尚自称修成活佛，装神弄鬼，诈骗钱财。马坦来到道智寺，老和尚又吹嘘自己已修成罗汉，接着从座上跳起，一会儿面朝西跪下迎接如来佛，一会儿躬身迎接观音大士，口中念念有词。等他表演完毕，马坦才走出门外，佯装跟人说话：“二位来了，请看仔细，别找错人。”老和尚听得真切，心中大疑。马坦说：“实话告诉你，我十年前就死了，阎罗王委我当了地府判官。现在我奉命来捉拿你，黑白两位无常已在门口等候多时了。”老和尚吓得屁滚尿流，不顾体面，当着众香客跪下苦苦哀求：“马判官，看在同乡面上救我一救！”马坦说：“你既是活佛，就应长生不死。你还是求如来、观音来搭救吧。”老和尚放声大哭起来：“我该死，我是骗骗你的，我这活佛是假的哇！”马坦大笑道：“实话跟你说，我也不是什么判官，刚才也是骗骗你的哇。”

巧 退 婚

汉族机智人物故事。采录于浙江。

马坦的堂妹玉兰是个百里挑一的好姑娘，不幸受媒人哄骗，说给了远村富家的一个游手好闲的懒汉。可当时女方提出退婚比登天还难，不但要赔一大笔钱，还得弄坏自家的名声。玉兰娘儿俩找马坦想办法，马坦第二天便找到男方家中。在那里，他这个新大舅故意装成没有家教、不懂礼节的样子，怎么丢面他就怎么做，前来参看的左邻右舍没有不耻笑的。马坦走后，亲家公两口说：“阿哥是头粗野的牛，妹妹会是识礼人？倒霉，倒霉！跟这种人结亲，咱们还有脸见人？”于是便叫来媒人，主动把这门亲事退掉了。

买 缸

汉族机智人物故事。采录于浙江。

有一天，两个可恶的小偷当着花大爷的面扛走了他家的大鱼缸。马坦知道后立刻抄近路来到一个山口等着，那两个家伙来时他表示要买这口鱼缸，路费加倍。他领着俩小偷足足绕了二十来里路，擦黑时来到花大爷住的村子外面。他假装去取钱，然后带着花大爷和十几个后生向俩小偷走来。俩小偷情知不妙，也顾不得劳累，赶紧溜走。就这样，大鱼缸又回到花大爷身边了。

王八吾的故事

汉族机智人物故事群之一。流传于河北深州、武强、衡水、辛集、饶阳一带。故事主人公系文人型机智人物。其原型王少怀，字十三，号八吾，武强县贾圹村人，清末秀才，一生怀才不遇，后走上儒改医的谋生之道。他机智滑稽，疾恶如仇，曾以各种方式和手段与所处的社会抗争。其故事近百篇，包括惩治贪官污吏、戏谑财主奸商、嘲讽腐儒庸医、调侃亲朋好友等各种内容的作品，不乏诙谐风趣的佳作，亦杂一些品位不高、格调粗俗的篇什。代表性作品如《卖“我”》《没人味儿》《告荒减粮》《赴宴点饭》《巧讽吸蹭烟的财主》《趣讨钉鞋债》《写状劝弟媳》《替母还愿》《庸医出丑》《染房赠联》。曾结集出版《王八吾 清朝滑稽文人故事》。

卖 “我”

汉族机智人物故事。采录于河北。

有一年武强新调来一个知县。此人无恶不作，还特别喜欢吃稀罕之物，常派衙役往百姓家搜寻解馋的东西，可把大伙害苦了。王八吾决心捉弄捉弄这个狗官，给大伙出口恶气。某日知县赴宴后回衙，在十字街口听一人高喊：“卖‘我’喽，卖‘我’喽！肉鲜味美，尝上一口一辈子不算白活哎！”那个叫卖的便是王八吾。知县急令落轿，叫拿去看看。王八吾不慌不忙递上竹篮，县官掀开盖布见是一只大王八，不由脱口而出：“这就是我呀？”

告荒减粮

汉族机智人物故事。采录于河北。

有一年春旱秋涝，庄稼收成很差，但县里贴出告示，皇粮一粒不能少缴。老百姓被逼得走投无路，王八吾自告奋勇去替乡亲们求情减粮。他向县令申诉，今年麦子只收三成，秋粮收了五成，百姓缴不起皇粮。县官却说："加在一起不是八成收了吗？八成收还抗粮不缴，岂非无理取闹！"王八吾忙说："行行，我这么大年纪，不和你一般见识！"县官看他大年纪不大，骂他胡闹，王八吾笑道："老爷，照你的算法，我今年三十岁，俺爹六十多，加在一起不是九十多岁吗？"县官自知理短，只好答应减粮。

巧讽吸蹭烟的财主

汉族机智人物故事。采录于河北。

一天晚上王八吾正和扛活的哥们儿一起品尝关东烟，那个爱吸蹭烟的财主闻着烟味便进来讨抽的。王八吾见他走来，便讲了一个故事：有个乌鸦和王八精很要好，王八精看乌鸦自由自在地飞在天空很羡慕，就要乌鸦带它上天开开眼。乌鸦叼住它的尾巴飞上天，王八精看到名山大川、人间美景，高兴得连声问乌鸦："贤弟，天上真好玩，你说是不？"乌鸦刚一张嘴，王八精从空中摔了下来，正巧落进一根大烟筒里，再也爬不出来。一晃十年，突然有一天卷起一阵黑旋风，把大烟筒刮倒，王八精又重见天日。乌鸦见了忙问："老兄，这些年你让我找得好苦！烟筒里缺吃少喝，你怎活过来的？"王八精说："靠抽人家的蹭烟呗！"众人听了捧腹大笑，那个吸蹭烟的财主羞得赶忙溜走，从此再不敢来占别人的便宜。

趣讨钉鞋债

汉族机智人物故事。采录于河北。

王八吾有个同窗的父亲是钉鞋匠。私塾赵先生去钉鞋好几回，从不付钉鞋钱。一天放学，王八吾见赵先生又跷着脚坐在鞋摊上，就凑上前问："先生，请问赵钱孙李、周吴郑王怎么讲？"赵先生白了他一眼："挺聪明的学生，怎么连百家姓的姓氏也不知道？"王八吾说："我把顺序倒过来解释，先生看对不对？王是大王八的王，郑是假正经的正，吴是耍无赖的无，周是瞎胡诌的诌，李是不讲理的理，孙是装孙子的孙，钱是欠鞋钱的钱，赵是赵先生的赵。"赵先主听着很不顺耳，掏出钱趿拉上鞋就走。后来乡亲们把这些话连起来正着念道："赵先生，欠鞋钱，装孙子，不讲理，瞎胡诌，耍无赖，假正经，大王八。”

写状劝弟媳

汉族机智人物故事。采录于河北。

一天王八吾的哥嫂打架，弟弟去拉，反遭哥哥一顿打。弟媳看了气不过，要王八吾写状子告兄嫂。弟媳在气头上不听劝告，硬要王八吾照她念的写。弟媳说：“他家他打了她，俺家的他去拉……”王八吾听弟媳“他呀他”的，顿时有了主意，等写好状子，弟媳直奔县衙。县太爷一看笑了，听说状词是王八吾写的，便在上面批了几行字说：“判词写好，回去让王八吾念给你听。”弟媳到家，王八吾从头念起：“他家他打她，俺家他去拉，他家她不打，打了俺家他。老爷你明白，这是图个啥？”县太爷批文：“谁家谁打谁，谁人去拉谁，谁家谁不打，打了谁家谁？本官明白啥，怎么罚和打？”弟媳一听笑弯了腰，怨气也笑没了。

王元和的故事

汉族机智人物故事群之一。流传于四川叙永、兴文一带。故事主人公系文人型机智人物。其原型王元和，清道光年间永宁县（今四川叙永县）的一个穷秀才。他为人刚正，敢于抗争，在当地颇有影响。其故事大多为抨击贪官污吏、嘲弄邪恶势力的轶闻、趣事，有《计惩新知县》《智破“黄桷大仙”》等。

计惩新知县

汉族机智人物故事。采录于四川。

永宁县新县令还未到任，一班乡官里正便以接风为名向百姓摊派款子。王元和很看不惯，就带领百姓拒交钱款。新知县到任这天，那些家伙在永静寺为其设宴接风。他们送上三百两纹银的见面礼后，狠狠地告了王元和的恶状，新知县即令差人将王元和传来。王元和见知县跷着二郎腿坐在“万岁牌”前面，心中便有了主意。他躬腰作揖道：“生员王元和拜见大人！”说完顺手将知县的官靴一把扯脱，拿起就跑，等差人追出来，他已被一拥而上的百姓护着跑掉了。他拿官靴为凭，到州府告那县官“脚蹬三宝殿，身背万岁牌，无事扰百姓，作恶大不该”。那时候，官宦臣僚见庙堂里的“万岁牌”，都应如见皇帝一般行君臣大礼。新知县上任不到一个月，就因“欺君之罪”丢掉了乌纱。

智破“黄桷大仙”

汉族机智人物故事。采录于四川。

有一天，王元和听说万寿场在闹“黄桷大仙”，方圆几百里的人们都去朝拜。王元和让侄儿去打探情况，才知是乡邻何二扯勾结同伙金把子在装神弄鬼：他们在一棵粗大的黄桷树上钉了块“黄桷大仙”的木牌，让人们去树洞里取仙水，那个洞的水，今天舀，明天又变满；他们还以大仙之名，贴出一道筹资修庙宇的告谕，骗取了群众很多钱财。一天夜晚，王元和带侄儿赶到万寿场，躲在黄桷树附近。半夜来临，忽见两人偷偷摸摸在往枯枝洞里灌水。王元和急步上前，夺过水桶，把他俩押到场上，大声呼唤乡民起床，当场揭露了何二扯和金把子的骗人把戏。从此再也没人去朝拜“黄桷大仙”了。

王长年的故事

汉族机智人物故事群之一。流传于四川合江一带。故事主人公系长工型机智人物。其故事均以他捉弄、嘲讽主人瞿二老板夫妇为内容，情节简单，在质朴平实的描述中显露出农民的幽默风趣。代表性作品如《请大个的》《背菩萨》《找漏洞》《灯盏煮饭》《走人户》《蒸猪儿粑》《调包》。

请 大 个 的

汉族机智人物故事。采录于四川。

薅秧时节，财主婆瞿二娘叫王长年去请人干活儿。王长年问：“请哪样的人？”瞿二娘说：“请大个的。”于是王长年便把保长、团头、保队副、甲长以及几个有名气的财主请来了，足足有一桌人。瞿二娘只好以烟茶款待，还请他们吃了一顿酒肉，才把这些人打发走。瞿二娘事后问王长年怎么请这些人来，王长年说：“你不是要请大个的吗？这一保之内只有这几位大一点儿。为啥吃了饭你不叫他们薅秧子哟！”瞿二娘气得翻白眼，大声吼道：“以后请人要请不吃烟不吃酒的！”王长年连连点头称是，心想明天还有好戏看。

背 菩 萨

汉族机智人物故事。采录于四川。

瞿二娘让王长年去请“不吃烟不吃酒的”来薅秧。王长年第二天就去把附近的土地菩萨、清斋菩萨、川主菩萨等背来放在田坎上。瞿二老板两口子出去一看，十分气恼，说：“你咋个把这些菩萨背来哟！”王长年说：“你们不是要不吃烟不吃酒的吗？”瞿二老板只好让他一个一个地把菩萨背回去。这件事被地方上知道了，都不答应，硬要瞿家打了一场安龙醮才算了事。因为设坛祭神，瞿家白白花了几锭银子。

找 漏 洞

汉族机智人物故事。采录于四川。

瞿二家经常吃稀饭，王长年吃了稀饭干活儿真顶不住。有天到瞿家当门那块囤水田干活儿时，瞿二老板来了。王长年在田坎上东找找，西听听。老板问他在找啥，他说：“老板，这田坎上有个大漏洞。我找了好一阵都没找到，光听见叮叮咚咚的响声。”老板赶快跟他一块找，找了半天也没找到。突然间，王长年指着自己的肚皮说：“在这儿。原先我以为是田坎上在漏水，搞一伙是我肚皮里头在响。老板，不信你来听！”瞿二老板过一会儿才醒悟过来，王长年是在奚落自己天天尽给他吃稀饭。

走 人 户

汉族机智人物故事。采录于四川。

六月间瞿二娘她妈满六十，就叫王长年抬轿子送她回娘家。抬到水巴岩，太阳正当顶，晒得王长年和另一个轿夫汗水起股股地流。王长年放下轿子，跟抬轿的伙计悄悄讲了两句，就一起往瞿家跑去。荒山埂上连根树杈都没有，瞿二娘守着轿子和行李又热又渴，却找不到地方躲一下，急得团团转。太阳偏西时王长年他俩才慢慢走来。瞿二娘吼道：“你们到哪里去啦？”王长年说：“回你家里屙屎去了。瞿二爷叫屙在屋头好肥窝秧子仙！”瞿二娘无话可说，只好催他们赶快把轿子抬走。

王老二的故事

汉族机智人物故事群之一。流传于湖北谷城一带。故事主人公系劳动者型机智人物，常以长工、佃农的身份出现。其故事大多是以揭露、嘲讽财主为题材，妙趣横生，富有农民的幽默感。代表性作品如《锄头不脱了》《换谷种》《摘桃子》《守桃子》《问活路》《“财”来了》《吃“而已”》《自骂自》《加工钱》《关云长大战尉迟敬德》。

锄头不脱了

汉族机智人物故事。采录于湖北。

王老二稍长大点儿，财主就让他跟长工们下地锄草。他故意把锄头把儿砸脱，提着锄把儿回去见财主。财主让他把锄头重新安好再下地去。过不多会儿，他又回来说锄头脱了，财主见半天时间快跑掉了，恨得不得了，抢过锄头把儿安好，又敲了一颗铁钉，交给王老二，说：“看还脱不脱！”谁知没隔多久王老二就回来了，财主火冒三丈，王老二笑嘻嘻地说：“东家，你刚才不是说看还脱不脱嘛，我回来告诉你，锄头不脱了。”

摘　桃　子

汉族机智人物故事。采录于湖北。

桃子熟了，长工们想摘几个吃，可是财主在树下乘凉，他们不敢摘。王老二跟老张、老李他们嘀咕了几句便去对财主说：“东家，我和老张打赌，他说能把您老从屋里骗出来，谁输谁明天买一壶酒。请您现在进屋，让他来骗您行不行？”财主听了高高兴兴地走进屋坐在那里。老张进屋去骗财主，老李便放心地在外面摘桃子。王老二见老李摘罢走了，才让老张向财主认输，财主好不得意。

守　桃　子

汉族机智人物故事。采录于湖北。

财主发现门前树上结的大桃子一天天减少，很不放心，便搬凉床睡到树下亲自看守。半夜王老二跟老张、老李摘了些甜桃来吃，然后悄悄把财主连人带床抬到污水沟边。财主睡得正香，忽听王老二大喊："有人偷桃子了！"财主一脚跳下床，竟掉进了污水沟里。老张、老李把他捞上来扶到堰里去洗，王老二乘机将他的凉床搬回原处。等财主洗罢回来，看到凉床还在老地方，真不知自己是怎么掉进污水沟的呢，从此再不敢去守桃子了。

"财"来了

汉族机智人物故事。采录于湖北。

田财主每逢过年前，总要想一切办法要人给他说吉庆话，好使第二年发财兴旺。腊月三十儿晚上，财主全家在守岁，他叫放牛娃王老二去抱柴，等王老二出去，财主把门闩插好，一家人不再说话，专等王老二说吉庆话。过一会儿，王老二在门外喊："东家快开门，财（柴）来了！"财主笑得鼻子眼睛挤成一堆，还没等他喊出"接财"，就听王老二在门外嘟哝："柴上有死（屎），不晓得是猪死（屎）、狗死（屎）还是人死（屎）！"财主听了，吓得张大嘴不敢开门。

吃"而已"

汉族机智人物故事。采录于湖北。

有一次财主出远门时叮嘱老婆："我走后给长工们吃家常便饭，萝卜白菜而已。"财主走后，他老婆左思右想，不知"而已"是何物，王老二告诉她，大概是公鸡。于是财主婆就杀鸡给长工们吃。财主回来听说此事，备了根大棍要打王老二。王老二说："东家，你不能打我。第一，东家的学问太深，我们听不懂。不知者不为罪嘛。第二，我已告诉长工是东家临走吩咐让吃鸡的，大家都说东家是好人，吃了要好好干活儿。今儿你打我，大家会说原来是王老二好心，岂不是吃了东家的肉，却领了我的情？第三，东家每次出门都让我管事，今儿打我，往后哪个长工还听我的？第四，这鸡是东家娘子杀的，你打我和打她一样，大伙会笑她连只鸡的家也当不了，让她面子往哪放？”财主婆忙插嘴说：“他说得句句在理，你不能打他！”财主尽管心疼，也只得作罢。

王二戏官的故事

汉族机智人物故事群之一。流传于河北唐山、丰润、迁西、丰南一带。故事主人公系小吏型机智人物。其原型王岩，生于清代道光年间，是丰润县的一个读书人，曾经在县衙做书吏。其人滑稽多智，在冀东一带广为人知。他的故事从许多方面生动地描绘了清代末年冀东地区城镇、乡村的社会生活和家庭生活面貌，既有嘲讽县官、惩治各种邪恶势力、讥讽世态人情的作品，也有旨在逗乐、解闷，并无明显社会倾向性的作品。代表性作品如《骂县官》《王岩告王岩》《三天苦役》《不让骑马我骑驴》《囤满尖流》《班头雇工》《卖蒜皮》《吊孝》《洞房逗趣》《接丈母娘》。结集出版有《王二戏官的故事》。

王岩告王岩

汉族机智人物故事。采录于河北。

丰润县官不为百姓办事，专门吃受贿赂。且每逢年节，他为笼络住那些送礼的人家，都要一一登门拜访。这年大年初一，刚响过开门炮，王二戏官就到县衙擂鼓鸣冤。他低下头变了嗓音说：“小民叫王山石，状告王岩。他说正愁没钱给大老爷送礼，并骂大老爷是个认钱不认人的赃官、贪官……”县官早就恨透了王二戏官，本想乘机捉住王二戏官的把柄问罪，忽听此人当着衙役们揭他的老底，赶紧制止。王二戏官假装害怕，便说：“大老爷，不信有诗为证。”县官接过一看，上写：“知县去拜年，绕过王岩宅。只因没送礼，借金到府台。”他不禁吓出一身冷汗，心想这受贿之事要真的捅到府台那里，可是吃不了兜着走。他眼珠一转，来了个缓兵之计，说道：“请你转告王岩，就说本县即刻登门拜访。本县赏你两吊铜钱，快拿去吧！”这时只见堂下人抬起头来说：“谢大人！”声音一下变了，县官仔细一瞅，此人原来是王二戏官。他正要发作，又怕王岩上府台告他，只好蔫巴退堂了事。

卖 蒜 皮

汉族机智人物故事。采录于河北。

栽蒜季节，财主谷百万家把剥下的蒜皮扔得满街筒子乱飞，谁也不敢惹他。王二戏官得知此事，骑驴驮麻袋来到谷百万家门前，把蒜皮大把地装进麻袋。谷百万感到奇怪，便过来问他收这个干啥。王二戏官说："你不知道，关外在闹瘟疫，百药没治，可把蒜皮烧成灰就着黄酒，一喝就好。关外把蒜皮都抢光了，好几吊钱一斤呢！"这个老财迷一听此话，沉下脸说："我怎能不知道，这是我存放的蒜皮，等攒够数就要去关外卖。"王二戏官假装不好意思地倒出了蒜皮，骑驴走了。次日谷百万把街里的蒜皮扫得干干净净，推小独轮车去了关外，一直走到奉天，嗓子喊哑也没人要。后来，他才知上当了。

洞 房 逗 趣

汉族机智人物故事。采录于河北。

王二戏官娶媳妇那天，几个伙伴告诉他，洞房夜谁先说话将来谁就先死。他笑道："谁先死那可没准，但今夜不先说话，定能做到。"大家便和他打赌，谁输了谁请客。夜静人散，王二戏官头朝里，在床上乱翻腾，想逗新娘说话。哪知新娘出嫁前，娘家嫂子也讲过这一乡俗，所以她也不吱声睡了。清晨新娘见新郎在把胳膊往裤腿里伸，头在裤裆乱钻，忍不住说："你穿的是裤子。"这一声急坏了在窗外冻了一夜听声的伙伴们，他们只得冲屋里喊："我们服输啦！"

接 丈 母 娘

汉族机智人物故事。采录于河北。

有一回，王二戏官的媳妇想娘家妈了。可家里活忙抽不开身，便打发人去请。谁知娘家爸讨厌女婿，死活不让老伴去。媳妇急得抹眼泪，王二戏官决定套小驴车亲自去接。他向媳妇保证，把两个老人都接来。王二戏官一进丈人家就哭着说："不好了，孩子他妈上吊了！"丈母娘当下背过气去，老丈人抽身给了他两记耳光，小舅子也上手把他捆绑起来，要去见官。这时丈母娘醒来，嚷着要去看闺女，老丈人吩咐先把王二戏官扔车上，便赶车上路。到家门口，丈母娘哭着进屋，女儿欢天喜地迎出门，二人撞个满怀。女儿听妈说完，明白了一切，赶快上车先给丈夫松了绑。

王二傻子的故事

汉族机智人物故事群之一。流传于江苏南京一带。故事主人公系船工型机智人物，出自艺术虚构。其故事大多以智斗船老板夫妇、帮助穷伙计排忧解难为内容，作品短小质朴，诙谐风趣，如《赔篙子》《砸油罐子》《南瓜仗》《锯酒壶》《见鬼》。

赔 篙 子

汉族机智人物故事。采录于江苏。

有一次过清江闸关口，水流湍急，地势险要，船上的大拦头王二傻子全神贯注地用力撑篙。虽然平安冲出闸门，但因用力过猛，篙子断成三截。老板很不痛快，一定要他赔篙。船停下，王二傻子到市上给老板买了一根篙子。不久又过清江大闸，眼看要进闸门，王二傻子突然放下篙子，让船头猛撞在闸壁上，顿时船帮上的大木条断了三根。老板气得发抖，来找王二傻子算账。王二傻子说："篙子再断几截，我哪有那么多钱赔你！"

砸 油 罐 子

汉族机智人物故事。采录于江苏。

有一天船老板娘派一个船工去打油。船工把油打回来，刚上船就挨船老板一记耳光，还被骂道："一点儿规矩不懂，提油罐在船上乱跑，有点儿生意也叫你滑掉了！"过几天船老板请客，他亲自上街买回两瓶酒、一罐油，老远看到船上坐了不少客人，急忙跑上船头招呼。这时冷不防王二傻子一篙上去把油罐砸了，溅得老板、客人身上都是油，还怒气冲冲地说："前几天刚打过人就忘了，提油罐船上乱跑，有点儿生意也叫你滑掉了！"船老板当着众客人脸面丢尽，却不好发作。

毛篾匠的故事

汉族机智人物故事群之一。流传于湖北崇阳一带。故事主人公系工匠型机智人物。有的说他是崇阳县大桥乡人，有的说他是崇阳县沙坪镇人，是否确有其人，待考。其故事大多是与东家斗智的趣话，代表性作品有《毛篾匠喝粥见活鬼》《老板作证》《喉咙里有个滤斗》《石头煮汤喝》《看天狗食月》等。

老 板 作 证

汉族机智人物故事。采录于湖北。

沙坪有个茶行老板，是个一毛不拔的铁公鸡。毛篾匠替他做茶包，一连半月没见半点儿肉星。有天日头升到半空，毛篾匠才去上工。老板问他为何来得这么晚，他说："老婆同我打了一架。她骂我只顾在外头呷好的，喝好的，不管她娘崽两个。老板你可以作证，我来你家这么多日子了，呷过你一块肉吗？"老板的脸一下红到耳根，支支吾吾答不上话来。

石头煮汤喝

汉族机智人物故事。采录于湖北。

毛篾匠到一个财主家中做工，见端上来的菜都是水煮盐调，没有半点儿油星，就自言自语："这菜汤还没得我家的石头煮汤好喝？"财主不相信，同他赌三斤腊肉。第二天毛篾匠捡来几个鹅卵石，悄悄放几砣腊猪油，在财主家里煮起，一碗碗喝得蛮香。财主盛了半碗一尝，真的和腊肉汤一个味。他输了三斤腊肉，不甘心，也去捡些石头来煮汤喝，才知上当。

邓七的故事

汉族机智人物故事群之一。流传于广西宁明一带。故事主人公系劳动者型机智人物，出自艺术虚构。他是个足智多谋的穷汉，常在财主家打工。他常运用各种巧妙的手段嘲讽、整治形形色色的剥削者和邪恶势力，也不时捉弄其财主岳父。其故事为乡村、城镇的广大群众津津乐道，在当地壮族群众中亦有流传。代表性作品如《巧治财主》《金猫和宝葫芦》《公狗下蛋》《摔瓷器》《嗅筒》《酒牛》《火笼衣》《县官脱裤子》。

金猫和宝葫芦

汉族机智人物故事。采录于广西。

恶霸王老虎垂涎于邓七堂兄阿大的妻子，便想用计谋把这个颇有姿色的年轻农妇弄到手。有天阿大上街卖柴，王老虎的狗腿子把柴买下，让阿大堆放到厨房的一个暗角里。放好柴后，狗腿子从柴堆下拖出一只死猫。王老虎出来说那是只金猫，要阿大赔钱五百五，交不出就以老婆抵押。阿大不知所措，邓七说他自有安排。次日王老虎找上门来，一推门，一个葫芦从门楣上掉下裂成几片。邓七说这是个宝葫芦，要酒有酒，要肉有肉，人家给六百六都没舍得卖。乡亲们出来调解，以宝葫芦赔金猫，让王老虎补钱一百一。王老虎理屈词穷，只好照办。

酒　　牛

汉族机智人物故事。采录于广西。

邓七的老丈人是个一毛不拔的财主，邓七常常遭到他的白眼，决定教训教训这个吝啬鬼。有次吝啬鬼到邓七家做客，邓七就从牛栏里的酒壶中倒酒来款待他。吝啬鬼感到奇怪，便问他为何到牛栏里去取酒。邓七道：“岳丈呀，不瞒你说，我这小母黄牛是头酒牛，每天出的酒喝也喝不完。”吝啬鬼喜出望外，硬要用他家的大水牯跟邓七换牛，还答应补一百吊钱。他把小母黄牛牵回去，见牛身上很脏，便给洗刷得干干净净的。小牛屙的尿一点儿酒味都没有，吝啬鬼立刻把邓七叫来盘问。邓七说：“岳丈呀，你也是太糊涂了，为什么用水洗牛呢？酒一兑了水，不就变质了吗？”吝啬鬼气得干瞪眼，半天说不出话来。

邓仕堂的故事

汉族机智人物故事群之一。流传于湖北秭归一带。故事主人公系文人型机智人物。其原型邓仕堂，清代归州（今湖北秭归县）的一个秀才。他善打官司，敢于对抗官府，在当地颇有名气。其故事大多是嘲讽县官、揭露官场黑暗的趣话，如《戴顶子》《这是真的》《衙门里是个乌龟》《只认得银子》《闹夜》《打老爷》《戴斗笠》《侯孙子又来了》《翻皮兽》《长疼》。

只认得银子

汉族机智人物故事。采录于湖北。

有一天邓仕堂用手帕包了一包草药，中间放了两毫银子，提着从县官跟前过。县官问里面是什么，他说："这是一包无价之宝，老爷只认得其中的一样。"县官不信，打开拿起一毫银子说："这是银子。"翻了一下又拿起一毫银子说："这也是银子。"邓仕堂笑道："我晓得老爷不知道什么是良药，只认得银子。"

打　老　爷

汉族机智人物故事。采录于湖北。

有一回县官对邓仕堂说："我可以当众打你，你却不敢动我一根毫毛。"邓仕堂听了淡淡一笑。县官的老爹死后，邓仕堂去吊丧，还故意把顶子掉在地上。他只用脑袋去戴，却总戴不到头上，在灵前的县官见了也忍不住笑了。邓仕堂站起来就给他几嘴巴，骂道："孝子百日不露齿，你为什么嬉笑？"县官当着众人，理亏又不好发作。

侯孙子又来了

汉族机智人物故事。

有一个姓侯的县官被邓仕堂用计赶走后，过了两年又用钱买官回到秭归。他一到任便宴请当地豪绅名流，大加炫耀。邓仕堂也来凑热闹，可刚入席就要走，侯某假意挽留。邓仕堂说："老爷不晓得，我们深山老林里常有野牲口害人。前年我放了一铳把野牲口赶走了，这两年倒还无事。可眼下瓜果黄了，苞谷熟了，我要赶快回去呀！"侯某忙问："那又是为什么事？"邓仕堂笑道："被赶走的猴（侯）孙子又来了！"

双倌的故事

汉族机智人物故事群之一。流传于江苏无锡太湖一带。故事主人公系劳动者型机智人物，出自艺术虚构，在作品里面大多以长工身份出现，有时也以佃农、店伙计、杂工等身份出现。他诙谐多智，富有正义感和同情心，受到民众喜爱。其故事以嘲弄财主、鞭挞邪恶势力为主要内容，从多方面反映了旧时下层社会的生活，富有地方特色和泥土气息。代表性作品如《双倌敢惹厚脸贼》《可问公差阿叔》《不打自招》《诬告不成反受罚》《贪罪丧了命》《银子搭粽子》《巧断奇案》《自食其果》《智斗地头蛇》《捉“鬼”》。结集出版有《巧断奇案》。

可问公差阿叔

汉族机智人物故事。采录于江苏。

双倌租了薛乡绅一块很差的“豆腐干”田。这年虽说风调雨顺，可那块田却多收无几。薛乡绅强要双倌多交几倍租米，双倌不从，他便以抗租之罪告了双倌。在公堂上，双倌申辩说：“老爷呀，我家那块租田三面漏落，四面树木，仅仅种熟，百鸟吃落。请问老爷，哪来米谷？你若不信，可问公差阿叔。”他边说边向对面押他到公堂来的两个公差伸出三个指头。两个公差以为双倌许了三两银子，忙说：“老爷，双倌讲的句句属实，并无半点儿虚假。”于是县官当堂释放了双倌。双倌刚走出衙门，两个公差便追上来问他要三两银子。双倌笑道：“我伸出三个指头，表示我的田块连荒了三年呀！两位阿叔确实帮了忙，按理应该报答，可是我身无分文哪！”两个公差晓得双倌的厉害，只得自认晦气，无精打采回衙门去了。

不 打 自 招

汉族机智人物故事。采录于江苏。

有一日双倌挑着满满一担大粪去浇麦苗，迎面走来一个大肚子财主，仗着自己财大气粗，根本不肯让路。粪水溅了大肚子财主一身，他火冒三丈，便把双倌扭到县衙告状。无论县太爷如何审问，双倌都像木头人似的，一声不吭。大肚子财主急了，忙对县太爷说："他不是哑子！刚才他说粪来了，快闪开！还给我顶嘴哩，说我可有耳朵？"这时双倌突然开口了："县老爷，大肚子财主东家讲的是实情。"大肚子财主见县太爷干瞪眼，连连恳求他替自己做主。县太爷两手一摊说："你已经不打自招了，还叫我说点儿啥？"

巧断奇案

汉族机智人物故事。采录于江苏。

村里有户人家办喜事，闹新房时贼骨头张三混进人群，躲在了床底下。谁知深更半夜新娘毫无倦意，竟通宵和新郎讲起她的小名、爱好、娘家人的脾气等。一连三天，张三既不能动手，又不能逃走。第四天他正想夺门逃走时，被新郎抓住送进县衙。在公堂上张三一口咬定他是新娘的旧情人，并说出其小名、爱好，说是新娘约他去的。县官难辨真假，一筹莫展。这时双倌领着新娘上堂，要县太爷当堂对质。不等新娘开口，张三就抢着说："那天还是你叫我躲到床底下哩！"双倌笑道："老爷，贼骨头张三不打自招。她不是新娘，是我的老婆小西施呀！"在重刑之下，张三只得如实招供。

智斗地头蛇

汉族机智人物故事。采录于江苏。

有一次双倌和三个后生搭伴，摇船送迎亲队伍。他们逆风逆水行船，三个后生上岸拉纤，双倌摇橹又掌舵。正运行着，突然纤绳把河边停放的一口棺材的盖子掀掉了。三个后生赶去正要上盖，四面跑出来一群地头恶棍，大吵大闹要以"私自开棺"罪去见官，不然就要赔一百两白银作"抵罪埋棺费"。迎亲的人见事情闹大，十分焦急。这时，双倌跳上岸来，上下打量完棺材后说："你们吵啥？这棺盖和棺身根本不是原配，木色、尺寸都不同！"几个地头蛇哈哈大笑，叫两个恶棍把棺材板盖上试试。刚一盖好，双倌飞步跳上棺盖，把长篙轻轻一折便成两段，他说："事情已解决，啥人来开盖，啥人就有开棺罪！"地头恶棍一下被他镇住了，无一人敢上前。他赶忙飞身上船，迎亲船立即离去。

平子奇的故事

汉族机智人物故事群之一。流传于湖北监利、石首、洪湖及湖南华容一带。故事主人公系讼师型机智人物。其原型平子奇，字坦夫，号德魁，清代监利县观音乡同心村自家湾的一个穷秀才。他才思敏捷，长于诉讼，在监利及其邻县颇有名气。其故事达数十篇之多，有不少智斗官府、惩恶扬善的篇什，如《犀牛地》《赶走县官》《惩治昏官》《状告堤董》《联对斗贪官》《巧见京山县官》《挖祖坟》。

犀牛地

汉族机智人物故事。采录于湖北。

村里有一块地的庄稼长得格外好，人们都说是块犀牛地。县官的娘死了，想下葬到这块风水宝地。当地村民得知这个消息，慌忙去求平子奇。平子奇说："你们买三尺白布来，我自有办法。"下葬那天，县官见犀牛地的树上挂了一块白布，上写："犀牛风水地，葬了出皇帝。县令来葬母，必有谋反意。"他不敢造次，赶忙叫人把他娘的灵柩抬走，另找地方安埋。

状告堤董

汉族机智人物故事。采录于湖北。

平子奇的表兄李赓廷当了堤董（管堤防的官吏）后，大发横财。平子奇告诫他不要贪污钱财，不管百姓死活。他自以为有靠山，硬说："我树大根深，哪怕狂风起！"平子奇说："有朝一日狂风起，大树小树连根拔！"这年秋水复涨，李赓廷管辖的朱三弓本来只有半堤水，因为獾狗子洞未堵死，出现翻砂鼓水而溃口，百姓恨得咬牙切齿。趁荆州知府到监利巡视之际，平子奇送上"论李赓廷宜加处置状"。知府查证属实，逐级将李赓廷的罪行上报，皇上传旨交湖广总督查办，在武昌城腰斩李赓廷，为监利百姓除了一大害。

石泉的故事

汉族机智人物故事群之一。流传于甘肃东部一带。故事主人公系劳动者型机智人物，出自艺术虚构。其故事大多是故事主人公与东家“黑心狼”斗智的作品，颇有生活情趣和乡土气息，如《七棱八角的石头》《这顿饭省了吧》《犁地》。

七棱八角的石头

汉族机智人物故事。采录于甘肃。

财主“黑心狼”要盖戏楼，吩咐长工石泉上山去拉石头，且不要好的，要七棱八角的，越便宜越好。傍晚，黑心狼听石泉甩着响鞭回来了，赶快叫人出去卸石头。他跑到门外，见车上一块石头也没有，正要发作，石泉一本正经地说：“老爷，山上所有的石场我都跑遍了，只有六面十二棱的，七棱八角的石头我一块也没找到。所以就空车回来了。”财主听了气得脸色苍白，一句话也说不出来。

这顿饭省了吧

汉族机智人物故事。采录于甘肃。

七月的一天后晌，雨下个不停，黑心狼对石泉说：“这闷雨天没多少活儿，从今起改成两顿饭，晚黑的这顿饭就省了吧。你喂过牲口就睡觉。”石泉走进牲口棚，摸着黑心狼的坐骑说：“伙计，你这顿饭也省了吧！”雨淅淅沥沥下了十多天，那匹马夜里不添草，已瘦得露出肋骨了。一天黑心狼要出门，牵出心爱的坐骑一看，气得暴跳如雷。石泉说：“老爷，你应该清楚嘛，我这一顿都省了，何况它是牲畜！”

犁　地

汉族机智人物故事。采录于甘肃。

农民陶瑞善的四亩地和黑心狼的五十亩大田相邻，黑心狼早就看上了这块好地，企图春里半犁、秋里一犁的，渐渐把这块地蚕食掉。石泉帮陶家出主意，在地边种了两棵树为界。黑心狼见雇工谁也不愿犁过地界，就对石泉说："那块地谁也啃不动，只有你去。"石泉说："这块地得用你的坐骑犁，马性子烈，你自己去牵笼头。"黑心狼占地心切，便一口答应下来。第二天石泉在后面扶犁，等快到地头沤粪的大塘子时，朝马背猛抽了一鞭。马受惊，带着黑心狼扑向臭气熏天的粪池。石泉愤愤地丢下鞭子，另谋生路去了。

左伯五的故事

汉族机智人物故事群之一。流传于湖南双峰、湘乡、湘潭一带。故事主人公系文人型机智人物。其原型左伯五，湘乡县桂花乡紫峰村人，清咸丰年间中秀才。他出身贫寒，好为贫苦乡邻谋求权益，勇于反对财绅的盘剥、欺压，颇受民众爱戴。代表性作品有《戏县官》《钓大麻蝈》《你留着洗澡吧》《了结纠纷》《一屋卖三次》《不是好手不出乡》《赢钱五吊》等。

戏 县 官

汉族机智人物故事。采录于湖南。

左伯五机智巧妙地难走几个县官后，有个京官的亲戚调到湘乡做县令。此人一到任，就抽一张传票，让差役传左伯五到堂。谁知左伯五竟不肯来。次日一大早，左伯五来到公堂前猛击状鼓。县官从梦中惊醒，急匆匆起床，边穿衣服边来到堂上。左伯五一见此官的穿戴不出他所料，便说："烂棍左伯五，状告县大人。一告大人官服不整，二告大人官帽戴偏。"此官不由惊慌，但想到他有亲戚在朝中为官，便说："本大人树大根深，何人敢动？"左伯五答道："你树大遮了我湘乡的荫，你根深吸了我湘乡的肥，看来你这树只有倒才好！"县官这才晓得左伯五真厉害，不几天就转任他乡了。

钓 大 麻 蝈

汉族机智人物故事。采录于湖南。

桂花村有个专门欺侮乡民的地痞，外号“大麻蝈”。一日左伯五在河边钓鱼，见大麻蝈走了过来，就把钓竿伸到稻田里，钓起麻蝈来。大麻蝈见他把麻蝈钓起来，又从钓钩上取下，轻轻抛进田边水圳里，还说：“小家伙，快去，快去！”便问他为啥这样做，左伯五客客气气地说：“这些小东西，我不忍心捕捉。我要钓的是大家伙，现在来了一只，已经动嘴啦！”大麻蝈听出他话中有刺，赶紧溜走。

你留着洗澡吧

汉族机智人物故事。采录于湖南。

有家酒店专门以次充好，骗人赚钱。有天左伯五到此店买了一碗上等好酒，可一尝却没一点儿酒味，便问老板娘为何往里面放盐。老板娘端起来尝过后说：“你莫乱讲啊！这酒分明白淡无味。”左伯五忙说：“你也晓得这酒白淡无味，你留着洗澡吧！”说罢转身离去，老板娘仿佛挨了一记耳光。

卢四运的故事

汉族机智人物故事群之一。流传于湖北红安一带。故事主人公系文人型机智人物。其原型卢立本，清代黄安县八里埼人，乳名四运。他出身书香门第，曾考中秀才、解元，后弃学归田，以农耕为生，与劳苦民众交往颇多。其故事反映的社会生活面较广，以扶危济困、智斗贪官污吏和富豪恶棍的作品最为丰富、精彩，艺术质量普遍高于同类作品，佳作较多，如《借腰磨》《三大罪状》《越盘越狠》《万事大吉》《油炸石碑》《公堂巧对》《打稿荐坐牢》《卖房桶》《巧计救后生》《卢四运打会》《下大雨车秧水》。

借　腰　磨

汉族机智人物故事。采录于湖北。

黄安的柳知县早就听说卢四运不好管，上任的第一天便发传票传卢四运，想给他一个下马威，找个由头把他抓起来问罪。谁知两个衙役目不识丁，卢四运看过传票后说，柳老爷向他借一副大腰磨，当即让两个衙役抬走。接着，卢四运抄小路赶到县衙，状告柳知县刚刚上任就抢夺民财。柳知县正想辩解，忽然看见两个衙役抬回一副腰磨，瞪着眼睛再也无话可说，不得不反过来向卢四运求情，并且不问青红皂白就把两个衙役打了一顿板子。

越盘越狠

汉族机智人物故事。采录于湖北。

一天县官把卢四运传到县衙，问道："大胆刁民卢四运，专与本县作对，你究竟是什么东西？"卢四运说："老爷，我只不过是一棵刺。刺财不刺火，百姓弄去做柴烧火可大哩。老爷若碰上，挂破衣裳划破肉，痛得你眼泪流。"县官大怒："我把刺削光！"卢四运笑道："那就成光棍了。百姓拿它打狼打狗，老爷碰到就头起血疱。"县官说："我将你这个光棍砍了！"卢四运大笑："老爷砍不得！光棍一砍便成蔸子。这蔸子又硬，根又多又深，你挖不动搬不走，绊在上面要跌得嘴啃土。"县官本想杀杀他的威风，谁知他越盘越狠，实难对付。

万事大吉

汉族机智人物故事。采录于湖北。

黄安有个恶棍，四个儿子个个胡作非为，老百姓切齿痛恨。一次恶棍来找卢四运，说他的四个儿子打死了两条人命，求卢四运想法子。卢四运说："莫担心，我保你万事大吉。"其实他根本没到县衙去说情，县官见恶棍既没有送银子，连句求情的话也没有，一气之下，将两个大儿斩了抵命。恶棍来找卢四运，卢四运说："你四个儿子都动手打了人，现在只拿两个抵命，这就算万事大吉了呀！"过了两年，恶棍的两个小儿又打死两条人命，这回恶棍又找卢四运给县官塞银子。卢四运到县衙极力替死者申冤，县官无话可说，只得将两个凶手杀了。卢四运在法场对恶棍说："你的四个拐儿，做尽坏事，今天杀光了，百姓才真正万事大吉了。"

油炸石碑

汉族机智人物故事。采录于湖北。

湖北人在浙江买了一栋房子做会馆，写约时疏忽，未将门前空地的界线写上去。过了年把时间，一伙无赖漫天要价，让会馆另外出钱买门前地皮，否则不许会馆人出大门。会馆特地从黄安请来卢四运，卢四运看到会馆门前三丈远处有口池塘，马上叫人弄来块石碑，在碑上刻了六句话："房与塘邻，地随房行，出门三丈，界至塘心。立碑为证，空口无凭。"然后刻上买房年月日，在大油锅里炸了两个时辰，便偷偷将碑沉入塘心。随后卢四运和那伙无赖来到公堂上，他一口咬定当初会馆买房是"写约为凭，立碑为界"。县官派人抽干池水，果见一块已爬满螺蛳的积年石碑，上面碑文与卢四运所说一模一样，便把几个无赖施以重罚，赶出衙门。湖北会馆门前从此太平无事。

公堂巧对

汉族机智人物故事。采录于湖北。

卢四运到财主家当教书先生，讲定除管饭外，每年只给八文钱。年终财主拿八文钱给他，他说："我教了一年书，怎么只给一个月的工钱？"二人为此争吵起来，扯来扯去扯到县衙打官司。其时县官刚断毕四起案子，桌上蜡烛快燃尽，心里不耐烦，就对二人说："天已晚，我出个对子，你们能在蜡烛点完之前对出来，我就断案，对不出来，明天再来。"说罢出了上联："一支烛，断四案，难照东西南北。"卢四运即对道："八文钱，教一载，怎度春夏秋冬？"县官见他对子对了，状也告了，便对财主说："人家这样好的学问，你只给八文钱，叫人怎么度日？赶快按八文一月付款，若不然，加倍重罚！"财主只有答应，不敢说个不字。

巧计救后生

汉族机智人物故事。采录于湖北。

有一次卢四运在麻城边界搭救了一个寻短见的后生。这后生叫吴二，因哥哥吴大独吞了他做生意时赚的家产，哥嫂有了钱，就是告官，县官也与他们一条心，吴二走投无路，只好到林里来上吊。卢四运知道后，帮吴二出了个好主意：吴二到邻县黄安，故意偷了人家系树上的一头黄牛。塆里人将他捉住，正要动手打时，卢四运上前说："莫打！写个呈子去见官，把他往日偷牛的事都追出来。"于是卢四运帮忙写了呈子，大意是：吴二偷牛是受哥哥吴大指使，偷牛卖的钱都给吴大置了家当。黄安知县接到呈子，立即通知麻城知县传来吴大。吴大慌了手脚，赶快承认置家产的钱是过去吴二在外做生意时赚的，与偷牛无关。吴二乘此道出哥嫂赶他出门被迫无奈的实情。知县道：“原来如此！现赃物已被原主追回，不再追究。吴大独吞家产，迫弟偷牛，念你们一母所生，速速回去平分家产吧！”吴二立灶那天，特地请来卢四运拜谢救命之恩。

下大雨车秧水

汉族机智人物故事。采录于湖北。

有一次卢四运出门，半路遇上下大雨，于是就近跑到远房亲戚家躲雨。那亲戚是个土财主，见他一副穷样子，脸上很不好看。卢四运见状，转身说要回去车秧水，亲戚假惺惺留他，说：“下大雨还用水车车水？”他说：“你不晓得，我要把田里的水往田外车呀，下这么大的雨，它却是要流（留）不流（留）的样子，你说气人不气人！”亲戚见卢四运话里有话，便也不好再说什么。

卢秉纯的故事

汉族机智人物故事群之一。流传于山西襄汾、洪洞、临汾一带。故事主人公系官宦型机智人物。其原型卢秉纯，襄陵人，清代的一位翰林学士，曾任江南学台、京畿道监察御史。其故事内容较为丰富，从不同方面揭示清代官场的黑暗和晋南风情，表现了故事主人公蔑视权贵、扶弱抑强的精神面貌，大多短小诙谐，耐人寻味。代表性作品如《卢秉纯玩灯》《元宵题灯联》《咏联骂衙役》《支应“门门伕”》《老鼠穿西门》《瓦兽儿张口无言》《一言惊座》《打水官司》《上门求墨宝》《卖杵子的朋友》。

卢秉纯玩灯

汉族机智人物故事。采录于山西。

有一年正月十五襄陵百姓准备上街玩灯时，县官叶初春忽然传令：“今年元宵节不玩花灯，改在十七玩。十七的焰火提前放，今晚就放。”原来是平阳府新上任的知府一家今晚来看焰火，县官为了讨好，临时改了日期。百姓们扭不过官家，只好把怨气窝在肚里。卢秉纯却独自用长杆挑起灯笼上街，满街的人围过来看灯，只见上写：“官愿放火便放火，令如山倒；民想玩灯难玩灯，怨似海翻。”知府大人听说后立刻吩咐：“回轿！”县官来劝阻，知府骂道：“还看个屁！你不见卢秉纯灯上写的什么？你不怕挨百姓骂我还怕哩！”当官的回衙门去了，老百姓见不再放焰火，就玩起灯来了。

元宵题灯联

汉族机智人物故事。采录于山西。

襄陵知县叶初春为官不廉，百姓恨之入骨。元宵灯节时，卢秉纯在衙门照壁前写了一副灯联，借以惩戒：“霜降遇风，四野难容老叶；元宵逢雪，万民皆怨初春。”叶知县见了十分恼怒。当他得悉灯联是卢秉纯所书时，甚为惶恐，不久便借故请调。他离任前特向卢秉纯拜别，再三央求赠言。卢秉统见他很诚恳，就写道：“黎民默祝天有眼，百姓感叹地无皮。顾君此去为父母，民脂民膏当怜惜。”叶知县深有悔悟，后来改恶从善，为民做了不少好事，被呼为“叶青天”。

支应“门门伕”

汉族机智人物故事。采录于山西。

襄陵县河东有一条官道，常有官员过往。每当这时候，全县百姓家家都得出去清扫官道，叫作“门门伕”。有次巡按大人要经过此地，又派下“门门伕”。卢秉纯辞职在家闲养，为帮助他人支差，主动扛上扫帚去扫官道。清扫完毕，民夫们在二十多里长的官道两旁等候巡按大人。等官轿过来时，卢秉纯又拿起扫帚在官道上扫，让尘土飞扬着向官轿扑去。巡按大怒，立即命令落轿。他下轿刚要发脾气，一见是老师卢秉纯，忙跪下赔罪。卢秉纯告诉他，差是官府派下来的，老百姓不得不从命。巡按回去后就把襄陵知县的差免了。从此有官员过往，襄陵百姓再不支应“门门伕”了。

上门求墨宝

汉族机智人物故事。采录于山西。

晋桥附近的“梅月馆”酒家在襄陵挂了红，名气越来越大。可惜店掌柜只顾赚钱不顾名誉，常常往酒里兑水。顾客知道这把戏后，登门的就一天天少了。

掌柜不从这里找病根，却上门求卢秉纯的墨宝，想借卢秉纯的字为梅月馆扬名。卢秉纯对店掌柜的所作所为早有耳闻，便给他写了“好酒好酒真好酒”的条幅。梅月馆把卢秉纯的墨宝挂出来，果然吸引了不少人。人们看了看，又都笑着离去了。女掌柜出来一看，忙叫丈夫把条幅摘下来：“那是说我们的酒像水呀！”掌柜这才想起“话说三遍淡如水”的俗语，一下傻眼啦。

申红脸的故事

汉族机智人物故事群之一。流传于湖南祁东、祁阳一带。故事主人公系农夫型机智人物。其原型生于清代道光年间，祁东县归阳镇人，以务农为生，粗通文墨，有“泥脚杆秀才”之称，在故事里面常以佃农的身份出现。他机敏聪慧，好打抱不平。因为唱歌爱“红脸”，加之好酒贪杯，一喝便成为“红脸将军”，因此人称“申红脸”。其作品情节较曲折，多数是戏弄、惩治富豪的，其中以故事主人公与大财主五爪子的各种斗智故事最为精彩。代表性作品如《巧写春联》《二百斗》《一餐能吃二十担》《理由比你多一条》《就以老爷的话为准》《再说一遍》《肚子里有腥气》《尖尖钻上当》《太不识好歹》《天狗吃月》。

巧写春联

汉族机智人物故事。采录于湖南。

申红脸粗通文墨，每年春节，他都要借写春联来掐一掐对面大财主五爪子的尾巴，让对方气炸肚皮。五爪子倒想出一个好办法，申红脸写什么，他就写什么。这年申红脸贴出一副春联：“对门过年，我也过年，对门样样好。我亦做人，他亦做人，我家事事难。”五爪子一看，这怎么照抄呢？他略略调换几个字贴了出来：“对门过年，我也过年，我家样样好。我亦做人，他亦做人，对门事事难。”谁知申红脸见五爪子把对联贴出后，立刻在自己的对联下各添四字：“对门过年，我也过年，对门样样好景长不了。我亦做人，他亦做人，我家事事难处总有完。”大年初一，五爪子得知申红脸把春联改成了这个样子，气得三天吃不下饭。

肚子里有腥气

汉族机智人物故事。采录于湖南。

有一天申红脸两手各持一根钓竿，在河边钓了不少鱼。可五爪子走来从他那里拿过一根钓竿也跟着钓，半天没钓到一条鱼。五爪子问申红脸是何原因，申红脸说他猪肉羊肉吃得多，腥味大，鱼儿不来，让他脱掉衣服用泥巴擦身子。五爪子照办了，仍旧钓不着鱼。申红脸见他满身是泥的鬼样子，忍不住笑道：“老爷呀，你身上的腥气擦得去，可肚子里还有腥气啊！”

太不识好歹

汉族机智人物故事。采录于湖南。

有个寒冬的傍晚，申红脸帮工回家，见一个商人跟一个挑夫在河边争吵。原来商人雇挑夫从外地挑回一担桐油，讲好挑到家付两吊钱，可商人见过河不远就到家了，只肯付一吊钱。申红脸表示愿帮商人把桐油一桶一桶抬过河去。等他俩抬一桶过河后，申红脸提脚就走了。天慢慢黑下来，商人无可奈何，只好如数付给挑夫两吊钱，求他帮着把另一桶桐油抬过河去。

史阙疑的故事

汉族机智人物故事群之一。流传于陕西韩城、合阳、大荔一带及晋南、豫西等地。故事主人公系文人型机智人物。其原型史阙疑，韩城东渔村人，清乾隆末年贡生，一生未仕，以农耕度日。在故事中，其人被塑造为一个疾恶如仇、诙谐风趣的下层知识分子形象。他的故事约二百篇，生动地描绘了封建社会末期陕西东部地区农村及城镇的民俗生活画面，并且传达出下层社会广大群众的爱憎和心愿。这个故事群，除了侧重展示故事主人公的聪明才智，表现道德文明及生活情趣等内容的作品外，最为常见的是揭露各级官吏贪赃枉法罪恶行径、播弄财主恶商、鞭挞邪恶势力、替百姓伸张正义的作品。故事大多短小活泼，生活味浓，地方特色鲜明，艺术水平较高。代表性作品如《巧赐“闭门羹”》《解戏意》《睡打官司》《开门揖盗》《一副对联除贪官》《祭鸭》《“陈二哥”陪客》《花中有轿》《犁金子》

《换请柬》。

巧赐“闭门羹”

汉族机智人物故事。采录于陕西。

山里有一个土皇帝听说史阙疑足智多谋，便想请他去做“智囊”。他多次派人上门来纠缠，史阙疑推脱不掉，只好答应“在家候教”。这天土皇帝带着厚礼来到史家，只见大门紧闭。他取下放在门脑上的那块用红纸包着的长砖一看，四面都有字，一面写着“谁看眼瞎”，一面写着“不看眼瞎”，一面写着“扔掉全家横死”，一面写着“不扔百病缠身”。土皇帝手足无措，啼笑皆非，不得不败兴而归，从此他再也不敢派人到史家纠缠了。

睡 打 官 司

汉族机智人物故事。采录于陕西。

几个乡绅、财主吃了史阙疑不少苦头，就联名把他告到县衙。史阙疑走进大堂，望见站在县太爷两旁的乡绅和财主，心里就明白了。他走到公案前直挺挺地躺下，县太爷手拍惊堂木厉声喝道：“大胆史阙疑，为何睡在公堂之上，成何体统！”史阙疑指着县太爷和乡绅、财主们大声说：“要说有罪，你们的罪比我大得多。你们坐着、站着，我就应该睡着！”县太爷没法对付史阙疑，只好让他回去。

开 门 揖 盗

汉族机智人物故事。采录于陕西。

重阳节快到了，知县要摆鸡鸭宴，派出的差役见鸡就撵，见鸭就捉，闹得鸡飞狗跳墙。知县的心腹刘三挑着两竹筐抢来的鸡鸭，路过史阙疑家门口。史阙疑出来向刘三深深作了一揖，接过竹筐说：“你先回去给老爷回禀一声，我随后把鸡鸭送到。”刘三一听有人帮他挑筐，欣然同意。他跑回去向知县禀报后，师爷在旁说：“老爷，史阙疑开门就作揖，这叫‘开门揖盗’，是把你比作强盗了！”正在这时，差役来报：史阙疑正联名上告知县抢夺民财。知县心中害怕，只好通知衙役回城，立即停止“收”鸡鸭。

“陈二哥”陪客

汉族机智人物故事。采录于陕西。

有一回史阙疑得了眼病，医生用药布蒙住了他的双眼，叫他好好休息。这天他摸到一家包子铺去吃包子，掌柜的见他蒙了双眼，就拉长嗓音吆喝道：“陈二哥陪客！”史阙疑知道那是一句暗语，意思是让伙计端上昨天剩下的陈包子。他并不言语，却来个假戏真做，吃完包子后大闹包子铺，说老板叫来的“陈二哥”偷了他的钱袋。最后惊动了路过的县官。县官查明底细，立刻罚掌柜的二十两银子，并严令其从速改正。从此这家包子铺再也不敢胡来了。

花中有轿

汉族机智人物故事。采录于陕西。

奸商石换金常弄虚作假，坑害乡里人。到收购棉花季节，大家都不愿和他打交道。这天他碰见史阙疑，好话说尽，硬要买史阙疑的棉花。史阙疑领他到家打开西房门，指着半屋白格生生的上等好棉说：“这只是二分地的收成。”石换金奉承道：“你老婆真是名不虚传的务棉能手！”史阙疑又说：“这里面有轿。”韩城方言“轿”和“窍”同音，石换金听错了，忙说：“肯定有窍，不然会收这么多？”他怕史阙疑反悔，很快估了数说定价，请保立据画押。史阙疑坚持要写“花中有轿”，他也不以为然，到装车时他才发现棉花中有顶轿子。因为有保立据，他又名声太坏，众人都帮腔谴责他，石换金只好自认倒霉。

换请柬

汉族机智人物故事。采录于陕西。

年年正月，白吃鬼史二赖都要到别人家当吃客，可从来不请别人，并在接到请柬的头一天就开始不吃饭，以便到人家里去多吃些。这年史阙疑家请客定在正月十三，他给史二赖写了三份请柬。初十送去一份写的是十一请客，史二赖接到请柬便开始空肚子。第二天一早，史二赖还没起床，史阙疑来借家具，换走了第一份请柬。史二赖起来一看是正月十二赴宴，还不吃饭，又上床等待明天。第三天史阙疑来还家具，又换走第二份请柬。史二赖出门一看请柬，埋怨自己赴宴心切，一再看错日子，只好勒紧裤带再饿一天。正月十三一早，史二赖只剩下拄棍的力气，出门碰见史阙疑笑着对他说："你着急眼花看反了，那上面写的是三十不是十三，你回去再空上十七天肚子吧！"

乐贤的故事

汉族机智人物故事群之一。流传于浙江镇海一带。故事主人公系讼师型机智人物。其原型乐贤，清末镇海县人。他足智多谋，善打官司，在当地颇有名气。其故事有不少关于他智斗官府、豪绅，惩治外国老板，替穷苦百姓伸冤的趣闻、轶事，代表性作品如《闹戏场》《送贺礼》《锯铜桩》《写呈辞》《外道场》《坟头树》《帮助老妇》《搭救盐贩》《计赚洋人》。

闹　戏　场

汉族机智人物故事。采录于浙江。

一年春忙季节，宁波道台到镇海巡视。县官请来戏班子做十天大戏，顿顿酒肉伺候，马屁拍足。乐贤得知，便叫一个种田人穿蓑衣、戴笠帽，故意站道台、县官前面看戏，县官大发其火，令手下人要打他一顿。乐贤上前道："柯鱼落洋生，种田拔夜秧，道台要巡洋，路上断人行。你竟敢这个时候看戏，可知罪么？"道台听他说得句句在理，只好红着脸乖乖下乡巡视去了。

写　呈　辞

汉族机智人物故事。采录于浙江。

有年青黄不接时，一个富商的米船遇风断了缆绳，漂到穷村，村民乘机把米抢光吃光。富商告到县衙，村民慌忙找乐贤帮忙。乐贤为他们写了份呈辞："本村余来覆船一只，特报告招领。"县官看完提笔批道："船被村人捡到，失主应出钱酬谢。货物损失，船主问河泊水官去要。"于是村民得救了。

计 赚 洋 人

汉族机智人物故事。采录于浙江。

道光末年宁波被辟为五口通商的港口之一，海关主权拱手让给洋人，国货过境受到百般刁难，国人无不恨之入骨。一日乐贤扮成商人，载两条货船到港口故作闯关出海之势。海关洋人乘汽船追上，开包检查，一见是两船绫罗绸缎、布匹棉纱，便强令按货价罚税银五百两。乐贤推说身边没带多的银两，请求明日前来交款取货。时过半夜，洋人急于安睡，便草草清点了麻袋件数，写了一张暂押凭据给他。次日乐贤来交罚款，拆包一看，除面上的麻袋以外，全是纸片纸屑，而且这些纸片全是海关用纸，洋人有口难辩。乐贤怒斥道："堂堂海关竟敢做出这等丑事，真是可耻之极！"他立即上诉官厅要求裁决。消息传开，民众纷纷联名上书，要求官府秉公办理。人证物证俱在，宁波府只得与洋人交涉，判其赔偿客商货物折银三千两，洋人只好照赔。原来这事是乐贤精心策划的。他老早就请海关做帮佣的中国人把洋人每天办公后弃下的废纸屑收拾给他，几年来居然积攒了近百麻袋。大家都说乐贤先生这一杠敲得好，为中国人出了口恶气。

吉高的故事

汉族机智人物故事群之一。流传于江苏兴化、泰州、海安、大丰等地。故事主人公系劳动者型机智人物，在故事中通常以帮工、流浪汉的身份出现。他滑稽多智，敢于同有钱有势的恶人作对，让穷乡亲们格外开心。代表性作品如《智换钱袋》《独霸天赔船》《巧戏财主》《吊孝解众难》《小鱼的命生得苦》《吉高说故事》。

独霸天赔船

汉族机智人物故事。采录于江苏。

财主"独霸天"在河上造了一间"河房"来赏月取乐，给往来的船只带来很多不便。吉高决心替大伙捣掉这间河房。这天吉高让一个罱泥人撵着他的破罱泥船故意撞倒独霸天的河房，河房倒在河中，罱泥船也被打坏沉到河底。独霸天把罱泥人送进衙门，县官在审案时，吉高忽然来到堂上大骂罱泥人：“叫你帮我去运货，你怎么把船行到岸上去了？”罱泥人忙说：“不是我把船行上岸了，是他把房子造在河上。”吉高立刻问县官：“老爷，河是行船用的呢，还是造房用的？要是河上能够造房，那就要赔房子，要是不能造房，那就要赔船。”县官见吉高说得在理，又知道吉高不是好惹的，只好判独霸天赔罱泥人一条船。

吊孝解众难

汉族机智人物故事。采录于江苏。

某处一财主的老子刚死不两天，老头子的小老婆就命丧黄泉了。这个财主硬说他的庶娘是个“以身殉夫”的烈女，往县上送呈子要为她修贞节坊。为此财主要庄里的各家各户送双礼，一份吊丧，一份贺贞节坊，共收两斗小麦。眼下青黄不接，乡民们家家叫苦不迭。吉高路过这里，表示愿帮大伙的忙。他前往财主家吊孝，一把眼泪一把鼻涕地痛哭，边哭边喊叫：“苦啊，苦啊！有道是‘一日夫妻百日恩’，你我虽是露水夫妻，倒也是自幼青梅竹马，只说是你嫁到有钱人家走好运，想不到年纪轻轻去了酆都城，怎不叫人痛断肠！”财主听了吓得脸色蜡黄，冷汗淋淋，亲朋们当即挤眉弄眼小声议论起来。县太爷火冒三丈，指着财主的鼻子问道：“这就是令堂的贞节吗？”说完立刻打道回衙。吉高趁他家乱作一团时赶紧溜走。这一闹，财主连夜埋了这对死鬼，再不敢收礼了。乡亲们都感谢吉高替他们免遭了一场灾难。

小鱼的命生得苦

汉族机智人物故事。采录于江苏。

吉高和伙计们平时吃不到荤菜，割麦时大伙收工回来吃饭，老板奶奶端了一碗臭咸菜煮小鱼上桌，装出笑脸说：“大家快吃吧，烧了点鱼替大家换换口味。”伙计们一见火冒三丈，吉高突然伤心地哭了起来。在里屋吃大鱼的老板闻声慌忙跑出来问吉高为何痛哭，吉高说：“我哭小鱼的命生得苦哇！它活着时拱在水草里，死后又钻在臭咸菜里头！”

吉高说故事

汉族机智人物故事。采录于江苏。

有一天一个老太监听说吉高肚子里的故事不少，就去叫吉高给他讲故事。他先要听最长的，吉高便讲："古时候有一年闹灾荒，蝗虫铺天盖地似的飞到官家的粮仓外，见仓门上有个小洞，一个蝗虫进去衔出一颗粮食，接着又一个蝗虫进去衔出一颗粮食，接着又一个蝗虫进去衔出一颗粮食……"老太监见吉高不厌其烦地重复最后一句话，忙叫他再讲个最短的来听听。吉高说："行！你听着：从前皇帝身边有一个太监。"说到这里便不吱声了。老太监催他往下说，他笑道："你不是要听最短的吗？我说的是皇帝身边的太监，太监下面不是没得了吗？"说罢自顾离去。老太监讨个没趣，从此再不敢找人讲故事了。

吉二爹的故事

汉族机智人物故事群之一。流传于湖北嘉鱼。故事主人公系劳动者型机智人物，出自艺术虚构。在作品中，他常以长工、佃农的身份出现。其故事以农村、小镇生活为题材，乡土气息浓厚，作品短小风趣，大多有较为鲜明的思想倾向性，代表性作品如《骂乌龟》《智断龙地》《吉二爹巧做媒》《考灵姑》《吉二爹买布》《甩瓜皮》《巧计救贫》。

骂 乌 龟

汉族机智人物故事。采录于湖北。

农忙季节，财主只顾抢时间，一直打着遮阳伞站在田埂上监督帮工的，不肯让大伙休息。吉二爹见财主的脚旁有只乌龟，就故意用弓去砸。乌龟一口将弓死死咬住不放。财主骂吉二爹在偷懒，吉二爹指着财主的脚尖说："不怪我，只怪这乌龟王八不肯放弓（工）。"

吉二爹巧做媒

汉族机智人物故事。采录于湖北。

有个青年背有点儿驼娶不到媳妇，有个姑娘二十大几因为背不直找不到婆家。恰好两家都托吉二爹帮忙说亲。吉二爹是个热心肠，跑到双方家里去巧作安排。这天他领男伢的妈去相亲，姑娘站在水缸边，笑着说："您老快进屋，我正忙着淘缸哩！"男伢的妈一见很中意。过些天下雨，姑娘的妈去相亲，见后门口站着个戴斗笠、穿蓑衣的小伙招呼他们："快请屋里坐，我栽完秧就来斟茶。"姑娘的妈见他能干懂礼，也很满意。七月初七抬花轿，拜完天地入洞房，新郎新娘不敢靠拢，正着急时，吉二爹端进两杯酒，高声唱着彩词："一个会淘缸，一个会插秧，郎不嫌弃妹，妹不嫌弃郎，七巧结姻缘，真是一对好船档。"一对新人解了围，这才喜滋滋地喝下交杯酒。

吉二爹买布

汉族机智人物故事。采录于湖北。

镇上有个伞布店掌柜，对穷人总是缺尺短寸，百般坑骗。这天财主办丧事，叫吉二爹上街买白布。吉二爹把炭灰抹了一脸，到柜前吆喝扯三十丈布。掌柜的看他一副穷酸样，挖苦道："把你卖了也买不起三十丈布呀！你要买得起，我再送你三十丈。"吉二爹说："好，我要买不起白给你当一年伙计！"俩人拍好巴掌，吉二爹立即掏出一锭白花花的银子买布，掌柜只好认输。于是吉二爹对穷哥们儿说："快把赢来的这些布背回去染上，分给大家做件把新衣好过年。"

西晚的故事

汉族机智人物故事群之一。流传于广西玉林一带。故事主人公系劳动者型机智人物。据说他是玉林县宝绵镇宝岭村人。是否果有其人，待考。他忠厚勤快，机智诙谐，以帮工为生。其故事大多是捉弄、报复狠心盘剥帮工的财主和财主婆的趣话，代表性作品如《量地尺》《狗报讯》《粥中人影》《踢猪》《插篱洞》《定芋头》《夜尿长》。

量　地　尺

汉族机智人物故事。采录于广西。

西晚翻甘蔗畦很卖力气，一下翻了几畦地。财主婆怕他偷懒，亲自跑到蔗地去察看。她回来责备西晚："你收工那么早，还没翻得三尺地就跑回来，光想着吃饭！"其实西晚翻的地不止三十尺，但他不吱声。晚上他去找财主婆预支工钱，他说："我想买一尺布做套衣服，缝条汗巾。"财主婆问："你这是什么尺，一尺布能做一套衫，还能做汗巾？"西晚说："就是你去量地的那把尺。"

粥 中 人 影

汉族机智人物故事。采录于广西。

长工们在田里劳累一整天，财主却让大家晚饭喝稀粥。西晚手捧大粥钵，刚跨出厨房门便把钵摔在地上。财主又急又气，西晚说："我在粥里看见有个人来接钵，我一松手，钵就掉啦！"财主无可奈何，只得叫西晚另煮一锅饭给大伙吃。

夜　尿　长

汉族机智人物故事。采录于广西。

老板好赌，经常半夜三更才摸回来叫西晚开门。这晚上天寒地冻，又在下雨，很晚老赌鬼才回家。他拼命擂大门，西晚在破被里蜷曲着一动不动，光喊着："等一等，我屙完尿就来！"老赌鬼蹲在门外浑身都淋湿了，急得用脚踢大门。西晚起床一边用大茶壶往尿桶里慢慢斟水，一边说："来了，屙完就来！"老赌鬼贴近门缝细听了一下，只好耐着火性等着。西晚磨蹭好大一阵子，才出去把大门打开。老板进门劈头就骂："你这泡牛尿屙了这样久，让老子在门外喝够了西北风！"西晚说："我每晚都是吃清粥，尿又多又长。"

成道立的故事

汉族机智人物故事群之一。流传于湖北通山一带。故事主人公系讼师型机智人物。其原型成道立，清代通山县燕厦人。他正直机敏，专门替穷苦百姓打官司，被称为“状子头”。其故事大多是智斗贪官恶棍，播弄财主奸商，为穷人排忧解纷的趣闻、轶事，不少篇什与诉讼有关，代表性作品如《八个字的状子》《赶走贪官》《磨刀石换鸡》《一声舅爷三十两银子》《解救表弟》《一两七》《讨盘缠》《九窍皆通》。

八个字的状子

汉族机智人物故事。采录于湖北。

有一年成道立走亲戚时，一个少妇跑来大喊：“成先生救我一命！”这个少妇叫曹玉英，春上守寡，夫家叔爷老不正经，多次借机调戏。昨夜她正关门洗澡，早躲房中的叔爷跑出来将她搂住，她顺手拿出床头的剪刀，向叔爷的下身一剪，叔爷当即死去。婶娘告她谋财害命，官府四处捉她归案。成道立听后，提笔写了几个字，交给玉英说：“到了公堂，你只管喊冤枉。”玉英一路喊到大堂，婶娘随后跟来。玉英跪下说：“老爷，我的冤枉说不出口哟。”县官接过状子，只有八个字：“不剪不节，不节不剪。”一下明白过来，转脸对婶娘说：“你男人罪有应得。本官念你不知详情，快滚起走吧！”

磨刀石换鸡

汉族机智人物故事。采录于湖北。

成道立少时，见一孤老旧病复发，睡在床上呼天叫地，便进去帮孤老捶腰拂背。孤老告诉成道立，他有一种叫“绣花针”的草药，但必须和“一炭黄”的鸡一起蒸，吃了对他的病才有效。可他无钱买药鸡，只好忍受煎熬。次日成道立在洪财主家院里看见一只“一炭黄”，便提出用大鸡婆来换去治病。洪财主见他有急用，就提高价码，要拿他屋里够用一世的东西来换。成道立想了想说：“好吧，叫两个人随我回去抬。”财主当即把鸡捉给了他。一会儿家丁抬了块百斤重的石头回来说："那伢崽说，给你磨刀，保你一世用不完。"

一声舅爷三十两银子

汉族机智人物故事。采录于湖北。

有一天长工阿狗拉牛车运木料，财主家的大肥猪蹿出来一下被车压死了。财主狠揍了他一顿，还要他赔三十两银子。阿狗急得直哭，成道立过来问明缘由，便说："放心，明日我到财主家，你见我喊一声舅爷就行了。"次日一早，成道立到财主家，财主是棋迷，拉他下棋取乐。正下得带劲，阿狗进来喊了声"舅爷"，然后说出压死猪的事。成道立眼一瞪举起巴掌说："你这没用的东西！赶车么样赶到人家后院的猪圈去了？"财主很怕成道立，忙说："不怪阿狗，只怪我的猪圈门没关好。莫要当真，下棋，下棋！"

解 救 表 弟

汉族机智人物故事。采录于湖北。

有一次，成道立到江西武宁去看望表弟，进门后表弟垂头丧气地告诉他："财主梅三爷要讨好新任县官，又舍不得掏钱送礼，就将礼钱摊到各家。我屋里就五斗黄豆，哪来钱哪！"成道立说："表弟莫急，有这五斗黄豆，我保梅三爷要巴结我。"说完挑起黄豆到梅三爷家门口高喊："卖黄豆，一两银子一升！"梅三爷一听价钱这么贵，吼着撵他走，只听他嘟囔着说："都怪我叔爷，叫我到这里卖豆，还说要记下买黄豆的乡绅的姓名呢。"梅三爷一听蹊跷，忙问他叔爷是谁，成道立说："新任知县吵！"梅三爷一听就慌了，料定是自己没及时上贡，县太爷差人暗示来了！立即请成道立进屋，买下黄豆。酒足饭饱之后，成道立便拿着五十两银子找他的表弟去了。

一 两 七

汉族机智人物故事。采录于湖北。

一日，成道立听人说一恶霸拆了蛇尾湾木桥的桥板，还打成船摆渡，行人过河每人要交银一两。他买了一两白油漆，打扮成漆匠模样去过河，并对恶霸说："我忘带银子，这一两油漆和包裹放下作抵押，明日回来再还银子。"他一上岸便直奔县衙告恶霸拆桥毁路，勒索钱财。县官传恶霸到堂后，成道立说："几丈宽的小河，过往一次你要我一两八银子。"恶霸忙喊："胡说，你只给我一个包裹和一两漆呀！"县官拍桌道："大胆！明收一两，暗要一两八，给你一两七外加个包裹都不行。来人呀！"一声高喊，把恶霸重杖四十大板，发配充军去了。

毕矮的故事

汉族机智人物故事群之一。流传于浙西及浙皖交界地区。故事主人公系劳动者型机智人物。其原型毕文彩，明末清初兰溪县壁峰人，是一个"凿井耕田"的贫苦农夫。他自幼聪慧过人，诙谐风趣，敢于惩凶儆暴，为穷苦百姓打抱不平。其故事内容较为广泛，从许多社会生活侧面揭示了反压迫、反剥削的主题以及过去时代农村、城镇的世态人情。代表性作品如《打城隍》《百岁坊》《智取县印》《恶狗吃书画》《巧计除恶棍》《十八层地狱》《奇怪》《买头痛膏药》《野和尚遭打》《狗命不如》。

打 城 隍

汉族机智人物故事。采录于浙江。

有一回童财主家丢失两头水牛，到县上告状。经师爷一再点拨，他忍痛给知县送了一百两银子。为了捞回损失，他诬告邻居老石伯偷了牛，想借此霸占老石伯的两亩地。知县竟以"城隍菩萨托梦本官"为依据，定了老石伯的偷牛罪，要他用两亩地抵赃。老石伯含冤回家，把此事告诉毕矮。次日清早，毕矮把城隍打得粉碎，然后到县衙告城隍偷了他的笋又偷萝卜。知县一听，以为他讲的是"偷了他的婶和老婆"，连忙说："有伤风化，该打！"师爷在旁提醒道："城隍是泥塑的。"毕矮笑道："既然是泥塑的，怎能知道牛是老石伯偷的？"知县慌了神，说："那是他托梦于本官的。"毕矮立刻说："昨夜城隍托梦小人，要知县捐赠五百两俸银，重塑金身。"知县理屈词穷，无言以对，只好承认判得不对，便溜进了后堂。

巧计除恶棍

汉族机智人物故事。采录于浙江。

书生方文标每日去书院勤奋读书，早出晚归。屠夫张大看上方妻毕氏，一日与方家邻居刁婆娘勾结，用蒙汗酒将毕氏灌倒后，将其糟蹋。事后又多次用尖刀威逼其就范。一日半夜，方文标无意中发现奸情，一气之下，竟要去凉亭自尽，恰巧被过路的毕矮劝住。毕矮问明实情后给出了个好计谋，方文标夫妇依计行事，当晚把几根杉树放刁婆娘门外托她代管，酬谢两吊铜钱。次日天不亮方文标走后，张大进门，正和毕氏接吻时，毕氏一口咬下其一截舌头。这时，一阵急促的敲门声，张大慌忙逃出后门，黑暗中踩上了那堆杉树，刁婆娘闻声出来捉贼，被张大一刀砍死。地保县官随同来验尸时，发现死者口中有一截舌头，身旁一把杀猪刀。张大因此落入法网，终于被处死。

恶狗吃书画

汉族机智人物故事。采录于浙江。

兰溪县周富翁想拉拢毕矮，让奴才周道胜拿着帖子去请毕矮吃饭。周道胜到毕家盛气凌人，说话无礼。毕矮看完帖子，指着一扇又厚又重的门板说："你家老爷要用，就背回去吧。"周道胜不解其中缘故，把门板背走了。周富翁见状，怕再有得罪，便让周道胜把门板又送了回去。周道胜吃了苦头，怀恨在心，一日正在茶店里讲毕矮的坏话，被毕矮听见。毕矮走进去说自己碰到一桩怪事，周道胜赶忙上前讨好、询问。毕矮说："董家养了条狗，仰仗人势，见人就叫，还会背后咬人。今日一早董家翻晒书画，不料收画时见恶狗正在偷吃，一气之下杀死了这条狗。剖开狗肚一看，一肚子的坏画（话）。"茶客们听了大笑不止，周道胜羞得脸红脖子粗，就悄悄溜走了。

买头痛膏药

汉族机智人物故事。采录于浙江。

有次毕矮的邻居小山半夜头疼得厉害，赶到街上去买头痛膏。药店老板嫌生意太小，不予理睬。毕矮得知此事，愤愤不平。第二天他和小山约上几位朋友挑了十担箩筐，要药店卖给他们十担头痛膏。药店老板一下拿不出那么多膏药，连连道歉。毕矮借机指出他半夜不该回绝小的生意，让药店引以为戒。

至聪木匠的故事

汉族机智人物故事群之一。流传于湖南双峰县一带。故事主人公系工匠型机智人物，因其绝顶聪敏，并以木工为业，人称“至聪木匠”。他的故事大部分与木工生活密切相关，常以反剥削为题旨，代表性作品如《大半天吃餐饭》《巧解装犁术》《赚松活钱》《粜谷讲故事》《立卖山契》。

大半天吃餐饭

汉族机智人物故事。采录于湖南。

有一回财主佬请至聪木匠做工，吃饭时有意捉弄他，把筷子摆在左边。他也不理会，就用左手拿筷子一粒一粒地吃，大半天还坐在席上。财主佬怪他不该吃得这么慢。他说：“老爷，对不起，我今天是到你家来学徒的。我师父从未教过我用左手吃饭。”财主佬怕耽误工夫，只好重摆碗筷，恭请他上座。

巧解装犁术

汉族机智人物故事。采录于湖南。

有一天至聪木匠师徒要去别家赶“上梁酒席”，财主佬急着要装一架犁，讲好杀鸡款待，硬把至聪木匠的徒弟留了下来。哪知道财主佬故意把鸡放掉，卖肉的来时又躲进屋里，煮鸭蛋也觉得心疼，最后只买了两块豆腐给小木匠吃。小木匠气不过，便在犁上做了手脚。过几天财主佬向至聪木匠数落小木匠装的犁很不好使，不是深了就是浅了。至聪木匠说：“老爷，莫怪。他装的是放鸡犁，犁上装的是鸭蛋尖，所以犁进去躲屠户，犁出来鸭蛋换豆腐。”财主佬一听羞得面红耳赤，半天讲不出话来。

朱辟虞的故事

汉族机智人物故事群之一。流传于湖北武穴、黄梅一带。故事主人公系讼师型机智人物。其原型朱肇俊，字辟虞，清代广济县（今湖北武穴市）的一个读书人，以擅长诉讼闻名。在故事中将他塑造成一个机敏多智、能言善辩、富有正义感的讼师形象。其故事大多以锄强扶弱、济人利物为内容，往往与打官司有关，生动风趣。代表性作品如《“湖口”改“湖中”》《死罪改无罪》《官妓同告》《原告被告都有理》《智擒天佐天佑》《卖花救人》《天赐姻缘》。

“湖口”改“湖中”

汉族机智人物故事。采录于湖北。

有一年年底，几只押送漕银进京的船只在湖口县被强盗打劫。消息上报后，总督下令：春节前破案，否则由湖口百姓赔偿全部漕银，并交人抵命伏法。全城上下无不忧虑万分，请求放宽期限的呈文一次次报上去，又一次次被退了回来。县令紧急召集绅士、生员们高议，欲上书皇帝请求降恩，但不知如何落笔才好。这时朱辟虞正好路过湖口，他看过从县衙要来的呈文后说：“一字之差矣！”原来呈文是：“漕银在湖口为强人所劫，如咎罪于湖口子民百姓，实为欠妥，祈望万岁明察。”他随即提笔改为“漕银在湖中为强人所劫……”师爷一看，连呼：“有救了！你这一字值万金哪，多谢多谢！”

原告被告都有理

汉族机智人物故事。采录于湖北。

一日朱辟虞正忙着置办年货，有个农民来找他，说家中麦子被别人的猪偷吃，请他帮忙写状子。农民刚走，其弟又来找朱辟虞，说儿子调皮打开猪栏，猪吃了哥哥的麦子，愿赔钱和解。现在哥哥已去告状，也请他写状子答辩。兄弟俩先后进县衙，县太爷先看哥哥的状子，上写：“九冬腊月，放猪吃麦，一口一棵，连根都未得。”再看弟弟的状子，上写：“三九四九，尖刀难入土，人不敢出门，猪哪敢拱土？”然后提笔道：“你俩的状子是一人所写，原告被告都有理，这点儿小事，自己回去和解吧！”兄弟俩回去真的和解了。

华八公公的故事

汉族机智人物故事群之一。流传于湖南湘潭、衡山、湘乡一带。故事主人公系文人型机智人物。其原型李宗华，清咸丰年间湘潭县十四都石门的一个秀才，诙谐多智，因其排行第八，人称“华八公公”。他的故事大多为惩恶扬善、扶危济困的趣话，如《戏弄京官》《酒楼断案》《虎山行》《斗文痞》《一笔救人命》。

酒 楼 断 案

汉族机智人物故事。采录于湖南。

一个冬夜，童生赵家国上门求华八公公救命。原来昨天夜晚，赵家国老母病重，他去镇上买药，归途遇一女子捂着肚子求他相救。他刚把女子扶进家里，当地有名的赌棍赵丁山就冲进门，诬他深夜入宅，奸污人妻，并让赵家国写下罚银一百两的字据，于次日中午酒楼交银退据。赵家国为了功名前途，终于落入圈套。华八公公劝慰道：“你放心，我自有捉蛇之法！”次日华八公公邀了几个酒友同去酒楼，赵家国用纹银换回字据后迅速将字据吞进肚里，大喊：“我丢了银子，抓扒手哇！”赵丁山刚想溜走，华八公公过来将他拦住，在他腰间搜出一百两银子，所做记号与赵家国所说完全相符。赵丁山怕泄露昨晚讹人之事会被送进衙门受苦，只得承认是扒手，退回银子后，又写了三份悔招书才算了事。

虎　山　行

汉族机智人物故事。采录于湖南。

笑面虎张举人两次打官司都输给了华八公公，决计要报复一下。当时文字狱盛行，张举人特邀官场中人物和一位旗人太学士研讨诗文，并给华八公公发了请柬。他故意拿了两首不满清王朝统治的诗句来请华八公公解释，华八公公都作了巧妙对答。张举人又摆弄着一张张青篾竹帘和黄篾竹帘，问华八公公是什么篾。华八公公心想，这“篾”与“灭”、“青”与“清”、“黄”与“皇”都是谐音，笑面虎是要自己引火烧身哪！便淡淡一笑答道：“这竹皮做的帘子美观又结实，这竹肉做的帘子俭省又别致。”他把青篾叫成竹皮，把黄篾叫成竹肉，满座惊叹不已。笑面虎的阴谋始终未能得逞。

刘墉的故事

汉族机智人物故事群之一。流传于北京、天津、河北、山东、辽宁等地。故事主人公系官宦型机智人物。其原型刘墉，字崇如，号石庵，山东诸城人，清乾隆进士，官至体仁阁大学士，加太子太保。在故事里面，他清廉正直、足智多谋，敢于揭露、嘲讽、鞭笞贪官污吏，尤其是大权奸和珅，而且常常调侃、讥讽当朝权贵，为老百姓做了不少好事。其故事在清代的笔记里已有记载，如李伯元撰《南亭笔记》卷四中的《当朝服》、小横香室主人编《清朝野史大观》卷六中的《捉弄和珅》。口传故事达百篇左右，一部分为宫廷轶事，一部分为巡访、理事趣闻，以描写故事主人公同乾隆皇帝、大权奸和珅斗智的篇什数量最多，最有特色。代表性作品如《得皇赏》《巧语免死》《打赌参皇上》《智斗和珅》《反穿朝服见皇上》《两座城池》《以砖换银》《打赌》《设计募捐》《为民申冤》。结集出版有《刘罗锅传奇》。他的趣闻、轶事在满族地区亦有流布。

得　皇　赏

汉族机智人物故事。采录于北京。

一日散朝，乾隆留和珅、刘墉陪他在书房吃饭。饭毕他问二位大臣，办完国事回府以何消遣。和珅知道皇上爱书法，讨好说：“奴才在家没事就练字。”刘墉是书法家，却说：“臣的字不用练，没事光睡大觉。”乾隆很不高兴，问他练成了哪一种字。刘墉回答：“大个的北京方圆四十里我能写一个字，小个的能在苍蝇头上写四十七个字。”乾隆想让他写，又怕他提出要那么大的纸笔和苍蝇，便改成给每人一张五分宽、一寸长的条幅，在上面写出一万个字来。和珅心急火燎，写不出来。刘墉提笔写了“一而十，十而百，百而千，千而万”十二个字，把一万个字全包括啦，乾隆无话可说，摘下自己手上戴的祖母绿扳指儿赏他。刘墉知道皇上没安好心，这扳指儿他戴上则有欺君之罪，如不要就是抗旨不遵，都要杀头，便说：“臣谢主隆恩，我把它请回家，供在堂上，一日三烧香，见物如见君。”乾隆又心疼又气恼，接着又提出和他俩对对联，对出有赏，随即说：“国乱民愁王不出头谁为主。”和珅连连摇头说对不出来，刘墉却脱口而出：“天寒地冻水无一滴怎成冰。”乾隆一连数对都没能难倒刘墉，竟将身上的大褂、马褂、小褂都输给了他，只剩下一条裤子了，这才让他俩退下。他心里嫉恨刘墉鬼点子多，又恼和珅无用，丢了满人的面子。

巧语免死

汉族机智人物故事。采录于北京。

一日刘墉和乾隆在宫中闲聊。乾隆问他，君叫臣死，臣不死，那叫什么？刘墉回答：“那叫不忠。”乾隆听后立即赐他跳水而亡。刘墉毫不犹豫地朝门前荷花池走去，到池边说一会儿话又走了回来。乾隆问他为何没有跳水，他说：“我在池边碰上屈原，他对我说：‘我遇昏君则死，汝遇明君则生。’圣上，您说我当死不当死？”乾隆赶忙说：“刘爱卿，你可不能去死。”

打赌参皇上

汉族机智人物故事。采录于北京。

一天和珅与刘墉打赌说：“你要敢参皇上，我把一年的俸禄全部奉送给你。”次日早朝，刘墉向皇上奏本，建议将“偷坟掘墓杀头”，改为“偷坟掘墓见尸则杀，不见尸则发”。乾隆刚表示同意，他立即问：“陛下，您拆明陵建东陵，算不算偷坟掘墓？”乾隆听他竟敢参当今圣上，顿时怒起，刘墉当即摘下顶戴花翎，告老还乡。和珅见状，赶紧上前煽动皇上将刘墉杀掉。乾隆听了，连连点头称是。刘墉回府正收拾桌凳出售，二位王爷进门说：“圣上怕刘大人没有盘费，特命我们送来皇银五万两。”刘墉见送来巨额皇银却无字据，内中必定有诈，即以备酒为名把二位王爷锁入厢房，然后直奔金殿问皇上，既是相赠为何无圣旨。乾隆露了马脚，只好补写圣旨，不禁自叹：“这样的奇才本不该走哇！”刘墉立即跪道：“臣谢主隆恩。”于是又戴上顶戴花翎，官复原职。和珅阴谋没有得逞，还输了一年的俸禄。

智斗和珅

汉族机智人物故事。采录于河北。

有一年乾隆下旨，要刘墉与和珅去热河监造八大处。到热河后，和珅每天请刘墉吃馆子，却悄悄让店家把饭钱记刘墉账上，企图使刘墉在热河名誉扫地。刘墉将计就计。这天，他俩回山庄，走到一家破烂的小饭店门前，刘墉说："承蒙你多次请我，今日我请你小吃一顿。"俩人坐定，要来了烧饼豆腐，刘墉边吃边问店主："听说京都来了俩大官，建八大处的钱被那刘墉花掉不少？"店主辩解道："可不能这么说，刘大人为官清正，是那和珅吃饭不给钱，还尽给刘大人抹黑，他欺负百姓的事就干得更多了。"和珅本来就吃不进这粗茶淡饭，听到这里气得站起就走。刘墉立即和店主换了衣服，手拿铲子守在炉前。不一会儿和珅便派人来抓店主，将刘墉抓走了。和珅一看绑来的是刘墉，就傻眼了。刘墉喝道："和珅，走，到京城面君去！"说罢，甩袖走出和府。

反穿朝服见皇上

汉族机智人物故事。采录于北京。

由紫禁城的午门到正阳门这条御道，年久失修，路面坑洼。乾隆传旨，令九门提督和珅负责修整。谁知和珅没按要求从房山凿石铺路，而是起出旧石翻个身重新铺上，因而不到一个月便修好御道，私吞了白银九万两。乾隆不知内情，还夸他能干，官升一级，赏银千两。刘墉了解实情后，一日早朝，反穿朝服进殿拜见皇上。乾隆见状，责令他下去把衣服穿好再来。刘墉说："臣的朝服穿反不应该，爷家的御道翻着铺，就更不应该了。"正在一边幸灾乐祸的和珅听了吓得腿肚转筋。当皇上查清和珅欺君罔上，私吞国库银子时，立即命他将侵吞的银子全数退回国库，并拿出重修御道所需的十万两银子，收回封赏成命。刘墉因揭发有功，赏朝服三件。于是他手捧赏赐，仍反穿朝服，出了太和殿。

以砖换银

汉族机智人物故事。采录于河北。

有一年黄河泛滥，百姓流离失所，但国库空虚，无力赈灾。为此刘墉想在大臣中募捐，可作为首富的和珅一毛不拔。刘墉决定略施巧计，让和珅拿出银两。一日他上朝奏本，要辞职回乡，得到了皇上的恩准。和珅前去为他送行时，见他府前四十八头骡，驮的重口袋上都贴了封条，便快步到金殿，把刚才看到的情景添油加醋地向皇上说了一遍。乾隆立即把刘墉传去进行盘问。和珅听说刘墉已被传到殿上，赶忙奔去搜查那些骡驮，解开绳子一看，袋子里竟是些砖头瓦块！他正发呆，刘墉回来，大声道："好哇，你趁我上朝，把我东西给换了，我和你打不完的官司！"说着将他拉上了金殿。和珅知道中计，但有苦说不出哇，府里那么多金银财宝，被翻出来就有贪赃枉法之罪，脑袋要搬家。为了保全性命，他只好忍痛认账，足足还了七万多两银子。于是，刘墉就带着这七万多两银子前往黄河两岸放赈去了。

设 计 募 捐

汉族机智人物故事。采录于山东。

有一年，刘墉的家乡山东大旱，庄稼颗粒未收，难民们逃进京城，有的找到他家请求帮忙。刘墉略一思索，便想出一计。第二日刘府张灯结彩，大办寿筵，满朝文武纷纷前来。吃完一顿普通家常饭后，桌上端来几大盘山东蜜枣。刘墉声明："枣核不能乱丢，要放桌上。"枣子很好吃，不到片刻全部被吃光，这时他站起来说："这枣儿是家乡难民托我卖的，一两银子一个，恕我不客气了。"文臣武将们心中暗暗叫苦，但谁也不敢不拿。不到两个时辰，刘墉就收了几千两银子，遂立即拿去赈济山东灾区的难民。

为 民 申 冤

汉族机智人物故事。采录于北京。

一天刘墉微服私访，见两个女子在良乡街上慌张奔跑。他追上询问，得知这姐妹二人叫金苹、银苹，李家寨寨主李唐、李虎作恶多端，强占她俩为妾。如今她俩虽已逃出虎口，但朝中叶阁老与李家寨寨主是亲戚，无人敢管，她俩仍凶多吉少。刘墉帮她俩写好状纸，并署上大名，将二李告到县衙。第二天上堂，知县郭得平见刘墉写的状词，十分为难，原来他是叶阁老的门生，又与二李素有往来，反复思忖，便说金苹、银苹诬告，押入女牢，压下此案。刘墉在堂外不见二女出来，立刻提起讨饭棍闯进了公堂，严词责问知县。郭县令见一个叫花子大闹公堂，急得呼人喊打。刘墉脱掉烂衫，救出金苹、银苹，命人立即拿下李唐、李虎，押着郭知县一起上殿面君去了。

刘八斗的故事

汉族机智人物故事群之一。流传于辽宁葫芦岛一带。故事主人公系文人型机智人物。其原型为清代兴城西河人，出身贫苦，自学成才，精通诸子百家、琴棋书画。因他常说自己“日进才八斗，夜学富五车”，大家便管他叫“刘八斗”。他敢于同官吏、衙役、财主、富商作对，为贫苦百姓、工匠艺人打抱不平，连知州大人也对他发怵。其故事有《刘八斗送匾》《替工匠要工钱》《当告示栏》《扒官靴》等。

刘八斗送匾

汉族机智人物故事。采录于辽宁。

宁远州有座盐店，店掌柜是知州的小舅子，所以名为官盐店，实为知州的私盐店。这年到了腌菜季节，店掌柜立即把盐价上涨五成。穷苦百姓买不起盐腌过冬菜吃，焦愁万分。这天，刘八斗带一伙人敲锣打鼓给盐店送来一块“赛华佗”的匾额。店掌柜不解：“我这是盐店又不是药铺，你送错地方了吧。”刘八斗说：“没错，盐一涨价，大家买不起盐腌菜，不吃咸的就不会得齁巴病，这不是赛华佗吗？我们还要到皇上那里给你姐夫上万民折。盐价超过皇价五成，不但能治病，还给国库增加银两，皇帝一定会封赏他的。”店掌柜一听吓出一身冷汗，赶忙跪下说：“八爷，我宁愿恢复盐价，请把这匾和万民折收回去吧。”刘八斗大笑说：“好吧。不过什么时候涨价，我随时给你送来。”

替工匠要工钱

汉族机智人物故事。采录于辽宁。

钱财主的儿子考中秀才，修了座影壁墙来显示气势。可修成后他借口尺寸不对，不但不给工钱，还把工匠们打一顿赶了出去。刘八斗得知此事后，走到影壁前，看一阵假装晕倒了，钱财主慌忙叫人把他抬进家里。刘八斗说：“你家一定出状元或进士了，我这人一见大官就晕倒。”钱财主解释道：“是小儿中了秀才。”刘八斗故作惊讶：“出个秀才就修这么大的影壁？什么官家修多少尺寸是有说头的，你这是犯了以小充大的欺君之罪呀！”钱财主顿时吓得六神无主，求他帮忙。他叹道：“你先给我二十两银子，咱们出去看看再定。”出门后，他把银子分给了工匠，又转身对钱财主说，“唯有扒了重修。不过重修时可别忘了付工钱。”钱财主听了目瞪口呆，无话可讲。

当告示栏

汉族机智人物故事。采录于辽宁。

洪兴当铺的当价本来就很低，可当铺掌柜的还在州署衙公告栏里贴出告示，要把当价下压三成，老百姓怨声载道。一天刘八斗走进当铺，要当告示栏，声称他已把告示栏锁好，到时请八府巡按来看，并对掌柜的说：“你怎敢把私人告示贴到官家的公告栏里，这不等于州官准许你压当价吗？你坑害了众民，我就要管一管！”掌柜的一想，这可吃罪不起，于是又是作揖又是道歉，才算劝住刘八斗。从此，洪兴当铺和所有当铺都不敢随便压当价了。

扒官靴

汉族机智人物故事。采录于辽宁。

过去地方官离任都要由地方乡绅出面留下一副官靴或别的东西作纪念，以表示他为官清廉，百姓舍不得他走。这年宁远知州要调外地，走的头天晚上先做了布置。第二天一出衙门，就把一双事先备好的官靴留给乡绅们。哪想到东门又来一伙扒官靴的。知州说靴已扒了，这伙人道：“那些是乡绅，我们是百姓，老爷不能偏向看不起百姓呀。”知州没准备第二双，只得把脚上穿的送给他们。哪知道东门桥又来一伙扒官靴的，还是不让扒不走，知州只好摘下乌纱帽。就这样走不远来一伙扒官靴的，直扒到知州身上只剩下衬衣和袜子。可走不远刘八斗又带一伙人来扒官靴，知州只好再脱下袜子，刘八斗接过袜子顺手扔进水沟，说道：“老爷放心，这里百姓扒你这点儿东西，你到别处做官很快就能捞回来，可是宁远人被你刮去的财物都永远回不来了。”知州这才知道除了衙门口扒官靴的，其余都是刘八斗布置的，气得没办法，只好光头光脚离任。

刘之智的故事

汉族机智人物故事群之一。流传于安徽寿县一带。故事主人公系文人型机智人物。其原型刘之智，清末寿州的一个文人，因不满朝廷腐败，反对八股科举，从未应试。他常常施展自己的聪明才智，嘲讽官府，鞭挞各种邪恶势力，为穷苦百姓伸张正义，受到世人敬重，人们称赞他“有状元之才，有菩萨之心”。其故事有《乱了庙祭》《智盗县印》《治牙》《过渡》《兄弟两屎（诗）才》《吃油条》《乞丐壮语》等。

乱了庙祭

汉族机智人物故事。采录于安徽。

寿县知县是个吸血鬼，却要假充善人，每年举行春秋庙祭，都亲自去进香。财主孙二独笼为其主持，二人狼狈为奸，借着庙祭大捞一把。这年三月初，孙二独笼突患嗓病，想找个替身帮着喊号子，得知刘之智声音圆浑，便请他去帮忙。三月庙祭时，知县来到大雄宝殿。孙二独笼钻桌下念一句，让刘之智站桌上大声学喊一句。等喊完“三叩首”，孙二独笼不觉赞了几句：“乖乖，嗓子真不错！”刘之智便大声喊了句：“乖乖，嗓子真不错！”孙二独笼一听急了，小声说：“你这东西，怎么乱喊一气？”刘之智也跟着喊了出来。孙二独笼威胁道：“你再喊，我就掀桌子了！”刘之智还是照样跟着喊了出来。跪在下面的知县吓得说：“不能掀，当心压着我呀！”众人捧腹大笑，刘之智乘机跳下桌子出了庙门。

智盗县印

汉族机智人物故事。采录于安徽。

有一天，寿县新上任的简知县限刘之智三日内将县印盗走，否则就要把他赶出县境。为了便于看管，简知县把县印放在厅堂里的大方桌上，派十个衙役分五班轮流守候。头两日平安无事。第三日傍晚有两个汉子抬了一箩面粉来到堂上，停在印桌旁边，说是县官太太叫送的。其中一个汉子拿起印包问里面是啥，衙役大喝：“放下！”吓得那人把县印掉进面箩里，但很快就找出来放回原处了。次日当简知县向刘之智宣称县印还在时，打开一看里面装的竟是黄泥印坯，大惊失色，不得不认输。原来，头天傍晚刘之智就施了“调包计”。

兄弟两屎（诗）才

汉族机智人物故事。采录于安徽。

有一日刘之智与弟兄两个书生一块进城去，快到时他俩诗兴大发，一个吟道：“远看城墙像锯齿。”另一个吟道：“近看城墙锯齿像。”于是两人便互相吹捧一番，非常得意。他们忽然想起自古才高的诗人好多都命短，担心自己活不长，竟“呜呜”哭了起来，越哭越伤心，引得许多人围观。这时刘之智也跟着哭起来了。众人问他为何伤心？刘之智答道：“我是个庄稼人，他俩是屎（诗）才。他俩死了岂不断了我们种田的粪源吗？这怎么不让人难受呢？”

刘智灵的故事

汉族机智人物故事群之一。流传于陕西安康一带。故事主人公系劳动者型机智人物，在故事中常以长工、佃户、石匠等身份出现。其原型刘智灵，又叫刘三，清末民初安康人。他聪明诙谐，好打抱不平，敢于同邪恶势力做斗争。他的故事大多是智斗官府、财主的趣话，代表性作品有《一百九与一杯酒》《烧借据》《金老板“逢生”》《给县官治病》《看告示》《你想发财》《巧施连环》《舌战“滑头”》等。20世纪70年代后期曾经出现其故事新编，如《练背圈》《堆垃圾》。

烧　借　据

汉族机智人物故事。采录于陕西。

有一天刘二贡爷要去收账，吩咐刘智灵道：“你快去取李二寡妇的借据，顺便点个火拿来，我吸袋烟就走。”这李二寡妇前年为安葬丈夫，背了一身债，后来房子又失了火，孤儿寡母的日子十分艰难。刘智灵一心想帮助她，一听东家叫喊便有了主意。他取了借据，到灶上点着火，边跑边喊：“老爷，火点来了！”刘二贡爷一看借据烧了，赶紧一把夺过来，已快燃尽。他气得要刘智灵赔钱，刘智灵说："老爷，我不干了，明明是你让我拿借据去点火的呀！"说完真的卷起铺盖走了。

金老板"逢生"

汉族机智人物故事。采录于陕西。

一天刘智灵给金老板送水，正赶上金老板的老婆生孩子。按乡俗，逢生的要给吃红蛋、甜酒表示答谢。金老板一看他是个挑水的，就说给凉水喝就行了。过几天刘智灵见金老板从他门前过，连忙端一碗煮豆渣出来，说他家猪娃逢生请老板吃。金老板气得要摔碗，刘智灵笑笑说："别摔，豆渣饭总比凉水还好点儿吧！"

你 想 发 财

汉族机智人物故事。采录于陕西。

大年三十儿，金老板把刘智灵叫来寻开心。他说："咱们互相猜这阵心里正想啥，谁猜错了，输二十块钱。"说着往桌上摆了二十块大洋。刘智灵不慌不忙地说："老爷这阵想的准是发财。"金老板想说不是，可大年三十儿怕不吉利，只得咬牙认输，但他心里不服输，就说："我猜你也正想发财，你敢说不是？"刘智灵连连摇摇头说："不是。我正在想赢这二十块钱，好回家过年哩！"说毕抓起钱转身办年货去了。

江二伢的故事

汉族机智人物故事群之一。流传于湖北黄陂一带。故事主人公系劳动者型机智人物。据说其原型系明代黄陂县江北姚集附近的一位穷苦农民，也可能出自艺术虚构，不一定实有其人。他的故事大多是戏弄、嘲讽财主的趣话，篇幅很短，散发出泥土芳香。代表性作品如《薅草》《短工看戏》《放马》《抬轿》《二伢买酒》《桌子大的银子》《打赌》《歇工两三天》《尺把长》《巧妙落三尺》。

短工看戏

汉族机智人物故事。采录于湖北。

过端午节时，卢财主让短工江二伢、丁德发把他抬到集上的戏场后，叫他们立刻赶回去薅棉花，并吩咐“密薅稀，挖小留大”。二伢把丁德发拉到戏台的另一边，要他留下来看戏，由自己去对付。二伢回去打一头就转来看戏了。戏演完后，卢财主回去看到棉花地还没薅簸箕大一块，十分恼火。二伢躬了躬腰说：“东家，你吩咐我们挖小留大，我们一下田就看见两棵一般大的棉苗挤在一起，不晓得该薅哪棵。跑到戏场问你，到处找不着人。你说，明天该薅哪棵呢？”卢财主听了长叹道：“唉，硬是拿你们这样的人没得法哟！”

二伢买酒

汉族机智人物故事。采录于湖北。

一日财主叫江二伢去打酒，却分文未给，还板着脸说：“三岁伢也会用钱买酒。没钱能买酒，才叫会办事啦。”二伢也不争辩，过一会儿跑回来把空酒瓶递给财主说：“老爷，请喝酒。”财主吼道：“没有酒，我喝西北风！”二伢笑道：“有酒三岁伢都会喝，没酒能喝，才叫会喝酒哇！”

桌子大的银子

汉族机智人物故事。采录于湖北。

农历四月，割麦、栽秧两头忙。江二伢见几个财主在家中打牌取乐，很气恼，便凑近桌前说：“要是天上现在掉下桌子大的银子，该多好哇！”财主们笑道：“要掉下这么大的银子不把你打死了？”二伢说：“我被打死，我的后人富了呀。”

歇工两三天

汉族机智人物故事。采录于湖北。

天热活重，江二伢病倒了。他向财主请假，财主很不乐意，半天才恶狠狠说："顶多歇两三天，过了扣工钱！"几天后二伢去上工，财主吼道："哪个叫你今天才来？你给我滚！"二伢说："老爷，你不是叫我歇两三天吗？你扳着指头算算，两个三天不是六天吗？今天是第七天，我一早就来上工，你说我错还是你错？"二伢几句话问得财主张口结舌。

巧妙落三尺

汉族机智人物故事。采录于湖北。

有次姚财主请三个裁缝做衣服。他怕裁缝落他的布，便分头把三人安排在三间小屋里，白天交同样多的料，晚上收同样的成衣，一下可以看清楚搞没搞鬼。三个裁缝真想落几尺布料解解恨，可没法商量。江二伢对财主和裁缝的心思都看得一清二楚，有意帮裁缝的忙。他见乌云遮天，马上拿起扫帚到外面扫地，大声说："天变了，要落（落雨）喽！要落就落它三尺！"三个裁缝一听全明白了。晚上他们把成衣交给姚财主，姚财主查不出破绽。他们望着二伢笑了笑，各自揣着三尺布回去了。

安世敏的故事

汉族机智人物故事群之一。流传于重庆市合川、巴县等地。故事主人公系文人型机智人物。其原型据说是江北县（今重庆市渝北区）人，清代秀才，是否实有其人，待考。从有关的故事来看，其人机捷多智，诙谐善谑，具有双重性格，既有爱打抱不平，与官府豪绅、恶商流氓作对的一面；又有爱搞恶作剧，捉弄师友以及下层百姓的一面。他的故事在清代笔记中已有记载，如丁治棠撰《仕隐斋涉笔》卷七以"恶趣"为题，笔录了十篇作品。这些口传故事大致分为两类，一类是以惩恶除害、济苦怜贫为题旨的作品以及表现故事主人公的智慧和民众生活乐趣的作品，具有一定的积极意义，如《磕响头》《巧治菜霸》《无把儿水瓢》《卖鱼》《千年肥》《八两酒》《教训汪克扣》《青须药》《留肉》；一类是戏弄亲友、诓骗穷苦百姓的作品，以及宣扬封建意识、格调低下的作品，如《老丈的靴子》《整舅父》《整放牛娃》《整挑粪的》《暗记》《整麻糖匠》。

无把儿水瓢

汉族机智人物故事。采录于重庆。

川东某县有个木器作坊的老板为人刁钻、刻薄。有一年天旱，水瓢畅销，他雇了一批木匠赶做出一万多把水瓢来卖。水瓢做好以后，他借口尺寸不合适，把木匠的工钱都扣了，还要人家付饭钱。安世敏知道这件事很生气，决定去帮一帮木匠的忙。次日他装扮成一个富商到这家木器作坊，用高价订购一大批无把儿水瓢，讲好三天以后交货。木器作坊的老板赶忙出钱请那些木匠将作坊里的水瓢把儿连夜锯下。当他按时去送无把儿水瓢时，那个富商已不知去向。

卖　　鱼

汉族机智人物故事。采录于重庆。

有一次安世敏的妻子生病想吃鱼。他到鱼行去买鱼时，老板见他一副穷相，就挖苦道："你要买鱼？我这鱼要一两银子一条。"安世敏非常气愤，便拿出二两银子买了两条鱼提在手中，在鱼行门口大声喊道："快来买鱼哟！"人们围过来后，他就说这两条鱼是花二两银子在鱼行买的。想买鱼的人一听说鱼行的鱼价如此昂贵，立刻离去，搞得鱼行一天没卖几个钱。第二天早上安世敏又在鱼行门口高声叫卖："买鱼哟！一两银子一条鱼哟！"他这一喊，又把买主都吓跑了。鱼行老板见势不妙，赶紧向安世敏赔礼道歉，退还银子。临走时安世敏对老板说："我劝你今后再也不要挖苦穷人，乱敲别个的棒棒（乱要高价）啦！"

教训汪克扣

汉族机智人物故事。采录于重庆。

商贩汪克扣待人刻薄。每到场天，他都把很重的货担挑到大路边，哄人帮忙挑担，然后硬是赖着不给脚力钱。安世敏听说后主动邀汪克扣一块去赶万家场，让汪某次日早上把东西担到清水湾桥上等着。第二天清早汪克扣果然装了尖尖一挑货差人挑到桥上，直等到中午，安世敏才捂着肚子跑来说："哎哟！我肚子痛得连饭也没吃，我们只好一筐筐抬上坡去。"他们抬着筐刚到坡顶平坝，安世敏又喊肚子疼要请医生，汪克扣不放心坡脚那筐货，甩下安世敏就下坡。他没出过力，好容易弄上半坡。又怕安世敏拐跑东西，忙爬上坡一看，东西甩了一地，人已不见，这才明白上了当。等他把两头东西移到一堆，太阳已落坡，汪克扣这才晓得，下力这碗饭不好吃。

整放牛娃

汉族机智人物故事。采录于重庆。

有一日安世敏到乡下，见一处有三头无人照看的牛在吃草，就起了坏心眼儿。他把三头牛的尾巴都割下来埋一半在土里，然后解开绳子把三头牛放走了。三个放牛娃回来见牛都没啦，急得到处寻找。安世敏告诉他们，三头牛都钻到地下去了，还剩一点儿尾巴露出地面。三个娃儿信以为真，赶忙跑回家去拿锄头来挖牛。他们跑到家中一看，牛都已回来了，只是每头牛都被割掉了尾巴。他们的父母气得把他们都狠揍了一顿。

关朝的故事

汉族机智人物故事群之一。流传于广东徐闻一带。故事主人公系长工型机智人物，出自艺术虚构。其故事乡土气息浓郁，大多为嘲讽、抨击财主的作品，如《赶母猪》《看守甘蔗》《脚洗碗》《媳妇和女儿》《讲故事》《关朝骑马》《“招婿”上门》《巧评圣旨牌案》《一坛银子》。

赶母猪

汉族机智人物故事。采录于广东。

一次财主婆叫关朝陪着，亲自出马去收租。正走着道旁蹿出只老母猪来，坐在林荫下的几个穷汉见状问关朝：“你赶老母猪去哪里？”财主婆听出穷汉们在指桑骂槐，气得小声撺掇关朝给几句厉害的。关朝大声喝道：“你们好大胆！敢骂我赶母猪。要再骂，看我不真赶母猪去咬你们！”穷汉们听了大笑不止，财主婆却气歪了脸。

看守甘蔗

汉族机智人物故事。采录于广东。

有一回，雷戏班子到村里演戏，财主怕看戏时有人偷吃甘蔗，赶忙让关朝晚上去守蔗地。戏开场了，财主担心关朝不尽心看守，便离开戏场，悄悄摸到了蔗地。他见关朝躺地头睡大觉，正要上脚去踢，又想何不折几根甘蔗，明日拿真凭实据和这小子算账。他折了几根正要离去，关朝忽然一跃而起，大喝："捉贼！"扑过来将他一顿拳擂脚踢，直到打够了，才假装认出来。这时财主已动弹不得了。

关朝骑马

汉族机智人物故事。采录于广东。

一天关朝赶墟时摔伤了脚，请求骑马的财主将他带到墟上郎中那里包扎，财主骂声"活该"，拍马而去。过一会儿又来一财主依然如此。等第三个财主骑马过来时，他一边呻吟一边请求道："宅主公，我刚才把肠子摔得快断了，我已请人来抬我。念我在你家打过工，千万不要让我骑马，要是马一颤一摇我就没命了。"财主想，他在我家做工时常捉弄我，何不趁此机会送他见阎王去，便下马来说："看你这样子，我能不救吗？你骑我的马吧，它走得可稳啦！"关朝说："马稳走不快，中午赶不到我也没命啦！"财主故意让马走得很慢，直到午后才把关朝送到郎中那里。回家后他兴冲冲地把这事向老婆讲了一遍，然后大叫道："关朝这小子没命了！"正说着，村外传来关朝的歌声："今日碰着大傻瓜，财主跟班我骑马……"财主听了，长叹一声："唉，又上当啦！"

"招婿"上门

汉族机智人物故事。采录于广东。

有一回关朝挑着猪仔赶墟，不巧在途中肚痛起来。这时有个骗子假装来帮忙，把猪仔给他挑走了。关朝急中生智，说自己要带一包银子给女儿，还想招那个骗子做入门婿。那个骗子一听有利可图，赶快回来搀扶关朝，然后一起到墟上去。到了墟上，关朝把骗子领到下来催派民工的差役跟前，说道："我有一个儿子，终日不务正业。请你们把他带去做工，帮我好好管教一下。”等差役把那个骗子带走后，关朝便挑着猪仔赶墟去了。

巧评圣旨牌案

汉族机智人物故事。采录于广东。

关朝的村里有块贞节牌坊，牌坊上用小石子镶了“圣旨”二字，人称“圣旨石”。村里一小童放风筝，不小心拽掉了“圣旨石”上的一块小石子。这在当时是“欺君犯上”，要满门抄斩。一土豪乘机向小童家长索要五百两银子，不然就要去告官，报功请赏。小童家拿不出银子，正不知如何是好时，关朝来对土豪说：“老爷，最好拿石子爬上牌坊去对一对，万一官府来查时不属实，会落个诬告罪的。”土豪一听有理，扛着梯子上牌坊，将小石子往缺口一按，正好对上。他正要取下时，关朝在人群中喊道：“大家看，‘圣旨石’好端端的，谁要胆敢弄坏，把他抓去见官！”村民齐声帮腔，土豪知道上当，只好灰溜溜地爬了下来。

一 坛 银 子

汉族机智人物故事。采录于广东。

一次关朝做工时，财主发火抽了他一鞭子，他决心报此一鞭之仇。一天收工财主见关朝没回来，却看见打工的在交头接耳说关朝挖到了一坛银子。财主气冲冲地跑到关朝家要银子，硬说是从他家地里挖着的。关朝说：“银子是小溪边挖到的，明日可去验坑。”说完和老婆锁门看戏去了。他俩刚走财主就去撬门偷银子。谁知关朝两口子拐回来了，他急忙躲进墙边草袋里。关朝心中有数，一进屋就说：“要是贼子来偷银，那是找死！”说着照草袋左一脚右一拳，打得财主鼻青脸肿不敢吱声。关朝打够了，两口子进灶间偷着笑，财主乘机连滚带爬地逃跑了。

纪晓岚的故事

汉族机智人物故事群之一。流布遍及全国许多省、市、自治区，以河北各地为最。故事主人公系官宦型机智人物。其原型纪昀，字晓岚，一字春帆，直隶献县（今属河北）人，清乾隆进士，官至礼部尚书、协办大学士，谥号文达，曾任四库全书馆总纂官，纂定《四库全书总目提要》。其故事在清代笔记中已有记载，如清代钱泳撰《履园丛话》中的《什么东西》《喜对》，清代佚名撰《蝶阶外史》中的《巧对》，清代朱克敬撰《儒林琐记·雨窗消意录》中的《治疣》，清末小横香室主人编《清朝野史大观》中的《老头子》。口传故事大多是写他巧伴乾隆皇帝、智斗权奸和珅的趣话，往往与吟诗、联对、题字有关，代表性作品如《招牌与对联》《佛前释笑》《巧释对联》《见和珅》《对乾隆》《江南留诗》《释匾意》《拦轿》《苏州联对》《临终出对》。

招牌与对联

汉族机智人物故事。采录于河北。

有一年纪晓岚陪乾隆皇帝游杭州。路过一家杂货店时，乾隆皇帝为了难住纪晓岚，故意问“黄杨木梳”的招牌是什么。纪晓岚心想，如若直说就有讥笑圣上连招牌都不认识之嫌，忙回答：“那是对联。”乾隆皇帝乘机反诘：“对联哪有成单之理？”纪晓岚指着前面一块“白莲藕粉”的招牌道：“陛下请看，下联在那边。”乾隆皇帝见他说得像真有其事一般，无懈可击，走到一家裱画铺时又说：“这‘精裱唐宋元明历代名人书画’难道也算上联吗？”纪晓岚连连点头道：“不错不错！下联就在刚走过的那家药店内。”乾隆皇帝回头一看，竟有这样巧，那里分明写着“采办川广云贵各省道地药材”。

佛前释笑

汉族机智人物故事。采录于北京。

一日纪晓岚陪乾隆游大佛寺，走到天王殿见大肚弥勒佛正对他们憨笑。乾隆眼珠一转问道：“纪学士，此佛为何见联微笑？”纪晓岚答：“圣上乃文殊菩萨转世，今朝来佛殿礼佛，此乃佛见佛笑。”乾隆笑而不语，转身欲走，忽回头又问：“那佛也看卿笑，又是为何？”纪晓岚一怔，旋即答道：“圣上，佛看臣笑，是笑臣不能成佛。”乾隆哈哈大笑，夸赞他能言善辩。

巧 释 对 联

汉族机智人物故事。采录于河北。

春节纪晓岚回家省亲，见乡里一家兄弟仨为人忠厚，日子过得很穷，常受富户歧视，便送给这家一副春联：“惊天动地门户，数一数二人家。”横批是“先斩后奏”。他的书法绝妙，语句惊人，引来围观者不计其数。有一财主串通官府，上告纪晓岚犯了欺君之罪。乾隆得知大怒，立即将他召回京城。纪晓岚胸有成竹，说道：“万岁息怒，这家哥仨，老大卖爆竹，不是‘惊天动地门户’吗？老二是集市经纪，管过斗的，不是‘数一数二人家’？老三卖烧鸡，‘先斩后奏’并不过分哪！”乾隆听罢被逗得大笑，便赦他无罪。

江 南 留 诗

汉族机智人物故事。采录于河北。

纪晓岚出任江南主考到武昌后，有天身穿便服来到一座酒楼，见一伙准备应试的才子正在谈论诗文，就招呼也没打凑近入座。众才子看不起这个老头儿，就说：“我等以文会友，入座者不可无诗。”纪晓岚也不客气，提笔写了一句“一上上到楼上头”，逗得众才子大笑。接着他又写了“十二栏杆接斗牛”。这时他故意说人多胆怯，请他们暂且回避一下。众才子为了看他的笑话，都起身离席。纪晓岚挥毫写出后两句，扭头就走了。众才子回去一看，惊呼：“咱们有眼不识泰山，不知主考大人到此，这还了得？”原来后两句写的是：“纪昀不愿留诗句，恐压江南十二州。”

杜老幺的故事

汉族机智人物故事群之一。流传于湖北五峰一带。故事主人公系劳动者型机智人物。其原型是清代长乐县（今湖北五峰）红鱼坪一带人氏。他出身贫苦，走南闯北，除了帮工种田外，还当过脚夫、烧炭工、木匠、瓦匠、窑匠等。在故事中，他富有正义感、智慧出众、诙谐风趣，常以过人的心计和口才对付官吏、财东、管家、奸商以及其他恶势力，为穷朋友排忧解难，打抱不平，且总是稳操胜券，立于不败之地，在鄂西山区的汉族和土家族中，深得民众喜爱。其作品多达百篇，内容丰富，多彩多姿。故事从不同的角度再现旧时鄂西山区的社会生活与风土民情，通过故事主人公与县官、讼棍、财主、管家、商贾、窑主、账房、秀才、道士、阴阳、郎中、拐子、长工、短工、裁缝、木匠、瓦匠、篾匠、脚夫、轿夫、水手、堂倌、店员等各色人物的交往，揭示反压迫反剥削、伸张正义的题旨，表现了下层民众的聪明智慧、抗争精神和乐观情绪。总的看来，这个机智人物故事群的艺术质量较高，大多在同类故事之上。作品的篇幅长短不一，长故事可达五六千字，起伏跌宕，富于变化；短故事则三五百字，小巧单纯，活泼逗趣。故事不论长短，一般都善于驾驭对比、夸张等艺术手法来刻画人物，语言生动，乡土味浓烈，对话巧妙诙谐，其间穿插的诗文、对联、谜语、歇后语、俏皮话，颇为得当，相映成趣。代表性作品如《两个字》《顺藤牵宝》《一难“顺风旗”》《二难“顺风旗”》《三难“顺风旗”》《县老爷坐轿猜谜》《我什么时候糊涂过》《我家没得良心》《前头的和后头的》《郭春相公》《打酒卖鱼》《文话和横话》《要拿都拿》《写挽联》。结集出版有《顺藤牵宝》。

两 个 字

汉族机智人物故事。采录于湖北。

财主婆为人刻薄歹毒，大家背后叫她“母蚂蟥”。年末长工们去结工钱，她要每人说两个字，头一个字撩她笑，后一个字撩她骂，说不出来就不开工钱。大家抓头挠耳想了半天，前头八个都被赶走了，最后杜老幺来说：“若我说得到，你得把九人的工钱都给开出来。”母蚂蟥谅他也不行，就答应了。这时一条黑狗窜进堂屋，他突然对狗喊一声：“爹！”母蚂蟥大笑起来：“你急昏了，认个畜生爹呀！”杜老幺忍住火又对她叫一声：“妈！”母蚂蟥醒悟过来，破口骂道：“你好大胆，骂我是母狗哇！”杜老幺二话不说，拿了银子和穷哥们儿分工钱去啦。

县老爷坐轿猜谜

汉族机智人物故事。采录于湖北。

县老爷进山上任，坐一乘四人轿。山路难走，轿夫们累得要命，可是县老爷总不让歇气，直到他自己脚杆子坐麻了才准停轿。当他听轿夫杜老幺说会打谜子时，就傲慢地说："你打个谜子给本县猜猜，猜到了就不赏你们工钱了。万一猜不到，本县豁出去不坐轿自己走！"杜老幺说："放着，它还在这里；系着，它就爬起跑了。打一个物谜。"谜底是草鞋。县老爷猜不出来，却故意说太俗了，要打个文趣点儿的。杜老幺又说："天知我有，地知我无；人知我有，我知我无。打一物件。"谜底是破底的袜筒子。县老爷哪里猜得出来，又赶忙说："三下为定，再说一个不文又不俗的！"杜老幺笑道："好哩！老爷听着：少时青，老时黄，千锤百打配成双；有耳听不见人说话，有鼻闻不出臭和香。还是打物。"谜底又是草鞋。县老爷仍然猜不到，轿夫们立即抬起空轿跑了。县老爷喊天不应，只好自己动脚赶路。

我什么时候糊涂过

汉族机智人物故事。采录于湖北。

杜老幺和窑厂老板打官司，县老爷被那老板买通，不问缘由就把杜老幺关进了地牢。有个看守同情杜老幺，答应放他一夜。他连夜跑到窑厂放了一把火，并大声喊道："窑老板，这火是我杜老幺放的！"然后跑回县城牢里。第二天窑老板到县衙来告状。杜老幺说："老爷，我身戴重枷坐在地牢，怎能出去？他是欺你不清白，糊里糊涂收了他的钱哪！"老爷一拍桌子说："我什么时候糊涂过？来人哪，把杜老幺放了！"

我家没得良心

汉族机智人物故事。采录于湖北。

腊月二十三帮工的放年假，杜老幺收拾包裹时老板怕他带走自家的衣物，一直守在旁边。杜老幺走后，老板放心不下，又在屋里横看竖看。杜老幺忽然跑转来直喊："老板！我掉了一样东西，是不是你藏起来了？"老板问他是啥，他说是良心掉了。老板骂道："屁话！这屋前屋后随你搜，我家没得良心！"

前头的和后头的

汉族机智人物故事。采录于湖北。

有个烧炭人的堂客（妻子）被人拐走后，到县衙去告状。那个拐子的大姨爹是知府太爷，县官感到棘手，便去找杜老幺帮忙出主意。过堂时县官按杜老幺的指点，让原告被告三人跪成一条线，拐子在前，烧炭人的堂客居中，烧炭人在后。县官事先讲明尊重那女人的选择，她愿意跟谁就把她判给谁。拐子知道那女人愿跟他，满口赞成。于是县官便问那女人要前头的还是要后头的，那女人说要前头的。县官说她跟烧炭人在前，立即把她判给了烧炭人。拐子张口结舌，无话可讲。

打酒卖鱼

汉族机智人物故事。采录于湖北。

杜老幺帮人驾船经过新安河边，听说这里有家店铺老板专对穷人折斤扣两，卖酒掺水，便提把酒壶去了那店铺。老板得知他就是杜老幺时，定要他说个谎试试。他说船上打了很多鱼，大家等着喝酒。老板听说有鱼，就想跟他去搞些便宜货。杜老幺故意走到别人靠船的湾里，说船找不到了，让老板帮忙守着酒，他到上头湾里找船。他顺湾一拐，又跑回店铺，对老板娘说："你家老板下河称鱼，掉水里淹死了！我扛块铺板先走，你们来抬人吧。"他又跑河湾对老板说："我看见你家失火了，跑去只抢出这块铺板！"老板一听哭着就往坡上爬。这时老板娘拿着绳索杠子也哭天号地地赶来。当俩人相遇，知道上当时，杜老幺早已提着酒壶回自己船上去了。

文话和横话

汉族机智人物故事。采录于湖北。

有一家铺面挂了一个招牌："遇到文人说文话，遇到横人说横话。"一个郎中来想说文话，谁知老板让先下赌注。他只得拿出身上的四两纹银，说道："风吹马尾千条线，四山客商落你店……"话未说完，老板就摇头说："风吹马尾摇，不知几多毛。估都估不准，哪个数线条！你输啦，银子归我。"郎中气得没法，便去找杜老幺帮忙。杜老幺提着秤杆，借了锭银子到那家铺面前。他称过银子，七两七钱，老板也拿出七两七钱银子摆在铺上。杜老幺说："我提秤不用凭眼看，你脑壳半斤差三钱……"老板连叫："不对头！男子汉的脑壳九斤半，我的脑壳只有这元宝重啊？"杜老幺把桌子一拍："不信就过秤。老板娘拿把刀来！"老板娘吓得跑来说："你要钱不要命哪，他说七两七就七两七算啦！"杜老幺一听，拿起两份钱调头就走。

要拿都拿

汉族机智人物故事。采录于湖北。

有个裁缝手脚不大干净，这天帮穷家小户缝嫁衣，偷了一截布揣进怀里，恰巧被前来帮忙的杜老幺看见了，杜老幺顺手拿两片瓦也揣怀里。吃饭时，杜老幺故意把怀里的瓦碰出响声，裁缝当主人面说："把人家的瓦片揣自己怀里，还不快拿出来！"杜老幺说："我真笨，怎么不学你拿没有响声的布。咱俩大哥不说二哥，要拿都拿，要不拿都不拿。"裁缝羞得无地自容，只好把那截布从怀里拿出来。

写挽联

汉族机智人物故事。采录于湖北。

有一年正月尾上，大雪封山，冰凌路滑，杜老幺跟二十几个脚夫背盐，一天摔死两个脚夫。这两家都穷得藏不住耗子，脚夫们一个不漏，赶忙帮助搬尸、安埋。安埋时杜老幺作了一副挽联，乡亲四邻见了无不掉泪。上联是："流一头汗，磨两脚茧，饿三餐饭，为四处难，养五口人，爬六县山，恨七沟八滩九道水，九九归一，小寒得一吊钱。"下联是："烧九棚炭，背八包盐，放七次排，遭六回险，算五回命，发四季烦，挂三儿两老一堂客，一一积九，大年喊九声天。"横额是："忘八不哭。"

杨佟的故事

汉族机智人物故事群之一。流传于江苏东台、兴化、盐城、海安一带。故事主人公系讼师型机智人物。其原型杨佟，一作杨同，清咸丰年间兴化县小戴庄（今属东台管辖）的一个秀才。他生性刚直，仗义执言，不畏官府豪强，常帮百姓打官司，凭着其机智善辩的本领胜诉，为乡亲们做了九九八十一桩好事，被人们称为"铁嘴杨佟"。其故事多与诉讼有关，代表性作品如《巧骂赃官》《保坝》《行船撞屋》《五十大板》《蜡丸治病》《用计讨钱》《揭穿"天机"》。

巧骂赃官

汉族机智人物故事。采录于江苏。

东台新县令是臭名昭著的赃官，到任不久就微服私访，看看可有人在背后说他的坏话。一日杨佟发现他正往戏院走，赶忙跟进去，挨着他坐下。开场前，杨佟给身旁的人讲故事：有个吴先生，学会一手开刀的好本领。一天两个公差硬拉他去为老爷看病。吴先生晓得这个瘟官是从头坏到脚的家伙，故意说："你的病吃药不行，现在肺已烂了，心肝黑了，要换一副才行。"这时，正巧一个猎人捆了只狼经过这里。吴先生把狼心摘下给老爷换好，但狼肺摘坏了，只好用狗肺给老爷换上。这时新县令忍不住插嘴问那老爷叫什么名字，杨佟转身说："这个老爷呀！大家都说他叫狼心狗肺哩！"

蜡丸治病

汉族机智人物故事。采录于江苏。

有一回街坊某甲愁眉苦脸地对杨佟说，他两三个月前吃茶时，看到杯中好像有虫在游动，越看越恶心，感到周身不舒服，以后一直吃不下，睡不好，浑身无力，吃什么药都不见效。杨佟一听，知道此人犯的是疑心病，光靠药不行，便说："你明天来，我配一种专门打虫的药给你。"次日街坊某甲取走几粒蜡丸，吃下不久就不停地泻，过后看到粪桶里全是很细的红虫子，顿觉心情舒畅，逢人就说杨佟比华佗还灵。后来杨佟才告诉他，水里的红"虫子"是放进蜡丸里的红线头，这种蜡丸是专门给他治心病的"泻心丸"。

揭穿"天机"

汉族机智人物故事。采录于江苏。

有一天杨佟到街上闲逛，见三位赶考相公在求卦。卖卦先生慢慢竖起一个手指头对他们讲，今年中不中全在这里，然后说声"这是天机，不可泄露"，便不言语了。三位相公正摸不着头脑，杨佟便说："这一指头的天机到时候定叫你们佩服得五体投地。"相公们急忙拉住他，请他指教。杨佟解释道："假如你们当中有两个考不中，他就说一个考得中；假如有两个考中了，他就说一个考不中；

如果全考中了，他就说一齐中；假如都考不中，他就会说一个都不中！”说完大笑不止，弄得卖卦先生狼狈不堪。

杨圣岩的故事

汉族机智人物故事群之一。流传于上海及江苏海门、启东、南通、大丰等地。故事主人公系讼师型机智人物。其原型杨圣岩，清代崇明岛（今属上海）的一个讼师，生平事迹不详。他的故事清代已有记载，如徐珂编《清稗类钞》中的《移尸免祸》《咎由自取》。口传故事一部分是有关惩恶扶危的作品，思想内容尚好，如《巧骂县太爷》《戏恶僧》《寡妇改嫁》《三岔路口告状》《教卖柴汉猜对》《失伞》；另一部分是以寻衅报复、坑害无辜为内容的作品，思想倾向性甚差，故事主人公成为民众畏惧和痛恨的恶讼师，如《吃粪清水》《茶馆评理》《搭搭谈，鼻子烂》《朝得晓得，外孙八岁》《坏人坏自身》。

巧骂县老爷

汉族机智人物故事。采录于上海。

有一位新到任的县官拜访四方贤达，唯独没去见杨圣岩。杨圣岩写了一封信把县官的祖宗十八代骂遍，还把他在别处贪赃枉法的事都抖了出来。六月的一天早上，杨圣岩反穿皮褂子找到一个过路人，给了他几两银子作为报酬，请他把信带给县老爷。县官看过信火冒三丈，立即审问送信人是谁写的信，那人就把杨圣岩叫他送信时的情形讲了一遍。县官刚要派人去捉拿杨圣岩，师爷便对他说：“老爷，我看此人大清早迷雾里碰着鬼了，哪有六月天穿皮褂子的？”接着又把杨圣岩怎么长、怎么短说了一番。县官一听，只好忍气吞声了事。

寡 妇 改 嫁

汉族机智人物故事。采录于上海。

有一年清明节，杨圣岩到江边，见一少妇在失声痛哭。原来她丈夫三年前已病故，她后来与同村一青年相好，有心改嫁，可族长和公爹不依。她刚上坟回来，一想到自己的不幸，便忍不住伤心落泪。杨圣岩赶忙替她写一份状子，让她去衙门告状。次日知县接过状子一看，上面写道："民妇十八夫病亡，一间草屋两张床，婆婆三年病归天，公公如今还年壮。"知县见了立即发话："下面民女，本官令你立即回家改嫁，不得有误！"

搭搭谈，鼻子烂

汉族机智人物故事。采录于上海。

有一回杨圣岩路遇一个挑粪老汉，两人便聊起来。老汉说："崇明有个杨圣岩坏来入骨，和他搭搭谈（搭话），鼻子也要烂。"过桥时杨圣岩表示要帮老汉把粪桶逐只抬过去，可是当他跟老汉一起把一只粪桶抬过桥后，说声"你摸摸自己的鼻头有没有烂掉？"便扬长而去。老汉眼睁睁看着桥两头各放一只粪桶，无可奈何，叹道："哎哟！我今朝碰上杨圣岩了！"

苏济川的故事

汉族机智人物故事群之一。流传于四川长宁一带。故事主人公系文人型机智人物。其原型苏济川，清末长宁人，光绪年间考中秀才，后因家境清贫，又不愿趋炎附势，便以教书为业。他为人正直，幽默风趣，常常替穷人讲话，受到乡亲父老敬重。其故事往往与对对联、讲故事有关，代表性作品如《不是东西是什么》《吃水的是老子》《骂庸医》《趣对羞阴阳》《巧题"二西堂"》《土地庙趣对》。

吃水的是老子

汉族机智人物故事。采录于四川。

有一天苏济川去一家酒店喝酒，发现酒里掺了不少水，心里很不高兴。这时老板两口子请他讲个故事，他便讲开了：西海龙王的儿媳受丈夫虐待，离家出走，过河时用宝瓢把水舀干了。西海龙太子追来无法摆渡，又用宝瓢舀水来掺到河里。西海龙王怕儿子、儿媳打架，随后赶来。船夫问他要过河钱，他一气之下把河水喝干了。船夫说："今天我遇到三个人都了不得。你们究竟是啥子人啊？"西海龙王说："啥子人，舀水的是我的儿媳，掺水的是我的儿子，吃水的就是老子！”苏济川讲完后，酒店老板才晓得他两口子挨骂了。从此以后，他家卖酒就不敢胡乱掺水了。

骂 庸 医

汉族机智人物故事。采录于四川。

有一天苏济川碰到一个没有手艺、专会挣钱的医生，就摆了一个龙门阵：从前云南有个做墨买卖的人，为了防止岩鹰叼墨，便买了一只猴子来守墨。猴子怕太阳晒，就钻到晒墨的斗筐下面乘凉，因此墨照样被岩鹰一次又一次叼走。主人很生气，打了猴子一顿。猴子挨了打，就“咿咿咿”地叫。主人骂猴子说：“你还‘咿咿咿（医）’，墨（脉）都不会看，你‘咿（医）’啥子？”那个庸医听了，开头还一个劲地笑，笑到后头一想不对，脸一下红到了耳根。

巧题“二酉堂”

汉族机智人物故事。采录于四川。

铁匠李老幺发家以后常常虐待父亲，还将老人赶出家门。苏济川知道此事后，趁他家新房落成，给题了“二酉堂”三个大字。客人们向苏济川请教，苏济川说：“‘酉’字竖起像打铁的砧子，横起像鼓风的风箱，说明李老板发家不忘本。‘二酉’乃父子两代匠人之意。没有父辈当年辛苦传艺，哪来晚辈如今的立业兴家呢？因此称‘二酉堂’。”众人听了，都说苏老师这个匾额题得有道理。李老幺受到良心的责备，立刻从后门出去，亲自把他爹接回来。经过苏济川的开导，李老幺痛改前非，再也不做对不起老人的事了。

李灌的故事

汉族机智人物故事群之一。流传于陕西合阳、韩城、大荔一带。故事主人公系文人型机智人物。其原型李灌，字向若，一字连璧，合阳县南顺村人，明崇祯年间举人。他博学多才，富于正义感，明亡后，隐居在家，过着农耕生活。在故事中，大多将其塑造为一位不畏权贵、惩治邪恶、替百姓排忧解难的智者。他的故事涉及抨击贪官污吏、嘲讽乡绅财主和其他社会生活内容，不少与诗文、对联、书法有关，诙谐风趣，具有乡土特色。代表性作品如《一副对联惊知府》《耍弄县官》《巧骂县太爷》《断褡裢》《赠诗》《话中有话》《惩罚差人》《李灌买蛋》《玉波亭》《悼驴祭文》《算卦》。

一副对联惊知府

汉族机智人物故事。采录于陕西。

新上任的同州知府准备在刚落成的知府衙门口雕刻一副惬意的对联，忙张榜征集，写明只要对联被选中便赏银十两。李灌揭榜进了衙门。知府见他一身赶脚人打扮，要先打他二十大板。李灌笑道：“人不可貌相，海水岂可斗量！”立即挥毫写出一副对联：“二华关大水，三城朝合阳。”横额是“同治十属”。清代同州府管辖华县、华阴、潼关、大荔、白水、韩城、蒲城、澄城、朝邑、合阳十县。知府见这副对联文妙字美，非常满意。李灌领了赏银转身就离去了。当有人认出李灌的笔迹时，知府赶紧派人追赶，打算聘他为师爷。李灌对追来的差人说：“李灌李灌，从不闪面。走州过县，随机应变。素不识面，真乃笨蛋！”差人回衙照原话一说，知府叹道：“唉，你们才真正是笨蛋！”

断 褡 裢

汉族机智人物故事。采录于陕西。

有一天李灌去赶集，见一中年人和一少年在争一个褡裢，互不相让，围观的人也弄不清这褡裢究竟是谁的。李灌灵机一动说：“这有何难？用刀割开一人一半就是了！”中年人点头称是，少年却哭了起来，边哭边说：“不行，我好好的一条褡裢，回去剩下半截，咋给我妈交代哩！”众人已看出几分，都不满地瞅着中年人。中年人红着脸说：“算咧，我不要咧！”

李 灌 买 蛋

汉族机智人物事故。采录于陕西。

有个卖鸡蛋的常在乡下骗人，李灌打算教训他一次。一天卖蛋的到南顺村，李灌问好价便开始数鸡蛋。他一五一十地往旁边碌碡上放，很快碌碡面上摆满了蛋，他让卖蛋的用胳膊围个圈挡一挡，直到把筐里的蛋数完，李灌一摸口袋说：

“抱歉，我忘带钱了，你稍等一时。”便一去不返。卖蛋的蹲了半天，腿发酸手发麻，又不敢动，怕鸡蛋掉下来摔坏。过了很久才过来一人，听卖蛋人讲了发生的事后说：“李灌先生叫你今天吃点儿小苦头，以后千万不要再哄人了。”

李太清的故事

汉族机智人物故事群之一。流传于湖北嘉鱼。故事主人公系官宦型机智人物。其原型李沂，字景鲁，号太清，明代嘉鱼人。万历年间进士，改庶吉士，后授吏科给事中，因告发东厂太监张鲸，被革职，家居十八年后去世。光宗嗣位，追赠他为光禄寺少卿。他的故事大多为调侃皇上、嘲弄权贵、惩罚邪恶、为民众排忧解纷的趣闻，其中针对昏官白知县的一些篇什颇为引人注目。代表性作品如《三十（石）六步两眼桥》《真是太清》《羊子屁股的来历》《一毛不拔》《李太清拉纤》《吃金银饼》《关卡赔银》《巧妙解劝》《上街》。

真 是 太 清

汉族机智人物故事。采录于湖北。

有个奸臣告李太清的恶状，说他贪赃枉法，发了大财。皇帝立即召李太清进宫，询问家中境况。李太清说：“家有八十人砍柴，七十人烧火，两只盐船跑水，吃水吃了半边江，屋里有千柱落角，家有万盏明灯。”皇帝又派人到嘉鱼李太清老家调查，所见竟与他说的完全相反。皇帝得知后要问李太清一个欺君之罪，李太清忙解释道：“我家八十岁老爹砍柴，七十岁老母烧火，养两只鸭靠它下蛋换油盐，吃水用的是半边破缸。房屋用芦柴、竹子插土里当墙，晚上从茅棚顶上可看到天上星星，这就是千柱落脚、万盏明灯呀！”皇帝一听哭笑不得，连连说：“李太清真是太清啰！”

李太清拉纤

汉族机智人物故事。采录于湖北。

有一天嘉鱼的白知县逛完武昌府乘船回县城，船行到嘉鱼簰洲江边时，衙役们硬逼着两个老头儿在江边拉上水纤。白知县坐在船上饮酒作乐时，突然发现拉纤的老头儿中有一个是微服私访的李太清李大人，赶忙停船，下去连连磕头赔罪。李太清说："我们拉了三里路的上水纤，只要你们拉三里路的下水纤送我们回去，就饶了你们。不过，你们也得像我们一样把纤绳拉得笔直。"白知县和衙役们只得照办。哪知下水船快如飞箭，要拉直纤绳真是难上难。他们跑得黑汗直流，等跑完三里路，都散了骨架。从此白知县他们再也不敢乱抓民夫拉纤了。

吃金银饼

汉族机智人物故事。采录于湖北。

李太清回乡听说白知县为了讨好上司，加重了粮税，不收谷只收米，还将米过三四道筛，整得百姓苦不堪言，便决定教训一下白知县。一天白知县登门拜访，李太清让家人端出一半黄一半白的粑儿——"金银饼"来待客。他一掰两半，自个儿吃一半碎米粑，把谷糠粑那半边递给白知县吃。白知县不得不吃，哽得白眼直翻。李太清问他："这味道比你征收的官粮米如何？"白知县忙应道："李大人，我再不敢像过去那样征粮米啦！"

关卡赔银

汉族机智人物故事。采录于湖北。

李太清告老还乡时，皇帝赐他一盏金丝灯笼。一日他行至港湾，遇到船主老两口正为无米下炊着急，便出主意让他们把洲上的白黏土运到江南窑场去卖。船主把装上白黏土的船开到陆溪口码头时，抽税关卡的卡役们不肯放行，上船把白黏土全翻进江里也没找到该抽税的物品。李太清见他们如此欺负百姓，便在船头挂出"见官高三级"的金丝灯笼来。他对卡官说："这船泥巴是送给皇娘养花的，你们把它倒进江底，该当何罪？"卡官听了，吓得魂不守舍，只好赔银子，还不断求饶，这才完事。

巧妙解劝

汉族机智人物故事。采录于湖北。

张善裁和李良秀夫妇是一对手艺过人的裁缝。舒员外的独生女要嫁给县太爷的公子，特请他俩做嫁衣。他俩把绫罗绸缎搬回家日夜赶工，谁知员外嫁女的风声太大，一夜间裁缝铺里的好衣物全部被盗。员外告到县衙，张善裁被关进牢房。县太爷听说裁缝还有个貌美的妻子，便打上了主意。擦黑时他换便袍、骑白马，带着家丁来到李良秀家。街人听到县太爷逼迫李良秀的哭声，一位老人劝道："姑娘，就请县太爷到你房中看看有何值钱物抵债，私了这场官司吧。"县太爷跟进内屋，抬头看见一盏金丝灯笼，才知那老人是"见官高三级"的李太清。他正不知所措，李太清进来说："你不抓真盗，还诬陷好人，假布衣私访，逼奸民女，利用儿女婚事勒索百姓钱财。你可知罪！"县太爷连忙下跪求饶，随即按李太清的吩咐，立即放张善裁回家夫妇团圆。

李侠商的故事

汉族机智人物故事群之一。流传于江西抚州地区。故事主人公系讼师型机智人物。其原型李侠商，绰号"狸猫"，清乾隆年间临川（今属江西）的一位民间讼师。他的故事大多写他巧斗各种贪官污吏，为穷苦百姓鸣不平、出怨气，并且往往与诉讼有关，如《智助"偷砖贼"》《巧戏赃官》。

智助"偷砖贼"

汉族机智人物故事。采录于江西。

有一天，丰城知县钱串子在公堂上审理两个偷砖的穷汉。他俩一个是捡了一块城墙砖凑一头好挑担子，一个是为安装锄头砸碎了一块城墙砖。钱知县借机敲诈勒索，要他俩各交四百两银子。两个穷汉叫苦不迭。这时李侠商上堂来，要带钱知县去抓一个偷城墙砖的富人，并提出先放掉那两个穷汉。钱知县见这位有名的讼师肯帮忙，以为可以捞足油水，立刻放了两个穷汉。当钱知县催着李侠商带他去捉富人，李侠商却指着公案脚下垫的四块城墙砖说："偷砖贼就在眼前。你身为七品县令，为何挖社稷城墙？按律该当何罪？"钱知县理亏，自知不是李侠商的对手，慌忙退堂。

巧 戏 赃 官

汉族机智人物故事。采录于江西。

临川知县是个无恶不作的赃官，卸任前夕他为了标榜自己“清廉”，就将铸有“乾隆通宝”的制钱五百贯悬挂在县衙前，并张贴告示宣称：“一月内如有检举本官错失者，赏钱五百贯。”老百姓深知这个赃官阴险狠毒，谁也不愿上当。限期快到时，李侠商从外地赶到县衙冷冷地说：“知县大人，你死期到啦！你胆敢将皇上年号悬挂在衙前示众，该当何罪？”这个赃官听了面如土色，连连谢罪，赶忙派人取下制钱，当天夜里便带着财物、行李逃之夭夭。

连捷登的故事

汉族机智人物故事群之一。流传于福建顺昌一带。故事主人公系文人型机智人物。其原型连捷登，明嘉靖年间顺昌漠布人。他饱读诗书，能言善辩，好打抱不平，颇受平民百姓爱戴。他的故事以惩恶扬善、扶弱济危的趣闻居多，如《千年不死鬼》《替理发师告状》《马无四足怎能行》《痛击县令》《庵主挑猪肉》。

替理发师告状

汉族机智人物故事。采录于福建。

有一日连捷登去理发，时候还早，理发师却愁眉苦脸要挂牌打烊。原来理发师的妻子去买东西，被开海味铺的财主调戏，回家后竟寻短见身亡。连捷登问明缘由，十分气愤，便提笔帮他写状子。当天理发师便到顺昌城击鼓叫冤。县官一看是连先生的字迹，上写：“对面有个海味铺。强我妻，夺我铺，妻不从，自刎故。”县官不敢造次，立即查封海味铺，让店主承担了埋葬死者的全部费用，并保证抚养理发师全家老小。

庵主挑猪肉

汉族机智人物故事。采录于福建。

大年三十儿下午，连捷登听到邻居家夫妇为无钱过年在哭泣，十分同情，于是穿戴整齐，手持香火朝大仙庵走去。这大仙庵的庵主奸诈圆滑，民愤颇大。连捷登进庵一拜神后，忽然闻到厨房里香味扑鼻，他进去揭开锅盖，见猪鱼肉煮了一大锅，便故作惊讶地喊道："啊呀！庵里煮大鱼大肉，得罪了大仙奶奶，今后乡里若有天灾天祸，首先找你！"庵主十分慌张，求他不要声张。他乘机让庵主把猪肉挑到邻居家里，庵主无奈，只好照办。

吴獬的故事

汉族机智人物故事群之一。流传于湖南岳阳、临湘以及湖北通城一带。故事主人公系文人型机智人物。其原型吴獬，清代岳州（今湖南岳阳）的一位饱学之士，足智多谋，诙谐风趣，在当地颇有名望。他的故事大多是匡俗济时、抑恶扬善的趣话，往往与吟诗、对对、题辞有关，生动幽默，通俗易懂。如《书联讥员外》《洞庭湖中羞举子》《到口就吞》《主母亚心》《獬老爷和事》。

洞庭湖中羞举子

汉族机智人物故事。采录于湖南。

有一日吴獬与十余名上京赴考的举子同船游览洞庭湖。他见举子们摇头晃脑作出来的诗对十分蹩脚，不禁哑然失笑。举子们见吴獬穿的是粗衣布袍，竟敢讥笑他们，便要与吴獬对对子，吟道："洞庭湖，湖（浮）洞庭，湖（浮）南湖（浮）北。"吴獬感到应当教训一下他们，便以船上的桐油罐为内容，回敬道："桐油罐，罐（灌）桐油，油（游）东油（游）西。"举子们听了，知道吴獬在讥讽他们是肚内无墨水的桐油罐，一个个羞得满脸通红。

到口就吞

汉族机智人物故事。采录于湖南。

吴獬在岳麓书院讲学时，有天晚上隔壁的谢先生来房里向他借灯油，见他正在狼吞虎咽地吃晚饭，便说："吴先生，好抢菜，到口就吞（吴）。"他见对方在自己的姓上做文章，灵机一动，答道："谢老师，来借油，抽身便讨（谢）。"说罢他俩都开怀大笑。

吴癞子的故事

汉族机智人物故事群之一。流传于四川嘉陵江、涪江沿岸。故事主人公吴癞子，系船工型机智人物，实有其人。他的故事大多与船工生活有关，不少是写他揭露、播弄船老板的。代表性作品如《海椒钱》《打鼎锅》《装死人》《渡口良缘》《千里姻缘一线牵》。

打　鼎　锅

汉族机智人物故事。采录于重庆。

有一回吴癞子遇到一个非常吝啬的老板，尽给船工吃老咸菜，船工们肠子都生锈了。有天船工们请吴癞子想办法让大伙开开荤，吴癞子就让大伙看他的。第二天清早他扯开嗓子大骂："哪个龟儿子打鼎锅卖的，打个鼎锅恁个厚，烧半天水都没烧开。你龟儿子烧火的，打得薄的鼎锅你不买，买个打得恁厚的鼎锅！"谁都知道鼎锅不是打出来的，而是倒（铸）的。但船上最忌讳说倒、沉、翻等字，说了就脱不了手。船老板正在睡懒觉，被吴癞子吵醒了，气得鬼火冒，便说："吴癞子，一大早你吼啥子嘛，哪个鼎锅是打的嘛？鼎锅明明是倒的呀！"吴癞子叫道："老板，一大早你就说不吉利的话，啷个办？"老板情知上当，有苦难言，不得不打酒割肉敬神，请大伙吃了一顿。

装　死　人

汉族机智人物故事。采录于重庆。

有年腊月三十儿，船老板给船工们团年。吴癞子一见菜孬酒少，心里很不舒服。他抓起桨脚一下便把酒坛的上半截打脱了。老板只好叫人重新去打酒。他怕吴癞子趁势说不吉利的话，便一再叮嘱。吴癞子说："我和你打赌，明天哪个说了不吉利的话哪个请客。"说完就大碗喝起酒来。晚间老板睡得迷迷糊糊的，只听到船工们在说吴癞子醉得要死了，心想他醉倒了也好，免得明天乱说。大年初一早上老板爬起来，见船头上硬翘翘停着一个死人，一问说是吴癞子，便骂道："吴癞子，你格老子喝不得就少喝点儿嘛，这下醉死了安逸啦！"船上最忌讳说

“死”字。话音刚落，吴癞子翻身就爬起来要老板请客，给大家打牙祭。老板只好认罚。

何瑭的故事

汉族机智人物故事群之一。流传于河南沁阳、武陟、新乡一带。故事主人公系官宦型机智人物。其原型何瑭，字粹夫，号柏斋，怀庆武陟人，明弘治进士，官至南京右都御史。晚年致仕还乡，为乡梓做了不少好事，颇受百姓敬重，人们称其为“何老先儿”。他的故事多数是揭露、嘲弄、鞭挞奸臣和贪官，扶危济困、伸张正义的作品，如《藏杯计》《何瑭撵驴》《何瑭闹寿》《卖棒槌》《仁义胡同》《何瑭斩妻》《巧治税官》《联姻缘》《何氏肉丸》《拆字救命》。结集出版有《何瑭的故事》。

藏　杯　计

汉族机智人物故事。采录于河南。

大宦官九千岁刘瑾妄图趁皇上做寿之机杀掉皇上，篡夺帝位。何瑭早对刘瑾的野心有所察觉。这天见他图谋不轨，故意把寿宴上的一个九龙杯藏了起来。太监发现少了一个九龙杯，赶忙寻找。何瑭便提议搜身，并说先从万岁搜起。何瑭曾做过皇上的老师，皇上知道他爱开玩笑，只好解开龙袍让群臣看。接下来搜九千岁刘瑾，竟发现他把只有皇上才能穿的赭黄龙袍藏在朝服里面。刘瑾狗急跳墙，慌忙间从袖筒中抽出短刀去刺皇上，当下就被御林军打死了。皇上和满朝文武明白何瑭藏杯的用意，都非常钦佩他的忠心和机智。

何 瑭 撵 驴

汉族机智人物故事。采录于河南。

怀庆府河内县（今河南沁阳县）有一任县令喜欢雨后乘轿出游，还让满城百姓跪在稀泥当中迎送，闹得民怨沸腾。何瑭路过此地，决定治治这个县太爷的“毛病”。一天大雨刚停，何瑭趁县令出来游逛的时候，故意放一头毛驴去迎县令的轿子。县令看见何瑭在撵驴，赶忙下轿跪在稀泥里迎接。何瑭指桑骂槐，说道："我那头小毛驴真古怪，一下罢雨就到街上乱跑，我撵上非要教训教训它不可！"县令听出弦外之音，自此再也不敢雨后出来闲逛了。

卖 棒 槌

汉族机智人物故事。采录于河南。

有一次何瑭外出，帮助一个卖棒槌的穷汉从泥坑里拉出车子，穷汉非常感激，连声称何瑭为"老哥"。何瑭听见人家称他为"老哥"，心花怒放，便与穷汉拜为兄弟。两天后何瑭五十大寿，当地大小官员、豪绅富商纷纷前来拜寿。何瑭把那个穷汉请到家中，并吩咐下人将他推的一车棒槌全部用大红纸包好。寿宴完毕，何瑭对客人们说，他弟弟的一车棒槌尚未卖掉，一一分送给大家。那些贺寿的人碍于面子，一个个只得掏出银两买下棒槌。穷汉得了银钱，买了粮米，便高高兴兴地推着小车回家去了。

何 瑭 闹 寿

汉族机智人物故事。采录于河南。

有一次何瑭外出私访，遇一女子在道旁伤心啼哭。一问才知她是当地县官的一个儿媳，年轻守寡，常受公婆及两个嫂嫂的虐待。何瑭很同情她，就收她做自己的干女儿。翌日县官五十大寿，何瑭身着便服随众人进了衙门，直向灶房走去。他替干女儿烧火，让干女儿把一个红纸包送给县官。干女儿去后，他用污水把灶房里外泼个一塌糊涂。县官打开红纸包，发现是何瑭写的一首诗，赶忙领着祝寿的一帮官员、富豪到灶房向何都堂大人道歉，一个个跪在污水里，苦不堪言。干女儿过来求情，何瑭才让那帮人爬起来。何瑭借此机会把县官好好教训一番。打这以后，县官一家再也不敢虐待这个苦命的弱女子了。

何三麻子的故事

汉族机智人物故事群之一。流传于湖北武汉、汉川、应城、安陆、云梦、孝感、应山一带。故事主人公系劳动者型机智人物。其原型何涛，明末汉川县南河河畈人，一生从事农耕。在故事中，他有时以佃农身份出现，有时以长工、短工等身份出现。其作品数量较大，内容较广泛，相当一部分是写他与财主斗智的，此外还有涉及皇帝、县官、店主、商贩、道士、神汉等各种人物的趣事，富有地方特色和乡土风情，脍炙人口。代表性作品如《一喜一怒》《没有动你的“看鱼”》《泥坑救主》《我是关云长》《只长了一张猪嘴巴》《有幸不需媒》《踩碓臼》《一担挑》《银钱滩》《拿秤杆来》。

没有动你的“看鱼”

汉族机智人物故事。采录于湖北。

章财主给长工开饭，端出一道菜叫“看鱼”，只准看不准动筷。长工老刘不知这个规矩动了看鱼，到年底算账时，被扣掉了一年的工钱。老刘去找何三麻子帮忙，第二天何三麻子就装成画师魏大仙来到章财主的塆子里。章财主早听说有个魏大仙，无论画什么都能活，于是请他进屋盛情款待，求他画几个只干活儿不吃饭的长工。何三麻子满口答应，要财主叫个力气人、会做事的人来做样子。财主找来了老刘，何三麻子上下打量了一番，摇摇头说：“不行，我看他心术不正，做过什么对不住东家的事。”不管老刘和财主怎么解释，他都不肯动笔。最后老刘说：“我想起来了，那天吃饭我动了看鱼，坏了东家的规矩。”章财主怕他不画走掉，急忙说：“大仙，他没动我的看鱼，他刚才说的是假话。”何三麻子立即脱下穿戴：“没动你的‘看鱼’，就算账还他的工钱。”财主一看是何三麻子，只好把工钱交还了老刘。

只长了一张猪嘴巴

汉族机智人物故事。采录于湖北。

何三麻子到岳父家去拜年，四位襟兄要与他比赛吹牛，讲好谁吹输了就罚酒。大襟兄说：“我家祖庙里有面鼓，初一敲了十五还听到响声。”二襟兄说：“我家喂头大牯牛，站在江这边能吃到江那边的草。”大襟兄说世上没有那大的牛，二襟兄道：“没有那大的牛，哪来那大的牛皮蒙你家的大鼓？”大襟兄认输。三襟兄说：“我家有只黄桶，装上水船在里面划，七天七夜才能到对面。”四襟兄说：“我家后园有根竹子长得戳破了天。”三襟兄认为世上没有那长的竹子，四襟兄说：“那你家黄桶拿什么来箍？”三襟兄无话，只得跟大家敬酒。轮到何三麻子，他说：“我家用三百钱买了个猪娃，养了三年零六个月，不小心从阴沟跑了。”大家齐声问：“那不是一点儿没长？”何三麻子说：“别的没长，只长了一张猪嘴巴，好吹牛皮！”

银　钱　滩

汉族机智人物故事。采录于湖北。

何三麻子的舅舅是个大财主。一天西乡有个财主嫁姑娘，舅娘要去送礼，吩咐何三麻子划船送她。船行到小沙滩，何三麻子故意把船左右摇晃，他说：“舅娘，这里是银钱滩，不丢银钱要翻船。”舅娘又急又怕，慌忙抓出一把银钱放船板上，可是船还是不停地晃动。何三麻子说多放钱才能保平安，舅娘只好把随身带的银钱都掏了出来。何三麻子把钱装进布口袋丢到河里，等舅娘上岸，他又立即把系了绳子的布口袋提上船，全分给了穷人。

沈拱山的故事

汉族机智人物故事群之一。流传于江苏盐阜平原及苏北其他地区。故事主人公系文人型机智人物。其原型沈拱山，字渭滨，江苏盐城乡间的一个下层知识分子。他博学多才，蔑视仕途，一生甘过农耕生活。他疾恶如仇，敢于扶危济困，与贪官污吏、土豪劣绅作对，后因触怒官府而入狱，被害死于狱中。他的故事内容较为丰富多彩，其中以智斗赃官、豪绅、恶棍，替受苦人打官司、排忧解纷的作品最为常见，多侧面地再现旧时盐阜平原水乡及盐区的社会生活，传达出处于社会底层的农夫、工匠、小知识分子的呼声和愿望。作品情节生动，语言流畅，地方特色鲜明，艺术质量较高，在江苏诸多机智人物故事群中较为突出。代表性作品如《沈拱山弃考》《黄纸钱买粮》《扳倒“踢斛加尖”》《小钱》《三提灯笼过衙门》《枕头顶儿》《黄公狗位》《巧治恶棍》《石磙官司》《一线案》。结集出版有《沈拱山的故事》。

沈拱山弃考

汉族机智人物故事。采录于江苏。

沈拱山去淮安府应试，开考前一天晚上，他搭救了要寻短见的寡妇母女，却被诬告关进了山阳县监牢。众举子闻讯立刻赶去营救。在沈拱山的授意下，他们全都罢考，监考官不得不让山阳县令放了沈拱山。但是众举子仍旧不进考场，监考官只好查明山阳县令伙同歹徒谋财害命的案情，迫使官府将其革职，并且惩办了逼寡妇自杀的人。随后众举子才跟着监考大人进了考场。沈拱山通过此事认清了官场的丑恶，决心弃考，发誓终生不求功名，专门替老百姓打抱不平。

黄纸钱买粮

汉族机智人物故事。采录于江苏。

有一年闹饥荒，盐城知县把皇帝发放的赈灾粮私吞下来开了粮行。沈拱山知道此事后，在粮行开张那天，带领大伙去买粮。知县想不到沈拱山也来帮他拉生意，心中大喜。但他发现这帮人把箩筐装满后，只向收钱的差人交了张敬鬼神用的黄纸钱。知县问沈拱山要钱，沈拱山说："买粮的钱全写在纸上了。"知县低头一看，纸上有几行小字："百姓正闹饥荒，皇上放了赈粮，老爷你想私吞，岂怪买粮赖账！"知县的老底被揭，眼睁睁瞅着到手的银子被沈拱山弄丢了，却无可奈何。

扳倒"踢斛加尖"

汉族机智人物故事。采录于江苏。

有一年沈拱山上盐城交粮纳税，碰到了新规矩：本来量米时应用淌尺刮口，这次却是用斛量满后还拿脚踏实，并且不再用淌尺刮平而是再加尖，叫作"踢斛加尖"。县衙册书先生说，这个规矩是淮安粮台定的。沈拱山赶到淮安，见粮台府里贴出了一张告示，准备明日用"踢斛加尖"法收粮。半夜沈拱山悄悄摸到街上，将告示完整地剥下，连夜开船，三天三夜赶到苏州。谁想苏州府台官官相护，以势压人，说他诬告朝廷命官，重杖二十大板推出府衙。沈拱山一咬牙卖去二亩粮田，写成乡民联名状词，吃尽千辛万苦赶到京城。他把"踢斛加尖"的奇闻印成千余张小帖子，满京城散发。此事惊动了刑部大人，沈拱山很快被抓到刑部高衙，六部大堂会审。他拿出乡民联名状词和粮台制定的告示，文印俱实，证据确凿，众大人只得按国法公断。沈拱山虽因"白衣告大员，以小犯上"之罪重责五十大板为戒，但等他回到盐城，淮安粮台已坐牢，苏州府台也受降级处理，"踢斛加尖"的规矩终于被兜底扳倒了。

小　　钱

汉族机智人物故事。采录于江苏。

沈拱山爱打抱不平，与贪官作对，钱知县对他怀恨在心。有一天钱知县纠集了一帮曾吃过沈拱山苦头的豪绅，宣布今日要惩办他。沈拱山被喊到堂上，钱知县把一枚铜钱扔下，问他是什么东西。沈拱山说："小钱嘛。"钱知县立即翻脸："这上面铸的是当今皇上国号，你竟污蔑为小钱，轻狂至极，罪该当斩！"沈拱山毫无惧色，说道："我喊小钱是指你这个钱知县，你自将贼姓比国币，野心不小！还故意把铸有国号的铜钱扔泥地上，蔑视当今万岁，究竟谁该当斩？"钱知县吓得面如土色，赶快说："本官开个玩笑，何必当真。"

三提灯笼过衙门

汉族机智人物故事。采录于江苏。

那些年，盐城盗贼如毛，就连大堂门外的告示牌也被人扛走。倪知县没法，四处张贴布告："为防盗贼作案，夜晚行人必须提上灯笼，违者罚款。"沈拱山看到布告，当晚提着没插蜡烛的灯笼到衙门前。衙役看见一把抓住他，要罚款。他举起手中没有亮光的灯笼说："这不是灯笼是什么？"说罢扬长而去。倪知县听说后，让人在布告上加了"插上蜡烛"四字。次日晚上，沈拱山提着灯笼插上蜡烛，依然没有亮光。他对衙役说："告示上没讲点火，老百姓哪敢违背？"倪知县又叫人添上"点火"二字。晚上倪知县手下见一人提着灯笼，烛光照出个大"沈"字来，心中顿时明白：是沈拱山，便问道："你为何三番两次要我们老爷改布告？"沈拱山笑道："一张布告写不全，形似安民实括钱。行人提灯能治贼，何需请来父母官！"倪知县听说后暗暗叫苦，却说不出一句话来。

枕 头 顶 儿

汉族机智人物故事。采录于江苏。

有一天知县想试试沈拱山的学问，好设法治住他，便指着自己胸前的绾幅镜，问他是何物。沈拱山说那是个大枕头顶儿。知县一听暗自好笑，当他回到内衙在娘子面前嘲笑沈拱山连绾幅镜都不认识时，县官娘子说："他把你比成个绣花枕头，一肚子草，是个大草包。”

黄公狗位

汉族机智人物故事。采录于江苏。

有一次，财主毒蜈蚣家的黄狗咬伤了孙老汉的儿子，孙老汉一怒之下打死黄狗。毒蜈蚣即派人将孙老汉抓去毒打，并说：“你要死，就给狗抵命；要活，就给狗立牌位，披麻戴孝当狗孝子。限你今天之内答复！”沈拱山听说此事，主动随孙老汉到毒蜈蚣家写狗牌位。三伏天他借了皮袄，怀抱手炉，问清是条公狗后，便大笔一挥，写下“黄公狗位”四字。下午正要给狗发丧，县衙来了四人，不由分说抢过牌位，把毒蜈蚣和孙老汉抓进县衙。原来县老爷姓黄，人称黄公，他见到“黄公狗位”四字，气得发抖。毒蜈蚣指着沈拱山说，这牌位是他中午穿着皮袄、怀抱火炉写的。沈拱山上前道：“老爷，这话能相信吗？这分明是戏弄老爷！他还纵狗伤人，孙老汉的儿子现在生死未卜，望老爷做主。”黄知县一听，来得正好，立即断道：“毒蜈蚣利用写狗牌位侮辱本官，打四十大板；纵狗伤人，罚银五十两，给伤者治病。”

巧治恶棍

汉族机智人物故事。采录于江苏。

盐城街上有个胡董事，只要他知道谁办喜事，就送上一张名片，通知人家新婚之夜要将新娘让给他睡，否则他就要弄得人家破人亡。这年卖豆腐的陈二的独生女与周木匠的儿子要结婚，收到了胡某的名片。双方父母急得六神无主，便去请沈拱山帮忙。沈拱山接过名片，让他们喜事照办。恰巧这天知县九姨太的女儿也结婚，沈拱山悄悄托人把胡董事的名片转送给九姨太。九姨太怒不可遏，把名片交给知县。知县看了差点儿气昏过去，立即派人抓来胡董事，先重杖一百大板。众衙役早就恨透了胡恶棍，大家使足力气棍棒如雨点，等打完一百下，胡某已气绝身亡了。

宋丑子的故事

汉族机智人物故事群之一。流传于晋中、晋北、陕北一带。故事主人公宋丑子，一作宋丑则，系劳动者型机智人物，出自艺术虚构。在故事中，他常以帮工、脚夫、轿夫等身份出现。其故事多数是捉弄财东、教训奸商、调侃世人的作品，朴质风趣，具有泥土气息，颇受群众欢迎。代表性作品如《异轿》《赔情》《搬酒》《使巧》《别人不做的我做》《房哭》《不下驴》《招赘》《放蛇斗官府》《住店》。

异　　轿

汉族机智人物故事。采录于山西。

有天宋丑子跟轿夫宋大哥一起抬轿去南山接邢大东家的亲家母。那个亲家母是个吝啬的土财主婆，从来没坐过一回轿子。她连吃喝也不给轿夫，就催他们上路。到了邢家以后，这个财主婆对自己的女儿说：“妮子啊，妈再也不坐轿啦！我只当坐轿赛过活神仙，谁知这趟把妈的脚也跑大啦！”原来上路时宋丑子把轿子的底板抽了。财主婆进轿后像唱戏的坐轿一样，是一路小跑到邢家的。

别人不做的我做

汉族机智人物故事。采录于山西。

宋丑子在曹掌柜的军马客店帮工，辛辛苦苦干了一年，到头来曹掌柜说他没把该做的事做完，一个铜子儿不给，还假惺惺地关照他：“记住，往后要别人不吃的你吃，别人不做的你做。”第二年宋丑子仍旧在曹掌柜店里干活儿，干到腊月三十儿那天，故意把曹家祭神、祭祖先的供品通通吃光了，还把水牌上记的密密麻麻的流水账擦得一干二净。曹掌柜见了火冒三丈，宋丑子却不慌不忙地说：“掌柜，你先不要骂人。我是照你的吩咐办的，别人不吃的我吃了，别人不做的我做了。要不，你又要扣我的工钱！”

房　哭

汉族机智人物故事。采录于山西。

宋丑子走西口的时候，住进一家客店。客店掌柜十分奸猾，做的饭菜质次量少，旅客们一个个叫苦不迭。当天夜间，宋丑子悄悄把一盆凉水泼在顶棚上。凉水不断往下滴，惊醒了客人们。宋丑子说那是房哭，很不吉利。次日客店掌柜请宋丑子烧香求神，给他破解一下，还办了一桌酒席酬谢宋丑子。宋丑子就请旅客们一起来享用了。

不　下　驴

汉族机智人物故事。采录于山西。

有一天一个小伙子骑驴赶庙会迷了道，向宋丑子问路。可他一不称呼，二不下驴，很不礼貌，宋丑子就装出没听见的样子，压根不搭理。小伙子急了，嚷道："你耳朵聋啦！"宋丑子说："别见怪，我有急事。我的驴下了头牛。"小伙子问："它为什么不下驴？"宋丑子笑道："啊！没想到你还知道下驴。"小伙子望着宋丑子远去的背影，慢慢才醒悟过来。

放蛇斗官府

汉族机智人物故事。采录于陕西。

县太爷依势作恶多端，百姓们有苦难言。有一天，宋丑子上山砍柴，看到有许多蛇在地上爬，就把它们捉回去喂养起来。时间不长，竟有各色各样的蛇百十来条。这一天鸡叫头一遍，他便背着蛇箱去县衙，翻墙爬到大堂的房顶上，放进五十多条蛇。上午县官升堂，衙役正在喝堂，猛然间发现大堂的梁上爬满大大小小的蛇，非常吓人，慌忙禀告县太爷。县太爷以为他平时做的亏心事太多，惹出祸殃来了，急忙下令设香案，祈求神灵保佑。大堂上香烟缭绕，祷告声、许愿声响成一片。这时候，几个衙役发现县衙院中纸条乱飞，一个衙役捡了一张送给县太爷，上面写着："少作恶，多吉利。如不改，遭瘟疫！"县官看完以后，磕头如捣蒜。

张璁的故事

汉族机智人物故事群之一。流传于浙江永嘉、温州一带。故事主人公系官宦型机智人物。其原型张璁，字秉用，永嘉县永强三都（今属浙江温州市瓯海区）人，后因其名与明世宗朱厚熜字异音同，世宗赐其名孚敬，字茂恭。正德进士，仕至华盖殿大学士，人们尊称他“张阁老”。其故事大多表现他才思敏捷、疾恶如仇、不畏权贵、敢于抗争的品格和风范，以及他诙谐、幽默的个性特征。代表性作品有《瞒天过海选丑女》《三个瓯桔》《智斗严嵩》《计除恶僧》《改字保太监》《中人张阿璁》《太师饼》等。

瞒天过海选丑女

汉族机智人物故事。采录于浙江。

张璁身居内阁首辅，受到朝中一班佞臣的忌恨。这些佞臣串通温州知府，修本奏请嘉靖皇帝派朝员去温州选美女。张璁是温州人，皇上派他前去。张璁明白，如选美貌女子入宫，皇帝喜欢，将要年年选送，温州女子就受害无穷。他想出一条妙计，瞒过温州知府，选了一名体态轻盈而相貌丑陋的女子带进京献给皇帝。皇帝收到温州知府的奏折后，看见送来的“美女”与奏折上写的姓氏、体形相符，面貌却丑陋，只得赐她些纹银打发回原籍，从此不在温州选美女了。

智斗严嵩

汉族机智人物故事。采录于浙江。

金銮殿上的龙凤鼓年久破损，擂不响了，嘉靖皇帝为此召张璁、严嵩两位大臣进殿商议修鼓之事。严嵩抢先奏道：“此事非同小可，需用京都巧匠、岭南檀木、温州人皮制作，方能成为龙凤佳鼓。”张璁一听，严嵩这着棋很毒辣，又不好点破，便说：“温州人皮能否制鼓，尚需验证。”皇上即传令从温州押一名死囚进京验证。在殿上，从温州押来的死囚喝了一碗热粥，连吓带热、汗流如雨。张璁赶紧奏道：“温州人皮多孔而又透水，确实不宜制鼓。”皇上一看果然如此，便传旨不再用人皮制鼓。张璁趁机奏道：“更鼓之事，若不是严嵩胆大妄奏延误时间，早该办妥。”皇上一算整整延误了三个月，立刻传令：赏严嵩五十大板。

太　师　饼

汉族机智人物故事。采录于浙江。

张太师告老还乡后，常在街上理发，与理发匠讲话很投机，便天天光顾闲谈。街坊见有贵人坐店堂里，都不敢进来理发了，使得生意十分清淡。这天张太师见理发匠紧锁双眉，一再追问，才知是他砸了人家的饭碗。他便从身上掏出几块碎银，给理发匠出了个主意，改行做小芝麻脆饼。过了几天，张太师寿辰，送礼宾客络绎不绝，太师吩咐将礼品一律退回。有个知县打探到太师爱吃理发匠出售的小芝麻脆饼，人称“太师饼”，便去购了一批送到张府。其他官吏见太师不收重礼，只收太师饼，也争相购买送上。一两天工夫，理发匠就发了笔小财，太师饼也因此出了名。

张十伢的故事

汉族机智人物故事群之一。流传于湖北通城一带。故事主人公系劳动者型机智人物。据说实有其人，出生在通城爆竹岭的一户农家。在故事中，他常以长工身份出现，有时也以佃农、手艺人身份出现。他的故事有近百篇，锋芒多数是指向财主和官府的，大多短小、质朴、风趣，饱含着农民的幽默感和鄂南特色。代表性作品如《老爷在后边》《接待亲家》《看货把钱》《巧吃腊肉》《卖灵屋》《堂上作证》《十伢寻死》《戏县官》《十伢题诗》《一计镇三邪》。

老爷在后边

汉族机智人物故事。采录于湖北。

有一回财主要去拜访一个没见过面的人，让张十伢穿好点儿，免得抬轿去时丢财主的面子。十伢穿上借来的一身好衣服上路了。快抬到时，他停下轿说，还是先去通报一声为好。财主答应了，他就带上礼单大大方方送给那家主东。主东请他入席，他也不推辞。酒足饭饱后他才说：“多谢你的好酒好菜，老爷在后边，我马上去叫老爷来。”主东问他为啥不说明自己的身份，他说：“我一到你就要我入席，我说不赢呀！”主东只好吩咐重新备席。

接待亲家

汉族机智人物故事。采录于湖北。

张十伢初到何财主家当长工，晚上找财主要油灯，财主不给，还讽刺挖苦地骂了他一顿：“不识文认字，何必瞎子点灯白费蜡，摸黑也能睡觉！”不久，何财主与涂财主家结亲。涂财主很有钱，但不识字，这天他来何家“看人家”。何财主为巴结这门亲事，得备一份厚嫁妆，大鱼大肉招待，十分殷勤。酒足饭饱，何财主送涂财主去歇息，十伢上前把灯都吹灭了。何财主问为何不点灯，十伢说：“老爷，您早就吩咐过，一群睁眼瞎，又不识文认字，何必瞎子点灯白费蜡，摸黑也能睡。”涂财主最忌人说他不识字，一听这话，立刻带着亲戚就走，亲事也吹了。何财主气得话也说不出来。

看货把钱

汉族机智人物故事。采录于湖北。

有一回张十伢与一个帮手把财主在外地买的一只猪婆抬回来，财主只给他俩每人十文钱，说这次抬的是个不值钱的蠢货，工钱自然少些。不久财主叫十伢去接娅婆（外祖母）。十伢跟那个帮手把娅婆抬来后，财主没给工钱。十伢说：“上次抬猪婆不值钱，哪晓得这次抬娅婆比猪婆还不值钱。”财主有气不好发，只得每人给二两银子。十伢接过银子说：“我说呢，还是娅婆比猪婆值钱。”

巧吃腊肉

汉族机智人物故事。采录于湖北。

财主家的厨房挂满了腊肉，就是不给长工吃。张十伢做饭时偷偷取下一刀腊肉洗净煮熟，然后把锅灰撒在肉上，仍旧挂到梁上。第二天，他请求财主给大家打牙祭，财主推诿道：“已经开饭了，你们要能吃生腊肉就取一刀下来，我还给每人二两银子的赌钱。如果吃不了，就扣半年工钱。”十伢取下煮熟的那刀腊肉，每人一块，很快吃光了。财主瞪大眼看着，后悔不该打赌。

卖 灵 屋

汉族机智人物故事。采录于湖北。

张十伢和幺妹相好，两人同在财主家当佣人。财主见幺妹长得好，想调戏她，但有十伢在不好下手。一天他打发十伢去卖财主婆死时用过的纸灵屋，并说："家里死了人的就会哭，你闻声去卖。"十伢知道财主的用意，走了一段路又转回到幺妹房门口。果然，幺妹被财主逼得又哭又叫，他便大声喊："里面买灵屋吗？"财主骂道："这里又没死人！"十伢说："没有死人哭么事？"财主开门一看是十伢，吓得屁滚尿流地跑了。

堂 上 作 证

汉族机智人物故事。采录于湖北。

李员外老两口虐待儿媳，将儿媳的腿骨打断了，还以"逆父逆母，好吃懒做"的罪名到县衙告了儿媳。过堂时张十伢闯进衙门替李员外作证，说："这女子不仅懒，还特别好吃。一次我从田里收工回来，见她在偷猪食吃呢！"县官一听就晓得李员外夫妇虐待儿媳，便喊道："老东西该打！"

十 伢 寻 死

汉族机智人物故事。采录于湖北。

有个财主嗜酒如命，最怕别人偷他的酒喝。招工时他见张十伢连酒是什么都不晓得，便把他留下了。一次他出外做客，叮咛十伢看好鸡，不要动酒坛，坛里装的是毒药。他走后十伢杀了一只大母鸡，开了一坛好酒，放开肚子吃喝了一顿。傍晚财主回来见十伢醉倒在床上，又发现少了一只最大的鸡，立刻把十伢扯起来盘问。十伢有气无力地说："鸡被黄鼠狼拖走了。我怕老爷怪罪，就喝毒药寻死。哪晓得没有死，只有点儿头重脚轻。"财主哑巴吃黄连——有苦难言。

张士发的故事

汉族机智人物故事群之一。流传于湖北五峰一带。故事主人公系长工型机智人物。其原型张士发，据说是清代长乐（今湖北五峰县）的一个穷人，靠帮工为生。其人憨厚滑稽，内藏机敏。他的故事大多是揶揄、戏弄其财主舅父的趣话，篇幅短小，对话简约，颇具幽默感，地方色彩鲜明。代表性作品如《规矩》《背得起和背起走》《不是二吊八不卖》《推空磨》《不准吃萝卜》《绿豆六升》《改状词》《喊歇》《问者不相亏》《小意不亏人》。

不是二吊八不卖

汉族机智人物故事。采录于湖北。

有一次舅爷让张士发背二百来斤黄豆到资丘去卖，叮咛他不是二吊八的价钱不卖。他到了资丘，见那里的黄豆涨成三吊的价钱，就不紧不忙地玩了一天，然后又把黄豆背了回去。他告诉舅爷，资丘的黄豆涨成三吊啦，所以没卖。舅爷气得直跺脚，张士发忙说："你说横直不是二吊八不卖，我大事小事都是依你的呀！"

不准吃萝卜

汉族机智人物故事。采录于湖北。

有一回张士发同舅爷到宜昌府去贩山货，舅爷赚了大钱却舍不得花，一路两人啃随身带的萝卜，既当饭又当茶。这时张士发见一群人在看布告，灵机一动，挤上去看了看，拐回来说："舅爷呀，布告上写着：湖广宜昌府，不准吃萝卜哪！"舅爷吓得赶快把手上的萝卜甩在脚下，让他再去看看还有什么。一会儿他又跑回来说："也不准甩萝卜，说是客来吃鸡子，煎鱼煎豆腐。"舅爷又拣起那半截萝卜，闷了一会儿自己也饿得抵不住了，只好和张士发上馆子吃了一顿鸡子豆腐鱼。

改 状 词

汉族机智人物故事。采录于湖北。

有一次，舅爷的牛摔死了，疑心是张士发使的坏，便请人写状词，想去县衙告一状。写状词的人晓得他刻薄，悄悄将状词让张士发看了。张士发请他改了两个字。升堂时，县官看状词上写着“状告张姑爷”，就喊道：“张姑爷！”张士发答：“在。”舅爷听了惊得不住磕头：“老爷，小人瞎了眼，告到姑爷名下来啦，我不晓得他已定了亲，我不告啦！”

张代刀的故事

汉族机智人物故事群之一。流传于湖北松滋一带。故事主人公系劳动者型机智人物，出自艺术虚构。他是旧时农村的一个剃头匠，诙谐多智，机敏过人，富有正义感，敢作敢为，颇受人民群众喜爱。其故事写他利用剃头的机会嘲讽、播弄、鞭笞以钱万刁为代表的吸血鬼及其帮凶，替穷苦乡民打抱不平，以解心头愤懑。已采录数十篇作品，大多短小活泼，富有幽默感，别具一格，代表性作品如《真不该说我是代刀》《谢四十大板》《吃谷的秤砣》《怪只怪老爷》《难上加难》《这是一回事嘛！》《算灵了》《又打又罚》《留一半明年剃》《金龟脱壳》。

吃谷的秤砣

汉族机智人物故事。采录于湖北。

钱万刁称了三年的剃头谷给张代刀，还不到两箩筐。张代刀拿起秤砣一看是空心的，就要用三年的工钱买下，并说：“别看它堆头不大，肚子大得很，我三年的谷它吃得只剩两箩筐。我拿回去非要它呕出来不可，不然我就送它到县衙。”可是钱万刁死也不卖。这时来了不少交租的农夫，张代刀不准他换秤砣，让他吃了一次大亏。从此钱万刁再也不敢用空心秤砣了。

难 上 加 难

汉族机智人物故事。采录于湖北。

张代刀剃头有个规矩，每逢中秋节都要去钱万刁家中赏月、吃月饼，钱万刁很是心疼。这年八月十五晚上，钱万刁想出个鬼点子，让狗腿子驾船到山背后湖里去赏月。张代刀晓得后就从家中背一口空木箱，放到湖的上风头，然后睡进去盖好盖子，让箱子自己漂走。钱万刁正准备吃月饼时，突然看见漂来一口箱子，赶忙捞上船。谁知刚打开箱子，张代刀便坐起来说："老爷，我们吃月饼啦！"钱万刁想刁难他，就要他把"糊糊涂涂、明明白白、容容易易、难上加难"联成句，否则不让他吃月饼。张代刀立即吟道："我关在箱内糊糊涂涂，您坐在船上明明白白，我吃月饼容容易易，您想脱掉难上加难！"

这是一回事嘛！

汉族机智人物故事。采录于湖北。

有一回走在路上，钱万刁挖苦张代刀："都说你蛮有狠气，可你给我剃了几十年头，为什么从不站在我前面剃？你常跟我出门，为什么不在我前面走？"张代刀指着耕田的农夫说："老爷，您去问问他，耕了一生的田，为什么不在牛前面走咧？这是一回事嘛！"

又 打 又 罚

汉族机智人物故事。采录于湖北。

一个猪贩子到钱万刁家中去偷回被钱万刁骗去的小猪，不料让钱万刁抓住了。钱万刁正要吊打猪贩子时，张代刀建议他罚猪贩子去偷牛，倘若偷来了该他得牛，倘若被抓住，归猪贩子挨打，并表示愿陪他前去。晚上钱万刁和张代刀见猪贩子去偷来一头牛，钱万刁立即接过牛绳牵起就走。张代刀叫猪贩子喊来牛主，牛主揪住钱万刁，劈头便打。张代刀忙喊："这是钱老爷，快莫打！"牛主听说是钱万刁，打得更起劲，边打边说："钱老爷还会偷牛吗？冒充钱老爷，应该朝死里打！"

留一半明年剃

汉族机智人物故事。采录于湖北。

有一年腊月三十儿晚上，钱万刁的账房先生在剃头的时候想赖账，便对张代刀说道：“今年的剃头钱，我留一半明年把（给）你。”张代刀说：“后年把也行。”说罢转身就走。账房先生直嚷还有一半没剃。张代刀笑道：“留一半明年剃吵！”账房先生只得如数付清全年的剃头钱。

张华国的故事

汉族机智人物故事群之一。流传于湖北枝江一带。故事主人公系农夫型机智人物。其原型为清代湖广荆州府宜都县百里洲（今属枝江县管辖）人氏，家境贫寒，终生务农。他机敏幽默，为人正派，好打抱不平。他的故事大多短小质朴，乡土味浓，多数是智斗官府、财主、恶棍和替穷乡亲、长工弟兄排忧解难的篇什，具有一定的积极意义。代表性作品如《立字据》《一袋熟苞谷》《月亮打架》《驴子朋友》《贴膏药》。

立　字　据

汉族机智人物故事。采录于湖北。

张华国到一个财主家去帮工，提出到年底不要工钱，只要米肉，并且把财主领到厨房，指着米汤说那就是“米肉”。财主喜出望外，赶紧请中人来立字据。到了年底张华国要财主给米给肉，财主哪里肯给？两人来到县衙告状，县官看过字据，只好把米肉断给张华国。走出县衙后，张华国对气得一声不吭的财主说：“我们是周瑜打黄盖——一个愿打，一个愿挨嘛！”

一袋熟苞谷

汉族机智人物故事。采录于湖北。

有一回张华国故意背一袋苞谷在财主的苞谷地里穿进穿出。财主高低要把他拉去见县官。到了公堂上，张华国死活不承认偷过财主家的苞谷。财主不肯罢休，便说如果不是偷他的，那块田的苞谷白送给张华国；如果是偷他的，张华国就得给他白当三年长工。张华国解开口袋倒出来一看，全是烘熟的苞谷。财主顿时傻眼啦。

月亮打架

汉族机智人物故事。采录于湖北。

有一天财主吝啬鬼买了一大罐蜂蜜回家，傍晚在山路上碰见张华国。吝啬鬼边走边说："老张，听说你很会掰（骗）人，依我看你只掰得了笨蛋，掰我就难啦。"张华国说："我哪有心思掰你，看月亮打架都看不过来呢。"吝啬鬼听说月亮打架，赶忙抬头观看，一下被山路上的石头绊倒，把蜂蜜罐摔得粉碎。他悻悻地说："我今天算给你掰着啦！"张华国笑道："老爷，我只能掰那些笨蛋，怎么掰得着你呢！"

驴子朋友

汉族机智人物故事。采录于湖北。

有一天张华国骑着驴去赶场，财主的小老板（管家）拿起正在吃的粑粑在他面前一晃说："来吃粑粑！"张华国说："不吃！"那人笑道："我是给驴吃的！"张华国立刻从驴背上下来，打了驴子一鞭杆，骂道："你这个杂种，动身前我就问过你，街上有没有朋友要请你吃粑粑呀？"

陆游人的故事

汉族机智人物故事群之一。流传于安徽巢湖一带。故事主人公系劳动者型机智人物，出自艺术虚构。从故事的描写来看，他五大三粗，颇有力气，还聪敏机捷，乐于帮助穷人，常与财主作对。他姓陆，孤单一人在外当工，打短工，到处游动，于是别人送他一个"陆游人"的绰号。其故事有《踩了土坯》《有钱能买蜂子蜇》《不破规矩》《驯牛斗马》《整治拳客》等。

有钱能买蜂子蜇

汉族机智人物故事。采录于安徽。

一天张财主站在家门口，见陆游人肩搭麻袋过来，就想戏弄他，说道："我看这世上，人聪明不如有钱好。"两人为此争执不休。张财主说："有钱能使鬼推磨。你看屋檐下的马蜂窝，我花两个小钱就能支使人把它去掉。不信，你花两个小钱，我也把它摘掉。"陆游人一听此话，从口袋掏出两个小钱。张财主真的走到蜂窝前，手刚沾上，马蜂一下飞出来，蜇得他鼻青脸肿。陆游人笑道："还是有钱不好，有钱只能买个蜂子蜇。"财主疼得乱叫，便说："谁能把蜂窝摘掉，我就服了。"陆游人用麻袋罩住蜂窝，一使劲，蜂窝落进袋里，他扎紧袋口，马蜂一个也飞不出来。财主忍住痛说："哎哟，还是聪明好。"

不破规矩

汉族机智人物故事。采录于安徽。

朱财主假意出大价钱雇长工，可是自订许多规矩，比如讲话时，猪要称"本家"，吃饭要说"用膳"，睡觉要说"正寝"，宰羊杀鸡要说"正法"，死要说"仙游"，否则就扣掉全年工钱。到他家干活儿的长工一个个都因讲错话而白干了。这一年陆游人去朱家当长工，一直干到年底都没破规矩，急得朱财主跟热锅上的蚂蚁似的。正好这时东家老太太卧病在床，猪也不吃食，朱财主便叫陆游人去看看。陆游人看回来对朱财主说："东家本家不用膳，整天正寝搁扁头；如若不把它正法，今天明天就仙游。"朱财主的妹妹从婆家回来探母，一进门刚巧听见"仙游"二字，以为老母病故，立刻放声大哭。她这一哭竟把老太太吓死了。朱财主抓不到陆游人的一点儿破绽，只好照付工钱。他克扣不成，过年却还要料理丧事。

整治拳客

汉族机智人物故事。采录于安徽。

陆游人得罪了财主钱百万，便跑到巢湖船上去当水手。钱某不肯善罢甘休，让儿子买了个拳客去打死陆游人。这天拳客来到巢湖边，见船上有个汉子甩手把一个树桩搓成了木柴条条，暗暗吃惊。一问，那汉子说他是陆游人的徒弟。拳客心想徒弟都如此厉害，师父还得了吗？慌忙溜走。其实那汉子就是陆游人。他估计钱百万要来这一手，事先将树桩劈开，再用糨子粘到一起，用来吓唬想害死他的拳客。

陈二郎的故事

汉族机智人物故事群之一。流传于湖南常德、石门、慈利、汉寿、桃源一带。故事主人公系文人型机智人物。其原型陈二郎，武陵县（今湖南常德）陈家巷人，清末秀才。他博学机捷，为人正直，虽一生未仕，但当地官吏怕他三分。他的趣闻轶事，多数与作对联、题辞有关，如《拦学台》《随便你，管他娘》《巧训和尚》《桅杆上挂对联》《认得谁的人多》。

随便你，管他娘

汉族机智人物故事。采录于湖南。

有一天师爷奉县官之命到城隍庙请陈二郎写对子。师爷在陈二郎面前摆臭架子，陈二郎故意问他右边写什么好，他顺口说："随便你吧。"陈二郎又问左边写什么呢，他又顺口说："管他娘的咧。"于是陈二郎就写了副"随便你，管他娘"的对子。城隍庙唱戏时，县官陪常德知府老爷来看戏，看见这副对子把师爷臭骂了一顿，并派他立刻去请陈二郎重写。他跑到陈家又是磕头又是作揖，好话讲了一箩筐，陈二郎才提笔各加几个字："随便你东进西出，管他娘南腔北调。"对子一贴出，众人拍手称好，知府大人也点头称赞。

桅杆上挂对联

汉族机智人物故事。采录于湖南。

邻省某人听说陈二郎有才气，善对联，特地驾一只大船到常德相会。他的船上装着桐油、土漆，桅杆上挂的对联写着："船装油漆桶，油七桶，漆八桶。"船到常德，人们都围拢来看稀奇。这时有个老头儿上船卖葱和韭菜，一听说是来找陈二郎对对的，便说："这个下联何必去请他，老汉已对出来了。"船主问老汉对在何处，老头儿指指他手上的东西道："手提葱韭把，葱九把，韭十把。"船主一听连声叫好，心想卖菜老头儿都对得这么好，更不用说远近闻名的陈二郎了。后来他打听到那个卖菜老头儿就是陈二郎，打心里佩服，立即扯下桅杆上的对联，扬帆归去。

陈之駓的故事

汉族机智人物故事群之一。流传于湖南攸县、湘潭一带。故事主人公系文人型机智人物。其原型陈之駓，字桃文，明末清初攸县的一个文士。他博学多才，不愿为官，一生刚直不阿，颇受民众敬重。其故事大多是嘲讽官府、奚落财主、鞭笞邪恶势力和扶助贫弱的趣闻轶事，代表性作品如《磊桥拦轿》《代官断案》《智惩通判》《名震湘赣》《四眼狗挨刺》《当心天火》。

代官断案

汉族机智人物故事。采录于湖南。

有一日攸县新上任的胡县令请陈之駓到县衙做客。正推杯把盏时，堂鼓咚咚响，有人告状，胡知县便留陈之駓坐旁看审案。升堂后，他不问情由就断定原告有理，喝令重责被告四十大板。被告连喊冤枉，陈之駓也暗示他要问清案情。于是原告讲，他俩昨日放牛，两牛相斗，被告的黑牯斗死了原告的黄牯，要求赔牛。被告也申辩，牛是斗死的，不是人打死的，所以不能赔偿。胡知县觉得二人都有理，不知如何判是好。正在为难时，陈之駓递过一张纸条。知县一看喜上眉梢，立刻说："本案判决如下——两牛相斗，一死一生；生者同耕，死者平分。"堂下二人高高兴兴地走了，这胡知县脸上却像被鸡爪子抓过，火辣辣的。

智惩通判

汉族机智人物故事。采录于湖南。

梅城齐通判趁协助知县办案之机，敲诈勒索，贪赃枉法，三五年内发了横财，他索性将自己的名字"添财"改为"天才"。众人对他十分痛恨，一齐找陈之駓设法惩治这个家伙。一天齐通判走在街上，陈之駓装扮成农夫，左右手各提一只篮子快步走过。篮子撞了齐通判一下，齐通判要农夫为他掸净尘土。农夫腾不出手来，他便骂道："你们这些乡巴佬真笨，大篮是篮，小篮也是篮，小篮放进大篮里，两篮合一篮岂不腾出手来了吗？"农夫急忙照办，夸他不愧为天才。齐通判随后拐进一条窄街，迎面过来八人抬了口棺材，双方互不让路，争吵起来。农夫便上前劝道："刚才齐通判说两篮合一篮，解决了我的难题。我想棺材是材，天才也是才，天才放在棺材里，两材合一材，你们双方就都不用让道了。"众人拍手叫好，立即行动。吓得齐通判连连求饶，从此老实多了。

陈可禹的故事

汉族机智人物故事群之一。流传于湖南汉寿、常德、南县一带。故事主人公系文人型机智人物。其原型陈可禹，明代汉寿县毓德铺镇毛家冲的一个读书人。他屡试不中，然而文才出众，在沅水一带颇有名气。其人机敏多智，幽默风趣。其嘲讽官府、抨击时弊的趣闻轶事在民间广为传诵，如《赶跑知府》《讽贪官》《教训宰相》《回头看自己儿孙》《大粪都要刮一指头》。

讽 贪 官

汉族机智人物故事。采录于湖南。

有个考官贪财，每次都录取送重礼的人。这年常德府开考，许多考生都送了厚礼，陈可禹却送了一钵火、一把扇子。考官看了很不舒服，便挖苦道："你烘冬火扇秋扇枉读诗书。"陈可禹对答道："你坐北京考南省只为东西。"

教 训 宰 相

汉族机智人物故事。采录于湖南。

有个宰相年迈闲居乡里，为人十分傲慢。一天陈可禹到宰相家，见神台上有副对联，上联是"臣未曾报君恩"，下联是"子未曾报父孝"。看罢他写了张条子便不辞而别。一直未动声色的宰相，一看条子上写着"此屋主人有欺君之罪"，不知他指的什么，连忙令家人请他回来，摆好酒席客客气气地向他请教。陈可禹说："君大，父大，而你把臣和子字写在上面，君和父字都在下面，难道没有欺君之罪吗？”宰相听了吓出一身冷汗，从此再也不敢骄横了。

回头看自己儿孙

汉族机智人物故事。采录于湖南。

一年龙阳县遭特大水灾，死伤无数。陈可禹见一群群孤儿寡母进城讨口，十分凄惨，便去请求知县修座孤儿院，收养无家可归的孩子。知县很不耐烦地说：“众人都夸你口才好，我出一联，你若即刻对出，本县掏薪俸修院；若对不出，罚你去募捐，到筹足修院费为止。”知县马上出联：“满眼皆他人子女。”陈可禹一听来火了，这狗官简直是铁石心肠！他立即对道：“回头看自己儿孙。”对罢他说：“大人，我还送一幅横批：将心比心。”说完，拂袖而去。

陈细怪的故事

汉族机智人物故事群之一。流传于湖北蕲春、浠水、黄冈一带及江西、安徽部分地区。故事主人公系文人型机智人物。其原型陈仰瞻，蕲州（今湖北蕲春）株林河豹子山人。其父素喜诙谐讽世，人称“大怪”。他卓有父风并且远胜于父，人称“细怪”，并被誉为“滑稽之雄”。他屡考不中，以教“犁耙馆”为生。其人长期与农民群众一起生活，常以讲故事、说笑话的方式嘲讽官绅富豪，为百姓鸣不平，颇受乡民敬重。他的故事多达二百篇，较为广泛地反映了清代后期鄂东地区的社会生活和风土民情，多数作品以反对压迫剥削为题旨，将锋芒指向封建官府及各色的吸血鬼，另一些作品涉及下层社会的各种人际关系和家庭生活内容，嘲讽落后思想，表现平民百姓的艰辛和乐趣，此外尚有少量作品格调不高，内容粗俗。代表性作品如《吊脚诗句骂“西坡”》《贩米九江取赃银》《智截蕲竹簟》《骂京官》《请出来与爬进去》《陈细怪打缸》《请春客》《被雁啄了眼睛》《挽妻脱难》《陈细怪谎鬼》。结集出版有《猫子、老鼠和乌龟》《陈细怪的故事》《陈细怪的传说》。

贩米九江取赃银

汉族机智人物故事。采录于湖北。

陈细怪跟随叔父去九江卖米，船一抛锚，灾民们一窝蜂地上船哄抢。陈细怪见状，便让大家选几个领头人，每十人一包，不收钱领取，不一会儿就把一船米分得精光。叔父不干，抓住他要讨回本钱。正在此时，九江知府送来请帖，陈细怪心里就有了主意。赴宴时，他对九江知府吹嘘自己是世代经商的富翁，商行店铺遍布各地，这次奉家父之命来这里赈灾放粮，并为抚台大人的公子结婚采买山货，不料被家人偷走银两三百，眼下正进退两难……九江知府听到此喜出望外，原本请顿便宴就是想和这位巨商拉上关系，好日后捞点油水，立刻说："你仗义疏财救济我府百姓，难道遇有难事，本府还袖手旁观不成？"于是陈细怪拿笔写了张借据："江北蕲州府五友庄启章银，借九江知府纹银三百两，一月后三倍奉还……"可是三个月过去，九江知府仍不见人来还银，便急书公文查询，但查遍蕲州府根本无此庄号。还是师爷见多识广，说："这'五友庄'不就是'无有庄'吗？看来这'启章银'也就是'取赃银'了。"

智截蕲竹簟

汉族机智人物故事。采录于湖北。

有一日陈细怪在江西瑞昌码头看见一征税官正在抢夺蕲州篾匠的一床上等蕲州簟（蕲州竹席，与蕲艾、蕲蛇、蕲龟合称"蕲州四宝"），便故意上前大声说："把这床簟子去丢大路上我也不捡。"征税官见他吞吞吐吐，便刨根问底。这时陈细怪才告诉征税官，那床簟子是张员外花大价钱买的，他儿子结婚睡两天就一命呜呼了。张员外以三百两银子的价钱卖给当铺，没想到一个绸缎商睡了一夜也死得硬邦邦的。篾匠从当铺里拿出来卖高价，还想发洋财哩！征税官听了哪里还敢要，连忙扔下蕲竹簟离去。于是这床簟子又回到篾匠手中。

陈细怪打缸

汉族机智人物故事。采录于湖北。

有一年蕲州发过大水后，水缸成了市面上的缺货。一个奸商低价进了大批水缸，又以半个铜子一斤的价格高价卖出。一口缸百把斤重，哪有论斤卖缸之理？人们为此吵嚷起来。这时陈细怪挤进人群，砸碎了一口大缸，捡起一块缸片对奸商说他要买一斤。奸商的脸气成猪肝色，又吵不过他，只得忍气将陈细怪付给的一个铜子狠狠地錾成两半，扔一半给他。陈细怪捡起半个铜子说："这铜角子上铸有‘道光通宝’字样，你当众斧錾今朝万岁，罪证在我手上，你又勒索灾民，把柄在这里堆着。按大清律，你正配做刀下鬼哩！”奸商吓得跪地连连求饶。陈细怪乘势迫使奸商把水缸按平价全部卖给了乡亲们。

被雁啄了眼睛

汉族机智人物故事。采录于湖北。

有一天清晨陈细怪提着竹篮上街，他对几个正在插秧的年轻庄稼汉说，谁对上了他的上联，就给每人两包烟。他指着他们手中的秧把说：“稻草扎秧父抱子。”那些庄稼汉对不出来，他笑笑走了。一会儿他父亲陈大怪走来，那些庄稼汉灵机一动，又把这副上联请陈大怪对。陈大怪见一位大嫂提竹篮在塘边洗笋子，立刻对道：“竹篮提笋母怀儿。”事后陈细怪回来，庄稼汉们就照样搬出此下联。陈细怪没想到他们会对得如此工整，只得给每人买了两包烟。他回到家里知道上了当，抓抓脑壳对父亲说：“成天在打雁，不料今天被雁啄了眼睛。”

陈细怪谎鬼

汉族机智人物故事。采录于湖北。

有一回山鬼要和陈细怪进行较量，夜里它把山后几块大石头搬到陈细怪的田里，便躲在一旁。天亮陈细怪到田边看到这么大的石头便明白过来，他装着很高兴地说：“好哇！俗话说‘大石头三堆屎’。今年定是好收成！”山鬼一听，还能给他帮忙？立刻在夜间把大石头换成小石头铺满一地。第二天陈细怪来后，笑着大声说：“大石头三堆屎，小石头还不止。这下我的田更肥了！”当夜山鬼又把小石头捡干净，再也不敢惹陈细怪了。

苗坦之的故事

汉族机智人物故事群之一。流传于江苏海州一带。故事主人公系文人型机智人物。其原型是清乾隆年间海州南双店的一位穷秀才。他天资聪颖，胆识过人，因年轻时得罪官府，被罢黜廪生资格，再未进考，也未做官，一生不得志。他喜欢结交穷朋友，常为受苦人撑腰，与官府豪门作对。老百姓尊称他为苗先生、苗二爷。富人们对他又怕又恨，叫他苗二赖子。其故事有许多是表现反压迫、反剥削主题的，曲折有趣，为群众喜闻乐道。代表性作品如《苗坦之杀驴》《大堂有个糊涂虫》《半吊钱买地》《亲干爹》《寻元宝》《是树不卖》。

苗坦之杀驴

汉族机智人物故事。采录于江苏。

海州地方连年大旱，百姓逃荒要饭，卖儿卖女，可官家的苛捐杂税一点儿也不少。这天海州催粮的胡判官骑着毛驴到南双店，让苗坦之弄点儿好吃的来招待他们。苗坦之没好气地说：“顶好吃的，天上莫过龙肉，地上莫过驴肉。可我上哪弄呢？”胡判官说：“你是个大能人，这有何难？”说着关照人喂喂毛驴，就催钱粮去了。苗坦之赶快叫来杀猪师傅，把胡判官的毛驴宰来款待他们。次日要回去时，胡判官才知昨晚吃的驴肉是自己的坐骑，气得大发雷霆。苗坦之说：“胡大人，灾荒年上哪弄驴肉给你吃，好歹借你的香火供你这尊佛吧！”胡判官无话可说，从此再也不敢来南双店了。

是 树 不 卖

汉族机智人物故事。采录于江苏。

农民严茂林一家靠种祖传的十亩坡地为生，三亩好地种庄稼，七亩薄地长树。村里张财主听说这块地是风水宝地，软硬兼施逼严茂林卖地。经苗坦之指点后，严茂林同意把地卖给张财主，然后请苗坦之帮忙写契约。动笔前，严茂林说：“我林中有棵柿子树，不想卖，想留给小孩儿尝鲜。”张财主一口答应。苗坦之很快写好卖地契，念了两遍交双方收起。两天后严茂林带人到林中见树就刨，张财主抓住他到海州府见官。州官拿着双方递上的契约一看，说道：“上面明明写了‘榆柳千棵，是树一棵不卖’。姓张的，你还纠缠什么！”说着将他打了四十大板。等张财主瘸拐着到家时，树早被砍光了。

英六先生的故事

汉族机智人物故事群之一。流传于湖南沅江一带。故事主人公系文人型机智人物。是否有生活原型，待考。其故事大多为嘲讽旧时世态人情的笑谈，轻松诙谐，别具面貌。作品有《崽得钱，爷喝水》《天狗吃月》《称肉》《英六先生分家》《非驴非马》《叫我男人》《做皮帽》等。

英六先生分家

汉族机智人物故事。采录于湖南。

英六先生和弟弟相处很和睦，可妯娌俩日夜吵着要分家。他和弟弟商量后请族长来主持分家。族长问怎么分法，英六先生笑笑说："我们两兄弟不愿分，她们要分，那就我们兄弟分一起，两妯娌分一起吧。"气得两妯娌再也不敢闹分家了。

做 皮 帽

汉族机智人物故事。采录于湖南。

一日英六先生拿张兔皮去加工皮帽，生意谈妥后，他怕兔皮有剩余被皮匠赚去，便问："这兔皮能做两顶帽子吗？"皮匠知道他的用意，忙说："能，能。"他仍不放心，接连问能做三顶、四顶、五顶吗，皮匠都说能做。他高兴地说："就做五顶，三天取货。"三天后，皮匠在他五个手指头上套了五个小帽子说："英六先生，你要我一张兔皮做五顶帽，我只能做这么大了。"英六先生哑口无言。他真是聪明一世，愚蠢一时。

刬狗六爹的故事

汉族机智人物故事群之一。流传于广东吴川、化州、湛江、高州一带。故事主人公系文人型机智人物。其原型麦为仪，字凤来，吴川县院村麦屋人。清乾隆年间的一个贡生，终生未仕，是生活在乡村的一个接近劳苦大众的下层知识分子。他生性豪爽，为人正直，滑稽多智，常常帮助乡民同有钱有势者作对。其故事内容广泛，既有戏弄官吏、惩治邪恶、嘲笑神鬼的篇什，也有扶持贫弱、和邻里逗乐的篇什，大多健康有趣。代表性作品如《刬狗》《题匾嘲武官》《六爹当长衫》《铜钱二厘》《贺疑》《吴川宝鸭》《六爹酬神》《六爹问花》《橄榄屁股》《劝导》。

题匾嘲武官

汉族机智人物故事。采录于广东。

胡四曾当过武官，为人奸诈，百姓恨之入骨。他花一年多时间造起一座富丽堂皇的官邸。新居落成后，胡四上门去见刿狗六爹，死活要他为新宅题个匾。六爹无奈，提笔写下“天之功”三个大字。胡四心想：我胡四有今日，就是全赖天之功嘛，他写的正中我意。于是拿回去高悬堂中。官邸落成酒宴上，一位县城读书的亲戚抬头看见金匾，便说：“舅爷，古语云‘贪天之功为己功’，这个匾是讽刺你的呀！”胡四听了气得满脸通红，竟不知所措。

六爹当长衫

汉族机智人物故事。采录于广东。

刿狗六爹的堂弟娶亲的时候，乡里的几个专门吃白食的劣绅厚着脸皮上门来吃喜酒。他们吃得高兴时，便将身上的长衫脱下来挂在墙上。六爹灵机一动，说道：“诸位送了大礼，请多饮几杯！”那几个家伙随口应道：“小人薄礼，收下便是，不必客气啦。”六爹悄悄把他们的长衫拿去当了，然后把银子交给堂弟。临走时那几个家伙找不到自己的长衫，这时六爹忙将当票递了过去，他们一看当票顿时傻眼了。众人见了他们那副狼狈相，无不捧腹大笑。

吴 川 宝 鸭

汉族机智人物故事。采录于广东。

大年三十儿卖菜仔卖完瓜菜赶到鸡鸭市，想买只鸭子回家过年。他正想买一只肥的，有个财主过来，一把抢过鸭子说：“谁出钱多卖给谁，这是圩场规矩。穷鬼也想吃鸭，吃鸭屎去吧！”这时刿狗六爹过来，见财主欺负穷人，故意提起一只瘦鸭说：“哎呀，听人说吴川街上有这种宝鸭，今天总算见到了，果不虚传，我出十两银子买去了。你跟我去拿钱吧。”财主听说十两银子买只瘦鸭，已无心买鸭，悄悄跟着他们去看稀奇。他见六爹闪进小巷，朝鸭屁股吹了三口气，按了按鸭身，就从鸭屁股下拿出一枚银子来，便发狂地追上去说：“我出十一两！”说罢丢下一包银子抢走瘦鸭。可是他到场边怎么吹鸭屁股、捏鸭肚子也不见银子出来，最后捏得一泡鸭屎喷进他嘴里。他气得飞跑进菜市场，可是在人群里怎么都找不到六爹。

六爹酬神

汉族机智人物故事。采录于广东。

刣狗六爹去应试那会儿，妻子曾向土地公许下一头全猪。六爹中了贡生，妻子便让他去还愿酬神。六爹不好不去，就牵了一头活猪去绑在土地公的脖子上，随后又大放鞭炮。猪受了惊吓，拖着土地公塑像朝家里跑来。六爹见状，就笑嘻嘻地说道：“土地公太客气啦！你老人家不领全猪也罢，为何还要亲自送回来呀！”

六爹问花

汉族机智人物故事。采录于广东。

有一回刣狗六爹去邻村一个巫婆家中，问他死去的妻子在阴间日子过得怎么样。那巫婆想给他点儿厉害看，就装出鬼附身的样子，哭闹起来：“夫哇！你不信鬼神，害得我在阴司受苦，快快跪下！”六爹说：“妻呀！既然你在阴间那么苦，就回到人间来吧！”说着背上巫婆抬脚便往外跑。巫婆急了，连忙哀求道：“快放下，那是我骗你的！”六爹把她放在地上后说：“其实我也是骗你的，我老伴还活着哩。”村里围观的乡亲们见状，都大笑起来了。

明聪的故事

汉族机智人物故事群之一。流传于湖北应山一带。故事主人公系长工型机智人物，出自艺术虚构。其故事多数是嘲讽、捉弄形形色色的吸血鬼，语言诙谐，清新有趣。代表性作品如《买辈分》《痛快年》《明聪买缸》《赶集》《一字笑的“智壶”》《杀贼》《死要钱》。

买 辈 分

汉族机智人物故事。采录于湖北。

明聪的族里有户大财主。论钱财田地，他是当地的首富，可论起辈分，只要出门槛，抬头就是他的长辈。财主很不乐意，便想花钱买辈分。族长为此十分犯难，忙找明聪商议。几天后财主办了几大桌酒席，请了族长和全族的老人。酒过三巡，财主乘兴提出买辈分的事。明聪站起来说："老侄娃，这事好办。不过你想买几辈？是买你爷爷的辈分还是你爹的辈分？"财主听出明聪的话是戏弄他，可又挑不出毛病。他白花钱请客，买辈分的事也没办成。

明 聪 买 缸

汉族机智人物故事。采录于湖北。

财主家有两个狗腿子，狗仗人势作恶多端。一天他俩到集上抢了口大缸就往回抬。走到半路天下大雨，俩人停下歇息。这时明聪过来问缸卖不卖，他们求之不得，忙说："卖！只要十吊钱。"明聪说："太便宜了，我们那里卖缸论斤，至少一串钱一斤。这口缸我包买了，不过我脚痛，请你们把缸送到家。"这二人喜得不得了，抬起缸就走。一会儿明聪又说他脚痛得实在走不动，他俩急于得钱，不但答应抬人，还用草帽雨具盖好缸口。明聪坐着"缸轿"回到家，拿出盘秤和小铁锤说："我只买半斤。"两个家伙气傻了："你不是包买吗？"明聪说："买半斤还不是包买吗？"说着举起锤子就要敲缸，两个家伙慌了神，抬起缸就跑了。

罗竹林的故事

汉族机智人物故事群之一。流传于河北临西、丘县和山东临清、夏津一带。故事主人公系劳动者型机智人物。据说其原型是清末临西县仓上镇的一个贫苦庄稼汉，滑稽多智，在方圆百里颇有名气。卫运河两岸的民谣道："贫不贫，比比仓上罗竹林。要快活，罗竹林前坐一坐。"在作品里面，他常以长工身份出现，有时也以小贩、流浪汉身份出现。其故事多从侧面揭示旧时农村、城镇生活，饶有风趣。代表性作品如《“食儿”真不像话》《漆变金》《撵兔子》《走到哪里随哪里》《戏县官》《元宵节猜谜》《扫帚把儿》《还愿》《还是“道光”好》《奉命收工》。

“食儿”真不像话

汉族机智人物故事。采录于河北。

收秋时，罗竹林和长工弟兄干了一天重活儿，累得腰酸腿疼，东家谷大肚却仍旧让他们吃窝窝头、老咸菜，嘴里还骂大伙不肯出力。罗竹林便说：“听我讲个故事提提神吧。从前有哥仨学艺回家后，想给老父亲露一手，老大‘活儿’一步跳到房顶，老二‘话儿’只跳半房高，老三‘食儿’鼓弄半天没名堂。老父亲看过说：‘活儿最中（重），话儿疵毛（差劲的意思），食儿是南墙上挂狗皮——真不像画（话）。’”谷大肚听出是在骂他，很不是滋味。他怕误了地里活儿，只好重新做饭，也不敢骂骂咧咧了。

漆 变 金

汉族机智的物故事。采录于河北。

有一次罗竹林要帮助穷乡亲们惩治狠心盘剥他们的财主谷大肚，便买了三两漆放在谷家，然后到县衙控告谷大肚昧了他四两金子。谷大肚到公堂上争辩说：“那不是四两金子，是三两漆。”县官听后，把手一挥道：“你说三两七就三两七吧。”立刻命衙役到谷家取三两七钱金子来给罗竹林。谷大肚有苦难言，又不得不照办。

元宵节猜谜

汉族机智人物故事。采录于河北。

有年正月十五元宵节猜灯谜时，新到任的县官亲自出了一个谜题——在县衙外面的杆子上高挂一个小红包袱，让大伙猜里头裹的是啥。罗竹林见了，心想不仰头看不见，便道：“羊（仰）头！”护谜人取下小红包解开一看，果然是个羊头。人们纷纷夸罗竹林机智才高，罗竹林却笑了笑说：“这知县不打自招，他来咱这儿是挂羊头卖狗肉的。”乡亲们听了“哗——”鼓起一阵掌声。

罗兰娇的故事

汉族机智人物故事群之一。流传于湖北建始一带。故事主人公是位女性，系劳动者型机智人物，出自艺术虚构。其故事不论家庭生活内容的篇什，还是社会生活内容的篇什，都表现了她聪敏伶俐、泼辣大方的性格，显示出农村劳动妇女的自尊和才情。代表性作品如《出嫁路上》《话把把儿和银根根儿》《儿不嫌母丑》《瓢和猫》《智斗县官》《“问路的”和“不问路的”》《三老姨作诗》。

话把把儿和银根根儿

汉族机智人物故事。采录于湖北。

罗兰娇隔壁有个精明的老汉。一天老汉正在跟别人摆古，兰娇的丈夫去借东西。老汉把东西交给他后，把脸一沉说：“你这一来把我的话把把儿打丢了。快回去找吧，等会儿我到你家去拿。”兰娇的丈夫回家后愁得不得了。兰娇问清情况后，要丈夫放心。过一会儿老汉果真来了。兰娇说她丈夫上山挖银根根儿去了，要老汉稍等一下。老汉问她：“银哪里有什么根根儿？”兰娇笑道：“看大伯说的，话都有把把儿，银就不能有个根根儿？”老汉语塞，打个哈哈便走了。

儿不嫌母丑

汉族机智人物故事。采录于湖北。

一日罗兰娇在河边洗衣，四个花花公子走过来想挖苦她一番。甲说：“甲子乙丑。”乙说：“丙子丁丑。”丙说：“戊子己丑。”丁说：“庚子辛丑。”然后四人一齐喊：“壬子癸——丑！”故意把“丑”字拉得老长，喊完一阵大笑。罗兰娇连忙说：“少爷们还忘了一丑。”四个便问：“怎么忘了一丑？”罗兰娇答道：“儿不嫌母丑！”

念四胡子的故事

汉族机智人物故事群之一。流传于浙江淳安一带。故事主人公系劳动者型机智人物。其原型叶念仕，淳安县汾口叶村人。他生于清道光年间，殁于民国初年，家道小康，幼时念过私塾，后来家道中落，便当学徒、打短工、跑码头，以出卖劳力为生。他诙谐多智，富有正义感和同情心，常常扶危济困，与城乡的吸血鬼作对。有关其人的称呼有多种解释，有的说他只长了二十四根胡子，加之他本名念仕，故称“念四胡子”；有的说当地方言称善开玩笑，又好出点子的人为“搞七念三”，他更胜一筹，故尊称“念四胡子”。他的故事有一百多则，大致包括揭露贪官污吏，嘲弄乡绅财主，惩治奸商、地痞、歹徒，以及逗乐取笑等内容，其中不乏乡土特色浓厚、耐人回味的佳作。代表性作品如《骂县官》《我死了呀》《巧换金罗汉》《捉弄管账先生》《关帝庙题诗》《医针屁股》《恭喜发财》《“黑狗”抓画眉》。结集出版有《巧换金罗汉》。

我 死 了 呀

汉族机智人物故事。采录于浙江。

叶村有个财主老来得子。这年大年初一，儿子满十岁，财主到花甲，三喜临门。财主早几天就通知全村老小，初一不要在他家门前讲不吉利的话，要闭口无言，否则他家出了事要全村负责。蛮好的大年初一，弄得大家闷闷不乐。念四胡子见了很恼火，便用草纸写了“我死了”三个字，贴背后长衫上，在财主家门前踱步。财主儿子在门前放炮，见了念四胡子就大叫起来：“快来看哪，我死了！哈哈哈！”财主听见跑出来给了儿子两巴掌：“放屁，哪个讲你死了？”儿子哭喊着说：“是他说我死了呀。”财主一把拉住念四胡子，才发现他背后贴的草纸。念四胡子摊开双手说：“不知哪个鬼做的好事。哇呀，这可不是我说的，往后你家死了人，不能怪我呀！”说完转身而去。

巧换金罗汉

汉族机智人物故事。采录于浙江。

淳安县叶村的叶小二兄弟把从地里挖出的三个金罗汉拿进城去卖了，银店老板说是铜的，只给他们三块银洋。念四胡子得知此事，很是气愤。次日他包了三个泥罗汉去银店求售。老板听说这个卖罗汉的也是叶村人，喜出望外。可念四胡子说这家给的价太低，要到别处去问问价钱再卖。老板怕到手的肥肉飞了，便要他把包袱存在店里，随即按他的要求打了一张收据。之后老板正打开包袱看里面的罗汉时，念四胡子突然出现在面前。他把老板拉到县堂上，状告老板换走了自己的三个金罗汉。县官立刻派人到银店搜查，果然搜出了叶家兄弟的那三个金罗汉。念四胡子胜诉后，把那三个金罗汉送到叶家，使物归原主。那个贪心的银店老板白贴了三块大洋，还挨了一顿板子。村民们听说后无不拍手称快。

捉弄管账先生

汉族机智人物故事。采录于浙江。

念四胡子在港口镇泰源店当学徒时，店里有个管账先生爱在老板面前说学徒的坏话，念四胡子很是看不惯。一天管账先生吹嘘自己对店里一砖一瓦了如指掌，并说："不信你们把我的床搬到后街楼上去，我可以不点灯摸上去睡，如点了灯，就在地上装狗爬三圈给你们看。"第二天他就开始搬到后街楼上去睡觉。过了几天，念四胡子悄悄把他的蚊帐有门的一面调到靠墙的一面，管账先生回来摸来摸去摸不着帐门，越想越怕，失声大喊"有鬼！"跑了出来。等他取灯时，念四胡子又赶快将蚊帐门调回来，管账先生点着灯回来，伙计们赶来要他认罚。管账先生从此再不敢吹牛皮了。

关帝庙题诗

汉族机智人物故事。采录于浙江。

有一年五月十三关羽生日时，念四胡子经过一座关帝庙。他见庙里香火很旺，可走进庙内一看，却是破烂不堪，柱梁上架满蜘蛛网，神龛上的三个神像更是面目全非：关公的胡子脱落了，关平手上托的帅印不见了，周仓的大刀也不知去向。几个财主老爷和善男信女还在那里顶礼膜拜。念四胡子看了又好气又好笑，拾起块乌炭在墙上写了首打油诗："庙里无人真可怜，关公老来转少年，关平伸手去讨饭，周仓徒手空打拳。财主老爷既来拜，何不出点修庙钱。"众人看了笑破肚皮，财主受了挖苦又不好发作，只得溜走。

医针屁股

汉族机智人物故事。采录于浙江。

塔下村的财主婆家产万贯，但对待长工、丫鬟却非常刻薄。一天念四胡子到她家门前高喊：“医针屁股来！”财主婆赶快出来问多少钱医一根。他说：“不收钱，医三根针换一餐饭。”财主婆心想，丫鬟弄断一根针就罚一餐饭，觉得划算，立即拿出十几根断了屁股的针来。念四胡子说：“已中午了，你让我吃了饭再医吧，便宜你一些，医十根换一餐饭算了。”财主婆叫丫鬟捧来饭菜，他吃完后便要断掉的针屁股。财主婆急了，求他重新钻个针屁股。他笑道：“我是医针屁股的，不是钻针屁股的。你拿不出来，这个生意做不成。”说完拍拍屁股走了，财主婆气得说不出话来。

周俊的故事

汉族机智人物故事群之一。流传于浙江武义一带。故事主人公系农夫型机智人物，出自艺术虚构。其故事大多以农村、城镇生活为题材，包括鞭笞歹毒的财主和惩治贪心的店老板，为穷人排忧解难，嘲讽不良的思想、行为等内容，幽默风趣，颇富乡土气息，在当地影响较大。代表性作品如《巧使换马计》《施计揍财主》《七个铜钿》《草绳捆田》《周俊叠蛋》。

施计揍财主

汉族机智人物故事。采录于浙江。

有一年六月初，周俊去看望在财主家当丫鬟的表妹，却见表妹身穿棉袄棉裤被财主罚跪在毒日头下。他决心要替表妹报仇。几天后财主家闯进一个上下一身棉装，手提铁皮火笼的人，他抓起大母鸡塞进怀里就要走，被家奴阿四捉住，带到财主面前。财主见是能说会道的周俊，赶忙吩咐家奴：“把他的衣服扒下，明日见官堂上作证！”第二天上堂，县官问偷鸡有何证据时，财主说：“来时周俊头戴棉帽，身穿棉衣棉裤，手提火笼闯入我院。有他的衣物和家奴作证。”县官一听火了：“六月大热天穿什么棉衣棉裤，纯属一派胡言！”周俊乘机煽动：

“老爷，小人是个穷秀才，手无缚鸡之力，他诬赖好人不说，现在又欺负大老爷你是冷热不分的糊涂官。”县官听得脸色铁青，立即命人打财主四十大板，然后对财主的家奴说：“把这破棉衣裤给你家老爷穿上，到府前晒晒太阳，镇镇邪气，过了午时再回去。退堂！”

草绳捆田

汉族机智人物故事。采录于浙江。

一天周俊从外地回家过年，哥哥对他说：“你也成人了，爹娘留下的家私不多，拿得动的你搬去，拿不动的就归我。”周俊搬了些东西，就另起炉灶分家了。开春周俊也想种地，要哥嫂分丘田给他，哥哥还是说：“搬得走你拿去，搬不动别想要走一分田。”周俊想了想说：“我学了点儿魔法，搓几根草绳可把田捆起背走。”他搓了三天三夜，搓了根足有九十九尺长的稻草绳来到地头，在一丘田的四周打上木桩，用草绳一圈圈绕起来。眼看草绳快要绕完，他对哥嫂说：“帮我抓住绳头，我忘了拿家什。”过了好一会儿，他慢腾腾走回来，对哥嫂说：“你们还在那儿干什么，田已被我背来了。喏，田契！”哥嫂这才知道上了当。

周结巴的故事

汉族机智人物故事群之一。流传于湖北松滋一带。故事主人公系长工型机智人物，出自艺术虚构。其故事多数是有关故事主人公同东家斗智的作品和播弄、报复其他吸血鬼的作品，往往质朴而诙谐，体现了农民群众的幽默感。代表性作品如《砍高粱》《抬进抬出》《育田界》《搁石磙》《屋顶上种苋菜》《定跟法》《一礼一答》《辨镫》《喝不起》《应对》。

抬进抬出

汉族机智人物故事。采录于湖北。

有一天老板要周结巴抬他出去玩。周结巴说要挑牛栏粪，不能去：“牛粪都堆平檩子了，不挑不行。”老板骂道：“胡说！牛粪堆那么高，牛怎样进出？”

周结巴说："哎呀！老爷，我每天都请人抬进抬出哇。"

定 跟 法

汉族机智人物故事。采录于湖北。

张、李二财主合伙整周结巴，有一天就去对周结巴说："你若能用'定跟法'将我们定住，我们每人给你二十两银子，否则就把你的妻室儿女输给我们做长工。"周结巴想了一下，提出要他们分开站。他们明知周结巴不会什么"定跟法"，便分开站了。周结巴先去东边小声对张某说，只要你站着不动，我的家产和他的银子全归你，接着又去西边小声对李某说了同样的话，然后走到中间大喊："定！"他俩为了得到家产和银子，果然都不动了。看稀奇的人越来越多了，这时周结巴才喊："动！都把银子给我拿来！"他俩吃了哑巴亏，只好乖乖各送二十两银子给周结巴。

庞振坤的故事

汉族机智人物故事群之一。流传于豫西南、鄂西北地区。故事主人公系文人型机智人物。其原型庞振坤，清代乾隆年间邓州（今属河南）的一个拔贡，曾经一度出任广西岑溪县县令，后致仕返回故乡教书。民间将他塑造成为一个正直多谋，诙谐风趣，敢于同贪官污吏、土豪劣绅以及其他恶势力作对，替老百姓讲话的知识分子。他的故事有近三百篇之多，内容相当广泛，从许多侧面再现了旧时豫西南、鄂西北一带的社会生活、家庭生活和风土民情，既有反对压迫剥削、鞭挞邪恶势力的作品，又有嘲讽迷信、愚昧、自私、守旧等落后思想言行的作品，此外还有称颂故事主人公的才学和品格，以及启迪智慧、开心逗乐的作品。故事大多情节生动，语言风趣，地方特色鲜明，艺术质量较高。代表性作品如《庞振坤的灯笼》《才压三江》《不成汤水》《汉口卖画》《写对联》《我是天子一小民》《不准说"不"》《智擒九盗》《墨斗盒》《治疙瘩》《借米》《逗妻》。结集出版有《庞振坤的故事》。

不成汤水

汉族机智人物故事。采录于河南。

邓州知州汤似慈五十大寿时向老百姓派款，逼得穷人叫苦连天。祝寿这一天，州里的有钱人争相送礼，庞振坤也送来一副寿联，说是用汤某的姓名联成的。汤某倍感荣耀，忙请庞振坤念给众宾客听听。庞振坤也不推辞，便朗声念起来。上联是“似者像也像虎像豹像豺狼不像州主”，下联是“慈者爱也爱金爱银爱钱钞不爱黎民”，横批是“不成汤水”。汤某听了气得嘴脸乌青，“扑通”一声栽了个嘴啃地。庞振坤趁府里乱成一团之时离开了州府。

汉口卖画

汉族机智人物故事。采录于河南。

有一回庞振坤跟一位能书会画的朋友前去汉口卖字画。汉口的水陆提督把这位朋友的几幅好字画挑走了，只给几个铜钱，实际上是明买暗抢。可人家是当官儿的，惹不起，这位朋友敢怒不敢言。庞振坤忙替他出了个高招，让他赶绘好多幅《月夜图》，除了月亮圆缺各不相同外，其余部分一模一样。画好后用烟熏旧，弄成古画的样子。然后带上这些画到提督府旁边的一个小店去出售，随着月亮圆缺的变化，挂出不同的《月夜图》。人们看到《月夜图》上的月亮不断跟着天上的月亮在变，都说它是张宝画。提督闻风后亲自前往观看数次，也确信无疑，便咬牙出一千两银子强买下来。当他发现上当受骗，要去捉人时，庞振坤早与他的朋友远走高飞了。

我是天子一小民

汉族机智人物故事。采录于河南。

某日庞振坤故意提着一个灯笼从潘高的门前经过。潘高是邓州城内有名的势利小人，他看见庞振坤的灯笼上写着“我是天子”四个大字，以为升官发财的机会来了，立刻飞奔到衙门里向州官大人报告。州官派人把庞振坤抓上大堂一看，那灯笼上的“我是天子”旁边尚有“一小民”三个小字。庞振坤乘机奚落州官一通。州官无处发泄，咬牙切齿地喊道：“来人！把潘高按倒，狠扇他嘴巴子。今后不许你潘高再搬弄是非，嘴要痒了去老枣树上蹭蹭。”

智擒九盗

汉族机智人物故事。采录于湖北。

有一年东山里出了九个强盗，抢劫烧杀无恶不作。县衙门贴出榜文，召人捉拿强盗。庞振坤摸清了盗贼的行踪后，就去揭榜。他向县官要了五十两黄金、百两白银、九条麻包、九根绳子、九根木杠、十八个随从和一个铁锤，第二天就进山了。他让众随从埋伏起来，自己在沿途的大树下、坟边分别将金银埋好，便走进匪窝。庞振坤对强盗们说，他学了门好法术，天天不缺钱花，不像他们整天老鼠一样钻在深山里。匪头说：“你有本事亮出来给兄弟们看看，我们拜你为师。如果糊弄我们，休想活命！”于是庞振坤抖开一条麻袋钻进去，把铁锤和绳子交给匪头说：“把袋口扎紧，再用小锤在我头上轻敲三下，我马上就可梦到哪有金银。”他鼾声大作过后，便出来领大家去把树下、坟边的金银挖了出来。强盗们都服气了，都想亲自试一试。庞振坤抖开九条麻袋，让他们钻进去扎紧袋口，用铁锤狠狠地把一个个都打昏过去，然后发出暗号，让埋伏的随从用九根木杠把强盗全部抬回了县衙。

墨斗盒

汉族机智人物故事。采录于湖北。

郑发号山货店老板仗着儿子在衙门供事，高抬市价，盘剥乡邻，人称“钝刀子”。一天庞振坤到集上，跑遍四周亲朋家，托他们到郑发号问有没有墨斗盒。钝刀子发现逢集就有人来买墨斗盒，估计别处断了庄，是赚钱的好机会，于是请来木匠赶制墨斗盒。庞振坤也被请来，他推说墨斗盒费工又难做，不肯接活儿，钝刀子只好答应加工钱。做出来后，货架上摆了好几百，却无人问津。因为除了木匠谁也不会用它，这回他让钝刀子割了自己的肉。

治疙瘩

汉族机智人物故事。采录于河南。

庞振坤少时见村里有个神婆子经常装神弄鬼、谎称包治百病，心里感到厌恶。有一天庞母见他的腮帮子上长了一个大疙瘩，慌忙去把神婆请来。神婆下神后就说庞振坤被王母娘娘打了一巴掌，如要消灾免祸，赶紧献上浑猪、浑羊、香油、红绫。庞振坤把含在口中的大红枣吐出来，疙瘩一下便不见了。神婆见状非常尴尬，拍拍屁股赶紧溜出门外。乡亲们得知此事，再也不找她治病了。

郑堂的故事

汉族机智人物故事群之一。流传于福建福州、罗源、闽清一带。故事主人公系文人型机智人物。其原型郑堂，一作郑唐，明弘治年间福州的一个落魄秀才。他机敏聪慧，正直诙谐，放荡不羁。其故事明清笔记已有记载，如明代阑庄撰《驹阴冗记》中的《“精老乌龟”》、清代朱克敬撰《雨窗消意录》中的《郑堂体》。口传故事基本上是把故事主人公作为落魄文人来描写的，作品思想内容较复杂，格调高下不一，有《替兄报仇》《脱联敲权门》《联赞嘲豪富》《分截贴春联》《放火炮》《收钱看龟》《吟诗买路》《治刁妇》等。

脱联敲权门

汉族机智人物故事。采录于福建。

福州东街的吴绅士仗着老父在京做官，横行乡里，郑堂有心惩治他一下。一日郑堂见他家新修的厅堂上挂有一副屏联，写着“子能承父职，臣必报君恩”，当即让几个穷朋友取走，并对吴某说：“你家挂的联板，子跨在父之上，臣压在君之头，五伦倒置，不忠不孝，我要去学台衙门报官。”吴某听了大吃一惊，要是朝廷知道，他父亲非丢掉乌纱帽不可。他连连同郑堂求情，忍痛拿出五百两银子来救穷，才把联板要回。他请郑堂修改联句，郑堂说：“半字都不用改，一边各调两字就全忠全孝了。”经郑堂一改动，联语变为：“君恩臣必报，父职子能承。”

放　火　炮

汉族机智人物故事。采录于福建。

大年初一清早，郑堂做了一枚硕大的假鞭炮来到财主家门口，高声嚷道：

"看哪！郑堂放火炮，除死无大灾呀！"财主听了非常生气：死是最大的灾难，还讲什么无大灾，初一在自己门前讲这话太不吉利了。于是连忙送出足够的银两，请他到别处去。就这样，郑堂在城里所有财主家门前转了一趟，收回银两一大堆，全部分给了穷人。

收钱看龟

汉族机智人物故事。采录于福建。

有一年元宵节，郑堂家中冰锅冷灶，无钱过节。于是他晚间在正门屋檐上挂几盏灯笼，再架一部梯子通到屋顶，布置停妥后便边敲铜锣边喊："都快来看哪！要上去看稀奇先交三枚铜钱！"人们一听都围了过来，争着交钱要上去看稀奇。头一个爬上去，见屋顶上放着一只纸糊的乌龟，一旁的纸板上写着四句诗："一个姆角碌碌乌，上来看者是伊夫；下去不言壳半脱，叫人来看壳全无。"看的人发现上当，心里暗骂郑堂刻薄，但不愿过节花钱做乌龟，下去后就说："快上去看哪！迟了就看不到啦！"于是人们一个接一个爬上去看稀奇，没几个时辰郑堂便收了几百铜钱，让妻子拿去买鸡买鸭，补过元宵节。

郑大济的故事

汉族机智人物故事群之一。流传于福建闽清一带。故事主人公系文人型机智人物。其原型郑大济，清乾隆年间闽清六都的一个文人。他的故事大多是戏弄官府、惩治邪恶的趣话，如《难知县》《作诉呈》《惩无赖》。

难知县

汉族机智人物故事。采录于福建。

郑大济自幼聪明伶俐。一回他祖父郑贡生因打抱不平，得罪了县太爷，竟罚他交纳全乡的皇粮，若交不出，以"抗交皇粮"论处。祖父急得整日长吁短叹，郑大济知道后说："这事好办，明日让我去见县太爷。"次日大济穿戴祖父的衣帽，摇摇摆摆去见县官。县太爷正坐堂上，见郑贡生的孙子拖着长衫进来，喝道："没毛小子，为何自己衣裳不穿，要穿公公的长衫？"大济应道："请问县太爷，我是公公的孙子，都不准穿公公的长衫，那全乡人不是我公公的孙子，有什么理由让我公公来负担他们的皇粮？”县太爷见大济人小气壮，出语不凡，又当着很多围观百姓，只好吩咐收回成命。

作 诉 呈

汉族机智人物故事。采录于福建。

六都乡的阿曲和阿五两家是邻居也是冤家，彼此牛栏相连，各养一头黄牛。一天阿五的儿子错把阿曲家黄牛牵走，阿曲告官，人赃俱在，县官便把那小子关进了牢房。阿五没了主意，赶忙来求郑大济写张诉呈，再向县官申诉。谁知写好接过一看，只有寥寥十六字的一首诗。他硬着头皮去县衙击鼓鸣冤，县官接过诉呈，上写四句：“瓜架交界，瓜藤相交。瓜儿割错，何曾叫偷？”县官顿时悟出道理来，当即传令把阿五的儿子放了。人们都说郑大济作诉呈，一字抵一页。从此他更出名了。

屈麻子的故事

汉族机智人物故辜群之一。流传于湖南永州、东安、冷水滩一带。故事主人公系文人型机智人物。其原型据说是明末清初零陵县（今湖南冷水滩市）孟公山人，后来迁居至永州河西，名字已无从查考。他中过举人，一生不得志。因为他聪慧机捷，计谋颇多，喜捉弄人，当地有“麻子怪”之说，尽管他一表人才，仍被称为“屈麻子”。他的故事涉及的社会生活面较广，以嘲弄、鞭笞贪官污吏、财佬奸商及扶弱济困的作品居多，具有鲜明的地方特色，生动有趣。代表性作品如《智赚啬财主》《县官钻案桌》《借粮打赌》《赌主挨板子》《和尚中计》《赏我一百棍》《狗晓得什么好丑》《都拿出来》。

赌主挨板子

汉族机智人物故事。采录于湖南。

一天晚上屈麻子见本村屈四狗在赌场输得精光，赌主还逼他答应再赌输把老婆让给其过夜。屈麻子见赌主欺人太甚，心生一计，故意请赌徒们吃油酥蛋。吃完油酥蛋，他趁赌主心里高兴时，主动去帮赌主数钱，数完便把钱装进自己的布袋，拿起往外走。赌主一把揪住他，两人你推我搡打进县衙。县官审案时，赌主半天说不出钱的数目，屈麻子却麻利地把钱数说得分厘不差，并且说这钱是他卖油赚来的。县官派人点清钱数，又把钱丢进清水里，见水面上浮起一层油星。县官立即打了赌主四十大板，把钱判给了屈麻子。

和尚中计

汉族机智人物故事。采录于湖南。

有一回屈麻子拜访亲友归来，看见那个人人痛恨的张和尚背着两大竹筒茶油迎面走来，便下轿朝张和尚不停地磕头。张和尚见新举人行此大礼，赶忙跪下还礼。这一拜不要紧，背上的茶油哗哗地倒了满身，张和尚这才明白受了捉弄。

都拿出来

汉族机智人物故事。采录于湖南。

王老二家穷，嫁女时借钱为女儿做一床被窝和几身衣服。他家请的是个经常偷布的裁缝，屈麻子得知此事便主动去帮王老二修检房屋。这天晚饭时，屈麻子从屋顶下来，后腰别了三片瓦，裁缝见了指着他后腰哧哧地笑。他假装生气道："我后腰的家伙拿出来，你后腰的家伙也拿出来！"裁缝自知败露，红着脸把布拿了出来，以后再也不好意思偷王老二的布了。

细三跛子的故事

汉族机智人物故事群之一。流传于湖南双峰、湘乡、涟源一带。故事主人公系文人型机智人物。其原型朱细三，湘乡县赛田（今湖南双峰县甘棠乡赛田村）人。清末一位穷秀才，因脚跛，人称"细三跛子"。他机敏多智，满腹文采，但郁郁不得志，常常编歌谣嘲讽官府、财佬，与其斗智斗勇。有关他的作品，大多为抨击官府、惩治各种邪恶势力的趣闻轶事，有《整县官》《无风起得三个浪》《智惩色鬼》《瓜棚案》《戏耍师公》《"衣锦还乡"》等。

智 惩 色 鬼

汉族机智人物故事。采录于湖南。

本村张四屠户和庙里的赵八和尚常以讨债为名，上门调戏程寡妇。程寡妇苦不堪言，便请细三跛子帮忙出了一个惩治两个色鬼的妙法。次日赵八和尚来时，程寡妇让他夜间蹲在放石墩的地方等待时机。不久张四屠户来了，程寡妇让他黑夜往门前的石墩上敲三下烟杆铜锅，听见信号再放他进屋。熬到天黑后，张四屠夫用烟杆铜锅重重敲了赵八和尚的脑袋，赵八和尚痛得要命，连忙抱头逃窜。张四屠夫见石墩一敲就跑，吓得三魂少了二魂，好容易才跑回家中。这两个色鬼后来都生了一场大病，从此再也不敢来纠缠程寡妇了。

“衣锦还乡”

汉族机智人物故事。采录于湖南。

年关将至，长年在外的细三跛子提着一口箱子往家走，半道上被一个穿羊皮长袄的扒手盯住了。他紧赶一阵，在僻静处往箱内装满砖头石块，傍晚去了一个小客栈投宿。那扒手也住进来与他同铺而睡。他慢慢把扒手挤到一边，压在羊皮长袄上睡大觉。半夜时分扒手轻轻起来，提上那个宝贝箱子就逃，连羊皮长袄也顾不得拿。于是，细三跛子便穿上用一箱砖头石块换来的羊皮长袄“衣锦还乡”啦。

赵南星的故事

汉族机智人物故事。流传于河北中部一带。故事主人公系官宦型机智人物。其原型赵南星，字梦白，号侪鹤，别号清都散客，高邑（今河北元氏）人，万历进士，官至吏部尚书，为东林党重要人物。天启中与权奸魏忠贤斗争，失败后谪戍代州，病卒。其故事除表现他少年时聪颖机捷、才智过人的篇什外，主要是他在朝廷时期，以及闲居家中和贬谪期间智斗奸佞、嘲讽权贵、为民抗争、济弱扶危的趣闻轶事。代表性作品如《官老爷绕城》《巧戏太监》《保海瑞》《奏本免捐》《智对尚书》《写状子》《断烟袋》。

巧戏太监

汉族机智人物故事。采录于河北。

一个太监得知皇上考大臣的题目后，匆匆去菜园问赵南星：“什么高，什么低，什么东，什么西？”赵南星想了想，指着菜园说：“井台高，转水低，黄瓜东，茄子西。”太监如获至宝，在皇上向文武大臣提问时，便出来抢答。皇上听了很不满意，但众大臣又答不上来，就要赵南星作答。赵南星四下里一扫道：“圣上高，子民低，文臣东，武臣西。”皇上听罢点头微笑。退朝后，太监责怪赵南星要弄他，赵南星笑道：“你先前是在菜园里问我，而今皇上是在金銮殿上提问呀！”太监只好自认倒霉。

奏本免捐

汉族机智人物故事。采录于河北。

有一年夏天，高邑城北的泥河发大水，淹了十几个村庄，可朝廷照常征收捐税。当时赵南星因得罪奸臣，被罢官在家，百姓纷纷找他想法子。赵南星问过被淹的村庄名后，提笔写了六句话的奏章：“泥河发大水，大水吓煞人。水从岗头过，淹了五百村。漂走一万家，还望开皇恩。”皇上一看水势如此凶猛，立即下旨免了高邑县全年的捐税。不久一奸臣对皇上说：“高邑总共才一百来村庄，哪来五百个村被淹，定是赵南星谎报灾情。”赵南星被传到京城后，他不慌不忙地对皇上说：“高邑城北有个‘岗头村’，水从岗头村漫过，往南是地势低洼的‘五百村’，村北有个姓万的人家被洪水冲走。为臣讲的句句是实情，并无欺君之罪。”皇上派人一查属实，便赦免了他。

智对尚书

汉族机智人物故事。采录于河北。

赵南星任吏部文选司员外郎时，一次跟一个尚书同去考察官吏。过午他们赶到一家饭馆，菜已卖光，只剩两碟煮豆，两人要了一壶酒，将就吃了起来。那个尚书喝得很开心，便说：“我想起一上联：两碟豆。”赵南星见墙角有一个油瓯，随口说：“一瓯油。”尚书指着窗外的蝴蝶说：“我说的是林间两蝶逗。”

赵南星指指门前的坑塘说：“我说的是水上一鸥游。”那个尚书听了很是佩服。

贱三爷的故事

汉族机智人物故事群之一。流传于湖北汉阳一带。故事主人公系劳动者型机智人物，出自艺术虚构。其名字据说是由“贱三业”（即剃头业、修脚业、擦背业）衍化而来的。这个人物，粗通文墨，武艺较高，幽默多智，有勇有谋，敢于同形形色色的人作对，维护了劳动者的利益和尊严。他的故事内容较为广泛，既包括故事主人公在农村帮工时的生活内容，又包括故事主人公进城从事剃头、修脚、擦背等职业时的生活内容，诙谐风趣，有较高的艺术价值。已发掘近二百篇故事，代表性作品如《三坛礼品》《打擂台》《抢金柜》《十坛金银》《本来就是黑状嘛》《银子和马》《贱三爷巧化缘》《哭丧号子》《两味中药》《一斗米和一把米》《围坟翻跟头》《贱三爷炸鬼》。

三坛礼品

汉族机智人物故事。采录于湖北。

刘财主想把王大伯家的一块祖传好地归为已有，就跑到县衙诬告，并暗送一坛好酒。大堂上县太爷正在审案，师爷悄悄来报，贱三爷送来三大坛酒。县太爷马上停止审案跑进后堂。贱三爷说：“大人，刘善人谋产霸地，引起三乡父老公愤，望您秉公而断。”县太爷想，三坛酒比一坛酒多，再说众怒难犯，便上堂驳回原告，将地归还了王大伯。退堂后县太爷打开酒坛，一看是三坛清水，气得直翻白眼，贱三爷却对他说：“大人，这是三乡的井水，情重如山啊！都是说大人清如水呢。”

抢金柜

汉族机智人物故事。采录于湖北。

有一天夜里有个财主家突然失火，财主两口子赶忙叫长工、仆妇们来救火。眼看大火就要封门了，财主两口子忽然想起装钱的金柜还在房内，拼命高喊：“快抢金柜！快抢金柜！”这时，有个长工要往火里冲，贱三爷拦住他，主动钻进去拎了一个放马桶的小柜子（汉阳人亦将这种小柜子称为金柜）出来。等财主讲清楚他指的是装钱的金柜时，火势已太大，再也不能进去抢了。

十坛金银

汉族机智人物故事。采录于湖北。

有一天汉阳知县把他几年间搜刮的金银珠宝悄悄封在十个坛子里面，特意派贱三爷护送回老家。他告诉贱三爷，这是拿去孝敬他家老太爷的十坛水酒。上路后贱三爷把这十坛金银珠宝分给了穷乡亲们，只留下一百两银子，拿去交给知县的父亲。不久贱三爷回到汉阳对知县大人说："我在半路上碰到一个酒商，用一百两银子的大价钱将十坛水酒卖了给他。你爹得到这么多银子，喜得眼睛都眯成一条缝啦！"知县听了，一下气昏在椅子上。

本来就是黑状嘛

汉族机智人物故事。采录于湖北。

有一年大旱，佃户们交不出租子，财主就请贱三爷来连夜写状子，告佃户们抗租谋反。状子被送进县衙后，县太爷拆开一看，里面是涂得一抹黑的三张纸，一问方知是贱三爷写的。县太爷要说自己看不懂吧，怕贱三爷笑话；说懂吧，真不知三张黑纸是什么意思。只得拖着。一个多月后，县太爷把状子退了回来。财主发现是几张黑纸，忙问贱三爷是怎么回事。贱三爷说："你晚上叫我写的，本来就是黑状嘛。"

贱三爷巧化缘

汉族机智人物故事。采录于湖北。

一年武当山失火，庙宇片瓦无存，道士们四散逃命，只有几位老道士留在山上点瓜种菜度日。贱三爷上山见了十分同情，就让老道士为他雕一个神像，宰头牛做成肉干，学了几天道教礼节，然后装扮成道士的模样下山募化。他来到某地的首富张半城家门前，张家仆人给钱给斋饭他都不要，只是坐地闭目诵经，偶尔喝点儿清水，数日间一直如此。全城为之轰动，都说张家来了活神仙。张半城喜出望外，连忙请"道长"进去。当他得知道祖降旨，要他捐资重修武当山庙宇时，立刻决定与“道长”上武当看看虚实。一路上贱三爷仍然粒米不沾，只是喝水。上武当山后，贱三爷飞步前行，转瞬不见踪影。张半城和仆人们追到一座茅屋前，见老道们正在向茅屋中的一尊神像焚香下拜，那尊神像跟化缘道士长得一模一样，他无比惊诧，跪倒便拜：“我遇到神仙了！”随即捐赠几十万两银子来修复庙院。原来，贱三爷的破道袍中藏着牛肉干，饿不着，只需喝水解渴。

哭丧号子

汉族机智人物故事。采录于湖北。

财主出门要坐大轿，长工们尽管不愿意，可是端人碗服人管，不得不抬。贱三爷一声吆喝：“哟嗬嗬！”长工们跟着起轿，他唱起了哭丧的号子，什么“送魂要送到阎罗殴罗！”“青山黄土好埋人呀！”大家跟着合“咳哟！”“嗬嗬！”十分带劲。村里人听到财主家传出来丧歌，都以为抬死人出来了，跑去一看抬的是个大活人，忍不住哄堂大笑。财主气得钻出轿子，自己走路去了。

两味中药

汉族机智人物故事。采录于湖北。

有一回财主正摆酒请女婿，贱三爷走了进来。财主不想请他，便说：“你要是能编两个谜语，把现在的人和事说进去，我就请你吃酒。”贱三爷坐下说：“你和女婿呀，打一味中药。”财主问是什么，他说：“假附子。丈人不是爹，女婿是半子，不是假父子么？”财主听了很高兴。突然贱三爷吹灭灯，黑屋里捏住了财主的鼻子拉起就走，还说：“这也是个谜，打一味中药。”财主疼得乱叫，赶快问他药名，贱三爷说：“黑牵牛。”说完就坐下吃起酒来。

一斗米和一把米

汉族机智人物故事。采录于湖北。

贱三爷的岳母病了，妻子让他凑一斗米去看望妈。不久贱三爷的母亲病了，妻子只抓一把米给他，还说病人吃得少，煮稀饭能喝几天呢。贱三爷忍住一肚子气，从此只喜欢女儿，不喜欢儿子，还总教女儿：“要一斗，不要一把。”妻子听得莫名其妙，要他把话讲清楚，他说：“将来我有个三病两痛的，姑娘会送一斗米给我。儿子娶了媳妇忘了爷娘，到时只会送一把米给我煮稀饭，要他做么事？”妻子醒悟过来，从此也孝敬公婆了。

围坟翻跟头

汉族机智人物故事。采录于湖北。

一次贱三爷路过一座新坟，见一妇女在坟边哭得死去活来，十分凄惨。同路的长工们要上去劝她，贱三爷拦住说：“一个妇道人家死了丈夫，我们几个男人怎好开口？我来劝她，还不让她知道。”说着走到旁边一座坟上跪下边哭边说：“你死了，我想起曾有三件事对不住你呀！一是你要我约你看戏，我忘了；二是一天你喝醉了还要喝，我给你倒了碗水；三是你要看我翻跟头，我一直没翻，今天我来翻给你看吧！”说完，围着坟翻起跟头来。那妇女听着、看着，情不自禁地笑了起来。

贱三爷炸鬼

汉族机智人物故事。采录于湖北。

贱三爷办好年货连夜回家，路过乱葬岗子时，突然冒出一白衣厉鬼，说要投胎阳间，需找替身。贱三爷说：“那好，你先告诉我一点儿做鬼的诀窍，免得我日后吃亏。就像你刚才，怎么从一团白烟变成人形的呢？”他赶忙从包里摸出个大鞭炮，拉开炮引让鬼钻进去。厉鬼怕找不到替身，便答应变成了一丝白烟钻进炮里。贱三爷乘机迅速将炮引点燃，鞭炮轰响，厉鬼惨叫着就被炸到空中啦。

段成章的故事

汉族机智人物故事群之一。流传于山西大同一带。故事主人公系文人型机智人物。其原型段成章，清代大同县城里的一个读书人。他足智多谋，巧言善辩，富有正义感，多次惩奸除霸，受到世人敬重。他的故事大多为扶弱济危、抑恶扬善的作品，如《段成章找驴》《段成章下馆子》。

段成章找驴

汉族机智人物故事。采录于山西。

段成章的邻居是赶脚的，与踏雪千里驴相依为命。一天夜里这头驴被盗，赶脚的急得去求段成章帮忙。段成章一连数天到牲口市转悠，终于发现了踏雪千里驴。他趁围观的人多起来时，顺势将衣服蒙住驴头，问卖驴人哪只驴耳朵里有撮红毛。卖驴人乱说一气，其实哪只耳朵里也没有红毛。接着他指着驴的泥腿，问哪个驴蹄是白的。卖驴人说："我养了好几年还不知道，没有白蹄子。"段成章请人将驴腿洗净，立即现出四个白蹄。卖驴人终于原形毕露，被人们扭进了衙门，踏雪千里驴又回到失主手中。

段成章下馆子

汉族机智人物故事。采录于山西。

大同城里有家饭馆的掌柜，为人奸诈，专门敲诈穷苦人。一天，段成章约了几个被掌柜欺骗过的轿夫去饭馆吃饭。轿夫们先进去要了饺子、牛肉、老白干，饭菜还未端来，段成章进门，他吆喝店伙计把饺子换成烧卖、牛肉换成烧鱼、老白干换成汾酒。酒菜备齐，猜拳行令，他们痛痛快快地吃完，起身就往外走。掌柜的上前拦住让他们付钱，段成章说："咦？我吃的烧卖、烧鱼和汾酒是用他们要的东西换来的呀！"掌柜的又向轿夫讨钱，轿夫们说："这些我们都没吃呀，凭什么让我们付钱。"掌柜的一下子搞糊涂了，他们趁势说笑着走了出去。

胜拐子的故事

汉族机智人物故事群之一。流传于湖南中部地区。故事主人公系农夫型机智人物，出自艺术虚构。其故事多为嘲弄官府、财主、扶贫救困的趣话，生动诙谐，乡土气息浓厚，如《送礼》《要死了人才晓得》《做媒》《胜拐子剃头》。

要死了人才晓得

汉族机智人物故事。采录于湖南。

有个奸商做五十大寿时，去吃寿酒的人数以百计。胜拐子向奸商送上一个红包，并让奸商把他的一把烂伞保管好。奸商随手将这把烂伞扔在门角里。当主人和宾客吃得酩酊大醉时，胜拐子悄悄把烂伞放进偏房中的棺材里面。送客时奸商找不到那把烂伞，胜拐子嚷道："我祖上传下一块金子，我那当官的哥哥要拿我硬是不给，便把它藏在这把烂伞的手柄里。现在掉了，我的天啦！"奸商以为他真有个哥哥在外地做官，只好忍痛赔钱。胜拐子接过钱道："哼！你家要死了人才晓得！"第二年奸商的妈死了，从棺材里找到了烂伞。奸商忙将伞把劈开，一看哪有什么金子。这时他才想起胜拐子临走时讲的那句话。

胜拐子剃头

汉族机智人物故事。采录于湖南。

有一天胜拐子在街上见到一个讨吃的细伢子，头发长得很长，便把他带到一家大剃头铺剃头。胜拐子当着老板的面对细伢子说："你先剃，我去买了东西来接你。"说完便出了铺门。剃头师傅把细伢子的头剃好了，等了很久都不见胜拐子转来。老板一问才知道细伢子根本不认识胜拐子，只好把他放走。

闻筱辑的故事

汉族机智人物故事群之一。流传于湖北英山一带。故事主人公系文人型机智人物。其原型闻筱辑，字植亭，号应风，英山县孔家坊王家畈人。他博学多才，被誉为英山的"一代名儒"，因厌恶功名利禄，从未涉足仕途。他一生愤世嫉俗，正气凛然，受到人们的敬重。其故事表现了他傲视权贵、玩世不恭、诙谐善谑的性格，从一些侧面反映了清末民初长江中游沿岸城乡的生活和民众的思想感情，具有较鲜明的时代特征和乡土气息。代表性作品如《妙戏考官》《我看你也是昏的》《赶走县官》《送挽联》《王八大舅》《巧言教子》。

我看你也是昏的

汉族机智人物故事。采录于湖北。

有位士绅宴请县太爷，因闻筱辑能言善对，便央求他作陪。闻筱辑心想：借此机会戏弄一下那个贪官，也无不可。便眯起眼睛说："去陪陪可以。但我近日害眼病，礼性不周，望勿见怪。"席间，他用筷子满桌乱戳，弄得县太爷很不高兴。县太爷问主人："他看不见吗？"闻筱辑抢过话头："回禀县太爷，请恕小民无礼，实在是四周漆黑，我看你也是昏的。"

赶走县官

汉族机智人物故事。采录于湖北。

英山县有个新知县到任，他听说刁民闻筱辑很不好治理，就想见见此人。一天他得知闻某在圣庙里下棋，立刻穿起官服赶到那儿。他见两个人正在下棋，忙问："谁是闻筱辑？据说此人动不动赶走县官，可真有其事？"闻筱辑回答："在下便是。在下向来不赶清官，只赶贪官。不过刚刚见面，贵官就犯了大错。你面对三尊大佛，背朝万岁牌坊，无事出来私访，把圣庙当作公堂。我明天就要告你。"县官听了一句话也答不上来，回衙后赶紧辞官离县。原来按大清律，县官见了万岁牌坊不跪拜、将圣庙做公堂都是要问罪的。

王八大舅

汉族机智人物故事。采录于湖北。

有一个自命不凡的财主听说闻筱辑学识渊博，很不以为然。一次他提了两个乌龟专程去会闻筱辑。闻筱辑知他不怀好意，寒暄之后问道："老表，你为何将我大舅提在手上？"那财主心想闻某也不过如此，居然叫王八大舅，实在可笑。后来经人指点，方知闻筱辑在骂他是王八的亲儿子，气得大喊大叫。

祝枝山的故事

汉族机智人物故事群之一。流传于江苏苏州一带。故事主人公系文人型机智人物。其原型祝允明，字希哲，号枝山，长洲（今江苏苏州）人，明代书法家、文学家，弘治举人，官至广东兴宁知县、应天府通判，著有《怀星堂集》等。在故事中，大多将他作为疾恶如仇、玩世不恭的文人来描绘。其故事有《单照看知府》《春联断句》《贴告示助人》等。

单照看知府

汉族机智人物故事。采录于江苏。

苏州知府贪赃枉法，恣意搜刮民财，老百姓恨之入骨。一次为件民事纠纷，这个知府要祝枝山到衙作证。祝枝山到公堂，知府也不赐座，态度傲慢。祝枝山施完礼便拿起单照（眼镜）来看知府。按当时的规矩，老百姓上堂是不准戴眼镜的。知府就责问他为何藐视堂规，祝枝山说："我用了单照看老父台还清爽些，如不用单照，看老父台就糊里糊涂，不清不爽。"知府明知他在讥讽自己，但慑于他的威名，也只好假装不懂，不敢发作。

春 联 断 句

汉族机智人物故事。采录于江苏。

有年除夕祝枝山和唐伯虎一起去杭州访友，路遇爷孙俩遭灾进城求乞，被绸布庄老板一顿毒打，正在啼哭。祝枝山劝慰老人几句，便自离去。过去杭州有个风俗，除夕在门上贴副空联，到初五才补写对子。初一清早，绸布庄老板开门，见自家门上已写上对联："此屋安能居住，其人好不悲伤。"落款是祝枝山，气得他撕下对联就到茶馆请人评理。这时祝枝山也进来，他说："这副春联字字善意，怎说恶意中伤？"两人争执起来，最后老板说："你要能说出一个好字来，我愿奉送纹银十两！"祝枝山便拿起笔加上标点，朗声念道："此屋安，能居住；其人好，不悲伤。"茶客们齐声夸赞，老板只好摸出十两银子。祝枝山接过银子转身直奔街上，把银子送到正等在那里的爷孙俩手中。

贴告示助人

汉族机智人物故事。采录于江苏。

有一天祝枝山在常熟城里与一后生撞个满怀，只见那后生泪流满面，十分伤心。原来这后生是齐举人的公子，早年齐徐二举人指腹为媒，结下儿女亲事，后来两位举人相继去世，齐家又遭天灾，母亲命归黄泉，齐公子将田产变卖，带着二百两银子准备去徐家完婚，谁知徐母收下银子便变脸赖婚，将他轰出门外。此时齐公子正要去衙门告状，讨回银子。祝枝山一听，拉他来到徐家门口说："官府不如我祝老倌。"说罢独自进去。祝枝山向徐母借了纸墨，说要到东门贴告示，写徐家虽为书香门第，却欺贫爱富，不但赖婚还赖掉银子，要让常熟城里妇孺皆知。徐母急了，连忙给他五十两银子请求免贴告示。他接过银子说，东门不贴那就贴西门，直到把二百两银子都拿到手才转身出来，还给了齐公子。

秦钟震的故事

汉族机智人物故事群之一。流传于福建泉州、晋江一带。故事主人公系官宦型机智人物。其原型秦钟震，字伯起，号耻罄，晋江人，明万历进士，历官知府，以目疾致仕归。其人性狷介而诙谐，才藻横溢，既盲犹能作草书，常咏歌自娱，卒年八十余。在故事中他玩世不恭、滑稽多智，常嘲讽旧道德秩序，戏谑各种人物，因而被视为名教中之罪人，叫他"睛瞑（瞎子）恶人"。其故事有《巧改府署对联》《贞节坊联文添字》《改诗逗趣》《被捉脱身》等。

巧改府署对联

汉族机智人物故事。采录于福建。

泉州府署门前挂有一副木制白底黑字对联："八闽名胜无双地，四海人文第一邦。"秦钟震见了觉得口气太大，有一晚悄悄走到府署把上下联各添一字，成为："八闽名胜无双地狱，四海人文第一邦败（'邦败'为泉州方言，贻羞先人之意）。"次日泉州府老爷见了，气得口歪眼斜。后经查明是秦钟震的恶作剧，只好派人把那两个字去掉，却奈何不得他。

贞节坊联文添字

汉族机智人物故事。采录于福建。

有一天秦钟震闲步来到泉州城东门外的许厝坊。那里的牌坊主要是旌表烈女节妇的，每副石柱上都刻有褒奖她们事迹的对联。秦钟震看到坊中有一对联是："七十老翁二十寡，六月夫妇三月遗。"他深为节妇的悲苦愤愤不平，提笔在上下联各添了两字，使这副对联变为："七十老翁二十寡，谁见；六月夫妇三月遗，焉知。"随即掷笔离去。

改诗逗趣

汉族机智人物故事。采录于福建。

秦钟震的朋友庄际昌老来中状元，他把古诗"白日莫闲过，青春不再来。窗前勤苦读，马上锦衣回"的第一、三句最后一字移了个位，变成："白日莫闲，青春不再来过！窗前勤苦，马上锦衣回读！"命人送给庄状元作为敬礼，借以嘲笑庄际昌年纪大了才中状元，而且学问不够，锦衣回来还要再读书。庄状元亦不甘示弱，随即把唐诗《春眠不觉晓》的第一、三句最后一字也移了位置，变成："春眠不觉，处处闻啼鸟晓！夜来风雨，花落知多少声？"用以嘲笑秦钟震的年迈眼瞎。

桂鸦鹊的故事

汉族机智人物故事群之一。流传于湖北黄梅一带。故事主人公系劳动者型机智人物，出自艺术虚构。他在故事中大多以长工身份出现。其人活泼机敏，滑稽多智，善于巧妙应对财主、豪绅，为穷兄弟撑腰、出气，成为他们的知心朋友，被人们戏称为"鸦鹊（即喜鹊）"。其故事的锋芒多数指向财主、豪绅，以嘲讽、戏弄他的财主细爹（小叔）的篇什最多，亦最有特色。这些故事篇幅一般都很短小，乡土气息浓重，饶有兴味。代表性作品如《我的脾气也很坏》《天狗吃月》《细爹的白头发》《有钱的乌龟怎样死》《大白狗有钱》《救火》《巧骂李华章》。

我的脾气也很坏

汉族机智人物故事。采录于湖北。

桂鸦鹊的细爹是个财主，对穷人十分刻薄。这年桂鸦鹊到他家去做工。他当着长工们的面对桂鸦鹊说："我遇到不顺眼的事爱说、爱骂，骂后并不计较。你是我的侄儿，往后我发脾气，你就忍一下。"桂鸦鹊马上回敬道："我的脾气也很坏，一听到别人骂，我就爱动手打，打后还是照样做事，请细爹往后在我面前发脾气时留心一点。"

天狗吃月

汉族机智人物故事。采录于湖北。

有一天桂鸦鹊的细爹请客，那些来喝酒的财主有意取笑桂鸦鹊，就让他坐到酒席上，但他面前的那双筷子是钉在桌上的，根本拿不起来。桂鸦鹊灵机一动，便讲了一个故事。说去年中秋节时天狗吃月，人们都敲锣打鼓去营救月亮，有个人找不到锣鼓，急得直哭。讲到这里他立刻不言语了。财主们忙问后来怎样呢，桂鸦鹊笑着说："他只好眼睁睁地看着狗吃。"

大白狗有钱

汉族机智人物故事。采录于湖北。

有个财主家的大白狗经常乱咬穷人，很讨主人欢喜，主人就在它脖颈上吊两枚铜钱，以示贵重。有天桂鸦鹊种田回来，这条大白狗扑来咬他，他便挥鞭打狗。财主见了直夸他的狗，并且嘲笑桂鸦鹊胆小。桂鸦鹊指桑骂槐，说道："这个畜生那样凶，就因为它有两个钱。"

耿演的故事

汉族机智人物故事群之一。流传于河南浚县一带。故事主人公系小吏型机智人物。其原型耿演，清代浚县县衙的一个班头，生平事迹不详。他的故事有三四十篇以上，以惩恶除暴、扶危济困的作品较多，内容健康，诙谐风趣，亦有一些作品思想性较差，格调不高。代表性作品如《拜年戏恶商》《施计惩班头》《点石为宝》《戏谑染坊老板》《长故事》《确妻与岳母》。

拜年戏恶商

汉族机智人物故事。采录于河南。

有一年大年初一五更，耿演一时高兴，想借拜年之机去几家大商号弄点儿零花钱。他来到南大街夏家药铺，隔门缝瞧见掌柜正在求神灵赐福，让大家多生病，药铺多赚钱。他又来到东大街曾家棺材店，听见掌柜在向苍天祷告，愿今年死人更多，好发大财。耿演心中恼怒，就想了一个办法来教训这两个家伙。他进棺材店说夏掌柜的娘死啦，想来买棺材，然后又去药铺请夏掌柜去为曾掌柜的爹看病。夏掌柜去棺材店与曾老板相遇，一个说要卖棺材给对方，一个说要给对方家里瞧病，竟吵起架来，越骂越厉害。这时耿演当着众人揭露他俩焚香祷告的恶毒用心，大伙听了恨不得狠狠揍他俩一顿。他俩见势不妙，赶紧溜走了。

施计惩班头

汉族机智人物故事。采录于河南。

县衙班头是个无赖，他欠一位私塾先生的钱不还，反而说私塾先生欠他的钱。耿演在衙内当杂役，决心惩治他一下。有天耿演在县官的公案上放了用纸包好的一泡屎，还写明是耿演拉的。县官见了大怒，要重责耿演。耿演忙说假若是他所为，怎会留下自己的姓名？因他曾劝班头还债，所以怀恨在心。定是班头想借刀杀人。正说话时，那位私塾先生跑来击鼓鸣冤，状告班头欠债不还，随即呈上借据。县官见班头竟敢把屎拉到他的公案上，一气之下命众衙役重打班头一百大板，并让班头立刻如数还债。

点 石 为 宝

汉族机智人物故事。采录于河南。

有一年麦忙季节，耿演路过一处，看见长工们赶着牲口在烈日下碾麦子，累得汗水直流，可财主还嫌他们干得慢。耿演想让长工们歇一歇，便盯着那石磙说："这件宝物要是弄坏了实在可惜！"财主十分惊奇，忙叫长工们停下来，又请耿演到家中饱餐了一顿。但耿演迟迟不讲石磙是什么宝以及如何用法，还表示要到一个没人的地方才能讲。他领着财主走了十几里路，来到前不着村后不着店的西大坡才说："东家，那个石磙碾场可惜，要是把它改个碓杵臼儿，能把金谷捣出金米来哩。"说完扬长而去，气得财主瘫坐在地上。

戏谑染坊老板

汉族机智人物故事。采录于河南。

有一天染坊老板闲暇，偏巧遇到耿演，非叫耿演讲个笑话逗乐不可。耿演一瞧他两只手都染青了，便说："我现在正忙着去请兽医哩。俺二大爷的驴难产，伸出两个驴蹄都憋青啦。"染坊老板知道耿演在翻点骂他，就"咚"地打了耿演一拳说："去你的！"

钱六姐的故事

汉族机智人物故事群之一。流传于湖北咸宁及通山、黄石等地。故事主人公系才媛型机智人物。其原型钱梅窗，明代咸宁双港钱家湾人。她出生于三代官宦世家，祖父钱有声官授宣德郎，父亲钱德敕授承德郎，官布政司知印。她排行第六，故称六姐，婚配于河南光山县举人李宗乾。她七岁能诗，有奇才，诗词歌赋无不通晓。在故事中，她被塑造为一个开朗活泼、才思敏捷、能言善对、敢与豪强斗争的女性机智人物形象。其故事多达二三百篇，内容较为丰富，不但有反压迫、反剥削为题旨的作品，而且有描写家庭生活、邻里关系、文化娱乐等题材的作品，大多为诗歌、对联，短小清新，意趣盎然，富有乡土气息。代表性作品如《为知县写对联》《装哑戏知县》《六姐告状元》《巧改对联》《痛斥三蠢材》《秧田答对》《姑嫂比嫁妆》《夫妻对诗》《巧丢棒槌》《单腿知高低》。结集出版有《装哑戏知县》等。

为知县写对联

汉族机智人物故事。采录于湖北。

咸宁县调来个朱知县，一上任便拼命搜刮民财，为非作歹，百姓都恨煞了他。他做生日时请钱六姐给他写了一副对联，贴在县衙大门口：“朱公不公，公难公，不公者能办公，能公者不办公，要朱公为公，除非朱公不违公；衙门无门，门内门，有门者总有门，无门者终无门，要衙门有门，除非衙门不设门。”众人看了都掩口而笑。朱知县不学无术，还以为对子得到大家的赞赏而高兴哩。等师爷讲解给他听后，他气得连话都说不出来。

装哑戏知县

汉族机智人物故事。采录于湖北。

有年大旱，庄稼颗粒无收，可县里要的钱粮分文不减，每天派差役下乡催缴。一天钱六姐得知县官有事路过他们村，就领几个人装哑巴骑着牛横在县官要走的大道上。官轿来了，他们也不让路，并且又比又画，哇哇直叫。钱六姐忙过来解释说：“他们比画，意思是‘天不下雨，地无收成。做官心黑，吃了赈银。坐轿催粮，逼迫小民。有朝一日，告到省城。’一个县的父母官是好是坏，百姓心里有杆秤。”县官怕把事闹大了，就说：“等本官回衙以后，去求府台发点儿赈灾粮来。”钱六姐听县官这样讲，便对几个“哑巴”做了个手势，叫他们让开一条路等官轿过去。不久，县里果然把灾民的钱粮免了。

六姐告状元

汉族机智人物故事。采录于湖北。

有一次新科状元打马游街，踩死了张寡妇的独生儿子。钱六姐替她写状纸到皇上那里告御状。新科状元派师爷来求钱六姐撤回状纸，钱六姐不肯。师爷笑道：“公鸡不鸣母鸡鸣。”她回敬道：“公鸡本是母鸡生。”师爷又道：“公鸡头上重四两。”她回敬道：“母鸡奶重育儿孙。”那师爷斗不过钱六姐，只好溜走了。

巧 改 对 联

汉族机智人物故事。采录于湖北。

有一回钱六姐到窑咀市姑妈家去过年，见当地的大财主朱秀才家门上贴了一副对联："窑中藏宰相，市上隐神仙。"姑妈告诉六姐，朱某自称"文半天"，扬言谁要能把这副对子改上一个字，就赏十两银子。钱六姐说："我可以改他二十个字。"说罢就给改为："窑中坛罐扁扁歪歪何须着红着绿？市上瘟神凛凛赫赫总是害物害人。"朱某见了又气又羞，无奈是自己悬赏请人改对，只好把怨气往肚里吞，还奉送钱六姐二百两银子。

痛斥三蠢材

汉族机智人物故事。采录于湖北。

有一个秀才和两个举人并无真才实学，却喜欢舞文弄墨，恬不知耻。有天他们三个碰上钱六姐，提出要和钱六姐对诗。他们商量半天，凑一首由一说到十的诗："一闻六姐好面颜，二眼秋波三寸莲。四寸细腰身材美，五颜六色迷少年。七情八欲被吸引，九看十瞄妙难言。"六姐立即回敬一首："一秀才来二孝廉，三个蠢材把人缠。四书五经不沾手，禄（六）位得来靠臭钱。七言八语放狗屁，九人就有十人嫌。"他们三个被骂得满脸通红，赶忙溜之大吉。

姑嫂比嫁妆

汉族机智人物故事。采录于湖北。

钱六姐嫁到婆家后，嫂嫂讥笑她的嫁妆不如自己的多。六姐说："你的嫁妆再多也不如我的好。"嫂嫂说："我的嫁妆怎么没有你的好？"六姐道："你的嫁妆多是多，装在箱里虫子嗑。我的陪嫁比你好，诗对都在肚里搁。"

巧 丢 棒 槌

汉族机智人物事故。采录于湖北。

钱六姐家隔壁有夫妇俩，女的颇有姿色，总嫌她丈夫长得丑，经常无故跟丈夫吵闹。有天趁那个女的下河洗衣时，钱六姐也跟去洗衣，故意把棒槌掉进河里，并且要往水中跳。那个女的一把拉住六姐说："水太深！为一根小棒槌冒险不值得。"六姐道："棒槌虽小，跟我多年；夫妻丑陋，终生不嫌。"那个女的听了很受启发，觉得非常惭愧。从此她就同丈夫和好了，日子过得挺美满。

单腿知高低

汉族机智人物故事。采录于湖北。

钱六姐的邻居有一对未婚的残疾人，男伢是个独眼龙，姑娘是个单条腿。他俩同病相怜，彼此有意，无奈没人从中搭桥。钱六姐一心要成全他俩。她先向男家提亲，说："单腿知高低，独脚识长短。"男家父母心想，姑娘虽是独腿，但她出身贫苦，知道人间甘苦，便应下这门亲事。接着钱六姐又去女家提亲，说："独眼龙巡游四海，半边月能照九洲。"女家父母心想，男伢勤扒苦做，姑娘嫁过去吃不了苦，也应下这门亲事。结婚那天，钱六姐送他俩一副对联："单眼观宇宙，独脚掌乾坤。"

徐文长的故事

汉族机智人物故事群之一。流传于浙江、江苏及全国许多地区。故事主人公系文人型机智人物。其原型徐渭，初字文清，改字文长，号天池山人、青莲居士，山阴（今浙江绍兴）人，明代文学家、书画家。其故事多达二三百篇，内容丰富而庞杂，良莠并存，一部分作品称颂故事主人公的聪明才智，嘲讽大大小小的赃官、昏官，惩治为富不仁的财主、恶商，扶危救困，匡俗济时，思想倾向性积极健康，诙谐风趣，艺术质量较高，如《难倒窦太师》《卸御赐金牌》《西湖救渔民》《"青天高一尺"》《一个乌龟一个鳖》《狗不如吃巴掌》《蜡烛头鱼行主》《十四字打赢官司》《嫁乎？不嫁？》《小处不可随便》。一部分作品以捉弄亲友师长、诓骗无辜百姓、羞辱年轻妇女为乐事，格调低下，趣味庸俗，如《戏弄岳母》《先生上当》《舅嫂吃屎》《取笑乡人》《计骗白布》《巧买鸡蛋》《和夜壶亲嘴》《竹林居》。结集出版有多种《徐文长的故事》等。

卸御赐金牌

汉族机智人物事故。采录于浙江。

大名鼎鼎的窦太师到绍兴，每次过市总把一块"天下无书不读"的御赐金牌挂轿前，耀武扬威，目空一切。对此徐文长很看不惯，这天他赤身露胸躺在太师去学宫的官道上。太师听说有人拦道，便下轿来问：“小伙子，炎热酷暑，睡石板上不怕皮肤晒煞？”文长答：“为晒肚中万卷藏书。”太师听他好大口气，便要和他对课，讲好如他对不出，就速让道回避。徐文长反问：“对出了又如何？”太师脱口说：“对得出，老夫步行进学宫！”开始对课。太师道：“南街三学士。”文长即对：“东郭两军门。”恰是绍兴城内五个台门，对仗工整。太师又道：“大善塔，塔顶尖，尖如笔，笔写五湖四海。”文长对：“小江桥，桥洞圆，圆似镜，镜照山会两县。”又都是绍兴城的南朝古物，连接巧妙。太师暗赞奇才。这时徐文长拿出《万年历》递给太师，当场顺背一遍，倒背一遍，太师却倒背不出。徐文长问道：“太师既然有书未读，背书不熟，那这块金牌如何发落？”太师十分尴尬，只得当众说：“卸了吧！”随即举步朝学宫走去。

西湖救渔民

汉族机智人物故事。采录于浙江。

开春后的一天，徐文长坐船游西湖，到湖心亭见一女孩儿坐渔船上哭。原来她父亲出来打鱼，被杭州太守的大花船拦腰撞着，太守硬说渔船有意冒犯，竟把她父亲扣押起来。正在这时，湖上飘来鼓乐声，徐文长带了女孩儿，驶向大花船去评理。大船毫不理睬，猛撞了他的小船。太守出来正要问罪，见徐文长一副穷秀才打扮，便要罚他作诗一首。徐文长请求先放渔民，太守刁难道：“那么我限船字为韵，要一气呵成，如做得到才能放人。”徐文长想了想，提笔写了七个“天”字，太守失声耻笑起来，徐文长迅速写完，用轻蔑的口气道：“请大人见识一下我的天字诗。”只见纸上写着：“天天天天天天天，天子新丧未半年。山川草木皆含泪，太守西湖独放船！”原来明穆宗刚在年前驾崩，太守知道自己触犯了朝廷的规定，连忙叫人放了渔民，吩咐歇乐回船。

一个乌龟一个鳖

汉族机智人物故事。采录于浙江。

知府衙门里面的邬、毕两位师爷仗势欺人，民愤极大。有一天他俩在酒店内喝酒，遇上徐文长，便假装斯文，要和徐文长吟诗。毕某道：“出字拆开两座山，一山煤来一山炭，煤炭本来同一色，你想，哪山是煤哪山炭？”邬某道：“吕字拆开两张口，一口茶来一口酒，茶酒本来同一色，你猜，哪口是茶，哪口酒？”徐文长道：“二字拆开两个一，一个乌龟一个鳖，龟鳖本来同一色，你们看，哪是乌龟哪是鳖？”酒客们听了忍不住哈哈大笑，邬、毕两个师爷无地自容，只好溜之大吉。

蜡烛头鱼行主

汉族机智人物故事。采录于浙江。

某鱼行老板是个爱占便宜的小气鬼，人称“蜡烛头”。他的儿子中了秀才以后，他特地到徐文长家中，一定让徐文长给他题一个雅号，给他儿子的书房定个室名。徐文长推脱不掉，就提笔替他题名“海山先生”，给他儿子的书房题作“衡玉山房”。朋友们不解其意，便问徐文长为何给他们写得这般体面。徐文长笑说，“海”“山”是祝寿时点的“福如东海”“寿比南山”两支蜡烛的最后一个字，暗示此人是“蜡烛头”。而“衡玉”二字，拆开来就成了“鱼行主”。二者连在一起岂不是“蜡烛头鱼行主”吗？

嫁乎？不嫁？

汉族机智人物故事。采录于浙江。

绍兴乡下有个老头子，老伴早丧，小儿尚未娶妻，大儿子娶亲不到一年得病身亡，大儿媳便成了少年寡妇。从前守寡要再嫁，需经衙门批准。少年寡妇不愿一世活受罪，多次请人写呈子请求改嫁，县官都不准，一晃几年过去。这年春天徐文长来此，少年寡妇又求他帮忙，徐文长十分同情，即帮她写好呈子，让她亲自去见县官。次日少年寡妇到衙门，县官打开呈子，上写：“十五嫁，十六寡，公鳏、叔大。花少叶，叶缺花，嫁乎？不嫁？”连忙提笔批道：“嫁、嫁、嫁。”

小处不可随便

汉族机智人物故事。采录于浙江。

徐文长和一老农结下忘年交，这天闲来无事，骑着毛驴下乡去看望老农。老农见他光临茅舍，十分高兴，烫酒续茶，无话不谈。徐文长贪了几杯，酒意浓浓，走到屋外空地小解。不料回屋老农直率地说：“肥是农家宝，先生为何小解不上茅厕？”徐文长深感自己有失检点，很过意不去。一会儿老农拿出纸砚，请他题字，他带着几分醉意，不觉写下了“不可随处小便”六字，便倒头睡着。老农听孙子回来一念，心里很不高兴，等徐文长酒醒后，便毫不客气地把字幅退还给他。徐文长大惊，赶忙赔礼，并且提笔重写，改成了“小处不可随便”。老农转怒为喜，连声说好。徐文长又提笔写下一副门联：“读书好，种田好，学好都好；创业难，守业难，知难不难。”

徐荀三的故事

汉族机智人物故事群之一。流传于湖北天门、京山、仙桃一带。故事主人公系雇工型机智人物，据说实有其人。他出身苦寒，四处打长工、短工。在故事中，他诙谐多智，敢于嘲讽、对抗各种邪恶势力，乐于帮助穷朋友，人气很高。他的故事有近百篇之多，从许多方面描绘了旧时鄂中农村、城镇的社会生活和风土民情。其中最引人注目的是以反抗压迫剥削为题旨的作品，包括嘲讽官府、惩治富豪、为穷苦百姓伸张正义的各种篇什，此外还有调侃亲友、取笑逗乐等内容的作品，篇幅无论长短，大多生动诙谐，趣味盎然。代表性作品如《送猫贺寿》《爹不跪爷》《智辱县官》《请课酒》《计惩伍阎王》《三戏孟老板》《写座幛》《出门时时好》《理发》《办丧事》。

送猫贺寿

汉族机智人物故事。采录于湖北。

有个官迷想巴结县太爷，徐荀三跑去对此人说：“县太爷的生日将至，到那天你送只猫去，保准能当官。”此人问徐荀三叫什么名字，徐荀三说他叫“顾意”。县太爷祝寿时，这个官迷送了一只名贵的花猫去。县太爷一见大怒，叫衙役把他痛打一顿。他哭诉说：“这是顾意说的呀！”县太爷听了越发生气，骂道：“你这个混账，你故意送的，不打自招！”原来这位县太爷属鼠，平生最恨猫，过生日时居然有人送猫来，怎么不挨打？

智辱县官

汉族机智人物故事。采录于湖北。

京山县太爷张坤脸上有麻子，一上任便向全县发通令，任何人不许说“麻”字，如有违者，轻则打板子，重则杀头。为此县上天天有挨板子的，就连衙役说漏嘴，也吃了不少苦头。一天衙役们拉住徐苟三说：“你要是能大喊三声张麻子，我们合起来送你一头大水牛。”当天晚上，徐苟三跑到县太爷办公案上写了“大人张麻子，小人徐苟三”几个字，第二天县太爷看见，气得令人立即追查。衙役们把徐苟三带上堂来，他装作害怕的样子说：“老爷，我既写大人张麻子，就不会写小人徐苟三；写了我小人徐苟三，就不会写大人张麻子。我又没吃豹子胆，喊张麻子要杀头的，我不怕杀头吗？”县太爷怕问下去，他会“麻子”越说越多，连连摆手道：“算了算了，快下去！”徐苟三走出衙门，便牵着水牛高高兴兴地回去了。

计惩伍阎王

汉族机智人物故事。采录于湖北。

苟三娘子俊俏能干，薅草割麦、织布绣花样样在行。财主伍阎王大白天溜进她家，转动着贼眼，要送给她一根银簪子。苟三娘子一见，心中明白了八九分，她推说到厨房为他打荷包蛋，出后门一口气跑到地里告诉了徐苟三。徐苟三出好主意，她又跑回来端起荷包蛋走进堂屋。伍阎王趁接碗之机顺手去拉她的胳膊，苟三娘子突然惊叫：“不好，当家的回来了！”伍阎王急得团团转，慌忙中躲进了屋角的大黄桶。徐苟三进门，苟三娘子大声说：“东湾伍老爷来过，说我们欠了他三斗五升高粱。”徐苟三擂着黄桶盖说：“刚下种就来讨债，这口黄桶没用，推出去抵债算了。”说完一脚将桶蹬倒，一直滚到伍阎王家大门口。伍阎王的老婆听说用黄桶来抵债，赶快说：“谁要这烂桶，滚回去！”伍阎王满头血疱，挣扎着从桶里伸出头来骂老婆：“再滚老子还有命吗？”

三戏孟老板之一

汉族机智人物故事。采录于湖北。

孟老板贪嘴好吃，爱占便宜，长工徐苟三想了个点子捉弄他。一天西乡刘员外写田约，请孟老板五月十三日去做客。徐苟三把帖子从封套里抽出一半，孟老板一看，以为是五月初十请客，从初九便开始饿饭，准备第二天去猛吃一顿。到初十下午，不见来人催客，就去问徐苟三。徐苟三把请柬又多抽出一点儿，露出十字下面两横。孟老板一惊，原来自己看错了日子，不过已到晚上，干脆再饿一天。到十二日傍晚，还不见来人催客，孟老板饿得心烦意乱，又去找徐苟三。徐苟三把请柬倒着给他，孟老板看了苦着脸说："还是个员外，真不会办事！五月三十日请客，初八发个么请帖。害得老子冤枉饿了几天。"

三戏孟老板之二

汉族机智人物故事。采录于湖北。

每逢收租季节，孟老板就带一帮人登门看课，大吃大喝。这天他到了徐苟三家，徐苟三两口子做了几碗菜，中间一碗煮鸡蛋。客人还没动筷，徐苟三的儿子就拿起一个鸡蛋剥壳。徐苟三一巴掌打过去，说："你这不知甘苦的东西！我一年到头口朝黄土背朝天，你吃鸡蛋还吐起壳来了。就是老板家里，吃肉都不吐骨头咧！"孟老板没有醒过弯子来，以为山里人吃鸡蛋不兴剥壳，他怕丢了面子，只好草草扒了几口看课饭，匆匆走了。

三戏孟老板之三

汉族机智人物故事。采录于湖北。

孟老板的儿子在上海当了官，他便带着徐苟三去上海看儿子。他得意得不知高低，让人恶心。早晨少爷让使女送来洗漱用的牙粉和香皂，徐苟三故意用盘子端到孟老板跟前。孟老板把它当成了早点，吃香皂喝牙粉，吞进去不一会儿，就吐得翻肠倒肚。中午儿子来看他，孟老板一把拉住儿子说："儿呀，你一天给我三顿稀饭就行了。爹没开过洋荤，早晨送来的糖茶我咬着牙喝进去了，那香糕真叫难咽哪！"

出门时时好

汉族机智人物故事。采录于湖北。

有个客店老板娘，好占便宜，连客人拿来加工的菜也要从中揩点儿油。一天徐苟三和几个伙伴买了二斤肉，交给她炒，等做好端上来一看，最多只用了一斤肉，大伙有气又不好说。午后徐苟三接连不断地念叨："在家千日坏，出门时时好。"老板娘听了忙纠正道："应该是在家千日好，出门时时难。"徐苟三说："没错，在家里我买两斤肉，老婆炒个精光，吃了上顿没下顿。而你就想得周到，二斤肉只给炒一半，另一半留着我们下顿吃。"老板娘怕他说穿，只得点头称是，晚饭时便照样做了一盘炒肉。

理　发

汉族机智人物故事。采录于湖北。

有一回徐苟三进城理发，理发师傅拿一把早已生锈的推剪在他头上推，把他的头发连拉带扯弄了下来。他强忍疼痛问理发师傅用的是什么新机器，并说他们那里不用这玩意儿，而是用手拔头发。理发师傅忙问："那不疼吗？"徐苟三苦笑道："我感觉用手拔比你用推剪推还好受些。"

办 丧 事

汉族机智人物故事。采录于湖北。

徐苟三临死前，乡亲们去看他，并且商量替他办后事。徐苟三说："你们跟我一样穷，我的丧事不要大家操心，自有人办，你们帮我把我表兄赵员外找来就行了。"赵员外来后，徐苟三告诉他："我虽然穷，但是还攒了一坛金子、一坛银子。你我不是外人，请你给我办办后事，金银以后都归你。"赵员外听说有金银，满口应承，当着乡亲们立了字据。等他为徐苟三操办完丧事，到徐苟三指点的地方挖出两个坛子来一看，一坛石头、一坛瓦块，气得拍胸打嘴，大骂道："这个撮白（说谎）佬，死了还让老子上他的当哦！"

徐奔布的故事

汉族机智人物故事。流传于浙江淳安一带。故事主人公系劳动者型机智人物。据说其原型徐奔布，又称徐奔兔，清代中期淳安县威坪蜀阜人。史志无记载，是否确有其人，待考。在故事中，他是个贫苦农民，以帮工为生。其故事已采录七八十篇，广泛涉及浙西农村、城镇生活的方方面面，大多以嘲弄豪富、打抱不平为题旨。代表性作品如《消灭“死对头”》《三个老板来相会》《骗骗子》《喜冲冲》《对对子》《二两漆，二两酒》《买蛋》。

消灭“死对头”

汉族机智人物故事。采录于浙江。

徐奔布在财主家打短工。财主婆待人刻薄，午饭端出一大碗青菜豆腐和一小碗荤菜。徐奔布称青菜豆腐是他的好朋友，猪肉是他的死对头，一顿饭下来把青菜豆腐吃得精光，猪肉却一点儿未动。为了省菜，晚饭时财主婆只端出一小碗青菜豆腐，又端出一大碗烧猪肉来做做样子，还假惺惺地说：“家里青菜豆腐不多了，真对不起。”徐奔布忙说：“这样好！猪肉这个死对头，我今天非把它消灭光不可！”说完便大嚼起来，竟把一大碗烧猪肉吃得干干净净。财主婆在一旁见了干着急，真是火烧乌龟——心里痛啊！

三个老板来相会

汉族机智人物故事。采录于浙江。

张家三兄弟在城里开店，老大开肉店人称肉老板，老二开饭店人称面老板，老三开米店人称米老板。三兄弟有钱有势，同时看上了刘寡妇的女儿婉秋，都想霸来做小老婆，常到刘家纠缠，母女二人苦不堪言。徐奔布得知此情，便替刘母出了主意。腊月三十儿夜里，刘母分别到三兄弟店里，表示愿将女儿许配对方，约定大年初二到她家中相会。三兄弟喜出望外，都送了刘母不少钱财。大年初二晚上，肉老板身着白衣蹲在刘家门外等候婉秋；面老板提着棍子到刘家，给了像白狗一样的肉老板一闷棍，将其撂倒，然后拖进西厢屋里；躲在西厢屋里的米老板以为婉秋来了，立刻紧紧相抱。他俩互相拖来扯去，突然踏翻地板，双双跌进茅坑，灌满一嘴屎尿。闹到天明，他们才发现是自家的三兄弟。他们再找刘家母女，连人影也没见到。原来刘家母女把张家三兄弟给的钱财做盘缠，早在初一天蒙蒙亮时就远走高飞了。

徐家三爹的故事

汉族机智人物故事群之一。流传于湖北当阳一带。故事主人公系雇工型机智人物，出自艺术虚构。其故事有数十篇之多，大多是嘲讽贪官污吏、捉弄财主富商、惩治邪恶势力的篇什，情节生动，语言风趣，笑料迭出，生活气息浓厚，地方特色鲜明，具有积极的社会倾向性和较高的艺术含量。代表性作品如《楼板换劈柴》《破口话》《奇怪的家具》《两匹白布》《耳朵官司》《巧斗县官》《智擒金拐子》《颠掉黑鱼脑壳》《三爹赊肉》。

楼板换劈柴

汉族机智人物故事。采录于湖北。

有一年寒冬腊月，老板和几个帮工关在屋里烤劈柴火。徐家三爹跟大伙扯闲话时，说道："我家里的烤火柴与这些烤火柴不同，我每年烤火都是烧的楼板。"老板盘算一番后，对三爹笑笑说："你横直是当柴烧，我拿些劈柴换你的楼板吧！"为了把楼板弄到手，他提出派人把劈柴送到三爹家里，等过了年再去搬楼板，三爹这才答应了。过罢年老板派人去三爹家搬楼板，却搬回去一堆高粱秆子。三爹对搬楼板的人说："嗨呀，我就是用高粱秆子铺的楼哇！"

破　口　话

汉族机智人物故事。采录于湖北。

徐家三爹在李财主家帮工，过年还不让回家。李财主爱财如命，过年时禁嘴很严，生怕说不吉利的话。这天李财主一家在屋里大吃大喝，却吩咐三爹去看门。三爹把一群叫花子引进屋，说是来恭喜东家发财的。李财主不能把"财"字赶出门，只好忍痛给了叫花子们几碗米。李财主气冲冲教训三爹，再来人必得先问清白，莫让不三不四的人冲了财气。结果，李财主姓赵的女婿、姓肖的姨爹、姓贺的小舅子先后上门送礼，都让三爹给说回去了。李财主知道后大发脾气，怨三爹把他的客人都得罪了。三爹说："你这人真不好服侍。我是怕你今年背时倒灶（赵）、财消（肖）家败、大祸（贺）临头哇！"

两 匹 白 布

汉族机智人物故事。采录于湖北。

财主阴阳脸喜欢巴结县官，穷哥们儿要徐家三爹治治他出口气。一天阴阳脸在茶馆喝茶，徐家三爹扮成布贩子背了两匹白布进来，诡秘地对老板说：“快上茶，县官的妈死了，急等白布做孝妆，我去卖俏货呢！”阴阳脸一听，这可是个好机会，好说歹说，出三倍的价钱买下了徐家三爹的这两匹白布。他即找裁缝做手巾、头巾、幡子，又请了吹鼓手，披麻戴孝地来到县衙门前，谁知竟触怒了县官，让两个差人把他拖到堂上，狠狠地挨了一顿打，打得他皮开肉绽。当他一颠一跛地走出县衙时才听人说，今天是县官的妈做七十大寿呢！

颠掉黑鱼脑壳

汉族机智人物故事。采录于湖北。

有一回几个朋友告诉徐家三爹，镇上的鱼行老板狠心盘剥穷人，渔民们吃了他不少苦头，要三爹治一治他。一天鱼行里卖黑鱼，徐家三爹指着几条大黑鱼对老板说，他老婆得了怪病，医生说要喝黑鱼脑壳汤才能好，今天总算在这里找到，当然，要者为贵，随便老板说个价就行。老板一听笑眯了眼，立即把那几条大黑鱼的脑壳砍下过秤议价，忽然徐家三爹拍拍脑袋说忘了带钱，返身回去拿钱。过一会儿他的朋友们也来买黑鱼脑壳，老板十分得意，说已经有人买了，他们便买下鱼身，匆匆提着和徐家三爹下酒去了。鱼行老板一直等到天黑，也不见人来取鱼脑壳，才知竹杠没有敲成，反而吃了闷亏。

三 爹 赊 肉

汉族机智人物故事。采录于湖北。

长工徐老四要娶媳妇，家里穷得叮当响，来求徐家三爹帮他到吝啬鬼陈老板肉案上割几斤肉，徐家三爹想了想便答应下来。一天肉案上人特别多，徐家三爹挤进去说：“陈老板，请你帮忙杀头肉猪，家里几天不见荤腥了。”话音刚落，三爹就拉着陈老板往外走。这时，买肉的人不答应，拼命喊“割肉”。陈老板急出一头汗，说：“兄弟，我先割几斤肉你回去吃，横直你要杀猪，钱到时再说。”于是他便给徐家三爹割好几斤大膘肉。三爹提着肉往徐老四家走时，心里暗暗发笑：“哼，肉猪？墙角里倒是有只蜘蛛！”

翁咸的故事

汉族机智人物故事群之一。流传于四川珙县一带。故事主人公系讼师型机智人物。其原型翁咸，清代珙县一位刀笔讼师，善打官司，常常嘲弄官府，捉弄豪富，在当地颇有名气。他的故事大多直接或间接与打官司有关，代表性作品如《智算杀人犯》《和尚变尼姑》《夜当夜明珠》《以死救生》。

和尚变尼姑

汉族机智人物故事。采录于四川。

翁咸的妹夫蒋老幺去世后，蒋老大、蒋老二为了霸占兄弟的家产，便买通一个和尚，让其趁蒋老幺周年做斋之机，悄悄躲在蒋老幺妻子的床下，于是他们便抓了“奸夫”“淫妇”送往县衙。蒋家离县城远，中途在客栈过夜时，押送的人将蒋老幺妻子与和尚关在一间屋里。第二天送进县衙审问，那和尚却说自己是尼姑。经稳婆验证，果真是女尼。蒋老幺妻子哭诉分辩说：“给亡夫做道场时，因客多屋少，就让一女尼与民妇同住，两个大伯居心不良，借此栽赃陷害，妄图侵吞民妇的一份家产，请大老爷替民妇申冤做主！”结果蒋家老大、老二不但没夺得家产，还挨了一顿板子。他们万万没料到，头一夜住客栈时，翁咸暗中搞了“调包计”，设法把和尚换成尼姑了。

夜当夜明珠

汉族机智人物故事。采录于四川。

一家当铺老板唯利是图，待人刻薄，翁咸决定“敲”他一下。这年腊月三十儿晚上，翁咸抱着一个红漆木箱到他那里去当夜明珠，老远便喊叫起来。人们都想开眼界，纷纷围到当铺门里。老板听说翁先生来当夜明珠，不敢怠慢。他亲自打开箱子，取出一个沉甸甸的红绸包放在柜上解开，解了一层又一层，解到最后一层时，一道光华闪过，“当”的一声落到地上就不见了。他在地上到处寻找，连半点儿踪影也没找到。他知道翁咸会打官司不好惹，赔了三百两银子才把事情搁平了。原来翁咸箱里包的是亮晶晶的水银。水银很重，落地溅开钻进地缝，哪里还找得着？这个发横财的当铺老板，算是吃了个哑巴亏。

高拱的故事

汉族机智人物故事群之一。流传于河南新郑一带。故事主人公系官宦型机智人物。其原型高拱，字肃卿，新郑人，明嘉靖进士，在世宗、穆宗、神宗三朝为官，任文渊阁大学士、柱国中极殿大学士等，官至首辅兼领吏部。其故事大多为宫廷斗智和惩恶济贫的趣闻轶事，如《进贡免粮》《新郑大枣甜似蜜》《成阁寺》《巧改对联骂贪官》《祝寿趣话》《没星秤》《仁义胡同》《陪宴惩贪官》《险走高干庄》。

祝 寿 趣 话

汉族机智人物故事。采录于河南。

有一年高拱回家省亲，恰逢亲家做寿，便应邀前往。他只身便衣，骑头毛驴，而其他宾客均是高头大马，家郎院公抬着礼品，于是绕道从后门进去，草草吃些酒菜就告辞了。亲家为此十分不快，还把儿媳高香狠狠地奚落了一番。一晃一年过去了，高拱为了开导亲家，便身穿朝服，带领府上所有官员、侍从，昼夜兼程赶到亲家那里。亲家见高拱乘着八抬大轿，前呼后拥，浩浩荡荡足有三百多人，院中站不下，吃饭更是个大难题，急得不知所措，连连央求高拱恕罪。高拱乘机对亲家说："你们年年铺张浪费，只知光耀门庭，可曾想过给亲朋邻里增添的负担，难道不怕大家嫉恨你们？"打这以后，亲家再也不为祝寿大操大办了。

陪宴惩贪官

汉族机智人物故事。采录于河南。

高拱抱着小王万历帝登基后，不久就换上便装悄悄离开了京城。高拱赶到一个小镇，与乡绅张俣相识，二人谈话十分投机。经张俣再三挽留，高拱便到他创办的私塾教书。一天县令借口拜访地方名流，让私塾设宴请客，张俣敢怒而不敢言，只得照办。县令到来时，衣着破旧、蹲在门后的高拱却坐到上席去了。县令轻蔑地看了看他，问他一生坐过几次上席，高拱说他坐过两回半上席。县令耻笑他坐席还能坐半回，高拱说："对了，那半回是我抱着小王登基，小王坐一半，我坐一半。"原来他是当朝阁老大人，满座吃惊不小，县令更是两腿筛糠。高拱惩办了敲诈百姓的县令后，又启程回乡探母去了。

高唐伯的故事

汉族机智人物故事群之一。流传于福建同安一带。故事主人公系文人型机智人物。其原型高唐，清末同安的一个名士。他为人正直诙谐，好打抱不平。其故事大多是惩恶扬善的趣话，如《巧惩守城衙役》《智惩土霸》《计诫巫婆》。

巧惩守城衙役

汉族机智人物故事。采录于福建。

高唐伯见守城衙役利用开关城门的职便敲诈百姓，很是不平。这天等到衙役又提早关城，借机向进城的百姓勒索财礼时，他身着长袍、脱掉裤子赶到城下高喊："你们不开城门我就越墙了。"说着就往城墙上爬。衙役冲出去把他押进县衙。他对县官说："老爷您为政清廉，手下人却贪赃枉法，败坏您的名声。学生清贫，进城没钱送礼，被剥了裤子抵押不说，还要抓来办罪。"说完掀起长袍露出光腿，引得众人哄堂大笑。大家恨透了守城衙役，也都齐声附和。县官无奈，只好下令责打守城衙役四十大板，不准再刁难盘剥进出城门的百姓。

智 惩 土 霸

汉族机智人物故事。采录于福建。

高唐伯的邻里有个土霸，仗着有钱，勾结地方，欺压百姓，大家敢怒而不敢言。一天土霸全家出门赴宴，高唐伯想起他家院内摆满金鱼缸和豆油、豆豉缸，即心生一计。他用黄布写上朱字塞进门缝，又到市场买了一担松柴，指着土霸家大门对柴夫说："这是我家，我还要去买别样东西，你就把柴块丢进院墙内就行了。"柴夫照办。等土霸一家回来，满院豆油、豆豉、柴块、死鱼，大缸小缸全成碎片了。奴才捡到一方黄布，土霸一看，上写："横行失德欺平民，天降柴雨惩恶人。"这时高唐伯走来，听说他家降了柴雨，便笑道："恭喜老兄，平时积德行善感动天庭，故降柴雨赐福人。只可惜老兄有失检点，没及时收拾好，看来得不偿失了！"土霸听他话里带刺，气得晕了过去。

宾斯谊的故事

汉族机智人物故事群之一。流传于湖南中部一带。故事主人公系长工型机智人物，是否有生活原型，待考。他的故事多数是捉弄、抨击刁猾财主的作品，如《宾斯谊撑锄头》《要紧话》《一顿酒肉饭》《扯白》。

宾斯谊撑锄头

汉族机智人物故事。采录于湖南。

宾斯谊干活儿时，财主躲进竹山里盯着，看他偷懒不偷懒。宾斯谊明知财主在偷看，故意将锄把撑在腋窝下，站着一动不动。收工后财主表示不能给他工钱，因为他撑着锄头尽歇气。宾斯谊道："财老爷，你还要多给工钱才对，今天有个贼娃躲在竹山里，要不是我死死盯着他，恐怕你家的竹子都被偷光了。"财主晓得他在揭老底，只好付给他两天的工钱。

一顿酒肉饭

汉族机智人物故事。采录于湖南。

财主斗不过宾斯谊，便把他辞退了。这年鼠害成灾，猫格外走俏。一天中午宾斯谊抱着一只猫故意从财主门前过，财主叫住他，硬要买这只猫，还忍痛请他饱餐了一顿酒肉。饭后宾斯谊自言自语对猫说："猫子啊，你以后可再不要咬鸡了。要不，太对不住主人啰！"财主一听说这只猫爱咬鸡，忙摆手："算啦，算啦，我不买了。"

陶奇的故事

汉族机智人物故事群之一。流传于湖北武汉、孝感一带。故事主人公陶奇，一作淘气，系劳动者型机智人物。他出身贫苦，父母早逝，因粗通文墨，常帮穷人写状打官司，官府都怯他三分。其故事不少是智斗官府、播弄为富不仁的叔婶的趣话，如《巧救尤三》《打赌赢鸡》《戏弄王道台》《巧还梯》《卖绿豆》《陶奇还债》《一生也用不完的传家宝贝》。

巧 救 尤 三

汉族机智人物故事。采录于湖北。

农民尤三欠了官府三百吊钱的钱粮杂税，衙役在他家门上贴了封条，要拿他问罪。尤三无法，四处躲避。一天陶奇碰到尤三后说："你先去我家住两天，三天后我包你平安无事回家种田。"当天晚上陶奇换了身尤三的衣服，抹了一脸锅黑，走到尤家门前。一班衙役把他捆住，连夜押往黄州。天一亮，班头发现抓的不是尤三，而是喝了点儿墨水，常替人写状打官司的陶奇，连忙松绑道歉。陶奇不依不饶："你们无缘无故抓我，岂不是把朝廷王法当儿戏。要想一笔勾销，你们搭伙出三百吊钱，这叫官罢事休。"班头知道道台也怯他三分，只好凑三百吊钱给他。他立即代尤三交清钱粮杂税，于是尤三便高高兴兴地回家种田了。

巧 还 梯

汉族机智人物故事。采录于湖北。

陶奇的叔婶有钱又吝啬。一年腊月三十儿，他到叔婶家借木梯刷房过年，叔婶半天才同意借，不过要他天黑之前一定归还。陶奇赶天黑来还梯，叔婶一家正在吃年三十儿团圆饭，他们怕开门破了财，又怕陶奇吃了鸡鸭鱼肉，便在门里要陶奇把梯子靠墙放。陶奇举起梯子朝墙边使劲跺了一下，立刻扛回家用斧头劈开当了柴烧。等叔婶问起梯子时，他指着跺的梯子印说："是你让我靠墙放，这不是梯子印。"叔婶只好自认背时。

陶 奇 还 债

汉族机智人物故事。采录于湖北。

有一日财主张百万到陶奇家讨债，陶奇见躲不掉，就主动迎上前说：“老爷，我正打算到府上还债。”说着从地上捡了一颗钉子，把藏在旱烟锅底的一枚铜钱撬出来递过去。张百万气得脸发青，嚷道：“这算什么？”陶奇赔笑说：“我还一个总少一个哟。”

陶三爹的故事

汉族机智人物故事群之一。流传于湖北孝感一带。故事主人公系劳动者型机智人物，出自艺术虚构。此人外号“笑话三千”，一肚子笑话，讲起来叫人笑炸肚皮。其故事常以讲笑话、故事为手段嘲讽权贵富豪，辛辣而饶有风趣，如《三爹拆字》《知县换装》。

三 爹 拆 字

汉族机智人物故事。采录于湖北。

有年正月，六个当铺老板合伙宴请新上任的知县。知县入席后说：“山珍海味我不稀奇，唯独笑话我听不够。”他们赶忙去把陶三爹请来作陪。陶三爹心想正好借机出一口气，便说：“我今天看在县太爷的面子上，讲个拆字的笑话。‘富’字翘个头，架起个膀子张个口，挺着鼓肚子；‘寒’字也翘着头，架着膀子，就是里面看不得，肋骨露着，大胯叉着，胯底下还滴着两滴尿。莫看这两滴尿不值钱，要是滴在富人头上，还可以开个当（當）铺啰！”县太爷听了哈哈大笑，六个当铺老板却下不了台。

知 县 换 装

汉族机智人物故事。采录于湖北。

有一天知县穿一件灰鼠马褂进屋，换了一件八团套子出来，刚出门便碰上陶三爹。陶三爹对知县讲了一件稀奇事：老鼠被猫追得没得法，一头拱进阴沟里。猫在阴沟旁等了半天，才见爬出一只乌龟。猫去咬乌龟，乌龟忙说："我不是老鼠，我是乌龟。"猫说："我看得一清二楚，你穿着灰鼠马褂进去，又换上了八团套子出来，你瞒不了我！"知县听了，哭笑不得。

萧光际的故事

汉族机智人物故事群之一。流传于湖北武穴一带。故事主人公系文人型机智人物。其原型萧光际，字流芳，号脂香，世居广济（今湖北武穴）梅浦。他家境清贫，睿智好学，一生未入仕途，绝大部分时光是在乡间度过的。在故事里面，他为人正直，傲视权贵，不满官府，常常挺身主持正义，维护民族尊严，替穷苦百姓排忧解难，充分显示出他的斗争性、同情心和幽默感。其故事有近百篇，较为广泛地展现出清代中期以来鄂东长江沿岸一带的社会生活和民情风俗，揭示了反压迫剥削、反侵略、匡正世风的题旨。故事多数同吟诗、巧对、题字、绘画、写状、立约等相关，其中巧对故事和诉讼故事比重颇大，总的讲来艺术质量较高。代表性作品如《三戏蔡糊涂》《天主教和地方官》《广济人》《石头变银子》《老字少一点》《教训油子哥》《当破伞》《巧哄妻》。结集出版有《三戏蔡糊涂》。

三戏蔡糊涂

汉族机智人物故事。采录于湖北。

广济知县蔡糊涂五十大寿时，告示各界、各乡士绅"有钱送钱，无钱送物"，闹得七乡三镇怨声载道。萧光际很是生气，就写了副长联贴在城墙上："大老爷做寿金也要银也收票子尽拿黑白一把抓不分南北，小百姓该死麦未熟谷未出豆儿刚种青黄不接哪有东西。"蔡糊涂怕影响前程，不敢抓他，使得做寿那天门前冷落车马稀。六七月天大旱，蔡糊涂请和尚道士焚香念经，借口求雨来榨取百姓钱财。萧光际又写了副对联，让后生伢贴在求雨台前："妖僧怪道三令牌拍散风云雷雨，贪官污吏九叩首拜出日月星辰。"横批是："越求越旱。"蔡糊涂便以"破坏求雨，降祸黎民"罪，把他抓上公堂。萧光际说："那一丈多高的台子贴对联，恐怕不是老朽一人能做。老朽也不敲诈勒索，何罪之有？"一句话说到蔡糊涂的痛处，可又无言对答，只好支吾着让他当堂写副对联，就放他。萧光际提笔写道：“一二三四五六七，孝悌忠信礼义廉。”横批是：“天高三尺。”蔡糊涂很满意地挂在了书房，事后师爷告诉蔡糊涂，上联是骂他“忘八”，下联骂他“无耻”，横批是骂他盘剥百姓。刮地三尺，天当然就高了三尺啰！

天主教和地方官

汉族机智人物故事。采录于湖北。

萧光际看见地方官吏与天主教堂的洋人相互勾结，欺压平民百姓，心里非常气愤。有天他撰写了一副对联：“什么天主教敢称天父天兄绝天伦灭天理何时遭天讨天诛天才有眼，这些地方官俱是地棍地痞夺地财掘地脉到处收地丁地税地定无皮。”于是把上联贴到天主教堂，将下联贴在县衙门口，让这副张贴办法不同寻常的对联有力地揭露了地方官与洋教士朋比为奸的嘴脸，一时间全城轰动，议论纷纷。

石头变银子

汉族机智人物故事。采录于湖北。

一日有一位年轻车夫哭着对萧光际说，当地的恶霸苏员外带着狗腿子抢走了他的黄骠马。萧光际吩咐车夫下午在此等他，便独自回去背了个大印花包袱到苏家，请求借用一匹马骑，表示愿以修学堂的三百两银子作抵押，下午还马取银。苏员外认为有银抵押，便牵来黄骠马给他。萧光际刚走，贪财的苏员外便打开了银包，包里竟全是白石头，顿时明白马被骗走，立即带人去找萧光际。这时萧光际已经把马还给物主，正坐等在衙门口。上了公堂，萧光际陈述，借银三百两，朋友有名有姓，苏员外见财眼开，用石头换掉银子。苏员外却讲不出黄骠马是何时何地从何人之手花多少钱买的，一时语塞。县官见人证物证俱在，立即判苏员外将白银三百两退还萧光际。萧光际真的用此银给沧浪书院盖了房子。

老字少一点

汉族机智人物故事。采录于湖北。

萧光际家境贫困，免不了东借西贷，尤其是向本家一个比他辈分低的财主借了不少钱。萧光际年底时把大头债务还了，剩下一点儿讲好明年再说。可这位萧财主仍不甘心，便约几位债主上门逼债。萧光际闻讯立刻写了一个“老”字挂在屋中。债主们进屋见了觉得稀奇，顿时七嘴八舌议论起来。萧光际对萧财主一伙说：“老字（子）少一点你就不认得了？各位财主，大头儿都给你们了，难道说就为点把零头不让人过年？”众财主讨个没趣，只好转身离去。

教训油子哥

汉族机智人物故事。采录于湖北。

有一天雨过天晴，萧光际看见经常偷鸡摸狗的二流子“油子哥”光着脚、腋下夹双新布鞋走来。萧光际觉得可疑，便拉住他进了县衙，告他不穿老婆做的鞋，宁可打赤脚糟蹋爷娘给他的肉体。县官下令打他二十大板，他才招了实情：原来他到东门头调戏白牡丹遭到拒绝，顺手偷走箱子上的新布鞋。县官一听又命加打五十大板，油子哥爬出公堂后，萧光际开导他说：“你要不改，还有扛枷戴锁的日子呢。”油子哥连连说：“萧先生，我一定改。”

巧哄妻

汉族机智人物故事。采录于湖北。

萧光际的妻子阮氏因不同意妹妹的婚事和母亲吵了一架，从此不愿回娘家。妹妹到婆家后夫妻不和，做娘的也感到后悔，便想念起大女儿来。萧光际从中相劝，阮氏仍不愿回去。一天萧光际看见轿夫张三、王五，心里就有了主意，他向二位交代了一番后，一起回到家里，慌张地对妻子说：“快吃了饭跟他们走，你娘病重，要最后见你一面。”轿夫也帮腔说是她娘家大哥要他们来的。阮氏信以为真，等轿夫吃完，匆匆收拾行装启程。黄昏到家，她哭喊着“我的娘啊！”跨进门槛。母亲问清缘由，高高兴兴地说：“女儿呀，只要你回来看我，娘真病一场也值得。”

萧德儿的故事

汉族机智人物故事群之一。流传于湖北嘉鱼。故事主人公系劳动者型机智人物，出自艺术虚构。其故事从不同侧面表现旧时湖北江汉平原的农村生活和民情风俗，诙谐幽默，饶有兴味。代表性作品如《请客风波》《萧德儿卖猫》《自己来对号》《巧戏贾三爷》《卖犁辕》《卖跳蚤药》《数节气》《糍粑和鸡蛋》《圆信》。

请客风波

汉族机智人物故事。采录于湖北。

正月里萧家湾的族长用族上公款请客，单单撇开萧德儿和几个穷伙计。正摆席时，忽听喊："来人呀，疯子在砸牌位啦！"族长跟众人赶到祠堂，见一满脸墨黑的疯子在大吵大闹，接着又往水塘跑。大家怕出人命，忙去捉疯子。此人捧水洗掉锅黑，才显出了萧德儿的真面目。等族长他们赶回去时，桌上的酒菜已被搬空。这时萧德儿和穷伙计们正躲在竹林里，喝了个肚圆。

萧德儿卖猫

汉族机智人物故事。采录于湖北。

一日财主婆见萧德儿提个布袋过来，要看提的什么。她看见袋中有一只毛光机灵的猫，硬要买下来。萧德儿想想说："我也不做生意，只要你给我来顿好吃的，我就送给你。"财主婆心算划得来，便令人端上干鱼腊肉和烧酒。萧德儿吃饱了，猫闻到鱼香饿得"喵喵"直叫，他拍拍猫骂道："喵个鬼！你把我一窝小鸡都吃完了，你还叫啥！"财主婆一听猫吃鸡子，赶快让他提走。萧德儿笑了笑，提起布袋就走。

卖跳蚤药

汉族机智人物故事。采录于湖北。

有天萧德儿到财主婆门前去卖跳蚤药。他说卖药不要钱，只要一碗面。财主婆立即给他下了一大碗面。吃罢，财主婆问他这药如何使用，萧德儿抹抹嘴说："方便，你把跳蚤嘴撬开，放点儿药进去，它就活不成了。"财主婆一听，气得眼睛都鼓起来了。

数 节 气

汉族机智人物故事。采录于湖北。

萧德儿有个老表常混吃混喝。一天他空着手上门找萧德儿比酒量，萧德儿的老伴不一会儿便把酒菜摆上桌了。萧德儿提出今天喝酒要先数节气，数不到的不能喝，接着唱道："正月里来正月正，爆竹声声迎新春。"唱罢举起酒盅一饮而尽。老表馋着酒，张口道："二月里来二月二，二月二……"萧德儿笑道："二月二冇节气。三月里来三月三，清明时节吃鸡蛋。"又喝一盅酒。老表急得流涎水，"四月四"他照样说不出名堂。萧德儿举盅又喝："五月里来五月五，划起龙船过端午。"老表说到"六月六，晒红绿"，又说不下去了。萧婆婆帮他转个弯，才让他喝上一盅酒。萧德儿继续往下数："七月里来七月七，牛郎织女会佳期。"于是喝下第四盅酒。老表刚说出"八月八"，又成了哑巴。萧德儿又道："九月里来九月九，重阳佳期菊花酒。"老表见他连饮五盅酒，这才醒悟过来，数了半天都不相干，没酒给他喝，马上就蔫了。萧婆婆笑道："哎呀！难怪老表冇得劲，还是六月六喝过酒咧！"

黄三姐的故事

汉族机智人物故事群之一。流传于河北沧州一带。故事主人公系女性劳动者型机智人物，出自艺术虚构。其故事带有较浓的巧女故事色彩，作品有《对诗入学》《妙语压三客》《娶三姐》等。

对 诗 入 学

汉族机智人物故事。采录于河北。

黄三姐家贫无力上学，常在学堂外偷听，天长日久就被王先生发现了。王先生暗暗佩服她，一日将她叫进学堂对对。王先生说“月圆”，她对“风扁”，还一本正经地说：“风不是扁的怎会从门缝钻进来？”王先生连连点头，又说：“小小小，秤砣虽小压千斤。”三姐立刻对：“长长长，豆芽丈长空为菜。”接着王先生又出了几个更难的，她均口出佳对，敏捷自如。王先生十分满意，当即免费收她入学。

妙语压三客

汉族机智人物故事。采录于河北。

一日黄三姐跟爷爷在集上见三个买卖人在吹大牛。山东人说：“俺们山东有个铁笊篱，天下无比。一笊篱下去能捞净黄海的鱼虾。”山西人听了撇嘴说：“不稀奇。山西有口大铁锅，有人煮了一锅饭，天下人吃了十年还剩大半锅。”河南老客哼一声说：“这也不稀奇。俺河南有棵树，树上有个喜鹊窝。老喜鹊不小心把喜鹊蛋蹬了下来。等蛋落到地上，小喜鹊早已孵出来，长全了毛又飞回树上啦。”三人吹在兴头上，转身要黄老汉吹吹河北的稀奇事，并说只要吹得神，各送他一把钱。三姐走上前说：“俺爷爷种了个大青萝卜，擦成馅儿能挂满你山东的笊篱，包成饺子你山西的锅盛不下，最后剩个萝卜腚，竖起来比你河南的树还高一丈二。”三个买卖人连连称奇，不得不各掏一把钱送给黄老汉。

娶　三　姐

汉族机智人物故事。采录于河北。

赵村赵老汉有三个儿，老大老二弯弯肠子多，只有老三直得像根擀面杖。一天赵老汉跟三儿去耪地，要他去背一口袋水来喝。老三正犯愁时，正巧碰上过去的同学黄三姐。三姐说：“口袋不能盛水还不能盛瓜？”老三这才把瓜送去。晌午赵老汉又说：“午饭咱吃盘着腿的，噘着嘴的，肚脐朝上的。”老三怎么也猜不出，只好去问三姐。三姐笑道：“嗨，盘着腿的是馃子，噘着嘴的是饺子，肚脐朝上的是包子。”赵老汉吃着儿子弄来的饭格外高兴，老三只好照实说，全是黄三姐教的。老汉心想，黄三姐这么精，要是娶过来给三儿当媳妇，还怕将来受俩哥的气？于是托媒人送聘礼，为老三把三姐娶了过来。

黄庭煜的故事

汉族机智人物故事群之一。流传于湖北崇阳一带。故事主人公系文人型机智人物。其原型黄庭煜，崇阳县河坪人，清道光举人，后以事见废，一生未仕。有关他的故事，大多是同官府、劣绅作对和替穷人排忧解纷的趣话，如《易断家务事》《扯旗过江》《联对过考》《两姓争塘》《不救的是小子》《义写无头状》《当夜壶》《县太爷服输》《饮酒书联》《粮要水养》。

易断家务事

汉族机智人物故事。采录于湖北。

湖南益阳有个人在外做官，回家省亲时交给兄弟望财许多银两，让他帮忙买田置地。几年后此人病故，老婆伢崽回到老家，望财却吞没田产，不认侄子。侄子一状告到县衙，但一无凭据二无证人，县官也没得办法。侄子又跑到湖北崇阳找黄庭煜申冤。黄庭煜与他一同来到益阳，当夜在牢里买通了一个强盗。第二天升堂时，强盗一把抓住望财说："当年我在你家藏了许多钱财，如今我在牢里受苦，你却一个钱舍不得用在我身上。"望财吓了一跳，生怕与强盗案搅在一起，赶快说："我大哥当年带回一千两银子，要我置田买地的，哪里用你的黑心钱！"由于望财供出这句话，一桩难断的家产官司就很好断了。

扯 旗 过 江

汉族机智人物故事。采录于湖北。

有一年黄庭煜坐船去洞庭湖，看见湖内停了很多粮船不能前进，便上前去问原因。一船夫告诉他，湖南制台下令：湖北的粮船不能过湖南的水界。黄庭煜心想，天下哪有这种道理！就叫每只船凑一个铜板，扯了三丈六尺白布，挥笔写上："大清统一国，湖水分湖南湖北；皇恩荡四海，米谷通江上江下。"再把布挂在一只大船的桅杆上，几百只粮船就浩浩荡荡进发了。湖南制台在岸上听了手下人的禀报，只得摇头叹道："湖北有能人，快放行吧。"

饮 酒 书 联

汉族机智人物故事。采录于湖北。

有一年一家戏班子来崇阳，一落脚班主就置酒席款待黄庭煜。黄庭煜边喝酒边说：“我黄某无功不受禄，班主有何事相求只管讲来。”班主说：“想借先生大名，写一副对联贴戏台上。”黄庭煜乘着酒兴，提笔写道：“三五步走遍天下，七八人创造乾坤。”横批是：“作古证今。”众人看了无不称赞。

粮 要 水 养

汉族机智人物故事。采录于湖北。

马头畈分上畈、下畈，上畈的田近港堰水源充足，都是万财主的；下畈的田都是平民百姓的，灌水要从上畈过。每逢干旱，万财主就断水源。下畈百姓求万财主卖一长条地，以便修一条水圳通下畈，受到万家百般刁难。大家没办法，就去请教黄庭煜。黄庭煜叫下畈人趁夜去开一条笔直的浅沟，沟中泼上菜饼填好土。到第二年，这条浅沟里的禾苗格外油绿，就像一条绿堤。这时黄庭煜提笔写状子：“人靠粮养，粮靠水养。灭圳断水，如杀亲娘。皇天不绝人路，恶棍却逞凶狂。”然后让下畈人去县衙告状。过堂时，下畈人一口咬定水圳是祖宗三代就开了的。县官下来察看，果然看到笔直一路禾长得格外好。黄庭煜在旁插言道：“水渠里的禾苗就是不同，三岁伢崽一看也晓得，何况青天大老爷？”县官一听此话，提笔判道：“闭上的水圳复开通，下畈赔补一石新谷种。双方当场写出契约，免得日后又起纠纷。”

曹瘦脸儿的故事

汉族机智人物故事。流传于江苏如东、如皋、南通、海门一带。故事主人公系讼师型机智人物。是否有生活原型，众说纷纭。一说他的原型曹秀生，清代如皋县的一个下层知识分子。一说出自艺术虚构，他的称呼是由一种俗名叫“嘈叽里儿”的蝉衍化而来，取“鸣不平”之意。这个人物，不畏权势，为民请命，以善于诉讼闻名。在他的身上，体现了中国封建社会末期人民群众要求法律公正意识的觉醒。他的故事大多与诉讼有关，十之八九将锋芒指向欺凌、盘剥平民百姓的官府、豪绅、恶霸、地痞，无情揭露了封建社会的腐败、黑暗和官场的丑恶、残酷，控诉了封建社会司法专横、草菅人命的罪行。作品大多情节曲折，引人入胜，乡土风俗气息浓厚，趣味盎然，颇为人民群众喜爱，历久不衰。代表性作品如《十场官革职》《胡二太爷服法》《五阎王审的》《薛仁贵的弟弟》《头是你自己杀的》《化缘》《佯刀三分罪》《巧取印》《曹瘦脸儿的胡子》《这条光棍难拿》。结集出版有《曹瘦脸儿打官司》。

十场官革职

汉族机智人物故事。采录于江苏。

有一年海里涨大潮，潮水冲过了挡潮的范公堤，淹没了无数土地，淹死了无数百姓，但沿海各盐场场官一面向上报荒，一面向下勒索，百姓恨之入骨。大家推举曹瘦脸儿写告这些场官的万民状。曹瘦脸儿把状子呈到如皋县衙，知县推说县官不管场官，压下不理；他告到通州府，知府又推脱说这里还有他们管不着的海门直隶厅的事；他告到盐运使分司衙门，干脆把沿海受灾的十个盐场场官连同盐运使分司衙门都告了进去。运司衙门一看连自己也被告了进去，便推诿：“我们只管盐政不管其他。”曹瘦脸儿决心为百姓申冤，又告到省级地方官苏州巡抚那里，谁知审案那天，大堂上摆了十把椅子，十场官坐着十分得意，反说他是刁民诬告。曹瘦脸儿情知官官相护，仍据理力争，他说：“皇上年年有修堤费用，地方上岁岁有护堤捐粮，身为八品的场官上不保君，下不保民，致使皇岸连年失修，请大人明察，他们是失职还是犯罪？小民受万民之托，如大人再不受理，我当冒死滚钉板，告到京城刑部大堂！”在事实面前，巡抚大人只得将十场官革职查办。

五阎王审的

汉族机智人物故事。采录于江苏。

有一天，掘港镇上的烟店老板张二夜里被杀死了。小偷王三让主簿衙门（俗称分县衙门）抓去，误当成凶手给判成死刑。王母哀求曹瘦脸儿帮助申冤。曹瘦脸儿经过周密侦察，发现了真正的凶手是更夫蔡大。王三行刑前，他把蔡大哄到城隍庙，设巧计假扮五阎王审案取得蔡大杀张二的供词。行刑之日，曹瘦脸儿闯进法场为王三喊冤。他呈上蔡大的供词，请县官速命快班将其捉拿归案。县官问蔡大的供词是怎样取得的，他说："五阎王审的！"县官心想，他们告到阴曹地府去了，定是冤枉，于是立即将蔡大拿来。蔡大吓得魂不附体，不得不招了供。王三被释放后，痛改前非，便经营小本生意来供养老母，从此曹瘦脸儿的名声更加大了。

头是你自己杀的

汉族机智人物故事。采录于江苏。

掘港都司衙门下属的外委有个姓杨的小官，经常聚众赌博，敲诈勒索，无恶不作，有人请求曹瘦脸儿暗中治治此人。有个晚上，曹瘦脸儿到杨某办的赌场去察看，杨某得知，与其子一起将他抓住，剥去衣服拳打脚踢，还拿纸笔来逼他写供词："夜入官宅，乃强奸所至。"曹瘦脸儿故意将"供词"写成"控词"，将"乃强奸所至"写成"乃奸强所致"。杨某是个粗人，根本没有发现，他将曹瘦脸儿的发辫割掉便推出门外。当时已是半夜，曹瘦脸儿仍奔到都司衙门击鼓喊冤，都司本想以"军不管政"推托了事，当听曹瘦脸儿说，如果一再纵容，将滚钉板告御状时，才感到自己也要牵连进去，只好当夜把杨某父子拿获，交往地方衙门。杨某在堂上拿出曹瘦脸儿的供词和内衣，曹瘦脸儿说："大人，我写的是'控词'不是'供词'，望大人明鉴。"县官一看果然如此，当他看到"乃奸强所致"时，连连拍案叫好，当地几任县令都想捉拿这条恶棍，可是均未得手，这次新账加老账，层层上报，结果判杨某父子杀头示众。行刑那天，曹瘦脸儿到刑场对杨某说："你这个头不是我姓曹的杀的，也不是刽子手杀的，是你自己杀的！"

化　缘

汉族机智人物故事。采录于江苏。

有个县官到掘港治水，听说国清寺的和尚有钱，于是扬言：这河从土山池往东挖，直线挖到东海边。当家和尚一听急了。这不是要把千年古刹也挖掉吗？他急忙去求县官改河道，县官就："绕道可以，只要寺里肯拿出三千两银子，不然开销不够。"当家和尚苦着脸去请曹瘦脸儿帮忙，曹瘦脸儿说："做和尚的就是化缘，你求县官给一个半月时间，再加他五百两银子。我包了。"过些天，他到国清寺削发为僧，一步一磕头地出了掘港。走了近一个月，来到京城午朝门外，他坐地敲起木鱼，边敲边说：“木鱼声声响京华，贫僧化缘走天下，三千世界难如愿，一心只化帝王家。”皇门官一听，这和尚要向皇上化缘，便奏明圣上。皇上见此“和尚”慈眉善目，非同寻常，听他大加颂扬皇上恩德，心中已有几分好感，当听他说到县官要小寺出银治水挖河时，便怒道：“哪有这样的赃官，竟到和尚头上来刮毛！”立即下圣旨，将县官革职，发往新疆充军，永不录用。曹瘦脸儿削掉头发，保住了寺庙，国清寺和尚对他感激万分。

巧 取 印

汉族机智人物故事。采录于江苏。

扬州三品盐官到掘港私访，在后花园里与掘港武官都司老爷的女儿一见钟情。那都司曾因公务恩怨对盐官耿耿于怀，闻听此事便想借机加害盐官。他让女儿向盐官借官印为母压邪治病，等官印到手，即将女儿关在家中，不许与其见面。一连数日过去，眼看归期临近，盐官还不见姑娘送印来，心中万分焦急，只好由随从陪同去请曹瘦脸儿帮忙。曹瘦脸儿当即替他想出一个妙计。次日上午，盐官请掘港文武七堂官吃饭，他正对大家讲话，一披头散发之人忽高喊冤枉冲撞进来，拉着盐官要他去解决命案。盐官当众将印盒交都司，请代为保管，便匆匆离去。都司到家启开印盒，里面是一块黄铜，情知中计，明日若就此归还，定会被诬偷梁换柱，于是不得不乖乖将黄金印放到盒中。盐官大印失而复得，欣喜万分。曹瘦脸儿即去都司家做媒，他说：“令婿官居三品，年轻有为，你不愿也可，我把你欺印交印的丑事说出去……”都司想想如是，只得按曹瘦脸儿的安排，第二天送女儿与盐官完婚。盐官临行前，再次亲临曹瘦脸儿家，以大礼相拜，并送上一份厚礼酬谢。

曹瘦脸儿的胡子

汉族机智人物故事。采录于江苏。

某天，曹瘦脸儿在街上见一妇女披麻戴孝，泣不成声。一问方知她的丈夫何大在镇上王记剃头店挑水打杂二十多年，去年得了痨病被老板打发回家，前天死去。何大嫂家一贫如洗，只得来求王老板给点儿下葬钱，可是狠心的王老板分文不给，还把她痛骂了一顿。曹瘦脸儿把何大嫂安顿好后，立刻到剃头店剃头。

他对老板说声“剃光”，就闭上了双眼。等剃完一照镜子，他大惊失色道：“我叫你剃光，可没说连胡子也剃光。算命先生说我一脸福相，就出在八字胡上。上次有个古董商出五十两银子要买我的胡子我都不肯，就怕破了福相。”王老板怎么赔礼道歉都不行，最后只好忍痛说：“曹先生，怪我粗心。五十两银子我拿不出，家里只有五两送给你老吧。”曹瘦脸儿随即叫来何大嫂说：“不是我有心诈你，人家何大在你家做了几十年工，最后死了你都一毛不拔，你良心何在？”说着接过五两银子，拿给何大嫂回去安葬丈夫。

龚二顺的故事

汉族机智人物故事群之一。流传于重庆大足一带。故事主人公系长工型机智人物。其故事大多是围绕他和主人刘幺公斗智来展开的，短小风趣，富于泥土气息。代表性作品有《罚钱一吊》《将就点儿》《打座铧》《幺公起床我起床》《二顺担碗》《接鱼》等。

将就点儿

汉族机智人物故事。采录于重庆。

天旱时长工龚二顺把水一担担地挑到主人刘幺公的田里浇灌禾苗，太阳晒得他大汗淋淋，全身湿透，可是他晌午回去吃的却是发苦的烂苕片煮稀饭，难以下咽。刘幺公在一旁说：“帮人嘛，还讲究啥哟。年成这么孬，我看还是将就点儿吧。”龚二顺听了心头冒火，可是又不好说什么。下午他去割牛草，从树上剔了好多皂角刺回去。半夜时分，牛圈一阵牛角碰撞的“乒乓”声把刘幺公惊醒了。他赶去一看，原来是牛儿没草吃，被皂角刺扎得直用牛角打圈。他责怪龚二顺，龚二顺说：“刘幺公嘞，它生就是个牛，还讲究啥哟。天这么干，年成又孬，到哪里去割草哟，我看还是将就点儿吧！”说完，翻个身依旧睡他的瞌睡。

二顺担碗

汉族机智人物故事。采录于重庆。

有次刘幺公去场上买碗，买了满满一米箩叫龚二顺担回。龚二顺爬了一早上的坡，又没吃早饭，肚子饿得直叫。他要吃点儿东西再走，刘幺公却说：“二顺，四川坝是邪魔地，越谈越饿，莫要谈，担回去再吃。”龚二顺装了一肚子气，担着担子疾走，一路上故意将米箩撞到岩石上，撞得里面装的碗“哗哗啦啦”直响。刘幺公要他当心点儿，他说：“刘幺公，四川坝是邪魔地，莫谈，越谈越要撞烂！”说完走得更快，米箩里的响声更大。回到家，一挑碗没剩下一个好的，全撞碎了。气得刘幺公脸发紫，瘫倒在凉椅上。

盛老九的故事

汉族机智人物故事群之一。流传于湖北应城一带。故事主人公系矿工型机智人物。其原型是清末应城县膏盐洞上的一个洞工。他聪明机敏，酒量甚大，人们以“九”代“酒”，戏称他为“盛老九”，久而久之竟忘其名字。有关他揭露、惩治刁滑的老板和凶狠的把头的趣事，生动地表现了洞工的思想感情，如《巧整“鬼不缠”》《智斗把头》《卖被窝》等。

巧整“鬼不缠”

汉族机智人物故事。采录于湖北。

应城膏盐洞上的老板，对工人十分刻薄，人称“鬼不缠”。一年鬼不缠从汉口搞回一副动力吊车，日夜在洞口提吊石膏，洞下上百口人打石膏也供应不上。几个月下来，累病累死了很多人，可鬼不缠还不松口让工人休息。盛老九实在气不过，一天他躲进吊篓，叫伙计们在他头顶支些棍子，上面堆上石膏混出洞外，趁天黑溜进机房，堵死水管致使冷却箱爆炸。鬼不缠急忙派人去汉口买零件，跑个来回，工人们足足休息了一个星期。

智斗把头

汉族机智人物故事。采录于湖北。

盛老九被老板解雇后，搞了块地方靠刮盐头维持生活。把头全坤老幺奉命将盛老九撵走。他见老九身强力壮，不好明撵，便出了个鬼点子，半夜派人挑了两担炭泡子倒在盛老九刮盐土的地方。第二天，就进城告状，诬陷盛老九偷了老板的炭泡子，企图将他下狱。传令下来，盛老九向好友做了安排，便走进大堂。他说：“自古捉奸要捉双，定贼出赃证，望老爷到现场查明。”全坤老幺十分得意，也同意现场查明。结果衙役押着他俩到盛老九刮盐土的地方，没有找到炭泡子，反倒在全坤老幺家的后院墙角发现了一堆。回到堂上县太爷大怒，打了全坤老幺五十大板，并罚款十吊。

淳痢痢的故事

汉族机智人物故事群之一。流传于湖北大悟一带。故事主人公系长工型机智人物。其原型为清末大悟县三里城喻家湾的一个雇农，真名已失传。其故事大多是他与东家进行较量的作品，生动地描述了鄂北乡间旧时雇工受剥削的情形和雇工反剥削的各种自发斗争，短小明快，诙谐逗趣，饶有乡土特色。代表性作品如《挑水斗智》《送给你瞧瞧》《热情“陪客”》《喊我回来有么事》《到后面去吃》《推草》《手伸长些》《问苗》《驮老板过河》《一个顶十个》。

挑水斗智

汉族机智人物故事。采录于湖北。

无论冬夏，贺老板都要淳痢痢上早工前先挑满一大缸水。因此淳痢痢不得不每天早早就起床，可贺老板还常常骂他没把水缸挑满。有一天他比平时还起得早，先把水缸挑满，又挑水往地上倒，让灶房地面上积了几寸深的水。淳痢痢收早工回来，贺老板问他为何挑一屋水。他说：“老板，你叫我早点儿起床挑水，我要把缸里的水装得堆起来，灶房里看不见，难免漏出一点儿在地上。”

热情“陪客”

汉族机智人物故事。采录于湖北。

有一天上午，贺老板到田头监工，淳痢痢急忙起身迎接，又是洗手，又是洗脚，又是换烟袋水，还到处找石头请贺老板坐，并且说：“老板，你到田里来是稀客，我不陪陪你不是失礼吗？”贺老板几次要走，都让淳痢痢客客气气留下来了。贺老板一心来监督他干活儿，倒陪他玩了半天。

驮老板过河

汉族机智人物故事。采录于湖北。

腊月初八，贺老板要过河参加宴会，见木板桥被雪水冲坏了，就叫淳痢痢驮他过河。淳痢痢心想：他平时不把自己当人，今天也不会便宜他。走到河中故意打滑，一下倒在水里。他丢下贺老板埋怨道："我说驮不动，你硬是要我驮。你的衣服打湿了还有换的，我是叫花子讨米——就是这一升（身），用啥来换？"贺老板在水里急得大喊大叫："莫发脾气，你把我扯起来，回去我拿衣服给你换。"于是，淳痢痢有生以来头一次穿上了缎子棉袄，而贺老板的狐皮大衣被水一浸就变质掉毛，不值钱了。

一个顶十个

汉族机智人物故事。采录于湖北。

七月的一天，老板叫淳痢痢去西山打柴。淳痢痢提出到屋门前摘几个梨子带去，老板无奈给了他一个小梨，说道："好的不要多，一个顶十个。"淳痢痢忍气吞声走了。上山后他躺在树荫下睡了一大觉，直到太阳快落山才回来。老板见他的担上一头挂着那个小梨，一头挑着指头粗的一棵松树，没好气地问他："你打的柴呢？"淳痢痢学着老板的腔调说："这不是吗？好的不要多，一个顶十个。"

谎张三的故事

汉族机智人物故事群之一。流传于云南、四川、重庆、河南、陕西、甘肃、宁夏、台湾、浙江、江苏、山东、湖北、河北、辽宁、黑龙江、北京等地。故事主人公系劳动者型机智人物，出自艺术虚构。各地区对其称呼大同小异，有谎张三、张三、张老三、张扯谎、三扯谎、谎长三、谎三等。其作品数量多，内容丰富，大部分作品以反压迫、反剥削为题旨，还有一部分作品则以匡正世风、排忧解纷以及表现生活乐趣为题旨，流布极广，差异明显，各具特色，但同时又具有一致性、统一性的基本特征。譬如，故事主人公常常以"谎"制胜，通过诓骗来展示其机智聪慧的性格；故事主人公往往跟他戏弄、嘲讽、抨击的对象有着这样那样的亲戚关系、亲属关系，包括翁婿关系（如云南的谎张三、四川和湖北的张扯谎）、舅甥关系（如河南的张三）、兄弟关系（如黑龙江的张老三）等；其中大多有如下带一定连环性情节的作品：火龙袍（火龙单、火龙衣、火龙衫、暖和衣、宝衣）的故事、自滚锅（自开锅、自熟锅、火锅、宝锅）的故事、屙银牛（金马驹、银驴、宝牛）、还魂棒（拨魂杖、回阳棒、领魂增寿棒、还阳鞭、阴阳扇、还生笛）的故事、正驼背（治罗锅、治烂眼、治风眼）的故事、见龙王（游龙宫、骑瓮赶羊）的故事、斗阎王（斩阎王、戏城隍、整龙王）的故事。代表性作品除上述各类，还有《吃米粑》《炒豆喂鸡》《大罐装进小罐里》《池塘着火》《给主人挑盐》《捎带告个状》《辣子吃到鼻子里》《八哥和银子》《巧戏戏头儿》《款待“亲家”》《打磨巧答》等。其故事在回族（故事主人公叫张三）、苗族（故事主人公叫谎张三）、傈僳族（故事主人公叫光加桑、黄加桑）、白族（故事主人公叫黄丈三、谎张三、王张三、滑丈三）、彝族（故事主人公叫谎张三）、土家族（故事主人公叫谎老三、谎江山）、满族（故事主人公叫张三）、土族（故事主人公叫张三）、基诺族（故事主人公叫张三、章三）等少数民族中亦有流传。

吃米粑

汉族机智人物故事。采录于云南。

有一回谎张三去给岳父假善人砍柴，回来时碰见假善人正在蘸着蜂蜜吃米粑。他见谎张三进来，赶忙把米粑埋到炭灰里面，把蜂蜜藏在屋门后。谎张三饥饿难忍，便假借讲犁地的事，用扒火棍在灰上划来划去，把灰里的米粑全给翻了出来。这时一只大公鸡到门后去吃蜂蜜，假善人忙奔去赶鸡，并说那是面糊。谎张三说：“这面糊给鸡吃了太可惜，我把它吃了算啦。”说着从假善人手中接过蜜碗，用米粑蘸着津津有味地大吃起来。假善人见了干着急，瞪大一双牛眼睛，半天说不出一句话。

大罐装进小罐里

汉族机智人物故事。采录于云南。

县太爷受了谎张三的捉弄，装着一肚子的气。他不甘心，便要谎张三把二十个大罐装进十个小罐内。谎张三问县太爷大罐怎么装进小罐呢，县太爷愤愤地说："你倒来问我了。你用什么办法我不管。"谎张三立刻把所有的大罐都砸碎，然后把碎片统统装进那十个小罐里，县太爷急了，骂道："我是让你这样装进去的吗？"谎张三理直气壮地反问道："你不是说不管我用什么方法都行吗？"县太爷气急败坏，连声说："快滚，快给我滚！"

池 塘 着 火

汉族机智人物故事。采录于浙江。

有个孤儿，谎张三见他可怜，就送了一对白鹅给他喂养。他精心放养，鹅下了蛋舍不得吃、舍不得卖，不久，孵出一群毛茸茸的小白鹅来。财主罗积财很想弄到这群小白鹅，便威胁孤儿道："这群鹅是我家母鸡生的，现在我要赶回去！"说着，夺过孤儿的竹竿就要赶鹅。这时谎张三跑来说："罗老板，你家池塘着火了！"罗财主骂道："胡说！池塘怎会着火？"谎张三笑了："你说对了，池塘不着火，鸡哪会生鹅？"罗财主哑口无言，只得当众把鹅群还给孤儿。

给主人挑盐

汉族机智人物故事。采录于云南。

有一天谎张三给主人挑盐，走在途中又饥又渴，难以动步。这时恰好有个骑马的过来了。当此人听说谎张三有一匹好马时，就提出换马。谎张三表示要先试一试他的马，立即骑上飞驰而去。此人只好帮谎张三挑着盐跟在后面。到了前面，谎张三对他说："你的马性情太暴，我一骑上去它就拼命地跑，差一点儿没把我摔死，算了算了，我不换啦！"骑马人不得不牵上马走了。

捎带告个状

汉族机智人物故事。采录于河南。

贾善人规定，不准伙计比掌柜的吃得多。张三问："为啥不叫我吃饱？"贾善人说："你甭看吃得少，它的质量高，吃了耐饥。"张三下地干活儿，翻了见方一尺地就跑树下睡觉。贾善人问他为啥一晌翻这一点儿地，他说："你甭看翻得少，它的质量高，种上耐长。"过几天贾善人给他吃的玉米面馍硬得像砖头，他翻地时也就东一锨西一锨的，看着不少，没两天就长满地草。贾善人对他说："你给咱把驴子喂好，我要到县上去告那些割草娃，把你给我翻的地当成荒草滩，在地里乱割乱踏。"张三说："东家，那你给我捎带告个状。也告割草娃，把你给我送到地里的馍当成磨刀石偷去磨镰哩！"

辣子吃到鼻子里

汉族机智人物故事。采录于河南。

贾善人是个吝啬鬼，晚上喝汤不点灯，还说："不点灯怕啥，还能吃到鼻子里？"一天晚上，张三和东家一块在院里吃晚饭。张三趁其不备，把一筷辣子往贾善人的鼻子塞。贾善人呛得直骂他，他说："哎呀，对不起，不点灯我看不见，才吃到鼻子里了。"贾善人气不打一处来："混账东西，你咋吃到我鼻子里来啦！"张三说："是我混账，才把你的鼻子和我的鼻子搞混了。"

八哥和银子

汉族机智人物故事。采录于浙江。

王财主是个财迷，看上了谁的东西就一定要弄到手。张三弄来一只八哥，天天教它"喂""在这里""那是一定的"三句话。有一天张三借来两锭银子，悄悄埋在两棵树下。王财主过来，便对着笼子喊八哥，八哥回一声："喂！"他问银子在那里，八哥答："在这里。"他又问有多少，八哥说："那是一定（锭）的。"张三随即在树下挖出一锭银子。一连挖出两锭，王财主眼睛都绿了，便下决心要把八哥弄到手。张三故作不肯，直到王财主愿出一千两银子，他才请人立据，一手交钱一手交货。王财主提着笼子，扛把锄头，令全家人跟他来到树下，一连刨了几个大坑，也没发现一锭银子。他气得大喊："老子上当了，背时哟！"八哥答道："那是一定的。"王财主当下两眼发黑，一头栽进坑里爬不起来了。

巧戏戏头儿

汉族机智人物故事。采录于河南。

有一个戏头儿为人刻薄，经常找错儿克扣伙计们的工钱。张三要教训教训这个戏头儿，就说自己啥角色都能扮，愿在他的戏班里唱一年戏。这天张三出场，搬个凳子坐着不动，过一会儿才唱道："开口唱个一月整。"接着又唱，"开口唱个二月整。"慢慢吞吞唱下去，一直唱到"开口唱个腊月整"。下场后他问戏头儿要一年的工钱。戏头儿怒不可遏，便拉张三到县衙告状，高声对县官说："大老爷，他瞎要工钱呀！他没唱一年，只是用嘴唱了十二个月。"县官听了把惊堂木一摔说："混账！唱戏哪有不用嘴唱的！一年十二月，十二月一年。你要是再赖账，加罚五十大板！"戏头儿一看犟不过去，只好付给张三一年的工钱。

款待"亲家"

汉族机智人物故事。采录于河南。

财主李四有钱有粮，可不会出主意，常被别人算计。李四正发愁时，突然想起张三的点子多，只要跟他对成亲家就不愁他不肯帮忙。这天李四提了一新粪筐油馍到张三家中提亲，表示愿将自己的女儿许配给张三的儿了，还指着礼物说："你别看是个粪筐，装东西臊多（很多），我这粪筐是头一回使唤呀！"饭菜做好后，张三用夜壶装酒来让李四喝。李四眉头一皱，把脸扭到旁边。张三笑道："李财主，喝嘛！你别看是个夜壶，装东西臊多，我这夜壶是头一回使唤呀！"

打磨巧答

汉族机智人物故事。采录于河南。

张三的石匠活儿颇有功夫，远近闻名。一天有个人请他打一盘磨，要求不圆、不方、不扁、不尖，问他多久可以打好。张三见来人故意刁难，便不慌不忙地说："打好这盘磨不是今年、不是明年，不是这月、不是下月，不是今天、不是明天，到时候你尽管来取吧。"来人自讨没趣，又无言以对，只得灰溜溜地离去。

韩老大和五娘子的故事

汉族机智人物故事群之一。流传于河北唐山、丰南、丰润、滦县一带。故事主人公系劳动者型机智人物。两人是夫妻，均出自艺术虚构。在故事里面，韩老大大多以长工和短工的身份出现，此外还以佃农、泥瓦匠、小炉匠、小工、店伙计、小商贩等身份出现。五娘子出嫁前叫五姑娘，在故事里面常以村姑或农妇的身份出现。他们夫妻二人足智多谋、机敏诙谐，善于同各种邪恶势力斗智，往往各显其能、配合有致，充分体现出农民群众的智慧和能力。他们的故事有一百五六十篇之多，大多为嘲讽、惩治财主、东家的作品，此外尚有捉弄县官、抵制税卡、不满奸商盘剥、教训地痞无赖、扶助贫弱、开导世人等内容的作品。按故事主人公出场的情况，可分为只有一方出场和夫妻双双出场两大类，后一种情况又可分为以韩老大为主、以五娘子为主和两人不分主次三类。作品朴素生动、幽默风趣、泥土气息浓厚、冀东特色鲜明，具有一定的艺术质量。代表性作品如《搭火炕》《四月二十八过庙会》《你猜我还吃不吃》《宴请财主》《蜘蛛写状子》《拌黄瓜与熬豆腐》《比岁数》《夫妻定妙计》《巧治无赖》《一刀之罪》。结集出版有《蜘蛛写状子》。

搭 火 炕

汉族机智人物故事。采录于河北。

东家找韩老大给搭火炕，事先讲好中午包饺子犒劳他。可是干到晌午，东家依旧让韩老大吃玉米饽饽、老咸菜。过午东家老婆点火烘炕，烟却不从烟筒里走，呛得她又是流泪又是咳嗽，像被烟熏的黄鼠狼，慌忙溜出屋子。东家责怪韩老大，韩老大说：“东家，你不按自己说的办，我是跟你学的。”磨蹭到太阳快落山时，东家老婆才动手和面包饺子给韩老大吃。这时韩老大提半桶水上房顶往烟筒里一倒，把烟筒和炕道交界处封的一张纸冲破，烟筒就立刻往外冒烟啦。东家想骗韩老大，没想到让韩老大给治了。

你猜我还吃不吃

汉族机智人物故事。采录于河北。

韩老大的饭量大。一天吃早饭，他一口气喝了四碗，财主祝老八就用白眼珠剜他。韩老大灵机一动，问道：“东家，你猜我还吃不吃？”祝老八说：“吃四碗够多的了，我看你不吃了！”他说：“你没猜对，我还没吃饱哩！”说完盛了第五碗稀里呼噜喝了下去，接着又问：“东家，你猜我还吃不吃？”祝老八估计他吃不下了，干脆说：“我猜你还吃！”韩老大笑笑说：“东家，你总算猜对了。”说完盛满第六碗喝个精光，把祝老八的鼻子都给气歪了。

宴请财主

汉族机智人物故事。采录于河北。

每年秋后交完租子，佃户们都得请财主吃一顿，谁不请来年就不租地给谁种。秋收完毕，韩老大也去请财主，他说：“东家，咱穷，没准备什么好酒菜，只是杀头家养的猪，宰只家养的鹅，肉片炒饹馇。割牛肉，蒸馒头，鱼段虾段全熘着。”财主咽口唾沫说：“既然你这样热情，我一定去！”财主知道韩老大不好对付，暗中盯梢，见他果然买了鱼虾肉菜，这才放心。次日中午，财主到韩老大家，等写好契约后，韩老大端来一碟烂韭菜、一碟蜘蛛、一碟虫蛾、一碟花牛（一种昆虫）、一碟蔓菁顶儿。财主愣了，问他咋回事，他说：“东家，我有言在先，咱穷，没准备什么好韭（酒）菜，杀头家养的蛛（猪），宰只家养的蛾（鹅），割牛（花牛）肉，蒸蔓（馒）头。噢，还有肉片炒了搁着（饹馇），鱼段虾段全留（熘）着，没说给你吃。”财主气得脸发紫，可租地契约已写好，无法反悔了。

比岁数

汉族机智人物故事。采录于河北。

李秀才喜欢吹牛说大话。一日他在集上宣称，谁要能说出比他的岁数大，他情愿把媳妇输给谁。这时，有个和尚愿以庙前五亩香火地跟他打赌。李秀才先讲：“人说彭祖活了八百八，我比彭祖大三掐（这里一掐代表七百）。”和尚接着讲道：“人说黄河之水九百年澄清一次，我经过河水九澄清。”李秀才原以为自己非赢不可，听见和尚这么讲，一下傻眼了。他回家不吃不喝，急得直哭。五娘子得知后，主动表示要帮他们夫妇俩的忙。第二天和尚上门来领人时，五娘子扮成李秀才娘子跟和尚比岁数，说道：“你说你八千一百岁，可比我小多啦。我是玉皇大帝的钦差，盘古开天辟地我就来，娶你妈妈我陪的客，一年后才生下你这秃乖乖。”和尚被她臊得扭头就跑。李秀才听了也羞得满脸通红，从此再不敢吹牛说大话啦。

夫妻定妙计

汉族机智人物故事。采录于河北。

本村有个老财主是个好色的家伙。一天他趁韩老大不在家，便上门去调戏五娘子。五娘子哄他明日等韩老大出远门后来相会。晚上五娘子和韩老大一块商量好对策。第二天老财主进门刚要动手动脚时，韩老大突然回家来了。老财主不知如何是好，便按五娘子教的办法躲进套间屋里装成毛驴推磨磨面。韩老大假意说自己的烟袋不见了，在房内东找找，西找找，磨蹭了整整一个上午。老财主躲在套间屋内出不来，推了半晌磨，吃尽苦头。到晌午五娘子故意让韩老大出门挑水回来做饭，才把老财主放走了。老财主回去竟大病一场，在床上躺了好些日子。后来五娘子在街上见到他，问他为啥不来串门，他耷拉着脑袋，没好气地说："你们家大概又没面吃了吧！"

巧 治 无 赖

汉族机智人物故事。采录于河北。

韩老大和五娘子开了个饭铺。有天来了俩无赖，一个要吃油炸大虾，点明要直身子的；一个要吃油炸水。韩老大听了正犯愁，五娘子出来说："二位，这两样菜就是贵点儿，还要不要？"俩无赖心想，你是不会做，拿贵吓唬我们，就说："多贵都中！"五娘子劈好一把细小的竹签，一根根往大虾身上穿，炸好捞出来才抽出竹签，于是大虾都挺直了身子。她又砍了块冰，用白面裹上，在油锅里一炸，赶紧捞上。韩老大一溜小跑把两菜送上说："一共五十两银子。"俩无赖无话可说，掏净口袋才凑了二十两银子交给韩老大两口子。

一 刀 之 罪

汉族机智人物故事。采录于河北。

有次韩老大陪少爷走亲戚，少爷不小心从马背上摔到崖下丧命了。财主告到县衙，要韩老大抵命。县官跟财主穿一条连裆裤，不问情由便给韩老大定下"一刀之罪"（即一刀处斩犯人）。五娘子闻讯赶到大堂，请求县官将丈夫的辫子割给她，她百年之后好跟这条辫子一道埋入韩家坟茔。刽子手奉命割下韩老大的辫子后，五娘子立刻对县官说："大人判我丈夫一刀之罪，现已给了他一刀，就应当放了他。如不放人，我告到府里和皇上那儿，大人的乌纱帽还能戴得牢吗？"县官怕上峰派人来查访，吃不了也得兜着走，只好把韩老大放了。

董叫的故事

汉族机智人物故事群之一。流传于湖北宜城一带。故事主人公系劳动者型机智人物。其原型董叫，宜城县人，大约生活在清嘉庆、道光年间。他小时念过几年私塾，后外出帮工，曾到县衙当差。他聪明能干，口才好，有心窍，诙谐风趣。其故事分别描写故事主人公在乡间当长工和进县衙当轿夫两个时期的生活，既有揭露、嘲弄赃官、劣绅和其他吸血鬼的作品，也有帮助清官、扶持穷弟兄的作品，爱憎分明，活泼多姿。代表性作品如《董叫和老坑头》《只有大人敢说》《烙手》《走"红火大运"》《加对子》《八个人抬》《巧帮县官》《骡子"不下牲口"》《茶钱归谁开》《董叫讲古》。

只有大人敢说

汉族机智人物故事。采录于湖北。

董叫刚到衙门不久，有一次县官问他住在什么地方，董叫说："这个地方说不得，这地方月窝（月子）里的娃子就当王八头。"县官笑道："哪有这样的事？只有大人当王八头，哪有小娃子当王八头？"董叫忙说："哎！那只有大人敢说，小人可不敢说呀。"

八个人抬

汉族机智人物故事。采录于湖北。

有一次县官出外巡察，坐着八抬大轿来到城南的乌龟冲。县官听见远处传来一声牛叫，便问董叫那是啥子在叫，董叫回答："是乌龟叫呀。"县官又问乌龟的叫声咋这么大，董叫说："这里的乌龟大得很哪！大的要八个人抬，小的也要四个人抬哩。"

巧 帮 县 官

汉族机智人物故事。采录于湖北。

宜城来了个新县令，一到任便清理冤案，访贫问苦很得民心。一天新县官去东门外视察水灾灾情，见灾民无家可归，就劝大家盖房子。可木料从哪弄呢？董叫随即领县官到城西的一片楝树林旁，这时班头提醒道：“老爷，当年皇上在这片林里避过难，事后封为御地，不准人动。”董叫却说：“您不要怕，万一皇上怪罪下来，只管找我。”当县官正准备把木料分给灾民时，由于有人连夜进京告状，皇上派来钦差，要拿县官问罪。县官按董叫出的主意，赶制了几个木牌子，对钦差说：“大人，宜城百姓感念皇上的恩德，要求把皇上的圣像绘在木牌上，供奉起来一日三拜。可一般木料不配，只有受过皇封的木料最相当啊！”钦差听罢转怒为喜，立即回京去为县官请功。钦差走后，他们赶快张罗给灾民分木料盖房子。

傅三倌儿的故事

汉族机智人物故事群之一。流传于北京门头沟清水、斋堂、傅家沟一带。故事主人公系脚夫型机智人物。其原型傅三倌儿，外号“哭丧倌儿”，清末门头沟的一个劳动者，以背运山货为生。他性格憨厚而机敏，滑稽多智，常与财主、掌柜们作对。其故事大多是与剥削者、邪恶势力斗智的趣话，有《红包袱换白包袱》《帽子和靴子》《捉小绺》《买棺材》《进城卖蜂蜜》《装傻买扁担》《巧卖病鹰》《吃榆》《背猪》等。

红包袱换白包袱

汉族机智人物故事。采录于北京。

有一回傅三倌儿挎个红包袱赶路，有个商人见了不怀好意地和他套近乎，打听他包袱里包的是啥东西。商人越是打听，他越是说里面没有值钱货。商人想用两兜东西换他的包袱，他直摇头。这样一来，商人捉摸着他的包袱里一定有值钱货，跟得更紧了。后来商人左哄右骗，死乞白赖要跟傅三倌儿换包袱。傅三倌儿说：“不换，俺对不住你；要换就不许后悔。”商人立刻用白捎马子的两兜东西换了傅三倌的红包袱，直夸傅三倌儿够朋友。后来商人打开红包袱一看，里面全是些破烂货，又羞又恼又急。可因为有言在先，只好干吃哑巴亏。

捉小绺

汉族机智人物故事。采录于北京。

有一天傅三倌儿拉着毛驴去衙门交粮，半路上遇到两个小绺（小偷）。他俩悄悄割断缰绳，一个用手拉着留下的半截，坠着傅三倌儿，一个赶紧把驴牵走。傅三倌儿佯装不知，走了一阵猛转身抓住小绺去见马快（管捕人的衙役）。正巧这些日子小绺没好好孝敬马快，马快想找碴儿给他们颜色看，一气之下就把拉走驴的小绺抓来了。傅三倌儿打开驮在驴背上的捎马兜，露出里面装的碎石烂瓦，故意大喊大叫，说他丢了三年的官粮钱，共计一百贯。两个小绺只好如数赔钱。于是傅三倌儿分文未花便缴了三年的官粮钱。

进城卖蜂蜜

汉族机智人物故事。采录于北京。

傅三倌儿听说守城门的门丁很凶，专门搜刮穷人。某日他装了一罐山菜水，快到城门口时，悄悄把兜里装的小瓶蜂蜜倒在罐子盖上，边走边嘴里嘟囔：“别流出来让门丁看见了。”门丁发现，一把拉住他，扣下“蜂蜜”罐，要他上税。傅三倌儿假说去借钱，转了一圈又走回来，无可奈何地说借不着钱，要用蜂蜜抵税。他打开罐子突然大喊蜂蜜被换成水了，要门丁赔蜂蜜！不一会儿，城门口被围得水泄不通，大伙愤愤不平，大声嚷嚷起来，门丁怕闹出乱子，只得赔了蜂蜜钱。过几天，傅三倌儿真的用背篓背了一罐蜂蜜进城，门丁再也不敢拦他，他就大摇大摆地进城卖蜂蜜去了。

装傻买扁担

汉族机智人物故事。采录于北京。

一天傅三倌儿进杂货店买了根扁担，故意横着担在肩上往外走。扁担被别在门上出不去，他又竖起来，照样出不去。掌柜的嘲笑他是“山老赶”，并让伙计抬出一捆扁担，骂骂咧咧地说："这小子只会横着走，都送给他也拿不出去！"傅三倌儿又横着扛起那捆扁担，装着出不去的样子。趁他们笑得喘不过气来时，傅三倌儿突然把扁担往前一顺，痛痛快快地走出大门对掌柜的说："你们才光知道横着走呢！"

巧卖病鹰

汉族机智人物故事。采录于北京。

一日傅三倌儿去赶集，一个年轻猎人唉声叹气地告诉他，老母去世，本想卖掉猎鹰买席下葬，谁知猎鹰突然生病，难以脱手，正急得不知如何是好。傅三倌儿劝过猎人，随即擎起猎鹰来到集市。他买了油条、烙饼、豆腐等食物来喂，病鹰一口也不吃。当看热闹的人多起来时，他就大骂猎鹰挑嘴。财主张某见状，讥笑他连鹰吃什么都不知道，还想玩鹰？傅三倌儿说："我不懂，你懂？"张财主被激怒，拿出十块大洋立刻买下病鹰，并赌咒，如十天内养死，再赔十块大洋。张财主架鹰走后，傅三倌儿赶忙把十块大洋交给那个猎人。

焦四艮的故事

汉族机智人物故事群之一。流传于湖北通山一带。故事主人公系讼师型机智人物。其原型焦四银，字汉璋，清代通山县焦夏人。他聪慧刚正，能言善辩，敢于为穷苦人包揽词讼，与官府、豪绅作对，曾被打入大牢。其故事多数为斗官府、豪绅的作品，而且往往与打官司有关，代表性作品如《巧戏县官》《通山岭》《狗咬官羊》《巧计救贫女》《打衙役》《砍掉田边树》《搭救阿黑》《我就是焦四艮》《焦四艮做县官》。

通山岭

汉族机智人物故事。采录于湖北。

从通山的山口到咸宁的白沙桥中间横着一座山，山上的路是往来两地的交通要道。有一年白沙桥的财主硬说这座山是他家的坟山，山上的路踩了他家祖坟的龙脉，就强行封了山路，人们进出通山只好绕道走弯路。几年间通山人数次跟财主打官司，都告不倒他。这年春上，焦四艮为了解决这件难事，就炒了很多油菜籽碾成粉，装进大布袋用马驮上山，然后在布袋上戳几个眼，菜籽粉沿旧山道撒了一路，到秋上，这一路的庄稼、杂草都长得格外肥壮，远看就像一条大道。这时他到通山县衙告县令不领百姓走正路，而要绕远路。通山县令跟他上山察看时，那个财主跑来要他们赔踩庄稼的银子，通山县令一气之下揪住那个财主进了咸宁县衙。两个县令一同派人察看，果见一条荒废的大路。焦四艮乘机揭露这家财主霸山占路，挑起两县不和的罪行，咸宁县令当即打了那个财主五十大板，罚他修条石板山路。因为这条路是通往山里的，所以称此山为“通山岭”。

狗咬官羊

汉族机智人物故事。采录于湖北。

一日焦四艮从咸宁回通山，路见县官养的一群羊在吃麦草，庄稼人敢怒而不敢言，因为谁管了就得挨板子坐牢。焦四艮问明情况，便唆使狗把这群羊咬得死的死伤的伤。县官听说官羊被咬死，立即差人抓焦四艮来问罪。焦四艮说：“老爷，羊挂官牌，狗不识字，兽咬兽命，与人何干？”县官被问得哑口无言，竟把他奈何不得。

焦四艮做县官

汉族机智人物故事。采录于湖北。

焦四艮一月告垮三个县令，湖北巡抚很恼火，就派人把他提到武昌，令他去当一个月的通山知县，限他在任内收齐全县钱粮，办不到提头来见。焦四艮回到通山出一告示，令全县乡绅富豪在半月内交齐钱粮，隔日他又把舅爷铐上长枷，以违令不交粮饷游街示众。乡绅见他六亲不认，很是威严，几日工夫就交齐了钱粮。焦四艮按期装粮食到长江口，验收官仔细验过粮袋，便给他开了收条。半夜他和早已候在那里的人一齐动手，调换了粮袋，连夜运走。船到武昌，巡抚大人拆包一看，里面装的全是泥土沙石，明知上当又抓不到焦四艮的把柄，只好把验收官死打一顿出了口气。

猴景的故事

汉族机智人物故事群之一。流传于天津市区一带。故事主人公系小吏型机智人物。其原型是清末天津衙门里的一个快班小头目，原本姓景，因又瘦又小，且长了一副猴相，故而得到“猴景”这个诨名。他出身贫苦，少时曾经以出卖劳力为生，与劳动者有交情。他性格诙谐爽朗，到衙门里当差后仍然与老百姓相处融洽。庚子年（1900）八国联军攻打天津时，他参加战斗，以身殉国。他的故事大多以衙门小吏的身份出现，而描写他早年生活的故事则以帮工和小贩的身份出现。其故事有《不当孙子不当爷》《“再欺负人，还揍！”》《官司不打了》《还来看望你》《打赌棍》《送寿桃》《猴景断案》《猴景收钱》《猴景的妙计》等。

“再欺负人，还揍！”

汉族机智人物故事。采录于天津。

有一个寡妇的房产被财主霸占了，没有钱打官司，只好坐在衙门口哭泣。当猴景向她了解情况时，那个财主送来一包银子，劝猴景不要管这件事。猴景把银子扔在地上，问财主是多少，财主说二两。于是猴景叫手下的捕役打他二十个嘴巴，并警告他：“再欺负人，还揍！”那个财主捡起银子赶快溜走了。

官司不打了

汉族机智人物故事。采录于天津。

有一个财主和穷人打官司。到了衙门里，财主送一两银子给猴景作见面礼，穷人没钱则红着脸不敢抬头。于是猴景把银子递给穷人，让他拿去吃饭。财主一看，忙说：“回见吧，我这官司不打了。”

送　寿　桃

汉族机智人物故事。采录于天津。

早年猴景在海河下游开了个冰窖，做的是受罪的买卖。大恶霸海张五做寿，硬让这些穷买卖人送礼，如若不送，立刻砸了饭碗。这天猴景换上一身干净衣裳，把两盒“祥德斋”的大寿桃送到海张五家中。当海张五两口喜滋滋地打开寿桃盒子时，里面飞出一大群大马蜂，蜇得他们咿里哇啦直叫。猴景听见他们在房里发疯似的乱骂，忙高声在门外喊道：“这是我猴景送的特制‘寿桃’，叫你损寿没处逃！”说完便扬长而去。

猴景断案

汉族机智人物故事。采录于天津。

有一天杨胖子听说义和拳起事，要找依附洋人尽干缺德事的人算账，十分害怕。他把值钱东西裹了个大包袱，趁天黑往妹子家跑，半道上吓得丢掉了包袱。第二天杨胖子才弄明白义和拳并没有起事，便装扮成买卖人来吆喝，谁还给他包袱，愿拿一百块大洋酬谢。拾主把包袱还给他，问他要钱，他却翻脸道：“我丢了金子没找你赔，你还要钱？”这时，猴景巡街经过这里，听他俩说完，明白了几分，就说：“这案子好断，包袱里没金子，说明不是他的那个，归拾主好啦！”然后转身对公差说：“带上这位掌柜的，咱们给他找有金子的包袱去。”

猴景收钱

汉族机智人物故事。采录于天津。

那年皇上驾崩，百姓都得穿孝，连街上带红的东西都得穿孝裹布。县太爷令猴景当差，去各家各户摊派收钱。猴景敲着锣上街喊道：“大门大户的每家拿二十块大洋，小门小户的每家拿十块大洋。明天一早交到县衙，谁敢违抗要严加惩办！”次日一早，人们都来到县衙门前。猴景先把大户人家全部收完，却让账房先生都记成十块，等收小户人家时，凡揭不开锅交不起钱的，他就免收，把大户人家扣下的十块大洋补进去，好向县太爷交差。

游伯佬的故事

汉族机智人物故事群之一。流传于湖南邵阳、新邵、新化、怀化一带。故事主人公系农夫型机智人物，出自艺术虚构。其故事达百篇左右，内容较为丰富，大多反映旧时湖南中部地区的农村、城镇生活，以反压迫、反剥削、惩恶扬善为题旨，清新质朴，幽默风趣，乡土气息浓厚，地方特色鲜明，艺术质量较高。代表性作品如《还治其人》《游伯佬打官司》《款待差役》《事事把细》《智捉群贼》《巧治泼妇》《谈棋换面》《巧分七羊》。

还治其人

汉族机智人物故事。采录于湖南。

黄提台养了一匹马，天天在外面吃别家的麦苗青菜。乡亲们叫他拴好马，他却说："我的马连上等饲料都不吃，哪里会吃庄稼！"一天游伯佬见那马又跑进人家地里，就抓起缰绳，将马牵到黄提台自己的麦田里，然后跑去说："老爷，你田里好像有头牛在吃麦苗。"黄提台暴跳如雷："快去牵来，不管是哪家的，不罚他我不姓黄！"游伯佬走到半路又折回说："那不是牛，是你自己的马。"黄提台请他帮忙把马赶开，他却说："你的马连上等饲料都不吃，哪会吃麦苗？"等黄提台到地里，一丘麦子已被吃光，从此黄提台再也不敢随意放马吃人家的庄稼了。

游伯佬打官司

汉族机智人物故事。采录于湖南。

拱背老爷把游伯佬告到宝庆府后，传票下来，两人一前一后去打官司。正走着，游伯佬故意跌进路边的水田，把裤子弄满泥污，就说："这样子怎么见官？硬是要我去，你就把裤子脱给我穿。你外面罩着长衫，哪个晓得你没穿裤子？"拱背老爷一心想到堂上狠狠整游伯佬，只好把裤子脱下给他。到了县衙，拱背老爷先发制人，讲了游伯佬一大堆罪状。游伯佬一言不发，跪在后面，暗中用针扎了一下拱背老爷的屁股。拱背老爷疼得回头瞪他一眼，他乘机说拱背老爷威胁他，因为此人素来不穿裤子到处游荡，伤风败俗。县官令人验证，果然如此，不禁拍案大怒，当场打了拱背老爷三十大板。回家路上，游伯佬挖苦一颠一踱的拱背老爷说："出钱告诬状，自己脱裤挨板子，真是双赔本啊！"

款待差役

汉族机智人物故事。采录于湖南。

有一回，老讼棍拱背老爷捏造罪名，写状纸告了游伯佬后，宝庆府便派了一个差役去传游伯佬。差役来到游家，游伯佬热情接待，当着差役的面从床下摸出早备好的一只新夜壶，又从门边提出一只新粪箕，到外面去沽烧酒、买豆腐。他把豆腐煎成二面黄，端出来让差役喝酒。差役哪里敢吃，转身跑到拱背老爷那里吃饭去了。游伯佬乐得自己饱餐一顿，饱醉一场。

事事把细

汉族机智人物故事。采录于湖南。

财主麻老虎给长工吃红薯不削蒂，冬天吃老南瓜不刨皮，用他的话说，这叫“事事都要把细”。一次他让游伯佬播完菜籽就去施肥。游伯佬挑了一担茅草肥到田里，一丝丝分开来撒了一亩多地。晚上麻老虎问他撒了几十担，他回答撒了一担。麻老虎火了：“你这是汤里撒胡椒粉哪！”游伯佬说：“老爷，你常说事事要把细，一丘田我就省了几十担肥，这样把细你定会发财啰！”

智捉群贼

汉族机智人物故事。采录于湖南。

高山寺有口古钟是镇山之宝。一天寺里的和尚下山做佛事，请游伯佬守寺。夜里他突然发现山门外地上插了一路香火，一伙提刀的盗贼正要沿着香火爬上钟楼偷钟。他急中生智，将一路香火移到寺前的悬崖边，然后回来敲起竹梆大喊：“捉贼呀！”群贼听到喊声，抬起古钟沿香火没命地往回逃，天黑看不清路，一个个掉进了悬崖下的塘里。这时附近的农民闻声赶来，群贼全部落网。

巧治泼妇

汉族机智人物故事。采录于湖南。

村民刘某盖房，择吉日圆垛上新梁时，对门的泼妇表文嫂因往日与刘某有仇，故意叫骂，想送个坏兆头。乡亲们劝不住，就请游伯佬出面。游伯佬不但不制止，反而夸她嗓子好，挑逗她使劲骂，直骂到后响砧板砍烂嗓子骂哑才住口。游伯佬见状便问："你骂服了吗？骂饱了吗？"泼妇脱口道："骂服了，骂饱了。"他高兴地大喊："承表文嫂贵言，得富（服）又得宝（饱）呀，上梁高升！"一阵爆竹响，新梁端端正正落在正堂上。大家看了，都直夸游伯佬干得好。

谈棋换面

汉族机智人物故事。采录于湖南。

有一次，游伯佬去给舅母拜年，舅母嫌他礼轻，茶也不泡把他晾在一边。一会儿舅母娘家侄子荣贵带着厚礼来了，舅母赶忙替他泡茶拿瓜子，还进厨房下面打荷包蛋招待他。游伯佬见舅母把碗底压着蛋的面放荣贵面前，把一碗光面放他面前，心里有气，便灵机一动对荣贵说："我能把残棋救活，比方你那碗是红炮，我这碗是绿车。你一炮打过来，我兜底一家伙，将！"说着把两碗面一换，从容地说："你看这棋厉不厉害？"荣贵连说："厉害，厉害！快吃面，莫凉了。"舅母见游伯佬一口一个蛋，气得直翻白眼。

巧分七羊

汉族机智人物故事。采录于湖南。

一天游伯佬买了一只羊回家，碰见三兄弟为分家在烦恼。老大告诉他："家里有七只种羊，父亲临终时让我拿总数的一半，应分三只半；老二拿我的一半，应分一只多；老三拿老二的一半，分不到一只。我们杀了分舍不得，活的又分不开。"游伯佬听了说："这好办，把我的羊也放里边一起分吧。"于是他把八只羊中的四只给老大，老二牵走两只，老三一只。三兄弟都认为自己比应得的多了些，十分满意。最后游伯佬说："还剩一只羊，归我当中人的。"便牵着自己的羊走了。

谢方樽的故事

汉族机智人物故事群之一。流传于江苏苏州常熟一带。故事主人公系文人型机智人物。其原型谢方樽，又作谢方正，清代吴县、常熟交界地方华庄人，生平事迹不详。其故事有不少是惩治邪恶、扶弱济危的作品，如《鸭子变草鞋》《王二卖房子》《一举三得》《咬耳朵》《三元坊》。也有一些作品将故事主人公当作恶人来描绘的，如《针锋相对》《乘船》《要棺材》。

鸭子变草鞋

汉族机智人物故事。采录于江苏。

财主李剥皮雇人养了三百只鸭子到处放牧，乱吃农民的稻苗，却无人敢说。一天谢方樽和一农民坐小船向李剥皮的鸭群划去。冲进鸭群，他拿出两只草鞋很快沉到水里，又提起来塞进船头，然后四面一看，叫农民快把船划开。这一切被站在桥上的李剥皮看得一清二楚，认定谢方樽偷了两只鸭，马上叫人挡住小船，要查偷鸭贼。谢方樽矢口否认，高声说道："如查出船头有鸭，愿赔五百只。"李剥皮认为亲眼所见，便说："如查不着，我这三百只鸭送给你！"他们请了证人，当众立下字据。李剥皮打开船头一看，里面只有两只湿草鞋，一下傻眼啦。谢方樽立即叫人把三百只鸭分给了看热闹的人，大笑而去。

三　元　坊

汉族机智人物故事。采录于江苏。

一次谢方樽路过苏州三元坊，见两个孩子在掷砖头，不小心把牌坊上刻有"圣旨"两字的刻石打了下来，摔成两块。有人立刻要去告官，孩子家长吓得面如土色。因为打碎"圣旨"，有灭九族的欺君之罪。谢方樽见状，忙让人搬来梯子说："我看着是否合榫？"然后他把"圣旨"放在原来的地方，纹丝不差。他说："这就好，如再有人打下来，就真的有欺君之罪了。"

解缙的故事

汉族机智人物故事群之一。流传于江西、安徽、浙江、广东、湖北、湖南、陕西、四川、上海、天津、河北等地。故事主人公系官宦型机智人物。其原型解缙，字大绅，明代江西吉水人。洪武进士，永乐初任翰林学士，主持纂修《永乐大典》。永乐五年（1407）谪广西，永乐八年以“无人臣礼”罪下狱，后在狱中被杀。在故事中，他被塑造为才学非凡、智慧过人的官宦型机智人物形象，深受民众喜爱。其故事包括宫廷生活和社会生活两个方面的内容，主要为调侃皇上、戏弄权臣、惩治贪官污吏、鞭笞豪绅富商、为穷苦百姓排忧解纷以及表现故事主人公的聪明才智、品格风范等。代表性作品如《智答与智对》《舌战李尚书》《江西免麦粮》《打御桶》《巧改〈凉州词〉》《打皇帝》《汪知府拜靴》《山在虎还来》《智治“臭虫”》《认字讨学钱》《题匾讥权贵》《巧对轿联》。结集出版有《解学士传奇》。

江西免麦粮

汉族机智人物故事。采录于江西。

解缙进京做官以后，想给家乡江西送一件礼物。他早打好了主意。一天他对皇帝说：“万岁呀，您的字写得实在好。我不敢多要，每日写一个字送我好不好？”皇帝很高兴，便点头答应了。解缙接连五天，每天要一个字，五天合起来就成“江西免麦粮”。他请高手匠人将这五个字裱成条幅，挂在皇帝退朝时一定要经过的拐弯处。第六天皇帝退朝走到那拐弯处见了挂的条幅，自然而然地念了起来：“江西免麦粮。”跟在后面的解缙听了立即跪下谢恩。皇帝不好反悔，只好免去江西的麦粮赋税。

打　御　桶

汉族机智人物故事。采录于江西。

金銮殿上放着明代开国皇帝制的一对玉桶，是传国之宝，谁也不敢动一动。有天几个大臣问解缙，是否有胆量打掉一只玉桶，解缙笑了笑，“哐啷”一声便把一只玉桶打碎了。那几个大臣到皇帝面前告了解缙，解缙忙奏道："万岁！天无二日，民无二主。只有一统（桶）江山，哪有二统（桶）江山？"皇帝听了连连称赞他打得好。那几个大臣转身又问解缙，是否敢把另一只玉桶也打了，解缙说："这算得什么？"于是就把另一只玉桶也打掉了。他们告到皇帝那里后，解缙又奏道："玉统（桶）江山，脆而不坚，铁统（桶）江山万万年。"皇帝听了非常喜悦，当即传旨速铸一只铁桶放在金銮殿上。那几个想害解缙的大臣，仍然未能得逞。

巧改《凉州词》

汉族机智人物故事。采录于江西。

有一次外国进贡一把折扇，永乐皇帝让解缙以扇上的画为题，在上面补写一首诗词。解缙接扇看画，原来是按唐人《凉州词》的诗意所画，便当场写下这首诗，呈给皇上。谁知解缙一时疏忽，竟漏写了"黄河远上白云间"的"间"字，并且被冤家对头高煦发现了。次日早朝，高煦启奏皇上："解缙乘写扇之机，漏字戏君欺主，今不杀之后必酿成大患！"皇上一看，心中大怒，立宣武士将解缙带下斩首。这时解缙却不慌不忙地上前奏道："圣上息怒，臣的《凉州词》与王之涣的《凉州词》有所不同，他写的是诗，臣写的是词。"说着捧扇当众吟诵："黄河远上，白云一片，孤城万仞山。羌笛何须怨，杨柳春风，不度玉门关。"皇上与众臣听了赞不绝口。他凭着聪明才智，逢凶化吉，竟领赏而去。

汪知府拜靴

汉族机智人物故事。采录于江西。

有一年江西新城遭灾，官府、大地主却加紧勒索百姓。解缙受皇上之命，持尚方宝剑巡视江南八省。他带刘诚、肖忠二人，青衣小帽微服出巡，刚到吉水附近，就被几个差役抓去拉纤。大官船上鼓乐声声，轻歌曼舞，庐陵知府汪祝三正坐当中饮酒作乐。解缙强压怒火，弓背拉起纤绳。不久，解缙出巡的消息还是被汪知府知道了。他认为解缙年轻得志，一做官就伴君理政，只要巴结好解缙，不愁无大官做，便备了礼单名帖差人送去。不一会儿差役飞报："钦差大人轿到！"汪知府慌忙带人迎上，对着大轿低头就拜。可是跪了半天不见回话。烈日当空，他实在受不住了，抬头一看，轿中无人，只有一双朝靴。这时礼单退了回来，上面添了副对联："解学士河边拉纤，汪知府城门拜靴。"汪知府吓得顿时昏了过去。

山在虎还来

汉族机智人物故事。采录于江西。

有一日乡下老汉进亳州城挑粪，街面有霜路滑，一个踉跄把桶里的粪溅了出来，落在一家江西老表的布庄门前。布店老板不许老汉清扫，硬逼他脱下棉袄来擦。老汉刚要用棉袄擦，一人站出来说："老大爷，天冷你穿上袄子，从柜台里拿布匹来擦。"布店老板一听来人是江西同乡，气得圆睁两眼。正僵持着，一声锣响，知府大人赶到，众人才知道钦差大人解缙微服在此。解缙让老汉一连擦了八匹布，老板心里有气，却不敢吭声。七天后解缙要走了，老板在店门前贴张纸条，上写"虎走山还在"，解缙见到便写了"山在虎还来"几字，让知府贴布店门上。老板一看，吓得再也不敢作恶。

认字讨学钱

汉族机智人物故事。采录于江西。

有一次解缙作为钦差巡视帝乡凤阳，轿行至黄泥铺，有一个疯癫老夫子吟着打油诗迎面撞来。解缙掀帘询问，老夫子说："我是教书先生，年终结账，东家问我井里放一点是啥字，认出来给学俸，认不出来一个子儿不给。我说没这字，他硬把我撵了出来。"解缙把东家王老财找来，问道："肉上放个竹是什么字？"王老财不认得，解缙立即令人用毛竹板打他二十大板。王老财被打得直喊痛，解缙这才说："这下你见过了吧，是个痛字。"随即让其如数把学俸给老夫子，王老财只好照办。

巧 对 轿 联

汉族机智人物故事。采录于江西。

有一次文峰镇一秀才去当嫁女的司仪，男方出了个轿联："书五经，易五篇，五世其昌。"秀才怎么也对不来，因而新娘不能出轿。秀才忙求助于解缙，解缙提笔写道："诗百首，银百两，百年偕老。"秀才连说对得好，解缙说：

“去让男方拿百两纹银来表示感谢吧。”不几天又一户人家嫁女，男方以江西县名凑成一轿联：“新建石城万年万载。”满城无人能对，唯独解缙一人对了出来：“永修铜鼓乐安乐平。”这下联也是江西四个县名，人们见了赞不绝口。

解士美的故事

汉族机智人物故事群之一。流传于山西襄汾一带。故事主人公系农夫型机智人物。其原型据说是山西襄陵县古城镇京安村的一个农民。是否实有其人，待考。故事里面的这个人物，正直诙谐，脑瓜子灵，点子多，常与贪官污吏、豪绅奸商作对，热心帮助穷人。他的故事反映的生活面较广，以揭露官府、嘲讽财主、戏弄奸商和扶助穷人的作品居多，表现了农民的智慧和幽默感，具有浓厚的地方特色和泥土气息。代表性作品如《巧捆众财主》《戏耍能不尽》《借手巧砸百把壶》《不让财主讨便宜》《奇事与巧联》《卖韭菜》《巧治神婆》《你不要脸我不卖》。

卖　韭　菜

汉族机智人物故事。采录于山西。

有一天解士美去赶集，下午正准备回家时，见一个老头儿坐在菜担旁边哭泣。一打听才知道老头儿借钱贩韭菜，眼看快散集了还有大半没卖掉，全家人都要饿肚子了。解士美非常同情他，便主动去帮他吆喝，又故意装傻，把三斤两毛四叫成三斤两毛三。买主们图便宜，都来买老头儿的韭菜，这个三斤，那个三斤，不一会儿便把多半担韭菜卖光了。

你不要脸我不卖

汉族机智人物故事。采录于山西。

有个财主富得流油，可是还喜欢占小便宜。他常假装买肉，双手在肉上摸了个遍，然后回家用手上沾的油炒菜。一天解士美卖肉时，他依旧跑去东摸摸、西翻翻。解士美故意问他要不要心肝肺，他说：“这东西不好吃，我要也没用。”解士美又问他要不要猪耳朵，他拽了一块来吃，然后才说：“嗯！来一块吧。”

解士美顺手一刀下去，连猪耳朵带猪脸砍了一大块，他赶紧说他光要耳朵不要脸。解士美把砍肉刀狠狠往猪脸上一掼，嚷道："你不要脸我不卖！"

蔡四伯伯的故事

汉族机智人物故事群之一。流传于湖南湘潭一带。故事主人公系文人型机智人物。其原型蔡京华，字天民，是清末湘潭城内的一位秀才。他生性刚直，能言善辩，熟谙"清律"，不满朝廷腐败，常与权贵豪门作对，替老百姓打抱不平，受到民众爱戴，因其排行第四，人称"蔡四伯伯"。他的故事较为广泛地反映了清末湘潭地区的社会面貌和风土人情，包括抨击贪官污吏、捉弄劣绅奸商、扶困济贫、伸张民族正气等各种篇什，以智斗官府的趣话为多，脍炙人口。代表性作品如《一吊钱见面礼》《郭府祝寿》《当衣赈灾》《赈灾算账》《天理昭彰》《骗富救贫》《外侄何来》《恕我又吃又兜了》《买坟地》《钟馗来也》。

一吊钱见面礼

汉族机智人物故事。采录于湖南。

湘潭知县孙坦被蔡四伯伯打跑以后，省里新放来一位朱知县。朱知县一来便贴出各种禁令，借此为自己打开生财之道。有天朱知县拜了客回衙时，蔡四伯伯故意将一串铜钱跌落街心，滚开一大片。抬轿的正要从铜钱上踩过，蔡四伯伯立刻大叫："你们践踏列祖列圣和当今皇上的年号，不怕犯杀头灭族之罪么？"吓得朱知县慌忙下轿跪在地上。蔡四伯伯每拾一枚铜钱喊一声"万岁"，朱知县就在街上磕一次头。等蔡四伯伯把一串铜钱拾完，朱知县足足跪了一个多时辰，把额头也磕肿了。朱某收过这样的"见面礼"后，再不敢明目张胆欺压百姓、胡作非为了。

郭府祝寿

汉族机智人物故事。采录于湖南。

捐班道台郭正泰做五十大寿，官绅阔佬，贺客满堂。蔡四伯伯也写了张"奉献白银千两"的欠条，来吃寿酒。宾主见他一副寒酸相，都对他爱理不理。酒过三巡，蔡四伯伯说他来讲个《龙王庆寿》的故事，为各位助酒兴。他说：“鲈鱼、鲢鱼、鲥鱼约好去为洞庭龙王庆寿，它们没有姓名，就分别取名叫‘楼台亭（阁）’‘廉明公（正）’‘时和世（泰）’。路上它们遇到乌龟，要求同去，三鱼便把各自丢掉的那个字给它，凑成名字。它们又遇田螺，趴在乌龟背上，要同去见世面。到了龙宫，三鱼拜完寿吃酒去了。龙王见下面还有一团什么，便问下面趴的是什么东西。乌龟喜出望外，说：‘小臣就是阁正泰。’这时田螺爬到了乌龟头上，龙王又问那是什么，乌龟慌慌张张地说是田螺。龙王听成了‘钱多’，怒道：‘仗着你钱多，买个顶子到孤王跟前来摆阔。来，把它乱棒打出宫去！’”郭正泰听到这里，已是脸色铁青，因为讲故事的人是蔡四伯伯，他只好咽下这口气。

当衣赈灾

汉族机智人物故事。采录于湖南。

有年大旱，饥民遍地，湘潭城里的育婴堂里饿死了孤儿，保节堂里发不出孤寡米，皆不忍堂连一年一度的寒衣、年米也拿不出来了。但地方官绅们却还侵吞集资公产，花天酒地，为此蔡四伯伯十分恼火。一天他借了些银子，在东兴楼摆席做寿，发帖请来了全城的官绅。宾客到齐后，他按清代的规矩，请各位“宽章（脱下礼服）”，青衣小帽入席。众官绅取了官帽，脱下外衣，交给酒楼堂倌。酒过一巡，蔡四伯伯出来让伙计挑了所有衣帽随他直奔当铺，按照主人的身份地位当了衣帽，共得银千两以上，然后他回到席前对大家说：“老朽想倡首筹募一笔钱财，办些谷米救济百姓。”众官绅一听蒙了，有人借故没带银两，今日认个数，改日送来，想溜之大吉。这时蔡四伯伯说：“区区小事，老朽已代诸公办妥了。”说着，发每人一张当票，去取钱赎衣。正当客人乱作一团时，他已拿着当衣得来的银钱赈灾去了。

赈灾算账

汉族机智人物故事。采录于湖南。

蔡四伯伯把赈灾大事交给了皆不忍堂。他听好友说，那里的绅董们是帮贪得无厌的家伙，所以施粥、平粜一收场，他就去查账。流水账、总账分毫不差，管账先生自鸣得意，夸夸其谈。蔡四伯伯冷不丁问道：“抽水烟的纸煤子多钱一斤？”一位绅董插嘴说：“零买六文钱一斤，成批五文钱。”蔡四伯伯陡地严厉起来：“赈灾之事共办七十五天，你们吸烟的纸煤子就用了一千斤。灾民的粥能照见人影，平粜的米里沙子能崩脱牙齿，回去复称，一升成了九合。要知这次筹募来的银子，都是县里各位大人、头面人物的官俸、捐款，你们狗胆包天！”绅董和师爷没想到账面做得两面光，还是给查出了漏洞，连连赔笑、哀求，只好答应蔡四伯伯，到年底发放五百石年米，才大事化小，小事化无。

天理昭彰

汉族机智人物故事。采录于湖南。

腊月初，蔡四伯伯去查年米发放情况。他知道五万张米票多数不会落在等米下锅的人手里，便想了个主意，问管账师爷要了二十张米票，说是回去过年。他请刻字匠照米票式样、字形刻了块印板，又买回几刀纸请人在家印了五万张米票，全部发给了穷人。腊月三十儿管账师爷告诉他，不知怎么搞的，年米发出去一千石。蔡四伯伯高兴地说：“那好，善有善报，恶有恶报，天理昭彰，分毫不爽！”

谭振兆的故事

汉族机智人物故事群之一。流传于湖北通山一带。故事主人公系文人型机智人物。其原型谭振兆，清初通山县大畈白泥坑人。他一生未仕，机捷多智，有正义感，常替穷人抱打不平、排忧解难，官府、财主也怕他几分。其故事内容较广泛，有《官秤》《拈阄》《过肥年》《水牯成婚》《占坟山》等。

拈　阄

汉族机智人物故事。采录于湖北。

谭振兆的父亲在世时和乐进士订了儿女亲事，后来谭家穷了，乐进士就想悔婚。一日谭振兆去拜见岳父，乐进士见他一身寒酸，心里恼火，便说：“咱们今天来个听天由命，我做两个阄。你拈到‘婚’，就天缘巧配；拈到‘罢’，过去的事一笔勾销。”谭振兆晓得岳父要耍花招，等他把阄摆好，立即拿一个吞进肚里，说：“你看那一个。如果是‘婚’字，我马上就走；如果是‘罢’，我吞的就是‘婚’字。”乐进士两个阄写的都是“罢”字，他抵赖不过，只好把女儿嫁给了谭振兆。

过 肥 年

汉族机智人物故事。采录于湖北。

谭振兆见几个穷朋友没钱买肉过年，便买了一挂纸走进归元寺，在早就看好的一只大肉猪面前化纸焚香痛哭起来。老方丈见了奇怪，问：“施主，进庙烧香，为何不到大殿参佛？”谭振兆伤心地说：“老师父，我娘在世时作了恶，死后托生为猪。她几次托梦给我，我才不顾千山万水赶这里看望她老人家。见她在此受罪，怎能不伤心呢？”老方丈很受感动，念他一片孝心，当即叫他把猪抬回去奉养。他把猪赶到朋友那里，让大伙过了个肥年。

潘思光的故事

汉族机智人物故事群之一。流传于福建安溪一带。故事主人公系文人型机智人物。其原型潘思光，清乾隆年间安溪县的一位进士。他的故事涉及面较广，包括惩恶除奸、助贤扬善、开导世人等内容。作品有《智除骚公子》《巧抠贼赃》《荐师爷》《教训不孝子》《诗嘲丈母娘》《此木柴，山山出》《狂风吹谷有当先》等。

智除骚公子

汉族机智人物故事。采录于福建。

县城附近常发生歹徒抢劫糟蹋年轻女子的事，难以破案。一日潘思光探知那一伙贼人的行踪，便去邀请知县打猎。在山上，他用药箭猎获了一头野公猪，正要回衙，发现路旁灌木丛中有一个长柜，柜子里面有一个被捆绑的女子。那女子说是几个蒙面盗将她抢来的，蒙面盗们听到山上有人下来，已逃走了。潘思光当即送走了那个女子，并派人将药箭射倒的野猪放进柜子里去。这天晚上，潘思光留住在县衙里面。次日清晨，知县和夫人发现有一头大野猪从大少爷的房里蹿了出来，大少爷已被野猪拱死。原来，糟蹋年轻女子的正是这位知县家的大少爷。

潘思光略施小计，便为百姓除掉了这一祸害。

荐 师 爷

汉族机智人物故事。采录于福建。

有位知县请潘思光举荐一个账目清楚又清廉的钱粮师爷。不久，他化装成卖汤圆的沿街叫卖："卖汤圆！一枚铜钱一粒，两枚铜钱任你吃。"起初人们不信，后发现果真两枚铜钱管吃饱肚子，便争相来买。桶里剩下最后两粒时，住路边的李秀才过来花两枚铜钱买了去。一连六天过去，天天如此。第七天李秀才来买剩汤圆时说："兄弟，人都很贪心，这样会吃光你的本钱的。"可是卖汤圆的照旧做他的赔本生意。又过了二十天，李秀才熬不住了，他算了笔细账，决定第二天告诉卖汤圆的共亏了多少钱，劝其收摊。到第二天，来的却是两名捕快，将他带进县衙。从此李秀才便当上了师爷。

教训不孝子

汉族机智人物故事。采录于福建。

西村张寡妇年轻守寡，千辛万苦把儿子张某从五岁拉扯大，谁知儿子娶妻后，对她非打即骂百般虐待。张寡妇实在无法，便去找潘思光诉苦。潘思光将她暂留家中住下。张某得知老母去找潘爷，害怕受惩罚，整日躲着。潘思光几次来找都扑了空，便想了个主意。一日中午突降暴雨，张某夫妇从场上收谷回来，不见了五岁的胖小子。邻人告诉他们，曾见胖小子冒雨跑河边喊奶奶。两口子发疯般去河边寻找，直到次日中午仍未找到。这时，潘思光跑来说："令郎殁了，我特来道喜。不然将来你们也要受儿子儿媳打骂，也会像你妈那样跑我家来避难。照此看来……"张某羞愧满面，跪下道："潘爷，我一定要痛改前非，您让我们把老人接回来吧。"潘思光随即将他们带到家中，他们万万没有想到，胖儿子正和奶奶在一起呢。两口子千恩万谢，从此变成了孝子贤媳。

魏七爷的故事

汉族机智人物故事群之一。流传于湖北竹山一带。故事主人公系劳动者型机智人物，出自艺术虚构，在故事中以帮工、船工等身份出现。他既有武艺，又通文墨，爱管闲事，常与有权势者作对。其故事多数是戏弄官吏、嘲讽财主、惩治恶人的作品，如《送礼》《都出头》《吃鱼头》《大、太、犬》《生得福态》《抓住就没事做了》《你是魏七爷吗？》《我的侄儿先来》《宴请赏宝》。

吃 鱼 头

汉族机智人物故事。采录于湖北。

在一次宴会上，某财主问魏七爷咋那样聪明，魏七爷说："我吃鱼光吃鱼头，以形补形，所以聪明。"那财主提出把酒席上的鱼头让给自己吃，魏七爷让他付了一两银子。那财主吃着鱼头，忽然觉得划不来，便问魏七爷："你我都是客，你为啥还要我一两银子？"魏七爷笑道："我说是吧，一个鱼头没吃完，你就聪明一大截啦！"

你是魏七爷吗？

汉族机智人物故事。采录于湖北。

有一日魏七爷看到一个贼头贼脑的家伙背着他丢的包袱，便问："你是魏七爷吗？"那人说他不是，魏七爷笑道："这就对了。我还以为自己弄错了呢。我就是魏七爷，你背的包袱是我的。"

宴 请 赏 宝

汉族机智人物故事。采录于湖北。

魏七爷临终前让侄子给知县和财主送去请柬，请他俩穿上黑衣黑裤、戴上黑帽到家中赴宴，酒后赏宝，务必光临！这两个家伙听说魏七爷宴请赏宝，赶忙换上一身黑，跑到魏七爷家里，一看哪里在请客，魏七爷直挺挺死在床上了，顿时明白过来："他要我俩给他吊孝哇！"

魏国贞的故事

汉族机智人物故事群之一。流传于湖北公安一带。故事主人公系农夫型机智人物，是否有生活原型，待考。其故事多数具有反对压迫、剥削的内容，社会倾向性较为鲜明，质朴诙谐，饶有风趣。代表性作品如《买“老子”》《讲白话》《喝水的就是老子》《砂罐喂猪》《巧对刘财主》《两道难题》《戏县官》《告鸡》《第三个傻瓜》《金银还在》。

买“老子”

汉族机智人物故事。采录于湖北。

有一天魏国贞经过茶馆时，见几个财主喝了茶互相推脱，不肯付茶钱，就进去给他们讲了个故事：某财主和儿子分家后，年迈体弱，钱渐渐花光了，便去找儿子借钱，央求要卖一辈给他。儿子心想，给老子一笔钱，他们就可以兄弟相称了，于是答应下来。不久老子又把钱花光了，跑来找儿子要再卖一辈给他。儿子听了更加高兴，这不就他当老子了！于是儿子又给了老子一笔钱。这事被族长知道了，族长把他们父子都叫去，打了儿子两耳光。儿子嘴硬，和族长争辩起来，族长见他不听管教，无可奈何地说：“你既然不肯给老子出钱，那就把钱留着去买‘老子’吧。”听到这里，几个财主猛醒过来：“哎呀，我们又遭魏国贞骂了！”

第三个傻瓜

汉族机智人物故事。采录于湖北。

有一回县官点名让魏国贞给他讲三个傻瓜的故事，并说讲好有赏，讲不出来打四十大板。于是魏国贞讲道，从前有个傻瓜坐轿出门，轿中放了两袋银子。一会儿轿夫喊：“太重了，抬不起啰！”傻瓜听了，连忙将两袋银子扛到肩上，问轿夫：“轻点儿没有？”满堂衙役听了哈哈大笑，县官想了半天点头道：“算个傻瓜！”魏国贞又讲，有个傻瓜扛了根很长的竹竿，横着往屋里拿，从早晨拿到晚上，怎么也拿不进门。县官忙问那竹竿有几个门宽，魏国贞说有十个门宽。县官一拍大腿说："真是个傻瓜，就不会把竹竿砍成十截拿进门去！好了，再讲第三个吧。"魏国贞笑笑说："第三个傻瓜就是你！"

◇汉族寓言◇

修行婆变鹅

汉族人事寓言。采录于浙江。

修心堂里面有十六个老婆婆，十多年来一直吃斋念佛，苦苦修行，佛祖便让观世音去度她们上天。观世音变成一个捉牙虫的老太婆，到修心堂去请求借宿一夜。十六个老婆婆七嘴八舌说了一阵子，没有一个愿意留她。天黑了，看门老伯看见她可怜，就拿一些稻草来铺上，留她在柴间过夜。观世音看见那些修行婆不知道行善积德，又想试一试她们是否贪财。第二天早上，看门老伯去收稻草，发现一个包袱，里面有白花花的十六锭银子，便把包袱交给修行婆。修行婆们看到许多银锭，经也不念了，佛也不拜了，每个人分了一锭银子，眉开眼笑。过了两个时辰，捉牙虫的老太婆回来找包袱，修行婆们都说没有见过。捉牙虫的老太婆哀求道："这是救命钱，没有这些银子全家人就活不成。"修行婆们铁石心肠，不肯归还。看门老伯见她实在可怜，就说："我手头上还有十几两散碎银子，是一辈子辛苦积攒下来的，你先拿去吧。"观世音接过银子，把看门老伯带出修心堂，一起腾云上天去了。随后，修行婆们苦苦哀求，却不管用，便连连喊着："枉修行！枉修行！"一个个都变成大白鹅啦。

此地有神

汉族人事寓言。采录于重庆。

有一个秀才赴京赶考，在一座山上踢到一块石头，摔倒在地上，脚趾头鲜血直流。他又痛又气，骂道："有个鬼！"但立刻觉得此次去赶考，他口出秽言，很不应该，便立即用脚上的血写了"此地有神"四个字，然后上路。没有多久，蚂蚁闻到血腥味聚来，越来越多，有个樵夫看见蚂蚁在地上排成"此地有神"四字，十分惊奇。村里人都以为神灵驾到，于是纷纷捐钱捐粮，修建了一座寺庙，且每天香火不断。半年后，那个秀才名落孙山，扫兴而归。路过此地，看见这座新修的庙宇，听香客把它的由来讲了一遍，真是笑破肚皮，临行时留下一首打油诗：“去时乱石窖，归来一座庙。世上无鬼神，全是人在闹。”

两个土地公

汉族人事寓言。采录于浙江。

早年间，山南山北各有一座土地庙。最初，两座土地庙的香火都非常旺盛，摆的供品多得吃不了，后来渐渐冷落下来，最后连一个人影都没有。两个土地公很久没有尝到酒肉，叫苦不迭。有一天，一个大商人经过北山，北山土地公施法让他的肚子痛起来，回家便上吐下泻，又托梦让他劈一片北山土地庙前的樟树来煎水喝。大商人照办后，立刻痊愈。后大商人备办许多祭品去还愿，北山土地公高兴得合不拢嘴，还请南山土地公来一块吃喝。南山土地公问明缘由，觉得这个办法真灵验。过几天，一个面黄肌瘦的放牛娃来到南山土地庙，南山土地公同样让他上吐下泻，也托梦叫他喝樟树水。放牛娃的爸爸来到南山土地庙前找不到樟树，看见南山土地公的屁股是樟木做的，便劈一片来煎水喝。哪知道放牛娃好了后并没有来还愿，而南山土地公的屁股却一天天痛起来啦。南山土地公一瘸一拐地去责怪北山土地公，北山土地公听了哈哈大笑道：“你自己糊涂，却来埋怨我。你庙前没有樟树，怎么叫人家劈樟树。放牛娃穷得吃不起饭，拿什么来还愿？你不是自找苦吃吗！”南山土地公无言以对，只好忍痛回去。

懒 人 求 福

汉族人事寓言。采录于湖北。

有一个懒人从小不读书，长大不愿意种田，也不会做生意，什么都不干，连饭都吃不上，不到三十岁就饿死了。他死后埋怨自己命薄福浅，在阴曹地府哀求阎王爷来生给他一个好命运。阎王爷问他要什么好命运，他说：“父是高官儿登科，万顷良田靠山坡。妻妾要比嫦娥美，年寿要比彭祖多。”阎王爷想了想便答应了。懒人来生出世后，父亲真是当朝宰相，但他三岁时父亲便死了。他想着自己的命运好，还是从小不读书，只知道吃喝玩乐，十六岁时便坐吃山空，不到二十岁又饿死了。死了以后他更不服气，又去问阎王爷，自己为啥没有享到福又饿死啦？阎王爷说：“我是按你的要求安排命运的呀。发福的事归财神爷管，你去问问财神爷吧。”财神爷问他是干哪一行的，是匠是商还是官？懒人说他啥都不是。财神爷说：“天下人都是按七十二行分职的，你啥事都不干，是个无业游民，我无法使你发福，你理应受穷。”懒人听了，哑口无言。

慢中有快

汉族人事寓言。采录于湖南。

一个买卖人挑了一担豆子去某镇住店。眼看太阳快落山了，心里有一些着急。他问迎面来的一个老人家：“天黑以前能赶到某镇吗？”老人家回答道：“要是你走得慢，天黑以前能够赶到。走快了可到不了哟！”买卖人还以为老人家在戏弄他，便飞快往前走，谁知被一块石头绊一跤，豆子撒了一地，费了很长时间才捡完，天已经黑了。这下他才后悔没有听老人家的话，也才懂得慢中有快的道理。

三兄弟牵金牛

汉族人事寓言。采录于浙江。

从前，浙江某地的一条河里有一头金牛，一户人家有三兄弟，都想牵出这头金牛。三兄弟跑到深山里面，找来千年的陈稻草、千年的棕榈树和千年的菩提树。牵牛的那一天，老大一手拿着陈稻草、一手向水边招引，嘴巴里大叫着：“姆哈哈！姆哈哈！”连叫三遍，金光闪闪的水牛就出来了。老二赶忙把棕榈绳穿进牛鼻孔，牵着牛便走。老三拿着菩提树，在后面紧赶。眼看就到村子了，三兄弟产生纠纷，都想自己分得牛身子，而把牛头、牛尾分给另外两人。三兄弟正吵得不可开交时，金牛猛然间跑得无影无踪。

吊　　水

汉族人事寓言。采录于浙江。

兄弟俩分家后，老大过得安稳，老二经常亏空。老二去请教老大，老大要老二一起去吊（提）水。到了井边，老大给了老二两只桶，一只无底，一只有底。老大让老二用无底桶吊水，用有底桶盛水。虽然每一次只有一点点水，次数多了居然也盛满了一桶水。老大笑着说：“用有底桶吊水、无底桶盛水，好比收入有底，花费无底，到头来仍然两手空空；反过来，用无底桶吊、有底桶盛，好比又勤劳、又节省，收入虽少，点滴结存也会多起来。”

老农杀牛

汉族人事寓言。采录于河北。

有一回，一个老农牵着黄牛上山去耕田，累得不知不觉在地头上睡着了。有一只老虎跑过来，张开血盆大口正要去吃老农时，黄牛急忙用双角去顶老虎，老虎只好溜走了。黄牛怕老虎再回来，便用身体护着主人。老农一觉醒来，看见黄牛横跨在自己的身上，以为黄牛疯了，竟回家把黄牛杀了。

种芝麻不一定能吃到香油

汉族人事寓言。采录于河南。

老和尚在寺院旁边种了一片芝麻，长势喜人。小和尚说：“师父，芝麻长得这么好，今年准有香油吃啦！”老和尚说：“不一定。”芝麻长熟了，师徒一起去收割。小和尚说：“师父，这香油总跑不了啦！”老和尚笑笑说：“我看还不一定。”小和尚把打下的芝麻送到油坊里，换回来一罐子香油，提回来放在桌子上，笑着对师父说：“现在吃香油可一定了吧？”老和尚说：“啥时候吃到嘴里才算数。”话音刚落，一只大黑猫撵老鼠，蹿过来把油罐子撞倒了，一罐子香油全洒在地上。小和尚噘着嘴，不吭声了。老和尚说：“世上的事，有成有败，不到最后不能把话说死啊！”

得过且过遭祸殃

汉族人事寓言。采录于河南。

一天，有一个人套着白马去犁地，看见马腿有一点儿瘸，知道该打掌了。可是地刚犁一半，他就对马说：“你忍一忍吧，等犁完地再给你打掌吧。”犁完地后，主人竟忘记打掌的事了。第二天，主人套着白马去拉货，半道上看见马腿瘸得比较厉害，可不想停下来，便说：“你再挺一阵吧，拉完货一定给你打掌。”但事后他同样忘记打掌了。第三天主人又让白马去拉磨，拉着拉着，白马瘸得简直走不动了，可是主人仍然不肯停下来，又对马说：“你再困难也要把磨拉完，卸磨后我立刻给你打掌。”等磨完全，主人仍然忘记给马打掌。有一天，主人得了急病，让白马驮着他去找医生，白马一瘸一拐地勉强上路，在半道上跌倒，再也爬不起来啦。主人后悔莫及，只好躺在地上，等着有人来救他。

左撇子镰

汉族人事寓言。采录于河南。

有一个铁匠，镰刀打得很好。一天有个壮汉请求他给打一把左撇子镰，并对他夸奖道：“这一带数你的手艺好，你打不成，谁能打哩？我情愿出两倍的工钱。”这个铁匠心里面乐滋滋的，一会儿就打出一把左撇子镰，得到了双倍的工钱。他想，别人都不会打左撇子镰，只有他会，又能多卖钱，他为啥不专门打这种镰刀卖呢？于是就打出一堆左撇子镰。谁知道自从那个壮汉来买过后，再也没有人来买左撇子镰啦。这时候他长叹道：“只怪我不懂行情瞎胡干，想发大财反砸砖！”

勤俭不可分

汉族人事寓言。采录于四川。

从前有一家姓胡的兄弟，父亲在世时和睦相处，特别勤俭，还刻了一道“勤俭”匾挂在门楣上。父亲去世后，兄弟分家，房、地、钱财都对半分了，最后兄弟俩都要争这一块匾。两人互不相让，只好锯开，一个要“勤”字，一个要“俭”字。分到“勤”字的，只晓得勤快，不晓得节俭，把辛辛苦苦挣的钱都花光了；分到“俭”字的，光晓得俭省，不晓得勤快，日子也过得不好。后来他们才明白“勤俭”分不开的道理，又把这一块匾合起来钉好，作为共同的财富。

舀油与攒皇历

汉族人事寓言。采录于陕西。

有一个卖油郎，光景不大好过。他每一次卖油时，婆姨总是事先偷偷舀出来一勺油。临过年时，卖油郎愁眉苦脸地说：“咱们今年没有余钱，这个年怎么过呀？”婆姨指着一缸油说：“把这缸油卖了，年就好过了。”卖油郎不明白，为啥还有一缸油？婆姨从头到尾把舀油的事说了一遍，卖油郎一直夸她。这件事让一个卖皇历的小贩知道了，回家对老婆说：“你看人家多会过日子。”他老婆说：“这有什么难头？”从此她丈夫每一次卖皇历，她都留下一本。临过年时，小贩愁得不可开交，他老婆高高兴兴地说：“别愁，我攒下一大捆皇历。”小贩看着一堆废纸，又气又急，哭笑不得。

金钱与魔鬼

汉族人事寓言。采录于陕西。

从前有一个青面獠牙的魔鬼，经常祸害百姓。有一个小伙子决心打死魔鬼，替大家报仇。他去把魔鬼打倒在地上，魔鬼哀求道：“饶命吧！我保证每天送你二十吊钱。”小伙子觉得不错，便把魔鬼放了。接连三天魔鬼都送钱来。后来魔鬼便不送了。他去问魔鬼为啥不送钱了，魔鬼冷笑道：“你要能打败我，再送不迟。”他拼尽全力和魔鬼打斗，几个回合便被魔鬼抓住了。眼看就要死在魔鬼手里，他忍不住问魔鬼，为啥自己这一次输了？魔鬼说：“上一次你是为了大家，你身上力大无穷。这一次你为了自己，你当然打不过我！”

一个打柴人

汉族人事寓言。采录于陕西。

一天清早，有个人到东山打柴，刚爬上山顶，放下扁担，对面就过来一个人对他说：“兄弟，西山的蒿草、枯藤多得很。”打柴人一听，赶紧往西山跑。他到了西山，又听到一个人对他说：“老弟，南山的红柳柴、绿灌木可多啦！”他听了立刻赶到南山。到了南山刚举起斧头，又有人对他说：“老兄，北山的干木、枯树到处都是。”他又马上爬到北山，找到一棵枯树。他刚锯了一会儿，太阳便落山了。打柴人只好空着手，垂头丧气地回家去了。

打山鸡的人

汉族人事寓言。采录于陕西。

从前，有一个人出门打山鸡，从早上打到太阳快落山，都没有发现山鸡的影子。突然，他看见一只兔子，立刻举起猎枪瞄准，并自言自语道：“我要是打死它，拿去卖掉，就能够买一只小母鸡；小母鸡长大下好多蛋，孵出许多小鸡来卖，就能够买一只羊羔；羊羔长大又会生小羊羔，越来越多，就可以过上红红火火的日子。”他不禁大喊一声：“好！”他刚喊出声，兔子就被吓跑啦。

翻船的教训

汉族人事寓言。采录于陕西。

有一条渡船，只能够载二十个人，匆忙间却挤上三十个人。为了大家的安全，船家坚持让超载的人下去。可他们都说有急事要过河，没有一个人愿意下去。这时候，一个自作聪明的人提议：“我们把乘客分为两组，轮流跳跃，这样实际上只有十五个人，就不超重啦。”乘客听了都觉得有道理。但跳跃的结果，反而使船沉得更快。离岸不久，这条渡船就翻啦。

失 火 以 后

汉族人事寓言。采录于陕西。

农夫赵二下地干活儿时，把六岁的儿子留在家里。儿子玩火龙，点燃了房子下面的柴草，黑烟立即腾空而起。赵二发现家里起火了，拼命往回跑。他回去揪住儿子的耳朵，喋喋不休地教训儿子。火越来越大，直到把家里面的东西全部烧光，他还没有解气。

自 圆 其 说

汉族人事寓言。采录于陕西。

有一个卖瓦盆的人，为了尽快把瓦盆卖出去，便拿起旱烟锅子往瓦盆上敲。他一边敲，一边喊：“听这个瓦盆啥响声嘛！”他不小心把瓦盆敲破了，在一旁看热闹的人忍不住笑起来。他立刻指着瓦片对旁边的人说：“你们看这个茬口棱是棱、角是角，烧得多结实嘛！”说完便往秧田里扔。插秧人见了，连忙说：“小心，别把人的脚割啦！”卖瓦盆的人急忙说：“不要紧，一会儿就泡散了。”

善人与恶狼

汉族人事寓言。采录于陕西。

从前，有一个老善人要到山里面的一座神庙去进香。途中遇到一个牧童，牧童说："去不得，那条沟里有恶狼。要去的话，就把我的赶羊鞭子拿上。"老善人认为是孺子之见，只是微微一笑，没有接受鞭子便进山了。走了一会儿，他又遇到一个割草的妇人，妇人说："去不得，那条沟里有恶狼。要去的话，就把我的镰刀拿上。"他认为是妇人之见，也没有接受镰刀便向前走了。到了前面，他又遇到一位樵夫，樵夫说："去不得，那条沟里有恶狼。要去的话，就把我的扁担拿上。"他也没有接受扁担，照样向前走去。走进大山沟，听见了狼嚎，老善人安慰自己说："狼乃山神之犬，于行善之人无伤也。"这时候恶狼跳出来挡住他的去路，他赶忙跪下说："神犬息怒，神犬……"恶狼不等他说完，一下扑上去就把他咬死了。

三 人 厮 靠

汉族人事寓言。采录于山西。

寒冬腊月，有三个人一起赶路。半道上天黑了，前不挨村，后不着店，他们只好到一座破庙里面去过夜。天上下起雪来，三人冻得缩成一团，都说能够弄一点儿柴来烤火就好了，可是谁都不愿动弹。张三说："李四去找吧，我的脚冻哩。"李四说："王五去吧，我的手冻得不行。"王五说："还是张三去吧，我的腿冻得站不起来啦。"张三想："我又不是你们的佣人。"李四想："你们不干让我干，我可不是傻瓜。"王五想："你们都懒得动，我又不是憨憨。"后半夜雪越下越大，三人互相厮靠，瑟瑟发抖，谁都不愿意动，最后都冻死了。

三 人 看 戏

汉族人事寓言。采录于山西。

从前有三个人坐在一起看戏，一个是半瞎子，一个是半聋子，一个是歪脖子。戏唱得很不错，人们都在叫好，他们皱着眉头不动也不吭声。煞戏后他们却议论开了，半瞎子说："戏唱得不赖，就是戏装不怎么样，做工不太好。"半聋子说："实话说，戏装不错，做工也好，就是嗓子不亮，吐字不清。"半瞎子立刻跟半聋子争吵起来。歪脖子说："他们讲得都不对。唱腔不赖，戏装、做工也不错，就是戏台子搭得有点儿歪。"旁边有个老头儿听了，笑眯眯地说："你仨不必把理争，自以为是理不通。只因你们有毛病，戏好戏坏难分清。"

武大汉的打虎棍

汉族人事寓言。采录于江西。

从前有一个叫武大汉的人，本领高强，先后打死过三只老虎，人们都赞美他是武松转世。可是，有个叫王小三的家伙非常忌恨他。有一天，王小三把武大汉请到酒馆喝酒，一边恭维他如何了不起，一边说他的那一根打虎棍不好看，与他不相称。武大汉为了使自己的棍子好看，就请人在棍子上面雕了花，还涂上红漆，格外耀眼。有一个好朋友提醒武大汉，打虎棍最重要的是结实，现在这根棍子虽然好看，但没有原来的结实，一打容易断。武大汉听不进去。有一次，武大汉外出到了一处山谷，突然听到一阵呼救声："老虎吃人啦！"武大汉连忙赶上前，举起棍子便向黄斑大虎打去，棍子竟折断了。第二天，有人经过那个山谷，看到了几根人骨和断为两截的打虎棍。

丧　气　话

汉族人事寓言。采录于山西。

从前有一个人，待人热情，爱说实话，倒成了别人眼中的"丧气鬼"。一天邻居刚刚盖好房子，此人去串门，发现中檩裂了缝，连忙对主人说："快顶住，不然房子要塌！"主人一听火冒三丈，骂道："丧气鬼，你再说丧气话我打你的嘴巴！"过了几天，房子果然塌了，主人不说中檩裂了，反而埋怨此人说了丧气话。又有一家邻居，生了三个孩子都没有存住，生下第四个孩子后，全家人说不出的高兴。大闹满月时，此人去贺喜，亲朋好友都争着赞美，他一看却浑身打寒噤，刚想张口又把话咽下去了。他是个直性子，等亲朋好友离开后，他才说："娃娃正在出麻疹，要赶紧医治。不是我说丧气话，娃娃出了事不要怪我。"他的话音刚落，便被赶出门了。没有几天，娃娃果然出麻疹夭折了。人们不考虑原因，却越来越讨厌此人。

驴子与秀才

汉族人事寓言。采录于山东。

有一个农夫正在赶着驴子磨面。他抽打那头不好好拉磨的驴子，惊动了一个无事闲逛的秀才。秀才看见驴脖子上挂着一个大铃铛，感到奇怪。农夫解释说："我给它挂铃铛，是防止它偷懒。有时候我闭眼睛躺下歇一会儿，铃铛只要不响了，我就知道驴子停下来啦。"这个秀才听了，不以为然地说："假如驴子偷懒停下来，却不停地摇头，铃铛不是照样响吗？"农夫笑道："聪明的先生，你和我的驴子想到一起啦。因为驴子刚刚这样了，我才狠狠地打它。"

求雨救火

汉族人事寓言。采录于山东。

从前，有一户人家不小心失火了，火势非常猛烈。父亲说："快到河边挑水救火！"母亲说："到河边太远，就从井里打水救火吧！"大儿子说："井水虽近，就怕不够，最好把后山的泉水引来救火。"孙子听了觉得都不行，忙说："最好马上下雨。"可是雨没有等来，他们家的房子却已经被大火烧成灰烬啦。

学人叫卖

汉族人事寓言。采录于山东。

从前，有两个做小生意的人，一个卖炖鱼，一个卖水饺。这一天，他们同时在一条街上做生意。卖炖鱼的大喊："刚出锅的炖鱼，热乎乎，烂乎乎！"他这样一喊，引来许多买主，一下就卖完了。卖水饺的心想，这样喊卖得还挺快，就学着高喊："刚出锅的饺子，热乎乎，烂乎乎！"人们听到他这样喊，一笑而过，却没有人去买。

驯马人驯驴

汉族人事寓言。采录于山东。

有一个人非常会驯马，觉得自己的本事了不起，经常夸口。有一次，他自告奋勇去替邻居驯一头很不听话的驴子。他用尽各种办法都没有效果，觉得十分丢脸。可是，有一个过路人看见后，上前轻轻地抚摸了一会儿驴背，驴子就顺从啦。他告诉驯马人："驴是顺毛的，吃软不吃硬。"驯马人从此再不敢夸海口了。

抱打不平

汉族人事寓言。采录于山东。

从前，有一个卖罐子的人停车在树下乘凉休息。他看见一条蛇张开口吸住一只蛤蟆，树上跳下一只螳螂把蛇弄跑了，可蛤蟆得救后却一下咬住螳螂。卖罐子的人见了愤愤不平地说："它救了你，你却要吃掉它，太没有良心！"他立刻抽下顶车的棍子去打蛤蟆，车子一歪，"当啷"，一车罐子摔得一个不剩。

快乐的松鼠和恶狼

汉族动物寓言。采录于山东。

有一只松鼠在树枝上跳来跳去，不小心落在一只睡着的狼身上。狼猛然跳起来要吃松鼠，松鼠请求狼放掉它。狼说："放你可以，但你必须告诉我，你们松鼠为什么总是这样快活，而我老是闷闷不乐？"松鼠说："你得先放了我。"等狼放了松鼠，松鼠跳上树说："你老是闷闷不乐，是因为你心狠凶恶；而我们快乐，是因为心地善良，不干坏事。"

知了学艺

汉族动物寓言。采录于山东。

有一次，知了和喜鹊、青蛙、鸭子、蜜蜂、蜘蛛、猫、狗一块到山神庙去求神学艺。喜鹊学会了造窝，青蛙学会了捉虫，鸭子学会了凫水，蜜蜂学会了采蜜，蜘蛛学会了织网，猫学会了捉鼠，狗学会了看门。可是，因为知了不虚心，它什么也没有学会。神仙刚一开口，它就喊："知了，知了！"神仙很生气，便把它撵走了。所以，直到现在，它除了会喊"知了"，什么都不会。

瓶中取果

汉族动物寓言。采录于山东。

一天，有一只猴子把手伸进装有核桃的瓶子里面，抓了一大把核桃，却怎么也抽不出手来，因此急得大哭起来。一只猫头鹰见了，便劝告它："如果舍得扔下核桃，你就不会有什么困难啦。”

狼口取骨

汉族动物寓言。采录于山东。

从前，有一只狼吃野物吃得太急，把一根骨头卡在喉咙里，非常痛苦。这时候，一只白鹤从此经过，狼向它求救，并且表示一定会报答它。白鹤费了很大的力气，才把那根骨头给取出来。白鹤看见狼要离开，便问狼：“你不是说要报答我吗？”狼一下变了脸，恶狠狠地说：“还要我报答你？你应该感谢我才对！刚才你把头伸进我嘴里，我没有把你的头咬下来，就已经报答你了，你还不满足吗？”

老鼠议事

汉族动物寓言。采录于山东。

有一回，老鼠聚集在山洞里商量怎么对付猫的偷袭，大家你一言我一语，出了许多主意都不管用。唯有黑青鼠出的主意最好，它说：“趁猫熟睡时，偷偷在它的脖子上拴一个铃铛。我们一听到铃铛声就赶快躲起来，万无一失。”鼠王连连称赞：“好计策，好计策！”可是它问谁去拴铃铛，老鼠们竟鸦雀无声，干瞪眼。

牛虎斗

汉族动物寓言。采录于山东。

有一天，一头牛在山坡上吃草时，一只老虎突然跳出来要吃牛。牛不慌不忙地说：“你看漫山遍野的草多嫩呀，让我吃胖了你再吃我，不是更好吗？”老虎围着牛转一圈，问道：“如果你跑了呢？”牛说：“我吃胖了跑不动呀。假如你想吃我，现在就来吃吧。”牛说着便低下头，其实它暗暗摆出了一副决斗的架势。老虎同意了。牛让老虎三天以后来，并且提醒老虎三天内不要吃东西，这样吃起来更香。从这一天起，牛每天吃得饱饱的，把力气养得足足的。三天后，饿虎来了。它向牛扑过去时，牛一点儿也不慌张。牛用角向老虎戳去，把老虎挑到空中，然后把它摔死在地上。

教 小 猪

汉族动物寓言。采录于浙江。

老猪教小猪不要好吃懒做。这天，老猪醒得早，天还没有亮，心想：这么早起来干啥？就又睡一觉。它再醒时太阳老高了，心想：不吃饭怎么做事？便吃起饭来。吃完肚子胀，眼皮沉，心想：不休息怎么做事？就又睡下了。小猪看见老猪就这样一天天吃了睡、睡了吃，也跟着学，个个都好吃懒做。

大红公鸡和鸭子

汉族动物寓言。采录于陕西。

大红公鸡和鸭子交了朋友，它俩常常一起在池塘边玩耍、唱歌、寻找吃食。大红公鸡以自己长得美丽、歌声嘹亮而沾沾自喜，总是瞧不起鸭子。它认为鸭子的羽毛颜色单调，脚上还长了两个肉片片，走路东摇西摆很难看。鸭子毫不在意，“扑通”一声就跳进池塘，一会儿叼鱼，一会儿捉虾，吃得很香。大红公鸡看了眼馋，也跳了下去，立刻淹得咕咕叫，多亏鸭子相救才上了岸。鸭子说：“你光看到自己的长处，看不见自己的短处，难免吃亏。”公鸡听了很惭愧，脸一下红到了脖子根儿。

螃 蟹 教 子

汉族动物寓言。采录于湖南。

有一天老螃蟹看见自己的子女也是东拐西拐地横着走，心里很不是滋味。老螃蟹对子女们说：“你们还年轻，该学着笔直地走路。”一只小螃蟹说：“那么，你先教教我们吧。”老螃蟹自知力不从心，只好哑口无言。于是螃蟹便世世代代都横着走啦。

蜈蚣和曲蟮

汉族动物寓言。采录于湖北。

有一天，蜈蚣与曲蟮（蚯蚓）定了亲，各自准备嫁妆彩礼。蜈蚣有四十八只脚，认为新郎官的脚定会更多，便赶制了几百套鞋做陪嫁；曲蟮想，应造一座宫殿迎新娘，于是拱啊拱，拱出舒适松软的九曲连环宫。可是到了接亲拜天地时，两下里都噘了嘴：曲蟮无脚不知一大堆彩礼是什么，蜈蚣也进不去九曲宫殿，因此没能够入洞房。

忘恩负义的老虎

汉族动物寓言。采录于辽宁。

从前，有一位好心的老翁搭救了一只被蛇咬伤的老虎，还替它治伤。可是，当老虎苏醒过来以后，就要吃掉老翁。老翁认为老虎忘恩负义，便去找狐狸评理。狐狸想从中得到好处，就说老虎有理。老翁不服气，又去找兔子评理。兔子提出要到现场去看看，才能够做出判断。老虎再趴到老地方去，结果又被蛇咬了一口，终于丧命。

水 族 争 王

汉族动物寓言。采录于海南。

在一个水塘里面，各个水族都想争当大王。田蟹吹嘘它“竖起红目望千里，脚手能横行直闯”，鲫鱼吹嘘它“身穿铁鳞甲，双鳍似利剑”，青蛙吹嘘它“游泳是健将，田螺也敢吞”，田螺吹嘘它“身穿螺旋甲，嘴有金刚盾”。它们正闹得不可开交，有个农夫路过，看见水塘浑浊，知道值得动手，便把塘水戽干，抓了不少鱼虾蟹螺，其余的仓皇逃命，钻进泥土里连屁都不敢放了。

鹿角与鹿脚

汉族动物寓言。采录于海南。

梅花鹿在河边饮水，从倒影中看到自己美丽的角，无比骄傲；可它看到自己瘦长丑陋的脚时，又十分难过。这时突然猛虎扑来，它拔腿向密林跑去，不料一根藤条把角绊住，眼看老虎要追上，它拼命挣脱，好不容易才逃进深山，躲过了一场灾难。从此它倍加爱惜自己的脚，总把脚毛舔得光光滑滑的。

花猫养老鼠

汉族动物寓言。采录于新疆。

有人买了一只花猫来看守粮食，告诉猫，捉到老鼠有奖赏。头天花猫捉到一只小老鼠，主人扔了一根骨头给它说："这只老鼠太小，按功行赏，你只能吃骨头。"第二天又有一只小老鼠来偷粮食，花猫把它养在粮囤里面。小老鼠吃了许多粮食，长得又肥又大，花猫这才把它捉去交给主人。主人见了非常高兴，立即赏了它两条鲜鱼。花猫弄虚作假，反而得到了重赏。

老实的黄牛

汉族动物寓言。采录于安徽。

有一次，毛驴与黄牛一起拉一车货进城。没有走多远毛驴就喊肚子饿了，主人便捧了一捧麦麸给它吃。走了两里路，毛驴又喊肚子饿，主人又捧麦麸喂它。毛驴尝到了甜头，不断向主人提出要求，主人也都一一满足。黄牛低头卖力拉车，主人根本不管它。它觉得不公平，也喊肚子饿，向主人提出同样的要求。主人生气地说："你一贯老实，怎么也不安分起来啦？"看来当不得老实人哪。

狗　和　狼

汉族动物寓言。采录于河北。

从前有一个人养了一条狗和一只狼。主人很偏爱狼，总把好东西拿来喂狼。遇到狗和狼打架，他总会把狗打一顿。有一天晚上，主人故意假装睡着了。这时候，那只狼便扑过来咬主人，只见狗立即向狼扑去，跟狼打了起来。这一下，主人完全明白啦。他毫不犹豫地拿出刀子来把狼宰了，用狼肉喂狗。从此，他常常给人家讲狼没良心，狗才是对主人好。

耕牛和看门狗

汉族动物寓言。采录于山东。

有一家人养了一条狗和一头牛。牛整天耕田，累得要命。它看见狗天天闲着，东瞧瞧、西望望，心里很不满意，就在狗面前抱怨，说是主人把狗惯坏了。狗说牛不了解情况，不要乱讲。有一天晚上，盗贼来偷牛，牛不肯走，盗贼便拖着牛走。正在这个时候，狗“汪汪”叫着扑向盗贼。主人听到狗叫立刻出来赶走了盗贼，牛得救了。此时，牛才知道自己当初错怪了狗。

懒狗吃月亮

汉族动物寓言。采录于宁夏。

有一条懒狗几天才寻到一块骨头，衔到河边上想寻个好地方啃。这时候月亮出来了，照在河水里像个油碗坨子。这条懒狗就把骨头扔了，钻到水里去捞油坨坨。它一次次只管捞着，背后过来一只狗把它扔掉的骨头叼跑啦。直到月亮下山，懒狗啥也没捞到，河边的骨头也不见了，它只好饿着肚子离开了。

蚊子和猪

汉族动物寓言。采录于贵州。

一只尖嘴蚊子和一只长脚蚊子已经两天没有吃东西了，决定冒险去吸大肥猪的血。大肥猪看见它们飞来，就扇耳朵、甩尾巴赶它们走。两只蚊子说：“公公，别误会，我们是来慰问您老人家的。”大肥猪一听很高兴，便放松了警惕，在它们“公公公（嗡嗡嗡）”的叫声中迷迷糊糊地睡着了。两只蚊子趁机扑上去大吸猪血，吃得饱饱的。从此，两只蚊子拿这种办法对付大肥猪，大肥猪一听到它们叫“公公”就乐呵呵地睡着了。

啄木鸟和喜鹊

汉族动物寓言。采录于黑龙江。

有一棵大树的树梢上，架着一个喜鹊巢。一只喜鹊在巢里高声赞美：“啊！你是一棵很美丽的大树……”大树摇晃着叶子说：“喜鹊，你天天为我唱赞歌，夸我这么好、那么好，可是我总觉得有一块地方不舒服哇！”这时候，飞来一只啄木鸟，它用又长又尖的嘴巴在大树身上不停地啄着。“笃、笃、笃”的声音惹恼了喜鹊，它大声喊道：“你这个家伙，为什么要破坏大树？”啄木鸟没有理睬喜鹊，终于啄开一段树干上的空洞，把虫子衔了出来。大树连连说：“这会儿我可觉得舒服多啦！”喜鹊听了不免吃了一惊，再也不敢随便唱赞歌了。

知了学飞

汉族动物寓言。采录于河北。

知了跟燕子学习飞翔，一点儿也不认真刻苦。燕子传艺的时候，它没有听几句，便不耐烦地说：“知了，知了！”考飞的时候，它试几下便自满地说：“知了，知了！”到了秋天，知了想和燕子一起往南飞，可是它没有学会飞翔的本领，飞不起来。燕子飞走后，它只好唉声叹气地说：“迟了，迟了！”直到如今，它也只能够飞上树梢，到秋天就死了。

布谷鸟和八哥

汉族动物寓言。采录于浙江。

很早以前，布谷鸟和八哥是亲兄弟。有一年春天，它们从一个地方经过，看见这里的小伙子们都游手好闲，不干农活儿。它们非常着急，高喊道：“布谷，布谷，快快布谷！”任凭它们喊叫，懒汉们就是不理睬，听烦了，便去捣它们的窝。其中有一只布谷鸟吓坏了，连忙改变自己的叫声，对懒汉们叫道：“行乐，行乐，快快行乐！”懒汉们听了觉得很对胃口，便把它捉来养在笼子里面，并且同它称兄道弟，按排行叫它“八哥”。而布谷鸟呢，春暖花开时仍然声声“布谷”，呼叫人们及时播种。

小草与野藤

汉族植物寓言。采录于海南。

一天，大树上的野藤对小草说：“喂，咱们一块出生，你看我都长得比树高了，你还是那么矮！”小草笑道：“那是因为你绕上了大树。”野藤不服气地说：“我不靠大树也比你高。不信，咱们比比看！”野藤从大树上滑下来，突然间神气完全消失了。原来它一离开大树，无论怎样挣扎也站不起来啦。

山藤与松树

汉族植物寓言。采录于陕西。

有一根山藤长得很快，几年间便爬到高大的老槐树顶上了。它低头看着小松树说："你我年岁相当，可你长得太慢，显得那么渺小啊。"松树笑一笑说，自己不愿意靠着别人往上爬。山藤很得意地说："傻瓜，我高高在上，谁不抬着头看我呢！"不久老槐树死了。樵夫砍倒了槐树，山藤也跟着变成了腐叶枯枝，被人们踩进泥土啦。松树却越长越高了。

一 根 竹 子

汉族植物寓言。采录于陕西。

有个人用藤条捆着竹子，做了一把扫帚。可是有一天，一根竹子突然大发脾气说："该死的藤条，你勒得这么紧，弄得我连气都透不过来！"于是，它便拼命挣脱藤条的束缚，单独跑了出来。主人来拿扫帚时，看见这根竹子散在外面，却怎么也不能把它插进去，只好把它掰断当柴烧了。

蛇头与蛇尾

汉族其他拟人寓言。采录于浙江。

有一条蛇醒了，蛇头向前爬，蛇尾很生气，说道："你不说一声，怎么就向前爬去呢？"蛇头不耐烦地说："我要去就去，你管得着吗？"蛇尾不服气，便死缠在树上，蛇头拼命使劲也爬不动。蛇尾非常得意，笑着说："掉过来吧，由我在前头，你在后头。"蛇头同意了。蛇尾吃力地爬着，没有爬一点点路便爬不动啦，最后对蛇头说："哎！我这个尾巴代替不了你，今后还是你在前面，我在后面，我们头尾一致。"蛇头连忙点点头，从此再也不争吵啦。

秤 和 戥 子

汉族其他拟人寓言。采录于贵州。

一天秤对戥子说："戥子、戥子，你太可怜了。主人每天买进卖出都离不开我，而把你丢在角落里。”戥子听了，一声不吭。过几天，主人要称几分麝香做药，就把戥子拿出来，称得分毫不差。秤才明白，它们各有各的用途，不能够看重自己的能力而轻视别人的作用。

◇汉族笑话◇

王八羔子

汉族嘲讽笑话。采录于天津。

有个知县无才，他的官也是用钱买的。一天，他设宴款待路过当地的知府。席间，他问知府有几个公子，知府回答：“犬子二人。”知府随即问他有几个公子，他想了想，知府大人的公子都称犬子，便故作谦虚，回答：“下官只有一个王八羔子。”

一指应命

汉族嘲讽笑话。采录于天津。

从前有三兄弟进京赶考，路上遇到算命先生师徒两人。三兄弟准备请算命先生算算他们能不能考中。算命先生接过银子，闭一会儿眼睛才伸出一个手指。三兄弟忙问：“这是什么意思？”算命先生说：“不要问，你们回来就明白了。”三兄弟走后，在一旁的徒弟便问算命先生：“您为什么伸一个手指呢？”算命先生小声说道：“如果他们都考中了，就是一个不剩；如果他们两个考中了，那就是其中一个考不中；如果三个都考不中，就是一个也没考中。记住，这就是咱吃饭的诀窍——一指应命。”

头号懒人

汉族劝诫笑话。采录于天津。

有一天，妻子擀好面要切面条，让懒丈夫到隔壁去借面板。懒丈夫说：“我懒得去，就在我背上切吧。”妻子一生气，就在他背上切起来。她看见切出一道道血印子，忙问丈夫痛不痛，可是懒丈夫怎么也不吭声。妻子发急了他才说："再疼我也懒得出声。"

看　火　车

汉族谐趣笑话。采录于天津。

甲乙二人第一次看火车，可开眼啦。甲说："嘿！瞧哇，好大的个儿呀！"正说着，火车笛响啦，把俩人吓了一大跳。甲说："火车笛真够响的。"乙歪着脖儿看了看响的地方，说："嘿！那是从小头吹的，要是从大头吹，不得把耳朵给震聋喽哇！"

捐　前　程

汉族嘲讽笑话。采录于北京。

有一个花花公子一个大字不识，却花银子捐了个生员。为了让人知道自己是个生员，他就办了一桌酒席，请一位老先生给写了"生员"二字。可是不知道往哪里贴好。他考虑许久，最后决定剪去后脑勺儿的一大片头发，贴上写了"生员"的纸条。村里人看见都觉得新奇。天长日久，纸条上的"员"字磨掉一半。当人们在他的背后念"生口（牲口）"时，他非常生气，立刻撕下来看，才发现纸条少了一截。这时候正好有一阵风，把纸条刮跑了。他追了很远，在路旁捡到一张纸条，连忙贴在后脑勺儿上。人们见他走过都忍不住发笑，原来上面写的是"此地不准小便"。

想　起　驴

汉族谐趣笑话。采录于北京。

从前有个人很喜欢唱歌，也很欣赏自己的歌声。他想唱就唱，也不管别人爱听不爱听。有一天他在一位老太太面前唱歌，老太太听着听着就流眼泪了。这人非常高兴，忙对一位朋友说，他的歌声把老太太都感动得哭了。这位朋友半信半疑，就去问老太太。老太太说："一听见他唱，我就想起我家的那头叫驴来啦。好好的一头驴，让鬼子给抢走啦！"

学 京 腔

汉族嘲讽笑话。采录于北京。

有个傻小子不会说话，听说北京是个大地方，就想进北京学点儿话。他到了北京，还真学会三句话，一句“除了我们还有谁”，一句“昨儿个晚上”，一句“这不得了”。他自以为学会了，便高高兴兴地回去啦。正巧傻小子的邻居让人杀了，官府把有嫌疑的人都捉去审问。傻小子是街坊，当然也在里面。县官一拍惊堂木，问道：“谁杀的人？从实招来，免受皮肉之苦！”傻小子想：“你们都说我不会说话，今儿个我要露一手儿。”就把在北京学的话拿来用上，先说：“除了我们还有谁？”县官说：“好汉做事好汉当，你什么时候杀的？快招！”傻小子说：“昨儿个晚上。”县官一拍桌子说：“左右，给我拿下凶犯！”傻小子说：“这不得了！”

三 次 改 姓

汉族谐趣笑话。采录于北京。

有一个姓何的人三十几岁还没有媳妇，一天唉声叹气地对父母说：“从今以后我不姓何了，我改姓‘可’。”父亲问他为啥，他说：“我身边少个人呀。”父亲说：“你别姓可，我赶快寻找媒人给你提亲。”可是几年也没有找到媳妇。这个人又说：“我不姓何了，姓‘丁’算了。”父亲问他为啥，他说：“空口说白话，把‘口’去掉吧。”父亲无话可说。好几年，他仍然单身，就愤愤不平地说：“我连丁钩也用不着啦，改姓‘一’吧，独自一人过一世算了。”

我在等你放狗屁

汉族谐趣笑话。采录于上海。

从前，有一对双胞胎属狗，大的叫“狗头”，小的叫“狗屁”。兄弟俩很要好，天天到私塾读书，同进同出。教书先生有个规矩，啥人背不出书，就要关半个时辰才能回家吃饭。有一天狗屁背不出书来，被关在书房里，狗头在门口等。过一歇，先生要回去吃饭，走到门口问狗头为啥不回家，狗头说：“我在等你放狗屁哩。”

“不是塔”和“双塔”

汉族嘲讽笑话。采录于上海。

新上任的知县是山东人，一天跟衙门里的师爷一起去苏州游玩。看见一座塔，他问是什么塔，师爷回答：“北寺塔。”他竟听成“不是塔”。回来时到了淀山湖边，他又问是什么地方，师爷回答：“商榻。”他竟听成“双塔”。他一下就发火了：“岂有此理！苏州明明有塔，你说‘不是塔’；这里明明没有塔，你倒说是‘双塔’。来人哪，打他十个嘴巴！”

买粗纸

汉族谐趣笑话。采录于上海。

有一个健忘的人上街去白相，老婆让他顺便买两刀粗纸。他说：“我会忘记。”老婆说：“你一路上不停地念‘粗纸’就不会忘记啦。”他上路后不停地念“粗纸粗纸”，突然踏着一个大缺口，他“哎唷”一声跳了过去。这样一来，他把“粗纸”忘了，便“哎唷哎唷”念到杂货铺，喊道：“老板，买‘哎唷’，买‘哎唷’。”老板感到奇怪，便问他：“你是痴子呀？”他一听顿时眉开眼笑，便说：“对，对，一点儿不错，是粗纸。”

你可把我坑苦啦

汉族劝诫笑话。采录于黑龙江。

从前有个人看了京剧《空城计》，对诸葛亮非常敬佩。他想，要不是诸葛亮把城门大打开，城一定被司马懿攻下来了。他又想，自己每次出门还得锁门，小偷看见锁门就知道家里没有人，一定来偷东西，他如果像诸葛亮那样把门大敞四开的，也会把小偷骗跑的。几天后他出门时，故意把门窗打开了。谁知等他回来一看，屋里被翻了个乱七八糟，值钱的东西都被偷走了。他特别后悔，心里嘀咕：“诸葛亮，你可把我坑苦啦！”

吝啬鬼寻死

汉族嘲讽笑话。采录于黑龙江。

从前有一个人，既吝啬又心胸狭窄。一次，为了一点儿小事想不开，便产生自杀的念头。他借口要散散心，便跟老婆一起出门，寻找机会自杀。到了河边上，他趁老婆不注意，立刻脱下自己的外衣、皮鞋扔到岸上，然后一边跳下河，一边冲着老婆喊："千万别忘了把衣服拿回家！"岸上的人要去救他，他老婆却不慌不忙地说："不用救，我会让他自己上来。"随手把他的那双皮鞋扔到河里面，他看见后立刻用手去抓水上漂的皮鞋，然后爬上岸骂老婆："你疯啦！我去死还不够本，还要搭上一双皮鞋！"

救了野鸡命

汉族嘲讽笑话。采录于黑龙江。

从前，有一个打围的，从来没有打到过野物。这一天他上山，碰巧遇见老鹰在天上盘旋，一只野鸡吓得往石缝里面钻，被他活捉了。他寻思："不是枪打的，拿回家脸上不好看。还是把它打死，才显得我的枪法准。"于是，他就用绳子把野鸡捆绑在小树上，离开几步端枪瞄准，"砰"的一声打断了绳子，野鸡"嘎嘎"叫着就飞走啦。

哪个不像人模样?

汉族谐趣笑话。采录于辽宁。

有一个庄稼汉娶了一个媳妇不会做饭，他吃饭却爱摆谱。过门不久，他对媳妇说："今天有几个人来帮工，晌午饭送到地里，你给做好一点儿，不要没有人样。"丈夫走后，媳妇就琢磨开了。她想了半天，赶忙和一盆面，用手捏了大大小小许多面人来蒸熟，然后送到地里。她丈夫打开一看，气得冒火，大声骂道："我叫你好好做一顿，别做得没人样。你看你做一些啥？"他媳妇生气地说："说你张狂你还真张狂，拿起扁担瞎比量。除了几个差一点儿，哪个不像人模样？"

这狗不识字

汉族嘲讽笑话。采录于辽宁。

一个人特别怕狗，又无可奈何，就去请阴阳先生帮忙。阴阳先生说他命犯“天狗关”，他花了五两银子，让阴阳先生在他的两只手心上画了符，便高高兴兴地回家了。半路上，一只狗直冲他叫，他先后把左手、右手伸出去都不灵，吓得掉头便跑，一口气跑到阴阳先生家中，上气不接下气地问：“你这个符咋不管用？”阴阳先生不紧不慢地说：“看来这狗不识字。要是识字，它咋连‘虎’字都不怕呢？”

沾　油

汉族嘲讽笑话。采录于辽宁。

有个女的爱贪小便宜。一天她在街上看见一个卖肉的，就去拿一块肉左翻右翻，等手上沾满油，才借故离开。她回家把手上的油往水缸里涮，美滋滋地对男的说：“这回够吃半年了！”男的当时就火了：“滚一边儿去！你要涮到井里面，不就吃一辈子啦！”

急　性　子

汉族谐趣笑话。采录于吉林。

有一次，急性子王二到面馆去吃面，一进门就大喊：“快来一碗面！”跑堂的端着面匆匆跑来朝桌上一倒，高声说：“收碗啦！”王二气呼呼跑回家，嚷道：“气死我啦！”他妻子一听，赶忙打起包袱往外跑。王二问她干啥，她说：“你要死了，我得赶紧改嫁呀！”

错一“句”

汉族谐趣笑话。采录于吉林。

有个木匠爱听故事，他的徒弟好讲故事。有一次，师徒二人拉锯时，徒弟便讲起了故事。讲着讲着，徒弟说：“师父错一锯。”师父说：“错一句半句的没啥，往下讲。”一会儿，徒弟又说：“师父，又错一锯。”师父还是说：“错一句两句的没啥，接着往下讲。”故事讲完了，木板便斜着拉下来了。师父一看，大发脾气说：“错线你为什么不吱声？”徒弟说：“师父，我几次告诉你错一锯，你不是说错一锯两锯的没啥吗？”

赠“令尊”

汉族诣趣笑话。采录于吉林。

某一天，有个庄稼汉问一个秀才“令尊”是什么意思。秀才见他是个农夫，便说：“‘令尊’是儿子的称呼。”庄稼汉又问：“相公，你有几个‘令尊’？”秀才一听肺都要气炸了，可是又不好发作，只好说：“我没有。”庄稼汉立刻说：“相公没有‘令尊’，我家有四个儿子，你喜欢哪一个，我就送给你做‘令尊’。”秀才十分尴尬，竟无言以对。

个个都受伤

汉族诣趣笑话。采录于吉林。

从前有一个人喜欢作诗。他家里请了一个厨师，做菜的时候，总爱偷吃一点儿。一天，这个主人买了一些酱肉回来，他怕厨师偷吃，自己把它切成三十二块交到厨房，让厨师加一点儿调料。等厨师把酱肉端上来一看，每一块酱肉都缺个边儿。主人便道：“出兵三十二，收兵十六双；点兵兵不少，个个都受伤。”

岂 有 此 理

汉族诣趣笑话。采录于河北。

有一个人刚学会“岂有此理”，便要出去卖弄。他来到渡船上面，突然忘记这个词儿，就在船上到处乱找。艄公问他在找啥，他说：“我的词儿不见了。”艄公一听，气愤地说：“岂有此理！”他高兴地从船板上爬起来说：“我找半天，原来是你捡去啦！”

打个半死

汉族嘲讽笑话。采录于河北。

有一个人姓谭，忒贪财，人们就喊他“谭财”。有一天，邻居对谭财说：“我给你一千两银子，把你打死，可以吗？”谭财想了想说：“你只把我打个半死，给我五百两银子吧。”

巫婆看病

汉族嘲讽笑话。采录于河北。

有一回，李老太请了一个巫婆来给孙子看病。巫婆烧过香，闭上眼睛等待神灵附体。不一会儿，巫婆拖着长腔说：“怨不得你家病人多，南墙上挂着个破铜锣。”李老太连忙叫人摘下来。巫婆又说：“怨不得你家有病人，小磨堵着鸡窝门。”李老太连忙叫人搬开。巫婆又指着床下黑乎乎的东西说：“怨不得你孙子不快当，放着猪头你不供养。”李老太说：“那是俺家老头儿的便壶，不是猪头。”巫婆赶紧改口说：“怨俺来得慌，没有细端详。”

打锅话

汉族谐趣笑话。采录于河北。

有一个人好说打锅话。这天一个朋友老来得子，心里高兴，便发请帖请亲朋好友去贺孩子满月。朋友们带着礼物去祝贺，此人也要去。朋友们怕他说打锅话，便劝他不要去。他说：“多年的好朋友，哪能不去。我去了不说话还不行吗？”大家只好让他去。到了那家，亲朋好友纷纷贺喜，说了许多吉利话，只有他一声不吭。散席以后，主人往外送客人，这个人才开口说话：“他们都知道我爱说打锅话，今天我憋了一天，一句话都没说。孩子要是死了，可不能够怨我呀！”

都是一样的东西

汉族谐趣笑话。采录于河北。

过去，有两个亲家彼此都很奸巧。有一天，女亲家来看男亲家，手里面提了一盒焖饭，进门便说："亲家，我来看你了。本来想包粽子，可是没有苇叶。其实都是一样的东西，还省得剥皮呢。"男亲家没有吭声，心想你奸巧我比你更巧。中午吃饭时，他端出一盆糨糊，说道："亲家母，今天我要好好招待招待你。本来想吃面条，可是没有擀面杖。其实还不都是一样的东西，这么吃还省得嚼呢。"

还有第二回交易

汉族嘲讽笑话。采录于河北。

从前有个商人好占便宜，卖货时常常缺斤短两，买货付款常常少给钱。如果有人当面问他要，他总说："还有第二回交易哩，下次补给你。"日子一长，这句话便成为他的口头禅。有一年他娘病死了，付棺材钱的时候他又少给，店里说钱没有给够，他说："还有第二回交易哩……"

健　忘　草

汉族嘲讽笑话。采录于山东。

有一天一个货郎去住店，女掌柜看见他的一担货物，就起了歹心。女掌柜一边做饭一边和丈夫商量办法，她丈夫说："这好办，咱家有健忘草，你让他吃了，临走时他就会忘掉自己的货担。"吃饭时，女掌柜果然让货郎吃下健忘草。第二天早上，货郎挑起货担走了。女掌柜告诉丈夫，她丈夫说："货担挑走了，他一定忘了别的东西。"两口子在房间里面找了半天，那个货郎啥也没有忘记，就是忘记付店钱了。

冤鬼送县令

汉族嘲讽笑话。采录于山东。

有个县令，人称刮地皮。他在任三年，敲诈勒索，搜刮无度，弄得民不聊生，老百姓无不咒他早死。有一天，人们闻听刮地皮要调任了，家家放鞭炮，户户往外泼污水……刮地皮临走那天，全城大街小巷，冷冷清清，没有一个人影。他心里纳闷儿：难道说我在任三载，一个人没交，一点儿好事没做？他边想边走，不觉出了县城，上了官道。此时，他掀起轿帘往前一看，只见十里长亭设下一桌丰盛的宴席，有十几个人跪在路旁迎接。刮地皮一见，不由心花怒放："嗨！我这个父母官当得不孬，百姓们还设宴欢送我哩。"赶忙下了小轿，抱拳打躬问："不知下官有何恩德于民，敢劳诸位盛情款待？"对方回道："禀老爷，我们都不是人。"刮地皮一愣，忙问："你们是什么？"对方说："我们都是被老爷您折磨死的冤鬼，因大老爷您刮透了地皮，直刮到十八层地狱，我们只得又重回阳间了。""妈呀！"刮地皮大叫一声，当场被吓死在十里长亭啦。

今天死不了

汉族谐趣笑话。采录于山东。

有一个瞎眼算命的，有一回下乡去算命，上山时不小心掉在山沟里了。可巧，他抓住了沟坡上的一棵树枝，两条腿在空中直晃悠。他拼命喊"救命！"没有人来救他，时间久了，他竟两手无力落在地上——原来两腿离地只有一点点高。他喘着粗气，得意地说："我算算今天死不了。"

喜欢说顺话

汉族劝诫笑话。采录于山东。

从前有一个开店的掌柜，无论跟谁说话都喜欢随声附和。一天一个客人来住店，他与客人拉家常，问客人有几个儿子。客人说："一个。"他随声附和道："一个好，一个顶十个。"又问令郎有何公干，客人说："不争气，做一个字的买卖——偷。"他又随声附和道："好啊，它不用本钱，偷不着也赔不了本。"客人叹道："这回被抓了。"他忙说："抓去好，不用自己管。"客人长叹一声："儿子不服管，被判死刑，砍头啦！"他赶忙附和道："砍头就好，为你除了一害。"

不叫蠢材叫发财

汉族嘲讽笑话。采录于山东。

从前有一个财主富得流油，可是儿子不争气，念了半辈子书连一个秀才也没有捞到。为了炫耀门庭，财主花两万两银子给他捐了个七品县官。有一次钦差到他这个县，问他："贵县风土怎样？"他说："小县既无大风又无尘土。"钦差说："我问的是黎庶。"他说："梨树太多了，有好多园哩！"钦差大声说："我问的是百姓！"他说："白杏更多，五月的白杏最好吃，到时候我给你老人家送上几筐。"钦差将桌子一拍说："我问的是小民！"他吓得尿裤子，回答道："大人息怒，我的小名叫财……"钦差哭笑不得，把袖子一甩说："蠢材！蠢材！"他更加发毛，连忙跪下说："大人，我不叫蠢材，叫发财，是俺爹给起的。"

铁 匠 取 名

汉族谐趣笑话。采录于山东。

丁铁匠不识字，从小打铁，没有名字。有个先生在地上画了一个"酉"字，说道："你是酉年生的人，就取名丁酉吧。"丁铁匠横竖端量一下，拍拍大腿说："中，中！这个'酉'字竖看像铁墩，横看像风箱，足够我用一辈子！"

抢 风 水

汉族嘲讽笑话。采录于山东。

过去，有一个县官下乡办案，下轿解手时发现那里有一穴好地，便说："哪家如果在这里下葬，后人准能做官。"这一席话被轿夫头听到了，完差回家后，他立即把祖宗的骨骸迁葬到这里。没有想到，随后的两三年，他的三个儿子都死了，父母也命丧黄泉，好端端的一家人就剩下他一个人啦。又一次，县官再经过这里，看见一穴好地全部占满了，连忙下轿问是什么人占用的。轿夫头说："老爷讲这里是一穴好地，可是小人把祖宗迁葬来后，家里人几乎死光了。"县官忙说："好地不假，可惜是穴簸箕地。大老爷我姓陈都不敢占，何况你姓康。再不起葬，恐怕连你也活不长了。"

卦 迷 算 卦

汉族谐趣笑话。采录于山东。

有一个人看卦书入迷，总想试试，看见什么都想算一下。一天他看见自己的尿罐子，掐指一算：尿罐子晌午得毁。他觉得奇怪，就把尿罐子搬到桌子上，目不转睛地盯着。到了中午，媳妇叫他吃饭，他光答应就是不离开。媳妇喊他三遍，他都没动弹。媳妇气急了，捞起一根棍子便朝尿罐子砸去，说道：“我叫你看！”尿罐子破了。他这才长长地出一口气，恍然大悟地说：“啊，原来是这样毁法呀！”

老妈妈品酒

汉族嘲讽笑话。采录于山东。

有一个人开了个酒铺，一心想赚钱，常常在酒里面掺水，却在门口挂着“陈年老酒，货真价实”的幌子。一天早上刚刚开门，就有一个老妈妈和一个小姑娘来打酒。他喜上眉梢，心想：“真是银圆做镜子，睁眼就是钱。”老妈妈啜了一口说：“这酒和我身板一样。”小姑娘尝了一口说：“这酒也和我身板一样。”酒家听了忙问：“我这酒怎么和你们的身板一样呢？”老妈妈说：“和我一样没有劲。”小姑娘说：“和我一样一包水。”

酒 鬼 亲 驴

汉族嘲讽笑话。采录于山东。

一个酒鬼喝醉酒，东倒西歪地来到一个路口。他看见一辆没有主人的驴车，就上前去抱住驴子，亲驴子的脸说：“大叔，我没有醉，咱俩还能够喝一斤。”毛驴受惊嘶声吼叫“儿哈，儿哈！”酒鬼误听成“八个，八个！”精神大振，便伸拳喊道：“咱爷俩好啊！”一拳砸到驴鼻子上。毛驴疼得四蹄腾空，驾车飞奔，一下压死了酒鬼。酒鬼死后，手指头还伸成八字形呢。

还有两股哩

汉族谐趣笑话。采录于山东。

从前有个私塾先生，正在做八股文，他搜肠刮肚才凑够六股，后两股怎么也想不出来。他的尿憋得慌，便跑到柴火堆旁边去撒尿。正巧，学东家煮饭的来拽柴火烙饼，看见先生在撒尿，就站着等。等一会儿，先生还站着不动。煮饭的急了，忙问：“先生，完了吗？”先生以为他在问八股文做完没有，便回答：“没完，还有两股哩。”

好酒不在壶

汉族谐趣笑话。采录于山东。

一天赵老头儿称了猪肉，蒸了馍馍去会亲家。他找不到盛礼物的家什，就把饭放到新买的粪筐里面，背到亲家那里去。亲家开门迎客，看见礼物是用粪筐背来的，就皱了眉头。赵老头儿笑笑说："老哥，这筐是新买的，还没有用过。"亲家没有吱声。晌午，亲家摆满一桌好菜，热情款待赵老头儿。上酒时，赵老头儿一下愣了，原来这酒是用尿壶装的。亲家也笑嘻嘻地说："老哥，这尿壶是刚买的，一回也没有用过。俗话说，'好酒不在壶'嘛。"

老肉头吃肉

汉族嘲讽笑话。采录于山东。

早年间有一个老肉头（吝啬鬼），从来舍不得吃喝。一天他上街，看见地上有一棵葱，便一个劲往后退。别人问他为啥不拾起来，他说："我才不拾呢，昨天我拾了半棵葱，多吃了两个煎饼。"他去肉市，要买一个制钱的猪肉，卖肉的说一个制钱无法卖。他说多少给一点儿吧，卖肉的就让他用手指头抹一点儿。他立刻用左手的二拇指在猪肉上抠了一下回家了。老肉头进家门便喊："老婆子来吃肉！"老婆问他哪里有肉，他说："在我的指头上，快拿煎饼来。"于是他到门口去一边吃煎饼，一边舔指头。后来，他不知不觉就睡着了，一只乌鸦从他头上飞过，拉下来的粪便正好落在他的指头上。他醒过来又接着吃煎饼，一舔指头便骂道："奶奶的，一个制钱的肉我怎么吃臭啦！"

不准明说

汉族嘲讽笑话。采录于山东。

从前，财主家的一个少爷自作聪明，不管下人讲什么他都不准别人明说，凡是明说的人都要挨打。一天，他正在学馆里读书，有个跑杂的气喘吁吁地跑来，却不敢张嘴。他问跑杂的有什么事这样慌张，来人说："大、大事不好了！"他让来人快说，来人说一只猫死了。他说猫死了不值得来大惊小怪，又埋头看书。来人不走，他就问这只猫是怎么死的，来人说是吃死驴肉撑死的。他又问驴是怎么死的，来人说是拉水救火累死的。他连忙问："家里失火啦？怎么引起的？"来人说："给你娘烧纸引起的。"他一听脸都白了，急忙问："俺娘咋死的？"来人说："嗨！你爹一死，你娘心里难过，硬是活活哭死的。"他跳起来大叫："混蛋！俺爹娘死了，你还绕大弯子！"来人说："我怕挨打，才不敢明说。"

三个拙人

汉族谐趣笑话。采录于山东。

有一家三口人过日子，女儿笨手笨脚地和面，硬了便添水，软了便加面，折腾好一会儿，盆子盛不下，赶紧倒进筐箩里，干脆用脚踩。这时候，在床上缝被子的老妈从被子里面伸出头来说："你这个笨丫头，要不是我把自己缝在被子里面，我非下去打你不可！"正在院子里面垒茅厕的老爹听到了，骂骂咧咧地嚷嚷道："你娘俩儿都是废物，我要不是忘记留门把自己垒在里面，非出去教训教训你们不可！"

黑豆和鹰

汉族谐趣笑话。采录于山东。

有两个人去赶集，前面的人牵着一头绵羊，后面的人抱着一只老草鸡。走着走着，前面的绵羊屙了一地的羊粪蛋。后面的人是个近视眼，喊道："前面的大哥，你的布袋漏了，撒的路上净黑豆。"谁知前面的人也是近视眼，回头一看他怀里好像抱着一只鹰，便笑道："看你那眼神，还玩鹰哩！"

不要脸

汉族嘲讽笑话。采录于陕西。

有个人给他的儿子办喜事，却舍不得花钱，便到街上买回一个猪头，请来一位高明的厨师。他对厨师说："这个猪头要待四五席客，每席八盘肉，还要把两面脸上的肉给我留下，我过年好吃。"厨师听了这话，气得把菜刀一提，转身就走。主人见了，急忙拉住厨师说："我的好厨师爷哩，不要走，算了，我不要脸啦！"

我是虚肿

汉族嘲讽笑话。采录于陕西。

从前有位县官，因衣柜不稳，便叫衙役找个棒子来垫一垫。衙役把“棒子”听成“胖子”，就把衙门口开馆子的王掌柜带进衙内，报告说：“胖子拿到。”县官很生气，大声说：“用斧劈开！”衙役没听清，又问：“老爷说什么？”县官说：“用斧头劈开！”门外的王掌柜一听不得了啦，急忙冲进房里跪倒说：“老爷，我不是胖子，是虚肿！”

父与子

汉族劝诫笑话。采录于陕西。

有个农民的儿子进城读了几年书，就开始瞧不起农村，在农民面前故意装斯文。一次他回家，路过一块荞麦地，见一个老农戴着草帽在锄荞麦，于是上前学着外地口音问道：“老大爷，这红杆杆绿叶叶是什么玩意儿？”老农抬头发现是自己的儿子，立刻火冒三丈，便操起锄头要打：“你这个忘本的东西！”儿子也发现是自己的父亲，赶快用本地话说：“大，不敢打，看把荞麦日踏啦！”

别用手打

汉族嘲讽笑话。采录于河南。

一个人有急事走得慌张，迎面碰上县官儿。县官儿抬手便要打他。他连忙说：“大人，我情愿你用脚踢，千万不要用手打！”县官儿感到十分可笑，便问他：“这是为啥？”那人说：“听大家讲，啥事一经大人的手，就得花银子啊！”

老啃头儿

汉族劝诫笑话。采录于河南。

有个老啃头儿（吝啬鬼）去朋友家喝酒，走到半路上猛然想起家里的灯还没吹，赶紧又拐回来。走到屋门口，他隔着门喊：“哎，他娘，快把灯吹了！”

他老婆要给他开门，他说："别开门，多开一次门就多磨一次门脚哇！"他老婆说："为这点儿事你来回跑，就不怕磨鞋底？"他说："这你放心，鞋在我胳肢窝里夹着哩！"

秀才砍树

汉族劝诫笑话。采录于河南。

有一个老秀才日子过得很苦，整天愁闷不乐。一天，他在院子里面转悠，忽然盯着一棵大槐树发愣，把儿子叫来说："四四方方一个院子，里面长了一棵树，这不是贫困的'困'字吗？咱家穷就怨这棵树，赶快砍！"儿子看见这一棵树长得旺，舍不得，想了想说："爹，不能够砍。砍了树，人还在院子里面，这不成了囚犯的'囚'字吗？"老秀才一听害怕了，忙说："是啊，穷困也比坐监好，那就别砍啦。"

随从拍马屁

汉族嘲讽笑话。采录于河南。

有一个县官喜欢吹牛，正巧他的随从会拍马屁。无论县官吹多大，他都能够给圆得严丝合缝的。一天县官对人吹牛，说："前天我去钓鱼，一下子钓上来一个鸭蛋。"有人摇头不相信，随从连忙说："不假，是钓上了一只鞋，里面有一个鸭蛋。"县官又说："昨天我骑马出去玩儿，马不想走，我气得一刀拦腰把它砍断，骑着马头就回来啦。"大家听了大笑，县官还希望随从出来打圆场，可是随从没有吭声。县官问随从："你为啥不言语？"随从说："你那马没有屁股，叫我拍啥哩？"

比狗屁还臭

汉族嘲讽笑话。采录于河南。

有一个财主正在客厅里面跟一个秀才说话时，突然放了一个屁。管家很会拍马屁，连忙说："哎呀，从哪里刮来一股香气？"秀才说："我听看病先生讲，长寿的人屁臭，快死的人屁香。"管家一听赶紧改口说："嗯，老爷的屁变味了，变得比狗屁还臭！"

该哭还得哭

汉族谐趣笑话。采录于河南。

有一个闺女爱哭，出嫁时她娘嘱咐她："到了婆家，可比不得在家当闺女，你再爱哭，人家会笑话。"闺女连连点头。过一年，她回娘家对娘说："娘，俺这一年就没有哭过。俺的老黄牛、大灰驴死了，我没有哭；俺老公公死的时候，我也没哭；就连你的胖外孙死了，我都没哭。"她娘听了说："闺女，你真不懂事，死牲口、死亲人都是伤心事，该哭还得哭啊。"这闺女听说这些事该哭，赶快往婆家跑，一边跑一边哭："老黄牛——大灰驴呀！老公公——我的儿呀！"

笨婆娘煮葫芦

汉族劝诫笑话。采录于河南。

有一个笨婆娘从菜园里面摘回来一个茄子，一刀切成两半，放在锅里煮。晌午她丈夫收工回来吃饭，她把切开的茄子一人一半盛到俩碗里。丈夫很生气，打了她一顿。第二天，笨婆娘摘了一个葫芦，囫囵个儿放在锅里煮。丈夫回来吃饭时，笨婆娘把葫芦盛到碗里端给他。丈夫看了拿她没办法，苦笑了一下。笨婆娘见丈夫一笑，顿时来气了，骂道："龟孙，我就知道你吃惯了独食儿。昨天煮的茄子一人一半，你把我打一顿；今天把囫囵葫芦盛给你，你喜欢啦！"

衙役见蛇

汉族嘲讽笑话。采录于宁夏。

从前，有个县官带着衙役外出游玩。走着走着，县官惊叫一声："有蛇！"衙役跟着附和说："我看草动弹着呢。"县官上前一看，说道："看把人吓的，原来是条死蛇。"衙役赶紧说："我闻着怎么臭的。"县官再仔细看了看，说道："哈哈，原来是一根草绳。"衙役连忙随着说："我知道这儿是没有蛇的。"

尼姑扶醉夫

汉族谐趣笑话。采录于宁夏。

有个人醉倒在路上，被一个尼姑扶进了尼姑庵。人们见了议论纷纷，说尼姑不正经。那个尼姑赶忙贴出一张纸条，上面写道："醉夫醉倒尼姑扶，人笑尼姑扶醉夫；醉夫本是尼姑父，所以尼姑扶醉夫。"众人一看，再不议论了。

囫囵吞枣

汉族谐趣笑话。采录于甘肃。

有个年轻人买了一些梨和枣，坐在路边上吃。一个老头儿过来对他说："小伙子，梨可不能多吃，吃多了会伤脾。"年轻人问："那么吃枣呢？"老头儿说："枣是补脾的，可惜伤牙齿，也不能多吃。"老头儿走后，年轻人想了想说："既然梨伤脾，枣伤齿，我干脆吃梨光用牙齿嚼，不咽到肚里；吃枣浑个吞下去，不伤牙齿，岂不是两全其美！"

闲事少管

汉族劝诫笑话。采录于甘肃。

一次，有胖瘦两个老头儿在太阳下面聊天，瘦老头儿一边抽烟一边叮咛胖老头儿千万莫管闲事。一会儿，火星落在瘦老头儿的棉袄上，胖老头儿问道："老哥，你说闲事现在管不管？"瘦老头儿说："当然不管好，你何苦呢？"过一会儿，棉袄烧了一块洞，瘦老头儿感到刺痛，忙问胖老头儿看见没有，胖老头儿说看见了。瘦老头儿就埋怨他："你为啥不说！"胖老头儿说："你不是让我闲事少管吗？"瘦老头儿张开嘴半天说不出话来。

我实心儿没打

汉族劝诫笑话。采录于青海。

从前有一个善人，东寺里烧香，西庙里点灯，一心想成佛成仙，但口善心不善。一天，他拄着拐杖走山路，看见一只兔子，便想打死它吃一顿肉。于是口念

“阿弥陀佛”，把拐杖狠狠地砸过去。兔子受到惊吓拔腿就跑。他又气又恨，口里却喃喃地念道：“阿弥陀佛，我实心儿没打。”

好青草

汉族嘲讽笑话。采录于青海。

有个年轻媳妇长得非常好看。有一天她正拿着扬叉在房上晒青草，有几个和尚经过这里，他们三步一回头看这个媳妇，最后索性站在那里不走了。这个年轻媳妇转过身来瞅了他们几个眼。一个和尚便挑逗她说：“好青草啊！”年轻媳妇接过话茬说道：“青草不好，还能把几个秃驴的脖子拧转过吗？”几个和尚只好没趣地离开了。

奉承话

汉族嘲讽笑话。采录于青海。

有个剃头匠给县官剃头。他把县官的头剃光、脸刮完后，看见他家的猫跳到哈巴狗头上，连忙向县官作揖说：“恭喜恭喜，今日虎占鳌头，大人必定禄位高升！”县官一看，立刻便赏了他十两银子。过了一个月，县官又来剃头，刚剃了一半，那只猫又跳到哈巴狗头上，剃头匠暗暗高兴。可是等他给县官剃完头、刮完脸，正准备说“虎占鳌头”时，猫偏偏从狗头上跳下来了。他一着急，竟说：“恭喜大人，狗头上没有猫（毛）啦！”县官听了非常生气，便给他两个耳光。

伤疤

汉族劝诫笑话。采录于青海。

有个木匠总喜欢在别人面前夸自己。有一次他给人家盖房，正在用锛子砍大梁上的结子时，主人端来了一碗滚烫的奶茶。他说等一下再喝，便摆出一副很有功夫的架势，往手心上吐了唾沫，举起锛子砍起来，主人看了直夸他。木匠很得意，锛子抡得更快，边抡边说：“这点儿功夫算啥！……”话还没有说完，就“哎哟”一声，用手捏住左脚。主人问他怎么了，他说：“锛子又砍到原来的伤疤啦！”

恭喜抬倒霉

汉族嘲讽笑话。采录于广西。

从前有两个妇人在街上吵架，引起许多人围观。这时候，县太爷的夫人坐着四抬大轿过来，听到吵架，便探头问怎么回事。一个老妇人跑到轿前指着一个妇人说：“夫人，我儿媳生了一个女儿，她说这是倒霉，邻居生下一个男孩儿，她说恭喜。她太欺负人了，请夫人替我做主！”县太爷的夫人听罢，笑笑安慰她说：“阿婆不要生气，你看看我，不是四个恭喜抬我一个倒霉吗？”

头戴狗毛毡

汉族谐趣笑话。采录于广西。

从前有个人不识字，却爱装成斯文人，到处凑热闹。一天他到城门外，看见很多人在看告示，便硬往前挤。他的个头儿高挡住不少人，有人知道他的底细，看见他戴着一顶狗毛毡，便假装念布告：“民国十三年，禁止头戴狗毛毡。”此人一听，慌忙把自己头上的狗毛毡揭下来放进衣袋里面。那个人又念道：“如从身上搜出来，捉进衙门关三年。”此人听了大惊失色，扯脚便跑。

半夜到底是几更

汉族劝诫笑话。采录于广西。

张三和妻子李氏两口子都爱抬杠。一天晚上张三翻来覆去睡不着，这时候，更夫敲着三更鼓点从房外走过，张三便自言自语说：“唉，三更——半夜啦！”李氏问他说什么，张三说：“我讲现在已经半夜了，刚敲过三更。”李氏说：“你错了，半夜多啦。一夜五更，半夜应该是二更半。现在是三更，岂不是半夜多啦？”挑起话头，两个人各不相让，随后竟打起来啦。李氏大声喊道：“哼！你竟敢半夜三更打人，明天我回娘家告你！”张三一听拍掌大笑道：“你要是早点儿承认半夜是三更，就不会挨打啦。”

巴豆不可轻用

汉族嘲讽笑话。采录于广东。

有位江湖医生把一个病人给治死了，病人的儿子抓他找县衙治罪。县官问江湖医生：“你给死者用的是什么药？”江湖医生说：“巴豆。”县官问：“用了多少？”江湖医生说：“一斤。”县官问：“巴豆是毒药，你为什么敢用一斤？”江湖医生说：“老爷，药书上明明写着，巴豆不可轻用啊！”

哥哥你错了

汉族谐趣笑话。采录于广东。

清朝的时候，有一个书生读书非常不用功。有一年他去参加科举考试，竟将考卷上的“昧昧我思之”（见《尚书·秦誓》）写成“妹妹我思之”。批卷官看了，真是哭笑不得，连忙提笔批上一句：“哥哥你错了。”闻者一个个忍俊不禁。

喜好删字的财主

汉族嘲讽笑话。采录于广东。

从前，某地有一个喜好删字的财主，他把“食古不化”说成“食化”，他把“单枪匹马”说成“单马”，还常常在人们面前炫耀，自以为高明。有一次，财主的大儿子结婚，有个聪明的长工给财主送了一个喜幛，上写“永离”二字。财主看了后大怒。长工笑笑说：“老爷喜好删字，这是‘永不分离’呀，有什么不好！”

哪有这样不道德的人？

汉族嘲讽笑话。采录于广东。

一天有个父亲准备带着儿子去朋友家参加宴会。父亲对儿子说：“你吃饭的时候，嚼剩下的骨头，要丢到人家面前的地上，不然狗争咬骨头会吓坏你的。”儿子问：“假如人家把骨头丢到我面前，该怎么办？”父亲说：“哪有这样不道德的人？”

你割耳朵我扒皮

汉族谐趣笑话。采录于海南。

陈财主请周先生教他儿子。周先生对他很客气，称他为“东家”。陈财主不懂“东家”是什么，心里很不高兴。一天他去找问儿子的学业，周先生连声说：“东家请坐。”他便要挖苦一下周先生，故意说：“吉先生请坐。”周先生很纳闷儿，忙说：“东家，我姓周，不姓吉。”陈财主把脸一沉，说道：“你割了我的耳朵，我就不能扒你的皮吗？”

最懒的人

汉族嘲讽笑话。采录于海南。

有一个皇帝想知道全国最懒的人是什么样子，宰相建议举行全国性的考试。榜文贴出后，应考的人非常多。考生陆续入场，有个考生走到考场门边，转过身来弯腰用屁股把门拱开，斜着身子进去。监考官赶紧记下他的姓名，以为他会夺魁。监考官刚缓过神来，却看见门边直愣愣站着一个考生。开考的钟声响了，他却一动不动。监考官问他怎么不进去，他说：“我要等风把门吹开。”监考官喜出望外，他不进考场就拿到第一名啦。

“命”字当鲎鱼

汉族谐趣笑话。采录于台湾。

从前有两兄弟，哥哥不管开什么店最后一定倒闭，弟弟开人参行生意越来越兴隆。哥哥觉得很奇怪。有一天，他趁弟弟不在家就去偷偷翻弟弟的账簿，里面竟没有一个字，只画有很多粗细、长短不一样的人参。原来弟弟不识字，用画人参的办法来记账。哥哥很感慨，便在账簿上写了一个“命”字。弟弟回家翻账簿，就说：“怎么连鲎鱼也记在上面！”因为他把“命”字当成一条鲎鱼啦。

儿子不如父亲

汉族嘲讽笑话。采录于台湾。

从前有两个同学很要好。有一天，其中一个同学将要结婚，另外一个同学去他家要喜饼。那个同学就在墙上画了大、中、小三个圆圈，然后指着中间的圆圈对同学说："这个喜饼送给你。"他的爸爸回家后，他就讲起送喜饼的事。他爸爸问他送的哪一个，他说："中间那个不大不小的。"他爸爸指着小的骂道："送这个就好了，为什么送那么大的！"不久，那一个同学的父亲过生日，这个同学去祝贺，他只用一张小红纸作贺礼，上面写着："阉鸡一只三斤十二两，面线六包，蛋十二个。"他爸爸见了，又骂道："这么讲究做什么！面线两包就好，鸡也不必那么大只！"

两 亲 家

汉族谐趣笑话。采录于台湾。

从前，有两亲家都喜欢吹牛。一个说："我有一面鼓，初一打，响十五。"他的亲家说："我在唐山养了一头牛，你知道它的脖子有多长吗？"这个亲家说："我不知道。"他的亲家说："它能够伸到台湾来吃谷子。"这个亲家说："你骗人！"他的亲家说："没有这样大的牛，拿什么东西做你那一面大鼓，能打一下响十五天！"

靠大家帮忙

汉族谐趣笑话。采录于台湾。

从前，有个女人的丈夫是一个有名的建筑师。有一次，她的丈夫盖了一栋房屋，别人在她面前称赞这位建筑师的技术高，她谦虚地说："这是靠大家帮忙，不是我先生的才能好。"有一个人听了，回家在老婆面前称赞建筑师的妻子，他的老婆听了笑一笑，觉得这话她也会说。后来，别人称赞这个女人的小孩儿长得漂亮，她竟回答："这是靠大家帮忙，不是我先生的才能好。"

附 耳 过 来

汉族谐趣笑话。采录于福建。

有一次，演将军的演员病了，戏班班主就让做饭的工友来代替，对他说："只有三个字的戏白——元帅喊一声'将军何在？'你就应一声'在'，不管元帅说什么，等他说完以后，你应一声‘得令’就行了。”工友于是便答应下来。他扮演将军倒也十分神气，这个工友把戏演完，刚要进去，元帅突然高喊：“且慢！将军当以何计破敌？”工友不知怎样回答，便灵机一动说：“此计不便明言，元帅附耳过来。”元帅过去后，工友在他耳边骂道：“混蛋，你想不想吃饭？”元帅点头说：“果然是妙计！”于是收场。

不怕老婆的人

汉族嘲讽笑话。采录于福建。

从前有个怕老婆的县官想试一试全县谁最怕老婆。这天，他把许多人集中在大堂上，让怕老婆的人站到左边去，人们一下就站到左边去了，只有一个人没有动。县官惊奇地问他：“你不怕老婆？”那人说：“老婆告诉我，人多的地方千万不能去。”于是哄堂大笑。那人反问：“老爷怕老婆吗？”县官把惊堂木一拍说：“我不怕，我是老虎。”凑巧县官娘子冲上来问县官在说什么，县官低声说：“我说我是老虎。”县官娘子瞪他一眼说：“你是老虎，那我是什么？”县官连忙说：“你是武松，你是武松！”

今旦是灶公灶婆做生日

汉族嘲讽笑话。采录于福建。

一天，有个怕老婆的人收到朋友的来信，说第二天要来看他。他晚上请求老婆给一点面子，假装怕他一天。老婆点头了。第二天朋友到他家，他老婆果然很听话，叫泡茶便泡茶，叫做饭便做饭，他非常得意。一时高兴，他竟轻轻打了老婆一下，他老婆也没有吱声。午饭后，他刚刚送走朋友，老婆就大声喊他跪下，他怕朋友听见，连忙小声说：“不是商量过吗？”他老婆说：“讲的是怕你，没有说让你打我呀！”他不敢顶嘴，“扑通”一声跪下了。这时那个朋友回来取忘了带的伞，看见他跪在灶旁，就问他是怎么回事，他连忙说：“不要作声，今天是灶公灶婆过生日。”

你比我还懒

汉族劝诫笑话。采录于福建。

一个人懒得远近闻名，他的外甥特地登门来向他学懒。外甥进屋坐下后，娘舅让他关门，他说："等一会儿风吹来，就关上了。"娘舅一听，觉得外甥懒得可以咧。晚上两人上床睡觉，都懒得起来吹灯。最后娘舅让外甥把床下的一只烂鞋拾起来扔去灭灯，外甥说："不要扔鞋啦，油点干就灭了。"娘舅叹一口气说："你比我还懒！"

小裁缝落布

汉族劝诫笑话。采录于浙江。

寒冬腊月，天上下着雪，老裁缝和小裁缝到一户人家做衣裳。男当家外出，女当家正忙着烧饭菜。老裁缝看见机会来了，就让小裁缝落（偷）布。小裁缝不知道落多少布，老裁缝说："一落三尺七。"于是小裁缝便剪下三尺七寸布藏在裤袋里面。雪越落越大，吃晚饭时男当家说："再落下去，老师傅还可以回去，小师傅就难回去啦。"小裁缝听了，吓得面红耳赤，连忙从裤袋里拿出布来，结结巴巴地说："布还给你，我要回去！"

把 头 留 下

汉族谐趣笑话。采录于浙江。

剃头匠夫妻俩买了一块布，请裁缝做衣裳。凑巧裁缝不在家，他老婆说："真对不起，请把布留下，我给你量好尺寸，他回来一定给你们做好。"在回家的路上，剃头匠对老婆说："你看人家多聪明，还帮助老公兜生意，以后你也要学学嘛！"他老婆听了不服气，说道："你也不要把人家看扁了，我也会兜生意。"过几天裁缝来剃头，剃头匠不在家。他老婆忙堆着笑脸迎上前去说："真对不起，他刚刚出去。请把你的头留下，他回来一定给你剃好。"

谁也吃不成

汉族谐趣笑话。采录于浙江。

有姜、黄、秦、孙四个朋友，都是小气鬼，一起去酒店吃酒。他们点了八个菜，可是谁也不肯付钱。忖来忖去，姓孙的忖出一个办法，他说："这样好了，我们每人用自己的姓讲一个典故。这个典故能够点个啥菜，这个菜便白吃。

剩下来的大家平分。”姓姜的先说：“姜太公钓鱼。”讲完，就把红烧鲤鱼端去了。姓黄的接着说：“黄鼠狼拖鸡。”讲完，就把白斩鸡端去了。姓秦的看见他们把顶好的两个菜端去了，肚里虽然不好过，却不慌不忙地说：“秦始皇并吞六国。”讲完，就把剩下来的六个菜全部端去了。姓孙的一下火啦，他猛然站起来，大喝一声：“孙悟空大闹天宫！”一把把桌子掀翻啦！

今年困到明年

汉族谐趣笑话。采录于浙江。

早年间，王老头儿听说朋友张老头儿的儿媳妇聪明伶俐，大年三十儿夜就去找张老头儿聊天。聊到深夜，王老头儿说要回家困了，这时候，张老头儿的儿媳妇也出来送客，对王老头儿说：“你今年困到明年，爬起好赚钱钿。”王老头儿听了大加赞赏。他回去对自己的儿媳妇讲了，儿媳妇心里面很不服气，认为这样几句话有啥不会。第二天大年初一晚上，张老头儿到王老头儿家聊天，聊一会儿便起身告辞，王家儿媳妇赶紧出来送客，她说：“你今年困到明年，爬起好赚钱钿。”张老头儿听了直摇头，王老头儿气得胡子翘得老高。

吝啬鬼打儿子

汉族嘲讽笑话。采录于浙江。

有一个吝啬鬼的家里一年到头都吃萝卜干、霉干菜，从来不吃荤腥。有一天，他拎了一条三刀鲞（一种腌鲞，腌时在鲞身上切三刀）回家，家里人都非常高兴，他儿子拍手说：“嗬，今天有鲞吃啦！”吝啬鬼没有把三刀鲞拎进厨房，而是挂在堂前的梁上。吃饭时吝啬鬼对全家人说：“今天我在路上拾到一条三刀鲞，一顿吃了太可惜。大家吃饭时看一眼吃一口饭，这样我们顿顿都有三刀鲞吃。”他儿子觉得奇怪，便眼巴巴地望着三刀鲞发呆。吝啬鬼火了，顺手就给儿子一巴掌，骂道：“我讲过看一眼吃一口饭，你拼命看三刀鲞，一点儿也不知道节省！”

四 坛 寿 酒

汉族嘲讽笑话。采录于浙江。

从前有一个老丈人做寿，让三个女婿每人送一坛好酒。三个女婿都是小气鬼，各自盘算：反正别人送好酒，掺一坛清水也无妨。于是，他们每人都送一坛清水去。贺寿那一天，老丈人收拾一只大缸。他认为里面不先盛点儿酒，女婿们会说自己小气，但又舍不得花钱，便倒了一坛水进去。三个女婿先后把自己的“好酒”倒进大缸，接着老丈人和大家就围坐在一起喝寿酒。一喝，谁都觉得没有一点儿酒味，但是各怀鬼胎，你看看我，我看看你，一个个都喊：“好酒，好酒！”

四兄弟看心

汉族嘲讽笑话。采录于江苏。

有一家四兄弟，一个个心术不正。一天，有一个柿子落在茅坑里面，他们十分害怕，都跑来看。老大说：“这颗心不是我的，别人都说我的心长在胳膊窝里。”老二说：“这颗心也不是我的，别人都说我是弯钩心。”老三说：“这颗心更不是我的，别人都说我是黑心。”老四说：“难道还能够是我的吗？别人都说我没有心哪！”

吃酒糟饼

汉族谐趣笑话。采录于江苏。

从前有个穷人喝不起酒，就吃酒糟饼来解一解馋。一天他到外面去，几个朋友闻到他身上有酒味，问他：“喝酒了？”他老老实实说：“我没有喝酒，我吃的是酒糟饼。”那些人就笑他穷。他娘子知道后，怪他不会争面子，让他说吃了酒。第二天他出去，又碰到那几个人，他主动说：“我今天吃酒了。”别人问他吃几两，他说：“两个。”人家笑道：“酒不论个，又是酒糟饼。”回家后娘子埋怨他，教他以后说“二两”。他又出去了，别人问他，他回答：“喝了二两。”别人又问他喝热的还是冷的，他一愣，就直说：“烘的。”大家笑道：“还是酒糟饼。”回家后娘子问他这件事，气得直跳，骂道：“你就不会说是烫的！”第二天他又去对别人说：“今天我喝酒了。”人家问他是热的还是冷的，他说：“是烫的。”人家问他用什么菜下酒，他说：“要什么菜？啃啃就可以啦。”

京城出诊

汉族谐趣笑话。采录于江苏。

有一位医生出京城去看病，回来时天色已晚。这时恰逢京城开考，戒备森严。他进城时遭到盘问，便谎称自己是考生。巡城官就要他对对子。巡城官说："三尺天青缎。"他回答："六味地黄丸。"巡城官说："小女子眉清目秀，想必是三从四德。"他回答："大老爷面红耳赤，恐患有五劳七伤。"巡城官听了很生气，便骂："胡说！"他回答："那是热症，要吃琥珀丹心。"巡城官又骂："放屁！"他回答："放屁乃下虚，快用十全大补汤。"巡城官吼道："要死，要死！"他回答："要死小人没办法，望另请高明。"

火火火

汉族劝诫笑话。采录于江苏。

从前有一家人非常迷信，最怕听不吉利的话。一天，这家主人有急事要出门。一大早，他一开门便往外面跑。他家里养的鸡看见太阳出来，便高声叫道："火火火（喔喔喔）——火火火——！"鸭子听了忙问："哪块，哪块？哪块，哪块？"鹅在旁边也叫起来："家——里，家——里！"主人一只脚刚刚踏出门，一听便气得要死，赶快回头骂道："大清老早的，不讨个吉利，尽说一些倒霉话。我不走了，看你们敢再叫！"他真的发狠，这一天就没有出门。

四个人吃肉

汉族谐趣笑话。采录于江苏。

有四个人到饭店去买了一盘肉，可是只有三块，不够一人一块。于是有人提议"说一句算术口诀才能够吃一块肉"，大家都赞同。第一个人说："二八一十六，我吃一块肉。"就吃了一块。第二个人说："二九一十八，两块一起夹。"就把余下的两块一齐吃了。第三个人连忙说："五五二十五，我来喝肉卤。"第四个人急了，一下把盘子抢过来说："你们不要脸，我只好用舌头舔！"

名医和鸭蛋

汉族谐趣笑话。采录于江苏。

从前，某地有一个专门看疔疮的医生，只要用一点点家传秘方药，便可药到病除。有一天，一个赶鸭的乡下人带着一大篮鸭蛋来治疗疮。这个医生看见一大篮鸭蛋，喜笑颜开，就给乡下人敷上药，让他三天后再来。三天后乡下人又拎着一大篮鸭蛋来了。医生给他换好药，又关照他三天后再来。三天后乡下人再次拎着一大篮鸭蛋来了。医生恰好不在家，医生的妻子就给他换好药，并且说："我今天给你换上药，再带一包回去自已换，以后就不要再跑远路来换药了。"医生回家听说妻子把家传秘方药给了乡下人，双手连拍大腿，叹息道："唉！以后再也吃不到鸭蛋啦！"

你子不如我子

汉族嘲讽笑话。采录于江苏。

明朝时候，宜兴徐溥是个三朝元老。他的儿子不求上进，孙子反倒中了状元。徐溥把儿子叫到面前教训道："你的儿子如今中了状元，你这个没出息的，如何对得起列祖列宗！"他的儿子反唇相讥道："我的福气大得很，连你也不如我。我的儿子中了状元，你子不如我子。"

好吃不要脸

汉族嘲讽笑话。采录于江苏。

从前，有一家兄弟二人都好吃懒做，常年吃不到一顿猪肉。这一年过年，他们东挪西借凑了几个钱割了一点儿猪肉。等猪肉煮熟了，却没有碗筷。他们谁都不肯去借，害怕对方在家里偷吃。后来哥哥答应去借，让弟弟在家里拍巴掌，因为这样一来，弟弟就不好拿东西了。可是哥哥出门后，弟弟拍着巴掌，看见猪肉很眼馋。他忽然心生一计，便用一只手拍脸，一只手去抓肉吃。这时候，哥哥借到碗筷回家来了，看见猪肉已经剩得不多了，大骂道："你真是好吃不要脸！"

代 代 传

汉族谐趣笑话。采录于江苏。

从前有一人非常吝啬。一天，他叫儿子挑柴进城去卖，叮咛儿子只许买三斤最便宜的老白酒来吃，另外再不许用钱。儿子卖了柴，就去店里打三斤老白酒，一想没有下酒菜，又花五个铜钱买了一包五香豆。回家时爹爹发现少了五个铜钱，一盘问才知道是买了一包五香豆下酒，狠狠地骂道："什么？你三斤老白酒就吃一包五香豆啊，我一粒五香豆要吃十八斤老白酒呢！"坐在旁边的老祖母听了不服气，忙说："这算节省？告诉你，一根萝卜干我吃了两年半，给公鸡衔去了，害到我哭了一个寒冬呢！"

懒汉说懒

汉族嘲讽笑话。采录于江苏。

一天，一个出名的懒汉经过一棵枣树，他很想吃枣子，却懒得上树，便躺在枣树下面，等风把枣子刮下来落进嘴里。恰好有一阵风吹来，一个枣子正好掉到他的嘴唇上面，他也懒得动一动去吃枣子。这时候，来了一个农夫，懒汉便请农夫把他嘴唇上的枣子放进嘴巴里。农夫一只手拿着锄头，一只手拿着钉耙，手空不出来，就用脚趾夹起枣子送到他嘴里。躺在地上的懒汉十分不满，说道："你这个人腰都怕弯一下，多懒！"

马 下 牛

汉族嘲讽笑话。采录于江苏。

从前有一个财主骑马进城，走到一个三岔口不知道怎么走，坐在马上急得团团转。这时候，来了一个拾粪的老头儿，他用马鞭子指着老头儿问道："喂！到城里走哪一条路？"老头儿只顾埋头走路，嘴里说："顾不得，顾不得。我家喂的那匹马正下牛呢。"财主觉得奇怪，便问："马怎么不下马，而下牛呢？"老头儿这才停下来瞅财主一眼，生气地说："气的就是这个畜生不下马，它要是下马，俺还不生气哩！"

打　驴

汉族嘲讽笑话。采录于江苏。

张财主黑心烂肺，一肚子坏水。一天，他摇着蒲扇在树下乘凉，看见本村的赵大叔牵着一头叫驴走过来，便生出一个坏点子，对着赵大叔把蒲扇一摇说："你吃啦？"赵大叔本来不想搭理，但一想人家招呼咱，就点点头说："吃了。"张财主把脸拉长说："我招呼的是这头叫驴。"赵大叔笑笑说："吔——你跟叫驴是亲戚哇！"随后脱下鞋打了叫驴几下，一边打一边骂："不识抬举的东西，刚才我问你村里有没有熟人？你说没有。哪晓得你老岳父就在眼前，为啥瞒我？"

别人的事莫管

汉族劝诫笑话。采录于江西。

赶集时，前面走着一个挑油的，后面走着一个扛布的，两人一边走一边闲聊。挑油的说："不关自己的事，不要去管。"扛布的说："有一件事情我好想管。"挑油的说："不是你自己的事少劳神。"过一会儿，扛布的又说："老表，这件事我硬是想管。"挑油的说："对你没有好处莫要管。""啪！"挑油的刚闭嘴，他后面油桶的绳子就断了，一担油掉下来，洒满一地。扛布的说："后面油桶的绳子快要断时，我早就看到……"挑油的问："你看见为什么不讲？"扛布的说："我两次想开口，你都叫我不要管。"

考　屠　夫

汉族劝诫笑话。采录于江西。

有一个屠夫经常在众人面前吹牛："我砍肉一刀准，算账一阵风。砍得快，算得快。如果不相信，当面下招牌。"有个聪明姑娘就去当众考屠夫，开口说道："一斤半，两斤半，三斤八两四斤半，斤半又斤半，砍半斤，凑斤半，退了八两又加两斤半，快快砍来快快算，我家锅里油在转，等着猪肉下锅煎，耽误时间要赔钱。"屠夫一时乱了套，越算越出错。无奈，他只好羞愧地摘下招牌，从此不敢再夸口啦。

巫婆显灵

汉族嘲讽笑话。采录于江西。

从前有做小生意的夫妻，丈夫不相信鬼神。他们三十多岁时，十岁的小儿子不幸夭折了。妻子悲痛不止，生怕儿子到阴间受苦，一天趁丈夫外出，便请一个巫婆来家里面询问儿子的情况。巫婆打一个哈欠，便装她儿子的声音说："娘啊，我已经请求过阎王，他允许我投胎再做你的儿子。"这时候，男主人突然回来了。他指着巫婆说："你既然是我的儿子，快把过去背过的'春眠不觉晓'那首诗背出来听一听。"巫婆张口结舌，背不出来。男主人非常生气，便打了她一巴掌。巫婆尖叫道："你为啥打人？"男主人说："我打我不中用的儿子，怎么能说是打了你呢！"

坐上席

汉族谐趣笑话。采录于湖南。

某人请两个朋友吃酒，两个客人相互谦让，都不肯坐上席。某人的儿子等得不耐烦，便一屁股坐到上席去了。他还没有坐稳，就挨了父亲两记耳光。他顿时醒悟过来，说道："啊，怪不得你们都不肯坐这里，原来是怕挨打哟！"

吝啬鬼请先生

汉族嘲讽笑话。采录于湖南。

从前，有一对财主夫妻十分吝啬，想给儿子请一个先生，又舍不得花钱。一天有人同财主开玩笑，说前村有个穷秀才不吃饭，只喝西北风，可以去请。财主信以为真，高高兴兴地跑回去跟老婆商量，财主婆连忙摇头说："要不得，要不得！如果哪天刮西南风，我们拿什么给他喝？"

还有两年靠哪个养

汉族嘲讽笑话。采录于湖南。

有一个懒汉长到三十岁还不能自立，一切吃穿全靠他五十岁的父亲。一天父亲带着他去算命，算命先生算了算说："父亲的寿命八十，儿子可以活到六十二。"懒汉听了非常伤心。父亲安慰他说："你今年才三十岁，还可以活三十二年哩。"懒汉说："爹为啥不活到八十二呢？"父亲以为他很有孝心，就安慰他说："我今年才五十岁，还可以活三十年。"懒汉说："我伤心的是，你死后还有两年，我靠哪个养呢？"

哭笑不得

汉族嘲讽笑话。采录于湖南。

有一个财主整天无所事事，戴着眼镜东游西逛。一次，他来到田边，一个正在犁地的农夫见了，便抽了牛一鞭，骂道："瘟牛，你东游西逛，不走正路，眼睛瞎啦！"财主听后越想越不是滋味，打算等农夫犁转来时狠狠地骂他一顿。农夫犁过来时，立刻用手抓一把泥巴往牛屁股里塞。财主觉得可笑，连问他在搞啥。农夫说："看到牛要放屁了，老子先把它塞住。"

小偷偷米

汉族谐趣笑话。采录于安徽。

有天夜里，一个小偷窜进老两口家里面，摸来摸去，箱子、柜子都上锁了。随后他来到米缸前面，一摸有米，可是没有口袋，他便把身上的棉袄脱下来，一捧一捧地往里装。实际上，小偷进来时这家老头儿就发觉了。这时候，他从床上下来，轻轻走到小偷背后，慢慢地把棉袄抽走，然后又回到床上。小偷只顾偷米，什么也没有察觉。他估计捧得差不多了，便双手一拢，找不到棉袄，却碰到了桌子，发出很大的响声，惊醒了老太婆。老太婆问老头儿："什么响声，有没有小偷？"老头儿说："没有，快睡吧。"小偷沉不住气了，忙说："没有？我的棉袄弄哪儿去了？"

乡巴佬与阔少

汉族嘲讽笑话。采录于安徽。

一天，一个有钱人家的阔少在街上遛狗，他指着一个卖柴火的乡下人讥笑道："你是乡巴佬，我一看便知道。"乡下人问他是怎么看出来的，阔少指一指他卷着裤筒子的腿说："乡巴佬的腿上没汗毛，因为腿上的汗毛都被泥土粘掉了。"乡下人说："你们不下地干活儿，所以腿上的汗毛总是长长的。"阔少扬扬得意地点点头，耸耸肩。乡下人指着他牵的狗说："我看它浑身长满'汗毛'，一定是你们的祖先。"阔少无言以对，只好灰溜溜地离开了。

疏客气与热粘皮

汉族嘲讽笑话。采录于安徽。

有一人待人只是在嘴巴上客气，他在街上遇到熟人，常常热情地邀请人到家里吃饭，其实不过是说说而已，人们便叫他"疏客气"。谁知道有一次他遇到了热粘皮。他假意邀请，热粘皮竟到他家住了七七四十九天。疏客气实在熬不住了，便偷偷扎了一个草人，趁天黑插到对面山头上。吃过早饭后，疏客气指着草人对热粘皮说："伙计你看对面山头上像不像有个人？"热粘皮说像是个人。疏客气说："恐怕不是人。是人就该要走，动也不动，就不是人了。"热粘皮马上醒悟过来，说道："伙计，的确不是人。是人该有肉哇，一点儿肉都没有，当然不是人。"疏客气明白他的意思，当天晚上就称肉给他吃，可是他吃了肉仍然不走。恰逢下雨，疏客气就在门上写道："下雨天留客，天留人不留。"热粘皮把标点一改，成为："下雨天，留客天，留人不？留。"疏客气无可奈何，便做了蒜苗、菜薹、葱、韭菜几样菜招待热粘皮。疏客气说："吃伙计，吃韭菜，久蹲人讨厌。"热粘皮夹了一筷子葱说："聪明人自知。"疏客气以为他要走，连忙说："那就吃蒜苗吧，算你今要走。"热粘皮不搭茬，自顾自夹了一根菜薹说："抬我也不行。"

端 公 撒 米

汉族嘲讽笑话。采录于四川。

从前有一个端公，做完法事已经半夜了。他背着主家给的两升米，换了一双鞋子往家里走。刚出主家的门，就听到背后"沙沙沙"地响。他回头看，什么也没有。他加快脚步，背后的响声也快了。他往前跑，响声也跟着跑。他吓出一身冷汗，连忙用撒米的办法来对付鬼，把主家给的米大把大把往后撒。他把主家给的两升米撒完，也到家了。他撞进门在灯下一看，原来鞋跟上挂着一片竹笋壳。

生了五个

汉族谐趣笑话。采录于四川。

有个干儿子听说他干妈又生了一个幺儿，赶忙上街买鸡、买蛋，准备去送月礼。正好这天他干爹也上街了，他就问："干爹，干妈是不是生了？"干爹感到不好意思，自己一把年纪堂客还生娃儿，怕人笑话，连忙向他摆手，叫他不要再问。哪知他误会了，更大声问道："什么，生了五个？"过路人都看见了，急得干爹直跺脚。他又大声武气地说："踩死一个？怎么搞的嘛！"

肚里还有一文钱

汉族嘲讽笑话。采录于四川。

从前有个老财主把钱看得比命重。有一天几个小孩子在玩耍，把一枚铜钱滚到他面前，他连忙用脚踩住。孩子们要他还钱，他不肯，还急忙从脚下取出来放到嘴里，不小心竟吞到肚子里啦。他吓得要死。临死前，他把三个儿子叫到面前，眼睛鼓鼓的，半天说不出话来。大儿子表示要隆重给他办丧事，他又是瞪眼又是摇头。二儿子说要给他做道场超度亡灵，他还是不断摇头。三儿子没有读过书，是一个粗人，连说："爹呀，你一辈子都舍不得钱，我想等你死后把你的皮剥下来做鼓卖，肉刮下来卖汤锅，骨头拿来扣子卖，你看要不要得？"老财主一听笑了，又开口说："老三，你剥皮刮肉时千万记住，我、我肚里还有一文钱啊！"说完，立刻闭上了双眼。

两亲家打比喻

汉族谐趣笑话。采录于四川。

有一人请亲家吃饭，亲家坐在旮旯头出不去，吃完一碗饭，没有人给他添，又不好喊，就站起来说："亲家，我还有一件事没有做。"主人说："啥子事，吃了再说嘛！"客人说："人家要我上山伐木。"说着便把饭碗翻过来敲一敲。"那树子小的都有这个空饭碗这么大！"想借机提醒主人给自己添饭。主人却说："亲家，也有人要我上山伐木，比你的还好。听说小树子都有我的空甑子那么大！"

三个大意人

汉族谐趣笑话。采录于四川。

有三个拜把兄弟去住客栈，吃完饭洗碗时，大哥问："我吃了饭没有？"两个兄弟说："大哥，刚才吃了饭，你怎么这样大意哟！"半夜三更，二哥起来解溲，天井头有个沙缸在流水，他一直站在那里没有回去。三弟起来问他："二哥，你咋个屙这么久啊？"二哥说："紧倒屙不完，你听嘛！"三弟说："那是沙缸在流水，你硬是大意哟！"他们一起回去睡觉。睡呀睡的，三弟的脚杆痒得不得了，便拼命抓，抓了半天都不止痒。大哥在梦中被抓得很痛，忙问："哪个在抓啥子？"三弟说："我的脚杆痒，硬止不到痒。"大哥说："你好大意哟，抓到别个的脚杆你都不晓得！"

蠢 妇 数 肉

汉族谐趣笑话。采录于四川。

有个蠢妇不识数。过年时家里杀了一口大肥猪，烘出许多块腊肉，丈夫要她清点好再挂上墙壁。她只会一双双地数，最后剩下一块单的。丈夫问她有多少腊肉，她说："我一双双清点，结果单了一块。"丈夫非常生气，让她再点一次。隔壁张二嫂来借东西，顺手偷走一块腊肉。她第二次清点是双数，就兴高采烈地对丈夫说："先差一块，现在不差了。不晓得哪个偷走一块又还回来啦。"

药夫子和阴阳先生

汉族嘲讽笑话。采录于四川。

从前有个药夫子上山挖药，碰见一个阴阳先生在给人家看风水。阴阳先生挖苦他说："药夫子，生得怪，背起背篼挖药卖。四山都有灵芝草，想必先人还健在？"药夫子立刻回敬道："阴阳先生一生穷，背起罗盘撵乌龙（地脉）。你都知道风水好，为何不埋你祖宗？"阴阳先生听了，脸都红到脖颈根啦。

抓到哪个是哪个

汉族劝诫笑话。采录于重庆。

早年间有两口子靠卖酒为生。他们想发财，硬昧良心往酒里掺水。有一些喝酒的人便骂："这个把水弄来卖钱的，就该遭雷打！"一天晌午，这两口子正在往酒里掺水，天上忽然雷公火了。一会儿，雨好像瓢泼一样。听到雷声越打越厉害，两口子吓得拼命往里屋躲。女的在前跑，男的在后跑，一个炸雷打起来，把房梁上的一根绳子震下来，正好掉在女的面前。她连忙说："菩萨呀莫打我，酒里面的水不是我掺的，是……是……"刚说到这里，男的怕她说出自己，赶忙说："菩萨呀，你抓到哪个是哪个，抓到哪个是哪个呀！"

人　与　钱

汉族嘲讽笑话。采录于重庆。

从前有个财主没有读过书，一天心血来潮，请个私塾先生来教他认字。私塾先生来教他认"人"字，过几天又教他认"钱"字。这个财主的忘性大，没几天就把头一次教的"人"字忘掉了，先生不愿意再教他。财主问私塾先生为啥不教了，私塾先生说："因为你只认得钱，不认得人。"

我　你　他

汉族谐趣笑话。采录于湖北。

有个教书先生教一个学生认字，教"我、你、他"时解释说："我，我是你的先生；你，你是我的学生；他，他是你的师娘。"晚上，学生回家读"我、你、他"时，照先生的话背诵。他父亲听了赶忙纠正说："不对。我是你的老子，你是我的儿子，她是你的妈。"第二天上课时，学生对先生说："我爹说你教错了。爹教我说，我是你的老子，你是我的儿子，她是你的妈。"

爱　抬　杠

汉族谐趣笑话。采录于湖北。

有一个卖烧饼的人最爱抬杠。一天，他正在烙大饼，周围有许多顾客。一个人故意逗他说："曹操带着八十二万人马……"他一听，赶忙说："哎，哎，你说错了，是八十三万人马，你为啥把一万人马搞丢啦！"于是他俩就争吵起来。这时一股焦味冒了出来，顾客提醒说："大饼煳啦！"他说："嗨！饼子煳了是小事，一万人马没有下落怎么得了！"

不 敢 娶

汉族嘲讽笑话。采录于湖北。

有一次，李鸿章的一个侄子去赶考。考试时他拿着卷子一个字也写不出来。眼看时间快到了，他心生一计，就在卷子上歪歪扭扭地写道："我是李鸿章中堂大人的亲妻。"真想不到，他竟把"亲戚"写成"亲妻"啦。主考官为人正直，阅卷时觉得十分可笑，便提起朱笔在卷子上批道："正因如此，我不敢娶（取）。"

两口子都节省

汉族谐趣笑话。采录于湖北。

有一天，张大哥做生意从外头回家来，张大嫂对他说："你出去后，我在家里可节省啦！我晌午剩下的干饭舍不得喂猪，晚上就切一点儿猪肉，打几个鸡蛋，再用香油炸葱花炒来吃。"张大哥说："我在外面比你还节省，我怕走路踩坏鞋，动步就雇车子坐。"

父子比本事

汉族嘲讽笑话。采录于湖北。

有一回，父子两个半吊子草药先生一起上山游玩，相互比本事。老子说："闲来无事上山坡。"儿子说："新坟要比旧坟多。"老子说："新坟里全是你诊死的。"儿子说："旧坟里的人吃的都是你的药。"

赌博佬的皮背褂

汉族劝诫笑话。采录于湖北。

有个赌博佬打了一生牌，从来没有赢过。他在路上越想越生气，心想今天我自己跟自己打，看它赢不赢。于是把皮背褂一脱，一个人坐在路边上打起来。不晓得刚打一半，衙门抓赌的人就来啦，他收起牌就跑。跑了一大圈，他才想起自己的皮背褂，赶快摸回去找。哪里还有呢？他望到天上直叹气：“老天爷，我这一生再不打牌啦！我跟人家打光输不说，今天跟自己打，把一件皮背褂也输掉啦！”

带王姑夫上堂

汉族嘲讽笑话。采录于山西。

王撇撇犯法被绑上公堂。县官不认识“撇”字，就问他有没有别的名字。他想了想说：“小舅子们都叫我姐夫。”隔了几天，又要过堂，县官喊：“带王姐夫上堂！”衙役们喊：“带王姑夫上堂！”县官听了大怒。衙役后禀：“连老爷都喊姐夫，我等就该叫姑夫了。”

饿鬼吃包子

汉族嘲讽笑话。采录于山西。

从前，有一户人家开了一个包子铺，生意格外兴隆。一天有个外乡人路过这里，就进这家包子铺，让店小二端来一盘包子。他实在太饿，先后狼吞虎咽地吃光了两盘包子。可是他还觉得不饱，于是又叫小二端来半盘包子。吃完后，他叹气说：“要知道这半盘包子能吃饱，就不该买前面那两盘啦！”

剃头的和小气鬼

汉族嘲讽笑话。采录于山西。

从前，有个学剃头的人，每天都拿一个西瓜练手艺。妻子叫他吃饭，他便把剃头刀往西瓜上一插，久而久之，竟习以为常了。有一天，有个小气鬼来找他剃头，刚剃到一半，就听到妻子叫他吃饭，他把剃头刀往小气鬼头上一插，转身便走。可是小气鬼一声不吭，立刻带着剃头刀跑回家中。妻子看见小气鬼满脸是血，连忙问他是怎么回事，他连忙摆手说："别声张，我赚了一把剃头刀！"

吃　不　着

汉族劝诫笑话。采录于山西。

从前有一个懒汉，吃饭全靠老妈喂。一天，老妈要出远门，便烙了一张大饼套在他的脖子上。老妈回家时，他已经饿昏过去了。老妈一看，他脖子上的大饼只咬了嘴边的那块，其余的都没有动。老妈叫醒儿子问道："脖子上的大饼你怎么不吃？"儿子有气无力地说："我吃不着。"

冬瓜不如瓠瓜好

汉族嘲讽笑话。采录于山西。

从前有两兄弟为家庭纠纷打官司，老大自知理亏，事先送给县太爷一个冬瓜，里面放了银元宝。县太爷升堂问案，老大自然赢了官司。老二打听到送礼的事，立刻给县太爷送去一个瓠瓜，里面放了金条。于是县太爷复审，三问两问又定案了。这一回，老大输了官司不说，还拖去打板子，疼得他直叫："老爷冬瓜，老爷冬瓜！"县太爷忙说："住嘴！冬瓜不如瓠瓜好！"

哭　婆　婆

汉族劝诫笑话。采录于山西。

从前，有个婆婆死了，儿媳妇怎么也不愿意去哭。丈夫哄着对她说："你就是遮人脸、过人意也要哭上一阵儿，要不在世人面前掉不转脸。"她还是不愿意去，丈夫说："你去哭，我给你做碗拨锅汤（一种面食）。"她才同意了。她来到婆婆灵前哭起来："遮人脸呀……过人意呀……要不哭呀……世人面前掉不转脸呀……"丈夫听见火了，去踢了媳妇一脚。她猛然抬头把手巾从脸上拿下来高兴地问道："拨锅汤这么快就熟啦？"

牛一群金一堆

汉族嘲讽笑话。采录于山西。

从前有一个秀才到一个财主家去教书。财主把一份学生名单交给他，让他一个个点名，互相认识认识。学生当中有一个叫牛犇的，有一个叫金鑫的。这个秀才不认识后面那两个字，急得满脸通红，情急之中，大声喊道："牛一群、金一堆！"

急　性　人

汉族劝诫笑话。采录于山西。

从前有一个急性人，结婚刚三天他就喊要孩子。新娘子说："怀胎九月才能够生孩子，结婚才三天，怎么能生孩子？"急性人说："我不管那么多，没孩子就不行！"新娘子没办法，便捉了一只猴子来放在炕上，盖上被子。急性人一进门就要去抱孩子，问道："俺孩子这胎毛怎么这么长？来，大抱抱。"猴子一下跳到房梁上了。他说："哈呀！这孩子的性子比我还急哩！"

你说念啥就念啥

汉族谐趣笑话。采录于内蒙古。

有一个农夫看一封信，里面有个"啥"字他不认识，便去问一位戴眼镜的老先生，老先生回答："这字念'啥'。"他问："什么？这个字念啥？"老先生说："这个字就念啥！"他继续追问："这个字到底念啥呀？"老先生气呼呼地回答："你说念啥就念啥吧！"说完，拂袖而去。

记　　账

汉族谐趣笑话。采录于新疆。

有个掌柜的不识字，谁向他借东西，他就把那东西画在墙上。一天，邻居买买提来借了五个鸡蛋，他就在墙上直直地画了五个圈圈。不久买买提来还了鸡蛋，他立刻画一条直线，算是勾销了。到了年底清账时，他要买买提还账，买买提怎么也想不起来，他指着墙上说："你欠我一串糖葫芦还没还呢。"

4

中国民间故事通览

祁连休 冯志华 编著

河北出版传媒集团
河北教育出版社

蒙古族故事

◇蒙古族幻想故事◇

猎人海力布

蒙古族奇事故事。采录于内蒙古。

猎人海力布到深山去打猎，拉弓搭箭射跑了正在抓小白蛇的灰鹤，救下了龙王的女儿小白蛇。老龙王送给海力布一块奇异的宝石。他含着这一块宝石，就能够听懂飞禽走兽的话。可是小白蛇叮嘱他，他听到的这些话语一点儿也不能告诉别人，如果说了，一定有危险。后一日海力布去打猎，忽然听见一群飞鸟在说："我们快到别处去吧，这里将要山崩地裂，洪水泛滥！"海力布再也无心打猎，立刻跑回去对乡亲们讲，这里住不得了，赶快搬走吧，谁要是不相信，将来后悔都来不及啦！但乡亲们半信半疑，不肯离开。海力布无可奈何，只好对大家讲出事情的经过。他一边讲，一边变化，渐渐变为一块僵硬的石头。乡亲们躲过这一场灾难后，便把这一块石头供在山顶上，永远纪念这位牺牲自己保全大家的英雄。

九　兄　弟

蒙古族十兄弟型故事。采录于内蒙古。

早年间有老两口，大半辈子没有孩子。到了五十多岁时，老太婆一胎生下九个铁蛋，只好让老头儿拿去埋在房屋旁的金榆树下。一天，金榆树下跑出来九个孩子，直叫"爹爹妈妈"。他们看见家里有一副金弓箭，便问妈妈要。妈妈问他们有什么本领？老大说他能够帮助别人记起任何忘记的事情；老二说他能够一字不差地看清楚天上掉下来的长信；老三说他能够沿着许多年前爬过的道路抓住各种虫子；老四说他能够看穿天上地下的任何东西；老五说他能够偷来任何难到手的东西；老六说他一张手就能够抓住飞来的箭头；老七说他能够在瞬间建起瑰丽的楼房；老八说他能够制造出想要的物品，走到想去的地方；老九说他能够一箭射中翱翔的山鹰，老太婆便把那副金弓箭交给他。不久，从天上掉下一封很长的书信，老二一看就说是胡尔木苏特大帝（玉皇大帝）的小女儿丢了。老三立即带着大家朝西北方向去寻找。走了很远，大家又饥又渴，老八便弄出许多食品来给兄弟们吃。走着走着，大家找不到路了，老四就出来远望，看见一只凤凰把胡尔木苏特大帝的小女儿带走了，正把她藏在翅膀下面。老五赶忙去把胡尔木苏特大帝的小女儿偷走了。凤凰发觉后，立即又追来把她抓走。老九便用金弓箭射坏凤凰的翅膀。当胡尔木苏特大帝的小女儿将要掉下来的时候，老六一下接住了她。凤凰又施展魔法，向他们劈头飞来大量冰雹、石块，打得他们无处躲藏。老七立即让大家住进他瞬间建起的楼房。等冰雹、石块过去后，老八就带着大家毫不费力地回到家里，见到了爹妈。随后，九兄弟将胡尔木苏特大帝的小女儿送回天庭，胡尔木苏特大帝赏赐他们许多金银财宝，他们和爹妈一起过上幸福安乐的生活。

乌兰嘎鲁

蒙古族精怪故事。采录于内蒙古。

樵夫捷尔柯勒的马头琴拉得非常好，有个姑娘听到马头琴声如醉如痴，就爱上了捷尔柯勒。这个姑娘叫乌兰嘎鲁，她是蛇精的女儿。蛇精不乐意自己的女儿跟樵夫相好，想要害死捷尔柯勒，由于乌兰嘎鲁设法阻止，几次都没有得逞。后来乌兰嘎鲁与捷尔柯勒一起私奔，中途蛇精抓回了乌兰嘎鲁，关进地牢里，并打算将她嫁给西山魔王。捷尔柯勒趁着蛇精同西山魔王等精怪在山洞里饮酒作乐的时机，偷偷潜入地牢，救出乌兰嘎鲁。当蛇精和西山魔王追来时，他们手持宝剑砍死了两个魔鬼，然后走出山洞，高高兴兴地奔向幸福的人间。

骑虎握蛇鞭的首领

蒙古族奇遇故事。采录于甘肃。

从前，有一个部落的各位首领，不知道什么原因，一当上首领没多久便死了。一天，有个占卜师对部落首领说："三天后的早上，从南方来的一个骑虎握蛇鞭的小伙子将要经过这里。如果能够让他当你们部落的首领，那么将会草原丰茂，人畜兴旺。"部落的人们知道后非常欣喜，立刻作好准备。森林里住着老两口，日子过得很苦，他们仅有的一头牛被老虎吃了。一天晚上下雨，老太婆提醒老头老虎还会来，老头叹息："老虎倒还好说，可屋子一直漏让人受不了！"蹲在蒙古包外面的老虎一听，不知道什么是"漏"，比自已还厉害？这时一个小偷来偷牛，把老虎当成牛骑了上去。老虎以为小偷是"漏"，立刻飞奔起来。天亮后，小偷发现自已骑的是老虎，就想抓住小树逃走。可是他仅仅抓下一根树枝，仍然骑在虎背上。这时他才发现自己手上举的是一条冻僵的蛇。当老虎跑到部落附近时，人们用铁链绊倒老虎，救出这个小偷。大家发现他正是骑虎握蛇鞭的小伙子，立刻推举他当了部落首领。他做了部落首领后，竟把部落治理得很好，让大家过上了幸福的生活。

青云马

蒙古族奇遇故事。采录于内蒙古。

在额济纳草原上，青年牧人胡德尔家里一贫如洗，祖祖辈辈都给海力吉王爷放牧马群。龙宫里的牧马人十分同情胡德尔，送给他一匹神奇的青云马。海力吉王爷为了得到这匹青云马，就把胡德尔的心上人——牧羊女奴珊丹高娃抓起来，并且出了三个难题，宣布如果胡德尔做不到的话，青云马和珊丹高娃都归王爷。胡德尔在青云马的帮助下，首先砍掉蟒古思的脑袋；接着又到雪山的悬崖峭壁上摘回雪莲；最后又到居延海底取来镇海宝珠。谁知海力吉王爷翻脸不认账，派人把胡德尔抓起来。这时候，青云马猛然冲进王府驮走胡德尔和珊丹高娃，并且卷起居延海的湖水淹没王府，让海力吉王爷葬身湖底。胡德尔和珊丹高娃回到自己的家乡，过着美满幸福的生活。

孤儿奇遇

蒙古族宝物故事。采录于内蒙古。

从前有个孤儿无依无靠，一心想学好一门本领来过日子。有一天，一个白胡子老爷爷突然出现在他的面前，教了他一种听得懂各种鸟兽语言的本领。孤儿随后出去见世面，他听到停在大石头上的两只乌鸦在说，这一块大石头下面有“如意宝”，得到这块宝贝就会一切如愿，但是只有一个抱羊骑虎的青年来后，这块宝贝才会出世。孤儿继续往前走，来到一座小城镇。他给镇上的人打短工，背柴拾粪挣一点儿零钱。一天他来到一个牲口市场，看见有个人牵的一只绵羊不停地“咩咩”叫，仔细一听，那只绵羊反复说：“万头绵羊的福分我承担不起，万头绵羊的福分我承担不起……”孤儿便买下这只绵羊，离开小城镇往回走。走哇走哇，绵羊走不动了，他便抱起绵羊走。走哇走哇，孤儿也走不动了，便在路旁的一块石头上坐下来歇气。他坐下去后，觉得软绵绵的不对劲，刚想起身，“石头”就跑了。原来那是一只老虎，驮着他不停地跑，直到第二天天亮，才一下把他颠了下来。孤儿爬起来发现老虎没有了，绵羊不见了，一块他曾经见到过的石头立在面前。他掀开石头一看，果然有一块“如意宝”。他把“如意宝”带回家，盖了新房，买了牲口，娶了媳妇，日子过得红火起来了。

报 仇 棒

蒙古族报仇棒型故事。采录于内蒙古。

穷小伙伊和胡楚一年到头辛苦劳动，却达不到温饱。一只金色的小鸟飞来帮助他，头一回送给他能够撒金子的幸福树，第二回送给他能够变出食品的幸福筐，却被贪婪的财主抢走了。第三回金色的小鸟送给伊和胡楚一根报仇棒，并且告诉他，只要你喊一声“打！”它便会跳过去打你想惩罚的人。于是，伊和胡楚带着报仇棒去向财主讨要幸福树和幸福筐。财主蛮不讲理，让伊和胡楚滚开。伊和胡楚无比愤怒，喊了一声“打！”报仇棒立刻朝财主劈头盖脸地打去。伊和胡楚终于收回了幸福树和幸福筐，过上幸福的生活。

乌兰巴托尔报仇记

蒙古族奇遇故事。采录于内蒙古。

乌兰巴托尔是一个世袭王爷的家奴，身体强壮，能射一手好箭。他小时候，爹爹参加反抗王爷的活动，被王爷活埋了。乌兰巴托尔决心要替爹爹报仇，但是压抑不住的怒火被王爷发现，派人把他扔进井里。乌兰巴托尔在井里过了许多天，遇到一个地下王爷的“报信奴”。报信奴把耳朵贴在地上，能够听到山那边的人讲话。报信奴热心帮助他，把他送回地面。他先后结识了大山王爷的“推山奴”和海水王爷的“吞水奴”。推山奴力大无比，能够把山推着走；吞水奴肚量很大，能够一口气把湖水吸干，大家都愿意在困难时帮助他。在回家的路上，他解救了被捆绑四蹄的白银马，白银马腾空跃起，眨眼送他到家。半夜，他唤来报信奴来帮他打听世袭王爷的动静。得知世袭王爷正带着人赶来捉他，乌兰巴托尔立刻拿着大刀、背上弓箭冲出门，这时兵丁包围了他的帐篷。乌兰巴托尔杀死一些兵丁后逃跑，突然被一座大山挡住去路。他立即请求推山奴来帮他移开大山，山上滚下的石头砸死不少兵丁。乌兰巴托尔继续往前跑，被一条大河挡住去路。他又请求吞水奴来吸干河水，跑了过去。兵丁赶到河中，被吞水奴吐出的河水淹死了。世袭王爷看见只剩自己单枪匹马，连忙转身逃跑。乌兰巴托尔立刻唤来白银马，很快追上王爷，一刀劈死了这个家伙，终于替爹爹和乡亲们报了仇。

神鹿奇缘

蒙古族奇遇故事。采录于内蒙古。

从前有一个箭手，箭法超群，专门替王爷射鹿。有一次，鹿仙变成一个姑娘前来警告他不要再残害鹿群，不然便会丧命。箭手正打算申辩时，王爷跑来捅死了他，并且去调戏姑娘。姑娘一口气吹走了王爷，连忙去搭救箭手。由于姑娘用嘴舔过箭手的伤口，渐渐倒在地上，奄奄一息。临死前，她告诉箭手，只有把她的尸体放进不远处的清泉里面，她才能够起死回生。箭手照办以后，姑娘果然复活。她被箭手的真诚感动，可以托付终身，于是同箭手结为夫妻。后来，他们消灭了作恶多端的王爷，把鹿的家园治理得非常好，而且让忠厚老实的乡亲们都得到了猎物。

机智的红狐狸

蒙古族奇事故事。采录于内蒙古。

有一次，穷小伙保日乐岱搭救了一只红狐狸。红狐狸为了报答他，就去游说胡尔木苏特大帝，让把女儿嫁给保日乐岱。红狐狸替保日乐岱向胡尔木苏特大帝借秤去称金子，却拿去称石头来磨损秤盘，故意制造保日乐岱是富翁的假象。胡尔木苏特大帝信以为真，便邀请保日乐岱上天庭赴宴，并且安排婚礼。由于机智的红狐狸在天上人间巧妙周旋，充分发挥随机应变的本领，不但使穷小伙保日乐岱迎娶了胡尔木苏特大帝的女儿，而且消灭了作恶多端的蟒古思，让他们住进了蟒古思的宫殿，过上幸福的日子。

智　慧　鸟

蒙古族奇遇故事。采录于内蒙古。

早年间，在一座山里面有一只智慧鸟。有一天，这只智慧鸟被伊尔特洛尔汗捉住了。智慧鸟对伊尔特洛尔汗说："汗，你抓我并不难，带我走开不容易。在路上，只要你叹一口气我就会飞走。因此，不管怎样，咱俩都得说说笑笑地走。"接着，智慧鸟便开始讲故事。当它讲到一个猎人不问缘由就用大棍子打死忠于职守的狗时，伊尔特洛尔汗叹气说："唉！这么好的狗让他错杀了！"智慧鸟立即飞走了。此后，伊尔特洛尔汗两次捉住智慧鸟，智慧鸟又讲了女主人打死尽心尽力地守护小孩的猫和乌鸦救人反而被人误杀两个故事，伊尔特洛尔汗又两次叹气，智慧鸟终于飞走了。伊尔特洛尔汗不得不承认："唉！算了吧，确实没办法捉住它！"只好回去了。

猎人与公主

蒙古族奇遇故事。采录于吉林。

遥远的古代，美丽的草原公主哈森娜布琪被九个头的蟒古思劫走了，国王派北方镇守官阿木吉乐带领三千士兵前去营救。阿木吉乐是一个既胆小又阴险的家伙。他在途中遇到了勇敢的猎人阿古拉。当他们来到蟒古思的魔窟时，阿木吉乐的手下人竟没有一个敢上前一步。阿古拉只身深入魔窟，经过一番血战，他拼尽全力，接二连三地砍下蟒古思所有的脑袋，终于铲除了这个祸害。当阿木吉乐把哈森娜布琪公主从洞中拉上来后，竟然割断绳索让猎人阿古拉堕入洞底，然后回到京城谎报战功，并且向哈森娜布琪公主求婚。公主一心思念猎人阿古拉，以身体没有恢复为由，故意拖延婚期。阿古拉在洞里得到大海国王的儿子小查干的帮助，回到了地面上。阿木吉乐得到消息，派人将他打死，幸亏大海国王的儿子小查干赶来相救，才死而复生。当真相大白后，国王立刻下令将阿木吉乐处死，招阿古拉为驸马，并且派他做了新的北方镇守官。

放牧姑娘与黄骠马

蒙古族奇事故事。采录于内蒙古。

放牧姑娘百合其其格能歌善舞，相貌出众。她经常骑着家里唯一的黄骠马去参加比赛，每一次都得第一名。后来因为家里缴不出五只羊的人头税，百合其其格被抓进王府做舞女。一次百合其其格跳舞时昏倒在地，遭到王爷一顿毒打，被关进牛棚。百合其其格三天颗米未进，第四天黄骠马突然出现在她的面前，并且让她带上篦子、木梳和镜子，驮着她逃出王府。当王府的追兵赶到时，黄骠马让百合其其格甩出篦子化为苇塘，甩出木梳化为森林进行阻挡，最后甩出镜子化为大湖，淹死了王爷和他的追兵。黄骠马驮着百合其其格回到家乡与阿爸阿妈团聚，一起过上安稳的日子。

宝磨和神鞭

蒙古族宝物故事。采录于云南。

从前，有个小伙子天天出去放一大群牛，早出晚归。一天黄昏，一只乌鸦飞来说自己快饿死了，问小伙子要牛吃。小伙子让它吃了一头大黄牛，它便飞走了。隔了十几天，那只乌鸦又飞来要牛吃。小伙子虽然感到心疼，但见它实在饿得不行了，便又让它吃了一头牛。过了十几天，那只乌鸦飞来说要领小伙子到它那里去逛逛。小伙子跟着乌鸦翻山越岭，在太阳落山时来到一个像仙境一般的村庄。乌鸦突然变为一个白发老人，让他住了几天，受到大家的盛情款待。临走时，老人送给他一个宝磨和一条神鞭。回到家乡，小伙子一挥神鞭就出来许许多多牛；把粮食放进宝磨里一磨，就出来许许多多好吃的东西。从此，小伙子和乡亲们都过上了好日子。

打 捞 金 猪

蒙古族奇遇故事。采录于云南。

有两个蒙古族老人在寺庙里磨豆腐，家里还养着一头猪，日子很苦。一天一个麻风病人来要吃的，两个老人舀了豆腐给他吃，还让他在寺庙里住了几天，天天都吃老人给的豆腐。麻风病人临走时给每个老人一个桃子，可是老人不敢吃麻风病人的东西，拿去喂猪了。过了一段时间，麻风病人又回来告诉两个老人：“你们要不断去看寺庙里的石狮子。如果石狮子的眼睛红了，就立即跑到山上躲起来。”有一天石狮子的眼睛当真红了，两个老人赶忙跑上山，躲过了山塌。山塌时，两个老人养的猪变成金猪跑进附近的湖里。有一家几兄弟为了捞金猪，一起坐船到湖里。由于他们不满足，最后让金猪把他们连人带船都拉到了湖底。

牛　娃

蒙古族奇事故事。采录于内蒙古。

早年间，有一个孤苦伶仃的老奶奶，身边的小黄牛是她唯一的财产。一天小黄牛被大灰狼吃掉后，西瓜、锥子、鸡蛋、菜刀都来帮助老奶奶杀死了大灰狼，替她报了仇。后来，小黄牛的坟上长出一棵树，树上开的一朵花里坐着一个胖娃娃，人们就叫他“牛娃”。有天，白胡子仙翁给牛娃一把金钥匙。牛娃用金钥匙去打开宝山的石门，拿出两把金豆了，使得老奶奶和乡亲们不愁吃不愁穿。王爷听说后非常眼红，把牛娃关进水牢，夺过牛娃的金钥匙，跑进山洞拼命抢夺金银财宝，时间一过，石门紧闭，贪心的王爷被关在里面永远出不来了。乡亲们救出牛娃，分了王爷的财产，大家都过上了好日子。

好心人和坏心人

蒙古族报应故事。采录于内蒙古。

从前乌力吉和乌嫩两个朋友一起到东山去挖人参。乌力吉挖到一棵多年老参，乌嫩则两手空空。在回家途中，二人渴得要命，找到一口深井，却没有任何提水的东西。他们只好用绳子轮流吊下去喝水。乌嫩先下去喝足后，再把乌力吉吊下去。谁知乌嫩把井绳扔掉，拿起来乌力吉的老山参逃跑了。乌力吉在深井里面十分无助，太阳落山时突然听到井上面有山神土地在说：“从这里往西有一座山，山顶上有三棵大树，树下埋着三缸黄金呢。”第二天，有个樵夫把乌力吉从井里面救了出来。他回家带上工具，到山顶上把三缸黄金挖回家，于是成为富翁。乌嫩得到这个消息，立刻下到那口深井。天黑后山神土地又来了，他们说：“那天我们讲了埋黄金的事，黄金就丢失了。看来都是有这口井的缘故，应该把它填了。”于是山神土地立刻把这口井填埋了。乌嫩昧着良心想发财，结果却惨死在井里。

真假女儿

蒙古族精怪故事。采录于内蒙古。

很早以前，有个老猎人和他的女儿住在深山老林里，靠打猎为生。有一天晚上，老猎人带着猎物和野果回家，突然发现家里有两个长得一模一样的女儿。原来是山里的魔女想来坑害老猎人父女，就变为老猎人的女儿。老猎人无论如何也分辨不出她们谁真谁假，十分苦恼，第二天便去请教王爷。王爷想一想，当场问两个女儿："你们哪个能够说出自己的七代祖先？"魔女抢先回答，说得一点儿不错。真正的女儿没有准备，反而回答得结结巴巴。王爷听了，便把魔女交给老猎人，让他带回家。真正的女儿却远远跟在后面，不停地哭泣。老猎人心事重重地来到海边，看见一群小孩子在那里玩耍。他想孩子们机灵，倒不如让他们帮我猜一猜真假，就把事情的经过告诉他们。有一个孩子连忙拿出一只小口袋，对两个女儿说："你们要证明自己是真的，就进口袋里面来。"魔女迅速缩小身体，一下钻进了口袋。孩子们立刻扎紧口袋，说道："这只小口袋装不下真人。这是一只降妖口袋，魔女永远出不来啦！"话音刚落，他们就把口袋扔进了大海。于是，老猎人便带着自己的女儿高高兴兴回家去了。

七只黑山羊的主人

蒙古族报仇棒型故事。采录于新疆。

从前，有老两口无儿无女，家里很穷，就只有七只黑山羊，靠山羊奶为生。一次，飞来一只大乌鸦，接连七天把他家的七只黑山羊一只接一只叼走了。一天，有个英俊的小伙子来请老汉去乌鸦财主那里，说要返还拿走的东西。一路上老汉先后遇到成群的羊、牛、骆驼和马，放羊人、放牛人、放骆驼人、放马人，都说牲口是乌鸦财主家的，他们先后用羊肉、牛肉、骆驼肉、马肉来热情地款待老汉。老汉来到乌鸦财主家中，乌鸦财主说："上次我出远门时被妖魔抓住了，多亏用你家那七只黑山羊来换回我的性命。现在不管你想要什么，我都可以满足你。"随后还请来左邻右舍，大摆筵席款待老汉。老汉要了棒槌、锅、花马驹三件宝物后，便往回走了。半路上，他应邀参加了一个大户人家举办的婚礼，那家主人用相似的锅和花马驹替换了老汉的宝锅和宝马驹。回家后，老汉告诉老伴儿，他带回来的宝马驹能够屙金粪蛋，宝锅能够自产美味佳肴，可是一试什么也没有。老汉非常生气，便把宝棒槌扔到地上，只见棒槌飞快地滚走了。老汉连忙骑马追上去，一直追到那个举办婚礼的大户人家，发现他们家已经被棒槌砸得一塌糊涂。主人看见老汉，连忙求饶，立即退还那两件宝物。老汉收了棒槌，带上宝锅和宝马驹回家了。从此，老两口快快乐乐地过上了幸福生活。

黑心的弟媳

蒙古族报应故事。采录于新疆。

从前，有兄弟俩同住在一个村子，老二富裕有家室，老大贫穷孤身一人。一天老二给大儿子娶媳妇，大宴宾客，却没有请哥哥参加。老大感到羞愧，便带着一把斧头去寻短见，独自躺到万丈悬崖下，不一会儿便睡着了。一个巡天大仙发现后，就给了老大一个要什么就有什么的宝口袋和敲宝口袋的宝锤，让他吃饱了一顿美食，而且向宝口袋要了一匹枣红马骑回家。随后，老大又要了许多牛羊，过上了富足的生活。弟媳看见老大发财了，便让老二去打听消息，并且叫他也到万丈悬崖下去弄回一个宝口袋和宝锤。结果老二被拧歪了鼻子，好不容易才爬回家，所有的医生都说没法儿医治，弟媳不得不去请老大帮忙。老大心软，就带着宝口袋和宝锤去他家。当他正要用宝锤敲宝口袋医治老二时，弟媳一把夺过宝锤去敲，结果没有敲中宝口袋，却重重地落到老二额头上，把老二的脑袋敲碎了。

妖怪和苏毕台

蒙古族精怪故事。采录于新疆。

从前，有一个足智多谋的人叫苏毕台。一天半夜，苏毕台出去照看他的马匹，遇到一个妖怪，妖怪提出与他比智慧，讲好输家要背赢家去游逛一天一夜。比年龄时，妖怪说什么他都不搭茬，等妖怪讲完，苏毕台便大哭起来，说妖怪出生那会儿，正是他的大儿子死的时候，所以十分难过。妖怪无可奈何，不得不背他去游逛，累得妖怪筋疲力尽。妖怪想甩掉苏毕台，就问他最怕什么。苏毕台看透了妖怪的心思，就拣最好吃的食品说。妖怪立刻弄来许多黄油、五叉肉、奶酪、奶渣儿放在苏毕台身边，然后连滚带爬地逃走了。苏毕台连夜把那些好东西运回家，一家人开开心心地尽享美味。

◇蒙古族动物故事◇

爱显示自己的青蛙

蒙古族动物故事。采录于内蒙古。

天大旱，水干草枯，湖边青蛙渴得呱呱叫。大雁南飞寻水，青蛙请求它带自己去找水，大雁有心却想不出办法带它走。青蛙忙让大雁找来木棒咬住两头，它咬中间，然后起飞。大雁抬起青蛙向大海飞去，经过蒙古包时有人夸赞，问是谁想出的好办法？青蛙非常得意，险些喊出来。飞呀飞，不断听到赞扬声，有人喊道："真妙啊，准是聪明的大雁想的法！"爱显示的青蛙再也忍不住了，它刚张嘴喊"是我……"便从高空摔下来了。

狐狸、刺猬和青蛙

蒙古族动物故事。采录于内蒙古。

狐狸、刺猬、青蛙在一起分一块黄油，狐狸想独吞，就提议比谁先从坑里跳出来，谁吃黄油。青蛙咬住狐狸尾巴，乘它翘尾上跃时第一个跳到坑边。狐狸又说比谁年纪大，刺猬说自己一百岁，狐狸说自己一千岁，青蛙哭泣道："我两个儿子活着的话，就和你俩一般大。"狐狸又要比谁醉得快，刺猬说自己一杯醉，狐狸说自己一闻就醉，青蛙摇晃着说听到酒就醉。狐狸一再失算，黄油终于落到青蛙手里。

骑驴赴宴的老灰狼

蒙古族动物故事。采录于内蒙古。

夜里出洞的老灰狼遇到刚刚生羔羊的母山羊，立刻张嘴扑上前去。母羊护住羔羊说，东河岸有匹陷入泥沼的黄马驹肉又肥又香。老灰狼赶忙跑过河去，黄马驹请老灰狼把自己放在干净的草地上吃。黄马驹被老灰狼拖出泥沼后，又请老灰狼念它左胯上的火印字，老灰狼刚绕到黄马驹的屁股后面，就被黄马驹一蹄踢倒，黄马驹一下跑得没了踪影。老灰狼在山脚下又碰到肥驴，发誓不再错过。驴亲切地请老灰狼享受骑驴的乐趣，并把它带到正在娶亲的巴彦家，说那里的肥羊美酒随便吃。婚礼上的人们见到灰狼来了，立刻端枪放狗向老灰狼冲去。老灰狼逃回山里，想到一天的遭遇忍不住哭泣起来，猎人闻声赶到，一枪打穿了它的脑袋。

狐狸和鹌鹑

蒙古族动物故事。采录于内蒙古。

一天，狐狸对好朋友鹌鹑说："你能让我笑一下吗？"鹌鹑便带狐狸到一个村口，自己飞落在挤牛奶的老婆婆头上，老婆婆吓得叫了起来。老头子听到喊声，连忙举棍扑打，鹌鹑扑棱飞走了，棍子落到老婆婆头上。狐狸见了笑得前仰后合，又向鹌鹑提出让它惊吓一回。鹌鹑便让狐狸闭眼，带它来到一处有许多狗的移场牧户家。狐狸睁眼时，看到主人正指挥成群猎犬逮自己，吓得拔腿逃命。狐狸气得要命，马上要去吃鹌鹑。鹌鹑却飞到空中去挑逗狐狸，让狐狸不能得逞。

兔子和狐狸合伙

蒙古族动物故事。采录于内蒙古。

兔子和狐狸合伙种田，春天耕种时节，狐狸说："天气还有变冷的迹象，我去祈求老天止住寒冷。"它进山享受去了，只剩下兔子独自辛勤耕种。禾苗出齐要锄地了，狐狸又说要去祈求老天降点儿雨水，便躲进深山去睡觉。秋收季节，狐狸又推说去祈求老天多出太阳好收割，照样不干活儿。兔子收割完毕，又独自打场。粮食刚入库，狐狸就回来了，它对兔子说："是我去祈求老天爷风调雨顺，才有如此好收成，你再卖力也无用。大部分粮食应该归我！"兔子听了好伤心，便把受欺负的经过告诉狗。狗非常气愤，立刻跑去咬死了狡猾的狐狸，把粮食全部给了兔子。

戴帽子的狼

蒙古族动物故事。采录于内蒙古。

狼见到兔子说："我快饿死了，请你给我压压饥。"兔子说："我太小，后面有只绵羊。”狼往前走，果然见到一只绵羊。绵羊说：“我这只怀胎母羊肉已老，后面有个老头儿。”狼再往前走见到了老头儿，老头儿对它说：“我已皮包骨头了，后面有条我的牛，你快戴上我的帽子去吃吧。”牛痛快地答应让狼吃，却说：“这里有猎人，我驮你到安全地方去吃吧。”牛驮着狼一路奔跑回到蒙古包，把狼甩给两条狗，让它们把狼咬死了。

大象和鼹鼠

蒙古族动物故事。采录于内蒙古。

大象每日到河边饮足水后，就往鼹鼠洞中甩水，鼹鼠不堪其苦，于是哀求大象，大象却不予理睬，还以战争相胁，弱小动物因此纷纷迁移。一天，鼹鼠趁象饮水时，顺着大象鼻子钻进了它的喉咙，拼命啃噬它的心肺。大象痛得横冲直撞，竟狂奔而死。鼹鼠终于过上安乐的生活。

知恩图报的蚂蚁

蒙古族动物故事。采录于内蒙古。

一只蚂蚁口干舌燥，爬到泉边饮水，不慎被激浪卷进水中。花喜鹊听到呼救声，赶紧衔来一片树叶抛给蚂蚁，让它爬上树叶随浪花推上岸。蚂蚁再三感激花喜鹊的救命之恩。它回到洞穴时，听猎人在自言自语要打喜鹊度饥荒。它赶忙奋力爬向大树，猎人已在泉边张弓搭箭瞄准喜鹊窝。它来不及喊话，急速爬上猎人腿肚子狠咬一口。猎人放下弓箭猛击一掌打死蚂蚁，掌声惊醒喜鹊，喜鹊因此安全获救。

骄傲的天鹅

蒙古族动物故事。采录于内蒙古。

天鹅炫耀自己洁白漂亮的羽毛，瞧不起水上的邻居们。一天，水獭在岸边盖新居，恭敬地向迎面游来的天鹅问候，天鹅却取笑水獭眼睛小像瞎子，迟早会让猎人空手捉进口袋。水獭问天鹅，第二道河湾有什么声音？天鹅回答没有听到。水獭又问天鹅，第一道河湾有什么声音？继而提醒天鹅，离这儿很近的地方有水声。天鹅听不见，还骂水獭说谎捉弄它。水獭说：“耳朵对于我就像你的眼睛一样重要。再见！”说完便钻进水里。天鹅不服气，它伸长雪白的脖子正得意忘形时，一声枪响，便掉进河里了。

豆鼠与蛇

蒙古族动物故事。采录于内蒙古。

豆鼠正在草地上找食，碰到了断成三截的蛇。豆鼠安顿好孩子，赶紧去找来一大堆药草，天天咬碎用唾液为蛇涂伤。第三天蛇能走动了，豆鼠留蛇在家，自己又去采药。豆鼠回到家发现三个孩子已被蛇吞食，它推说去找孩子，赶忙出去请刺猬来对付蛇。刺猬咬住蛇尾，将身子缩成刺球，用力把蛇扎死，从蛇肚子里面救出了三只小豆鼠。

兔子的妙招

蒙古族动物故事。采录于辽宁。

兔子、狐狸和狼想夺老阿爸的钱褡子，兔子出一妙招，逗引老人放下钱褡子去追它，不费力气弄到了钱褡子。它们来到敖包顶上，按兔子的主意分赃，狼得到靴子，狐狸得到钹，兔子得到一大块熟肉，然后离去。黑夜里狼穿上靴子去偷羊，陷入圈泥被人打折了腿。狐狸拿钹回去逗孩子玩儿，在洞口敲得山响，狐狸崽吓得乱跳乱撞全死了。兔子刚把唯一的大块熟肉吃掉，就看见狐狸和狼气汹汹找来，便大声说道：“真灵啊！我听到老阿爸对佛爷说，谁穿了靴子就被打折腿，拿我的钹就断子绝孙，吃我的肉就豁了嘴。”

狼和狐狸捕鱼

蒙古族动物故事。采录于新疆。

冬天，狐狸见人们在河面凿冰捕鱼，便装死躺在人挑担回家的路上。等人把它捡进大筐以后，它就将鱼一条条扔下去再溜出大筐。狐狸刚刚把鱼捡拢，狼便过来了。狐狸谎称这些鱼是它用尾巴从冰洞里钓来的，它正打算把鱼送给狼。傍晚，狼急奔冰洞照狐狸的办法用尾巴去钓鱼。天亮时，狼的尾巴已很沉重，怎么也提不出来，最后被村里赶来的男人们活活打死了。

两只山羊和四十只狼

蒙古族动物故事。采录于新疆。

有一家主人病了，他家的两只母山羊自己去山里吃草。在回来的路上，两只母山羊见到一个狼头骷髅，花母羊将狼头骷髅装进脖上的草兜里，对白母羊说："别害怕，要真碰上活狼，就用它来对付。"走过山沟，它们又捡到一个死狼的头，也装了起来。它们看到河对岸有很多篝火，等走近才发现不是宿营驼队，而是四十只狼在等它们过来。头狼正下命令，要把送上门的两只母山羊的肉撕开烤着吃。花母羊拉着吓破胆的白母羊大步走到狼中间，大声说道："我的誓言今天要实现了，刚杀死四十只，剩下的四十只原来在这里！"说着扔出一个狼头骷髅，众狼往后退，它又扔出刚死的狼头，众狼确信无疑，立刻四散逃命。两只母山羊智胜群狼，安全地回到了家中。

受伤的喜鹊

蒙古族动物故事。采录于新疆。

一只受伤的喜鹊在大树上孵蛋，狐狸威胁要啃倒树，喝干山泉，吃光七个喜鹊蛋。喜鹊给它一个蛋，希望它不要再啃树。第二天，狐狸又用同样的话相胁，又吃到一个喜鹊蛋。一天天过去，喜鹊抱着最后一个蛋哭泣，猎人帮它安放好夹子后离去。狐狸又来故伎重演，喜鹊勇敢怒斥狐狸，狐狸十分恼火，打算上树，可是它没爬多高就摔进猎夹，被猎人打死了。

黄 牛 斗 狼

蒙古族动物故事。采录于青海。

一群狼看见一群黄牛在草滩上吃草，就一起跑过去想把黄牛吃掉。几头胆小的黄牛想跑，一头老黄牛把它们叫住说："我们的犄角就是抵御敌人的武器，只要大家一条心，便可以把狼群赶走！"在老黄牛的指挥下，黄牛们把犄角朝外，尾巴朝里，站成一圈。狼群冲来时，黄牛们齐心协力用犄角抵住。恶狼害怕了，它们耷拉着受伤的脑袋，拖着尾巴离开了这群黄牛。

黑心眼儿的家伙

蒙古族动物故事。采录于青海。

母虎吃掉母牦牛后大睡，没妈的牛犊只好和虎崽一起挤在老虎怀里吃奶，从此它们在虎妈的喂养下一起成长。后来虎妈被猎人捕杀了，它们像亲兄弟一样日渐长成大老虎和大牦牛，开始独立。一日，心生贪念的狐狸到北山对老虎说，牦牛想以扎破睾丸的办法杀害老虎，它又到南山用同样的话挑拨牦牛。第二天清晨，两个吃同一妈妈奶长大的兄弟，来到指定的山梁，冲上前狠咬住对方的睾丸一起丧命。狐狸享受着胜利果实，正想从虎、牛腿上抽筋吃时，两个庞大的身子倒下来，压死了这个进谗言的家伙。

◇蒙古族写实故事◇

国王扮盗破疑案

蒙古族宫廷故事。采录于新疆。

从前有一个小国，前几任国王接二连三莫名其妙地死去，而且都死在过年的时候。新国王继位后又快过年了，他就去请教一个老喇嘛。老喇嘛对他说，陛下要想活命，就得去做一回盗贼。新国王果然听了老喇嘛的话，做起盗贼来。每逢除夕，文臣武将都要进宫包饺子，以便年初一与国王一起吃早饭，共同庆贺新年。这一年除夕，新国王悄悄潜进御厨，偷听到一个大臣鬼鬼祟祟地提醒另一个大臣："给国王吃的毒饺子要放在白玉盘里面，不要放混了。"新国王一下明白了。年初一早上，君臣在一起吃饺子时，新国王等大臣们都到齐后，发话道："往日大家都辛苦了，今天我要慰劳慰劳你们，以尽本王的一点儿心意。"说罢，他便离开王位，把白玉盘里的饺子端给昨晚指挥包饺子的几个大臣，客客气气地说："你们几个尤其劳苦功高，就先敬你们吧。"这几个大臣面面相觑，非常惊恐，但又不敢不吃。毒饺子下肚，他们立刻死去。从此以后，再没有国王暴死的事情了。

王位传给谁

蒙古族机智故事。采录于青海。

从前有位王爷有三个儿子。他已经年迈，打算把王位传给其中最聪明的一个儿子。一天，他把三个儿子叫到面前，问他们什么最甜？什么最肥？什么最才智？老大回答："糖最甜，猪最肥，王爷最才智。"老二回答："蜜最甜，羊最肥，书最才智。"老三回答："盐最甜，因为有了盐一切事物才有味；世界最肥，因为世界上万物齐全，无所不有；笔最才智，因为世界上的一切事都是用笔写成经书、经典的。"王爷听了老三的话很满意，就把王位传给了老三。

国王的头有五斤

蒙古族机智故事。采录于青海。

有一个老头儿在王宫里面干了一辈子活儿，到死都没有得到一点点报酬。他的大儿子、二儿子先后去王宫里干活儿，干了几年也都空手而回。这时候，三儿子又去王宫里干活儿，发誓要把爹爹和两个哥哥的血汗钱挣回来。他到王宫后，国王说："我可以把你爹爹和两个哥哥的工钱拿给你，但是你每天必须干五个人的活儿，而且我还可以再给你五个人的工钱。"于是，三儿子便每天干五个人的活儿。几年以后，当他干完国王给的所有活儿要求回家时，国王把他带到一条没有水的干沟前，要他让干沟里流起水来，否则分文不给。三儿子一时想不出办法，这时一个小孩儿跑来请他帮助捉鸟。三儿子替小孩儿把鸟捉住后，小孩儿告诉他，只要把河的源头的一块大青石搬开，河里面就有水了。三儿子去把好消息告诉国王，国王又故意刁难他："你能够说出我的头有几斤？"三儿子立刻说："国王的头有五斤。"国王骂他胡说八道。三儿子说："国王别生气！我当着大家取下来称一称就清楚了。"国王无可奈何，只好把所有的工钱交给他。三儿子拿着这些工钱，快快活活地回家了。

蠢王爷和聪明的副官

蒙古族官吏故事。采录于内蒙古。

从前有一个旗王爷虽然十分愚蠢，但是手下却有个机敏、聪明的副官帮助他，因此这个王爷便得到了“清官”的美名。邻近有个旗王爷的两房妻子经常打架，酿成一桩难断的官司。这位王爷十分头疼，就请这个“清官”王爷来帮忙审理此案。王爷接到请柬后心里惴惴不安，副官让他不必担心，愚蠢的王爷便带着聪明的副官去邻旗。在路上，副官一再叮咛王爷，一切听我指点就好了。升堂审案时，那个王爷的大小老婆跪在堂中央，小老婆说她受到虐待，每天吃谷糠和米汤；大老婆说她们亲如姊妹，同吃一锅羊肉，同盖一床被子。“清官”急得不断流汗，不知如何办。副官叫他吩咐衙役拿两片翎羽和两个盆子来，分别用翎羽捅大小老婆的喉咙，拿盆子来接她们吐的东西。结果小老婆吐的是谷糠和米汤，大老婆吐的是羊肉和面片。事情一目了然，大老婆不得不承认自己的罪过。愚蠢的王爷凭借副官的指点，从此名扬四方。

诺彦狩猎

蒙古族讽刺故事。采录于青海。

从前，有一个叫诺彦的人非常刻薄，让家奴拼命干活儿，从来不管他们的死活。有一次，诺彦带着几个家奴上山打猎，整整一天才打到一只野兔。几个家奴把野兔煮熟，便去问诺彦吃哪一块肉。诺彦想牛羊的胸骨肉好吃，就说我吃胸骨肉。他们把野兔的胸骨肉端给诺彦，而把肉多的骶骨和四条腿留下来，大家美美地吃了一顿。诺彦啃着野兔的胸骨，饿了一夜。第二天又去打猎，一天只打到一只野鸡。家奴们把野鸡煮熟，又去问诺彦吃哪一块。诺彦想骶骨的肉多，便说吃骶骨肉。家奴把野鸡的骶骨端给诺彦，上面的肉少得很，他又饿了一夜。从此以后，诺彦再也不出去打猎了。

大喇嘛上天堂

蒙古族僧侣故事。采录于内蒙古。

有一个木匠不愿意白白给大喇嘛干活儿，得罪了大喇嘛，大喇嘛想害死这个木匠，便跑到可汗那里去说：“昨晚我在天堂见到您去世的父王，他要在那里建造一座宫殿，请您马上派一个能干的木匠去。”愚蠢的可汗便把那个木匠叫来，木匠说他上不了天堂。大喇嘛说：“让木匠待在一个木棚里，我们再把木棚点燃，他乘着烟雾就可以上天啦。”木匠想了想，便答应自己来修建这个木棚。木匠在修建木棚的同时，与妻子一起偷偷挖了一个通到家里的地道。当官兵把木匠关进木棚，熊熊烈火燃烧起来时，木匠在浓烟的掩护下钻进地道，回到家中。大喇嘛却高喊：“快看，木匠随着浓烟升天啦！”木匠躲在家里面很长时间没有露面，养得白白胖胖的。一天，木匠穿着一件白衣服去看可汗，说道：“老可汗对我建造的宫殿非常满意，要好好奖赏。天上还缺一个大喇嘛，让您赶快派一个来。”可汗立即奖赏木匠一骆驼金银财宝，并且派人把大喇嘛找来，命令他做好上天的准备。大喇嘛不敢不答应。当他被关进木棚，熊熊烈火燃烧起来时，再后悔也来不及了。

喇嘛讲故事

蒙古族僧侣故事。采录于青海。

从前，有一个喇嘛化缘到一户人家投宿。主人见他是个化缘的穷喇嘛，只倒了一碗清茶，另外什么都没有。喇嘛喝完，主人又倒一碗给他喝，喇嘛说不喝了，他还要到前面一家去讲故事。主人爱听故事，便要留他下来讲故事，喇嘛故意说不行。主人再三挽留，说着端来酥油奶茶，并且准备了丰盛的晚饭。主人一边做饭，一边叫喇嘛讲故事，喇嘛说等吃完饭再讲。饭后主人又催喇嘛讲，喇嘛说：“躺下慢慢讲吧。”躺下后喇嘛讲道：“从前，有一个喇嘛在通往拉萨的路上，走哇，走哇……”说完这一句话就没有声音了。主人问后来呢？喇嘛说：“就这样走的时候，发现路边一个老鼠洞，洞口有一只老鼠东张西望……”说到这里他又不言语了。主人问后来呢？喇嘛说：“老鼠有洞，后来就钻进洞里去了。”说完喇嘛就打起呼噜睡着了，气得主人一夜没合眼。

狂妄者被捉弄

蒙古族猎人故事。采录于内蒙古。

从前有一个猎人自恃力大，目中无人。有天他到深山去射死了一头大野猪，足有上百斤重，就用车子推去卖。他来到一条小河边，看见人们在搭桥，便想显摆一下，就连车带猪一起扛着蹚过河。大家都非常惊奇。这时候，有个矮小的瘦汉出来买了猎人五斤猪肉。接过猪肉后，瘦汉用两个指头捏着铜钱递到猎人面前，但是并不急于放开钱。猎人用尽浑身的力气也未能拽出铜钱。猎人当众丢人，钱也不要了，立刻溜走。瘦汉追赶上来说：“这几个钱，你还是收下吧。”于是把铜钱放在车上，猎人一看，十个铜钱已经变成一个铜块了，从此他再也不敢狂妄自大了。

财迷中计

蒙古族机智故事。采录于内蒙古。

从前有一个叫安本的财主，整天盘算着怎样搜刮老百姓。一天，有个机灵鬼想出一个办法来对付这个财迷精。他去向安本借锅，安本满口答应道："行啊！我的锅可以借给你用三天，不过它已经怀孕了，你还锅时要带一个男崽、一个女崽。"机灵鬼很痛快地答应下来，便把锅取走了。三天以后，安本派人上门要锅，机灵鬼以锅临产为由，把来人打发回去了。正当安本要去找机灵鬼时，机灵鬼已经背一口小锅上安本家来了，他说："安本老爷，你的大锅难产死了，它只生下这个小崽子。"安本感到愤怒，忙问他锅怎么会难产？机灵鬼反问道："那它怎么能够怀孕呢？"安本被问得哑口无言，只好认输。

讨见识

蒙古族傻子故事。采录于四川。

一家两口子，女的聪明，男的愚蠢。女的当家，男的从来没有出过门。有一次女的叫男的出门去讨见识，让他出去要勤快一点儿，随机应变，多帮助人，多做好事。第一天男的出门，看见有人打火把时不慎失火把房子烧了。他想起妻子的话，连忙去点燃另外一间房子，结果挨了一顿打。回家后，妻子说："看见着火要浇水呀！"第二天男的出门，看见两个铁匠正在打铁，烧红的铁块打得火星四溅。他想起妻子的话，连忙去浇水，又挨了一顿打。回家后，妻子说："看见人家在打，你要帮着打呀！"第三天男的出门，看见两人在打架，他想起妻子的话，立刻去帮着打，结果两人一齐把他打了一顿。回家后，妻子说："看见人家打架，你要在中间劝架呀！"第四天男的出门，看见两头牛在打架，他想起妻子的话，赶忙去劝架，竟让牛把他的肋骨戳了一个洞。

三句忠告

蒙古族哲理故事。采录于内蒙古。

有一个人到边疆当牧工，经过三十年的辛劳，攒下了三十头牛的报酬要回家了。临行前，主人问他："你愿意带走三十头牛，还是愿意带走三句忠告？"打工的说："如果我能够听到三句忠告，将胜过三十头牛。"主人便说："当你在途中遇到岔路时，选择北路，千万不要走南路；当你在途中住宿时，千万不要住在老夫少妻家里；当你进自己的家门时，一定要用右手握住自己的左手。"他牢记主人的忠告便上路了，在途中遇到另外一个打工者，赶着三十头牛，拉着三十挂车，这是他多年辛苦所得。走到岔路口，听忠告者选择北路走，后一个打工者走南路。走南路的人遇到山崩地裂，牛和车被卷走了，只剩下几套车。后来他们又相遇了，后一个打工者说出自己的不幸，交给听忠告者三套车后继续往前走。到了晚上，听忠告者没有住进那个有老夫少妻的家里，后一个打工者却住进去了。半夜竟发生了血案，多亏听忠告者出来替后一个打工者作证，他才脱了干系。听忠告者赶着牛车回家时，已经夜深人静。他看见一个男人正睡在自己的妻子床上，怒火中烧，想去杀掉那个男人。可是他想起"进家门时一定要用右手握住左手"的忠告，立刻打消了这个念头。进家后他才发现，那个男人是三十年前离家时妻子怀孕生下的孩子。

小孩子屁股上有三盆火

蒙古族讽刺故事。采录于内蒙古。

在某地的寺庙里面，有一个苛待徒弟的大喇嘛。他夏披绸子，冬穿狐皮缎袍，却让小徒弟一年到头光屁股，连冬天也不给小徒弟穿裤子。他还常常说："小孩子屁股上有三盆火。"一天寒风刺骨，来了一个客人，大喇嘛叫小徒弟去烧茶，等了半天不见小徒弟回来，大喇嘛出去一看，三个小徒弟正撅起屁股顶着茶壶趴在院子里。大喇嘛骂他们胡闹，小徒弟说："我们没有胡闹，而是在烧茶。你不是说过'小孩子屁股上有三盆火'吗？"大喇嘛被噎得哑口无言，只好自己提着茶壶去烧茶。

兄弟借种粮

蒙古族家庭故事。采录于内蒙古。

有兄弟俩，哥哥家虽不算富裕，但也生活得不错。弟弟的日子却不如哥哥，只能够勉强度日。这一年开春，弟弟没有种子下地，便过河去问哥哥借。哥哥说："兄弟之间不要客气，家里缺什么，尽管自己去拿。"弟弟就装了一袋种粮回家。这一年风调雨顺，收成不错，弟弟便背了一袋粮食去还哥哥。哥哥却不高兴地说：“瞧你这粮食，颗粒不饱满，明年用更好的粮食来还我。”弟弟没有想到哥哥这样缺少情分。第二年，他努力精耕细作，到秋天获得好收成，又装了满满一袋粮食去还哥哥。哥哥从口袋里面抓一把粮食出来看，仍然觉得不满意，让弟弟背回去，明年还再好一点儿的粮食。弟弟几乎气炸了肺，感到哥哥太不讲理了。第三年，弟弟起早贪黑，勤耕勤灌，付出更多的汗水，取得了丰硕的收获。秋收以后，弟弟背着一袋像珍珠似的粮食去还哥哥。哥哥喜出望外，说道：“你三年辛苦，终于得到了好收成。我只是想逼你把粮食种好，才这样对待你。兄弟之间不必客气，你还是把粮食背回去吧。”这时弟弟才恍然大悟，明白了哥哥的用心。从此以后年年精耕细作，年年过着丰衣足食的日子。

学针线

蒙古族家庭故事。采录于青海。

从前，有一个儿媳妇从小娇生惯养，不会针线活儿。婆婆教她，她不肯学。她的衣服破烂不堪，心想要是妈妈在身边就好了，越想越觉得娘家好。婆婆看出她的心思，便想出一个妙计。在一个寒冷的日子，婆婆对她说，你父母捎信说要来看你，你到路边的山坡上去等他们吧。儿媳妇左等右等都不见人影，寒风吹到她长袍的破洞里，冷得她直哆嗦。这时候，婆婆送来针线荷包，她拿起针线把长袍缝好，就觉得暖和一些了。从此她开始学针线，十分感激婆婆的好心。

寻找骆驼

蒙古族机智故事。采录于内蒙古。

有一个上年纪的健壮男子拉骆驼运输时，丢失了一只骆驼。他寻找许久，遇到了一个骑白马的年轻人。年轻人问他丢失的是不是一只瞎了左眼、右前腿有点儿瘸、脱落两颗门牙的骆驼？失主连忙问他骆驼在哪里。年轻人说：“我不知道它在哪里，不过昨天我看到了它的足迹。”失主怀疑自己的骆驼是这个年轻人偷的，便到官府告了他。在法官面前，年轻人一点儿也不惊慌，他心平气和地说，自己还能够讲出那只骆驼的许多特征：“它一侧驮着装满蜂蜜的箱子，另一侧驮的是一袋小麦。”失主忙说肯定是他偷的。年轻人申辩说他并没有亲眼见到骆驼：“我说它瞎了左眼，是因为它沿途只吃右边的草；说它脱落两颗门牙，是因为它吃草时叶片上留下了门牙空缺的痕迹；说它右前腿有点儿瘸，是因为从它的足迹中可以看出，它的右前腿不但踏得不平，而且地面上留下了明显的拖痕；说它一侧驮着蜂蜜，另一侧驮着小麦，是因为一侧有一群一群的苍蝇在沿途吃蜂蜜，另一侧有许多麻雀在吃麦粒。”失主为年轻人的聪明细心所打动，连声向他道歉，然后一起走出衙门，沿着骆驼的足迹走去……

聪明的陶蒂少布

蒙古族机智故事。采录于内蒙古。

从前在一个小国家里，有个极其凶恶的国王。一天，他下了一道命令，要让老百姓家里的犍牛下犊。命令下来，老百姓无比恐惧，叫苦连天。有一个聪明的孩子陶蒂少布站出来解救大家。他骑上快马来到王宫对国王说，他家的犍牛下犊了。国王问他怎么不拿来？他说拿不动。国王问他父亲怎么不送来呢？他说父亲昨天刚生了个娃娃。国王骂他分明在撒谎，他理直气壮地说：“既然男人不能生娃娃，犍牛又怎么能下犊呢？”旁边的文武大臣都哈哈大笑起来。国王又羞又恼，只好撤销了这一道命令。

谁是真正的朋友

蒙古族讽刺故事。采录于青海。

一天，有两个小孩子正在树林里玩耍，突然蹿出一只大熊。一个孩子爬上一棵大树自己躲起来了，另一个孩子来不及跑，便装死躺在地上。大熊嗅嗅躺在地上的孩子的脸，以为他死了，就摇摇晃晃地离开了。大熊走后，树上的孩子下来问装死的孩子，大熊贴着你的耳朵说什么？那个孩子回答：“大熊说，‘在危难时不顾朋友只顾自己的人，不是真正的朋友，所以我不吃你。’”

耍嘴不成倒挨骂

蒙古族讽刺故事。采录于内蒙古。

早年间有一个说书人，自以为能说会道，谁的口才都不如他。一天，他听说西村有个口才出众的人，便赶去要跟人家比高下。到了那家门口，他为了蔑视对方，先用纸把半边嘴贴上。他进屋只看见一个孩子，便问他爹去哪儿了？孩子说耕田去了。他又问他爹在哪儿耕田？孩子看见他半边嘴贴了纸，就闪出捉弄他的念头，便说：“我爹到灶火的烟道上耕田去了。”说书人嘲讽说：“哎呀，牛不会把屎拉到锅里吗？”孩子说：“不会的，牛屁股用纸贴上了，咋能呢？”说完便哈哈大笑起来。说书人被损得哑口无言，心想小孩儿都这么厉害，别跟他家大人较量啦，于是赶忙溜走了。

白天掉地的肉不准捡

蒙古族讽刺故事。采录于内蒙古。

有一次，一个讲排场的诺彦带着滑稽人金巴外出。在路上金巴啃着一块羊肩胛，不慎将骨头掉在地上。他刚要去捡，诺彦当着同行的众人大摆威风说：“白天掉地的肉，不准捡！”过了一会儿，诺彦受到惊吓，突然从马上摔下来，金巴却不管不顾，一直往前走。诺彦爬起来追上金巴，大骂他为什么不管自己。金巴说：“诺彦您刚才不是吩咐过‘白天掉地的肉不准捡’吗？”诺彦一时语塞，同行的人忍不住大笑起来。

泥 佛 抢 肉

蒙古族机智故事。采录于内蒙古。

从前，草原上有一个特别信佛的老汉，他家里有什么好吃的都要拿去供佛。一天老汉要出门，临走时叮咛他的小小子：“锅里的肉熟了，一定首先给佛爷上供。”老汉放心走后，小小子把锅里的羊肉捞出来，因为羊肉太诱人了，他便抓起来大口大口地吃了个痛快，随后才想起不好给阿爸交代，便操起火夹子“噼里啪啦”把那些大大小小的泥佛打得稀巴烂。老汉回家看到这个情景，十分生气，忙问是怎么回事。小小子说是佛爷因为抢肉，相互厮打起来了。老汉说他撒谎，泥捏的佛爷怎么能动弹？小小子说：“阿爸，你不要生气，既然是泥佛，为什么还要供好吃的呢？”老汉听了支支吾吾，说不出话来。

聪明的女孩儿

蒙古族巧女故事。采录于内蒙古。

从前，有一个泼妇自己没有生孩子，对养女一点儿也不疼爱，经常让她吃不饱，穿不暖。一天泼妇叫养女猜谜："有了它不能吃，没有它又吃不下。"只要猜中就给饭吃。养女猜出是"食盐"，便吃了一顿饱饭。第二天，泼妇把白糖和石英石一起放在石臼里面捣碎，让养女给分开，不能分开就休想吃饭。养女把它们放在碗里，然后倒入净水，白糖很快就融化了，石英石粉却沉在碗底。泼妇还不肯罢休，又找了一块千孔石，命令养女拿马尾穿过石孔，否则休想再吃饭。养女捉来一只大蚂蚁，用马尾拴住它的腿，让它在石孔间穿梭，不一会儿便将马尾穿进所有的石孔。泼妇想了许多坏点子始终没有难倒养女，只得认输。

五粒黄豆

蒙古族巧媳妇故事。采录于内蒙古。

老汉的三个儿子进山干活儿去了，他就把三个儿媳妇叫在一起，每人给了五粒黄豆，说是五年以后再来检查这些豆粒。大儿媳回去后，把五粒黄豆炒来吃了。二儿媳回去后，用红布把五粒黄豆包起来放在箱子里面。三儿媳回去后，把五粒黄豆种到地里，精心料理，秋天收获许多黄豆；第二年又把这些黄豆种到地里。就这样，年复一年种个不停。五年过去了，老汉检查五粒黄豆的状况。大儿媳说她炒来吃了；二儿媳从箱子拿出来还给公公；三儿媳打开装满豆种的柜子，说是种黄豆的收获。勤劳、智慧的三儿媳受到了公公的赞扬，大儿媳、二儿媳都感到十分羞愧。

三个儿媳回娘家

蒙古族巧媳妇故事。采录于内蒙古。

一天，三个儿媳向老公公提出要回娘家去给老人请安，老公公虽然不大乐意，也无法阻拦，就提出："大儿媳可以回去十五天，回来时带个'纸包火'；二儿媳可以回去三五天，回来时带来'一阵风'；三儿媳可以住五十天，回来时要把我的影子带来。"大儿媳、二儿媳出来，都觉得很难办。三儿媳却胸有成竹地说："大姐、二姐不必烦恼，十五天是半个月，三五天的乘数是半个月，五、十天加起来也是半个月，其实大家回娘家的日子一样长。大姐带'纸包火'就是灯笼；二姐带的'一阵风'就是扇子；我带一面镜子，就把公公的影子带回来啦。"三个儿媳回娘家住了半个月，带回来公公想要的三样礼物，老公公见了格外高兴。

法律和银子

蒙古族讽刺故事。采录于内蒙古。

从前有个盲艺人到各地去说唱，好不容易积攒下一小袋银子。有一天，一个强盗抢了盲艺人的银子，众人便把这个强盗扭送官府。在公堂上，强盗向县官暗示，晚上将会送五十两银子来，县官便说盲艺人诬告好人。盲艺人心里跟明镜似的，他故意趴在地上左听听右听听，县官莫名其妙，问他在干啥。盲艺人回答："昨天这里还响着法律的声音，可今天这里怎么响起金属的声音？大概是银子吧，我把它挖出来献给大老爷。"

一 枚 铜 币

蒙古族讽刺故事。采录于内蒙古。

从前，贪心的诺彦带着一个侍从出差。侍从在路上捡了一枚铜币揣进自己的口袋里，没有上交给诺彦。诺彦很不高兴，便处处刁难，一心想把铜币夺过来。侍从走在前面，诺彦说是欺主；侍从走在后面，诺彦说是把他当犯人押送；侍从跟诺彦并排走，他说奴才胆敢与主子并驾齐驱。侍从正左右为难时，发现诺彦目不转睛地盯着自己装着一枚铜币的衣兜，于是立刻把铜币掏给诺彦。诺彦心满意足地说："你早这样，何必让我费那么多周折！其实，你走在哪里都一样。"

父子俩待客

蒙古族美德故事。采录于青海。

过去有父子俩日子过得穷苦，常常有上顿没下顿。一天，他们好不容易得到一只羊头，便煮来当晚饭。正巧，有两个客人来借宿。这下可把父子俩难坏了，锅里面煮一只羊头，四个人怎么分呢？实在想不出好办法。后来父亲说："儿子啊！我——说（我吃舌头），你——听（吃耳朵）。蹲在上面的吃上面的，蹲在下面的吃下面的，不就好啦！"儿子明白父亲的意思，便把锅里的羊头捞出来，把羊头的上半块肉端给坐在上位的客人，把羊头的下半块肉端给坐在下位的客人，把羊舌头给了父亲，自己吃两只羊耳朵。就这样，厚道的父子俩用一只羊头既款待了客人，自己也吃上了晚饭。

富人挨冻

蒙古族富人故事。采录于青海。

从前有一个穿绸缎长袍的富人出远门赶路，日落西山时，到一户穷苦人家借宿。这家人虽然很穷，但是却拿出家里仅有的一点儿好东西来招待客人。睡觉时，主人拿出家里最好的白茬皮袄给客人盖。富人怕弄脏自己的长袍，就拒绝主人的好意，说要到毡包外面去睡觉。主人担心他会冻坏，可他却傲慢地说：“穿绸缎的人是不会受冻的。”半夜富人在外面喊：“我走了，我走了！”主人说：“等天亮喝碗热茶再走吧！”谁知道，天亮后主人出去一看，富人已经冻死了。

饱吃羔肉硬，饿嚼牛角软

蒙古族谚语故事。采录于新疆。

有一个勤劳善良的儿媳，每天都不辞辛劳地给婆婆包饺子吃，婆婆吃得很高兴。但是日子长了，婆婆慢慢嫌饺子边硬不好吃，便只吃饺子肚，而把饺子边扔到一边。儿媳觉得可惜，就把婆婆扔的饺子边捡起来晾干，收集在一起。几年以后，家乡遇到大灾，牲畜全都饿死了，婆媳俩也饿得快不行了。有一天，儿媳突然想起那些干饺子边，便拿出来给婆婆吃。饥肠辘辘的婆婆“嘎嘣嘎嘣”地嚼着干饺子边，说道：“哇，太好吃啦！我的好儿媳，你给我吃的什么好点心呀？”儿媳说：“这不是什么点心，而是娘过去吃剩下的饺子边。”婆婆恍然大悟，叹息道：“这真是饱吃羔肉硬，饿嚼牛角软啊！”从此以后，“饱吃羔肉硬，饿嚼牛角软”这一句谚语便流传开来。

善有善报，恶有恶报

蒙古族美德故事。采录于新疆。

有一个孤寡老太婆到处乞讨，嘴里不断念着“善有善报，恶有恶报”。有一天汗王给自己的独生子举办婚礼，老太婆前去乞讨，嘴里仍然念着“善有善报，恶有恶报”。汗王听到后，冷笑一声道：“今天我就给她施个恶，看她怎么报我。快给她一袋子放毒的奶油，让她早一点儿死，免得对我的名声不利。”孤寡老太婆得到汗王给的奶油以后万分感激，把它拿回去供了起来。有一次，汗王的太子外出打猎，过了好多天，随身带的物品和水都用完了。后来，他们来到孤寡老太婆低矮的蒙古包前讨水喝，老太婆热情地为太子煮奶茶，还献上汗王赏赐的奶油。太子吃下奶油马上蹬腿死去，随从们把老太婆押回汗宫，汗王大发雷霆，下令将老太婆绞死。临刑前，老太婆说出事情的真相，一个大臣连忙跑去向汗王禀报。汗王感到震惊，想着，哭着，不断用双拳猛击自己的头。过了一会儿，他走到刑场上亲自给老太婆松绑，并且跪下赔礼道歉，然后把老太婆接到宫中，为她养老送终。

◇蒙古族机智人物故事◇

巴拉根仓的故事

蒙古族机智人物故事群之一。流传于大漠南北各蒙古族聚居区。由于方言的差异，故事主人公巴拉除了“巴拉根仓”外，尚有“巴拉干桑”“巴拉干仓”“巴郎桑”“巴兰僧格”“巴楞僧格”“巴郎僧格”“答兰胡达齐”等称呼，其词义分别为“机智者”“富于智慧者”“善于言辞者”“多谋善讲者”“聪明的说谎者”“言辞便捷的僧格”等。他是一个劳动者型机智人物，出自艺术虚构。其故事是蒙古族影响最大、艺术成就最高的一个机智人物故事群，不但在本民族民间文学中占有重要地位，在中国各民族机智人物故事中也相当突出。作品内容丰富，从许多侧面生动地展示出旧时蒙古族的社会生活、风俗信仰，表现了广大牧民、农民群众反抗王公贵族、反抗一切压迫剥削的斗争性和伸张正义、扶弱抑强、热爱生活、眷恋家乡的精神风貌。作品不论长短，大都故事性强、诙谐逗趣，具有浓郁的民族特色。已采录的作品有二三百篇，包括单篇故事和成组故事两大类。单篇故事数量大，如《抽签比赛》《赌吹牛》《神仙泉水》《“黑猫”和“黄猫”》《狗咬狗》《贪心的塔哈拉》《还本付息》《珍贵的礼物》《说谎》《关老爷下跪》等；成组故事由若干篇故事串连而成，如《巧答哈盖诺彦》由《洞里的糜子》《鹌鹑和大雁》《奇怪的刺猬》《危险的遭遇》《龙王的宝钗》组成；《讲给参赞大臣的故事》由《谎言与现实》《旱獭穴里过冬》《高贵的夫人》《空腹公黄羊》《饿狼和绵羊》《诺彦的长相什么模样》

《犊牛和瓦罐》《一枪射双兔》组成。《智惩阎王》由《奇怪的尸体》《让牛头马面拉磨》《给秃头鬼安头发》《给烂眼鬼点眼药》《钻缝鬼进猪尿泡》《猴鬼屁股着火》《七鬼畅游人间》《巴拉根仓当了阎王》组成。有《巴拉根仓故事集成》《巴拉根仓的故事》等专集。

抽签比赛

蒙古族机智人物故事。采录于内蒙古。

一日王爷在高台上摆了张扣了两只银碗的茶几，当众宣布要和巴拉根仓比智慧，他说："两只碗里各扣了一个'输'字、一个'赢'字的字签。你揭着'赢'字，我给你十匹骏马；揭到'输'字，你给我十匹骏马，给不起马就给我干十年苦差。"巴拉根仓已猜出王爷要的花招，他走上台去，把两只碗听了听又闻了闻，迅速揭开一只，拿起纸条放进嘴里，回头对王爷说："剩下的那个是您的了，请笔帖式替您揭开念一念吧。"王爷被这突然的举动蒙住了，他的笔帖式只好揭碗，纸签上写的是"输"字。巴拉根仓便跳下高台，牵着十匹骏马扬长而去。

赌吹牛

蒙古族机智人物故事。采录于内蒙古。

一日王爷又要和巴拉根仓赌吹牛，讲好如果谁听了对方的吹牛，说一声"不对"或"胡说"，就罚一百只羊。王爷先吹开了："前天夜里刮大风，蒙古包般大的岩石刮得满地走。我家圈里的几百只羊刮到天上，风停后发现落进你家羊圈里。"巴拉根仓刚说是的，王爷就逼他还那几百只羊。他笑笑说："王爷，您急什么？那天风停后，我还以为老天爷恩赐我呢，刚想杀一只吃，又起风了。这回风向一转，竟把您那几百只羊连同我家的一百只一起卷上了天。说来巧，这些羊都送到了您家的圈里。"王爷忍不住大喊："完全是胡说八道！"巴拉根仓连忙抬腿走进王爷家羊圈，数了一百只羊赶回家了。

神仙泉水

蒙古族机智人物故事。采录于内蒙古。

有一个残暴的老王爷妄想益寿延年，长生不死，派人四处寻找“仙药”。因为找不到“仙药”，杀掉了许多无辜的臣民。巴拉根仓得知此事，便主动去为民除害。在一个三九天，他身穿单袍提了一桶井水跑到王爷府上，大喊：“王爷快出来！”然后把井水倒在王爷的蒙古包前面的地缝里，趴在地上喝了起来。老王爷出来见巴拉根仓满头大汗，又听说喝了那种长生不老的神泉会浑身发热，赶忙脱下皮袍贴在地上喝。不一会儿工夫，这个老家伙就被冻死了。巴拉根仓穿上皮袍一转身便溜走了。

“黑猫”和“黄猫”

蒙古族机智人物故事。采录于内蒙古。

巴拉根仓的媳妇是个美人儿，满脸大胡子的王爷协理和细长胡子的喇嘛整天像苍蝇一般来他家纠缠不休。巴拉根仓知道后，给媳妇出了个好主意。次日清晨巴拉根仓骑马进城去了，大喇嘛瞅准机会溜进他家，年轻的媳妇对喇嘛说：“住庙供佛的喇嘛，今晚在我家高粱地见面吧。我在地北头像老猫似地叫一声‘嘛呜’，你就学猫崽回一声‘咪哟’！如我不再叫，那就是我丈夫回来了，怨你没福气，赶紧溜走吧。”她又把同样的方法告诉了想乘虚而入的王爷协理，让他在地北头学公猫叫一声“嘛呜”。晚上天下大雨，两个老色鬼照旧摸进了巴拉根仓家的高粱地。当他们对上暗号后，便兴奋地相互爬去，迫不及待地拥抱亲嘴，结果各自的胡子把对方扎醒，在一道闪电下他们认出彼此的面目。两人正要争吵时，巴拉根仓扬鞭追来捉贼，将他们痛打了一顿。

狗咬狗

蒙古族机智人物故事。采录于内蒙古。

蒙古镇王爷府的小王吐勒强迫赛马冠军其木格姑娘与他回府成婚，扎木苏老汉为护女儿，打了王爷府的管家，一时大难临头，众乡亲赶忙去找巴拉根仓帮忙。巴拉根仓去劝吐勒，不必硬逼婚，并说：“三天后你亲自去求婚，我定出面保媒。”吐勒十分欢喜。接着他又到早已对其木格姑娘垂涎三尺的吐默特王爷的儿子根得处说：“三天后我帮你备好酒席，你去相美人吧。”三天后根得首先赶到，巴拉根仓告诉他：“小王子吐勒今天要来强抢姑娘成婚呐”，并帮根得出了个主意。吐勒带着护兵刚一来到，巴拉根仓便把他们让上宴席。这时根得突然举刀冲入，一下结果了吐勒的性命。根得十分得意，便坐下喝酒相亲，过了一会儿，蒙古镇王爷府的卫队闻讯赶到，冲进屋砍下了根得的脑袋。从此蒙古镇与吐默特两个王府结下了仇恨，狗咬狗的官司一直打到了京城。

黄羊和山羊

蒙古族机智人物故事。采录于内蒙古。

巴拉根仓出外打猎，打了两只黄羊回家。好占便宜的毫布达格诺彦见了气势汹汹地说："这明明是我家的山羊，快给我放下！"巴拉根仓二话没说，放下黄羊翻身上马走了。诺彦正扬扬得意时，忽听山后传来几声枪响。他寻声奔去，见巴拉根仓打死的猎物是他家羊群里的两只羯山羊，气急败坏地喊道："你凭啥打死我的山羊！"巴拉根仓说："尊贵的诺彦，您连黄羊和山羊都分不清了吗？您的山羊不是驮在您的马背上吗？我打死的是黄羊啊！"诺彦理屈词穷，只好看着巴拉根仓把山羊驮走了。

贪心的塔哈拉

蒙古族机智人物故事。采录于内蒙古。

一次出门，巴拉根仓见一牧童哭着对他说："在衙门里干事的塔哈拉抢走了我的马。"他安慰了牧童，便来到塔哈拉必经的一个池塘边。他用缰绳捆住一块很大的石头，扔进水里，装着往外拉的样子，等塔哈拉过来，便大声叫道："老兄快帮我一把吧。我的马受惊掉进湖里淤泥中了，马身上还驮着诺彦布施给庙会的三百两白银，拉上来小弟一定重谢。"塔哈拉一听，赶快跳下马来。巴拉根仓表示要去叫些人来帮忙，请他先拉住绳子，转身把他抢来的马骑去还给了牧童。塔哈拉死死抓住缰绳，还等着巴拉根仓回来重谢他呢。

"金貂"的尾巴

蒙古族机智人物故事。采录于内蒙古。

一日傍晚，贪婪的财主宝尔勒代骑着一匹前两天刚抢来的马往前走，看见巴拉根仓正在草坡上守着一个小洞，手里攥住一条从洞里伸出来的金黄色尾巴。他上前一打听，才知道是一只价值上千两银子的金貂钻进那个洞里去了。宝尔勒代喜出望外，忙上前说：“常言道‘外财不散，见面一半’，要是挖出来咱俩可得对半分。”巴拉根仓叫他去屯里借一把锹来挖洞，他怕巴拉根仓把金貂弄出来独吞了，说什么也不愿离去，就让巴拉根仓骑他的马去取。于是巴拉根仓便把那匹马骑去还给失主了。宝尔勒代在野外冻了一宿，第二天清早才发现“金貂”的尾巴不过是条染了颜色的耗子尾巴。

巴拉根仓骗马

蒙古族机智人物故事。采录于内蒙古。

有个财主对迎面过来的巴拉根仓说：“你骗人出了名，今天你要能把我骗住，我这匹金鞍马就给你；否则我的鞭子要吃你的肉，喝你的血！”巴拉根仓皱眉说：“不行啊，我刚在庙旁的浩特救火，把智囊丢火里了。”说着他便露出刚替牧人救火时烧焦的头发和烧伤的胳膊。财主见了脑门上渗出了汗珠，当听说除房倒屋塌外还烧死了贵夫人时，便尖叫着从马上栽了下来。巴拉根仓乘机跳上马背，扬鞭策马而去。

还本讨息

蒙古族机智人物故事。采录于内蒙古。

有个高利贷者，总是乘人之危，让借债人成倍偿还。一天巴拉根仓去他家借虱子，他想，有借钱借粮食的，没见过借虱子的，便让用人抓来一些，想戏弄一下这个傻瓜。过几天巴拉根仓提来一小口袋东西，打开对他说：“大人，您说成倍偿还是您家的规矩，我连本带息还来了，请您过目。”这时袋中的虱子、臭虫、跳蚤爬满高利贷者身上、桌上，弄得他十分狼狈。

卖狗皮

蒙古族机智人物故事。采录于内蒙古。

有个财主养了许多狗，经常放狗出来咬人，周围的老百姓深受其害。巴拉根仓来到这里，就帮大伙儿想办法除掉那些恶狗。这天他赶着十匹马从那个财主家门前过，告诉财主，有个商贩正在收狗皮，一张狗皮换一匹马，他刚从城里换回来十匹马。财主喜出望外，盘算一阵后便把他家喂的狗统统杀了，当他带着许多狗皮进城去换马时，才明白自己上当了。

卖酒惩奸商

蒙古族机智人物故事。采录于内蒙古。

有个瘸腿旅蒙商人每年都到草原来倒卖兑水的酒，从中牟取暴利。一年敖包会，他请能说会道的巴拉根仓帮他吆喝卖酒。巴拉根仓夸赞了一番酒的好处后，大声喊道：“快来买呀，买这兑水少的酒！”瘸腿喊了一整天，嗓子都喊哑了，也没卖出一斤酒，这才醒悟过来，不许巴拉根仓再喊兑水的事。过几天庙会，巴拉根仓和瘸腿一唱一和十分带劲儿，末了他吆喝道：“色浓味甜的好黄酒，是兑红糖茶的酒，快来买呀！”瘸腿一篓酒也未卖出去，气得把他赶走了。

关老爷下跪

蒙古族机智人物故事。采录于内蒙古。

有一回关老爷遇见四件难事：岭北的农民求他明日把风刹住好晒羊皮；岭南的农民求他明日放风要扬场打麦；岭东的农民又求晴天丽日，好赶马群去夏营盘；岭西的农民求他耕云播雨，明日好种荞麦。他不知如何是好，便求巴拉根仓帮他想点儿谎言来应付。巴拉根仓听后说：“我不说谎就能想出办法来。”关老爷听他的口气这么大，就赌气说：“你要能解决这些难题，我给你跪三天；你要是说大话，我让你瘫痪一辈子。”巴拉根仓说：“这事好办，明天岭北来个风平草静，岭南来个夏风习习，岭东来个碧日当空，岭西来个阴雨绵绵。”关老爷一听很有道理，只好乖乖跪在巴拉根仓脚下。

奇怪的尸体

蒙古族机智人物故事。采录于内蒙古。

家产万贯的财主们本想惩治一下巴拉根仓，没承想却被他整死了。他们来到阴间，便一齐向阎王告状。阎王一听暴跳如雷，立刻派黑头鬼去捉拿巴拉根仓。巴拉根仓早已料到此招，他把破烂家当分给了乡邻，独自跑到江边搭个帐篷躺倒装死。黑头鬼找到帐篷里，把巴拉根仓的尸体看个仔细，既不像冻死的，又不像饿死的，也不像渴死的，摸不着头脑，只好回去如实禀报。阎王叫管账鬼查生死簿，结果翻了个遍也不见巴拉根仓的名字。阎王知道上当了，令小鬼把黑头鬼重打了一顿。

让牛头马面拉磨

蒙古族机智人物故事。采录于内蒙古。

阎王又派牛头马面去捉拿巴拉根仓。巴拉根仓正在村头碾坊碾黄米，见二鬼进来便说："早知道二位要来捉我，特意碾这么多黄米面，路上好做干粮。"二鬼听说要两天才能碾完，很不耐烦。巴拉根仓便请他俩帮忙推碾子，二鬼怕误公事，只好答应，套上了碾杆。巴拉根仓乘机猛抽狠打，吆喝他俩快拉。二鬼拉了一天，已被打得皮开肉绽，苦苦哀求道："老兄，快放开我们，以后再也不折磨穷人啦！"巴拉根仓这才给他们卸掉套绳，牛头马面赶快夺路而逃。

给秃头鬼安头发

蒙古族机智人物故事。采录于内蒙古。

巴拉根仓料到阎王该派秃头鬼来拿他了，就扎了个草人，用猪尿泡蒙在草人头上，画好鼻子眼睛。这时秃头鬼进来捉他，他用锥子往草人头上安着猪鬃，头也不回地说："请稍等一下，我给这秃子安好头发就走。"秃头鬼看得出了神，定要他给自己也安一安。于是他把秃头鬼捆在凳子上，拿锥子在秃头上乱刺，又浇上盐水，任秃头鬼怎么哭喊也不理会。秃头鬼只得哀求道："老兄，再治我就活不成了。放开我吧，以后再也不敢来惹你啦！"秃头鬼死里逃生，没命地跑回阎王殿去了。

给烂眼鬼点眼药

蒙古族机智人物故事。采录于内蒙古。

巴拉根仓赶走秃头鬼就开始熬胶水，捣辣椒、花椒，准备对付烂眼鬼。烂眼鬼一进门他就说："有个年轻人眼睛烂得快瞎了，让我给他配完这服药再走吧。"烂眼鬼一听动了心，也想治眼睛。巴拉根仓忙问："你能忍住疼吗？"烂眼鬼一听有门，赶快说："一定能忍住。不信你把我捆起来点药。"巴拉根仓顺势把他捆结实，把辣椒、花椒末揉进他眼里，然后把涂好胶水的皮子往上面一贴。烂眼鬼顿时疼得倒地乱滚，喊道：“老兄，快解开绳子，我再也不来捉你了！”巴拉根仓一松绑，烂眼鬼号叫着赶紧逃命去了。

钻缝鬼进猪尿泡

蒙古族机智人物故事。采录于内蒙古。

阎王听了几个鬼的哭诉，气得大骂，立刻派钻缝鬼去捉巴拉根仓。巴拉根仓听说后把屋子门窗都糊得严严实实，准备了个吹得鼓鼓的猪尿泡。钻缝鬼到他家屋子周围转了几圈，找不到一点儿缝隙。巴拉根仓说：“我得了怕光怕风的病，只好在窗上扎个眼儿让你进来。”钻缝鬼一钻，恰好钻进猪尿泡里。巴拉根仓用丝带把口扎紧，交给孩子们拿去踢着玩儿。踢来踢去把钻缝鬼踢得鼻青脸肿，幸好有个草刺把猪尿泡划了个口子，钻缝鬼才得以逃命。

猴鬼屁股着火

蒙古族机智人物故事。采录于内蒙古。

阎王见众鬼都遭谋算，特地派机灵聪明的猴鬼去捉拿巴拉根仓。猴鬼走得又饥又渴，看见前面柳树下有个老头儿坐着吃桃子，馋得口水直流，便找了块光滑的石头坐下，向老头儿要桃子吃。他们边唠边吃，不觉日头西下，猴鬼才想起询问巴拉根仓在哪里住。老头儿说声“小人便是”，拎起桃筐便走。猴鬼朝巴拉根仓扑去，谁知它的屁股早被石头上的胶水死死粘住，猛劲儿一站，当即撕下一大块肉。巴拉根仓大喊：“你的屁股着火了！”吓得猴鬼撒腿就跑。

巴拉根仓当了阎王

蒙古族机智人物故事。采录于内蒙古。

阎王见七鬼的狼狈相，气得浑身发抖，只得骑上千里牛亲自去捉拿巴拉根仓。阎王到巴拉根仓家，见他正在鞴马，说他配的是有三副镫子的马鞍，蹬上边的能飞上天，蹬中间的能飞遍人间，蹬下边的可畅游阴间。说着骑上空吊了六天六夜又渴又饿的黑马，用带锥的鞭子使劲儿一抽，那马四蹄腾空，飞奔向前。阎王一看这万里驹果然比自己的千里牛快得多，便把他喊回来，要换马换鞍。巴拉根仓悄悄在马鞍下放进一块破碗碴儿，把阎王扶上了鞍。黑马被扎得尥蹶子乱蹦，把阎王摔了下来。巴拉根仓又说这马认生，要换了衣服才行。他们换好衣服，巴拉根仓扬鞭一吼，跑得无踪无影。阎王骑的黑马饿疯了一般，见水就喝，见草就吃，一步也不肯走，他便试那三副镫子，一副也催不动马，才知上了大当。他赶到地府时，等着报仇的众鬼一窝蜂地冲上去把他打成了肉泥。从此巴拉根仓当了阎王，专门惩治坏蛋和魔鬼。

阿尔格齐的故事

蒙古族机智人物故事群之一。流传于新疆北部、西北部蒙古族聚居区。故事主人公系劳动者型机智人物，出自艺术虚构。阿尔格齐，蒙古语意为“有智慧的人”。在故事中，他以帮工、牧民、伙夫、流浪汉、喇嘛等身份出现，经常揭露、嘲弄、鞭笞贪官污吏和各种吸血鬼，同时扶持穷乡亲，冲击歪风邪气。其故事反映的社会生活面较广，诙谐风趣，民族特色鲜明，洋溢着蒙古草原的泥土气息。代表作品如《狼皮包着狼心》《爱吹牛的诺彦》《阿尔格齐和汗》《混合抓饭》《合用一副后鞧的两头毛驴》《泥菩萨吃肉》《应试》《人财两空》《狼也遵照汗的旨意》《就是这个佛——扫把》。

狼皮包着狼心

蒙古族机智人物故事。采录于新疆。

有个穿着狼皮袄的诺彦见到阿尔格齐，故意奚落他说：“破衣服里面还能裹个好人？”阿尔格齐回敬道：“是啊，狼皮不错，却包着一颗黑心！”诺彦无言以对，只好溜走。

爱吹牛的诺彦

蒙古族机智人物故事。采录于新疆。

人们都夸赞阿尔格齐能言善辩，以吹牛闻名的库布得克诺彦听后大为不悦，便对人们说：“我嘴上贴块皮子照样能赢他！”这时阿尔格齐恰好从蒙古包里走出来，库布得克问他在干啥，阿尔格齐说他打算在锅灶旁种点儿麦子。库布得克讥笑道：“要是拉犁的牛把屎拉到锅里你吃什么？”阿尔格齐说：“不会的，我用皮子把他的屁眼贴住了。”库布得克一听气得直叫，一下把嘴上贴的皮子弄掉了。阿尔格齐忙说：“你先别动，让我把锅盖好你再进去。”等他进蒙古包打个转身出来时，那个爱吹牛的诺彦已逃之夭夭了。

合用一副后鞧的两头毛驴

蒙古族机智人物故事。采录于新疆。

有一天，专横的汗和他的老婆在果园的一条木椅上坐着吃苹果，打发人叫阿尔格齐前来讲故事。阿尔格齐姗姗来迟，说是去寻找合戴一副后鞧的公驴和母驴耽误了时间，乞求恕罪。汗取笑说：“你不要扯谎，两头驴怎能合戴一副后鞧呢？”阿尔格齐反问道：“您和汗后既然能合坐一条椅子，公驴和母驴为啥不能合戴一副后鞧呢？”旁边一个好奉承的官吏便说他把汗和汗后比作公驴和母驴，真是狗胆包天！阿尔格齐道：“我的汗啊！你要是把自个儿看成毛驴，那小人说的正是它们，如果不是这样，那就是这位大臣有意侮辱您和汗后。”汗勃然大怒，让阿尔格齐抽了那个大臣一百二十七鞭，还将他撤了职，罚去做苦工。

人 财 两 空

蒙古族机智人物故事。采录于新疆。

有个巴彦的二房是个穷人的女儿，经常受到虐待。巴彦家的牧羊人阿尔格齐非常同情她，后来两人相爱了。为了把她救出苦海，阿尔格齐先挖了一条自己家到巴彦家的地道，然后宣布办喜事。他请巴彦主持婚礼，巴彦越看新娘越像他的二房。可他跑回家去一看，二房还在屋里，这才重新赶到阿尔格齐那里吃喜酒，喝得醉醺醺的。第二天他发现二房不见了，就拉阿尔格齐去打官司。阿尔格齐说自己一没衣穿二无马骑，不能去，巴彦只好借给他一套衣服和一匹马。到了官府，阿尔格齐说：“我们的婚礼是巴彦主持的，乡亲们都知道。大人不要信他的话，等一会儿他还要说我的衣服和马是他的呢！”巴彦忙说：“他的衣服和马本来就是我的嘛！”法官听了很气愤，便下令打了巴彦二十五大板，将其轰走。这个仗势欺人的巴彦，最后落了个人财两空的下场。

就像你我面前的肉

蒙古族机智人物故事。采录于新疆。

有一次阿尔格齐外出周游，到一个吝啬的巴彦家借宿。巴彦的老婆寻思不能给这个穷光蛋吃好肉，吃饭时用木盘盛肥羊肉放在巴彦面前，用木碗盛瘦羊肉放在阿尔格齐面前。巴彦边吃肉边问阿尔格齐，一路上草长得如何？阿尔格齐道："路上的草大不一样，有的像我面前的肉一样瘦，有的像你面前的肉那么肥。"巴彦听了羞得满脸通红，只得让老婆用肥羊肉款待阿尔格齐。

◇蒙古族寓言◇

两个倔老汉

蒙古族人事寓言。采录于新疆。

河两岸住着两个不同的部落，两个部落各有一个倔老汉，他们相互都知道对方的脾气，但从来没有见过面。有一次他们相约彼此见见面，比一比谁更倔。他们如期赴约，在独木桥上相遇后，互不相让。一个说："我今年六十三，从来没有让过谁！"一个说："我今年五十七，今天岂能破例给你让路！"两个倔老汉在桥上对峙一天一夜，都不肯让步。第二天他们的亲人都来相劝，但俩老汉绝不相让，又对峙一天一夜。当天晚上下起暴雨，他们仍然不动，各显倔强本色。后来山洪暴发，把两个倔老汉连同独木桥一起卷走了，真是"倔强落河底，蛮横害自己。"

贪大反而小也失

蒙古族人事寓言。采录于新疆。

早先有一个猎人，每一次进山打猎总是想打一些又大又体面的猎物。一天他上山，遇到一大群野兽，他觉得不符合要求，就没有理睬。再往前走，开枪打死一只外表好看的梅花鹿，走近一看，它头上长着干树枝一样的角，肚子下面长着麻秆一样的四条腿，他觉得它弱小又不好看，扛回去别人会笑话，便扔下又往前走。他遇到一头大象，虽然个头很大，但是非常难看，也没有打，继续往前走。他走了许久都没有见到称心如意的猎物，太阳渐渐落山了，他有点儿心焦起来，感到什么都没打到更糟糕。这时候他看见一个牛虻，认为打到它或许说得过去，可是扣扳机怎么也打不响。原来他出发时只剩下一颗子弹，打梅花鹿时用了。这个贪大又顾面子的猎人，不得不空着手回去。

种下苍耳收羊毛

蒙古族人事寓言。采录于新疆。

有一对夫妇，他们成天想发大财，却想不出一个好主意。一天，丈夫终于想出“种下苍耳收羊毛”的办法。他给别人解释说：“把苍耳种多种好后，别人的羊群从我们的苍耳旁路过，羊毛就会粘挂到苍耳上面。我们把那些羊毛擀成毡子，再把毡子卖钱来买上一群马，这样我们不就富啦！”妻子听了非常兴奋，说道：“太好了！到那时我们就骑着肥壮的儿马去看望娘家父母。”丈夫骂道：“秋天骑着肥壮的儿马回娘家成何体统！那不让人笑掉大牙！”两口子相持不下，竟打了起来。

鹿的长腿和犄角

蒙古族动物寓言。采录于内蒙古。

有一只鹿走到小溪边饮水，它仔仔细细地端详自己的影子，对头上多叉开的犄角非常满意，而对自己细长的腿却感到厌恶。这时候，一只老虎突然向它奔来，它惊恐万分，拼命逃跑，依靠自己的长腿逃得很远。可是在前面的森林里，它头上的犄角被树枝卡住，不幸被老虎逮住，落入虎口。鹿厌恶的长腿让它脱离了危险，而它欣赏的犄角却断送了它的性命。

老虎和松鼠

蒙古族动物寓言。采录于内蒙古。

一天，有只傲慢的老虎不幸落进猎人安的网子里了，怎么也挣扎不脱。此时，恰好有一只松鼠正在树上蹦蹦跳跳地玩耍，老虎连忙喊“救命！”善良的松鼠立即跳下来，跪在老虎面前替它嗑网子。正当松鼠把网子一格一格地嗑断时，老虎心想我这个百兽之王竟向小松鼠求救，要是野兽们知道了，岂不威信扫地？于是它跳起来用爪子使劲儿一按，喊道：“小松鼠，你往哪里跑！”可是老虎抬起爪子后发现，小松鼠已经跳到树枝上摇着尾巴说：“大王，请你记住点儿我的好处吧！”

冒充大王的狐狸

蒙古族动物寓言。采录于新疆。

从前，有一只狐狸四处奔走去寻找食物，不慎掉进一家染房的蓝颜料锅中，出来后变成一只蓝色的狐狸。大山里的野兽们看见它，感到十分新奇。它扬扬得意地说自己是上天创造的兽中之王——蓝狐。大家不得不相信，便纷纷给它送上各种各样的美味佳肴。它在野兽们面前越发威风凛凛，可是遇到别的狐狸就会躲躲闪闪，生怕被识破。有一次，山中的狐狸们聚集在一起议论这件事，认为应该考验考验它。狐类每个月十五晚上有集体号叫的习惯。它们聚在一起号叫时，蓝狐独自到附近的一个隐秘处低声号叫几下。狐狸们发现它原来是一只普通的狐狸，立刻把这个秘密告诉所有的野兽。大家把蓝狐扔进河里，经过冲洗，它一下原形毕露。野兽们怒不可遏，七手八脚地把它打死了。

狮子和老鼠

蒙古族动物寓言。采录于内蒙古。

一天，狮子刚睡醒就看见一只老鼠在它身旁觅食，它一伸爪子便把老鼠按住。老鼠请求狮子大王饶命，表示日后有机会一定报答放生之恩。狮子冷笑一声说：“你这个小东西，还能够报什么大恩！”狮子觉得老鼠身上没有什么可吃的，便把它放了。不久，狮子被猎人用绳子套住，捆得紧紧的。当猎人去取利器来准备剥狮子皮时，狮子趁机大呼“救命！”那只老鼠立刻来嗑断绳索，救了狮子一命。狮子连忙向老鼠谢恩，老鼠说：“当初我向狮大王求救时，狮大王还嘲笑我，想不到今天狮大王也来向我谢恩。”狮子被老鼠说得哑口无言，便拖着尾巴离开了。

牛和驴子

蒙古族动物寓言。采录于内蒙古。

一天，一头拉车拉得饥肠辘辘的牛，跟一头闲来无事也感到饿的驴子一块上南山去吃青草。驴子到南山一看草很稀疏，牛说将就吃吧，便慢慢吃起草来。驴子又望北山，觉得那里的草木比这里茂盛，便抛下牛到北山去了。它上了北山，才发现北山的草木还比不上南山。驴子犹豫了一下，又往南山跑，等它回到南山时，连饥带累，已经奄奄一息。老老实实的牛吃饱了肚子，而好高骛远的驴子却空着肚子累倒在地上。

骆驼和山羊比个子

蒙古族动物寓言。采录于内蒙古。

有一天，骆驼和山羊相遇了。骆驼向山羊炫耀自己的个子高，山羊不服气，认为个子矮一点儿好。它们来到一座花园外，骆驼稍微伸一下脖子便吃到了园中的树叶，山羊怎么也够不着。骆驼傲慢地说："怎么样，还是个子高好吧？"它们又来到一个矮门前，山羊一下便钻进门去吃草了，骆驼却进不了门。山羊得意地说："还是个子矮一点儿好吧！"老牛在一旁听了它们的话，便说："个子高矮各有利弊，只知道自己的长处而无视自己的短处，那才可笑！"

狼和猫

蒙古族动物寓言。采录于内蒙古。

有一次，狼被猎人穷追不舍，好不容易逃到一个村子，才松了一口气。它碰见一只猫，便问到哪里能够得救？猫说去村前的人家吧，狼说："我吃过人家的肥鸡，他们肯定恨我！"猫说去村后的人家吧，狼说："我吃过人家的羊羔，他们肯定也恨我！"猫说去西边的人家吧，狼说："我吃过人家的山羊，他们早就想打死我啦！"猫说去东边的人家吧，狼说："我咬死过人家的牛犊，更不行啊！"猫对狼说："看来你总是干坏事，谁愿意救你！朋友，都怨你自己不好哇！"

乌 鸦 和 猪

蒙古族动物寓言。采录于内蒙古。

有一只乌鸦“呱呱”叫着，落在黑猪身上。它叹息道：“可怜的猪啊，你咋生得这么黑呀！”黑猪听了乌鸦的话，便哈哈大笑起来：“乌鸦先生，你咋长得黑不溜秋，连肉都是黑的哟！”它们正在互相嘲笑的时候，天上飞来一只喜鹊，它听到那些话，感叹道：“二位不必如此争吵，请你们找一面镜子来各自照照，一切就都清楚啦！”

两 只 獾 子

蒙古族动物寓言。采录于内蒙古。

公獾和母獾正在追逐野鼠，公獾突发奇想，要去逮远处的骆驼。母獾认为放弃已经疲惫的老鼠去追骆驼太不应该。分手后，母獾逮住好几只鼠，吃得饱饱的；公獾却有气无力地回来了，一无所获。

蛇头和蛇尾

蒙古族动物寓言。采录于内蒙古。

一条蛇在河边游玩，突然遇到狂风暴雨，蛇头急忙拖着蛇尾拼命向蛇洞爬去。在爬行时，蛇尾碰到树根上，好多处都刮伤了。蛇尾很不高兴，中途便发起脾气来：“我总是跟在你后面，真是尝尽苦头。咱们不如趁早分手，各寻各的路子！”蛇头劝蛇尾：“咱们吃苦头都是为了整个身子。如果各行其是，就会灾难临头啊！”蛇尾最后还是同蛇头分开了。蛇头痛苦地爬回洞里，而蛇尾离开蛇头却找不到路，竟掉进山岩的石缝里被夹死了。

◇蒙古族笑话◇

诺彦判案

蒙古族嘲讽笑话。采录于内蒙古。

有两个人到诺彦那里去告状，一个说对方咬伤了自己的手背，另一个说是他自己咬伤的。诺彦审问了半天也没有结果，退堂后便去向老婆请教。诺彦夫人说，如果伤靠里面就是他自己咬的，如果伤靠外面一定是别人咬的。诺彦立即升堂再审，发现那人的伤在里面，便判定是他自己咬的。过几天诺彦又审一个咬鼻子的案件，他一看伤紧靠嘴边，立即宣判为自己咬伤的。被咬鼻子的人不服气，说道："诺彦大人，我自己的嘴巴怎么能够咬得着自己的鼻子呢？"诺彦理直气壮地说："怎么够不着呢？你站在桌子上不就够着了吗？"

丑女王

蒙古族嘲讽笑话。采录于内蒙古。

从前有一个长得特别难看的女王，不敢见人，整天愁眉苦脸。一天，她突然想到一个办法，下令把全国的镜子通通砸烂，如有违抗，格杀勿论。顷刻之间，全国的镜子被销毁得干干净净。女王心想，人们都无法看到自己的容貌，就分不出美丑，那么我便跟所有的女人一样漂亮了。有一次女王带着一群宫女到池塘边游乐，偶然看见池水中映出自己的丑相，便大怒道："我已经下了命令，是谁胆大包天，竟敢在这里留下一面镜子？"说着便要踏碎这面镜子。她不顾一切地跳下池塘，落入深不见底的池水中。

那才算本领

蒙古族嘲讽笑话。采录于内蒙古。

过春节时，巴彦叫仆人去打酒却没有给钱。仆人对主人说："您不给钱，我用什么买酒？"巴彦说："不掏钱买来酒，那才算有本领哩！"没有多久，仆人提着空瓶子回来，请主人喝酒。巴彦把脸一沉说："没有酒的空瓶子，让我喝什么？”仆人说：“没有酒，能喝酒，那才算有真本领哩！”

两 个 懒 汉

蒙古族劝诫笑话。采录于内蒙古。

隔河住着两个懒汉，南岸的懒汉听说北岸有个出名的懒汉，就去拜师。到了以后，偏赶上北岸懒汉还没有做饭。南岸懒汉说明来意，北岸懒汉就说自己还没有吃饭，支使他去取门外擀面板。南岸懒汉说：“不必了，我弯腰你在我背上擀吧。”北岸懒汉连忙说：“看来我当不了你的老师，你倒可以给我当老师哟！”

两个吹牛匠

蒙古族劝诫笑话。采录于内蒙古。

有两个化缘的人结伴而行。前面一个人做出一副无所不知的模样说：“我看见远处有一群人在敲一面大鼓。那鼓大得惊人，敲左面，右面听不见声音，你见了一定吃惊！”另一个人说：“我曾经见到一头非常大的牛，两条前腿在山梁这边，两条后腿在山梁那边。它跨着一道山梁饮水，你见了一定会吓死！”前面那个人说：“哪儿有那么大的牛？”后面的人说：“没有那么大的牛，你所讲的那么大的鼓用什么皮来蒙呢？”

靠两颗老鹌蛋发财

蒙古族劝诫笑话。采录于内蒙古。

一个人偶然捡到两颗老鹌蛋。他紧紧抱住，心想我带回去，借邻居的母鸡孵出两只小鹌；小鹌长大后会继续产蛋，并且孵出许许多多小鹌；用老鹌肉充当鸡肉卖，卖的钱先娶老婆，再买一匹马，并且雇工替我干活儿……他想得正高兴时，一不小心踩到一摊稀狗屎上滑倒了，把两颗老鹌蛋摔得稀巴烂。

骂 自 己

蒙古族谐趣笑话。采录于内蒙古。

有个小孩儿在外面玩儿，不小心把干粮掉进井里了。小孩儿哭着去告诉爷爷，爷爷跟着到了井边，趴在井上看见井里面有个胡子拉碴的老头儿浮在水面。他不知道是自己，就骂道：“你这个老家伙，抢小孩儿的干粮吃，也不害羞！”他骂了一通才回家。

一朵彩云

蒙古族劝诫笑话。采录于内蒙古。

有人问大汗淋漓的巴拉登老汉在干啥？老汉回答：“我昨天从山里捡到一对鹿角埋在了这里，现在怎么也找不到啦！”那人问他埋鹿角的地方有什么特征？老汉说：“我昨天埋鹿角的地方，头顶上有一朵彩云。”

呆子贩圪嘣儿

蒙古族谐趣笑话。采录于内蒙古。

有两个人出门在路上走，其中一个突然打了个喷嚏，忙说：“哎呀，老婆又想我啦！”另一个人很羡慕同伴，心想：看人家娶的老婆多好，刚出门就在家里念叨上了！回家后，这个人便对老婆说：“人家跟我一起出门，一出门他老婆就念叨开了！可我走了你也不念叨我，我连个喷嚏也没打。”过几天，这个人要出门去贩圪嘣儿（玻璃弹球）。临走时，老婆给他做了一件新棉袄，袖口上给填了一疙瘩辣椒面。这天特别冷，这个人走在河中央的冰面上，冻得直流清鼻涕。他用袖口擦鼻子，吸进一点儿辣椒面，接连打了许多喷嚏，因为没有站稳，前后一摇晃，“哗”的一声摔倒了。他爬起来就吼叫：“老婆呀！你早不想我，迟不想我，正走在冰滩上你就想我。你看，把一担担圪嘣儿全打烂啦！”

向导

蒙古族劝诫笑话。采录于青海。

有个向导带猎人到某处打猎，到一个山塄子跟前，向导说：“去吧，那边有两只鹿。”猎人悄悄爬过去，待了半天也没有看见鹿的影子。猎人回头问向导鹿在哪里？向导说：“这就奇怪了！去年我明明看见有两只鹿在这里吃草。”

添 饺 子

蒙古族劝诫笑话。采录于内蒙古。

从前有个恶婆婆，每次吃饭，她总是背着儿媳妇先吃饱，然后才跟儿媳妇一起吃。她只吃一点点便放下筷子，训斥儿媳妇，骂儿媳妇吃得多，从来不让儿媳妇吃饱。有一天吃饺子，儿媳妇把饺子下到锅里后，就离开了一小会儿。婆婆趁机用笊篱捞了一些饺子，躲在门后去吃。儿媳妇回来不见婆婆，以为婆婆准是上茅房了，连忙捞出几个饺子打算藏到门后去吃，恰好跟婆婆碰了个满怀。婆婆骂儿媳妇："你想干啥！"儿媳妇急中生智说："没想干啥，我是给妈添饺子来了。"

愚妇取图样

蒙古族劝诫笑话。采录于内蒙古。

有一个愚妇心血来潮想绣荷包，便到另外一个村子的姐妹那里去取图样，那里的姐妹笑着说："绣荷包还要什么图样？就这么宽，这么长呗！"说着，就用手比画一下。愚妇说："明白了。"在回家的路上，她边走边嘀咕："这么宽，这么长。"她只顾比画，竟栽进了一口枯井。她担心丢失荷包的图样，坐在井底还叨咕："这么宽，这么长。"这时候，一个路人听到井里有声音，便到井边要拽她出来。那个愚妇急得大喊道："你拽人家的手，把荷包的图样给弄丢了！"

回族故事

◇回族幻想故事◇

面人尔萨

回族怪孩子型故事。采录于新疆。

早年间有老两口没儿没女，生活十分穷苦。一天，老婆婆想儿心切，做饭揉面时，就捏了一个又白又胖的小面人，可爱极了。老两口越看越爱，便叹息道："要是个真孩子该多好哇！"话音刚落，只见小面人一下跳到地上，"阿爸、阿妈"叫个不停。老两口便给小面人起了一个最好听的名字——尔萨。尔萨一转眼就长大了，他告诉老两口，自己要出去找一个漂亮、聪明、贤惠的姑娘来做妻子，好一起伺候二老。在路上，尔萨搭救了一只山雀，山雀表示只要他遇到困难，一定会来帮助他。后来，他在一个山洞发现一个让金锁锁住的美丽姑娘，她是被黑蛇精抢来的尕斯国王的三公主。三公主让他赶快去阿尔金山找舍赫老人借宝刀，除掉黑蛇精。舍赫老人提出要借宝刀，必须在三天内把一大堆掺着黄豆的大米一一分开。那只山雀呼唤来数不清的山雀，很快便把所有的粮食分开了。尔萨得到宝刀，杀死黑蛇精，送三公主回去见尕斯国王。尕斯国王非常高兴，就把三公主许配给尔萨。他们回到老两口身边，一起过着舒心的日子。

穆　沙

回族找幸福型故事。采录于新疆。

某地遇到灾年，小伙子穆沙按照他大（父亲）的遗言，告别阿妈，出门去寻找南山老人问怎么安顿今后的日子。一路上，一条大鲤鱼、一个老婆婆和一个老汉都向他吐露自己的难处，请求他帮助去问南山老人。穆沙经过长途跋涉，终于到了南山，见到了慈眉善目的南山老人。南山老人说："尕娃呀，那条大鲤鱼飞不上天，是因为它嘴里肚里的珍珠玛瑙太多，只要吐出这些宝贝，它就会变成飞鱼；那个老婆婆的枣树不结果，是因为树下有半口袋金银，只要挖出金银，枣树便会结果；老汉的闺女只要成了亲，有了自己的丈夫，她便会开口说话。"穆沙把南山老人的话一一告诉大鲤鱼、老婆婆和老汉，得到了金银财宝，娶了老汉的闺女，回到家中，跟阿妈一起过上了好日子。

弯 弯 棍

回族报仇棒型故事。采录于宁夏。

从前有一个财主非常贪婪，人们都叫他"黑蝎子"。孤儿晒尔东替他当伙计，过着忍气吞声的苦日子。有一次晒尔东救了一只受伤的白鹤，白鹤为了报恩，送给晒尔东一条能够变出饭菜的绿毯子和一只能够下金蛋的黄母鸡，结果都被财主"黑蝎子"抢走了。晒尔东含着眼泪去河边找白鹤，白鹤送给他一根防身的弯弯棍。"黑蝎子"又来抢夺，弯弯棍一下跳起来打得他无处躲藏，不得不跪下求饶，并且把两件宝物还给晒尔东。晒尔东有了弯弯棍，从此再不受欺负了。

宝 石 缸

回族聚宝盆型故事。采录于宁夏。

早年间，六盘山下住着姓张和姓王的两家人。他们种的地挨在一起，张家不断侵占王家的地。因为张家有权有势，王家只好忍气吞声。春耕时节，姓张的又往王家这一边犁。姓王的看见自己的地只剩下一点点，独自坐在地头生闷气。老牛好像懂得主人的心事，舔了舔主人的手后就去一个坟堆旁吃草。那里的青草刚吃完立刻又长出来，怎么也吃不完，姓王的就想把它挖回去栽到自己家中。他挖到底，发现草根长在一个石缸里面，把青草取出来，很快便枯萎了。他把石缸拿回家，往石缸里装米，米用多少有多少；往石缸里装钱，钱也用多少有多少，他家渐渐富裕起来。姓张的知道后，硬说石缸是他家的，便告到官府。县太爷也眼红，就说那是一口烂缸，要把它抬去扔到后院。姓张的说是一口宝缸要当堂演示，可石缸却变成无底洞，放什么进去，里面都是空空的。县太爷的老爹跑出来凑到缸边看热闹，不料一个跟头栽进缸里。县太爷赶忙去拉，拉出一个，又有一个，一下拉出许多个老爹。县太爷气坏了，怪姓张的多事，最后石缸断给姓王的，让他赶紧把缸抬走。

野毛狐儿和老奶奶

回族团结除恶型故事。采录于宁夏。

有一天，老奶奶在路上碰见一个野毛狐儿，它对老奶奶说："我今儿个黑里要吃你来咧！"老奶奶非常害怕，一个人战战兢兢地往回走。半路上，老奶奶先后碰到一根针、一把剪刀、一个锥子、一个鸡蛋、一个蝌蚪子、一坨牛粪、一块石磙、一只喜鹊，都说要来救她。晚上，野毛狐儿进屋朝老奶奶头上咬，被针扎得直叫；它往老奶奶肚子上一啃，被剪刀戳得乱叫；它去咬老奶奶的大腿，被锥子刺得不轻；它打算点火看看，到灶火洞里掏火，鸡蛋蹦出来让灶灰溅进它的眼睛，疼得要命；它到水缸里蘸水，又被蝌蚪子狠咬了一口；它摸到门口踩到牛粪，一下滑倒在地上；石磙跟着掉了下来，把它砸死了。房檐上的喜鹊高兴地叫起来："呷呷呷，呷呷呷，牛粪滑倒磙子砸！"

戈壁滩上的银牛

回族宝物故事。采录于宁夏。

从前，新疆的戈壁滩上，突然降下一头银牛。打这以后，干旱的土地得到了雨水；穷苦的人们来祈祷，能够在银牛身边摸到银子；不生孩子的妇女来求一求，能够生下尕娃娃；常年有病的人求一求银牛，很快便能痊愈。贪婪的马财主想独自得到银牛，便带着所有的用人，套上三辆大车赶到戈壁滩去。可是，他们寻找了十来天，连银牛的影子也没有看见。后来，经过一个老人的指点，又走了两天，才来到银牛沟，看见银牛躺在那里。他们使出全部力气也抬不动银牛。马财主便拿起斧头去砍银牛，"咔嚓"一声银牛分成两半。他看见银牛肚子里面全是元宝，立刻跳进去抓。这时候，银牛突然合拢，把他关在里面，永远也出不来了。

会筛面的鼓

回族宝物故事。采录于新疆。

两兄弟分家产，弟弟把瘦牛、石头地给了老实的哥哥，自己留下好地、大瓦房。哥哥一家人捡石头，喂养瘦牛，辛勤劳动，一年后庄稼丰收，过上了好日子。弟弟好吃懒做，把地撂荒，便借哥哥的牛去犁地，然后把牛宰来吃了。嫂嫂得知后，伤心痛哭起来。这时候，大花猫捉住一只老鼠，让它把庙里木箱中的破筛子拿来，放根木棒交给嫂嫂。嫂嫂把筛子垫在木棒上一筛，就能筛出很多白面。弟弟借走筛子，筛了一屋子白面后，就把木棒当柴烧了。嫂嫂把木棒灰埋在自家院当中，不久长出一棵果树，结的果子又大又甜。弟弟偷偷来摘果子，果子却又酸又涩，气得他一斧砍倒果树。嫂嫂把树干做成擀面杖，筛子放上去又能筛出白面。弟弟借去筛面，筛满一屋子又架梯子爬上去筛，梯子一晃，把他摔到面粉里闷死了。

有智不在年高

回族精怪故事。采录于宁夏。

有个善良人在河里面捞杂物，忽然听到有人在喊：“救命！”他急忙把一卷东西捞起来，一看原来是一个小罐子，打开盖子，突然冒出一股青烟，一下变成一个魔鬼。它龇牙咧嘴地扑去吃善良人，并且说“谁叫你救我呢？”善良人说：“你要吃我也中，但是必须问三个人。他们都说该吃，你就吃。”一会儿，遇到一个老人，老人说：“你闲闲儿的捞它干啥哩？叫它吃了活该！”停一下过来一个中年人，中年人说：“你闲闲儿的捞它做啥呢？叫它吃了活该！”这时候又过来一个小娃娃，小娃娃看了看魔鬼，表示不相信，他对魔鬼说：“如果你能够钻进小罐子去的话，把我们两个都吃了去。”魔鬼立刻变成一股青烟，钻到小罐子里面。小娃娃让善良人赶紧塞住罐口，把小罐子扔进河里去了。

幼　苏　儿

回族报应故事。采录于新疆。

幼苏儿一生下来就双目失明，什么都看不见。更不幸的是，父母早早离开人世，哥哥嫂嫂嫌弃他，就用毛驴车把他拉到深山里扔掉了。幼苏儿非常难过，自个儿拼命往前爬，爬进了一个山洞。在山洞里面，他无意中听到老虎说，用石头泉的泉水能够洗好眼睛。后来，他在一个放羊娃的帮助下，找到了石头泉，洗好自己的眼睛，回到了家中。幼苏儿的哥哥嫂嫂听说他的奇遇，就想到那个山洞里面去偷听老虎的话，以便大发横财。老虎回山洞闻到生人气味，便吃了幼苏儿的哥哥，而幼苏儿的嫂嫂竟变成了瞎子。

五　姐

回族奇事故事。采录于宁夏。

从前，哈散老汉家里很穷。他的两个女儿四姐、五姐是双胞胎，长得一模一样。哈散老汉想把一个女儿嫁给本村老实、勤快的青年舍楞哥，四姐说啥也不答应，倒是五姐乐意嫁给舍楞哥。小两口结婚后，日子越过越红火。四姐见了很嫉妒，竟骗了五姐的穿戴，狠心地把五姐推下河去。她打扮成五姐回到舍楞哥家里面，舍楞哥种地回家，没有发现“妻子”的变化。不久，五姐变成一朵荷花对着舍楞哥开放，四姐就把荷花拔下来扔进炉子里烧了；五姐变成一株桃树，结的桃子往舍楞哥嘴里掉，四姐就把桃树砍掉。三天后，从桃树根上长出一朵大雪莲，五姐从大雪莲中走出来。四姐非常羞愧，赶紧逃跑。五姐向舍楞哥说明真相后，小两口的光阴越来越顺心。

金　雀

回族奇事故事。采录于云南。

早年间，昆明南城外有一户姓沙的人家，有鞋匠三兄弟和他们的老妈妈。三兄弟辛勤做活儿，可就是吃不饱，穿不暖。有一年，接连下了一个多月的雨，没有活计，揭不开锅，全家人饿得不行了。这天晚上，三兄弟都做了同一个梦。第二天，他们决定出门去寻找梦中的那只能够带来吉祥幸福的金雀。在途中，老大、老二听到有人喊他们的名字便回头应声，都变成了石头，老三牢记一个顶着盖头的老婆婆的忠告：“虎来随它来，蛇爬随它爬；有人叫你你别应，山摇地吼你莫回头。”经过千辛万苦，老三终于寻找到了金雀，请求金雀“救救妈妈，救救哥哥，救救全城”。金雀立刻飞上天空，金光照着高山，高山变得低了；金光照着大蟒，大蟒化成土了；金光照着毒蛇，毒蛇成灰了；金光照着虎狼，虎狼变成石头了；金光照着刺藤，刺藤变成草了；金光照着变成石头的老大、老二，他们又恢复原形了；金光照着庄稼，庄稼丰收了……三兄弟回到老妈妈身边，老妈妈喜笑颜开。从此，他们一家和所有的乡亲都过上了幸福的日子。

贤妇毛艳

回族奇事故事。采录于新疆。

贤妇毛艳的丈夫死得早，留下一个瞎眼婆婆，她靠给财主打工来养活婆婆。每天和面做饭时，她故意在胳膊上沾一层面粉，回家洗下来给婆婆熬成糊糊喝，勉强过活。这样过了好些年，有一天，电闪雷鸣，婆婆害怕胡大来惩罚自己，毛艳说："面粉是我偷的，应该惩罚我。"可她一想：要是我走了，婆婆谁来养？她认为面是胳膊带回家的，于是便把胳膊从窗户伸出去。只听一声雷响，她眼前出现一道亮光，等她把胳膊缩进来时，上面沾了厚厚的一层金粉。从此婆媳相依为命，靠着这些金粉过完了一世。

两个铁蛋

回族奇事故事。采录于宁夏。

早年间，艾利伏一家上有年迈的老妈妈，下有七个娃娃，穷得常常上顿接不了下顿。艾利伏的妻子打算挣钱买一点儿米，就去富人尔不都家干活儿，替尔不都的老婆掐头上的虱子。结果她受骗上当，一分钱也没有拿到。为了让婆婆不要难过，艾利伏的妻子回家时在路上捡了两个圆石头，拿回家放在锅里煮。等煮好揭开锅一看，锅里有许多好吃的，取出了八碗一桌的宴席。贪心的尔不都听说后，也到路上去捡了两块圆石头，拿回家放在锅里煮。结果，从锅里面蹦出两个铁蛋，一个追着尔不都跳，一个追着他老婆跳，不一会儿两个铁蛋便把他俩砸死了。

金角银蹄牛犊

回族奇事故事。采录于甘肃。

吴员外讨了两个老婆都没有生下娃娃，他又讨了第三个老婆。不到半年三老婆便怀孕了，他高兴得不得了。吴员外出远门做生意时，一再叮咛三老婆好好保养。可是他出门后，大婆、二婆便一个劲儿虐待三婆，逼着她干重活儿，扣吃扣喝。等到生下娃娃，她们把娃娃掐死，埋到马圈里面，然后拿一只剥了皮的兔子给三婆看，三婆顿时昏过去了。吴员外回家后，听说三婆生了一个怪物，又难过又害怕。一天，吴员外到马圈里给马添料，突然听到有个娃娃在说话："大大，把脚挪一下，踩着我了！"他找遍马圈也没找到娃娃。晚上他把马圈的怪事一说，大婆、二婆第二天便把死娃娃挖出来埋到后院里。过了几天，后院里长出一朵牡丹花。大婆、二婆走过去花立刻蔫了，三婆走过去花变得更好看。大婆、二婆连忙把牡丹花割来喂马，马吃了牡丹花后，竟生下一个金角银蹄牛犊。牛犊看见大婆、二婆便狠狠地用头撞她们，看见三婆便去亲她。于是大婆便装病，让吴员外把金角银蹄牛犊宰了，用牛犊的心给她治病。她们把洗牛心的血水泼到院里，院里便长出一撮荨麻。大婆、二婆一生气，把荨麻割了放在锅里煮，连汤带水一起泼到旮旯里。三婆在旮旯里捡到几颗珍珠，到货郎那里换了许多丝线。货郎把珍珠放到箱子里，箱子里突然跳出十几只野狐狸精。野狐狸精跑去把大婆、二婆捉来烧死了。

金 银 树

回族奇事故事。采录于甘肃。

某地山下的一座小村庄里，住着十几户人家，靠狩猎打柴为生。有一天，他们搭救了一只陷入烂泥里面的大马鹿，还给它洗净身上的污泥。大马鹿随后领着救命恩人到一个山洞，让他们从一棵金银树上摘一些金银果回家，让大家的日子越过越好。村里有一个贪婪的财主知道金银树的事后，备下骡子、口袋，拿着斧头、铁锨，来到那个山洞里面，见到金光四射的金银树。他拼命摘金银果，可是摘下的金银果全都变成了石头、土块。他气红了眼，便想把这棵金银树挖回去栽到自家的院子里。忽然，金银树上的果子都变成石头、土块，像雨点一样不停地往下落，很快就把他活活砸死了。

猎 人 治 鬼

回族鬼魂故事。采录于北京。

从前有个打猎的，每天上山只能够打到一些野兔、松鼠之类的动物。有一天他打猎回来晚了，就寻个客店住下，别的房屋都住满了，他便去住闹鬼的房间。半夜时分，他听到屋外"当啷"一声，然后房门自动打开了，走进一个漂亮女子，给猎人送来酒菜，并且要跟猎人同住。猎人对女子说：“我有家传的护身宝剑，你如果靠前，我的宝剑无情！”女子不敢上前，又不离开，纠缠到天亮才退去。天亮后，店主人派人来瞧，猎人没有说夜间发生的事情。第二天晚上，猎人仍然留宿，那个女子又来了，照样纠缠一宿，快天亮时女子觉得猎人很正派，就对他说：“我本是良家女子，死后埋在这里。我被黑鹰精驱使，前来把人灌醉，等它来喝血。求你救救我，我的坟就在三棵树中间，请把我的尸骨移走，我将感激不尽！”猎人继续住下，第三天半夜黑鹰精进来时，宝剑立即从剑盒中飞出，一道寒光直奔黑鹰精，将它砍伤。天亮后，猎人沿着血迹找到黑鹰精，将它除掉，并且把那个女子的尸骨迁移到别处。从此，那个客店再也不闹鬼了。

◇回族动物故事◇

狮子给人看门

回族动物故事。采录于宁夏。

一日狮子王问老虎，动物中谁为王？老虎说“人能为王”。狮子大惊，便按老虎的指点蹲在山下的十字路口等人。一会儿，一群牛过来告诉狮子，人用绳子拴自己，鞭打犁地，自己吃苦养活人；又过一会儿，来了一群马说人给自己戴笼头鞴鞍子，驮着人走路。等人背着镰刀、绳索过来时，狮子一看人原来才这么小一点儿，就要去吃人。狮子按照人的提议，用绳子将人绑好“文吃”，谁知人没躺下让狮子吃，反用镰刀砍狮子。狮子再三恳求，愿意拜人为师，为人看门，人终于饶它一命。从此，老虎便成为兽中之王。

狼告狐狸

回族动物故事。采录于云南。

狮子病了，除了狐狸，所有的动物都来看望狮子。狼说：“大王，狐狸太高傲，不来看望你。”狮子下令捆狐狸来见它，狐狸说：“我正四处求医。名医说，大王的病需吃一只狼前腿。”狮王立即命令砍下狼的前腿来吃。事后，狼埋怨狐狸，狐狸说：“谁叫你有腿不奔走，光在背后说坏话呢！”

猴子对付老鳖

回族动物故事。采录于宁夏。

月亮山的毛猴和鳖结拜为兄弟。一日，鳖进村见员外门前贴一告示：“谁找来猴心，治好我女儿的病，有重赏。”鳖想这太容易了，等猴回来时，鳖便说已将猴心许给人家。猴想了想说：“山上每天死几个猴兄，我带你去扒。”次日它们到了山上的果树下，猴指着满地落果说都是猴心，便自己爬上树吃果子去了。太阳升起，鳖口干舌燥，催猴子下来，猴子说：“死猴心不治病，等我吃饱扒我的心。”太阳越升越高，鳖最后被晒死在树下。

老虎和吹牛的狐狸

回族动物故事。采录于新疆。

有一次老虎叼回一只狐狸，狐狸不断求情，终于说服老虎，被留在洞中一起相处。狐狸借虎威沾光，自称是兽中的二大王，百兽见它们走在林中便四散奔逃，老虎信以为真。这天老虎病了，让狐狸去寻食，直到黄昏才抓到两只兔子和一只死山鸡。狐狸回来却说野兽见它都吓跑了。老虎约狐狸第二天一起去猎食，老虎把野牛、羚羊都赶进东山，不见狐狸来堵截，野兽们都逃走了。数日后，老虎看见狐狸在捞死鱼吃，便扑过去把这个吹牛的家伙一口咬死了。

老鼠告状

回族动物故事。采录于宁夏。

有一只大黑猫蹲在老鼠洞口，半闭着眼睛，嘴里哼哼唧唧的。鼠儿子见了，赶忙回去说：“妈妈呀！有个家伙在念经，好听得很。”老鼠出去一看，猫儿立刻扑上来，吓得老鼠赶快逃跑。它回洞里问鼠儿子怎么办？鼠儿子说，咱们告到皇上那里去。到皇上那里，老鼠说：“它的眼睛是红灯，牙齿是钢筋，把我的儿男子孙吃了个没剩。”大黑猫说：“不要听它胡言，它上我主人家的案板，打了许多碗，它米缸进面缸出，把大人娃娃整得不消停。”皇上一听这案子没法儿断，娘娘出来对猫说：“你抓住它，咱们吃它的杂碎。”

◇回族写实故事◇

知县断案

回族案狱故事。采录于新疆。

从前有一个知县，断案神速。一天有个瘦女人来告邻居的胖女人偷了她的孩子。知县派差人去把那个胖女人带来，两个女人都说孩子是自己的。知县稍加思考后，便说："这样吧，把这娃娃锯成两半，各拿一半了事。"瘦女人大哭起来，连忙喊道："青天大老爷，我不要孩子了，叫她拿去吧！"知县问胖女人怎么办？胖女人说咋办都行。知县一听大发雷霆："来人哪，把这个偷娃娃的胖女人打入牢中！"胖女人终于认罪服法。

县官巧断误打案

回族案狱故事。采录于宁夏。

早年间，有个老汉自知来日不多，特意塑了一个泥神，在泥神肚子里装满银子。断气前他对儿子说："我死后，你放账不了要账，没钱花了打和尚。"老汉死后，他儿子把钱都舍放出去了，越来越穷，日子没法儿过。一天，门上来了一个和尚，他记起父亲的话，上去把和尚一顿暴打。和尚跑去告官，县官把他抓去，问他为啥要打和尚？他说："我大临死前对我说，放账不了要账，没钱花了打和尚。"县官又问他家里还有和尚吗？他说："噢！有一个泥神呢！"县官带着他回家，把泥神端下来一看，发现泥神肚子里全是银子，骂道："放账不了要账，是让你开个当铺；没钱花了让你打泥神，你这个瓜子真格打和尚去了。"

富人跟穷汉打官司

回族讽刺故事。采录于青海。

从前，有一个富人为一点儿小事跟一个穷汉打官司。富人本来理亏，临上公堂时他在袖子中带了一锭金子。县官问明缘由便如实判了下来，富人情急之下奔去抱住县官的大腿，喊道："冤枉啊，大老爷！你看在我哥哥面子上要公道办理啊！”县官问他哥是谁？他说：“我哥哥姓黄，在你靴安府里办事哩！”县官一下明白了，便露出笑容说：“好！看在你哥哥的面子上，快起来吧！”又转身对穷汉说：“你先回去，我再把这个案子查办一下。”原来富人抱住县官的大腿，把金锭塞进他的靴子里了。

买 巧 货

回族讽刺故事。采录于云南。

有个马帮头领，家里非常富有，他虽然讨了几个老婆，却只有一个独子。这个独子叫阿福，一天到晚只晓得吃、喝、嫖、赌。有一回他输了钱，便提出要去做生意。马帮头领很高兴，立刻叫一些帮工去好好照顾阿福，让他带着几十个驮子出门。阿福认为巧货买的多，自然赚大钱。一天来到一个县城，他看见有个先生写字画画能够赚钱，便用二十驮货换了两支笔。接着，他来到乡下，看见有个农民用锄头在挖田，就问农民在做啥？农民笑笑说：“我挥舞的是锄头，世上的金银、穿戴、吃喝，全靠这个宝物。”阿福赶紧用三大驮把锄头换了过来。随后又到了一个县城，他看见一个变把戏的，把帕子盖在空心箱子上，然后从箱子里面拿出饭菜、酒糖来。他不听帮工的劝告，拿四十驮换了箱子。阿福得到这三样巧货后，就把帮工们打发回去了。他独自一人四处游逛，把身上的钱花光了，于是开始使用那三样巧货，可是哪一样都用不来，最后饿死在路旁。

灵童智对皇上

回族机智故事。采录于宁夏。

从前，有一个皇帝向一个大臣要三件东西：犍牛犊、儿马（公马）驹、公鸡蛋，如果拿不出来脑袋就保不住。大臣回家愁眉苦脸，不断叹气。大臣的儿子一再追问，他才说出实情。大臣的儿子让父亲不要发愁，说明天替父亲把这些东西献给万岁。第二天，大臣的儿子来到王宫，皇帝问他的父亲怎么不来上朝？大臣的儿子说：“我大养下娃娃咧。”皇帝惊问：“你大是男人，咋能养娃娃呢？”大臣的儿子说：“犍牛生犊，儿马产驹，公鸡下蛋，我大咋不能养娃娃呢？”皇帝见他小小年纪这么有心计，便任命他为宰相。

自 食 其 牛

回族讽刺故事。采录于宁夏。

从前，有一个马阿訇，几天没有吃到牛羊肉了，嘴馋得很。眼看宰牲节快到了，他便去清真寺讲经。他说：“穆民们，你家的亡人进天堂都要经过索拉蒂桥，谁家在宰牲节宰了牛羊，桥就会变宽，亡人一下便过去了；如果什么都不宰，你家的亡人就进不了天堂。”马阿訇回到家里，看见他儿子正在宰自家的一头牛，非常气愤，骂道：“谁叫你把它宰了！”儿子说：“阿大，刚才你在清真寺讲得明白，宰了牛阿爷可以进天堂。”马阿訇又骂：“胡说！”儿子说：“阿大，难道你刚才在清真寺也是胡说吗？”马阿訇无话可说，一屁股坐在地上哭了起来。

活到老，经不了

回族机智故事。采录于宁夏。

从前，有个老汉赶着毛驴去赶集，半路上看见一个娃娃在路边睡着了。老汉把小孩儿抱起来驮在驴上，一边走，一边自言自语：“活到老，都经了。”娃娃听了这话，心想他的口气好大，我叫你见个“没经了”，吓吓你。娃娃醒后一路上跟老汉有说有笑，天黑了就一起住店。谁知道第二天清早，这娃娃把驴牵走了，硬说驴是他的，于是告到了官府。老汉讲了事情的经过，娃娃却说他的驴胸前有个红色的铜钱记号。县官派人查看，果然如此，老汉惊得哑口无言。原来娃娃半夜起来尿尿时偷偷染的。县官把毛驴断给娃娃，老汉垂头丧气地走出衙门。娃娃撵上来说：“活到老，都经了。你的驴成为我的，这个事你经了没经了？”说完，把毛驴还给了老汉。

有话三说，巧说为妙

回族机智故事。采录于宁夏。

从前有三个结拜兄弟给人家打杂儿很辛苦。一天三人锄地，中午东家送饭来他们忙得没顾上吃，一只羊把饭罐子碰倒了，三人赶快从地上抓饭菜吃。老三不小心把一根柴棍棍吃下去了，卡在嗓子眼里出不来，老二聪明，叫他吃一疙瘩烂菜再咽下去。过了一些年，老三当了县令官，老大、老二穷得没办法，老大就去找老三要一点儿银子。老三怕他揭老底，便把他赶出去了。老二问明情况后，就说大哥太老实，让我去找老三。老二去了以后，对老三说："三弟呀，当年咱们多威风，手拿倒口枪，斩了草地王，过来羊将军，搬开石将军，打破罐州城，跑了汤元帅，抓了饭大人，柴将军把定三关口，五八诸侯先下手，菜将军过来救了命。"老三听了很高兴，便把老二留下来当官。老二带信叫老大来取银子。老大来后高喉咙大嗓子说些扫兴的话，又给赶出去了。老大唉声叹气地说："有智的吃智，无智的吃力呀！"

禾尔克巧计得驴

回族机智故事。采录于新疆。

聪明的农夫禾尔克，喜欢给穷乡亲打抱不平。有一天，他进城到一个贪财坑人的饭店老板的门口，把缰绳和驴笼头拴在柱子上，然后进店吃饭。饭店老板看见进来一个乡巴佬，便喊："前炒（槽）的拉到后炒（槽）里。"跑堂的一下就明白了，是让他只需把别人吃剩下的端出来便好了。禾尔克看到跑堂的端上来的饭菜，气不打一处来，草草吃了几口就大喊："算账！"老板多算了不少钱，禾尔克照给。他一出门就高喊："我的驴怎么不见啦？"立刻抓住老板让他赔驴。禾尔克不慌不忙地对围上来的客人说："我进门他喊'前槽的拉到后槽里'，是不是？"众人都说："对呀！想必是老板把人家的驴拉进去了。"大伙儿都叫老板赔驴。老板越解释越说不清，怕影响今后的生意，只好赔驴。

怨不着媒人

回族婚恋故事。采录于青海。

有个老阿奶的丫头是个豁嘴，老找不着婆家，便去请她的阿舅帮忙。阿舅说："到时候我把女婿领来，你叫丫头端上茶缸子喝茶，把豁豁儿堵上不让人家看见。"一天，阿舅把女婿领上门来，看见丫头正端着茶缸子喝茶，女婿就看上了。阿舅问那个女婿看见没有？女婿说看见了。阿舅故意问："在干啥？"女婿说："喝着哩。"阿舅又问："喝（豁）着的那个丫头你看上没？"女婿说："看上了。"再说，丫头看见女婿背着一袋面，阿舅过去问丫头看见女婿没有？丫头说看见了。阿舅又问："他干啥着？"丫头说："背着哩。"阿舅再问：

“背着的（驼背）那个你看上了没？”丫头说：“看上了呗。”后来他们就结婚了，要怨媒人怨不着哩。

要口唤

回族婚恋故事。采录于宁夏。

忠厚老实的年轻农民哈儿三，从小没爹没娘。他在财主家当长工，常常吃不饱，穿不暖。有个夏天，他顶着太阳赶路，又饥又渴，没有得到果园主人的“口唤”（允许），便摘了一个果子来吃。后来，哈儿三去找主人要“口唤”。主人看他很诚实，就提出他必须娶自己又瞎、又哑、又没有头发和脚的女儿为妻，才能够给“口唤”。哈儿三为了得到“口唤”，便答应了。新婚之夜，哈儿三才发现果园主人的女儿竟是一个美丽动人的姑娘。哈儿三感到非常奇怪，新娘解释说：“阿爸说我眼瞎，是因为我没看过邪恶的事物；说我口哑，是因为我没搬弄过是非；说我没脚，是因为我没到过不止当的地方；说我没头发，是因为我从来没有抛头露面。”哈儿三说不出的高兴，从此他不再受财主的打骂，跟贤惠的妻子一起照看果园，过上了幸福的生活。

五湖四海

回族家庭故事。采录于宁夏。

从前有四海、贤良夫妻俩，四海出门做生意去了。一天来了几个土匪问贤良：“掌柜的在哪里？”贤良说丈夫做生意去了。她看来者不善，赶忙请阿訇来宰羊做了一桌席让土匪吃。土匪见席做得好，就问这叫啥席？贤良说：“叫五湖四海席。”土匪狼吞虎咽地吃完后，贤良给了一点儿钱他们就离开了。他们走到大路上，想等个有钱人好抢劫。过一会儿，来了一个生意人，土匪们就去抢他驮子上的银子，还问他叫啥？他说：“我叫四海。”又问他妻子叫啥？他说：“叫贤良。”土匪说：“原来是贤良的男人。那么好的妇人，我们不能害。”四海还蒙在鼓里，回家问贤良，才明白过来。老人说“家有贤妻，少遭横祸”，就是这个道理。

马尤乎教子

回族家庭故事。采录于宁夏。

贺兰山下有一个打鱼的老汉叫马尤乎，他想把娇生惯养的独生子姆萨培养成有用的人，便让姆萨外出学艺。头一年姆萨学艺回来，交给父亲一块银圆。马尤乎把银圆扔进火炉里，姆萨却满不在乎。马尤乎断定这个银圆不是姆萨挣来的，一问才知道是母亲给他的，马尤乎便狠狠地教训了他一通。古尔邦节过后，马尤乎仍然让他去学艺。第二年姆萨拿回来一锭银子，马尤乎照样扔进火炉里。姆萨大吃一惊，赶忙把手伸进炉火中去掏银锭。他告诉父亲，这锭银子是自己在外面辛辛苦苦打铁挣来的。马尤乎一下搂住姆萨说："我的好儿子，这回你可算成人啦！"从此姆萨以打铁为生，成为远近闻名的铁匠。

穷女婿巧戏阔丈人

回族家庭故事。采录于宁夏。

早年间有一个老头儿的三个女儿都出嫁了，大女婿、二女婿都有钱有势，三女婿是个穷人。一天，三个女婿都到了外父（老丈人）家。外父宰了一只羊，偷偷挂在门背后，打算只款待大女婿、二女婿。他让三个女婿都坐到炕上，怕三女婿看见门背后的羊，就问三女婿今年的庄稼咋样？三女婿说："不景气，稀得很嘛，就好比炕上这里一颗，门背后挂羊的那里一颗。"外父没办法，就把羊肉煮熟，先端满满两碗给大女婿、二女婿，给三女婿一碗骨头。在桌上，外父问三女婿今年买卖做得咋样？三女婿说："不咋样呀，像我大姐夫、二姐夫那两碗肉还能值几个钱，我这一碗骨头没个油水。"外父羞得赶紧跑开。

一封无字信

回族家庭故事。采录于甘肃。

许久以前，有一个妇女不识字，丈夫出门做工一年，她想叫丈夫回家，便在一个信封里面装了鸡粪、茴香、干糨糊、麦麸、枣儿，请人捎给丈夫。丈夫接到后就去请一个读书人看，那人看了直摇头。后来，他又去请一个学问高一点儿的人看，那人想了半天，笑笑说："这麦麸就是丈夫，枣儿就是早日，茴香就是回家乡，干糨糊就是不粘，鸡粪就是急疯。连起来就是‘丈夫早日回家乡，不然我就急疯了’。”丈夫一听，便急急忙忙赶回家去了。

姑丽素

回族巧媳妇故事。采录于宁夏。

早年间，有个叫姑丽素的年轻媳妇非常聪明。一天庄子里来了一个会念咒作怪的喇嘛，谁都不敢不殷勤款待他。这个喇嘛进庄子，口口声声要三样宝：一要“比天大”，二要“比钢硬”，三要“比丝绵”，还说得不到就不离开庄子。庄子上人人都发愁，姑丽素的老公公是个要面子的人，更是愁得吃不下饭。姑丽素对老公公说：“大！不用愁，那三样东西我来给他。”第二天清早喇嘛来催宝，姑丽素上前说：“喇嘛，你要的三样宝我都有，答上咋个说，答不上咋个说？”喇嘛说：“答上咧佩服你们，答不上我笑话你们。”大家都替姑丽素捏一把汗，姑丽素大声说：“喇嘛你听清，孝顺父母比天大，兄弟齐心比钢硬，妯娌团结比丝绵。这就是你要的三样宝，我们有了这三样宝，还怕啥？”喇嘛一听，便悄悄溜走了。

女店主智难秀才

回族巧女故事。采录于宁夏。

有一个秀才出了门，到一家客栈住店。女店主问他要吃啥，秀才说：“我要吃个连根的，带把的，楼上的，楼下的。”过了一会儿，女店主就端了一个蒸馍、一个烙馍，炒的是葱，拌的是蒜。秀才知道楼上的是蒸馍，楼下的烙馍，连根的是葱，带把的是蒜。秀才一看，知道这个女人聪明过人。第二天秀才要走，让女店主结账。女店主说：“没有算头，大三十三，小三十二，三七二十一，二七一十四，搁下你走就对了。”秀才一头雾水，问她到底是多少？女店主说：“你连一百钱都算不出来，还想吃连根的，带把的，楼上的，楼下的呢？”秀才羞得脸像个柿子。

哈格子媳妇

回族傻媳妇故事。采录于宁夏。

哈格子娶了一个笨媳妇。一天，哈格子从朋友家回来，说自己家里的被子没有朋友家的平展。笨媳妇说她会做个平展的。趁哈格子下地时，她就扯好被里子，拉好被面子，把门板卸下来往里一装，用线缝好，立在门背后。哈格子回家后，她说："我做了个平展展的被子，你睡下我给你盖上。"于是把门板被子"嗵"的一声给压上，把哈格子气得说不出话来。又有一天，哈格子从朋友家回来，连连称赞朋友家的饭好吃，那真是人茶人饭的。笨媳妇说明天我也给你做一顿来吃。第二天哈格子从地里回来，笨媳妇说："人茶人饭在锅里，你去舀来吃吧。"哈格子揭开锅盖一看，只见一锅小面人，横七竖八的，长长地叹一口气，自言自语道："你啥时候才能够变聪明一点儿啊？"

半傻子定亲

回族呆子故事。采录于甘肃。

王员外与李员外的儿女同年同庚，尽管王员外的儿子是个半傻子，李员外看在两家人的交情，还是勉强答应了王员外的求亲，不过他提出定亲前要女婿娃到岳父家转一回。媒人把话传过去后，王员外起先愁得不得了，后来想了一个办法，连忙让儿子去学说话。半傻子带着银子出门，首先花银子向挑着一担棒槌的人学了一句"你溜的溜来溅的溅，我终究把你用麻绳串"；随后，又花银子向一个放鹞子的人学了一句"青鹞入林，百鸟不鸣"；向一个赶猪群的人学了两句话，一句"猪婆下教场哩，图你的咬哩吗图你的跑哩？"一句"老猪婆你再龇牙，我登嘴捣你两灰耙"。定亲那天，李员外大宴亲朋好友，媒人领着王家的半傻子进门，看见客人们停下筷子，他便说："青鹞入林，百鸟不鸣。"人们一听，觉得他并不傻呀，便议论纷纷。半傻子高喊："你溜的溜来溅的溅，我终究把你用麻绳串。"这时丈母娘擦着手出来，半傻子又说："猪婆下教场哩，图你的咬哩吗图你的跑哩？"丈母娘很不高兴，说了他几句。半傻子骂道："老猪婆你再龇牙，我登嘴捣你两灰耙。"众人听了目瞪口呆，丈母娘拂袖而去，半傻子的亲事就此拉倒了。

舍了贵客永不见

回族美德故事。采录于宁夏。

有一个贤惠妇人，一天，她的丈夫不在家，丈夫的拜把兄长来了。她家很穷，没啥吃的，她想一想说："他阿伯，你先坐一坐，我出去一下就回来。"这个妇人悄悄把自己的毛辫子剪下拿出去卖了，买面回家做饭，才算救了急。那个拜哥临走时，妇人说："没啥吃的，一点儿便宜饭，阿伯不要计较了。"其实，妇人剪辫子的事拜哥都看在眼里，他连忙说："清水留客火做伴，今儿吃了我弟媳的青丝饭。"妇人说："舍了我青丝转回还，舍了贵客永不见。"

考 徒 弟

回族工匠故事。采录于新疆。

有个裁缝收了一个徒弟，每天只让他扫地、做饭、锁扣眼儿、熨衣服，三年过去，从来不教他缝纫、裁剪方面的技术。一天，有顾客来请师傅做活儿。顾客走后，师傅对徒弟说："客人有六十九丈布料，要做衣裤、枕套、窗帘，你去给他做，做完再给我拿回六十九丈布料来。"徒弟平时细心观察师傅量体裁衣，每个动作和方法都一一记在心里。他到顾客家，先把六十九丈布顺边撕下二分宽，塞进衣袖里。过些日子，他按主人要求做完全部活儿，回到师傅家。师傅看到布料高兴地说："你终于出师了，你一定会有出息的。"

马 四 报 仇

回族武林故事。采录于广西。

从前，桂林城西住着一个回民后生马四，没有爹妈，靠做小生意过活。后来，他出去学了一身武艺，回来仍然挑担子卖汤圆。一次，他挑担到了城门口，曾经欺负过他的两个家伙来吃汤圆。马四对他们说，站着吃不方便，我去弄两张凳子来，立刻跑到城墙边，运功把手插进城墙，取出两块大方砖来让他们坐。他们不敢坐，马四伸手拦腰把他们一提，分别放在两块大方砖上。两人吓得直发抖，马四问他们还敢白吃汤圆吗？两人连忙说："不敢，不敢！"马四又问："那么，以前吃的呢？"两人赶忙把钱补上。马四凭借一身功夫，把两个恶人给制服了。

穷欢乐，富忧愁

回族哲理故事。采录于宁夏。

有一个富汉家雇了一个长工推磨，长工天天不停地唱“花儿”。这家女主人听了受不住，丈夫说明天就不叫他唱了。晚上，男主人在麦子里面放了一个五十两银子的葫芦宝。第二天，长工看见便偷偷拿回家去了。他又担心，又不知道怎样花这些银子，越想越忧愁，再也不唱了。随后，男主人又说：“明天我再让他唱。”第二天他问长工：“我麦子里面放的葫芦宝哪里去了？”长工立刻还了葫芦宝，长长地出了一口气，感到浑身轻松，马上又高兴地唱起来了。

◇回族机智人物故事◇

阿卜杜的故事

回族机智人物故事群之一。流传于宁夏、青海一带回族聚居区。故事主人公阿卜杜，一作“阿布都”。他出自艺术虚构，是回族影响最大的一个机智人物。他的故事流传于宁夏、青海等回族聚居区，大多为嘲弄各种吸血鬼、揭露宗教伪善者的作品，其中描写与富人阿尤布进行较量的篇目颇引人注目。代表性的作品如《舍散》《挖金子》《洗坷垃》《掌柜的真好》《请罪》《吃一头牛呢》《丝缰银镫》《端泥》《今年是闰年》《闲了再说》。

舍　散

回族机智人物故事。

富人阿尤布是清真寺的掌学阿訇，他每次讲经都说：“穆民们，要多多行善，如果有人向你要布施，应不分穷富，多则舍散一斗，少则舍散一口。”一天阿卜杜蹲在门口吃饭，有人来要布施，他便把仅有的半个馍馍散给了那个人。这时，阿尤布正在院外晒粮食，看见有人来要布施，却装没看见往里走。阿卜杜见了很气愤，高声喊住他说：“尊敬的掌学阿訇，您常讲舍散不分穷富，多则一斗少则一口。您家粮食多，就舍散一斗吧。”说完在晒好的粮食堆上给那人装了一口袋，把阿尤布心疼坏了。

挖　金　子

回族机智人物故事。

有一天富人阿尤布对阿卜杜说："你若能把我骗下马来，我就把马输给你。"阿卜杜只顾埋头挖屋后的坑，没有搭理他。他十分纳闷，忙问阿卜杜在挖什么？阿卜杜很神秘地说，自己正在挖老人留下的一块金子。阿尤布立刻从马上跳下来帮阿卜杜挖金子，并说挖到就平分，还让阿卜杜骑他的马去取铁锹。日落西山时，阿卜杜回来对阿尤布说："你不是讲把你骗下来，马就归我吗？刚才我已经把马拉到集上卖了。"气得阿尤布差点儿栽倒在地上。

洗　坷　垃

回族机智人物故事。

财主派给阿卜杜一天的活儿，他拼着力气头晌就干完了，想后晌歇缓一阵。财主见他闲缓就心里难受，赶忙拣一块土坷垃对他说："后晌没事，把这块土坷垃蘸水给我洗干净，洗到上面没土为止。"阿卜杜接过土坷垃一把扔进水盆里，说："泡一泡，洗得干净。不信，一会儿你自己捞上来看看。"说罢转身睡觉去了，气得财主干瞪眼。

掌柜的真好

回族机智人物故事。

有一天阿卜杜背了半褡裢炒面进城打工，半晌没挣到一个铜板。他的肚子饿得咕咕叫，便走进一家馆子，买个糖油糕来吃。掌柜的嫌他穷，就很生气地叫他腾板凳。他装出一副愚蠢而可怜的样子，问掌柜的能不能给一点儿糖油糕的汤尝尝？掌柜的想让这个乡下人丢丑，就当着众人叫伙计端了半碗滚烫的熟油给他喝。阿卜杜不慌不忙地打开自个儿的褡裢，取出炒面和着热油，大口大口地吃起来，边吃边说："掌柜的真好！"

请　罪

回族机智人物故事。

穷汉阿卜杜整天忙于找吃喝，所以废了五功（伊斯兰教五项基本功课：念、礼、斋、课、朝），庄子上的阿訇很不喜欢他。一日轮到他供阿訇吃饭，送去的又只是杂面馍馍淡清茶，更惹恼了阿訇。第二天他搁下活儿去做礼拜，阿訇黑着脸说："阿卜杜，你知道犯了教规吗？"阿卜杜说："我知道，请让我念一段赎罪经文吧。"说着跪向大殿祈祷起来："进去尕寺朝西一跪，崇高的主请你饶罪。一来我什么也不会，二来我和阿訇不对。"围观的教民听着，忍不住哈哈大笑起来。

吃一头牛呢

回族机智人物故事。

有天亥娃尼阿訇讲瓦尔兹（伊斯兰教教义）时高声说："我的教民哪！为主的最恼怒的莫过于吃人们的钱财！无缘无故地吃人家一根毛，他心里就要黑暗上八百年。吃多了呢？你们自己去算吧！"这时阿卜杜突然想起几年前亥娃尼阿訇黑心吞没了一个寡妇托他保存的钱财和寡妇送的一头奶犏牛，将寡妇活活气死的事，就当着众人对亥娃尼阿訇说："阿訇啊，今天你讲得太好了！你老人家知道，我是个不识字的瞎汉，不会算。你说吃人一根毛心里就要黑暗上八百年，吃一头牛呢？比如说一头奶犏牛……"夸夸其谈的亥娃尼阿訇，一下哑巴了。

闲了再说

回族机智人物故事。

有一天，几个自作聪明的人坐在一块晒太阳，发现阿卜杜向他们走来，就想出出阿卜杜的丑。他们对阿卜杜说："聪明人，快用真主赐给你的智慧来骗骗我们吧。如果我们果真像蠢驴一样，不知不觉地走向你所设置的陷阱而不回头，那全怪我们自己无知；但是，如果你骗不了我们，聪明人的桂冠该归我们，蠢驴的大名该交给你啦！哈哈……"阿卜杜装出一副很忙的样子边走边说："老哥们儿，闲了再说！"走几步又回身悄悄说："黄河发大水了——别告诉外人！冲下的木头堆成了山，我要到黄河边捞木头去呢！”说完头也不回地朝通向黄河的小路走去。那时当地的黄河一发大水，就有大批木料被水冲下来。那几个家伙一听黄河冲下木头了，赶忙跑回各自的家中拉牲口套车，不一会儿，他们和他们的亲友们的几十挂车便向黄河飞驰而去。当那些人看到黄河跟往常一样平静时，才发现上当了。后来阿卜杜见到他们，对他们说：“谁叫你们睁着眼睛往圈套里钻呢？人毕竟不是驴子啊！”

赛里买的故事

回族机智人物故事群之一。流传于宁夏南部山区。故事主人公为女性，系劳动者型机智人物，出自艺术虚构。其故事大多通过家庭生活、社会生活展示主人公的机敏、才智和美德，质朴清新，饶有兴味。代表作品如《女掌柜》《巧答问路》《四件“宝”》《赛里买应考》。

女　掌　柜

回族机智人物故事。

赛里买的爷爷八十岁了，想选个掌家的接班人，儿孙十几个都争着应选。晚上他把拐棍撇在院里，把一捧糜子撒在墙旮旯里，把水窖墩子扒豁，第二天儿孙们对这些东西视而不见。赛里买从伙房出来，把乌黑的拐棍捡来送给爷爷，又把红糜子扫成堆，用簸箕簸净倒进仓里，她看见塌豁的窖墩皱皱眉说：“爷爷，让哪个孙子去抹一下吧。”爷爷点点头说：“好孙媳妇，掌家就是你了！”阖家男子都不服气，但也不敢顶撞。麦子刚抽穗，赛里买让三小叔子去打几十把镰刀；麦子还没黄，她又让二小叔子去请麦客；收麦了，她给全家人都发了镰刀。小叔子们七嘴八舌飘风凉话，但毕竟她准备得早，一天工夫就把麦子全部收完了。下晚冰雹降临，小叔子们都服了：“真主啊，要不是赛里买，一家人要喝西北风了！”

巧 答 问 路

回族机智人物故事。

赛里买女扮男装去丁家川帮公公找丁阿訇议事。她走进庄子问当地有名的“尖嘴蚊子”丁阿訇在哪儿住，那人说：“墙上开门的那一家。”见她找不着丁家，那人便问她是谁的儿子。她说：“我是我爸的儿子。”那人气坏了，说：“你这不知事的娃娃，怎么这样回答？”她说：“我问你丁家在哪里，你说是墙上开门的那家。谁家墙上没开门？”那人被问得面红耳赤，只得领她找到了丁阿訇家。

四件“宝”

回族机智人物故事。

赛里买的公公阿里被抓去修御殿，不小心碰碎了皇帝的宝瓶，皇帝罚他十天内送来比锅底还黑的东西、比镜子还明的东西、比钢还硬的东西、和海一样大的东西，拿不来立即问斩。十天后皇帝不见阿里来送东西，便领着人马亲自去问罪。赛里买上前道：“陛下，四样东西都备齐了——人心无底比锅黑，心有知识比镜明，兄弟团结比钢硬，女人贤良心如海。”皇帝不敢相信这样的话竟出自一个乡下媳妇之口，羞得无言以对，连忙打道回宫。

赛里买应考

回族机智人物故事。

一日皇帝出巡，听说回民庄子里的赛里买人才出众，便传阿里叫儿媳出来应考。赛里买说她一字不识，皇帝以为她只有一字不识，便问她读了多少卷书。赛里买说：“日晒胶泥卷。”皇帝想，稀泥经太阳照晒，会翘起很多卷卷，这个回民媳妇真了不起，便又问她究竟读了多少篇。赛里买答：“风吹树叶片（篇）。”皇帝心说：“我考了多少人，都没有她读的书多，真是神女！”于是封她为女状元。

伊斯哈的故事

回族机智人物故事群之一。流传于新疆、甘肃回族聚居区。故事主人公系劳动者型机智人物，出自艺术虚构。故事大多为捉弄、鞭挞贪官、财主、奸商及鬼怪的作品，如《捉弄县官》《借车轴》《掌柜的赔驴》《打死拨活棍》《宝背心》《捂红眼》《从龙宫里来》《智惩买亚衣开》。此故事在东乡族亦有流布，参见“玉斯哈的故事”。

捉弄县官

回族机智人物故事。

伊斯哈路过一个村庄，几个官差不分青红皂白把他当盗贼捆绑起来。路上他趁解手拾起一块石头包在手帕里，上公堂时他边喊冤枉边悄悄把手帕包放在公案桌下的县官脚背上。县官用脚掂了掂，足有五十两，心里好生喜欢，便笑着说：“谁不知伊斯哈是个安分守己的人。老弟，抓错人了，你回去吧！”退堂后县官急忙去取元宝，打开一看是块白石头，气得喝令再去抓人，伊斯哈早已跑得无影无踪了。

借车轴

回族机智人物故事。

一日伊斯哈和几个车夫赶车拉货进城。半路车轴颠断了，他便到一户老财家去借。刚走到门外，就听见老财对他儿说：“主麻，去看你妈吃过药没有？”他突然有了主意，让伙伴们站在墙外，自己走进大门，口中念念有词：“车轴顶南墙，野鬼缠住了主麻的娘。要想提走鬼，还得掌柜的领头羊。”老财听了大惊：“先生魔法无边，我儿是叫主麻，他娘病很重。”于是赶快吩咐，令长工宰羊驱鬼。伊斯哈把羊血洒在车轴上，脚踩车轴，口喊“无常鬼快走”，把羊肉一块块递到墙外，又指着院内的车轴说：“这招鬼的车轴不吉利，扔出墙外去。”他翻墙走后，财主听到车轱辘的响声，还真以为鬼推着车轴走了呢。

智惩买亚衣开

回族机智人物故事。

伊斯哈听说阴间有个买亚衣开，非常凶恶。一天他故意说：“我制服过恶虫，买亚衣开敢要我的命，我就先要他的命。”一个小鬼将此话报告买亚衣开，买亚衣开便令精脚鬼把伊斯哈抓来下油锅。精脚鬼来了，伊斯哈拿鞭子把它抽打在撒满八角刺的地上，精脚鬼浑身是伤逃回去。买亚衣开便亲自来抓伊斯哈。伊斯哈拉着大羝羊身上的鞍子说："你骑千里驹先走，我后头跟上。"买亚衣开听说他骑的是万里蹦，敲一镲头能翻二十四个墙头、打一鞭子能行万里时，定要和他换坐骑，并答应他连衣服也换。伊斯哈便扬鞭而去，买亚衣开用镲头、鞭子怎么敲打，羝羊也不走一步，直到把羝羊打死为止。等买亚衣开慢吞吞跑回阴府时，被精脚鬼当成伊斯哈搡进了油锅。

◇回族寓言◇

阿比德和伊布利斯

回族人事寓言。采录于宁夏。

有位小伙子阿比德本领高强，他听说有个伊布利斯（魔鬼）霸占了村里的一眼清泉，就提着宝剑去对付它。没有打几个回合，他便抓住了伊布利斯。当阿比德举剑要砍下去时，伊布利斯立即跪下求饶，表示只要不杀它，它会天天给阿比德一块金币。阿比德一下手软了，便饶了伊布利斯。可是三天以后，伊布利斯就不再送金币了。阿比德去找伊布利斯算账，这一次他却打不过伊布利斯，刚打几个回合就败下阵来。伊布利斯一阵怪笑后说："你本来不是我的对手。可上次你为众人来打我，理直气壮，本领增加了几倍；如今你是为了自己，所以敌不过我。"阿比德无比羞愧，垂头丧气地离开了。他要到深山去学艺，学一身为民除害的真本领。

阿訇救蛇

回族人事寓言。采录于广西。

有一年一个穆斯林请阿訇到坟上念经，他们刚走进墓园，就有一条大花蛇蹿出来。那个穆斯林准备把蛇打死，阿訇立即劝阻，仁慈地说："别打，别打！穆圣说过'不能无故伤害有生命之物'呀！"就在阿訇讲话时，大花蛇趁机逃走了。第二年斋月阿訇独自去坟上念经，那条大花蛇竖起头，伸出长舌，阴丝丝地望着阿訇。阿訇连忙哀求道："大花蛇呀，你忘恩了吗？去年是我救了你，让我过去吧！”大花蛇说：“不行，上一次谁叫你救我？我活着就要咬人！”说完狠狠地咬了阿訇一大口，阿訇没回到寺里便死了。

一　文　钱

回族人事寓言。采录于新疆。

有个要饭的到一家乞讨，主人给他一文钱，说道：“拿去吧，你会吃能吃一辈子，不会吃街上买个糖瓜子。”要饭的苦苦思索，到街上买了些麻，拧成穿钱的小绳卖掉，之后又买麻拧小绳，拿到街上卖。久而久之，一文钱变成十大麻钱，他买了针头线脑，学会了经商。经过几年的努力，他成了富商。一天，他经过当年送他一文钱的主人家，一定要把一半产业送给恩人。那人不解其意，富商说：“我从一个要饭的穷人变成今天的商人，是你的话使我悟出道理，学会做人。你一定要收下，这原本就是你的。”

诚实的鹿

回族动物寓言。采录于青海。

有一次，一个猎人在山上活捉了一只母鹿，回去的路上天已经黑了，他只好去住店，把母鹿关到客店的牛圈里面。半夜，人们都睡熟了，母鹿拼命用鹿角抵开圈门，店家闻声立刻跑出来看。母鹿把两只前腿跪下，开口说道：“掌柜的，我求求你！我有一只刚生下来三天的小鹿羔，它正等着喂奶，不然会饿死的。我喂了奶就回来，不让猎人埋怨你。”店家十分同情母鹿，便把它放了。一直等到天亮，母鹿也没有回来，店家打算赔钱给猎人。这时候猎人出来了，店家如实讲了母鹿的情况，可是猎人硬说店家卖了他的鹿，非要店家赔他不可。当他们争论不休时，母鹿回来了。猎人和店家都被母鹿的诚实感动了，立即把母鹿放走了。

老鹰的彩礼

回族动物寓言。采录于新疆。

老鹰看见鹦鹉的女儿绿鹦哥长得漂亮，就托喜鹊去做媒。鹦鹉说：“它要娶我的女儿可以，必须交一百只鸡娃子做彩礼。”老鹰为了娶娇妻，便辛辛苦苦地四处去抓小鸡，好不容易抓到了九十九只小鸡，在抓最后一只时，被一个庄户人用网捕住了。庄户人拔掉它的羽毛，把它同鸭子捆在一起。绿鹦哥天天盼望老鹰来娶亲，始终不见老鹰送最后一只小鸡来，便请喜鹊去催问。喜鹊寻找了许许多多地方，才发现了老鹰。喜鹊问老鹰怎么落到这个地步？老鹰叹气说：“唉！千不怪，万不怪，都怪我当初鬼迷心窍，答应了鹦鹉的无理要求。”

爱叫的蝉

回族动物寓言。采录于宁夏。

老榆树上爬着一只漂亮的蝉，它对着黄熟的麦田“吱吱吱”地叫个不停。这时候飞来一只蜜蜂，蝉傲慢地说：“小家伙，你的叫声低沉单调，哪里能够和我相比！”蜜蜂忙着采蜜，没有理睬它。它抖动翅膀，“吱吱吱”地叫得更凶，惊醒了树下打盹的养蜂人。养蜂人骂道：“烦死人了！你应该学学蜜蜂，多干活儿少耍嘴皮子。”一阵西北风刮来，把漂亮的蝉吹得无影无踪了。

松树失算

回族植物寓言。采录于宁夏。

高高的山上长着一棵又高又大的松树。树下住着一窝老虎和一窝豹子，打柴人谁也不敢动这棵松树。天长日久，松树想独占这一块地盘，就在老虎和豹子之间挑拨离间，让它俩相互撕咬，老虎和豹子双双丧命。打柴人看见猛兽死了，就抡起斧头来砍松树，松树眼看自己保不住了，真是后悔莫及。

◇回族笑话◇

铁公鸡一毛不拔

回族嘲讽笑话。采录于宁夏。

有一次，“铁公鸡”给儿子娶媳妇，拜把兄弟“溜里溜猴”去贺喜。吃喝完毕，写礼单时，“溜里溜猴”说：“我拿礼四元，给两元，欠两元。”后来，“溜里溜猴”给儿子娶媳妇，“铁公鸡”也去贺喜。上礼时，“铁公鸡”说：

“我拿礼四元，扣两元，欠两元。”结果分文未出。“溜里溜猴”看见礼单，骂道：“真是铁公鸡一毛不拔！”

富人的儿子学经商

回族嘲讽笑话。采录于新疆。

富户人家的儿子东杜，整日无所事事。一天，父亲给他五千两银子，让他出去学经商。东杜走到山坡，看到有人在放羊，就用五千两银子把七只羊全买了下来。他越走越累，看见有人提了一个大笼子，里面装着八只兔子，便拿七只羊换了八只兔子。他心想做生意这么容易，便扬扬得意起来。天气又热又闷，他见一人举着伞过来，就拿八只兔子换了一把伞。他忘了问伞怎么收，一阵大风把伞刮破了。回家他对父亲说：“我生意做得很好，只怪刮了一阵风，就只剩下一个伞把子啦。”

拉 破 袖 子

回族劝诫笑话。采录于青海。

一个人常常到别人家吃白食。一天他回家对妻子说：“今天把我气死了，为吃油香把我的袖子拉破了。”妻子说：“人家拉你，你去就是了，非得拉破袖子呀？”那人说：“你不知道，人家不停地把我往外拉哩！”

两 个 阿 訇

回族劝诫笑话。采录于新疆。

从前一个村里有两座清真寺。一天东寺的乡老说西寺的阿訇没有学问，是个混饭吃的家伙，东寺的阿訇不相信，第二天便去西寺观察。他一见西寺的阿訇，没有言语就伸出右手食指。西寺的阿訇皱皱眉头，伸出两个指头。东寺的阿訇又伸出五个指头，西寺的阿訇很生气，便举起了自己的拳头。东寺的阿訇回去对乡老们说：“西寺的阿訇的学问相当不错。我到西寺后首先伸出右手食指，表示真主独一，人家就伸出两个指头，表示独一无二；我又伸出五个指头，表示五次礼拜，人家就举起拳头，表示抓得紧。”等东寺的阿訇离开后，西寺的阿訇笑着对乡老们说：“今天东寺的阿訇见我就伸出一个指头，指着鼻子骂我，我就伸出两个指头要挖他的眼睛；他来了一个巴掌，我还了他一个拳头，没有让他占到便宜。”

不会讲教义的阿訇

回族劝诫笑话。采录于新疆。

这一年做圣纪时，有个回民妇女到清真寺里面听阿訇讲圣女法蒂玛的故事。这个阿訇没有念过多少经，平时装模作样，能够蒙混过关，但是讲教义，他就没辙了。这一天轮到他讲教义，他站在大殿上“嗯……嗯……”了半天，说不出一句话来。下面的妇女们便嘲笑说：“阿訇讲教义，怎么比我们妇女养娃娃还难！”阿訇的脸一下红到耳根，硬着头皮说：“女乡亲们，你们养娃娃难，但你们肚子里有呀，而我肚子里面没有啊！”

拾钱喊三声

回族劝诫笑话。采录于新疆。

一个阿訇给人们讲教规时常说：“如果拾到钱就原地大喊三声，没人来认领便归自己。”穆民知道他非常贪财，是个口是心非的家伙。一天他出门时，有人就在路上放了十块钱，躲在旁边观察。当他发现钱后，立刻用脚踩住，很小声地叫了三下“谁的钱？”他正要放心大胆地拾钱时，放钱的人立刻跑来说：“钱是我的！”这个阿訇尴尬得说不出话来。

街上买来的杂货摊

回族谐趣笑话。采录于新疆。

有个老汉进城买日用品，走到杂货摊，看见一个圆圆亮亮的小东西，里面的东西应有尽有。他买了一个到家，对老婆子说：“我买了个杂货摊回来，价钱还便宜。”老伴儿接过来一看，惊叫：“什么杂货摊？你明明出去又找了一个尕奶奶。”老汉要过来一看，吓了一跳，忙说：“杂货摊不见了，这不是大寺里的阿訇吗？阿訇老人家，你要来提前打个招呼哇！”

三个心愿

回族谐趣笑话。采录于新疆。

从前有一家人很穷，但对真主的孝敬一点儿不少。一天晚上，他梦见真主对他说：“我送你一个盆，你需要什么对它说，可满足你三个要求。”他醒来后，果然桌上有一个盆。老婆说“我们需要一头牛。”刚说完，就出现一头牛。他却说：“要金子多好，什么都有了。”果然又出现一大堆金子。老汉高兴得手舞足蹈，大声说：“我什么都有了，什么都不要了！”牛、金子和盆子立刻都消失了。

睡热炕

回族谐趣笑话。采录于宁夏。

有一个冬天，来自四个地方的人一起住进一家店房。店房里的炕只有一坨热，大家都想睡这坨热炕。有人提出四个人对诗，谁对得好谁睡热炕。盐池人说：“盐池有个大水坑，今年撂个石头明年听。”吴忠人说：“吴忠有个牛头山，挖起胳膊摸着天。”中卫人说：“中卫有个莫家楼，半截子撬在天里头。”河州人想了想说：“阿扎河州没个啥，这坨热炕我睡下。”于是，这坨热炕就让河州人睡下了。

把嘴绊扁了

回族谐趣笑话。采录于青海。

有一个人出远门，买回来两只本地从没有的鸭子，以为是世上少有的大号鸡。到家后，他把鸭子往鸡架上赶，怎么也赶不上去；他把鸭子抓上去后，鸭子立刻跌了下来。他让儿子请马老爷来看看这是啥鸡。马老爷左看右看，看了大半天才说：“哎，这是只好鸡，是长脖子白鸡。你看，从鸡架上跌下来，把嘴绊扁了。”

藏族故事

◇藏族幻想故事◇

青蛙骑手

藏族蛙郎娶亲型故事。采录于四川。

从前，在一座高山上住着贫穷的老两口，无儿无女。他们向管山岳和江海的墨尔扎那神祈祷，不久老妈妈生下一个会说话的青蛙儿子。过了三年后，青蛙儿子到人家去求亲，被傲慢的头人拒绝了。青蛙便“咯咯咯”地大笑起来，立刻地动山摇，震得头人的碉楼和官寨像要倒塌了。头人只好答应把大女儿许配给它。大女儿不愿意，骑马跟着青蛙走时，在路上用暗藏的半扇手磨砸青蛙。青蛙不得不将大女儿退回去，要求头人换一个女儿。头人骂青蛙好自不量，青蛙便“呜呜呜”地大哭起来，哭得天昏地暗，洪水澎湃。头人只好把二女儿嫁给它。二女儿也不愿意，在半路上同样要整死它。青蛙也把二女儿送回家了。它要求头人把三女儿许给它。头人暴跳如雷，决不答应。青蛙便一上一下地跳起来，跳得碉楼和官寨翻转，岩石乱飞。头人只好同意，用一匹马载着嫁妆，一匹马载着三女儿，送到青蛙家中。三姑娘心地善良，不但不嫌弃青蛙，并且还孝敬老人，帮助婆婆下地做活儿，一家人和和美美。秋天时节，一年一度的赛马会开始了，老两口带着儿媳去参加盛会。第三天决赛时，草原上突然出现一个青衣少年。他的青马奔跑起来，好像在云中飞腾，一举夺得头名。在一片欢呼声中，大伙儿请他喝酒，姑娘邀请他跳舞。太阳落山时，他便匆匆离去。第二年，仍然这样。第三年，当青衣少年再次出现时，三姑娘立刻回到家里，在火塘边发现了青蛙皮，她一下明白了。她为了不让心爱的丈夫再变为青蛙，便动手烧了青蛙皮。这时候，青衣少年像一朵青云一样落在她面前。他从火塘里抢出青蛙皮，已经烧得只剩下青蛙的一条右腿皮了。少年面无血色地倒下，慢慢对妻子说："你太性急了，你稍稍等一等，让我的力量长成了，我们就可以好好地过下去。"原来他是地母之子，来到人间替百姓做事，但目前气力不足，离开青蛙皮就要冻死。三姑娘悲痛欲绝。她随即按照丈夫的指点，骑上青色马飞奔到一座四周都射出金色阳光的神殿，为了百姓的幸福，去向神请求让他们那里没有贫富分别，没有官府压迫，有一条路通往仙境。神答应了她的请求，但是让她在天亮前必须将这三件事告诉所有的百姓，这样她丈夫才能够得救。由于头人的阻挠，她耽误了时间，鸡叫三次后她的丈夫就死去了。三姑娘无比悲痛，每天黄昏都要到丈夫坟前哭泣。有一天，她忽然变成一块石头，永远立在山岩上。

一朵小红花

藏族蛇郎娶亲型故事。采录于四川。

有一天，一个老阿爸上山去砍柴。他刚摘下一朵小红花，就被一条小蛇拦下了。小蛇说这是它的聘礼，要老阿爸把自己的一个女儿嫁给它。老阿爸有五个女儿，前面的四个女儿都不愿意，只有五妹答应了。五妹与小蛇王子成亲后，过上了好日子。四个姐姐见了，都非常羡慕。四姐心眼很坏，便去约五妹去海子玩耍，骗到五妹的穿戴后，就把五妹推下海子淹死了，然后冒充五妹回到小蛇王子身边。小蛇王子发现妻子的变化很大，感到诧异。五妹的精灵变为一只雀子飞来向小蛇王子哭诉，并且领小蛇王子到海子捞出自己的尸体。小蛇王子用魔法让五妹复活，然后一同回家。四姐见了十分羞愧和恐惧，连忙躲进深山老林，再也不敢回家。

松　树　井

藏族找幸福型故事。采录于四川。

很早以前，银座寨子有一个苦孩子叫银珠才礼。寨子里面没有水井，嫂嫂天天都逼他到河边上去背水。有一天，银珠才礼不小心摔坏了水桶，不敢回家。他想去无所不知无所不晓的山大王那里，问他到哪里能够找到摔不坏的水桶？他为什么这样苦？他们的寨子怎样才能够找到一口水井？在半路上，他遇到一个老阿婆。老阿婆给他指引了去山大王那里的道路，并且请银珠才礼帮忙问问山大王，怎样能够治好她的哑巴孙女？经过长途跋涉，银珠才礼终于找到了山大王，山大王只回答了银珠才礼两个问题。他按照山大王的话，治好了哑巴姑娘，并且结为夫妻。他回到寨子里，在一棵大松树边上找到了水井。他嫂嫂喝了松树井的水，立刻变得心地善良了。从此，他家和所有的乡亲都过上了舒心的日子。

背水的阿妈

藏族团结除恶型故事。采录于四川。

有一个老阿妈出门背水，生怕儿子乱走，就把儿子留在屋子里。背头两桶水回家儿子都在，可是背第三桶水回家时，儿子不在了，她赶忙出门去寻找儿子。半路上，她碰到一把斧头、一根拐棍、一只老鸦、一只喜鹊、一把扎刀，都愿意跟她一起去找孩子。老阿妈一边走一边唱："我是一个耍魔术的，我的喜鹊、老鸦会唱歌，我的拐棍、斧头会跳舞。"那个捆走阿妈孩子的魔鬼听见喜鹊、老鸦在唱歌，也忍不住跟着跳起舞来。阿妈趁机去魔鬼家门口，从挂着的口袋里放出自己的儿子，然后在口袋里面装满牛屎，又在捆口袋的绳子上插了许多刺。魔鬼跳完舞回家去解绳子，被刺扎得直叫。它刚要跑开，扎刀便去追赶。它跑到门口时，拐棍痛打它几下。它吓得往山坡上跑，一脚踩到稀牛屎，滚到山沟里去了。它看见有一座桥可以过河去，刚走到桥中间，斧头便把桥砍断，让它栽到河里面淹死了。于是，阿妈便带着儿子高高兴兴地回到家中。

橘 子 姑 娘

藏族奇缘故事。采录于西藏。

从前有一个王子不小心打碎了老阿妈背水的瓦罐，他连忙赔礼道歉，并且买了一个新的来赔偿。老阿妈非常高兴，便祝福王子得到美丽的橘子姑娘。王子按照老阿妈的指引来到雪山深处，用诱饵顺利通过豺狼虎豹出没的地方，在挂满果实的橘林里面找到了最大的黄橘子，和橘子姑娘喜结良缘。有一天，一个魔女变的女仆把橘子姑娘推下湖去，然后穿上橘子姑娘的衣服去蒙骗王子。不久，湖里面长出一朵荷花，王子见了十分喜爱，魔女却将荷花摘下来扔到宫外。第二年宫外长出一棵桃树，结出一个特别大的桃子。有个牧童把这个桃子摘来供在佛堂上，美丽的仙桃姑娘便降临他家。魔女知道后，立刻派人杀了仙桃姑娘。小山羊吃了流血地方长出的青草，突然能够说话了。小山羊让牧童把它杀了，草原上便出现一座新宫殿。王子在新宫殿里面，与自己心爱的橘子姑娘相遇。橘子姑娘讲了自己几次受魔女迫害的事情，不断落泪。魔女像疯狗一样逼来时，竟被守门的虎狗、豹狗咬死。王子和橘子姑娘重新团聚在一起，过上美满幸福的生活。

金 翅 鸟

藏族奇缘故事。采录于西藏。

铁匠的儿子、木匠的儿子、石匠的儿子、画匠的儿子、卦师的儿子、医生的儿子和乞丐的儿子是好朋友。一天，他们一起每人栽了一棵树，约定三年后再到这里来相会。乞丐的儿子去当仆人时，同主人的姑娘相爱，主人十分气愤，把他们赶出家门。他们流浪到一个地方，国王不但抢走了乞丐儿子的妻子，而且把他压在地洞里面让他饿死。三年后，六个朋友都聚齐了，唯独不见乞丐的儿子，他栽的那棵树也枯了。卦师的儿子算出他已经遇到不测。大家把他营救出来时，他已奄奄一息。朋友们各显其能将他救活，并且同心协力做出一只金翅鸟。乞丐的儿子坐上金翅鸟，飞到王宫的上空。国王以为是神降临，惊喜不已。姑娘看出是自己的亲人来了，她谎称要独自上屋顶去接受神的礼物，坐上金翅鸟与乞丐的儿子双双逃出虎口。

土司和穷术师

藏族奇事故事。采录于四川。

从前有一个穷术师能够使用幻术让人开心、快乐。一天，有个大土司为了寻开心，便叫这个穷术师来施法术替他解闷。穷术师表示他不敢在大土司身上使用法术，后来只好立字据，写明无论怎样也不降他的罪。这时候，地藏王与小王子带着无数兵丁和华丽的大毡篷经过此地。大土司为了巴结地藏王，便要小王子留下来同自己的女儿成亲。地藏王离开不久，忽然电闪雷鸣，从天空中落下许多尸体，其中还有地藏王的脑袋，大土司便架柴将其火化了。小王子听说后非常悲伤，立刻跳进火堆。过几天，地藏王突然从天上回来了，他得知小王子的情况后，一定要大土司抵命。当大土司跪在地上苦苦求饶时，地藏王一下消失了，眼前只有穷术师在对着他微笑。大土司发现被愚弄后无比愤怒，却无可奈何，穷术师于是受到乡亲们的尊敬。

红 松 子

藏族宝物故事。采录于四川。

穷伙子泽珠才让遵照阿爸的遗嘱，经过千辛万苦找到了神奇的红松子。有了能够满足主人各种愿望的红松子后，乡亲们都富裕起来。不久，泽珠才让到王宫向公主求亲，国王感到愤怒，便命令卫兵打他。可是棍子打在泽珠才让身上，却痛在国王身上。国王无可奈何，于是向泽珠才让提出允婚的三个条件：第一，捉来九十九只金鸡，每只一斤，不能多一两、少一两；第二，送来九十九条细鳞鱼，每条一斤，不能多一两、少一两；第三，一夜工夫修建一座比现在的宫殿更宏大更美观的宫殿。由于有红松子，泽珠才让全都办到了，终于娶到了美丽的公主。后来，有一个大臣从公主手里骗到了红松子，竟把宫殿连同公主一起搬到海子里面。猎犬和小猫帮助泽珠才让夺回红松子，惩罚了那位大臣，同公主过上了幸福的生活。

黑 面 王 子

藏族奇缘故事。采录于西藏。

早年间，瓦色仑王国的年轻王子将要登位。他按照老祖宗传下的规矩，在姐姐的指点下，戴上黑面具去遥远的西方寻找王妃。来到人迹罕至的荒原上，他丢失了寄命神箭，携带的食物和礼品又全部被仆人盗走了。他经历千辛万苦，终于到达了那哇波登王国。这一天，王子正躺在城外的泉边，先后看见身背金水罐的大公主、二公主来背水，他说明来意后遭到羞辱和冷遇。三公主来背水时，对他非常热情，并且去向国王求情，让他进王宫当了马夫。他干得很出色，国王又派他去放牧奶牛。到了春天，三个公主到草场挤奶时，王子向她们表达爱意，受到大公主和二公主的耻笑、谩骂，唯独三公主喜欢他，接受了他的定情戒指。当那哇波登王国举办选婚仪式时，三公主便将七彩宝箭插在这个黑面乞丐身上。国王暴跳如雷，拿出最下贱的礼品，让他们滚蛋。他们长途跋涉，沿路乞讨，终于回到瓦色仑王国。王子取下黑面具，与三公主一起进入王宫，受到了极为热烈的欢迎。王子在举行隆重的婚礼和登基大典时，请来了那哇波登国王和大公主、二公主。在鼓乐声、欢呼声中，他们看见容光焕发的王子和三公主，感到无比惊讶。

大先觉制服妖怪

藏族除妖故事。采录于西藏。

很早以前，有个妖怪劫走了一个小孩儿，让他天天去放牧岩羊群。有一次，一只岩羊被猎人打死了。妖怪发现后非常生气，它立刻变为一股青烟飞出去，不久又飞回来，拿出一个血淋淋的心脏，说是那个猎人的，让小孩儿把它埋在洞里。于是，打死岩羊的猎人患了重病，求神拜佛都不见好转，而且越来越重。那家人又请来一个修德很高的先觉。先觉念经时，那个妖怪站在埋葬心脏的山洞里不断发抖，立刻被一阵风吹得无影无踪。随后，那个心脏飞上天空，猎人立刻恢复健康，小孩儿也回到了家中。

小鸟救了小女儿的命

藏族除妖故事。采录于西藏。

从前，在一个村子里面，一对老夫妇有三个仙女般的女儿。当地上至头人下至乞丐都想娶她们。有一天，老头上山放牧时被一个黑魔鬼吃掉了。黑魔鬼变成那个老头赶着牛群回家，说自己遇到一个英俊的王子，答应把大女儿嫁给他。第二天，假老头便把大女儿带到后山吃掉了。晚上回去，假老头又说自己遇到一个能干的大臣，答应把二女儿嫁给他。次日，假老头便把二女儿带到山脚下吃掉了。晚上回去，假老头又说自己遇到一个大富商，答应把小女儿嫁给他。这时候，老太婆一点儿也不高兴，说道："咱们年纪都大了，不留下一个女儿怎么行呢？我不同意这门亲事！"可是假老头儿执意要嫁小女儿，老太婆只好答应。第二天，假老头儿又带着小女儿出发了。途中在一个悬崖下休息打尖时，小女儿到森林里捡柴，一只小鸟把魔鬼吃掉她阿爸和两个姐姐的真相告诉她，让她赶紧离开。于是，小女儿按照小鸟的指点逃跑，当魔鬼追赶她时，她多次撒灶灰迷住魔鬼的眼睛，最后跑进山洞，让法力高强的修行人消灭了魔鬼，永远除掉了祸害。

猎人斗鬼神

藏族不怕鬼故事。采录于西藏。

从前有一个勇敢的猎人，每天上山狩猎，打死了许多野兽，这里的山神对他恨之入骨，却不敢同他正面较量。有一天，他正在剥鹿皮，山神们偷偷从背后围过来。他想把右手上的血块甩掉，正巧打着一个山神的脸，这个山神立刻昏死过去，其余的山神赶快逃跑了。他们便派骨架鬼来对付猎人，猎人背着扑在背上的骨架鬼便跑，骨架鬼根本无法挣脱。骨架鬼给了猎人一大群牦牛，才得以脱身。山神们又派独脚鬼来对付猎人，独脚鬼问猎人："你难道就没有怕过什么吗？"猎人说自己怕青蛙。当他生火用小茶锅煮茶时，独脚鬼变为青蛙跳进锅里，他立刻把锅反扣上去，并且坐在锅上。独脚鬼答应每个月送猎人一只大雄鹿，猎人才放了它。山神们斗不过勇敢的猎人，不得不认输。从此猎人每月都得到一只大雄鹿，日子过得越来越红火。

独角鬼料理后事

藏族鬼怪故事。采录于西藏。

从前有一个虔诚的修行人到山顶焚香供佛回来，在半路上歇脚时睡着了。有一群独角鬼偷吃了他口袋里面的各种供品，以为他是死人，就把他抬到山洞里面，准备为他料理后事。他醒来发现山洞里堆满金银珍宝，乐坏了，便拿起法铃和拨浪鼓来不断摇晃，把独角鬼们全都吓跑了。他拿了一些金银珍宝回家。有个富人家的儿子看见修行人发财了，非常羡慕，也想去发大财。他学着修行人的样子到那里装睡，任由独角鬼们偷吃食物。当独角鬼把他抬起走在山间小路上时，他突然嚷道："小心！不要把我掉下山崖！"独角鬼听见死人说话，吓得扔下担架，他掉下山崖，一命呜呼。

树墩鬼和牧羊狗

藏族鬼怪故事。采录于西藏。

从前，有一个美丽的姑娘住在牛毛帐篷里面，单身一人在山坡上牧羊。山坡对面有一个一人多高的枯树墩，看上去好像一个瘦老头，让人害怕。姑娘的帐篷外拴了一只黑身白胸的牧羊狗，每天晚上总是围绕帐篷叫，有时候好像还跟什么凶恶的东西搏斗，吵得姑娘无法安睡。姑娘实在忍受不了，便把这只牧羊狗送到山那边的亲戚家。当天晚上，她圈好羊，埋好火种，就吹灯睡觉了。她满以为可以好好睡一觉，谁知帐篷突然被推开，对面坡上的那个枯树墩一下闯进来。它吃光桶里面的酥油后，就把姑娘拖出门去，要把她吃掉。姑娘挣扎着不断喊"救命！”这时候，她喂的那只牧羊狗突然出现，一下扑上去狠狠地咬住树墩鬼。树墩鬼惨叫一声，立刻丢下姑娘逃走了。原来牧羊狗放心不下主人，挣断绳索跑回来，刚好碰见树墩鬼要吃主人，及时救了主人的性命。

糊涂喇嘛走好运

藏族鬼怪故事。采录于西藏。

从前有一个国家，国王三兄弟的妃子都去世了。罗刹为了霸占这个国家，就变成一个美女，先后做了大国王、二国王的妃子，把他们都害死了。接着，它又嫁给小国王。不久，小国王又病入膏肓。大臣们赶快请来一个喇嘛替小国王念经、治病。这个喇嘛对着妃子一筹莫展，嘴里喃喃自语：“真见鬼啦！真见鬼啦！”半夜，他胆战心惊，准备溜走，一脚踩着小罗刹变的牦牛，栽了一个跟头，他抄起经书便向牦牛砸去。罗刹做贼心虚，以为它的面目已经被识破了，赶忙去同小罗刹商量对策，不料被躲在羊圈的喇嘛听见了。喇嘛跑去告诉大臣们，立刻把妃子和牦牛捆起来。两个罗刹现原形后，被烈火烧死了，小国王因此得救。

乌 鸦 国 王

藏族奇事故事。采录于四川。

从前，一个老头有三个如花似玉的姑娘。一天，有一只乌鸦飞来说自己是国王，要娶他的一个女儿，不然就要惩罚他。老头去问三个女儿，三个女儿都不愿意。老头去回话，乌鸦国王便抓走他的右眼珠，并且说：“明天我再来，你不把女儿嫁给我，我就抓掉你的左眼珠！”老头大哭起来，小女儿心软，同意嫁给乌鸦国王。第二天乌鸦国王把右眼珠给老头安上后，便带走小女儿，回去举行了盛大的婚礼。婚后乌鸦国王与王后住一个房间，并且让王后晚上千万不要看他。有一天夜里，王后实在忍不住，便偷看了乌鸦国王，发现他竟是一个非常英俊的小伙子，心里无比激动。可是次日早上，乌鸦国王对王后说：“因为你偷看了，我不得不离开你。我原本是一个国王，一个魔鬼把我变成了乌鸦，长期受到折磨。它命令我娶王后，又不许王后知道我的真面目，进一步折磨我。现在我要主动去接受它的惩罚，不然它会加重惩罚我们。”乌鸦国王飞走后，王后立刻踏上救夫的征程。在途中王后遇到一个老婆婆给她一件防火衣和一把神剪，让她去救出火海里面的丈夫。她来到烈焰熊熊的火海，见到了正在受苦受难的丈夫。她穿上防火衣来到丈夫身边，用神剪剪断捆丈夫的铁链，终于救出了丈夫。突然，神剪飞去杀死了那个恶魔，让国王和所有的百姓都从乌鸦变回了人，一起过上和平幸福的日子。

山路上的石狮子

藏族奇事故事。采录于四川。

从前，有一个富人的儿子常常与一个穷人的儿子在一起放牛。在上山的路上，有一个石狮子。穷人的儿子每天经过那里，都要给石狮子敬一点儿糌粑，并且祈祷道："敬重三宝呀，石狮平安如意！"有一天石狮子突然说话了："朋友，谢谢你！从今天开始，每天你路过时都从我的嘴里取银子吧。"于是，穷人的儿子渐渐富裕起来。富人的儿子知道后，也学穷人的儿子向石狮子敬糌粑和祈祷。过几天，石狮子让他在太阳出来前去取银子。第二天富人的儿子起得很早，拿了两个大皮口袋去，石狮子刚张嘴，他便拼命从里面摸出银子往皮口袋里装。过了一会儿，石狮子说："够了，够了，太阳快出来了！"富人的儿子根本不听。太阳出来后石狮子立刻闭上嘴，一下咬住他的手，让他再也离不开。

两个邻居遇鬼

藏族鬼怪故事。采录于西藏。

从前有两个邻居，一个富有，一个贫穷，富邻居胆子很小，穷邻居胆子特大。一天晚上，有个恶鬼上门拿走了富邻居的所有钱财，而且摸歪了他的嘴巴，吓得他从此不敢出门一步。这个恶鬼又来到穷邻居家里，穷邻居毫不畏惧，还跟恶鬼交上朋友，慢慢探听出了恶鬼害怕的事情。有一天，恶鬼让他一起去把一个快死老头的气收完。回来时，他背着气口袋躲进一片青稞地，捆起一把一把的青稞向恶鬼砸去。恶鬼听穷邻居说过他害怕金银，便拿出大块大块的金银向他砸去。天亮以后，穷邻居不但得到大量金银，还拿着气口袋去救活了那个老头儿。

跳锅庄的喇嘛

藏族奇遇故事。采录于四川。

很久以前，有十三个嘛尼堆变为十三个穿红袈裟的喇嘛，拉起手围着跳锅庄。太阳落山后，附近的百姓便不敢从那里经过。一天下午，从外地来了一个脖子上挂着大肉疙瘩的老婆婆。她气喘吁吁非常累，便倒在嘛尼堆旁边睡着了。迷迷糊糊中，她被十三个喇嘛吵醒，还被喊去跟喇嘛们一起跳锅庄。刚跳一会儿，老婆婆便直喘气。一个喇嘛轻轻地替她取下脖子上的大肉疙瘩，她一下感到轻松得很。鸡叫时，十三个喇嘛突然不见了，她身边仍然有许多嘛尼堆。老婆婆摘掉脖子上大肉疙瘩的事很快便传开了。当地一个头人太太脖子上也有个大肉疙瘩，她很想摘掉自己的大肉疙瘩，还想抓一个喇嘛回来替人摘大肉疙瘩赚钱。头人太太大着胆子留在嘛尼堆旁边，半夜也跟喇嘛们一起跳锅庄。随后，有个喇嘛同样替她摘掉了脖子上的大肉疙瘩。天快亮时，头人太太抓住一个喇嘛，喊他跟自己回家去，另一个喇嘛立刻赶来把先前摘下的两个大肉疙瘩都挂到她的脖子上。喇嘛们全不见了，头人太太只好挂着两个大肉疙瘩回家。

万灵的褐石

藏族宝物故事。采录于西藏。

某地有一富一穷两户人家。秋天打场时，穷家的庄稼被魔鬼拖进山洞里了。穷人追进山洞，看见里面有一堆尸体，吓得赶快退出来，恰好碰见一个魔鬼扛着一个尸体进来。他赶紧躲到尸堆里面，只听到魔鬼喊道：“小小方垫快快飞到我屁股下！”魔鬼坐上方垫，伸手从洞壁上取出一块核桃大的褐色石头来，念道：“褐色神石，赶快拿一壶青稞酒和一盘肉包子来！”它吃喝完后，把褐石还回洞壁便离开了。这个穷人随后就把褐石带回家，过上丰衣足食的日子。富人看见穷人的变化，十分奇怪，便去打听，善良的穷人就一五一十地告诉了他得到褐石的经过。富人立即跑到那个山洞里，也碰见魔鬼扛着一个尸体进来。他连忙躲到尸堆里面，只听到魔鬼叹气说：“以前有神石，要什么有什么，如今只好取出这堆尸体的脑浆来熬粥了。”富人不敢吭声，被魔鬼抓住，白白送掉了性命。

老阿妈和两个儿子

藏族奇事故事。采录于西藏。

从前一个阿妈有两个儿子，老大生活富裕，却不照顾母亲；老二跟阿妈一起生活，家境虽然不好，却十分孝敬母亲。有一天，老二参加国王恩赐百姓的宴会喝醉了，第二天才往家赶。他先上山砍了一大捆柴，打算背下山去卖钱。他感到非常劳累，便坐在一块岩石上歇气，坐下时不由地喊了一声“嗨哟”。岩石突然开口问他：“你好像很劳累？”老二讲了事情的经过，说自己的确感到劳累。岩石让他先把柴卖了回家去，再拿一个口袋来这里的石缝下等着。老二回家给阿妈做完饭后，带着一个口袋去石缝下，石缝里出来许许多多食品。他拿回家后，母子二人过上了好日子。老大知道这件事后，也学着上山砍柴，并且来到那个岩石上歇气，装模作样地喊了一声“嗨哟”。岩石问他为什么叹气？他胡说老阿妈需要他养活，今天砍柴很劳累。岩石叫他第二天带一个口袋来。第二天他带一个口袋去时，什么东西也没有捞到。他急了，便把手伸进石缝里，石缝一下合起来夹住了他的手。老大回不了家，他妻子只好天天给他送饭去。他妻子忍受不了，就对他说：“咱们没法儿在一起生活，分手吧！”这时候，岩石突然笑出声来，石缝一张开，老大便把手扯出来了。

脖子上的喉瘤包

藏族奇事故事。采录于西藏。

从前，在藏北草原东部的一座大山下，有一户穷人，男主人的脖子上长了一个大喉瘤包，负担很沉重。他从早到晚四处去放牧，一天，仅有的几头牦牛突然不见了。他心里无比痛苦，便到处去寻找，一直到天黑也没有找到。他向山神磕三个头，祈求神灵保佑。他蒙眬入睡时，听到有一个精灵叫道：“山神给一些施舍吧！要不然允许我把睡着的人吃掉吧。”山神说：“我不允许你吃他，你还要送给他一个白元宝。但是，你可以拿他脖子上的那块肉充饥。”第二天醒来，他发现自己脖子上的喉瘤包不见了，连一点儿疤痕也没有留下。他往前走，看见了自己的几头牦牛，旁边还有一头雪白的奶牛，知道是山神赏赐的白元宝。他叩头谢过山神回到家中，日子越过越好。他家附近有一个富人听说这个消息，非常嫉妒。一天，富人也赶着牛群到那个山谷，假装找牛，当晚也睡在山谷里。半夜他听到那个精灵说：“请给一点儿吃的吧，上次你赐的那块肉实在没法儿吃，至今还保存在这里。”山神说：“那么，你把那块肉送给今晚睡在这里的人吧。”第二天，这个富人醒来，发现穷人的喉瘤包牢牢地长在自己的脖子上，而他的牛群已经被野兽吃了，只剩下一堆骨头。他无比懊恼，却已无力回天了。

吐 金 鸟

藏族奇事故事。采录于西藏。

在一个牧区，有母子两个乞丐天天到牧主家去乞讨，牧主感到很讨厌，便把帐篷搬到很远的地方去了。乞丐儿去牧主家的旧居地捡垃圾，拾到一只黄色的鸟，这鸟说它叫“黄金鸟”。它给乞丐儿吐了一点儿黄金，他们母子的生活便一天天好起来了。又有一天，乞丐儿去牧主家的旧居地翻灶灰，翻出一只蓝色的鸟，这鸟说它叫“银鸟”。它给乞丐儿吐了一点儿银子，他们母子的生活更加富裕，到他们家的客人越来越多。又有一天，乞丐儿去牧主家的旧居地玩耍，发现一只黑色的鸟，这鸟说它叫“黑心鸟”。他问这鸟能不能把黑心给他看看？被黑心鸟打得半死，但是他仍然把这鸟带回家去喂养起来。乞丐母子发家的事情被牧主知道了。牧主赶到乞丐家里，蛮横地命令他们交出鸟吐的金银。母子俩说金子银子都花光了。牧主又说：“那么，你们把鸟给我交出来，不然我会把你们带到山顶上，掏出你们的肠子！”乞丐儿听了非常气愤，便让黑心鸟去对付牧主。黑心鸟把他打得半死不活，从此牧主再也不敢来欺负母子俩了。

石狮眼里掉血泪

藏族奇事故事。采录于西藏。

有一天，有个根本上师（藏传佛教最主要的上师）来拜见国王，请国王允许他离开京城，并且向国王透露这个地方将要被洪水吞没。他提醒国王，如果城中两座石狮的眼里掉血泪，七天之后必定洪水泛滥。从此，国王便派三个公主轮流观察这两座石狮子。石狮附近的五个屠夫发现了三个公主异样的行动，便设法从小公主那里打听到其中的秘密。五个屠夫为了得到王宫和国库，第二天便把牛血涂在两座石狮的眼上。国王得到这个消息后，立刻告诉臣仆和所有百姓，洪水将淹没整个城市，让大家七天之内搬出这里。不久，两座石狮的眼里果然掉出血泪。国王与臣民离开以后，五个屠夫到王宫里面去狂欢时，波涛翻滚的洪水吞没了整个城市，也吞没了这五个家伙。

三姊妹入鼠洞

藏族奇遇故事。采录于西藏。

从前，某地有三姊妹，大姐、二姐家生活富裕，不愁吃穿；小妹家穷苦，以乞讨为生，心情非常悲痛。一天，小妹揉糌粑时不小心把一小块糌粑掉进老鼠洞里。她钻进洞里寻找，在深处问一个正在清扫青稞的老鼠看见一小块糌粑没有？老鼠说没有看见，你不如就地打一个滚，出洞去看桥上有什么稀奇事。小妹打一个滚出洞后，到桥上发现自己身上沾满金银、珍宝。她十分高兴，连忙去告诉两个姐姐。两个姐姐立刻把一块糌粑扔进老鼠洞，然后钻进洞里寻找。她们在深处问一个正在清扫青稞的老鼠有没有看见一小块糌粑？老鼠说你们还不如在地上多打几个滚。她们立即在地上多打了许多滚，出洞到桥上一看，两个人的身上都爬满蝎子、癞蛤蟆。她们吓得从桥上跳入河中，一下都淹死了。

善断是非的县官

藏族奇遇故事。采录于西藏。

从前，某地有一个富人讨了两个妻子，大妻子叫宗巴，小妻子叫白姆吉。白姆吉生了一个可爱的儿子。儿子到了三岁，富人去世了。宗巴和白姆吉不合，只好分开来过。分家时，宗巴说儿子是她生的，白姆吉与她争了许久也没有结果，只好去告官。在去告状的途中，先后遇到一条蛇、一只乌鸦和一个妇女，都请求她们替自己给县官捎话。见到县官后，她们陈述了争夺儿子的事情。县官善断疑案，就对她们说：“你们各人抓住儿子一只手，谁拉过去我就把儿子判给谁。”宗巴拼命拉孩子，白姆吉怕儿子疼，不敢使劲儿拉，县官一看便明白了，立刻把孩子判给白姆吉。宗巴离开后，白姆吉便向县官禀报了蛇、乌鸦和妇人的话。县官说：“你告诉那个妇人，她在娘家时想念丈夫，在丈夫家想念娘家，都很正常。只有舍弃一家，握住一家才能够免除心中的痛苦。你告诉那条蛇，当初它空腹出洞时身体没有什么不舒服，它在外面吃了许多食物，各种鸟来伤害它，爬回洞就觉得浑身疼痛。你告诉那乌鸦，当初它栖息的树下有黄金，所以它的叫声显得十分动听，别的树下没有黄金，叫声就不会动听了。”县官又对白姆吉说：“你非常善良、诚实。现在你就带着自己的儿子回家吧。在途中，你就从乌鸦栖息的树下取出金子带走吧。”白姆吉在回家的途中，把县官的话一一告诉妇人、蛇和乌鸦，并且从树下取走了金子。从此，母子过上了美满的日子。

神奇的马头

藏族宝物故事。采录于西藏。

从前，有一个流浪汉在路上捡到了一只马头。走了许多天，他来到一个无人居住的地方，爬上一棵高大的枯树，用马头做枕头睡觉。半夜，他突然听到刺耳的口哨声，各种罗刹围到枯树前，向大罗刹奉献人肉。流浪汉吓得发抖，马头竟落下砸在大罗刹的头上。它发出一声号叫，吓坏了其余的罗刹，转瞬间枯树下的鬼魅便消失得无影无踪。过了一会儿，逃到南边的罗刹喊：“我镶有贝壳的大碗掉在枯树下啦！”逃到东边的罗刹喊：“我的隐身白帽掉在枯树下啦！”逃到北边的罗刹喊：“我的如意花棍掉在枯树下啦！”这时候，东方渐渐亮起来，罗刹们的喊声也消失了。流浪汉爬下枯树后，头戴隐身帽，腰间插上如意棍，怀揣着贝壳碗继续往前走。中午他肚了饿了，心想要是有好吃的该多好，那个碗里便冒出香喷喷的美食来。他知道宝碗的用途，再也不挨饿了。他来到河边，如意棍一下变为一匹骏马把他渡过去了。不久，他到王宫里面拿了许多金银财宝，却没有人发现他。他把这些金银财宝全部分给跟自已一样流浪的乞丐，然后找到一个德高望重的活佛，使自己成为一个虔诚的朝圣者。

斯　珠　木

藏族奇事故事。采录于西藏。

从前，有一个美丽的姑娘叫斯珠木，远近闻名。当时，一个神国与一个鬼国为了争夺斯珠木，准备打仗。斯珠木的父亲说：“你们不必打仗，一打仗都会受到损失。你们各自拿一桶酸奶到山顶上去扔，谁的酸奶滚下去完好无损，一滴不漏，我就把姑娘交给谁。”结果，鬼扔下去的酸奶桶摔坏了，神扔下去的酸奶桶却完好无损，一滴不漏。斯珠木姑娘便归神了。鬼又提出赛马，但是神仍然获得了胜利。鬼又提出比试射箭，神仍然得了胜利。鬼又提出比从山上扔牛粪，神又胜了。鬼无计可施，企图抢走斯珠木。斯珠木不愿意跟鬼走，便逃到神国去了。

一副骰子

藏族宝物故事。采录于西藏。

有一次，天上下了鹅毛大雪。雪后，老樵夫上山砍不到柴，心里很着急，忍不住流起眼泪。这时候，一个仙女来到他身边，送给他一副骰子，说是可以满足他三个愿望。老樵夫非常高兴，回家后他和老奶奶向骰子提出自己的三个愿望，结果得到了房屋、田地和奶牛。有一个财主看了十分羡慕，便学着老樵夫的样子上山去痛哭流泪，仙女也送给他一副骰子。回家后财主和他的老婆贪得无厌，向骰子提出要金子、要当国王、要长生不老，他们你争我夺，互相争吵，竟把骰子摔到地上了。两人失声大叫“要个屁！”因为提出了第四个愿望，骰子立刻化为乌有，他们的一切愿望都落空了。

破铜锣

藏族宝物故事。采录于青海。

从前，有一母所生的兄弟俩分户居住。哥哥成家了，吃穿不愁，但好吃懒做；弟弟以打柴为生，赡养着阿妈，大家叫他“打柴郎”。有一天打柴郎上山打柴，擦黑回家，不小心滚下山坡，慢慢爬进一座破庙，卷在神像背后睡着了。半夜，他被锣声惊醒了，看见一群狗熊正在吃美食，敲一下破铜锣就出来许多好吃的东西。他看呆了，等狗熊们离开后，他便去藏铜锣的地方把破铜锣取出来拿回家。娘俩从此顿顿有吃食，再也不为生活发愁了。哥哥知道以后，也想去试试运气。当天晚上他刚刚走进破庙，便碰到了这一群狗熊。狗熊们揪住他的鼻子问破铜锣的下落，狗熊揪一下，他的鼻子长一寸。折腾好久，他才拖着长长的鼻子回到家中。夫妻二人急得哭天喊地，不知如何是好。第二天，哥哥突然想到了破铜锣，就去求打柴郎用破铜锣缩回自己的长鼻子。打柴郎敲一下破铜锣，喊一声“缩”，哥哥的长鼻子便缩一寸。他妻子在一旁看得着急，夺过破铜锣拼命敲，拼命喊“缩缩缩”。万万没有想到，这样一来连哥哥的脑袋也缩进胸腔里去了，真是呼天天不应，喊地地不灵啦。

宝葫芦与两兄弟

藏族宝物故事。采录于青海。

从前，有两兄弟，父母双亡后，老大独占家产，狠心地把老二赶出门了。老二只好上山去开荒，他没有工具，就用树枝刨地，突然刨出一个破葫芦。他觉得破葫芦没啥用处，便给扔了。哪知道葫芦说了话：“尕娃，不要扔！你要啥东西就说出来摇三摇，保你满意。”老二不但摇葫芦要了镢头来刨地，而且要了草房来住，从此吃住都不发愁。老大坐吃山空，很快成为穷光蛋。他厚着脸皮从老二那里借到宝葫芦后，拼命摇宝葫芦要金要银，一直不停歇。哪晓得金银堆积成山，竟把他压在里面再也出不来了。

黑 心 父 母

藏族奇事故事。采录于青海。

从前，老两口和儿子卓玛加一起生活，家里十分穷苦。老两口觉得没有儿子生活会好一些，便商量着把卓玛加带到很远的森林里扔掉了。卓玛加没有回家，便四处流浪。有一天，卓玛加走着走着，看见一座金房子；他推开金门走进去，看见一扇银门；他推开银门往前走，又看见一扇铁门；他推开铁门走进去，看见满屋的金银珠宝，火塘上的铜锅里装有香喷喷的饭菜。他饱餐一顿后，便爬到房梁上躲藏起来。天黑后，有一老一少两个女鬼进屋来，吃完饭便钻进铜锅里去睡觉。到了半夜，卓玛加搬起一块大石头压在锅盖上，点燃火把两个女鬼烧死了。卓玛加便成为这里的主人，过上舒心的日子。过了一些时候，卓玛加的父母讨饭到了这里。卓玛加把父母请进来，用许许多多好东西款待老两口。老两口吃着吃着，不停地笑起来。他们笑哇，笑哇，说不出高兴还是伤心，一下就没气了。

大犏牛化仙

藏族奇事故事。采录于青海。

某个地方的牧民首领曲麻尖措，他的女儿仁欠措是个人见人爱的漂亮姑娘。有一天，仁欠措正在唱歌时，一头雄狮突然跳出来把她抢走了。曲麻尖措立即宣布：谁要是杀死雄狮精就把仁欠措嫁给谁。然而没有任何人敢行动，曲麻尖措都急哭了。这时，一头大犏牛跪在地上说："主人，要是我杀死雄狮精，你能够把仁欠措嫁给我吗？"曲麻尖措高兴地点了头。人们还没有散去，大犏牛已经回来了，它一只角挑着血淋淋的雄狮精，一只角挑着仁欠措的腰带出现在曲麻尖措面前。可是曲麻尖措脸色突变，不愿意把女儿嫁给大犏牛。仁欠措说："阿爸，你应该把我嫁给大犏牛，不能够反悔。"曲麻尖措哪里肯同意。仁欠措绝望了，她一头撞在一块大石头上，当场死去。大犏牛四蹄跪地，两眼流着眼泪，口吐白沫，陪着仁欠措死去。正在曲麻尖措痛哭时，天上忽然飘来一朵彩云，上面站着一对十分恩爱的年轻人。大家仔细一看，姑娘是仁欠措，小伙子身披着大犏牛皮。

老虎报恩

藏族奇事故事。采录于青海。

早年间，有娘儿两个，小伙子每天打柴来供养阿妈。有一次，小伙子上山打柴，发现有一只老虎卡在一棵树的枝丫里面出不来，小伙子犹豫好一会儿，最后还是砍断树枝，救了老虎。有个晚上，小伙子听见家门外有响声，推门一看，发现老虎衔了一只羊来，点一点头便消失了。过不久，老虎又衔了一个姑娘来，并且开口说："往后有事需要我帮忙，叫三声'虎大哥'就行了。"这个姑娘原来是一位公主，王宫派出的人找到了公主，立刻把小伙子捆走了。老阿妈急了，连叫三声"虎大哥"，把老虎喊来救儿子。老虎朝大山深处大吼三声，一下便有千万老虎聚集起来，一起涌到京城里。京城一片混乱，国王、王后和大臣们都慌了手脚。小伙子在牢里听说后，便说只要国王放了他，他自有退虎的办法。国王听说后立刻宣布，三天内如果能够退了老虎，就封他为驸马。小伙子出去见到那一只老虎，说明来意，老虎转身大吼三声，立即带着群虎撤退了。国王看见小伙子有这么大的本领，连老虎都听他的调遣，就高高兴兴地召他进宫，让公主与他成亲。从此，娘儿两个过上了好日子。

猎人智斗冒充妻子的魔鬼

藏族除妖故事。采录于青海。

从前有夫妇俩，丈夫既是狩猎高手，又是做买卖的能人。有一年，丈夫外出经商，过了八个月才回家。半路上，他突然遇到妻子，心里觉得有一些异样，原来这个妻子是魔鬼变的。天黑了，他便停下来煮肉熬茶，饭后他吩咐"妻子"睡在架锅的石头旁，自己睡在货物旁边。接着，他悄悄将铜锅扣在枕头上，再盖上一件毛毡衣，随即拿着枪躲到附近的灌木丛中。月亮升起来后，这个“妻子”嘴里露出獠牙，要跑去吃马，但马脖子上挂着主人的护身符，它没法儿下嘴。它转身跑到枕头边去咬猎人的头，可是咬着了铜锅，发出“当啷”的响声。猎人立刻从灌木丛中向魔鬼打枪，“轰隆”一声巨响，魔鬼粉身碎骨，突然消失了。猎人连夜赶回家中与自己妻子团聚。部落里面的人们知道魔鬼被消灭了，纷纷赶来祝贺，感谢猎人为乡亲们除去一害。

牛儿子其汝他

藏族奇事故事。采录于四川。

从前，有一个国王娶了王后和王妃两个妻子。王后没有生育，王妃波西生了一个儿子，名叫其汝他。有一次，国王带兵出征，王后趁机淹死了其汝他，其汝他的灵魂变为一朵美丽的小红花。工后知道以后，便让花母牛吃了这朵小红花。花母牛随即生下一头小公牛，这就是牛儿子其汝他。国王战败回来，王后便怂恿国王杀小公牛来祭拜山神。王妃波西不忍心，偷偷放走了小公牛。小公牛其汝他来到另外一个国家，这里的公主非常喜欢这头小公牛，常常与小公牛做伴。一天，小公牛其汝他突然变成一个英俊的小伙子，同公主结为夫妻。这个消息很快传到了其汝他的国家。老国王去世后，大臣们便前去迎接其汝他回来做国王，其汝他把国家治理得很好。他找回了沦为乞丐的母亲波西，并且惩罚了狠毒的王后。

新　娘　鸟

藏族奇缘故事。采录于四川。

美丽的娥满早姑娘爱上了小伙子王岱波。但是，由于父母包办，她却要同另外一个人定亲。但是娥满早姑娘仍然偷偷地与王岱波相会。一天，娥满早的未婚夫用毒箭射伤了王岱波，王岱波很快便死去了。娥满早无比悲愤，她去给王岱波送葬时，毅然跳进焚尸的烈火中殉情身亡。家里人把他们的骨灰分别埋在一条河的两岸。不久，两人的坟上各长出一株柏香树，树枝伸向河心，紧紧连在一起。家里人砍了柏香树，坟上又都长出翠竹，仍然紧紧相连。家里人连坟带翠竹统统挖掉，二人的精魂便化为一对红肚子绿羽毛的新娘鸟，一起飞上蓝天。

兄弟俩与山神

藏族奇遇故事。采录于四川。

从前，有两兄弟以打柴为生。一天，他们去打柴，突然找到了一罐金子。哥哥心里面说不出的高兴，他为了独吞，便发狠心把弟弟推下河去了。弟弟并没有淹死，后来被河水冲到了岸上。他无意中听到了山神跟豺狼的一番谈话。第二天，他按山神说的办法医治好美貌的哑巴姑娘，两人结为夫妻。接着，他又按山神说的办法帮助缺水的寨子找到水源，被大家推举为头人。哥哥发财以后，胡作非为，任意挥霍，最后沦为乞丐。他知道弟弟的情况后，也跑到推弟弟的地方去跳入河水，晚上也遇到了山神，山神立刻让豺狼把他除掉。

小扎巴与长毛鬼

藏族不怕鬼故事。采录于甘肃。

从前有个小扎巴（小喇嘛）自个儿住着，觉得非常寂寞。他每天吃饭以前，都要说一声："喂，来吃饭吧！"有一天，他刚刚说完这句话，便有一个长毛鬼破门而入，坐下来吃饭。吃完饭后，它说自己是鬼，愿意跟小扎巴交朋友。过一些时候，长毛鬼担心小扎巴不讲信义，便问他怕啥？小扎巴撒谎说自己怕元宝。有个晚上，长毛鬼要出去办事，就把自己的生命球交给小扎巴保管。小扎巴晓得鬼怕庄稼，便带着它的生命球躲进庄稼地里。天快亮了，长毛鬼站在地边上要生命球，小扎巴不给它，它赶忙拿元宝往庄稼地里面砸。小扎巴戳破生命球，长毛鬼突然消失得无影无踪，他便捡起元宝高高兴兴回家去了。

◇藏族动物故事◇

小兔子洛珠

藏族动物故事。采录于西藏。

有一回，雅鲁藏布江边的草地上来了三只狼，从此草原不得安宁。小动物纷纷搬家逃跑，唯有小兔子洛珠在琢磨如何惩治这些恶魔。一天大公狼走来，小兔子洛珠对着冰块镜子往眼皮上抹泥土，说自己发明的一种眼膏涂上能看百里远。公狼很高兴，也要涂上好让森林里面的鸟兽一个都跑不了。第二天洛珠搞来牛皮胶，唱着歌儿给公狼糊了一层又一层。胶汁在眼皮上结成壳，洛珠把狼扶到悬崖边，让其跳高往远看，公狼摔死在峡谷里。小兔子洛珠又让前来报仇的母狼骑上悬崖峭壁上断了根的“飞天树”，结果掉进山涧波涛中；谎称尾巴能钓大鱼，让公狼妹妹把长尾巴塞进冰洞里，冻牢后把狼妹妹的尾巴带胯骨统统拉断。小兔子终于替大伙报了仇。

狐狸学老虎

藏族动物故事。采录于西藏。

老虎听说狐狸在吃苍蝇，便要带它去有油有肉的地方。在路上，老虎摆尾咆哮震得山动地摇，到平地后老虎咬死一头牛分给狐狸吃。分手后，狐狸也要带兔子去吃肉，学老虎的样子显威风。在路上它碰到一群马，照着一匹肥壮的马屁股咬了一口，马后蹄狠踢一下，痛得它嗷嗷叫。兔子大笑道：“你找不到油水，找了个‘哎哟’吃！”

绵羊朝佛的遭遇

藏族动物故事。采录于西藏。

一日，藏北的一只老母羊听到主人说秋天要杀它，便对儿孙们说：“夏三月挤奶的母羊哦，冬三里将要被杀，我要到拉萨去，临死之前朝拜佛，让我的灵魂得超度，只图来世投好胎。”儿孙们决定一同逃离，保护母羊去拉萨。它们历尽艰辛，死伤无数，在第二年春天到达拉萨，朝佛祈祷后心满意足地返回藏北。在路上不幸遇到一只大灰狼要扑食它们，母羊请求大灰狼去问问岩山中修行的汉域皇帝的差使。岩缝中一只野兔忽然高声喊：“汉域皇帝命令我收集一百张灰狼皮，刚好差一张，把前面的大灰狼抓上来！”大灰狼听了吓得拔腿逃跑，中途遇到一只大马熊。大马熊拍着胸脯要陪狼去抓羊，狼央求和大马熊拴在一起走，免得被抛下。野兔看到它们又喊：“汉域皇帝要收一百头马熊肉，还差一头！”马熊一听拼命往回跑，活活拖死了大灰狼。

兔子让老虎掉下悬崖

藏族动物故事。采录于甘肃。

老虎性情残暴，总欺负兔子，兔子下决心要报仇。一日兔子闭着一只眼吃红糖，它告诉老虎是在吃自己的眼睛。老虎尝到甜头，便让兔子帮忙挖出虎眼。兔子挖出虎眼后，悄悄换成糖塞进虎嘴。老虎把双眼都吃掉后，兔子便领瞎虎回家去。它俩来到悬崖边上烧茶，眼看快烧着虎毛，兔子让老虎挪一点儿，一直挪到老虎掉下悬崖。老虎掉到半山腰时候咬住一棵树，兔子对老虎说，是好汉“啊”一声，是孬种“嗯”一声。老虎毫不犹豫地“啊”了一声，立刻掉下去摔死了。

锦鸡、猴、兔、大象吃果子

藏族动物故事。采录于四川。

有一次，锦鸡从天外衔来一粒果树种子，它的结拜弟兄们都想吃到果实。聪明的兔子首先将种子种在地里，猴天天上粪，大象不断用长鼻子浇灌。果树开花结果了，锦鸡天天飞上树吃果，猴子想吃就上树，大象鼻子卷枝也能吃果子，唯独兔子摇尾舔舌吃不着。树一天天长高，连大象也够不着了。它们开始争吵，向人讲了各自的付出。经过人的调解，商定由大象站在树下，一个站在一个的背上，摘下来后一齐分着吃。从此树越长越好，果子越结越多，大家都有果子吃，越来越高兴。

熊猫和野兔

藏族动物故事。采录于四川。

从前，熊猫和聪明的野兔形影不离。冬天，它们走到一条崖壁的小路上，野兔断定猎人会在前方的地上安放箭弩，便借故脚受伤了，让熊猫先走一步。熊猫果然中了暗箭，它拔出箭时有大堆肚肠从伤口流出。为防止猎人发现，野兔让熊猫不要出声，趴地紧压肠子。熬到月亮东升时，熊猫才奋力爬起来，冻结在地上的肠子被拉断了，因此熊猫就没了小肠。从此熊猫吃下竹子，拉的还是竹子。

狐狸一再骗大龟

藏族动物故事。采录于四川。

从前，有八只鹿在海子边喝水，被大龟陆续吃掉四只，余下的再也不敢去喝水了。狐狸教它们分两边去海子，果然能平安喝水。大龟要报复狐狸。一天，狐狸到海子边喝水，刚伸脚试水便被大龟咬住。狐狸故意说：“一根棍子也不放。”因此骗过大龟，立刻逃跑了。大龟又躺在岸边装死等狐狸，狐狸见到便说：“真死脚是蜷缩的。”大龟赶忙缩脚，又被狐狸识破。后来，大龟干脆藏到狐狸的洞穴里面，准备干掉狐狸。狐狸发现有大龟的脚印，便问岩石有谁来过，并嗔怪说：“如果洞里面有人，就不敢回话。”大龟慌忙假装岩石回话说：“今天没有谁来过。”狐狸一听就悄悄溜走了，大龟一直等在洞里，根本逮不着狐狸。

冒牌“兽王”

藏族动物故事。采录于青海。

有一只狐狸不小心掉进染缸，爬出来后浑身变成金黄色，于是它对野兽们谎称自己是天王派来的百兽之王。一传十，十传百，大伙儿都来侍奉这个兽王，大象做它的坐骑，狮子做了卫士，老虎簇拥着它，其他狐狸却远远跟着它，还常受欺凌。这些狐狸便一起商量，要设法试探它。晚上，它们各自在窝边高声嘶叫，“兽王”听到同类的呼唤，憋不住也呼叫起来。野兽们一下明白了，“兽王”原来是一只狐狸！大象盛怒下一抖身，将这个骗子摔得粉身碎骨。

贪心的恶狼与骏马

藏族动物故事。采录于青海。

有一次狼下山觅食，看见三只羔羊陷在沼泽里。狼要吃羔羊，三只羔羊苦苦哀求说，前方有三只牛犊陷在泥洼里。狼放过三只羔羊，到前面果然看见三只牛犊陷在泥洼里。它要吃牛犊，三只牛犊哆嗦着央求它，说前方有几匹骏马陷在泥里。狼兴奋不已，寻思先吃大后吃小，就奔向肥壮的骏马。骏马请求狼先把它们拉出臭泥洼，然后请狼冲掉它们身上的脏污泥再吃。狼刚要去咬，它们又请狼诵念它们后蹄上的超度亡灵的经文。狼正低头找经文时，骏马使足力气踢狼，连恶狼的脑浆都踢了出来。随后它们便头也不回地奔向草原。

兔子救绵羊

藏族动物故事。采录于青海。

有只绵羊从拉萨朝圣回来，一路悲伤，它把遇到恶狼要吃自己的事告诉兔子。兔子劝慰绵羊，然后骑在它背上一同前往。在草滩上它们捡到一张纸、一根棍、一条毡子，看到等在那里的狼时，兔子让狼站在毡子上，拿着纸和棍高声念："天宫大帝有一百零八只狼，现在缺少一只，你就是那只跑掉的狼吗？"狼吓得扭头就跑，并把遇到的事告诉了迎面来的老虎。老虎并不相信，愿意和狼把尾巴拴在一起去找兔子。兔子看到它们故意大声问狐狸："你要抓的老虎就是它吗？"老虎听了撒腿就逃，竟把狼活活拖死了。

两 只 老 鼠

藏族动物故事。采录于青海。

住在王宫门口的一对老鼠靠挖蕨麻为生，它们晒在外面的蕨麻被宫中大象舔食了。它们前去告状，被国王嘲笑着赶出宫门。两只老鼠发誓要弄死大象，捣毁宫殿。一只老鼠藏进堆得高高的蕨麻堆里，大象跑来，一舌头连同老鼠一起舔进嘴里。另一只老鼠钻进大象的鼻孔，又钻进大象的心窝，狠咬一口大象的心头肉。大象疼痛难忍，在宫内乱窜，一头把宫门口的大树连根撞倒，砸毁了宫殿，压死了大象。这时候，那一只老鼠从大象鼻中爬出，与另外一只老鼠唱着歌，一同回到地洞里面去了。

青蛙应对老狼

藏族动物故事。采录于青海。

有一次，老狼下山，碰到一窝刚出生的小兔，馋得正要扑过去。青蛙跳出草丛说，兔肉虽香，小兔肉却是臭的，世上最香还数鸭子肉，并且答应陪狼去找鸭肉。到河边，青蛙指着一群肥鸭对狼说："机会难得，就看你的本事啦。"狼"扑通"跳进急流，淹得大喊救命，最后被卷进旋涡淹死，再也不能行凶作恶了。

聪明的小山羊

藏族动物故事。采录于甘肃。

有一只小山羊和小绵羊一块住在山羊洞里，它们每天轮流出去吃草后留下来看家。有一天小山羊在看家，一只狼来了要吃它，吓得它尿都流出来了。狼问它在干啥？小山羊说它洒一点儿水，准备扫地。其实它心里很害怕，角又撞到墙上了。狼问它为啥撞墙？小山羊说它要把角磨一磨，好给狼一点儿颜色看。狼吓得立刻逃跑了。晚上小绵羊回来，小山羊让它不要害怕，明天可以用同样的办法对付狼。第二天，狼果然来了。小绵羊吓得流尿。狼问它是干吗？小绵羊说自己怕得不行。小绵羊不断发抖，角撞到墙上了。狼问它为啥撞墙？小绵羊说它很害怕，控制不住自己。狼知道小绵羊可欺，便要吃它。这时候，小山羊从山上摇晃着脑袋回来了。狼见了赶忙逃跑。小山羊在后面追，一下把蹄子扭了，便停下来搓揉。狼问它在干什么？小山羊说：“你等着，我把靴子带系好，不让你吃苦头才怪！”狼信以为真，便头也不回地拼命逃走了。

鸭爸爸的遭遇

藏族动物故事。采录于西藏。

美丽的鸭夫妻有三只讨人喜欢的小鸭子。春天来了，家里没有给孩子擦头的酥油，鸭爸爸便飞过高山、湖泊，去向牧人家讨要，不幸被主人捉住拴在木桩上。一年过去，鸭爸爸思念亲人伤心落泪。它看到鹞子飞过，便仰天问道：“嘎嘎，请问鹞子兄弟，今天来的一路上，是否看见我的家？小树房子塌了没？三只小鸭是否安康？鸭子妈妈在等着我吗？它们吃的是阿米卓米吧？喝的是山中泉水吧？”鹞子回答不知道。一天飞来一只乌鸦，鸭爸爸又急切地问乌鸦。乌鸦回答道：“哇哇，我是看见你的家，三只小鸭早死了，鸭子妈妈没等你，树枝小屋已经塌。”它难过得一下昏死过去了。又过了一年，鸭爸爸见雄鹰又追问，雄鹰在空中道：“啸啸，我从南方来，一路看见你的家，树枝小屋没有塌，三只小鸭都健在，鸭子妈妈在等你……”听到这激动人心的好消息，鸭爸爸顿时浑身是劲儿，挣断绳索飞向蓝天，回去后一家又团圆在一起。

老虎的下场

藏族动物故事。采录于西藏。

有一回，老虎对人说，我要吃你。人说我可以替你做一间吃喝享用不尽的房子。于是，老虎走进了人为它做的大笼子出不来了。老虎恳求正喝水的獐子放它出来，并且发誓以后一定保护獐子。獐子打开笼门，老虎扑过去就要吃獐子。獐子不服气，就去找兔子评理，问兔子世上有没有“良心”。兔子提出要到原地看个究竟。当老虎重新走进笼子后，兔子一下关好笼门，说道：“知恩不报，言而无信，只好把你关进笼子，这就是‘良心’。”

狡猾的红狐狸

藏族动物故事。采录于西藏。

收获季节，勤劳的兔子和喜鹊做了一块香甜的酥油饼。突然红狐狸闯进门来，提议用公平秤帮它们分食。它称过来咬一口，称过去咬一口，直到吃完，抹抹嘴走了。第二年收割后，兔子和喜鹊做了两块酥油饼，其中一块放了毒药。狐狸来了，它又用老办法欺侮兔子和喜鹊。狐狸吃完酥油饼，毒性就发作了。兔子和喜鹊终于除掉了骗吃骗喝的红狐狸，过上快快乐乐的日子。

耍阴谋的水鸟

藏族动物故事。采录于西藏。

一只水鸟老了，无法像从前那样抓鱼吃虾，常常饿肚子。一日，它悲伤地告诉鱼大嫂，大海就要干枯，大难就要临头了。所有的鱼虾都陷入恐慌绝望之中，水鸟乘机说它愿意帮助大家去别的大海，以弥补过去吃鱼类的罪过。于是，这只水鸟把鱼虾一个个驮走，到一块岩石上它就吃掉一个。因此，鱼虾越来越少。一天，长角大虾装死让这只水鸟吞了下去，在它的腹中又捅又抓，终于弄死了这个耍阴谋的家伙。

老虎与毛驴交朋友

藏族动物故事。采录于西藏。

老虎遇到毛驴，扑过去要吃毛驴。毛驴毫不害怕地说是来与老虎交朋友的，老虎提出比武三次方可交友。第一次比跃过冰面，老虎飞快而过，毛驴说快有何用，我能够边过边在上面写藏经。第二次比过河，老虎一跃而过，毛驴说这不稀奇，我过河时能够用头抓只鸟，用屁股钓一条鱼。第三次老虎从山上赶群牦牛下山，毛驴吓得大喊大叫，牦牛因受惊相互抵撞而被捅死。老虎确认毛驴了不起，便交了朋友。毛驴有了这个朋友的保护，扬扬得意。有一次老虎在林中，听到毛驴的喊叫急忙奔过来，到了那里才知道毛驴因为高兴而喊叫。老虎走后，一条狼向毛驴扑来。毛驴高声狂喊，老虎不再担心，毛驴被狼吃掉了。

爱虚荣的乌鸦

藏族动物故事。采录于西藏。

有一天，狐狸想吃乌鸦肉，便躺草地上装死。乌鸦飞一圈便走了，它还去告诉喜鹊别上当。狐狸又去威胁要吃喜鹊全家，也被乌鸦识破了。狡猾的狐狸又生一计，它夸乌鸦跟贵妇人一样漂亮。乌鸦听到赞美，心里面乐滋滋的，立即飞了下来。狐狸问乌鸦冬天怎么过？乌鸦说把头钻到翅膀下。狐狸又问怎么个钻法，乌鸦得意地说着，随即把头钻到了翅膀下，狐狸乘机扑上去吃了乌鸦。

蝙蝠当上新鸟王

藏族动物故事。采录于云南。

鸟王孔雀自感力不从心，准备召集百鸟重选鸟王，但一连三次都因蝙蝠缺席未能选成。孔雀派花斑鸟去请蝙蝠，问它为什么不来。蝙蝠说第一次未到，是去推算世上男性多还是女性多，结果是从说三道四干不了大事的人来算是女的多，从说到做到能办大事来算是男的多。第二次未到，是在数一年中生者多还是死者多，结论是把瞎瘸哑归进去则生者多，不归进去则死者多。第三次未到，是在计算白天和黑夜时辰哪个长，结果是如把天亮后到日出前和日落后到天黑前的两段时辰算白天，那就白天时辰长，反之则黑夜时辰长。众鸟听后，无不赞叹蝙蝠聪明、细心，在孔雀推荐下大家一致选蝙蝠为新鸟王。

母狐狸得报应

藏族动物故事。采录于云南。

母狐狸见到雪鸡有七只可爱的小鸡，羡慕又嫉恨，主动登门要和雪鸡结拜干姐妹，共同生活，互相帮助。一日，母狐狸对雪鸡说，贵青草原的常青草鲜嫩可口，它自己没有翅膀，请雪鸡辛苦一趟去找吃食，它留下来精心照顾雪鸡的孩子。雪鸡长途跋涉飞到贵青草原，只见一片荒芜，等它醒悟过来返回家里时，七只可爱的小鸡已被母狐狸吃光了，母狐狸还谎称孩子们是生病死的。过几天雪鸡告诉母狐狸，它在某处的房里发现一块鲜肉，但是无力叼回来。母狐狸飞快钻进那房里，板房轰然塌下，原来是猎人盖的下扣房。母狐狸招手求救，雪鸡说：“不用求救，拿棍棒的猎人会来的。”

◇藏族写实故事◇

国王的养马人

藏族美德故事。采录于四川。

国王的养马人是一个不会撒谎和偷窃的老实人，国王把宫里面所有的马，包括国王最心爱的马居旭麦朵和两匹小马驹都交给他放养。有一个大臣总是在国王面前说养马人的坏话，但国王一直不相信。有一次这个大臣跟国王打赌，国王说如果养马人撒谎，我就把王位让给你。于是大臣就叫他的女儿去勾引养马人。当养马人爱上大臣的女儿后，女儿便假装生了重病，说只有喝了马居旭麦朵的血才能治好。养马人来马圈摸着马居旭麦朵流泪，马居旭麦朵问他为什么伤心？养马人说了实话，马居旭麦朵让他用木棍敲出鼻血，端去给大臣的女儿喝。大臣知道后非常生气，让女儿假装病得更厉害，说只有吃了马居旭麦朵的心脏才能好。养马人十分难过。马居旭麦朵告诉养马人，它死后还能够复活，便让养马人把它杀了，取出心脏交给大臣的女儿。大臣立刻带着马居旭麦朵的心脏去见国王，要看看养马人会不会撒谎。在大臣的女儿捧走马居旭麦朵的心脏后，马居旭麦朵并没有复活。养马人犹豫了许久，当国王把他叫进宫时，他还是原原本本地讲了事情的经过和马居旭麦朵被杀的实情。国王没有惩罚他，依然让他留在宫里。

聪明机智的真萨

藏族机智故事。采录于西藏。

从前，有一个国王听说聪明机智的真萨与自己同名，心中十分不满。他立刻把真萨叫来，命令他三日内偷走自己身上的绿松石，否则便把他赶出国境。于是，国王严加防范，前两天平安无事。第三天晚上，正当守卫的人非常疲惫的时候，真萨扮成卖酒妇把宫门前的骑手灌得不省人事，立即将马匹换成牦牛。随后他又把看管火种的女仆头上捆了一束干草，在男仆袖中倒进碎石，还将击鼓报信仆人手里的鼓槌换成菜刀。一切安排妥当后，真萨摸进国王的寝宫，巧妙地取走国王身上的绿松石。飞扬跋扈的国王失掉附着灵魂的宝贝，便郁郁寡欢而死。百姓们就拥戴聪明机智的真萨做了国王。

回　声

藏族官吏故事。采录于西藏。

早年间，有个宗本（县官）新修一座楼房时，为了让楼房永远牢固，硬要把一个八岁属鼠的孩子活埋在墙基里面。他派人四处寻找，一直没有找到。在这个宗里有一对十分贫穷的老夫妇，他们有一个八岁属鼠的儿子，靠挖野菜、要饭来养活父母。这个孩子不幸被宗本抓去填了墙基。老两口赶去向宗本要孩子，竟被连打带踢地赶走了。可怜的老两口在回家的路上，一边走一边呼唤儿子的名字。儿子起先还有回声，到后来回声越来越弱，最后竟消失了。老两口说不出的难过，仍然不停地呼喊。他们的喊声感动了高山雪峰，不断发出回声。乡亲四邻都说他们的孩子没有死，已经变成了回声，一直在回答着父母的呼唤。

仓巴的小鼓

藏族案狱故事。采录于云南。

有一个仓巴（喇嘛）去别的村庄帮人念经驱鬼，受到热情款待。因为喝多了酒，他回家时在途中睡着了。酒醒回到家中，他才发现小鼓丢在路上了。这一天，仓巴邻居家里的奶牛没有回家，女主人出去找奶牛，却找到一面小鼓，便拿回家了。第二天一早，仓巴去找小鼓，看见草丛里面躺着一头奶牛，便牵回家去。仓巴回到家中，听见鼓声，发现隔壁的小孩儿正在玩儿小鼓，就骂开了。邻家女主人听到骂声便冲进仓巴家中，竟看见了自己家的奶牛。两个人立刻争吵起来，并且去到宗里告状。在公堂上，官爷说："鼓没有长脚，却在妇人家中，是因为恶女人想夺仓巴口中食而偷走的；牛长着脚，是自己走进仓巴的家门，恶女人不该污蔑仓巴是贼。为了赔偿仓巴的名誉损失，特将牛判给仓巴。"女主人不敢惹官爷，只好跺着脚回家了。她越想越气，就对儿子说："你长大也去当仓巴，也可以丢了小鼓后骗回一头奶牛。"她儿子说："阿妈，这小鼓还要还给仓巴。再说，你跟仓巴闹僵了，谁还教我读经书？"其实，女主人哪里知道，打官司前仓巴已经同官爷讲好，假如打赢官司，愿把奶牛的半价送给官爷。

唐白群则和白宗姑娘

藏族婚恋故事。采录于西藏。

唐白群则是一座寺庙里面最年轻英俊的喇嘛，前程远大，因此遭到有权有势的大喇嘛的百般嫉恨。有一天，他们向大活佛举荐唐白群则担任庄园管喇嘛，同时又给庄园里最漂亮的白宗姑娘一道密信，让她勾引唐白群则还俗。唐白群则经不住白宗姑娘几次三番的敬酒、调情，终于与白宗姑娘同床共枕。等他醒来后，发现自己的手上已经戴了定情戒指。这时候，白宗姑娘拿出大喇嘛们陷害他的密信，表明自己是真心喜欢他的。一天，大喇嘛们突然召唐白群则回去念经，趁他不备抓住他的手腕，亮出他戴的定情戒指，把他打得皮开肉绽，并且立即逐出佛门。白宗姑娘把气息奄奄的唐白群则背回家，开始艰难困苦的生活。三年后他们有了儿子，善良的白宗父母也谅解了他们，一家人过得非常幸福。谁知狠心的大喇嘛们竟派人暗杀了唐白群则。白宗找不到丈夫，心如刀绞。她跑遍荒山野岭，根本找不到唐白群则的踪影。有人说，她最后变成一块崖石，天天在那里盼望丈夫归来。

鱼为什么笑

藏族巧女故事。采录于西藏。

早年间，有一个国王在河边散步，看见有一条鱼在朝他笑。国王非常纳闷，便召集全体臣民来问谁能够说出鱼为什么笑，并且宣布谁能够说出原因，就分一半土地给他。可是，没有一个人能够解答这个问题。一个青年人便离开家乡，四处去寻求答案。在路上他向一个老人说明出门的缘由，老人就让他的女儿与青年人一同去见国王。这个聪明的姑娘请国王把他的两千五百个妃子各自锁进一间屋子。第二天早上发现，每一个妃子都有情人陪伴。姑娘对国王说："您自以为占有世间的美女，实际上没有一个妃子真心喜欢您。鱼就是笑这个。"国王目瞪口呆，不得不把一半土地分给这个姑娘和青年。他俩随后便喜结良缘，成为一家人。

算天数

藏族机智故事。采录于西藏。

从前有一个宗本是个道德高尚、办事公正的人，对待仆人、百姓都非常仁慈。可是，他有一个管家却贪财而且残暴。宗本把他管得很严，所以他在宗本面前装得比小猫还老实。有一天宗本外出，管家趁机在仆人、百姓面前作威作福。宗本回来后，管家又装起老实的样子。有一个仆人机智、聪明，想揭露管家，却找不到机会。这天正好遇到宗本问管家，他这一次出去有多少天？管家一时回答不出来。这个仆人连忙掰着手指头说："宗本一共出去六天。管家毒打我的那天是头一天，管家不给仆人吃晚饭的那天是第二天，管家用干肺做粥的那天是第三天，管家抢夺我的弯嘴鼻烟壶那天是第四天，昨天是第五天，今天是第六天。"宗本一听非常生气，立刻训斥管家，并且让他给仆人们补发前几天欠的糌粑。仆人们很高兴，都称赞终于有人替大家出了一口气。

扎巴卖猪肉

藏族僧侣故事。采录于四川。

从前有个喇嘛买了一头小猪，让扎巴（小喇嘛）给他辛辛苦苦养大后，却把猪杀了，叫扎巴统统背去卖。扎巴花了许多力气，连一片肉都吃不到，一肚子气。他到市场上便喊："卖瘟猪肉，卖瘟猪肉！"喇嘛知道他在捣鬼，又不好说什么。第二天又让他背去卖，自己悄悄跟在后面。扎巴发现喇嘛在盯梢，便喊："卖猪肉，昨天卖过的猪肉！"人们一听就清楚了，谁也不买，只好把猪肉背回去。喇嘛很气愤，便说："今天晚上我要念经，你到楼口上去睡，免得打扰我。”晚上，扎巴把马鞍子搬来放在楼口上，盖上毡子，然后溜到厨房里去煮猪肉来吃。后半夜喇嘛念完经，一脚把盖毡子的马鞍踢下楼，并且骂道：“你去吃吧！”次日一早，喇嘛看见扎巴在厨房里面吃猪肉，厉声问他：“谁叫你吃的？”扎巴说：“你念完经，不是你对我说‘你去吃吧！’”喇嘛暗暗叫苦，半天说不出话来。

说“梦”

藏族梦得金故事。采录于西藏。

有一个著名寺庙的大喇嘛又小气，又贪财。他平常吃东西，从来不给徒弟们吃一点儿。有一个徒弟很调皮，看见大喇嘛在蒸包子，他就对其他徒弟说，一定要让师父请自己吃包子。大喇嘛正要吃包子时，他对师父说他的阿爸在田里挖到一块金子。大喇嘛赶快递给他一个包子，问他后来怎么样？他边吃边说他想分一半给师父。大喇嘛赶快又递一个包子过去。他又说阿妈要卖了放一次布施。大喇嘛又让他吃第三个包子。他接着说我认为不如放在师父那里保险。大喇嘛一听喜出望外，于是他又吃到第四个包子。只剩下最后一个包子时，他抹抹嘴说：“后来太阳出来，我就醒了。”大喇嘛这时候才知道上当了。

活佛保佑

藏族讽刺故事。采录于甘肃。

从前，有一个老猎人一生打死了无数野兽。他为了死后不在阴间受罪，便带上元宝去找活佛忏悔，祈求佛祖在阴世保佑他。活佛收下元宝后喜笑颜开，连连答应。可是几年以后，老猎人又去找这位活佛，活佛却说他不认识老猎人。老猎人很生气，说道：“我活着你就不认识我了，你还能够在阴间保佑我吗？快把元宝还给我吧！”

师傅和徒弟

藏族机智故事。采录于西藏。

从前，在一个镇子上住着师徒二人。师傅是个吝啬鬼，而且嫉恨徒弟。一天晚上，师傅做了许多肉包子来吃，吃不完就收起来，也不留给徒弟吃。第二天早上，师傅热好肉包子准备吃时，徒弟跑来说他昨天晚上捡了一块羊头大的金子。师傅连忙叫徒弟吃一个肉包子。徒弟又说："我阿爸让我把金子送给你。"师傅让徒弟继续吃肉包子。徒弟把肉包子吃完后，对师傅说："今天早上我醒来，发现梦里的金子不见了。"师傅非常生气，立刻把徒弟赶走了。过一段时间，师傅得了重病。临终前，他对徒弟说："箱子里面的衣服是给你的，皮口袋里的银子是给你的，还有许多欠款也是留给你的。"徒弟回答："箱子里面的衣服我不要，皮口袋里的银子我不要，别人的欠款我也不要，请你都带走吧。"师傅听了徒弟的话便咽气了。

撒谎大王和先知者

藏族机智故事。采录于甘肃。

有一个老头撒谎成性，人称"撒谎大王"。他认识一个活佛，自称"先知者"。有一天，活佛让撒谎大王给他撒一个谎，撒谎大王说："我哪里还能撒谎哟，我妈死了，我是来请您明天到我家念经的。"第二天，活佛带着几个徒弟去给死者念经，撒谎大王笑笑说："您不是让我撒谎吗？您是有名的先知者，还以为您今天一定不会来的。"活佛无言以对，只好带着几个徒弟溜走。

客店老板偷金币

藏族案狱故事。采录于西藏。

从前有一个商人进山去朝佛，离开客店时把一个装有三块金币的青稞袋子寄存在客店老板那里。一天，客店老板想做青稞酒，就挪用商人的青稞，见财起意便偷走了这三个金币。商人回来发现金币不见了，客店老板并不承认，于是商人便到官府告状。断案官员让店老板和老板娘各背一口大箱子，环绕庄子行走。箱子很重，客店老板两口子互相埋怨，感到非常后悔。等背到目的地后，箱子里面各出来一个人，店老板两口子说了些什么他们都听得清清楚楚。这时，店老板不得不认错，退还金币。

机智的法官

藏族案狱故事。采录于西藏。

从前，有一个公正、机智的法官，受到当地百姓的敬重和拥护。一天，有一个商人扛了一捆绸缎赶路，被一个小偷盯上了，趁他不注意，烧了绸缎的一端。随后，小偷竟说这捆绸缎是他的。二人争吵起来，便到法官那里打官司。法官一查看，绸缎一端果然有烧过的痕迹。商人说家里的人可以证明绸缎是我的。法官便把他们关在一间屋子里，又派人到商人家里问情况，所说的完全与商人说的一样。第二天，法官让商人和小偷一起来拉扯绸缎，谁拉得多就说明谁是绸缎的主人。商人怕把绸缎扯坏，不敢使劲儿，小偷心想反正不是我的，便拼命拉扯。法官一看，连忙说："行了，别再拉了！谁是绸缎的主人已经十分清楚了。"法官立即把绸缎判给商人，而且惩罚了小偷。法官的声望因此越来越高。

羊肺和羊肠

藏族僧侣故事。采录于西藏。

某地一个小庙里的一个老喇嘛和一个居士，一同去一户人家念经。这家人用煮得软软的羊肺来款待没牙齿的老喇嘛，老喇嘛吃得津津有味。回去以后，老喇嘛对这样的美味念念不忘，就让居士晚上和他一起去偷羊。居士怕被人发现了丢脸，老喇嘛说："你不必担心，你像背水桶一样背我，我像取布施一样取羊。如果被人发现，你就说我没有动手，我就说我的脚根本没有动，主人就没办法。"他们偷回一只羊，把羊杀了，肚子里面却怎么也找不到肺，到一户人家去打听后，才在胸膛里面找到羊肺。他们饱餐一顿，然后将羊肉和羊肠挂在房子上。第二天他们出去念经，一条狗来把他们的羊肉和羊肠偷来吃了。居士发现后，就把狗打死了。他刚要去对老喇嘛讲时，看见女主人正在煮羊肠，赶忙把羊肠倒在帽子里面，跑上楼去。正好女主人上楼去给他们倒茶，居士连忙把帽子扣在头上，烫得他钻心痛，却不敢吭声。

猎人的妻子

藏族巧女故事。采录于四川。

早年间，有一个聪明伶俐的姑娘与一个年轻猎人结为夫妇。结婚以后，丈夫把妻子织的地毯拿到市场上去卖。有一个财主买走了猎人卖的地毯，不久又到家里面抢走了这个猎人的妻子，逼迫她与自己成亲。猎人的妻子用计把财主金库的钥匙弄到手，在新婚之夜携带金子出逃。在路上，她被一个强盗劫走。她巧妙脱险，然后女扮男装逃到一个国家的京城，恰逢那里的臣民正在按照刚去世国王的遗嘱寻找新国王。一只鸟儿落在她的肩上，应了老国王的遗志，被推举为新国王。她惩罚了凶恶的财主和抢人的强盗，与自己的丈夫团聚，共同治理这个国家。

三个乞丐与面粥

藏族乞丐故事。采录于西藏。

很早以前，有三个到处流浪的乞丐。他们一个叫顿珠，平时装扮成道者；一个叫群培，平时装扮成咒师；一个叫珠吉，平时装扮成仆人，经常受到顿珠和群培的欺负，但是从来不计较。一天晚上，他们从村子里面要来面和肥肉，熬了一锅热腾腾的面粥。快吃饭时，顿珠、群培叫珠吉出去干活儿。珠吉知道他们的用意，就没有挪窝，一直坐在灶边等饭吃。顿珠想珠吉讲卫生，不吃脏东西，便取下腰间的经骨号筒搅面粥。接着，群培假装念咒语，往面粥里面吐口水。这时候粥不断翻滚，珠吉马上端起锅说："用经骨号筒搅和了，又念咒语让你静下来，你还想翻滚的话，那么就让你彻底翻滚吧。"说完，珠吉便把锅和粥一起扔到门外去，让谁也吃不到粥。

活佛和侍从

藏族僧侣故事。采录于西藏。

从前有一位活佛，他有一个侍从。他们许久没有吃肉了，非常想吃，却没有牛羊。他想去隔壁的富人家偷一只羊，却想不出好办法。侍从出了一个好主意，把活佛背到那家的羊圈里，让活佛抓一只羊放在侍从背上背回去，然后再接活佛回家。后来富人发现丢了一只羊，怀疑是活佛所为，便告到县衙。县官多次审讯，活佛和侍从死活都不承认。县官让他们发誓，侍从说："我发誓，我的手根本没有碰到过他家的羊圈。"活佛说："我发誓，我的脚根本没有跨进他家羊圈的门栏。"尽管他们偷了人家的羊，但是县官根据他们的誓言，竟判他们无罪。

明察秋毫的法官

藏族二妇争子型故事。采录于西藏。

从前，有个国王的妃子怀孕了。王后想："如果她生一个儿子，将来必定继承王位，国王便会把她扶正。"于是，王后就假装怀孕。九个多月后，王妃生下一个漂亮的男孩儿，王后趁其不备偷走了这个男孩儿，到国王面前说是自己生的。王妃不甘心，与王后争得不可开交。国王便让法官来处理这件事。法官让她们来争抢孩子，说谁抢到就是谁的。王后拼命争夺，王妃怕伤了孩子，就松开了手。法官立刻断定说："孩子是王妃生的。因为孩子是她身上掉下来的血肉，所以害怕伤了孩子。"

掉在井里的金条

藏族骗子故事。采录于西藏。

从前，有一个骗子，看见别人有好东西就想骗到手，看见村里的头人则点头哈腰，活像哈巴狗。一天，村里的聪明人扎巴在井边打水，看见这个骗子过来了，就故意嚷道："哎呀！我揣的金条掉在井里了，我得把它捞上来。"骗子说："天太冷，你下去不要命啊！"扎巴穿好衣服，假装往家里走，悄悄躲在墙后面看骗子如何行动。骗子趁机脱光衣服，把绳子拴在树上，然后下到井底去摸金条。扎巴把绳子割断，让他在井里面挨冻，并且说："快叫你平时巴结的头人来救你吧！"

喜欢吹牛的国王

藏族机智故事。采录于西藏。

早年间，有一个国王喜欢吹牛皮，也喜欢听别人吹牛皮。有一天，他宣布："谁能够让我嘴里说出'假话'二字，我就送他半个王庄。"过几天，先后有一个牧人来说他父亲用一根很长的拐棍打散开天上的云雾，有一个裁缝来说他上天去补了一个漏水的大窟窿，国王听了，都没有说是假话。随后有一个木匠来说："国王陛下，盖这座宫殿时您没有给工钱，欠我们一斗金子，今天我来取工钱啦。"国王十分生气地嚷嚷道："我没有欠过任何人的工钱，你在说假话！"木匠笑道："国王陛下，您刚才说了'假话'二字，现在半个王庄该归我了吧！"国王听了哑口无言，就这样，木匠得到了半个王庄。

明天不要饭钱

藏族机智故事。采录于西藏。

有一回，有五个喇嘛出去给人家念经，半路上看见一个饭店贴出“明天不要饭钱”的告示，觉得很奇怪。第二天他们便去那里美美地吃了一顿，然后就要离开，店主却要他们付钱，说告示上并没有讲今天不要饭钱呀。几天以后，他们又经过这个饭店，年纪最小的喇嘛提议大家在这里住一个晚上，大家都怕吃亏，小喇嘛说他自有办法。于是他们接连住了好几天，店主每天来要房钱和饭钱，他们都没有给，小喇嘛说：“我们想一直住到你说的‘明天不要饭钱’那天为止。”店主无可奈何，只好给他们免掉前几天的房钱和饭钱。

老母亲如愿以偿

藏族婚恋故事。采录于西藏。

从前，有一个老太婆和她的漂亮女儿在一起过着清苦的日子。老太婆天天去嘛呢堆前向白度母像祷告，希望她的女儿能嫁到富裕人家。一个打旱獭的人听到她的话后，就在嘛呢堆后面说：“如果你想实现你的愿望，那么明天谁最早到你家，你就把女儿嫁给他。”第二天，打旱獭的人来了，老太婆看见他衣服破烂，有点儿失望，但想到“白度母”的话，还是把女儿嫁给他了。他用箱子把姑娘背走后，在不远处看见富裕牧户的一顶很大的帐篷，便去把箱子存放在那里，然后去打旱獭。当他带着打死的旱獭回来时，竟被守帐篷的牧羊犬咬死了。后来，帐篷主人发现箱子里有个美丽的姑娘，就让她和自己的儿子成亲。举行婚礼时，他们请了亲戚朋友和周围的牧民，也请了姑娘的母亲。于是，姑娘的母亲果真实现了自己的愿望。

懒人之死

藏族懒汉故事。采录于四川。

从前，有一个懒人成天不料理家务，门口积水冻成冰他不管，房门快垮了他不管。平时床前丢双靴子，枕头上堆着针线包、锥子，公鸡飞上灶找吃的他也不管。有一天他到灶边去时，被公鸡啄了一口，痛得他跑回床边，又让靴子绊了一跤。他倒在床上，被锥子扎得大骂：“今天有鬼！”他立即冲出门去，竟在冰上滑倒，一头撞在门框上，打动门墙，墙上的石头滚下来竟把他砸死了。

吝啬鬼的下场

藏族富人故事。采录于西藏。

很久以前，某地有鲁康、康萨两户富裕人家。鲁康家的父亲次丹能说会道，狡猾多变，他的儿子拉甲同样是个爱财如命的家伙。康萨家的儿子洛追受过良好的教育。有一年，两家父母商定让两个儿子去拉萨朝圣、经商。他们出发后，白天赶路，晚上住店和饲养牲口。拉甲觉得喂牲口的草料要花钱买，就尽量少喂；而洛追认为牲口很重要，尽量喂好牲口。两人到了拉萨，洛追朝拜了三大寺，生意非常好；拉甲不但没有去三大寺朝拜，而且常常饿着肚子。十几天后，他们采购好各自需要的商品，然后离开拉萨。在回家的路上，拉甲不听洛追的劝告，仍然没有好好喂牲口，没有几天，他的牲口便陆续死去。他本人虽然在洛追的帮助下勉强回到家中，可是口里不断地喊着“我的骡马，我的货物”，不久便郁郁寡欢而死。

商人与三个算命的孩子

藏族案狱故事。采录于西藏。

早些年，有一个商人带着货物去做生意，在路上碰到三个算命的孩子。商人见孩子们衣服破烂，便送一些布料给他们。孩子们很感动，就主动去给他算命，让他不要到城市里去做生意，最好到小村庄去做生意。做完生意回家时，妻子叫你洗头，千万不要洗，一定要她自己洗。最后一升稻子会出一两秕糠，这时就会真相大白。商人虽然不太明白，但还是按孩子们的话办了。后来他听说城里发生大地震，死伤不少人。商人回家后，妻子叫他洗头发他没有洗，而让妻子洗了。夜深人静时，妻子的情人摸索到床前，砍下洗发的头。第二天他发现凶杀案便去告状，并且原原本本地讲了孩子们的话。县官虽然不明白“最后一升稻子会出一两秕糠”的意思，还是把周围的百姓召集起来，宣布谁能够从一升稻子里面拣一两秕糠，谁就会得到重奖。别的人都办不到，只有妻子的情人办到了。经过审问，这个人果然是凶手。

老 少 猎 人

藏族猎人故事。采录于西藏。

有一次，波密地区有老少两个猎人上山打猎。几天工夫，他们得到了麝香、鹿茸、兽肉和珍贵的兽皮等，非常满足。在煮饭时，年轻猎人心想，如果这些东西归我一人该多好呀！于是他去森林里挖来叫“嘎玛花头”的毒菌，把毒菌汁洒在一块最好的兽肉上，还加上各种调料，煮来给老猎人吃。老猎人回来无论怎么劝他，他一口也不肯吃。老猎人便起了疑心，但是发现兽肉上既有“嘎玛花头”毒菌汁，又有辣椒和胡椒，知道这两种东西可以解毒，于是便饱饱地吃了一顿。老猎人吃完后一点儿事都没有，便站起来骂道：“因为辣椒和胡椒可以解毒，所以我现在好好的。你这个恶人想害死我，今天我饶不了你！”老猎人立刻拔出腰刀，怒目而视，年轻猎人吓得拼命逃跑，到处流浪讨口，再也无法回到老猎人身边，而他们的大量收获全归老猎人所有。

缺耳朵的老喇嘛

藏族僧侣故事。采录于西藏。

某处山上的一座喇嘛庙里住着七个喇嘛。近几年，庙里接连发生五起命案。死的那些喇嘛白天还好好的，晚上突然就死了，人们都感到惶惶不安。余下的一个中年喇嘛得知，死去的五个喇嘛的全部家产都被老喇嘛据为已有了。他的经堂和老喇嘛的经堂相隔不远，越发担心起来。于是，每天晚上他都把氆氇卷成筒放在铺上，枕头上放一坨牛绒，盖上羊毛毡，装成人睡觉的样子。而他自己则拿着磨得很锋利的斧头，躲在旁边等候着。有一天晚上，有一个身穿奇装、披头散发、长着獠牙的怪物进门来，抽出一把寒光闪闪的刀子朝铺上砍去。中年喇嘛立刻将斧头扔过去，霎时间那个怪物便不见了。他跑出来，看见地上有一只被砍下来的耳朵。第二天，听说老喇嘛生病了，中年喇嘛便带着众人去家里看望老喇嘛，并且说他砍下了鬼的一只耳朵。中年喇嘛当众请老喇嘛坐起来卜卦，看看鬼在哪里。老喇嘛躺在铺上直发抖，中年喇嘛一把将他扶坐起来，老喇嘛一下就露出那只还在流血的缺耳朵。众人见了怒不可遏，同声喊道：“啊，原来是你！”

馋嘴的僧人

藏族僧侣故事。采录于西藏。

某地有个喇嘛特别馋。一天，一户人家请他去念经。他看见人家有一只黑绵羊，便琢磨出一个主意。他故意对着上年纪的脱头主人反复念道："宰了黑羊皮套头，没有头发长头发。"家里人听到很高兴，都说："既然经书里面讲得这么明白，肯定没错！"于是七手八脚地宰了黑绵羊，把羊肉全部献给这个喇嘛，把羊皮套在男主人头上，等着长头发。过了几天，喇嘛把羊肉吃光了，男主人却一根头发也没有长出来。馋嘴喇嘛又念道："羊皮套得太久了，就长不出头发来。"这一家人以为没有长出头发是羊皮套得太久的缘故，只好取下羊皮，结果白白宰了一只羊。

木匠和吝啬鬼

藏族工匠故事。采录于西藏。

许多年前，有一个吝啬得恨不能从石头中榨出酥油来的妇人。有一次，她请邻居的一位木匠帮忙盖房子。她指挥木匠干这干那，吃得却非常差，可她还口口声声说："朗查朗若，朗查朗若！（意为自己人，别客气）"木匠心里很生气，便故意将水槽口接到屋里。到了夏天，屋檐的水便顺着水槽流进屋里，弄得妇人全家到处是雨水。妇人找上门去问木匠，木匠说："我是按照你的话办的呀！当时你不是说'朗乍朗若，朗乍朗若'（意为往屋里面引导水）吗？是不是我把'朗查'听成'朗乍'啦？"妇人气得张口结舌，无言以对。

山 与 山 皮

藏族机智故事。采录于西藏。

很早以前，有两个邻居家里各有一个儿子，右边一家的儿子贪婪、狡猾，绰号"贪心人"；左边一家的儿子勤劳、善良，人称"菩萨心"。有一天，他俩一起上山砍柴，"贪心人"看见满山的树林和用不尽的牛粪，以为"菩萨心"好欺负，便对他说："从今以后，这个山归我了，你看行吗？""菩萨心"一下看透了他的心思，想一想说："行啊！如果山归你，那么山皮就是我的了。""贪心人”觉得对方很傻，山哪儿还有皮呢？便同意了。第二天，“贪心人”看见“菩萨心”从山上背了一大捆柴火下来，就问他：“你为什么从我的山上来砍柴？”“菩萨心”心平气和地说：“山归你，可山皮是我的。从今以后，你可以在山上挖土石，我不许你砍我山皮上的树木，捡我山皮上的牛粪。”“贪心人”自知理亏，半天说不出话来。

狠心的猎人兄弟

藏族猎人故事。采录于四川。

有一年，有两个本领高强但心肠不好的猎人兄弟来到老鹰山，看见獐子就射，看见鹿子就叉，不到一年工夫，这里便只剩下一只梅花鹿了。兄弟俩仍然不满足，还要去把这只梅花鹿杀掉。半路上，他们遇到一个小姑娘。小姑娘给了他们每人一块金子，哭着请求他们不要杀梅花鹿。他们把金子埋在大石头下面，等小姑娘离开后，又悄悄地把梅花鹿射死了。这两个猎人扛着梅花鹿去寻找埋在大石头下面的金子，转来转去总是找不到。他们后来连出去的路也迷失了，竟被困死在石林里面。

聪明的大臣

藏族机智故事。采录于青海。

早年间有个国王，他手下有一个绝顶聪明的大臣。王后对这个大臣十分不满，想了许多办法来陷害他都没有用。一天，王后对国王说：“那个大臣是个经常放屁的屁胎，如果不除掉他，你的一切都会毁在他手里。”于是，国王便当众把这个大臣捆起来，打算处决他。聪明的大臣不慌不忙地说：“如果我死了，国王就缺少了一个立大功的人，我想在死前再立个大功吧。”国王问他立什么功，他说给国王种珊瑚，等珊瑚长成树，国王的宝库就会堆满宝贝，那时候国王的权势就会越来越大。但他马上说这个种珊瑚的人必须是从来没放过屁的人，找遍王宫，竟没有一个没放过屁的人。聪明的大臣说：“那就请王后来种珊瑚吧。”王后连忙说：“我也放过屁，不能种珊瑚。”国王一下明白了大臣的意思，当众宣布聪明的大臣无罪。

狠心的王后

藏族宫廷故事。采录于青海。

很久以前有一个国王，前面的王后生了一个女儿，不久便去世了，后来娶的王后又生了一个女儿。两个公主长大后，几次外出，大公主都受到人们的称赞，却没有人称赞小公主。王后知道后非常气愤，她立刻派人上山去捡回一堆虫卵，一半煮熟后拿给小公主吃，一半用凉水洗后拿给大公主吃。大公主吃下虫卵后，肚子一天天大起来。王后趁国王出远门时，赶忙派人把大公主送到荒野杀了。可是派去的人不忍心杀害大公主，便把她放了。大公主忍痛前行，被一个好心老婆婆领回家去。老婆婆问清缘由后，烧了一铜锅开水，再倒进奶子煮开，让大公主站在锅边，使热气进入鼻孔。大公主"哇"的一声吐出许许多多虫子，吐完以后她的病一下全好了。国王回到宫里没有见到大公主，王后骗他说大公主生孩子时死了，国王非常难过。几年以后，一个大臣举办宴会，邀请国王参加。在这里，国王见到一个长得和大公主一模一样的姑娘，十分惊奇。国王派大臣到老婆婆家里去追问，才知道那个姑娘正在是大公主。国王喜出望外，立刻把大公主带回王宫，并且惩罚了狠心的王后。

◇藏族机智人物故事◇

阿古登巴的故事

藏族机智人物故事群之一。流传于西藏和四川、云南、青海、甘肃藏族聚居区。故事主人公阿古登巴，又称"阿古顿巴""阿叩登巴""阿格登巴""登巴俄勇"等。阿古登巴意为"滑稽叔叔"，阿古顿巴意为"导师叔叔"，登巴俄勇意为"登巴舅舅"。他是个劳动者型机智人物，出自艺术虚构。这是藏族影响最大、艺术成就最高的一个机智人物故事群，不但在本民族民间文学中占有重要地位，而且在中国各民族机智人物故事中也相当突出。作品内容丰富，从许多侧面揭示出在政教合一的封建农奴制社会里，深受三大领主重压的藏族劳苦大众的不幸遭遇，并且展现了他们敢于抗争、要求生存权利、渴望改变现状的精神面貌。作品往往生动曲折，富于喜剧性，幽默风趣，具有较强的真实感和浓郁的民族特色。已采录的作品多达三百篇以上，大部分为单篇故事，有的则串联为成组故事。代表性作品如《国王的座位》、《杀神牛》、《只要一口袋》、《天神收金银》、《借粮还舞》、《借青稞》、《佛爷偷吃糌粑》、《与牧主打赌》、《七天活佛》、《死鸽子》、《智斗阿戛喇嘛》（由《马和羊怎么分》《自作自受》《“粘”东西》《师父在箱子里》组成）、《贪心的商人》（由《宝罐》《割靴》《撬石头》《打喇嘛》《守旗杆》组成）。出版有多种版本的《阿古登巴的故事》及《阿叩登巴的故事》等。

国王的座位

藏族机智人物故事。采录于西藏。

有一次，阿古登巴同国王谈起人死后的归宿，说道：“人死了都有自己的座位，好人在天堂，坏人在地狱。”国王问自己的座位在哪儿？阿古登巴道：“你的座位应在天上，因为你常说自己是好人。可是听说天上已挤满，放不下你的座位了。”国王忙问该如何办？阿古登巴笑道：“就到地狱去吧，那儿和你相像的人还不少呢。”

杀　神　牛

藏族机智人物故事。采录于四川。

有一天，阿古登巴来到一个寨子，看见两个长工正在地里干活儿，累得快断气了，心里非常难受。黄昏时分，他装扮成管家的模样，牵着一头耳上挂了两条经布的牛，到那两个长工的主人家中借宿，说是奉大土官之命前往寺院送神牛，只要神牛安全过夜，愿付三十两银子。半夜阿古登巴悄悄起来把牛杀了，还在两个长工身上涂满牛血。第二天早上他惊呼：“神牛被人杀了！”一边呼喊，一边还要把主人拉去见大土官。财主一再求情，议定赔十头牛，并将两个长工交给他处治。走出寨子以后，阿古登巴让两个长工各分五头牛远走他乡，这时他俩才明白是怎么回事。

只要一口袋

藏族机智人物故事。采录于西藏。

阿古登巴到俄洛官寨的土司家当长工，答应一顿只吃一碗糌粑，一年只要一口袋糌粑的工钱。吃饭时土司老婆给他一个小碗，他在碗里倒上茶然后放糌粑，干了添水，稀了加糌粑，如此反复，捏成了很大的糌粑团，吃得饱饱的。土司气得让他把寨子西边大片地犁光，他把牛赶进林里，割下牛尾巴插在田里，然后喊来土司说，牛钻进地里了。他扯住牛尾，土司抱住他的腰扯不动，土司老婆上手也扯不动，土司儿女一齐用力扯，扯出一根牛尾巴。阿古登巴抱怨他们太用力，牛跑到地那面去了。土司觉得这人不好惹，要他滚蛋，阿古登巴从家拿来很大的口袋装了许多糌粑，巧妙地同土司周旋，终于将那袋非常重的糌粑扛到了家里。

天神收金银

藏族机智人物故事。采录于云南。

有个财主专门搜刮穷人钱财，成为当地的首富。一天阿古登巴来告诉他，天神就要降临，应赶快把家中金银摆出来供奉，天神才保他吉祥如意。财主信以为真，忙派人去打开金库。在搬运金银上山去供奉时，阿古登巴悄悄用冰块换下金银，然后拿去分给穷乡亲们。冰块在阳光下闪闪发亮，财主以为是他家的金银大放光芒，十分得意。下午财主带人到对面山上去背金银，那里只剩下一摊水。阿古登巴说："定是你的虔诚感动了天神。天神把金银收去了，他会赐给你更多金银财宝的。"

借 粮 还 舞

藏族机智人物故事。采录于西藏。

阿古登巴听说村民们交租后已没有粮食度过冬三月，寺里借粮利息很高，也都不敢借，他决定给大家帮忙。村民们跟他来到喇嘛寺，他写好借据念道："我佛慈悲，借给饥民青稞若干克（1克相当于28斤左右），每克利息七筒，来年本利概由登巴负责，全数用'卓'（藏语小麦与舞蹈都念卓）归还。立借据人：阿古登巴。"管事喇嘛一听日后还麦子，很满意，立即收条放粮。来年粮食上场，阿古登巴带着全村老少，穿上节日盛装，对管事喇嘛说："感谢贵寺去年借给青稞，现在还清，请观看我们跳卓。"他拿出借据，说上面写明借青稞还"卓"。管事得知上当，气得说不出话来。

泽朗娶亲

藏族机智人物故事。采录于四川。

阿古登巴的好友泽朗与土官的女儿相爱，但土官嫌贫爱富，不同意这门亲事。阿古登巴帮泽朗借了一匹马和一件华丽的衣服，买了二尺缎子，撕一半垫在泽朗靴子里，同泽朗一起到土官家。阿古登巴对土官说："我家老爷是管辖五千多户百姓的大土官，这次带了五十驮银子去拉萨做生意。他听说你的女儿长得美丽，专程来提亲。"土官正犹豫时，阿古登巴突然对泽朗说："您的脚有点儿冷吧！"马上把泽朗靴中的缎子扔掉，又垫进一块。土官见他们那般阔气，当即同意了这门亲事。为了万无一失，土官提出娶亲那天要派五百骑兵护送，望对方用酒宴款待。几天后，阿古登巴抓了五百多只黑壳虫，偷偷地在五百匹马耳中都放了黑壳虫。上路后泽朗和新娘策马在前，护送的骑兵队伍在后，因为黑壳虫骚动，骑兵们的马匹都乱跑乱跳起来，连土官也险些被摔下马来。阿古登巴笑道："老爷，您的骑兵都不会骑马，要被我们大土官看见会笑话的。"土官觉得十分丢脸，又弄不清原因，只好打马而归。这时泽朗和新娘早已走远了。

借青稞

藏族机智人物故事。采录于西藏。

有一天，阿古登巴赶着二十头驴，进山驮了四十袋沙土回来。他对挨着他住的吝啬财主说，那是山里的喇嘛借给他的青稞，并说必须从沙坡地上山、草坡地下山才能借得到，否则就会得罪喇嘛。财主眼馋得不行，次日一早便上山了。沙路不好走，他挣扎了半天才爬上去，这时阿古登巴早已抄近路上山躲进了山洞里。财主好不容易找到一个小洞，伸手进去要借一百克青稞。洞里的"喇嘛"猛地攥住他的手说："岂有此理！阿古登巴穷得吃不上了才来借粮，你这么有钱还要借。"财主手疼得怪叫又挣不脱，只得求饶不借了。"喇嘛"说："放你也行，可是你得送给阿古登巴一百克青稞！"财主只求逃命，便一口答应，回来给了阿古登巴一百克青稞。

佛爷偷吃糌粑

藏族机智人物故事。采录于西藏。

有一天，阿古登巴向一个财主透露，听说拉萨的糌粑很贵，并且表示要到那里去卖糌粑。财主一听动心了，便跟阿古登巴一道去做生意。半路上他们在一座小庙里面过夜。深夜等财主睡着后，阿古登巴偷偷爬起来，将自己口袋里装的树叶倒出，然后把财主的糌粑装进自己的袋中，并且把空口袋放在佛像前，还在佛像的嘴上抹了一些糌粑。次日清晨财主发现他的糌粑没了，最后在经堂里找到了空口袋，又见到佛像嘴上的痕迹，以为是佛爷偷吃了他的糌粑，只好回家。这时候阿古登巴说："你既然要回去，我一个人也不想上拉萨了，咱俩还是一块回家吧。"

与牧主打赌

藏族机智人物故事。采录于四川。

有个牧主十分嫉恨阿古登巴，一天碰上阿古登巴，便提出跟他打赌，要他去铁棒寺住一个晚上，企图借刀杀人，除掉仇敌。阿古登巴去铁棒寺见到那个凶恶、残暴的铁棒喇嘛时，佯称他家主人明日要捐给寺院三十头牦牛，以后还打算捐资修庙，特意派他来通报一声。铁棒喇嘛听了心花怒放，便把阿古登巴请进去好生款待，还让他在上房歇息。次日黎明阿古登巴悄悄出了寺院，顺手背走三个茶包。他跑去告诉牧主，寺院向穷人布施，他唱三支歌便得了三包茶。牧主听了非常眼红，换了阿古登巴的破毡衣就匆匆赶到铁棒寺去唱山歌，结果被打得遍体鳞伤。

七天活佛

藏族机智人物故事。采录于云南。

有个活佛据说很有道法，只要在他那里修行七天就能升天，因此人们尊称他为"七天活佛"。阿古登巴想探明究竟，便带着供品去请求活佛超度升天。他被带到地窖里参禅打坐，到了第七天，他听到一声响动，接着一扇磨盘劈头盖下，他一闪躲开，立刻跑了出来。活佛怨他心不诚，他请求延期一天，让他避除邪念，诚心祈祷，终于得到应允。第二天阿古登巴暗中请人来看他“升天”，戳穿了这种谋财害命的法术。众人一怒之下，动手除掉了“七天活佛”。

砸　　锅

藏族机智人物故事。采录于西藏。

有个大寺庙常放恶狗出来伤人。这天阿古登巴来请喇嘛去他家念经，说好管一顿酥油茶，他家没有大锅，把寺庙的大铁锅也借了去。喇嘛们念了一早晨经，口干舌燥，只见大铁锅的水滚开，不见阿古登巴送茶来。有的喇嘛饿得难忍便去要茶，阿古登巴故意望着山上焦急地说：“我的三个朋友不来，怎么请你们喝茶？”喇嘛问是哪三个朋友，他说是酥油、茶叶和盐。喇嘛知道受骗，起身要走，阿古登巴又说念完经请大家吃“果由雪尼”（意为头上滴酸奶子），喇嘛虽不知何物，心想能吃一顿再走也好。谁知经场散时，他端了一碗酸奶子，在每人头上滴了一滴，又在每人耳边敲几下钹了事。第二天一早，阿古登巴将大铁锅凿了许多窟窿去寺庙还锅。喇嘛们瞅见他来，放出四只大恶狗。狗咬了一阵，听不到阿古登巴的声音，他们以为已把他咬死，轻轻出庙门斥退恶狗，只见倒扣在地的铁锅渐渐升起，阿古登巴钻出来惋惜地说：“这么好的铁锅让狗咬了许多窟窿，再也不能用了。”喇嘛们气得讲不出话来，眼睁睁看着阿古登巴扬长而去。

死　鸽　子

藏族机智人物故事。采录于四川。

有位阿妈病重，儿子请喇嘛来打卦卜吉凶。喇嘛胡乱打了一卦，说只要念几天经病人就可转危为安。哪知喇嘛念得正起劲儿时，阿妈就断了气。这时窗外飞过几只鸽子，喇嘛便说：“阿妈变成鸽子飞上天了。”儿子急忙对天叩头，喇嘛乘机骗走了许多钱财。阿古登巴听说此事非常气愤。一天，他也到庙中请喇嘛为亡母念经。到家中，他指着一件皮袄盖着的东西说：“母亲就在这里。”喇嘛掀开皮袄是只死鸽子，便责问他。阿古登巴说：“哦！我母亲变成鸽子飞上天了。”喇嘛窘得半天说不出话来。

还要我开玩笑吗

藏族机智人物故事。采录于青海。

有一次，有一位牧主到阿古登巴家借宿，因为屋里有蚤子便去房顶睡觉。睡前牧主定要阿古登巴开个玩笑，他想了想，把牛皮垫铺在天窗上，说："您先在这里睡好，然后再给你开玩笑。"牧主没见过农区的房子，刚睡上去，便掉进了楼下的牛圈里。半夜牧主醒来，被枕边的两道蓝光吓得浑身发抖，定睛一看，原来是只猫，熬到天亮，他不知怎样下楼，便学猫那样倒爬下楼，结果跌得鼻青脸肿。阿古登巴送牧主上路了，他指着路旁的锄头说："出门见这东西不吉利，请您踩那铁板一下再上路。"牧主一脚踩去，锄把子反弹过来，打得他眼冒金花。阿古登巴赶忙问道："老爷，您还要我开玩笑吗？"

牛皮熬胶

藏族机智人物故事。采录于西藏。

阿古登巴在拉萨遇见同乡的商人卓巴格勒。商人问他来干啥，他说："我来买几张牛皮，回去做靴底。"商人一听有利可图，马上叫阿古登巴买他家的牛皮。阿古登巴到商人家一看，牛皮并不好，根本不能做靴底。他不愿意买，但商人硬逼他买，他只好摸着褡裢说："我的钱丢了，不过我是手艺人，给你把牛皮做成靴底去市场卖，赚了钱八成归你。"阿古登巴粗针大线把靴底做好，到市场根本无人来买。他又说做成牛皮顶针一定有人买，做好后还是无人问津。他又说："我们干脆熬成胶，送到做靴子的地方，一定能卖掉。"商人没法儿，只好同意。胶熬好了，商人一看浮在上面的一层像水一样透明，便提出要锅底浓的部分。到市场上，过往人都摇头说："这是胶渣子，哪儿是牛皮胶！"商人钱没捞到，反而挨一顿臭骂，气得回老家去了。

惩罚偷牛贼

藏族机智人物故事。采录于西藏。

一日清晨，阿古登巴上山捡牛粪，看见几个偷牛贼在分赃。盗贼们发现阿古登巴来了，答应把牛肝分给他。宰完牛，偷牛贼到河里弄水洗肉，让他留下守着牛肉。阿古登巴乘机把牛胃吹胀，挂在树枝上边打边喊：“不是我偷的，偷牛贼到河边背水去啦！”偷牛贼听到喊叫声，以为失主追来，赶快逃跑了。不一会儿牛的主人——一个老阿妈真的找来了，阿古登巴立刻把偷牛贼丢下的钱交给老阿妈，让她另买一头牛，又把牛肉送到她家里去。等阿古登巴转身再去捡牛粪时，牛粪早让人拾光了。

聂局桑布的故事

藏族机智人物故事群之一。流传于西藏山南地区。故事主人公聂局桑布，一作尼却桑布，系劳动者型机智人物，出自艺术虚构。故事大多以反压迫、反剥削为题旨，锋芒主要指向独霸乃东地方的世袭领主——乃东王。其作品的艺术风格与阿古登巴的故事颇为相似，甚至有一些篇什为阿古登巴的故事和聂局桑布的故事所共有。代表性的作品如《巧抗酥油税》《烧酥油茶》《卖猪肉》《找牛》《赔骡子》《珠宝跑了》《乃东王的耳坠》《鸟粪》《祈祷和结局》《乃东王进地洞》。

巧抗酥油税

藏族机智人物故事。

有一年，乃东王收酥油税，把当地百姓家的酥油几乎都搜刮去了。聂局桑布为了对付乃东王，一天见他在平台散步时，故意高声对孩子说：“平错，你这鬼东西，怎么不看好小驴？让它把母驴奶吃完了，咱们拿什么去给王爷上酥油税！”乃东王听了大光其火，质问道：“聂局桑布，你一直用驴奶做的酥油给我吃吗？难道你不知道吃了驴奶酥油要变傻子吗？”聂局桑布说：“王爷，没法子啊，我们实在缴不上牛奶酥油哇。”乃东王气得挥手说：“赶快去把仓库里的驴奶酥油统统扔出来！”聂局桑布立刻去乃东王的仓里把上好的酥油一包包扔出来分给了穷朋友。

烧酥油茶

藏族机智人物故事。

这年乃东王过生日，举行盛大宴会，文武官员和远近亲朋都来庆贺。聂局桑布想了个妙计来让王爷丢脸。他烧酥油茶时有意先不放盐巴，等茶打好后才把大盐块放进壶里。所以，先倒的茶盐块未化，一点儿也不咸，中间倒的不咸不淡，最后盐块全化了，茶咸得发苦。不一会儿客人嚷开了，有的说："乃东王不把我们当客人，让我们喝淡茶。"有的喊："让我们喝的是苦水！"乃东王再解释也无济于事，眼睁睁看着客人吵吵嚷嚷地拂袖而去。

找　牛

藏族机智人物故事。

聂局桑布跟乃东王去旅行，夜里他悄悄卖掉带来的奶牛，另买了一头公牛，清晨对乃东王说："上半夜暖和，奶牛生了两只角；下半夜冷，四个蹄子冻裂了，所以变成了公牛。"乃东王信以为真。次日晚上，他又卖掉公牛，说是牛跑了。乃东王让他到山顶去找，他一会儿喊上边发现有牛，一会儿喊下边有个黑东西像牛，把乃东王跑得满头大汗，浑身酸疼。第三天乃东王自己上山头观望，谁知天下起冰雹，打得他无处藏身，聂局桑布却在山下洞里睡大觉。乃东王吃尽苦头，一心想把聂局桑布干掉。在一座桥上休息时，他让聂局桑布睡在自己脚下。聂局桑布早有觉察，等乃东王睡着后，悄悄把行李袋放在睡觉的地方。一会儿乃东王一脚把行李袋蹬进河中，得意地站起身来才发现聂局桑布坐在一旁吃东西，自己的行李却不见了。

赔　骡　子

藏族机智人物故事。

乃东王叫聂局桑布去百里外办件急事。因为路程太远，他向乃东王借骡子。骡子是乃东王的心爱之物，但要办急事只好应允，讲明如骡子有闪失，要赔比它更珍贵的东西。办完事回来，聂局桑布把骡子送给了穷人，用水把自己浇得透湿，谎称骡子被河水冲走了。乃东王说："有言在先，你得赔我的骡子！"第二天乃东王散步，忽见聂局桑布的阿爸背着他走来，便教训聂局桑布："世间最尊贵的是阿爸，即使脚疼也不能这样做。"聂局桑布答应着从阿爸背上跳下来，又背着阿爸走了。过了一会儿，聂局桑布牵头毛驴来赔偿乃东王，说道："王爷要我赔比骡子更珍贵的东西，我想只有驴了，因为驴是骡子的阿爸呀。王爷说，‘世间最尊贵（藏语中尊贵与珍贵同为一词）的是阿爸’，您可是有言在先哪！”乃东王一时无法辩驳，只好收下毛驴。

◇藏族寓言◇

懒汉和运气神

藏族人事寓言。采录于西藏。

从前，有一个懒汉和运气神交上了朋友。神表示要帮助懒汉发大财，懒汉便成天做发财梦，却越来越穷，最后连饭都没的吃。他到神那里去抱怨，神说你成天睡大觉，我怎么帮助你？明天早上你走过桥去，我就能够让你发财。神把一块金子放在桥那边，可是懒汉很晚才起来，金子早被别人捡走了。神又让他到盐湖去捞盐。第二天，懒汉背着口袋到盐湖去，看见盐湖水深浪急，浑浊冰冷，不愿意捞盐，又倒下去睡觉了。神非常生气，说道：“你怎么又睡觉了？我在湖底放了一颗稀世珍宝，足够你享用一辈子。我想帮助你，你却是个扶不起来的篱笆，我再也不跟你交朋友啦！”说完便消失了。从此以后，懒汉只好乞讨度日。

狠心的猎人兄弟

藏族人事寓言。采录于四川。

从前有一对猎人兄弟，箭法、叉法都非常好，但心肠却很不好。他们来到一处山林，见獐子就射，见鹿就叉，不到一年便把那里的野兽几乎消灭光了，只剩下一只美丽的梅花鹿。两兄弟起初有一些舍不得杀梅花鹿，但商量一阵后，还是决定杀了梅花鹿再离开此地。他们去杀梅花鹿时，遇到一个小姑娘正在哭泣。小姑娘给他们每人一块金子，请求他们不要杀梅花鹿。猎人兄弟收了金子，各自藏在大石头下，等小姑娘离开后，便悄悄把梅花鹿射死了。当他们扛着梅花鹿去寻找金子时，发现山坡上冒出无数大石头，像树林一样密。他们进去怎么也找不到金子，最后被困死在里面。

钱 与 歌

藏族人事寓言。采录于西藏。

从前有一个富人，家里面牛羊成群，金银无数，特别富裕。他成天盘算怎样继续发大财，总是愁眉苦脸的。而邻居一个磨面的女仆，衣服破烂，吃食很差，却无忧无虑地一边干活儿，一边唱歌。后来富人想到，人的心情好坏并不在于财富的多少。为了证实自己的想法，他便偷偷去邻家，在磨盘上放了一锭银子。女仆发现银子，又高兴又害怕，看见没有什么动静，才把银子放进怀里。从这一天开始，女仆每天不断考虑银子放在哪里安全，怎样拿去出售，能够卖多少钱，这些钱买什么好，等等。富人再也听不到女仆的歌声了，他明白了一个道理：贪财会断送快乐，银子夺走了女仆的歌声。

锯树赶乌鸦

藏族人事寓言。采录于西藏。

有一个人家门前有一棵树，树上有一个乌鸦窝。因为乌鸦天天偷吃他家的东西，他很生气，发誓要把乌鸦弄死。于是，他拿来了一把锯子要锯这棵树。他以为把这棵树锯倒，乌鸦就会摔死，一会儿便把这棵树锯断了。乌鸦“唰”的一声都飞走了，断树倒下了，砸在他头上，砸得他鼻青脸肿。

猎 人 喝 水

藏族人事寓言。采录于西藏。

有一个猎人走到半山腰，非常想喝水，恰巧不远处山沟里溪水哗哗地往下流，他立刻脱下帽子去舀水。他舀一帽子水正要喝，突然一只喜鹊飞来把水打翻了。他一次次去舀水，都被这只喜鹊给打翻了。他十分生气，捡起一块石头狠狠地向喜鹊砸去，正好砸在喜鹊的头上，掉在溪水的上游死去了。他还不解气，要去把它撕成几块。他走过去才发现，溪水是从一个山洞里流出来的，山洞里有一条毒蛇，它的涎水流进溪水里面。这时候，他一下明白了喜鹊的用意，说不出的悔恨。他连忙取出弓箭，把毒蛇射死了。

沉　香　木

藏族人事寓言。采录于四川。

从前，有一个采药人上山采药，背着一大筐药在森林里迷路了，走得筋疲力尽。他从地上捡起一根棍子来拄着，终于走出了森林。他感到棍子又重又黑，想扔掉。有一个老阿妈叫住他，要拿一个钱来买他的棍子。采药人发觉这根棍子光滑得像涂了漆，便自己留下来了。他走到一个寨子，一个猎人发现这根棍子是乌木的，要出十个钱买过去做枪托。采药人说他将来或许会当猎人，便扛着棍子走了。他经过一家药店，老医生拿起棍子看了又看，惊呼："这是沉香木哇，我愿意出一百钱。"采药人很吃惊，搔了搔脑袋，不晓得沉香木到底值多少钱。老医生说："你要头发那么多的钱，我就买不起了。"采药人说他将来或许会当医生，便抱着棍子走了。后来，再也没有人出大价钱买他的棍子，采药人也没有做过猎人或者医生，他把沉香木保存起来，一直到死都没用过。

拉 茸 捕 獐

藏族人事寓言。采录于云南。

有一个猎人在雪山上打猎时，不小心把鼻烟壶掉在地上，一咕噜滚下悬崖，偏巧砸在一只獐子的鼻梁上，烟灰飞出来把獐子呛死了。猎人把獐子背回家后，他巧获獐子的奇闻很快便传开了。猎人的邻居拉茸听说后，不惜花大价钱买了一个特别名贵的鼻烟壶，学着猎人的样子去山上捕獐子，一次又一次都没有收获。他便登门向猎人求教，猎人说："我一生捕获的猎物不计其数，但鼻烟壶呛死獐子只是一次奇遇。你要学捕獐的绝招，首先要练一手弹无虚发的枪法，没有捷径可走。"

长　与　短

藏族人事寓言。采录于四川。

有两个小伙子爱在一起争论什么最长，什么最短，谁也说服不了谁。当时正是种庄稼的好季节，他们就这样没完没了地把时光消耗完了。有一天，一个老头子过来对他俩说："你们不要扯啦！我看只有时间最长，因为时间无止境；我看还是只有时间最短，因为你们在这里扯皮时，时间一晃就过去了。现在正是春播的好时节，如果不好好种庄稼，秋天没有收成，会饿死的！”他俩听了不再言语，立刻一起种庄稼去了。

兔子逃“喳儿”

藏族动物寓言。采录于甘肃。

一只熟木瓜落到湖里，“喳儿”的一声。六只兔子听到赶忙拔腿逃命。一路上，狐狸、猴子、鹿、猪、水牛、犀牛、大象等许多动物一个个都跟着跑起来。到山脚下，一只长毛狮子问大家“喳儿”在哪里？大象说是听到犀牛说的，犀牛说是听到猴子说的，一直追问下去，追问到六只兔子。六只兔子带大家来到木瓜林旁，正好又有一只熟木瓜落进湖里面，“喳儿”的一声，大家才知道是一场虚惊。

大象和猴子比本事

藏族动物寓言。采录于西藏。

大象和猴子是很要好的朋友，可是它们却为比本事争吵起来，互不相让。它俩去找小鸟帮忙评比，小鸟想了想说：“你们先到河对面去把树上的水果采摘回来再评比吧。”河宽水深，猴子过不去，大象让它跳在自己的背上才过去了。到了大树下，大象看见树上有许多果子，它却够不着，猴子爬上去摘了许多水果，一起带回河对岸。还没有等小鸟开口，这两个好朋友已经悟出取长补短、相互团结的重要性，从此以后更加亲密无间。

森林的主人

藏族动物寓言。采录于四川。

从前，森林里住着一头大象、一只猴子和一只神雕。有一天大象和猴子比本领，彼此都不服气，争得面红耳赤。后来，它们去找神雕评理，神雕说：“河对岸的一棵树上有许多果子，你们去把果子摘下来，就不会争吵了。”它们来到河边上，猴子过不了河，大象把猴子背过河。来到果树下，大象的鼻子长，却伸不到果子那里，猴子爬上去摘了果子，然后由大象背回来。大象和猴子终于明白了神雕的意思。神雕说："我们都是森林的主人。"

大雁的报答

藏族动物寓言。采录于四川。

一只大雁受伤后，被一个好心人带回家去饲养。冬天来临时，这只大雁的伤已经养好，就随雁群飞走了。第二年，它含了一块金子回来，报答这位好心人。好心人的邻居看了十分眼馋，故意拿枪打伤一只大雁带回家去饲养。大雁养好伤后随雁群飞走了。第二年，雁群带来的不是金子，而是一条大蛇，竟把这个家伙咬死了。

狐狸的悲剧

藏族动物寓言。采录于四川。

从前，老虎和狮子是最好的朋友，互相都很信任。它们生孩子后，就分工合作，由狮子照顾小老虎、小狮子，老虎上山寻找食物。一天，老虎碰见狐狸，狐狸说："狮子最坏，它把奶都给自己的孩子吃了，还想吃你。"老虎从此便存了戒心，但它发现自己的孩子生活得很愉快。狐狸又去对狮子说："老虎每天都回来几趟，准备吃你。它啥时候在地上滚三转，摇摇尾巴，那时候就要吃你了。"可是当晚老虎回来，狮子见它在地上滚三转，摇摇尾巴，就呼呼睡着了。第二天早上，狮子起来抖一抖身上的毛，老虎以为它要吃自己，吓得发抖。狮子问它是不是生病了？老虎看它在关心自己，便把狐狸的话一五一十地讲了。狮子感到吃惊，也把狐狸的话都讲了出来。这时候，躲在树后的狐狸看见它们越说越气愤，以为自己的计策得逞了，就跑到它们面前想火上浇油，结果被老虎吃掉了。

麻雀和灰鼠打官司

藏族动物寓言。采录于青海。

一天，住在大树顶上的麻雀与住在树根下洞里的灰鼠发生争吵。灰鼠谴责麻雀把屎拉到它的门口；麻雀说灰鼠在树根下掏洞，大风刮来让大树摇晃，鸟窝都要掉下来了。它们去找猫主持公道，猫说："我把你们都吃了，就没有烦心事了。"猫一边说，一边去抓麻雀来吃，然后又吞食了灰鼠。

牧人与母狮

藏族动物寓言。采录于青海。

穷牧人的妻子死了，留下一个小孩儿没有人喂奶。一只母狮听到哭声，就去慰问。母狮想我正好把孩子吃了，便假惺惺地说："朋友，我刚生孩子，奶水很多，让我来喂他吧。"牧人心想，哪儿有吃人的野兽发善心的道理？于是一边答应，一边偷偷捏个泥娃娃用羊皮包上，放在帐篷里。母狮进去咬住泥娃娃时，牧人一下拉倒帐篷，把母狮裹在里面，并用牛皮绳紧紧地捆住。母狮说了许多求饶的话，牧人不为所动，拿腰刀结果了它的性命。

格玛树与郭朗树

藏族植物寓言。采录于西藏。

有两棵树，一棵叫格玛，一棵叫郭朗。有一天，格玛树提出要和郭朗树结为儿女亲家，可是郭朗树不乐意，它认为自己又高又粗，还长得很直，对方又矮又歪，还长着难看的手脚，根本不般配。格玛树说："明年春季你再看吧，看看我会长成什么样子。"到了春季，格玛树的身上长满蓝色、红色、白色、紫色的花朵，十分美丽。郭朗树看见了，非常后悔，转身便跑。从此以后，郭朗树便只生长在山间峡谷中了。

最高贵和最平常

藏族其他拟人寓言。采录于青海。

金锭、银锭、氆氇、藏靴和青稞结伴去拉萨朝圣，一路上像兄弟一样和气。到了拉萨，金锭、银锭、氆氇、藏靴觉得自己高贵，就让青稞站在经堂的下方，倒茶端饭，伺候它们。青稞觉得委屈，便和它们分开，独自坐在下方，拿出馍馍、糌粑来吃，然后闭目养神。金锭、银锭、氆氇、藏靴的肚子饿得咕咕叫，只好请求青稞给它们一些吃的，并且请青稞坐到上方去。青稞说："我不是最平常、最下贱、最不值钱的东西吗？为什么要让我坐在贵人席呢？"金锭、银锭、氆氇、藏靴说："从今以后，我们再不敢轻视你了。你虽然很平常，却是世上的宝贝。"青稞便笑着拿出糌粑来分给它们。

盲目自大

藏族其他拟人寓言。采录于四川。

针和鸡毛、泥巴、圆根搭伙做了一个豌豆。针依仗自己嘴尖，便发号施令说："锅里没有水，泥巴去河里打点儿水来。"泥巴去河里打水，被冲走了。过一会儿针派鸡毛到房顶上去看泥巴背水回来没有。鸡毛上房顶，一下被风吹走了。针又叫圆根去圈里看看牛还在不在，圆根一去就让牛吃掉了。这一下，针高兴得跳了起来，竟掉进地板缝隙里面，再也出不来了。

◇藏族笑话◇

傲慢的宗本

藏族嘲讽笑话。采录于西藏。

从前，有一个喜欢吹牛皮的宗本，一点儿本事也没有。他不管到哪里，都要带心腹用人，让他胡吹宗本如何如何了不起。有一次，宗本的心腹用人有事不能够跟随他，他不得不带另外一个用人去赴宴。那天，他坐在席位上摆出一副很傲慢的样子，手摸着秃头问身旁的用人："喂，我当宗本几年了？"这个用人一边用指头算，一边说："让我算一算。遇到严重干旱那一年是头年，洪水泛滥那一年是第二年，受雪灾百姓背井离乡的那一年是第三年，您在原先那个宗一共三年。您在这个宗任职以来，全宗受霜灾，百姓得流行病，一下就三年。前后加起来您当宗本六年时间。"这个傲慢的宗本在客人面前竟羞得抬不起头来。

一袋糌粑雇仆人

藏族嘲讽笑话。采录于西藏。

有主仆二人，主人每天只给仆人吃一碗面团吐巴，吐巴中除了两三块小面团外，大部分是青菜。一天仆人故意装作有人喊他，说了一声"好的"，就出去了。主人问他什么事情？仆人说："有个人从某地来，他身背一袋糌粑作为礼品，问我是否愿意做他的仆人？”

两个吹牛大王

藏族嘲讽笑话。采录于西藏。

前藏、后藏各有一个吹牛大王，由于山高路远，一直没有见过面。这一天，他们碰巧聚在一起了。后藏人问前藏今年收成可好？前藏人说：“那还用讲。就说大葱吧，长得又粗又壮，我们拉萨过河根本不用牛皮船，拔一根大葱往河上一放，赶着车马便过去了。”后藏人不以为然。前藏人又问后藏人近来在忙啥？后藏人说：“我们正召集一万多人打一口大铜锅，忙得不可开交。”前藏人问打那么大的铜锅干啥？后藏人说：“煮你们出产的大葱呀！”

放　屁

藏族嘲讽笑话。采录于西藏。

很久以前，某地的新宗本宴请老宗本和当地的贵族、庄园主。新宗本夫人一不小心放了一个屁，她非常不好意思，就用两眼盯着女仆，意思说屁是女仆放的。女仆没有放屁，竟无动于衷，晚上因此受到夫人的责骂。第二天，女仆在宴会上大声说：“昨天我们夫人放的屁不是她放的，是我自己放的。”

光棍汉与一块金子

藏族嘲讽笑话。采录于西藏。

从前某地有一个光棍汉，穷得叮当响，亲戚们都嫌他穷，没有一个人理他。有一天，他忽然捡到一块山羊头大小的金子，亲戚们都纷纷上门来拉关系，这个说：“我是你的叔叔。”那个说：“我是你的舅舅。”不断有人来送这送那，光棍汉见了别提有多高兴。他白天接待来看望他的人，晚上就把那块金子放在床头上，一边磕头一边说：“我没有亲戚现在有了亲戚，我没有吃食现在有了吃食，我没有衣服现在有了衣服，我要给你磕头。”

爱讲大话的木匠

藏族劝诫笑话。采录于西藏。

从前有个木匠，特别喜欢讲大话，总是对别人讲自己如何如何能干。有一天他给人家做门，当家的看到他用锛子挺危险的，就好心地说："木匠，小心锛子砍在脚上啊！"木匠说："我干木匠活儿已经有三年了，做过老爷的茶桌，也没挨过锛子。"可不一会儿工夫，木匠的脚上就挨了一锛子。他双手抱着脚哭叫不休："啊呀呀，痛死我了！怎么又砍在原来的伤疤上哟！"

三个懒汉

藏族劝诫笑话。采录于西藏。

拉萨城里面有三个懒汉，他们成天吃喝玩乐，无所事事。一天他们带着青稞酒、酥油茶、肉干和其他许多好吃的东西去郊外逛林卡（园林）。一路上，他们心里都犯嘀咕，觉得虽然好玩儿，却好麻烦。其中一个懒汉提出"今天谁先开口就罚谁干活儿"。大家一致赞成。三个懒汉到了林卡，只管闷头吃喝，眼看天色渐渐暗下来，但谁也不开口说回去的事。这时候，有个放羊的老汉过来，觉得他们非常奇怪，便拿起一大块肉转身离开。"喂，这是我们的，你怎么拿走啦！"三个"哑巴"开口了，逗得老汉哈哈大笑。天黑了，三个懒汉还在那里不停地争吵，因为他们弄不清楚是谁先开口的。

念经吓跑小偷

藏族谐趣笑话。采录于四川。

从前有一个背背子的人去西藏，半路上断了粮，就到一个寨子去，打算讨一点儿吃的。寨子里有个阿姨要请人念经，他根本不会，为了吃饭，便硬着头皮去了。阿姨心想，自己学会他的经词以后就不用请人念了。可是仔细听了几天，什么也没有听见，只见他的嘴巴不停地在动。一天，他看见一只老鼠从洞里钻出来，就念道："慌慌张张钻出来，动着嘴巴想说话。"老鼠钻洞里时，他又念道："赶快转回去，赶快转回去。"阿姨都认认真真记住了。背背子的人带着干粮上路后，阿姨一天到晚都在反复念这几句话。有一天晚上，来了两个小偷，他们刚到楼梯，听到阿姨正念着："慌慌张张钻出来。"小偷低声说："是不是发现我们了？"又听到阿姨念着："动着嘴巴想说话。赶快转回去，赶快转回去。"小偷一听吓得屁滚尿流，赶紧逃跑了。

鸡只有一条腿

藏族谐趣笑话。采录于西藏。

有师徒二人，家里面有一只熟鸡。徒弟趁师傅不在的时候吃掉一只鸡腿，师傅回家后问徒弟是否吃掉了一条鸡腿？徒弟说："鸡只有一条腿，您不相信的话请到外面看看。"师傅到外面看鸡，因为早上天气很冷，鸡抬着一条腿站立着。师傅对着鸡喊："跳，跳！"鸡立刻用两条腿走起来。师傅对徒弟说："你看，鸡不是两条腿吗？"徒弟回答道："那是因为我没有对鸡喊'跳'的缘故。"

我没有死

藏族谐趣笑话。采录于西藏。

从前，有师徒二人在一起生活。有一天，师傅要出门，临走时叮嘱徒弟一定要好好学经，并且指着屋里的一大块红糖说："这东西有毒，吃了会死的哟！"徒弟听了心里觉得好笑，就点了点头。师傅一走，徒弟立刻把整块红糖都吃掉了。他不但没有学经，还睡了一大觉。师傅回来问他学了多少经时，发现一大块红糖不见了，便问："红糖呢？"徒弟说："经没有学会，所以想死了算了。我就吃了那块有毒的东西，但我没有死，怎么办好呢？"

新娘开口

藏族谐趣笑话。采录于西藏。

早年间，某地新婚之夜夫妻不许说话。有个小伙子结婚时，一位长者对他说："我养了几头猪，你让新娘子开口，讲一句话就给你一头猪崽。"当晚小伙子故意把被子横着盖，并说："这一条被子虽然宽大，但是长度差一点儿。"新娘子毫无戒备，笑道："你把被子横着盖啦。"小伙子一高兴，便说："好极了，一头猪崽。"新娘子好奇地问："什么一头？"小伙子越发高兴："两头！"新娘子又问："什么两头？"小伙子笑道："三头猪崽！"在外面偷听的那位长者急了，忙敲窗户："别说了，我只有四头猪崽，还得留一头做本钱哪！"

头取不出来

藏族谐趣笑话。采录于四川。

从前有一个人去拉萨朝佛。他来到释迦牟尼殿前，看见一个四方的窗户，便侧着头钻进去，一转身，头怎么也取不出来了。他想到自己可能会死在这里，非常难过。这时候，一个人经过这里，看见他在叹息，就问他刚才是怎么把头钻进去的？他把头一侧，一下便把头取出来了。

懒惰的木匠

藏族谐趣笑话。采录于西藏。

有两口子老来得子，高兴得合不拢嘴。老两口到一个懒惰的木匠那里去定做一张小孩儿床，并且提前交了工钱。八天以后，老两口去取小床，木匠说还没有做完，让他们两天以后来取，过两天仍然没有交出来。就这样一拖再拖，很长时间都没有取到小床。儿子长大成人，娶了媳妇又生了孩子，老头子想起当年定做的一张小床，让儿子去取。那个木匠说："我年轻时都懒得做小床，如今年纪大了更没法儿做，你把你父亲给的工钱拿去吧。"

维吾尔族故事

◇维吾尔族幻想故事◇

木　马

维吾尔族奇遇故事。采录于新疆。

从前有两个手艺人，为了给国王展示自己的高超技艺，各人做了一样稀罕的物件。铁匠做了条能载万袋粮食的铁鱼，在水上飞快游动。木匠做了一匹长翅膀的木马，正讲解升降的诀窍时，王子跨上木马腾空而起。他飞到另一个国王在天上专为公主建造的宫殿门口，和公主一见钟情，随后在一起过了一夜。第二天那个国王来到天上的宫殿，发现女儿的体重增加了两斤，断言她接触过男人。国王返回王宫，派四个好汉到天宫去捉拿野男人，可是，他们因打盹一无所获。国王又按大臣建议，把天宫里所有家具都涂上红漆。王子返回时，把满身红漆的衣服扔在街上，这个秘密才被发现。于是王子和公主决定逃走。在半路上，公主突然想起母亲曾给她送未来婆婆的两颗宝石忘记带上，便独自骑木马重返天宫，结果被国王逮住带回京城。王子不见公主返回，便四处漂泊流浪，历尽艰辛。他在一个果园里摘了长胡须犄角的鲜桃梨和退须角的果干，向西去找公主。王子路遇一个浩浩荡荡的迎亲队伍，原来那个国王已将公主许给另一位王子。那位王子吃了这个王子的梨和桃子，立刻长出胡须和犄角，无奈只好让这个王子假扮新郎进了王宫。婚礼进行到第四天晚上，王子乘机与公主取得联系，他俩终于骑上木马平安飞回王子的家乡。国王见到了日思夜想的儿子，喜出望外，立即为王子和公主举行四十天的盛大婚礼，然后把王位传给了儿子。

一棵石榴树的国王

维吾尔族奇遇故事。采录于新疆。

艾木台克的全部财产只有一棵石榴树，他精心呵护，从不怠慢，人们称他“一棵石榴树的国王”。有一年石榴成熟，但每天被偷。艾木台克用胶粘住了前来偷石榴的一只狐狸，狐狸答应帮他找个好老婆。于是，狐狸从老国王那里借来筛子，还回去时故意在筛子缝里塞几颗宝石珍珠，谎称艾木台克国王如何富有，骗取老国王的欢心，应允把公主许配给艾木台克。娶亲时，狐狸告诉国王，艾木台克带四十峰骆驼的珍宝来迎亲，因河水太急冲走了聘礼和他身上的衣服。国王立即召集臣民，送上华丽的衣服把新郎艾木台克迎进城，举行了四十天的婚礼。送新人回家的日子，狐狸跑在前面，让沿路放牧骆驼、马和羊群的人，都对送亲的大臣说，那些是艾木台克国王的牲畜，使公主十分满意。狐狸跑到魔王宫中，说国王要来杀魔王，把它藏在壁炉，然后堆起柴火烧死魔王。从此艾木台克和公主在王宫似的房子里，过上幸福的生活。

大方人和小气鬼

维吾尔族奇遇故事。采录于新疆。

有一次，大方人和小气鬼一起去另一座城市。走在路上，按小气鬼的提议，把大方人的食物和水分食光了，小气鬼却不肯拿出自己的东西。大方人奄奄一息，小气鬼又提议挖取他双眼来换食物，最后小气鬼把他扔在沙漠中自己走了。变瞎的大方人摸索着来到胡杨树下，然后爬上树去过夜。深夜狮子、老虎、狗熊、狼和狐狸聚集在胡杨树下，诉说一年来的见闻和秘密。天亮后，大方人先按老虎说的，捋一把胡杨树叶裹在腰上，拄一根树枝到狮子说的地方，找到圣泉使自己复明；又照狐狸说的，朝西去找到黄鼠狼窝，吓跑抛金币玩耍的黄鼠狼，得到很多金币；又按狼说的，在山后找到富人，骑上那匹短尾巴马，为富人除掉了一只恶狼，得到很多酬金；最后他来到熊说的繁华城市，用圣水把又瞎又哑的公主治愈。国王按照承诺，为他和公主举行盛大的婚礼，并且把王位传给了他。小气鬼听说朋友当上国王，假装向他沉痛忏悔，又从朋友口中探得全部经过。这个家伙不听劝告，找到沙漠中的胡杨树。野兽们谈论着一年来的不幸事情，断定秘密被人窃听了。愤怒的群兽把这个家伙从树上摇下来，扑上去吃掉了他。

下金蛋的母鸡

维吾尔族奇事故事。采录于新疆。

从前，有一个樵夫和老婆、两个儿子一起生活。一天樵夫到灌木林里打柴，捡到一个闪闪发光的金鸡蛋。他进城卖柴时，店老板用两千银币买下了这个金蛋。从此樵夫每天在树林捡一个金蛋，发了财，生活也好起来。后来，樵夫的老婆让他索性把那只下金蛋的母鸡捉回家，每天把金蛋卖给店老板。一日店老板在书上看到，吃了下金蛋的母鸡的头能当国王，吃了它的翅膀能做大臣。为了把那只母鸡弄到手，店老板勾搭上樵夫的老婆。这个店老板唆使樵夫的老婆把樵夫哄去朝圣，让仆人杀死那只母鸡，炖熟准备自己吃。这时樵夫的两个儿子放学回来了，大儿子吃下鸡头，小儿子和炖鸡的仆人每人吃下一只翅膀。店老板知道后非常生气，便要吃两个孩子的心，立刻逼迫樵夫的老婆派仆人把两个孩子带到野外杀了，把他们的心带回来。仆人不忍心杀害两个孩子，便让他们远走高飞，拿了两个狗心去送给女主人。店老板吃后，梦见自己吃的是狗心，活活气死了。两兄弟各沿着一条路走去。哥哥走到一个国家，正值老国王去世，按遗嘱放鹰选新王。最后鹰落在哥哥头上，使他当上新国王。弟弟遇到三个小偷，巧计得到飞毯。他乘飞毯到哥哥身边，当上右大臣。樵夫朝圣回来，正当老婆哭着撒谎时，两个儿子乘坐飞毯降落在院子里。樵夫的老婆一见大儿子身穿王袍，二儿子是大臣打扮，吓得夺门而出，不知去向。老大将那位仆人封为左大臣，带着父亲一齐坐上飞毯，飞到老大所管辖的国家去了。

渔夫的儿子夏吾东

维吾尔族奇事故事。采录于新疆。

有一次，穷苦人家的小伙子夏吾东放一条大鲤鱼逃生，鲤鱼表示不论他今后遇到什么灾难，一定来相救。接着，夏吾东又从大蟒的口中救出一对小雕，从猎人的枪口下救出一只狐狸。它们都表示今后一定要帮助夏吾东。夏吾东来到一座城市，得知这里有许多青年向公主求婚，都因不能达到公主苛刻的议婚条件而被处死。为了使青年们免遭杀戮，夏吾东立刻前去向公主求婚。公主像对待所有人一样，让夏吾东隐蔽起来，三天后公主拿宝镜登上城楼，照遍山川戈壁，云层大海，终于在深潭中大鲤鱼的腹内照见了他。国王认为夏吾东藏到前所未有的地方，便让女儿饶他一次。第二次，公主又在七层云端里发现了骑在大雕背上的夏吾东。这时，好奇的皇后又要求女儿再饶他一次。这次狐狸为他打洞，一直打到公主站立的城楼底下。公主用宝镜照遍江河湖海，云天山岗，唯独没想到照自己的脚根底下，夏吾东终于获得了胜利。国王要把公主嫁给夏吾东，夏吾东说："我是渔夫的儿子，并不想要这样的幸福，只求制止这种残酷的议婚条件。"说完他便迈开大步，径自走出了宫殿。

赛曼丹尔

维吾尔族奇事故事。采录于新疆。

赛曼丹尔十八岁时父母相继去世，他继承父业，以打制捕猎器具为生。有一天，赛曼丹尔找矿石时挖出一个小金匣，搁金匣的地方长出一棵杉树，树干和树枝都是金的，每一片叶子是一枚金币。赛曼丹尔和他心爱的姑娘古兰板尔一起摘下那些金币，分给了众乡亲，从此孩子们穿上了缝有金币扣子的衣服，姑娘们戴上了金耳环和金戒指。不久，外乡有一个骗子来到赛曼丹尔家中，将他毒死，把尸体埋在杉树下，盗走了无数金币。骗子走到荒滩上，突然狂风四起，将他埋葬在黄沙之下。古兰板尔姑娘思念心上人赛曼丹尔，整天哭得死去活来。有一日，天上出现无数道彩虹，突然把她托起带上天空。古兰板尔和赛曼丹尔这一对情侣终于在天宫相会了。

禾里木与海丽且

维吾尔族奇事故事。采录于新疆。

禾里木和妻子海丽且家境贫穷，禾里木心里不痛快，动不动就打骂妻子。海丽且忍受虐待，带着三个孩子出去找活儿干，只有到深夜，才向真主哭泣哀诉。一天清早，她按梦中圣人的指教，让丈夫去河边汲一葫芦水。禾里木到涝坝边喝足了水，抬头忽见眼前一座果园，瓜果应有尽有。他边走边吃，乐而忘返。突然天昏地暗果园不见了，禾里木竟变成一个少妇走在荒漠里。一座破草棚里的独眼妖精和这个少妇结为夫妻，几年后生了三个孩子。妖精让少妇做饭砍柴，非打即骂，她只好像海丽且一样忍气吞声。少妇趁天黑逃跑，天大亮后，立刻变成了原来的自己站在涝坝边。禾里木灌满水葫芦回到家中，想起过去虐待妻子的事情，感到非常懊悔和羞愧。从此栽树种果，格外勤劳，对妻子也体贴和悦，小两口日子渐渐红火起来。

塔西古丽

维吾尔族奇事故事。采录于新疆。

从前在玉龙喀什河边有个巴依，为了霸占塔西古丽姑娘，便派狗腿子把她和她的心上人石匠亚生扔进地牢。当夜，这个巴依妄图先奸后娶，塔西古丽誓死不从，被巴依戳死。亚生从地牢里逃出去，跑到玉龙喀什河的源头。他捡到一块玉石，雕刻上塔西古丽。玉像立即变成活脱脱的塔西古丽，两人在一起劳动生活。这年肉孜节，乡亲们为他俩筹办喜事，巴依突然带人来抢走了塔西古丽。巴依要娶她为妾，当婚礼宴会达到高潮时，塔西古丽变成了一块玉石。巴依拿大刀朝玉石劈去，玉石化作熊熊烈火，将巴依和他的房屋烧成灰烬。这时一缕青烟腾空而起，飘到玉龙喀什河上游，落在亚生身边，又变成塔西古丽姑娘。他们结婚后，在那里度过了幸福的一生。

公主的头纱

维吾尔族奇事故事。采录于新疆。

比尔克斯公主聪明灵巧，她用五千条蚕吐出的一根长丝，织了一条图案丰富的头纱。她对父王说："谁能认识我织的头纱，知道我的心事，我就愿意嫁给他。"那块头纱挂在宫门外半年多，没有人知晓公主的心事。一天小伙子比尔克斯扯下头纱，走进王宫对公主说，头纱上织有高山岩洞，洞里有只五彩翠鸟被妖怪守着。谁能取到五彩翠鸟，就能得到幸福。公主极为赏识，按小伙子请求，公主把左鬓角挂的红宝石交给他。小伙子比尔克斯来到山洞，红宝石的万丈光芒使妖怪睁不开眼，他顺利取到五彩翠鸟带回王宫。国王嫌小伙子比尔克斯穷，提出要他把王宫五十个浊水池一夜之间变得清澈见底。在公主的帮助下，比尔克斯顺利办到了。国王又提出更加苛刻的条件，公主决定和比尔克斯一起逃走。国王带兵马追来，公主对父亲说："天下最伤心的事，是违背诺言不讲信义。"说完和比尔克斯跨上翠鸟飞上天空，到远方过着美满幸福的生活。

落进陷坑里的巴依

维吾尔族奇事故事。采录于新疆。

有一次，巴依司马义在宴会上喝醉酒，在回家路上栽进猎人挖的陷坑里。他听到四面的吼叫、喘息声，吓得大喊救命。一个农夫路过，用树干把狐狸、熊和大蛇拉上来，仍然听到巴依在喊叫。巴依说谁救了他，愿送全部家产。巴依终于被拉出来，但他抖抖衣服，连看也没看农夫一眼，便骑上马走了。农夫回到家，看见院里堆满狐狸、熊和大蛇送给救命恩人的家禽、柴火和珍贵宝石。和它们道别后，农夫到集市去卖宝石，首饰匠发现是块无价之宝，就诬告他非偷即抢。抓到喀孜（法官）那里后，农夫陈述了救动物和巴依的经过，证人巴依却矢口否认。农夫被作为凶犯判处死刑，押进大牢。狐狸、熊和大蛇赶来对喀孜说，农夫说的全是实话，撒谎的是巴依。在野兽的围攻下，巴依不得不承认被救的事实。喀孜只好把宝石还给农夫，并且把巴依送进了监牢。

金　鞋

维吾尔族灰姑娘型故事。采录于新疆。

从前，有一个后母虐待前房的大女儿，整天叫她干这干那。有一天，大女儿在野外放羊，一位老妈妈使她的黑发变成了金发。第二天后母叫亲生小女儿去放羊。小女儿出言不逊，老妈妈让她的头上长满秃疮。有一次，城里一个有钱人办喜事，后母带小女儿去赴宴。她们走后，那位老妈妈乘旋风来到院里，把大女儿打扮得像仙女一样，并给她一双金鞋，让她坐在车里去参加喜宴。在回家路上，大女儿弄丢了一只金鞋。王子捡到金鞋，四处查访，终于找到了金鞋的主人，随即同大女儿结为夫妻。有一天，大女儿回家探望后母和妹妹，后母把她害死了，将她的金发安在小女儿头上，然后把她送进王宫。大女儿变成一只云雀飞进王宫，落在园丁的肩上悲鸣。几经周折，秘密终于揭穿，大女儿奇迹般复活了，跟王子重新团圆。她把自己的遭遇哭诉给王子和众人听，眼泪流成河，冲走了后母和她的小女儿。

饺子英雄

维吾尔族怪孩子型故事。采录于新疆。

早年间，木沙洪、尼莎罕夫妻没有孩子，靠给巴依做苦工度日。一天妻子正包着饺子，叹息道："我们哪怕有个饺子大点儿的孩子也好啊！"突然间一个饺子大的小孩儿从锅里蹦出来，喊着"妈妈"。这小不点儿可能干了，能到地里给爸爸送饭，犁地放牛，还会帮妈妈做各样家务。他们家的日子渐渐好过起来，开荒种地，盖起了房子。一天晚上，小不点儿从磨坊回家，一只青狼迎面扑来。他从牛头上跳进狼嘴，横撑着狼喉咙，活活把狼憋死，再跳出来驮着面口袋回到家。因此父母给他取名"饺子英雄"，他的威名很快便在村里传开了。有个巴依把他抢去干各种重活儿，任意玩弄他。一次他到池塘饮骆驼，掉进水里，被骆驼吸进肚子。他将手伸进骆驼心脏撕碎心肝，骆驼疯跑到巴依家门口，倒地死去。巴依从骆驼肚肠里把他捉住，将他紧扎在几层肠里，扔到戈壁滩上。一只饿狼跑来，连肠子带人吞进肚里。他拼命撕狼心肝，死里逃生，顺着河水漂流。在众人帮助下，终于在异乡和被巴依赶出家园的父母团聚了。

国王的金角

维吾尔族长角国王型故事。采录于新疆。

早年间，有个国王头上长了一对丑陋的金角，他怕人知道，每到主麻日理完发，便把理发匠处死。轮到一个穷理发匠时，母亲帮他出了个主意。第二天他揣着母亲做的油馕进宫，国王闻到油香，狼吞虎咽地把馕吃完。理发时他发现了金角，才知国王处死理发匠的原因。要处决时，他对国王说，馕是母亲用自己的奶汁和面做成，吃了同一母亲的奶就是兄弟，你怎能杀同胞兄弟？国王让他发誓后，便放他回家了。理发匠憋着国王的丑事，憋出重病。他按母亲说的，到密林里对着泉水，连喊三遍"国王头上长一对丑金角！"他的肚子好受了，病也好了。一个牧童把泉边的竹子做成笛子，响亮地吹出了国王的丑事。国王长角的事随着笛声传遍森林，越传越远，国王因此焦虑而死。

神秘的泉水

维吾尔族报仇棒型故事。采录于新疆。

早年间，有老两口靠打柴过日子。一天，老头到泉边打盹，听到有声音让他把泉中的扫帚拿回家，并且告诉他获取珍宝的方法。老头把扫帚寄放在朋友家，叮咛朋友千万不要说“扫帚开吧”，便打柴去了。朋友因此得到很多珍珠玛瑙，事后换成一把普通扫帚给他，使他回家一无所获。第二天，老头到泉边，同样又得到一把木尺子，又暂时放在朋友家。朋友学着说“尺子，请量布吧！”立刻有成匹的绸缎在尺子上飞舞，事后朋友又换了一根普通木尺给老头。老头再到泉边，梦里的声音又让他打捞起一只泥碗。他寄放在朋友家，朋友对泥碗说“要抓饭！”全家美美吃了顿羊肉抓饭，于是又换了一只普通碗给老头。为了弄清原因，老头对泉中捞出的大南瓜说：“出来吧！”南瓜突然裂开，瓜瓤变成无数棍棒冲他打来。他赶忙说“快进去”，收起了棒了。朋友占了几次便宜，这次摆宴招待老爷爷。趁老人酒后睡去，朋友对南瓜说了“出来吧！”无数棍棒立刻出来打得他头破血流。他只得把所有宝贝还给了老头。老两口有了这些宝贝，过上了好日子。

神　　灯

维吾尔族宝物故事。采录于新疆。

阿拉赫丁的父亲去世后，西方的一个魔法师冒充他的叔叔来到他家，把他哄骗到一座山脚下，念咒语让大地裂开一条深沟。魔法师要阿拉赫丁沿着台阶走进地宫，将里面的一盏神灯拿出来。阿拉赫丁在地宫度过道道难关，找到了这盏神灯。因不肯把神灯交给魔法师，他被压在大地的底层。阿拉赫丁在地下受尽磨难，最后在猴精灵的帮助下回到地上，跟母亲团聚。后来，阿拉赫丁借助这盏神灯盖起宏伟的宫殿，跟国王的女儿结了婚。魔法师知道后，用一盏新铜灯换走这盏神灯，并借助这盏神灯的力量将他的宫殿和妻子迁到西方。猴精灵瞬间把阿拉赫丁送到西方，阿拉赫丁刺死熟睡的魔法师，立刻把宫殿迁回自己的家乡，和公主一起过上了幸福的生活。

库尔班和他的铜水壶

维吾尔族宝物故事。采录于新疆。

库尔班和村里最美的姑娘麻依斯罕相爱，因家里穷苦，他决定外出挣钱回来娶心上人。库尔班离家几年，还没挣到钱。有一天他干活儿挣了两个苞谷馕，看见树荫下躺的一个老人饿得呻吟。他立即掏出一个馕给老人，可老人吃完还喊饿，他把第二个馕也给了老人。老人拿出破铜水壶让库尔班去打水，喝完水以后，老人嘱咐他，以后需要什么就向铜水壶要，但切记，不该要的就不要向它要。说完，老人不见了。库尔班试着向铜水壶要了两个馕，壶盖一顶，冒出一股白烟，铜水壶边立刻出现两个白面馕。于是，离家三年的库尔班高高兴兴回家了，他向铜水壶要了粮食、种子和坎土曼，开荒种地。一年后，库尔班打下很多粮食，有了请客的钱，他请阿訇念经，和麻依斯罕结成美满夫妻。巴依闻讯要买铜水壶，库尔班当众向铜壶要了很多吃的穿的分给穷人，然后用铜水壶换回了巴依的大青马。巴依关上门，要的金子堆成小山还嫌不够。几天后，人们不见巴依出门，推门看见他被埋在满院的黄土里死了。

红　桑　葚

维吾尔族宝物故事。采录于新疆。

从前一位贪婪的皇帝听说戈壁上有一株桑树，每年只结一颗红桑葚，谁吃到它就能得到幸福。为了得到桑葚，他派一位大臣前去寻找。大臣在戈壁滩上走了五百天，碰见一位年逾二百五十岁的老人、一位每天能打到三百斤鱼的渔夫、一位富有的果园主人，他们都是吃了红桑葚才得到幸福的。这位大臣终于在戈壁滩上找到了那株桑树，守候三年，结出了一颗三斤多重、比石头还坚硬的红桑葚。可是皇帝和群臣用尽办法也劈不开，这时候皇后出来说："红桑葚呀，红桑葚！你愿意给谁幸福，那你就让谁吃了吧！"话音刚刚落，红桑葚便自动裂开了，里面跳出一个白胖娃娃来。他让皇帝把红桑葚壳煮成又香又甜的桑葚水，分给全体老百姓喝。结果善良的人都得到了幸福，而所有的坏人、奸臣以及皇帝本人却发疯身亡了。

牧工阿尼孜

维吾尔族宝物故事。采录于新疆。

牧工阿尼孜吹笛子很出色，但财主硬说他影响放牧，找碴儿把他打了一顿，还踩碎笛子把他赶了出去。这时候，阿尼孜向一位老人哭诉了自己的不幸遭遇，老人给他做了一支更精美的笛子，动听的笛音连森林里的动物听了都来围在他的身边。一天那个财主对三个儿子说，他梦见一只头顶上有一颗黑星星的雪白兔子，谁能捉来，家产就由谁继承。老大立刻出发，老人告诉他，林中放牧的阿尼孜会帮助他。晚上，老大按阿尼孜的条件，拿着一千串钱到树林里，看见很多小动物正在听阿尼孜吹笛，他一眼就看到那只兔子。老大接过兔子还没走出树林，就听见阿尼孜的笛声，兔子挣扎着跑没了踪影。此后，老二、老三也和老大一样，都白跑一趟。那个财主见白送了三千串钱，心里很不痛快，便亲自来到树林中。阿尼孜不等财主开口，马上吹起笛子。树林里的飞禽猛兽一起跑来，团团围住财主，吓得财主面如土色，大喊求饶。财主为了活命，不得不按阿尼孜的话，回家把一半财产分给了穷人，再不敢胡作非为了。

金　　鱼

维吾尔族报恩故事。采录于新疆。

有一个少年在河里网到一条闪光的金鱼，不忍带回去宰掉，便将它放生了。继父得知后非常生气，举刀要杀掉这个少年。他母亲好歹劝开才给儿子留一条生路，给了一袋馕让儿子逃跑。一个魁梧青年听了他的遭遇，像亲兄弟一样同他一起前行。他们来到一个城市，因付不起饭钱，老板将二人扭送王宫，国王以欺诈罪判处他们死刑。这时候，丞相提议派他们去营救被妖怪抢走七年的公主。二人在堆满尸骨的高山上，找到老妖婆的洞穴。老妖婆一口气把弟弟的马刀吹到天上，哥哥挺刀刺进她的咽喉，把老妖婆的脑袋劈成两半。他们见到公主，说明来意。突然间刮来一阵旋风，妖婆的儿子白妖和黑妖回来了。哥哥让弟弟保护好公主，只身杀死了两个妖魔。他们回到王宫，国王要将公主嫁给他们当中的一位英雄，他们相互推让。于是哥哥才说出他就是当年被弟弟放回河里的金鱼。国王为弟弟和公主举行了隆重的婚礼，不久弟弟便带着公主回到了家乡。在经过一条大河时，哥哥一下跳进河里变成金鱼，同弟弟和公主告别后立即离去。

秦铁木尔勇士

维吾尔族除妖故事。采录于新疆。

秦铁木尔勇士和妹妹佳尔恒苏鲁相依为命，靠狩猎为生。有一次，秦铁木尔要出外狩猎，临走叮咛妹妹不要轰鸡、撵猫，也不要把火熄灭，不要洗头。哥哥走后，妹妹架火洗头，撵跑扑灭火的猫和鸡。她去借火种，走进了一个老妖婆的家。老妖婆借捉虱子吸食姑娘的鲜血，并且天天追到家里去。哥哥回来，见妹妹佳尔恒苏鲁瘦弱无力，知道是七头妖婆害了她。秦铁木尔连忙挖好陷阱，当老妖婆踏进屋子时，他举刀将它的六个脑袋砍下落进陷阱里，剩下一个脑袋的老妖婆立即逃跑了。秦铁木尔穷追不舍，许久不见回来。有一天妹妹佳尔恒苏鲁到溪边，被外族汗王看上，强娶为妻。几年后，她有了两个孩子，但一直思念着哥哥，盼望和亲人团圆。汗宫外有一条大河，只有汗王的大青马能够泅过。佳尔恒苏鲁借口散心骑马渡过大河，当随从按她的要求把两个孩子投进河里后，她断了后顾之忧，愤然骑马而去。在路上，佳尔恒苏鲁遇到牧马、放骆驼的人，都说他们是在为瞎子秦铁木尔放牧。佳尔恒苏鲁把携带的神奇药物交给牧马人，使哥哥的眼睛复明。兄妹见面，各自倾诉了离别后的经历，从此过上美好的生活。

◇维吾尔族动物故事◇

狐狸的分配

维吾尔族动物故事。采录于新疆。

有一次老虎同狐狸、狼一同捕食，让狼分配猎物。狼说：“小兔子狐狸吃，野鸡我吃，大王吃黄羊。”老虎气得一耳光把狼的眼珠子打了出来，它又让狐狸来分配猎物。狐狸说：“兔子是大王的早餐，野鸡是大王的午餐，黄羊是大王的晚餐。”老虎听了十分满意，就问狐狸这样公正的分配是哪儿学来的？狐狸说：“我是从狼的眼珠子的教训中学到的。”

老狮子装病

维吾尔族动物故事。采录于新疆。

有一只狮子老了，猎食困难。它躺在窝里说自己病了，招呼众兽来看它。野兽们三三两两来探望，无一生还。一天，狐狸来看老狮子，站在洞外问候。老狮子有气无力地说：“我的病越来越糟，你进来坐一会儿，我们也好聊聊。”狐狸说：“我是想进来，但我只看到野兽们进洞的脚印，却没看见出来的脚印。”不管老狮子表现得多么亲热，狐狸还是说：“是您肚子饿了吧，狮子大哥，再见！”

聪明的獾让狼上当

维吾尔族动物故事。采录于新疆。

有一回狼在戈壁上找食，碰到一只獾，狼扑上前就要吃獾。獾镇定地说：“你要像你爸爸那样吃我们才对呀！它叼起我们，往路这边扔三次、那边扔三次才吃哩。”于是狼学着爸爸的样子叼起獾，刚扔到路边，獾就钻进附近的洞里去了，它大声说：“哈哈！我聪明的爸爸就是这样骗了你的爸爸，救了自己的！”

明日不要钱

维吾尔族动物故事。采录于新疆。

狐狸开饭馆，生意不如意。它为了招揽顾客，便贴出告示道：“凡来本店进餐者，明日不要钱！”鹅看到后，决定明天去吃一顿。第二天，狐狸端上一盘饭，问鹅有钱吃饭吗？它让鹅再念一遍告示，说上面并没有讲今日不要钱哪。鹅才明白，狐狸说的是那个永远也等不到的“明日”。

勇敢机智的两个伙伴

维吾尔族动物故事。采录于新疆。

商队的骆驼和毛驴快要累死，队伍便决定把它们放进山里，返回来的时候再带走。山中的清泉和嫩草使骆驼和毛驴两个伙伴很快就恢复体力，变得身强体健。一日，狐狸和狼商量着如何吃掉骆驼和毛驴。狼对骆驼和毛驴凶狠地说：

“你们吃了我的草！”狐狸说：“我证明狼是草地的主人！”并且无端要骆驼和毛驴伸出舌头来闻一闻，以便乘机将它们咬死。骆驼和毛驴看出它俩的诡计，当狼走到跟前时，骆驼趁其不备撞瞎了狼眼，毛驴又狠狠地踢狼的肚子，狼连气也没出就死了。狐狸一看情况不妙，立刻夹着尾巴逃走了。毛驴笑道：“死在地上的是草地的主人，吓得逃跑的是公正的证人。”

愚蠢的狮子

维吾尔族动物故事。采录于新疆。

山洞里的狮子被蚊子叮得睡不着觉，蚊子向狮子提条件，只要它帮助蚊子消灭敌人，蚊子就不叮它了。可是狮子吃掉很多青蛙、壁虎、螳螂后，洞里蚊子更多，叮得更厉害。蚊子又要狮子帮助消灭水中的敌人，狮子跳进水里抓了许多鱼和蝌蚪，谁知晚上蚊子更多了。蚊子又要狮子帮助消灭空中的敌人，狮子无奈地望着空中正吃蚊虫的燕子、蜘蛛、蜻蜓和蝙蝠，想弄清楚吃它们的原因。它们笑着对狮子说：“你把蚊子的天敌都消灭了，蚊子不就更多了吗？”愚蠢的狮子这才明白过来。

老虎拜师学本领

维吾尔族动物故事。采录于新疆。

高大的老虎因懒惰只能捡动物尸体度日，它请求狐狸教它捕食的本领。狐狸引诱它，让它险些掉进陷阱。老虎又去请求狼传授捕猎的本领，狼将它打得头破血流。猫听了老虎的遭遇后，答应向它传授本领。老虎跟着猫刻苦学习奔跳堵袭的各种技术，很快便能捕获食物，身体也一天天强壮起来。狐狸开始挑拨猫虎关系。一日师徒俩走在林中，老虎趁其不备，猛地向猫扑去。机警的猫没命地逃跑，最后爬上一棵大树。老虎怒吼道：“你为什么不教我爬树！”其实猫早有提防，留了一招才保全了性命。从此以后，猫便永远离开了老虎。

乌鸦洗嘴吃雪鸡

维吾尔族动物故事。采录于新疆。

一天，雪鸡和乌鸦比赛飞行，商定赢家吃掉输家。乌鸦赢了，雪鸡嫌乌鸦的嘴又黑又脏，要它洗干净才能吃。乌鸦飞到小溪边讨水洗嘴，小溪嫌它嘴脏，要它用碗舀水来洗嘴。乌鸦飞到黏土地上要土做碗去舀水，黏土嫌乌鸦的嘴脏，要它用鹿角来掘土。乌鸦找到小公鹿，小公鹿要它先喂自己一捆苜蓿草。乌鸦飞到苜蓿地，苜蓿草让它拿镰刀来割。乌鸦找到铁匠铺，铁匠把镰刀挂在它脖子上。乌鸦刚飞上天空，镰刀的锋刃就割断了它的脖子。

大象之死

维吾尔族动物故事。采录于新疆。

大象身体肥大，从来不把小动物放在眼里。一日它去湖边喝水，踩死了云雀的一窝幼儿。云雀来责问大象，它还傲气十足，不理不睬。云雀向林中朋友诉说自己的不幸，大家便一起商订了复仇计划。这天，大象正在酣睡，啄木鸟趁机啄瞎了它的眼睛。大象渴得要命，无法到湖边，只好循着青蛙的叫声去找水。青蛙故意在陡峭的山沟里叫，大象在沟边伸长鼻子喝不上水，便想跳下深沟喝个够。于是它纵身扑进九丈深谷，结果送掉了性命。

公鸡告状

维吾尔族动物故事。采录于新疆。

有一次公鸡找熊告状，说狐狸任意残害鸡族，它们日夜提心吊胆，过不上一天安稳日子。熊答应收拾狐狸。狐狸用鸡毛做个软垫，送给熊说，为了捡鸡毛给您做垫子，经常遭鸡的造谣中伤。熊坐在舒服的软垫上大骂公鸡无事生非。公鸡又找狼告状，狐狸做了一只鸡毛枕头献给狼，狼立即让公鸡滚开。狐狸因此越来越嚣张。公鸡无奈，只好去牧羊犬那里告状。狐狸做贼心虚，又缝了鸡毛褥子去献礼。猎犬心明眼亮，当场处死了这个作恶多端的家伙。

冒牌陶斯艾来英

维吾尔族动物故事。采录于新疆。

森林里的一只熊擅自离开伙伴，半夜溜到庄子上去偷吃食物，结果掉进一个染匠的颜料桶里。它爬出来后，浑身的毛在太阳光下出现七十种不同的颜色。于是，它冒充“陶斯艾来英”（古代一种色彩斑斓的猛兽），到处造谣生事，挑拨离间，折腾得森林里不得安宁。后来，它的真面目终于被识破，大伙立即将它打死。从此，森林里各种动物又开始过着亲密和睦的日子。

兔子智斗老虎

维吾尔族动物故事。采录于新疆。

森林里有只凶猛的老虎，每天都要吃一只小兽。这天轮到吃兔子了，兔子故意迟到，说它在路上遇到了一只跟老虎一模一样的坏家伙，拦劫住要吃它，纠缠了半天。老虎听了信以为真，要去找那个混蛋算账。兔子带老虎来到一口井边，说那个家伙躲在了井里。老虎往井中一看，果然里面有只龇牙咧嘴的老虎。它一气之下朝井里扑去，结果死在井里。从此，森林里的小兽们过上了平安的日子。

◇维吾尔族写实故事◇

正确的判决

维吾尔族案狱故事。采录于新疆。

从前有个穷人出外谋生，过河时身上没钱，答应船公从每条大腿上割二两肉作为报酬。穷人为了不挨那两刀，上岸后便跑。这时，听到有人喊他拦住狂奔的骆驼，他拾起石头，却打瞎了骆驼的眼睛。船公和赶驼人一起追赶这个穷人，他翻过一堵墙，落在一个后生多病的父亲身上，让病人当场毙命。后生决心捉住他，替父报仇。穷人连闯三祸，一直朝王宫跑去。国王审问后，同情穷人的遭遇，便做出判决：赶驼人和后生，在同样被人追赶的情况下，用同样的方式去报复穷人。二人无法做到，便放弃了复仇的念头。国王体谅到船公的难处，就从口袋里面掏出一块金币给了船公，随后又给了这个穷人一些钱，让他好好过日子。

一只母鸡

维吾尔族破鸡辨食型故事。采录于新疆。

有一个农夫夹着自家的母鸡进城去卖，到市场上正和买主谈价钱，鸡便从胳肢窝掉在地上，跑进富翁家大院里。农夫进院里捉住鸡要走，富翁抓住他硬说他是小偷，立刻扭送到县衙。县官听了经过，询问双方早晨给鸡喂的什么，然后令侍卫开腔破肚。从鸡嗉子里掏出的全是农夫说的麦麸，不见一粒富翁说的玉米。县官判道："鸡属农夫。富翁犯了诬陷罪，立即挂着死鸡游街，并且赔偿农夫十只鸡。"

一块黄金

维吾尔族弃老复归型故事。采录于新疆。

从前有一个十分残暴的国王，他曾经下命令，人过了五十岁统统杀掉。有个侍仆的哥哥年过五十，他连夜把哥哥藏到山洞里面。有一天，这个国王外出打猎，走到湖边上，发现湖底有一大块闪光的黄金，便命随从去打捞。可是当大家跳下湖里后，黄金就不见了，因此触怒了国王。这个侍仆急忙去找山洞里的哥哥。哥哥告诉他，黄金在西边山上，映在水里的只是影子。国王派人在西山上找到了黄金。国王问侍仆怎么知道的？他只好实说。国王这才意识到老年人经验丰富，从此废除了那道杀老年人的残酷命令。

木匠和画匠

维吾尔族天官请柬型故事。采录于新疆。

有一年，木匠和画匠在王宫里修建楼台殿阁，木匠忠厚善良，画匠心胸狭窄，嫉妒木匠，想害死他。老王去世，新王即位。一天画匠对国王说，他梦见老国王要他转告国王，速派木匠去天堂修造宫殿。国王信以为真，决定用火烧死木匠，送他上天宫为亡父修造宫殿。木匠从自己家里挖了一条地道通到柴堆底下，从地道返回家里，一直没有露面。有一天天亮前，木匠爬上国王的房顶，来回猛劲儿奔跳，把国王惊醒了。木匠说他已把老国王的宫殿修好了，老国王要让画匠去天堂为建筑物描画装饰。国王听了，立即命令全城百姓打柴七天，堆成柴山，点着火把画匠送上了天。

国王和诙谐者

维吾尔族机智故事。采录于新疆。

有一次，国王命令大臣在城里寻找诙谐的人：能够逗国王笑赏一百金币，否则赏一百板子。大臣找了很多能说会道的人，都因不能逗国王笑，挨了板子关进监狱。一天大臣领着一个把大家逗得捧腹大笑的人，在路上和他谈妥，如得到国王赏赐，二人各得一半。来到王宫，诙谐者讲了许多笑话奇谈，国王非但没笑，反尔怒气冲天，令卫士推出去打一百板子。当打到五十下时，这人对国王说："路上大臣要我把一半赏赐分给他，根据我俩的诺言，请把剩下的五十大板如数给大臣吧！"国王看着大臣的尴尬相，咯咯笑了，令卫士狠揍大臣五十板子后，付给诙谐者一百金币。

胡大板尔狄

维吾尔族机智故事。采录于新疆。

有一年春天，胡大板尔狄老爷爷和孙子居玛汉在山脚下垦出两亩荒地，种上了哈密瓜。他们辛勤管理，长出了又大又甜的哈密瓜。有天国王和大臣打猎经过这儿，他们说一切东西是真主给的，于是白吃了几个瓜，还带走了几个。傍晚，居玛汉从巴扎上卖瓜回来，听爷爷讲了当天发生的事情，决心要收拾国王一下。第二天国王又带上王后和王子，由丞相陪同骑着马来了。他们填饱了肚子，又带着瓜不付钱便走。可是，他们拴在地头老树上的四匹马不见了。国王非常生气，大骂胡大板尔狄，一定要他赔马。这时候居玛汉出现在国王面前，他说马是真主给的，他已经骑回庄子上宰掉了。国王一伙感到理亏，无言以对，只好放下瓜徒步返回王宫。

聪明的姑娘

维吾尔族机智故事。采录于新疆。

七十岁的老皇帝妻妾成群，还想着要娶一个穷人家的漂亮姑娘。那姑娘对皇帝派来的媒人说："我要二十只狼，三十只豹子，四十只狮子，六十匹骟马，七十斤棉花，八十根木桩做嫁妆，准备好了就举行婚礼。"皇帝认为区区小事，满口答应。在一旁干活儿的仆人不禁笑了起来，他对皇帝说："那个姑娘要嫁妆的意思是，人满二十机敏如狼，三十强壮如豹，四十威风如狮，但是人到六十软弱无力像骟马，七十松软如棉花，八十就只需抬死尸的木桩了。"皇帝想想的确如此，一气之下竟命丧黄泉。

诡计落空

维吾尔族机智故事。采录于新疆。

哈米提和妻子生活贫困，但夫妻恩爱，毛拉十分嫉妒。有一个冬天，哈米提在林中空地上看见两个大西瓜，摘了一个抱回家。夫妻俩舍不得吃，卖给了最有钱的毛拉。毛拉听说林中还有一个，就说："只要摘来，你的手碰到我家任何东西，就当西瓜的代价给你；如摘不来，我就去你家，手碰到什么就给我什么。"哈米提猜出了毛拉的诡计，把长西瓜的地方告诉妻子后就赶往林中。谁知夫妻对话被毛拉的随从偷听到，先一步摘走了西瓜。哈米提走到河边，救起一位落水的老人，老人帮他出了个妙主意。哈米提回家安排好，请来毛拉。毛拉双手背后寻找美人，听到屋顶上有声音，迫不及待就上梯子。到第三级梯子摇晃起来，毛拉赶紧抓住了梯子。哈米提当着乡亲们说："你碰到了最喜欢的东西，就把这张木梯背走吧！"说着，把梯子驮在毛拉背上，立即把他推出家门。

鲁克玛巧织地毯

维吾尔族工匠故事。采录于新疆。

有个巴依的独生女布罕健尔，因不听从父亲的摆布，被赶出家门。她来到一座繁华的城市，与卖地毯的小伙子鲁克玛相爱，结为夫妻。过了十年，夫妇俩靠卖地毯积攒了一大笔钱。有一次鲁克玛去外地旅游，一伙强盗抢去他的马和货物，将他带到强盗盘踞的山洞里。鲁克玛织了条大地毯，八个强盗带进城拿到他家的地毯铺里去卖。布罕健尔细心地看过地毯上织的图案后，明白了一切。她出高价买下地毯，设计将八个强盗锁在屋里，接着请来鲁克玛的好朋友，每人骑了一匹骏马，由她领着直奔强盗住的山洞。经过三天三夜的厮杀，他们全歼强盗，救出了鲁克玛，又返回城里，砍死关在屋里的八个强盗。鲁克玛为报答伙伴们的救命之恩，将织地毯的技术传授给他们。鲁克玛深得民望，跟妻子儿女靠织地毯幸福地过了一辈子。

大铜锅

维吾尔族工匠故事。采录于新疆。

有个农夫带着一口祖传的大铜锅，到铜匠铺里叫铜匠给他改铸成两个小锅。铜匠见农夫是个老实人，便起了贪念。一星期后，他告诉农夫，铜不太好了，不够打两口锅，农夫只得同意打成一口锅。但是一周后铜匠又说一口锅也打不出来。就这样，又改成打铜壶，铜壶改成铜勺，铜勺改成铜锥，都说打不出来。农夫看出铜匠的鬼把戏，决心要出这口气。铜匠自得一口大铜锅，满心欢喜，约徒弟一起再去讹些工钱。铜匠一人进屋，农夫将他搡倒，举棍便揍，大声问："这么多行了吧？"徒弟以为农夫在付工钱，按师傅的约定，说道："不，太少了，再给一些！"农夫又狠揍起来，直到把铜匠打得半死，才让徒弟进屋。在回去的路上，铜匠责骂徒弟没有救他，徒弟说："谁知道他给的不是苞谷，而是木头棍子呢！"

一块金砖

维吾尔族美德故事。采录于新疆。

一个农夫要去做手艺，便把土地卖给邻居。邻居犁地时挖出一块金砖，就去还给那个农夫。农夫认为，他耕种多年从未碰到过这块金砖，邻居运气好，理应归邻居。二人相让不下，便到了国王那里。国王非常感动，决定让他们结为儿女亲家，金砖等孩子结亲后使用。过了几年，农夫和邻居相继去世，两家儿女按父亲的约定结为夫妻。一位长者拿来金砖，告诉他们国王的指示。青年夫妻认为不能坐享其成，便去献给年轻国王。年轻国王被两代人的纯洁心灵感动，按老大臣的建议，将金砖买了大片果园，让所有平民百姓世代享用。

牧　工

维吾尔族惩恶故事。采录于新疆。

从前有个富商要带儿子出门，便将女儿寄托在经文教师大毛拉家里。毛拉因调戏姑娘未遂恼羞成怒，便写信给富商诬告这个姑娘。富商见信，便吩咐儿子去杀死伤风败俗的妹妹，可是儿子却放走了妹妹。这个姑娘流落在外，被王子发现并与其结为夫妻。五年后，姑娘要带一双儿女回去看望父亲，王子派大臣的儿子前去护送。大臣的儿子心怀歹意，途中杀死了王子的儿女，企图霸占这个姑娘。姑娘假装同意，半夜扮成男子骑马逃走了。大臣的儿子没有得逞，只好回去报告王子，说他的妻子杀死儿女逃走了。姑娘跑哇跑，碰见父亲家的牧工，便与牧工换衣，回到家中，正巧遇到寻找到这里来的王子。化装成牧工的姑娘立刻向他们讲述了自己的辛酸遭遇。真相大白后，王子处死了大臣的儿子和大毛拉，终于与爱妻、岳丈一家团聚。

三条遗嘱

维吾尔族家庭故事。采录于新疆。

有个老汉临终前，把三个儿子叫到身边交代后事。他说："我的第一条遗嘱是希望你们和睦；第二条遗嘱是吃干馕没味儿时就蘸蜂蜜吃；至于第三条遗嘱，我现在不告诉你们。如果你们遇到困难，就去问母亲。"说完，便去世了。他们一家和睦，日子过得不错。但没过几年，不多的家产吃光了，果园也荒芜了。这时，母亲告诉三个儿子，在果园里不知哪棵树下有一袋元宝。三个儿子卖力地挖起来，饿了吃干馕不蘸蜜也觉得很香甜。他们把每棵树下的土都翻了一遍也没找到，但荒芜的果树却又结满了果实。这时母亲才说："你父亲要我告诉你们的第三条遗嘱就是，只有依靠劳动，才能够解决一切困难。"

卖树荫

维吾尔族财主故事。采录于新疆。

从前，有个巴依家坐落在通往巴扎的大路旁边，门前有一棵高大的桑树。过往行人坐在树荫下歇脚纳凉时，巴依总是要把他们轰走。村里有个年轻人，跟几个穷朋友凑了四百块钱，买下了那棵桑树的树荫，从此在树下拴驴睡觉，唱歌跳舞。一天，这个巴依在院内树荫下请客，一群人赶着毛驴进来纳凉，使他颜面丢尽。当桑树的树荫转落在巴依院中和屋顶上时，青年和他的伙伴们又到院中和屋顶上弹琴唱歌。巴依无可奈何，只好把落在院内的树荫和月光下房顶上的阴影一点点再买回来。左邻右舍耻笑他，家人埋怨他，这个巴依只好搬家，远走他乡。从此以后，这一棵桑树的树荫也就永远属于大家了。

富翁和仆人

维吾尔族财主故事。采录于新疆。

有一天，一个富翁骑马到外乡赴宴，他把仆人撇在门外独自进去狼吞虎咽。饭后主人送客，看见门外的仆人，深表歉意。富翁却说："没什么，我吃了就和他吃了一样。”回家的路上经过一条大河，仆人自己先游了过去，财主惊问仆人为何不驮他过去？仆人回答道：“没什么，我游过来就和你游过来一样。”

农家姑娘

维吾尔族巧女故事。采录于新疆。

农夫从外面回来，告诉女儿，国王要让她用石头做件衣裳。这个姑娘让父亲转告国王，要国王砍下胳膊来量衣服。国王不服输，又让农夫拿二十个熟鸡蛋孵小鸡。这个姑娘毫不在乎，与父亲吃了鸡蛋。一周后她把小石头装进茶壶，让父亲转告，小鸡已孵出，要国王嚼碎石子喂小鸡。国王不解，这个姑娘说：“石子不能嚼碎喂小鸡，又怎能缝衣给人穿？”国王得知这都是农夫女儿的主意，便又出了一个更大的难题。次日，姑娘身穿渔网，骑着绵羊来见国王，说：“遵国王命令，我没穿衣也没裸体，没步行也没骑马就来了。”她捧着麻雀献给国王，一松手麻雀飞去：“这就是我带了礼物又没有礼物。”国王对这个农家姑娘的聪明十分钦佩，立即封她为右大臣。

聪明的其满汗

维吾尔族巧女故事。采录于新疆。

从前有一个汗，听说他的辖区里有个很有才学的人，便叫这个人来提了四个问题：世界上什么东西变化最快？什么东西最辣？什么东西最甜？什么东西最硬？汗对他说：“限你三天内回答，如答不出来就杀死你，回答出来就叫你做大臣。”有才学的人把知己朋友请来，大家各抒己见。他的女儿其满汗站起来，说了自己不同的看法。父亲听了女儿的答案很满意，就去见汗。汗十分惊奇，当得知是他女儿想出来的主意后说：“把你女儿叫来，叫不来就要杀你；她来了，进了房子或站在外面，我也要杀你。”父亲难过地回到家，其满汗安慰父亲后来到王宫。她站在门槛上给汗行礼，说：“陛下，按你的条件，我没有站在外面，也没有进你的房子，就站在这里了。”汗问：“你教父亲的话是从哪里知道的？”其满汗说：“世上变化最快的是人心，因为人一眨眼工夫可以想很多问题；世上最辣的是仇人，因为我看到有两个人互相用刀子拼杀，原来他们早已结下仇恨；世上最甜的是同胞兄弟，我的两个舅舅白天打得头破血流，晚上就肩靠肩很香甜地睡在一起；世上最硬的是贫穷，一天我父亲不在家，来了一个远方客人，我家穷得连一碗茶也烧不成。”汗听了无话可说，只得让其满汗的父亲当了大臣。

◇维吾尔族机智人物故事◇

阿凡提的故事

维吾尔族机智人物故事群之一。流传于新疆各地。是维吾尔族影响最大、艺术成就最高的一个机智人物故事群，在中国各民族机智人物故事中至为突出。它同时在哈萨克族、柯尔克孜族、乌孜别克族、塔吉克族中流布，并为中国各民族人民群众所熟悉和喜爱。关于他的作品达七八百篇，广泛反映了维吾尔族等民族旧时社会的社会生活、宗教信仰、风土民情，生动地表现出人民群众的爱憎、崇尚和愿望，具有浓郁的民族特色和地方特色。其名篇甚多，为人们熟知的作品有《金钱与正义》《种金子》《马飞上天空去啦》《高利贷》《给大阿訇理发》《洒油扫院》《巴依当驴》《算鸡账》《别渴着它了》《纪念》《蘸着脸吃馕》《买油》等。有《阿凡提的故事》《纳斯尔丁·阿凡提的故事》《阿凡提故事全集》等。中国的阿凡提故事，与土耳其等国的霍加·纳斯列丁的故事、毛拉·纳斯尔丁的故事等同源异流。

金钱与正义

维吾尔族机智人物故事。

有一天，国王问阿凡提：“金钱和正义你愿选择哪样？”阿凡提回答：“金钱。”国王说：“我要正义，决不要金钱。正义可是不容易找到的呀！”阿凡提说：“谁缺什么就要什么，我的陛下。您想要的正是您最缺少的呀！”

种　金　子

维吾尔族机智人物故事。

有一次，国王外出打猎，看见阿凡提正坐在黄沙滩上筛东西。国王问他在干啥？他说在种金子，现在种下去，过几天就可以收割。国王一听很动心，连忙提出与阿凡提合伙种金子，二八分成，种子不够随时到宫里去拿。第二天阿凡提从宫里拿走两斤金子，刚过一个礼拜就给国王送去十来斤金子。国王见了乐得合不上嘴，立刻吩咐手下人从库里取出几箱金子，交给阿凡提去种。一个礼拜后，阿凡提哭丧着脸来告诉国王，这几天滴雨未下，种下去的金子干死了。国王骂他胡说八道。阿凡提说："咦，这就奇怪了！您要是不相信金子会干死，怎么又相信金子种上能长呢？"国王听了，再也说不出话来了。

马飞上天空去啦

维吾尔族机智人物故事。

国王想飞上天去玩玩，让阿凡提出主意。阿凡提表示，只要把国王的枣红马送到高山上用一种草药喂养一年，马就会长出翅膀，那时国王骑上它一切都能如愿以偿。国王一听很高兴，便赏给阿凡提一褡裢金子，让他把枣红马牵去喂养。阿凡提回家后立刻动手把马宰掉吃了。快满一年时他去见国王，扬扬得意地说枣红马已长出翅膀。国王问他为啥没把马带来。他说："我倒是带来了，可走在半道上，它拍打拍打翅膀飞上天去啦！"国王一听目瞪口呆，阿凡提说了声"再见"便扬长而去了。

察　狱

维吾尔族机智人物故事。

有一天，国王带着阿凡提到牢里去查看，问来问去只有一个人真正犯了罪。阿凡提说："陛下！请您立刻下令将此人撵出去吧，他怎么混进来了？您的牢狱要囚禁的是另外的那些人呀！"

它在笑您的马

维吾尔族机智人物故事。

有一次，国王和阿凡提一起出去打猎。在外住宿时，国王为了捉弄阿凡提，半夜偷偷把他的马嘴唇割掉一块。次日清早阿凡提发觉后，一声没响，趁国王不注意时，连忙割掉国王那匹马的尾巴。上路以后，国王指着阿凡提的马大笑道：

“阿凡提，怎么你的马老是咧着嘴笑呢？”阿凡提说：“陛下，它在笑您的马怎么没有尾巴呢？”

四　条　腿

维吾尔族机智人物故事。

阿凡提害了眼病看不清东西。国王取笑他：“你不论看什么都把一件看成两件。你本来穷得只有一头驴，现在可有两头了。”阿凡提说：“真是如此，陛下！比如我这会儿看您就有四条腿，跟我的毛驴一样。”

想在一起了

维吾尔族机智人物故事。

有一次，国王到民间查访，走进阿凡提家的油坊里。国王见拉着磨转的驴子脖颈上吊着一个铃铛，便问阿凡提那是干吗的？阿凡提说：“我走乏时闭眼躺在炕上，如果驴偷懒站下，铃铛就不响了，我立刻起来抽着让它走。”国王说如果驴停下光摇响铃铛不走路，你不就可以安睡了吗？阿凡提笑道：“哇咿，伟大的国王！您的智慧惊人，和我的驴子想在一起了！”

真的没有了

维吾尔族机智人物故事。

有一天，国王和大臣打猎归来口干舌燥，到阿凡提家门口直嚷着要酸奶子解渴，态度蛮横。阿凡提空着手慢吞吞走出来行了个礼，然后说他家的酸奶子已经喝光，一滴不剩了。国王和大臣扫兴而去。当他们走了很远很远时，阿凡提忽然提着盛酸奶的罐子，站在屋顶上高声把他们叫了回来。当他们兴冲冲赶到后，阿凡提却把罐子倒过来说：“实在对不起，请看看这罐子吧，酸奶子真的没有了。”

信　兔

维吾尔族机智人物故事。

有一次，阿凡提把自己养的一只兔子带到皇宫里去卖，说是一只信兔，要价一百元。国王要试试真假，便命阿凡提派兔子去说国王即将驾到，让他妻子准备抓饭和奶茶。阿凡提当场把兔子放走了。等他带着国王到家里时，餐桌上的黄铜盘内盛满香喷喷的抓饭和热腾腾的奶茶，兔子正在院墙旮旯里蹲着。国王见了十分开心，立即用一百元买下这只兔子。第二天京城里的饥民成群结队拥进皇宫。国王吓得发抖，立刻让信兔去通知文武百官火速赶来保驾。谁知兔子一趟跑到阿凡提家中去了。饥民们趁机把宫廷粮仓里的粮食扛走了。

国王和毛驴

维吾尔族机智人物故事。

有一次，国王要阿凡提在十年内把他的毛驴培养成一位毛拉（伊斯兰教宗教学者），否则就砍脑袋。阿凡提要了一枚金币的报酬，骑着国王的毛驴回到家中。他妻子听说此事吓坏了，他却满不在乎地说："妻呀，你甭害怕！十年后毛驴不死，国王定死！"

身不离鞍

维吾尔族机智人物故事。

有一回，国王命令阿凡提骑着马，身不离鞍地把一位大臣叫来。阿凡提赶去时，见大臣正在请客，便下马骑着鞍子进去，坐在鞍子上吃了起来，等吃饱肚子才传达国王的命令。大臣抱怨说："你没早讲，要是国王发脾气怎么办？"阿凡提说："我并没违反国王的命令啊！我身不离鞍地把圣旨传给你，这有什么错呢？"

训斥毛驴

维吾尔族机智人物故事。

有一天，王宫前人山人海，鸦雀无声，国王后面站着一个诗人，正扯开嗓子念歌颂国王的诗章。突然，阿凡提牵的毛驴高声叫起来。卫士们立即端枪搜寻犯罪者，民众乱成一片。阿凡提趁乱把驴牵到墙角，训斥道："长耳朵蠢货，你要歌颂国王，就好好作首诗，何必大动肝火！还是夹紧尾巴谨慎点儿好。"

我是公鸡

维吾尔族机智人物故事。

国王为嘲弄阿凡提，唤来四十个老百姓，给每人拿一个鸡蛋。阿凡提来了，国王说："你们每人给我下一个鸡蛋，下不出来就要罚一千个。"于是，四十人举起手中鸡蛋，还模仿母鸡"咯咯哒，咯咯哒"地乱叫。国王责问阿凡提为何不下蛋，阿凡提说："陛下，我是只公鸡。"说着"喔喔喔"地啼起鸣来。国王无言以对，竟呆若木鸡。

当了官就瞎眼啦

维吾尔族机智人物故事。

阿凡提少年时代的一个朋友在京城里当了大官，阿凡提特地从家乡去看他。可是那个当大官的朋友怕丢了自己的面子，假装不认识，问阿凡提找他干吗。阿凡提可气坏了，说道："我听说你眼睛有毛病，特来看你。原来你当了官就瞎了眼啦！"

亦好亦坏

维吾尔族机智人物故事。

阿凡提在巴扎（集市）上摆小摊时，伯克（地方上的官员，相当于现在的区长）来问他生意如何？阿凡提说他的生意亦好亦坏，伯克不解其意。阿凡提解释道："阁下，我如说买卖很好，就得受你盘剥——你一定会狠狠抽税；我要说买卖很坏，又要受妻子指责——她就会嘟嘟囔囔、骂骂咧咧没个完。因此我只能说亦好亦坏呀！"

高利贷

维吾尔族机智人物故事。

阿凡提急需十块钱，借贷无门，只好去祷告，求胡大（真主）开恩。还没祷告完，百户长便上门来收修礼拜寺的五块钱派款。阿凡提大吃一惊，叹道："哎呀！我的钱还没有借到，就有人来收利息啦！”

魔鬼的脸

维吾尔族机智人物故事。

有一次，喀孜（宗教法官）问阿凡提：“人们都说魔鬼长得最凶最丑，是真的吗？”阿凡提答道：“你去照照镜子就知道啦。”

智　慧

维吾尔族机智人物故事。

有人向阿凡提吹嘘新来的喀孜是个很有智慧的人。阿凡提说：“可能的，因为他很少用智慧，所以他脑子里装满了智慧。”

本来就无理智

维吾尔族机智人物故事。

有一天，几个人惊慌地告诉阿凡提，听说城里的喀孜丧失理智了。阿凡提大惑不解，说道：“喀孜本来就毫无理智，他又怎么会丧失理智呢？”

女人的话

维吾尔族机智人物故事。

喀孜经常劝诫男人不要听女人的话。有一天阿凡提跑去问他，女人的话到底能不能听？喀孜回答：“女人的话可千万听不得呀！”阿凡提说：“我家有一只羊，我女人说要送给你，我说不送，多谢你帮我决断了。”说完转身就走了。喀孜马上追去对阿凡提说：“不过——女人的话有时候也可以听。”

不跟你在一起

维吾尔族机智人物故事。

有一天，喀孜问阿凡提死后想上天堂还是愿入地狱？阿凡提反问喀孜愿到哪儿，喀孜回答："我一生行善积德，我是会上天堂的。"阿凡提立刻说："那么我就去地狱，横竖我不跟你在一起！"

祈　　祷

维吾尔族机智人物故事。

阿凡提当鞋匠时，有一天一个专靠给别人祈祷为生的大毛拉来缝皮袜子，要求晚一天都不行。他威胁说："你现在就给我缝！不然我就给你念一个置人于死地的黑经！"阿凡提说："假如你的祈祷真有那么灵验，你就应该给你的皮袜子做个祈祷，叫它永远也不烂好了。"

肚子在诅咒

维吾尔族机智人物故事。

在斋月里，阿凡提去清真寺做昏礼（又叫"日落祷"，在太阳刚落山时举行），做完礼拜毛拉没完没了地讲起经文来。一位朋友听见阿凡提的肚子饿得咕噜咕噜直叫，便问他肚子在说啥？阿凡提说："它在诅咒：此刻真主让毛拉的嗓子变哑多好哇！"

贵　　人

维吾尔族机智人物故事。

有一次，阿凡提到一个毛拉家做客，主人只顾讲起城里贵人的趣事，连水也没给客人倒一碗。到天黑阿凡提饿得受不了了，便打断主人的话，问道："那些贵人也不吃饭吗？"

给大阿訇理发

维吾尔族机智人物故事。

大阿訇常到阿凡提那儿理发，却从来不给钱。阿凡提很生气，决定狠狠整他一下。一天大阿訇又来了，刮脸时阿凡提问他要眉毛吗？他说："当然要！这还用问。"阿凡提立即把两道眉毛刮下来递给他，气得他说不出话。接着阿凡提又问他要胡子吗？他忙说：“不要，不要！”阿凡提又“嗖嗖”几刀把他的胡子刮下来，甩在地上。大阿訇在镜子里见自己的脑袋简直像个光溜溜的鸡蛋，气得大骂起来。阿凡提说：“得啦，这不都是照您的吩咐做的吗？要是依我的话，连您的头发我也不愿剃哩！”

还是您叫醒他吧

维吾尔族机智人物故事。

有一天做罢礼拜，伊玛目（伊斯兰教集体礼拜的领拜人）正在没完没了地讲经，阿凡提身旁的一个人睡着了。伊玛目让阿凡提把那人捅醒，阿凡提说：“是您让他睡着的，还是您自个儿叫醒他吧。”

劳　驾

维吾尔族机智人物故事。

阿凡提赶集回家时，在路上遇着同村的伊玛目。他请伊玛目帮他把袷袢捎回去。伊玛目问他到村里把袷袢交给谁，他说交给我自己好了。伊玛目问道：“我到哪儿找你呢？”阿凡提说：“用不着您找啊，我自个儿不是在袷袢里面吗？”

洒油扫院

维吾尔族机智人物故事。

阿凡提小时候给村上的巴依（财主）打扫院子，到了年底巴依想把一年的工钱赖掉，除夕这天，他吩咐阿凡提不准洒一点儿水扫地，扫完后院子里还得湿漉漉的，要是办不到休想领走工钱，而且明年也不会再要他干活儿了。巴依说罢便上巴扎（集市）办年货去了。阿凡提扫完院子后，就把巴依家的油葫芦统统搬出来，满院子都洒上油。巴依下午回来一看，气得直嚷嚷。阿凡提说：“老爷！院子里不许洒水，可又得湿漉漉的——我完全是照你的吩咐办的呀！快付给我工钱吧！明年你就是再想请我，我也不干啦！”巴依无话可讲，只好把工钱付给阿凡提。

不 奇 怪

维吾尔族机智人物故事。

阿凡提的邻居是个爱财如命的巴依。有一天，阿凡提听见巴依在向胡大祈祷金钱，便从天窗眼里扔进去一块银圆。次日巴依到他面前炫耀，当他听巴依说到银圆而忘记感谢胡大时，装着吃惊的样子说：“糟啦！那您就等着胡大的惩罚吧！”等巴依再次向胡大祈祷时，阿凡提从天窗眼里倒进一罐恶蜂，蜇得他满头红疙瘩，脸肿得跟葫芦一样。第二天阿凡提见到巴依直夸他好福气，一夜工夫就长胖了。巴依忙说是夜里上厕所时不小心跌了一跤，才成了这个样子的。阿凡提笑道：“唔！如果真的如此，这不奇怪！”

谁 的 嘴 馋

维吾尔族机智人物故事。

有个巴依想嘲弄阿凡提。他请阿凡提和大伙吃哈密瓜时，边吃边把自己啃过的瓜皮放到阿凡提跟前。吃完后，他大惊小怪地嚷道：“大家快看！阿凡提面前有那么多瓜皮，他的嘴多馋哪！”阿凡提笑道：“大家看看究竟谁馋吧！我吃瓜还留下瓜皮，可巴依吃瓜连瓜皮都吞下去了。你们瞧，他面前半块瓜皮也没剩下呀！”

巴 依 当 驴

维吾尔族机智人物故事。

巴依想买阿凡提的驴，便对阿凡提说：“听说你穷得过不下去了，要卖驴子，我愿出高价买你的驴子。”阿凡提压根儿不愿跟巴依打交道。巴依说：“那就走着瞧吧，我分文不花还要把你的驴子弄到手！”当天深夜，他翻过墙溜进阿凡提的驴圈，可是圈里没有驴，他正要逃走时被阿凡提堵在驴圈内。他忙把一个筐子戴在头上，把一张驴皮披在身上，装作驴趴在槽头。阿凡提进驴圈把“驴子”牵到磨坊套上，不停地用棍子在“驴子”屁股上狠狠地戳。巴依忍痛拉磨，一圈又一圈地转，直到把一袋面磨完才停下。阿凡提取下筐子揭下驴皮，又在他屁股上戳了一棍子，说道：“畜生！可怜可怜你，快滚吧！”巴依一声没吭，仓皇逃去。

驴　　友

维吾尔族机智人物故事。

有一天，阿凡提骑驴进城，一个财主过来奚落他说：“阿凡提，你们俩商量着到哪儿去？”阿凡提不紧不慢地回答：“这毛驴要我把它领到它朋友那儿去，我正领着它上你那儿，可巧半路就碰见了你，真是如愿以偿啊！”

借　　锅

维吾尔族机智人物故事。

一天，有个高利贷者向阿凡提借锅，阿凡提告诉他：“我的锅正在生娃娃。”来人吃惊地问：“铜锅还能生娃娃吗？”阿凡提说：“铜锅不能生娃娃，你的铜钱怎么能生娃娃呢？”

算　鸡　账

维吾尔族机智人物故事。

有一天，一个脚夫在一家客店吃了一只鸡，走时店掌柜让他先记上账，啥时有钱啥时再还。过一些时候脚夫来还账，店掌柜用古钱在桌上摆了半天，要他还高于市价几百倍的鸡钱。店掌柜说：“你算算看，假如你不吃掉那只鸡，它该下多少蛋？这些蛋又该孵出多少鸡？小鸡长大又要下多少蛋？”他们为此争吵起来，最后告到寺院长老那里。寺院长老觉得店老板讲得有理，便判脚夫如数赔钱。阿凡提得知这件事，连忙叫脚夫去要求当众公审。公审时阿凡提作为脚夫的辩护人故意迟到，他对长老和陪审官们说，他明天要种麦子，今天炒麦种误了出庭的时间。长老和陪审官几乎同时喊起来：“简直是疯话！炒熟的麦子还能下种吗？”阿凡提反问道：“你们说对了，既然炒熟的麦子不能下种，难道吃到脚夫肚里的鸡还能下蛋吗？”长老和陪审官们被问得哑口无言，他们只好取消原判，让脚夫按一般市价还一只鸡的欠款了事。

认　错

维吾尔族机智人物故事。

一天夜里，阿凡提经过坟地，看见一伙骑马的人过来了。他怀疑那伙人是土匪，便躲进一座有缺口的坟里。那伙人问他是什么人，他说是这座坟里的死人。那伙人问他："死人还会出来转悠吗？"阿凡提说："好极啦！你们说得真对，是我错了。"说着又从坟里走了出来。

将计就计

维吾尔族机智人物故事。

有一天，一伙贼娃子商量：这回咱们偷东西时把阿凡提带上，万一被抓住吃官司，一口咬定是他，就没咱们的事了。当夜贼娃子们带着阿凡提去一家铁器店行窃，先把店主绑起来，然后就收拾财物。阿凡提摸了一只号筒，拿着爬上围墙"嘟嘟嘟"吹了起来。周围的居民被吵醒了，跑来骂他深更半夜闹得这样凶。阿凡提说："我这还算闹得凶吗？那家人这会儿才闹得真凶呢！"众人一下明白了，立即进屋将贼娃子一网打尽了。

免得白跑一趟

维吾尔族机智人物故事。

某夜，一个贼娃子溜进阿凡提家里，什么也没偷到。那贼空着手出去时，阿凡提喊道："劳驾，请把门扣上！免得别的贼进来也像你似的白跑一趟。"

驴　驹　子

维吾尔族机智人物故事。

有一天晚上，阿凡提在乡下看见对面来了几个贼，赶忙下了驴，藏在驴肚子底下。贼走过来问他是谁，他说是驴驹子。贼说："这是头公驴。"他说："我妈吃喜酒去了，我跟我爸一块来的。"

没有必要穿新袷袢

维吾尔族机智人物故事。

阿凡提未出名时衣衫褴褛，有回一位朋友责备他说："瞧你这身穿着多不光彩呀！你穿件新袷袢不好吗？"阿凡提说谁也不认识他，穿新袷袢有何用。十年后，阿凡提名声大振，那位朋友见他仍然不讲究衣着，又奚落了他一番。阿凡提说："人人都认识我，我没有必要穿新袷袢。"

钝刀剃头

维吾尔族机智人物故事。

有一天，一个朋友和阿凡提开玩笑，用钝刀给他剃头，还问他痛不痛。阿凡提说："不痛，这种剃法使我舒服得不知不觉睡着了，梦见一条狗在咬我的头。"

认　马

维吾尔族机智人物故事。

有一次，阿凡提在外住店，第二天早上起来认不出哪匹马是自己的，便对着同伴们嚷道："马群里多出一匹没主的马，我把它打死，咱们好吃肉！"说着就朝枪膛里装火药。同伴们赶忙去把自己的马拉开，单单剩下阿凡提的马。阿凡提说："既然只剩下一匹，没多余的了，还是让我把它骑上吧。"

遗失胡子

维吾尔族机智人物故事。

有一天，阿凡提和一位爱开玩笑的朋友一起进城去，半道上睡了一会儿。等阿凡提一睡熟，那人就把他的胡子剪光了。阿凡提被叫醒后摸到一个光溜溜的下巴，便埋怨那人道："哎呀，你怎么不守信用呢？我请你喊醒我，你却把一个没胡子的人喊醒了。"

纪　念

维吾尔族机智人物故事。

阿凡提的一个朋友要出远门做买卖，辞行时想把阿凡提手上的金戒指要过来，便说你把这只戒指给我戴上，我一见到它跟见到你一样。阿凡提舍不得自己仅有的这件宝贝，忙说："你就让这只戒指留在我这儿吧，好叫我一见到它就想：'噢，朋友要过我没给'，也就像见到你一样。"

猎　人

维吾尔族机智人物故事。

一天，有人问阿凡提，猎人在瞄准射击时为啥总是睁一只眼、闭一只眼？阿凡提说："你打猎也要这样，假如你把两只眼都闭上，就啥也望不见了。"

肚痛用眼药治

维吾尔族机智人物故事。

有个人肚子疼，到阿凡提家求治，说是吃了一块发霉的饼子引起的。阿凡提要来人点眼药，那人赶紧申明自己得的不是眼病。阿凡提说："你眼睛要是没毛病，这样大的人，怎么会吃霉饼子呢？"

似乎给了

维吾尔族机智人物故事。

有个爱占便宜的人到阿凡提那里买了一碗蜜，没给钱就要走，被阿凡提喊住了。那人说："我来时似乎从衣袋里掏了十个铜钱给你。"阿凡提从他手中夺过碗来，把蜜倒进缸里，然后说："把碗拿去吧，你似乎已经拿走一碗蜜了。"

勉为其难

维吾尔族机智人物故事。

有一次，阿凡提和一个朋友搭伙做抓饭，他表示这也不会，那也不会。一会儿朋友把抓饭做好送出来，问他是否连吃抓饭也不会？他说："是的，我连吃抓饭也不在行。为了在你面前不丢脸，我也只得勉为其难了。"

什么声音最悦耳

维吾尔族机智人物故事。

有一天，阿凡提到一位爱好音乐的朋友家做客。主人拿出各种乐器来为他演奏，直到过了中午还不肯停下来，并且问他世界上什么声音最悦耳？阿凡提答道："朋友，这会儿，世界上什么声音都比不上饭勺刮着锅的声音悦耳呀！"

别渴着它了

维吾尔族机智人物故事。

有一天，阿凡提参加婚宴，见一位客人一边拼命吃，一边把餐桌上的菜肴往口袋里装，就拿起眼前的茶壶把茶水往那人的口袋里灌。那人很惊讶，问阿凡提为啥这样做，阿凡提说："咳！你那口袋吃多了荤腥，别渴着它了。"

丢　　驴

维吾尔族机智人物故事。

有一次，阿凡提丢了毛驴，远亲近邻都来慰问，结果待客的花销比买一头驴的钱还多。这还不算，有个熟人又喋喋不休地问他的毛驴是一个贼偷的还是一群贼偷的？是被骑走的还是被牵走的？毛驴是左蹄先出门还是右蹄先出门？阿凡提烦透了，说道："要是再有贼来偷驴，我先通知你，让你来看得清清楚楚的。"

幸好没读《四十个强盗》

维吾尔族机智人物故事。

阿凡提的一位朋友添了三胞胎，他赶去祝贺时，朋友解释道："我妻子一胎生下三子，也许是她怀孕那会儿看过《三个兄弟》的缘故。"阿凡提说："你应该感谢真主！幸好她怀孕期间没读《四十个强盗》这本书。"

卖　牛

维吾尔族机智人物故事。

阿凡提依照老婆的意思，把一头性子坏、不受孕的母牛牵到集市上去卖。他不断叫喊："这牛不会下奶，倒是会触人！"老半天没有顾主来问津。牛贩子瞧着他太傻气，就接过缰绳替他吆喝："这牛乖透了，一天十五碗奶子，没错儿！"阿凡提听了，忙说："照这么讲它比羊还乖，一天能有那些奶子，我还卖它干啥？"说罢，他就从牛贩子手里把牛牵过来，赶着回家去了。

卖　鸡

维吾尔族机智人物故事。

有一天，阿凡提卖了自家的一只公鸡，收钱时有个人叹道："阿凡提，算你把鸡白白送人啦。从这只鸡的尾巴上看，它每天都可以下三个蛋咧！"阿凡提边装钱边说："朋友，请你再瞧瞧头吧！倘若你没有患眼病或发疯的话，你就会看到我绝没有把一天下三个蛋的公鸡错卖给人家。"

山羊皮

维吾尔族机智人物故事。

邻居有只山羊经常到阿凡提院里，将他家的花糟蹋得不成样子。有一回阿凡提气不过，便把山羊抓来宰了，把羊皮撒上盐搁起来。邻居丢了山羊后便到处夸它如何好：头天说它跟牛一样大；第二天说它像马一般高；第三天说它同骆驼那么大……阿凡提听了再也不能忍受，就当众对邻居说："我劝你别瞎吹啦！我马上就回家把你的山羊皮拿来，叫大家看看到底有多大！"

找　驴

维吾尔族机智人物故事。

有一回，阿凡提把驴丢了，便满街喊：谁把驴找回来就把驴送给谁，外加一副鞍子。大伙问他，要这样还找驴干啥？阿凡提说："要是不这么着，找驴有那么容易吗？”

猜 桃 子

维吾尔族机智人物故事。

有一次，阿凡提提着一袋桃子在街上被娃娃们围住了，他让娃娃们猜猜袋里装的啥，猜着就每人给一个桃子。娃娃们说那是桃子。阿凡提听了很惊讶地说：“这是哪个多嘴的家伙告诉你们的？”

帮助妈妈

维吾尔族机智人物故事。

阿凡提常常祈祷：“保佑我妈妈进天堂！”大伙问他为啥不给他爸爸祈祷，他答道：“我爸爸很能干，能回答炼狱中的审问；可我妈妈是个不会说话的可怜女人，所以我才帮她祈祷。”

报 喜

维吾尔族机智人物故事。

一天晚上，阿凡提正在陪客吃饭，突然有人来说他妻子生了个儿子。他听了很高兴，就给了一些报喜的酬劳。过一会儿又有人来讲他妻子生了个儿子，他不觉一呆：怎么又生了一个呀？由于来报喜的人老站着不动，他只好把剩下的钱都给了来人。又过了一会儿，又来一个报喜的。阿凡提已身无分文，不得不从身上摘了一件值钱的东西送给那人。接着阿凡提的儿子也来报喜，并向爸爸要报喜钱。阿凡提急得满头大汗，连忙对儿子说：“快把屋里的灯都灭掉，免得你那些睡在黑窟窿里的小弟弟们见光一个个往外爬，要是一直爬到天亮，得爬出多少来呀！”

蘸着脸吃馕

维吾尔族机智人物故事。

有一天，阿凡提和他新娶的妻子坐着闲谈。他饿了，向妻子要馕，妻子说：

“你在那儿看着我这漂亮脸蛋还不知足吗？”阿凡提回答：“你讲得很对。要再有一块馕的话，蘸着你的漂亮脸蛋吃就更美啦！”

从 众

维吾尔族机智人物故事。

有一天，阿凡提赶集时丢了褡子，回家后对他老婆说：“家里的！今天集上的人都把褡子丢了。唉！再别提这些事了。”老婆忙问他的褡子呢？他挺不耐烦地说：“你真是！大伙都把褡子丢了，我能白白地坐在那儿看着吗？我只好跟他们一块把褡子丢了。”

我心里也难过

维吾尔族机智人物故事。

有一天，妻子给阿凡提端酸辣汤去时，先尝了一口，辣得流出了眼泪。阿凡提见了忙问她怎么了，妻子说：“我那去世的妈妈也吃酸辣汤，一看见这汤就想起了她，心里不由得难过起来。”阿凡提接过汤喝了一口，也辣得直流泪。妻子问他怎么也哭了，他说：“你妈去世时你很小。想起你那么小就没妈了，我心里也难过。”

买 油

维吾尔族机智人物故事。

阿凡提出外周游好长时间后，终于回到家了，可是他心头仍旧想着别人委托他办的事情，甚至连妻子跟他讲话有时也心不在焉。妻子为了打断他的思路，就给了他一只碗和一串钱，让他去打油。收过钱后，油坊掌柜倒满一碗油，还剩下一点儿，就问阿凡提往哪里装，阿凡提把碗一翻，叫掌柜倒在碗坑里。回家后妻子问阿凡提为啥才打这一点点油，阿凡提说：“这边还有呢。”又把碗翻了过来，把仅有的那点儿油也洒了。

麦西热甫的故事

维吾尔族机智人物故事群之一。流传于新疆西部、南部一带。故事主人公系文人型机智人物，其原型麦西热甫·热赫木巴巴（1657—1711），出生于中亚浩罕汗国，古代依禅派著名诗人，曾徒步周游喀什、莎车、和田、伊犁及中亚、近东等地。他一生穷困潦倒，常用幽默故事揭露和嘲讽昏庸、腐败的封建统治者，抨击时政，为劳苦大众鸣不平。后因触怒喀什噶尔的阿帕霍王爷，被处以绞刑。有关他的趣闻、轶事在民间流布，如《在宝座上拉屎》《狗也不吃》《处以极刑》《大惊小怪》《你父亲是怎么死的》《翻了十七个滚儿》《名叫胡大板尔迪》《把地狱门挡住》。

你父亲是怎么死的

维吾尔族机智人物故事。

麦西热甫在一个村上见一位贵族正在毒打一个奴隶，就去夺过鞭子质问那人为什么要折磨奴隶。那人说，他喂草料时不精心，混进了鸡粪，我那匹用两枚金币买来的骏马吃了便死了，我当然要狠狠揍他呀！麦西热甫问那人的父亲在哪儿，那人说他的父亲死去了。麦西热甫便问："如果你值两个金币的骏马是吃了鸡粪死去的话，那么你的价值连城的父亲，又是吃了谁的粪死去的呢？"

名叫胡大板尔迪

维吾尔族机智人物故事。

有一次，麦西热甫在路上遇见一位毛拉。毛拉问他叫啥，他慢吞吞地说："我叫胡……大……"话未说完，毛拉便高喊大家快来抓冒充胡大的骗子。他佯装害怕，撒腿朝王宫奔去。毛拉一伙人上气不接下气地跑进王宫，向买合木特汗王告发了他。麦西热甫说："陛下，我叫'胡大板尔迪'。毛拉问我叫啥，我刚说叫'胡大……'他们便像一群狗似的狂吠着要逮我。"买合木特汗王听了，对那伙人说："你们真是无理取闹，回去回去！"那伙人哭笑不得，只好闷闷不乐地走出王宫。

毛拉·再丁的故事

维吾尔族机智人物故事群之一。流传于新疆吐鲁番地区（今吐鲁番市）及哈密县（今哈密市）一带。故事主人公系文人型机智人物，其原型毛拉·再丁（1815—1880）生于新疆鲁克沁（今属鄯善县管辖）的一个贫困农民家庭。他十一岁入经文学校，由于天资聪明，勤奋好学，十七岁毕业时成绩名列前茅，被称为“毛拉·再丁”。他常常编故事嘲讽权贵，被安甫热东王叫作“我甜蜜的敌人”。其故事的内容较为广泛，涉及过去维吾尔族社会生活的许多方面，以嘲讽当局、抨击时弊、捉弄和揭露官吏、财主、宗教头面人物的作品居多。代表性的作品如《一件皮袄》《不洁的血液》《日月躲藏的原因》《特殊的袷袢》《惩治伯克》《由巴依老爷背过去》《巴依的眼疾》《两包“铜钱”》《为了不踩在肮脏的脚印上》《人南瓜与大饭锅》。

一 件 皮 袄

维吾尔族机智人物故事。

有一年六月，吐鲁番王正在观赏他举办的盛大游艺会，毛拉·再丁反穿一件老羊皮袄来了。人们顿时停止唱歌跳舞，瞅着毛拉·再丁哄笑起来。吐鲁番王以捣乱游艺会的罪名要处罚毛拉·再丁。毛拉·再丁说：“王爷，多笨的人也晓得热天穿单衫。可我的劳动果实都被伯克、差役们收到王府里，没钱买单衫呀！就是这件皮袄还是父亲留下的唯一家产，阿訇给我们兄弟分家时，根据宗教法典这样分配：冬天哥哥穿，夏天弟弟穿。”吐鲁番王两眼闪着凶光，一时间却说不出话来。

惩 治 伯 克

维吾尔族机智人物故事。

乡里有一位伯克经常向百姓摊派苛捐杂税。有天伯克硬逼一个已交清捐税的穷汉再交二升粮，穷汉不愿受讹诈，伯克便对他拳打脚踢。这时毛拉·再丁主动前来解围，表示愿为穷汉交二升小麦。他把伯克领到家中，趁伯克弯腰低头看褡合里的小麦是否粒粒饱满之机，敏捷地把伯克从地上抱起来，塞进褡合里，牢牢扎住口子，边踢打边问伯克："这位大哥的粮到底交过没有？"伯克忙叫："交了，交了！"毛拉·再丁又要穷汉和他一块把伯克抬去扔到枯井里。伯克吓得七魂出窍，大声求饶道："饶恕我这一遭吧，我再不敢胡作非为啦！"毛拉·再丁这才把褡合口子解开，让伯克滚蛋。

由巴依老爷背过去

维吾尔族机智人物故事。

有一天，乡里的伊玛目向民众讲，古尔邦节献牲是为了行善积德。凡献了牲的人，死后可骑上自己献的绵羊平安走过皮里斯热特桥，进入天堂。很多穷人献不起牲，愁苦地问伊玛目该怎么办，伊玛目张口结舌，毛拉·再丁道："民众们，别惆怅！像咱们这样无牲可献，只炸点儿油饼过节的穷人，开油坊的巴依老爷会把咱们从皮里斯热特桥上背过去的。"

巴依的眼疾

维吾尔族机智人物故事。

有一个巴依的一只眼突然失明，找遍远近闻名的医生都没能治好。后来，他只好去求毛拉·再丁。毛拉·再丁对他说："黑孜尔（传说中为穷人排忧解难的祥神）让我转告你，你的眼睛无法医治。只因为你经常用两种眼光看待人，他实在看不惯，才叫你瞎了一只眼睛。这样也好，往后你就只能用一种眼光看人了。"说完扬长而去。

两包"铜钱"

维吾尔族机智人物故事。

有一次，毛拉·再丁在焉耆的巴扎上卖葡萄干，有个收税人要他交三十元钱税款。毛拉·再丁明白他的意思，马上从怀里掏出两包东西，和颜悦色地交到他手中。那人正把两包东西往怀里藏，另一个收税的追来厉声道："拿一包钱给我，要不老子去报告上司！"他俩争得面红耳赤，竟动手厮打开来。打了半晌，最后还是各拿一包了事。但当他们打开包点钱时，才发现里面装的是一粒一粒干透了的骆驼粪蛋。两个收税人转身去找卖葡萄干的算账，毛拉·再丁早卖完葡萄干回家去了。

为了不踩在肮脏的脚印上

维吾尔族机智人物故事。

有一天，毛拉·再丁牵着一头瘸驴外出，几个巴依家的阔少见了就挖苦道："毛拉·再丁，你的毛驴咋沾染了你的脾气，走起路来忸忸怩怩像个女人似的？"毛拉·再丁回答道："我的毛驴刚才见到几个冒充好汉的家伙，很是厌恶。它为了不把自己的蹄子踩在这些人的肮脏脚印上，才挑选着干净的路走哩。"阔少们碰了一鼻子灰，只好闭着嘴没趣地走开了。

再死一次

维吾尔族机智人物故事。

一天，有个朋友对毛拉·再丁讲："据说人死后，蒙克尔和尼克尔两位天使会来审问，答不上便被打得皮开肉绽。我一听就吓得浑身打战，你说该咋办呀？"毛拉·再丁道："怕那干吗？了不起再死一次。"

大南瓜与大饭锅

维吾尔族机智人物故事。

毛拉·再丁从南疆返家时，半道上有几个去吐鲁番的人对他说："我们家乡的南瓜可大啦，一片叶子底下可供四十匹骡子乘凉。"毛拉·再丁听了没吭声。几天后快到吐鲁番时，听到一阵阵"丁丁当当"的响声，毛拉·再丁对同路的那几个人讲，这儿的三百名铁匠花了整整三年工夫还没打出一口锅。那些人说："吹牛，哪儿有这样大的锅！"毛拉·再丁笑道："你们家乡那样大的南瓜，不在我们家乡这样大的锅里煮，能煮熟吗？"

赛来依·恰堪的故事

维吾尔族机智人物故事群之一。流传于新疆喀什地区。故事主人公系劳动者型机智人物，其原型赛来依（1816—1905）出生于新疆疏附县的一个贫苦农民家庭。他能言善辩，办事干练，被当地民众称为“赛来依·恰堪”（“恰堪”在维吾尔语中意为“机敏”）。他的一生是在南疆、北疆辗转度过的。他为人正直、风趣，常以讲故事来嘲讽、抨击反动统治者和各种邪恶势力，广受赞誉。其作品数量多达数十篇，内容丰富，反映的社会生活面广阔，艺术价值较高，其中辛辣嘲讽、无情鞭挞英俄殖民主义者支持的中亚浩罕汗国侵略者阿古柏（1865年曾经侵入南疆，建立哲德沙尔汗国，自称为汗，后被消灭）的故事，格外引人注目。代表性作品如《斜眼》《奇迹》《毛驴》《把别的事也顺便一起办了》《让它看看你的尊容》《祈祷》《我患受惊病》《两张画像》《有酸奶子吗》《是那个牲口》。

斜　　眼

维吾尔族机智人物故事。

一日赛来依·恰堪正走着，被迎面骑马过来的阿古柏无辜抽了一鞭，眼睛虽没被抽瞎，治好后却成了斜眼。过了不久，在一次皇宫宴会上，阿古柏见恰堪没有向自己问候，便又想羞辱他一番。阿古柏说：“赛来依，听说斜眼人能把一个东西看成两个东西，这是为什么？”恰堪压住怒火道：“是的，尊敬的皇帝，我现在看你就不是两条腿，而是四条腿。”

奇　　迹

维吾尔族机智人物故事。

一日阿古柏在官府大摆筵席，赛来依·恰堪也被请来弹热瓦甫。席间，阿古柏夸耀道：“贵宾们，自我上台以来，各地奇迹层出不穷，连百灵鸟都在羊背上造起窝来了。”那些伯克、巴依们边吃边随声附和着，只有赛来依·恰堪停下演奏，笑道：“是啊，阁下！因为伯克们把树木都砍光了，百灵鸟除了羊背，再也找不到造窝的地方了。”

毛　驴

维吾尔族机智人物故事。

一年古尔邦节，阿古柏请客，决定把赛来依·恰堪也请来，想乘机当众教训他一番。客人们到了很久，赛来依·恰堪才慢慢走进客厅，他一面频频向宾客点头示意，一面入席，就是不向主人问安。阿古柏气得责问他为何才来，并恶狠狠地说：“看你的胡子足有一捆苜蓿那么多，是不是由于胡子太重，拖住了腿脚？”赛来依·恰堪不急不慢地对阿古柏说：“您说得很对，阁下，有毛驴的地方缺少了苜蓿可不行啊！”

把别的事也顺便一起办了

维吾尔族机智人物故事。

一次阿古柏训斥赛来依·恰堪：“叫你干什么你就只会干什么，就不会把跟这件事有关的一些事一并办好，真是个蠢材！”不久，阿古柏病了，让恰堪去请医生。恰堪接了医生，顺路又跑到清真寺叫人抬来停尸板，并请来念经超度亡灵的伊玛目、麦真等人。来到宫中，阿古柏大为吃惊，恰堪却说：“你责备我办事不会把与它有关的事情一并办好。今天我就想到了，万一医生的药不管事，您归了天，那么出殡所需的一切也就都齐备了。”

祈　祷

维吾尔族机智人物故事。

城里的县官听说，只要赛来依·恰堪替谁做了祈祷，此人就可得到胡大的恩赐，一夜变成百万富翁。他迫不及待地派人请来了赛来依·恰堪。恰堪一进门就高举双手朝西祈祷道：“胡大呀，你是万能的！我祷告你现在派勾魂的伽百利来人间，把县官的命要去吧！”县官一听，问他为何要咒人死。他说：“老爷，人世间地盘窄狭，阴间地域辽阔。为了让你早点儿得到你所希望的财富，我才这样祈祷呀！”

我患受惊病

维吾尔族机智人物故事。

县府里的衙役狗仗人势，满街拉差，硬逼赛来依·恰堪去为他搬家。恰堪说："我患有受惊病，发作起来会摔烂东西的。"衙役瞪眼道："胡说八道，人非牲口哪儿会受惊！"说着，拉他到家，把偌大的一口饭锅压在他的背上。恰堪低头弯腰慢慢走着，突然巷里蹿出一条大狗，他佯装受惊跑到路旁，把大锅狠狠丢在石头上，乱叫乱蹦起来。衙役揪他到县官跟前告状。县官正审问着，忽然朝衙役使个眼色，衙役按计把手中托盘掷在地上。恰堪听到突如其来的响声，怪叫一声，一脚蹬翻案桌，把县官摔倒在地上，将公堂的东西砸得稀烂，然后冲了出去。县官从地上爬起，怒斥衙役道："奴才，你告疯子的状，让他搅乱公堂！"骂完，狠揍了衙役十刑板。

两张画像

维吾尔族机智人物故事。

赛来依·恰堪到莎车去的时候，那里有一个巴依想挖苦他。请吃饭时巴依让赛来依·恰堪看墙上贴的两张画像，一张画一个巴依正跪在地上向胡大祈祷，一张画一个农夫蹲在地上边啃干馕边拉屎。巴依问赛来依看懂了吗？赛来依回答道："巴依老爷，你瞧那个巴依伸手向农夫讨馕吃，那个农夫说，'不劳动的巴依没资格吃馕，只能吃我的屎！'"巴依听了气得半天说不出话来。

有酸奶子吗

维吾尔族机智人物故事。

一天，赛来依·恰堪在树上摘桑葚，巴依走过来让他快点儿下来，有要事相告。赛来依·恰堪从树上跳下来，巴依却递过碗问："你家有酸奶子吗？"恰堪一听，把巴依领到家门前，自己进屋里再没出来。巴依在门外等了很久不见动静，只好没趣地走了。当巴依过河快到家时，恰堪又大声喊他回来。馋嘴巴依没有吃到不花钱的酸奶，很不甘心，犹豫了一阵便蹚河转回来。这时恰堪躬身道："巴依老爷，我家没有酸奶子。"巴依气得跳着脚说："我从清早就等着，现在已过河快到家了，你又把我叫回来。你就不会隔河告诉我没有酸奶子吗？”恰堪心平气和地说：“老爷别生气，我还在树上时，你不会就站在树下问有没有酸奶子吗？”

是那个牲口

维吾尔族机智人物故事。

赛来依·恰堪小时候见伯克的孩子们把一个农民的毛驴赶来骑着玩儿，那个农民拉住缰绳不让，他们一鞭子将农民抽倒便跑了，恰堪赶忙去扶起农民。那个农民向伯克告状，伯克却指着恰堪骂道：“那个无赖说我的孩子打他了，是不是你教的？你这个牲口！”恰堪理直气壮地说：“老爷，你的孩子打人是从你那里学来的，学得最好的正是坐在你旁边的那头牲口！”

肉孜·喀尔的故事

维吾尔族机智人物故事群之一。故事主人公系文人型机智人物，其原型肉孜·喀尔（1866—1971），出生在新疆托克逊县托台乡赛热克袷袢村的一个穷苦布匠家庭。他曾在吐鲁番经文学校学习经文，是个乡村知识分子。他长期参加农业劳动，深知农民的疾苦，常常替穷人抱打不平。他善于言辞，诙谐而富有智慧，从年轻时起就喜欢编讲揭露反动统治者和剥削者的故事。有关他的趣闻、轶事在托克逊一带广为流布。作品有《大概是眼花缭乱啦》《念哪一段经文》《比狗还凶恶》《过错在毛拉》《这是蒸包子吃的南瓜》《兵乱》《为了怜悯你》《自找麻烦》等。

大概是眼花缭乱啦

维吾尔族机智人物故事。

有一天，肉孜·喀尔碰见一个正在麦场上监工的巴依。那人腆起大肚皮向他炫耀，场上的那堆麦子说有多少就有多少。肉孜·喀尔道：“俗话讲‘巴依见了财富，单数变成双数’。巴依老爷，你大概是眼花缭乱，把一堆小麦看成两堆了。这堆麦子究竟有多少，你用升子量量就知道了。”巴依讨个没趣，竟哑口无言。

念哪一段经文

维吾尔族机智人物故事。

有个人准备在自家院子周围栽树，就去问肉孜·喀尔栽树时念哪段经文易于成活。肉孜·喀尔道："念哪段经文都不顶用。你还是挖好坑，把土弄细，栽好后浇上水，树苗才会成活。否则就是把厚厚一本《古兰经》埋在树苗底下，树苗也不会活的。"

兵　　乱

维吾尔族机智人物故事。

有一天，一位朋友从远处来托克逊看望肉孜·喀尔。肉孜·喀尔的妻子做了一锅美味的抓饭待客，还特意在盛抓饭的托盘上搁了一块酥油。客人为了让融化的酥油往自己那边流，就用手指在抓饭上划道道，边划边说："喀尔，我父亲死了你没有去，我母亲死了你没有去……"喀尔打断对方的话说："朋友！那时节有兵乱骚扰，把庄子折腾得一塌糊涂，我顾不上去呀！"说着用调羹把酥油和抓饭搅拌匀了。

这是蒸包子吃的南瓜

维吾尔族机智人物故事。

有一年，肉孜·喀尔种的南瓜长得很好，有人常去偷他的南瓜。这天一个妇女偷偷溜进他的南瓜地里，摘了一个南瓜装进筐内用草掩盖起来。当她正要摘第二个时，肉孜·喀尔突然出现在她面前。她结结巴巴地问："喀……喀尔，这……这是什么南瓜？"肉孜·喀尔和蔼地说："嫂子，这是蒸包子吃的南瓜，你筐里的是炒菜吃的南瓜。"羞得那个妇女手足无措。

塔特里克·卡萨的故事

维吾尔族机智人物故事群之一。流传于新疆托克逊一带。故事主人公系劳动者型机智人物，他的名字是“一碗蜜汁”的意思。其原型塔特里克（1868—1948）出生于托克逊县饶勤杜孜的一个贫苦农民家庭，一生主要在县城做小买卖。他思想敏锐，言辞犀利，诙谐风趣，常以幽默故事嘲讽反动当局，鞭挞邪恶势力，颇受人民群众欢迎。以他为主人公的故事大多由这些幽默故事演变而成，如《狗的席位》《揍县官》《伯克下饭馆》《祭祷巴依》《一具驴鞍子》。

狗的席位

维吾尔族机智人物故事。

有一天，伯克派人请塔特里克·卡萨参加他的宴会。塔特里克·卡萨去迟了，客人们已吃完饭正要离去。塔特里克·卡萨走去坐在了上席，伯克骂道：“那是狗的席位吗？给我滚开！”塔特里克·卡萨笑笑说：“早知道这儿是狗的席位，我就不来了。”说罢起身扬长而去。

祭祷巴依

维吾尔族机智人物故事。

塔特里克·卡萨到焉耆县城时，有个巴依见他穿着毛拉的服装，便请他去为一个刚死的显赫的巴依念经祭祷，讲好给十六只绵羊作报酬。塔特里克·卡萨被领到死者的遗体前，等吊孝的人都规规矩矩跪下后，便念道：“我到了焉耆，您不幸死去。死了个巴依，我何必唏嘘！啊，伟大的真主！”其间有位懂得念祭祷经的来宾，噘嘴哼了一声。他瞪了那人一眼，又念道：“您闭紧嘴巴，别哼也别哈。十六只绵羊，给您八只吧！啊，伟大的真主！”祭祷完毕，他便喜滋滋地赶着十六只绵羊离去了。

一具驴鞍子

维吾尔族机智人物故事。

塔特里克·卡萨做买卖时，一个富有的哈吉（去圣地麦加朝觐过的穆斯林）在他那里拿走不少好东西，分文未付。他上门催要，还被轰出。有一天那个家伙又来说，如果碰上有什么值钱的东西，一定卖给他。塔特里克·卡萨回家从草房里翻出一具搁了五十年的驴鞍子，用单子包好送到那个家伙的家里。打开单子把驴鞍子一抖，满屋尘土飞扬，呛得他咳嗽不止。塔特里克·卡萨见他火冒三丈，便说："阁下！对您来说再找不到比这具破驴鞍子更珍贵的东西了！"那个家伙生怕此事传出去让人笑话，赶忙把所欠的钱一下给了塔特里克·卡萨。

◇维吾尔族寓言◇

邪恶者的锅底总会破漏

维吾尔族人事寓言。采录于新疆。

有一天，贫穷的老两口向胡大祈祷，希望过上好日子。胡大答应满足他们三次要求，老太婆一次，老头儿两次。老太婆要求把眼前的山变成金山，被老头儿劝阻。这时王子的马拉着轿车迎面而来，老太婆不顾一切，让胡大把她变成妙龄女郎和王子成亲。果然王子一见倾心，请她上车。老头儿大为震惊，请求胡大把这个不知羞耻的女人变成猪。正亲热的王子一看吓坏了，立刻把她推下车。这头猪寸步不离老头，泪流满面。老头儿只得把剩下的一次机会用来让她恢复原来的模样。他非常气愤地对老伴说："邪恶者的锅底总会破漏，这是报应！"

莱丽与麦吉侬

维吾尔族人事寓言。采录于新疆。

有一天，国王从街上穿过，百姓纷纷躲开，但是麦吉侬却没有给国王让路。国王非常生气，立即下令要处死麦吉侬。丞相上前奏道："国王啊，请原谅他吧，他是被爱情折磨得失去理智的麦吉侬。"国王知道他和莱丽热恋的事，心想莱丽必定十分漂亮，就命人把莱丽叫来。莱丽来后，国王笑着问麦吉侬：“这个又黑又瘦的姑娘，为什么让你神魂颠倒？”麦吉侬说：“国王啊，你以我的眼光去看她的话，你也会发疯的。”

年轻国王与老师

维吾尔族人事寓言。采录于新疆。

伊斯堪迪尔继承王位后，便邀请自己的老师来担任大臣，并举行了盛大的宴会。群臣很惊讶，便问年轻国王为啥这样做。伊斯堪迪尔回答：“父王把我由天堂上招来，于是我才能够与你们生活在一起。但让我在人世间有了智慧，变成能够治理国家的人，那就是我敬爱的老师。”

老农的回答

维吾尔族人事寓言。采录于新疆。

有一年，国王到郊外去春游，看到一个白发老农在渠岸上栽种果树苗。国王问他：“你这么大年纪了，还费神栽种树苗干啥？反正你也吃不上！”老农回答说：“陛下，前人种树后人乘凉。如果没有祖先栽种果树，我们哪里有新鲜的果子吃？我栽种果树不是为了自己，而是为了子孙后代。”

奶馕与项链

维吾尔族人事寓言。采录于新疆。

有一个商人在大戈壁上迷了路，他带的口粮已全部吃光。天渐渐黑下来，商人心急如焚，绝望的阴影一阵阵涌上心头。突然他看见不远的沙丘上有一个小包袱，顿时喜出望外。他奔过去，希望得到一包奶馕，可是打开一看，却是一条珍珠项链。他感到无比失望，这时候，昂贵的珠宝又有什么用呢？

骄傲的徒弟

维吾尔族人事寓言。采录于新疆。

有一个摔跤能手，精通三百六十个摔跤绝技，没有人能够敌过他。此人有一个徒弟，学会了他的三百六十个绝技，打败过许多人。后来，徒弟竟在国王面前夸口说："我的师傅比我年长，但在摔跤技艺方面，我完全同他旗鼓相当。"国王听了，便让他们师徒比试，并请来许多知名人士观看。刚开始徒弟疯狂向师傅扑去，仿佛能够搬走一座大山。正当徒弟扬扬得意时，师傅轻轻一闪，趁势拦腰把他举起来摔在地上。国王厚赏了师傅，怒斥徒弟乱夸海口。徒弟辩解说师傅没有把绝技全部教给他，师傅笑笑说："我的三百六十个摔跤绝技你已经全部学完，可惜你没有学会灵活运用，因为知道了并不等于掌握了。"

幻想的破灭

维吾尔族人事寓言。采录于新疆。

有个孩子出去打柴，坐在沙枣树下看见一只兔子，便想入非非：如果现在抓住这只兔子，卖了钱买一只鸡，鸡可以下蛋，随后孵出一窝小鸡。小鸡都长大后，卖了可以买一只羊。羊生羊，卖了这些羊可以买一匹高头大马。有朝一日，马群漫山遍野。卖了一部分马，买下一处宅院和一块土地，从此安心务农。等到五谷丰登，瓜果飘香，爸爸、妈妈必定夸我是好孩子。想到这里，他高兴得喊叫起来，兔子受了惊，一溜烟跑了。

麻 雀 猎 羊

维吾尔族动物寓言。采录于新疆。

一只雄鹰从天空俯冲下来，抓走了草原上的一只绵羊。麻雀见了很兴奋，认为自己也有爪子，同样能够抓走一只绵羊。于是，它扑到羊背上去抓绵羊，非但没有抓起绵羊，反而被羊毛缠住，倒挂在羊背上。牧羊人过来解救了麻雀，并告诫它："小家伙，你以后做事，可要量力而行啊！"

玫瑰花和蝴蝶

维吾尔族动物寓言。采录于新疆。

一只蝴蝶在玫瑰花丛中飞来飞去，它问玫瑰花是否喜欢自己？玫瑰花说："不喜欢，我喜欢蜜蜂。"蝴蝶吃惊地问道："它每天毫无顾忌地损害你的容貌，采集你的花粉，你为啥还爱它？"玫瑰花回答："它为别人而辛勤劳动，我乐意把花粉贡献给它。如果你不是一味贪玩儿，而愿意为别人做贡献，我也会像喜欢蜜蜂那样喜欢你。”

猫抓朱雀

维吾尔族动物寓言。采录于新疆。

有一次，猫遇见朱雀，一个劲儿夸赞朱雀长得漂亮，歌声美妙，请它唱一支歌。朱雀小心谨慎，不敢接近猫。第二天，猫又笑眯眯地说：“朋友，你别不好意思，快过来唱歌跳舞吧，我也要跳舞呢。”朱雀放松警惕，走了过去，被猫一下抓住。朱雀临死时叹息道：“千万不能相信敌人的甜言蜜语啊！”

两只山羊过桥

维吾尔族动物寓言。采录于新疆。

两只山羊同时来到独木桥的两端，都想抢先过桥。它们走到独木桥中间，拼命顶架，谁也不愿退让。最后，两只山羊同时跌倒，竟掉进河里淹死了。

狮子和老鼠

维吾尔族动物寓言。采录于新疆。

一天，狮子正在睡觉，一只老鼠跑到它背上蹦蹦跳跳，把它惊醒了。狮子抓住老鼠，想把它踩得稀巴烂。老鼠哀求道：“狮子大哥，或许哪一天你还用得着我！”狮子根本不相信老鼠的话，但还是把它放了。一天，狮子落入猎人之手，被捆在大树上。这时老鼠跑来，用锐利的牙齿咬断绳子救了狮子。狮子这才明白，小家伙也能办大事啊。

兔子和鸭子

维吾尔族动物寓言。采录于新疆。

兔子看见两只鸭子在水中嬉戏，非常羡慕，请求也下去玩儿一会儿。鸭子就让兔子站在它们背上，在水中游来游去。兔子正扬扬得意，突然东西两边各蹦来一只青蛙。两只鸭子去追青蛙，一只向东，一只向西，竟把自以为得意的兔子淹死在水里了。

够不着的葡萄是酸的

维吾尔族动物寓言。采录于新疆。

有一只狐狸溜进果园，看见葡萄架上的葡萄已经熟透。狐狸垂涎三尺，它到葡萄架下一跳，再跳，三跳，怎么也够不着，累得筋疲力尽。它看着满架葡萄无奈地说：“这种又酸又涩的葡萄有什么吃头！”说着，悻悻地离开了果园。

两 头 驴

维吾尔族动物寓言。采录于新疆。

从前有个人牵着两头驴上路，一头驴的驮子重，一头驴的驮子轻。驮子重的一头驴压得不行了，就向另一头驴求助。另一头驴说：“这与我有什么相干，我只管走我自己的路。”那一头驴终于筋疲力尽而死，主人不得不把所有的驮子都放在另一头驴身上。它暗暗叫苦，可这时候叫苦又有什么用呢?

鹿 角

维吾尔族动物寓言。采录于新疆。

一天，有只鹿在河边饮水，它看见高大的鹿角倒映在水面上，不禁为自己的俊俏、美丽而陶醉。鹿再看看自己的蹄子，又觉得很难看，因此感到闷闷不乐。这时候，一头狮子向鹿逼近，鹿没命地奔逃，把狮子甩在后面。当它跑进森林，多叉的鹿角被树枝挂住，不一会儿，就被赶到的狮子逮住。鹿痛苦地自责道：“我看不上的蹄子救了我的命，而引以为荣的角却让我陷入灾难。”

自大的青蛙

维吾尔族动物寓言。采录于新疆。

有一次，一伙青蛙看到牛到湖边饮水，便纷纷逃离湖边。其中一只青蛙却说：“你们慌什么？我可以比牛还高大。”说着吸了一口气，把身体鼓胀起来。青蛙们见状笑了起来，它羞愤难当。为了变得和牛一样高大，它憋足劲儿深深吸气，气越聚越多，终于把小小肚皮胀破。自大的青蛙就这样死了。

不知足的狗

维吾尔族动物寓言。采录于新疆。

有一天，一只狗在街上捡到一大块骨头，为了不让别的狗抢走，它飞快跑向远处。跑到渠边，它见清澈的水里也有一只狗叼着骨头，心想，这家伙的骨头比我的还大，我得抢过来！于是它朝水里狂吠，看到水里的狗叼的骨头掉了，再看自己的骨头也不见了。它很后悔："骨头虽小，总比没有强呀，我要知足就好了。"

苗族故事

◇苗族幻想故事◇

青蛙儿子

苗族蛙郎娶亲型故事。采录于四川。

早年间有两夫妇，男人出门做买卖，女人在家生了一个青蛙儿子。有一天，青蛙对妈妈说，爹爹快回来了，自己要拿饭粑坨、水壶去接爹爹。它吹口气把吃喝吹到土地庙的台上，过路人看到想吃，听到声音不见人，吓得不敢去吃。青蛙见挑担人走来，便喊爹爹吃饭。它爹爹看是自家铜壶，吃喝完便把壶放进挑担里。青蛙跳上扁担要帮爹爹挑担，它爹爹觉得担子轻飘飘的，生怕遇到怪物，立刻把青蛙扔进河里，哪知青蛙却先到家。不久青蛙去员外家提亲，员外骂它癞疙宝想吃天鹅肉。青蛙几次把员外家房子转得地朝天，天朝地。员外被转得晕头转向，只得把姑娘的生辰八字拿给它。员外提出要一斗二升瓜子金、二十四颗宝珠、一张纱帕做彩礼，青蛙一一办到了，便把姑娘接回家。姑娘回门告诉父母，丈夫白天是青蛙，晚上就是人。她转回婆家来按照妈妈教的，藏起青蛙皮。青蛙起床不见蛙皮，让妻子拿出来洗干净煮来吃。蛙皮煮熟后，爹妈每人吃一碗，妻子高低不肯吃，青蛙只得让她回去守着彩礼过一辈子。爹妈飞上天后，它妈想起还有一窝小鸡在下头。儿子对妈说，你没福气，就去吃你那窝小鸡吧！它妈变成了老鹰，从此专吃鸡。

蛇郎与阿宜

苗族蛇郎娶妻型故事。采录于贵州。

从前，有一个苗族老人在砍山中得到蛇郎的帮助，便认蛇郎做自己的女婿。老人的大女儿阿仰不愿和蛇郎成亲，幺女儿阿宜顺从爹意，同蛇郎结成夫妻。蛇郎和阿宜婚后日子过得非常美满，大姐阿仰嫉恨在心，就设下圈套，把幺妹阿宜推到河里淹死了，自己乔装成阿宜模样充当蛇郎的妻子。后来，阿宜变成小鸟，飞回蛇郎家，成天在阿仰耳边说她没良心。阿仰恼羞成怒，便把小鸟砸死。小鸟又变成了一个五颜六色的蚌壳。有一天，蛇郎从稻田把这蚌壳拣回家放在水缸里。蚌壳变成阿宜，再次同蛇郎团聚。这时，狂风大作，把阿仰卷进河里，葬身鱼腹。于是，蛇郎和阿宜在人间过着美满幸福的生活。

驼背老老和香蕉崽崽

苗族怪孩子型故事。采录于广西。

驼背老老精心栽培了几十棵香蕉树，吃穿不愁，但孤单一人，很想有个小孩儿。有一年，他种植的香蕉树被大雪打得稀烂，第二年只有一株香蕉树根冒出芽来。老人忙浇水施肥，香蕉树长得很快，结了一串香蕉有水桶那么粗。一只孔雀飞来，把香蕉啄了个口子，香蕉皮“啪”地裂开一条缝，蹦出了一个白胖小孩儿。小孩抱着驼背老老的腿喊爹，老人就给他取名“香蕉崽崽”。小崽长大后，要去寻找医治驼背的药。他遇到五彩姑姑，得到了治驼背的药。路上他先后救了折断手臂的放羊娃、轧断腿的老人和跌断腰的妇女。那个妇女送给他一只小孔雀。小孔雀转眼不见，变成一个美丽姑娘和他结为夫妻，并且为爹爹治好了驼背。从此，一家三口欢聚在一起，日子过得非常美满。

稚榜嫁虎

苗族精怪故事。采录于贵州。

稚榜父母接了人家厚礼，把女儿许给一个癞子。稚榜大哭大闹：“我宁愿嫁老虎，也不嫁癞子秃脑壳。”恰好此话被一只老虎听到，它立即跳进来扛走了稚榜姑娘。老虎咬了一只狗，把狗肠子扔在路上，追来的父亲以为女儿被虎吃掉，便转回家去了。稚榜在岩洞里醒来，看见眼前站着一个和善的老太婆和一个漂亮小伙。小伙说清原委，又变成老虎让她看。稚榜抱着虎头说：“讲过的话不后悔，你是老虎我也爱。”几年后，稚榜的孩子长成放羊娃，丈夫准备好许多礼物，同她一起回娘家过苗节。父母见女儿活着回来，四处请亲友隆重庆贺。消息传到癞子家，全家跑来要人。女婿说，他不是从癞子家拐骗的稚榜，是从虎嘴里抢来的，并喊来老虎作证。成群结队的老虎将屋子团团围住，吓得癞子再不敢要人。苗节过后，女婿变成大老虎，稚榜和儿子骑上虎背回了夫家。

直够和他的虎爹

苗族精怪故事。采录于贵州。

直够的父母去世得早，哥嫂待他很刻薄。一天直够在山边挖山芋，有一只老虎过来，说自己是他死去的爹变的。听说直够日子过得苦，老虎帮他挖了很多大个山芋。几天后，老虎躲在屋后，果然看到哥嫂吃苞谷饭烧大山芋，直够吃的蕨粑苦野菜。老虎含泪领直够到岩洞里住，哥哥找来，老虎吼着赶走了没良心的哥哥。直够渐渐长大了，一天他的表妹正在山坡上放羊，老虎把她背来和直够成了亲。七天后，老虎扛着大肥猪，把小两口儿送到岳父母家附近，说不好意思见亲家，如他们喜欢，请送来一坛白酒（白狗）。亲家见小两口儿活着回来，便牵一只白毛狗放在院坝上。老虎领着儿子、媳妇开荒种地，几年后生活好起来。一天老虎要离开儿子了，一切安排好后就跑出岩洞很快消失了。到了夏天，小两口儿看到洞外树叶突然枯黄，便想起爹临走时的嘱咐，知道爹已遇难。直够朝落叶飘去的方向走进一个寨子，看见人们正在剥虎皮。他说明来意，大家同意让他把虎骨拿回去安葬。夫妻俩仍在岩洞生活，过着勤劳的日子。

熊崽勇斗吃人妖

苗族除妖故事。采录于广西。

熊崽生来膀大腰圆，力气特别大。爸妈养不饱他，就把他送到财主家放羊看牛。牛羊不听话，偷吃了财主家一大片旱禾，熊崽气得三拳两捶便把牛羊全部打死，被财主赶走了。熊崽听说暮故很厉害，一心想去捶死这个吃人的妖怪。在路上，熊崽遇到两个大力士，都劝他不要去惹那两个老孽妖。熊崽跋山涉水来到了麻洞麻峡，一个老公公告诉他，寨里人都被暮故吃掉了，因自己一身脓疮发臭，才保住了性命。熊崽问清暮故住的山洞，便悄悄跟着暮故婆走进洞里。半夜暮故婆要吃夜宵，爬上竹梯来杀人，被熊崽一脚踢到洞底，摔得头破血流。清早熊崽到茅屎房把自己弄得一身脏臭，要暮故公带他去龙潭冲洗。他在水里戏耍，不识水性的老妖拉他上岸，他顺势把孽妖拉下水，压到潭底淹死了。暮故婆赶来，他飞起一脚，也把妖婆踢进潭里淹死。熊崽除掉孽妖，救出洞里所有被抓的人，带着他们一起离开了妖洞。

老猎人和皇帝

苗族除妖故事。采录于湖南。

早年间，有一个老猎人消灭了山上许多野兽，还有一只山羊精没有打死。山羊精恨死了老猎人，趁皇帝选美，它变成绝世美女当上皇后。一天，皇后假装生病，要皇帝用老猎人的心来为她治病。老猎人带猎狗进了皇宫，猎狗扑向皇后，惊慌的山羊精立刻现原形逃跑了。老猎人带猎狗紧追不舍，终于将山羊精打死。皇帝失去心爱的美女，恨透老猎人，便施诡计宴请老猎人。老猎人知道此去凶多吉少，便向家人做了安排。宴后返回家里，毒酒生效，老猎人不幸丧命。家人遵照遗嘱，将他安放在椅子上坐好。前来打探消息的差人回去禀报皇帝：老猎人并没有死，还安然坐在椅子上。皇帝以为药酒失效，端起酒杯大喝一口，与老猎人同归于尽。

猎人老当灭虎精

苗族除妖故事。采录于四川。

猎人老当打尽了家乡的毒蛇猛虎，又去外乡为百姓除害。他走南闯北，来到一个长满杂草、没有人烟的村庄，循着哭声找到林边小屋。有一个妇女告诉老当，此地有只老虎精和三个虎儿，吃掉她家十几口人。老当取出一张虎皮披在身上，装扮成老虎进山去了。老当顺老虎脚印来到大岩洞，把里面的母老虎称“姑母”。母老虎见他威风十足，杀鸡烫酒让他吃饱后上楼睡觉。他把宝刀放手上，宝剑安脚上，钉耙罩头上，假装打鼾睡着。大老虎回来，听说老表来了，上楼去摸到九齿钉耙，以为老表牙齿这么长，怕被吃掉，变成苍蝇躲进葫芦里。二老虎回来，上楼摸到宝刀，爪上割开一道口，吓得也变成苍蝇躲进葫芦。三老虎摸到宝剑，割断了两只手指，也变苍蝇躲进葫芦。母老虎听说老表厉害，怕儿子吃亏，忙塞紧葫芦。清早老当辞行，不要母老虎送的金银，扯断葫芦绳就跑。母老虎追来，被老当砍死，除掉大害。老当把葫芦抛进大河，一男子当宝贝捞起，打开跳出三只老虎要吃他。老当赶来断公道，说如果亲眼看到三只老虎钻进小葫芦，就该吃男子。等它们变苍蝇钻进去，老当赶忙塞紧塞子，拴上大石头把葫芦沉入河底，消灭了吃人的老虎精。

牙骗婆

苗族精怪故事。采录于广西。

福山老两口住在大山里，屋后做了一个牢固的猪房。山里的精怪牙骗婆钻不进去，便点火烧着附近的草坡，顺风烧到猪房。老两口听到猪叫，赶去灭火，可是半边板壁已经烧坏。老两口商量请木匠来修理，被牙骗婆偷听到。她穿起男人衣服，扛着工具上门来修猪房。老爹见她年纪大没胡须，说话的声音也不像木匠，便一口拒绝了。牙骗婆做上假胡须，压低嗓音去找老奶，说她修猪房不要钱。老奶高高兴兴地把她领回家，一再对老爹说，这是男木匠，心肠好不要钱。牙骗婆弄了几天，把猪房修好了。老两口不再看守猪房，可是此后每天早晨去喂猪，都发现少一只猪崽。老爹断定是那木匠弄了鬼，晚上从门缝看见那“木匠”偷猪崽进了树林，才发现壁板上有个暗门。天黑后，老爹躲进暗门里，等牙骗婆伸进头来，使铁耙用力砸死了这个害人的妖精。

九重魔怪

苗族妖怪故事。采录于贵州。

从前，有老两口儿在干活儿时说起没儿没女的苦处。老婆子叹息道：“要是谁家养不起把孩子丢了，让我们捡到也好啊！”这话被九重魔怪听到，它立刻变成个奶娃儿在地边哭。老两口儿以为喜从天降，赶忙抱回家去喂养。不久，老两口儿发现家里的鸡鸭、腊肉天天变少，老头子要查清是寨里谁偷的，便躲在屋后从窗缝里望。在乌烟瘴气中，他看到小娃儿变成可怕的妖怪，吃掉了公鸡、腊肉。他吓得魂飞魄散，赶紧跑到地里和老婆子商量除妖的办法。他们请来亲戚朋友吃娃儿满月酒，各人扛了柴捆、鱼叉和木棍。老头在院里烧一炉大火，亲友围坐炉前传递着抱抱娃儿。传到老头手里，亲了几口后急丢火里，大家操起家什就往火里叉。妖怪挣扎着骂道：“转世不忘来害人！”很快便死去了。人们把妖怪的骨灰分开来撒，让它不能再转世。结果撒在田里的变蚂蟥，林里的变成长脚蚊，墙角的长成毒草藿麻，专蜇人吸血。

蜘蛛姑娘

苗族精怪故事。采录于贵州。

孤儿召赞的老婆长得很好看，还会吐丝，纺纱织布样样行，召赞逢人便夸。有朋友说，会吐丝不算啥，要是把丝扯断，再能吐新丝才算最好。召赞真这么做了，老婆立刻死去。召赞在路边大哭，一个妇人劝他到对面大箐林里的大树桩去找老丈母娘。他按妇人所说，用棍子把大树桩敲了两下，丈母娘立刻出来随他到家。她把女儿舌根扯断的丝头接上，死人便活过来。妻子再三告诫召赞，不要啥话都兜给别人，也不要随便听信别人。于是，召赞再不敢夸赞老婆了，从此平安无事，夫妻白头偕老。妻子死后，变成了一只大蜘蛛。

放鸭姑娘

苗族精怪故事。采录于贵州。

有一次，放鸭姑娘赶鸭到山谷，母老虎变成老奶奶，小老虎变成小姑娘，把放鸭姑娘骗进茅棚。天黑了，老奶奶留放鸭姑娘过夜，让她和小姑娘一起睡觉。小姑娘睡着现出了原形，放鸭姑娘才明白进了老虎家。她沉着应对，脱下单衣穿在小老虎身上，把银手镯戴在小老虎手上，再把棉衣撕烂反穿在自己身上，假装睡着。一会儿母老虎进来，摸到放鸭姑娘身上软绵绵的像毛一样，以为是小老虎，便把旁边穿衣服的小老虎一口咬死了。放鸭姑娘趁母老虎吃得正起劲儿时，说自己肚子痛要去屙屎，脱身逃跑了。母老虎发觉追到河边，放鸭姑娘已站在对岸。放鸭姑娘叫母老虎用石头拴在自己身上过河，结果母老虎就淹死在河里了。

花葫芦

苗族宝物故事。采录于贵州。

保香受哥嫂虐待，便分家独自生活，和水牛相依为命。他在水牛帮助下，与七仙女结成夫妻，过着幸福生活。嫂嫂十分嫉恨，趁七仙女快要分娩时，故意支开保香，狠掐七仙女的脖子。幸亏七仙女的姐姐闻讯下界搭救七妹，然后一起飞上了天。水牛把七仙女的遭遇告诉保香，并教他上天的办法。天王见到保香，设难关考验他的本事。在七仙女的帮助下，保香闯过了一道道关卡，终于得到天王的认可。天王送给他们一个花葫芦，二人带着孩子回到人间。保香嫂嫂听说花葫芦是个宝，喊什么有什么，便假装悔过，请求保香用花葫芦给她喊一些金银财宝出来。保香满足了嫂嫂的要求，可嫂嫂又说没见过老虎。保香果真喊出老虎，那猛虎扑向嫂嫂，一口将她咬死。从此保香夫妻恩爱，过着安宁幸福的生活。

乌龟与木匠

苗族奇缘故事。采录于广西。

从前，有一个木匠挑担走在路上，看见打鱼人提的大乌龟向他投来求救的目光，便花钱买下大乌龟，沿路用草药给它治伤。这个木匠到财主家做三年工，每到吃饭时都偷一碗饭给乌龟吃，财主发现后，把他的工钱全部扣下，立即将他赶走。在路上，木匠把乌龟放进河里，让它自己去谋生，从此靠打柴度日。可他每天回家，桌子上都有喷香的饭菜。一天他终于抓住了帮他煮饭的姑娘，二人结为夫妻。木匠讨了貌美妻子的事情不久便被财主知道了，财主就要用自己的老婆和一半家产和木匠换妻。木匠的妻子连忙同意换妻，提出不要财产，只要高山上的田地。原来木匠的妻子是龙宫龟丞相的女儿，三年前木匠救了龟丞相的儿子，龟丞相特意让女儿来报恩，但是只有三年的姻缘。现三年已满，她要除掉恶财主。当天财主抬花轿来换人，木匠的妻子走下花轿，端起财主送来的茶水，含一口喷向四周。顿时一片汪洋，这个财主和世上恶人全被大水冲走了。

茶小伙和盐姑娘

苗族奇缘故事。采录于四川。

有一条大河，河这边有个放羊小伙，那边有个放牛姑娘，俩人对歌相爱了。两边村子因闹矛盾拆掉了河上木桥，从此二人只能隔河相望。一天夜晚，河神给姑娘托梦：“你对河水说，上头的水往上流，下头的水往下流，河水就会给你让路。”第二天姑娘试着说了，果然河中间让出一条路来。从此他们天天会面，相亲相爱。姑娘的哥哥要把妹妹许给富裕人家，便起心想整死穷放羊小伙。这一天，小伙正准备赶羊过河，哥哥一箭把他射死在河边。河边长出一棵柳树，姑娘每天放牛，在树下痛哭。哥哥砍倒柳树，又长出一棵茶树。姑娘每天到茶树下哭泣，哥哥竟把她也一箭射死了。姑娘倒下化作一股咸水，使整条河水变咸了。人们只好摘茶树叶熬水喝，吃了盐就要喝茶，姑娘和小伙子也就相会了。

都林与百合花

苗族奇缘故事。采录于广西。

单身汉都林勤劳耕耘，汗水滴落在石窝上面，后来石窝上长出一株百合花。都林上山种地，百合花就唱出动听的歌声。都林把花移栽到房前窗下的石臼里，从此百合花伴他编织箩筐，散发芳香。在一个中秋夜晚，百合花变成白衣少女，与都林结为夫妻。二人勤劳度日，生活很美满。过上好日子后，都林渐渐变懒了，大吃大喝，还不听妻子的劝告，使得家境一天不如一天。有个晚上，五彩孔雀背走妻子，飞上了月宫。寂寞的都林陷入困境，他从床上翻出了百合姑娘留下的两幅绣花，一幅绣着他和妻子白天在田里劳动的情景，一幅绣着他俩晚间编织箩筐的场景。都林百感交集，渐渐醒悟过来，重新开始像过去那样勤劳持家。一天，都林在窗下拾到一根孔雀羽毛，立刻把它放在石臼里面。不久石臼里的羽毛不见了，却长出一株百合花。又是一个中秋夜晚，百合花变成百合姑娘，又回到都林的身边。夫妻二人辛勤劳动，日子越来越美满。

大列和雅觉

苗族奇缘故事。采录于湖南、贵州。

早年间，布朗寨有大布、大列两兄弟，哥哥大布娶妻后变懒了，耕田犁地全由弟弟大列一肩挑。不久，兄弟俩分了家，大列成天和大黄牯巴布生活在一起。有一天，大黄牯巴布对大列说：“你赶快到龙颈坳挖一口水塘，在水塘四周栽上篱笆树。这样就会引来七个仙女洗澡，那个最小的七妹叫雅觉，她愿做你的老婆。”大列一听说不出的高兴，一刻不停地去挖水塘，栽树木。大黄牯巴布的话果真变成了现实，大列和雅觉见面后，对歌盘问，加深感情，雅觉觉得大列勤劳善良，大列称赞雅觉贤惠美丽，两人心心相印，很快便结成夫妻，他们男耕女织，过上快乐美满的日子。

锦 鸡 姑 娘

苗族奇缘故事。采录于广西。

一天亨梭种地时看见一只锦鸡，就抱回家去做伴。半年后，亨梭要把这只锦鸡放归山林，锦鸡突然开口说它不想离去，愿意与亨梭结为夫妻，并且给了亨梭一株消除百病的百灵草。亨梭用百灵草救了不少穷苦人，又救活了路边的死蛇和喜鹊。有一天，亨梭救活一个被强盗杀害的兵丁，那兵丁却拉亨梭到县衙，告他杀人抢钱，让亨梭遭到一顿毒打。这时候，锦鸡跳进树林给喜鹊报信，喜鹊每天含食物进牢里送饭。县官以谋财害命罪宣判斩首亨梭，刀斧手刚抓起他，县官太太便被赶来营救亨梭的蛇咬死，让后堂乱作一团。县官请求亨梭救人，答应可免去他的死罪。亨梭用百灵草救活了县官太太，并且让诬告他的兵丁得到应有的惩罚。亨梭回家的时候，锦鸡姑娘出来迎接他，夫妻二人从此过上了幸福的生活。

多糯和仙姑

苗族奇缘故事。采录于广西。

多糯一年四季在渡口摆渡，感动了天宫的一个仙姑。仙姑变成病重老婆婆向多糯求救，他背老人回到茅草房，找草药煎熬，精心服侍。数月后老婆婆病愈离去，突然在河岸上现身成为仙姑，愿与多糯结为夫妻，白头偕老。山寨大王闻讯赶来，要多糯补交一百二十两银子的河租税，交不上就要他把妻子拿去抵押，仙姑用笋壳变成银子交了差。山寨王又逼多糯交一百二十条一斤四两重的鲤鱼和一百二十匹黑马，多糯都在仙姑的帮助下一一办到了。山寨王又要吃进黑的、屙出红的“不奈其何鸟”。妻子用三斤火药和彩色纸糊成“不奈其何鸟”，让多糯把鸟扛到山寨大王家。山寨大王一家老小围拢看热闹，要他当场试验。多糯点燃鸟嘴里的火线后迅速逃离，突然一声爆炸，把山寨大王全家都炸死了。从此以后，山乡百姓再不受山寨大王的欺负，他们夫妻二人也过上了安宁日子。

阿桑和阿瑙

苗族奇缘故事。采录于贵州。

苗族青年阿桑为人忠厚老实，天公特意派一只神鸟下凡，变成一位美丽姑娘阿瑙，与阿桑匹配成双，过着男耕女织的生活。当地王爷的管家久旺见阿瑙相貌俊秀，就心生邪念，借口为王爷备寿礼，故意刁难阿桑，限阿桑在十天内猎获五十只活野鸡为寿礼，后来又提出要五十只活野猪。阿桑在阿瑙的帮助下，一一如数送去了。可是久旺仍然贼心不死，又提出要阿桑送交一只活老虎去，如果办不到，就拿老婆作抵。阿瑙施展法术，同阿桑一道骑着一头猛虎直奔王爷家。老虎把为非作歹的王爷和久旺都咬死了，让老百姓再也不受他们的欺负。

孤儿久略和香香

苗族奇缘故事。采录于湖南。

有一天，孤儿久略上山打柴时，在草丛中拾到一块闪光的红石头，顺手捡起来丢到面前的小湖里。湖中先冒出一串水泡，接着钻出一位白胡子老公公。老人很关心久略，问这问那，还问他需要什么。久略想了一阵，说自己单身一人，要是有个帮手料理家务就好了。老人面对湖面，喊出小女香香，问她是否愿意跟勤劳忠厚的久略一块生活。香香连连点头表示同意。两人成家后，相亲相爱，生活得很美满。当地的一个财主见香香长相天下无双，就想霸占为妻。于是，他故意刁难久略，提出一道道难题。久略在香香的帮助下，闯过财主设下的各种难关，最终让这个心狠手毒的财主被电打雷劈，一命呜呼。

鲁匠得妻

苗族奇遇故事。采录于贵州。

有一次，玉帝在天上举办花场，孤儿鲁匠去看热闹。他遇上蛤蟆，蛤蟆第一次听人尊称它“老表哥”，心里非常欢喜，就把天上的秘密告诉他，并说只要照办就可以成家了。玉帝的金吹角和银吹角突然不见了，便放话说谁能找到，谁就是花场的主持。蛤蟆把藏宝的地方告诉鲁匠，鲁匠果然找到，当了花场的主持。他正在跳芦笙舞，见雷神的妻子看得入迷，趁机抬脚，鞋子从雷神妻子头顶飞过。众人喊叫“凡人跨了雷神妻子的头顶”，雷神见是主持人鲁匠，只得忍下火气说：“既然你有本事跨我老婆的头，就把她送你做妻子。但我有个十二个月大的吃奶小孩，只好断奶。今后凡间小孩吃奶，如超过十二个月，就用炸雷打死他。”办完七天七夜的花场，鲁匠带着雷神的妻子回到凡间做夫妻。他们勤劳耕作，生活美满。此后凡生儿育女，长到十二个月就断奶了。

猫和狗寻宝

苗族奇遇故事。采录于贵州。

有一个赶场日，老婆给憨包一百块钱去买东西，他从场坝买回一只猫来，下一赶场日，他又用一百块钱买回一只狗来，挨了老婆一顿臭骂。再一次赶场，老婆要他一定买值一百块钱的东西回来。半路上，憨包看到一条大蛇盘在路边，以为是割草人的东西，就用一百块钱买下大蛇。他用绳拴起大蛇拉回家，大蛇打个嗝，吐出一颗宝珠，他便放了蛇揣着宝珠回家。他把宝珠放在米缸里，米越吃越多；放在钱袋里，钱越花越有，老婆满心欢喜。后来，这颗宝珠被人偷走了，憨包让猫狗去找回来。猫狗跟踪气味找到贼人的家，猫闻到在柜里，逼耗子进去拿给它。狗含着宝珠背着猫过河，浪头打来，猫大叫一声，狗张嘴要问，宝珠便落进水里了。狗饿了，让猫回去拿饭，狗一眼看见水獭上岸，扑上去逼水獭下河里找回了宝珠。猫狗一起回到家，才知主人赏它们每人三块蛇肉，都被猫吃光了。从此猫狗结下仇，狗见到猫就追就咬。

安品和满奏

苗族奇事故事。采录于贵州。

从前，苗寨有一位勤劳美丽的姑娘叫满奏，她巧于刺绣，擅长唱歌。跟满奏同寨的青年猎手安品，长相出众，机智英勇，箫筒吹得特别动听。两人青梅竹马，十分相爱。有一次，安品穿上满奏为他绣的一件新衣上天跳舞，天上的鸟兽万物都被安品的新衣吸引住了。后来，神虎打听到安品和满奏的住处，就起了歹心，趁安品还在跳舞的时候，变成安品模样，吹着箫筒去到满奏家，抢走了满奏。安品回到家里得到这个消息，立刻日夜兼程去追赶神虎。他来到一座悬岩，只见神虎睡在山洞里，满奏坐在旁边。安品在洞口吐下口水，落在满奏衣裙上，顿时散成一朵美丽的鲜花。满奏抬头望见安品，十分惊喜。她用裙子轻轻盖住神虎，待神虎睡熟后，安品下到洞中，挥刀朝神虎砍去，满奏同时用头簪刺瞎神虎的眼睛。两人奋力拼杀，终于结果了神虎的性命。安品和满奏回到家乡，结成夫妻，过上恩爱幸福的日子。

苗财主砍妖

苗族奇事故事。采录于贵州。

穷寡崽阿玻给苗财主当长工。一天阿玻驾牛犁地，被大石头挡住，牛对他说："放我去吃点儿草吧。我前世欠财主一双草鞋钱，给他犁三年地，还不让我吃饱。"第二天犁地，牛又去吃草。财主听说地还没犁完，便操起门杠打阿玻，他只得把实情告诉财主。财主藏在树后，果真听到牛说人话，怀疑它非鬼即妖，两马刀就把牛砍死，剁成几大块，驮在马背上转回家。刚走到门口，马就问："朝上房走还是朝下房走？"财主认为马是妖怪，伸手又把马砍死了。马刚倒下，公鸡就搭话："朝下房走。"财主抓起捶草棒去打公鸡。捶草棒说："没打着鸡，把我脖颈摔疼了。"财主立刻烧了捶草棒，老猫也讲起了人话；财主去围打猫，四周钻出无数耗子叫好。财主抓起火把打向耗子，却把房屋家什都烧光了。财主大哭起来，乌鸦在树上人笑。财主抓起斧子砍倒一棵树，乌鸦就飞到另一棵树上，飞呀砍哪，直到财主把自家的树都砍光，一下瘫倒气死了。从此以后，阿玻便得到自由了。

惜 粮 得 粮

苗族奇事故事。采录于贵州。

穷人张善良爱惜粮食，见到地上撒了几粒谷子，他都要捡干净再走，别的孩子说他像叫花子。有天夜里，他梦见一位白发老公公让他把屋子打扫干净，明天要到他家做客。他不管真假，天不亮就起来打扫屋子，然后睡到天亮，打开门看见堂屋里堆满了黄灿灿的谷子。他想因为自己惜粮，所以谷神爷送谷子来了。他把谷子装进囤箩，里面有颗珠珠也一起装了进去。这谷子尽吃尽有，拿出去卖了又涨起来。日子好了，张善良盖粮仓娶媳妇，几年生了两个儿子。他从小管教孩子，但家里粮食吃不完，儿子乱抛撒粮食也不心疼。张善良去世，两儿子要分家，打开粮仓一看，里面一粒粮食都没了。兄弟俩又吵又埋怨，半夜做了同一个梦。白发老公公说，别吵了，你们不爱惜粮食，谷子飞走了，以后人们勤苦流汗种粮食，才会晓得爱惜。

两个媳妇两样心

苗族报应故事。采录于贵州。

从前，有个寡妇把两个苦崽带大娶了亲，大媳妇懒惰贪财，二媳妇勤快贤惠。一天村里有人家请客，婆婆有病让二媳妇替她去。吃饭时，二媳妇惦着婆婆，就把她那份鱼肉匀出来包在菜叶里，没想到在回家的路上摔了一跤，把肉包甩进污泥里，沾上了牛屎，她捡回去洗了又洗，心里很不安然。婆婆知道她心好，安慰几句就把肉吃了。忽然狂风暴雨，雷声动天，二媳妇赶忙跑到树下等待天神的惩罚。暴雨过后，在树下的深槽里出现一坛金子。大媳妇从娘家回来，恰逢村里有家人吃“婴儿粥”，婆婆让她去。大媳妇一心想发财，便照弟妹的做法，把包起的肉片丢进牛屎里，回家洗洗给婆婆吃。当夜风雨不停，大媳妇跑到树下闭上眼，一声炸雷把大树劈成两半，雷火烧得她没了模样。

善　鬼

苗族水鬼得升型故事。采录于四川。

张四每天夜晚在河边钓鱼，水鬼都来和他摆龙门阵。水鬼把河里的鱼围拢来，张四每晚都能钓很多鱼。这天，水鬼对张四说，明天有个妇女来跳水，你千万莫喊，她是我的替身。第二天果然有个妇女哭哭啼啼跑来，张四叹口气没有阻拦。一会儿妇女又浮出水面，没被淹死。晚上钓鱼时张四问水鬼，水鬼说：“唉！她有孕在身，我换得一条命，却要害她两条命。要不得呀！”

莫嘎都和莫各斗彩

苗族鬼魂故事。采录于贵州。

莫嘎都和莫各斗彩两个单身男女，都因为挑来挑去耽误了时间，后来他俩竟结为夫妻。有一天莫嘎都打猎时，红面鬼挡住去路告诉他，阎王听说他芦笙吹得好，摆起花场请他去跳芦笙，半个月后放他还阳。莫嘎都回去把这件事告诉妻子莫各斗彩，叮嘱妻子他走后千万别动他的身体，一旦闭气就回不来了。莫各斗彩小心关上门，谁都不准进屋。阿妈不见儿子露面，便让幺妹去探究竟。幺妹见床上的哥哥满头是汗，忘记嫂嫂的吩咐，扯起裙子去擦汗。莫各斗彩见丈夫真死了，让幺妹守着别走开，立刻出发到阴间去找人。莫各斗彩受尽折磨来到了阴间的大路，认了一个长胡子老者为干爹，才得知丈夫的去向。她按老者说的办法找来溏鸡屎，等到莫嘎都吹芦笙跳着舞、带大群蝴蝶过来时，立即抹他一脸溏鸡屎，让他昏了过去。莫嘎都醒来告诉妻子，因幺妹动了他的身子，就还不了阳，于是在阴间流落，被变为蝴蝶的女鬼迷住心窍，天天跳芦笙。他们离开阴间后，莫各斗彩先回家烧热水，擦洗丈夫尸身，七天后便听到丈夫的芦笙响。芦笙声绕房子响了三天，到了第十天，莫嘎都终于活了过来。从此二人甜甜蜜蜜生活，再也不分开了。

◇苗族动物故事◇

黑羊头与懒羊头

苗族动物故事。采录于湖南、贵州。

有一次，一群羊苦苦哀求狼不要吃它们，狼说：“好嘞，你们恭顺我客气，少吃一点儿。”眼看羊一天天少下去，一只黑羊便出来带领大家齐心协力对付狼。它让大伙轮流放哨，不许单独行动，使狼无法靠近，于是羊群又渐渐兴旺起来。有一只懒羊觉得平安无事了，不愿被管得太严，便偷偷煽动大伙离开黑羊，由它自己来当头儿。狼又乘机天天来吃羊，最后连懒羊头儿也吃掉了。只有那些没有离开黑羊的羊，才免遭狼的祸害。

老虎换马掌

苗族动物故事。采录于贵州。

从前马的脚掌有肉垫，爪子锋利，跑得飞快。老虎虽牙齿锋利，但脚掌圆笨，动物们听到它的“咔嗒”声就逃跑了，所以老虎常挨饿。一天老虎对马说：“我身轻脚大，你身大脚小，咱们换换脚掌吧。”马寻思换个脚掌能逃脱性命，便把四只有肉垫的利爪换给了老虎。不久，有了利爪的猛虎冲向草坪上的马。马自以为和老虎有交情，并没有逃跑，老虎却说：“我就是为了吃到你的肉，才和你换脚掌。”说着就把马吃掉了。

老熊跟狐狸结仇

苗族动物故事。采录于四川。

老熊和狐狸哥俩逮的野物，眼看就要让狐狸吃光了。老熊一把掐住狐狸嘴，把仅剩的兔肉挤出来。狐狸吃了亏，从此记在心里。一天，狐狸看见矮树上的野蜂窝，便请老熊去吃蜂糖。老熊独自跑去刨蜂窝，野蜂把老熊蜇得跑出十几里。狐狸乘机美吃了一顿蜂蜜，还奚落老熊贪食想独吞。老熊患眼疾，狐狸说它能治，便弄来两包石灰塞进老熊的眼睛里。老熊痛得直号叫，狐狸连忙叫老熊闭目养几天，它乘机把老熊家里的食物全部吃光了。冬日里狐狸弄了一些鱼来，骗老熊说是它用尾巴钓的。狐狸把老熊带到快结冰的水边，假装钓鱼，老熊学着狐狸的样子，闭目坐在那里钓鱼。老熊的尾巴冻牢后，狐狸大喊："老山匠来了！"老熊惊慌逃跑，一下把尾巴拔断了。这时候老熊才知道上了狐狸的当，从此就跟狐狸成了冤家。

公鸡斗不过毛狗

苗族动物故事。采录于四川。

有一次，毛狗（狐狸）请好朋友公鸡来做客，用盘子装菜招待，公鸡还没动嘴，毛狗就一舌头把盘子头的菜舔个精光。后来公鸡回请毛狗，它用竹筒装菜，自顾自把脑壳伸进竹筒里去吃，狐狸立刻掀翻竹筒，把倒出来的菜又舔个精光。公鸡心里非常不高兴，从此便跟毛狗结了仇。毛狗趁夜去偷鸡婆、鸡儿女，公鸡斗不过毛狗，只好搬到人的家里去住。

没胆的黄猄

苗族动物故事。采录于广西。

黄猄和狗原来是好朋友，狗的头顶上有一对金灿灿的角，黄猄却没有。一天，黄猄要去亲戚家吃酒，就向狗借角，狗舍不得借。黄猄扒开自己的胸膛，把胆抓给狗，狗才把金角给黄猄戴上。吃过酒席后，黄猄舍不得还金角，便躲进深山老林去了。过了好长时间，狗不见黄猄来还金角，寻找了许多地方，终于找到了黄猄。无论狗怎样问黄猄，黄猄总是一声不吭。狗气得把黄猄的胆扔了，向黄猄扑去，黄猄撒开四蹄逃跑。从此狗一见黄猄就追，黄猄吓得屁滚尿流。

了哥鸟与马蜂比赛

苗族动物故事。采录于广西。

了哥鸟自以为身体魁梧，常常在马蜂面前夸耀自己。马蜂不恭维它，它就要同马蜂一比高下。它们请乌鸦来当裁判。乌鸦说谁能够把在地里吃庄稼的牛赶走，就算谁的本领大。了哥鸟飞到牛背上去啄，越啄牛越舒服，一点都不动；马蜂飞到牛背上去蜇，牛痛得要命，立刻夹着尾巴逃跑了。乌鸦见了笑得前仰后合，对了哥鸟说："不要吹牛啦，你的嘴巴还不如马蜂的屁股！"

猿和刺猬抢金笛

苗族动物故事。采录于广东。

金鸡有一支金笛，笛声婉转悠扬。长臂猿很想要金笛，便请刺猬去找金鸡。金鸡只有一支笛，刺猬便提议把笛子抛上天空，落下来谁捡到就是谁的。于是，刺猬把笛子抛向空中，猿仗着长臂，跳到半空去抢，哪知它失手了，金笛落在地上被刺猬捡到。刺猬边吹边跳，猿恼羞成怒，一拳揍向刺猬的鼻子，弄得鲜血直流。长臂猿趁机夺走金笛，边吹边上了山。现在猿尖锐的叫声，就是那支金笛的声音。

◇苗族写实故事◇

卖鹅崽三打山主

苗族惩恶故事。采录于广西。

有一回，卖鹅崽的十只鹅崽被山主抢走了，他发誓要报三次仇。几年后，山主要盖大房子，一直无人应聘。卖鹅崽扮成木匠到场地说，需要找足够长的主柱木料。山主带着他上山，在大杉树上做了记号，最后木匠双手合抱一棵特粗的杉树，让山主过来帮忙量树身。山主从树对面合抱过来，木匠扯下垂藤绑住山主的两手，用烂木叶塞住他的嘴巴，猛抽山主屁股，并且告诉山主：“我不是木匠，是来报第一次的仇的。”山主被打得伤口化脓，久治不愈。这时候，有一位老草药先生给他敷药使脓血消退，但疼痛不减。老先生让山主派人采新鲜草药，等家丁大小老婆全都上山后，老先生扯掉胡子，用烟杆狠打山主的屁股，说道：“我不是草药先生，是来报第二次的仇的。”在六月六赛马会上，卖鹅崽骑马把山主引上山道，用一根青藤把山主绊得头破血流。他报完三次仇后，立刻扬鞭而去。从此，山主再不敢对四乡八寨的山丁们下毒手了。

腊 肉 打 鬼

苗族机智故事。采录于四川。

有一年，财主雇长年时讲好十天打一次牙祭，可长年们一年连肉影儿也没见过。财主怕鬼，大家想了个好办法。一天晚上，财主的房前屋后传来一片怪叫声，吓得他一夜没睡好。早晨起来，财主询问机灵鬼李幺毛，李幺毛说，起夜时看到红毛鬼围着老爷的窗外转，老爷又白又胖，怕是鬼要抓老爷打牙祭啊。接着，他又说鬼最怕腊肉，只要把肉甩去打，鬼就能吓跑。财主顾不得心疼，半夜鬼叫时，赶忙喊长年们起来，把楼上腊肉取下来打鬼。长年把所有腊肉向“鬼”叫的地方甩去，肉甩完了，鬼也不叫了。清早财主发现甩出去的腊肉一块也没有了，心里庆幸：丢了几十块腊肉，保住了性命，也还划算。

勇敢的小米朵

苗族机智故事。采录于云南。

有一回，小米朵背上妈妈给他的饭团、火镰和杆子，到山那边去接外婆。他翻过高山，有一头野猪突然蹿到面前。他沉着应对，把野猪引入爹爹挖的陷阱里。他走到老黑箐，又遇到大黑熊。他望着树上成串的果子，说要摘果子给黑熊吃。他爬上树，让黑熊直立闭上眼睛，张开大口给它丢果子。他趁机把杆子对准熊嘴，使出全身力气直戳下来，黑熊立刻丧命。小米朵跨过小河，爬上高坡，眼看就到外婆家，一头猛虎突然冲了过来。他用饭团把老虎引进岩洞，搬来柴草严严实实堵住洞口，用火镰燃起熊熊大火，把老虎烧死在洞里。他不但平安接回外婆，还搬回三个大野兽。

一个姑娘三个女婿

苗族一女三配型故事。采录于湖北。

从前，一家老两口有个独生女。老汉做生意，把女儿许给管账先生；老婆婆在家把女儿许给教书先生；姑娘自己私下里与打鱼郎订了终身，三人都说要做主。端阳节，三个女婿来拜见老人，个个都不依。于是六人吵成一团，闹到县衙去打官司。县官叫来差人，一拍惊堂木说："大胆小女子，敢私自许亲，拉下去狠狠地打！"阵阵棍棒声，姑娘在后堂又喊又叫。一会儿差人来报，姑娘被打得坐不起来。县官说，要打成终身残疾！过一会儿差人又报，姑娘的手脚都打断了。这时管账先生说："大人，我不要了，他俩谁要都可以。"教书先生说："我也不要了。"打鱼郎却说："我要，我养她一辈子也心甘情愿。"这时候，姑娘走出来，和心上人高高兴兴转回家去了。

穷人赢官司

苗族案狱故事。采录于四川。

有个穷人把他的一匹好马拴在草地上吃草，土霸王想霸占这匹好马，故意把自己的狗和马拴在一起。穷人提醒他："你的狗拴那里，会遭马踢死，别怪我没打招呼。"土霸王不理，狗果真被马踢死了。他把穷人拉到县衙，要索赔那匹马和二十两银子。在大堂上，无论县官问什么，穷人只是"咿咿呀呀"装哑巴。土霸王赶忙说："他不是哑巴，我拴狗时他还说话了。"县官问说了什么，土霸王答："他说，把狗拴那儿，遭马踢死莫说没打招呼。"县官拍惊堂木："大胆！人家打了招呼，你还把狗拴那里。来人，打他四十大板！"

细细的烟杆

苗族财主故事。采录于贵州。

胡百万有个独生子，从小娇生惯养，长大四体不勤，肚内无墨。胡百万死了，老太婆不发愁，阔日子照样过。有人跟她说，少爷学会吹鸦片烟了。老太婆跑到烟馆一看，笑了："晓得是拿根细杆杆挑起吹，我就不来了。我儿爱吹让他吹，老娘的家财够他吹！"没过几年，胡百万留下的家产让少爷全部吹光，变成了叫花子。老太婆躺在病床上边哭边数落：“想不到那细杆杆把我家金山银山全挑光了！”

行 酒 令

苗族诗对故事。采录于四川。

有个老丈人是个势利眼，大姑爷、二姑爷是秀才，只有三姑爷是种田的，老丈人便想趁着庆寿的机会羞辱他。喝酒时，老丈人说了行酒令的规矩。大姑爷抢先说：“吕字拆开两个口，一口水来一口酒，水酒本是同一色，你喝水来我喝酒。”二姑爷说：“出字拆开两座山，一山煤来一山炭，煤炭本是同一色，既有煤来又有炭。”大家冷眼看着三姑爷，三姑爷说：“我也会。二字拆开两个一，一个乌龟一个鳖，龟鳖本是同一色。”又指着摇头晃脑的那两个姑爷说：“这是乌龟那是鳖。”

◇苗族机智人物故事◇

老谎的故事

苗族机智人物故事群之一。流传于湘西、黔东一带。故事主人公老谎，又称阿方、老幌、谎匠三、反江山、幌江山、翻江山等，系劳动者型机智人物，出自艺术虚构。其人聪明机捷，能干泼辣，善于随机应变，编造各种“谎话”来捉弄形形色色的压迫者和吸血鬼甚至野兽，让其得到嘲讽和惩罚。有时候也耍小聪明欺负同伴或者平民，扮演恶作剧的角色。他的故事有百篇之多，内容广泛而庞杂，瑕瑜互见，但就总体而言，好的和比较好的作品占多数，从多角度展示了过去苗族地区的社会生活和风土民情，表现了苗族人民群众的聪明才智和思想情感，不失为苗族民间文学中的一束奇葩，至今仍有较强的生命力。代表性作品如《老谎与皇帝》《守备老爷做贼》《收缴“谎架门”》《分金砖》《买鱼种》《四缸蜂糖》《吝啬婆煮大方饭》《花换换牛》《懒人有懒福》《半边猪肉》《出榜招婿》《老谎与蛊公》《老谎和老虎》，有《阿方的故事》（贵州人民出版社，1982年版）等专集。其故事曾被改编为地方戏和电视文学剧本。

老谎与皇帝

苗族机智人物故事。

有一次皇帝下圣旨：谁能说谎使他不信，赏银千两。这下每天进宫说谎的人川流不息，但无一人得赏。有一天老谎走上殿去对皇帝说："听我爷爷讲，六十四年前皇上的父亲落难到苗山，吃了我家两个鸡蛋。老皇上说，回宫后连本带利百倍奉还。"皇帝心想，两个鸡蛋算什么？就说："我相信。"老谎要大臣马上算账。大臣算到五十年已吓了一大跳，算到六十四年，皇上一看数目，大得一下念不出来了，连忙说："你这谎说得太大了，我不相信！"老谎听了哈哈大笑，终于得到一千两赏银。

守备老爷做贼

苗族机智人物故事。

有一年，皇上传旨要调湘西的屯谷。守屯谷的守备历年亏空太多，一下慌了手脚，便厚着脸皮去求老谎帮忙想办法。老谎让他到他舅父龙员外家里去偷金银。守备无路可寻，只好去偷，但他怕走夜路，老谎就把他装在大口袋里，背到龙家后连人带口袋一起丢进围墙里面。龙员外一家闻声跑来捉贼，守备在口袋里大叫："不要打，我是守备老爷！"龙员外以为盗贼冒充他的外甥，十分气恼，让下人往死里打，结果把守备活活打死在口袋里面。

收缴"谎架闩"

苗族机智人物故事。

阿方被新上任的张知县用八抬大轿请进衙门，如贵宾一般大摆酒席款待。数杯酒落肚，张知县才言语："赵巡抚听说你有个'谎架闩'，要你献给他，想必你定能帮这个忙。"阿方一听，心里觉得好笑，忙说："好办，好办！我明天就献来。不过这城门要拆开，不然那东西抬不进来。"张知县犹豫了，城门刚修不久，要拆太可惜，但自己已向赵巡抚保证缴不回"谎架闩"就不当知县，只好横下心拆城门，同时还派人通知赵巡抚也拆城门，以便迎收"谎架闩"。没想到次日中午，阿方竟扛着一架长竹梯来了。快到城门时，他一扭身把竹梯横着扛，还说城门拆得不够宽，扛不进来。张知县一看，这分明是一架竹梯，正要发作，阿方一本正经地解释说：“我们苗家是喊它‘谎架闩’，如果横着进城，不就成了闩城门的门闩了吗？”想到自己的下场，张知县当即昏过去了。

分 金 砖

苗族机智人物故事。

有一回，苗族地区要修建新城，上边拨来的建城费却都被刘知县私吞了。这天，同知老爷要来视察。刘知县提前通知各寨民工早出工，并指名阿方带五十个民工夹道欢迎。可是同知老爷到工地时，民工稀少，更没有见到欢迎队伍，气得大骂刘知县无用。他们正准备回去，阿方带着人来说，因为他昨晚在园里挖到一百块金砖，和大伙分了一夜金砖，所以来晚了。两位老爷忙问他是怎么分的，阿方说：“报告二位老爷，我自己只留二十块，买点儿田地，拿三十块给刘知县建城，这么大的工程，上面一两银子未拨，怎么修建？同知老爷来视察分二十块，刘知县十块，其余二十块散给寨子穷人，七分八分的，后来……”同知打断阿方的话，瞪大眼睛说：“阿方拿出三十块金砖建城费用足够了，原来拨下来的一百两银子上交国库！”同知顿了顿又说：“阿方得了金子就想到国家，精神难得，我宣布提升他为千总，免除全部劳役。”阿方忙说：“千总的官我当不了，只求老爷也免了这五十人的劳役。”同知立即应允。大家一路高高兴兴回家，忽然有一个屯兵飞马奔来说：“同知老爷让我来要给他的二十块和建城的三十块金砖。”阿方若无其事地说：“请回禀老爷，我的话还没讲完就被他打断了。后来我老婆嫌自家留得少，狠狠踢我一脚，我痛得一跳滚下床来——原来是场梦。”屯兵立即勒马转身回去复命，大家听了笑得一个个喘不过气来。

买 鱼 种

苗族机智人物故事。

有一次，老谎来到黄果寨，得知龙员外霸占了鱼苗场，使穷苦百姓都养不起鱼，心里很是不平。当龙员外带着五挑鱼种来叫卖时，老谎哄龙员外说守备老爷把这些鱼种全部买了，让他叫长工们一碗碗地把鱼种放到守备老爷的田里。老谎领着他们四处转，把鱼种逐一放进穷人家的田里。剩下最后一碗时，老谎说自已要亲自放到茶林那边的坡上去，让龙员外先去守备老爷家中等着，乘机脱身溜掉了。龙员外去守备家里收钱时，守备说龙员外讹人，龙员外说守备赖账，两人吵得不可开交。后来经县太爷细细盘问，他们才知道是上了老谎的当。

吝啬婆煮大方饭

苗族机智人物故事。

有一年，老谎在吝啬婆家里帮工，三天没有吃过一顿饱饭，饿得头昏眼花。这天老谎刚刚下田，吝啬婆便跑来说她家的黄牛得了重病，让老谎赶快回去医治。老谎告诉吝啬婆，牲畜中邪了，只有煮一餐大方饭请全寨子的人吃，才能驱邪除祸，不然她家还有大灾大难。吝啬婆一听吓呆了，只得照办。老谎偷偷取出他事前塞进牛嘴的草烟丝，牛的“病”一下就好了。吝啬婆却因为请全寨子人吃了饭，像剜了她心头肉一般难受，后来竟生了一场病。

懒人有懒福

苗族机智人物故事。

寨里有个懒人常到坡上偷老谎砍的柴，还说：“懒人自有懒福气。”老谎决定教训他一番。一天懒人上山躺在阳坡睡觉，老谎把自己的背篓放在旁边，人坐里面，头顶盖满柴草。懒人醒来，看到现成一篓好柴，背起就走。他越背越重，刚背到家，老谎就跳出背篓来狠狠地教训了他一顿，懒人只好答应明日赔老谎一篓柴。第二天懒人弄了些柴草，也学老谎，把自己盖在背篓里。老谎按时来背柴，一看心里就明白了，他拿一根削得尖尖的扦担对准背篓说：“一个背篓硬咚咚，捅一扦担通不通？”懒人吓得爬出来哀求道：“千万捅不得，我以后再也不偷懒了。”

出榜招婿

苗族机智人物故事。

有一次，松县都司出榜招婿：谁要能说谎使他不相信，就将独生女嫁给谁。老谎见许多人都没被选中，知道都司在捉弄人，便决定去走一遭。老谎对都司说：“大人，你祖宗八代，代代借过我家的钱。你祖父曾借我家一百两黄金；你家这些房屋原是我家的猪圈马棚，你父亲讨饭到这里，我看他可怜，就借给他住了。今天我是来要那一百两黄金和这猪圈马棚的。”都司一听张口结舌，既不敢说相信，也不愿说不相信，只好拿出二十两银子打点，请老谎快走。从此，他再也不敢搞这种捉弄人的鬼名堂了。

老谎与蛊公

苗族机智人物故事。

咽叭寨的帕妮姑娘嫁给咽欧寨寨长的儿子阿水为妻。头两年夫妻和睦，第三年阿水学会拈花惹草，整日在外玩女人，还造谣言说帕妮是个害人的蛊婆。寨长和阿水请来巫师作法，要当众火焚蛊婆。老谎闻讯赶到，对众乡亲说：“帕妮出嫁已三年，来时不是蛊婆，怎么会变成蛊婆呢？可见婆家有蛊种，今日定要找到蛊种！”寨长家竭力为儿子强辩。帕妮泪汪汪地说：“阿水变了心，见我挡他的眼，就下此毒手。”老谎大声说：“阿水才是货真价实的蛊公。父老们，快把蛊公烧掉吧！”阿水一听，吓得连连求饶，终于承认过错，当众保证悔过自新。

老谎和老虎

苗族机智人物故事。

老谎施计让几只小虎落到洞中，并且哄骗母虎往洞中扔石头将小虎砸死。接着他又说岩壁要垮，叫母虎撑着岩壁，结果把母虎活活累死了。公虎来吃老谎，老谎让公虎吹牛角消消气再吃他，猎人听到牛角声立刻赶来将公虎打死。从此大大小小的老虎都痛恨老谎。有一天，十几只老虎围着老谎，要他交出骗人的谎经，打算把谎经弄过来再吃他。老谎告诉这些老虎，只有捆住手脚才能看谎经，结果将它们骗来捆起，通通打死了。最后只剩下一只母虎，逃到京城去告状，皇帝封它“一年一胎生九崽”。回来碰见老谎，吓得把圣旨忘掉了。老谎告诉它是“九个九年一胎崽”，从此山里的老虎就很少了。

多略的故事

苗族机智人物故事群之一。流传于贵州东南部和南部苗族聚居区。故事主人公多略系劳动者型机智人物，出自艺术虚构。他在作品中常以帮工的身份出现。其故事大多是戏弄、嘲讽、抨击土司的趣话，短小诙谐，民族特色较为鲜明。代表性作品如《腊月三十捉鱼》《过渡》《砍树》《架桥》《卖茶水》。

砍　　树

苗族机智人物故事。

这一年过“四月八”，到土司家过节的客人刚吃过花米饭，又送上来一篮樱桃。土司一心想当众出多略的丑，趁大家吃得正香，突然捂住肚子大叫，说吞下去一颗樱桃籽，在肚里长出了樱桃树，要多略想办法。多略不慌不忙地从板壁上取下砍刀，说道：“老爷，不要紧，我帮你砍倒就是了。”说着举起砍刀朝土司肚皮砍去。土司吓得连连求饶，引得在座的客人哄堂大笑。

腊月三十捉鱼

苗族机智人物故事。

有一年腊月三十该算工钱的时候，土司让多略到鱼塘里去捉鱼，还说：“捉不到鱼过三十夜，一年的工钱我是要扣的哟！”多略气得直咬牙，他扛着锄头来到冰封的鱼塘上，凿开了一个小冰洞，又跑回去对土司说，他听到塘里的鱼在集会议事，嫌土司吝啬，闹着要搬家。土司赶到冰洞口，怎么也听不到鱼声，多略把洞口再凿大些，土司还是听不见。土司正要发怒，多略一锄下去，把土司站的冰面也凿开了，土司立刻掉进塘里。这时多略不紧不慢地说：“老爷，你捉不到鱼过三十夜，我是不会拉你上来的哟！”

耶奎的故事

苗族机智人物故事群之一。流传于湖南保靖一带。故事主人公耶奎，系劳动者型机智人物，出自艺术虚构。在故事中，他常以长工、轿夫等身份出现。其故事大多是描写他与官家、财主、坏人斗智的作品，诙谐逗趣，乡土气息浓厚，有《小棍换大马》《草背与挑草》《一捶桶两捶缸》《钱才是你老子》等。

草背与挑草

苗族机智人物故事。

有一次，耶奎和帮工们上山割茅草，财主摇着风打扇坐在那里监工。耶奎十分厌恶，运了几趟草就对财主说："今天我累了，收工后你背我回去。"财主吼道："你做梦！"太阳落山，财主让各人背一大捆茅草回去了，还剩一捆没人背。财主等到天黑，不见耶奎的影子，又舍不得丢掉那捆草，只好自己勾着腰背回屋去。财主刚把那捆草放下，耶奎就笑嘻嘻地从草捆里钻了出来，财主气得翻白眼。第二天傍黑，财主也钻进一捆茅草里，等着耶奎来背他。耶奎看在眼里，故意大声说："放工了，我用扦担戳两捆草挑转去。"财主一听，吓得"呼"地跳出来喊道："戳不得，戳不得！"

一捶桶两捶缸

苗族机智人物故事。

有一天，几个强盗抓来耶奎，逼他入伙。夜里他们一起下寨子里偷羊，耶奎说："有只黑羊最肥，我进羊栏去撵，你们在外面拿麻袋等着。"他钻进羊栏，瞄见强盗已牵走几只羊，便朝栏外一扑。强盗以为黑羊出来，用麻袋一套抬着就走，回到家里才发现抬的是耶奎。强盗们气得煮好羊肉不给耶奎吃，耶奎在门外捡了一个羊尿泡吹得鼓鼓的，边打边喊："哎呀，偷羊的不是我，他们在屋里头哩！"几个强盗听了，吓得跳窗而逃，耶奎便进屋吃了个饱。强盗们发觉上当后大发脾气，将耶奎捆绑进扎笼里，放在河边。耶奎随即磨断索子爬出来，用衣服包个树墩放进扎笼。强盗吃饱出来，抬起扎笼扔进大河。等他们转来，却见耶奎赶着一群羊笑嘻嘻地过来说："多谢你们，我见了海龙王，还送我一群羊。"强盗们争相要下河找财宝，耶奎让每人坐一口大水缸，自己则坐木桶，下到河中央，强盗们举起铁锤边敲边念："一捶桶两捶缸，老爷要见海龙王。"缸被捶破了，强盗们纷纷落水，再也没有上来。

◇苗族寓言◇

祝笛梢和祝笛格

苗族人事寓言。采录于贵州。

某地有一胖一瘦两个后生，瘦的叫祝笛梢，很聪明；胖的叫祝笛格，力大无比。有一天，祝笛梢到祝笛格家做客，祝笛格让客人跟自己一起上山砍柴来煮饭。祝笛格为了显示自己力大，砍倒一棵大树，扛起来就走，而叫体弱的祝笛梢把树梢扛回家。祝笛梢不声不响地把树梢捆起来，从山顶上一推，柴捆顺着山坡滚下去，滚到祝笛格家房后的菜园地边。吃饭时，祝笛格真心佩服祝笛梢用巧计把树梢弄回来，说道："祝笛梢啊，我晓得喽，光有力气还不够，智慧才是无穷的力量！"

孔雀的尾巴

苗族动物寓言。采录于贵州。

古时候，一座山林里面住着许许多多动物。一天，有一位神仙来对动物们说："你们谁觉得自己难看，我可以帮助它变得美丽。"动物们都觉得自己好看，而认为别的同伴有毛病——猴子说马的脸太长，马说大象的鼻子太长，大象说孔雀的尾巴难看，唯独孔雀承认自己的尾巴确实难看，请求神仙给改一改。神仙见孔雀很谦虚，立刻替它拔掉短尾巴，换上五彩缤纷的长尾巴。孔雀在阳光下打开尾巴，光彩夺目，动物们看了非常羡慕。它们忍不住惊呼起来："多好看，多漂亮啊！"这时候，它们一个个都感到十分懊悔。

牛虻斗狮子

苗族动物寓言。采录于湖南。

狮子认为自己是"森林之王"，谁也不怕；牛虻认为自己"天下第一"，谁也不服。有一天，牛虻对狮子说："你个子大，不见得本事最大；我个子小，本事不见得比你小。"狮子觉得很可笑，就用前爪去抓牛虻，牛虻向上一飞，没有被抓住；狮子又用嘴咬牛虻，用尾巴扫牛虻，都不管用。这一下，狮子心里有些发慌了。牛虻随后飞到狮子的耳朵里面，“嗡嗡”叫起来，狮子对它一点办法都没有，只好服输。牛虻因此扬扬得意，到处乱飞乱撞，一不小心撞进蜘蛛网，很快便被蜘蛛吃掉了。

彝族故事

◇彝族幻想故事◇

阿 茨 姑 娘

彝族灰姑娘型故事。采录于四川。

阿茨姑娘的生母不幸病死，父亲娶了后娘。后娘偏心，疼自己亲生的女儿，虐待阿茨。后娘让阿茨每天上高山放牛，还要一边放牛一边搓麻线，如搓不完就遭毒打。小母牛同情阿茨，便把麻吃了，然后屙出一团团麻线。后娘知道这件奇事以后，就让亲生女儿去放牛，也让牛吃麻屙线。哪知牛不肯吃麻也不屙线。后娘很生气，立刻把牛宰杀来吃了。阿茨按照喜鹊的话，把牛骨头藏在马圈角、门角和屋后的空坛子里。不久，邻近寨子有一家人请毕摩念经并宴请亲友，后娘只带亲生女儿去，并且安排重活刁难阿茨，阻止她去参加宴会。这时，喜鹊飞来教她干完活计，找出小母牛的骨头，竟然都变成了金鞍马、漂亮的衣裙、披毡和金银玉石首饰。阿茨穿戴好，骑上高头大马参加宴会去了。在宴会上，有个叫吉木阿基的小伙子，看上了美若天仙的阿茨姑娘，立刻派媒人带上阿茨送他的手镯去求婚，并把阿茨娶为妻子。阿茨回娘家，后娘的女儿心生嫉妒，在送阿茨往夫家的路上，骗阿茨交换了衣裙、首饰，把阿茨推下悬崖，冒充阿茨去做吉木阿基的妻子。在水鸟的指点下，疑惑的吉木阿基终于知道真相，将假妻子赶走，找到了幸运没有摔死的爱妻阿茨，夫妻重新团聚。

青蛙仙子

彝族蛙郎娶亲型故事。采录于四川。

早年间，有个女人在背水路上，听到乌鸦叫“前面女人膝盖要生蛋”。她到家后膝盖痛痒，就生下一个蛋，孵出一只青蛙。丈夫要把青蛙扔掉，青蛙说：“爸爸妈妈，我是你们的儿子。”有一天，青蛙说要娶个媳妇来伺候二老，它让父母准备一些炒面和酒，便上路了。青蛙唤来神马，飞奔到皇宫，大喊要娶公主为妻。国王见是只青蛙，火冒三丈。青蛙朝天大笑，狂风大作，宫殿吹得直摇晃，国王碰得头破血流，只得答应把大公主嫁给它，青蛙却要美丽善良的小公主。国王不允，青蛙大哭，暴雨倾泻，把宫殿冲垮一半。小公主同意嫁给神奇的青蛙，便和青蛙一起出发。走过树木时，新娘感到有人紧拉缰绳和她贴在一起。赛马节到了，婆媳看赛马回来，妈妈对儿子说：“叫青蛙仙子的小伙最俊，叫斯木赛木的马得胜了。”这时候，青蛙无意间说出自己就是青蛙仙子的秘密。第二年赛马，婆媳俩等青蛙变成漂亮小伙骑马离开后，立即取出蛙皮丢进了火塘。青蛙感到浑身疼痛，赶到家里为时已晚。原来青蛙仙子是来帮助百姓除恶降福的，还差两天就成功了。青蛙仙子没有实现理想，竟抱憾死去。

狗耕田

彝族狗耕田型故事。采录于四川。

从前有两兄弟，父母刚去世，哥哥就吵着分家。牛归哥哥，弟弟牵了一条狗、背一口锅住进竹笆房。弟弟在火塘边哭，狗说：“别伤心，我去耕地。”谁知道老狗拉犁比牛还快，哥哥看了眼红，立刻来换走会耕地的狗。狗不肯给哥哥耕地，还咬了哥哥三口，气得哥哥把狗打死，吊在树上。弟弟找到吊在树上的死狗，痛哭晕倒。他醒来发现自己的烟荷包里面装满金子，衣兜里面装满银子。哥哥知道后非常眼红，便假装伤心，也到树下去哭。哪晓得掉下来九十包金银把哥哥压在下面，金银又变成狗屎熏死了他。

木呷问神

彝族找幸福型故事。采录于四川。

孤儿木呷问一个穷苦老爷爷，为什么黑彝家不下地干活却有吃有穿？为什么奴隶天天干活儿却挨冻受饿？老爷爷让木呷去问住在东方的阿甫阿萨神仙。临走时，老爷爷托他帮忙问一问，为什么门前的桃树和李树只开花不结果？在路上，老太婆托木呷帮忙问一问，她的女儿为什么十多岁还不会说话？经过一条河时，蟒蛇用身子搭成拱桥送木呷过河后，托他询问为什么它的头总是疼痛？到了神仙那里，神仙规定问单不问双，木呷只好问了别人的三件事。神仙告诉木呷："挖出树下的金银，桃树、李树就会结果；老太婆的女儿见到她的丈夫就会说话；取出蟒蛇脑袋里的磨刀石，蟒蛇的头就不疼了。"木呷回去分别转告了神仙的话，并取出了蟒蛇脑袋里的磨刀石，蟒蛇的头就不疼了。磨刀石是宝物，帮助木呷回到家乡。老太婆的女儿见到木呷就开口说话，他俩就结为夫妻了。老爷爷把树下的金银挖出来分给穷人，桃李就结果了。大伙帮木呷成家立业，使他过上了幸福的日子。

淌来儿

彝族找幸福型故事。采录于云南。

有一次皇帝追猎马鹿进了深山，借宿在一个烧炭人家。半夜这家媳妇生孩子，皇帝似乎听到仙人在说，这娃娃将来要做皇帝的女婿。皇帝掐死了这家媳妇，天亮后提出要将孩子养大成人供他读书。老头无奈，只好答应。皇帝令大臣把孩子装在铁箱里面，扔进河里去淹死。铁箱顺流而下，孩子被打鱼人捞了起来。打鱼的老两口没有儿子，非常疼爱，因是顺水淌来的，便取名叫"淌来儿"。十七年后，皇帝路过这里，听老倌说了儿子的来历，马上写一封信，让淌来儿送到皇宫里去，信上说"不等我回来，立刻把这个青年杀死"。淌来儿走到黑森林迷路了，白胡子老人留他住宿，半夜把信改成"不等我回来，立刻让他和我女儿结婚"。清早醒来，淌来儿发现自己睡在大树下，老人、房屋都不见了。他赶到京城，皇后拆信以后，立刻为他们举行了婚礼。皇帝回宫后大惊，便要淌来儿去取太阳姑娘头上的三根金发，取不到就不要回来。在路上，人们请他帮忙问太阳姑娘，为什么无人替换划船人？长生果树为什么二十年不结果？活命泉为什么二十年不出水？淌来儿来到太阳家，太阳妈妈把他藏在木桶里。等太阳睡着，太阳妈妈扯一根金发太阳姑娘惊醒一次，就趁机帮他问一个问题。清晨太阳姑娘飞出窗外，淌来儿接过三根金发，辞别太阳妈妈返回。到第一座城，他打死了泉水出口的青蛙，掏清泉眼，果然活命水出来了；到第二座城，他打死树根下的蛇，长生果树就发绿了，为此人们送给他丰厚的谢礼；到河边，等划船人把他送到对岸，他才说出替换的办法。淌来儿回到皇宫，交出三根金发，皇帝听了他的叙述，一心想长生不死永做皇帝，急忙出走。皇帝刚刚来到河边，划船人就把船桨丢给皇帝，然后匆匆离去。于是，皇帝便永远在那里划船了。

九 兄 弟

彝族十兄弟型故事。采录于云南。

早年间，两夫妻快老了，一直没有孩子。妻子非常伤心，要到塘边去寻短见。一个白发老人给她九颗药，让她隔一年吃一颗。女人想子心切，回去便把九颗药丸一次吃完，不久一胎生了九个儿子。因为家里太穷，养不活这么多孩子，她便背起孩子来到塘边痛哭起来。白发老人又来了，劝她放心回去，孩子无须喂养，自己就会长大，并且分别给九个孩子取名叫：大力士、吃不饱、饿不死、打不死、烧不死、长脚杆、冷不死、砍不死、淹不死。有一天，皇宫的一根龙柱倒了，皇帝传旨天下：谁能安好，重重有赏。晚上，大力士去安好了龙柱。皇帝不信，说要能吃下几斗米的饭，才能够证明是真的。吃不饱一会儿工夫吃完了那么多饭，还嫌不够。皇帝决定除掉这个能人，立即下令把人抓来活活饿死。饿不死换到皇宫，关了七天七夜也没饿死。皇帝抓来打不死要用乱棒打死，可棒子打断也没伤一根汗毛。皇帝下令把他推下山岩摔死，长脚杆一脚踩岩底，一脚踩在对面山顶上。皇帝又想烧死他，架起大火，烧不死来了越烧越舒服。皇帝又下令把他丢在雪山上冻死，冷不死却好好地回来了。皇帝下令用大刀砍死，砍豁了多少刀，砍不死身上连一条刀口也没有。皇帝下令丢进大江去淹死，淹不死踩在水里，含一口江水喷向皇帝，皇帝全家连同宫殿一起滚进了大江。九兄弟战胜了皇帝，人们过上了快乐的生活。

孤儿和龙女

彝族龙女型故事。采录于云南。

孤儿阿乔心地善良，一日半夜醒来，看见香喷喷的肉饭摆在桌上。一连数日如此，后来他发现是一位姑娘在暗中帮助。他拉住姑娘拜谢，姑娘说自己是龙王的七女儿，奉父王之命来与他成家立业。县官见到龙女，起了歹心，立即抓走阿乔，要他三天之内开出七十二架牛的耕地来。龙女按时完成，惊呆了丈夫。县官又要阿乔三天之内把三升稗种撒在地里，三天后再如数拾回交到衙门，如果少一粒，龙女就不是他的老婆了。阿乔回家唉声叹气，龙女动用水族的兄弟姐妹，拾起全部稗种交到衙门。县官恼怒，带领爪牙抓走龙女。突然狂风大作，暴雨如注，九龙河的巨浪把县官一伙卷入河中淹死了。龙女回到家里，和阿乔过上幸福的生活。

鸡 蛋 娃

彝族怪孩子型故事。采录于四川。

惹古和美齐生了九个女儿，后来他们想有一个男娃，却生下了一个鸡蛋。他们总说，男娃是趸钱，女娃是零钱；女儿全出嫁，零钱就花光。鸡蛋娃听说爹妈把九个姐姐全卖了，伤心地说："用人换的钱我不要，用人换的马我不骑，用人换的土地我不种。"阿爹拿棕绳把他绑在弯刀上，他到姐姐砍过柴的大山去砍柴；阿妈把他捆在牛耳朵上，他一天翻过三个荒草坝；阿妈把他绑在羊角上，他把羊群赶到姐姐放过羊的岩上。一天，房上的喜鹊对两夫妇说，你家有个漂亮的棒小子。原来，他把鸡蛋壳脱下来干活，擦黑穿上才回来。夫妻俩悄悄跟到放羊的岩上，把鸡蛋壳装回家丢进火塘化成灰。鸡蛋娃找不到壳，便死在半路上，夫妻俩的梦也因此破灭了。

惹 地 所 夫

彝族怪孩子型故事。采录于四川。

从前凉山有一对安家娃子，到晚年忽然生下一个拳头大的儿子，取名惹地所夫。儿子在地上打个滚，立刻变成了一个英俊少年。惹地所夫对爹妈说："牛羊是娃子喂的，荞子是娃子种的，为什么劳碌一年，装不饱一顿肚子？"他要去找土司说理。土司假意请惹地所夫喝祝生酒，惹地所夫走到大山下，突然滚下一块巨石，他赶紧伸手托起，作为给土司的见面礼。石头放在地上，像一座山，遮住了土司家半边天。土司在羊肉上撒了毒药，惹地所夫一口气吃完三只肥羊，头昏脑涨，吸了一口长气就倒下了。他这口气把土司全家都吸进肚子里，又"哗哗"地拉出一堆小虫，这就是专门吸人血的蚂蟥。

大雁姑娘

彝族奇遇故事。采录于四川。

有个锅庄娃子，捡到一根美丽的雁毛，便带回家里去了。此后，他每天做工回来，都有人帮他煮好饭菜。他暗中探视，发现是雁毛变成的姑娘在帮他做饭。他赶忙去拉住姑娘，二人便结成夫妻，不久生下一个孩子。有一次夫妻发生口角，小伙子竟脱口骂了声“你这个雁毛变成的女人”。妻子非常生气，立刻变成大雁飞走了。后来雁姑娘托喜鹊捎信，叫小伙子砍白杨树做水槽喂羊，结果喂的羊儿又肥又壮，从此过上了好日子。黑彝主人知道后，抢走水槽去喂自己的羊，可是他的羊儿喂不肥壮，反而都死了。黑彝主人烧掉水槽，小伙子把烧剩的木块做成一把木梳，梳过的头发又黑又长。黑彝主人抢走木梳给自己的女人，女人梳后头发全部脱光了。黑彝主人用斧头砸碎木梳，小伙子把梳齿捡回去做成鱼钩，钓上来很多鱼。黑彝主人怕再上当，不敢来抢鱼钩了。

阿兜巴

彝族奇遇故事。采录于贵州。

阿兜巴姑娘六岁时死了妈妈，父亲续娶后，后母常常虐待她。父亲看阿兜巴骨瘦如柴，不忍心让女儿再受折磨，就带她到山洞躲藏起来，每七天送一次饭。小老虎发现了阿兜巴，让雄虎去山洞里面饱餐一顿。雄虎到洞里，阿兜巴给它让座、烤火，还把父亲送来的小猪肉拿一半来招待它，另一半给它带走。雄虎不忍心吃阿兜巴，母虎又去。阿兜巴把父亲送来的狗肉拿一半招待母虎，另一半让它带走。老虎一家商量后立即救出阿兜巴，并且送给她蓑衣和鸡蛋。阿兜巴披着蓑衣等小鸡孵出后，眼前便出现一座宫殿，她成为这里的主人。十一年后，悲伤的父亲再次去寻找女儿，在井边背水人的帮助下，父女相见。阿兜巴用金轿、金床、金饭桌接待父亲。后母知道后很眼红，也去看望女儿。阿兜巴用木轿、木床接待，木饭桌上摆着后母曾给她吃的脏臭猪食。在离去时炸雷响起，风雨大作，黑心肠的后母竟死在暴风雨中。

金 末 子

彝族奇事故事。采录于四川。

从前有两兄弟，哥哥靠算计别人发了财，总想把弟弟赶出家门。弟弟只得到山里住下，靠打柴过日子。他每天都把柴停放在路边的大石头上歇息，有一天石头问："小伙子，你为什么总背柴来压我？"听了弟弟的境遇，石头让他从嘴里抓一把金末子去用。弟弟在石缝里抓了一把金末子，回去买牛买农具，过上了舒心日子。哥哥听说后非常眼红，也到山上去砍柴，对石头说了一通假话。他双手大把大把地去掏金末子，石头一口把他的手咬住了。哥哥不能回家，老婆天天给他送饭。眼看家里面的粮食吃完了，老婆只得空手去看他，遭他大骂没良心。老婆说："你实在饿，就吃一口我的奶吧。"他真的伸脖子去吃，石头哈哈笑出声，他趁机拔出手逃跑回家了。

贪心的皇帝和公主

彝族奇事故事。采录于四川。

早年间，有个贪心的皇帝和公主，他们已经有了一库金子和一库银子，还不满足，梦想得到十库金银。这时候，一位神仙来对他们说："我可以给你们得到金银的办法。明天早晨起床，你们用手去摸，摸到什么都会变成金子。"皇帝和公主高兴极了。第二天，皇帝早早起床，他用手去摸被子，被子马上变成金子；用手摸枕头，枕头变成了金子；用手摸屋里的桌凳，桌凳变成了金子。皇帝要喝水，端起水碗，水也变成金子；他要吃饭，饭也变成金子。公主难过得哭起来，皇帝去拍公主的肩膀，公主也变成了金子。皇帝连忙找人请来神仙，说道："我再也不要金子、银子了！"神仙不相信，皇帝急得猛捶自己胸膛，他自己也变成金子了。

会唱歌的狐狸

彝族奇事故事。采录于四川。

有个奴隶上山打柴，碰到一只会唱歌的狐狸。他把狐狸带回家，让狐狸给人们唱歌，从而得到许多布和粮食。奴隶主知道后，把这只狐狸抢去为自己唱歌。

狐狸不给他唱，他一气之下打死了狐狸。奴隶很伤心，便埋葬了狐狸。不久，狐狸的坟上长出一棵小树，落下闪亮的小银锭，奴隶从此便有钱了。奴隶主也来捡银锭，小树上落下的却是鸟粪，他一气之下砍倒了小树。奴隶把树拉回家做成猪槽，喂的猪又肥又壮。奴隶主把猪槽扛回去，养的猪全部死光了，他一把火烧掉了猪槽。奴隶把没烧完的一截木头拿去做了把木梳，头发梳得又黑又亮。奴隶主拿去给自己女人梳，女人的头发全部脱落，他拿起斧头砸碎了梳子。奴隶捡起一根梳齿做成鱼钩，钓上来很多鱼。奴隶主怕再倒霉，不敢再来抢鱼钩。

兹兹尼扎

彝族奇事故事。采录于四川。

猎人吾勒吉作放狗进山，没猎获野兽，却围困住了小鸟姑娘兹兹尼扎。他怀疑遇到了妖精，开弓搭箭就要射。姑娘请求不要杀害她，说是为了逃婚，才躲进深山野岭。吾勒吉作正想娶一个妻子，连忙赔不是，并且把兹兹尼扎姑娘娶进门。从此兹兹尼扎起早贪黑，耕织忙个不停。可是天长日久，吾勒吉作看见妻子就觉得不顺眼，心中起了恶念。他装病说心绞痛，只有岩蜂蜜才能治好。兹兹尼扎不顾艰险，凿开岩石取出蜂蜜，赶回家却被吾勒吉作倒掉了。吾勒吉作又说要吃黑熊胆，兹兹尼扎把熊胆取来，他又说要高山顶的积雪。正当盛夏，兹兹尼扎临行时嘱咐，不要弄熄炭火，不要用倒钩刺咒人，不要请毕摩（巫师）念经。兹兹尼扎刚走，吾勒吉作就请来毕摩。取到白雪后兹兹尼扎便手麻脚软，双目失明。毕摩施魔法，使她变成了黄山羊。吾勒吉作家的牧猪奴放猪到河边，拦住了黄山羊。他们宰杀黄羊煮进锅，吃完羊肉变成了一群疯子，拿棒举刀冲进主人家，杀死了负心的吾勒吉作。

毕摩与姑娘

彝族奇事故事。采录于四川。

从前，有一对老夫妇晚年得子，不巧儿子突然患了重病。夫妇俩请来毕摩，为儿子驱鬼治病。毕摩打卦念经后，说是两个女儿占去了儿子的位置，只有把女儿赶走，一辈子都不见面，才能保住儿子的性命。夫妇俩只好下狠心舍弃女儿，父亲带着两个女儿上山摘油菜，到很远的山谷里丢下她们，悄悄回家了。傍晚两个女儿不见父亲，回不了家，便号啕大哭。一个妖婆听到哭声，立刻变成老太婆把姑娘骗进妖洞，准备等两个姑娘睡着后杀来做美餐。赶巧两个小妖和两个姑娘换了床位，结果两个小妖被杀。她俩逃出妖洞，被两个猎人相救，两个姑娘分别做了他们的妻子。后来，两个姑娘想念父母，便带着干粮下山寻找亲人，全家得以团圆。

金 子 洞

彝族奇事故事。采录于广西。

早年间，有一个寡妇和儿子逃进大山开荒种地，过着平静的生活。一日寡妇生病，儿子上山采药来给母亲治病，但母亲的病情不见好转。儿子呆望着悬崖顶上，突然传来爆裂声，悬崖半腰出现一个洞口。母亲听说后，病情突然好转，她告诉儿子，那是传说的金子洞，发现洞口的人会交好运。第二天，儿子把大山藤连接起来，足够从悬崖顶垂到山脚，他在崖顶的大树上架起

摇把，使山藤可摇放到洞口。母亲将他慢慢吊下悬崖，他摸黑进洞，砍死了大蟒蛇、大螃蟹，突然一脚踩空，坠落下去。等他从昏迷中醒来，发现自己躺在一间遍地都是金子的石屋里。他捡了几块金子，按母亲嘱咐，连连向四壁拜谢，然后摸回原路攀爬出山洞。母子俩用金子盖起新房，换回耕牛拉犁种地，日子越过越好。消息传到财主桑吴耳里，他便逼迫后生再上悬崖为他取金子。后生不允，财主就把他关进地窖，逼死了寡妇，把他家里抢劫一空。为了得到金子，财主雇用大量仆工，从山脚向悬崖洞口开凿一道石梯。他带着管家进了金子洞，走到石屋附近，一声巨响，大石门紧闭，把他们永远关在了石洞里。

一 株 高 粱

彝族宝物故事。采录于云南。

有一家父女俩，老汉去向财主借高粱种子，借一斗要还五斗。财主为强占他的女儿，将高粱炒熟借给他。半月后地里只长出一棵小芽，老汉悉心锄草、浇水，这株高粱长得又高又壮。这一天老汉正要收割高粱，老鹰飞来把高粱连根拔走，他紧追到一个岩洞下。夜里，老汉听见老鹰在说："野猪老弟，把树下的宝贝取出来吧。"野猪对猴子说："大哥你手长，把宝罐取出来吧。"猴子取出宝罐轻轻一摇，便有饭菜酒肉出来。它们吃饱喝足，又把这个宝罐藏好，各自走了。老汉急忙走进岩洞，拿起宝罐揣进怀里，匆匆赶回家。他摇宝罐来还清了财

主的账，还把许多高粱分送给穷弟兄。财主知道老汉的事情以后，财迷心窍，也去偷宝罐，结果送掉了性命。

宝 石 缸

彝族宝物故事。采录于云南。

过去，有两个邻家共在山脚下种一块地，为了省地，中间没打田埂，说好一家一半。甲家每次都多犁一点，不几年就把大部分地占去了。可不管怎么多占地，两家收的粮食总是一样多。这一年，乙家的地被挤占得只剩一长条了，牛让主人把山顶一窝青草割来给它吃。这窝嫩草割完第二天就长出来，数天后牛让主人连根挖起来。主人去刨地，草根怎么也刨不断。他用手去拽，拽一下露出一截，顺着草根一直拽到他家地里，刨出一个破石缸。他按牛说的，拿回家装上钱和粮，结果装进去的钱粮怎么也取不完，这时候他才知道这是个宝石缸。甲家硬说石缸从他家地里挖出来，应该归他，彼此争执不下，便告到县衙。县太爷也想霸占，硬说是口破缸，叫抬进后院。为证实确是宝缸，甲家把家里的财物一齐弄来倒进缸里，谁知宝缸像无底洞，把东西吞进去后什么也拿不出来。这时县太爷的父亲来看热闹，一跟头栽进缸里。县太爷赶紧去拉，拉出了五六十个一模一样的父亲，感到无比晦气，只好全部养起来。

宝 扁 担

彝族宝物故事。采录于云南。

观音山上有一塘清水，放羊娃们天天赶着九十九头牛来吃草饮水，可每到中午就成了一百头，还有一个姑娘来和他们玩耍。这个姑娘告诉大家，这里有一头宝牛，会踩着水面走；身上牛毛是宝贝，能挑几千斤东西。有一天牛跑进苞米地，看地的老头操起扁担把牛一下打出去了，扁担裂口处夹住几根牛毛。傍晚老头挑担柴回家，轻飘飘就像没东西。从此柴担架得像小山，老头走得也飞快。有个财主听说了宝扁担，花五百两银子强迫老头卖给他。财主看扁担太破旧，拿到木匠铺刨得又光又滑。财主老婆试宝贝，只挂了十斤东西都挑不动。财主自己也觉得很重，抡起扁担就打老婆：“败家女人晦气鬼，你把老子扁担上的宝气都冲跑了！”

黑　狐　狸

彝族精怪故事。采录于四川。

孤儿拇友勤劳善良，二十多岁还没有娶媳妇。后山有个修炼成精的黑狐狸，见拇友推磨煮饭很新鲜，等他下地，便来帮他推磨煮饭，打扫屋子。拇友回家闻到饭香，端起大碗就吃，躲在屋后的狐狸见了很满意。这天拇友躲在大树上要看个究竟，他见一只黑狐狸跳到门前，脱下皮子变成一个美丽姑娘，进屋就开始推磨煮饭。拇友轻轻把狐狸皮埋在土里，进屋拉住姑娘的手，请求她留下一起过日子。狐狸精喜欢人间生活，于是他们结为夫妻，建立起一个美好的家庭。

老虎妻子

彝族精怪故事。采录于四川。

有个姑娘出嫁时，在半路上去解手被老虎吃掉了，老虎变成新娘到了男家。一日小姑子陪新嫂嫂去背水，指着一只野鸡说“多好看！”嫂嫂说，那有什么？放下水桶，变成了一只黄毛老虎。小姑吓坏了，悄悄告诉哥哥。哥哥砍回许多野竹天天编篱笆，围成内外几层的新房子，准备喊人来收拾老虎。他把妹妹安在最里层，去请客人吃落成酒。哪知虎妻一晚上拆掉了几层，很快把小姑吃掉了。小姑的骨头变成斑鸠，叫着“姑姑苦”飞走了。男人又和朋友用蕨萁草铺成草窝铺，铺下钉上木桩桩，然后让虎妻去请娘家客人来喝酒。山上的老虎都变成人样来了，大块吃肉，大碗喝酒，一个个都喝得烂醉。人们把老虎尾巴捆在木桩上，放起火把它们全烧死了。一只母老虎逃走了，嘴里不停念叨：“我要一年生九窝，一窝生九子，把人都吃光！”此话被山神听到，教训它改成“今后九年生一子，见人就避，只吃野物”。后来彝家姑娘出嫁时都不吃不喝，免得在路上解手出事。

铁匠降怪

彝族除妖故事。采录于四川。

早年间，大山深谷里住着一个怪物，血盆大口有粮囤般大，还有吸气吞食人的本领。苏尼和毕摩（均为巫师）先后去收拾它，都被它轻轻吸口气，吸进肚里了。后来，有一个老铁匠去收拾这个怪物，当它张开血盆大口要吸人时，老铁匠立即把烧红的二十多个铁球一个个扔给怪物，全被怪物吸进肚里。只听一声巨响，怪物的肚子被炸开了花。人们降服了怪物，也就降服了山中百兽。有一些野兽还被猎人赶回家里去饲养，于是便有了家畜。

鬼被吓跑了

彝族不怕鬼故事。采录于云南。

从前山村出了一个妖鬼，夜里没人敢出门。有个胆大的农夫，趁着月光去割麦子。半路上，妖鬼跟来要和他同路去割麦。鬼不敢轻易下手，想试试农夫的本领，就说我俩比比谁的牙齿尖利。农夫把镰刀衔在嘴里，鬼一摸，手就被割破了。鬼不死心，又说："伙计，再来比比谁的肠子长。"农夫一步跨到鬼面前，把腰上的绳子一圈一圈往地上放。妖鬼一看不得了，吓得赶忙逃跑了。

◇彝族动物故事◇

懒猫阿尼姆基

彝族动物故事。采录于四川。

有一只毛狗（狐狸）看见卧在棚顶上的懒猫阿尼姆基很神气，以为是天上派来的大王，便和它成了夫妻。有一天，毛狗偷鸡回来，碰到狼要抢鸡，它连忙说这鸡是献给治理百兽的阿尼姆基大王的。狼赶紧表示，明天会拿一只羊来敬献给猫大王。毛狗到山脚下，又遇到要抢鸡的熊，熊也表示要拿牛来做见面礼。第二天，狼、熊一起走到山垭口后，谁也不敢先去见猫大王。它俩推来推去，到了太阳落山，就请过路的兔子去禀报。兔子回来说，猫大王吩咐把礼物放山垭口，然后退到树下等着。熊为了能够看清猫大王模样，便爬上树去。懒猫睡醒肚子饿了，就到垭口去咬羊，又钻进掏空肚腑的牛肚里，出来时全身都被染红了。狼、熊看到猫大王动作敏捷，还会变颜色，非常入神。猫听到树上有响动，以为是耗子，便追到树下。狼以为猫大王发怒来追它，慌忙中掉进了悬崖；猫被狼吓坏了，立刻逃上树，熊以为猫大王逼死狼兄又来捉拿它，竟吓得滚进了万丈悬崖。

猴蝗大战

彝族动物故事。采录于四川。

猴子和水獭一起去捉鱼，它学着水獭的样子下河叼鱼，结果被淹死了。水獭把猴背到蝗虫坡，把穿好的鱼挂在猴脖子上跑回家。第二天，猴妈妈发觉儿子死在草丛里，鱼串被蝗虫吃得只剩鱼骨头，认为是蝗虫打死了自己的儿子。群猴闻声赶来，嚷着要蝗虫赔命金，猴王宣称不赔就交战。三天后双方摆开阵势，蝗虫布满七片坡，铺天盖地咬得猴群死伤惨重。猴王去请教智慧的长者青蛙后，猴群便按照青蛙的吩咐，一个个手舞木槌打了胜仗。蝗虫也去求青蛙指教，然后灵巧地飞落在猴子的额头，猴兵举槌打蝗虫，无数同伴被互相打死。青蛙又教猴子咬死蝗虫，放火烧蝗虫，结果烧毁了草坡，也烧毁了森林。最后蝗虫逃向沙地，猴群逃向不长树的山岩。

熊和兔子结冤仇

彝族动物故事。采录于云南。

有一次，熊妈妈背着孩子去帮兔子纺纱，熊妈妈上楼后纺纱机不停地响，兔子边做饭边带熊宝宝。兔子做了一顿丰盛味美的午餐，饭间熊妈妈多次要喂孩子吃饭喝汤，都被兔子制止。它说孩子已吃饱睡觉了，让熊妈妈安心吃饭。傍晚熊妈妈起身告辞，兔子帮熊妈妈把孩子放进背篓。一路上熊妈妈不停抖动背篓，突然听到“咯咯”的叫声，一只大母鸡从背篓里面飞出来。原来狡猾的兔子拿熊宝宝做了午餐，等熊妈妈找回去时，兔子早已逃得没了踪影。从此熊和兔子便结下了冤仇。

智除恶虎

彝族动物故事。采录于四川。

从前，有一只凶猛的老虎任意奴役各种野兽，让狗熊替它扫地，让白兔为它跳舞，让野马驮着它到处游玩。它还让山下人按时送鸡送羊，否则便下山去吃人。老虎看到山下有个漂亮姑娘，就变成人去把姑娘骗进虎洞。姑娘的大哥二哥去救妹妹，老虎要他们跟自己比赛碰头，他们赢了就放人。谁知他们比输了，让老虎吃掉了。姑娘的三哥去跟老虎比赛碰头，他非常聪明，比赛时把身子躲闪到一棵大树背后，老虎碰在大树上，头破血流，昏倒在地上。三哥立即杀死老虎，把妹妹救回了家。

熊被沙布安鸟耍弄

彝族动物故事。采录于四川。

一天，熊要吃沙布安鸟，聪明的沙布安鸟赶忙向熊表示友好，并且带熊去吃一个姑娘送到田里的燕麦粥。但是熊仍然不死心，打算等夜里沙布安鸟睡着时再去吃它，哪知道又被沙布安鸟耍弄。熊误以为沙布安鸟睡在石头上，猛然向石头扑去，把门牙都碰掉了。熊再一次去吃沙布安鸟，又上当受骗，竟咬到了马蜂窝，被马蜂蜇得嘴、脸肿痛。从此以后，熊再也不敢惹沙布安鸟了。

蚂 蚁 喊 冤

彝族动物故事。采录于云南。

有一回，一个大蚂蚱去赶街回来，天已经黑了，它就到画眉鸟窝边去请求借宿。画眉鸟答应下来，却又担心蚂蚱的腿长，蹬着自己的孩子。蚂蚱表示会缩脚过夜，可是夜里它却不小心把一只小画眉踹下树摔死了。画眉鸟到山神那里去告状。蚂蚱辩解说是受到麂子的惊吓；麂子辩解说是蚂蚁把树蛀空，树倒在它身上才惊叫的；蚂蚁理直气壮地说："老虎可以吃羊，山神可以吃供品，我吃一点儿烂木头还不行吗？"山神喝令将蚂蚁捆了七七四十九天，把它的腰都捆细了。所以，蚂蚁至今还在喊冤。

◇彝族写实故事◇

悬崖下有金子

彝族财主故事。采录于四川。

从前有个孤儿，他的财产只有一间破屋和一块土地，但他辛勤劳动，庄稼长得很好。奴隶主见了眼馋，硬说孤儿的父亲曾向他借过几十两银子，要孤儿用土地抵债，孤儿的土地和庄稼就这样被夺去了。为了生活，孤儿便到远处的山林边开荒，经过一冬的辛劳，开出一块荒地。奴隶主又说山林边的荒地也是他家的，便把孤儿开的荒地也占去了。孤儿没办法，只好去深山里挖草药，运到汉族地区换来了很多盐巴和布匹。奴隶主立刻查问他从哪里弄来的盐和布匹。孤儿想出一个报复奴隶主的主意，就说盐巴和布匹是从悬崖下的山洞里取来的，那里面还有许多金银财宝。他带着奴隶主来到一个悬崖边，指着下面深不见底的山洞说，金银财宝就在那里面。奴隶主财迷心窍，看也没看，纵身跳了下去，摔死在万丈深渊。

驴子蛋

彝族讽刺故事。采录于四川。

有个黑彝头人，看见生意人有一头高大的驴子，十分羡慕。他带了许多银子去买驴子，翻过九十九座大山，涉过九十九条大河，连驴子的影子也没有看见。有两个奴隶见头人想驴子入了迷，便打扮成生意人，将两个大葫芦送到他面前，说是两个驴蛋，能够孵出驴子。黑彝头人信以为真，就用三百三十两银子买下驴蛋。回到家，他小心翼翼地把“驴蛋”收藏起来，快到日期，不见驴子孵出来，倒是变成了两堆牛粪似的东西。黑彝头人却埋怨是他的女人去看了驴蛋，破了戒，一巴掌把女人打翻在地。

两个朋友

彝族讽刺故事。采录于四川。

有一个傻瓜在山上捡到一大块黄金，便和他最信任的聪明朋友一起上山，把黄金埋在大树下，准备和大伙分享。几天后聪明人把黄金挖出来换了地方，却诬陷傻瓜取走了黄金。这个聪明人把傻瓜告到官府，对县官说：“老爷，你不信，去问那棵大树。”县官当即同意。聪明人让父亲提前藏进树洞里面，审树那天，引来众人围观。聪明人当众问大树，黄金是谁偷走的？树里果然说是傻瓜偷走的。傻瓜愤怒道：“连树也诬害我！”抱起干柴把树点着。聪明人的父亲被烟火熏得爬出树洞，无奈地说：“我儿子自以为聪明，在我还健康的时候，差点把我活活火葬了。”这个聪明朋友当场被抓了起来。

老母猪才有亲戚

彝族讽刺故事。采录于四川。

有家穷人，母子俩相依为命。后来母亲贫病交加不幸去世了，儿子凄凉的哭声传遍全村。他家太穷，没人愿意相助，连亲戚也不来过问。第二天，儿子准备把母亲背上山去火葬，决定把家里唯一的老母猪杀了，让母亲赶着这只牲口到天上去加入祖宗的行列。杀猪声传遍全村，亲戚们都赶来了，不是亲戚的也赶来了，人们哭的哭，帮的帮，搞得热热闹闹。儿子放声大哭道："妈妈呀，您在世上没有亲戚呀！只有老母猪才有亲戚呀……"

不管他人事

彝族人事寓言。采录于四川。

有个男人，凡是别人的事，他一概不管。有一天，他买了一袋黄豆背回家，走在路上口袋破了，黄豆漏到地上。路人问他，别人出了事，管不管？他连说不管。黄豆漏成半袋，那人又问，对别人有好处的事，管不管？他说，凡是别人的事，一百个不管。快到家他才发现，黄豆漏掉一大半，就责怪那人为什么不早告诉他。人家学着他的话说："不管不管，别人的事，一百个不管！"

三 颗 豆 子

彝族家庭故事。采录于四川。

从前有一个老爷爷有三个儿子，都各自成家了。一天老人分给三个儿媳每人三颗豆子，让她们收好，以后有用处。大儿媳把豆子搁在楼上，晚上被耗子偷吃了；二儿媳回家就把豆子丢进火塘，烧熟吃了；三儿媳把豆子种到地里，秋后收了一捧，舍不得吃，开春又种，秋天收了很多豆子。三年后，老爷爷来检查每个儿媳的豆子。大儿媳、二儿媳的豆子早已没影儿，三儿媳领老爷爷到楼上，口袋簸箕里都是豆子。老爷爷夸赞三儿媳是勤快俭省、会过日子的好儿媳妇。

聪明的阿丝木呷

彝族巧女故事。采录于四川。

吃苦耐劳的阿衣错比有了家业，该娶媳妇了。他把积攒的金子熔化后，放进荆竹竿里，去外乡找媳妇。这天黄昏，他想进寨子歇脚，一群孩子听说他为找媳妇出远门，便取笑他穿得破烂，拿根竹竿像个叫花子。寨里的阿丝木呷姑娘出来阻止孩子们对外乡人的无理，她说："不能从外貌看人，说不定破竹竿里有黄金呢！"阿衣错比暗暗吃惊。这时晚风吹过，地里的荞子上下起伏，他说："荞花风吹太阳晒，小小籽儿惹人爱；可惜荞子没饱米，早已欠下眼泪债。"孩子们不懂，笑他专说奇怪话。阿丝木呷解释道："种荞子的人哪家不欠债、流泪呢？"阿衣错比更加佩服，就向姑娘提出到她家去借宿。姑娘的父亲热情招待了阿衣错比，阿衣错比对老人说："这样大的房子，可惜门前没有刺笆林。"老人不明白，姑娘说他指的是缺少看门的狗。这时屋梁上老鼠吱吱叫，阿衣错比又说："端正的大房，可惜缺耳朵。"姑娘解释，客人说的是我家缺只捕鼠的猫，所以老鼠吱吱的跑。阿衣错比说的哑谜被姑娘一一破解，便向老人提起婚事。他双手捧起荆竹竿做聘礼，老人更为不解。姑娘提议父亲剖开看看，原来里面装满了金子，全家都喜欢上这个出众的女婿。于是，阿衣错比带着姑娘回家去了。两人结为夫妻，勤苦做活儿，生活得很美满。

万　担　坪

彝族美德故事。采录于四川。

从前有个叫沙马加加的青年，总想不劳而获，碰上好运气。他听说万担坪地下埋有很多金银，便带上锄头和干粮去挖金银。他不知翻了多少架大山，跨了多少条大河，还是没有找到埋有金银的万担坪。他的干粮吃完了，便去找路边种庄稼的老人借粮。老人对他说，如果你有耐心的话，请跟我一起种一季庄稼，秋后打下粮食再借给你。沙马加加别无办法，只好耐着性子跟老人一起种庄稼。秋后收获了很多苞谷，老人指着院里的大堆苞谷对他说："这儿就是万担坪，你看那些不是金子和银子吗？"

王　九　点

彝族大力士故事。采录于云南。

易门有个王九点，他不学老辈住土掌房，一人扛回柱子、大梁，盖起了三层楼。楼房盖好了，一根柱子矮了有点儿歪，王九点一人端起柱子，让木匠加上一截把它扶正了，从此“王大力士”出了名。县太爷请王九点当保镖，被他拒绝，县太爷便派两个公差去抓人。快到时，公差见有人在水田中央犁地，便请他带路去见王九点。那人把犁头绳索扛在肩上，抱起老水牛从田里走出来，一根秧苗没踩着，原来他就是王九点。王九点抬出一箩谷子，用拳头几下舂成米，请公差吃了饭。两公差哪还敢抓人，跑回县城谎称王九点不在家。县太爷另派两公差去抓人，碰上火把节，家家忙着砍松枝点火把。公差找到三层楼，只见王九点把一根大圆木几下敲碎，弄成了十几个火把，吓得公差没开口就溜走了。王九点去世后，三层楼出了不少大力士，人们称赞他们“个个都像王九点”。

◇彝族机智人物故事◇

罗牧阿智的故事

彝族机智人物故事群之一。流传于云南禄劝一带。故事主人公系仆役型机智人物，以土司家用人的身份出现在故事里。其故事大多是描写他与主人常土司斗智的作品，质朴诙谐，短小风趣。代表性作品如《上等“睡脑”》《剪狗毛》《口袋里的辣子更辣》《案子断颠倒了》《只吃米饭的狗》《打土蜂》《烧碓》《祖莫是我的用人》《老爷拿来换酒吃》《世代的规矩》。

上等“睡脑”

彝族机智人物故事。

有一回，常土司从大凉山找了三个羊毛匠来擀毡子。由于几个顽童捣乱，羊毛匠们把毡子给擀成圆筒筒了。他们不知所措，连忙央求牧羊佬罗牧阿智相救。阿智随即去对常土司说："老爷，大凉山那边土司家的东西你都有了，就差一件吹洋烟用的羊毛睡脑（枕头）啦。"土司听了就叫阿智去让三个羊毛匠擀羊毛睡脑，工钱贵点儿都不要紧。第二天阿智让羊毛匠们把擀坏的圆筒筒毡子送去，常土司非常高兴，还多给了工钱。

案子断颠倒了

彝族机智人物故事。

罗牧阿智给常土司放羊时，看见自己的地被常土司霸占了，越瞧越心酸，越瞧越气恼，便把羊吆去把地里的荞子全吃光了。常土司硬要他赔偿，他说："老爷，你家的羊吃了你家的荞子，反倒要我赔？好，我赔你就是。"晚上他上山把常土司家打好的荞麦背了几袋回来，第二天一早就送到常土司家中。常土司怀疑荞麦是他家的，拉着阿智到禄劝县衙告状。县官不问情由便让常土司打赢了。阿智赶忙把屁股对着县官磕头。县官骂他不懂规矩，他说："你断案断颠倒了，我颠倒磕头才合你县官的理呀！"

只吃米饭的狗

彝族机智人物故事。

罗牧阿智在深山里替常土司放羊，天天和狗一样吃粗苞谷面，心头很窝火。他每次训练牧羊狗时，一喊"阿窝！吃米饭！"就拿粗苞谷面给狗吃，一喊"阿窝！吃糊涂！"就用棒子打狗。训练了一段时间，他回去对常土司说，牧羊狗只吃米饭，不吃糊涂，昨天给狗吃糊涂狗就跑了，没狗保护，让狼拖走了一只肥羊。常土司到牧场查看，牧羊狗一听见"吃糊涂"，吓得夹着尾巴逃跑了。常土司只得吩咐拿一半米饭给狗吃，还说："狗也像我了，只吃米饭。"

老爷拿来换酒吃

彝族机智人物故事。

从前撒坝的彝家又穷又苦，连吃一撮盐都得背炭到几里路外的省城去换。省城有个做炭生意的老板心比炭黑，看见彝家一个个憨厚老实，就故意算错账，看错秤，狠命盘剥。有一次上省城卖炭，几个彝家小伙推举罗牧阿智去惩治那个黑心老板。卖炭时，阿智装得傻乎乎的，不但让老板少算分量，还主动错算，让老板占了大便宜。卖完炭阿智数着手上的钱，硬要请老板上馆子吃一顿，还把老板的孙子也抱去了。阿智要了一点儿酒菜，跟老板大喝大嚼一阵。吃得差不多时，他带小娃娃去买糖果，转身进了布店。他说炭老板要买五匹好布，先送去看看，把老板的孙子留下做押后，就抱起五匹布出城了。当布店老板、饭馆掌柜向炭老板要钱时，他才知上当了。阿智赶上同伴，把经过一说，大伙痛痛快快大笑起来。他们每人分了一些布，高高兴兴地唱道："老板硬说彝家憨，我说彝家也不憨，老爷拿来换酒吃，孙子拿来换布穿。"

松谷克忍的故事

彝族机智人物故事群之一。流传于云南小凉山一带。故事主人公松谷克忍，曾译作沙哥克如，系劳动者型机智人物。他是个没有人身自由的奴隶，机敏多智，言谈举止诙谐风趣，常常很巧妙地讥讽、愚弄、惩罚黑彝贵族，并且设法帮助处于困境的奴隶娃子和穷苦百姓，受到人们的称赞。其故事多达数十则，大部分是对付奴隶主的笑话、趣闻。代表性的作品如《犁地》《夜宿吃肉》《主人打架》《像烧荞地一样》《敬祖的供品》《哭主人》《捞鱼》《倒缝的蓑衣》《借马》《打麦子》。

夜宿吃肉

彝族机智人物故事。

有一次，松谷克忍跟主人到大凉山去，晚上去一家黑彝那里投宿。黑彝把煮好的一大锅肉藏在木柜旁，为了表示大方请他们主仆二人吃老酸菜，连盐都舍不得放。半夜克忍偷偷把那锅肉捞起来搁进自己的皮口袋里，然后放进几只狗来舔砂锅里的肉汤。黑彝听见"乒乒乓乓"的响声，忙出来打狗，一见肉汤泼了一地，气得直骂。克忍也附和着骂道："死狗！你把主人的猪食吃了，那些猪又吃什么？"骂完忍不住蒙头发笑。次日上路以后，克忍问主人想吃肉吗？主人说他简直在异想天开。克忍说："好，那么歇会儿吧！"于是打开皮口袋，取出肉自个儿吃了起来，边吃还边讲昨晚的趣事。

主人打架

彝族机智人物故事。

有一年庆丰收，黑彝主人很高兴，就让松谷克忍骗骗他。于是松谷克忍提了一把酒壶到黑彝娘子那里去说："黑彝要讨个小婆，我们提着酒来庆祝，他要杀牛来款待我们。"黑彝娘子信以为真，便抓起一根柴去打黑彝，黑彝赶快还手。众人见了立刻去劝架，问她为什么打黑彝，她说黑彝瞒着她讨小婆。黑彝忙问是谁说的，她说是松谷克忍讲的。黑彝这才知道上了松谷克忍的当。

哭主人

彝族机智人物故事。

松谷克忍的主子死了，他一点儿也不在意。黑彝娘子责问他为啥不哭，松谷克忍便放声大哭道："主人在世时待我们好凶，连棍子都打断了！"黑彝娘子听了很生气，拿起柴棍便打。松谷克忍说："娘子，我说的都是实情。我不哭你要打，我哭你也要打，你到底要我怎么办？"

错尔木呷的故事

彝族机智人物故事群之一。流传于四川凉山彝族自治州。故事主人公错尔木呷系奴隶型机智人物，出自艺术虚构。其故事大都以奴隶主为嘲讽、捉弄的对象，表现了奴隶们反抗虐待、盘剥的强烈愿望，质朴生动，情节简单而饶有风趣。代表作品有《对付主子》《出征》《水换酒》《巧收奇怪的债务》等。

出征

彝族机智人物故事。

有一次，奴隶主出兵打冤家，使不少人被打死。错尔木呷故意把发给他的长矛碰断，奴隶主骂他不会打仗，就叫他去背糌粑。他跑回奴隶主管辖的地界内，把一座没有人住的破房子点燃，赶忙去向奴隶主报告说打冤家的对方已经打进地界里去了。奴隶主远远望见火光，怕他家受到损失，立刻撤兵退了回去。这样一来，木呷不但保全了自己的性命，而且保全了许多被迫去打冤家的人的性命。

水 换 酒

彝族机智人物故事。

有一次，奴隶主家里死了人。办丧事的时候，错尔木呷用大桶装一桶水、用小罐装一罐酒，背到奴隶主家去。他说死去的主人活着时最爱喝酒，特意背一桶酒来请死者喝，说着便把那桶水倒到火葬地去了。众人见了十分惋惜。他说他还有酒，忙把小罐里的酒拿来请大家喝。奴隶主见他这样慷慨，怕客人们笑他吝啬，只好捧出好些酒菜来招待错尔木呷和众人。只有错尔木呷心里明白，这顿酒菜是他用那桶白水换来的。

巧收奇怪的债务

彝族机智人物故事。

过去，奴隶主仗着自己的权势，常常向他管辖的分居奴和安家娃子借钱借物，借去从来不还，人们称为“奇怪的债务”。错尔木呷做了安家娃子后，苦吃苦做攒的一点儿钱也被奴隶主“借”去了，心中愤愤不平。一次，当地流行热病，错尔木呷拄着一根棍，装出病重的样子到奴隶主门前喊道：“主家，我得了热病，请把钱还给我拿去办丧事吧！你不还我就死在你家里，让你们来料理吧！”奴隶主全家怕染上热病，赶紧把钱还给他。错尔木呷拿到钱便跑去告诉其他安家娃子和分居奴。接连两天，奴隶主门前都有害热病的人来讨债，大家都用错尔木呷教的办法讨回了“奇怪的债务”。

张沙则的故事

彝族机智人物故事群之一。流传于云南楚雄彝族自治州一带。故事主人公张沙则系农夫型机智人物。其故事有相当一部分是讽刺、抨击、戏弄大小官吏以及财主、富商的作品，表现出故事主人公的智慧、胆量和幽默，有着较鲜明的民族特色和地方特色。代表性作品如《陪土司进馆子》《打官司》《搓绳子》《写呈文》《石桩》《洗不清》《迎土司》《沙则弹琴》《捉沙则》《沙则坐牢》。

陪土司进馆子

彝族机智人物故事。

有一天，李土司让张沙则陪他进馆子。到了馆子里，李某叫了一桌子的酒菜。沙则没等主人动筷子，就毫不客气地吃了起来。李土司见了大为恼火，沙则说："我是仆人，哪样菜都该先尝尝才好，怕人家在菜里放毒药。仆人吃死了没关系，主人吃死了我可负责不起哟！"李土司觉得他的话有道理，以后每次进馆子都要叫沙则陪同。有一次沙则吃饱了，擦擦嘴风趣地说："李老爷，对不起喽，这么久都让你吃我剩的菜。"李土司听了气得直翻白眼。

迎　土　司

彝族机智人物故事。

有一回，团头听说土司要下乡，就在村里叫喊："土司老爷要来了。家家要杀鸡，户户要备酒！"乡亲们听了又恨又气，不知如何是好。张沙则让大家不必杀鸡备酒，由他去对付。第二天土司来时，沙则把衣袖、裤脚高高卷起，手上、腿上都糊满烂泥，约几个小伙子跑到村前去迎接。他对土司说："我们都拼命在田里干活，不然哪有许多租子交给老爷啊！大家实在太忙，忙得杀猪烹酒的闲空都没有，请老爷原谅！"说罢他就伸出大泥手去拉土司的绸衣，以表诚心和敬意。土司怕脏，忙说："免了，免了！"沙则转身对大伙说："听清了吧？老爷开恩，今年把我们一切都免了，连租子也不用交了。"弄得土司无言以对。

捉　沙　则

彝族机智人物故事。

有一次，州官派两个差人下乡捉拿张沙则，到村里碰到一个戴黄毡帽的老头。老头提醒他俩说张沙则不好惹，要他俩多加小心。他俩请老头帮忙，老头便把他俩带到家中，砍了一块肉煮在锅里，然后出门去看张沙则是否在家。两个差人闻到肉香垂涎欲滴，就动手去取肉，可是端起甑子肉却不见了，感到非常诧异和恐惧。老头回家后听说这种怪事，忙说："锅里不见祭神肉，出门大哥走为福。我劝你们还是快走为妙，免得吃亏。”两个差人赶忙跑回去向州官谎称张沙则已经逃走了。其实那个老头就是张沙则，猪肉是他用细麻线拴在甑底上的，所以端起甑子见不到肉。

幺刀爸的故事

彝族机智人物故事群之一。流传于云南新平一带。故事主人公幺刀爸系农夫型机智人物。其故事大多是描写他与田主阿波斗智的作品，如《捉麂子》《赶街卖马》《偷羊》《吃肉》《喝米酒》《偷裤子》。

捉 麂 子

彝族机智人物故事。

有一天，幺刀爸到西山砍柴，捡到一只被大火烧死的麂子。他把麂子剥了皮，架在柴背子上往家里背。经过田主家门，田主硬让他进屋歇歇，一进去田主就张罗炒麂子肉吃。他见田主抢占了麂子，心头感到气愤，赶忙说今天山上的麂子多得很，一个人捉根本忙不过来。田主便要和他一块上山捉麂子。两人来到山上，幺刀爸吩咐田主到对面山梁上去堵。等田主到对面山梁上后，他便在一个蚂蚁堆前蹲下来，看见蚂蚁爬上爬下，一会儿喊叫“下来了！”一会儿喊叫“上去了！”害得田主一会儿往下跑，一会儿往上爬，闹了半天工夫，浑身像散了架。这时候，幺刀爸叹道：“老爷，你跑得不得力，麂子全都从你那边跑出去啦！”

赶 街 卖 马

彝族机智人物故事。

有一次，田主进城赶街，叫幺刀爸替他牵马。到了城里，田主想独自去买吃喝，便谎称要去办事情，让幺刀爸在一个墙旮旯里等着，临走时嘱咐幺刀爸一手拉着马，一手蒙上眼，免得城里人把眼珠给他弄走。幺刀爸知道田主耍的什么鬼花招，田主走后他越想越生气，干脆去把马卖了。他买了一点儿吃食填饱肚子，然后又回到原处，把马笼头和铃铛拴在附近的一根木杆上，照旧用一只手蒙上眼睛，一只手拉扯马绳子。田主吃饱喝足走回来，发现马不见了，就破口大骂，幺刀爸说："你不是说人家会弄走眼球，要我用手蒙上眼睛吗？"田主无话可说，直气得干瞪眼。

普贝的故事

彝族机智人物故事群之一。流传于云南楚雄彝族自治州一带。故事主人公普贝，亦作颇丕，系仆役型机智人物，出自艺术虚构。其故事大多是描写他当奴仆时捉弄、嘲讽财主的作品，谐诙风趣，富有民族特色，如《山羊换马骑》《杀阉鸡讨媳妇》。

山羊换马骑

彝族机智人物故事。

有一天，财主要去做客，便让普贝牵着做礼物用的山羊，自己骑着马一路前行。走到半路，普贝说："老爷，你骑马我骑羊，看谁走得快。若你快，你就骑马；若我快，就给我骑马。"财主觉得好笑，心想马当然比羊走得快，便答应了他的要求。财主骑马朝大路飞奔，普贝扛山羊抄小路前往，等财主赶到预定地点，普贝早已等在那里了。财主把马换给了他，普贝说："你得穿上我的衣服，否则羊换了主人不肯走路。"他们换好衣服后，普贝快马加鞭到了目的地。主人误以为他是财主，就奉若上宾，热情款待。而财主把山羊压倒在地，用力鞭挞羊也不肯走路，最后只好扛着山羊去追普贝。他折腾了很长时间，好不容易才赶到主人家里。

杀阉鸡讨媳妇

彝族机智人物故事。

财主被普贝捉弄，折腾了很久才扛着山羊呼哧哧赶到主人家中。他看见自己的奴仆普贝已成了座上客，自己倒被当成了奴仆，气得七窍生烟。回去时，他便亲笔写信，让管家见信立即将普贝杀死，然后令普贝带此信先回去。在途中，普贝请人念完信，大吃一惊，即请人帮忙把信改成："普贝一到家杀掉大阉鸡，让三囡同他成亲。"等财主回到家时，一切已生米煮成熟饭。他明知是普贝捣的鬼，也只好吃哑巴亏，把满腔怒火压在肚子里。

谎张三的故事

彝族机智人物故事群之一。故事主人公谎张三，一作邝张三，系劳动者型机智人物，出自艺术虚构。其故事有不少是表现人类和野兽斗争的作品，古朴生动，颇具幽默感，如《虎靠岩坎死》《狗报恩》《斗猪》《三回定输赢》。

虎靠岩坎死

彝族机智人物故事。

有一次，谎张三轰麻雀，吓得一只瞌睡迷心的老虎从土坎边跌下，摔伤了腰，老虎便要找谎张三拼命。谎张三被老虎追赶跑错了路，来到一堵悬崖下无法脱身。这时他抬头看到天上飞过的白云，忙用背抵住悬崖，惊呼："不好了！崖要垮下来了！"老虎吓得不知如何是好，刚准备逃走，一下被谎张三喊住："跑不得！我抵不住的话连你也一块压死。"接着，就让老虎替他把悬崖抵住，以便去砍木棒来撑崖。于是，谎张三钻进密林跑回了家。那只老虎拼命抵住悬崖，一点儿也不敢松动，几天以后竟被活活饿死了。

斗　猪

彝族机智人物故事。

猪哥猪弟听说谎张三点子多得很，非常不服气，便要去跟他斗智，讲好只要谎张三能把它们诓去逮住，就永远听他摆布。谎张三说今天不得空，明天再来。第二天，两头猪一直等到日头偏西也不见谎张三来，只好找上门去。走到门口，看见谎张三正在打柜子，说是用来装水的，它俩都觉得谎张三太傻。柜子打好后，谎张三拎一桶水往柜里倒，水很快便流光了。谎张三请它们帮忙进去看看哪里漏水，猪哥钻进去再也逃不脱，就成了家猪；猪弟见势不妙，夹着尾巴跑进密林，于是成了野猪。

◇彝族寓言◇

当 归 鸟

彝族动物寓言。采录于云南。

有个姑娘长得非常漂亮，求婚的人多得像蜜蜂一样围着她转。这个姑娘不愿意嫁给牧羊人，而想嫁给鱼，因为鱼可以自由自在地游水。鱼说自己的本领不如太阳，她又去向太阳求婚；太阳说自己的本领不如云，她又去向云求婚；云说自己的本领不如风，风说自己怕树，树说自己不如草，草又说自己怕羊，羊又说自己怕牧羊人。最后，她只好老老实实地嫁给牧羊人。她和牧羊人老死后，变成小鸟。雌鸟叫“莫学我，莫学我！”雄鸟叫“归来，归来！”人们就把这种鸟叫“当归鸟”。

马 和 青 蛙

彝族动物寓言。采录于四川。

大路旁边的水塘里住着一只青蛙，不管白天黑夜，一直不停地“呱呱”叫，人们听了都说：“讨厌！”大路上有一匹马，每天都驮了许多重东西默默地走着，人们都称赞：“好马！”有一天，青蛙去问马：“马大哥！我天天拼命叫，嗓子都快哑了，从来没人夸我。你一声不吭，人们却夸你，这是为啥？”马想一想说：“青蛙小弟，或许是我把力气用在背上，你把力气用在嘴上的缘故。”

两只小山雀

彝族动物寓言。采录于四川。

父母死后，两只小山雀仍然住在老窝里面。两年过去了，鸟窝渐渐朽烂，可是它们都很懒，互相观望，谁都不愿意动手。雨季到了，哥哥等着弟弟修补，弟弟等着哥哥修补，谁也不肯修补。秋风刮起来了，哥哥以为弟弟会修补，弟弟以为哥哥会修补，依然谁都不动手。冬天来临，它俩照样不肯行动。在一个风雪交加的夜晚，这两只小山雀连同鸟窝一起吹落到地上，都冻死了。

羞愧的山鸡

彝族动物寓言。采录于贵州。

山鸡头上长有一小簇红羽毛，它感到无比骄傲。画眉不敢和它比，阳雀甘拜下风，兔子、黄羊更不在话下。山鸡越来越自鸣得意，猴子听到它自夸就哈哈大笑说："我还以为有啥本事，原来是有一顶红帽子。"山鸡一听就冒火了："你敢瞧不起红色？"猴子说："你把它染在脑壳上就以为最漂亮，我却把它染在屁股上，嘻嘻！"山鸡直摇头说："我不信，我不信！"猴子转身让山鸡看它的屁股，山鸡终于哑口无言，羞愧得把脑壳藏到草丛里面去了。

◇彝族笑话◇

小鬼也怕白吃鬼

彝族嘲讽笑话。采录于四川。

有个爱白吃白喝的人，到谁家不吃个锅底朝天他就不会走，大家都害怕他。有人想了个办法，在屋里挖个地洞，上面铺张竹席，随后请他来吃饭。白吃鬼见桌上摆满羊肉、鸡肉，便鼓起嘴巴大吃起来。主人趁他不注意，抽开事先做好的销子，想整他摔下地洞去。可白吃鬼稳稳当当坐在上面大吃大喝，啥事没有。等他走后，主人到地洞查看，只见几个小鬼汗流气喘地顶着那块竹席。小鬼们喘着气说："我们不是想救他，是害怕他摔死后到阴间来白吃我们。"

打 荞 子

彝族劝诫笑话。采录于四川。

从前有两家人搭伙挥连枷打荞子，其中一个人的妻子在前面丢荞。为让自己丈夫少出力，这个女人把小捆荞把丢在丈夫面前。打了一天，丈夫回家还没坐下，她就表功说："今天你一定很轻松吧，我专门往你面前丢小捆的。"丈夫正憋着一肚子气，就大声武气地说："你没看见我面前的荞把是由别人打，别人面前的荞把由我打吗？"妻子这才想到，两个人是对打荞子的。

壮族故事

◇壮族幻想故事◇

一幅壮锦

壮族奇事故事。采录于广西。

有个阿咪带三个仔以织锦度日。一天阿咪到圩上卖壮锦时，买了店铺里的一张五色彩画，爱不释手，她向往着住进画里的村庄。老三出主意，让妈妈把彩画织在锦上，就如同住进画中村庄了。老妇人用五彩丝线织了三年，终于织成一幅美丽的壮锦。忽然有一阵大风把这幅壮锦卷上天空，阿咪追壮锦昏倒在地。苏醒后，她要三兄弟去找回壮锦。老大、老二听一个老奶奶说，到太阳山要经火山烧身、海浪冲击，十分害怕，他们得到一盒金子后便先后进城享乐去了。老三不要金子，毅然敲下两颗牙镶在石马嘴里。石马立刻腾飞，历尽艰难险阻到达太阳山顶。老三看到仙女正在学着妈妈的那一幅壮锦织壮锦。深夜，他把阿咪的壮锦藏在身上，跨上石马飞回家乡。娘儿俩把壮锦铺展在地上，家园立刻变得和锦上一样壮美辽阔。后来，老三和画中红衣仙女结成夫妻，过上幸福生活。老大、老二花光了金子，竟沦落为叫花子，再也没脸回家了。

达稼和达仑

壮族灰姑娘型故事。采录于广西。

达稼的母亲去世，后娘对她和妹妹不一样。有一次，西庄有人家办喜事，后娘把亲生女儿达仑打扮漂亮，让她去赴宴，却让前房女儿达稼拣清五六斗黄豆、芝麻，用漏桶挑满三缸水，阻止她去吃喜酒。达稼的亲娘化作乌鸦前来帮忙，让达稼很快把事情一一办好，并且在枇杷树下挖出一包衣裙首饰，让她打扮好也去赴宴。过桥时，达稼不慎将一只金色花鞋掉进河里，被土司少爷捡到并和她成亲。一年后，达稼带着儿子回娘家，被达仑推入水井淹死，随后变成一只小斑鸠。达仑冒充达稼到夫家，将斑鸠掐死煮汤喝，把剩汤倒在后园里。不久，那里长出一丛毛竹。达仑去竹林乘凉，一棵毛竹将她挑上竹尖。摔下来后，她非常气愤，一下便把竹子齐齐砍倒。邻家老太婆要了一根竹子去做织机上的绕线筒，从此天天有织好的布放在织布机上。有一天，老太婆发现从线筒里出来一个姑娘给她织布，便认作女儿。这姑娘就是达稼，在老妈妈的帮助下，她见到了自己的丈夫和儿子，一家重新团圆，达仑母女却变成了两只讨人厌的鸟，不停地喊着：“害人害己！”

勇敢的阿刀

壮族羽衣仙女型故事。采录于广西。

阿刀找了一块地插秧种谷，成熟时天上飞来七位仙女帮他割谷。阿刀藏起了小仙女的翅膀，与她一起回家成了夫妻。财主黄万知道后，强逼阿刀送妻子上门。七仙女飞上天，从天上吊下黑线让阿刀爬上了天。岳丈想害死阿刀，就支使他去向妖怪夏山婆借锣鼓为自己做生日使用。阿刀在夏山婆家的楼上取了锣鼓，脱身逃回。岳丈又派阿刀去活捉老虎，七仙女教他用铁伞插进虎嘴，于是牵回了老虎。七仙女劝阿刀暂时离开自己，送给他尖刀和干粮。在路上走了七八天，阿刀看见到处是破败的村庄，满地尸骨，一片凄凉。一个躲在马槽里的小姑娘告诉他，夏山婆吃光了人畜，若要见它，就在马槽上敲三声。阿刀敲马槽后，夏山婆果然来了，彼此厮杀一天也不见胜负。阿刀偷偷跟着夏山婆回家，探得了制服夏山婆的办法。他用粪便擦拭刀口，终于杀了夏山婆，还找到了救人的拐杖，用尾部指活了满地人畜，小姑娘也找到了自己的家人。后来，阿刀把七仙女带回人间，他用神棍指死了黄万，在林里喊回变成野兽的父亲，一家人团聚在一起。

七妹和青蛙郎

壮族蛙郎娶妻型故事。采录于广西。

有一年天大旱，黄老汉许愿，谁能降雨，愿嫁女儿给他。青蛙郎变成后生下起瓢泼大雨，第二天就登门来求婚。六姐妹都嫌后生长相不好不愿嫁，后生也挑理由不愿娶，只有漂亮的七妹表示，他做了一件大好事，是龙是蛇我不嫌。三年后，七妹带着儿子回娘家，直夸自己的丈夫体贴英俊。大姐听了起歹心，趁七妹上树摘桃，用力摇树把七妹掉进塘里淹死了。大姐穿上七妹的衣服回到夫家，家里样样她都不熟悉，丈夫生疑不理她。一只小鸟飞来欢唱，主人把它喂在笼里。大姐织布，不是断线就是跳梭，小鸟嘲笑道："不会织细布，怎能占我夫！"大姐打死小鸟埋到后园里，坟上便长出一丛刺兰竹。大姐到竹下乘凉，竹子弯腰绞住她的头发，险些把她吊起来。大姐把竹子砍成短节扔到远处，有个老奶奶拾一节回去做水筒，从此家里天天有美丽姑娘来帮忙做家务。这天，老奶奶抱住正在煮饭的姑娘，姑娘一下瘫软在地上。原来七妹是水源洞的龙女，因热恋青蛙郎被龙王贬到人间，青蛙斗败龙王，挽救了禾苗草木，才使他们重逢成为夫妻。大姐三次迫害，使她筋骨全碎。老奶奶按她的办法，终于让她身体重新支撑起来，并和丈夫儿子团圆。大姐看到七妹夫妇归来，吓得跳进水井淹死了。

百　鸟　衣

壮族田螺女型故事。采录于广西。

亚原母子做油堆在学堂门前卖，以此来维持生活。一日亚原卖完油堆，有一只公鸡跟他回到家里面。一连数日，他把鸡送回原处，公鸡都先他回来了。半年后，公鸡变成一个姑娘和他结为夫妻，小日子越过越好。有一天，妻子让他在街上租铺面做大生意，于是"亚原货店"就开张了，店铺两边写着"大官家百货无，小亚原逢货有"，好大的口气。这一下惊动了刚到任做官的新科状元，他派卫兵来买一千把雨伞，没有难倒亚原货店；又来买一千双鞋子、一千只一斤重的雄鸟，亚原货店每次都按时交货。状元这才打听到亚原聪明能干美丽的妻子，决定强抢亚原的妻子去献给皇上。亚原的妻子临走时，让亚原打一百只鸟，用羽毛做成衣服，敲锣打鼓到京城去找她。三年后，亚原做成五彩羽衣，一路敲打来到京城，他妻子在宫楼上看见笑得合不拢嘴。皇帝看见三年没有笑容的美人如此高兴，立刻要和亚原换衣服，以讨美人欢心。皇帝穿上羽衣又蹦又跳，谁知羽衣在身上越箍越紧，在一片喊打声中皇帝变成山鸡飞进山林。于是，亚原和妻子双双回到了家乡。

鱼　仙

壮族鱼姑娘型故事。采录于广西。

从前，有一个父亲临终时给三个儿子每人留下一文钱。老大把一文钱买东西吃了，老二买成菜籽种了一片菜地，老三买来鱼钩钓鱼。有一天，老三钓得一条红鲤鱼，舍不得卖掉，便带回家养在缸里。从那以后，他每天回来，桌上都摆满做好的饭菜。他去谢邻居，大家都说没给他做过饭。一天邻居对他说，看见一个姑娘在他家做饭。他终于窥见做饭姑娘，一把拉住问她是谁，这个姑娘说："我就是你缸里养的红鲤鱼，见你心眼好，来报答你的。"这个女人就做了他的妻子。随后，她又变成鱼游到水底，取来一个葫芦，要吃要用样样有。朋友们听说他有了宝葫芦，让他请了一顿丰盛的饭菜。这件事传到县官耳里，县官立刻要老三交出宝葫芦。妻子说什么都可以给，要葫芦不行。于是县官今天要一群羊，明天要一群牛，后天要一头大象。老三问县官，你要这么多东西好意思吗？县官就要他拿只"意思"来。老三拿着妻子给他的"意思"，走到衙门中间，一股火蹿出，把衙门烧成灰烬。

刘卖糕

壮族龙女型故事。采录于广西。

阿刘靠卖玉米糕过日子，人称"刘卖糕"。一天他正叫卖，有个被人追赶的漂亮姑娘，变成蛇钻进他的货摊下。他把这帮人支走后，姑娘便跟他回到家中。原来姑娘是海龙王的女儿，随后她带阿刘到海里。半月后，阿刘按姑娘的交代，向龙王要了一只鸭和一把破伞。回去以后，鸭变成龙女，伞变成一座房子，他们结成夫妻。土司去拜神庙时，发现了他们家。两个厨子来看究竟，回到庙里把鸡鸭烧焦了。龙女用米粉捏出真鸡鸭交给厨子，土司发现鸡鸭没有骨头，便来到阿刘家。为霸占龙女，土司逼阿刘一夜交出十二担柴火、割下十二挑马草、带来十二只老虎，龙女一一帮他办到了。土司又用全部家产和七个老婆来换龙女。到了第二天清早，土司发现自己一人睡在荒野里，龙女却不见了。他走了七天七夜找到刘卖糕门口，七个老婆都不认他，土司被活活气死了。

八兄弟戏土司

壮族十兄弟型故事。采录于广西。

寡妇三婆吃了八个仙柑，生下八个男孩，仙翁给他们分别取名叫千里耳、万里目、大力三、顽皮四、硬骨五、发冷六、长脚七、大哭八。八兄弟个个聪明能干，孝敬母亲，全家过得很欢乐。有一天，土官的大楼被大风吹歪了，万里目看到城门上贴告示招匠人，修楼赏银一万两。大力三便去应聘，几下就把大楼扶正了。土官翻脸不给赏银，还叫差人把老三绑进大牢，逼他交出法术。大哥千里耳探得消息，让长脚七背顽皮四去换回大力三。顽皮四不怕打，但不能应付次日的五马分尸。大哥千里耳又让长脚七背硬骨五去换。硬骨五不怕五马分尸，但不能应付次日的蒸笼蒸。长脚七又背发冷六来换人。发冷六不怕蒸笼蒸，但不能应付次日的丢进大海。长脚七去换回发冷六，被几十个差工押上大船，推下大海。他站立起来，海水只到腿肚子，一脚踢翻大船转身回家了。土官派兵马搜捕八兄弟，大哭八被带到衙门后号啕大哭，泪水犹如山洪把土官和兵差都淹死了。

点 金 棍

壮族奇事故事。采录于广西。

有两兄弟，哥哥特代讨了老婆就和弟弟分家，房子田地全要，只给弟弟屋后的一棵龙眼树。一次哥哥喝醉酒把老婆的手打断，治病把钱用光，要摘弟弟的龙眼果卖。弟弟不肯，哥哥趁夜摘光果子砍倒树。弟弟伤心痛哭，惊动仙女下凡，送他一根木棍，让他随身携带。他上山开荒，一只野鸡跑来，他按仙女说的，用木棍打死野鸡，滴鲜血绕鸡一圈，野鸡不见了，他从地下挖出野鸡大小的黄金，拿金子去给阿嫂治病。哥哥听说后便去借走木棍，当他打死野鸡挖地一丈多深时，挖出的竟是一根木炭。他把木棍埋进泥坑里，受到仙女惩罚，不久发病死去。仙女又下凡，给阿嫂一根点金棍，阿嫂把棍交给弟弟。从此弟弟拿木棍打野鸡，野鸡变成金子。他和阿嫂结为夫妻，过上美好的生活。

金 财 洞

壮族奇事故事。采录于广西。

长工特貌和财主女儿相好，财主提出，要送来一百斗米、一百头牛、一百两金子才能做他的女婿。特貌下决心要娶回心上人，他天天上山，开了几十亩荒地，就去向财主借谷种。财主把种子煮熟了给他，撒在地里，只长出一棵嫩芽。独苗长得很快，抽出很大的谷穗。秋天收割，一只老鹰叼走了谷穗，他拼命追到山顶，累昏摔下山脚。醒来后他发现自己挂在大榕树上，看见树下的猴子、老虎在石头上敲出各种果子兽肉，吃饱后回洞中睡觉。他下来也敲石头，要了一百两金子、一百斗米和一百头牛，让牛驮着金子和米赶下山去。财主见财起意，立刻让特貌带他去找那个金财洞。财主在石头上没命地敲，高喊“金子！金子！”惊动了洞里的老虎、猴子，只听一声轰响，大榕树倒下，洞里喷出一团大火，把财主烧成灰烬。特貌和财主女儿结为夫妻，过上幸福美满的小日子。

木偶师傅

壮族奇事故事。采录于广西。

有一次，财主讨小老婆办喜事，请来一个木偶师傅唱戏。新媳妇听了《文龙与肖氏》，哭得死去活来。财主得知师傅借戏文嘲弄他，便把木偶仔丢进深潭，把木偶师傅撵出村子。木偶师傅下潭去找木偶仔，来到了龙宫，看见龙太子在玩耍木偶仔。他就为龙王演木偶戏，不要赏银，要了两枚仙桃。他回到家种下仙桃，一株结绿桃，一株结红桃。他先尝红桃，头上长出两只角，再尝绿桃角就消失。木偶师傅挑着桃子上街叫卖，财主选了几个大红桃不给钱，转身说：“桃子好吃的话，明天来拿钱。”第二天他去讨钱，一头黄牛冲出来，财主家人追着喊：“老爷变黄牛了！”木偶师傅用绳子穿上牛鼻子，牵回家去犁田种地。

砍金枫

壮族奇事故事。采录于广西。

从前有两兄弟分家，哥哥日拐占了父母留下的好房好地，弟弟日索分得一点儿瘦地和一间破草房。家里有一头大水牛，哥哥拉牛鼻子，让弟弟拉牛尾巴，牛跟谁走谁就是牛主人。水牛跟哥哥走了，弟弟只得到一把牛尾巴毛。耕种季节，弟弟扛锄头去挖地，挖了几天也没挖完。他对天长叹，忽然间有三张枫叶从月亮上飘落到弟弟的脚下。弟弟拾起枫叶，竟变成闪光发亮的金子，他立刻买了牛和农具。哥哥知道后，就想去把月亮上的金枫叶全部摘下来。他听说有飞马出售，便高价买来，备了两个大口袋骑飞马上天。他找到金枫树，每次刚爬一半就滑落下来，他扫兴而归。第二天他带上斧头去砍金枫树，第三天继续去砍时，头天砍开的豁口又长回原样。第四天他带着糯米包和利斧上天，砍到浑身无力，他怕吃饭的时间树又长回原样，干脆躺进砍开的缺口吃饭。因过分疲劳，他很快睡着了，金枫树一点点长回原样，把贪心的日拐夹死在树里。

银花和金花

壮族奇事故事。采录于广西。

有一天，一个土老财问两个女儿，是谁把你们养大的？以后你们依靠谁？因小女银花说是娘把我养大，以后我要靠自己，使得土老财十分恼怒，把她赶出了家门。离家时，母亲偷偷塞给她三粒金子和一条围裙。银花来到林中的池塘边，看见一后生哥在钓鱼。后生见鹿就脱下破褂去逮鹿，鹿跑了破褂也没了；又见大鱼游来，脱下裤子去捞鱼，鱼没捞到裤子也丢了。这时候，银花连忙把围裙丢给赤条条不敢上岸的后生，并请求他收留自己。到后生家，银花交给他金粒，让他去买米。后生将信将疑，到米店果真买回一袋米。他告诉银花，这种“石子”山洞里有的是，便带银花去洞里把金子挑了回来。他们盖房置地把家建好，又去请土老财看新房。土老财扬言“除非金子铺路，我才去”，他坐轿走在金子铺的路上，对女儿银花心服口服。此后银花把金子分给穷人，和大家一起辛勤劳动，过上了好日子。

达七和六丘

壮族奇事故事。采录于广西。

知眉山下有个心灵手巧的达七姑娘，和长工六丘对歌相爱了。一次，达七帮六丘包扎伤口，被母亲芦婆发现，便罚六丘一天挑完十车粪。六丘动作稍慢一点儿，就被鞭打得昏倒在粪堆旁。在睡梦中，六丘得到公那老人给的一个仙桃，他吃后神力倍增，能用铁梁挑起两个大车箩，十车粪装五担，很快挑完了。六丘要回卖身契，与达七约好八月十五在歌圩相会。两人彻夜对歌，明月做媒，大地作证，自主订婚。芦婆贪图钱财，想把达七嫁给土司少爷。芦婆以达七父亲的遗言为由，提出谁能送来活山猪、斑鸠、金鲤鱼做三牲供礼，谁就当姑爷。在公那老人的帮助下，六丘弄到八百斤重的山猪、一百二十斤重的斑鸠，又下海与龙王公主结为兄妹，得到三千斤重的金鲤鱼骑着回来。在路上，恰好遇到达七被逼与土司少爷成婚，跳河自尽，金鲤鱼潜水救起达七。山猪拱石头，斑鸠扒泥土，鲤鱼喷水冲山脚，知眉山倒塌压死了芦婆和土司少爷。达七和六丘终于举行婚礼，过上夫妻恩爱的幸福生活。

麦代和麦义

壮族奇事故事。采录于广西。

从前有姐妹俩，姐姐麦代家里富有，但心狠吝啬；妹妹麦义家贫心善，丈夫病故后一人带几个孩子度日。这年大旱，麦义到姐姐家借粮，麦代要妹妹把自己头上的虱子除干净才允许她借粮。麦义含泪清理了大半天，麦代却抓出一只早已藏好的虱子来做借口，一颗米不借，将妹妹麦义赶出家门。麦义走在路上，一条白蛇三番两次拦住去路。她对蛇说，如同情她的孩子饥饿无食，就请爬进箩筐。她小心地背着蛇回家，砍成数断放入锅里，等煮熟打开锅盖，满屋白光耀眼，是一锅白花花的银子。第二天，她把半锅银子分给穷乡亲渡灾荒，又张罗做斋醮酬神。宴饮那天，姐姐麦代来了，她趁忙乱在妹妹麦义的箱子里偷了几锭银子。吃饭时，别人都吃着喷香的鱼肉饭菜，她吃的却是臭狗屎，回到家里，衣袋里装的大锭银子也都变成了烂瓦渣。

虎　大　哥

壮族奇遇故事。采录于广西。

早年间，有母子俩住在深山里。一天儿子出去砍柴，在刺丛里救出一只老虎。为报答恩情，老虎每十天半月便扛来野猪、黄猄等动物，母子俩靠卖野味换钱，过上了好日子。这个少年和虎大哥结拜成兄弟。一日母亲病故，他按约定到山顶连声喊道：“虎大哥，快回来呀！”老虎就回来，和他一起安葬了母亲。虎大哥见兄弟长大成人，要帮他找个妻子。财主家娶小老婆，吹吹打打经过山里。老虎大吼一声冲过去，抬轿的、送亲的丢下新娘逃命，老虎便把新娘背到兄弟家。新娘醒来，见少年模样好，勤劳善良，表示愿意嫁给他，从此二人过上了快活美满的生活。

◇壮族动物故事◇

老虎求医拔骨刺

壮族动物故事。采录于广西。

有一只老虎的喉咙上卡了骨头，渐渐发脓肿胀，大家都远远躲避不愿理它。山胡鸟帮老虎请马来拔骨头，马跪下请老虎张开口，老虎张开血盆大口，把马吓得掉头就跑。山胡鸟又请来猴子、水牛，它们都被老虎怒吼发威的样子吓跑了。老虎大骂信不过马、猴子、水牛，山胡鸟劝老虎要有诚意才能取信于医生，又帮老虎说情，请水牛回来看病。这一次，老虎老老实实地闭眼趴在地上，任医生摆布，水牛终于用尖角给它取出了骨头。

水牛压死老虎

壮族动物故事。采录于广西。

老虎下山想吃掉黄牛，又怕黄牛的那对犄角。当它听说黄牛角是泥捏的时，便猛咬住牛颈脖当美餐。有一天，老虎向河边的水牛走去，水牛厉声说自己的角是铜铁铸成的。老虎一心想着美味，跳上牛头就咬，水牛用力一摔，把老虎抛得老远，又用犄角把老虎压在大石下，直到把老虎压断气。

小小蚂蚁斗蜻蜓

壮族动物故事。采录于广西。

有一只蜻蜓落在草叶上，蚂蚁爬上去咬它一口。蜻蜓十分恼怒，立刻把蚂蚁带上半天空，连打几个倒栽想摔死蚂蚁。蚂蚁牢牢地抓住蜻蜓，慢慢向蜻蜓的脖根爬去，狠咬了两口蜻蜓细小的头颈。蜻蜓一下断了气，摇摇晃晃地落到地上。蚂蚁叫来很多伙伴，一起把庞大的蜻蜓抬回土窝。

斑鸠智斗果子狸

壮族动物故事。采录于广西。

有一回，果子狸扑向斑鸠，要把斑鸠吃掉。斑鸠请求果子狸放开它，它可以让果子狸吃个饱，并且拿自己的孩子做抵押。于是，斑鸠飞到田里，引诱农夫追赶它，让果子狸趁机把农夫的饭菜吃得精光。果子狸吃饱了也不放斑鸠的孩子，又要斑鸠让它大笑。斑鸠便飞回田里，站在牛背上叫。农夫非常生气，一扁担抡过去打在牛背上，牛痛得飞奔逃跑，耕牛也接二连三地跟着跑，引得果子狸哈哈大笑。可是，果子狸还是要拿斑鸠的孩子当晚餐。斑鸠不得不再去替果子狸找吃食。这次它引来猎狗，猎狗嗅到果子狸的臊味就穷追不舍，救下了小斑鸠。但是果子狸并不死心，又跑回来咬住斑鸠。斑鸠问果子狸今天是什么日子，果子狸刚张口回答，斑鸠就趁机逃跑了。

癞蛤蟆智斗老虎

壮族动物故事。采录于广西。

有一天，老虎没有找到食物，就要吃癞蛤蟆。癞蛤蟆笑道："谁吃谁还说不定哩。"老虎听了，便要跟癞蛤蟆比本领。它们来到一条小溪边，老虎说："谁先跳过去就算赢，输了就被吃掉。"癞蛤蟆用嘴咬住老虎的尾巴，趁老虎甩尾巴时一下跳到对岸，笑着对老虎说："快过来让我吃吧，你输了！"老虎吓得赶忙向山里面逃命。当老虎跑得满头大汗，坐下来歇气时，树上的猴子问明缘由，便要同老虎一起去找癞蛤蟆报仇。老虎半信半疑，找了一根藤子，一头捆住猴子的脖子，一头捆在老虎身上，才一块儿出发。癞蛤蟆看见它们，立刻大声说道："你这个猴子，欠我几年的债，牵一只老虎来哪里够啊！"老虎一听猴子要拿自己来顶债，转身拼命奔跑，把猴子活活拖死了。老虎看见猴子张嘴露出牙齿，便骂道："我上了你的当，累得要死，你还笑！"

水牛恨芭蕉

壮族动物故事。采录于广西。

原本老老实实耕田的水牛因为受到狐狸的挑拨，刚耕一会儿田，便跑上山去吃草了。芭蕉看见农夫无奈早早收工，连忙献计让他把水牛的鼻子穿起来，水牛便听话了。后来，水牛知道是芭蕉出的主意，非常气愤。它每一次来到溪边，总要用双角把芭蕉树戳得稀巴烂。

公鸡叮蜈蚣

壮族动物故事。采录于广西。

从前，公鸡跟蜈蚣是好朋友。有一天蜈蚣的孩子不见了，便到处去寻找。它被一个裂洞夹住，使了好大的力气才爬出来，弄得浑身是血。公鸡看见蜈蚣身上有许多伤痕，就说自己头上有角，钻来钻去都不会被夹住。蜈蚣非常羡慕，便向公鸡借角去找孩子。蜈蚣安上角后，不到半天便把孩子找回来了。蜈蚣觉得有一对角十分漂亮，就不想把角还给公鸡，马上带着孩子躲进草丛里。公鸡等许久也不见蜈蚣来还角，就到处去找，不断地喊："还我角，还我角！"从此公鸡一看见忘恩负义的蜈蚣，便狠狠地叮咬它。

得意扬扬的老鸦

壮族动物故事。采录于广西。

有一回，狐狸饿得发慌，就躺在地上装死，以便扑吃树上的小鸟。狐狸的伎俩被老鸦识破了，它没有吃到小鸟，只好去吓唬喜鹊。狐狸叫喜鹊扔下一个蛋给它吃，不然就上树吃掉喜鹊一家。老鸦让喜鹊不要搭理狐狸，因为狐狸根本不会爬树。狐狸愤愤地离开了。老鸦一再戳穿狐狸，就骄傲起来，朋友们都和它疏远了。有一天狐狸从树下过，故意夸奖树上的老鸦多么聪明、漂亮，老鸦听了心里好不快活，飞到地上在狐狸的面前踱来踱去，得意扬扬。这时候，狐狸故意问老鸦冬天怎样过，老鸦说："我把头藏到翅膀里就暖和了。"老鸦一边说一边做给狐狸看，狐狸趁机扑上去把老鸦吃掉了。

◇壮族写实故事◇

猫 官 司

壮族案狱故事。采录于广西。

从前，有兄弟四人分家，最后剩一只宝猫不好分。邻居建议四兄弟每人养一季，猫死后每人分一腿。第一季猫在大哥家，日夜不停地捉老鼠，后爪被荆棘刺伤了，大哥认为后腿是老四的，撒手不管。邻人劝他，不治好猫腿捉不了老鼠，还是白养。老四拿去拔出刺，涂上花生油，用砂纸包扎好。猫过灶边，砂纸被烧着了。猫跑到邻家引燃了茅草，烧了他们的房子。邻家告到了县衙，大哥说是老四分上出的事，应由老四来赔偿损失。老四的家产不够赔，忧愁得不得了。这时候，有一个十岁的孩子出来替老四去见官说理。他说那条受伤的腿走不动路，是没受伤的三条腿走路才起火的。官老爷一听有理，改判由三个哥哥赔偿。

风 水 先 生

壮族讽刺故事。采录于广西。

从前有一个长工连夜到街上替财主买碗碟，天亮前要赶回去干活。他挑着买好的碗碟，一出城门就滑倒了，碗碟全部摔碎，只剩下一个好碟子。天亮后他不知所措，便把这个好碟子装进白布袋子里，在街上来回转悠，嘴里不停地念叨。有人以为他是个风水先生，就将他拉进一家高屋里请茶吃饭，要他帮忙选一块龙地。他不好申辩，就糊里糊涂地一起到一处山坡上，看见那里风水不错，便指着前面的土丘说那是龙头，那是龙尾，还吩咐他们要保密，不要说自己的名和姓，日后发了财当了官再来找自己。他得了三吊钱的酬劳，到街上买了锄头、斧头和铲子上山开荒去了。不知过了多少个年头，家里来了个客人送来许多礼品，原来是请他去当风水先生的那个人的儿子中了状元，当了大官，前来答谢他。消息传进皇宫，皇帝下圣旨要所有风水先生都来找龙地，这个长工自然也被请去。长工只好买了一个真罗盘，装入布袋来见皇帝。皇帝叫来许多轿夫抬着风水先生们四处去找，大家都怕猜错了，保不住性命。长工却假装发现龙地，让轿夫将自己往一个山坡上抬去。众风水先生争先恐后跟着过去，都异口同声说这块地方是龙地。皇帝信以为真，立刻赏赐长工钱财。长工心想这次瞒过了，往后怎么办？就当着皇帝的面毁掉罗盘，说再也不会替别人去找龙地，圣上宝座便万无一失了。

一 百 鞭

壮族财主故事。采录于广西。

从前有个财主，每年雇工都议定条件：每天只给长工一碗粥吃，如长工敢不满意就挨打一百鞭，并且扣去工钱；若长工照地主的话做工，财主敢不满意，则也要挨打一百鞭，并且付给长工工钱。所有到财主家来做工的人，没有一个不挨一百鞭的。聪明的袁老三想为父兄和大伙报仇雪恨，就去财主家当长工。第一天种地，收工回来喝稀饭，袁老三说满意，让财主抓不到把柄。第二天放羊，他按财主的话没有让一只羊跑掉，却把一只羊宰了吃了，财主不敢说“不满意”。第三天牧马，他按财主的话没有让马跑掉一匹，也没有吃掉一匹，而是卖掉一匹马来请穷哥们大吃一顿，财主也不敢说“不满意”。第四天财主请客，他按财主的话去拍掌找羊，把一圈羊都宰光了，财主仍然不敢说“不满意”。最后，袁老三设法让财主说出“不满意”的话来，狠狠抽了财主一百鞭，高高兴兴回家去了。

留 猪 笼

壮族换代物故事。采录于广西。

早年间，有一个农夫的老父亲七十多岁，不能干活了，他便处处看老父亲不顺眼。有一天，他编了一个又长又大的“猪笼”，趁天黑老父亲睡着时，连被带人塞进笼里，和十三岁的儿子一起往河边抬，打算丢到河里面。儿子十分惊讶，不肯把爷爷丢下河。这个农夫正要独自把笼子推下河时，儿子拉住说：“不，留下猪笼！我不会织猪笼，以后你老了我拿什么装你呀？”农夫听了儿子这句话，如同炸雷轰顶。他羞愧地爬起来，招呼儿子把爷爷抬了回去。从此，他就好好孝敬老父亲。

治嫂斗阿芒

壮族巧媳妇故事。采录于广西。

阿治的妻子聪明美丽，同村阿芒见阿治老实可欺，想占他便宜。他对阿治说，我们说话打赌，如果你反对就算输，就要把妻子让给我。阿芒立刻拉阿治去看蚊子骨头，阿治说蚊子哪有骨头？第二天阿芒抬轿来接人，治嫂挡在门口说，阿治去喂牛，被跳蚤踢断骨头。阿芒不信，治嫂反问："跳蚤踢不断人骨头，蚊子又哪来骨头？"又一天，阿芒对阿治说，有面大鼓，鼓声传到的地方，人得走十二天。阿治说，哪有这样大的鼓？他又输了。次日阿芒上门时，治嫂对他说，丈夫放牛在树洞里打瞌睡，牛吃了邻家一百二十亩禾苗。阿芒不信有这么大的树和这么大的牛，治嫂笑道："没这么大的树，哪来那么大的鼓？没这么大的牛，哪来那么大的牛皮蒙鼓面？"阿芒不甘心，又找阿治打赌，说有十二个小孩儿在大王缸里游泳，水波都不连着。阿治不信有这大的缸，因此又输了。阿芒去他家，治嫂说丈夫去帮人家砍一根竹梢顶着天的竹子了。阿芒不信竹梢能顶上天，治嫂说："没有那么高的竹子，哪来那么长的竹篾箍大王缸？"阿芒哑口无言，从此再也不敢打治嫂的主意了。

宝　葫　芦

壮族巧媳妇故事。采录于广西。

樵大与达英是一对恩爱夫妻。达英长得十分漂亮，被一个财主看中了。这个财主跟师爷商量出一个坏主意，故意到圩场上去买樵大的柴。樵大把一担柴挑进财主家的灶房里，刚放好柴担财主就说他家的宝猫不见了，随后从柴堆下找出一只死猫，硬说樵大把他的宝猫弄死了，逼迫樵大赔银子。财主让樵大赔五百五十两银子，如果拿不出来，就拿妻子来顶，当场写下契约，限他三天答复。樵大愁眉苦脸地回到家中，不得不向妻子说了这件倒霉的事情。达英听了劝丈夫不要发愁。三天后这个财主带一帮人来闹事，樵大两口子在家里不吭声。财主推开门闯进去，门上落下一个葫芦摔得粉碎。达英说是一个宝葫芦，人家给过六百六十两银子也不卖，邻居们都来作证。财主无奈，只好交出赔猫的契约，灰溜溜地离开了。

◇壮族机智人物故事◇

勒堆的故事

壮族机智人物故事群之一。流传于广西红水河中游一带。故事主人公勒堆，亦称“特堆”“腊思”等，系雇工型机智人物，出自艺术虚构。其人诙谐机敏，经常扶助穷乡亲，同贪官污吏、为富不仁的财主作对，包括嘲讽、戏弄他贪婪的岳丈和刻薄的外公。他的故事多达数十则，代表性作品如《照妖宝镜》《饿不死的》《鬼都怕你》《活宝贝》《扒灰老子》《火烤焦鹅》《灵验仙丹》《粽子有毒》《菩萨“显灵”》《巧吃白馍》。

照妖宝镜

壮族机智人物故事。

有一天，勒堆赶圩见到县官贴的捉拿盗马犯的通缉令，就回家拿了一面小镜子，装扮成道人去县衙。他对县官说，他拿的是一面照妖镜，不但能够侦破盗匪案，而且对一切为非作歹之徒都看得明，道得清。他端了一碗“法水”，东南西北喷了四口，又擦了擦双眼，随后举起镜子一照，念道：“八月十五寅卯时，十字路口有盗迹，倒背蓑衣翻戴帽，跪跪拜拜求南极。”县官立刻派衙役出巡，果然在十字路口抓到几个跪拜的人。县官怕勒堆照自己，忙送他五十两银子。勒堆说：“刚才我已偷偷照了你的灵魂，十分丑恶，假如你不悬崖勒马，继续作恶的话，你长一百个脑袋也不够砍哪！”勒堆回到家乡，把县官给的银子都分给穷兄弟们了。

饿不死的

壮族机智人物故事。

勒堆小时候给外公看牛。外公是个十分刻薄的财主，常常虐待勒堆。有一天外公请客，客人让他给小外孙留点好吃的，他却说：“不用不用，他小小畜生吃的日子长着呢，饿不死的。”这话恰巧让放牛回来的勒堆听见了。第二天傍晚勒堆回来时，外公见所有的小牛崽都被山藤捆住了嘴，肚子饿得瘪瘪的。外公责怪勒堆，勒堆说：“不要紧的，外公你不是说过吗？小小畜生吃的日子长着呢，饿不死的。”外公听了气得打战，半天讲不出话来。

鬼都怕你

壮族机智人物故事。

外公怕勒堆干活偷懒，便到地里去监工。日头毒辣辣的，外公不让勒堆歇气，一直干到很晚才让他收工。勒堆累了一天，回去却只能吃上辣椒、稀饭。第二天外公又去监工。勒堆假说去屙屎，直到太阳落山才睡眼惺忪地从一个山洞里钻出来。外公骂勒堆竟敢偷懒睡觉，勒堆说：“外公，我遇着鬼啦！一群鬼拖住我，怎么也挣不脱身。我急得大喊你的名字，把那群鬼吓得屁滚尿流，四散而逃。要不然还不知被困到何年何月呢！外公，我哪敢偷懒呢？莫说人怕你，连鬼都怕你呀！”

扒灰老子

壮族机智人物故事。

三个姑爷给财主岳父祝寿，大姑爷、二姑爷都给岳父题写了彩话祝词，三姑爷勒堆却题写了“扒灰老子”四字。众人看了都讥笑勒堆，说他是“瞎狗乱放屁”，“盲老当街屙烂屎”。勒堆连忙解释道：“扒”是扒扒滚滚进新房之意，“灰”是石灰粉刷白天光之意，“老”是老老少少都安泰之意，“子”是子子孙孙福寿长之意。众人听了连连点头称赞，岳父、岳母不但没责骂他，还将他视为孝子贤婿，让他坐了上席。

菩萨“显灵”

壮族机智人物故事。

有一个财主非常相信鬼神，逢年过节都要到庙里上供。这年除夕，财主又叫勒堆挑着供品跟他到庙里去。他摆好供品，跪下边磕头边说：“菩萨保佑！保我人丁兴旺，财源茂盛，福寿双全……”这时只听菩萨发话：“去吧，去吧！供品我收下，供品我收下！”财主以为菩萨真的显灵了，拼命磕头。勒堆说：“老爷，该让菩萨静心享用供品啦！”勒堆好不容易才把财主哄走。第二天财主去收供品，一看全光了。原来头天发话的不是菩萨，而是勒堆事先藏在菩萨背后的一只平时驯养好的八哥。夜深人静时，勒堆偷偷到庙里把供品拿去分送给村中的孤寡老人了，让他们也过一个肥年。

粽子有毒

壮族机智人物故事。

有一天，财主独自进山打猎，跑了半天一无所获，又累又饿，便靠在一棵树下歇气。这时他发现前面树上挂有勒堆的衣服和两个粽子，便把粽子取下来吃了。勒堆打柴回来，说他的粽子里有毒药，是用来毒猴子的。财主慌忙掏出一块银子，央求勒堆寻解毒药来救他的性命。勒堆跑到山沟里采来黄荆叶，揉烂塞进财主的嘴里。黄荆叶又苦又涩，使财主直恶心，折腾好久才把粽子吐了出来。勒堆问他解毒药怎样？他一个劲称赞灵得很。勒堆叹道：“只是可惜了我的粽子！”说完便装好银子哼着山歌下山去了。

公颇的故事

壮族机智人物故事群之一。流传于广西红水河上游一带。故事主人公系仆役型机智人物。在作品里，他是个到土司家服徭役的奴仆，憨直滑稽，富有正义感和同情心。其故事多数以嘲讽、捉弄土司和帮衬穷苦乡亲为题材，诙谐逗趣，民族特色比较浓郁。代表性作品如《公颇装“削”》《老爷怕风》《两件新袍子》《打赌》《“鬼”食鸭子》。

老爷怕风

壮族机智人物故事。

土司老爷为了增加平坝地方的租子，决定到自己的辖区巡视一番。临出发时，土司的姨太太叮咛轿夫公颇说：“老爷容易伤风感冒，轿子要停在背风的地方，轿帘到有风的地方就放下。”于是，公颇把轿子抬到平坝便放下轿帘，到山沟、岼场（石山间的小片平地）才打开轿帘。有一阵抬到平坝时土司尿急要停轿，公颇连忙掉转轿头往山沟跑，到了山沟才停下来。土司有点发火，公颇解释说："老爷，姨太太交代过，轿子不能停在当风的地方。要不然你着了凉，我担待不起。"土司想想觉得有理，只好听公颇摆布。因此这次巡视他看到的尽是山沟、岼场，租子也加不成了。

两件新袍子

壮族机智人物故事。

有一次，土司老爷让公颇找裁缝给他做新袍子，公颇就去请裁缝师傅做了两件奇特的袍子：一件前襟短到膝盖，后襟长到脚跟；一件前襟长到脚尖，后襟短到膝窝。土司老爷见了大发脾气，公颇赶忙解释说："土司老爷朝见皇帝总是哈腰低头，穿前襟短后襟长那件正合适；土司老爷接见老百姓总是威风凛凛，眼睛朝天，穿前襟长后襟短那件正合适。"土司老爷听完，再也讲不出什么。

"鬼"食鸭子

壮族机智人物故事。

土司企图霸占一个孤老头看管的一方公塘，每天都把他家养的一群鸭子赶到塘里去吃鱼。孤老头敢怒不敢言。公颇得知此事，就主动去帮助这个孤老头。他使用妙法把下塘吃鱼的鸭子一个个沉到水底淹死了，扬言是"鬼"吃了鸭子。晚上他又特地陪土司到塘边观看"鬼火"，吓得土司拔腿就跑。从此，土司再也不敢打这一方公塘的主意了。事后公颇钻到塘底把鸭子全都摸了出来，送给孤老头改善生活。

老登的故事

壮族机智人物故事群之一。流传于广西左江一带。故事主人公老登系农夫型机智人物，出自艺术虚构。其故事多数是智斗土司、财主（包括故事主人公的财主岳丈、襟兄）的作品，诙谐有趣，代表性作品如《打官》《羊公味》《气死焦卒》《老登还债》《串蛋》《竹叶棚》《嘟噜》。

气死焦卒

壮族机智人物故事。

有一次，土司派他手下的红人焦卒带几个兵丁到老登家里捉人，老登表示要好好请他们吃一顿再走。焦卒一伙嘴馋，忙派兵丁守住，让老登赶快杀鸡煮饭。吃饭时，老登刚把鸡肉端上桌，他的孩子立刻抓一块鸡肉往嘴里塞。老登去打孩子，孩子端着鸡肉就往外头飞跑，老登抓起烧火棍穷追不舍。焦卒和兵丁看到这场热闹，捧腹大笑。他们在家里左等右等都不见老登父子回来，这时候才知上了当，气得又蹦又跳。

老登还债

壮族机智人物故事。

有一天，老登坐在小土岗上的池塘旁边为生计发愁，一个财主走来向他讨债，提出以塘里的一大群鸭子顶债，另外还付给他一点儿跑脚钱。老登顺水推舟，说道："老爷，鸭子和我混熟了，就像孩子舍不得妈妈一样。所以你得等我翻过那道山岗，再把鸭子赶回家去。"过了一会儿，财主望着老登翻过山岗了，就兴冲冲拿起竹竿向池塘奔去。谁知那群鸭"轰"地飞上天去了，原来是一群野鸭。财主气得干瞪眼。

佬巧的故事

壮族机智人物故事群之一。流传于广西左江一带。故事主人公佬巧系农夫型机智人物，出自艺术虚构。他憨厚朴实，拙中藏巧，滑稽风趣。其故事内容较为广泛，短小多姿，在壮族机智人物故事中别具一格。代表性作品如《打与笑》《断案》《是臭地不是龙地》《长生不老药》《哄土司下马》《一百五十岁》《放蟹喝水》。

是臭地不是龙地

壮族机智人物故事。

有一个财主想霸占一户穷人的田，硬说穷人犁地犁断了他的坟山龙脉，限穷人三日内拿三百斤猪肉和三百斤好酒来祭坟赔罪。佬巧替穷人出主意，让他到时请村里的人来评理。第三天穷人请乡亲们来评理时，佬巧当众说财主家的地是一块臭地。财主吼道："你胡说八道，我的地一点儿也不臭！"佬巧立刻说："龙死了几天还不臭吗？你的地既然一点儿不臭，证明龙脉未断。"财主理屈词穷，只好悻悻离去。

放 蟹 喝 水

壮族机智人物故事。

有一次，佬巧买了一只大螃蟹回家。半路上他想到螃蟹一定渴了，就解开布袋放蟹下河喝水。佬巧在河边等了半天，总不见螃蟹上岸来，便顿足骂道："坏东西！我好心放你出来喝水，你倒忘恩负义不回来了！"

汪头三的故事

壮族机智人物故事群之一。流传于广西龙胜一带。故事主人公汪头三系农夫型机智人物，出自艺术虚构。其故事以嘲讽和捉弄县官、土司的作品最为有趣。代表性作品如《抱甜酒》《养豢郎猪》《金口玉牙》《请客》《打赌吃鸭》。

养 豢 郎 猪

壮族机智人物故事。

县官想吃猪肉，土司便献计买猪仔交给穷人喂大，杀了对半分肉。县官觉得很合算，立即贴出告示。可是谁也不愿养豢郎猪，只有汪头三愿意。县官让他用三年工夫把猪仔喂成五百多斤的大肥猪。他把猪仔捉回家后，每年喂大都杀来吃了。到了第三年期满时，他买来一只同样大小、同样毛色的猪仔放在家里。县官坐着八抬大轿来了，他说猪仔光吃泥巴不吃潲，一直长不大。他叫妻子把潲煮得滚开倒进盆里，在上面洒一层茶油封住热气。他领着县官去查看，猪仔怕烫，果然不肯吃。县官气得火冒三丈，一下就把猪仔打死了。

打 赌 吃 鸭

壮族机智人物故事。

县官多次被汪头三捉弄，总想进行报复。有一次他与汪头三打赌，要汪头三十日内吃下一百只鸭，汪头三则要他吃一个鸡蛋，谁办不到谁受罚。县官随即把汪头三和一百只鸭关在一间屋内，并派人在外把守。汪头三头天杀了三十只鸭，剁碎让七十只鸭吃下，次日又杀二十只鸭剁碎让五十只鸭吃下，第三日又杀十五只鸭剁碎让三十五只鸭吃下……就这样到了第十天只剩下一只鸭，汪头三便杀了它饱餐一顿。到日子县官打开门一看，屋内只剩下一堆鸭毛、鸭屎、鸭骨头，大吃一惊。接着，汪头三把一个鸡蛋煮了七天七夜才捞出来给县官吃，那鸡蛋比石头还硬，根本吃不动。县官无可奈何，只得认输。

波荷的故事

壮族机智人物故事群之一。流传于云南文山壮族苗族自治州及广西凌云、隆林一带。故事主人公波荷，又作“卜伙”“卜火”（壮语音译，意为穷苦人），系长工型机智人物，出自艺术虚构。其故事大多以反压迫剥削为题旨，常见的是戏弄、鞭挞土司、财主的作品和惩恶扶贫的作品，如《巧成亲》《一支竹笛换四罐银子》《打虎除害》《钱筒找银》《宝锅炒菜》《智斗强盗》《送礼》《捉弄襟兄》。

巧 成 亲

壮族机智人物故事。

波荷与土司家的丫头相爱，但土司不准他来求婚。他俩只好天天晚上在土司楼前对歌，互相倾吐感情。土司被吵得心烦，便扬言只要波荷送来千鸡千鸭，就让他们成亲。波荷立即请求众乡亲帮忙。第二天大家唱着山歌去接亲，当一男一女把细绳绑着脚杆的一只鸡和一只鸭牵进土司楼时，波荷高喊道：“牵鸡牵鸭，说到做到！”土司万万没想到，“牵”跟“千”同音，竟给波荷钻了个大空子！只好自认倒霉，眼望着乡亲们簇拥着波荷小两口儿离去。

一支竹笛换四罐银子

壮族机智人物故事。

一天，黄土司宠爱的小老婆见波荷拿着有九个音的“神笛”，便想买过来。她兴冲冲跑去向黄土司要银子，黄土司表示只要用神笛猜得出他埋在某几处的那几罐银子，他就拿这些银子来换，谁知这些话都让躲在房后的波荷听见了。土司小老婆把波荷领进家中，波荷一边吹“神笛”，一边找埋银子的地方。当波荷接连找出四罐银子时，黄土司忙不迭地喊道：“不要猜了，你就拿这四罐去，其余的留给我吧！”

◇壮族寓言◇

蛤蟆登殿

壮族人事寓言。采录于广西。

有一只神奇的蛤蟆，它喊风得风，喊雨得雨。一天皇帝唤它进京，只见蛤蟆向苍天高叫几声，便大风呼呼，大雨哗哗；蛤蟆跳几跳，风雨又停了。皇帝令蛤蟆教他呼风唤雨的本领，教会重赏。蛤蟆让皇帝脱下皇袍，穿上蛤蟆衣。皇帝照办了，蛤蟆穿上皇袍后说：“贪心的恶王，你已变成蠢蛤蟆了，给我滚！”变成蛤蟆的皇帝生活在池塘边，气得讲不出话来。

燕子和蜗牛

壮族动物寓言。采录于广西。

有一次，蜗牛对一只从远处飞来的燕子说：“燕子姐姐，人家都说我走得慢，我只花了一个早上就爬完一条长长的田埂哩！”燕子笑笑说：“你想想，到底你比谁快呢？不要爬完一条田埂就满足了。”蜗牛让燕子再歇一歇，燕子说：“不能再歇了，今天我还要赶五百多里路呢。”蜗牛一听吓呆了，它伸长脖子，惊讶地望着燕子像箭一般地飞向远方。

病竹求医

壮族植物寓言。采录于广西。

一棵毛竹刚刚长到一丈来高，它接近地面的“小腿”就被小蚜虫咬了几个疮口。它没有听榕树爷爷的劝说去求医，而是让蚜虫不断繁殖，身体越来越衰弱。这时候，它才去请啄木鸟来医治。啄木鸟刚刚飞到，天上就刮起一阵大风。病竹来不及就医，就“咔嚓”一声断裂了，倒下去再也起不来了。

无根草

壮族植物寓言。采录于广西。

春天到了，万木复苏。一条条金黄色的无根草摇摇晃晃地攀附在柚果树上。柚果树苦口婆心地劝说无根草到泥土里面去扎根，无根草一点儿也听不进去，反而气呼呼地说：“别怕我沾你的光，到时候我自然会到泥土里面去扎根的！”夏天到了，接连十几天不下雨，太阳一晒，无根草便枯死了。

◇壮族笑话◇

请仙姑

壮族嘲讽笑话。采录于广西。

叶仙姑自称能通鬼神。邹家妻子去世三年，邹家男主人请她去阴间看望爱妻。厅堂摆好，仙姑焚香礼拜，口中念念有词，突然大喊：“天门开，地门开，封包利是快拿来！”仙姑得了封包，便以老婆的口吻哭诉对夫郎、孩子的思念之情。邹家男主人觉得老婆真的回来了，紧紧抱住仙姑哭叫爱妻。仙姑被他抱得拼命挣扎，让他放开。男子大喊：“妻呀，我不能放开你！放你走了再到哪里找你呀！”围观人群捧腹大笑，仙姑落荒而逃。

年老耳朵不中用了

壮族嘲讽笑话。采录于广西。

一个父亲到女儿家，晚上女儿和亲家母陪他吃饭。突然油灯熄灭，父亲以为亲家母离席，悄声说：“女儿呀，爸爸好久没吃鸡肉了，给我多夹几块。”油灯点着后，他暗吃一惊，去取火的竟是自己的女儿，便难为情地说：“我老糊涂了，有时乱讲话，亲家母莫见怪。”亲家母应声说：“是啊，我年老耳朵不中用了，有时别人讲话也听不清呢！”

布依族故事

◇布依族幻想故事◇

斗犀夺珠

布依族宝物故事。采录于贵州。

有一次，年轻后生阿龙听说黄果树瀑布下面的犀牛潭里有数不尽的夜明珠，就决心下潭里去捡一颗挂在大榕树上照亮山寨。可阿龙和守护夜明珠的犀牛斗了一辈子，也没有实现这个愿望。阿龙的儿子阿蛟、孙子阿鳌，练就极好的水性，他们吸取父辈的教训，把麻药敷在盐巴上放进浓米汤里，引诱犀牛。但每次都是夜明珠刚到手，又被醒来的犀牛夺去。阿蛟、阿鳌相继老去，夜明珠仍然没有到手。不知又过了多少年，有个叫文鼐的后生，决心完成祖辈的遗愿。他走遍布依山寨，在众位寨老的帮助下，潜入潭底，用大块糯米粑蒙住犀牛眼睛，把牛鼻针穿上犀牛鼻子，终于制服了犀牛，并且捧着夜明珠走出犀牛潭，使白水河两岸的村村寨寨都有了光明。

扁担船

布依族宝物故事。采录于贵州。

孤儿阿树每天打柴都要蹚水过河。有一天，孤寡老阿妈走来，用手上的扁担换他一挑柴。阿树把柴送到老人家，老人对他说：“这是一根神扁担，吹口气就会变成木船。但要记住，凡见生灵落水，必须搭救。”自从有了扁担船，阿树挑柴过河再不发愁。河水常常上涨，他先后救了从上游冲下来的蚂蚁、蜜蜂和山鸟。它们都表示，阿树今后遇到困难，只要对天叫喊，就会赶来帮忙。一天阿树卖柴回来，把一个挣扎在旋涡里的女子救上岸。那女子浑身打战，说不出话，他只得带回家里，精心服侍为她疗伤。原来她是富人卜苏家失踪五天的小姐美尼，卜苏正悬赏寻找。家丁找到美尼，诬陷阿树拐走美尼并下了哑药。卜苏将阿树吊在树上拷打，他大喊小动物们来救他。一群山鸟飞来为他解开吊索，蚂蚁咬家丁，蜜蜂蜇卜苏。霎时间河水暴涨，把卜苏和家丁全都卷入水里，只有阿树和美尼踩在浪尖。美尼说："阿树哥，你是好人，是我的恩人。"迎面扁担船漂来，把他们渡向远方。

飞　袍

布依族宝物故事。采录于贵州。

孤儿阿鲜靠打猎为生，一日他在黄果树林里捉到一只阳雀。他见阳雀流泪，立刻把阳雀放了。阳雀送他一件会飞的金袍，他便飞上高山岩洞，从此以洞为家。有一天阳雀引他到接天岩上，看见土司手下一个小官土目的女儿纳玉，上山砍柴找不到回家的路，正在哭泣。他挑起柴担，拉着纳玉飞下山，一直把她送回家。土目却起了贪心，要阿鲜带他到洞里看看，不想洞里什么金银财宝也没有，土目便趁夜偷了飞袍独自回家，并且关起纳玉，不许她再和阿鲜见面。阿鲜没了飞袍，无法从几十丈高的岩洞下去。这时，一棵黄果树长到洞口，阳雀飞来，让他摘下树上的黄果和绿果，告诉他果子的奥秘。他顺树爬下山岩，到土目家送上又大又甜的黄果。土目吃完黄果，头上便长出一只牛角。为了去掉牛角，土目只得放出纳玉，归还飞袍。阿鲜给土目吃了绿果，让他头上的牛角立即消失了。阿鲜便穿上飞袍，带着纳玉姑娘离开了寨子。

麻　拐

布依族蛙郎娶亲型故事。采录于贵州。

有个妇女因吃了柑子怀孕，生下个癞蛤蟆，取名叫麻拐。麻拐吐出洪水吓倒了国王，一定要和公主成婚，国王只得让他在八十抬花轿里拦一顶，拦到谁娶谁。他吐出洪水后，只有一顶花轿没被扔下，他知道那就是公主，于是便娶了公主。新婚的晚上，公主一脚把他蹬下床，掉到尿罐里。他只好答应公主改嫁给戏班里最漂亮的小伙。可是公主爱上的小伙子，其实就是麻拐变的，他们终于成为恩爱夫妻。麻拐去给国王送礼，国王见他富可敌国，又羡慕又嫉恨，先后用毒酒、陷阱来谋害他，最后国王反倒让自己送了命。麻拐把王位让给了能为布依人办事的后生，自己和公主一起回到乡下的父母身边，过上开开心心的日子。

吉刚和吉毛

布依族奇事故事。采录于贵州。

吉毛和吉刚两兄弟，父母死后，哥哥吉毛独吞家产，给了一只小猫便把弟弟吉刚赶出了家门。一天吉刚没米下锅，小猫说："你带我到场坝去，我会唱歌，人们会给你钱。"结果吉刚得到了很多钱。哥哥吉毛听说后，带人抢走小猫，喊拢一大堆人，叫小猫为他唱歌。小猫半天没吭一声，他一气之下便挥拳把猫打死了。吉刚埋了小猫，在坟上面种一棵小树。这天刚浇完水，树上立刻挂满银果，并且飞进他的水桶里，让他担一挑银子回家。吉毛也来摘下很多银果，却变成毛毛虫乱爬，小树变成蛇咬住他的手，吓得他回去人病一场。后来他挖开小坟，把猫骨乱撒，把小树砍成几段。吉刚将树段扛回去烧火，树皮裂开跳出许多黄豆，他吃了几粒，放出的香屁久久不散，吉刚卖香屁挣下不少钱。吉毛也去吃了几粒，结果放出的屁臭不可闻，被气恼的人群狠揍一顿。从此吉毛再也不敢欺负弟弟了。

太　阳　山

布依族奇事故事。采录于贵州。

从前有两兄弟，父母去世后，哥嫂占了财产，只给弟弟一间茅草房和一把烂锄头。弟弟坐在石板上发愁，一只鹞鹰飞来，听了他的诉苦，便背他到太阳山捡金子。弟弟捡了两三块就乘鹞鹰下山了。他回去买田买农具，娶了媳妇。哥哥知道这件事后，也坐在石板上唉声叹气。鹞鹰飞来，听了他哭穷，便背他上太阳山，叮咛他在太阳出来前一定要回去。可是哥哥装满一袋又一袋，还用衣服包金子，总嫌不够。太阳出来后，鹞鹰飞走了，贪心的哥哥晒死在山上。

客人留下的金子

布依族奇事故事。采录于贵州。

黄老汉为人正直善良。一天有叫花子来求宿，黄老汉把他迎进屋当宾客对待，还让儿媳替他缝制新衣服。大年初一，客人带黄老汉走进龙井，下面到处是金银，还有鱼虾游动。黄老汉只要了几尾小鱼，回家后发现客人在床上拉了一坨黄灿灿的金子，放进水缸的小鱼也变成金银。日子好过了，黄老汉的两个儿子渐渐变懒了。黄老汉非常失望，便把金银全背到后山埋起来。临终时，黄老汉告诉两个儿子，到后山荒地里去挖金子。两兄弟不分昼夜挖遍山野，没有找到金子。开春了，各自种上苞谷、黄豆，秋后大丰收，金灿灿的苞谷黄豆堆满粮仓。哥俩才领悟了父亲的话，“勤劳黄土变成金啊！”

两个老变婆

布依族除妖故事。采录于四川。

有一回，小姐妹仨去外婆家，走到老林边天黑了，就去敲一户人家的门，请求借宿。这时候，有两个笑声难听、笑脸难看的老变婆把她们迎进门，让大姐、二姐睡一屋，小妹和她们睡一屋。大姐睡不着，担心遇到老变婆。她知道老变婆常常两个在一起，骗人的糍粑和猪肋巴，还吃小娃娃。两姐妹爬下床，老变婆听到响动就问：“你们要做啥子？”二姐说：“要解手。”老变婆说：“屋角有尿桶。”大姐说：“尿桶漏。”于是二人跑出屋。这时天边有滚雷声，大姐记起老变婆最怕打雷扯闪。她们等到雷声闪电打起来，推开门大喊：“不好了，雷公电母来了！”老变婆吓得打哆嗦。大姐让两个老变婆躲进铁锅里，抬来另一口锅反扣上，压上石头，使劲儿往灶里加火，煮死了两个老变婆。天亮了她们叫醒小妹，高高兴兴去了外婆家。

◇布依族动物故事◇

野猫抓鸡

布依族动物故事。采录于贵州。

很久以前，一头黑熊正追捕一个农夫。一只野猫跑来告诉农夫：“等一会儿我叫，你就说是山神在叫，山神要吃熊胆，一定会把黑熊吓跑的。”黑熊抓住了农夫，听到刺耳的叫声，就问农夫，农夫把野猫的话学说了一遍，吓得黑熊赶忙躲到农夫背后。这时候，“山神”过来问农夫，你背后是什么？农夫就按照野猫先前教的说是树桩。黑熊只好让农夫用锄头敲打自己，证明确实是树桩。农夫趁机打死了黑熊。农夫先答应用鸡酬谢野猫，但是回到村里，农夫就反悔了，没有拿鸡来酬谢野猫。野猫一气之下便自己去偷鸡，因此养成了进寨抓鸡的习惯。

饿老鹳讨亲

布依族动物故事。采录于贵州。

饿老鹳爱慕鸭子，就请喜鹊去说媒。鸭子嫌饿老鹳嘴长脚长，不同意。饿老鹳气得骂鸭子嘴巴像钻子，脚板像扇子，让媒人转去说：“高高低低点儿，将将就就点儿，马马虎虎点儿，差不多来差不多。”鸭子听了埋怨道：“高高低低怎么行？将将就就怎么过？马马虎虎不成事，差不多就差得多。”鸭子认为喜鹊不会动脑筋，再不要喜鹊来当媒人。

老虎中计

布依族动物故事。采录于贵州。

有一次，老虎下山见人吆着牛在犁地，便取笑牛这么大身坯却被小小的人牵着下苦力。牛说：“人的个子虽然不大，但主意多，会用计，恐怕你也斗不过人。”老虎不服，便要和人较量。人说“计”在家里没带来，回去取又怕虎跑掉，要求先将虎捆起，回来再较量。老虎欣然同意，于是乖乖地让人将它捆在树上。人立刻取下牛枷担，照准虎脑壳狠狠砸，并说这就是“计”呀！牛在一边看见虎中计，笑得一扑爬摔下去，磕掉了自己的上门牙。

马蜂学艺

布依族动物故事。采录于贵州。

从前马蜂和蜜蜂是住在一起的。蜜蜂勤快，学会了酿香甜的蜜糖，学会了做精巧的房子。马蜂懒惰得很，除了贪吃，只练成了锐利的毒刺。有一天它们在一起吃蜜，马蜂就向蜜蜂求教，蜜蜂说：“不跟你讲，你也晓得，牛屎是造房子的最好材料。要酿上好的蜜，你得去刺点儿人血放在花粉里。”马蜂照着做了，用牛屎做成的房子自然像一堆牛屎一样丑，它刺人惹得人们恼火，人们便到处撵它。蜜蜂怕马蜂找麻烦，便搬进了人们家里，它在野外一见到马蜂就赶紧飞跑。

马蜂和蜜蜂

布依族动物故事。采录于贵州。

很早以前，马蜂和蜜蜂是好朋友。有一年秋天，马蜂添了几个娃儿，房子不够住，就请蜜蜂去修房。蜜蜂怕修房时间长了自家娃儿在屋头挨饿，就修了一个门朝下的房子，用一根索索吊起，把马蜂的娃儿搬进去后就回去了。马蜂采了花蜜回来招待蜜蜂，见自家娃儿一个个头朝下睡在一个吊起的东西里，顿时火起，要蜜蜂重修，使自家娃儿也像蜜蜂的娃儿一样平躺起。蜜蜂不干，马蜂就抓了一些蜜蜂的后代给自己做奴仆，守房子，直到现在都这样。

蚂蚱斗猴子

布依族动物故事。采录于贵州。

有一天，猴王在深山里住得不耐烦了，就要和平坝的蚂蚱交换住地，蚂蚱王不答应。猴王看蚂蚱还没有自己的脚拇指大，便盘算用武力抢夺地盘。于是，它同蚂蚱王商定日期打一架，谁输谁住深山。蚂蚱王见猴子一个个拿着大木棒过来，便命令部下："一开战就冲过去，朝它们头上飞！"猴王观战，见蚂蚱飞来飞去不见死，而猴子却互相狠命猛击脑袋，一个个接二连三地倒下了，只得吆喝一声，带着余下的猴子退回深山老林。从此以后，猴王再也不敢提住平坝的事了。

◇布依族写实故事◇

生要人死要尸

布依族一女三配型故事。采录于贵州。

从前，一个后生急着去为老母抓药，没办法过河，有个布依姑娘便用箍桶为他摆渡，两人因此产生了感情。但是，姑娘的爹爹把她许给了自己朋友的儿子，她妈又答应了邻寨的提亲，会亲的日子都约在八月十五。三个后生争当女婿，争到了县衙。县官升堂，先把姑娘拉到后堂“拷问”，然后升堂问三个后生：“一个姑娘许三婚，犯下大法，现已拷打致死，谁愿葬她？”爹妈许下的后生都宁愿撕毁婚约，只有姑娘自己选的这个后生说：“生我要她人，死我要她尸。”并且当堂立下字据。这时候，县官立即从后堂叫出姑娘，判给了这个后生。

聪明的庄稼人

布依族案狱故事。采录于贵州。

有一次，一个商人在土地庙睡觉，丢了十二捆洋纱。县官判不了这个无头案，听到衙门外有个庄稼人骂自己是“憨包”，就限他五日破案。庄稼人点了十二个旁听人，告诉他们自己审案不能有人笑，谁笑谁负责。他命衙役拷问庙里的菩萨，大家忍不住笑了起来，于是被以扰乱公堂罪罚他们三日之内各买一捆洋纱交来。十二人交来洋纱后，这个庄稼人根据这些线索，终于追查到偷洋纱的窃贼。

两兄弟帮工

布依族财主故事。采录于贵州。

早年间，有两兄弟以帮工为生。第一年大哥去给财主帮工，订下合同：一年十二两银子，做不下来一件事扣银四两。大哥因不能让马下到涨水的河里，不能犁青石板，不能吃狗屎，一年下来空手而归。第二年，弟弟去这家帮工，便在合同上加了一条，如果财主说话不算数就加倍开工钱。财主不让弟弟把石头捆在马身上推下河去，不让接二连三地犁断一架架犁，不让把狗屎放到他家锅里炒。最后没办法，财主只得给弟弟加倍开工钱。

摆“龙门阵”教子

布依族家庭故事。采录于贵州。

早年间，有一个娇生惯养的独子，一讨老婆就开始虐待年老的父母。父亲的一个朋友听说后，赶到他家，也不劝说，就摆起“龙门阵”来：“从前有大小两只老虎，一只是家爷，一只是家儿。一天小的打起老的，不管在山上山下，都从早打到晚。雷公实在看不下去了，便拿起大铜锤拦住小老虎。小老虎气呼呼地说：‘我学我老子打老子，你凭哪样来管？以前它打我家公，你为哪样又不管？’哦，原来少欺老是它们的家传哪！雷公只好收起铜锤，让小老虎接着打。”小两口听了，害怕他们的娃儿长大以后也学自己虐待父母，便回心转意，从此以后再也不敢怠慢父母。

爱出难题的公公

布依族机智故事。采录于贵州。

有一次，一家三个儿媳回娘家。公公想考考亲家，便吩咐她们一个回去七八天，一个回去半个月，一个回去三五天，要她们在同一天去同一天回来，并且各人带回纸包火、纸包风、红心萝卜，还要一个猪脑壳有泰山重，一壶酒有海水多，一匹布有路长。媳妇们感到为难了，公公叫她们回去由爷娘安排。十五天后她们一起回来，拿出灯笼、扇子、鸡蛋；又拿出秤，说爷娘请公公先称泰山有多重；又拿出斗，请公公先量一下海；再拿出尺子，请公公先量路有多长。公公听了哈哈大笑，直夸赞亲家们都非常聪明。

知府择婿

布依族巧女故事。采录于贵州。

中秋夜，知府唤来年方十八的独生女翠芳，商量终身大事。女儿说，自己希望找四种人：运气最早的人、运气最晚的人、时逢大运的人和背时倒霉的人。知府为难了，他令公差阿龙进城打听这四种人，三天之内找不到重罚四十大板。布依青年阿龙曾经在激流中救过知府的命，被留在府里当差。整整三天，阿龙没有找到其中任何一种人，被责罚后，又叫他再找三天。这样三天又三天，阿龙被打得叫苦不迭。这天他坐在河边，向寨子里走来的老者讲了自己的苦差事。老者大笑，说他交了好运，并如此这般教他一番。阿龙兴冲冲到知府面前说：“天下时运最早是甘罗，时运最晚是姜太公，时逢大运是知府大老爷，那个背时倒霉的人就是我。”知府心里想不通，让女儿出个对子，试试他的才气。女儿羞答答地说：“四口同圖（图），内口该由外口管。”阿龙答：“五人共傘（伞），小人全靠大人遮。”知府和夫人听了连连称妙，立刻同意这门亲事，还称赞翠芳有眼力。于是，阿龙就成了知府的上门女婿。婚后在翠芳的指点下，阿龙发奋攻读，几年后考上进士，任命为知府，接替了年迈的老丈人。

四个伙计联句

布依族诗对故事。采录于贵州。

财主家里雇的四个伙计都有口才，善于联七言四句。有一天，他们被派去刨子姜，四人一锄挖出老姜就回去了。他们在路上一人联一句说："主人叫我们挖子姜""四把锄头挖四方""挖来挖去无子姜""拿块老姜转回方"。财主非常生气，就以"不干活路"为由，把他们告到了县衙。审案的时候，他们讲明事实，得到谅解后，又联四句称赞县官："县衙门前一匹马""一副鞍子搭两胯""县官老爷他要骑""只等下人来拉马"。回到财主家里，他们又联道："火塘塘头一堆灰""堆个尖尖必有鬼""等我刨开看一下""要吃粑粑先吹灰"。四个人刨出粑粑，立即分着大吃起来，财主看见气得半天说不出话来。

巧姑娘选夫婿

布依族诗对故事。采录于贵州。

有一年，美丽的巧姑娘要通过猜谜来选夫婿，提出谁猜得好就嫁给谁。她出的谜是："哪样东西点点红？哪样东西像弯弓？哪样东西高吊起？哪样东西黑隆咚？"三个穷书生前来应考，第一个答道："太阳出来点点红，龙虾吃水像弯弓，天上下雨高吊起，云雾蒙起黑隆咚。"第二个答道："桃子开花点点红，树枝丫丫像弯弓，桃树结果高吊起，桃核在中黑隆咚。"第三个答道："姐的嘴唇点点红，姐的眉毛像弯弓，两个耳环高吊起，一堆头发黑隆咚。"巧姑娘选了第三个为丈婿，因为只有他描绘的是姑娘，能和巧姑娘的心连在一起。

◇布依族机智人物故事◇

甲金的故事

布依族机智人物故事群之一。流传于贵州黔南布依族苗族自治州、黔东南苗族侗族自治州的二十余县。故事主人公甲金，又称“阿金”，系劳动者型机智人物，出自艺术虚构。他常常以巧妙、诙谐的手段惩恶锄奸，嘲讽愚昧落后的言行，甚至同野兽进行较量，受到布依族民众的喜爱，知名度颇高。其故事达一二百篇，内容丰富，涉及旧时布依族社会生活的许多方面，鲜明生动地展现出布依族聚居地区的山川风物、民情习俗，具有较为浓郁的民族特色。故事大都短小活泼，朴素明快，滑稽有趣，耐人寻味。代表性作品如《对半分》《三线谷种》《一匹天大的布》《晒蜡染》《挖窖银》《无锅无碗巧吃饭》《不进来就出去》《栗木虫》《接年财》《请老虎吃烟》。有《甲金的故事》（四川民族出版社，1982年）、《甲金》（贵州民族出版社，1987年）、《猪拖菩萨》（中国民间文艺出版社，1989年）等专集。

对　半　分

布依族机智人物故事。

土司交一头小猪崽给甲金喂养，说是他出本钱，甲金出饲料，日后养大对半分。甲金把猪喂大后，杀了请穷乡亲饱餐一顿，又卖了剩下的猪肉，再买一头小猪崽回来喂。年底土司上门来分成，见小猪依旧那么一点儿大，便责问甲金是什么原因。这时甲金拿滚烫的猪食喂猪，小猪不肯吃。他对土司说，猪不吃食我也没办法，气得土司半天说不出话来。

三 线 谷 种

布依族机智人物故事。

有一年甲金到土司家当长工，土司十分吝啬，总讲不好工价。后来甲金就说："我帮你三年不要现钱，头年给我三线（穗）谷种；第二年用这些谷种撒秧，收成做种；第三年用第二年的谷种撒秧，总共收多少就作为三年的工价吧。"土司头脑简单，以为这样划算，便答应了。到了第二年秋天，三线谷种变为三升稻谷；到了第三年秋天，三升谷种收了三十多挑稻谷。土司眼睁睁看着甲金约上穷朋友挑走那么多挑稻谷，只好自认倒霉，肠子都悔青了。

一匹天大的布

布依族机智人物故事。

甲金向土司租地种棉花时，答应土司的条件，秋后织一匹天大的布作为地租。人们都讲甲金太憨，上土司的当了。秋后甲金收完棉花，带着一把尺子去对土司说："苏大（布依语对土司的称呼），天有好宽、好长？请量个尺寸，我好下料上机。"土司接过尺子，望着无边无际的蓝天讲不出话来，他心中暗暗叫苦："天哪，我这回又让甲金算计了！"

晒　蜡　染

布依族机智人物故事。

有一天赶街子，土司的老婆不准甲金休息，硬要他跟着去漂洗蜡染。甲金故意把洗过的蜡染布晒在河边的倒钩刺蓬上。傍晚土司婆来收布，越扯倒钩刺钩得越紧，无论如何都扯不下来。甲金告诉她，那是鬼在扯布，吓得愚蠢的土司婆丢下蜡染布撒腿就跑了。等她跑远以后，甲金用一根竹丫从倒钩刺蓬下面把布往上捅，几下便揭下来，悄悄拿去送给穷人家的阿妹了。

挖　窖　银

布依族机智人物故事。

这年春播季节眼看要完了，可是有个穷伙计孤寡一人，地还没挖完。一天土司坐着八抬大轿出去做客，叫甲金跟去侍候。轿子经过那个穷伙计地旁时，甲金神秘地对土司说，那人正在起劲儿地挖窖银，他听魔公（巫师）讲过，红水河边、木棉树下有块宝地，可能就在这里。土司爱钱如命，一看地边果真有棵大木棉树，不远就是红水河，便信以为真，赶快派甲金和抬轿人去挖。他们挖遍了那块地也没见到银子，土司干鼓着眼只好自认倒霉。那个穷伙计却暗自感激甲金帮了他一个大忙。

撵　　山

布依族机智人物故事。

有一次土司带着甲金去撵山。上山后，土司叫甲金一个人去撵野物，他自己却坐着休息。甲金跑进林子里大声喊道："苏大，爬上坡啦！"土司以为野猪蹿到坡上了，赶紧跑到坡上去撵。他刚刚跑到坡上，又听甲金在喊："苏大，爬下来啦！"土司立刻往下撵。这样反反复复几次，累得土司大汗直流，可是连野猪影子也没有见到。土司非常气恼，质问甲金是怎么搞的。甲金指着树干上那些爬上爬下的蚂蚁说："苏大，你看那不是吗？"

无锅无碗巧吃饭

布依族机智人物故事。

三月三丢包跳舞，土司邀请了九十九位客人到花坡上玩花。土司很吝啬，却要假装大方，假意说他家管事忘了带锅碗来，谁有本事做一餐无锅无碗的糯米饭，就请大家吃。客人们一听都难住了。这时甲金拿起砍刀到竹林里砍来一百个竹筒，把糯米分别装进筒内，掺上泉水，用树叶堵住口子，然后把竹筒斜插在火里，不一会儿便烧好一百筒香喷喷的糯米饭。甲金把米饭送给九十九个客人，自己也拿起一筒来吃，恰恰没有土司的，气得土司干瞪眼。

不进来就出去

布依族机智人物故事。

有一天，土司家来了许多客人。土司想当众作难甲金，便把一只脚踏在大厅门槛上，问道："甲金，你看我现在是进来还是出去？"甲金笑嘻嘻地指着两条正争抢骨头跳进跳出的撵山狗说："苏大，你就像它们一样，不进来就出去。"客人们听了立刻哄笑起来，弄得土司进退两难，不知道如何是好。

栗　木　虫

布依族机智人物故事。

有一年，土司收租来到甲金家中，尝到油炸的栗木虫，觉得格外可口，就叫甲金捉一斤来顶一担租谷，否则倒加一担租谷。甲金只得满山去捉，耽误了许多工夫，才算凑足一斤栗木虫。哪知土司还不满足，又规定每年收租时都得交一斤栗木虫。第二年，甲金事先从粪坑里捞了一些蛆，又弄来一些蜂蛹，炸熟后等着土司到来。土司拿回家吃时，一家子嚼在嘴里都感到不是滋味，可又舍不得扔，只好硬着头皮往嘴里送。半夜，土司全家大小又吐又拉，一下子都病倒了。从此土司再也不敢向甲金要栗木虫了。

接　年　财

布依族机智人物故事。

过年时，土司让甲金砍一挑柴放在大门口，初一早上挑进家，象征一年四季都有柴（财）进。除夕夜甲金乘土司酒醉之机，悄悄把柴解散。年初一早上，他装出慌张的样子到土司家里喊道："苏大，不好了，柴（财）散啦！"土司听了，差点儿气昏过去。

盗贼与木箱

布依族机智人物故事。

甲金被土司撵走后，到处去打短工。一天清晨，他起早正准备去场坝上找活儿干，突然来了四个盗贼，甲金立刻躲进一只大木箱内。四个盗贼找不到值钱的东西，发现木箱很沉，赶忙把它抬走。快到场坝时，四个盗贼放下箱子歇气，甲金一下从箱里钻出来说："谢谢你们抬我一截路，我正要到场上卖掉这个空箱去还土司的阎王债呢。"

财　　包

布依族机智人物故事。

有个老财十分吝啬，每天等甲金起床下地干活儿后，他都要到甲金的草棚里把头晚点剩的桐油倒走。这天他又来倒油，一推柴门，甲金事先放在门上的锄头便砸了下来，把他的脑袋砸起了一个大青包。他痛得伸手去摸脑袋，手上拎的大油壶又落在地上砸烂了，大半壶桐油流了满地。甲金收工回来见到老财头上的包，假意问他咋个了。财主的三老婆忙接过话茬说："他头上长了个大财包哩，今后一定要大发吉。"老财摸着疼痛的大青包，装出一副欢喜的样子，"啊……啊……"半天合不拢嘴，不知是笑还是哭。

山 耗 子

布依族机智人物故事。

财主见甲金收工从坡上回来了，赶忙把他烤的糍粑埋在火灰里，叫甲金到厨房去吃冷苞谷饭。甲金情知财主搞的什么名堂，便坐下来向财主讲他所做的活路。他拿起火棍在火笼里比画："枫香垭白糯米田薅了二道秧，养老田的黑糯米已扯光毛稗，铁鸡坡的糯米里有很多山耗子，我拿棍子把它们都捅死了！"边说边朝火灰里的糍粑猛戳一气。财主慌了手足，直喊"不要戳啦，不要戳啦！"甲金故作惊讶地说："啊！想不到火笼里也有山耗子啊！"

猪 拖 菩 萨

布依族机智人物故事。

甲金的妻子生的一对双胞胎，成天啼哭，寨上的高公（神汉）使坏，四处说甲金家闯着簸箕神，要拉一头猪去三照阁向送子娘娘求情，才能保住母子性命。甲金便把他家喂的一头猪牵到三照阁，并且把拴猪索套在送子娘娘的脖子上，然后大模大样回家去了。不久，那头猪拖着送子娘娘来到家中。甲金当着高公和乡亲们笑着问菩萨："我拉猪去敬你，你跑到我家来做哪样？"高公一下当众丢了脸面。

洗了你再吃

布依族机智人物故事。

有一回，甲金上山砍柴时碰到一只老虎。老虎要吃他，他说："要得。只是我的肉有点儿酸，等我去洗洗你再吃吧。不过我要把你拴在这儿，免得我回来你不在，吃不成我。”于是老虎乖乖地让甲金用捆柴索捆了起来，甲金立刻举起扁担痛打老虎，老虎连声叫喊：“我不吃你了，我不吃你了！”

请老虎吃烟

布依族机智人物故事。

有一次，甲金出去打猎，一只吊睛老虎蹿出来坐到他面前，张开大口要吃他。甲金装出没事的样子，掏出一把烟叶塞在鸟枪筒上，“吧嗒吧嗒”地咂起来。老虎问他吃的是啥，他说：“我吃烟，你吃吗？”老虎说：“吃，吃了烟再吃你！”于是，甲金赶紧把冒烟的枪筒戳进老虎嘴里，一扣扳机便把老虎打死了。

卜当的故事

布依族机智人物故事群之一。流传于贵州布依族聚居区。故事主人公卜当系劳动者型机智人物，出自艺术虚构。在布依族的机智人物中，其人的影响仅次于甲金。他的故事多数以反压迫、反剥削为题旨，其中最有趣的是辛辣嘲讽、巧妙戏弄其财主老丈人的篇什。代表性的作品如《树大推不动》《穿点留点》《飘鞋》《雁鹅当鸭子》《划不动》《捉“仙女”》《与商人赛诗》《牵羊》《牛圈》《神羊》。

树大推不动

布依族机智人物故事。

卜当的老丈人霸占了很多山林，经常喊卜当去帮他砍柴运木料，干活儿越来越累，却一点儿也不增加工价。这一天，卜当上山专找最粗的树砍，砍了四周一圈，故意不动树心。干到傍晚他空着双手回来了，连一棵小树也没扛。老丈人问他是怎么回事，卜当叫苦道：“树太大，砍好了推不下来。”老丈人摸黑上山，找了一棵砍过的大树试一试，也就信以为真，赶紧跑回家去。到了半夜，卜当约几个穷朋友摸上山，各人补了几斧头就把那些树砍倒了，然后扛去修房子。卜当的老丈人吃了一次大亏，从此再也不敢叫卜当砍柴运木料了。

穿 点 留 点

布依族机智人物故事。

卜当家十分穷苦，他的老丈人怕他向自己要钱，就对卜当两口子说："凡事要节俭，用点收点，穿点留点。"有一次他老丈人立了一厢新房子，乘机收厚礼办薄酒。卜当扛着半截木料去送礼，快到老丈人家时，他褪下一条裤管，把两只脚放进一条裤管内，一跳一跳地往前挪。客人们催他走快点，他说："我走不起呀，脚步升不高呀！"他老丈人很讲迷信，见他送的是半截料，又说"不起""不高"，对于立放大梁很不利，连声骂他是疯子。卜当说："外公，是你经常叫我们用点收点、穿点留点呀！"老丈人听了张口结舌，半天讲不出话来。

飘 鞋

布依族机智人物故事。

有一回，卜当的老丈人约他到一处吃酒。卜当正在打草鞋，就要老丈人先骑马去，自己打好草鞋随后赶到。老丈人心想，等我吃完酒你还没拢呢！他刚动身，卜当立即换上早打好的一双新草鞋，抄小路跑到那家酒店。老丈人骑马来到酒店一看，卜当已经坐在酒桌上了，感到十分惊讶。当他听卜当说穿上那双仙家送的"飘鞋"行走如飞时，硬要拿他的马来换卜当的"飘鞋"。老丈人从未穿过草鞋，穿上没走几步便摔倒在地，把草鞋耳子挣断了。他提着草鞋去质问卜当，卜当说："你把草鞋耳子弄断了，它当然飘不起来啦！"

划 不 动

布依族机智人物故事。

有一年秋后，卜当的丈母娘到卜当住的寨子里收租，让卜当把一船收来的新谷运到她家去。卜当事先将船尾拴的一根粗绳系在水底的岩石上，等丈母娘上船后，他无论怎样用劲儿也划不动。丈母娘踩着沙滩慢慢走到大路口的大榕树下去向迷纳（女巫）请教行船的办法。这时卜当已抄小路来到榕树下装扮成迷纳的样子，学着迷纳的腔调告诉她："今天是河神逛龙宫的日子，要等下半夜船才走得动。"丈母娘只好回到卜当家去等候。天一黑，卜当便叫上几个穷朋友，各自上船抬几挑谷子回家帮补生活。

与商人赛诗

布依族机智人物故事。

有三个商人听说卜当很聪明，总想跟他比个高低。这天他们无意中在饭馆里碰见卜当，便邀他同桌同饮，讲好谁的诗作得好谁吃肉，猜拳输的先作诗。卜当猜拳输了，吟道："一九得九，夹块肉下酒。"立刻端起酒一饮而尽，接着夹一块肉送进嘴里。酒肉下肚，他又吟道："二九一十八，两块一起夹。"吟毕他又夹两块肉来吃，吃完继续吟道："三九二十七，连汤一起浇。"于是把那碗汤也喝得一点儿不剩。三个商人还没反应过来，卜当已经扬长而去了。

◇布依族寓言◇

智囚螺蛳怪

布依族人事寓言。采录于贵州。

一天有个小娃钓鱼，钓到一个螺蛳。这螺蛳在河里不晓得闷了多少年，现在经风一吹，一股青烟冒出来，立刻变成一个巨大的凶怪。它要吃小娃，同意在吃他之前，先请过路人带个信回家。小娃去找一个老人，老人听说后赶紧逃命。他又去找一个小伙伴，小伙伴不但不跑，还走上前来问明情况，然后说："我不相信这样大的身体会从小壳里出来，得让我亲眼看看。"螺蛳化为青烟钻进壳里，小伙伴抓一把稀泥糊住壳口，把它丢进了水田。

懒鬼得不到水饭

布依族人事寓言。采录于贵州。

从前有个鬼懒得出奇，天天蹲在坟里，饿得黄皮寡瘦。有一天，它饿得挨不住，便走出坟蹲在人家门里，两三天也没得到水饭。鬼朋友看它学不会，给它一个圈圈，教它去套在人头上，人的脑壳一痛就会倒水饭。它到田里，等到人来犁地时，急忙去套，正好碰到那人在甩鞭子打牛。牛鞭辟邪，鬼最害怕，吓得它撒腿就跑。晌午那人回家吃饭，它跟到家把圈圈套在人头上，那人头痛起来，他的婆娘就说："你闯到鬼啰！我倒碗水饭就好了。"那人说："拿斧头来砍，看是哪样鬼！"懒鬼一听，赶快取下圈圈逃跑了。它的朋友大笑："哪个敢砍自己脑壳？是吓唬你的。快去，那婆娘倒起水饭等你去吃呢！"懒鬼说："跑不动了，我情愿饿死。"不几天，懒鬼真的饿死了。

◇布依族笑话◇

两个硬汉相遇

布依族谐趣笑话。采录于贵州。

从前有两个犟脾气汉子，一个住东，一个住西，两人从来都是人让他，他不曾让过人。一天他俩在桥中间相遇，谁都指望对方先让自己，也不说话，就这么站着。住东的见到熟人，对他说："伙计，给我老婆带个信，叫她煮一石二斗米的干饭捏成粑粑给我送来。"住西的也见到熟人，说道："告诉我老婆，不知道哪年哪月我才能回家，叫她下堂重新改嫁吧。"

幸亏只打了三个眼儿

布依族谐趣笑话。采录于贵州。

有个农民见寨子里的猎人卖皮货发了财，就卖掉家产，买了杆火枪，改行去打猎。第一天他打了个山耗子，剐了皮第二天去卖。他向皮货商炫耀，自己枪法好，一枪打了三个眼儿。皮货商心里好笑，说："这张皮值四毛五分钱，只是皮上有一个眼儿得扣一毛五分钱。"他吓了一跳，心说："天啊，幸亏只打了三个眼儿，不然还要倒贴一毛五。"于是扔下皮货就走，从此再不打猎。

千俭省和万俭省

布依族谐趣笑话。采录于贵州。

有一年，万俭省请千俭省来给他祝寿，想借机收礼。千俭省想吃酒席又不愿送礼，于是包了几片瓦渣子，并且附上一首诗，写道："这时身不便，来瓦渣三片，以后我有礼，一件还一件。"到寿宴上，万俭省让座、请烟、请饭，但是除了墙上画的凳子、烟、酒菜外，房间里什么也没有。送客时万俭省对千俭省说："我也不得哪样回你的礼，你把这个大糍粑带回去给小娃们吃，路上饿了你也吃一点儿。"说着，用手比画了一个脸盆大的糍粑，算是回礼。

朝鲜族故事

◇朝鲜族幻想故事◇

孔姬和葩姬

朝鲜族灰姑娘型故事。采录于辽宁。

早年间，有一个后阿妈妮对待孔姬和葩姬两个女儿不一样。一次，她让姐妹俩去铲地，葩姬用的好锄头，分的是油沙地；孔姬用的锈锄头，分的是石岗地。孔姬满手磨出血泡，一根垅还没锄完，她忍不住哭了起来。这时候，从天上下来一头黑母牛，帮孔姬锄好地，然后又登上彩云走了。又一次，外村亲戚家办喜事，后阿妈妮和葩姬走了，让孔姬留下来把缸水盛满，把三大盆萱麻煮出来，把三升稻谷舂出来后再去。一个蛤蟆跳进厨房帮她把水缸盛满；黑母牛吃掉萱麻，拉出来都熟了；一大群麻雀飞来，把三升稻谷都嗑了出来。在去亲戚家的路上，仙女把漂亮的衣裙和鞋子给了孔姬，她穿起来像只花蝴蝶。后阿妈妮和葩姬在回家路上碰上孔姬，扒下她的衣裙鞋子，把她推到水里。一帮当差路过这里救了她，把剩下的一只鞋带回去献给了年轻的国王。国王找到鞋的主人，让孔姬当上了王妃。

善良的拔卫

朝鲜族龙女型故事。采录于吉林。

穷孩子拔卫三岁死了爹，十岁没了娘，家里只剩下三文钱。一天，他来到大江边，一群孩子抓到一条金色的鲤鱼，正要弄死它。拔卫见鲤鱼不断流泪，便掏出三文钱买下鲤鱼放回江里。这条鱼是东海龙王的三公主，龙王为报答拔卫救女儿的恩情，便请他到龙宫做客。宴会后公主告诉拔卫：龙王要给你礼物，你只要挂在门上的木饭勺。返回人间后，拔卫一敲木饭勺就有现成的饭菜。不久三公主来拔卫家中，与他结为夫妻。这事被县官知道了，便命令拔卫交纳三石三斗假话，交不出来就要把媳妇给县官。拔卫在媳妇的帮助下，说了许许多多假话，让县官听得心烦意乱，不得不认输。县官不死心，又命他交来三石三斗跳蚤和臭虫。拔卫拿来跳蚤和臭虫，爬满县官和衙役身上，一会儿就把他们的血肉吃得精光。从此百姓得享太平，拔卫夫妻幸福。

六　兄　弟

朝鲜族十兄弟型故事。采录于吉林。

有个能干姑娘，说媒、求婚的人踏破了门槛，她一个都没看上，决定自己出门闯荡，去寻找投缘的人。一天她走到悬崖上，遇见一个曾被她拒绝羞辱过的小伙，两人厮打起来，她被推下悬崖。崖底下的铁匠抬头见掉下一个人来，闪电般打好镰刀，割一大捆荆条编成大筐，举着筐稳稳将她接住。这个铁匠既是恩人又是能人，姑娘便与他结为夫妻。他们生了六个男孩儿，各有本领，出众非凡。两口子根据各人才能，依次取名叫：赛半仙、钥匙通、砍不绝、烫不怕、淹不死和压不扁。县里来了新官，请村长和富户们去参见。老铁匠空手进了衙门，挨了一顿打。六弟兄拿钱去不管用，只得凭本事救父亲。老大赛半仙算出狱卒出去喝酒，就由老六压不扁背二哥到狱门口，钥匙通打开锁头，小六背着二人跑回家。狱卒追来绑走父亲，老大算出次日斩首。小六背着二哥、三哥前去，背回父亲，留下老三砍不绝。刑吏砍掉他一个脑袋又长出一个，县官大惊失色，立刻吩咐砌炉灶用火烧。他们就换去老四烫不怕，浓烟烈火中老四竟在里面打哆嗦，县官又下令扔进水里去淹死。他们换去淹不死，扔进水里后水只到老五脚脖子。县官要抓铁匠全家用巨石压死。老六顶着房屋大的岩石往后一推，挡住了衙门，一家人都跑回家了。

锵嚓嚓扇子

朝鲜族宝物故事。采录于黑龙江。

有个孤儿给财主老爷干了十几年活儿，仍一无所有，他忍受不住盘剥和打骂，便逃跑出去了。孤儿跑到山神庙住下，每天进村乞讨，给山神爷祈祷。有一天晚上，他梦见山神爷对他说，他是好人，不该受到欺负，并指引他到山洞里，取出石匣里的两把扇子。他找到山洞，取出大小两把扇子。大扇子一扇，肛门会发出“锵嚓嚓”的打鼓声，小扇子一扇，鼓声立即消失。梳头节到了，他跟着京城里小姐、太太的轿子到河边，趁她们沐浴梳头时，拿出大扇子给她们一一扇凉。“锵嚓嚓”的响声使她们跑回家不敢出门，只得张榜求治，他因此得到很多银子。孤儿回到故乡，财主老爷正好过六十大寿。他坐在太太席上饱餐一顿后，取出扇子说为报答老爷的恩惠，给大家消消汗。于是，老爷太太和贵宾的肛门都响起了奇怪的鼓声，满屋东奔西跑一片喧嚷，直至昏倒在地。孤儿报完仇，到京城领了赏金，并被封为万户侯。他从严施政，救济平民，过上了安定的日子。

祖 魔 尼

朝鲜族宝物故事。采录于黑龙江。

从前，有一对住在山沟里的年轻夫妇，每天都要打两背夹子柴火，一背夹子自己烧，一背夹子第二天拿去卖掉。一连几天，放当院要卖的柴火都不见了。丈夫觉得奇怪，便藏进柴火里要看个究竟。半夜，天上坠下一条大绳，把柴火和他一起拽到了天上。天上的白发老人看他们夫妻勤俭，送给他一个祖魔尼（钱袋），告诉他每天只能从里面拿出一两银子。回到家里，夫妻俩按老人说的，每天从袋里取出一两银子，日子渐渐好起来。后来，他们想多攒些银子，赶快盖起大瓦房，便违背与老人的约言，一天去取几次银子，结果宝物失灵了。妻子明白了，靠天上的祖魔尼吃饭是靠不住的，于是对丈夫说，我们还是上山打柴吧。凭着辛勤劳动，夫妻俩慢慢过上了好日子。

一张出酒的画

朝鲜族宝物故事。采录于吉林。

从前有一个小伙子靠打柴度日，一个大雪天，他在山上的窝棚里救了一位病重的白胡子老头。老人感激他，给他画了一张画，画上有苍松青鹤、大石砬子和一眼清泉。小伙子把画挂在家里，晚上打柴回来，扯了扯画说：“这画上的泉水要能变成酒该多好！”话音刚落，青鹤的翅膀扇动起来，泉眼里果真流出了香醇的酒。这事被当地的一个财主知道了，他扔下一百两黄金，强行买走了这幅画。为了发财，财主四处张贴卖仙酒的告示，还请来县府大人和各乡富豪设宴庆贺。

在酒宴上，财主怎么也弄不出酒来，恼羞成怒，就在县官面前控告小伙子诈骗钱财。正当他们要惩治小伙时，白胡子老人走进公堂，他扯了扯画角，青鹤驮起小伙飞上云天，画上的石砬子崩裂开来，把坏人都砸死了。

黑坎肩

朝鲜族宝物故事。采录于黑龙江。

有一个穷孩子去山里给财主打柴，歇脚时，看见一个穿黑坎肩的老头躺在大石板上睡觉。晌午太阳很毒，他折了几根树枝插在地上，用草帽给老头搭个凉棚遮阳，然后自己再去砍柴。砍完了柴，老头还没醒，他就坐在旁边等候。老头醒来，看小孩儿心眼好，就把黑坎肩脱下来送给了他，并说黑坎肩系上扣子人就能飞，解开扣就能降落下来。从此小孩儿穿黑坎肩飞来飞去，能打很多柴。财主很奇怪，问他为啥能打这么多柴，他被逼无奈，只好照实说了。财主马上把黑坎肩穿在自己身上，小孩儿刚说完怎么飞，他就扣上扣飞走了。由于不知怎么落，急得他哇哇大叫，可是再也落不下来了。

金牛犊

朝鲜族奇事故事。采录于吉林。

李座首（官名）年过四十无子，娶了小老婆仍不生育。这时，大老婆有了身孕，不久生了一个儿子。孩子成了小老婆的眼中钉，她趁李座首出差，把孩子扔进莲花池里淹死了。大老婆悲痛欲绝，一口气没上来也跟着去了。李座首将妻儿埋在后院，一天他到池边，一只青蛙对他叫爸爸，他便带回家放在卧室里面。小老婆趁他不在又把青蛙砸死喂了狗，狗拉下一盆屎跑掉了。狗屎上长出一棵稗子，小老婆牵来母牛吃掉稗子。母牛怀胎，生了一只金牛犊，围着李座首叫爸爸。这时京城里面从天上掉下一座大钟，谁也敲不响，只有金牛犊用后蹄敲响了它。金牛犊脱去了牛皮，变成仪表非凡的青年，与公主结了婚。李座首终于和儿子团聚，小老婆因做尽坏事被人打死了。

会唱歌的葫芦

朝鲜族奇事故事。采录于黑龙江。

有一个穷人脖子上长了个瘤子，疼痛大发时，他就唱歌来减轻痛苦。这天他做工回来，赶上下雨躲进破庙。半夜，一群小鬼进来又蹦又跳，看到穷人便问他到这里干什么，他的瘤子正疼得厉害，便说是来给你们唱歌的。小鬼们听入了迷，问他为什么唱得这么好听，他说因为脖子上装了一个葫芦。小鬼们喊："给我们吧！"一把摘下了他的瘤子。奇怪，穷人的脖子不疼不流血，从此就好了。雇他做工的财主也长了一个瘤子，问清缘由后，财主也来到破庙里面。天黑后小鬼们围上来，它们得到的"葫芦"不给唱歌，便把穷人的那个瘤子安在财主的脖上说："你就让它给我们唱一个吧。"财主疼得龇牙咧嘴，连忙捂着两个大瘤子跑回家去了。

马耳朵国王

朝鲜族奇事故事。采录于吉林。

有一个国王只有两个女儿，传位的事，只得寄托在为大公主招驸马上。可大公主太丑，无人肯去求婚。国王相中了名门后代恩兼。恩兼去寺院求助师父，师父说，娶了难看的大公主，可遇到三件好事。不久，老国王归天，恩兼既做了大公主的驸马，又当了国王，还把漂亮的二公主娶为后宫，师父说的三件好事统统应验了。即位不久，新国王的耳朵越长越长，像马耳朵似的竖了起来，因此做了一顶很高的王冠来掩盖。新国王瞒过所有人，只是瞒不住剃头匠，于是便把剃头匠监禁起来，除了给他理发外，不能接触任何人。剃头匠因冷清苦闷得了重病，不能再理发。国王放他出去前警告他：如把秘密说出去，会灭绝九族。剃头匠憋得难受，跑到一棵梧桐树的树洞口大喊："国王的耳朵是马耳朵！"他心里才好受一些，但病情已很重，自知不久于人世。一天他走进竹林，解下腰带大喊了同样的话后，便吊死在竹林里。此后只要刮风，竹林里就会发出"国王的耳朵是马耳朵"的声音，国王砍掉竹林仍无济于事。有一次宫内举办音乐会，几十种乐器大合奏。指挥棒刚挥动，梧桐树和竹子制的乐器就一起发出"锵嚓嚓锵嚓嚓，国王的耳朵是马耳朵"的声音。国王大惊失色，立刻倒地摔掉了王冠，暴露出马耳朵。这就是他贪图三件好事的惩罚。

会说话的水龟

朝鲜族奇事故事。采录于吉林。

一个老总角（大龄未婚男子）上山砍柴时得到一个会说话的水龟，便每次都带它一道去赶集。街上人看到水龟会说话，很新鲜，纷纷掏出钱扔在地上。这个老总角用得到的钱买成米和咸鱼，回去分送给村里的穷苦人。村里的朴佥知（官名）得知此事，便向老总角借走水龟，也想去赚钱。可水龟到他手里就是不说话，他一气之下把水龟摔死了。老总角很难过，在屋前把水龟掩埋起来。开春，在埋水龟的地方长出一棵树，结满果子的枝叶一抖，落在地上竟都是金元宝。朴佥知听说后来到树下，捡起的果子变成了粪蛋，气得他把树砍了。老总角用这棵树做成一个蹲角，用它捣的谷子、高粱全部变成了大米。朴佥知又借去用，捣出来的全是大粪，他抡起斧子便把蹲角劈成四瓣。老总角抱回劈碎的蹲角放进灶坑，烧出的灰撒在院里，枯死的树枝瞬间复苏。他掏尽灶灰，撒遍山野，使千年老树都枝繁叶茂。

永不变心

朝鲜族奇事故事。采录于吉林。

金斗和秀子是一对新婚夫妻。有一次金斗高烧病重，病愈双眼失明了。金斗不能下地，从此在家摸索着编筐编草鞋，秀子拿出去卖，日子虽苦，二人却更加恩爱。一天，秀子卖完草鞋，顺路去看哥嫂。嫂子心疼小姑，做了年糕包好让她带回去。半路上，有一只老虎拦住去路，秀子哀求道：“山大王，等我回去给瞎丈夫吃完饭，你再吃我。”老虎让开道，她到家给金斗吃完饭便泪如雨下。这时，老虎已在当院等候，她只得向丈夫说明实情。金斗听罢，冲出门外大声吼道：“山大王，你不识贤惠偏吃好人。我倒要看看这不平事，你就吃我吧！”他拼命睁眼，忽然眼睛亮了。等秀子跑出来，老虎已悄悄出了院门。好媳妇的诚心使瞎丈夫重见光明。

◇朝鲜族动物故事◇

聪明的乌龟

朝鲜族动物故事。采录于吉林。

有一回，乌龟在草丛捡到一只葫芦，打开一看，里面装的全是食物。它对同来玩耍的兔子说，我们应该一起分享。兔子眨眨眼睛提议说，干脆把葫芦从山顶滚下去，咱们谁先跟着跑下去，食物就归谁吃。乌龟发觉兔子的小心思，想一想还是答应了。兔子把葫芦从山顶上滚下去，葫芦越滚越快，兔子紧跟着一口气跑下山，到山下一捧起葫芦就傻眼了，因为葫芦盖子不见了，葫芦里面的食品全洒在路上。兔子抬头看见乌龟正顺路吃滚出来的食物，边吃边下山。后来，乌龟诚恳地对兔子说："今后别耍小聪明了，有东西还是大家匀着吃吧。"

爱唱歌的云雀

朝鲜族动物故事。采录于吉林。

有一次，上天要给世上的鸟儿分派住处，所有的鸟儿都飞去听候安排。途中，云雀看到农夫在陡坡费劲地用牛车送粪，便停下帮忙，麻雀、山雀劝它快飞。过了一会儿，云雀又到地里帮农夫卸粪、扬粪。一群群鸟儿不断从天空飞过，等云雀帮农夫干完农活儿，鸟儿们已经各自飞到屋檐下、悬崖边、树梢上安了家。农夫得知后，就对云雀说："你这样好心的鸟儿，哪能没有家？如果你不嫌弃的话，就在大麦地里安个家吧，落地的麦粒便是你的粮食。"于是，云雀就在大麦地里安了家。它感到非常快活，总是高高兴兴地唱着歌。

貉子和獾子一起住

朝鲜族动物故事。采录于吉林。

深秋时节，山野里的动物都忙着挖洞修房，只有貉子光顾着晒暖玩耍，毫不在乎。下雪后，地冻三尺，貉子无处藏身，只好厚着脸皮去哀求獾子。獾子被缠无奈，只好同意貉子来一起住，但要求它每天打扫屋子，不许偷懒。从此它俩住在一起，貉子守在洞口，洞里的粪便垃圾，天天都由它清理。

蚂蚱的下场

朝鲜族动物故事。采录于吉林。

蚂蚱好吃懒做，终日蹦来跳去，只顾玩乐。寒冷的冬天来临时，蚂蚱没有储备粮，也没有窝，便愁眉苦脸地去请求蚂蚁帮助，蚂蚁给了它一袋粮。蚂蚱又求蚂蚁留它住，可是蚂蚱身子大蚁穴小，无法住进去。蚂蚱只得背着粮袋漫无目的地往前走，它又冷又饿，终于冻死在厚厚的雪堆里。

公鸡智对狐狸

朝鲜族动物故事。采录于吉林。

有一只公鸡不小心被狡猾的狐狸叼走了。公鸡对狐狸说："狐狸叔叔，今天听说老房东要杀我来款待客人，我就可劲儿地吃下了许多根针。因此，你吃我的时候千万要小心！"狐狸听了感到害怕，心想，我这样紧紧地叼着它走，针尖扎破我的嘴怎么办？于是便松了松口。这时候，公鸡趁机从狐狸嘴里用力往外一挣，拼命逃了出来，一展翅便"噗噜噜"地飞到屋顶上去了。

◇朝鲜族写实故事◇

木屐和牛槽

朝鲜族官吏故事。采录于吉林。

从前在一个小县城里，有个贪得无厌的两班。一天山里木匠从他家走过，他大声喝住木匠，让给他做一双木屐。木匠回去砍了带花纹的柞木，做了一双漂亮的木屐给两班送去。算价钱时，两班说："古时候都按照木器的大小作价，我就按木屐大小给你小米吧。"木匠很生气，辛苦两天还换不来一升小米。过了一个多月，这个两班又吩咐木匠给他做个牛槽。这次，木匠在老林伐了根两丈多长的千年红松，做了个又宽又大的牛槽，用牛车拉到两班家里。两班挑毛病想克扣工钱，木匠说，就按大人说的，按木器大小给小米吧。两班哑口无言，只好用牛槽量了小米付给木匠。

三 天 使 道

朝鲜族官吏故事。采录于吉林。

从前有一个宰相，他的儿子很蠢。可是宰相的儿子再蠢也能当官，宰相就让他到一个县城当使道（县官）。这个新使道上任的第二天，正巧碰上一个案子：有一个人赶着一头借来的犊牛路过一座石桥时，犊牛掉到桥下摔死了。新使道听后，老半天想不出该怎么判，就到后堂找老婆拿主意，然后又回到大堂上，照着老婆教给的办法，对告状的人说道："该活的活着，已经死的就死了吧。扒下它的皮交给官府，割下它的肉卖掉，再用这些钱买个小牛犊养大以后顶上完事。"等告状的两个人退走后，使道才长长地舒一口气，得意地摇起扇子来。第三天又来了一个告状的。告状人说："昨天晚上地保来收税，小民的父亲要求缓两天再交，地保一棍子就把他打死了，请大老爷做主。"使道听后又不知道怎么办，他本想再去向老婆求教，又觉得这不成体统。他忽然记起头天判案的办法来，便说："该活的活着，已经死的就死了吧。扒下他的皮交给官府，割下他的肉卖掉，再用那些钱买个小孩儿养大，认作父亲，岂不更好！"告状人听了这话，又气又恨，就在官府大门外号啕大哭起来。这件事很快就在百姓中传开了，愤怒的老百姓连夜拥到县衙，要同使道讲理。新使道一听百姓打了进来，吓得魂飞魄散，也顾不得穿衣裳，光着身子就从狗洞里爬出去逃跑了。

聪明的王后

朝鲜族机智故事。采录于吉林。

国王想找一位贤明的王后协助他治理国家，于是发出一道御令，让有才能的女子如期来应试。面试的时候，国王出的第一道题是：日出地点和日落地点之间有多远？下面一片寂静，无人能回答。只有来自长白山的一位姑娘回答是一天的距离，国王感到很满意。第二道题是：天和地之间的距离有多远？这个姑娘回答是眼睛一闭一开之间的距离。第三道题是：真话和假话之间有多大距离？她回答是两耳之间的距离，因此用两耳兼听，才能治理好国家。国王非常满意，便选她做了王后。几年工夫，在王后的辅助下，国家兴旺起来，但也引来一个奸臣的恼恨，他寻找机会向国王进谗言。国王觉得百姓对王后的拥戴已超过了自己，便想把王后撵走。国王让她除龙床、玉玺外想要什么就拿什么。聪明的王后在告别宴后，把喝醉的国王带到郊外说："我只想要国泰民安，所以把你带来了。"糊涂国王终于醒悟了，于是二人同心协力，使黎民百姓的日子更加安定富裕。

七岁小孩儿请“财神”

朝鲜族机智故事。采录于辽宁。

早年间，朴大爷租种金财主家的地，年年打粮先交租，刚过了年他家就断粮了。这年到年根儿，朴大爷家里又没米下锅了。他家七岁的孩子不明白，打这么多粮，为什么都要给财主？阿爸基告诉他，租人家的地，就得给人家交租子。傍黑时，这个小孩儿顺大门底下爬进金财主家，摸进仓库。他看到一囤囤大米和一罐罐蜂蜜，有了主意。他脱掉衣服，下到蜂蜜罐沾一身蜜，又在笸箩里滚一身米面，沉甸甸刚走出仓库，就碰到金财主出来解手。他压低声音，对吓得哆嗦的金财主说，我是财神爷，最近要在朴佃户家住些日子，你一早往他家送些财物，不然我会把你家财物全都搬走。这个小孩回到家里，让阿妈妮把蜂蜜带米面刮满一大盆，全家饱吃一顿。第二天，金财主遵命拉一牛车吃穿用的来敬“财神”了。朴大爷哪里敢要，财主火了：“又不是给你的，财神到了你家，这都是敬给财神的！”

大力气斗恶和尚

朝鲜族僧侣故事。采录于吉林。

早年间，有一个霸道和尚，任意摆布寺庙旁的集市，没有他的许可，谁也不准做生意。一天，有个虎背熊腰的小伙子来到集市，他把背架里的铁器家伙一件件摆在地上，做起了生意。霸道和尚走来大声呵斥道：“该死的家伙，没有我下令开市，你怎敢来卖东西！”小伙子不理他，继续吆喝着卖东西。霸道和尚看他不知道自己的厉害，顺手拿起一把斧头，两个指头用力一捏，把斧柄上的洞眼一下捏扁了，扔到地上。小伙子拾起斧头，用一个手指抠了抠，斧眼立刻恢复原样。霸道和尚看他力气比自己还大，就先动起手来。小伙子抓起霸道和尚旋转一圈抛了出去。霸道和尚全身扎进地里，只剩两脚露在地面。小伙子除了恶和尚，大家皆大欢喜，集市从此太平。

哥 俩 种 地

朝鲜族家庭故事。采录于吉林。

有兄弟俩，老二生活困难，开春时向老大借了些粮食。秋后老二还粮，老大嫌瘪谷子太多没有收，让他回去好好种地，来年再还。第二年秋后，老二装了满满一袋谷子送来。老大抓起一把谷子撒到水盆里说：“我家谷子放水盆就沉底，漂不上来，你是怎么种的地，谷子长成这样？背回去明年再还！”老二气得够呛，心想亲兄弟还这么刻薄，背起口袋就走。第三年种地，他铲了四遍，又耥了四遍，种出的谷子好极了。他背上谷子到哥哥家，哥哥满意地说：“种地就得这样种，看这谷粒大得像榛子似的。这谷子我还是不收，拿回去给孩子们做饭吃吧！”弟弟恍然大悟，这才知道哥哥的用心。从此老二变得更加勤快，再也不愁吃穿了。

打　老　虎

朝鲜族狩猎故事。采录于辽宁。

早年间，长白山上老虎成患，闹得村村户户不安宁。有一个老猎户，想出个打光老虎的绝招。他养了一只小狗，每天喂三遍香油、在香油缸里浸三遍。喂了一百天，小狗溜光水滑，满身香气，十里外都能闻着。老猎户带着小狗到深山古松下，用两里多长的铁线，一头绑在大松树上，一头拴在狗尾巴上。山风一吹，香气满山，东南西北的老虎全奔小狗来了。最先赶到的老虎一口把小狗吞进肚里，又香又滑的小狗在虎肚里没卡磕，哧溜一下从虎屁眼儿里冒出来，把老虎穿在了铁线上。就这样，第二只、第三只、第四只……像穿糖葫芦似的，把老虎穿了一大串。老猎户领村里人赶来，解下小狗，把铁线绑在另一棵树上，枪打斧砍棒子揍，把老虎打死一大片。

懒汉娶媳妇

朝鲜族懒汉故事。采录于辽宁。

从前有个阿妈妮让懒儿出门找生路，如果没出息混不出人样就别回来。懒儿子决心娶个媳妇回来，让母亲看看。他晃晃荡荡朝前走，捡到一穗稻子，太阳落山时，找到一家请求投宿。主人热情招待他，他吃饱喝足便倒头睡觉。第二天清早起来他的稻穗不见了，主人说也许是耗子拽跑了，他讹上人家要赔只耗子。主人看他不好惹，赶忙逮只耗子打发他走了。就这样，懒汉每晚去投宿，耗子丢了赔只猫，猫没了赔只狗，狗被咬死赔牤牛，牤牛死了要赔喂牛的大闺女。主人告到官府，糊涂官令豁开牛肚子，里面有颗大铁钉，便判姑娘去赔牛。懒汉把姑娘装在衣柜里面，背上背架往家里走。他碰到一家办喜事，便搁下衣柜去喝酒，填饱了肚子回来，柜里的姑娘竟变成豆腐渣。原来，是卖豆腐渣的老汉搭救了这个姑娘。

◇朝鲜族机智人物故事◇

金善达的故事

朝鲜族机智人物故事群之一。流传于辽宁、黑龙江、吉林朝鲜族聚居区。故事主人公金善达，系劳动者型机智人物，出自艺术虚构。他聪明机敏，幽默风趣，富有正义感，深受民众喜爱。他的故事内容比较广泛，从不同的社会层面表现反对压迫剥削，伸张正义的题旨，如《巧献碎玉》《用鸡换牛》《高处嘎路》《肉味儿和钱响儿》。其故事在朝鲜南北各地亦有流布，称“金先达的故事”。

巧 献 碎 玉

朝鲜族机智人物故事。

有一天，金善达外出时，搭救了一个正要跳河自杀的小伙子，一问才知道小伙子闯下大祸，不慎摔碎主人奉献给国王的一块宝玉。金善达主动帮忙，提出代他去献宝玉。金善达故意去闯王宫，门卫不准他进去，使劲儿将金善达推倒。金善达趁势把碎玉扔在地上，大哭起来。国王得知此事，让金善达回去叫主人另送一块宝玉来，还留他在王宫内美餐了一顿。于是，那个送宝玉的小伙子便免遭杀身之祸。

用 鸡 换 牛

朝鲜族机智人物故事。

金善达的邻居是个又贪财又吝啬的财主，整天琢磨着想占别人的便宜。春天，金善达家的母鸡孵了一窝鸡崽，这个财主就跑来说：“老弟，没有男人，女人就生不了孩子。没有我家的公鸡，你家的母鸡就孵不出小鸡来，所以这窝鸡崽应归我所有！”金善达眨眨眼睛，装出十分高兴的样子，让财主把鸡崽赶回家里去。秋天到了，财主家的母牛生了一头小牤牛，金善达便拎副缰绳走进财主家牛棚说：“老哥，没有男人，女人就生不了孩子。谁不知你家没有牤牛，要不是我家的愣牤牛，你家的母牛会生牛犊吗？所以这只牛犊应归我所有。”财主看着他把牛犊牵走，竟说不出话来。

高处嘎路

朝鲜族机智人物故事。

有一回，金善达在去汉城的路上，见一帮文人学士正趴在桌上发愣，原来是被国王出的一道题难住了。他上前询问是什么题，一位学士告诉金善达，国王出了个字谜：既要写出“高处嘎路”（朝鲜语，即辣椒面，谐音又是横竖），又不能写出“辣椒面”这几个字来。他们小瞧金善达，便取笑道：“你一个穷光蛋要能解开这道题，我们手巴掌上都能煎大酱。”金善达听了哈哈大笑：“原来是这么简单的字谜！”说着在纸上横一道竖一道，“唰唰”两笔画了个十字花，说：“这一竖就是‘高处’，这一横就是‘嘎路’。”众学士听了目瞪口呆，十分佩服。金善达笑一笑说：“看来你们的手掌上怎么也煎不出大酱来哟。俗话讲得好，辣椒虽小能辣人，麻雀虽小还下蛋。诸位以后千万不要小看人啊。”

◇朝鲜族寓言◇

黄鼠狼的誓言

朝鲜族动物寓言。采录于吉林。

有一次，黄鼠狼偷偷爬进鸡窝，一下被农夫下的套子套住了。黄鼠狼苦苦哀求道：“善良的人哪，请不要误会，我没有诚心偷鸡，而是经过这里时偶然进了鸡窝，只要你饶我一命，我回去一定告诫我的伙伴，今后绝不来偷一根鸡毛！”黄鼠狼被农夫放了，它急忙逃走，生怕再把它捉回去。它跑到村口时，忽然听见一个鸡窝里面有鸡叫声，立刻爬进去偷鸡，还说：“哼，我只发誓说不偷一根鸡毛，可没有说不偷鸡呀！”

蝙蝠的“本事”

朝鲜族动物寓言。采录于吉林。

蝙蝠又像飞禽，又像走兽，一心想把禽兽的本领都学过来。它首先向燕子学飞翔，刚刚学会飞，就觉得飞翔没有什么了不起，连招呼都没跟燕子打，便悄悄离开了。接着，它又分别向鸭子、松鼠、田鼠学本领，也都刚学会一点儿，就自以为啥都会了。春天里，飞禽走兽聚集在一起比赛，蝙蝠在飞翔、游泳、爬树、挖洞四个项目中都是倒数第一。它原来经常到处炫耀自己，这下竟丢尽面子。从此以后，蝙蝠怕被大家嘲笑，到了晚上才出来活动。

毛驴过河

朝鲜族动物寓言。采录于吉林。

一天，毛驴驮着盐袋子过河以后，觉得背上的袋子一下轻了许多。它沾沾自喜，自言自语道：“嗯，凡是驮东西过河了都会轻。”有一回它去驮运稻草，明明有桥可过，它偏不走，而是一头冲进河里去。上岸以后，毛驴背上的稻草一下重了好几倍，压得它喘不过气来。毛驴气愤地说：“明明驮的东西见水就变轻，可今天为啥反倒变重了呢？”

◇朝鲜族笑话◇

抬着毛驴走路

朝鲜族劝诫笑话。采录于吉林。

从前有父子俩牵一头毛驴赶路，父亲骑驴，儿子牵缰绳。走过村庄时，人们取笑说：“老子骑驴，让儿子走路，多可笑！”为不叫人取笑，他们立刻改成儿子骑驴，老子走路。过第二个村庄，仍然有人取笑：“来瞧哇，儿子骑驴，让老子走路，多可笑！”父子俩不知所措，但无论改成一同骑上毛驴，还是一同牵着毛驴走，都被人嘲笑不已。后来他们没了主意，只得绑紧毛驴四蹄，用棍子抬起，“吭哧吭哧”地走了。

满族故事

◇满族幻想故事◇

紫貂皮袄

满族奇遇故事。采录于黑龙江。

从前宁古塔的花梨沟里住着巴拉人（女真人的一支），有户姓宁的人家。老宁头儿的老伴死得早，屎一把尿一把拉扯大三个儿子，因为家贫无力给儿子说媳妇，常常遭老大、老二怪罪。有一天，他们哥三个上山打围，老大看见一个穿金黄色狐皮袄的老头，便一箭射死老头儿，扒下他的金皮袄走了；老二射死了穿银狐皮袄的老头儿，扒下银狐皮袄也走了；老三遇见穿紫貂皮袄的老黑头儿向他求救，他立刻把老黑头儿背回家去精心调养。过些天，老黑头儿病好要回家，爷俩送他上路，一眨眼人就不见了。几天以后，老黑头儿带来女儿给老三当媳妇，随后脱下貂皮袄抖出三个金元宝，为他们风风光光办了喜事。再说老大老二，拿狐皮袄进城卖了很多银子，娶了媳妇，回来就闹分家。他俩抢房抢家产，就是不要老人。老宁头儿见老大、老二干尽伤天害理之事，非常伤心。他和老三夫妻刚走出家门，东边落下两个大火球，漫山遍野起了大火。三媳妇让老三脱下父亲送的貂皮袄铺在地上，皮袄突然变大，爷儿三个走上皮袄，立刻飞起来，把他们带到山砬子上的石头房子里面去安了家。原来老黑头儿就是巴拉人信奉的貂神。

枕头姑娘

满族奇事故事。采录于辽宁。

德音太和邻村姑娘相好，父母去世后，女家悔婚，姑娘拗不过父母，便投河自尽了。有一天，德音太心里苦闷，阔少们拉他去打牌，输银五十两。债主来要钱，他只得去找舅舅借，编瞎话说找个媳妇要拿彩礼钱。娘舅疼外甥，就给了钱。改天来看新媳妇，舅舅被迎进屋，德音太不敢说实话，故意冲里屋喊媳妇下地做饭。舅舅见连喊两次没人应，祝福两句就起身回家了。为了让舅舅相信，德音太跑进里屋拽下枕头边打边说："少打的货，舅舅来了也不下地！"舅舅赶紧回来劝架，里屋竟走出一个俊俏媳妇，给舅舅请安，端茶做饭菜。舅舅乐呵呵地走了，德音太心里害怕起来，一问方知是被他打的枕头姑娘。夫妻恩爱三年，一天枕头姑娘说要走了，她变成邻村姑娘的模样，和他一起到岳父家。老丈人见女儿没有死，姑爷穿戴齐整，高高兴兴留他们住下。第三天姑娘和妹妹包饺子，一阵旋风把姑娘从窗户卷走了。全家急得没法儿，妹妹自愿去顶替姐姐，与德音太结成美满夫妻。

背河老人修桥

满族奇事故事。采录于辽宁。

从前河西住着一个独身老人，靠背河为生，无论春夏秋冬，只要有人过河，不管冒多大危险，他也要设法送人过去。他省吃俭用，把汗水换的钱攒起来，请来能工巧匠，要修一座桥。哪知桥修了一半钱便花光了，老人四处借钱，穷人没钱，富人不肯借，急得他双目失明，整天坐在河边伤心流泪。这时候，有一个姑娘走来，扶他到桥头，她站半截桥上对行人喊话："来往行人要听真，我在桥上卖自身；谁拿银子打中我，我愿和他结成亲；若是无缘打不中，客官赶路我留银。"围观的人纷纷向姑娘抛银，银子落下，却没一人能够打中她。傍晚，姑娘把银子送到老人手里说："老人家，这堆银子您留下继续修桥吧。"老人心火顿消，眼睛复明，连忙问姑娘是何人。姑娘一笑，转眼就不见了，只见一只梅花鹿点点头，向远处跑去。

不仁不义的亲家

满族奇遇故事。采录于辽宁。

北黄旗沟的德溪家有个女儿，常明家有个儿子，两家定了娃娃亲。常明听说山里石砬子上有棵歪脖松树，树下洞里有个人参孩常骑白额猛虎在山里跑，便邀德溪进山挖宝。一路上爬岭登山，蹚水过河，德溪总是打头。他们终于找到了歪脖树，常明抢先攀到树下，见黑乎乎的洞深不见底，又提议用绳子放德溪下去。德溪在洞底摸到又一个天地，从花草树木中挖到一对大棒槌（人参）。他返回去系在绳上，常明拉起宝参心花怒放，立刻把绳子扔进洞里，包好棒槌就往家走。德溪无奈，只好回到长棒槌的地方，这时候有一对小老虎嗷嗷来到跟前。他掏出干粮、肉干喂饱虎崽。母虎便留他做客，并且送他三苗棒槌，又把他送出洞。再说常明抱着大棒槌飞奔回家，突然有一只白额猛虎扑来。他吓得昏倒在地，醒来时老虎、棒槌都没影了，到家后大病一场。德溪得宝回家，立刻和不仁不义的常明断了儿女亲事。

狼　妈　妈

满族狼外婆型故事。采录于北京。

早年间，有一家五口，妈妈和四个姑娘。姑娘们依次叫门插关儿、钌铞儿、炊帚疙瘩和小笊篱儿。一天妈妈去姥姥家，被老狼跟上了。她吓得扔下几个包子就跑，老狼吃完包子又追上来，一直把篮里的包子扔光，接着她也被吃掉了。晚上老狼装成妈妈，喊四个姑娘的名字叫开门。姐妹们从门缝一看说：“你不是我妈，我妈脸上有个痦子。”老狼拾起荞麦皮贴在脸上，又喊。姐妹们说：“不像，我妈绑的蓝腿带。”老狼又揪了高粱叶绑在腿上。打开门后，老狼和四个姑娘睡在炕上，老大门插关儿摸到毛茸茸的尾巴，才明白这是只吃人的狼。四个姐妹商量后，借口要撒尿，一个个跑到屋外上了房。她们喊叫：“妈妈快出来，有娶媳妇的好热闹！”老狼上不去，老大门插关儿甩下绳子让它绑结实。老四小笊篱儿、老三炊帚疙瘩、老二钌铞儿分别把老狼拉一半高，然后把绳子一松，让老狼重重摔在地上。老大门插关儿说：“你们不中用，瞧我的。”眼看把老狼拉上去了，一松绳，老狼就玩儿完了。

龙　　参

满族宝物故事。采录于黑龙江。

从关里来的老郭、小王结拜成兄弟，在牡丹江边压窝棚，苦干十多年，有了六七头牛十几垧地，过上了舒心日子。有一年老郭从老家回来，黄河泛滥卷走了媳妇孩子，他无心再娶，就为快三十岁的小王成了家。又过了十年，小王不让老郭再下地干活儿了。老郭闲不住，便跟山把头进沟挖参。老郭七十岁那年，小王拗不过他，便让儿子跟去照顾老郭。中秋节，一同进山的人都挖到参回家了，可是老郭叔侄俩一苗也没挖着。他们在清泉边歇脚，见小长虫在舔一苗灯台子参，舔着长了许多。老郭不想空手回去，便挖起这苗小参来。谁知从早挖到晚，细长的参苗子在胳膊上缠了七八层，侄儿把昂头的小长虫装进背篓，叔侄俩连夜赶回家。第二天到山货栈，大老客一把拉住老郭，请他亮宝，开价五万两银，加上舔参的小长虫价码十万。众人吃惊，大老客买来大缸，将灯台参和小长虫放进水缸，接连不断的人来挑水，缸里的水一点儿不少。原来大老客是奉祖父之命，来买这苗被小长虫舔了千年的龙参。龙参和小长虫放进水缸，可供千军万马饮用。大老客装好宝货，便雇十几名保镖，让老郭头和兄弟、侄儿一起到沈阳取十万两白银。

桦皮篓

满族宝物故事。采录于黑龙江。

早年间，领兵的葛珊达霸占了花脸沟小屯，全屯人被迫为他干活儿。屯里有哥俩上山打猎，看见走来一个背破桦皮篓、饿得浑身打抖的老头。哥俩脱下衣服披在老人身上，又把干粮送到老人手里。此后老头天天来，不但吃光他们的干粮，还要吃刚打的狍子肉。小哥俩把猎物分一半给老人，为此被葛珊达各打了二十鞭。第九天，老头送桦皮篓答谢哥俩后，一眨眼便不见了。哥俩几天没吃饱饭，回家倒头就睡，不曾想清早起来，锅里已有热腾腾的饭菜，以后天天如此。这天哥俩见家里烟囱冒烟，溜回来看见有三个姑娘在做饭，做好就化为青烟钻进桦皮篓了。哥俩向桦皮篓祷告，愿屯里人都有饭吃，果然乡亲们便家家锅里有饭菜了。族长知道了底细，是哥俩做好事感动了神。葛珊达一得到消息，赶忙来抢走桦皮篓。他把桦皮篓供在大堂上，专门要四大篓金银；得到金银还不够，又喊“三个姑娘归我有”。他的话音刚落，三条火蛇蹿起把他活活烧死，家业烧得片瓦无存。从此以后，小屯的人们又过上安居乐业的好日子。

毕禄克吐金

满族宝物故事。采录于辽宁。

有一年挖参季节，苏禄克、毕禄克两个好朋友一起进山挖参。一天，他们正坐在石板上吃干粮，感觉什么在动，掀开石板一看，下面有一坛金元宝。毕禄克提议挖好参再来取，走了一半，他借口肚子疼，一溜跑回去取走了金元宝。苏禄克一人在山里挖参，中午到泉边喝水，发现了大花蛇的秘密——大花蛇的左眼是避火珠，右眼是避水珠。他跟踪到蛇洞，把刀尖朝上插在洞口，哪知等大花蛇出来，豁开的刀口爬过去就愈合了。原来刀尖前有棵小草，挖出来竟是棵又白又胖的人参。苏禄克得到三件宝，再到藏金的地方，金子已经没有了。回到堡子，他先去看望已病得很重的毕禄克，拿出三件宝安慰说："按照放山的规矩，我们应该一人一半。"毕禄克羞愧难当，原来他见财起歪心，金子拿回家成了一坛清水，喝完便了病。他说完便放声大哭，哭得腹中搅痛，呕吐不止。谁知吐一口是一块金元宝，装满一坛子，病也好了。

肉龟的故事

满族宝物故事。采录于北京。

从前有一家老两口家中贫困，常年粗茶淡饭，可过路人总闻到这家有炖肉的香味。有个憋宝的洋人听到这事，就装成收破烂的贩子寻到这家。借着讨水喝的机会，他看到老太太剁菜的老菜墩子边上长满绿苔，湿了吧唧的，是个宝，便提出要买。老太太说："敢情好，这破玩意儿不知传了多少辈子，死沉死沉，早想换块新的。"洋人就要搬走，并说明儿个给您送块新的来。老太太做饭要用，便敲定哪天送案板来，哪天再搬走。第二天，洋人抱着新案板来了，老人家已将又脏又腥的老菜墩子用开水冲刷得干干净净。他见了跺脚叹气，临走说出原委：这柳木菜墩日久年深，里面生了个大肉龟，因为有这宝贝，剁出来的菜才会特别香。现在肉龟已被开水烫死，没法儿要了。从此，老奶奶做的饭菜再也不香了。

上 天 寻 妻

满族人神婚恋故事。采录于辽宁。

从前，伊克札达独个儿住在小窝棚里。腊月二十三夜，他出门捡到一张烧掉一半的灶神画，剩下一半是个俊俏小媳妇，便拿回去贴在灶台壁供上。转年开春，伊克札达上山开荒，回家路上他寻思能吃一顿黄米干饭小鸡肉多美。他到家揭锅，真是想啥有啥，立刻给灶上的画上了供，饱吃了一顿。第二天他想着饺子，到家锅里就有热腾腾的元宝饺。第三天他出门后悄悄拐回来，从门缝里看见有一个水灵灵的小媳妇在忙活，她听到声音跳上锅台，脊背贴在画上，人就没了。再一次他动了心眼，轻轻从窗户把手伸进去撕下画。女子看见画没了，就对伊克札达说，她是玉帝的四格格、灶王爷的妻子。灶王爷徇私情，被打入大牢，罚她在人间守活寡。他们搭伙过上了日子，又到腊月二十三，四格格要回半张画，人贴在画上便没了。临走时她含泪说，要想我，上南天门来找。熬到八月十五，伊克札达朝南走啊走，走到一个拄天上的大砬子，听到砍柴声。砍柴大哥扔下葛条，把他拉上南天门。伊克札达进城查到第四排阁楼，四格格正焦急地等他。原来玉帝大赦，灶王爷已复位，她不愿跟着灶王爷下人间受烟熏火燎的罪。他们到河岸，说不完的体已话。灶王爷领着兵将追来，俩人跳进天河，顺水漂到天池，漂到鸭绿江，变成两条小银鱼，春一茬秋一茬地繁殖后代。

棒槌鸟

满族人神婚恋故事。采录于辽宁。

有一天，大柱和二柱上山打猎，看到一个红衣姑娘。大柱上前拉扯，被打了一耳光。姑娘走远，他张弓射去，一道红光闪过，只见到一棵八品叶开红花的草。二人用红绳将草捆好，拿回去按规矩交给了族长。族长知道是一棵宝草，便放进库里派二柱看守。宝草变成红衣姑娘，求二柱放了她，原来她是天界人参仙子派来种植人参，为世人治病的。二柱听说治病救人，便解绳放走了红衣姑娘，却因违反了族规被打死抛入深山。红衣姑娘把人参籽放进他嘴里将他救活，二人结为夫妻，漫山遍野撒籽种参。九年后，天神下界将姑娘强拉回天上。二柱悲痛离世，死后变成小鸟。因他是被乱棒打死的，于是人们把小鸟叫作“棒槌鸟”，把他们种的人参叫“棒槌”。

扇子参

满族人神婚恋故事。采录于辽宁。

早年间，老郎家有爷儿俩，靠放山度日。一天老头子拎起棍子，绕过山梁走了，郎小子在山道上拦住了一个突然跑来的红衣姑娘。红衣姑娘说，她是九百九十九年的人参，再有一年就能成仙，请求放了她。于是，郎小子便把她放走了。老头子死后，红衣姑娘要郎小子娶她为妻。他们成亲不久，有一天山货庄掌柜上门百般纠缠，想占有郎家媳妇。媳妇用一把扇子保护了自己，使掌柜没能得逞，反被大火烧死。郎小子和妻儿团圆后，一家人回到了没有坏人的深山老林，过上安乐的日子。

棒 槌 孩

满族精怪故事。采录于辽宁。

从前山里住着夫妻俩，有个五岁的男孩叫“蘑菇头”。蘑菇头每天到后山，总说和一个红肚兜小胖孩儿一起玩耍。有一天蘑菇头上山不见这个伙伴，转回家来，见奶奶和妈妈正在锅台前煮小胖孩儿，并说他是棒槌精，吃了能成仙。蘑菇头设法把她们支出屋外，救起小胖孩。父母看见大为惊讶，抄起大木棒就打，打不着小胖孩，父母却互相打得头破血流。这时，红肚兜小胖孩儿和蘑菇头早已跑得不知去向。

◇满族动物故事◇

豺狼子制服老虎

满族动物故事。采录于黑龙江。

老虎食兽成性，林中动物都惧怕它。经桦树指引，豺狼子到了北大山，找到万能妈妈学会各种武艺和制服老虎的办法。一年后，豺狼子回到家乡，老虎照旧向它扑来，豺狼子纵身跳上虎背，咬住虎毛撒一泡尿，顿时虎背溃烂，老虎打几个滚便死了。豺狼子又使出吃多少肉能吐出来多少肉的本领，不到半天把大老虎吃得干干净净。从此老虎闻到豺狼子那腥臭的尿气，远远就逃跑了。但是豺狼子也牢记万能妈妈教导，从不欺压群兽。

田 鼠 嫁 女

满族动物故事。采录于黑龙江。

美丽的田鼠姑娘要选女婿，上门求亲的动物络绎不绝。老田鼠认钱不认亲，来多少应承多少，给多少彩礼它都收下。猫头鹰选好日子前来娶亲，田鼠姑娘刚要上花轿的时候，花狗、獾子也上门来迎亲，都说老田鼠收下彩礼许了婚。正在争吵时，天鹅、水鸭、松鼠、山兔也来迎亲了。田鼠姑娘羞得无处躲，便跑进屋里抱起盐罐吞了半斤盐，立即长出翅膀变成蝙蝠，一下躲进阴暗的角落里。猫头鹰恋恋不舍，天天晚上守在树林等候那个变成蝙蝠的新娘子。

懒貉子受惩罚

满族动物故事。采录于黑龙江。

从前百兽都要上天去听天神阿布卡恩都里讲天规，谁违反天规，谁就会受到惩罚。有一天，经过獾子的劝说，貉子也去听天神阿布卡恩都里讲怎样应对猎人的护身法。听讲的时候，貉子睡着了。三天后醒来，它看见讲桌上摆着两个仙丹瓶，它又饥又渴，便抓起一瓶来倒进嘴里吃了。谁知那是一瓶缩骨丹，貉子吃下去越缩越小，最后缩成有四个小爪子的小家伙。貉子只好请百兽去向天神求情，天神说貉子骄傲、懒惰，罪有应得。獾子只好把貉子领回洞去，百兽都叫它“懒貉子”。

骄傲的鲤鱼

满族动物故事。采录于黑龙江。

从前，鲤鱼自以为聪明，经常得意扬扬，从来不把小鱼放在眼里。有一群小鱼很不服气，一天，它们游到鲤鱼面前，让鲤鱼跟人打赌。鲤鱼扬言人抓不住它，如果被抓住，它甘愿天天啃草根。由于鲤鱼非常贪吃，竟被人用钝钩钓上岸了。从此，鲤鱼再不敢到处瞎嚷嚷，总是老老实实地躲在小草棵子里面啃草根。

◇满族写实故事◇

响　　水

满族官吏故事。采录于黑龙江。

从前有一个老琴师和女儿水儿，父女以卖艺为生，水儿长得俊，歌唱得好。

这年父女来到上京龙泉府，渤海郡王见水儿漂亮，硬把她留在宫里。老琴师想念女儿，天天坐在牡丹江边的玄武岩上拉琴，来倾诉对女儿的思念。琴声和着水声传到宫里，郡王每夜刚入睡，水声便似隆隆响雷滚过头顶，吓得他睡不好觉。水儿说，父亲想我，拉的就是“想水儿”。郡王令侍卫召琴师进宫，谁知老琴师一动不动，已变成石头人。郡王一怒之下杀死水儿，自己也被夜夜响得更厉害的水声吓死了。

一 文 钱

满族官吏故事。采录于辽宁。

从前，有个用钱捐来的县官，无真才实学又贪财。一天他坐轿回衙，遇见三人为争夺一文钱打起来。县官落轿断道：“你们谁最穷，这一文钱就给谁。”一个说：“家住一间屋，麻秸当灯烛，枕着砖头睡，盖着破抹布。”另一个说：“家住半间屋，星月当灯烛，枕着胳膊睡，盖着肋巴骨。”再一个说：“没屋溜房檐，挨饿五六年，想吃阳间饭，非要这文钱。”三人因此又打成一团。县官见机会来了，大声说：“千里来做官，为的吃和穿，你们胡打架，此钱要归俺。”说罢，吆喝衙役抢过铜钱，上轿离去。

老 二 买 布

满族讽刺故事。采录于辽宁。

某个县城有家店铺，掌柜是个看人下菜碟的势利眼，对山里人动不动就骂作“老二”。一天，有个山里汉子进店铺，他冲人喊：“老二，买点儿什么？”汉子说要买各色花布。他蔑视道：“十个钱一尺，你买得起吗？”汉子说：“买得起。所有花布各扯二寸，给孩子扎头绳。”掌柜的费半天劲量了一大堆，汉子说够了，搂起布条就走。掌柜扬手喊：“这个老二，回来给钱！”汉子说：“没带钱，明天问我家老大要。”掌柜火了：“胡说！我认得你家老大是谁？”汉子笑笑：“不认识老大，怎么知道我叫老二？”掌柜张口结舌，从此再不敢骂人“老二”了。

真假巴鲁图

满族婚恋故事。采录于辽宁。

靺鞨族的萨哈达部落，有个美貌的女儿阿洛伊。这天，酋长正和女儿比武射箭，青年拉吉克爬到树上偷窥姑娘，不慎摔下，正想逃跑又被一只大雁绊倒。他谎称因上树取射中的大雁，才闯入驻地。酋长见大雁屁股上插着一支箭，连连点头称赞。酋长正想找一个能骑善射的巴鲁图做女婿，便要当面试探。拉吉克张弓不敢发箭，酋长上前捅他快射，恰巧把飞来的头雁射中。他乘势吹嘘，不发箭是为把一排大雁全都射掉。酋长又让他去打黑松林的恶虎。他没打过虎，看见老虎蹿来吓昏倒地，醒来恶虎已经倒在身旁，腚门里插着三支箭。他刚换上自己的箭，猎手喳苏察尔走来。拉吉克明知这位猎手救他一命，非但不道谢，还叫来酋长的亲兵把老虎抬走。这时邻国入侵，酋长令拉吉克率兵迎战，他硬着头皮上阵，被一箭射死。主将被杀，士兵大乱。这时山坡上飞来骏马，青年喳苏察尔拉弓，一箭射倒敌兵大旗，二箭射倒首将战马，三箭射中首将咽喉。酋长国终获胜利，酋长请来杀敌英雄喳苏察尔，才知大雁、恶虎都是他射死的。酋长女儿终于如愿以偿，和一位真正的巴鲁图成了婚。

阿勒嘎黑

满族婚恋故事。采录于新疆。

孤儿阿勒嘎黑，打猎时捡到一面镜子，向西一照，出现一个美丽的姑娘。他按老者指点，一路往西找到了这个姑娘。他说明来意，便和这个姑娘拜堂结为夫妻。不久外敌来犯，国王命阿勒嘎黑领兵出征。他和妻子各留一半镜子，等待日后团圆。一年以后，阿勒嘎黑得胜还朝，匆匆回到家中。谁知阿勒嘎黑出征后，邻村一个恶霸看上阿勒嘎黑的妻子。那个家伙打死阿勒嘎黑的老母，灌上迷魂药，逼迫阿勒嘎黑的妻子与他成亲。姑娘被拉上车后，不管恶霸怎么加鞭打马，马就是不肯抬腿。这时阿勒嘎黑赶到，恶霸夺过他的枣红马套上车，逼他赶车。枣红马飞快奔跑，到岔路口猛一拐，把恶霸和他的家奴甩下车去。阿勒嘎黑和妻子掉头回家，可是妻子已不认得他。他取出半面镜子，和妻子身上的半面镜子合在一起，妻子终于清醒过来，认出丈夫，夫妻二人重新团聚在一起。从此再也没有分开。

一对金马驹

满族家庭故事。采录于辽宁。

刺榆沟的老齐家，老两口有四个儿子和大儿媳妇。由于灾年歉收加上人心不齐，日子过塌了。老齐头发愁，大媳妇却说，咱家七口人，只要齐心就能够变富，黄土可生金。老齐头便把大柜钥匙交给大儿媳，让她当家。她当下提出三件事：首先，在化冻前要上山打猎，多打多抽份，不打没有份。其次，在化冻后上北岔开荒，每人十亩。再次，买个小猪，每人进大门都要从外面捧一把土放进猪圈。全家人打猎、种地，干得十分卖力，日子渐渐好起来。有一天来了两个人要买土堆，大媳妇开价五百两银子。寻宝人夜间挖土，挖出一对金马驹。大媳妇一把抱住，锁进大柜里。几年后老两口去世了，小哥仨娶了媳妇，家大业大，妯娌们提出要分家。大媳妇从柜里拿出一对金马驹说，这对金马驹是一把土一把土攒来的，也是全家齐心合力的福分，它俩每年能下两颗金豆。大伙这才明白，原来是“全家一条心，黄土变成金”哪！

阎老汉的传家宝

满族家庭故事。采录于黑龙江。

从前大王山下住着阎老汉和他的三个懒儿子，四口人的日子全靠老汉一人维持。老汉病重，临终拿出一个小红匣子交给儿子，要他们发丧后再打开。三个儿子打开匣子，里面一张发黄的纸上写着：“大王山金子多，不在前坡在后坡；要是不相信，去问榆大哥。”哥仨买来斧子、锯子和镐头，砍树刨地，找遍了山坡，也没找到金子。眼看到春耕了，他们只好在刨开的地里种上庄稼。秋天获得丰收，他们尝到了劳动的甜头。他们又干了一年，竟买了牛、拴了车，砍下的榆树盖了房，都娶了媳妇，小日子过得火炭一样旺。后来，村里的常大爷告诉他们，靠双手劳动富起来，这就是宝哇！他们这时候才知道，那个主意是常大爷出的。谜底一揭开，哥仨都乐了。

不叫玛玛的儿媳妇

满族家庭故事。采录于辽宁。

从前，妮阿姑娘家里很穷，为了钱财便把她嫁给一个瘦猴财主的傻儿子。她到了婆家，天一黑就插上房门，把瘦猴财主的傻儿子关在门外，也不叫瘦猴财主一声“玛玛”，整天愁眉苦脸想断婚。瘦猴财主十分恼怒，却又没有一点儿办法，只好把这个事告诉族长，族长骂道：“蠢货！连个儿媳妇都管不好。我看三天之内，她还不叫你玛玛，干脆把姑娘给送回去，你断子绝孙去吧！”经族长这一逼，瘦猴财主还真的想出了个办法。这天，他对妮阿说：“明天我要到岫岩州赶集，路老远的，你早点做饭，做好饭就叫我。”第二天一早，妮阿把饭做好了，她见瘦猴财主还没起来，心里为难了：喊他起来吧，她实在不愿叫一声“玛玛”；不叫吧，一炕上好几个人，谁知道是叫谁呀？她忽然想到了个办法，冲着一炕人喊道：“炕沿一条线，脑袋一大片，谁要去赶集，起来快吃饭。”瘦猴财主实际没睡着，故意不起来，是等妮阿叫他“玛玛”，没想到妮阿硬是没叫，把他气得一下从炕上跳起，饭一口没吃，憋了一肚子气。族长听说后，又大骂了瘦猴财主一顿，叫他把妮阿给人家送回去。妮阿回家后，不久便找了一个善良的猎人做丈夫，两人以打猎采药为生，日子过得很美满。

◇满族机智人物故事◇

二拐子的故事

满族机智人物故事群之一。流传于辽东半岛。故事主人公系游民型机智人物。其原型哈拉素，明末清初人，因脚跛，排行第二，人称“二拐子”。他的趣闻、故事，朴素生动，有一定的民族特色。代表性作品如《一包黄土祝寿》《二拐子献计》《献宝》《整治当铺老板》《巧妙求画》《礼尚往来》《三龙汤》《狗官司》《吃妖精》《赌博治无赖》。

一包黄土祝寿

满族机智人物故事。

这一年，老土霸庆八十大寿，穷苦百姓都得去送寿礼。放席摆宴时，有钱人请进高堂大屋，平民百姓坐就在破席棚里。二拐子挤进堂屋，端坐在太师椅上。奴仆来告诉他，这里是送厚礼的绅士们坐的地方。他说：“我的礼也不贱哪。”遂举起他送的一包黄土：“老爷做寿，讨的不是钱财，而是吉利。黄土代表地，我是祝老爷福寿绵长，天高地厚！”老土霸听着挺顺心，只好让他就座。事后有人问他送黄土何意，他笑道："那是让老土霸早点儿入土，去个祸害。"

二拐子献计

满族机智人物故事。

大财主那勒尔雇了长工百十人，三大季活忙时，竟连根猪毛都没拔，长工们受累又受气，便找二拐子帮忙。几天后，地里活儿正忙时，长工们都生起病来，看病抓药不顶用，急得财主团团转。这时候，二拐子对财主说："你家老祖宗托梦给我，让我转告你，门旁索罗杆已向东歪了三指。"财主一量果然如此，赶快照规矩杀猪祭祖。于是长工们动了荤，二拐子也被请去吃了白肉血肠。

整治当铺老板

满族机智人物故事。

城里有一家当铺对穷苦人格外凶狠、刻薄，二拐子决心整治整治开当铺的人。有一天二拐子拿一件打了许许多多补丁的破褂去当，掌柜的见了差点儿笑出声来。他让账房先生写了个收据，将收据和两枚铜板一起扔给二拐子。一年后二拐子来取褂子，伙计们翻遍所有的库房都找不到，原来他们早把它撕成抹布用了。二拐子说那是件古货，是他家的传家宝。掌柜的说了不少赔情道歉的话，又送他三十两银子，这才算了事。

巧妙求画

满族机智人物故事。

年关快到了，二拐子家穷得揭不开锅，老婆嚷，孩子闹，实在难熬。突然他心生一计，出门借了几个钱，到集上买了两条熟羊腿、酱、蒜和一小篓酒，外加笔墨、胭脂、纸，来到集镇外的古刹里找乐禅和尚。乐禅正和秀才下棋，二拐子递上吃喝，说是来孝敬大法师，不要钱，只要给他几朵梅花。乐禅高高兴兴地吃饱喝足，准备掏钱时，二拐子却拿出笔墨画纸，恳求要几朵梅花。乐禅自知疏忽上了当，可又不好拒绝，便乘着酒兴，挥笔画了十几张梅花。乐禅画梅很有名气，二拐子到集市上很快就卖掉了，因此过了个丰盛的年。

赌博治无赖

满族机智人物故事。

有一次，二拐子牵一头毛驴在集市上卖了点儿碎银，正往家转，被几个好赌的无赖拉扯着进了馆子。他们吃得七八分醉时，几个人便推起牌九来。不一会儿工夫，二拐子把卖驴的钱输了个精光。最后他押下了破褡裢，这次却赢了，于是他从褡裢里掏出早准备好的一张纸，上面写着："赌注，我的老婆。"推牌九的那个无赖一看傻眼了，知道赖不过去，便让二拐子把老婆作一下价，他好还钱。二拐子掐指道："我娶老婆彩礼二十两银，两铺两盖，婚娶那天杀一百五十斤的肥猪一头，酒三坛，米一石……"无赖偷鸡不成蚀把米，只好如数偿还，从此再也不敢在二拐子身上打坏主意捞什么油水了。

◇满族寓言◇

库尔金学艺

满族人事寓言。采录于黑龙江。

爱耍嘴皮子的库尔金，想学好挣个功名，便到百里外去拜名师，学习弓马术。库尔金的师傅有言在先："半途弃学，要打四十断亲棒。"刚开始苦学，师傅让库尔金到山梁上放两年马，只准骑，不准戴笼头也不准打。面对一群红鬃烈马，他站了十天不敢靠前。最后他咬牙冲上去，抓住一匹马的马鬃，跳上马背穿山跳涧不敢松手，终于征服了烈马。一年后每匹马都能骑了，他看看全身被踢咬的伤疤，就硬着头皮去找师傅，想到要挨的四十断亲棒，不敢张嘴。师傅猜透他的心思，让他去把前沟的三千石磙子搬到后沟，只准抱着走，不准扛着跑。他看着满坡的石磙，悔不该来学艺，正想逃跑，见一人两胳肢窝各夹一石磙飞一般走来。那人劝他：力是长流水，勤用大无边。他咬紧牙关搬了两年，实在吃不起苦，半夜逃跑了。适逢校场比武，大家硬拉他参加。骑术箭法师傅未教，可是骑上马就像骑头牛，抬起八百斤重弓就像摆弄细藤子，三箭射进靶心三层牛皮，赢得满场喝彩。这时师傅赶来说再吃三年苦，千斤硬弓能穿透五层牛皮靶。他这才明白不肯吃苦的人，成不了大器。

侗族故事

◇侗族幻想故事◇

郎付和三公主

侗族龙女型故事。采录于贵州。

青年郎付，靠打柴养活妈妈。一天他捡到一块长方石，拿到水潭边磨刀，磨着磨着水潭就翻滚起来。过几天他又在那里磨刀，水潭翻滚，一位姑娘走来说，这是一块雷公石，刀在石上磨，龙宫摇动，她的父王就头痛难忍。只要他把磨石送给龙王，就能得到一件宝贝。于是龙女带郎付到龙宫，老龙王让他在库房任选金银珠宝来交换磨石。他按龙女事先交代，只要了一把雨伞。龙王让他在路上不论碰到什么情况，都不要打开雨伞。到岸上，郎付遇到烈日、大雨都没有打开雨伞，突然冰雹砸下来，他情急撑开雨伞，龙女便掉了下来。龙女和郎付成亲了，用龙王送的摇金宝摇出家什物品，一家三口辛勤劳动，生活美满。皇帝出游见到龙女起了坏心，多次刁难郎付，都被龙女化解。后来，皇帝又向郎付要一千二百个“无耐活”。龙女从龙宫如数领回非狮非虎的怪物，乡亲们送来铁沙火药让怪物吃进肚里。郎付把“无耐活”送进宫里，怪物大喊要吃红炭火。它们吃完炭火，接二连三地爆炸，把皇宫炸得精光。

汉龙和培善

侗族蛇郎娶妻型故事。采录于贵州。

七姐妹唱歌优美动听，她们坐月堂唱歌时，有一个后生天天来听歌，看中了七妹培善。夏天七姐妹上山摘杨梅，一条大蟒紧盘在树脚下。姑娘们不敢下来，便大把抓起篮里的杨梅打大蟒。杨梅打完，她们就摘树枝打，大蟒依然盘在树脚下不动。天快黑了，培善柔声说："你如果想要我们做妻子，就放我们下去。"大蟒果然松开一圈。这样每人说一遍，大蟒终于松开，七姐妹才下树回到家中。母亲听了这桩怪事，让各人把篮子放在厅堂。不一会儿大蟒来了，就盘进培善的篮子里。为了不连累家人，培善跟大蟒走了。翻过岭大蟒便换了衣服，变成一个俊俏的后生走来，培善一看，竟是到月堂听歌的人。他叫汉龙，是南海龙子，今天来接亲。到了海底，汉龙让培善吃定身丸站在金凳上梳头，头发梳得又黑又长。五年后，培善带女儿梅玉回娘家。母亲一定要培善用茶麸水洗头，她已不是凡人，水从头顶浇下，当场死在盆边。母亲让人才出众的培四去顶替，汉龙见她的头发不像原来的样子，要她站在金凳上梳头。培四是凡人站不稳，只得说出实话。汉龙立即拿龙药到坟上，喷在培善的身上使她复活。培四嫁给了汉龙的弟弟，两姐妹过上美好的生活。

老通和小容

侗族两兄弟型故事。采录于广西。

从前有两兄弟，哥哥叫老通，弟弟叫小容。父母去世早，好吃懒做的哥哥要分家，把大田大牛留给自己，小田小狗给了弟弟。春耕时，弟弟给狗喂糯米饭耙田，小商贩不信狗能耙田，打赌输给弟弟一挑货。哥哥见弟弟点货数铜钱，问明缘由，连忙借狗到田边。好容易等来货郎和他打输赢，哥哥驾狗耙田，黄狗一步不走，他恼羞成怒便把狗打死了。伤心的弟弟埋了狗，在坟边栽了一棵楠竹。后来风吹竹子摇，摇下许多银子。哥哥也去使劲摇，掉下的竟是毛虫和黄蜂，气得他砍倒了竹子。弟弟用竹子破篾编成十二个鸡笼，笼里天天装满鸡蛋。哥哥把鸡笼借去，抓到满手鸡屎，生气一把火烧了鸡笼。弟弟把鸡笼灰撒到地里种了一蔸南瓜，南瓜结得又大又多。猴子常来偷瓜，弟弟缝了个黄布大口袋，钻进布袋牵在瓜藤上。猴子选中黄布袋，抬到石洞里摆席庆贺。弟弟出来猛敲铜锣，吓得猴子四散逃去，他装回一布袋金银、药材。哥哥眼红，学样蹲进布袋。猴子把布袋抬到悬崖，他连放臭屁，老猴大喊"南瓜烂，不要啦！"把布袋丢下万丈悬崖。

南 瓜 儿

侗族怪孩子型故事。采录于广西。

山寨里一对无儿无女的老年夫妇，种了一棵南瓜，瓜藤爬满山岗，结出一个有鼻子有眼有嘴巴的大南瓜。两老正要摘，南瓜说："老人家不用怕，我愿做你们的儿子。"于是跟着他们滚回家中。南瓜儿到菜园里，早晨播种，下午收成，老人只管挑菜去卖，日子越过越好。消息传到京城后，国王要抓南瓜儿去王宫种菜。南瓜儿避而不见，来人说他对抗国王，便处罚老人三天内缴纳一百两黄金、一百两白银，否则性命难保。南瓜儿从泥里出来，安慰过老人后，让妈妈到东山井里拿来红鲤鱼和白鲤鱼，让爸爸到西山竹林牵来三脚狗。三脚狗吃了两条鲤鱼，在去王宫的路上，抽一鞭屙一团金子，再抽一鞭屙一团银子。宫门打开后，国王把闪光发亮的金银统统收进金库。第二天，国王和大臣打开金库，臭味像浓烟般涌出，把他们全熏死了。

绸 妹

侗族奇事故事。采录于广西。

有一次，一位仙姑送给一对无儿无女的老年夫妇一条白绸，不久老妇便生下女儿，取名叫"绸妹"。绸妹长大后，一天书生东苏过她家，被织锦声吸引，唱歌叩问。绸妹楼上答歌，二人相互钟情。在细雨中她将书生迎进屋门，二人互赠白绸和包头巾定情。东苏回学堂，同学福安见绸起意，拉他下河洗澡，把不识水性的东苏卷进旋涡。福安返回盗绸，见一姑娘在为东苏叠被，进门却不见踪影。他四处寻找，在箱中找到白绸。白绸牢粘箱底，拉扯不动，他怒将白绸割成碎片，这时远在家里的绸妹也病倒了。东苏沉入水底，被大龟救上岸，回到学堂后，他见到碎绸片泪如雨下。东苏拾起绸片赶到绸妹家，见绸妹躺在草席上，忙将片片碎绸铺在她身上，绸妹立即醒了过来。福安来找绸妹，说东苏丢下她做了龙王女婿，要和绸妹共赴火塘。绸妹将白绸套在福安脖子上，他立刻开始变小，最后变成一只脖上有一圈白毛的黑乌鸦，飞出窗外。绸妹和东苏结成一家，过上了太平欢乐的日子。

郎　　糁

侗族人神婚恋故事。采录于广西。

郎糁和父亲到天云山下刀耕火种撒下黄粟种，只出了一株苗，长三丈多高，水桶般粗，粟穗硕大。粟穗成熟后，父子俩挥斧将其砍倒，突然飞来一只岩鹰将粟穗叼走，又有一只老虎来把他父亲也叼走了。郎糁撵去救父，老虎竟跑得不见踪影。他来到山坳的茅屋前，看见一个姑娘扑在被老虎咬死的母亲身上痛哭。郎糁要帮她料理丧事，姑娘取下花腰带、银簪，催他上山杀虎救父。这时候，突然有一片白云降落下来，把母女二人卷走了。郎糁上山，看见山顶的石柱上有座石庙，庙前立着石鹰、石虎。这时，他身上的花腰带变成索梯，助他攀上柱顶，石虎变成真虎向他扑来。他挥斧砍去，老虎咬断斧柄将他扫倒。他抛出银簪，立刻化成千百利箭射向老虎，真虎便还原为石虎，一下碎成石片。他冲进庙里，看见父亲和几个男女昏睡在地上。他摇醒人家，拾起粟穗，带领他们爬下索梯。索梯随即化为彩云托大家飘落到山坳。这时候有一伙送亲队伍簇拥着赠花腰带、银簪的姑娘走来，原来是黄粟仙女看上了郎糁，与他结为恩爱夫妻。

妹　　桃

侗族除妖故事。采录于广西。

妹桃按“女还舅门”的风俗，远嫁给表哥石银郎。八月天，她独自回娘家探亲，途中被蛇精掳进岩洞逼婚。她不屈从，被困了半年，后来，她假装答应，但提出要先回家探望母亲并取新衣。蛇精只得应允，揭下鳞片贴在她身上，限她四十天回洞。妹桃临行拍打身上尘土，蛇精被呛翻滚，无意间露出致命要害。回到夫家，她和银郎备齐钢刀、铜盆、竹扫帚、石灰粉，然后来到蛇洞。蛇精揭下鳞片，她开始打扫洞房。竹扫帚上的石灰粉满洞飞扬，蛇精被呛，伸颈出洞。银郎对准蛇颈上的白圈砍去，蛇头跌落到洞外。妹桃赶紧将铜盆扣住伤口，蛇头跳起去接蛇颈时贴上铜盆便死去了。妹桃和银郎割藤串起洞中银饰，逢村过寨让受害人家认领。事发后，九十九位头人开会，商定允许同姓开亲，近处结婚。从此侗家姑娘不必嫁表哥，也不必远嫁他方了。

养鹅小姑娘

侗族除妖故事。采录于广西。

有一天，山脚下的放鹅小姑娘丢了一只鹅，循声找到大山洞，看见一个妹仔正吃生鹅肉。那妹仔要拿竹手镯换养鹅小姑娘的银镯，不肯就要喊妈妈来吃她。养鹅小姑娘想起了祖母讲的鸭变婆，便换了手镯。鸭变婆回洞，见多了一个戴银镯的女孩，抓来就吃，吃完出洞找食。养鹅小姑娘拿起洞里的筷子就跑，跑一段路丢一根筷子。鸭变婆回来不见戴竹手镯的女儿，才知吃错，马上追赶，见一根筷子拣回洞一根再追，终于追赶上来。养鹅小姑娘把筷子丢完后，急喊“大石山救我！”石山一下崩塌下来，堵住了去路。鸭变婆回洞取铁棍撬开石头，放棍回洞又追。眼看快追上了，小姑娘忙喊：“大树你快倒下！”大树倒下了。鸭变婆回洞取刀砍树搬开后，放刀回洞又追。小姑娘跑到河边躲进船舱里，鸭变婆追来，船上小哥哄它坠石下河去找，结果淹死在河底。小姑娘谢过船上小哥，便回家去了。

宝　盆

侗族宝物故事。采录于广西。

李山成按契约给一个员外家打工十年，员外要他每天割一担鲜嫩马草。他每天割完草后，都去帮助一个孤老奶奶挑水上山。三个月后，老奶奶让他去割后菜园的草，割完刚好一担。这蓬绿草割了又长，天天割天天长。老奶奶对他说，草底下有个宝盆，你挖出来带回去种草，就不用跑远路了。从此，李山成在自家屋后就能割到鲜嫩绿草。这事被员外知道了，便让他改去养鸡，一天只给一筒米，要喂饱一百多只鸡。他想起老奶奶的话，往宝盆里撒上几粒米，转眼长满一盆。员外看鸡喂得饱饱的，知道他真有宝贝，便答应让他提前回家，但要把宝盆留下。晚上李山成把一枚铜钱掉进盆里，长出一盆铜钱。第二天他喂好鸡，上街买回一只一模一样的瓦盆来拿给员外。员外回家一试没有用，就大骂李山成用假盆哄他。李山成趁员外回屋取银子，立刻换出宝盆，让员外和他睡一屋，想为他长出一房间银子，赎回打工契约。五更天，银子越长越多，李山成拿到契约，取出盆里的银子，顿时满屋银子都不见了，只见员外直挺挺躺在床上。回到家乡，他把宝盆埋在山上，从此侗家种什么得什么，年年丰收。

叭累的石磨

侗族宝物故事。采录于湖南。

叭累母子靠乞讨度日。叭累长大后，要靠力气养活母亲。但无论他在河滩开地还是上山开荒，到收成时，财主粟万就来抢走他的粮食。后来，叭累躲到荒无人烟的深山打石磨，才平安度过了几年。有一天，他打出一块闪亮的石头，制成一副精巧的小石磨，那磨竟能自己转动，磨出白花花的米来，他便磨米给穷人分享。粟万知道后，硬说叭累偷了他的传家之宝，把石磨抢回家中。粟万喊石磨快磨金子，石磨根本不动。财主婆把叭累骗到家，假装认错要还石磨，让叭累磨点儿金子让她看看稀奇。叭累喊石磨磨些金子，财主婆在一旁催促快些磨。金子像水一样哗哗直流，财主儿子趁势从后脑将叭累打死了。石磨越磨越快，金子像山洪暴发，很快把逃跑的财主一家淹没了。

◇侗族动物故事◇

老虎斗不过螃蟹

侗族动物故事。采录于贵州。

一只饥饿的老虎正要吃河边的螃蟹，螃蟹提出要和它较量。老虎不屑，便扬尾巴抽打螃蟹，竟被螃蟹牢牢钳住，痛得大叫。老虎把尾巴一甩，螃蟹顺势跳上了山坡。老虎立刻跳上山，照准螃蟹的头猛一甩尾，螃蟹又被甩到第二个山坡上去了。小小螃蟹比老虎跳得还远，老虎不服输，就纵身过去就要吃螃蟹。可是老虎还没有合嘴，就被螃蟹钳住舌头，老虎吞不下吐不出，痛得向山羊求救。按山羊教的办法，老虎张嘴把头伸进河里，螃蟹便乘机回到水中去了。

蚂蚱和猴子打架

侗族动物故事。采录于广西。

猴子常来踩踏草坪，使在草坪上生活的蚂蚱死伤无数。猴子还想霸占草坪，要与蚂蚱打架来决定胜负。清早晨雾湿透草坪，蚂蚱飞不起，跳不远，打了败仗；黄昏夜雾降落，蚂蚱又打了败仗。蚂蚱不服输，提出中午决战。烈日当头的时候，蚂蚱晒得又黑又硬，一飞几丈高，遮黑半边天，猴子手拿棍子往空中打不着也抓不住蚂蚱，蚂蚱又落下来用带刺的双腿狠刺猴身。群猴痛痒难忍，便举着棍子乱打一通，结果猴子死伤无数。太阳落山时，猴子大败而归。从此，蚂蚱便自由自在地在草坪上生活了。

螃蟹让野牛犁地

侗族动物故事。采录于贵州。

有一天，野牛在河边饮水，不小心把圆鼓鼓的螃蟹踩扁了，肚子下面的八只脚散在两边。农夫看见螃蟹很可怜，便把它带回家去养好伤，再放回河里。螃蟹为了报答农夫，就要抓牛来替他耕田。头一次，螃蟹趁野牛在饮水一下钳住牛蹄，可是牛蹄一弹，螃蟹便跌到地上。第二次，螃蟹爬上牛身去钳住牛尾，牛尾一甩，螃蟹又跌到了地上。第三次，野牛伸嘴去饮水，螃蟹狠狠地钳住牛鼻子，野牛痛得直求饶。螃蟹要他替农夫犁地，它只好答应，老老实实地让人牵走。从此以后，野牛变为耕牛，一直帮人犁地。

◇侗族写实故事◇

娘 梅 复 仇

侗族婚恋故事。采录于广西。

古州三宝侗寨的娘梅与助郎相爱，舅家按“女还舅门”的习俗，逼她嫁给表哥。她与助郎将一枚铜钱破为两半，各执一半，盟誓“生同火塘死共山”。他们翻山渡江，私奔到贯洞寨。当地的财主银宜见娘梅貌美，企图霸占她，便买通寨老万松，召集全寨男子在长剑坡开会。他们诬陷助郎勾结独寨人打贯洞寨，立即处决了助郎，暴尸惩罚，并且宣布不得告诉娘梅。银宜多次找娘梅遭拒绝，为断她对情人的思念，谎称助郎被独寨人杀害，正设法为她报仇。村里大苦爷爷暗中保护娘梅，其孙女培央、培英向她透露了真相。娘梅上山寻找，半边钱从尸骨中跃出。她背着丈夫的尸骨到鼓楼击鼓聚众，宣称“谁愿斋祭七天安葬助郎，愿嫁给谁”。财主银宜应承了，娘梅立刻领银宜到了长剑坡，把他杀死在亲手挖的坟坑中。

三郎与五妹

侗族婚恋故事。采录于贵州。

贵州后生三郎，为寻找意中人放木排远游，在广西三江县竹脚寨行歌坐夜，结识了五妹。二人越唱越贴心，互换信物后约定到柳州后返程，八月十五同去贵州。五妹的父亲不同意女儿远嫁，硬逼她八月十五前嫁到舅家。五妹气得不吃饭，心想再见三郎一面，乘母亲煮牛皮胶浆布，她想偷夹一块牛皮充饥。这时门口响起脚步声，她怕是父亲来到，急吞牛皮，却卡喉昏倒在地。家中将她装棺，停放在林中。三郎回到竹脚寨，朋友包银带他到林中，让他从棺盖上偷凿的小洞看望情人一眼。三郎扑在小洞口哭，忽听五妹在喊“三郎救我！”一下吓跑了包银。三郎揭开棺盖救出五妹，把祭品当夜宵，收拾好陪葬的衣物银饰，一同去贵州结为夫妻。后来他们带孩子回门探望外婆，乡亲们都高高兴兴地跑来看“死”了多年的五妹。

花女与柳生

侗族婚恋故事。采录于湖南。

明朝时候，苗王宫中的花女，人美善歌，织的丝带花香蝶舞。京城皇帝强征她入宫，途经湖南通道的时候，她突然寻短见跳入江中漩涡。漂流到靖县时，她竟旋出水面，被一个渔翁救起来抚养，改名“水竹”。她与邻居柳生共在一条河里打鱼，共在一个山坡上唱歌，结下了深情。水竹的歌声惊动了土官，被选为端午赛龙舟的花娘头。飞山峒王在节日见到了水竹，要让她入宫，渔翁拒收彩礼。峒王得知水竹、柳生已经互换信物，便派柳生去向贵州的苗王下战表，并且伪造血衣交给水竹，说是柳生已遭苗王杀害。水竹再一次拒收彩礼，峒王强令水竹织丝带。她织的丝带花香蝶舞，土官怀疑她就是花女，逼迫渔翁吐出了真情。于是峒王关押渔翁逼婚，花女提条件，得到了峒王的应允。三月三赛龙舟时，渔翁掌舵，花女穿着盛装上船，唱歌悼念柳生，然后跳入龙潭殉情。苗王乘机领兵杀峒王，得知花女已经殉情，便释放了柳生。柳生到江边放声痛哭，花女的尸体逆水而来，他安葬了花女，终身陪伴着她。从此每年三月三，男女插花戴柳，到渠江春游。

刘梅和两个哥哥

侗族家庭故事。采录于贵州。

贵州六百塘有一个妇女，听到糯禾的禾胎里有歌声，便摘下禾胎放入口中，不久生下刘梅。一日刘梅到井边挑水，遇算命先生唱歌来调戏她，她答歌回敬，让算命先生碰了一鼻子灰。算命先生心怀妒恨，便去给刘梅哥哥刘金、刘二算命，说他们的妹妹命中克兄害父，如不早除，祸害无穷。两个哥哥便哄刘梅到难冒冲摘杨梅，将她推下悬崖，所幸一棵古松将她托住。广西八标屯猎人闻听哭声，连忙救起刘梅，歌声做媒鹰作证，刘梅就和救命恩人结为夫妻。二人勤劳持家，生活美满。一日刘梅遇到熟人，听说两个哥哥败光家产，她托人把母亲接来安度晚年。刘金、刘二厚着脸皮到妹妹家去认错讨饭，说从今再不信命，勤恳做人。刘梅夫妻给了两个哥哥钱粮衣服，让他们回去开荒种地，重建家园。

聪明的妻子

侗族巧媳妇故事。采录于广西。

有一天，妻子让丈夫去卖马。城里的秀才买下这匹马，见他老实，便不给钱，说道："改天来取钱。我姓不冷不热，家住四街口。"丈夫回家去一说，妻子听出秀才想赖账，便有了对付的办法。第二天，这个丈夫到十字路口，大喊："温秀才，还马钱来！"温秀才吃了一惊，心想他如何能指名道姓找上门，叫进屋去一问，才知是他妻子教的。温秀才付了钱，又把熟肉和生大葱包好，送给他妻子。他妻子见了很生气，知道这是挖苦她"生葱配死肉"，于是备了几个寡鸡蛋送给温秀才。温秀才接过礼物，哑口无言，分明是骂他"尽做缺德事，要断子绝孙"。

摸 锄 把

侗族懒汉故事。采录于贵州。

满满好吃懒做，他爹娘死后，便坐吃山空。有一回，他去找算命先生算八字，先生说他是土命，富贵无法估量，如能把锄头把子摸光，一生不愁吃穿。从此满满成天在家摸锄把，站着摸坐着摸，睡觉也在被窝里摸。锄把子摸得油光滑亮，可眼看无米下锅，衣服还是几件旧的。第二年他去责问算命先生，算命先生听完他的话后大笑道："我叫你拿锄头是下地干活儿，你在家摸，就是摸一辈子，又有何用啊！"

老虎求医

侗族人与动物故事。采录于贵州。

从前山上有一对老虎，母虎生病发烧，公虎就出外去找医生。它找到一个采药草医，向他三磕头三作揖。草医见虎不像要吃人，就问它是否有事要帮忙。老虎点头，于是他跟虎来到岩洞。经过检查，他发现母虎被竹竿刺穿的脚掌化脓溃烂，立即拔出竹竿敷上草药，天天为它擦洗换药。几天后母虎能行走，草医就辞别回家。公虎悄悄跟在后面，见草医家贫，缺吃少穿，过几天便叼一袋米来放在门口，呼啸离去。到了冬天，草医母子冻得睡不着觉，老虎便叼两条被子放在门口。年关到了，老虎又给草医家送来猪肉、大米。每次离去，草医都叮咛："谢谢你啦！千万不要去拿穷人的东西。"此后，凡草医上山采药，老虎都主动回避，从不伤害他们。

◇侗族机智人物故事◇

卜宽的故事

侗族机智人物故事群之一。流传于贵州、广西、湖南各地侗族聚居区，在与侗家共居的壮、汉、苗族群众中亦有流布。故事主人公卜宽，又作"甫贯""卜卦"。贵州榕江侗家说他姓陈，少年时名叫哈巨，古州三宝（今榕江县车江寨）人；湖南通道侗家说他是通道人；广西三江侗家说他姓吴，年轻时叫郎耶，三江人。他很可能是一个虚构的艺术形象，不一定实有其人。他在各地侗乡广为人知，影响颇大，其故事大多以揭露土司、县官、州官，捉弄财主（包括故事主人公的财主岳丈）为题材，也有与乡亲逗乐的作品。代表性作品如《宝竹筒》《腌酸肉》《智取大水牯》《竹手杖换银手杖》《选鸡》《财主和鱼塘》《庙里吃猪头》《爱吃盐的青蛙》《牛上树》《智取羊群》。

腌　酸　肉

侗族机智人物故事。

长工们一向吃食非常不好，一个个饿得面黄肌瘦。有一天财主家杀了一头百多斤的大肥猪，叫卜宽砍来腌制酸肉（侗家喜食腌制的酸味食物）。卜宽偷偷捉了许多棉虫放在酸肉坛里面。过几天财主婆去查看，以为猪肉长蛆了，便假装大方，把肉拿给长工们吃。长工们知道其中的奥妙，吃到这坛长“蛆”的酸肉时，都差点儿笑出声来。

智取大水牯

侗族机智人物故事。

卜宽的妻子生了一个男孩儿，按照侗家的习俗，孩子满月时，外公家有钱的就要送一头大水牯和一些水田。可是卜宽的岳父是个爱财如命的大财主，他只送给外孙两条牛腿，还让卜宽给他家犁完地再把牛牵走。第二天卜宽到岳父家中挑了一头最壮实的大水牯，下地后他不仅不给岳父好好犁田，而且一再捉弄、挖苦岳父。他岳父无可奈何，只得又送他两条牛腿，让他把那头牛牵回家去了。

竹手杖换银手杖

侗族机智人物故事。

卜宽的老丈人有根银手杖，是他放账后利滚利收来的。这天他又要去高船、兴地收账，跑来找卜宽准备午饭，要卜宽跟他同去。丈人走后，卜宽让妻子蒸些糯米饭，自己到山上打来几只斑鸠烤熟，又取出几条腌鱼，分别包好，一路小跑去藏在收账的路上。次日一早，丈人拄着银手杖来了，卜宽顺手拿了根竹手杖一起上路。走了二十多里路，丈人饿得肚子咕咕叫，卜宽才说饭包忘了带，不过他的竹杖可以变吃的。丈人实在支持不住，只好叫他试一试。卜宽将竹杖扔在麻栗树下，丈人过去一摸，果然有包糯米饭。走不多远，他们又接连摸到腌鱼和香喷喷的烤斑鸠。丈人喜不自胜，一定要拿自己的银手杖换他的竹手杖。不久，丈人单独去收账。他走饿了，将竹杖扔进竹林，却没变出吃食，自己还差点儿被毒蛇咬着，一气之下把竹手杖扔进了山沟里。

庙里吃猪头

侗族机智人物故事。

大年三十，卜宽听见财主吩咐管家准备明天去敬神的祭品和香烛。半夜，卜宽抓了一只蝙蝠溜进神庙，把神像脖子锯断，中间安上一根钉子使头能够活动，然后躲在神像后面。大年初一清晨，财主、管家毕恭毕敬地把猪头、肥鸡等物端上供桌，燃香点蜡，磕头许愿。突然，他们听到几声刺耳的蝙蝠叫，财主以为神在发怒，便悄悄抬起头来，见神像的头在转动，吓得他和管家屁滚尿流，慌忙逃出神庙。卜宽乘机拿起猪头、肥鸡和穷兄弟过年去了。

爱吃盐的青蛙

侗族机智人物故事。

有个放田水收鲤鱼的季节，财主对长工卜宽说："把盐挑过仓门坳，不管哪个要盐都给。走远一点儿，卖个好价钱，销完老爷有赏。"卜宽走了老半天才过仓门坳，这时田里一群青蛙叫个不停，那声音好似在叫"要、要、要"，他心里有了主意，立即把那一担盐陆续全撒进田里。太阳落山时回到财主家，财主向他要卖盐的钱，他说明天去要。熬过一夜，财主跟他去收款，走了半天也不见人影。直到卜宽大骂因吃盐太多而死在田里的青蛙时，财主才知道是怎么回事，气得说不出话来。卜宽忙说："老爷，这帮青蛙一个劲叫着'要、要、要'，我是按照您的吩咐才把盐赊给它们的呀！"

牛　上　树

侗族机智人物故事。

卜宽小时候在财主家放牛。正值寒冬腊月，财主逼他把牛赶到山上吃"青的嫩的"，如牛吃不着，就扣他的工钱。卜宽把牛赶往山冲，找了几个山头，好不容易发现一蔸长满青嫩叶子的米椎树。他突然有了主意，"唰唰"砍下几根血藤，穿过牛鼻梁，套在树枝上。这时，财主踩着卜宽的脚印来了，他看见卜宽正拉牛上树，大水牯的前蹄已离地爬在树上，心疼得冲上前去。卜宽说："老爷，只有米椎树上有青的嫩的，牛不上树，你岂不要扣我的工钱？”财主看见大牯牛在活受罪，只好认输，再不提扣工钱的事了。

智取羊群

侗族机智人物故事。

年底卜宽到财主家结账领工钱，财主对他说：“你能设条巧计偷走我的羊群，不但付工钱，羊群也送你；要偷不走就莫想领工钱。”次日财主婆叫卜宽挑水，他乘机在火塘边拿走了火镰、火石、火绒，还在吹火筒上安了块芦笙的舌簧片。下午他向邻居借了一头羊，全家饱餐一顿羊肉后，便拿起羊皮、羊血等物摸进财主家。他把羊血倒进脸盆，羊肠挂在水缸沿，羊眼珠埋进火灰里，羊皮翻转铺在楼梯上，然后走进了羊棚。财主为防备卜宽偷羊，几天没有睡好，这晚正睡得香，忽听羊叫，赶快奔出房门，刚踩上楼梯，一脚滑到楼下。财主婆闻声点火，却找不到火镰、火石，摸着吹火筒，对火塘吹火，吹出声音却吹不出火，突然火塘里的两颗羊眼珠爆在脸上。她到水缸边，摸着一条“蛇”，退到脸盆架洗了把脸，踩上楼梯，一下和财主滑坐在一起。第二天财主听说卜宽已把羊分给穷人过年了，心想众怒难犯，只好忍气吞声把工钱算给了他。

陆本松的故事

侗族机智人物故事群之一。流传于贵州黎平、从江一带。故事主人公系文人型机智人物，其原型陆本松是清代后期黎平县肇兴的一个秀才。他聪颖诙谐，有正义感，不畏强暴，敢于同官府及各种邪恶势力抗衡，维护了民众尊严，受到侗家的赞誉。其故事大多是针对官家、财主、奸商的作品，如《十二岁考秀才》《跟县官算账》《姐姐告状》《智斗劣绅》《捉“强盗”》。

姐姐告状

侗族机智人物故事。

到了年关，陆本松看到姐姐家里没钱过年，突然宣布要收回父母陪嫁给他姐姐的田。他姐姐非常生气，就拉着他到县衙告状。打官司时，陆本松悄悄递给县官一袋银子，县官立即把田判给了他。姐弟俩一走出衙门，他立即跑回去对县官说他姐姐不服，要上府里去告状。县官生怕自己徇私枉法的劣迹败露，连忙修书一封让陆本松连同他送的银子一块送给府台大人。陆本松接过口袋一倒，倒出来的全是石子。他说把石头送去，府台大人肯定要罪上加罪。县官无奈，只好从内房取出一袋银子交给他。他转身把这袋银子交给姐姐，这时候他姐姐才恍然大悟。

捉“强盗”

侗族机智人物故事。

陆本松由远路到龙额寨头，身上只剩两个银毫，快没有盘费了。这时候他听放鸭娃崽说，田里是财主的鸭子，心里便有了主意。他去买了一只鸭子，扯下两根翅膀毛插在卖家门上说：“要是有人说我偷鸭，就拿这两根毛来作证。”他把鸭放进田里，让娃崽去报告财主有人偷鸭子。财主火急奔来，见陆本松在捉鸭，一把抓住就打。陆本松却喊道：“三捶三十两银子，我够用了。”财主听了奇怪，陆本松说：“我捉我的鸭子，你凭什么打人？按侗家规矩，错打了人不赔钱，我就要告你。”财主回头来数鸭，果真多了一只，陆本松又叫卖主拿羽毛来作证。财主怕告状，只好忍痛付给了他银子。

开甲的故事

侗族机智人物故事群之一。流传于贵州三穗、天柱、剑河，湖南新晃一带。故事主人公开甲系长工型机智人物，出自艺术虚构。其故事大都是嘲讽、揭露和捉弄财主的作品，短小朴质，富有幽默感和生活气息，如《三个条件》《来回挑粪》《监工扛牛》《三七二十一》《剃眉毛》《薅夜秧》《替哥哥要工钱》《吃肉当菜》《喂猪》《砍光利柴》。

来 回 挑 粪

侗族机智人物故事。

有一天开甲挑粪下田，挑了好多，刚坐下来歇气，财主柴某便过来说：“做这个活路只是挑去时累点儿，回来撮箕是空的，不费力气，实际上一天只做了半天活路。你再歇气我扣你的工钱！”开甲听了说：“好吧！以后挑粪一定来回都不空。”傍晚财主从外面回来，看见田里还是早上挑的那点儿粪，便训斥开甲。开甲慢条斯理地说：“你早上骂我挑粪回来撮箕是空的，我只好把粪挑去又挑回来，一天都在挑呀！”财主听了气得讲不出话来。

监工扛牛

侗族机智人物故事。

财主柴某总认为开甲不好好干活。有天开甲去犁田，柴某就派他的崽到地头监视，名义上还说是帮开甲赶牛。开甲干了一天，累得筋疲力尽，可那个崽还埋怨他犁得慢。收工时开甲说：“牛累了难赶，时间不早了，你是扛犁耙呢还是扛牛？”那个崽心想牛太大怎么能扛呢？便把犁耙扛走了。开甲在后面抽竹鞭赶牛，非常省劲。那个崽把犁耙扛到家时已累得直不起腰，他怕再去扛犁耙，连忙对他爸说开甲没怠工，以后不必监视了。

剃眉毛

侗族机智人物故事。

财主柴某爱钱如命，总是让开甲歇工时给他剃头，每月剃两次。柴某口吃，开甲就想法子对付他。有一次剃完头修面时，开甲问他剃不剃眉毛？他忙说：“剃……剃……剃……”开甲趁他还没把“剃不得”三字说完，便几下把他两边的眉毛剃光了，因此柴某无论走到哪里都被人讥笑。从此他再也不叫开甲剃头了。

天神哥的故事

侗族机智人物故事群之一。流传于贵州剑河一带。故事主人公天神哥系劳动者型机智人物。对于其原型，说法不一：有的说他的真名叫蒋天成，有的说他姓欧，奶名大狗天神。其故事大多描写现代生活，以嘲讽、鞭挞财主、官吏和其他邪恶之辈为主要内容，乡土气息浓郁，颇有风趣。代表性作品如《烧马蜂》《一个钱送礼》《你赴神仙宴，我吃肥油鱼》《敬献鲜鱼汤》《巧治馋嘴狼》《误吃“毒”包子》《三难张耀麻》《借谷对诗》《一双长草鞋》《他有一杯了》。

一个钱送礼

侗族机智人物故事。

有一年腊月底，天神哥向钱财主借粮食过年，甘愿打工还债。立字据时，钱某强迫天神哥对诗，提出他赢了可以免债，输了加倍还工。钱某吟道：“你耸（方言，馋的意思）也只有这样耸，你穷也只有这样穷。你如果不是这样耸，你也就不会这样穷。”天神哥立刻回敬道：“你刮也只有这样刮，你发也只有这样发。你如果不是这样刮，你也就不会这样发。”吟罢马上撕了借据，挑着粮食就走了。不久钱某的远房兄弟娶亲，请他去当账房，他借机在发给天神哥的请帖上加批几句话：“你来说明你贪吃，你不来说明你小气。来与不来由你自己决定。”到婚礼这一天，天神哥送了一个礼包到账房，钱某打开一看，只有一枚铜钱，包纸上写：“你收说明你贪财，你不收说明你嫌少。收与不收由你自己决定。这杯喜酒我是吃定了！”钱某气得翻白眼，天神哥已坐在酒席上猜拳、唱歌了。

◇侗族寓言◇

牛马换活路

侗族动物寓言。采录于贵州。

牛耕田、马推磨是农家牲畜的活路。但是天长日久，牛嫌终年日晒雨淋，一直和泥巴打交道；马嫌自己整天在小磨坊被蒙起眼睛，没完没了地围着磨盘转，它们都觉对方的活路舒服自在。有一天，牛和马商量交换着做活路，老牛拉磨用劲小了磨子不转不动，用劲大了会把磨盘拉翻，搞得晕头转向；黑马拖着犁耙耕田越拖越重，累得骨头都要散架了。它俩都后悔不该交换活路，认为还是各干各的好。

大树和藤藤

侗族植物寓言。采录于贵州。

大树看见一棵藤藤很娇嫩，就小心护着它。藤藤渐渐长大了，它爬到大树的胸口上，大树就让它挺起腰杆自己长。藤藤说："大树公公，谢谢你扶着我，我才有今天，我的腰杆还不太硬，你老人家还要帮帮我呀。"在大树的保护下，藤藤一天高过一天，后来竟爬到大树的顶上，比大树还高出一头。大树心里面感到宽慰。不料藤藤问道："大树，大树，今天我俩哪个看得远？"大树说："当然你比我看得远。"藤藤很高兴。过几天，它又问："大树，大树，今天我俩哪个靠哪个？"大树听了非常生气，不耐烦地说："只有天晓得，地晓得，你晓得，我晓得！"

瑶族故事

◇瑶族幻想故事◇

百 鼠 衣

瑶族田螺女型故事。采录于广西。

有一回，青年东心立甲下海为龙王治病，取下了龙王舌根上的钓钩，敷上草药，龙王很快就痊愈了。龙王赠送他金银珠宝，他都不要，只要玻璃缸里的小金鱼。小金鱼是龙王的小女儿，带回家后，天天帮他做饭做家务。他弄清真相后，把玻璃缸打碎，和龙女结为夫妻。婚后，东心立甲不下地，每天都不愿意离开龙女。龙女就画了两张自画像，让他挂在田头。后来画像被狂风刮进皇宫，皇帝看到美人，立即派人查访，把龙女抢进皇宫。离家时，龙女留下妙计，让东心立甲挖一百只芒鼠，用鼠皮缝制衣服去皇宫救她。熬过冬春，东心立甲缝成一件百鼠衣，反穿在身上来到皇宫。这时猎犬狂吠，龙女见到便笑了。皇帝看见闷闷不乐的龙女这么高兴，就把东心立甲叫进宫，脱下龙袍与他交换。龙女趁机放出猎犬，将身穿百鼠衣的皇帝咬死，夫妻立刻双双离开了皇宫。

甘 基 王

瑶族怪孩子型故事。采录于广东。

瑶山弓箭手谈花单在王宫当兵头十多年，有一次回家探望妻子，看见一个少年在射水中游鱼，百发百中。他让少年射他狂奔的马腿，竟一箭射中了。马负伤扑地，他怒将少年捆在大石头上，少年竟被晒死。原来这个少年是他的儿子，晒死后化作一股精气又回到母亲体内。母亲怀孕三年，生下个蛤蟆，取名“甘基”。这年么理国派兵侵犯，国王包麦六昭告天下，如果有勇士打败入侵者，就入选为驸马。谈花单吃了几次败仗，回家散心，见到蛤蟆儿抽刀猛砍。甘基跳上桌子对父亲说，他有本事打败么理国。甘基到王宫，打败了兵勇千万。国王见他武艺高强，便任他挑选兵丁去出征。么理国兵马几下便被他打败了，甘基穷追到兵营，纵身跃上树尖，呼风唤雨，打得兵勇无处藏身。他又跳到地上，从火塘里面含起火炭，飞身进王宫放火焚烧，把么理国王和将士全部烧死。得胜回朝后，国王不肯把女儿嫁给蛤蟆。甘基进宫，脱掉蛤蟆皮现出英俊的模样。国王问他为何要穿难看的蛤蟆衣？他说是天神所赐宝衣，穿上就能施展法术。国王换上宝衣想试试法术，谁知穿上脱不下来，变成一个癞蛤蟆跳进水沟里了。甘基穿上龙袍和三公主成了亲，过上幸福美满的生活，大家称他“甘基王”。

野人婆和冬冬

瑶族狼外婆型故事。采录于湖南。

有一回，冬冬的爷爷奶奶出门了，冬冬一人在家。野人婆来敲门，无论怎么哄冬冬就是不开，野人婆便用棍子把门撬开了。冬冬急忙躲上楼，把楼梯扯上去。野人婆烧火煮饭，烧得烟雾冲天，冬冬乘机放下楼梯，跑到院里的柚子树上。野人婆不会上树，冬冬教它“头在下、脚朝上，往上爬”，然后摘下柚子往它的脚上、屁股上使劲砸。野人婆终于爬上树，冬冬灵机一动，帮它梳乱发，一缕一缕地扎在树枝上。冬冬跳下树拼命往前跑，野人婆动不了，冬冬找到爷爷奶奶，一起打死了野人婆，从此再也没有野人婆来吃小孩儿了。

会唱歌的果狸猫

瑶族两兄弟型故事。采录于广东。

有两兄弟，父母早亡。哥哥娶了媳妇，给弟弟一把斧头便把他赶出了家门。弟弟在寨边搭起茅屋，在路上遇到的一个老爷爷指点下，起早贪黑砍柴烧炭，日子渐渐好起来。有一天他挑木炭上集市，走到树下歇息时，一只果狸猫从树上下来，走到他身旁，居然向他点头唱起歌来。他带果狸猫走到桥上，一个财主不信猫会唱歌，愿用一群猪和他打赌。果狸猫抖动身子欢唱，财主只好把一群猪给了他。他把木炭送给财主，赶着猪回到家里。哥哥也想去碰运气，果狸猫却不肯唱歌，哥哥将猫打死丢在桥头。弟弟去寻找，丢猫的地方长出一棵树，摇一摇树上掉下许多金银。哥哥也用力去摇，树上掉下无数毛毛虫，他便把树砍倒来泄愤。弟弟把树扛回家，做成喂猪槽，喂的猪肥又壮。哥哥拿去喂猪，猪身上长满疮，他便把猪槽塞进火塘当柴烧。弟弟从火塘中抢出残片做成梳子，梳得头发光亮有香味。哥哥拿去梳得满头长疥疮，又把梳子丢进火塘。弟弟在灰里找到一根梳齿，做成鱼钩，一会儿钓起几大箩鱼。哥哥拿去，钓上来的全是水蛇，一气之下将鱼钩扔进河里。龙王化身大鱼不慎吞下鱼钩，痛得龙宫不安宁。三公主扮成瑶妹上岸寻医，把弟弟带进宫治好龙王。龙王搬来龙宫所有珍宝，任他挑选，他只看上含情脉脉的三公主。为报答救命恩人，龙王答应把三公主嫁给他。于是，弟弟带着三公主离开龙宫，回到家乡过着幸福美满的日子。

隆斯与三公主

瑶族奇事故事。采录于云南。

青年神猎手隆斯因交纳不齐瑶王所要猎物数目，被罚进王宫做苦工。瑶王有三个女儿，大公主、二公主都已嫁给权贵人家，只有美丽善良的三公主要自己选择丈夫。她的条件是：谁能使她抬起头来，她就嫁给谁。富家子弟踏破门槛，她都不搭理。一场暴风雨把瑶王宫打得漏了雨，瑶王命令隆斯去修理。他修到三公主房顶上时，掀开瓦看见三公主在低头绣花。隆斯假意失手把瓦片摔下去，三公主没有抬头。三公主早闻听隆斯神猎手的美名，也想试探他。隆斯又划破手指，鲜血滴在三公主头上。三公主立即撕块缎子用竹竿捅给他，却不抬头。隆斯说够不到，三公主又踩椅子又蹬桌子，眼看碰到隆斯脚尖，他仍喊“再举高点儿”。三公主忍俊不禁，便抬起头来，发现隆斯正看自己。于是，两人倾诉了爱慕之情。瑶王为阻止穷小子，提出“要有能压倒宫楼的金银”和“能用绸缎铺设到王宫门口”的苛刻条件。在白发仙翁的帮助下，隆斯一一办到了。最后，瑶王提出要建一座与王宫一样华丽的宫殿，才能迎娶三公主。在三公主的巧计帮助下，隆斯赌赢了大头人石宗家和王宫一样大小且富丽的房子，终于和三公主成亲了。

金鸡的故事

瑶族奇事故事。采录于广东。

有个新媳妇，丈夫出门做工后，家公让她每天上山开荒，晚上带一挑柴回来。新媳妇睡的床板摊在地上，没有支床木凳，她便不挑柴，每天带一块方石回来。有个陌生人，出百两银子买下了门外这堆石头，并就地挑柴架锅煮起来。新媳妇好奇，趁陌生人睡着，天不亮就到灶旁揭开锅盖。只见一块石头裂开，一只金鸡飞出来撞入她怀里。她赶忙盖好锅盖，把鸡抱回房放在床上。她抓些米撒在床上，金鸡吃完拉出一块银子，说道："谢谢你从炉灶里救出我！请你每天喂我四两食，喂白米拉四两银子，喂玉米拉四两金子。"果然，媳妇得到许多金银。她把好消息告诉家公，要去外地接回日夜思念的丈夫。新媳妇一走，家公想：这个蠢货，一天喂八两玉米，岂不就得八两金子？我就发大财了！哪知，他喂完八两玉米，等待拉金子时，金鸡两腿一伸胀死了。家公不死心，便雇人上山背石头自己来煮。他打开箱子，里面的金银都已变成了玉米、白面。

蓼 兰 仙 子

瑶族传奇故事。采录于湖南。

汉江源的过山瑶，靠变卖蓝靛过日子。那里座座木楼前有靛池，条条冲沟种蓼兰。山霸王谭五驼子要山民交蓝靛做山租，自己开染坊发大财。这一年兰开老得病，让女儿兰秀挑靛去交山租。谭五驼子看上年轻貌美的兰秀，便派人上门说亲，逼兰秀做四房小老婆，不答应就要全体山民加倍交山租。谭五驼子拥着花轿来接亲，兰秀拍打着一池蓝浆说："瑶家规矩，过得靛池到百年。"怕死的谭五驼子要兰秀走前面，兰秀是蓼花仙子所变，轻轻走了过去，连鞋子也没打湿；谭五驼子放心走进去，一下就陷进蓝靛里没命了。大家把靛池戽干，池里找到一只鹰嘴龟，蓼花仙子早已回天上去了。后来瑶民收获蓼兰时，都要杀只鹰嘴龟祭拜蓼花仙子。

盘仔找妈妈

瑶族奇事故事。采录于云南。

盘仔跟着父亲长大，听寨子人说，他的妈妈七仙女不是凡人，便吵着要去找妈妈。父亲带他到林中找到金鹿，请求金鹿帮忙。九月九，雨后天空出现长长的彩虹，盘仔喊着妈妈，和父亲顺着彩虹向上爬。七仙女听到儿子的呼唤，连忙把他们拉上天。经七仙女指点，他们来到天宫，一只獠牙野猪猛扑过来，盘仔哭着喊外公。野猪变成外公，领他们与七仙女团聚在一起。他们请求带七仙女回人间，外公要试探他们的本事，于是变成蛀虫躲进扁担里，又变成黑蝴蝶藏进兰花里，都在七仙女的帮助下找到了。外公不死心，要烧山开荒，让他们上山挡火，企图烧死他们。七仙女给盘仔毛巾，把烈火扇到山下。外公又带他们放水灌田，深夜爷孙仨睡在山岩边，外公趁他们睡着，一脚将父子踢下岩子。父子二人看出破绽，将戽斗放进被里，躲进了岩洞。外公无可奈何，最后让七位仙女把手伸出天宫窗外，让父子辨认。盘仔抓住母亲热乎乎的手，终于把妈妈带回了人间。

盘金妹招郎婿

瑶族奇事故事。采录于广东。

有一次，盘大娘的女儿盘金妹招郎婿，要当面相亲。她提出“不图荣华富贵，只要龙珠一双”的条件。众多有钱子弟都怕凶龙不好惹，只有穷汉赵如龙要去一试。他跋涉七天七夜登上金龙山，射杀了巨龙，得到一对龙珠。但他用龙珠先救别人之急——在村庄井边，他掏出一颗龙珠投入井里，干枯的井口冒出了清泉，使禾苗得救；他回到茅屋，将另一颗龙珠塞进独眼婆婆的眼里，使她眼睛复明。赵如龙两手空空来见金妹，讲了事情经过。金妹拍手称赞，说两颗龙珠算她收下了。盘大娘又提了一些独出心裁的结婚条件，赵如龙心灵手快，件件事都办得很好，终于同盘金妹结为夫妻，人人夸赞盘大娘招了个好婿郎。

吉冬诺

瑶族奇事故事。采录于云南。

聪明美丽的姑娘妹聪和青年猎手阿杰对歌相爱，却被迫嫁给女头人金荣姑的独龙仔才保。她到金荣姑家里后，受尽婆婆的虐待和辱骂。她从此像个哑巴，不说一句话，没有一丝笑容。有一天金荣姑招待宾客，这天恰好是妹聪和阿杰定情的日子，她因为思念阿杰，手脚比平日慢了许多。女头人又气又恨，便要无能的才保和她离婚再娶。妹聪离开了狼窝，走到当年与阿杰交换信物的红枫坳青草坪，突然一只小鸟飞来唱个不停，她便放开嗓子唱了起来。跟在后面的才保求她回心转意，她毅然唱歌回绝。才保自讨没趣，只好回去。妹聪的父亲说她乱讲乱唱，被人抛弃，将她毒打一顿。妹聪含泪去找阿杰哥，方知他早已气疯死去，变成一只吉冬诺鸟。想起刚才遇到的小鸟，她惊叫一声倒地死去，死后也变成一只吉冬诺鸟，飞去寻找心上人。

达卜和达亚

瑶族奇遇故事。采录于广西。

有两兄弟出外闯荡世界，遇到土地公，就询问何地是安身之处。土地公说："听见狗叫，就能找到人；没狗叫，有人也莫进屋。"弟弟听从教诲，再渴再累也不停歇，独自走到半夜。他到江边听到了狗叫，过石桥遇上木楼里的田螺姐妹，并与螺妹结了婚。哥哥不听土地公指点，被化作挑水姑娘的猴精骗进岩洞，折磨得不成人样。弟弟来救他，他反而恩将仇报，将弟弟陷在深井里。弟弟靠带去的黄狗每天丢东西下井才未饿死，后得岩鹰的帮助飞出洞来。弟弟回到家，田螺姐妹方知被哥哥的假话蒙骗，气得两眼冒火，吹口仙气把哥哥变成了石头。两姐妹都和弟弟成了亲，过着安稳自在的生活。

白石郎找神牛

瑶族宝物故事。采录于贵州。

瑶山少年白石郎非常喜欢吹笛子。有一天，白石郎在夹柄坡放牛时，他的水牛被财主用大石砸死了。白石郎急得号啕大哭，放牛的同伴对他说，有了神牛就不用发愁了。只要找到神竹做成笛子，神牛听到笛声就会自己跑来。于是，白石郎便独自进入竹林去寻找神竹，在黑夜中发现了远处的夜光烛。他拔出菜刀，砍竹制弓箭，走了一天一夜来到夜光烛的地方，射死二狼，找到了神竹。他砍一节神竹做成笛子，吹响竹笛，十分动听，引来了百鸟群兽。最后神牛也出现了，他跨上牛背，飞回自家院里，爹娘高兴极了。春耕时节，白石郎带着神牛去野外开荒，一个早晨便开出满坡荒地。消息传进财主耳朵里，硬说白石郎欠了财主家五十两银子，要拉神牛去抵债。晚上白石郎吹起神笛，神牛立刻冲垮财主家的围墙，跑回白石郎家来。财主随后把白石郎连神牛一起拉走，强迫白石郎替他放牛。白石郎架好神牛，飞快犁田，泥土唰唰下沉，泉水上涌，财主顷刻间沉下去淹死了，财主家的大片田坝也变成了无底的烂泥塘。

两姊妹遇到老虎精

瑶族精怪故事。采录于广西。

瑶妹媛西和媛娇，漂亮又高傲，来求婚的人她们一个都看不上，找了三年也没找到如意郎。一天晚上，她俩在竹楼里谈论去东寨找情人的事，被两只进寨偷猪的老虎精听到了。第二天她们打扮好出门，走累了正要歇凉，看见山路上走来两个浓眉大眼的英俊小伙子。俩人兴奋得上树藏起来，准备捉弄他们一下。俩人挑逗着小伙，相互对着情歌，一直唱到太阳当头。两个小伙子说："心爱的姑娘，我们把心交给了你们，快下来吧。"姑娘娇滴滴地要他们上来。小伙见姑娘再三哄不下来，就摇身变成两只凶恶的老虎，逼她们下来。老虎用锋利的牙齿拼命啃树，大树不倒；一只老虎化作农夫进寨子借来斧头，二虎轮番砍树。大树倒下，压死一只老虎，另一只发现姑娘已躲到旁边树上，又抡斧继续猛砍。两个姑娘在摇晃的树上吓得大声喊救命，幸遇赶来的老猎人将老虎一枪打死。猎人听罢两个发抖的姑娘的叙述，便说："姑娘，你们不能给老虎精的外貌和歌声迷住啊！"两姑娘悔恨交加，羞愧地回去了。

八个沙瑶妹

瑶族除妖故事。采录于广西。

从前有八个沙瑶妹上山采花，碰到了一个老妖婆。老妖婆想骗她们交出身上的小刀，到天黑把她们统统吃掉。小妹看出破绽，决定随机应变。老妖婆又让沙瑶妹替她捉虱子，小妹要她上树去捉。小妹假装捉虱，暗中将她的头发缠在树上，又故意把梳子扔下树去。八姐妹借拾梳子的机会，纷纷下树逃跑。老妖婆忙往下跳，头发挂在树枝上，血淋淋扯掉一层头皮。小妹又扮成少年挑来一担石灰，说是治烂头的药。她给老妖婆敷上石灰后，老妖婆痛得满地打滚，挣扎了一会儿便死去了。

◇瑶族动物故事◇

穿山甲中计

瑶族动物故事。采录于广西。

老虎想捕获正在找食的穿山甲，便诱骗穿山甲说自己身后的泥土里有很多蚂蚁，想等穿山甲靠近时扑上前捉住它。穿山甲蜷作一团，老虎咬不动，割得满嘴是血。老虎又说要跟穿山甲比武玩耍。穿山甲不知是计，就敞开胸脯，告诉老虎自己并非全身甲片。老虎乘机步步靠近，大叫一声，朝穿山甲的胸脯咬去，“咔嚓咔嚓”咬得穿山甲只剩一堆甲片。

老虎和萤火虫较量

瑶族动物故事。采录于广西。

老虎想吃萤火虫，就先去和萤火虫交朋友。一日，它们比胆量，萤火虫躲进柜中，老虎吼得天动地摇，萤火虫没被吓倒，却看出老虎的用意。轮到老虎进柜子时，萤火虫搬来大堆干柴草，用自身的火镰一次次打出火花，火势渐渐变大，老虎吓得乱撞，最后被烧死在柜子里面。从此，小小的萤火虫闪着火花，猛兽们都不敢接近它。

蚂 蚁 上 当

瑶族动物故事。采录于广西。

有一天，蚂蚁在草地上找食物，穿山甲伸出又细又长的舌头，说它的口水比蜜甜，愿意请所有的蚂蚁来品尝。蚂蚁见穿山甲非常热情，一尝味道也不错，立刻去唤来黑压压的一大片同伴，美滋滋地爬上这穿山甲的舌头吃口水。穿山甲见时机已到，连忙把舌头一缩，这些蚂蚁都成了它的佳肴。

想吃乌龟的狐狸

瑶族动物故事。采录于广西。

有一次，狐狸和狼一块去寻找吃食。狐狸发现一只乌龟，就设法把狼支开，独自来到河边。狐狸去吃乌龟，乌龟说：“你不要吃我，我把你送到对岸去，那里有山羊、兔子任你吃。”贪心的狐狸十分满意，立即骑到乌龟的背上，让乌龟赶快游过去。乌龟游到河中间，迅速往下一沉，狐狸不会游水，很快就淹死了。

蚂蟥的回答

瑶族动物故事。采录于广西。

蚂蟥没有眼睛，游水时全靠嘴巴来探路，鱼儿们见了都讥笑它。斑鱼讥笑它是没眼珠的软骨头，鲤鱼骂它是水族的败类，塘角鱼要把它赶出水国。蚂蟥立即回答道："我虽然没有眼睛，可却从来没有上过鱼钩的当！"鱼儿们听了，一个个哑口无言。

◇瑶族写实故事◇

三兄弟学乖

瑶族讽刺故事。采录于云南。

财主有三个儿子，从小宠爱地关在家里，不许和别家孩子玩耍。孩子长到十七八，想出去见世面，学点儿乖。财主便给每人一百两银子，让三人分头出发。老大见一猎手用弓箭射中一只山鸡，好奇地问："这叫什么？把线一拉，山鸡就跌下来了。"猎手见他一身绸缎，白白胖胖，就说："这条线是弓弦，箭搭弦上对准山鸡射去，就跌下来了。"老大买下弓箭跑回家去。老二走进村里，见补锅匠的炉子旁有个圆木箱，木箱鼻子伸进火炉，一拉就响个不停，很好玩。补锅匠教会他补锅技术，他付了钱，抱起风箱火炉就往家跑。老三走到红河边，见船上有人在叫"真糟糕！不成了！"过了河船夫告诉他，这是在说官话。他一两银子没花，学了两句官话，转身回家。财主把三兄弟夸赞一番，正说着，一只苍蝇飞到鼻尖上。老大马上张弓搭箭，"嗖"的一声，把财主的鼻子射掉下来；老二立刻拉起风箱，烧红铁水给财主补鼻子；老三慌忙说："真糟糕！不成了！"财主满脸是血，一下昏死过去。

找能干丈夫

瑶族讽刺故事。采录于广西。

有个自以为是的姑娘，找丈夫的条件非常苛刻，插秧能手、垦荒能手来求婚，都被她说得一无是处，打发走了。由于她的高傲，小伙子都不向她求婚了，到二十八岁还没有婆家，她急了，就出门去找。一次她走得肚饿眼花，被野藤绊倒，跌昏在山路上。有个浪荡仔走过，将她救醒，讲了一番早已编好的谎话，使她感动流泪。于是，她认为自己终于找到了能干丈夫。

金丝猫和龙凤瓢

瑶族巧媳妇故事。采录于广西。

财主见水保把柴担歇在他家院墙脚，去对面粥铺喝粥，便乘机将死猫压在柴担下面，硬说水保压死了他家金丝猫，要勒索银子五百五。水保闷闷不乐回到家中，妻子安慰他，说有办法对付财主。她把木瓢涂上油漆系上金丝线，等财主来取银子时，放在门槛里。财主进门，一脚把木瓢踩成几片。她故意惊叫："这是我家龙凤瓢，要值银子六百六！"财主和水保夫妻争吵，村里人来评理，都说猫主应赔瓢主一百一。财主无理，只好灰溜溜走了。

瑶山大力王

瑶族豪侠故事。采录于广东。

乐昌知县想找一个武艺高强的武士当班头，命令使者四处去查访。使者来到瑶山，访得一位大力王。大力王一心为国出力，他右手端起水缸大的石酒壶，又把舂米的石臼放在磨盘上，用左手托起，向使者敬酒。使者见这千斤重的"酒具"暗吃一惊，推说酒该敬给知县大人。于是，大力王便托着"酒具"走了一天一夜，气不喘酒不洒，来到了知县府。知县看看石臼里的酒，足有百十斤，吓得说："就算本官为你洗尘，请自酌吧。"知县让他在兵器架上选一件战斧砍树，想试一试他的武艺。大力王未瞧战斧半眼，挥掌一劈，大树立刻轰倒。知县吓出一身冷汗，心想：他能保我倒好，但有不顺他意，反将起来，我百死无生。他连忙转身对大力王说："勇士武艺超凡，请另觅高门吧。"

◇瑶族机智人物故事◇

卜合的故事

瑶族机智人物故事群之一。流传于广西巴马、凤山一带。故事主人公卜合系农夫型机智人物，出自艺术虚构。其故事大多以反剥削为主题，以捉弄、嘲讽故事主人公的财主岳丈的作品最为突出，如《祝寿》《答礼》《神仙竹筒》《卜合治禾》《自滚锅》《千里马》《如意衣》《还魂棍》《神猪笼》《游龙宫》。

神仙竹筒

瑶族机智人物故事。

卜合的岳父对佃户格外凶残、狠毒，这年遇上天灾，佃户们更是活不下去。穷乡亲们来找卜合帮忙，卜合很快想出了一条妙计。第二天卜合的妻子回娘家，假装关心父亲，巧妙地套出卜合岳父埋藏银子的地方。随后卜合去到岳父家炫耀自己的“神仙竹筒”，并且与岳父打赌，用“神仙竹筒”找出了岳父埋藏在园里的两缸银子，高高兴兴地拿回家去。穷乡亲们用卜合分给他们的银子交了地租，并且借鸡骂鸭，把卜合的岳父狠狠地挖苦了一番。财主挨了骂又不好发作，只好把一窝子气往肚里装。

卜合治禾

瑶族机智人物故事。

有一年，卜合岳父田里的禾苗长得很不好，便去问卜合有什么办法补救一下。卜合让他杀一头牛，把熟牛肉切好放进田边那棵大树的洞里敬神，祈求护禾神保佑。他岳父无计可施，只好照办。卜合在岳父出发之前，早就在那棵树的树洞里藏好了，脸上涂得黑麻麻的。他岳父来叩头敬神，把牛肉一块块往树洞里送，送完牛肉竟把牛肉汤也往里面倒，淋了卜合一头。卜合气得跳出来卡住他岳父的脖子，岳父立刻扔下桶逃回家中，吓得生了一场大病。

◇瑶族寓言◇

丑姑娘达里

瑶族人事寓言。采录于广西。

有一次，丑姑娘达里换上新衣，跟着爸爸去表哥家吃喜酒。她来到泉水边，遇到一个老阿婆，用芭蕉叶泡泉水替她洗脸，使她一下变成全寨子最漂亮的姑娘。达里听到众人夸赞，得意忘形，爹妈让她砍柴、挑水她不愿干了；青年迪努向她求亲，她不看在眼里。迪努说要去找天下最美的姑娘求亲，达里又去找老阿婆，将她变成天下最美的姑娘。迪努再来求婚，她还是不允。迪努说七仙女比她更美，她再求老阿婆帮忙，老阿婆立即让她恢复了原貌。她悔恨交加，在泉边化成了一块有麻点的石头。

喜 鹊 筑 巢

瑶族动物寓言。采录于广西。

喜鹊的巢做得最好，大家都来请教。喜鹊从头做起，要求大家仔细看。它刚做一块泥饼，画眉就喊："我知道了，这不是很容易吗！"随即飞走了。喜鹊又取一些短枝放在周围，老鸦说："横竖就是摊一些泥，围一些树枝，我知道了。"也飞走了。喜鹊又加泥抹光再续些小枝，麻雀叫着："学会啦！"也飞走了。喜鹊又取来羽毛、细茸草铺在窠里，才算最后完成。那些鸟雀各自学了什么样回去，后来就把窝做成什么样；只有小燕子从头到尾细心学，所以它做出来的巢又牢固又好看。

鸭 子 孵 蛋

瑶族动物寓言。采录于广西。

鸡鸭在一起时，鸡总说鸭子不会孵蛋。鸭子很不服气，就自己垒窝孵起蛋来了。才蹲了两天，鸭子便感到非常不舒服，于是便下窝去活动活动。从此以后，鸭子一天蹲窝，三天玩水，过了两个月也没有孵出一只鸭崽来。后来它想：我用嘴巴把蛋壳啄开，小鸭不就出来了吗？于是，鸭子用它那又圆又扁的嘴巴狠狠地啄破蛋壳，可是出来的并不是鸭崽，而是臭蛋浆。

蜻蜓找工作

瑶族动物寓言。采录于广西。

蜻蜓练就了"点水"的本领，要出去找一份满意的工作。蜜蜂让它一起采蜜，它嫌太辛苦；蜻蜓让它一起除虫，它觉得太脏；鱼儿让它一起到海底去探宝，它以为钻到海底埋没了自己。蜻蜓找来找去，对什么工作都觉得不称心如意，于是它终日抱怨自己“怀才不遇”。

白族故事

◇白族幻想故事◇

神　笛

白族宝物故事。采录于云南。

牧童腊月生能够吹一手好笛子，人称“韩湘子”。有一次，他的牛跑进财主地里被打死了，他十分伤心。有人告诉他，神山上有条神牛，一天犁田八千亩，一夜犁地八百亩，谁找到神笛，就能够找到神牛。腊月生历尽辛苦，砍下金竹做成笛子，用悠扬的笛声引来了神牛。他和父亲赶着神牛去犁地，一袋烟工夫就犁了一大片。财主知道后，一定要腊月生牵神牛去为他家犁田，神牛犁得飞快，财主挥舞鞭子还要喊快。神牛越犁越快，转一圈地就陷下去一截，最后把整块坝子都陷落下去，变成白茫茫的海子。贪心的财主被淹死了，神牛驮着腊月生跃出海子回到了家乡。

曲　蟮　龙

白族奇事故事。采录于四川。

从前有一个打柴郎天天上山，路过水塘时常常坐下来歇气、吃饭粑坨。塘里有一条曲蟮，打柴郎每天都丢饭粒给它吃。曲蟮渐渐长大了，后来他丢一把，再后来丢半个饭粑坨给它吃。曲蟮越吃越大，直到瓷盆那么大，他供不起了，便对曲蟮说：“看来我们只好各自找吃的了。”一天，打柴郎梦见曲蟮对他说：“好心的大哥，我要走了，明天你把三间房打扫干净，我要报答你。”打柴郎打柴回家，看见三间屋都堆满金黄的谷子。这时，很多人家发现地里的谷子不见了，县衙查到打柴郎家，将他重打五十大板，要他招认。他一口咬定自己没偷，便被关进大牢，限他三天不招就要砍头。曲蟮又来给他托梦，告诉他到时候如何行动。第三天动刑时，果然从大堂中间冒出三根粗笋子。他抱住中间一根，双脚蹬断两边两根，慌忙中，他把中间一根也掰断了。从三根笋里冒出三股大水，淹没了县城，变成海子。

海东村的邋遢姑娘

白族奇事故事。采录于云南。

海东村有个姑娘，从小父母双亡，一直跟着奶奶过日子。因为她长得丑，小伙伴叫她“邋遢姑娘”。看守梨园的小伙子见她心地善良，不嫌弃她丑，慢慢就爱上了她。春天到了，奶奶的娘家做斋事，让她去送佛礼。在回家路上，她跳进龙潭洗澡。由于得到龙王公主的帮助，她突然长出青丝，渐渐变得漂亮起来。她的美貌被前来选美的亲王发现，立即把她抢进宫里。果园小伙子祈求观音搭救他心爱的姑娘。观音于是送给他两件绿色羽衣，他穿上一件，变成了一只绿色鹦鹉飞到京城里面。他在王宫后花园找到姑娘，让她穿上另一件绿色羽衣，也变成一只鹦鹉，双双飞回家乡。后来，这个姑娘为乡亲们做了许多好事，受到了大家的爱戴。

啊 呀 呀

白族奇遇故事。采录于云南。

从前，有个农民上山砍柴，斧头砍着手，疼得大叫一声“啊呀呀！”这时，一个自称“啊呀呀”的怪物立刻出现在他面前，说道：“你既然叫了我的名字，就得把女儿送给我，不然全村人就要遭殃。”为使全村人免遭祸殃，他的女儿小英便主动上山去找那个怪物。啊呀呀把小英带进山谷，要和她成亲。一只被啊呀呀射伤抓来的孔雀帮小英找到两处湖水，在一处湖里面洗澡后，人会变成动物；在另一处湖里面洗澡后，动物会变成人。小英要求啊呀呀跳进湖里洗澡，变得漂亮些才同意结婚。啊呀呀洗了澡变成豺狗，逃进森林。孔雀跳进另一个湖里，变成一个英俊小伙子，和小英结为夫妻，过上幸福的日子。

艾蒿和荨麻

白族狼外婆型故事。采录于云南。

有一回，大甄板和二甄板的阿妈出门去了，老妖婆冒充外婆到家里来，半夜吃掉了二甄板。大甄板发现了危险，赶忙假说撒尿逃到房屋外面的花红树上躲起来。老妖婆拉动拴大甄板的绳子，发现绳子拴在了大母猪脚上，立刻出门找到了大甄板，哄她从树上下来。大甄板骗老妖婆取来铁棍打花红，趁其不备扔下铁棍砸死了老妖婆。老妖婆倒地变成一蓬荨麻，把花红树团团围住。大甄板向过路的牧羊人求救，牧羊人便把身上的羊毛毡铺在荨麻上让她跳下。她没有跳上羊毛毡，却跳进荨麻里，变成了一棵艾蒿。以后谁被荨麻刺伤，用艾蒿擦一擦，伤口就好了。

青蛙讨媳妇

白族找幸福型故事。采录于云南。

从前，有两个朋友的妻子同时怀孕，他们指腹打了亲家。后来，一家生了个青蛙，家境渐渐败落；一家生个女儿，日子越来越富。富家不愿把女儿嫁给青蛙，便提出只有拿出一只金脸盆、一根九十九节的竹子、一根九十九拃长的头发和一根老虎肋骨做聘礼，才能够成亲，办不到就退婚。青蛙决定到西天去问佛祖，怎么能找到这四样东西。在路上，他遇到一个老爷爷请他问一下，门口金桃树为何只开花不结果？一个老奶奶请他问一下，自己的女儿怎样才能长出头发来？一个黑大汉请他问一下，园子里的竹子为什么几十年只发一根？一只老虎请他问一下，左肋下痛怎样能医好？在佛祖的点化下，他解决了他们四个心中的疑难，也获得了婚礼所需要的东西。他脱掉青蛙皮，变成英俊的小伙子，同心爱的姑娘过上金子也换不来的好日子。

岛枝杀恶鹰

白族除妖故事。采录于云南。

早年间，有个女人生了一个孩子，三天便会走路，力大无穷，取名叫“岛枝”。因为他吃得太多，家里养不起，爹爹几次想害死他。岛枝劝爹爹不要害他，说他长大能为大家做许多事情。于是，一家人苦作苦为过了十年。有一年，有只老鹰天天到村里来叼人吃，这天把岛枝叼进岩洞去了。他从腋下取出鸡蛋放在悬崖边对老鹰说，如果老鹰能够把鸡蛋啄破，就甘愿被它吃掉。老鹰从高空伸长脖子冲下来，两次都没有啄破鸡蛋。老鹰第三次冲下来时，岛枝一把捏住它的脖子，撕碎后扔下悬崖。岛枝救出洞中的两个姑娘，和她们成了亲，一起过日子。一天，岛枝打了一只肥大的鸟，让妻子做熟拿去孝敬爹妈。谁知岛枝打的是只恶鸟，鸟骨头又变成鸟，飞来吸两个妻子的血。他得知后，让妻子下地，自己穿上女人衣服，等恶鸟飞来正要吸血时，他用力掐死恶鸟。不久恶鸟的子孙陆续飞来，他接连把一窝三代恶鸟全掐死了。从此，村里人过上了安宁祥和的日子。

姑娘烧鬼

白族不怕鬼故事。采录于云南。

有一天傍晚，一群鬼到梨树下又唱又跳。有个小鬼看到江对岸燕麦地里的漂亮姑娘，便夸口它能去和姑娘亲热，并一起煮顿饭吃。说完，这个小鬼就过江来到对岸。漂亮姑娘收拾好镰刀正要回家，便被小鬼纠缠不能脱身。她决心收拾小鬼，转身戳漏水桶底，让小鬼到江里背水。小鬼听姑娘答应同他煮饭，便高兴地背起了水桶。姑娘又给小鬼披上蓑衣，手臂上紧绑火把照明。小鬼打好水走一会儿发现水桶不满，连忙折回江边再打，往返多次越跑越快，火焰蹿起烧着蓑衣。很快整个蓑衣着火，梨树下的那群鬼喊它下水。它跑到江边见江里也有一团大火，不敢往下跳，被大火烧死了。群鬼追赶姑娘报仇，被寨子里的人一路追打，从此它们再不敢到田地里和村寨中来捣乱了。

◇白族动物故事◇

狡猾的猫

白族动物故事。采录于云南。

观音老母叫猫、狗去挖田，讲好哪个先挖完就一辈子吃肉。到田里以后，狗老老实实地挖田，挖得非常起劲；猫只在田边闲逛，连脚都不愿意迈进田里一步。狗挖完田，洗过脚就去见观音老母。猫很狡猾，它在狗洗脚的时候，赶忙光着脚跑到田里转一圈，脚上带着泥，气喘吁吁地跑去见观音老母。观音老母看着猫的样子，断定田是猫挖的，便把功劳记在猫身上，狗没有吃肉的份，只能啃骨头。从此以后，猫、狗见面就要为“田是谁挖的”争吵。

◇白族写实故事◇

百　羽　衣

白族婚恋故事。采录于云南。

青年赵善政幼时家境贫寒，以打柴为生。有一年天旱，他祈求樵青神放泉水灌溉田地。村里人为了答谢赵善政，就把美丽的白姐嫁给他。婚后他们相亲相爱，舍不得分开。白姐不在身旁，赵善政劳动就不起劲儿。白姐便将自画像插在田里，让他边干活儿边看画，就像白姐在身边一样。有一天突然刮起一阵大风，把画像刮进王宫。国王被画中美人迷住，连忙派人去把白姐抢走。临走前，白姐吩咐丈夫打一百只鸟，缝制一件百鸟羽衣前来救她。一年后，赵善政穿着百羽衣来到王宫，愁眉苦脸的白姐顿时高兴起来。国王为了讨白姐的欢心，便把百羽衣抢夺过来穿在自己的身上。这时候，白姐立刻令人将穿百羽衣的国王斩首。赵善政当上了国王，夫妻二人同心协力，把国家治理得很好，让老百姓安居乐业。

义　　猫

白族友情故事。采录于四川。

从前有罗仁和宋义两家人，罗家日子好过，宋家穷一点儿。宋义妻子坐月子，杀掉家里唯一的一只下蛋鸡。这天宋义看到案上剩的鸡肉被家里的黑猫叼走，拿起火枪一直追到罗家。罗仁听说弟媳坐月子，便送去鸡、腊肉和米，留下黑猫自己喂养。有一年罗仁得了病瘫痪不起，老伴出门赶场，留下他一人在家。猫儿坐在罗仁身上，突然冲门叫个不停，叫得全身毛乍立起。罗仁抬头，看见一条大蛇吐着舌头向他爬过来。猫儿跳起来唬着架势叫，蛇脑壳就缩了回去，但三番五次就是不走。猫守着主人和蛇斗了一天，直到老伴回家，才喊来宋义把蛇赶走。罗仁感慨：“前年我救了黑猫，今天猫儿救了我！”

“拉木经”和“压木经”

白族工匠故事。采录于云南。

著名木匠杨山神，泥瓦、漆活儿样样在行。他带着两个徒弟去姚安府给财主建房子，讲价钱时，财主提出：大梁不能一长二短，否则工钱分文不给。在上梁的头天夜里，财主派人把杨山神做好的大梁锯短了三寸。上梁吉日到了，财主指着大梁说短了，不给工钱。杨山神叫两个徒弟各抱着大梁两端，他不慌不忙，一会儿念“拉木经”，一会儿念“压木经”，再量大梁时刚好合尺寸。原来，杨山神早发现财主的阴谋，他暗中做了两根一模一样的大梁，趁念经时悄悄换上，终于战胜了财主。

二七一两三

白族工匠故事。采录于云南。

剑川木匠去一个财主家干活儿，讲好干一天七厘钱。二十天活计做完，财主见他老实好欺负，便说：“二十天工钱，二七一两三。”于是称了一两三银子打发木匠。过了一会儿，木匠对财主说，想到街上买点儿东西，借东家一件新衣体面体面，顺便带少东家出去玩儿玩儿，家什背篓放这里，回来时再拿。财主满口答应。木匠带着财主家的娃娃到饭馆里大吃一顿，然后对老板说，钱忘带了，把小少爷押在这里回去取钱。天黑财主不见木匠带娃娃回来，便派人去找。丫鬟说，木匠临走吩咐，让东家晚上到门背后找。财主到门背后见有一首诗：“二七一两三，莫把剑川人当憨，拿你儿子换饭吃，还赚一件新衣裳。”财主拉过木匠背篓，发现里面全是烂木头。财主自认晦气，赶紧拿钱去赎儿子。

鸿雁带书

白族工匠故事。采录于云南。

有个剑川木匠，因兵荒马乱，家乡难以度日，就离别父母妻儿到外面去谋生。木匠一去十几年音讯全无，妻子在家既要种地，奉养父母，又要抚养孩子，担心丈夫生死。她万般无奈，就给丈夫写了一封信，诉说心里的痛苦，盼望丈夫早日回家。木匠在外做活儿，好不容易攒了一笔钱，却遭抢劫。他收到鸿雁带来的书信，只得沿途乞讨，两手空空地回来。这时，他的父母已死，儿女长大已不认得自己的父亲了。

鹅 戴 金 牌

白族禽兽相争型故事。采录于云南。

早年间，有个叫杨伦的人在京为官，直至一品光禄大夫，人称“杨封王”。杨伦告老还乡时，皇帝赐给他一对戴着金牌的鹅。他家还养了七八只鹅，这些鹅天天放出去，任意吃田坝里的谷子，乡邻敢怒而不敢言。有一天，他家的鹅又在田里糟蹋禾苗，有人就放出狗把那两只御赐鹅咬死了。杨封王非常生气，立刻告到官府。新来的一位知府为官清正，他了解案情后判道：“鹅嘴搓搓，吃谷不多。鹅戴金牌，狗不识字。禽兽相伤，干人何事？谷子赔鹅，鹅儿赔谷。”杨封王自知理亏，不好再说什么，只好善罢甘休。

◇白族机智人物故事◇

艾玉的故事

白族机智人物故事群之一。流传于云南大理、洱源、剑川一带。故事主人公艾玉，系文人型机智人物。其原型艾自修，明代邓州（今已并入云南洱源县）人，出身贫寒，曾经当过长工。他勤勉好学，才华出众，后来中了进士。但他不愿为官，长居乡里。在故事里面，他有时以文人身份出现，有时以长工身份出现，诙谐多智，富有正义感，在中国各民族机智人物中别具一格。他的故事多达百篇以上，内容较为广泛，多数是嘲讽、抨击达官显贵、劣绅奸商的篇什，间有调侃迂腐文人、捉弄势利小人的篇什。代表性作品如《买一饶一》《拜寿吃鸡》《巧换大红马》《留客妙答》《还是你自己吃的好》《下回我再来救火》《吃银子》《巧审大善人》《老前辈》。

买一饶一

白族机智人物故事。

艾玉的东家十分贪鄙，买什么东西都要多饶上一点儿，经常嘱咐艾玉买一饶一。这天东家的老爹死了，叫艾玉去买棺材。艾玉给买回一口大棺材，外带一口小棺材。东家很惊诧，艾玉忙说："老爷平常不是教训要买一饶一吗？这口小棺材是硬向人家饶来的。如果小少爷死了，岂不是省一笔开支吗？"整得东家啼笑皆非。

巧换大红马

白族机智人物故事。

艾玉给一家财主帮工时，东家用二百两银子买回一匹又高又大的红马，马面上长了一长条白毛。艾玉的阿爹有一匹铁青马，瘦骨干筋，是花三十两银子买的。艾玉想起东家为人刻薄，年年克扣工钱，还经常不给他吃饱饭，便打起了马的主意。于是，他去对东家说，新买的那匹红马鼻子上有条白毛，叫作"红漆棺材挂灵牌"，不消一年东家就有性命危险。东家一听，赶忙要用大红马换艾玉阿爹的铁青马。艾玉假装不答应，财主却说："你们穷人怕哪样！"硬迫着用大红马换来铁青马。艾玉多年的损失因此得到了补偿。

留客妙答

白族机智人物故事。

有一回，老财的亲家来闲聊，老财怕他留下吃饭，就躲进内房，让艾玉出去对客人说：快下雨了，请回吧，免得淋湿。艾玉打了个转回来说："客人讲怕路上淋雨，咋个能走！"过一阵儿雨停了，老财又让艾玉去催。艾玉照样不催，又打个转回来说："客人讲雨既然停了，还怕哪样！"

还是你自己吃的好

白族机智人物故事。

有个老财请在他家教书的艾玉吃饭时，自己专拣好菜，一气吃掉三条鱼，只留下一条给艾玉吃。艾玉随即对老财说："从前有人请苏东坡吃酒，只有四个油炸谷雀，主人吃下三个，请苏东坡吃一个。苏东坡说：'还是你吃吧，免得它们散了伙。'我看这条鱼还是你自己吃的好，免得它害单相思。"

下回我再来救火

白族机智人物故事。

艾玉未及第时，岳父经常欺负他，因此他不愿意多去岳父家里。有一次他岳父家失火，他没去救火。事后岳父责问他为什么不来救火？艾玉赶忙说："这回错了，下回我再来救吧。"

吃 银 子

白族机智人物故事。

有个知府想叫艾玉出丑，一天请客时，他故意在艾玉的饭下放了十两银子，看他如何吃。艾玉接过饭碗觉得挺沉，马上说："我在家里，头碗饭必请双亲先吃。今日大人惠赐的这头一碗饭，我不敢占先，容我包回去孝敬父母。"说完当众用手巾把饭和银子一块包好放在一旁，然后吃起酒席来。知府眼睁睁看着，却无计可施，只好暗暗叫苦。

巧审大善人

白族机智人物故事。

有一次知县外出，请以在籍进士身份乡居的艾玉帮忙理政一个月。一天有人告一个大财主霸占一个寡妇。传到堂上以后，那个大财主说他是广行善事的大善人，不会为非作歹。艾玉把原告打发走后，将大财主留下来，说是等自己审案完毕再请他吃饭。接下来审欠银案，艾玉见被告无力归还欠债，就让大财主行善，替这个穷人还清五十两银子。接下来又审一桩忤逆不孝案，因不孝子已逃跑，艾玉就叫大财主行善，替那个人挨了三十大板。这时候，艾玉笑着问那个大财主还想行善吗，自己还有一大堆案子要审理呢！大财主连连磕头哀求说："小民不敢了，请大老爷开恩！"

老 前 辈

白族机智人物故事。

艾玉善讲故事，乡绅们便自称是“老前辈”，常常逼着艾玉为他们讲故事。有一次艾玉给他们讲：某人娶了一个寡妇。清明节这个女人约他一道去为前夫上坟，某人也跟着哭，不过不好称呼，便问女人：“你称他为前夫，我可不好称呼呀！”女人道：“你就叫他一声‘老前辈’吧！”

赵成的故事

白族机智人物故事群之一。流传于云南鹤庆、丽江一带。故事主人公赵成，一作赵才，系长工型机智人物，是否实有其人，待考。他诙谐多智，善于绘画，常以各种巧妙办法对付官家、财主，使那些欺压、盘剥穷人的家伙受到讥笑、惩治，狼狈不堪。其故事有《吃多了胀肚子》《秧苗也饿昏了》《送寿礼》《画财神像》《“是”》《有天无日的地方》《不禽不兽的东西》《再不说不吉利的话了》《半夜绣花》等。

送 寿 礼

白族机智人物故事。

县老爷五十大寿时，通知各家各户都要筹办寿礼。这一天，赵成约了几个人抬着白木棺材来到寿堂上，县官见了大怒。赵成忙说：“老爷，差哥通知，各行都要拿出本行的土特产来敬您。我们木行只会做棺材，这也是我们的特产，送给您备用。”

画 财 神 像

白族机智人物故事。

赵贡爷叫赵成画了一幅财神像贴在堂上。他左看右瞧，问赵成为何把财神爷骑的老虎画成大张嘴了，赵成说：“虎嘴不张，怎吃千家万户？”赵贡爷又问他为何把财神爷的护心镜画得比胸口还大？赵成说："心大之人不把护心镜画大点儿，会把心掉下来被狗吃掉。"赵贡爷再问他为何把财神爷全画成黑色，赵成答道："老爷，他要不黑哪儿来那么多钱财？"

有天无日的地方

白族机智人物故事。

有一个夏天酷热难耐，县老爷让李财主想法儿找个凉快处玩儿上几天。他们正在商量，赵成在旁说道："老爷，县太爷的公堂上最凉爽。"县太爷摇摇头："还是热。"赵成说："不！老爷的公堂是个有天无日的地方，连太阳的面都没见过，怎么还会热呢？"

陈世泰的故事

白族机智人物故事群之一。流传于云南洱源、凤羽一带。故事主人公陈世泰，一作陈思泰，系文人型机智人物，其原型为旧时的贫苦读书人，生平、事迹不详。他的故事大都为嘲讽官府、豪绅和抨击时弊的作品，如《衙门口晒谷子》《有钱活无钱死》《县官赴宴》《当堂对质》。

衙门口晒谷子

白族机智人物故事。

从前凤羽坝子里有几个劣绅，与衙门里的师爷勾结起来，欺压百姓，鱼肉乡里，百姓敢怒而不敢言。有一天，陈世泰背着一袋谷子，走到洱源县城衙门口的场子上晒谷子。晒了一天又一天，谷子被晒得火暴暴，他还是晒。衙役把这件怪事去禀报县官。县官出来，听说他是凤羽人，便问："老大爷，你为什么不在家里晒谷子，要跑二三十里路到县衙门口来晒？"陈世泰叹口气说："我们凤羽有天没日，有日无光啊！"县官一听，心想这老头厉害，是讥讽我当官做老爷呀。便说："我一定下来考察民情，对那些逆民心悖民意者，自当依法追究。"陈世泰见县官态度诚恳，便装好谷子回去了。数天后县官真的来到凤羽，经查访核实，惩办了那几个骑在百姓头上作恶的乡绅和师爷，乡民们过上了安生的日子。

有钱活无钱死

白族机智人物故事。

有一年凤羽坝子来了个团总，依仗着他父亲做府官的权势，一手遮天，在当地为所欲为，百姓苦不堪言。一日陈世泰沿着各村各寨走，凡枝叶茂密的树，都贴上金银纸，凡干枯的树一棵也不贴。县官下来视察，见到这些树木十分奇怪，便去问周围老小，可是也无人知晓。陈世泰闻讯赶来说："我们凤羽乱糟糟的，老爷们的心比锅底还黑，乡民的日子就像这些树——有钱的活，无钱的死。"县官听了他的比喻赞不绝口，不几天就派人来将这个团总撤职查办了。

◇白族寓言◇

四个猪头一起接

白族人事寓言。采录于云南。

有个庙里的菩萨很灵，香火旺盛。一天四个村民都捧着猪头来庙里烧香祈祷。种菜的请求菩萨下雨；打麦的求菩萨出太阳；两个船老板，一个希望刮南风，一个希望刮北风，好让自己的船儿顺风顺水到达目的地。菩萨听完为难了，不知如何满足四个人的要求，但又不愿放弃这到口的美食。他眉头一皱，办法有了，便威严地说："早吹南，晚吹北，晚上下雨，白天打麦。四个猪头一起接！"

不同的遭遇

白族人事寓言。采录于云南。

从前乌鸦是一只白鸟，住在王画师画楼东面的柏树上；喜鹊是一只黑鸟，住在李画师画楼西面的柳树上。乌鸦聪明，能预测将要发生的事，并提前向人发出忠告。一天，乌鸦得知王画师被人诬告，国王正派人来捉他，便飞进去喊："老哇（王），呱哮（快逃）！"王画师听得心烦，抓起墨缸泼了乌鸦一身。后来王画师被国王砍头了，临死前他想起乌鸦的忠告，后悔不已。李画师画花，虽然画得不好，爱奉承的喜鹊却啧啧称好。李画师听得舒服，把喜鹊画成白胸脯、花脖花翅花尾巴。七月七百鸟朝凤，鸟王听了它们各自的遭遇，感叹道："还是喜欢听奉承话的人多，喜欢忠告的人少哇！"

马登人和他的白嘴毛驴驴

白族人事寓言。采录于云南。

有一个马登人牵着他养的白嘴毛驴驴去某地驮盐巴。他天天不停息，只给毛驴驴喂草而不喂料，只是空许愿说以后会给它吃豆子。毛驴驴虽然渐渐瘦了，仍然挣扎着上路，却一点点豆子都吃不到。过了九九八十一天，白嘴毛驴驴终于倒在草堆上。那个马登人抚摸着它的鬃毛拍拍空料兜说："我的好白嘴毛驴驴，快起来吧，我今天就去给你买一升豆子……"可是白嘴毛驴驴再也听不见，也起不来了。

棕树和槐树

白族植物寓言。采录于云南。

从前，棕树和槐树是好朋友，它们在石岩上住了很多年，由于缺乏雨水，土地贫瘠，都长得不好。过了许久，它们想改变一下环境，便打算出去寻找一块好地方。棕树愿意先出去找，它对槐树说："找到肥沃的地方，马上回来接你，如果我失约，就千刀万剐。"不久，棕树找到一块菜园子，感到很不错，便住下了。它怕槐树和它分享，就再也没有回去。后来农民知道了这回事，为了惩罚棕树背叛朋友，每年都来剐它一层皮。

◇白族笑话◇

只要一半价

白族嘲讽笑话。采录于云南。

有个贪官要给他太太买一对玉镯。他把卖玉器的叫到家里，选了合意的一对，就问多少钱。卖玉器的本是个奸商，卖的是假货，见买主是做官的，想趁机捞一笔，便说："这对玉镯原本要卖四十两银子，现在既然大人喜爱，小民只要一半价就行了。"贪官问道："这么说好！一半，是不是？"奸商答道："是是是，小人愿奉送一半。"贪官就拿了一只假玉镯，说："好！既然你送我一半，本官就收一只，这一只还给你，不买了。"

取 名 字

白族嘲讽笑话。采录于云南。

从前有个财主立了个规矩，但凡家里人以及帮工生下儿女，都得由他取名字，碰到他在干啥就取啥名字，他家的取高贵一点儿，帮工的取低贱一点儿。一天，一个帮工生了一个儿子，遇到他在解手，就取名"屁股"；下午他老婆生了一个儿子，他正在剃头，就取名"脑壳"。"脑壳"七岁时，"屁股"死了。给财主做寿时，帮工看见"脑壳"，就想起自己的儿子，忍不住掉泪。财主责怪他，他说："老爷，我想如果我的'屁股'还在的话，也有你的'脑壳'那么大啦！"

死 错 了 人

白族死错人型故事。采录于云南。

有个人死了父亲，请来先生写祭文，先生照抄了韩愈的《祭十二郎文》来冒充。家祭那天，先生吃了酒席，摇头晃脑读祭文，才发现是一篇祭侄儿的祭文。主人气得质问，他还理直气壮地说："我一个字也没写错，谁叫你们死错了人。"

你是属于我的

白族谐趣笑话。采录于贵州。

有一次两口子吵架，互不相让。丈夫气得说："快把属于你的东西带走，永远不要回来！"妻子装好东西，拿条麻袋扔到丈夫跟前："给我钻进去！"丈夫惊讶："这是为啥？"妻子说："你是属于我的，我必须把你带走！"

土家族故事

◇土家族幻想故事◇

龙　妻

土家族灰姑娘型故事。采录于湖北。

从前有姐妹俩，妹妹是后妈所生。姐姐天天放牛，还要拾柴火。有一次，牛吃了人家的秧子，姐姐遭后妈毒打，又罚她一天搓一斤二两麻线。她边搓边向牛哭诉，牛忽然和她说话，天黑时麻线就搓完了。后妈见难不倒她，便加码让她搓二斤四两。第二天牛吃了麻线，让她拍三下牛屁股，屙出几个麻线团。后妈逼她说出了牛的事，妹妹也要去搓麻线。谁知牛吃了麻线屙稀屎，糊了妹妹一身。后妈杀了牛，半夜姐姐梦见牛来嘱咐她把牛骨头埋好。没几天，埋牛骨头的地方长出一棵桃树，她吃桃子香又甜，妹妹吃了苦又涩。妹妹砍断桃树，半夜桃树托梦，让姐姐挖出桃树下的一颗夜明珠。河里涨大水，大蟒蛇向她要夜明珠渡她过河。大蟒蛇吃了夜明珠变成龙，要娶她为龙妻。后妈和妹妹假装送姐姐，把她推下悬崖。母女俩骑上蛇背，被蛇识破沉入水底淹死。姐姐变成水鸦鹊，在水上不停呼喊“龙妻龙妻”。

守猪郎和龙女

土家族龙女型故事。采录于四川。

有一天，守猪郎救了一条鱼，被龙王请进龙宫去做客，原来他救的是龙王的三公主。临走时龙王送他礼物，他按三公主的暗示挑了一把伞。回到家后，从伞里跳出三公主，与守猪郎结为夫妻。龙女在一夜间造起了四十八座金銮宝殿。土司知道后，要守猪郎把三公主送去，不然就要他送四十八条三斤六两重的鲤鱼。龙女用四十八张竹叶变出四十八条鲤鱼。土司又要一只四十八斤重的公鸡。龙女又将草团化作四十八斤重的公鸡，叫守猪郎送去。土司又向守猪郎要“害死人”。龙女用竹子编了个人架子，里面装满火药，说这就是“舌头伸，眼睛转，要吃火炭的‘害死人’”。土司给“害死人”喂进火炭后，火药冲出来，把土司烧死了。

妹妹嫁蛇郎

土家族蛇郎娶妻型故事。采录于湖北。

有一家母女三人。这天姐姐上山，看见一兜好猪草，正要割时就听到有人说：“要是你我有姻缘，就把猪草割走吧。”她看到一条大蛇盘在树上，吓得调头便跑回家去了。第二天妹妹上山，听到此话，就割了猪草回家。这条大蛇请蜜蜂来说媒，讨了妹妹的生辰八字，八月十五变成一个后生把妹妹接走了。一天夜里，妹妹托梦邀请妈妈和姐姐去做客。她们来到岩壁上的洞里，姐姐看到青堂瓦舍、标致的妹夫，暗暗起了歹意。母亲走后，她趁蛇郎出门，把妹妹骗上井台推入井里。开春，井里长出一根葫芦秧，瓜藤几天爬上屋梁，结出个大葫芦。三月三，蛇郎要出门，葫芦滚落地，妹妹就从里面钻出来了。树上的斑鸠喊：“咕咕咕，姐姐占妹夫！”姐姐吓得赶紧跑掉，蛇郎和妹妹终于团聚在一起。

虎　儿　娃

土家族怪孩子型故事。采录于四川。

有个妹仔，在娶亲路上被老虎抢回了山洞。不久生个娃儿，半边人脸半边虎脸，取名虎儿娃。虎娃长大，想和别人一样走家婆。他带着妈妈出洞不远，虎爸守在路口。他用石头打脱老虎的牙齿，打瞎老虎的双眼，护着妈妈跑回家婆屋里。家婆看见女儿回来，又惊又喜。虎娃能召集百兽砍柴，上街卖掉，把钱交给家婆。一天家婆带他上街，看到皇榜上说妖魔抢走公主，谁能救出，就招为驸马。他揭了皇榜，带上祖传宝剑直奔魔王山。妖魔使出吸气、吐气、喷水三招，没能治住他，逃跑中被虎娃砍死了。虎娃救出了公主，皇帝看他不人不虎，就要反悔，在公主一再劝说下，只得依允。入洞房喝交杯酒时，他让公主把酒喷在他脸上、身上，立刻变成高大英武的后生。公主欢喜不尽，从此夫妻恩爱，过上了好日子。

张开嘴吃布

土家族报仇棒型故事。采录于四川。

有个猎人捉到一只白鹤，准备宰杀时白鹤求救，他便放了白鹤。第二天猎人又到山上打猎，一无所获。这时候，白鹤飞来送他一块手帕，说只要喊“张开嘴吃布”，就会出现一桌香喷喷的饭菜。回家途中，他在山上一户人家借宿，主人发现他的宝物，便用一张同样的手帕偷换了。猎人到家后手帕不灵，连忙去找白鹤。白鹤又送他一个木头人，只要喊“金银坝小伙”，木头人就会吐金吐银。天黑猎人又到那家借宿，主人又用一模一样的木头人给偷换了。猎人到家里，木头人也不灵了，他又去找白鹤，并将手帕和木头人还给白鹤。白鹤问清原因，立刻送给他一根五寸长的“打柄棒”，叫他再去找那主人借宿。猎人照办，打柄棒变成了五尺长的木棒飞起来痛打主人，主人只得把手帕和木头人还给猎人。猎人把这两件宝贝带回家，为土家山寨带来了幸福。

两个老庚

土家族宝物故事。采录于四川。

王二、李四打老庚。一天，王二向李四讨教怎样种小米，李四让他撒种后烧坡，结果种子被烧熟，只剩下岩边一粒没有被烧着。这粒种子长得非常好，可秋天去收时谷穗不见了，他找谷穗来到一座庙里。深夜，一伙精怪到庙里拿出一面鼓，打一槌摆出金杯银杯，打两槌摆出上等好酒，打三槌摆出鸡鸭鱼肉，它们吃饱喝足天亮前就统统走了。王二把鼓带回家，从此不愁吃喝。李四知道后，也到庙里投宿。那些精怪闻到生人味，把李四拉出来，将他的鼻子扯出一尺多长。李四找王二借鼓医治鼻子，打一槌鼻子缩一点儿，再打一槌又缩一点儿。李四老婆性子急，夺过鼓槌拼命打，把李四的脑壳缩进肚子里，竟变成了一只乌龟。

扫帚仙姑

土家族奇事故事。采录于湖北。

有个姑娘到一个孤老婆婆家讨歇，帮她挑水做饭，二人便以母女相称，生活在一起。有一天来了个货郎，老妈妈牵红线，让他们成了亲。货郎种田，姑娘理家，不久添个伢子，一家日子越过越好。土司得知他们成亲没有经他“赶喜”（初夜权），有违祖上圣规，立即要货郎把媳妇送去和他睡三十夜。姑娘到土司家，每到上床，土司便昏迷过去。第三十天夜里，土司紧紧抓住姑娘又昏迷了，姑娘捉来一只狗让土司搂住，便脱身回家了。土司请来巫师，说这女人是妖精。他们威逼货郎一起除妖，姑娘告诉货郎，自己是扫帚仙姑，同情孤老妈妈，专来侍候老人。第二天，货郎按妻子嘱托，在窗下找到旧扫帚，上面缠着当初卖给姑娘的七色丝线。他忍痛烧掉扫帚，只听火里凄惨的呼唤，一股青烟便飞上天去了。

◇土家族动物故事◇

鸡儿为妈妈报仇

土家族动物故事。采录于湖南。

有一只母鸡刚孵出十只可爱的小鸡，就被野猫叼走了。小鸡一天天长大，发誓要为妈妈报仇。在路上，一颗板栗同情它们的遭遇，便跟着一同去；随后又相遇牛屎、洗衣棒、螃蟹、针，它们个个义愤填膺，都要去帮助小鸡们报仇。天快亮时，野猫听到鸡叫，心说有好口福，这是送上门的早餐啊。野猫起床后，一根针扎进它的屁股里，痛得它去火坑找火；一颗板栗在火坑中炸得野猫睁不开眼睛；野猫摸到水缸去舀水，螃蟹夹住它的爪子不放；野猫痛得朝门外跑，洗衣棒把它的脑壳砸了一个包；野猫蹦出门踩上牛屎翻了一个跟头，一群鸡迅速围上来七嘴八嘴把野猫啄死。小鸡们报了仇，欢欢喜喜地回到家中。

老鼠告状

土家族动物故事。采录于湖北。

从前一只母老鼠带一窝小老鼠，把偷来的粮食装满洞。冬天里它们正撒欢时，山鼠来借粮，说道：“大雪纷纷落，挨冻又受饿，拜上鼠大姐，借点粮给我。”母老鼠出来一打量，便说：“只要加倍还给我，好说。借！”鸦鹊听说后，也来借粮，母老鼠把它奚落一番，不借给它。猫头鹰来借粮，母老鼠也不给。花猫来借粮同样遭到拒绝，一怒之下就从洞里抓出母老鼠，连皮带肉吃个精光。小老鼠们到阎王那里去告状，花猫到阎王面前列数老鼠的罪状，说道：“咬坏书箱咬衣服，跳了面缸跳米缸，偷人粮食还称霸，又认衣服又认人。”阎王正在听猫说话，突然发现桌上的饭菜在被小老鼠偷吃。他无比愤怒，立刻下令让猫日后逮住老鼠就吃掉。

老虎不吃麂子

土家族动物故事。采录于湖南。

从前，老虎瞧不起个头矮小的马彪（湘西古老动物），它们比试力量的时候，马彪见机从老虎屁眼里钻进肚内，使得老虎疼痛难忍。老虎遇见麂子，便恳求它救命，并且答应以后再不吃麂子。麂子马上将脚伸进老虎的屁眼里，要捅死马彪。马彪看见伸进来一根长杆，吓得连忙从老虎的肚子里面钻出来，随即飞快逃跑了。老虎为报救命之恩，从此再也不吃麂子。

◇土家族写实故事◇

哪个做官不贪点

土家族讽刺故事。采录于湖北。

有个裁缝，给人做衣服多少都要偷一点儿布。县官便找他来做衣，守在旁边看他哪门偷法。裁缝趁县官转身倒茶时，就剪了一截揣在身上。县官看出形迹，提笔在墙上写道：“师傅为何藏布片？”裁缝接下写：“哪有做官不贪点儿？”县官觉得理所当然，又写：“十年寒窗读得苦哇！”裁缝笑写：“学艺三年也可怜呢！”过几天衣服做好了，袖子大，前襟拖齐脚背，后片刚盖腰杆。县官正要发火，裁缝说：“这是我精心为老爷设计的官服：小礼往袖内收，大礼用前襟兜。府里若要打屁股，后面衣衫不用搂。”

宝贝疙瘩

土家族讽刺故事。采录于湖南湖北。

从前有个寨主做鸦片生意，每年初一早晨敬神。他先在大门内放一个圆石头，回来进门就说："今年生意越做越大，进屋就是宝贝疙瘩。"说着，捡回石头讨个吉利。这年他又去敬神，长工赶忙把石头丢进灶里烧烫，放回大门内。寨主回来，勾腰边捡石头边说："今年生意——哎哟！糟了！"

五老庚种菜

土家族讽刺故事。采录于湖南。

早年间有五个老庚，叫金、木、水、火、土。他们合伙种块菜地，上坡挖地、栽秧后，约定五人轮流下地浇水、上粪。第 天老金挑水到桥边，停下来歇气，心想一天不浇死不了，别人也看不见，便把水倒到河里了。第二天老木到河边，想着少浇一天不要紧，明天还有老水浇，便把水桶在河里湿一湿，便回去告诉老庚白菜长势很好。轮到老水、老火、老土时，他们都这么想，只把水桶在凼里泡一泡，一滴水也没浇到菜地里。该上粪时也是这样，都挑空粪桶从半路转回来，瞎吹白菜长得如何好，其实谁也没见过。数月后，五个老庚挑着大筐去收白菜，到地里不见白菜，只见野草比人高。五个老庚红着脸，谁也不敢责怪谁。

一家和睦值万金

土家族巧媳妇故事。采录于四川。

从前有一家人，家大屋大，吃穿不愁。娶回媳妇后，老头把家交给了最聪明的幺儿媳，自己享清福。这天老头喝罢酒心血来潮，写一副对联贴门上，上联：有田有地万事不愁；下联：多吃多卖百业兴隆；横批：万事不求人。县官叫来这个说大话的老头，向他借银万两，限三天办齐。老头愁得只怨自己老糊涂，幺儿媳劝他不用怕。县官带人来讨银子，见这一家人和和睦睦围坐在一起，幺儿媳说："一家和睦值万金，这万金就借给你吧。"县官无话，又要借个比天大的东西。三天后，县官见这家人正在分家，幺儿子要把田分一半给爹，老头硬是不要。县官感到惊讶，便说："只见过争田争地的，没见过让田让地的。"幺儿媳紧接着说："大人，孝顺父母比天大呀！"县官只得打道回府。

丈夫戒酒

土家族巧媳妇故事。采录于四川。

从前有个丈夫，酒瘾越来越大，妻子劝他戒酒。丈夫说："今后不要再提酒字，我听见酒瘾就发。"九月初九妻子出门，丈夫去张老九的酒店喝了九两酒，欠九十九个钱。张老九来取走了钱，丈夫问："谁来了？"妻子说："张老八的兄弟。"又问："收么钱？"妻子说："你在他家喝的天长地呀！"又问："多时喝的？"妻子说："重阳那天。"又问："喝多少？"妻子说："八两多一两。"又问："几个钱？"妻子说："百钱少一个。"妻子处处避开酒字，渐渐使丈夫戒了酒。

◇土家族机智人物故事◇

五公的故事

土家族机智人物故事群之一。流传于湖南凤凰一带。故事主人公五公系雇工型机智人物，其原型本名田谷良，湖南凤凰县木江坪人。因排行第五，在族内辈分大，被称为"五公"。其人家道贫寒，当了一辈子长工。他的故事大都为主人公嘲讽、戏耍东家田财主及其管家的篇什，幽默风趣，富有泥土气息。代表性作品如《主意摆得好》《晓旺火》《见县官》《鱼变蛤蟆》《这把斗发财》《巧治莫管家》《莫管家当轿夫》《冒嫌邋遢》。

烧旺火

土家族机智人物故事。

大年三十晚上，长工们在单薄的被窝里冻得睡不着觉。五公便和大伙在坪坝里垒了几大堆柴草，泼上桐油再点燃，火苗一下腾起一丈多高，大伙儿被烤得热乎乎的。这时田财主跑来，急得吼道："谁让你们把柴草都烧了？气死我啦！"五公上前说："老爷，年三十夜家家要烧旺火，图吉利。今夜老爷家的火最旺，明年定会大福大贵。"田财主虽然心疼，却不好再说什么，只得任长工们烧他的柴火。

见 县 官

土家族机智人物故事。

有一次，田财主以哄骗主人之罪告了五公一状。县官升堂时见五公木头木脑，像个蠢货，便说："今天你若当堂将本官骗了，就赦你无罪。"五公哭丧着脸说："老爷，小人一字不识，哪能骗人？只是家中妻子聪明漂亮，常帮我出主意。"县官是个老色鬼，一听马上传令带五公的妻子。过了一阵，公差回禀："老爷，他家只有一个瞎老娘。"县官跳起来骂道："你胆敢戏弄老爷！"五公回答："老爷亲口说的，只要当堂将老爷骗了，就赦小人无罪。"县官听了竟气得说不出话来。

巧治莫管家

土家族机智人物故事。

莫管家仗着田财主的势力，把一个小长工活活折磨死了，五公非常气愤，决心治一治这条"看家狗"。这年财主母亲做七十大寿，宾客盈门，莫管家端茶送水大献殷勤。五公悄悄将一碗桐油泼在厨房门口，莫管家出门摔了个四脚朝天，把手中端的银茶盘和茶碗打得粉碎。五公对财主说："莫管家有意冲老太太的喜，我看这事……"财主心里有气，便按五公的主意，罚莫管家跪三天，罚工钱三月，三天不准进食，为老太太消灾祛难。一条"看家狗"受到重罚，长工们个个拍手称快。

莫管家当轿夫

土家族机智人物故事。

有一回，田财主去山里收租，轿子抬到山脚下时，五公悄悄取出叶片有毒的奶奶草往脚上、手上擦了几下，假装痛得直喊"哎哟"。田财主见他手脚肿得又大又亮，要莫管家再找个轿夫来。五公呻吟着说：“这里前不着村后不巴店，我看只有莫管家代劳了。”田财主点头表示赞同。于是莫管家硬着头皮当轿夫，吃了不少苦头。

波七卡的故事

土家族机智人物故事群之一。流传于湘西土家族聚居区。故事主人公波七卡系劳动者型机智人物，出自艺术虚构。其故事内容较为广泛，多数以反压迫、反剥削为题旨，嘲讽、播弄皇帝、官员、财主及其他邪恶势力。作品大多短小生动，语言风趣，富有喜剧性。代表性作品如《年节猜谜》《戏弄县太爷》《二老爷过沟》《到底哪个吃屎》《送瘟神》《看告示》《整治扒手》《整旧如新》《土家过个热闹年》《巧计砍虎》。

年 节 猜 谜

土家族机智人物故事。

从前有个皇帝，喜欢年节猜哑谜。他派人请来聪明能干的波七卡和三个会猜哑谜的人：知县、武举人、阴阳先生。年节那天，文武百官陪坐，波七卡开始出题。只见他上一指、下一指、左一指、右一指、前一指、后一指，在胸前一拍，又伸出三根手指头，两手一摊。手势做完，知县便起身猜道：“上奉圣旨，下管黎民，左三班，右六房，前呼后拥。本人七品县令，年节三天，必有财喜临门。”武举人接着猜道：“上打雪花盖顶，下打枯树盘根，左插花，右插花，前弓，后箭。本人是一介武举，年节三天，吉星高照，尽情欢乐。”武举人落座后，阴阳先生摇头晃脑地猜道：“上知天文，下知地理，左青龙，右白虎，前朱雀，后玄武。本人是个阴阳先生，年节三天，财喜天天进门。”波七卡听完，告诉皇帝他们一个也没猜对，然后他解释道：“我上天无路，下地无门，左思右想，前后为难。我是个土家穷人，年节三天，都揭不开锅盖，你们只讲升官发财，吃喝玩乐，良心何在？”

戏弄县太爷

土家族机智人物故事。

县官上任，听说药店里的伙计波七卡会吟诗作对，便去当面查对。他指指自己的衣服说："一领天蓝褂。"波七卡马上对道："六味地黄丸。"他又指一少女说："小女子唇红齿白，必有三从四德。"波七卡对道："大老爷面黄肌瘦，定是五劳七伤。"一连数次对答，县令都遭奚落，气得骂道："胡说！"波七卡说："回老爷，胡索（说）属暖性。"县令一听更火了："给我打下去！"波七卡急忙说："老爷，打下去要加芒硝大黄啊。"

到底哪个吃屎

土家族机智人物故事。

差狗子到波七卡家催收税银，波七卡说连年灾荒，田土减产，请求差老爷回去美言几句。谁知差狗子骂道："天干地开坼，皇粮少不得。谁敢违抗！你没有饭吃，难道天天吃屎不成！"波七卡见差狗子出口伤人，便借口要借银交税，走出门去。差狗子等到天黑，不见他转来，便打开抽屉，发现三个发饼，饼刚落肚，波七卡便进门了。他满屋打转，寻找毒老鼠用的毒药发饼。差狗子一听，忙跪下求他救命。波七卡立刻舀了半勺大粪说："只有这种土法解毒，快吃吧。"差狗怕死，捏鼻闭眼，咕嘟咕嘟两大口，紧接翻肠倒肚呕了个够。这时波七卡问他："上差，到底是你吃屎，还是我吃屎？"差狗子恍然大悟，只好夹着尾巴逃跑啦。

送　瘟　神

土家族机智人物故事。

有一个土财佬讲迷信，过阴历年时，扎草人做瘟神，打算团年后送到穷人家去。他对儿子说："把瘟神送出去，来年我们家就大吉大利，五谷丰收，六畜兴旺啦。"正月初一，邻近的一户穷人家打开门，见门口竖个草人，便去问波七卡怎么办。波七卡皱皱眉头说："留着它，来年有用。"秋去冬来，又是正月初一清早，土财佬一手拿旺火，一手开财门，突然有一个黑乎乎的东西倒了进来。儿子眼尖口快，大声喊道："阿爸，去年你送出去的瘟神，今年回来啦！"土财佬听了好像挨了当头一棒，一下瘫倒在地上。

整 治 扒 手

土家族机智人物故事。

有一回，波七卡与一个扒手同路赶场，那扒手穿着阔气，走起路来神气十足。波七卡悄悄将帽子抛到屋顶上，假装十分恭敬地请扒手帮他取房上的帽子。扒手不以为然地说，只要踩在他肩上，两下就可上去。他要求扒手脱鞋上去，别踩脏他的衣服。扒手把新崭崭的鞋脱掉，刚爬上屋顶，波七卡就提着鞋喊道："扒老二，你平时专门害人，这是你偷别人的鞋，我送给主人去了。"扒手一听，光着脚坐在屋顶上，一时间不知道如何是好。

陈洋盘的故事

土家族机智人物故事群之一。流传于湖北鹤峰、湖南桑植一带。故事主人公陈洋盘系游民型机智人物。其原型陈洋盘为明末清初桑植县空壳树乡陈家坪人，粗通文墨，曾种田、做工，无固定职业。其人嗜酒，滑稽而有心计，喜捉弄有钱有势者。他的故事有《都叫他师傅》《拦巡抚大人轿子》《捉弄奸商》《死后对对子》等。

捉 弄 奸 商

土家族机智人物故事。

陈洋盘见几个生意人买黄豆，经常低价进高价出，还要在秤杆上耍花招，十分恼火。一天，他对这几个生意人说："我家的黄豆是好货，十粒五双，崭齐。你们还要多少？"这几个生意人听了高兴地说，有多少就要多少。他们跟着陈洋盘翻山蹚河，走得上气不接下气，好容易走到家，见他从瓦罐里抓出半把黄豆，果真是好货，忙问有多少担。陈洋盘说："你们不是说有多少买多少吗？我就这些。"几个生意人气得哑口无言，只得怏怏离去。

死后对对子

土家族机智人物故事。

陈洋盘虽满腹文才，却屡考不中。这年他已老了，听说京城主考大人到长沙，便赶到住地。他身穿长皮袍，左手拿本《春秋》，右手摇凉扇，坐在大门旁。主考大人出来看见，忙问："你穿冬衣，扇夏扇，看什么《春秋》？"他答道："坐北京，考南生，爱什么东西？"主考大人见他文思敏捷，又接连出了数联，陈洋盘都毫不示弱，对答如流。可是主考大人最后出的一联："冰冷酒，一点二点三点。"他却对不出来了。陈洋盘败阵而归便一病不起，临终前他说："我死后，这对子一定能对上。"第二年他的坟上长出许多丁香树。花开季节，文人们纷纷来赏花，他们见花生情，不禁说："快看，陈洋盘的对子果真对出来了！这就是：丁香花，百朵千朵万朵。"

颜长富的故事

土家族机智人物故事群之一。流传于湘西一带。故事主人公颜长富系长工型机智人物，出自艺术虚构。其故事大都是主人公智斗东家三老太的趣话，如《耙荞地》《碗里见鬼》《三颗油漫子》《半个工钱》《踩田》《接亲骑骡子》《拜年》。

耙 荞 地

土家族机智人物故事。

二三月间，财主婆天天给长工吃苦荞粑粑。有一天，财主婆叫颜长富去耙田，他却在坡上一直睡到太阳偏西。财主婆来查地，问他耙的田在哪里，他说他在耙对面坡上的荞地。财主婆听了怒气冲冲地问他："我叫你耙田，你耙荞地做什么？"颜长富笑道："我天天吃苦荞粑粑，不耙荞地以后吃什么？"

碗里见鬼

土家族机智人物故事。

颜长富在财主家当长工，顿顿清汤寡水，总是吃不饱肚子。这天财主婆说吃绿豆稀饭，可他一看，一碗清水里只有几颗绿豆在翻筋斗。他端碗蹲在门边，突然号啕大哭起来："坏了呀，今年我会死啊！"他越哭越伤心，引来了很多人围观，财主也跑出来问他哭什么。颜长富递过碗去说："东家你看呀，碗里照见鬼了，我今年还活得成吗？"大家挤拢来看，原来是一碗清水照见了人影，都悄声骂财主太刻薄。财主自知理亏，竟无话好讲。

接亲骑骡子

土家族机智人物故事。

有一次颜长富跟着财主家少爷去接亲。亲家见颜长富是牵骡子的，夜里便让他滚在稻草窝里睡觉，少爷也不管他。第二天颜长富刷洗骡子，乘机捡了块岩石塞在骡鞍子里。出轿了，少爷上鞍，岩石在骡背上又硬又硌，痛得骡子乱跳乱叫。少爷怕摔，紧夹两腿，骡子跳得更凶，把新郎官一个倒栽葱甩了下来。新郎爬起来说："算了，老子不骑了。"颜长富牵着骡子没走多远，就取掉岩石，骑着骡子跑了。

冉广盘的故事

土家族机智人物故事群之一。流传于重庆市酉阳、秀山一带。故事主人公冉广盘系农夫型机智人物，据说是酉阳县犬坝人，生平事迹待考。其故事大多是嘲弄财主、鞭挞邪恶、为穷人抱打不平的作品，如《妙语咒财主》《两个字赢四两银》《分大小与不进出》《借刀杀狼》《智胜财主》《搭救胡顺》《联句惩财主》《合手擒拿》《巧胜顽敌》。

搭救胡顺

土家族机智人物故事。

有个叫胡顺的穷人，靠背盐为生。夏天他背着大块盐往酉阳县城送，翻过七八架山，突然大雨倾盆，他小心翼翼走下山，背篼里的盐已被雨冲走很多，急得抱头大哭起来。刚好冉广盘从这里路过，胡顺告诉他："这样一来不但脚钱会被扣掉，还要赔盐钱，家里老娘在挨饿，我哪来的钱赔呀？"说着又哭起来。冉广盘想了想，猛地将盐巴掀翻在泥地里，他又用泥糊脏盐巴装进自己的背篼，便和胡顺一起朝县城走去。到了盐号，冉广盘乘人不注意，把盐巴倒到盐堆上，掌柜的要称盐，他说："好嘛，今天我们摔了跟斗，沾了泥巴的都是我们的。"说着，他和胡顺将沾上泥巴的盐都装进各人的背篼里。结果他们得了二百多斤盐的脚钱，冉广盘分文不取，背起背篼就走了。

分大小与不进出

土家族机智人物故事。

王员外做五十大寿，宾客盈门，他得意扬扬地喊出三个长得漂亮且模样相像的老婆，当众炫耀。这时冉广盘来了，王员外立刻招手说："你来得正好，我要试试你的才智，你如果分得清她们的大小，我就服你了。"冉广盘把三个女人看了一眼说："你那大婆子生得好，是个凤头。"二婆子、三婆子听了不服气，同时往站在中间的大婆子脸上看去。他不动声色，又说："二婆子也生得好，是个凤眼。"大婆子、三婆子又不服气了，两人就往左边看。他转身对员外说："中间大婆子，左边二婆子，右边三婆子，都长得乖。"员外说："我那三个蠢东西让你指使了。你要能指使我做件事，我才服你。"冉广盘想了想说："这样吧，我怎么写，你就会怎么做。"于是他飞快写好，朗声念道："我要你进去你就进去，要你出来你就出来。"员外火冒三丈，赶忙走到门上卡起，心想，你还敢来指使我，我今天非不进也不出。冉广盘一见哈哈大笑，他知道员外一定不会听他的话，所以纸条上写着："不进不出，在门上卡起。"员外这一下输了，只好放炮送冉广盘出门。

巧胜顽敌

土家族机智人物故事。

有一回土家山寨过年节，客王派兵来犯，人多势众，难以抵挡。土王闻听十分着急，却不知如何是好，冉广盘就来献上一计。他让士兵到百姓家买来三百头羊，倒吊在山寨四周的树上，在每头羊脚够得着的地方，摆面大鼓；又让士兵把战马系上铜铃，拴在山寨四周的大树下，而后土家人悄悄撤出山寨。客王的兵马狂吼乱叫杀来，受惊的羊在鼓上乱踢，战马狂蹦乱跳，一时间战鼓咚咚，马嘶铃响，尘土飞扬。客王以为中了埋伏，立即撤退，慌乱中自相践踏，死伤无数，直到客王二次再来进攻时，才发现受骗，气得他的官兵杀羊宰马，升火煮烤。正当他们吃得津津有味时，土王带兵杀了回来，对方措手不及，全部被歼。土王要重重奖赏冉广盘，但他已离开山寨，回乡种田去了。

扯谎三的故事

土家族机智人物故事群之一。流传于四川秀山、酉阳一带。故事主人公扯谎三系农夫型机智人物，出自艺术虚构。其故事大多是戏谑权贵、惩治豪绅和扶助穷乡亲的作品，常穿插诗歌、对联，情节生动，趣味盎然。代表性作品如《哑谜骂达官》《妙语咒财主》《应对》《联句惩财主》《智为穷人娶娇妻》。

妙语咒财主

土家族机智人物故事。

从前某山寨有一个土财主，鱼肉乡里，干尽坏事，每逢大年初一，还要寨里百姓为他敬财、说吉利话，为此乡亲们感到十分恼火。这年正月初一清早，扯谎三背着一捆柴到这个财主家，进门便喊："老爷，我替乡亲们给你敬财（柴）来了，恭喜你老财喜临门，大吉大利！"财主十分高兴，即吩咐酒肉招待。他吃饱喝足后说："老爷，我给你敬了一捆柴，值几个钱？你办一桌酒，倒真蚀财了。不过我从小学会看病扯药，往后你家老小不管谁有三病两痛、生脓长疮、跌打损伤的，就来找我，不用再花钱请医生。"财主听他讲的都是奉承话，又句句不吉利，莫奈何，只好苦笑着将他送出大门。

应　　对

土家族机智人物故事。

有一年黄财主的少爷黄鼠狼考中进士回来，黄财主呼唤长工打扫庭院，杀猪宰羊，忙个不停。长工们累得腰酸腿痛，可是到晚上每人只给了一碗红苕坨吃。这时黄鼠狼过来，要扯谎三应对，念道："四书五经有滋有味。"扯谎三脱口而出道："一日三餐无油无盐。"黄鼠狼听他对得工整又尖酸，暗暗吃惊。黄财主知道儿子吃了亏，便亲自写了副对联叫人贴在门上来炫耀自己："父进士，子进士，父子进士；婆夫人，媳夫人，婆媳夫人。"次日一早，乡亲们再来看对联，扯谎三已改过笔画，这副对联竟成了："父进土，子进土，父子进土；婆失夫，媳失夫，婆媳失夫。"黄财主见了口吐白沫，当下便昏了过去。

周仙甲的故事

土家族机智人物故事群之一。流传于湖北鹤峰一带。故事主人公周仙甲，一作周三甲，系文人型机智人物，是否实有其人，待考。其故事大多是惩恶扬善、扶弱济困的作品，如《赔窑货》《争铺盖》《歪锅对瘪灶》《对对联》《纸裤换绸裤》《用计撤禁令》。

赔　窑　货

土家族机智人物故事。

有一年冬天天寒地冻，一个穷老头背着一筐瓦罐、瓦钵去赶场，忽然滑倒在一个小巷的地上，把筐里的窑货全部摔破了。穷老头眼看砸了自己的饭碗，心里十分难受。周仙甲见了很同情他，便叫他把破瓦片捡起来装进筐内，走到小巷最窄的地方去，用个打杵支撑着站在那里歇气，并叮嘱他无论如何不要动。不一会儿，有个骡客赶了一队骡子从小巷那头过来，穷老头来不及躲闪就给骡子撞倒了。骡客正在骂穷老头时，周仙甲立刻赶来让他赔窑货。那骡客说不过周仙甲，只好把一筐窑货的钱拿给穷老头。

用计撤禁令

土家族机智人物故事。

管走马坪的司官下了一道禁令，不许百姓煮酒、熬糖卖钱，而要由他自己独霸这门生意发大财，周仙甲听说便专程跑去找司官。司官心中有鬼，办了一桌没有酒的丰盛宴席来款待周仙甲。开席不久，周仙甲突然口吐白沫摔倒在地，过一阵稍稍好转时，他对司官说，这是老毛病发作，只要吃十颗新鲜酒糟就会好。司官情急不知所措，赶快叫人去作坊舀来新鲜的酒糟。这时周仙甲忽地站起身说："你下禁令不准百姓煮酒，自己却开作坊，独家经营抬高酒价。你身为朝廷命官，该当何罪？"司官无可奈何，只好重新张贴布告，允许百姓开作坊煮酒。

◇土家族寓言◇

黄鼠狼和公鸡

土家族动物寓言。采录于湖南。

湘西有一家人养了一只公鸡，白天放出去，晚上关进笼子里。黄鼠狼见公鸡样子威风，头上的冠子像火焰，十分害怕。一次它试探着靠近公鸡，公鸡突然高声叫，它赶紧求饶，吓得没命逃跑。天长日久，黄鼠狼听惯了公鸡叫，它又慢慢靠近公鸡。公鸡发怒，便张嘴去啄它。黄鼠狼渐渐看出鸡就只有这点儿本领，于是扑过去把公鸡吃掉了。

鹞雀的遭遇

土家族动物寓言。采录于湖南。

有一次，鹞雀把羽毛卖给了老鼠，到了冬天冻得缩成一个坨坨，非常可怜。凤凰便召集众鸟扯羽毛来帮助鹞雀。鹞雀一下得了很多羽毛，红黄绿白黑，颜色好漂亮，它到潭边展翅照一照，昂首高唱："咯咯！世上美丽就算我，锦鸡、孔雀算什么，就是凤凰也不如我。"众鸟纷纷到鸟王那里去告状，凤凰决定让大家把送给鹨雀的羽毛扯回去。于是，鹨雀又成了肉坨坨，谁也不再同情它了。

锦鸡长得乖

土家族动物寓言。采录于湖南。

有一天，大象、野猪、狐狸、猴子等飞禽走兽在河边喝水，大家看见自己的影子都不满意，心想有人来把自己的样子变乖就好了。不久大家一起去找神仙帮忙。神仙让长得最丑的动物站在最前面，好首先修整。可是它们谁也不愿意站在最前面，相互推来推去，都说别个最丑，竟乱成一团。神仙很生气，正打算离开时，一只黑毛鸡飞到神仙面前，哀求道："大仙，我最需要修整，请先给我修整吧。"神仙笑道："你知丑又不怕丑，我就给你修整吧。"不一会儿，神仙就把它修整成为一只五彩缤纷的锦鸡。

五官吵架

土家族其他拟人寓言。采录于湖南。

人的口、手、肚子、脚、眼睛平时合得来，有一回却相互说起狠话。脚说："我要是不走动，人就不能干事，不能吃饭，只有等死。"手说："我要是不去拿，人就不能干事和吃饭，我最狠。"口说："我不吃东西，人就会饿死，你们走路、拿东西又有什么用？"肚子说："假如我不消化，人就会胀死，你们哪个有我狠？"眼睛听了叹气说："要是我眼睛一闭，人不就死了吗？我们各有各的作用，今后还要和睦相处，不能再吵啦！"于是，口、手、肚子、脚、眼睛又和好如初。

◇土家族笑话◇

县官画虎

土家族嘲讽笑话。采录于四川。

从前有一个县官爱画虎，又画得不像。有一次他画完虎，便问衙役画得像不像，衙役说像个大花猫，气得他重责衙役五十板。县官又问师爷，师爷说，这只老虎真凶猛。县官不放心，又去问丫鬟。丫鬟灵机一动说："老爷，我不敢说，因为我怕你。"县官忙问："那我怕哪个？"丫鬟说："你怕皇帝。"县官问："皇帝怕哪个？"丫鬟说："怕大圣。"县官问："大圣怕哪个？"丫鬟说："怕风。"县官问："风又怕哪个？"丫鬟说："风怕墙，墙怕老鼠，老鼠怕老爷你画的那个。"

懒人懒到家了

土家族劝诫笑话。采录于四川。

从前有个懒人，背着罐和肉跟师傅上山。他刚要烧火做饭，就想起没带切菜板。他脱掉衣服躬起背，让师傅在他背上切，肉有肥有瘦，有筋筋丝丝，切得他身上一道道血口子。师傅问他疼不疼，怎么不叫唤，他说懒得叫唤。师傅叫他烧火煮肉，他说："这么大太阳，搁石头上，睡一觉就烫熟了。"一觉醒来，野狗正在吃肉。他懒得吆开，就说："它吃不完，总要给我剩点儿啥！"

哈尼族故事

◇哈尼族幻想故事◇

马鹿的儿子

哈尼族奇遇故事。采录于云南。

有一次，阿担听阿妈说，阿爸因还不起头人的债，逃进山里，已变成马鹿了。阿担长大后，就进山去唤阿爸变的马鹿回家。马鹿回家后，夜晚被寨子里面的狗追咬。马鹿逃回林中，让阿担拉着线团跟它在林中绕出一片金色的稻田。于是，阿担母子俩搬上山去住，天天收谷子。天神的七个女儿每天来帮他们，阿担藏起七妹烟似的衣服，和她成了家。随后，阿担宣布要偿还他阿爸欠的所有债务，头人们便纷纷派人来“讨债”。有个头人看到阿担的妻子非常漂亮，竟神魂颠倒空手而归。这个头人一心要抢夺阿担的妻子，烟似连忙向丈夫要回衣服，用线拴住丈夫，二人一起飞到天上去了。天神不愿意自己的女儿嫁给凡人，想害死阿担，便让他去抓老虎祭祀、去尖嘴吃人婆家取大鼓、去吃人婆寨子请客人。在烟似的帮助下，阿担全都办到了。天神没有难倒阿担，就让他回到地面。阿担拿着伞，照烟似说的顺着天梯一直往回跑，进家门打开伞，烟似立刻从伞里跳了出来。尽管头人已经抢走了阿担家里所有的粮食，但是阿担夫妻重新耕田种地，母子三人终于过上了好日子。

孤儿和秀墨姑娘

哈尼族人神婚恋故事。采录于云南。

有一个勤劳的孤儿经常把吃不完的粮食分给年老体弱的人，感动了太阳的女儿秀墨姑娘，秀墨姑娘便下凡来和他成亲。头人资波妄想强夺秀墨，迫使孤儿和他进行斗鸡、斗猪、斗牛比赛。在秀墨的帮助下，孤儿都取得了胜利。资波探得秀墨忌闻蛋壳的煳味，便派人夜间在孤儿家烧蛋壳。秀墨闻到蛋壳的煳味后，赶忙掩面向东而去。孤儿醒来不见妻子，也向东方去寻找。他历尽艰辛，终于在太阳宫前见到了秀墨。太阳认为天女不能与凡人通婚，在孤儿回人间时给他一包菜籽，叫他顺路撒去。当孤儿撒完菜籽往后看时，天地远隔，天上人间再也无法通婚了。

阿 库 拉 鲁

哈尼族报应故事。采录于云南。

从前有两兄妹，哥哥叫阿库，妹妹叫阿库拉鲁。阿妈去世后，阿爸娶了个晚娘，百般虐待阿库拉鲁。后来阿库看出晚娘准备杀害妹妹，便趁晚娘上山时叫妹妹离家出走。妹妹阿库拉鲁含泪四处漂泊，在白发老人的指点下，她与龙子成亲。阿库想念妹妹，在公鸭的带领下到龙宫找到了妹妹。阿库回家时，妹妹送他一驮金银，晚娘见阿库驮回很多金银，也照他的办法进了龙宫，见到了阿库拉鲁。她回家时，阿库拉鲁牵了一匹马给她骑，并给她一包晌午饭。晚娘骑马到中途准备吃饭，饭盒里飞出无数马蜂把马叮得乱跑，她被那匹马拖死了。

牛丕牛尼阿妈

哈尼族灰姑娘型故事。采录于云南。

有个老汉讨了两个老婆，大老婆叫牛丕，小老婆叫牛尼。她们各生一女儿，牛丕的姑娘长得聪明美丽，牛尼的姑娘又丑又笨。一天牛尼把牛丕推进水塘淹死了，牛丕死后变成一头水牛。女儿到山上寻找妈妈，听了水牛的叙述便牵回家中。牛丕的女儿失去亲妈，受尽牛尼的欺凌，整天要她做许多活计。在水牛妈妈的帮助下，她把一件件的事情都做完了。牛尼的女儿也学姐姐的样，把棉花塞进水牛嘴里，却被水牛咬破手指，牛尼气得杀死了水牛。牛丕的姑娘长得越来越美，被富人卡卜娶为妻子，牛尼的姑娘眼红，借接姐姐回娘家的时候，把她害死在路上。牛丕的姑娘死后变成白鹤飞向远方。妹妹冒名顶替，很快被卡卜识破赶出家门，她羞愧难当，寻了短见。牛尼得知亲生女儿死去，变成了一头大黄牛。

鹅 姑 娘

哈尼族龙女型故事。采录于云南。

孤儿嘎成靠做小买卖生活。一天他背着盐巴、丝线经过老林，救了一只被猎人追逃的麂子。他按麂子指点，走到小河尽头，把盐巴、丝线全卖给了老妈妈。老妈妈给他金银、虎皮、熊胆他都不要，只要龙潭里的小白鹅。回家路上，小白鹅变成美丽姑娘和他成了亲。他们就地砍树盖房，在水塘边引水开田，过上甜美日子。寨子的头人要霸占鹅姑娘，便让嘎成十天内捉来十只活老虎。鹅姑娘让他买回十只大黄狗，吹口气就变成了十只大老虎。一计不成，头人又要嘎成捉十只活猪。十天后嘎成赶着猪，鹅姑娘端一碗水到了头人家。她把水洒向大猪，顿时十头猪嘴上长出锋利獠牙，冲向头人，拱倒房屋。这时候，十只老虎也跳出来，把兵丁、家人都咬死了。从此嘎成和穷乡亲再不受头人欺负，过上了无忧无虑的生活。

波者和他的儿子

哈尼族十兄弟型故事。采录于云南。

国王哈则残酷剥削百姓，青年波者因租税重压，过着孤苦的生活。一天他梦见三颗星落在家中，醒来后三个小伙子进门，要做他的儿子。他们虽是独耳、独眼、独脚，但本领非凡，乡亲们得知纷纷前来祝贺。不久，三人发现父亲愁眉不展，唉声叹气，波者说出要除掉残暴国王、解救乡亲的决心。三兄弟表示，再难的事也难不倒他们。独眼爬上屋顶，发现千里外的王宫抬出一匹死马。独耳侧身听到，国王因爱马死了很是伤心。为能见到国王，独脚背起独眼和独耳，一阵风到了王宫。独脚在马周围转了三圈，死马复活。国王传令见三兄弟，三人故作傲慢，进王宫不下跪。国王暴跳如雷，独脚怒斥国王压榨百姓的罪行，闭眼绕国王转三圈，国王当场死于阶下。三兄弟把波者接到王宫，百姓拥戴他当了国王。波者把所有财产分给了百姓，从此人民过上富足安康的日子。

奇异的鹅蛋石

哈尼族宝物故事。采录于云南。

一家有爷孙俩，孙子牙约去放牛，从河滩捡回一个闪光的鹅蛋石。第二天早上，放鹅蛋石的墙角堆满了谷子。头人得到消息，派人来搜查，没有得到宝石，便把爷爷抓去吊打。傍晚，牙约带着宝石放牛回家，不见爷爷。当天晚上，爷爷给他托梦，让他带着宝石去头人家。第二天清早，他把宝石交给头人，头人立即把宝石装进大木斗内，放到供桌上，让全家围观。牙约按照爷爷的吩咐大喊三声“变”，谷子如洪水般从木斗里流出，把屋子堵得严严实实，头人全家被埋在谷子里。牙约拿起宝石，救出爷爷回家去了。

木盆的故事

哈尼族宝物故事。采录于云南。

有母子俩以卖青草为生，一天他们发现岩石后面有一片青草地，天天去割都有新鲜嫩草，便知道这是一块宝地。儿子好奇地挖开草地，挖出一个木盆。拿回家用木盆喂狗，吃剩的饭倒进去，第二天木盆里涨出满满一盆饭。他们又在木盆里放一块银子，第二天木盆里又装满了银子，母子俩从此过上好日子。这事被财主知道了，立刻抢走木盆。拿回去后，他把家里的金银财宝都放进木盆，第二天起来，木盆里却装满了石头，财主见了一下晕倒在地上。

成甫除妖

哈尼族除妖故事。采录于云南。

哈尼小伙成甫听说，娶够十二个老婆，到阴间后就不用劳动了。他娶了十一个老婆，只生了一个儿子，取名甫则。一天夜里，一个骑马的美人来投宿，他看上这个美人，于是讨足了十二个老婆。一年后这个美人得了怪病，说在梦中有个鬼告诉她，吃大老婆的眼珠能治好病。成甫把大老婆的眼珠给她吃下，果然病就好了。不久怪病复发，她又要吃二老婆的眼珠。就这样，十一个老婆的眼珠先后被这个美人吃掉了。儿子甫则长到十八岁时，美人又病了，她要甫则捎信到娘家取特效药。甫则骑着小阿妈的白马日夜赶路，遇到一位拄拐老爹，告诉他小阿妈是个七头妖精。老人在信上吹了一口气，把让妖精女儿吃掉甫则改成和甫则结婚。见面后，小妖精立即和甫则举行了婚礼，她乘着酒兴，把家中的秘密逐一告诉甫则。小妖精睡着后，甫则把宝贝一件件装进挎包，正要取火葫芦时，不小心把小妖精惊醒了。他骑上白马逃跑，小妖精揭开火葫芦，眼看就要烧到马尾，白马让他揭开水葫芦，顿时发大水把小妖精隔在对岸。快到家时，甫则弹起如意三弦，让美人现出七头妖精的原形，不一会儿七头落地死去。甫则用眼药水使十一个阿妈复明，并用事实告诫父亲：“一田莫盖双窝棚，一夫莫娶两个妻。”

◇哈尼族动物故事◇

老虎上当

哈尼族动物故事。采录于云南。

有一次，小猴不慎被猎人安放的吊扣勒住吊了起来，老虎过来，它假装荡秋千，边唱边荡。老虎好奇，要小猴为它做一副，它给小猴解套后，就按照小猴教的方法去荡秋千，结果前脚被套扣勒住吊起，费很大力气才逃命。老虎进林中看见小猴在马蜂窝下逗弄，群蜂嗡嗡叫，小猴告诉它是新买的锣正准备送朋友。小猴走后，老虎高高兴兴去敲“锣”，千万马蜂立刻向老虎袭来，蜇得它狼狈逃窜。老虎找小猴算账，看见小猴正在吃螃蟹肉。老虎饿极了，赶忙抓起正在爬动的大螃蟹往嘴里塞，结果被大螃蟹牢牢夹住嘴唇，痛苦难忍。

老鹰告状

哈尼族动物故事。采录于云南。

有一天，一只老猫去河里为四只猫儿捉鱼，捉到第四条便返回岸边，发现晾在草地上的鱼已被老鹰偷吃了。老鹰百般狡辩，还要到太阳公公处告状。太阳听完它们各自的诉说，说因为没有亲眼看到，便让它们去找云彩公断；云彩听了也摇头，让它们去找老牛断公道；老牛说，绳子比我强，整天拴着我；绳子听了摆摆手，说老鼠比我强，嘴一动我就断成几截；老鼠生来害怕猫，战战兢兢地说，猫有理，应该把鱼还给猫。这时候，老鹰只好承认自己偷了鱼。

蚯蚓受罚

哈尼族动物故事。采录于云南。

有一回，萤火虫和长腿蚂蚱去赶街，回程时天已黑下来，萤火虫在前打火照明，蚂蚱在后被火光闪花眼睛无法前行，只好到野鸡家借宿。经苦苦哀求，野鸡才同意它在窝边缩腿睡觉。半夜蚂蚱突然听到不远处有麂子的吼声，吓得它把长腿一蹬，蹬破了野鸡崽的头。野鸡失声痛哭，便去狮子大王那里告状。狮王问清原因，传来麂子，麂子申辩说一棵干树突然倒下，使得它惊叫；狮王传来干树，干树说蚂蚁天天背着土往它身上爬，越压越重，把它压倒了；狮王又传来蚂蚁，蚂蚁哭诉道，蚯蚓说地上地下都是它的地盘，我无处栖身，只好搬到干树上去；狮王传来蚯蚓，蚯蚓吞吞吐吐不肯认错。狮王用火钳烫它的脖子，掏出它的心肝，罚它永远在地下吃土。蚯蚓脖上的白印，就是那时烫出来的。

替小鸡报仇

哈尼族动物故事。采录于云南。

花母鸡孵出三只小鸡，有一天它在给孩子找食时，不幸被野猫吃掉了。秋天，三只小鸡长大了，它们决心去为妈妈报仇。它们走进苦子林，苦子果听说后非常同情它们，愿意与它们一同前去。它们到水沟边，螃蟹听说，也要前去助一把力。在路上它们又遇冬瓜、蜜蜂、牛屎，都愤愤不平，要一起去出口气。来到竹楼前，野猫正在睡觉，大家各自选好有利的位置。于是，小鸡上前高声叫，猫见到送上门的美食就扑过去。这时火塘里烧炸的苦子果崩了猫一脸炭火；猫急忙跳进水缸，被螃蟹死咬住腿；它好不容易蹬脱朝外逃，被守在门口的群蜂蜇得滚下楼，一头扎进牛屎堆。楼梯上的冬瓜滚下来，把野猫砸死了。它们终于替小鸡报了仇。

老虎背上的斑痕

哈尼族动物故事。采录于云南。

在一个大森林里面，众多飞禽走兽和睦相处。有一天，跑来一只蛮横的老虎，它先强迫走兽们替它打扫山洞，随后又强迫禽兽们替它修建避难的木栅栏。当老虎走进刚建好的木栅栏时，黑熊和野猪立刻把木栅栏钉死，将老虎关在里面。大家拿来棍棒痛打老虎，打得它遍体鳞伤，身上出现一道道黑色的斑痕。这些斑痕，一直传给了老虎的后代。

◇哈尼族写实故事◇

一 罐 银 子

哈尼族家庭故事。采录于云南。

从前有一家人养了两个懒儿子，寨子里的人都看不起他们。阿爸病重，临终前对儿子说，那块瘦地里埋着祖传的一罐银子，埋得很深，你们兄弟挖出来用。丧事办完，兄弟俩急忙扛锄头去挖银子。挖了好几天，最后把一丘田挖遍，也没找到银子。他们知道，父亲不会说假话，于是又深挖一遍，仍旧没有挖到。布谷鸟叫了，寨里人忙着春耕栽秧，他们只得平地放水，先栽秧，秋后再挖。禾苗一天天长高，由于深挖过地，长得比别人家的都高，金灿灿饱满的谷粒，人人夸赞。兄弟俩丰收了，金黄的谷子堆了半屋，弟弟突然醒悟：阿爸说的那罐银子，就是这堆谷子呀！从此兄弟俩成了勤劳的人。

铁匠和他的儿子

哈尼族家庭故事。采录于云南。

铁匠抚养着两个无娘的儿子，特别疼爱，不让他们做任何事情。铁匠老了，两个儿子也长大了，仍然什么事也不会做，天天向父亲要钱。父亲让儿子去打铁挣钱，他们却用木箱把父亲抬到街上去卖。路上，铁匠见树上有只山雀正衔着虫子给小雀喂食，他告诉儿子，自己就像雀妈妈飞东飞西，把他们一口一口从小喂大，现在老了挣不来钱，只好任他们抬去卖了。两个儿子听了十分后悔，抬起父亲返回家里。他们向父亲学会打铁的手艺，成了哈尼山上有名的铁匠，他们家的生活也渐渐富裕起来了。

◇哈尼族机智人物故事◇

阿朱尼的故事

哈尼族机智人物故事群之一。流传于云南勐海一带。故事主人公阿朱尼系农夫型机智人物，出自艺术虚构。故事大多是描写与有钱有势者斗智的作品，表现了故事主人公过人的智慧和幽默、诙谐的情趣，其中以愚弄、抨击财主松门和山官车罗的篇什较为引人注目，艺术质量较高。代表性作品如《地神作怪》《汤补七天》《对牛和地弩训话》《挖财宝》《一辈子也吃不完的东西》《买火柴》《巧煮鲜鱼汤》《送给波朗的礼物》《算卦》《背石头》。

地 神 作 怪

哈尼族机智人物故事。

山官非常迷信，连大风把树枝吹断也要去祭祀一下，因此阿朱尼常常用“神作怪”来戏弄他。有一次，山官叫阿朱尼和两个农民去挖地。天气很闷热，阿朱尼跟同伴们商量好便睡起觉来了。山官走来查看时，阿朱尼说是白胡子地神生气了，罚他们躺在地上不许动，不然山官就不得好死。山官一听怕得要命，赶忙叮嘱他们好生躺着，不许起来。过了一会儿，山官带着一对公鸡来祭地神。祭完地神，阿朱尼他们才爬起来，并且吃掉了那两只公鸡。

汤 补 七 天

哈尼族机智人物故事。

有一次财主松门带着阿朱尼出门去做生意。途中他叫阿朱尼去买十个鸡蛋来煮荷包蛋，煮好后他把蛋一下吃光了，让阿朱尼喝汤，还振振有词地说：“汤补七天，渣补三天。你比我辛苦，所以我把蛋汤让给你喝。”过了几天，松门想吃鸡。阿朱尼把鸡买回来煮熟，趁松门睡着时一口气吃光了，还喝去一大半鸡汤。他把兑水的剩汤端给松门喝，说是汤补七天，应该留给东家享用。松门气得一句话也讲不出来。

对牛和地弩训话

哈尼族机智人物故事。

有一次，财主松门家大少爷梭戈见阿朱尼在锄苞谷地，故意把牛放到他家地边吃草，并当面扯着嗓门训牛说：“黄牛，你仔细听着！我把你们赶到这里来是为吃坡上的青草，我可没叫你们糟蹋阿朱尼的苞谷秧苗。”阿朱尼见来者不善，就说：“好极了，小老爷！让我也当你面教训一下我做的地弩。”说着从窝棚里抱出七八张地弩来大声说：“地弩，我把你们安放在苞谷地边，只许你们打闯进地里吃秧苗的野物，决不许伤老爷放在山上吃草的黄牛！”说完各自行事。天黑了，梭戈仍不吆黄牛回家。黄牛在月光下走进地里去吃嫩绿的秧苗，中了阿朱尼安的地弩发出的毒箭，倒在苞谷地里了。第二天梭戈上山来，看见四条驮牛都已被打死，喊着要阿朱尼赔牛。他们一起到地里，阿朱尼看着四条躺在苞谷地里的死牛，叹着气说：“这些牛和地弩也太不听话了，主人让它们别做的事它们偏要做，看来还得教训教训，不然怪毛病改不掉。”

挖　财　宝

哈尼族机智人物故事。

有一回，阿朱尼要在山坡上盖一间新房。挖地基那天太阳很辣，他光脊背正挖时，财主的儿子罗萨走来，问他这样不惜力气，是否在挖财宝？他故意捂住罗萨的嘴说：“别声张，小心被人家听见。”罗萨高兴坏了，立刻伸手夺过锄头要一起挖，两人四六分成。他没挖几锄又动了心计，想独吞财宝，便要阿朱尼先回去吃饭。阿朱尼走后，罗萨挖得更欢，可是直到太阳落山，什么也没挖到。阿朱尼回来，接过锄头一挖，正好挖着一个水桶大的土洞，便惊叫着说罗萨把装财宝的坛子抬走了。罗萨解释不清，只好转身逃跑。几天后新房落成，寨里人赶来喝酒祝贺。罗萨没敢来，他怕阿朱尼还向他要那坛财宝。

一辈子也吃不完的东西

哈尼族机智人物故事。

阿朱尼和车罗山官家的女长工若玛相爱了，按照风俗，他去找山官老爷提亲。山官老爷说，若玛的阿达生前欠了他一大笔账，若玛到他家是顶债来的。他问阿朱尼，愿意还钱把若玛领走，还是和若玛一起为他干活儿。阿朱尼表示，两样都不愿意。山官便冷笑道：“那你得留下一样让我家一辈子也吃不完的东西。”于是，他们喊来寨里的头人、百姓作证，车罗山官当众把条件重说了一遍，并对天发誓：谁要翻悔，让谁遭雷劈天火烧。第二天阿朱尼登上竹楼，对山官说：“老爷，你要的东西我已准备好了，请你赶上所有的牛马去驮回来吧。”于是，他领着车罗山官家的牛帮、马帮，来到寨脚下的大河边，指着新挖的水井说：“老爷，我花了半天时间挖成这眼井，井水旺得很，别说老爷一家人，就是全寨人，这辈子也吃不完。请老爷赶快往家里驮吧。”车罗山官气得直瞪眼，在乡亲们的欢笑声中，阿朱尼带着若玛走了。

买 火 柴

哈尼族机智人物故事。

有一次，阿朱尼下山为山官买火柴，回来时碰到大雨，两包火柴都受潮了。山官划不着火，气得把火柴都摔下楼去，又把阿朱尼痛骂了一顿。阿朱尼将山官扔掉的火柴全捡回来，晒干后照样使用，并且将用过的火柴棍仍然装进盒里保存起来。过些日子，山官又给阿朱尼两块银圆，让他去买火柴，嘱咐他买时要试一试，看会不会着火。如果再买划不着的火柴回来，就扣他一个月工钱。这一次阿朱尼到坝子里买了件新衣便回来了，他把用过的两包火柴交给山官说：“老爷，我照你说的办了。这两盒火柴我都试过，每一根都能点燃。”山官见了这些火柴棍又气又急，但却没法儿扣阿朱尼的工钱。

巧煮鲜鱼汤

哈尼族机智人物故事。

阿朱尼和寨里人下河捉完鱼，聚在多依树下烤鱼吃。这时财主过来，要阿朱尼烧个鱼汤。大家知道，既无锅又无家什，无法烧鱼汤，财主明明是故意刁难人，都愤愤不平。财主自以为是地说：“只要烧得出鱼汤，你要什么我都可以给你。”阿朱尼笑道：“我什么也不要，只要老爷趴地上学猪叫，因为猪最蠢。如果我做不出来，我也学猪叫。”说着，他抽刀在沙滩上刨了个一尺见方的坑，砍来几张大芭蕉叶铺在坑内弄成锅状，将水和鱼放在里面，然后投入许多在火塘里烧红的卵石，把水烧得翻滚起来，终于烧出了鲜鱼汤。大家一片喝彩，财主赖不过去，只好乖乖趴在沙滩上学猪叫。

门帕的故事

哈尼族机智人物故事群之一。流传于云南西双版纳哈尼族支系僾尼人聚居区。故事主人公门帕系农夫型机智人物，出自艺术虚构。其故事大部分是针对有钱有势的富人的，以讥笑、嘲弄哈尼族支系僾尼人最大的头人竜把头的作品最为精彩。代表性作品如《狗老爷开秧门》《倒着喝水》《竜把头摇头》《老爷比狗凶》《我的心不是石头》《只有说谎了》《一盅苦水》《看一眼交十个钱》《换鱼》《懒虫还配喝茶》。

倒着喝水

哈尼族机智人物故事。

僾尼人的大头人竜把头并不识字，可是他倒拿着傣族土司写给他的信，还装出看得津津有味的样子。门帕见了，觉得十分可笑，连忙用碗底装了几滴水端给他喝。竜把头大怒，责问门帕为什么这样做。门帕说："老爷，你看信能倒着看，为啥喝水不能倒着喝呢？"

竜把头摇头

哈尼族机智人物故事。

一天，竜把头请教门帕，用什么方法能把头脑练灵活。门帕告诉他，每天只要饭后前后左右地拼命摇头，再笨的头脑也会灵活起来。竜把头如获至宝，立刻回家吃饭，吃完饭就摇起头来，直摇得头晕目眩，把吃进去的东西连同苦胆苦水一起吐了出来。等喘过气来，竜把头就说："天哪！我宁愿做愚人，也不吃这种苦头啦！"话音刚落，门帕进来说："是啊，世上只有愚人才会吃这样的苦头。"

老爷比狗凶

哈尼族机智人物故事。

有一天，竜把头得意扬扬地对门帕说：“你看我这条看门狗多凶，这回你该服我了吧！”门帕说：“我从心里佩服老爷。老爷要不比狗凶，哪能驯出这样凶的狗。”说完，他转身就走了。

只有说谎了

哈尼族机智人物故事。

有天，门帕被叫去给寨里的一个头人看病。头人首先问门帕，他还能活多久。门帕说：“我看老爷至少还能活五百年。”头人觉得他吹得太过分了，便说：“怎么可能呢？”门帕笑道：“当然不可能。老爷贪生怕死，又喜欢拍马、说谎的人，我不这样讲你高兴吗？所以今天我也只有说谎了。”

沙依的故事

哈尼族机智人物故事群之一。流传于云南红河一带。故事主人公沙依系劳动者型机智人物，出自艺术虚构。其故事大多是与财主、坏人斗智的作品，如《拔秧戏主》《何大爷拿鱼》《智取宝马》。

拔 秧 戏 主

哈尼族机智人物故事。

有一次，沙依在财主家拔秧，吃饭时，财主见他进来，赶快把桌上的腌蛋藏进罐里。到了秧田，沙依只拔了几把就不再拔起，只是把秧苗捆成把。背秧的人到地里，所有秧把都提不起来，财主方知沙依在作假，气得大声责问他。沙依答道：“腌蛋无脚都会回到罐里，秧苗有根当然会再长进土里。”财主怕沙依当众揭他的短，只好把一肚子气忍了回去。

智取宝马

哈尼族机智人物故事。

有一回，沙依来到猛勒寨，听说有个强盗抢来一匹浑身像缎子一样光亮、跑起来比风快的良马，要去送给土司。沙依想良种马应在民间传种，关在土司衙门太可惜了，便约一个小伙子到寨外老林中守候。那个强盗喝得醉醺醺经过老林时，他悄悄卸下良马让小伙子赶快牵走，自己披上马被，套上笼头，然后抓把泥抹在脸上，跟着强盗走了。走了一段路，强盗有些酒醒，朝后一看，只见自己牵的马变成了满脸污泥的怪相人，吓得魂飞魄散，怕是遇到了鬼，丢下缰绳就没命地跑了。沙依和小伙子便将良种马牵回寨子。以后人们常说："马驹是猛勒传的，能人要数沙依。"

阿特波的故事

哈尼族机智人物故事群之一。流传于云南金平一带。故事主人公阿特波系劳动者型机智人物，出自艺术虚构。其故事多数是嘲弄、抨击土司的作品，如《还钱》《抵债》。

还　钱

哈尼族机智人物故事。

土司对阿特波怀恨在心，想把他逼得家破人亡，于是假惺惺要借给阿特波二十两银子，让他去做生意。阿特波问土司怎么还钱，土司说："不会亏待你，驴打滚骡翻身，一百还四百。"一年后阿特波牵着洗刷得干干净净的驴和骡来土司家还钱。他松开缰绳，说先看看驴怎么打滚，骡怎么翻身。因为驴和骡身上不瘙痒，不打滚也不翻身，他便交给土司二十两银子说："你看清了吧，驴没打滚骡没翻身哪！"

抵　债

哈尼族机智人物故事。

有一次，土官一口咬定阿特波还欠他十两银子，要他拿东西抵债。阿特波只好说："常言道，三人为众，三物为多。老爷只能带三人到我家拿三样东西。"土官想到他家红闪闪的大柜子和亮晃晃的铜镜子，便答应了。次日土官带着仆人去他家，走到门口恶狗一头蹿出来，吓得土官直喊："给我拉走！"刚要进门，看到门上的木销子，便指着木销子叫道："给我拿走！"进了院门，他见楼梯脚扔着香蕉皮，怕滑倒，便对仆人说："给我拿走！"这时阿特波上前说："行了，老爷，请走吧！"土官懵了，阿特波指着仆人手上的狗、木销子和香蕉皮说："这不是你指着叫拿走的三样东西吗？"土官在公证人面前不好发作，只得垂头丧气地走了。

◇哈尼族寓言◇

金　蚌

哈尼族人事寓言。采录于云南。

孤儿诗戛、诗波二人相依为命，靠乞讨度日。一天两兄弟在河边拾到一个金光闪闪的河蚌，便拿到街上去卖。皇帝想买金蚌，就问他俩想做官还是想要钱。兄弟二人互相谦让，皇帝见他们如此善良，便叫诗戛当官，诗波领钱。许多年后，诗戛有权有势，诗波钱财如山，但他们还不满足，继续拼命搜刮。皇帝死后，二人都想赎回金蚌，争执不休，最后决定一人赎一半。一个大力士来打开金蚌，一道金光刺瞎了二人的双眼。他们坐吃山空，只得又拄起拐棍沿街乞讨。

蝙　蝠

哈尼族动物寓言。采录于云南。

蝙蝠混在鸟兽之间，白天它看见鸟类捕捉好吃的虫子，就扇动翅膀去分享一份；晚上它看见老鼠找到喷香的豆子，它又伸直耳朵分得一份。一天，小鸟和老鼠一同去蝙蝠那里收税，小鸟说你是鸟类要缴鸟税，它竖起耳朵说自己是老鼠；老鼠上前说，既然如此，请缴鼠税，它慌忙缩耳展翅要诡辩。小鸟和老鼠很气愤，一个扯它的翅膀，一个揪它的耳朵，才发现蝙蝠是个混吃混喝、什么也不是的怪物。从此，蝙蝠只敢黄昏以后才出来找食物。

哈萨克族故事

◇哈萨克族幻想故事◇

放牛娃塞特

哈萨克族奇事故事。采录于新疆。

从前，有一个巴依无儿无女，收留了孤儿塞特。巴依的老婆待塞特相当苛刻，总是让他不停地干活儿。夏夜，塞特去寻找跑散的牛犊，在睡梦中一个慈祥的老人教他能管好牛群的秘诀。果然，他说一声“买特”，牛群立刻卧倒；喊一声“塞特”，牛群就欢跳起来。就这样，他轻轻松松地把牛养得膘肥体壮，越来越多。塞特渐渐长大成人，巴依决定给他说个媳妇，以便继承自己的家业。可是当女方得知塞特不是巴依亲生儿子时，在得到他家一半牲畜后便毁约了。收留塞特的巴依夫妇去世后，有个狡猾的小伙愿意帮塞特到那个毁约的巴依家讨回公道。他以伴郎的身份同塞特一起来到女方巴依家，背地里冒充他是真正的独生子，和姑娘举行了婚礼。晚上，毫不知情的塞特看到那个同伴在新毡房里和姑娘拥抱，便大喊一声“买特”，二人立刻定住不动了。第二天，塞特又喊“买特”，把请来的巫婆、举棒打他的巴依都定在那里，并且向姑娘的母亲讲明真实情况。直到他们一个个哭叫着向他求饶时，塞特才让他们恢复自由。这个巴依终于把女儿嫁给了放牛娃塞特，为他们举行了盛大的婚礼。

凤凰是怎么离开人间的

哈萨克族奇事故事。采录于新疆。

坐在会飞的宝座上的苏莱曼国王，号令行于五洲四海。有一天，他对大臣们说："十八年后西方能够和东方结成姻缘。"凤凰认为东西方天各一方，这是不可能的。于是他们用王位和头颅作抵押，下了赌注。凤凰把西方王国初生的小公主偷走，送到荒无人烟的小岛，筑巢养在参天大树上。这年长大成人的东方王子到海上旅行，不幸风浪将大船吞没，他抱着木板飘到了孤岛上。王子发现了凤凰巢里的公主，便教她说话，还教她用计蒙过凤凰，住到了地上的大铁匣里。他们一起玩耍，彼此相爱，并且生下一个婴儿。每天从铁窗户给公主送食的凤凰，对这些全然不知。他如期驮着铁匣来见国王，走出来的却是抱着婴儿的一对夫妻。凤凰怕被处死，便逃离人间，再也没有回来。

阿拉曼和朱拉曼

哈萨克族奇事故事。采录于新疆。

猎人阿拉曼的妻子美丽无双。一天她的金发飘进河里，被汗王捡到，汗王便发誓一定要找到金发的主人。老妖婆愿为汗王效劳，她变成可怜的老太婆住进猎人阿拉曼的家，用荣华富贵去诱惑女人的心，使她透露了丈夫的秘密。在阿拉曼熟睡时，汗王的兵士用丝绳把他捆住，等他睡够四十天醒来，他的妻子已经进宫去了。阿拉曼虽力大无穷，却对丝绳一筹莫展。他让儿子朱拉曼进宫，设法从母亲的箱子里取回金刚石尖刀。儿子给阿拉曼松绑后，杀死了汗王，把妻子送回娘家，岳丈亲手杀死了女儿，并把小女儿嫁给阿拉曼。第二个妻子聪明能干，她帮父子俩识破妖婆的阴谋，杀死妖婆，他们终于过上了安定的日子。

三 个 强 盗

哈萨克族奇事故事。采录于新疆。

早年间，有长着大眼睛、大脑袋、长胳臂的三个强盗，靠各自的特长，互相配合，一次能偷来塔城的上万匹马，并躲过骑士们的搜查。在分赃时，他们互不相让，最后打了起来。大眼睛、大脑袋不是长胳臂的对手，只好逃跑。他们逃到山下，碰见一个鼻子大得出奇的牧人。牧人见这两人没命地逃跑，又说遇见了强盗，便让他俩到自己的左鼻孔里躲一躲。他们刚躲进去，长胳臂挥着一棵大树追了上来。大鼻子牧人想让他们先消消气再规劝，告诉他那两人在自己右鼻孔里。谁知长胳臂立即追进去，从右鼻孔一直追到左鼻孔，再次打起来。他们的厮打使大鼻子牧人的鼻孔一阵痒痒，禁不住打了个喷嚏，立即把激战中的三个强盗从鼻孔里喷了出来，撞死在山岩上。

金 尾 蛇

哈萨克族奇事故事。采录于新疆。

早年间，老两口有七个儿子，为了生活他们从早忙到晚，七个懒儿子却无动于衷。老两口祈求真主再给他们一个儿子，不久老妇便生下一条蛇，随即爬进森林了。一天老妇梦见蛇对她说，它原本是富翁，因作恶太多，转世变成蛇来赎罪。今后它每天给她手指大的一块金子，以求真主减轻它的罪恶。第二天，蛇喝完备好的一碗奶，老妇却不忍下刀，尖刀自动跳起砍下一截蛇尾，立即变成了金子。于是，老两口的生活便一天天好起来。七个儿子却更懒更贪婪了，他们总是缠着母亲，要她在蛇尾上多砍一点。这天老妇备好一大碗奶，蛇喝完，她比平时砍的长了些，刀口立刻喷血，一会儿蛇就死了。七个儿子跑进屋，拿起比指头长一点的蛇尾巴，却再也不是金子。

骑黑骏马的大臣

哈萨克族奇遇故事。采录于新疆。

有一次，公正的汗王派骑黑马的大臣去暗访民情。深夜，这个大臣到郊外一户窗下听到主妇在诅咒汗王和骑黑马的大臣。不久，那个女人被带进王宫，她对汗王说，自己是个寡妇，靠捻线养活七个孩子，但每天有一个骑黑马的大臣以汗王的名义抢走她的线和布。随后，这个大臣查到线索，追踪假冒大臣到了海底。四十个姑娘把他带到水下女儿国汗王面前。女汗王让他选个姑娘回去，他却看上了美貌无比的女汗王。女汗王提出条件，在她熟睡时，能三次使她醒来并且抬头说话，就嫁给他。晚上，大臣怎么也弄不醒女汗王，自己却累得睡着，醒来时已躺在自家的床上。汗王亲自到寡妇屋外查看，紧接着追踪到海底。和大臣一样，他想着弄醒女王的办法。晚上汗王给守在床前的宫女讲了三个故事，当和宫女争论故事的结果时，女王三次抬起头来说出正确答案，平息了争论。原来汗王追捕的假冒大臣就是女汗王，因爱慕公正的汗王，故意把他引到海底。他们举行了盛大的婚礼，并且把捻好的线和布全部归还给寡妇了。

加拜和卡尔阿霞美女

哈萨克族奇遇故事。采录于新疆。

国王艾西木为得到美貌的卡尔阿霞，便在部落征召战士，准备和美女的母亲卡拉坎皮尔开战。十六岁的加拜主动应征，成为最小的战士。为了让国王佩戴上闪烁着金银光芒的羽毛，大臣派加拜去寻找蓬松鸟。上路后，加拜按白胡子老人的指点，在河边挖坑设圈套，成功拔到蓬松鸟的两根羽毛。为讨好国王，大臣又让加拜去擒来卡拉坎皮尔胯下的黑骏马。在老人的帮助下，加拜一丝不差地做到了三件事：穿过森林衣服被挂成碎条，喂饱饥饿的公骆驼，关上四十座毡房的房门。在中间大白毡房中，他看到了被母亲用魔法安置在箱中的卡尔阿霞。美女卡尔阿霞告诉加拜，前面有三个危险的敌人，如能顺利通过，就愿意嫁给他。加拜带着箱子骑上黑骏马，通过三道险关，安然回到住地。卡尔阿霞从箱子里出来，对国王和所有战士说，不公正的艾西木国王让一个人三次踏上死路，只能变成一头公猪；给他出主意的大臣，只能变成母猪。说着抓一把土向他们撒去，让他们变成公猪和母猪，并且向众人宣布，从此加拜就是国王。她信守承诺嫁给加拜，黑老太婆亲自为他们操办婚礼，举国欢庆，万众欢腾。

一千只黑头绵羊

哈萨克族奇遇故事。采录于新疆。

有一天，一个牧羊人吆着巴依的羊群正在放牧，忽然有一千只黑头绵羊混进了他的羊群。为驱赶黑头羊，他丢失了衣裤，只得让羊群自己回圈，他搭起小窝棚守着这群黑绵羊。河边有三人钓到一条金灿灿的鱼，他用六只黑头羊换来这一条金鱼，又把流泪的金鱼放回河里。原来金鱼是鱼王的独子，为报答救命之恩，便请这个牧羊人到水底宫殿做客。临别时，牧羊人按鱼王子的嘱咐，向鱼王要了一副羊肚和一只黑母狗。随后牧羊人发现每天放牧回来，黑母狗就变成姑娘为他做饭洗衣。为了让姑娘永远留在身边，性急的他不听劝告，烧了狗皮。不久，美丽的妻子被宰相发现，为讨好国王，就命令牧羊人夫妇为前来围猎的国王和三十位大臣准备午餐。在鱼王子的帮助下，盛宴顺利进行。国王见到美女，神不守舍，要他们搬到王宫附近居住，并按美女的要求为他们盖好铁屋。每天丈夫放牧，妻子就收起屋前壕沟上的吊桥。国王看着铁屋却见不到美女，就提出进行赛马、角力、射箭，赢家的奖品为输家的女人。在鱼王子的帮助下，牧羊人全部获胜了。国王没有夺到他的妻子，反而输掉自己的六个老婆，气得一命归西。

馕 巴 图 尔

哈萨克族怪孩子型故事。采录于新疆。

吐布克拜的老伴用烤馕的面捏成小面人，突然间成为活人了。老两口非常高兴，就给孩子取名叫“馕拜尔干”（馕给的）。孩子长大后，结识的好友铁木尔和苏巴图尔称他“馕巴图尔”。他们住在用松木造的结实木屋里，每天两人打猎，一人留在家做饭。接连两天，都有一个半拃长的怪老头把铁木尔和苏巴图尔打翻在地，吃光锅里的肉。馕巴图尔回来打败了这个怪老头，追到深不可测的井底将他杀死，解救了被他抓去的人们。馕巴图尔与其中的一个美丽姑娘定为终身伴侣。守在井口的铁木尔和苏巴图尔把姑娘拉出深井后起了坏心，他们砍断拉馕巴图尔出洞的绳子，让他摔到井底，摔得粉身碎骨。后来，馕巴图尔靠井底神奇的土接好筋骨，回到地面。他找到铁木尔和苏巴图尔，除掉了仇人，夺回被他们抢去的姑娘，把他们抢来的牲畜还给牧民。随后，馕巴图尔带上心爱的姑娘回到家乡，同年迈的父母过着幸福的生活。

妖怪也怕泼妇

哈萨克族精怪故事。采录于新疆。

蒙塔伊靠打柴度日，他忍受不了老婆的吵闹、厮打，竟跑上悬崖准备自杀，妻子却抢先跳入深涧。几天后，蒙塔伊拿着绳子来到妻子跳涧的地方，却拉上来一个妖怪。这个妖怪说涧里来了一个泼妇，弄得它日夜不宁，为报答救它出来的恩情，它送给蒙塔伊一根头发。这时，国王传谕旨请人给公主治病。他点燃头发后那个妖怪立即出现，原来是妖怪使公主中邪的。蒙塔伊按妖怪所说，在公主肩上拍了三下，妖怪飞走，公主的病便好了。蒙塔伊又用同样的方法治好邻国的公主，当上了两个国家的驸马和右丞相。当他去给第三个国家的公主治病时，见妖怪正坐在公主肩上，大骂他不知足，并向他扑来。他灵机一动，声称是泼妇要他把妖怪送回山涧中。妖怪没等听完，便吓得夺窗逃走了。

◇哈萨克族动物故事◇

饿狼的幻想

哈萨克族动物故事。采录于新疆。

一天夜里，饿狼摸到一顶毡房前，里面传出孩子的哭声，妈妈吓唬道："再哭送你喂饿狼！"饿狼听后十分庆幸，便躺在外面静候孩子再哭，好饱餐一顿。天亮后孩子的哭声像美妙的音乐响起，狼高高兴兴地等着母亲把孩子送来。这时候母亲却说："快起来，饿狼真来了我会把它打死，给你做件狼皮衣。"狼一听吓得要命，挣扎着站起来准备逃离，却被阿吾勒早起的人们团团围住，将它打死后剥了皮。

驼羔的经历

哈萨克族动物故事。采录于新疆。

一峰未断奶的驼羔被巴依家当嫁妆送走了。半路上它偷跑出驼队，哀号着去找妈妈。驼羔历尽苦难回到妈妈身边，因为长时间思念孩子，妈妈已经奄奄一息，临死前让它去找哥哥，并且叮咛它路上要记住的几件事。驼羔照妈妈的叮嘱向北走去，走到山顶时，风大寒冷无遮挡，它懂得了妈妈说的"不要在山顶过夜"的含义；它走到一处旧址，狐狼不断来侵扰，它懂得了妈妈说的"不要在别人住过的旧址过夜"的意思；第三天它照妈妈说的"在阳坡上过夜"，挡住风寒睡了个好觉。第四天，驼羔找到了哥哥的驼队。驼羔走在前面总被咬大腿，走在后面又挨鞭抽，最后它按妈妈的教导跟着哥哥走在中间，吃上好草好水又安全。驼羔终于真正领会了妈妈嘱咐的全部含义。

狐狸的药方

哈萨克族动物故事。采录于新疆。

狼跟狐狸面和心不和，总想找机会整狐狸一下。一天，狼去看望得病的狮王，狮王提起狐狸，狼乘机告状说："它从不把大王放在心上，您生病不但不来请安，还做出幸灾乐祸的样子。”狮王怒不可遏，立刻传令去抓狐狸，并要亲自处死它。狐狸看着狮王背后的狼，就明白了几分，连忙说：“大王错怪了，我日夜奔忙，终于找到治您病的良方。”经狮王一再追问，狐狸故作为难地说：“特效药就是狼的肉和皮子，您先吃肉，再把狼皮裹在身上。”狮王立刻便扑向正要逃跑的狼，两口便结束了狼的性命。

进谗言的狐狸

哈萨克动物故事。采录于新疆。

虎狮亲密相处，老虎每天上山捕食，狮子在家养育孩子。一天狐狸对老虎说：“狮子不给小老虎吃奶子，哪天它身上的毛竖起来就会吃掉你。”狐狸又跑去对狮子说：“老虎每天回来偷窥，想要吃掉你。”于是，狮子和老虎都警惕起来。老虎每次返回，只见小虎不哭不闹，而且一天天长胖了；狮子每晚留心老虎，发现它的确要爬地打滚甩尾，但甩完就睡了。清晨狮子起来竖起了全身的毛，老虎吓得浑身发抖。狮子询问原因，才知是狐狸从中挑拨。远处的狐狸以为狮虎已开始吵架，企图前去火上浇油，还没有开口就被愤怒的狮子摔死了。

老狼的智谋

哈萨克族动物故事。采录于新疆。

有一个寒夜，老狼在荒原上遇到马群，因为太老，它无力捕猎，便想出一个办法。它吼叫着招来狼群，先后跑来三头狼：一头有勇无谋的狼、一头吃闲饭的狼、一头骄傲的狼。老狼对那头骄傲的狼大加赞赏：“勇士的孩子也是英雄，前面有一匹肥壮的红马，快像你父亲那样把它抓住，我们来解解馋。”受到赞扬的狼冲上前把小马肚子咬开，自己也被马踢昏了。它醒来疼痛难忍，眼看着它们仨饱餐着肥美的马肉。天亮后，牧马人抓住骄傲的狼，又对它们仨紧追不舍。老狼见牧马人骑的是一匹老马，便让大家逃向河边，甩掉追赶。牧马人又骑一匹怕冷的马追来，老狼让大家顶风逃跑，再次甩掉追赶。这时牧马人骑一匹良马追来，眼看难以逃脱，老狼就要大家分散，那两匹跑向平原的狼成为猎物，老狼躲进山沟，暗暗庆幸自己的智谋。

豹子和自我吹嘘的驴

哈萨克族动物故事。采录于新疆。

豹子想吃驴，听到驴大叫声震山谷，极有本事，便同意和驴合作。驴上山大叫，把动物都赶下山，守在山脚的豹子吃了个肚饱。随后豹子又和驴换位，动物被赶下山后，驴吓得钻进石洞，一只乌鸦飞来啄露在石洞外面的驴屁股，嘴被缩紧的驴屁股夹住。驴向豹子吹嘘自己仅用屁股就把乌鸦逮住了。驴自以为了不起，老虎过来也故伎重演，一下把驴压倒，立刻吃掉了。豹子见了后悔不迭，说道：“早知道驴没本事，该让我吃掉它。”

会弹冬不拉的公山羊

哈萨克族动物故事。采录于新疆。

有一次公山羊、公绵羊、牛犊一同远行，它们分吃了捡到的燕麦后，由牛犊背上捡到的死狐狸，一块来到一顶帐篷前。狐狸、熊和狼见它们进来，狐狸弹起冬不拉，唱起垂涎欲滴的歌，山羊也勇敢地弹唱起一首用熊、狼、狐狸的皮为主人做美好饰物的歌。狐狸看到门外的死狐狸，真以为它们带猎人来了，吓得和熊夺门逃跑。后来，躲在草堆里的狼知道上当了，便紧追到山洞里。公山羊、公绵羊和牛犊在洞里用羊角、牛蹄三面夹攻，打得狼头破血流。狼逃到山上，招来狼群报仇。公山羊、公绵羊和牛犊爬上大树躲起来，狼群一个踩一个搭起狼梯，眼看要够着时，在最下面那只受伤的狼听到公山羊在说：“上来一个我们狠狠地夹一个！”吓得撒腿就跑，肩上的狼群轰然倒下，仓皇逃窜。公山羊、公绵羊和牛犊用智慧保护了自己，因此平安无事。

骆驼报复狡猾的猴子

哈萨克族动物故事。采录于新疆。

有个猴子在树上远远望见河对岸果园里的果子，垂涎欲滴，很想弄过来吃。当它看到果树下茂密的刺草时，便有了主意。猴子来到骆驼家，声称要请骆驼吃刺草，还答应带路。骆驼背猴子过河后，便大吃起刺草来，猴子也如愿饱餐了一顿果子。后来猴子催骆驼回去，骆驼没吃饱不肯走。猴子连催几次无用，便大喊大叫，引来主人把骆驼狠揍了一顿。骆驼好不容易逃到河边，指责猴子不义，猴子百般狡辩，说自己犯病时就会乱叫，不是故意的。骆驼背着猴子回去，走到河中间，大喊犯病了要打滚。猴子吓得苦苦哀求，但已翻入水中，被汹涌的河水冲走了。

忘恩负义的老虎

哈萨克族动物故事。采录于新疆。

一头猪在大树下挖洞，发现一对虎崽在草堆里苦苦求救，它们因父母被猎人打死而无法生活。猪同情地说："我养活你们，做你们的父母。"于是，猪每天抓小动物喂养它们，与狼、熊搏斗保护它们。两年后，一对虎崽长成大老虎，一天猪对它们说："我老了，你们去找食物来养活我吧。"这一对老虎却说："你活着也难受，让我们吃了你吧。"猪一再恳求，它们一点儿也不为所动。猪无奈，只好请求两只老虎让它喝足水再吃它的肉。趁两只老虎去打水时，猪在路上安下夹子，终于把两个忘恩负义的家伙逮住，交给了猎人。

刺猬与老鼠

哈萨克族动物故事。采录于新疆。

有一次，刺猬请求在老鼠家休息几天就去盖房，可住了一个月也没有离开的意思。老鼠对这位不请自来的客人有些生气，便让它回家。刺猬反而光火，说道："哪见过从家里赶客人的！要是嫌我不方便，你另找住处吧！"刺猬赖着不走，老鼠只得带着孩子离开自己的家，另找住处去了。所以说，老实人家客做主。

◇哈萨克族写实故事◇

秃子御马监

哈萨克族官吏故事。采录于新疆。

国王的马群连年遭灾，换了几任御马监都不管用。眼看马匹越来越少，国王便派办事妥帖、讲实话的秃子侍卫出任御马监。经秃子御马监精心放牧，马匹膘肥体壮，很快数量过千。国王十分满意，在群臣中不断夸奖秃子御马监，因此招来宰相的嫉妒。一天宰相和国王打赌，他说世上根本没有不说谎话的人，同时暗中派两个女儿去勾引秃子御马监。秃子御马监架不住她们软磨硬缠，竟答应杀掉国王心爱的乌骓马来招待两位美人。冬去春来，秃子御马监赶马群回宫，不知怎么向国王交代，他一路上编了很多假话都不能自圆其说，倒是无意中说了真话才感到心安。于是他如实禀报，国王赌赢了，降旨将宰相的女儿嫁给秃子御马监，并封他为宰相，取代了心术不正的老宰相。

聪明的王后

哈萨克族机智故事。采录于新疆。

两个马车夫为争一匹小马驹到王宫去告状。汗王不在，王后把马驹判给了真正怀胎马的主人。汗王对聪明的王后本来就不服，得知后不分黑白，故意把马驹判给了空胎马的主人，并以“目无君王，擅自断案”为由，把王后休了。汗王让大臣满足王后最后一次要求，然后让她远离王宫。王后要汗王陪她到郊外果园游玩，她一杯杯劝酒，把汗王灌醉后扶上马车，亲自驾车到邻国国界。汗王醒来时，王后说，我按您的旨意，喜欢什么就拿什么。我只喜欢您，所以赶车把您拉到这里。汗王终于服了王后的聪明才智，收回成命，接受王后对他的惩戒，跟车步行回宫。

湿牛粪里藏珠宝

哈萨克族机智故事。采录于新疆。

从前，有一个孤儿给商队头目当用人。一路上他起早贪黑，精心伺候，头目格外满意，从罗马返回时，赏他四枚珠宝。孤儿把珠宝小心包好，藏进湿牛粪袋里。驼队走进山谷，冲出一伙强盗，把商队的金银珠宝打劫一空。强盗要搜孤儿，他打开生火用的牛粪麻袋，抓出几块扔在强盗面前。强盗闻到臭气，捂着鼻子走开了。回到故乡，孤儿变卖珠宝，娶了媳妇，过上舒心日子。

一首动人的悲歌

哈萨克族婚恋故事。采录于新疆。

孤儿艾斯泰克是有名的皮靴匠，他的歌喉和手艺一样蜚声草原。贪财的巴依把女儿嫁给老头子当小老婆，请来艾斯泰克做靴子。靴匠动听的歌声和娴熟的技艺牵动了姑娘的心，她深深地爱上了这个靴匠。在母亲的帮助下，她和靴匠逃离故乡。一年过去，巴依抓回已有身孕的女儿，又把她嫁给了老头。姑娘忍辱生下儿子，自己却得绝症卧床不起。一天，她在病榻上突然听到了那支熟悉的悲歌《椋鸟》，抱起婴儿循声跑去，终于扑进了靴匠的怀抱。姑娘留下孩子，使出最后的力气投入额尔齐斯河。失去了希望的靴匠不久也离开了人世，这支凄婉的歌却永远留给了草原上的人们。

好　妻　子

哈萨克族巧媳妇故事。采录于新疆。

有一次，一个贤明的公主因说了一条真理：好妻子能使窝囊丈夫登上王位，坏婆娘却拿贤能丈夫的头当锣敲碎，竟被父王赶到最偏僻的地方，嫁给一个笨拙的小伙子，要看她如何把窝囊丈夫扶上王位。公主受到这样的惩罚，不仅没有感到不幸，反而百般关怀自己的丈夫，让他学会了不少生产技能，还帮丈夫战胜了妄图讹人的商人，赢得了商人的商店和全部财产。公主又教丈夫经商，使他一天天聪明干练起来。一天，公主听说国王要来这一带打猎散心，便用计引父王到家中做客，让他当众答应了小伙子的条件，将王冠、宝座作为瞻仰先知容颜的见面礼。小伙子得到了王冠和宝座，国王也见到了先知，这个先知就是被他逐出王宫、嫁给窝囊丈夫的公主。

智慧和箴言

哈萨克族哲理故事。采录于新疆。

从前，有一个巴依的儿子花四千金币买回八句箴言，随商队出去闯荡。一路上，字字珠玑的箴言给了他无穷的智慧和勇气。不论沙漠中取水、井底遇到凶魔还是随义父经商险遭杀身之祸，他都能大难不死，逢凶化吉。他成为富商衣锦还乡，误将成年的儿子当成妻子的情夫。在气愤使他失去理智时，猛然想到骑单峰驼老人给他的两句箴言：“饱经忧患的世人，难免有神志迷乱的时候。当惊疑遮蔽了双眼，要以心代目思前想后。”他勒马回头，终于弄清真相，得以和阔别多年的老父、妻儿团聚。

聪明的阿吾肯

哈萨克族哲理故事。采录于新疆。

有一个比官已经年迈，他想把权交给聪明能干的助手阿吾肯，好继承事业。为考验阿吾肯，比官提议去他家做客。阿吾肯跑遍市场，买回一条牛舌头和各种调料，做成一道可口的菜。比官吃得非常满意，又让他做一道最难吃的菜。阿吾肯又买回牛舌头做成一道菜，比官问他，为什么最贵重的菜和最难吃的菜都是牛舌头？阿吾肯说：“成功靠舌头来宣扬，舌头能带领人走向幸福，能提高人的尊严；古头也能把好人陷害致死，使相爱的人反目成仇，像一根火柴，烧掉整个草原。”比官连连点头，回去便把职位让给了阿吾肯。

好爸爸的忠告

哈萨克族哲理故事。采录于新疆。

一位父亲委托他的朋友把儿子带出去经商，临行他对儿子说，不要带什么礼物回来，只要把每顿吃剩下的馕渣带回来就行。儿子随父亲的朋友走了许多国家，大开眼界。眼看要踏上归途，他才想起父亲的嘱咐，干脆在馕房买了一麻袋的馕渣。商队走到荒无人烟的戈壁，人畜断了粮草，幸亏小伙子的馕渣，才勉强支撑着走出了荒漠。儿子到家叙述了全部经过，父亲满意地说：“惜食有饭吃，惜布有衣穿。平时最不起眼的东西，关键时刻能救命啊！”

◇哈萨克族机智人物故事◇

阿勒达尔·科萨的故事

哈萨克族机智人物故事群之一。流传于新疆及青海、甘肃哈萨克族聚居区。在新疆维吾尔族、柯尔克孜族中亦有流布。故事主人公阿勒达尔·科萨，又译作“阿尔达尔·考萨”“阿勒达尔·阔塞”“阿勒的尔·库沙”等，属劳动者型机智人物，出自艺术虚构，其名字意为“没有胡须的善骗者”。他常常以诓骗的手段对付国王、汗王、官员、巴依、高利贷者、奸商、巫婆乃至魔鬼，给予无情的戏弄、嘲讽、打击，替受害者伸张正义。其故事数量较大，艺术质量较高，一般都具有鲜明的思想倾向性和地方特色、民族风格，是哈萨克族民间文学的一朵奇葩。代表性作品如《阿勒达尔的降生》《阿勒达尔绰号的来历》《赢了国王六千金币》《国王的命令》《国王母亲之死》《阿勒达尔分鹅》《阿勒达尔卖驴》《四十头犍牛》《母马掉驹》《巧夺宝马》《和魔鬼斗智》。其故事在哈萨克斯坦也广为流传。

阿勒达尔的降生

哈萨克族机智人物故事。

敦厚老实的阿勒旦（意为“受骗者”）常年替巴依牧羊，到头来仅仅得到一头羊顶工钱。他到汗王那里去告状，汗王骗了他；他找霍加评理，霍加骗了他；他到市场上买东西，生意人骗了他……他走到哪里都受有钱人的欺骗，有苦无处诉说。他老年得子，为孩子取名“阿勒达尔”（意为“善骗者”），希望孩子长大成人后专门对付那些骗子。阿勒达尔成人以后果然去找那些欺骗穷人的家伙斗法，让他们吃尽了苦头。

阿勒达尔绰号的来历

哈萨克族机智人物故事。

有一次，阿勒达尔得到一个消息，原先被他骗过的巴依、商人、国王等选派了六十个阴险毒辣的家伙在追踪他，要进行报复。于是他宰了七只羊请村里人来帮他挖坟，他说：“好人们，我不会忘记大家对我的照顾。我只剩一天半的阳寿了，活着的时候，我的房子是带天窗的毡房，我死后的坟墓也要和它一样。”半夜，他把足够十天用的水运进坟里，又把火石、火绒、火钩和柴火放了进去，次日便披上白尸衾，跟老婆孩子道别，钻进了坟墓。第七天，亲友们正为阿勒达尔做七日祭，那六十个家伙到了，因为阿勒达尔没有活着落入他们手中，便忿忿然蹲在坟上拉屎出气。他们每人蹲上窟窿时，都挨了一下烧火钩的烫，但谁也不敢吭声。他们养好伤来到邻近的王宫里。这时来了一位富翁对国王说，他叫考叟（火钩），他有六百名奴隶，最近有六十个坏家伙逃走，四处拦劫抢掠，听说现已逃到王宫。他们每人屁股上都烫有火钩印，可以此为证。国王派人一查属实，便按考叟的意思，把他们卖给了远方来的商人。考叟拿到金子回村便出名了，大家把他的名字叫俗了，掉了个音，便成了“科萨”，意为没胡子的男人。

赢了国王六千金币

哈萨克族机智人物故事。

有一回，国王传旨：“天下谁能说谎使我信服，就送他六千金币和一只金鸟，如果是富人还可封为省城的伯克。假如骗不了我，有钱人剥夺他的全部财产，穷人就要他的命。”巴依和伯克们听到有这样升官发财的机会，纷纷来到王宫，变着花样编织谎言，可是都因骗不了国王被没收了财产。有天，阿勒达尔夹着一个大口袋来对国王说：“我不会说谎，但有件事要禀明陛下，当年您父王在各处浪游时迷路到了我家，我父亲热情款待他，临走时他指着我说：‘等我儿子继承了王位，传旨要人说谎时，你就让这孩子到王宫里去拿金子。’说完，您父王就用这条口袋装满金子拿走了。”接着他把叠成八层的大口袋撑开给国王看：“陛下，您要说我讲的是假话，就把许下的东西给我；要说是真话，就用这只口袋装满金子还我。”因为那只口袋太大，国王只得给了他六千金币和一只金鸟。

国王的命令

哈萨克族机智人物故事。

有一天，国王把阿勒达尔召进宫里说：“明天你到宫里来，既不骑马，又不是步行；既不是穿着衣服，也不是光身子；既不是朝前走，也不是往后退。你要做不到，就提着脑袋来见我。”第二天，阿勒达尔浑身一丝不挂，腰间系条妻子的大头巾，把穿的衣服驮在马背上，马拴在离王宫不远的大树上，然后一只脚搭在山羊背上，一只脚踏在地上，身子和脸向侧前方，一蹦一跳地向王宫走去。王后一早出宫看到他，惊叫着飞奔回去，告诉国王有个怪物来了。国王正在称金子，吓得拉上王后逃向一里外的大臣村。大臣们听了国王讲述的怪事，说：“哎呀，陛下，说不定是您给出难题的那个阿勒达尔哩！”一位大臣快马去追时，阿勒达尔正驮着国王撒落的金子往回走。他听到有人追来，故意从马上摔下来，任马朝前跑去。大臣让他把金子交出来，他说受惊的马驮着金子跑了，要大臣把马借给他去抓惊马。大臣怕丢了金子回去无法交差，只好借给他。他骑上马说：“罚你步行回去转告国王，他给我的命令真好，我执行了，得了一袋黄金的酬劳，请替我谢谢国王。”说完便疾驰而去。

国王母亲之死

哈萨克族机智人物故事。

国王的母亲沉迷巫术中了魔，她让人做了一把弯曲的考布孜（一种乐器），唱着巫师的曲调到处串游。在一个游落（游牧民族的居住点）里，她学着巫师骗人的把戏，用烧得通红的火钩放在自己舌头上，结果没喊出声音便倒地蹬腿了。牧民们万分惊慌，担心国王会滥加罪名，惩罚百姓，便请来阿勒达尔帮忙。阿勒达尔把老太婆打扮成头戴凤冠的姑娘模样，头上盖块方巾，让她端坐在骆驼鞍上，他骑马牵着骆驼来到巴依村。村里的有钱人都跑来戏闹，他乘机用锥子狠扎骆驼，受惊的骆驼把老太婆摔在地上，他的马也被撩惹得跑出去很远。他走回来挤进人群，揭起老太婆的面纱说：“好哇，穷汉村把国王的母亲打扮成新媳妇，到了巴依村，你们干脆把她打发了。我看你们怎么向国王回话！”巴依们听说是国王的母亲，可吓坏了，答应给他相当于十个姑娘聘礼的牲畜，请他去国王那里说情。阿勒达尔埋掉老太婆，牵着一只驯熟的狗熊来对国王说：“您的母亲惹恼了神，那神就把她点化成这般模样。”国王看到狗熊穿的衣服、抓的考布孜都是母亲的，信以为真，为了顾全自己的面子，终于答应阿勒达尔四皮囊金子的要价，让他尽快把狗熊扔进山里。阿勒达尔把狗熊卖给耍熊的外乡人，驮着金子回家乡去了。

阿勒达尔卖驴

哈萨克族机智人物故事。

阿勒达尔对父亲说："我要把商人骗去的钱给你讨回来。"他要了一头灰驴、一枚金币和一块新地毯，来到牲口市上对商人们说："这头驴是吃葡萄干、喝牛奶、屙金子的神驴，是拥有万两黄金的王子，我要把它卖给真正的买主。"说着从怀里掏出一只银碗，接在驴尾巴下，让粘在肛门上的一枚金币"当啷"一声落在了碗里。商人们争相和他讲价，阿勒达尔分毫不让：四万个金币，少一个也不卖。最后，大家凑够钱买下了灰驴。他们按阿勒达尔的嘱咐，修了一幢房子，把驴拴在房中地毯上，然后将门封死，每天往窟窿里喂进大桶的牛奶和葡萄干，等待着四十天后能得到大量金子。这时阿勒达尔已背着四万金币回到自己村里去了。

阿勒达尔分鹅

哈萨克族机智人物故事。

有一次，国王宰了一只很肥的鹅，煮熟后请阿勒达尔来帮他分鹅肉。阿勒达尔拿起刀说："陛下，您是一国之主，万民之首，这鹅头理应归您；王后娘娘是您的终身伴侣，就像头离不了脖子，所以脖子应归她；您两个弟弟是您的臂膀，这一对鹅翅是他们的。"说着，他把这些部位一一切下来分给他们。国王好生气恼，可是这都是他自找的不自在。阿勒达尔继续分："两位王子好比您的两只脚，您百年之后还靠他们在此立足。"于是把两只爪子给了两个王子。最后他说："陛下，您这样看得起我，让我来分鹅，那么剩下的我就凑合拿上吧。"说完，拎起整个鹅身迈出了宫门。

母马掉驹

哈萨克族机智人物故事。

在阿尔卡山旁的城市里有一个毕官员，他的母马掉了驹，硬说是山上的儿马嘶叫造成的，就派人去叫山里人赔偿。这时候阿勒达尔来了，他借了一头公牛、一支枪和一只山羊去和毕官员讲理。他说："我们山里的官员笨得像我骑的公牛，山里的毛拉懦弱得像我抱的山羊，你有什么就对他们说吧。”说着就朝毕官员的狗开枪，毕官员急忙上前阻拦。阿勒达尔说：“山里的羊被狼吃了，你的狗在城里为什么不叫？干脆打死算了。”毕官员说：“羊在山里被狼吃了，狗在城里怎会知道？”阿勒达尔说：“那么我们的公马在山里叫，你的母马怎么能听到呢？”毕官员张口结舌，无话可说，阿勒达尔获得胜利，高高兴兴回山里去了。

巧 夺 宝 马

哈萨克族机智人物故事。

有一日，阿勒达尔在牧羊人家投宿，听说奇海巴依豢养的强盗从远处偷了一匹宝马。因为害怕别人留种，奇海巴依就要强盗将这匹宝马带到深山里去喂养。阿勒达尔为帮牧人得到良种马，当晚便躲进了橡树林。清晨，喝了一夜马奶酒的强盗在马背上打着盹经过这里。阿勒达尔悄悄把牵在后面的宝马带进密林，自己套上笼头，披上马被，抓两把青泥抹在脸上，任强盗牵着走。突然他停住脚步，强盗一下惊醒了，睁开眼睛看到自己牵的宝马变成了怪物，吓得飞奔而逃。阿勒达尔骑回这一匹青骢仙脸宝马，把良种马留给了哈萨克牧民。

霍加·纳斯尔的故事

哈萨克族机智人物故事群之一。流传于新疆及青海哈萨克族聚居区。故事主人公霍加·纳斯尔，曾译作和加·纳斯尔，其人即维吾尔族、柯尔克孜族、乌孜别克族、塔吉克族的机智人物阿凡提。他的故事较多，代表性作品如《谁比可汗的力量大》《霍加·纳斯尔和可汗》《说出了大伙的心里话》《吝啬巴依养瘦狗》《死了的锅》《霍加的梦》《假证人的回答》《霍加和小偷》《怕妻子听不见》《我睡着了》。

谁比可汗的力量大

哈萨克族机智人物故事。

有一天，可汗问霍加·纳斯尔，世上有比可汗的力量还大的人吗？霍加说：“有，就是种庄稼的人。”可汗不以为然。霍加说：“庄稼人要是不给粮食吃，可汗的力量从哪里来呢？”

霍加·纳斯尔和可汗

哈萨克族机智人物故事。

有一天，霍加·纳斯尔和一个财主到可汗那里打官司。他早料到财主要向可汗行贿，快宣判时故意咳了一声，并用手向可汗指了指自己鼓鼓囊囊的怀抱。可汗以为霍加要送大块金银，便宣布霍加无罪。事后可汗问霍加要金银，霍加说：“陛下，我用手指向怀抱示意，是要您公道一点，不然我就用怀里的这块石头砸死您。”可汗无言以对，只得放霍加回去。

说出了大伙的心里话

哈萨克族机智人物故事。

有个非常有钱的巴依，一辈子吝啬得要命，对穷人、奴仆格外刻薄。他死后，大家正要把他放进坟里去时，霍加·纳斯尔分开参加葬礼的人群，走到尸体前看了看说：“唉！我们的巴依老爷也只裹两层布去吗？我还以为他把遍地的牛羊和数不尽的财宝全带上走了呢！好啦，埋吧！”他说出了大伙的心里话，坟坑周围的穷人听了都笑了起来。

吝啬巴依养瘦狗

哈萨克族机智人物故事。

有一次，有个吝啬的巴依让霍加·纳斯尔帮他找一条猎狗。几天后，霍加给这个巴依牵了一条像毛驴似的狗来。巴依问：“这样肥的狗能做猎狗吗？”霍加回答：“老爷，别生气。这样肥的狗叫您养，我保证它不几天就变瘦啦。”

霍 加 的 梦

哈萨克族机智人物故事。

有一次，霍加·纳斯尔到吝啬的两兄弟家做客。主人把煮熟的鹌鹑收起来，只请他喝茶。临睡前兄弟俩说，他们三人当中谁晚上做的梦最好，这只鹌鹑就归谁吃。次日清晨，老大说他梦见自己一家骑着神鸟向太阳、月亮飞去，所到之处遍地财宝，应有尽有；老二说他梦见自己被百姓推选为可汗，全家过上了非常富裕的生活；霍加·纳斯尔说，我在梦中看见你俩都过上幸福、富有的日子，心想这只鹌鹑对你们还有什么用呢？于是我半夜起来把它吃了。兄弟俩揭开锅一看，锅里的鹌鹑果然不见了，气得目瞪口呆。

假证人的回答

哈萨克族机智人物故事。

有一天，霍加·纳斯尔的邻居诬告别人借他的小麦没还，让霍加·纳斯尔出庭作证。审判时，霍加·纳斯尔对喀孜说："大人，我亲眼看见这人借过他的大麦。"邻居赶忙纠正说："霍加，你忘了，我借给他的是小麦。"霍加·纳斯尔叹道："唉！管它小麦、大麦，反正我是假证人。"

怕妻子听不见

哈萨克族机智人物故事。

霍加的妻子病得很厉害的，这天一位朋友来探望病人，见霍加正跪坐在妻子身边大哭，慌忙去开导他，说这样哭不吉利。霍加边拭泪边说："我趁现在有空先多哭点儿存着，等我老婆死去，事情就多了，哪儿还有工夫哭哇？再说那时候我无论怎样哭，我心爱的老婆也看不到听不见了。"

我 睡 着 了

哈萨克族机智人物故事。

有一次，霍加的一位熟人看见霍加在眯缝着眼晒太阳，就问他是否睡着了。霍加睁开眼说："唔！你想说什么，我听着呢。"那人表示要向他借几个钱花。霍加赶忙闭上眼说："我怎么听不见你讲的话呀？啊！原来我已经睡着了。"

吉林谢和卡拉恰希的故事

哈萨克族机智人物故事群之一。流传于新疆哈萨克族聚居区。故事主人公吉林谢和卡拉恰希是夫妻，均系劳动者型机智人物，出自艺术虚构。他俩能言善辩，足智多谋，善于同包括可汗在内的形形色色统治者、剥削者进行较量，伸张正义。其故事大多精彩、风趣，如《吉林谢选妻》《洗牛肠》《猎家畜》《早点进天堂》《往下长》《阿卡西别特》。他俩的故事在中亚地区哈萨克人聚居区亦有流布。

早点进天堂

哈萨克族机智人物故事。

一日，可汗向吉林谢夸耀自己的宫殿富丽堂皇、雄伟壮观，在此久住，日后到天堂里去也不会感到陌生。吉林谢提醒可汗，人们都想到天堂去，天堂哪儿能容纳那么多人？要是比你大的可汗先去占了好地方，你又到哪儿去呢？可汗问他如何是好。吉林谢说："陛下，依我之见，还是早点儿去为好，只要七天七夜不吃饭就行了。"可汗忙说："七天不吃饭不就饿死了？"吉林谢道："那你还想活着进天堂吗？"可汗无言以对。

往　下　长

哈萨克族机智人物故事。

有一天，矮墩墩的可汗问吉林谢，人们出生后都在往上长，为何他老往下长呢？吉林谢说："陛下，因为你吃的苛捐杂税太多了，你的肚子总是鼓鼓囊囊的，老拽着你往下长哩。"可汗请他想想办法，他连忙说："陛下，你不必发愁，这正是件好事。你越往下长，不就离坟墓越近了吗？"

洗　牛　肠

哈萨克族机智人物故事。

可汗总想霸占吉林谢漂亮的妻子卡拉恰希，一计被挫，又施一计。这天可汗让吉林谢牵去四十头犍牛，命他六天后宰了送四十副干净的肠子来，但不准用水洗，要是肠子里有一点儿杂物，就把他处死。卡拉恰希得知此事，忙劝慰丈夫，主动表示由她来处理。她整整五天不给那些牛吃一口草，喝一口水。第六天她派两个强壮的小伙子使劲儿抽打着牛群向山上跑去，当牛跑得筋疲力尽，一步也走不动时，她才让屠夫们把牛全部宰了。那些牛几天没吃喝，肚子里早就空空如洗了，即使有点儿杂物，也在剧烈的奔跑中颠出来了。当吉林谢把四十副干干净净的牛肠送给可汗时，可汗一看就傻眼啦。

赛尔克巴依的故事

哈萨克族机智人物故事群之一。流传于新疆哈萨克族聚居区。故事主人公赛尔克巴依系劳动者型机智人物，出自艺术虚构。其故事既有嘲弄有钱有势的富人之作，也有劝人改过之作，颇为诙谐风趣，有《狗的父亲》《做客》《麻烦你了》《改邪归正》等。

狗 的 父 亲

哈萨克族机智人物故事。

有一天，赛尔克巴依被一个巴依养的恶狗咬个不停，巴依坐在门口却视而不见。赛尔克巴依气得举起鞭子把狗打跑了。这时候，巴依挖苦道："还是哥哥厉害，把弟弟打跑了。"赛尔克巴依说："是啊，弟弟被打跑了，它父亲一定很难过。"

麻 烦 你 了

哈萨克族机智人物故事。

有一回，赛尔克巴依在林中伐木，有个爱占便宜的人趁中午休息时来偷木头。他刚钉好蚂蟥、绑好套绳，准备把木头拖走时，赛尔克巴依过来说："朋友，麻烦你了，我正犯愁如何把木头运回去哩！你真帮了我的大忙。这样我下午运木头就方便多啦！"那人哑口无言，赶快溜走了。

改邪归正

哈萨克族机智人物故事。

有一天，赛尔克巴依丢了一头奶牛，便想出一条妙计来对付偷牛的小偷。一天夜里，小偷骑着偷来的马经过墓地时，赛尔克巴依猛然跳出来将小偷劈头盖脸地痛打了一顿。小偷看他身穿雪白的寿衣，吓得扔下马便跑回家去了。赛尔克巴依随即将马牵去送还失主。小偷吓得患了重病，上门向赛尔克巴依求医。赛尔克巴依要他讲出真情才能对症下药，他只好如实讲了那晚盗马的经历。赛尔克巴依说，你那晚定是碰上勾命天使了，你只有退还所有赃物，从此洗手不干，才能保住性命。那个小偷赶忙一一退赃，并且改邪归正，再也不敢行盗了。

◇哈萨克族寓言◇

装死的狐狸

哈萨克族人事寓言。采录于新疆。

有个老头儿在打柴路上看见一只死狐狸，便装进褡裢里带回了家。家里没柴烧，老婆见他空着手回来很抱怨。他摘下头上的皮帽就扔进火塘烧茶，还对吃惊的老婆说："不要急，我抓来的狐狸足够做几顶新帽子。"可是他打开褡裢，只见一个大口子，狐狸和带去的干粮都不见了，这时旧皮帽也烧得差不多了。从此他逢人便说，不要有了新的就扔掉旧的。

四个朋友

哈萨克族动物寓言。采录于新疆。

野鸡、兔子、猴子和大象是森林里的好朋友。有一次，野鸡从九重天上含下一粒果树种子，兔子把种子种在地里，猴子经常施肥，大象天天浇水。不久果树结下果实，野鸡、猴子、大象都能够着，只有兔子吃不到嘴里，急得流口水。果树一年年长高，大象的鼻子也够不着了，四个朋友就有了争论，大象说："不要忘记我们付出的劳动，光你们两个吃不公平。”野鸡和猴子听不进去，只管自己吃饱。兔子和大象去找人评理，人听完它们各自摆功，认为大家都有功劳，应该有福同享。它们终于找到共享成果的办法，大象站在树下，猴子爬到象身上，兔子爬到猴子身上，野鸡站最上面摘果子，然后再依次递下来。从此，四个朋友再没有争吵和怨恨，果树也在它们共同的培育下枝繁叶茂，果实累累。

钩心斗角的下场

哈萨克动物寓言。采录于新疆。

狼和狐狸交上了朋友，一起去追捕猎物。狼发现狐狸很狡猾，便狠狠咬了它一口，让它怀恨在心。一日，狐狸抓住一只斑鸠，正要吃时，斑鸠求饶并带它到死马跟前。狐狸饱餐一顿后，发现马颈旁的杂草中有陷阱，非常兴奋，立即去找狼来吃美味。狐狸怂恿狼来到马颈旁，自己叼着马后腿筋在暗中观望。这时候，狐狸不小心把马腿筋嵌进牙缝里拽不出来，狼庆幸朋友倒霉了，正大口嚼食马颈时，腿一软掉进陷阱，狐狸也被牙缝里长长的马腿筋一起拉下陷阱。这对朋友把马肉吃光，把马腿筋拽出后，共同达成协议，先把矮小的狐狸驮了上去。可是狐狸不守信用，还摇动大尾巴嘲弄狼。狼趁狐狸不防备，跃起咬住狐狸尾巴又把它拉进陷阱。不等狼收拾狐狸，猎人就来把这对朋友送到另一个世界去了结旧账了。

老虎和松鼠

哈萨克族动物寓言。采录于新疆。

老虎是统治森林之王，非常凶狠。有一天，它落到猎人的网里，怎么也无法脱身。它看见树枝上有一只松鼠，便央求它下来救自己。松鼠马上从树枝上跳下来咬断网绳，救出老虎。老虎脱身后，觉得自己太丢脸了，就露出凶狠相，要用虎掌捏死松鼠。松鼠一下跳到树枝上，摆动着大尾巴说：“大王，你不要忘了，你再强悍，有时候也需要小松鼠的帮助哟！”

傣族故事

◇傣族幻想故事◇

阿銮故事

傣族长篇英雄人物传奇故事的总称。流传于云南德宏傣族景颇族自治州、西双版纳傣族自治州一带。阿銮是故事里面的英雄形象，在故事中起着主导作用，成为中心人物。据说在遥远的果色果措地方，有九十九座大山上长着九十九棵大树。其中格外高大的那棵树的根部有一个树洞，树洞中有五个神蛋像绿色宝石一样大放异彩。后来五个神蛋被暴风刮走，飘落到不同的地方，投胎变人，都成为佛祖。除第五个佛祖尚未出生外，已经出世的第一个佛祖是鸡所孵出的，第二个佛祖是母牛所生，第三个佛祖是龙所生，第四个佛祖便是古德玛（释迦牟尼）。相传古德玛修行五百五十世才成为佛祖。阿銮故事讲述古德玛修行五百五十代所受的磨炼经历。阿銮故事大都有如下情节：阿銮从小经历各种各样的艰难困苦的考验，但他们往往都得到天神或者高僧的帮助，有的传授本领，有的赠送宝物，阿銮总是用战争的手段制服各种邪恶势力，从而得到美丽的妻子，登上王位，过上美满幸福的生活。尽管阿銮故事与小乘佛教关系很密切，但其内容却与世俗的社会生活有着千丝万缕的联系。据说阿銮故事共有五百五十部，目前已搜集到一百多部。阿銮故事还以叙事长诗的形态在民间流传。阿銮故事的代表作有《召树屯和喃唔罗娜》《婻金波》《粘响》《太阳公主》《檀香树》《十二个姑娘的眼珠》《象牙姑娘》《阿銮桑吉沙》《九颗珍珠》等。结集出版有《阿銮故事集》。

召树屯和喃唔罗娜

傣族阿銮故事。采录于云南。

召勐海的儿子召树屯带着弓箭出外寻访意中人，在路上结交的一位猎人告诉他，在朗丝娜湖边每七天就有七位孔雀姑娘飞来。召树屯在湖边偷藏了七妹喃唔罗娜的孔雀氅，二人一见钟情，便一起回到勐海。不久发生战事，召树屯夫妇俩设下计谋，由召树屯带兵阻击敌人，并且故意败阵。召勐海的卜卦者阿章龙进谗言，要杀害喃唔罗娜。喃唔罗娜在刑场上请求披上孔雀氅最后跳一次舞，趁机化为孔雀飞回家乡勐庄哈。召树屯按计划诱敌深入，围歼敌人后凯旋。他得知妻子受迫害被逼走，当场昏倒在地，醒来后立即跨马去寻找喃唔罗娜。在帕拉西的指点下，召树屯踏上艰辛的旅程，凭着智慧与勇敢，经过无法涉渡的流沙与江河，穿越忽开忽闭、能把人夹死的山峡，由怪鸟把他运载到勐庄哈，夫妻终于见面了。但魔王提出几个难题，在喃唔罗娜的帮助下，召树屯取得最后胜利。于是，喃唔罗娜告别众姐姐，驮起召树屯飞回勐海，与全家人团聚。

婻金波

又名《一零一朵花》。傣族阿銮故事。采录于云南。

勐巴拉纳西国王虽然娶了六个王后，但老年无子，他又在一个穷乡村里找到了一位吃了一百零一个螃蟹的姑娘婻金波做王后。不料战火突起，勐巴拉纳西国王不得不披挂出征。婻金波生孩子时昏迷过去，六个王后趁机派人拿来一只狗，同时把她生的一百个男婴和一个女婴扔到猪圈里面。国王击退敌人回来，得知婻金波生的是一只狗，立刻把婻金波撵进牛圈。六个王后紧接着勾结卦师去追查那一百零一个孩子的下落，却没有结果，因为他们已经被母猪、白象和山上的老爷爷搭救了。后来他们被六个王后派出去的宫女发现，很快都被毒死了。埋葬这些孩子的地方，长出一百零一朵鲜花。六个王后发现这些鲜花后，立刻派人把它们挖出来扔到河里。搭救孩子的老爷爷含恨而死，死后变为一个仙人。一对老夫妇从河里拾起那些鲜花后，鲜花立即变为一百零一个孩子。仙人抱来公鸡，并且指点他们去跟国王斗鸡，同时寻找自己的妈妈。国王斗鸡失败了，一百零一个孩子提出条件讨要一个善良的妇人，他们从牛圈里请出婻金波，终于和自己的妈妈团聚。这时候国王才知道真相，让六个王后得到了应有的惩罚。

檀 香 树

傣族阿銮故事。采录于云南。

一个富翁有两个老婆和两个女儿，大老婆玉尚生的女儿叫帕喊，小老婆洛夏生的女儿叫帕算。这个富人病死后，大老婆玉尚为霸占家产，把小老婆洛夏推进荷塘淹死了。塘里出现一条大金鱼，帕算一到塘边它就游出来，帕算确信它就是自己母亲变的，常常包饭团去喂它。玉尚发现后，捉来杀了金鱼。帕算按金鱼临死前讲的话，把鱼骨埋在荷塘边。不久荷塘边长出一棵檀香树，芳香弥漫四野。勐巴纳西王子俊那闻香寻到树旁，见一俊秀姑娘转瞬间就消失了。他请求国王把树移进王府，并张贴告示，谁能连根拔起檀香树，是男的就封官，是女的许配给王子。前两天无人能拔起，第三天帕算轻轻拔起了檀香树，然后移栽到王府里面，于是便和王子结为夫妻。一年后帕算回门，被玉尚母女设下圈套，推入荷塘淹死，由帕喊冒名顶替。帕算化作鹦哥飞进王府，被帕喊打死丢在檀香树下。不久，那里长出一棵梨树。帕喊吃梨又酸又涩，她砍掉了梨树，削成一根洗衣棒，她拿去洗衣裳，衣裳就烂，她又把洗衣棒摔到河里。一位老奶奶捡到洗衣棒，洗衣棒变成美丽的帕算，做了老奶奶的女儿。一天俊那出外打猎，来到老奶奶家，看见心爱的妻子帕算，夫妻终于团聚。玉尚和帕喊母女无脸见人，先后投河死去了。

粘 响

傣族阿銮故事。采录于云南。

勐粘响国王的独生女苏佳腊独自住在七层独柱高楼里，天神叭英之子夜间偷偷来与她相会，使她怀孕生子。算卦师摩古拉说这是祸害，国王便将苏佳腊和男婴一起放在竹筏上顺江飘走。不久，修行和尚把苏佳腊和男婴救起来带回巴英麻板山，给男婴取名苏领达，教他武术和各种本领。苏领达长大以后，吃了仙杧果，来到妖怪住的森林，打败了妖怪。苏佳腊为寻找儿子迷路不归，苏领达带着宝剑、神弓出外寻母。苏领达射虎救下龙王幺女，被带到龙宫。苏佳腊被虎衔到江边，勐巴拉纳西船队把她带去交给了自己的国王摩古拉。国王摩古拉要娶苏佳腊，但她热得像一团火无法接近，于是便标出高价要把她卖掉。这个消息传到了勐粘响国，粘响国王领着大军去杀了摩古拉，然后接回自己的女儿。这时候，苏领达得到了一颗可以照见远方的龙宫宝石，再次出发去寻找母亲。他收服了两个妖怪做侍从，在和尚

帕压贡玛

傣族阿銮故事。采录于云南。

天王的七个女儿岁末到天湖洗澡，被大蜘蛛精引诱进黑洞，织网封住洞口，再也出不去了。清早年轻猎手帕压贡玛闻声赶来，抽剑破网，救出七个姑娘。蜘蛛精举刀拦截，被小伙子刺中腰部，化为黑烟随风飘去。为报答帕压贡玛的恩情，七公主婻莱诺耐愿留人间和他永做夫妻。大姐送给她金笛后，六姐妹飞回天宫。帕压贡玛和七公主眼看就要走出森林，蜘蛛精再次拦截他们报仇，并且使法术砍倒帕压贡玛，抢走了七公主。蜘蛛精谎称帕压贡玛已死，逼七公主跟它成亲。七公主以洁身七天、吃斋七天为条件，乘洗浴之机，将蜘蛛精推进井里。帕压贡玛醒来一路寻找七公主，变成黑熊的蜘蛛精又扑了过来。他举起金笛，像利剑刺进蜘蛛精的心脏，蜘蛛精终于死了。当七公主找来时，帕压贡玛也因流血过多而倒卜。公主抱着他的尸体痛哭三天三夜，感动了天神，天神用仙水使帕压贡玛起死回生。真诚而勇敢的帕压贡玛和七公主终于得到了幸福。

牛王的女儿

傣族阿銮故事。采录于云南。

一个母亲吃了牛王大白牛咬过的菠萝以后，生下了漂亮能干的女儿婻窝玛坦娣。婻窝玛坦娣长大后，决心溯河而上去大森林里寻找自己的父亲。在金鹿的引领下，她找到牛王，经过盘问，牛王认下了女儿。牛王让女儿婻窝玛坦娣住在众牛用牛角为她盖的房子里面。婻窝玛坦娣和打猎迷路的王子召树乍在牛角房相遇，真诚相爱并结为夫妻。召树乍王子带着婻窝玛坦娣回到王宫，继承了王位。新国王召树乍听妻子的劝告，在全国开田种地。大白牛也领来九万头牛，分居在各家各户耕田犁地。召树乍还制定了不准杀牛的法律，从此人和牛结成亲密伙伴。后来，天神把大白牛变成男子汉，同妻子开药店，专门替牛治病。

十二个王后的眼珠

傣族阿銮故事。采录于云南。

一个国王有十二个王后还不满足，女妖化身美女做了他的第十三个王后，最

的指点下，运用宝石和侍从的法力缩短路程，来到勐粘响国。老国王下令庆祝七天七夜，并且为苏领达选妻，但未能如愿。苏领达听说勐柯泰公主尖达朗西美貌非凡，立刻用宝石照见公主并且让鹦哥为自己传信，于是二人私订终身。但是尖达朗西的哥哥尚哈腊甲三次拒绝了苏领达的求婚。苏领达的两个侍从运用法力大显神威，将尖达朗西和宫女连同宫殿花园全部偷走，尚哈腊甲只得同意这门婚事。苏领达率众十万娶回勐柯泰公主，不久继承了粘响国王位。

太阳公主

傣族阿銮故事。采录于云南。

傣家小伙泽依告别父母和妹妹，到遥远的地方去寻找深爱的太阳公主。他来到海边，打算砍树来架桥、用巨石填海，都被大鱼吞掉了。后来他喝下大乌龟送的药，在海上漂流三年，才来到太阳公主居住的地方。太阳公主告诉泽依，雷神要用武力强娶她，叔父龙神也不会答应泽依的求婚。泽依提议以比武来决定输赢，结果雷神、龙神都被他打败。龙神化作老人，用面粉塑好两个太阳公主，分别放进两间卧室，让太阳公主自己做主。雷神怒气冲冲进屋，用力握住公主的手，面人立即粉碎。泽依进屋轻轻握面人的手，面人一下变成真太阳公主。泽依娶太阳公主为妻，雷神怒不可遏，每当太阳露脸，就举板斧把东方劈出万道裂痕，阳光透过裂痕形成万道霞光，十分壮观。

癞蛤蟆的故事

傣族阿銮故事。采录于云南。

勐英达巴英贤明的国王苏达巴那法，晚年求神得子，生了一个癞蛤蟆。癞蛤蟆长到二十五岁时脱掉癞蛤蟆皮，变成一个英俊的小伙子，并且继承了王位。四十年后，连续九年大旱，龙王告诉这个新国王，浑田大仙忌恨他当了国王，不准龙王过泼水节来沐浴仙水滋润万物，所以大旱。他在龙王的帮助下，找到能调动飞禽走兽的金莲花，说服大鹏鸟王不再抓吃龙王，从而组成浩浩荡荡的禽兽大军，请浑田大仙答话。浑田大仙却无理羞辱他，并说要能将其打败才给下雨。经过几番厮杀，他们不分胜负，又相互斗智。最后，白蚂蚁、小柴虫夜袭浑田大仙的兵营，弄坏所有兵器，将浑田大仙打败了。甘霖终于洒遍大地，从此百姓安居乐业。

受宠爱。国王听信女妖的谗言，竟剜去十二个王后的眼珠，因最小的王后怀有身孕，就剜了一只眼珠。女妖将二十三只眼珠带回妖国，放在一张琴里。十二个王后逃进森林，靠怀孕的小王后挖野菜度日。小王后生下的儿子阿朗长大后，有个老人给他一个宝石弹丸，他靠和寨里孩子玩儿打弹丸赢得饭包养活十二个妈妈。妖后得知十二个王后生活在森林里，便挑唆国王让阿朗去妖国取仙水，却在飞马脖下暗藏信件，命令女儿杀死阿朗。在路上，给阿朗弹丸的那个老人把信改为让他们结婚。婚后妖国公主带阿朗游览妖国，阿朗因此获悉甜火、甜水、甜风、琴、眼珠、仙水等秘密。阿朗精心设计，取得诸宝返回王宫，让十二个妈妈复明，并且诛杀了女妖。国王去世以后，阿朗便当了新王。

笋叶阿銮

傣族阿銮故事。采录于云南。

从前有母子俩很穷，用笋叶做衣服来穿，靠给富人种地和卖芭蕉生活。儿子勤劳勇敢，寨里人称他“笋叶阿銮”，姑娘们都喜欢和他对歌。富人的儿子心生忌恨，一心要陷害他，就叫他到有一窝虎的泉边取水。他因为帮老虎照看小虎，得到一颗红宝石。第二次，富人的儿子又骗他落入陷阱，恰巧落在龙王房顶上，被请去管理国事。他管理有功，得到了一颗晶莹的宝石。笋叶阿銮从龙宫回来，适逢外敌入侵，国王贴榜招贤。他用两颗宝石吹出千万个虎兵龙将，打败了敌人。国王按承诺把公主许配给他，不久他就继承王位，做了新国王。他把国家治理得很好，得到了老百姓的衷心拥护。

象牙姑娘

傣族阿銮故事。采录于云南。

孤儿岩宰多嘎达在窝棚里看守谷子，一天半夜有一群大象跑来糟蹋谷子。他抬枪去追赶，大象纷纷逃跑，只有独牙老象被他抓住了。老象自称是象王，请求饶恕，并把独象牙送给了他。岩宰多嘎达发现老象王的公主舒瑞达从象牙里出来给他做饭，二人便结成夫妻，日子一天天好起来。国王的武士打猎时发现了美丽的舒瑞达，国王一心想夺得美人，便提出和岩宰多嘎达斗鸡、斗牛、斗象比输赢。舒瑞达从森林里召唤来狐狸、豹子、老虎，变成鸡、牛、象，一次次把国王斗败。国王不死心，当场把岩宰多嘎达抓来装进麻袋扔到河里，结果发现淹死的竟是王子。国

王无比愤怒，立刻带兵马去抓他们夫妇，舒瑞达从象牙里唤出千万象兵，活捉了国王。岩宰多嘎达当了新国王，在象牙姑娘的帮助下，把国家治理得非常好。

九颗珍珠

傣族阿銮故事。采录于云南。

勐巴纳拉西的卞亚干塔，父母早早就离世了。他用九年辛勤帮工得来的九坨白银换了九颗珍珠，发誓要学会治病救人、起死回生的本领。他把珍珠送给朋友戈谢爽，学会了变大树和念咒语的本领后继续上路去寻找仙草、仙水。他来到魔王的住处，从大嘴鸟口中救出干塔纳公主苏温娜，公主向他表达了爱情。他又利用变化的本领战胜了守护仙草、仙水的两个魔王，魔王将两个仙女许配给他。他带着仙草、仙水返回。勐巴纳拉西公主因一百零一位王子求婚，惧祸自缢。在送葬途中，卞亚干塔用仙药救活公主，被招为婿并继承了王位。他向老国王请求接回苏温娜和两位仙女，在四位公主的辅助下，他治理有方，国家越来越繁荣昌盛。他把仙草、仙水分赐给百姓，让所有人都健康长寿，生活美满。

仙果麻喔羞

傣族阿銮故事。采录于云南。

长版纳过国王让七个儿子去寻找各自的妻子，唯有小儿子召阿銮没找到中意的姑娘，表示要去找天上的仙女。国王很不满意，限他在七天内找到仙女，否则要将火化场老头的女儿丑女澎中赕许配给他。召阿銮找仙女的诚意打动了天神叭英，于是赐给他仙果麻喔羞，果子里面住着一个仙女。天神变成缅寺出家人帕拉西，告诫他半途不能打开果子，防止有人偷梁换柱。召阿銮见仙女心切，半途便打开仙果，里面立刻出来一个仙女。仙女身体虚弱，暂时留在井边，召阿銮进宫去禀告父王，这时丑女澎中赕来打水，得知实情立刻打死仙女，调换穿戴后把仙女丢进水井，自己顶替仙女进宫。不久，井中开出异香扑鼻的莲花，澎中赕生疑心，将莲花埋了。埋莲花的地方又长出一棵杧果树，树上结的大杧果里走出仙女，住在管理花园的老夫妇家。召阿銮得知后，准备前去拜访，澎中赕就事先派人将仙女绑走。刽子手看到仙女被杀后出现小湖莲花，湖边大树上有一只红嘴鹦鹉，大惊失色。召阿銮得到消息，立即惩罚了澎中赕，到森林里去寻找那只鹦鹉。为了使仙女复活，他不畏艰险去寻天神的咒语，在帕拉西的帮助下，召阿銮

终于和仙女团聚了。

国王宋葩冕

黎族阿銮故事。采录于云南。

勐沾巴的国王宋葩冕遭到弟弟召刚突然袭击，带兵前来夺取了他的王位。为使百姓免受战祸，宋葩冕携带妻儿出走。在渡南母足温江时，他用裤子扎成水马，分别护送爱妻和两个儿子，不幸失散。妻子媾西妮被商船带走，两个儿子被渔翁夫妇救去抚养。江对岸勐西纳国王去世，王子太小不能继位，宋葩冕被寻找贤能的大臣认出，请进宫里奉做了国王。十年后，渔翁得知养子的父亲做了国王，便送两兄弟进宫做了侍卫。在一次比武会上，宋葩冕封武艺高强的两兄弟为军官，让他们去统领军队。一年后，劫走媾西妮的商船到勐西纳进贡绸缎，宋葩冕在宴请时，派他们兄弟两个上船巡查。二人偶遇伤心啜泣的媾西妮，母子相认，并且与宋葩冕团聚。宋葩冕的弟弟召刚夺取王位后荒淫残暴，终于引起百姓的反抗，并被愤怒的民众杀掉。宋葩冕在臣民的拥护下返回勐沾巴，重新当上了国王，一心一意地治理好自己的国家。

◇傣族动物故事◇

兔弟智对虎哥

傣族动物故事。采录于云南。

兔弟经常受虎哥欺负，它总想寻机教训一下虎哥。一天，它们看到盘踞在路边的大蛇，兔弟便谎称是自己的父亲，因为劳累正在休息，让虎哥不要去打扰。虎哥看见眼前的美餐，就表示愿替它守护。兔弟走远后，虎哥找准下嘴处猛扑上前，被早有提防的大蛇紧紧缠住身子，它使尽招数才得以脱逃。虎哥追上兔弟正要算账，兔弟指着杧果树上的蜂窝，说是它妹妹的铓锣，敲出声音很好听。虎哥迫不及待地举竿就敲，被蜂群蜇得脸肿如盘。虎哥追着兔弟要报仇，却被兔弟骗进了土坑。兔弟倚着虎背跳出坑，往坑里扔进干草又丢了火把。虎哥被火烧着了，急忙跳出土坑，狂奔求救，因它平时作恶太多，黄牛、马鹿都不肯帮忙。眼

见它烧得焦头烂额，心软的水牛便叫它跳进水塘，它身上的火才熄灭了。

螃 蟹 复 仇

傣族动物故事。采录于云南。

鱼、螃蟹在塘水里和睦相处，亲如一家。天旱时塘水渐少，一只白鹤飞来对焦急的鱼说，前面有大塘，自己可以帮它们转移。为弄清虚实，大鱼被白鹤衔着飞向大塘，果然见到那里碧波荡漾。于是，白鹤天天来衔鱼，天天飞到树上把鱼吃掉。螃蟹看着日渐肥壮的白鹤，心生疑窦，便请求白鹤把它衔走。螃蟹用双钳抱住白鹤被带到大树上，看到了挂满枝杈的鱼骨，一下就明白了。当白鹤正要吃它的时候，螃蟹用双钳牢牢夹住鹤脖子不放，并让白鹤把它带回水塘。回到水塘后，螃蟹用力夹断白鹤的脖子，替伙伴报了仇。

大黑蛇与小臭鼠

傣族动物故事。采录于云南。

有一次，玩蛇人把捉到的大黑蛇和小臭鼠都丢进笼子，大黑蛇扑过去要吃掉小臭鼠。小臭鼠说："你吃我不解饿，也逃不出去，不如让我把笼子口咬开，咱们一起逃走。"于是大黑蛇按小臭鼠说的办法昂起头把小臭鼠凑到笼口，小臭鼠费了好大力气才把笼子口咬开。小臭鼠蹿出笼子逃跑后，钻进了小螃蟹洞。大黑蛇吃鼠心切，紧追不舍，一头撞进洞口，把身子卡在外面，进不去出不来，最终被玩蛇人发现，又把它抓了回去。小臭鼠冷笑道："我救你出去，你还要吃我，活该落这个下场！"

两 败 俱 伤

傣族动物故事。采录于云南。

早年间，虎王与牛王一个在西山，一个在东山，原本各不相干。狐狸为了吃掉它们，就在当中挑拨离间，一会儿对虎王说牛王要进攻它，一会儿又说对牛王说虎王要进攻它。虎王和牛王都非常气愤，想都没想就冲下山去了。它们在坡脚下相遇，立刻进行较量。虎王用锋利的牙齿对付牛王尖锐的双角，谁都不肯退让。结果虎王和牛王都遍体鳞伤，最后一起倒在地上，再也不能动弹。这时候，

狡猾的狐狸从树上跳下来，把它俩作为美食，饱餐一顿。

◇傣族写实故事◇

猫姑娘与三王子

傣族婚恋故事。采录于云南。

勐巴纳拉西国王叫三个儿子在泼水节时选妻，选到最美姑娘的儿子将继承王位。大王子召金板娶了土司的女儿玉拉金，二王子召成银娶了大商人的女儿玉来汗，三王子召世新穿上粗布衣，带上大刀和猎枪去寻找心上人。这天他来到一个陌生的坝子，天色已晚，借宿在一农家。这家母亲双目失明，女儿猫姑娘相貌平平但心地善良，织技出众。三王子爱上了她，并说服姑娘和他结婚。三个王子各自带着妻子去见父王，猫姑娘被人们议论纷纷，老国王却称赞三王子的择妻标准。泼水节那天，穿金戴玉的玉拉金走出来，人们不愿把水泼给她；聪明狡黠的玉来汗走出来，人们也不愿把水泼给她；粗衣淡妆的猫姑娘走进人群，人们争相给她泼水，表达爱戴和崇敬。当泼水礼仪结束时，奇迹出现了，纯洁的猫姑娘变得像仙女一样美丽。三王子当上新国王，猫姑娘成为人们爱戴的王后。

小木匠与公主

傣族婚恋故事。采录于云南。

从前有个凶残的国王把美丽的公主关在十二层楼上，不准她和人接近，也不许她嫁人。有个老木匠的儿子聪明能干，他同情和爱慕公主，用心造了一只会飞的木鸟，飞上高楼去探望公主。他们相识相爱，并准备逃出牢笼。国王发现女儿怀孕了，要查出公主的情人，就设计让公主搽香水，根据香水味查到了小木匠，把他抓去一顿毒打后丢进龙林（坟地）。出了宫门，小木匠要求和父母告别，他故意称木鸟可以上天，让卫士上树去取。但树高光滑，谁也爬不上去，只好叫小木匠去取。小木匠上了大树，乘机驾起木鸟飞向十二层高楼，把公主扶上木鸟，二人双双飞向天际。

不正经的佛爷

傣族讽刺故事。采录于云南。

有一个佛爷，表面装得很正经，心里却想接近女人。有一天，他听到有人说，滴滴鸟站过的树，把叶子采下来做成衣服就可以隐身。他想，要是我也有那样一件衣服，去接近女人，别人看不见，也就不会有闲话了。于是，他就叫小和尚去找滴滴鸟站过的树叶。小和尚去找了些回来，佛爷把叶子缝成一件衣服披在身上，对小和尚说："这种衣服穿在身上就可以隐身了。你们说，看不看得见我？"小和尚这才知道佛爷要用这些叶子去做坏事，就故意骗他说："我们真看不见你了，你在哪里呢？"佛爷很高兴，真以为这是一件隐身衣。晚上吃饭时，佛爷穿着叶子衣服走到桌边，小和尚装作没有看见他，也不招呼他。佛爷更相信别人看不见他了。一天，有一个小姑娘来庄房旁的井边挑水，佛爷见了，就穿着叶子衣服，跑去动手动脚地拉小姑娘。小姑娘又气又急，骂道："你这个不正经的佛爷，你干什么？"佛爷知道叶子衣服不能隐身，吓得连跌带滚地逃回庄房去了。

从来没有听说过的话

傣族机智故事。采录于云南。

勐果占比的公主婻相美丽善良，周围远近国家的王子纷纷前来求婚。但国王钟爱女儿，为了把公主永远留在身边，他以说出从来没有听说过的话为许婚条件。许多王子说出不着边际的大话，被一一拒绝。勐底寨青年岩旺编织了七个大囤箩，约乡亲抬到王宫院内。他对国王说，你家先辈向我家先辈借过七囤箩的金银财宝，请如数归还我们。国王矢口否认，说"从来没有听说过"。最后，国王只好当众把婻相公主嫁给了岩旺。

葫 芦 枕 头

傣族哲理故事。采录于云南。

巴拉拉西的岩罕明和占洪沙都是孤儿，他们结为兄弟，一起出去寻求幸福。一位老大爷告诉他们，找到宝葫芦作枕头就会富足。占洪沙缺乏信心，来到流沙

河畔做了富人的儿子，岩罕明只好和他一起去富人家里。算命人断定占洪沙会端着金饭碗吃饭，岩罕明会做一辈子苦力。富人也就宠爱占洪沙，虐待岩罕明。岩罕明找不到宝葫芦，就种了一颗葫芦籽，后来结出一个大葫芦，便拿来当作枕头。葫芦光滑，睡上去头就滑下来，岩罕明每天鸡不叫就醒来出门干活儿。富人夫妇死后，占洪沙娶了个好吃懒做的老婆。岩罕明带上葫芦枕头去寻找自己的幸福，与一个勤劳聪慧的姑娘结婚，日子一天天富裕起来。占洪沙坐吃山空，乞讨来到岩罕明家，终于醒悟过来，于是便与岩罕明一起勤劳干活儿，永不分离。

象牙做篱笆

傣族哲理故事。采录于云南。

有位老人临终时嘱咐两个儿子用象牙做篱笆，去寻找最甜的东西。老人死后，兄弟分家，老二只得到一点儿东西，搬到另一个寨子。老大住在父亲留下的屋子里，用象牙做篱笆，杀鸡宰鹅放糖吃甜的。象牙篱笆围上被偷，偷了又围，加上吃喝不断，不久老大便把家产败光了，靠乞讨过日子。老二的妻子说，哪儿有象牙做篱笆的，狗就是篱笆，养狗看家，世上最甜的就是种田。后来老大找到老二，听了弟弟的话才明白过来，从此老老实实种田，日子渐渐好起来了。

三个同龄人

傣族哲理故事。采录于云南。

从前有三个同龄人在一起夸赞自己妻子忠诚。有一次他们出门经商，吃午饭时各自拿出妻子准备的饭菜，又夸起自己的妻子来，各不相让。最后他们想了一个办法，编织一个大箩筐，藏进一个人，另外两个抬到那个人家借宿，以此来进行试探。结果，只给丈夫包一团糯米饭、一包辣子和盐巴的岩蛮塔的妻子，最有礼貌而说话得体；给丈夫包一大包糯米饭酱菜的岩苏腊的妻子，对客人话多殷勤，但还算庄重；而给丈夫包了最好吃的饭菜的岩章瓦的妻子，话最多，还多次挑逗客人。于是，三个同龄人不做生意了，各自怀着不同心情回到自己的家里。

爱听故事的国王

傣族幽默故事。采录于云南。

有个国王爱听故事，茶饭不思，朝政不理。一天他想出新招：谁能让他先听得高兴过瘾，再听得厌烦，达到要求者，是男的就招为驸马，是女的就赏赐金银。有个砍柴小伙儿揭榜进宫，他讲："有只美丽的金雀，在翠竹林中安家。金雀生了一窝金蛋，金蛋孵了一只金雀，雀又生蛋，足足孵出五百只小金雀，飞进王宫。五百只金雀在宫殿四处生下一堆堆小金蛋，像一座座小金山，把国王的金库堆满了，大臣的口袋胀破了。"国王和大臣听得无比陶醉，这时小伙儿又接着讲："五百只金雀在宫殿里快乐地飞翔，噼里噼里、扑扇扑扇，声浪阵阵。"小伙儿就这样反复地念"噼里噼里、扑扇扑扇"，声音忽大忽小。大臣们听睡着了，国王忍不住大叫："烦死人了！"因此，国王不得不把公主嫁给这个小伙子。

◇傣族机智人物故事◇

艾苏、艾西的故事

傣族机智人物故事群之一。流传于云南各傣族聚居区。故事主人公艾苏和艾西是两兄弟，均出自艺术虚构。在故事里，他们常以长工、仆人、农夫等身份出现，常常以过人的机敏、智慧嘲弄帕雅召勐（全勐最高的统治者，有人译作国王），调侃、鞭挞叭召（达官贵人）、古巴（高于大佛爷的宗教职业者）、大佛爷、山官、头人、财主、奸商等，颇受民众喜爱，在傣族机智人物中影响最大。他们的故事有二百多篇，内容相当广泛，以嘲讽、抨击压迫者、剥削者的篇什为多，其中相当一部分是调侃、戏弄帕雅召勐的篇什，出场最多的故事主人公是艾苏。他们的故事不论长短，大多生动诙谐，饶有风趣。代表性作品如《艾苏、艾西和艾辟节的来历》《数星星》《哭死马》《哭了又笑》《拜佛》《搬家》《借谷种》《挑盐和骑马》《称棉花》《入腰长出牛里肉》。结集出版有《艾苏和艾西的故事》。

艾苏、艾西和艾辟节的来历

傣族机智人物故事。

有个贫穷的寡妇想渡江去拜塔，可她不知这天正是国王、达官贵人们赕塔（傣族祭神的一种仪式）的日子，百姓是要回避的。她请求国王让她搭船过江，国王狠狠抽了她三鞭；她请求搭大佛爷的船，大佛爷一把将她推下船板；她请求搭山官的船，山官一脚把她踢倒在乱石滩上。船都开走了，这个寡妇心中充满羞辱和仇恨，她用泥土和细沙捏成三个小人，祈求天神赐给她三个儿子好报仇雪恨。回家后不久，她果然生下三个儿子——艾苏、艾西和艾辟节。她教孩子们识别善恶，学习各种知识。孩子们长大后，她叫最聪明的艾西去对付国王，艾苏去对付大佛爷，艾辟节对付山官。从此，傣族坝子和爱尼山区便不断地传出他们弟兄三人善良而富有智慧的故事。

数　星　星

傣族机智人物故事。

一个酷热的夏夜，国王突然叫艾苏进宫，让他数天上的星星，数不清楚就不许睡觉。艾苏回家，舒舒服服睡到天亮，吃过饭去见国王。他说：“天上的星星有一株酸荚树的果、三棵松树的叶、八座沙滩的沙粒、九间仓库的芝麻、六个麻袋的豌豆那么多。陛下只要把这几个数字加起来就是了。”说完转身就走了。

哭　死　马

傣族机智人物故事。

有一天，国王心爱的骏马死了。他强迫全城的官员、百姓到广场上去哭丧，要像死了父母一样伤心。艾西看到大臣、头人们捶胸顿足，哭得十分伤心，不禁大笑起来。国王见了气得发昏。艾西说：“我见这么多人对着一匹死马痛哭，怎不伤心呢？”国王问他为何仰面大笑，他说：“我看见死马变成了仙马，飞上天去了。我仰头向仙马祝贺，它自由自在地飞到了天堂。不过它为什么不把主人也带去呢，那是个好地方啊！”

哭了又笑

傣族机智人物故事。

有一回，国王对艾西说：“三天之内你要使我同时又哭又笑，如做不到，就罚你打扫我的马厩。”艾西回到家，砍了两根木棍，用尖刀把木棍一端削成猪蹄形状。第二天清早，他拿着木棍上山，在土里按下许多猪蹄印，从森林里按到国王的果园里，又从果园里按到山上。然后去对国王说，大群野猪钻进果园糟蹋果树。国王立即令人备马，顺着猪蹄印上山围猎。这时艾西跑回宫殿，惊慌失措地对王后说，国王被野猪咬死在森林里了。王后和两个公主，还有宫廷里的人们闻讯号啕大哭。艾西又跑上山去对国王说，王后从高晒台上掉下来摔死了。国王命令一个大臣快马回宫探听虚实，这个大臣远远听到宫内哭声连天，忙调转马头上山去报丧。国王奔马回来，听到宫殿传来哭声，忍不住放声痛哭起来。进门后，国王与王后泪眼相互对视，不约而同地说：“你没有死啊！”他们相互拥抱，一边哭一边哈哈大笑起来。国王派人去捉拿艾西，艾西走出来说：“陛下，这是三天前您要我干的事啊！只是我不能为您打扫马厩了，就留给您的仆人去干吧。”

拜　　佛

傣族机智人物故事。

艾苏欠国王的债还不起，只好给国王做跟班服役。有一次国王到缅寺去拜佛，跪在佛祖泥像前祷告：“求佛祖保佑我家富上加富，让我再活一百年！”这时艾苏扑通跪下，背对佛祖祷告：“求佛祖让我吃饱一顿饭，明天一早就死。”国王吓了一跳，回头厉声说道：“你疯了，竟敢屁股对着佛像说不吉利的话。神佛要惩罚你的！”艾苏长叹一声说：“哎，神佛早就在惩罚我们了，不然我们会这么穷？再说，您还要活一百年，我只好祈求明天就死。如果我也长命百岁，债上加债，利上加利，不就更还不清了吗？”

搬　　家

傣族机智人物故事。

有一次，国王对艾苏和艾西说，你们是不受欢迎的人，必须在明天天亮前搬

到很远的地方去。艾西假装听不懂，问搬到哪里算很远。国王说："从我家楼脚算起，距离九站牛角号（牛角号的声音，一站约2.5公里）那么远的地方。"第二天早晨，国王一眼看到自家院子中心出现了一个矮小、破旧的茅草棚，艾苏和艾西正在里面呼呼大睡，气得大骂起来。艾苏和艾西醒来后，不慌不忙地说："我们是按照您规定的距离搬家的。不信您亲自拿牛角号量量，从您家楼脚到这里，恰好有九站牛角号。"国王被气得目瞪口呆，竟讲不出话来。

啃鸡骨头

傣族机智人物故事。

国王摆鸡宴。他把最爱吃的鸡肚子全留在自己碗里，又叫厨子把剔掉肉的鸡骨头装一大碗端给艾西。国王见艾西默不作声地吃着，便对客人说："你们看，艾西连骨头也啃得津津有味，骨头是狗吃的，他不是像狗一样馋吗？"艾西轻蔑地说："各位，再馋的狗闻到鸡屎也会走开，而国王连存鸡屎的东西也吃进嘴里，他不是比狗还馋吗！"国王本想奚落艾西一番，反倒弄得自己很不开心。

召玛贺的故事

傣族机智人物故事群之一。流传于云南各傣族聚居区。故事主人公召玛贺，系官宦型机智人物。他聪颖睿智，富有谋略，为老百姓做了许多好事，深受民众敬佩，是傣族人民心目中智慧的化身。其作品大多为宫廷故事、断案故事，民族特色浓郁，闪耀着智慧的光华，脍炙人口，历久不衰。代表性作品如《借眼珠》《做沙绳》《包头和木屐》《国王的梦》《哪一端是桥头》《谁是偷牛人》《丢个石头试水深》《召勐从此不再断案》《甘蔗和蜂蜜哪样好吃》《抢娃娃》。

借眼珠

傣族机智人物故事。

召玛贺年轻时到勐答戛苏去学本领，在那里他碰见一个独眼的家伙。那个独眼的家伙气势汹汹地对召玛贺说："去年你爸爸问我借了一颗眼珠，我在这儿等着你来还！"召玛贺见他想害自己，便说："尊敬的主人，我把眼珠带来了，等

我用匕首把你的眼眶修好再还给你吧。”那个家伙觉得自己不是召玛贺的对手，连声说：“不要你还了，不要你还了！”说完赶忙溜走了。

包头和木屐

傣族机智人物故事。

木工岩吞奉命为国王盖一座漂亮的宫殿，工程进展迅速，快立柱时，他发现所有柱子都少了一尺五寸。出了这个差错，轻者撵出勐，重者会杀头，岩吞愁得整日茶饭不思。他妻子去请教召玛贺，回来就把包头缠得高高的，穿上木鞋，在丈夫面前来回走动。岩吞发现妻子比平时又高又美丽，猛然得到启发，立即跑回工地，要石匠凿石墩，木匠做矮人架。国王看到屋架高大雄伟，每根柱子下还有一个圆圆的石礅，高兴地夸赞岩吞是个出色的木匠。

国王的梦

傣族机智人物故事。

有一次，勐巴拉纳西国王梦见遍地战火，占卜师说：“我国要出命大福大、本事盖世的人物啦！”国王听了十分害怕，便派人四处查访，但没有结果。于是他想了个计谋，传来众大臣说：“我要你们七天内找一头峰包长在头上、角长在脚杆上、叫声传百里的黄牛来，找不到就杀头！”有位大臣愁容满面地回到家中，把此事告诉了聪明伶俐的孙子召玛贺。召玛贺竟说：“这有何难，找一只公鸡送给国王，不过你不要说是我讲的。”国王没有难倒大臣们，又说：“我昨晚梦见城北鱼塘原是男的，城西鱼塘原是寡妇，我限你们七日内把寡妇鱼塘搬到城北，让他们结婚。”七天以后，众大臣按召玛贺的主意，带了七个浑身泥巴的青年进宫说，新娘不肯去，定要新郎亲自去接，请国王叫城北的新郎去一趟。国王听了喜出望外，追问他们是谁教的，众大臣一致说是寡妇鱼塘所说。国王没辙，只好又出难题，说他要修殿纳妾，要把收来的金银堆得像城北的山一样大、一样重。七天以后，大臣们用两根很高大的树干，一根做桩桩，一根做秤杆，对国王说，金银备齐，请国王抬来城北的大山过称。国王气得大叫：“把教你们的人找来！”可大臣们谁也没有实说。国王又出绝招，让他们在十朵荷花上建座大宫殿。召玛贺见国王如此狠毒，只好请荷花池中金龙仙女帮忙，让国王连同金碧辉煌的宫殿一起沉入水底。后来百姓请召玛贺出来当了国王。

谁是偷牛人

傣族机智人物故事。

一天傍晚，有两个商人来到寨子，一个住在寨外亭子里，一个住在寨子里。深夜，住在寨里的人发现住在寨外的人偷了条黄牛，便一直追到寨外，两人厮打起来。乡亲们赶到，两个商人都说对方偷了牛，大家难辨真假，便请来了召玛贺。召玛贺让两个商人当众摔跤，没多大工夫，一个就被翻倒在地。召玛贺指着喘得爬不起来的商人说："偷牛的就是他，因为只有力气大的人才能捉到小偷。"

丢个石头试水深

傣族机智人物故事。

召玛贺在渡口见一群迎亲的男女要渡江，老艄公考新郎，怎样能试出水的深浅，答对了渡大家过江，答不对拒绝摆渡。新郎说："用老人家的竹竿试一试就知道了。"老艄公连连摇头，大家七嘴八舌也说不好。这时召玛贺拣起两块拳头大的石头扔进水里，他说："这边'咚咙'响声的是深水，那边'啪啦'响声的是浅水；另外还可听听水声，响水不深，深水不响。"老艄公听了很满意，便拿起竹竿渡大家过江。

召勐从此不再断案

傣族机智人物故事。

有一队驮马在去勐巴拉纳西的途中架灶歇脚，当地有一个富人见了十分羡慕，半夜便令家仆去抢人抢马。领头的赶马人宰西得知是富人干的，连忙去找召勐评理。召勐听富人说，昨夜天神赐梦给他，说这队驮马是属于他的，就糊里糊涂地把马队判给了富人，并且命令他们日挂竹梢时将马交给富人。这时，召玛贺来为宰西出了个妙计。时辰到了，伙伴们不停摇动马颈上的铜铃，宰西上前对召勐说："刚才我做了一个美妙的梦，天神把召勐的公主赐给我做媳妇了。啊，尊敬的老岳父！"召勐听了大惊失色，连忙命令他们各自把梦收回，从此谁也不准再来找他断案了。

朱腊波提的故事

傣族机智人物故事群之一。流传于云南各傣族聚居区。故事主人公系文人型机智人物。其原型朱腊波提是一千三百多年前的历史人物，据说出生在一个玛哈沙梯（大富翁）家庭，从小在缅寺中当和尚。他因不信佛，被父亲逐出家门，于是到处流浪，为穷苦百姓申冤说理，很受群众爱戴。傣王阿努如塔死后，百姓拥他当了傣王。其故事大部分是审理案件和调解纠纷的趣闻、轶事，往往具有哲理性和讽刺性，达三百多篇，长期以来一直以口传和手抄本两种渠道在民间流布。代表性作品如《野蜂属于谁》《毁灭森林的恶果》《火烧芭蕉林》《奇怪的杧果》《佛祖给的智慧囊》《小木匠无罪》《互不相让》《解决两只母鸡的纠纷》《老佛爷种苞谷》《账应该这样算》。结集出版有《朱腊波提的故事》（云南人民出版社，1984年）。

野蜂属于谁

傣族机智人物故事。

有一天中午，两个放牛人肚子饿了，在森林里寻找吃的。他们发现一窝野蜂，就烧起杂草把蜂熏跑，然后钩下蜂窝把蜂蛹放在火上烤好，蘸着蜂蜜吃了起来。不料帕雅召勐从林边走过，闻到了诱人的香味，勃然大怒，硬说放牛人偷摘了他的蜂窝，不容分说，就叫随从把放牛人吊树上准备毒打。这时朱腊波提从人群里走出来说："大人，请你把他俩放下来，找到那些蜂窝。如果你能拿回去，说明这些蜂窝确实是你的，再处罚不迟。"他们找到几个蜂窝，帕雅召勐让随从也用树枝去钩。蜂群一下子扑来，把他们叮得鼻青脸肿，抱头逃窜。朱腊波提大声说："蜂群这样对你，说明不是你家养的，他们并没有偷属于你家的东西！"于是，两个放牛人便得救了。

毁灭森林的恶果

傣族机智人物故事。

勐苏塔瓦的召勐帕雅龙极是个昏庸的国王。他听到臣子们吹捧他的地位比山

高、身份如同晴空的太阳时，突发奇想，便说："我要盖一座宫殿，房顶要比所有的山都高。"他不听老臣的劝告，立即下令动工。不久，一座高大且富丽堂皇的宫殿盖成了。他登上宫殿的顶层一看，感叹不已。他虽比菩提树高了，但比起远山上高耸入云的丛林，又显不出宫殿的高大雄伟，不禁发起疯来。他又命令砍光群山上的树木，他要和太阳比高低。就这样，远近山林全被毁光，只露出光秃的黄土。忽然间乌云密布，飓风骤起，宫殿终于山崩地裂似的倒塌了。国王逃跑出来，怒不可遏，一定要处死设计师和所有木工、石匠。人们对判决不服，就去请聪明公正的朱腊波提来评理。朱腊波提登上残垣断壁，远望四周秃山，对帕雅龙极说："盖房人是无罪的。狂风好比洪水，森林好比堤坝。因没有森林阻挡，狂风才这样猖狂。我看造成宫殿倒塌的真正罪人，是下令砍光树木的那个人。"经过激烈的辩论，帕雅龙极终于哑口无言，被迫取消了错误的判决。

干达来的故事

傣族机智人物故事群之一。流传于云南各傣族聚居区。故事主人公系文人型机智人物。其作品大多为排忧解纷的趣闻，充分表现了故事主人公的聪明、机捷，如《谁的事最急》《分鹿头》《谁是金子的主人》《选拔大臣》。

谁是金子的主人

傣族机智人物故事。

有一个骗子设圈套夺走了孤儿的金子，反而诬陷孤儿是贼。这个孤儿拉着骗子去找干达来评理。干达来立刻去请金匠称金子，发现孤儿报的数量属实，已心中有数。但他不动声色，又把金子放在中间让他俩去抢，说是谁抢到归谁。骗子很快把金子抢到手中，孤儿却一动未动，很生气地说："我真没想到先生这样没有主见，看来旁人对你的赞颂是不实在的。"干达来笑道："我让你讲出了心里话，你的行动进一步证实你是金子的主人。"于是他把金子还给了孤儿，并且惩罚了那个骗子。

选拔大臣

傣族机智人物故事。

勐纳版召勐叭达嘎西年老多病，想从手下的一百零一名官员中提拔一名助手。但选谁好呢？他去请主意高明的干达来出谋划策。干达来立刻派人抬来一筐麻黑尕（好看而苦涩的果子）和一筐麻棕布（味美的果子），然后向召勐献上一个妙计。佛教开门节那天，召勐下令所有官员到勐府开会，他吩咐发给每人一个麻黑尕，而自己却拿了个麻棕布，边吃边赞美水果香甜好吃。官员们虽感苦涩，为了讨好召勐，也争相随声附和，只有一位年轻官员把果子扔下说："苦死了，我吃不下去！"一会儿侍从又分发每人一个麻棕布，而召勐自己拿了个麻黑尕。召勐突然大骂是谁干的好事，把这么苦的果子给他吃。众官员赶快也皱起眉，一个个把香甜的水果扔掉。只有年轻官员坚持把果子吃光，然后站起来说："我们和陛下吃的顺序相反，而大家非要把本来苦的说成甜的，把甜的说成苦的。假若替百姓办事，我看各位也会颠倒黑白的。我看不惯这种坏现象！"他说完就要退场。叭达嘎西立即宣布，这个敢在他面前讲真话的年轻官员为总管大臣。由于干达来的计策高明，召勐赏赐他一千两银子。

◇傣族寓言◇

能识鸟兽语言的国王

傣族人事寓言。采录于云南。

勐巴纳西国王救了龙女，龙王使他能识鸟兽语言，但如果泄密就性命难保。一天国王和王后在吃甘蔗，因为听到蚂蚁议论王后小气而发笑。王后追问他为何发笑，不说便寻死觅活。国王只得答应她七天后说，在死前再为百姓做些好事。到了第七天，国王听到一对绵羊在井边说话。母羊叫公羊去取井里的青草，公羊说："你怕摔死叫我去，我可不像国王，为了王后不顾百姓，自己找死。可怜国王聪明一世，糊涂一时啊！"国王听后猛然醒悟，回宫对王后说："我才不愿为你一人去死，你要寻死，就去死吧，秘密决不告诉你！"于是，王后也只好作罢。

狗变国王又变狗

傣族人事寓言。采录于云南。

腊西收养了一只数得出肋巴骨的癞皮狗，教它学武艺，读经书。一天腊西叫狗从禅杖上跳过去，变成了人，赐名玛锡亨。不久勐微底亥国国王去世，无人继位，腊西推荐玛锡亨去做了新王。新王怕腊西翻出他的老底，便命一武将去杀害腊西。哪知腊西法力高深，武将被他打败了，立即说出实情。腊西让武将转告新王，还有许多法术、武艺要教给他。玛锡亨去向腊西认错，请求教他一切本领。腊西叫他从禅杖下钻过去，立刻现出原形，仍然是一只数得出肋巴骨的癞皮狗。

算命先生信狗话

傣族人事寓言。采录于云南。

两个算命先生养了条狗，一日狗对他们说，自己知道哪里有银子，二人太忙没有理会。不久狗衔来银项圈、银首饰，二人眉开眼笑，连忙拿去兑换。一个妇人发现那是自己被盗之物，便去告状，国王以盗窃罪将二人投进牢里。刑满释放后，狗又找来他们，分别告诉他们埋金子的地方。他们发财心切，一下把入狱的事全忘掉了，立刻争先恐后地去到狗所说的地方，可是谁也没挖到金子。二人都以为金子被对方挖走，又吵又打。他们被带进王府受审，国王听完二人的申诉，忍不住哈哈大笑，说道：“两个算命先生，你们怎么连狗话也相信？”

绿豆雀和大象

傣族动物寓言。采录于云南。

有一次，树林里闯出一群大象。在草坝上安家的绿豆雀赶忙上前请求大象转个方向走，免得出现意外。大象根本不予理睬，竟踩碎了绿豆雀的蛋，毁掉了绿豆雀的家。绿豆雀怒不可遏，发誓要报仇。它找到阿叔啄木鸟，唤来河边点水雀，一起追上大象。啄木鸟在大象鼻眼上不停地啄，啄得大象鼻眼流血，看不见路，找不到水喝。这时候，大象忽然听到点水雀在叫，以为到了水边，赶忙上去伸鼻子，想不到碰在了石头上。大象又听到点水雀在前面叫，它口渴难忍，拼命往前冲，一下冲下石崖，当场摔死了。

双 头 凤

傣族动物寓言。采录于云南。

从前有两个好朋友，死后变成一只长着两个头、四条腿、两对翅膀的双头凤，身上有一处连在一起。这只双头凤的两个头彼此关心、爱护，猎人们都不愿意伤害它。国王听说后就要猎取双头凤，并且愿意将一半国土赏赐给能够把它分为两只鸟的人。有个大臣说他能够在一个月内做到。他成天观察，发现它的两个头总有方向相反的时候，他便故意在这时到其中一个头那边去“嘘嘘嘘”作声，然后立即离开。另一个头问说的什么，这个头总是回答不出来。这个大臣反复了许多次，两个头便互相猜疑、争吵，吵到不可开交时竟彼此用力，把连在一起的地方撕开了。结果国王却设法搪塞，并没有给这个大臣任何奖赏。

光 身 鸟

傣族动物寓言。采录于云南。

从前有一只大鸟，全身没有羽毛，到了冬天它又冷又饿，非常孤单。众鸟都十分可怜它，经诺嘎兰托鸟提议，众鸟各自捐献一根羽毛给它。于是这只大鸟一下有了许许多多羽毛，五光十色，非常美丽，连孔雀、锦鸡也感到不如它。这只大鸟因此盛气凌人，不可一世。众鸟十分生气，诺嘎兰托鸟更是说不出的内疚。诺嘎兰托鸟跟大家商量以后，去请这只大鸟来，说是众鸟要给它换新羽毛。当众鸟取回自己的羽毛以后，全飞走了。于是，这只大鸟又恢复了光身鸟的本来面目。

大青树和芦苇

傣族植物寓言。采录于云南。

大青树看见池塘里的芦苇很低矮，从来不把它放在眼里。有一个晚上，狂风吹断了大青树许多枝条，刮到了池塘里面。大青树看见池塘里的芦苇安然无事，感到十分奇怪。芦苇平淡地对大青树说：“太高太大，容易招风。骄傲硬顶，哪有不折断的道理？”大青树这才悟出大有大的弱点，再也没有傲气了。

黎族故事

◇黎族幻想故事◇

十 兄 弟

黎族十兄弟型故事。采录于海南。

穷人苦过世夫妇老来无儿女。有一次，林中老人给他十粒药丸，他性急让妻子全部吞下。妻子顷刻间肚子大起来，十天后生下了十个儿子。苦过世的妻子生育得太多，不久便离世了。孩子很快长大，他就按各人的本领，分别取名为：大力大、北寒二、千里眼、长腿四、长耳风、软松丝、大足板、铜皮铁骨、偷吃猫、出世不啼。一日，大力大带着两个弟弟进城，看着高耸入云的镇妖塔出神，他轻轻一拍，塔身立刻倾斜。国王暗想，有这样非凡的黎仔，必是祸根，就下令去抓大力大。长耳风听到噩讯，千里眼看到官兵已到村口，九个弟兄躲进山里，只抓走了留在家的铜皮铁骨。国王命令用皮鞭、铁鞭、铁棒抽打他都无济于事，便下令将他五马分尸，兄弟们连忙让软松丝去顶替；国王又令下油锅，他们便让北寒二去顶替；国王派四个武夫将人从高岩扔下大海，他们换成长脚四，平安上岸，还抓回一条大乌鱼。大家洗好乌鱼，长脚四拔出扎进大足板脚上的刺，架柴把鱼煮熟。全家美餐一顿，十弟出世不啼却没回来，九弟偷吃猫就把十弟那份偷吃了。十弟出世不啼到家后大哭起来，泪水如瀑布倾泻，淹没山河树林，眼看淹到了王宫。国王连连求饶，答应他们提出的一切条件，十弟破涕为笑，泪河一下便干了。

九 代 穷

黎族找幸福型故事。采录于海南。

早年间，在黎母岭下住着母子俩，儿子九代穷租种山霸峒主的田，一年忙到头却年年都受穷。他想到西天问佛祖是什么原因，一路上遇到老婆婆、老爷爷和蛟龙，他们都有问题请他去问佛祖，他爽快答应后，历尽辛苦来到佛祖面前。可是佛祖说，问一不问二，问三不问四，只准逢单，不准逢双。九代穷左思右想，问了答应别人的三件事，便高兴地回去了。来到河边，他帮蛟龙敲掉头上的夜明珠，蛟龙立刻长出犄角腾云升天了，临别时蛟龙把夜明珠送他作酬礼。到老爷爷家，九代穷在水池下挖出了九缸金、九缸银，池底立刻渗出清泉，泼洒在果树枝上，一会儿工夫便结满大洋桃，老人送他金银作酬礼。九代穷进老婆婆家，她的女儿问："妈妈，这是谁呀？"原来佛祖说她遇到心上人就会开口说话。喜得老婆婆立刻让他俩成亲，结为夫妻后双双回到家中。哭瞎双眼的母亲，手捧着夜明珠，眼睛豁然明亮。从此以后，他们一家人的日子渐渐好过起来，再也不受穷了。

龟 女 婿

黎族蛇郎娶妻型故事。采录于海南。

从前，南开河边有个渔夫捕到了一只龟，便带回家里喂养。大女儿贝娓讨厌它，二女儿贝村喜欢它。贝村常常带着乌龟上山放牛，别人把它当砖石垒成三足灶煮东西。乌龟受不了火烤，跑进了大潭。贝村追到潭边，看见一个俊后生在那里洗头，原来他就是那只乌龟。他们相互爱慕，不久，贝村和乌龟结婚了，还生了一个女儿。有一次龟女婿陪妻子贝村回娘家，姐姐贝娓看中龟女婿，在送他们回家的路上，贝娓害死了妹妹。贝村变成一只鸟，落在丈夫的手指上。乌龟煮热饭给鸟吃，鸟的羽毛变成美丽的花衣裳，贝村便复活了。姐姐贝娓再也无颜在乌龟家待下去，立刻逃跑了。贝村又和丈夫、女儿团聚在一起，过上幸福美满的生活。

椰　子　壳

黎族怪孩子型故事。采录于海南。

从前，有个母亲生了四个孩子都很健壮，第五个孩子却是个没头没脚的椰子壳。母亲把他当废物扔进河里，被一个老农捡到，椰子壳便请求老农收留他。一天，老农女儿为父亲送饭，发现椰子壳里跳出一个年轻小伙儿，用树枝轻轻一摇，牛群就向他走来。她回去告诉父亲，自己愿嫁给椰子壳。晚上老农故意说牛棚坏了，需要篱笆。椰子壳便主动上山砍竹，父女俩跟上山，看到跳出的小伙儿手拿钩刀左右一挥，立刻跑出很多人来，地上很快便堆满竹子，老农便将女儿许配给椰子壳。椰子壳随后告诉妻子，自己原本是一条龙，因厌倦水里生活才来到岸上。他在草地上变出房屋和牛羊，夫妻俩勤劳生产，过着甜蜜的日子。椰子壳的亲生母亲得知后要去认他，被丢弃的椰子壳不愿认这个母亲，她只得羞愧而去。

蛤 蟆 黎 王

黎族怪孩子型故事。采录于海南。

早年间，有对老夫妇晚年得子，生了一个扁嘴大蛤蟆。一到晚上，蛤蟆脱掉外衣就是个英俊小后生。蛤蟆苦练本领，十八岁便精通百般武艺。有一年，官兵攻打五指山。黎王平时吃喝玩乐，忘记练兵，无计可施，只得出榜招贤，并承诺“谁能击退官兵，愿将女儿许配给他”。蛤蟆去揭榜，官兵将他团团包围。蛤蟆轻轻吹口气，官兵全部中毒昏倒。官兵的主帅见此高超法术，急令退兵，再不敢犯。黎兵得胜后，黎王见蛤蟆模样丑陋就要变卦，公主却说“一言既出，驷马难追”。新婚的当天晚上，蛤蟆脱掉外皮，变成一个威武的男子汉，公主十分欢喜。黎王听说女婿英俊全凭这张蛤蟆皮，就要借去披披。黎王披上以后，蛤蟆皮越缩越紧，越缩越小，再也脱不下来。蛤蟆女婿立刻被大家公推为新黎王。

吹　天　箫

黎族宝物故事。采录于海南。

从前，在五指山下有一个很会吹竹箫的人，大家叫他“吹天箫”。吹天箫优

美的箫声吸引了海龙王，便请他到龙宫去教龙太子吹箫。三年后龙太子学成，龙王让龙太子带吹天箫进宝库选礼物。这里金银珠宝应有尽有，他却只选了一只竹篓和一件蓑衣。原来这竹篓和蓑衣也是宝物，吹天箫捕鱼回来饿了，竹篓里便会装满好吃的东西；他要到南海捕鱼，东海捞虾，蓑衣便送他飞到想去的地方。他披着蓑衣飞上五指山，飞遍天涯海角，用他的箫声把温暖和快乐带给人间。

尔蔚姑娘

黎族奇事故事。采录于海南。

尔蔚姑娘从小失去父母，和哥嫂一起生活。嫂嫂处处刁难、虐待尔蔚，让她一天砍五架山的树，又要在一天内烧掉这些树木，一天种五架山的山兰稻，做不到立即逼她嫁人。尔蔚没有被难倒，石板下走来的龙哥一次次帮她做好这些事情。尔蔚住进山上的茅寮，每晚和龙哥约会，原来龙哥就是龙太子。嫂嫂发现了他们的秘密后，一日骗走了尔蔚，刺死了龙哥。水龟连忙带尔蔚和奄奄一息的龙哥见最后一面，极度悲伤的姑娘自杀而死。她死后龙王赐她一副石棺，入殓时河水骤然猛涨，把嫂嫂卷走，石棺沉入河底。人们看见两副一样的石棺并排停放在水底。不久，两副石棺碰在一块，一对金色的鲤鱼从棺材里游了出来，它们绕石棺游了九九八十一圈后，便双双游向大海。

奥桃堆

黎族奇事故事。采录于海南。

美丽的奥桃堆姑娘从小失去父母，跟哥嫂一起生活。嫂嫂虐待她，让她一天织好九条筒裙，搓出九百九十九条麻绳。小牛堆闷都帮她完成，嫂嫂发现后就杀了小牛堆闷。奥桃堆按小牛的话，把牛骨头捡起在河滩上，这些骨头竟变成了金银手镯、耳环，变成了漂亮的筒裙、衣帽。她穿戴上这些服饰回寨子，懒姑娘奥幸菜看见了，也到河里找到一件红衣服。亩头的儿子哈劳帕洛泽爱上奥桃堆姑娘，他母亲带着聘礼去求婚。奥幸菜闻讯，冒充奥桃堆把他们拉进自己家中，收下聘礼。结婚那天，哈劳帕洛泽见新娘不是奥桃堆，气得说不出话来。生米煮成熟饭，奥桃堆也出嫁了，夫妻恩爱，不久有了孩子。但哈劳帕洛泽仍然不死心，有一次他把奥桃堆逼上树，奥桃堆不从，再三相劝，竟被他推到河里去了。河龙听到哈劳帕洛泽的咒语，便吃光奥桃堆的肉，让她的心肺漂在石头上，变成一只

母盎哇鸟。母盎哇鸟用翅膀也把哈劳帕洛泽扇进河里，河龙听到母盎哇鸟的咒语，就用同样的方法把他变成一只公盎哇鸟。母盎哇鸟飞回家陪伴丈夫、孩子，丈夫照它的话，忍痛拔掉它的羽毛，把它放进锅里，九天九夜后妻子奥桃堆复活了，夫妻激动得抱头痛哭。于是，全寨人跳起欢庆的歌舞，祝贺奥桃堆的再生。

姐　弟　俩

黎族奇事故事。采录于海南。

有姐弟俩受到继母的虐待，在继母挑唆下，父亲把他俩带进深山扔在野岭上。天黑后姐弟俩大声呼喊，直到看见父亲挂在树上的刀篓不停发出响声，才知父亲已经丢弃他们而去。姐弟俩只好用野果充饥。一天，他们发现一只死鹿，就请山雀帮忙找火。山雀衔火丢在草窝里面，烧尽整座山留下火种。乌鸦找来锅煮熟鹿肉，大家饱餐一顿后，斑鸠欢叫："稻种麦种我有，蔗种瓜种我有！"弟弟射下斑鸠，剖开肚子，取出种子种在地里。地里长满瓜稻麦蔗香蕉，他们的生活便有了保障。一年他们种的瓜枝叶繁茂，瓜藤一直蔓到山外父母家门前。继母让父亲顺藤找去，姐弟俩以刀篓为凭，证实是他的儿女。临别送父亲两篓蜂蜜，继母吃了有毒蛇的蜂蜜，不久死去。在父亲的再三劝说下，姐弟俩终于回到了家。

五指山大仙

黎族奇遇故事。采录于海南。

从前，有一个乞丐到财主家去讨饭被拒，乞丐说："眼看四海，四方招财。做好事，去一碗，来一箩。"财主不相信他的话，立刻赶他出门。乞丐走到一间茅屋，屋里有一群孩子等着吃山薯。孩子的父亲对乞丐说："有饭同吃吧。"乞丐吃好睡着，夫妇俩给他盖好被子，自己睡在木棉树下。第二天父亲进屋，看见白花花的银子、白米铺满一地，乞丐却不见了，原来是仙人相助。父亲把这些东西都分送给乡亲邻里。财主知道后非常后悔，痛打了老婆。乞丐又到财主家，财主拉着"财神"热情接待。第二天清早乞丐不见了，屋里有九个大水缸、二十七个小水缸，财主夫妻扑上去掏银子，里面却爬出无数的青蛇、黑蛇、花蛇，把他们活活咬死了。

◇黎族动物故事◇

黄猄与狗交朋友

黎族动物故事。采录于海南。

胆小的黄猄和狗交上朋友，从此不再担惊受怕了。黄猄羡慕狗有一对美丽的角，几次借角都遭到拒绝。一日，它三番五次怂恿狗去人家里找好吃的东西，狗知道斗不过人，但禁不住诱惑，便与黄猄一起来到饭香扑鼻的人家。因为墙洞太小，黄猄让狗摘下狗角进去，狗刚钻进洞，黄猄便带上狗角大声喊叫，惊醒主人，逮住了狗。黄猄有了角却没了胆子，听见狗叫就没命地跑。狗被人捉住却没杀它，让它守门护院得到善待，从此便在人家里住了下来。

雷公蛇惩罚乌龟

黎族动物故事。采录于海南。

有一回，雷公蛇和乌龟挖来山薯到河边去煮，乌龟让雷公蛇找来两块石头，自己做一个圆泥团放成三角，架起锅灶后，便背靠泥团睡觉了。雷公蛇烧火忙得满头大汗，眼看山薯煮熟便叫醒乌龟。乌龟醒来翻身滚入河里，让圆泥团和锅也一起滚进水中，它乘机吃光了沉入水底的熟山薯。雷公蛇上当后，就想找机会进行报复。一日，雷公蛇对乌龟说大海的风景美丽，可带它上树远眺。乌龟十分羡慕，立刻跟雷公蛇来到海边，咬住蛇尾一起爬上树干。雷公蛇叫乌龟说“海啊海”，乌龟为了看大海，只得顺从，结果一开口便摔到地上，把龟壳摔裂了。在一旁的野猪笑道：“老弟，这一次好得很，害人到头来害到自己啦。”

◇黎族写实故事◇

老课将军

黎族讽刺故事。采录于海南。

从前，有一个黎族青年喜欢撒谎，人称“老课”。老课爱捉鸟，捉到就在鸟屁股上插支竹箭，所以“箭箭不离屁股”的名声远扬。八面山上有一只野猪伤人无数，峒主许诺，捕获山猪的人重赏千金，并以小女相许。老课趁着酒兴上山，山猪朝他凶猛扑来。他慌不择路，跳过刺丛，绕着一棵大榕树拼命转。山猪只会直冲，被拦腰卡在树枝夹缝里，嗷嗷吼叫。老课挥舞钩刀将山猪砍死，又在猪屁股上插支竹箭。于是，老课就在峒主家成亲了。后来，忽报官府要他领兵去剿除海盗，海盗个个腰间绑块铁板，挡住屁股，朝八面山奔袭。官军的号兵吹响号角，杀声四起。海盗猝不及防，拔腿逃跑，两只脚倒踢在铁板上“当当”作响，都以为神箭射着屁股了。海盗溃败后，大家发现老课将军已经吓得昏死在帅旗下了。

青青和红红

黎族婚恋故事。采录于海南。

公主青青爱上了打扫皇宫的红红。青青出了个主意，她假装突然生病，不吃不喝，怎么也医不好。皇帝只好出榜文：谁能医好青青公主的病，即招为驸马。红红撕下榜文，为青青搭脉治疗，一会儿工夫病就好了。但是皇帝很快就变卦了，他把青青刺成花脸，和红红一起赶出皇宫。青青和红红被安放在一条小木船上，在汪洋大海上漂了七七四十九天，到了崖县。他们在这里安了家，生儿育女，繁衍后代。他们射山猎，击石取火，找谷种耕田，烧竹筒饭。青青总是戴大耳环，戴银脚环，刺花脸，这些后来都成了黎家的习俗。

神奇的竹筒

黎族机智故事。采录于海南。

黎家汉子阿巧，心灵智广。有一次他去屋后砍竹做竹筒，听见妻子正在劝客人吃饭，并说阿巧的饭留在米缸里就行了。他回来对妻子戏称，他做的宝竹筒，一吹就可知道一切。于是他拿竹筒一吹，说米缸里藏着糯米饭。妻子信以为真，这个“神奇的竹筒”立刻传开。不久岳丈家母猪失踪，找阿巧去帮忙。阿巧趁岳丈忙做饭，在村后灌木林里找到了正下仔的母猪，给自己解了围。又有一次，知县的金印被盗，听到阿巧的名声，连忙请他来破案。阿巧在轿中心神不安，自语道：“前也死，后也死，终归必然都是死。”抬轿衙役突然向他跪下求饶，原来此二人叫“终归”“必然”，就是盗印的案犯。阿巧到县衙装模作样吹吹竹筒，

很快就破案了。在回家路上，阿巧把“神奇的竹筒”放在车辙里碾成四片八瓣，从此再也不干这种提心吊胆的事了。

聪明的媳妇

黎族巧女故事。采录于海南。

有一回，黎头看上路边的一块良田，便把大白马放进田里吃稻谷。田主人亚实捡起石头把马赶出稻田。黎头硬说石头打落了他的宝马角，三天内找不回来，就拿这块田来顶上。田主人亚实愁眉苦脸地回到家中，儿媳亚花给阿公出了个好主意。第二天亚实父子在田里捉回很多大泥鳅，串在木条上高高挂在门前。黎头带着家丁来讨宝马角，见到一长串肥大的泥鳅，直流口水，大呼小叫要拿回去下酒。亚花上前说，你们一阵呼叫，把我那串宝鳅鳞给吹飞了，要是找不回来决不赔田！黎头恶狠狠地说：“自古泥鳅哪儿会生鳞？”亚花当着众人大声回驳：“既然泥鳅自古没有鳞，哪个见过生角的马？”黎头斗败，只好灰溜溜地走了。

◇黎族机智人物故事◇

阿亮的故事

黎族机智人物故事群之一。流传于海南崖县、陵水、保亭一带。故事主人公系农夫型机智人物。他生活在五指山南麓响水河畔的椰林寨里，家庭贫苦，痛恨压榨百姓的黎头、山霸，经常以机智的手段嘲弄、惩治他们。其故事有《阿亮跳舞》《宝贝的土锅》《数秧苗》等。

阿亮跳舞

黎族机智人物故事。

一日阿亮沿响水河边唱边走，见六弓峒的峒主迎面骑马过来，问阿亮为啥这么高兴。阿亮说七弓峒有人结婚，邀他去跳逗娘舞。峒主知他能歌善舞，便挡住

他说："你先跳给我看一看。"阿亮灵机一动说："我跳舞用的扇子忘带了，把你的马借给我过河去取一下。"峒主闲来无聊想看跳舞，便答应了。阿亮又说："这样高贵的马，不能驮我这穿戴破烂的人，把你的衣裳也借我穿吧。"峒主听到夸他的马和衣裳，心里乐滋滋的，又把外衣脱给他了。阿亮穿上峒主的外衣扬鞭催马过了河，在河对岸大声喊道："谢谢你把马和衣裳送给我，我喝喜酒去了！"峒主知道上当，急得又叫又跳。

数 秧 苗

黎族机智人物故事。

黎寨青年帕红的大公牛颈粗腿圆，力大如虎，山霸王帕皮一心想霸占这头牛。一天帕皮骑马去藤桥市，恰好见帕红在插秧，便下马上前说："我几天后回来，你要告诉我你在这块田里共插了多少株秧苗，说不出来我就拉走你的牛！"帕红一听，急得哭了起来。这时阿亮从这里经过，听了他的诉说，便替他出了一个主意。几天后帕皮回来了，帕红不慌不忙地说："帕皮老爷，我插下的秧苗一株株数过了，它和你的马从藤桥市回来的步数一样多。你说出你的马走了多少步，我插的秧就是多少株。"帕皮像喉咙里卡住了骨头一样，说不出话来。

劳祝的故事

黎族机智人物故事群之一。流传于海南乐东一带。故事主人公系农夫型机智人物，出自艺术虚构。其故事多为戏弄、惩治财主的篇什，如《献"宝蛋"》《献"宝棒"》《献"龙马"》。

献"宝蛋"

黎族机智人物故事。

劳祝骑着高大骏马到财主家，说他托汉商在马国买回一只"马蛋"，三十天孵出小马，三个月便长成这样一匹日行千里的宝马。财主十分羡慕，赶快拿钱请他帮忙得到宝马。数日后，劳祝抱来一个灌满马尿的椰子壳，让财主夫妻孵马蛋。财主夫妻孵到二十九天，马尿从椰壳洞口渗出来，流得到处是臭味，财主婆一气

之下就把它扔到草丛里去了。这时恰巧有只野兔应声从草丛里跑出来，财主夫妻以为是小马跑了，拼命去追，结果扑了个空。于是他们互相埋怨，大吵了一架。

献“宝棒”

黎族机智人物故事。

有一天，财主听说劳祝有一匹宝马，便亲自上门去找劳祝，想得到他的宝马。劳祝的妻子看见财主的那副模样，心里不高兴，就很不客气地问他来干什么。这时劳祝跑出来，骂他的老婆太没有礼貌，便用一根木棒把她打“死”了。财主很惊讶，表示要去告他。劳祝胸有成竹地对财主说，他有办法救活老婆。于是，他拿那根木棒绕妻子画了个圆圈，然后叫一声“起来”，他老婆果然就站立起来了。劳祝告诉财主，这是他家祖传宝棒，财主爱不释手，一定要借回家去。财主婆见财主没有牵回宝马，又嚷又骂，财主举起那根宝棒就把他老婆打死了。然后他又学着劳祝的样子救老婆，可是他无论如何画圆圈，他的老婆也活不过来了。

献“龙马”

黎族机智人物故事。

财主两次上当，恨透了劳祝，于是他叫打手把劳祝抓来，装进麻袋扔到河里。劳祝赶忙用身藏的刀子割开麻袋，潜水逃走了。第二天，劳祝把大公羊的角锯掉，又剃光羊毛，画上五颜六色的花纹，然后牵去对财主说，就是这匹龙马搭救了他，把他送到龙宫。在那里，他还看到了财主屈死的老婆，现在龙王命他回来叫财主去接老婆。财主赶快随劳祝到了河边，骑上“龙马”，闭紧双眼跳下河去，葬身于滔滔的河水之中。

◇黎族寓言◇

土地庙只有一点大

黎族人事寓言。采录于海南。

土地神因为守护村寨有功，玉皇大帝决定要大大奖赏他，在凡间给他修建大庙堂。玉皇大帝让土地神自己射一箭，箭矢落地的方圆，就是庙堂的范围。土地神知道后，乐得合不拢嘴，坐不稳，睡不着。射箭的时候，他笑个不停，竟笑得四肢无力，箭头离弦便掉下来，落在自己的脚下。玉皇大帝派人一量，正好二尺方圆，所以土地庙就只有一点点大。

是谁害了他

黎族人事寓言。采录于海南。

有一年，有个农夫种了一坡山兰稻，被两只黑熊糟蹋得不成样子。他用计策打死一只，全家人美美吃了一天黑熊肉。半夜，农民梦见许多黑熊在屋外哭闹："打熊不打锣死丈夫，打熊不打鼓死妻子！"第二天村中老人又说，有人也做这样的梦，全家都死光了。这个农夫觉得大难临头了，从此再不到田里做工，等待灾难到来。半年过去，家里没死人，妻子还生了个婴儿。可是家家迎丰收时，他的地里却长满野草。一年后，家里还没死人，这个农夫只好向人家借粮度日。他很懊恼，认为是黑熊害了他，想想又觉得是那个老人害了他。邻里却说："你连做梦也相信，说到底是你自己害了自己呀。"

吊 猄 捕 影

黎族人事寓言。采录于海南。

从前，有一个人捕到了一只黄猄，就把它吊在水潭边的一棵大树上回家去带刀取火，打算就地宰杀来烤着吃。这个人回到潭边，看见有一只黄猄在游水。他以为黄猄逃跑了，连忙脱掉衣服下水潭去捉黄猄。下去以后黄猄就不见了，上来又看见黄猄在游水。他便把自己的猎狗抛进水里去捉黄猄，他怕狗沉不下去，还绑一块石头在狗身上，过了许久也没有看见狗把黄猄捉上来。他感到很累，便躺下休息，忽然发现大树上仍然吊着那只大黄猄。

5

中国民间故事通览

祁连休 冯志华 编著

河北出版传媒集团
河北教育出版社

傈僳族故事

阿于和龙姑娘

傈僳族龙女型故事。采录于云南。

早年间，一家有弟兄七人出门学艺，三年学成后回到家中。学会吹拉弹唱的老七阿于，被父亲斥为不学正道的懒汉，赶出了家门。阿于四处流浪，他的琴艺得到龙王的赏识，并且得到了龙姑娘的忠贞爱情。阿于按龙姑娘的嘱咐，向龙王要了小花狗和宝葫芦回到龙潭边。原来小花狗就是龙姑娘，她用宝葫芦在小山上建起了竹楼，夫妻二人开始过上好日子。不久，阿于到集市卖布，宝葫芦的秘密被大官人发现。大官人抢走宝葫芦，却喊不出任何要的东西，于是便把阿于杀害了。龙姑娘奋力营救丈夫，被大官人看中，企图霸占。最后，龙姑娘夺回宝葫芦，凭借宝葫芦的神力救活了丈夫，把大官人一伙埋葬在大山底下。阿于和龙姑娘接来阿爸，一家人勤勤恳恳，过上幸福美满的生活。

花牛和七仙女

傈僳族羽衣仙女型故事。采录于云南。

从前有兄弟俩，弟弟放牧家里的一头花牛。哥哥常虐待弟弟，结婚后就把弟弟赶出家门了。花牛告诉弟弟，山顶上的大龙潭边，常有七个仙女来洗澡，藏起小仙女的腰带，她就是你的妻子。弟弟来到龙潭边，照花牛说的办法果真把七仙女留下来，和自己结为夫妻，并且生了一个可爱的儿子。有一天，弟弟取出腰带给孩子玩，天神发现了七仙女，就把她抓回天宫了。弟弟把孩子养大送进学堂，被富家孩子笑骂是没娘养的孩子。孩子回家追问，竟把阿爹活活气死了。孩子得到先生指点，到龙潭边找到阿妈。七仙女怕天神发现，给了孩子一袋种子和一颗红珠子，让他一路撒着种子回家，把红珠子给先生。孩子撒过种子的路上长满刺篷，堵住了找阿妈的路；红珠子变成大火，烧毁了先生占卜的书，从此便母子不能相见啦。

青蛙伙子

傈僳族蛙郎娶亲故事。采录于云南。

早年间，有个无儿无女的老奶奶，膝盖上生了一个大疮，剧痛难忍。她割开疮，从里面跳出一只小青蛙，说是老奶奶的孙子。青蛙天天上山打各种山雀，尽心抚养老奶奶。有一年，青蛙上山砍柴，从山上背来无数银子。它安排好老奶奶的生活后，就到遥远的皇宫向公主求婚去了。起先皇帝不同意，青蛙便大哭一场，哭得狂风暴雨，洪水滔天，皇宫变成一片汪洋，皇帝只好同意。事后皇帝又反悔，青蛙大笑一场，笑得天空出现很多太阳，烤得皇帝滚来跳去，只好答应把公主嫁给青蛙。但是皇帝仍然不死心，就出主意让公主暗害青蛙。在去青蛙家里的路上，公主两次用磨盘砸向青蛙，都没伤害到青蛙。后来，在寨子的射箭、赛马会上，一位英俊小伙子技艺超群。公主回到家里面，发现那个小伙子是青蛙脱去蛙皮所变。公主烧掉蛙皮，恳求小伙子原谅。从此他们互敬互爱，和老奶奶一起过上幸福的生活。

孤儿和小人国

傈僳族奇遇故事。采录于云南。

从前有一个孤儿，因财主看上他的漂亮妻子，遭到迫害，被财主推入万丈深渊。但他被彩云托着，神奇地落到了小人国。那里的人只有一拃高，用荞面做瓦，大公鸡做国王的座椅。小人们待他如上宾，但是很快就没有食物供养他了。不得已他揭瓦充饥，杀大公鸡烧着吃，最后他住进森林，以狩猎为生。他常常帮小人们干活，打死豪猪救了国王，深得小人国人们的敬重和同情。国王采纳了智慧老人的意见，请来能飞九天九夜不落地的鹰王助他回国。他按鹰王嘱咐，准备了七簸箕肉干，做鹰王的干粮。但两次都因快到洞口时肉干没有了，鹰王翅膀一软又落回原处。第三次飞临洞口时肉干又没了，他急中生智，从自己身上割下四坨肉喂给鹰王，终于飞出洞口。回到了家乡，他与自己的妻子团聚，然后一起逃到远方，过上自由自在的生活。

寻找太阳头发的故事

傈僳族找幸福型故事。采录于云南。

早年间有一个土官出外打猎，因追捕麂子夜宿农户家。农户的妻子刚生儿子，前来贺喜的亲朋都祝他长大“升官发财”。这个土官认为孩子将来必定会和他争夺官位，于是半夜溜进产房去杀婴孩儿，竟误将婴孩儿的母亲杀死了。他声称要抚养孩子，便带回去把婴孩儿装进小棺材抛入江里。婴孩儿被下游的夫妇俩捞起，抚养长大。十几年后，这个土官打猎到此，听到孩子的经历大为震惊，决定再次去杀死这个小伙子。土官让小伙子送信回家，在路上小伙子遇到一位老爷爷，老人把信中写的“见信把他杀掉”，改为“让我的姑娘和他定亲”。土官赶到家，又要小伙子去找回三根太阳的头发，否则就把他杀死。小伙子冒险向西走去，一路上，他遇到江边划船的百岁老人，请他向太阳询问船划不动了怎么办；有个寨子的人，请他向太阳询问没有水源怎么办；另一寨子请他向太阳询问梨树不结果怎么办。小伙子终于找到太阳居住的地方，得到太阳妈妈的帮助。在回去的路上，他一一解答了两个寨子和划船老人的难题，最后把金光闪闪的太阳头发交给土官。土官又惊又喜，听说这宝贝要亲自去找，才能长命百岁、荣华富贵，于是决定亲自前往。土官来到江边，划船老人按少年说的把桨交给了他。从此土官忘了一切，变成一个天天在江边摆渡的船夫。

小孩和老虎

傈僳族团结除恶型故事。采录于云南。

从前有一个小孩儿上山砍柴，遇到老虎要吃他。小孩儿请求老虎等他背柴下山换点食物留给母亲后再吃他，老虎答应晚上去家里吃他。小孩儿想到母亲从此无人照顾，边走边伤心地痛哭。一路上，他遇到鸡蛋、羊皮、马鹿和猎狗，都安慰他不要怕，说晚上来帮他。天黑以后，它们让母子俩躲起来，然后各自藏好。老虎窜进屋里找小孩，藏在火塘里的鸡蛋爆开，炸瞎了老虎的一只眼睛；老虎痛得跳出门外，踩上羊皮滑倒了；藏在树丛的马鹿窜出来，扬蹄踢瞎老虎另一只眼睛；猎狗趁机扑上去，死死咬住老虎咽喉；小孩儿举起长刀冲过去，砍死了老虎。

孤儿奇遇

傈僳族奇遇故事。采录于云南。

从前，有一个孤儿到四方去游猎，他箭法高明，喜欢打抱不平。有一次，他射死了追食小金鱼的大黑鱼，搭救了小金鱼。原来小金鱼是龙王的儿子，为了感谢孤儿，龙王让他遇到困难时向水塘呼唤“金鱼龙王”，便会来相助。随后，孤儿射死追食黑狐狸的老虎，黑狐狸让他遇到困难时就喊“金狐狸”，便会前来帮助他。孤儿又射死正要吃三只小雕的大蟒，老雕让他碰到困难时喊“雕大王”，便前来帮忙。这一天，孤儿听说皇帝为公主择婿，条件是躲藏三次不让公主找到，便去应招。他先到御花园的水塘边呼唤“金鱼龙王”，藏进龙王嘴里，却被公主的奇光眼找到。他又喊来“金狐狸”，躲进黑狐狸为他凿的石洞里，也被公主找到。第三次，他藏到大雕的羽毛里飞上月亮，公主再也找不着他了。但皇帝毁约要杀掉孤儿，孤儿奋力杀死国王，替老百姓除掉了祸害。最后，孤儿娶龙王的公主为妻，回到家乡，过上幸福美满的生活。

宝葫芦和其他宝物

傈僳族宝物故事。采录于云南。

从前有一个以狩猎为生的孤儿，下扣扣到了两只小狐狸。他用这两只狐狸和一个路人换到一个要什么就会出什么的宝葫芦。随后，他又用宝葫芦换来一条叫它拖什么就会拖出什么来的麻绳。他借着麻绳的神力，拖回了他的宝葫芦。接着，孤儿用同样的办法，弄到一把叫它去砸什么就会把什么砸烂的铁锤和一把叫它去砍什么就会去砍什么的长刀。他抱着宝葫芦，扛起这些宝物来到一座华丽的都城。都城里的国王要抢孤儿的宝葫芦，孤儿凭借各种宝物的神力对付国王，用麻绳把国王拖进江心被大水卷走，用铁锤把皇宫和城墙砸烂，用长刀把国王的卫士统统杀死。孤儿获得全胜后，就带着他的各种宝物向另一座都城走去。

两颗宝珠

傈僳族宝物故事。采录于云南。

从前有兄妹二人，爹妈早早去世，过着穷苦的生活。有一天，他们去割草的时候发现一窝草随割随长，牲口吃了长得膘肥体壮。于是，他们就把它挖回去种在屋旁边，原来那窝草的草根上有两颗宝珠，所以才有这样的奇迹。有一天，一个贪心的财主来偷挖这窝草，发现了两颗宝珠。正巧碰到兄妹俩，他慌忙把宝珠藏入嘴巴，不小心一下吞到肚里。回家后，他四肢抽搐，肚皮肿胀，竟不能够言语。他连忙写字给老婆看："我吞下两颗宝珠，中毒啦！"他老婆和家里所有的人想尽各种办法都不能把宝珠弄出来，最后他竟一命呜呼。

守芋头的故事

傈僳族奇遇故事。采录于云南。

从前，有一个孤儿靠种田为生。他栽种的芋头经常被糟蹋，不知道如何是好。为了弄个明白，他装死躺在地里面。过了许久，猴子、狐狸带着一群野兽来了。当它们发现这"尸体"后，就把他抬到一个岩洞里面去祭神。孤儿眯缝着眼睛悄悄一看，祭堂上摆满金杯银碗，便拔出长刀大喊一声："杀！"立即把那些野兽吓跑了。他赶忙拿起金杯银碗跑回家，于是过上有吃有穿的日子。有一个贪婪的家伙知道这件事后，十分眼红，赶忙学着孤儿的样子去守芋头，装死躺在地上，故意让野兽们把自己抬走。半路上，野兽们把他放在悬崖边的一个大岩石上歇气。他的身体往下滑时，野兽们赶紧去扶他。他忍不住笑出声来，吓走了野兽，自己也摔下悬崖死啦。

白兔智斗老虎

傈僳族动物故事。采录于云南。

有一回老虎下山寻食，向正吃草的白兔扑去。白兔一闪跳到山坡上说，有本事就跟我打赌，谁胜就吃掉对方。它们先赌挖山药，老虎挖三篮兔子只挖三根。兔子说还要比洗山药，并且教老虎要紧闭双眼脸朝天，双脚使劲搓。结果，老虎搓洗好的山药，全部滑落进兔子安放在下游的竹篮里了。老虎没找到山药却找到一颗野果。老虎听兔子说，那些山药是这颗野果吃掉的，它信以为真，便从林中砍来三背麻栗柴，猛烧这颗野果。野果烧爆，炸瞎了老虎的左眼。白兔又去找"山神"要药为老虎治眼睛，它把弄来的辣椒面和灶灰撒进老虎的眼睛，让老虎忍痛等待一下。白兔到一旁去吃鲜果，它告诉老虎说它吃的是自己的眼睛，又不痛又香甜。老虎饿极了，便挖出自己的右眼送入嘴中。老虎疼痛不已，要去天神那里医治，白兔就扶着瞎虎走向悬崖峭壁，让老虎踩空，坠下山崖。

老 熊 丧 命

傈僳族动物故事。采录于四川。

有一年盛夏，蚂蚱从田间飞到森林和熊一起生活，天长日久产生矛盾，日益尖锐，竟决定要大打一场，致对方于死地。它们来到约定的山头上，熊扑过去要把蚂蚱一拳擂成肉泥。它左腾右挪，跳来跳去，挥拳不断扑空。趁熊筋疲力尽时，蚂蚱钻进熊的鼻孔又抓又挠，熊痛痒难忍，在地上猛擦鼻子，边擦边退，滚入悬崖。蚂蚱钻出熊鼻，叫来成群的同伙分享熊肉，被经过这里的打山匠用竹扫帚全都打死了。随后打山匠就扛着死熊回家去啦。

虎兔比赛摇尾巴

傈僳族动物故事。采录于云南。

有一次老虎想吃掉兔子，就提议比赛摇尾巴，赢者吃掉对方。兔子灵机一动说，你的尾巴长在没草的地方摇，我好看见；我的短在山头茅草棵摇，摇得草动你能看见。山上有风茅草不停地摇摆，老虎看到不停地摇尾，从白天摇到黑夜，不能吃不能睡，累得想停，可一见山头的茅草在动，怕输给兔子，只得摇个不停。兔子吃饱玩够了才想起老虎，一看老虎早已累倒在山坡上啦。

兔子智对狐狸

傈僳族动物故事。采录于云南。

有一回狐狸想吃掉兔子，就假装去跟兔子交朋友。遭到兔子拒绝后，狐狸气呼呼地说："这座山是我的，你在这山上你也是我的。"兔子说："这里十座山上有十只兔，我怎么会是你的？"狐狸不相信，于是去到另一座山头，它看到的是涂抹成花脸、抄小路抢先赶到的花脸兔。狐狸又上另外一座山头，看到的又是涂抹成黑脸的黑脸兔。它上气不接下气地跑完十座山，每座山上都有一只不同的兔子，不得不相信兔子的兄弟很多，就不敢下手，只好偷偷溜回林中去了。

短尾兔子和花脸狐狸

傈僳族动物故事。采录于云南。

有一天，狐狸约兔子一起去偷蜂蜜，不料双双被抓。狐狸跪下说是受兔子唆使才来的，农夫看见兔子果然捧着蜂蜜，便放了狐狸，拔刀砍断兔尾作为惩处。不久，狐狸又来约兔子去偷猪，兔子得到教训，决心进行报复。它在路上等狐狸时，走进菜地里被农夫抓住了。农夫把兔子装在网袋里面挂到树上。中午时狐狸骑在猪背上，吹着笛子过来了。兔子对狐狸说，树上乘凉很舒服，如果上来吹笛子，不但好听而且传得远。于是，狐狸上树同兔子交换，爬到网袋里面，兔子捆牢袋口后立刻骑着猪离去了。农夫回家举棒就打，狐狸急喊，农夫才发现打错了。他把狐狸放下来时，狐狸已被打成青紫大花脸啦。

蛤蟆智胜小花兔

傈僳族动物故事。采录于云南。

小花兔常常嘲笑蛤蟆走路一蹦一跳，又笨又慢，蛤蟆不服气，提出跟小花兔赛跑。小花兔不以为然，比赛开始后，它沿着坡道穿草丛、越乱石，跑得飞快。它按照约定，跑一段路叫一声“朋友”，都听到蛤蟆的应答声。它惊讶蛤蟆已紧随其后，更加拼命地跑，跑了一程又一程，每叫一声“朋友”都能听到涧沟里传来“哇哇”的应答声。小花兔又羞又恼，竟跑得昏死过去。蛤蟆呢，靠着涧沟里伙伴们的帮助，战胜了小花兔。

孩子嘴里吐实话

傈僳族讽刺故事。采录于云南。

有个懒汉，半夜偷了邻居家一只羊，打死后扛回家藏起来，被床上的孩子看见了。第二天邻居发现羊丢了，怀疑是懒汉偷的，就到懒汉家打探情况。他与懒汉的儿子聊天，慢慢提到丢羊的事。懒汉在一旁向儿子狠狠地瞪眼，示意他不要多嘴。孩子见了害怕地叫起来：“怎么啦？爸爸，你的眼睛比昨晚上那只死羊眼睛还吓人呢！”懒汉暴跳，要打孩子。邻居连忙拉住：“请你别动手，孩子嘴里吐实话呀！”

两兄弟分家产

傈僳族家庭故事。采录于云南。

从前有两兄弟，父亲过世时给他们留下一床被子和一头乳牛。哥哥想占便宜，就和弟弟分被子。哥哥说："白天分给你，晚上就算我的。"一到晚上哥哥盖被子，弟弟只好到马帮火塘边去烤火。马锅头打抱不平，教弟弟白天把被子泡水里，哥哥见了只好说："不分了，算两人的，一起盖。"不久哥哥吵着要分乳牛，把牛头分给弟弟，牛身子算他的。弟弟天天喂牛草料，哥哥天天挤牛奶。弟弟气不过，不给牛吃草喝水，还拴起牛抽打牛头。牛吃不上草就挤不出奶，哥哥只得说："不分啦，算大伙的。"

别为新粮撒旧粮

傈僳族家庭故事。采录于云南。

有个男人娶了个勤劳朴实的妻子，夫妻俩的日子越过越好。妻子生了两个孩子后，男人嫌她老了，又看上一个年轻姑娘。他不听妻子的劝告和反对，强娶姑娘做了小老婆。妻子只得带着两个孩子回娘家去了。谁知小老婆好吃懒做，不到半年，就把家里积蓄多年的钱粮吃光花尽。这时，小老婆又勾搭上有钱的男子跑了。喜新厌旧的男人落得人财两空，终气出大病死去。临死时，他对朋友说："你们记住，千万别为新粮抛撒旧粮，为寻新欢而丢了老婆呀！"

父行子效

傈僳族换代物型故事。采录于云南。

有个人嫌弃自己的父亲年老多病，不想奉养。一天他拿来溜索用的麻布带子勒住老人，背往僻静的岩洞。他扔下麻布带子转身要走时，被跟来的小儿子看到了。他的儿子冲进洞里，捡起丢在地上的溜索带。他连忙拉起儿子，说道："快走，这条带子不要了！"儿子说："要呢，往后你老了，我还要用它背你到山洞哩！"

贪财人的下场

傈僳族相互暗算型故事。采录于云南。

孤儿和三个伙伴以打猎为生，一天他们救了一个老人，得到一罐银子，四人商量怎么分配。那三个伙伴各怀鬼胎，便提出先买酒肉来吃了再分。他们留一人看家，一人买酒，一人买肉，孤儿拾柴火。看家的弄了根大木棒躲在门后，准备把同伴打死；买酒肉的不约而同地在酒肉里放了毒药，想毒死同伴独吞银子；只有孤儿埋头拾柴。结果，买酒肉的回来都被一棒打死了，孤儿背着柴火挡了一下木棒，只被打昏。看家的见三人倒地，大功告成，坐下来吃光酒肉，顷刻间他口吐白沫倒在同伴身旁。孤儿醒来，弄清了三人的死因，非常痛心，随后就把那些银子分给了穷乡亲们。

光加桑的故事

傈僳族机智人物故事群之一。流传于云南怒江傈僳族自治州各县及保山地区、德宏傣族景颇族自治州部分地方。故事主人公光加桑，一作“黄江桑”，系劳动者型机智人物，出自艺术虚构，在傈僳族广为人知，影响很大。他的故事达数十篇，大多以反压迫、反剥削为题旨，情节曲折，生动有趣，民族特色较浓，艺术质量较高。代表性作品如《惩治色鬼》《拣金银》《他说的是实话》《找金子》《尽力气背》《夜袭》《智娶宜人姑娘》《祭鬼》《赶羊》《整龙王》。

惩 治 色 鬼

傈僳族机智人物故事。

有个土官荒淫成性，附近百姓家中的漂亮姑娘差不多都被他糟蹋了。百姓们对他恨之入骨，却又奈何不了他。为了惩治这个可恶的色鬼，光加桑装扮成年轻姑娘从土官寨子前面经过，故意让他盯住。这个土官果然上钩，他跟在后面转了一天，到傍晚才找到机会把“姑娘”拉进家里去。晚间当他摸到房内，脱得赤条条扑上床时，光加桑从葫芦中放出许多马蜂，螫得他哭爹叫娘，一骨碌从床上栽在地下。光加桑趁机拿起棍子向他劈头盖脸地打去。等土官的老婆带着帮工赶来时，光加桑已经在一片混乱中溜走啦。

拣 金 银

傈僳族机智人物故事。

一天光加桑在蝙蝠洞边挑蜂蜜，有个土官路过看见了，连忙令心腹将他一把推入深不见底的洞里。光加桑没有落底，却抓住了一蓬藤子，顺藤蹬壁爬出了洞。过了几天，光加桑挎着一筒帕金银来见土官，说道："谢谢老爷喽！过去我只听说蝙蝠洞里金银珠宝多，这次老爷推我下洞，可真开眼啦！"土官见光加桑不但没死，还精神抖擞拣回许多金银，一下鬼迷心窍，硬逼着光加桑带他去拣金银。土官提上大口袋来到那个深不见底的洞口，抢着跳了下去，再也没有爬上来。

他说的是实话

傈僳族机智人物故事。

光加桑有一条驯顺了的大黑狗。这天，他叫大黑狗牵牛犁了一会儿地，正在歇气的时候，发现一伙投机商人朝他走来。商人们靠近时，看见光加桑和大黑狗对坐，亲亲热热一起吃饭，就嗤笑他。光加桑说："你们知道什么，我这条狗通人性，叫它做啥就做啥。"商人们不信，便和他打赌，讲好光加桑输了把耕牛给商人，光加桑赢了商人给他三十两银子。商人们急于得到耕牛，一会儿让狗站立，一会儿让狗就地打三个滚，最后又让狗牵牛犁地，在光加桑的指挥下，大黑狗都做到了。商人们只得给他凑足三十两银子，气得直嘟囔："都讲光加桑尽说谎话，鬼晓得他说的是实话。"

找 金 子

傈僳族机智人物故事。

有一次，寨子里有两个好吃懒做的人来向光加桑要金子。过了几天光加桑告诉他们，他不小心把金子丢在山箐边了，现在谁找着就归谁。两个懒汉一起来到丛林里，光加桑说："树蓬遮着不好找，我们把树身砍倒再找吧。"于是，两个懒汉便跟着光加桑把一大片草丛、树干都砍了，但是也没找到。光加桑又建议烧掉枝叶，让金子露出来，可是金子仍然没找到。这时，光加桑对两个懒汉说："朋友，既然烧好了地，金子也找不着，那不如播撒一些旱谷种。"两个懒汉觉得有道理，便跟着光加桑撒谷、锄地、拔草。收获季节到了，光加桑指着一箩箩金黄的谷子对他们说："朋友，金子今日找到喽！"两个懒汉这才恍然大悟：丢失的金子原来是劳动果实啊！自此后，他俩改掉了懒习气，手脚也勤快起来，日子越过越好。

尽力气背

傈僳族族机智人物故事。

有一天，光加桑见一个银须老人背了很大一捆柴，走在坡道上脚杆打闪。他上前一问，才知他的主人——那个凶狠的土司规定，背东西要尽力气背。光加桑帮老人把柴送到土司家，土司傲慢地说："你只晓得老爷让他背东西要尽力气背，到年尾老爷也让他尽力气背一背东西回家。这是我家祖传下的老规矩。"转眼岁末到了，光加桑背一个囤箩大的大尖底篮子来土司家，他帮老人装了尖尖一大篮食物，又抱起一罐酒、一罐蜂蜜、几大串肉放上面，背起要走。土司气得大骂他是野牛，连忙上来阻挡。光加桑说："老爷莫气，'尽力气背'是你家祖传下来的老规矩，这我晓得。"土司张口结舌，半天说不出话来。

夜　袭

傈僳族机智人物故事。

一天，有个富人想试试光加桑的本领，前来打赌让光加桑偷一回他家。光加桑立即声明："别人暗偷，我要吹吹打打地明偷。"富人赶快吩咐全家楼上楼下严加看守。他们一听到羊角号声、锣鼓声就提心吊胆，紧张防范。一连数日他们都没有合眼，折腾得精疲力竭。几天以后锣鼓、号声都不响了，富人实在支持不住，就把手下人发布在各处，也睡一下。深更半夜，光加桑悄悄溜进富人的院子里面，轻轻地把楼上的人抱下楼，把楼下的人抱上楼，然后又到羊圈里面去杀了三只羊，把羊皮、羊头、羊肠、羊屎铺到四处，便坐在火塘旁边吹起火筒来。全家上下惊慌失措，胡跑乱撞，乱成一团。这时候，富人眼睁睁地看见光加桑拿着他家的东西，大摇大摆地跑出大门却无能为力。

愚蠢的狮子

傈僳族动物寓言。采录于云南。

从前，有一只凶恶的狮子在一座山上称王称霸，连皇帝也害怕它，对它百依百顺，每年都要送一个人去让它活活吃掉。年复一年，被这只凶恶的狮子吃掉的人不计其数。这一年，轮到要把一个叫拖拉的小伙子送去喂狮子了。拖拉为了搭救乡亲们，便想出一个除掉狮子的计谋。他故意推迟到狮子那里的时间，让它非常生气，然后把狮子领到湖边，说湖里面有只狮子也想称王称霸，要跟它比个高下。这只凶恶的狮子便对着自己的影子大发威风，不断咆哮。在拖拉的挑唆下，这只凶恶的狮子竟冲着自己的影子跳进湖里面淹死啦。

青蛙与乌鸦

傈僳族动物寓言。采录于云南。

有一次，有一只乌鸦捉住一只青蛙，正要啄吃的时候，青蛙说自己的肉又涩又苦，要吃它的肉必须一边喝水一边吃肉才行。乌鸦信以为真，便把青蛙衔到河边的一块大石头上，青蛙趁机跳进了水里。乌鸦十分后悔，正在生闷气时，青蛙从水里伸出头来说："黑乌鸦，谢谢你把我送回老家了。"乌鸦听了，便骂道："你的小眼睛像豆子，鼓出头顶实在难看，哪个稀罕你的肉哇！"

佤族故事

孤儿岩惹

佤族龙女型故事。采录于云南。

有一天，孤儿岩惹捕回一条小鱼，养在水缸里。小鱼是龙王的女儿，天天变成姑娘替岩惹做饭理家。 ·次岩惹假装下地躲在屋外，突然上去捉住龙女，并向她求婚。龙女带岩惹到龙宫见父母，龙王不愿女儿嫁给孤儿，百般刁难，要他一天内开出能撒一箩红米的荒地，又要他一天挖完能撒三箩黄豆的田地。岩惹在龙女的帮助下一一完成，并且还提前播撒了种子。龙王又要他从地里拣回三箩黄豆，他不但拣回黄豆，还射死斑鸠，把被吃掉的三粒也拣了回来。龙王龙母还是不允，他们变幻成黄牛和大鱼，都被岩惹认了出来。龙王又让岩惹变幻，如认不出来，就同意女儿嫁给他。岩惹缩身躲在龙女的针线盒里，龙王怎么也找不着，终于答应了，为他们举办了隆重的婚礼，送他们回到人间。不久，王子发现了美丽的龙女，便派人将她抢入宫中。岩惹按卜卦老人的指点，杀只小狗丢在路上，吸吮了狗血的绿头苍蝇带他去王宫，见到了龙女。岩惹照龙女的叮嘱，打了一百种鸟送来。龙女缝制成百鸟衣，要王子穿上。王子为讨好龙女，穿上百鸟衣又跳又舞，王宫里的狗以为是陌生人，扑上去咬死了王子。于是，岩惹和龙女回到家乡，过着男耕女织的幸福生活。

岩杰可和岩萨特

佤族奇遇故事。采录于云南。

孤儿岩杰可和阔少爷岩萨特，住在同一个寨子里面。一天，岩萨特强邀岩杰可去看一富家姑娘，他以为自己有钱，姑娘一定会爱上他。谁知姑娘却喜欢朴实的岩杰可，并收下他的礼盒。岩萨特很生气，唆使岩杰可向姑娘借钱，一同去赶街。到集市上，又怂恿岩杰可买了一条蛇、三只乌鸦和一只猴子。在回家的路上，岩杰可把蛇放进水塘喝水，蛇对他说，我是龙太子，有困难需要我时到塘边跺三脚。趁岩杰可不在，岩萨特将三只乌鸦放飞了。岩杰可回来发现乌鸦不在了非常着急，后来发现乌鸦歇在树上，乌鸦让岩杰可别着急，遇到困难时烧三块木柴就会来帮助他。剩下的那只猴子对岩杰可说："我跟你回去，帮你和姑娘成亲。"猴子去对姑娘的父母说，阿佤山上的英俊王子托我来说亲，姑娘父母一口答应。猴子巧妙地骗过姑娘的父母，让岩杰可和姑娘成婚了。岩萨特恼羞成怒，带家丁来抢人。岩杰可点燃三块木柴，一群乌鸦飞来，衔火烧毁岩萨特家的房屋。岩杰可又到塘边跺三脚，龙太子跃起，把岩萨特家屋下藏的金银珠宝统统翻了出来。岩杰可夫妇将珠宝分给了寨里的穷人，让大家都过上好日子。

还 奶 汁

佤族奇遇故事。采录于云南。

寡妇喃苗无力抚养两个年幼的儿子岩额、依宝，便丢下他们改嫁到远方。从此岩额牵着弟弟依宝讨饭度日。一年闹虫灾，兄弟俩到山林挖毛薯找野菜。哥哥用弩箭射下一只松鼠，吩咐弟弟在林里煮肉粥，自己继续打鸟。弟弟煮开锅，顺手折一根树枝在锅里搅拌。谁知折到的是根"回生枝"，放进锅里松鼠立刻回生，飞快跳出锅逃跑了。在回家路上，他们用回生枝拨活了死乌鸦，把一只腐烂的牛头变成了肥壮的耕牛。他们开始耕田种地，日子好起来了。他们吃上白米饭，就想起了妈妈用奶汁把他们养大，决心去找妈妈。途中他们救活了山官死去的女儿，得到一匹大白马。一路上白马屙银尿金，当他们在偏僻山寨找到妈妈住处时，妈妈喃苗劳动未归。兄弟俩把金银放在屋里离去，喃苗回来，听说满屋的金银是亲生儿子拿来还奶汁的，痛哭失声，竟昏倒在地。

坏心肠的哥哥

佤族奇事故事。采录于云南。

早年间有兄弟俩相依为命，几年后哥哥提出分家。家里只有一头牛和一只母鸡，哥哥得牛弟弟得鸡。有只野猫来偷鸡，老二抓住要打。野猫得知老二的困境，便让老二送它去和人家对山歌，野猫为他赢得一头骡子。老大听说后，抢走了野猫去对山歌，野猫不肯唱，被他打死了。老二找到猫尸埋在大树下，靠赶骡驮货物挣钱，讨了老婆日子渐渐好起来。一天老二买了头猪，准备砍树做猪槽。他见埋猫处的大树长得好，就砍起来，谁知每砍一下，树上就落下钱来。他扛着树背着钱回家，猪槽做好，小猪吃了里面的食物迅速长大。老大眼红，去砍剩下的树桩。他举斧要砍，树洞里爬出一条大蛇，昂头伸舌不准他靠近。老大干脆去抬走老二的猪槽，猪却越喂越瘦，直至喂死，气得他烧了猪槽。老二捡回烧剩的木头做了一把木梳，老婆梳了两次，头发一下长到膝盖，又黑又亮。老大借去给他老婆梳，梳了三次头发全掉光了，气得把梳子丢进火塘。老大不晓得，在弟弟手里是宝物，为何到他手里成害物。邻居说，怪他的心肠太坏啦！

牛　哥　哥

佤族奇遇故事。采录于云南。

从前有兄弟俩家境贫穷，相依为命。好心的哥哥变成一头牛帮助弟弟生活。一天，弟弟去放牛，碰见七位仙女在水塘里洗澡。仙女们见有人来，邀他一起洗澡捉迷藏。他们约好，如仙女找到弟弟，就把牛输给她们；弟弟找到仙女，任他挑选一个做妻子。牛哥哥把弟弟藏在牛肚子里，仙女们没有找到；仙女们的藏身处却被牛哥哥看到，弟弟很快找到，便选了最漂亮的仙女做妻子。有个贪色的大官，一心想把仙女弄到手，便假意请他们吃饭。又送弟弟宝物，说定如丢了宝物，就让出妻子。弟弟夫妻拿着宝物过桥，大官安排在桥上的人把宝物撞落到河里，被河中的豹子龙吞食了。牛哥哥教他用糯米花请求龙王帮忙，从豹子龙肚里找回了宝物。大官不死心，先后和弟弟斗鸡、斗狗，却都失败了。最后要以牛斗象，牛哥哥以七条大象的力气，战胜了大官的象。这时，仙女姐妹赶到，齐心协力杀死了这个可恶的大官。

两　姊　妹

佤族灰姑娘型故事。采录于云南。

从前，一家人有两姊妹，姐姐叫衣，是前娘生的；妹妹叫月，是后娘养的。衣的父亲死后，后母对她百般虐待。后母叫姊妹俩去背水，故意把有洞的竹筒给衣背；她叫姊妹俩放牛时纺线，故意把爱跑的犟野牛给衣放；她叫姊妹俩拣黄豆，故意在衣的黄豆里掺小米。衣得到小雀、黄牛和隔壁老阿妈的帮助，这些事都没能难倒她。后母见黄牛帮衣的忙，就杀了黄牛。黄牛临死前对衣说：“不要吃我的肉，把我的骨头拣了埋起来。”有一次，寨里开歌会，后母不许衣去。衣到埋牛骨头的地方，意外挖出许多绸缎衣服和花鞋。她穿起绸缎衣服，忘了穿花鞋就奔向歌场，被后母发现赶回家痛骂了一顿。衣的花鞋被青年达格弄捡到，他提到歌场让所有姑娘试穿，谁穿上合适就娶谁做老婆。达格弄是佤寨最英俊、勇敢的青年，多少姑娘都想嫁给他。姑娘们蜂拥来试鞋，但都穿不上。衣来试鞋，正好合脚。衣嫁给了达格弄，过上了幸福的生活。后母忌妒衣嫁了个好丈夫，假意叫月接衣回娘家。在路上，月按母亲唆使，叫衣爬上水塘边的果树摘果子，趁机把衣的娃娃掐哭，把衣的花鞋、包头、衣物骗到手，就用斧子把树砍倒，让衣落入水中淹死了。月冒充衣回到达格弄家，尽管巧言蒙骗，但一再出错，使达格弄心生疑团。衣死后变成一只鸟，天天叫：“达格弄认错老婆啦！”鸟叫被寨里的放牛娃听到，达格弄捉回小鸟养在笼子里。月听到鸟叫更加心虚，便用木梳划破娃娃的脸，诬称被鸟啄破。月杀了鸟，将鸟肉送给邻居大妈。邻居大妈把鸟肉放在柜中，鸟肉变成了美丽姑娘天天帮大妈做饭，原来她就是衣。大妈听了衣的哭诉，连忙去告诉达格弄，夫妻俩终于团圆了。坏心肠的月得到应有的报应。

穿山甲智对老虎

佤族动物故事。采录于云南。

谦虚威武的穿山甲是小动物们的好朋友。雨季将近，穿山甲正挖洞盖房，骄傲的老虎走来，叫穿山甲为它找食，不然就要吃掉穿山甲。面对老虎无理可讲，穿山甲看到山坡下种地的人们正在煮饭，让老虎去吃，老虎又不肯。穿山甲便提议一起滚下山，因为人们看见老虎下山必定逃跑，就可饱吃一顿。老虎夸穿山甲的心眼比菠萝眼还多。于是穿山甲缩成一团先滚下坡，人们以为大石头滚下赶快让开，老虎见状认为自己滚下去人必定全都逃跑。穿山甲看见老虎中计，就高喊“快打老虎！”种地的人和小动物们听到喊声，纷纷举棒围拢，不等老虎爬起，就被雨点般落下的锄棍打死啦。

老虎走田埂

佤族动物故事。采录于云南。

有一回，老虎吃饱躺在路上晒暖，田螺串亲回来被挡住去路，便请虎让让路。虎怒吼道："小东西，胆敢吆喝虎王？你有啥本事与我比比！"田螺答应比赛走田埂，它叫来许多伙伴，每五十步卧在田埂上一个。虎一心想赢，以便踩死田螺，它"嗖"地蹿出去，跑了一阵，停下来喊田螺，却听到回答声；它猛追上去又喊，田螺仍在前面答应。这样跑跑喊喊，喊喊跑跑，老虎终于跑不动了，只好认输。

老虎、麂子和野猪

佤族动物故事。采录于云南。

有一天，老虎下山见母麂子带着孩子在种旱谷。它假装去帮忙，在小麂子煮饭时，将它暗中杀死，剁碎煮进饭里。中午母麂发现饭里有孩子的脚爪，伤心落泪。它假装去泉边洗脸，便跑到山头上去悲痛高喊。老虎知道暴露，就要去吃母麂。麂子逃到倒地的干树前请求帮助，老虎追来时，想跨树而过，干树突然长高了；老虎想绕树而过，干树又伸长了。最后，老虎不得不用钱使它放行。这时候，母麂早已跑到野猪家，野猪把它藏进葫芦堆里。老虎追来了，野猪横竖不开门，老虎踢开竹门发现了葫芦堆里的母麂，用棍子戳母麂的屁股，母麂从楼上跳下逃跑。野猪挡门口，不但不惧怕虎威，还要和老虎比输赢。它们来到烂泥塘边，老虎已在身上箍满藤篾，野猪跳进泥塘滚一身厚泥巴，虎扑上前咬猪，糊满嘴稀泥，野猪趁机咬断老虎身上的藤篾，用尽力气把虎肚肠撕咬出来，为麂子报了仇。

猴子的"力气"

佤族动物故事。采录于云南。

有一次，老虎见小小猴子背着大块篾笆回来，嘲笑它个子小，难道力气能比自己还大？猴子说："我双手编篾笆能够盖起大房子，你的力气大，却只能住山洞。"老虎听了气得大叫，一定要和猴子比高下。猴子说今天它的"力气"没有带来，但回家去拿又怕老虎溜走。老虎发誓不溜走，且答应猴子用藤篾把它捆在树上。猴子把老虎捆在树上后，立刻拿来大斧，朝老虎头上猛砍。老虎疼痛认输，承认阿佤山上数猴子力气大。猴子只顾得意，一斧砍断藤篾，老虎就趁机逃跑了。

一只好胜的老虎

佤族动物故事。采录于云南。

有一次，老虎看见麻雀在欢歌，就取笑它细手细脚，有什么本事，要和麻雀比赛。它们比在笔藤上跳舞，灵巧的麻雀翩翩起舞，老虎四脚朝天摔在石头上。老虎取笑鼹鼠小得看不到脚，要和它比在人丛中跑过。人们看见鼹鼠，争相来抓，鼹鼠很快从人脚下溜走了。老虎冲进人群，人们棍棒交加，老虎受到惊吓，拼命逃生。后来，老虎躺到泥塘边喘息，又取笑螺蛳无嘴又无脚，要和螺蛳比赛过泥塘。螺蛳稳步向前移，老虎自以为能够一跃跳过，谁知道落下来陷入泥塘，越向上用力陷得越深。螺蛳到了对岸，回头只见泥水上冒着的气泡。

老虎和地鼠较量

佤族动物故事。采录于云南。

有一天，老虎嘲笑一丁点儿的地鼠竟敢在它面前露面，地鼠不以为然说："我个子小，可人家还给我下跪呢。"老虎不相信，便要和它较量。地鼠飞快蹿进地里，干活的人们扑过来捉它，它跑东扑到东，跑西扑到西，远看如同跪拜。老虎说这有何难？便大摇大摆走去，人们见到老虎，连忙举锄提耙追打，老虎跑东打到东，跑西打到西。老虎好不容易才逃跑出来，从此以后再不敢霸道啦。

臭雕找靠山

佤族动物故事。采录于云南。

有一回，臭雕宰了一头猪，按习俗要给长辈送猪腿。臭雕没有亲友，就想送个有本事的朋友日后做靠山。它路上遇到野猫，野猫说送我结门亲，互相好依靠。臭雕满眼瞧不起，想到普照万物的太阳最神通，便提着猪腿去找太阳，太阳说乌云比我强，能把我遮住；臭雕转身找乌云，乌云说大风能把我吹散；臭雕提着猪腿继续找，结果风说怕土堆，土堆说怕公牛，公牛说怕牛绳，牛绳说怕老鼠，老鼠说怕野猫，原来野猫最强大！臭雕又满嘴好话去奉承野猫，野猫接过已发臭的猪腿，一下摔在臭雕身上，将它赶出门去。

富翁的儿子做生意

佤族财主故事。采录于云南。

从前有一个富翁总想得到更多的钱，便叫自己的儿子去做生意。他儿子赶着三匹高头大马，高高兴兴地出门了。在路上，他碰到一个赶骡子人，就用三匹马换了四匹骡子。他以为自己赚钱了，接着又用四匹骡子换了五只兔子。继续往前走，他又用五只兔子换了六个小瓜，感到更加满意。这时候，太阳火辣辣的，他就用六个小瓜换了一把旧伞，以为是无价之宝，打着伞扬扬得意地往家赶。经过一座山顶时，遇到狂风暴雨，一阵狂风把伞刮跑啦。富翁看见儿子十分狼狈地回到家中，当场气得晕倒在地上。

银子逃走了

佤族财主故事。采录于云南。

从前，有一个富人叫岩相，他爱财如命，特别小气。他家里有两个长工，一个叫岩朗，一个叫岩龙，长年累月替岩相干活。有一年过年，岩朗、岩龙向岩相要工钱来缝新衣服，被岩相赶了出去。岩朗、岩龙就商量着对付岩相。他们知道岩相的大柜子里面装满银子，但有两个人看守。岩朗、岩龙就逮了一把虱子放进守柜人的被子里面，使他们被咬得睡不着，不得不搬到外面的床上去睡觉。岩朗、岩龙趁守柜人熟睡的时候，用挂在墙上的钥匙打开锁，拿背篓把柜子里的银子全部背走了，然后放下一只大白猫在柜子里面。后半夜，守柜人被柜子里的大白猫吵醒了，看见柜子锁得好好的，不知道发生了什么事情，赶忙去叫富人岩相来看。岩相打开柜子，突然一只大白猫冲出来跑到外面，柜子里的银子全没有了。岩相便一下瘫坐在地上，呜呜大哭起来。

抢　牛　桩

佤族财主故事。采录于云南。

从前，有一个孤儿没有吃的，只好拔一根牛桩去街上卖。一个富翁的儿子看见了牛桩，以为是什么好东西，便喊人去把牛桩抢过来。他亲自扛着牛桩回去见父母，一进门高喊："阿爹、阿妈快来看！我抢到一样从来没有见过的东西。"

富翁过来一看，立刻骂道："你这个蠢材，赶快把牛桩甩出去，牛屎臭死我了！"儿子瞪大眼睛，用力把牛桩往门外一甩，正好打中刚要进门的阿妈。富翁看见老婆被牛桩打死了，气得七窍生烟，立刻去找棍子来打儿子，找不到棍子，就拿牛桩来打。结果儿子被打死了，富翁也气昏过去啦。

两兄弟卖爹

佤族家庭故事。采录于云南。

岩果、尼门两兄弟和年迈体弱的父亲一起过日子。眼看到成家的年龄了，两人都嫌阿爹是累赘。他们谁也不愿赡养，推来推去，决定把阿爹抬到街上卖给人家守旱谷（陋俗，砍人头挂在旱谷地边作祭神用）。第二天，他们做好担架，骗阿爹去赶街。父子三人翻过几道坡，又热又累，兄弟俩放下父亲去找水。树上有只画眉，尼门拣起石头打死了画眉，奔去捡时，发现树杈上的鸟窝里有四只小画眉齐刷刷张开嫩黄的嘴壳叫个不停。兄弟俩不明原因，捧回去问阿爹。阿爹说："画眉养大一窝，羽毛要落九十九，小画眉是在等娘喂食哪！你们小时，我也是这样一口饭一口水地把你们养大，今天你俩有孝心抬我去赶街，我一世心血总算没有白费啊！"兄弟俩羞愧得低下了头，岩果对尼门说："不去了，把阿爹抬回去。"从此两人精心照顾老人，让阿爹安度晚年。

三兄弟打野猪

佤族狩猎故事。采录于云南。

有三兄弟，仗着身体壮，很不虚心，认为有一身好力气，没有干不成的事。这年收割季节，野猪成患。别家男人都抬着筒炮枪住进地边窝棚守庄稼，唯有三兄弟不以为然。过了两天，他们生怕野猪跑进自家旱谷地，只得仓促住进窝棚。半夜一阵响声，一头大野猪正张大嘴在拱庄稼。三兄弟商量对策，老大说："打，只有一头。"老二说："打，我们在高处。"因他们平时不听老猎人告诫：离群的独猪最凶猛，野猪不能迎面打。三人开枪没打中，受伤的野猪冲上来，他们慌忙弃枪上树。结果，树干折断，三兄弟掉下来，差点丢了性命。

达太的故事

佤族机智人物故事群之一。流传于云南沧源、西盟一带。故事主人公系劳动者型机智人物，出自艺术虚构。他常同土官、头人、财主作对，使对方处于被动地位，甚至狼狈不堪。在故事中，他多与朋友尼亚一块出场，配合有致。其故事长短不一，大多幽默风趣，具有民族特色。代表性作品如《土官戴“帽子”》《沙子着火》《天亮了》《锄棉花》《打猎戏友》《械斗》。

沙子着火

佤族机智人物故事。

一天，有个富人想夺走孤儿的一头牛，硬说那牛是他家骡子生的，应当物归原主。孤儿明知骡子不会生牛，但又说不过富人，只好去请全寨的人来评判。这天全寨的人都聚在一个山上，尽管大伙都觉得富人没理，但怕说不过他，就没人开腔。过了一会，达太才赶来，富人问达太为何迟到？达太说他见沙子着火了，忙去扑救，所以来迟了。富人骂道：“沙子怎么会着火？真是笨货！”达太说：“是的，沙子不会着火。那么骡子怎么能生牛呢？”富人被达太问得哑口无言，不得不把牛还给孤儿。

打猎戏友

佤族机智人物故事。

有一天晚上，达太和尼亚、桑色两个朋友一道上山打锦鸡。他瞄准树上的一只锦鸡，正要扣动扳机时，两个朋友一个叫打头，一个叫打翅膀，把锦鸡吓飞了，结果空手而归。第二天晚上去打马鹿，达太托着枪向马鹿爬去时，他俩为怎么吃鹿肉又争吵开来，也把马鹿惊跑了，仍然一无所获。第三天晚上去打黑熊，达太不等他俩开口，便朝一只大黑熊的屁股上打了一枪，然后扭身就跑。受伤的黑熊向尼亚、桑色扑来，吓得他俩爬到大树上躲了一夜，直到天亮看见黑熊已走远了，才下树回家。他俩十分气恼，一同去质问达太。达太笑道：“你们空谈起来头头是道，可不能跟你们去打猎。因为打野物用的是枪，而不是高谈阔论。”

岩江片的故事

佤族机智人物故事群之一。流传于云南沧源、西盟一带。故事主人公系劳动者型机智人物，出自艺术虚构。他常以自己的智慧戏弄、惩治官家、财主、佛爷，甚至降神伏鬼。其故事短小诙谐，颇受群众喜爱。代表性作品如《大官哭了》《追马鹿》《打苍蝇》《与鬼合伙种地》《打死阎王》。

追　马　鹿

佤族机智人物故事。

有一次，岩江片去向财主丈人借谷子。丈人十分吝啬，把秕谷借给他。又有一次他上丈人家碰上吃饭，丈人把腊肉藏起来，给他吃豆腐。这两次他都没言语。不久丈人约他去撵马鹿，丈人在前面堵，他却停下来休息，一会儿大叫“上去了”，一会儿大叫“下来了”，害得丈人跑上跑下，连马鹿的影子也没看见。丈人筋疲力尽地走回来，见岩江片正躺在树下悠闲地看蚂蚁爬树，就责怪他。岩江片却说：“秕谷当包谷，豆腐换腊肉，蚂蚁是马鹿。”丈人听了又气又羞，半天讲不出话来。

打　苍　蝇

佤族机智人物故事。

佛爷外出时，吩咐岩江片替他看家。岩江片趁机把佛爷的一罐肉全都吃光了。然后，他又捉许多苍蝇来放到罐里。佛爷回来听岩江片说苍蝇把肉吃掉了，赶忙去打开罐子，一看肉果真没有了，罐里飞出许多苍蝇。佛爷气极了，叫岩江片拿棒子去打苍蝇。岩江片东一棒子西一棒子，几下便把佛爷家打得稀烂。

与鬼合伙种地

佤族机智人物故事。

有一回，岩江片与群鬼合伙种地，约定以后要庄稼的哪部分必须事先讲好。

这一年群鬼提出要秆秆，他就种土豆，让鬼们上了当。第二年群鬼提出要根根，他改种稻谷，群鬼又吃了亏。第三年，群鬼提出要尖尖，他改种包谷，鬼们还是上当啦。群鬼接连吃亏，不愿合伙，就和岩江片分了地。岩江片见自己地里的石头很多，故意装得很高兴的样子对群鬼说："一块石头三斤油，三块石头换得一头牛，怎么不让人高兴呢！"群鬼信以为真，连忙把石头往自己地里捡。第二天岩江片又唉声叹气地对群鬼说："我的宝贝石头不见了，地里却有那么多屎，臭得很！"群鬼便把牛屎、猪屎、狗屎丢到他的地里，岩江片见了暗暗叫好。这年他地里的庄稼长得格外好，得到了大丰收。

岩坎的故事

佤族机智人物故事群之一。流传于云南沧源、西盟一带。故事主人公系劳动者型机智人物，出自艺术虚构。他的故事多数为戏弄部落头人的作品，如《赌牛》《神棍》《换马蛋》《教本事》《"偷"裤子》。

赌　牛

佤族机智人物故事。

有一回，部落头人对岩坎说："你要能把弩箭射进石头，我给你一头牛。"岩坎便回家拿了弩箭在箭镞上抹了一点厄木龙（一种特殊的树皮）。回来后，头人指了指前面的岩壁，他一箭射去，箭头便稳稳地插在岩石上。头人见他赢了，又耍赖说："你要能骗过我一次，马上就去牵牛。"岩坎忙说："头人哪，还骗什么人哪，满寨子人大喊小叫的，我才知道你家着火了。我想一起去救火，又怕你等久了焦急。"头人一听就急了，扯着他就往寨子里跑，到家门才知道受骗了。他气得吹胡子瞪眼骂岩坎，岩坎却笑道："都是为了那条牛哇！"

岩章供佛

佤族人事寓言。采录于云南。

有一回，岩章舂了一臼又白又软的粑粑，对阿妈阿爹说，先拿到缅寺供佛，再拿给二老吃。他包好粑粑，又带上香烛和大串芭蕉，到佛寺恭恭敬敬摆上供桌，双手合掌求神佛赐福保佑。忽然听到大佛说话：“年轻人，你家也有两尊大佛，你应该先供他们，再到我这里来。不然你的愿望就会落空。”岩章满腹疑惑回到家里，抬腿进门，见阿爹阿妈正在等他吃饭。岩章心头一亮：神佛说我家的两尊大佛，原来就是阿爹阿妈呀！是他们把我养大成人的。于是，岩章双手把糯米粑粑捧给两位老人，请求他们原谅。岩章供佛的事在寨子里传开，从此人人孝敬老人，家庭幸福和睦。

老倌和鳄鱼

佤族中山狼型寓言。采录于云南。

从前，有个老倌路过泥塘，看见一条鳄鱼埋在泥里快要死了。老倌赶紧把鳄鱼救起，晒晒太阳使它慢慢活了过来。鳄鱼有了精神，觉得肚子饿了，就要吃老倌。老倌说它恩将仇报，要一起去找人评理。他们找到麂子，麂子说人不是好东西，应该吃。鳄鱼要吃老倌，老倌不服，又找到马鹿、豹子，它们都说该吃。最后找到小兔，小兔让他们照原样做给它看看，才好评理。回到泥塘边，老倌把鳄鱼重新埋进泥巴后，小兔说：“忘恩负义的家伙，这是它应得的下场！老爷爷，我们走吧。”鳄鱼就这样死在了泥塘里。

帮助骡子扛谷子

佤族人事寓言。采录于云南。

从前，有一个人赶着一匹骡子回家，因为骡子驮了三袋谷子非常累，走到半山坡时便走走停停，停停走走，赶骡人便问：“老家伙，该是重了？我帮你扛一袋吧。”说着，他从骡背上取下一袋谷子扛在肩上，然后骑到骡上，狠狠地抽打骡子一鞭。骡子走了一节路，累得直喘粗气，又停下来不走了。赶骡人竟破口大骂：“呸！该死的老东西，我不是已经帮你扛了一袋谷子吗？”最后，骡子竟倒在地上，再也爬不起来啦。

澜沧江和滚弄江

佤族其他拟人寓言。采录于云南。

从前，澜沧江和滚弄江是一对和睦夫妻，一起过着美满的生活。后来，两口子不知道为什么吵得不可开交。最后，两口子只好分开来。过去，两口子走夜路互相搀扶，不需要照明。两口子分开后，晚上看不清，澜沧江便点燃松明照路。因为它走得快，水是浑的，后来两岸长的松树最多。滚弄江晚上点的是竹子，因为它走得慢，水是清的，后来两岸长的竹子最多。

畲族故事

千里眼十兄弟

畲族十兄弟型故事。采录于福建。

早年间，有一个女人一气吃下土地公给的十个鸡蛋，一胎生下千里眼十兄弟，各个孩子都有天生的本领，他们分别是“千里眼”“顺风耳”“有力三”“韧皮四”“蒸桶五”“长脚六”“捡柴七”“大头八”“贪吃九”“爱哭十”。有一天，二弟顺风耳听到远处一声轰响，大哥千里眼看到京城里面的皇帝宫殿歪了，有力三赶快去扶正，不料一下给扶倒了，罪该问斩。韧皮四赶去替斩，千刀万刀都斩不死。监斩官要蒸死他，蒸桶五便去替蒸，蒸了七天七夜，他一直蜷在蒸笼里呼呼睡觉。于是又要把他沉大海，长脚六赶去替沉，跳下去只淹到膝盖；他三脚两步跑回家，双腿粘回八十担黄虾。捡柴七挖出扎进脚跟的一根刺，把八十担黄虾都煮熟了，然后铺在大头八头上去晒，没晒干就被贪吃九偷吃光啦。爱哭十听说黄虾被吃光急得大哭，泪水流下竟汇成一条条溪河。

蛙崽娶妻

畲族蛙郎娶亲型故事。采录于浙江。

有个农夫，他们夫妻俩没孩子。一天农夫下水田，一只蛙崽跳到他肩头喊爹爹，他便把蛙崽带回家中。几天后蛙崽去城隍庙看戏，看上刘员外的女儿，便请求爹爹找人去说亲。媒婆上门后刘员外故意刁难，说能够取到三斗珍珠、三捆洋丝才把女儿许配给它。蛙崽一口答应下来，七天后农夫按时到江边，把蛙崽和一段木头背回家，劈开木头里面正好有三斗珍珠、三捆洋丝。原来蛙崽是海龙王的看山将，龙王让它来认爹报答农夫的救命之恩。刘员外收了重礼痛快嫁女，打着一举两得的好算盘。谁知三天后女儿并没回娘家。亲家母上门去看究竟，晚上发现蛙崽跳出水缸变成白面书生，和女儿说说笑笑，便悄悄拿走了蛙皮。清早农夫两夫妻看见儿子更是喜出望外，从此一家人亲亲热热，享了一世福气。

鳖仔成亲

畲族找幸福型故事。采录于福建。

牛背岭的孤儿鳖仔自小给庄善人家放牛。庄家的独生女水莲整日缠着他玩耍，庄主心里不情愿。恰逢李木匠看上鳖仔，想收他为徒，庄主便趁机把他打发走了。十年后水莲出落得更漂亮，庄主打算在新庄园建好后为她择婿。此时鳖仔手艺出师，李木匠带众徒来庄家盖楼。鳖仔与水莲见面时，水莲故意将金钗落进水池来试探，并且叮嘱鳖仔带金钗来求婚。十天后召开新园落成的庆典，鳖仔前来求婚。庄主索要三斗瓜子金、六根二十一斤重的金发和一把芭蕉宝扇这三样聘礼。他想起小时候母亲的话，就决定去找东方神鸟寻求帮助。鳖仔日夜兼程，在路上遇到老船夫、庵堂老尼姑和老樟树，都求他帮忙解答难题。鳖仔见到神鸟后，神鸟给他红、黄、蓝三个锦囊，分别解答三个问题，但问三不问四。后来神鸟煽动双翅把他刮到老樟树前，鳖仔依次打开锦囊，让老樟树拿掉芭蕉宝扇后重新又枝繁叶茂，让老尼姑拔掉压在头上的金发修成正果，让老船夫搬走压在舱底的金子终浮出水面。而他们酬谢鳖仔的礼物，正是庄主向鳖仔索要的三件聘礼。鳖仔终于和水莲成亲，过上了幸福的生活。

鬼养崽

畲族鬼母育子型故事。采录于浙江。

早年间，有个女人难产死去，入殓后生下了一个孩子。女鬼念丈夫对她好，把孩子养活了好给男家接香火，于是傍晚化成人到南货店买红枣、蜜枣喂孩子。年关时，店主来男家讨账，明明是女人写的自己的名字，死无对证男人只得自认晦气。这个男人按伯公教的办法，交给店主一团棉纱，夜里女鬼来买货时，悄悄缠在她脚上。男人顺着纱线一直走到坟头，挖坟掘棺，看见一个白胖小儿在啼哭。他连忙脱衣抱起孩子，让亡妻放心在地下长眠。

孤儿与宝盆

畲族宝物故事。采录于福建。

畲家孤儿钟大兴给财主当长工，一天，他用仅有的一点糠菜粥搭救了一个快饿死的老人。后来，老人送给他一个脏盆子。他把一撮谷子放进盆里，很快就变出一盆谷子。财主见他拿这么多谷子喂鸡，气得将他赶走。钟大兴带着盆子四处帮助穷人，财主得知后，就用嫁女来诱骗他，又上衙门诬告钟大兴偷他家祖传宝物。财主和县官都想得到宝贝，钟大兴眼看宝物难留，便决定为乡亲做件好事。他把宝盆沉入河里变成一块块石墩，上面架起石板桥方便来往行人。

老虎抢亲

畲族奇事故事。采录于福建。

雷二家非常贫穷，母子二人相依为命。这天雷二娘正在做针线活时，听到茅草厝墙有响声，出门去看见有一只老虎跪在门前，蹄子上戳进一根粗竹尖，疼痛流泪。雷二娘赶紧用锥子挑出竹尖，雷二又用草药包扎伤口，留老虎在家养伤。老虎天天早出晚归，带回各种兽肉，娘俩的日子便好过起来。有一天，雷二娘流泪自语："哎！儿子快三十了，讨不到女人，雷家要绝后……"后山有家钟姓的畲民，因无钱治病将女儿嫁给财主做小妾。姑娘哭哭啼啼上花轿，抬到山脚下时，老虎从高崖跳下叼走了新娘。轿夫跑回报讯，都以为新娘被虎吃了，就此作罢。老虎把吓昏的新娘背到雷二家，她苏醒后得知老虎报恩的事，当天便和忠厚的雷二拜堂成亲了。

大梅和俏梅

畲族报应故事。采录于浙江。

财主的女儿大梅和俏梅一样貌美，却有两样心肠。有一次，财主为女儿说了一家有钱的大户头，约定八月十五男方来看花选女。大梅一心要嫁财主少爷，又怕自己的手笨选不上，便偷偷把俏梅的绣花巾绷在自己的绣框上。八月十五选嫁娘的时候，大梅跟着骑马少爷去了婆家，俏梅得以跟早已看上的穷岩郎对歌成了亲。俏梅、岩郎小两口住进山岩洞，他们忍着饥饿将玉米饼送给老阿婆。阿婆留给他们一个宝碗，让小两口从此过上好日子。大梅听说俏梅得到宝碗，便花言巧语去骗了过来。在回去的路上，突然多了两座山拦住大梅的去路，让俏梅追赶上来。山野里面狂风骤起，一只恶狼跑来把大梅吃掉了。俏梅和岩郎勤劳致富，靠自己的双手过上好日子。

老虎逃“脱”

畲族动物故事。采录于福建。

有一回天黑下雨，老虎到单座寮掏猪吃。寮主妇听到猪叫便喊丈夫，丈夫说：“漏雨倒不怕，就是怕脱（塌）。”老虎听了，认为“脱”比自己还厉害，没胆动手。这时，恰好有贼仔来偷猪，麻袋网在猪栏口，虎冲出门正好钻进麻袋里。贼仔驮着跑，没有听到嗷嗷叫，打开一看是头老虎，吓得爬上树去了。天亮后猴哥路过此地，老虎告诉它“脱”在树上，请猴哥上去看看，如果是人就把他吃掉，并用藤绳连接它俩的腿脚。贼仔看见猴上树，吓得尿水往下流，正好滴进猴眼。猴哥转身眨眼，老虎见到暗号拖着猴哥调头就疯跑。老虎翻过几架山，发现猴哥已被拖得血肉模糊、遍体鳞伤。

牛弟和牛哥换衣服

畲族动物故事。采录于福建。

从前水牛和黄牛原是亲兄弟，牛哥出生时年景好，妈妈给做件黄色的漂亮衣服，牛弟碰到坏年景，妈妈给它改了一件褪色的旧衣穿，哥俩相亲相爱并不计较。山狸精见了心生嫉妒，就去挑拨牛弟没有漂亮衣服穿。话说三遍，牛弟便动了心，哥俩下水洗澡，牛弟推说不舒服，留在岸上偷走牛哥的黄衣穿在身上，牛哥只好穿着弟弟的衣服回家。可牛弟再也不肯脱衣服离去。为了换回衣服，牛哥常下水里等牛弟，牛弟从此再也不下水了。

巫 师 怕 鬼

畲族讽刺故事。采录于福建。

从前，有个叫阿石的巫师，自吹会法术，能捉鬼。乌石山上猛兽鬼怪多，没人敢去割柴草，大家便请阿石巫师上山去捉鬼。为顾面子，他硬着头皮上山抓鬼去了。他心惊胆战地割下一捆柴，可怎么也背不起来，立刻想到“鬼怪作祟”，吓得弃柴而逃。他回村后还自吹，山鬼厉害，幸亏他念咒作法才保住性命。有个小伙不信鬼，上山找到这个巫师丢弃的柴捆，原来是捆柴藤条的一头拴在树根上啦。

钟庄扮太子

畲族机智故事。采录于福建。

清朝时读书人钟庄聪明饱学，因畲族不能应试科举，便闯荡江湖、惩强扶弱。有一次，他在亲王府得知太子将出宫私访，就尽力临摹太子常写的“福”字。不久，他联合两位兄弟扮作太子来到府衙，历数府吏们贪赃枉法的罪行，并且加以惩治。最后，他收起官府所赠财宝，安然离去。

乡民巧装哑巴

畲族机智故事。采录于福建。

从前，有一个财主不听劝告，结果他家的一头牛被蓝姓乡民的牛撞死。财主告到衙门，县官问案时，那个蓝姓乡民一言不答。财主说他装哑，刚才还对我讲：“我的牛性凶力大，请不要把你的牛和我的牛拴在一起。”县官一听，明白财主是存心讹钱，于是令手下将他痛打二十棍，立刻轰出衙门。

老祖婆打碗

畲族换代物型故事。采录于福建。

从前有一家老祖婆久病在床，儿媳不孝，给她的饭碗脏得像狗碗。新娶的孙媳妇看在眼里，便悄悄教老祖婆一个办法。晚上儿媳来送饭，祖婆故意把脏碗打了。儿媳大骂，孙媳也骂：“这碗打了真可惜，你死后我拿什么碗装饭给婆婆吃！”儿媳听了此话，受到很大的触动，从此再也不敢虐待婆婆啦。

一只牛虱

畲族家庭故事。采录于福建。

早年间畲村有兄弟二人，父母死后，弟弟受尽兄嫂的虐待。分家时哥哥霸占房屋、田地，又把牛拉走了，弟弟只从牛尾上捋下一只牛虱。谁知牛虱又被邻家母鸡啄吃了，邻居看他可怜，把鸡赔给他。母鸡下蛋蛋孵鸡，卖了鸡又买小猪仔。几年以后，他辛勤劳动创立家业，生活越过越富足。一天他遇见个女乞丐，仔细一看是自己的嫂嫂。原来哥嫂好逸恶劳，坐吃山空，终于变成了乞丐。

智斗“盘坏水”

畲族巧媳妇故事。采录于福建。

早年间，畲山古镇里有一家“鸭肉香”饭馆，老板盘坏水欺行霸市，排挤同行。这年外地来了一个厨师在镇上开小饭店，开张那天盘坏水进门就要“洗不净、煮不烂、听不着、看不见”四样菜。不一会儿工夫，厨师媳妇便端上灰菜、生菜、木耳、对虾四样菜。盘坏水没有难倒小饭店，他又要“生根不落地，长叶不开花”这样菜，巧妇转身端来一盘豆芽菜。盘坏水再要“骨头包肉、皮里包面”这样菜，巧妇端来一盘咸鸭蛋，一盘油面筋。盘坏水被斗败了，灰溜溜地，转身要走，当下被巧妇拦住要钱。盘坏水要无赖，竟硬着头皮窜出人群，惹得众人阵阵嘲笑。

秋妹智对无赖

畲族巧媳妇故事。采录于浙江。

有一回，春哥担柴到凉亭歇脚，里面有一伙无赖汉硬说柴担压断了他们的聊天柄，要他赔偿。事后无赖老三来家索要聊天柄，春哥的妻子秋妹说：“春哥去砍撑天柱啦。”老三笑秋妹说瞎话，秋妹说：“聊天都有柄，撑天能无柱？”老三灰溜溜走掉了。又一无赖用膏药贴住半边嘴来逞能，秋妹心里觉得好笑，便说自己要去采山漆粘半边牛屁股，治疗牛拉稀的病，使这个无赖自讨没趣。最后，无赖头子坐着八抬大轿亲上畲山，秋妹笑说：“春哥带着一百三十六个小伙儿去砍大树做聊天柄，剩下好枝盖大寮堂，烂枝做棺材也要八人相拥八人抬。”无赖头子没有抖成威风，反而被骂成烂木头，感到特别晦气，立即返回。从此，无赖们连凉亭也不敢去啦。

心平过得海

畲族美德故事。采录于福建。

有一次，申家山的申平挖到一缸银，每个银锭上都有“郭得海”三字。他决定找到主人，穿州过府花了三年多时间，终于找到郭得海。郭却说自己从来没有这缸银，不能冒领。两人争持不下，最后他们来到水阔流急的大溪边，商定用这缸银在这个交通要道修座大石桥。村人赞其功德无量，在桥墩刻上他们的名字，都说申平、郭得海，真是“心平过得海”呀！从此这句话成为后人赞扬正直无私美德的口头语。

两兄弟卖诗

畲族诗对故事。采录于浙江。

从前，两兄弟分家后，弟弟进城卖诗糊口。县老爷爱作诗，叫来老二说，作得好赏二十大银，作不好罚二十大板。县官先以叫卖的西瓜为题，又让以奔跑的猫为题，老二先后念完，县官连连夸赞作得妙。老二得到四十两银子，高高兴兴回家。嫂嫂埋怨老大无能，逼他去老二家学诗卖钱。老大学了这两首，也到县衙前叫卖，县官让他以街上挑大粪的为题，他套用西瓜诗念道：“大粪桶子圆又圆，红瓤黑籽在里边。老爷你若吃一口，定比蜂蜜还要甜。”他竟敢骂县官，被罚了二十大板。县官又让他以街边和尚为题，他又套用猫咪诗，说道：“和尚很像兽中王，每日都把老鼠降。白日大街去游玩，黑夜又入太太房。”县官听了大骂他“畜生”，又赏他二十大板。

蓝聪妹的故事

畲族机智人物故事群之一。流传于浙江南部兰溪、丽水一带。故事主人公蓝聪妹，又称“蓝七妹”，系女性劳动者型机智人物，出自艺术虚构，在当地民众影响较大。其故事大多以反压迫、反剥削为内容，质朴生动，幽默风趣，散发出泥土芬芳，具有较为鲜明的民族特色。代表性作品如《稻谷与稗子》《上弹》《三间新房》《打官司》《没泥哪来的谷米》《拾“毡帽”》《接你还是赶你》

《不用“街”》《先苦后甜》。

稻谷与稗子

畲族机智人物故事。

有一年春播时乡亲们没有谷种，便请蓝聪妹出面去向财主刁贵借。刁贵在谷种里掺进三成稗子，并且提出日后按庄稼的长势定利息。回去后，蓝聪妹专把稗子挑选出来，种在一丘平整肥沃的田里。过了一个多月，刁贵见那丘田长得格外好，就要那丘田的庄稼顶利息。他怕蓝聪妹反悔，还立下文书。过了一段时间，当乡亲们忙着割稻子时，刁贵才发现他一手选定的那丘田里长的全是稗子，气得鼻子、眼睛都歪到一边去了。

上　　弹

畲族机智人物故事。

有一年碰上冬笋的淡年，人们都舍不得挖笋，可是大伙的冬笋却让财主刁贵家人偷挖了。蓝聪妹跟几个小伙商量后，就在进毛竹园的必经山路上设下捕捉野兽的毛竹弹。天黑后，刁贵带着几个家人抬着大筐摸上山了。走着走着，刁贵突然“啊”地叫了一声，便被吊在半空荡起秋千来了。躲在树丛里的蓝聪妹和同伴们闻声点起火把围上来一看，忍笑说道：“哎呀，原来是东家呀，我们还以为逮住一只大野猪呢！”刁贵自认晦气，被放下后赶忙跌跌撞撞地跑下山去啦。

打　官　司

畲族机智人物故事。

有一次，财主发福的山上少了十棵杉树，硬诬告是老实巴脚的农夫阿民偷的。蓝聪妹便去帮阿民出主意。上堂受审时，阿民对县官说，发福的杉木一棵未少，不信大老爷可问他家山上原有多少根，现在还有多少棵？发福被问得张口结舌，根本答不出来。县官心想无根无据如何审理，便喝道：“原告确系诬告，本县判定：罚原告送上好杉树十棵给被告，以此赔礼道歉。退堂！”

钟九公的故事

畲族机智人物故事群之一。流传于福建柘荣一带。故事主人公系讼师型机智人物。相传其人考中进士（一说为御点榜眼）为官后，深感本民族百姓受欺凌，冤枉事太多，于是辞官回乡做讼师，替老百姓抱打不平，伸张正义。历史上是否实有其人，待考。有关他的故事大都与打官司有关，如《麒麟山天子地》《改动一字救小二》《巧计惩办鸦片商》《只差一笔画》《寡妇改嫁》。

麒麟山天子地

畲族机智人物故事。

新来的知县听说麒麟山的风水好，就想把祖宗遗骨殖葬到麒麟山。他选定吉日后，就强行动土挖穴。这个畲家村寨的乡民们坚决不肯，赶快去求钟九公帮忙。钟九公随即给村里人出了主意。第二天子时天还未亮，知县穿着一身孝服来安葬他祖宗的骨瓮。村民们全部出动，齐声呼喊："天子地，不得葬！"正在争执时，钟九公坐轿来了。他把事先写好的一张纸条交给知县，知县看后立刻跪下请求饶恕，并讲好愿罚一千两银子赔罪。原来那张条上写了二十八个字："子时祖葬天子地，要出天子反江山。如此县官留何用，满门抄斩万民安。"从此以后，这个知县再也不敢欺压乡民、轻举妄动了。

巧计惩办鸦片商

畲族机智人物故事。

有一年，一个做鸦片生意的大财主来到畲村的附近，硬要买下村前的风水山。村里人不答应，他便寻衅报复，到县衙告这个畲民村寨种鸦片。村民急得没主意，就去求钟九公。钟九公第二天装扮成一个大客商去那个大财主家谈生意，故意亮出随身携带的金条、银子，表示愿出高价收购鸦片。大财主大喜过望，忙让钟九公看货定价，并且讲好改天来提货。钟九公到县衙把探明的情况告诉县官后，县官立即派衙役随钟九公去"提货"，把大财主和从他家搜出的几十斤鸦片一起带到堂上。大财主不得不一一招供，受到了应有的惩罚。

只差一笔画

畲族机智人物故事。

有一回，某客商的三条溪船在江边过夜，来了一伙盗贼把船上的货物都抢光了。客商到县衙告状，硬说是江边的村民干的，全村百姓再三申辩也无用。乡亲们去请钟九公写状，钟九公只在原来的状书上加了一笔，把“江口被劫与村民无关”改为“江中被劫与村民无关”。这个状书送到知府那里，就准状了。全村百姓感激钟九公，都说：“好讼师，只差一笔画。”

偷　金　鸡

畲族人事寓言。采录于福建。

小伙子雷旺不会种田，靠帮人看山清苦度日。有一段时间，他天天看见一个白胡子老人赶一群金黄色小鸡到山坡放养，那小金鸡吃白米屙白银，吃红米屙黄金。雷旺看得眼馋，一日趁老人打瞌睡，便偷走一只小金鸡带回茅舍。他借了几升红米和白米，金鸡吃了就不断屙金尿银，他盖新瓦房，穿绫罗绸缎，一下变成有钱人啦。不久黄金白银越屙越少，他想要有一群金鸡该多好！于是，他趁老人打瞌睡，便搬起石头对准老人的头砸下去。奇怪，老人和金鸡一下都不见了。他忽然听到山后有小鸡欢叫，连忙跑去，看见老人还在打瞌睡，他刚砸下石头又都不见了。雷旺砸红了眼，第三次抱起石头刚要砸，老人睁眼生气地说：“我想帮你一把，你却贪心不知足。”说完化作清风不见了，他回到家一切变回原样：竹壁茅舍破衣衫，米桶里只有一堆臭鸡屎。

财公与豆腐佬

畲族人事寓言。采录于福建。

闽东畲村有个财公常年放债，夫妻俩整天只顾点钱，难得说上一句话。他们看到隔壁穷夫妻以卖豆腐为生，却整天又唱又和，闹乐了半边村，心里非常难过。一天，财公拿出一小袋银圆给穷夫妻俩去做生意，穷夫妻合计了一夜，觉得这钱难用，便把银圆原封还给财公。于是，他们照旧做他们的豆腐生意，过他们的开心日子。

蜢蜊学飞

畲族动物寓言。采录于浙江。

蜢蜊（蝉）羡慕大雁飞得高远，便摆起酒席拜大雁为师。大雁说第一步先练翅力，它拍打翅膀说：“我一出世就会，知了！”大雁说第二步练眼力，初学先看近。它说：“我伏在树上看得近近的。”大雁说第三步再练远飞高飞。它说：“近飞老早就会，远飞还愁什么？知了！”秋天到了，大雁南飞去过冬，蜢蜊也想试一试，刚飞一点点就掉在树上了。这时候，它才知道自己没学到真本事，叹口气说：“迟了，迟了！”

线路来得紧

畲族谐趣笑话。采录于福建。

有一次，傻女婿去岳丈家做客，妻子怕他丢人现眼，饭前在他脚脖拴一根线，叮嘱他；“我拉一下你搛一筷子菜。”酒换几杯，长辈见状都夸傻女婿斯文有礼貌。这时一只公鸡钻桌下，线缠在鸡爪上。公鸡拼命挣扎，线不停抖动，于是傻子不停搛菜，搛不过来就端盘子往嘴里倒。众人一下子惊呆了，傻女婿边吃边说：“线路来得紧！”

高山族故事

素玛和梢玛

高山族奇遇故事。采录于台湾。

老夫妻有两个女儿，大女素玛又懒又馋，二女梢玛勤劳俊秀。一天梢玛上山砍柴，从人蛇嘴里救出青蛙，便带回家替青蛙疗伤。素玛抢去要煮汤吃肉，梢玛急忙要去丢到河里放生。此后，她们家门口常有一担柴、一担藤，素玛认为是哪家小伙送她的求婚礼物。于是素玛夜里出来，果然看见有个小伙挑藤放在门前。她上前细语搭讪，小伙见她立刻扭头走掉了。第二天门前又有柴担、藤担，夜里梢玛也出来查看。小伙见到梢玛，连忙谢救命之恩。素玛跑来纠缠，小伙赶忙跳进河里变成青蛙游走了。梢玛呼喊追赶，青蛙又变成英俊少年和她牵手一起回家去了。

鹿　姑　娘

高山族奇事故事。采录于台湾。

阿美部落里的雅艾十八岁时，一场瘟疫突然夺走了他父母的生命。一天他上山打猎，听到一阵急喘的呼声，循声跑去看见一条蟒蛇紧缠梅花鹿，他立刻张弓射箭，蟒蛇逃窜，梅花鹿寸步不离地跟他回到了家里。第二天打猎回来，看见有一个美丽的姑娘正在做饭，原来是被她救的梅花鹿，为报恩特意来和雅艾结为夫妻。他们一起打猎一起种地，日子过得很快活。这天妻子要留在家里织布做衣，傍晚做成一件精美的彩色衣服穿在雅艾身上，乡邻看到赞不绝口，女人们争相要跟鹿姑娘学手艺。鹿姑娘答应给大家织布，但不能教她们。鹿姑娘一再叮嘱任何人不许偷看。这天雅艾提早回家扒门缝张望，只见大汗淋漓的梅花鹿忍痛把彩色长毛一根根拔下来回穿梭。他夺门而入，劝妻子不要再织了，惊恐的鹿姑娘双手抱额跌倒在地，立刻在一缕青烟中消失了。

父亲留下的宝镜

高山族宝物故事。采录于台湾。

有姐妹俩，姐姐雅格好吃懒做，人丑爱照镜子爱打扮；妹妹乌洋长相好勤劳善良，常常劝导安慰姐姐。一天雅格正对镜出神，突然听到镜子说她像个丑八怪，气得她抓起镜子摔成碎片。这一面镜子是父亲亲手打磨出来留给她们的遗物。妹妹十分伤心，便小心翼翼地把破镜镶好藏在枕边，她种地回来看见破镜就流泪。有天半夜，妹妹乌洋还在哭泣，一团白光闪烁，破镜便自动合拢了。镜子还劝她不要伤心，说自己会永远和她在一起。有了镜子的呵护、帮助，乌洋种地织布更加勤快，日子越过越好，部落里许多青年都来向她求婚。在镜子的帮助下，乌洋和勤劳勇敢的鸣莱结为夫妻，生了一个胖娃娃，生活更加和美。懒惰的雅格因为没有朋友，忧郁孤独，不久病死了。

人　生　蛋

高山族怪孩子型故事。采录于台湾。

早年间，有对老夫妻一直没有孩子，他们天天向神祈求，后来妻子生下了一个蛋。三个月后，蛋发出婴儿声音，十个月滚出筐和孩子一起玩耍，七八岁蛋就会放牛，渐渐又能砍柴下田。每一次干活他都先到，在无人处脱下蛋壳变成英俊小伙子。有一次村里举行竞技比赛，他赢得第一名，成为英雄。他在田里和一个漂亮姑娘相识相爱，他和这个姑娘在回家途中又谎称“解手”去穿蛋壳，姑娘到蛋家里找他，老夫妻说自家没有儿子。不久，秘密终于被这个姑娘发现，并且告诉蛋的父亲。老人跟踪他下田，拿走蛋壳并带他一起回家。不久他和姑娘结婚，一家人生活得幸福美满。

桃　娃　娃

高山族怪孩子型故事。采录于台湾。

有一年，花果山上出现了凶残的山鬼，寨子里的人们纷纷搬走，只剩下老夫妻俩住在河边。一天，老妈妈从河里捞起一个又大又鲜的水蜜桃，桃子裂开，里面有个胖男孩，老两口欢喜地给男孩取名桃娃娃。桃娃娃长大后，决心为寨子除掉山鬼。一路上，桃娃娃遇到小鸟、猴子、老虎、狗熊，都愿与他同去除害。他们趁山鬼酣睡，小鸟飞去啄瞎山鬼眼睛，桃娃娃举刀砍死山鬼，虎熊把山鬼咬碎。除掉大害以后，他们纷纷回到家乡。

田 螺 姑 娘

高山族田螺女型故事。采录于台湾。

这一天，在台湾东海岸的一个部落里，小伙子沙艾和众人下塘摸鱼，过午他还一无所获。等别人都回去后，他潜入水底，终于摸到一只巨大的彩色田螺。回到家他生火烧水，正要把田螺放进锅，螺壳一张一合闪出五色光彩，他赶紧放进水缸里养起来。一天，沙艾从田里回来，看见灶膛有火，掀开锅盖饭菜已经做好，他以为是邻家借锅煮饭，等好久也不见人来，他饿得很，便把饭菜吃个精光。此后天天回家饭菜都做好了，他顿顿刚好吃光。这天沙艾下田耙草，早早回家，听到屋内有声响，便从门缝中望见一个彩衣姑娘正在淘米做饭。他急忙开锁进门，一道闪光姑娘不见了，他环视家中已经猜出几分。第二天他躲在屋后，听到水缸轻响，彩衣姑娘走到灶前，他趁机冲到缸边，抓起螺壳就要摔碎好留住姑娘。姑娘上前哀求："不要打烂我的家！"沙艾说出心里话，田螺姑娘答应和他结为夫妻，于是二人过上恩爱幸福的生活。

布利和哈娜依

高山族奇事故事。采录于台湾。

布利和哈娜依是玛瑙部落里的一对恋人，他们都父母双亡，一起劳动，一起长大。富家浪荡子阿刚见他们相亲相爱十分嫉妒，便跑到头目家里去花言巧语，请求把哈娜依嫁给他。头目允许阿刚向姑娘求婚，阿刚立刻去仗势抢亲。听说是头目的许诺，哈娜依就挣扎着逃跑，她看见阿刚带人举着火把钢刀追来，心一横便跳湖自尽了。布利不知她为何轻生，每日坐在湖边思念流泪。这天傍晚，布利恍惚看见鲤鱼托着金色大蚌在湖面一闪又沉入湖底，他连忙跃入水中，找到这块大蚌捧回家去养在水缸里。半夜厨房金光一闪，听到哈娜依在唤他。布利两步跨进厨房，看见哈娜依站在眼前，向他诉说阿刚抢亲和鲤鱼仙子救她的经过。这一对情人重新团聚，欣喜若狂。第二天清早，布利去头目家请求和“对岸部落”的姑娘结婚。头目召集全部落人为布利操办婚礼，大家簇拥着新郎、新娘高歌祝贺。阿刚来看热闹，发现新娘竟是哈娜依，惊叫：“布利和鬼结婚，杀了她！”人们把他拖进密林，然后与新郎、新娘一起唱歌跳舞，一直欢庆到天明。

懒姑娘与臭虫

高山族恶报故事。采录于台湾。

觉鸟和开茵是两个漂亮姑娘，但都又懒又馋，而且为人凶狠。一天她俩看到一位老人在杀猪，便假装热情去帮忙，趁老人走开时，扛起猪肉就跑。老人追来质问，她俩竟把老人打死了。冤死的老人变成许多臭虫，每天晚上去咬她们。部落老人以此告诫后生：做人要勤快，懒惰贪心的人，睡在床上必定会有许多臭虫咬得你不得安宁。

猎人与黑熊

高山族动物故事。采录于台湾。

老猎人多麦下竹套套住大黑熊，黑熊说家有小熊会饿死，哀求放了它。猎人心软，以今后不伤害人和糟蹋庄稼为条件，把它放了。不久，老猎人又看见那只黑熊抓住打柴人不放，连忙用计诱杀了黑熊，救出打柴人。

乌鸦和画眉鸟比赛

高山族泰雅人动物故事。采录于台湾。

有一天，乌鸦对画眉说，谁能移动山顶的大石头谁就当老大。它自以为力气大，从高处俯冲下来去撞大石头，石头却纹丝不动。数次下来，乌鸦竟撞得头破嘴歪。画眉招来一大群同伴，从高空向石头旁飞去，带走不少石头下面的泥土，使石头倾斜了。于是，画眉鸟就当了老大。

猴子落荒而逃

高山族泰雅人动物故事。采录于台湾。

有一回，猴子和螃蟹一起爬山，它拿一粒西红柿籽和螃蟹换饭团吃光了。螃蟹却把这粒西红柿籽拿回去种上，每日浇水，长大后结出很多果实。猴子嘴馋，提议帮螃蟹摘果子，它一下把红柿子吃光，扔下不熟的青柿便跑啦。螃蟹受到欺负，找来朋友蜜蜂、栗子、椿臼帮忙报仇。它们邀请猴子来做客，烤火时栗子爆炸崩在猴脸上，猴子痛得到井边擦洗，被椿臼打倒在地上，螃蟹、蜜蜂一拥而上，钳夹刺蜇，猴子十分狼狈地落荒而逃。

豹 子 认 错

高山族动物故事。采录于福建。

有一天，豹子和熊两个朋友相互在身上画花纹玩耍，熊在豹子身上涂满黑白相间的美丽条纹，豹子很高兴。熊涂得很疲倦，倒地就睡着了。豹子见熊呼呼打鼾，连忙捡来烟灰将熊全身涂成黑色，只留咽喉处一点白色。熊醒来见自己成了黑乎乎的怪物，要咬死豹子。豹子自知理亏，答应以后捕到鹿一定把肉送给熊。现在豹子常常将捕获的鹿肉埋在地下等熊来吃，并且为自己的过错而难过大叫。

绳子和椅子

高山族泰雅人换代物型故事。采录于台湾。

从前，有一家人祖孙三代。有一天，祖父生病了，父亲没有办法照顾，便拿来一把椅子让儿子跟他一起把祖父抬上山去。到了山上，他对儿子说，自己要去赚钱养家，没有工夫照顾祖父，只好让祖父留在山上被老虎吃掉。他放下祖父后，催儿子赶快回家。儿子说："等一下，让我把绳子和椅子带下山去。"父亲问他拿回去干什么？儿子说："我以后要用来抬你的呀！"父亲听了，连忙把祖父背回家，他怕儿子以后也这样对付他。

猴子的启示

高山族家庭故事。采录于台湾。

从前有家人，父母生了五个孩子，三个长大成家后丢下父母不管。有一次，老二、老三带着自己的孩子去看猴子，看到老猴爱护小猴，喂小猴吃东西，跌倒牵起来，小猴转来帮老猴搔痒。他们多次观看，受到启发，便开始关心体贴父母，并且批评不孝敬父母的行为。此后谁要不敬长辈，就会受到“亏你是个人，还不如猴子”的指责。于是，社会上便渐渐形成尊老爱幼的风尚。

治蛇能手阿艾

高山族医生故事。采录于台湾。

有毒的百步蛇会站起来咬人，中毒者走不出百步就会死掉，成为当地一害。纳别歇和阿艾母子常常听部落里的老人说：“蜈蚣怕癞蛤蟆，癞蛤蟆怕蛇，蛇怕蜈蚣。”他们反复试验琢磨，悟出“一物降一物”的道理。阿艾把两根竹子破开，夹住蜈蚣和癞蛤蟆伸向百步蛇，终于将百步蛇降住了，把百步蛇一条条捉进竹篓。后来，他把百步蛇卖给汉人制成药来治疗风湿病，既除害又赚钱，人们尊称他治蛇能手。

依娜哆宰熊

高山族机智故事。采录于台湾。

有一次，依娜哆姑娘上山薅番薯草遇到山洪不能回家。晚上她到草丛里面去烤番薯，香味引来大黑熊，她赶紧装死躺下躲过了黑熊的伤害，并且用烧红的锈腰刀戳进正在打瞌睡的熊肚子，将它杀死。乡亲们称赞依娜哆姑娘的机敏勇敢，夸她是部落英雄。

诱杀“古拉高”

高山族狩猎故事。采录于台湾。

从前有一种叫“古拉高”的大鸟，专门吃小孩儿，寨里家家恐慌，不得安宁。后来，人们渐渐发现，这种大鸟习惯在火光上空盘旋，然后俯冲下来抓猎物。于是大家在草坪上点起篝火，在火中间插上锋利的铁头梭镖，当古拉高俯冲下来抓猎物时，就被锋利的梭镖刺死了。人们有了经验，见到古拉高就猎杀，终于把这种吃小孩儿的害鸟灭绝了。

两个傻瓜

高山族傻子故事。采录于台湾。

有一次，胖子和瘦子两个傻瓜去卖猪，他们来到大树下歇凉。瘦子说有人在树上吊死过，但两人都不相信绳子能够吊得死人。胖子想试试，解下绳子挂树上，站上竹篓对瘦子说，难受时要赶快解绳子，于是踢翻竹篓。这时小猪跑出，瘦子忙追小猪，等他抓到小猪回来，胖子已直挺挺挂在树上不动了。瘦子恸哭，责怪胖子难受时怎么不喊他。

哭婆婆变笑婆婆

高山族人事寓言。采录于台湾。

从前，有一个老婆婆非常爱哭，大家叫她哭婆婆。她有两个女儿，一个嫁给做米粉的，一个嫁给卖雨伞的。如果遇到下雨天，她就替这个做米粉的女儿烦恼，因为没有太阳可以晒米粉，米粉不干就没有生意可做；如果遇到好天气，她就为没有人买雨伞发愁。所以她下雨天也哭，出太阳也哭。有一天，她遇到一个法师。法师知道她的情况以后，就劝她要从好的地方想，不要从坏的地方想。法师说：“遇到好天气，你就想我女儿的米粉可以晒得很干。”哭婆婆听了就笑了。法师又说：“遇到下雨，你就想那个卖雨伞的女儿生意来啦！”哭婆婆听了笑得很快活。从此以后，哭婆婆变成笑婆婆啦！

乌鸦与翠鸟

高山族动物寓言。采录于福建。

有一回，乌鸦和翠鸟比赛谁先衔石子飞过河。乌鸦体大力大，瞧不起小翠鸟。它衔着石子扇动翅膀，快飞到对岸时回头一看，翠鸟刚飞到河中间，心中得意，忍不住“哇哇”叫，嘴里的石子一下便掉进河里啦。小翠鸟不声不响，一直飞到河对岸，最后获得了胜利。

拉祜族故事

贫穷的渔夫得好报

拉祜族奇遇故事。采录于云南。

从前，有一个贫穷的渔夫很乐于助人。一天，他在水塘边看见一老人坐在石头上痛哭，原来他的女儿生病无法医治，请求这个渔夫帮忙。老人拉着渔夫走进水里一座漂亮的房子，让他来到一间小屋，看见一个姑娘全身被渔网绊住。他当即解开所有网丝，姑娘的病立刻便好了。父女俩拿出很多金银酬谢渔夫，渔夫却只要锄头、长刀。渔夫回到岸上，来到树下拴的两头牛前，老人抓起牛粪让他拿回去种菜当肥料。渔夫回到家里，打开背袋一看，牛粪全变成金银，从此他用锄头、长刀开地种田，过上了幸福的日子。

神奇的猎人

拉祜族奇遇故事。采录于云南。

有一年，哀牢山上的苦聪人突然不断失踪，眼看寨子连年减少，苦聪人快要绝种了。一天，老猎人扎努追一只受伤的马鹿。来到一个岩洞，看见里面有很多人骨。当他背着猎物到家时，妻子诉大囡去林中割芝麻没回来。第二天清早，老猎人奔进原始森林去找女儿，看见一个马熊般高大的怪物拖着一人奔向老林深处。他抬起弩弓刚瞄准，怪物就一闪不见，却从林间小路走出一位姑娘，要给他带路去打马鹿。老猎人径自翻山走入一片老林，一只猛虎蹿出来咬死猎狗朝他扑来，他闪身把扑空撞树的老虎打死。老猎人又累又饿，便坐在树下吃肉干。有一艳丽女子过来坐他身旁吸烟，吐出的烟雾使他昏睡过去。这时又来了三个女子将他抬起，放在竹筏上顺水而下。一阵大浪把老猎人打醒，黑洞洞只见几个女子的眼睛闪着蓝光，原来他遇到了一群扑息鬼。这群扑息鬼把他抬进前几天追马鹿到过的岩洞后，一老扑息鬼吩咐明早开宰他。他趁夜深拿起弩刀一路砍杀睡在洞口的小鬼，逃出岩洞跳上竹筏。几百个扑息鬼追杀出来，他抬起弩弓连射三箭，大山顿时倒塌。从此以后，哀牢山恢复了平静，苦聪人便慢慢发展起来了。

金镯姑娘

拉祜族奇遇故事。采录于云南。

小伙子扎娃勤劳善良，用自己的双手开出一片肥田，日子过得很富足，但他从不欺负人，还常常把谷子、酒肉分给穷乡邻。一日，扎娃见一个白发白胡子老头在路旁喊饿，立即把自己带的饭团和麂子干巴都给了老人，又脱衣服给瑟缩发抖的老人穿上。他看见孤苦老人还在唉声叹气，干脆把老人领回家，像亲人一样伺候。一天半夜，他梦见老人给他一副金镯，说只有你配得上我的金镯姑娘，让他用草编或泥捏一个姑娘带上手镯便是。扎娃醒来，发现床上有一副手镯，老人却不知去向。他立即用草编一个姑娘，给姑娘带上手镯后便下地了。傍晚，一位天仙般的姑娘迎他进门，替他卸柴打水，摆上饭菜。扎娃发现这个姑娘的手上戴着金手镯。他们结为夫妻，男耕女织日子过得红火，但依然帮助穷人，名声远扬。不久，有一个大官闻听赶来看金镯姑娘，他一定要用钱财换走金镯姑娘。扎娃严词拒绝，于是兵丁蜂拥而上要抢人。扎娃急中生智，让妻子把手镯留下，大官发现自己手牵的美女一下变成草人，吓得夺路逃跑。扎娃又捏泥姑娘戴上手镯，让妻子复活。大官闻讯又来抢人，扑上前人就不见，又惊又怕，回去生病不起。他看见扎娃和姑娘提弩箭来报仇索命，不久便在幻觉中死去。从此，扎娃夫妇过上了无忧无虑的生活。

白蛇精女婿

拉祜族除妖故事。采录于云南。

有一个田主家的姑娘又高又胖，三十几岁还无人上门说亲。于是，老两口贴出告示：谁抱得动他家的姑娘，就把姑娘嫁给谁，并且给田地、骡马、银子作为陪嫁。告示贴出后，求婚人络绎不绝。白蛇精变成大力士混杂其中，到田主家抱起姑娘在院场蹦跳，田主见状二话没说就将姑娘嫁给他了。全家都为有大力士做女婿而高兴，可是不久姑娘变得又瘦又黄，再三追问才知实情。白蛇精知道姑娘看到它的原形，立刻抱起她驾云逃跑。田主请王恩、福王二人带上他的火星刀去找人，砍柴人在深山里带他们找到了白蛇精住的岩洞，二人把火星刀交给砍柴人，用绳索把砍柴人放下深洞。泪流满面的姑娘见到救星时，正值白蛇精大睡七天七夜，砍柴人按姑娘所说取得白蛇精的宝刀，把白蛇精杀死了。姑娘砍一半手镯留给恩人，走出岩洞后，王恩、福王立刻堵死洞口。姑娘半夜梦见砍柴人让她带宝刀来相救。天亮后，姑娘赶忙和田主到洞口去连砍三刀，岩洞裂开，一阵风把砍柴人带出。田主以半截手镯为凭将姑娘嫁给砍柴人。突然一阵狂风把王恩、福王二人卷进岩洞，随即严严实实地把他们堵在里面。

搓拉射妖

拉祜族除妖故事。采录于云南。

有一年，哀牢山林出了吃人妖婆。吃人妖婆经常夜半摸进寨子伤人害畜，苦聪人家纷纷逃离，只留下孤寡老弱。弩箭手搓拉走村串寨替人治病，这天他走到一寨子，听这里的人们唉声叹气地讲述妖婆的形状特征，他便决心为民除害。第二天，搓拉走进森林，看见前方大石头上坐着一位俊俏姑娘。听说搓拉去采药，姑娘便要跟他同路。在一座岩洞前姑娘提议歇脚，这时候，有一股血腥味袭来。搓拉隐约看到洞内堆堆白骨，急转身时这位姑娘已变成青面獠牙双奶垂地的妖婆，笑话搓拉已成送到口的美食。搓拉借口到大箐里去洗个澡，让它可以吃到干净肉，便朝下坡路快速走去。妖婆甩在肩上的长奶滑落下来，不断绊脚，渐渐和搓拉拉开了距离。妖婆知道上当，快步追时一脚踩在滑落的长奶上，痛得倒地乱滚。搓拉乘机向它的双眼、胸口连射三箭，妖婆立刻气绝身亡。随后，人们像过节一样欢庆，逃离山寨的人纷纷回来，苦聪人家又过上平安的日子。

贪心不足的姐姐

拉祜族恶报故事。采录于云南。

早年间有一户人家，姐姐为独霸家产竟把小妹妹赶出家门。妹妹流落荒野，在一棵大树下啼饥号寒，感动了猫头鹰。猫头鹰便指引她到山上取金子。妹妹取了两坨金子回来，置办田地耕畜，辛勤劳作，生活渐渐好起来。姐姐知道后，也到树下啼哭诉苦。猫头鹰带她到山上，因为她贪心不足错过时辰，终于被烈日晒死啦。

老鸹染成一身黑

拉祜族动物故事。采录于云南。

黑铁叉（一种黑色小鸟）和老鸹是好朋友。黑铁叉开染坊，身子又黑又小。老鸹有一身雪白羽毛，骄傲自大。它今天嘲弄黑铁叉，明天奚落小鹌鹑。有一次哀牢山上开百鸟会，众鸟决定教训教训老鸹。它们各自拔下一根漂亮羽毛插在孔雀身上，让孔雀在路上迎接老鸹。老鸹见孔雀变得如此美丽暗暗吃惊，孔雀抖动着翅膀说是黑铁叉帮它染的。老鸹急忙去找黑铁叉，看到五颜六色的染缸，它生怕黑铁叉给自己染得不如孔雀美，就擅自跳进染缸里去，然后抖抖翅膀便去和孔雀比美。它面对大家惊呆的眼光，它才发现自己浑身都变成炭黑色啦。

老虎、麂子和马鹿

拉祜族动物故事。采录于云南。

有一天，马鹿领着麂子弟弟在山上遇到小老虎，便收下小老虎排行为老二。马鹿和麂子在山上吃青草，老虎却背着它俩偷吃青蛙和山鸡。有一次马鹿让麂子、老虎各自分头去找食，老虎竟在树下睡觉。以后老虎天天都这样，肚子饿得咕咕叫，嘴上却说不饿，心想总有一天把它们都吃掉。为了达到目的，老虎就去试探它们的力气。马鹿说自己不行，连蚂蚁也斗不过。麂子说它聪明勇敢最厉害，说着便把芭蕉树打得粉碎，不料麂子的角插进树根，折断脖子就死了。马鹿和老虎回家，老虎一路惦记着要吃麂子肉。马鹿看透老虎的心思，悄悄请来马蜂看守。当老虎跑回去扑咬麂子时，被马蜂叮咬得头疼脸肿，便慌忙逃窜了。

豹子和人比本事

拉祜族动物故事。采录于云南。

水牛整天埋头苦干，豹子根本看不起水牛。豹子便唆使水牛去和人比本事，水牛自愧不如，不愿意去。豹子得意扬扬，便去和人比本事。人高高兴兴应战，但说自己的“办法”放在家里了，不能够比赛。豹子愿意跟人回家去取“办法”。到了家中，人把豹子骗进一条口袋里，然后扎紧口袋，狠狠地打了它一顿。豹子在口袋里面乱叫乱嚷，水牛听了笑得前仰后合，碰掉了大牙。豹子从此以后再不敢和人比高低啦。

孔雀喝酒

拉祜族动物故事。采录于云南。

孔雀原本不会跳舞。有一年春节，猴子煮了一锅米酒，它一连喝了几葫芦瓢后就跳着往歌场上去。途中猴子酒性发作，便躺倒在大青树下睡着了。这时打扮漂亮的孔雀来到树下，闻到酒香便打开罐子，痛快地喝了一阵，趁着醉意随兴歌舞起来。林中的马鹿、白兔、斑鸠、画眉等飞禽小动物纷纷跑来，随歌起舞喝酒。猴子被惊醒了，连忙请大家喝酒。大家感谢它的美酒使孔雀翩翩起舞，因为要不是醉酒，孔雀还不会跳舞呢！

偷金子的土司

拉祜族案狱故事。采录于云南。

有一回，扎妥、扎莫兄弟戽水捉鱼时，撬开池底的一块石板发现七个金甑子，里面装满了金子。两人把金子装进四个竹筒挑回家，夜宿土司家中。土司悄悄用臭鱼换走了金子。第二天上路两人才发现金子被调包了。他们四处告状，终遇一位聪明的头人。头人做了一个三百斤重的大鼓，让双方当事人挑着绕缅寺转圈。两兄弟轻松完成。土司两口刚抬两圈就上气不接下气。土司婆埋怨丈夫不该偷换金子，被鼓中人听得一清二楚，于是真相大白。

娜妥与扎娃

拉祜族婚恋故事。采录于云南。

孤儿扎娃为抵债到头人家放牛，每天放养牛群，与山花为伴。头人的女儿娜妥十分爱花，要求跟扎娃一起上山玩耍。二人同来同往，朝夕相处，渐渐产生了爱情。头人发觉后，多方制止都无效。一天，头人派打手把扎娃抓来，当着娜妥的面将他活活打死，并且逼迫女儿嫁给另一头人的儿子。哭干眼泪的娜妥提出要先为扎娃送葬，然后再嫁。送葬那天，娜妥哭诉完毕，吞下“狗闹花”（毒药）跳进坟坑，抱住扎娃死去。头人不得不将二人合葬，不久坟前长出两株长青树，枝叶缠绵交织，四周花草相拥相伴。

争吃鱼头的两兄弟

拉祜族家庭故事。采录于云南。

从前，海子旁边住着一对失去父母的亲兄弟，哥哥靠自己捕鱼养活弟弟。吃饭时，哥哥总吃鱼头，让弟弟吃鱼身，天长日久，弟弟把鱼身吃腻了，竟埋怨哥哥把好的留给自己吃。一日，弟弟赌气要自己下海捕鱼，但网网扑空，哥哥赶来协助，他恼羞成怒抓住网不放，不慎失手跌入海里。哥哥将他救起时，他却疑心哥哥有意让他落水，趁哥哥撒网时就把哥哥推下石崖。他提着哥哥捕到的鱼回家烧烤，独自品尝鱼头的"美味"，才知鱼头并不好吃，悟出哥哥的情意。天亮后，他跑到海边，在乱石滩上找到了哥哥的尸体。他上山砍来大树，剖开掏空，安放哥哥的尸体。他把哥哥埋葬以后，便在篝火边哭诉害死哥哥的经过，然后一头扎进火中自焚而死。

老猎人巧妙训子

拉祜族家庭故事。采录于云南。

拉祜山寨有一户猎人，母亲早逝，父亲一手把两个儿子养大。眼看人老不中用了，儿子开始有好的不给老人吃，还逼老人上山砍柴。一天，老人让儿子把他抬到山岩上丢进深箐，省得活着挡脚绊手。两儿子把老人抬上山，放在林子里，自己到一边吃起麦酒粑粑来。老人看着树上的雀窝，让儿子扶他到树下，抓出两只黄嘴小雀紧掐脖颈。小雀挣扎，找食回来的母雀焦急万分。儿子大声谴责父亲，他却说："掐死好，免得翅膀一硬就飞走，不管母雀死活。"儿子为之一震，想到父亲一口水一口饭把他们养大，深感愧疚，跪地认错。他们抢着把父亲背下山，从此孝敬老人，娶妻生子，一家人生活得和睦亲热。

聪明的儿女

拉祜族家庭故事。采录于云南。

早年间，有两口子不知疼爱儿女，吃穿都先尽着自己，还说大人吃饱了小娃再吃。儿女懂事后觉得不公平，这天父母让他们去放牧，两人商量后只赶大牛上山，小牛关在厩栏里。傍晚两口子回家，见大牛肚子圆溜溜睡在厩里，小牛饿得狂奔乱叫，快把牛栏撞断了，气得质问儿女。儿女哭着说，你们常说我们还小，吃酒吃肉时等你们先吃饱。小牛也还小，等大牛吃饱养起膘，再把小牛赶上山还不是一样？两口子说不出话来，从此关心儿女冷暖，儿女也更孝敬父母。

背　架

拉祜族换代物型故事。采录于云南。

哀牢山上有一家四口，阿公、儿子、儿媳和孙子。阿公不仅帮着把孙子拉扯大，还天天上山挖苦荞野菜摘野果，他五十出头双眼便苦瞎了，不久耳朵也聋了。阿公不能做活，儿子、媳妇也慢慢嫌弃起来，不让阿公上桌吃饭，稍不顺心就骂。一天，两口子商量好用背架背阿公到河边，一使力便把可怜的老人推进河里。他们正要把背架也丢下水时，被跟来的孙子一把抓住："不能扔，等你们老了我拿什么背你们下河呀？"不孝儿想到自己老了被抛下河的情景，赶紧下河救起瞎爹，背回家里好好照顾。

太阳和竹子

拉祜族植物寓言。采录于云南。

古时候，竹子长得比攀枝花树还粗，比撑楼柱子还直，所有的植物都没有竹子高大。它认为自己应当称王，哪个不服气，就来比一比。榕树出来比，虽然树冠像大伞一样，却没有竹子粗；野象出来比，虽然鼻子伸得像龙腾一样，却没有竹子高；蟒蛇出来比，虽然像长绳一样，却不能够绕竹子一圈、大家正感到无可奈何时，太阳笑眯眯地出来比了。刚开始太阳只露出半个脸，这时候太阳没有竹子大，也没有竹子高，竹子更趾高气扬。太阳仍然笑眯眯地往上升，越升越高，越升越大，竹子再一比，立刻觉得自己太渺小了，羞得抬不起头来。

麻雀告状

拉祜族动物寓言。采录于云南。

麻雀妈妈的五个宝宝不幸被老猫吃掉了。她伤心痛哭到处告状，先后去求雾神、风神、土神，这些神都说无力帮忙。它只好去找老鼠，谁知老鼠吓得连话都没听完就钻进洞里去了。麻雀妈妈这时才明白：神灵和老鼠都怕强盗。

水族故事

傻 老 头

水族奇遇故事。采录于贵州。

麻鸠寨里有个放鸭老汉，一天，他看见自家的鸭衔一只红蜘蛛，急忙奔过去从鸭嘴夺出红蜘蛛，带回家养了三天便放回原处。众人取笑他莫名堂，从此叫他“傻老头”。岂料他救下的是蜘蛛王，为报救命之恩，蜘蛛王从天上飞到阴曹地府，吐丝把他原来的名字蒙去，使他一直活到八百二十岁。生死簿上一批批被叉的名字死去，鬼王发现一个该死的人没死，便要查一查。一天傻老头在山中放鸭，遇到一个姑娘往坡上滚石头，滚上去掉下来砸得满脚是血仍不罢休。他正想去劝说，就想起红蜘蛛托梦让他遇任何事不要开口，以免杀身之祸，便忍住换了一个塘子。他换了一处又一处，都见这个姑娘往坡上滚石头。第九天，他见石头砸到姑娘脚上，姑娘哭得一把鼻涕一把泪，他实在忍不住，就说自己活了八百多岁，没见过你这样“傻——”，话刚出口姑娘就不见了。当天晚上，傻老头便死了。那姑娘原来是鬼王变的。

美娘和吉友

水族奇遇故事。采录于贵州。

有一次，唱歌能手美娘放话，哪个后生对歌能赢她就嫁给谁。消息传遍十六水寨，歌手吉友从很远赶来，地府的魔鬼变成人跟着赶来。对歌时，魔鬼总让吉友先唱，然后模仿一遍，美娘误以为两人都唱得好，又提出比鼻子，谁的鼻子尖嫁给谁。吉友将小刀把插进鼻孔，昏暗中美娘牵起他的手一同回家，一年后生了个胖娃娃。魔鬼不死心，趁吉友下地一阵阴风把美娘刮到地府要和她成亲，这时美娘已半阴半阳无力反抗。吉友不见妻子，查遍所有寨子都没有找到，最后追到地府，在一高脚楼里见到美娘向他哭诉自己的遭遇，并教他如何逃离地府。他按美娘说的在六十里外一个挂门帘人家求宿，第二天果见这家生一女孩。吉友对主人说这是他的妻子，连忙喊："美娘跟我回家。"那婴孩儿也睁眼说："我等你好久啦！"主人认为婴儿说话不吉利，同意他带走女孩。出门后女孩见风就长变成美娘，原来是她碰墙死去，投胎到这家等吉友。于是，他们高高兴兴回家，过上美满幸福的生活。

红　宝　石

水族奇遇故事。采录于广西。

水族姑娘阿芳十二岁离开父母到财主家当丫头，天天忍饥挨饿干重活，还常常挨打受折磨，只有在洗衣时能对着大河哭诉自己的遭遇。这一天，她正诉说苦楚时忽听有人喊她，四周却没有人影。次数多了，阿芳由害怕渐渐感到亲切。那个声音说他是龙王太子，能帮她实现愿望，说着河里跃出一条红鲤鱼，吐给她一块红宝石。半夜阿芳按红鲤鱼的嘱咐，提着小篮到河岸的大石旁，用红宝石击石连说三声"夜开门"。大石立即挪开了，龙宫显现在眼前，龙太子出来迎她进宫，随后端来五色糯饭和猪肉让她吃饱，又装满小篮让她带回家，还送给她一套粉色衣服。从此，只要财主用棍棒打阿芳，财主儿女的身上就疼痛，也听不到阿芳的弟妹喊饿的声音了。这天夜里，财主发觉阿芳不在，便追到她家，看见她一家正围着篮子吃饭。财主冲进去对阿芳的爹妈拳打脚踢，硬说是偷他家的，并且提起半篮肉饭，拉着阿芳回家，架起油锅拷问。财主听阿芳说出进龙宫的经过，连忙夺走红宝石到河边敲开石门。谁知道他一脚跌进阴森的地狱，再也没出来。阿芳不见财主还她宝石，便到河边啼哭，红鲤鱼把宝石还她，还带她进龙宫，让她捡最白的石头回家放进坛子里，立刻变成了一坛银子。阿芳一家买牛置地，再不愁吃穿。阿芳长到出嫁年龄时，红鲤鱼来接亲，从此住进了龙宫。

莲花仙女与三弟兄

水族奇遇故事。采录于贵州。

从前有三兄弟父母早逝，靠种几亩山地生活。大旱年，三兄弟提一砂罐茶水上山锄地，锄了小半地时，大哥嘴干冒烟，便下到坡脚去喝水。一只大青蛙蹲在罐盖上张嘴伸舌要水喝，大哥心说自家还不够喝，捉起青蛙甩老远，自顾自喝了小半罐。老二看老大已喝不少，赶快下到坡脚，青蛙又在罐盖上鼓眼朝他看。老二一把抓起青蛙扔到远处，捧起砂罐喝得只剩下一点点。老三最后下坡，见青蛙鼓眼望他想喝水，赶忙捧起青蛙倒水给它喝。他自己滴水没喝，却对青蛙说要喝明天再来。太阳落坡三兄弟回家时，忽见一个漂亮姑娘在河坎喊"三哥"，自报是刚才喝水的青蛙，她原是莲花仙子的女儿，因赴宴打翻了龙母的参汤，被变成青蛙赶出龙宫。今天的茶水使她恢复真身，为报答恩情愿嫁三哥为妻。老大、老二后悔莫及，但莲花仙女愿意和他们一起生活，尽力帮助二位哥哥。三兄弟有了好帮手，勤俭持家，生活得一天比一天好。不久，老大老二都成了亲，三兄弟更加和睦。

放牛娃纳坤

水族奇遇故事。采录于贵州。

纳坤给杨财主放牛，每天赶着几十头牛到深水潭放牧。有一天，他见一头小白牛在潭里嬉水，此后常和他的牛群一起玩耍，相处得非常好。这天小白牛驮着纳坤来到龙宫宝库，让他拿些金银财宝。原来小白牛是龙宫神牛，有心帮助忠厚的纳坤。但纳坤不愿意拿财物，只拿了一架织布机。回家后他辞工自己开荒种地，用这架织布机织出洁白光亮的水家布，从此过上了富足的生活。杨财主得到消息后，硬逼迫纳坤去水潭喊出小白牛，把财主一家三人带进龙宫。他们三人贪得无厌，见到金银就拼命装，小白牛十分气愤，立刻唤来虾兵蟹将，把他们一家赶出龙宫。

王幺和白赖

水族奇事故事。采录于贵州。

王幺和双目失明的母亲相依为命。一日母子遇到一个叫白赖的孤儿，王母就把他收为养子。有天王幺和白赖上山打柴，在一个洞口见一蓬青藤，便割来捆柴。第二天再到洞口，见又长出一蓬，王幺又割来捆柴。回到家，青藤竟变成银链子捆在柴上，母亲对王幺说，这银子不是我们的，把它放回原处。他俩带着银链来到洞口，白赖心生歹意，一把夺过银链，将王幺推进洞里，然后独自逃往他乡。王幺在洞里得到龙王搭救，并且给他一包饭团后送他出洞。回到家里，王幺打开饭团竟是一包银子。母子俩买了耕牛农具，辛勤耕种，过上了好日子。白赖花光银子落魄回来，听到王幺的经历，非常嫉妒。一天，他叫人将他推进洞里，却摔死在洞底再没生还。

竹子姑娘

水族精怪故事。采录于广西。

水寨里的后生阿当与阿妈相依为命，靠打柴度日。他爱竹护竹，上山从不折伤竹子。这天，他上北山砍柴来给阿妈买药，从楠竹丛中走出一位穿鹅黄衣裤、戴青头帕的姑娘挥刀帮他砍柴。姑娘麻利放倒几大捆后，便消失在竹蓬背后。阿当挑起四五百斤重的柴仿佛只有百十斤，阿妈怕他遇到放荡女嘱他到南山去砍柴，可上南山又遇到那个砍柴女。原来她是竹子姑娘，看阿当忠厚勤劳，爱护竹子，便决定帮助阿当。从此他们一起砍柴，一起对歌，不久便结为夫妻。他们在山上采香菌摘木耳，日子越过越好。阿妈见儿媳心灵手巧，心情愉快，身体也渐渐好起来。寨里的财主忌妒穷人过好日子，就带着家丁来逼交山税。阿当交不起银钱，财主正要吊打他。竹妹赶来阻挡，财主欲抓竹妹抵税。竹妹逃进后院，使楠竹弯腰钩起财主，提起来摔下去，把财主摔得半死，被家丁救起后狼狈逃窜。竹妹坦言自己是修炼成人的楠竹精，她带着全家躲进深山，从此不受财主欺压。

虎小伙

水族精怪故事。采录于贵州。

从前森林里常有老虎变人，趁着晚上到寨子里骗吃小娃娃。这天寨里正在开控（安葬死者的仪式），有两个懒姑娘挤在人群里看热闹，这时两个高大标致的小伙挨到她们身边。四人对歌说笑，难分难舍，约好第二天晚上再相会。次日太阳没有落坡，两个姑娘便跑到老树下，左等右等不见两个小伙来赴约，急得爬上树去看。这时，两只老虎爬出树林，变成两个小伙，不见姑娘前来，便互相埋怨不如昨天把她们吃掉。正要进寨子寻找，姑娘吓出尿来淋在虎小伙头上，小伙以为是下雨，立刻变回老虎爬进林子。两个姑娘溜下树逃回家里，从此再不敢东游西逛。她们在家学会纺纱织布，变成勤劳能干的好姑娘。

狗找朋友

水族动物故事。采录于贵州。

洪水过后，狗的伙伴们都不知去向，在荒坡上遇到豺狗想与它搭伙计，豺狗提出条件要叫它爹。狗忍气吞声守洞口，豺狗在洞里独自吃肉睡觉。半夜外面有响动，狗警觉地叫起来，豺狗却破口大骂。狗一气之下离开豺狗到山冲，遇老虎也提条件要称它为大王，狗小心翼翼提出不要吃掉它。虎说飞鸟走兽任我吃，不会吃你这个小老弟。狗见虎凶残狠毒，借口去取见面礼，趁机逃离虎窝。狗来到山坡脚下，在草棚里遇到看守庄稼的人。人没提任何条件，还煮好东西给狗吃。晚上狗主动为人守夜护包谷，狗懂事聪明，人很是喜欢。狗总算找到合心的伙计，从此再也不离开人了。

老虎咂“烟”

水族动物故事。采录于贵州。

老虎见水牛为人犁田十分听话，就骂水牛没出息。水牛告诉它人聪明有本事，你斗不过人，虎蔑视地走到人面前要和人比试。人劝老虎先咂杆烟，歇一口气，说着用衣襟擦亮火药枪口递到老虎嘴边。虎见人恭敬客气，就把枪筒塞进嘴里学着人样一口口咂起来。人趁势叩动扳机，将虎脑壳一枪打碎。从此以后，虎子虎孙只要听到火枪声就拔腿逃跑啦。

狗和猪翻地

水族动物故事。采录于贵州。

人叫狗和猪去翻地，天气闷热，狗躲在树荫下睡觉，老实的猪用嘴拱，翻了一大片地。天黑时猪慢慢回家，狗趁机在翻好的地里来回跑，踩下一片脚印。回到家里面，狗对主人说，猪偷懒睡大觉，什么也没有做。人到地里果然看见满地的狗脚印，确认是狗勤快，从此给狗喂饭吃，猪只能够吃糠。

群鸟选王

水族动物故事。采录于贵州。

月亮山上的鸟王老鹰感到年事已高，打算选一个能干的鸟接替王位。这天鹰王召集百鸟刚说明意图，大家就你一言我一语，争相夸自己有本事，能当鸟王。鹰王止住争吵，说现在太阳已快出来，谁最先断定太阳出来就选它当鸟王。百鸟争先恐后飞到树尖，向东面山顶张望，唯有斑鸠动了动脑筋，向西面更高的坡头看去，突然一道霞光照亮西边坡顶，它就高喊“太阳出来了！”大家转过头奇怪地看它，它指着西面山顶说：“那不是太阳射出的光吗？”果然，太阳很快从东方升起。鹰王称赞它真聪明，当即宣布斑鸠为百鸟的新王，并将早已备好的花锦衣给它穿上。百鸟无话可说，个个点头表示同意。

找错还愁没借口

水族长工故事。采录于贵州。

有个东家想克扣长工，要老婆出点子。天亮后，东家婆吩咐长工去割最长的牛草，割不来就罚吃包谷饭。长工很快割满两筐挑回家，东家婆说是老草会把牛喂瘦，长工只得认罚。东家婆又让长工去割最短的草，割不来罚喝稀饭。长草季节嫩草难割，长工到晌午，好不容易割回一挑又短又嫩的草，东家婆却说他割的是粑粑草，牛吃了要拉稀。两招得逞，东家婆更加得意，又要长工人去割不长不短的草，这次割不来就要罚工钱。长工饿得没力气，直到太阳偏西才挑草回来，东家婆骂他故意偷懒，一定要扣工钱。长工觉得东家左说右说都是理，他只得搁下挑子走了。

好心得好报

水族美德故事。采录于贵州。

穷夫妻俩有个孩子叫阿宝，邻家好友夫妻得病先后去世，他们收养了好友的八岁独崽。他们的日子越来越难熬，听说后寨财主家要买放牛娃，夫妻俩商量不能对不起朋友，只有卖自家阿宝。要去交涉孩子的身价时，妻子想起朋友在竹林栽的一蔸葛根，曾交代没有急事不准挖，现在挖出来让两个孩子吃顿离别饭。丈夫去竹林找到葛根，在肥大的葛根下面挖出一个装满银毫的土罐。丈夫喜气洋洋抱回家，添置农具开荒种地，一家四口便过上了安稳日子。

憨包学手艺

水族傻子故事。采录于贵州。

阿爹有三个憨包崽，十几岁了还笨得像木头，便让他们出门学手艺。老大请养蜂老人教他学本领，老人给他三桶蜂，蚂蚁钻进去把蜜吃光了，只得让他干砍柴寻活路。老二闷头走到山口，遇见猎人央求学打猎。猎人教他瞄准开枪，怎么也学不会，只得让他装火药背猎物。老三进寨子里学补锅，师傅教他熔铁水补漏洞，两三个月过去老是补不成，只得让他跟着游村串寨挑担子。一年后三人各得到一份家什回到家里面，吃过团圆饭，阿爹让他们各显本领。老大打开竹篓，蜜蜂纷纷朝阿爹、身上头上叮；老二赶紧往枪筒里装火药铁沙子，一枪打落几十只蜜蜂，阿爹身上也穿好几个眼；老三见阿爹身上流血，慌忙架火炉拉风箱，像补锅一样把铁水补到阿爹伤口处，痛得阿爹满地滚。

长工和先生

水族诗对故事。采录于贵州。

有一年，东家叫长工去请私塾先生来家开馆教书。下雨天长工打着伞去请先生，先生看见长工，摇着脑壳卖弄起诗文："春分时节雨蒙蒙。"却想不出下句来。长工知他嘴巴刻薄，笑着回敬道："长工打伞接长工。"先生一听气得吼了一句："酒席筵上分高低。"长工大笑道："彼此都是两串钱。"先生脸红耳赤，连忙向长工赔不是。

金贵的故事

水族机智人物故事群之一。流传于贵州三都、独山、荔波、都匀及广西南丹一带。故事主人公金贵是个雇工型机智人物，出自艺术虚构。其人机敏多智，诙谐风趣，富有正义感，颇受民众喜爱。其故事是水族影响巨大的一个机智人物故事群，大都短小精悍，以反对压迫、剥削为主旨，以讥刺、捉弄、鞭笞土司的作品最多，亦最为精彩。代表性作品如《七星鱼变老蛇》《乌龟王八都一样》《借孝》《问肚皮》《心里骂人》《看谁不怕鬼》《一颗谷子的工钱》《拆门闾》《桐油枯洗头》《押宝》《五爪猪》《算你有福气》。

乌龟王八都一样

水族机智人物故事。

有一次，知县到土司家吃喜酒，金贵端上一道时鲜菜红烧甲鱼。知县硬说是红烧乌龟，土司却说他吃过的甲鱼数不清，甲鱼又叫王八，所以叫红烧王八。两人争论不休，便请金贵来裁判。金贵故意装糊涂说："县太爷说是乌龟，土司老爷说是王八，把我也搞昏了。我看你俩乌龟王八都一样，不用争了。"陪客们听了笑道："金贵讲得好，乌龟王八都一样，不用争了。"知县和土司听出了话音，又不便发作，只好吃个哑巴亏。

借　　孝

水族机智人物故事。

金贵刚刚安葬了他妈，土司奶奶就死了。土司派金贵去找芦笙、唢呐队来开控（一种祭祀活动）。金贵领着乐队去土司家时，路过自己母亲的坟头，便一下扑上去痛哭起来。乐队以为那是土司奶奶的坟，就"衣呜衣呜"吹奏起来。一些给土司送礼的亲友，连忙摆上祭品进行祭奠。等土司赶来，乐队和亲友才知道闹了一场误会，十分尴尬。

问　肚　皮

水族机智人物故事。

有一天，土司腆着大肚子在乘凉，金贵打着光背在干活。土司问金贵："你的背咋个瘦壳壳的，没几两肉？"金贵让他去问自己的肚皮，土司听不懂，连忙问他肚皮怎么会晓得？金贵说："我的油水都让它刮去啦！"土司听了气得目瞪口呆。

心里骂人

水族机智人物故事。

有一次，大管家跟土司去串寨子，他对土司说："我看见几个穷鬼在心里骂老爷呢。因为从他们脸上看得出来，一个个横眉鼓眼的。"这时，恰好金贵迎面过来，土司便把大管家的话重复一遍，请他评判。金贵晓得大管家又想害人，便说："老爷，他讲的很有道理，因为我见他心里骂你时，也是横眉鼓眼的。"土司一听，伸手给大管家一耳光，吼道："混账东西，怪不得你看得出来！"

看谁不怕鬼

水族机智人物故事。

土司一心想霸占金贵的妻子，就和金贵打赌，看谁敢在黑夜给死尸喂饭。土司说："我输了，把那两匹银鞍马给你；我赢了，你把老婆给我。"天黑后土司带着大团饭向墓地走去。哪知金贵已绕道先来墓地，作了一番安排。土司大吼三声壮壮胆，然后开始喂饭，当喂到第四具时，"死尸"突然站立起来朝他猛打，当场吓昏过去。等土司苏醒过来，发现自己已被打得鼻青脸肿。他哭喊着救命逃跑回家，只好向金贵认输。

一颗谷子的工钱

水族机智人物故事。

某地有一个财主，因为太刻薄没人愿给他干活。这天他碰到金贵，金贵提出每年只要一颗谷子的工钱，另外要让田种谷子。财主盘算，一颗谷子做种，十来年也只不过占去几挑田，就答应请金贵做长工。第一年，一颗谷种收了六七吊谷穗，第二年六七吊谷穗收了二十来斤谷子。到了第四年，金贵的谷种已占去八十挑田。财主着慌了，心想，再过几年，我的所有田地也不够他插秧，于是找借口要辞退金贵。金贵晓得他反悔了，故意嚷嚷要打官司。财主怕打官司花钱，只好又补二十挑谷子给金贵，才把金贵打发走了。金贵把大多数谷子分给了乡亲们，为大家出了一口怨气。

拆　门　间

水族机智人物故事。

有一天，寨脚传来噼里叭啦的炮声和唢呐声，金贵跑去告诉财主，他看见有一个大官来了，轿子后面还捆着姑局寨的寨老。听说是因为姑局寨的门间小，大官的轿子抬不进去，这是寨老不尊敬大官。财主一听脚杆吓软了，他想起自己寨子的门间比姑局寨的还小，赶忙叫人把门间拆开。一会儿唢呐声没有了，原来是接媳妇的从这里经过，气得财主去找金贵算账。金贵说："老爷你忘记啦，上次你跟我打赌，讲好要是我能哄你拆开门间，就得赏我一担谷子哩！"

桐油枯洗头

水族机智人物故事。

有一天，财主见金贵的老婆用茶油枯熬水洗头，洗得头发油光滑亮，就向金贵要油枯回去试试。金贵想，穷人家没钱才这样洗头，你也来占便宜，便指着屋角的一堆油枯，让他自己去拿。贪心的财主见又碎又薄的茶油枯，一片也没装，专捡又厚又大的桐油枯装了一口袋扛回家。他让大小老婆、丫鬟们都来洗头，刚洗完头发也很光滑，可是过不了几天，这些女人的头发一绺一绺地板结，梳也梳不开。老婆们破口大骂，财主赶忙去找金贵算账。金贵吃惊地说："穷人家连娃儿都认得桐油枯，难道你还分辨不出？"财主羞得无地自容，便红着脸溜走了。

押　　宝

水族机智人物故事。

有一次，金贵的朋友阿洛被财主骗去赌钱，把一年的辛苦钱输得精光。金贵拉着阿洛到赌场找财主，他故意每次放一个小铜钱押宝，财主赢得不过瘾，赌气说："你干脆抬块石头来押宝，你赢了我就按石头重量称银子给你；你要输了，就白给我扛一辈子活路。"财主自以为必胜无疑，当众立下了字据。金贵见时机已到，就拍桌同意，故意把一吊钱甩在了地上。财主急忙爬地上摸钱，他手疾眼快，翻好宝筒里的铜钱，并把一块石头压在了单数上。等财主立定，他连喊"单数"，宝筒揭开，金贵中宝。他捡起石头一称，足足四斤八两，财主不敢赖账。

金贵拿到银子，拣了一块给阿洛，其余的分给了穷人。

五　爪　猪

水族机智人物故事。

财主天天吃猪肉，帮工们天天吃酸汤，肚里早就馋得乱叫。这天财主办酒席，让金贵杀猪。金贵在猪圈里学完小孩哭叫，去告诉财主："一只五爪猪，我要杀它，它就哭了。"财主大惊，俯身看看猪的四爪，又使劲摇头。金贵指着猪背上的毛旋说："五只脚爪是地五爪，背上长旋是天五爪，哪个杀了五爪猪一家人不得好死。"（水族地区有这样的迷信说法）金贵为了使财主相信，他挽袖衔刀，对猪作揖，口中说道："老爷要我杀你，怪不得我金贵，冤有头债有主，你不要找错人啊！"财主一听，吓得脸色铁青，只好答应把五爪猪撵到寨后坡去，另杀一头。天黑了，财主在家划拳请客，金贵和帮工们也在寨后坡洞里杀猪烫酒，好不自在。

算你有福气

水族机智人物故事。

过端午节时，财主给帮工们吃顿节日饭。席间，财主指着煮熟的鸡说："金贵，你能把这只鸡整活过来，算你有福气，我多给你十年工钱。"金贵晓得财主欺弄人，一声不吭，起身就走了。开春时，金贵扛来谷种往开水锅里一倒，财主拉住金贵，金贵说："煮熟的谷种，能生出秧苗，算你有福气，我十年的工钱都不要。"财主只好向金贵求饶赔不是。

阿詹的故事

水族机智人物故事群之一。流传于贵州榕江县一带。故事主人公阿詹系长工型机智人物，出自艺术虚构。其作品大都为故事主人公与东家蒙金德斗智的趣话，清新诙谐，乡土风味浓郁，民族特色鲜明，如《吃火草叶》《捡桐籽》《撒粪不着田》《吃马蜂崽》。

吃火草叶

水族机智人物故事。

财主婆很吝啬，一天她吃光鸡肉，剩下一点鸡汤，便在屋后扯一把火草叶放进汤里，让干活回来的阿詹吃。她看阿詹还吃得很起劲，就说明晚再给他吃这个。午后阿詹割了很多火草叶喂牛，牛吃多了拼命拉稀，最后死在山上。财主气得喊道："阿詹，怎么割火草叶喂牛？"阿詹故作惊讶道："晌午我在家也吃的火草叶，怎么没死呢？"财主揭开锅盖，看到阿詹中午吃剩的火草叶，一时间傻了眼，无话可说啦。

捡桐籽

水族机智人物故事。

有一回，财主在床上喊阿詹："天都大亮了，你还不去捡桐籽！"阿詹说："老爷，我正捉虱子哩，不得空！"财主骂道："你真会瞎说，天还没亮，怎么看得见床上的虱子？"阿詹说："刚才你不是讲天亮了，我连捉虱子都看不见，去捡桐籽又怎能看见呢？"

撒粪不着田

水族机智人物故事。

有一天，财主婆煮了一大锅牛皮菜，盐巴也不放就送到田里给阿詹吃。阿詹嚼着无味，却故意说："这菜真好吃，不放盐巴像糖一样甜。"财主婆赶忙说："是呀，老人们常说，煮菜不放盐，撒粪不着田嘛。"饭后，阿詹把一挑牛粪撒在田埂上，财主婆急了，跑上来阻止。阿詹便说："啊呀，你不是说煮菜不放盐，撒粪不着田吗？"财主婆气得干瞪眼，从此再不敢煮白水菜给阿詹吃了。

韦佩金的故事

水族机智人物故事群之一。流传于贵州三都、独山一带。故事主人公系文人型机智人物，很可能出自艺术虚构。从故事的描写来看，此人是一位“土秀才”，同情穷人，厌恶权贵，颇受人民群众喜爱。其故事大多为嘲讽欺压百姓的官吏和抨击为富不仁的财主，也有一些替乡亲邻里排忧解纷的篇什。代表性作品如《巧骂财主》《做对联》《搭船说和》《断案》《渡口应对》。

巧骂财主

水族机智人物故事。

韦佩金在谭财主家教少爷读书，但少爷不喜欢读书，整日鬼混。端午节财主请客，只给韦佩金送来一碗白饭，一碗白菜，二两水酒。韦佩金将饭倒给了狗吃，提笔在书房门上写下一副对联，便自离去。第二天少爷到书房门口，望着对联左看右看看不懂，便找来师爷。师爷朗声念道：“满门生无底，一家午出头。”突然他悟出味道来，转身告诉少爷：“‘生’字无底是‘牛’、‘午’字出头也是‘牛’，他骂你全家人都是牛哇！”等谭财主派人去捆绑韦佩金时，韦佩金早已背着书箱远走他乡啦。

搭船说和

水族机智人物故事。

一日韦佩金搭船渡江，因船上人少，船家要等凑够人数才开船。这时，走来一位披孝奔丧的妇女要上船，船家心里不情愿，念道：“开张就背时，吊孝要坐船，菩萨不保佑，过滩怕船翻。”韦佩金上前劝道：“菩萨心肠好，救苦又救难，船家会掌舵，滩险也平安。”船家听到奉承话，心里高兴，便让那个妇女上船。一会儿又来了两位进京赶考的人，见船上有戴孝妇女，一人摇头道：“头上包孝帕，泪水挂腮边，孝帕惨淡，泪水辛酸，同船上京赶考，谨防名落孙山。”立即双双起身下船。船家想送他俩直到京城，多赚些钱，就要撵妇女下船。韦佩金挡住三人，顺口念道：“孝帕光灿灿，照亮大河两岸；泪水长涟涟，洗净考场黑暗。春风送船到京都，考中文武双状元。”他的打油诗合了所有人的心愿，船家立即抽竿掉船头，让大家和和气气地一起渡江。

脚 和 眼 睛

水族拟人寓言。采录于贵州。

有一次，脚和眼睛比本事，脚说：“你高高在上，我要不走你一步也动不了。”眼睛说：“没有我看清道路你还能走？”说着闭上了眼。脚大步朝前走，一下跌进刺蓬乱石堆里把脚杆跌断，眼睛也被刺蓬挂伤。

东乡族故事

挡羊娃和牡丹花

东乡族奇遇故事。采录于甘肃。

很久以前，有个挡羊娃给庄头挡了一百多只羊，住在羊圈旁的山洞里。一天，他在路上捡到一朵碗口大的粉红牡丹，高兴得闻了闻，花瓣突然变红枯萎，他以为花已开败便扔在路边。刚走几步回头时，他看见花又开放，赶紧拾起带回去栽在洞口。清早起来牡丹绽放，他浇足水赶羊去放牧。傍晚回来时，他看见洞里不仅打扫干净了，还有一个铺新毡新被的炕头，炕桌上放着热腾腾的饭菜。他饱吃一顿，平生第一次在炕上睡了个直腿觉。一连吃了几天美餐，他犯了疑惑。这天他把羊拦在近处，返回并躲在洞旁石后，看见牡丹摇摆出来一水灵大姑娘，挽袖扫地做饭忙碌起来。他上前问姑娘是人是花，为何给他做饭？原来她是月宫仙女，看到他日子艰难一心下凡帮忙，惹怒父亲把她变成牡丹扔下人间。从此小两口过上好日子，但是只要有人来洞里，看到的仍然是乱草破瓦片，无人知道挡羊娃的美满姻缘。

三姐妹除恶魔

东乡族狼外婆型故事。采录于甘肃。

有个年轻寡妇回娘家时，路遇吃人魔鬼毛速木恶魑，问清她家情况后把她吃掉。魔鬼找到她家，三个女儿不开门，它就地打滚变成寡妇模样，骗称从舅家带来银戒指要给她们带上。天真的小妹手指伸出门缝，被魔鬼咬住疼得只好打开门栓。大姐知道进来的不是妈妈，半夜借口去给它拿好吃的东西，和两个妹妹逃出家门，爬上路旁的白杨树。魔鬼发现受骗，追到树下嚎叫，把树摇得东倒西歪。

这时路边跳出一位大力士，扶住大树说他家有三个童子可以让它领走，不由分说，便背起魔鬼来到一个窑洞里。魔鬼坐在冰冷的石板炕上冷得受不住，大力士说炕洞里暖和，让魔鬼爬了进去。他和三姐妹立刻用青石板堵住洞口，把魔鬼烧成灰烬。

砍 柴 人

东乡族云中落绣鞋型故事。采录于甘肃。

砍柴人和无依无靠的老阿妈一起生活。这天他正背柴下山，一股旋风夹杂着怪声刮来，他抡起斧头立刻溅出腥血，还掉下一双绣花鞋。他回家听说员外的女儿被旋风卷走了，便去到员外家里。员外看到绣花鞋，立刻许诺谁去救出自己的女儿，就把女儿嫁给谁。砍柴人立即约上朋友，顺着血迹找到洞口，用长绳系腰下到洞底。他在阴森的洞壁尽头碰见一位老奶奶，听说硬汉救人，就帮他躲藏，等待妖怪回来。老奶奶巧妙问出妖怪的致命秘密，第二天趁妖怪睡着时，砍柴人抽出妖怪的钢刀，连砍七刀，让它的七颗脑袋落地。砍柴人又把冒出的七根筋紧缠在棍上，棍上爬出七条蚰蜒，就把它们统统扔进老奶奶备好的锅里，加盖压上石头用大火把它们烧死。他把老奶奶和所有抢来的姑娘用绳拉出洞外。这时洞外接应的朋友却起了歹心，将他从洞腰扔进洞底，拉着员外的女儿回去领赏。砍柴人在洞中砍死大蛇救出雏鹰，鹞鹰为了报答他，愿意送他出洞。他按鹞鹰的要求捉一百只鸟驮他飞往洞口，喂完他捉来的九十九只鸟眼看要飞不动时，他急忙割下腿上的肉塞进鹰嘴，鹞鹰终于飞到洞外。鹞鹰知道实情后，连忙吐出腿肉使他的伤口愈合。正在为女儿筹备婚事的员外一家听到砍柴人描述的除妖经过，立即把那个朋友撵出家门，欢欢喜喜地为砍柴人和自己的女儿举办了婚礼。

尕 孙 子

东乡族怪孩子型故事。采录于甘肃。

从前，有老两口没儿没女，互相抱怨，最后商量分家。家里只有一头羊，两人争来抢去把绵羊尾巴拽了下来，老奶奶捡起麻布把绵羊尾巴包好，放进抽屉。几天后抽屉里有响声，里面睡了一个尕娃娃，说愿意给她当孙子。老奶奶乐开了花。一天老奶奶正锄草，东家骑马过来问她每天锄下几根草？如果答不出来便扣工钱。第二天东家又来问，藏在背篼下的尕孙出来问他每天踩下多少马蹄印，东家答不上来，就提议让尕孙子为他赶马顶工。傍黑时尕孙子跟东家走到大河边，睡在东家的脚底下，他悄悄把马鞍放进被窝走开。半夜东家一脚把被子踢水里，阴谋没有得逞，反而损失了自家银马鞍。回到家中，东家让尕孙子睡草房。半夜东家点旺火后故意喊救人，突然尕孙子从马棚跑出喊救马，原来他将那匹马牵进草房里了。东家一计不成又生一计，这天东家出门前让他打扫院子，如发现一粒牲口粪就要罚他吃掉。尕孙子把蜂蜜炒面捏成驴粪蛋撒在院里，东家回来看到破口大骂，立刻让他吃下。东家见他吃得香，自己一尝果真香甜，尕孙子告诉他是蜂蜜与驴粪捏成的。东家把手伸进蜂窝里面去掏蜂蜜，被群蜂蜇得哇哇叫。东家叫尕孙子举起榔头打蜜蜂，几下把东家打断气了。尕孙子领着富人家的女佣高高兴兴回到奶奶身边，过上了舒心的日子。

米拉尕黑与海迪娅

东乡族奇遇故事。采录于甘肃。

有一次，青年神箭手米拉尕黑对着月亮射了一箭，月亮被射下一小片，因此他得到了月光宝镜，镜上还留有一位美丽姑娘的影像。在隐居老人的帮助下，米拉尕黑在西方戈斧山下找到镜中的姑娘海迪娅。宝镜是天配的姻缘，他们约定来年桃花盛开时举行婚礼。这时外敌入侵，米拉尕黑应征入伍。三年后，国王举行庆功宴表彰米拉尕黑的战功，要将公主许配给他。米拉尕黑说明原因，断然谢绝。这时有个叫马成龙的少爷正向海迪娅求婚，为得到姑娘，用迷魂酒使她失去记忆。迎亲当天，米拉尕黑赶了回来。经深山老人的指引，米拉尕黑用初遇相恋的美好情景唤醒了姑娘的记忆。二人克服重重磨难，终于举行了欢乐的婚礼。

什司乃比由取虎奶

东乡族奇遇故事。采录于甘肃。

什司乃比由的生母早早亡故，后娘怕他和弟弟分家产，便打起了坏主意。一天后娘突然说自己肚子疼，在炕上翻滚喊叫，又对什司乃比由说郎中来看过了，要吃太子山的白虎奶才能治好。为了不再失去亲人，他决心上山取药。什司乃比由翻山绕岭，吃野果喝泉水，终于走上太子山，却没有找到白虎。这天他累得倒头睡着，看到后娘给他送来香酥的油饼，感动得一下抱住后娘，惊醒后发现是几只虎娃正凑近他的面颊。他又急又怕，跪地请求虎娃不要伤害自己，说明是来给亲人取药治病的，并恳求虎娃帮忙。虎娃被他的孝心感动，接过钵钵纵跳回洞，大白虎归来，虎娃们每个吮一口吐入钵中。清早，什司乃比由怀揣盛满白虎奶的钵钵回到后娘身边。听了他的取奶经过后娘羞愧难当，发誓再不使坏心。从此后娘对他亲如己出，兄弟团结，家庭和睦。

蛤蟆姑娘

东乡族奇事故事。采录于甘肃。

老两口生了一个俊俏姑娘，老阿妈用金线给她绣了个金蛤蟆，姑娘爱不释手，因此叫她蛤蟆姑娘。一天，财东家要娶蛤蟆姑娘做小娘子，老人一口拒绝，财东就带人马来抢亲。金蛤蟆见状张嘴让姑娘钻进肚里，财东不甘休顺手带走金蛤蟆，老两口思念女儿相继病故。财东家老婆因金蛤蟆弄脏了她的衣服首饰，一把将蛤蟆扔到门外土堆上。放羊娃看到捡回自己的茅屋，从此，他的屋子有人打扫，衣服有人缝补。放羊娃终于发现了姑娘，听她述说发生的一切，并商定逃出虎口后成亲。东家婆发现了姑娘的秘密，她剪破金蛤蟆肚子，挖去姑娘双眼，拔掉姑娘长发扔进污泥塘里。挖菜老奶奶救出姑娘，她用金蛤蟆教她的方法，使她的眼睛复明，秀发满头。最终，她和放羊娃一起带着老奶奶逃进深山，过上安宁日子。

双双金鸟

东乡族奇事故事。采录于甘肃。

洒力海从小给地主黑鹰放羊，他的全部财产就是门前的一棵苹果树。苹果树上常落一只金鸟，他早晚给树浇水，给鸟喂食。一天他上山砍柴，不小心从树上摔昏在地，醒来一位姑娘正给他喂水，她就是五年前被财主抢来的丫头索非亚。两人谈得很亲热，相约天天见面。忽然有半个多月索非亚没有来，金鸟告诉他，财主逼她成亲，姑娘不答应已被关进石洞。一天深夜，在金鸟的帮助下，洒力海救出被五花大绑的姑娘，摆脱财主的追击，一起逃到牛星山上。财主上山打猎发现了他们，派人放火烧山。一只金鸟冲向大火，飞出时后面紧跟一双金鸟，它们奋力飞向高空。

姣姣女

东乡族奇事故事。采录于甘肃。

善良勤劳的姣姣女十六岁嫁人，丈夫婚后出门，十八年她没回过一趟娘家。姣姣女风里来雨里去想等种上庄稼后回娘家，可种上庄稼婆婆又要她等锄完草，锄完草又等收完庄稼，收完庄稼又等榨完油。姣姣女有干不完的活推不完的磨，受不尽的折磨挨不完的打。这年她按长工教的办法，把油抹在狗屁股上淌下了油，才使婆婆答应她回娘家。可怜姣姣女抹布当盖头，穿上伙计的破皮褂子、破靴子，骑上尕狗回娘家。在路上，她遇见骑白马的阔男人，赶快躲进窑洞里。好心男子细盘问，原来是十八年苦等自己的姣姣妻，立刻扶她上大马，把她送回娘家再转身回自家。妹妹向姣姣女的丈夫道出实情，他看到娘打妻子打折的三房子棍棒，三缸脓血和三箱伤疤皮，还有三背篓头发，心酸气绝变成一只小雄蜂，一口气飞到妻子身边，飞进正在扎花的妻子嘴里。姣姣女断气变成雌蜂，一对蜜蜂永不分离。后来，夫妻俩变成日头和月亮紧相随，照亮人间不平事，给夜里干活儿的女人送去光明。

小伙子、金戒指、狗和猫的古经

东乡族奇事故事。采录于甘肃。

有个小伙子上山放羊，看见两条蛇打得很残忍，就去用木棍把它们分开。傍黑回家时，有一位老爷爷告诉他，打架的白蛇是龙王的儿子，黑蛇是妖怪，只有白衣人请他做客才能答应。一天，白衣人带他到龙宫，嘱咐龙王送他什么也不要，只要一枚金戒指。小伙子如愿得到金戒指，从此他顿顿好吃好喝，原来是戒指里跳出来的一位姑娘所为，他们随后结为夫妻，过上好日子。一天，妖怪变成老仆人来骗走戒指，小伙子的狗和猫决定帮主人找回宝物。狗驮猫游过大海，由老鼠帮忙在妖怪婆的匣子里找到戒指。返程中狗泅过大海又累又饿，去找食物时猫叼戒指调头回家。主人厚待了猫，把晚回来的狗痛打一顿。从此，狗猫不和。

老虎和狼找寻“智慧”

东乡族动物故事。采录于甘肃。

老虎和狼商量下山吃人，狼说人有智慧，我们斗不过哩。它们决定下山先抢走人的智慧。走在半山腰碰到砍柴人，虎狼前后堵截，呼喊人交出智慧。人听此言很快镇定下来，说上山砍柴把智慧忘在家里，最好跟他回去取。它们跟人走到村前的独木桥上，人说请客人先过桥，虎狼大摇大摆走到桥中间，砍柴人飞快跑到桥头使劲掀翻独木桥，虎狼瞬间便掉进河里淹死了。

聪明的地达达

东乡族动物故事。采录于甘肃。

有一回，苍鹰叼一块肉飞往森林，山雀地达达看见十分眼馋，便甜言称赞它是林中勇士，邀请它到家中歇脚做客交朋友，并且主动背起肉在前面带路。苍鹰乐不可支，跟着它飞到崖坎下的小山洞，看它背肉进了房门，可门太小苍鹰连头也进不去。这时窝里传来“哼滋滋”吃肉啃骨头的声音，苍鹰才知上了新朋友的当。从此它们结下仇，地达达一见苍鹰拍翅膀就躲进窝里，还一个劲儿嘲笑苍鹰。

兽王和兔子

东乡族动物故事。采录于甘肃。

林中老虎自封兽王，任意欺压小动物。一天兔子跑到井旁，无意看到井水里映出了自己的倒影。它灵机一动跑去对老虎说，水井里有个野兽自称是真正的兽王，谁不服它就把谁抓来吃掉。老虎一听肺都要气炸了，立刻跟到井旁。老虎低头果然看见井里面的大野兽，老虎举爪它举爪，老虎怒吼它也不示弱。老虎心想，看来它一点不怕我，定要先下手捉住它！于是气冲冲扑到井里，一下就被淹死了。

新媳妇驱鬼

东乡族机智故事。采录于甘肃。

格鲁沟的老财东给儿子娶媳妇，他要讲排场又怕花银子，便打起了如意算盘。他从兰州、临夏雇来木匠、泥水匠，零活儿小工摊给庄上的穷人干。新庄园就要完工，他家的饭越做越稀，还把工匠的毛病挑了一大堆。领工钱的时候，老财东说庄园修坏了要拆掉重修，工钱不给，人作抵押，想回家的用钱来赎。穷人家的新媳妇胡菲等了一夜不见丈夫回家，第二天才知干活儿的人全被扣下啦。她无意间听到洗手的汤瓶（铜壶）口在风中嗡嗡作响，于是便有了救丈夫的好主意。晚上，她架梯把汤瓶口朝上埋在财东上房的后墙上，深夜的嗡嗡声使老财东一家惊恐万状，以为妖魔在作怪。老财东四处聘请捉妖能人，胡菲自报她的丈夫能捉妖。她把丈夫领回家说出实情，丈夫装作向妖魔求情，逼着老财东答应所有要求：放出关押的工匠伙计，如数付了他们的工钱。晚上他架梯登上后墙，用湿泥堵住瓶口，果然一夜平安。

麻切巴娶亲

东乡族案狱故事。采录于甘肃。

王员外给独生女儿选婿，临村财主儿子麻切巴一心想娶这个出名的俊姑娘，可他人太丑，怕人家看不上。好朋友愿帮他去说媒，提议带上在他家帮工的表兄弟替他相亲。员外一眼相中彪俊高大的表弟，立即定下娶亲吉日。年后婚期到了，麻切巴又逼表弟代他去迎娶。女家仪式完毕，正要动身时天气突变，迎亲队伍被迫住了三天才放晴。员外决定亲自护送女儿，眼见快到，村口迎接的麻切巴上前一把揪住表弟，拳脚相加骂他当天没把人送回来。员外见爱婿受辱，心里面非常窝火，双方扭成一团告到衙门。公堂上麻切巴要讨回新媳妇，女方全说不认识他，等到传唤媒人才道出真相。他们联手骗人抢婚，受到应有的惩罚，姑娘和受穷的表弟最终结为夫妻。

玉斯哈的故事

东乡族机智人物故事群之一。流传于甘肃东乡族自治县一带。故事主人公玉斯哈，又作依斯哈、尤素哈，系雇工型机智人物，出自艺术虚构。其人机灵诙谐，正直有为，常常与压迫、盘剥穷人的官家、豪绅、奸商作对，表现出独特的智慧和质朴的幽默感，颇受民众喜爱。他的故事多数以反对压迫、剥削为题旨，情节较为曲折，具有较鲜明的民族特色和地方特色。代表性作品如《打“饿虫”》《东家奶奶的怜悯》《玉斯哈进面馆》《打骡子》《撒谎》《揩油的没占到便宜》《愁肠》《三不做》《搭桥》《训驴》。

打“饿虫”

东乡族机智人物故事。

有一次，财主叫玉斯哈去看护庄稼，并吩咐谁敢动一根麦草，抓住就活剥他的皮。玉斯哈到地里见一个赶集卖瓜的脚户睡在树下，一头毛驴已吃掉了一大方麦子。那脚户被叫醒后吓得不知所措，他安慰道：“你留下一只西瓜在地里就走吧。”脚户走了，玉斯哈便去向财主报告，一只大饿虫吃掉了大片麦子。财主令家丁去打饿虫，玉斯哈冲在前面，一榔头砸去，瓜瓤四处飞溅，好似血肉横飞。他顺势将瓜皮踢进土坑，很少见过西瓜的家丁们赶到近前一看，还以为殷红的血渗入土中，便高兴地向财主报捷去了。

东家奶奶的怜悯

东乡族机智人物故事。

帮工小伙计常常生病，东家奶奶满嘴说怜悯的话，却总没有行动。打短工的玉斯哈对她的假慈悲厌烦透了，有天晚上他把一只盛食品的柳条栲栳扣在羊头上，推进东家奶奶房中。羊看不见东西，乱闯乱叫。东家奶奶吓得直哆嗦，以为天仙来勾病人的魂，赶快指着小伙计的屋子说：“我不是病人哪，病人小伙计在那边哩。”这时，玉斯哈进来，扬起鞭子说：“你这个骚羊，倒会装蒜，把东家奶奶怜悯尕伙计的好心肠都给吓跑啦！”

玉斯哈进面馆

东乡族机智人物故事。

临夏城里有家炒面馆，一贯把剩面拿来卖给乡下人，专门坑害穷顾客。玉斯哈摸清底细后就去那里吃面，利用馆子里的一句黑话“前槽里的拉到后槽里，后槽里的拉到前槽里”（意即把隔日的残羹剩面倒在前锅里胡乱凑合着端出去），把掌柜拉去打官司，说这家掌柜偷了他的牲口。掌柜为了说明他没偷人家的牲口，只好交代出他坑乡下人的花招，因而受到罚款。从此这家炒面馆再也听不到“前槽后槽”的吆喝声了。

揩油的没占到便宜

东乡族机智人物故事。

有一个好占小便宜的卖油郎，与玉斯哈搭伴进城卖油，途中到一家小客店歇脚。半夜卖油郎偷偷起来，把玉斯哈的油倒一些在自己的桶里。他躺下觉得刚才倒少了，又起来再倒。玉斯哈突然爬起来，抓住他的油桶使劲朝自己的油桶里倒，那人叫苦不迭。玉斯哈骂道："你偷了我两次，我只灌一次，这么着你还占一次便宜哩！"

愁　肠

东乡族机智人物故事。

有一次，爱唱爱乐的鞋匠问玉斯哈，为什么有钱人脸上总是阴沉沉的？玉斯哈笑道："常言说，钱财是愁肠的根苗。有钱人恨不能让钱财像女人一样生儿育女，越聚越多。他们越盘算脸就拉得越长。"鞋匠不信："我要有钱保准整天哈哈大笑。"几天后，玉斯哈拿张牛皮来请鞋匠做鞋。事后鞋匠发现牛皮中有对金镯子，他平生没见过这么大的金首饰，心里盘算起来：这下可以卖钱下本做买卖，可以娶妻盖房，可以置田放账。他越想越急，生怕玉斯哈来要，又怕被人偷，一会儿藏东，一会儿藏西，弄得吃不下睡不着。第二天，玉斯哈慌慌张张地来问他见到东家奶奶的金镯子没有，穷哥儿们天良要紧。鞋匠红着脸闷憋半天，才从地窖里拿出这对金镯子。玉斯哈说："兄弟，钱财这东西是愁肠的根苗，现在你可以唱心爱的小曲了。"

纳西族故事

骑立称王

纳西族十兄弟型故事。采录于云南。

纳西山村有一对老人没有子女，一年老婆子突然怀孕，万事俱备等到产期身孕却神奇消失。这样一连四年扑空，到第五年老婆子怀孕时，老头子再无心置办月子东西。这天他卖柴回家，看见老婆子躺在血泊里，五个嫩婴儿滚了一地。他正不知所措，一个婴儿说话了，让阿爸把阿妈鼻孔里的三根白毛烤焦，做成面药灌进阿妈嘴里。果真母子全部救活了，十二年后，五个婴儿长成五个健壮的小伙，还各自取了名字。一天，老阿爸带回消息，木天王诏令天下，谁能把倾斜的宫墙扶正，重重有赏。清早老大骑立一阵风奔到城里，挤进人群问木天王，扶正宫墙给什么封赏？天王看是个孩子，恼火说给他王位。骑立飞身上墙左按右扳，让要倒的宫墙直立起来。木天王惊呆了，赶快把他骗进宫五花大绑，说他用妖术图谋王位，第二天问斩。四兄弟安慰父母决心救出大哥，老二“砍不断”去替大哥受刑，刀砍在身上皮肉不伤。木天王改用火刑，老三“烧不毁”去替二哥，扔进烈火后他安稳睡觉，毫发无损。木天王又改用水刑，老四“淹不死”去替三哥，扔进海子里面他张口吸得滴水不剩。木天王气得改用酷刑要五牛分尸，老五“扯不烂”去替四哥，五牛跑出去被老五拖回来，再跑再拖，几次就把五牛累倒在地，口吐白沫。这时五兄弟像五只猛虎一样扑向木天王和兵丁，把他们消灭干净。骑立成了天王，四兄弟封官共同治理天下。

黑狗耕田

纳西族摩梭狗耕田型故事。采录于云南。

两兄弟分家，老大得到好田好屋大黄牛，老二只有一块山坡地和一条小黑狗。老二在坡上盖起茅屋，开春套黑狗耕田，播种施肥样样在行，秋收后小麦青稞满仓。老大去借狗，黑狗不肯拉犁，被老大打死了。老二把黑狗埋在屋前，随后长出一棵绿竹，一摇便掉下许多钱来。老大去摇绿竹，却摇下狗屎落头上，气得把绿竹砍倒了。老二将竹枝埋到土里，不久长出许多大冬瓜。猴子来糟蹋冬瓜，老二便掏空最大的冬瓜躲在里面看守，恰好被群猴摘下抬到山洞里。群猴在瓜前摆宴，老二突然跳出惊散猴群，捡起金碗玉碟回到家里。老大也学老二躲在冬瓜里面，群猴把大冬瓜抬上山后，就把大冬瓜和老大一起推下了悬崖。

青蛙小伙子

纳西族蛙郎娶亲型故事。采录于云南。

有个孤独的老妈妈上山砍柴，一只青蛙挡住去路，一直追到家里。老妈妈把它抓起扔出屋，又去庙里求神除晦气，可回来时青蛙又蹲在她屋里。这天老妈妈挖野菜回家，簸箕下盖着冒热气的饭菜，从此劳动回来总有喷香的饭菜等她。随后，老妈妈躲柴堆旁从木棱缝往里看，发现那一只青蛙抖掉皮变成壮实小伙在做饭。老妈妈进屋后小伙喊“阿妈”，从此母子愉快地生活在一起。穷阿妈带黑壮小伙到富人家里提亲，富人怒不可遏。青蛙小伙子说不同意他就要哭，瞬间哭得天昏地暗，大雨倾盆，富人家被洪水包围只好答应嫁女儿。第二天，青蛙小伙子如约前来，富人却反悔了。青蛙小伙子立刻放声大笑，眨眼间天空火辣，草木干枯，富人被烤得有气无力，只好答应嫁女儿。第三天，他骑马来接姑娘，富人料他伎俩用完又翻脸。他跺脚大跳，顿时天塌地陷，粮仓炸裂，富人无奈，只好让青蛙小伙子带走姑娘，暗中装一袋石头，让姑娘打死青蛙小伙子跑回来。在路上姑娘取石头砸青蛙小伙子，石头掉地上变坨金子，青蛙小伙子便捡起来送还她。姑娘几次接过青蛙小伙子捡回的金子，产生了好感，他们便一起回家结为夫妻。一日姑娘跟阿妈去看赛马，一位骑手英俊出众，赛完她把金圈子送给他。第二天看射箭，她又把耳上的玉片送给百发百中的好射手。晚上丈夫洗脸时，姑娘发现了掉在脸盆里的金圈子和玉片，这时候才明白真相。从此夫妻恩爱，孝敬老人，日子过得幸福美满。

龙女和樵哥

纳西族龙女型故事。采录于云南。

樵哥卖柴度日，一日他看到黄白两股水流撞击，一箭射向白水，淌出一滴血立即干枯。一位姑娘前来请他做客，说他帮父亲黄龙王战胜了白龙。到了龙宫，他按龙女所说不要金银珠宝，只要了白母鸡和抵柴棍回家。从此他每天砍柴回家，家中已摆满饭菜，并有人侍奉好瞎眼妈妈。这天他半路回来爬上屋顶，看见白母鸡变成龙女，从抵柴棍里倒出山珍海味。樵哥和龙女结为夫妻后，领主便派人来抢龙女。龙女告诉樵哥救她的办法后，来到领主府，终日紧锁眉头一声不吭。一日奴仆领进一个身穿花羽衣的人，龙女看到后突然露出笑容。领主立刻换上羽衣扭来扭去逗她欢心，惹得龙女大笑。樵哥迅速穿上领主缎袍，喝令将穿羽衣的疯子斩首。随后龙女和樵哥骑上高头大马远走高飞，带着妈妈一起过上舒心的日子。

酒　　丹

纳西族井水变酒型故事。采录于云南。

从前，有一对老夫妇，儿子、媳妇不幸去世，留下四个儿女，靠老夫妇酿酒艰难度日。有一天，玉龙仙人化作驼背老人来酒店喝酒，听老妇诉说的遭遇，十分同情，临走时把一粒仙丹丢进门前水池。第二天老妇去挑水，池水变成浓香的美酒，从此生意兴隆，家里便富裕起来。三年后，驼背老人再来喝酒，问酒好不好卖？老妇爱理不理，还发牢骚说："酒倒是好卖，就是没有喂猪的糟。"老人笑道："清水变酒卖，还嫌酒无糟！世人一变富，贪心何时足？"付了酒钱，老人就飘然而去。次日，老妇去挑酒，池水又成了清水，遭到客人责骂。从此酒客不再上门，他们不得不关闭店门。

一头宝猪

纳西族宝物故事。采录于云南。

从前，在海子边有母子俩喂一头小猪，三年也不长大。外地来了三个商人说它是宝猪，要出高价买下。他们的议论被砍柴回来的儿子听到了，就坚决不卖。商人走后，母子俩到海子边把小猪扔到海里，顿时白浪翻滚，老龙王上岸求饶，愿重金酬谢。小伙子抱起小猪回家，果然把茅草棚换成了新木房。过几天他们又将猪丢海里，要来许多钱，买了耕牛农具，过上好日子。小伙子到娶媳妇的年纪了，又把猪丢进海子，老龙王只得把女儿给他做媳妇。一天土司带家丁路过，看到高大的木屋，看见了美貌的龙女，便找借口说帽子放在三个月路程远的地方，限小伙子三天取回，否则将媳妇带走。小伙子按龙女所说把宝猪丢海子里，向龙王借来千里马当天就取回帽子。小伙子乐得“哦呵呵”笑，土司便要他把“哦呵呵”取来。小伙子把宝猪丢海子里，龙王就给他一根旱烟嘴和一坨泥巴。土司拿到旱烟嘴说他哄人，要抢媳妇治他罪。小伙子立刻递上那一坨泥巴，一声轰响便把土司炸死。

宝妹和她的女儿

纳西族报应故事。采录于云南。

仄那山下的阿崩和妻子宝妹有一个女儿叫吉命。阿崩为了要个男孩儿，又讨一个老婆叫隆吐，同样生了一个女儿，取名叫鲁命。隆吐乖巧心狠，宝妹母女常受欺凌。一天母女俩上山砍柴，宝妹饿极了，就拔一把嫩草吃下，竟变成一头水牛。吉命牵回家，被阿崩关进牛圈。吉命去放牛，隆吐给她灶灰做的饭团，还拿十绺麻皮让她搓麻线。到山上吉命按黄鸟唱的，把饭袋挂树上，麻绺夹牛角间，醒来后灶灰饭团变成馍馍，麻线已搓好。隆吐发现后感到奇怪，便改让自己的女儿鲁命去放牛。鲁命也按黄鸟唱的做，醒来麦面粑粑变成灶灰团，麻线被牛吃光了。阿崩认定是宝妹作怪，立刻杀掉水牛劈为四块。吉命扑倒痛哭，她按黄鸟指点把牛肉分别挂在门背后、圈里、堂屋和放在箱子里。第二天隆吐开门，有一缺唇人来做仆人，圈里有多匹玉顶骏马，箱里有个小男孩儿。缺唇人去挖地，带回一只会唱歌的黄鸟，隆吐嫌烦把它塞进灶窝里。邻居奶奶来借火种，黄鸟烧成的火炭火星四溅，扔进猪槽变成银闪闪的剪刀，奶奶便藏进箱子里。过中元节时，阿崩骑玉顶骏去赛马，中途被摔死。过年时，鲁命穿新衣打秋千，失手摔死了。隆吐更加虐待吉命，吉命抱着男孩儿去老奶奶家，男孩儿对着箱子哭喊，宝妹从箱里跳出来痛述了自己的遭遇。乡邻告到官府，隆吐终于受到应有的惩罚。

魔 穴 救 姑

纳西族除妖故事。采录于云南。

小伙子久补克西的姑姑善良美丽，被妖魔独阿八抢去了。他按仙人指点，天天用七斤重的铁镞箭练功，直练到把箭射到云里，隔天才落回地上。有了这个本领后，他就去救姑姑。久补克西找到魔穴，姑侄商量好对策，然后把他藏进内室。妖魔独阿八回来后，让姑姑去看它带回的小柴、小菜，原来是四五人合抱的大杉树和牛一样大的马鹿。妖魔独阿八又让姑姑给它剔牙，剔出的竟是三具人尸。突然，独阿八嗅到人味，抱出《东巴经》卜算，因为久补克西坐在木桶里，头顶土饼和一碗水，所以妖魔独阿八卜算不出他藏哪里。久补克西拉弓一箭射穿妖魔左膀，两个扭打到院中，不分胜负。姑姑忙撮一碗豆撒到妖魔脚底，使其连连滑倒。久补克西趁势抡起铁拳将独阿八打死，救出姑姑一同回家去了。

孜普孜德若和安中拉来命

纳西族奇事故事。采录于云南。

小伙子孜普孜德若和姑娘安中拉来命从小一起放猪，共同种下一粒桃核。桃树发芽抽条，他们相爱了。二人约定，桃树长大后一同来到树下吹树叶，同来采桃花，同来吃桃子。但姑娘等了一年又一年，孜普孜德若没有来，因为后母阻止他前去。姑娘咬破手指写血书请老鹰捎信，小伙子不顾后母阻挠去桃树下相会，并把姑娘娶回家。不久，小伙子被抓去当兵，安中拉来命不堪后母折磨跳海自尽了。孜普孜德若回来后得知这个消息，立刻跑到海边呼唤妻子。安中拉来命的身体慢慢浮出水面。他烧起一堆熊熊大火，和妻子一起投进火中。狠心的后母用筛子把他们的骨灰分开，埋在大河两岸。不久，他们的坟上各长出一棵大树，树枝伸向河中交缠在一起。后母拿斧子砍大树，木片落到河里变成一对鸳鸯，欢快地飞向远方。

拉柯和莲命

纳西族奇事故事。采录于云南。

江边树里的牧羊人拉柯和穷家姑娘莲命相爱。土司够卡向莲命妈求亲，被拒绝了。土司要抢亲，在白胡子老人指点下，莲命得到一把宝扇，便和拉柯一起逃跑。他们跑到一片刺丛，听到后面土司兵追来，莲命急忙摇动宝扇，天空立刻降下无数锦缎把刺丛盖住。他俩刚走过去，锦缎变成白雾，让土司的追兵跌进刺丛，只有身穿铁甲的土司够卡独自骑马追过来。前面又出现黑江，莲命摇扇，空中顿时飘下丝带搭起长桥，拉柯在桥上斩杀恶龙，刺死土司够卡。他们继续往前，用宝扇劈开悬崖，来到米丽达吉海边。他们在海心小岛上推开黑石门，出现一片美好家园。于是，他们就在那里安家，过上甜蜜的生活。

石　蛙

纳西族奇事故事。采录于云南。

早年间石蛙村有两兄弟，老大阿贵，老二阿祥。阿贵娶媳妇后好吃懒做，虐待阿祥。一天，阿祥挑粪路过黄桷树下，不慎把粪水溅到石蛙身上，他按要求用水把石蛙冲洗干净。石蛙张嘴让他伸手去掏礼物，他摸着许多金子，但只取了蚕豆大一块。这时有媒人来提亲，哥嫂就逼他分家，只把破屋和瘦地分给他。阿祥用金子买回水牛和家当，并娶了媳妇。阿贵得知阿祥掏金子的事，也学着挑粪下田，故意泼石蛙一身，又用清水冲洗干净。阿贵把口袋接在石蛙嘴上，装满金子还嫌不够，又挽袖伸进石蛙嘴里掏金子，石蛙闭嘴夹住他的手。阿贵的妻子拿斧子来砸石蛙，越砸手越疼；借錾子来錾，錾一下连心痛，被围观的乡邻不停地耻笑。

小 木 盒

纳西族宝物故事。采录于云南。

有两兄弟父母早逝。哥嫂对弟弟苛刻，不当人待，整天累死累活还不让他吃饱。一天，有个白胡子老人给弟弟一个小木盒，要什么就会出来什么。弟弟天天干完活，就要两个馒头，从此不再饿肚子。兄嫂奇怪，逼弟弟说出缘故。哥嫂以刀相逼，抢过小木盒，并且把弟弟推出门外。他们粗声大气地要这要那，美味菜肴摆满桌子。嫂嫂爱喝鸡汤，就不住地喊“鸡肉汤，鸡肉汤”，滚烫的鸡肉汤像河水一样从木盒里涌出，把贪心的哥嫂淹死在鸡汤里。

两姐妹与蛇

纳西族报应故事。采录于云南。

从前，有两姐妹父母早亡，姐姐嫁到富人家，妹妹招婿在家。妹妹刚生小孩，丈夫便亡故了，日子实在过不下去，就到姐姐家要点吃食。姐姐故意刁难，要她为自己在头上找虱子，从早找到晚，只给了一升苞谷。妹妹刚出门，姐姐借口梳子上又掉下一只虱子，怪她不尽心，立刻把一升苞谷抢回去。妹妹跑到父母坟上哭，从坟里爬出一条蛇。她把蛇打死提回家，收拾干净煮给孩子吃，不料揭开锅盖一看，满锅是黄灿灿的金子。消息传到姐姐那里，她也学妹妹到坟上哭，果然也爬出一条蛇。姐姐高兴地扑上去，却被蛇咬瞎了双眼。

一颗宝珠

纳西族宝物故事。采录于云南。

早年间，有两母子揭不开锅，小伙子便去帮人家放牛。一天，小伙子从牛蹄下救出一只青蛙，青蛙让他割去它头上的宝珠，这宝珠可以把死者救活。小伙子路过海子边，救活了死蛇、死蜂、死鼠和一个人。不料那人竟抢走了宝珠，还把他推进海里，幸好青蛙赶来托住。这时海边上有一个富家姑娘被蛇咬伤，仆人正四处去找医生。青蛙说它背上的人就是良医。仆人把小伙子请到富人家，他一眼认出坐在火塘边的正是抢宝珠的贼，就叫道："我来救小姐，快把这个谋财害命的贼丢进海里去！"仆人一拥而上，把抢宝珠的绑走，他夺回宝珠救活了小姐。富人感激万分，便招小伙子做了女婿，并且把他的妈妈接来一起生活。

宝手与金钟

纳西族宝物故事。采录于云南。

阿六妻子怀孕生下一只手。过路客人说是只宝手，用它能抓到江里的宝钟，要他们好生抚养等他回来。这只手一天天长大，有碗口粗了还不见客人转来。阿六的表哥想独吞金钟，便怂恿他拧根粗绳，一头拴住宝手放进江里。宝手坠入江底后江水翻滚，他们使劲往上拉绳，果见宝手抓着金钟，岂料绳索突然绷断，宝手和金钟一起沉入水里。这时客人赶来，埋怨他们心急发财。他从袋里掏出细绳投入江中搅动，立刻变成一根细长的金链，他把金链抛入江中随即离开了。

瘿袋姐妹

纳西族报应故事。采录于云南。

早年间，有一家母女三人，勤劳种地吃穿不愁，只是姐妹俩脖子上都长了个瘿袋（大肉瘤），一直无人求婚。姐姐怪妈妈，天天拿妈妈出气，妹妹服侍妈妈十分孝顺。后来妈妈被气瞎了双眼，妹妹下地后，她在家连饭也不给妈妈吃。不久妈妈去世，姐姐又来欺负妹妹，一日三餐要妹妹伺候。一天妹妹非常伤心，便到妈妈的坟上去哭。她哭累睡着了，梦见一位大妈来借小桶，醒来脖子上瘿袋没有了。姐姐听说也到坟上哭，睡着梦见大妈来还小桶，醒来一摸脖子上吊了两个大瘿袋。

八哥的故事

纳西族奇事故事。采录于云南。

老两口没有儿女，买了一只八哥会说话，老两口很快乐。一天八哥见路上丢着一只金耳环，叼回来给了老阿妈。财主的小姐看到漂亮耳环，很想弄到手，于是就给县官送礼，请县官想办法。县官审问老阿妈，老阿妈说是八哥叼来的。县官又审八哥，不由分说，硬说是偷小姐的耳环，把八哥的羽毛全拔光了。八哥落在城隍庙里，靠供品充饥，慢慢长出了羽毛。这天县官来庙里进香，八哥在神像后面以神仙口吻审问县官，迫使他招供贪赃枉法的事实，并令随从用香灰抹在县官下巴上，把胡子给他拔个精光。这时八哥从神像后飞出，大声说："一百天前你拔光了我的毛，今天我叫你拔光胡子！"县官一听，气昏在庙里。

阿　喂　鸟

纳西族奇事故事。采录于云南。

从前有个巧媳妇，十里八寨都出名，却碰着个出名的恶婆婆。巧媳妇一举一动都不中婆婆的意，处处挑剔她，弄得她整天以泪洗面。撒大麻时节，婆婆将麻籽炒熟叫她去播撒。地里不出苗，恶婆婆去捡回一撮麻籽，反诬媳妇炒熟麻籽成心要饿死她，不由分说拿菜刀剁掉了媳妇的手指头。巧媳妇痛呼一声"阿——喂"，口吐鲜血昏死过去。忽然"噗啦"一声，媳妇变成一只鸟，不停地叫着"阿喂，阿喂！"向林中飞去。

狐狸和公鸡交朋友

纳西族动物故事。采录于云南。

狐狸一直很怕公鸡，因为它的头上有一团又红又大的火。一日，狐狸溜进村找食，迎面过来一只雪白的大公鸡，吓得它拔腿就要逃。公鸡叫住它问为何要躲逃？它说明原因，公鸡告诉它，这叫冠子不是火，并友好地拉它摸自己的冠子。狐狸怯生生地上前，摸到的是块又软又嫩的肉，口水便不住地往下淌。当公鸡要去和狐狸交朋友时，狐狸乘势抓过来几下便吃个精光，嘴一抹便回山里去了。

布谷鸟和雉鸡

纳西族动物故事。采录于云南。

喜鹊亲手建成一座美丽的宫殿，邀请雉鸡去做客。看着自己又脏又丑的衣服，雉鸡发了愁，它到布谷鸟家借羽衣，布谷鸟说："一家有事大家帮，我的衣裳刚洗净，就借给你去做客吧。"雉鸡穿上漂亮衣裳去做客，听到大家的赞扬，心想只有我配穿这身漂亮衣，它连声叫"开凯"（交换）飞进林中。几天过去，布谷鸟帮雉鸡把脏衣裳洗干净，还是不见来还衣裳，就去找到雉鸡。雉鸡却说你穿着我的衣裳就是已交换，从此躲躲藏藏不理它。布谷鸟从春叫到夏，一直在寻找雉鸡还衣裳。

咣咣鸟、斑鸠借粮

纳西族动物故事。采录于云南。

百鸟闹饥荒，鸟王听说青蛙家有粮，便派咣咣鸟去借粮。到了青蛙家，咣咣鸟大声喊："你这不捶就扁了头，不打就暴了眼的家伙，大王叫我来借粮！"青蛙责问它哪学来的规矩，揪住它的羽毛让它快滚。咣咣鸟回去后，鸟王把它痛骂一顿，又派斑鸠去借粮。斑鸠细语请求道："掌管着千百石粮食的主哇，鸟儿遭了灾，请借些粮食救救我们吧。"青蛙盛情款待了这位和气的客人，还借给它四石五斗粮食，百鸟终于得救了。

抠虎眼吃的兔子

纳西族动物故事。采录于云南。

有一次，老虎要吃兔子，兔子故意说老虎不够威风，有办法使它更漂亮。老虎觉得很好，于是让兔子帮忙。兔子便用九根绳子把九背松毛拴在虎背上，把七筐松明绑在虎尾上，点上了火。老虎一跑风声呼呼，大火把老虎烧得乱吼乱叫。

火熄后，拴绳子的地方留下了一道道花纹，老虎瞧自己漂亮多了，可是差点被大火烧死，天天找兔子报仇。兔子再见到老虎时，不断夸赞它漂亮，并说为它找来了最好吃的东西。老虎忙张开嘴巴，兔子丢进一块糖，老虎吃得津津有味，还要吃。兔子说虎眼最好吃，帮它抠下右眼，同时把一块糖丢进虎口。老虎还想吃，叫兔子再抠下左眼。老虎看不见路，兔子引它走到悬崖上，让它放心奔跑，老虎立刻滚下悬崖摔死了。

乌鸦和青蛙

纳西族动物故事。采录于云南。

青蛙跳上江岸游逛，突然乌鸦扑下来把它叼走了。青蛙感到大祸临头，急中生智说自己的肉是咸的，乌鸦最好到江边一边吃一边喝水才有滋味。乌鸦把青蛙叼到江边，刚张嘴青蛙就跳入水中。乌鸦伸长脖子向水里张望，青蛙猛跳上来在它脖子上狠咬一口。乌鸦连忙飞上松树，把咬出的血揩在树干上，痛得“咝咝”吸气。至今人们烧松明子时还能听到乌鸦吸气的咝咝声。

有名无实的猎手

纳西族讽刺故事。采录于云南。

有个人不会射箭，却装模作样混在猎人中。一天，他上山碰见虎豹厮斗，吓得躲入岩缝。忽然虎和豹的屁股一齐对着他，他连忙抽两支毒箭戳进它们的肛门里，很快药性发作，虎豹都死了。因此，他得到“百发百中，箭箭不离肛门”的好名声。木天王叫他去后院射熊，他躲在树上，熊来抓他吓出一泡尿，凑巧撒进熊眼里。熊又螫又痛转身往下爬，他抽毒箭用力戳进熊肛门，熊很快死去。他得到许多奖赏，两个小偷来偷银子，把他叫老婆拿“草荐”听成拿箭来，以为被发现，拾块瓦片捂住屁股就逃跑。小偷裤带上的钥匙刚好垂在瓦片上，敲得当当响。小偷大惊：“好险哪，真是箭箭不离肛门！”于是，神箭手的名声更大了。

巫 师 吃 鬼

纳西族讽刺故事。采录于云南。

有一年大旱，庄稼枯死，农民去向东巴巫师问原因。东巴说是鬼作祟，要大家请他念经捉鬼。东巴巫师事先做了个面人放在草丛里，打算当众捉“鬼”来吃。他的秘密被放羊人发现了，一下看穿他骗钱的鬼把戏，便悄悄弄来些脏东西塞进面鬼的肚子里。第二天，东巴巫师装模作样把“鬼”捉来，一面念经一面当众大嚼。他突然恶臭攻心，又呕又吐，在众人面前出尽洋相。

錾金窝

纳西族讽刺故事。采录于云南。

阿才家祖上原本很穷，一年，老祖在门前的金沙江边发现碗大一个金窝。到了枯水季节，露出水面的金窝里便能掏出沙金，他家几代人靠金窝的财富传下一份祖业。到他的父亲临终时，也把这个秘密告诉了阿才。不几年，阿才的心越掏越大，盘算把金窝錾大，积的沙金就会更多。于是他学成石匠，把金窝錾得有帽子大小。这年江水涨得很猛，满以为金子定会更多，阿才便游手好闲起来。好容易盼到金窝露出水面，他满怀希望去掏金子，可惜金窝被江水冲得干干净净，一无所获。

挖金子

纳西族懒汉故事。采录于云南。

有一青年母亲早逝，父亲一手把他养大，惯得又懒又馋。父亲临终告诉他地里埋了两罐金子，他把父亲埋葬后就去挖地。翻遍也没找到金子，已到播种时节，他无心再挖就随便撒了麦种。过了半年，他想金子也许埋得很深，再去挖时麦子已长得金黄熟透，便先收麦打场。过后又去挖地，可挖了很深还是不见金子，只得种上苞谷。秋天苞谷一片金黄，他终于明白父亲说的金子是什么了。从此，他更加勤快，用劳动换来了好日子。

聪明的木匠

纳西族天官请柬型故事。采录于云南。

领主手下有个得宠的画师，他妒忌木匠会盖漂亮的房子，便暗中设计进行陷害。一天，画师对领主说：“我梦见你父亲，想在天上盖宫殿，要你派个木匠坐在火堆上乘着火烟上天。”领主答应了。木匠和妻子商量，夜里挖了条地道通到柴堆下面，过两天柴堆一点火，木匠便从地道回家了。过了许久，木匠来见领主，说：“天上的房子盖好了，你父亲叫画师去画画，像我那样乘着火烟上天。”领主高兴地答应了，画师最后竟被烈火烧死了。

阿一旦的故事

纳西族机智人物故事群之一。流传于云南丽江一带。故事主人公阿一旦系劳动者型机智人物。其原型出生在清代咸丰、同治年间云南丽江县黄山村的一个穷苦人家，其家系木土司的佃户。他念过三年私塾，后因抵押地租到木土司家中为奴。他常常跟木土司作对，为了避免遭受迫害而出逃至大理一带，流浪二十余年才返回故里。其中故事由一系列描写故事主人公抨击、嘲讽、捉弄木土司的笑话、趣事组成，达数十篇之多。代表性作品如《木家败》《公喜？母喜？》《木老爷爬粮架》《阿一旦吟诗》《打猎与上供》《高贵吉利的礼物》《鸡脚与熊掌》《羊子升仙》《治腰疼》《麻袋和裤子》。

公喜？母喜？

纳西族机智人物故事。

有一年冬天，木土司的太太生了一个男孩儿。第二天清晨，阿一旦头一个去木土司家叫门，做了“头客”，便遵照当地的习俗喝了一大铜瓢凉水。但是木家见长工当了头客很不高兴，就免去了应送给头客吃的白酒、鸡蛋和甜汤圆。阿一旦受此侮辱极为气愤，决心进行报复。年关逼近，木土司见阿一旦好多天不来干活，很是着急，就亲自上门去叫。阿一旦把门打开，便说木老爷当了头客，给他喝了一大瓢凉水。木老爷忙问：“公喜？母喜？”阿一旦说他家母狗下了一窝崽，公的母的都有，气得木土司干瞪眼。

阿一旦吟诗

纳西族机智人物故事。

有一年十月，丽江城内财主家的花园里开了一朵牡丹，人们争相前去赏花。木老爷听说此事，也认为是好兆头，便坐轿带阿一旦去赏花。这时木老爷已年迈，家势衰退。官员们作诗为他助兴，有的把他比作牡丹，赛过寒冬的梅花；有的说此花为木氏而开，木家将再度兴盛起来。木老爷正捋须得意，阿一旦忽然出来说：“我也题一首。”于是写了一首十七字诗，他朗声念道：“十月牡丹，何必赛梅花，明年春三月，完了！”气得木老爷倒在椅子上，官员们哑口无言，不欢而散。

打猎与上供

纳西族机智人物故事。

青黄不接时穷人家都断了粮，一日两个佃户捉来一只长尾巴雉鸡和一只灰兔，想去木老爷家换点苞谷。阿一旦怕他们吃亏，主动前来帮忙。阿一旦抱着羽毛斑斓的雉鸡来到木老爷面前，木老爷眉开眼笑地说：“把雉鸡换给我。你要钱给你五文，要米给你两碗。”阿一旦说：“这只雉鸡已换给别人了。老爷只要诚心去敬山神，也能捉到。”木老爷赶快照他说的，拿出五升米、一吊钱一起上山供神、下网。次日清早，只见网中一只灰兔，阿一旦安慰道：“老爷下一次加倍上供，一定能网到雉鸡。”第二次木老爷加倍上供，便得到了一只漂亮的雉鸡。阿一旦巧施计策，两天工夫便替那两个佃户弄到了一斗五升米和三吊钱。

高贵吉利的礼物

纳西族机智人物故事。

木老爷要佃户们每家给他送一份高贵吉利的寿礼，穷佃户们没有办法，纷纷来找阿一旦帮忙。庆寿那天，木家宾客盈门，阿一旦和佃户们抬着红纸包的礼物，排成长长一队进来了。木老爷十分得意，问送的什么？阿一旦说：“我们这礼物呀，吃也吃不掉，穿也穿不掉，用也用不掉，花也花不掉，大风刮不起，大雨冲不走，大火烧不烂，雷劈劈不开，比青松翠柏命还长。您说高贵不高贵？吉利不吉利？”木老爷一听大喜道：“高贵吉利，高贵吉利！”佃户们放下礼包，掀开红纸就走了，顿时木家客厅里堆满了大大小小又黑又硬的石头。

鸡脚与熊掌

纳西族机智人物故事。

每年七月十五，木土司都要叫阿一旦宰几只大公鸡，让他拿来祭祖，可是从来没给阿一旦吃过一口鸡肉。这年祭祖时，阿一旦悄悄把鸡肉送给穷朋友享用，光拿鸡爪来供祖先。木老爷追问，他说："我只吃过鸡爪，以为鸡腿、鸡身不能吃，全丢啦！"木老爷大骂道："蠢猪，脚爪有啥吃头嘛！"过几天有人给木土司送两只熊腿来，阿一旦便把熊掌剁下给了穷朋友。吃饭时木土司找不见熊掌，十分气恼。阿一旦说："老爷讲脚爪没有吃头，我就把它扔下河啦！"

学 官 话

纳西族嘲讽笑话。采录于云南。

山寨里有个富家儿，带着银两进城去学官话。半路碰着个骗子，他拿全部银两学会了"是我""昨晚上""何消说""当然喽"四句。回到村里，碰上有人被杀。第二天县官前来审案，把山民叫来喝问："是哪个杀了人？"纳西人不懂汉语，富家儿也听不懂却想逞能，用刚学来的话大声说："是我。"县官骂："大胆！什么时候杀的？"他答："昨晚上。"县官说："杀人要偿命！"他答："何消说。"县官说："那就别怨我！"他神气活现说："当然喽。"差役一拥而上，把他绑走了。

以 少 换 多

纳西族劝诫笑话。采录于云南。

有个人赶着五匹马去做生意，看见牧羊人赶了六只羊，心想六比五多，就用五匹马换了六只羊。走一阵，看见一家门前有十只鸡，又用六只羊换了十只鸡。到江边，看见渔夫打上来十五条鱼，又用十只鸡换了十五条鱼。到街上，又用十五条鱼换了三十个鸡蛋。他越换越多，以为发了大财，高高兴兴回到家，不料在门槛上绊了一跤，三十个鸡蛋全打烂了。

藏 牛 头

纳西族劝诫笑话。采录于云南。

有个汉子偷了一头牛，杀了大吃三天。牛头还没收拾，失主就找上门了。他急将牛头塞进床下，叮咛家里人千万别声张，还格外瞪着小儿子，让他不许乱讲。孩子吓得叫起来："阿爸，你的眼睛像床底下那对牛眼睛，我怎敢乱讲出来呀！”

送 重 礼

纳西族诙趣笑话。采录于云南。

憨子的岳父做生日，媳妇先回娘家帮忙，临走嘱咐丈夫穿得光滑些，带一份厚重的礼来。第二天岳父家好热闹，客人都到齐了，女婿还没来。媳妇正着急，忽听院子里哄堂大笑，出去一看，丈夫披着一床旧芦席，背着一盘石磨，吭哧吭哧地来向岳父祝寿。媳妇丢了脸面，大骂他一顿。他委屈地说：“我摸了所有衣裳，都没有这床旧芦席光滑；掂了所有东西，都没有这盘石磨重啊！”

公 钱 母 钱

纳西族嘲讽笑话。采录于云南。

小财主攒了许多钱舍不得花，天天数钱，听到钱声就把什么都忘了。一天家里的母猪下了小猪，他很奇怪，邻居告诉他，母猪和公猪相配就会生小猪。他背小猪去卖，把买主给的钱看了又看，说：“这钱我不要，跟我家的钱一模一样，都是公的不会下崽。给我找些母钱，回去和公钱相配，好下几窝小钱儿。”

骄傲的马缨花

纳西族植物寓言。采录于云南。

有一次，玉龙山神新开辟了一个花园，要挑选花木。各种花木纷纷前去，马缨花自以为有着红艳艳的花朵，便傲慢地说：“我是玉龙雪山上最漂亮的花，我不去，玉龙山神也会乖乖地来请我。”选花开始后，当一百多种花木正式被选进新园时，马缨花才慢慢走来，但是已经停选了。马缨花悔之晚矣，它越来越感到孤单、空虚。天长日久，它的树心变空了，刚开花，花蕊便腐朽了，连蜜蜂也不靠近它。

景颇族故事

美丽的姑娘木屯

景颇族灰姑娘型故事。采录于云南。

美丽的姑娘木屯，在父母去世以后到了叔叔家。婶婶待她和姐妹们不一样，每天让她光着脚丫放牛，还要挨打受气。一天，木屯姑娘看见小牛依偎着母牛撒欢，不禁伤心落泪。这时一条小白牛走来，问她为啥啼哭？白牛让她回去向叔叔要筒裙。叔叔骂她是野孩子，不配穿筒裙。山寨里举行“目脑纵歌”，叔叔家的姐妹穿上节日盛装去跳舞。木屯姑娘却赶着牛群上山坡，白牛拿来新鞋、新筒裙让她也去跳舞。在目脑会上，木屯姑娘一到，小伙子们纷纷送上“烟包”，表达爱慕。突然她被叔叔家小妹发现了，转身跑回家时丢掉一只漂亮的鞋子。一个勤劳的小伙捡到这只鞋，四处寻找鞋主人。叔叔家的姐妹都说鞋子是自己的，却没有一个能够穿得上，木屯穿上不大不小正合适。叔叔逼问鞋的来历，她受到了毒打，不得不说出白牛。叔叔让自己的女儿们也向白牛讨要，要不到就宰了它。白牛让木屯和小伙远走，去寻求幸福生活。不久，叔叔打听到他们的下落，大姐邀她去摘核桃，把她从树上摔下掉到江里。大姐穿上木屯的衣服到家里冒充木屯，很快被丈夫识破，将她赶出家门。木屯姑娘变成小鸟飞进村边寡妇家的篾箩里。一连数天寡妇种地回家，发现饭菜已做好。这一天她提前回到家，发现了木屯，听她诉说了不幸遭遇。在寡妇的帮助下，木屯终于和丈夫团圆，夫妻二人更加恩爱，日子越过越好。

石 头 姑 娘

景颇族田螺女型故事。采录于云南。

孤儿勒干靠打鱼过活，一次，他网到一块鸡蛋大的石头，回家放进罐子里面。从此他每天回家来，火塘边都摆着喷香的饭菜。有一天，勒干终于发现了石头姑娘，二人便结为夫妻，相亲相爱。勒干非常喜欢石头姑娘，再不愿离开一步，天天在家里守着漂亮的妻子。妻子劝他下地去劳动，就把自己的模样画在笋叶上，让他挂在地边。有一天，一阵大风把笋叶画像刮到皇宫里，国王见了连忙派人四处去寻找画中美女，无论如何要把她带进皇宫。石头姑娘被抓进皇宫后，坚贞不从。在国王举行的盛大舞会上，她终于和勒干见面，随后同众人一起惩治了残暴的国王。他们一起回到自己的家园，过上幸福美满的生活。

穷孩子和国王

景颇族找幸福型故事。采录于云南。

从前，有一家孩子三岁时，寨子里来了三个通鬼神的人，说孩子十六岁会当国王，还要娶一位漂亮的公主。老国王听说后很担忧，便化装来到孩子家里，逼迫孩子的父母把这个孩子卖给他。随后，国王把这个孩子拉到江边，装入木桶扔进江中。木桶顺流而下被渔夫捞起，渔夫看见木桶里的漂亮孩子，就带回家去养育。许多年后国王偶到江边，听渔夫讲述十六岁儿子的来历，国王不动声色，让孩子帮忙给王后送信。途中天黑，孩子到一个寡妇家借宿。半夜强盗进屋发现了国王要害死孩子的信，便把信件更换了。王后见信后，立即遵旨为英俊小伙和公主举行了隆重的婚礼。国王回到王宫，无可奈何，他又让小伙到吃人的供番鬼那里去取鬼头上的三根金发，不然便赶出王宫。小伙来到一个寨子，这里原本泉水甘甜，现在滴水全无，人们奄奄一息。他又到一个寨子，这里年年丰收，今年却是遍地秕谷。他走到河边，摆渡老人想换个活儿干，却没人接替，小伙都答应帮忙询问供番鬼。

小伙终于来到供番鬼住的地方，一位老奶奶听说他不为金发是为众人求生而来，便答应帮助他。供番鬼正在睡觉，老奶奶三次拔它头上的金发，使供番鬼在睡梦中回答了三个问题。老奶奶将答案和三根金发交给小伙，小伙就高高兴兴离开了。他返回河边，让摆渡老人把竹竿交给看到的人；他让长秕谷的寨子烧死树下大老鼠后，谷子就饱满了；他让缺水寨子掀开井下石板，就可以冒水了。贪心的国王拿到金发后，听说河边到处都是金发，立刻决定亲自去捡。老人知道接替他的人来了，把竹竿交给国王。于是，国王便在那里没完没了来回摆渡。小伙为乡亲们办了许多好事，大家一致拥护他当了国王。

两个大脖子商人

景颇族奇遇故事。采录于云南。

有一次，两个长着大脖子的商人一块出门做生意，走到天黑，一个想在路旁坟地过夜，一个要去附近寨里过夜。睡坟地的商人向四方拜过天鬼、地鬼、头人、百姓后，倒头便睡着了。半夜他梦见有人向他借走身旁的土锅，清早意外发现大脖子不见了。借住在寨子的商人看到同伴很羡慕，决定也留下在坟地住一夜。晚上他照样拜过四方躺下。半夜梦见一人走来，说昨晚借的土锅用完了还给你。早晨起来一摸，原来一个大脖子竟变成两个啦，说不出的懊悔。

隐　身　鸟

景颇族奇遇故事。采录于云南。

金竹寨有个穷人，为人厚道，乐于助人，乡邻都很喜欢他。一天他上山打柴，看到一只珍贵的金翠鸟在枝头叽啁，急忙上树捕捉。但他爬上树金翠鸟就看不见了，下来一看金翠鸟仍然在原处。后来他记牢金翠鸟的位置，上树一把抓住它，带回家中发现是一只隐身鸟。山官听说请来魔头杀鸡打卦，说金翠鸟是鬼变的，将要给寨子带来祸殃，便派人烧掉穷小伙家的竹楼，把母子赶出寨子。穷小伙提着鸟笼在老林里搭个窝棚，和阿妈一起住下。这天他正在树上采果，看见一只野猪飞到树下，吐出嘴里金环捡果子吃。他扔果子把猪引向远处，迅速下来拾起金环咬在嘴里，自己也飞起来了。他飞到很远的一座竹楼，老奶奶留他吃饭，并将煮饭铜锅送给他。他飞回家中敲了三下铜锅，一锅热腾腾的饭菜立刻摆在眼前，母子二人便饱餐一顿。不久山官闻讯，纠集人来抢他的宝贝，他让阿妈拿着隐身鸟，自己提铜锅咬着金环飞来飞去，让家丁东撞西碰，死伤无数，山官竟跌进悬崖，一命呜呼。乡亲们把母子俩接回寨子，并且选穷小伙做了山官，从此全寨人过上快乐安宁的日子。

太阳姑娘和孤儿

景颇族奇事故事。采录于云南。

从前，有一个孤儿给山官放牛，山官答应放两年后给他一头牛犊。快满两年时，最后一头牛犊就要出世了，他日夜精心守护，终于一头属于他的小白牛落地了。一天，他牵着小牛去草地上放牧时，有个姑娘走来要和他玩捉迷藏。小牛悄声告诉他，这是太阳姑娘。于是姑娘躲进花丛、草丛，在小牛的帮助下孤儿都找到她了。最后，姑娘躲进水中，他收取了姑娘的衣裙，按约定姑娘便嫁给孤儿了。他们婚后生了一个孩子，周岁那天他答应让妻子穿上漂亮衣裙为孩子庆生，一阵风衣裙飘荡，妻子就飞回太阳宫啦。他抱起孩子拉紧小牛尾巴追到天上，此时妻子已被太阳赶到严寒冰冻的角落受惩罚，宫门紧闭不能进去，苍蝇蚊子又扑来吃人肉。他按小牛的话抛撒玉米谷花躲过一夜。清早太阳出门要他跟随遨游，他忍受烈焰的烧灼，紧抓太阳衣襟飞遍江河湖海，最后一起回到宫中。他终于得到太阳的赞许，把女儿还给他了。于是，一家人回到大地，过着男耕女织的舒心日子。

三　钱　娃

景颇族怪孩子型故事。采录于云南。

山寨里有夫妻俩，妻子怀孕三年三个月零三天，痛了三天才生出一丁点大个男孩。男孩生下就喊要吃饭，喂了三包芭蕉叶的饭他也只有三钱重，因此取名“三钱娃”。人们认为他是怪物，山官更是害怕，逼他的父母害死他。第二天父亲带他去砍树，让他在树倒时扛住，不让树落地。两夫妻以为他被树压死了，正哭得伤心时，三钱娃扛着大树回来了。山官又让他母亲装病，魔头卜卦说要杀大野猪和老熊祭鬼，三钱娃竟一一办到。最后，山官逼三钱娃离开寨子，要让他饿死在深山里面，或者被野兽吃掉。三钱娃骑上一只被一群老鹰掏空内脏的大象，用草塞住象肛门不停用棍敲打。老鹰在象腹中乱飞，鼓起象肚把他带到天上。三钱娃骗山官，说这是天堂会飞的神象，让山官骑着飞上天空，随后就掉下来摔死了。三钱娃和父母团聚后，把山官的粮食、财产都分给穷人，让全寨人过上美好的生活。

贪心的司提瓦

景颇族奇事故事。采录于云南。

早年间，有母女俩相依为命。一天母亲外出，让女儿玛果晾晒谷子。忽然乌鸦飞来啄谷，玛果哀求乌鸦别吃，说谷子是从司提瓦家借来的。乌鸦向她道歉，约她黄昏时到寨外大青树下见面。乌鸦在大青树变成的瓦房顶上热情款待玛果，并送她金箱、银箱等各种礼物，她只拿了小篾箩回到家里。篾箩里有许多珠宝，母女俩分送给寨里的穷人。司提瓦的儿子闻讯赶来，没等玛果说完，急奔回家让帮工在院里晒谷。乌鸦飞来，他拿起弩弓要打。乌鸦约他黄昏到大青树下，他自恃有钱人要用金梯上屋顶，催乌鸦快拿东西赔礼道歉。他扛起金箱子就往家中跑，打开箱子，一下蹿出许多大蟒蛇，把司提瓦一家都吞吃了。

鸡蛋姑娘

景颇族奇遇故事。采录于云南。

雷神的女儿同情孤苦伶仃的孤儿，变成鸡蛋降落他家，帮助他料理生活。孤儿干完农活回家，见家里总是干净整洁，饭菜做好放在小桌上，他问遍左邻右舍都说不知道。为了找到好心人，他半路回来从门缝往里瞄。一会儿，一道闪光，竹箩里蹦出一个鸡蛋变成姑娘，开始挽袖做饭。他推门进去施礼道谢，姑娘正想回蛋壳，被蹿上前的小狗一口咬碎了。从此孤儿配仙女，一起劳动生活美满。一天，孤儿按姑娘所指，到天上去见岳丈，要把好长刀。雷神喜欢女婿，叮嘱他长刀神力大，千万不可用来杀鸡。一次他正削篾，一只鸡来啄谷，他举起长刀，一道闪光鸡头落地，转身见妻子人头落地了。他上天求助岳丈，七天后的夜晚，雷神请天灯神来救活了鸡蛋姑娘。鸡蛋姑娘含笑答谢，岂料她的美貌迷住了天灯神，一定要娶她为妻，并以杀孤儿相逼。鸡蛋姑娘提出和丈夫告别，悄悄授意救她的办法。三年来，孤儿用长刀砍杀了一百只野兽做成百兽衣，在天灯神娶姑娘举办目脑盛会时赶来。孤儿穿百兽衣跳舞引来众人赞美，天灯神要来穿上起舞，被孤儿的狗看见，扑上前把他撕咬得鲜血淋漓。天灯神的魔法不灵了，竟被狗咬死。孤儿和鸡蛋姑娘终于团聚，过上美满幸福的生活。

孤儿的梦

景颇族奇遇故事。采录于云南。

从前，有一个孤儿在有钱人家放牛。一日，有钱人让他给田里的帮工送饭，他走到溪边，有一只大青蛙向他讨饭吃。孤儿看青蛙饿得可怜，就打开饭包给它吃，谁知青蛙一口气把饭全部吃光了。孤儿急得哭起来，青蛙就送他一颗宝石，让他离开有钱人家。天黑了，孤儿在河边的沙滩上睡着了，梦见手上的宝石发光照出一条路。他顺路走进一座宫殿，一个美丽的姑娘走来，说是他的妻子。他见桌上摆好鱼肉酒饭，柜里有数不清的金银珠宝，左右有许多仆人、宫女。醒来后，他发现这一切都是真的，从此夫妻恩爱，过上幸福生活。有钱人听说孤儿发了大财，便骑马赶去和他比富，但哪方面都比不上。有钱人便提出和孤儿换家产和老婆。妻子告诉孤儿，她是天上的青蛙仙女，偷偷下凡来陪伴他，现五年期限已满，让他同意和有钱人交换，并立下文书不得反悔。有钱人住进宫殿也做了个梦，梦见睡在沙滩上，又冷又饿，醒来果真如此，结果变成了穷光蛋。

兄妹俩和老父亲

景颇族奇事故事。采录于云南。

早年间，有兄妹二人常受后母打骂虐待，父亲十分怕老婆，被逼把他们带去丢到深山密林。哥哥很聪明，发现了后母的用心，一路丢弹弓丸子，天亮顺着泥丸走出林子，又回到了家里。父亲又把兄妹带到更远的深山老林，哥哥沿路撒下的米粉被鸟兽吃掉了，结果回不了家。兄妹俩只好上树摘野果充饥，一个妖怪骑着石头用银棒赶到树下，要吃他们。兄妹以砍大果子为由取得妖怪的尖刀，勇敢杀死妖怪，得到了银棒，立刻骑上石头飞上天空。石头落在了有钱人家门口，堵住大门无法搬开。有钱人愿以一半家产作为报酬，但没有人能搬动。兄妹俩搬走了石头，有钱人赖不过，只好分一半家产给他们。几年后，兄妹俩认出来讨饭的是他们的亲生父亲，临走时他们送给父亲两个内藏金子的黄瓜、南瓜。老人到家后遭老婆臭骂，并扔掉这些东西，把老人赶出家门。兄妹二人便把父亲留下一起生活，到终老也没有说出真相。

鼎腊干种牛

景颇族奇事故事。采录于云南。

鼎腊干和鼎腊弄兄弟俩，生活困苦艰辛，为祈求幸福，决定做一次“目脑”祭典。他们备好各样供品，还到很远的村庄买回送木代鬼的牛。在路上，二人睡熟后丢掉了牛。他们没有找到牛，却打着一只拖白林鸟，只好用鸟代替祭典。拖白林鸟的臭味飘到天上，但木代鬼感念他们的诚意，派天鬼送去两包种子。弟弟打开一看，悄悄留下高粱种儿，把牛角屑分给了哥哥，各在山梁开荒耕种。收割季节，弟弟来打探消息，哥哥地里长满了肥大的黑水牛。半夜，弟弟用大袋白面抹在黑牛身上，清早说自己的白牛跑到哥哥地里。哥哥正伤心痛哭，大雨倾盆而下，白牛又变成黑牛，弟弟的阴谋一下被戳破了。弟弟又把蜂蜜倒在嫂嫂头上，谎称要杀牛祭鬼才能梳开头发。眼看地里的牛快杀光，病还不好，哥哥决定把剩下的牛送给出嫁的妹妹。聪明的小妹赶来，烧锅热水给嫂嫂洗头，粘住的头发立刻梳开了。这时候，鼎腊干才知道又上了弟弟的当。

山姑娘斗山妖

景颇族精怪故事。采录于云南。

有个山妖打算捉山姑娘来充当晚餐，便派小妖前去捉拿。正值收工回家，姑娘便说要请小妖吃鹿肉米酒，让它披上蓑衣，背一无底竹筒到江边取水，趁其不备把蓑衣背上点着。小妖来到江边，水总打不满，背上的火已烧到了头发。群妖赶到见状，冲向江边救它。慌乱的小妖大叫：“江里有火！”群妖吓得逃回山中。

兔子断公道

景颇族动物故事。采录于云南。

富孩子于芒和穷孩子于章上山下扣捕兽。于章把扣下在野兽出没的地方，扣着一只麂子；于芒把扣系在树上，扣着一只小鸟。于芒偷偷上山调了包，于章一眼看出问题，就请寨里人公断，但没人来主持公道。他四处去找公证人，遇见兔子愿为他帮忙。兔子对寨子里的人说，它因遇到“河里沙子着火，用竹篓打水扑灭，又见一群鲫鱼上树采蜜，所以来迟了。”大家嘲笑兔子胡言乱语，兔子立即反问：“麂子怎能上树？”弄得大家哑口无言。

青蛙救大象

景颇族动物故事。采录于云南。

老虎和大象争相炫耀各自的本事，都说人最怕自己。最后决定通过比赛来看谁叫起来人更害怕，输者要被对方吃掉。大象甩起长鼻一声叫，似刮风打闷雷，人们以为象又来糟蹋庄稼，便拿起刀矛来撵大象。老虎山摇地动一声吼，人们以为老虎下山来吃人，急忙回家关起门。大象认输，请求给它三天时间回家安排。

在路上它伤心难过，泪水落在青蛙身上，青蛙安慰大象说自有办法能救它。三天后老虎找来，见青蛙站在大象的头顶上，装着吃象脑的样子说：“象脑真好吃，不过比起虎脑还差点。”虎一听十分惊讶，便要和青蛙比谁跳得远。虎腾空跃到河对面，甩尾转身，见青蛙已在它面前；虎不服气，又一躬身跃回河这边，青蛙又蹲在它前面。青蛙吐出虎尾上的三根毛，说：“这是吃你老祖、祖父和父亲留下的，今天该吃你了。”老虎吓得直求饶，答应再也不来吃大象啦。

马鹿与乌鸦

景颇族动物故事。采录于云南。

有一只饿狼碰见马鹿，垂涎三尺。狼用甜言蜜语哄马鹿和它结伴，好伺机吃掉马鹿。乌鸦劝马鹿不要和狼交朋友，被狼轰走了。马鹿跟狼到下坝饱吃一顿谷穗，就感激不尽。第二天，它们又到下坝，马鹿被农夫下的扣子扣住，拼命挣扎呼救。狼却钻进草丛里面睡大觉，等待时机吃马鹿的肉。马鹿悔恨交加，乌鸦见农夫走来，急中生智让马鹿装死。农夫刚解开扣子，乌鸦大叫，马鹿立即溜进草丛。农夫拔长矛掷去，恰巧击中躲在草丛里等待吃肉的狼，狼就成了农夫的猎物。马鹿得救后，和乌鸦成为形影不离的好朋友。

智除虎王

景颇族动物故事。采录于云南。

残暴的虎王每天都要吃林中一个动物。这天轮到兔子，它慢吞吞地朝虎走去。路过水塘边喝水时，兔子看到水中影子，便想出对付老虎的办法。它对虎说：“大王，有一个和你一模一样的虎王要吃我，说你不及它身上一根毛，有胆量去和它比一比。”虎王听了火冒三丈，立即跟兔子来到水塘边，果然看见一只老虎在水里。它张嘴大声吼，水中虎也大声吼，它暴跳如雷，水中虎同样不示弱。虎王愤怒至极，向水中猛扑过去，从此再也没有上来。

公狗巧斗猴豹

景颇族动物故事。采录于云南。

有一回，豹子想吃地边的一窝小狗，转来转去被狗爸妈发觉了，只好离开。

一天豹子又来了，母狗把小狗打哭，故意对远处的公狗说孩子饿了不吃肉干，要吃新鲜豹子肉。公狗抬头说："前面有只豹子，等我打来给它们吃。"豹子一听，吓得没命地跑。豹子在路上碰到一群猴子，说狗要吃它，猴不信要陪它去打狗。豹子担心猴会上树，出事还是自己吃亏，不愿意去。群猴便提议把大家拴在一起，谁也跑不掉。它们拿棍棒到地边，公狗看到它们就喊道："喂！你们昨天借走一只大豹，今天怎么送来一只小豹？"豹子以为上了猴的当，转身拖着猴子拼命跑，群猴东碰西撞，皮破血流。豹子停下要把猴子一个个咬死，猴哀求解开藤索再咬。不料豹子刚把藤索解开，群猴一下都爬上了大树。

挑拨离间的下场

景颇族动物故事。采录于云南。

老鹰、野猫、野猪相互为邻，野猫住在大树中间，喜欢挑拨离间。一天，它对树梢上的老鹰说："喂，树下的野猪说等你出去找食，要咬断树枝摔死小鹰。"接着它又悄悄对野猪说："老鹰有坏心，说等你去找食，就飞下来吃小猪。"于是，鹰和猪都守着孩子不敢出去找食，两天后都饿得头昏眼花，支撑不住，只好悄悄出去找食。野猫看见时机已到，立刻蹿上树梢吃掉小鹰。老鹰回来失去小鹰，认准是野猪干的坏事，便冲下树洞咬死猪仔，然后飞走了。贪婪野猫又扑下来吃猪仔，刚好被赶回的野猪看到。野猪发觉受骗，就死守在树下伺机报复。野猫心虚，便一直守住小猫，不敢出去找食，最终被活活饿死了。

杨桃树和芭蕉树

景颇族植物故事。采录于云南。

早年间，各种各样的树木都团结友爱，亲密无间。杨桃树和芭蕉树相处得更好，生长在一起，结出同一种形状、同一种味道的果实。后来，它们商量要搬家，各自搬到一个地方去，并且约定以后都结出带酸味的果实来。芭蕉树的听力差，把"酸"听成"死"了。它信守诺言，结一次果便死去了。而杨桃树也遵守诺言，结出的果实总是带酸味。

山官发火

景颇族机智故事。采录于云南。

有个山官，给家里雇工规定，只许干活不许发脾气，否则不给工钱，还要做他的奴隶。寨里有个孤儿，去给山官当长工。他请人作证与山官讲定，双方都以“不发火”为条件。孤儿上山放牛，山官故意不给他送饭，他就把牛耳朵、尾巴割下来烧着吃了。山官很火却不敢发作，就叫他去割草喂牛。孤儿要山官领着他去找草，并且教他怎样割草。山官干得又累又热，二人下河洗澡，孤儿趁机藏进草筐里，让山官把他背回了家。山官知道上当，仍然不敢发火，随后又让孤儿穿过豺狼出没的老林去收官租。孤儿顺利穿过老林，让寨子头人备好吃了拉肚子的野菜迎接山官。山官自以为得计，带人赶去给孤儿收尸，却遇到头人用野菜宴招待。他知道是孤儿的主意，也只得勉强吃下。半夜，山官肚子疼把屎屙进水罐，清早当众丢丑。山官再也忍不住大发雷霆，从此失去财产，成为孤儿的奴隶。

寡妇和她的儿子

景颇族家庭故事。采录于云南。

有个寡妇，丈夫死后一个多月生了一个男孩儿。她省吃俭用供养儿子，可是儿子却嫌母丑总是疏远她。一天全寨人去围鱼，这个儿子躲着母亲，把抓到的大鱼都放进长得好看的妇女背篓里。寡妇为顾儿子脸面，只跟在别人后面抓一些小杂鱼。太阳落山时，大伙回家吃饭，得到鱼的妇女谁也没招呼这个儿子一声。当儿子忍着饥饿在房前吹箫的时候，母亲把鱼烧好，拌上儿子最爱吃的香料，叫他吃饭。母亲的爱深深打动了他，使他终于明白，外表好看，心地不好也枉然；外表丑些，心地善良才实在。从此，他懂得了孝敬自己的母亲，和母亲一起好好生活。

一元钱

景颇族家庭故事。采录于云南。

一对夫妇晚来得子，从小娇生惯养。长大后父亲为了养成他独立生活的能力，让他自己去劳动挣一元钱回来。头两次母亲悄悄塞给他几元钱，他在街上闲逛乱花，最后剩下一元钱拿回来交给父亲。父亲不相信是他劳动所得，不是把钱扔进火塘就是砍成两半，他根本不在意。第三次父亲锁好钱箱，他只得真的去挣钱了。他和几个朋友锯了一天木头，挣到了一元钱，高高兴兴回家交给父亲。父亲把钱扔进河里，他心疼得跳进河里去把钱捡回来。从此，他牢记父亲的话，人不能懒惰，只有辛勤劳动，才能够有吃有穿。

金挺和斑尊

景颇族婚恋故事。采录于云南。

头人的儿子金挺和寡妇的女儿斑尊相爱。金挺要娶斑尊为妻，但是头人不答应，还不许他们往来，从此二人只能隔山对歌倾吐衷肠。一天，头人赶街回来口渴难忍，路过斑尊家水槽喝了几捧水。到家肚子疼痛，疑是寡妇放鬼作祟，派人去将寡妇杀害了。斑尊便逃跑出去，四处躲藏，最后到半空寨旁的大青树洞里落脚栖身。这天半空寨的头人从树旁走过，斑尊仇恨头人，抓一把沙子打去。头人多次被打，以为树洞有鬼，立即请来巫师杀牲祭直统鬼，并令全寨轮流祭鬼消灾。斑尊因此靠祭品得以生存。斑尊出走后，那个头人并没有放过她，设计让金挺去把她骗回来。金挺以为父亲回心转意，就带着干粮去找心上人。他走到大青树下，遭遇“直统鬼”追打，一对有情人终于相会，并且一起在树洞里当“鬼”。五年过去了，一直不见金挺回来，头人的老婆闹着要儿子。头人便骑马翻山越岭去找儿子，在大青树下，金挺听到熟悉的马铃声，斑尊怒火中烧抓起沙子向头人打去。头人吓得坠马，爬起来没跑几步又摔倒，口吐白沫再没起来。于是，斑尊和金挺带着两岁的儿子骑马回到了家乡。

懒 汉 打 赌

景颇族懒汉故事。采录于云南。

四个懒汉在路上见一位忠厚老实的老人赶摆回来，就要和他打赌占便宜。他们约定各说一件经历过的事，谁不相信就给对方做仆人。第一个讲，家门前果树成熟，他踩着自己的肩膀，双脚挂在耳朵上，一伸手便上了树。第二个讲，他上树摘槟榔，栽下来头插地里一庹深，他跑回家拿来锄头把头挖了出来。后两个也跟着胡编乱诌，老人都故作惊叹，连称不假。四人眼看赢不了就想溜走，被老人揭穿了。老人讲道，他开一坡地只长出四棵棉花，每棵只结一个棉桃，棉桃炸开跳出四个小人，把他们娇生惯养，长大后游手好闲，稍不顺心就跑了，今天总算找到，就是你们四个！四人不敢否认，老人趁机教训他们一顿，四人便灰溜溜地走了。

两个骗子的下场

景颇族骗子故事。采录于云南。

从前，两个骗子上集市去行骗，甲在一箩沙上面铺一层盐，冒充细盐想换一把漂亮的长刀；乙用竹刀配上讲究的刀鞘，想换一箩上等好盐。两个骗子交易后都知上当，干脆商量合伙行骗。他俩花几块钱买了一个大牛头，插在牛滚塘的烂泥里，谎称是玩泥水的大牯子牛，骗走了买牛老人的一箩钱。他俩都想独吞那箩钱，躲躲藏藏，你抢我夺，终被骗子甲抢到了手。骗子甲一口气跑到一家竹楼上，让老人帮他藏好钱，自己装死躺在门口。骗子乙赶到，一下识破他的伎俩。两个骗子都觉得谁也哄不过谁，便商定还是平分那箩钱。不料主人端出来的是一箩牛骨头，两个骗子定睛一看，原来主人就是当初买他们牯牛的那位老人。老人提着长刀训斥他们，两个骗子自知理亏，赶忙逃走。

半斤和八两

景颇族呆子故事。采录于云南。

一对憨夫妇，大家叫他们“半斤”和“八两”。一天，妻子“八两”做好饭菜，唤在晒台上削篾的丈夫吃饭。这时大路上过来一队迎亲的，“半斤”叫老婆快出来看热闹。不料一只狗进屋把摆好的饭菜吃光了，“半斤”认为是瓦盆边的苍蝇吃光的，便从火塘抽出柴头就打，却把瓦盆打烂了。苍蝇又飞到“八两”的脑门上，他又举起柴头打去，一下把老婆打死了。他伤心地用篾笆卷起尸体扛出去埋葬，不料尸体从卷筒里掉出倒在碓窝旁。他只管把篾笆筒埋了，哭着回到家，见碓窝旁有具尸体。他感到一丝安慰，说：“我以为只有我死了老婆，原来碓窝的老婆也死了。”

仉片的故事

景颇族机智人物故事群之一。流传于云南德宏州境内景颇族聚居区。故事主人公系劳动者型机智人物，出自艺术虚构。其故事多数是描写他巧斗山官（旧时景颇族地区的世袭首领）的作品，短小朴素，饶有兴味。代表性作品如《山官是属狗的》《砸酒筒》《男人生娃娃》《不愿见面》《哄山官下马》《狗犁田》《对不起》《吃瓜》《为什么》。

砸 酒 筒

景颇族机智人物故事。

赶街日，山官手提酒筒骑着马在街上耀武扬威，看到仉片便喊道：“喂，你能把我的酒筒骗掉在地上，这酒就给你喝了，不然拖你到我家当奴隶。”仉片说：“唉，我到处找你。你家着火了，官娘也被烧死了，你还……”山官听了心一惊手一松，酒筒便掉地上砸碎了。他追问仉片是不是亲眼所见？仉片却问他：“你手上的酒筒呢？”山官这才明白自己受骗了。

男人生娃娃

景颇族机智人物故事。

有一年，仉片向山官借了一箩谷子，山官逼他秋后还十箩谷子才行。这天，山官叫仉片去出官工，仉片说：“不行。这几天我在生娃娃，不能动。”山官说：“哪有男人生娃娃的哟！”仉片道：“我借你一箩谷子，你要我还十箩。谷子能生娃娃，男人怎么不能生娃娃？！”

对 不 起

景颇族机智人物故事。

一日晚上，仉片发现小偷溜进家门，便悄悄躲进竹篾箱里。景颇人往往把最宝贵的东西放在竹篾箱里，小偷便一直朝箱子走去。小偷伸手进去，一把抓着仉片的头发，仉片站起来说："对不起，我家没有宝贵东西可偷，你就把我偷去吧。"

南八替孤儿评理

景颇族机智人物故事。

孤儿给富人放牛，一头大牯牛突然死掉了。富人硬说是孤儿用弹弓打死了牛，要他赔偿。两人争执不休，决定各自请长老评理。邻寨肯帮穷人的南八答应替孤儿评理。约定的日子里，南八迟迟不到，直到傍晚他才用破布条层层缠在脚上，一瘸一拐地来了。富人请来的人纷纷责怪，他说路过地里，撞倒一棵芝麻树，芝麻砸碎了骨头，所以来迟。众人笑他在说疯话，他却回驳道："你们更疯，用弹弓就能打死一头大牯子？"问得众人哑口无言。

马和骡子

景颇族动物寓言。采录于云南。

从前，有一个生意人从远处趸进一批货物，让骡子驮回家。半路上，他又买了一匹马牵着走。骡子驮的货物实在太重，便请求马帮忙分担一些。马却说自己长得漂亮，有福气，生来就不驮东西。后来，骡子不小心跌倒，主人便抽打它，催它赶快起来。马在一旁越发骄傲起来，还讥讽骡子这一点重量就吃不消啦。骡子流着泪挣扎着站起来，继续赶路，最后因为过于劳累而死去。主人立刻剥下骡子皮，绑在驮子货物上面，让马驮回家。马被重物压着前行，这时候才后悔当初不该不帮助骡子。

斑鸠和蚂蚁

景颇族动物寓言。采录于云南。

有一次，蚂蚁不小心掉进河里，向斑鸠大声呼救。斑鸠心想我不会求助于它，就装着没有听见，直到蚂蚁快被水吞没时，它才丢去一根树枝。蚂蚁得救后对它感激不已。一天斑鸠正站在树上远望，被猎人发现了，就准备瞄准射击。蚂蚁看见了，赶忙爬到猎人脚背上猛咬一口，让斑鸠躲过一劫。又一次斑鸠在菜园里觅食，被主人的扣子扣住了，蚂蚁连忙咬断扣子救了斑鸠。斑鸠从此不再自高自大，常常邀请蚂蚁到树上筑巢。

老虎和野猪自救

景颇族动物寓言。采录于云南。

有一年大旱，老虎和野猪同时找到一股很细很细的泉水，它们为了抢先喝到泉水便打斗起来，直到彼此筋疲力尽，一下倒在旁边，但眼睛还对视着，发出凶光。这时候，天上有几只兀鹰在盘旋，打算冲下来吃它们的肉。老虎和野猪猛然醒悟，于是都站起来，互相谦让着喝泉水，慢慢都喝足了。兀鹰发现无望，只好远走高飞了。

猫头鹰织毯子

景颇族动物寓言。采录于云南。

冬天到了，夜间寒风吹得猫头鹰瑟瑟发抖，它发誓："明天不管怎样都要织一张毯子！"可是到了第二天，太阳出来它觉得不冷时就不想织毯子了，便张着嘴巴睡大觉。就这样，猫头鹰常常说要织毯子，却从来不行动，结果连巴掌大一块毯子也没有织出来。

贪吃的乌鸦

景颇族动物寓言。采录于云南。

一群乌鸦飞到海边，啄食浮在水面上的一只死象，死象随风漂流，离开海岸越来越远。多数乌鸦吃饱以后，便赶快返回海岸去了。只有一只乌鸦贪心，还继续在那里吃个不停。等这只乌鸦把象肉吃光，象骨头便渐渐沉入海底。这时候，它因为吃得太饱，实在飞不动了，也跟象骨头一起沉入了海底。

闷　葫　芦

景颇族植物寓言。采录于云南。

从前牛肚子果树根须扎得很深，枝干粗大，大家称赞果子又大又甜，它毫不在意。有一次，葫芦听到人家赞美牛肚子果树，很不服气，便要同牛肚子果树比个高低。葫芦一百天就发芽、生叶、抽藤，爬到牛肚子果树的树梢上去，结出一串果实来，不断叫嚷，扬扬得意。牛肚子果树感到不快，责问葫芦："你一年要麻烦人家点种一次，自己不搭架，总是爬别的树，果子还是苦的，有啥好神气的？"葫芦羞得无话可讲，于是变成闷葫芦啦。

柯尔克孜族故事

神秘的袋子、帽子和笛子

柯尔克孜族奇遇故事。采录于新疆。

从前，有一个老人出门见人打蛇，就用金币救了蛇一命。事后蛇说以冤报德是人的本性，要吃这个老人。老人连忙去请大树评理，大树说它给人荫凉，人却攀枝折叶，使得它伤痕累累，应该吃老人。蛇请老人去见蛇王父亲，让老人向父王讨要三件无价之宝。蛇王听说老人是儿子的救命恩人，便将钱袋、帽子和魔笛送给他。老人死后，他的儿子得到宝贝，从钱袋里倒出金币，买牲畜、盖房子，很快便成了富人。汗王的公主是绝色美女，出一金币可看她一眼，小伙子只顾玩牌没看公主。公主感到好奇，就召他进宫，得知秘密后将他灌醉，拿走了他的钱袋，把他扔在荒滩上。小伙子回家向母亲要来隐身帽，天天到公主身边吃饭，公主知道后假装亲昵将他灌醉，拿走隐身帽，然后把他扔到街上。小伙子又从母亲那里要来魔笛，来到宫门前吹奏，立刻有成千兵马包围王宫。公主一看又是他，便挽臂请进宫里亲热款待，把他灌醉后盗走魔笛，扔到无人荒滩上。小伙落魄讨饭，一天遇到幸运之神黑孜尔，给他一个装有红苹果和绿苹果的褡裢。他到公主和女伴玩耍的湖边送她们绿苹果，吃后全变成毛驴。公主向他认错答应归还宝物，做他的妻子。小伙子拿出红苹果使她们恢复原形。公主信守诺言，老汗王死后他继承王位，成为一个公正的汗王。

骑神驹的坎德拜勇士

柯尔克孜族奇遇故事。采录于新疆。

喀拉苏河边的夫妻俩生了一男孩儿叫坎德拜，孩子六天会笑，六十天会走，六岁就长成一个彪形大汉神射手。有一天，他看见一只公狼正要吃产驹的母马，立刻飞奔上前揪住尾巴摔死公狼，从死去的母马肚中取出马驹，带回家精心饲养。不久，马驹长成一匹可与飞鸟同行的银灰色宝驹。善良乐于助人的坎德拜美名传遍天下。有一天，一个被匪徒劫走父母的小牧童告诉他，黄昏有六只天鹅盘旋头顶上，问他："坎德拜是否在此？神驹是否在他手中？"牧童回答后被打昏。第三天坎德拜扮成牧童，天鹅飞来时他一把抓落一只天鹅的金冠。他回家准备好食物战甲，骑着神驹飞到大山脚下。这时候，神驹告诉他，在山后大河中间的孤岛上住着天鹅姑娘和汗王，金冠是小女儿的，牧童的父母就被押在汗王的深牢中。坎德拜按神驹所说，揪下它一根尾毛藏好，用足够的钱换下牧牛老人的衣裳，前去替汗王牧牛。这天他正逼牛过河，在河边散步的汗王小女儿嘲笑他不像牧牛老人往常会说"该劈的河快劈开"。他刚说完"该劈的河快劈开"，河水果然劈成两半。坎德拜在岛上听到汗王让两个王子守夜，观察黑母马八次在夜间产驹丢失的原因。半夜两个王子睡着了，坎德拜看到大鹏鸟叼起刚产下的马驹，就一把拽断了金色马尾。汗王见到闪着金光的马尾，令他们去找回金尾马驹。坎德拜点燃袋中马尾，神驹立即来到面前，带他飞越火海到岛上，他看到了正在金马槽饮水的九匹被盗天马。他按神驹指点，趁大鹏鸟觅食未归，连忙驮起金马槽，九匹马紧随其后绕火海飞奔。他战胜了七头吸血巨怪、巨龙和变色巫婆，带着九匹天马回到汗王身边。在庆功宴上，坎德拜献上战利品巨怪眼珠、巨龙牙齿和巫婆头颅，又把金冠还给公主，同时请求释放牧童的父母和归还被洗劫的财物。汗王被坎德拜的本领折服，答应了他所有的请求，并且按承诺将小女儿嫁给他。举行盛大的婚礼后，坎德拜和妻子一同回到了家乡。

太阳美女

柯尔克孜族奇遇故事。采录于新疆。

有一个青年在山上放羊时，看见一只长金角的公山羊，他抓住后准备献给汗王得些赏赐。宰相因为得不到金角山羊，便向国王建议，公山羊有一个金银宝座，让青年取来再赏赐不迟。青年告别母亲来到山里，总管动物的老太太原谅他抓走了公山羊，告诉他准备一千迪里丹（柯族古钱币）去找埃及后山的工匠。青年回家想方设法筹够钱，经过长途跋涉找到了工匠，打制出并没有金银的宝座。他走到大杨树下，发现两旁有闪着金光和银光的两湖水。他把宝座先后放进水中，立即变成金银宝座。他不顾疲劳返回去交给汗王，公山羊在宝座上变换出各种颜色。宰相更为嫉妒，又生一计，让青年去找地下金树和太阳美女。经白胡子圣人的指点，青年在一座高山顶上跟着兔子跑进山洞，里面有掌握金树的四十大盗，他用圣人给的匕首顷刻煮熟一锅肉，取得信任后，用药粉毒死了四十大盗，手抓树叶脚蹬树干瞬间把金树带回王宫。接着，他又踏上征途，路遇大力巨人、顺风耳巨人、喝干湖水巨人和飞毛腿巨人，他们都愿结伴同行来帮助青年。在途中，青年还从水里救出蚂蚁一家，蚂蚁送给他蚁触角，愿有难时出力相助。太阳国王见他们闯进王宫很惊讶，得知来意后决定为难他们。国王派大力士比武、巫婆赛跑，大力巨人和飞毛腿被击败；国王将女儿藏在地下密室被顺风耳找到；国王把他们锁铁屋用火烧，含湖水巨人吐水灭火躲过灾难；最后让青年从四十个姑娘中认人，蚂蚁赶来帮忙认出太阳美女，国王只得让青年带走女儿。太阳美女听了事情缘由，对青年产生爱慕。当汗王、宰相出宫迎接时，美女口念咒语抓土向他们撒去，两人立刻变成狼和狐狸，逃向远方。百姓拥护青年当新汗王，为他和太阳美女举办了隆重的婚礼。从此，青年公正治国，和母亲、妻子一起过上幸福生活。

巴依西和江尼西

柯尔克孜族奇遇故事。采录于新疆。

征战一生的老汗王六十岁还没有子嗣。他在去圣城求子的路上，有老汉给他鸡蛋，让他回去给妻子吃。第二年妻子生了一个金发、一个银发的双生子，取名巴依西和江尼西。孩子长大后，聪明睿智，膂力过人，老汗王决定亲自为他们寻求称心的姑娘。辛苦跋涉许多年，老汗王在荒无人烟的彩湖边遇到一对双生女。她们的父亲被大可汗谢木尔特杀害了，因逼婚逃跑，她们正在寻找年轻的英雄巴依西和江尼西。得知她们就是先知的女儿阿衣乔尔潘和昆乔尔潘后，老汗王立即带她们回家，和两个儿子成了亲。大可汗知道后十分恼怒，决定举兵抢回姑娘。巫婆的儿子桀尔麻羊自告奋勇，用十四年时间结识了汗王的两个比官，并取得巴依西和江尼西两兄弟的绝对信任，引诱他们到彩湖西面去狩猎。巴依西和江尼西不顾妻子的劝阻和中途外公卡拉汗的告诫，带着六十位猎手、四十位勇士长途跋涉进入敌人的圈套。结果在他们下温泉洗浴时，战袍战马被偷，赤手空拳的猎手、勇士全部遇害。经七天七夜激战，巴依西被套马绳捆住，江尼西跑进了山谷。在山谷里，江尼西意外发现能治愈刀伤的草根，他疗愈伤口，精神倍增，便怀揣剩余的草根去找巴依西。此时巴依西已经被绑上旗杆示众，大可汗的小公主努尔看到巴依西临危不惧的气概，心生爱慕，决心救出英雄。她请求最有威望的科库勒老人去找父王说情，经老人严词力争，终于答应暂缓死刑，由桀尔麻羊将巴依西秘密监禁。得到小公主的帮助，巴依西被救了出来，并且和弟弟江尼西一起，尽历千辛万苦回到老汗王身边，接受父王和全体臣民的重托，正式继承了汗位。

金鹰的故事

柯尔克孜族奇遇故事。采录于新疆。

从前，老夫妇有一个独生儿子和一棵苹果树。每年树上只结一个苹果，老两口摘下各吃一半，竟越活越年轻。有一年，苹果熟了却不翼而飞，一家三口决定轮流放哨。头两年，老两口分别守到后半夜便开始打瞌睡，苹果就不见了。第三年，儿子盯到半夜，看到一只金鹰飞来吃苹果，他搭箭射落一根羽毛，金鹰还是飞走了。为了让父母永远年轻，小伙子便出门去寻找金鹰。来到岔路口，小伙子见到一个写着“往左自己死亡，往右坐骑死亡”的牌子，他选了后者。这时，迎面过来一只苍狼，他宰马撕成块喂给饿狼。苍狼载他来到金鹰住的城池，他看见金笼，竟忘了苍狼的嘱咐，抓住拴在金鹰脖上的绳子。铃铛响了，守卫把小伙子抓到汗王面前。汗王被小伙子的孝心感动，让他把邻近汗王的千里马弄来，就把金鹰给他。苍狼带小伙子到有千里马的城市，他又忘记苍狼的叮咛，拉住了马缰绳。马铃铛响起，他被卫士抓住。这里汗王要他把邻近汗王的美丽公主送来交换千里马。小伙子又来到邻近汗王的城下，苍狼去把花园里玩耍的公主抱来，让他们骑在背上，闭上眼睛向前飞奔。途中他们相爱了，苍狼答应他们的要求，变成小伙和公主来到汗王面前，换回千里马；又到金鹰的汗国，变成千里马换取了金鹰。在苍狼的帮助下，小伙子带着公主骑上千里马，架着金鹰回到了父母身边，一家人快快活活，日子越来越好。

秃头小伙的奇遇

柯尔克孜族奇遇故事。采录于新疆。

早年间，有一个秃头小伙给巴依放羊。一天巴依的儿子对他说，自己在约会地点梦见了太阳、月亮、启明星。秃头小伙用一群羊换了这个梦，便在不远处的杨树下一觉睡到天黑。这时候，有一个姑娘牵着两匹马来叫醒他，二人踏着夜路飞奔而去。到天亮姑娘才认出身边不是自己约会的巴依儿子。她自认是胡大的安排，便和小伙一起生活，姑娘为他治疮头、绣花手帕，小伙进城去卖。当地的国王问他谁绣的手帕，并且统统买下了。小伙子刚到家里面，国王的手下人已尾随而来，把他捆绑进宫。国王令他去取布勒哈尔泉水，否则将要杀头。小伙子按妻子所说，一直往西走到河边，偷走两位仙女脱下的羽衣，以泉水作交换条件。仙女取来泉水，硬要跟小伙子回家，说是父母已将她们许配给他。妻子认为是胡大的安排，同意他们的婚事。国王没有达到霸占他妻子的目的，又令他到先王那里去带回父母的口信。小伙子按仙女妻子的主意，让国王架起高柴堆浇上油，他爬上面请国王点火，两位仙女变成灰鸽把他从熊熊烈火中救回家。小伙子拿来阴间先王的"亲笔信"，要求国王亲自去看望他们。国王激动不已，令百姓堆起山一样高的柴薪浇上油，人们从四面八方点火送国王上了天国。小伙用羊群换来的太阳、月亮、启明星就是这三位妻子，使他的后半生过得十分美满幸福。

王子佳尼侠

柯尔克孜族奇遇故事。采录于新疆。

远古时卡布勒斯坦国王十二岁的儿子佳尼侠游遍陆地，又带着十二名伙伴航行大海。有一天，他们搁浅在乱石中被猴子抓到猴城，他当了三年猴城国王，领兵打败了蚂蚁。在庆功会上，猴子们喝得酩酊大醉，佳尼侠和伙伴们乘机逃跑。逃到对岸又被蚁类追击，使得伙伴们全部丧命。佳尼侠独自逃到一座城里，遇到有人在喊以一千金币酬劳招工。佳尼侠去后，老翁让他吃饱肚子，牵上母马到雪山脚下宰杀剖腹，然后让他睡在死马腹中做梦，老翁和奴仆躲在远处观察。这时候，一群秃鹫拥来吃马肉，然后叼起死马飞上冰山，他的喊声惊跑了秃鹫。峰顶遍地宝石，佳尼侠服从命令把宝石推下山，老翁便满载而去。雪后佳尼侠闭眼跳崖逃命，艰难走到黑泉边洗尽身上的血迹，看见前面的一栋小屋里有位老人在念古兰经。老人叫米尔哈依夏，和两个哥哥管理着飞禽王国。佳尼侠在这里吃喝玩乐一段时间，感到寂寞便走进了老人曾叮嘱他不要去的屋子，看见水池草甸中三只鸽子变成姑娘下水洗澡，姑娘的美艳使他昏迷过去。老人把佳尼侠救醒后，他说爱上了最小的姑娘，老人答应帮忙。一年后，佳尼侠躲在池边拿走小鸽子的羽衣并表达了爱情，老人答应为他们举行婚礼。佳尼侠要回去请示父母，小仙女驮他飞回王宫。父王原以为他已死去，此时转悲为喜，为他们举行了庆典。佳尼侠按老人叮嘱，把鸽羽衣锁在金银钢铁四层箱子里面。他天天出门狩猎刁羊，寂寞无奈的小仙女设法砸烂箱子，穿上羽衣飞回了仙国。佳尼侠打造金杖去寻找小仙女的库哈尔尼卡城，重复了一遍被塞进马腹使他上冰山雪峰、滚落山下，又到了米尔哈依夏老人的家。老人让他骑上一只巨鸟昼夜飞行，终于找到这座闪亮的仙城，一头黑峰般的巨怪正在那里守候。按习俗谁拿了仙女的羽衣就和谁结婚，仙王为他们举行了盛大的婚礼，让佳尼侠做一座城池的国王。不久，仙王送他一千名巨怪，陪同他们回到自己的汗国。年迈的父王又让佳尼侠接替汗位治理国家，从此他就和千名巨怪一起管理两座城池。一年盛夏，佳尼侠和妻子到池边支帐避暑，在他去追射岩羊时，妻子下水池不幸被狼咬死。佳尼侠为爱妻建造黄金坟墓。落葬时，佳尼侠在爱妻身边念着古兰经，立即命令随从把墓门堵得严严实实，于是这一对情人便同时离开了人间。

善与恶

柯尔克孜族奇遇故事。采录于新疆。

从前，善与恶这一对朋友出去旅行。一天，恶说干粮吃完了，向善讨要，没几天就把善的干粮分吃光了。善发现恶背着他偷吃东西，才知受骗。戈壁滩上善饿极了，便向恶讨要干粮，恶要挖善一只眼珠来交换，过两天又挖了他另外一只眼珠，然后独自离去。失去干粮和光明，善非常悲伤。忽然有人喊善睁开眼睛，善复明后却不见喊他的人。善到远处的大桥下喝水、睡觉，半夜听到狮子、狼、狐狸在桥上谈论关于国王牧羊人的黑公狗和替蛇王晒金子的事。天亮后他把正晒金子的狐狸吓跑了，拿走所有金子。他又去到牧羊人家里买下黑狗，取出狗胆来晒干，然后到王宫用狗胆泡水治愈公主的病。国王信守承诺，将公主嫁给善，举行了盛大的婚礼，从此过上美好生活。一日善碰见恶，不计前嫌热情款待。恶听到善的经历也到桥下去睡觉，半夜三只猛兽刚到桥上，狐狸就闻到生人的气味。恶还来不及逃走，三只猛兽就扑上去把他吃了。

月亮里的魔王

柯尔克孜族精怪故事。采录于新疆。

从前，月亮里有个残暴的魔王，它请求到人间去享受快乐。月亮深知，魔王到人间会给人类降临灾难，因此给它一袋砂子，让它一粒粒数完才允许去人间。魔王天天数着砂子，当它快要数完时，燕子就飞来把所有砂子搅混，魔王不得不重头数起。这样一次又一次，人类才避免了灾难。直到今天，魔王还在不停地数着砂子。

聪明的老人

柯尔克孜族精怪故事。采录于新疆。

有位老人靠捕猎为生，一天他捉到一只松鸡，刚剖开肚子，里面出来一个精灵。老人若无其事地说："听说你的力气大，你能把大地的肠子踢出来吗？"精灵踢了半天，也见不到大地的肠子。老人向松鸡轻轻踢了一脚，肚肠就撒了满地。精灵请老人去做客，想暗害他，被老人识破了。老人又把精灵请到家里，吩咐老伴把过去抓的精灵脑袋煮来待客。精灵吓得拔腿就跑，在路上遇到了狐狸。狐狸替精灵出谋划策，提出将它俩的尾巴绑在一起去吃老人。老人见了便说："谢谢狐狸先生，我正在找精灵呢！"精灵以为上当，转头就跑，一直到把狐狸拖死，同时也把自己给累死了。

阴险的人不得好报

柯尔克孜族报应故事。采录于新疆。

从前，有三姐妹在战乱中与家人失散，遇到了一个吃人的铜爪妖婆。姐妹三人逃走，一路上扔出母亲给的木梳变成森林，又扔出大针变成大山挡住妖婆追赶；最后又扔出篦子变成大海，终于把老妖婆淹死了。随后，三姐妹被国王和两个大臣娶为妻子，过上安宁的日子。大姐嫁给国王后生下一男一女，嫉恨的王后命令巫婆将两个孩子杀死，抛进山洞；又打断大姐的四肢，连同小狗一起放逐到荒野。后来两个孩子复活了，找到了与小狗相依为命的母亲。一天国王游猎到这里，彼此相认，国王处死了那个阴险的王后，从此一家团聚，生活越来越美满。

分吃羊尾巴油

柯尔克孜族动物故事。采录于新疆。

狐狸、壁虱、乌龟捡到一块羊尾巴油，狐狸想独吞，便出主意由乌龟当犁，壁虱当牛，它自己把犁播种，等羊尾巴油长出果实再分。乌龟仰卧地上让狐狸把犁，狐狸的阴谋一下便被识破了。狐狸又提议赛跑，谁赢谁吃这块羊尾巴油。壁虱揪住狐狸尾巴，等它跑到终点，看见壁虱已坐在前面；许久乌龟浑身是血地赶到，说被猎人捉住一顿毒打，逼问狐狸去向，现在正追来呢。狐狸环顾四周，连忙逃之夭夭。乌龟用智慧终于和壁虱分享了羊尾巴油。

五个阿吉

柯尔克孜族动物故事。采录于新疆。

黑熊、老虎、狐狸和狼结伴去麦加朝圣，准备赎残害人畜的罪孽，回来做个阿吉（圣徒）。它们路遇骆驼，骆驼虽然怀疑它们的诚意，但还是决定一同前往。五个家伙纠集在一起，人畜见了远远躲避，它们只能以草根树皮充饥。走进戈壁更是水草全无，饿得寸步难行，狐狸出主意说，索性牺牲骆驼阿吉，回来一定还它两只驼羔。看着八只紧逼的眼睛，骆驼只得答应奉献。开膛后，虎、熊扛着骆驼内脏去远处掩埋，狐狸怂恿狼吃掉两只肥大的腰子。虎、熊回来询问时，心虚的狼吓得就跑，它们穷追不舍。狐狸乘机饱餐一顿后，将剩余的肉埋起来，把骆驼尾巴插在深沟边上。狐狸告诉返回的虎、熊，它们走后骆驼复活了，听到虎、熊回来的脚步一头钻进地里，只有尾巴露在外面。虎、熊推开狐狸，抓住驼尾猛劲一拉，竟闪进了深沟里。狐狸得逞又笑又跳，笑声惊动猎人，放鹰犬将其抓住打死。五个“阿吉”未到麦加就都见了真主。

愚蠢的饿狼

柯尔克孜族动物故事。采录于新疆。

有个称王称霸的饿狼要吃一只受伤的猎隼，猎隼告诉它，自己只剩骨架子，前面山头有一膀长的香肠够它吃饱。饿狼到山头，香肠说翻过山梁有只山羊羔够它吃饱。饿狼翻过山梁，羊羔说山后有只大黑山羊够它享受。饿狼转到山后，黑山羊说河边有只母马陷在泥里，够它吃三四天。饿狼奔到河边，母马说把我拖出泥里再动口吧。饿狼拖出母马红着眼正要下口，母马又说在我蹄上刻下你的名字再吃吧。饿狼正要刻字，母马竭尽全力把它踢出老远，饿狼不久便丧命啦。

耍小聪明的鹌鹑

柯尔克孜族动物故事。采录于新疆。

有一次，狐狸对朋友鹌鹑说，近来总吃不饱，是否能够让它美吃一顿。鹌鹑答应了，正巧见姑嫂俩端大盘肉去送礼，鹌鹑便去逗引二人放下肉盘追赶它。狐狸乘机饱吃一顿，吃饱又提出让它大笑一回。鹌鹑见一家老两口在挤牛奶，便飞到牛角上，一会又飞到老奶奶额头上。老爷爷为赶鹌鹑举起木桩打断牛角，打破老奶奶额头，气得号啕大哭。狐狸笑翻在地，又提出要体验惊吓。鹌鹑站在狐狸背上，让狐狸闭上双眼以叫声为它引路，将狐狸领进一伙带鹰犬的猎人面前后喊它睁眼。狐狸睁开眼睛突然看见鹰犬从天空、地上向它冲来，猎人正举枪围捕，吓得屁滚尿流，逃进洞窟。鹌鹑被狐狸抓住紧咬不放，它让狐狸数到六再吃，狐狸刚张口数数，鹌鹑乘机逃脱。

麻雀勇斗毒蛇

柯尔克孜族动物故事。采录于新疆。

屋檐下两只年老体衰的麻雀孵出了五只小麻雀。一日公雀出去找食，有条毒蛇袭来，不管母雀如何苦苦哀求，一下吃掉这些小麻雀，霸占了雀窝。公雀衔食回来听后怒火中烧，它从油坊叼来一截燃烧的灯芯，使屋顶苇子燃起大火，毒蛇惊醒窜出来，被赶来灭火的人们用坎土曼活活打死啦。

四个好朋友

柯尔克孜族动物故事。采录于新疆。

从前，黄羊、乌鸦、老鼠和青蛙结成好朋友，彼此关心，互相爱护。一日黄羊去找食物未归，乌鸦飞上天空盘旋，发现黄羊被猎人下的狼夹钳住。大家都很着急，飞快向黄羊奔去。老鼠一到就用锋利的牙齿咬断绳子，乌鸦见猎人从远处走来大叫一声，四散逃去。猎人拣起咬断的绳子四下搜寻，一眼看到刚赶到的青蛙，便捉起来装进喂马的料袋，然后躲起来观察动向。大家又焦急又好气，终于想出办法。太阳落山后，猎人不见有动静，便背起料袋回家了。他走出树丛发现不远山包上躺着一只快死的黄羊，头上有乌鸦在啄食。他撇下料袋跑过去，守在一边的老鼠急忙咬破料袋救出青蛙。猎人赶到，还没有伸手黄羊和乌鸦就一起跑掉啦。猎人知道上当，立即返回，料袋里的青蛙已不知去向。四个朋友互相帮助，化险为夷，一直平安愉快地生活在一起。

汗王和大臣

柯尔克孜复仇故事。采录于新疆。

毛拉的妻子怀孕了，他家一贫如洗，只得进城找活儿挣钱。毛拉在汗王的花园里当上一名小工，一天挖土时发现一个藏满珍宝的地窖，监工大臣为谋财打死了毛拉，被远处的花匠瞧见了。十八年后，毛拉的遗腹子长大成人，母亲把听到的传闻告诉毛拉的儿子，小伙决心替父报仇。小伙找到汗王花园的老园丁，老人收留他住下，被大臣发现。晚上，小伙出现在大臣的睡梦中，家中突然失火，财产全部被烧光啦。清晨大臣立即命令园丁捉拿小伙，掏他的心送来。老人按小伙的主意，煮一个羊心给大臣送去。这时汗王正在找圆梦的人，小伙见时机已到，让老人告诉汗王，圆梦的先知被大臣杀了，只要施舍些羊只、酥油和大米，可祈求真主把人放回来。汗王得知“先知”复活，派大臣去迎接。小伙看到杀父仇人，挥起皮鞭把大臣打趴在地，在背部放上马鞍套上笼头，骑着大臣来到宫门口，吊拴在马桩上。他对汗王说，你梦见圣人送来鲜美的抓饭，被身边的狗吃掉，是对你的明示，于是讲了十八年前大臣谋财害命的全部经过。大臣受到应有的惩罚，小伙带着赏赐回到母亲身边。

财主追仆人

柯尔克孜族财主故事。采录于新疆。

从前，有个财主经常克扣仆人的工钱，不少仆人因他的吝啬而半途辞去。这一年，财主又雇了一个仆人，他把自己每天干的活都一一记账，而财主只记仆人吃饭的账。一天，仆人趁财主出外打猎，就把家里值钱的东西都藏起来，留下一张条子：“我带着财产去河底了。”财主赶到河边，有个牧羊人告诉他，仆人带着你的财产到河底与父母过富裕生活去了。财主咬咬牙说：“看你往哪里逃！”便“扑通”一声跳进河里去追仆人啦。

一面镜子

柯尔克孜族家庭故事。采录于新疆。

早年间，有个商人从外地给妻子买了一面镜子。妻子拿起这面闪光的东西，看见里面有个俊俏的媳妇，很是生气，连忙回娘家去把老母叫来。母亲进门一看，闪亮的东西里面竟有个老太婆，便说："啊！这个没良心的，连岳母也带来了！"妻子又叫来父亲，老丈人走近闪亮发光的东西一看，嚷嚷道："啊！他真的要赶走我的女儿，连岳父也带来啦！"经商人解释，他们才知道，这是一面镜子，照到谁就会出现谁的容貌。

一个有本事的孩子

柯尔克孜族机智故事。采录于新疆。

有一天，小孩儿陶克陶空被商人拐走，被带到市场上要卖掉。陶克陶空说自己有三种本事，商人便开了一千金币的高价。商人破坏了行市，周边的卖家纷纷向汗王控告他。汗王传讯商人，并要亲自验证孩子的本事。结果，陶克陶空不但识别了马的优劣、蜡台的好坏，还准确判断出汗王和王后的身世、才能和学识。汗王被折服了，立刻买下了陶克陶空。一次，陶克陶空遵照汗王的吩咐，跑了许多地方买回一匹出色的骏马。在赛马会上，这匹马遥遥领先，夺得荣誉。汗王正得意时，陶克陶空趁其不备跃马逃走，飞奔回家乡，和日夜思念的父母团聚啦。

聪明的儿媳

柯尔克孜族巧女故事。采录于新疆。

杰能且潜娶了个聪明的儿媳后，汗王想霸占这个儿媳，就故意刁难他。汗王先要他用石头做靴子，又让他的公羊下羔，都在儿媳的帮助下没有被难倒。后来，汗王又要杰能且潜盖一座空中楼阁。儿媳驯好一只云雀，让它飞到空中鸣叫："快拿砖！"汗王立刻让士兵往空中抛砖扔泥。霎时砖头泥块乱飞，纷纷落在汗王头上，砸死了汗王。从此以后，草原上的人们过上安宁幸福的日子。

聪明的姑娘

柯尔克孜族巧女故事。采录于新疆。

从前有个国王，向大臣们提出三个问题：世上什么最重？什么最轻？什么最甜？三天期限到了，一个大臣说是石头、棉花、蜂蜜；一个大臣说是铁、尘土、糖。国王听了大怒，当即将他们赶走。这时，来了一位姑娘对国王说："世上最重的是忧愁，最轻的是幻想，最甜的是瞌睡。”国王听了十分满意，就让姑娘当了宰相。

四 句 格 言

柯尔克孜族格言故事。采录于新疆。

富翁年老力衰，想让独生子出去学点本事，于是给他两个金币，让他去买急需的东西。小伙子到街上见人卖格言，认为这是稀世之宝，便用两个金币买了下来。一连四天，儿子花八个金币买了四句空话，富翁一下气死了。眼看坐吃山空，小伙子告诉怀孕的妻子，自己要出门挣钱。小伙子到巴依家干活。一日巴依外出做生意，巴依婆对英俊的小伙产生爱慕，要和他同房。小伙想到买的格言：“吃人家的盐巴，不要往盐巴上撒尿。”立刻断然拒绝。巴依婆没有得逞，便诬告小伙，巴依决心除掉心患。清早小伙去瓦窑，遇到朋友请他吃早饭，他想到买的格言：“煮熟的饭，不要放过。”便去了朋友家。巴依婆想来看小伙是否已被烧死，不料窑上人看到第一个来的人，不由分说把她推进窑里。小伙马上离开巴依家，到驼队里看管骆驼。头领让他下井打水，井底妖婆拉出奇丑无比的女儿，问他漂亮不漂亮？小伙猛然想起买的格言：“遇到旁人的事，只能说好不能说坏。”便说漂亮，因此没有被吃掉。小伙拿着酬银回家团聚，发现妻子和年轻男子睡在一起，他刚抡起腰刀，想到买的格言：“左边生气，用右手去挡；右边生气，用左手去拦。”就忍住怒气叫醒妻子。原来妻子身边的人是他离家十五年拉扯大的儿子。从此一家三口团聚在一起，再也不分离。

玛纳坎的故事

柯尔克孜族机智人物故事群之一。流传于新疆柯尔克孜族聚居区。故事主人公系劳动者型机智人物，出自艺术虚构。其故事具有较为鲜明的社会倾向性，展示出故事主人公的正义感和幽默诙谐的精神风貌。作品有《我愿选学休息课》《与巴依斗智》《你去问问狗吧》《请你再付五个铜币》等。

我愿选学休息课

柯尔克孜族机智人物故事。

玛纳坎少时在私塾读书，整天从早到晚背经文，折腾得无精打采，头昏脑涨。一天放学，邻居听说他已在私塾念了十年书了，便问他："十年寒窗，学识水平一定很高了。如果让你再选一门功课，你想学什么呀？"玛纳坎回答道："我愿选学休息课。"

与巴依斗智

柯尔克孜族机智人物故事。

有一次玛纳坎外出办事，一个巴依一把拉住他说："大家说你智慧过人，今天你要能骗了我，就把骗到手的东西归你。"玛纳坎说："老爷，我的亲戚病重，眼看生命难保，我去请阿訇来念经。如不见外，让我用一用您的坐骑，等回来咱们再斗智行吗？"巴依听了便说："也好，你快去快回。"巴依等到天黑也不见玛纳坎回来，才知受骗啦。

你去问问狗吧

柯尔克孜族机智人物故事。

有一天，玛纳坎从王宫里出来后，碰上一个擅长钻营拍马的家伙。那人诡秘地问他王宫里的狗咬人不咬人？玛纳坎不知如何回答才好，灵机一动，说道："你去问问王宫里的狗吧！"

请再付五个铜币

柯尔克孜族机智人物故事。

有个贪得无厌、专事勒索的阿訇来找玛纳坎理发。付了五个铜币，玛纳坎只给理了一半就收起刀说："您的头太大了，需要再付五个铜币才能剃那半边。"阿訇只好再付钱，剃完又让玛纳坎修剪胡子。玛纳坎问："这边的胡子要不要？"阿訇说要，他就把半边胡子剃下来交给阿訇。阿訇十分生气，但又感觉自己的话没说清，只好让他把那半边也剃掉。玛纳坎要他再付五个铜币，才给他把胡子全部剃光。阿訇没了胡子怕人笑话，因此很久不敢出门。

农夫和蛇的较量

柯尔克孜族动物寓言。采录于新疆。

有一个农夫在庄稼地除草，一声呜哨，抬头看见一条蛇用尾撑立着，和他相互直盯对峙着。农夫想起传说中与蛇较量的策略，便开始呼各种可能的名字：恶魔、妖精、眼睛、斑子……但蛇还在原地不动。他抱着一线希望继续猜，蛇却时不时呜一声哨，伸伸舌头死盯着他。这时女儿来送饭，见父亲已呼吸困难头发昏，也被吓呆了。农夫用尽力气喊："快解开我的纽扣！"蛇肚皮突然爆裂，应声倒下。原来蛇的名字叫"纽扣"。

得 寸 进 尺

柯尔克孜族动物寓言。采录于新疆。

冬季里大雪纷飞，骆驼冻得浑身发抖。它东张西望看到一顶帐房，便走过去发现里面住着一匹马，它哀求马让它把头伸进去取取暖，马后退一步同意了。帐房里真温暖，它又哀求把前半身进去暖一暖，马又后挪一步，但感到挤得很难受。一会儿，骆驼又哀求说后腿已冻僵，让把后半身也挤进来。它不等马回答，"呼"地一下挤了进去，马却被它挤出帐房啦。

土族故事

黑马下的张三哥

土族怪孩子型故事。采录于青海。

早年间，有个姓张的老两口养的黑骡马下了一个肉包，老头一刀切开，从里面蹦出一个胖娃娃，取名叫黑马。张黑马长到十几岁聪明伶俐，决心出去见世面，学本事，以便顶门立业。他带着祖上留下的弓箭宝剑，路上遇到从石头下和大树下出来的年轻人，三人按年龄石头为大哥，木头为二哥，黑马张三哥。他们结拜兄弟后便整装出发，在一个山清水秀的地方盖房修院，打猎习武，一起生活。四月初八，有三个仙女在给王母娘娘拜寿的路上，发现林间庭院中的三个少年不禁思凡，就变成三只白鸽飞到院中为他们煮饭熬茶。三兄弟数天打猎回家时，看见满桌茶饭，决定弄个明白。大哥、二哥守家没发现什么，轮到张三哥时躺床上装睡，看到飞来的三只白鸽变成姑娘。他悄悄抱起羽衣留住仙女，于是便结成三对少年夫妇。一日三个妻子吃饭忘记喂猫，猫生气弄灭了灶火。大姐、二姐没有找到火，三姐跑到很远的岩洞向九头妖变的老太婆借到火种。妖魔跟踪来到她们家里面，拼命吸三姐妹的血，使她们一个个变得面黄肌瘦。轮到张三哥守家降妖时，他爬上门顶，妖魔刚跨进门就被他砍下一个头。妖魔逃到窗口、墙缝，又被砍下两个头，于是狼狈逃窜。第二天，三兄弟追到岩洞，在牧羊孩子的帮助下，他们齐心协力围堵妖魔，砍掉它余下的六个脑袋，凶残的妖魔终于死去。三兄弟带着妻子回到张三哥的老家，和老两口一起过上世间最幸福的日子。

好心得好报

土族奇事故事。采录于青海。

两夫妇有三个儿子，老大是前妻所生。一日老两口给每人五十两银子，让他们出门学本事。三兄弟走到三岔路口分手时，约定三年后在此会面。老大走到一座城市省吃俭用，夜宿铺台，第二天清早店铺掌柜看见一个面相聪明的叫花子睡门口，便叫他进去问清事由，决定留他当帮手。老大为人忠厚，勤快好学，把小铺经营得越来越好。后来和掌柜的独生女儿结了婚，便接手铺子生意。不到三年老两口去世了，小两口商量卖掉店铺，驮着财产回老家。走到三岔路口不见老二、老三，老大便去寻找他们。不久找到在杂碎店拉风匣做小工的老二和破窑洞前捉虱子当乞丐的老三。老大给他们更衣鞴鞍，于是兄嫂四人骑着马，赶着骡一起回老家。可是在路上歇脚做饭时，两个弟弟把老大骗到井边一把推下去，回家谎称他们挣下钱财、骡马，带着老大媳妇回来了。再说老大落在二井台上没有淹死，半夜听到两位神仙对话，早晨被过路的脚夫救起来后就赶到京城里去。他照神仙说的揭下皇榜，派人取来东山神泉水治好皇后的眼疾，得到了高官厚禄。他又搬来阳山上的钥匙石和阴山的锁子石，让它们相撞，炸开泉眼解除了这里的旱情。一天，老大带着人马回到家中，向父母详述了三人出门学本领的经过。老二、老三鬼迷心窍，竟和母亲一块去井里偷听神仙说话。神仙来到井边，说他们的对话已被人偷听了，干脆把井填掉。于是，他们抓把土吹口气把井填平。后来，老大便把父亲和妻子接到京城去，一起过上了好日子。

善人与恶人

土族奇遇故事。采录于青海。

赛能和达恰二人为争论干善还是干恶打起来，他们请路人评理，却都说“干恶者好”。按约定达恰把赛能推进湖里了。一群猴子下山饮水时，救起快淹死的赛能，它们认为水中出来的人是神佛，便请他到山上，把他供奉起来。虽然给他好吃好喝、金银财宝，赛能却愁眉不展。一天众猴进山采野果，派一个瞎眼猴侍候神佛，赛能乘机逃走了。他在路上遇到了达恰，达恰听了他的遭遇，大叫：“见金银不要是傻瓜呀！”于是兴高采烈来到湖边。达恰见猴子下山，急忙跳进湖里佯装挣扎，众猴以为骗子又来了，便把他拉上山，投进大锅倒满水加盖压石，叫瞎猴烧火便去采果寻食。水未烧热瞎猴听到达恰放屁咕噜出的响声，以为锅开肉熟，揭锅准备在众猴回来前先吃点肉。达恰乘机爬出把瞎猴压锅里加大火烧滚，还来不及偷金银众猴就回来，他急忙爬上房梁。众猴争相吃肉发现了瞎猴的指头，连声喊着寻找达恰。吓得达恰从房梁掉下，众猴一拥而上把他撕成了八半。

最好的礼物

土族奇遇故事。采录于青海。

土族山庄有一家兄弟仨，老父给每人足够的钱财和人马让他们去做生意见世面，三百天后归家。老大、老二打算赚够一年的享用，带个媳妇回来。老三决心找到治风沙的神仙，以便改变家乡。兄弟仨走到三岔路口分手。老三带了十个伙计，顶着北风在荒滩上走了数天才看到几棵树，大家刚睡下不久听到成群的狼嚎叫，拼杀中十个伙计相继丧命，唯有他逃了出来。在大湖上，老三一箭射死追咬天鹅的恶鹰，天鹅落地变成老阿妈说要报答他的救命之恩。老三遵嘱在月亮升起时等到七位天鹅姑娘下湖洗澡。他将绿色衣服藏起，得到了美丽的七妹做他的媳妇。经七妹指点，他找到风妖洞，在狂风肆虐中勇敢搏杀射死了黄风妖。老三将风妖头作为送父亲的礼物，带着七妹到三岔路口和各自带着媳妇的哥哥们会合，按时回到父亲身边。老大给父亲献上貂皮皮袄，老二献上金毛羊皮，父亲最喜欢老三的礼物，因他战胜风妖给地方带来吉祥。父亲要考三个媳妇的贤能，四天后大媳妇送上精制的帽子，二媳妇送上讲究的靴子，三媳妇展开绣满青山绿水、草原牛羊的毯子，抛向空中缓缓落下，顿时画中美景变成现实。从此山乡变乐园，人们过上安定幸福的生活。

龙蛙女儿当媳妇

土族龙女型故事。采录于青海。

有一家四口，大儿子是前妻所生，后母只让弟弟上学，叫大儿子上山牧羊。他们还拿锤提刀监视大儿子，如果羊没吃饱掉了毛就要他的命。大儿子总是去找水草好的牧场精心牧羊，一天在水池边，他拉开两只打架的青蛙，让它们各自回家。不久有一只大青蛙来说他救了弟弟一命，请他去水晶宫做客。大儿子闭眼跟青蛙来到水晶宫，受到热情接待。花园里的一只鸡对他讲，主人送金银都不要，只要把它带走就好了。于是，大儿子抱着鸡回到水池边，赶着安然无恙的羊群回到家里面。嫉恨的后母又让他开荒翻地，晚上大儿子把心事告诉鸡，第二天，他按照鸡说的在荒山四角和中间各挖一锹土，睡醒时这里已变成一片良田。后母的计谋没有得逞，又给他破木勺让明天去浇一遍透水，在鸡的帮助下他又办到了。这天大儿子拿着鸡给的银子交给父母，后母听说水中宫殿有许多金银，立刻背起口袋跟他到河边，父母争相跳入水中再没出来。他让弟弟继续念书，自己放羊种地，可每天回家饭菜都已经做好。这天他藏在家里观察动静，原来是鸡变成美丽姑娘所为。她是龙蛙家的女儿，专来保护他，免遭谋害。从此他们结为夫妻，过上太平日子。

三件宝贝

土族宝物故事。采录于青海。

山沟里住着老阿妈和儿子、儿媳一家人。一天阿妈把讨吃的白发老人请进屋好吃好喝住下，老人临走给阿妈三件宝：日行千里的靴子、变出饭菜的三粒菜籽和倒出银钱的口袋。有了宝贝后，儿媳提议离开穷山恶水，于是儿子脚蹬靴子背上媳妇找到一处山清水秀的地方落下。儿媳换上靴子去背阿妈，到家却撒谎说宝贝失灵，丈夫摔死了。阿妈哭得死去活来，她乘机拿上另两件宝贝跑回娘家。儿子等到天黑不见媳妇，四面山高湖大无路可走，就跪倒哭喊，向山神求救。一老汉听完述说，送他能开路的拐杖、使人聪明英俊的红花和把人变猴的黄花。他举起拐杖在眼前开出大道，闻红花浑身增长力量，走了七天七夜见到了双眼哭瞎的阿妈。他让阿妈闻一下红花，阿妈立即复明。他知道真相后，很快赶到媳妇娘家，用黄花绕她的鼻子，把她变成猴子逃跑了。他取回宝贝和阿妈一起过上好日子。

除蟒王

土族除妖故事。采录于青海。

妖怪蟒王长年住在山洞里，专门吃人畜糟蹋妇女。土司发出告示，谁除掉蟒王有重赏。土族姑娘阿依姐揭了告示，她带领村里姑娘穿上漂亮的衣裙，整天练习歌舞。在七月十五龙王山歌会上，阿依姐让村民围成圆圈，她和众姐妹在中间纵情跳舞唱歌。蟒王听到歌声走出山洞，一阵狂风飞滚下山，冲进了人群。阿依姐毫不慌乱，沉着应对。她让蟒王坐中间先听情歌，听够了再陪它回洞。蟒王听得正得意，突然阿依姐率众姐妹把带在身上的铁环套在它脖子上，村民们一齐拥上，用石头土块砸死了蟒王。除掉大患，土族从此安宁太平。

三个朋友分肉

土族动物故事。采录于青海。

有一次，狗、猫和青蛙三个朋友捡到一块肉，准备分食。狗想独吞，便提议比赛跳坑：猫、狗急于选好位置跳进坑里面，青蛙在后悄悄咬住狗尾，狗从坑里摆尾跃出坑时，它已顺势最先站在坑边。狗没有得逞，又提比谁年长：猫说已活了一百年，狗说已活了一千年，青蛙洒泪说，它的两个儿子如在世，一个同狗一样大，一个同猫一样大。狗还不甘心，再提议比谁先喝醉：猫说喝一杯就醉，狗说闻到酒味就醉，青蛙摇摇晃晃说听到“酒”字就醉。最终青蛙得胜，那块肉落到了青蛙手中。

猫 虎 分 家

土族动物故事。采录于青海。

猫和老虎原来是一家子。猫对老虎说人用火煮饭很好吃，想去要点火来。猫要到火后，人家里的饭还没煮好，饭菜飘香馋得它不想走，它故意把火弄灭，又进去点火。猫反复几次饭才好，人们吃饭时就给它尝一点。猫舍不得离开人家，索性跑回去要同老虎分家，老虎不肯。猫提议教老虎学上树，老虎学会上树，却不教它下树，猫趁机溜进人家里去了。老虎在树上饿着肚子下不来，无奈一头栽下，把颈骨摔伤了。从此老虎便和猫分家了，独自走进树林里。老虎因为没有学会下树，从此就再也不敢上树了。

狐狸与狼比年纪

土族动物故事。采录于青海。

狼叼着死羊正准备美餐一顿时，狐狸跑来笑呵呵说：“那座山上有块好地方，这么好的肉应到那里去吃才有意思，我帮你背过去好吗？”狼十分赞同，背到了那里后，狐狸又说：“好歹我也辛苦一趟，咱们干脆比谁年纪大，谁大就让谁吃好吗？”狼自信个头大能赢，便说：“我记事时这座山还是小土堆，你说我有多大？”狐狸听了哇哇哭道：“我最疼爱的小孙子要活着，就和这座山同岁呀！”狼正感到疑惑，谁知狐狸已叼起羊肉独自享受去了。

兔子分赃

土族动物故事。采录于青海。

兔子和狼、老鹰、喜鹊合伙去打劫。有个喇嘛背着东西迎面走来，兔子让大家等着，然后跑过去小声对喇嘛说：“赶快跑，狼在那里要吃你！”喇嘛抬头看到狼，吓得扔下袋子便逃跑。兔子得到喇嘛的袋子，因为有功，便由它来分赃。它取出一双靴子给狼说：“这样，你走到茬子地里抓羊就不扎脚了。”它取出摇鼓给老鹰说：“你去摇着鼓给孩子念平安经吧。”它取出铜铃给喜鹊说：“你摇着铜铃去给孩子念长寿经吧。”它最后取出馒头说：“你们都食肉，让我拿去吃一顿吧。”兔子分完赃后，各自回去了。狼穿靴子跑不快，被放羊人打得半死；老鹰摇鼓念平安经，小鹰吓得都飞走了；喜鹊摇铃念长寿经，孩子们吓得全逃跑了。三个伙计找来要算账，兔子划破自己嘴唇说：“喇嘛念咒经把我的嘴划破，你们赶快把东西送回去，不然再念咒经都活不成啦！”喇嘛看到送回去的袋子，很感激兔子，就说：“你以后每隔五天来一次，我都给你馒头吃。”

鸠吃太阳

土族动物故事。采录于青海。

远古时候凶恶的鸠是鸟王，有一天，它召来乌鸦和猫头鹰问道：“为什么万物都尊崇太阳？公鸡早晨不先来朝拜我，却先对太阳唱赞歌？花草树木每天都绽开花朵去迎接太阳？”它们随声附和讨好鸠，便提议除掉太阳。第二天一早，鸠最先飞到太阳家里，张开大口扑上前，睡着的太阳睁开眼，万道光芒瞬间把鸠烧成灰。乌鸦刚刚赶到太阳的家门口，来不及逃命，浑身已被烧成黑色。猫头鹰去得最晚，立即调头躲进密林，白天再也没脸出来见太阳。此后，凤凰便当上了鸟王。

可怜的小牛犊

土族动物故事。采录于青海。

从前，有一头母牛领着刚出生不久的小牛犊在河滩里吃硬草，喝污水。小牛犊觉得太苦，要求妈妈带它到山里吃牧草，喝清泉。母牛劝说道：“小牛犊，小牛犊！山里的牧草虽然香，但是山里的恶狼很厉害；沟里泉水虽然甜，沟里的老虎可凶猛……”但是初生牛犊不畏虎，它独自离开妈妈去闯山沟，好草没吃上就遇上了张着血盆大口的恶狼。小牛犊绝望地呼叫阿妈。阿妈听到哀号，奋不顾身飞奔上山去与狼搏斗，等拼命飞跑的小牛犊返回来时，只找到了阿妈的白骨。母牛的灵魂对凄哭的小牛犊说：“小牛犊，小牛犊！白的是阿妈的骨，红的是阿妈的血，黑的是阿妈的毛，埋了白骨埋了血，你就背上皮子往滩里跑吧。”于是，小牛犊遵照阿妈的嘱托，披上残破的皮毛下了山，到滩里吃苦草喝污水，过着饥饿孤独的生活。

青蛙智胜兽中王

土族动物故事。采录于青海。

老虎夜晚出洞觅食，青蛙的叫声把到口的动物给吵跑了。老虎便以兽中王的身份命令青蛙离开。青蛙说：“你是山里王管不了我水中王！”说罢纵身跳入水中。老虎来到水池边，在月光下果然看见水里面有一个很凶的家伙正怒视着它。老虎不服气，要求与青蛙比夜行千里。老虎翻山越涧飞快地跑，当它跳过大涧沟转身喊时，青蛙已在它的身后坐定。为了征服青蛙，老虎又呕出各种动物的心肺残渣，说自己每天吃的是兽肉。青蛙吐出几根刚咬虎尾时留在嘴里的虎毛，说自己每天吃的是虎肉，要不是消化快，连虎肉也可吐出来。老虎于是服输，再也不敢管青蛙啦。

黄牛牦牛和老虎

土族动物故事。采录于青海。

老虎对黄牛说，你的长角易被树枝挂住，我帮你砍掉一截就方便了。黄牛很感激，待角截掉后虎就把它吃掉了。虎又用此甜言诓骗牦牛，牦牛怒道，我要留着对付那些吃我们的野兽！看到牦牛如剑般锐利的大角，老虎就一直不敢惹它了。

兔儿传圣旨

土族动物故事。采录于甘肃。

兔子和羊羔在山坡上吃草时，走来一只狼。狼想吃它们，又觉得它们太瘦小，就说："山坡是我家的，你们好好吃，长大后还我草钱。"秋天，兔子和羊羔长大了，这时狼过来拦住去路。兔子不慌不忙，让羊拿出拣来的毡片和黄纸，铺好毡片请狼坐下，举起黄纸说："狼伯伯，请听狮子大王圣旨：我需要一百张狼皮缝坐垫，现还差一张，凡看见狼者一律向我报告，违旨者严惩不贷！"狼听完吓得撒腿就跑，不知去向。

拉仁布和琪门索

土族婚恋故事。采录于青海。

从前，哈拉池地方有个土司叫阿布，他有个美丽善良的妹妹叫琪门索。琪门索和穷牧工拉仁布一起放牧，深深相爱。土司阿布和老婆一心要把妹妹嫁给金银满仓、牛羊满山的胡头人家，为了使她听从摆布，阿布在拉仁布放羊的地方把他杀害。乡亲们抬着拉仁布到火葬场，冲天烈火烧不着尸体，这时琪门索不顾哥哥阻拦赶到现场，唱着悲愤的歌，把衣服首饰投入火中，然后纵身跳进烈火，双双被焚化了。阿布把他们的骨灰分别埋在大河两岸，一年后长出两棵大树，枝叶朝着对方交叉缠连。阿布两口心虚害怕，令家丁锯树焚毁。大火烧了三天三夜，从火堆里飞出一对鸳鸯鸟，它们飞向蓝天再不分离。

兰索姑娘

土族家庭故事。采录于青海。

兰索姑娘十五岁时，父亲给她在很远的地方找了一个婆家，嫁给比她小八岁的小女婿。兰索来到婆婆家，天不亮就起来生火做饭、拾柴推磨，从早忙到晚，小女婿白天玩耍，晚上尿炕。一天下地锄草，兰索把自己的不幸告诉小鸟，让鸟儿转告她的母亲。母亲捎信来，嫁出去的姑娘泼出去的水，无法再回来。看着母亲给她做的衣裙鞋帽，兰索失声痛哭。几天以后，无望的兰索姑娘便吊死在柳树上了。

三姐妹的遭遇

土族家庭故事。采录于青海。

从前有夫妻俩，妻子已怀孕。老话说：养下男儿满堂红，养下女儿一场空。所以，妻子一心盼着生儿子。谁知十月怀胎，妻子生下一个女孩，并且一连数年生下三个女儿。夫妻二人还在盼儿子，结果再也没怀上了。转眼间三个女儿长大，个个聪明能干。但父母亲还在盼儿子，骂她们是“赔钱货”。一天父亲说带她们上山采花，竟把她们丢弃在林子里。傍晚，三姐妹正抱头痛哭，被猎户三兄弟遇到，一起带回家中。猎户阿妈同情三姐妹，就收留她们，像亲女儿一样对待。不久，三姐妹和三兄弟结为夫妻，一家勤劳，生活殷实。三姐妹日夜思念父母，于是三对年轻夫妇备好兽肉、衣物、山货回到了娘家。谁知道大门紧闭，三姐妹爬上屋顶，从天窗看到父母体衰眼瞎，正在抓草木灰吃。她们赶紧把衣物、兽肉丢下去，老两口摸到拼命往嘴里塞，念叨着：“老天爷赐恩了！再给我们赐个儿子吧！”当伤心的三姐妹走进屋里的时候，老父母已经被噎死了。

两个吹牛的家伙

土族讽刺故事。采录于青海。

从前，有两个人都吹自己胆大，敢在火葬场睡觉。他俩打赌，大个子说：“只要你半夜把这根木桩钉在火葬场，我就给你十两银子；若钉不上，你给我十两银子。”半夜小个子壮胆子去了，慌张间把自己的长衫大襟一起钉在地下，怎么折腾也跑不了。他以为被鬼抓住，竟吓死在那里。天麻麻亮，大个子赶去看到这场景，吓得“啊哟”一声倒地，竟再也没起来。

父亲和十个儿子

土族人事寓言。采录于青海。

从前，有个官人养了十个儿子。儿子们长大后各顾各，谁也不理谁。一天父亲唤来十个儿子，拿一把捆紧的筷子，问谁能折断。结果十个人谁也没能折断。父亲又把筷子拆开每人一根，他们都轻松地折断了手中的筷子。父亲说：“你们十兄弟就像这筷子，紧紧拧在一起，就牢不可破无人能折；如果闹不团结，不齐心协力，就容易夭折一事无成。”儿子们深受感动，从此和睦一心，互相帮助，遇事共同商量，无坚不摧。

爱听老婆谗言的鸟王

土族动物寓言。采录于青海。

鸟王的老婆常对它说，你管辖的鸟类，有比你住得好、穿得好、吃得好的，应该下一道圣旨，让它们统统给你上贡！于是鸟王命令所有飞禽到王宫听旨。第二天林中鸟儿按时飞来，唯有花喜鹊姗姗来迟。鸟王怒气冲冲责问，喜鹊说："路上有人争论'白天多还是黑夜多'，我回答：'以太阳为准'，看不见太阳算黑夜，阴雨天也看不见太阳，所以黑夜比白天多。"鸟王未消气，认为这点事不应该迟到。喜鹊接着说："又有人争论'世上男人多还是女人多'，我说是女人多。"鸟王好奇起来，问道："天下有一个男人就有一个女人，这是天神的安排呀！"喜鹊说："把爱听老婆谗言的人通通当作女人，不是女人就多了吗？"鸟王面红耳赤，圣旨也不下达了。

爱夸口的青蛙

土族动物寓言。采录于青海。

雨过天晴，青蛙在牛蹄窝里戏水。这时候有两只候鸟从遥远的海洋飞来，青蛙指着牛蹄印问："你们经过的海洋有我这个海大吗？"候鸟说："比你这个要大千百万倍也不止呢！"青蛙不信，一定要跟候鸟去看看。候鸟找来柳枝，让青蛙衔住中间，叮咛它在路上千万不要说话，于是候鸟衔两头抬着青蛙飞上天空。一群妇女下地拔草，望见天上的候鸟和青蛙，大声喊道："看哪！谁出的主意，真聪明哪！"青蛙按捺不住，张开大口："是我——"话音未落便摔得粉身碎骨。

下河洗扯谎病

土族劝诫笑话。采录于青海。

兄弟俩专好扯谎，一天哥哥决心和弟弟去河里洗掉扯谎的毛病。哥哥准备了一块干肉捏在手里跳下河去，上来吃着肉对弟弟说："龙王见我洗扯谎病，赏我一块干肉，特别香！"弟弟脱光衣服一头扎进水底，用力过猛，撞在石头上把头碰烂。上岸鲜血直淌，他捂着伤口说："龙王嫌我来迟，一鼓槌敲我头上，哎哟！痛得受不了啦！”

办 年 货

土族谐趣笑话。采录于青海。

一天，有个人进城置办年货，见货摊上有一面镜子，把所有的年货都反照在里面，花花绿绿非常好看。他想，买上这宝物，不就把所有年货都办好了？于是买了镜子回家。妻子一看噘嘴说：“娶来个二奶奶，就不要我了。”婆婆不相信，这尕东西里能装人？一看，便责骂儿子：“憨头，要娶还不娶个年轻的！”老头子纳闷，买个啥东西，一个个看了都中邪？夺过镜子一看，说道：“明明是个老阿爷，什么年轻不年轻！”儿子莫名其妙，四人同往镜子看，惊呼：“怎么办的年货变成我们全家人啦？”

养鸡买马一场空

土族劝诫笑话。采录于青海。

从前有一对懒夫妻，整天做发财梦。这天太阳刚偏西，两人就上炕睡觉了。妻子对丈夫说，明天去借点钱买只鸡。丈夫不解，妻子接着说：“买只母鸡天天下蛋，日子多了把蛋换成钱。”丈夫不屑，这发不了大财呀！妻子说：“拿钱再买头母猪，等猪下了仔一起卖掉。”丈夫忙说：“再买匹马，一匹、两匹下驹，下了一大群。不过不能太多，由谁来放养，往哪里圈？”二人越说越高兴，妻子说，这时要选个好当家的。二人开始为谁当家争吵起来，越争越激烈，竟扭打成一团。邻居听到，急忙跑来劝架，一问才知道，原来是炕上的主意——空想。

达斡尔族故事

十二个脑袋的老狼精

达斡尔族狼外婆型故事。采录于黑龙江。

早年间，有一个老婆婆有四个女儿，大姑娘叫“勺子”，二姑娘叫“扫帚”，三姑娘叫“笊篱”，四姑娘叫“门鼻儿”。有一天，老婆婆回娘家去借粮食，在路上遇到长了十二个脑袋的老狼精。它从老婆婆口中打听出她家的地址和家里面的情况后，就把老婆婆吃掉啦。随后老狼精穿上老婆婆的衣裳，冒充老婆婆去她家叫门。前面三个姑娘都不给它开门，四姑娘门鼻儿给开了。天黑后，门鼻儿挨着老狼精睡觉，半夜，三个姑娘听到“嘎嘣嘎嘣”吃东西的声音。大姑娘勺子问它在吃啥？它说在吃萝卜，可是过来一看就知道它把小妹妹吃了。于是老大拿一把木梳，老二拿一把篦子，老三拿上一面镜子，急急忙忙地跑了出去。老狼精发现后赶紧起来追赶她们。眼看快追上时，老大扔出木梳，顿时变成松树林挡住老狼精。等它啃出一条路追过来时，老二扔出篦子，顿时变成竹林挡住老狼精。老狼精啃出一条路追过来时，老三扔出镜子，顿时变成一片湖水挡住老狼精。老狼精问她们怎么过？三姐妹告诉它，把肚子扒开，把肠子扔到地上，就可以过湖了。老狼精因为自己有十二个脑袋不会死，便照他们的话办了。可是刚到湖中间，就飞来一群乌鸦叼走了它的肠子，老狼精就死了。三姐妹战胜精怪，又回到家中开始了新的生活。

金光闪闪的儿子

达斡尔族怪孩子型族故事。采录于内蒙古。

老两口为求子不断向老天爷烧香磕头。一天，五个变成天鹅下凡洗澡的仙女看到了老两口，决心帮助他们。于是变成一个小伙子到老人家里去拍打老妈妈的左膝盖。不久老妈妈的膝盖上长一个肉瘤，越来越大，老头冷不丁用猎刀割开肉瘤，从里面蹦出个小男孩，他胸背上各有一颗金痦子，便取名“阿勒坦噶乐布尔特”（意为“金光闪闪”）。男孩儿五岁时已经本领惊人，把天空飞的、原野上跑的射得精光。父亲替儿子担忧，让他不要上北山，因为那里有一只千年花公野猪已吞食了无数人畜。阿勒坦噶乐布尔特悄悄离家上山，被野猪巨口吞咽下去，他撕脱猪心，踢断肋条，然后扛起猪心又跳出来，回家把它扔进畜圈，竟像一座红色山包。十岁时，阿勒坦噶乐布尔特向父亲要一匹胯下坐骑，但挑中的壮马都经不住他的压力，最后父亲教他在端午节黄骒马下驹时射杀巨凤，救出金色的驹子。他翻身上鞍，尽管金色的驹子尥蹶子翻筋斗，最终还是被他征服了。一天，阿勒坦噶乐布尔特梦见白发老人让他到西海取回三棵宝树做弓箭，用巨凤羽做箭翎，野猪筋做弓弦，方可狩猎杀敌。九天后，守住大门不舍他远征的老父母打起盹来，他飞步出门唤来坐骑，一袋烟工夫跑到西海中央，战胜了守护的斑驳大蛇，连根拔起宝树，在太阳落山前赶回家里。阿勒坦噶乐布尔特装备好自己，带领族人消灭西方群魔，终于过上安乐的日子。

江蚌姑娘

达斡尔族龙女型故事。采录于内蒙古。

早年间，有父子俩以捕鱼为生。这天父亲在江上连撒三网，打上来一个银光闪亮的大蚌，他抱回家养在水缸后面的桦皮桶里，不久便去世了。小伙子拿起父亲用过的渔网也去江上捕鱼，这天远远看见家里烟囱冒烟，进屋后发现炕上、地上都打扫干净了，锅里面热气腾腾的。一连数天后，他发现是水缸后面桦皮桶里走出来的姑娘所为。他摔碎蚌壳，便和江蚌姑娘结为夫妻。这天小伙去打鱼，江蚌姑娘婉转美妙的歌声和花容月貌迷住了路过的笨伯尔巴音。第二天，笨伯尔巴音叫来小伙子，逼他三天内把姑娘送上门。小伙子怀揣妻子的银簪，到大江上游进石洞里，战胜了蟒蛇取得红宝石匣。三天后，笨伯尔巴音来要人，答应了江蚌姑娘提出的三个条件，然后抱着红宝石匣回去了。第二天笨伯尔巴音邀请四方巴音前来参加婚礼，中午小伙子和江蚌姑娘走来，他赶忙点起九根艾蒿将宝石匣熏绕九圈，匣盖崩开，里面跳出九男九女轻歌曼舞。大家正看得出神，童男童女突然变成大汉和女将，护送小伙子和江蚌姑娘离开。不一会儿，宝匣里喷出冲天火柱，把宴会场烧成灰烬。从此，小伙子和江蚌姑娘夫妻俩过上了美满生活。

三个大力士杀莽盖

达斡尔族除妖故事。采录于内蒙古。

大力士巴布嘎（意为“拳头”）路遇老两口在痛哭，说女儿被莽盖抓走了。他问清去向，决定帮老人救回女儿。他正走得口干舌燥时，迎面过来一为丈夫送饭的女人，他恳求要点水润舌头，竟把满桦皮桶的水几口喝光了。到了地头，干渴的农夫要打女人，他飞步上前道歉，并举拳在地上砸出泉口。农夫十分佩服巴布嘎，二人结拜兄弟，搭伴去救姑娘。他们走进群山，有个牧人来诉苦，说有一头野犴牛每天顶死他几十头牲畜。巴布嘎见犴牛犄角坚硬，把山岩划开一个缝子，一跃骑上犴牛，任它狂奔撒野，终于把它制服了。于是，巴布嘎扛起野犴牛和农夫继续赶路。在路上又遇到一个彪形大汉仰望天空的小黑点，原来那是他昨天抛向天际的一个碾磙子，此时一下坠落在主人手里，他连忙装进兽筋网兜里面。这个汉子叫保勒（意为“磙子”），随即和他俩结为兄弟，一同去救姑娘。他们来到一个城堡，去请铁匠为犴牛角装了百斤重铁管，在碾磙上钉三十颗铁齿，在铧箭头上接三拃长铁尖，然后走到黑山脚下，看到半山洞前绑着一个姑娘。那个姑娘刚被他们解救，就赶忙躲到崖后面。三头莽盖回来时，看见洞前有三个男子，立刻张开血口扑来。保勒托起碾磙打中莽盖中间的脑袋，巴布嘎命令犴牛冲上去用犄角豁开莽盖肚子，农夫拉满弓铧箭射穿莽盖黑心，这个作恶多端的莽盖终于死去了。三位力士为民除害，并且救了老两口的女儿，全村落的百姓一起设宴款待三位英雄，向他们表达敬意。

安本的儿子

达斡尔族除妖故事。采录于内蒙古。

从前有母子俩，男人在世时当过安本（清朝官职），家有牲畜成群，金银无数，还给儿子留下一匹金黄骏。一日邻居老头儿问小伙子：“山坡上你家的成群牛马无人管理，你有能耐为啥不去管？”回到家后，妈妈把安本用过的弓箭给他，见他射过了南山坡，才放心让他去看马群。小伙子召唤来金黄骏鞴鞍骑到中途，骏马停步教他制服两匹看守马群的枣红马的办法。他一一照办了，并清点了满山的马群顺利回家。这天心怀叵测的邻居老头儿又对小伙子说，当年安本为打猎方便答应和满盖结亲家，让他有本事去把姑娘接来。母亲知道儿子主意已定，便交给他安本用过的宝剑，送他上路。小伙子翻过无数山峦，按金黄骏的叮嘱，给迎面扑来的大群黑鸟猛扔肉干、饽饽，趁机闯过一关；又趁巨大天剪张开时，猛抽骏马飞奔冲出天边。他到海边趁满盖游到水中央时，瞄准中间的脑袋射死了九头妖魔。满盖的黑老婆气势汹汹等他到来，满盖的女儿被他的来意打动，决定和他一起对付自己的母亲。他见姑娘梳子掉地才拿起筷子，见篦子掉地才端起饭碗。半夜他们等到黑老婆睡着，口冒白气，立刻解开金黄骏缰绳双双逃离魔窟。他们正奔跑时，飞来两把不见人血不回头的宝剑，姑娘双手接住，割出小指血抹在剑上，宝剑立即飞回。黑老婆看到血剑便放心睡觉，后经身下灵魂的催促，她又追来。金黄骏和妖婆在海里搏斗了一个昼夜不见胜负，第二天中午终于冒出黑气，金黄骏疲惫钻出海面。他们按金黄骏的临终交代，剥马皮卸四蹄支起一个小棚。清晨小棚变成房子，从东北角洞口跑出金黄骏马和妖婆的灵魂与黑狗搏斗，小伙一箭射死了黑狗。随后，他们骑上复活的金黄骏高高兴兴地奔回故乡。

德洪莫日根

达斡尔族除害故事。采录于内蒙古。

在遥远的西方有个专门残害无辜百姓的国王，德洪莫日根决心要铲除这个祸根。他辞别妻子，跨马西行，晓行夜宿，在一座大山下看到了血流成河的惨景。他把一支支箭插在山脚下的平地上，枕鞍睡觉。国王的喽啰发现平地长出树林和山包，便冲过来砍伐树林。德洪醒来见有人砍箭杆，抓起土块便扬出去，立刻化作飞沙走石打得他们逃回王宫。国王砍了这群怕死鬼，又派一批武士去活捉劲敌，却被德洪的利箭射得遍体鳞伤，狼狈逃窜。接着，国王带领五百将士亲自出马，箭矢像飞空梭镖朝德洪射来，却全都插在树干上，对他毫发无损。德洪飞身跃马，花马突然跑到一棵白桦树下，说树上鹰巢里的红蛋是国王的灵魂。德洪取出红蛋追上逃跑的国王，摔碎红蛋，便结果了国王的性命。德洪沿着血涧前行，在尸骨成堆的山洞里救出无数受难的弟兄。王宫里一个黄发女人正对小王子唱复仇曲，他破门而入，王子赶忙逃跑。追赶中花马告诉他，王子的黑坐骑尾巴里有一根白马尾，那是王子的灵魂。他连射三箭，射断了白马尾，王子应声坠鞍。此时，被救难友赶到，一起冲进城内消灭了剩余的残兵败将。人们在欢呼声中把鲜花奶酒献给了德洪莫日根。

白面饼和银元宝

达斡尔族奇事故事。采录于内蒙古。

从前有两兄弟都已结婚，嫂嫂挑着分家，弟弟两口子两手空空地到邻屯破屋住下。一天弟弟揣两张荞面饼进山砍柴，晌午正要吃饼时，面前一块巨石突然对他说："我有千年没吃到饼啦，给我分点吧。"弟弟一惊：这是千年不死的石头人哪！于是便把两张饼都放进石人嘴里。石人一咕噜吃完，说它嘴里有两个银元宝，让弟弟拿去。弟弟拿回家后，买车置地，日子越过越好。哥嫂眼红，问清缘由后，嫂子做了十个白面饼，让哥哥带去扔进石头人嘴里。哥哥对石头人说："你吃了我十张白面饼，该给我十个银元宝啦。"石人张开嘴，他双手伸了进去。谁知石人咬住他的手，怎么也拔不出来了。老婆不见男人回来，想是给了一大堆元宝扛不动了，赶紧跑到山上。男人被石头人咬住，哭啼啼说："我算没救了，死别前，让我亲你一口吧！"老婆念其二十多年夫妻，搬来很多石头堆成堆，踩上去把脸贴过去。男人一次又一次地亲，竟吻出声响，石人憋不住张嘴大笑。夫妻俩这才掉下来，逃跑回家。

神箭手女婿

达斡尔族奇遇故事。采录于内蒙古。

早年间，有一个老头儿独自养大三个儿子。一天老头儿病重，对儿子说，他咽气后，用铁棺材拴上铁链子向南拉，链子断在哪里就埋在哪里。三个儿子按老人的临终嘱咐，拉过头两道岗子，老大、老二先后累跑不干了；老三一人拉到第三道岗，铁链断了。他回来做好饭菜去送祭饭，两个哥哥不愿去，他一人连夜送到墓地。一匹雪白骏马把老三惊醒，这匹马鞍辔俱全，鞍鞘上系着弓箭和白包袱，包里一件白长袍。第二夜送祭饭，金光里有一匹金黄骏，鞍鞘上系有弓箭和绿包袱。第三夜，红光里站着一匹黑绒马，鞍鞘上系有弓箭和黑包袱。它们都说是老人生前渴望的坐骑，随时听从老三召唤。一天，老三听两个哥哥说，头人的三闺女选婿，谁能跑马连射三颗牛萨克就中选。清晨哥哥们走后，老三唤来雪白骏，穿上包袱里的白长袍来到选婿场地。三闺女骑着六条腿的马跑在前面，后面跟着参选的男人们。老三策马上场连发三箭，一箭射中牛萨克，跑出北彩门不见影儿。第二天老三唤来金黄骏，穿上包袱里的绿长袍，上场连发三箭，两箭射中了牛萨克。第三天他又唤来黑绒骏，穿上黑长袍，连射三箭，把三颗牛萨克都射中了。在一片欢呼声中，一帮骑士围上来，在他脑门上打了官印，他赶快策马跑掉。回到家，老三蒙头睡到天亮，几个骑士挨家寻找脑门有官印的青年，终于选中这个神箭手女婿。

一头陷入泥坑的毛驴

达斡尔族动物故事。采录于内蒙古。

毛驴陷到泥坑中，狼说我要吃你，驴说不拉我出来怎么吃？狼费力把驴拉出来后说："我该吃你了。"驴说身上有泥怎么吃？狼舔干净驴毛说："我该吃你了。"驴说它尾巴下有本书，看完再吃。狼掀驴尾看书，驴用力尥蹶子踢倒狼跑了。狼趴在地上哭起来："你不是主人我拉你，不是妈妈给你洗身子，不是秘书看你的书……"狼哭着说着，终于死去了。

机智的山羊

达斡尔族动物故事。采录于内蒙古。

有一回山羊正吃草，狗熊从山坡上扑来。死到临头，山羊仍然壮着胆子继续吃草。狗熊被泰然的羊吓住，问它叫什么，羊自言是羊将军，头上长两把宝剑，屁股后长三角扁斧，下巴上长吃熊肉后擦嘴的细条麻布。熊听了吓得逃往山里，遇上了狐狸，狐狸要陪它去吃山羊肉，并答应绑住相互的腿一起前往。山羊正在吃草，看见它俩过来，急中生智高喊："狐狸，你真讲信用，送来了狗熊。"愤怒的狗熊转身掐死狐狸，拖着狐狸逃向山林。山羊终于脱险，平平安安地回家去了。

抢占熊窝的刺猬

达斡尔族动物故事。采录于内蒙古。

狗熊采集很多食物准备过冬，早晨它又去采榛子，刺猬钻进熊窝饱吃一顿后，便躺下呼呼大睡。狗熊回窝看到被糟蹋的样子，气极扑向缩成一团的刺猬，巴掌被扎得鲜血直流。它暴跳如雷要吞掉刺猬，又被扎得满嘴流血。狗熊无可奈何，只好弃窝去别处安身，刺猬轻易霸占熊窝，吃住无忧。大雪天狐狸觅食嗅到刺猬，见熊不在就大胆进窝了。刺猬施故技紧缩一团，狐狸将其翻身仰面朝天，对准鼻孔撒尿。刺猬呛得伸腿亮出肚皮，被狐狸咬破掏出肚肠，轻易地被狐狸吃掉了。

托娅的故事

达斡尔族误杀奇案型故事。采录于内蒙古。

部落里有户人家，寡妇领三个儿子、儿媳和女儿托娅过日子。开春，二儿媳去为婆婆采柳蒿芽，托娅也要跟着去了。她们走了二十多里路，采好柳蒿芽，在回家路上遇到了大雨。托娅实在走不动了，便让嫂嫂回去套车来接她。雨渐渐小了，托娅缓过劲来就自己往回走。傍晚她迷路了，在一小镇想讨点吃喝并借宿，因语言不通都不肯留她吃住。最后她闯进一个独户小伙家，小伙让她更衣吃喝后，给她干净被褥，自己到镇上饭铺借宿。小伙讲了外地姑娘留宿的事，被老板的光棍汉表弟偷听到。这个家伙喝完闷酒，便向小伙家走去。再说，小伙家的邻居是个猎人，他的年轻媳妇早已看中小伙。这天年轻媳妇趁丈夫出猎不归，就跳窗而入上了小伙的床。托娅听到响声，吓得躲到大箱后面。这时光棍汉也跳墙进来，看到床上有个女的，也上了床。事有凑巧，猎人打到狍子半夜回家，不见媳妇，跟踪脚印找到小伙家，看到床上有一对男女，抽刀结果了他们的性命，准备天亮到衙门去自首。清早小伙回来，屋里一片狼藉出了人命，立刻到衙门报案。这时猎人也来自首，于是真相大白。小伙子套车送托娅回家，路遇托娅的三个哥哥打猎归来，一起回到部落。在欢庆的酒宴上，经族长提议，将托娅嫁给了忠厚善良的异族小伙。

聪明的三儿媳妇

达斡尔族巧媳妇故事。采录于内蒙古。

一个老头子有两个儿媳妇，这年农忙后都要回娘家。公公要考考她们的才智，便让她们各带回一筐“肉包骨”和“骨包肉”。两个儿媳想不出是什么东西，回婆家时急得哭起来。邻家姑娘听说后告诉她们，“肉包骨”是枣儿，“骨包肉”是鸡蛋。她们返回后，公公问明实情，立刻到那个姑娘家去提亲，把她娶过门做了三儿媳。一次公公下地，让大二媳妇用筐提水送来。二人又去问弟媳，她说公公是要一筐黄瓜。公公夸赞三媳妇，小儿子在一旁顶撞了几句，父亲打断了他的“话把儿”，拿起锄头打儿子。小儿子跑回家，父亲追到门口，三儿媳说她的丈夫“挖风根子”去了。公公说：“风哪里有根子？”三儿媳立刻问：“话哪里有把儿呀？”公公说不过三儿媳，连忙请来能言善辩的小舅子。小舅子封住半拉嘴，问三外甥媳妇：“三外甥在家吗？”三外甥媳妇说：“他正牵毛驴在锅台上站着呢。”小舅吃惊：“那毛驴不往锅里拉屎吗？”三媳妇说：“不能，屁股用纸糊住了。”小舅羞得满脸通红，转身就走。三儿媳处处维护俩姐姐，以后公公再也不刁难她们了。

比 力 气

达斡尔族武艺故事。采录于内蒙古。

年轻媳妇挑一担米汤给地里丈夫送饭，半路有个耕地小伙向她讨米汤喝，结果把两桶米汤都喝个精光。丈夫得知，把地头松树连根拔起去算账，小伙慌忙把黄牛和犁杖夹胳肢窝逃走了。两人厮打难分上下，只好到别处去比力气。路遇一人背着榆树锄地，图凉快，也要跟他们去比力气。随后又遇到一个大力士，见他们口渴嚼树叶，猛一跺脚砸出一汪泉水，四人喝够继续前行。傍晚在一所房前，他们向老奶奶讨顿饭吃。老奶奶让他们把院里的磨盘搬进屋，可四人谁也搬不动。老奶奶用一只手把磨盘抬进屋里，说道：“你们的力气还小着哩，吃饱回去好好练本事吧！”

有智谋的穷孩子

达斡尔族两头哭型故事。采录于内蒙古。

一个穷孩子很有智谋，财主不信，要当面试试。穷孩子说江面上鱼很多，忙着要去借筐子抢鱼。财主信以为真，脱掉鞋就下水捞起来。这时穷孩子过来对他说：“你没有网怎么捞鱼？我给你借网去。”说完，拎起财主一只鞋跑回去告诉他家人，财主掉江里了，捞半天才捞上一只鞋。财主家人忙套车去收尸。孩子乘机进屋拿了一根门闩，抄近路去江边告诉财主，说他家失火，救了半天才抢出一根门闩来。财主立即往回跑，与家人相遇，才知都被那孩子作弄了。

傻小子学话

达斡尔族嘲讽笑话。采录于内蒙古。

有个白音老来得子，孩子长到十八岁还傻里傻气的。这天白音给傻小子三个元宝，让他去学聪明。走在路上，傻小子见一辆驴车陷在泥坑里，车主在和人商量如何把车拖出来。他用一个元宝买下了人家说的话。走到村子里，有个老人在哄孙子，他又买下了老人说的话。往前走，傻小子见一伙人盖仓房正忙着上大梁，他买下了人家大声喊的话。三个元宝花光，傻小子回来了。他见大爷家在盖房上梁，便大声喊道："把木头弯的地方朝上放，会延长房子寿命！"白音刚出门就听到了，以为自己的儿子学聪明了！他一高兴不小心滑了一个跟头。众人围上来帮忙，傻小子大声说："你们扯驴的头，我推驴屁股，这样就会把驴拖起来啦。"众人捧腹大笑，白音气得给他一巴掌。傻小子笑道："你再打爷爷一下，爷爷就给你一块糖吃。"

仫佬族故事

七妹与蛇郎

仫佬族蛇郎娶亲型故事。采录于广西。

从前，有个老汉家有七个女儿。这年造新屋，后院的大树怎么也砍不断，老汉叹道："谁能帮我砍倒大树，我就嫁个女儿给他。"后山大花蛇听到这话，两下便把大树连根放倒，之后紧跟老汉回到家里面。老汉问谁愿嫁给大花蛇？大女见床脚盘成一堆的大花蛇，吓得连喊"我不嫁"！二女、三女、四五六女，个个也都喊："不嫁！"只有七妹安慰爹说愿意嫁给蛇。七妹骑上蛇背闭上眼，呼呼风声后睁眼不见大海，只见一位英俊少年对她笑。原来大花蛇是龙王公子，他们结成夫妻相亲相爱，美满幸福。父亲生日时，他们夫妻回家祝寿，晚上大姐约七妹到井边洗菜，换上七妹的衣服后，乘势把七妹推进井里。大姐跟蛇郎回到家中，好吃懒做引起蛇郎的疑心，但她用花言巧语蒙骗过去了。有一天，一只鸟儿飞进家，"苦苦苦，大姐占我夫"叫个不停。大姐去织布时，棉纱被小鸟抓乱。大姐弄死小鸟，半天煮不熟，气得倒进后院菜地里。菜地长出一株青竹，只要大姐走过，头发便被挂得乱蓬蓬。大姐叫蛇郎砍竹子，只听竹子说："莫砍我的脚。"蛇郎把竹子连根挖回家，竹子变成七妹偷偷织布又煮饭，并且说出大姐谋害自己的经过。蛇郎按七妹说的用筷子、饭勺煮水给她喝，使七妹恢复了原样。大姐回来羞愧万分，一头栽进水缸再也不出来啦。

糖 枣 儿

仫佬族怪孩子型故事。采录于广西。

山寨里面有一对夫妇，妻子四十怀孕，怀了三年六个月生下糖枣大个的儿子。糖枣儿三个月会走路，六个月会说话，虽到八岁还不见长个，但力大无穷，走路如飞。一天爷爷把他装进口袋，带上山去砍柴。他嫌口袋太闷要出来，爷爷刚露一条缝，他呼地跳出来便爬上山顶，一会儿工夫大根的木头就从山上滚下来，爷爷见了笑得合不拢嘴。秋收时节官兵进寨子收钱收粮，抢牛羊、家禽，糖枣儿从爷爷的口袋里飞出来，把抢走的牛羊放出来，在混乱中兵丁们只听吆喝声不见人，慌忙逃命。于是，人们把逃散的牛羊找回家，重新过上安宁的日子。

三　件　宝

仫佬族奇事故事。采录于广西。

得宝父母双亡，靠打柴为生。他每年上山砍多少树，开春就种回多少，从不马虎。他的行为感动了土地公公，土地公公送给他飞龙袍、百宝筒和金银筛，让他过上好日子，不要忘记穷人。有一次，得宝到街上，有个财主要他卖金银筛。得宝不卖，财主又说借用几天，硬将宝物夺走了。财主到家放进一点金银，果然筛出很多，便赖着不还，还叫打手把得宝推出大门。这天财主的女儿出门看热闹，得宝乘机用飞龙袍将她卷走，飞到山洞里面。小姐看他想吃什么就用百宝筒念出什么，山洞里的日子过得不错。一天，小姐说她想吃果子，趁得宝离开出洞采果子，拿起两样宝物飞回家去。得宝上当后，一无所有，只好摘野果充饥。一天得宝看到一树鲜黄果子，摘来刚吃一个，头上立刻长出一对坚硬的角。不久他又采到青紫果，吃后硬角立刻脱掉。于是，他有了主意，摘满两筐鲜黄果子挑到街上叫卖。财主婆买回鲜黄果子，第二天全家人头上都长出一对角，只得张榜求医，许诺一切条件。数天后得宝挑着专治头角病的青紫果到财主家门口叫卖，终于要回了三件宝。他回到穷山窝，帮助乡亲们过上了有吃有穿的日子。

山鹰姑娘

仫佬族奇遇故事。采录于广西。

索洛、索尼两兄弟以打猎为生。这天他们进老林一无所获，一只山鹰飞来，忽隐忽现，二人一直追到一个宽敞的垌场，便采野果搭竹楼，在这里安了家。半夜索洛醒来，竹楼里一片金光，眼前一位美丽的姑娘，说她就是山鹰，愿与兄弟俩一起开垦垌场。老松树做媒，山鹰姑娘和索洛成了亲。她教兄弟俩开山造地，种植庄稼、果树，又扯下三根头发变作金条，买来牛和犁。不几年添了娃仔，一家人男耕女织，日子美满。仫佬人闻讯纷纷搬来，很快这里便有了三十多户人家，建了一个寨子。寨佬知道后，便勾结官府，派兵丁围住这个垌场，要人们交出私自开拓垌场的山鹰姑娘。山鹰姑娘不愿离开人间，被官兵抓住，架干柴将她捆绑在老松树下。忽然一阵山风吹来，吹灭大火，吹倒官兵，这时一声巨响，山石裂开，砸死无数官兵。山鹰姑娘不见了，老松树下冒出一股清泉。

和水牛比本领

仫佬族动物故事。采录于广西。

从前，狮子、老虎、水牛、狐狸、狼和猴子在一起，各吹自己的本领最大，谁也不服谁，猴子提议干脆比武见高低。狮子一声吼，立刻石滚地动，问谁先和它比？大家都胆怯，唯有猴子应声上前，乘机跳上狮背，任狮子咬甩吼跳，它紧抓狮子的鬃毛不放，狮子又痛又累，最终认输。这时候，老虎上前扑地翘尾，紧盯猴子，当猴子从虎背上被扫落时，老虎张血口扑来，猴子急忙攀上树认输。老虎又垂涎于水牛，水牛说喝水解渴再较量。它看出老虎的用心，便到烂泥塘滚了一层又一层厚泥巴。老虎在溪边磨锐利牙，提出各在对方身上咬一口，说着对准牛下巴猛冲上去，却啃了一嘴黄泥吐不出来。毫毛无损的水牛退后一步，冲上前用牛角对准老虎肚皮挑开个大口子，流血打滚的老虎只得认输。从此，野兽们谁也不敢小瞧水牛啦。

老虎和猫

仫佬族动物故事。采录于广西。

老虎和猫原是住一起的好朋友，寒冬时老虎让猫到村里借火取暖，农夫热情待客，猫吃饱喝足在火塘边睡着，醒来时火已熄灭。老虎等到天黑，见猫拖只板凳回来，还嬉笑说是送给虎大哥的王位宝座。老虎怒不可遏，一把抓住猫坐在屁股下。猫被压得喘不过气来，哭泣说农夫恨老虎不愿借火。这时候恰巧农夫打着火把经过这里，老虎怀恨，扑向农夫，猫趁机逃到农夫家再也不回来了。

猴子斗蚂蚱

仫佬族动物故事。采录于广西。

早先猴子住在平原上时，看所有动物都有缺陷，谁都不如它，便称霸起来。它见蚂蚱飞来寻食，就要和蚂蚱较量，谁赢了便永占平原。动物们闻讯赶来为蚂蚱助阵，猴子举棍就打，蚂蚱轻巧飞到母猴鼻尖，猴子一棍下去，把母猴的脑壳打开了花。蚂蚱又飞小猴头上，猴子气急，紧追过去一棍子把小猴打成肉浆。机灵的蚂蚱飞到石头上，猴子把棍子打成两截，蚂蚱却毫毛无伤。在大家的嘲笑声中，猴子灰溜溜地逃进了深山。

蚂蚁和蚯蚓造房修路

仫佬族动物故事。采录于广西。

有一次，蚂蚁带着儿孙排长队运土修窝，蚯蚓提议合伙造新房。蚂蚁便动手打砖，做的活既快又好。蚯蚓整日晒太阳睡懒觉，经过一再催促，它才随便弄一堆烂泥来交差。蚂蚁自己盖起新房住了进去，蚯蚓只得住在那堆烂泥里，但天天仍去蚂蚁家混吃混喝。后来它们合议修一条路，蚂蚁领着儿孙挖石平土，修了平展展一条路，蚯蚓睡觉晒暖不动手，还发誓日后打地洞走，如果走地面就让蚂蚁咬死它。从此以后，蚂蚁凡见蚯蚓上路面，就成群结队爬上去咬死它，然后抬进地窟窿。

兔子请猴摘桃子

仫佬族动物故事。采录于广西。

有一回，兔子捡到一个又甜又爽的桃子，吃完后将核种在后花园里。小树长大了，它又施肥浇水，辛勤劳动终于开花结果。兔子请来猴子帮忙摘桃，猴子暗自高兴，上树饱吃一顿后，溜下来对兔说，桃子未熟透，明天再来。兔子十分感激，第二天猴照旧吃饱下来说明天再来。日复一日，眼看桃子越来越少，这天兔子央求猴子把桃子摘下来，猴子吃饱撒泡尿就溜走了。兔子被淋湿，就伤心痛哭，乌龟、蜜蜂、松鼠、穿山甲闻声赶来，商量好要教训一下猴子。第二天猴子到树下，一脚踩上龟背，掉进穿山甲挖的泥坑里面，被紧紧咬住尾巴。松鼠在树上用松果猛砸猴头，蜜蜂对准猴屁股狠扎，直到猴子的尾巴被咬断，它才狼狈逃进大山。

依秀姑娘智斗婆猕

仫佬族机智故事。采录于广西。

森林里有个婆猕（女巫），天天在路口挡着姑娘，要给她梳头捉虱子，谁不肯就吃掉谁。村里有个依秀姑娘，阿爸生病家里无米下锅，她上山砍了大捆柴正准备下山，听到怪叫声。这时候，婆猕拿着木梳冲了过来。依秀立刻取出银梳说，阿婆的头发长，辫子会拖泥巴里，哄着婆猕一起爬上树。依秀给婆猕梳一把头发便绑一把在树杈上，直到全都绑在树上便把梳子丢地上。她下树捡梳子时，谎称卖了柴再来捉虱子。婆猕要追赶却下不来，猛地往下跳，把头发全撕脱了，忍痛跑回山洞里。依秀回寨里教姑娘们把发髻网在脑后，使婆猕认不得。婆猕天天守山口，等长辫妹崽要报仇。这天来了一个种田佬，说他有专治烂皮脱发的药，他用石灰粉撒在婆猕的头上，把她的眼睛、鼻子都腌得又痛又辣。婆猕睁不开眼，便摸着回山洞。在路上婆猕又遇老木匠，他用斧背按在婆猕头上，又凉又舒服，婆猕就放心让他疗伤，木匠乘机一斧砍死了婆猕。种田佬、木匠都是依秀所扮，她机智勇敢地为寨子除掉一大祸害。

三 句 真 话

仫佬族讽刺故事。采录于广西。

大年初一，老秀才让长工银弟陪他到外面走坡，并约法三章，要讲好听话，不准讲不吉利话，违反一次，打一记耳光，扣半年工钱。走出二里，邻村一家失火，银弟大喊：“真背时，年初一就火烧房子！”秀才给他一记耳光：“这是发豪光！”一路上他们又遇到送葬队伍，和衣衫破烂的男孩扶着瞎眼老祖讨饭，银弟都因说了真话而吃耳光，扣掉了全年工钱。两年后秀才盖新房，宴请远乡近邻，秀才举子纷纷送来贺词。银弟也请人写了贺词贴上，众人看后齐赞：不愧是秀才家的长工，文才绝世啊！老秀才上前细看：“恭贺东家起新房，不到三年发豪光，年年抬个金满斗（抬死人），子孙万代走远洋（讨饭）。”老秀才猛然想起和小长工初一走坡的事，气得一下子昏倒在地。

张鬼师怕豆腐

仫佬族讽刺故事。采录于广西。

有一个农夫的儿子生病了，请来张鬼师驱鬼。农夫家穷，请不起鸡鸭鱼肉，做了一锅嫩豆腐。张鬼师放开肚子把豆腐吃得精光，并且把酒喝得醉醺醺的。农夫请他上床休息，以便半夜起来驱鬼。张鬼师没盖被子着了凉，急着拉肚子，可门闩得紧怎么也拉不开。这时外面传来狗咬声，他慌了手脚，把大便拉在裤裆里。农夫起来看到禁不住笑了，病在床上的儿子也大笑起来，一下把卡在喉咙的浓痰冲了出来。张鬼师不好意思，连夜回了家。第二天再去请时，他说怕豆腐不肯再来。农夫转回家，不驱鬼儿子的病也自然好啦。

独 龙 罗 盘

仫佬族讽刺故事。采录于广西。

有一天，看风水的地理先生见村里二嫂走来，知道她的家公去世正要请人选地择日安葬，便在树下假装睡着说梦话。二嫂走过他身边听得一清二楚，回家就照办了。落葬当天，母猪生了一窝猪仔，刚好十二个，夫妻俩认为是预示十二时辰，说明天长地久，长命富贵。他俩越想越是，便封了红包去酬谢地理先生，先生的名气因此越来越大。正好这时候隔壁一个老人去世了，也请他去看风水选地。当主家把三牲、钱米等供品拿到山上给他作谢礼时，突然狂风大作，电闪雷鸣。地理先生大夸他的独龙罗盘何等灵验，把去世老人接上了天堂。送葬的人都跑向岩洞躲雨，他跑到洞口绊了一跤，“独龙罗盘”从袋里飞了出来，大家一看竟是个破木桶底。从此再没有人请这个地理先生看风水啦。

老木匠和他的儿子

仫佬族家庭故事。采录于广西。

老木匠的儿子谢天从小任性娇惯，一次老木匠出外做客不带他去，他竟扬言要杀掉父亲。他妈妈吓得在被子里藏个大南瓜，儿子谢天回来，对准被子砍下一刀。老木匠得知此事，把忤逆儿子装进猪笼，丢进了河里。教书先生路过河边，发现谢天没死，问明原因，便带他回家去了。经先生教导，谢天勤奋读书，几年后考中进士，派回家乡当知县。一天，谢天请老木匠吃酒，拿出一根七扭八弯的青枫木，请他做副牛轭。老木匠说这木质虽好，但东扭西弯不成材。谢天摘下乌纱帽和父亲相认，说他儿时犯下大错，险些丧命，就像这根木头，小时不管，大了难以成材。老木匠很受触动，悔恨当年没有教好孩子，差点酿成大祸。

选个巧管家

仫佬族巧媳妇故事。采录于广西。

格佬银年纪大了，想选个聪明儿媳管家。这天他让两个儿媳回娘家过中秋，各带两条船和几个黄心萝卜回来。二人不知是什么，急得坐路边哭，正巧被一个上山砍柴的银巧妹仔听到，便帮她们破了谜。二人带回一双布鞋和几个鸡蛋交给公爹，格佬银听了经过后，托媒把银巧娶进门做了三儿媳。清早下地，老人说："今晚煮饭一筒半，两筒半，三筒六合二筒四，十样菜来炒一锅。"大媳、二媳摇头摆手不会做，小儿媳量一斗米下锅，又做一个韭菜炒鸡蛋。格佬银见了十分满意，便在门上贴对联："几家能像我，万事不求人。"县官看到很不高兴，限令五天内交出公马下的崽。五天后银巧去衙门，县官问她的家公怎么不来？她说在家坐月子。县官大怒："哪有男人坐月子的事！"她笑笑说："公马怎么会生崽？"县官当众出丑，又出难题，要她做一面大鼓，初一打一槌响到十五，十五打一槌响到初一，限她十五天送来。银巧回家把牛马赶过河，将县官家的水田秧苗吃个精光。县官索赔，她说自家牛太大，从河这边伸头过河吃了秧苗。县官不信有这么大的牛，她说："没有这么大的牛，哪能做这么大的鼓？"县官又让她量乐登河有多长，她让县官量一床蚊帐有多长。蚊帐又长又圆，县官量得手发抖也量不清楚，终于败下阵来。

潘曼的故事

仫佬族机智人物故事群之一。流传于广西罗城一带。故事主人公潘曼系劳动者型机智人物，出自艺术虚构，在仫佬族群众中广为人知。他机敏多智，见义勇为，常常替穷苦百姓打抱不平，制服各种邪恶势力。他的故事多达数十篇，以反压迫、反剥削的作品较多，诙谐风趣，艺术质量较高，代表性的作品如《带靴告状》《是谁把牛偷走了》《当差的也挨了五十大板》《最好吃的和最不好吃的》

《两只山羊和一只烤鸭》《买“哎哟”》《山猫和镰刀篓》《无底油筒》《吃不吃不要紧》《潘曼是我哥》。

带靴告状

仫佬族机智人物故事。

有一年罗城调来一个新知县。这个知县看见仫佬人穿草鞋很不顺眼，当即下令全罗城的人都一律穿靴子，弄得百姓们叫苦连天。一日潘曼去见知县，直夸县太爷的那双靴子漂亮，表示要借去让乡民们照着做。潘曼得到知县的靴子后，赶忙到州里去告状，说罗城知县目无法纪，任意踢打百姓，现有他的靴子为凭据。州官派人前去调查，老百姓人人痛恨那个知县，都一口咬定潘曼的话句句属实。于是那个知县被调离罗城，他的手令也就作废了。

是谁把牛偷走了

仫佬族机智人物故事。

一贫苦农民的耕牛被人偷走了，他到县衙报案，县官却说他活该。潘曼听说此事，主动前来帮忙。第二天清晨，潘曼带着农民去告状，县官看到状纸上告自己偷了牛，气得大喝：“把两个刁民押下去，各打五十大板！”潘曼上前说道：“启禀父母官，小小罗城，四个城门，四条大路，守城不守，知县不知，白吃俸禄；牛栏固如铁桶，城门烂如豆腐，半夜牛被偷，你说何缘故？”问得县官不知怎样对答，又听说潘曼要告到州府，他怕事闹大，乌纱难保，只得忍痛给农民一头耕牛，了结此事。

当差的也挨了五十大板

仫佬族机智人物故事。

县衙里有几个当差的狗仗人势，狐假虎威，搞得百姓不安。一天，这伙人来到潘村，潘曼把他们接回家中，杀猪打酒好生招待，直等他们吃得酩酊大醉，他便一溜小跑到衙门，告当差的闯民宅、杀民猪，作威作福。县官派人到现场一看，果真如此，立即令人把他们捉来，各打五十大板。百姓见了，人人拍手称快。

最好吃的和最不好吃的

仫佬族机智人物故事。

潘曼打工快满一年了，这天财主突然说：“我问你，世上什么东西最好吃又最不好吃？答对了，多发你十文钱，否则就扣你一半工钱。”潘曼知道财主在耍花招，便答应着走进厨房，端来一碗硬糠饼放在桌上。财主一看是给长工当饭吃的东西，不敢说不好吃，潘曼便说：“既然最好吃，那你就吃一口吧。”财主嚼着又馊又酸的硬糠饼，不觉“哇”一口吐了出来，潘曼侧身道：“老爷，这就是世上最好吃又最不好吃的东西。你说对吗？”财主无话可说，只好给他加了十文钱。

两只山羊和一只烤鸭

仫佬族机智人物故事。

有一天，财主古怪精问潘曼有没有本事捉弄他？潘曼回答说：“我见到西山崖下有两只摔死的山羊，正忙着找人去抬回来，哪有闲工夫开玩笑啊。”古怪精信以为真，硬把潘曼拉到他家里去喝酒，还特意买了一只烤鸭，打算将潘曼灌醉，然后去把羊抬回自己家中。等潘曼吃饱喝“醉”回去后，家丁跑回来对古怪精说，那儿连根羊毛也没有。这时古怪精才晓得他上了潘曼的当啦。

买“哎哟”

仫佬族机智人物故事。

财主输得又气又恨，这天又对潘曼说：“你上街给我买个‘哎哟’回来。买到了，我给你双倍工钱，如果买不到就扣你全年工钱。”潘曼上街买回来一个有盖的黑砂罐交给财主说：“‘哎哟’在这里面，老爷把手伸进去就知道了。”财主伸手进去，被罐里的大黄蜂蜇得“哎哟、哎哟”乱嚷。潘曼说：“老爷喊得对，这就是‘哎哟’！”财主怕他会再想出什么法来整治自己，只好付给他双倍工钱。

山猫和镰刀篓

仫佬族机智人物故事。

财主山猫让潘曼的弟弟亚直给他家帮工，答应一年给两头牛。亚直风里来雨里去，不分昼夜给他干活，到年底山猫却说："你听错了，我是讲一年给你两斗油。"第二年，亚直按潘曼出的主意，又到山猫家干活，讲好做几年工，每年只要一镰刀篓的谷种，种在山猫家田里，收得几多要几多。山猫听了一口答应。亚直天天干活时砍些山竹回来，编了一只大得出奇的镰刀篓，年底去向财主要谷种。财主惊得连叫："这不是镰刀篓！"圩日，亚直把竹篓抬到路边，来往人群无不赞叹说："啊呀，这么大的镰刀篓！"众人都这么说，山猫有口难言。这年亚直把谷种种在山猫田里，一下收得许多担谷子。

无 底 油 筒

仫佬族机智人物故事。

有个油商给乡下人打油，总是缺斤少两，大家恨透了他。这天潘曼扮成山里人模样，背根长竹筒来打油。油商心思：这竹筒起码能装二十来斤，我就是少打二三斤，谅他也看不出来。于是，他便痛痛快快地接过长长的竹筒，一头靠着油桶，一头伸到大街上，开始打油。打了一提又一提，眼看一桶油快打完了，竹筒还是装不满。他正奇怪，忽听过路人喊叫："油老板，今天开恩呀，怎么用油来敬天敬地呢？"原来竹筒无底，油从另一头流出，洒满一地。油商知道被人耍弄，气得发昏。从此，他再也不敢随便欺负乡下人啦。

吃不吃不要紧

仫佬族机智人物故事。

放牛娃小狗每天给财主放牛，还要干许多杂活儿，但一日三餐只能吃长工们吃剩的残汤剩饭，财主佬却说："你年纪小活路轻，吃不吃不要紧。"潘曼看在眼里，气愤不过，就帮小狗出主意。这天小狗砍了些水杨柳，编成牛嘴笼套在所有小牛的嘴上。晚上财主见了，气得责问小狗。小狗说："小牛不会犁田，吃不吃不要紧。"财主怕小狗把牛整死，只好让他和长工们一道吃饭了。

潘曼是我哥

仫佬族机智人物故事。

有位精通拳术的拳师，听说潘曼武艺高强，决定来和他较量一下。潘曼正在犁田，见腰圆膀粗、像条公牛的拳师来和他比武，便笑笑说："潘曼是我哥，请你等等，我带你去找他。"说完四处张望，见没有拴牛的地方，便走到一条宽一尺五、高两尺的田埂前，一拳擂去，将田埂打穿，把牛拴好。拳师看得发了呆，潘曼的弟弟尚且如此厉害，他本人就可想而知啦。所以还没等招呼他走，便连连说："我不去啦，我不去啦！"

老 鼠 议 事

仫佬族动物寓言。采录于广西。

有一天，鼠王召集众鼠在一起商量怎样对付猫的事情。有一只老鼠提出在猫脖子上挂一个铃铛，这样猫走到哪里响到哪里，大家就可以躲避了。这个办法虽然非常好，却没有一个老鼠去给猫挂铃铛，老鼠们相互推诿，哪个都不肯去。因此，老鼠们最终还是逃不出猫的利爪，不断死在猫的脚下。

贪财鬼卖猪

仫佬族嘲讽笑话。采录于广西。

有一个贪财鬼和儿子抬一头大猪到圩上去卖，抬猪过秤时，他假装肚子痛，弯着腰用脚踩住猪尾巴，结果多得了买主很多钱，便高高兴兴回家去了。过些时他让儿子去买头猪回来，儿子学他的样，抬猪过秤时，用草帽遮挡，脚踩猪尾巴。回到家贪财鬼疑惑："这么小的猪，怎么这么重？"儿子很得意："全靠我踩住猪尾巴，不然哪会有这么多斤两！"

羌族故事

三件宝贝

羌族报仇型故事。采录于四川。

窝多寨有母子俩靠儿子来宝种三分薄地为生，每年秋收都有喜鹊来偷玉米包。这年，来宝用晒席掩护，看见喜鹊叼了玉米，便拿起斧子一直追过山梁。来宝在白杨树上见到喜鹊窝，他要喜鹊赔偿并动手砍树。老喜鹊为孩子的行为道歉，还送小石磨给他，作为赔偿。在回家的路上，来宝歇客栈，如实告诉店家事情经过。半夜店家敲三下石磨，说“面粉快出来”，立刻流出大盆白面。店家便用自己的石磨调换了宝磨。来宝到家左喊右喊石磨都不动，气得他提斧去找喜鹊算账。喜鹊又送他会屙金子的驴，并且提醒他谨防骗子。来宝到客栈身无分文，就关门打一下驴屁股，说一声“屙金子”，那驴果然屙出一块金子。店家窥见，半夜换走了宝驴。来宝到家发觉宝驴是假的，赶到白杨树下举斧就砍。喜鹊耐心询问路途的经过，才使来宝醒悟，最后又送他一根花棒。在半路上，店家挡住去路要来宝到他家过夜。临睡时，来宝让店家不要动花棒，更不能说“棒棒起来”。店家不知是什么宝贝，便偷来刚说完“棒棒起来”，花棒立刻竖起打得他皮开肉绽。他无可奈何，只得归还那两件宝贝。于是，来宝带着三件宝贝高高兴兴回到家里。

地头上的画像

羌族田螺女型故事。采录于四川。

早年间，有个老头有七个儿子。他们学泥匠、铁匠、银匠、木匠什么手艺活的都有，一个个都能挣钱。唯有幺儿子学唢呐，逢人结婚才有钱挣，父亲不乐意，就给他装点干粮，把他撵出家门。一天，幺儿子坐在沙滩上吹唢呐，一老爷爷夸他吹得好，请他去海里。于是他闭眼被带到海里，为富人家办喜事吹奏。有个老婆婆对他说，主人给报酬时你只要门背后的小狗，带回去你吃什么喂它什么。喜事办完后，主人端来一盘盘金银他都不要，只要了那只小狗。一天幺儿子下地回来，屋头摆好一桌饭菜，唤狗过来一起美美吃了一顿。一连五六天，他问遍左邻右舍都不知道。这天他假意下地，爬上烟囱一看，原来是脱掉狗皮的漂亮姑娘所为。幺儿子跳下屋顶，进门抓起狗皮丢进火塘。结婚后幺儿子看着漂亮妻子再也舍不得下地，妻子给两张自画像让他挂在地两头，种地来回都能看到。这天一阵狂风把画像刮进皇宫，皇帝派八路兵马去寻找画中的美女。丞相观星象追到他们家，发现脸上涂满锅烟子的主妇就是画中美人。妻子被带走后，幺儿子按计上山打老虎、打画眉，春暖花开时穿上画眉皮领子的虎皮衣寻到皇宫。愁眉苦脸的妻子一看到丈夫突然大笑起来，皇帝立刻派人喊来叫花子，与他调换衣服以便取悦美人。妻子立刻唤来侍卫，下令把装扮成叫花子、乱蹦乱跳的国王杀掉。他们夫妻二人当上了皇帝、皇后，把国家治理得非常好，让人们过上安居乐业的生活。

癞疙宝少年

羌族蛙郎娶亲型故事。采录于四川。

有个老妇膝头上长个疮越肿越大，用刀划开，里面蹦出一个癞疙宝（蛤蟆）对她说："妈妈，你把我养大，我会报答你。"癞疙宝好动，经常背回好吃的东西孝敬妈妈。几年后长大了，它说要出去寻个媳妇。员外家有三个漂亮女儿，癞疙宝变成少年给员外放羊。和大姐、二姐去放羊时，她们吃白面馍给他吃黑面馍。第三天，三姐说我吃白面馍怎能给你吃孬的，于是给他一个白面馍。他看三姐心肠好，天天和她在一起。大姐、二姐在河那边放羊时总是雨稀稀的，他们在这边放羊时总是有太阳。一天放羊，他趁三姐睡着把刚下的小羊羔放三姐手上，胎衣包放她胯下，等她醒来，笑言要去告诉她父亲。姑娘害羞，只好答应嫁给他。几天后有许多富贵人家来求婚，大姐、二姐选中衣着华丽的富家子弟，三姐找到在墙角的放羊娃，被气愤的父亲赶出家门。三姐跟着放羊娃画的阴线朝前走，半路遇见老奶奶对她说，没见过放羊娃，只见到过一个癞疙宝。她哭着朝前走，遇到老爷爷说只见一个英俊小伙子。再走阴线不见了，红公鸡请她走进乱石堆里的石砌小门，老妈妈指着脚旁的癞疙宝说是她丈夫。一天寨子里跳锅庄，癞疙宝让三姐挑最喜欢的衣服去参加，她看见有个英俊少年跳得特别好。不久又让她挑漂亮衣服去看赛马，又见英俊少年跑第一，只是骏马绊倒少年跌掉门牙。回家她讲给大家听，癞疙宝忍不住笑，嘴里喷出了假牙。第三次三姐去赶集，半路返回找出癞疙宝皮丢进火塘里。丈夫无法再变，从此他们相亲相爱地生活在一起，非常美满幸福。

金发公主

羌族奇遇故事。采录于四川。

有一次，国王和卫士上街看见一个渔夫在叫卖宝鱼，他说吃了这条鱼能听懂飞禽走兽说的话。国王花重金买下宝鱼，然后交给厨官，规定不许任何人品尝。鱼端上来国王一尝，心想做得这么鲜美，厨官肯定偷吃过，便提议赛马来试探。他们骑在马上，一匹马说跑快点，另一匹说跑快把国王摔下来会砍头，厨官听到便不跑了。国王抓住把柄，立即把厨官关进牢里，不给吃喝。可是一连数月厨官也没有饿死。国王发现是一群雀儿给他送吃的，并说是金发公主送的。国王便限令厨官在三年内找来金发公主。厨官走进大山，他把喜鹊丢下的宝珠揣进怀里，爬上山梁用宝珠救活了蚂蚁王，又按蚂蚁王指的方向走了三个月，用宝珠救活喜鹊王。众喜鹊展翅送他，路上他又救活蜂王，终于来到金发公主的国家。国王抓一把珍珠撒满草地，限他三年全部捡回来，就把公主嫁给他。他求蚂蚁王帮忙，不到两天便一颗不少地交了回来。国王又把玉圈甩进海里，要他把海水舀干取出来。他舀一瓢，海水下降一截，龙王立刻派人把玉圈送给他。国王见他有本领，就让他从十二个打扮一样的姑娘里面认出公主。他唤蜂王来帮忙，终于认出公主。公主不喜欢国王一心要把她嫁给厨官，嘱咐厨官送亲时向父王要了两瓶仙药水和两根鸡毛。厨官骑着天马回到自己国家，国王却以超过时限将他斩首。公主到刑场用鸡毛蘸仙药水将厨官救活，并且更显年轻。国王也想变得年轻，便令人把自己斩首，公主用另一瓶仙水把尸骨化成水冲进山沟。公主和厨官结成夫妻，共同治理国家。

贪心的药夫子

羌族奇事故事。采录于四川。

有个药夫子爬上山崖的青㭎林子，采到很多名贵草药。傍晚他在岩洞里倒头睡着，清早起来，发现带的铜锅变成了金锅。他思前想后终想起来，曾在岷江边用亮闪闪的青㭎叶子擦过铜锅，于是不做早饭跑到江边，用剩下的叶子反复揩拭他的铜烟杆，回到岩洞直勾勾盯着。到了半夜，铜烟杆当真变成金烟杆。他决定独占宝树，发财致富。天不亮他找到那棵青㭎树砍了记号，跑回家叫来老婆、儿子，却看到满山的青㭎树都有他砍的记号，遍野的名贵药材也都不见了。他急转回家，连金锅、金烟杆也恢复了原样。

两兄弟复仇

羌族除妖故事。采录于四川。

有一年，岷江上游的寨子里搬来一个大户人家，从此这里男子不是失踪就是滚崖，日子越来越不好过。寨子东头有户人家，父子仨都是神枪手。这天父亲上山打猎到傍晚未归，兄弟俩在云断崖底找到血肉模糊的阿爸，临终要他们去找独药猫（女巫）算账。两兄弟决心为父报仇，哥哥陈尔根热去父亲遇害处寻找独药猫，被变化多端的独药猫施法变成了一块石头。三天后，弟弟陈尔基朵按约定走向森林，他一次次识破独药猫的诡计，使它现出原形，原来是那大户人家的老婆。他杀死独药猫，使哥哥和乡亲们都苏醒恢复了人形。大家得知真相，冲向大户人家铲除祸根，从此安居乐业，生活安宁。

聪明的兔子斗豹子

羌族动物故事。采录于四川。

兔子遇到两只愁眉苦脸的羊，说豹子要吃它们。兔子撕了块桦树皮说：“你们不要怕，跟我走吧。”兔子见到豹子说：“猎人的皮大衣缺只袖子，让我帮他剥只豹子皮。”说着就举起桦树皮摇晃两下。豹子看它手上拿的像豹皮，吓得调头要走。兔子赶紧说：“我还没吃东西，你用尾巴给我钓几条鱼来就饶你。”天黑了，结冰的河水把豹尾巴冻结在河里，清晨它对兔子说钓到了大鱼，就是拉不上来。这时猎人走来，一枪结果了豹子。兔子终于保住了羊的性命。

爱听奉承话的锦鸡

羌族动物故事。采录于四川。

林中的锦鸡爱听奉承话，谁说它漂亮说它好，它就和谁交朋友，谁劝都不听。一日选鸟王，自以为是的锦鸡落选了。它正在生气时，狐狸走来说："美丽的锦鸡姑娘，你那么漂亮又有威望，没选上太不公平啦！"狐狸说得动听又顺耳，锦鸡不由得飞到狐狸身旁，想诉说心中的苦闷。不料被狐狸一把抓住冷笑道："我不说好听点，你能到我嘴边吗？"

狐狸给锦鸡拜年

羌族动物故事。采录于四川。

冬天狐狸找不到食物，便捏十个雪球装在篮子里，到树下对锦鸡行个礼说："我捡了十个蛋来做拜年礼物。"锦鸡爷爷见蛋雪白滚圆心里生疑，就让狐狸拿出来看一看。狐狸捧出来后，碰热气便融化了，落地打得稀烂，眼看露馅了，立刻溜跑。狐狸回家又抱起空酒坛来到树下对锦鸡说："刚才有个家伙用假蛋作弄我，现抱来一坛青稞酒做拜年礼。"锦鸡们争相飞下来喝酒跳锅庄，锦鸡爷爷说："不忙，让我先闻一闻。"狐狸已冻木，狐狸吃不到锦鸡肉，饿得呜呜哭，说自己受了作弄，准备过年的吃喝也被偷光，请求大家帮帮它。为教训这个残害小动物的家伙，锦鸡爷爷让狐狸张大嘴，将大把皂角刺丢到狐狸嘴里，扎进喉中痛得它惨叫一声就逃跑啦。

爱夸海口的青蛙

羌族动物寓言。采录于四川。

在一个小水凼里面，住着青蛙妈妈和它的女儿小青蛙。一天，小青蛙想出去见见世面，可青蛙妈妈却说："瓜娃子，水凼这么大，你还要去见啥子世面！"后来小青蛙背着妈妈悄悄去到草地上玩，正好看见一头黑熊过来，赶忙跑回去对妈妈讲："阿妈，有一个黑乎乎的家伙，像一座山那么高大！"青蛙妈妈以为自己最大，不相信世上有比自己还大的东西，立刻跟小青蛙一起去看。当青蛙妈妈看见黑熊不知道比自己大几百倍几千倍时，吓得不断发抖，从此再也不敢夸海口啦。

自作聪明的伙伴

羌族讽刺故事。采录于四川。

一天，有十个伙伴一起赶路，下午休息时发现只带了一支烟杆，大家都想好好抽杆烟再走，便一个接一个抽起来。后面的人一批接一批地超过了他们，其中也有人提议还是快走吧，但领头人却说："忙什么，我们十个人走一步就是十步，有什么赶不上的。"等他们十人轮流过足烟瘾时，太阳落下山坡，天已经黑了。

倒夜壶打酒

羌族帮工故事。采录于四川。

从前有一个穷孩子以打工为生，一天到黑有做不完的活路干不完的事，还不断挨老板和老板娘的打骂。一天晚上二更以后，老板还在算账，随口吩咐穷孩子："喂，今天晚上我要算账，你去把夜壶倒了，打壶酒，拿一根灯草来，把门抵好，办完就去睡觉，明天早一点起来！"穷孩子听了，眨眨眼说："是，老板。把夜壶倒了打壶酒，拿一根灯草来把门抵好，对吗？"老板不耐烦地说："对，对，对，快滚！"穷孩子办完事去睡觉了。老板半夜算完账去喝酒，酒壶是空的，去提夜壶屙尿，里面装的是酒。他冲出去打穷孩子，却发现大门敞开，小偷正在偷东西，便大喊："捉贼！"邻居们赶来时，小偷已经无影无踪。老板从床上把穷孩子抓起来打，穷孩子说："老板，你叫我把夜壶倒了打壶酒，拿一根灯草来把门抵好，我都是照你的话办的呀！"邻居们听了哄堂大笑，老板哭笑不得，只好溜回屋里去啦。

老阿爸和媳妇子

羌族家庭故事。采录于四川。

这一年，老阿爸给儿子娶了个年轻漂亮的媳妇。谁知媳妇过门后又懒又泼，日子过得不安宁。一天老阿爸给新媳妇一个布袋，让她回娘家耍几天。她回到娘家，阿妈看到布袋里的四样东西，便对女儿说："阿公说你人像鸡毛一样轻浮，脾气像红海椒一样燥辣，心肠像木炭一样黑，这扫帚是把你赶出了婆家门。"阿妈感到平时对女儿管教不严，便耐心地开导帮助她。过些日子新媳妇回到婆家，阿爸和丈夫去下地了，她连忙把鸡毛做成绒被褥，拿木炭把火生燃，用红海椒做调料炒了几盘下酒菜，再拿扫帚把屋里打扫干净。阿爸回家见了十分满意。从此，她一天比一天勤快，终于成为有名的巧媳妇。

山雀教子

羌族家庭故事。采录于四川。

杨盘沟有一家母子俩，每天儿子下地干活，母亲送饭；收工回来，母亲为儿子拍土擦汗，端洗脸水。可是儿子并不理解慈母心肠，反而经常嫌弃抱怨，甚至打骂母亲。一天儿子犁地，看到树上老山雀慈母般给小山雀喂虫子，联想到母亲把他养大不易，受尽苦累，自己还要打骂母亲，太没有良心。这时母亲来送饭，他赶紧迎上前。母亲以为儿子又要打她，甩下饭篮向崖边跑去。儿子忙跪下向母亲认错，从此，再不让母亲下地送饭，处处尊敬、孝顺母亲。母亲脸上有了笑容，逢人便夸赞儿子有孝心。

真心万事成

羌族人事寓言。采录于四川。

寺庙里有许多和尚，每天做清洁时，长老派大和尚，大和尚派二和尚，最后落到幺和尚身上，一直如此，竟成了不变的规矩。幺和尚做事认真，从不马虎，每天都把各神殿打扫得干干净净，连菩萨也为之感动。他打扫到各神殿时，菩萨都自动让开，进庙求神的人看见都十分吃惊。不久幺和尚成佛上天，那些和尚都很羡慕，最后得出结论，要苦口求神。于是和尚们每天虔诚祈祷菩萨，结果一个也没有得道成佛。

布朗族故事

玉朵和蛇郎

布朗族蛇郎娶亲型故事。采录于云南。

孤苦伶仃的玉朵给召曼当家奴，受尽虐待和折磨。一天她上山砍柴，又饿又累看到杧果树上结满果实，不禁叹道："哪家男子能上树为我摘个杧果，我就嫁给他。"突然树上有条蟒蛇问道："可是真的？"并甩动尾巴摇下香甜的杧果给她吃。玉朵按许诺领蟒蛇回家，被召曼的老婆赶出门外。他们在寨外盖起草棚，蛇郎能干体贴，说他本是神蛇王子，中妖法变成了蟒蛇。玉朵按丈夫所言饿五天肚子，翻七座大山，终于来到能使丈夫恢复原形的河里洗澡。玉朵在下游不断看到有银带、金碗漂来，忍不住接住一只，顿时失去右手。她大叫一声，还原成英俊男子的蛇郎从上游赶来，助她从右肩将手吸出。他们回到家里，茅草棚已变成金楼房。嫉妒的召曼老婆让懒女儿也上山砍柴，引来真的大蟒蛇。为了得到皇宫金殿，她让女儿同大蟒蛇过夜。深夜她不断听到女儿痛苦呻吟，蟒蛇已将她女儿慢慢吞食，她却以为是蟒蛇在亲吻。第二天，她走进房间不见女儿，只见到肚子鼓胀的蟒蛇，一下晕倒在地上。

蒸　　儿

布朗族怪孩子型故事。采录于云南。

从前，有一对夫妇老年无子。他们每到年节蒸糯米粑粑时，都要在里面捏一个小人儿放在甑子里，蒸好放在桌上聊慰盼子之心。他们的行为感动了天神，有一年过年，老两口照旧捏小人儿来蒸，甑子里突然传出叫声："快打开甑子，儿子要出来！"老两口掀开盖子，从甑子里面跳出一个可爱的小娃娃，叫着"阿爹”“阿妈”。老两口欢天喜地，给他取名叫“蒸儿”。蒸儿长大，和对面娜美姑娘相爱。头人为夺得娜美，逼迫蒸儿和他家最善跑的家丁赛跑。蒸儿在天神保护下最先跑到终点，头人便灰溜溜地走掉了。

神奇的果树

布朗族奇遇故事。采录于云南。

孤儿玉南苏在姨妈家过着长工般的生活。一日干完活，姨妈让她独自留在山上割猪草。她饿着肚子走进山林箐沟，在石头旁发现一蓬嫩草，还有一棵结着两个鲜果的小树。接连数天，那些嫩草割了又长，她只割草不摘果。这天她刚伸手抚摸果子，一颗果子便掉在她的掌心里，果瓣跳进她嘴里清香甜润。她摘下另一个果子带回去，姨妈、表姐却逼她摘回一背箩，否则不许进家门。玉南苏找遍山林，只有这棵树上每天结的两个果子。她哭诉自己的不幸，小树突然说话，两个果子是专门给她吃的，带回去就会变成石头。玉南苏的脸上渐渐有了血色，变成山寨最俊俏的姑娘。姨妈觉得奇怪，便让表姐跟踪她一探究竟。原来果树是天神的王子，因贪恋人间被收翅膀，结果之年便是他恢复人形的时候。表姐偷听到他们的约会暗号，晚上姨妈骗玉南苏到邻寨去，而让表姐乔装赴约。表姐听到琴声，急切提出婚期并且索要财物，引起了王子的怀疑。为抢到王子，表姐对玉南苏寸步不离。在砍柴路上，有个瞎眼婆婆丢失了金坨，表姐捡到装口袋带回去，却是一块石头。晚上有蓬头垢面的乞丐来要饭、投宿，遭到姨妈母女俩驱赶，善良的玉南苏扶乞丐出门，乞丐竟变成了英俊的王子。玉南苏终于与王子结为夫妇，过上美满的幸福生活。

玉塔姹的故事

布朗族奇遇故事。采录于云南。

从前，寨子里有一家三口生活得很幸福。坟地里的女野鬼十分嫉妒，为霸占他家的丈夫，女野鬼夜半一次次偷吃他家圈中的鸡蛋、母鸡，把蛋黄、鸡血、鸡毛涂抹在妻子的脸上和织布机上。白天女野鬼又变成漂亮女子到地里勾引他家的丈夫，说他妻子是“夜游鬼”。丈夫信以为真，便将妻子推入万丈深谷。他与女野鬼结婚后，女儿玉塔姹受尽折磨，舂米、放牛、挑水样样做。清早，玉塔姹的妈妈变成一只母斑鸠在屋顶哀鸣，飞到盆边用尾巴蘸水为玉塔姹洗脸。继母听到后，便装病让丈夫射死斑鸠为它治病，并将毛和骨头烧成灰烬扔湖里。玉塔姹到湖边放牛，悲声痛哭。变成金鲤鱼的妈妈用尾巴挑水为玉塔姹洗脸，她回家竟变成漂亮大姑娘。继母跟踪发现，又要丈夫捕金鲤鱼来为她治病。玉塔姹听到后，连夜赶到湖边，妈妈让她设法留一根鱼骨埋在召勐宫外的广场上。清早玉塔姹去放牛时请狗帮忙，狗守在楼下，终于衔到掉下的鱼椎骨，晚上交给了玉塔姹。玉塔姹按妈妈说的埋好鱼骨，第二天清晨，广场中央长出一棵金干银叶的神缅桂树。召勐立即召集全勐的百姓，宣告谁能把神树撮起立在手掌心上，将成为最有福气的人。全勐无人能够做到，召勐派人把被逼上山的玉塔姹找来，她轻轻一撮就把神树立在手心上。召勐恪守承诺，叫儿子把玉塔姹抱上象背，让她成为布朗族王子的妻子。这时神树升到月亮里，明亮的月光使继母原形毕露，受到惩罚。

长工艾宰攀和猴子

布朗族奇遇故事。采录于云南。

长工艾宰攀三更天上山给召曼家干活，中午躺在鸡嗉果树下睡觉。一群猴子在树上吃果子玩耍，他静躺着不动。一只小猴子跳下坐在他的肚皮上抓虱，举拳敲打，敲一下，他模仿一声鼓响，大猴小猴都来敲鼓戏耍，并且决定将这个“大鼓”抬回猴洞。翻山越岭抬到深谷边，老猴喊：“过天桥了！”艾宰攀眯眼见自己被抬在一根藤上，下面是望不见底的深谷。山洞里猴子们纷纷搬出金盆银碗，喝酒跳舞到深夜。群猴走后，他爬起把身边的金银财宝统统带回去，买地盖房，过上了快乐日子。召曼见了十分眼红，硬逼他说出全部经过，然后准备好一条大口袋，半夜赶到鸡嗉果树下。中午，猴子见“大鼓”又回来了，抬起就往回走，肥胖的召曼压得“天桥”摇来晃去，他睁眼看到万丈深渊失声惊叫，吓得众猴抛下“大鼓”逃跑，把召曼摔死在深谷里。

大甩和小甩

布朗族奇遇故事。采录于云南。

大甩、小甩两兄弟成年后，母亲给大甩一把长刀，给小甩一张弩，让他们出门谋生，三年后回家。大甩向东走了一百天，来到一个山头，看见菜花地里有许多猴子。他编一个笼子，捉了一群小猴，准备养大卖钱。他把想法告诉母亲，娘儿俩一起养猴。再说小甩往西走了三年，走到一间破草房前听到两姊妹在哭。原来是妖怪每夜来寨子吃人，现在只剩她俩了。小甩射死了妖怪，两姊妹感恩要嫁给他。他说哪有一个男人娶两个妻子的？于是把她们领回家，两兄弟和两姊妹成了亲，一家人过上甜蜜幸福的生活。

替朋友们报仇

布朗族动物故事。采录于云南。

从前，鱼和螃蟹和睦自由地生活在湖里。有一天，白鹭飞来说是奉神主之命到这里来默祷，并要鱼蟹们为它见证。于是鱼蟹每天游到水面的湖埂上，不知道为什么每天都有一些鱼蟹无故失踪。为弄清真相，有只螃蟹悄悄上岸观察，终于发现白鹭在湖面东张西望。它忍痛上前询问鱼蟹的去向，白鹭说把它们送到树荫下休息，也可以背它到那里去。螃蟹便爬到白鹭背上，用坚硬的钳子夹牢它的脖子，到树荫下看到堆满朋友的白骨，它非常愤怒，就用尽全力把白鹭夹断气，终于替朋友们报了仇。

猫武士捉老鼠

布朗族动物故事。采录于云南。

从前，世间鼠患成灾，天神派猫武士到人间惩罚老鼠。自猫武士下凡后，鼠类闻风躲藏。人们感到欣喜，纷纷用好鱼好肉款待猫武士，它便从东家吃到西家。鼠群饿得发昏，鼠王出洞偷窥，发现猫武士喜食肉类爱听恭维，便想出对策。夜静时，老鼠窜入人家偷走鱼肉，鼠王亲自邀请猫武士赴宴。猫武士来到鼠洞，看见石板上堆满肉和鱼，跳上去就吃得精光，并且吩咐日后多多找来。自此，猫武士天天到鼠洞吃喝，忘掉使命。天神得知后便命令它何时捉完老鼠，何时返回天宫。可是猫武士永远捉不完老鼠，才知上当，但懊悔已晚。

鹭鸶妈妈告状

布朗族动物故事。采录于云南。

有一次，鹭鸶孵出一窝可爱的小宝宝，它想去为儿女找食物，但是担心老鹰来伤害。正在作难的时候，花猫自告奋勇说，有它在老鹰不敢来危害。鹭鸶妈妈接受花猫的诚意，便放心地飞走了。可是它叼着鱼虾返回时，发现窝里已没了小鹭鸶，花猫也跑得没有踪影。秧鸡闻听鹭鸶妈妈的哭声，立刻赶来安慰鹭鸶妈妈。它听说花猫吃掉一窝小鹭鸶，决定陪鹭鸶妈妈去告状。它们找太阳申诉冤屈，太阳摇头说："这事我无力管，你们去找雾，雾能遮住我，比我本领大。"它们急忙找到雾，大雾摇头说："你们去找风，它能吹散我。"它们找到风，风让它们去找谷堆，谷堆让它们去找水牛，水牛让它们去找绳子，绳子让它们去找老鼠。老鼠听到鹭鸶的诉说，浑身发抖道："天哪，我们鼠类最怕猫！"说完迅速逃进洞里。它们走了许多路，告来告去，一物降一物，什么结果也没有。

花猫的"朋友"

布朗族动物故事。采录于云南。

有一天，花猫的丈夫死了，它想今后少不了靠朋友，要得到别人的帮助，首先就要对别人好。于是，它下河捕来很多鱼，分送给丈夫生前的好友黑狗、白猪和红头鸟。它们客气一番后收下礼物，都表示如果今后有难一定帮助花猫。季风把花猫房头的草片吹飞了，它去找朋友帮忙修房子。黑狗见它空手而来无油水，就推说小腿生疮，疼痛厉害；白猪说对不起，我手扭伤不能帮忙；红头鸟生硬地说，朋友，我的腰骨疼得厉害啦！花猫想朋友都病了，应送点好东西给它们补补身体，于是又下河捕鱼挨家分送。它们得到礼物，又都表示今后有事一定效力。插秧季到了，花猫再去找朋友帮忙，它们又都说出各种理由，表示不能帮忙。正当花猫准备第三次送鱼时，松鼠来劝导它"困难时见真朋友"的道理，花猫突然明白过来，从此以后再不和这些鱼肉朋友来往啦。

阿灵过堂

布朗族讽刺故事。采录于云南。

有一次，农夫阿灵交不起皇粮，被抓进县衙。县官问他住在哪个乡、哪个保、哪个庄。阿灵做出呆呆傻傻的样子，利用回答的机会嘲讽县官吃得香、吃得饱，只晓得把银钱往口袋里面装。随后，县官太太出来插嘴，阿灵叫她"大嫂"，说她搽的是灶灰。县官大怒，下令把他拖下去打屁股。阿灵连忙脱裤子，说道："不脱裤子打不着屁股。"县官太太羞得立刻躲到屏风后面，县官无可奈何，只好把阿灵放了。

穷人女婿

布朗族家庭故事。采录于云南。

富家小姐郎娜在赕佛（在寺庙里面捐献财物，祈求佛祖消灾赐福）时，把东西施舍给了一个穷小伙，她的父亲知道后很生气，立刻对她说："你就跟他过一辈子吧！"郎娜果真嫁给了这个穷小伙，小两口你恩我爱，辛勤劳动，日子过得不错。一次垦地时，穷小伙在地里掘出很多宝石。他把宝石带到远方，换得半个坝子的土地和一些金银。后来，人们敲锣打鼓把他送回家乡。岳父听说后，赶快跑来巴结这个女婿，认下了这一门亲事。

二十四个子女

布朗族家庭故事。采录于云南。

从前有夫妻俩，丈夫叫艾桑，妻子叫艾安，他们有十二个儿子，老大阿木十二岁，最小的儿子木桑一岁。有一年天旱，颗粒无收，艾桑四处借粮，穷人家没有粮，富人家不肯借。夜里，艾桑回家路过水磨坊，磨坊里无粮可磨，石磨上积了一层沙子。他无可奈何，便装了半口袋沙子回家。到家后妻子已睡，他感到无颜面对妻儿，就悄悄离家了。第二天，妻子艾安发现袋里竟是银沙，她和孩子们便买粮度过饥荒，同时去寻找丈夫艾桑。艾桑出走后，经过一家门前听到有女孩哭声，进屋一看，是十二个死去父母的女孩子，他就留下来抚养这些女孩子。十二年后，艾桑思念家乡的妻儿。他把情况告诉了女儿们后，女儿们要求跟父亲一同回家去探望。艾桑看到家里的巨大变化，假扮乞讨的路人，唱着十二年前离家出走的经过。小儿木桑回去告诉阿妈，阿妈说："他是你们的爹呀！"孩子们追了多日终于找到老人，请父亲领十二个姊妹一起回家。以后，十二个兄弟和十二个姊妹结成夫妻，全家过上了幸福美满的生活。

黄金帽和米粑粑

布朗族哲理故事。采录于云南。

庄稼人艾玛和生意人艾波嘎是一对朋友。一次艾玛对艾波嘎说，他收了很多庄稼，艾波嘎说："那算什么！我的金银才管用。"于是二人打赌，相约同去远游，看是粮食管用，还是金银管用。艾波嘎用黄金打制了一顶帽子，戴在头上金光闪闪；艾玛用糯米粑粑做成帽子戴在头上。他们走在大山林里，什么卖的都没有，艾玛摘下帽子啃糯米粑粑，艾波嘎干咽口水。走到天黑，在山林里露宿，饿了，艾玛又啃糯米粑粑。艾波嘎实在忍不住了，便摘下帽子剪一块黄金向艾玛换糯米粑粑吃。不几天，艾波嘎的黄金帽全换光了，他信服了这个道理：金银不能当饭吃。

艾掌来的故事

布朗族机智人物故事。流传于云南西南部布朗族聚居地区。故事主人公艾掌来系雇工型机智人物，出自艺术虚构。他的故事多数以戏弄欺压百姓的地方官员为内容，颇为风趣，如《打苍蝇》《钓鱼和失火》《帕大吃屎》《去勐海了》。

打　苍　蝇

布朗族机智人物故事。

有一次，帮工艾掌来为帕大（旧时布朗村寨的掌权者）杀猪，从早忙到晚，烫洗开膛，腌制酸肉，服侍帕大吃饱喝醉睡下，自己却连一餐饭也没吃上，于是便想了个整治帕大的办法。他每晚取一大块腌肉给送马草来的乡亲，没有多久就把一罐肉分光了，然后又提来一竹筒苍蝇倒进罐里。帕大估计酸肉已腌好，便去开罐取肉。一群苍蝇从罐口冲出，罐中却一块肉也没有了。艾掌来故意叫道："哎呀，苍蝇下蛋生蛆把肉糟完了！"帕大非常生气，便吩咐艾掌来："以后不管在什么地方见到苍蝇，就给我打！"刚说完，帕大就被狠狠打了一记耳光，艾掌来摊开手上粘的死苍蝇说："老爷，您脸上正叮着一只苍蝇呢。"

帕 大 吃 屎

布朗族机智人物故事。

帕大是出名的馋鬼。一天艾掌来把黑芝麻捣细伴进糯米饭里，捏一团放在帕大的坐垫上。帕大进屋时，他边吃边说："老爷，刚才跑来一只狗，在你坐垫上屙了一泡，我闻着香喷喷的，试着尝尝还真好吃哩！"帕大把坐垫上的"狗屎"

捧起来，确实很香，不一会儿就吃完了。帕大得意地说："这是因为老爷我福分大，狗才跑到我的坐垫上屙香屎。"帕大嫌没有吃够，就让艾掌来再弄一泡狗屎给他吃，没想到臭得连肚里的鱼肉也吐了出来。艾掌来说："那一定是老爷的福分快完了，狗不屙香屎啦。"帕大虽然想吐，可嘴里还说："谁说不好吃，老爷的福气大着哩！"

去勐海了

布朗族机智人物故事。

召勐的狗腿子平素欺压百姓，大家早想除掉他了。有一次，艾掌来跟这个狗腿子去采买窑货，回来时过大河，狗腿子怕死，硬让他先下水探路。狗腿子见艾掌来顺顺当当过了河，也跟了下去。他走到河中心，艾掌来悄悄投一块石头过去，狗腿子吓得身子一歪，背着的缸口灌进了水，便沉进大河喂鱼去了。回来后，艾掌来对召勐说，狗腿子去了勐海。召勐以为狗腿子背着窑货去傣家坝子勐海赚钱去了，其实，布朗语的勐海意为"消失的地方"。他用谐音骗过了召勐。

讲忌讳

布朗族劝诫笑话。采录于云南。

有位布朗老人干什么都要讲禁忌。一次，老人带儿子上山支竹夹捕鼠，他告诫儿子不许讲话，他怎么做就照着怎么做。一会儿，一粒沙被竹弓弹进老人的眼里，他不停示意儿子帮他取沙子。儿子不明白，又不敢问，就一次次学父亲的样子。父亲火了，给儿子一拳，儿子也照样给了父亲一拳。父亲实在憋不住了，就开口说："我示意你取我眼里的沙子，你瞎整什么名堂！"儿子这才明白："谁知道呢！你不是不许我说话，只许我照着你的样子做吗？"

撒拉族故事

大力士其里法

撒拉族奇事故事。采录于青海。

从前，女儿马力克索与妈妈一起在林中打柴，大白熊把马力克索抢到山洞结成夫妻，一年后生个男孩取名其里法。孩子长大满身是毛，力气顶过四十只老虎。一日，大白熊不在，其里法撞开堵洞的大石，陪妈妈去看外奶。马力克索剪掉其里法身上的毛，给他穿一套兽皮衣回到家中。可是外奶已去世，他们便住了下来。其里法好打抱不平，他的大力士的名声传到京城。皇帝怕皇位不稳，便派其里法去北山打虎，想借此除掉忧患。其里法到山上被十五只猛虎团团围住，他抓住最大的一只砸成肉饼，让其余十四只抬着那一只死虎去见皇上，吓得皇上紧闭城门。其里法来到附近庄子，推门见地上躺满被九头妖魔吸血的人，主人得知他能制服妖魔，立即端来饭菜，并且给他一根十人抬的祖传大铁棍。傍晚妖魔进来，他举棍将妖魔压倒，用大斧劈死烧成灰烬。主人见其里法为民除害人品好，便将女儿许配给他。从此，其里法夫妇和妈妈一起过上了受人尊敬的生活。

阿腾其根马生宝

撒拉族奇遇故事。采录于青海。

从前，有个主人家的骒马生下一个尕娃，阿訇给取名叫“阿腾其根马生宝”。马生宝长大武艺高强，一天对主人说要出门去找个弟兄。半路上他看到石头缝儿冒烟，一箭射出一个人来，他俩便结拜成兄弟。他俩继续再往前走，看见有块木头缝儿在冒烟，马生宝一箭又射出一个人来，他们就结为三兄弟。他们三人每天上山打猎，回来总有一桌饭菜，决定轮流守家看个究竟。头一天，石老大看见三只鸽子变成三个姑娘，做好饭后又穿上翅膀飞走了。第二天，木老二仍没勇气抓鸽子使其飞走。第三天，马生宝趁姑娘们做饭时，迅速取下翅膀用火烧掉，请求她们一起生活。马生宝把最俊的古尼姑娘脸上抹黑，如愿成为他的媳妇。一天，灶火不慎扑灭，三个媳妇一起到深山老阿奶家讨火。老人将胡麻装在被她戳破的口袋里面，第二天顺着胡麻找到家里，借抓虱子吸她们三个人的血。三个媳妇一天天消瘦，三兄弟轮值发现了吃人婆，这个九头妖婆被马生宝射中七个头时，背起三媳妇便逃跑了。三兄弟沿血迹找到深洞，马生宝拴绳下洞，恰逢妖婆回来，在三媳妇协助下，他砍下妖婆最后一个头。当把洞中财宝和三媳妇拉出洞后，两哥哥扔下绳子走掉。第二天，马生宝从蛇嘴里救出小鹰，老鹰让他打百只麻雀送恩人出洞，每飞一圈喂老鹰一只麻雀。到最后一圈麻雀已喂光，他只好割下腿上的肉喂老鹰，才飞出洞口。在路上，马生宝遇到了出来挑水的妻子古尼，才得知事情的真相。他拔箭射死向他扑来的两个哥哥，两个嫂嫂逃跑。马生宝终于与妻子古尼团圆，过上美满的生活。

日孜格娶妻

撒拉族找幸福型故事。采录于青海。

穷人的儿子日孜格从野外空手而归，看到同村富家后院的干牛粪，便偷偷装进背篼。富家姑娘发现了，因同情他家穷困，就允许他常来取干牛粪。天长日久，阿娜对身强力壮的日孜格产生爱慕，勇敢地向他表白并让他托媒提亲。日孜格的父亲好不容易请到两个媒人去提亲，富人勃然大怒，便提出要红金盘子和白银枕头做聘礼。愁眉苦脸的日孜格走向野外，在一个石山口，一条黑龙滚下来对他说，自己在这里蹲守很多年却飞不上天，请他想法帮帮忙。日孜格走过荒草滩，有一群农民对他说，住在这里的几代人，打墙超不过半人高就倒塌，请他想法帮帮忙。日孜格走到沙漠的帐篷前，牧民说这里几辈人畜喝不上水，请他想法帮帮忙。傍晚，日孜格躲进山坡小洞，听到狼、狐狸、老虎在洞口畅谈各自发现的秘密。他一一牢记在心里，天亮野兽走后，日孜格立即赶回沙漠，按老虎说的，果然在渠道下挖出红金盘子。霎时渠内流满泉水，因此得到牧民的盛情款待，并将红金盘子赠送给他。日孜格来到荒草滩上，照狐狸说的把墙根挖到半人深，挖出白银枕头，再向上打墙果然不塌。宴席后，村民把白银枕头赠给他了。日孜格回到石山口，当黑龙允诺日后遇难定会帮忙时，他趁势取出它舌根的一颗珠子，黑龙立刻冲入云端。回到家乡，富人无话可说，又提出嫁女时要在天空鸣锣敲鼓。当轿子抬出门时，日孜格暗念“黑龙帮忙”，顿时天空锣鼓声震耳欲聋，新娘终于抬到日孜格家中，二人喜结良缘，美满幸福。

青蛙儿子

撒拉族蛙郎娶亲型故事。采录于青海。

有一天，老头给老阿奶肿大的拇指挑脓，从挑破的指头里跳出一只青蛙，并且开口说是他们的儿子，孤单的老两口无比欣喜。青蛙儿子犁地种田样样能干，一天他告诉父母要去找媳妇。于是，他来到远近闻名的一个俊姑娘家，唱着求婚歌：“我不是持财俊美的男子，却备有吃苦的意志，我每天望着日月想你，只慕你和我投情合意。”他们相互对歌，他用真情打动了姑娘，姑娘最后唱道：“……你若能叫雨下个遍，你若叫太阳出一遍，我跟你一起走天边。”青蛙跳河里招来无数伙伴，吸足水撒向天上，顿时大雨瓢泼，把田地浇透，庄稼立即返绿，随后又太阳高照，大地回暖。俊姑娘高兴得跟着青蛙，和老两口一起过上勤劳快活的日子。

鸟王的礼物

撒拉族报仇棒型故事。采录于青海。

小伙子海麦在林边种地，总被群鸟吃得一籽不剩。眼见阿妈挨饿，他就去找鸟王凤凰索要赔偿。鸟王凤凰同情他，拿出一盘尕磨说，你饿时喊“克洛克洛”，细米白面就会出来。在回家的路上，海麦刚喊完尕磨里就淌出面粉来。经过员外家时他饥饿难忍，便请求用生面换顿熟饭。吃饱回家后，海麦发现自己的尕磨已被偷换，员外拒不承认并将他赶出门外。海麦又找到鸟王凤凰，恳求再帮他一次。凤凰给他一根棍子，让他到员外家，喊声“当当”，金子银子会出来。员外看得眼热，答应用尕磨换宝棍。当员外想喊出成山的金银时，“当当”的喊声刚落，棍子变得又粗又大，飞舞着打得他全家鼻青脸肿。海麦得到尕磨回到家里面，和阿妈一起过上饭饱衣暖的快乐生活。

鸽子姑娘

撒拉族奇事故事。采录于青海。

财主家的大老婆对小老婆留下的孩子曼素尔百般虐待。逼他一天砍倒几百亩树木，逼他用烤烫的粗砂碗吃饭，这个财主因此被活活气死。有一天，曼素尔又去河滩砍树，一个白胡子阿爷来帮他砍倒了一堆林木。大妈见难不倒他，就让他赶公马、公羊进山，等每只都下了驹和羔才许回家。曼素尔上山放牧，那个白胡子阿爷让女儿鸽子姑娘来给他做媳妇，帮他解难。鸽子姑娘用纸剪了一群母马、母羊，下了小驹和羔羊，第二年夫妻双双回家去了。晚上，大妈把睡熟的曼素尔丢进油锅，逼鸽子姑娘和自己的儿子舍尤布结婚。大妈哪里知道，锅里煎的是鸽子姑娘剪的纸人。婚礼那天，曼素尔突然驮着财宝回来了。大妈为让儿子舍尤布得到更多财宝，当晚硬把儿子推进油锅，可是她的儿子舍尤布再也没有回来。

三兄弟葬父

撒拉族奇事故事。采录于青海。

早年间，有一个父亲临终嘱咐儿子，他死后装进棺材，用绳子拉棺材，拉到绳断的地方就下葬。父亲死后，老大、老二拉了一段路就不愿再拉了，三弟一人一直拉到绳断。开始挖坟的时候，老大挖出个金娃娃拿着便跑了，老二挖出个银娃娃也拿跑了。老三一人埋了父亲，抱着挖出的瓦渣娃娃拿回家里。瓦渣娃娃每天为他吐一粒金豆。两个哥哥得知，便偷走了瓦渣娃娃，却怎么也得不到金豆子。勤劳的老三靠双手，没有金子日子也过得很亮堂。

金　娃　娃

撒拉族奇事故事。采录于青海。

尤素夫老汉心肠好，遇事宁肯吃亏，从来不占别人便宜。他的庄稼让一群羊糟蹋得不成样子，找到主儿，是个尕娃娃，只好自己忍下了。隔壁小伙在他家墙根下开渠，他刚要训几句，一想人家也是穷人，就说："挖吧，你年轻，光阴还在后头。"小伙赶忙填平渠道，羞愧地走了。村里有个老人被儿子赶出家门，他把老人引回家，一锅吃饭一炕睡觉。一天晚上，有个乞丐要他留宿。他让乞丐进屋，给乞丐饭吃，并让睡到火炕上，他自己睡在草房里。天亮后他去叫乞丐吃饭，揭开被子是个金娃娃。尤素夫想：这是胡达的恩赐，让我公平地分给穷苦人。于是，他把金娃娃分给了全村的穷人。

婆 媳 之 间

撒拉族奇事故事。采录于青海。

有个穷人家，婆婆为了不让儿媳挨饿，就叫她到富人家做饭。儿媳每天做完饭提着面手回来，把手上粘的面洗在家里，随后做成面汤给婆婆喝。天长日久，她觉得偷了人家的面，心里愧对主人。一个阴天，她正在案板前洗面手，天空一声炸雷，她以为真主的惩罚降临，吓得抱头蹲在案板下。雨过天晴，她在案下看见一堆金子。婆婆激动地说："儿媳的善行感动了圣人，暗中相助我们。"她让儿媳拿了些金子，给富人家还了"债"，从此一家再不受穷啦。

三兽分猎物

撒拉族动物故事。采录于青海。

有一次，狐狸、狼和老虎打来了尕驴、香子、兔子三件猎物，老虎提议由狼分食。狼很得意，将肥大的驴分给虎哥，香子归自己，狐狸吃小兔。老虎猛揍狼一下，说它分配得不合理，让狐狸重分。狐狸吸取教训，说虎哥功劳大，尕驴做早餐，香子做午餐，兔子做晚餐。老虎问狐狸为什么要这样分配？狐狸解释说，猎物都给你，就会躲过一顿打。老虎说你们都弄错了，每个猎物分三份，都能吃到三种肉。大家高高兴兴分了猎物，美吃了一顿。

狼、狐狸与货郎

撒拉族动物故事。采录于青海。

狼和狐狸在山顶碰到一个货郎，但不知他有多大本事，货郎见状急忙爬上大树。狼见人躲避起来，知道这个家伙不是它俩对手，便商量将这个家伙从树上拉下来干掉。狐狸找来绳子，两头分绑在它俩的腿上，按约定上树拉人。当狐狸快要爬到货郎脚下时，货郎往上挪了两步。狐狸再爬货郎再挪，眼看就到树顶了，货郎已无处可挪，绳子也不够了。狐狸蹬腿拽绳，狼以为狐狸在向自己暗示已斗不过树上的家伙，转头拉着绳子就跑。等跑出去很远，狼停下看时，狐狸早已断气了。狼以为是树上的家伙把它弄死，伤心地把朋友埋在了山顶上。

狐狸的下场

撒拉族动物故事。采录于青海。

有一回，狼抓住狐狸正准备吃，狐狸说看见山上有大牛、羊羔和山羊，那才有吃头。狼立刻限狐狸三天内把它们送来。狐狸好不容易找到一些牛羊，就骗它们说找到一片水好草好的地方，专程前来请它们。它们三个经不住狐狸的缠磨，便跟着狐狸来到峡谷中。等它们感到不对头时，狼群已经包围住它们了。山羊急中生智，拉着伙伴到一块大石头后高喊："阿赞热保（伊斯兰教尊胡达之命，来取命的人）有令，要四十个野兽的命，今天你们乖乖跟我们走！"牛和山羊顶着锋利的犄角向狼群猛冲过去，群狼被突如其来的阵势惊得调头奔跑。它们跑了很远才发现三头牛羊并没追来，认为上了狐狸的当，盛怒之下蜂拥而上，一下把狐狸吃掉啦。

尕驴智对老虎

撒拉族动物故事。采录于青海。

从前，有一个老汉上山砍柴，他把驮驴拴泉边的树上，把驮绳埋树下，把酸奶埋到土里就进山了。不久来了一只虎，看见驴不知是什么动物，便上前询问。吓得发抖的驴壮壮胆子说，它身上有专逮老虎的"夹饶"，它每天吃七只虎，抓七只回家。驴为保命碰碰运气，便蹬蹄长叫，把主人埋树下的绳子一脚踢到空中旋转起来，又把埋在泉边的酸奶踢飞，撒落到泉中变为一泓奶子水。老虎见到这个阵势转身便逃跑，它在路上遇到狼，就描述驴的长相和可怕的经过。狼劝老虎不用害怕，可以一同去把驴子干掉，并且愿意把尾巴拴在一起前去。驴看到老虎和狼把尾巴拴在一起朝自己走来，立刻灵机一动，大声喊道："狼兄弟，我刚要吃这只老虎，让它跑掉了，谢谢你把它捉了回来。"老虎一听，吓得调头拼命地跑。跑一阵老虎再回头看时，狼已被拖死啦。

老 驴 称 王

撒拉族动物故事。采录于青海。

尕驴跟主人劳累二十年后，成了吃不动又干不动的老驴。主人不忍心宰杀，就把它放进树林里面。林中的新鲜空气和嫩草露水，使它一天天恢复了元气，渐渐膘肥体壮。有一回狐狸经过这里，听到驴震天动地的喊声，立刻夹着尾巴飞跑到虎王面前，说看到了比老虎厉害十倍的新兽王。老虎世代为王，哪里肯信，立即翻山过河来看个究竟。老驴见了老虎吓得竖起耳朵不停吼叫，老虎也被驴的怪叫声吓得魂飞魄散，不知东西地疯跑，冲进山崖，压死一只香子。老虎取麝香交给狐狸，让狐狸去向驴说情，留一条生路，并且愿称它为王。老驴收礼百思不解，决定跳崖了此一生，谁知命不该绝，跳下崖只压死两只野鸡。它又托狐狸拿去回敬老虎，老虎赞叹道："我虎王只吃过狼虫，从没吃过飞禽，难怪新王比我厉害！"

公道县长

撒拉族讽刺故事。采录于青海。

从前，有一个老汉的儿子被人打死了，他急忙去找公道县长告状。他先给县长送上一对鱼，每条鱼肚里塞了五两银子。被告父亲知道要吃官司，便买了一个西瓜掏空，塞进十五两银子，也送给了县长。传呼升堂，公道县长硬是说老汉儿子的头长错了地方，所以被打死。老汉跪下大喊："县长，我有'礼'呀！"县长大怒，伸出五指翻了两翻："人家比你更有'礼'呀！"

吝啬鬼

撒拉族讽刺故事。采录于青海。

有一对亲家，都是吝啬鬼。一天，乡下的亲家去看望城里的亲家，进门便说："亲家母，我们乡下人没什么好拿的。想拿西瓜不好抱，拿个菜瓜不好看，拿个葫子不规矩，拿个茄子没样子，拿个辣子红滋滋的像狗心。只好两手空空来了，你不要多心啊。"城里的亲家一下全明白了，便茶也不倒，只管寒暄。到了中午，乡里的亲家饿得很，正好听见鸡叫，就提醒亲家，鸡叫晌午了。亲家母说："我的鸡一天乱叫哩！"就这样，乡里亲家没喝一口水，饿着肚子回去了。

阿不都做客

撒拉族讽刺故事。采录于青海。

有一次，别人请阿不都去做客。他本来已经吃饱了，可是还想吃，便解开裤带往嘴里面扒饭。主人看不过去，就说："老哥，前些天我看见你骑着尕驴，可你没有看见尕驴的肚带掉下来了。"阿不都不知道人家在挖苦他，吃得肚皮圆咕隆咚才出门。主人家的门头低，阿不都弯不下腰，出去时他的白圆帽被门头挂下去了，只好用一只脚套进去勾了上来。主人故意问他为啥不拿手去捡，弄得阿不都十分尴尬。

云 红 姬

撒拉族家庭故事。采录于青海。

勤劳善良的云红姬受尽丈夫、公婆的虐待，便偷偷跑回了娘家。但是，她的阿爸说："嫁出去的人，卖出去的马，应该回去。"她的阿妈说："享福受苦命中注定，应该回去。"她的哥哥说："跑回娘家败坏门风，给我滚回去！"她的嫂嫂和妹妹只能为她求情，伴她流泪，却无法改变她的命运。天亮前云红姬走了，她没有走进婆家，竟投进了滚滚黄河，永远不再回来。

一 把 大 豆

撒拉族家庭故事。采录于青海。

早年间，有一个瞎阿婆和儿子、儿媳一起生活。儿媳讨厌婆婆，不给她吃饱，还想法虐待她。有一天，媳妇抓一把炒好的豆子硬要婆婆吃。婆婆没牙，不敢不吃；想告诉儿子，又怕伤了两口和气，只好每天用唾沫抿软再吃。婆婆不停抿了一个多月还没吃完，媳妇吹耳边风，说阿妈偷东西吃。儿子信以为真，两人便商量要把阿妈扔进黄河里。天不亮儿子背阿妈向黄河走去，阿妈忽然喊嘴里豆子掉了。儿子蹲在地上找到豆子，才听阿妈说出实情，羞愧得急忙背阿妈回家。

经师的教诲

撒拉族人事寓言。采录于青海。

有个教徒向经师求教如何为人处事。经师告诉他，今天会遇到三件事，并告知处理的办法。他不得其解，走了一阵果真碰到一座大山。他想起经师的教诲，耐心忍着。山越来越小，一直忍到山小得像粒豆子，他拿来吃掉接着往前走。这时他又碰见了大金盆，他按经师的教诲把金盆埋了，添上很多土，继续往前走。没走多远，他碰上一群狼在吃一头死驴，他按经师的教诲躲得远远的，因此没受到任何伤害。回到家，他终于明白了经师的意思：大山是困难，只要有毅力就能克服；金盆是荣誉，不去夸耀宣扬，也会放出应有的光芒；第三件是是非，碰到时避开它，就不会叫你受损。

驴　和　牛

撒拉族动物寓言。采录于青海。

有一天，一个农夫在集市买回一头牛和一头驴，同槽精心喂养。驴吃料细嚼细咽，牛粗嚼大咽，晚上再慢慢细嚼。驴思量：我一顿吃饱，牛却一直吃到晚上，莫非主人偏心？有一回驴说："牛大哥你少吃点，吃得太肥主人会宰掉你。"牛觉得有道理，从此尽量少吃，于是一天天瘦下去，软弱无力，驴却吃得膘肥体壮，干活浑身是劲。主人想，吃一样的料下一样的苦，一个结实一个瘦弱，可能牛肚子里有什么病，趁早宰了。于是，牛便被宰掉啦。

毛南族故事

螺蛳姑娘

毛南族田螺女型故事。采录于广西。

孤儿浓米靠打柴为生，雪天他卖完柴到铁匠铺取暖，铁匠把他破棉袄上的大铜扣丢进火炉。这是父母留下的唯一的纪念，他大哭不止，铁匠只好打制一个钓钩和一把鸟枪来还他。浓米在东龙河边钓上一个大螺蛳，回家养水缸里。次日他打鱼回家，家里面已摆好喷香的饭菜。接连几天都如此。一天他提早回家，从门缝看到水缸里出来的美丽仙女做好饭菜。隔天他在仙女做饭时，掷石砸破水缸将她留住。原来她是龙王的小女儿，看浓米忠厚孤单，特来和他为伴。他们结婚后，浓米因不舍离开妻子，不再出门干活，妻子便自画像让他带山上。浓米砍柴时被出猎大臣发现，一直跟到他家中。美人把泥捏的山雀吹活，交给那个大臣拿回朝去复命。皇帝吃到鲜美野味，立即派兵去抢走美人。浓米思念妻子，依计用百兽皮毛缝制百兽袍进京救妻。在金銮殿上，螺蛳姑娘见穿得五彩斑斓的丈夫哈哈大笑，皇帝大为惊讶，为取悦美女，连忙用龙袍换上百兽袍。皇帝正得意时，突然被螺蛳姑娘放出的一群猎狗咬死。夫妻双双返回东龙河畔，过上快活的日子。

勒米找幸福

毛南族找幸福型故事。采录于云南。

孤儿勒米吃不饱穿不暖，按老人指点去南天门南极仙翁处找幸福。在路上，他走得口渴难忍，便到百草垌一户人家讨水。这家的阿伯请他问一问，女儿十八岁为什么还是哑巴。随后他到桃花寨投宿，寨主请他问桃园为什么只开花不结果。他走到东龙河边，鲤鱼把他驮到对岸，请他问自己修炼了八百年为什么跳不过龙门？勒米翻过重重山，终于到了南天门，南极仙翁按天规回答完他代问的问题就不见了。他回到河边告诉鲤鱼哥，嘴边十二根胡须拔掉两根就能跳过龙门。过河后鲤鱼送他一颗夜明珠，然后跳龙门而去。到了桃花寨，寨主按他所言在大桃树下深挖三尺三，挖出大坛黄金，顿时满园桃子挂枝头。寨主以整坛黄金相赠，他寸金不收便离去。他来到百草垌，刚进庭院门就听见哑女在喊："爹爹，你的女婿回来了！"为感谢勒米，阿伯为他们举办了婚事。勒米替别人寻到幸福，自己也得到了幸福。

八女挑水

毛南族奇遇故事。采录于云南。

从前有七个姑娘去泉边挑水，有个衣服破烂的老婆婆向她们讨吃喝，姑娘们不理睬，嫌老婆婆肮脏飞快离去。又一穷姑娘来挑水，得知老婆婆三天没吃喝，便转回家把仅有的玉米粥装在竹筒里拿给老婆婆吃，并说自己的父母已经去世，邀请老婆婆去家里要好好伺奉。姑娘舀泉水给老婆婆润口，老婆婆将水喷在她身上，顿时破旧衣服变成华丽盛装，头上戴着金钗珠玉，老婆婆却不知去向。那七个姑娘看到后悔不已，回家各拿一盒白米饭，挑着水桶到泉边，争相给老婆婆吃饭。她们又纷纷递上清水，排成行等老人喷水。老婆婆喷过水后，她们立即奔到泉边俯看，一个个已变成红眼尖嘴浑身是毛的猴子，羞得跑进深山再未回来。

点金术

毛南族奇事故事。采录于云南。

从前有甜哥和苦弟两兄弟，在父母去世后，甜哥跟苦弟分了家。这年收成不好，苦弟决定到山外学种地的本领。他朝日头升起的方向走去，一路帮工换饭，走烂九九八十一双草鞋，来到一马平川的仙境。这里的犁耙锄头都闪着金银宝光，仙翁留他三天学种五谷养六畜，随后，苦弟带着仙翁送的谷种回到毛南山乡。这时候离他出门已经过了三年，甜哥早已成亲。甜哥听苦弟一说，便买了好马也向仙境走去。他跟仙翁学种五谷瓜果，第四天悄悄装满两口袋金银飞奔回家，不料在半路上马失前蹄一跤摔死了。甜哥背不动那些金银宝石，只得返回去请求仙翁教他点金术。仙翁授他一句咒语，并且教他顺念倒念的秘诀。甜哥回到家立刻念一遍，果然看见桌上有一盘银子；夫妻俩都嫌少，他又念第二遍，拿起茶杯、饭碗都变成金；妻子见他本领大还要把房子变成金，他便再念第三遍，眼睛看到的都东西都变成金的，就连妻子也成硬邦邦的金人。甜哥吓得在屋里团团转，苦弟来敲门他不敢开，怕见弟弟也变金人。苦苦折磨一夜想起倒念咒语可解救，终于一切恢复原样。甜哥夫妻俩发誓再也不贪便宜。从此，他们和苦弟一家勤恳种地，勤劳致富。这时候他们才知道，劳动的汗水才是真点金术。

覃三九寻师

毛南族奇事故事。采录于广西。

孤儿覃三九见家乡石山太多，吃水不便，便决定到昆仑山拜师学赶山的本领。他苦练几年，练得功精艺熟，便带着师父给的葡萄苗、竹宝剑回到家乡。他归心似箭，路上把公母葡萄苗的位置颠倒了，使得藤叶长得飞快。大如斗篷的叶子飘到皇宫，落在了皇帝的脸盆里。皇帝立刻派法师、武将去查办。他们赶了七七四十九天，终于在堂八村发现了藤树，两武士抽刀砍伐，但砍断后立即又合拢；他们又用铜锅断口，公藤断处合不拢流血枯萎了。母藤痛哭三天，泪流成溪。覃三九用竹剑削石造宫殿，用鞭赶石山，使法唤金龙来造江造海，都因功夫不到家未能成功。他只好又去昆仑山寻师，继续修炼。

老法师的女儿

毛南族奇事故事。采录于广西。

老法师的女儿与编织花竹帽的青年巧匠相爱，她难于向父亲表白，就叫巧匠出面求婚。老法师要考考巧匠的本领，就使法术先后把自己变成炉膛里的火星、菜园里高大的葱花。经姑娘的帮助，均被巧匠找了出来。姑娘又将巧匠藏入自己的长指甲里，老法师没有找到，只好认输，决定把女儿许配给巧匠。老法师将女儿暗藏在雨伞里，叮嘱巧匠在回家路上，无论遇到什么风险也不要打开雨伞，更不能丢弃雨伞。巧匠辞别法师，路遇暴风雨浑身湿透也不打开雨伞，遇到山上乱石滚下也不丢弃雨伞。这时他听到伞中说话，让他赶紧戴上雨伞中落出的花竹帽。他捡起花竹帽，戴上以后便挡住了飞石，平安回到家里。巧匠打开雨伞，姑娘立刻跳了出来，当晚有情人就喜结良缘了。

蚯蚓不能走大路

毛南族动物故事。采录于广西。

有一年大雷雨下了一天一夜，蚯蚓、蟋蟀、蚂蚁、蝼蛄都逃到山坡上。大水泡了三天三夜，禾苗、房屋、道路全被冲没，大家公推蟋蟀领头重建家园。九天九夜过去了，盖房、打洞、筑堤，各自承包的活路都已完工，唯独蚯蚓白天钻洞歇凉，晚上出去找吃食，它负责平整道路，却连一寸也未修筑。大家一起帮蚯蚓干活，蚯蚓仍不动手。蚂蚁去洞里催蚯蚓，蚯蚓躺床上懒洋洋地说："天太热，谁愿意修就修，反正我不干。"蚂蚁问它修好路走不走，它拍拍胸脯说："不走就不走，如见我走你们就捉起来。"从此，蚯蚓便不能走大路，只能在地下走，走到哪里自己就把路开到哪里。

狐狸、老虎和狗熊

毛南族动物故事。采录于广西。

有一回，老虎在路上遇到狐狸，扑上前一口咬住打算充当午餐。狐狸忍痛让它放开，并说自己是兽中之王。老虎不信，狐狸说："我虽然个子小，威名不小，不信咱们一起到山中走一趟。"狡猾的狐狸借口被虎咬得脊背疼痛，就让虎背它走。虎为证实自己才是兽中之王，勉强答应。来到林中，群兽见不起眼的小狐狸竟然威风凛凛地骑在猛虎的背上吆五喝六，纷纷四散逃去。老虎见状只得认输。第二天，狐狸又抖虎威喊狗熊让道，气愤的狗熊一拥而上，狠狠给它几个巴掌。它吓得磕头求饶，灰溜溜地逃跑了。

黄牛、水牛与老虎

毛南族动物故事。采录于广西。

有一次饿虎窜出岩洞，遇见黄牛、水牛口水直流。老虎正想扑过去，黄牛一声吼，两只又直又尖的角向外张开，比老虎的獠牙还粗大，老虎赶快收住脚步。老虎慢慢走上前假装问候："黄牛弟，你的尖角是什么料制作的？"黄牛开玩笑说："用黄泥捏成的。"老虎暗自欢喜，又问肥肥的水牛。水牛看出它不怀好意，就瓮声说："我的弯角全是铁铸成的。"随后使劲用鼻子喷出一股粗气，把田坎崩开一大截。老虎大吃一惊：好险，动它不得！于是趁黄牛吃草独自远去时，冲上前饱餐一顿。从此，老虎见水牛就跑，见黄牛就咬。

猪和狗的不同待遇

毛南族动物故事。采录于广西。

早年间，猪和狗原是好朋友，它们和主人同桌吃、同床睡。憨猪吃了就睡，见到主人懒洋洋；狗灵巧爱蹦爱跳，见到主人就欢叫。主人开始讨厌猪了，便让它们从今后下地干活，谁勤劳吃饭，懒的吃潲。到地里猪拼命拱泥翻地，狗却坐树荫下摇尾咧嘴笑。太阳落山时，地已翻了一大半，狗还是不动。等猪走后，狗立刻跳进猪翻过的地里来回踩满自己的脚印，然后飞快跑回家，抢先对主人说地是它翻的，猪只是睡大觉。猪气喘吁吁地回到家和狗争吵起来，主人去到地里查看，见翻过的地里满是狗脚印，确认地里活是狗干的。猪有口难辩，从此被关进牛栏，吃潲吃草不能吃饭。猪赌气吃得比过去更多，吃了就睡再也不肯干活儿啦。

鼻涕虫和蜈蚣

毛南族动物故事。采录于广西。

蜈蚣有几十对脚，瞧不起鼻涕虫，要和它比赛看谁先到圩上，胜者就吐输者一口唾沫。鼻涕虫头天就爬到柴担上，靠樵夫担到圩上，等蜈蚣爬到，它已在圩上等候半天了。蜈蚣输了卷成一团，被鼻涕虫一口唾沫吐得不能动弹。从此以后，鼻涕虫真的能制服蜈蚣，人一旦被蜈蚣咬伤，只要找鼻涕虫唾沫来擦，就能消肿止痛。

公老考女婿

毛南族家庭故事。采录于广西。

公老有两个女儿，大女婿是书生，小女婿是农夫。公老过生日时，女婿们来祝寿。公老有意考考两个女婿的文才和口才，便摘了一个桃子问，为何一面红，一面青？大女婿说，向阳则红，背阴则青。公老夸他不愧是才子。小女婿却说，西瓜向阳，为何皮青里面红？又指着院里的红背叶子树说，为何向阳一面是青的，背阴一面是红的？大女婿呆如木桩，答不上来。

覃木匠娶亲

毛南族机智故事。采录于广西。

木匠覃吉英路过黄员外家的花园，与扑蝶的黄家三姑娘一见倾心，互赠信物。黄员外得知，硬逼三姑娘与覃木匠断绝来往。三姑娘宁死不屈，黄员外无法，便提出一月里找来九十九座房子、九十九亩田、九十九头牛、九十九顶花轿的苛刻条件来刁难他们。覃木匠利用两位财主想拿自己开心的心理，立下两张字据，解决了房子、田、牛的问题。黄员外又找到县官，说出发生的事情，县官大笑并对覃木匠宣判：“本官借给你九十九顶花轿，命你速把黄三姐娶走，再把九十九座房子、九十九亩田、九十九头牛抓到手，倘若四件事办不成，罚你一生一世为官府做工抵罪！”结果限期一月，覃木匠三天就办成了。县里公差班头带领轿夫抬了九十九顶花轿到黄员外家接三姑娘，又到两位财主家要房、田和牛。两个财主惊慌失措逃到林中叫苦不迭。

早　和　晚

毛南族过去未来妙品型故事。采录于广西。

从前有两个老朋友，一个叫实，一个叫华。一天华到实家做客，实拿一个鸡蛋炒来下酒，并且说：“老朋友，真对不起，你来早了。要是你晚几个月来，就可以杀一只鸡款待你啦。”不久实应华的邀请去做客。华砍一截竹竿来煮给实吃，并且说：“老朋友，真对不起，你来晚了。要是你早几个月来，就有鲜竹笋吃啦。”

隆姆轿的故事

毛南族机智人物故事群之一。流传于广西环江一带。故事主人公隆姆轿系农夫型机智人物，出自艺术虚构。“隆姆轿”为毛南语，意思是“喂养种猪的人”。其人一生贫穷，无妻无子，以诙谐善谑著称。他的故事一般都较为短小质朴，情节简单，不论是嘲讽富人还是调侃同伴，都具有含蓄、风趣的特色。代表性作品如《这里怎么找得到他》《隆姆轿指路》《想找点淡酒冲一冲》《比快》《养猪奇闻》《追猪历险》《谁起得早》。

隆姆轿指路

毛南族机智人物故事。

一次，有两个走山串寨做买卖的商人迷了路，又渴又困，碰巧遇上隆姆轿，便向他问路。隆姆轿给两个商人指了一条羊肠小道。两个商人越走路越荒，双手双脚被划破，满是血痕，赶忙转回头来怒斥隆姆轿骗了他们。隆姆轿笑道：“我指的正是你们想走的财神路哩！如果指平阳大道，你们能够进大村、赶大圩，拿三根针能换一斤棉花？用两盒洋火能换一张虎豹皮？拿三个铜毫子能买一个熊胆吗？”

想找点淡酒冲一冲

毛南族机智人物故事。

有个老相识知道隆姆轿很久没钱买酒喝了，想请他喝几盅，故意问他为啥不喝酒？隆姆轿说：“唉！我前一天熬了两坛小米酒，早上尝了三口，满身酒香，赶猪郎游了四条村，前后熏醉了五帮人，醉得人家六天做不得工，哪里还敢贪杯！”老相识忙说：“我有意请你喝酒，敢不敢喝？”隆姆轿说：“哪里话！我正想找点淡酒冲一冲，免得明天还熏醉人。”

比　快

毛南族机智人物故事。

正月十五，有一帮后生仔赛跑后争论输赢，请隆姆轿讲公道话。隆姆轿慢吞吞地说：“你们哪里比得上我快！有一年我去打柴，把剩下的一斤火药晒在门前。不料那边火烧山，一颗火星飘落在门前，火药马上冒烟。这还得了，我一口气跑回家，还救得半斤火药呢！”

李海进的故事

毛南族机智人物故事群之一。流传于广西环江一带。故事主人公李海进系农夫型机智人物，在毛南族民众中广为人知。他是否有原型，待考。其故事以智斗皇帝、蒙官（土司）的篇什最为精彩，如《皇帝请酒》《百舌鸭》《皇帝米》《赏月》《金包子》《十里宽的蚊帐》《灰绳子》。

皇　帝　米

毛南族机智人物故事。

皇帝派蒙官（土司）四处搜寻美味，弄得毛南山乡怨声载道。这时李海进到宫里对皇帝讲，神仙曾经赐给世上的善人一种延年益寿的珍贵食品，吃这种食品必须事先斋戒三日。皇帝为了享用这种仙物，果真进行斋戒，整整饿了三天。开斋那天，李海进把用黄、白、柴三色玉米做成的馍馍挑进宫中，皇帝大吃大嚼，狼吞虎咽。不料他吃得太多，当晚就被胀死了。为了让后代记住这件事，毛南人便把玉米叫作“皇帝米”。

金　包　子

毛南族机智人物故事。

皇帝常常吃李海进的亏，对他恨入骨髓，决心要将他除掉。一日，皇帝命厨师做出黄金馅的包子，命李海进当场吃下。李海进吃后立刻赶回家里，扶着桌子死去。皇帝亲自到李海进家里去偷看，远远望见他坐在桌旁，误以为厨师做的包子不管用。皇帝回宫吃下这种金包子，不一会儿工夫便完蛋了。李海进死后也替自己报了仇。

阿欧的故事

毛南族机智人物故事群之一。流传于广西环江一带。故事主人公系长工型机智人物。其原型是环江县上南乡的一个孤儿，口齿伶俐，聪颖过人。他长大后流落到四十里外的南昌屯，在大财主谭公壁家当长工。其故事大都是描写故事主人公愚弄东家的作品，如《每月歇三天》《不吃饭的长工》《抬石头》《一坑三蔸就拔掉》《狠打一巴掌》。

每月歇三天

毛南族机智人物故事。

大年初三，财主谭公壁与阿欧订全年雇工合同，阿欧要工钱七吊二，谭公壁只肯出三吊六。阿欧见他不愿让步，便说："工钱按你讲的，但每月我要歇三天。"谭公壁盘算了一下，觉得还可以，于是订了合同：财主反悔全年工钱照付，长工反悔全年白干。哪知过了正月十五全村都在忙农活儿，阿欧却天天都不出工。谭公壁急了，便请中人来评理。阿欧这才说明他讲的每月歇三天是指晴天、阴天和雨天。谭公壁知道上当，气得双脚跺地。最后，他只好答应一年给七吊二的工钱。阿欧笑道："如果你早这样讲，我早就去上工啦！"

一坑三蔸就拔掉

毛南族机智人物故事。

阳春三月刮地整玉米时，谭公壁家跟农闲时一样不给长工吃好一点，阿欧决定找机会教训教训这个吝啬鬼。这一天，阿欧出工干活，谭公壁的老婆一再交代："一坑两蔸玉米苗就留下，一坑三蔸的就拔掉。"阿欧到地里一看，大半玉米坑都长了三蔸以上，便把那些坑里的玉米苗通通拔光了。第二天，谭公壁的老婆到地里一看，气得直捶膝盖。阿欧说："你只讲三蔸一坑的就拔掉，没讲只拔一蔸留两蔸哇！"那个财主婆吼道："天哪！你没见人家怎么拔吗？"阿欧反问道："你没见人家农忙季节怎么对待长工吗？"

万事不求人

毛南族嘲讽笑话。采录于广西。

王员外有钱有势，有一年年三十儿晚上，他写了一副对联："我是王员外，万事不求人。"刚刚贴出上联，就有灰尘掉进眼里，赶忙叫人帮他吹。一个放牛娃看见他手里面拿着的下联“万事不求人”，便说：“员外，你不是万事不求人吗？”王员外睁开双眼看见手里的下联，气得无话可说。

踩着猪尾巴

毛南族嘲讽笑话。采录于广西。

从前有个屠夫常常带着大儿子出去做生意，每逢圩日父子俩都能赚许多钱。有一次，他们到一家农户去买猪，然后杀了拿去卖猪肉。晚上回家一算账，却蚀了几块钱。屠夫莫名其妙，就问大儿子是怎么一回事？大儿子笑笑说：“爸，你早上称猪的时候，我用脚踩着猪尾巴，不然还要蚀得更多哩！”

先生嘴

毛南族劝诫笑话。采录于广西。

有一个先生逢人便夸自己教出来的学生会吟诗作对。他出了个“杯中酒”的上联让学生对，学生们对出来后，他亲自改为“墙上花”，让大家牢记。有一次，一个学生家长请这位先生喝酒，把酒席摆在天井里面，围墙上开满了花。席间先生不断夸奖这家的学生有才有智，聪明过人，并即席出了个“杯中酒”的上联，让那个孩子出来对。可是那个孩子两眼鼓鼓，怎么也答不出来。先生不便用手指墙上的花，就歪着嘴向墙上作暗示。那个孩子连忙答道：“先生嘴。”先生听了哭笑不得，十分狼狈。

举人上当

毛南族劝诫笑话。采录于广西。

从前有一个举人，经常夸自己能说会写，还会骗人。一天，他到一个聪明人家里说：“听说你比我会说会骗人，今天你如果骗得过我，我赏你一百吊铜钱。”聪明人说：“你是举人，我怎么敢骗你呢？不过我说实话，你坐的板凳上有一泡鸡屎！”举人赶忙起来拍屁股说：“倒霉，倒霉！弄脏了裤子！”在场的人哄堂大笑，举人知道受骗上当，只好灰溜溜地跑啦。

仡佬族故事

蛇大哥和三妹

仡佬族蛇郎娶妻型故事。采录于贵州。

有一天，一个老人进山砍地开荒，累极了，就自言自语："有谁能帮我，三个姑娘随他点。"这话被草丛中的一条大蛇听到了，把砍刀绑在尾巴上将大片坡地全砍光，并且帮老人把大捆柴拖回家中。大姐、二姐出来骂声"烂老蛇"，扭头便走开了，只有三妹拿来草墩给蛇盘坐。老人择日送三妹跟大蛇离开娘家，到了海边蛇郎下水洗澡，三妹从头上的别针认出一个美男子就是蛇郎。到了蛇洞，里面金银成堆，他们买下富人家走马转阁楼的大宅过上好日子。三姑娘母亲来看望，见他们生活富足，住几天后就欢欢喜喜回家。随后，大姐也来住了几天。二姐也急忙赶着去，坐金凳银桌，用金碗银筷，一年多都不想走。一天，姐妹俩去挑水，二姐把三妹推下井。二姐带孩子，孩子总是哭，这引起蛇郎怀疑。隔壁马草六对蛇郎说，他割草时有一只雀雀问："蛇家娃娃哭不哭？"蛇郎跟去寻找雀雀，雀雀站在他肩膀上，回家把雀雀装笼子挂在门边。二姐挑水经过，雀雀将屎屙进水桶里，她冒火打死雀雀。蛇郎将雀雀埋到屋边，一年后三妹的人影渐渐清楚，晚上抱娃娃去喂奶。二姐非常害怕，便逃跑回家。蛇郎、三妹一家终于团圆了。

蛤　蟆　娃

仡佬族蛙郎娶妻型故事。采录于贵州。

一对新婚夫妇生了个蛤蟆娃，正想把他打死，蛤蟆就开口说他能读书，能娶媳妇。蛤蟆一天天长大，一日到大户人家向他家的大女儿求婚，并在门前没日没夜地叫。大姑娘没法，便骑马让蛤蟆牵着走一圈。到河边大姑娘突然猛挥鞭子，马尥蹄蛤蟆迅速跳在马后没被踩死，大姑娘却被甩进了河里。隔一天他又向二女儿求婚，二姑娘用同样手段到崖边抽鞭，马失前蹄和人一起摔进深沟。三姑娘想，蛤蟆能够讲话，说明是人；能识破阴谋，说明聪明，便答应了蛤蟆的求婚。新婚当晚，一个英俊小伙深情地望着她，新房里没有找到蛤蟆的影子，这才确信面前的小伙就是她的如意郎君。他们和父母过上和睦幸福的日子。

张打枪和龙女

仡佬族龙女型故事。采录于贵州。

张打枪靠打鸟为生，一天看见蓝白两蛇打架，他救出快被咬死的白蛇放生而去。数日后，有个美丽姑娘喊他。这个姑娘就是那条白蛇，原来她是龙王的女儿，今天是来请张打枪去龙宫做客。龙王盛情款待张打枪，三天后他思母心切，就按龙女所教不要金银，只要灶旁的一捆干柴。张打枪在半路上歇气时，干柴中跳出龙女，欢欢喜喜地和他一起回到家。半夜龙女请来虾兵蟹将，盖起宽敞的房屋，置办家什，过上了好日子。消息像风一样传到县官那里，县官十分眼红，立刻命令张打枪在三天内打一千二百只鸟，否则便拿媳妇来抵。龙女用鸟羽吹气变出一千二百只鸟拿去交差；县官又逼张打枪缴一百二十四龙驹马，龙王帮忙，便如数把龙驹马送到县衙。县官无计可施，竟要用全部家产来交换龙女。县官立刻脱下官服，携带龙女赶着龙驹马来到河边，当他登上船来到河中心时，龙女一声吆喝，狂跳的龙驹马把县官翻进河里淹死了。龙女又回到张打枪身边，一起过上快活的日子。

滚　豆　儿

仡佬族奇事故事。采录于贵州。

滚豆儿有两个哥哥，他是妈妈在河边洗衣时吞豆所孕，没几年就长成小伙了。一天大哥去远处犁地，让二哥送午饭。附近有个怪物飞王，把大哥犁的铧沟抹平，又用嘴刨同样一道铧沟直通它家，把二哥引入家里。大哥得知出门寻找，路遇放牛人杀牛给他，说如能吃完便可走到飞王家。大哥只吃完一半，但执意要去找人，到走不动时见一放羊人，又杀羊让他吃，说如能吃完才能走到，否则回头更难。他吃剩一条腿时恳求带他走，没有成功。他继续前行，虽饿得走不动，但仍然坚持爬到了飞王家。因不是走到的，飞王不许哥俩回家。滚豆儿劝说妈妈同意他去找两个哥哥，路上他把牛吃剩一条腿，羊吃剩半条腿时，都跳几下便全部吃光了，于是大踏步走进了飞王家。比试本领时，滚豆儿用嘴接住飞王抛向空中的两个铁核桃，又跳前挪后打得飞王晕头转向，败下阵来。滚豆儿终于救出两个哥哥，一起回到了家中。

两颗南瓜籽

仡佬族奇遇故事。采录于贵州。

塔山脚下住着兄弟两家人。老大每天打柴换米面，妻子邬氏养蚕织布。一天，房檐上有一只小燕子掉下来摔断腿，邬氏捧起接好，老大买回红药，二人精心护理，半月后小燕子便痊愈飞走，随后衔回一颗南瓜籽。老大夫妻俩把南瓜籽种在院子里，不断浇水施肥，秋后结了一个大南瓜，熟透切开里面竟有许多金瓜子，夫妻俩从此过上富裕的日子。好吃懒做的老二两口看见以后，十分嫉妒。开春时燕子在窝里抱小燕子，老二爬上去掏一只小燕子来把它的腿撅断，照样接好敷药放回窝。他们也得到了一颗南瓜籽，看着南瓜天天长，他们便大吃大喝，欠了一屁股债。秋后瓜熟时他们准备接金瓜子，切开大南瓜，里面蹦出一个白胡子老头，把他们谴责一通，然后就便不见了。

果璐和螺蛳妹

仡佬族奇事故事。采录于湖南。

果璐自幼父母双亡，螺蛳妹很同情他，就变成一只绿尾巴小鸟，指点他渡过了一个个难关。一天，果璐上山打猎，见一位老人被老虎咬伤，急忙拉弓搭箭射倒老虎，救出老人。他背着受伤的老人正要回家，又见一位老大妈被大蟒缠住。危急之时，他连射数箭救出老大妈。果璐将两位老人背回自家，采来草药精心护理，使老人很快养好身体。原来他们正是螺蛳妹的父母。螺蛳妹敬慕果璐的人品，和他结为夫妻，过上幸福美满的生活。

小白兔智除虎王

仡佬族动物故事。采录于贵州。

大山上住着一群快乐的小兔子，一天自称山大王的老虎跑来，要它们从现在起每天送六只兔子给它佐餐。兔子们吓得六神无主，有的说干脆鱼死网破，有的说悄悄逃生……这时，一只小白兔出来说，它有个计策可以试试。第二天清早，这只小白兔跑到虎大王的岩洞去说，我们六个走在半道上被新来的虎大王抓住，它让我来向你通报。老虎气得七窍生烟，立即让它带路去找这个冒牌货。小白兔把老虎带到井边，说新大王就住这里面。老虎低头大吼一声，果然见到井里面有只虎也在冲它大叫；它又用巴掌打下去，那家伙也一巴掌打上来。虎大王气急败坏，一纵身跳下井里，很快便淹死了。兔子们齐声夸赞小白兔机智勇敢，并选它当了头领。

两个朋友逃荒

仡佬族动物故事。采录于贵州。

老山沟里的牛和羊是一对好朋友。一年天大旱，草木都晒死了，井底都裂开了口，没吃没喝，牛和羊决定出去逃荒。兄弟俩走了七七四十九天，翻过九九八十一座大山，也没找到一丁点水和草。羊实在走不动了，便对牛弟说，反正都是死，我不走了。不管牛怎么劝说，羊都不听，便躺在路边闭上眼等死。牛只好独自往前走，翻山越岭，终于找到了有水有草的好地方。它住下来吃嫩草喝清水，一天天长得又高又健壮。而羊呢，一场雨救了它的命，虽没有饿死却长得很矮小。

县大老爷选人才

仡佬族讽刺故事。采录于贵州。

有个新县令到任后要选人才，老县令给他推荐了一位无所不知的“百事通”李四。李四带县老爷走大街串小巷，选中了动作迅速的急性子赵大、沉着老练的慢性子钱二、买东西精打细算的孙三。绅士们夸赞他知人善任。一天有个兵丁来报，说有强人要打劫县城。百事通李四建议新县令“走为上”，新县令立即令赵大鞴马。赵大把马追得乱跑，干脆砍下马头才套上笼头，还说是老爷让鞴马没限定是活马还是死马。强人涌入城门，急性子背起他就跑，涉水过河逃过一劫。一天钱二来报，他带两个公子在花园玩耍，大公子掉进了鱼池。等老爷带人打捞，早已死去。孙三去棺材店，趁老板没发现，大棺材里套进小棺材，回来报告县老爷，小的给小公子备着。老爷气得死去活来，要赶走这三个人。百事通李四说：

“老爷，是你亲自选的人才，撵走会让人耻笑。”新县令只得忍气，白白养着他们。

阿爹挑女婿

仡佬族家庭故事。采录于贵州。

有一家父女俩，女儿心灵手巧，到了婚嫁年龄，求亲的踩断门槛，但一个接一个的都落选了。一天来了三个庄稼人，阿爹让每人栽一块秧，看谁栽得最快最好，还能看清天上飞过的鸟儿。有个叫山成林的小伙子，挽起袖子就下田插秧。第二个小伙子，每插一窝秧，就抬头看天上，速度慢了许多。第三个小伙子目不转睛地看着天上，直到三只老鹰飞过才低头栽秧。中午的时候，阿爹见山成林插得又多又好，并凭借映入水中的飞鸟影子，准确答出飞过的三种鸟名，终于选中这位聪明能干的佳婿。

憨姑爷做梦

仡佬族傻女婿故事。采录于贵州。

有一年张财主做寿，大女婿、二女婿有钱，老丈人给安排好食宿，小女婿是穷家“憨姑爷”，竟安排在猪圈的楼上过夜。憨姑爷很生气，半夜悄悄把丈人家的猪拴在几里外的凹地里。第二天家人到处寻找，他说可以做梦查到。财主只得按他要求，给他好饭菜、好房好铺盖。清早，他果然带人把猪赶了回来。为了试探虚实，财主又叫人把鹦鹉拴在寨外的皂荚树上，让在他梦里查一下。憨姑爷趁夜翻墙逃跑，跑到井边弯腰喝水，月光下看到水井里皂荚叶在动，爬上树发现了金链拴起的鹦鹉，便转回去安稳睡觉。因为找回了鹦鹉，张财主再也不敢鄙视三姑爷了。

山精灵的故事

仡佬族机智人物故事群之一。流传于贵州黔西、织金一带。故事主人公系农夫型机智人物，其原型山成明是清末至民国年间黔西田家湾的一个庄稼汉。因他机敏过人、精灵得很，人们便送他一个绰号叫“山精灵”。其故事不少是针对剥削者的趣闻，如《打伞》《双份工钱》《吃寿酒》《穿珠子》《草人借弹》。

双份工钱

仡佬族机智人物故事。

有一年，山精灵给盐商铁算盘从茅台到鸭溪赶五匹驮马，铁算盘还不满意，叫他身背一百斤盐巴，讲定如半路退工则分文不给。这天来到一小河边，山精灵放下背篓，将驮马一匹匹牵过河去，正背起背篓要过河，盐商把自己的鞋袜脱下，放在他的盐巴背篓上说："你拉着我一路过河吧。"走到河中，盐商已两腿打战，山精灵用脚将一块石头翻在盐商脚背上，盐商以为有蛇，惊叫着扑进水中，他又顺势将盐篓甩在他的身上，等他们上岸都已浑身湿透。盐商不许他烤衣服，要他立即把河中的盐篓背上来，赶着驮马上路，否则不给工钱。两人相持不下，盐商怕河中盐巴化光，只得忍痛答应付他双份工钱。等背篓捞起，鞋袜早已冲走，盐巴也已化去二十斤啦。

吃寿酒

仡佬族机智人物故事。

有一年朱财主过生日，通知穷人送寿礼。山精灵家穷，可他爹怕财主找麻烦，就让儿子把老母鸡拿去换酒当寿礼。山精灵一盘算，用酒葫芦盛满水，在葫芦颈口处塞截木头，用蜡油封住，再倒一小杯酒在上面做样子。送过寿礼，别的穷人都走了，山精灵吆喝着让摆寿酒。财主怕失面子，只好端一杯酒和一只鸡蛋放桌上说："美美地吃吧，这是未来的老母鸡。"等过酒礼时，财主才发现上了当。不久，山精灵家爹满六十，仡家穷人都来祝贺，朱财主空着手也来吃寿酒。山精灵端出大碗冷水和一根竹扁担放在桌上说："这是过去的鲜笋子，朱大爷美美地吃吧。"

懒惰的小鸡

仡佬族动物寓言。采录于贵州。

一群小鸡在窝里睡觉，里边的小鸡让门边的小鸡关门，门边的小鸡说："为什么你不过来关？"中间的小鸡就劝它俩别吵了，开门睡觉凉快。半夜，野猫叼走了门边的小鸡。中间的发现少了伙伴，喊大家起来关门。可它们还是你推我、我推你，又是照老样子睡着了。结果，小鸡一个又一个地被野猫全拖走了。

两全其美

仡佬族嘲讽笑话。采录于贵州。

有个县令贪财，却当众对天赌咒：“我若贪赃枉法，行贿受贿，左手接则烂左手，右手接则烂右手。”当地有个横行霸道的家伙被人告下，拿了一百两银子来贿赂这个县令。这个县令伸手要接，想起了自己赌的咒，便暗示被告塞进他的袖筒。到后堂他对夫人说：“这样既得了银子，又免得烂手，岂不两全其美。”

锡伯族故事

狼　女　婿

锡伯族奇遇故事。采录于新疆。

从前，有一个老头在野外放牧，发现有只狼每天如家犬一样相随。一日，老头问狼想吃我的羊？狼摇头。老头又问狼想吃我？狼摇头。最后老头问狼想娶我女儿？狼频频点头。老头回家吃好饭，就问三个女儿谁愿意嫁给狼？大女二女坚决不从，气呼呼地离开了。三女儿对父亲说：“死了我还有两个姐姐，死了父亲我们就没了亲人，我愿听从安排。”父亲难过地告诉狼，晚上狼便把三姑娘领走了。他们走到大河边，狼示意骑在它背上，三姑娘听到呼呼风声，睁眼已到了一个有宽大房屋的院内。狼每天出去打猎。一天，三姑娘听到门外喊狼大哥，有人要进屋来等狼，一连几天三姑娘都不让进门。这天狼拿出大串钥匙让三姑娘观赏库房，她每天开一间，里面五谷、金银应有尽有。最后她好奇地打开了狼不许打开的那间库房，看到一排排姑娘的尸体，立刻吓昏过去。狼回来将她救活了。原来狼本是人，和妹妹以打猎为生。蟒古斯巫婆抢走了妹妹，搏斗中蟒古斯巫婆施魔法把他变成狼。只有纯洁的爱才能使他恢复人形，他请来很多姑娘，因经不住考验，中魔法死去了，他只好把姑娘们安放在冷库以示怀念。正说着，他一下脱掉狼皮，变成漂亮的小伙子。一天，三姑娘想念父母，丈夫便披上狼皮送她回家。两个姐姐奚落妹妹，让狼到猪槽去吃饭，他们只好搬进里屋去。两个姐姐扒门缝看稀奇，竟悔得咬断了自己的手指，原来和妹妹亲热吃饭的是一位顶漂亮的小伙子。

青蛙儿子

锡伯族怪孩子型故事。采录于新疆。

有一次，一个老爷爷在溪边打上来一只青蛙，回到家里面又喊爸又喊妈。一天，青蛙纠缠爸爸去巴音家求亲，巴音听后大怒，把老人打得鼻青脸肿，赶出门外。青蛙用纸包里的粉末吹一口气，使爸爸恢复健康，哭闹着求爸爸再去求亲，结果被巴音的手下打死，放在驴背上驮回家来。青蛙把老人抬进屋，吹一口粉末就让他复活了。看到儿子有神奇的本领，老人答应再骑毛驴上路。巴音挥动大棒打死老人，把老人烧成灰烬扔到驴背上。青蛙用清水把灰烬和泥捏成爸爸的模样，吹一口粉末又让老人复活了。老人睁眼主动要求明天再去，巴音大惊，再不敢直言拒绝，便提出架座金桥才能够把女儿许配给青蛙。青蛙安慰父母后，半夜到井边向二哥借来金刚神鞭，挥舞神鞭立刻建起金桥，巴音只好同意这一门亲事。新婚晚上，青蛙出门，夜半有英俊少年叫门。因为丈夫不在，被新娘拒绝了。接连三天如此，第四天新娘跟出门外，到大树下看见丈夫脱去青蛙皮变成英俊少年，原来青蛙是天宫仙童，和二哥违反天条变成青蛙发配到人间。三天后百年刑满，他就和妻子、父母一起生活，过上了幸福的日子。

诚实的真肯巴图

锡伯族云中落绣鞋型故事。采录于新疆。

诚实善良的真肯巴图和寡母在一起生活。有一次，他背着父亲留下的猎刀上山，看见一个青年被虎扑倒，他奋力打死老虎救出青年，两人便结义为兄弟。他们正往前行时，掠过一阵风卷黑云。真肯巴图抽刀砍去，落下一只绣鞋。他们沿着血迹走到崖洞口，编好麻绳和柳条筐，真肯巴图又捉了一只鸽子作为信号，吩咐好义弟便坠下洞底去了。他摸黑走到玉石房，解救了被绑在玉柱上的姑娘。按照姑娘的指点，他拉开抽屉正要去砍魔鬼，魔鬼突然跳到地上变成庞然大物。他与魔鬼厮打起来，一直打得难分难解。这时候姑娘把黄豆撒在魔鬼脚下，魔鬼一下滑倒，他趁机砍落魔鬼的脑袋。这个姑娘是国王的女儿穆克登芝，为报救命之恩送给真肯巴图一只金簪。真肯巴图立刻放飞鸽子，让义弟把姑娘拉出洞口。义弟再去拉真肯巴图时顿生邪念，一松手把他摔到洞底。真肯巴图学瘸兔样爬到光石头前摩擦，果然使断腿愈合。后来他在洞里劈死蟒蛇，搭救了一只雏鸟，大鸟感恩就把他送出崖洞。义弟带走姑娘，想逼迫姑娘为妻。当他知道这个姑娘是国王的女儿时，连忙把姑娘送回王宫邀功领赏。国王正准备为他们举行婚礼时，真肯巴图赶到，拿出绣鞋和金簪，使真相大白，义弟受到了应有惩罚。真肯巴图娶了公主，接母亲到王宫一起过上幸福的生活。

九个哥哥和一个妹妹

锡伯族奇事故事。采录于新疆。

早年间，有夫妻二人一连生了九个儿子。当有第十胎时，鲁莽的丈夫说："如果生男全留下，生女就把九个儿子全部杀掉。"后来妻子果真生下一个女孩儿。小妹渐渐长大，发现爸爸一直在伺机实现诺言，她劝说哥哥们在一夜之间全部逃走了。九兄弟在深山安家落户，以狩猎为生。他们受到女孩连累，发誓看见女孩儿就杀。小妹想念哥哥，偷偷出走，找到了大山里面。这天轮到小弟看家做饭，经盘问知道来者是善良的亲妹妹，立刻将她藏匿起来。晚上哥哥们回来，他讲述妹妹千辛万苦的经历，哥哥们想起帮他们逃脱死亡的妹妹，立刻和她见面，号啕痛哭起来。一天，小妹忘记哥哥们的叮嘱，摘了花池里的鲜花插在桌上迎接九个哥哥回家，但等到的是九只乌鸦盘旋屋顶。她三天未眠仍不见哥哥们，半夜哥哥们托梦告诉她，如果真心实意见他们就在百天内不说话，不哭笑，只有这样才能够使他们恢复原形。有个巴音家少爷打猎遇见小妹，百般纠缠，小妹一直不理不睬。恶少恼怒，狠心吊打小妹，她咬紧牙关，死不开口。到九十九天，小妹已奄奄一息。这时九只乌鸦飞来凄厉呼叫，第一百天时，乌鸦落地变成九兄弟，怒杀恶少，救出妹妹。从此他们相依为命，过上幸福的生活。

破　石　磙

锡伯族奇事故事。采录于新疆。

盛京有个富家的独生子叫殷德福，从小学艺读书，文武双全。一天两位喇嘛讨斋，进院看到窗前的破石磙赞叹不已，向主人讨买。殷德福抢先说破旧石磙是妈妈用来磨剪刀的，可选新的相送。几天后喇嘛又来，要出高价收购，殷德福又说是祖传之物，予以婉拒。当夜殷德福潜入寺院，听老喇嘛说出其中奥妙。端午节他套上车马将石磙拉到海边，烧香祷告后，举锤砸开石磙，取出"如意尚方剑"分开水路来到龙宫。他拿起龙案上的天书诵念，有个铁塔将军跪在面前要听主人吩咐。他游毕龙宫走出城池看见路人行色匆匆，询问老人得知这里是牙查国，被大丹国围困。城墙上皇榜告示：谁能解城下之危，就封臣娶公主。他撕榜上阵，念天书让铁塔将军带天兵天将助战，大获全胜。国王大喜，把他封为元帅，择日与公主完婚。谁知公主忽生怪病，半夜宝剑作响，一个嘴如血盆的怪物在门角作祟。铁塔将军说妖精欲害主人，他按指引寻到山洞，连砍怪物九颗脑袋才使怪物断气，公主立刻康复。婚后他带着公主回到阔别三年的父母身边，尽享天伦之乐。

仁兄难弟

锡伯族报应故事。采录于吉林。

有一年遇到大灾，天老爷下了白面，让人人有饭吃。一个喇嘛进村要斋饭，第一家剩一张饼给孩子垫屁股了；第二家剩的饼踩在孩子脚下玩；第三家大娘请喇嘛进屋，现打五张饼给他吃。喇嘛用树条编一只小船送大娘，告诉她发大水时救虫不救坏心人。果然六月天暴雨成灾，大娘叫儿子天长把这只小船放到水上，立刻变成一条大船，他们上船后见虫鸟虎豹都捞上来。这时有个人在圆木上抽猴子下水，天长还是把这个人救上了船。数天后他们登上大山，此人和天长酷似，起名叫天短，母子三人一起生活。一日天长正砍柴，被救的蛇让他进京赶考，口吐冰片给他换盘缠。在路上遇到强盗抢劫，老虎帮他夺回包裹，驮他来到京城；考场上蚂蚁、苍蝇帮他写好文章。天长中了头名状元回家祭祖，天短到路边迎接，碰巧遇到天长便服独行。天短心生歹意，将天长引到坟地，趁机高举石头向天长脊背砸去。一声巨响，石头变为大山压住天短，山崖上两行大字：“天长心善头顶官，天短心恶头顶山。”

山羊勇斗恶狼

锡伯族动物故事。采录于新疆。

一只山羊正在吃草，瘸腿狼走来，咽着口水假惺惺问山羊头上长的是什么？山羊昂头说是宰狼用的大刀。狼又问它下巴上长的什么？山羊说是吃完狼后的擦嘴手帕。狼胆战心惊，又问它生气时为什么两肋忽扇不停？山羊正气呼呼，便说它肚里有三只猎狗，生气时就在肚中乱跳，现马上就要跳出来抓狼啦。山羊说着纵身向狼扑去，狼吓得扭头没命地跑，一头撞到草丛里，栽倒就死啦。

猫和狗找回失物

锡伯族动物故事。采录于新疆。

从前猫和狗很要好，一天主人的钱串被盗。它们看见主人很伤心，就决定要把钱找回来，以报答主人的恩情。天黑了，狗嗅着盗贼的脚印一路追踪。它们翻山穿林，来到一条大河边，狗驮着猫游过河继续赶路，终于在一个小山村里找到了盗贼家。猫从天窗跳进屋里，来到一个大柜下，捉住一只探头出洞的老鼠，要它在天亮前将柜子啃一个大洞。为了活命，老鼠召来鼠群啃咬了一个大洞。猫在柜里找到钱串，回到狗身边。钱串很重，狗让猫抱着骑在它背上往回跑，在驮猫游到河心时狗已筋疲力尽，它咬紧牙关游到对岸，再也走不动了。狗昏睡在草地上，猫拿着钱串独自回家，主人夸赞猫的忠诚，而猫却闭口不提狗的功劳。过午狗回到家，主人骂它贪睡不忠诚。从此让猫睡在热炕上，让狗睡门外日夜守家护院。狗很委屈，见到猫就要同它评理、打架。

章京和他的女婿

锡伯族机智故事。采录于新疆。

有个贪财的章京（官名，即佐领），他让穷女婿巴图给他干了多年的活儿，到头来什么也不给，连女儿回来借一瓢面也不行。小两口很生气，决定教训教训章京。冬天来了，巴图穿上他仅有的单衣袍，戴上雪白的礼帽，到岳父家装出很热的样子，说穿的是冬暖夏凉的祖传宝衣。贪心的章京硬是用一百只羊换到了这件宝衣，到正月十五穿上去出席总管衙门的团拜。章京的马车在飞雪严寒中奔驰，章京差点冻死在路上。巴图知道岳父会来找他算账，便把集市买来的毛驴浑身涂满各种颜色，披红挂绿套好鞍具，每天训练它在四道城门间飞奔。直到有骏马般速度后，他到岳父家说是在南山捕到的“麒麟”。章京看到“麒麟”飞速疯跑，信以为真，又用二十匹马换走了这头奇兽，结果在众人面前出尽其丑。章京怒气冲冲到女婿家，巴图从“宝贝食柜”里端出事先准备好的丰盛饭菜招待岳父。章京出高价买走这只神柜，回家大宴宾客。结果他在客人面前端不出饭菜，颜面丢尽。等他提着大棒来找巴图时，女儿女婿早已赶着牲畜远走高飞啦。

阿罕的媳妇

锡伯族巧媳妇故事。采录于辽宁。

青年阿罕老实忠厚，但有点迟钝。父亲希望他学会动脑筋，就让他牵一只绵羊到集市上卖了买二十斤盐，随后再用这只羊把盐驮回来。儿子一筹莫展，邻居云花姑娘教他把羊毛剪下来，用卖羊毛的钱买盐驮回来。父亲赏识云花的聪明伶俐，便托媒让阿罕和云花成了亲。有一次，阿罕出去做生意，买主故意刁难阿罕，说他家住在“前边一道岗，后边一面坡”；他姓“大雪纷纷北风起”，名“日出花草泪千滴”；要阿罕在“月牙儿吊弓的时候”，去他家取钱。阿罕听了一头雾水，回家后云花告诉他，买主家住佟家洼，姓韩名露，过了十五去他家要钱就好了。按照云花的指点，阿罕果然找到韩露要回了钱。事后韩露又出了几个难题刁难阿罕，也都在云花的帮助下一一破解了。阿罕也因此逐渐变得聪明起来。

夫 妻 相 爱

锡伯族家庭故事。采录于新疆。

有个庄稼汉下地干活儿，连个喷嚏都不打，认为是妻子没有惦念他，回家就和妻子吵起来。第二天，妻子给他一块泡过辣椒水的手巾，他到地里擦汗，眼睛辣得直流泪，鼻子痒得直打喷嚏。他又嫌妻子没出息，想他想得太过分，回家又和妻子吵得不可开交。后来妻子又多给他一条绣花毛巾，让他别在腰间。当他流汗打喷嚏时，用这条毛巾来擦就好多了。他看到毛巾上绣的一对莲花，想到美丽的妻子，抡起砍土曼越干越有劲。

霍托的故事

锡伯族机智人物故事群之一。流传于新疆、辽宁等地锡伯族聚居区。故事主人公霍托，又译作活托，锡伯语意为秃子，是个长工型机智人物，出自艺术虚构。其故事大都是描写他抨击、戏弄财主、地方官吏以及阎王爷的趣闻，如《借肉吃》《给两个元宝》《坐飞车》《属于老爷的》《幸亏没落到我头上》《泼油汤》《借睡觉》《换马》《熟石皮》《与阎王斗智》。

给两个元宝

锡伯族机智人物故事。

有食外乡人出门遇到强盗，东西被抢光了，驴也被打断一条腿。霍托知道后，便想了个主意。他把外乡人领到巴彦（财主）家讨水喝，又悄悄把跛脚驴放开吃巴彦院中的青草。巴彦让他把驴牵出去，他说："这驴欺生，你还是叫主人来吧，他叫朱元布（意为给两个元宝）。"巴彦大叫："朱元布，快出来！"一会儿，外乡人拿着巴彦老婆给他的两个元宝出来向巴彦深深一鞠躬，便牵驴走了。巴彦正在纳闷的时候，巴彦老婆气冲冲走来说："给穷鬼送两个元宝，你图他给你屙金哪！"巴彦这才知道上了当。

属于老爷的

锡伯族机智人物故事。

霍托从巴彦家拿了一捆草，巴彦心疼地喊道："秃子，这捆草是我的，你知道吗？连你都属于我的！"第二天，霍托和长工们去种麦，走到半路，他突然跑回来在巴彦家门口拉起屎来。巴彦气得直骂"蠢猪无礼"！霍托系着裤子说："老爷，您不是说我是属于您的吗？那么我拉的屎不也是……"

幸亏没落到我头上

锡伯族机智人物故事。

霍托的朋友正准备和章京的女儿办喜事，突然头上长了癞疮。他怕章京家知道会退婚，就去找霍托帮忙。新婚之夜，两个新人刚入洞房，突然天窗上一声咋呼："听着，你们婚前曾讥笑过长秃疮的孩子，今夜我奉天帝之命来让你们今后出生的孩子成为秃子，以示惩罚。"新郎祈求道："千万别把秃子落在孩子头上，要落就落在我们夫妇头上。"新娘听了直喊："不不，就落你头上，我一辈子也喜欢你。"新郎便磕头道："慈悲的巡夜神，那就把秃子落在我头上吧。"次日清早，新娘看到新郎头上的癞疮，暗暗庆幸说："天哪，幸亏没落到我头上！"

泼 油 汤

锡伯族机智人物故事。

巴彦给长工们顿顿喝稀汤，还骂："你们天天吃我的三顿饭，顿顿喝我的羊肉汤，还不好好干活！"有一天，霍托和长工故意打架，巴彦过来拉架，霍托说："老爷，他把一碗油汤泼在我身上。"巴彦瞪着眼说："撒谎！你身上哪有一点油渍。"霍托挖苦道："老爷，您朝锅里看，锅里给我们煮的羊肉上面还漂着厚厚一层油呢！"巴彦无话可说，灰溜溜地走了。

换 马

锡伯族机智人物故事。

有位穷朋友买了一匹马，眼睛常流水，驾车拉犁都不方便，便去请求霍托帮他换一匹马。次日清早，霍托给马灌了瓶酒牵到章京家门口。那马口干心烧，躁得甩尾抖鬃，一拉缰绳就嘶鸣咆哮，两条前腿腾空乱扑。这时章京从府里出来，看见连赞："好马，好马！"霍托说："我朋友的马真厉害，老爷要喜欢，给他一匹拉犁驾车的马好了。"可是章京的手下人刚把那马换过来牵进马厩，马便倒地不起了。章京听到下人的报告，反而说："无知！那是匹龙驹，静时一头牛，动时一条龙啊！"后来他虽知上当，但已把大话说出口，只好忍了这口气。

熟 石 皮

锡伯族机智人物故事。

霍托在巴彦家干了一年活，领工钱时，巴彦指着门前的大石头对他说："你能用这块石头给我做双靴子，我加倍给工钱，做不到休想拿走一粒粮食！"半夜巴彦睡得正香，被窗外撒进来的沙土打醒了，他蒙着头出门大骂，霍托拿着熟皮棍说："老爷，是我在熟石皮。"巴彦气得说："你又想捣鬼，谁家的石头能熟石皮？"霍托笑笑说："老爷，不熟石皮，您的石头靴子怎么做？"巴彦无话，只好照付一年的工钱。

聪明的老猎人

锡伯族人事寓言。采录于辽宁。

有个老猎人自觉年迈，想把祖传的宝剑传给三个儿子中最诚实的一个。冬天，他对儿子们说：“你们出去走走，谁能发现最有趣的事，这把宝剑就归谁。”孩子们出发了，老大、老二各自找了一个避风的地方烤火、取暖去了。回家后他们分别讲了见闻，老猎人一听，漏洞百出，纯属编造。老三最晚回来，他走了一天，什么趣事也没看见，只好请父亲把宝剑传给哥哥。父亲揭穿了老大、老二的谎言，赞扬老三诚实的美德，并且把宝剑传给了他。

笤帚、锅刷和小猫

锡伯族动物寓言。采录于新疆。

有个老奶奶与笤帚、锅刷和猫一起过日子。早晨猫起来扫地时，偷吃了碗柜里的一疙瘩酥油。老奶奶发现后，它们互相争执没一个承认。老奶奶便领它们去滑冰，笤帚和锅刷都滑过去了，猫滑了半截一跤摔倒在冰上，那疙瘩酥油就从肚子里滚了出来。猫无地自容，故意问冰有多厉害，冰说：“我就是厉害。”猫又问：“那为什么太阳一晒，你就化了？”冰承认太阳比它厉害。猫又依次去问太阳、乌云、大风、大树、斧头、佛和人，问到最后，人比什么都厉害。

到处都一样

锡伯族谐趣笑话。采录于新疆。

有个姑娘躺在炕上，发现屋里檩木上插着一把小斧子。马上联想到自己出嫁生娃娃了，抱着娃娃回娘家，睡在炕上刚好这把斧子掉下来砸娃娃头上。想着想着，她哇哇大哭起来。姑娘父母听了她的叙述，也跟着号啕大哭。她哥哥回来听了他们痛哭的原因，哭笑不得，愤然离家。他在外面看到一群人在天窗上用桶子吊烟，他去把门窗打开，浓烟立即被吹散了。他到河边看见一个女人手握青草沿河奔跑，呼叫被水冲走的羊头。他脱衣跳进河里，捞起羊头交给女人。他又见一壮汉拼命拉牛上草棚顶上吃草，他爬上棚顶把草扔下来，牛立即贪婪地吃起来。他终于明白了，原来到处都一样。

阿昌族故事

腊良和腊洪

阿昌族奇事故事。采录于云南。

穷小伙腊良、腊洪，一同为财主种地、放牛，一同住在牛厩的楼上。有一天，腊良在园子挖到一罐银子，又照原样埋好，收工后告诉腊洪，准备深夜一起挖出远走他乡。等腊良熟睡后，腊洪摸进园子按记号刨出银罐，谁知伸手却摸到一堆大毛虫。他气急败坏，爬上房顶把大毛虫全都倒在腊良的床上。腊良惊醒摸到大锭的银子，到腊洪床边去看，已空空无人，以为自己睡憨了，腊洪已拿着银子先走一步，便收拾东西离开了财主家。腊洪将罐子埋在原地后悄悄回到自己床上，清晨不见腊良，却见床上有两锭银子，他顿有所悟，但已后悔莫及。

孔雀姑娘

阿昌族奇遇故事。采录于云南。

从前，山坝子里住着父子仨，老大好吃懒做，老二忙里忙外还要照顾体弱多病的父亲。有一次，老二砍伤了手，父子俩挑柴上街去卖，回到家中发现老大卷走了家里所有值钱的东西。老人病情日渐严重，对老二说："家中的祖传陶罐里有幅画要好好保存。"不久老人离开人世，孤单的老二取出罐中的画卷挂在墙上，画上有蓝天小河，樱桃树下孔雀和小母鸡昂首而立。一日，老二挑柴回家，画中孔雀抖动翅膀落地，一位姑娘忽然站在面前。姑娘给小母鸡吃了谷子，并把小母鸡生的鸡蛋交给老二，姑娘就不见了。老二吃了这个鸡蛋，晚上梦见一匹骏马奔跑，撞落一地树叶，清早在屋后树下看到一地碎银。他想盖间房子，梦中就看到许多工匠和他一起造房，第二天醒来已在高大明亮的瓦房中。他越发珍爱这幅画卷，画卷上的孔雀飘然而下，扑到他身边，变为一个美丽的姑娘。孔雀姑娘与老二结为夫妻，过上恩爱幸福的生活。

三把金刀

阿昌族报应故事。采录于云南。

打铁师傅冬月里带两个徒弟，挑着家什到各村寨打刀、修斧，赚了许多钱。清明时，打铁师傅把钱分给每人一份，剩下一份买原料请来太上老君取金刚炭、引龙泉打制成三把金刀，把十二属相分别雕在三把刀上。他给每个徒弟一把，并且对徒弟说："这是我们共同的劳动成果，只要团结一心，十二个灵魂就能活起来，使我们刀枪不入、水火难伤，如分开就会失效。"在回家的路上，小徒弟想独吞财物，心起歹意，他用剧毒草拌菜害死了师傅、师哥，回乡买田置地，雇工放债成了大财主。师傅、师哥的灵魂升天，老君念他们忠厚老实死得冤枉，封他们为炉神和侍卫。这天炉神变成一个象头猪身怪物躺在小徒弟廊檐下，小徒弟赶来只听它嘴里念叨金刀钱财之事，急命家丁看守，自己奔土司衙门求救。土司见有机可乘，连夜带兵丁、巫师包围他家，并吩咐护卫："要先杀财主夺金刀，再杀妖怪。"他们进家门到廊檐、房顶四处搜遍不见妖怪。小徒弟感到不妙，趁护卫不备躲入地洞。土司就以"借妖惑众滋事"为名，抄没了他的全部家产。他出地洞脚未站稳，妖怪已怒目站在面前。他拔出金刀扑去，一道流光击中举刀的手腕。他看见师傅高高站立在火焰中，吓得跪倒在地，一下被熊熊大火吞没了。

岩和航兄弟二人

阿昌族报应故事。采录于云南。

石嘴山下有兄弟二人，父母早逝。哥哥岩起早贪黑干活，攒点银子给弟弟航在平坝上盖了两间房。两人娶媳妇分了家后，哥哥岩把好田给弟弟航，自己种几亩山地。航两口好吃懒做，不久卖掉田地，日子越过越穷。一天，航在街上拿了老人背箩里的一块肉回家和妻子煮吃了，尝到甜头便一次次去偷窃。因为阿昌人家不锁门，他想要什么偷什么。这年大旱，岩夫妇背着南瓜去看航，见弟弟两口切肉吃白米饭，靠着偷摸过上好日子，一气之下扭头便回了家。岩家里揭不开锅，妻子天天埋怨他，要他也去偷。岩横下心只偷这一次，夜晚他进一家正要装米，屋漏处雨水落脸上，心想偷不得，人家也很穷，于是用干草泥巴把漏洞补上回家了。岩随后上山砍柴，心里难过大滴眼泪落在石头上。石头摇晃说了话，听他诉说家里难处后，张嘴让他拿一点金银，叮咛他千万不可挖着嗓子眼。岩拿了一块金银上街买回米面、布料，经过弟弟家时，分了一半给他，并且劝他好好劳动，做个正直人。航被岩的奇遇迷住，揣两个口袋奔上山，假装流泪要重新做人。石头张开嘴后，他双手大把抓，一直挖到石头嗓子眼，痛得石头闭嘴咬断了他的双臂。天亮后，哥哥岩上山，看到弟弟航浑身是血躺在地上，身旁口袋里全是大小石头块。

神奇的拐杖

阿昌族报应故事。采录于云南。

有两兄弟，哥哥结婚以后，嫂嫂嫌弃弟弟，便让丈夫把弟弟丢弃在外乡。弟弟生活没有着落，到处流浪。有一天，弟弟在石洞里面过夜，醒了后看见仙人在下棋。他们把拐杖一跺，就出现许多美味佳肴。仙人看见弟弟很可怜，便把神奇的拐杖留给了他。弟弟把神奇的拐杖带回家，从此不再为吃穿发愁。嫂嫂知道弟弟的日子好起来了，发愁眼红，唆使丈夫夜间偷回神奇的拐杖。可是她把拐杖往地上一拄，立刻变成一条大蟒把她吓死啦。

闪闪发光的宝剑

阿昌族奇遇故事。采录于云南。

从前有两兄弟靠打柴度日，嫂子黝黑，弟媳漂亮。为抢占弟媳，哥哥诱骗弟弟，让他掉进了石风洞。石风洞里是“小人儿国”，洞里的一切都很小，弟弟吃了小人儿国的谷子，小人儿们就用箭射他，掉在地上一看全是茅草。他点火烧掉茅草箭，草灰中露出一柄银光闪闪的宝剑。他带着宝剑寻找出口，终于望见高崖上他掉下去的那个洞口。他砍来荆竹倚在石壁上，荆竹一下长高，于是便顺着石壁搭到洞口。但竹竿太滑，无法爬上去。他砍荆竹做成竹箫，婉转的箫声引来竹鼬，他把竹箫送给竹鼬，竹鼬把他带出了石风洞。回到家里，哥哥看到他身上有一把闪闪发光的宝剑，立即吓得逃往他乡。

麂子和豹子换工

阿昌族动物故事。采录于云南。

有一回，麂子和豹子商量换工薅地。豹子抢先要麂子先帮它，每天完工后豹子进山叼兽肉给麂子吃，等全部薅完才去麂子地里。这天晌午，豹子要麂子拿饭来，麂子在水边找来嫩草请它吃。豹子发火说："为啥没肉招待，拿不出肉就先把你吃掉！"麂子无奈，便去密林中四处寻找。它在石洞里发现了两只嗷嗷待哺的小豹，想到凶恶的老豹，一狠心踩死了小豹。豹子狼吞虎咽地吃着，突然嗅到自己的奶腥气，麂子佯装不知，趁它回窝查看时便逃跑啦。豹子一路追来，快要追上时，它们遇见了野猪，麂子就请猪评理。听完它们各自的申诉，野猪判麂子无罪。豹子扑向麂子，野猪趁势把豹子翻倒，帮助麂子飞快逃跑了。

布谷鸟与塔拉雀结仇

阿昌族动物故事。采录于云南。

从前，布谷鸟与塔拉雀是好朋友。布谷鸟懒惰，盖不好房子，塔拉雀常常请它到自己的家里面玩耍。后来塔拉雀出门去了，布谷鸟就趁机去塔拉雀那里吃它几个蛋，然后把自己的蛋下进去，偷偷溜走啦。它们的蛋差不多，塔拉雀回来没有仔细看，就把布谷鸟的蛋当成自己的蛋来孵。等小鸟孵出来，布谷鸟便到鸟王那里去告状，说塔拉雀抢了它的孩子。经过查看，塔拉雀窝中的小雀，四只竟有三只是小布谷鸟。塔拉雀非常生气，从此结下仇恨，一见布谷鸟就去追赶。

老鼠眼珠冒鼓鼓

阿昌族动物故事。采录于云南。

毛虫有一支竹箫，飞鸟走兽都夸奖它的箫声动听悦耳。它高兴得摇头摆尾，不小心掉进了水井。恰巧鼠大嫂来挑水，毛虫连声求救，并许诺把心爱的竹箫送给它。鼠嫂用竹勾担救起毛虫，拿着毛虫送的竹箫边走边吹，乐得茶饭不思。悠扬的箫声惊动了山鸽，它立即飞下来向鼠嫂借箫。鼠嫂舍不得，山鸽说，借我乐一乐，我伸开翅膀让你压着就飞不动了。鼠嫂见它有诚意，便蹲上山鸽翅膀，把竹箫递给它。山鸽吹响竹箫，爱不释手，灵机一动说，你压得我透不过气来，让我松松翅膀喘口气吧。鼠嫂刚走下来，山鸽赶忙拍动翅膀吹起竹箫飞走了。鼠嫂哭得死去活来，连眼珠子都冒了出来，再也回不去啦。

野猫抓鸡狗不咬

阿昌族动物故事。采录于云南。

从前狗和鸡原是好朋友。一次狗在睡觉，野猫来抓鸡。鸡的叫声惊醒了狗，狗便和野猫厮打起来。但吓昏了头的鸡乱啄，误伤了狗的眼睛，野猫乘机逃跑了。为了惩罚不知好歹的鸡，从此野猫抓鸡时狗再也不咬了，要等主人撵走了鸡，狗才去追野猫。

樱　桃　疮

阿昌族植物故事。采录于云南。

有一回，花王召集群芳议事，樱桃自恃十冬腊月满树花，便姗姗来迟。牡丹、芍药进谗言，花王就说：“世间好马生怪癖，十有九不全。就让樱桃树皮生疮吧！”从此，阿昌族村头寨尾的樱桃树总是满身长着黑色的疮疤。

谷 子 告 状

阿昌族植物故事。采录于云南。

早先稗子生在田边地角，等谷子抽穗后才开始生长，谷穗黄了稗子才扬花。谷子见稗子昂头竖耳，实在讨厌，就去谷王那里告状。谷王也认为不能让谷子和稗子为伍，便判稗子只能在冬天生长。谷子耳聋，没听清断案结果，走出大堂就问稗子。稗子骗谷子说，谷王叫它在中间生长。从此稗子就长在谷子中间了，但农民一见稗子就会把它拔掉。

谁也不晓得

阿昌族讽刺故事。采录于云南。

从前，有两个同乡一起出门做生意，一个卖糖，一个卖瓮。天黑后两人同宿，半夜卖瓮人悄悄下床，大把大把偷糖吃。卖糖人醒来问他：“伙计，深更半夜你在啃什么？”卖瓮的说：“唉，我也不晓得，恐怕是做梦吧嗒嘴吧。”卖糖人一心要报复，第二天半夜一扁担把瓮打裂。卖瓮人惊醒了，赶忙问道：“伙计，你在搞什么？”卖糖人揉着眼睛说：“唉，我也不晓得，恐怕是做梦打拳吧！”

猎人过生日

阿昌族哲理故事。采录于云南。

有一次，有个猎人要过生日，就出去打猎准备请客。他说单日打公麂子才好，所以看见母麂也不打，到天黑只打到一只。他在水边剥洗时，遇到三个和尚，就请他们来做客，并且委托他们路过大河时，代请大河水也来做客。三个和尚思量他杀生请客，第二天就借故下雨不去。过两天，猎人托人带信并各送一包麂子干巴给和尚，说大河水已去做客了，三人未到特表心意。三个和尚去问师父，出家人能不能吃？师父说，真心送的可以吃。他们又问，为什么大河水真会去做客？师父说：“因为猎人老实，说话算数，大河水也看得起他，愿意做他的生日客。所以做人要老实，人们看得起才信任你。”

眉间长旋的姑娘

阿昌族破除迷信故事。采录于云南。

相宝姑娘美丽贤惠，但因眉间长旋，都说她有克夫相。青年恩德深爱着相宝，他想说服她的父母，领相宝回家，却遭到自己父母的坚决反对。二人只好离开家乡，到接纳他们的寨子安了家。一次恩德上山砍柴，枕在木头上睡着了。天黑相宝和寨里人找到他时，已一动不动死去了。人们将恩德放在木筏上顺水飘走，在一小村旁，他被一对采药姐妹发现了。原来他是中蛇毒晕死的，经父女三人精心调治，恩德渐渐苏醒，不久就复原啦。恩德惦念妻子，匆忙赶回家中，却看见自家的房子已被烧了。原来巫师说相宝是鬼投胎，克死了丈夫，便把她赶进深山去了。恩德挎刀进山寻找，终于在石崖下找到了相宝。夫妻二人回到寨子里，在乡亲的帮助下盖起房舍，又过上幸福宁静的生活。

梭 罗 瓢

阿昌族巧媳妇故事。采录于云南。

穷人和富人家做邻居，穷人家没盐了，便到富人家去借，不小心踩死了一只小猫。富人老婆大骂大叫，要穷人赔。回到家里，穷人的妻子断定富人要来敲诈，便关起大门，在门槛下放了九个葫芦瓢。富人来了，推门脚一跨就踩坏两个葫芦瓢。富人刚提到赔小猫的事，穷人妻捡起破葫芦瓢就说，这是梭罗树上长的瓢，价钱更高。富人只好不要小猫钱了。

狮子和野猪

阿昌族动物寓言。采录于云南。

狮子和野猪同时找到一个水塘，都想抢先喝水，互不相让，便扭打起来。打累了它们便停下来休息，谁也喝不到水。树上停着一只老鹰，巴不得它们都打死了，好飞下去吃它们的肉。这时候又飞来一只乌鸦，停在树上叫。狮子看见老鹰和乌鸦，就对野猪说："我们不要再干老鹰、乌鸦高兴的事情啦！"于是彼此谦让，一前一后喝了水，然后离开。老鹰和乌鸦相互埋怨，竟争吵起来，但谁都晓得它们都不是好东西。

百灵鸟与松鼠

阿昌族动物寓言。采录于云南。

一天百灵鸟对松鼠说："你想吃最好的东西吗？前面有，不过……"没说完松鼠就跑了。松鼠心里说，一定是板栗，让我去美餐一顿。野兔看见松鼠，问它上哪儿？松鼠头也不抬，说道："前面吃好东西去。"野兔想，那一定是青麦苗，让我也去。猴子看见它俩没命地跑，就问上哪去，它俩齐声说："前面吃好东西去。"猴子想，那一定是甜梨，我也要去。它们跑呀跑，跑遍了几座山，什么也没有找到，便垂头丧气走出树林。它们看见老牛在吃青草，便问哪里有最好吃的东西？老牛笑着说："好吃的东西哪里都有，不过，不想劳动哪里去找！"它们大失所望，大骂百灵鸟欺骗它们。百灵鸟笑着说："松鼠大哥听了前半句就跑了，我是说，不过要用汗水才能换来。"大家一齐转过头来，松鼠惭愧地低下了头。

普米族故事

罗多斯白和两个朋友

普米族怪孩子型故事。采录于云南。

从前有对老夫妻没有孩子，开春喇嘛到他们家门前时，跳出来一个小男孩。喇嘛说是灾祸降临要除掉，老婆不忍心，就给孩子取名为“罗多斯白”。孩子见风长，饭量出奇大。父亲认准是祸根不能留，就让他到半山腰接圆木柱，谁知没压死他，他却把木柱扛回了家。父亲又让他到半山接磨盘，到河里捞麻线团，他都安然回来了。他明白父母不喜欢自己，便离家出走。在路上，罗多斯白遇到同样是父母不喜欢的放猪娃、放羊娃，他们三人结伴以狩猎为生。放羊娃留守时，猎物全被魔鬼婆抢走。罗多斯白决定自己守家。魔鬼问他让吃人还是吃肉，他让魔鬼用筛子去打水，从门里用泥捏的家伙换走魔鬼篮中的铁锤、铁钳、铁索。魔鬼打不着水，从门缝挤进来，用泥锤泥钳打他，毫无损伤。他用真家伙打得魔鬼骨折筋烂，最后用铁索把魔鬼拴在屋外的倒钩刺上。两个朋友赶到时魔鬼已挣脱逃命，他们按牧童的指引追到岩洞里面，制服大小妖魔，逼它们交出性命根子——一双金筷，用铁锤敲成两段，只听山呼雷响，妖魔全部化成血水。三个朋友为民除害，成为普米族的英雄。

干松巴情

普米族奇遇故事。采录于云南。

从前，一对老夫妇的第十三个儿子生下来就会坐，第二天会说话，第十三天就和哥哥们下地干活，取名为“干松巴情”。头人要见识这个神孩子，便召集村人，当众宣布：谁能一天内打完他谷场的稻谷，可装一袋粮食回家。干松巴情拿起连枷左右两下就全部打完，从腰上取下小口袋，把上万斤稻谷一下装进袋里，扛回家去全都分给穷人。半夜头人派手下烧掉他家的房子，并且赶野猪、野牛去把他家人咬死。干松巴情惊醒后，一挥手让野猪、野牛调转身去把头人咬死了。他逃离家乡，路上遇见能连根拔倒大树的人和能把铁捏两半的拦路人，经过较量，两人都要拜干松巴情为兄长，三人于是结为兄弟。他们来到风景优美的村庄，一群老人向他们哭诉，村里美丽的三姐妹失踪了，他们如能找到，就把三姐妹嫁给他们。三兄弟分工后，拨树人留守做饭，饭煮熟从火塘里跳出一人把他痛打一顿后钻入地下；第二天拦路人做饭依然遭到痛打。他们走过无数大山、坝子，决心要找到这个无形人。在岩洞口，两个师弟下去又遭毒打，干松巴情亲自下洞，在三间金屋里看到了三个姑娘。他在第一间屋里掐死握三千斤重棒的妖怪，立刻变成一堆铜；他在第二间屋里打死巨掌妖怪，立刻变成一堆白银。他把两姑娘送出岩洞，走到第三间，他赤手空拳和手执六千斤大棒的妖怪打了九个回合，斗了九场法术，终于把妖怪打死。两师弟看见第三个姑娘最漂亮，便产生坏心，用大石头堵住洞口。干松巴情奋力推开巨石，跃出洞口要惩罚两个心肠不好的伙伴，三个姑娘求情，才留下他们重新做人。从此三家人团结和睦，互相体谅。

红　　桃

普米族奇事故事。采录于云南。

从前，有老两口为儿子娶媳妇，刚刚三天儿子便去世了。儿媳悲痛欲绝，每天到坟上哭三次，泪水流淌温润坟土，长出一棵桃树。她以泪水不停地浇灌，树上结出一红桃，摘下供丈夫后吃下桃子，一下受孕，九个月后生了一个男孩，取名红桃。孩子满月，他妈妈便去世了。红桃飞快长大，张弓射箭侍奉老爷爷老奶奶。土司得知深感不安，派管事闯进红桃家，下令属鸡的那天送一枚公鸡蛋去，否则治罪。这天土司备好杀人凶器，红桃到后说舅舅生孩子，把公鸡蛋吃掉了。土司大发雷霆，他却回答，男人不能生孩子公鸡怎能下蛋？土司无话只得放他回去。不几天管事又来传话，土司设宴要红桃做一面由十五人抬、十五里外能听到的大鼓，在属牛那天送到。这天，红桃来向土司求援：有只水牛身子在江东、脖子伸江西吃掉大片麦子，请兵马帮忙驱赶。土司不信，他反驳说：“没有这么大的水牛，到哪去找这么大的水牛皮做大鼓？”回到家后，他知道土司还要下毒手，便向爷爷奶奶交代好后事。几天后土司请红桃去吃酒，一杯敬天，一杯敬地，土司逼他喝下第三杯，他带着落在掌上的鸟儿回到家中。尾随的差役偷听到小鸟的扑通声，回去汇报说红桃没有死，在写状书。他们又用毒酒灌公鸡，鸡飞池塘边死去。管事看到晃动的鸡尾说，看来毒酒变香酒，个个喝了都不死，都能长命百岁。于是他们举杯共庆，土司、管事、差役全都死去。红桃死后，爷爷奶奶按他的吩咐，请跛子、瞎子走屋后竹林抬丧，跛子抽刀砍断挡路的红竹，露水滴在脚上跛脚立刻好了；瞎子取几滴点眼睛，瞎眼立刻霍亮；他们赶紧取露水涂在红桃的胸口上，红桃顿时站了起来。红桃装几滴露水带回家洒在爷爷奶奶身上，老人返老还童，从此过上了幸福生活。

小渔夫拒亲

普米族奇遇故事。采录于云南。

父子俩捕到一条两人也拉不动的大鱼，父亲回去取斧子要把鱼砍成两截。小渔夫收紧网，见大鱼看着他眼里滚出泪珠，便松手放鱼回到水里。大鱼冒出头感谢，让他有难时到海边跺三下脚。小渔夫因此挨打，跑进树林后，看见三人牵一只老熊走来，熊眼里滚出颗颗泪珠。他掏尽身上钱，买下老熊来放生。老熊感恩，让他遇难时到山洞来找自己。小渔夫往前走，看见野猪拱大树，树顶一窝小鹰吓成一团。他捡石头打跑野猪，母鹰为报答恩人，让他遇险就喊自己。小渔夫到京城听说皇帝选驸马，只要被公主的照宝镜照到统统杀头。他愤愤不平前去应招，跑到海边时，大鱼把他藏在腹中沉入海底，七天后却清楚地出现在公主的宝镜里。皇帝惊叹他的本事，给他三次机会。他到树林让母鹰展翅驮他飞上九十九层天，还是被公主照到。最后，老熊用三天时间打洞，往下往前往上各打九丈九，一直把他送到公主的宝台下。公主拿宝镜四处照不着，正准备离开时，老熊拱开土层，让他从洞口跳出，到了公主面前。但是，小渔夫宣告自己不愿当驸马，希望公主不要再用照宝镜选驸马，枉杀无辜，说完大步走出皇宫。

阿 波 桑 丹

普米族人神婚恋故事。采录于云南。

山洪冲走了普米寨子，阿波桑丹躲过洪灾，搭起茅棚依旧在光秃山下过着打猎的生活。一天，阿波桑丹见一位白发老人吃力地背柴上山。他帮老人背上山顶，放下竟是一捆金树条。临别老人摘下树条上的金花送给他，并嘱咐他好好保护。这天阿波桑丹从怀里取出金花看得出神，金花落地变成一个美丽的姑娘，说她是山神的女儿桑丹独玛，只要阿波桑丹在光秃山上种满树，就许配给他。从此，阿波桑丹边打猎边种树、插花，并且把猎物换米粮接济寨子里的穷人。冬去春来，光秃山树绿花开，他的名字传遍村寨。这天他看见扣子里有一只白兔，两眼闪着泪花，便将白兔放回山林。第二天、第三天又扣住这只兔子，他带回家里。等他栽树回来不见白兔却见桑丹独玛在门口迎接。从此，他们春天栽树，秋天收种，为普米山寨造福。

斯端述达祖

普米族怪孩子型故事。采录于云南。

从前有一对夫妇，年过半百没有儿女。一天妻子因打盹把燕麦炒煳，丈夫拿长烟袋锅朝她头上打去，额头上起了个大血疱。血疱一天天长大，从里面蹦出一个男孩。男孩额头上有一点玉，取名就叫“斯端述达祖”，意为额上有一点玉的儿子。孩子长大后力大无穷，父亲怀疑他是怪物，会给家里带来灾难，于是想了很多办法要把他害死。但是每次他都以自己的力气和智慧，巧妙地保护了自己。后来，他离家到各地游历，一路上制服了许多妖魔，拯救了许多被妖魔残害的人。

月亮上的红花树

普米族狼外婆型故事。采录于云南。

凶残的老妖婆吃了姐妹俩的母亲后，假扮母亲趁夜敲开家门，和姐妹俩睡在一起。半夜，妖婆吃了妹妹，姐姐发觉后设法和妖婆周旋，巧妙地逃跑出去，躲在院里的红花树上。天亮后老妖婆发现姐姐，想去吃她，反被她用巧计杀死。妖婆的血水流在树脚下，树脚立刻长出大片刺草，挡住姐姐不能下来。她请求月亮帮助，月亮伸出手来，把她和红花树一起拉上天空。从此，月亮上有了一棵红花树，地上的人们还能看到这棵树的影子。

姐弟俩和老虎哥

普米族虎妻子型故事。采录于云南。

从前大山谷里住着姐姐日丽妞和弟弟日旺子。他们的父母在闹饥荒时双双饿死。一天，日丽妞去找吃食，遇到一只老虎，被吓昏过去。她醒来时已躺在山洞里，面前摆着饭菜，老虎坐在对面望着她。老虎请求她做自己的妻子，日丽妞只好答应，与老虎结成了夫妻。几年后，日旺子来看望姐姐，日丽妞告诉他，老虎一见人笑就要发怒，让他千万小心。有天弟弟看见老虎用尾巴洗碗，禁不住笑出声来。老虎发怒，要吃日旺子。姐姐急忙拿出一把筷子、一个碗和一块磨石，教弟弟危急时使用。弟弟日旺子逃跑后，用姐姐给的这三样东西对付老虎，终于逃脱危险，回到家中。

吹喇叭的人

普米族奇遇故事。采录于云南。

有个老头，让长大成人的三个儿子出门学手艺。三年后，老大学成木匠，老二学成铁匠，老人都很满意，只有老三学的吹喇叭，老头认为是丢人现眼，让他出去重新学一门手艺。一天，老三走进一个大村庄借宿，主人让他睡到庙里。半夜庙后蹦出一个手拿金珠项圈的老妈妈，老三吹起喇叭壮胆，老妈妈意外退缩。这时庙台上七个小铜菩萨翩翩起舞，直到天亮才恢复平静。原来庙里有个妖精，每天要吃一个人。村里人见老三未被吃掉，知道他有本事，便请求他除妖。入夜，他拿着大刀进庙，勇敢杀死了妖精。他谢绝乡亲们的重礼，拿了七个铜菩萨和金珠圈继续上路。一天，老三在龙潭畔吹起喇叭，七个铜菩萨跟着起舞，金珠圈光芒夺目，照亮了龙宫，龙太子请老三进龙宫吹奏表演了三天。此时地上已过三年，龙王把女儿许配给老三，让他们一起回家。父亲认为老三在表演妖术，又把他赶出家门。老三游走八方，一个员外看上了他的宝物，要拿全部家产和妻子换他的喇叭、铜菩萨、金珠圈和龙女。龙女劝老三同意交换，因为龙王原本就是让她来偷这些宝物的。员外最终一无所有，四处乞讨，老三见到顿生同情，便和员外郎结拜兄弟，一起耕种，过上了实实在在的日子。

鬼　　帽

普米族宝物故事。采录于云南。

从前有一片林子闹鬼，村子里人心惶惶。有个叫华达祖的普米人胆子大，晚上腰别长刀走进林子。他见桑树上的洞里有一丝亮光，近前又听到婴儿的啼哭声。

他沉着气举刀往洞口狠砍几刀，洞里跳出五个小孩，瞬间又变成十个姑娘。姑娘围着华达祖在篝火旁跳舞，他紧抓两个姑娘的手，和她们一起跳。天快亮了，众姑娘忽然不见，被华达祖抓住手的两个姑娘苦苦求饶，最后同意送他一顶能隐身的帽子才放了她俩。有了鬼帽，华达祖不再劳动，生活无忧无虑。一日喝酒，无意间向妻子说出实情，帽子呼的一声不见了。他又开始砍柴种地，过起旧光景。

姐妹俩与蟒蛇

普米族奇事故事。采录于云南。

从前，有一家姐妹俩，姐姐嫁给了有钱人，妹妹嫁的是贫穷人。妹妹遇到困难常去求姐姐帮助，但姐姐非常吝啬。一天妹妹家里实在揭不开锅了，到姐姐家讨点吃的。姐姐不肯白给，打发妹妹做了半天工，才给了一点吃食。妹妹刚出门，姐姐又后悔了，硬是找借口把给妹妹的东西又夺了回去。妹妹含着眼泪往家走，饿昏在路上。她醒来时，有一条蟒蛇盘在她的背篓里。她把蟒蛇背回家，剁三段煮进锅里，竟变成了三锭银子。她用银子买了粮食和农具，夫妻俩勤俭持家，日子一天比一天好起来。姐姐听说妹妹发财的经过，也学着倒在妹妹饿昏的路边上。她醒来果然有一条蟒蛇盘在背篓里，赶忙背回家。她刚要倒在案板上，蟒蛇猛然蹿出，把她吓得昏死在火塘边。

狼 吃 绵 羊

普米族动物故事。采录于云南。

狼获得魔鬼的本性后，便想试探着去袭击周围的同伴。它走到高大的牛身边问："我要吃掉你，你有什么办法对付呀？"牛瞪眼说："我的角一顶，可以划开你的肚子。"说着把一大块土顶出好远。狼转身跑到高大的马身边问同样的话，马喷个响鼻，二话没说，飞脚把树桩连根蹬断。狼缩头逃跑，傲慢地去问猪，猪翘起长嘴指着对面坡上的人说："我的主人立刻用弓箭射死你。"狼灰溜溜地去问山羊，诚实的山羊说："我的主人拿着弩弓守护我。"狼自知斗不过人，就怀着一线希望去问绵羊，绵羊说自己有四条腿会跑。狼很得意，一直追到涧底把绵羊吃掉了。不久，狼心想：猪和山羊靠人保护，我要试试人的本领，就请乌鸦帮忙询问。人只顾削箭，没有回答乌鸦。狼又和它一起过去，乌鸦再问人时，人把弓拉满搭上毒箭对准乌鸦说："我的办法是这样——"手一松，乌鸦倒挂在松树上。躲在树后的狼立刻逃跑了，更不敢轻易去吃猪和山羊。

公鸡复仇

普米族动物故事。采录于云南。

公鸡出外觅食，遇到了狐狸。狐狸问它，家里谁在看守？它不假思索地说："母鸡和小鸡在看守。"傍晚公鸡满载着山珍回家一看，母鸡和小鸡都不见了。它离家四处寻找，路上先后遇到好朋友木棒、针、瓦片和大马蜂，大伙跟着去帮它寻找，可走遍树林山沟也没找到。大家断定是狐狸干了坏事，发誓要为公鸡报仇。大家回到公鸡家，分工躲藏起来。不久狐狸来了，它悄悄到火塘边取暖，瓦片把烫灰猛抛到狐狸的脸上。狐狸吓得跳到鸡窝那里，针狠狠扎进狐狸的屁股，痛得它躲到门后去。这时候，木棒狠狠地将狐狸一顿痛打。狐狸吃不到公鸡只好逃命，刚躲进刺蓬丛里，大马蜂蜇得它哭爹叫娘。狐狸逃上屋顶，等候已久的公鸡拼尽全力啄狐狸的脑门，狐狸顿时头昏眼花，跌落下来摔死了。

乌鸦与青蛙

普米族动物故事。采录于云南。

一天乌鸦看见青蛙在水边，便冲下来把它抓到岩上。青蛙说："阿哇大姐，你要吃我最好蘸着水吃才香，不然还会瞎眼。"乌鸦听说要瞎眼有点害怕，便说："短命鬼，你要是骗我，就吃光你的三亲六族！"青蛙哭丧着说："我连说谎工具都没带来，怎么骗你？"乌鸦信以为真，就把青蛙抓到水边。它正要啄，青蛙又说："阿哇大姐呀，你的嘴巴像钢凿，利爪像针尖，嗓音像悦耳的笛声，飞禽走兽谁也比不过你。"乌鸦一听，得意极了。青蛙接着说："我忘了告诉你，我路过龙王家门口，听它说你为人正直，要奖励你一件美丽的衣裳。"乌鸦听了，浑身轻飘飘，连忙柔声柔气地问："这是真的吗？"青蛙赶紧说："不信，让我去请龙王爷来亲自对你说。"乌鸦放开青蛙，让它快去快回来。青蛙"扑通"跳进水里，再也没有出来。乌鸦一直等到太阳落坡，才知道上当了。

忘恩负义的理发匠

普米族人事寓言。采录于云南。

有个理发匠给穷人理发从不收钱。观音菩萨发现他心地善良，就在他手上吹了一口仙气。于是他变成了医生，只要摸一下病人患处，手到病除。他挣到了钱，随即从乡下搬到城里，为有钱人、做官的看病。他挣到更多的钱，便买大宅，雇丫鬟，从此再不给穷人看病了。一天，观音菩萨变成穷人来看病，遭丫鬟赶走；又变为富人来看病，他亲自迎进门。观音菩萨要治牙病，他把手指放进嘴里，观音一口咬断他的手指。从此，他不能再治病，连理发也不行了。

塔吉克族故事

国王和大臣的儿子

塔吉克族奇遇故事。采录于新疆。

有个国王和一个大臣经常为没有儿子唉声叹气。一天，他们在荒野碰见一个乞丐，便恳求此人帮忙。乞丐给他们两个苹果，让回去和妻子各吃一半。他们的妻子果然怀孕，国王令人修建地下金屋，让她们在金屋里面分娩。后来又让两个儿子在地下金屋里面喂养、成长，请毛拉给他们讲经识字。一天，毛拉布置好功课后就出去散步，两个孩子发现一道白光不知何物，立刻丢下经文去扑捉，直到光影移走。毛拉回来告诉他们这是阳光，外面还有天空大地……为了看到外部世界，他们按毛拉指点给父亲写信，要求离开地下金屋，否则就用刀砍死自己。国王和大臣急令修建和地下金屋相连的花园帐篷，让他们沐浴着阳光雨露渐渐长大。在世界的另一端，魔王从天宫抢来的两个仙女要求到人间去游玩，魔王派一个魔鬼托着宝座陪仙女夜间出游。飞到花园上空时，她们以死相威胁要降落园中，被两个酣睡的英俊小伙迷住，她们偷偷交换戒指，留下各人的情书和画像，然后飞回魔窟。清晨，美艳的仙女像使两个青年着迷，仙女在情书中诉说她们的身世和对小伙的爱慕，请他们来魔窟搭救自己。两个青年发誓要救出仙女，成全终身大事。国王、大臣一再劝导无济于事。这时乞丐赶到，他施展法术把两人带到魔窟，买通丫鬟从盛宴中救出仙女，四个人手牵手疾速飞回王宫。国王和大臣为两个青年和仙女举行了隆重的婚礼。

大 力 士

塔吉克族奇遇故事。采录于新疆。

有一个盲人巴依给未成年的儿子九匹骡子，让他驮着货物去雇十个长工。在路上，他见有人架柴要烧一具欠债未还者的尸体，他便用所有货物为那人还债，取一匹白布裹好尸体葬进墓穴。数天后，巴依的儿子再去雇工，路上有一个青年大力士可以干十人的活，并且和他结为生死之交。他们变卖带来的货物，买回三十头骡子和三十九驮货物，全由大力士装卸运回家中。巴依对大力士称赞不已，像儿子一样对待他。一年巴依让兄弟俩赶骡子出门旅游，叮咛不可在湖边歇脚过夜。走了几天，他们在湖边宿夜，看守货物的大力士听到狗在狂吠，湖底有声音对狗说，再叫就用狗血治盲人的眼睛；狗说你敢上来，就用你的肚油治愈残疾人。大地晃动，大力士一连砍掉恶龙伸出的七个脑袋，拖出尸体扒出肚油装进箱子。早晨大力士唤醒义弟，赶上骡子带狗上路。在一座城里，国王的女儿身患重病，大力士用恶龙肚油治好了久治不愈的公主。国王决定嫁女报恩，他请求许配给义弟。他们带着公主返回故乡，回到湖边时，大力士指着恶龙的尸体和七个脑袋讲了发生的事情，义弟恍然大悟。回到家中，大力士宰狗取血，使巴依复明，不接受任何财产便辞别而去。义弟取一褡裢金子策马追赶，追到当年掩埋尸体的墓前，看到大力士的衣服，启开墓穴尸体完好如初。他在墓前放声痛哭，然后返回家去。

玉枝金花

塔吉克族奇遇故事。采录于新疆。

国王被梦中的玉枝金花缠绕，寝食不安，为此对三个王子说："谁能找到玉枝金花，他便是王位继承人。"三个王子走到三岔口，大王子抢先走进"畅通无阻"的路，二王子赶紧走进"艰难曲折"的路，小王子走了"有去无回"的路。三人约定，有谁遇难，便用箭镞沾血射向路口。小王子带着猎狗翻过无数山岭，看到峭壁上的洞窟，他用匕首把牛皮绳钉在崖洞口，然后攀入洞内。他看到红色宫宇中的红衣姑娘，对他说这里是飞鸟也进不来的魔窟。小王子藏进挖出的一个深洞，一阵腥风血雨过后，他跃出来杀死两只赤狼，又奋力搏斗杀死妖魔，把姑娘救出魔窟。接着，小王子又在白窟和黑窟内杀死了白魔、黑魔，解救出两个姑娘。此时小王子信心倍增，继续跋涉。夜色降临时，他走进林中老妇的茅屋，请求留宿。半夜他不听忠告走出茅屋，看到两轮明月高悬远方，传来幽幽哀乐。原来深水潭中四十个头的怪物，逼百姓每日供奉四十头牛和一个姑娘，老妇的三个女儿已被吃掉，今天轮到美丽的公主，全城奏起哀乐。老妇听他决心去除妖魔，嘱他妖魔中间头颅舌头上的黑痣是它的命根。小王子带猎狗奔向水潭，向掩面痛哭的公主交代了除魔计策。公主将牛肉依次放进四十张嘴里后，央求魔怪用中间的舌头舔她的泪水，小王子趁机跳出来砍下带黑痣的舌头，被猎狗吞进肚里，妖魔在水中翻滚，一命呜呼。小王子砍下四十颗头颅做好标记，便去向老妇报信。公主安然回宫，全城欢腾，国王要履行诺言令勇士进宫。许多人自称勇士前来邀功，都因指认不出公主而被赶出王宫。小王子被接入宫，他先领群臣到潭边取出放在妖魔嘴里的头发，又按公主事先的嘱咐两次在四十个美女中指认出公主，国王立即为他们举行盛大的婚礼。小王子要去完成父王的托付，公主告诉他由守护神看守的玉枝金花长在天上。他按公主所说，在高山脚下杀死毒蟒救出被偷去的幼鹰，巨鹰听到救子恩人的请求，便答应送他上天。小王子按要求准备好四十头牛的肉和四十袋水，一路喂进巨鹰嘴里，眼看快到天上肉水喂光，他割下自己腿肉喂进鹰嘴，巨鹰得知吐出肉丸为他治愈。小王子依照巨鹰的安排顺利拿到玉枝金花，一起飞离天宫。小王子和公主向国王告别，一起返回故乡。他们经历数月来到三岔路口，看到两支带血的箭，并在繁华的城里找到了沦落成伙夫和乞丐的两个哥哥。在回家的路上，两个哥哥建议在荒村过夜，半夜他们趁其不备砍断小王子双臂，公主乘乱跨马逃往故乡。两个哥哥杀死小王子将他剁成碎块，又杀死猎狗煮熟吃了，天亮后盗走玉枝金花回到王宫。为搭救小王子，公主到高山下呼唤巨鹰，一起飞到荒村。公主细心地把王子的碎尸拼成人形，巨鹰吐出肉丸放在他胸前，用羽毛轻抚，小王子奇迹般地复活了。国王听小王子诉说的寻花经历和悲惨遭遇，怒火冲天，严惩了两个哥哥。小王子继承了王位，和公主一起精心治理国家，过着幸福美满的生活。

四个王子的奇遇

塔吉克族奇遇故事。采录于新疆。

四个王子因国家地处偏远，父王无力为他们求得美满姻缘，便决定出游列国。他们来到一片原始森林，天黑后轮流放哨。首先轮着大王子，他紧握宝剑循声将巨蟒斩成两段，割一块蟒皮返回去换班。二王子巡察，发现哥哥打死的巨蟒，十分警惕，他将渐渐逼近的雄狮刺倒在地，割一块狮皮返回营地。三王子去巡察，看到两个哥哥打死的猛兽，这时候，一只老虎突然窜了出来，他勇敢搏斗将老虎杀死，割下虎皮返回。四王子去放哨，看到哥哥们的战果，他手执宝剑遇到了四十个强盗，便悄悄跟随强盗们来到城堡的高墙下。他立即飞身跃上城墙，放下绳子，强盗们攀绳上来一个他就砍倒一个，四十大盗都死在他的剑下。他走进王宫切开国王宝座前的甜瓜吃掉了一半，又拿走国王身上的腰刀，将自己的刀插在瓜上。他到大公主寝室换走她的手帕，在二公主处换走了头饰，在三公主处换走了项链，在最漂亮的四公主处换走了戒指，趁天亮前回到哥哥们的身边。清早，这个国王正为丢失东西惊愕，四位公主跑来叙说被换走的饰物，卫兵们也跑来报告宫墙外发现的强盗尸体。国王惊喜宣布：谁杀死强盗就把女儿嫁给他。假冒者不计其数，均因拿不出证据被撵出王宫。这时候，林中老妇前来禀报英雄好汉们的下落，四个兄弟被请入王宫。四王子拿出饰物讲述了那晚发生的全部经过，哥哥们拿出兽皮讲述了与猛兽搏斗的经过，国王答应把四位美丽的公主嫁给这四个王子，并且举行了隆重婚礼。四王子谢绝继承王位，和哥哥们一起带着爱侣返回家乡。

狐狸与看磨坊的人

塔吉克族奇事故事。采录于新疆。

看磨坊的人热赫穆放在磨坊的馕接连几天丢失，后来发现是被狐狸偷吃的，他原谅了狐狸并留它干活。三年来狐狸喂羊干得很好，一天它辞别朋友来到王宫，对国王说它是热赫穆国王派来求婚的大臣。按宰相出的主意，国王要热赫穆击退敌国入侵，就嫁公主。狐狸借国王骏马赶回磨坊，扶热赫穆上马狠抽一鞭奔向敌方，吓得热赫穆紧抱一棵大树，不料烈马长嘶腾空跃起，将他抱的大树连根拔起冲进敌阵，敌军立刻溃败逃窜。国王又要四十驮金子做彩礼。他们用磨盘换回八十袋掺有金黄染料的败絮，由四十匹骡子驮向王宫。到王宫前的大河时，立刻割断绳索，口袋掉河里染成金黄色活像八十坨金子。狐狸指着被水卷走的“黄金”对迎接的人大发雷霆，国王只得嫁了公主。在回程的路上，狐狸走进空无一人的城堡，对盘踞那里的女妖说国王已包围城堡，让它躲进柴堆，随即点火将它烧成灰烬。住进城堡后，一日热赫穆打猎回来见狐狸死去，他按承诺将狐狸用锦缎包裹好，装进金箱挂在金库保存。国王来看望女儿，挑选了挂在金库天花板上的金箱，打开是一只金狐狸。国王带走礼物后，热赫穆夫妻便在城堡里面度过幸福的一生。

脚能踩出金砖的姑娘

塔吉克族奇事故事。采录于新疆。

有一个农夫为了不让女儿再受后娘虐待，同意将她嫁给邻国王子远走高飞。临行前他再三叮嘱：夜间不可住宿独户人家。王子和新娘走了数日，一天傍晚，他们走到戈壁滩上的独户人家，在老奶奶母女的热情挽留下，王子劝说新娘走进屋里。这一对谋财害命的巫婆母女半夜作法，让一场大雪挡住他们的去路，趁王子出猎的时候剜取新娘的眼珠，将人埋在河滩上。巫婆撒谎骗过王子，把新嫁衣穿在自己女儿的身上，一同回到王子的国家。有位打柴老爷爷在沙滩上见到一只手，竟从沙子里拉出一个被剜掉眼珠的姑娘。他把可怜的姑娘背回家，经过老爷爷的精心喂养，姑娘重新获得生命，讲述了自己的遭遇。老爷爷扶着姑娘走路，脚下踩出了两块金砖。姑娘让老爷爷去巴扎买回各种东西，过上好日子。姑娘又走路，踩出金砖让老爷爷去巴扎换人眼睛、换七年未剪毛的公山羊，都在巫婆那里换回来了。姑娘用公羊肾脏上的油把眼睛黏合进自己眼眶里，立即复明。一天她在院里来回走动，踩出很多金砖，供老人养老并请求为她修一座拱顶墓，她进墓生下一个男孩儿后立即死去。这天王子打猎，猎鹰把他引到墓前，看到一个小男孩儿从墓中爬出。王子抱着小男孩儿回宫中，可是小男孩儿看见巫婆的女儿便大哭不止，王子只好送他回墓中。他竟看到一具和新娘相貌酷似的女尸，他轻轻抚摸，姑娘突然睁开眼睛，向他讲述了自己的遭遇。王子如梦方醒，立即奔马回去杀死了可恶的巫婆母女，把妻儿接回王宫，过上你恩我爱的美好生活。

狐狸学打猎

塔吉克族动物故事。采录于新疆。

狐狸给狮子当用人，狮子每天捕来大量野味，狐狸却只能吃点残汤剩羹。有一次，狐狸对狮子说它想学捕猎的本领，第二天狮子带它去打猎，狐狸爬上土坡，冲狮子高喊看见了一群马在吃草。狮子说：“好吧，我给你显示一下捕猎的本领。”便摆出进攻的架势问狐狸，你看我的眼睛是什么样？狐狸说血红血红的；又问鬃毛什么样？狐狸说都竖起来了；再问尾巴什么样？狐狸说卷起来了。只见狮子奔向马群，捉住一匹马驹死死咬住脖子，牧人见状赶着马群逃走了。狐狸感到捕猎并不难，第二天要求独自出猎。路上它遇到兔子，让兔子给它当用人，当兔子在土坡上看到马群后，它学狮子问兔子看见自己的眼睛、毛、尾巴有什么变化，兔子说眼睛没变化，毛没竖起来，尾巴老样子拖在地上。狐狸很扫兴，怒吼着扑向马群。牡马急忙迎上，一脚踢在狐狸头上，狐狸七窍流血，倒在地上喘着粗气。兔子过来高兴地说："现在你的眼睛血红，脖子上的毛全竖起来了！"狐狸挣扎几下就断气啦。

山鹰叼狐狸

塔吉克族动物故事。采录于新疆。

狐狸狡诈爱偷东西，谁也不愿和它做邻居，它便去哀求山鹰，山鹰只好答应狐狸。一天山鹰出去找食物，请狐狸照看孩子。山鹰飞走，狐狸把小山鹰吃掉，躲回洞里。山鹰回来找不到小鹰，悲伤痛哭，狐狸假惺惺来安慰，跟着一起流泪。第二年山鹰又孵出小鹰，要出去觅食，再请狐狸照看孩子。狐狸指天发誓，山鹰便放心飞走了。狐狸摸进窝里吃掉小鹰，躺大树下呼呼大睡。山鹰回来只见满地羽毛，飞去找狐狸。狐狸惊醒，看见山鹰飞来，心虚赶忙逃跑，它身上扬起的羽毛让真相大白。山鹰天天在山上盘旋哀号，狐狸无处躲藏，求狮子保护。疲惫不堪的狐狸在狮子身旁睡着了，山鹰一头扎下叼走狐狸。狮子望着天空说："大难临头谁能逃脱，祸从天降无可奈何。"

一只狐狸和四只山猫

塔吉克族动物故事。采录于新疆。

一只狐狸饿极了，跑进村里偷鸡，刚钻进木笼，里面的猎狗就"汪汪"跳出来，吓得狐狸调头逃进榆树下的窟窿里。榆树上挂个空葫芦，风一吹"呜呜"响，好像狗在叫。风刮三天三夜，狐狸以为狗在外面叫了三天三夜，躲在洞里快饿死了。第四天风停树静狗不叫，狐狸大着胆子爬出洞，才知是葫芦作的怪。它气汹汹地爬上树咬断绳索，葫芦掉下来顺坡滚进河里。狐狸追到河里，葫芦里灌满水拖不动。狐狸便把尾巴绑在葫芦上，铆足劲儿往上拉，愣是把尾巴挣断疼得团团转。四只山猫走过来，讥笑狐狸饿得连尾巴也吃进肚里。狐狸恼羞万分，把山猫引到挂满桑葚的树下，主动提出上树为大家采桑葚，但要求它们把尾巴绑一起，以免它们抢先吃桑葚。狐狸上树大口吃桑葚，一颗也不扔下来，山猫正准备解开尾巴自己上树时，狐狸大喊："猎狗来啦！"山猫拼命四散逃去，一用力把各自的尾巴都扯断了。狐狸很得意说：“这下我们都是秃尾巴啦！”

热娜古丽

塔吉克族巧女故事。采录于新疆。

善良美丽的热娜古丽非常厌恶追求她的大臣，暗中爱上了一个年轻的首饰匠。她趁首饰匠到家干活儿，用镜子、梳子暗示和他约会。聪明的母亲为首饰匠破解暗语，天黑后首饰匠如约到了姑娘的后花园。甜蜜的爱情使他们忘记一切。有一次天快亮时，他们被巡更人发现，大臣乘机以伤风败俗的罪名将他俩抓了起来。姑娘请狱卒帮她给首饰匠母亲送信，母亲明白了信中暗示，来到监牢和儿子换装，救出儿子。国王按大臣要求，押两名罪犯当众问罪，以正国法，谁知押上来的竟是两个女人。国王大怒，以欺君之罪把大臣投入监牢。热娜古丽终于和心上人喜结良缘。

巴依和狼

塔吉克族动物寓言。采录于新疆。

有个巴依爱占小便宜，常扣发牧人的工钱。一天狼到庄园和巴依面谈，并给他十枚金币作为酬谢。巴依喜出望外。狼说：“我是一只不吃羊的狼，我能使羊繁殖得特别快，如果我为你放羊，就可以省掉给牧羊人的工钱了。”巴依将信将疑，交给狼一只母羊试探，结果狼很快送来两只羊羔；又给狼两只母羊，不久又送来四只小羊羔。巴依对狼的承诺深信不疑，便亲自带狼上山，辞退所有牧人，把满山的羊群都交给了狼。狼召来所有兄弟，一夜之间把巴依的羊群吃得干干净净。

喀孜与蛇

塔吉克族中山狼型故事。采录于新疆。

有一次，喀孜在起火的芦苇滩里救出一条奄奄一息的大蛇，装进马褡子带到草地，将大蛇放生。大蛇突然缠住喀孜的双腿要吃他。喀孜恳求说：“我是念经行善的人，经文上说善有善报呀！”大蛇说没有的事，于是他们一起去问路人。三个行人看见他那模样，齐声说：“救蛇的喀孜，就该以怨报德。”喀孜羞愧得低下了头。这时一头牛走来，牛说：“我为主人生了六七头牛犊，挤了无数牛奶，如今老了主人要杀我，看来还是善有恶报呀。”眼看要被蛇吃掉，喀孜哀求，看在救蛇一命的份上再问一人。迎面来了一峰骆驼，喀孜请它裁决。骆驼让蛇钻进马褡子，证实喀孜没有说谎，就裁决蛇吃掉他。蛇钻进马褡子后，喀孜立刻扎紧袋口，在骆驼的帮助下打死了大蛇。

怒族故事

石头的儿子

怒族奇遇故事。采录于云南。

有一次，姐妹俩上山砍柴，听到岩石里喊“我爱你”却不见有人。二人戏耍用篮子去套岩石，说好谁套上谁就做它的妻子。姐姐三次都没套上，妹妹一次就套上了。妹妹回家一月有了身孕，一年后生个儿子取名卢让让（石头的儿子）。孩子长得快，一年长成人，他询问爸爸在哪里，母亲说：“你爸爸就在山上的那个岩子里。你爸爸托梦让你砍一背松明去烧岩子。”于是卢让让就背着松明去烧岩子，边烧边喊：“阿爸我想你！”岩子里回应：“孩子我更想你啊！”可是只听声音不见人。有一天，贤明的县官招兵征伐昏君，卢让让请求参军，母亲说父亲托梦要见他。他砍两捆松明去烧岩子，父亲从岩石里走出来，给他三颗药。他把三颗药吞下去后，膂力过人，能够轻易举起巨石。十天后，卢让让又砍三捆松明去烧岩子，父亲送他一把宝刀，让他去投军。因武艺出众，县官叫卢让让率军一万去出征。可是他只带四名精兵前往，他挥着宝刀逢山削为平地，逢林劈成坦途。到京城后，他刚把宝刀抽出一半，便有千名官兵倒地，他抽刀出鞘，上万官兵立刻倒地。他冲进皇宫除掉了皇帝，得胜还乡，一家人过上了幸福的生活。

熊孩除凶龙

怒族除妖故事。采录于云南。

有个孤女上山遇到老熊，便与老熊结为夫妻，一年后生下一个壮实的男孩。熊孩长大力大过人。一天，他上山遇到五只猛虎向他扑来，他连挥五拳打死了五只老虎，从此声名远扬。头人感到非常恐惧，便命令他上山杀死吃人的凶龙，杀不死休要回来。熊孩不顾母亲劝阻，决心为民除害。他手握爷爷留下的小尖刀来到凶龙盘踞的山顶，凶龙粗壮爪如钢刀，不把他放在眼里。顿时打雷刮风，树倒山垮，熊孩如铁塔一般挺立。凶龙张大巨口一下把他吹到对面的山头上，又一口气把他吸到嘴里。熊孩紧握尖刀冲进恶龙肚里，把它的肝胆心肺捣得稀烂，然后划破龙肚爬了出来。恶龙死了，他割下龙头返回时，头人的兵丁举着刀棍向他杀来。他挥舞龙头将他们全部打死，然后提着血淋淋的龙头到了头人面前，把头人吓得一命呜呼。熊孩为地方除了两害，村民推举他当头人，于是大家都过上了安居乐业的好日子。

雪山垭口的女妖

怒族除妖故事。采录于云南。

有个怒族汉子辛辛苦苦把两个儿子拉扯大。这年遇到大旱，一个个面黄肌瘦，父亲对儿子说自己要到兰坪亲戚家借粮食，如果七天后不回来，老大就去半路迎接，九天后不回来，老二就去迎接。父亲在太阳落山时走到碧罗雪山垭口，一座白瓦房里走出个老太婆留他住宿，请他吃可口的饭菜。天黑后老太婆梳着头和他拉家常，突然变成獠牙猴脸扑过来将他咬死，又吸干血把尸体倒挂在第九间屋里。七天过去不见父亲回家，老大便匆匆上路，走到雪山垭口，妖怪变成美艳姑娘用同样的手法把老大弄死。第九天老二沿着父亲、哥哥走过的足迹朝雪山垭口赶去。途中有一个娇艳的姑娘过来勾引他，老二头也不回朝兰坪方向走去。他终于走到那里，可是亲戚早已搬离了。好心的白发老人告诉老二，他的亲人多半已被垭口白瓦房里会变幻的妖怪害死了。老二非常悲痛，决心要为亲人报仇，为民除害。他来到垭口时，妖怪变成美女已在溪边等候，老二一箭射去，妖怪现出原形变为老鹰，接着又变成竹鸡与他周旋。老二穷追不舍，一口气射出五支毒箭，妖怪无力挣扎，终于死去。老二含泪掩埋了父亲、哥哥，谢绝乡亲挽留回到了家乡。

聪明的孜江幺弟

怒族除妖故事。采录于云南。

孜江一家有十二个兄弟，数他最小。这年大旱，眼看全家都要饿死，妈妈给他们饱吃一顿野菜粥，然后由爸爸带他们去林子里找野菜。兄弟们采蘑菇、野菜，太阳偏西了还不见爸爸来接，他们急得大哭起来。孜江安慰哥哥们，带大家沿着他一路丢的小石子平安回到家中。父母心疼孩子，但还是狠狠心打发他们去逃生。天快黑了，他告诉哥哥把带的野菜包谷饼掰碎做了记号，但饼屑早被飞禽野兽叼吃，已经找不到回家的路。兄弟们朝火光的方向走到妖怪洞穴，里面有十二个和他们相貌相似的小妖。老妖婆让他们吃饱喝足和小妖齐头睡觉。孜江在迷糊中听到老妖破门入洞，大喊闻到鲜肉味要吃鲜货。孜江急中生智将自己兄弟戴的扁形长尾帽和小妖的圆帽调换，老妖摸到大铺前认准帽子吃得心满意足后回去睡觉了。天亮时，他们十二个兄弟逃到一个山洞中去歇脚睡觉，追来的老妖因肚子不饿也倒在崖头睡着了。警觉的孜江爬上悬崖，换上老妖日行千里的妖鞋来到妖洞，对妖婆谎称老妖被抓，派他回来取金银赎身。惊慌的妖婆倾其所有，孜江带着金银财宝回到山洞喊醒哥哥，失去妖鞋的老妖眼看着他们越走越远，却无能为力。十二个兄弟回到奄奄一息的父母身边，不但让父母吃上饱饭，而且把换回的粮食分给穷乡亲，同大家一起度过了荒年。老妖和妖婆因无法相聚而饿死。

龙 姑 娘

怒族奇遇故事。采录于云南。

有个孤儿钓到一条小金鱼，舍不得吃，便放进水槽里精心喂养。孤儿发现金鱼变成一个姑娘为他做饭，便要烧去鱼皮留住姑娘。姑娘让他在倒鱼皮灰时说："但愿人间不要有贫富之分，也愿天下不要有高山平地之别。"但孤儿走到坡脚摔了一跤，把话说反了。金鱼其实是个龙女，是特地来帮助孤儿的，要使他的日子过得美满幸福。可是狠心的姨妈挑拨孤儿遗弃了龙女，事后又和他反目。孤儿悔恨莫及，就到河边去痛哭，在青蛙的帮助下，他终于见到龙女。龙王为了考验孤儿，要他砍完大片森林，将森林烧成灰，撒遍火地籼米种，再将籼米种一粒不少地拣回，还让他到雪山顶找灵芝草。在龙女的指点下，孤儿把这些事都一一完成。龙王只得将龙女嫁给孤儿，并且送给他们家畜和五谷种，让他们回到人间过上好日子。

瞎 子 求 医

怒族奇遇故事。采录于云南。

哈拉开和墨初是好朋友，但墨初常借哈拉开的钱不还。一天哈拉开去讨债，墨初不认账，还把他的眼睛打瞎了。哈拉开去找管理百兽的哈里医生。哈里问清原因，就让他天黑躲在床下。哈里立刻吹哨召来群兽，请大家出主意帮忙。等群兽走后，哈里为哈拉开医治眼睛，使他重见光明。随后，哈拉开到老熊和狮子指点的地方找到一罐金子、一箱银子，到寨子里找到久病在床的姑娘；又按老虎说的，搬掉房顶上的土砖，于是姑娘的病立即好转。他和姑娘的父亲一起上山，按猴子说的，找到罩着的九口大锅，两人用力掀开大锅，一股清泉哗哗流出，为寨子解决了多年缺水的问题。哈拉开向姑娘家借来一匹马驮回金银，从此过上好日子。墨初看到他家的变化，也把自己眼睛戳瞎，去找哈里医生。晚上，老虎先闻到一股肮脏人的腥臭味，说他一定是专害人的家伙。群兽一起扑过去，把墨初从床下拖出来吃掉了。

獐子智斗老虎

怒族动物故事。采录于云南。

老虎和马鹿、兔子交朋友，先后把它们都吃了。后来老虎又找獐子交朋友，找不到吃的，又打起了獐子的主意。这天，老虎问獐子睡在哪里？听獐子说睡在大树洞里，老虎便盘算着先美美睡一觉，晚上好饱吃一顿。獐子觉得老虎很反常，看它那饿瘪的肚子，心中明白了几分。傍晚，獐子搬来长条石敷上松香，把自己的毛粘在石头上，像睡觉的模样，自己躲藏起来。老虎来到树洞时，认准獐子已睡熟，立刻照着石头狠劲咬，把牙齿嗑断了好几颗，疼得一夜未睡着。天亮后老虎就去找獐子算账。獐子说："幸亏你咬到我身旁的石头，不然我就被你吃掉了，以后不要干这种没良心的亏心事！"老虎不甘心，心想今晚一定要把它咬死。獐子也防备起来，就削尖竹子粘满獐毛钉在洞内，像是坐着的模样。晚上老虎进洞，对准坐着的"獐子"狠狠咬去，锋利的竹签戳进脑门心，把老虎一下戳死啦。

黄鼠狼请客

怒族动物故事。采录于云南。

老虎和黄鼠狼交上朋友，常请黄鼠狼到家并用酒肉款待。一次酒足饭饱，黄鼠狼说："虎大哥，明天请到小弟家做客。"第二天老虎真的来了，黄鼠狼赔笑说："想不到大哥会赏脸，请先喝杯寡酒，我去宰羊。"说着提刀出了门。它东转西转转到老虎家，杀了虎仔煮熟拿回来。老虎已喝得半醉，吃得赞不绝口，还要给虎儿带点回去。黄鼠狼挽留不住，只好包些腿肉送老虎出门。老虎到家后，母虎告知黄鼠狼来过已经接虎仔去做客，老虎一惊酒醒，才知上了当，立刻怒吼着奔出家门，可是黄鼠狼已逃跑了。黄鼠狼东躲西逃，碰到蟒蛇和四眼蛇，它们都不肯搭救这个做亏心事的家伙。黄鼠狼躲进枯树洞，老虎追来咬住尾巴拖到洞外，终于报了杀子之仇。

乌鸦与咕益鸟的毛色

怒族动物故事。采录于云南。

从前乌鸦与咕益鸟是好朋友。乌鸦一身白，咕益鸟身上灰不溜秋的。它们看见树上的花雀长得很美丽，自己身上的颜色不好看，就一起去找颜料。咕益鸟找来红、黄、绿三种颜料，乌鸦找来黑、蓝、青三种颜料。乌鸦先给咕益鸟涂颜料，非常认真，直到咕益鸟满意为止。轮到咕益鸟涂颜料时，天色已晚，它便胡乱涂抹。乌鸦心里不高兴，跟咕益鸟吵起来。咕益鸟一气之下，竟把黑颜料往乌鸦身上一泼飞走了，乌鸦气得“呱哇，呱哇”叫个不停。从此以后，咕益鸟的羽毛有红、黄、绿三种颜色，而乌鸦却是一身黑。

小兔惩治老熊

怒族动物故事。采录于云南。

有一只老熊凭着自己的力气大，蛮不讲理，经常欺负各种小动物。小兔实在看不惯，就想惩治它一下。有一天，小兔故意在老熊的面前津津有味地吃蜜糖，老熊馋得直流口水。老熊问小兔在吃什么，小兔骗它说在吃自己的眼睛。老熊一尝，果然好吃。小兔便教它把自己的眼睛挖来吃了。老熊成为瞎子后，小兔就牵着它走，到了平地，小兔哄它说是坡坡坎坎，要它慢慢走；真正到了坡坡坎坎，小兔又哄它说是平地，催它快快走。最后小兔把老熊带到岩边，让它摔了下去。

虱子和跳蚤

怒族动物故事。采录于云南。

虱子和跳蚤同在一个锅里吃饭。跳蚤总嫌饭少不够吃，想自个独吞，便琢磨出一个花招：它们两个一起上山背柴，谁先回来饭归谁吃。虱子自知要输，不同意，但拗不过跳蚤，只好同意，跳蚤自以为得计，可是它背起柴跳一下，柴就滚下来了；再背上跳一下，柴又滚落下来，竟花去很多时间。而虱子背起柴一步一步地爬，稳稳当当地往前爬，却先回到家里，把饭吃完了。跳蚤回来不服气也不认输，抓起土锅向虱子打去，把虱子的肚子打成了黑色。

亏财明理

怒族人事寓言。采录于云南。

从前有三个结拜兄弟，常为一点小事吵得不可开交。有一天，三人一同去钓鱼，老大钓到一条很大的鱼，为怎样拿回去三人争吵起来。老大说把鱼头砍下鱼就死；老二说鱼致命的地方是腰，砍一刀就死；老三又说鱼致命的地方是尾巴。一直争到太阳落山，最后三人决定找官家去评理。官家听了暗自好笑，说不能白白来评理。三人都想说自己对，便各自回家拿重礼。老大送一匹白马，老二送一块金子，老三送的是珍珠。官家收下礼品说："你们说的都有理，这条鱼砍到哪里都会死。"三兄弟这才醒悟到为小事争吵的害处。

乌孜别克族故事

使瞎父复明的姑娘

乌孜别克族奇遇故事。采录于新疆。

从前一个老人有六个儿子和一个女儿，因为思念外出云游的小儿子而哭瞎了双眼。大夫告诉他，遥远的鲁牡国宝库里有治瞎眼的药。五个儿子向老人要了很多钱就动身去找药了。他们一路挥霍玩耍，花光了所有的钱，最后乞讨而归。小女儿请求前往，路上她把父亲派给的四十名婢女每人分送一份礼物，放她们各自回家，独自日夜赶路。突然间，有一条巨龙把她的四十头骡子连同驮物全部吸进肚里，她不为所动继续前行，巨龙大为叹服，答应送她到鲁牡国。眨眼来到鲁牡国，在一座高山下，巨龙舔开层层地皮，让她沿地道进入药库，果然看到玻璃罩和纸上的两种药。她不舍放弃，把两种药都攥在手中，顷刻间所有的门都关紧，她被带到国王面前。国王要她抓来迪尔罕汗王的女儿才给她药。她回到巨龙跟前，巨龙虽有难色，但还是驮她飞到迪尔汗国。一觉睡四十天的汗国公主第二天就要醒了，她按巨龙叮嘱，用房间里的棉花塞住通往卧室台阶的铃铛，终于来到公主床前。当她看到美丽无比的公主和头巾时，忍不住一起抱了起来。寝宫顿时剧烈震动，宫门关闭，她被押到汗王跟前。汗王听完她的叙述，提出如能把海拉汗王的黑神马盗来，就把公主给她。巨龙又驮她飞到海拉汗国，果然看守神马的魔术师就要睡觉了，她飞快挖地道通往马厩，两次探头惹得神马惊叫，吵得魔术师狠揍它一顿。第三次马不敢再叫，她安抚神马，鞴鞍具来到巨龙身边。再飞回两个汗国，巨龙先后变神马、公主骗过两国汗王，换回真公主和两种眼药，又一起带着神马、公主和眼药回到家乡。她让父亲的双眼复明，惊喜地发现脱掉巨龙皮的青年正是朝思暮想的小儿子！原来，小儿子为得到心爱的公主去盗神马，被魔术师变成巨龙，只有最孝顺父母并不惜献出生命的人才能使他恢复人形。小儿子最终和公主成亲，一家人过上圆满幸福的生活。

两只箱子

乌孜别克族奇遇故事。采录于新疆。

早年间，有老两口各自有一个女儿，大女儿祖慕莱提能干有礼貌，但后母不喜欢她。一天后母逼着老头把祖慕莱提丢进森林里。夜幕来临，祖慕莱提不见父亲来接，便寻着砍柴声找去，原来是父亲吊在树上的斧和石头被风吹动的撞击声。她又朝着灯光走去，被隐居在林中的魔法师老奶奶收留。她帮老人做许多事，把原本脏暗的小屋收拾得整洁明亮。一天老人让她上房顶，她看到了森林边上的家，难过得失声痛哭。老人安慰她，把房顶上的红箱子送给她。第二天清早，她坐敞篷马车回到家中，看到了正悔恨痛哭的父亲。四邻乡亲闻讯前来祝贺，她打开红箱，里面装满贵重珍宝。后母眼红，硬逼老头把自己的女儿肯慕麦提也送到林中。天黑了，肯慕麦提来到吊斧头的树下号啕大哭，跌撞着逃进魔法师屋里。她好吃懒做成性，在老奶奶家中吃饱就睡。这天老人好说歹说哄她上房拿柴火，她大嚷：“快给我礼物，我要回家！”她拿下了房顶的白箱子，接过钥匙便头也不回地朝家里走去，好不容易拖到家里面。母女俩生怕财宝被抢，气走前来道安的乡邻，直到夜深人静时才打开箱子。这时候一条毒蛇爬出来，一口把母女俩吞进肚里。于是，祖慕莱提和父亲过上了安宁的日子。

赛海和彼海勒

乌孜别克族奇遇故事。采录于新疆。

有一回，赛海和彼海勒结伴出门远游，一路上彼海勒捂紧自己的口袋，把赛海的粮和水吃光便扔下朋友走了。饥渴的赛海拔一把青草塞进嘴里，意外听懂了鸟兽语言。半夜，他躺在沙滩上听到两只乌龟说，再走半小时就能找到井，井旁的牧羊人有奶又有肉。于是，他骑着骆驼前行半小时果然见到一口井，并在牧羊人家中饱餐一顿，装满水袋和食袋后继续上路。一直尾随他的彼海勒发现朋友很有钱，趁他睡觉时竟偷走了全部东西。一无所有的赛海拄棍上路，听到两只喜鹊在说金币的事。他便到白杨树下挖到了七个国王的宝库，他拿了许多金币去分送给穷人。彼海勒非常嫉恨赛海，立即报告国王抓贼，国王不分青红皂白就要将赛海处以绞刑。赛海在牢房里听到两只老鼠的交谈，第二天他大喊：“我能治好公主的眼病！”经国王同意，赛海在湖边找到秃头牧羊人，拔下长疥癣山羊的胡子烧成灰，竟治好了公主的瞎眼。国王因此送给赛海许多金子和一件华贵袍子。彼海勒谦卑地前来讨教，赛海把吃奇异青草后的经过统统讲了出来。彼海勒飞奔去找草并吃下去，果真听懂了鸟兽语。为了知道大秘密发大财，他壮着胆子藏进兽洞，猛兽们回来闻到洞里有人味，便把他拖出去吃掉啦。

金翅膀的夜莺

乌孜别克族奇遇故事。采录于新疆。

有一个残暴的国王用搜刮来的珍宝在宫中造了一棵高大的能放下龙床的梧桐树。一天，他看见翡翠树叶上有个小洞，有一缕阳光射了下来。这个小洞一天比一天大，四十名卫士和两个王子都因没抓到小偷被关押。这天三王子守夜，他割手指驱赶困倦，看到一只金翅膀夜莺落在树上，他射落金羽毛拿到父王面前。国王释放所有人，下令捉到夜莺者得一半江山，捉不到便烧毁全城。为分到江山，两个王子请缨去捉夜莺，三王子担心百姓安危也离开王宫追上了两位哥哥。他们来到三岔路口，老大选了“可返回家乡”的路，老二选了“可获得财宝”的路，三王子选了“经受考验”的路各自前行。三王子穿森林越荒原历尽艰险，这天坐在山脚下，有一只猿猴来吃掉他最后一块奶干，听到他拯救百姓的决心并愿一同前去捉夜莺。他们骑马到了一座高墙下，三王子通过猿猴挖的暗道来到夜莺笼子边，因卫士睡着，三王子顺利得手。但他忍不住掀开了笼罩，夜莺叫声惊醒了卫士，他被捉住送到国王那里。震怒的国王按大臣的建议，派三王子到九个月路程的城堡去偷睡在金箱里的公主来交换夜莺。猿猴陪三王子来到遥远的城堡，又开始挖通向公主宫殿的地道。三王子直奔公主住处，等女卫士们睡着，他开箱看到微闭双眼的美丽公主竟忘记猿猴的告诫，弯腰刚要抱起公主，公主便睁眼大喊，他立即被女卫士抓住。国王要他去三个月路程的海岛上盗取巫师的宝马来交换公主。三王子难过又羞愧，猿猴并没有责备他，又一起骑马到茫茫海边。猿猴用四十个昼夜挖出海底通道，三王子牢记叮嘱直奔巫师的马厩。他两次从洞顶伸出头去，宝马见生人嘶叫招致巫师鞭打。第三次宝马不再嘶叫，他近前抚摸安慰，立刻跨上马背，宝马生出双翅冲向天空。等巫师发现追来时，宝马一脚将他踢入大海。宝马飞到宫殿门外时，猿猴已在那里等候，它变成高大俊美的宝马让王子带进宫。国王见到有翅膀的骏马，就把公主嫁给三王子。猿猴不愿把美丽的公主送给老国王，自己变成天仙美女使国王一见倾心，将金翅膀夜莺交给三王子。三王子和公主取回宝马，把夜莺挂在马鞍上一同骑马赶路，已在路边等候的猿猴邀请他们去家里。原来猿猴是圣山仙女，是特来帮助王子解救全城百姓的。离别时仙女赠他头发，嘱咐遇难时点燃。他们来到三岔路口，遇见了花光钱财潦倒返回的两位哥哥。出于嫉妒，两人多次加害弟弟未果，最后把他诱骗到有利剑的沙滩割断双脚，夺得公主、宝马、夜莺回到王宫。三王子苏醒后点燃头发，仙女把他接到生命泉水中治疗双脚，让他化装成算命人回到王宫。这时数月来不叫的夜莺、性情暴躁的宝马和箱中昏睡的公主都欢腾起来，夜莺向国王讲述了三王子的全部经历，两个哥哥的阴谋被揭穿后仓皇出逃。三王子为百姓历尽艰险的事迹传遍全城，大家拥戴他当上国王并和公主举行了隆重婚礼。没过几年，他就把国家治理成强大昌盛、百姓安居乐业的汗国。

金发少年与小公主

乌孜别克族奇遇故事。采录于新疆。

有个膝下无子的园丁答应女妖的条件，让妻子吃下它给的苹果怀孕生下一子。他们百般钟爱的儿子转眼就养到七岁，就在满七岁的那天，女妖果然来把孩子带走了。园丁的孩子被带进山里时，一位老奶奶暗中告诉他解救自己的办法。女妖回到山洞里面就让孩子到锅边去炼油，正当女妖拿勺教他时，他趁其不备将女妖推进锅里烫死。孩子浑身冒汗，便取水来冲洗，谁知淋水后他的黑发立刻变成金发。他取下猫脖子上挂的四十把钥匙，解救了关在第一间屋里的四十个孩子，又从最后三间里解救出三个善鬼。三个善鬼各送他一只戒指，三匹神马各送他一根马尾，三只鹰各送给他一根鹰羽，嘱他遇难时点燃。曾救过他的老奶奶收留了园丁的孩子，让他成长为智勇少年。一天他进城买米，宫城上的小公主对他一见倾心，因此得了相思病。久治无效后，她只好告诉父王因思念金发少年而卧病。国王决定办游艺会为三个女儿选婿，大公主和二公主选了服饰华丽的夫婿，金发少年破帽遮颜依然被小公主认出来了。小公主执意要嫁给他，国王很恼火，只给大公主和二公主完婚，让金发少年去当马夫。国王让两个女婿去打猎，只让金发少年随同洗马。金发少年将戒指、马尾、鹰羽丢进火中，瞬间善鬼、神马、鹰都出现了，立即帮他猎获到许多上等野味。空手归来的两个女婿一再恳求金发少年分点猎物给他们，当接受在他们屁股上烙印记后才分得一些回城。他们用各自的猎物做饭菜献给国王，唯独金发少年做的抓饭、烤肉被吃得精光。于是国王令金发少年再去打珍贵野味回来，才让他搬进王宫去住。两个女婿诬告金发少年偷了他们的上等野味，金发少年让二人当众脱裤以烙印为凭戳穿了他们的谎言，随即取下帽子亮出一头金发。国王为他和小公主完婚后，他们回到家乡和老园丁夫妇幸福地生活在一起。

大雁报仇

乌孜别克族动物故事。采录于新疆。

大雁和狐狸交上朋友，大雁生了孩子，像爱护眼睛一样抚育刚生下来的小雁。一天它俩出去找食，大雁远远飞向草湖，狐狸却转回来偷吃掉一只小雁，还告诉大雁说一只小雁不见了。大雁伤心地哭到天亮，第二天它俩又同去找食。晚上回来时，大雁发现又丢掉一只小雁，狐狸说一定是青蛙吃的。次日，大雁把青蛙追得四处逃窜，回到家最后一只小雁也不见了。狐狸却说大雁家起火了，并开始盘算吃掉大雁。这天，大雁提议一起搬家，便背着狐狸飞过草湖。大雁越飞越高，当它听狐狸说看到的湖面从拳头大到铜钱大时，便把这个吃它孩子的恶魔从万丈高空摔了下去。

三只饿狼吃肉

乌孜别克族动物故事。采录于新疆。

三只饿狼发现树杈上有块肉，都想独吞。有一只提议大家先睡觉，睡醒再吃。三只狼都假装睡着，一只悄悄起来，刚要跳过去叼肉，那两只翻了个身，它赶紧躺下。过会儿第二只听到鼾声，跳起来要去叼肉，另两只也翻身，它急忙躺下。又过一会儿，第三只狼也去叼肉，同样没有吃成。三只狼饿极了，又都吃不成。一只提议，肉都臭了，干脆去别处找食，它们各怀鬼胎一步三回头地走了。互相监督，谁也不让谁单独走，直到肉真的臭了，谁也没有吃到。

狐狸和狼的故事

乌孜别克族动物故事。采录于新疆。

从前狐狸和狼是要好的朋友。有一天狼让狐狸为它提供一顿美食，狐狸就去捉拿几个端着饭盘去参加婚礼的妇女，让狼饱餐了一顿。接着，狼又要狐狸让它受到一次惊吓，于是，狐狸便带着狼来到果园里面偷吃葡萄，园丁把狼狠狠地揍了一顿。后来狐狸又哄狼掉进猎人的机关，吃了一顿棍棒。狼被猎人追赶，遇到了一个农夫，它做出一副可怜相，请求农夫把它藏进口袋里面，因此逃过一劫。猎人离去后，农夫把狼放出来，狼竟要吃农夫。这时候狐狸赶来了，它把狼骗进口袋，跟农夫一起把狼打死了。

古勒丽丝公主

乌孜别克族婚恋故事。采录于新疆。

国王的女儿古勒丽丝聪明伶俐，善于吟诗。她提出以诗择婿，谁对诗赢了就可娶她，若输了就砍脑袋。许多年轻人都为此丧生。有一个老头儿在对诗中赢了公主，公主不愿嫁给他，送给他一尊自己的雕像和一盘金子，打发他走了。老头儿带着雕像栖身在山洞里，一天邻国王子偶然来到这座山洞，看到了古勒丽丝的雕像，爱上了她。王子问明情况后来到都城，在对诗中赢了公主。反复无常的公主却食言，要处死王子。王后产生怜悯之心，放走了王子。王子来到旷野，在一座山洞里潜修默祷，向真主诉说了自己的苦衷。真主派一名天仙到凡间和古勒丽丝对诗，赢了公主，把公主许给了王子。

四位学生说梦

乌孜别克族讽刺故事。采录于新疆。

四位经学院的学生得知山里人头一次进城，很想吃一顿抓饭。他们把山里人带来的鸡做了一锅抓饭，想借机饱餐一顿，便糊弄他说，在吃抓饭前，大家必须先睡一觉，醒来后各述梦境，再分而食之。山里人猜透了他们的心思，乘机把抓饭吃得精光。四人醒来开始说梦，一个说自己去了北方，一个说去了南方，一个说去了东方，一个去了西方。山里人说，我梦见你们朝东南西北走了，一时回不来，就把抓饭吃了。想愚弄他人的人，最终自己受到愚弄。

小　偷

乌孜别克族讽刺故事。采录于新疆。

一个小偷晚上到穷人家行窃，他爬上屋顶，不料房上苫的席子不结实，把他摔到了穷人屋里。第二天小偷去控告穷人，国王不分青红皂白，判处穷人绞刑。

穷人把罪责推给了泥瓦匠，泥瓦匠把罪责推给了席匠，席匠把罪责又推给了玩鸽子的人，玩鸽子的人把罪责推给了小偷。最后，小偷把罪责推给了昏庸的国王，结果把国王推上了绞架。

阿凡提的故事

乌孜别克族机智人物故事群之一。流传于新疆乌鲁木齐、伊宁、塔城及其他乌孜别克族聚居区，亦在维吾尔、哈萨克、柯尔克孜、塔吉克等民族中流布。代表性作品有《估身价》《国王的同胞》《在国王身上犯罪》《请求胡大》《牛皮比不上伊玛目的肚皮》《不慌不急》《叫门》《偷去了也打不开》《一面镜子》《最爱哪一个》。

估　身　价

乌孜别克族机智人物故事。

有一天，皇帝艾米尔·帖木尔让阿凡提估估他的身价。阿凡提回答值五十个金币。皇帝嚷道："笨蛋！我身上这条金腰带不也值五十个金币吗？"阿凡提说："正是如此。倘若没这条金腰带，您就连两个钱都不值啦！"

国王的同胞

乌孜别克族机智人物故事。

有个雨天，阿凡提的驴子陷在泥泞的道路上怎么也拉不起来。他非常生气，边打边骂："懒东西，起来走吧，不然我要把你的腰打断。"这时国王走过来看见阿凡提折磨驴子，就把阿凡提按在地上打了十棍子。等他打完，阿凡提爬起来向驴子鞠躬说："啊！驴子阁下，我不知道你是国王的同胞兄弟。"

在国王身上犯罪

乌孜别克族机智人物故事。

国王让阿凡提在他身上犯个罪，还得使它比想象的严重一些。当国王在花园里散步时，阿凡提在他的大腿上拧了一把。国王骂阿凡提无理，阿凡提笑道："陛下，敬请宽恕！我还把您当作是王后哩！"国王暴跳如雷，吼道："放肆！你还想越过我去拧王后的大腿吗？"阿凡提说："陛下，我犯的这个罪不正是比您想象的严重一些吗？"

不慌不急

乌孜别克族机智人物故事。

阿凡提当上喀尔（宗教学士）在宗教学府学习经文时，导师大喀尔阿訇反复强调读经时必须不慌不急，每一句都要合乎规范。有天大喀尔阿訇的散蓝着了火，阿凡提见了慢慢腾腾走去，把每句话的每个音节拉得长长的，不慌不急地说："阁下！你的散蓝碰在了火上，它正在燃烧。如果火继续烧下去的话，就有可能将你的散蓝烧成一把灰……"没等他说完，大喀尔阿訇的散蓝已经烧成灰烬了。

叫　门

乌孜别克族机智人物故事。

有人到阿凡提家门口"哐哐哐"不停地敲门，越擂越凶。阿凡提忙从门槛底下塞了一把斧子出去，那人莫名其妙。阿凡提说："伙计，你既然是来砸我家大门的，我索性给你一把斧子，用斧子劈门更省事！"

偷去了也打不开

乌孜别克族机智人物故事。

阿凡提的褡裢被小偷偷走了。同伴们摩拳擦掌要去捉小偷，阿凡提却不慌不忙地坐在茶馆里喝起茶来，若无其事地说："嗨！伙计们，我那褡裢的两头都锁住了，小偷偷去他也打不开呀！"

一面镜子

乌孜别克族机智人物故事。

阿凡提在城里捡了一面圆镜。他拿起来瞧见自己的相貌映在镜上，感到很不对劲，便对镜子说："哎！这是你的吗？……我还以为没主人咧！"说着又将镜子搁在路上，迈开脚步走了。

狐狸的分配

乌孜别克族动物寓言。采录于新疆。

老虎、狼和狐狸交上朋友。一天它们捕到一只黄羊、一只兔子和一只鸡。老虎让狼进行分配，狼说："黄羊归你，兔子归我，鸡归狐狸。"老虎听了大怒，一掌打瞎了狼的左眼。老虎又让狐狸分配，狐狸说："兔子做你的早点，黄羊做你的午餐，鸡做你的晚饭。"老虎高兴地说："喂，我的狐狸朋友，你是从哪儿学来的聪明智慧？"狐狸说："我是从被打瞎左眼的狼那里学来的。"

俄罗斯族故事

睡 美 人

俄罗斯族奇事故事。采录于新疆。

很久以前，有一个久治不孕的王后终于怀孕生下了小公主，国王为此举办盛大的庆贺宴会。应邀的七位仙女和客人刚入席，有一个被人遗忘的老仙女突然闯来，她因为受到国王的怠慢而暗念恶毒的咒语。坐在旁边的小仙女恰好听到咒语，当众仙要为小公主祝福时，小仙女便提前躲进了婴儿室。轮到老仙女时，老仙女恶狠狠地说道："她织布时被梭子扎手，然后立即死掉。"小仙女出来安慰国王和王后，她最后的祝福化解了部分咒语，于是小公主不会死去，但会沉睡百年，直到有英俊王子把她叫醒。十五年后小公主到古城堡游玩，看见老婆婆纺线好奇地请求一试，她刚接过梭子手指便被扎，立即昏倒在地。国王明白发生的一切，命令让公主睡在古堡最漂亮的房间，盖上锦缎被子，挂五彩窗帘。这时候，小仙女赶来举起手中金棒使周围宫女、侍卫、花草、猫狗全都沉睡，用参天的大树和带刺的灌木把古堡层层围住。一百年过去了，有位王子出去打猎，在高山上看到远方密林中的城堡。一位老农告诉他，古老的城堡里有位沉睡已久的美丽公主，只有英俊的王子能叫醒她。王子毫不犹豫到达密林前，缠绕的古木丛林突然闪开一条小路，他刚进去树林立刻封起来。他走进古堡庭院，满眼穿着古老服饰的人们站着、躺着都在沉睡，房间里美丽的公主让金银宝石黯然失色，他不由自主单膝跪地，公主突然醒来了！她看着救星惊喜道："尊贵的王子，我等你好久啊！"顿时，古堡里的一切都苏醒了。百年前没烤熟的野味烤得金黄，当侍从把美味佳肴端上餐桌时，王子牵着未婚妻在古老的乐曲声中来到了餐厅，一切都无比美妙。

青蛙公主瓦西丽萨

俄罗斯族奇遇故事。采录于新疆。

早年间，有一个精明的国王，他有三个成年的儿子。一天，他给儿子们每人一支长箭，让儿子们射到哪家就娶哪家女儿为妻。老大射中财主家的胖女儿，老二射中富商家的瘦姑娘，老三伊万射到很远的沼泽地，一只大青蛙成为他的未婚妻。国王为他们举行了婚礼，这天为考验三个儿媳，他让各人烤一个面包。小王子愁眉苦脸回到家，青蛙安慰丈夫后深夜脱去青蛙皮，原来她是美丽的公主瓦西丽萨。她精心制作了一个又松又软的大面包，上面还有奶油做的花园宫殿，因此得到赞赏。国王又让每个儿媳一天内织块花地毯，大儿媳、二儿媳急召娘家人来帮忙，青蛙同样一夜间织出精美的地毯，又得到国王的夸赞。这天王宫举办宴会，两个哥哥带着衣着华丽的妻子，嘲笑着伊万走进大厅。突起狂风雷电，一驾华丽的三套马车飞奔而来，伊万大声宣告："我的公主瓦西丽萨来了！"为留住妻子，伊万提前回家烧掉了青蛙皮，痛苦的公主立刻变成白天鹅飞走了。她让伊万到太阳降落的王国去找她。伊万按公主的嘱咐，打好三双铁靴，带上三个铁般坚硬的面包，翻山越岭去寻找瓦西丽萨。在穿破两双铁靴吃完两个铁面包时，他遇到一位白胡子老人，说瓦西丽萨是因不从父亲把她嫁给三头怪兽而变成青蛙被囚禁起来的。老人给他五彩绒球领路，他一路上穿破了三双铁靴，吃完了三个铁面包。他饥饿难耐时，先后遇到熊、鱼、野兔、老鹰，正要射杀来充饥，都被它们的一次次请求而发善心收起弓箭继续赶路。正走着绒球不见了，终于来到太阳降落的国家。他按怪物的指引，在密林里找到参天大树，熊帮他在树顶捣落兔笼让兔子逃跑了；野兔帮他抓住兔子咬破喉咙，兔子胃里的野鸭逃走了；老鹰帮他逮住野鸭，野鸭肚里的鸟蛋落入大海；鱼游来托住鸟蛋交给伊万。他从蛋中取出魔针，用力将魔针折断，看守城堡的三头怪兽终于死去了。瓦西丽萨骑着白马向伊万跑来，他们一起回到自己的国家，过上幸福甜蜜的生活。

小　不　点

俄罗斯族奇遇故事。采录于新疆。

孤儿小不点被一个人家收养，她干着家里的所有累活，而这家的三个女儿却什么活也不干。一天，小不点牵着好朋友花牛到地里，诉说主人要她明天把五麻袋羊毛都拿来纺线织布，还要将它们全部染色。花牛让小不点从自己左耳钻进右耳出来，当她出来时一切做好啦。主人很惊讶，又给她一堆重活儿，第二天照样做好。主人十分奇怪，便让大女儿一只眼去跟踪。一只眼跟到地里，暖和的阳光使她很快睡着了，醒来后什么也不知道。主人又叫二女儿两只眼去监视。两只眼在小不点的歌声中进入梦乡，依然什么也没发现。主人很生气，让三女儿三只眼去盯梢，还给小不点派了很重的活儿。三只眼睡着闭上双眼，另一只眼看清了一切，于是回去向母亲报告。小不点知道了主人要杀花牛的阴谋，连忙去对花牛讲。花牛嘱咐她用最好的手帕包起牛骨头，埋在花园里，天天浇水。不久，埋牛骨的地方长出一棵金叶银枝的苹果树。一位英俊的金发少年路过这里，提出谁能摘苹果送他，他就娶谁为妻。三姐妹抢着去摘，平时伸手可得的苹果却都够不着、打不着。小不点来了，果树低头弯腰，苹果垂到她眼前，她摘下苹果送少年品尝。少年和她在花园举行了婚礼，从此过上幸福的生活。

白雪姑娘

俄罗斯族怪孩子型故事。采录于新疆。

农夫伊万夫妇没有儿女，感到十分寂寞。一年冬天，他俩在门前堆了一个雪人，得到一位过路人的祝福，小雪人竟然活了，并且迅速长成一个美丽的姑娘。白雪姑娘聪明伶俐，心灵手巧，老两口沉浸在幸福之中。可是，白雪姑娘害怕阳光，她总是躲在见不到日光的阴暗角落里。一年夏天，白雪姑娘经不住孩子们的邀请，不情愿地和大家去森林采蘑菇。天气太热，她终于变成一小堆雪渐渐融化了。伊万夫妇得知消息，心都要碎了。他们期待着冬天，希望白雪姑娘能再回到他们身边。

狐狸和山羊

俄罗斯族动物故事。采录于新疆。

狐狸盯着空中的乌鸦垂涎，不留神一下掉进枯井跳不出来。山羊看见很好奇，狐狸乘机说："上面真热，这里凉爽又解渴。"山羊听说有水喝立即跳下井里，狐狸顺势从羊背跳到羊角，一跃出井头也不回地离开了。山羊差点饿死，过了数日主人发现后才把它救出来。

谁去磨面烤面包

俄罗斯族动物故事。采录于新疆。

小老鼠旋儿、转儿跟小公鸡住在一起。清晨，小公鸡用歌喉叫醒大家，它打扫院子时发现一支麦穗。正在跳舞旋转的两只老鼠说应该脱粒，公鸡问谁去？它们都不愿意，公鸡便拾起麦穗去脱粒。干完活儿，小公鸡又发现一大堆麦粒，两只老鼠说应送磨坊磨成面，但它们谁也不愿意去。小公鸡便去磨好面，它们又说现在应该和面烤面包了。当小公鸡问谁去时，两只老鼠都说“不是我”。小公鸡和好面，劈柴点火开始烤面包，两只老鼠依然唱歌跳舞玩得很开心。喷香的面包烤好了，它们抢着来吃，小公鸡问，是谁脱粒、磨面、烤面包，又问它们都干了什么？小老鼠无话可说，只好低头离开了饭桌。

爱听奉承话的小公鸡

俄罗斯族动物故事。采录于新疆。

花猫、白兔和小公鸡是好朋友，它们一起干活儿一起觅食，花猫、白兔处处照顾年龄最小的公鸡。一天两个哥哥下地劳动，嘱咐小公鸡守家。一会儿，小公鸡听到叫门声，有个家伙夸赞它长得漂亮，要它站在窗台上好看它一眼。小公鸡听得好舒服，跳上窗台问：“你是谁呀？我的哥哥不让我出门。”那个家伙说：“我是你的好朋友黄鼠狼。我看见你的羽毛比孔雀还美，头上的红冠比皇后的凤冠还好看……快飞下来和我玩吧！”说着，在地上撒了一把谷子。小公鸡忍不住打开房门，刚出去就被黄鼠狼一口咬住脖子。它挣扎着呼喊，在附近劳动的哥哥们闻声冲回家，黄鼠狼挨了棍子，立刻丢下小公鸡逃跑了。过了几天，小公鸡养好伤，两个哥哥要到更远的山后去种地，让它一定锁好门别出去。哥哥刚走，它便听到敲门声，黄鼠狼说上次误会了，我是要拥抱你，今天来给你送礼物。小公鸡跳上窗台，看见黄鼠狼手握鲜花，谄笑着要给它献花。小公鸡按捺不住兴奋，打开门刚说“请”，就被黄鼠狼一口咬住脖子，转身飞奔到山脚下。黄鼠狼放下挣扎的小公鸡说，我喜欢你漂亮的外表，更喜欢你鲜嫩的肉。说完正要下口，身后飞落下一阵乱棍，打得它倒地翻白眼，再也没有起来。两个哥哥又一次救了小公鸡，语重心长地对小公鸡说：“黄鼠狼给鸡拜年，不会安好心啊！”

布谷鸟妈妈和三个孩子

俄罗斯族动物故事。采录于新疆。

有一只勤劳的布谷鸟妈妈筑起舒适宽敞的房屋，抚养着三个孩子。它早出晚归觅食，小布谷鸟就到树林山坡上玩耍，妈妈的溺爱使得孩子们好吃懒做。蜜蜂飞来劝它们要学会劳动的本领，三个孩子大声说："我们有妈妈！"百灵鸟飞来说天要下雨，快回家加固房屋。它们齐声喊："我们有妈妈！"鸽子飞来劝它们快去寻找食物，下雨天会挨饿的。它们气咻咻地说："我们有妈妈，不用你多管！"天真的变了，乌云遮天，狂风吹倒了它们的房屋。妈妈冒雨回到家，衔回的美味被它们一拥吃光。妈妈病倒了，让大孩子把吹倒的墙扶起来，老大说我的双翅已冻僵。妈妈让老二去河边取水，老二说风会把我刮进河里的。妈妈的病更重了，让老三去找点吃的，老三说我也饿得站不起来。痛苦的妈妈悔不该当初，它鼓足勇气飞走了。于是，小布谷鸟开始独立生活，它们学会了搭窝、捕虫，变得勤劳勇敢。妈妈牵挂孩子，每到春播季节都叫着回来寻找孩子。

狐狸忏悔婆

俄罗斯族动物故事。采录于新疆。

黎明前狐狸溜进农户家的鸡窝，刚要去逮一只母鸡，公鸡便拍打着翅膀高声啼鸣起来。吓得它摔下鸡架，回去病了三天。不久公鸡到树林散步，被狐狸盯上，它悄悄靠近小树梢上的公鸡说，可爱的公鸡，我是来给你指点迷津的，你有五十个老婆却从没做过忏悔，快下来接受我的劝导，赦免你的罪过。虔诚的公鸡一步步走下来，狐狸一把逮住它恶狠狠地说："想想你做的坏事，那天我只想吃一只小鸡，你却……"公鸡连忙说："主教大人举办宴会，我是来请您去烤圣饼，我们可以任意享用美味。"狐狸听了一下松开爪子，公鸡便乘机飞到树上啦。

善良的鱼娃娃

俄罗斯族动物故事。采录于新疆。

很早以前，鱼妈妈和三个宝宝住在海边的木屋里。一天鱼妈妈出门捕捉草虫，鱼娃娃欢快地唱歌跳舞等待妈妈回来。傍晚，鱼妈妈疲惫地回到家里，病倒在床上，病情日益加重。鱼娃娃在屋外哭泣，一只尖嘴飞鸟过来说：“我是医生，专门来给你们的妈妈治病。”孩子们高兴地领它到家，它挡在门口说：“给你们妈妈治病时，听到她叫喊不许进屋。”孩子们在屋外等待，听鱼妈妈凄厉的求救声，他们谁也不敢动，直到没有声音，飞鸟挺着鼓鼓的肚子从屋里飞走。孩子们冲进屋里，只看到散落地上的残骨……号啕的哭声惊动了海神，立即展开双臂将它们接到大海。第二天飞鸟又俯冲下来捕捉鱼娃娃，一个巨浪卷来将它全身染黑，它再也不敢到海边来。从此，鱼娃娃幸福地生活在蓝色的大海里。

鄂温克族故事

色勒乌特

鄂温克族奇遇故事。采录于黑龙江。

有一天，母亲告诉色勒乌特，他的父亲是被狐狸精害死的。那个狐狸精曾说，就怕一个知道它底细的孤老头煽动它的丈夫打死它。色勒乌特不明就里。这年母亲为他娶了媳妇，但不久母亲就去世了。一次，色勒乌特上山打猎，遇到一位家人都被狐狸精害死的孤独老爷爷。他把老人接回家赡养，妻子很不高兴。一天老人悄悄对色勒乌特说，明天上山打猎遇到狐狸一定要将它打死，这只狐狸是你媳妇变的，你的父母亲都是被它害死的。但你遇到小鹿，一定要接回来。第二天，色勒乌特走很远都没看到狐狸和小鹿。晚上搭棚正要休息时，他突然闻到怪味，走出去看见两只通亮的眼睛朝他走来，嘴里骂咧咧说要收拾他。他一枪将怪物打倒，怪物果然是只狐狸。他坐在河边回忆发生的一切时，一只小鹿走到他身边，他把小鹿带回家中，发现老爷爷已经去世。此后他打猎出去，从不空手而归，家中也变得很整洁，每次出门回家饭菜已经做好。这天早晨他出门后又悄悄返回来，看见一个美丽姑娘正在做饭，旁边放着一张鹿皮。色勒乌特趁姑娘出去挑水，连忙进屋把鹿皮藏起来。从此，他俩在一起过上幸福安宁的生活。

不怕磨难的巴特尔桑

鄂温克族奇遇故事。采录于黑龙江。

年轻的巴特尔桑夫妇想找个能过幸福日子的地方。他们骑着高头大马来到高山上，在茫茫雪林中看到远处的白烟，妻子打尖做饭，他跨马翻越山岭来到一个门前由老虎、黑熊把守的窝棚。里面的老两口吩咐一个年轻人端出一大盘不像兽肉的肉，巴特尔桑心中犯疑，便偷偷把肉扔进皮衣角里藏起来。临走时他听见老头用暗语叮嘱年轻人要赶紧害死他。他一路拼力打死虎熊和猎狗，摆脱了年轻人的追杀。他日夜追赶，终于看到河心桦皮船上被野人抢走的妻子。他暗示妻子用锥子扎破了船底，野人便逃走了。受惊的妻子染上大病数天后死去。巴特尔桑悲痛万分，他孤单地正向东走，被母人熊挟在腋窝下抓进山洞做它的丈夫。母人熊给他灌奶端水，让他吃鲜嫩的兽肉，不久他们生下一男一女。几年后熊孩长大了，能搬动顶在洞口的磨盘，他也能自由出入。一天巴特尔桑趁人熊不在，他急喊救命请求停在河边的渡船载他过河。这时候，母人熊带着两熊孩撵到河边大哭大喊，先后举起熊孩两腿一劈向他投去。巴特尔桑忍痛继续东行，经过一个狗国，又来到冬眠国。他走进一户人家，老两口热情款待他，并要留他当女婿，从此他又有了家。冬季部落里的人都回到自家窝棚再不出门。巴特尔桑独自进山打了很多野兽，回来时大雪掩盖了所有窝棚，部落空无一人。他用力挖开一间，隔窗看见里面的人全都冻僵了。他连挖了几天才找到新婚妻子，他流着泪替妻子擦嘴敲掉冻结的鼻汁，给妻子喂烤肉，但一直没有醒来。开春冰雪消融，部落里的人突然都走出来和他打招呼，岳父岳母哭着走了过来。原来冬眠国的人冻僵后，鼻汁条化了的来年都活不过来，他的好心害了妻子。他用打下的珍禽祭奠死去的妻子。随后巴特尔桑又来到矮人国，人们骑兔子用柳叶刀，和成群天鹅打仗总吃败仗。眼看他们伤亡惨重，巴特尔桑抡起长木杆很快将天鹅击败，从此再不受侵犯。矮人国的头领请这位好心的巨人留下来，巴特尔桑终于卸下箭袋，住在这块幸福的地方。

玛音奥妩娜吉

鄂温克族奇遇故事。采录于黑龙江。

玛音奥妩娜吉在父王的牛群里看到一头可爱的银灰色小牛，便把它抱回去精心喂养。有天晚上，她从母亲那里学绣花回来，发现自己的撮罗子里有位漂亮小伙子，小牛皮放在旮旯里。她以为心爱的小牛被人杀害，抓住小伙要和他拼命。小伙子向她道出身世：原来他是著名猎手的儿子额木铁海，在山林里与魔鬼搏斗时被抓，魔鬼用魔法把他变成小牛扔到人烟稀少的牛群里。不久有位白胡老人告诉他，一定会有好姑娘来救他。小伙感谢姑娘常带他到泉子里洗澡，才使他能脱下牛皮。从此姑娘按白胡老人的嘱咐，天天到泉子给小牛洗澡，洗到第十八天，用她每天拾来的干牛粪烧掉了牛皮，使小伙彻底恢复人形。玛音奥妩娜吉征得父王的同意，他俩就结成幸福的夫妻。

顶针姑娘

鄂温克族奇遇故事。采录于黑龙江。

顶针姑娘长得非常小，谁也不知她叫什么，多少上门求婚的人都因猜不出她的名字而被拒绝。这天，女佣正因为求婚的人挑很多水而抱怨，魔鬼跳出来逼她说出名字后把她吃掉。魔鬼变成年轻猎手上门求婚成功，伤心的父母给女儿鞴马，只有一匹小神马鞴上了鞍子。半路上，神马把魔鬼的真相悄声告诉顶针姑娘，让她到时不要下马，而用锥子猛扎它屁股。到了阴森的魔洞，大小魔鬼扑来要撕烂顶针姑娘，神马嘶叫刨蹄使群魔不敢近前。魔鬼升起火堆催顶针姑娘下马，她用锥子狠扎神马使其惊飞空中。数天后，神马带顶针姑娘来到青年猎手家，他们成亲并且有了孩子。有一次，青年猎手骑着神马出猎，忘记她的叮嘱把马拴在大树上。三天后顶针姑娘正在做饭，魔鬼突然扑来抓她，她拔下发卡在中间划出八根金柱的仓库带孩子们爬了上去。魔鬼从嘴里吐出斧子砍金柱，黑熊、狐狸、老虎一次次来骗走斧子，魔鬼用利齿啃咬，剩下最后一根金柱时，神马拖着大松树飞奔而来。顶针姑娘设法解开缰绳，魔鬼正欲跳进火堆逃跑，神马跃进火中与魔鬼撕咬搏斗，终于叼着魔鬼的尸首钻出火堆。青年猎手归来感到非常庆幸，从此一家过上幸福的日子。

毡帽、羊鞭和口袋

鄂温克族奇事故事。采录于内蒙古。

牧羊少年给主人放羊时睡着了。醒来后羊群不见了，他连忙背起主人给他的奶干袋去找羊。一天他走到大山下，看见七人在争吵厮打，原来是七兄弟分完家产后在抢余下的一顶隐身毡帽。牧羊少年提议赛跑来确定毡帽的归属，谁跑得最快就要毡帽。当七兄弟拼命跑到终点时，牧羊少年已戴上毡帽走向远方。不久，牧羊少年遇见七个壮汉为夺一根马鞭打得不可开交，原来这个宝贝指到哪里眨眼就能够到达。他提议进行摔跤比赛，优胜者得宝鞭。几个壮汉摔得正热火，牧羊少年已戴隐身帽把鞭子一指去到远方。他翻过大山又见七个醉汉为抢永远装不满的宝口袋而互不相让。他提议谁先数够一百便得到口袋。醉汉们数不清，于是打作一团。他趁机拿起口袋把七人吸进去，然后继续赶路。牧羊少年戴着毡帽扬鞭走进王爷的羊栏，把数不清的山羊、绵羊装进宝袋回到主人家。七个醉汉也跳出口袋，谁也不肯离开他，从此成为快乐的牧羊伙伴。

咯掉牙的小狐狸

鄂温克族奇事故事。采录于黑龙江。

有个老猎人在路上拣到一只被爹娘丢掉的小狐狸，养大后让它干活。一次，老猎人搬家，他牵着“四不像”，驮着装满肉干的皮口袋，让小狐狸坐在口袋上。一路上，小狐狸把肉干偷吃精光，在斧头上撒泡尿跑掉了。后来老猎人发现一群狐狸在跳舞，偷吃肉干的小狐狸也混在里面。老猎人恨透了它，便想出一计，也去和它们一起跳舞，逗得狐狸们都张口大笑，唯有那只小狐狸不敢张口。原来它在偷吃肉干时硌掉了一颗牙齿，这下露了马脚，被猎人抓住受到惩罚。

神奇的瓦罐

鄂温克族宝物故事。采录于内蒙古。

猎手巴图日和母亲相依为命。一个初冬的早晨，他上山打着一只狍子，又砍了一捆柴，在回家的路上碰到一位衣服破烂冻得发抖的孤老头求他帮助。他毫不犹豫把狍子和柴各分一半给老人，并且送到老人的茅草棚里。从此，巴图日每天送去吃的烧的，帮助老人干活。有一天，老人送给巴图日一个小瓦罐，然后便离开这里。母亲把半碗炒米倒进瓦罐里，吃完又长了出来；放进八个铜钱，倒出来后里面仍然有八个铜钱，母子俩感恩神仙的帮助。消息很快被佐领知道，他立刻带着打手来抢走瓦罐。佐领夫人放进金银珠宝果真灵验。佐领贪得无厌，要罐儿赶快长大，“呼”的一声瓦罐长成特大的水缸。佐领踩着椅子探头去观看，一下掉进大缸。家丁拉出一个佐领，缸中又有一个佐领在喊，拉出七八个佐领都说自己是真的。他们吵吵闹闹打作一团，一声巨响大瓦罐打碎不见了，只剩被打得鼻青脸肿的佐领躺在地上。神奇的瓦罐又飞回巴图日家里。

救命的大树

鄂温克族动物故事。采录于内蒙古。

早年间，有老两口养了一头乌牛。冬天夜晚，老两口害怕乌牛被人偷走，就把它牵进屋里。山中有只黑熊和猴子在一块商量，要把乌牛偷去过年。黑熊晚上去偷乌牛，正好遇到梁上躲着一个小偷，他以为黑熊是乌牛，便跃到黑熊背上，抓住鬃毛不放。黑熊被吓跑，天亮小偷发现自己在黑熊背上，赶忙跳到路旁爬上大树。猴子看见黑熊跑得很急，便去问原因。黑熊说自己觉得有个两手两腿的怪物，猴子说那是一个人。黑熊想去报复，但是半信半疑，便拿藤索一头拴着猴子的脖子，一头拴在自己的身上，约定只要猴子眨巴眼，黑熊便往回跑。猴子上树找到小偷，小偷吓得尿裤子，尿水流到猴子的脸上，猴子便不停地眨眼睛。黑熊一见，拼命逃跑，活活将猴子拖死了。那个小偷感谢这棵大树，准备了供品去祭拜，如果没有这棵大树，他就没命啦。

猴子和海龟

鄂温克族动物故事。采录于黑龙江。

海里的乌龟婆了病得满地打滚，医生说需吃猴肝花才能够治愈。海龟上岸和猴子套近乎结拜成兄弟，它怂恿猴弟去海里玩几天，并说你吃的果子干不拉瞎，海里的又甜又酸四季不断。来到海里，海龟端上各色鲜果让猴子吃个痛快。一日，猴弟听到海龟婆闹病的哭喊声，一问方知缘由。它一拍大腿说：“你们怎么不早说，我们那里树上挂满肝花，要几百副都是新鲜的。”于是海龟又驮猴子上岸摘肝花，刚着地猴子就跑上树去了。海龟看到满树红叶知道上当，气不打一处来，便躲进洞里等着咬死猴子。猴子吃饱玩够回家，大喊一声：“咱家有人吗？”对面山上传来回声，紧接又听到喘粗气的回声，它趴下看见海龟在洞里睡大觉，连忙溜走。海龟醒来没有咬到猴子，垂头丧气回到家里，老婆早已蹬腿啦。

八叉梅花鹿

鄂温克族动物故事。采录于黑龙江。

一天早晨，母鹿到河边去喝水，猎人将它打伤，还骑着马穷追不舍。小鹿见妈妈肠子流淌出来，怕得哆嗦。母鹿伏下身子让小鹿吃了自己最后一口奶后，嘱咐孩子快去东山找爸爸，它是天下最美的八叉梅花鹿。母鹿流尽血被猎人驮走了，小鹿翻过九十道岭穿越三十条沟膛，找到了自己的爸爸。八叉梅花鹿听了小鹿的诉说，决心要为妻子报仇。它们回到住地，八叉鹿凭四只眼睛找到猎人，一连打了几天几夜，却打不赢有箭有马的猎人。它一气之下，一头撞向大树，被树楂子扎瞎了额上的两只眼睛，从此只剩下眼皮下的两只眼睛。

故事里的故事

鄂温克族家庭故事。采录于黑龙江。

从前有个牧主有两个妻子，一次他出远门回来，想试探两个妻子对他是否忠诚。他让手下人先行回家，谎称主人途中病故。听到这个谎言，大女人只皱皱眉头未动声色，二女人却放声痛哭。大女人向手下人问明原委后，讲了两个故事。第一个故事：从前有个媳妇，生了一个儿子，十分钟爱，终日不离左右。儿子养只小猫，陪伴他玩耍。一日媳妇在外面干活，忽听屋里一声惨叫，疾奔进屋，见儿子喉头被咬断已经死去，小猫口沾血迹趴在儿子身旁。媳妇认为儿子准是被小猫咬死，盛怒之下将猫打死。但转过身去，却见地上有只死黄鼠狼，这时媳妇顿悟，儿子是被黄鼠狼咬死的，小猫是在护卫小主人。媳妇自知干了蠢事，无比痛心。第二个故事：有个放鹰人，途中口渴想喝山泉水，但他每捧起一掬水，都被爱鹰击落，猎人大怒将鹰打死。当他抬起头来，看见一只巨蟒正口吐毒液，毒液滴入泉中。放鹰人才知自己因一时激怒，酿成大错。手下人把两个故事如实禀告主人。牧主听罢猛醒，立即赶回家中，可是那个忠诚的大女人已不在人世了。

存心作对的媳妇

鄂温克族家庭故事。采录于黑龙江。

扎拉西莫日根和莫乐金姑娘，由双方父母包办结婚了。姑娘心里不服，到婆家处处和丈夫作对，让她往东偏要往西。丈夫是个聪明孝顺的人，出猎前他嘱咐妻子照顾好年迈的母亲。妻子想出一个既和丈夫作对，又照顾好婆婆的妙计——你让我给婆婆做干饭，我就今天肉粥，明天酸奶子粥，自己吃的却是锅底干巴饭；你让我给老人吃肉，我偏把肉骨头炖得烂烂的，自己吃硬筋瘦肉。扎拉西回家，老人对儿媳赞不绝口。看着丈夫给她的厚礼，莫乐金深感惭愧，从此再不和丈夫作对，一家人生活得十分幸福和睦。

乌日达和鄂都古奥娜吉

鄂温克族爱情故事。采录于黑龙江。

美丽的鄂都古奥娜吉和小伙子乌日达相爱，一天二人约定在哈拉尔河边相见。姑娘没有得到父母、哥嫂的应允，不能随便出门。她向母亲请求去挖野韭菜，母亲说要问父亲。她问了父亲问哥哥，问了哥哥问嫂子，日子一天天过去，终于嫂子开口，明天一早去吧。第二天清晨，鄂都古奥娜吉赶上勒勒车，带上吃食奔向心上人。路上，大风没有把她卷走，雷电没有动摇她的心，不分白天黑夜，终于来到哈拉尔河边。可是，她的乌日达已经等了十三天，东西都已吃光，期盼她到来的心上人已经饿死。姑娘哭了几天几夜，最后用手挖了一个坑，把心爱的人和自己一起埋葬了。

饭嘎巴儿

鄂温克族人事寓言。采录于黑龙江。

从前部落里有个年轻人要去大兴安岭放排，临行时父亲对他说，自己放一辈子排，命虽没搭上，也落了一身病。他要儿子多带粮食，省着一点吃，并且嘱咐儿子："每天做饭，把粘在锅底的饭嘎巴儿留下，我一生最爱吃这一口儿。"年轻人在大兴安岭扎好排，只等涨水放排。可是天旱，三个月过去了仍然不涨水，他带的粮食已吃光，给父亲铲下的饭嘎巴儿也攒了两口袋。年轻人饿得受不了，就开始省着吃饭嘎巴儿，直到快吃光了，江里才涨水。他顺水放排，一路艰辛回到了家。他把最后一块饭嘎巴儿交给父亲，父亲说："你知道我为什么要你留饭嘎巴儿吗？你的命就是饭嘎巴儿救的！"

德昂族故事

阿　弄

德昂族除妖故事。采录于云南。

昆纳坎被一个变成美女的女妖迷惑，让他挖掉已怀身孕的七个媳妇的眼睛，并且把她们都赶出寨子。唯独七妹留下了一只眼睛，让她领着其他六个姐妹摸进山洞。六个姐妹生下的那些孩子先后死去，只有七妹生的男孩养活长大，取名阿弄。懂事的阿弄采回很多果子、野菜给阿妈们吃，不让她们饿肚子。一日，阿弄碰到昆纳坎家七个放牛娃，他提议一起玩下棋，他输了就帮七人放牛，他赢了七人的饭菜就归他，结果七人都输了。放牛娃们不服气，每天来下棋，天天都饿着肚子回家。昆纳坎得知后要阿弄去家里下棋，连叫五次阿弄才跟到家。阿弄每次都赢棋，每次都能带很多东西回去给阿妈们吃。数年后，女妖装病买通巫师，让阿弄去魔窟排牙山找药。阿弄按阿妈的嘱咐，到马厩里选中了那匹白马飞向排牙山。一天，他走进一家茅屋坐火塘边睡着了，善良的老人给马擦汗时发现马脖上的信，上面写着"送上大葱两捆，一到就可以吃"。老人不忍阿弄被妖精吃掉，另写一封信挂上去。阿弄到魔窟后，老妖见信上写着："外孙回来看你们，给他选个媳妇。"立即把孙女嫡依哌嫁给阿弄，并为他们准备婚事。嫡依哌给阿弄介绍园中的各种法宝，还找到了阿妈们的十三只眼睛。办喜事的日子妖出鬼进，阿弄把众妖和新娘一一灌醉，迅速取走阿妈的眼珠和各种法宝，骑马飞奔而去。新娘酒醒后穿上飞衣追来，阿弄揉大叶子变火海，揉小叶子刮大风加以阻挡，都被新娘化解了。阿弄又揉藤子变大河，筋疲力尽的新娘哀叹夫妻一场，捶胸死在河边。听到呼唤，阿弄调转马头过来抱起新娘将她埋在清河水旁。他飞奔回到山洞，把眼珠放回阿妈们的眼窝，擦上药水，顿时她们都复明了。最后，阿弄回到昆纳坎家，对着女妖拉紧藤条，妖怪抽搐着显出原形，最后死去。昆纳坎如梦初醒，知道上了妖精的大当，他亲自去接回七个妻子，并把家里事务全部交阿弄管理。从此，一大家人过上太平日子。

七姑娘和奇彪

德昂族除妖故事。采录于云南。

山寨里的头人有七个女儿，其中七姑娘最漂亮、能干。长工奇彪每天放牧都给七姑娘带回野果、鲜花和小动物，七姑娘悄悄爱上了奇彪。一天奇彪回来对头人说，有个穿金戴银的女人在河边唱歌跳舞又洗澡，他无法近前放牧割草。头人跟到河边，看见女子跳舞水蛇般灵活，看得心发痒。第二天，头人带领卫兵包围捉拿，自己冲在最前面，一直追进大山见到一座寺庙。半夜老和尚变妖怪扑向头人，头人甘愿献上七个女儿。他回到家中按妖怪所言盖起高楼，每月十五送上一个女儿。轮到把七姑娘送上高楼时，她忽然听到窗外传来熟悉的歌声，奇彪身背刀箭赶来和妖怪搏斗，最终将妖怪砍死，救出心爱的姑娘。妖怪死后变为一座桥，一头架在高楼顶，一头架在寨门口。天亮后，狠心的头人闻讯登上桥向七姑娘和奇彪冲去，桥轰然断成两截，把头人摔死了。人们为七姑娘和奇彪举行了隆重的婚礼，从此安居乐业，过上了幸福的日子。

金凤凰姐妹

德昂族奇遇故事。采录于云南。

孤儿春华、春良兄弟靠打柴、卖工为生。一天，他们救下了一只受伤的金凤凰，并且带回去治疗。金凤凰的伤好后，给他们留下一堆金银离去。两兄弟分头去寻找金凤凰，要把金银还给它。春华往左走，碰到一个老人，他是金凤凰的爹爹。得知金凤凰又被国王的一个侄儿关进铁笼。春华决定去救金凤凰，老人便向他传授武艺。春良往右走，来到了王宫，遇上国王去世，几个侄儿正在争王位。大臣们决定让金象拉着银车出游来选择新国王。春良被选中，他得到金凤凰的消息，立刻把金凤凰放了。金凤凰全家跟春华一起到王宫祝贺。春良、春华弟兄俩分别同金凤凰姑娘姐妹结为夫妻，他们治理好国家，与老百姓一起过着幸福生活。

老三和金鱼姑娘

德昂族奇事故事。采录于云南。

早年间，一个老父亲给三个儿子每人三两银子，让他们出门学本事。三年后，老大学铁匠，老二学木匠，各自带了三坨银子按时到家。老三在一个孤老人家中勤学武艺和各种农活，扛了一袋大米回家，已迟到了两天。老三见父亲、哥哥手持棍棒朝他打来，他眼疾手快将棍棒都捏手里。父亲很生气，就告到国王那里。国王派八人前来，趁老三睡着连人带床捆绑起来抬到了江边。老三打一个哈欠，吓跑了所有人，他用力挣断绳索，跑进森林盖窝棚独自生活。他向水塘的金鱼诉说自己的苦难遭遇，把金鱼捧回家喂养做伴。一天他干活归来，看见桌上摆满可口饭菜，接连几天都如此。他便躲在窝棚后偷看，发现是金鱼姑娘所为。二人互诉衷肠，结为夫妻。父亲得知后又去向国王报告，国王传令，限老三一天打三百只鸽子送到王宫里来，否则就送漂亮妻子。金鱼姑娘用糯米面掐成三百只鸽子，助老三解围。国王又提出斗鸡、斗牛，都被他们用鹌鹑、野牛斗败啦。国王又叫老三一天内在蛮弄山上修好澡塘，金鱼姑娘教老三去牵来神牛套犁挖塘，一夜引来一塘清水。第二天清早国王策马上山察看，连人带马跌进水塘再没上来。百姓载歌载舞感谢他们为民除害，推举老三当上了新国王。

青蛙和绣花姑娘

德昂族怪孩子型故事。采录于云南。

土司的女儿酷爱绣花，栽花老人每天送鲜花给姑娘做绣样。栽花老人很希望姑娘成为自己的儿媳，他却没有儿子。老两口向天神祷告了很多年，有一只青蛙自愿去做老两口的儿子。这只青蛙会同时弹奏口弦、三弦、二胡和芦笙，非常动听，赢得绣花姑娘的喜爱。青蛙请父母去提亲，并且战胜了土司的种种刁难，终于和绣花姑娘结为夫妇。深夜，这只青蛙变成英俊青年和绣花姑娘同房，被姑娘拒绝。当绣花姑娘知道了英俊青年就是青蛙所变，喜出望外。从此他们一家人过上了幸福美满的生活。

彩　虹

德昂族奇事故事。采录于云南。

有个美丽的姑娘爱上了一个放牛的小伙子。小伙子没有钱送聘礼，就和姑娘约定，他外出帮工挣钱，三年后一定回来。但他一去五年都没有回来，姑娘忧思成疾。临死前她要求妈妈不要钉棺材盖，不要埋她，一定要等小伙子回来。姑娘死后，父亲硬要钉棺材盖，这时棺中发出响声，冒出一股烟，尸体变成了一条红蛇，父亲只好作罢。第二天，历尽辛苦的小伙子赶了回来，他扑在棺材上伤心痛哭。棺盖突然开了，出来一条红蛇和小伙子抱在一起，变成一道五色长虹飞升上天。

老虎怕长尾巴怪物

德昂族动物故事。采录于云南。

从前，有个小孩丢了黄牛，回家后不断说“我怕长尾巴老头”。次日父母带他去找，看见老虎在啃黄牛，孩子又哭着说是“比老虎还怕的人”。老虎听到很疑惑，晚上它躲进牛圈要看个究竟。这时两个偷牛贼腰拴粗绳也到牛圈，挑中这条“壮牛”拴上就走。天亮了，走在后面的贼看到牵的是老虎，赶忙借口撒尿跑掉了。牵牛的贼子不见同伴回来，气极调头正要骂时，才发现是老虎，他壮胆把老虎拴好自己纵身躲到树上。老虎乘机挣断绳子逃进树林，猛兽们听了老虎的叙述，一起来到树下。狮子上树扯下一根贼穿的蓑衣草，众兽见如此长毛怪物吓得心惊肉跳；看明就里的兔子从大象背上跳到树上，摇晃树枝大喊：“不好了，快跑！”众兽四散逃命，老虎跌下悬崖摔死了。

兔子斗老虎

德昂族动物故事。采录于云南。

兔子和老虎一同去问神仙，自己一年应生多少，神仙允许老虎一年生九个。兔子怕自己绝种，回转时悄悄跑前面拐角处躲起，等老虎一到，突然冲出大喊“九年生一个”！老虎受惊，只记住这“九年生一个”。老虎上山割茅草，兔子在泥塘里滚成黄色，装得又冷又饿向老虎求救。老虎让黄兔钻进背上的茅草，兔子打火点燃茅草跑掉。老虎甩不掉着火的茅草，黄牛叫它顺山梁跑，越跑火越旺；水牛叫它到水塘里滚，虽没烧死但已烧伤。兔子又染成黑色，诱骗老虎去敲蜂窝，葫芦蜂把老虎蜇得打滚。水牛看见放声大笑，笑掉了上牙。

聪明的松鼠

德昂族动物故事。采录于云南。

松鼠见饥饿的老虎寻不到食物，就帮它摘来十几种果子。老虎吃完果子，就摆起“山中之王”的威风，要同松鼠比高低。它们先比过河，当老虎要起跳时，松鼠轻轻跳上老虎尾巴，老虎跃到对岸脚未落地，松鼠已先跳下地了。松鼠提议再比爬树，老虎明知自己不行，硬撑强势，结果从树上摔下来，跌断了腰骨。

叶开和她的两个丈夫

德昂族家庭故事。采录于云南。

尼科和叶开夫妇，男做生意女耪茶园，小日子过得不错。一次为与土司换竹楼一事，夫妻意见不合，尼科当众抛弃了叶开。不久叶开与勐洪寨的帅坎结为夫妻。为给丈夫添件新衣，她将唯一的金戒指交给帅坎去卖来买布。耳背的帅坎误以为店主嫌戒指不好，把金戒指扔掉。叶开很懊丧，帅坎却说不如他的磨刀石，原来那是他在深箐里拣到的一大块金子。随后，他们又找到很多金子，日子好过了，也不忘记帮助穷苦乡邻。在一次舍饭时，叶开发现了前夫尼科，尼科羞愧而逃。叶开让帅坎给尼科送去饭团和金戒指。尼科终于悔悟，从此诚实做人，认真干活，也过上称心如意的好日子。

三次奇怪

德昂族机智故事。采录于云南。

有一个土司听信谗言，决定利用下属官员值夜的机会，将他们逐个杀死，让进谗言者来治理地方。当三个官员失踪后，众官员在一起商量对策，打算杀死土司。其中一位年长的官员愿意去值夜，以便弄清真相。他的仆人自告奋勇代他值夜。半夜土司到值夜处接连三次推门，仆人都高喊“奇怪”，使他未能得逞。次日土司追查到仆人，责问为何连喊三次“奇怪”。仆人说他连做三梦都很奇怪。第一奇怪是，每逢赶街不用人喊人们就聚拢来，傍晚不用人撵就自动散去。第二奇怪是，旗子挂在旗杆上老远就瞧见，很好看；但取下来就变成普通的布，旗杆光秃秃很难看。第三奇怪是，大青树枝壮叶茂时像大屋顶很好看，大家当它神树；但枝叶砍掉成了光秃秃的树桩，人们无法乘凉，不再当它神树，只能当柴烧。土司听后深受触动，悔恨自己误杀忠臣，并立刻赶走了那个进谗言的家伙。

阿 西 寻 金

德昂族僧侣故事。采录于云南。

有一次，勤劳的穷小伙阿西在一个山洞里面发现一堆金子。他向佛祖祷告，希望佛祖把金子分给穷人。谁知道他去奘房把自己的想法讲给佛爷听，并且领佛爷去看了那一堆金子，金子却不翼而飞。阿西决心去寻找偷金子的人。他历尽千辛万苦，并且得到一个武艺高强姑娘的帮助，终于弄清楚有三个和尚在一棵花树下面埋藏金子的实情。阿西在姑娘的指点下来到奘房，当着众和尚的面在花树下挖出金子，揭露了三个和尚的丑恶行径。阿西和姑娘把金子分给穷乡亲，并且和姑娘结为夫妻，白头偕老。

保安族故事

三 邻 舍

保安族十兄弟型故事。采录于青海。

大河家小山村里有三家人，东家大哥是“风里耳”，西家二哥是“穿山眼”，北家三哥是“万能手”。他们各有神奇的本领，三家人一直和睦相处。南山魔王非常嫉妒他们，一天召来河神商量发洪水淹死这三家人。话音刚落大哥就知道了，二哥看到雪山背后古寺旁有脚户宰牛，三哥去买回两只牛皮胎，吹鼓气绑在桦木排上，连夜做成双牛皮筏让大家平安躲过洪灾。夏天到了，大哥听到魔王令瘟神放瘟疫吞掉三家，三哥说只要找到艾叶草就不怕瘟疫，二哥看见太子山顶长满艾叶草，三兄弟划皮筏过河，一块上山采来大捆艾叶草。当瘟神打开瘟疫葫芦盖时，三家人都早早燃起避瘟草，嘴里噙着红皮蒜，浑身上下洗干净让疫病沾不着。魔王不甘心，便叫来弄舌鸟去东家和西家挑拨离间，大哥二哥不信邪，只有三哥动了心。三家人终因经不住戳是弄非各奔东西。魔王乘机连施风旱雨涝各种灾害，三弟兄失去了互帮互助的力量，吃尽苦头。他们临死时终于觉悟，叮嘱子孙后代一定要团结友爱、齐心协力，只有这样才能够战胜一切灾难。儿孙们牢记祖先的遗训，终于过上了富裕的生活。

阿舅和外甥

保安族复仇故事。采录于青海。

从前，有一户穷苦人家，尕娃从小失去阿达，母子俩艰难度日，阿妈从不告诉他阿达的死因。尕娃十岁时装病要阿妈手捧刚炒好的麻麦给他吃，乘机紧捏阿妈手询问，烫得阿妈说出阿达是在他出生时，被阿舅逼债辱骂跳黄河而死的。

尕娃跑到黄河边向真主祈求给他神马、宝箭来惩罚罪恶者。突然从黄河里奔出一匹马，背上搭着闪光的弓箭，只听到有一个声音对他说：“我的儿啊，替阿达报仇！”尕娃骑马到阿舅家门前吵着要和阿舅比摔跤，阿舅要给他点颜色看，谁知一连被外甥摔倒三次。狠心的阿舅要除掉祸根，在积石山上布满家丁后，约尕娃去打围。尕娃听到满山呼喊声，阿舅说是打围的人，一直到了山脚下，阿舅才说是杀他的人。这时满山的人向尕娃扑来，尕娃默念《古兰经》骑着神马腾空而起，顿时黑云遮天，飞沙走石，打杀他的人马死伤无数。尕娃拉满神弓射向阿舅，终于替阿达报了仇。从此没人再敢欺负尕娃，他和阿妈过上了平安的日子。

“舒坦”的故事

保安族哲理故事。采录于青海。

有一个县太爷不理民事，百姓求见，他今天推明天，明天推后天。一日他带老婆孩子去郊外踏青，看见一拾粪老汉躺在路边大喊“舒坦”。县太爷很生气，问为何见官不回避，大喊大叫成何体统！老汉说：“我一生办成大事三件：一是我的金砖入库了，就是父母双双亡故，做儿子的高抬深埋，尽了孝心；二是我把祸害送出门了，就是把姑娘嫁出去了，父母不再担心受怕；三是我的白龙马上了绊子，就是给儿子娶了媳妇，往后不会胡跑乱来。我虽寒苦，但办成了自家该办的事，心里格外舒坦。”县太爷听了自觉惭愧，便打道回府了，从此办事再也不推拖啦。

哈比卜大笑与大哭

保安族机智故事。采录于青海。

有一个头人得了大病，郎中的药方是八岁男孩的苦胆。但就是逃荒饥民，也不肯卖自己的尕娃。邻村曼苏尔的儿子正好八岁，叫哈比卜。哈比卜听说头人要花一百两金子治病，就说服父母把他卖了。他到了头人家，大笑三声又大哭三声。头人很吃惊，便问他为啥又哭又笑。哈比卜说：“我一笑在这饥荒年里，能拿命换钱让父母活下去，报答养育之恩；二笑我的苦胆能为头人治病，使你长命百岁；三笑我是个尕娃，没干过坏良心的事，今天无常能升天堂感到高兴。”他继续说：“我第一声哭，因为父母虽得金子，想起我无常会伤心落泪；第二声哭，因为你虽吃了我的苦胆能长寿，但留下骂名有损你的威望；第三声哭，因为你无常后下地狱受罪，我在天堂享福，实在过意不去。”头人听完后低下了头，说道：“这里有你这样聪明的尕娃，我太高兴了。我情愿赏你一百两让你回家去，我的病就托付真主了。”说罢长叹一声便无常啦。从此哈比卜成了村里最有威望的人。

木匠和他的妻子

保安族天宫请柬型故事。采录于甘肃。

从前，保安三庄有个手艺高超的木匠，他有一个聪明漂亮的媳妇。财主看上他的媳妇，起了坏心。一天财主把木匠叫去，让他上天给财主的亡父修一座宫殿。木匠愁眉苦脸回到家，妻子为他想出个好主意。他要财主给他七七四十九天时间造好一座升天的楼子，同时又悄悄修一条通往家中的地道。七七四十九天后，财主让木匠钻进楼子，立刻架火浇上酥油，在浓烟滚滚中木楼烧成灰烬。财主以为木匠已死，立即来向他媳妇求婚。木匠的妻子表示，要过了百天才能够嫁给他，不到百天不能够登我家的门。百天后，财主上门迎娶，看见又白又胖的木匠站在门口，交给他一封信，上面用经文写道：“宫殿已修好，父在天堂请你也来享受几天。”财主信以为真，便让木匠赶造楼子。楼子修好后，他穿上华贵的礼服，在烈火中上了天堂。

马立克请艾洒阿訇

保安族机智故事。采录于甘肃。

从前，有一个穷光蛋叫马立克，他特别会说谎。外村有个学识不高的阿訇叫艾洒，嘴巴特别馋。他非常希望有人请他吃“油香（油饼）”和“手抓（大块熟羊肉）”，却没人理睬他。一天，他在村口碰到马立克，就让他编一个谎来开开心。马立克哭丧着脸说：“我哪有心思编谎？我的阿达今天早上死了，我正要去请阿訇们来举行送葬仪式哩。”艾洒阿訇让他快去请其他阿訇，自己先往马立克家跑。一路上，他想到香气扑鼻的“油香”和“手抓”就流口水。可是他来到马立克家，却看见马立克的阿达正光着脊梁在房檐下抓虱子，才知道上当受骗了，白白跑一趟。

兔子上天取雨

保安族动物寓言。采录于甘肃。

有一年大旱，土地干裂，禽兽乱跑。狮王召集动物商量求雨的大事，话没讲完兔子先蹦出来请命：“大王，我身小能办大事。”狮王同意后，兔子眨眼工夫腾空上天，请求雨公大神施恩降雨，搭救人间万物生灵。雨神应允它在神缸中舀三木勺水泼下大地，顿时大雨倾盆，接连下了三天三夜，山川万物得救了。兔子立功，得意扬扬飞奔下来，一筋头跌在大石头上摔了一个大包。它又痛又气，心想：地还这么硬，一点没有下透，肯定是雨公骗了我。它又奔回天上，雨神听说没下雨，只得同意再舀三勺。兔子不信三勺能下三天三夜雨，一口气泼下三八二十四勺水。接连下了二十四个昼夜的大雨，淹没了人间的良田农庄，造成重大灾难。

裕固族故事

三姑娘与白蛇王子

裕固族蛇郎娶亲型故事。采录于甘肃。

老大爷和三个女儿靠他打猎、卖柴过日子。一日他在松树上砍柴，不小心斧头从手中滑落下去。树下有一条粗白蛇缠住斧头，并且开口说话，要娶他的女儿为妻。老人到家一病不起，经女儿再三劝说才讲出白蛇的要求。老大、老二宁死不愿嫁给蛇，三女愿牺牲自己来保护老父和姐姐，于是梳洗收拾告别父亲。三姑娘走在林中困乏歇息，梦见老婆婆说愿嫁给白蛇王子是你的福气，同时教她如何找到蛇洞。醒来后，她跟着小蜜蜂的嗡嗡声找到悬崖下的灵芝草。她摘下灵芝草，走进石门向锅台上的大蛇公婆行了大礼，又向门背后的白蛇行叩礼。一瞬间，白蛇变成英俊的小伙子，所有蛇都现出人形，立刻为他们举办婚事。三妹回家探亲讲了自己的经历，大姐听后一定要去看妹夫。她去到那里，被满屋子的蛇吓昏，连忙跑回家中。等白蛇一家烧尽蛇皮永远恢复人形，三妹又回去请家人做客。二姐来到蛇洞，被眼前的豪华惊呆了，她趁三妹去金水河边梳洗，一下把三妹搡进河里。白蛇王子打猎回来让她拉马饮水，一只金雀飞来啄马不让她靠近。王子去饮马金雀落他肩上，回家后金雀与王子形影不离。二姐经过时，金雀不是把屎拉在她头上，就是拉在水桶里，气得她捏死金雀埋在门口。不久那里长出一丛白刺，挂破二姐的衣服，扎烂她的手指，二姐挖出白刺烧成灰烬。刺灰凝成捻线砣滚向草原，被老奶奶拾回家。三妹立即恢复人形，为老人做饭、洗衣，老人发现后收她做义女。她让老奶奶去请白蛇王子，二姐出难题让三妹种一路松树，上面落满喜鹊；又让她铺设红白两条地毯，三妹都一一做到。白蛇王子走来，三妹在王子奶茶里放进结婚戒指，又在二姐的茶里放进狗屎。真相戳穿了，白蛇王子回家取来蛇皮扔在二姐身上，二姐一下变成花蛇逃跑了。从此王子和三姑娘过上幸福生活，相亲相爱，白头偕老。

苏克寻找神水

裕固族奇遇故事。采录于甘肃。

从前，有个牧人失去妻子后便带着儿子苏克到处流浪。他被一个年轻寡妇收留，组成了新家，不久妻子生了一个男孩。兄弟俩慢慢长大，弟弟不满母亲虐待哥哥苏克，以出门学本领为由私下和哥哥约定远走高飞。这天，他们来到一个尸横遍野的荒凉部落，一位姑娘告诉他们，这里已三年滴雨不见，河湖干枯。苏克决定留下找水救人，弟弟要去学本事，于是二人各奔东西。天黑时，苏克来到老大爷的篝火边，说明自己的来意和决心。半夜老人托梦说河水断流是神仙惩罚人们的懒惰，然后教他找水的办法。天亮醒来后不见老人，苏克立刻策马跑遍部落，终于找到了老人说的大松树，这是挂满经幡部落祭祀的神树。苏克挖树的举动激怒了祈祷的人们，部落长抽出女儿的长刀向他砍去。苏克向护着他的姑娘说明树下有水，并且愿以生命作担保。他的诚意感动了大家，于是便一起动手挖树，直到树根全部露出也没见一滴水。这时一把长刀扔到苏克面前，他突然发现一根最粗的根未砍断。他拾刀砍断这根最粗的树根，泉水立刻喷涌而出。苏克又帮部落找到神石下的河流和沙泉海子，离开时姑娘送他长刀并向他表达了爱意。在路上休息时，苏克又梦见白发老人来告诉他，另一缺水部落有三处暗藏水源。在荒漠上，苏克遇到沦为乞丐的弟弟，一同来到已荒无人烟的部落。弟弟去找逃散的人们，苏克独自找水。当他在寺院大石板下挖井时，石板倒下，等他醒来不知谁已把石板移开，使他顺利挖出井水。当他在部落长院里被暗箭射伤时，醒来伤口已被包好。苏克终于挖开灰堆，找到泉水。当他在红石山下寻找潜河源头时突然被豹子扑倒，不知道又是谁用飞石将豹子击毙，在人们回到家乡的时刻挖出了奔涌的潜流。苏克正要继续前进，部落长的女儿飞马来到苏克面前，原来是她一路暗中保护，才使苏克找水成功。苏克和这位善良勇敢的姑娘结伴终身，使自己的家乡和各个部落都水草丰茂，牛羊肥壮。

贡尔建和央珂萨

裕固族奇事故事。采录于甘肃。

贡尔建和央珂萨兄妹自幼失去父母，相依为命。二人渐渐长大，经妹妹一再劝说，贡尔建外出相亲。他带着妹妹备好的干粮，骑上骏马来到很远的村庄，献哈达说明来意，可是这里的人们嫌他穷，一定要他当上门女婿。清晨贡尔建在沙滩上醒来，一位自称流浪在草原上的姑娘愿嫁给他。他们回家成了亲，不久这个嫂嫂本性暴露，硬逼着妹妹央珂萨离家出走。好吃懒做的嫂嫂使贡尔建积劳成疾，然后赶着牛羊逃走了。奄奄一息的贡尔建倒在荒滩上，飞禽走兽叼走他的心肺躯体，鲜血被黄沙吸干，房屋被大火烧尽。第二年，妹妹央珂萨找来痛哭不已，她按白发老奶奶的指点，塑起哥哥的泥像，去向禽兽要回哥哥的骨肉脏腑，可是谁也不理会她，还险些被豹子吃掉。老奶奶又来带她到仙界请仙女教她武艺，她刻苦学会各种本领后，老奶奶送她一颗“避风珠”。回到家乡，她重塑起哥哥的泥像，用飞石击中老鹰讨回哥哥的眼珠，用飞沙击败乌鸦要回哥哥的肚肠，放飞蜂制服狗熊要回哥哥的身躯，用飞箭、飞枪射中狼和豹子讨回哥哥的双腿和头颅，用飞绳套住狐狸要回哥哥的双臂，喜鹊主动交还哥哥的心肺。一切齐备了，但没有血液哥哥不能复活。这时候，满天黄沙刮来向她显威，她扔出避风珠，雷电暴雨压住风沙，雨水中浮着哥哥的鲜血流向泥塑，哥哥贡尔建终于站在她的面前。兄妹俩回到家园，天神惩罚嫂嫂，让她变成牧羊狗站在门口。

狠心的哥哥和善良的弟弟

裕固族报应故事。采录于甘肃。

母亲去世以后，弟弟伤心得哭瞎双眼。哥哥嫌弟弟成了累赘，一日领他到荒漠割草，自己悄悄溜走了。弟弟等了一天，发现哥哥已把他丢弃，便伤心地摸着向前走，摸进了一座寺院在神像旁睡着了。半夜醒来，他听到老虎、豹子、天鹅在说话：一个说寺院墙后的灵芝草能治双眼瞎；一个说部落里一家姑娘得重病，点燃屋后草垛子烧死黑蜘蛛，姑娘的病就能治好。天亮野兽离去，弟弟摸到墙后找到灵芝，涂在眼睛上立刻复明。他来到村里见到奄奄一息的姑娘，告诉她家人姑娘中了黑蜘蛛的邪，待屋后草垛烧尽怪味散去，姑娘立刻病愈站起。姑娘感激善良的弟弟，和他结成恩爱夫妻。弟弟回家看望哥哥，哥哥鬼迷心窍，竟挖掉自己双眼也摸进寺院，藏佛像后等待好运。半夜虎豹、天鹅进来，都问谁走漏风声，突然豹子闻到生人味便四处搜索，心肠歹毒的哥哥就这样送了性命。

母羊、兔子和狼

裕固族动物故事。采录于甘肃。

春天母羊领着两只羔羊去朝拜，一只狼突然疯狂地扑过来要吃它们。母羊可怜巴巴地哀求：“现在我们都很瘦弱，等秋天回来再吃好吗？那时的肉一定又肥又香。”狼觉得有理，便放了它们。夏去秋来，吃了数月鲜美嫩草和清冽山泉，母羊和两只羔羊肥壮起来。踏上归路时想到对狼的承诺，母羊伤心落泪。一只兔子听了母羊的诉说，劝它不要害怕，可以救它们一命。母子三个半信半疑地跟着兔子，兔子在路上捡了块旧毡片和包茶纸，终于见到那只饿狼。兔子拦住狼，坐在旧毡片上，举起包茶纸高声念道：“圣旨到，老天爷要狼皮、兔皮、羊皮、狐狸皮各一张，眼下就缺狼皮啦！”狼一听吓得魂飞魄散，赶忙逃走。羊母子得救了，千恩万谢要报答恩人。兔子说：“在你们儿孙成群过上好日子的时候，如见老鹰扑抓兔子，别忘了把兔子围在中间掩护啊！”母羊至死未忘兔子的叮嘱，从老鹰嘴里救了不少兔子的性命。

喜鹊、太阳和骡子

裕固族动物故事。采录于甘肃。

太阳、喜鹊和骡子在一起赌输赢比本事。喜鹊说：“只要我喳喳一叫，老天马上能下三个六尺深的雪。”太阳说：“真要如此，我就能在一天内让雪融化得一点儿不见。”骡子冷笑说：“你们真有本事，我就瞧瞧看。”于是，喜鹊跳出来“喳喳”一叫，果然大雪纷飞，铺天盖地。接着太阳露脸，暴晒一天，竟把茫茫世界晒得水流哗哗。骡子呢，一直站在荒野一动不动，从下雪到晒化消尽，只剩它四蹄下的积雪还原模原样。这下喜鹊高兴了，它噙着这些积雪四面乱撒，愣说太阳输了。气得太阳诅咒：骡子你心不好，从今让你绝后！

珍　珠　鹿

裕固族婚恋故事。采录于甘肃。

富人家的姑娘玛尔建爱上了青年萨卡，但是她的父母嫌萨卡家穷，不满意这门亲事，硬要把玛尔建嫁给部落中的有钱人家。玛尔建死活不愿意，大哭大闹，父母拿她没办法，只好同意。但是，他父亲提出，玛尔建和萨卡必须到遥远的地方去生活，永远不要回来。玛尔建和萨卡答应了，一气之下长途跋涉来到一个异族的部落，开始了新生活。有一次萨卡外出打黄羊，不幸迷路失踪，怎么也找不到回家的路径。他非常失望，有一天他来到一个海子边想自杀，突然一只珍珠鹿出现在他的眼前。这只珍珠鹿带他回到了玛尔建身边。玛尔建认出自己的丈夫，猛扑过去，昏死在萨卡脚边，再没有醒来。萨卡没有哭，抱起心爱的妻子，拄着用了十八年的木棍，走上更辛酸、更悲惨的道路。

金银姐妹和木头姑娘

裕固族家庭故事。采录于甘肃。

早年间，部落里面有两个美丽善良的姐妹，姐姐叫贡彬草，意为像金子一样稀罕；妹妹叫哈旦姆草，意为像银子一样珍贵。父母把她们看成掌上明珠，一家人生活得十分幸福。一天父亲出去打猎，从石缝中救出一个姑娘，大家像亲骨肉一样待她。老妈妈看见她不爱说话，就给她取名叫交哈瓦什，意思是老实的木头。交哈瓦什心地险恶，经常欺负金银姐妹。老阿爸去世后，银妹妹嫁给一个叫哈瓦什米尔的青年，跟老阿妈在一起生活。金姐姐和交哈瓦什同时嫁给一个年轻的主人做妻子。开始，交哈瓦什害死了金姐姐的孩子，后来她又把金姐姐骗到井边，一下推进井里。幸好被银妹妹的丈夫哈瓦什米尔路过时发现，将她救了起来。经过许多事情，丈夫终于认清了交哈瓦什的真面目。她无地自容，立刻骑马逃走，结果摔进壕沟里面淹死了。从此，金姐姐和丈夫才过上了安宁的日子。

苏克和才克

裕固族两兄弟故事。采录于甘肃。

苏克和才克弟兄俩出门学本领，来到一个荒凉、干旱的陌生部落。这里遍地是死牛、死羊，还有很多死人，原来这里三年没有下雨。哥哥苏克想留在这里帮助人们找到水源，他说找水也是一种本领。弟弟才克认为这不是什么本领，二人便分手了。夜晚，苏克在部落里发现一位白发苍苍的阿瓦尕在篝火边盘腿喝茶。在睡梦中，老人告诉他：大树下有一股清泉，大白石头底下有河流……按照老人的指点，苏克帮助人们找到了泉水，挖出了河流，救活了众人。当苏克准备离开时，部落酋长的女儿依依不舍，他对姑娘说：“我不是为了你才来这里找水的。”说完骑马离去。这时，白发老人又托梦给他：如何在前面的部落里找到水。苏克奔向那个部落，碰到了弟弟才克。才克认识到自己的错误，也跟哥哥一起帮助人们找水。酋长的女儿一直暗中跟踪苏克，帮他克服困难，闯过了道道难关，二人终于结为夫妻。

神箭手射雁

裕固族猎手故事。采录于甘肃。

国王的女儿要找一位武艺高强的英雄做驸马。牧主的儿子游手好闲，没有本事却一心想当驸马。一天他带着崭新的弓箭去射猎，一队鸿雁飞过，他张弓射箭，一只雁应声落下。他高兴地拾起落雁，一瞧箭不是他的，他赶紧拔下箭，插上自己的箭。这时，一位年轻猎手走来，说雁是他射的，两人争执不休。他们一同去见国王，国王让他们当众比武，谁能射落飞雁就把女儿嫁给谁。这时一群雁从天空飞过，年轻猎手一箭射下一只。牧主的儿子却犹豫半天也射不出箭，公主走到跟前轻轻碰他一下，催他快射箭。这一碰不要紧，他一下射下两只，公主嫁给了他。不久外邦入侵，国王让驸马迎战，战场上驸马不幸被强敌射死。这时，有一位年轻猎手出现了，他一箭就把敌手射落马下，国王乘势擂鼓出兵，大获全胜。后来，公主嫁给了这位真正的英雄。

京族故事

海花斗渔霸

京族奇事故事。采录于广西。

海生的妻子海花勤劳美丽，被渔霸苏九看上。苏九以欠债为由，将海生抓进土牢，天天去他家纠缠。海花满脸涂上炭黑以示反抗，苏九当她真疯了，不敢再去追逼。从此海花天天到海边捞鱼虾换米煮粥，给丈夫送饭。一天，她在路上遇到一个乞丐，便将粥给乞丐，自己转回家另盛来送给丈夫。一连数天如此，海花索性每天给丈夫和乞丐各盛一碗送去。这天夜里，海花梦见乞丐送她一只海螺来拜谢，醒后手上果然捧有一只海螺，便把它养在瓦罐中。清早她揭锅盖正要煮粥，里面已摆满喷香饭菜。她把饭菜送进牢里，海生吃后顿觉力大无穷，轻拉牢门，木柱断裂，夫妻立刻牵手逃出土牢。苏九发现海生逃跑了，赶忙带家丁追到他家中。没抓到人，苏九就在屋里面乱翻乱砸，突然从瓦罐中跳出一后生，将他们统统斩除。从此，海生海花夫妻过上了平静的日子。

鹰　爪　树

京族报仇棒型故事。采录于广西。

范小聪明勤劳，父母多病，十四五岁就挑起家庭重担。一天他上山砍柴，爬上鹰爪树刚举起柴刀，一位老人便喊：“哥仔住手，不要砍我的屋！”等他跳下来时，老人送他一匹能吃谷屙金的宝马，让他回去好好度日。天傍黑，范小到客栈向店主要了两斤谷子给宝马吃，宝马果真屙出金块，店主百般殷勤，留他住下。第二天他牵马回家，当着乡邻喂谷子，屙的却是马粪。范小很生气，就拿起柴刀上山猛砍鹰爪树，老人问明原因，又送他一面铜锣、一个木槌。范小走进客店，敲锣要了一桌饭菜，店主见了很惊讶，又留他住下。范小回到家中，又请乡邻拿钵盆来，可是他敲起铜锣连喊“鸡肉、猪肉”，除声响什么都没有。他紧握柴刀再上山猛砍鹰爪树出气，听他详述一路经过后，老人又拿出袍袖里的乌龟壳。他按老人吩咐去责问店主，争执不下时轻弹龟壳，“呼”的一声便把店主倒吊在屋梁上，店主只得全部招认。范小追回了宝马、宝锣，他让宝马屙出金块，用铜锣敲出盛宴，和乡亲们一起畅饮、分享，从此大家过上了好日子。

蟾蜍将军

京族怪孩子型故事。采录于广西。

京家三岛上有一对夫妇无儿无女，在镇海大王庙竣工的那天晚上，夫妇俩梦见一白胖娃娃喊爸爸妈妈，醒来后妻子腹痛生了一个大蟾蜍。转眼十年，一天皇帝招兵抵御外敌入侵，蟾蜍跳到桌上说他是镇海大王投胎，要爸爸带他去从军。主事官不同意蟾蜍应招，这时前方告急文书频传，蟾蜍跃上那官肩膀，叫皇帝为他备匹铁马出征。蟾蜍跳上特制的高大实心铁马，铁马立即引颈长嘶腾空跃起，冲向敌兵，铁马刀枪不入。蟾蜍连叫几声“火”，铁马的嘴鼻耳眼立刻火焰四射，敌兵招架不住，狼狈逃窜。捷报传来，皇帝带领文武百官迎接，从马背上跳下的不是蟾蜍，而是一位英武的少年郎。皇帝扶起这位少年郎，亲自敬他三杯御酒。

米碎姐和糠妹

京族灰姑娘型故事。采录于广西。

米碎姐三岁死了娘，后母生的女儿叫糠妹。后母待米碎姐像猪狗，她夜夜跑娘的坟上去诉冤屈，娘变一只鸟儿来保佑她。过节时后母带糠妹穿红戴绿去游玩，在灶灰里倒了一大碗绿豆要米碎姐拣。她到娘的坟上哭，鸟儿飞来把绿豆一颗颗啄到碗里。米碎姐貌美歌喉好，美名传进王宫，惹得天子也到村里来对歌选美人。后母打扮好糠妹去应选，逼米碎姐在家理乱纱。树梢鸟儿帮她理好纱，备好花鞋绫罗衣让她去歌亭。美丽的米碎姐像一道闪耀的光芒吸引天子来对歌，却被发怒的后母暗中赶走。天子不知是什么缘故，悻悻离去。他走到桥下拾到一只玲珑的花鞋，断定是刚才那个女子失落的，立刻贴出告示“有认领花鞋者招她为妻”。后母哄骗米碎姐，让她交出衣物给糠妹穿，以花鞋为凭和天子成婚，还狠心把米碎姐毒死了。埋米碎的荒野长出一棵拉提树，树梢上结的果子落在老虾婆的衣兜里。虾婆去海边捡贝捞虾，回家时饭菜已做好了。老人多次暗中观察，发现是果子里出来的美丽姑娘做的饭菜。老人听了她的遭遇，赶忙去王宫擂鼓申冤，后母和糠妹见米碎姐死而复生，惊恐万状，立刻转身逃跑了。

独弦琴的声音

京族云中落绣鞋型故事。采录于广西。

石公夫妇收养了孤儿阮通以后，又生下石生，兄弟二人长大跟着父亲下海打鱼。有一年，渔霸逼租税将石公夫妇打死。阮通渐渐有了私心，他偷走家中的存钱，并且和石生分了家，自己开了一家酒店。石生独自进山，得仙师指导学得一身武艺。这时，鳌精霸占一方，每年要吃一人。轮到阮通时，石生替他上山除掉鳌精，他因此得赏封官，竟赶走了石生。石生飘流在外，一次看到乌鸦精抓着公主飞进枯井。阮通得知消息，用竹箩把石生放下井底。石生杀死乌鸦精救出公主，他摇铃把公主拉上地面后，阮通立即命家丁落石填井，想害死石生。石生在枯井的一个石洞里面救出龙王太子，一起离开枯井来到水晶宫。海龙王为报答救子之恩，把龙宫宝物独弦琴送给了石生。石生随后去找阮通算账，被府内侍卫抓进水牢。他弹奏起独弦琴倾诉冤情，琴声引来公主和皇帝。皇帝知道实情后，惩治了阮通，将公主许配给石生。

海妹和海哥

京族奇事故事。采录于广西。

海妹爱上渔家孤儿海哥，被财主父亲关在家里。她思念海哥，对月哭泣。一只大白鹤飞来，驮着海妹飞到海哥身边，两人发誓私奔去寻找幸福。他们划小渔船在海里前行，海妹的父亲派家丁追来，抓住了海妹。海哥跳海逃跑，游到荒岛上，得仙人赠给的彩贝。彩贝化作一只海雀，替海哥衔血书送到海妹家。海妹心如刀剜，也写血书答复海哥。海雀飞回时，眼看要落入大鹰魔爪，海哥立刻请来美人鱼咬死大鹰，救了海雀。海雀让海哥披上大鹰皮羽，腾空飞起，越过大海，七天七夜后回到故乡。海妹父母欺骗海妹，正要将她嫁给呆笨的财主仔，海哥飞到，撕落海妹的遮面布，救出海妹。二人双双飞上九天云霄，逃往远方。

鲎的故事

京族奇事故事。采录于广西。

有个后生在海滩发现一具尸体，随即将其掩埋。半夜，尸体托梦，送他一张老鼠皮。他穿上鼠皮可变为老鼠，要什么有什么。一天，他蹿上财主家的绣楼，姑娘看上了这个漂亮后生，二人私订姻缘。不久姑娘怀孕，财主大为恼火，要捉拿奸夫严加惩办。幽会时，后生来不及披上鼠皮，被财主捉住，绑在后院大树上吊打。后生被飞来的老鹰解救，叼起送到海滩。后生苏醒后，发现自己的心上人已被财主推下海，正在竹排上飘荡，他立刻飞身游向竹排。姑娘见后生在风浪中挣扎，连忙扑进海里将他紧紧抱住，一起沉入海底。从此，海里就有了抱在一起的鲎。

猫与虎

京族动物故事。采录于广西。

猫有一身好武艺，摸爬滚跳，样样擅长。老虎身高力大，可一样不会，便拜猫为师。猫认真传授，十套武艺已经教会九套，老虎就骄傲起来。为了教育老虎，猫请老虎吃饭，放在高台上的盘子里面，肉在上菜在下；放在矮台上的盘子里面，菜在上肉在下。老虎抢先跳上高台吃肉，才发现猫吃的肉更多，心中埋怨师傅。猫教的最后一套武艺是爬树，老虎觉得这有何难，并不认真学习。结果，老虎爬一丈高就摔下来。老虎没学会上树，就恨上了猫。

公蟹和母蟹

京族动物故事。采录于广西。

海蟹每个月蜕一次壳。公蟹善良，母蟹残忍。母蟹蜕壳时，公蟹尽心保护母蟹；公蟹蜕壳时，母蟹趁它走不动，就把它一口一口地吃掉了。海龙王过生日宴请各位海族兵将的时候听说了这件事，非常气愤，当众谴责母蟹，并立下新规，不让公蟹再蜕壳，而母蟹仍然每个月蜕壳一次。于是，蟹族不断繁衍，渐渐兴旺起来。

海龙王开会

京族动物故事。采录于广西。

从前，鲸鱼、鲨鱼在海里称王称霸，肆意吞食各种弱小的水族。眼看水族一天天地减少，海龙王担忧水族会被它们残害殆尽，自己也会成为孤家寡人，于是召集海里的各路兵将日落赶到龙宫开会。众水族在海龙王面前控诉鲸、鲨的暴行，它俩吓得魂不附体。为了保护弱小水族，海龙王当场发给它们各种护身武器，让它们代代相传。龙利鱼竟姗姗来迟，海龙王震怒，赏了它一巴掌，打歪了它的嘴巴。至今，龙利鱼的嘴巴还是歪的。

海龙王救墨鱼

京族动物故事。采录于广西。

墨鱼一向是大鱼的美味。一天，墨鱼正在海湾玩耍，突然被喷风鱼追赶，连忙躲进礁石缝里。过一会，墨鱼又被喷风鱼掀起的巨浪卷了出来。正走投无路时，一道银光把墨鱼吸进水晶宫。海龙王正在书案研墨，墨鱼便上前哭诉自己的家族被大鱼欺负得快要绝种了，请龙王相救。海龙王把刚研好的墨倒进一个小囊，交给它说，你离开前先吸一滴，拿回家大大小小都吸一滴。墨鱼刚出水晶宫，喷风鱼就张开大口追来。它吐出一股浓墨，把海水染得漆黑，乘机溜回了家。从此，墨鱼就靠肚里这袋墨躲过强敌。

乌　龟　头

京族动物故事。采录于广西。

海龙王招兵选将，乌龟因为没头不能受封。它趴在海滩上哭泣，众兄弟告诉它，东海有个渔翁十分能干，定能帮忙。乌龟便跋山涉水，找到东海的渔翁。渔翁施法，使乌龟长出一条能伸能缩的颈项，一个蛇头样的脑袋。乌龟嫌丑，要求换一个，渔翁不答应，它只好回来。海龙王见乌龟有了头，就封它当了龟将军。

山 榄 探 海

京族植物故事。采录于广西。

一天，红山榄、白山榄奉山神之命，从十万大山来到南海探秘，竟爱上大海，同珊瑚姐妹结了婚，再也不愿意回山里去了。山神无比气愤，立刻带领草木兵马前来讨伐，想用狂风吹倒红、白山榄。但是，红、白山榄得到彩贝、彩螺的保护，没有被征服。山神无可奈何，只好退回去。红、白山榄终于成为不怕风吹、不畏潮淹的海底森林，巍然屹立。

扛 鼓 抓 贼

京族案狱故事。采录于广西。

一天，有一个山里人运货到京族三岛来卖，再把岛上鱼货贩出去，赚了很多钱，存放在岛上朋友家里面。那个朋友夫妇想谋吞，于是朋友的妻子跑街上又哭又喊，说钱被贼偷了，一直哭闹到县府。县官审过案情，已明白八九分。第二天公差扛着大鼓到岛上，让他俩扛鼓游村，并且告知众人：谁偷钱赶快投案，拿住送官必究！他俩扛着又大又重的鼓跌跌撞撞，喊得口干舌燥，便相互埋怨起来。丈夫说，你贼喊捉贼；妻子埋怨，你做枷自己戴！话未说完，鼓里跳出公差，大声喝道："贼果真在此！"他二人立刻吓瘫在地。

金仲和阿翘

京族婚恋故事。采录于广西。

有一年清明踏青时，阮阿翘与邻村大户家公子裴金仲相爱了。六月初十祭镇海大王时，他二人便到哈亭对歌表达爱慕，双双私订终身。金仲的父亲得知后，立刻将他关进书房，并声言不取功名不得娶妻。考期临近，金仲叫书童捎信给阿翘，表示高中后就回来娶她。有个商人在阮家花园见阿翘貌美，便拿重金来求婚，因他已有家室被阿翘父亲拒绝。商人怀恨在心，便买通官府诬告阮家盗窃了他的贵重货物。阿翘的父亲被严刑拷打，阿翘只得忍痛卖身赎父。阿翘不吃不喝一心寻短，于是商人把她转卖给京城的官员，官员家的婆媳又合伙将她卖入妓院。老板娘见阿翘有文化有姿色，不断让她接客，成为京城名妓。有一次阿翘逃到寺庙请求剃发为尼，被老板娘抓回，又转卖到下等妓院。她走投无路，便去跳钱塘江寻死，被渔民救起送入寺庙出家。再说金仲高中夺魁，回家后大为震惊。他接回流浪在外的阮家三口，重新审案严惩商人，并且娶了阿翘的妹妹阿云。一年后，金仲来到钱塘江边寺庙，巧遇剃度多年的阿翘，二人相见，抱头痛哭。金仲请求阿翘一起生活，深情地劝慰她说："月缺月又圆，花残花重发。"

三姑爷揽鹅

京族家庭故事。采录于广西。

黄财主有三个女儿，只有小女嫁了穷后生。老爷子做生日，大姑爷、二姑爷买了猪肉、鸡鸭来孝敬，三姑爷却迟迟不到。黄财主正生气时，看见三姑爷空着手从海边走来，叫大姑爷赶快把烧鹅藏在了稻草里。三姑爷看在眼里，跑进屋气喘吁吁说，基围被海水冲崩，海水淹进了稻田，快搬禾秆去堵！说着抱起禾秆，连同那只大鹅一起揽走。大姑爷急得叫"鹅，鹅！"三姑爷转头说："救基围要紧，饿了你们先吃，我饿了回家吃。"等大家赶到基围才知中计，却又无可奈何。

计叔的故事

京族机智人物故事群之一。流传于广西防城各族自治县京家三岛（即巫头岛、山心岛、沥尾岛）一带。故事主人公计叔系渔民型机智人物，出自艺术虚构。在故事中常常以渔民及帮工的身份出现，非常聪敏、风趣。其故事大多与渔业有关，生动地展现出京家渔民的聪明智慧和渔村民俗风情。代表性作品有《赶蟹与钓虾》《鸭仙》《计叔买鱼》《塘角鱼》《计叔娶妻》《吃粽犁田》《审树》《长生不老药》等。

赶蟹与钓虾

京族机智人物故事。

有个知县听说京家三岛盛产虾蟹，便想方设法加派蟹捐虾税，规定渔民们每户按节令向县衙进缴螃蟹和虾仁、虾皮，弄得渔家终日发愁。计叔知道后，就安慰众乡亲，说他愿意出面去对付官府。县官要吃鲜蟹，计叔一拖再拖，过了半年才挑了一担肉少的水蟹进城。快到县衙时，他把水蟹倒在地上，慢慢向衙门赶去，送到县官那里已所剩无几了。县官听计叔讲了许多赶蟹的难处，知道油水不大，只好免去蟹捐。到了产虾季节，计叔专挑一担幼虾送给县官，并且告诉县官，这些小东西很不容易钓，吃时只能一只一只地夹。县官听了很不是滋味，便说："钓虾也这么艰难，连虾捐也免了算啦。"

鸭　仙

京族机智人物故事。

有一年秋天县官做生日，传令京家三岛每人送一只鸭，违抗者罚打一百大板。乡亲们纷纷向计叔诉苦，计叔便想了一个妙计。这天早上衙役到村上催鸭，众人让他们到白龙滩去找鸭仙。他们到了白龙滩，只见计叔装扮的"鸭仙"说道："本仙远道腾云到此，特替三岛百姓献鸭。"随即用拂尘指着滩上一大群野水鸭，叫衙役们去赶。衙役们刚走过去，野水鸭一下都钻进海藻丛中，连鸭影子都找不到。衙役们再回转来找"鸭仙"。"鸭仙"已无踪影，"鸭仙"的长袍却挂在一棵树上，帽子搁在树杈。他们以为"鸭仙"变成树了，吓得不敢回衙交差，便自各逃命去了。

塘角鱼

京族机智人物故事。

村里的地头蛇逼张成老卖鱼塘，可他全家老小都靠鱼塘生活，不知如何是好。经计叔指点后，张成老对地头蛇说："卖鱼塘可以，不过我不卖塘角鱼（一种无鳞野生鱼）。"地头蛇一口答应，便请计叔来替他们立契，立即付钱成交。转眼到了干塘打鱼的季节，鱼塘中间浅，四角深。塘水干时鱼都逃到塘角去了，成老和计叔一下就捉上来几大筐鱼。地头蛇怒火万丈，便到衙门告状。计叔让张成老扛一筐大鱼送到衙里，其余统统卖掉。审案时成老对县官说："老爷，这都是塘角鱼，塘中间的我一条也没抓。"县官看了双方的契纸说："上面写着不卖塘角鱼，如今张成老是在塘角里捉鱼。这契纸你们双方都是签过字的啊！"地头蛇打输了官司，气得足足病倒半年。

鱼 头 宴

京族机智人物故事。

这年财主儿子娶亲，请计叔来当厨师。计叔每餐辛苦操劳，财主却总让他吃剩下的鱼头，还说："你辛苦啦，鱼头是上等补品。"隔日是正宴，计叔和伙计们把所有鱼头都切下来，做成各式菜肴，鱼身大多分给伙计搬回家，少部分倒进了茅坑。宾客入席，看到满桌的鱼头，纷纷摇头说："送封包来吃鱼头，早知道就不来了。"有的立刻罢席离去。财主恼羞成怒，跑去责问计叔。计叔说："老爷，我是用上等补品给您增光啊！"财主又看到扔进屎坑的鱼肉，心疼得说不出话来。

计 叔 娶 妻

京族机智人物故事。

计叔是有名的歌手，但相貌不太好，一直没有娶亲。有个嫂子要他用歌声把山上财主家很会唱歌的俊姑娘招来，大家好为他成亲。第二天，计叔便到财主家打工。他做活勤快能干，每天歇工就倚着柴房窗口放声歌唱。楼上财主家的姑娘听了，禁不住和他对起歌来。两人常常唱到深夜，越唱情意越深。一天，计叔对财主说，他家很有钱，出门找工是为了寻觅称心如意的姑娘。财主一听动了心，便跟他到三岛来探虚实。计叔边走边唱，引来了坡上放牛的孩子，纷纷与他打招呼。他从袋里拿出糖果说："牛吃得饱吗？饿坏了牛我敲你们的脑壳！"财主以为这都是他家牧童，十分高兴。他们又一起到那位嫂子家，财主见其家嫂穿着讲究人又俊，便当面答应把女儿许给计叔。办喜事那天，乡亲们全都出动了，十分热闹。

吃 粽 犁 田

京族机智人物故事。

有一年冬至，计叔在财主家帮工。吃大粽时，财主把香喷喷的粽馅挖吃干净，把剩下的给他吃。计叔二话不说，吃饱就扛犁下地干活去了，财主十分满意。大田犁完，计叔辞工要走了，财主跑到地里检查，看见每块地都是犁中间，四周原封没动，十分恼火。计叔笑道：“老爷，你吃粽怎么个吃法，我犁田也是怎么个犁法，这不是天公地道吗？”

审　树

京族机智人物故事。

阿福出门做活，他妻子黄氏在家，与岛上的浪荡子小二勾搭成奸。阿福三年后归来，天已黑了，他把钱袋挂在屋后树上才去叫门。这时小二正与黄氏鬼混，急忙钻在床下。阿福进家后告诉妻子，攒了很多钱都挂在屋后的那棵树上。次日清早，阿福上树不见了钱袋，心中十分懊丧，便找计叔商量。计叔问清情况，让他杀牛请全岛汉子吃饭，请客时留家里面的那只凶狗看门。请客那天，计叔看到凶狗见人就吠，唯独小二进来就摆尾亲热。吃饭时，计叔对大家讲，阿福丢了钱袋，今天他要审树擒贼。大家觉得奇怪，看见计叔一会用鞭抽树，一会贴耳倾听，嘴里说：“好，你既然供出了偷钱的家伙，就不处罚你了。”忽然他板起脸吼道：“小二来了吗？”小二早已做贼心虚，这时听到喊他，扑通跪倒在地，一五一十地全部供认出来了。

长生不老药

京族机智人物故事。

村上有个土霸王酷信仙术，扬言谁能帮他找到长生不老药，愿让出小老婆和一半家产。一天计叔上山砍了些痒木熬成汁，又将毛毛虫烘干研成粉，搅在一起装了十只小瓶，贴上“五指山长寿汁”的商标，然后扮成道士到土霸王的门阶下闭目打坐。土霸王听说是五指山云游仙道光临，赶快将他请入堂屋，以上等海味款待。宴罢，又迫不及待地求“仙道”赐长生不老药。“仙道”取出药来说：“如你有心长寿，一要做斋三天，二要吃素七七四十九天，三要在吃素期间，向苦难黎民施舍吃食。”土霸王求长寿心切，次日一早便一一照办起来。完了，他打开长寿汁一气吃了五瓶，另五瓶涂抹在身上。片刻过去，他心里作呕，周身发热奇痒，起满疙瘩。他慌了手脚，难受得号啕大叫，气急败坏竟大病一场。

塔塔尔族故事

雇工和魔法师

塔塔尔族奇事故事。采录于新疆。

有一个小伙子去他乡谋生，有个巴依愿雇用他，约定一年给三百个腾格（一两银子），凡有干不了的活一年白干，拿不到一点钱。上工的第二天，巴依让他饲养四十只兔子，兔子一放出来就直奔森林，他追进林子已不见踪影。正急得哭，一位老爷爷过来问明原因，削一把木刀在周围做了四十个记号。傍晚他按老人吩咐，在每个记号上挖一刀，四十只兔子便跟他回家啦。巴依和女儿都是魔术师，为此都大为惊讶，姑娘见他魁梧诚实，更是爱慕。次日又让他去割大片苜蓿，他正在发愁时，那个老爷爷请蚂蚁王让成千上万的蚂蚁来帮忙，割完捆好苜蓿，然后运到巴依家摞成垛儿。姑娘见小伙子技艺不凡，表示愿帮他破除父亲的魔法，一起逃出魔掌。在逃跑的路上，姑娘拿出照宇镜见有人追来，立刻把小伙变成礼拜寺，自己变麦曾（宣礼员）高声念起经文，追来的人不见他们，悻然返回。过一会，姑娘又从镜子里面看见巴依亲自追来，她变为湖泊，让小伙子变为青蛙藏入湖底。巴依到湖边变为公牛吸干湖水，湖水转瞬间又涨满了；他立刻吸干，反复数回，肚子胀得鼓鼓的，再吸不进水了。巴依恢复原形，知难而退。于是，姑娘和小伙子一起回到故乡，结为夫妻，靠双手过上幸福生活。

铁 肚 脐

塔塔尔族奇事故事。采录于新疆。

有一个国王有许多马群，可过些日子就丢失一群。大王子去察看时在路上睡着了，不知谁又赶走一群。二王子去察看，也落得同样的下场。三王子塔里克巴图鲁聪明勇敢，外号叫铁肚脐。他自告奋勇去侦察，发现赶走马群的是几个妖魔，便追上去经过一场激战，夺回了被盗的马匹。他把马匹交给两位哥哥，打了一会儿盹，又去同妖魔激战。两位哥哥赶着马去向国王邀功，企图得到王位。可是国王并不相信他俩的鬼话，要等三王子回来问个明白。三王子历尽千险万难，勇斩群妖，解救了被妖魔掳去的男女，回到父王身边。两位兄长的谎言终于被揭穿，国王把王位让给三王子，还把大王子和二王子逐出了国境。

三只鸽子

塔塔尔族奇遇故事。采录于新疆。

很早以前，有个青年外出谋生，在一个人迹罕至的地方发现一座庄院，有三只鸽子从窗子里飞出飞进。他进屋不一会，鸽子飞进屋就变成三位英俊少年。三位少年见他忠厚老实，便收留了他，并且把库房的钥匙交他保管。一天他经过七号库房时，从门缝中看见里面有个少女在哭泣，嘴里重复说着“帽子”。原来她是被妖魔摄去的一位公主，三只“鸽子”将她救出，但由于没有找到与她生命攸关的帽子，不能送她回宫。这个青年从“鸽子”那里学到不少高招，三个月后他出去寻找公主的帽子。行前“鸽子”赠给他一把梳子、一块磨刀石、一面镜子，叫他危急时使用。这个青年变作鸟儿飞过七重山，变作鱼儿游过八大洋，到达魔窟，找到四十把钥匙，打开四十把锁，揭开四十个箱子，终于找到了公主的帽子。他刚刚离去，妖魔便紧追上来。他先后抛出梳子变成密林，抛出磨刀石变成高山，抛出镜子变成大湖，挡住了妖魔。这个青年成功地把帽子送到公主手中，护送公主回宫。皇帝见这个青年见义勇为，便把公主嫁给了他。

勇敢的老三

塔塔尔族奇遇故事。采录于新疆。

有个财主看见在海边摞的苜蓿堆天天减少，便让大儿子去守夜。胆小的老大在隐蔽处睡到天亮，苜蓿又少一堆；老二去了一觉睡醒，苜蓿也少一堆。秃子老三带根长绳索爬上最高的一堆苜蓿去看守，深夜火光一闪，有三匹大骒马跃出海面来啃吃苜蓿，他立刻抛绳索把它们一一套住。这时候，骒马开口说：“我们是海王的，也是你的。”他钉木桩将马拴在苜蓿堆中，回去告诉父亲苜蓿没有少。两个哥哥发现了骒马，便牵进城去卖给国王。老三得知后，进宫自荐为国王养马。哥哥们心存歹念，又告诉国王秃子老三还能掠来海王的女儿。老三把苦恼对骒马讲了，他按骒马的指点向国王要了十匹各色丝绸，挂在海边的芦苇上。傍晚海公主出游，去看那些彩色的丝绸，老三趁其不备捉住她，跨马带回王宫。公主向国王提出，要老三下海去取装礼服的金箱子。老三按骒马的吩咐，向国王要了千庹皮条来到海边，将皮条缠在骒马身上，让骒马下海与守卫的雄狮、鲨鱼勇猛搏斗。海面终于平静了，骒马衔着金箱子回到岸上。海公主又向国王提议，准备三锅牛奶烧开为勇士洗尘。悲伤的老三又按骒马指点，请求在他下锅时有骒马守候身边。老三脱衣服时，骒马打一响鼻，沸腾的牛奶一下变凉了，他洗完澡出来，竟变成一个满头黑发的非凡小伙子。公主提议国王下去洗澡，国王迫不及待地下到沸滚的奶锅里，立刻一命呜呼。于是，海公主和老三结为夫妻，过着美满的日子。

唐巴图尔

塔塔尔族奇遇故事。采录于新疆。

许久以前，有三个公主不幸被妖怪抓走了，国王十分伤心。青年唐巴图尔同他的两位哥哥，愿意去把三位失踪的公主找回来。他们兄弟三人在荒山上发现一口妖气弥漫的深井，唐巴图尔叫两位哥哥在井口守候，自己下井同妖怪展开激战。他历尽千难万险，救出了三位公主。哥哥们放下绳子把公主们拉出井口后，一刀割断井绳抛下他，便带上三位公主向国王邀功请赏去了。唐巴图尔大难不死，又赶上了哥哥，却被他们砍断了双脚。他在荒郊结识了一个断臂人和一个瞎子，三人相依为命。这时女妖打听到唐巴图尔失去了双脚，便赶来报仇。女妖一口吞下瞎子，一阵恶心后又吐了出来，瞎子竟然复明了。她吞下断臂人，也觉得胃里难受，“哇”的一声吐了出来，断臂就长了出来。最后女妖吞下唐巴图尔，既不恶心，也不难受，不愿吐出来。两个伙伴将女妖打死，豁开她的肚子，唐巴图尔的双脚已长好，自己跳了出来。唐巴图尔带他俩到京城向国王禀明事实真相。国王大喜，当即把小公主嫁给唐巴图尔，把他的两个哥哥逐出了京城。

没出息的人

塔塔尔族找幸福型故事。采录于新疆。

有兄弟俩，一贫如洗。半夜弟弟梦见爸爸从坟墓里面出来了，天亮后他便和哥哥一起去野外察看。走到河边休息时，哥哥听两个天使在说，这个山谷里能找到金子，河上游的一个老奶奶能预测人的幸福。他们立刻回家，把仅有的铁锅卖掉，把卖的钱埋在山谷里面，果然变出一坨黄金。弟弟让哥哥拿回去买田置地，他自己到上游去找老奶奶问幸福。弟弟走啊走，路边的一条蛇说自己的日子不景气，请他帮忙问幸福；他又碰见一位财主说自己倾家荡产了，请他帮忙问幸福；他还碰一位妇人说自己守寡后，还没和任何男人说过话，请他帮忙问幸福。弟弟走了很远，终于见到那个老奶奶，老奶奶回答了别人的事后，让他原路返回就可成富翁。弟弟返回时告诉寡妇“跟谁说过话就嫁给谁”，寡妇缠住要嫁给他，他却说要去寻找自己的幸福而走开。他和财主走进果园，从墙角挖出金银，财主立即送他一半，他却谢绝说要去寻找自己的幸福。他对蛇说“谁逛来逛去无事干就吃掉谁”，不等他离开，蛇就一口把他吸进肚里啦。

面团巴图尔

塔塔尔族怪孩子型故事。采录于新疆。

老两口无儿无女，盼子心切，就在面板上捏了一个面娃娃。谁知他俩出门干活回来，面娃娃已经变成了活蹦乱跳的真娃娃。不几年，便长成小伙子，取名“面团巴图尔”。小伙子力气大，父亲做的木拐杖一拄便断成几截，只得请铁匠打了一根铁拐杖。小伙子因为出门常常惹祸，招到邻里埋怨，便决意离家去闯荡。一天，面团巴图尔遇见双脚锁上铁链一打开就会飞的人，二人结伴同行；在路上他们又遇到一个手塞鼻孔拔出就刮巨风的人、一个摆弄歪戴的礼帽就刮大风或冰冻三尺的人、一个数十里外百发百中的神射手和一个翻土堆成山的能人，和他们都结成伙伴后一同上路。这天面团巴图尔看上大巴依家美丽善良的女儿，便去向她求婚。巴依嫌贫爱富，出难题让他和飞毛腿家丁比试。锁双腿者打开铁链飞跑六七十里不见人，便躺下呼呼睡觉；眼看飞毛腿家丁追上来了，神射手搭箭穿过锁双腿者耳边把他惊醒，因此跑了第一。巴依又骗面团巴图尔进铁澡堂，要烧死他。歪戴礼帽者把帽戴正，立刻刮起弥天大风，他手按帽子澡堂立刻结满五尺厚冰，使面团巴图尔安然无恙。面团巴图尔和巴依最后拼搏，鼻孔生风者取出手指，巨风突起，把兵丁刮得无踪无影。翻土能人翻起一面土，把巴依的勇士埋葬一半，面团巴图尔抡起铁杖砸死另一半。巴依不得不承认失败，只好同意嫁女。面团巴图尔如愿以偿与美丽善良的姑娘结为夫妻，过上幸福的生活。

憨厚的小伙子

塔塔尔族奇事故事。采录于新疆。

从前有位老人有三个儿子，离世前嘱咐他们轮流去一趟墓地。安葬父亲后，清早老大来到墓地，父亲出来给他一件能隐身的袷袢；第二天父亲给老二一个能吹出无数士兵的牛角；最后给老三一个能倒出金钱的提包。一天国王贴告示，谁的钱能超过他，就把公主嫁给谁，如果超不过就掉脑袋。全城富翁商贾纷至沓来，只落得掉脑袋的下场。老三破衣烂衫被护兵阻挡，他溜进王宫直奔到国王面前，从提包中抖出的金银比钱库多好几倍，国王只得将公主嫁给他。晚上经公主盘问，老三说出了秘密。仆人按公主吩咐，调包后把老三痛打一顿，赶出了宫门。他进饭馆吃饭，却倒不出钱来，这时才知提包被偷换了。他回家向二哥借来牛角，吹出无数士兵冲进城质问国王，国王不知所以，公主佯装无事哄他进宫。老三又将神奇的牛角的作用告诉公主，次日仆人拳打脚踢，轰他出去。他掏牛角狠狠一吹，却没有士兵出现，才明白是公主的诡计。他回到家又借了大哥的隐身袷袢，穿上进宫去了。惊讶的公主看到他突然坐在身边，问清奥妙后又故技重演，换走袷袢将他捆绑着扔在海岛上。老三磨断绳索，吃了树上的苹果，立刻变成一个英俊的小伙。他再吃另一棵树的苹果后，头上长出两只角。他按小鸟的提示，吃了第三棵树的苹果，长角立即消失。他把三棵树上的苹果装满筐，设法回到宫门前叫卖苹果。女佣吃了苹果更加漂亮，买给公主吃后却长出长长的角，且疼痛难忍。老三扮作医生，进入公主新盖的宫殿，在乐师们的演奏声中挥棒狠揍公主，公主终于答应交还三件宝物。公主恢复原貌后更加楚楚动人，她向国王认错，向老三道歉，二人重新举行婚礼。憨厚的老三经历磨难，增长了智慧。

智 斗 山 妖

塔塔尔族精怪故事。采录于新疆。

有个樵夫到深山砍柴，遇上一个指甲有两庹长的山妖。山妖问他的名字，樵夫说他叫“去年”。山妖身上很痒，要同樵夫胳肢着玩一会儿。樵夫乘机把山妖的手紧紧地夹在树干裂缝里面，捆好柴，赶上牛车就走。山妖疼痛难忍，大喊救命。其他山妖闻声跑来，山妖说是“去年”把他夹住的。山妖们一听是去年夹住的，便纷纷走了。塔塔尔族有句俗语：“去年手被夹，今年呼爹妈。”据说就来源于这个故事。

山羊、绵羊和七只狼

塔塔尔族动物故事。采录于新疆。

有老两口无儿无女，只有一只山羊和一只绵羊。有一天，山羊领着绵羊走出大门，把装草料的口袋顶在角上去赶路。半路上，它们捡到一只死狼的头，就装进口袋里。过了一会儿，它们看见七只狼正在草地上聚餐，其中一只狼在弹冬不拉，一只狼在跳蹦蹦舞。山羊故意抬高嗓门对绵羊说：“先吃口袋里的狼头，再吃这七个家伙！”七只狼听了吓得直哆嗦，瞬间便跑光了。一只狗熊不怕事，就带领七只狼去捉拿山羊和绵羊。它们跟踪到一棵树下，再也找不到羊蹄印了。狗熊和七只狼在树下晃悠，绵羊不小心从树上掉了下来，狗熊受到惊吓，首先逃跑，七只狼也跟着跑了。山羊在树上大声喊道：“快抓那个大家伙！”一转眼狗熊和七只狼都跑得无影无踪啦。

诬陷者的下场

塔塔尔族动物故事。采录于新疆。

森林里，百兽之王狮子生病了，野兽们都去慰问，唯独狐狸没有到场。狼趁机向狮子进谗言，说狐狸本来就看不起百兽之王。狮子一听，勃然大怒。恰好在这时狐狸赶来了，它说自己迟到，是因为去找好医生替大王开单方了，并且说这个单方十分灵验。狮子让狐狸赶快把单方拿来。狐狸说，单方就是剥下狼皮，趁热裹在大王身上。话音刚落，狮子便扑过去把狼咬死了。

聪明的老人

塔塔尔族弃老复归型故事。采录于新疆。

从前有个残暴的皇帝，认为上了七十岁的老人无用，便下令把他们通通杀死。一个青年不忍老父亲被杀，便把他藏了起来。一次青年对父亲讲，皇帝率领大臣和士兵到河里去寻找宝石，可是什么也没找到。老人告诉儿子，宝石并不在河里，而是在树上的鸟窝里。次日青年去见皇帝，让他们从树尖上的鸟窝里取出一个鸡蛋大小的宝石。在老父亲的指点下，青年又应对了皇帝的两次面试。头一次他用分辨马口的办法，准确无误地说出两匹个头、毛色都一样的马哪匹老，哪匹小。第二次他用沉水的办法，说出一根两端一般粗的木头哪是大头，哪是小头。皇帝暗暗吃惊，连忙问他是谁教的办法，青年如实告诉皇帝，皇帝沉思半晌说："老人富有经验，今后不准任何人伤害他们！"

毛拉的劝告

塔塔尔族讽刺故事。采录于新疆。

毛拉在寺院讲经时，总是劝告教民施舍。他说："无论谁，只要给伊麻木敬奉什么，胡大就会以十倍的东西回报他。"有位农夫便把家里的牛奉献给毛拉。一天，毛拉的牛群穿过巷口，农夫的牛离群往自家跑，其他的牛也跟着进了农夫家中。农夫点数正好十一头，赶紧把门前的牛蹄印清理干净。毛拉追来要牛，农夫不给，说这是"胡大以十倍的东西回报他"的。毛拉告到喀孜那里也不行。喀孜只好说，明天谁先到他家，牛就归谁。农夫彻夜躲在门外，乘喀孜做晨礼，便溜进喀孜家，躲在炉灶后面。毛拉进来，趁机和喀孜的老婆戏闹起来。喀孜回来判定农夫迟到，牛应还给毛拉。农夫说："喀孜先生，你老婆和毛拉戏闹时，我早在这里等候了。"毛拉怕再说下去露馅，只得忍痛认输。

机智的姑娘

塔塔尔族机智故事。采录于新疆。

有位老头砍了一车柴到集市上去卖。一个大巴依过来用五块钱成交，并且连问三遍："五块钱全卖吗？"老头都说"全卖"。拉到家里，巴依连车带柴全部扣下了。老头有个十五岁的女儿，听了父亲的哭诉，第二天向邻家借了牛车，和父亲一起砍柴拉到集市上去。姑娘让父亲躲在一边，她走向那个巴依叫卖。巴依用同样的手段和她成交，当他掏出五块钱伸手给姑娘时，姑娘一把抓住他的手问："你全给吗？"巴依连答三遍"全给"。姑娘立即从车上抽出斧子要砍巴依的手。他们去喀孜大堂评理，喀孜核实了双方的对答后，对巴依说："今天是你输了，把五块钱连同你的手全给她吧！"最后巴依只得把昨天骗去的牛车还给老人，又赔了些钱才算了事。于是，父女俩高高兴兴地赶着牛车回家了。

聪明的儿媳

塔塔尔族巧女故事。采录于新疆。

有一位老头想试试三个儿媳哪个最聪明，就问："世上什么声音传得最远？"大儿媳说切刀的声音传得最远，二儿媳说白鹰的声音传得最远，三儿媳回答道："有名声的声音传得最远。"老头问为什么，她说："如果你待人大度友善，人们走到天涯海角也会谈起你，任何时候都忘不了你。"老头十分赞赏，认为三儿媳最聪明。

退伍士兵的故事

塔塔尔族机智故事。采录于新疆。

从前有一个士兵退伍回家，打工挣了点钱，就托大婶做媒，和邻村铺主的女儿结了婚。退伍士兵当鞋匠，妻子操持家务，小日子过得挺舒心。妻子容貌美丽，村里的毛拉和麦曾常来搭讪调戏，夫妻俩决定设圈套整治他们。这天，退伍士兵佯装去集市买柴，妻子便邀请毛拉和麦曾来家做客。毛拉先到，刚坐下喝茶，便有人敲门，妻子赶紧带他去院里馕坑背后的炭房，钻进麻袋里，扎紧袋口。进来的是麦曾，他刚要坐下，又有人敲门，妻子同样把麦曾藏进麻袋里面，扎紧袋口。退伍士兵进门，用木棍敲打着麻袋说，明天把这两袋木炭拉到集市卖掉。清早他到集市高喊："木炭变活人啦！"人们丢下很多钱，他把满脸乌黑的毛拉和麦曾抖在地上，两人迅速爬进人群。退伍士兵把变把戏得来的钱拿去还债修房，两夫妻辛勤劳动，生活幸福。

分　鹅　肉

塔塔尔族机智故事。采录于新疆。

入冬后有个吝啬的巴依，请穷人替他宰鹅。晚上，巴依太太煮好鹅，端来放在餐布上，让穷人来分。穷人拿起刀，先割下鹅头送给巴依，说他是一家之首，受之无愧。接着割下脖子，说男人是头，女人是脖子，太太吃鹅脖合情合理。他再割下两只翅膀，说两位小姐不是久留之人，日后必定远走高飞，应当享用翅膀。然后又割下两只鹅腿，说两位公子为孝敬父母东奔西走，鹅腿哪好意思分给别人。最后穷人指着鹅身子说：好的都已经分给诸位了，这个就归我吧。说完大口吃起来。巴依眼巴巴看着他，有口难言。

两个毛拉和一个农夫

塔塔尔族机智故事。采录于新疆。

有一次两个毛拉和一个农夫结伴出门，在途中过夜时，农夫生火熬了一锅奶油粥，放在餐布上。一个毛拉拿起小勺把粥里的奶油全刮到自己一边，说道："这是宗教法中规定的吃法。"另一个毛拉眼珠子一转，把奶油又刮到自己一边说："先父的水磨轮子是朝这边转的。"农夫看他俩互不相让，立刻拿起勺子把粥翻了几下说："据说到了世界末日，就会这样天翻地覆。"三人吃完粥，都睡了。两个毛拉发现农夫还带着一只熟鹅，他俩就说："我们快睡吧，谁做的梦好，鹅就归谁吃！"天一亮，三人爬起来就开始讲各自的梦。一个毛拉说："我梦见自己穿着绿袍去作礼拜。"第二个毛拉说："我梦见自己变成天鹅飞走了。"农夫说："你们一个礼拜去了，一个变成天鹅飞走了，就孤零零剩我一人，我怕别人把鹅偷走，就趁早吃掉了。"

老翁与狐狸

塔塔尔族动物寓言。采录于新疆。

有个老翁上街买了鱼，赶着车回家时，看到一只狐狸横卧路边。他想今天交了好运，便下车把狐狸拎上车。但这只狐狸没有死，它把鱼一条条扔下车，就溜下去大吃起来。老翁到家推门对老伴说："我要给你缝件狐皮大衣，快把旧大衣扔火里吧。"他转身出去一看，车上什么也没有了；赶忙进屋，老伴的旧大衣已在炉子里烧成了灰。

相　　片

塔塔尔族谐趣笑话。采录于新疆。

有个小偷拿着自己的相片问邻居："你看像不像我？"邻居说不像："你瞧，照片上你的手插在自己兜儿里，而通常你的手是插在旁人兜里的呀！"

两个懒汉

塔塔尔族劝诫笑话。采录于新疆。

有两个懒汉，成天不干活，总是躺在棚子里睡觉。一天棚子失火，火势凶猛。一个懒汉大喊："着火了！我们要被烧死了，救命呀！"另一懒汉对伙伴说："朋友，你帮我喊两声吧！"

空喜一场

塔塔尔族谐趣笑话。采录于新疆。

一个人喜欢空想，走路时看见地头上蹲着一只兔子，便盘算开了：只要捉住它，拿到市场上卖个好价钱，就可以买回一只母山羊。只要饲养得好，母羊生母羊，三年八只，四年十六只，五年……卖了羊，修一座公馆，享他几年清福。他越想越乐，不禁大笑，吓跑了兔子。

独龙族故事

奇怪的帽子

独龙族宝物故事。采录于云南。

有一天，小伙克色回家，在路上走累了便坐地休息、打盹。睡梦中，他被两个姑娘喊醒，邀请他去跳舞。跳到鸡叫三遍时，有人喊“天快亮了我们回去吧”，跳舞的人一个个不见了。克色紧拉着姑娘的手继续跳舞，一姑娘拿出一顶帽子，他接过来正准备仔细看看，两个姑娘就不见了。一天，克色戴着帽子去打猎，在沟里听到两只鸟说要发大水。他摘下帽子只有鸟叫，再戴上帽子又听到鸟儿在说话。原来这是一顶宝帽！他刚离开箐沟，震天的大水便冲了下来。傍晚，他听见两只麂子在说话，连忙伸手把它们逮住。一天，富人去做客，雇克色背东西。富人到朋友家，把克色安置在阴潮破烂的草棚里。他戴帽走进富人卧室，富人看不见他。主人大宴宾客，他戴帽入席一会儿将一桌酒席吃光了，主客互相嘲笑，以至争吵殴打起来，宴席不欢而散。有了奇怪的帽子，克色能捕获更多猎物来分送给乡邻，深受大家爱戴。

太　阳　山

独龙族奇遇故事。采录于云南。

有兄弟二人分家，老大只给老二一把砍刀和背箩，就把他赶出家门。老二天天上山砍柴，有一次他正在山顶上休息，一只大雁飞来问他在做什么？他说家里穷，靠砍柴度日，大雁愿意背他去太阳山取金子。到了太阳山，老二按照大雁吩咐，取了一小坨金子就一起回到原地。到家后，金子变成了牛、猪、鸡、鸭，老二吃穿应有尽有，生活富裕起来。老大十分眼红，问明实情后，第二天就拿着砍刀背箩上山，还带了一只大麻袋。他照着老二的样子回答了大雁，让大雁驮他来到太阳山。老大见满山黄灿灿的金子，便拼命装起来，装满背箩后又装大麻袋。他正要背起金子离开时，火热的太阳升起来，竟把他活活烧死啦。

孔四迪与龙女

独龙族人神婚恋故事。采录于云南。

独龙江上游的孔梅当村有个男儿叫孔四迪，任何鬼怪都躲不过他的眼睛。村里人遭鬼害或病入膏肓，只要他来一看就好，人们称他“神公”。一天，龙母带着众儿女在江中戏耍，突然被一种“怪物”叮咬。她们逃回龙宫后，一个个翻滚嚎叫，疼痛难当。龙王捉来江鬼责问，江鬼喊冤，让龙王去请陆地上的神公来医治。龙王派青蛙去探听虚实，青蛙回来说神公眼大如日月，确实厉害。龙王让没去玩耍的小女儿变作村姑去请神公，小龙女把孔四迪领到江边，摆手把江水划出一条碧玉大道，请他走进水晶宫殿。孔四迪看到龙母和儿女都被渔网、鱼钩缠绕，轻轻一拉便痛苦呻吟，龙王睁大眼睛却看不见。他慢慢解网去钩，于是她们顿觉全身轻松，病痛尽消。龙王设宴答谢恩人，宫中珍宝任由神公挑选，孔四迪请求领小龙女做终身伴侣。小龙女高高兴兴地来到人间，夫妻二人相亲相爱，过上幸福美好的生活。

大　南　瓜

独龙族奇遇故事。采录于云南。

从前有两兄弟，老大心肠不好，老二是个勤劳忠厚的人。有一年，老二在屋后种了一塘南瓜，天天浇水精心管理，结了满坡南瓜。一群猴子常来偷吃南瓜，老二非常恼火。这天，他把最大的南瓜掏空，藏在里面准备抓贼。夜里，一群猴子把大南瓜抬到了天王宫，天王很高兴，盛情款待猴群。老二突然从南瓜里跳出来，吓得天王和群猴四散逃去。老二把桌上的金链玉镯、吃的穿的统统带回家，从此吃穿不愁。老大看见，又嫉妒又羡慕，他问清来由，也学老二钻进大南瓜。猴群想起前次的遭遇，便把老大抬到悬崖边扔进谷底，老大落得粉身碎骨的结局。

猎人与妻子

独龙族奇遇故事。采录于云南。

早年间独龙江畔有一家人，女人种地男人打猎。一次，猎人回来说只打到一只小鸟巴特，所以吃了没有带回家。妻子不相信巴特是只小鸟，见丈夫没带猎物回家很是生气。第二天丈夫出去，连巴特也没打着，妻子更生气，干脆连干粮也不给他准备。猎人只好自备干粮，下决心一定要打到巴特。这次他碰到了巴特，一直追过大山箐沟。巴特忽然落地变成漂亮姑娘，原来她是个猎神。她嘱咐猎人下次打猎时一定要把妻子领来，一看就明白了。后来，妻子跟着猎人来到猎区，看见丈夫打下一只巴特，才知道巴特的确是只小鸟，于是诚心向丈夫道歉。从此二人安心织布种地，过着幸福的日子。

老虎同火赛跑

独龙族动物故事。采录于云南。

老虎狂妄自大，以为天下无敌。一天它来到火苗前，要同火赛跑。火同意了，不过火说要等大风，大风一吹就赛跑。老虎满不在乎地躺在草丛里等待，突然大风把草丛吹得像波浪翻滚，它抢先就跑。可是火乘风势，很快窜到老虎的前面，把老虎包围起来。在熊熊烈焰中，老虎来不及吼叫就被活活烧死了。

说谎的狗

独龙族动物故事。采录于云南。

猪和狗在一起生活，猪整日在地里劳动，用嘴巴翻地。狗东游西荡，还嘲笑猪："你卖力干活，主人只给吃包谷皮野菜。"猪一生气便跑到树荫下去睡觉，狗立刻去向主人告状。主人一看果然如此，就把猪杀了。后来主人发现狗经常撒谎，就剪短狗舌头，只许看守门户，不让它说话了。

水獭与金狗交上好朋友

独龙族动物故事。采录于云南。

水獭摇头摆尾地在独龙江里捕鱼，累了一天，一条鱼也没有捕到，肚子饿得直响。第二天它空着肚子再去捕鱼，还是一无所获。第三天它顺着从山上淌下来的小河，艰难地往上游去，哪知越往上鱼越多，把饿了两天的肚子填了个饱。它一直游到源头，爬到岸上观山望水。突然，从树林中跳出一只金狗，大声喊道："好家伙，你敢来践踏我的地盘！"水獭吓了一跳，便向金狗表示歉意："我虽然进入你的地盘，但不偷走你陆地上的食物。"金狗看着水獭的模样，手和脚和自己差不多，头尾也相似，只是毛皮没有自己漂亮，而且能在水中生活，确实比自己有本事，便缓和了口气，问道："你在水里生活，不怕冷不怕闷死吗？你吃的东西味道好不好？"水獭说，它凭着不透水和保温的毛，凭着比较低微的水底呼吸，不怕冷也不会闷死。接着，水獭下河捕了一条鱼，给金狗尝尝，的确鲜嫩可口。为了报答这位新朋友，金狗衔了一只老鼠送给水獭，水獭吃了，也感到非常美味。从此，水獭和金狗常来常往，世世代代交上了好朋友。

富裕的精灵

独龙族家庭故事。采录于云南。

富人见自己的三个姑娘已长大，问她们以后想做什么。老大说"守着阿爸的'省那姆'（富裕的精灵、财富）"，老二说"靠着阿爸的'省那姆'"，老三说"寻找自己的'省那姆'"。富人对老三的回答很不高兴，既然如此，就给她一匹马、三升粮、三碗银子，让她离开家。三姑娘骑着马不停地往前跑，傍晚停在一家草棚前请求借宿。老妈妈见她有礼貌，就请她进屋。老妈妈的儿子端给她一碗野菜包谷饭，第二天临别，姑娘拿出银子来酬谢。老妈妈看到银子，说后山多的是。姑娘跟老妈妈的儿子到山后岩洞里，搬出一大堆。三姑娘不走了，拿银子换来牛羊鸡鸭、油盐柴米，盖起大瓦房，和老妈妈的儿子成亲过上了富裕生活。不久，三姑娘带着礼物回娘家，告诉阿爸找到了自己的"省那姆"。她铺上花地毯把阿爸接到家，阿爸感叹道：只要人有心，幸福靠自己。

孤儿龚干

独龙族机智故事。采录于云南。

孤儿龚干与一家七兄弟为邻，邻家有七十头牛却不许他的一头牛放出舍外，他每天割草喂牛，依然长得很壮。一天，孤儿龚干割草回家发现牛不见了，牛皮挂在七兄弟家的院子里。他有理说不过，只好讨回牛皮。半夜邻家几只猫来吃湿牛皮，他彻夜哄赶，无奈等到天亮便背着湿牛皮上山晒到大树上。这时候，有一个瞎子背着一个跛子到树下分银子，左右分不好。听他们争吵，龚干知道银子是他们偷来的，便高喊捉贼，从树上跳下，吓跑他们，把银子带回家。他告诉闻讯赶来的七兄弟，自己是用牛皮换来的银子。七兄弟连夜杀掉七十头牛，翻山越岭去到傈僳、怒家村寨，寨里人以为牛得瘟疫，把他们赶出村寨。七兄弟很生气，一下烧掉了龚干的木屋。龚干捡起烧尽的木炭，背到岩洞里面，意外发现一罐金子。他背回家告诉七兄弟，那边巫师说今年要下三尺厚的大雪，木炭要卖金子价。七兄弟连夜烧掉房屋，捡出木炭背到山那边。寨里人很奇怪，以为他们说疯话。龚干知道他们回来一定会闹事，便背上金子连夜逃走，谁知半道与七兄弟相遇。七兄弟将他捆起来，决定把他装进口袋投入江中。七兄弟去煮饭，捆在袋里的龚干告诉过路人，他在袋里捂一下治眼病。过路人放出龚干，自己要进去捂一下。龚干看见来的是一位害眼病的老人，忙谢过老人，一起离开了这里。

鄂伦春族故事

仑巴春巴

鄂伦春族奇遇故事。采录于黑龙江。

父亲临终前嘱咐三个儿子，他死三天以后，每天都要有一个儿子来给他叩头。三天后老三仑巴春巴（邋遢）提醒哥哥，大哥却说死了叩头管啥用，骂他一顿就游逛去了。仑巴春巴一人去叩头，爸爸的灵魂给他一个马鞍鞯，受到哥哥们嘲笑、唾骂。第二、三天哥哥们又出去游逛，他去叩头爸爸还是给他马鞍鞯，告诉他能变成马。哥哥把他当傻瓜赶出家门。这年天神恩都力招女婿，设碗口大个圆圈，谁能骑马飞过去就把女儿嫁给谁。兴安岭的小伙子全来到赛场，大哥二哥骑马没过去脑袋上撞了个大包。三弟扔出一个鞍鞯变成大红马骑上从圈底下飞了过去，扔第二个鞍鞯变成灰兔马从圈上面飞过去，第三个鞍鞯变成一匹黑马从圈里飞过。天神赐仑巴春巴在天池洗澡，更衣后立即变成一个英俊的猎手，姑娘送他一只鞋、一只手镯回到地上。婚期到了，地上站了三大排人，姑娘没有找到心上人，最后在山沟里找到了手拿鞋和手镯的穷猎手仑巴春巴。她把仑巴春巴打扮得干干净净，在撮罗子里结了婚。

小红马

鄂伦春族奇遇故事。采录于内蒙古。

姑娘昆克乌娜吉见河里漂来犴肺子，打算捞起来给父母吃。犴肺子突然说自己去她家，并且问了姑娘的名字。第二天姑娘正在做饭，火苗里跳出一个长毛满盖（妖怪），说昨天在河边与姑娘订了婚约，今天来娶她，不答应就要吃掉她父母。姑娘无奈，只好向父母要一匹猎马跟满盖走。她连打三次呼哨，都只有小红马敢跑过来，并且说："带我走吧，我会帮助你。"半道上满盖想返回去吃她父母，她按小红马教的话，对满盖说："前面岭上有专砍满盖脑袋的风，趁风在睡觉赶快过去吧。"到了满盖家，她又按计去放马吃草，用锥子狠扎三下马屁股，小红马腾空飞起，驮着她冲向云霄。满盖冲出，云层透出的阳光像剑般直刺满盖眼睛，吓得它缩回屋里。姑娘昆克乌娜吉回到家，让父母赶快收拾行装搬到了很远的地方后，就和附近的一个猎手成亲，过上了好日子。昆克乌娜吉的丈夫爱骑小红马打猎，没有听她叮嘱，骑出超过三天的路程，把马拴在松树上。第四天，昆克乌娜吉正生火做饭，满盖从火苗中跳出，她趁到仓房取肉，爬上屋顶呼唤小红马。顿时雷电暴雨袭来，直刺满盖心窝，迫使它钻进水泡子里面藏起来。小红马赶到，跳入水中和满盖激烈搏斗，水中不停冒出黑血红血，过了好久，小红马咬死满盖上岸，但因伤势太重而咽气。丈夫赶回家后，他们按小红马临终嘱咐，把它剥皮熟好缝成被子，骨头内脏撒在屋周围，马头挂在马桩上。他们刚进屋就听到外面牛马猪羊的吵闹声，出去看到马桩上拴着的小红马正昂首招呼他们。

打鱼人和姐妹俩

鄂伦春族精怪故事。采录于黑龙江。

有一次，姐妹俩在林中发现一间大仓库，四周插满木刻小人，一个满盖从背后抓住她们指着木头人说："给我的孩子每人做一件狍皮袄才能放你们。"不一会儿满盖赶回大群狍子，剥皮抽腿筋，限她们天亮前做好。说完摘下眼珠挂树上监视她们，自己睡觉去了。姐姐假装给木人试衣，满盖急喊："活人一碰它们就会死的！"半夜树上满盖的眼睛终于闭上，她们乘机把木头人全部打死，然后爬上仓顶。满盖惊醒用斧子砍仓房柱脚，她们一次次恳求斧子掉头、折断。满盖再拿出一把，直到把斧子用完都没有成功，满盖就用嘴啃。仓房左右摇晃，她们恳求飞过的仙鹤驮她们出魔掌。仙鹤给她们两根翎毛，妹妹接住飞起来，姐姐失手被满盖追赶。追到山梁上，满盖回去取眼珠，妹妹返回拉着姐姐跑到河边，恳求打鱼人渡她们过了河。这时满盖安上眼珠追来，打鱼人让满盖抓住渔网渡河，拖到河心就把满盖淹死了。打鱼人带她们回去吃东西，他的满盖主人回来闻到生人味，他谎称有人过来请主人到河对岸满盖家赴宴。满盖主人听得直流口水，悄悄藏起锉刀和鸡蛋就去做客。这些举动都被躲藏起来的姐妹看见了，她们砸断锉刀，摔碎鸡蛋，正在过河的满盖主人便怪叫一声死去了。打鱼人把姐妹俩送回家里面，过上快乐的日子。

水泡子里的孩子

鄂伦春族奇事故事。采录于内蒙古。

有一次，勇士出征前问三个妻子："此去三年回家，你们将用什么欢迎我？"大妻说用带双耳的皮靴，二妻说用镶金线花边的皮袍，小妻说要养个肩上有金痣的小勇士。勇士走后，大妻忙着做靴子，总也做不好；二妻天天绣衣边，怎么绣也不顺眼；小妻帮她们一一做好后，果然生个肩有金痣的小男孩。大妻二妻心生嫉妒，用皮胶粘住小妻的眼，将孩子扔进水泡子里偷偷换成一个小狗崽。小妻心里很疑惑，跑到水泡子边伤心地哭，忽然听到泡子里有孩子跟着哭。她明白这是自己亲生的孩子，于是天天省下口粮来水边，一条大鱼托着孩子出来吃东西。孩子只认大鱼是他妈，就是不跟她回家去。三年后勇士终于活着回家，大妻、二妻献上皮靴和皮袍，还抢着告诉丈夫，小妻生个小狗崽，气得丈夫将小妻撵出家门。小妻要他送一程，带他到泡子边躲藏好，自己在水边痛哭。泡子里出来个金肩小男孩，劝姨娘不要哭，说姨娘一哭他的心就疼。她把带来的酒肉给孩子吃，诉说着曾经发生的事情。孩子喝醉了，她抱住不认识亲娘的孩子哭得更伤心。丈夫终于知道了真相，被疼醒的儿子也认了亲生父母。大妻二妻眼看事情瞒不住，便跳进水泡子里淹死了。

山上出生的人

鄂伦春族怪孩子型故事。采录于黑龙江。

大兴安岭有老两口无儿女，听人指点后，就采了达子香代替鹿茸到敖包供奉求子。几天后老妈妈果真有孕，十月怀胎生下一个肉蛋。老妈妈半夜梦见一个白胡老头告诉她，她生的是个聪明勇敢的孩子，要放到山包上用泥土、泉水滋养。于是老两口按梦中老人说的，做好狍皮被、狍皮衣靴、手套和肉蛋一起放小山包上，扣在桦皮大碗下。三天后，肉蛋绽开跳出个三寸长的男孩，一天长一寸到第三十天已长到三尺多高。他拱开大碗看到好大的天地，把桦皮碗扣脑袋上就走了。三十天里老猎人天天到山上看桦皮碗，这天来晚了，扑了空便四处去寻找儿子。男孩下山碰到两个骑马飞奔的猎人，原来有个吃人的蟒猊（妖怪）在追赶他们。男孩让他们赶快趴下，自己站在道中间厉声责问妖怪。高大的蟒猊见他是个孩子，便举起大拐棍朝他帽子上砸去，拐棍折了男孩依然挺立。蟒猊又拔老柞树猛打，柞树折成了几截；吃人成性的蟒猊张开血盆大口，男孩摘下帽子用力一扇，让妖怪一跟头滚到了海边。男孩同两个猎人分手后，就下山去寻找父母。他走进一家仙人柱（茅棚），老妈妈见他穿着自己做的狍皮衣服欣喜不已。这时老猎人回来看到门口的桦皮大碗，知道是儿子回来。老两口把敖包求子的事从头讲了一遍，男孩跪地认了亲爹娘。因为他是山上孵出来的人，老人给他取名“吴达内（山上出生的人）”。

小白兔娶媳妇

鄂伦春族怪孩子型故事。采录于黑龙江。

从前有老两口跪在敖包前向天神求子，数天后老太婆怀孕生下只小白兔。老人舍不得扔掉，便养下了这只小活宝。小白兔天天到河边，碰到木昆达（族长）的女儿依丽娜在洗衣裳。姑娘喜欢小白兔，常常喂它吃，和它玩耍、说话。三天后小白兔突然会说话了，它要父亲去族长家求亲。族长听说为兔儿子提亲，气得撵老汉出门，一用力把老人推倒在地，咽气身亡。半夜小白兔向父亲磕头蹦跳，使老人复活了，请求老人再为它去求一次亲。族长见老汉死而复生，吓一大跳，他又听女儿说喜欢这只小白兔，害怕再出人命，便向老人提出苛刻的条件：让他一天内用四匹枣红马驮来犴鼻子、熊掌、飞龙和猴头四样山珍各四对，如果办不到就算完了。到了晚上小白兔一一办到，族长只好认下这门亲事。依丽娜笑着抱起兔子，要它到珍珠湖为她取珍珠。小白兔跑到金山岭上打一个滚，变成了年轻猎人。白桦树下的老奶奶请他帮忙取火种，他翻山越涧帮老奶奶找到桦树包火种。分手时，老奶奶送了一个桦树包给他。三天后，他到白银峰遇见被毒蛇咬昏的老大爷。原来他手上的桦树包就是仙药，他立刻救了老人的性命。老人把祖传的猎刀送给他做纪念，到珍珠湖他拿猎刀伸向水面分水引路，走到大珍珠门被嘎鱼精拦住去路，他用猎刀拨开毒箭，又在小珍珠门打败虾兵蟹将，终于闯进珍珠宫。他的勇敢和执着感动了珍珠公主，公主让他选了一颗最闪亮的珍珠返回人间。他骑上猎刀变的宝马飞回家乡，依丽娜看到英俊的莫日根惊喜不已，他们立刻举行了婚礼。从此小两口孝敬老人，和睦生活。

猎手斗鬼女

鄂伦春族不怕鬼故事。采录于黑龙江。

有一个猎手赶集卖完皮张，连夜赶回家。他骑马进了大森林，突然有一个女子拦住去路，哀求他一同回部落过夜。女子去乘马，坐骑嘶鸣不安，猎手感到非常奇怪。天微微亮时，那女子声称已到家，打算下马离去。猎手断定她是鬼怪，迅速用绳套将她缚住，捆在马后。猎手回到村里，天光大亮。他再看马后，绑的原是一块棺材板，他连忙把棺材板烧成灰烬。后来，人们便称不怕鬼的猎手为阿亚莫日根，即英雄猎手。

乌娜杰逃婚

鄂伦春族婚恋故事。采录于黑龙江。

乌娜杰与猎手加里秋阿相爱，但父母替她包办了婚事，把她许给有钱人家的后生莫利汗。乌娜杰无力改变父母之命，就去投呼玛尔河自尽。她被心上人加里秋阿发现了，立刻跟她一起逃婚。他们奋力翻过兴安岭，在一个叫牛鲁的地方安下家来。不久，他们遭族人追捕。这时，一个好心的佐领出来帮助他们，苦口婆心地进行劝说，终于让乌娜杰的父母回心转意，成全了这对生死恋人的姻缘。

萨满“升天”

鄂伦春族破除迷信故事。采录于黑龙江。

从前有个叫古德的萨满，一心想成神升天。他请教了大萨满后，一人跑到深山里面去修炼。一日，古德萨满正在垂钓时，忽然身体慢慢腾空而起，飘飘欲仙。他以为成神有望，于是天天到这里感受升天的境界。原来有一条大蟒蛇在山上把他吸到半空，准备吞噬他。幸亏被前来狩猎的弟弟发现，当即射杀了蟒蛇，救了他一命。但是，这个一心升仙的古德萨满已经摔伤了双腿。

粗心的猎人

鄂伦春族幽默故事。采录于黑龙江。

有一个粗心大意的猎人骑马到了草甸子，看见一只狍子过来，连忙将马拴在一棵白桦树上，跑去打狍子。枪声一响，狍子没打中，却发现白桦树在“扑棱扑棱”地响，并且拉着猎马在飞跑。他急忙去追白桦树，一脚踩进了水泡子。他蹚过水泡子，一屁股坐在一个墩子上。他倒靴子里面的水时，倒出了两条鲫鱼。他站起身一看，坐的不是墩子，而是一只貉子，已被他压死啦。他继续往前追，一个树橛子把他绊倒，戳瞎了一只眼。他爬起来往前看，白桦树好像不是树，而是一个白衣人正牵着猎马往前走。他冲向白衣人，一把扯断拴马绳。牵马的没有吱声，只听它叫了一声飞上天去。原来这是一只大白鹤，闹了半天是自己把猎马拴在大白鹤细长的脖子上啦。

灰鼠和黄鼠狼

鄂伦春族动物故事。采录于黑龙江。

高大的树洞里住着灰鼠妈妈和四只小灰鼠。一天灰鼠妈妈出去找食物，晚上刚到家就听黄鼠狼在喊："我的孩子快饿死了，快给我一只小灰鼠！"灰鼠妈妈舍不得，黄鼠狼就咬断柳蒿秆威胁说："你不给，我就捅漏你的耳朵，捅死小灰鼠。"灰鼠妈妈很害怕，便扔下一只小灰鼠。第二天、第三天，黄鼠狼照样来威吓，最后只剩一个孩子了，灰鼠妈妈痛哭不已。猫头鹰问清缘由，就教灰鼠妈妈怎么应对。第四天晚上黄鼠狼又来了，灰鼠妈妈勇敢地说："你捅吧，我不怕！"黄鼠狼恶狠狠去质问出主意的猫头鹰，猫头鹰展翅伸利爪，抓住黄鼠狼扔到河心的小荒岛。为了渡河，黄鼠狼骗来无数鲶鱼比赛跑。它装着数数，从一个个鲶鱼背上跳过去。眼看要到对岸了，猫头鹰发现了黄鼠狼的花招，赶忙大喊："比赛开始啦，鲶鱼落后啦！"鲶鱼争相四散游去，黄鼠狼一下掉到水里淹死了。

兔子和黑熊打赌

鄂伦春族动物故事。采录于内蒙古。

有一天，兔子和黑熊争吵起来，兔子说太阳从西边出来，黑熊说太阳从东边出来。兔子说要打赌，商定一起到东山的西坡上过夜，天亮见分晓。天亮时，因为东山高，山顶挡住太阳，西坡上晒不着太阳，而对面西山上能见到阳光，兔子便大喊它赢了。黑熊只得趴下让兔子在腰上使劲蹬踩，但心里不服气，就提议再到山顶上去过夜。第二天红太阳从东边升起，兔子无话可说。它担心被黑熊踩扁，撒腿就跑。黑熊赶上去，一巴掌把兔子的嘴巴打裂了。

赫哲族故事

变 兽 果

赫哲族奇遇故事。采录于黑龙江。

从前有两个猎手搭伴去打猎，碰到梅花鹿和青羊。高个猎手认为鹿值钱，就让矮个猎手去追羊。他们分头去追赶野兽，同时追到山洞跟前，高个猎手怕毒蛇，就让矮个猎手进洞。矮个猎手出来说追到山泉边的一棵小树下，看见树上有两颗金黄果子。高个猎手不相信，便自己进洞，果真看到草地、温泉和小树上的果子，立刻摘一颗大的吃起来。矮个猎手刚举手，一位白发老人便上前阻止，说吃了会变成野兽。矮个猎手忙咬果子，要和朋友有难同当，老人让他们喝口温泉“洗心水”，各人去找一件宝物，做一件好事。一月后高个猎手掏出两颗大珍珠挂树上，忘了做好事。矮个猎手想挖棵大人参，但只见小参苗舍不得挖，做个记号留给后人挖。他在窝棚里也留点吃的让后进山的使用，所以空手转回来。老人问他们变什么兽，矮个猎手要变人参鸟，日后提醒采参人。高个猎手吞吞吐吐说，变牛变马变鹿什么也不想变，结果用泉水洗身时变成了“四不像”。矮个猎手往身上捧泉水，立刻恢复原形，从嘴里飞出只小雀落在四不像犄角上。老人让他牵上四不像跟着人参雀走，从此留在深山老林里面找宝。

好心人和坏心人

赫哲族奇遇故事。采录于黑龙江。

阿西恩和他的妈妈在一起生活。夏天涨大水淹了村屯，阿西恩母子俩躲在屋顶上，看见飘过来一只木箱。妈妈让阿西恩坐上木箱去逃命，自己跳进了水里。阿西恩飘在水上，他把树叶上一群小蚂蚁救到自己的木箱里，又救上一只快淹死的蜂子。三天三夜后，阿西恩上岸搭起小窝棚住下。一天他上山打猎，在山洞里救出龙王三太子。太子带他到水晶宫做客，老龙王送给他一个葫芦。太子告诉他，葫芦是个宝，好人问它要什么有什么，坏人问它要东西就会变成狗。在回家路上，他搭救了一个饿昏的人，名叫王恩。他用宝葫芦要了一桌饭菜，王恩吃饱起了歹心，把他领到正在比本领招婿的巴彦家。巴彦让他们在一夜之间把一斗掺在一起的高粱和小米分开。半夜，王恩偷走宝葫芦，高粱小米没分开，他变成一只狗，宝葫芦回到阿西恩身边。清早，阿西恩见高粱小米已分成两堆，原来是满地蚂蚁给他帮的忙。巴彦又要他从九顶花轿里选中姑娘坐的那顶，蜂子飞来帮他选中。于是，阿西恩把宝葫芦归还老龙王，带着漂亮妻子回家，靠辛勤劳动过上幸福生活。

威兰德都和威尔迪莫日根

赫哲族奇事故事。采录于黑龙江。

有一日姐姐威兰德都带着弟弟威尔迪莫日根到河边拎水，弟弟把水瓢扔河里唱道："姐姐做的水瓢顺水漂吧，给我找个好姐夫……"水瓢被一个叉鱼小伙子捞起来放进船舱。次日中午，小伙子载一船鱼来求婚，说他家兄妹两个，如愿意的话，三天后接姐弟过去成亲。小伙子走后，威兰德都一人在家，有一陌生姑娘进来硬要给她梳头，假说要看她舌尖上的泡，一把抓住扯出了她的心肺。半夜弟弟威尔迪莫日根听到外屋有咔喳吃东西的声音，天亮后看见灶炕里有堆人骨，用棍扒拉出姐姐戴顶针的手指头，他哭着把手指包好，跑进树林挂在高高的白桦树梢上。第三天，姐夫把魔鬼和弟弟威尔迪莫日根接到家中生活。弟弟每三天到白桦树下痛哭，第二十一天上他正哭呀哭，树上飞下一只小鸟，落地变成姐姐威兰德都为他梳头洗衣，告诉他不要再来，等到一百天就可一起回家了。到八十一天，弟弟威尔迪莫日根太想姐姐，又去那棵白桦树下痛哭，姐姐又出现了。她让弟弟威尔迪莫日根回家去，请求姐夫把自己送到姐夫的妹妹家中，然后偷偷把魔鬼干的一切坏事告诉姐夫的妹妹。于是，叉鱼小伙子一下明白了事情的真相。不久，弟弟砍了三大捆树枝到那棵白桦树下，跟在后面的叉鱼小伙子看到小鸟落地变成威兰德都，惊喜地跑出来相会。等小鸟躲进树枝捆，用护身萨满遮住魔鬼的眼睛送到妹妹家。晚上回家，叉鱼小伙子借机杀死害人的魔鬼。满一百天后，威兰德都恢复人形了，他们一家人终于团圆，过上美满幸福的好日子。

鳌花姑娘

赫哲族奇缘故事。采录于黑龙江。

从前江边有一个打鱼小伙，巴彦说他父母生前欠债，要他打鱼还债。他打了十年鱼还不够还债，心里很苦闷，常在江上弹口弦解闷儿。有一天他正弹琴，一条鳌花鱼跳进了小船，他连忙舀几瓢水将鱼养起来。从此他天天弹口弦向鳌花鱼倾诉，和它相依为命。这天他梦见一个美丽姑娘，说她就是鳌花鱼，要他把大鳇鱼的离水宝珠要来，就可离开水族和他成亲了。第二天，打鱼小伙用美妙的乐声引出千年大鳇鱼，将它收入渔网。大鳇鱼向他央求放生，答应给他任何东西他都不要，为了保命，大鳇鱼只得吐出离水宝珠。他将宝珠放进鳌花鱼嘴里，立刻变成梦中的美丽姑娘。鳌花姑娘的歌声引来巴彦，限打鱼小伙第二天还清欠债，否则用媳妇抵债。鳌花用宝珠把江边沙面变成一袋金子拿去还债，巴彦又提出罚他媳妇三天做一件百鱼衣。晚上鳌花到江里取来百条鱼缝制成鱼皮大袍，巴彦喜出望外，刚披在身上，霎时地陷房塌洪水滚滚，百条鱼张口把巴彦吞噬了。从此打鱼小伙和鳌花姑娘过上了幸福生活。

宝　靴

赫哲族宝物故事。采录于黑龙江。

从前有户穷人家，租用族长的打猎工具，猎物对半分。一次老头带儿子去放山，在一棵白桦树杈下看到个溜光的洞，他罩上洞口砍倒树，里面有一个很大的黑蚂蚁。砍死蚂蚁后，老头把厚厚的蚂蚁皮补在破鱼皮靴上，谁知刚抬腿两脚生风飞跑起来，眼看收不住脚，他急忙伸手抱住一棵树，让儿子帮他脱掉了靴子。他的儿子穿上再试，像驴拉磨围着大树飞转，老头喊尽“停下、站住、收腿”各种说辞，却越转越快。老头心疼儿子，只得说“搂住树歇歇”，儿子冷不丁站住，再试果然又站住。破靴变宝靴，父子俩打了很多猎物高高兴兴回家了。族长看到鹿茸、麝香、紫貂、银狐这么多珍奇猎物，十分惊讶，悄悄跟到家偷听到宝靴之事，便派仆人去逼他们交出靴子。族长抢过靴子穿脚上，立刻像着魔似的疯跑，被大岩石绊倒后，宝靴扯其双腿猛劲往山坡上拖，直拖得只剩两根腿骨。爷儿俩找回宝靴天天狩猎帮衬穷猎民，过上了安宁的日子。

宝 葫 芦

赫哲族宝物故事。采录于黑龙江。

早年间有老两口，一天老太婆用碎皮拼了一条皮褥子让老头去卖。老头到集市上见有人在卖一条可怜的小白长虫，就拿皮褥交换过来带到山下去放生。在回家的路上，有一个白衣小伙追来说自己是老人救的小长虫，请老人去家里。白衣小伙还说，他爷爷要送东西给老人。老人别的什么都不要，只要爷爷头上的小葫芦。老头得到宝葫芦回家，要了一桌丰盛的饭菜，从此老两口再不挨饿受冻。有个财主得到消息便找上门来，老头向宝葫芦要酒席待客。财主看了更加眼红，半夜来偷走了宝葫芦。老头家养的猫狗愿意去替主人找回宝物，它们来到财主家门口，猫爬树跳进院墙，见财主向葫芦要了山珍海味后锁进箱里。猫抓来耗子让它帮忙，半夜耗子把箱子嗑个大洞，取出葫芦来交还给猫。在回家的路上，狗驮猫过河，猫自认功劳大正得意时，一晃掉进水里，嘴里的葫芦被水冲跑。狗奋力叼起葫芦跑回家，老两口向葫芦要一桌饭菜犒劳狗。猫受冷落，从此对主人不十分忠心，谁家有好吃的就往谁家跑。

鲫瓜子、乌鸦和黑熊

赫哲族动物故事。采录于黑龙江。

乌鸦和鲫瓜子（鲫鱼）比赛割芦苇，约定谁赢就吃掉对方。乌鸦嘴叼得又多又快，赢了鲫瓜子，正要扑上前吃鲫瓜子时，鲫瓜子扑通跳进水泡子躲起来了。在树丛后面的黑熊看得真切，心想，水里游的天上飞的我都要吃掉。于是它走上前对乌鸦说：“你别愁，用木头堵住我的屁股眼儿，我喝干泡子水咱俩一起吃它。”乌鸦很高兴照办，眼看水要喝干，一只淘气的狍子窜出，拔掉黑熊屁股上的木头，水哗啦啦又流进泡子里。气恼的黑熊再次把水喝干，和乌鸦抢着进泥塘抓鱼，因体大腰粗陷进淤泥，眼睁睁看着鲫瓜子让乌鸦衔走了。

蛤蟆吞鱼子

赫哲族动物故事。采录于黑龙江。

有一次，蛤蟆正在找食，碰见老鼠哭着说，它被花猫追咬险些丧命，腿被抓伤了。好心的蛤蟆把老鼠背回家，采接骨草为它治伤，又逮小鱼给它吃。一晃半月，伤好的老鼠不告而别。秋天，蛤蟆正为觅不到食物发愁，老鼠拍拍胸脯说我给你找好吃的。它们一起来到渔民的渔楼下，老鼠跳上去钻进木缝。等了许久，它扔下点大马哈鱼子，说老半天才找到这么点，你含嘴里等我下来分着吃。蛤蟆答应一声，不小心吞进肚里，又喊老鼠再扔下来一点，接着含嘴里。老鼠在上面饱吃一顿鱼子后跳下来，蛤蟆应声不小心又把鱼籽吞肚里。老鼠领蛤蟆到江边喝了一肚子水，趁蛤蟆休息，找块木板冷不丁压它肚上用力踩踏，把那点鱼子和水一起挤了出来。老鼠一口塞进嘴里，头也不回地跑了。

白兔和灰兔

赫哲族动物故事。采录于黑龙江。

有两只调皮的黄毛兔赛跑争老大，一袋烟工夫它俩就跑过两个山头，累得浑身湿漉漉。一只黄毛兔跑过桦树林，树皮上的白粉粘满身，变成了一只小白兔；一只黄毛兔跑过猎人灶前灰堆摔一跤，打个滚出来变成一只小灰兔。它们跑到终点谁也不认得谁，不约而同地自语："哈哈，我赢了！"这时候过来一只老兔子，让它们去泡子里把浑身的脏洗一洗。从水里出来它们才惊讶地认出对方，悔不该自吹自夸赢了对方，认为以后遇事要多思考。

叉鱼能手莫日根

赫哲族渔猎故事。采录于黑龙江。

早先莫日根从江里叉出的鱼身上总带叉眼，剥下的鱼皮有孔洞。妻子用它做衣服、鞋靴，既不耐穿又难看，为此不断埋怨他。从那往后莫日根上了心，再投鱼叉时，隔着深水专挑吸水的鱼鳍处下手。果然，叉到的鱼皮就再也没有孔洞了，做成衣裤鞋靴也完好无缺很好看了。

绰 绰 擒 虎

赫哲族渔猎故事。采录于黑龙江。

从前，赫哲人奉老虎为山神。一日，撮罗外来了一只老虎，彻夜喧闹不去。几天后，猎人们按山规都向撮罗外抛帽子，谁的帽子被老虎叼走，就留下来"孝敬”山神。有个绰绰（即小伙）的帽子被虎衔去，他便只身留在山中。夜晚老虎又来了，绰绰登上树顶。虎纵身扑上来抓他，被夹在树杈间不能脱身。绰绰未受伤害，反将老虎擒住，得到厚报。

大雁说媒

赫哲族人事寓言。采录于黑龙江。

从前有娘儿俩，一天儿子在回家的路上逮到一只受伤的大雁，妈妈给它包扎好养了起来。儿子和大雁天天在一起，像亲兄弟。这天大雁飞出去没回来，第二天叼回一只绣花鞋。隔壁邻居出主意：你家儿子岁数已不小，找到绣这双鞋的巧闺女做媳妇有多好！妈妈请邻居去说媒，邻居说，媒人是大雁，我去跑跑腿。因为有鞋为证，没费工夫就把亲事定下来了，说定三天后娘家送姑娘。妈妈赶忙预备酒菜，整来整去还缺一碗菜。她寻思，媳妇娶上，大雁留着没用了，便拎着刀去抓大雁。大雁扑棱棱飞走了，送亲的大车也到了。人家要先谢媒人后进门，可大雁早已没影了。娘家人一看，这家人不值得信实，拉着姑娘回去了。

说大话的猎人

赫哲族谐趣笑话。采录于黑龙江。

一个能说大话的猎手，晚上他最后一个回到窝棚，对大家讲了自己当天的经历：“我牵马蹚过一条河到达对岸，只觉迈不动步。我把马拴在一棵白桦树上，坐在塔头上，脱下套裤一抖落，倒出一大堆鲫瓜子鱼来！等我起身再找马时，早已无影无踪。于是顺路撵去，只见那马被一个穿白衣的人拖走。走到近前，原来是自己过河后，把马拴到一只白鹤大腿上了！在回来的途中，看见原来坐过的地方压死了两只又肥又大的貉子。”

门巴族故事

智 胜 女 鬼

门巴族不怕鬼故事。采录于西藏。

从前有四个男子结拜为友，在一处平坦的地方盖房定居。他们天天出去打猎，屋里堆满兽肉。一天归来，他们储存的肉全没有了，便决定明天留下老四丹增久丁看家。大家走后，一个女人喊着丹增久丁的名字闯进屋里面，要他做饭。丹增久丁知道这个女人是鬼变的，很害怕。女人问他饭给谁吃、肉给谁吃？他都顺从地回答："当然给你吃。"饭后，这个女人用石头锤、铁梳子梳，弄得丹增久丁死去活来，后来又用干肠把他捆在灶旁，背走了所有的兽肉。因为自己的胆怯，又被鬼打太丢人，朋友们回来时丹增久丁就用谎言骗过大家。第二天，老三米戈日班、第三天老二列波戈班都有同样遭遇，他们也用同样的谎言蒙混过去。第四天，老大米多仁钦等朋友走后，立刻拴好门，把竹筒底钻孔，然后装病躺在火塘边。他让女鬼自己背水做饭，然后将女鬼放下的石头换成米饭坨，人肠子换成猪肠，铁梳子换成肉梳子。女鬼用漏竹筒背不来水，它生气跑回来，问什么米多仁钦都不顺从。女鬼把米多仁钦吊起用"石头""铁梳"狠打，把装死的米多仁钦扔在灶旁。女鬼背着兽肉刚要离开，米多仁钦便挥刀将它劈倒，然后用干肠捆绑在路旁的大树上。米多仁钦继续装病，让回来的朋友去背水做饭。三人依次到树下看到毒打过他们的女鬼，吓得返回谎称河水已干涸，等米多仁钦去时女鬼挣断干肠逃入地穴。四人用三年时间打制好铁链扛到地穴旁，米多仁钦下地穴杀掉大小女鬼，出来发现铁链已被朋友撤走。他把兜里的核桃籽种上，昏睡三年醒来已长成参天大树。他边往上爬边砍树枝做成木钉，爬到树顶又边钉边踩钉往上爬，终于爬出地穴。三个朋友见米多仁钦平安回家，羞愧得变成老鼠再也不敢出来。

汤久嘎布当上吉波

门巴族奇缘故事。采录于西藏。

手艺人汤久嘎布在砍伐乌木时，先后看到从黑水和白水湖中上来的黑白青蛙和黑白大蛇在搏斗撕咬，他救出了浑身是伤的白青蛙和白大蛇。不久一个白皙小孩带他到白水湖里，女龙王盛宴款待他这个救命恩人。饭桌下的小狗、小鸡、小猪吃了他给的饭菜后，都告诉他主人送礼物时，只要水磨下的小母狗。女主人只好答应，叮嘱他要像对待人一样对待它。一天，他搬运乌木回来，发现家里整齐清洁，饭菜已经做好。到第四天，他悄悄返回躲屋外观察，看到是小母狗变的姑娘所为。他冲进屋抱住姑娘，将狗皮投入火塘。姑娘疾手抓起狗皮向屋内外挥动，顷刻屋内堆满粮食衣物珠宝，屋外鸡猪牛羊成群。他们结成夫妻，生活富裕。一天汤久嘎布不听妻子劝告，坚持宴请吉波。尽管妻子抹黑手脸，衣衫褴褛，吉波还是设法看清了她美丽迷人的面目，当即要汤久嘎布把妻子送他。为了得到美人，吉波先后提议斗鸡、斗狗、斗猪、比摔跤、比开垦种地，他都在妻子的帮助下向白水湖借来比赛物品，一次次取得胜利。吉波输红了眼，最后提出钻沸水锅比赛。早晨，汤久嘎布嘴含着从白水湖要来的树叶，妻子向他吹口气跳入大锅，毛发无损地从沸水中站了起来。吉波被逼跳进开水锅，再也没有出来。他在一片欢呼声中被公推为新一任吉波，于是他们夫妻二人和臣民一道过上幸福生活。

聪明的猎人

门巴族奇遇故事。采录于西藏。

有个小猎人和母亲相依为命。一天，小猎人在老林里看到野猪把老虎追咬得乱窜，他绕到背后悄悄告诉老虎计策。等野猪再冲来时，老虎按计骑上猪背咬断喉咙，将猪咬死。从此，小猎人经常从老虎那里得到羚羊、狗熊肉，带回家给母亲。当母亲问他怎么得到这么多猎物时，他按老虎教的，用毯子把自己裹起来，告诉妈妈一切。他被正在门外的老虎背走，半路上又从毯子里掉出来钻进密林。他看到一群野牛的奶汁流出来变成许多奶酪，等野牛走后他美吃一顿，把树下打扫干净后爬到树上。这天他吃完奶酪正准备打扫时，野牛从四面围上来说："这几天你使我们睡得很舒服，请做我们的主人吧。"并让他做一个笛子，遇到困难可帮助他。他和野牛一起生活的事被国王知道了，便派打手去抓他。他吹起笛子，野牛赶来把打手统统撞死。乌鸦侦察到实情偷走笛子，他终于被抓进宫里，给国王当了用人。后来，他在宫中找到了笛子，爬上屋顶就吹了起来。野牛从四面八方赶来，发疯般撞死了所有人。野牛推选猎人当了国王，从此变成家牛，都归他管理。

“鬼人”和她的儿子

门巴族奇事故事。采录于西藏。

头人措冬的弟弟和女奴郭萨偷情，怀孕十一个月没有分娩，人们议论纷纷。头人措冬为保全面子，便召集全村人宣称郭萨被鬼附体怀了鬼胎，并派人将她押送到鬼生活的玉龙松多。郭萨昏迷三天醒来，发现自己躺在房内的火塘边，生下的儿子就在身旁，她为儿子取名西摸顿珠。儿子出生几天就会说能走，并且告诉妈妈这里的鬼都已经吓跑，只剩两个走不动的老女鬼，有它们做伴不用害怕。一天儿子正吃母奶，一个老女鬼突然进来，他用母奶把女鬼的眼珠射出，不久便死去。又一次妈妈去采野果，另一个老女鬼背来毒酒要害他，他把酒筒打翻在火塘上，女鬼溅了满脸满身，中毒而死。消灭了老女鬼，母子平安生活。转眼儿子长大成人，这天头人措冬的心腹德鲁玛鸟和娜措鸟飞来，看到眼前的郭萨母子，后悔当初曾参与迫害，决心帮助他们。两只鸟飞到姑娘忠姆的村里，向忠姆介绍西摸顿珠如何英俊、勤劳，忠姆五姐妹带着礼物来和西摸顿珠定亲，郭萨母子终于过上幸福的生活。

放生的报答

门巴族报恩故事。采录于西藏。

有一次，王子和穷猎人进山狩猎，他们见到一个鼠洞便挖起来，不留神让母鼠跑掉，只逮到一窝小鼠。王子说晚上煮碗鼠肉，猎人说要放生积善积德，便放了鼠娃。他们走了一段路，又抓住两只小猴，王子要吃嫩猴肉，猎人说杀小兽造孽，长大还会下崽，要吃就杀大兽。一路上他们又捉到两只熊崽、两只虎仔，经猎人劝说都一一放生了。这些小动物临走都对猎人说：“今后遇到难处喊一声，我们会来帮忙。”两人在雪山上猎获了很多野牛，割条烤成肉干，满载而归。猎人吃光了分到的肉干，生活又困苦起来。他偷掰了国王三个玉米被抓，大臣把他装木箱扔进大江。猎人大哭大喊："放生的动物们，快来救我呀！"老鼠耳尖，叫来猴、熊、老虎，它们七手八脚救出了奄奄一息的猎人。为使恩人摆脱穷苦，过上幸福生活，商定由鼠弟去偷珞阿登国王颈上的珍宝。老鼠来到国王的寝宫，宝贝由花猫看守无法下手。这时老鼠碰见好朋友青蛙，诉说了自己的苦恼。原来青蛙是龙宫王子，它速回龙宫得到父王的工堆其久宝贝，和动物们一起来送给猎人。猎人在空旷的大坝上一觉醒来，只见牛羊成群人声鼎沸，自己睡在七层王宫里。他回想着放生的报答，过了七年甜蜜日子。鼠、猴、熊、虎又在一块商议，恩人当上国王但日子孤单寂寞，身边缺个妻子。它们得知西王国公主要出嫁，便动员所有动物抢亲。送亲队伍到了埋伏的地方，猛虎冲上前把新娘放在熊背，一路洒圣水送到猎人国王楼上，与猎人国王结为夫妻。从此他们恩恩爱爱，生儿育女，生活无比幸福。

喇嘛和扎巴

门巴族奇遇故事。采录于西藏。

从前在一座寺庙里，住着住持喇嘛和一个扎巴（普通僧人），住持喇嘛常教导扎巴不可杀生害命。一天，扎巴打死一条蛇，他很生气，便命令扎巴把蛇尸送往印度。扎巴法术不高，住持喇嘛只得将自己的灵魂附在蛇尸上，驱使复活的蛇前往，而将扎巴的灵魂附在自己躯体上，留下来主持全寺。住持喇嘛的灵魂从印度回来时，扎巴不仅占有了他的妻子，让他的妻子干一切重活，而且还不归还住持喇嘛的躯体。住持喇嘛不能还原，只好再去印度。在半路上，他的灵魂附体在刚死的鹦鹉身上，鹦鹉复活继续前飞。他的灵魂跟着相遇的商队宿营在大石头下，半夜发现不妙，劝大家离开。一个商人刚跟他出来，石头塌下把其他人统统压死。这个商人大难不死，便将鹦鹉带回家好生款待。他们一起外出做生意，半夜鹦鹉听说大树要倒，立即叫醒大商人，结果不起来的伙伴都被压死。这年大商人要去印度，留下鹦鹉看家。大商人走后，大商人的太太和王子厮混，无数次谋害鹦鹉都没有得逞。这夜王子又来了，鹦鹉学主人声音叫门，王子慌忙逃跑，摔死在窗下。国王带人马来要人，星象师算出在窗下。大商人回家后，鹦鹉辞别回到寺庙，和受苦受难的妻子商量好计策，趁扎巴不备用湿木将其打死。于是，住持喇嘛的灵魂立刻离开鹦鹉，回到自己躯体，复活以后又和妻子一起烧香拜佛，重新主持寺庙。

智斗吉波

门巴族奇事故事。采录于西藏。

少年甲麦康钦和父亲相依为命。一天，吉波（国王）派甲麦康钦的父亲去犁地，并要数清犁的行数。天黑甲麦康钦找到地里，父亲还没数清。吉波骑马来询问，甲麦康钦反问马走了多少步？吉波无言以对。开春后，吉波让甲麦康钦的父亲放养十几头公牛，却要上缴酥油奶渣。吉波来时，甲麦康钦让父亲装病，自己堵门口说父亲在生孩子。吉波质问，他反问公牛怎么会有奶？吉波动怒说，如果缴不上就让他们父子去放牧抵债。一个黄昏，甲麦康钦钻入树洞休息，醒来后听到四位山神在谈笑亮宝。他爬上悬崖的平台正想说话，一阵风刮来山神不见了。他学着用手抹木碗边要了酒菜，吃饱后仍然不见山神回来取宝。他便拿起防身棍、扇子、木槌、木碗回家，在路上遇到吉波，他提出用贵重物品换他们父子回家种地。吉波见他从口袋摸出金银、手镯、珠宝等一大堆所要物品，大为惊讶，立即派探子去他家，看见他用木槌敲出的五层高楼，正在里面招待乡亲。吉波带人来抢宝碗，他向宝棍吹三口气把众人击退。半夜他正酣睡，突然火光冲天，烟雾腾腾。他急忙打开宝扇连摇七下，立刻风雨冰雹倾泻，扇子被击破后变为一条长绳，他赶忙滑溜下楼。这时楼房轰然倒塌，把吉波和兵丁压死在房前屋后。远近乡民赶来庆贺，大家推举甲麦康钦当新吉波。他上任后，把这个山地小国建设得繁荣昌盛。

兔子的骗术

门巴族奇遇故事。采录于西藏。

有个年轻人独自住在石洞里面，以烧荒种地为生。这年他设下暗套捉住一只兔子，兔子求饶，答应帮他娶个漂亮媳妇，他便把兔子带回石洞。一天兔子听两个喇嘛在说，吉波（国王）的母亲一周内要去世，吉波的妻子因此气病。兔子变成小喇嘛潜入王宫，降下国旗，说是吉波母亲过世了。吉波举棍要打小喇嘛时，女佣前来报告吉波的母亲过世了。吉波亲自把神奇的小喇嘛请入宫，第二天吉波的妻子又生病，更觉小喇嘛神通广大，卜算超人，终答应把女儿嫁给他的哥哥。兔子回石洞告诉哥哥三天后去迎娶公主，一切听它安排。娶亲那天一早，兔子到辛波督鬼的宫门前，当隐约听到枪声、喇叭、海螺声时，立刻进宫门对辛波督鬼说，你吃人太多，吉波派喇嘛、巫师来消灭你了。辛波督鬼吓得要命，便听从兔子的话躲进大铜锅里。兔子连忙在盖上垒好石头，将辛波督鬼烧死。它领来哥哥后，又变为小喇嘛去迎接新娘。吉波夫妇见女婿家有金桌银椅，摆了丰盛的宴席，很是满意。年轻人婚后和妻子互敬互爱，幸福美满。

蝙蝠成了免差户

门巴族动物故事。采录于西藏。

蝙蝠聪明又狡诈。动物王国的国王规定鸟兽要交差纳税，有翅膀的交鸟蛋，胎生的交皮子。大管家去收鸟蛋差时，蝙蝠说："我是老鼠，鼠会生蛋吗？"于是免了过去。大管家去收皮子差时，它抖抖翅膀说："这是什么？老鼠有翅膀吗？"它又免了皮子差。天上飞的、地上跑的都交了差，唯有蝙蝠成了免差户。

鸡 蛋 报 仇

门巴族动物故事。采录于西藏。

母鸡被狐狸吃掉，两个蛋要去为母亲报仇。路上鸡蛋先后碰到了蛇、野蜂子、吉嘎鲁巴鸟、牛粪、石磨、羊、一根针，大家都愿同往。它们刚分头藏好，狐狸回到家，树上的吉鲁鸟大声唱："吃鸡肉，喝鸡血。"狐狸拿箭去射，箭筒里的野蜂蜇了它的眼睛；它要生火，灶里的鸡蛋扬了满屋子灰；它要躺下，枕头里的针狠扎它脖子；它想拿吃的，罐子里的蛇咬住它的手；它刚跑到门口，门后的羊猛顶它一下；它到楼梯口，被牛粪滑了一跤，石磨从上面滚下来，一下砸死了狐狸。在大家帮助下，鸡蛋为母亲报了仇。

青蛙智对老虎和狗熊

门巴族动物故事。采录于西藏。

有一只青蛙常常在老虎出没的地方活动。一天，老虎要吃掉青蛙，青蛙表示可以帮老虎抓虱子。老虎同意了，青蛙一边抓虱子，一边拔一些虎毛来粘在自己的身上，还塞了几根在牙缝里和肛门上。老虎听见青蛙好像在吃东西，就问青蛙在吃什么？青蛙说它在吃老虎。青蛙跳下来，老虎吓得赶忙逃跑。狗熊见老虎在逃命，便问是怎么回事？一定要带老虎回去看个究竟。老虎担惊受怕，就让狗熊和它捆在一起回去。青蛙看见它们来了，便躲在树上，等它们走近时才突然跳下来。老虎掉头就跑，竟把狗熊活活拖死了。

三姐妹择婿

门巴族婚恋故事。采录于西藏。

年轻的贡什亚丁吉波（国王）深受人民爱戴，有个富人的三个女儿都想嫁给他。这个富人却希望自己的三个女儿嫁给三个吉波，于是宴请各地吉波来让女儿挑选。衣着华丽的吉波们按时来到，唯有贡什亚丁装扮成乞丐躺在水渠边。这个富人为显示女儿们的本领，就让她们去背水。大女儿、二女儿先后从贡什亚丁身上跨了过去，还拒绝给他水喝。小妹从贡什亚丁身旁绕过去，背水返回时，还放下水桶请他喝水，他悄悄把手镯放进小妹的水桶里。善良的小妹往锅里倒水时，发现了华贵的手镯，想到贡什亚丁没有到家，心里便明白了几分。在宴席上，小妹想到那位乞丐，不顾父母反对，让他来看守门外晒的粮食，又请他到走廊上乘凉，引起应聘吉波们的不满。开始选婿后，大姐把哈达献给了甲嘎（印度）吉波，二姐献给了甲纳（汉族）吉波，小妹假装滑倒，将哈达挂在了乞丐脖子上。三天后，父母给大姐、二姐送了许多金银牛马，并亲自送行，只给小妹一只空箱子，连门口也没送。半路上，乞丐先走一步，让小妹跟着拄杖的足迹走。小妹一路询问，经过养鸡场、养猪场、大牧场，人们都说没有见到乞丐，只见到吉波贡什亚丁，并热情款待了她。在一座宫殿前，她终于见到自己心爱的贡什亚丁吉波和大殿上的吉波父母。小妹沐浴后穿上华丽的衣服，同贡什亚丁吉波举行了盛大的婚礼。

菩萨偷米

门巴族机智人物故事。

商人古鲁很会坑骗人，门巴人都很恨他。一次，古鲁雇来二十人扛大米到工布去做生意。他们艰难地行走十五天，到了雅鲁藏布江边的鲁夏村，住在一个小寺庙里。苦力阿比勒保看到庙里有许多小菩萨，心里便有了主意。半夜，他把二十包大米扛到庙后石洞里藏好，抓了几把米浸湿，在庙里菩萨的手上、嘴上和怀里都沾上米粒，然后躺下睡觉。天亮有人发现大米不见了，阿比勒保起来后指着那一些菩萨大叫：“是他们偷的！”古鲁气急败坏，立刻举起手杖把庙里的菩萨打得稀巴烂。消息传开后，村民和喇嘛都感到非常愤怒，大家手持棍棒赶来，把古鲁绑起来抬走。事后，阿比勒保把大米弄出来，公平地分给了大家。

阿比勒保借粮

门巴族机智人物故事。

有一年，许多门巴人、珞巴人都为没米下锅发愁。大庄园主西堆不肯借粮给穷人，大家只好去请求阿比勒保想办法。阿比勒保让大家连夜赶制许多“丁”字形的手杖，每隔一段距离栽一根，一直栽到西堆庄园附近，并且每个人都悄悄带一条大绸口袋。然后，阿比勒保便代表乡亲们去向大庄园主西堆借粮，当面把西堆赞扬一番。西堆假装发善心，同意借粮给大家，提出可以把身上的口袋装满，但背起粮袋不准落地休息，一直走到我的眼睛看不见你们的地方。西堆满以为乡民无法把粮食背走。谁知道乡亲们按照阿比勒保的办法，每个人都装了一大绸口袋粮食，走一段路就靠在事先栽好的那些“丁”字形手杖上歇气，粮袋根本不用落地，一直走到西堆看不见的地方，高高兴兴回到家中。

一袋麝香

门巴族野人故事。采录于西藏。

门巴姑娘上山拾柴，被一雄性野人抓住，穿林越谷把她抱入悬崖壁上的石洞里。冬去春来，姑娘生下了一个毛茸茸的小孩。她在洞中捻线织衣，照料孩子，野人深信她不会再逃跑了，便搬开洞口的石头，并且更勤快地为她捕兽采果。一日野人背回一只长有大麝香的公獐，姑娘看到珍贵药材面露笑容。从此野人常捕公獐回洞，姑娘割下风干，日久装满一口袋。野人要姑娘也为他缝制兽皮衣服，机会到来，姑娘就把刚剥下的野牛皮裹在他身上缝牢，牛皮日渐干硬，使他行走不便。一日野人出猎，她背起麝香袋，拴着粗毛绳溜下崖洞逃走。野人回来抱起孩子直追，姑娘听到孩子哭声，连忙掀翻独木桥远去。野人不能过河，竟将孩子撕成两半。姑娘死里逃生，她用麝香置家换首饰、家畜，成为村寨里最富有的人。有一妇女贪财心切，便上山去找到野人，主动跟野人亲热。野人想到逃跑的那个女人，报复心起，将她撕碎抛出洞外。

狗 和 猪

门巴族动物寓言。采录于西藏。

猪很羡慕狗可以住在主人的房里。有一天，猪从狗那儿打听到主人正在酿酒、造佛像，准备祭祀，便兴高采烈地说：“啊！我又可以美餐一顿酒糟啦！”狗对它说：“主人正要拿你做牺牲哩，到时我也可以饱啃一顿骨头了。”猪听罢垂头丧气，就哼哼睡去了。

珞巴族故事

老虎和五姐妹

珞巴族奇事故事。采录于西藏。

从前，一户老猎人有五个女儿。又有一家有五个儿子，只有小儿子未成家。一天，这家的小儿子变为老虎跟随老猎人上山，要求老猎人嫁个女儿给他做妻子。老猎人回去与女儿商量，大女儿说嫁老虎不如嫁给狗，说完便跑进狗窝。老虎听说大女儿不愿意，那就问二女儿，结果二女儿宁愿嫁给猪。一连几天，三女儿宁愿嫁给羊，四女儿嫁给鸡。老虎对老猎人说，你的小女儿再不愿意嫁给我，我就吃掉你。小女儿为了不让老虎吃爸爸，就同意嫁给老虎。晚上，她按约定睡在门旁边，见一个漂亮小伙背着兽肉来和她相会。大女儿得知老虎是个英俊的好猎手，很是嫉恨。晚上老虎刚刚来到，她便推开妹妹去给老虎抓虱子，趁其不备用毒箭扎伤老虎。小女儿听说老虎被扎伤逃走，立刻去追赶。在路上，一个老太太告诉她，我的小儿子被毒箭扎伤逃回家了。她跟到那家，看见青年已经死去。火葬时青年的尸体烧不着，小女儿扔进自己的帽子，尸体烧掉一点，扔进首饰尸体又烧掉一点。但烧来烧去总是烧不完，最后她跳进火里，一对有情人很快就烧尽了。老人把骨灰埋到地下，不久长出一棵树来。有一对鹦鹉飞到这棵树上筑巢。鹦鹉啄瞎了大姐的眼睛。后来，这对鹦鹉变成那两个青年，跟死去的恋人长得一模一样。他们相亲相爱，过着美满的生活。

智勇双全的两兄弟

珞巴族奇事故事。采录于西藏。

马宁和马卓是一对能上天入地的英雄，他们按太阳教的办法，砍倒了天上和地下的竹子，每人做了一副很好的弓箭。兄弟俩杀死了天上、地下的劲敌，在藏区碰到一位小兄弟。这位小兄弟的双亲被老雕吃掉了，他们便射死作恶多端的老雕，为小兄弟报了仇。谁知，藏民因为害怕他们，企图砍断藤索，使他俩困死在雕洞里。他俩历尽辛苦，待洞里的小雕羽丰毛满，骑上雕背逃出了山洞。他俩把猎物献给太阳，太阳又把染草送给他们，因此给珞巴人带来了幸福。

善良的妹妹

珞巴族奇事故事。采录于西藏。

有两姐妹在一起生活，一天姐姐让妹妹去仓库拿玉米种子，等妹妹拿来姐姐已把酒煮好；姐姐又让她去拿稻谷种，等拿来饭已做好；再让她去拿鸡爪谷种时，她知道姐姐要离她而去了。她哭着沿姐姐的脚印找去，路遇背玉米筐的男子，她按要求把撒在地上的玉米一粒粒捡起来后，告诉她姐姐在不远的河边休息。她又遇到老爷爷、老奶奶，她拣完两个老人撒在地上的稻谷和鸡爪谷种后，便告诉她姐姐在不远的河边。她来到河边，果然看见姐姐和一个青年在一起亲热玩耍，不愿意再和她回家，她便抱住姐姐痛哭不止。那个青年送她一只很好看的鸟，她拔下头顶上的红毛装进口袋里，回家把小鸟架火塘上。等她打水回来，看见灶边站着一位英俊少年，说他的头发被拔光了。妹妹知道这个少年是小鸟变的，立刻掏出漂亮的羽毛插到他头上。他们结婚生子，和姐姐一样生活得很幸福。

达麦和他的妹妹

珞巴族奇事故事。采录于西藏。

达麦和妹妹在一起生活，他整天抽烟饮酒，妹妹忙里忙外没人帮她。一天，达麦要妹妹去森林摘甜果给他吃，妹妹在林中看到树顶上有许多又大又熟的果子，可是无法摘到。为了回去不挨打，她向正在高处吃果子的狗熊示好，请狗熊扔一些给她。狗熊高兴地说：“如果你愿意嫁给我，你每天要多少送多少。”于是她每天去林中和狗熊相会，晚上带回果子。每天拥抱时，笨狗熊都会把她的衣服撕破，于是引起哥哥的疑惑。这天哥哥达麦尾随妹妹到林里看清了一切，隔天妹妹正和狗熊谈情说爱时，他一箭把狗熊射死了。妹妹哭喊着“你为什么要杀我的丈夫？”她被哥哥拖回家，继续过着孤孤单单的日子。

猎人和妻子

珞巴族奇遇故事。采录于西藏。

有个猎人上山打猎，住在山洞里，一连数日都有人帮他做好饭菜。这天他藏在洞里，见一个年轻女子进洞做饭，他上前拦腰抱住，请求做他的妻子。婚后不久妻子生个男孩，提出要回娘家看望父母，并说不需送牛做婚价，送些鸡就可以。为报答妻子的恩情，猎人到处买鸡装满了一房子。日子一天天过去，他不见妻子回去，却见鸡一天天减少。这天清晨他蒙眬听到妻子喊小姑忘了拿背带，抬头见她送出去的是两条蛇，赶来又见关鸡房里满地鸡骨，妻子拿扫帚一扫，又都变成活鸡。他知道妻子是女鬼，但念她心地善良并不嫌弃。数十年后，妻子老迈多病，哀求丈夫要回到初次见面的地方。儿女背她来到山洞，妻子进去，洞门自动关闭。猎人痛哭一场，重新过着孤独的生活。

姑娘和蛇王

珞巴族奇遇故事。采录于西藏。

有母女俩经常上山干活，傍晚回来姑娘就到河里洗澡，蛇王看到后十分爱慕她。一天姑娘留在家里做饭，出门背水时，蛇王乘机变成一个小伙子跟着她回家。姑娘看见小伙子很英俊，有说不出的高兴，便拿坐垫请他饮酒吃饭。蛇王试探出姑娘对他的爱意，立刻现原形说自己是蛇王，直到黄昏才恋恋不舍离去。自此姑娘常借故不下地干活，而去与蛇王相会，数月后便怀孕了。一日姑娘到河里背水，弯腰时生下两个蛋落在水里，她捞着一颗带回家用布包好放入木箱。母亲赶她下地时，她叮咛母亲不要动木箱。母亲好奇打开箱子，把里面的那一颗蛋煮熟吃掉了。她哭着说这是我的孩子！第二天蛇王来，母亲见是一位英俊的青年，便热情招待。蛇王恢复原形盘在木柱上，正做饭的母亲看见，立刻拿起烧红的木柴打去，蛇王仓皇逃走。蛇王被打伤后久不下雨，庄稼干旱，颗粒无收。落在水中的那颗蛋孵出许多小鱼，这天见姑娘来背水，立即拥上前呼喊“妈妈”，姑娘就让鱼儿帮忙往地里浇水。早晨老母亲赶到地里播种，水像小河般涌向地里。母亲看见一些鱼儿被挡在水坑里面，赶忙回家对女儿说，没见到外孙只见几条鱼，我捉来煮熟吃了。姑娘伤心至极，就跳河里和蛇王一起过活去了。

颈上的肉疙瘩

珞巴族奇遇故事。采录于西藏。

有两个长了“大脖子”（甲状腺瘤）的朋友，其中一个对神灵十分虔诚，每当上山打猎总要祈祷，求山神、树神保佑。一天晚上他在树下睡觉，两个鬼走来商量要把他吃掉。树神对鬼说，我把他脖上那坨肉给你们吃。早晨醒来他一摸，那块肉瘤竟没有了。两个鬼把那坨肉背回去切不动煮不烂，一生气就要退回去。这个猎人回家后，那位朋友见他的大脖子没有了，连忙问清经过，于是便上山去过夜。晚上，他听到树神问鬼，我把肉给你们了，为什么你们还要杀人？两个鬼说你骗我们，我们还给你。说着把那块肉抛过去，正好掉在那位朋友的颈上。天亮后，那位朋友一摸，他的大脖子非但没治好，反而多了一个肉疙瘩。

老妈妈出征打鬼

珞巴族不怕鬼故事。采录于西藏。

有老两口老来得子，不想竟被鬼抢走了。老妈妈非常焦急，亲自去找儿子。不久，她遇到针，愿意一起去打鬼救儿子。一路上队伍不断壮大，锥子、鸡蛋、蜜蜂、大马蜂、毒蛇、藤背带、石磨、斧头、鸡屎、红缨枪和聪明的小兔都加入打鬼的队伍。到了鬼的住地，鬼去背水准备杀小孩来吃，兔子让老妈妈背孩子回家，它严密布阵，各就各位。它随后到河边去挑逗鬼，又跑到大石崖下熬胶准备斗鬼。鬼回到家中，去灶台前吹火烧水，被锥子和针扎伤；鬼翻动柴火时，鸡蛋炸开烫伤鬼的脸和眼睛；鬼去竹筒里取油涂伤口，被蜜蜂、马蜂蜇手；鬼想放鸡吃蜜蜂又被蛇咬，退后两步被藤背带绊倒；鬼摔出大门口时，斧头、石磨冲出砸破了鬼的头；鬼下木梯踩着鸡屎，一下滑倒扎在红缨枪上。鬼浑身是伤认定是兔子作对，便去找兔子，兔子说自己天天在熬胶，并不知情。当听说胶能治眼病时，鬼立即眯缝眼睛忍痛让兔子给自己敷胶水；鬼敷上胶水睁不开眼睛，久等不见兔子，连忙追赶到山沟。兔子又骗鬼用泥沙撒进眼里止痛，自己又跑到雅鲁藏布江边石崖上荡秋千，鬼追来后兔子说它天天在荡秋千，治疗全身伤痛。鬼爬上秋千，兔子迅速到架上割断绳子，鬼立刻掉进江中淹死了。兔子和同伴烧毁了鬼屋，老妈妈一家从此过上安定的生活。

老鼠上当毙命

珞巴族动物故事。采录于西藏。

猫看到墙缝里有一只老鼠，便慢慢凑过去。老鼠问猫："你整天哼什么？"猫说："在念经。""念的什么经？""长寿经。"猫又往前走几步，老鼠又问猫："你四条腿蹦跳什么？"猫说："跳长寿舞，祈祷你长寿。"老鼠钻出洞来感谢猫的祝福，猫一蹿便抓住老鼠，饱餐了一顿。

狗和麋鹿结冤仇

珞巴族动物故事。采录于西藏。

狗和麋鹿一起去参加一次青牛宴，受到了热情的款待。可是它俩总是爱争吵、打架，饭刚刚端上来，麋鹿便把饭上面的那块肉抢走了。狗立刻去追赶，弄得大家都很扫兴。但是，狗始终没有追上麋鹿，它俩因此结下了冤仇。从此，狗每一次遇到麋鹿，都要在后面追赶，不肯罢休。

三枚金币

珞巴族家庭故事。采录于西藏。

从前有一个农夫带上三枚金币，辞别妻子，前往印度去做生意。他刚出村口，就遇上了一个小扎巴，两人结伴而行。小扎巴只顾埋头走路不吭气，农夫掏出一枚金币给小扎巴，求他说说话。小扎巴接过金币，只说了一句"你要听别人的话"，又埋头走路。以后每走三、四天，农夫便掏出一枚金币给小扎巴。小扎巴接过那两枚金币，分别说了"对头人要说实话"和"不要对妻子讲实话"两句话。到了印度，农夫已没有金币了，只好去讨饭。有一天，他来到一个村子，碰上一户人家发丧。农夫在替人收尸时，发现死者身上的补丁衣服很重，便偷了回来。原来补丁里藏着很多金币，他便买了些货物。妻子见丈夫满载而归，还带回这么多金币，十分惊异。农夫告诉她，这是因为在印度时，用杜鹃花充饥，以杜鹃叶熏身子的结果。妻子把此事悄悄告诉野汉子，野汉子马上动身前往印度。他如法行事，结果丧了性命。头人追查此事，农夫如实陈述。头人宣布农夫无罪，而妻子受到了惩罚。

老虎和獐子

珞巴族动物寓言。采录于西藏。

老虎和獐子相遇，见獐子牙齿很长露在外面，心里暗想它一定比自己厉害，便不敢惹獐子，低头走了过去。獐子很得意，自言自语道："它还怕我，其实我连芭蕉叶也咬不穿。"这话被老虎听到，回过头来就把獐子吃掉了。

老虎和青蛙

珞巴族动物寓言。采录于西藏。

老虎和青蛙是一对好朋友。青蛙常去老虎家，受到酒肉款待，便要回请老虎。老虎说，只要有肉，我一定去。青蛙看到一匹马在河里喝水，就想爬上马背咬一口肉下来招待老虎，谁知马一脚把它的腿弄断了。青蛙一拐一瘸爬回家，慢慢上房顶准备刮自己的腿肉来招待老虎。老虎来了，看到青蛙在忍痛刮腿肉准备宴请，赶快把它抱下来，安慰了一番就走了。青蛙觉得自己说话不算数，再也无脸见老虎，便搬进河里去居住了。

蝙蝠白天不敢露面

珞巴族动物寓言。采录于西藏。

有一次，祖先阿巴达尼举行青牛宴，让蝙蝠当执事。蝙蝠把应分给大家吃的东西，尽往自己家里拿，众鸟劝阻它也不听。于是，阿巴达尼在蝙蝠的屁股上点了一把火，把它的尾巴烧着了。它飞到森林里，又引燃森林大火，不得已又往山崖上飞，全身都被烟熏成了黑色。后来，蝙蝠一直住在山崖上，白天不敢露面，而且成了现在这个丑模样。

啄木鸟传话

珞巴族动物寓言。采录于西藏。

很早以前，祖先阿巴达尼把啄木鸟喊来，让它去通知死去的月亮和人："月亮死了，不要再回来；人死了，要再回来。"谁知，啄木鸟去通知时却说反了。

从此，月亮死了还能复生，人死了就不能复生。阿巴达尼为此很生气，决定惩罚啄木鸟。他用两块石头夹住啄木鸟的头，把它的舌头割掉，使啄木鸟成了扁脑袋、长嘴巴。此后，每当珞巴人之间发生矛盾时，就会说："中间调解传话的人，千万不要学啄木鸟。"

基诺族故事

白腊杰和白腊车

基诺族狗耕田型故事。采录于云南。

兄弟两个孤儿和睦相处，哥哥白腊杰娶个媳妇叫婆施。一天，婆施让弟弟白腊车住进仓库下边，给一条狗、一把刀就把他分出家门了。耕种季节，弟弟白腊车套着狗犁到哥哥家借谷种，婆施给他一包谷酒糟，上面沾了一粒谷种。种子撒下地后，长出一棵谷苗，弟弟松土施肥精心管理，数月后长得跟树一样粗壮高大。一个傍晚，野鸡飞来咬断谷穗，弟弟白腊车追赶不上，便坐在地上痛哭。天上飞来白发阿嫫劝他回去盖好七间仓库，编七张篾笆。一切备好后，弟弟白腊车照阿嫫说的把谷杆连摇七下，谷子像下雨般落满七张篾笆，装满七个仓库。他换家畜，盖竹楼，生活日渐富裕。婆施看了眼红，就让哥哥白腊杰去问清缘由，一早跑到白腊车地里拼命摇了七下，七条蟒蛇窜下来把婆施咬成七段，然后消失在云海中。

鱼姑娘与波卖

基诺族龙女型故事。采录于云南。

有一天，勤劳善良的波卖捕到一条鱼，就把它放在水缸里精心喂养。这条鱼原是龙王的公主，每天趁波卖出去做活时，便出来替他料理家务。有一次波卖躲在房子背后窥探，发现了从水缸里走出的美丽姑娘。于是，他们就结为夫妻，鱼姑娘变出了许多鸡鸭猪牛，生活一天天好起来。村子里的富人想占有他们的财产，借祭祖之机把波卖灌醉，然后在解酒的蚂蚁汤里掺上他忌吃的鱼汤和鸡蛋。等波卖醒来回到家里时，发现妻子已经不在，他痛不欲生。过了不久，富人来提亲。波卖便同富人的姑娘结了婚。随后，富人把波卖家里的鸡鸭猪牛全都搬走，富人的姑娘也回娘家了。波卖又成单身汉，整天伤心痛哭。癞蛤蟆同情他的遭遇，帮助他在水塘里找到了鱼姑娘，可鱼姑娘已经不能再变成人同波卖一起生活了。

猴子抬南瓜

基诺族奇遇故事。采录于云南。

基诺山上有兄弟俩，老大贪心懒惰，老二忠厚勤劳。老二天天上山种地，一群猴子常来掰包谷偷南瓜，满地乱跑。一天老二把地里最大的南瓜掏空，躲进瓜里，猴子爬来把大南瓜连同老二一起抬回猴山。猴王把两个装有金子、银子的葫芦摆在南瓜两旁，双膝跪下闭目念经。群猴正焦急等待抢吃大南瓜，老二突然大叫一声跳出南瓜，吓得众猴四散逃跑，老二拿着两葫芦金银回家，从此过上好日子。老大听说老二富起来的经过后，第二天也急忙躲进大南瓜里。当猴子们抬着南瓜过悬崖陡壁时，抓藤抠石互相提醒。老大推开瓜盖窥看，被小猴发现并尖叫“瓜里有人”，众猴弃瓜逃跑，把老大滚到了悬崖底下。

月　蚀

基诺族奇缘故事。采录于云南。

勤劳善良的孤儿特绕感动了天神，因此在栗树杈上网到一枚鸡蛋。从鸡蛋里走出一位美丽姑娘，与特绕结为夫妻，日子过得很幸福。后来国王想占有鸡蛋姑娘，就用金银、绸缎来作为交换，特绕坚决不答应。接着，国王便提出跟特绕斗鸡、斗牛、斗马、斗犬，特绕在鸡蛋姑娘的帮助下，一次次战胜了国王。可国王不肯罢休，经巫师的指点，国王在宴请时把他们夫妻俩忌吃的鸡蛋藏在肉丸子里。特绕夫妻吃后昏迷不醒，国王趁机把鸡蛋姑娘抢进深宫，藏在地下室里面。特绕几经周折，终于找到了妻子。鸡蛋姑娘知道不能跟特绕长久在一起，便让特绕飞上太阳，她自己却飞进月亮，三年偷偷相会一次。这就是月食。

两个同氏族的恋人

基诺族奇缘故事。采录于云南。

有一对情侣因是同氏族的人，父母不同意他们结婚。他们一同去殉情，阿妹死了，阿哥却还活着。阿妹的灵魂在祖先住过的苏季左米等了九年，经叭英神同意，才把阿哥的魂叫来。没料到他们父母的魂也在那里，他俩仍然不能成家，只好投胎第二次回到人间。没有想到，他俩投到了同一个母亲那里，成为双胞胎兄妹，又不能结为夫妻。于是阿妹投河自尽，阿哥逃进深山种地。

宝刀和竹笛

基诺族宝物故事。采录于云南。

从前，有三兄弟随父到江边捕鱼。晚上，他们的父亲被龙王吃掉，三兄弟醒来不见父亲，就在江边以打铁为生。生铁和炭味呛着龙王，龙王先后派白鱼、圆鱼、大头鱼上岸威胁阻止，三兄弟用烧红的火钳将它们夹得狼狈逃窜。于是，龙王亲自上岸，张牙舞爪要吃他们，顿时吓跑了老大、老二，却被老三用通红的火钳夹住肚子，痛得连连求饶，并且答应把腰间的宝刀和竹笛拿给他，因此得以逃命。两个哥哥得不到宝物，十分嫉恨，就骗三弟去打野猪，让三弟掉进他俩设置的深坑里。老三的哭声引来竹鼠，竹鼠啃断竹子帮他爬出深坑，老三便赠送竹笛报答竹鼠。老大、老二告诉弟媳，老三已经被豹子吃掉，从此常欺负弟媳。一日弟媳到箐里背水，躲在箐头的老三不断搅浑水试探妻子，又放田鸡顺水流进她的竹筒。老三的妻子立刻抓起田鸡，要撕开田鸡的颈上皮。田鸡告诉她，老三在箐头上。等她再打水时，看到丈夫的手镯淌进竹筒，夫妻得以团聚。接着，老三用炭灰把妻子脸涂黑，装扮成布朗人，他跟在后面一起回到家中。他的宝刀出鞘，闪出一道白光，两个哥哥吓得逃跑再没回来。从此老三与妻子一起打铁，生活得很幸福。

宝　葫　芦

基诺族宝物故事。采录于云南。

在老阿嫫破旧的房梁上，有个燕子窝。一天她准备做饭，看到一只被老鼠咬断了翅膀的燕子在火塘里痛苦翻滚。她连忙捧起小燕子，从地里采来接骨草捣烂给它包扎好，精心喂养，一直到伤愈才把它送回燕窝。春去秋来，小燕子跟妈妈从北方飞回，老阿嫫发现火塘上方多了个亮闪闪的大葫芦。她正吹火做饭，葫芦里流出许多金银。她不知道这是谁家的金银，便要叫人来认领，这时候葫芦突然化为一道金光不见了。她把金银分给村里的穷人，让大家都过上好日子。消息传到头人婆娘耳朵里，她在老阿嫫家捉回一只小燕子打断翅膀，潦潦草草给敷药包扎，养好伤便送回燕窝。燕子回来过冬，头人婆娘发现她家火塘上也有了一个大葫芦。她同样烧火做饭，葫芦却不开口吐金银。她一刀砍开葫芦，里面冲出两条蛇来，一口咬死了她和头人。

老鼠与大象

基诺族动物故事。采录于云南。

一天大象在山上吃嫩草，看到竹子上的茅草鸟窝，便抬起粗大的鼻子把鸟窝连同窝里的幼鸟一起卷进嘴里。小鸟回来，不见了窝和孩子，便痛哭起来，它看到大象甩着鼻子又跳又唱，就知道是它干的坏事，只得哭着飞走。老鼠来安慰小鸟妹妹，决定要教训大象。大象满不在乎，反而要踩死灰老鼠。灰老鼠趁机钻进象鼻踩来踏去，大象疼得眼冒金星，头昏脑涨，只得哀求认输。灰老鼠命令大象背着小鸟绕森林一圈，从此大象再不敢欺负小动物，也不再吃肉了。

螺蛳和大象比赛

基诺族动物故事。采录于云南。

有一天，一群螺蛳在泉水边唱歌吃草，自由嬉戏，一头大象扇耳甩鼻，大摇大摆走来，踩着螺蛳喊它们让路。小螺蛳温和地劝大象大哥不要瞧不起它们，说小动物也有本事。大象不服气，提出比本事，并说比不赢我就踩死你们！第二天，成千上万的螺蛳聚集山下，它们一字排过七条河又排过七架山。比赛开始，大象迈开四条腿，风一样狂奔，每跑一步都听到螺蛳的喊叫声，跑过六座山，螺蛳的喊声仍在前面。大象迈着沉重的脚步刚跑过七座山，累得一头栽进最后一条河里起不来了。螺蛳们到大象跟前说："我们已经跑到终点了，你还躺在这里，是谁输了？"小动物凭智慧取得胜利，大象只得灰溜溜地爬起来走了。

懒惰的求雨鸟偷水喝

基诺族动物故事。采录于云南。

有一年，基诺山遇到大旱，鸟儿们为了活命，合计一起去挖一口井。懒惰的求雨鸟不愿意干活，就说还不如去求神。众鸟儿没有听它的话，齐心协力，终于挖出一口井来。求雨鸟没有求得一滴水，渴得要命，便到井边去偷水喝，这才侥幸活了下来。

青蛙和猴子

基诺族动物故事。采录于云南。

青蛙很聪明，猴子对它总是不服气。有一次猴子来找麻烦，故意问青蛙到哪里去，青蛙说正要上山看祖传的神鼓。猴子好奇，要一起去。上山后，青蛙指着蜂窝说是神鼓，猴子信以为真，就上去“噼噼砰砰”地敲起来。蜜蜂受到惊吓，立刻围着猴子拼命地叮。这时候，大块大块的蜂蜜从上面落下来，让青蛙拾了一口袋。

猫头鹰引起的风波

基诺族动物故事。采录于云南。

有一次，猫头鹰偷吃绿雀树上的果子，绿雀飞起来啄瞎了猫头鹰的眼睛。猫头鹰吓得踩断了树枝，树枝打在麂子的头上，麂子吓得到处乱跑，踩断了瓜藤。瓜滚到野猪的草棚里面，吓得野猪到处乱跑，踩乱了山鸡窝。山鸡气得乱刨，刨出了蚂蚁窝，蚂蚁爬到野猪的鼻子上狠咬了一口。绿雀看见野猪的鼻子肿了，逐个追查，才晓得引起这一场风波的罪魁祸首是猫头鹰。

黑蚂蚁和喜鹊

基诺族动物故事。采录于云南。

从前，森林里面住着一只黑蚂蚁和一只喜鹊。黑蚂蚁辛辛苦苦筑窝，渴了就去水塘喝水，不小心掉进水里。喜鹊见了，赶忙叼一片树叶给它，让它得以活命。有一天，喜鹊在树上闭目养神，猎人发现了，便端起枪口对准它。黑蚂蚁看见，立刻爬到猎人的手上狠狠地咬一口。猎人“哎哟”一声，把喜鹊惊醒了，喜鹊赶忙飞走，躲过一劫。

织布姑娘白薇

基诺族婚恋故事。采录于云南。

从前，白薇和切施两个姑娘同时爱上了打猎的小伙子腰杰。腰杰同情贫穷的白薇，并爱上了她。切施仗着家里有钱有势，主动上门提亲。腰杰说切施不会织布，不愿娶她。切施告到她父母跟前，她父母仗势把白薇姑娘打了一顿。腰杰和白薇只得逃进深山，在那里过上恩爱的小日子。

木腊切和资布鲁

基诺族婚恋故事。采录于云南。

穷家小伙木腊切和富家小伙资布鲁同时爱上一个姑娘，姑娘爱上的是吹笛子能手木腊切。资布鲁不服气，提议和木腊切各摆一条凳子，看姑娘坐上哪条，姑娘就属于谁。木腊切摆的是扶桑花木凳，资布鲁摆的是镶金镶银的凳子，姑娘坐上了扶桑花木凳。资布鲁仍然不服，要比请姑娘吃槟榔、比斗鸡，但每一次都失败了。资布鲁施出毒计，把木腊切引进琵琶寨，然后回去说木腊切已经被琵琶鬼吃掉，强迫姑娘跟他结婚。正在这时候，远处传来木腊切的笛声。资布鲁循着笛声寻到悬崖上，只见木腊切拔刀走来，吓得他跌下悬崖一命呜呼。

阿推的故事

基诺族机智人物故事群之一。流传于云南景洪县基诺族聚居区。故事主人公阿推，又叫阿嘎布拉，系劳动者型机智人物。其故事大多数是描写智斗山官、头人、财主的作品，富有泥土气息和幽默感。代表性作品有《砍不倒的芭蕉树》《阿推被擒》《财主的“猪妈妈”》《山官吃猫尿》《汉官的马帮》等。

砍不倒的芭蕉树

基诺族机智人物故事。

山官被阿推捉弄后，提着一把长刀要找阿推算账，可是在密林里怎么也找不到，跑得满头大汗。阿推正躲在一棵大芭蕉树上睡觉。他叫住山官，山官就要砍倒芭蕉树捉他。他对山官说，树心是钢做成的，只有斧头才砍得倒芭蕉树：山官问阿推："如果我回家取斧头，你跑掉了怎么办？"阿推说："尊敬的山官，你太糊涂了。假如我要逃跑，为什么要喊你来捉我呢？我一定等着你回来。"趁山官回去取斧头的机会，阿推跳下芭蕉树跑进密林深处去了。

阿推被擒

基诺族机智人物故事。

阿推被山官捉住，关在木制的大鸡笼里，挂在澜沧江边的一棵大树上。邻寨的山官骑马奔来，阿推见他双眼红肿，便告诉他自己正遵照巫师的叮嘱在治眼病。邻寨的山官一听，恳求阿推也让他上去治眼，阿推把他牢牢地捆进鸡笼后，便骑马而去。午后，山官带山兵回来，将大树砍倒，鸡笼滚进了澜沧江的激流之中。傍晚，阿推骑着高头大马来到正得意的山官面前，说他去龙宫赴宴，龙王要送他许多财宝，他只要了这匹雪白的千里马。山官听得十分眼热，要求携全家也去龙宫做客。阿推随即弄来几只大缸，除了自己要坐的那只外，都将缸底凿了一个洞。第二天，山官一家坐的缸都沉入江底，唯独阿推顺水漂回到了岸边。

财主的"猪妈妈"

基诺族机智人物故事。

财主过着花天酒地的日子，穷帮工整天干活，却吃不到一点荤腥。这天财主他妈死了，吩咐阿推守夜照看。夜深人静时，阿推杀死一头肥猪，把财主妈的寿衣披毡脱下给猪穿上，停在堂上，将死尸藏进林中。次日举行隆重的殡葬仪式，入殓时大家看到黑乎乎的肥猪，吓得不知所措，阿推学着巫师模样，口中念道："天神说，你们阿妈是猪变的，你家吃肉太多触犯天神，所以你阿妈过早死了。天神命你们再也不要吃猪肉了。"财主埋葬"猪妈妈"以后，再也不敢吃猪肉了。于是，帮工们便大胆把猪全宰着吃了。

神的旨意

基诺族讽刺故事。采录于云南。

有一次，一个算命先生对一家主人说，他的儿子七天以后就会死去，儿子死后三年他就会发财。这家主人深信这是神的旨意，因此伤心痛哭。不管路人、儿子怎么劝说，这家的主人也不能改变自己的看法。七天后，他的儿子并没有死，但他想到儿子不死就不能发财，竟狠心用毒药毒死了儿子。

傻孩子学喷饭

基诺族谐趣笑话。采录于云南。

头人布鲁车晚年得子，十分宠爱儿子。一天，他让儿子跟他上山学安扣子，说道："到山上后你不能说话，我怎么做，你就怎么做。"父子二人来到山上，头人布鲁车先教儿子安扣子，往前走发现一只麂子，他赶紧闪到树旁做手势让儿子过来，儿子也做手势招父亲过来。头人布鲁车气得跺脚，儿子也啪的一下跺脚，惊跑了麂子。中午，父子就地吃饭，头人布鲁车扑哧打个喷嚏，饭从鼻子里喷出来。儿子也试着打，可饭怎么也喷不出来。傍晚到家后，儿子对妈妈说："我什么都学会啦，就是饭从鼻子里喷出来没学会。"

附录一

故事学基本理论、基本知识

【故事学】　民间文艺学的一个分支。它以民间故事为研究对象。这一学科运用各种研究方法和研究手段，对本国和世界各国的民间故事的产生、发展、流传、演变、影响等，进行全面、系统、深入的研究。在研究过程中，联系不同的历史时期社会生活、文化传统，阐明民间故事的思想内容、艺术特征、社会功能等基本原理和基本规律。可分为总论与分论两大部分。总论为民间故事的基本理论研究，包括民间故事的发生学、分类学、形态学、类型学、传播学、档案学等。分论既包括民间故事的历史研究、比较研究、鉴赏研究、学术史研究，以及有关民间故事讲述家、采录家、理论家的研究等，也包括各种民间故事体裁、门类的研究，涉及幻想故事研究、写实故事研究、民间笑话研究、民间寓言研究、机智人物故事研究、鬼故事研究、家庭故事研究、巧女故事研究、呆子故事研究、诗对故事研究等。故事学是一门具有国际性的学科。从19世纪以来，外国的不少民间文艺学流派在故事研究方面多有建树。自20世纪“五四”以来的不同时期，中国的故事学家在民间故事研究方面也取得许多成果，为建设中国的故事学体系作出了不少贡献。

【民间故事】　民间文学的一个重要体裁。有广义与狭义之分。广义的民间故事，指所有的散文体口头叙事文学，包括神话、民间传说和狭义的民间故事。狭义的民间故事，指不包含神话、民间传说的散文体口头叙事文学。在民间文艺学中所使用的“民间故事”这个术语，大都是狭义的民间故事。而一般所说的“民间故事”，则有时是广义的，有时是狭义的。民间故事（指狭义的，下同）的人物和情节往往出自艺术虚构，大都没有确定的时间、地点，人物大都没有确定的姓名或者是很常见的姓名。民间故事可分为幻想故事、写实故事、民间笑话、民间寓言四个大类。其中有的具有幻想色彩，这就是幻想故事、一部分民间寓言以及极少数民间笑话；有的不带幻想色彩，这就是写实故事、绝大部分民间笑话和一部分民间寓言。民间故事在再现现实生活时，有相当一部分作品都具有定型化的特点，采用各种结构模式，如对比式、衬托式、三段式、连锁式、嵌入式、包孕式等。在散文体的民间故事里面，某一些作品偶尔也出现一些韵文。在民间故事与神话、民间故事与民间传说中有时会出现一些交叉的现象，它们之间都存在一定的模糊带。

【故事群】　亦称“系列故事”。故事学术语，是以某个特定人物为主角的若干民间故事的总称。这些故事中，思想内容、表现手法、艺术风格、故事主角的性格特征大体上是统一的。故事群的形成，大都经过较长的时间，少则几十年，多则百多年，甚至几个世纪。其规模大小不等，最大的可达数百篇之多。有一些故事群为若干民族所共有，譬如纳斯尔丁·阿凡提故事群，流传于中国的维吾尔、哈萨克、柯尔克孜、塔吉克、乌兹别克等民族。又如谎张三故事群，流传于中国的汉、回、苗、白、傈僳、彝、土家等民族。那些规模较大、广为流传的故事群的主角，往往是箭垛式人物。个别故事群则没有一个特定的故事主角，譬如晋南临汾、襄汾、万荣、永济、河津、新绛等地的“七十二呆的故事”。

【故事带】 故事学术语。它由若干个跨地域的，甚至是跨国家的故事群组成。这些故事群既有相似的或者相同的主角，又有相似的或者相同的作品。在许多方面，这些故事群彼此影响，甚至有共同的源头。世界上最大的两个故事带，是中近东机智人物故事带和东亚、东南亚机智人物故事带，它们都同中国有着密切的关系。

【中近东机智人物故事带】 世界上最大的两个故事带之一。所流传的机智人物故事，以阿拉伯的朱哈的故事和土耳其的霍加·纳斯尔丁的故事为核心，包括由这两个故事群演变出来的伊朗的毛拉·纳斯尔丁的故事，中亚细亚的毛拉·纳斯列丁的故事，阿富汗的纳斯尔丁·阿凡提的故事，中国维吾尔、哈萨克、柯尔克孜、塔吉克、乌兹别克等族的阿凡提的故事，保加利亚、塞尔维亚的霍加·纳斯尔丁的故事以及哈萨克斯坦与吉尔吉斯斯坦的阿尔达尔·科塞的故事、哈萨克斯坦的日连舍和卡拉莎什的故事、土库曼斯坦米纳里的故事和克米涅的故事、亚美尼亚的普基普的故事、阿拉伯的阿布·纳瓦斯的故事，突尼斯的贾的故事等。这个故事带的机智人物故事，从13世纪以后便日渐丰富，流传越来越广泛，影响遍及亚洲、非洲、欧洲等许多信仰伊斯兰教的国家、地区和民族。这个故事带的机智人物故事，不但作品的内容、形式、艺术风格非常相似，而且有自成体系的故事类型。诸如估身价型故事、避雨奇闻型故事、世界末日型故事、三次讲道型故事、款待皮袍型故事、献鹅吃腿型故事、树上有路型故事、幸驼无翅型故事、酒鬼之物型故事、猫与肉型故事、兔汤的汤型故事、教驴识字型故事、表演箭术型故事、难辨左右型故事、梦中得钱型故事、圣徒唤树型故事、看吵架型故事、算鸡账型故事等，都是这个故事带特有的故事类型，或者以这个故事带为主的故事类型。

【东亚、东南亚机智人物故事带】 世界上最大的两个故事带之一。这是一个受到汉文化影响和佛教文化熏陶的机智人物故事带，其主体是中国各民族的机智人物故事。东亚地区还有日本、朝鲜、蒙古以及俄罗斯布里亚特的机智人物故事；东南亚地区有泰国、老挝、柬埔寨、越南、印度尼西亚、马来西亚的机智人物故事。这个机智人物故事带与中近东机智人物故事带相比较，有如下几个不同的特点：①这个故事带的萌芽时期比中近东机智人物故事带早，兴盛时期则晚于中近东机智人物故事带；②这个故事带的机智人物故事群众多，其数量远远超过中近东机智人物故事带，但是它们的艺术成就和影响，都不能够与以朱哈、霍加·纳斯尔丁等机智人物为主人公的故事群匹敌；③这个故事带的传播者后受众的宗教信仰多元化（除大多信奉佛教外，尚信奉道教、伊斯兰教、天主教、基督教、神道教、原始宗教），语系、语族、语支多样性，社会发展阶段不同和民族风情的殊异，使得这个故事带的故事比中近东机智人物故事带更为多姿多彩。

【系列故事】 亦称“故事群”。故事学术语。参见“故事群”条。

【箭垛式人物】 民间文艺学术语。最初是胡适在《读〈楚辞〉》中提出的。胡适认为，“箭垛式人物”“就同小说上说的诸葛亮借箭时用的草人一样，本来只是一札干草，身上刺猬也似的插着许多箭，不但不伤皮肉，反可以立大功，得大名”。他指出屈原也是“箭垛式人物”，与黄帝、周公同类，与希腊的荷马同类。在民间文学中，“箭垛式人物”是常见的一种人物类型，他们大都是某个民族、某个地区知名度很高的一类民间文学人物形象。民众以此类人物形象作为主人公来编讲传说、故事，往往将已有的各种故事情节附会在他们身上，使有关他们的传说群、故事群如同滚雪球似的不断得到充实、扩展。这类“箭垛式人物”，有的出自艺术虚构；有的以历史人物作为原型，但大多与原型相去甚远。尽管此类“箭垛式人物”使传说群、故事群的作品数量较多，而且往往非一个时期、一个一个地区，甚至非一个民族的民间创作，但人物的性格特征大致是统一的。世界上各国民间故事中的机智人物，大多是“箭垛式人物”。

【故事学家】 故事学术语。指从事民间故事研究的学者。故事学作为一门具有国际性的学科，它在中国是从20世纪“五四”以后才逐渐发展起来的。在将近一个世纪的不同时期，中国在故事学领域里面出现了不少有建树的学者，他们有的主要研究民间故事，有的兼攻其他相关学科，为建设中国的故事学体系作出了不少贡献。著名的有赵景深、钟敬文、罗永麟、天鹰（姜彬）、刘守华、许钰等。

【民间故事采录家】 故事学术语。指从事民间故事采录的学者、民间文学工作者。从古至今，中国素有采录民间故事的传统。古代的不同时期，都涌现过许多民间故事采录家，诸如晋·干宝、晋·陶潜、南朝宋·刘义庆、南朝齐·祖冲之、唐·张鷟、唐·戴孚、唐·段成式、唐·张读、五代·王仁裕、五代·徐铉、宋·郑文宝、宋·洪迈、宋·王明清、宋·周密、金·元好问、元·陶宗仪、明·陆容、明·祝允明、明·陆粲、明·江盈科、明·王同轨、明·冯梦龙、清·王士禛、清·袁枚、清·纪昀、清·梁恭辰、清·俞樾、清·吴沃尧等。他们大都是文学家、史学家、科学家、学者、官员，但是在民间故事的采录方面成绩卓著，对于保存民间故事、促进民间文化的发展作出了自己的贡献。现当代的民间故事采录家，尽管各人的身份不同、经历不同，但是都在采录民间故事方面成绩显著，并且大多成为民间文学事业的中坚力量。他们是萧崇素、肖甘牛、董均伦、孙剑冰、李星华、陈玮君、燕宝、汛河、张士杰、黎邦农、王作栋、李征康、刘民、华士明、康新民、朱海容、周正良、赵志毅、蓝洪恩、依易天、芒·牧林、马名超、张其卓、张楚北、王召里、陶学良、裴永镇、范金荣、史耀增等。

【民间故事讲述家】 故事学术语。指不同时期掌握作品数量甚多，语言表达能力强，具有相当生活阅历和艺术修养的民间故事（包含神话、民间传说，下同）讲述者。民间故事讲述家，既有男性也有女性，一般都会讲述几十则乃至一二百则民间故事，在该地区、该民族有相当影响和名望，有的甚至堪称该地区、该民族集民间故事大成的传承人，在民间故事传承和发展中，有过一定的贡献。由于各自的性别、年龄、出身、职业、文化程度、宗教信仰、社会经历、传承渠道、传承方式等的差异，他（她）们所讲述的民间故事，在作品题材、思想内容、语言风格、艺术特色等方面，往往存在这样那样的差别，甚至显示出一些个人的创造性。对于从古到今的民间故事讲述家进行系统、深入的研究，将有助于推动中国民间文艺学的建设。

【古代民间故事讲述家】 民间故事讲述家的一个部分。中国有关民间故事讲述人的记载，最早出现在初唐，见于唐临撰《冥报记》。该书记载有里玄契、萧锐、李适裕、柳亨、郑余庆等一批故事讲述人，他们既有采录者的兄嫂、舅父、外祖父，又有士人、僧道、医生、乡民、船夫，最多的则是中央和地方的各级官员。此后的五代、宋、元、明、清各个时期，都有许许多多关于民间故事讲述人的记载。其中比较突出的民间故事讲述家有宋代的吕大年、朱从龙、黄日新、吴泰等。今本宋·洪迈撰《夷坚志》（《夷坚志》原有四百二十卷，今本共二百零六卷，约为原书的一半）收有吕大年讲述的民间故事136则。今本洪迈撰《夷坚志》收有朱从龙讲述的民间故事74则，还收有黄日新讲述的民间故事59则，也收有吴泰讲述的民间故事56则。古代的民间故事讲述人非常广泛，包括从上到下的各个社会阶层的不同性别的人物。譬如，清·纪昀撰《阅微草堂笔记》记载的民间故事讲述人，包括：①采录人的父亲、祖父、兄弟、外祖母、舅父、姨母、姨丈、表兄、表叔、外叔祖、从舅、从叔、从伯、从侄、从孙、族叔、族兄等家庭成员和亲戚；②采录人相识的大学士、御史、提督、太守、太常、太仆、王爷、贝勒、按察使、少司寇、观察、司农、阁学、翰林院供事、军台、副都统、藩司、运使、守备、同知、通判、主事、县令、县丞、编修、教谕、教授、助教、孝廉、巡检、军校、军吏、千总、把总等各级官员；③采录人的各位师友、门生；④新疆少数民族的贵族、官员；⑤员外、儒生、医生、道士、和尚、尼姑、旅店主、琴工、卜者、佃户、乳母、侍姬母、保姆、轿夫、司炊妇、仆人、奴子、卖花妇、遣犯、流人等其他社会成员。

【现当代民间故事讲述家】 民间故事讲述家的一个部分。对于现当代中国民间故事讲述家的发现和研究，大致上是与中国民间文艺学的建创和发展同步的。20世纪20年代以后中国学者在采录民间故事时，已经开始注意到民间故事讲述家了。刘大白著《故事的坛子》中采录的几十则故事，讲述人就是他家的一位60多岁的老妈子，她善于讲故事，人称“故事的坛子”。20世纪50年代，民间故事的采录在许多地区得到进一步的拓展，发现了不少民间故事讲述家，譬如萧崇素1954年在四川阿坝地区发现的黑尔甲、孙剑冰，1954年在内蒙古西部汉族地区发现的秦地女、李星华，1956年在云南白族地区发现的瑞青等。自从20世纪80年代开展《中国民间故事集成》工作以后，有一大批出色的民间故事讲述家陆续被发现，在民间文学界引起强烈的反响。譬如汉族的刘德培（湖北）、刘德方（湖北）、靳景祥（河北）、靳正新（河北）、纪文道（河北）、谭振山（辽宁）、李明（女，辽宁）、任国栋（河南）、曹衍玉（女，河南）、宋宗科（山东）、尹宝兰（女，山东）、尹泽（山西）、魏显德（重庆）、温重登（四川）、陆瑞英（女，江苏），朝鲜族的金德顺（女，辽宁）、黄龟渊（吉林），满族的傅英仁（黑龙江）、李成明（辽宁），藏族的尼玛彭多（西藏）、杨七斤初（四川），维吾尔族的阿克拜克·铁木尔（新疆）、艾买提·巴吾东（新疆），土家族的孙家香（女，湖北），哈尼族的朱小和（云南），白族的李中迪（云南），赫哲族的乌克定·连贵（黑龙江）。先后出版的民间故事讲述家专集有《金德顺故事集》（1983）、《满族三老人故事集》（1984）、《白凤凰》（李明故事集，1985）、《新笑府》（刘德培故事集，1989）、《杏林春梦》（纪文道故事集，1989）、《宋宗科故事集》（1990）、《黄龟渊故事集》（1990）、《魏显德故事集》（1991）、《靳正新故事百篇》（1995）、《野山笑林》（刘德方故事集，1999）、《故事婆讲的故事》（曹衍玉故事集，2000）、《傅英仁满族故事》（2006）、《老虎背媳妇——民间故事讲述家尹宝兰故事集》（2006）、《谭振山故事精选》（2007）、《陆瑞英民间故事歌谣集》（2007）等。

【结构模式】 故事学术语。民间故事在发展过程中，其艺术形式逐渐呈现出模式化的趋势，形成各种结构模式。属于故事内部的结构模式有：对比式、衬托式、两段式、三段式、四段式、连环式、层叠式、小连锁式等；属于故事之间的结构模式有：大连锁式、小连锁式等。民间故事的各种结构模式是经过相当长的时间才逐渐形成的，具有较强的稳定性。它们对民间故事的创作提供了便利，并且易于民间故事的记忆和传播。但是，它们也容易束缚人们的创造性，某些结构模式出现变体，正是突破其束缚的表现。民间故事的结构模式大多数也适用于神话和民间传说。

【两段式】 民间故事结构模式之一。系在故事中基本上相似的情节连续重复两遍的结构模式。这种结构模式又可以分为一般两段式和对比式两类。一般两段式则分为纵向两段式与横向两段式两类。

【纵向两段式】 两段式的一类。指同一个故事人物接连做两件相似的事情，形成两次重复。古代譬如《搜神记》卷十七《顿丘鬼魅》，写鬼魅现形，令骑者惊吓堕马昏厥；鬼魅再次现形，令骑者堕地怖死。又如《宣室志》补遗“刘宪”，写白衣鬼第一次要刘宪去冥府，被刘宪叱走；白衣鬼第二次要刘宪去冥府，刘宪便随鬼而去。现当代譬如汉族《买头痛膏药》，写有一晚毕矮替邻居去买头痛膏药，药店老板嫌生意小不理睬；第二天毕矮与朋友去买十担箩筐的头痛膏药，药店老板拿不出来，连连道歉。又如蒙古族《混合抓饭》，写贝子老爷叫阿尔格奇去煮饭混合抓饭，阿尔格奇先煮一会小米才加大米，贝子老爷尝后皱眉头说小米烂了，大米还硬，没饭吃；阿尔格奇拿去加工，又往锅里面加一些小米。过一会盛出去，贝子老爷尝后皱眉头说现在大米烂了，小米不熟，同样没饭吃。

【横向两段式】 两段式的一类。指两个故事人物接连做一件相同或者相似的事情，形成两次重复。古代譬如《笑林》“不识镜”，写妻子照某人买的镜子，又要了一个妇人回家；老母照某人买的镜子，惊呼又领一个亲家母来了。又如《集异记·僵僧》写士兵郝某不信佛，用刀刺僵僧心脏，不到三四步便捧心大叫一声而死；士兵陈某不信佛，用刀挑去僵僧二齿，不到三四步便捧脸大叫一声而死。现当代譬如汉族《冬至日短》，写冬至时节财主派两个长工上山锯木劈柴，让两个人合吃一碗饭，说：“‘冬至日短，两人共碗’，眨眨眼就吃晚饭了。”两个长工上山只锯一小段木头就休息了。擦黑回去财主问他们为啥才锯一点点？他们回答：“‘冬至日短，两人共段’，天一眨眼就黑了。”又如藏族《死鸽子》，写有个小伙子花钱请喇嘛替生病的阿妈念经，正念经时阿妈就死了，喇嘛说小伙子的阿妈变成鸽子飞上天了。阿古登巴知道后就去请喇嘛替他的阿妈念经，喇嘛揭开皮袄看见里面是一只死鸽子很生气，阿古登巴说他的阿妈变成鸽子飞上天了。

【对比式】　两段式的一类。系同一个角色连续做大体上相似的两件事或者两个角色相继做大体上相似的一件事，其结果形成鲜明的对比。古代譬如《韩非子·内储说上》“南郭吹竽”写齐宣王使三百人吹竽，南郭处士混迹其中，与众吹者一样享受薪俸；齐愍王让人吹竽时，喜欢听独奏，南郭处士无法蒙混，只得溜之大吉。又如《新序·杂事四》“熊渠子射石”写熊渠子误以寝石为虎，弯弓一射，竟连箭尾都射进石头了；当然熊渠子发现是一块石头时，弯弓再射，不但折断了箭，而且石头上连一点痕迹都没留下。现当代譬如汉族《圆梦》，写恶人让故事主人公替他圆切梨之梦，他说：“切梨伤子，恐怕你儿子性命难保。”吓得对方失魂落魄。穷人请故事主人公替他圆切梨之梦，他说：“切梨见子，你外出的儿子可能就要回家了。”让对方高高兴兴离去。又如傈僳族《石人的故事》，写分家时弟弟只得到一块坏地。地边的石人很同情弟弟，让他从自己的嘴里掏银子，装满一条口袋就走。弟弟照办了，生活富裕起来。哥嫂逼迫弟弟说实话，晚上牵着几头牲口，带了几条口袋去掏银子。他们贪心不足，惹怒了石人，一下合拢嘴巴咬死了他们。

【三段式】　又称三段体、三叠式、三复式、三重式、三回式。民间故事结构模式之一，系故事中基本上相似的情节连续重复三遍的结构模式。这种结构模式在故事里面经常得到采用，可以分为纵向三段式与横向三段式两类。

【纵向三段式】　三段式的一类。指同一个故事人物接连做三件相似的事情，形成三次重复。古代譬如《韩非子·和氏》中“和氏璧”的故事写和氏向楚厉王献玉璞，被刖去左足；和氏献楚武王玉璞，被刖去右足；和氏抱玉璞哭于楚山下，楚文王命玉匠凿玉璞而得宝，命名“和氏璧”。又如《事林广记·秦士好古》，写秦士第一次用田亩换回“孔子所坐之席”；秦士第二次用倾家财产买下“太王避狄所操之杖”；秦士第三次用住宅购得“桀所作之碗”。现当代譬如，在蒙古族《报仇棒》中，故事主人公伊和胡楚先后三次得到宝物；在藏族《青蛙骑手》中青蛙前后三次去头人家里求婚。

【横向三段式】 三段式的一类。指三个故事人物接连做一件相同或者相似的事情，形成三次重复。古代譬如《纪闻·苏无名》，写武则天命洛州长史捕盗，说：“三日不得盗，有罪。”长史命两县主盗官捕盗，说：“两日不得盗，将死。”两县主盗官命吏卒捕盗，说：“一日必擒获，擒不得，先死。”又如《应谐录·搔痒》，写儿子为某人搔痒，三次弗中；妻子为某人搔痒，三次弗中；某人自己搔痒，一搔而痒绝。现当代譬如汉族《一计镇三邪》，写张五伢憨厚老实，他用雨伞牵瞎子过桥时，瞎子讹他，弄走了那把雨伞；他去汤圆铺吃汤圆时，汤圆铺老板讹他，让他付双份钱；他到当铺去换钱时，当铺老板讹他，让他受到很大损失。后来弟弟张十伢施计替他报了仇。又如塔塔尔族《铁肚脐》，写国王发现不断丢失马群后，派大王子去察看，竟在路上睡着了，又丢了一群马；派二王子去察看，同样没有结果；三王子自告奋勇去捉贼，与几个妖魔奋战，夺回了马匹。

【复合三段式】 三段式的一类。由两个三段式组合而成，两个三段式往往相互关联。古代譬如《逸史·李主簿妻》包含两个三段式，李妻去华岳拜谒金天王时气绝，请叶仙师来书符施救，形成纵向一个三段式；金天王接到叶仙师所书三道符态度发生变化，又形成一个纵向三段式。《志异续编》卷一《学仙》由两个纵向三段式组成，前一个纵向三段式写学仙后故事主人公在黄山呼猿，尚灵验；故事主人公在黄山呼鸟，尚灵验；故事主人公在黄山冲举，尚灵验。后一个纵向三段式写故事主人公回家后呼猿，不灵验；故事主人公回家后呼鸟，不灵验；故事主人公回家后欲冲举，无结果。现当代例如彝族的《淌来儿》，写故事主人公淌来儿去见太阳姑娘前，先后接受划船人、种树人、盼水人的托付，形成一个横向三段式；他见到太阳姑娘后，又相继把答复转告盼水人、种树人、划船人，又形成一个三段式。又如维吾尔族《渔夫的儿子夏吾冬》，写夏吾冬先后放走了大鲤鱼，搭救了小雕鸟，让猎人不要枪杀狐狸，形成一个三段式；大鲤鱼、小雕鸟、狐狸先后前来帮助夏吾冬躲避公主的宝镜，终于与公主结为夫妻，又形成一个横向三段式。

【四段式】　民间故事结构模式之一。系在故事里面基本上相似的情节连续重复四遍的结构模式。这种结构模式又可以分为纵向四段式与横向四段式两类。

【纵向四段式】　四段式的一类。指同一个故事人物接连做四件相似的事情，形成四次重复。古代譬如《庄子·外篇·达生》“纪渻子养斗鸡”，写纪渻子为周宣王养斗鸡，十日后说它正虚骄，不行；过十日说它尚不冷静，不行；过十日说它气焰很盛，不行；过十日说它已经修炼成熟，别的鸡无有敢碰它的。又如《湖海新闻夷坚续志》后集卷一《神仙门·崔公得道》，写麻姑问砍柴崔公想做官吗？崔公说：“为啥做官？”麻姑又问崔公要钱吗？崔公说：“钱多害已。”麻姑又问崔公要好衣服吗？崔公说：“卖柴人穿好衣服干啥？”麻姑又问崔公想啥？崔公说：“我要胡须拖地便好。”麻姑果然让他胡须拖地，后来夫妻均入山成仙。现当代譬如藏族的《花狗姑娘》，写国王要抢夺牧民的妻子——花狗姑娘，头一回要牧民三天内修一座园林，妻子用神奇的办法一夜就修好了；第二回国王要跟牧民赛马，妻子借来龙马让牧民取胜了；第三回国王要牧民取回狮子奶等，牧民在妻子的帮助下办到了；最后一回国王要跟牧民决一死战，他们向龙女借来兵箱，将国王消灭了。

【横向四段式】　四段式的一类。指四个故事人物接连做一件相同或者相似的事情，形成四次重复。古代譬如《古今谭概》颜甲部第十八《李庾女奴》写大官李庾的四个儿子——大郎、二郎、三郎、五郎先后去调戏女奴，女奴分别让他们拿着茵席在厅堂的东南角、东北角、西南角、西北角相待，全都受到捉弄。又如《子不语》卷四《猎户除狐》写道士施法除狐，无济于事；法官施法除狐，无济于事；谢某施法除狐，无济于事；猎户用鸟枪除狐，立即见效。现当代譬如蒙古族的《机智的红狐狸》，写红狐狸领着故事主人公宝罗勒代去蟒古思的宫殿安家时，一路上蟒古思的驼倌、马倌、牛倌、羊倌相继按红狐狸的交代回答胡尔木苏特大帝，形成四次重复。

【其他多段式】　民间故事结构模式之一。系在故事里面基本上相似的情节连续重复五遍或者五遍以上的结构模式。古代《列子·周穆王》“燕人返国”为五段式，写燕人回国，到晋国时同路人指着一座城说是燕国之城，燕人愁容满面；同路人指着一座土地庙说是他家乡的土地庙，燕人感叹不已；同路人指着一座房屋说是他老祖宗留下来的，燕人伤心落泪；同路人指着一处坟墓说是他先人的坟墓，燕人便放声哭泣；同路人笑着说我是骗你的，这里是晋国，燕人感到很惭愧。又如《嘻谈初录》卷下《问心》包含一个六段式，写店主误以为粪坑里的柿子是心，先问老大，老大说："不是我的，我的心是黑的。"店主又问老二，老二说："不是我的，我的心在肋下。"店主又问老三，老三说："不是我的，人家说我有二心，哪里是一个！"店主又问老四，老四说："我的心早已丢了，至今没找到。"店主又问老五，老五说："我的心早坏了。"店主又问老六，老六说："人家说我没有良心，我哪里有心啊。"现当代譬如蒙古族《九兄弟》写九个兄弟一个个分别向妈妈述说自己的本领，形成九段式。又如汉族的《猪哥精》写猪哥精要伤害老妈妈时，先后有货郎、挑猪屎的、卖蛇的、卖甲鱼的、卖螃蟹的、卖鸡蛋的、开井的、糊纸床的、卖牛的、卖马的等十个好心人来提供帮助，淹死了猪哥精，让老妈妈平安无事，形成十段式。

【连锁式】 又称串连式、嵌入式、连串插入式、包孕式。民间故事结构模式之一，系将有一定关联的故事进行组合的一种结构模式。可分为小连锁式和大连锁式两类。

【小连锁式】 连锁式的一类。指将若干个情节单元连串成为一个故事的结构模式。古代譬如《夷坚乙志》卷七《毕令女》由"诉冤"与"恋情"连串而成。前面写毕令前妻所生的大女儿，借后妻所生的二女儿之身，诉说被迫害致死的冤情。后面写毕令大女儿的亡魂与一个士人的恋情。因为二女儿的破坏，大女儿不得复生。又如《鬼董》卷一"韦自东"，由"消灭食人怪"与"斗毁药鼎妖"连串而成。前面写韦自东前后击毙公母两个吃人的妖怪，后面写韦自东先后剑击变为毒蟒、变为美女、变为道人的药鼎妖，最后将其捣毁。现当代譬如藏族《三不会的雇工》由"不会给山剃头（指砍柴）""不会背大海（指背水）""不会割千千万万的腰（指割青稞）"三个情节单元组成。又如傈僳族《鱼姑娘》串连了"赛找人""赛做庄稼活""赛打猎""赛射石崖""借锣"五个情节单元。

【大连锁式】 连锁式的一类。指将若干个独立的故事连串成为一个大故事或者成组故事的结构模式。古代譬如《仕隐斋涉笔》卷七《恶趣·安士敏》由《订做满鞋》《订做窑器》《整妇女》《整蛋贩》《改石碌》《抬桶过桥》《水解毒》《乌须药》《对楼相亲》等组成。又如《笑笑录》卷五《狄希陈》由《染红鼻》《削树橛》《溺先生》《满身涂泥》《闩门》《藏马》《捉弄蛋贩》《抬粪过桥》等组成。现当代譬如汉族《智斗“顺风旗”》由《管家“顺风旗”》《一难“顺风旗”》《二难“顺风旗”》《三难“顺风旗”》《气走“顺风旗”》组成。又如黎族《劳祝献宝》由《一献“马蛋”》《一献“宝棒”》《一献“龙”马》组成。

【连环式】　又称“连环故事”。民间故事结构模式之一，指作品里面的故事情节发展环环相扣，形成一种回还往复的独特结构模式。古代譬如《吕氏春秋·不苟论·贵赏》“齐人有好猎者”，写好猎者发现打不到野兽的原因后，便奋力耕种；奋力耕种后，便富裕起来；富裕起来后，便有钱买猎犬；有了猎犬，就不断捕获猎物。又如《续齐谐记》“阳羡书生”，写在途中书生口吐装着肴馔的铜奁子设宴；书生口吐一女子共同坐宴；女子口吐一男子共叙寒温；女子口吐一锦行障与书生共眠；男子口吐一妇人共酌；男子知书生与女子将醒，便取妇人纳入口中；女子见书生要起，便吞下男子；天晚，书生吞下女子及食器而去。现当代譬如汉族的《打破连环套》，写一个泥人妖怪吃下大量的米，喝下大量的水，然后吞下一个小女孩、一个小男孩，吞下一个牧人和他的牛，吞下一个拿着锤子的石匠。石匠用锤子敲开妖怪的胃，依次放出牛、牧人、小男孩、小女孩，流出所有的水和米。又如壮族《石匠》，写一个石匠羡慕财主，仙人把他变为财主后，他又想当大官；仙人把他变为大官后，他又想当农夫；仙人把他变农夫后，他又想当太阳；仙人把他变太阳后，他又想当乌云；仙人把他变乌云后，他又想当大风；仙人把他变大风后，他又想当石头；仙人把他变石头后，他觉得还是当石匠好，又变为石匠，再也不胡思乱想啦。此外还有土家族的《鸡儿为妈妈报仇》、哈尼族的《小鸡报仇》等。

【异文】　民间文艺学术语。指原有的民间文学作品发生变化后的形态。民间文学作品具有口头性、变异性特征，它们在流传过程中，从语言、形式到思想内容、艺术形象会产生不同程度的变化，于是出现各种异文。一篇（或一首、一部）民间文学作品，流传的时间越长，流传的地域越广，往往发生的变化越大，出现的异文越多。对于民间故事而言，就可能形成相关的故事类型。譬如，“灰姑娘型故事”在世界上就有成百上千篇异文。采录民间文学作品时应当关注、记录并且保存它们的各种异文。这有助于进行民间文学的比较研究，也是整理民间文学作品必不可少的参考资料。

【故事类型】　故事学术语。指根据故事情节归纳出来的民间故事的基本形式。一个故事类型通常由若干情节组成，情节大致相似的各种故事同属一个故事类型。许多故事类型具有国际性，在世界各地广为流布，譬如“灰姑娘型故事”“狼外婆型故事”“狗耕田型故事”“羽衣仙女型故事”“猴子取心型故事”“计囊袋型故事”。一部分故事类型具有地域性，只在某个地区、某个国家流布，譬如“谁力量大型故事”“贼搬家型故事”“种树防盗型故事”“树上有路型故事”“以烛代柴型故事”等，流传于中近东机智人物故事带；“诱出户型故事”“屙银牛型故事”“搓灰绳型故事”“学狗叫型故事”“石头肥田型故事”等，流传于东亚、东南亚机智人物故事带；“井水化酒型故事”“计免皇粮型故事”“代写状子型故事”“天高三尺型故事”“父似董卓型故事”“两头哭型故事”“斗阎王型故事”等，流传于中国各地。

【原类型】 故事学术语。指最早出现的基本故事类型。亚型由原类型演变而成，需要指出的是，对于某一些原类型及其亚型的判定，只有相对的准确性。因为有的原类型及其亚型见于同一本古籍，无法断定孰先孰后。譬如，“鲍君神型故事”及其亚型“桑中生李型故事”“石贤士神型故事”，均见于汉·应劭撰《风俗通义·怪神》，无从知道它们的采录时间，更不可能断定它们流传时间的先后。即使“海岛历险型故事”及其亚型“海岛妇人型故事”，分别见于郭彖撰《睽车志》与洪迈撰《夷坚志》，两书均成于南宋初年相距不超过三四十年，录写的时间早一点的，未必比录写的时间晚一点的产生的时间早。

【亚型】 又称“次类型”。故事学术语。指与原类型近似并且可单独成立的故事类型，即属于由原类型演变出来的新故事类型。譬如，“桑中生李型故事”“石贤士神型故事”，均系“鲍君神型故事”的亚型。又如“动物鸣冤型故事”系“义犬鸣冤型故事”的亚型。再如“野兽求医型故事”系“兽穴接生型故事”的亚型。在AT分类法的故事类型索引中，亚型的编号为原类型的编号加A、B、C、D等，甚至在A、B、C、D等上再加1、2、3、4或者*。譬如，在丁乃通编著《中国民间故事类型索引》中的923“像盐那样爱”，其亚型分别为923A“像大热天吹来的风”、923B“负责主宰自己命运的公主”、923C“轻信的父亲和虚伪的女儿们”；1696“我应该说什么”，其亚型分别为1696A“总是晚一步”、1696B“我应该怎么做”、1696C“呆人呆福”、1696D“傻媳妇滥用客气话”、1696E“家里出事别怪我”。

【故事类型索引】 故事学工具书。按一定方法划分出民间故事类型，将其分类、编排并且统一编码，详细列举出处，编成索引，以供研究者检索。故事类型索引既有世界性的，也有按国家或者按其他方式编纂的。世界性的故事类型索引，有1912年由芬兰阿尔尼教授编制，1928年由美国汤普森教授修订增补的《民间故事的类型》（汉译名为《世界民间故事的类型》）。按国家编纂的故事类型索引，譬如安德烈耶夫编著的《俄罗斯故事类型索引》（1929年）、池田弘子编著的《日本故事类型索引》（1971年）、丁乃通编著的《中国故事类型索引》（1978年）、崔仁鹤编著的《朝鲜故事类型索引》（1979年）。

【母题】　又译为“情节单元”“小情节”。故事学术语，系英文Motif的音译。意为民间叙事文学故事情节的最小单位。故事情节由若干母题组成，深入分析故事情节必须研究其母题。美国民间文艺学家斯蒂·汤普森教授在修订《民间故事的类型》时深感学者只研究故事类型，尚嫌不足，应当将其分解为母题这样更为细小的单位来进行研究。于是，他于1932——1936年间组织印第安纳大学师生编制出六卷本的《民间文学母题索引》，成为研究民间文学和比较文学的一种有价值的工具书。

【灰姑娘型故事】　故事类型之一。通常写某女受后母虐待，非常劳苦，但常常得到生母亡灵或者仙人的暗中帮助。有一次她穿着华丽的衣服去参加盛典，与英俊的王子（或者国王，下同）邂逅。后来王子凭她遗失的一只金鞋找到了她，结成美满夫妻。此故事类型在世界各地广为传播。唐·段成式撰《酉阳杂俎》续集卷一《支诺皋上》“叶限”，是世界上发现的此故事类型最早的文字记载。它比法国作家沙·佩罗著《鹅妈妈的故事》（全称《鹅妈妈的故事或寓有道德教训的往日的故事》，成于1697年）早八九百年。此故事类型在中国现当代流传极广，譬如汉族的《翠儿和莲儿》《状元拾绣鞋》，藏族的《奴隶的女儿》《两对母女》，维吾尔族的《金鞋》，苗族的《欧乐与召纳》，彝族的《朵莎和朵坡》《牧牛姑娘阿依》，壮族的《达稼和达仑》，朝鲜族的《孔姬和葩姬》《绣花鞋》，哈尼族的《牛丕牛尼阿妈》，哈萨克族的《青牛》，黎族的《娥岸楚》，佤族的《两姊妹》，东乡族的《白羽飞衣》，纳西族的《宝妹》，普米族的《黑母牛》，俄罗斯族的《灰姑娘》，锡伯族的《黑牛的故事》，京族的《米碎姐和糠妹》。此故事类型相当于丁乃通编著《中国民间故事类型索引》510A，艾伯华著《中国民间故事类型》四、动物或精灵跟男人或女人结婚32.灰姑娘。

【长鼻子型故事】　故事类型之一。写兄弟分家后，哥哥生活困难，舂上向弟弟借蚕种和谷种，弟弟都把它们蒸过才拿给哥哥。蚕种仅生一蚕，迅速长成巨蚕，均被弟弟偷杀。谷种仅长出一茎，谷穗有一尺多长，忽然被鸟衔去。哥哥追鸟到了山上，天黑后就在大石旁边休息。半夜他看见群鬼用一把金椎敲打石头，得到丰盛的酒食。天亮以后，哥哥把金椎带回家，随时索取想要的物品，因而富裕起来。弟弟也想得到金椎，便仿效哥哥到山上去过夜。不料被群鬼捉住，把他的鼻子扯得很长，跟象鼻子似的。这一故事类型见于初唐·段成式撰《酉阳杂俎》续集卷一《支诺皋上》"旁㐌"。其后有宋·洪迈撰《夷坚支甲》卷八《符离王氏蚕》。中国现当代流传极广，譬如汉族的《小二分家》《孔雀锣》《哥儿俩》《小红鼓和小铜锣的故事》《老大的鼻子丈把长》《蚕王》，回族的《取金子》，藏族的《破铜锣》，苗族的《王老大和王老二》，彝族的《两兄弟》《猴子办丧事》，壮族的《两兄弟》，朝鲜族的《旁㐌和他的弟弟》，侗族的《老通和小容》《兄弟分家》，瑶族的《两兄弟》，白族的《长生得宝》《鹅卵石》，哈尼族的《两兄弟》，哈萨克族的《图拉普和图拉什》，黎族的《宝筒》《宝锣》，佤族的《两兄弟》，纳西族的《两兄弟分家》，景颇族的《兄弟俩分家》，仫佬族的《兄弟俩》，撒拉族的《哈巴狗》，毛南族的《一百头牛》，仡佬族的《两兄弟分家》，锡伯族的《秃鹰》，怒族的《两兄弟》。此故事类型相当于丁乃通编著《中国民间故事类型索引》613A，艾伯华著《中国民间故事类型》三、动物或精灵帮助好人，惩罚坏人27.猴洞。

【狼外婆型故事】 故事类型之一。通常写老虎（或狼、熊、猴、猩猩、狐、魔鬼、野人等，下同）吃掉一个妇女，然后假冒母亲（或外婆、父亲）去家中骗吃几个孩子。当小姑娘的姐姐、弟弟被吃掉后，她机智脱逃，躲藏在屋外的树上，最后设法将老虎除掉。这一故事类型，最早的文本是大约成于吐蕃时期（7–9世纪）敦煌古藏文写卷中的《白噶白喜和金波聂基》第一部分和《金波聂基兄弟和增巴辛姐妹仨》第二部分。后来还有清·黄之隽撰《虎媪传》、藏文民间故事集班贡帕巴·鲁珠撰《尸语故事》第九章《朗厄朗琼和贾波擦鲁》的前半部分。此故事类型在中国现当代流传极广，譬如汉族的《老虎妈子》《熊家婆》《门墩墩、门挂挂、锅刷刷》《野人家家》，回族的《猴精》《吃人婆的故事》，藏族的《魔鬼冒充阿妈》《依嘎、玛嘎》，苗族的《放鸭姑娘》，彝族的《姐妹俩和野人婆》《毕摩与姑娘》，壮族的《姐弟斗人熊婆》《猩猩外婆》，布依族的《森林姐妹》，朝鲜族的《少女与老虎》，满族的《三姐妹智斗熊人婆》，侗族的《走外婆》，瑶族的《莎瑶妹智惩老妖怪》，白族的《荨麻与艾蒿》，土家族的《野外婆》，哈尼族的《阿培和妖精怪婆》，傈僳族的《茨帕妞姑娘》，畲族的《火烧人熊》，东乡族的《三姐妹除妖》，纳西族的《两姐妹》，土族的《蟒古斯》，达斡尔族的《老狼精》，仫佬族的《智斗婆猕》，撒拉族的《吃人婆》，毛南族的《阿依智斗巴亚变》，仡佬族的《老变婆》，普米族的《歇在红花树上的妹妹》，怒族的《人和妖精交朋友》，独龙族的《月桂》。此故事类型相当于丁乃通编著《中国民间故事类型索引》333C，艾伯华著《中国民间故事类型》动物与人11、老虎外婆（老虎和孩子们）。

【羽衣仙女型故事】　又称“天鹅处女型故事”。故事类型之一。通常写一个男子望见多个女子脱下羽衣在池中戏水，便潜往藏下一女的羽衣。后众女穿上羽衣飞去，留下的那个仙女乃与男子结为夫妻。若干年后仙女找到羽衣立即飞上天宫，不久又将子女接走（或者夫妻又得到团聚）。此故事类型，最早的文本是晋·郭璞撰《玄中记》“毛衣女”。后来还有北魏·郦道元撰《水经注》卷三十五《江水三》“新阳男子”、敦煌石室遗书唐·句道兴撰《搜神记》“田昆仑”、明·张岱撰《夜航船》卷十七四灵部《飞禽·化鹤》等。此故事类型在中国现当代流传极广，譬如汉族的《天牛郎配夫妻》《猎人和七仙女》，回族的《天鹅与猎人》，藏族的《曲吉郎桑》，苗族的《庄稼哥想找仙女妈妈》《天女和农夫》，壮族的《勇敢的阿刀》，朝鲜族的《牧童和仙女》《够不着，够不着》，侗族的《郎都和七妹》，瑶族的《五彩带》《盘仔找妈妈》，傣族的《召树屯和兰吾罗娜》《猎人和孔雀》，黎族的《阿德哥和七仙女》，佤族的《好心的牛哥哥》，毛南族的《朗追和朗锤》，锡伯族的《放牛娃和仙女》，普米族的《黑母牛》，鄂伦春族的《天鹅仙女》。其中的某一些作品，又与“牛郎织女型故事”有所交叉。此故事类型在世界各国广为流传，亚洲、欧洲、非洲尤为丰富。此故事类型，相当于艾伯华著《中国民间故事类型》四、动物或精灵跟男人或女人结婚34.天鹅处女。

【田螺女型故事】　故事类型之一。通常写有个青年农夫（或书生、小吏、渔民）得到一个大螺，拿回家养在缸中。螺化为美女为其煮饭，二人结为夫妻，随后缘尽而去。或言县令（或皇帝）贪色欲夺走此女，经过反复较量，夫妻俩最终将其除掉。此故事类型，最早的文本是晋·束皙撰《发蒙记》“白水素女”，其后又有晋·陶潜撰《搜神后记》卷五《白水素女》、南朝宋·刘义庆撰《幽明录》“吴龛”、南朝齐·祖冲之撰《述异记》“吴龛”、南朝梁·任昉撰《述异记》卷上《谢端》、唐·皇甫氏撰《原化记·吴堪》、宋·无名氏撰《锦绣万花谷》前集卷五“螺女庙”、元·无名氏撰《湖海新闻夷坚续志》后集卷二《神明门·井神现身》、清·程趾祥撰《此中人语》卷二《田螺妖》等。此故事类型在中国现当代流传极广，譬如汉族的《田螺姑娘》《蚌壳精》《钓鱼郎和龙女》，回族的《渔夫与美女》，苗族的《螺蛳姑娘》《百鸟羽龙袍》，彝族的《江鱼姑娘》，壮族的《螺蛳姑娘》《三弟与鱼姑娘》，布依族的《蚌壳姑娘》，朝鲜族的《田螺姑娘》，瑶族的《阿有和螺蛳姑娘》《隆斯与三公主》，哈尼族的《红花仙与吴大黑》，傣族的《螺蛳姑娘》，黎族的《孤儿与螺女》，高山族的《螺蛳变人》，佤族的《岩撒与田螺姑娘》，高山族的《田螺姑娘》，拉祜族的《孤儿与妻子》，水族的《鱼姑娘》，达斡尔族的《江蚌姑娘》，布朗族的《天女》，羌族的《地头上的画像》，毛南族的《螺蛳姑娘》，仡佬族的《七生和仙女》，阿昌族的《螺蛳妹》，普米族的《黑母牛》，怒族的《花鱼姑娘》，德昂族的《螺蛳姑娘》《金鱼姑娘》，基诺族的《鱼姑娘》。此故事类型相当于丁乃通编著《中国民间故事类型索引》400C，艾伯华著《中国民间故事类型》四、动物或精灵跟男人或女人结婚35.田螺娘。

【蛇郎娶妻型故事】 故事类型之一。通常写一蛇到某家求婚，被几个姑娘拒绝，唯有最体贴父母的小妹愿嫁。婚后，蛇郎变为英俊小伙，夫妻俩的日子非常美满。有个姐姐害死小妹到蛇郎家里生活，小妹变小鸟揭露她的劣迹，终于复活与蛇郎团聚。此故事类型，最初的雏形为晋·陶潜撰《搜神后记》卷十《女嫁蛇》。藏文民间故事集班贡帕巴·鲁珠撰《尸语故事》第十一章《自讨苦吃的姑娘》的后半部分，是一则相当完整的蛇郎娶妻型故事。此故事类型在中国现当代流传极广，譬如汉族的《蟒蛇成亲》《幺妹与龙郎》，回族的《耍郎哥娶妻》《蜜蜂当媒》，藏族的《一朵小红花》《蛇的妻子》，苗族的《大蛇后生》《蛇郎与阿宜》，彝族的《花蛇吉木尔干和三妹》，壮族的《蛇郎》，布依族的《蟒蛇与三姑娘》，朝鲜族的《龙凤匹配》，侗族的《汉龙和培善》，瑶族的《蛇哥》，白族的《山茶花》，土家族的《龙郎和阿宜》，傣族的《四脚蛇阿銮》，黎族的《龟女婿》，傈僳族的《大姐和三姐》，畲族的《蛇郎君与莲子脸》，高山族的《蛇郎君》，水族的《叽啾桂》，东乡族的《沙郎哥》，土族的《蛇郎哥》，仫佬族的《七妹与蛇郎》，羌族的《蛇大哥》，撒拉族的《蛇郎哥》，毛南族的《桑妹和大蟒》，仡佬族的《蛇大哥》，锡伯族的《狼女婿》，鄂伦春族的《怪人和三姑娘》，裕固族的《三姑娘与白蛇王子》，德昂族的《蛇郎》，京族的《拉提和蟒蛇》，基诺族的《沙切与蛇郎》。此类型故事在国外也有流传，譬如印度的《银色的蛇》、缅甸的《蛇王子与三妹》、印度尼西亚的《本苏与蟒蛇》、日本的《蛇女婿》、伊朗的《蛇王》。此故事类型相当于丁乃通编著《中国民间故事类型索引》433D，艾伯华著《中国民间故事类型》“动物或精灵跟男人或女人结婚31.蛇郎”。

【猴子取肝型故事】　故事类型之一。通常写一天鳖（或鳄、虬、乌龟、青蛙，下同）背负好友猴子（或兔子，下同）去家中聚会，游到中途告知想取猴肝（或心，下同）为其妻治病。猴子谎称其肝尚挂在树上，让鳖送其回岸上去取。猴子上岸后骂道：“岂有将肝挂在树上理！”此故事类型多次见于古代的汉译佛经，最早的文本是三国吴·康僧会编译《六度集经》卷四《见（猕猴）本生》。其后有西晋·竺法护译《佛说生经》卷一《鳖与猴》、隋·阇那崛多译《佛本行集经》卷三十一《虬与猕猴》（以上故事，均源出公元前几世纪的印度巴利文《佛本生故事》与公元前1世纪的印度故事集《五卷书》）。再后有唐·张读撰《宣室志》卷八“杨叟”、明·陆楫编《古今说海》卷七十八《求心记》、清·金埴撰《不下带编》卷一“却道心肝不带来”等。此故事类型在中国现当代流传颇广，譬如汉族的《哪有闲心挂树梢》《猴心》《猴子和鳖打老庚》，蒙古族的《乌龟和猴子》，回族的《猴子与乌龟》，藏族的《猴子和乌龟》《猴子和青蛙》，朝鲜族的《兔子和乌龟》，土家族的《猴子和团鱼》，鄂温克族的《旺巴和毛尼旺》。这一类型故事，也在印度、印度尼西亚、马来西亚、日本、朝鲜、阿拉伯、东非以及美洲印第安人中流传。此故事类型相当于丁乃通编著《中国民间故事类型索引》91。

【找幸福型故事】　又称“问活佛型故事”，故事类型之一。通常写有个穷小伙外出寻找幸福（或寻找聘礼、寻找起死回生术等），中途多次遇到正受到各种困扰的人，请他代为打听解决办法。穷小伙找到佛祖（或仙人、国王、太阳姑娘等），一一找到办法，不但帮助别人排忧解难，而且自己也得到幸福。此故事类型，最早的文本是北魏·慧觉等译《贤愚经》卷十一《檀腻鞨品第四十六》。此故事类型在中国现当代流传极广，譬如汉族的《问佛祖》《万旦问佛》《三根金头发》，回族的《太阳的回答》《伊斯麻儿》，藏族的《取太阳的头发》《松树井》，苗族的《孤儿和龙女》，彝族的《木呷问佛》《淌来儿》，维吾尔族的《诚实的姑娘》，壮族的《问幸福》，布依族的《范丹见佛祖》，瑶族的《王万担拜佛西天》，朝鲜族的《找幸福》，傣族的《猎人奇遇》，黎族的《九代穷》，傈僳族的《寻找太阳头发的故事》，土族的《西天问如来佛》，撒拉族的

《日孜根娶妻》，达斡尔族的《花甲葬的规矩是咋改变的》，毛南族的《找幸福》，乌孜别克族的《年过六十遭弃的传说》，仡佬族的《问福》，塔塔尔族的《没出息的人》。此故事类型国外亦多见，譬如德国的《有三根金头发的鬼》，俄国的《富玛尔科和倒运的华西利的故事》。此故事类型相当于丁乃通编著《中国民间故事类型索引》461A，艾伯华著《中国民间故事类型》九、诸神与人125.问佛。

【云中落绣鞋型故事】 故事类型之一。通常写一个姑娘（或公主，下同）被妖怪抓走，其未婚夫（或樵夫，下同）入妖洞将其救出，经过磨难终于结为美满夫妻。此故事类型最早的文本是晋·干宝撰《搜神记》卷十一《望夫冈》，晋·刘澄之撰《鄱阳记·望夫冈》与其小有出入。此后尚有清·毛祥麟撰《墨余录》卷三《石洞绣鞋》等。此故事类型在中国现当代流传极广，譬如汉族的《妖洞救皇姑》《云中落来红绣鞋》《石义砍柴》《王恩与世义》《砍柴郎得娇妻》，回族的《石义与公主》《不义和忘恩》，蒙古族的《猎人和公主》《香牛皮靴子》，藏族的《猎人与公主》，苗族的《魔鬼、猎人和公主》，壮族的《特恩和特义》，黎族的《帕纠杀老鹰精》，东乡族的《砍柴人》，锡伯族的《诚实的真肯巴图》《妖风里的绣花鞋》，鄂伦春族的《欧新波的故事》，京族的《独弦琴的声音》。此故事类型相当于丁乃通编著《中国民间故事类型索引》301A，艾伯华著《中国民间故事类型》八、妖精和死鬼与人122.云中落绣鞋。

【十兄弟型故事】 故事类型之一。通常写古时候有兄弟十（或九、八、七、六、五等）人，各有与众不同的本领。后来惹怒上天（或皇帝、国王、妖怪等），对方必欲置他们于死地。众兄弟各自施展其绝技，因而化险为夷，获得胜利。此故事类型，最早的文本是明·屠本畯撰《憨子杂俎》“七兄弟”。此故事类型，在中国现当代流传极广，譬如汉族的《十个亲兄弟》《水推长城》《七兄弟》，蒙古族的《九兄弟》《乌兰巴托尔的故事》，回族的《四兄弟》，苗族的《七兄弟》《八兄弟斗土皇帝》，彝族的《大风天和他的兄弟们》《九兄弟》，壮族的《八兄弟》，朝鲜族的《六兄弟》，瑶族的《六兄弟》，哈萨克族的《北斗七星的由来》，黎族的《十兄弟》，傈僳族的《五兄弟》《六个能干的人》，畲族的《十兄弟闹皇宫》《千里眼兄弟》，纳西族的《奇立称王》，达斡尔族的《八个勇士》，普米族的《朵格哈拉吉薄与冲格吉绍吉薄》，塔塔尔族的《面团英雄》。外国也有此类型的故事，譬如俄罗斯的《谢缅七兄弟》。此故事类型相当于丁乃通编著《中国民间故事类型索引》513，艾伯华著《中国民间故事类型》

十三、人208.十个兄弟。

【不识镜型故事】　故事类型之一。通常写一人买镜回家，他妻子不认识，照后告诉老母："他又娶一个妇人回来。"老母取镜一照说："怎么又领一个亲家母来了！"此故事类型，最早的文本是三国魏·邯郸淳撰《笑林》"不识镜"，其后有隋·侯白撰《启颜录》"买奴购镜"、明·冯梦龙辑《笑府·看镜》、明·浮白主人辑《广笑府》卷六《虔婆》、清·游戏主人纂辑《笑林广记》卷十二《看镜》、清·俞樾撰《一笑》"渔夫买镜"等。此故事类型在中国现当代流传极广，譬如汉族的《买宝镜》《婆媳俩看镜子》《镜子的风波》《二大爷买镜子》《傻媳妇照镜》《稀奇物件儿》，回族的《穿衣镜》，柯尔克孜族的《第一面镜子的故事》，土族的《办年货》。此故事类型相当于丁乃通编著《中国民间故事类型索引》1336B，艾伯华著《中国民间故事类型》滑稽故事7.傻媳妇Ⅲ：镜子。

【龙子祭祀母型故事】　故事类型之一。通常写往昔有个妇人（或女子）产下一（或二、三）条龙（或鱼、蛟、蛇，下同）。随即将它抛弃，或长大后离家。其母亡故时，龙子每年均回来祭奠。此故事类型，最早的文本是晋·干宝撰《搜神记》卷十四《窦氏蛇》，其后有晋·陶潜撰《搜神后记》卷十《蛟子》、南朝宋刘义庆撰《幽明录》"谢妇生蛇"、唐·陆勋撰《集异志》"产龙子"、唐·刘恂撰《岭表录异》"温媪"、五代·徐铉撰《稽神录》卷三《史氏女》、宋·李昉等编《太平广记》卷四一八《张鲁女》、宋·乐史编撰《太平寰宇记》卷一五七"龙母"和一六四"掘尾龙"、宋·王象之编纂《舆地纪胜》卷一〇一"掘尾龙"、宋·吕灌园撰《测幽记》"龙母墓"、金·元好问撰《续夷坚志》卷一《产龙》、明·朱国祯撰《涌幢小品》卷三十一"小龙祭墓"、明·徐应秋撰《玉芝堂谈荟》卷二十四《龙母坟》、明·邝露撰《赤雅》"龙母山"、明·谈迁撰《枣林杂俎》中集《龙》"龙出拇甲"、清·钮琇撰《觚剩》正编卷五《产龙》、清·袁枚撰《子不语》卷八《秃尾龙》、清·许奉恩撰《里乘》卷六《产蛇》、清·吴趼人撰《札记小说·龙》"龙泉"等。此故事类型，在中国现当代流传较广，譬如汉族的《小龙望娘》《白龙仔祭墓》《蟒儿的故事》《秃尾巴乌龙》《秃尾巴老李》《悦城龙母与掘尾龙》，回族的《龙儿》，壮族的《特吉扫坟》，土家族的《秃尾巴龙》。此故事类型相当于艾伯华著《中国民间故事类型》五、创世、混沌初开、最初的人60.龙的母亲。

【巧卖鬼型故事】 故事类型之一。通常写某人夜行遇鬼，共同去往一个市场，彼此轮换背着赶路。某人自称新鬼，问鬼有何畏忌，鬼说“不喜人唾”。某人背鬼急行到市场，鬼落地化为一只羊。某人怕鬼再变，便唾它，卖了钱立刻回家。此故事类型，最早的文本是旧题三国魏·曹丕撰《列异传·宗定伯》，其后有晋·干宝撰《搜神记》卷十六《宋定伯》、宋·欧阳玄撰《睽车志·卖鬼》、清·乐钧撰《耳食录》卷九《田卖鬼》、清·娄东羽衣客撰《镜花水月·盂兰会》等。在中国现当代此故事类型在四川、重庆、湖南湖北、河南、陕西等地的汉族和某些少数民族地区流传，譬如汉族的《张木匠卖鬼》《宋定伯卖鬼》《吊颈鬼害怕酒醉鬼》《捉鬼》《顺定卖鬼》《骗鬼》，苗族的《背鬼》，土家族的《陈净白背鬼》。

【看门戏主型故事】 故事类型之一。通常写主人外出时叮嘱奴仆看门。主人离开后，奴仆背上门板去看戏，使得主家被盗。主人责问，奴仆说自己把门看得好好的。此故事类型，最早见于南朝齐印僧求那毗地汉译的《百喻经》卷上《奴守门喻》。在中国现当代此故事类型流传较广，大都与机智人物故事有关。一般故事，譬如汉族的《聪明的长年》《把门看好》。机智人物故事譬如汉族宋丑子的故事《看门》、谢安三的故事《照门》、龚同的故事《我硬是守住了大门》、吉高的故事《吉高看门》，维吾尔族阿凡提的故事《给巴依看门的故事》，哈尼族阿特波的故事《看门》。外国有阿拉伯朱哈的故事《看门》、阿布·纳瓦斯的故事《看守皇宫的大门》，土耳其霍加·纳斯列丁的故事《母亲叫霍加不要离开大门》等。

【谁先开口型故事】 故事类型之一。通常写夫妻（或朋友等，下同）在吃东西或者干活时，相互约定谁先开口谁不得吃或者去干活。直到小偷将家里的财物偷走或者干别的坏事，才喊叫起来。此故事类型最早见于南朝齐印僧求那毗地汉译的《百喻经》卷下《夫妻食饼共为要喻》。在中国现当代此故事类型流传颇广，譬如汉族的《该你烧火》《分饼》《两口子打赌》《哑口夫妻》，藏族的《三个懒汉》，维吾尔族的《四个朋友》《喂驴》，撒拉族的《四个懒汉》，乌孜别克族的《七个懒汉》，鄂伦春族的《三个懒汉的故事》。外国大都与机智人物故事有关，譬如阿拉伯朱哈的故事《喂驴》，土耳其霍加·纳斯列丁的故事《谁先开口说话呢》，伊朗毛拉·纳斯尔丁的故事《毛拉的倔劲》等。此故事类型相当于丁乃通编著《中国民间故事类型索引》1351，艾伯华著《中国民间故事类型》滑稽故事1.傻子XV。

【弃老复归型故事】　故事类型之一。通常写从前某国的老者都要遭到遗弃，有个儿子（或大臣，下同）不愿弃老，便将老父藏在密室中供养。后来老父帮助儿子去解答各种难题而使国家避免灾难，受到褒奖。国王知道实情后，便宣布从此改变弃老习俗。这个故事类型，最早见于北魏·吉迦夜·昙曜译《杂宝藏经·弃老国缘》。公元前几世纪的印度巴利文《佛本生故事》中的《戏弄本生》，则是此故事类型的早期形态。此故事类型在中国现当代流传极广，譬如汉族的《祖孙三代》《六十花甲子》《老有老的用处》《老人的智慧》《斗鼠记》《花甲葬的传说》，蒙古族的《老人的故事》，藏族的《老子、儿子和孙子》，苗族的《孝顺的儿子》，彝族的《摔父亲的儿子》，壮族的《留猪笼》，朝鲜族的《花甲宴的由来》，达斡尔族的《花甲葬的规矩是咋改变的》，仫佬族的《智斗婆猕》，乌孜别克族的《年过六十遭弃的传说》，锡伯族的《老人为什么受尊敬》，塔塔尔族的《聪明的老人》。此故事类型相当于丁乃通编著《中国民间故事类型索引》981。

【兔杀狮型故事】　故事类型之一。通常写狮子自恃强大，任意欺负小兔。小兔施计将它领到井边，说井中的动物要与它比高下。狮子向自己的影子发威，并且跳下井去搏斗，竟被淹死。此故事类型最早的文本是12世纪藏传佛教僧人仁钦拜撰《萨迦格言注解·兔杀狮》，其后有15世纪藏族央金噶卫洛卓约编著《甘丹格言注释·兔杀狮》、15世纪藏族洛卓白巴编著《益世格言注释·兔杀狮》。它们均源出公元前1世纪的印度故事集《五卷书》，见《五卷书》第一卷第七个故事。此故事类型在中国现当代流传极广，譬如汉族的《兔子和老虎》《兔子和狮子》，蒙古族的《兔子和狮王》，藏族的《狮子与兔子》，维吾尔族的《老虎和兔子》，苗族的《小白兔收拾虎大王》，傈僳族的《愚蠢的狮子》，景颇族的《智除暴君》，柯尔克孜族的《狮子和兔子》，土族的《兔子报仇》《小白兔和狮子》，仡佬族的《聪明的小白兔》，普米族的《狮子和小兔》，门巴族的《小兔子智胜老虎》。此故事类型相当于丁乃通编著《中国民间故事类型索引》96。

【相互暗算型故事】　故事类型之一。通常写二三人得到一笔意外之财，都想独吞。备酒者在酒中暗下毒药，同伴则将备酒者杀死，随后饮酒毙命。此故事类型，最早的文本是宋·张知甫撰《可书》“三道人”，其后有明·王同轨撰《耳谈》卷四《刘尚贤》等。此故事类型在中国现当代流传较广，譬如汉族的《三个朋友喝一坛金子》《三个光棍得宝》《一块金砖》《害人害自己》《多行不义必自毙》，回族的《三块金砖》，藏族的《三个猎人》，彝族的《三个财主》，壮族的《一罐金》，怒族的《六罐金银》。此故事类型相当于丁乃通编著《中国民间故事类型索引》763。

【井水化酒型故事】 故事类型之一。通常写有个道士为酬谢卖酒人，令其家的井水化酒，因而致富。过后道士再来，其人叹息“酒虽然好，只是无糟喂猪”。道士怒其贪心，立即令此井不复出酒。此故事类型，最早的文本是元·无名氏撰《湖海新闻夷坚续志》后集卷一《神仙门·井水化酒》，其后有明·江盈科撰《雪涛小说·心高》、明·冯梦龙编纂《古今谭概》贪秽部第十五《神仙酒》、清同治《钟祥县志》卷三“王媪井”等。此故事类型在中国现当代流传较广，譬如汉族的《酒井》《吴水井》《井水变酒嫌无糟》《吕洞宾两过酒店》《人心第一高》，土家族的《观音娘娘和卖酒的》。此故事类型相当于丁乃通编著《中国民间故事类型索引》750D1，艾伯华著《中国民间故事类型》七、河神与人108.仙人回报。

【水鬼得升型故事】 故事类型之一。通常写有个水鬼有机会得到替代托生，但他一次次不忍心夺去别人生命而作罢。因为感动神明，他被升为城隍（或土地，下同）。一说为被水鬼熟人阻拦，让溺水者得救，只好悻悻离去，或者因而得升为城隍。南宋·委心子编《分门古今类事》卷四《黄裳状元》（出自北宋·秦再思撰《洛中纪异录》和北宋·王辟之撰《渑水燕谈录》），是这个故事类型的雏形。此后有金·元好问撰《续夷坚志》卷二《溺死鬼》、元·无名氏撰《异闻总录》卷四“临安种园人”、明·沈周撰《石田杂记》“黄天荡渔者”、明·谈迁撰《枣林杂俎》和集《曾铣》、明·郑仲夔撰《耳新》卷七《芗溪陆茂才》、清·蒲松龄撰《聊斋志异》卷一《黄六郎》、清·张泓撰《滇南忆旧录》“成公祠”、清·乐钧撰《耳食录》卷六《南野社令》、清·曾衍东撰《小豆棚·折腰土地》、清·梁恭辰辑《北东园笔录》续编卷二《溺鬼自拔》、清·许秋垞撰《闻见异辞》卷二《鬼升城隍》等。此故事类型在中国现当代流传颇广，譬如汉族的《老渔翁与水鬼》《水鬼升城隍》《水鬼做土地公》《瓜匠和鬼交朋友》《淹死鬼做城隍》《打鱼郎娶妻》《王八郎》《老跑腿子和淹死鬼》，苗族的《善鬼》，黎族的《渔夫和鬼》。此故事类型相当于艾伯华著《中国民间故事类型》九、诸神与人132.渔夫和淹死鬼。

【捞鱼去型故事】 故事类型之一。通常写甲与乙逗趣，乙说谎。乙说某处湖

（或河）水干枯，正要去捞鱼，哪里有空！甲赶去捞鱼，方知受骗。此故事类型，最早的文本是明·江盈科撰《雪涛谐史》“拿团鱼”。此故事类型在中国现当代流传极广，大都与机智人物故事有关。譬如汉族杜老幺的故事《打酒买鱼》、庞振坤的故事《打雁去》、解士美的故事《巧戏能不够》、宋丑子的故事《使巧》、陈细怪的故事《“我要去捉鱼哩”》、贱三爷的故事《沉龙山失火》、安士敏的故事《扯把子》，回族阿卜都的故事《河干了》，彝族松谷克忍的故事《捡鱼》、姆尔伍伍的故事《“我要去捡鱼”》，壮族老梁的故事《吹牛》，侗族卜宽的故事《闹鱼》，瑶族德邦的故事《忙着捉鱼》，白族六八的故事《土官受骗》，哈尼族沙依的故事《何大爷拿鱼》，东乡族玉斯哈的故事《撒谎》，纳西族阿一旦故事《拿鱼去》，柯尔克孜族玛纳坎的故事《斗智》，土族巴嘎尔桑的故事《上当》，仫佬族潘曼的故事《两只山羊和一只烤鸭》。此故事类型相当于丁乃通编著《中国民间故事类型索引》1920B。

【诱出户型故事】 故事类型之一。通常写某天甲让乙将其骗下楼（或下马、下轿、出门、坐下等，下同），乙说你如果下来（或出来等），我就可以把你骗上去（或进去等）。甲下楼后，乙笑道：“我已经把你骗下楼了。”此故事类型最早的文本是明·江盈科撰《雪涛谐史》“骗下楼”，其后有明·浮白斋主人撰《雅谑·诱出户》、明·冯梦龙编纂《古今谭概》儇弄部第二十二《朱古民》、清·丁治棠撰《仕隐斋涉笔》卷三《机智》“诳师”等。此故事类型在中国现当代流传极广，大都与机智人物故事有关。譬如汉族张代刀《站倒、坐倒、睡倒》、宋丑子的故事《哄县官》、罗竹林的故事《岗儿上岗儿下》、庞振坤的故事《坐雪地》、刘之智的故事《比聪明》、韩老大的故事《出圈儿》、解士美的故事《耍猴》、王阿兴的故事《骗下街沿》、冯水的故事《哄上容易哄落难》，蒙古族巴拉根仓的故事《让王爷下轿》，苗族多略的故事《过渡》，壮族佬巧的故事《哄土司下马》，白族艾玉的故事《哄老财下楼》，土家族陈二郎的故事《出大门》、孙宝的故事《扯白》、王小二的故事《用计得袍》，哈尼族搓奎的故事《哄老爷下马》，纳西族阿一旦的故事《上楼下楼》，景颇族仉片的故事《哄山官下马》。外国有泰国西特诺猜的故事《到水里去》等。此故事类型相当于丁乃通编著《中国民间故事类型索引》1559D。

【服“毒”寻死型故事】 故事类型之一。通常写有个僧人（或主人、先生等，下同）外出时叮嘱徒弟（或仆人、学生等，下同）不要吃留下来的食品和蜂蜜（或酒等，下同），因其中有毒。僧人外出归来，发现食品和蜂蜜已被吃光，非常生气。徒弟忙说食品被盗（或被猫、狗吃掉），无颜见师父，只好吃下蜂蜜寻死，僧人叫苦不迭。此故事类型，最早的文本是隋·侯白撰《启颜录》“泻蜜食饼”，此后有清·小石道人辑《嘻谈初录》卷上《偷酒》等。此故事类型在中国现当代流传较广，大都与机智人物故事有关。譬如汉族马坦的故事《白砒与哄砒》、张十伢的故事《寻死》，藏族阿古登巴的故事《揭不得的锅盖》，维吾尔族阿凡提的故事《毒药》，土家族陈二郎的故事《吃“毒药”》。国外有阿拉伯朱哈的故事《当心，糕点中有毒》，土耳其霍加·纳斯列丁的故事《侄儿机智地胜过了霍加》、伊朗毛拉·纳斯尔丁的故事《毛拉服毒》、日本一休的故事《毒梨》等。此故事类型相当于丁乃通编著《中国民间故事类型索引》1568B，艾伯华著《中国民间故事类型》滑稽故事17.酒里有毒。

【学狗叫型故事】 故事类型之一。通常写某人与朋友打赌，要让县令学狗叫。随即去与县令谈论好狗有怎样的叫声，他故意叫得不像，县令连忙纠正，大声学起狗叫。此故事类型，最早的文本是隋·侯白撰《启颜录·当作号号》，近人憨斋士纂辑《笑林博记》卷七《当作号号》与此则相同。此故事类型在中国现当代流传较广，大都与机智人物故事有关，譬如汉族宋曲卡的故事《学狗叫》、贱三爷的故事《猪叫》、董叫的故事《学水牛叫》、陈细怪的故事《财主学狗叫》，蒙古族巴拉根仓的故事《让王爷学狗叫》、阿尔格齐的故事《大昭寺的灵丹》、邱布尔加的故事《王爷学狗叫》，藏族阿古登巴的故事《富翁变狗》、聂局桑布的故事《乃东王学狗叫》，彝族罗牧阿智的故事《学狗叫》，土家族陈二郎的故事《要工钱》。外国有俄罗斯比布里特达木舒的故事《活佛学狗叫》等。此故事类型相当于丁乃通编著《中国民间故事类型索引》1559F*。

【受罚背磨型故事】 故事类型之一。通常写有个仆人奉命去某人家中送信，因其鲁莽而让某人不快。某人见信佯称其主写信请借，让他将石磨（或石鼓、巨石、井栏石等）背（或扛、挑）回去，吃尽苦头。此故事类型，最早的文本是明·江盈科撰《雪涛谐史》“罚他背磨二次”，其后有清·许仲元撰《三异笔谈》卷三“以石压之”、清·陈元其撰《庸闲斋笔记》卷四“负粗石”、清·采蘅子撰《虫鸣漫录》卷二“罚令肩石鼓”、清·黄协埙撰《锄经书舍零墨》卷二《顾蛮牛》、清·独逸窝退士辑《笑笑录》卷六《沈和呆》、清·程趾祥撰《此中人语》卷五《胡生全》、清·黄钧宰撰《金壶戏墨》卷一“以石压之”、清·丁治棠撰《仕隐斋涉笔》卷七“担土八十斤”等。此故事类型在中国现当代流传较广，大都与机智人物故事有关，譬如汉族申八猴的故事《惩恶吏斗县官》、乐贤的故事《背石磨》、郭子和的故事《讲话轻刹刹，磨子石压压》、安士敏的故事《背拴牛石》、徐苟三的故事《灯笼磨子一担挑》、刘之智的故事《智罚衙役》、蛇子满公的故事《挑石磨》、阎瞎狗的故事《诳人背棒槌石》、申红脸的故事《借帽挑磨》、刘狗的故事《石磨二转》，土家族波七卡的故事《借帽子》。此故事类型相当于丁乃通编著《中国民间故事类型索引》1530B1。

【画中人型故事】　故事类型之一。通常写某人对画轴上的美女心生爱意，一夕美女从画上下来，竟变为真人与其结婚生子。此后或言多年后缘尽诀别；或言有人说此女是妖怪，让某人将其剑斩，美女便携子进入画轴。唐·段成式撰《酉阳杂俎》前集卷十四《诺皋记上》“屏妇踏歌”，是这个故事类型的雏形。唐·无名氏撰《闻奇录·画工》，是这个故事类型最早的正式文本，此后有宋·洪迈撰《夷坚志补》卷十《崇仁吴四娘》、元·陶宗仪撰《辍耕录》卷十一《鬼室》、清·纪昀撰《阅微草堂笔记》卷十九“书生与仕女轴”和卷二十三“美人轴”、清·程趾祥撰《此中人语》卷一《画中人》等。此故事类型在中国现当代流传很广，譬如汉族的《画中姑娘》《上画儿》《小王和画中人》《梅画仙子》《弟弟买画》《画女生贵子》《画精》，满族的《画姑娘》。此故事类型相当于丁乃通编著《中国民间故事类型索引》400B1，艾伯华著《中国民间故事类型》三、动物或精灵帮助好人，惩罚坏人36.画中人。

【合种田型故事】　故事类型之一。通常写某人与兄长（或财主、魔鬼、野兽等，下同）合种田，收获时在分配上多次受骗，或者予以还击，使对方失算。此故事类型，最早的文本是明·浮白主人辑《笑林·合种田》，其后清·游戏主人纂辑《笑林广记》卷九《兄弟种田》、清·石成金撰《笑得好》初集《兄弟合种田》等。此故事类型在中国现当代流传较广，大都与机智人物故事有关。一般故事，譬如汉族的《三气杜老财》《要庄稼头，要庄稼根》《地主和农民》，满族的《胡蝎子租地》，鄂温克族的《人和熊分家》。机智人物故事，譬如汉族史阙疑的故事《一人一半》、十疤子的故事《巧计分租》、韩老大的故事《胡大财失算》、罗竹林的故事《租地》、毕矮的故事《一言为定》，蒙古族阿尔格齐的故事《种地》，藏族阿古登巴的故事《各分一半》，彝族普丕的故事《平分秋实》，布依族甲金的故事《尖尖和根根》，侗族卜宽的故事《分庄稼》，白族艾玉的故事《老财分租》，土家族的故事《农民和土地菩萨》，哈尼族搓奎的故事《分边》，佤族岩江片的故事《种地》。外国有阿富汗纳斯尔丁·阿凡提的故事《什么是上面什么是下面》，哈萨克斯坦阿勒达尔·科萨的故事《科萨和魔鬼分庄稼》等。此故事类型相当于丁乃通编著《中国民间故事类型索引》1030。

【咬奶头型故事】 故事类型之一。通常写一盗贼少时行窃，其母见了感到高兴，从不制止。后来他成为大盗，罪恶累累。其人临刑时请求一含母乳，竟咬下乳头，愤怒说："如早制止，何至今日！"此故事类型，最早的文本是明·陈继儒撰《读书镜》卷一"芒山盗"，其后有清·邹弢撰《三借庐笔谈》卷六《陈阿尖》等。此故事类型在中国现当代流传较广，譬如汉族的《养团不教，害团害己》《偷白鲞，咬奶头》《娇子如害子》《从偷油到偷牛》《做贼偷葱起》《杀场罚母》《一个儿子的悔恨》《孩子咬娘的故事》，维吾尔族的《孩子做贼》，满族的《吃摸摸》，土家族的《小时偷针，长大偷金》，傈僳族的《爱偷盗的孩子和他的母亲》，土族的《儿子的回报》。此故事类型相当于丁乃通编著《中国民间故事类型索引》838。

【吃粪解"毒"型故事】 故事类型之一。通常写某人出于报复（或反抗），故意让对方吃下事先准备的食品，后来谎称里面放了老鼠药。对方惊恐万状，只好任其摆布，喝下粪水解"毒"。此故事类型，最早的文本是清·许仲元撰《三异笔谈》卷三《袁痴》"灌粪"，其后有清·陈其元撰《庸闲斋笔记》卷四"乡人吃粪"、清·丁治棠撰《仕隐斋涉笔》卷七"少年饮粪"等。此故事类型在中国现当代流传较广，大都与机智人物故事有关，譬如汉族解士美的故事《让他哪里进去还从哪里出来》、陈细怪的故事《饼子有砒》、闻筱缉的故事《公才喝尿》、魏国贞的故事《大粪灌财主》、陈蜞蚂的故事《惩罚黑心狼》、高鹞子的故事《吃粪水》、陈赐美的故事《请客吃屎》、张瓜精的故事《灌"黄汤"》，回族回"傻子"的故事《尤掌柜吃屎》，壮族勒堆的故事《粽子》，侗族天神哥的故事《误吃"毒"包子》，白族艾玉的故事《师爷上当》，土家族波七卡的故事《到底哪个吃屎》。此故事类型相当于丁乃通编著《中国民间故事类型索引》1543E。

【龙女型故事】 "田螺女型故事"的亚型。故事类型之一。通常写有个穷苦青年（身份为农夫或奴隶、长工、樵夫、猎人、牧人、猪倌、牛倌、羊倌、木匠等）搭救龙女（或鱼姑娘、蛇姑娘、青蛙姑娘，下同）后结为美满夫妻，皇帝（或大官、县令、土司、财主等）妄图霸占龙女，百般刁难龙女的丈夫。龙女施展法力一一予以回击，最后将其除掉。此故事类型在中国现当代流传极广，譬如汉族的《王海和九龙姑》《三番五次没意思》，蒙古族的《龙王女结亲记》《乌力吉和海龙王的女儿》，藏族的《奴隶与龙女》，苗族的《木匠和龙王的女儿》《猎人与龙女》，彝族的《孤儿和龙女》，壮族的《老三与土司》《三弟与鱼姑娘》，布依族的《龙女的传说》，朝鲜族的《水宫公主和农夫》《金鱼姑娘》，满族的《龙女》，侗族的《付郎和三公主》，瑶族的《龙女》，白族的《王老渔和龙三妹》，土家族的《太守猪郎和三公主》，哈尼族的《牛倌和蛇姑娘》，哈萨克族的《一千只黑头绵羊》，黎族的《鱼仙》，傈僳族的《孤儿与龙女》，佤族的《岩戛与龙女》，拉祜族的《孤儿与龙姑娘》，水族的《樵夫与龙女》《鱼姑娘》，纳西族的《龙女与樵哥》，达斡尔族的《龙王的公主》，仫佬族的《龙女的故事》，毛南族的《谭含辉与三龙女》，仡佬族的《张打鸟》《猎人和龙女》，锡伯族的《龙女出海》，怒族的《猎人和龙姑娘》，德昂族的《阿枝和龙女》。

【蛙郎娶亲型故事】　故事类型之一。通常写有个穷苦老妇生下（或捡到）一个青蛙（或蛤蟆，下同）做自己的孩子，青蛙少年长大后十分勤快，经常替家里干活。有一次，他到皇宫（或富人家）求婚，遇到拒绝。他笑几声便让房屋震得要倒，哭几声立即洪水汹涌，跳几下让大地不断抖动，终于讨回一个俊俏姑娘。青蛙少年在赛马中大显身手时，妻子发现了他的秘密。为了不让他再变为青蛙，妻子竟把他的蛙皮烧了。于是，他们永远生活在一起。一说青蛙少年因此罹难。此故事类型在中国现当代流传很广，譬如汉族的《绿袍小将》《小蛤蟆的故事》，藏族的《青蛙骑手》《青蛙娶公主》，苗族的《青蛙后生》，彝族的《惹依阿母》《青蛙伙子和三姑娘》《膝盖长鸡蛋》，布依族的《麻拐》，满族的《蛤蟆儿子》，瑶族的《青蛙结亲》，白族的《蛙儿》，黎族的《蛤蟆黎王》，傈僳族的《青蛙伙子》《青蛙和达玛姑娘》，东乡族的《巧蛤蟆》，土族的《青蛙女婿》，羌族的《癞疙宝少年》，撒拉族的《青蛙儿子》《癞蛤蟆》，仡佬族的《青蛙后生》《青蛙讨媳妇》，锡伯族的《青蛙儿子》，德昂族的《青蛙》，独龙族的《姑娘和青蛙》，赫哲族的《蛤蟆儿》。此故事类型，相当于丁乃通编著《中国民间故事类型索引》440A，艾伯华著《中国民间故事类型》四、动物或精灵跟男人或女人结婚43.蛤蟆儿子。

【两头哭型故事】　故事类型之一。通常写有一次一个财主（或店主、土司、县官、国王等，下同）强要某人说谎逗乐，某人骗他下河捕鱼，连忙拿着他的衣服回去报丧，让他家人去抬尸体。然后抢先去说他家着火啦，等他和他的老婆在半路上相遇，方知上当受骗，哭笑不得。此故事类型在中国现当代流传很广，大都与机智人物故事有关，譬如汉族何三麻子的故事《带和》、张华国的故事《哭笑不得》、魏国贞的故事《讲“白话”》、桂鸦鹊的故事《要你们对面哭》、萧八的故事《两头啼》、毕矮的故事《说谎劝兄嫂》、双信的故事《戏弄“活阎王”》、高鹞子的故事《智哄赵财主》、史阙疑的故事《报丧》、宋丑子的故事《再捣一次鬼》，彝族王白话的故事《叫官大老爷哭》，布依族甲金的故事《总有一天要对着哭》、卜当的故事《哭笑不得》，侗族卜宽的故事《禾花鱼》，白族赵成的故事《戏县官》，土家族冉广盘的故事《又救火来又救人》、陈二郎的故事《智哄财主》，哈尼族阿拜的故事《谁能使我落泪》，傣族艾苏艾西的故事《又哭又笑》，傈僳族光加桑的故事《笑变哭》，佤族岩江片的故事《大官哭了》，布朗族艾掌来的故事《钓鱼和失火》。此故事类型相当于丁乃通编著《中国民间故事类型索引》1635A*。

【计囊袋型故事】 故事类型之一。通常写有一天某个财主（或县官、诺颜、山官、峒主、富商等，下同）在路上遇到一个智者，强要智者骗骗他。智者谎称自己没有带上计囊袋（或扯谎架、谎袋、谎话本、瞎话匣子、智壶、骗书、骗筒、骗人的花石头等），财主让智者骑他的马去取，智者一去不复返，他等了许久才知道受骗了。此故事类型在中国现当代流传较广，大都与机智人物故事有关，譬如汉族徐苟三的故事《扯谎架子》、明聪的故事《一字笑的“智壶”》、陈细怪的故事《诳老爷》、韩老大的故事《瞎白匣子》、王二戏官的故事《计囊袋》、文三猴子的故事《戏弄县老爷》、史阙疑的故事《你也是个笨蛋》、许和尚的故事《取谎架子》，蒙古族的巴拉根仓的故事《智慧囊》，藏族阿古登巴的故事《单道叔叔上当》，维吾尔族阿凡提的《受了骗的国王》，苗族老谎的故事《收缴“谎架闩”》，彝族姆尔伍伍的故事《今天没有带骗具来》、松谷克忍的故事《骗县官》、加潘瓦宣的故事《骗人的道具》，土家族扯谎三的故事《谎架子》，哈萨克族孜亚坦的故事《机智的孜亚坦》，黎族阿亮的故事《跳舞的故事》，景颇族康坦的故事《骗筒》。外国有土耳其霍加·纳斯列丁的故事《霍加怎样欺骗了男孩子》，伊朗毛拉·纳斯尔丁的故事《上当受骗》，保加利亚彼得的故事《装谎话本的口袋》，罗马尼亚帕卡拉的故事《捉弄人法宝》，哈萨克斯坦阿勒达尔·科萨的故事《科萨和他的旅伴》，日本谎五郎的故事《谎袋》。

【菜香钱声型故事】 故事类型之一。通常写有一回一个穷汉在餐馆外面吃自己的饼（或馕、馍等），刻薄的老板硬说穷汉闻走了他的菜香，逼迫穷汉付钱。这时一个智者前来相助，他让老板听手里的钱声，以此替穷汉付了菜香钱，气得老板干瞪眼。此故事类型在中国现当代流传较广，大都与机智人物故事有关，譬如汉族董叫的故事《闻香与听钱》、李帮四的故事《公平交易》、沈拱山的故事《听响把钱》、王銮的故事《“香气钱”和“听声钱”》、龙发才的故事《巧惩无赖》、念四胡子的故事《闻菜气还钱声》，维吾尔族阿凡提的故事《菜的香味和钱的声音》，朝鲜族金先达的故事《肉味儿和钱响儿》，白族艾玉的故事《巧断》，哈萨克族霍加·纳斯尔的《饭的味道和钱的响声》，傣族细维季的故事《菜味能闻得走吗》。外国有阿拉伯朱哈的故事《收钱币的响声》、阿布·纳瓦斯的故事《菜的香味和钱的响声》，土耳其霍加·纳斯列丁的故事《谁出卖食物的热气，谁就收回钱的响声》，伊朗毛拉·纳斯尔丁的故事《蒸汽钱》，德国厄伦史皮格尔的故事《以钱币响声付款》，保加利亚彼得的故事《彼得和饭店老板》等。

【咬耳授计型故事】　故事类型之一。通常写某人与父亲（或舅父，下同）相争，失手打掉父亲门牙，其父告到官府，将以逆伦罪处死。某人花重金去请一讼师，讼师咬其耳（或指）后面授机宜。在公堂上某人以老父啮耳堕齿进行申辩，因而得到宽免。这一故事类型，最早的文本为明·冯梦龙编纂《智囊补》杂智部卷二十七《狡黠·啮耳讼师》。其后又有清·俞蛟撰《梦厂杂著·讼师果报记》“讼师啮耳”、清·采蘅子撰《虫鸣漫录》卷一“啮耳解狱”、近人徐珂撰《清稗类钞·狱讼类·啮指胜讼》、近人襟亚撰《近五十年见闻录》卷六《讼师孽报》“啮耳授计”等。此故事类型在中国现当代流传相当广，大都出现在机智人物故事里面，譬如汉族徐家三爹的故事《耳朵官司》、贱三爷的故事《施计》、卢四运的故事《父子两个打官司》、张华国的故事《六月穿皮袄》、萧德儿的故事《各打四十大板》、庞振坤的故事《翻穿皮袄吃西瓜》、吴晓竹的故事《巧治扒灰头》、韩老大的故事《斗邪神》、王八吾的故事《写状子》、廖南宾的故事《咬指救命》、沈拱山的故事《智捉“毒蜈蚣”》、曹瘦脸儿的故事《胡二服法》、杨佟的故事《杨佟出主意——留一手》、徐世仁的故事《一计惩双恶》、谢宝的故事《牙齿写状》、宋丑子的故事《代写状子》、杨圣岩的故事《夏穿冬衣》，侗族陈尚达的故事《巧救胡登高》，土家族向远耀的故事《官司》。此故事类型相当于丁乃通编著《中国民间故事类型索引》1534E*。

【火龙袍型故事】　故事类型之一。通常写有个财主为了进行报复，冬天将某人（不少故事说他们有翁婿关系）关在柴屋（或磨坊）里面，企图把他活活冻死。某人以举石块（或别的重物）御寒，熬过冬夜。次日早上看见他满身是汗，非常惊奇。他谎称自己穿的是祖传的火龙袍（或火龙衣、火龙衫、火龙单、火衣、宝衣、神衣等），财主赶忙用自己的皮袍把它交换过来。当财主穿着它去赴宴时竟冻得不断发抖，有的还说财主竟冻死在路上。此故事类型在中国现当代流传很广，大都出现在机智人物故事里面，譬如汉族的张三的故事《火龙单》、安士敏的故事《换皮袍》、庞振坤的故事《火龙衫》、嘴会转的故事《御寒宝衣》、王二戏官的故事《火龙衫》、吉高的故事《换衣》、村郎的故事《暖和衣》，蒙古族巴拉根仓的故事《宝衣》、阿尔格齐的故事《不怕冻的袍子》，苗族阿戈的故事《火龙袍》、老谎的故事《“宝衣”》，壮族老登的故事《火衣》、勒堆的故事《活宝贝》、勒巴的故事《火笼衣》，布依族卜当的故事《火龙衣》、百力的故事《火汗衫》、奎卜的故事《“火龙袍”换狐皮袄》，侗族卜宽的故事《宝锡和宝衣》，瑶族卜合的故事《如意衣》、尔江的故事《火龙袍》，土家族扯谎三的故事《火袄衫》，哈尼族阿拜的故事《火笼衣》，水族的故事《火龙衣》，纳西族阿一旦的故事《“没有我暖和”》，景颇族康坦的故事《纸衣衫》，土族张三的故事《火龙衫》，仡佬族迭独的故事《火龙袍》，裕固族木拉的故事《神衣》、智破天的故事《凉热衣》等。外国人有哈萨克斯坦阿拉达尔·科塞的故事《宝贝皮袄》等。此故事类型相当于丁乃通编著《中国民间故事类型索引》1539。

【斗阎王型故事】 故事类型之一。通常写阎王（或城隍、龙王等，下同）为了惩罚经常与自己作对的智者，先后派牛头马面、烂眼鬼、尖头鬼、光腚鬼、钻缝鬼、秃鬼、猴鬼、水鬼等去捉拿智者。这些鬼差一个个都被智者播弄，狼狈逃回，阎王只好亲自出马。智者用猪（或牛，下同）冒充“万里哼”，换到阎王的千里马并且与阎王交换衣服，立刻骑上千里马跑得无影无踪。有的讲阎王骑着猪慢吞吞回到阎王殿，被当成智者被打死，而抢先来到阎王殿的智者便当上了新阎王。此故事类型在中国现当代流传很广，大都出现在机智人物故事里面，譬如汉族张三的故事《治阎王》、出空阿三的故事《智斗判官阎王》、谎溜儿的故事《智斗阎王小鬼》、王捣的故事《万里哼和千里驹》、庞振坤的故事《阎王爷认输》、王汤圆的故事《打鬼》、张彪的故事《打死阎王爷》，蒙古族巴拉根仓的故事《巴拉根仓当了阎王》，回族的故事《智惩买亚衣开》，藏族阿古登巴的故事《龙王三请》，土家族张德的故事《打阎王》、王小三的故事《用计换良马》、陈二郎的故事《阎王的眼睛是瞎的》、扯谎三的故事《整阎王》，傈僳族光加桑的故事《整龙王》，佤族岩江片的故事《打死阎王》，纳西族阿一旦的故事《斗阎王》，土族张三的故事《斩阎罗》，锡伯族霍托的故事《与阎王斗智》。此故事类型相当于丁乃通编著《中国民间故事类型索引》330A。

【怪孩子型故事】 故事类型之一。通常写有一个多年没儿没女的农妇（或寡妇）突然生下一个怪孩子——有的只有枣核那么大，有的跟拇指那么大，有的是面团捏成的小人，有的没身体没有手脚只是个脑袋，有的是个鸡蛋，有的是个椰子，有的是一颗滚豆儿，有的是一根羊尾巴，有的是一块冬瓜……怪孩子从小受到父母的疼爱（个别讲被遗弃后，受到收养者的疼爱），长大后样样活计都干得很出色。后来，他在竞赛中成绩优异，或者在战斗中立了大功，娶回美丽的妻子，随即变成一个英俊的小伙子。此故事类型在中国现当代流传很广，譬如汉族的《葫芦娃》《枣孩儿》《癞呱呱儿子》，蒙古族的《拇指勇士》《面团勇士的故事》，藏族的《干山羊尾巴》，苗族的《冬瓜儿》，彝族的《滚豆儿》《羊尾巴的故事》，满族的《枣核儿子》，侗族的《南瓜儿》，哈尼族的《曲玉纳阿李》，哈萨克族的《馕勇士》《山羊尾巴大的小孩儿》，黎族的《椰子壳》《冬瓜仔》，高山族的《人生蛋》《桃娃娃》，拉祜族的《独头娃娃》，东乡族的《尕孙子》，景颇族的《一个头儿》《三钱娃》，达斡尔族的《拇指孩儿》《羊尾孩》，仫佬族的《糖枣儿》，布朗族的《蒸儿》，仡佬族的《滚豆儿》，撒拉族的《青蛙儿子》，锡伯族的《青蛙儿子》，普米族的《斯端述达祖》，塔吉克族的《耳朵般大的孩子》，俄罗斯族的《小拇指大的男孩》《白雪姑娘》，德昂族的《青蛙和绣花姑娘》，塔塔尔族《面团巴图尔》，鄂伦春族的《拇指孩》《小白兔娶媳妇》，京族的《蟾蜍将军》。此类型故事，外国亦有流传，譬如日本的《桃太郎》、缅甸的《拇指哥儿》、乌克兰的《地滚豆》、俄罗斯的《拇指孩儿》、法兰西的《豆孩子》。

【报仇棒型故事】 故事类型之一。通常写有一个好心人得到小鸟（或鸽子、乌鸦、龙等）的帮助，先后带了两件宝物（如落金子的幸福树和出白幸福的筐；拉金银的宝驴和出美食的饭单子；出金银的宝磨和出金银奶的奶牛）回家，中途都被客店老板（或财主、磨坊主）偷走了。第三次带回一根神奇的木棒，痛打偷宝人，让他不得不退出两件宝物。此故事类型在中国现当代主要流传于华北、西北、西南各地少数民族地区，譬如蒙古族的《报仇棒》，回族的《弯弯棍》《宝贝山羊》，藏族的《长日子》，维吾尔族的《三件宝贝》《老头和乌鸦》，哈萨克族的《三件宝贝》，羌族的《三件宝贝》，撒拉族的《野鹊》《鸟王的宝物》，俄罗斯族的《乌鸦的礼物》，鄂温克族的《木雕女和小花牛》，京族的

《鹰爪树》。外国亦有流传，譬如英国的《驴子、桌子和棍子》，保加利亚的《好心的百灵鸟》。

【幻想故事】 又称“民间童话”“魔法故事”。民间故事的一个门类。作品幻想色彩浓郁，大都以各种神奇本领的角色和离奇的情节来再现生活，展示民众的思想感情、理想愿望，表现民众的审美心理、艺术情趣。主要包括精怪故事、鬼故事、神异故事、宝物故事、动物故事等。其中，拥有许多著名的故事类型，它们源远流长，在世界各国广为流传，例如灰姑娘型故事、狼外婆型故事、羽衣仙女型故事、田螺女型故事、蛇郎娶妻型故事、找幸福型故事、猴子取心型故事。中国的幻想故事非常丰富，不但见诸历代典籍，而且现当代仍然在全国各民族、各地区的民众里面口耳相传，具有旺盛的生命活力。

【精怪故事】 幻想故事的一个门类。内容相当丰富，包括精怪作祟，人精婚恋、亲情和友情，精怪惩恶，精怪报恩，精怪复仇，斗精灭怪等。其中的精怪，既有动物的虎、狐、蛇、蟒、獭、獾、蝎、鼠、猪、牛、狗、马、鸡、猫、蜂、鹰、燕、鼋、鹳雀、蚯蚓、蜘蛛、青蛙、蛤蟆、黄鼬、刺猬、黑鱼、田螺、野鸡、土鳖、罗刹鸟等，也有植物的桃、李、梅、柳、槐、橘、桐、柏、椴、樟、牡丹、莲花、杏花、夜来香等，还有无生物的铃、钟、鼓、甑、杵、笤帚、泥人、铁人、石人、石马、石狮、石龟、石礅、赑屃、玉猴、木偶、草偶、头发、羊骨、棺板、不倒翁、瓦溺器等。此类故事，古代有《列异传》“彭城男子”、《抱朴子内篇·登涉》“郅伯夷”、《搜神记》卷十八《宋大贤》、《孔氏志怪·谢宗》、《异苑》卷三《射蛟暴死》、《广异记·笛师》、《传奇·马拯》、《酉阳杂俎》续集卷三《支诺皋下》“花精与风神”、《宣室志》卷四《周氏子》、《茅亭客话》卷八《葭萌二客》、《睽车志》卷二《古驿鼠怪》、《续夷坚志》卷二《狐锯树》、《湖海新闻夷坚续志》后集卷二《精怪门·樟精惑人》、《说听》卷下“变婆”、《情史》卷二十一情妖类《笤帚精》、《觚剩》卷一《红衣土偶》、《子不语》卷二《罗刹鸟》、《夜谭随录》卷二《红姑娘》、《耳食录》卷二《钱氏女》、《阅微草堂笔记》卷十三“狐变老儒”、《志异续编》卷一《监生》、《履园丛话》卷十六《男女二怪》、《北东园笔录》四编卷五《狐报仇》、《右台仙馆笔记》卷六“狐妇惩恶”、《蝶阶外史》卷三《绿毛怪》、《此中人语》卷二《田螺妖》、《醉茶志怪》卷三《青蛙精》等。现当代有汉族的《斩妖剑》《徐生遇狐仙》《孤女斗蛇精》《老鼠精》《大孩子降妖》，蒙古族的《娶狼女为妻的小伙子》《渔翁的儿子》，回族的《池中缘》《汗王的蛤蟆儿媳》，藏族的《三个魔鬼》《小鸟救了小女的命》，维吾尔族的《英雄钦铁穆尔》《禾里木与海丽且》，苗族的《放鸭姑娘》《阿三斗魔鬼》，彝族的《铁匠降妖》，壮族的《特甘驯孽龙》，朝鲜族的《会说话的水龟》，满族的《棒槌孩》，侗族的《智斗鸭变婆》，瑶族的《八个沙瑶妹》《达卜和达亚》，白族的《雕龙记》《啊呀呀》，土家族的《烟荷包里的妖怪》，哈萨克族的《阿拉曼和朱拉曼》，傣族的《王子、公主与白马》，拉祜族的《搓拉射妖》，水族的《美娘和吉友》，东乡族的《三姐妹除妖》，纳西族的《魔穴救姑》，景颇族的《山姑娘斗山妖》，柯尔克孜族的《德坎巴依降恶魔》《狼姑娘》，土族的《黑马下的张三哥》《勇斗蟒古斯》，达斡尔族的《罕力毛和鹿姑娘》，仫佬族的《山鹰姑娘》，羌族的《羊角花》《两兄弟复仇》，布朗族的《大甩和小甩》，撒拉族的《大力士其里法》，仡佬族的《黑牛媳妇和金瓜姑娘》，锡伯族的《小伙子和狐狸精》《乌鸦》，普米族的《戛松柏岭》《妖婆和姑娘》，怒族的《除妖》，乌孜别克族的《金发少年》，鄂温克族的《胡热尔图和阿拉塔尼兄弟俩》，德昂族的《阿弄》，塔塔尔族的《唐巴图尔》，鄂伦春族的《打鱼人和姐妹俩》，赫哲族的《银尔嘎姑娘》。

【鬼故事】　幻想故事的一个门类。包括鬼怪故事、鬼魂故事以及不怕鬼故事。

【鬼怪故事】　鬼故事的一个部分。主要为恶鬼的故事。涉及鬼魅作乱、鬼魅诈骗、鬼魅淫猥、鬼魅夺命等内容。古代有《搜神记》卷十七《顿丘鬼魅》、《搜神后记》卷六《白布裤鬼》、《幽明录》“县中一鬼”、《还冤志》佚文“弘氏”、《广异记·杨准》、《酉阳杂俎》续集卷二《支诺皋中》“利俗坊民”、《宣室志》卷四“太原部将”、《三水小牍·游氏子》、《夷坚乙志》卷十七《沧浪亭》、《鬼董》卷四“二友遇鬼妇”、《湖海新闻夷坚续志》后集卷二《怪异门·厕鬼迷人》、《菽园杂记》卷三“佛阁击鬼”、《昨非庵日纂》卷二十“应尚书”、《述异记》卷中《僵尸鬼》、《子不语》卷十九《竹叶鬼》、《履园丛话》卷十五《无常鬼》、《庸庵笔记》卷六《鬼魅现形》、《醉茶志怪》卷二《冷香堂》、《南皋笔记》卷一《无头鬼》等。现当代有汉族的《赌鬼和吊死鬼》《戕尸鬼吃风流子》《鬼魔》，回族的《黑煞五道和五麻六道》，藏族的《白鸟王子》《独角鬼料理后事》，布依族的《懒鬼得不到水饭吃》，白族的《背时鬼》，畲族的《巫师怕鬼》，撒拉族的《铁匠和蟒斯哈尔》，怒族的《小阿娜》，珞巴族的《宁崩乌佑与东金、东英》。

【鬼魂故事】　鬼故事的一个部分。主要为善鬼的故事，包括人鬼恋情、亲情和友情，鬼魂还阳再生，鬼魂报恩复仇，鬼魅惩恶等内容。古代有《墨子·明鬼下》“杜伯报冤”、《列异传》“谈生”、《幽明录》“母魂覆被”、《甄异传》“章沉”、《灵异记·王》、《广异记》“张果女”、《玄怪录》补遗《郑望》、《酉阳杂俎》续集卷三《支诺皋下》“李简”、《句道兴本搜神记》“侯光侯周”、《稽神录》卷三《周洁》、《青琐高议》后集卷四《羊童记》、《辍耕录》卷十一《鬼室》、《续夷坚志》卷一《张童入冥》、《异闻总录》卷一“张鬼子”、《霏雪录·皮匠》、《语怪·前世娘》、《高坡异纂》卷中“鬼头王”、《庚巳编》卷五《金华二士》、《昨非庵日纂》卷二十“蒋成服辜”、《池北偶谈》卷二十《梨花渔人》、《子不语》卷十一《冤鬼戏台告状》、《耳食录》卷三《田卖鬼》、《履园丛话》卷十五《送凉》、《里乘》卷八《某令》、《香饮楼宾谈》卷一《徐稳婆》等。现当代有汉族的《阴阳情》《人鬼朋友》《打鱼郎娶妻》《鬼报恩》《水鬼娘舅》《劝吊鬼》《帮冤鬼报仇》，蒙古族的《鬼儿媳报恩》，回族的《红葫芦》《猎人治鬼》，苗族的《鬼姑娘》，朝鲜族的《鬼做媒》，独龙族的《人和鬼的故事》。

【不怕鬼故事】 鬼故事的一个部分。包括不怕鬼、驱鬼斗鬼等内容。古代有《列异传》“宗定伯”、《灵鬼志》“耻与魑魅争光”、《幽明录》“阮德如”、《玄怪录》补遗《韦协律兄》、《纪闻·窦不疑》、《宣室志》卷六“萧氏子”、《睽车志》卷六“河朔刘先生”、《夷坚丁志》卷四《郭签判女》、《夷坚支乙》卷十《陈如埙》、《夷坚支戊》卷三《李巷小宅》、《异闻总录》卷三“鬼妇摩腰”、《异闻总录》卷四《巡检捽鬼》、《狯园》卷十二《戏鬼》、《雅谑·不畏鬼》、《子不语》卷一《蔡书生》、《子不语》卷四《豁达先生》、《子不语》卷十五《油瓶烹鬼》、《耳食录》卷九《田卖鬼》、《谐铎》卷三《老面鬼》、《夜谭随录》卷二《清河民》、《阅微草堂笔记》卷六《南皮许南金》、《阅微草堂笔记》卷十四《田不满》、《阅微草堂笔记》卷二十三《仆与鬼斗》、《咫闻录》卷十《缢死鬼》、《耳食录》卷三《田卖鬼》、《里乘》卷五《产鬼畏伞》、《右台仙馆笔记》卷七《贝翁打鬼》、《仕隐斋涉笔》卷四《鬼雄》“某甲夜归”等。现当代有汉族的《谢公戏鬼》《牛大胆捉鬼》《兄弟打鬼》《双金斗鬼》《有胆能叫鬼挑担》，回族的《张宝除鬼》《打猎的治鬼》，藏族的《猎人斗鬼神》，苗族的《翁包勇埋鬼》《龙波打鬼》，彝族的《阿耕骗鬼》《鬼吓跑了》，土家族的《鬼怕人横》，白族的《烧鬼》《猎人治比衣鬼》，侗族的《一个石头三两屎》，傈僳族的《人捆鬼的故事》，东乡族的《新媳妇驱鬼》，纳西族的《吃鬼》，羌族的《三兄弟斗独脚鬼》，仡佬族的《鬼怕恶人》，锡伯族的《不怕鬼的扎尔瓦》，普米族的《鬼帽》，独龙族的《巧射鬼王》《砍鬼》，门巴族的《智胜女鬼》，珞巴族的《老妈妈出征打鬼》。

【神异故事】 幻想故事的一个门类。包括神祇异人故事，人神婚恋、友情故事，宝物故事，报应故事，奇事奇遇故事等。

【神祇、异人故事】 神异故事的一类。内容涉及神祇、异人现身世间、献艺传道，神祇、异人惩恶锄奸、互助善良，神祇、异人济世利民、救难消灾等。古代有《战国策·秦策三》“恒思神丛”、《搜神后记》卷二《昙游》、《幽明录》“九馆大夫”、《述异记》卷上“黄衣人唾金”、《玄怪录》卷三《侯遹》、《酉阳杂俎》前集卷十四《诺皋记上》“屏妇踏歌”、《续神仙传·卖药翁》、《墉城集仙录·茶姥》、《神仙感遇传·东明油客》、《金华子杂编》卷下《沂密间异僧》、《野人闲话·击竹子》、《夷坚丙志》卷三《杨抽马》、《夷坚丁志》卷十八《李茇遇仙》、《墨庄漫录》卷十《画千手眼菩萨像》、《春渚纪闻》卷三《孙道人尸解》、《湖海新闻夷坚续志》后集卷一《神仙门·异人送扇》、《庚巳编》卷七《祝氏牧儿》、《说听》卷上“江伯修”、《玉堂丛语》卷一《乾坤度量》、《快雪堂漫录·月中人》、《涌幢小品》卷二十九《土饭》、《粤剑编》卷二《神助决疑狱》、《池北偶谈》卷二十五《化鹤》、《聊斋志异》卷十《布商》、《子不语》卷十二《娄罗二道人》、《觚剩》正编卷七《粤觚》上《啖石乞丐》、《阅微草堂笔记》卷二《土地显灵》、《熙朝新语》卷十二《成都三异人》、《墨余录》卷四《陈箍桶》、《此中人语》卷四《张邋遢》、《醉茶志怪》卷三《山神》等。现当代有汉族的《河神红肚龟》《玉石瓶》，回族的《樵哥和石花》，纳西族的《山神爷》，普米族的《山神和猎神》《山神济贫》。

【人神婚恋故事】 神异故事的一类。内容涉及世间的青年男女与仙家、神仙灵的恋情与姻缘。古代有《玄中记》“毛衣女”、《搜神后记》卷五《白水素女》、《幽明录》“入天台”、《拾遗记》卷十《洞庭山》、《闻奇录·画工》、《涌幢小品》卷二十九《一字散》、《妙香室丛话》卷四《仙女佐治》、《蝶阶外史》卷三《蜀妇》、《此中人语》卷一《画中人》、《醉茶志怪》卷三《娇娥》、《南皋笔记》卷四《狐仙》等。现当代有汉族的《宫女图》《员外儿子和仙女》，蒙古族的《尕小子和仙女》，彝族的《十只金鸡》，侗族的《郎糁和黄粟仙女》，瑶族的《门翁的故事》，哈尼族的《马鹿儿子》，哈萨克族的《孤儿和仙女》，柯尔克孜族的《太阳美女》，达斡尔族的《拖日其莫日根和特丽敦卡图》，布朗族的《金鹿姑娘》，撒拉族的《皇帝夺仙女》，锡伯族的《放牛娃和仙女》，普米族的《阿波桑丹》。

【人神友情故事】 神异故事的一类。内容涉及神灵、异人与世人的交往和情谊。古代有《搜神后记》卷一《仙馆玉浆》、《续神仙传·宜君王老》、《睽车志》卷三《玉真娘子》、《庚巳编》卷一《空同山人》、《庚巳编》卷八《杨宽》、《情史》卷九情幻类《桂花仙女》、《觚剩》卷六《神僧》、《闻见异辞》卷二《茅山学法》、《醉茶志怪》卷三《白塔寺》等。现当代有汉族的《王剃头遇仙》，蒙古族的《少女和天神》《报恩》，彝族的《金果》，壮族的《找金子》，土族的《三件宝贝》，塔吉克族的《乞丐、国王和思罕古羽》，独龙族的《媳妇和猎人》。

【法术幻术故事】 神异故事的一类。内容涉及形形色色的幻术、法术、妖术，离奇曲折，怪异诡谲，其中不乏富有社会意义的作品。古代有《夷坚丁志》卷八《鼎州汲妇》、《夷坚支癸》卷八《鲁四公》、《春渚纪闻》卷三《嘘气烧肠》、《湖海新闻夷坚续志》前集卷二《艺术门·术化月宫》、《闻见异辞》卷一《妖术》等。现当代有蒙古族的《拜佛》，藏族的《王子学还魂术》《两个兄弟学魔法的故事》，维吾尔族的《两只箱子》，哈萨克族的《放牛娃塞特》、纳西族的《山神爷》，毛南族的《三九的故事》《老法师的女儿》，塔塔尔族的《雇工和魔法师》。

【奇事奇遇故事】 神异故事的一类。内容大都描述与神明或者异人有关的各种奇事、奇遇，借以展现神力与天意。古代有《幽明录》“庞阿”、《灵鬼志·外国道人》、《齐谐记》“范光禄”、《续齐谐记》“鹅笼书生”、《续玄怪录》卷四《定婚店》、《闻奇录·画工》、《纪闻·杨溥》、《酉阳杂俎》前集卷十四《诺皋记上》“屏妇踏歌”、《岭表录异》“海上六国”、《稽神录》卷二《鞭牛》、《茅亭客话》卷八《虎化为僧》、《北窗炙輠录》卷下“姜八郎”、《可书》“二长人”、《睽车志》卷一“黄毛人”、《夷坚丁志》卷三《嵩山竹林寺》、《夷坚志补》卷十《崇仁吴四娘》、《巳疟编》“冷谦戏皇上”、《憨子杂俎》“七兄弟”、《庚巳编》卷四《钱蛇》、《见闻纪训》“簪化蚓”、《幽怪录·王生金穴》、《古今谭概》荒唐部第三十三《树中乐声》、《诺皋广志·化虎记》、《觚剩》正编卷六《秦觚·屈曼》、《耳食录》卷三《捕鱼仙》、《熙朝新语》卷二《三遗其矢》等。现当代有汉族的《大人国》《木头婆婆》《王干哥》《盘三哥开山》，蒙古族的《王子寻药记》《牛身儿子的故事》，回族的《尕豆》《樵哥和石花》，藏族的《流浪儿和他的朋友们》《七个驸马的故事》，维吾尔族的《木马》《神奇的棒槌》，苗族的《杜扎》

《岩头老人》，彝族的《猎人的奇遇》，壮族的《一幅壮锦》《渔夫和皇帝》，布依族的《太阳山》《螺蛳菊》，满族的《三支神箭》，瑶族的《海底人》，白族的《两老友》《神笛》，哈尼族的《孤儿和秀墨姑娘》，哈萨克族的《长命泉》《三个强盗》，傣族的《柠檬姑娘》，黎族的《五指山大仙》，傈僳族的《孤儿与小人国》，佤族的《孤儿岩惹》，高山族的《素玛和梢玛》，拉祜族的《扎娃和金镯姑娘》，水族的《韦光和石仙》，东乡族的《小伙子、金戒指、狗和古经》，纳西族的《宝妹》，景颇族的《隐身鸟》，柯尔克孜族的《旱獭儿子》《金鸟》，土族的《老花公牛和阿吾》，达斡尔族的《一只金鸟》，布朗族的《神奇的果树》，撒拉族的《沙黑力和金鱼》，毛南族的《八女挑水》，仡佬族的《果璐和螺蛳妹》，锡伯族的《瘤子的故事》，阿昌族的《宝剑》，塔吉克族的《乞丐、国王和能言鸟》《四个王子的故事》，怒族的《母女俩》，鄂温克族的《毡帽、羊鞭和魔口袋》，德昂族的《穷人的儿子与山官的儿子》，独龙族的《大南瓜》，鄂伦春族的《仑巴春巴》，赫哲族的《变兽果》，门巴族的《智斗吉波》，珞巴族的《老虎和五姐妹》。

【报应故事】 神异故事的一类。包括善报故事和恶报故事两个部分。

【善报故事】 报应故事的一类。包含孝行得报、救人得报、乐善好施得报、戒杀放生得报、改恶从善得报等内容。古代有《搜神记》卷四《张璞》、《幽明录》“老姥赐策”、《冥报记》卷上“北齐冀州人”、《潇湘录·汾水老头姥》、《报应录·刘行者》、《幕府燕闲录·邹阆夫妇》、《睽车志》卷三“常熟孝妇”、《夷坚支戊》卷六《青田富室》、《鬼董》卷二《沈翁》、《湖海新闻夷坚续志》前集卷二《报应门·平心感天》、《二酉委谈》“乡民得金”、《庚巳编》卷八《雀报》、《虎苑》卷下“鸡报里胥”、《幽怪录·扇店道人》、《香祖笔记》卷七《达州兄弟》、《述异记》卷中“三官示现”、《北东园笔录》续编卷二《放雀获报》、《咫闻录》卷八《徐兄李弟》、《香饮楼宾谈》卷一《禾农》等。现当代有汉族的《善报与恶报》《做好事添寿》《小叫花添寿》《穷人老头开当铺》，回族的《好心的姆莎》，藏族的《卓玛和南瓜》，苗族的《黑老鸹》，彝族的《山羊斗蟒虎》，哈尼族的《阿库拉鲁》，纳西族的《两兄弟分家》，柯尔克孜族的《仇将恩报》，土族的《好心得好报》，撒拉族的《老阿奶的尕牛犊》，德昂族的《穷人的儿子与山官的儿子》。

【恶报故事】 报应故事的一类。包含贪赃枉法得报、害人夺命得报、忤逆不孝得报、敲诈勒索得报、疯狂敛财得报、残害生灵得报、欺神叛教得报等内容。古代有《幽明录》“姚父牛”、《齐谐记》“薛道询”、《异苑》卷五《恶戏报》、《广古今五行记·岐州寺主》、《法苑珠林》卷五十七《唐雍州人程华》、《儆诫录·金卮》、《玉泉子·李詹》、《稽神录》卷一《欧阳氏》、《南部新书》卷十《狗头妇》、《夷坚丁志》卷十《邓城巫》、《续夷坚志》卷一《马三诋欺报》、《湖海新闻夷坚续志》后集卷二《佛教门·毁坏佛像》、《说听》卷下“雷震钱外郎”、《客坐新闻》卷七《蚕神报冤》、《菽园杂记》卷八《兄弟疡医》、《冥报录》“曹小二蛮”、《子不语》卷二《平阳令》、《阅微草堂笔记》卷一《献县吏王某》、《履园丛话》卷十五《腰斩何某》、《仕隐斋涉笔》卷二《科场报》“自画亲供”、《醉茶志怪》卷二《瓜异》等。现当代有汉族的《金佛爷》《敲银棒》《恶媳变牛》《金口难改》，蒙古族的《黑心的弟媳》，回族的《金角银蹄牛犊》《金银树》，藏族的《聪明人与老实人》，维吾尔族的《库尔班和他的铜水壶》，朝鲜族的《花甲宝》，侗族的《叭英的石磨》，黎族的《歪鼻子的跛脚汉》，傈僳族的《姐妹俩》，佤族的《坏心的哥哥》，水族的《两姐妹》，东乡族的《刮金板》，土族的《孛多日金索的下场》，布朗族的《天女》，撒拉族的《富阿姐和穷妹妹》，仡佬族的《金银凳》，阿昌族的《负心的干弟弟》，普米族的《青母牛》，怒族的《朋友俩》，乌孜别克族的《两只箱子》，保安族的《阿舅和外甥》，裕固族的《哥哥和弟弟》，京族的《杨桃树》。

【宝物故事】 神异故事的一类。其故事情节围绕宝物来展开，包括发现宝物、得宝行善、宝物遭劫、因宝罹祸等内容。古代有《列异传·紫玉与赤玉》、《搜神记》卷九《张氏妇》、《幽明录》“得玉枕”、《异苑》卷二《洗石孕金》、《广异记·破山剑》、《宣室志》卷六《清水珠》、《原化记·渔人》、《茅亭客话》卷九《鱼化为石》、《北窗炙輠录》卷下“万氏水盆”、《独醒杂志·某氏异珠》、《夷坚支戊》卷九《嘉州江中镜》、《癸辛杂识》续集卷上“海井”、《续夷坚志》卷三《驴腹异物》、《东南纪闻》卷三《千年马蹄金》、《南墅闲居录》“神珠”、《语怪·水宝》、《庚巳编》卷一《古铜鸭盆》、《耳新》卷八《宝遗》“石中异马”、《香祖笔记》卷七《天然日晷》、《蕉轩摭录·古匣》、《书影·定水带》、《庸庵笔记》卷六《巨蚌成精》、《醉茶志怪》卷四《分水箭》等。现当代有汉族的《夜明珠》《两条金鱼》《金磨子》《鱼鳞裙》，蒙古族的《宝磨和神鞭》，回族的《银牛》，藏族的《破铜锣》《海螺》，维吾尔族的《神灯》《金宝剑》，苗族的《猫和寻宝狗》，彝族的《一株高粱》，壮族的《简宜的故事》，布依族的《斗犀夺珠》，朝鲜族的《祖魔尼》《黑坎肩》，满族的《炸海干》，侗族的《叭累的石磨》，瑶族的

《白石郎找神牛》，白族的《神笛》，土家族的《神奇的石碓》，哈尼族的《奇异的鹅卵石》《木盆的故事》，黎族的《天吹箫》，傈僳族的《火烧腊门》《宝葫芦》，畲族的《石牛》《聚宝盆》，高山族的《父亲留下的宝镜》，纳西族的《酒丹》，景颇族的《隐身鸟》《金葫芦》，土族的《宝葫芦与两兄弟》，撒拉族的《宝戒指》，毛南族的《金色鼠》，锡伯族的《宝山与金马驹》，鄂温克族的《神奇的瓦罐》，京族的《独弦琴的声音》，塔塔尔族的《金刀》，独龙族的《奇怪的帽子》，鄂伦春族的《毡帽、羊鞭和口袋》，赫哲族的《宝靴》，珞巴族的《珠子树》，基诺族的《宝刀和竹笛》。

【动物故事】 神异故事的一类。以拟人化的动物为角色的各种故事，其中也有一部分作品出现神或者人，但故事的多数角色仍然是拟人化的动物。古代有《嘻谈初录》卷下《龟鹊结盟》、《俏皮话·乌龟与蟹》、《俏皮话·鸦鹰问答》等。现当代有汉族的《贪吃的小公鸡》《螃蟹教子》《黑熊蹲仓》，蒙古族的《一只狼的遭遇》《飞禽可汗和乌鸦》，回族的《两个鸭子抬鳖》《香子和鹿交朋友》，藏族的《黄熊报恩》《猫头鹰讲经》，维吾尔族的《狐狸的分配》《聪明的獾》，苗族的《小鸡崽报仇》《叫天子、喜鹊和狐狸》，彝族的《诚实的蚂蚁》《兔子送礼》，壮族的《聪明的马鹿》，布依族的《饿老鹳讨亲》，朝鲜族的《聪明的乌龟》，满族的《猫将军收礼》，侗族的《老虎“抽烟”牛掉牙》，瑶族的《牛无上牙马无角》，白族的《蜜蜂和喜鹊赌嘴》，土家族的《螃蟹和岗狗赛跑》，哈尼族的《老鹰告状》《老虎上当》，哈萨克族的《狐狸的药方》，傣族的《小老鼠和马鹿》，傈僳族的《蛤蟆智胜小花兔》，佤族的《百鸟盖房》《骄傲的老虎》，畲族的《家猫和老猫》，高山族的《猴子、狐狸和老虎》，拉祜族的《老虎、麂子和马鹿》，水族的《公鸡骗公鸭》，东乡族的《老虎、狐狸上当》，纳西族的《狐狸与公鸡》，景颇族的《青蛙救大象》，柯尔克孜族的《愚蠢的饿狼》，土族的《兔儿和羊羔》，达斡尔族的《狗熊和狐狸》，仫佬族的《公鸡、蜈蚣和马鹿》，羌族的《老虎身上的扁担花是怎样来的》，布朗族的《竹鼠哭肿了眼皮》，撒拉族的《三兽分食》，毛南族的《老虎、狐狸和狗熊》，仡佬族的《牛和羊子》，锡伯族的《狗和兔子》，阿昌族的《麂子和豹子换工》，普米族的《老虎学艺》，塔吉克族的《山鹰叼狐狸》，怒族的《蚂蚁和蜻蜓》，乌孜别克族的《狼吃肉》，俄罗斯族的《狐狸——忏悔婆》，鄂温克族的《商人涂戴》，德昂族的《老虎怕“长尾巴怪物”》，保安族的《兔子上天取雨》，裕固族的《狡猾的兔子》，京族的《海龙王开大会》，塔塔尔族的《山羊和绵羊》，独龙族的《老虎和山老鼠》，赫哲族的《蛤蟆吞鱼子》，门巴族的

《杜鹃、啄木鸟和斑鸠》，珞巴族的《狗和麋鹿》，基诺族的《绿翠雀求雨》。

【机智人物故事】 民间故事的一个门类。在民间故事中此类故事别具面貌，颇为引人瞩目。其主要特征如下：①它们是由一个特定的机智人物作为主人公的趣闻、轶事、笑话所组成的故事群，故事群的规模不等，少则数篇、十数篇，多则数十篇、数百篇。②它们大多是写实作品，极少幻想性，善于虚构故事情节，擅长夸张人物性格，作品幽默风趣，往往带有喜剧色彩，洋溢着笑的乐趣。③它们的作品大多反映民众渴求公平正义，希望摆脱不合理境遇的意愿，赞扬真善美，鞭笞假恶丑，具有较强的社会意义和乐观精神，在社会上广为流布。也有一部分作品内容粗俗，格调低下，渐渐为世人唾弃。机智人物故事源远流长，在亚洲、欧洲、非洲以及世界其他地区广为传播，流布最集中的有两个地带——中近东机智人物故事带和东亚、东南亚机智人物故事带。中国的机智人物故事，在世界范围上来看非常突出，它既是东亚、东南亚机智人物故事带的主体，又与中近东机智人物故事带关系密切。

【中国古代机智人物故事】 中国机智人物故事的一个组成部分。中国的机智人物故事早在两千多年前就开始出现，晏婴可称为中国机智人物的鼻祖。如果说现代是中国机智人物故事发展的鼎盛时期的话，从春秋时期至清代，则是中国机智人物故事发展的古典时期。在这个古典时期，涌现了以晏婴、优孟、淳于髡、东方朔、石动筩、侯白、黄幡绰、刘贡父、苏东坡、解缙、阿丑、唐伯虎、郑堂、刘墉、纪晓岚等为主人公的机智人物故事群。中国古代机智人物故事群的主人公，大都有生活原型，可以分为三类：官宦型、文人型、俳优型。其中有一些机智人物故事群的主人公，兼有官宦型和文人型的特征，譬如苏东坡、解缙、纪晓岚。中国古代机智人物故事，有一些在现当代仍然在流传，作品有所充实和变化，成为中国现当代机智人物故事的一个组成部分，譬如解缙的故事、郑堂的故事、刘墉的故事、纪晓岚的故事、安世敏的故事。

【中国现当代机智人物故事】 中国机智人物故事的一个组成部分。现当代是中国机智人物故事的鼎盛时期。在这个时期，中国的机智人物故事群层出不穷，异彩纷呈，流传于全国各地的汉族和四十多个少数民族地区，蔚为大观。其中的故事主人公将近一千个，包括雇工型、农夫型、牧民型、渔民型、工匠型、仆役型、游民型、奴隶型、农奴型、文人型、才媛型、官宦型、小吏型、讼师型等。突出的中国机智人物形象有汉族徐文长、谎张三、杜老幺、钱六姐、贱三爷、韩老大、庞振坤、曹瘦脸儿、双倌、沈拱山、念四胡子、毕矮、安士敏、蔡四伯伯、刣狗六爹、解士美，蒙古族的巴拉根仓，藏族的阿古登巴，维吾尔、哈萨克、柯尔克孜、塔吉克、乌兹别克等族的阿凡提，苗族的老谎，彝族的松谷克忍、错尔木呷，壮族的公颇，布依族的甲金，侗族的卜宽，白族的艾玉，哈尼族的阿朱尼，傣族的艾苏和艾西，傈僳族的光加桑，畲族的蓝聪妹，纳西族的阿一旦，仫佬族的潘曼，京族的计叔，基诺族的阿推等。他们大都足智多谋，滑稽风趣，在本民族、本地区有很高的知名度，他们的故事深受民众喜爱。

【写实故事】 又称“生活故事”“世俗故事”。民间故事的一个门类。作品大都不带幻想色彩，以写实的手法描述现实生活中的人物、事件，广泛涉及社会生活和家庭生活的各个方面，具有比较强的现实性和真实感。一般出场的人物不多，篇幅较为短小，结构较为简单。它的门类繁多，主要包括官吏故事、案狱故事、讽刺故事、机智人物故事、美德故事、家庭故事、婚恋故事、巧女故事、呆子故事、工匠故事、商贾故事、僧道故事、破除迷信故事、医生故事、讼师故事、武林故事、盗贼故事、骗子无赖故事、奇闻故事、诗对故事、人与动物故事等。这一个门类的故事，有许多地方性、民族性比较强；也有一部分流布很广，甚至具有世界性，例如菜香钱声型故事、计囊袋型故事、服“毒”寻死型故事、谁先开口型故事、看门戏主型故事。

【官吏故事】 写实故事的一个门类。故事主人公既有清官廉吏，也有贪官污吏，还有其他官吏。清官廉吏的故事，大都通过惩恶锄奸、扶贫济困的事迹来展示主人公为人正直、办事公道、体恤百姓、富有正义感和同情心的品格和风范。贪官污吏的故事，大都揭露官场腐败和大小官吏贪赃枉法、穷奢极欲、草菅人命的罪行。其他官吏的故事，往往从不同的视角来描绘其他官吏的言行举止、生活状态，使官吏故事的内容得以拓展和充实。古代有《风俗通义》佚文“二妇争子”、《朝野佥载》卷四《阮嵩》、《玉堂闲话·市马》、《王氏见闻录·姜太师》、《夷坚支癸》卷一《余杭何押录》、《谈薮》“杀婴奇案”、《癸辛杂识》续集卷下“伯宣被盗”“猥谈·智者”、《菽园杂记》卷九《托人纳贿》、《何氏语林》卷三十《刺史视库》、《古今谭概》谬误部第五《翻误》、《谐铎》卷三《一钱落职》、《客窗笔记·某学政》、《梦厂杂著·某中堂》、《履园丛话》卷二十《王老虎》、《蕉轩摭录·一笔落》、《埋忧集》卷八《捐官》、《金壶浪墨》卷三《某太守》、《右台仙馆笔记》卷十三《黄土老爷》等。现当代有汉族的《红鼻子青天》《县太爷选贤人》《一颗县印》《农夫与县官》，蒙古族的《愚蠢的王爷和聪明的副官》《农妇巧答贪官》，回族的《大官和他的阿娜》《王位传给谁》，藏族的《狠心大臣得报应》《县官和小贼》《宗本和三个仆人》，维吾尔族的《公羊下羔》《聪明的乞丐与公正的国王》，壮族的《三十六颗珍珠》，布依族的《少灵斗土司》《火烧土司》，朝鲜族的《新任县官买月亮》《吊唁》，满族的《响水》《一文钱》，土家族的《瞎眼县官》，哈尼族的《汗王与"最无用的人"》，哈萨克族的《聪明的牧羊工》，傣族的《从来没有听说过的话》，傈僳族的《聪明的小孩》，水族的《妈奴的》，景颇族的《山官发火》，羌族的《土司和秀才》，布朗族的《岩南与傣族土司》，俄罗斯族的《农夫和国王》，德昂族的《三次奇怪》，保安族的《"舒坦"的故事》，塔塔尔族的《聪明的老人》。

【案狱故事】 写实故事的一个门类。内容非常丰富，涉及社会生活、家庭生活的刑事诉讼案件和民事诉讼案件，大都揭示出审案官员认真侦查、仔细勘验、精明分析，进而处理好包括冤案、疑案、奇案在内的各种案件。古代有《风俗通义》佚文"二妇争子"、《搜神记》卷十一《东海孝妇》、《宣验记》"蜂螯群盗"、《北史》卷八十《外戚传》"盐屑见证"、《朝野佥载》卷四《共语言者》、《朝野佥载》卷五《巧判牛案》、《纪闻·苏无名》、《玉堂闲话·杀妻者》、《疑狱集·从事对尸》、《国老谈苑》卷二《反券析资》、《梦溪笔谈》卷十二《官政二》"园井尸案"、《清尊录·大桶张氏》、《行营杂录》"捕蛙民"、《山居新话》卷一《聂以道断钞》、《高坡异纂》卷下"三足鳖怀案"、《青溪暇笔》"寺僧杀富商案"、《耳谈》卷七《老圃瓜异》、《智囊补》察智部诘奸卷十《徽商狱》、《聊斋志异》卷十二《太原狱》、《子不语》卷九《真龙图变假龙图》、《咫闻录》卷五《晒银》、《墨余录》卷二《温林氏》、《北东园笔录》初编卷二《罗山冤狱》、《香饮楼宾谈》卷一《南昌狱》、《埋忧集》卷八《辨诬》、《见闻续笔》卷二十二《成衣匠佯狂投河》、《中国侦探案·控忤逆》等。现当代有汉族的《赵本府断案》《无头案》《一句话破案》《连环奇案》《裴太守巧断棒子案》《田鸡鸣冤》，蒙古族的《国王扮盗破疑案》《诺颜判案》，回族的《十不全断案》《审石头》，藏族的《机智的法官》《店主偷金币》，维吾尔族的《正确的判决》《一只母鸡》，苗族的《穷人赢官司》，朝鲜族的《审望石头》《箱子断案》，瑶族的《读诗破命案》，白族的《鹅带金牌》，土家族的《瞎眼县令》《穷人赢官司》，傣族的《多嘎达兄弟》，拉祜族的《偷钱的土司》，羌族的《聪明的哈木基》《审盗案》，撒拉族的《"公道县长"断官司》，仡佬族的《县大老爷选人才》，俄罗斯族的《审判》，京族的《杠鼓抓贼》。

【讽刺故事】　写实故事的一个门类。指以揭露并嘲讽社会生活中的各种卑劣行径和丑恶现象为主旨的故事，大多短小精悍、诙谐风趣，带有戏剧效果。古代有《笑林》“俭啬老人”、《殷芸小说》卷五《瓮算》、《启颜录·魏市人》、《启颜录·姓房人》、《朝野佥载》卷四《阮嵩》、《原化记·京都儒士》、《玉堂闲话·胡令》、《该闻录·宰君告示》、《籍川笑林·捶胸献上》、《事林广记·滑稽笑谈·兄弟虚妄》、《桯史》卷七《朝士留刺》、《菽园杂记》卷七《噤不敢言》、《客座赘语》卷六《谑语》“南人鼓琴”、《雪涛小说·甘利》“梦得金”、《驹阴冗记·识盗免祸》、《解愠编》卷五《七十三八十四》、《谐铎》卷十一《怕婆县令》、《咫闻录》卷四《卖监生》、《明斋小识》卷四《认犬作父》、《埋忧集》卷一《扛米》、《雨窗消意录》卷一《唐某》、《清稗类钞·诙谐类·满朝皆忠臣》等。现当代有汉族的《三个做官的人》《皇帝和老鼠》《射箭大王》《巫婆吃鬼》，蒙古族的《没有胡子的诺颜》《小孩子屁股上有三盆火》，回族的《自食其牛》《买巧货的故事》，藏族的《撒谎大王和先知者》，维吾尔族的《诡计落空》《富翁和仆人》，彝族的《驴蛋子》，布依族的《两人争官》，朝鲜族的《一千两黄金的谎话》，满族的《一文钱》，侗族的《学乖》，瑶族的《三兄弟学乖》，土家族的《宝贝疙瘩》，白族的《本主不吃牛》《四个猪头一齐接》，哈萨克族的《不识字的姑娘》《铁列克拜》，黎族的《老课将军》，傈僳族的《孩子嘴里吐实话》，畲族的《装哑巴》，土族的《两个吹牛的家伙》，仫佬族的《独龙罗盘》，羌族的《土司和穷秀才》，布朗族的《阿灵过堂》，撒拉族的《“公道县长”断官司》，锡伯族的《章京和他的女婿》，乌孜别克族的《做梦》，基诺族的《神的旨意》。

【财主故事】　写实故事的一个门类。指以各种豪绅、财主为主人公的故事，既有揭露其人贪婪、鄙吝、刻薄、自私等内容的作品，也有称赞其人乐善好施、宽厚待人等内容的作品，而以揭露性的作品居多。古代有《雪涛谐史》“赏去年历日”、《聊斋志异》卷十一《段氏》、《子不语》卷二十三《铁公鸡》、《耳食录》二编一卷二《爱驴》、《右台仙馆笔记》卷十四“杨叟”、《里乘》卷一《姑苏某翁》、《札记小说·富家儿》。现当代有汉族的《财主传家风》《长工献油》《赵员外吃肉》《生金兽》《财主与和尚》，蒙古族的《机智的小伙子》《吝啬鬼的下场》，回族的《穷欢乐，富忧愁》《宛尕斯巧斗财主》，藏族的《金子成灰人变猴》《饿是什么滋味》，维吾尔族的《富翁和仆人》《财主和买苏木》，苗族的《卖鹅崽三打山主》，壮族的《一百鞭》《小气财主和穷朋友》，朝鲜族的《金子和石墙》，满族的《刻薄财主》，侗族的《田仔打田公》，瑶族的《长工与财主订合同》，土家族的《给我买个“哎哟”来》《不真不假的话》，哈萨克族的《三个土它木》，傈僳族的《富翁做生意》，佤族的《银子逃走了》《抢牛桩》，畲族的《严治财主》，水族的《要找长工的错，还愁没借口》，柯尔克孜族的《财主追仆人》，达斡尔族的《莫牛扎罗巧治财主》，仫佬族的《三句真话》，毛南族的《老猫跌碗柜》，仡佬族的《一粒种籽》，阿昌族的《曹扎棍打财主》，塔吉克族的《会说话的钱币》，俄罗斯族的《老爷“孵马”记》，塔塔尔族的《分鹅肉》，赫哲族的《一双温塔》。

【机智故事】 写实故事的一个门类。其故事主人公是现实生活中不同性别、不同年龄、不同的身份的各色人物，包括正面形象和反面形象两类，而以前者居多，通过生动有趣的情节来展示故事主人公的机捷、睿智，令人从中受益，并且多有回味。古代有《裴子语林》“灵座驴鸣”、《启颜录·嘲诮》“泻蜜吃饼”、《朝野佥载》卷四、《大唐传载》“牛头”、《玉堂闲话·振武角抵人》、《夷坚丙志》卷十三《蓝姐》、《驹阴冗记·识盗免祸》、《旷园杂志·壶殛奸僧》、《阅微草堂笔记》卷十《灶婢捉盗》、《广新闻·闹杨花》、《志异续编》卷二《某妇》、《萤窗异草·智妇》、《客窗闲话》续集卷二《智取伪役》、《妙香室丛话》卷十二《巧妙脱身》、《虫鸣漫录》卷二《夺妻之约》、《此中人语》卷一《童子获虎》、《札记小说·清远健妇》等。现当代有汉族的《聪明的农夫》《三八二十三》《农夫与饿狼》《三个画匠》，蒙古族的《聪明的陶蒂少布》《机智的小伙子》《寻骆驼》，回族的《灵童智对皇上》《难题》，藏族的《聪明的大臣》《策仁和仁钦》，布依族的《贤妇巧计训色鬼》，朝鲜族的《七岁小孩请“财神”》，哈萨克族的《神判官比卡达尔》，高山族的《依娜哆宰熊》，俄罗斯族的《聪明的农夫》，保安族的《哈比卜大笑与大哭》，独龙族的《孤儿龚干》，鄂伦春族的《机智的小猎手》。

【家庭故事】 写实故事的一个门类。指涉及家庭成员和近亲——包括夫妻、父子、母女、兄弟、姐妹、姑嫂、妯娌、婆媳、翁婿、连襟等之间的各种故事，借以反映民众的生活状况、思想感情，具有一定的社会意义和认识价值。古代有《战国策·秦策一》“楚人有两妻”、《淮南子·说山训》“郢人鬻母”、《汉书·蒯通传》“束缊请火”、《说苑·正谏》“追女失妻”、《异闻记》“张广定女”、《搜神记》卷十一《乐羊子妻》、《妒记》“妒妇改过”、《世说新语·德行》“焦饭”、《广古今五行记·纥干狐尾》、《纪闻·张长史》、《王氏见闻录·姜太师》、《青琐高议》后集卷四《卜起传》、《夷坚志补》卷十一

《徐信妻》、《春渚纪闻》卷四《磨刀劝妇》、《湖海新闻夷坚续志》前集卷一《人伦门·母子重见》、《稗史·事嫂》、《枝山前闻·沈孝子》、《菽园杂记》卷三《史妻复仇》、《情史》情仇类卷十四《铅山妇》、《原李耳载》卷上“百钱大夫”、《香祖笔记》卷四《京师卖水人》、《阅微草堂笔记》卷二十三《再娶元配》、《里乘》卷六《父子同日合卺》、《埋忧集》卷六《夫妻重逢》、《香饮楼宾谈》卷一《钱翁》、《右台仙馆笔记》卷十六《中牟还子》、《耳邮》卷四《唐某典妻》、《蝶阶外史》卷一《虎口夺母》等。现当代有汉族的《老汉的三个闺女》《勤俭匾的故事》《岳父巧治懒女婿》，蒙古族的《兄弟借种粮》《亚都浑》，回族的《艾思麻的四个儿子》《孝顺媳妇》《尤努辞妻》，藏族的《穷哥俩》《聪明的妻子》，维吾尔族的《塔孜和他的哥哥们》《三条遗嘱》，苗族的《排让和嫚婵》，彝族的《沙普姑娘》《阿古与阿赊》，壮族的《文龙和肖尼》，朝鲜族的《哥俩》《父亲的遗嘱》，满族的《摔子教夫》《不叫玛玛的儿媳妇》，白族的《多收二斗五》，哈尼族的《一罐银子》《门当户对》，哈萨克族的《好爸爸的忠告》《好妻子》，傣族的《象牙做篱笆的故事》，傈僳族的《分牛分毯》，佤族的《兄弟俩的遭遇》，拉祜族的《好女婿》，景颇族的《寡妇和她的儿子》《一元钱》，土族的《姐妹俩》，达斡尔族的《三个媳妇》，仫佬族的《老木匠和他的儿子》，羌族的《山雀教子》，布朗族的《二十四个子女》，撒拉族的《阿娜云红姬》，锡伯族的《夫妻相爱》，阿昌族的《眉间长旋的姑娘》，普米族的《巧选当家人》，怒族的《三姑娘》，赫哲族的《为哲罗鱼分家的故事》《害羞的丈夫》，鄂温克族的《故事里的故事》，德昂族的《叶开和她的两个丈夫》，裕固族的《金银姐妹和木头姑娘》，京族的《三姑爷揽鹅》，独龙族的《老大和老二》，鄂伦春族的《金宝和银珠》，珞巴族的《三枚金币》，基诺族的《神的旨意》。

【婚恋故事】 写实故事的一个门类。婚恋故事系家庭故事的一种延伸。作品通过男女之间的恋情、婚姻故事来展现社会生活、人际关系、家庭生活，从而揭示出民众的精神面貌和理想愿望。古代有《搜神记》卷十五《河间郡男女》、《幽明录》“卖胡粉女子”、《广异记·勤自励》、《稽神录》卷三《渔人》、《夷坚支丁》卷九《张二姐》、《猥谈·新人》、《耳谈》卷十一《娶妇得郎》、《古今谭概》杂志部第三十六《嫁娶奇合》、《情史》情缘类二《吴江钱生》、《原李耳载》卷上“心许身殉”、《见闻录·婉兰》、《夜谈随录》卷三《米芗老》、《新镌笑林广记》卷六《抢婚》、《咫闻录》卷五《韩生》、《香草谈荟·奇缘》、《蝶阶外史》卷一《谢生》、《虫鸣漫录》卷一《姻缘颠倒》、

《耳邮》卷四《意外缘》等。现当代有汉族的《千里奇缘》《王俊娶亲》《补鞋匠巧逢姻缘》，蒙古族的《薇香与牟果》，回族的《要口还》《半兴子定亲》，藏族的《富家公子和贫家闺女》，维吾尔族的《鲁克玛巧织地毯》《一个女人的爱情》，苗族的《石妹招选丈夫》，侗族的《一对画眉》，哈萨克族的《一首动人的悲歌》，傣族的《依婻猫》，畲族的《巧妇智斗“鸭肉香”》，东乡族的《麻切巴娶亲》，景颇族的《金挺和斑尊》，达斡尔族的《丽红珠卡托》，土族的《拉仕布和琪门索》，布朗族的《艾道和召朗》，仡佬族的《挑女婿》，锡伯族的《芦笛》，乌孜别克族的《一个姑娘的爱情》，鄂温克族的《故事里的故事》，鄂伦春族的《乌娜杰逃婚》，门巴族的《三姐妹择婿》。

【巧女故事】 又称“巧媳妇故事”。写实故事的一个门类。指称颂妇女机敏、聪明、智慧的故事。故事主人公既有未婚女子，也有已婚妇人；既有文化较高的富家女子，也有文化不高的劳动妇女。作品从家庭生活、社会生活不同的层面展现妇女的聪明才智和道德品质。其中有不少作品以巧解难题、制服强暴为内容，它们一般都颇为和谐、风趣，用对比的手法刻画人物形象。古代有《启颜录·刘道真》、《萤窗异草·智妇》、《蝶阶外史》卷三《蜀妇》、《嘻谈续录》卷下“口头语”等。现当代有汉族的《九斤姑娘》《巧女和江湖秀才》《无烦恼》，蒙古族的《奥塔娜》《聪明伶俐的儿媳妇》，回族的《聪明的祖毕黛》《借羊》，藏族的《一颗松耳石》《鱼为什么笑》，维吾尔族的《农家姑娘》《其满汗》，彝族的《三把豆子》，壮族的《聪明的三姨妹》，朝鲜族的《大儿媳》，满族的《考媳妇》，侗族的《培三桑》，白族的《巧女》，黎族的《百兽衣》，哈萨克族的《阿格依夏》，畲族的《猪肚炖莲籽，吃多慢慢死》，柯尔克孜族的《聪明的儿媳》，水族的《聪明的阿花》，仫佬族的《巧媳妇》，景颇族的《山姑娘》，达斡尔族的《聪明的一儿媳妇》，锡伯族的《阿罕的媳妇》，塔吉克族的《莱娜古丽》，阿昌族的《梭罗瓢》，塔塔尔族的《聪明的儿媳》。

【傻子故事】 写实故事的一类。古代有《韩非子·外储说左上》“颍水纵鳖”、《列子·说符》“得遗契”、《阙子》“愚人得燕石”、《笑林》“痴婿吊丧”、《解愠编》卷九《天上坐》、《笑赞》“代人受打者”、《迂仙别记》“矮坐头”、《迂仙别记》“修屋漏”、《五杂俎》“半夜击门”、《笑府·呆子守店》、《时尚笑谈·看相》、《新镌笑林广记》卷二《叔叔》、《嘻谈续录》卷下“富家傻子”、《清稗类钞·讥讽类·此处禁止小便》等。现当代有汉族的《傻女婿拜寿》《傻女婿吃席》，蒙古族的《傻媳妇》《愚人学舌》，回族的《瓜女婿学话》《傻媳妇》，藏族的《傻小子买言语》《傻瓜卖山羊肉》，朝鲜族的《傻小子拐媳妇》，土家族的《憨女婿看见丈母娘》，高山族的《两个傻子》，水族的《憨包学手艺》，纳西族的《送重礼》，景颇族的《背马鹿皮》，羌族的《瓜丈夫》《瓜女婿》，仡佬族的《戆姑爷做梦》，锡伯族的《傻子娶妻》，门巴族的《傻哥哥和聪明弟弟》，基诺族的《傻孩子的故事》。

【工匠故事】 写实故事的一类。指有关各种工匠、手艺人的故事。既有描述他们反抗压迫、剥削的内容，也有赞扬他们智慧、技艺、品德、风尚的内容，还有批评其自私、落后、守旧的内容。古代有《古今谭概》酬嘲部第二十四《儒匠》、《寄园寄所寄》卷十二《插菊寄·笑谭》、《京师缝人》、《咫闻录》卷七《裁缝做裤》、《客窗闲话》初集卷二《冯皮匠》、《此中人语》卷三《匠人》等。现当代有汉族的《铁匠和老板》《张瓦匠除邪》《鞋匠驸马》《皮匠的艳福》，蒙古族的《铁匠、皮匠和医生》，回族的《马士和剃头匠的故事》《考徒弟》，藏族的《陶匠走运》《厨师扎西旺堆种珍珠》《木匠和吝啬鬼》，维吾尔族的《鞋匠和国王》《铜锅》，朝鲜族的《木屐和牛槽》《巧木匠》，侗族的《“正”字的故事》，瑶族的《弟兄仇》，白族的《石匠老四》《提台、剃头匠和油匠》，土家族的《量心》《篾匠织背篓》，哈尼族的《铁匠和他的儿子》，哈萨克族的《聪明的靴匠》，傣族的《小木匠》，纳西族的《木匠和画家》，羌族的《山保木匠》，毛南族的《木匠娶亲》，锡伯族的《比手艺》，阿昌族的《三把金刀》，保安族的《木匠和他的妻子》。

【商贾故事】 写实故事的一类。它通过各式各样的商业贸易活动，从不同的层面反映社会生活，描绘出形形色色的商贾形象，其中有不少作品真实生动，具有一定的认识价值和欣赏价值。古代有《粤剑编》卷二《闽商黄某》、《阅微草堂笔记》卷四《山西客商》、《妙香室丛话》卷十四《韩生进京》、《志异续编》卷三《古董店》、《蝶阶外史》卷二《缎子王》、《右台仙馆笔记》卷十五《张翁药肆》、《里乘》卷一《一文钱》、《见闻近录·商贩自救》、《趼麈笔记·一文钱》、《札记小说·某酒楼》等。现当代有汉族的《沈老板智毁假珍珠》《和气生财》《盐商选账房》《巧罚欺客盐贩》《智斗强盗》，藏族的《西藏商人和印度商人》《商人与三个算命的小孩》，纳西族的《以少换多》，鄂温克族的《商人涂戴》。

【破除迷信故事】 写实故事的一个门类。以揭露和嘲讽各种迷信活动为内容。有的作品具备一定的思想深度，能够给人以启迪；有的作品诙谐风趣，令人发噱。古代有《史记·滑稽列传》“河伯娶妇”、《风俗通义·怪神》“鲍君神”、《风俗通义·怪神》“石贤士神”、《抱朴子内篇》“洛西古墓”、《博物志》卷十《蟒气》、《搜神记》卷十九《李寄》、《辨疑志·李恒》、《辨疑志·双圣灯》、《朝野佥载》卷五“胡僧宝严”、《博异志·张竭忠》、《原化记·画琵琶》、《玉堂闲话·袁继谦》、《夷坚支甲》卷九《益都满屠》、《梁溪漫志》卷十《江东丛祠》、《耳邮》卷一《售札符》等。现当代有汉族的《打巫婆》《菩萨下马》《庙上祷告》《张马角出丑》《端公办年货》《“陈半仙”算命》，蒙古族的《泥佛抢肉》，回族的《“鬼”闹油坊》，彝族的《恶毕摩与姑娘》，壮族的《请仙姑》《鬼缠道公》，侗族的《“半仙”吃牛屎》，畲族的《巫师怕鬼》，纳西族的《吃鬼》，阿昌族的《眉间长旋的姑娘》，鄂伦春族的《萨满“升天”》。

【僧道故事】 写实故事的一个门类。有关佛教、道教等宗教出家人和宗教职业者的故事。既有赞扬他们的高尚品德、聪明才智，表现他们生活苦乐、各种际遇的故事，又有揭露他们中某些败类劣迹的故事以及其他内容的故事。古代有《搜神后记》卷二《昙游》、《夷坚支戊》卷四《闽僧如本》、《春渚纪闻》卷五《天尊赐银》、《昨梦录·中州仕宦者丧命》、《行营杂录》“破毁鹿苑寺”、《湖海新闻夷坚续志》前集卷一《拾遗门·富僧冤死》、《耳谈》卷七《临安寺僧》、《贤博编》“吝僧上当”、《聊斋志异》卷二《素面》、《子不语》卷十四《鸩人取香心》、《咫闻录》卷五《太原贾生》、《见闻随笔·行脚僧自刎》、《锄经书舍零墨》卷三《僧谑》、《此中人语》卷一《死秃》等。现当代有汉族的《小和尚打水》《救“活佛”》《尼姑还俗》《道士惩奸官》《道士过年》《屠夫与老道》，蒙古族的《大喇嘛上天堂》《一个穷喇嘛的故事》，回族的《神医马阿訇》，藏族的《活佛和喇嘛》《小喇嘛守戒》，维吾尔族的《两个毛拉》《贪心的霍加》，朝鲜族的《被虎咬死的和尚》，傣族的《不正经的佛爷》，哈萨克族的《三个毛拉》《不识字的毛拉》，羌族的《智斗和尚》，锡伯族的《活佛》，德昂族的《阿西寻金》，塔塔尔族的《两个毛拉和一个农夫》。

【武林、豪侠故事】 写实故事的一类。故事主人公既有各路英豪，又有男女武林高手以及形形色色的另类。内容涉及杀敌御侮、抗暴锄奸、矜贫救厄等，大多曲折生动，引人入胜。古代有《酉阳杂俎》前集卷九《盗侠》“京西店老人”、《原化记·义侠》、《玉堂闲话·歌者妇》、《茅亭客话》卷六《夷妇人》、《夷坚支丁》卷九《淮阴张生妻》、《续夷坚志》卷一《戴十妻梁氏》、《辍耕录》卷二十八《义丈夫》、《涌幢小品》卷三十《王长年》、《池北偶谈》卷二十三《剑侠》、《聊斋志异》卷十一《张氏妇》、《天香谈薮·浙中宦者》、《子不语》卷十四《卖蒜叟》、《听雨轩笔记》卷四《庄叟较力》、

《耳食录》二编卷六《金陵樵者》、《梦厂杂著·侠客传》、《里乘》卷三《赵乙》、《蝶阶外史》卷二《三和尚》、《虫鸣漫录》卷一《武举女》、《南亭笔记》卷六《靴子李》等。现当代有汉族的《金武学艺》《阿壮与村姑比武》《侠女》《少林弟子》《“打不平”智胜“少三两”》《“神腿”傻爷》，蒙古族的《抓苍蝇》，回族的《马四赔礼》，藏族的《卓瓦力士》，彝族的《小英雄智斗三匪》，壮族的《林水妹》，瑶族的《大力王》，高山族的《习武铲霸》，达斡尔族的《比力气》。

【医生故事】　写实故事的一类。大多描述与医生、医术以及世人求医问药相关的活动、事件，从一个特定的视角来揭示社会生活，传达民众的爱憎和愿望。古代有《夷坚甲志》卷九《李王二医》、《夷坚乙志》卷十九《疗蛇毒药》、《夷坚丁志》卷十七《甘棠失目》、《夷坚支景》卷八《茅山道士》、《涌幢小品》卷二十九《一字散》、《聊斋志异》卷八《医术》、《志异续编》卷一《富室儿》、《庸庵笔记》卷三《名医治中消病》、《明斋小识》卷六《庸医》、《埋忧集》卷四《名医》、《耳邮》卷四“哑医”、《醉茶志怪》卷三《医术》、《札记小说·息妄念法》“丑仆病瘳”等。现当代有汉族的《医生和老板》《一针救两命，甘草毒死人》《神奇药方》《春生看病》《舍命保病人》，蒙古族的《起死回生的医生》《农夫当医生》，高山族的《阿艾治蛇》。

【美德故事】　写实故事的一类。涉及见义勇为、行善积德、知恩图报、乐善好施、拾金不昧、热爱劳动等内容，展示出民众思想境界和道德追求。古代有《北窗炙輠录》卷下“卖勃荷之报”、《夷坚丁志》卷七《荆山客邸》、《摭青杂说·茶肆主人还金》、《稗史·为故人女择良士》、《说听》卷下《太仓顾某》、《雪涛小说·戒吞产》“让墙”、《香乘》卷十二《香起卒殓》、《昨非庵日纂》卷二十“赴试还钏”、《续子不语》卷十《屈丐者》、《夜谭随录》卷三《米芗老》、《熙朝新语》卷十五《老者还金》、《北东园笔录》初编卷四《佃户善行》、《北东园笔录》三编卷二《贫女报恩》、《妙香室丛话》卷十二《桐城张翁》、《蝶阶外史》卷二《船户妻》、《右台仙馆笔记》卷三《婢抚程子》、《荟蕞编》卷十三《吴氏兄弟》等。现当代有汉族的《“良好”和“义好”》《满足堂》《一桶干饭》《人情好，吃水甜》《洞房认义女》，蒙古族的《掘金》《好汉古里热布占》，回族的《锯树睦邻》、《舍了贵客永不见》，藏族的《国王的养马人》，维吾尔族的《一块金砖》，苗族的《沙粒变金》，彝族的《千万担坪》，朝鲜族的《金色鸟》，哈萨克族的《让金子》，佤族的《谷子就是金子》，畲族的《心平过得海》，景颇族的《美德与金子》，柯尔克孜族的

《两位挚友》，普米族的《本分人和狡猾人》，塔吉克族的《两个宝箱》，乌孜别克族的《善有善报》《知足常者乐》。

【盗贼故事】 写实故事的一类。涉及盗贼行窃扰民、匪帮杀人越货、铲除盗匪和其他有关的内容，从一个特定的视角展现社会风貌和民众爱憎。作品大多故事性较强，颇为引人入胜。古代有《清尊录·马吉》、《夷坚丙志》卷十九《朱通判》、《谐史·我来也》、《癸辛杂识》前集《王小官人》、《辍耕录》卷二十三《盗有道》、《菽园杂记》卷八《胡子老官》、《客座赘语》卷九《飞盗》、《雪涛谐史》“偷磬贼”、《涌幢小品》卷九《吴刘心计》“刘滋”、《驹阴冗记·识盗免祸》、《读书镜·芒山盗》、《诺皋广志·雷州盗》、《凉棚夜话·雪中头陀》、《听雨轩笔记》卷二《跳白船》、《右台仙馆笔记》卷三《盗妇》、《荟蕞编》卷十四《孝贼》、《此中人语》卷二《杨八》、《跰㢟笔记·南海巨盗》、《骗经·诈脱货物劫当铺》等。现当代有汉族的《侠盗张三》《做贼心虚》《扒手碰哒里手》《贼仔三立功》，蒙古族的《善有善报，恶有恶报》，藏族的《智擒小偷》，朝鲜族的《义贼》，哈萨克族的《狡猾的小偷》，傈僳族的《看“漏”》，拉祜族的《打强盗》，阿昌族的《偷盗的下场》，怒族的《盲人驱小偷》，乌孜别克族的《小偷》《行凶作恶必遭惩处》。

【骗子、无赖故事】 写实故事的两个门类。包括骗子故事和无赖故事两个部分。骗子故事包括世俗骗子行骗、僧道骗子行骗、智斗骗子等内容，数量较多，而且颇为精彩。无赖故事大都以揭露刁蛮无耻之徒的劣迹为题材，篇幅比较短小，作品数量也不多。这两类故事，古代有《韩非子·外储说左上》“棘刺母猴”、《尹文子·大道上》“献玉”、《抱朴子内篇》“兴古太守”、《朝野佥载》卷三《白铁余》、《玉堂闲话·大安寺》、《王氏见闻录·文处子》、《清尊录》“兴元民售假女”、《渑水燕谈录》卷九《杂录》“假罗汉欺人”、《夷坚三志已》卷九《干红猫》、《霏雪录》“术士炼银”、《宦游纪闻·伶人眩骗》、《贤博编》“倾尸讹人”、《粤剑编》卷二《无赖伏罪》、《述异记》卷下《黠盗妇》、《子不语》卷二十一《奇骗》、《笑得好》二集《转债》、《明斋小识》卷六《种银子》、《志异续编》卷六《无赖子》、《埋忧集》卷三《周烂面》、《咫闻录》卷七《巧骗》、《此中人语》卷五《拐儿桥》等。现当代有汉族的《骗子找爹娘》《骗术》《白赖》，藏族的《掉在井里的金条》《七个骗子》，壮族的《骗子受骗》，土家族的《康老汉惩治骗子手》，景颇族的《两个骗子的下场》，土族的《乱穿袈裟胡念经》，阿昌族的《两个骗子》，京族的《骗哥和胡图翁》。

【渔猎故事】　写实故事的一个门类。包括捕鱼故事和狩猎故事两个部分，作品从捕鱼、打猎的视角来揭示社会生活，表现渔民、猎人的思想感情和理想愿望。古代有《耳食录》二编卷六《金陵樵者》，现当代有汉族的《老猎人和鹰》《张二打猎》《猎手奇缘》《老洞狗子下山》《老渔翁智胜四大臣》，蒙古族的《猎人与山鹰》《机智的猎人》《狂妄者被捉弄》，佤族的《三兄弟打野猪》，藏族的《猎人兄弟》《贪心的猎人和公麝》，苗族的《老猎人和皇帝》《猎人老当》，朝鲜族的《猎人与"掌财富"》《打老虎》，满族的《乌吉和他的孩子们》《塔娜格格》《真假巴图鲁》，佤族的《三兄弟打野猪》，高山族的《诱杀"古拉高"》，拉祜族的《渔夫的故事》，阿昌族的《打猎人过生日》，塔吉克族的《猎手和他的朋友》，鄂温克族的《山林的主人》，裕固族的《神箭手射雁》，鄂伦春族的《猎人斗巨蛇》《满古山》，赫哲族的《鱼中皇》《叉鱼能手莫尔高》《绰绰擒虎》《聪明的猎人》，门巴族的《聪明的猎人》，珞巴族的《猎人和乌佑》《猎人和妻子》。

【人与动物故事】　写实故事的一个门类。涉及动物护主追凶、动物与人友善、动物报恩、保护动物等内容。古代有《搜神记》卷二十《苏易》、《搜神后记》卷九《杨生狗》、《异苑》卷三《大客》、《齐谐记》"张然"、《述异记》卷上"玄鸟报恩"、《广异志·张鱼舟》、《广异志·虎恤人》、《集异记·郑韶》、《传奇·蒋武》、《宣室志》卷二《赵叟》、《阙史·渤海僧通鸟兽言》、《原化记·章华》、《夷坚支景》卷七《竹林院鹭鸶》、《夷坚志补》卷四《李姥告虎》、《陶朱新录》"医治猴疾"、《异闻总录》卷二《朱先生犬》、《湖海新闻夷坚续志》后集卷二《精怪门·犬事病人》、《戒庵老人漫笔》卷七《神鹊鸣冤》、《涌幢小品》卷三十一《犬》"秦邦犬"、《稗史汇编》卷一五七《兽门·兽三·犬报商冤》、《客座赘语》卷九《沈氏鸭》、《耳谈》卷七《金华守张公》、《情史》卷二十三情通类《雁》"雌雄恩义"、《耳书·陆生犬》、《虞初新志》卷一《义猴传》、《聊斋志异》卷十二《毛大福》、《续子不语》卷一《虎投河》、《咫闻录》卷十二《义犬》、《阅微草堂笔记》卷二十四《农家子与牛》、《窦存》卷三《孙某》、《此中人语》卷一《猴》等。现当代有汉族的《鹦哥报仇》《黄狗救主》《田鸡鸣冤》《毛达先生和狼》《母鹿下跪》，蒙古族的《忠实的猎犬》《忠实的猎鹰》等。

【诗对故事】　写实故事的一个门类。作品围绕作诗、对对子来展开故事，其中的诗歌、对联大都通俗易懂，好记好传，往往饶有兴味。古代有《启颜录·高坐诵诗》、《归田录》卷下"梅刁善对"、《梦溪笔谈》卷二十三《投书索米戏答诗》、《拊掌录·贼诗》、《夷坚三志壬》卷五《猴豹戏对》、《辍耕录》卷二十八《凌总管出对》、《玉堂丛语》卷一《乾坤度量》、《涌幢小品》卷二十《怪诗》、《解愠编》卷一《吏胥酒令》、《广笑府》卷二《诗僧咏伞》、《华筵趣乐谈笑酒令·刺道士》、《古今谭概》口碑部第三十一《金鼓诗》、《聊斋志异》卷八《三朝元老》、《坚瓠二集》卷一《清客门对》、《坚瓠五集》卷三《石匠能诗》、《新镌笑林广记》卷二《歪诗》、《雨窗消意录》卷三《柳絮飞来片片红》等。现当代有汉族的《“三句半”秀才》《薄命女吟诗》《三女婿拜寿》《讨债趣对》《跑堂倌应对》，回族的《对诗》《三句半》，苗族的《行酒令》《没有主见的人》，壮族的《大头鱼赌山歌》《田边戏对》，布依族的《吟诗》《巧对县官》，瑶族的《妙联气贪官》，土家族的《吟诗择佳偶》《合手擒拿》，白族的《关帝庙对联》，畲族的《两兄弟卖诗》，仫佬族的《卖柴佬与秀才作诗》，仡佬族的《老四爱说三句半》，水族的《腊缅吟诗》《做对联》，德昂族的《芦笙哀歌》。好多传说、故事里面不乏吟诗、对对子的情节，因此这些传说、故事与诗对故事存在交叉之处。

【谜语故事】 写实故事的一个门类。作品围绕谜语来展开故事。古代有《夷坚甲志》卷二《诗谜》。现当代有汉族的《连环谜》《正月小》《翁婿猜字谜》《打哑谜》《变哭为笑》《借衣裳》，回族的《秀才出谜》，苗族的《李老幺破谜》，满族的《偏要贪恋一枝花》，瑶族的《大姑出谜考篾匠》。

【谚语、歇后语、俗语故事】 写实故事的一个门类。作品围绕谚语、歇后语、俗语来展开故事。古代有《雪涛谐史》“君子之交”、《吴下谚联》卷一《猪也糊木也糊》、《吴下谚联》卷二《巧妻常伴拙夫眠》、《吴下谚联》卷二《一锄头动土两锄头也动土》。现当代有汉族的《五湖四海皆兄弟》《人心不足蛇吞象》《钱钿眼里翻筋斗》《偷鸡勿着蚀把米》《八百斤的大寿桃——废物点心》，蒙古族的《饱吃羔肉硬，饿嚼牛角软》《戒规也触犯，兔子也不见》，维吾尔族的《邪恶者的锅底儿总会破漏》，布依族的《千里送鹅毛》，土家族的《土地菩萨和农夫》，畲族的《心平过得海》《十年水流东，十年水流西》，拉祜族的《俄威玛和俄尼玛》，纳西族的《只要有米粮，雪山能搬移》《肩膀没力气，斧头再快也没用》，塔吉克族的《国王的五个儿子》，门巴族的《做事不懂要问父亲》。

【民间寓言】 民间故事的一个门类。指在民间以口耳相传的方式流布，具有一定寓意的训谕故事，大都短小、生动，说服力较强，能够给人以启示和教益。从故事主角来划分，可分为人事寓言与拟人寓言两类。人事寓言又可分为幻想性人事寓言与写实性人事寓言两个小类。拟人寓言又可分为动物拟人寓言、植物拟人寓言和其他拟人寓言三个小类。在中国历代的典籍中，尤其是先秦时期的典籍里面，寓言非常丰富，其中有不少采录自民间，并且又在民间流布。现当代口传的民间寓言，更为多彩多姿，在各民族、各地区蔚为大观。从古到今，民间寓言与民间笑话都有一定的交叉。一些作品兼有两者的特征，既可视为民间寓言，又可视为民间笑话。

【人事寓言】 民间寓言的一个门类。指取材于神话、传说、历史故事和取材于日常生活中的各种以人物为主人公的寓言。其中有的带幻想色彩，有的不带幻想色彩。

【幻想性人事寓言】 人事寓言的一类。指以带幻想色彩的人物、事件作为譬喻的民间寓言。古代有《庄子·内篇·应帝王》“浑沌之死”、《广异记·颍阳里正》、《申子》佚文《叶公好龙》、《原化记·张老》、《稽神录》卷一《茅山牛》、《艾子杂说》“敬者反祸”、《中山狼传》、《甘丹格言注解》“神猴救人”、《觚剩》正编卷一《吴觚》上《鬼误》、《里乘》卷九《玉兔》、《埋忧集》卷九《负债鬼》、《右台仙馆笔记》卷十《失之交臂》等。现当代有汉族的《三教主进南天门》《观音菩萨的痣》《两个土地公》《小财主想发大财》，蒙古族的《两个倔老汉》《贪大反而小也失》，回族的《阿比德和伊布利斯》《阿訇救蛇》，藏族的《懒汉和运气神》，维吾尔族的《农夫、蛇和狐狸》《莱丽与麦吉侬》，布依族的《智囚螺蛳怪》，土家族的《土地菩萨和农夫》，哈萨克族的《国王和鸱鸟》，哈尼族的《金蚌》，傣族的《能识鸟兽语言的国王》《狗变国王又变狗》，柯尔克孜族的《幸运之光》，俄罗斯族的《农夫和熊》，赫哲族的《渔夫和狐狸》。

【写实性人事寓言】 人事寓言的一类。指取材于现实生活，不带幻想色彩的人物、事件作为譬喻的民间寓言。古代有《墨子·兼爱中》“楚王好细腰”、《吕氏春秋·分审览·任数》“颜回攫甑”、《晏子春秋·内篇·问上》“猛狗酒酸”、《风俗通义·怪神》“杯弓蛇影”、《世说新语·容止》“仿岳游遨”、《魏书·吐谷浑传》“折箭训子”、《玉照新志》卷五“两本《圣教序》”、《续博物志》卷七《拜跪枯树》、《夷坚三志辛》卷一《三门寺僧》、《辍耕录》卷二十二《虎祸》、《贤奕篇·应谐录·猫号》、《见闻纪训》“三人临济”、《权子·拾金》、《谈丛·李巫》、《香祖笔记·贾胡买石》、《聊斋志异》卷五《骂鸭》、《一笑》“高帽子”、《醉茶志怪》卷二《小老虎》等。现当代有汉族的《卖油与射箭》《三人斯靠》《狼子野心》，蒙古族的《骄者必败》《“不求人”和“不帮人”》，回族的《一亏一补》，藏族的《卖檀香木的人》《三个猎人》《喝水》，维吾尔族的《骄傲的徒弟》《老农》，苗族的《祝笛梢和祝笛格》，彝族的《猎人》，壮族的《黄鼠狼的誓言》，白族的《抬支锅石》，土家族的《篾匠织背篓》，哈萨克族的《装死的狐狸》《金角》，傣族的《能识鸟兽语言的国王》，黎族的《土地庙为什么这么小》，佤族的《老倌和鳄鱼》，畲族的《财公与豆腐佬》，高山族的《猎人与黑熊》《哭婆婆变笑婆婆》，纳西族的《挖金子》《金钟的故事》，景颇族的《两兄弟》，仫佬族的《老鼠开会》，羌族的《真心万事成》，撒拉族的《木雕美人儿》，普米族的《忘恩负义的理发匠》，塔吉克族的《巴依和狼》，乌孜别克族的《固执者的结局》，鄂温克族的《饭嗄巴儿》，塔塔尔族的《幸福》，赫哲族的《大雁说媒》，珞巴族的《珠子树》。

【拟人寓言】 民间寓言的一个门类。包括动物拟人寓言、植物拟人寓言和其他拟人寓言三类。

【动物拟人寓言】 拟人寓言的一类。指完全由拟人化的动物或者以拟人化的动物为主要角色的民间寓言。古代有《庄子·外篇·秋水》“埳井之蛙”、《战国策·楚策一》“狐假虎威”、《韩诗外传》卷九第二十七章《凤凰展翅》、《说苑·谈丛》“枭将东徙”、《后汉书·朱浮传》“辽东白头猪”、《异苑》卷三《山鸡舞镜》、《启颜录》“遭见贤尊”、《朝野佥载》佚文“狮子王与豺”、《法苑珠林》卷五十三《愚戆篇·杂痴部》“分鲤”、《艾子杂说》“有尾惧诛”、《喻法宝聚》“水中捞月”、《萨迦格言注解》“兔杀狮”、《辍耕录》卷十五《号寒鸟》、《解愠编》卷五《蝙蝠推奸》、《贤奕篇·譬喻录·猩猩》、《雪涛谐史》“以猫饲雏”、《古今谭概》专愚部第四《物性之愚》“翠鸟作巢”、《聊斋志异》卷八《禽侠》、《笑得好》二集《鸦龟争兄》、《嘻谈续录》卷下《蚊虫结拜》、《庸庵笔记》卷四《蚓食蜈蚣》等。现当代有汉族的《狮王之死》《蜈蚣和沿沿螺》《老雕借粮》《猴子摘包谷》，蒙古族的《七个老鼠兄弟》《号寒鸟》，回族的《爱叫的蝉》《野鸡借粮》，藏族的《森林的主人》《狐狸学老虎》，维吾尔族的《麻雀猎羊》《青蛙和田鼠》，苗族的《孔雀的尾巴》《牛虻和狮子》，彝族的《羞愧的山鸡》《乌鸦与鹌鹑》，壮族的《燕子和蜗牛》《黔之虎》，朝鲜族的《巧毛驴》，满族的《骄傲的鲤鱼》，侗族的《蚂蚱和猴子打架》，瑶族的《喜鹊老师》，白族的《狡猾的猫》，哈尼族的《蝙蝠》《老虎背上的斑痕》，土家族的《锦鸡长得乖》《青蛙和老虎》，哈萨克族的《刺猬和老鼠》《装死的狐狸》，傣族的《双头凤》《绿豆雀和象》，傈僳族的《白兔与老虎》《青蛙与乌鸦》，佤族的《一只好胜的老虎》，畲族的《蝠蝌学飞》，高山族的《乌鸦和翠鸟》，拉祜族的《麻雀告状》，东乡族的《喜鹊为什么跳着走》，纳西族的《乌鸦笑猪黑》，达斡尔族的《群蜂斗野猪》，羌族的《爱听奉承话的锦鸡》，景颇族的《猫头鹰织毯子》，柯尔克孜族的《四个伙伴》，土族的《贪婪的鸟王》，仫佬族的《老鼠议事》，仡佬族的《懒惰的小鸡》，锡伯族的《喜鹊、鹌鹑和耗子》，阿昌族的《狮子和野猪》，塔吉克族的《鹰与孔雀》，乌孜别克族的《狐狸的分配》，俄罗斯族的《狐狸和罐子》，鄂温克族的《小鹿为什么丢掉一双眼睛》，保安族的《兔子哥哥》，独龙族的《老虎和火赛跑》，鄂伦春族的《灰鼠和黄鼠狼》，赫哲族的《刺猬和黑熊》，京族的《老虎与螺贝》，塔塔尔族的《骄傲的公鸡》，珞巴族的《啄木鸟传话》，基诺族的《猪八吃糠狗吃屎》。

【植物拟人寓言】　拟人寓言的一类。指完全由拟人化的植物或者以拟人化的植物为主要角色的民间寓言，这一类寓言数量远不如动物寓言多。古代有《俏皮话·木嘲》、《俏皮话·空心大老官》。现当代有汉族的《自私的棕树》《小草和野藤》《山藤和松树》《小草和白云》，蒙古族的《空心树》，回族的《松树失算》，藏族的《格玛树与郭朗树》，维吾尔族的《玫瑰花与蝴蝶》《蒿草、泡沫和皮窝子》，苗族的《荞和麦子》，壮族的《病竹求医》，布依族的《茶和酒》，满族的《参和松树》，侗族的《大树和藤藤》《芦苇和地瓜》，瑶族的《禾苗和稗草》，白族的《棕树和槐树》，土家族的《百合花》，傣族《大青树和芦苇》，黎族的《老树和乌鸦》，拉祜族的《太阳和竹子》，纳西族的《骄傲的马樱花》，景颇族的《闷葫芦》《桦桃树为什么会掉皮》，仫佬族、阿昌族的《树王鱼鳞春》，塔吉克族的《红花与紫花》。

【其他拟人寓言】　拟人寓言的一类。指以拟人化的日月、风雨、山水、器物、用品、衣物、食品、玩具、人体器官等为主角的民间寓言。古代有《东坡志林》“桃符和艾人”、《醉翁谈录》卷二丁集《嘲戏绮语·嘲人不识羞》、《解愠编》卷八《茶酒争高》、《解愠编》卷八《眉争高下》、《笑府·口脚争》、《笑林·鞋袜讼》、《新镌笑林广记》卷十《鞋袜讦讼》、《嘻谈续录》卷上“通谱”、《俏皮话·火石》、《俏皮话·铜讼》等。现当代有汉族的《风筝》《不倒翁》《绣花枕头和落花生》《大轮和小轮》《嘴的嫉妒》，蒙古族的《太阳和彩虹》《斧头和斧柄》，藏族的《最高贵和最平常》《盲目自大》，维吾尔族的《福祸争胜》《斧柄》，彝族的《五指相争》，壮族的《粉身碎骨》，朝鲜族、傣族的《岩石和小草》，土家族的《五官吵架》，傈僳族的《草房和太阳》，佤族的《风和白露花》，水族的《脚和眼睛》，羌族的《青山绿水打官司》，水族的《梨、船和风》。

【民间笑话】 民间故事的一个门类。指诙谐逗乐、引人发笑的短小故事。大都摄取社会生活或者家庭生活的个别场景、个别片段，人物不多，篇幅短小，情节简单，结构巧妙。一般都有被嘲讽、被揶揄的对象登场，常常运用夸张手法来突出其性格特征。人物对话或独白在笑话构成中具有相当重要的作用，优秀的作品常以妙语结尾，产生“抖包袱”的效果，用笑声来否定贪婪、邪恶、虚伪、欺诈、迷信、愚昧、陈腐、迂腐、慵懒、蠢笨等思想言行，给世人带来启迪和乐趣。也有一些作品，以逗趣取乐为目的，而不一定有多少意蕴。大致可分为嘲讽笑话、劝诫笑话、谐趣笑话三类。中国自先秦以来载入古籍的笑话丰富多彩，数量可观。其中的大多数作品采自民间，并且长期在民众中间流布，对后世各民族的民间笑话乃至其他故事门类的发展产生深远的影响。许多古代笑话名篇脍炙人口，诸如三国魏·邯郸淳撰《笑林》“长竿入城”、隋·侯白撰《启颜录·当作号号》、明·乐天笑笑生纂集《解愠编·错死人》、明·江盈科撰《雪涛谐史》“骗下楼”、明·浮白主人辑《笑林·合种田》，清·石成金撰《笑得好·笑话一担》、清·游戏主人纂辑《笑林广记·田主见鸡》、清·小石道人辑《嘻谈录·五大天地》等，历久不衰，有的还被机智人物故事吸收。机智人物故事同民间笑话关系密切，其中有不少作品就是由民间笑话脱胎而来。某民族甚至将机智人物故事称为笑话，比如维吾尔族的“阿凡提的故事”，也叫“阿凡提的笑话”。

【嘲讽笑话】 民间笑话的一类。指以嘲笑、讽刺为主旨的笑话，内容涉及嘲讽官吏贪赃枉法、利欲熏心、昏聩无能，嘲讽豪强为富不仁、横行霸道、胡作非为，嘲讽奸商掺杂使假、见利忘义、伤天害理，以及嘲讽逢迎拍马者、贪得无厌者、厚颜无耻之徒、好色之徒、杀人庸医等。这一类笑话艺术风格不尽相同，有的诙谐而辛辣，竭尽讽刺挖苦之能事，让人感到痛快淋漓；有的则深刻而不露锋芒，令人回味。古代有《吕氏春秋·不苟论·自知》“掩耳盗钟”、《风俗通义》佚文《东食西宿》、《笑林》“以叶自障”、《殷芸小说》卷五《瓮算》、《启颜录·昏忘》“洛阳令”、《朝野佥载》“南皮县丞”、《谐噱录·狗枷犊鼻》、《笑言·邻夫》、《墨庄漫录》卷一《误呼钉铰者》、《遁斋闲览·皤然一翁公然一婆》、《事林广记·做官不识字》、《山居新话》卷一《问重囚》、

《闻见录》“老纳二宠”、《雪涛谐史》“假银也收”、《解愠编》卷二《有天无日》、《广笑府》卷五《秋蝉》、《时兴笑话》卷下《药斗》、《精选雅笑·割股》、《寄园寄所寄》卷十二《忠娘与孝娘》、《笑得好》初集《烂盘盒》、《看山阁闲笔》卷十五《誓联》、《笑倒·死方儿》、《皇华纪闻》卷一《惠泉匾额》、《新镌笑林广记》卷一《有理》、《嘻谈续录》卷上“堂属问答”、《广谈助》“除‘五贼’”、《俏皮话·送匾奇谈》等。现当代有汉族的《财迷》《梦里求官》《有钱者生》《请先生》《吝啬人寻死》，蒙古族的《“不作孽”的喇嘛》，回族的《爱财如命》，藏族的《我要半把》《傲慢的宗本》，苗族的《人到祸到》《鸡肚不知鸭肚事》，彝族的《小鬼也怕白吃鬼》，壮族的《请仙姑》，朝鲜族的《米是树上结的》，白族的《只要一半价》，土家族的《糊涂虫》《钉后门》，纳西族的《公钱母钱》，达斡尔族的《傻小子学话》，仫佬族的《贪财鬼卖猪》，毛南族的《万事不求人》，仡佬族的《两全其美》。

【劝诫笑话】　民间笑话的一类。指以规劝、讽诫为主旨的笑话，内容涉及十分广泛，不但讥讽一些人的自私、鄙吝、庸俗、迂腐、愚鲁、猥琐、懒惰等性格，而且嘲讪一些人的不学无术、夸夸其谈、强词夺理、不懂装懂、偷奸耍滑、死爱面子等言行举止，希望被嘲笑的对象有所警觉，有所改正，从而起到净化世风的作用。在民间笑话里面，这一类笑话数量最多。古代有《韩非子·内储说下》“夫妻祷祝”、《吕氏春秋·似顺论·别类》“起死人”、《启颜录》“倾麦饭”、《朝野佥载》卷二《钥匙尚在》、《夷坚支景》卷八《上官医》、《事林广记·答客》、《拊掌录》“作诗图对偶亲切”、《谐史》“打是不打”、《雪涛谐史》“跳窗者原来就是我”、《解愠编》卷五《酒菜而已》、《笑林·引避》、《五杂俎》卷十六《二措大言志》、《华筵趣乐谈笑酒楼令》卷四《谈笑门·劝人行善》、《续金陵琐事》下卷“书仾”、《精选雅笑·风水》、《笑倒·滑字》、《笑得好》初集《一张大口》、《笑得好》二集《醋招牌》、《新镌笑林广记》卷三《写真》、《新镌笑林广记》卷五《懒活》、《嘻谈续录》卷下“恍惚”、《一笑》“敬客”等。现当代有汉族的《不宜动土》《假斯文》《老抠皮》《二郎庙碑文》《秀才求好命》《随声附和》，蒙古族的《又懒又脏的夫妻》《两个吹牛匠》，回族的《拉破袖子》《铁公鸡一毛不拔》，藏族的《两个吹牛大王》《爱讲大话的木匠》，彝族的《馋嘴人》《打荞子》，布依族的《一头瘦牛》，朝鲜族的《米是树上结的》《背着磨盘骑驴》，白族的《两亲家》，土家族的《懒人懒到家了》《看我出来不打你》《狗夹佬》，傣族的《算卦先生信狗话》，傈僳族的《抹嘴油》，纳西族的《以少换多》，土族的《拾银子的梦》《下河洗扯谎病》，布朗族的《讲忌讳》，撒拉族的《天天吃肉》，毛南族的《举人上当》，锡伯族的《吃南瓜饺子》，鄂伦春族的《两头落空》。

【谐趣笑话】 民间笑话的一类。具有轻松诙谐的特点，极富幽默感，是一类趣味性很浓的笑话。因构成笑话料的形态不同，可以分为误解类、对比类、谐音类、巧合类、妙答类、读写别字类、自我解嘲类、自作聪明类等各种门类，异彩纷呈，非常逗趣。古代有《笑林》“自啮鼻”、《笑林》“奏乐方”、《启颜录·昏忘》“多忘者”、《大唐新语》卷十三《谐谑》“益州长吏”、《归田录》卷一《九百相戏》、《湘山野录》卷中“试僧童经”、《雪涛谐史》“心在哪里”、《解愠编》卷三《知母贝母》、《广笑府》卷十《僭称》、《笑林·戴笆斗》、《时兴笑话》卷上“品茶”、《五杂俎·事部》“改父名”、《精选雅笑·性急》、《笑得好》初集《答令尊》、《笑得好》二集《虎诉苦》、《笑倒·虱子》、《新镌笑林广记》卷九《独脚管》、《嘻谈续录》卷上“问猴”、《笑笑录》卷六《鸡卵》、《清稗类钞·诙谐类·母许招贴》等。现当代有汉族的《上半瓶》《戏迷娶媳妇》《学京腔》《黑豆和鹰》《搽粉》，蒙古族的《好力宝迷》《骂自己》，回族的《赎裤子》《作诗睡热炕》，藏族的《耳朵呢》《放屁》，壮族的《命都不要了》《年老耳朵不中用了》，布依族的《幸亏只打了三只眼》《两个硬汉相遇》，朝鲜族的《用自己的钱买自己的酒》，白族的《取名字》，土家族的《哭嫁》，纳西族的《送重礼》，锡伯族的《到处都一样》，赫哲族的《说大话的猎人》，基诺族的《傻孩子学喷饭》。

附录二

民间故事论著、民间故事作品书目

民间故事论著书目

【童话论集】　论文集。赵景深著。开明书店1927年9月出版。186页。共收16篇文章，其中有《研究童话的途径》《神话与民间故事》《民间故事的探讨》《徐文长故事与西洋传说》《吕洞宾故事二集》等文。

【儿童文学小论】　论文集。周作人著。儿童书局1932年3月出版。123页。共收11篇文章，其中有《童话研究》《古童话释义》等论文。

【童话概要】　论著。赵景深著。北新书局1927年1月出版。101页。共7章：第一章童话的意义，第二章童话的转变，第三章童话的来源，第四章童话研究的派别，第五章童话的人类学解释，第六章童话的分系，第七章童话的分类。

【民间故事研究】　论文集。赵景深著。上海复旦书店1928年1月出版。104页。共收《中国民间故事型式发端》《印欧民间故事型式表》《中国的吉诃德先生》（呆女婿故事研究）《中西童话的比较研究》等10篇论文。

【童话学ABC】　论著。赵景深著。世界书局1929年2月出版。共9章：前3章为童话的绪论，涉及童话的意义、分类，国外童话学的流派等；后6章介绍《灰娘》《当滴嘟》《禁室》《天鹅处女》《大拇指》《小红帽》等著名童话的研究情况；书末附录童话研究的书目。1990年12月上海书店曾影印出版此书。

【中国寓言研究】　论著。胡怀琛著。商务印书馆1930年出版。共有8章：第一章何为寓言，第二章寓言的效用如何，第三章全世界的寓言产生地印度、希腊、中国，第四章中国寓言产生的时代，第五章战国前后寓言的传播，第六章汉魏以后寓言的变迁，第七章汉魏以来韵文的寓言，第八章近二十年来寓言的复活。

【童话评论】　评论集。赵景深编。新文化书社1935年1月出版。250页。共收30篇文章。其中有张梓生的《论童话》、赵景深与周作人的《童话的讨论》、冯飞的《童话与空想》等论文。

【民间文学论集】　论文集。贾芝著。作家出版社1963年3月出版。27万字，382页。共收22篇论文，其中收有《民间故事的魅力》等论文。

【民间故事的搜集和整理】 论文集。吉林省民间文艺研究会、吉林人民出版社合编。吉林人民出版社1963年3月出版。8.2万字，122页。共8篇文章，有毛星的《从调查研究说起》、贾芝的《谈各民族民间文学搜集整理问题》等。

【中国民间文学论文选（1949—1979）】 论文集。中国民间文艺研究会上海分会、上海文艺出版社编。上海文艺出版社1980年5月出版。下册26.9万字，414页。共收有关神话、传说、故事等方面的论文24篇。

【中国民间故事初探】 论著。天鹰（姜彬）著。上海文艺出版社1981年5月出版。21.6万字，296页。分总论、现实性因素较强的故事、幻想性因素较强的故事三个部分。

【民间文艺谈薮】 论文集。钟敬文著。湖南人民出版社1981年5月出版。24.5万字，331页。共收40篇文章，共分4辑。书中收有《略谈民间故事》《读了〈半湾镰刀〉等以后》《关于故事记录的忠实性问题》等论文。

【民间文学丛谈】 论文集。赵景深著。湖南人民出版社1982年7月出版。21.1万字，290页。共收40多篇文章。分上、中、下三卷，上卷为中华人民共和国成立后辑存，中卷为中华人民共和国成立前辑存，下卷为译文附存。书中收有《关于牛郎织女的传说》《人参传说与人参姑娘》《〈徐文长的故事〉序》《中国民间故事型式发端》《评〈印欧民间故事型式表〉》等论文。

【钟敬文民间文学论集】 论文集。钟敬文著。上海文艺出版社出版。上册（1982年10月）32.5万字，464页。共收20篇文章，其中有《为孟姜女冤案平反》等文，卷首有作者的《自序》。下册（1985年6月）35.9万字，531页。共收52篇文章，其中有《中国的天鹅处女型故事》《蛇郎故事试探》《呆女婿故事试说》《中国印欧民间故事之相似》《中国民间故事型式》《读了〈半湾镰刀〉等以后》等文。卷末有作者的《后记》以及附录二种。

【传说故事与趣味数学】 论著。丁兰著。北京师范大学出版社1983年4月出版。12.8万字，190页。

【中国少数民族文学】 论著。中国社会科学院文学研究所《中国少数民族文学》编辑组编，毛星主编。湖南人民出版社1983年7月出版。分为上、中、下三卷：上卷47.3万字，701页；中卷63.2万字，900页；下卷41万字，584页。该书在介绍和论述中国55个少数民族文学时，都介绍和论述它们的民间故事。卷首有毛星撰写的长篇《前言》。

【中国寓言研究（增订本）】　论著。陈蒲清著。湖南教育出版社1983年11月出版。41万字，481页。共有10章：第一章远古创始期寓言，第二章战国争鸣期寓言，第三章两汉沿袭期寓言，第四章魏晋南北朝转折期寓言，第五章唐宋融汇期寓言，第六章元明世俗化期寓言，第七章明末清代变革期寓言，第八章中国古代寓言戏剧，第九章中国古代长篇寓言小说，第十章中国各民族寓言概况。

【蒲松龄与民间文学】　论著。汪玢玲著。上海文艺出版社1985年9月出版。其中有《聊斋志异》与民间故事的考证与论述。

【笑的艺术】　论文集。中国社会科学院文学研究所民间文学研究室编。广西民族出版社1985年9月出版。22万字，324页。所收26篇文章是从1984年6月召开的机智人物故事学术讨论会的50多篇文章中挑选出来的。卷首有许觉民撰写的《序》。

【中国民间故事类型索引】　论著。丁乃通编著。郑建成、李倞、商孟可、白丁译。中国民间文艺出版社1986年7月出版。37万字，598页。类型索引包含Ⅰ.动物故事（1-299），Ⅱ.一般的民间故事（300-1199），Ⅲ.笑话（1200-1999），Ⅳ.程式故事（2000-2399），Ⅴ.难以分类的故事。卷首有钟敬文、贾芝分别撰写的《序》和丁乃通撰写的《中译本序》《导言》。卷末有段宝林撰写的《跋》。

【笑话·幽默与逻辑】　论著。谭大容著。重庆大学出版社1986年8月出版。23万多字，330页。

【民间故事的比较研究】　论文集。刘守华著。中国民间文艺出版社1986年10月出版。18万字，257页。共收有《一组民间童话的比较研究》《中国的〈斗鼠记〉与日本的〈弃老山〉》《〈一千零一夜〉与中国民间故事》《印度〈五卷书〉与中国民间故事》《孔雀公主故事的流传和演变》等19篇论文。卷首有贾芝撰写的《关于民间文学的比较研究法（代序）》。

【中国民间童话概说】　论著。刘守华著。四川民族出版社1985年8月出版。28万字，375页。共分引论、中国各族民间童话代表作、中国民间童话的传统形象、中国民间童话的艺术性、中国民间童话的发展、各族民间童话的相互影响与民族特色、民间童话的搜集整理、民间童话与新童话创作等八章。

【民间故事搜集整理常识】 论著。涂石编著。海峡文艺出版社1986年2月出版。属“民间文学丛书”。6.7万字，107页。共有为什么要搜集民间故事、怎样搜集民间故事、怎样整理民间故事、搜集整理民间故事应注意的事项等四章。

【论中国四大民间故事】 论文集。罗永麟著。中国民间文艺出版社1986年8月出版。19万字，285页。共收13篇文章，其中有8篇是论述中国四大民间故事（牛郎织女的故事、孟姜女的故事、梁山伯与祝英台的故事、白蛇传）的。

【民间文学词典】 辞书。段宝林、祁连休主编。河北教育出版社1988年9月出版。63.7万字，808页。其中收入许多与中国民间故事有关的词条。

【口头文学与民间文化】 论文集。刘守华著。中国文联出版公司1989年2月出版。310页。共收有27篇论文，以论述民间传说故事的论文居多。

【耿村民间文学论稿】 论著。袁学骏著。中国民间文艺出版社1989年9月出版。18万字，221页。全面叙述和论析著名故事村河北省藁城市耿村现象的产生、特点和意义。

【民间故事十家】 论著。祁连休、冯志华编著。海燕出版社1989年9月出版。20.6万字，276页。其中有萧崇素、肖甘牛、董均伦、孙剑冰、李星华、陈玮君、张士杰、黎邦农、王作栋、裴永镇等10位当代民间故事采录家的小传、所采录的代表性故事和祁连休、冯志华撰写的评论文章。

【中国传说故事大辞典】 辞书。祁连休、肖莉主编。中国文联出版公司1992年2月出版。220万字，906页。包括基本理论基本知识、汉文古籍中的传说故事、少数民族文字古籍中的传说故事、地方志中的传说故事、传说、故事、民间传说故事论著书目、民间传说故事作品书目。

【中国民间文学大辞典】 辞书。①姜彬主编。上海文艺出版社1992年6月出版。140万字，1294页。分为民间文学理论、民间文学作品、民间文艺学家、民间文艺家、民间文学著作等几个大类。其中收入许多有关中国民间故事的词条。②马名超、王彩云主编。黑龙江人民出版社1996年12月出版。140万字，1294页。上下册，2145页。共收词目9590余条。其中收入许多有关中国民间故事的词条。

【中外机智人物故事大鉴】　辞书。祁连休、冯志华编著。知识出版社1993年3月出版。64.2万字，552页。包含基本理论基本知识，中国古代机智人物故事、中国现代机智人物故事、外国机智人物故事、中文机智人物故事书籍五个部分。附录中国各民族机智人物故事主人公一览表。

【中国民间故事形态研究】　论著。李扬著。汕头大学出版社1996年1月出版。19万字，282页。共三部分：第一部分绪论篇，第一章普罗普及其故事形态理论，第二章中国民间故事与形态学研究。第二部分应用篇，普罗普功能一览表及中国民间故事功能形式补遗等。第三部分研究篇，第一章功能论，第二章序列论，第三章角色论。

【民俗文化与民间文学】　论文集。陈益源著。台湾里仁书局1997年11月出版。204页。包含《长牙·成精·水里摸——民间荤故事的三种类型及其性教育功能》《〈姑妄言〉里的荤笑话》《故事农妇，大学开讲——宜兰故事家罗阿蜂与陈阿勉》等论文。

【中国民间故事类型索引】　论著。【德】艾伯华著。王燕生、周祖生译。商务印书馆1999年2月出版。37.3万字，534页。卷首有钟敬文撰写的《中译本序》。正文包含前言：局限性和宗旨，第一章民间故事类型（共收306个类型，包括正格故事类型275个，滑稽故事类型31个），第二章成果，以及民间故事地区来源一览表、本书使用的参考文献。附录有中文参考书目索引、民间故事拼音索引、民间故事类型索引等。卷末有《艾伯华传略》。

【口承故事论】　论文集。许钰著。北京师范大学出版社1999年9月出版。属“中国民间文化探索丛书”。37.2万字，491页。卷首有钟敬文撰写的《序》。正文有前言，第一编体裁论的《口承故事的体裁和分类》《笑话的历史及其艺术技巧》《维吾尔族幻想故事初探》等7篇论文，第二编流传演变论的《口承故事的流传和演变》等3篇论文，第三编讲述论的《民间故事的讲述和记录》《口承故事“写定”的方法和态度》《民间故事讲述家及其个性特征》等5篇论文，第四编采录论的《中国民间故事概述——〈中国民间故事集成〉总序》《口承故事的区域性与民族共同性——〈武安民间故事卷〉序言》等6篇论文，第五编研究史论的《民间文艺学流派漫议论》等7篇论文。

【云南民族文学与东南亚】　论著。傅光宇著。云南大学出版社1999年7月出版。25.7万字，320页。共10章：第一章绪论，第二章友好往来（上），第三章友好往来（下），第四章要素移植（上），第五章要素移植（下），第六章同源异流，第七章多元汇融，第八章共同创造，第九章待解之谜，第十章结论。其中多处论及傣、苗、藏、彝、白、傈僳、瑶、景颇、怒、基诺等民族的民间故事和故事类型。

【中国民间文学讲演集】 论著。钟敬文著。北京师范大学出版社1999年9月出版。属“中国民间文化探索丛书”。31.8万字，392页。其中收有《略谈民间故事》《对民间故事探究的一些认识和意见——在亚细亚民间说话学会上的讲话》等文。

【中华民间文学史】 论著。祁连休、程蔷主编。河北教育出版社1999年10月出版。52.9万字，679页。其中“故事编”共有先秦至南北朝民间故事、唐宋民间故事、元明民间故事、清代民间故事四章。

【中国民间故事史】 论著。刘守华著。湖北教育出版社1999年9月出版。858页。共12章：第一章先秦两汉民间故事，第二章魏晋南北朝民间故事，第三章隋唐民间故事（上），第四章隋唐民间故事（下），第五章宋元民间故事（上），第六章宋元民间故事（下），第七章明清民间故事（上），第八章明清民间故事（下），第九章佛教传播与中国民间故事，第十章道教信仰与中国民间故事，第十一章20世纪的中国民间故事（上），第十二章20世纪的中国民间故事（下）。

【比较故事学】 论著。刘守华著。上海文艺出版社1995年9月出版。40.8万字，514页。属“中国民俗文化研究丛书”。书中有作者撰写的前言、后记，全书分为：上编比较故事学的基本理论和方法，下编民间故事多侧面比较研究。

【智谋与妙趣——中国机智人物故事研究】 论著。祁连休著。河北教育出版社2001年1月出版。63万字，785页。共3编。上编为故事编：第一章中国机智人物故事的基本特征，第二章中国机智人物故事的历史渊源，第三章中国机智人物故事的思想意义，第四章中国机智人物故事的艺术特色，第五章中国机智人物故事的结构形态，第六章中国机智人物故事中的民俗描写，第七章中国机智人物故事的地方特色与民族特色，第八章中国机智人物故事中的荤故事。中编为人物编：第九章中国机智人物故事的性格特征与典型性，第十章中国机智人物的多种类别，第十一章中国机智人物的群体现象和跨族跨国现象，第十二章中国机智人物的对手与搭档，第十三章中国机智人物的应对手法。下编为类型编：第十四章中国机智人物故事中的类型故事，第十五章中国机智人物故事中的故事类型。卷首有罗永麟撰写的《序》。卷末有“中国机智人物故事主人公索引”。

【比较故事学论考】 论著。刘守华著。黑龙江人民出版社2003年5月出版。50万字，643页。属“中国民间文化前沿论丛”。书中有作者撰写的前言、后记，全书分为：上编比较故事学的基本理论和方法，下编民间故事多侧面比较研究。

【先秦诸子与民间文化】 论著。罗永麟著。黑龙江人民出版社2003年5月出版。18万字，213页。属“中国民间文化前沿论丛”。共设老子、庄子、孔子、孟子、荀子、墨子、韩非子、《吕氏春秋》文章。书中多处涉及民间寓言故事。

【故事学纲要（修订本）】 论著。刘守华著。华中师范大学出版社2006年9月出版。26.9万字，232页。共12章。附录《中国民间故事概述》《世纪之交的中国民间故事学》两篇文章。

【20世纪中国民间文学学术史】 论著。刘锡诚著。河南大学出版社2006年9月出版。859页。共6章。绪论，第一章现代民间文艺学的滥觞期（1900—1917），第二章歌谣运动的兴衰（1918—1926），第三章学术转型时期（1927—1937），第四章战火风烟中的学术建设（1937—1949），第五章建国后17年的民间文学搜集研究（1949—1966），第六章新时期的民间文学理论建设（1976—2000）。其中，几乎所有的篇章都论及20世纪中国各个阶段的民间故事的采录、编辑和故事学建设。附录（一）中国民间文学学术史百年回顾，（二）百年民间文学理论著作要目。

【中国古代民间故事类型研究】 论著。祁连休著。河北教育出版社2007年5月出版。98万字，1364页。它是迄今为止国人全面梳理和论析中国古代民间故事类型的第一部著作。全书三卷，分为上下两编。上编包含六章，对民间故事类型，主要是中国古代民间故事类型的一些基本理论问题进行探讨：第一章绪论，第二章中国古代民间故事类型的发展态势，第三章中国古代民间故事类型中的亚型，第四章中国古代民间故事类型中的民间故事与民间传说互换现象，第五章民间故事的录写与选编对中国古代民间故事类型发展的推动作用，第六章文艺创作对中国古代民间故事类型发展的促进作用。下编占全书百分之九十的篇幅，分时段全面介绍中国古代民间故事类型的蕴藏、发展、变化情况：第七章春秋战国时期的民间故事类型，第八章秦汉时期的民间故事类型，第九章魏晋南北朝时期的民间故事类型，第十章隋唐五代时期的民间故事类型，第十一章宋元时期的民间故事类型，第十二章明代时期的民间故事类型，第十三章清代时期的民间故事类型。此书梳理和论析的中国古代民间故事类型，没有采用“AT类型分类法”，每一个类型故事的确定，都是以中国古代民间故事类型自身的特点为依据的，其命名也是按照中国人的思维方式并且适当参照中国学界过去的一些做法来确定的。其中所呈现的每一个类型故事，都首先概述其“故事类型核”，即该类型故事最基本的故事情节，然后列出该类型故事现存最早的文本以及其后各个时期流传的异文，最后列出现当代在各地区、各民族中流传的异文。从一定意义上讲，此书可以作为一部中国古代民间故事类型索引使用。此书2011年9月出版修订本，110.5万字，1457页。修订本作了多方面的增补、修改，将梳理、归纳出来的中国古代民间故事类型增加到520个，还增加了“笔画索引”和“拼音索引”。

【论中国文学发展规律——文人文学、通俗文学、民间文学三位一体论】 论文集。罗永麟著。齐鲁书社2007年9月出版。34.2万字，431页。分为上中下三篇。其中收有《论中国民间笑话的美学意义》《机智人物故事的社会功能与艺术魅力》等论文。

【中国民间文学史】 论著。祁连休、程蔷、吕微主编。河北教育出版社2008年2月出版。55万字，609页。由1999年出版的《中华民间文学史》修订而成。属“普通高等教育‘十一五’国家级规划教材”。其中有“故事编”，包括先秦至南北朝民间故事、唐宋民间故事、元明民间故事、清代民间故事四章。

【民间故事的艺术世界——刘守华自选集】 论文集。刘守华著。华中师范大学出版社2009年12月出版。318页。收有《百岁老人千秋业——钟敬文与中国故事学建设》《季羡林和比较故事学研究》《一个美籍华人学者的中国民间文学情结——追忆丁乃通教授》《民间故事学理由探奥》《民间故事的叙事艺术》《中国民间故事结构形态论析》《论比较故事学》《论中国民间故事史的建构》等论文。

【浙江民间故事史】 论著。顾希佳著。杭州出版社2008年1月出版。70万字，609页。共9章：第一章史前时期的浙江民间故事母题，第二章先秦两汉时期的浙江民间故事，第三章魏晋南北朝时期的浙江民间故事，第四章隋唐五代时期的浙江民间故事，第五章宋元时期的浙江民间故事，第六章明清时期的浙江民间故事，第七章现代浙江民间故事，第八章当代浙江民间故事，第九章浙江民间故事与宗教。

【中国民间故事史——先秦至隋唐五代篇】　论著。祁连休著。（台湾）秀威资讯科技股份有限公司2011年8月出版。337页。

【中国民间故事史——宋元篇】　论著。祁连休著。（台湾）秀威资讯科技股份有限公司2011年9月出版。239页。

【中国民间故事史——明代篇】　论著。祁连休著。（台湾）秀威资讯科技股份有限公司2011年11月出版。192页。

【中国民间故事史——清代篇】　论著。祁连休著。（台湾）秀威资讯科技股份有限公司2012年2月出版。376页。

【20世纪中国民间故事研究史】　论著。万建中著。北京师范大学出版社2011年10月出版。343页。卷首有作者撰写的“引言：发展轨辙与书写动机”。全书共分三章：第一章民间故事体裁特征的认识，第二章民间故事书写研究，第三章民间故事研究方法的学术实践。

【再世嫦娥——钱六姐研究文集】　论文集。刘民主编。长江出版社2011年11月出版。32万字，264页。其中收有数十则钱六姐的故事和《钱六姐的生活原型和艺术形象》（蔚家麟）、《读〈钱六姐的故事〉》（韩致中）、《论钱六姐故事的艺术特征》（徐茂阶）、《钱六姐故事的审美品格》（徐志祥）、《才女型机智人物——对钱六姐故事的探讨》（刘民）、《富有光彩的女性形象》（肖莉）、《钱六姐形象研究初探》（万默）等20多篇文章。

【中国民间故事史】　论著。刘守华著。商务印书馆2012年4月出版。697页。共12章：第一章先秦两汉民间故事，第二章魏晋南北朝民间故事，第三章隋唐民间故事（上），第四章隋唐民间故事（下），第五章宋元民间故事（上），第六章宋元民间故事（下），第七章明清民间故事（上），第八章明清民间故事（下），第九章佛教传播与中国民间故事，第十章道教信仰与中国民间故事，第十一章20世纪的中国民间故事（上），第十二章20世纪的中国民间故事（下）。附录有刘锡诚《民间文化学研究的新成果——评〈中国民间故事史〉》、谭达先《评刘守华著〈中国民间故事史〉》、刘守华《〈中国民间故事集成〉的特色与价值》。

【佛经故事与中国民间故事演变】 论著。刘守华著。上海古籍出版社2012年6月出版。30万字，361页。分为上下两编。上编有《从〈经律异相〉看佛经对中国民间故事的渗透》《〈六度集经〉与中国民间故事》《〈贤愚经〉与中国民间故事》《〈杂宝藏经〉与中国民间故事》《〈譬喻经〉与中国民间故事》等7篇论文；下编有《佛本生故事与傣族阿銮故事》《一个佛经故事的传译与蜕化》《中印龙女报恩故事之比较》等10篇论文。卷首有作者的《比较故事学求索之旅》（自序）。

【宁波民间故事类型索引】 论著。成风编著。中国文史出版社2012年12月出版。15.8万字，224页。卷首有成风撰写的《前述》。

【新港冯梦龙与民间价值建构】 论文集。邹明华主编。学苑出版社2013年12月出版。34万字，308页。共包括“冯梦龙与传说故事”“冯梦龙与民歌”等5辑。其中收有《冯梦龙在保存和传承民间传说故事方面的贡献》《冯梦龙的笑话搜集、整理与评点》《冯梦龙与蒙古族民间故事》等论文。

【20世纪中国民间文学学术史（增订新版）】 论著。刘锡诚著。中国文联出版社2014年12月出版。精装本上下两卷，110万字，996页。共6章：绪论，第一章现代民间文艺学的滥觞期（1900—1917），第二章歌谣运动的兴衰（1918—1926），第三章学术转型时期（1927—1937），第四章战火风烟中的学术建设（1937—1949），第五章共和国后17年的民间文学搜集研究（1949—1966），第六章新时期的民间文学理论建设（1976—2000）。其中，几乎所有的篇章都论及20世纪中国各个阶段的民间故事的采录、编辑和故事学建设。附录“百年民间文学理论著作要目索引”。

【中国古代民间故事类型】 论著。顾希佳著。浙江大学出版社2014年6月出版。48.6万字，403页。卷首有《导论》，上编有“中国古代民间故事类型表”“中国古代民间故事类型索引”。下编有《“龙子望娘型”故事研究》《梦传说故事的结构分析》《龙蚕故事的比较研究》《“银变型”故事的比较研究》等15篇论文。

【中国民间故事史】 论著。祁连休著。河北教育出版社2015年1月出版。102.6万字，1085页。三卷本。卷上包括第一编先秦两汉时期的民间故事、第二编魏晋南北朝时期的民间故事、第三编隋唐五代时期的民间故事；卷中包括第四编宋元时期的民间故事、第五编明代时期的民间故事；卷下包括第六编清代时期的民间故事。

【民俗学：一门伟大的学科】　论著。吕微著。中国社会科学出版社2015年10月出版。64.8万字，596页。共13章。其中收有第五章阿卡琉斯的愤怒与孤独——祁连休《中国古代民间故事类型研究》读后，第六章中国民间文学的西西弗斯——刘锡诚《20世纪中国民间文学学术史》读后。

【双重的文学——民间文学+作家文学】　论文集。刘锡诚著。百花洲文艺出版社2016年10月出版。35万字，445页。其中收有《论民间故事的幻想》《故事家及其研究的文化史地位》等有关故事学的论文。

民间故事作品书目

【可发一笑】　笑话集。琴石山人编。会文堂新记书局1922年2月出版。252页。共收579则笑话。

【徐文长故事】　①民间故事集。林兰编。北新书局1925年6月出版。1935年4月五版。②民间故事集。王忱石编。经纬书局出版，1938年3月初版，1947年3月第11版。第一集103页，收60篇故事。第二集101页，收60篇故事。第三集99页，收60篇故事。第四集86页，收50篇故事。

【乌龙精】　民间故事集。潘汉年等编。中华书局1926年出版。属“民间故事丛刊第二集”。

【民间趣事（第一集）】　民间故事集。钟敬文编。北新书局1926年10月出版。92页。共收27篇作品。

【从民间来——中国民间故事汇编】　民间故事集。陈百峣编。民风社1927年11月刊印。

【闽南故事集】　民间故事集。黄振碧编。上海泰东图书局1928年2月出版。124页。共收32篇传说、故事。

【鸟的故事】 民间故事集。林兰编。北新书局1928年3月出版。108页。共收34篇鸟的故事。卷首有周作人撰写的《鸟声》一文，卷末有钟敬文撰写的《谈谈鸟的故事》一文。

【巧舌妇的故事】 民间故事集。林兰编。北新书局1928年10月出版。203页。共收48篇故事。

【吹箫人】 民间故事集。米星如编。商务印书馆1929年3月出版。

【民间趣事新集】 民间故事集。林兰编。上集北新书局1929年5月出版。192页。共收49篇故事；中集北新书局1930年12月出版；下集北新书局1932年10月出版。

【猫师傅】 民间故事集。潘汉年等编。中华书局1929年5月再版。属“民间故事丛刊第三集”。

【大黑狼的故事】 民间故事集。谷万川编。上海亚东图书馆1929年6月刊印。共收36篇作品。

【娃娃石】 民间故事集。孙佳讯编述。民风社1929年7月出版。203页。共收27篇故事。其中的好些作品后面都有编者撰写的附记，具有一定的研究价值。

【广州民间故事】 民间故事集。刘万章编。国立中山大学民俗学会1929年10月刊印。193页。共收神话、传说、故事50则。

【蛇郎】 民间故事集。黄韶年编述。民风社1929年10月出版。135页。共收27篇传说、故事。卷首有赵景深撰写的《序》和黄韶年的《自叙》。

【火神仙】 民间故事集。罗靖华编。中华书局1929年11月出版。属“儿童丛书”。

【渔夫的情人】 民间童话集。林兰编。北新书局1929年12月出版。118页。共收17篇民间童话。

【绍兴故事】 民间故事集。娄子匡、陈德良编。中山大学语言历史研究所1929年印行。为“民俗学会丛书”之一，186页。共收17篇作品。

【海龙王的女儿】　民间故事集。张清水编。国立中山大学民俗学会1929年8月刊印。154页。共收20篇传说故事。

【福建故事（1—4集）】　民间故事集。谢云声编。新民书社1930年1月出版。

【金田鸡】　民间故事集。林兰编。北新书局1930年1月出版。118页。共收16篇传说、故事。

【换心后】　民间故事集。林兰编。北新书局1930年2月出版。119页。共收20篇传说、故事。

【西藏民间故事】　民间故事集。远生据西尔顿的《西藏民间故事》及赖卫的《西藏怪谭》两书编译。世界书局1930年2月出版。201页。共收19篇故事。

【杜宇鸟】　民间传说故事集。潘汉年编。中华书局1930年3月三版。属“民间故事丛刊第二集”。

【鬼哥哥】　民间故事集。林兰编。北新书局1930年4月出版。114页。共收21篇传说、故事。

【中国民间趣事集】　民间故事集。儿童书局1930年7月出版。第一卷为余姚传说，清野编著，106页，共收39篇传说、故事；第二卷为宁波传说，胡开瑜编著，108页，共收15篇传说、故事；第三卷为上虞传说，清野编著，100页，共收24篇传说、故事，分为人物篇、神鬼篇和动物篇。

【岭东民间传说（上集）】　民间故事集。洪仁平编述。开明出版部1930年10月出版。120页。共收31篇故事。卷首有朱存威撰写的《序》。

【红花女】　民间故事集。林兰编。北新书局1930年10月出版。

【菜花郎】　民间故事集。林兰编。北新书店1930年12月出版。

【龙女】　民间故事集。林憾编。开明书店1930年出版。82页。共收10篇作品。

【相思树】　民间故事集。林兰编。大华印局1931年2月出版。

【沙龙】　民间故事集。林兰编。北新书局1931年5月出版。

【呆黄忠】 民间故事集。林兰编。北新书局1931年出版。119页。共收30多篇传说、故事。

【三儿媳故事】 民间故事集。林兰编。北新书局1931年出版。167页。共收42篇故事。

【穷秀才的故事】 民间故事集。林兰编。北新书局1931年出版。

【趣联的故事】 民间故事集。林兰编。北新书局1932年4月出版。184页。共收趣联故事138则。

【贪嘴的妇人】 民间故事集。林兰编。北新书局1932年4月出版。158页。共收45篇传说、故事。

【小猪八戒】 民间故事集。林兰编。北新书局1932年5月出版。

【虎语】 民间故事集。徐晋、黄一德主编。儿童书局1932年8月三版。

【董仙卖雷】 民间故事集。林兰编。北新书局1932年出版。属“民间故事第二集”。134页。共收31篇传说、故事。

【灰大王】 民间故事集。林兰编。北新书局1933年5月出版。

【民间趣事全集】 民间故事集。朱雨尊编。普益书局1933年6月出版。

【三将军】 民间故事集。林兰编。北新书局1933年8月出版。127页。共收30篇传说、故事。

【瓜王】 民间故事集。林兰编。北新书局1933年9月三版。116页。共收17篇故事。

【云中的母亲】 民间故事集。林兰编。北新书局1933年11月出版。114页。共收20篇故事。

【巧女和呆娘的故事】 民间故事集。娄子匡采编。汉文正楷印书局1933年11月出版。属“中国民俗学会丛书”。

【中国民间故事】 民间故事集。吕伯攸等编。商务印书馆1933年12月出版。

属“小学生文库”。

【故事的坛子】　民间故事集。刘大白著，钟敬文编。黎明书局1934年5月出版。属“中国民俗学会丛书”。228页。其中“故事的坛子”收33篇故事，“故事零拾”收12则故事。卷首有钟敬文撰写的序和刘大白撰写的《坛子底泥头》（自序）。

【新仔婿故事】　民间故事集。林兰编。北新书局1934年出版。180页。共收20余篇故事。

【分类短故事】　民间故事集。戚肖波编。金星出版社1935年5月出版。89页。共收54篇故事，分为呆趣、暗示、凑巧、讨便宜、大头天话、教训、嘲笑、诡计、报复、其他10类。

【民间故事】　①民间故事集。韦月侣、吴若华、唐次龙、韦雨苹编。大达图书供应社1935年11月再版。全书分四集，上、下册各二集：第一集128页，共收37篇传说、故事；第二集114页，共收33篇传说、故事；第三集110页，共收29篇传说、故事；第四集120页，共收31篇传说、故事。②民间故事集。王忱石编。经纬书局1941年2月重版。上、下集。③民间故事集。杨静芝著。民众书店1946年10月再版。④民间故事集。黄华编。正义书局1948年12月出版。第一集90页，共收35篇传说、故事；第二集92页，共收38篇传说、故事；第三集92页，共收36篇传说、故事；第四集92页，共收33篇传说故事。⑤民间故事集。张公民编著。益昌书局1947年6月出版。94页，共收60篇传说、故事。⑥民间故事集。傅维良选辑。万国书店1947年出版。⑦民间故事集。严大椿编。国光书店1949年4月再版。103页，共收48篇传说、故事。⑧民间故事集。合江鲁艺文工团编。东北书店1949年5月出版。所收23篇作品，大多是长工与地主的故事。卷首有周立波1949年1月撰写的《〈民间故事〉小引》。⑨民间故事集。王芮著。民生书店1950年10月再版。⑩民间故事集。木可著。文达书局1953年8月出版。

【民间世说】　民间故事集。林培庐编。儿童书局1936年5月出版。165页。共收33篇传说、故事。卷首有罗香林和张清水撰写的序言各一篇。

【民间故事集】　民间故事集。刘谨西编。实业印书馆1936年11月出版。117页。共收51篇故事。

【民间故事新集】 民间故事集。李浩编。大方书局1941年8月再版。

【幽默故事】 民间故事集。郭无僧主编。甲申出版社1945年4月出版。81页。共收21篇故事。

【顽童故事】 民间故事集。郭无僧主编。甲申出版社1945年4月出版。79页。共收14篇故事。

【水推长城】 民间故事集。张友编。吕梁文化教育出版社1946年6月出版。40页。共收20篇传说、故事。

【神怪讽刺故事】 民间故事集。胡俊千编。经纬书局1946年7月出版。

【中国故事】 民间故事集。吴树滋编著。建业出版社1946年9月出版。

【傻子的故事】 民间故事集。金川编。育才书局1946年10月出版。

【巧女故事】 民间故事集。郭无僧主编。经纬书局1947年3月沪二版。

【益智故事】 民间故事集。郭无僧主编。经纬书局1947年4月沪三版。81页。共收21篇故事。

【山东民间故事】 民间故事集。王统照编。儿童书局1948年2月出版。120页。共收28篇胶东一带的传说、故事。卷首有编者1936年12月撰写的《序言》。

【半湾镰刀】 民间故事集。董均伦著。东北书店1948年9月出版，1948年11月再版。24页。共收10篇故事。卷首有阿英撰写的《小叙》。

【民间故事新集】 民间故事集。李浩编。大方书局1948年10月再版。162页。共收54篇传说、故事。

【小小故事】 民间故事集。董均伦著。东北书店1948年11月再版。

【笨人故事】 民间故事集。郭无僧主编。经纬书局1948年沪四版。79页。共收15篇故事。

【民间神话】 民间故事集。严大椿编。国光书店1949年1月再版。103页。共收50篇传说、故事。

【民间佳话】 民间故事集。刘雪松编著。国光书店1949年1月再版。103页。共收48篇传说、故事。

【“关公”和“周仓”】 民间故事集。王桂冀、董均伦等著。太岳新华书店1949年4月出版。17页。共收5篇故事。

【刨元宝】 民间故事集。康濯等著。太岳新华书店1949年4月出版。22页。共收9篇故事。

【鸟王做寿】 民间故事集。柯蓝等著。太岳新华书店1949年4月出版。18页。共收8篇故事。

【觅汉和少掌柜】 民间故事集。董均伦等著。太岳新华书店1949年4月出版。17页。共收8篇故事。

【民间闲话】 民间故事集。储言编著。国光书店1949年4月再版。101页。共收45篇传说、故事。

【民间谈鬼】 民间故事集。哈弼英编。国光书店1949年4月出版。103页。共收鬼故事54篇。

【民间故事选集】 民间故事集。田星编。群育出版社1949年12月出版。96页。共收40篇传说、故事。

【民间乐事】 民间故事集。原名《民间艳事》。辛易编著。国光书店1949年再版。

【徐文长笑话】 民间故事集。王芮著。民生书店1950年再版。

【单辫郎】 民间故事集。董均伦著。三联书店1950年4月三版。属“工农兵文艺丛书”。

【宝葫芦】 民间故事集。马烽著。工人出版社1950年10月初版，1952年11月二版。共收16篇作品。

【田螺姑娘】 民间故事集。路季等编述。北新书局1950年11月出版。

【康藏民间故事】 藏族民间故事集。庄学本编。上海时代书局1950年出版。

【长工与地主】 民间故事集。赵景深编。北新书局1951年1月三版。

【母子翻身】 窝尼族民间故事集。袁家骅编译，赵景深主编。北新书局1951年2月出版。

【金粪筐】 民间故事集。健步编。华东人民出版社1951年6月出版。

【乡村里的故事】 民间故事集。任彦芳、苑纪久搜集整理。河北人民出版社1951年7月出版。12万字，29页。共收冀中的故事10篇。

【传麦种】 民间故事集。董均伦采录。人民文学出版社1952年3月出版。68页。共收24篇传说、故事。

【玫瑰花的故事】 民间故事集。山东人民出版社编。该社1953年出版。28页。

【望娘滩】 民间故事集。陈刚编。通俗读物出版社1954年5月出版。

【锄八遍】 民间故事集。通俗读物出版社编。该社1954年5月出版。共收11篇故事。

【杜鹃与李桂阳】 民间故事集。四川人民出版社编。该社1954年6月出版。36页。共收7篇传说、故事。

【龙眼】 民间故事集。董均伦、江源编著。通俗读物出版社1954年6月初版，1955年5月二版。

【金香瓜】 民间故事集。董均伦、江源编著。通俗读物出版社1954年7月出版。共收10篇作品。

【弄巧成拙】 民间故事集。河南人民出版社编。该社1954年8月出版。2.9万字，46页。共收10篇故事。

【宝山】 民间故事集。董均伦、江源编著。少年儿童出版社1954年10月出版。2.3万字，40页。共收15篇故事。

【种桃老人】 民间故事集。中南人民文学艺术出版社编辑部编。该社1954年10月新一版。3.8万字，92页。共收25篇故事。

【一个农夫和四十八个秀才打官司】 民间故事集。束为等整理。山西人民出版社1954年12月出版。属“通俗文学艺术丛书”。

【断弓玉】 民间故事集。老沈等编。四川人民出版社1955年1月出版。

【熊家婆】 民间故事集。大杰等编。重庆人民出版社1955年1月出版。

【不准说不会干】 民间故事集。天野编。山东人民出版社1955年3月出版。1.6万字，36页。共收4篇故事。

【金芦笙】 瑶族民间故事集。肖甘牛编著。少年儿童出版社1955年6月出版。4.6万字，82页。共收13篇故事。

【陕西民间故事】 民间故事集。武笠青整理。陕西人民出版社1955年6月出版。3万字，45页。共收7篇传说、故事。

【长寿草】 民间故事集。陈玮君编。文化生活出版社1955年6月出版。2.9万字，46页。共收10篇浙南传说、故事。

【玉石鹿】 民间故事集。董均伦、江源编。山东人民出版社1955年7月出版。1.8万字，42页。共收4篇故事。

【群鸟学艺】 民间故事集。天津通俗出版社编。该社1955年8月出版。1.3万字，24页。共收8篇故事。

【椰姑娘】 黎族民间故事集。肖甘牛、潘平元编。上海文化出版社1955年9月出版。1.7万字，30页。共收2篇故事。

【金鸭儿】 民间故事集。丹陵（聂云岚）整理。重庆人民出版社1955年10月出版。2.7万字，43页。共收5篇传说、故事。在《后记》中，整理者对作品的讲述人和整理情况，作了简要的说明。

【长发妹】 侗族民间故事集。肖甘牛、潘平元编著。少年儿童出版社1955年10月出版。4.6万字，83页。共收8篇故事。

【龙潭】 民间故事集。费林编著。上海文化出版社1955年10月出版。2.9万字，50页。共收5篇故事。

【柳毅传书】 民间故事集。湖南人民出版社编。该社1955年10月出版。1.9万字，46页。共收5篇传说、故事。

【石门开】 民间故事集。董均伦、江源编著。少年儿童出版社1955年11月出版。10.2万字，150页。共收23篇故事。卷末附董均伦、江源的《搜集、整理民间故事的一点体会》一文。

【西藏民间故事】 藏族民间故事集。王尧整理。通俗读物出版社1955年11月出版。2.3万字，38页。共收13篇故事。

【白羊姑娘】 民间故事集。张明祺等编著。江苏人民出版社1955年出版。

【赵巧儿送灯台】 民间故事集。邵子南整理。重庆人民出版社1955年出版。

【聪明的张三】 民间故事集。东流等编。江苏人民出版社1955年出版。

【金元宝】 民间故事集。于一等编著。江苏人民出版社1955年出版。共收9篇作品。

【马莲花】 民间故事集。熊塞声著。少年儿童出版社1955年出版。

【金票子和石蛋子】 民间故事集。上海文化出版社辑。该社1955年出版。

【县官和剃头匠】 民间故事集。上海文化出版社编。该社1955年出版。

【三女婿拜年】 民间故事集。江西文艺社编。江西人民出版社1955年出版。

【老虎外婆】 民间故事集。江西人民出版社编。该社1955年出版。收入故事9篇。

【黑黑和白白】 民间故事集。上海文化出版社编。该社1956年2月出版。1.3万字，22页。共收5篇传说、故事。

【隐身草】 民间故事集。中国民间文艺研究会编。中国少年儿童出版社1956年3月出版。1.6万字，39页。共收9篇故事。

【铁叶风车】 民间故事集。浙江人民出版社编。该社1956年3月出版。1.6万字，40页。共收7篇故事。

【野熊和老婆婆】 民间故事集。肖耘春等搜集。浙江人民出版社1956年3月出版。2.4万字，51页。共收9篇故事。

【雇工、地主和县官】 民间故事集。山西人民出版社1956年4月出版。1.6万字，25页。共收12篇传说、故事。

【日月潭】 高山族民间故事集。肖甘牛、潘平元整理。通俗读物出版社1956年4月出版。1.9万字，52页。共收4篇故事。

【青蛙骑手】 ①藏族民间故事集。萧崇素整理。重庆人民出版社1956年5月出版。4.5万字，72页。共收5篇故事。②少数民族民间故事集。中国民间文艺研究会编。中国少年儿童出版社1956年出版。

【妈妈的山羊尾巴】 民间故事集。王余编著。重庆人民出版社1956年5月出版。2.2万字。共收4篇藏族、苗族故事。

【红花姑娘】 民间故事集。张得祥等整理。甘肃人民出版社1956年5月出版。1.2万字，29页。共收6篇故事。

【一棵石榴树的国王】 维吾尔族民间故事集。中国民间文艺研究会编。作家出版社1956年5月出版。2.6万字，49页。共收5篇作品。

【打县官】 民间故事集。河北人民出版社编。该社1956年5月出版。1.2万字，32页。共收10篇作品。

【葛常和海蚌姑娘】 民间故事集。崔三益整理。山东人民出版社1956年5月出版。0.6万字，17页。

【猴鸟的故事】 藏族寓言集。王沂暖译。作家出版社1956年6月出版。3.9万字，71页。共六章，具有连续性。西藏人民出版社1979年4月又出版了王沂暖译的这本藏族寓言集。

【金牛】 民间故事集。浙江人民出版社编。该社1956年6月出版。1.2万字，30页。共收6篇传说、故事。

【金聚闸】 民间故事集。初牧整理。群益堂1956年6月出版。2.4万字，58页。共收9篇故事。

【见鬼】 民间故事集。江西人民出版社编。该社1956年6月出版。1万字，22

页。共收7篇故事。

【萧茶和莺石】 苗族民间故事。葛方、肖庄整理。通俗读物出版社1956年6月出版。1.2万字，35页。

【鱼兄弟】 藏族民间故事集。胡奇编。少年儿童出版社1956年6月出版。0.8万字，28页。共收5篇故事。

【仙花儿】 民间故事集。赵长占编。吉林人民出版社1956年7月出版。0.8万字，16页。共收3篇故事。

【狗头差人下乡】 民间故事集。村深、蓓蕾等编著。江苏人民出版社1956年7月出版。1.3万字，22页。共收10篇故事。

【草鞋妈妈】 壮族民间故事集。肖甘牛著。长江文艺出版社1956年8月出版。2.8万字，55页。

【龙王公主】 民间故事集。陈玮君编著。上海文化出版社1956年9月出版。3.6万字，63页。共收6篇作品。

【巧媳妇斗武举】 民间故事集。山西人民出版社编。该社1956年9月出版。1.6万字，27页。共收8篇故事。

【五个松鼠扛西瓜】 民间故事集。周正良著。江苏人民出版社1956年9月出版。

【黑二斩妖】 民间故事集。刘士圣编著。天津人民出版社1956年9月出版。4.1万字，77页。共收18篇故事。

【金石匣】 民间故事集。山河编。安徽人民出版社1956年10月出版。2万字，43页。共收8篇故事。

【魔灯】 民间故事集。万一著。四川人民出版社1956年10月出版。1.7万字，36页。共收7篇故事。

【金指先生】 民间故事集。鲁速等编著。河北人民出版社1956年10月出版。0.8万字，18页。共收5篇故事。

【山兔的故事】 藏族民间故事集。萧崇素整理。重庆人民出版社1956年11月出版。

【一罐银子】 民间故事集。张宁编著。陕西人民出版社1956年11月出版。2.3万字，48页。共收8篇故事。

【三件宝器】 民间故事集。董均伦、江源著。中国少年儿童出版社1956年12月出版。7.7万字，147页。共收21篇故事。

【金鲤鱼】 民间故事集。福建人民出版社编。该社1956年12月出版。1.3万字，30页。共收5篇闽南故事。

【维吾尔族民间故事（第一集）】 维吾尔族民间故事集。新疆维吾尔自治区文联搜集整理。通俗读物出版社1956年出版。

【红水河】 壮族民间故事集。肖甘牛编著。少年儿童出版社1956年出版。

【挖棒棰】 民间故事集。曾层著。辽宁人民出版社1956年出版。

【马头琴】 内蒙古民间故事集。内蒙古文联民间文学研究组编。少年儿童出版社1956年出版。

【奇花公主】 民间故事集。胡正著。山西人民出版社1956年出版。

【巧媳妇】 民间故事集。葛翠琳编著。上海儿童读物出版社1956年出版。

【杜鹃的故事】 民间故事集。李树仁著。江西人民出版社1956年出版。29页。

【马仔的妙计】 民间故事集。黄湘林编。上海文化出版社1956年出版。26页。共收3篇作品。

【凤凰和金豆子】 民间故事集。中国民间文艺研究会主编，邢伯夫等整理。通俗文艺出版社1957年1月出版。1.5万字，36页。共收7篇故事。

【挖金子】 民间故事集。江西人民出版社编。该社1957年2月出版。1.4万字，32页。共收9篇故事。

【猎人娶公主】 民间故事集。贵州人民出版社1957年3月出版。3.2万字，48

页。共收8篇故事。

【梅郎与布娘】 民间故事集。广东文艺社编。广东人民出版社1957年3月出版。0.9万字。共收4篇故事。

【罗利秀才的扇子】 民间故事集。章广忠等收集。江西人民出版社1957年3月出版。1.8万字，24页。共收9篇故事。

【装不满的升子】 民间故事集。陈寿庚编写。湖南人民出版社1957年3月出版。1.4万字，32页。共收3篇故事。

【葫豆雀与凤凰蛋】 藏族民间故事、寓言集。萧崇素整理。重庆人民出版社1957年4月出版。4.7万字，77页。共收12篇作品。

【花妹的故事】 湘西苗族民间故事集。汤炜整理。湖南人民出版社1957年4月出版。7万字，103页。共收26篇作品。

【三个小气人】 民间故事集。王嘉宾、明政、明军编。上海文化出版社1957年4月出版。1.2万字，26页。共收14篇故事。

【火龙衣】 民间故事集。胡度编著。长安书店1957年4月出版。1.8万字，38页。共收3篇故事。

【猫为什么怕】 民间故事集。张宁等编著。陕西人民出版社1957年4月出版。1.6万字，34页。共收10篇传说、故事。

【天河图】 民间故事集。赵镇南搜集整理。河北人民出版社1957年5月出版。2.3万字，44页。共收11篇河北地区的传说、故事。

【采药姑娘】 民间故事集。葛翠琳编著。天津人民出版社1957年5月出版。1.6万字，26页。共收5篇故事。

【九斤姑娘】 民间故事集。刘金编。上海文化出版社1957年6月出版。3.6万字，62页。共收浙江流布的传说、故事9篇。

【石姑岭】 民间故事集。王爕整理。重庆人民出版社1957年6月出版。3.7万字，59页。共收7篇传说、故事。

【奴隶与龙女】 藏族民间故事集。萧崇素著。中国少年儿童出版社1957年7月出版。8.9万字，148页。共收17篇传说、故事。卷末有作者撰写的《后记》。

【阿秀王】　民间故事集。贵州人民出版社编。该社1957年7月出版。4.5万字，64页。共收苗、彝等民族传说、故事9篇。

【小气鬼】　民间故事集。李沥青整理。湖南人民出版社1957年7月出版。1万字，22页。共收11篇传说、故事。

【漂来的葫芦】　民间故事集。祁醒非等整理。黑龙江人民出版社1957年7月出版。1.2万字，20页。共收5篇故事。

【神拳王五】　民间故事集。山东人民出版社编。该社1957年8月出版。3.4万字，54页。共收10篇故事。

【夏曼湖的传说】　民间故事集。《延河》编辑部、陕西人民出版社合编。陕西人民出版社1957年8月出版。5万字，75页。共收8篇少数民族传说、故事。

【三个糊涂虫】　民间故事集。陕西人民出版社编。该社1957年8月出版。1.9万字，40页。共收15篇故事。

【扁担开花】　民间故事集。《北京文艺》编辑部编，王孔诚等整理。通俗文艺出版社1957年8月出版。2.6万字，46页。共收11篇传说、故事。

【三泉井】　民间故事集。肖路等整理。山东人民出版社1957年8月出版。1.4万字，34页。共收4篇传说、故事。

【英雄石义】　民间故事集。黑龙江人民出版社编。该社1957年8月出版。2.4万字，32页。共收6篇故事。

【乌龟的来历】　民间故事集。湖南人民出版社编。该社1957年10月出版。1万字，23页。共收4篇传说、故事。

【福建民间故事】　民间故事集。福建人民出版社编辑部编。该社出版。第一集1957年10月出版，4.4万字，63页。共收22篇传说、故事；第二集1958年7月出版，4.2万字，60页。共收16篇传说、故事；此后至1960年8月共出有六集。每集皆收有传说、故事4万字左右。

【柴郎与皇姑】　民间故事集。孟寅编著。河北人民出版社1957年10月出版。

1.8万字，25页。这篇故事是根据《十一郎打柴》《忘恩负义》《张大王小打柴》等故事整理而成。

【聚宝盆】 民间故事集。依群编。吉林人民出版社1957年10月出版。1.9万字，38页。共收7篇故事。

【椰子垫头】 傣族民间故事集。波·鸿杰、光天、林木整理。上海文化出版社1957年10月出版。1.9万字，33页。共收11篇故事。

【辫子桥】 民间故事集。潘世望等搜集。浙江人民出版社1957年10月出版。3.6万字，74页。共收12篇传说、故事。

【民间故事（第三辑）】 民间故事集。蔡兴岐收集整理。长安书店1957年10月出版。1.2万字，30页。共收7篇故事。

【丹珍和塔尔基】 藏族民间故事集。蒋亚雄编。上海文化出版社1957年11月出版。2.8万字，48页。所收的11篇作品，流布于四川阿坝、诺尔盖、康定、甘孜等地。

【李子长】 民间故事集。广东人民出版社编。该社1957年12月出版。2万字，34页。共收6篇潮汕传说、故事。

【太阳的头发】 彝族民间故事集。朱叶整理。重庆人民出版社1957年出版。

【嫦娥奔月】 民间故事集。肖甘牛、肖丁三编著。通俗文艺出版社1957年出版。44页。

【西瓜女】 民间故事集。张士杰整理。河北人民出版社1958年2月出版。1.7万字，30页。共收3篇作品。

【孙悟空偷盐砖】 民间故事集。千方整理。上海文化出版社1958年2月出版。1.5万字，26页。共收9篇故事。

【英雄艾里·库尔班】 维吾尔族长篇故事。新疆维吾尔自治区文联搜集整理。通俗文艺出版社1958年3月出版。2万字，40页。

【风水先生】 壮族民间故事集。依易天整理。广西人民出版社1958年3月出版。2.6万字，43页。共收5篇故事。

【金柿子】　民间故事集。宣风编写。四川人民出版社1958年3月出版。2万字，37页。共收6篇故事。

【画神多兰嘎】　傣族民间故事集。陈贵培翻译整理。上海文化出版社1958年4月出版。2.9万字，45页。共收8篇作品。

【蛇郎与阿宜】　民间故事集。贵州人民出版社编。该社1958年4月出版。3.8万字，50页。共收6篇传说、故事。

【民间故事（第四辑）】　民间故事集。长安书店编。长安书店1958年4月出版。0.6万字，34页。共收11篇传说、故事。

【龙河民间故事】　民间故事集。张士杰搜集整理。河北人民出版社1958年5月出版。约5万字，64页。共收14篇作品。

【万人做媒】　民间故事集。湖南人民出版社编。该社1958年5月出版。1.2万字，30页。共收6篇长工和地主的故事。

【民间故事（第五辑）】　民间故事集。长安书店编。长安书店1958年6月出版。1万字，35页。共收4篇传说、故事。

【老虎新娘】　民间故事集。锡光编写。四川人民出版社1958年7月出版。4.6万字，61页。共收8篇传说、故事。

【玉仙园】　民间故事集。董均伦、江源编。作家出版社1958年8月出版。11.2万字，194页。共收18篇沂山地区的故事。

【天鹅仙女】　民间故事集。李乔整理。作家出版社1958年8月出版。3.8万字，63页。共收傣、彝、纳西、苗、哈尼等民族的故事14篇。

【大老爷查荒】　民间故事集。陈洁等整理。作家出版社1958年8月出版。1.5万字，26页。共收7篇传说、故事。

【内蒙古民间故事】　民间故事集。孙剑冰编著。少年儿童出版社1958年8月出版。7万字，102页。共收12篇传说、故事。

【壮族民间故事】　壮族民间故事集。依易天整理。作家出版社1958年9月出版。1.8万字，46页。共收8篇故事。

【马郎】 民间故事集。熊塞声整理。作家出版社1958年9月出版。2.5万字，44页。共收流布于东北各地的6篇传说、故事。

【金鱼郎】 民间故事集。陈玮君编著。东海文艺出版社1958年9月出版。3.3万字，50页。共收7篇作品。

【凤凰彩蛋】 民间故事集。李德复等著。江西人民出版社1958年9月出版。24页。

【文成公主的故事】 藏族民间故事集。王尧整理。上海文艺出版社1958年10月出版。2.9万字，43页。共收10篇传说、故事。

【九隆王】 傣族民间故事集。曹格整理。上海文艺出版社1958年11月出版。2.3万字，33页。共收5篇故事。

【洛桑拣宝】 壮族民间故事集。肖丁山著。作家出版社1958年11月出版。2.3万字，44页。共收8篇故事。

【飞龙】 民间故事集。景德镇陶瓷馆编。江西人民出版社1958年11月出版。21页。

【匠人的奇遇】 民间故事集。董均伦、江源编。中国少年儿童出版社1958年12月出版。114页。共收9篇传说、故事。

【中国民间故事选（第一、第二集）】 民间故事集。贾芝、孙剑冰编。人民文学出版社出版。第一集（1958年12月）45.9万字，625页。共收30个民族的124篇传说、故事。1980年7月经修订再版，卷末有贾芝撰写的《再版后记》；第二集（1961年12月）41.2万字，544页。共收31个民族的125篇传说、故事。卷首有贾芝撰《民间故事的魅力——〈中国民间故事选〉第二集序言》。1980年修订再版。

【阿秀王】 苗族民间故事集。《山花》文艺月刊编辑委员会编。作家出版社1958年12月出版。4.3万字，68页。共收7篇故事。

【张拉塔】 民间故事集。茆文斗等搜集整理。安徽人民出版社1958年12月出版。1.2万字，23页。共收5篇传说、故事。

【民间故事（第六辑）】 民间故事集。夏茂兴、孟狮吼整理。长安书店1958年12月出版。22页。共收6篇故事。

【勇敢的打施】 黎族民间故事集。吴启彦、许和达、易福洲整理。作家出版社1958年12月出版。2.1万字，36页。共收8篇传说、故事。

【幸福鸟】 民间故事集。《延河》文学月刊编。东风文艺出版社1959年1月出版。4.6万字，94页。共收9篇维吾尔、乌孜别克等民族的故事。

【灵子与傻子】 民间故事集。张人达等编。山西人民出版社1959年3月出版。22页。共收7篇作品。

【二郎捉太阳】 民间故事集。贾芝编。人民文学出版社1959年4月出版。6.7万字，155页。共收汉、蒙古、回、藏、维吾尔、苗等12个民族的22篇传说、故事。

【民间故事选集（第一集）】 民间故事集。保定地区人民出版社编。该社1959年6月出版。4.5万字，58页。共收12篇传说、故事。

【金沙滩】 民间故事集。张士杰编。上海文艺出版社1959年7月出版。6.2万字，104页。共收20篇传说、故事。

【康定藏族民间故事集】 藏族民间故事集。西南师范学院中文系康定采风队编。人民文学出版社1959年7月出版。6万字，86页。共收20篇故事。

【红桑葚】 民间故事集。东风文艺出版社编。该社1959年7月出版。6万字，105页。共收维吾尔、哈萨克、乌孜别克、蒙古等民族的故事14篇。

【阿凡提的故事】 维吾尔族民间故事集。中国民间文艺研究会编。作家出版社1959年8月出版。7万字，122页。共150则作品。

【白族民间故事传说集】 白族民间故事集。李星华记录整理。人民文学出版社1959年9月出版。13.4万字，166页。共收27篇作品。卷首有毛星撰写的《关于白族的几点情况》（代序）。卷末有李星华的《关于白族的民间故事传说》。

【民间故事选】 民间故事集。青海人民出版社编辑部编。该社1959年9月出版。7.4万字，106页。共收汉、藏、蒙古、土、撒拉等民族的传说、故事15篇。

【芦笙是怎样吹起来的】 民间故事集。贵州人民出版社编。该社1959年11月出版。4.6万字，68页。共收贵州各民族故事12篇。

【安徽民间故事集】 民间故事集。安徽省文学艺术工作者联合会编。安徽人民出版社1959年11月出版。148页。

【流传在瓷都的故事】 民间故事集。西米著。景德镇人民出版社1959年12月出版。43页。

【藏族民间故事传说】 藏族民间故事集。山西人民出版社编。该社1959年出版。33页。

【龙灯】 民间故事集。赵景深主编，复旦大学中文系1955级及1956级民间文学小组选辑。上海文艺出版社1960年2月出版。20.5万字，351页。共收53篇传说、故事（包括山东13篇、江苏17篇、浙江9篇、福建5篇、江西4篇、安徽5篇）。卷首有赵景深撰写的《序》。

【锄头上的功劳】 民间故事集。上海文艺出版社1960年2月出版。1.7万字，43页。共收8篇故事。

【天池】 民间故事集。吉林省群众艺术馆编。吉林人民出版社1960年2月出版。1.7万字，29页。共收7篇传说、故事。

【上海民间故事选】 民间故事集。上海民间故事编委会编。上海文艺出版社1960年3月出版。16万字，259页。共收71篇作品。

【吉林故事】 民间故事集。吉林省民间文学工作委员会、中国科学院吉林省分院语言文学研究所、吉林大学合编。人民文学出版社1960年4月出版。属中国民间文艺研究会主编的“中国各地民间故事集”。8.9万字，154页。共收汉、朝鲜、蒙古等族传说、故事30篇。

【四川民间故事选】 民间故事集。四川省民间文艺研究会编。四川人民出版社1960年4月出版。28.7万字，444页。共收汉、藏、苗、羌族传说、故事52篇。

【云南民族民间故事选】 民间故事集。中国作家协会云南分会编。云南人民出版社1960年4月出版。共收汉、彝、哈尼、壮、白、佤、纳西等17个民族的传说、故事118篇；1981年4月新版。43.8万字，624页。共收23个民族的传说、故事160篇。

【安徽故事】 民间故事集。安徽省文学艺术工作者联合会编。人民文学出版社1960年4月出版。属中国民间文艺研究会主编的“中国各地民间故事集”。13.9万字，248页。共收47篇传说、故事。

【巴拉根仓的故事】 蒙古族民间故事集。陈清漳、赛西、芒·牧林整理。内蒙古人民出版社1960年4月出版。96页。共收29篇故事。

【湖北民间故事】 民间故事集。湖北人民出版社编。该社1960年4月出版。2.1万字，42页。共收16篇传说、故事。

【乌鸦的破绽】 民间故事集。（贵州省）铜仁专区人民出版社编。该社1960年5月出版。1.5万字，21页。共收6篇故事。

【大凉山彝族民间故事选】 彝族民间故事集。四川省民间文艺研究会编。四川人民出版社1960年6月出版。11.3万字，176页。共收23篇作品。

【瓶甜水的故事】 民间故事集。吉林省民间文学工作委员会编。吉林人民出版社1960年10月出版。1.7万字，30页。共收8篇传说、故事。

【赣北民间故事选】 民间故事集。中共九江地委宣传部编。九江人民出版社1960年10月出版。38页。收入11篇赣北革命斗争故事和民间传说、故事。

【金瓜和银豆】 民间故事集。赵燕翼整理。上海文艺出版社1961年2月出版。7.1万字，120页。共收12篇甘肃传说、故事。

【中国动物故事集】 民间故事集。上海文艺出版社编。该社1962年1月出版。14.7万字，254页。共收20个民族的93篇故事；1979年5月再版，20万字，305页。共收25个民族的119篇故事。卷末附录了林一白（张紫晨）撰《略论动物故事》一文。

【画圌山】 民间故事集。镇江市文学艺术工作者联合会编。江苏人民出版社1962年出版。7.2万字。

【苗族民间故事选】 苗族民间故事集。贵州省民间文学工作组编。人民文学出版社1962年9月出版。16.6万字，233页。共收53篇作品，包括神话、传说、故事。卷首有田兵撰写的《序言》。

【甘肃民间故事选】 民间故事集。甘肃人民出版社编辑部编。甘肃人民出版社1962年9月出版。16.8万字，279页。共收汉、藏、东乡、回、蒙古、哈萨克、裕固、撒拉、保安、土、维吾尔族传说、故事57篇。

【长白山人参故事】 民间故事集。（吉林省）抚松县文联编。春风文艺出版社1963年1月出版。14万字，238页。共收40篇作品。

【找姑鸟】 民间故事集。董均伦、江源记录整理。人民文学出版社1963年3月出版。16.9万字，238页。共收38篇传说、故事，选自《传麦种》《石门开》《匠人的奇遇》《三件宝器》《玉仙园》等故事集。卷末附录有董均伦、江源撰写的《花山》一文。

【维吾尔寓言故事】 维吾尔族民间寓言集。阿·麦合逊、井亚翻译、整理。新疆青年出版社1963年4月出版。76页。

【阿古登巴的故事】 藏族民间故事集。开斗山编译。青海人民出版社1963年4月出版。6.7万字，107页。共收26篇故事。卷首有开斗山撰写的《关于〈阿古登巴的故事〉》（代序）。

【沙格德尔的故事】 蒙古族民间故事集。塔·武力更搜集，陈乃雄、道布译。内蒙古人民出版社1963年6月出版。126页。共收120篇故事。

【吉林动物故事】 民间故事集。吉林省民间文艺研究会、吉林大学中文系编。吉林人民出版社1963年6月出版。67页。共收20篇作品。

【骑虎勇士】 彝族民间故事集。萧崇素整理。少年儿童出版社1963年12月出版。5.1万字，80页。共收14篇神话、传说、故事。

【长工传说故事】 民间故事集。江苏省民间文学研究会编。江苏人民出版社1964年7月出版。3.6万字，56页。共收16篇作品。

【“疯子”沙格德尔】 蒙古族民间故事集。塔·武力更搜集整理。内蒙古人民出版社1978年7月出版。

【蒙古族民间故事集】　蒙古族民间故事集。内蒙古语言文学历史研究所文学研究室编。内蒙古人民出版社1978年9月出版。18万字，268页。共收56篇作品，分为一般传统故事、动物寓言故事、讽刺笑话故事三辑。

【少数民族机智人物故事选】　民间故事集。祁连休编。上海文艺出版社1978年11月出版。20.5万字，275页。共收蒙古、藏、维吾尔、苗、彝、壮、布依、哈萨克族等13个民族的22个机智人物的174篇作品。卷首有编者的《机智勇敢的劳动者形象——〈少数民族机智人物故事选〉序言》一文。“机智人物故事”这一术语，即是编者在此文中提出来的。

【神笛】　民间故事集。祁连休、刘世华编。中国少年儿童出版社1979年3月出版。13.5万字，255页。共收民众反对财主、豪绅压迫、剥削的传说故事73篇，包括汉、蒙古、回、藏、维吾尔、苗、彝、壮、布依、白等18个民族的作品。

【民间童话故事选】　民间故事集。董森、肖莉编。北京出版社1979年4月出版。20.6万字，334页。共收62篇传说、童话、故事。卷首有编者撰写的《前言》。

【河南民间故事】　民间故事集。开封师范学院中文系编。河南人民出版社1979年5月出版。6.2万字，110页。共收31篇传说、故事。

【蒙古族民间故事选】　蒙古族民间故事集。内蒙古语言文学历史研究所文学研究室编。上海文艺出版社1979年5月出版。属“中国少数民族民间文学丛书·故事大系”。25.8万字，399页。共收89篇传说、故事，分为五辑。卷首有赵永铣撰写的《前言》。

【达斡尔族民间故事选】　达斡尔族民间故事集。孟志东编。上海文艺出版社1979年6月出版。属“中国少数民族民间文学丛书·故事大系”。21.7万字，339页。共收49篇传说、故事。卷首有编者撰写的《序言》。

【骄傲的老虎】　佤族民间故事集。郭思九搜集整理。云南人民出版社1979年7月出版。

【云南民间故事五十篇】　民间故事集。王寿春编。云南人民出版社1979年8月出版。14.5万字，290页。共收云南各民族传说、故事50篇。

【畲族民间故事】 畲族民间故事集。陈玮君整理。浙江人民出版社1979年9月出版。属“浙江民间文学丛书”。15万字，258页。共收38篇传说、故事。卷首有整理者撰写的《前言》。

【新疆动物故事选】 民间故事集。新疆人民出版社编。该社1979年10月出版。137页。共收新疆各民族动物故事39篇。

【娃子的笑声】 彝族民间故事集。陶学良整理。云南人民出版社1979年11月出版。3万字，64页。共收机智人物罗牧阿智、松谷克忍、张沙则的故事35篇。

【龙宫洞】 民间故事集。九江地区文化站编。江西人民出版社1979年12月出版。8万字，121页。共收赣北传说、故事27篇。

【武进民间故事】 民间故事集。伍受真编。台湾商务印书馆1979年出版。153页。共收《袈裟塔》《荆川遇刺》《白云溪上闹龙舟》《白泰官》《天宁寺定风葫芦》《红梅阁出半仙》《大盗陆三林》《鬼受骗》《田螺精》《野人婆婆》《痴女婿》等76篇传说、故事。卷首有娄子匡撰写的《序》。

【新疆兄弟民族民间故事选】 民间故事集。新疆人民出版社编。该社1980年1月出版。10万字，191页。共收新疆11个兄弟民族的31篇传说、故事。

【人参的故事】 民间故事集。吉林省民间文艺研究会编。人民文学出版社1980年1月出版。11万字，199页。共收37篇作品。

【报晓鸡】 民间故事集。江苏人民出版社编。该社1980年4月出版。118页。共收22篇作品。

【玉女池】 朝鲜族民间故事集。延边人民出版社编。该社1980年4月出版。共收31篇作品。

【讽刺笑话选】 民间笑话集。李书华编。河北人民出版社1980年4月出版。43页。

【说不完的故事】 藏族民间故事集。王尧编译。青海民族出版社1980年5月新版。8.1万字，143页。共收20则藏族故事。书末附录了译者的《关于〈说不完的故事〉》一文。

【藏族民间故事选】　藏族民间故事集。中央民族学院少数民族语言文学系藏语文教研室藏族文学小组编。上海文艺出版社1980年5月出版。属“中国少数民族文学丛书·故事大系”。26万字，404页。共收91篇作品，分为神话传说、反抗阶级压迫的故事、破天命贱神权的故事、争取婚姻自由的故事、机智人物故事、动物故事和寓言等六辑。

【中国民间爱情故事】　民间故事集。胡银仿编。长江文艺出版社出版。第一集（1980年5月）20.4万字，302页，共收33篇作品；第二集（1981年11月）21.6万字，320页，共收39篇作品；第三集（1985年10月）24.3万字，359页，共收32篇作品。

【吉林民间故事选（1949—1979）】　民间故事集。中国民间文艺研究会吉林分会编。吉林人民出版社1980年6月出版。14万字，193页。共收39篇传说、故事，包括汉、蒙古、满、朝鲜等民族的作品。

【安徽民间故事】　民间故事集。安徽人民出版社编。该社1980年6月出版。18.5万字，294页。共收63篇作品。

【维吾尔族民间故事选】　维吾尔族民间故事集。刘发俊编。上海文艺出版社1980年7月出版。属“中国少数民族民间文学丛书·故事大系”。28.2万字，42页。共收152篇作品，包括传统民间故事、阿凡提故事、毛拉则丁故事、寓言、动物故事等五个部分。

【阿叩登巴的故事】　藏族民间故事集。四川省民间文艺研究会、四川民族出版社编。四川民族出版社1980年7月出版。10.7万字，171页。共收48篇作品。

【得意的狐狸】　民间寓言集。广西人民出版社编。该社1980年8月出版。73页。共收43则寓言。

【瑶族民间故事选】　①瑶族民间故事集。苏胜兴、刘保元、韦文俊等编。上海文艺出版社1980年10月出版。属“中国少数民族民间文学丛书·故事大系”。21.8万字，343页。共收97篇神话、传说、故事。②瑶族民间故事集。陆文祥、黄昌铅、蓝汉东编。广西人民出版社1984年1月出版。属“广西各民族民间文学丛书”。26.8万字，438页。共收85篇神话、传说、故事。卷首有刘保元撰写的《序》。

【河北民间故事选】 民间故事集。河北人民出版社编。该社1980年11月出版。14.9万字，228页。共收37篇传说、故事。

【奇异的宝花】 民间故事集。董均伦、江源编。新蕾出版社1980年11月出版。8.1万字，134页。共收山东潍河、崂山一带的传说、故事21篇。

【玉茗花】 民间故事集。江西人民出版社编。该社1980年11月出版。15.5万字，248页。共收51篇江西各地流传的传说、故事。

【中国少数民族童话故事选】 民间故事集。李耀宗编。四川民族出版社1980年11月出版。属“中国少数民族民间文学丛书”。17万字，298页。共收124篇作品。卷首有冰心撰写的《序》。

【柯尔克孜族民间故事】 柯尔克孜族民间故事集。新疆人民出版社编。该社1980年12月出版。272页。共收16篇传说、故事。

【中国民间笑话选】 民间笑话集。董森、丁汀编。湖南人民出版社1980年12月出版。15万字，239页。共收270多则作品。

【智慧的葫芦】 民间故事集。黄瑞云编译。湖北人民出版社1980年12月出版。2万字，74页。共收阿凡提的故事70则。

【中国笑话选】 笑话集。伍受真编。台湾商务印书馆1980年出版。

【历代笑话集】 古代笑话集。王利器辑录。上海古籍出版社1981年1月新版。43.4万字，580页。共收三国至清末的笑话集70余种。卷首有王利器撰写的长篇《前言》。

【爱情传说故事选】 民间故事集。祁连休、黄泊沧编。云南人民出版社1981年1月出版。26.8方字，412页。共收我国28个民族的54篇传说、故事。

【纳西族民间故事选】 纳西族民间故事集。中共丽江地委宣传部编。上海文艺出版社1981年4月出版。属“中国少数民族民间文学丛书·故事大系”。20.4万字，327页。共收神话、传说、故事81篇。卷首有杨世光撰写的《前言》。

【鄂尔多斯民间故事集】 蒙古族民间故事集。内蒙古自治区民间文艺研究会编。内蒙古人民出版社1981年4月出版。186页。共收82篇作品。

【彝族民间故事选】 彝族民间故事集。李德君、陶学良编。上海文艺出版社1981年5月出版。属“中国少数民族民间文学丛书·故事大系”。29.5万字，453页。共收107篇神话、传说、故事。卷首有李德君撰写的《前言》。

【中国民间故事选（民间童话专辑）】 民间故事集。祁连休、刘世华编。中国少年儿童出版社1981年5月出版。13万字，266页。共收汉、蒙古、回、藏、维吾尔、苗、彝、壮、朝鲜、哈萨克等19个民族的民间童话36篇。

【青海湖畔的传说】 蒙古族民间故事集。贾晞儒翻译整理。青海人民出版社1981年5月出版。12万字，185页。共收71篇蒙古族传说、故事。

【苗族民间故事选】 苗族民间故事集。中国民间文艺研究会贵州分会主编，燕宝编。上海文艺出版社1981年6月出版。属“中国少数民族民间文学丛书·故事大系”。30.3万字，490页。共收94篇神话、传说、故事。

【巧女的故事】 民间故事集。上海文艺出版社编。该社1981年6月出版。属“故事丛”。11万字，237页。共收33篇传说、故事。

【海洋动物故事】 民间故事集。浙江省洞头县文化馆征集，邱国鹰编。福建人民出版社1981年6月出版。8.5万字，127页。共收35篇作品。卷首有陈玮君撰写的《前言》。

【东海鱼类故事】 民间故事集。邱国鹰、管文祖、金涛编。浙江人民出版社1981年6月出版。8.6万字，144页。共收44篇作品。

【三门峡民间故事】 民间故事集。顾丰年搜集整理。河南人民出版社1981年7月出版。为“河南民间故事丛书之二”。5万字，97页。共收23篇传说、故事。

【达斡尔族民间故事集】 达斡尔族民间故事集。呼思乐、雪鹰编。内蒙古人民出版社1981年7月出版。218页。

【檀香树】 藏族民间故事集。四川民族出版社编。该社1981年7月出版。6.9万字，122页。共收24篇作品。

【秫秸船】 民间故事集。张士杰搜集整理，周艾文编选。新蕾出版社1981年7月出版。306页。共收53篇传说、故事。

【镜泊湖民间故事选】 民间故事集。中国民间文艺研究会黑龙江分会编。黑龙江人民出版社1981年8月出版。8.5万字，131页。共收29篇传说、故事。卷首有王朝闻撰写的《留有余地——代序》。

【中国古代寓言选（增订本）】 寓言集。陈蒲清、曹日升、汤可敬、蒋天桂编。湖南教育出版社1981年8月出版。80万字，818页。共收先秦至清代149种著作中的614则寓言，其中包含许多民间寓言。附录陈蒲清、曹日升撰写的《试论中国古代寓言的形成、发展及其特色》。

【动物故事选】 民间故事集。董森、丁汀编。湖南人民出版社1981年8月出版。20万字，318页。共收中国30个民族的134篇作品。

【中国少数民族民间故事选】 民间故事集。中国少数民族文学学会编。中国民间文艺出版社出版。上册（1981年8月）32.1万字，470页，共收蒙古、回、藏、维吾尔等17个民族的72篇神话、传说、故事。下册（1982年8月）30万字，528页，共收黎、傈僳、佤、畲等38个民族的97篇神话、传说、故事。

【鄂伦春民间故事集】 鄂伦春族民间故事集。内蒙古人民出版社编。该社1981年9月出版。15.3万字，189页。共收43篇传说、故事。

【满族民间故事选】 ①满族民间故事集。中国民间文艺研究会辽宁、吉林、黑龙江三省分会编，春风文艺出版社出版。第一集（1981年10月）16万字，226页。共收51篇传说、故事；第二集（1983年11月）28万字，407页。共收85篇传说、故事。②满族民间故事集。乌丙安、李文刚、俞智先、金天一编。上海文艺出版社1983年12月出版。属“中国少数民族民间文学丛书·故事大系”。32.6万字，469页。共收110篇神话、传说、故事。卷首有乌丙安撰写的《前言》。

【动物故事集】 民间故事集。兰州大学中文系民间文学组编。陕西人民出版社1981年10月出版。4.3万字，120页。共收37篇作品。

【少林寺民间故事】 民间传说故事集。王鸿钧搜集整理。河南人民出版社1981年11月出版。为“河南民间故事丛书之三”。12.4万字，182页。共收39篇传说、故事。

【阿凡提的故事】 维吾尔族民间故事集。中国民间文艺出版社编，戈宝权主编。中国民间文艺出版社1981年12月出版。19万字，270页。共收393则作品。卷首有戈宝权撰写的《谈阿凡提和阿凡提的故事》。

【云南少数民族机智人物故事选】 民间故事集。云南少数民族文学丛书编辑委员会编。中国民间文艺出版社（云南版）1981年12月出版。26万字，363页。共收彝、白、哈尼、傣、傈僳、佤、纳西等11个民族的19个机智人物故事224篇。卷首有左玉堂撰写的《序》。

【巴克依家的老三】 维吾尔族长篇民间故事。袁丁搜集整理。中国民间文艺出版社1981年12月出版。3万字，62页。

【泰山传说故事】 民间故事集。中国民间文艺研究会山东分会、山东泰安地区文化局、山东泰安县文化局编。中国民间文艺出版社1981年出版。10万字，167页。共收47篇传说、故事。

【东乡族民间故事集】 东乡族民间故事集。郝苏民、马自祥编。中国民间文艺出版社1981年出版。9万字，137页。共收30篇传说、故事。

【朝鲜族民间故事选】 朝鲜族民间故事集。延边民间文学研究会编。上海文艺出版社1982年1月出版。属“中国少数民族民间文学丛书·故事大系”。23万字，357页。共收88篇传说、故事。卷首有赵成日撰写的《略论朝鲜族民间故事》（代序）。

【白族民间故事】 白族民间故事集。大理白族自治州《白族民间故事》编辑组编。云南人民出版社1982年1月出版。35万字，503页。共收230篇作品，分为风物习俗故事、神话故事、龙的故事、本主故事、木匠故事、机智故事、文人故事、讽谕笑话、白旗军故事、其他故事十辑。卷末附白族民间故事篇目索引。

【艾沙木笑话选】 维吾尔族民间笑话集。赵世杰翻译整理。新疆人民出版社1982年1月出版。7万字，102页。共收115则笑话。

【甲金的故事】 布依族民间故事集。汛河搜集整理。四川民族出版社1982年1月出版。5.1万字，104页。共收43篇故事。

【布依族民间故事】 布依族民间故事集。贵州省社会科学院文学研究所、黔南布依族苗族自治州文研室编。贵州人民出版社1982年2月出版。28.5万字，421

页。共收92篇传说、故事。

【天鹅姑娘的传说】 民间故事集。隋书金搜集整理。春风文艺出版社1982年2月出版。11.8万字，185页。共收30篇传说、故事，包括赫哲、鄂伦春、满、达斡尔、蒙古、回、朝鲜、鄂温克、柯尔克孜等民族的作品。

【熊大王断案】 民间故事集。（吉林省）抚松县文联、抚松县文化馆编。辽宁人民出版社1982年3月出版。6万字，109页。共收长白山动物故事42篇。

【哈萨克族民间故事】 哈萨克族民间故事集。焦沙耶、张运隆等翻译整理。新疆人民出版社1982年3月出版。30万字，391页。共收33篇传说、故事。

【土族民间故事选】 土族民间故事集。王殿搜集整理。甘肃人民出版社1982年3月出版。属“甘肃民间文学丛书”。9万字，154页。共收16篇传说、故事。

【壮族民间故事选（第一集）】 壮族民间故事集。农冠品、曹廷伟编。广西人民出版社1982年4月出版。24.7万字，380页。共收77篇作品，分为古代神话、古代英雄传说、阶级斗争故事、机智人物故事、生活伦理道德故事、地方风物传说、太平天国传说、中法战争传说八辑。

【中国少数民族寓言故事选】 民间故事集。中央民族学院汉语文学系民族文学编写组编。甘肃人民出版社1982年4月出版。16.4万字，388页。共收38个民族的151篇作品。卷首有马学良的《序》。

【藏族动物故事】 藏族民间故事集。佟锦华、黄布凡编译。四川民族出版社1982年7月出版。95页。为藏汉文对照本。

【兰竹荔枝】 民间故事集。中国民间文艺研究会福建分会主编，李乡浏、刘汉宗、黄瑞金搜集整理。福建人民出版社1982年8月出版。属“福建民间文学丛书”。9.8万字，157页。共收27篇传说、故事。卷首有姜彬撰写的《序言》。

【侗族民间故事选】 侗族民间故事集。杨通山、蒙朝、过伟、郑光松、龙玉成编。上海文艺出版社1982年9月出版。属“中国少数民族民间文学丛书·故事大系”。23.5万字，361页。共收95篇神话、传说、故事。卷首有杨通山、过伟撰写的《前言》。

【黎族民间故事集】 黎族民间故事集。海南黎族苗族自治州文化局、海南黎族苗族自治州群众艺术馆编，符震、苏海鸥主编。花城出版社1982年9月出版。18万字，262页。共收70篇传说、故事。

【机智的甲金】　布依族民间故事集。岱年、文亮、世杰编。贵州人民出版社1982年9月出版。属“贵州民间文学丛书”。7.7万字，113页。共收布依族机智人物甲金的故事86则。

【肖甘牛民间故事选集】　民间故事集。漓江出版社1982年9月出版。26.1万字，318页。共收壮、苗、瑶、侗四个民族的50篇神话、传说、故事。这个集子是肖甘牛本人生前亲自选定的。

【泽玛姬】　藏族民间故事集。中央民族歌舞团创作研究室编，陈石峻搜集整理。中国民间文艺出版社1982年10月出版。15万字，213页。共收32篇作品。卷末附录了陈石峻的《忆西康与昌都之行》。此书1958年10月由人民文学出版社出版时，只收20篇作品。

【巧媳妇】　民间故事集。湖北民间文学研究会编。长江文艺出版社1982年出版。属“长江民间文学丛书”。373页。共收125篇故事。

【孔雀和竹子】　民间故事集。李肇隆、蒋泰福整理。广西民族出版社1982年10月出版。7.8万字，198页。共收31篇植物传说、故事。

【仫佬族民间故事】　仫佬族民间故事集。包玉堂主编，吴保华、谢运源、吴盛枝、潘琦编。漓江出版社1982年11月出版。27.3万字，462页。共收118篇神话、传说、故事。

【中外民间故事选】　民间故事集。上海教育出版社编。该社1982年11月出版。586页。中国民间故事部分共收27个民族的50篇作品。

【小喇嘛降妖】　蒙古族民间故事集。春风文艺出版社编。该社1982年11月出版。14.4万字，193页。共收41篇作品，分为神奇故事、传说故事、智人故事、动物故事四辑。

【神话传说故事选】　民间故事集。李肃立编。北京出版社1982年11月出版。属“民间故事丛书”。9.1万字，188页。共收18篇作品。

【聊斋汉子】　民间故事集。董均伦、江源编。中国民间文艺出版社1982年12月出版。48万字，629页。共收114篇作品。是1947至1962年间陆续搜集、整理的。卷首有董均伦、江源撰写的《前言》。

【镇江民间故事】 民间故事集。镇江市民间文艺研究会编。中国民间文艺出版社1982年12月出版。22万字，290页。共收传说、故事96篇。

【广东民间故事选】 民间故事集。关汉、韦轩编。花城出版社1982年12月出版。26万字，402页。共收130多篇传说、故事。

【杜老幺】 民间故事集。湖北民间文学研究会编。长江文艺出版社1982年12月出版。属“长江民间文学丛书”。19万字，282页。共收湖北的杜老幺、卢四运、徐苟三等29组机智人物故事。书末有何伙的《漫谈湖北民间机智人物故事》一文。

【三十二个木头人】 蒙古族民间故事集。陈弘法、湛华译。内蒙古人民出版社1983年1月出版。11.8万字，167页。全书包括两部蒙古族古代民间故事：①《三十二个木头人（比嘎日玛·扎迪汗的故事）》，共8章；②《魔尸》，共22章。卷首有《译者前言》。

【苗王招亲】 苗族民间故事集。向秀清、肖丁三、龙怡凡整理。湖北人民出版社1983年1月出版。5.7万字，115页。共收19篇作品。

【黎族民间故事选】 黎族民间故事集。广东民族学院中文系编。上海文艺出版社1983年3月出版。属“中国少数民族民间文学丛书·故事大系”。17.9万字，257页。共收69篇神话、传说、故事。卷首有韩伯泉、郭小冬撰写的《前言》。

【金芦笙】 民间故事集。肖甘牛编著。少年儿童出版社1983年3月出版。23.8万字，378页。共收苗、瑶、壮、侗四个少数民族的55篇作品，主要选自肖甘牛的《龙牙颗颗钉满天》《大苗山民间故事》《金芦笙》《铜鼓老爹》《红水河》《长发妹》等六本书。卷首有肖甘牛1980年撰写的《前言》。

【侗族民间爱情故事选】 侗族民间故事集。杨通山、蒙光朝、过伟、郑光松编。广西人民出版社1983年3月出版。17.8万字，249页。共收45篇作品。

【尸语故事】 藏族民间故事集。班贡帕巴·鲁珠著。李朝群译。西藏人民出版社1983年3月出版。176页。共收21篇作品。

【白鹭的传说】 民间故事集。中国民间文艺研究会福建分会主编，章义泓等搜集整理。福建人民出版社1983年3月出版。属“福建民间文学丛书”。9.2万字，150页。共收厦门流布的25篇传说、故事。

【郑堂的故事】 民间故事集。张传兴著。福建人民出版社1983年3月出版。106页。

【西藏民间故事（第一集）】 藏族民间故事集。廖东凡、次仁多吉、次仁卓嘎收集、翻译、整理。西藏人民出版社1983年4月出版。238页。共收41篇作品。

【童话（1—2）】 民间童话集。贺卓编。中国民间文艺出版社1983年5月出版。第一册6万字，101页，共收12篇作品；第二册6万字，102页，共收12篇作品。

【景颇族民间故事】 景颇族民间故事集。鸥鹍渤编。云南人民出版社1983年5月出版。22万字，310页。共收105篇神话、传说、故事。

【傣族民间传说】 傣族民间故事集。岩温扁、征鹏编译。中国旅游出版社1983年5月出版。9.5万字，148页。共收傣族传说、故事41篇。

【朝鲜族民间故事讲述家金德顺故事集】 朝鲜族民间故事集。裴永镇整理。上海文艺出版社1983年6月出版。30.3万字，438页。共收73篇传说、故事，以及33篇故事的梗概。卷首有乌丙安撰写的《序》和整理者的《金德顺和她所讲的故事》。这是我国出版的第一本民间故事讲述家个人的作品专集。

【庞振坤的故事】 民间故事集。河南少年儿童出版社编。该社1983年6月出版。为“河南民间故事丛书之七”。4.8万字，93页。共收39篇作品。

【找龙珠】 民间故事集。罗旋、沈德富、常纶桂等搜集整理。江西人民出版社1983年7月出版。7万字，124页。共收20篇传说、故事。

【花鸟的故事】 民间故事集。浙江文艺出版社编。该社1983年8月出版。系“山海经丛书之九”。6.5万字，140页。共收花鸟传说、故事34篇。

【中国少数民族爱情故事选】 民间故事集。陶立璠、莫福山编。甘肃人民出版社1983年8月出版。32万字，486页。共收42个民族的74篇故事。卷首有陶立璠撰写的《前言》。

【天牛郎配夫妻】 民间故事集。孙剑冰采集。上海文艺出版社1983年10月出版。10.8万字，225页。共收38篇传说、故事。书末有孙剑冰撰写的《略述六个村的搜集工作》一文。

【黑龙江民间故事选】 民间故事集。中国民间文艺研究会黑龙江分会编。黑龙江人民出版社1983年11月出版。18万字，275页。共收汉、满、赫哲、达斡尔、鄂伦春、蒙古、朝鲜、回、鄂温克、柯尔克孜族的传说、故事58篇。

【望儿山的故事】 民间故事集。苏方桂整理。春风文艺出版社1983年11月出版。9.7万字，190页。共收辽南熊岳城的传说、故事16篇。

【蒙古族寓言故事】 蒙古族民间寓言集。额博力图、谢仲元、仁钦东日布编译。内蒙古人民出版社1983年11月出版。11.4万字，215页。共收111篇作品。

【聪明人的故事】 民间故事集。曾层、佟畴整理。春风文艺出版社1983年12月出版。14.7万字，259页。共收汉族和满族传说、故事40篇。卷首有乌丙安撰写的《序》。

【奇联妙对故事】 民间故事集。余德泉、贾国辉等编。云南人民出版社1983年12月出版。37.6万字，536页。其中有联海故事100余篇。

【十只金鸡的故事】 民间童话集。左玉堂、王志方编。中国民间文艺出版社（云南版）1983年出版。9万字，157页。共收云南彝、哈尼、傣、佤、拉祜、布朗、苗、怒、傈僳、藏、景颇、普米、白、纳西、德昂、蒙古等民族的民间童话40篇。

【满族三老人故事集】 满族民间故事集。张其卓、董明整理，中国民间文艺研究会辽宁分会编。春风文艺出版社1984年1月出版。属“民间文学丛书”。37万字，592页。共收辽宁三位民间故事讲述家讲的120篇神话、传说、故事（其中有李成明46篇，李马氏22篇，佟凤乙52篇）。卷首有乌丙安撰写的《序》。卷末附录了《编余篇故事简介》（计李成明的故事20则、李马氏的故事9则、佟凤乙的故事14则）《编余篇存目》《同类篇说明》等。

【白族民间故事选】 白族民间故事集。大理白族自治州文化局编。上海文艺出版社1984年1月出版。属“中国少数民族民间文学丛书·故事大系”。25.6万字，373页。共收119篇神话、传说、故事。卷首有晓雪撰写的《前言》。

【鄂温克民间故事】　鄂温克族民间故事集。吕光天搜集整理。内蒙古人民出版社1984年1月出版。7万字，88页。共收24篇故事。

【七彩神火】　满族民间故事集。富育光搜集整理。吉林人民出版社1984年2月出版。18.1万字，277页。共收54篇作品。

【青海藏族民间故事】　藏族民间故事集。中国民间文艺研究会青海分会编，乔永福等搜集，董绍萱等整理。青海人民出版社1984年2月出版。属“青海民族民间文学丛书”。15.9万字，226页。共收49篇传说、故事。

【聪明的青蛙】　民间故事集。高鲁主编。新蕾出版社1984年2月出版。属“少数民族民间故事丛书”。8.2万字，166页。共收维吾尔、哈萨克、柯尔克孜、锡伯、塔吉克、乌孜别克、俄罗斯、塔塔尔等族故事22篇。

【九头鸟】　民间故事集。龙泉搜集整理。吉林人民出版社1984年3月出版。13.3万字，206页。共收汉、赫哲、满、朝鲜、蒙古等民族的53篇童话故事。

【台湾民间故事选】　民间故事集。巴楚编。四川人民出版社1984年3月出版。8.7万字，146页。所收22篇传说、故事，选自《台湾民间传奇》《台湾民间文学集》《宝岛搜古录》及《台湾》杂志等。

【双凤斗龙】　侗族民间故事集。陈颖采集。贵州人民出版社1984年3月出版。属“贵州民间文学丛书”。13.9万字，206页。共收24篇侗族民间传说、故事。

【虾子学艺】　民间故事集。邱国鹰整理。浙江少年儿童出版社1984年3月出版。5.6万字，115页。共收17篇海洋故事。

【马头琴的故事】　民间故事集。高鲁主编。新蕾出版社1984年3月出版。属“少数民族民间故事丛书”。6.5万字，162页。共收蒙古族、达斡尔族、鄂温克族故事29篇。

【朱腊波提的故事】　傣族民间故事集。岩温扁、吴军翻译整理。云南人民出版社1984年4月出版。9.8万字，154页。共收37篇故事。卷首有翻译整理者撰写的《前言》。

【猴子的故事】 动物故事集。农冠品编。广西人民出版社1984年4月出版。7.6万字，198页。共收广西壮、瑶、侗、仫佬、汉等民族的猴子故事48篇。

【泰山民间故事大观】 民间故事集。陶阳、徐纪民、吴绵编。文化艺术出版社1984年5月出版。27.3万字，431页。共收160多篇神话、传说、故事，分为七辑：第一辑为“原始记录稿较完美的故事”，第二辑为“同一母题的异文与‘综合整理’的故事”，第三辑为“同一题目又各自独立的故事”，第四辑为“录音稿与加工多的故事”，第五辑为“神话与带迷信色彩的故事”，第六辑为“讲述者各具特色的故事”，第七辑为“‘整理’稿比较接近‘原型’的故事”。卷首有贾芝撰写的《序》。

【人参故事】 民间故事集。中国民间文艺研究会吉林分会编。中国民间文艺出版社1984年5月出版。20万字，287页。共收63篇作品。

【九鲤湖的故事】 民间故事集。中国民间文艺研究会福建分会主编。福建人民出版社1984年5月出版。13.9万字，223页。共收56篇传说、故事。

【中国古代笑话选注】 古代笑话集。王利器、王贞珉选注。北京出版社1984年6月出版。492页。共收950则作品。卷首有选注者撰写的《笑话探源》。

【新娘鸟】 白马族民间故事集。中国民间文艺研究会四川分会编，周贤中搜集整理。重庆出版社1984年6月出版。9.8万字，148页。共收27篇故事。

【红罗女】 民间故事集。宋德胤收集整理。春风文艺出版社1984年6月出版。8万字，155页。共收32篇传说、故事。

【甘基王】 瑶族民间故事集。许文清、张景祥编。花城出版社1984年6月出版。168页。共收37篇作品。

【蒙古族动物故事】 蒙古族民间故事集。胡尔查译。中国民间文艺出版社1984年6月出版。9万字，129页。共收57篇作品。

【徐文长的故事】 民间故事集。谢德铣、阮庆祥、寿能仁、李韩林整理。浙江文艺出版社1984年8月出版。属“浙江民间文学丛书”。8.6万字，145页。共收46篇作品。卷首有赵景深撰写的《〈徐文长的故事〉序》。

【神奇的皮袋】　裕固族民间故事集。才让丹珍搜集整理。甘肃人民出版社1984年8月出版。属“甘肃民间文学丛书”。7.2万字，116页。共收14篇传说、故事。

【回族民间故事】　回族民间故事集。昌吉回族自治州文联回族文学编选组编。新疆人民出版社1984年8月出版。13万字，223页。共收50篇流布于新疆的回族传说、故事。

【麒麟山民间故事】　民间故事集。中国民间文艺研究会福建分会主编，福建省三明市文化局、市文联编。福建人民出版社1984年8月出版。属“福建民间文学丛书”。7.7万字，123页。共收46篇作品。

【现代笑话】　现代笑话集。徐廷华、肖成编。浙江文艺版社1984年8月出版。系“山海经丛书之十九”。5.8万字，116页。共收近200篇作品。

【毛南族民间故事集】　毛南族民间故事集。袁风辰、谭贻生、蒙国荣等编。中国民间文艺出版社1984年9月出版。23万字，317页。共收94篇作品，分为神话传说、风物传说、爱情故事、世俗故事、武士故事、机智人物故事、笑话七辑。

【京族民间故事选】　京族民间故事集。苏维光等编。中国民间文艺出版社1984年9月出版。8万字，124页。共收50篇作品，分为神话传说、反帝斗争故事、机智人物故事、爱情故事、动植物故事和寓言、世态人情故事六辑。

【幸福鸟】　民间故事集。高鲁主编。新蕾出版社1984年9月出版。属“少数民族民间故事丛书”。6.6万字，131页。共收藏族、门巴族、珞巴族故事15篇。

【箭射山门】　民间故事集。中国民间文艺出版社编。该社1984年10月出版。21万字，291页。共收传统民间传说、故事66篇。

【西藏民间故事选】　藏族民间故事集。西藏人民出版社编。该社1984年10月出版。474页。共收124篇作品，包括藏族、珞巴族的神话、传说、故事，共分七辑。

【天台山遇仙记】　民间故事集。陈玮君编。中国民间文艺出版社1984年10月出版。58.3万字，751页。共收238篇作品，分为“中支：仙霞岭山脉”“南支：洞宫山山脉”“北支：天目山山脉”三辑。

【鄂伦春族民间故事集】 鄂伦春族民间故事集。巴图宝音搜集整理。中国民间文艺出版社1984年10月出版。13万字，194页。共收41篇传说、故事。

【中国水生动物故事集】 民间故事集。王一奇、凉汀编。中国民间文艺出版社1984年10月出版。20万字，285页。共收107篇作品。

【畲族传说故事】 畲族民间故事集。福建宁德地区文化局编。福建人民出版社1984年10月出版。属"福建民间文学丛书"。9.4万字，152页。共收46篇传说、故事。

【民间笑话选】 民间笑话集。汪永言、黄儒信编。安徽文艺出版社1984年10月出版。4万字，100页。共收60篇作品。

【哈尼族民间故事】 哈尼族民间故事集。《哈尼族民间故事》编辑组编。云南人民出版社1984年11月出版。23万字，367页。共收85篇神话、传说、故事。

【西双版纳傣族民间故事】 傣族民间故事集。西双版纳《傣族民间故事》编辑组编。云南人民出版社1984年11月出版。437页。

【杭州湾的传说】 民间故事集。顾希佳整理。中国民间文艺出版社1984年11月出版。12万字，189页。共收51篇作品，包括风物传说、风俗传说、历史人物传说、生活故事、动物故事五个部分。

【中国民间故事选】 民间故事集。吴蓉章编。四川少年儿童出版社1984年11月出版。属"小图书馆丛书"。12万字，240页。共收40篇传说、故事。卷首有编者撰写的《给您一朵蒲公英》。

【1979—1982年全国民间文学作品评奖获奖作品选（故事传说部分）】 民间故事集。全国民间文学作品评奖委员会编。中国民间文艺出版社1984年12月出版。50万字，661页。共收17个民族的96篇作品。书末附录1979—1982年全国民间文学评奖获奖作品总目。

【瑶山里的传说】 瑶族民间故事集。李肇隆、红波搜集整理。中国民间文艺出版社1984年12月出版。12万字，208页。共收瑶族神话、传说、故事37篇。

【神奇的石门崖】 民间故事集。青岛市文学艺术界联合会编。山东少年儿童出版社1984年12月出版。10万字，204页。共收青岛流布的传说、故事38篇。

【河蚌姑娘】 民间故事集。茆文斗搜集整理。中国民间文艺出版社1984年12月出版。6万字，92页。共收流传于淮北的传说、故事18篇。

【椰子姑娘】 民间故事集。高鲁主编，华方编。新蕾出版社1984年12月出版。属“少数民族民间故事丛书”。9万字，175页。共收高山族、黎族、畲族、土家族故事22篇。

【仙女青竹华】 民间故事集。吕书谦搜集整理。中国民间文艺出版社1984年出版。4万字，61页。共收19篇作品。

【贵州少数民族民间故事选】 民间故事集。贵州省民族事务委员会、贵州省教育科学研究所主编，陈涛、何积全等编。贵州人民出版社1985年1月出版。24.5万字，356页。共收苗、布依、水、仡佬、侗、彝、瑶、回等族神话、传说、故事数十篇。

【山东民间故事获奖作品选（1979—1982）】 民间故事集。山东少年儿童出版社1985年1月出版。322页。

【新笑话集锦】 现代笑话集。仇国良、陈淦生编。上海文艺出版社1985年1月出版。属“故事会丛书”。7.9万字，171页。共收200余则笑话。书末有吴复新撰写的《略谈笑话创作》。

【谜语故事】 民间故事集。皮作玖编。浙江文艺出版社1985年1月出版。系“山海经丛书之二十”。9.3万字，207页。共收7类谜语故事。

【傣族民间故事选】 傣族民间故事集。傅光宇、杨秉礼、冯寿轩、张福三编。上海文艺出版社1985年2月出版。属“中国少数民族民间文学丛书·故事大系”。26.8万字，388页。共收86篇神话、传说、故事。卷首有编者撰写的《前言》。

【巴拉根仓故事集成】 蒙古族民间故事集。芒·牧林编注。内蒙古人民出版社1985年3月出版。31.3万字，463页。共收108篇作品，分为三集：第一集为“答兰胡达勒齐的故事”，第二集为“单章故事”，第三集为“成组故事”。书末附录编者撰写的《〈巴拉根仓的故事〉渊源、发展及其时代的初探》一文。

【民间笑话三百则】 民间笑话集。申俊编。上海文艺出版社1985年3月出版。9.8万字，219页。

【西施贝】 民间故事集。邱国鹰搜集整理。福建人民出版社1985年3月出版。属“民间文学丛书”。7.5万字，121页。共收25篇作品。

【中国民间教子故事】 民间故事集。曹保明搜集整理。北方妇女儿童出版社1985年3月出版。31.2万字，406页。共收170篇作品，分为12章。

【汉族机智人物故事选】 民间故事集。祁连休编。河南少年儿童出版社1985年4月出版。26.3万字，427页。共收58个机智人物的235篇故事。卷首有贾芝撰写的《序》。

【勇敢的阿刀】 民间故事集。高鲁主编，小亨编。新蕾出版社1985年4月出版。属“少数民族民间故事丛书”。9.2万字，187页。共收壮族、瑶族、毛南族、京族故事26篇。

【绿袍小将】 民间童话集。中国民间文艺研究会湖北分会、湖北省群众艺术馆主编，刘守华编。长江文艺出版社1985年5月出版。9.3万字，133页。共收37篇湖北民间童话。卷末附录有编者撰写的《民间童话的特征和魅力》。

【笑话百出】 民间笑话集。刘巽达、毕尔刚编。中国民间文艺出版社1985年5月出版。10万字，198页。共收79篇作品。

【傈僳族民间故事选】 傈僳族民间故事集。祝发清、左玉堂、尚仲豪编。上海文艺出版社1985年6月出版。属“中国少数民族民间文学丛书·故事大系”。25.8万字，368页。共收109篇神话、传说、故事。卷首有编者的长篇《前言》。

【中国古代民间故事选】 民间故事集。刘耀林、顾希佳选译。江西人民出版社1985年6月出版。26万字，363页。共收143篇古代民间传说、故事。

【诸葛亮拜师】 民间故事集。张楚北搜集整理。河南少年儿童出版社1985年6月出版。为“河南民间故事丛书之九”。5.6万字，108页。共收22篇传说、故事。

【民间笑话集】 民间笑话集。杨亮才、关艳如编。甘肃人民出版社1985年6月出版。14万字，335页。共收200多篇作品。

【女儿寨传说】 土家族民间故事集。韩致中主编。长江文艺出版社1985年7月出版。27万字，362页。共收168篇作品，包括神话、传说、故事等。卷末有韩致中的《民族瑰宝》一文。

【金莲花】 民间故事集。李泽有搜集整理。花山文艺出版社1985年8月出版。7.1万字，168页。共收流布于河北的民间传说、故事20篇。

【白凤凰】 民间故事讲述家李明故事集。春风文艺出版社1985年8月出版。22万字，338页。共收102篇神话、传说、故事。卷首有王文学撰写的序《像天上的星星》。

【寓言故事】 民间故事集。凉汀编。新华出版社1985年8月出版。12万字，193页。共收130篇作品。

【穆桂英大战桃花漫】 民间故事集。赵云雁搜集整理。中国民间文艺出版社1985年9月出版。22万字，322页。共收56篇作品，包括杨家将传说、义和团传说、文人传说、武林故事等。卷首有祁连休撰写的《序》。

【中国民间寓言选】 民间寓言集。曹廷伟编。辽宁少年儿童出版社1985年9月出版。24.1万字，319页。共收中国37个民族的204篇作品。卷首有段宝林撰写的《序言》。

【灵芝仙子】 民间故事集。高中良搜集整理。海峡文艺出版社1985年9月出版。属“福建民间文学丛书”。9万字，206页。共收26篇传说、故事。

【神弓宝剑】 壮族民间故事集。蓝鸿恩搜集整理。中国民间文艺出版社1985年10月出版。15万字，228页。共收22篇壮族神话、传说、故事。

【金凤蝶】 民间故事集。吉堤编。农村读物出版社1985年10月出版。上集12万字，172页。共收33篇故事；下集12.5万字，181页。共收35篇故事。

【勇士与牧女】 民间故事集。王建设编。新蕾出版社1985年11月出版。属“少数民族民间故事丛书”。10.5万字，211页。共收白、彝、纳西、傈僳、阿昌、独龙、怒、普米族传说、故事31篇。

【现代笑话】 民间笑话集。南子仲、吕仪选编。中国民间文艺出版社1985年11月出版。20万字，310页。共分讽刺“四人帮”、讽刺官僚主义、讽刺不正之风、讽刺恶劣的服务态度、讽刺落后思想意识、讽刺不文明现象等六辑。卷首有肖莉撰写的《试论现代笑话的思想艺术特征》（代序）。

【台湾民间故事选】 民间故事集。石四维编。时事出版社1985年11月出版。12.7万字，154页。共收55篇传说、故事。

【鸳鸯铁屐桃】 民间故事集。中国民间文艺研究会广东分会编。花城出版社1985年12月出版。92页。

【回族民间故事选】 回族民间故事集。李树江、王正伟编。上海文艺出版社1985年12月出版。属“中国少数民族文学丛书·故事大系”。28.1万字，402页。共收111篇神话、传说、故事，附录6篇传说、故事。

【广西少数民族民间故事】 民间故事集。黄革编。广西民族出版社1985年12月出版。29.8万字，466页。共收壮、瑶、苗、侗、仫佬、毛南、京、彝、水、回、仡佬等族传说故事120篇。

【中国现代笑话选】 笑话集。湖南文艺出版社编。该社1985年12月出版。22.8万字，366页。共收900余篇作品。

【港台笑话选】 笑话集。刘灿、张炳煊编。重庆出版社1985年12月出版。11.2万字，222页。共收500余篇作品，分上下两编：上编为写儿童生活的“童言稚语”，下编为写成人生活的“滑稽突梯”。

【长发姑娘】 民间故事集。梁之编。春风文艺出版社1986年1月出版。172页。

【血洗状元府】 民间故事集。陈惠芳、曹启文编。浙江文艺出版社1986年1月出版。186页。

【珍珠船】 民间故事集。于济源著。时代文艺出版社1986年2月出版。177页。

【裙钗故事】 民间故事集。承德地区民间文学研究会编。百花文艺出版社1986年2月出版。12万字，211页。共收62篇传说、故事。

【青虹鸳鸯剑】 民间故事集。花山文艺出版社编。该社1986年2月出版。16万字，236页。共收39篇传说、故事。

【红罗女】 民间故事集。高鲁主编，逢之编。新蕾出版社1986年3月出版。属“少数民族民间故事丛书”。12.1万字，239页。共收朝鲜、满、鄂伦春、赫哲族传说、故事41篇。

【白脸关公】 民间故事集。中国文联出版公司编。中国文联出版公司1986年4月出版。11.1万字，193页。共收79篇传说、故事。

【机智故事一百二】 民间故事集。曹广志编。河北人民出版社1986年4月出版。11.5万字，163页。所收作品均为河北各地流传的机智人物故事。卷首有编者撰写的《序〈机智故事一百二〉》。

【邦普的奇遇】 民间故事集。高鲁主编，雪茜编。新蕾出版社1986年4月出版。属“少数民族民间故事丛书”。5.9万字，124页。共收苗、布依、侗、水、仡佬族传说、故事22篇。

【康区藏族民间故事选】 藏族民间故事集。程圣民编。四川民族出版社1986年5月出版。10万字，226页。共收20篇故事。

【蛇精的传说】 民间故事集。芜湖市文化局、芜湖市民间文学工作者协会编。安徽文艺出版社1986年5月出版。248页。

【钱六姐与贱三爷】 民间故事集。黄永林编选。华中师范大学出版社1986年5月出版。12万字，238页。共收140则机智人物故事，包括钱六姐的故事、贱三爷的故事、张十伢的故事、张代刀的故事。卷首有刘守华撰写的《序》。

【赫哲族民间故事选】 赫哲族民间故事集。王士媛、马名超、黄任远编。上海文艺出版社1986年6月出版。属“中国少数民族民间文学丛书·故事大系”。19.9万字，284页。共收81篇神话、传说、故事。卷首有马名超撰写的《前言》。

【白羽飞衣】 民间故事集。高鲁主编，夷齐编。新蕾出版社1986年6月出版。属“少数民族民间故事丛书”。8万字，186页。共收回、东乡、土、撒拉、保安、裕固族传说故事29篇。

【中国历代谜语故事】 民间故事集。赵濂编。中国民间文艺出版社1986年6月出版。16万字，320页。共收201篇作品。卷首有编者的前言。

【狐狸媳妇】 民间故事集。任孚先、李传瑞，山东友谊书社编。山东人民出版社1986年6月出版。15万字，251页。共收39篇传说、故事。

【香妃的传说】 民间故事集。朱彦华、杨林勃编。河北少年儿童出版社1986年7月出版。15万字，226页。共收承德地区流传的传说、故事59篇。

【海神】 民间故事集。汪兆骞、倪林编。湖南文艺出版社1986年7月出版。201页。

【阿凡提和“阿凡提”们】 民间故事集。赵世杰编辑。光明日报出版社1986年8月出版。23万字，394页。共收阿凡提、麦西热甫、毛拉·再丁、阿勒达尔·阔赛、阿尔格奇、伊斯哈、玛纳坎等十几个新疆各民族机智人物的故事460多篇。

【中国民间故事选粹】 民间故事集。贺嘉、黄柏编。湖南文艺出版社1986年9月出版。37.2万字，551页。共收各民族神话、传说、故事120篇。

【土家族民间故事】 土家族民间故事集。刘长贵、彭林绪搜集整理。重庆出版社1986年10月出版。18.5万字，288页。共收63篇神话、传说、故事。

【大宁河传奇】 民间故事集。黎民、刘长贵搜集整理。重庆出版社1986年11月出版。12.8万字，207页。共收39篇传说、故事。

【草原传奇】 蒙古族民间故事集。内蒙古赤峰市文联主编，杨茵林选编。中国民间文艺出版社1986年11月出版。19.5万字，290页。共收流布于昭乌达草原的蒙古族传说、故事54篇。

【葫芦告状】 民间故事集。颂民、光之选编。花山文艺出版社1986年11月出版。17.6万字，261页。共收47篇河北各地流传的传说、故事。

【机智人物故事300篇】 民间故事集。杨哲编。甘肃人民出版社1986年12月出版。30.1万字，482页。共收中国29个民族70多个机智人物的故事300篇。

【鲁西民间故事】 民间故事集。（山东省）聊城地区文化局、聊城地区文学艺术界联合会、山东省出版总社聊城办事处编。山东文艺出版社1986年12月出版。22.7万字，346页。共收鲁西聊城、临清、冠县、莘县、阳谷、东阿、茌平、高唐一带的民间传说、故事98篇。

【橄榄的回味】 民间故事集。高鲁主编，王加强编。新蕾出版社1986年12月出版。属“少数民族民间故事丛书”。5.7万字，122页。共收哈尼、傣、拉祜、佤、景颇、基诺、德昂、布朗族的传说、故事17篇。

【不见黄河心不死】 民间故事集。浙江文艺出版社编。该社1987年2月出版，为该社“山海经丛书之三十九”。7万字，146页。共收有关黄河的传说、故事38篇。

【民间讽刺故事】 民间故事集。曹启文编。浙江文艺出版社1987年2月出版。属“山海经丛书之四十”。6.5万字，135页。共收30篇传说、故事。

【蛇郎君与莲子脸】 民间故事集。郑惠聪搜集整理。海峡文艺出版社1987年3月出版。属“福建民间文学丛书”。8万字，153页。所收21篇传说、故事，流传于闽南漳州一带。

【毛南族京族民间故事选】 民间故事集。袁凤辰、苏维光、蒙国荣、王弋丁、过伟编。上海文艺出版社1987年3月出版。属“中国少数民族民间文学丛书·故事大系”。40.2万字，584页。共收毛南族神话、传说、故事117篇，京族传说、故事72篇。卷首有过伟撰写的《前言》。

【民间笑话大观】 民间笑话集。黎邦农、刘应芬、崔莫愁编。黄山书社1987年3月出版。25万字。共收400多篇作品，分为传统笑话、名人趣事、现代笑话三辑。

【娘花与太阳的儿子】 侗族民间故事集。李万增采编。贵州人民出版社1987年3月出版。15.6万字，238页。共收近百篇作品。卷首有伍略撰写的《序》。

【台港笑话选萃】 当代笑话集。申少华编。海峡文艺出版社1987年3月出版。15.9万字，367页。共收1000多则作品。卷首有其坚撰写的《哈哈镜中的台港社会生态》。

【兴城民间故事选】 民间故事集。兴城县文化馆编。春风文艺出版社1987年5月出版。27万字，399页。共收167篇作品，分两个部分：传说部分包括名胜古迹传说、山川地名传说、风俗传说、人物传说；故事部分包括幻想故事、生活故事、机智人物故事、笑话、讽喻故事、动植物故事。

【聊斋汉子续集】 民间故事集。董均伦、江源编。中国民间文艺出版社1987年8月出版。47万字，639页。共收88篇传说、31篇故事。卷末有董均伦、江源撰写的《行万里路、找千人谈》（代后记）。

【射岩箭】 瑶族民间故事集。黔南文学艺术研究室编，周隆渊主编。贵州人民出版社1987年8月出版。260页。

【苗族民间故事】 苗族民间故事集。西南师范大学中文系采风队、谢馨藻、龙治凡搜集整理。四川民族出版社1987年8月出版。342页。共收67篇作品。

【迪庆藏族民间故事】 藏族民间故事集。云南迪庆藏族自治州文联等编。云南人民出版社1987年8月出版。

【黄果树瀑布的故事】 民间故事集。卢朝阳、马启忠等著。贵州人民出版社1987年9月出版。134页。

【东乡族保安族裕固族民间故事选】 民间故事集。郝苏民编。上海文艺出版社1987年10月出版。属"中国少数民族民间文学丛书·故事大系"。41万字。

【甲金】 布依族民间故事集。汛河搜集整理。贵州民族出版社1987年10月出版。17.5万字，171页。共收50篇作品。

【鸳鸯溪民间传说】 民间故事集。中国民间文艺家协会福建分会主编，《鸳鸯溪民间传说》采编组编。海峡文艺出版社1988年1月出版。属"福建民间文学丛书"。6万字，162页。共收45篇传说、故事。

【中国民间故事选（第三集）】 民间故事集。贾芝主编。人民文学出版社1988年4月出版。46.8万字，660页。共收中国56个民族的130多篇神话、传说、故事。卷首有贾芝撰写的《民间故事采录的一瞥》（代序）。

【王二戏官的故事】 民间故事集。郑文清、张平、王家惠编。文化艺术出版社1988年5月出版。4.5万字，144页。共收冀东机智人物王二戏官的故事69篇。卷首有祁连休撰写的《序》。

【梁红玉击鼓战金山】 民间故事集。康新民采录。上海文艺出版社1988年7月出版。13.5万字，281页。共收流布于江苏镇江及丹徒、兴化等地的民间传说、故事62篇。卷末附录有康新民撰写的《采风路上留下的脚印》等文章。

【解学士传奇】 民间故事集。余悦编著。中国民间文艺出版社1989年1月出版。16万字，214页。收有汉族机智人物解缙的故事47篇。卷首有余悦撰写的《机敏正直的文人典型——解缙及其传奇故事初探》。

【渭南地区民间故事集成】 民间故事集。王忠泰主编，任煜、辛景生副主编。三秦出版社1989年2月出版。45万字，661页。

【哈尼族民间故事选】 哈尼族民间故事集。刘辉豪、阿罗编。上海文艺出版社1989年4月出版。27.3万字，396页。

【单刀李】 民间故事集。康迈千搜集整理。花山文艺出版社1989年5月出版。17.8万字，273页。

【新笑府（民间故事讲述家刘德培故事集）】 民间故事集。王作栋整理。上海文艺出版社1989年6月出版。1999年8月第二次印刷。48万字，504页。卷首有李惠芳撰写的《序》和王作栋撰写的《刘德培印象》。卷末有附录《刘德培生平活动编年纪要》。

【猫子·老鼠和乌龟（陈细怪的故事）】 民间故事集。郑伯成编。华中师范大学出版社1989年6月出版。9.3万字，164页。共收11篇故事。卷首有刘守华撰写的《序》。

【苏州民间故事】 民间故事集。（江苏）苏州市民间文学集成编委会编。中国民间文艺出版社1989年7月出版。60万字，736页。

【南通民间故事选】 民间故事集。（江苏）南通民间文学集成办公室编。中国民间文艺出版社1989年7月出版。34.2万字，436页。

【如东县民间故事选】 民间故事集。（江苏）如东县民间文学集成办公室编。中国民间文艺出版社1989年7月出版。20.3万字，258页。

【如皋县民间故事选】 民间故事集。（江苏）如皋县民间文学集成办公室编。中国民间文艺出版社1989年7月出版。21万字，262页。

【南通县民间故事选】 民间故事集。（江苏）南通县民间文学集成办公室编。中国民间文艺出版社1989年7月出版。24.3万字，298页。

【海安县民间故事选】 民间故事集。（江苏）海安县民间文学集成办公室编。中国民间文艺出版社1989年7月出版。19.3万字，244页。

【启东县民间故事选】 民间故事集。（江苏）启东县民间文学集成办公室编。中国民间文艺出版社1989年7月出版。26.7万字，340页。

【三戏蔡糊涂】 民间故事集。祁连休、肖莉主编，刘汉胜编。中国民间文艺出版社1989年7月出版。属"中国机智人物故事丛书"。10万字，157页。收有汉族机智人物肖光际的故事62篇，朱辟虞的故事14篇。卷首有祁连休撰写的《肖光际——一个文人型机智人物的典型》（代序）。

【巧换金罗汉】 民间故事集。祁连休、肖莉主编，王召里编。中国民间文艺出版社1989年7月出版。属"中国机智人物故事丛书"。8.5万字，142页。收有汉族机智人物念四胡子的故事60篇。卷首有肖莉撰写的《略论念四胡子的故事》。

【装哑戏知县】 民间故事集。祁连休、肖莉主编，刘民编。中国民间文艺出版社1989年7月出版。属"中国机智人物故事丛书"。8.5万字，164页。共收汉族机智人物钱六姐的故事87篇。卷首有肖莉撰写的《富有光彩的女性形象》。

【曹瘦脸儿打官司】 民间故事集。祁连休、肖莉主编，赵志毅搜集整理。中国民间文艺出版社1989年8月出版。9.5万字，152页。共收曹瘦脸儿的故事31篇。卷首有高国藩撰写的《序》。

【蜘蛛写状子】 民间故事集。祁连休、肖莉主编，秦玉林、王国新编。中国民间文艺出版社1989年8月出版。属"中国机智人物故事丛书"。10万字，171页。收有汉族机智人物韩老大和五娘子的故事61篇。卷首有祁连休撰写的《一对机智人物形象》。

【一毛不拔】 民间故事集。祁连休、肖莉主编，谢忠告、万立煌编。中国民间文艺出版社1989年8月出版。属"中国机智人物故事丛书"。9.5万字，155页。收有汉族机智人物李太清、肖德儿、吉二爹、皮琶、拖挡、殷四爹、孙云霞、刘铁儿、焦四艮、成道立、谭振兆、肖不全的故事共85篇。卷首有江云撰写的《序》。

【顺藤牵宝】　民间故事集。祁连休、肖莉主编，王作栋编。中国民间文艺出版社1989年9月出版。属“中国机智人物故事丛书”。8.5万字，142页。收有汉族机智人物杜老幺的故事44篇，张士发的故事19篇。卷首有王作栋撰写的《大众智慧和笑声的结晶》。

【睡打官司】　民间故事集。祁连休、肖莉主编，宁锐、王忠泰编。中国民间文艺出版社1989年9月出版。属“中国机智人物故事丛书”。9.5万字，156页。共收汉族机智人物史阙疑的故事、李灌的故事。卷首有宁锐撰写的《史阙疑、李灌的故事简论》（代序）。

【酒楼断案】　民间故事集。祁连休、肖莉主编，唐愍编。中国民间文艺出版社1989年9月出版。属“中国机智人物故事丛书”。9万字，150页。收有汉族机智人物蔡四伯伯、陈之駓、廖南宾、华八公公的故事共40篇。卷首有唐愍撰写的《机智人物故事里的文侠传说故事》（代序）。

【土家族民间故事选】　土家族民间故事集。归秀文编。上海文艺出版社1989年9月出版。25.4万字，365页。

【海门县民间故事选】　民间故事集。（江苏）海门县民间文学集成办公室编。中国民间文艺出版社1989年9月出版。22.8万字，291页。

【阿古登巴故事集】　藏族民间故事集。祁连休、肖莉主编，佟锦华、耿予方编。中央民族学院出版社1989年10月出版。属“中国机智人物故事丛书”。20万字，285页。收有藏族机智人物阿古登巴的故事87篇，附录有聂局桑布的故事12篇，绛拉的故事7篇。卷首有耿予方撰写的《论阿古登巴和他的故事》。

【猪拖菩萨】　布依族民间故事集。祁连休、肖莉主编，陈立浩编。中国民间文艺出版社1989年10月出版。属“中国机智人物故事丛书”。8.5万字，140页。收有布依族机智人物甲金的故事74篇。卷首有陈立浩撰写的《智慧的火花，斗争的艺术》。

【王八吾（清朝滑稽文人故事）】　民间故事集。傅新友搜集编著。中国民间文艺出版社1989年10月出版。10万字，147页。共收王八吾的故事73篇。

【邢台市故事卷（上）】　民间故事集。张鹤龄主编。中国民间文艺出版社

1989年10月出版。48万字，568页。

【邢台市故事卷（下）】 民间故事集。张鹤龄主编。中国民间文艺出版社1989年10月出版。56.5万字，641页。

【钟敬文采集口承故事集】 民间故事集。张振犁编纂。黄河文艺出版社1989年11月出版。6万字，98页。

【沧浪仙子镇吴城】 民间故事集。曾海根、马汉民编。中国民间文艺出版社1989年11月出版。12.5万字，178页。

【沈拱山的故事】 民间故事集。舒翔编。中国民间文艺出版社1989年12月出版。12万字，188页。共收汉族机智人物沈拱山的故事90篇。卷首有祁连休撰写的《序》和舒翔撰写的《反抗封建统治的艺术形象——关于机智人物沈拱山的故事的调查报告》。

【杏林春梦】 民间故事集。吕文果著。中国民间文艺出版社1989年12月出版。20.9万字，309页。此书为民间故事讲述家纪文道的故事专集。

【尧王访贤】 民间故事集。张楚北搜集整理。海燕出版社1989年12月出版。12.2万字，173页。

【咸宁地区民间故事集】 民间故事集。（湖北）咸宁地区民间文学三套集成编委会、咸宁地区群众艺术馆等编。中国民间文艺出版社1990年5月出版。57.7万字，700页。

【耿村故事百家】 民间故事集。袁学骏编。中国民间文艺出版社1990年5月出版。收入河北藁城耿村93位故事家讲述的274篇故事。

【轩辕故里的传说】 民间故事集。李新明、赵克勋主编。中原农民出版社1990年10月出版。28万字，436页。

【宋宗科故事集】 民间故事集。中国民间文艺家协会山东分会、青岛市民间文艺家协会编。中国民间文艺出版社1990年10月出版。28万字，417页。此书为民间故事讲述家宋宗科的故事专集。

【黄龟渊故事集】 朝鲜族民间故事集。金在权、朴昌默记录整理，朴赞球翻译。中国民间文艺出版社1990年12月出版。此书为民间故事讲述家黄龟渊讲述的故事。

【京山民间故事集】 民间故事集。（湖北）京山县民间文学三套集成领导小组、京山县文化馆编。中国民间文艺出版社1990年12月出版。53万字，645页。

【神眼渔郎】 民间故事集。白泉（王国新）著。华龄出版社1991年7月出版。12万字，166页。书中收有汉族机智人物韩老大和王娘子的故事共20篇。卷首有祁连休撰写的《序》。

【魏显德故事集】 民间故事集。彭维金、李子硕主编。重庆出版社1991年8月出版。243页。书中收录民间故事讲述家魏显德讲述的故事702篇。

【中国机智人物故事大观】 民间故事集。祁连休选编。河北教育出版社1991年10月出版。112.3万字，1030页。共收有35个民族的138个机智人物的故事1050篇。

【中华民族故事大系】 民间故事集。“中华民族故事大系”编委会编辑。上海文艺出版社1995年12月出版。共16卷：第一卷收有汉族民间故事、蒙古族民间故事、回族民间故事，68.5万字，998页；第二卷收有藏族民间故事、维吾尔族民间故事、苗族民间故事，66.5万字，983页；第三卷收有彝族民间故事、壮族民间故事、布依族民间故事，68.8万字，1018页；第四卷收有朝鲜族民间故事、满族民间故事、侗族民间故事，63.1万字，933页；第五卷收有瑶族民间故事、白族民间故事、土家族民间故事，66.2万字，979页；第六卷收有哈尼族民间故事、哈萨克族民间故事、傣族民间故事，63.1万字，933页；第七卷收有黎族民间故事、傈僳族民间故事、佤族民间故事，66.7万字，986页；第八卷收有畲族民间故事、高山族民间故事、拉祜族民间故事，57.5万字，850页；第九卷收有水族民间故事、东乡族民间故事、纳西族民间故事，67.7万字，1001页；第十卷收有景颇族民间故事、柯尔克孜族民间故事、土族民间故事，61.6万字，911页；第十一卷收有达斡尔族民间故事、仫佬族民间故事、羌族民间故事，66.7万字，986页；第十二卷收有布朗族民间故事、撒拉族民间故事、毛南族民间故事，57.2万字，846页；第十三卷收有仡佬族民间故事、锡伯族民间故事、阿昌族民间故事，64.8万字，959页；第十四卷收有普米族民间故事、塔吉克族民间故事、怒族民间故事，66.7万字，987页；第十五卷收有德昂族民间故事、保安族民间故事、裕固族民间故事，

71.7万字，1061页；第十六卷收有赫哲族民间故事、门巴族民间故事、珞巴族民间故事、基诺族民间故事，66.8万字，988页。

【中国幽默故事】 民间故事集。肖莉、肖芃编。中国广播电视出版社1996年9月出版。属刘锡诚、马昌仪、高聚成主编的“中国民间故事精品文库”。39.9万字，571页。卷首有肖莉撰写的《前言》。

【中国民间爱情故事】 民间故事集。贺学君、茅鲁敏、张炜编。中国广播电视出版社1996年11月出版。属刘锡诚、马昌仪、高聚成主编的“中国民间故事精品文库”。46万字，571页。收有46个民族的75篇故事。卷首有编选者的《前言》。

【阿凡提故事全集】 维吾尔族民间故事集。赵世杰编译。新疆青少年出版社1998年7月出版。35万字，459页。共收入维吾尔族阿凡提故事799篇。卷首有贾芝撰写的《序——阿凡提故事全集》。

【不怕鬼的故事】 古代故事集。中国社会科学院文学研究所编。人民文学出版社1999年8月出版。18.3万字，255页。收有130多则从正史、笔记中筛选出来的古代不怕鬼的故事，均附有原文和注释。此书由1961年文学研究所选编的《不怕鬼的故事》扩充而成。

【不信神的故事】 古代故事集。中国社会科学院文学研究所编。人民文学出版社1999年8月出版。18.5万字，309页。收有100余则从正史、笔记中筛选出来的古代不信神的故事，均附有原文和注释。卷首有李铁映的《序》。

【耿村民间文化大观】 民间文学作品集。袁学骏、李保祥主编。北京图书馆出版社1999年8月出版。分为上、中、下三册。455万字，3044页。

【野山笑林（长江三峡民间故事家刘德方传讲故事选集）】 民间故事集。余福贵采录、黄世堂整理。大众文艺出版社1999年11月出版。280页。共收入传说、故事、笑话213则。

【耿村一千零一夜】 民间故事集。袁学骏、刘寒主编。花山文艺出版社2006年2月出版。共六卷。2500页。

【老虎背媳妇——民间故事讲述家尹宝兰故事集】 故事集。王全宝著。作家出版社2006年5月出版。170页。卷首有曲金良《尹宝兰故事的审美圈》、华积庆《心愿在实现中——记九十一岁高龄的故事家尹宝兰》。

【傅英仁满族故事（上、下）】 满族民间故事集。满族故事讲述家傅英仁口述、张爱云整理。黑龙江人民出版社2006年12月出版。829页。

【谭振山故事精选】 民间故事集。民间故事讲述家谭振山讲述、江帆整理。辽宁教育出版社2007年1月出版。495页。收录故事1040则。卷首有江帆撰写的调查报告。

【陆瑞英民间故事歌谣集】 民间故事歌谣集。周正良、陈泳超编。学苑出版社2007年5月出版。429页。附录《记陆瑞英》《陆瑞英故事歌谣常用方言表》《陆瑞英故事歌谣发表简况》等。

【中国历代民间文学作品选】 民间文学作品集。祁连休、程蔷、吕微主编。河北教育出版社2008年2月出版。108万字，1109页。分为上、中、下三卷。卷中为先秦至明清的民间故事选及注释。

【谭振山及其讲述作品】 民间故事集。陈益源、江帆主编。台湾乐学书局2010年5月出版。420页。收有谭振山讲述的人物传说、地方传说、幻想故事、生活故事共52则。卷首有陈益源的《序言》、江帆的《走进文化持有者的真实世界——对著名民间故事家谭振山23年追踪研究的田野感言》、林丽容的《谭振山叙事表演的空间与情境》、王志清的《非物质文化遗产保护工程中民间故事的传承发展策略探究》。卷末附录有《谭振山自传》《谭振山故事总目》等。

【新笑府（中国民间故事家刘德培讲述故事集）】 民间故事集。王作栋整理。三峡电子音像出版社、长江出版社三峡图书中心2012年7月出版。32万字，347页。卷首有李德芳的《序》和王作栋的《刘德培印象》。卷末附录有《传讲篇目一览表》《刘德培生平活动编年纪要（1912—2000）》等，还配有故事光碟。

【中国古代民间故事长编】 古代民间故事集。顾希佳编著。浙江大学出版社2012年10月出版。属“国家十一五重点图书，国家社科基金项目成果”。3000页。共六册：“先秦两汉卷”“魏晋南北朝卷”“隋唐五代卷”“宋元卷”“明代卷”“清代卷”。

【绝对笑话】 民间故事集。总主编冯骥才，总策划何承伟，本册主编夏一鸣。

上海锦绣文章出版社·上海故事会文化传媒有限公司2013年7月出版。373页。收入笑话300余篇。卷首有夏一鸣撰写的《序言》。

【动物故事·70则中国原生态童话作品】 民间故事集。总主编冯骥才，总策划何承伟，本册主编何承伟。属“五千年民间故事经典传承丛书”。上海锦绣文章出版社·上海故事会文化传媒有限公司2013年8月出版。18.8万字，273页。卷首有何承伟撰写的《序言——中国人的童年故事》。

【中国鬼话】 民间故事集。总主编冯骥才，总策划何承伟，本册主编徐华龙。上海锦绣文章出版社·上海故事会文化传媒有限公司2014年1月出版。329页。收入鬼故事79篇。卷首有徐华龙撰写的《序言》。

【美食故事】 民间故事集。总主编冯骥才，总策划何承伟，本册主编田兆元。上海锦绣文章出版社·上海故事会文化传媒有限公司2014年1月出版。169页。收入故事73篇。卷首有田兆元撰写的《序言——美食故事源远流长》。

【中国古代机智人物故事选】 民间故事集。祁连休、冯志华编选。属“中外机智人物故事大观丛书”。（台湾）秀威资讯科技股份有限公司2014年7月出版。208页。收有先秦至清代末的晏子、优孟、东方朔、侯白、黄幡绰、苏东坡、解缙、唐伯虎、刘墉、纪晓岚等25位机智人物的130多篇趣闻逸事，不但有作品的白话文，而且收作品的原文，并加有注释。卷首有编选者撰写的《前言》。

【捉弄和珅——中国古代机智人物故事选】 民间故事集。祁连休、冯志华编选。属“中外机智人物故事大观丛书”。河北教育出版社2014年7月出版。10万字，102页。

【奇怪的家具——中国汉族劳动者机智人物故事选】 民间故事集。祁连休、冯志华编选。属“中外机智人物故事大观丛书”。河北教育出版社2014年7月出版。28.1万字，295页。

【智斗太守——中国汉族文人机智人物故事选】 民间故事集。祁连休、冯志华编选。属“中外机智人物故事大观丛书”。河北教育出版社2014年7月出版。27万字，284页。

【反穿朝服见皇上——中国汉族官宦、讼师机智人物故事选】 民间故事集。祁连休、冯志华编选。属“中外机智人物故事大观丛书”。河北教育出版社

2014年7月出版。20万字，207页。

【国王有四条腿——中国西北少数民族机智人物故事选】　民间故事集。祁连休、冯志华编选。属“中外机智人物故事大观丛书”。河北教育出版社2014年7月出版。18.8万字，196页。

【佛爷偷糌粑——中国东北西南少数民族机智人物故事选】　民间故事集。祁连休、冯志华编选。属“中外机智人物故事大观丛书”。河北教育出版社2014年7月出版。25.9万字，270页。

【巧审“大善人”——中国云贵川少数民族机智人物故事选】　民间故事集。祁连休、冯志华编选。属“中外机智人物故事大观丛书”。河北教育出版社2014年7月出版。21.8万字，227页。

【智慧宝典·150则机智人物故事】　民间故事集。总主编冯骥才，总策划何承伟，本册主编祁连休。属“五千年民间故事经典传承丛书”。上海锦绣文章出版社·上海故事会文化传媒有限公司2015年1月出版。27.8万字，377页。卷首有祁连休撰写的《序言》。

后　记

本书由我们夫妻二人共同完成，主要纂写的时间为2015年夏至2019年初，前后耗时四五年光景。

冯志华长期在中国民间文艺家协会的《民间文学》编辑部、中国民间文艺出版社和中国民间文学三套集成办公室的《中国民间故事集成》从事民间故事编辑工作，积累丰厚。本书“中国现当代民间故事”的大部分少数民族故事，是由她执笔的。她完成了全书大约三分之一的工作量。数十年来，她对我的科研工作给予了许许多多的帮助，在资料查找和电脑操作方面出力尤多。不仅如此，我们还一同编纂了《民间故事十家》《中外机智人物故事大鉴》《中外机智人物故事大观丛书》《中国民间故事通览》等，而以《中国民间故事通览》的跨时最长，分量最重。

本书的出版得益于河北教育出版社的鼎力支持和耐心细致的工作。我同河北教育出版社的合作是从20世纪80年代后期起始的，前后已达30多年，与河北教育出版社的几届领导和许多编辑结下了深厚的友谊。我个人的《智谋与妙趣——中国机智人物故事研究》《中国古代民间故事类型研究》《中国民间故事史》等主要学术著作和《中国机智人物故事大观》等图书，以及我参加编撰的《民间文学词典》《中华民间文学史》《中国民间文学史》（单卷本）《中国历代民间文学作品选》《中国民间文学史》（六卷本）等，都在河北教育出版社出版。其中有两部著作曾获得中国出版政府奖提名奖，有两部著作曾先后获得第四届中国社会科学院离退休人员优秀科研成果奖一等奖、第八届中国社会科学院优秀科研成果奖追加奖和中国社会科学院创新工程2020年度重大科研成果奖。可以说河北教育出版社对我的学术研究工作给予了长期的、热情的支持和实实在在的帮助，让我十分感佩，铭记在心。而本书的出版，将再一次体现了这种支持和帮助。

在本书即将付梓之时，我们还要向中国社会科学院文学研究所吕微研究员和北京大学社会学系高丙中教授鸣谢。他们与我们有着超过二三十年的深挚情谊，长期以来对我们多有关心、支持和帮助。他们撰写的推荐材料对本书做了充分肯定，使得本书顺利获得“中国社会科学院老年科研基金资助”，有力地推动了本书的出版。

祁连休

2020年12月29日